上海当代剧作选 1949—2019

第1卷

上海市剧本创作中心
上海市文化艺术档案馆 编

上海人民出版社

主　编　罗怀臻

副主编　夏　萍

编　务　（以姓氏笔画为序）

吕玮嘉　朱丽君　朱锦华　杜竹敏

吴稚敏　张华丽　陈健莹　郑　蕾

钟冀昱　徐正清　高　源　海　博

廖夏璇　魏　睿

出版说明

为向中华人民共和国成立70周年献礼，彰显70年来上海舞台艺术剧本创作成就，保存上海舞台艺术优秀剧本档案，推进和提升新时代上海舞台艺术剧本创作水平，上海市剧本创作中心、上海市文化艺术档案馆编辑出版了《上海当代剧作选》。

《上海当代剧作选》为舞台剧作合集，所收入的剧本选自1949年至2019年70年间在上海完成舞台首演的剧作，体裁包括京剧、昆剧、越剧、沪剧、淮剧、滑稽戏与话剧、儿童剧、歌剧等，70年选出具有代表性的优秀剧作70部，分为7卷，每卷20余万字，总计约150万字。

编选工作聘请本市和全国专家完成，编选过程分为初选、复选、终选三阶段，编选宗旨秉持专业、自愿和公正的原则。

入选《上海当代剧作选》的剧本与作者的基本标准是：

1. 剧本首演产生巨大影响的。

2. 剧本演出后对本剧种艺术发展产生重要推动作用的。

3. 剧本与演出具有持久生命力的。

4. 作者本人同意入选并出具出版授权书。

5. 同一作者入选剧本不超过3部(含3部)。

《上海当代剧作选》所收录剧作的版本来源为：

1. 作者本人提供。

2. 首演单位提供。

3. 转自《上海舞台艺术剧目汇编》(上海市文化艺术档案馆编制)、《当代百种曲》(江苏美术出版社出版)、《剧本》杂志(中国戏剧家协会主办)、

《曹禺剧本奖·获奖剧本选》(作家出版社出版)等出版物,经作者本人或著作权继承人确认。剧作之前附有作者小传,个别作者因年代久远,未能获得信息,暂时告缺。

参加初选、复选和终选的专家共19位,他们是:宋宝珍、王安奎、马也、温大勇、李晓青、何玉人、丁罗男、汤逸佩、朱恒夫、沈鸿鑫、徐正清、孟冰、季国平、颜全毅、刘明厚、林宏鸣、赵蔚华(以上排名不分先后),加上两位主编罗怀臻、夏萍。

谨此说明。

上海市剧本创作中心

上海市文化艺术档案馆

2020年1月30日

总目　卷一

1　京剧　四进士

周信芳　吕　仲

79　京剧　红色风暴

陈西汀

133　京剧　海瑞上疏

上海京剧院集体创作　执笔：许思言

201　京剧　澶渊之盟

陈西汀

273　京剧　智取威虎山

上海京剧院集体改编

337　京剧　王熙凤大闹宁国府

陈西汀

397　京剧　曹操与杨修

陈亚先

439　京剧　廉吏于成龙

梁　波　戴英禄　黎中城　王涌石

489　昆剧　墙头马上

上海市戏曲学校集体改编　执笔：苏雪安

545　昆剧　钗头凤
郑拾风

583　昆剧　血手记
郑拾风

卷二

1　昆剧　长生殿
唐葆祥　李　晓

31　昆剧　司马相如
郭启宏

73　昆剧　班昭
罗怀臻

111　越剧　梁山伯与祝英台
口述:袁雪芬　范瑞娟
执笔:徐　进　成　容　陈　羽　宋之由　弘　英

149　越剧　西厢记
集体改编　执笔:苏雪安

205　越剧　碧玉簪
剧本整理：黄　沙　弘　英

259　越剧　情探
安　娥　田　汉

293　越剧　红楼梦
徐　进

343　越剧　祥林嫂
吴　琛　庄　志　袁雪芬　张桂凤

387　越剧　孟丽君
吴兆芬

435　沪剧　罗汉钱
宗　华　文　牧　幸　之

551　沪剧　阿必大回娘家
剧本整理：文　牧

卷三

1　沪剧　芦荡火种
上海人民沪剧团集体创作　执笔：文　牧

63　沪剧　姊妹俩
余雍和

129　沪剧　雷雨
宗　华　改编:余雍和

185　沪剧　敦煌女儿
杨　林　曼　君

221　淮剧　三女抢板
口述:何叫天　执笔:顾鲁竹　李晓民

279　淮剧　女审
口述:李玉花　陈为翰　杨占魁
整理:吕君樵　马仲怡　筱文艳

305　淮剧　牙痕记
马仲怡　顾鲁竹　李晓民

421　淮剧　哑女告状
王健民　单　弦

481　淮剧　母与子
吴海燕　徐根生

545　淮剧　金龙与蜉蝣
罗怀臻

585　淮剧　武训先生
罗怀臻

卷四

1　滑稽戏　满园春色
集体创作　执笔:周正行

81　滑稽戏　七十二家房客
杨华生　张樵侬　笑嘻嘻　沈一乐

141　滑稽戏　路灯下的宝贝
王辉荃　姚明德

207　滑稽戏　阿混新传
姚明德　严顺开　王桂林　郭海彬　周嘉陵
执笔:王辉荃

277　滑稽戏　GPT 不正常
赵化南　严顺开

345 歌剧　楚霸王
黄维若　李稻川

371 儿童剧　马兰花
任德耀

429 儿童剧　魔鬼面壳
任德耀

477 儿童剧　白马飞飞
秦培春

卷五

1 话剧　考验
夏　衍

71 话剧　布谷鸟又叫了
杨履方

155 话剧　枯木逢春
王　炼

227 话剧 第二个春天
刘 川

299 话剧 年青的一代
陈 耘

377 话剧 激流勇进
胡万春 佐 临 执笔:仝 洛

473 话剧 于无声处
宗福先

525 话剧 陈毅市长
沙叶新

卷六

1 话剧 屋外有热流
马中骏 贾鸿源 瞿新华

25 话剧 血,总是热的
宗福先 贺国甫

103 话剧 秦王李世民
颜海平

195　话剧　街上流行红裙子
马中骏　贾鸿源

257　话剧　红房间　白房间　黑房间
马中骏　秦培春

333　话剧　寻找男子汉
沙叶新

397　话剧　二十岁的夏天
余　云　唐　颖

453　话剧　天才与疯子
赵耀民

卷七

1　话剧　原罪
赵耀民

87　话剧　中国梦
孙惠柱　费春放

153　话剧　芸香
徐频莉

191　话剧　挂在墙上的老 B
孙惠柱　张马力

221　话剧　留守女士
乐美勤

259　话剧　闹钟
赵耀民

311　话剧　商鞅
姚　远

363　话剧　www.com
喻荣军

415　话剧　秀才与刽子手
黄维若

471　话剧　家客
喻荣军

531　话剧　追梦云天
王　俭

目录 卷一

1 京剧 四进士
周信芳 吕 仲

79 京剧 红色风暴
陈西汀

133 京剧 海瑞上疏
上海京剧院集体创作 执笔:许思言

201 京剧 澶渊之盟
陈西汀

273 京剧 智取威虎山
上海京剧院集体改编

337 京剧 王熙凤大闹宁国府
陈西汀

397 京剧 曹操与杨修
陈亚先

439 京剧 廉吏于成龙
梁 波 戴英禄 黎中城 王涌石

489　昆剧　墙头马上
上海市戏曲学校集体改编　执笔:苏雪安

545　昆剧　钗头凤
郑拾风

583　昆剧　血手记
郑拾风

京剧

四进士

编　剧

周信芳　吕　仲

作者小传

周信芳(1895—1975),男,浙江慈城(今浙江省慈溪市)人。名士楚,字信芳,艺名麒麟童。京剧"麒派"艺术创始人。出身艺人家庭,历任中国戏曲研究院副院长、上海京剧院院长、中国戏剧家协会上海分会主席等职位。

吕　仲(1906—1973)男,编剧。别名次维,江苏省武进人,毕业于苏州工程学院土木系建筑专业。早年在越剧界做过许多工作,1955 年转入上海京剧院任艺术室主任,参与周信芳舞台艺术的记录整理,整理、改编过周信芳主演的多部作品。

人物表

宋士杰　老生

万　氏　彩旦

杨素贞　旦

毛　朋　老生

顾　读　净

田　伦　小生

杨　春　老生

杨　青　丑

刘　题　丑

姚庭梅　小生

姚庭椿　净

姚　母　老旦

小　二　丑

丁　旦　小生

师　爷　丑

黄大顺　净

酒　保　丑

刘二混　丑

宝　童　娃娃生

第一场

［牌子，毛朋、田伦、顾读、刘题上，门子上，进香。

毛　朋　文昌帝君在上，弟子毛朋、田伦、顾读、刘题。此番出京，帘外为官，如有人密札求情，官吏过简，贪赃枉法，匿案准情者，准备棺木一口，仰面还乡，神灵共鉴。（末句四人同白，叩首）列位年兄。

众　年兄。

毛　朋　今日在双塔寺盟下誓愿，但愿你我弟兄四人，不负今日之盟。

众　小弟等自然遵守此盟，焉敢违背。

毛　朋　我等分头上任去者。

青袍、人役两边上。

众　请！

众领下。

第二场

田　氏　（内白）哎咳！

田氏上。

田　氏　（念）可恨婆婆不公平，偏爱庭梅与素贞；

暗地设下毒酒计，今日要拔眼中钉。

［小二引姚庭梅上。

小　二　二爷随我来。

姚庭梅　（唱）兄长命人来请我，

　　　　　同胞手足礼何多。

小　二　大奶奶，二爷来啦。

田　氏　快请大爷出来。

小　二　是。有请大爷。

　　　　［姚庭椿上。

姚庭椿　什么事？

田　氏　二叔来啦。

姚庭椿　兄弟来啦，快请进来。兄弟到啦，请进来，来来来！

姚庭梅　啊，兄嫂！（同进）

田　氏　昨儿你哥哥的生日，多多打扰；今儿嫂子我略备点酒菜，特与二叔您还席。

姚庭梅　自己弟兄，何必拘泥。

田　氏　小二快备酒，兄弟您请来上座。

　　　　［入席，小二摆酒，吹小牌子，同饮。小二下。

姚庭椿　兄弟请。

姚庭梅　兄长请。

田　氏　我说二叔，你们先喝着，待嫂子我烫壶暖酒来。（下）

姚庭椿　对对对，咱们先喝着，我这每天离开酒可不行，你喝呀。（醉）

田　氏　（拿酒壶，放毒药）哟，怎么你哥哥他又喝醉啦，二叔，待嫂子我再敬你三杯。

姚庭梅　小弟量浅，不能再饮了。

田　氏　哪有不饮之理，二叔请。（斟酒）

姚庭梅　请。干。

田　氏　这是第二杯。

姚庭梅　(勉强地)干。

田　氏　还有这第三杯!

姚庭梅　小弟酒已够了。

田　氏　难道说,嫂子我还有歹意吗?

姚庭梅　嫂嫂说哪里话来。小弟我实是不饮酒的!

田　氏　喝吧! 就这一杯。

姚庭梅　(无可奈何地)干!(头晕)

田　氏　兄弟你再喝点。

姚庭梅　小弟是不能再饮了。

田　氏　为嫂告便。(出门)嘿! 这就叫你回老家去啦!(下)

姚庭梅　(腹痛)哎呀! 不……不好了!(念"扑灯蛾")

　　心中乱如麻,乱如麻,霎时两眼花;

　　莫非酒内有奸诈? 肝肠痛断似刀扎。哎呀!(死)

[田氏上。

田　氏　看看这小杂种死了没有? 哟! 死啦! 小二快来。

[小二上。

小　二　大奶奶,什么事?

田　氏　快去告诉二奶奶,她的丈夫死在我们家里啦,叫她快来!

小　二　是啦!(急奔下)

田　氏　当家的你醒醒。

姚庭椿　干什么老婆子?

田　氏　你兄弟死啦!

姚庭椿　哎呀! 我怕!

田　氏　怕什么? 有我哪!

姚庭椿　有你,那我到后面睡觉去!(下)

[小二领杨素贞急上。

杨素贞　（唱“散板”）

一见我夫丧了命，

好似钢刀刺在心。

适才到此把酒饮，我的夫吓！（哭）

为何顷刻丧残生？

嫂嫂，不知我夫得何病症而死？

田　氏　想是年轻人，劳碌过分，暴病而死吧。

杨素贞　哇！（唱散板）

闻听此言怒气生，

岂容信口胡乱云，

高声且把婆婆请——

［姚母上。

姚　母　啊！（唱）

什么祸事到来临？

杨素贞　哎呀，婆婆呀！庭梅不知得何病症，竟死在她家！

姚　母　现在哪里？

杨素贞　现在此处。

姚　母　咳！儿呀！（唱）

娇儿顷刻丧了命，

其中定然有别情。

田氏，你二叔得何病症而死？

田　氏　他是酒呛心肺而死。

姚　母　我却不信。

杨素贞　婆婆呀！想是酒内放毒，因而致死；媳妇这有银钗一支（从头上拔钗）撬开牙关，便知分晓。

姚　母　快去试来。

［杨素贞以银钗探庭梅口中，发现钗已变色，示姚母。

姚　母　好贱人！（唱）

一见银钗色变青，

定是嫉妒起毒心。

手拉贱人把理论——（拉田氏）

走！

田　氏　（唱）婆婆要往哪里行？

你拉我往哪儿去呀？

姚　母　公堂偿命。

田　氏　得了罢。慢说人不是我害的，就说是我，我兄弟田伦放过江西巡按，你打官司，要能打出太太的手心去，算你们是“好老婆尖”！①

姚　母　哎呀！（唱）

忍气吞声后堂进，

杨素贞　（唱）手拉婆婆不放行，

你儿死得目不瞑，

钢刀架颈冤要申。

姚　母　唉！媳妇，为婆年迈，只恕不能去到公堂与你作主，只好忍耐一时！（下）

杨素贞　（扑尸）喂呀！

田　氏　住声！你家死了人，在我们这儿哭哭啼啼——小二，死的背出去，把活的给我推出去！（下）

小　二　出去！

［素贞被推出门，哭下。小二背尸下。

① 泼辣妇女口语，作有本领解释。

第三场

［杨青上。

杨　青　（念）终日无事干，专使昧心钱。

小　二　（溜上）杨大舅来啦，有请大爷，大奶奶！

［姚庭椿、田氏上。

姚庭椿　杨大舅来啦，请进，请坐！

杨　青　请坐……找我有什么事呀？

田　氏　大舅爷！你妹夫不幸死了！你妹子终日哭哭啼啼，我看她年纪轻轻，八成守不住了吧？

杨　青　真是苦了我的妹子啦。

田　氏　大舅爷！想你我这等人家，倘若她做出什么丑事来，两下都有不便；我今天把您请来，想给她找个人家，另行改嫁，岂不是终身有靠了吗？

杨　青　唔唔！（想）这倒巧得很。今天在酒楼上，遇见一位客商名叫杨春，要续娶一房妻子，托我做媒，正找不到对主哪，就成全了我的妹子吧！但不知彩礼银子要使多少？

田　氏　彩礼银子，一概不要，事成之后，定有重谢！

杨　青　何人主婚？

田　氏　你写她婆婆陈氏主婚。

杨　青　好，我立刻去见我妹子，设计把她诓出去！

田　氏　事情全交给杨大舅啦。

杨　青　都交给我吧。正是：（念）

　　你我定计你我知，

田　氏　（念）莫在人前漏消息。（分下）

第四场

杨素贞　(内唱"导板")

在灵堂叹儿夫夭寿丧命!

[幕拉开,灵堂,宝童上。

杨素贞　(叫头)庭梅,儿夫,咳! 吓!(唱)

抛下了孤和寡依靠何人?

哭夫君哭得我咽哑喉哽,

但不知何日里得把冤申。

[杨青上。

杨　青　(念)巧计安排定,诓妹嫁杨春。

妹妹,哥哥我来啦!

杨素贞　喂呀! 兄长吓!

杨　青　妹子,人死不能复生,你就别难过啦。妹子,大事不好啦!

杨素贞　何事惊慌?

杨　青　母亲得了重病,想看看你,哥哥我特来接你回去的!

杨素贞　怎么,母亲得了重病么? 这才是"福无双至,祸不单行",啊,兄长,本当回去探母之病,怎奈你妹夫三七未满,我有孝服在身,怎好出门?

杨　青　要是她老人家有个三长两短的,妹子,你不要抱恨终天么?

杨素贞　如此,待我请出婆婆禀告商议——有请婆婆!

[姚母上。

姚　母　(念)切齿恨毒妇,落泪思娇儿。

何事?

杨素贞　我兄长来了。

姚　母　大舅在哪里?

杨素贞　现在灵堂。

姚　母　啊！大舅。

杨　青　啊,姻伯母安好!

姚　母　大舅请坐。

杨　青　有座。

姚　母　亲家母可好?

杨　青　别提啦！咳！家母身染重病,眼看要死,想看我妹子一面,叫我来接她回去。

姚　母　新孀之妇,恐怕去不得。

杨　青　我母亲病势沉重,要见不着我妹子死去,谁担当得起哪?

姚　母　这个！——叫她回去一趟,也就是了。

杨素贞　多谢婆婆!

杨　青　多谢姻伯母!

姚　母　媳妇,去至后面,脱去素巾,随你兄长去吧。

杨素贞　媳妇遵命。(下)

宝　童　祖母,我也要去!

杨　青　小孩子,去做什么?你母亲三两天就要回来啦,别去啦!

姚　母　是吓,你母亲就要回来,你不要前去了——啊,大舅,你车来还是轿来?

杨　青　来得慌忙,忘了雇啦,到了路上,雇一匹脚程就是。

姚　母　这如何使得,我家里现有驴儿,与媳妇骑去了吧。

杨　青　您老人家说的对,家里有驴,就不用到路上雇啦,我去牵驴去。(下)

姚　母　宝童,请你母亲。

宝　童　有请母亲。

[杨素贞上。

杨素贞　(念)后堂脱素巾,归家探娘亲。

婆婆,这紫金镯一只,请婆婆收存。

姚　母　啊……你随身带去了吧。

杨素贞　媳妇身穿素孝,怎能戴此金镯。

姚　母　哎呀媳妇吓,想这紫金镯,乃当初你公爹所赐,曾言道:“夫死妻不嫁,妻死夫不娶”,此番回去探母,纵然身穿重孝,只管带去。你来看!家中抛下为婆与七岁宝童;这回来也在你,不回来也在你吓!

杨素贞　喂呀!(唱)

见婆婆出此言,儿珠泪滚滚!

好一似失群雁孤苦伶仃!

媳望婆!(哭头)

姚　母　(唱)婆望媳!

姚　母
杨素贞　(同唱)心酸难忍。吓!媳妇/婆婆吓!

[杨青牵驴上。

杨素贞　(上驴,唱)

悲悲切切上驴行。

杨　青　妹子,咱们走吧!(同下)

姚　母　咳!孙儿随我来吓!(下)

第五场

[四侍卫、四刀斧手、四兵士、门子引毛朋上。

毛　朋　（念引）圣德天颜，丹心一片——保主江山。（念诗）

按院出朝，地动山摇；

逢龙除角，遇虎拔毛。

本院，毛朋。蒙圣恩钦点河南八府巡按，一路而来，查得上三府官是清官，民是良民。——左右，传黄大顺进见。

众　黄大顺进见。

［黄大顺上。

黄大顺　（念）朝为田舍郎，暮登天子堂。

报，黄大顺告进。——参见大人，有何差遣？

毛　朋　本院牌发下五府，意欲察访民情。这有告条一纸，出示在外，若有犯了贩梢拐带等情者，四十大板，一面长枷。速速将告条贴在通衢要道，不得违误。

黄大顺　遵命，带马。

四兵士分上，带马引黄大顺同下。

毛　朋　来，传刑房书吏进见。

众　刑房书吏进见。

［书吏上。

书　吏　书吏参见大人。

毛　朋　附耳上来。来，看衣更换！

［众人同下。

［四牌夫掮“奉命出朝”、“地动山摇”、“逢龙除角”、“遇虎拔毛”牌上，书吏扮巡按上。

书　吏　外厢开道。

［众引假巡按下。

［门子上，毛朋改扮算命先生上。

毛　朋　一路之上，必须要伙伴相称。

门　子　小人不敢。

毛　朋　恕你无罪。带路。(唱“摇板”)

访民情我只得乔装改扮，

下五府看一看善恶愚贤。

[毛朋、门子同下。

第六场

[杨春上。

杨　春　(唱“摇板”)

在柳林等杨青午时已到，

这时候还不来叫人心焦。

[杨青、杨素贞同上。

杨素贞　(唱“摇板”)

论丧礼就该在家中守孝，

都只为养育恩才走一遭。

杨　青　妹子，我们来到柳林，你到林子里面歇息歇息，我们再走。

杨素贞　是。(下驴，坐下)

杨　春　(四顾)怎么还不来？

杨　青　宗兄，我来了。

杨　春　愚下在此等候多时了。可曾来吗？

杨　青　来了，你往林子里头瞧。(指杨素贞)

杨　春　待我看来。(看杨素贞)

杨　青　人才，你看怎么样？

杨　春　倒有几分人才。

杨　青　你中意啦？那么拿银子来吧。

杨　春　婚书呢？

杨　青　哈哈，你倒是个老在行。婚书在此。

杨　春　银子在这里，三十两。

杨　青　如此，两下同交。（交换银书）——嗳，宗兄，你叫她怎么跟你走哪？

杨　春　去到前面，雇上一骑牲口。

杨　青　雇牲口？那多费事。你看，我这匹毛驴卖给你，好不好？

杨　春　好，要多少钱？

杨　青　你也给三十两银子吧。

杨　春　嗳，哪里值得这许多？

杨　青　你给多少？

杨　春　五两银子。

杨　青　好，便宜不过“当家子”，就是五两银子吧。

杨　春　五两银子与你。

杨　青　我把鞍子卸下来。

杨　春　做什么？

杨　青　我卖驴不配鞍子。

杨　春　嗳，无有鞍鞯，怎好坐骑？

杨　青　那么，我把鞍子也卖给你吧。

杨　春　好，要多少钱？

杨　青　您也给五两银子吧。

杨　春　太多了。

杨　青　您给多少？

杨　春　与你二两银子。

杨　青　好，便宜不过“当家子”，就是二两。

［杨春付银，杨青接银。

杨　青　嗳，我想起来了，你没有驴鞭子。

杨　春　（会意）我在路旁折一柳枝，权当驴鞭使了。

杨　青　我这儿有根鞭子，我……

杨　春　也要二两？

杨　青　好啦，好啦，便宜不过“当家子”，我送给你吧。（交鞭）宗兄，您等我走了再向她讲话。

杨　春　却是为何？

杨　青　不是啊，实不相瞒，她是我的亲妹子。

杨　春　原来是大舅子。

杨　青　岂敢，岂敢。我们有手足之情，一定是难舍难分；还是我先走的好。客官，舍妹年纪轻，还请多多照应。

杨　春　那个自然。

杨　青　正是，兄妹分别在柳林，叫人难舍又难分，实实难舍亲胞妹……（看银子）嘿嘿，有了银子我黑了心。（下）

杨　春　啊，娘子，天色不早，我们一同趱路吧。

杨素贞　啊！你是何人，叫我一同与你趱路？

杨　春　你那兄长，得了我三十两银子，将你卖与我了。

杨素贞　我兄长哪里去了？

杨　春　他言道：你们有手足之情，难舍难分，他先走了。——娘子，我们一同趱路吧！

杨素贞　此话当真？

杨　春　哪个骗你！

杨素贞　待我唤来。——兄长，兄长！

杨　春　他去远了。

杨素贞　喂呀！（唱“散板”）

可恨兄长心太狠，

不该将我卖与他人。

既是我兄长将我出卖与你，不知有何为证？

杨　春　婚书为证。

杨素贞　拿来我看。

杨　春　（取出婚书）拿去看来。——且慢，想你乃有气之人，若将婚书扯碎，我岂不落一个人财两空。待我念来你听：（随念随走，转场）“立婚书人婆婆陈氏……”（杨素贞欲抢，被杨春觉察，随走随念）：“……立婚书人婆婆陈氏，次子亡故。次媳杨氏在家吵闹不贤，只得将她改嫁他人为妻，收受彩礼银子三十两。胞兄杨青代笔。”

［杨素贞要抢。

杨　春　哈哈，你还要抢啊？

杨素贞　喂呀！（唱“散板”）

刁嫂设计毒又狠，

胞兄毫无手足情。

还望客官施恻隐，

放我回家看娘亲。

杨　春　住了。（接唱）

现有婚书为凭证，

人财两空我怎甘心。

杨素贞　（接唱）你家也有姊和妹，

你姊妹嫁过多少人！

杨　春　呸！（接唱）

贱人出言不思忖，

恶言恶语骂杨春。

杨　春　打……（举拳欲打）

杨素贞　（接唱）素贞哭……

［杨素贞、杨春走圆场。门子、毛朋同上。

毛　朋　（接唱）……毛朋来到。

拷打娘行为何情？

杨　春　原来是位算命先生。

毛　朋　请问兄台上姓？

杨　春　在下姓杨名春。

毛　朋　兄台为何在此拷打娘行？

杨　春　先生有所不知，她兄长得了我三十两银子，将她卖与我了，她不肯随我回去，反而口出恶言，故而在此争吵。

毛　朋　待我问来。——这一娘行，你兄长既然得了他三十两银子，你为何不肯随他回去？

杨素贞　小妇人满腹含冤，未曾申诉。

杨　春　呀呸！方才你兄长在此，你不讲有满腹含冤，如今倒有满腹含冤。我打死你这贱人！

毛　朋　兄台，她言道，她有满腹含冤。等她讲个明白，再作道理。

杨　春　好，听你讲些什么。

毛　朋　那一娘行，你将满腹含冤，慢慢讲来。

杨素贞　先生、客官容禀。

毛　朋　慢慢地讲来。

杨素贞　（唱“导板”）

杨素贞在柳林一一诉禀，（接唱“慢板”）

尊先生与客官细听详情。

毛　朋　（向杨春）请问兄台贵姓？

杨　春　在下姓杨名春。

毛　朋　哦，杨春，好名字。

［暗示门子记录。

杨素贞　（接唱）家住在汝宁府上蔡县境。

毛　朋　（向杨春）请问兄台哪里人氏？

杨　春　南京水西门人氏。

毛　朋　南京水西门，好地方。

［又暗示门子记录。

杨素贞　（接唱）四都里姚家庄有我家门。

毛　朋　（向杨春）兄台作何生理？

杨　春　在下贩卖布匹为生。

毛　朋　大买卖。

杨　春　小本钱。

杨素贞　（接唱）我大伯姚庭椿生来愚蠢，
我的夫姚庭梅饱学书生。
田氏嫂在家中吵闹太甚，
朝夕间惹是非才把家分。
实可恨田氏女良心丧尽，
用药酒害死了我的夫君。
我兄长昧却了同胞情分，
假意说母有病诓我到柳林，
他竟然得银两将我卖定，
小女子含冤屈有三不遂心。

毛　朋
杨　春　哪三不遂心？

杨素贞　（接唱）一不遂婆年迈无人孝敬，

二不遂撇宝童七岁娇生，

三不遂我丈夫死于非命，(哭头)

我的夫呀！(接唱“摇板”)

望客官放我归去把冤申。

杨　春　(接唱)听素贞诉罢苦低头思忖……

毛　朋　哦！(接唱)

却原来她竟有许多冤情。

兄台，这娘行身世可怜，何不放她回去？

杨　春　先生，难道叫我人财两空？

毛　朋　是啊，难道叫他人财两空？——兄台，我意欲与这女子，代出银子三十两，你可愿放她回去？

杨　春　既然先生有此美意，杨春应允就是。

毛　朋　(向门子)僮儿，取三十两银子过来。(暗暗摇手)

门　子　盘费不够了。

毛　朋　惭愧呀，惭愧。

杨　春　先生何出此言？

毛　朋　方才应允与这女子代出三十两银子，我那小伙计言道：盘费不够。岂不惭愧。

杨　春　你没有银子？没有银子，说什么大话！我还是带她走。

毛　朋　如此，待我劝她随你回去。——娘行，只管大胆随他回去，走到前面大户人家，高喊三声“异乡人好命苦”，自有人来解救于你。

杨素贞　小女子明白了。

毛　朋　告辞了。(唱“摇板”)

暗地里骂杨春瞎了眼睛，

把按院当做了算命的先生。

少时间命衙役将他拿问，

责打他四十板枷号在头门。(下)

[门子随下。

杨　春　走!快快随我赶路吧。

杨素贞　喂呀!(唱"摇板")

诉罢了千般苦不发恻隐,

无奈何我只得随他同行。

猛然见紫金镯珠泪难忍,(哭)

杨　春　(打杨素贞,接唱)

好贱人,

我一足踢你在埃尘。

你这贱人,方才言道:丈夫去世,三七未满;如今手戴紫金镯,你卖什么风流!

杨素贞　客官有所不知,我公公在世之时,留下紫金镯儿一对,我夫妻各戴一只;夫死妻不嫁,妻死夫不娶。今日见了此镯,怎不叫我痛哭啊……

杨　春　呀!(唱"摇板")

这娘行诉出千般苦,

铁石的人儿也伤心。

我今舍银三十两,

情愿放你回家门。

娘子,看你说得可怜,我三十两银子不要,放你回家去吧。

杨素贞　此话当真?

杨　春　自然当真。

杨素贞　多谢客官。(既行又转)

杨　春　为何去而复转?

杨素贞　我那婚书还在你手中呢。

杨　春　哦，唉，人和银子俱都不要，婚书要它何用！扯碎就是。（撕婚书）

杨素贞　客官请上，受我一拜。（拜。唱“摇板”）

客官作事真可敬，

生生世世感大恩。（转身欲行）

杨　春　娘行转来！娘行转来！

杨素贞　啊！荒郊野外，男女有别，唤我何事？

杨　春　哈哈！婚书在我手中，你也不说男女有别；如今婚书扯碎，就说男女有别。看将起来，你这人真真没有良心哪。

杨素贞　哎呀，恩人哪。（跪）

杨　春　起来起来，想不到三十两银子，买了个“恩人”二字，倒也值得。我且问你，此番往哪里去？

杨素贞　我么，要回婆家去。

杨　春　你那刁嫂田氏焉能容留于你，岂不是羊入虎口！

杨素贞　如此，我便回娘家去。

杨　春　倘若你兄长再来卖你，那时节你要找第二个杨春哪，恐怕就无有了。

杨素贞　喂呀，我杨素贞如今是走投无路的了哇。

杨　春　嗳，也罢。你也姓杨，我也姓杨，五百年前是一家，我愿与你结为仁义兄妹，与你申冤告状。

杨素贞　此话当真？

杨　春　当真哪。

杨素贞　小妹就跪下了。

杨　春　她倒聪明得很哪。（唱“摇板”）

好一个聪明杨素贞，

她比我杨春强十分。（跪）

杨春今年三十二，

杨素贞　(接唱)素贞二十单八春；

杨　春　(接唱)我把你当作亲胞妹，

杨素贞　(接唱)犹如同胞一母生。

兄长请上受我拜……(拜)

[杨春答拜。

[毛朋、门子同上。

毛　朋　(接唱)柳林内又来了算命先生。

兄台，方才她不肯随你回去，如今你二人怎么拜起天地来了？

杨　春　先生有所不知，我与她结为仁义兄妹，替她申冤告状。

毛　朋　哦……我却不信。

杨　春　你去问来。

毛　朋　自然要问。——啊，娘行，为何在此与他拜起天地来了？

杨素贞　先生有所不知，他见我有满腹冤仇，三十两银子不要，又将婚书扯碎，还与我结为仁义兄妹，替我申冤告状。

毛　朋　真是十分难得。——兄台，看将起来你倒是个好人哪。

杨　春　我本来是个好人哪。

毛　朋　你们告状，可有状子？

杨　春　进城请人代写。

毛　朋　这就费事了。我与你代写一张如何？

杨　春　先生会写状？

毛　朋　略知一二。

杨　春　无有纸笔，怎好写状？

毛　朋　纸笔吗，我有。

杨　春　先生，你不是个好人哪。

毛　朋　怎见得？

杨　春　你又会写状，又带纸笔，看将起来，你定是一个包揽词讼的刀笔先生。

毛　朋　兄台哪里知道，方才前面有两个朋友厮闹，是我与他们解劝，余下白纸一张。有道是：闲时备来……

杨　春　急时用。

毛　朋　偏偏就用着了。

杨　春　巧得很。

毛　朋　（向门子）拿笔砚过来。——兄台，你叫令妹起个由头，我好写状。

杨　春　贤妹，先生叫你起个由头，他好写状。

杨素贞　是。——小妇人杨素贞，乃河南汝宁府上蔡县四都八甲里姚家庄人氏……

毛　朋　好好好，够了够了。（写状）兄台，状纸写好了，拿去吧。

杨　春　写得好快呀。——贤妹收下了。

杨素贞　兄长，烦先生念上一遍，大人问起也好照状回话。

杨　春　先生，妹子言道，请先生念上一遍；大人问起，也好照状回话。

毛　朋　兄台，令妹倒颇有见识。

杨　春　先生夸奖。

毛　朋　你二人听了。——"具告状人孀妇杨素贞，年二十八岁，系河南汝宁府上蔡县四都八甲里姚家庄人氏。状告大伯姚庭椿，刁嫂田氏，胞兄杨青，为害夫霸产典卖鲸吞事……"这八个字的由头，叫她记下了。

杨　春　贤妹，你要记下了。

杨素贞　是。

毛　朋　"大伯庭椿，用药酒害死我亲夫庭梅；刁嫂田氏，用钢刀杀死七岁宝童。……"

杨素贞　喂呀，儿啊！

毛　朋　令妹为何啼哭？

杨　春　贤妹为何啼哭呀？

杨素贞　听说田氏杀死我儿，故而落泪。

毛　朋　兄台，有道是："一字入公衙，无赖不成词。"这不过是一句赖词。

杨　春　贤妹，这是一句赖词。——先生，请往下念。

毛　朋　"胞兄杨青，推母有病，将奴诓至柳林，卖与贩梢人杨春为室。……"

杨　春　（抢状在手）拿过来吧，我不去告了。

毛　朋　为何不告？

杨　春　你上面写的"贩梢人杨春"，你可知按院大人有告条在外，有人提起"贩梢"二字，责打四十大板，一面长枷。难道我自己把自己告下来不成！我不去告了。

毛　朋　原来你也懂得王法？

杨　春　自然我懂得王法。

毛　朋　好，待我与你改过。

杨　春　改得好，我就告得准。

毛　朋　只要你去告，我就改得好。

杨　春　我包告。

毛　朋　我包改。"贩梢人"改为"异乡人"。——"卖与异乡人杨春为室。春见金镯不忍，身价银子不要，反将婚书扯碎，认为仁义兄妹，替小妇人申冤。闻听大人爱民如子，法不枉断，因此前来越衙告状。望祈青天大人，快拿凶恶到案，问明情由，依律除奸，则亡夫瞑目泉下，小妇人草木得生。一字上告，一字上告。"

杨　春　先生辛苦了。——贤妹好好收藏起来。

杨素贞　兄长，请问先生住在哪里？状子若有不妥，也好请先生补状。

毛　朋　我在道台衙门前，设一小小卦摊；外人称我"说不倒的老先生"。

杨　春　先生，状子若是告得准，你就是"说不倒的老先生"；若是告不准，你是“搬得倒的老先生”。

毛　朋　告辞了。(唱“摇板”)

好一个小杨春能知王法，

免去了四十板一面长枷。

［毛朋、门子同下。

杨　春　贤妹，天色不早，你我趱路吧。

杨素贞　走啊！(唱“摇板”)

那先生写状纸恩高义大，

但愿得准了状将田氏捉拿。

［杨春、杨素贞同下。

第七场

［四光棍引刘二混上。

刘二混　时不济来运不通，押了白虎开青龙。在下刘二混，游手好闲，专靠蒙、坑、诈、骗为生。我说兄弟们，这两天咱们是“盘子里扎猛子”①——拽住啦。城门口溜达溜达，找点零花。走，走。

［四光棍引刘二混下。

［拉城。

［杨春、杨素贞同上。

杨素贞　(唱“摇板”)

终朝忧愁难消恨，

① 扎猛子：游泳时从岸上跃入水中，再由远处露出水面。

不知何日把冤申。

杨　春　贤妹，我们在前面打尖。愚兄忘了付牲口的草料钱；贤妹在此等候，愚兄去去就来。

杨素贞　兄长你要快些来呀。

［杨春下。

［四光棍、刘二混上。

刘二混　这娘儿们可长得不错。

［杨素贞惊愣，刘二混暗示四光棍推拥杨素贞进城。

［杨春上。

杨　春　贤妹，贤妹……

刘二混　（拦住杨春）大哥，你是要进城吗？

杨　春　正是要进城。（前走）

刘二混　（又拦）听你口音，不是此地人氏。

杨　春　本不是此地人氏。

刘二混　哪里人氏？

杨　春　南京水西门人氏。

刘二混　南京是好地方。

杨　春　小地方，小地方。（又前走）

刘二混　（再拦）大哥！你不知道，我们此地专欺侮外乡人；你身上又背着这么个大包袱，更要受人欺侮了。我呀是个好人，最爱交朋友，就是不服气这个。这样吧，你把包袱交给我，我背着；你跟着我，大摇大摆的走进城去，我再把这个包袱交还你。大哥，你看怎么样？

杨　春　这个……

刘二混　哎，我是个好人。

杨　春　这如何使得！

刘二混　四海之内，皆为朋友，这算得了什么？你放心，把包袱交给我吧，没错！没错！

杨　春　哦，这……

刘二混　哎，你别不放心，我是挺爱交朋友的。

杨　春　如此有劳大哥了。

刘二混　(接包袱)别客气，别客气。(同走)哎，大哥，你刚才慌慌张张，是不是找人哪？

杨　春　是的，是的。

刘二混　是个妇人是不是？

杨　春　对了，对了。

刘二混　骑着牲口？

杨　春　越发的对了。

刘二混　(指上场门)我看她往那边去了。

杨　春　哦，往那边去了。贤妹，贤妹……

刘二混急背包袱进城。

杨　春　怎么不见哪？(回头不见刘二混，急待进城)

内　声　关城啦！

杨　春　哎呀，且住！贤妹不见，包袱又被他人骗去，怎不叫我气……气……气……(下)

第八场

[宋士杰上。

宋士杰　(念诗)人道公门好修行，看来不差半毫分；

得方便处且方便，一字之间有重轻。

老汉，宋士杰。在前任道台衙门，当过一名刑房书吏；只因我办事傲上，才将我刑房革退。在西门以外，开了一所小小店房，不过是避闲而已。今日有几个朋友，约我去吃酒，街肆上走走。

［宋士杰出门，刘二混同四光棍赶杨素贞上，过场下。

宋士杰 啊！这信阳州一班无头光棍，追赶一个女子；若是追在无人之处，那女子定要吃他们的大亏。我不免赶上前去，打他一个抱不平！咳，只因我多管人家的闲事，才将我的刑房革掉，我又管的什么闲事啊。不管也罢，街肆上走走。

杨素贞 （内）异乡人好命苦啊！

宋士杰 我本当不管，那女子言道："异乡人好命苦！"我宋士杰不管，他们哪一个敢管，这这这……有了，我不免回去，与我的妈妈商议商议，去救她一救。（进门）妈妈，妈妈，妈妈哪里？

［万氏上。

万　氏 （念）最爱吃素念经文，要学南海观世音。

宋士杰 错了！

万　氏 我刚出来，就错啦？

宋士杰 大慈大悲，救苦救难，你如何比得？

万　氏 我们老两口子，常常帮助人家大事化小，小事化无，怎么说比不得呢？

宋士杰 唉，还是比不得。

万　氏 比得。

宋士杰 比不得。

万　氏 比得，比得，比得！

宋士杰 哦！就算比得。

万　氏 老头子，叫我什么事？

宋士杰 妈妈，今天有几个朋友，约我去吃酒；行在街肆之上，只见信阳州一班无头的光棍，追赶一个女子，若追在无人之处，那女子定要吃他们的大亏。我将你唤将出来，商议商议，我们设法去救她一救哇！

万　氏　怎么，你这老头子，你的老脾气真是改不了！只因你好管闲事，衙门才把你的差事革掉，怎么你又管闲事啦！要管你去管，我可不管。

宋士杰　妈妈，我本当不管，那女子言道："异乡人好命苦！"

妈妈，念她是个异乡人，救她一救吧！

万　氏　我管她异乡人内乡人。我不管。

宋士杰　妈妈，你要学大慈大悲，就该去管她一管。

万　氏　我不管。

宋士杰　妈妈，你是个好人，你管一管吧。

万　氏　不管。

宋士杰　管一管吧。

万　氏　不管，不管，不管！

宋士杰　不管？

万　氏　不管！

宋士杰　不管？

万　氏　不管嘛！不管定啦！

宋士杰　不……管……（想）是啊，救人一命，少活十年。

万　氏　你这老头子，越来越糊涂啦，谁不知道，救人一命，多活十年，你怎么说少活十年？

宋士杰　呃！少活十年，少活十年。

万　氏　多活十年，多活十年，多活得几十年！

宋士杰　你晓得多活，为什么不去救她呀？

万　氏　哈哈，你这老头子，在这儿等着我哪。（笑）若是打出祸来？

宋士杰　有我担待。

万　氏　有你？好，老头子，你听了。（念“扑灯蛾”）

万氏开言道，
老头子你是听：
上房拿棒槌，
专打抱不平。

［万氏取棒与宋士杰同出门。四光棍同刘二混赶杨素贞上。宋士杰指杨素贞，对万氏暗示：就是她。万氏救杨素贞打四光棍下，宋士杰挡住刘二混，刘二混两边无法走。

刘二混　原来是宋家爷爷。

宋士杰　嗯！

刘二混　宋家爷爷，你好哇？

宋士杰　（看刘二混）好哇！①

刘二混　哈哈，回头见。（欲走）

宋士杰　（拦）娃娃，清平世界，朗朗乾坤，你要抢人家，该当何罪？

刘二混　宋家爷爷，我们的事您还不知道吗，小孩子手里没有钱啦，光棍还拦财路吗！嘿嘿，回头见。（又欲走）

宋士杰　（又拦）娃娃，遇见你宋家爷爷，休想过去。

刘二混　哈哈！开口一声爷爷，闭口一声爷爷，我看你这样儿是不识抬举！

宋士杰　你这奴才要造反哪？

刘二混　造反哪，今天就打你这儿起！（甩包袱，要打架）我……

宋士杰　（向万氏）打这个奴才。

万　氏　好小子！（打刘二混）

刘二混　（挨了打）哎哟！（跑下）

万　氏　老头子，打跑啦！

---

①　此处的“好哇”含有双重意义：既答复他问好，又责问他“你干的好事？”

宋士杰　让他去吧。回店。

［万氏拾包袱，带杨素贞圆场进门。万氏放包袱，拴驴，领杨素贞进门。

杨素贞　多谢妈妈搭救。

万　氏　别客气，别客气！来来来，你这儿坐下，不要害怕，你歇息歇息。

［杨素贞坐。宋士杰使眼神招呼万氏。

万　氏　老头子，什么事啊？

宋士杰　将她救下，叫她走哇，怎么领到店中来了？

万　氏　老头子，我来问你，咱们家里开的是什么？

宋士杰　呃……是店。

万　氏　既然开的是店，卖的是饭，有了客人，不往里边让，难道还往外推吗！

宋士杰　呃，妈妈说得有理。妈妈，你去问问人家姓什么？

万　氏　对啦，我去问问。——嗳，你姓什么？

杨素贞　我姓杨，名叫素贞。

万　氏　老头子，她叫杨素贞。

宋士杰　哪里人氏？

万　氏　对啦，小娘子，你是哪儿的人哪？

杨素贞　河南上蔡县人氏。

万　氏　老头子，她是河南上蔡县人氏。

宋士杰　孤身女子到此作甚哪？

万　氏　我也不晓得。

宋士杰　去问哪！

万　氏　对呀。小娘子，你打河南上蔡县到信阳州，干什么来啦？

杨素贞　越衙告状来了。

万　氏　老头子，她是越衙告状来了。

宋士杰　哎哟，越衙告状，这个冤枉一定是大了。

万　氏　冤枉不大，人家越衙告状吗！

宋士杰　你问她有状无状；（万氏欲走）拿来我看哪。

万　氏　我说老头子，你有话一块儿说，让我跑来跑去，你这不是溜我吗？

宋士杰　（笑）没有了！

万　氏　嗳，小娘子，你越衙告状，可有状纸？

杨素贞　有！

万　氏　拿出来我们看看。

杨素贞　这……无有。

万　氏　这多“乾”[①]呐！老头子，我问来啦，我问她有状无状。她说：“有。”

宋士杰　拿来我看哪！

万　氏　她说（学杨素贞语）：“这……无有了！”

宋士杰　妈妈，你这是怎么样了？

万　氏　我这是怎么趸来怎么卖。

宋士杰　妈妈，你去对她言讲，我在前任道台衙门，当过一名刑房书吏；状纸若有不到之处，我与她更改更改。妈妈，我们夫妻是好人哪！

万　氏　是啊，谁不知道我们是好人哪！

宋士杰　对她言讲。

万　氏　我跟她说去。——小娘子，我们老头子，在前任道台衙门，当过刑房书吏。你把状子拿出来，让我们老头子看看，若有不到之处，也好与你更改更改。嗳，我们老夫妻是好人啊！

杨素贞　如此，妈妈请看。

万　氏　真聪明！我一说是好人，她就拿出来了。待我看看。哎呀，写得真好啊！（倒看状子）

---

① 北京土语：僵着无趣的代用词。

宋士杰　妈妈，你在那里作什么？

万　氏　看状啊！

宋士杰　看状啊，倒了！

万　氏　倒了，（翻状子）这不是给你看吗？

宋士杰　（笑，接状看）“具告状人孀妇杨素贞，年二十八岁，系河南汝宁府上蔡县四都八甲里姚家庄人氏。状告大伯姚庭椿，刁嫂田氏，胞兄杨青，为害夫霸产典卖鲸吞事……”这是八个字的由头，叫她记下了！

万　氏　这八个字由头，你记好了！

杨素贞　知道了。

宋士杰　“大伯庭椿，用药酒害死我亲夫庭梅；刁嫂田氏，用钢刀杀死七岁宝童。……”

杨素贞　喂呀！（假意啼哭，试探宋士杰）

宋士杰　妈妈，你去问她，为何啼哭！

万　氏　小娘子，为什么哭哇？

杨素贞　想那宝童，乃是我的儿子，若被田氏杀害，叫我怎么不痛心啊！（偷看宋士杰）

万　氏　老头子，难怪人家哭，你想呀，宝童是她的儿子，倘若被人杀死，叫她怎么不难过呀！就是我听见了，也怪难受的。老头子，我的儿啊！（哭）

宋士杰　妈妈，这叫：牛吃房上草。

万　氏　哪有这么长的脖子呀？

宋士杰　风吹千斤石。

万　氏　从来没有听见有过那么大的风！

宋士杰　一字入公门，不赖不成词。这是一句赖词，她的儿子不曾死。对她言讲。

万　氏　我去告诉她。——小娘子，这是作状的一句赖词。你的儿子没有死，不要啼哭。

杨素贞　多谢妈妈。（暗暗点头，佩服宋士杰的见识）

万　氏　老头子，你往下念哪！

宋士杰　“胞兄杨青，推母有病，将奴诓至柳林，卖与……”（停）

万　氏　老头子，我给你去拿眼镜去。

宋士杰　不用，不用。（细看）哦，这是改了！妈妈，本来要写贩梢人，按院大人有告示在外，有人提起“贩梢”二字，责打四十大板；一面长枷；如今改为“异乡人杨春”，这一改，免了杨春这个娃娃四十大板，一面长枷。

万　氏　如此说来改得好。

宋士杰　改得好，改得好！

万　氏　往下念！

宋士杰　“卖与异乡人杨春为室。春见金镯不忍，身价银子不要，反将婚书扯碎，认为仁义兄妹，替小妇人申冤。闻听大人爱民如子，法不枉断，因此前来越衙告状。望祈青天大人，快拿凶恶到案，问明情由，依律除奸，则亡夫瞑目泉下，小妇人草木得生。一字上告，一字上告。”

万　氏　好。

宋士杰　写得好，写得好！妈妈，作状子这位老先生，有八台①之位。

万　氏　你怎么知道？

宋士杰　笔力上带着。

万　氏　哦。

宋士杰　可惜他时运未至！

万　氏　时运一到呢？

---

① 旧称总督为“制台”，巡按为“抚台”，布政使为“藩台”，按察使为“臬台”，……即是封疆大吏的统称。另说：“八台”应作“八抬”，以封疆大吏坐八人所抬的大轿，故称。

宋士杰　就是八台。

万　氏　哦。

宋士杰　好是好，废物了！

万　氏　写得这么好，怎么是废物哪？

宋士杰　公门之中，陋规甚多，定然故意刁难，她是异乡女子，呈递不上，也是枉然。交还与她。

万　氏　小娘子，这张状子写得好，可惜是废物了！

杨素贞　怎见得？

万　氏　你想啊，衙门之中，陋规很多。你是异乡女子，恐怕呈递不上，岂不是废物吗！收好了吧。

杨素贞　如此说来，我这满腹冤仇，无处申诉了哇。（哭。）

万　氏　别哭，别哭。咳，真是可怜！我这个人哪，真是刀子嘴豆腐心，见不得这个。嘿，话又说回来啦，她跟我非亲非故，我要是和她沾这么一点儿的亲哪，不是说，这场官司，哼哼。妈妈我替她打啦。

杨素贞　如此妈妈请上，受女儿一拜。

万　氏　起来，起来。哎呀，好孩子，你真聪明！你坐下，都有干妈我哪！（同坐）来呀，来呀！

宋士杰　你叫哪一个来？

万　氏　叫你来！

宋士杰　（起座）叫我做什么？

万　氏　喏，去告状去！

宋士杰　替哪个告状？

万　氏　替我干女儿告状。

宋士杰　哪个是你的干女儿？

万　氏　哟，你还不知道！杨素贞拜在我的名下，她是我的干女儿，我是她的干妈；不应当你去告状吗！

宋士杰　哦，她是你的干女儿，你是她的干妈妈。哈哈，与我什么相干！

万　氏　哦，干老头子吃醋啦。孩子，过来给你干父叩头。

杨素贞　干父请上，受女儿一拜。

宋士杰　不敢当，不敢当！（伸手扶杨素贞）

万　氏　（将状纸放在宋士杰的掌中）告状去！

宋士杰　好，告状去。（取状出门）

万　氏　回来！

宋士杰　何事？

万　氏　老头子，出去可不要吃酒，干女儿的状子一定要你递上；要是递不上去，哼，你就不要回来！

宋士杰　要是回来呢？

万　氏　回来，我就不要你进房！

宋士杰　进了房呢？

万　氏　进了房啊，哈哈，这一丫子①把你踹出去！

宋士杰　（笑）老厌气！（下）

万　氏　姑娘，跟我后面吃饭去。

［万氏、杨素贞同下。

第九场

［丁旦上。

丁　旦　（念）身在公衙内，官差不自由。

① 北京土语：脚的代用词。

在下丁旦。在道台衙门，当了一名班头。今有一桩事儿，不得明白，不免到宋家伯伯那里去领教领教，就此走走。

［宋士杰上。

丁　旦　啊，宋家伯伯！

宋士杰　哦，丁旦，娃娃你好哇？

丁　旦　我好，伯伯可好？

宋士杰　好哇。明天再见！

丁　旦　（拦）宋家伯伯，衙中出了一桩疑难的案件，要在宋家伯伯台前领教领教。

宋士杰　哦，衙中出了疑难的案件了？不妨事，明天再谈。（走）

丁　旦　（又拦）哎，宋家伯伯，我今天请你吃酒。

宋士杰　啊？

丁　旦　请你吃酒。

宋士杰　哦，吃酒哇？

丁　旦　我的东道！

宋士杰　好，走，走！

丁　旦　走。

［二人同下。

第十场

［三差使上。

三差使　来此已是道台衙门，上前投文。（打梆）

［门子上。

门　子　何事？

三差使　三府投文。

门　子　候着。（向内）——启禀大人：河北三府投文。

顾　读　（内）传话出去，公文留下，明日午堂发签。

门　子　大人吩咐：公文留下，明日午堂发签。（下）

三差使　是。（同下）

第十一场

［丁旦上，宋士杰随上。

宋士杰　娃娃，方才酒楼上的言语，你要牢牢谨记；这件事照这样的辩白，就没有妨碍了！——哦，来到衙门了。呃，你去问问，升过堂了没有！

丁　旦　列位，大人可曾升过午堂？

内　大人升过午堂了。

宋士杰　（同时）酒楼之上多吃了一杯，升过堂如何是好！

丁　旦　宋家伯伯，大人升过午堂了。

宋士杰　（急抓丁旦）怎么讲？

丁　旦　升过堂了！

［宋士杰情急，打丁旦。

丁　旦　你喝了我的酒，撒酒疯。

宋士杰　呸！

［丁旦下。

宋士杰　（唱“二黄散板”）

　　三杯酒把我的大事误了，

　　看起来公衙中无有好人！

咳！酒楼之上，多吃了一杯；升过堂了，状子没有递上，只好回去。吃酒的误事！（随念随走）咳！回得家去，干女儿迎上前来，言道：“干父你回来了？”我言道：“我回来了。”干女儿必定问道：“状子可曾递上？”我言道：“遇见了一个朋友，在酒楼之上，多吃了一杯，升过堂了，没有递上。”她必然言道：“干父啊，我不是你的亲生女儿；若是你的亲生女儿，酒也不吃了，状子也递上了。”这两句言语，总是有的……这两句言语，总是……

［万氏、杨素贞同上。万氏开门，宋士杰见万氏，将话噎住。

万　氏　进来吧。（宋士杰进门，万氏闻到酒味）哎哟！又喝了酒啦？

杨素贞　干父回来了？

宋士杰　呵呵，回来了。

杨素贞　状子可曾递上？

宋士杰　呃！遇见一个朋友，酒楼之上多吃了一杯；升过堂了，没有递上。

杨素贞　（向万氏）嗳，我不是他的亲生女儿……（有意使宋士杰听见）

宋士杰　（极低声）来了！

杨素贞　（向万氏）若是他的亲生女儿，酒也不吃了，状子也递上了！

宋士杰　我早晚得有这两句话。（叫头）哎呀儿啊，我且问你，你胆大胆小？

杨素贞　胆大怎说？胆小怎讲？

宋士杰　你若胆小，本县去告。

杨素贞　若是胆大呢？

宋士杰　随我击鼓鸣冤。

杨素贞　哎呀爹爹呀！孩儿若是胆小，也不前来越衙告状了。

宋士杰　好哇！既然胆大，随我击鼓鸣冤。——妈妈，看守门户。（交扇与万氏，向杨素贞）随我来！

［万氏下。宋士杰拉杨素贞圆场。

宋士杰 来到了。你在此少等，为父向前。

杨素贞 是。

宋士杰 看堂的，看堂的！这娃娃哪里去了？（抽鼓槌）待我照顾这个娃娃四十个板子再说。（击鼓）

［看堂人上。

看堂人 （拦）嗳，宋家爷爷，你这是闹着玩儿的？

宋士杰 娃娃，你好哇？

看堂人 我好。你好哇？

宋士杰 好哇。

看堂人 好哇。

宋士杰 娃娃，你往哪里去了？

看堂人 我拉屎去了。

宋士杰 哦，你出恭去了。来，（指鼓槌）这是公事啊。

看堂人 我拉屎也不是私事！

宋士杰 常言道得好，公门无有半时闲。

看堂人 我憋不住啦！

宋士杰 幸亏遇见你宋家爷爷……

看堂人 你是老公事。

宋士杰 若遇那些不知事务的……

看堂人 他们也不敢来。

宋士杰 他是这样大摇大摆，走上前来……

看堂人 你干什么？（转场）

宋士杰 是这样……

看堂人 我抓住你的手！

［宋士杰换手击鼓。

看堂人 哎哟！（推宋士杰。）

［四衙役、丁旦引顾读上。

顾　读 传看堂的！

看堂人 与大人叩头。

顾　读 你往哪里去了？

看堂人 我拉屎去啦。

顾　读 来！打他个自不小心！

［衙役打看堂人。

顾　读 来！传击鼓人。

看堂人 喳！（见宋士杰）哎哟！（摸痛）

宋士杰 娃娃，你挨打了吧？

看堂人 唔，挨啦！

宋士杰 四十个板子？

看堂人 不对，四十个瘪子！

宋士杰 什么叫瘪子？

看堂人 有一笔黑钱，没有分给他们；他们把板子竖起来打，不是瘪子吗？

宋士杰 怎样传话下来？

看堂人 让你上堂回话。

宋士杰 知道了！

看堂人 （背骂）我把你这个老不死的！哎哟！（抚痛下。）

宋士杰 （取状）儿啊，状子在此，顶在头上，大胆向前。

杨素贞 是。

［众衙役喊堂威。

宋士杰 不要害怕，大胆向前，为父在此。

杨素贞 杨素贞告进。（进门）与大人叩头。（跪）

顾　读 嘟！本道放告，自有日期；你为何擅击堂鼓！分明是一刁妇。——来，扯下去打！

丁　旦　且慢！启禀大人：这一女子擅击堂鼓，必有满腹冤仇，望大人谅情。

顾　读　嗯……免刑传状。

宋士杰　丁旦倒回答得好！

顾　读　（看状）“具告状人孀妇杨素贞，年二十八岁，系河南汝宁府上蔡县四都八甲里姚家庄人氏。状告大伯姚庭椿，刁嫂田氏，胞兄杨青，为害夫霸产典卖鲸吞……”杨素贞，你越衙告状；住在哪里？

杨素贞　小妇人住在干父家中。

顾　读　你干父是谁？

杨素贞　宋士杰。

顾　读　宋士杰？（惊）这老儿还在！（向杨素贞）跪在一边——来，传宋士杰！

丁　旦　宋家伯伯，大人传你。

宋士杰　吓？

丁　旦　大人传你。

宋士杰　哦，大人传我？

丁　旦　传你！小心去见。

宋士杰　呵呵！传我？（摘帽）报，宋士杰告进。宋士杰与大人叩头。

顾　读　宋士杰，你还不曾死啊？

宋士杰　哈哈！阎王不要命，小鬼不来缠，我是怎样得死啊？

顾　读　你为何包揽词讼？

宋士杰　怎见得小人包揽词讼？

顾　读　杨素贞越衙告状，住在你的家中，分明你挑唆而来，岂不是包揽词讼！

宋士杰　小人有下情回禀。

顾　读　讲！

宋士杰　喳！小人宋士杰，在前任道台衙门当过一名刑房书吏。只因我办事傲上，才将我的刑房革掉。在西门以外，开了一所小小店房，不过是避闲而已。曾记得那年去往河南上蔡县办差，住在杨素贞她父的家中；杨素贞那时间才这长这大；拜在我的名下，以为义女。数载以来，书不来，信不去，杨素贞她父已死。她长大成人，许配姚庭梅为妻，她的亲夫被人害死；来到信阳州，越衙告状。常言道：是亲者不能不顾；不是亲者不能相顾。她是我的干女儿，我是她的干父；干女儿不住在干父家中，难道说，叫她住在庵堂寺院？

顾　读　嘿！你好一张利口！

宋士杰　句句实言。

顾　读　杨素贞讨保！

宋士杰　小人顾保。

顾　读　啊！你为何保她？

宋士杰　干父不保干女儿，他们哪一个敢保？

顾　读　我原要你保。

宋士杰　我保保何妨！

顾　读　下去！

宋士杰　走！

顾　读　下去！

宋士杰　走哇，走，走，走！（同杨素贞，下堂）

杨素贞　干父，你这两句言语，回答得好哇！

宋士杰　（笑）嘿，这两句言语回答不上怎么称得起……（两边看）包揽词讼的老先生。回得家去，叫你那干妈妈，做些个面食馍馍，你我父女吃得饱饱的，打这场热闹官司。走哇，走哇！哎，（拉杨素贞）

走哇。

［宋士杰、杨素贞同下。

顾　读　丁旦，拿我公文，去到上蔡县，捉拿姚、杨二家听审，不准卖放。退堂！

［四衙役、顾读下。

丁　旦　捉拿姚、杨二家，这件苦差事，又在我的身上！这正是"官差不自由"！咳，只好走走。

［宋士杰上。

宋士杰　丁旦！

丁　旦　哦，宋家伯伯。

宋士杰　娃娃，我与你打听一桩事。

丁　旦　打听什么事？

宋士杰　捉拿姚、杨二家是何人前去？

丁　旦　这桩苦差事，又落在我的身上！

宋士杰　你去，那好极了。苦差事？

丁　旦　苦差事！

宋士杰　（取银）喏，我这里有一茶之敬，带在身旁，买杯茶吃吧。

丁　旦　（欲拿又止）宋伯伯的银子，我不敢拿。

宋士杰　莫非嫌轻了？

丁　旦　如此说来，我只好愧领了。

宋士杰　好，回来与你接风。再会再会。

丁　旦　多谢多谢，再会再会。（犹豫，再回来听）

宋士杰　好，好！好丁旦，好丁旦！这个娃娃吃红了眼了，连我宋士杰的银子他也敢要！好，姚、杨二家不少一名还则罢了；短少一名，管叫这个娃娃挨四十个板子，不能挨三十九。

丁　旦　（还银）原银未动。

宋士杰　(笑)娃娃,你的胆子小啊。

丁　旦　我本来胆子小。

宋士杰　好,吃衙门饭,原要胆小。回来与你接风。

丁　旦　不敢当。

宋士杰　再会再会。

丁　旦　再会再会!

宋士杰　这银子嘛……回来再见吧。(下)

丁　旦　好厉害的宋士杰,我们遇见他就倒了运了!(下)

第十二场

[四衙役、二差引刘题上。

刘　题　(念)为官须清正,王法不徇情。(坐堂)

本县刘题。二甲进士出身,叨蒙圣恩,出授河南上蔡县正堂。今乃三、六、九日放告之期。——伺候了。

[丁旦上,进见。

丁　旦　贵县请了。

刘　题　贵差有何公干?

丁　旦　公文一角,贵县请看。

刘　题　哦,原来上司命本县捉拿姚、杨二家到案。何人听差?

二　差　小人听差。

刘　题　有火签一支,前去捉拿姚、杨二家到案,不得有误!——掩门。

[刘题、四衙役同下。

二　差　啊,上差,我们一同前去。

丁　旦　如此，我们一同前去。

［二差、丁旦圆场。

二　差　来此已是。开门！

［杨青上。

杨　青　（念）为人不做亏心事，半夜敲门不吃惊。

什么人？（开门）

丁　旦　他是杨青？

二　差　就是他。

丁　旦　锁了！

杨　青　慢来，你们作什么事？

二　差　有火签一支，拿去看来。

杨　青　（接看）拿我，我是穷鬼，姚家是有钱的，你们跟我去拿他去。走走。（同走圆场）你们少站。——啊，姚兄，开门来！

［姚庭椿上。

姚庭椿　是哪个？（开门）到此何事？

杨　青　杨素贞在信阳州，告下申冤大状。今有差使，捉拿我们来了！

姚庭椿　待我叫老婆出来商议商议。——啊，老婆。

田氏上。

田　氏　什么事？

姚庭椿　杨素贞把我们告下了，今有差使捉拿我们来了。

田　氏　这怎么办哪？

杨　青　快拿一百两银子，先送公差去。然后再想法子。

田　氏　（取银两封）银子在此！

［姚庭椿递银两封交与杨青。

杨　青　（将银藏起一封）啊，二位，这里有五十两银子，拿去吃杯茶吧！

差　甲　好。（接银）伙计，有上差在此，我们先送他吧？

差　乙　对啦！

差　甲　啊，上差，这里有五十两银子，请你收下吧。

丁　旦　这银子拿得的吗？

差　乙　拿得的！

丁　旦　若被你们知县太爷知道如何是好？

差　甲　我们县太爷是好酒贪杯，百事不问，你放心拿下吧。

丁　旦　（接银）如此我在前面等候你们。（下）

差　甲　伙计，银子交给上差啦，咱们还是没有！

差　乙　再去锁人！

二　差　还是要锁人。

姚庭椿
田　氏　给你们银子了，怎么还要锁人？

二　差　我们三个人，就这五十两银子吗？

姚庭椿　嗳！杨大舅，我不是给你一百两吗？

杨　青　呃，我忘了。我当是给我的呐！——喏，五十两拿去，我们随后就到。

二　差　（接银，对看）谅他们也跑不了！——好吧，你们随后就要来！（同下）

姚庭椿　哎呀，老婆，如今杨素贞把我们告下，怎么好哪？

［小二暗上。

田　氏　听说道台大人与我兄弟田伦乃是同年弟兄。待我去求我兄弟，修书一封，前去说情，也就是了。

杨　青　呃，好主意！

姚庭椿　事不宜迟，就此去吧。——小二，吩咐车辆走上！

小　二　是。——车辆走上！

［车夫上。田氏出门，上车。

田　氏　（唱“西皮摇板”）

有田氏坐车中心神不定，

回家去对兄弟怎样说明！

［田氏、小二、车夫同下。

杨　青　我也告辞了，回头见吧。

姚庭椿　好，回头见！

［分下。

第十三场

［田伦上。

田　伦　（念引）诗书怀满腹，文章占高魁。（坐）

下官，田伦。二甲进士出身，叨蒙圣恩，放我江西八府巡按，恩赐回家祭祖；不想又遭先父之丧。丁忧三载，如今孝服已满，尚未领凭上任。闲居无事，好不愁闷人也！（唱“西皮摇板”）

遭父丧暂按下丹心一片，

看起来忠和孝不能两全。

［小僮上。

小　僮　姑奶奶到。

田　伦　有请。（出迎。）

小　僮　有请姑奶奶。（下）

［田氏上。

田　氏　兄弟在哪里？

田　伦　姐姐！

田　氏　兄弟！

［同进门。

田　伦　请坐。

田　氏　有座。

田　伦　姐姐，因何独自归家？

田　氏　兄弟哪里知道，只因我姚家二房里庭梅的媳妇杨素贞，不守妇道，用药酒害死了自己的丈夫，反而诬赖你的姐丈和姐姐我。如今杨素贞在信阳州将我们告下了，望你修书一封，前去说情才是。

田　伦　呀，人命官司，岂能听姐姐一面之词。要我修书，是万万不能。

田　氏　你写是不写？

田　伦　不写。（下）

田　氏　呀！（唱"摇板"）

你口口声声不答应，

全然不念骨肉情。

急忙把我老母请——

［二丫鬟引田母上。

田　母　（接唱）娇儿为何两泪淋？（坐）

田　氏　母亲在上，女儿有礼。

田　母　罢了，坐下。

田　氏　告座。

田　母　不在家中侍奉婆婆，回家作甚？

田　氏　母亲有所不知，只因杨素贞在信阳州将女儿告下来了；是女儿回来，叫兄弟修书一封，前去说情，他不肯写。

田　母　你这贱人！在家之时，为娘怎样吩咐于你，到婆家要作一贤德媳妇；如今你干出这样无耻之事，为娘也不管你的闲事。

田　氏　好哇，若是打了上风官司回来，还则罢了；若是打了下风官司，我在公堂之上，就说田伦乃是我的兄弟，我是他的姐姐。你们看看，丢脸不丢脸？不管不是？我走啦！（故意起立。）

田　母　唉，为娘管你这一次；你以后须要改过！

田　氏　妈呀，从今以后，儿改过自新，听您的话就是。

田　母　来，请少老爷。

丫　鬟　有请少老爷。

［田伦上。

田　伦　孩儿拜见母亲。

田　母　罢了，坐下。

田　伦　告座。

田　母　儿啊，你姐姐被人告下，我儿必须写封书信，与他打点打点！

田　伦　母亲有所不知，当初我弟兄四人，得中二甲进士，可恨严嵩奸贼专权，不放我四人帘外为官，多亏海老恩师保举，才放我等出京。是我兄弟四人，在双塔寺对天盟誓，不许密札求情，官吏过简，匿案准情，贪赃卖法；如有此情，准备棺木一口，仰面还乡。今要孩儿修书，是万万不能。

田　氏　（起立）呀，兄弟不肯，（拉田母衣襟）母亲呀，你就下他一跪。

田　母　使不得！

田　氏　使得的。（推田母同跪）

田　伦　哎呀，折煞孩儿了！（扶起田母，田氏同立起）孩儿书信肯写，要三百两银子押书。

田　氏　母亲与儿垫上。

田　伦　母亲请回后面。

田　母　女儿，随为娘来呀！

［丫鬟、田氏同下。家院上。

田　伦　家院，打扫书房！

家　院　是。

［同走小圆场。

田　伦　（进门，坐修书）待我修书。（唱“导板”）

上写田伦顿首拜：（转“原板”）

拜上了信阳州顾大人。

自从京城分别后，

倒有几载未相逢。

姚家庄有个杨氏女，（转“快板”）

她本是姚家不贤人，

药酒害死亲夫主，

反赖我姐丈姚庭椿。

三百两银子押书信，

还望年兄念弟情。

上风官司归故里，

登门叩谢顾年兄。

家书安康。

传下书人。

家　院　下书人走上。

［二公差上。

二公差　小人叩头。

田　伦　有书信一封，去往信阳州顾大人那里投递，还有三百两银子押书。

二公差　领命。（接书，包在银包中，同下）

田　伦　如今作下亏心事，只恐王法不能容！唉！

［田伦、家院同下。

第十四场

［二公差上。

公差甲　伙计，我们来到信阳州下书，天也晚了，城也关了，我们找个小店住一夜，明天再进城吧！

公差乙　很好。嗳，这不是一座店房吗。

公差甲　店家！

［宋士杰上。

宋士杰　（念）孟尝君子店，千里客来投。

二位公差莫非住店吗？

公差甲　我们要住店。可有上房？

宋士杰　请至里面。

［同进门。

宋士杰　二位公差，用些什么？

公差甲　明灯一盏，暖酒一壶。

宋士杰　知道了。（取灯、酒）二位公差，明灯、暖酒到。

公差甲　放下。

宋士杰　还用什么？

公差甲　不用什么啦。各讨方便吧。

宋士杰　哦，小心火烛。（出房门，关大门）

二公差　我们把门关上。（关门，坐下）喝酒。

宋士杰　哎呀，且住！看这二人，来得尴尬，听他们讲些什么。（窃听）

公差甲　伙计，你看田、顾、刘三位大人，谁忠谁奸？

公差乙　伙计，管他谁忠谁奸，我们喝酒吧！这个年头，就是：酒，酒，酒，终日有；有钱的在天堂，无钱的下地狱。

公差甲　对，喝酒，睡觉。（将银包放在桌子中央，吹灯，睡觉）

宋士杰　“酒，酒，酒，终日有；有钱的在天堂，无钱的下地狱。”口角带字，其中必有缘故。呃！他们言道：田顾刘……这“田顾刘”是什么人？（忽想起）哦！上蔡县刘题，汝光道顾读，这田……田……哦是了！未曾上任的江西巡按田伦，莫非是他不成？他二人莫非为了姚杨二家的公案而来。（想）哎呀！他们进店的时节，见他手中，有一包裹，十分沉重，其中必有要紧之物。也罢，我不免等他们睡着，将门……咳！为我干女儿之事，我也不得不如此；将门拨开，取将出来，看上一看。若有我干女儿之事，我也好做一个准备呀。（走近门）待我听他们睡着了没有！（打更，窃听）他们倒也睡熟了，待我行事便了！（“小开门”。取水浇门，以簪拨门，入内，取包袱出，置矮桌上，打开银包，见银信，惊，拆信看。唱“导板”）

上写田伦顿首拜：

［万氏持火捻上，宋士杰一惊，急吹灯；见是万氏，放心，点烛。

万　氏　老头子。

［宋士杰示意万氏低声。

万　氏　半夜三更你在这里干什么？

宋士杰　里面有客人。（示书）我替干女儿办公事！

万　氏　对啊，她们母子是寡妇孤儿，我们老两口子不照顾她有谁照顾她！老头子，你自己也要紧，快点办完啦，早点儿睡吧。我去啦。（下）

宋士杰　我的妈妈是个好人哪！（唱“原板”）

拜上了信阳州顾大人。

自从京城分别后，

倒有几载未相逢。

姚家庄有个杨氏女，（转“流水板”）

她本是姚家不贤人，

药酒害死亲夫主，

反赖我姐丈姚庭椿。

三百两银子押书信，

还望年兄念弟情。

上风官司归故里，

登门叩谢顾年兄。（掷信）

呵呵！原来是田伦与顾读密札求情。若是顾读贪赃卖法，我干女见的官司岂不是输了！（想）有了！我不免将书信上的言词，誊写在衣襟之上。那顾读按公而断，倒也罢了；他若贪赃卖法，我这领衣襟就是他大大的对头！唔，誊写下来。（“小开门”。落墨，整笔，取水，喷衣，再看书，默记，录写，吹干衣上墨迹，封信，将书放入银包送回，带门拨回闩，疲倦地走下。）天明。

二公差 好睡好睡！天不早了。（开房门）店家店家！

［宋士杰上。

宋士杰 来了，二位公差起床甚早。

公差甲 你早，你早。店钱放在此地。

宋士杰 多谢。

公差甲 店家，我跟你借一件东西。

宋士杰 什么东西？

公差甲 我要跟你借一个酒坛子。

宋士杰 有有有，请稍等。（开大门，取酒坛）二公，可使得吗？

公差甲 很好，很好。（打开银包，装银入坛，将书放在怀中）店家，我再跟你打听点事。

宋士杰　什么事？

公差甲　往道台衙门，由哪里去？

宋士杰　进得城去，逢人一问就知道了。

二公差　好，好，好。（出门）嗳，店家，店家，我再跟你打听一个人。

宋士杰　哪一个？

公差甲　有一个宋士杰，你可认识？

宋士杰　哦，小老儿便是。

公差甲　哎呀！你就是宋老伯伯？

宋士杰　不敢，不敢！

公差甲　我们回来还要跟你领教，领教。

宋士杰　不敢，回来多住几天。

公差甲　我们还住在此地。

宋士杰　玩耍，玩耍。

二公差　再会，再会。（下）

宋士杰　再会，再会。——哈哈，这两个娃娃年纪轻，不会办事。这样不谨慎，倘若老汉在书信上面，三百两银子的三字，与他加上两道，改成了五字，这两个娃娃就交不了差啊！（笑下）

第十五场

［顾读上。

顾　读　（念）大堂悬明镜，方知法度尊。

［师爷持信捧坛上。

师　爷　启大人：上蔡县田大人有书信来，大人请看。

顾　读　（接信）原来田年兄的书信。待我看来。（看信）哦呵呀！杨素贞状子上面所告姚庭椿，乃是田年兄的姐丈，既有书信前来与他夫妻求情，看在年兄年弟的分上，倒要替他担待担待。

师　爷　启大人：还有酒坛子一个，里面装的可不是酒。

顾　读　哦，不是美酒？

师　爷　对了，不是美酒，想必是押书银子。

顾　读　嗯！书信在此，师爷请看！

师　爷　（接信看）噢！原来如此。大人，您与田大人既是同年弟兄，这个人情您总该准下了吧？

顾　读　这个……这三百两押书银子？

师　爷　大人准了这个人情，您帮他的忙就不小啦，自然是收下的好。

顾　读　收下？

师　爷　收下。

顾　读　那姚、杨二家？

师　爷　来一个从轻发落。

顾　读　杨素贞呢？

师　爷　少不得断她一个私通奸夫、谋害亲夫的罪名。

顾　读　如此说来，使得的？

师　爷　使得的，使得的。来呀！

［院子上。

师　爷　吩咐来人，修书不及，照书行事！

［院子应，下。

师　爷　大人，这银子我替您收起来。（搭坛）嗨！好沉的坛子！（蹒跚而下。）

顾　读　嗳，我若不准此情，又恐伤了同年弟兄的和气，若是准了此情，少不得就要徇情卖放。……哎呀，且住！想当初出京时节，毛年兄也曾相邀我等，在双塔寺神前誓愿：不许贪赃卖法、官吏过简。若有此事，棺木一口，仰面还乡。如今毛朋实授八府巡按，来到下五府一带巡查，我看此事须要提防一二。……

［丁旦上。

丁　旦　人犯带到。

顾　读　升堂！（升堂入座）带人犯。

［姚庭椿、田氏、杨青上。宋士杰、杨素贞随上。

姚庭椿
田　氏
杨　青　与大人叩头。

丁　旦　（点名）姚庭椿。

姚庭椿　有。

丁　旦　田氏。

田　氏　有。

丁　旦　杨青。

杨　青　有。

顾　读　哪一个叫杨青？

杨　青　犯生杨青。

顾　读　口称犯生，莫非在庠？

杨　青　生员乃是黉门秀才。

顾　读　既是黉门秀才，定知礼义，为何卖你的胞妹？

杨　青　是她自愿自卖自身。

顾　读　是何人主婚？

杨　青　是她婆婆主婚。与犯生无干。

顾　读　何人代笔？

杨　青　是犯生代笔。

顾　读　身价银子多少？是何人得的彩礼？

杨　青　犯生得了身价银子三十两。这几两遮羞银子，还了酒账啦！

顾　读　嘿！卖屋又卖基，一树能剥几层皮；孔夫子门前哪有你这样的狂生！低头！——姚庭椿，你为何害你的胞弟？

姚庭椿　害人不害人，我不知道；问我的老婆子。

顾　读　原来是个缩头的男子。

姚庭椿　缩头倒不缩头，我就是怕她。

顾　读　低头！——田氏，你为何害你的二叔？从实招来！

田　氏　启禀大人：杨素贞私通奸夫，谋害亲夫，小妇人是安分守己的好人。

顾　读　嘿……本道早知道你是个好人。下堂讨保。

田　氏
姚庭椿　谢大人！
杨　青

［杨青、姚庭椿下。田氏见杨素贞。

田　氏　杨素贞，你今天打官司，明天打官司，这回可打到太太手心里来啦！（下）

［宋士杰、杨素贞相视，失望。

顾　读　来，带杨素贞！

丁　旦　杨素贞上堂。

宋士杰　儿啊，大胆向前。

杨素贞　小妇人与大人叩头。

顾　读　杨素贞，你为何告此谎状？

杨素贞　怎见得小妇人告下谎状？

顾　读　你私通奸夫、害死亲夫，还不从实招来！

杨素贞　哎呀，大人哪！小妇人私通奸夫，害死亲夫，不去逃命，反来越衙告状，前来送死不成？

顾　读　哼！不动大刑，谅你不招。——来，拶起来！

［衙役上刑。

顾　读　有招无招？

杨素贞　小妇人冤枉！

顾　读　收！

杨素贞　喂呀！（唱“散板”）

公堂之上受拶刑，

十指尖连尖痛连心！

十指连心痛煞人！（哭头）

喂呀！夫呀！

血海冤仇报不成！

顾　读　有招无招？

杨素贞　有招了。

顾　读　松刑！叫她画供上来！

［丁旦取招文与杨素贞画供。

顾　读　传禁婆！

丁　旦　禁婆上堂。

［禁婆上。

禁　婆　禁婆叩见大人。

顾　读　将杨素贞上了刑具带去收监。

禁　婆　是。

［禁婆与杨素贞上刑，同出门；宋士杰迎前。

杨素贞　哎呀，干父啊！（唱）

受刑不过来招认！

血海冤仇报不成！

宋士杰　干女儿，你暂受一时之苦，我定要与你鸣冤。去吧！

［禁婆带杨素贞下。

宋士杰　冤枉！

顾　读　堂口何人喊冤？

丁　旦　（看）启禀大人：宋士杰。

顾　读　宋士杰？嘿嘿！只怕此事瞒不过他。——来，传宋士杰。

丁　旦　宋家伯伯，大人传你！（下）

宋士杰　来了！报，宋士杰告进。（进门摘帽）宋士杰与大人叩头。

顾　读　宋士杰，你为何堂口喊冤？

宋士杰　大人办事不公！

顾　读　本道哪些儿不公？

宋士杰　原告收监，被告讨保，哪些儿公道？

顾　读　杨素贞告的是谎状。

宋士杰　怎见得是谎状？

顾　读　她私通奸夫，谋害亲夫，岂不是谎状？

宋士杰　奸夫是谁？

顾　读　杨青。

宋士杰　哪里人氏？

顾　读　南京水西门。

宋士杰　杨素贞？

顾　读　河南上蔡县。

宋士杰　千里路程，怎样通奸？

顾　读　呃！他是先奸后娶！

宋士杰　既然如此，她不去逃命，到你这里送死来了！

顾　读　这个……宋士杰，听你之言，莫非你受了贿了？

宋士杰　受贿？

顾　读　受贿。

宋士杰　受贿。受贿不多……

顾　读　多少?

宋士杰　三百两!

顾　读　啊!来,扯下去打!

宋士杰　且慢!你打我不得。

顾　读　本道怎么打你不得?

宋士杰　我身无过犯。

顾　读　打了你,自然有你的过犯!

宋士杰　打我什么过犯?

顾　读　我打你这个……

宋士杰　大人?

顾　读　这……

宋士杰　大人?

顾　读　嗳,我打你一个欺官傲上!

宋士杰　嘿嘿!今天不挨你几个板子,你也不好意思退堂。来,来,来,打呀!

［宋士杰伏地,衙役执刑。

宋士杰　谢大人的责!

顾　读　宋士杰,我打得你可公?

宋士杰　不公。

顾　读　打得你可是?

宋士杰　不是。

顾　读　不公也要公,不是也要是,从今以后,你要少来见我!

宋士杰　见见何妨?

顾　读　再若见我,定要你的老命!

宋士杰　不定是谁要谁的命!

顾　读　下去！

宋士杰　走。

顾　读　轰了下去！

宋士杰　走哇！（拿帽子，下堂。唱"散板"）

　　公堂打我四十板，

　　一状要告他三个官！（下）

［丁旦上。

丁　旦　启禀大人，按院大人在此下马！

顾　读　外厢顺轿，迎接按院大人去者！

［牌子。众同下。

第十六场

［四兵士引黄大顺上。

黄大顺　某，黄大顺。按院大人在此下马，左右，前去迎接！

差　役　哦！

［众人出城。

［门子引毛朋上。

黄大顺　呔！你是何人？（发现毛朋）哦，大人！

［众进城。"挖门"。毛朋下，更换官服上。

毛　朋　黄大顺听令：拿我令箭去往上蔡县提拿姚、杨二家，前来听审，不得有误！

黄大顺　（接令箭）得令！（下）

［众同下。

第十七场

［杨春上。

杨　春　（念）事不关心，关心则乱！

俺，杨春。自从与义妹杨素贞失散，包袱又被骗去；寻得店房，染了一场大病。如今幸得痊愈，但不知我那义妹今在何处？闻听按院大人在此下马，我不免寻找义妹一同前去告状，就此前往！（下）

第十八场

［宋士杰上。

宋士杰　（念）可恨信阳道，贪赃又放刁；

　　打我四十板，唉！怒气何日消！

闻听按院大人在此下马，我写了一张状子，预备去告他一状；我不免前去打探打探。

［“水底鱼”，杨春上，碰倒宋士杰。

宋士杰　娃娃，娃娃，回来，回来！

杨　春　（回身）叫我做什么？

宋士杰　娃娃，常言说得好：低头走路，抬头看人；你将老汉，偌大年纪，撞在尘埃，一言不发，扬长就走，你……这是个什么道理？

杨　春　哈哈，分明你撞了我，怎说我撞了你！我杨春有事在身；如若不然，我定不与你干休！

宋士杰　哈哈！这个娃娃不讲理！（突然想起）他叫……杨春……呃，娃娃回来！

杨　春　你又叫我回来做什么？

宋士杰　娃娃，你方才言道，你叫什么？

杨　春　我叫杨春。便怎么样？

宋士杰　杨春哪？不是外人了；你是我的干儿子。

杨　春　我是你的干老子！

宋士杰　你这是怎么讲话？

杨　春　你这是怎么讲话？

宋士杰　娃娃，有一个杨素贞，你可认识？

杨　春　她是我的干妹子，怎么不认识！

宋士杰　好，是你的干妹子，是我的干女儿；你岂不是干儿子？

杨　春　哈哈，好哇！我花了三十两银子，买出一个干老子来了？好，义父请上，杨春有礼。

宋士杰　罢了。娃娃！你慌里慌张，往哪里去？

杨　春　我前去替我干妹子告状。

宋士杰　你告哪一家？

杨　春　自然是告姚、杨二家。

宋士杰　如今不告姚、杨二家了。

杨　春　要告哪一个？

宋士杰　要告田、顾、刘。

杨　春　告他们没有过犯。

宋士杰　告他们自然有过犯！

杨　春　告他们什么过犯？

宋士杰　田伦密札求情，官吏过简；顾读贪赃卖法，匿案准情；刘题好酒贪杯，不理民词。告得有理吧？

杨　春　呃，有理。

宋士杰　有理，我们就告得准。（导锣声）哪里鸣锣开道？前去打探。

杨　春　我去打探。（下）

宋士杰　（突然想起）哎呀！按院大人有告条在外，有人拦轿喊冤，四十大板。我实实挨不起了！（想起）有了，我看杨春这个娃娃，倒也精壮得很；我把这四十板子，照顾了这个娃娃吧！

［杨春上。

杨　春　义父，鸣锣开道，乃是按院大人由此经过。

宋士杰　好！（取状）前去告状。

杨　春　告状啊，我去，拿过来。（拿状下）

宋士杰　哈哈！到底是年纪轻，一把手状子抢了就走。嘿嘿！此番拦轿喊冤，定然是四十大板，这就是认干父的见面礼哟。（下）

第十九场

［牌子。四兵士、四刀斧手、门子、毛朋上。杨春由下场门上。

杨　春　冤枉！

毛　朋　嗨……拦轿喊冤，定是刁民，扯下去打！

杨　春　异乡人好命苦！

毛　朋　嗨……念他是异乡人，免去四十板。——你可有状？

杨　春　有状呈上。

毛　朋　呈上来！

[门子接状交毛朋，毛朋看状。

毛　朋　你叫什么名字？

杨　春　小人名叫杨春！

毛　朋　你为何告此刁状？

杨　春　怎见得小人告了刁状？

毛　朋　这状子上面写的宋士杰，你叫杨春，岂不是刁状？

杨　春　启禀大人：宋士杰乃是小人的义父，只为年纪大了，挨挤不上，故命小人前来代替告状。

毛　朋　好，三日后命宋士杰察院听审。

杨　春　谢大人！（下）

毛　朋　开道！

[众同下。

第二十场

[宋士杰上。

宋士杰　啊，这娃娃怎么还不回来，待我迎上前去。

[杨春上。

杨　春　义父！

宋士杰　娃娃，你回来了？

杨　春　我回来了。

宋士杰　状子可曾递上？

杨　春　递上了。

宋士杰　哦，递上了！（突然想起）递上了？

杨　春　递上了。

宋士杰　递上了?

杨　春　递上了啊!

宋士杰　走过去!

杨　春　哦,走过去。

宋士杰　走回来。

杨　春　好,走回来。

宋士杰　唉!娃娃,你没有递上。

杨　春　怎见得没有递上?

宋士杰　哈哈!娃娃,我实对你讲了吧:按院大人有告示在外,有人拦轿喊冤,打四十大板。你这两腿好好的,状子没有递上吧?

杨　春　哈哈!幸亏遇见你一个干老子,再有两个,我两条腿都要打烂了!

宋士杰　你是怎样回答的呢?

杨　春　是我前去拦轿喊冤,按院大人吩咐扯下去打……

宋士杰　要打了哇!

杨　春　是我言道:"异乡人好命苦!"按院大人念在"异乡"二字,免去四十大板!

宋士杰　"异乡"二字回答得好!

杨　春　大人问道:"你可有状?"

宋士杰　有状。

杨　春　我言道:"有状。"大人吩咐呈状!

宋士杰　你呈上去。

杨　春　大人看了状子,问道:"你叫什么名字?"

宋士杰　杨春哪。

杨　春　我言道:"我叫杨春。"大人问道:"你为何告此刁状?"

宋士杰　(犹疑地)怎见得?

杨　春　按院大人言道："状子上面写的宋士杰；你叫杨春，岂不是刁状吗？"

宋士杰　哎呀！这是我失于检点，这……

杨　春　义父，不要着急，我又回答得好！

宋士杰　唔！

杨　春　是我言道："宋士杰是我的义父，年纪大了，挨挤不上，故命小人代替告状。"大人准了状子，我大摇大摆就回来了！（得意状）

宋士杰　哈哈！你这个娃娃会说话！

杨　春　我本来会说话。

宋士杰　好，按院大人怎样传话下来？

杨　春　按院大人传话下来，命义父三日后察院听审。

宋士杰　我们的官司，是输了还是赢了？

杨　春　我看一定赢定了。

宋士杰　唉，管他是输，管他是赢！回得家去，吃得饱饱的，打这场热闹官司。杨春，接包袱！

［宋士杰扔包袱，杨春接包袱。

宋士杰　走。

［宋士杰、杨春同下。

第二十一场

［四兵士、四刀斧手、门子、毛朋、牌子上。四衙役、顾读、田伦、刘题下场门迎上。

田　伦
顾　读　迎接大人。
刘　题

门　子　各处官员，迎接大人！

毛　朋　察院伺候。

［众同下。连场，前场原人同上。毛朋、田伦、顾读坐。

毛　朋　二位年兄，为何不见上蔡县刘年兄？

田　伦
顾　读　他官卑职小，不敢进见。

毛　朋　年兄年弟何论官大官小！来，有请上蔡县刘老爷。

门　子　大人有命，有请上蔡县刘老爷。

刘　题　上蔡县刘题告进。上蔡县刘题参见大人。

毛　朋　来，与刘老爷看座。

刘　题　小官不敢。

刘　朋　年兄年弟请坐叙话。

刘　题　谢座。

毛　朋　刘年兄，上蔡县民情如何？

刘　题　官清民顺。

毛　朋　既然官清民顺，为何有人越衙告状？

刘　题　这……有道是“吏不举，官不究”。

毛　朋　（冷笑）嘿，嘿，嘿！讲什么“吏不举，官不究”。分明你好酒贪杯，不理民词。制度留下，回衙听参！

刘　题　谢大人。（出门）回家抱娃娃去了。唉！官星不旺！（下）

毛　朋　啊，二位年兄，我有一事不明，要在二位台前领教。

田　伦
顾　读　大人请讲，怎说领教！

毛　朋　啊，田年兄，一路而来，查得有一家官长，密札求情，官吏过简，该问何罪？

田　伦　这……论律当斩。

毛　朋　哦，论律当斩。领教了。——啊，顾年兄，有一家官长，贪赃卖法，匿案准情，该论何罪？

顾　读　呃，这……论律当斩。

毛　朋　领教了。啊，二位年兄，有人将你二人告下来了。

田　伦
顾　读　这……有告必有证。

毛　朋　自然有证。——来，带宋士杰！

门　子　传宋士杰。

［宋士杰上。

宋士杰　来了。

顾　读　（出座）宋士杰！

宋士杰　哦，大人！

顾　读　你来了？

宋士杰　按院大人传我，我不敢不来。

顾　读　此番去见大人，当讲则讲；不当讲，不要胡言乱语！

宋士杰　是。当讲自然要讲；不当讲，呵呵，也要讲他几句！

顾　读　我看你讲些什么？

宋士杰　我自然有讲的！

顾　读　进来！

宋士杰　不要这样的虎威。这是按院的行辕，不是你道台衙门了。——草民宋士杰与大人叩头。

毛　朋　宋士杰，你告了两员封疆大臣，一个县令；当着二位大人在此，将状子上的情由，一一讲来，若有一字差错，定要你的老命！讲！

宋士杰　大人容禀：草民宋士杰，在西门以外，开了一所店房。那日来了两位公差，言道：“酒，酒，酒，终日有；有钱的在天堂，无钱的下地狱。”见他们口角带字，夜晚将……

毛　朋　为何不讲？

宋士杰　草民有剁手之罪！

田　伦
顾　读　来，剁他的双手！

毛　朋　且慢，免去此刑。往下讲来！

宋士杰　谢大人！将门拨开，取出纹银三百两，书信一封，将那书信……

毛　朋　为何不讲？

宋士杰　有挖目之罪！

田　伦
顾　读　挖他的双目！

毛　朋　且慢，一概免去。往下讲！

宋士杰　咋！小人拆开一观，原来田大人与顾大人密札求情。小人见此事重大，因此一字套一字，一笔套一笔，誊写在衣襟之上。大人不信，（扬衣）请看！

毛　朋　打……打打坐来。（斜坐，念）上写“田伦顿首拜：拜上信阳顾大人。自从京城分别后，倒有几载未相逢。姚家庄有个杨氏女，她本姚家不贤人，药酒毒死亲夫主，反赖我姐丈姚庭椿。三百两纹银押书信，”——撤坐！

［田伦、顾读起立。

毛　朋　（接念）“还望年兄念弟情。上风官司归故里，登门叩谢顾年兄。家书安康。”家书安康。

宋士杰　大人详情！

毛　朋　（怒视田伦、顾读）来，将宋士杰衣襟入库。

［门子收衣。

毛　朋　宋士杰，下堂伺候！

宋士杰　谢大人。

顾　读　宋士杰，回来。（低声）宋士杰，你好厉害的衣襟！

宋士杰　大人，你好厉害的板子！

顾　读　嘿，回得衙去，我定要你的老命呐！

宋士杰　哈哈！你还回得去吗？（下）

毛　朋　二位年兄，宋士杰和衣襟，就是你二人的对证了！

顾　读　（对田伦）年兄，你不应当与我那封书信！

田　伦　你不该收我那三百两银子！

顾　读　咳！

田　伦　我也是母命难违。有道是：父母恩情重，

毛　朋　朝廷法度严！

顾　读　不听恩师语，

毛　朋　王法大如天！二位年兄，你我进京赴试，得中进士，只因不拜严嵩为师，可恨奸贼专权，不放我等为官。多蒙海瑞老师，苦苦保奏，才放我等帘外为官。我们出京之时，在双塔寺盟下誓愿，不许贪赃卖法、官吏过简；若有此事，棺木一口，仰面还乡。小弟不才，实授八府巡按，查得上三府，官是清官，民是良民；查得下五府，官是赃官，民是刁民。查来查去，这赃官二字却应在我们年兄年弟的身上，叫小弟哪里去寻，哪里去访！

田　伦
顾　读　求大人谅情一二！

毛　朋　说什么谅情一二！圣上恩赐尚方宝剑，一同拜过。（牌子，拜）小弟得罪了。升堂！（大人坐）哇！胆大田伦、顾读、贪赃卖法，密札求情。——来，将二人看押，听候圣旨发落。

［刀斧手押田伦、顾读下。黄大顺上。

黄大顺　启禀大人：姚、杨二家拿到。

毛　朋　将人犯带上来！

黄大顺　将人犯押上来。

［杨春、田氏、姚庭椿同上。杨素贞同上，跪。

田　氏

姚庭椿　与大人叩头。

杨　青

门　子　（点名）姚庭椿。

姚庭椿　有。

门　子　田氏。

田　氏　有。

门　子　杨青。

杨　青　有。

毛　朋　杨青。

杨　青　犯生在。

毛　朋　你口称犯生，莫非在庠？

杨　青　我是一个黉门秀才。

毛　朋　为何卖你的胞妹？

杨　青　是她婆婆主婚，与犯生无干。

毛　朋　何人代笔？

杨　青　犯生代笔。

毛　朋　何人得的彩礼？

杨　青　犯生得了几两遮羞银子，还了酒账了。

毛　朋　哼，卖屋又卖基，一树能剥几层皮！孔圣门前焉能出你这样无耻的庠生！来，革去功名，发往边外充军。

［刀斧手押杨青下。

毛　朋　姚庭椿，你为何害死你的胞弟？从实讲来！

姚庭椿　害人不害人我不知道，问我的老婆。

毛　朋　原来是个缩头男子。——田氏，为何用药酒害死你的小叔？

田　氏　启禀大人：杨素贞私通奸夫，谋害亲夫。小妇人是安分守己的好人。

毛　朋　来在察院，还不实招！——来，大刑伺候。

田　氏　慢着。大人，我有招就是！

毛　朋　画供上来！

［田氏画供。

毛　朋　你夫妻二人理当问斩。押下去。

［刀斧手押姚庭椿、田氏下。

毛　朋　杨素贞！你冤情大白，开释无事，下堂去吧。

杨素贞　谢大人！（下堂）

［杨春上，迎下。

毛　朋　来，带宋士杰。

［宋士杰上。

宋士杰　与大人叩头。

毛　朋　宋士杰，有道是“民不告官”，你一状告倒两员封疆大吏，一个百里县令，岂能无罪！

宋士杰　望大人格外施恩！

毛　朋　念你年迈，发往边外充军，当堂上刑。下去！

宋士杰　（戴刑）谢大人。（唱“散板”）

公堂之上上了刑，

好似鳌鱼把钩吞。

悲切切出了都察院——

［杨春、杨素贞两边上。

杨　春
杨素贞　干父！

宋士杰　(接唱)只见杨春与素贞。

你家在河南上蔡县，

你住南京水西门，

我三人从来不相认，

宋士杰与你们是哪门子亲！

我为你挨了四十板，

我为你披枷戴锁边外去充军。

可怜我年迈人离乡井，(哭头)

杨春、杨素贞啊！

谁是我披麻戴孝人！

杨　春　(接唱)见干父披枷锁珠泪难禁，

杨素贞　(接唱)实可怜白发苍苍发配边庭；

你为我受苦刑我心何忍，

充军事理应当由我担承。

宋士杰　唉，妄想啊，妄想！

杨素贞　(接唱)顾不得犯天威公堂奔，

啊！兄长！这里来。

这大人好似柳林写状的先生。

杨　春　哦，待我看来。是的啊！果然是他。

宋士杰　你们讲些什么？

杨　春　干父，上面这位大人，好像是在柳林替我们写状的那位先生。

宋士杰　(看)你们认得真？

杨　春　认得真。

宋士杰　你你你……见得明？

杨素贞　见见得明！

宋士杰　（面有喜色）好哇！（唱"散板"）

你认得清来你见得明，

我充军的事儿就去不成哪！

二次进了都察院，

尊声青天老大人。

百姓告官是有罪，

无有状子告不成！

毛　朋　（接唱）本院奉命出帝京，

明察暗访为黎民；

为不平我把状子写，

我为黎民昭雪冤情。

宋士杰　（接唱）大人奉命出帝京，

明察暗访为黎民；

有朝大人回朝转，

你在凌烟阁上标美名，你是个大忠臣。

毛　朋　（接唱）柳林写状为百姓，

宋士杰　（接唱）宋士杰打的是抱不平。

毛　朋　（接唱）黎民告官当问斩，

宋士杰　大人！（接唱）

你在那柳林写状，犯法你是头一名！

毛　朋　哎呀！（接唱）

宋士杰说话真凶狠，

问得本院似哑人！

下得位来忙松捆，（下位与宋士杰除去刑具）

你是我说不倒的老先生！

素贞，你等好好侍奉义父，回家去吧！

杨　春
杨素贞　（同）遵命！

宋士杰　大人天恩！

毛　朋　掩门。

［“尾声”。众同下。

［剧终。

（1956年演出本）

京剧

红色风暴

编　剧

陈西汀

作者小传

陈西汀（1920—2002），男，原名熙鼎，江苏滨海人，曾任南京市京剧团、江苏省京剧院编剧。1953 年迁居上海市，先后任华东戏曲研究院、上海京剧院、上海艺术研究所编剧。

人物表

林祥谦　曾玉良　江有才　林　父　陈桂贞　曾　妻　江　妻　胡大头

魏学清　赵继贤　王得元　施　洋　齐副官　白坚武　项德龙　梁合甫

吴佩孚　店　主　吴伯林　鸠斯特　众警察　众士兵　班　长　警　长

众工人

第一场

［1922年冬季黄昏。

［汉口江岸附近，林祥谦、曾玉良、江有才合住的院落中。

［江妻抱孩子从小屋中出。

江　妻　（唱）看天色已到了黄昏时分，

　　　　　盼有才不归来急煞了人。

　　　　已到放工时候，有才还不回来，实实把人急死！（闻孩子哭）宝宝不要哭，少时你父亲借些工钱回来，妈妈就与你抓药去了。到那边望望去。（向空阔处走过）

　　　　［陈桂贞开门，提菜篮上。

陈桂贞　（唱）今晚上有客来把大事商讨，

　　　　　上街去买些儿蔬菜烹调。

　　　　小狗娘！

江　妻　林大嫂！

陈桂贞　这样的大冷天，抱着有病的孩子，站在大风头干什么？

江　妻　有才借钱去了，还未回来，真把人急死了。大嫂到哪里去？

陈桂贞　我……不到哪里去。（拿出一块钱）小狗娘，这一块钱你先拿去替小狗抓药。

江　妻　这……大嫂，我不能要，不能要，小狗病死也不能要，不能要！

陈桂贞　小狗娘，难道为个湖北人、福建人，眼看着孩子死，救都不能救吗？

江　妻　有才脾气不好，大嫂你知道……

陈桂贞　唉！要是有才问起，你说借别人的，不就了结了吗？（将钱塞江妻手)拿着。

江　妻　(感动地)林大嫂!(唱)

你家中也并非十分宽裕,

叫嫂子去为难我心内怎安。

陈桂贞　不要说了,快些把门带好,带狗儿抓药去。

江　妻　(抱孩子进门)

陈桂贞　咳!只为个福建人、湖北人,门对门像冤家似的,难怪工会搞不好!(小狗哭声,急进有才屋)

[江有才垂头丧气上。

江有才　(唱)一个铜钱未借到,

心中阵阵滚油浇,

小狗的病怎得了?

[陈桂贞与江妻同出门,见江有才,有才怒目而视,陈桂贞窘,回自己屋内。

江　妻　借到钱么,有才?

江有才　唉!(唱)

除死哪有路两条。

江　妻　唉,你家里歇歇吧。(走)

江有才　哪里去?

江　妻　带小狗抓药去。

江有才　抓药,哪来的钱?

江　妻　等你不回来,借人家三角钱。

江有才　借人家三角钱?我家无钱,孩儿该死,我穷有穷骨头,把钱还给人家!(伸手拉妻,妻一扭身,银元落地)啊!(拾起)一块大洋——你好大的胆,若是用了,还不起账,是丢我的脸,还是卖你的身?

江　妻　你……这是甚么话?

江有才　呸！（挥拳欲打妻，孩子惊啼）

陈桂贞　（出）别打她，是我硬要借给她的。

江有才　湖北人不用你福建帮的钱，（向江妻）贱婆娘，

（唱）好一个婆娘不要脸，

偏偏借他姓林的钱，

把你的骨头来砸扁！（揪妻）

［妻逃，林父放工回来，碰上，喝住江有才。

林　父　（唱）为甚事这样的火气冲天？

江　妻　（哭）

江有才　（不理）

陈桂贞　小狗病重，我借给她一块钱抓药，借错了。（拾起银元交林父）

林　父　哦！（接过银元）因为这块钱是福建姓林的是不是？哼！我老头子也有个倔脾气，今天我非要你收下这块钱不可！（唱）

你今天若不把这银元收转，

我与你先较量个两脚三拳。

收下！

江有才　我湖北人，不关你福建人事。

林　父　好汉子！有种！不与资本家去算账，在家里打老婆！

江有才　我打老婆，不敢找人家算账，我无有靠山！

林　父　小畜生！福建有人当权，难道就便宜了福建工人不成，你知道这块钱是哪里来的？这是掏空了全家箱底当当来的！

［江有才愕然。

林　父　（唱）你口声声福建人有山有靠，

全不懂是工人就无有低高。

林祥谦为工会日夜奔跑，

解不开这帮派的仇扣，他舌烂唇焦。

大丈夫不可把良心昧了，

分开了青红皂白再逞英豪。（向陈桂贞）

让他想想！

［陈桂贞进屋下。林父将银元塞江有才手中，有才不自觉地捏住，林父进屋下。江有才望林父下，望银元，凄然。

江有才 （对妻）快去抓药，余下的还给人家。

江　妻 （接钱）嗯！（下）

胡大头 （内）江有才在家吗？（上）好，在家呐。

江有才 胡工头，什么事？

胡大头 你做梦也没想到，挑你小子发财来啦。（向林门叫）林师傅在家吗？

陈桂贞 （内）不在。

胡大头 告诉你吧，魏处长的老太爷，今儿晚上到城里看髦儿戏，乘坐压道车，要两个熟手压车，照例每人赏两块现大洋。今天我知道你孩子生病没借到钱，特意挑你去，懂吗？咱们是湖北人！

江有才 开一回压道车，赏两块钱？

胡大头 不相信？穷人不开眼！这一回给魏老太爷侍候好啦，往后你就有了路啦。别跟他妈的福建佬瞎起哄，一天到晚，工会，工会。他妈的，工不出一个铜子。天不早啦，走着谈吧。

江有才 唉！一个人开不了压道车呀！

［曾玉良上，往自己家里走。

胡大头 哎，曾师傅嘛。曾师傅，魏老太爷今儿晚上要乘压道车，到城里看髦儿戏，开车的每人赏两块钱，麻烦你一次怎么样？

曾玉良 有这样的好事？

胡大头 湖北人的义气。

曾玉良 不去！（走）

胡大头　哎，曾师傅，这样好的事，你不去？

曾玉良　难道一定要去？

江有才　曾大哥，小狗病重，你陪我去一趟吧。

曾玉良　小狗病重？好，胡大头，每人两块？

胡大头　是的。

曾玉良　两人四块？

胡大头　这还有错吗？

曾玉良　好，都归有才，我陪你去一趟，披一件衣服。

［曾、江各进自己屋内。

胡大头　快点，快点，我在站台等你们。——啊，林师傅下班了，辛苦，辛苦，回头见。

［林祥谦上，胡大头下。林祥谦与江有才、曾玉良照面，陈桂贞上。

陈桂贞　祥谦回来了。

林祥谦　回来了。（回头望）

［江有才、曾玉良下。

陈桂贞　适才胡大头在这里鬼混一阵，说什么魏老太爷要看髦儿戏，把江有才、曾玉良拖去开压道车了。

林祥谦　哦！曾玉良也跟随去了？咳！我们搞工会，他们挖墙根，拉拢湖北帮，打击福建人，如今挖到门对门，还得格外小心一二。

陈桂贞　（点头）施洋先生怎么没来呀？

林祥谦　少时就到，预备好了饭菜没有？

陈桂贞　我这就去办。

林祥谦　篮内什么？

陈桂贞　一件旧衣服。

林祥谦　不是有了一块钱了？

陈桂贞　小狗病重，借与他娘抓药了。

林祥谦　哦，速去速来。

［陈桂贞下，林祥谦进屋下，江妻提药上。

江　妻　（唱）多亏得林大嫂救我急难，

这帖药是小狗活命的仙丹。

有才，有才。

［林父上。

林　父　有才到车站去了！

［火车一阵汽笛声。

林　父　咳，行车秩序太乱，不知又出了什么事了——我抱小孙儿，你快煎药。（接孩子）

江　妻　有才出去一天，饭也未吃，不知又到车站做什么去了。——啊，爷爷，有才嘱咐我，这多下来的钱，叫我……

林　父　有才混账，不要听他的，快去煎药！

［曾玉良负伤急上。

曾玉良　来人呐！

［曾妻、江妻、林父、林祥谦同急上。

众　人　什么事？

曾玉良　有才被火车轧死了！

江　妻　啊！在哪里？……有才！（惨叫，跑下）

林祥谦　玉良哥，什么事？

曾玉良　祥谦兄弟呀！胡大头找有才去替魏处长的老太爷开压道车，本当不去，因他急等钱用，不想压道车遇见军车，魏老太爷不肯让路，我跳车受伤，可怜有才被那老狗拖住不放，双双压死！

陈桂贞　（喊上）玉良哥，玉良哥，哎呀玉良哥，还不快跑，人家抓你来了。

林祥谦　玉良哥随我来！

胡大头　（内）曾玉良！

［胡大头领警察持枪一拥进院。

胡大头　曾玉良啊！你轧死魏老太爷，脚底抹油溜了，你想把这个责任推给我是不是？绑起来！

［警察绑，曾玉良打倒几个警察，终于在枪口下被绑。曾妻扑上，被胡大头推倒，林祥谦上前。

胡大头　林师傅，这儿没您事。绑着走！（绑下）

曾　妻　（号哭追下）哇……

林祥谦　爹爹呀！魏学清的父亲丧命，只怕要闹出大事。爹爹在此等候施洋先生，叫他立刻前往车站找我。（下）

［林父抱孩随下。

［幕落。

第二场

［紧接上场。江岸车站。

［数警察持枪巡望。

江　妻　（内唱）哭一声我的夫你死得冤枉，

　　　　我喊你一万声你怎不答腔？

我的天哪！

胡大头　（上，向警察）把她拖走！

［内警察拖江妻声，静。

胡大头　把凶手带过来！

［警察绑曾玉良上，众人随上，警察拦阻。魏学清怒气匆匆上。

胡大头　立正！报告处长，凶手拿到。

魏学清　你就叫曾玉良！

曾玉良　是的。

魏学清　害死我老太爷的就是你！

曾玉良　我险些被你家老太爷害死，连累我一身是伤！

魏学清　住口！（踢曾玉良）

［曾玉良“抢背”，爬起向上冲，警察按住。

魏学清　（唱）我早知道你这湖北鸟不安本分，

想不到你竟敢害死我严尊，

我不亲手砍你的头怎消我恨？

拉过来！

［曾玉良怒，挣扎，被胡大头枪柄击昏。

魏学清　（唱）我要取你的肝，挖你的心，祭奠我先灵！

（举刀砍）

众　人　不准杀！

魏学清　啊！（缩回刀，唱）

难道说你们这一群狗就不要性命！

众工人　不准杀，不要骂人！（怒吼）

魏学清　（鸣枪）

赵继贤　（上）学清，慢动手。

胡大头　赵局长来了，立正！

赵继贤　众位工人父老兄弟们，不要性急，赵某人在此，大家放心，放心。用不着这样吵闹，站外听信。来，将曾玉良带到那边去。

［胡大头等将曾玉良带下，众工人纷纷私议下。

魏学清　局座！（唱）

你可知我老太爷一命归阴。

赵继贤　唉，天有不测风云，大祸竟落在老太爷身上，实在令人痛心！

魏学清 既知此事，局座你这算何意？

赵继贤 老弟呀！想这京汉铁路，乃是吴大帅的命脉，军需供应，都由此道运行，与张作霖的最后决战，近在旦夕。这杀戮工人之事，未可任意而为。

魏学清 局座，我的老太爷被人杀死，被人杀死了哇！

赵继贤 身当大任，冷静为先。方今工人正在筹建工会，气焰十分嚣张，况且尊大人之死，人证甚少，一时难以辩驳。倘若逞一时之气，杀死曾玉良，激成罢工事件，工会顺水推舟，成立起来，对吴大帅统一大业，将有莫大的不利！

魏学清 难道卑职这不共戴天之仇，就罢了不成？

赵继贤 怎能罢了！我来问你，曾玉良是哪一帮的？

魏学清 湖北佬。

赵继贤 老弟你？

魏学清 我？福建人。

赵继贤 这就是了。想福建、湖北，久有帮派之嫌。如今杀死的是湖北人，何不到贵同乡之中，找出一个有头有脸、能说会道之人，动之以利，结之以恩，让他站上台来，说上三言两句，证明凶手就是曾玉良，那时候，你将他一枪毙倒，这所有的湖北人，仇恨的将是那个说话的福建人，而不是你魏处长！

魏学清 这……

赵继贤 帮派之仇一起，还有什么工会可言。令尊的大仇得报，吴大帅心腹之患得除，这叫做公私两利，忠孝双全！

魏学清 这……

赵继贤 (唱)常言道借刀杀人人不恨，

杀一人掀起了他们帮派之争。

眼看那工会要寿终正寝，

你尽了忠又尽孝两利俱存。

魏学清 哎呀，局座这番指示，卑职茅塞顿开。——只是哪里去找个能说话的福建人？

赵继贤 林祥谦！

魏学清 林祥谦？

赵继贤 此人平日广结人缘，斯文有礼，与一般工人有别。看来无非想寻机会，向上爬，你顺手一拉，怎怕他不乘机而上？

魏学清 卑职明白了。

赵继贤 老弟，吴大帅有“保护劳工”的口号在外，你可不能闹出事来！这个处长不是好当的。

魏学清 卑职领教领教。

赵继贤 好自为之，大功一件！

魏学清 送局座！

赵继贤 免！（下）

内　喊 立正！

魏学清 做他娘的处长，杀个人也麻烦起来了。

［内人声喧哗。

魏学清 何事喧哗？

胡大头 （上）报告处长，林祥谦带领一批人，要来见您。

魏学清 我正要找他，说我有请。

胡大头 有请？

魏学清 请！

胡大头 是是是——处长有请林祥谦师傅。

［林祥谦上，魏学清迎上。

魏学清 林师傅。

林祥谦 魏处长。

魏学清　我正要请你。

林祥谦　这倒巧得很，我也正来求见。

魏学清　祥谦兄弟，你我俱是同乡，你一向为人正直，望你帮我主持这一次公道。

林祥谦　此言怎讲？

魏学清　胡大头。

胡大头　有。

魏学清　滚！

胡大头　是。（下）

魏学清　祥谦兄弟，只因魏某平日处处庇护福建人，他们湖北人就怀恨在心，曾玉良就存心谋杀我的老太爷。我本当将他立刻正法，外人不明真相，道我魏某以强欺弱，若是你出来说一句公道话，我的父仇得报，从今以后，你我便是患难兄弟，有福同享，有难同当。

林祥谦　哈……何必如此言重，但不知公道话在哪里讲？

魏学清　我招来工人，你立刻就说。

林祥谦　遵命就是。

魏学清　一言为定。带凶手！

［胡大头绑曾玉良上，外群众喧哗。

魏学清　将福建工人放了进来。

［（内声）要进去，都进去，要不进去，都不进去。

［（另一群）进去进去。

［福建人进站，湖北人拥在栏栅外。

魏学清　众位乡亲父老，我的老太爷被这湖北九头鸟他……

湖北群众　不要骂人！

魏学清　活活地谋杀于车轮之下。魏某若将他正法，外人不明内情，道我倚强凌弱，今请得正直无私的林祥谦师傅说句公道话。

曾玉良　林祥谦呐！你人面兽心！——哎呀，兄弟们呐！平日林祥谦口口声声工人是一家，工人要团结，假仁假义，想不到我今日竟丧在他的手中。我死不瞑目！

众　人　不要林祥谦说话，卖友求荣！

林　父　（在人丛中出）祥谦还未曾说话呢！

魏学清　着哇！林师傅尚未说话。林师傅众望所归，公正无私。他若说曾玉良是凶手，则天理、国法、人情，件件公道，叫他死而无怨。若是林师傅说出一个不字，魏某人扬长就走，决不倚势凌人。林师傅请讲。

［曾玉良欲与林祥谦拼命，被按住不得动。

林祥谦　众位兄弟、乡亲、父老！曾玉良性情急躁是真！

众　人　啊？

林祥谦　开压道车也是真！

众　人　啊？

林祥谦　这谋害魏老太爷之事——

魏学清　唔！

林祥谦　却不是他！

众　人　（欢呼）嗬！

魏学清　（向林祥谦）你怎么讲？

林祥谦　魏老太爷不肯下车让路，才被火车撞死，这与曾玉良无干！

［众人大哗。

魏学清　（拔出手枪向林祥谦）你……

林祥谦　魏处长，这就是你要我说的公道话！

［众人哄呼。

魏学清　（唱）赵局长出的好高见，

他叫我自搬石头打足尖！

［众人大笑。

魏学清　林祥谦！我来问你，我家老太爷不肯下车让路，是哪个看见的？

王得元　（在人群中出）我看见的。

魏学清　你一定是湖北鸟！

众　人　他是福建人。

魏学清　你们都是一群混账东西！来，把凶手拖去毙了！

林祥谦　站住！魏处长，你不能这样欺侮工人。

魏学清　谁说不能？

林祥谦　工人不许。

魏学清　法律条条，杀人偿命。

林祥谦　讲法律就好讲话，江有才要人偿命。（向内）施洋先生请出来！

［众人向后看，施洋上。

施　洋　律师施洋，拜候魏处长。

魏学清　这里不是法庭，与你这讼棍何干？

施　洋　这里虽然不是法庭，却是魏处长判处曾玉良死刑之地，所以它就变成临时的法庭了！

众　人　啊……

魏学清　你受哪个委托？

施　洋　一受工会委托，二受死难家属委托。（向内）请进来！

［众人向后看，陈桂贞抱小孩扶江妻慢慢走上。

江　妻　（力竭无声）有才……（晕倒，被陈桂贞扶住）

施　洋　工人弟兄，这就是江有才妻子，怀中抱着的是未满周岁、身患重病的婴儿！他们现在已然是孤儿寡妇，他们的苦难，是由于魏处长的父亲杀死江有才！

众　人　啊！

魏学清　（枪口对施洋）施洋，你小心说话！

施　洋　处长，你小心走火！（众人哄）众位弟兄，今日下午六时左右，魏处长的老太爷要往新市场看风骚旦夜明珠，江岸工人胡大头他利诱江有才开压道车，并强拉曾玉良同去。不想压道车碰上了第十六次军车。那魏老太爷，不肯按铁路规章，让军车先走，挥动手杖，勒令二人继续开车，与军车争道。说时迟，那时快，军车开近了压道车，曾玉良一时情急，跳车逃命，江有才却被魏老太爷一把揪住，死缠不放，双双辗死在火车轮下。工人弟兄，这就是全案经过，这就是魏处长的老太爷杀死江有才的全案经过！

众　人　要偿命！

施　洋　工人弟兄，再请看一看曾玉良，左额右肘，一齐流血，这是跳车时候，被魏老太爷死缠不放，跌撞成伤。铁证如山，无可辩驳。工人弟兄，魏老太爷伤害曾玉良，魏老太爷的儿子却要被害者偿命，魏老太爷杀死了江有才，魏老太爷的儿子却可以不负责任，天理何在！公道何存！

众　人　要偿命呐！

施　洋　可怜江有才妻子，从今以后，她却要负起抚养那周岁孤儿的责任，要吃无吃，要穿无穿，上天无路，入地无门！死不得死，生不得生！欲哭无泪，欲喊无声！谁无父母！谁无儿女！谁无丈夫！谁无妻子！若是人类尚有良心，怎能不向凶手的儿子魏处长你，提出控诉！

众　人　（怒吼）偿命，偿命！

魏学清　施洋，你竟敢在此鼓动造反，扰乱治安，来呀！把他抓了！

［警察冲上，工人冲上围住施洋。

施　洋　魏处长，你如此做法，未免莽撞。

魏学清　什么莽撞，谁不知老子是杀人起家。

施　洋　想当年你混江湖，跑土匪，抓住你就人杀你，抓不住你就你杀人！如今你是京汉铁路的警务处长，吴大帅部下的一位大人，吴大帅

的“劳工神圣”口号犹存，这就不像你从前那样的方便了！（唱）

这儿是京汉路汉江三镇，
并非是荒山野地匪窟贼群。
吴大帅有口号“劳工神圣”，
你魏处长也是个执法的大人。
你虽然未改却土匪习性，
怎奈你不得不委屈三分！

魏学清 哼！劳工神圣，今天我让你们神圣，预备！

［众警察同举枪。

林祥谦 魏学清！你来看这江岸上无数工人，视死如归，你就不要命了！

魏学清 （怕）

胡大头 处长，动不得，不能开枪啊！

魏学清 去你妈的！（踢胡大头“抢背”，顺手一枪打死胡大头）林祥谦，我认得你了！（向众警察）立正，向右转，持枪跑步走！（下）

曾玉良 祥谦兄弟！我对不起你！（欲跪）

林祥谦 （拉住）玉良哥，不要如此。工人弟兄们！今日之事，看出工人团结，何等紧要。我们就该成立工会，推出代表，前赴郑州，出席京汉铁路总工会筹备大会。

众　人 推选代表！（唱“泣颜回”）

慷慨誓同仇，
同生死同戚同休，
携手并肩前进，
建工会推举出代表赴郑州。
选举——（念）

林祥谦、曾玉良、施洋。（唱）

为自由，

赴汤蹈火不回头。

看长江风卷银涛，

呼应处铁龙怒吼！

［众人下。

第三场

［上场后一月左右：1923 年 1 月 31 日。

［顾问室一角。

齐副官 （上）报告白顾问，请愿的工人代表，来到帅府求见。

白坚武 （内）大帅尚未起身，叫他们在会客室少坐片刻。

齐副官 是。（下）

［白坚武手中拿请愿工人代表名单上。

白坚武 （念）赵继贤一时失计，惹下了不少麻烦。（坐）

齐副官 （上）报告顾问，京汉铁路总局赵局长有电话来，说要见您。

白坚武 赵继贤？

齐副官 是的。

白坚武 啊！他闯下了一场大祸，还不老老实实，在那里监视工人行动，怎么，又擅离职守，离开郑州！唔，当真有些糊涂了，他现在哪里？

齐副官 才下火车，在车站候命。

白坚武 请他立刻就来。

齐副官 是。（下）

白坚武 唉！工人要在郑州开总工会成立大会，赵继贤他居然批准。事情惊动了美利坚、大英帝国的朋友，吴大帅不得不下一道命令禁止开会。今天工人居然又派代表到洛阳请愿。吴大帅要说不见吧，现有“保护劳工”的口号在外，岂不失信于天下？要说见吧，拿什么话来对付，慢说大帅为难，就是我这顾问也有些头痛啊！赵继贤哪赵继贤！这才叫“天下本无事”，你“庸人自扰之”！

齐副官 （内）赵局长到。

白坚武 请吧。

赵继贤 （上念）聪明一世，糊涂一时。

啊，白坚公。

白坚武 赵继翁。

赵继贤 久违了！

白坚武 请坐，请坐。（同坐）继翁不在郑州，执行监视工人行动的命令，来到洛阳何事？

赵继贤 哎呀，坚公啊！接到大帅的指令，小弟惶恐万状，大帅定然十分震怒。小弟特来拜望坚公，请求指教。

白坚武 哦，原来如此，哈哈哈……大帅也并未十分责怪，不过说了那么两句。

赵继贤 哪两句？

白坚武 赵继贤如此无能，还当什么铁路局局长！

赵继贤 哎呀，坚公，你要救救小弟才是啊！

白坚武 多年老友，自不待言。我对大帅说：继贤为人十分精干，此番一时失策，定是因为大帅有“劳工神圣”的口号在外，一时穷于应付，就被迫与工人订了城下之盟。

赵继贤 哎呀，生我者父母，知我者坚公。实际情形，就是这样。

白坚武 我知道。

赵继贤 是是是。

白坚武 大帅听了还说：这一点小事，就无法应付，实在也太老实了。

赵继贤　对对对，小弟一生，就是太老实。

白坚武　不然吧？

赵继贤　这……（哑笑）哎……

白坚武　这样一来，你的局长不是又当下去了？

赵继贤　这都是坚公栽培，继贤当图犬马之报。

白坚武　不提这个了。赵继翁，你还没有晓得你这次的波浪闹了多大？

赵继贤　是啊，我一点也不知道。

白坚武　大帅为你这一错，被那大英帝国和美利坚的全权代表将了一军！

赵继贤　啊！

白坚武　他们对大帅提出，如果不将工人运动镇压下去，他们支援大帅的军火，将一概中止！

赵继贤　哎呀，我的妈呀！（拭汗）

白坚武　大帅禁止工人开会的命令方才下去，但工人居然来到洛阳请愿！

赵继贤　啊！他们来请愿？

白坚武　你还不知道？人都到啦。（出示名单）

赵继贤　代表名单，林祥谦！啊，坚公，这个林祥谦就是闹事的首领！

白坚武　八成是赤化分子！

赵继贤　一定是倾向苏俄。

白坚武　马上我就要瞻仰瞻仰他这位工人领袖！

赵继贤　您得当心，这个家伙说话不多，句句有力。还好，那个律师施洋未曾前来。如果加上那一张利嘴，非使你头痛不可。

白坚武　叫我头疼？有意思，有意思。

赵继贤　坚公不会头痛，我非头痛不可。啊，坚公，倘若这场谈判，林祥谦等不肯低头，闹了起来。我在郑州，怎样应付？

白坚武　如果他们不肯低头，我当亲往郑州，见机行事。

赵继贤　这就好极了，对付这种人，实在非坚公不可！啊，坚公，你看我见见大帅好，还是不见大帅的好？

白坚武 在工人尚未就范之前，你还是不见为妙。

赵继贤 是是是，多承指教，我就回去，我就回去！告辞，告辞，郑州见！（下）

白坚武 哈哈。（唱）

大局长他竟被工人吓怕！

我倒要会一会这些个娃娃！

［齐副官上。

白坚武 （唱）请代表到大厅与大帅会话！

齐副官 是。（下）

白坚武 （唱）且看我恩威并用收服于他。（下）

第四场

［紧接上场。“牌子”幕启，帅府大厅。

［齐副官引林祥谦、项德龙、梁合甫、曾玉良上，梁合甫宽袍大袖，一望而知其为知识分子，曾玉良气恼徘徊。

曾玉良 他娘的，到底见还是不见？

齐副官 白顾问到。

白坚武 （手拿名单上）这就是各位代表？有劳众位代表久候，十分抱歉。各位代表先生，连日奔走辛劳，吴大帅命我先向各位致以慰问。

林祥谦 多谢。

白坚武 请问各位代表先生尊姓大名？

曾玉良 曾玉良。

白坚武 曾代表。这位？

梁合甫 梁合甫。

白坚武 哦……梁先生。

梁合甫 （站起鞠躬为礼）

白坚武 这位？

项德龙 项德龙。

白坚武 哦哦哦，这位？

林祥谦 林祥谦。

白坚武 （注视）久仰，久仰，久仰。

齐副官 大帅到。

［四卫士上，吴佩孚上，白坚武起身迎。

白坚武 禀大帅，这四位就是请愿的工人代表。

吴佩孚 唔……

白坚武 这位是曾玉良先生。这位是梁……

齐副官 梁合甫。

梁合甫 （恭敬施礼）

白坚武 梁合甫先生。这位是——

齐副官 项德龙。

白坚武 项代表，大帅，这位是林祥谦先生。

［吴佩孚略注视，坐。

吴佩孚 请坐。

白坚武 请坐，请坐。

林祥谦 京汉铁路各地工人代表，命我等向吴大帅致意。

吴佩孚 多谢他们。

林祥谦 我们的来意，大帅想必知晓。

吴佩孚 是的，我已完全知晓。我很欢喜，但也很生气，你们既已前来，我当对你们推心置腹，畅所欲言。

白坚武　大帅一片诚心，肝胆照人，有什么言语，各位代表，定然乐于从命。

吴佩孚　你们都是铁路员工，都是我直接部属，等于我的子弟一样！只是你们未能了解我爱护子弟的心情，今天我不能不先责备你们。

白坚武　大帅以对待子弟心情，对待各位代表。各位代表，定然十分感激。

［梁合甫十分感动，曾玉良站起欲发火，项德龙摇首示坐，沉默地看吴佩孚。

吴佩孚　你们身为铁路员工，难道不知近年以来，全国各地，民气嚣张的情况么？（下位）北京学生捣乱教育部，甚至还有人图谋推翻黎大总统。不法之徒，到处生事。我身为军人，有保卫国家、维持治安之责，对此情形，我能漠然置之，不闻不问？你们作为我的好部属，未能善体我意，反而把各处人员邀集到军事重地郑州开会。我问你们，这三百余人当中，是否个个都和你们一样，清清白白，安分守己，正直无私？你们曾否替我设想，我身为统帅，既然发出停止开会的命令，能不能随便就收了回来？你们一错于前，再错于后，沸沸扬扬，前来请愿。我问你们，即使我准许你们在郑州开会，对你们四人能有多少好处？

白坚武　是啊，能升官还是能发财？

吴佩孚　不知轻重，不懂利害。好了，你们的清苦，我也晓得，就由你们四个人代表总工会，移到巡署一起办公，你们每人兼巡署副官，月薪二百四十港洋。

［曾玉良气，梁合甫又点头又皱眉，项德龙禁不住要发笑，林祥谦压着气望着吴佩孚。

吴佩孚　白顾问。

白坚武　大帅。

吴佩孚　好好招待他们。

白坚武　是是是。

［吴佩孚欲下。

林祥谦　吴大帅。

吴佩孚　还有什么说的？

林祥谦　我们代表工人前来请愿。吴大帅如果真心爱护部属，就请下一道命令，允许工人代表，准时开会，副官和二百四十块港洋我们无福承受。

曾玉良　我们不能接受你这种“厚待”。

吴佩孚　啊！我的谈话，你们都未曾听见？

众代表　我们只要开会。

吴佩孚　你们一定要开会？

众代表　是的。

吴佩孚　我再问一次，你们能担保三百余人之中，没有一个坏人？

众代表　完全担保。

吴佩孚　你们拿什么担保？

林祥谦
曾玉良　京汉铁路全体工人的荣誉。

吴佩孚　全体工人的荣誉？你们有荣誉，我大帅倒可以无有威信？哼哼，（冷笑）哼哼！（再冷笑欲下）

林祥谦　吴大帅。

吴佩孚　（停住）

林祥谦　工人代表已经群集郑州，按法律工人有集会结社自由；按手续，有铁路总局赵局长的批准，而大帅你“保护劳工”的口号，早已通电全国，载在明文，今日这样出尔反尔，不仅失信于工人，而且失信于天下，这难道是大帅你维护威信之道？

吴佩孚　（颇感吃惊，意味深长地回身打量林祥谦）你说的有理，你说的不错！可惜你是只知其一，未知其二，吴大帅保护劳工，保护的是安分的劳工，不是造反的劳工！（狞笑）哼哼……（与卫兵随下）。

林祥谦 走！

白坚武 啊，林先生，各位代表先生，吴大帅到底是一位大帅，你们当面顶撞，未免过分。凡事须从长计议才是。

梁合甫 是啊，事关重大，从长计议为是。

项德龙 （不等梁合甫说完，挡住）白顾问，我们自己商议之后，再来请教。

白坚武 好，好，好，白某暂时失陪。各位代表商议之后，如有什么见教，找我就是。齐副官，好好款待。失陪，失陪。（下）

项德龙 我们是工人代表，执行工人意志，按理说话，照章办事，不懂什么从长计议。谁违背工人利益，我们就和他干到底。（看梁合甫）

梁合甫 ……

林祥谦 吴大帅身居统帅，干涉工人自由，破坏临时约法，京汉铁路工人不能同意，（向齐副官）请转致吴大帅：郑州大会，按原定日期一九二三年二月一日下午三点，准时开幕！告辞！（同下）

［齐副官下。

第五场

［幕外。

班　长 （内）一二三四，一二三四，一二一，一二一。

［班长带兵跑步上，兵外穿警察服装。

警　长 （迎上）立正，口令？

班　长 什么？

警　长　口令！

班　长　鸟！跑步……

警　长　不要忙，你们是哪一部分的？军不军，警不警。

班　长　爷爷是魏师长的老部下，今天他老人家打电话调我们来帮忙，对付工人，非咱们不可。什么军不军，警不警，这黑狗皮我们还不想披呢。

警　长　难怪戒严口令你不知道，过去吧，好好干，别给咱们处长丢脸。

班　长　你得了吧！伙计，咱俩差不离。

警　长　什么？立正。

班　长　你叫谁立正？老子当兵的时候，你还穿开裆裤呢！

警　长　混账！

班　长　什么？

警　长　你现在穿的是路警服，你得听我指挥！

班　长　我入你的娘！老子当三十年兵，啥大人物没见过，没见过你这“熊”样儿？

警　长　你骂人。

班　长　骂你怎么样？老子，他妈的，还不穿你这叫花子衣裳呢，脱了。（向其他士兵）脱了，脱了。

士兵们　脱了，脱了。（脱去警服，掷地上）

班　长　你们这些破叫花子。

警　长　喂！你凭什么骂我们警察是破叫花子，你们也不见得是财神爷，威武什么劲？伙计，你们跟我们也差不离。

班　长　你懂个啥？你打过仗吗？你看见过机关枪吗？老子给你个厉害瞧瞧！（向士兵）卧倒，预备！

［士兵同时伏下，一齐向警长瞄准。

警　长　别开机关枪，别开机关枪，自己人，自己人！

班　长　你奶奶的！谁跟你自己人，预备！

警　长　好了，好了，我服了你们啦！瞧，处长来了！（跑下）

班　长　奶奶的！待会跟你算账。——起立！跑步走！一二三四，一二三四……（同下）

［开二道幕，普乐园门口。

魏学清领众警察上。

魏学清　（唱流水）

林祥谦做事好大胆，

竟敢聚众生事端。

曾到洛阳去请愿，

他居然敢和吴大帅，面对面、肩碰肩，拼车对炮，吵了一个大半天。

大帅的命令他不管，

硬要开会在普乐园。

因此上魏某我把手段显！

班　长　（上）报告！战斗部署完毕。

魏学清　唔！

［班长下。

魏学清　（唱）少不得江岸的旧账算一番。

弟兄们，今天报效吴大帅的时候到了。好好干，打响了，班长升排长，放假三天，发他娘的一笔！各就各位！

一警察　（急上）报告处长，代表队伍到大街口了！

魏学清　准备战斗，全军听我指挥，叫杀就杀，叫冲就冲！有贪生怕死的，当场枪毙！（同下）

［内一阵声音。

林祥谦　（内唱西皮倒板）

明知前途有艰险！

［众代表拿红旗上，林祥谦、施洋、曾玉良上，林居中，曾居左，施洋

居右。

林祥谦 （唱）杀气森森普乐园，

弟兄们前进莫迟慢！

魏学清 （内）呔！工人代表听着！（上）奉大帅将令，普乐戏园，四十公尺以内戒严。敢有越限半步者，你们抬头观看！我的枪未长眼，你们命无二条。禁止前进！

林祥谦 哦，我当是谁，原来是魏处长。你也到郑州来了？

魏学清 林师傅，你越发的得意了！

林祥谦 魏处长，你越发的威风了！

魏学清 嗯！

林祥谦 魏学清！今日此会非开不可，劝你早将军警撤去！如若不然，闯出祸来，你担待不起。

魏学清 魏某今日奉着军令，执行保卫治安的责任，我怎么担待不起？我警告你们，你们若敢再前进五步，叫你们死无葬身之地！（下）

林祥谦 啊！（唱）

魏学清翻脸转身还，

贼子杀人不眨眼，

机枪隐隐列当前。

我若是带队往前进，

生死二字实难言；

我若是传令回头转，

辜负工人代表权。

罢罢罢，

任他杀来任他砍，

一腔热血冲九天。

弟兄们随我闯这普乐园！

［众人前进：一步、二步、三步。

魏学清 （内）准备战斗！

白坚武 （内）不要乱动！

［白坚武、赵继贤随武装侍从上。

白坚武 （唱）这样的行事为哪般？

慢来慢来，各位代表先生，和这帮武夫们可动不得硬的，跟他们犯不上。这里谁负责任的？

魏学清 （内）魏学清。

白坚武 过来！

魏学清 （上）白大人。

白坚武 谁让你这样对待工人的？是大帅还是我？

魏学清 啊？

白坚武 混账！你们这些粗人哪！真是莫名其妙哇！解除战斗姿态。

魏学清 是。——解除战斗！稍息，注意目标！

白坚武 滚！

魏学清 是。（引兵下）

白坚武 啊，各位代表先生，不要误会，这些粗人们曲解了大帅的意思。白某特地从洛阳赶来，给诸位带来个喜信，大帅已然准许你们开会了。

林祥谦等 怎么，准许开会了？

白坚武 对了，不过还有个小小的条件。

林祥谦 什么条件？

白坚武 这个条件，乃是吴大帅对这次总工会问题提出的最后方案，既是仁至义尽，又是切实可行，既不损害吴大帅的威信，也不妨碍总工会的成立。

林祥谦 什么方案，请快讲。

白坚武　只有一句话，就是换一个地方开会。

众代表　（哗然）

林祥谦　哈哈哈……你说了半天还是不让我们开会！我们今天是非开不可！走！

白坚武　哎哎哎……林祥谦先生，你这样的态度，白某甚不以为然。你是工人的头领，我是大帅的顾问，你代表工人，我代表大帅。两军相见，讨论问题，你也得冷静一点，表现出你的领袖风度才是。（唱）

似这等一言不合就翻脸，

岂不是流血牺牲在眼前。

曾玉良　你威胁哪个？

施　洋　白顾问，请你让开一条路，让后面的机关枪好向我们直射过来，你让开，你让开！

白坚武　啊！……这位代表先生好生面善，未曾请教尊姓大名。

赵继贤　他就是施洋。

白坚武　哦，原来是施洋先生。久仰久仰！哎呀施洋先生，吴大帅久仰先生，交通中外，学贯古今，未得一见，常以为恨。今日白某居然在此处相逢，实在是三生有幸。

施　洋　此处非谈心之所，你还是免开尊口。

白坚武　不能不说，一定要说。施洋先生，先生乃当世俊杰，不比那些庸庸碌碌之辈。方今海内多事，群雄割据，先生怀抱诸葛武侯之大才，何患无刘皇叔三顾茅庐，立功业于当时，留盛名于千载呀？

施　洋　但不知谁是当今皇叔？

白坚武　先生如有意，白某效徐元直之走马荐诸葛如何？

施　洋　哈……

白坚武　先生其有意乎？

施　洋　承蒙过誉，愧不敢当，诸葛亮已经投了民主。他，就是这千千万万的工人！

白坚武 ——好，好，好。遗憾得很，我帮不了这个忙。再会，再会！（拂袖下）

内　声 立正！

赵继贤 哎哎哎，各位代表先生，换个地方开会，不是一样吗？总得给大帅留个脸面才是，不要逼出事来呀。

曾玉良 赵局长，是你批准我们开会的，你是个好人，我们请你参加大会。

赵继贤 哎……这倒不必……

曾玉良 请吧！（突然抓住赵继贤）

魏学清 （内）准备战斗！（与众士兵上）

曾玉良 魏学清，局长在此，你们要开枪，你们就开，弟兄们，冲啊！

众工人 冲！（同唱“八声甘州”）

横冲直闯，
向刀尖猛扑，——啊，他们兀自猖狂。
贼酋引路，
笑他死命来抢。
谁人敢当？
声吼处，虎啸龙吟震八方。
不用刀，不用枪，
你有枪哪敢把人伤。
普乐园，大会场，
工人旗帜高飘扬。

［众人揪住赵继贤前挡，魏学清及士兵不敢开枪，众代表冲进普乐园。

林祥谦 （内）京汉铁路总工会宣布开幕！

内一阵欢呼。

魏学清 （“三枪”）哇呀呀呀！（念“扑灯蛾”）

赵局长掳进普乐园，普乐园。

急得我头上冒青烟，冒青烟。

我若传令把枪放，

岂不送局长上西天？

弟兄们，一律不准开枪，上好刺刀，冲进戏院，抢出局长！杀！

［施洋、林祥谦、曾玉良等上，曾玉良手中拿一条板凳。

施　洋　穷苦弟兄们！我们都是穷人，你们因为挨饿才出来当兵，工人因为挨饿才出来卖苦力。你们与工人一样都是受压迫的穷人，穷人不打穷人，穷人团结起来，穷人胜利万岁！

［士兵被感动，不向前冲，魏持刀督战。

班　长　冲！

一阵混战，魏学清没有讨到便宜。工人冲出。二警察扶赵继贤狼狈从园内出。

魏学清　局座受惊！

赵继贤　（气得浑身发抖）全市饭店旅馆，立刻全部封闭，断绝暴徒供应，上起刺刀，驱逐出境！若有违抗，当场枪毙！（急下）

魏学清　是！（率众急下）

第六场

［深夜。内喧闹声夹枪声三起。

林祥谦　（内唱高拔子倒板）

军阀疯狂逞蛮横！

［林祥谦、施洋、曾玉良上。曾玉良手中拿一板凳腿。

内　声　哈！哈！哈！

林祥谦　(唱)四街吆喝乱纷纷。

施　洋　啊,代表们四处乱走!

林祥谦　(唱)大路戒严难行进,

僻静的小巷阴森森。(滑跌,枪声)

工人的人权遭蹂躏。

曾玉良　怎么商店都关起来了?

林祥谦　(唱)果然商店尽关门,

玉良哥带路把旅馆进。(圆场)

店　主　(迎上)哎呀,三位代表先生,赵局长派来军警,封锁了小店,不让诸位居住。军警现在屋内乱打人,乱骂人,你们赶快离开此处要紧。对不起,对不起!(下)

林祥谦　啊!(唱)

赵继贤竟不容片刻存身!

曾玉良　打了进去!

林祥谦　不行!为今之计,必须先找到项德龙同志,以明白劳动委员会的行动方针。

施　洋　是,应当赶快前去!

林祥谦　(唱)速速前行休迟顿——

[圆场,吴伯林急上拍曾玉良肩,曾回头举棒欲打。

吴伯林　是我。

曾玉良　伯林。

林祥谦　(拉起,唱)

可曾看见上级的人?

吴伯林　哎呀,林大哥,我正是奉了项德龙同志的命令,前来寻找你们三人。

林祥谦　他现在何处?

吴伯林　现在火车站西北角僻静无人之处,等你们立刻前往,你们随我来!

[“水底鱼”圆场。二幕拉开，天空堆着一层乌云，预示暴风欲起之象，项德龙危立不动。在黑夜中，特别显得身躯巨大。

三　人　德龙同志。

项德龙　大家受惊了。

三　人　无有什么。

项德龙　吴佩孚已经撕毁了那张“保护劳工”的假面具，镇压工人的信号已经发出，工人若不予以致命反击，将有不堪设想的后果随之而来。我们必须用京汉铁路全线数万工人的力量，跟吴佩孚一决雌雄！劳动委员会决定从四日中午开始，实行全线总同盟大罢工！

众　人　罢工！

项德龙　总工会暂迁汉口，由我任罢工总干事。祥谦同志领导江岸分会。向吴佩孚提出的抗议书，请施洋同志起草。

施　洋　是。

[一阵暴风起。

项德龙　你们看，（念）

暴风平地起，

众　人　（念）江海要翻腾！（下）

第七场

[罢工第四日。汉口英领事馆内会客室。

鸠斯特急促徘徊，白坚武倚窗外望，罢工游行队伍，正在窗前经过。

鸠斯特　请看贵国的工潮，居然闹到大英帝国领事馆的门前来了！（关窗）

白坚武　（感到有些斤两）咳！此次工潮，实在出乎意外，对于友邦的朋友来说，是既很惭愧，又很抱歉。

鸠斯特　不过，很遗憾，惭愧和抱歉，都不是目前所需要的。

白坚武　那当然，那当然，目前所需要的是如何对付这个无情的现实。

鸠斯特　但不知你们准备怎样对付这个现实？

白坚武　这个……这就是我之所以从洛阳乘贵国军用飞机赶来拜候的道理啊。

鸠斯特　说得明白一点。

白坚武　向您请教。

鸠斯特　再说得明白一点。

白坚武　向您请教对付工人之策。

鸠斯特　算了，你干脆提出你的要求来吧！

白坚武　鸠斯特先生！吴大帅恨不能立刻对这些捣乱之徒实行镇压。怎奈枪声一响，定然引起全国舆论的大哗，招来所有劳工的反对！那就必须继续用武力镇压，而吴大帅的军事力量在目前尚不足以承担这种局面！

鸠斯特　唔！说了半天，原来是要求支援军火。

白坚武　是的，这就是吴大帅所以迟迟不曾下手的原因。

鸠斯特　对不起！我们在这方面，已经对吴大帅尽了最大的友谊支持。

白坚武　不，根据形势看来，这种友谊支持，还必须再进一步。鸠斯特先生，您当然明白，这不单是为的吴大帅！

鸠斯特　不，这主要是为的吴大帅。

白坚武　这样说也好，吴大帅希望前几天贵国和美利坚所谈的军火支援，能够早日实现。

鸠斯特　那么吴大帅就可以放手对付这次工潮，是不是？

白坚武 正是这样。

鸠斯特 唔。(徘徊思索)吴大帅打算如何对付这次工潮?

白坚武 射人射马,擒贼擒王。

鸠斯特 什么是王?

白坚武 请看这个。(拿出名单)

鸠斯特 念给我听听。

白坚武 施洋、林祥谦、项德龙。

鸠斯特 布尔什维克!

白坚武 共产党!

鸠斯特 好!为着大英帝国和吴大帅的忠诚友谊,我答应你的要求。

白坚武 一言为定。

鸠斯特 一言为定。

白坚武 告辞!

鸠斯特 请转。

白坚武 还有什么见教?

鸠斯特 在吴大帅开始这伟大行动的时候,为着表示大英帝国的友谊,还要奉敬吴大帅一件礼物。

白坚武 礼物?不敢当!

鸠斯特 一句话。

白坚武 哦。

鸠斯特 我国丘吉尔先生的一句名言。

白坚武 哎唷,丘先生的名言,我洗耳恭听。

鸠斯特 对付布尔什维克最好的方法,是当他在摇篮的时候,就一把将他掐死!

白坚武 谨受教。(下)

第八场

［二幕前。

［起更。便衣警察数人，各带短枪、匕首，鬼鬼祟祟，一个挨一个上，且行且下。曾玉良带纠察上，便衣警察想进前捕捉，见人多不敢，躲下。曾玉良等下。吴伯林率纠察上。另一批便衣警察上，想进前捕捉，见人多不敢，躲下。吴伯林等下。梁合甫低头忧郁慢步上，便衣警察突上，捉住，灭灯。

梁合甫 （内唱西皮倒板）

何方强盗将人绑架？

［二幕拉开，赵继贤客厅一角。梁合甫坐，眼上蒙布，齐副官站一旁。警长扯掉梁脸上布，齐副官看，一惊，认得是几日前洛阳请愿的工人代表，急进内报告白坚武。

梁合甫 （接唱原板）

不是强盗是官衙！
这定是为罢工把冤仇结下，
害得我无辜受此波查！

［白坚武、赵继贤随齐副官匆匆上，先偷偷一望，喜出望外。

白坚武 梁先生受惊了。

梁合甫 （惊）白顾问。

白坚武 梁先生，洛阳一见，耿耿于心。只因白某有要事必须向先生当面请教，而先生是工人领袖之一，多有不便，故出此下策，演了这场戏。他们把这场戏演得过分了点，使先生受惊，还请原谅。（向众人）你们没事了，去吧！

［众人下。

梁合甫 白顾问，请我到此，有何见教？

白坚武 梁先生，真人面前不说假。总罢工已经三天三夜了，再不复工，不用说吴大帅威信扫地，就是军事政治经济上也面临严重危机。吴大帅手握雄兵十数万，纵横天下，对付赤手空拳的几千工人，本来是泰山压卵。但是吴大帅仁慈为本，不肯滥用铁血之道，而工人的态度十分固执，不答应条件就坚不复工。梁先生，你看，这不是要把吴大帅逼上梁山吗？

梁合甫 唉！实不相瞒，我也是这样想法。

赵继贤 这真所谓英雄所见略同。哈哈哈……

梁合甫 可惜我在工人之中，言不听，计不从，我是空着急呀！

白坚武 不！工人领袖之中，真正识时务、明大体的只有先生一人。你对数千生灵是责无旁贷，咱们需要共同努力。您大概知道，今日下午我们派人前去请工会派代表前来谈判。谁想他们开来一个假名单，使我们非常失望。如今各位领袖，都避而不见，叫我们有话无处可说。我们希望梁先生能与大帅合作，使我们能够与其他领袖见面。

梁合甫 这……啊！白顾问，他们的住处，我也并不清楚。

白坚武 这……梁先生，你这就把白某当成外人了。难道我们还能对他们有什么恶意不成？魏学清等不明大体，吵吵嚷嚷，做些对不起人的事情，确实有之，但绝非吴大帅之意。吴大帅绝不能容许他们这样对待工人，特别是工人领袖。梁先生，难道这一点，你还信不过我吗？

梁合甫 这个……我绝对无有，绝对无有。

白坚武 那么梁先生就不应该对白某保留顾虑了。

梁合甫　这……我也无有，我也无有的。好，这样吧，我愿意尽我全力，成为双方和平谈判的桥梁。白顾问的意思我负责转达林委员长等人就是。我这就告辞！

白坚武　且慢，外面十分寒冷，何妨天明再走。

梁合甫　这……

白坚武　梁先生放心。蒙你允将我们的意思转告林委员长，有了这一点已经够了。我绝不有其他要求，使先生为难。请请请。

赵继贤　梁先生，我还要与先生少作叙谈。

［梁合甫沉吟下，赵继贤陪下。

白坚武　哈哈哈……（唱）

这才叫踏破铁鞋无觅处，
得来全不费工夫。

想抓几个人来，拷问拷问，想不到竟把这一位工人领袖碰得来，林祥谦就是这次罢工的委员长！齐副官！

齐副官　有。

白坚武　传令下去，各处军警，一概不得撤退。这个梁合甫，明天走到哪里，就暗地跟到哪里。凡是他接头之处，都是重要人物，要一网打尽！

齐副官　是！

［白坚武下，齐副官下。

第九场

［江有才家，对门隐约见林祥谦家。

[黄昏时分。犬吠声，江妻忙着收拾房间。梁合甫上，至江门前停。

梁合甫　林先生可住在此处？

江　妻　不在不在！（关门）

梁合甫　他何时回来？

江　妻　不知道。

[梁下，四特务暗暗随下。陈桂贞从自己家里出来，警惕地向四面望，急至江有才家。

江　妻　大嫂。

陈桂贞　（进门）你收拾得这样整齐做什么？

江　妻　大嫂，屋子又小又窄，像狗窝一样，回头林大哥他们来开会，怎样坐得下来？

陈桂贞　你歇息一会，我来扫。

江　妻　不，我能扫！

[外面一阵人声骚动。

陈桂贞　出去看看有什么事情。

江　妻　嗯。（下）

陈桂贞　（接过扫帚，听，人声渐远）咳！（唱）

狗贼兵急的像疯狗一样，
今夜里不少人被打受伤。
四下里被敌探暗暗地围上，
这小屋当作了罢工的会场。
祥谦他未归来劳人盼望。

江　妻　（上）大嫂。（唱）

又是那敌探子，乱逞猖狂。

陈桂贞　走了无有？

江　妻　我们的人越聚越多，他就溜了。

陈桂贞 敌人想抓住我们的纠察,逼问你祥谦哥的下落。

江　妻 大嫂,不要紧吧?

陈桂贞 不怕他!

江　妻 大嫂,自从有才死后,我身体多病,小狗又小,(指床上睡的孩子)多蒙大嫂、爷爷与林大哥一家照应,我无法报答大恩,就望林大哥他们太太平平才好!(流泪)

陈桂贞 不要难过。

江　妻 (唱)我一想到有才死就心中疼痛,

可怜他受尽了苦那样归终。

遗下了我母子懵懵懂懂,

若不是林大哥怎度这贫穷?

陈桂贞 (唱)从今后莫再把往事乱想,

下一代再不会忍肚熬肠。(敏锐地听)

有人。

[王得元、吴伯林、林祥谦上,二纠察跟上。林祥谦进门,吴伯林挥手,二纠察下。吴伯林、王得元同进门。

林祥谦 施洋、项德龙还未前来?

陈桂贞 还没有。

林祥谦 爹爹呢?

陈桂贞 爹叫我把这个东西交给你,(取东西)小狗娘,到门口坐着,有人来咳嗽一声。

江　妻 是。(抱孩子下)

陈桂贞 我拿点茶水去!(下)

林祥谦 伯林兄弟,这是罢工日刊,敌人的活动情形,都在上面,立刻送至分会对门杂货铺门口,交与我的父亲,分发各组。

吴伯林 我就去。

林祥谦　回来——小心被敌探抢去。

吴伯林　那我不跟他拼命。

林祥谦　顺便关照曾玉良立刻前来。

吴伯林　是。(接报急下)

王得元　我干点什么?

林祥谦　有。(从口袋里拿出六千元)这是工农联合会与学生联合会的捐款六千元,立刻分发,按人不按户,先发工人,后发家属。每人一元。

王得元　多留一点,防备工会急用。

林祥谦　不,先让兄弟们揭开锅盖。施洋、项德龙还有钱来。

王得元　好。两个工人,一个家属,两块,拿去。

林祥谦　我家里还有钱。

王得元　有什么,午饭还没吃呢!(走)

陈桂贞　(拿篮上)这不是来了!

王得元　嘿!

林祥谦　好,你也吃一点再走。(接过)白薯,好,来吃一个。

王得元　留给老爹爹回来吃吧。

陈桂贞　爹爹有。(下)

林祥谦　拿着走吧。(取一白薯给王得元)

王得元　好。(拿白薯,到门口将钱放窗缝内)大哥,小心窗上有东西!(下)

林祥谦　(看)得元,得元,咳,他竟去了!(拿钞票,唱)

　　不过着真患难不见肝胆,
　　一个个都忘却自己的饥寒。
　　强留这两块钱非同泛泛,
　　唯工人才真能共苦同甘。

［陈桂贞倒茶，点灯毕，见林祥谦拿着钞票发怔。

陈桂贞 你想什么？

林祥谦 这两块钱回头交与小狗娘！

陈桂贞 （接过）晓得了，你快点吃吧！

林祥谦 好。（拿起一个白薯刚要吃又放下）项德龙、施洋怎么还不来？

陈桂贞 要不要我找他们去！

林祥谦 再等一会……

陈桂贞 祥谦，你可瘦了许多了。

林祥谦 哎，你也瘦了不少了。

陈桂贞 我不要紧。

林祥谦 跟我好多年，未曾过一天好日月，如今还带着身子担惊受怕，你要特别保重。

陈桂贞 （点头）……

林祥谦 啊，项德龙、施洋为什么还不来？（起）

［江妻咳嗽，曾玉良急上。

曾玉良 大哥，你找我？

林祥谦 外面情况怎样？

曾玉良 敌人的警探还是四处密布，对江岸增加一营队伍。

林祥谦 哦！

曾玉良 我看敌人来来去去，封锁要口，分明在打我们的主意！

林祥谦 是的，他想捉住我们，再逼我们下令复工！

曾玉良 与我们个措手不及怎好？

林祥谦 纠察队不要过分散开！

曾玉良 晓得！

林祥谦 四面布上岗哨，施洋、项德龙马上就来！

曾玉良 是。

林祥谦　记住，如有动静，立刻带人到此，保护项德龙、施洋先走，别事休管！

曾玉良　是。（下）

［江妻咳嗽，林父急上。

林　父　祥谦，贼兵过江，如临大敌，将分会围住了。

林祥谦　（非常焦急）啊！项德龙、施洋为什么还不前来？

陈桂贞　我前去看看。

林祥谦　且慢，我自己去。

林　父　满街都是敌探，你不能去。

林祥谦　时间紧迫，顾不得了。

陈桂贞　我去找项德龙，爹爹找施洋，我们方便些！（下）

曾玉良　（上）大哥，梁合甫要来见你。

林祥谦　哦。

林　父　你们商议商议，你千万不可出门，我去找施洋。（下）

林祥谦　请他进来！

曾玉良　请。

梁合甫　（上）玉良哥请便！

［曾玉良下。

林祥谦　请坐。

梁合甫　（坐下）找了半天，碰见了玉良，才知道你在这里。

林祥谦　自从白坚武乘英国军用飞机来到汉口之后，形势很难预料，不得不注意警惕。

梁合甫　今日满街都是军警，我放心不下，特来看望。

林祥谦　敌人妄想用武力镇压罢工。

梁合甫　祥谦哥，我有一句话，不知当讲不当讲。

林祥谦　都是领导工人运动，何出此言。

梁合甫　祥谦哥，此次罢工，我以为不能再坚持下去了！

林祥谦　啊！

梁合甫　我们不能单要吴大帅承认条款，我们自己却不肯丝毫让步，这对工人运动说来，将是有损无益！

林祥谦　怎样有损无益？

梁合甫　一天不复工，工人一天无收入，拖延下去，还难免流血事故，岂不是有损无益？

林祥谦　依你之见？

梁合甫　随机应变，不可执一而行。

林祥谦　梁先生，你如此说法，已非一次。京汉铁路工人，只能以斗争求解放，并无第二条道路！

梁合甫　你这是过激之论！

曾玉良　（急上）大哥，周围发现不少敌人密探，徘徊不去！

林祥谦　啊！难道敌人晓得我们在此开会不成！

梁合甫　好，等候施洋、项德龙到此，大家一起谈谈！

林祥谦　（向曾玉良）注意敌人行动！

曾玉良　是。（下）

梁合甫　祥谦哥，事情到了这步田地，万不能再犹豫不决，必须速作决定。

林祥谦　怎样决定？

梁合甫　与白坚武进行谈判。

林祥谦　谁人前去？

梁合甫　我们几个负责人都去。

林祥谦　谁敢保险？

梁合甫　哎呀，祥谦哥！难道说吴大帅有“保护劳工”的口号在外，白坚武身为吴大帅代表，还能做出什么骗人之事不成？

林祥谦　梁先生！（唱）

你把那吴佩孚忒过信仰，
一句句尽都是怪论荒唐。
倘若是照你的言语行上，
敌人的枪顷刻间上你的胸膛！

梁合甫 你真是固执不通！

曾玉良 （急上）大哥，敌人越来越多，越走越近，情形不对！

梁合甫 祥谦哥，事情紧迫，若是工会愿意谈判，我梁合甫不怕死，我愿一人出面，作为全权代表与吴大帅谈判。

[陈桂贞急跑上，进门，吴伯林后随。

陈桂贞 祥谦！（交一纸条与林祥谦）

梁合甫凑前欲看被吴伯林推开。

林祥谦 （急看）……速速通知施洋、项德龙不要前来！

曾玉良 只怕冲不出去了。

林祥谦 带领纠察队拼也要出去。

曾玉良 此处呢？

林祥谦 不用你管。

陈桂贞 祥谦你？

林祥谦 不用管，去，执行命令！

曾玉良 是。（与陈桂贞同下）

梁合甫 什么事啊？

林祥谦 工人里面出了叛徒！

梁合甫 啊！

吴伯林 （突上前抓住梁）你为什么与敌人通风报信！

梁合甫 这个，我无有。

林祥谦 你昨日夜间往哪里去了？

梁合甫 这……

林祥谦　你与白坚武谈了些什么?

梁合甫　这……

吴伯林　讲!

梁合甫　我……同意和平谈判那!

林祥谦　还有什么?

梁合甫　我愿意做双方谈判的桥梁!

林祥谦　你做的好桥梁!你做了敌人逮捕工人领袖的桥梁!

[吴伯林一把按住梁合甫,梁合甫叫救命。

[一阵喊声夹枪声。

江　妻　(喊上)大哥大哥,敌人冲进来了!快——(跑进门)

[便衣警察上,举枪击倒江妻,孩子落地。林祥谦急向门口冲,左臂中枪。吴伯林大吼一声向敌人扑过去,敌人连发数弹,射中吴伯林并误中梁合甫,倒毙。

警　长　他妈的,他也撒手啦!(向林)林先生,请吧!

[林祥谦起,江儿哭,林祥谦俯身抱起,放下,慢步出门,警察等随下。

第十场

[幕外。

[军警绑王得元及林父等工人过场。众人均身负重伤,显然经过一番搏斗。

第十一场

［紧接上场。

［江岸车站。天色乌黑，雪花乱飘，一阵阴森的号角。号角声停，军警引魏学清、赵继贤、白坚武急上。

魏学清 绑上来！

内　声 （吆喝）走！

［林祥谦慢慢上，一腔怒火，化作一声冷笑。

林祥谦 （唱）纷纷江岸雪花红！

猛见仇人在眼中！

我独立江头身不动，

看他们怎样逞威风！（站住不动）

赵继贤 林祥谦先生，事情已闹到这步田地，解铃还须系铃人。我们希望你能悬崖勒马，下一道复工的命令，大家都好。

林祥谦 （不看赵）你叫赵继贤？

赵继贤 这……

林祥谦 吴佩孚的走狗！你以为抓住了林祥谦，就可以得到复工命令，就可以不顾工人的抗议要求，你想得倒也轻巧！

赵继贤 林委员长，你不要这样。你应该明白，现在是什么时候，除了下令复工，别无他路可走！

林祥谦 无耻的强盗，与我滚开！

赵继贤 你真是不可理喻！

魏学清 把他的衣服剥掉，绑在电线杆上！

［二军警绑林祥谦，林怒视，二军警怯退。林自己慢慢脱下衣服，左臂一阵痛楚，衣服掷地上，昂然走向电线杆，绑起。

陈桂贞 （内）祥谦！

［一警察急上报。

警　察 林祥谦老婆闹着要进来。

魏学清 轰出去！

白坚武 慢着！——林祥谦先生，你的老婆来了。（林不理）你的老婆来了！（林不理）哼哼，我作为吴大帅的代表，要做到仁至义尽，放进来，让他们夫妻告别！

警　察 是。——进来！

［陈桂贞跑上，向林祥谦扑过去。

陈桂贞 （唱）今朝果然落魔掌，

斑斑鲜血透衣裳！

祥谦你怎么这般样？

祥谦那！

林祥谦 （唱）桂贞保重莫悲伤！

陈桂贞 祥谦！

林祥谦 不要啼哭，回家与爹爹好好过活。

白坚武 你下不下令复工？

林祥谦 林祥谦头可断，身可杀，你们不承认工人条件，谈什么复工！

魏学清 准备执刑！

陈桂贞 （站起，以身护祥谦）强盗，不准你们杀我祥谦！

魏学清 拖开！

［军警拖陈桂贞下。

魏学清 准备！

白坚武 慢着！——林祥谦，你纵然不怕死，可是你要明白，今天不是你一个人死不死的问题！

林祥谦　你纵然有刀在手，可惜杀不尽天下工人！

白坚武　杀不尽，可是能杀给你看。吴大帅已决定要工人立刻复工，不和平复工，便是流血复工。你来看，那边绑的都是你的部下，你下复工令，他们立刻释放，你说一声不复工，他们立刻就死。生死二字，就在你一句话。

林祥谦　（不理）

白坚武　带一个过来！

［警察押一负伤工人，昂然过场下。

白坚武　你下不下令复工？

林祥谦　你想在枪口之下，威逼工人，放弃斗争，你做梦！

白坚武　毙！

［枪声。林祥谦一阵痛苦。

白坚武　怎么样？——再带一个来。

［警察押一个负伤老工人上，走到林面前。

林祥谦　且慢！

白坚武　怎么样？

林祥谦　你这样杀戮手无寸铁的工人，你可知道，还有总工会在？

白坚武　总工会？哼哼，你不要拿它来吓人啦。告诉你，项德龙溜了，你们的大律师施洋，也进了监狱了！现在只有你说话算数了！

林祥谦　工人弟兄们！刽子手已经灭绝人性，我们若是在枪口之下，答应复工，这伙豺狼，将更要肆无忌惮对待工人！不独你我性命依然不保，还不知有多少弟兄要被他们千刀万剐，凌迟处死！我们要用我们的鲜血，淹没这一群野兽！

老工人　祥谦，我懂你的意思，杀头流血，没有什么了不起，复工的事情办不到！

白坚武　毙！

老工人　走！（下）

［枪声，林祥谦一阵痛苦。

白坚武　怎么样？

［林祥谦不看不理。

白坚武　一齐带过来！

警察押林父、王得元、众工人上。

白坚武　林祥谦，你看看这是谁？

林祥谦　（看）爹爹！

林　父　儿啦！不要难过。爹爹活了六十岁，受了一辈子苦，如今居然还赶上闹罢工，逼得这些狗日的像疯狗一样，走投无路。我死也瞑目，死也痛快。好儿子，爹爹先走一步了！

白坚武　一齐枪毙！

众工人被押下。

魏学清　预备！

白坚武　慢——林祥谦，你下不下复工令？

林祥谦　要我下令，除非泰山翻滚，海水倒流！

白坚武　毙！

林　父　（内）工人胜利万岁！

［枪声三响。

林祥谦　啊！（唱）

老爹爹与弟兄同遭凶丧！

好似千刀刺胸膛。

事到此间无可讲！

白坚武　（唱）我不信你狗工人这样猖狂。

林祥谦，我叫你亲眼看看白坚武不要你下令，能不能叫工人复工！魏学清！

魏学清 有。

白坚武 传令预备！

魏学清 预备！

［内应。

白坚武 你听见没有？只要我一声令下，这整个江岸，顷刻之间，就要血肉横飞，天昏地暗！

林祥谦 刽子手！我最后警告你，你若是胆敢如此，江岸工人立刻叫你死无葬身之地！

白坚武 好啊，这是你罢工委员会委员长给他们造成的命运。动手！

魏学清 掌号！

［号声起，屠杀声起。

白坚武 林祥谦，现在你就下令，还不晚！

林祥谦 现在还有什么话可说，可惜这大好河山，都被你们这些王八蛋搞坏了！

白坚武 （向林祥谦开一枪）

林祥谦 （唱快板）

剑子手早把天良丧，
公理正义一齐光。
工人血染长江浪，
滔天仇恨怎能忘？
每一滴鲜血非白淌，
血债终当用血偿。

无产阶级万万岁！

［“扫头”。白坚武向林祥谦连射数枪。

工　人 （内）杀！杀！杀！

［警察急上。

警　察　报告！项德龙率领工人冲过江来！

［军警一阵退后卧倒，白坚武连击林祥谦退下。

魏学清　杀！

［工人冲上，纷纷被敌击毙。混乱中，曾玉良劈死机枪手，欲救林祥谦，被击中翻下，魏学清从身后举枪连击，曾玉良劈死魏学清后，倒下。

［项德龙率领大队工人冲上追下。灭灯。

［工人群众望着林祥谦栩栩如生的面容。

［幕后红光满天，高唱《国际歌》。

［幕闭，全剧终。

（1958 年演出本）

京剧

海瑞上疏

上海京剧院集体创作
执笔:许思言

作者小传

许思言（1918—1987），男，又名许铁生，浙江温州人。1955 年起任上海京剧院编剧。历任中国戏剧家协会理事、中国剧协上海分会理事。

人物表

海　瑞　须生、挂黑三、户部主事	**海　安**　小生、海瑞仆人
何以尚　须生、挂黑三、户部司务	**长　吉**　小丑、海瑞仆人
海夫人　青衣、海瑞妻	**提牢主事**　丑行扮、挂黑满
徐　阶　老末、挂白三、首辅	**老狱吏**　净行扮、挂白四喜
嘉　靖　老外、挂苍满、皇帝	**老院公**　生行扮、挂白满、徐阶仆人
王　金　小丑、道士	**院　子**　生行扮、挂黑三、何以尚仆人
申世恩　小丑、道士	**施象清**　老生、挂白三、仙人巷贫民
高守中　小丑、道士	**倪树庆**　小生、仙人巷贫民
顾　造　小丑、工部主事	**施任氏**　老旦、施象清妻
冯　保　花脸、太监	**众百姓**　男女老少十余人、杂扮
黄　锦　小丑、太监	**四内侍**　杂扮
梁　材　大面、挂黑满、朝臣	**四小道士**　杂扮
李春芳　小丑、挂白吊搭、朝臣	**四宫娥**　旦行扮
高　拱　大面、挂苍满、朝臣	**四金瓜武士**　武行扮
张居正　生行扮、挂黑三、朝臣	**四锦衣卫**　武行扮
杨　博　生行扮、挂苍三、朝臣	**四衙役**　武行扮
赵贞吉　生行扮、挂白三、朝臣	**二解差**　杂扮
王大任　丑行扮、朝臣	**四抬夫**　杂扮
高　仪　丑行扮、朝臣	**二禁卒**　杂扮

第一场　求仙荒政

人　物　四内侍、四小道士、王金、四宫娥、嘉靖、冯保、申世恩、黄锦、徐阶。

地　点　西苑——嘉靖炼丹之所。

幕　启　［台左挂太上老君画像，下供香案，台中置丹炉，台右龙椅，椅旁一几，上放皇冠。

［场面起“打醮锣鼓”，吹号。四内侍执七星旗、四小道士执法器、王金握铃上。四宫娥引嘉靖上。嘉靖头戴道冠、身披法衣，右手执宝剑，左手执麈尾。此时嘉靖率众演习法事，已入尾声。挖门，“打醮锣鼓”住，紧接唢呐吹打，嘉靖当场卸下道冠，换上皇冠，脱下法衣，内穿皇帔，上龙椅。

嘉　靖　王仙师。

王　金　贫道在。

嘉　靖　（指丹炉）这仙丹何时得以炼成？

王　金　启奏万岁：此丹名为“九转还丹”，共有九次变化。今已八变，只缺一变。但等功德圆满，万岁服上几颗，就要返老还童！

嘉　靖　哈哈哈！

［太监冯保上。

冯　保　启奏万岁：峨眉山申世恩道长，献灵芝草来了。

嘉　靖　传他进宫。

冯　保　（朝外）申道长见驾呀！

［申世恩捧灵芝草上。

申世恩　贫道申世恩见驾，吾皇万岁。

嘉　靖　申道长平身。

申世恩　万万岁！

嘉　靖　申道长有何祯祥呈献？

申世恩　启奏万岁：这枝灵芝仙草，采自峨眉山巅，餐日月精华，育阴阳灵气。吃了它，就能长生不老！

嘉　靖　呈上来。（接灵芝端详）喔呼呀！这枝仙草，五色斑斓，长可尺余，果然与众不同！——申道长采芝辛苦，钦赐黄金百两。

申世恩　谢主隆恩！

嘉　靖　王仙师，近来四方道长所进仙芝，共有多少？

王　金　启奏万岁：共有仙芝七百六十九本。

嘉　靖　孤王意欲修建玉芝坛一所，供养仙芝。再将仙兔、仙鹿、仙龟、仙鹤，诸类祥瑞之物，安放其中。前者命你在京城之内，选一良址，未知何处好风水？

王　金　贫道看中一处，周围足有百丈，真是好风水！

嘉　靖　在哪里？

王　金　在仙人巷。

嘉　靖　哦，仙人巷。好，就命你即刻在仙人巷建造玉芝坛。

王　金　遵旨。

嘉　靖　冯保，将仙芝供在始祖案前，待孤礼拜。

冯　保　遵旨。

［冯保接仙芝置于案前。王金暗地向申世恩作手势，申世恩自指道袍，暗示已有夹带。嘉靖离座，对香案下拜。

嘉　靖　始祖在上，弟子妙一飞元真君志心朝礼。

王　金　大家都跪下来！

［众人下跪，申世恩乘机从道袍底下取出一盘四只桃子，放于案上，立即下跪。众人三叩首毕，起立，冯保、黄锦搀起嘉靖。

嘉　靖　（发现案上有桃）啊！此桃是哪里来的呀？

王　金　这是怎么一回事啊？方才香案上，除了香烛以外，什么也没有哇！

申世恩　是谁进来搁上的吧？

王　金　外面瞧瞧去。

［王金、申世恩故意伸足探首，朝外两望，缩回。

王　金　连一个人影也没有哇！

嘉　靖　冯保，你可曾看见什么？

冯　保　奴婢没有看见什么！

嘉　靖　（再问众内侍、宫娥、小道士等）你们可曾见什么？

众　人　（齐应）没有看见什么。

嘉　靖　哎呀呀！这倒神异了！待孤看来。（取桃一只，手中把玩）

王　金　瞧此桃决非人间种子，倒像是王母娘娘蟠桃会上之物哇！

嘉　靖　晦！孤倒明白了，莫非此桃是从空而降？

王　金　对了！一定是从空而降！

申世恩　从空而降，乃是上天所赐呀！

嘉　靖　是啊！一定是上天所赐的了！

［太监黄锦急上。

黄　锦　报——启奏万岁：御园中仙兔产子。

嘉　靖　（兴奋）哦！仙兔产子了！

王　金　万岁爷，当日蓬莱真人，进宫献兔，也曾留下谶言，言道仙兔产子，乃是万岁爷成仙得道之吉兆。如今果然应验，眼看万岁爷就要腾云驾雾直上青天了！

嘉　靖　如此说来，当真？

王　金　当真！

嘉　靖　（再问申世恩）果然？

申世恩　果然！

嘉　靖　孤王数十年的心愿，一旦成功也！

王　金　那是自然哪！（对众人）你们快来祝贺呀！

众　人　（齐跪、山呼）万岁！万万岁！

嘉　靖　平身！平身！

［众人起立。

冯　保　万岁爷，晋朝有个许真君，成仙得道，举家四十二口，拔宅飞升。如今万岁控鹤上天，奴婢们托赖仙福，上天去逛逛，也好陪王伴驾呀！

嘉　靖　（欣喜欲狂）哈哈哈！

（西皮散板）天降桃兔产子祯祥屡现，

孤就要会一会八洞神仙。

内侍传徐阁老进宫参见。

冯　保　遵旨。（下）

嘉　靖　（接唱）只觉得遍体轻喜在心间！

［嘉靖飘飘然上龙椅。徐阶上。

徐　阶　（散板）我徐阶居首辅善能权变，

紧闭口免是非谨慎为先。

老臣徐阶见驾，吾皇万岁！

嘉　靖　徐卿平身。——赐座。

徐　阶　谢万岁！（坐）

嘉　靖　哈哈哈！

徐　阶　龙颜欢悦，必有吉庆。

嘉　靖　徐卿可知孤王连获吉兆？

徐　阶　有何吉兆？

嘉　靖　天降仙桃。

徐　阶　哦！天降仙桃！

嘉　靖　仙兔产子。

徐　阶　哦！仙兔产子！

嘉　靖　祯祥屡现，孤成仙在望矣！

（散板）适才间仙桃降孤亲眼得见，

兔产子果应了仙师的谶言。

徐　阶　哦！

（散板）明知道这祯祥玄虚荒诞，

说破了又恐怕触犯龙颜。

我只得扯起了顺风旗儿一面，

——吾主爷洪福大益寿延年。

嘉　靖　徐卿平身。

徐　阶　万万岁！

嘉　靖　徐卿听旨。

徐　阶　臣在。

嘉　靖　二月十五日，孤要设醮祭天。徐卿出宫，即日准备庆贺大典，传谕百官，撰写青词贺表，不得违误！

徐　阶　臣，领旨。

嘉　靖　孤命王仙师在仙人巷，修建玉芝坛。传谕工部派遣干员，协同督造，愈速愈妙。

徐　阶　臣，领旨。

嘉　靖　庆贺大典，必须隆重，出宫去吧！

徐　阶　领旨。

（散板）万岁爷又铺张千秋大典，

可叹我老宰辅倒作了帮闲！（下）

嘉　靖　（接唱）仙师们随孤王拈香后殿，

到来日登仙府快乐无边！

［众拥嘉靖下。

第二场　一言获罪

人　物　高拱、张居正、李春芳、梁材、冯保、高守中、徐阶、四武士。

地　点　西苑宫门外。

［幕外：高拱、张居正手捧疏本上。

高　拱　（散板）东南倭寇又登岸，

张居正　（接唱）西北胡儿破边关。

高、张　（同）下官，

高　拱　高拱。

张居正　张居正。

高　拱　张大人请了。

张居正　高大人请了。

高　拱　边庭扰攘，警报纷传，你我速至西苑面君便了。

张居正　请。

［高拱、张居正走小圆场，叩环，冯保上。

冯　保　何人叩环？——原来是二位内阁大臣，有什么事呀？

高　拱　冯公公，各地警报纷传，我等要面君启奏。

冯　保　您二位来得不凑巧，万岁爷正在打醮，改日再奏吧！

高　拱　这——这里有道疏本，有劳公公呈上。

冯　保　算了吧！圣驾怪罪，是你担哪是我担？（说完就下）

高　拱　哦，是是是！

张居正　高大人，我们知趣些吧！

高　拱　（叹）唉！

［高拱、张居正同下。

［李春芳、梁材手捧疏本上。

李春芳　（散板）旱灾水患饥民乱，

梁　材　（接唱）身为朝臣焉得安！

［李春芳叩环，冯保重上

冯　保　嘿！谁又来麻烦了？——二位大人干什么来了？

李春芳　冯公公，各地灾情严重，我等要面君启奏。

冯　保　圣驾正在打醮，一概免见！

李春芳　哦，是是是！

梁　材　这——

高守中　（内喊）走！

［高守中手捧葫芦上。

高守中　冯公公。

冯　保　喝！高道长打哪儿来呀？

高守中　贫道打天台山而来，上京呈献仙丹。

冯　保　请吧！

高守中　请！

梁　材　（高嚷）且慢！

冯　保　嚷什么呀？你！

梁　材　公公，这就是你的不是了！

冯　保　怎么说是咱家的不是呢？

梁　材　方才公公言道一概免见，如今怎么又放他进宫？

冯　保　哼！你能跟他比吗？

梁　材　（动容）啊！

李春芳　你忍耐了吧！

冯　保　你知道他是谁呀？

梁　材　哼！一个江湖老道！

高守中　放肆！

冯　保　告诉你，他是万岁爷敕封的仙师。

梁　材　（愤慨）唉！不想皇宫内院，老道却能随便进出，我们为大臣者，常吃闭门羹，真正岂有此理！

李春芳　（拉梁材）少说几句，走吧！走吧！

冯　保　梁官儿，你别自讨无趣！

梁　材　哼……国家大事，就坏在这帮妖道的身上！

高守中　他敢骂人！（问冯保）他是谁呀？

冯　保　此人在户部为官，名叫梁材。

高守中　姓梁的，你等着吧！

梁　材　我还怕你不成？

［冯保拉高守中下。

李春芳　梁大人，这般事儿，司空见惯，你又何必生气呀！

梁　材　李大人，圣上宠信妖道，执迷不悟，国事焉有可为？

李春芳　噤声！常言道："闭口深藏舌，安身处处牢。"梁大人谨慎才是。

梁　材　眼看小人得志，恨不得参奏一本，赶尽狐仙妖道！

李春芳　哼……你可晓得二十年前，太仆卿杨最，只为劝谏圣上不要误吃丹药，尚且被锦衣卫活活杖死狱中！有道是前车可鉴哪！

梁　材　这——（叹）唉！

（散板）宫门似海生感叹！

李春芳　（夹白）徐阁老出宫来了。

［徐阶自下首上，出宫门。

徐　阶　（接唱）二位议论为哪般？

李、梁　阁老大人请了！

徐　阶　请了！二位大人何事议论？

梁　材　阁老大人，各地灾情严重，我等意欲上疏面君，谁知被阻宫门。

徐　阶　如今上疏，非其时也！

梁　材　怎说非其时也？

徐　阶　圣谕群臣，撰写青词贺表。

李春芳　哦！又要撰写青词贺表的了！

徐　阶　二月十五日，圣上设醮祭天，准备隆重大典！

梁　材　哎呀阁老大人哪！圣上终日修斋，将邦国大事，置于脑后，这便如何是好？

徐　阶　嗳！圣上求仙，已非一日，梁大人何用操切。我等快去准备大典。

李春芳　阁老大人说得是。我等做一天和尚撞一天钟吧！

梁　材　罢！

冯　保　（内喊）走！

［冯保捧圣旨引四武士上，高守中随上。

冯　保　梁材下跪听旨。

梁　材　（下跪）臣——

冯　保　今有梁材，诽谤朝廷，污蔑仙师。廷杖六十，边外充军！

梁　材　（跌坐）啊！

武　士　走！

高守中　哼……

［四武士拉梁材下，冯保、高守中下。

徐　阶　哎呀！

（散板）梁材无端遭祸患，廷杖充军好惨然！

面君保本进西苑——

（踌躇）且慢！

天威莫测我心胆寒！

李大人，眼看梁大人无辜遭祸，我等也实实爱莫能助呀！

李春芳　是啊！闭门推出窗前月，

徐　阶　一任梅花自主张。

李春芳　撰写青词贺表去吧！

徐　阶　（叹气）唉！

李春芳　请！

徐　阶　请！

［李春芳、徐阶同下。

第三场　耳闻目睹

人　物　四小道士、王金、四差役、顾造、众百姓男女老少十余人。施象清（老者）、倪树庆（壮年）、施任氏（老妇）、海瑞、何以尚、二解差、梁材。

地　点　京城贫民窟——仙人巷。

幕　启　［仙人巷口空地，靠后为破瓦颓垣，墙上挂告示，场面作风雪效果。

［四小道士引王金披风帽斗篷、跨驴上。

王　金　（扑灯蛾）嘉靖爷，晓谕俺，钦命敕建玉芝坛。

仙人巷里好风水，养鹿饲兔又炼丹，又炼丹。

［“滚头子”王金等走圆场，四差役引顾造自下首巷口上。

顾　造　王仙师。

王　金　他们搬了吗？

顾　造　嗨！

（扑灯蛾）这些刁民真大胆，竟要无赖不肯搬，不肯搬！

王　金　哼哼！

（扑灯蛾）钦限日期今已满，违抗圣旨罪如山。

敬酒不吃吃罚酒，他们不搬咱们动手搬，动手搬！

顾　造　来呀！

四差役　咋！

顾　造　将刁民赶了出来！

四差役　遵命！

［四差役下，王金、顾造下，四小道士随下。

［内喧哗，吆喝声，抛出包袱家具，起“乱锤”。

施象清、倪树庆、施任氏等百姓，男女老幼十余人被四差役举荆条赶打上来，施任氏跌倒，施象清去搀，被差役脚踹，施象清“抢背”，四差役下，施象清抖髯口。

施象清　（叫头）天哪！天！

（干念）皇帝一心要求仙，

升斗小民苦难言。

苍天为何不睁眼，

风雪交加受熬煎！

［场面又起风雪效果。

施任氏　冷哪！

施象清　（抱住）妈妈！

众百姓　天哪！

［众百姓走投无路，一片悲声。

海　瑞　（内喊）好大的风雪！

［海瑞、何以尚各撑雨伞上。

海　瑞　（散板）叹气象失调和天时不正，

何以尚　（接唱）狂风起雪花飘滴水成冰。

海　瑞　（接唱）散了值出公衙忙往家奔——

施象清　（悲号）天哪！嘉靖，嘉靖，家家户户，干干净净！

海　瑞　（闻言惊讶）呀！

（接唱）闻此言不由我动魄惊心！

何贤弟，他们为何这等悲惨？

何以尚　我们向前问过。

海　瑞　众家父老，你们为何这等模样？

施象清　唉！一言难尽！

海　瑞　老丈请讲。

施象清　这——

倪树庆　（拉开施象清）施老伯，有道是“官官相护”，说也枉然！

施象清　（退后）是啊！

海　瑞　老丈请过来。——老丈，你们受了什么委屈，只管大胆讲来，下官替你们作主就是。

施象清　哦……（欲讲）

［场面又作刮风效果。

施任氏　（几乎晕倒）哎呀……

海　瑞　我这伞与老妈妈遮冷，快快搀她到那厢墙角避风去吧！

施象清　多谢大老爷！

［倪树庆接伞，扶施任氏下。海瑞、何以尚合用一伞。

海　瑞　老丈请讲。

施象清　二位老爷容禀：只因皇上修建玉芝坛。可恨道士王金，偌大京城，空地甚多，他不选用，单单看中仙人巷，说我们这里是好风水，竟要将这里五百余户人家的房屋，尽行拆毁！

何以尚　啊？拆毁此处房屋，就该安排你们的存身之处啊！

施象清　（沉痛地）唉！这风雪之中，就是我们的存身之处啊！

海　瑞　啊？吾朝旧规，征用民房，必须照发贴搬银两，你们可曾领到？

施象清　闻得上面，发下每户人家贴搬费十两，却被道士与那工部官员吞没去了！

海、何　（同）哦！竟有此事！

施象清　适才那王金道士，带来工部官员与许多衙役，将我们赶出门外。可怜我们本来就吃不饱、穿不暖，如今连这遮风避雨之所也无有了，大老爷作主啊……

众百姓　（齐喊）好命苦哇……

海　瑞　真乃暗无天日也！

（散板）赃官妖道灭人性，

何以尚　（接唱）狼狈为奸害黎民！

海　瑞　何贤弟，妖道与工部，中饱私囊，我们不能袖手旁观哪！

何以尚　是啊！与他们辩理。

海　瑞　老丈，他们今在何处？

施象清　现在巷内。

海　瑞　贤弟，你我向前。

［众百姓归上场角，海瑞、何以尚向前。

何以尚　（看天色）雪已稍停。（收伞）

海　瑞　喂！有人走出一个来。

［一衙役昂首上，见是二位官员，立即改容。

衙　役　是谁呀？——原来是二位老爷，有何贵干？

海　瑞　你们是哪道衙门？

衙　役　工部衙门。

海　瑞　哪位管带？

衙　役　主事顾造顾老爷。

海　瑞　请他出来答话。

衙　役　是。（虚下）

海　瑞　（散板）目睹此情难容忍，

何以尚　（接唱）人间无异地狱门。

［四衙役、四小道士引顾造、王金上，内一小道士执驴鞭。

顾　造　什么事啊？

海　瑞　尊官就是工部顾主事吗？

顾　造　便是。

海　瑞　此位是？

顾　造　此位就是当今万岁敕封致一真人王大仙师。

海　瑞　哦！原来他就是王金！

王　金　啊！放肆！

海　瑞　请问二位，因何将众家百姓，赶在街头风吹雪打？

王　金　你干什么的，管得着这个？

海　瑞　呵呵！老百姓的疾苦，我们为官的不管，难道说叫你们道士来管不成？

王　金　这——好大胆子！

顾　造　喂喂喂，尊驾是哪个衙门的？

海　瑞　户部衙门。

顾　造　户部衙门管不着工部的事儿，请不要越俎代庖！

海　瑞　你我同朝为官，遇有贪赃枉法之事，自然要管。

顾　造　什么贪赃枉法，嘴里不干不净的！

海　瑞　请问，每户人家贴搬费十两，被人中饱，这不是贪赃枉法，难道说还是奉公守法吗？

王、顾　（同愣）这——

众百姓　（哗然）喝！

王　金　呸！敕建玉芝坛，乃是圣上的旨意，你敢无中生有，多管闲事，就有欺君之罪！

何以尚　仁兄，他们倒反咬一口哇！

海　瑞　无妨！——你们道我无中生有，好哇，我们去见你家尚书大人，查问此事，自然水落石出。

顾　造　（发慌）这——你是谁呀？

海　瑞　下官户部主事海瑞。

众百姓　（窃语）原来是海青天！

顾　造　（大惊）啊！坏了！（呆住）

王　金　你怎么了？

顾　造　扎手了！

王　金　不理他岔儿！

顾　造　仙师有所不知，此人脾气倔强，不近人情，也不知有多少大官好佬，吃了他的亏。赵文华、鄢懋卿都栽在他手里呢！

王　金　一个芝麻绿豆官儿，谁还怕他吗！

顾　造　王仙师，此人说得出，做得到，闯了祸，我这顶乌纱可要完蛋。您就照应照应我吧！

王　金　你的乌纱不完蛋，咱们到手的银子可完蛋了！

顾　造　东头不着西头着，此番工程浩大，咱们有的是油水呀！

王　金　真倒了邪霉了！

顾　造　嗨！我来收篷吧！——哈哈哈！我说海主事，道听途说，不可信以为真，只要他们搬了，贴搬费还能少了他们不成吗？

海　瑞　哦！贴搬费照发不误？

顾　造　（勉强地）那自然呢！

海　瑞　众家父老，工部老爷言道，贴搬费照发不误，你们今日暂且回家，明日领了银两，就去寻找房屋，不可拖延。

众百姓　多谢海老爷！

［众百姓拾起包袱家具朝内走，衙役拦住。

施象清　海老爷，他们——

海　瑞　二位，他们——

顾　造　（无奈）回衙！回衙！

［四衙役、四小道士朝外下，众百姓朝巷口下。王金、顾造至台口，王金犹不甘心，折回。

王　金　姓海的，你小心着！

海　瑞　哼！倒要领教！

顾　造　活神仙，走吧！

王　金　气死我了！

［顾造拉王金，同下。

海　瑞　真乃一群牛鬼蛇神！

（散板）逗起心头无限恨，

何以尚　（接唱）仁兄何必太认真！

唉！这京城之内，像这样肮脏的事儿，是层出不穷，你我官卑职小，也是管不胜管哪！

海　瑞　不论官大官小，理当除奸去恶，为百姓分忧！

何以尚　话虽如此，怎奈上梁不正下梁歪，这除奸去恶，除来除去，就要除到嘉靖爷的头上了！

海　瑞　可叹公卿大臣，尸位素餐，竟然不进忠言！

何以尚　他们哪！还要性命哪！

解　差　（内喊）走！

［二解差押梁材上，梁材披头散发，戴枷锁一步一拐，与海瑞、何以尚打照面。

梁　材　（悲叹）苍天！

解　差　走吧！

梁　材　罢！

［二解差押梁材一步一拐抚杖创下。海瑞、何以尚一望、二望，回身发怔。

海、何　嗨！

何以尚　仁兄，你来看——梁大人只因一言，得罪道士，竟然廷杖六十，边外充军，还有哪个斗胆，敢犯君王！

海　瑞　（震动）这——难道说徐阁老也不谏奏君王？

何以尚　徐阁老么？哼哼！此老圆滑机巧，八面玲珑，他还敢碰一碰皇帝吗？

海　瑞　待我进谒徐阁老，一倾肺腑。

何以尚　呵呵！只怕你乘兴而去，败兴而归！

海　瑞　徐阁老颇有贤名，非那严嵩可比，我一定要去拜访，拜访。

［场面又作下雪效果。

何以尚　又下雪了。（撑伞）仁兄，你的伞呢？

海　瑞　这——方才交与那个老妈妈去了，由它去吧！

（散板）天寒地冻万家冷，

何以尚　（接唱）重云叠叠难放晴。

［何以尚以伞遮海瑞同下。

［施象清急上，手拿雨伞。

施象清　海老爷，海老爷，——去远了！这把伞是海老爷的，也罢，日后再送还他老人家吧！——好一位海青天！（抱伞下）

第四场　慷慨陈词

人　物　徐阶、院公、海瑞。

地　点　阁老府书斋。

幕　启　徐阶手执纸笔，作构思状上。

徐　阶　（西皮原板）

　　这几日坐书斋撰写贺表，

　　搜枯肠无非是迎合当朝。

　　我一生好光阴被它虚耗——

（"小拉子"，长叹）唉！想文章一事，出自性灵，这青词贺表，非比心声，如今勉强应酬，真乃味同嚼蜡也！（上案）

（散板）似江郎才思尽费煞推敲。

［院公持名帖上。

院　公　启禀老相公，有客求见。（呈帖）

徐　阶　（接帖，不耐烦看它）嗳！老夫正在作文章，哪有空闲会客，回避了。

院　公　遵命。（欲下）

徐　阶　（忽又无意地拿帖一看）海瑞。（唤住院公）且慢！

院　公　（止步待命）是。

徐　阶　哎呀且住！那海瑞为人憨直，贤能干练，若不接见，恐道老夫不能礼贤下士。（对院公）传。

院　公　是。（欲下）

徐　阶　回来！——加一请字！

院　公　哦哦哦，遵命。（下）

徐　阶　（注视案头）想那海瑞，刚正不阿，看见这贺表文章，恐有不便哪！

（接唱）见青词免不了他人嘲笑，

　　笑老夫弄笔墨如此无聊。

［徐阶藏过贺表。

院　公　（内喊）海老爷请！

［院公引上海瑞，院公抽下。

海　瑞　(散板)捧一颗忧国心拜见阁老，

安天下依仗他伊尹皋陶。

阁老大人在上，学生海瑞，大礼参拜。

徐　阶　(欠身)海仁兄少礼，请坐。

海　瑞　阁老台前，学生礼当侍立。

徐　阶　哪有不坐之理，请坐。

海　瑞　谢坐。

徐　阶　阁下为官清正，历任外省，颇有政声，自迁户部，又多建树。尚书公朱衡兄大力保举，可谓识人也！

海　瑞　学生碌碌庸才，既蒙擢用，自当尽心竭力，报效国家，也不负阁老大人与尚书公提携之恩！(起座作揖)

徐　阶　(欠身)老夫愧居首辅，推贤荐士，分所当然。请坐。

海　瑞　谢坐。(坐)

[院公捧茶上，敬茶下。

徐　阶　阁下来临，有何见教？

海　瑞　见教不敢！学生今有一事不明，望求阁老大人赐教。

徐　阶　赐教不敢！请讲当面。

海　瑞　请问阁老大人，为人在世，可有长生不老之事？

徐　阶　嗳！人生百岁，终归一死，哪有长生不老之理！

海　瑞　如此说来，那些仙桃、仙兔之事，也是无有的呀？

徐　阶　也是无有的。

海　瑞　既然无有，为何英明的皇上，却如此崇信哪？

徐　阶　(叹)唉！这些荒诞不经之事，都是方士的妖言，蛊惑了圣君。

海　瑞　如此说来，仅是方士之过？

徐　阶　自然是方士之过。

海　瑞　请问阁老大人，本月十五日，圣上设醴祭天，降旨群臣，撰写青词贺表，可是有的？

徐　阶　此事么，倒是有的。

海　瑞　叫学生好恨也！

徐　阶　阁下恨着何来？

海　瑞　学生恨只恨，那些撰写青词贺表的高官大臣！

徐　阶　啊！——你怎么恨起他们来了？

海　瑞　我把他们好有一比。

徐　阶　比作何来？

海　瑞　好比那药中的甘草。

徐　阶　（假装懵懂）啊！甘草乃是处方之物，怎么比起大臣来了？

海　瑞　常言道，逆耳之言，犹如黄连味苦，顺心之语，无异甘草味甜。圣上喜的是甜，恼的是苦，故而朝中大臣陪王伴驾之时，纷进甜言蜜语。这，岂不是甘草？

徐　阶　（一愣）哦！——阁下讥笑大臣，可有些过分哪！

海　瑞　可怜圣上求仙问道，二十余年不曾上朝理政，以致内灾外侮，民不堪命！为大臣者，就该直言谏君，才是正理。怎么一味顺从，二字乡愿，竟然撰写青词贺表，歌兔子之功，颂道士之德，怎不教人痛心切齿，怒发冲冠？

徐　阶　（一震）啊？

海　瑞　（紧接）怪不得民间流传歌谣一首，言道："天子重权豪，开言惹祸苗，万般皆下品，唯有奉承高！"（起座）

徐　阶　（离座、背供）呀！

（流水）听海瑞说话太狂傲，口似悬河语滔滔。
他敢把大臣来耻笑，句句打动我心梢。
虽然他偏颇太急躁，也难得一针见血讽当朝。
心中怒恼脸赔笑，

(夹白)海仁兄啊！可钦可佩你的妙论高。

聆君一席话，胜读十年书，阁下所言所论，颇多是处，只是太偏激了！

海　瑞　非是学生偏激。前者严嵩专政，罪孽滔天。他的看家本领，就是胁肩谄笑，俯首帖耳。圣上有错，他不诤；有过，他又不谏。那时节朝政紊乱，人人都道严嵩之故。如今严嵩已死，怎么朝政依旧萎靡不振，百姓仍然疾苦重重？为大臣者，再不谏君，励精图治，又如何对得起四海苍生！

徐　阶　(长叹)唉！圣上一意修真，满朝文武谁不忧心！非是他们不敢谏奏，怎奈一时里，难以唤醒梦中人！

海　瑞　如今只有一人，能使圣上改过自新。

徐　阶　哦，哪一个？

海　瑞　就是阁老大人。

徐　阶　(先是一愣)啊？(继又一叹)唉！老夫年迈，昏聩无能，只怕力不从心哪！

海　瑞　阁老大人说哪里话来。阁老权衡内阁，众望所归。当朝首辅若不匡君之过，难道说叫那衙役班头，出面谏奏不成？阁老再若缄口不言，人道阁老，与严嵩又有何别？——阁老将何以自白？

徐　阶　这——

(散板)他竟敢发狂言当面讥笑，

不由人芒刺背脸上发烧。

我本当将海瑞严词训教——

(夹白)也罢！

宰相腹能撑船容忍为高。

阁下，这诤谏之事，老夫未尝一日忘怀。怎奈圣上迷惑仙道，四十余年，他的病已深了！

海　瑞　是啊！这四十余年，百姓的苦楚，也是一言难尽哪！

徐　阶　（叹）唉！事已至此，恐非一道奏章，半张疏本，能使圣上幡然感悟。

海　瑞　有道是“重病必须重药医”，学生倒有一服妙药良方。

徐　阶　什么妙药良方？

海　瑞　圣上吃了数十年的甘草，以致病入膏肓，如今必须服用大黄、巴豆，使圣上大泻一场，将脏腑洗上一洗，方能起死回生也！

（流水）大黄巴豆能奏效，

对症下药百病消。

第一桩拆毁仙坛赶走妖道，

第二桩不打醮、不修斋、不将丹药烧；

第三桩广开言路回头及早，

快释放无罪忠臣出天牢。

与民更始明君有道，

登大宝、见群僚、批览奏表、暮暮朝朝。

徐　阶　哎呀呀！你的大黄巴豆，太猛烈了！太猛烈了！你呀，当不得大夫，治不了病症！

海　瑞　我虽非大夫，却能药到病除。

徐　阶　你可知久病之身，体亏气损，须用中和之药，缓缓而治，方能收效。

海　瑞　什么？

徐　阶　缓缓而治，方能收效。

海　瑞　呵呵，阁老要知道，天下黎民，处于水深火热之中，不可一日等待了！

徐　阶　孔圣云：“欲速则不达”，这中庸之道，你要再思再想！

海　瑞　哼！——（故意激之）徐阁老，我看杨继盛，倒是个铁铮铮的汉子！

徐　阶　可惜他不爱惜羽毛！

海　瑞　皮之不存，毛将焉附，这肺腑都烂了，何惜羽毛！

徐　阶　君子待时而动，不可操之过急！

海　瑞　急似燃眉，迫不及待！

徐　阶　识时务者，方为俊杰！

海　瑞　（激动）阁老大人哪！你……可曾看见？

徐　阶　看见什么？

海　瑞　天灾人祸，遍地哀鸿！

徐　阶　（震动）哦！

海　瑞　你……可曾听见？

徐　阶　听见什么？

海　瑞　怨声载道，人人咒骂当今！

徐　阶　噤声！噤声！

海　瑞　再若等待，民无噍类矣！

徐　阶　（装模作样，双手蒙耳）吓煞我也！吓煞我也！

（叫头）海瑞呀！海刚峰！（厉声地）你疯疯癫癫，口口声声，诽谤朝廷，诬蔑圣君，碎尸万段，也难赎其罪！——（继而赔笑）老夫念你素来耿直，居心良善，也不介意在怀，你……应当安分守己，珍惜前程喏。（拂袖，退后）

海　瑞　哦！

（二六）我一腔热血把话表，
　　徐阁老无动于衷我枉费心劳。
　　指望他挽转狂澜于既倒，
　　铁肩能把道义挑。
　　怎奈他明哲把身保，
（转快板）不敢直言谏当朝。
　　他心我意非同道，
　　话不投机何必唠叨。
　　恭身施礼拜别了——（出门）

徐　阶　恕不远送！

海　瑞　（慨然）唉！

（散板）果然是乘兴来败兴归空走这遭！（下）

徐　阶　（一望）真不愧海痴子也！

（散板）海痴子发疯癫胡说乱道，

全不怕杀身祸狂妄好高。

致中和待日后将他教导，

免得他露锋芒自把祸招。（下）

第五场　踯躅街头

人　物　海瑞

地　点　京城街衢。

［中幕外，海瑞急上。

海　瑞　（西皮散板）离却了阁老府徘徊街道，

我胸中好一似起伏波涛。

且住！我适才去见徐阁老，披肝沥胆，痛切陈词，实指望徐阁老直言谏奏，以苏民困。谁知他装聋作哑，明哲保身。怪不得旁人说他是“调停国手”，今日一见，果然是圆滑机巧，八面玲珑。我想圆滑机巧，八面玲珑之人，焉能仗义执言，敢作敢为！——哼哼！所谓一代名相，尚且如此，何况以下群僚！——如今看来，只有我这六品的官儿修本一道，冒犯天威，谏奏君王。——呀！想我这小小的前程，微不足道，我的谏奏，嘉靖爷未必肯听，纵然肯听，又未必肯改。——唉！如此朝廷，叫我如何容忍！——（弹纱帽）乌纱呀乌纱！要你何用！君不君！臣不臣！我做的什么官！食的什么禄！倒不如辞官而走，归隐山林，落一个与世无争！这与世无争！（转身欲下，又折回）海瑞——差矣！我海瑞自幼萤窗雪案，苦读诗书，立志献身，为国为民，才能上不愧天，下不愧地。眼见得朝政日非，民生日敝，我岂可中途而废，畏难而退？我海瑞若不挺身而出，哪一个又敢出头？——哦呵有了！想那嘉靖爷，深居西苑，左右蒙蔽，以为天下太平；妖道蛊惑，以为长生有望。明日祭天大典，我将疏本冒称贺表而进，说破天下并不太平，长生毫无指望，正当群臣纷进贺表，圣驾兴高采烈的时节，我这道疏本，管叫他醍醐灌顶，冷水浇头！惊醒圣上数十年求仙迷梦，解除苍生数十年倒悬之苦！纵然将我金殿杖刑——边外充军——西市斩首——我也是死而无怨！正是！

（干念）三缄其口大可哀，
献策匡时笔未埋。
不愿苟安偷爵禄，
宁求颈血洒金阶。

（快板）恨只恨当今太无道，
二十年来不上朝。
万丈深潭纵身跳，
何惜区区命一条！（下）

第六场　修本焚本

人　物　海夫人、海瑞、海安、长吉。

地　点　海公馆。

时　间　嘉靖四十五年二月，海瑞上疏前夕。

幕　启　厢房兼书房，陈设简陋，台中书案，案前火盆，左边一椅，右边一几一椅，窗外雪花飘扬。

［海夫人捧栲栳上，缝补旧衣。

海夫人　（二黄慢板转原板）

我老爷为贤吏清风两袖，

生就的耿直性嫉恶如仇。

怕只怕矫枉过正热肠快口，

总难免惹是非我深以为忧！

天垂暮大雪飘暂停针绣——暂停针绣，

（一望，两望）

每日里这时候盼坏双眸！

［海夫人坐在几旁做针线。

海　瑞　（内唱二黄倒板）震龙楼惊凤阁一声大吼，

［海瑞"急急风"上。

海　瑞　（散板）要唤醒睡梦中将相王侯。

大丈夫为正义不甘人后。

海夫人　老爷回来了。

［海瑞进门，海夫人起身相迎，海安暗上，掌灯放于案上。海瑞上座、海夫人陪坐。

海　瑞　（接唱）好叫那后世人来写春秋。

海　瑞　（甩袖，愤然）嗨！

海　安　饭已备好，老爷、夫人请用。

海　瑞　（生气地）不用了！（自觉粗声，紧接又轻声地）下去吧！

海　安　哦，是是是。（下）

海夫人　老爷，不饿吗？

海　瑞　我饱得很呢！

海夫人　在何处用过了？

海　瑞　我气饱了！

海夫人　看老爷今日脸色不好，莫非有什么心事？

海　瑞　我的心事大得很呢！

海夫人　说将出来，为妻也好替你分忧解愁！

海　瑞　哦，夫人能替下官分忧解愁？

海夫人　为妻理当替老爷分忧解愁。

海　瑞　哎呀！夫人哪！可叹嘉靖皇帝，但知自己长生不老，不问民间疾苦煎熬。二十余年，不曾上朝理政。自古君王，日理万机，哪有不上朝的道理？

海夫人　朝廷腐败，已非一日，这安邦定国，自有三公九卿。老爷是个小小的主事，急又何益，不要气坏了身体！

海　瑞　（起立）哎呀夫人哪！——可笑大官为了爵禄，唯唯诺诺，小官为了性命战战兢兢，竟无一人，直言谏奏。适才我去见徐阁老，指望他诤谏君王，谁知他胆小怕事。如此看来，那君王永无悔改之时，这苦海庶民，也就永无超生之日了！

海夫人　君王无道，公卿阘弱，四海苍生，受尽苦难。这也是天定劫数，无可奈何！

海　瑞　（拉海夫人至台前）哎呀夫人！——说什么天定劫数，自古道人定还能胜天哪！明日十五，昏王设醮祭天，趁此良机，下官修本一道，混进西苑，见着那昏王，也好叫他看一看苍生的苦脸！听一听百姓的悲声！

海夫人　哎呀老爷，你……不要发狂啊！

（散板）闻此言吓得我浑身战抖，

老爷你莫妄动自取祸尤。

立朝堂多的是金章紫绶，

六品官落得个顺水推舟。

海　瑞　夫人哪！

（接唱）嘉靖爷坐江山行事荒谬，满朝中竟无一人谏奏出头。

我有心修本章把君王匡救，安社稷作一个砥柱中流。

海夫人　老爷呀！（接唱）是非只为多开口，

烦恼皆因强出头。

移动泰山怎能够，

守株待兔强似那缘木把鱼求。

海　瑞　（接唱）眼看着满目疮痍我气结胸口，

好一似骨鲠在喉不吐不罢休！

（夹白，身段）批逆鳞——生和死（唱）我早置脑后，

（夹白，身段）闯龙潭——投虎穴（唱）你不必担忧。

海夫人　（接唱）劝老爷你须要瞻前顾后，

嘉靖爷岂是个从谏如流。

杨继盛参严嵩尚且斩首，

愿老爷百炼钢化作了绕指柔。

（叫头）老爷呀！忠言逆耳，无济于事，徒遭灭门之祸！

海　瑞　夫人往日深明大义，怎么今日贪生怕死？

海夫人　非是为妻贪生怕死，圣人云："邦有道则仕，邦无道则隐。"既然朝廷昏暗，倒不如弃官而走，隐迹山林！

海　瑞　嗳！下官焉能不顾天下生灵，而独善其身哪！

海夫人　话虽如此，怎奈嘉靖爷残暴成性。老爷纵然一死，天下百姓，也不会因你而生哪！

海　瑞　只要忠义之士，不惜性命，敢说敢言，前仆后继，终有一日海晏河

清！——我心已定，夫人不必多言！

海夫人 （哭）喂呀……

海　瑞 夫人不要啼哭，如今有两条道路，任你挑选。

海夫人 哪两条道路？

海　瑞 这一，你快快收拾收拾，连夜逃出皇城，回转琼州去吧！

海夫人 我怎生舍得老爷！

海　瑞 这二，你坐在家中，稳稳不动，单等那锦衣卫前来，任凭他充军——杀头，你我九泉相见！

海夫人 啊——

海　瑞 怎么样？

海夫人 我与你生则同衾，死则同穴。老爷若有好歹，我也不愿偷活人间！

海　瑞 夫人愿死？

海夫人 （勉强地）愿死！

海　瑞 这才是我的好夫人！

［海夫人无由启唇、焦急。

海　瑞 （散板）降孽龙誓把深渊走，

扭不回君心宁可断头。

身后的事儿安排就，

打发家人把活路投。

家人们快来。

［海安、长吉上。

海　安
长　吉 （同）老爷有何吩咐？

海　瑞 你老爷明日上本谏君，有道是天威难测，少不得有灭门之祸——

海　安 （惊）啊！

长　吉 （抱头）啊！

海　瑞　长吉，你来此不久，不可连累于你，连夜逃命去吧！

长　吉　遵命！老爷，夫人，小人拜别了！（出门挥汗）我的妈呀！（下）

海　瑞　海安，你也逃走吧！

海　安　老爷待我恩高德厚，我岂能作不义之人？

海　瑞　哦！你也不怕死？

海　安　老爷不怕死，我还怕的什么死！

海　瑞　老爷的话，你可遵从？

海　安　老爷吩咐就是。

海　瑞　家中还有多少银两？

海　安　（一算）只有二十两。

海夫人　（讥讽）老爷，你为官一场，只剩下这二十两呢！

海　瑞　虽然只有二十两，却来得清清白白，倒是一桩好事呢！——海安，你取几两银子，即刻去至大街，买上一口薄薄的棺材！（下锣）明晨抬至午门以外，盛殓你老爷的尸首！

海夫人　（大惊）老爷——

海　瑞　（以手示意，制止夫人开口）——

海　安　（大惊）老爷你——

海　瑞　你若害怕，还是逃生去吧！

海　安　小人敢不从命！

海　瑞　快去！

海　安　遵命！（出门喟然）唉！（下）

海夫人　老爷，你……决心上本了吗？

海　瑞　斩钉截铁，誓不更改！

海夫人　（哭）喂呀……

海　瑞　待下官修本，夫人回房去吧！

海夫人　呀！

(散板)看他是马到悬崖不回首，

箭在弓上不肯收。

少时气平再劝诱，

千方百计将他挽留。(下)

[海瑞上案弹灯花，谯楼鼓打一更，胡琴“小拉子”。

海　瑞　听谯楼鼓打初更，待我上案修本。

[海瑞打开文房四宝，铺纸，浓墨，蘸笔。

海　瑞　我将这墨，研得浓浓的，将这笔，蘸得饱饱的。

(“小拉子”住)——哈哈！想今晚有多少大臣，正在那里，撰写青词贺表，歌功颂德，以博君王的欢心。哪里晓得我海瑞，却在这里狠狠的写着这一道不中听的疏本呵！

(二黄顶板)海刚峰犯天威直言谏奏，

(原板)并非是血气刚逆水行舟。

都只为大明朝日渐腐朽，

一道本振聋醒聩棒喝当头。

且施展霹雳手风急雨骤，

嘉靖爷、坐龙楼、数十秋，

倒行逆施田赋征徭万民愁、

官贪吏横似猛兽，

听信妖言妄想长生苦追求，

他将那君臣父子礼义丢。

我一事不漏、一句不留。——(长腔)

挥羊毫似有神疾飞劲走——

[行弦，海瑞奋笔疾书，偶尔思索，下笔如故。

(夹白)我言犹未尽，再往下写！

（接唱）呕心沥血为黎民分忧！

［海夫人忧郁地踱上。

海夫人　（原板）书房依旧灯如豆，

心慌意乱少计谋。

恨不得进房拉住老爷手——

海　瑞　（行弦、夹白）哼哼！嘉靖爷的钢刀虽快，也难砍断我这支铁笔也！

海夫人　呀！

（接唱）看他是不捣黄龙不罢休，

此时间相劝枉费锦绣口，

（唱散）夺眶珠泪满腮流！

海　瑞　哈哈哈！

（散板）洋洋洒洒一挥而就，

千斤重担放下了肩头。

［谯楼鼓打二更。海瑞打呵欠，伏案假寐。

海夫人　（散板）忙中无计徘徊门首——

（朝内一看）呀！

（接唱）见老爷假寐伏案头。

（叫头）且住！我何不趁此机会，将疏本焚化，明晨使他奏本不成。只要挨过今晚，大事不难挽回。待我动起手来！

（行弦，海夫人潜进，偷疏到手）

（接唱）你是个灭门绝户的刽子手。（海夫人将疏本抛入火盆中，一道火光，海瑞惊醒，抢救不及，惶急，海夫人双膝跪地）

海　瑞　（接唱）不贤妇把我的心血尽丢！

你能烧，我能写，待我再写一本！

［海瑞回身欲上案，海夫人连忙起立，叫住海瑞。

海夫人　老爷！你可知身背一行大罪！

海　瑞　（转身）下官何罪之有？

海夫人　你有一行不孝之罪！

海　瑞　（震动）啊！

海夫人　（紧接）五千里外，家有八旬老母——

海　瑞　哦！

海夫人　（紧接）老爷忍心撇下为妻，难道说你也忍心撇下白发苍苍高堂老母——

海　瑞　（战抖）呀！

海夫人　（紧接）你此去若有不测，叫我那年迈婆婆，她……怎生得了哇……

海　瑞　（哭）娘啊……

海夫人　（顶板）老爷你背一行不孝大罪，

（原板）死在那九泉下不是含笑却是含悲！

并非我不明大义将你牵累，

怎不念、老婆婆、在原郡，终朝每日、倚门而望，盼老爷衣锦荣归！

你若是自投虎口内，

思一思想一想白发之人送终有谁！

海　瑞　（原板）提——起了老娘亲火焚五内，

（转三眼）想老娘遥望着琼州珠泪双垂！

这才是忠孝不能两全其美，

儿不能养老送终孝道有亏！

嘉靖爷害百姓加捐添税，

嘉靖爷害百姓生计濒危。

嘉靖爷害百姓欲哭无泪，

嘉靖爷害百姓滥施淫威。

嘉靖爷害百姓流离颠沛，

嘉靖爷害百姓无家可归。

满朝中大小官员爱财惜命保全禄位，

海刚峰、不怕死，不为瓦全、宁为玉碎、冒犯君王、舍我有谁？

这都是老娘亲谆谆教诲，

愿夫人你不受我连累，将我的言语带回归，

高堂上、多安慰，我的老娘、刚强烈性、不会皱眉、不会垂泪、不会伤悲，定要说我的佳儿、敢当——敢为！

海夫人 喂呀……

（散板）老爷你赤胆心对天无愧，

我愿一死伴忠魂泉下追随。

老爷，待我先行一步！

［海夫人说罢，撞壁，海瑞拦住。

海　瑞 使不得！——哎呀！

（散板）夫人哀伤我心碎，

在家修本不可为。

避开了缠扰赴衙内——（欲走）

海夫人 （拦住）老爷哪里去？

海　瑞 闪开了！

［海瑞推海夫人倒地，海夫人晕倒，海瑞出门，海安自外归。

海　安 老爷。

海　瑞 海安，棺材怎么样了？

海　安 棺材买好了。

海　瑞 天明之后，搭在午门！

（接唱）洒一堆忠良血视死如归！

海　安　老爷哪里去？

海　瑞　闪开了！（下）

［海安进内，见状唤醒海夫人。

海　安　夫人醒来！

海夫人　（倒板）一霎时不由我如痴如醉！

（苏醒）喂呀……

（散板）我老爷此一番有去无回！

海　安　夫人，这般时候，老爷又往哪道而去呀？

海夫人　海安，适才老爷假寐，疏本被我焚烧，定是出外修本，不是衙门，就是朋友家中。你打了灯笼，带我一家一家寻找，定要找到老爷。

海　安　遵命！（朝左下）

海夫人　（哭）喂呀……（朝右下）

第七场　别友规友

人　物　何以尚、院子、海瑞、海安、海夫人、四抬夫。

地　点　何以尚寓所。台左书案、台右茶几、靠椅，台中靠后置火盆。

幕　启　何以尚披衣上。

何以尚　（念）心如旋磨梦难成，独对孤灯洗烦襟。

家院，取酒来。

［院子捧酒上，置于几上，退下。

何以尚　（斟酒。擎杯苦笑）呵呵！一觞聊独进，杯尽壶自倾！

（西皮原板）叹人事已全非痛心疾首，

杯中物且浇我满眼牢愁。

嘉靖爷荒国政无药可救，

这万古如长夜天地含忧。

羞与那众公卿斗鸡走狗，

我不愿享荣华与世沉浮。

干一杯又一杯琼浆在手，

学当年李太白不醉不休。

（狂饮，呕吐）嘟……

［院子急上。

院　子　老爷吃醉了，安睡去吧！

何以尚　（吐）嘟……

［院子搀何以尚下。

［海瑞上，谯鼓打三更。

海　瑞　（西皮散板）街头人静三更后，寒夜朔风冷飕飕。

重写奏章公衙走——

且慢！这般时候，公衙落锁，叫不开门了，如何是好？（举目一望）啊，那厢小巷，乃是何以尚贤弟之家。我与他知己朋友，打搅无妨，走走便了！

（接唱）片刻光阴莫滞留，

一步来到何家门首，

扣环叫醒老苍头。

开门来！开门来！

［院子拿灯上。

院　子　（念）梦中听得门环震，半夜来客是何人？是哪一位？

海　瑞　掌家，是我。

院　子　原来是海瑞老爷，待我开门。

［院子开门，海瑞进内，院子闩门。

海　瑞　你家老爷呢？

院　子　我家老爷多吃了几杯闷酒，醉卧的了。待我通报。

海　瑞　且慢！不要惊醒你家老爷。——啊，掌家，我有桩紧急公事要办，借你老爷书房一用。

院　子　好，请至书房。

［“小开门”，院子引海瑞进内，拉开，书房。院子将灯放于书案，牌子住。

海　瑞　有劳了！——掌家，你去安睡吧！

院　子　海老爷有事，只管呼唤。

海　瑞　千万不可唤醒你家老爷。

院　子　是是是。（出门）且住！海老爷到此，岂可怠慢，还是唤醒我家老爷，前来接待的好。（下）

海　瑞　（上案）这里好生幽静，待我动起手来！

（散板）二次里写奏章精神抖擞——一行行一字字熟记心头。

［何以尚掌灯、披衣，醉眼惺忪地上。

何以尚　（摇板）埋忧送闷杯中酒，梦里南柯不知愁。

苍头通报唤醒后——（朝内望）呵呵！

见海兄飒飒运笔伏案头。

喔呼呀！海仁兄好生古怪呀！夜尽更深，怎么跑到我这里作起文章来了？——待我来吓他一吓！（进房、高声）喂！

海　瑞　（惊）啊！——何贤弟，打搅了！打搅了！

何以尚　哈哈哈！海仁兄，你倒是作什么呀？

海　瑞　我的诗兴发作，在此作诗，作诗。

何以尚　呵呵！半夜三更，怎么发起诗兴来了？（将灯放几上，再过去，醉眼看案头）嘿！好长的诗呀！仁兄，白居易的长恨歌，也不如你呢！

海　瑞　你不要搅乱我的文思呀！（下笔如故）

何以尚　哈哈哈！你的诗兴来了，我的酒瘾也来了。待我饮上几杯，和你几首如何？

海　瑞　如此甚好！

何以尚　家院，取酒来！

何以尚　（摇板）人生难得知心友，同声相应同气相求。

少时节和一首我定要献丑——

［何以尚将灯放于几上，穿衣。同时家院捧酒上，退下。何以尚坐几旁独斟独酌。

何以尚　（举杯对海瑞）干！

海　瑞　我作我的诗，你吃你的酒！

何以尚　来来来，你也吃上几杯吧！

海　瑞　好贤弟，你就饶了我吧！

何以尚　哦，是是是！

（接唱）不来打搅你的好兴头。

［谯楼鼓打四更。

海　瑞　（搁笔）居然写成了！

（散板）聚精会神不停手，一气呵成把功收。

何以尚　仁兄大作，待我拜读拜读。

海　瑞　我的诗文粗浅，不足一观。

何以尚　太谦了，待我看来！

海　瑞　贤弟的酒也够了，还看它则甚！

何以尚　一定要看！

海　瑞　（离座）贤弟请看。（送本）

何以尚　（接本，仍然醉眼模糊）喔呼呀！洋洋数千言，这样的长诗，可算空前绝后！

海　瑞　(双关语)唔！空前可说，绝后难讲。

何以尚　(背供)怎么他又不客气的了！(揉眼)臣海瑞谨奏，为直言天下第一事疏——啊！不是诗？(几乎不相信，揉眼再看)臣海瑞——(以下默念)原来是一道疏本！

海　瑞　正是疏本，不看也罢！

何以尚　既是疏本，倒要看看。(接念)臣闻为君者，天下臣民万物之主，倘若不问民间疾苦，就是无道！——啊！你……怎么骂起皇帝来了？

海　瑞　要看就往下看，不看么，就还我！

何以尚　我是非看不可！(抖擞精神，揉眼续念)陛下向往长生，一意玄修，二十余年不曾上朝理事，纪纲败坏，国事全非。方今天下，官贪吏横，赋役繁增，内灾外侮，民不聊生，百姓们是人人痛恨，个个叫骂，他们不满陛下久矣！——哎呀仁兄！(离座走近海瑞)这样火辣辣的话儿，也只有你说得出口哇！

海　瑞　看完了，我们再讲。

何以尚　噢！仁兄掌灯。

海　瑞　好。(掌灯至台口，靠近何以尚)

何以尚　(先是默念，继而朗读)陛下过错甚多，首在求仙问道。建造仙坛，工部则极力经营；取香觅宝，户部则差求四出。以至怨声载道，人心越发不可收拾了！百姓们因以陛下的年号，编为歌谣，言道——言道——(揉眼，更高声。)嘉靖，嘉靖，家家户户，干干净净！——哈哈！你骂得好狠哪！

海　瑞　这都是百姓的话，你也是听见的呀！

何以尚　你揭了嘉靖皇帝的疮疤，又有什么好处啊！

海　瑞　(指着疏本)好处在后头呢！

何以尚　哦？(续念)臣望陛下幡然悔改，从今以后，不打醮，不求仙，不服药，不炼丹，赶走方士，拆毁仙坛，每日上朝，与群臣议论国家大事。还要下诏自讨，数一数历来的过错，向天下百姓谢罪！向天下百姓谢罪！——哎呀！（越念越抖，退坐椅上，二目发呆，半晌不语）

海　瑞　（放下灯台）贤弟，你怎么样了？

何以尚　（喘不过气来）海——海——海仁兄，你……莫非发了痴了哇？

海　瑞　这样的疏本，也是发痴的人儿，写得出来的吗？

何以尚　你写此本，是自家欣赏呢，还是藏之名山？

海　瑞　此本我还要亲自交与当今。（至台口）

何以尚　啊！——（追至台口）你这条性命，还要是不要？

海　瑞　蝼蚁尚且贪生，为人岂不惜命！

何以尚　既然惜命，为何又去送死？

海　瑞　死有轻似鸿毛，有重如泰山。

何以尚　这道疏本，交了上去，即刻就有锦衣卫，将你拿问，廷杖一百！轻则斩首！（比试）重则凌迟！（比试）你呀！就是这样糊里糊涂地死了！请问，重在哪里？

海　瑞　如今我朝，君是昏君，臣是佞臣。我这道疏本，要使君王改过自新，管叫大臣惭愧无地。纵然将我千刀万剐，我也要将他们拉下马！这样的死，怎说不是重如泰山！

何以尚　哈哈！你还要嘉靖爷改过自新吗？

海　瑞　我又不是骂他一场，图个痛快！

何以尚　我倒明白了！

海　瑞　明白何来？

何以尚　你是化外的人儿！

海　瑞　我乃大明臣子，怎说是化外的人儿？

何以尚　却又来！既是大明臣子，当今杀戮大臣，如同削草，你都不晓得吗？

海　瑞　我此疏出于至诚，若能感悟君王，十样过错，改其一二，死而无怨！

何以尚　哈哈！皇帝求仙，是痴心梦想；你要他改过，是梦想痴心！

海　瑞　你的酒已够了！疏本拿来还我。

何以尚　嗳！我的酒，早已被它惊醒了！仁兄，我要朋友好，不要朋友歹，要他活，不要他死！

海　瑞　你的好心，我都明白。

何以尚　听我相劝，打消此念，把这道疏本——焚化了吧！

［何以尚将疏本欲投入火盆，海瑞阻挡、前后两番。

海　瑞　（急忙拦阻）使不得！

何以尚　（赶紧藏过）啊！

海　瑞　贤弟，适才被拙荆烧了一份，再烧了这第二份，少时天明，庆贺大典，我就赶不上了！

何以尚　（一惊）啊！——天明之后，你就去上本吗？

海　瑞　失了机会，我就见不着当今了！

何以尚　（一把拉住海瑞）哎呀！我的好朋友哇！

海　瑞　我们既是好朋友，你就不该耽误了我的大事呀！

何以尚　（色正词严）海仁兄哪！——你的忠介刚直，我十分钦佩。怎奈当今，专横暴戾，嗜杀成性。你六品官儿，以小犯上，无异螳臂当车，蝼蚁扛鼎。有道是，自不量力，君子不为。

海　瑞　是啊！明知不可为而为之，才是大丈夫！——拿来还我！

何以尚　我一辈子也不还你！

海　瑞　啊！——我来问你，这道疏本，可有虚构浮夸之处？

何以尚　桩桩件件，俱是事实！

海　瑞　有理无理？

何以尚　句句有理！

海　瑞　说得对？

何以尚　说得对！

海　瑞　讲得是？

何以尚　讲得是！

海　瑞　嘉靖爷是不是暴君？

何以尚　自然是暴君！

海　瑞　该不该骂？

何以尚　骂也骂得！

海　瑞　骂得可好？

何以尚　骂得好！怎奈他是皇帝呀！

海　瑞　骂得痛快不痛快？

何以尚　哼哼！你今天骂得痛快，明天杀头，也是痛快的呀！

海　瑞　为国一死，虽死犹生，快快还我。（伸手索本）

何以尚　（无言可辩）这——也罢！你若能将上面过于激烈之处，稍改婉转一些，我就还你。

海　瑞　（沉痛地）贤弟呀！嘉靖爷御国四十余年，误尽苍生，今日已到天怒人怨的地步，你痛心不痛心哪？

何以尚　（凄然）唉！我若不痛心，也不会为了国家大事，终日借酒浇愁的了哇……

海　瑞　你既然痛心，我修此本，你就该鼓掌称快，怎么反来阻拦？看将起来，你的痛心，也有几分装腔作势呀！

何以尚　（大为感动）海仁兄！——我的忠心不如你，胆量不如你，见识又不如你，你可算古今第一人臣也！

（散板）这疏本历朝来绝无仅有，

　　　惊天地泣鬼神万古名留。

但愿你感悟君王把苍生挽救，——

仁兄,你拿好了!(双手呈上疏本)

(接唱)天护佑逢凶化吉无灾无忧!

海　瑞　(接本藏袖中)贤弟,你我就此一别!

何以尚　且慢!天色尚早,弟兄痛饮几杯!

海　瑞　啊!你还要饮酒?

何以尚　一杯能解万古愁!

海　瑞　(沉痛地)哎呀贤弟呀!你沉湎杯酒,但知解自己之愁,全然不念解天下倒悬之苦!

何以尚　这——

海　瑞　酒肚糟肠,把你的壮志,消磨殆尽矣!

何以尚　哎呀!

(散板)暮鼓晨钟当领受,

(下决心)罢!

(接唱)摔破酒杯争上游!

[何以尚摔酒杯酒壶。

[海安掌灯引海夫人急上。

海夫人　(散板)东家问过西家走,再求一面死也甘休。

海　安　(打门)开门来。

[院子上开门。

院　子　是哪一位?——原来是海夫人。

海夫人　大哥,我家老爷,可在里面?

院　子　正在里面。

海夫人　海安回去吧。

海　安　是。(下)

海夫人　有劳大哥带路。

院　子　夫人随我来。

［“急冲头”，海夫人进内，院子抽下。

何以尚　啊！嫂嫂来了！

海　瑞　啊！

海夫人　（哭）老爷呀……

海　瑞　你……又来则甚哪！

海夫人　老爷，你……要珍重啊！

海　瑞　夫人不必为我担心，我去之后，你……自己也要珍重啊！

海夫人　（哭）喂呀……

［谯楼五鼓，鸡鸣。

海　瑞　金鸡报晓，天已明亮，就此分别了！

海夫人　老爷，我要送到午门！

何以尚　仁兄，我要送到午门！

海　瑞　好哇！

（散板）刀山剑岭挺身走，

海夫人　（接唱）三魂已渺七魄丢！

何以尚　（接唱）壮怀激烈世少有——

［海瑞出门，海夫人、何以尚后跟，走圆场，海安上。

海　安　老爷。

海　瑞　海安，将棺木搭在午门！

［“凤点头”，海安朝内招手，四抬夫抬薄棺上，亮住，何以尚歪戴乌纱，翻袖弓步，对棺发怔，海夫人翻袖，惊对棺木，海瑞神情激昂。

海　瑞　（接唱）要将黄河变清流！

［“急急风”海瑞下，海夫人、何以尚随下，海安招呼四抬夫抬棺木下。

第八场　冒死上疏

人　物　四内侍、四宫娥、冯保、嘉靖、四小道士、申世恩、高守中、王金、徐阶、高拱、张居正、李春芳、杨博、赵贞吉、王大任、高仪、黄锦、四金瓜武士、四锦衣卫、海瑞。

地　点　西苑。

幕　启　[景同第一场，撤去丹炉、太上老君像及香案。靠后高设坛台一座，加祭祀诸物。

[四内侍、四宫娥、冯保引嘉靖"长锤"上，嘉靖穿道装，执麈尾。

嘉　靖　（流水）庆千秋设大典心花怒放——

赐百福降祯祥答谢上苍。

皇宫院亚赛过蓬莱三岛神仙景象，

有百官进贺表喜气洋洋。

孤本是仙风道骨非同凡响，

骑白鹤登天府如愿以偿。

秦始皇汉武帝比孤不上，

历代的贤君哪一个及得孤王！

皆因是太祖爷英明无双，

创立了锦衣卫镇压百官顺我者昌逆我者亡！

顺孤的，步步高升、加官晋爵有封赏，

逆孤的，在金殿受廷杖、送到锦衣卫大堂、

管叫他一死、去见那五阎王。

因此上大明江山十分稳当，

何况孤明察秋毫哪怕虎狼。

落得个一心一意修真把性养，

孤定是长生不老、不老长生、地久天长！

拈香叩拜孤把坛台上——(腔)

祭天地告神灵万寿无疆。

［嘉靖朝坛台叩拜毕，众人陪拜，嘉靖起立，体力不支，几乎栽倒。四宫娥搀扶，嘉靖强作精神，示意宫娥离开。嘉靖归座，冯保至台中，高喊。

冯　保　咋！文武百官，奉进贺表。

［胡琴奏“柳摇金”，徐阶、高拱、张居正、李春芳、杨博、赵贞吉、高仪、王大任等八大臣手捧贺表，鱼贯而进，牌子住。群臣次第下跪。

徐　阶　臣等进表，庆贺千秋！伏以吾皇：德配唐尧，圣寿无涯！

高　拱　风调雨顺，国泰民安！

张居正　田桑万倍，米谷盈仓！

李春芳　征旗不动，酒旗飘摇！

八大臣　(齐声)正是：江山巩固千千载，社稷康宁万万年！

嘉　靖　哈哈哈！

［八大臣起立，冯保向前收贺表，虚下、放贺表，重上。

嘉　靖　(摇板)众卿家进贺表孤王有赏，

加封赠再赐你白璧一双。

八大臣　谢主宏恩！

［笛奏“节节高”。

冯　保　万岁爷，殿角之上，一派仙乐之声来也！

［笛奏“万年欢”，四小道士执旗，申世恩、高守中、王金各执法器

上，舞蹈作法，祈天祷地毕，牌子住。

王、申、高　(同)吾皇万岁！

嘉　靖　仙师平身。

王、申、高　(同)万万岁！

王　金　启奏万岁，贫道昨晚三更，得一梦兆，甚是吉祥！

嘉　靖　仙师得何梦兆？

王　金　梦见一位仙翁，前来进表祝贺。

嘉　靖　哦！一位仙翁，前来进表祝贺吗？他是哪位仙翁？

王　金　这——

嘉　靖　是寿星老人吗？

王　金　看样子是太上老君吧！那进表仙翁，望空一指，只见一只白鹤，落在庭前。

嘉　靖　那定是南极仙翁了！

王　金　对！对！是南极仙翁！

嘉　靖　后来呢？

王　金　那进表仙翁，他就推了万岁一把——

嘉　靖　啊！进表仙翁推孤则甚哪？

王　金　不、不、不，扶了万岁一把，骑上鹤背，策楞……仙鹤不见了，万岁爷也不见了！

冯　保　万岁爷跟仙鹤又往哪儿去了呢？

王　金　那自然是都上了天了！

嘉　靖　哈哈哈！

(摇板)闻仙师得梦兆龙心欢畅，

从今后任遨游宇宙穹苍。

［黄锦持海瑞疏本上。

黄　锦　启奏万岁，今有户部主事海瑞——(下锣)

徐阶、王金　(不同心理，为之一惊)啊！

黄　锦　(紧接)前来进表！

徐阶、王金　(同时背供)他怎么来了？

嘉　靖　海瑞？——闻听此人孤傲不群，迂腐不化，怎么他也前来进表？(略思)哦！由此足见孤王求仙之事，是深得人心的了！(忽地异想天开)啊，王仙师，你梦中所见的进表仙翁，莫非应在海瑞的身上？

王　金　不……仙翁是白胡子的。

嘉　靖　天下哪有这等巧事！那海瑞非比公卿大臣，善写青词贺表，今日怎么忽然进起贺表来了？定有神灵感应了他！——它这里面，必有文章，孤倒要看看。

徐　阶　(唯恐海瑞闯祸)臣启万岁：海瑞官卑职小，况且从未写过青词，只怕有渎龙目。

王　金　(唯恐海瑞得宠)对呀！海瑞芝麻绿豆官，他还不配上表呢！万岁别看它吧！

嘉　靖　嗳！只要他文章佳妙，何论官大官小。今逢大典，他有心进表，也不可辜负他的诚意，孤还要另眼看待呢！……黄锦，呈上来。

黄　锦　(呈疏本)万岁龙目御览。

嘉　靖　(接疏本，打开看，又怕麻烦)喔呼呀！好长一篇文章！——徐卿，你将海瑞的贺表，念与孤听。

徐　阶　(不得已)领……领旨。(接过、背供)坏了！

嘉　靖　徐卿快快念来！

徐　阶　是是是。——户部云南清吏司主事海瑞谨奏——

嘉　靖　(闭目合睛，倾耳静听)往下念！

徐　阶　(发抖)为、为、为——

嘉　靖　为什么呀？

徐　阶　哎呀呀！这……不是贺表！

嘉　靖　不是贺表，又是什么？

徐　阶　乃，乃是疏本！

嘉　靖　啊！乃是疏本！——黄锦，你拿错了吗？

黄　锦　没错儿，适才在宫门外，海瑞亲手交给奴婢。他还说来的，今儿个是万岁爷千秋大典，身为人臣，理当一贺，这就是他的贺表！

嘉　靖　哦！——(对徐阶)莫非徐卿老眼昏花，看错了哇？

徐　阶　臣——臣不中用了！

嘉　靖　待孤亲览。

［徐阶呈本，嘉靖接过。

嘉　靖　臣海瑞谨奏：为——为直言天下第一事——啊！(几乎不相信，拭目细观，全场肃静，耸耳以听)臣海瑞谨奏，为直言天下第一事——啊！不是贺表！(锣)乃是疏本！奇怪呀！(站立、续念)以正君道，以明臣职，求万世治安事。臣闻为君者，天下臣民万物之主，倘若不问民间疾苦，就是无道。——(颓然坐下)啊！小小海瑞，敢在孤王驾前卖弄虚玄？——待孤再看。(先是默念一段，以神情态度表示内心反应，渐至发抖，最后高声朗诵)……方今天下，官贪吏横，赋役繁增，内灾外侮，民不聊生，百姓们是人人痛恨，个个叫骂，他们不满陛下久矣！(狂叫一声)啊！(振作一下，再往下念，也是先默念一段，以后朗诵)……嘉靖、嘉靖，家家户户，干干净净！——反了哇！反了哇！大胆逆臣，竟敢骂起孤王来了！(忽然神经质地一跳)啊！不好！黄锦，这畜生今在何处？

黄　锦　他说来的，在宫门外候旨呢！

嘉　靖　不对！他一定逃走了！黄锦，快去将他抓了起来，不要叫他逃跑了！

黄　锦　遵命！(急下)

嘉　靖　他……定然逃走了！定然逃走了！(再看疏本)……嘉靖、嘉靖，

家家户户，干干净净。好一个大胆的畜生哪！（掷疏于地）

（散板）海畜生，太狂妄，

气得孤两眼冒火光！

四十五年为皇上，

哪一个大胆敢骂孤王？

［黄锦急上。

嘉　靖　（急问）海瑞逃走了吗？

黄　锦　启奏万岁：海瑞他不会逃走！

嘉　靖　（厉声）唔！怎说不会逃走？

黄　锦　万岁爷，海瑞不但不会逃走，而且还有桩稀奇古怪的事儿呢！

嘉　靖　什么事？

黄　锦　他把棺材都带来了！

嘉　靖　（一怔）啊！

全场人　（闻言同时发怔）啊！

黄　锦　（高声）他上疏就是准备死！

全场人　（同惊异）啊！

嘉　靖　啊！这……畜生莫非他是疯癫？

徐　阶　是啊！此人素有疯癫之状，人人都叫他一声“海痴”。

嘉　靖　（想找落场势）哦！原来他是痴子！

王　金　万岁爷，海瑞要是痴子，怎么有人常在万岁驾前夸他的才能呢？

徐　阶　这——（假装自恨糊涂）嗨！臣老迈昏庸，不辨贤愚，罪该万死！（下跪）

嘉　靖　（拂袖）起过！

徐　阶　谢万岁！（起立）

［全场沉静，嘉靖神情恍惚，胡思乱想，指手画脚，众大臣及内侍宫娥们，面面相觑，不敢作声。

［冯保偷偷蹲下，欲藏过地上疏本，不料被嘉靖看见，喝住。

嘉　靖　且慢！——拿来！

冯　保　万岁爷，保重龙体要紧，不要看了吧！

嘉　靖　（冷笑）哼……此事必有同谋羽党，（说时，阴险地环视群臣一周，群臣吓得低头发抖）哼，孤要追本穷源！

冯　保　（无奈、交本）是。

嘉　靖　（先是默念一段，接下去朗读）……臣望陛下幡然悔改，数一数历来的过错，向天下百姓谢罪，向天下百姓谢罪！——啊！（掷本于地）

［嘉靖浑身战抖，二目直视，张口咋舌。

众　人　（低声唤）万岁！万岁！

嘉　靖　（半晌，略为镇静）哎呀奇怪呀！一个小小的户部主事，竟敢辱骂九五之尊，实实令人难以置信哪！呣！孤倒要看看，他的项上长着几个人头！——黄锦，带领锦衣卫，将海瑞抓来见孤。

黄　锦　遵旨！（急下）

嘉　靖　冯保，金瓜廷杖伺候了！

冯　保　遵旨！（朝外）金瓜廷杖伺候哇！

［四殿前武士，执金瓜钺斧上，侍立。

嘉　靖　（摇板）小小官儿犯君上，

其中恐怕有文章，

追出了同谋叛逆党，

斩尽杀绝免祸殃！

［四锦衣卫搭轿，押海瑞上，黄锦随上，即进内。

海　瑞　（小倒板）狂风掀起滔天浪——

（快板）挖心剖腹也平常。

拼着一死要把直言讲——

［海瑞挖门进，与王金对眼神。

王　金　（夹白）今儿个要你的命！

海　瑞　呸！

（接唱）王金得意喜洋洋。

他笑我自投天罗网——

［海瑞转身，又与徐阶打照面，徐阶摇手，暗示他快点收敛。

海　瑞　（冷笑）哼！哼！哼！

（接唱）老徐阶一旁着了忙。

举目抬头四下望，

堂堂宫殿变道场。

嘉靖爷荒唐成何样，

脱去龙袍换道装。

海瑞举起当头棒，

敲醒昏王梦黄粱。

（唱毕昂首而立）

冯　保　嘟！万岁在上还不见驾！

海　瑞　啊！（故意揉眼，停睛细认）

嘉　靖　（先是垂头，后也揉睛往下看）——

海　瑞　哦！上座是当今万岁么？哎呀不像啊！不像！九重天子，承天应运，至尊无上，乃是顶戴九龙珠冠，身穿滚龙黄袍。龙仪凤表，冠冕堂皇。怎么是头戴道冠，身穿鹤氅，这是什么缘故哇？

嘉　靖　（如心窝被击中一拳，一愣）啊！

冯　保　他就是万岁爷，还不下跪见驾！

海　瑞　你们不要骗我哇！我海刚峰一跪天地，二跪君王，三跪父母，却从来不跪方士老道！

嘉　靖　（又是一愣）啊！

徐　阶　（窃语）你要少说几句呀！

海　瑞　好不容易，上得宫殿，我是知无不言，言无不尽！

徐　阶　（叹）唉！

嘉　靖　看衣更换！

［“五锤”，嘉靖脱道袍，内现龙衣，卸道冠，戴上皇冠。

海　瑞　喔呼呀！果然是天子陛下！臣海瑞见驾，吾皇万岁！（下跪）

嘉　靖　（恨极，咬牙切齿）畜生！畜生！

海　瑞　哦，平身，平身，谢万岁！（起立）

海　瑞　（又气又恨）你……是海瑞？

海　瑞　臣是海瑞。

嘉　靖　这道疏本是你写的吗？

海　瑞　是啊！这道疏本，坦率直言，出于至诚，万岁你看好是不好？

嘉　靖　（恨极，切齿）好哇！

海　瑞　列位大人，我的疏本，万岁也说是好的呀！

八大臣　（无话可答，付之一哂）嘿！

嘉　靖　哼哼！你好大的胆哪！

海　瑞　我若胆小，也不来上本了！

嘉　靖　你莫非吃了熊心豹胆！

海　瑞　不……为臣乃是忠心赤胆！

嘉　靖　孤来问你，你上此疏，有几个人头？

海　瑞　为臣只有一个头，（双关语）但是此头，说他有也好，说他无有也好。

嘉　靖　此话怎讲？

海　瑞　想为臣之头，就是陛下。（锣）也就是天下万民之头。（锣）只因陛下，修真问道，二十余年不曾上朝理政，不曾接见群臣，不曾垂问民情，故而有头如同无头。

嘉　靖　孤有内阁学士，六部九卿，天下之事，了若指掌，又何必事事亲问！

海　瑞　哦！这些内阁学士，六部九卿么？哼哼！他们只会写写青词贺表，阿谀逢迎罢了！（群臣一愣）天下荒荒，他们说是太平无事，苍生疾苦，他们说是安居乐业，他们欺君误国之罪大矣！——

群　臣　（骚动）嘿！

海　瑞　（紧接着转口，叹气）——唉！这也难怪他们！只因万岁爱听好话，拒纳忠言，动辄杀戮臣下，故而他们闭口藏舌，噤若寒蝉，此所谓有其君必有其臣！

嘉　靖　众卿，孤王哪些儿像这畜生所言所讲？

群　臣　万岁乃是有道的明君！

海　瑞　不、不、不！分明是个寡恩薄义的暴君！

嘉　靖　（暴叫如雷）啊！——孤王薄在何处？暴在哪里？

海　瑞　万岁听信方士，二龙不能见面的妖言，二位太子，如同陌路，人道陛下薄于父子；常留西苑，不住正宫，人道陛下薄于夫妇；屡以猜疑诽谤，杀戮臣下，人道陛下薄于君臣！

嘉　靖　你……这样恶言诽谤，孤王要将你碎尸万段！

海　瑞　哎呀呀！动不动就将臣下碎尸万段，不是暴君，又是什么？

嘉　靖　不要巧言舌辩，孤来问你，此疏何人主使？

海　瑞　若问此疏主使之人吗？

嘉　靖　唔！

海　瑞　有！有！有！

嘉　靖　讲！

海　瑞　此疏主使之人，就是海内受苦受难的百姓！

嘉　靖　（颓然一坐）啊！

海　瑞　万岁容奏！

（二三锣）外有倭寇和鞑靼，
内有权贵并赃官。
征赋重重难喘息，

无奈君王不曾观。
君，吃的是凤脑龙肝，
民，吃不着糟糠淡饭。
君，穿的是轻裘绸缎，
民，穿不着破衣烂衫。
君，住的是金銮宝殿，
民，住不着断壁颓垣。
人人都道黄连苦，
不及黎民生计难。

嘉　靖　啊！（对群臣）孤王御国四十五年，难道说无有一点功绩么？

海　瑞　（抢着说）有！有！有！

群　臣　万岁功高三代！

海　瑞　万岁御国以来，修建仙坛数十余所！（锣）敕封道士一百余名！（锣）供养灵芝仙草七百六十九本！（锣）仙兔、仙鹤、仙龟、仙鹿、仙药、仙丹，不知其数！（锣）

嘉　靖　（震怒）啊！

海　瑞　还有！还有！万岁自封妙一飞元真君，加号紫极仙翁，再号万寿帝君，（锣）这都是万岁的丰功伟绩！

嘉　靖　呸！此乃孤王祈求长生，为了百姓降福。

海　瑞　哦！万岁还能长生不老吗？

嘉　靖　孤自然是长生不老！

海　瑞　敢问万岁，曾拜哪位仙家为师？

嘉　靖　孤王的师尊，乃是秉一真人陶仲文仙师。

海　瑞　陶仲文如今安在？

嘉　靖　这——死了！

海　瑞　呵呵！师父尚且短命而死，徒弟焉能长生不老？

嘉　靖　(又如被海瑞击中顶心一拳)啊!

海　瑞　万岁呀！似这样虚无缥缈、海市蜃楼的事儿,又何苦,乐此而不疲呀！哼……

嘉　靖　哎呀!

(散板)一身冷汗如雨浆,

气得孤王口难张。

强挣扎,把话讲,

五马分尸尔的罪难偿!

海　瑞　万岁且慢气恼,若能睁开一只眼,看看民间的疾苦,比之长生不老,胜强万倍也!

(散板)万岁爷登基后万民失望,

将臣僚与百姓当作牛羊。

求神仙分明是痴心妄想,

普天下早把你不当帝王。

嘉　靖　嘟!

(散板)死到临头还倔强,

语无伦次太嚣张。

将逆臣绑午门剁成肉酱——

锦衣卫　(齐声)咋!

[海瑞不待锦衣卫动手,脱袍,抛乌纱,耍水发,"凤点头",洒头。

海　瑞　好哇!

(散板)斩不断海刚峰激烈肝肠!

(厉声)走!

[四锦衣卫押海瑞下。

徐　阶　哎呀!

(散板)这一场轩然大波浪,徐阶在旁暗惊慌!

虎口中怎把羔羊抢？——

(思索)有了！且施巧计救忠良。

臣启万岁：海瑞此番上疏，乃是别有用心哪！

嘉　靖　怎么是别有用心呢？

徐　阶　直言谏君是假，沽名钓誉是真！

嘉　靖　哦！原来他是沽名钓誉！

徐　阶　臣启万岁：海瑞素来沽名钓誉，故而薄有官声，百姓都道他是“包公再世”。此疏一出，必然天下震惊。若杀了他，正中他的诡计，岂不是成全了他的美名。

嘉　靖　(大为不悦)啊！难道说，还饶了他的活命不成吗？

徐　阶　似这样叛逆之臣，决不轻饶！(更加重语气)决不轻饶！

嘉　靖　依卿之见？

徐　阶　依为臣之见么？(假作思考)有了！为今之计，暂缓死刑，打入天牢，传旨锦衣卫大堂，严加审讯，使他攀出同党，然后定罪，明正典刑。四海闻知，都道万岁洞烛其奸，乃是有道的明君！

嘉　靖　(有气无力地)哎呀！

(散板)闻徐卿说利害见高识广，

(夹白)杀了他？

王　金　(神气，得意洋洋)——

嘉　靖　(夹白)不杀他？

徐　阶　(拱手，等候降旨)——

嘉　靖　(接唱下半句)——左右彷徨！

问口供追出了同谋羽党，

也免得天下人说短道长。

(夹白)徐卿，

将逆臣暂免死锦衣卫押放——

徐　阶　领旨！（赶紧出门，揩汗）险哪！（下）

嘉　靖　众卿出宫去吧！

群　臣　辞万岁！

（同唱）实可笑海刚峰处世无方！（下）

［起“小拉子”，王金不服，寻思，进谗。

王　金　万岁爷，九五之尊，杀个把六品官，都办不到么？

嘉　靖　你哪里晓得哟！

（摇板）恨海瑞要把那比干来仿，

王　金　（夹白）他要作比干，可是万岁爷不是纣王啊！

嘉　靖　是呀！

（接唱）孤本是有道君尧舜禹汤。

（呕血）嘟……

黄锦、冯保　（同）啊！万岁吐血了！

嘉　靖　（接唱）问仙师孤长生可有指望？

王　金　（夹白）大有指望啊！

嘉　靖　（又呕血）嘟……

（接唱）孤定将海畜生剖腹挖肠！

（又呕）嘟……

［嘉靖奄奄一息，众宫娥搀下。黄锦、冯保、王金、申世恩、高守中随下。四内侍、四小道士、四武士分下。

第九场　保本廷杖

人　物　何以尚、冯保、四武士、四锦衣卫。

地　点　宫外。

［幕外：何以尚持疏本急上。

何以尚　（散板）大忠良遭囹圄天昏地暗，

满朝中尽都在袖手旁观！

且住！自海仁兄打入天牢，满朝文武，贪生怕死，竟无一人，出面保本。我想海仁兄忠介耿直，无可比伦，若有不测，这天地间正气何在？公道何存？我何以尚不顾身家性命，修本保奏，直闯宫门便了！

（散板）海刚峰谏君王铜肝铁胆，

我保本为的是忠义两全。（奔下）

［场上无人，唢呐吹“风入松”毕，四武士、冯保拉何以尚“急急风”自下首上，四锦衣卫自上首上。

冯　保　锦衣卫听者：万岁传旨，户部司务何以尚，勾结海瑞，朋比为奸，发交锦衣卫大堂，杖刑一百，拷问同谋主使之人！押了下去！

锦衣卫　咋！

［冯保、四武士下。

［四锦衣卫如狼似虎，拉何以尚“洒头”下。

第十场　跪香请命

人　物　施象清、倪树庆、施任氏等百姓男女老少十余人。

地　点　京城街衢。

［幕外。

众百姓　（内唱“泣颜回”）

耿耿海青天!

[施象清、倪树庆、施任氏等百姓男女老少十余人,分各处上场,或执香,或捧木牌。木牌上写“海公为国为民”“释放忠良”“民之父母”“为海公请命”“万世留芳”“青史名标”,等等不一。

众百姓 (齐声接唱“泣颜回”)

犯君王胆敢直言,

只为爱民如子,

下天牢公道倒颠,

跪香乞愿,

赐恩典朝廷明鉴,

释忠良挽救人心,

早日里拨云见天!

[众百姓边唱边走圆场,缓步而下。

第十一场　虎口余生

人　物 提牢主事、二禁卒、老狱吏、海瑞、何以尚、四内侍、黄锦、王金、申世恩、高守中、四锦衣卫、海夫人、海安、施象清、倪树庆、施任氏等百姓男女老少十余人。

地　点 锦衣卫监狱。

幕　启 [“阴锣”,提牢主事引二禁卒抬食担上。老狱吏自下首上,打开狱门。提牢主事引二禁卒进入,吩咐禁卒打开食担,将酒馔安放石桌上。

老狱吏 叩见主事老爷!

提牢主事　罢了！我有丰筵一席，命你好好款待海瑞。

老狱吏　遵命！

［提牢主事、二禁卒出狱门下。

老狱吏　（对着满桌酒菜发怔）嘿！多丰富一席酒菜呀！——慢着，我家主事老爷，今儿个怎么请海老爷吃起酒菜来了？——哎呀不好！看样子海老爷恐怕就要绑赴西市，开刀问斩啦！——（叹）唉！想海老爷这样为国为民，反遭刑戮，这不是天崩地裂日月无光吗！唉！自古忠良没有一个有好下场啊！（拭老泪）待我请他出来，痛痛快快吃这一顿"断头酒"吧！——有请海老爷。

［海瑞素服、腰裙，甩发，缓缓而上。

海　瑞　（干吟"哭相思"）捐躯誓挽流波转，

仗剑先清浊乱源。

唤我出来何事？

老狱吏　请海老爷出来，（指桌上）喏——

海　瑞　啊尊官，这是为何？

老狱吏　这个——那个——

海　瑞　但讲何妨。

老狱吏　这是提牢主事请您老人家吃的。

海　瑞　哦！我倒明白了，莫非——

老狱吏　唉！海老爷，天堂可比人世强得多呢！

海　瑞　哈哈哈！

（散板）求仁得仁丹心在——

（忽有所思，对老狱吏）我有一事相求，还望方便。

老狱吏　海老爷只管吩咐吧。

海　瑞　闻得何老爷为我受尽苦刑，今日此酒，是少不了他呀！

老狱吏　我知道啰！你们好朋友也应该诀别一番。我担待了，您等着。

（下）

海　瑞　有劳了！

（接唱）请出知交诀别来。

［老狱吏搀何以尚一步一拐上。

何以尚　（散板）寒热交加强忍耐，

　　　　鲜血淋漓步难抬。

（喊痛抚伤）喔唷……

海　瑞　（向前抱臂）贤弟，愚兄连累你了！

何以尚　这又算得了什么呀！

（接唱）受杖刑一百棒，（切住）哈哈哈！

（接唱）滋味不坏，

这就是皇家的恩典无涯！作好官谁能免这个买卖——（看见酒菜）

啊！

　　又只见大鱼大肉摆一台？

（白）仁兄，你的口福，倒也不错哇！

海　瑞　此乃提牢主事的厚意。

何以尚　（惊疑）啊！——莫非——（回视狱官）

老狱吏　（黯然）唉！

何以尚　果然你与杨继盛走上一条道路了！

海　瑞　贤弟，愚兄曾记得杨继盛临刑之时，吟诗一首，言道："浩气还太虚，丹心照千古，生平未了事，留与后人补。"

何以尚　仁兄，今天你把它补上了！

海　瑞　补上了？

何以尚　补上了哇！

海　瑞　哈哈哈！

何以尚　（苦笑）哼……（继而泣下）呃……

海　瑞　贤弟，今日我任你一醉！

何以尚　好哇！（激昂地以手拍股，却忘了棒伤）哎唷……（咬牙忍住）我的腿被打断了，我的咽喉却未割断，还能吃酒哇！

海　瑞　贤弟真乃快人也！

内呐喊　喝！

老狱吏　（惊）啊！监斩官来了！海老爷要归天了！

何以尚　仁兄——（抱住海瑞）仁兄！

海　瑞　（昂然）哈哈哈！

黄　锦　（内喊）圣旨下。

［四太监捧大红袍乌纱及蓝袍乌纱，引黄锦上。老狱吏开狱门迎入。

黄　锦　海瑞下跪听旨。

海　瑞　（下跪）万岁！

黄　锦　奉天承运，诏曰：户部主事海瑞，直言敢谏，忠义可嘉，特赦其罪，（下锣）加官一级，钦赐大红袍一件，以奖臣节，望诏谢恩！

海　瑞　（起立）谢万岁！

何以尚　（激动，抱海瑞臂）仁兄，不想你重见天日了！

黄　锦　（问老狱吏）他是谁呀？

老狱吏　犯官何以尚。

黄　锦　何以尚，也有你一份！——何以尚下跪听旨。

何以尚　万岁！（下跪）

黄　锦　户部司务何以尚，免罪释放，官复原职，望诏谢恩！

何以尚　谢万岁！

［老狱吏搀起何以尚。

黄　锦　看衣更换！

［吹打，海瑞穿大红袍，何以尚穿蓝袍毕。

海　瑞　黄公公，海瑞何以不死？

黄　锦　海官儿，昨儿个嘉靖皇上宴了驾了！

海　瑞　哦！万岁宴了驾了！万岁呀……（吹“三枪”，拭目）

黄　锦　（紧接）——今者太子登基，是徐阁老拟了遗诏一道，凡是因直言获罪先王的忠臣，一概释放，这才有了您的活命哪！

海　瑞　哦！原来如此！

何以尚　海仁兄，新主登基，为了挽回人心，不能不将我们放了出来呢！

海　瑞　又被你道破了！

（散板）虎口余生出意外，

［海瑞出狱门，何以尚、黄锦、太监等随出，“阴锣”。四锦衣卫押王金、申世恩、高守中披锁上，与海瑞等打个照面。王金低头，作鬼相。

老狱吏　进来吧！

［王金、申世恩、高守中进狱下，老狱吏关门下。

［黄锦引太监及四锦衣卫下。

［海安引海夫人上。

海夫人　老爷呀……

（接唱）夫妻重见永和谐。

海　瑞　（接唱）指望新朝面目改——（切住）

内呐喊　喝！（夹爆竹声）

海　瑞　（接唱）爆竹歌声父老来。

［施象清、倪树庆、施任氏等百姓十余人上。

众百姓　恭喜海老爷！贺喜海老爷！

海　瑞　多谢众家父老！

施象清　海老爷，你还认识小老儿吗？

海　瑞　你——(略想)莫非住在仙人巷?

施象清　是啊！如今仙人巷不建仙坛了,我们还是住在那里!

海　瑞　如此甚好!

施任氏　海老爷,这把伞还与你老人家!

海　瑞　有劳了!(接伞)

[场面作下雨效果。

施象清　啊！又变天了!

[海瑞撑伞。

老　者　来来来,我们躲在海青天雨伞下吧!

[众百姓围拢海瑞。场面作下雨效果,海瑞擎伞左右前后遮雨而挡不住。

海　瑞　呵呵！可惜我这把伞太小了!

施象清　有这样一把,也就难得的了哇!

海　瑞　哈哈哈!

[海瑞引众走圆场。

大合唱　(朝元歌)青天海公,拯民水火中。

白叟黄童,共仰贤吏风。

敢犯君王、无惧无恐,

陈时弊、至仁大勇,

醒聩振聋,九重天子毛骨悚!

直言天下第一事——君轻民为重,

博得个千秋称颂,千秋称颂!

[大合唱至"直言天下第一事"句,海瑞引众下,幕再启,霞光万道,台上出现大雨伞一把,海瑞擎住,众百姓围绕海瑞,唱最后三句,幕徐徐而下。

(1959年演出本)

京剧

澶渊之盟

编　　剧

陈西汀

作者小传

陈西汀（1920—2002），男，原名熙鼎，江苏滨海人，曾任南京市京剧团、江苏省京剧院编剧。1953 年迁居上海市，先后任华东戏曲研究院、上海京剧院、上海艺术研究所编剧。

时　间　北宋真宗时

人物表

寇　准	宋真宗	毕世安	高　琼	李继隆
萧太后	耶律隆绪	耶律斜轸	萧挞览	韩　杞
王钦若	陈尧叟	丁　谓	张　环	任　跃
曹利用	马　继	内侍甲、乙	二村姑	艄　手

第一场

［耶律斜轸率四辽兵过场。

［曹利用、马继在“滚头子”中打马上，发现地上有车辙马迹，仔细察看，勒马回转。

马　继　曹大人，你我奉了万岁之命，出使辽邦。昨晚夜宿馆驿，今日去至辽京，一来修好，二来探听动静。

曹利用　马将军，你我一路行来，只见车辙满地，分明是精输粮草，忙于用兵之象也。

马　继　辽邦萧后，素称狡诈。

［号角声起。

曹利用　什么声音？

马　继　号角之声！

曹利用　莫非辽兵已集京城了？

［萧挞览率四辽兵过场。

马　继　曹大人，为今之计，不可一同身入虎口。此番前往，风波难料，须着一人，先归报信，方为妥当。

曹利用　言之有理，就命将军回朝报信。速回馆驿，改扮小番模样，连夜逃走。

马　继　是，（介）曹大人。

曹利用　马将军。

马　继　（依依不舍）保重了。（下）

第二场

［四辽侍者、四辽官、萧太后上。

萧太后 （诗）沙白风高塞草黄，

长城万马卧秋霜；

机谋如海深难量，

要渡黄河夺汴梁。

孤，辽邦太后萧燕燕，辅佐老王，统驭内外，老王晏驾，代隆绪孩儿，执掌河山，开疆拓土，国富兵强。近闻南朝赵宋，幼主真宗，信任参知政事王钦若。朝堂上下，阿谀成风；边关将士，武备废弛。为此暗暗调集人马，袭取汴梁。人不知，鬼不晓，杀他个措手不及。适才得报，大都统萧挞览已然率领人马，回到校场，也曾命内侍前去迎接，未见回报。正是：赵家王气尽，转手换乾坤！

（唱"点绛唇"）虎踞幽燕，威尊南面。平生愿。

［辽将引耶律隆绪上。

隆绪／萧太后 （同唱）跃马中原；

萧太后／隆绪 （同唱）南朝成席卷！

隆　绪 参见母后。

萧太后 罢了，一旁坐下。

隆　绪 谢母后。

［内侍甲上。

内侍甲 启奏太后，大都统调集人马，共得二十万众，聚集校场，但等太后传令起驾。

萧太后　命你告诉大都统，就说孤即刻就到。

内侍甲　领旨。（下）

韩　杞　（内）领旨。

［韩杞上。

（念）我朝大兵动，他国使臣来。

　　臣韩杞参见太后，幼主千岁。

萧太后／隆绪　（同）平身。

韩　杞　谢太后、千岁。

萧太后　韩卿何事启奏？

韩　杞　启奏太后，宋朝派来使臣一名，名唤曹利用，携带金帛彩缎，与我朝修好。

萧太后　怎么着？宋朝使臣他……到我国修好来了？

韩　杞　正是。

萧太后　怎么不迟不早，偏偏拣这个时候前来！难道说我们暗袭宋朝的军机，还有什么不密之处，漏了风声了吗？

隆　绪　这……

萧太后　传使臣曹利用立刻前来相见。

韩　杞　领旨。（下）

隆　绪　母后，宋使前来，定是探咱我朝虚实，不如将他杀死，以清后患！

萧太后　鸟进了笼子，还怕他飞走了不成！两国交锋之前，不可大意，须要多加小心。看来他意如何，再作计较。

［韩杞引曹利用上。

韩　杞　启奏太后、大王，使臣到！

萧太后　搜检完毕，命他进见。

韩　杞　太后有旨。搜检已毕，方许进见。（搜）进来！

曹利用　太多心了。（进）拜见太后、狼主。

隆　绪　前来修好，莫非有诈？

曹利用　堂堂大宋，信义为先，奉命前为行聘，何诈之有？

萧太后　嘟！大胆使臣。竟敢借修好为名，探听我朝虚实吗？

曹利用　奉了宋王之命，前来行聘，怎说我探听贵国虚实？贵国又有什么虚实可探？哦是了，我一路行来，只见车辙满地，有行军的迹象。莫非这就是贵后所言虚实之事么？

萧太后　你这话是什么意思？

曹利用　贵后所问，使臣敬以所见奉告，并无他意呀！

萧太后　既然被你识破，我就对你实说了吧！我朝此次兴兵，为的是生擒宋王，统一中原！

曹利用　哈哈哈，既然贵后明言，使臣也就直言相告，贵后此举，我朝早已知晓，使臣前来正是为着晓喻贵后，不要轻举妄动。

萧太后　要我不兴兵，除非按照一百年前晋高祖石敬瑭故事奉表我朝，称为儿皇帝。

曹利用　我大宋岂是石敬瑭可比，须知我朝既有准备，你若轻举妄动，必然一骑不返，片甲无归！

萧太后　哼哼哼……好一个曹利用，竟敢在本后面前花言巧语。告诉你，你朝的事情，就是一点儿芝麻绿豆，本后都是了如指掌，你敢说早有准备欺骗孤家，留神你的脑袋！

隆　绪　武士。

［武士上。

武　士　啊！

隆　绪　将曹利用，拿去砍啦！

武　士　啊！

曹利用　哈哈哈……

（唱“西皮散板”）可笑你北辽邦不知礼敬，

怀鬼蜮忘信义要杀使臣，

我朝中有准备防御严紧，

倘轻举管叫你片甲无存。

隆　绪　住了！你敢在此花言巧语，看剑！

萧太后　慢着！——瞧你一本正经的，很有几分行诈的本领哪。

曹利用　（突然严厉）萧太后！

（快板）良言语任凭你信与不信，

并不是故作游戏悦意娱心。

你数十万三军的命已悬锋刃，

眼看着摧枯拉朽如败叶飘零！

萧太后　（西皮散板）我边报从来是一灵二准，

曹利用　（接唱）准不过我曹利用来自汴京。

萧太后　（接唱）你前来为的是探听音信。

曹利用　（接唱）这诡计我大宋早已知情。

萧太后　（接唱）你巧语花言能阻孤就不把兵进？

曹利用　（接唱）进军容易难退军！

萧太后　（接唱）孤生来有一个怪癖奇性。

曹利用　哦！太后你还有怪癖？

萧太后　（接唱）人说不能我偏要行！

曹利用　我劝你不行的好。

萧太后　武士们。

武　士　啊！

萧太后　（接唱）用囚车载使臣随军从阵！

曹利用　啊。

萧太后　（接唱）陪定孤生擒小宋王大破汴梁城！

曹利用　哈哈哈……我来的时候，就未曾打算回去。走！

隆　绪　押了下去！

武　士　走！（押下）

萧太后　（向左右两看）宋朝使臣说他国早有准备，你们看是真的还是假的？

辽官甲　启奏太后，为臣仔细察看使臣，见他举止安详，语言不乱，准定是真的，不是假的。

辽官乙　启奏太后，为臣看得也十分仔细。使臣举止慌张，言语错乱，分明是假的，不是真的。

萧太后　韩杞！你以为怎么样？

韩　杞　为臣看来，使臣的话，又像真的（萧后回身瞪韩一眼）又像假的。

萧太后　废话！（自语）越说越糊涂了。

内　　　大都统见驾！

萧太后　传。

［萧挞览上。

萧挞览　（念）校场集兵马，要灭宋江山。参见太后。

萧太后　大都统平身。

萧挞览　谢太后。——太后，校场大兵已集，为何迟迟还不起驾？

萧太后　宋朝有使臣到来，言道他国有了准备，为此心中不定哪！

萧挞览　此乃使臣行诈。适才为臣还接到边报，宋朝上下，并无准备！

隆　绪　机不可失，母后起驾。

萧太后　也罢，待本后再略施个小计。韩杞。

韩　杞　在。

萧太后　传令下去，就说七日之内，全国上下，大举行围射猎。

韩　杞　领旨。（下）

萧太后　大都统。

萧挞览　在。

萧太后　就命你立即率领八万骑军，分为三路，左路直取大名，右路直取中山。中间一路！

萧挞览　什么所在？

萧太后　直取澶渊城！

萧挞览　澶渊城！

萧太后　此处控扼黄河渡口，离汴梁咫尺之遥。守将李继隆，兵马只有三万，但有两倍之兵，便可一鼓而下。拿下此城，汴梁如在掌握之中。孤与隆绪亲率步卒随后，分为三路，汴梁城内相见吧！

萧挞览　得令！（下）

萧太后　传令起驾！

隆　绪　起驾！

［“牌子”幕落。

连　场

［马继改扮番兵装束打马急上。

马　继　且住，辽邦明兴围猎，暗发兵马。是我奉了曹大人之命，改扮小番模样，将贼寇军情，打探明白，不免连夜回报朝廷，马上加鞭！（下）

第三场

［“万年欢”牌子中启幕，点四更，黄门官上。

黄门官　（念）朝臣待漏五更寒，

先启朝房待百官；
人说百官上朝早，
谁知最早是黄门官。(出门)
黑洞洞满天星斗，一个人影儿还没有，(打哈欠)到里面再睡一会养养神去。

寇　准　(内)嗯呸！

黄门官　哦，那边好像寇大人来了。

［寇准上。

寇　准　(西皮散板)三更闻得边关报，
睡不成眠起上朝。
见天街静悄尚无人到。

黄门官　果然是寇大人，您怎么这么早就上朝来了？

寇　准　听黄门官之言，朝房之中还无有大臣来到了？

黄门官　四鼓刚刚敲过，天气又这般寒冷，谁不乐意在府里多睡一会呀。

寇　准　(接唱)燕雀巢堂全不解大火临烧。黄门官。

黄门官　寇大人。

寇　准　我有事请教。

黄门官　寇大人，您有话请说，何言请教二字。

寇　准　此刻离五鼓，还有多少时辰？

黄门官　还差半个时辰。

寇　准　哦，差之不远了？

黄门官　还差半个时辰。

寇　准　黄门官，我与你商量一件事。

黄门官　寇大人，您有什么事，只管吩咐，何言商量二字。

寇　准　请你提早半个时辰，(介)敲起景阳钟！

黄门官　您要作什么？

寇　准　催万岁提早上朝。

黄门官　哎呀我的寇大人哪！别的事都好商量，这个事是一丝一毫也不能通融啊。小官我不敢应命，请原谅啦。

寇　准　差之不远，糊里糊涂，也就赖过去了。

黄门官　动也动不得，我的寇大人！

寇　准　敲出事来，有我担待。

黄门官　您担待不了。

寇　准　担待得了。

黄门官　担待不了。

寇　准　担待得了。

黄门官　担待不了。

寇　准　黄门官，我有要紧的大事啊！

黄门官　您的事虽然要紧，我的脑袋可也不是不要紧哪！

寇　准　当真不肯？

黄门官　您请原谅。

寇　准　当真不敲？

黄门官　您请包涵。

寇　准　好哇！

（西皮散板）防边御敌须当早。（亚笛）黄门官！

黄门官　寇大人。

寇　准　瞧你的官儿虽小，倒是守规矩得很哪。

黄门官　寇大人，有道是不以规矩，不成方圆哪。

寇　准　是啊，规矩是要紧的呀，（边说边走近钟边，抽过木杵）休要小看这小小的杵儿，它却有些几斤两啊！

黄门官　是啊，轻如鹅毛，它重如泰山哪！寇大人，你这是作什么？

寇　准　我试试它到底有多少斤两啊。

[连敲介。

黄门官 你拿过来吧，你怎么乱敲呀。（夺过杵，有节奏地敲。生气地）是这样的敲法。

寇　准 你怎么也敲起来了？

黄门官 这叫做一不做，二不休。

寇　准 还差半个时辰，怎样交代？

黄门官 您那句话，糊里糊涂，赖账去！（下）

寇　准 哈哈哈……

（唱）准备着危言震动当朝！

内 请！

寇　准 上朝的人敲得来了。

[毕士安、陈尧叟、丁谓、王钦若上。

毕士安 （西皮散板）为国家荐贤能方是良相，

同商量共计较振作朝纲。

陈尧叟／丁谓 （接唱）身逢着太平时随班下上！

王钦若 （接唱）只见那好事人儿早到朝房。

毕士安 寇大人，你来得甚早。

寇　准 毕丞相，因心中有事，睡不成眠，故而到此甚早。

毕士安 寇大人，深夜不眠，定是为着辽邦行围射猎之事了？

寇　准 怎么？毕丞相也知道有此一事么？

毕士安 ……大人此言何意？

寇　准 毕大人，辽邦此番围猎，若是暗发兵马，谋袭我朝，如何是好？情势万分危急，我朝不可不防。丞相得报之后，还不立刻进宫，奏明万岁，早作准备，直到此时，才与百官姗姗来迟。想他人来迟，（看王钦若一眼）咳！也不足多责！（王钦若等同一怔）老丞相身负国家重任，倘有不测，岂不是轻误时机，那时节你何以自解？

毕士安　哦！

王钦若　（冷笑一声）哼哼哼……好一个他人来迟，不足多责。

寇　准　我当是谁，原来是王大人与陈、丁二位大人，冒犯冒犯。

陈尧叟／丁谓　不敢不敢。

王钦若　请问寇大人，是哪一个告诉大人，此番不是辽邦行围射猎，确定是暗发兵马，谋袭我朝么？

寇　准　王大人，你可敢保辽邦确是行围射猎，不是暗发兵马，谋袭我朝？

王钦若　哎，辽邦行围射猎乃是寻常之事，大人却如此大惊小怪。看来萧后追打獐猫鹿兔，还得大人去管教管教呢！

寇　准　只怕萧后张弓搭箭，不是追打什么獐猫鹿兔，而是要将王大人你们一网打去。

陈尧叟　（向丁）我们这不成了獐猫鹿兔了？

王钦若　哈哈，比喻有趣有趣。啊毕大人，适才寇大人道你身为丞相不该姗姗来迟，要是我等真被一网打去，你这丞相啊，还是大大的獐猫首领、鹿兔班头！

毕士安　獐猫魁首鹿兔班头，哈哈哈。（两边各扫王、寇一眼）

［内禁鞭三响。

毕士安　从位大人！

（唱）一同上朝去面圣，

　　是非黑白自分明。

［毕士安大笑拉王钦若下，陈尧叟、丁谓随下。

寇　准　呀！

（西皮散板）毕丞相平日里忠心耿耿，

　　不信他今日里顺着小人。

　　金殿上准备着一场争论，

　　拼头颅辩一个忠佞分明。（下）

第四场

宋 真 宗　(内)摆驾。

［四内侍、宋真宗上，黄门官随上。

宋 真 宗　(唱流水)深宫日永弦歌静，
喜万方无事享升平。
前几日忽传来谣言一阵，
也曾命曹利用探信辽廷。
文武臣乱纷纷议论不定，
论识见孤但许钦若王卿。
他言道我朝廷声威久震，
那北辽纵大胆怎敢兴兵。
但愿得曹利用早归复命，(入座)

［陈尧叟、丁谓、二朝官上。

陈尧叟等　(同)参见万岁。

宋 真 宗　平身。
(西皮散板)释却了虚惊恐也好安心。

［王钦若上。

王 钦 若　(唱)上金殿狠狠地参奏一本，
拔去了眼中钉我好安心。
臣王钦若见驾，吾皇万岁！

宋 真 宗　王卿平身。

王 钦 若　万万岁。

宋真宗　王卿有何本奏？

王钦若　启奏万岁，有人谣言惑众，勾结朋党，毁谤朝廷，请万岁降旨拿问。

宋真宗　但不知这是哪一个？

王钦若　就是寇准寇大人。

宋真宗　那寇准他怎样谣言惑众？

王钦若　只因辽邦行围射猎，寇准借此兴风作浪，言道此乃暗发兵马，攻打我朝，毁谤万岁，听信奸言。适才在朝房之中当着满朝文武说了许多难听的言语，为臣劝他几句，他反而破口大骂，骂我等是獐猫鹿兔。想那辽邦与我朝和好多年，曹大人出使未归，若是这样无事生非，辽邦闻知，岂不要惹起疑心，败坏和好大计？为此臣特来启奏万岁。万岁宣毕老丞相上殿计议一番，早绝祸根才好。

宋真宗　竟有此事？内侍！

内　侍　在。

宋真宗　宣毕丞相上殿。

内　侍　毕丞相上殿哪。

毕士安　（内）领旨。（上）

（西皮散板）上金殿荐寇准以为丞相，

王钦若少不得气断肝肠。

老臣毕士安叩见吾皇万岁。

宋真宗　卿家平身。

毕士安　万万岁。

宋真宗　内侍，与毕老卿家看座。

内　侍　是。

毕士安　谢万岁。（坐）

宋真宗　啊毕卿，适才王卿奏道，寇准借辽邦射猎之事，谣言惑众，毁谤朝廷，毕卿知晓否？

毕士安　这个。

王钦若　毕大人不必偏袒与我，从实启奏就是。

毕士安　万岁容奏。

（西皮散板）那北辽兴围猎实有此信，

寇大人发议论也是真情。

王钦若　万岁，寇准乱发议论，毕丞相也说有的。

毕士安　（接唱）王大人曾与他一番争论。

王钦若　他竟敢毁谤朝廷。

毕士安　（接唱）那寇准倒有些料事如神。

王钦若　啊……

毕士安　（接唱）明围猎暗发兵无可疑问，

眼见得胡马群乱踏京城。

宋真宗　呀，那辽邦果然名为行围射猎，暗袭我朝吗？

王钦若　毕丞相你怎么也与寇准一般说话。难道说辽邦谋袭我朝有什么凭证不成？

宋真宗　是呀，怎见得辽邦谋袭我朝呢？

毕士安　数月以来，辽邦屡次以少数人马出没边境，小败便去，迷惑我朝，随后便有暗集兵马之报，如今又大举行围射猎，连将起来，不是兴兵，更有何解？

宋真宗　这个……

王钦若　果是兴兵，何以曹大人无有书信回报。

毕士安　曹大人身在辽邦，还不知性命如何，哪得由他自主！

宋真宗　如此说来，卿家你……有何妙策？

毕士安　为今之计，必须择一刚明果断之人，代替老臣，以为宰相，早定防战之策，方不致仓卒之间，束手无计。

宋真宗　哪里有这刚明果断之人？

毕士安　眼前现有。

宋真宗　哪一个?

毕士安　就是那三司寇准!

宋真宗　寇准么?

王钦若　哎呀万岁,寇准如此勾结朋党、妄生议论,怎么毕大人偏偏荐他为相?

宋真宗　这……(两边打量毕与王)

毕士安　哎呀呀,不想今日,却荐了一个勾结朋党、妄生议论的不法小人!想为宰相者,所荐非人,就是一行大罪,不用说我也是寇准的朋党,好,就请万岁一同治罪。

[毕士安免冠跪下。

宋真宗　哎,毕卿休得如此,休得如此,起来起来。

毕士安　老臣罪重如山,不能起来。

宋真宗　起来起来,从长计议,王卿快将毕卿扶起。

王钦若　(扶)起来!——老不死的东西!

毕士安　万岁呀!

(西皮散板)为此事臣已然千思万忖,

急难中肩大任寇准担承。

宋真宗　怎奈寇准忒有些好刚使气,作事任性,难登高位。

王钦若　着哇!就为他这个脾气,先皇在日,就未曾重用。

毕士安　(接唱)寇大人他确是好刚任性,

只是万岁要知道,我朝优柔日久,若无此人担任呵!

(接唱)无此人掌不住一发千钧。

请万岁速降旨传封寇准,

臣愿将老头颅保此忠臣。

宋真宗　呀,

（接唱）既然是老爱卿言切意恳，

为江山孤这里——

王钦若 万岁……

宋真宗 （接唱）权且应承！

毕士安 万万岁。

宋真宗 （西皮散板）只是他到底是好刚任性，

还仗卿高风雅量相位同登。

毕士安 老臣遵旨。

宋真宗 宣寇准上殿。

内 侍 寇准上殿哪。

寇 准 （内）领旨。（上）

（流水）边关一夜风声紧，

朝内千官了不惊。

眼睁睁社稷存亡在俄顷，

毕丞相葫芦妙药不分明。

臣寇准见驾，吾皇万岁。

宋真宗 平身。

寇 准 万万岁。

宋真宗 啊寇卿，闻得卿家为北辽之事，为国忧心，深具远见，毕丞相与王爱卿，一同保荐卿家，以为丞相！

寇 准 ……

王钦若 呸，是是是是啊，适才朝房之中，大人的议论，实在是高人十倍，越想么，越有道理，方才又经万岁与毕丞相一番议论，我此刻是豁然醒悟，茅塞全开，得益匪浅，承教承教！

宋真宗 寇卿听封！

寇 准 臣。

宋真宗 封你以为补相，与毕卿同掌朝堂。

寇　准 谢万岁。

宋真宗 寡人还有一言，叮咛于你。

寇　准 为臣洗耳恭听。

宋真宗 凡为宰相者，必须心气宽和，雍容有礼。卿平日好刚使气，作事任性，今日身当大任，务须与王爱卿等和衷共济，把你那刚之一字，彻底戒除！

寇　准 怎么，陛下要为臣戒除这刚之一字么？

宋真宗 正是。

寇　准 万岁！想臣寇准，并无有什么奇才异能，只有这一点刚直之忱，堪以事奉陛下。今陛下却要臣去此一字，叫为臣何以奉君呵！

（西皮散板）臣生平别无有奇才出众，

只有这一字刚藏在胸中。

若万岁以臣刚直可尽微用，

臣唯有刚上加刚答报九重。

若万岁以臣刚不堪重用，

请收回丞相命另选明公。

众 哈哈哈……寇大人真乃不愧刚直也！恭喜万岁恭喜万岁。

宋真宗 平身平身。

（唱）往日里只耳闻他好刚任性，

今日里初领教实实惊人。

兵权事全付你一手掌定，

有什么军情报即刻奏闻。

寇　准 领旨！

（唱）好一个毕大人独排众论，

荐寇准非容易足见忠诚。

报国家酬知己艰难独任——(下)

宋真宗 毕卿!

(唱)为江山荐寇准你多费精神,

还望他真能够名实相称。

与孤王分忧患安定乾坤,

叫王卿随孤来有所询问。(与王等下)

毕士安 好呀!

(唱)再不愁急难间孤掌难鸣。(下)

第五场

[二幕外。

中 军 启禀丞相,陈丁二位大人前来贺喜。

寇 准 (内应)有请。

中 军 有请。

[启二幕,陈尧叟、丁谓上,寇准下场门上。

陈尧叟/丁谓 寇大人荣任相位,我等特来庆贺。

寇 准 难为二位大人了,今日定要与众位大人一醉方休。

[内喊声。

寇 准 呀。

[旗牌甲上。

旗牌甲 报!——启禀相爷,大事不好。

寇 准 何事惊慌?

旗牌甲 探马报到,辽兵百万,分十路而来。澶渊守将李继隆将军差人前来告急。

寇　准　嘿嘿，我相位尚未坐稳，他果然杀得来了。传来人进见。

旗牌乙　末将进见。

［任跃上。

任　跃　参见丞相。

寇　准　你是奉李继隆将军所差么？

任　跃　正是。有书信在此。

寇　准　呈上来——（念）“辽邦萧后、耶律隆绪，带领百万之众，直扑澶渊，火速救应！”（有些着急，看一看正在颤抖的陈、丁）哈哈哈——区区北虏何来百万之兵。嗳！李继隆百战沙场，今日却怎么也一时惊慌失措了？将军听令！

任　跃　在。

寇　准　命你立刻回去与李继隆将军言讲，就说自古用兵，哪有不分前后，不分马步，涌向一地之理。此乃萧后虚张声势。叫他稳守城池，扼住黄河渡口，就说朝廷兵马早晚便到。

任　跃　得令！（下，旗牌甲同下）

寇　准　中军听令！

中　军　在。

寇　准　命你立刻传令，差人去至河北各地，叫他们坚壁清野，不得乱自出战。

中　军　得令。（下）

陈尧叟　哎呀寇丞相，百万辽兵果然杀至，如何是好啊？

丁　谓　事关紧急，丞相速速启奏万岁要紧。

寇　准　此报不真，何必惊动主上。这……

［旗牌甲拿一叠告急文书上。

旗牌甲　报！——各路告急文书到！

寇　准　呈上来！

旗牌甲　是。

寇　准　二位大人观看！（旗牌甲暗下）

［寇准拿军报，陈尧叟、丁谓分立两边看。

陈尧叟　中山急报！

丁　谓　大名急报！

陈尧叟　定州急报！

丁　谓　阳城淀急报！

陈尧叟　辽兵百万，越过边关！

丁　谓　漫山遍野，锐不可当！

陈尧叟　速速救应！

丁　谓　火急火急！

陈尧叟　哎呀丞相，各路军情，所报相同，定是真实无疑的了！

［钟响。

丁　谓　景阳钟响，速速上朝！（拉陈尧叟欲行）

寇　准　且慢，请二公暂且莫要上朝。

陈尧叟　哎呀寇大人，万岁临朝，我等怎能不去呀？

寇　准　非是寇准不让公等前去，事关军机秘密，只怕二位大人，言语不慎，泄漏边报消息，多有不便！

陈尧叟／丁谓　（互对眼色）寇大人，我等上殿，决不泄漏军情，也就是了。

寇　准　倘若泄漏，莫怪寇准军法无情！

陈尧叟／丁谓　遵命。

陈尧叟　（西皮散板）上金殿决不敢随口乱论。

丁　谓　（接唱）若泄漏听丞相军法施行。（同下）

寇　准　（西皮散板）告急书如雪片飞来报警，

一时间举国内扰扰纷纷。

萧太后布下了弥天疑阵，

倒教我这新丞相煞费经营。

［中军上。

中　军　跟随曹大人出使副将马继回来了，要见丞相。

寇　准　好，速速传他进来！

中　军　马继进见。

［马继上。

马　继　参见丞相。

寇　准　你随曹大人出使，为何独自回来？

马　继　曹大人被扣辽营！

寇　准　你是怎样逃归？

马　继　奉了曹大人之命，改扮小番模样，先行回报贼寇军情。

寇　准　贼寇军情怎样？

马　继　丞相容禀：

（念）辽邦托名行围猎，

号称百万是虚名。

步卒在后十五万，

骑军八万三路行。

统领中军萧挞览，

一心要取澶渊城。

萧氏母子亲临阵，

率领步卒随后军。

虚张声势不足惧，

丞相速速发大兵。

寇　准　辽兵步卒，只有一十五万？

马　继　正是。

寇　准　骑兵只有八万，分为三路？

马　继　正是。

寇　准　如此说来，澶渊一路，只有数万人马？

马　继　正是。

寇　准　将军所报，可保无半点差错？

马　继　这……丞相，末将穿越千里辽地，亲眼得见，无有半点差错。

寇　准　你再想上一想，可还有什么疑问之处？

马　继　（急）丞相如此疑心，莫非道我马继虚报军情。

寇　准　不是，决战大计，全在将军这一报。

马　继　丞相，马继出生入死，幸得不辱曹大人之命，如今大任已毕，愿将项上人头，掷于丞相之前，以明此报不虚。（欲刎）

寇　准　（抓住）这算什么？大敌当前，不该如此轻生，还不将刀收起。老夫决定大计，岂容稍有疏失！勇猛有余，深沉不足。

马　继　……

寇　准　少时还有重任，后面歇息去吧。

马　继　谢丞相。（下）

寇　准　哈哈……真实情由原来如此。中军听令。

中　军　在。

冠　准　传令下去，京城十万禁军，一齐准备，听候调遣！

中　军　得令！（下）

寇　准　（西皮散板）这才是真消息千准万准，

二十万分三路何用担惊。

上金殿见万岁从容奏禀。

［中军上。

中　军　毕大人到。

寇　准　有请。

中　军　有请毕丞相。

［毕士安上。

毕士安　寇大人。

寇　准　毕大人。

毕士安　咳！

（唱）你为什么到此刻不上龙廷？

寇大人，万岁金殿议事，你迟迟不到，如今弄出一桩不幸之事来了！

寇　准　什么不幸之事？

毕士安　万岁要逃往金陵。

寇　准　怎么讲？

毕士安　万岁往金陵逃难！

寇　准　……

毕士安　金殿之上，那王钦若口若悬河，引古证今，把辽邦兵力说得不可一世。老夫虽然苦苦争论，怎奈万岁心中惧怯，不敢提起迎战二字，如今一面准备起程，一面命你点动军马护驾！咳！老夫万万不曾想着，今日荐了你这个护驾逃亡的丞相！

寇　准　啊！

（唱）王钦若竟把这亡国计定！

毕士安　咳！

寇　准　（接唱）小人心如蛇蝎触目心惊！

毕士安　赶快上朝，或有万一之望。

寇　准　（唱）这时候怕难以口舌争论！

毕士安　难道就这样把京城丢了不成？

寇　准　毕丞相！

（唱）请大人按一按焦躁心情。

传马继将军进见。

中　军　有请马将军。

［马继上。

马　继　参见寇丞相，毕丞相。

寇　准　马将军听令！

马　继　是。

寇　准　命你立即率领禁军三万，绕越黄河，沿太行山右，卸枚疾走，限五日之内，赶到邯郸一带，断萧后归路，不得有误！

马　继　得令！（下）

毕士安　寇大人，这是何意？

寇　准　毕大人。

（唱）不上朝等圣驾前来责问，

只一把抓住他御驾亲征！

毕士安　（自语）御驾来征！（一锣，愕然）

寇　准　（接唱）王钦若也叫他一同陪定，

免得他留朝内乱动奸心！

毕士安　好啊！

（唱）到此刻才拿出你真实本领，

差些儿未把我急掉三魂，

看起来我这老花眼虽花有准，

我早说过你是高明丞相擎天柱一根！

哈哈哈……

［旗牌甲上。

旗牌甲　众位大人到。

寇　准　有请。

［陈尧叟、丁谓、三朝官“冲头”上。

二朝官　参见寇丞相。

寇　准　刘位大人,莫非与我庆贺来了?

二朝官　哎呀丞相啊,万岁等候丞相十分焦急,命我等前来催丞相速速前往!

寇　准　辽兵之事,已有安排。备酒多时,众位大人来迟,速来畅饮。

(接唱)庆贺迟罚你们大杯痛饮!

请。

[钟声响。

二朝官　寇大人,你听哪!

寇　准　(不理)请。

(唱)打雷声只当作蚊虫的声音。

高　琼　(内)啊……(上)

寇　准　高王爷来了,快来入座。

高　琼　啊……寇准!万岁金殿议事你不前往,叫你护驾迟迟不到。你的良心何在,天理何存哪!

寇　准　高王爷,寇准今日拜相,乃是大喜之事。高王爷不来庆贺,反吵吵嚷嚷,这等大煞风景之事,好不令人气恼!

高　琼　住口!

(快板)说什么吵吵嚷嚷煞风景,

压不住怒火往上升。

封你当朝为一品,

指望你忠心赤胆为国把忧分。

边关雪片文书紧,

竟作旁观无事人。

火到眉头全不问,

敲破了景阳钟你只当充耳不曾闻。

少时万岁来责问，

有何面目对当今！（踢倒酒宴）

内 圣驾到。

［四内侍、王钦若、宋真宗上。

宋真宗 （西皮散板）百万贼兵来压境，

阖朝上下不安宁。

不见丞相心纳闷！

寇　准 臣寇准不知万岁驾到，有失人臣之礼，死罪死罪。

宋真宗 平身平身。

寇　准 谢万岁。

宋真宗 （一片紧张心情，看见打翻的筵席）啊？

寇　准 臣启万岁。蒙万岁加臣以为首相，臣谨将海南佳味，浙江名酿，设宴相府，以为庆贺。不想高王爷不来庆贺，反而怒气不息，弄得杯盘狼藉。想臣乃万岁所封，高王爷轻视为臣，也就是轻视万岁，万岁降罪才是。

高　琼 啊……

宋真宗 哎……（拦）

（接唱）边关事他竟似无所听闻。

啊丞相，边报紧急，举朝惶惶，你可有所闻哪？

陈尧叟／丁谓 （暗中拿出告急文书）万岁，边关告急文书在此！

宋真宗 待孤看来！——啊，啊，啊！

寇　准 小丑跳梁，原是意中之事，何须介意。

高　琼 住了！你道是小丑跳梁，全不足惧。你既是胸有成竹，就该说出安邦之策，以分万岁之忧。有什么退兵之计，你与我讲，你与我讲！

王钦若 着哇，高王爷之言，真乃快人快语。若是有什么退兵之计，就该说出来与大家一听才是。假装镇静，安定圣心，何济于事？唉，这也难怪，事到如今，我们丞相，又能拿出什么惊人妙计？万岁，时机紧急，还是请万岁从适才朝堂之议，速传御旨，暂避敌锋，驾幸金陵，以图后计。

宋真宗 丞相，你看若是驾幸金陵？

寇　准 大事去矣！

宋真宗 却是为何？

寇　准 我能往彼也能往，万岁去往金陵，难道萧后就不能追往金陵？

王钦若 金陵龙盘虎踞，长江为堑，萧后一时焉能得渡？纵然得渡，还有两湖、闽、浙可走，后路甚宽。

寇　准 倘若再追往两湖、闽、浙？

陈尧叟 还有四川之地，乃是天府之国。

寇　准 若再追往四川？

王钦若 他哪里会追得那样的远哪？

寇　准 自古王业不偏安。司马氏偏安江左，终到灭亡。前事可鉴，王大人难道就不曾知晓？

王钦若 咳！你真乃是泥古而不知今，好刚而不知变。知司马氏偏安江左、终至灭亡，却不知，我朝太宗皇帝，亲征北辽，两狼山、陈斜谷杨继业全军覆没之事！

寇　准 嘿嘿嘿，不提起两狼山之事，还则罢了，提起两狼山之事，叫人好恨！只为将帅不和，大将曹彬失期不进，燕云十六州之地，夺而复失，深仇大患，留到今朝。如今王大人不思复仇之耻，曲解往事，苟安图存，论律当斩！

宋真宗 好了好了，但不知丞相有何妙计？

寇　准 臣启万岁，辽邦号称百万，实乃虚张声势。如今只有举兵奋击，使其片甲不归，雪祖宗之耻，复燕云十六州之地。大兵一动，全胜之期不过五日耳！

众　　（惊）五日！

高　琼　怎么五日可以破敌么？

冠　准　一日出兵，二日行军，三日渡河，四日布阵，五日决战，大事毕矣！

宋真宗　但不知谁去破来？

寇　准　万岁你——

宋真宗　（惊）啊！

寇　准　御驾亲征！

王钦若　哎呀万岁！寇准今日拜相，即置万岁于死地，似这等一意孤行，定要危亡社稷，万岁不可听从！

寇　准　若听臣言，必操胜券；不听臣言，必为辽邦所诳矣！

高　琼　（完全为寇准所服）哎呀万岁！听了寇丞相之言，老夫是如梦方醒，请万岁即刻传旨，御驾亲征，老臣愿作前驱。

寇　准　万岁，辽邦军情，臣已尽知，社稷存亡，在此一举。十万禁军，早已准备。请万岁立刻传旨起驾，命高王爷统领御林军护驾征辽！

宋真宗　高卿！

高　琼　老臣在！

宋真宗　命你带领御林军，护驾征辽。

高　琼　领旨。

寇　准　高王爷，传令车辇，即刻启程。

高　琼　下面听着！准备车辇，即刻起驾。

宋真宗　怎么，今日就行？

王钦若　请万岁回宫稍事准备！

宋真宗　摆驾回宫！

寇　准　（一把拉住）万岁若是回宫，听信了那些顺耳之言，臣等……（看高琼）就见不得万岁了！兵贵神速，请万岁立刻兴兵伐辽。

高　琼　请万岁升辇！

众　　请驾升辇!

王钦若　万岁御休保重,为臣留守京城,使万岁无后顾之忧。

［陈尧叟、丁谓溜下。

寇　准　慢来! 此行岂可无公。万岁道途寂寞,全仗王大人消愁解闷。

王钦若　何人留守京城?

寇　准　请万岁传旨,命毕大人留守京城。

宋真宗　好,就命毕卿以为京城留守,准备粮草接济前军!

毕士安　为臣定不负所托。

［寇准示意高琼起驾。

高　琼　请万岁起驾!

［"牌子",宋真宗等下。留寇准、旗牌、毕士安、二朝官,下二道幕。

毕士安　寇大人,你的好智谋,不如此,万岁怎肯御驾亲征。

寇　准　历朝惧怕辽兵久矣! 加以王钦若等锐意求和,万岁但图苟安,若不出此破釜沉舟之计,何堪设想?

毕士安　大人将王钦若带在身旁,他是个老狐狸。你要随时留意。

寇　准　嘿嘿,只要他伸出狐狸尾,我就将他斩断!

(西皮散板)此一去料必然旗开得胜,

擒萧后收故土听候好音。

［陈尧叟、丁谓探头偷望,寇准看见。

寇　准　哎,二位大人,万岁方才问起你二人,往哪里而去? 如今圣驾正在校场等候你们,快快一同前去。带马!

(唱)辞大人踏上了北征鞍镫。

［旗牌带马,上马。

寇　准　(唱)扬汉家旧声威扫穴犁庭!(下)

毕士安　(唱)不遇着疾风儿哪知草劲,

宋江山若无恙赖有斯人!(下)

第六场

萧太后 （内唱西皮倒板）人马才入中原境。

［众辽兵、众辽将、中军、萧太后上。

萧太后 （喝流水）只觉得精神快十分，

笑则笑赵家小儿无福分，

锦绣河山享不成。

黄河饮马鱼龙遁，

揽辔安闲看汴京，

风雪飘飘军疾进！

［韩杞上。

韩　杞 启禀太后，大事不好。

萧太后 （接唱）何事惊慌快奏明。

韩　杞 禀太后，宋朝皇帝，御驾亲征。直向澶渊一路而来，已离黄河不远！

萧太后 你说什么？

韩　杞 宋朝皇帝，亲自带领人马，跟咱们打仗来啦！

萧太后 这是谁差你来报的？

韩　杞 大都统。

萧太后 宋王共有多少人马？

韩　杞 不知道。

萧太后 宋王何时兵发汴梁？

韩　杞 不知道。

萧太后 宋王护驾的有哪些个文武，这个主意，又是哪一家大臣出的？

韩　杞　大都统都没有告诉我。

萧太后　咳！没用的奴才，报这个报子，可有什么用呢？你躲开点儿吧！

韩　杞　是。

萧太后　真没想到小宋王他……竟有这个胆子前来对阵哪！这是我这双老眼看错了棋啦？韩杞听令哪！

韩　杞　在！

萧太后　命你飞鸟回去，告诉大都统，叫他赶快率领大兵，急趋澶渊。一路之上，遍张灯笼火把！说我连夜赶到前军！

韩　杞　得令。（下）

萧太后　中军过来！

中　军　在。

萧太后　命你立即去至后军，传告大王，叫他火速催动大军，冲风冒雨，大雪披霜！兼程疾走！轻装南下！澶渊城外与宋王一决胜负！

中　军　得令！（下）

萧太后　巴图鲁！

众辽兵　在！

萧太后　加鞭催马，赶在宋王之前，先到澶渊！

（快板）天下事竟这般难以料定，

小宋王他竟敢御驾亲征。

赶在他过河前挥军疾进，

澶渊城决一个成败输赢。（下）

［萧挞览、众辽兵灯笼火把过场下。报子过场。

李继隆　（内唱西皮倒板）中流一柱镇澶渊。

［四宋兵掌灯笼，张环、任跃引李继隆上。“扎犄角”。

李继隆　（西皮散板）胡马纷纷起北燕。

御架渡河争一战！（领起“挖门”）

［报子上。

报　子　报！——辽兵灯火遍野，直勾澶渊一路而来！

李继隆　再探。

报　子　啊！（下）

李继隆　（接唱）贼兵疾苦箭离弦，

一场血战在今晚。

［报子上。

报　子　报！沿河一带，俱是贼兵灯火！

李继隆　再探。

报　子　啊！（下）

李继隆　（接唱）贼兵三面逼澶渊，

萧太后好一派汹汹气焰。

［报子上。

报　子　报！——圣驾离河南不远！

李继隆　知道了！

报　子　啊！（下）

李继隆　（快板）果然圣驾到河南，

存亡得失关匪浅。

万里山河系一肩，

孤城紧扼黄河险。

三军听我一令传：

城头四下张弓箭，

连弩埋伏了巧机关。

紧守城池休出战，

单等河南接驾还。

分头准备休迟慢，（转散板）

倘有个疏虞立斩军前！

众　　得令。

［分下。

第七场

［四宋军、高琼上。

高　琼　（流水）六军浩荡声威壮，

行行迤逦近河梁。

心中只服那寇丞相，

有胆有识性刚强。

可笑我险些上了小人当，

撇去了相府酒宴暗暗抱歉在心旁。

催马加鞭前营往。

［一将上。

一　将　前面何人？

高　琼　高琼在此。

一　将　高王爷到。

［李继隆上。

李继隆　（西皮散板）心忙意急见高王。

高王爷。

高　琼　李将军。

李继隆　啊，高王爷，但不知圣驾已到何处？

高　琼　就在后面不远。

［报子上。

报　子　报！——辽兵灯火遍野，直向澶渊一路而来！

李继隆　再探！

报　子　报！——圣驾离河南不远！

李继隆　再探！

高　琼　哦呵呀！老夫一路行来见北岸一片火光，原来辽兵逼近澶渊。

李继隆　澶渊孤城背水，圣驾过河，关系非小。

高　琼　河北军心如何？

李继隆　辽兵号称百万，军中有众寡不敌之虑，闻御驾亲征，却都振奋。

高　琼　好，破贼之计，全在寇丞相心中。少时前来，定当相告。李将军少时圣驾到此，问起河北灯火，就说是澶渊军民欢呼接驾。

李继隆　却是为何？

高　琼　万岁有惧敌之意，听信王钦若之言，竟欲迁都。虽然寇丞相力主亲征，若是万岁晓知北岸贼情，只怕就不肯渡河来了。

李继隆　只是诳驾欺君，其罪非小。

高　琼　国家存亡，在此千钧一发，事已至此，不得不然。寇大人命老夫叮嘱将军，少时见驾，看丞相眼色行事。

李继隆　遵命！

［旗牌上。

旗　牌　圣驾到。

高　琼　一同接驾去者。

［牌子。王钦若、寇准、宋真宗、陈尧叟、丁谓、高琼、李继隆上。

［战鼓声。

宋真宗　啊，北岸何来火光一派，金鼓声喧？

李继隆　启奏万岁，火光乃我国军民防御贼寇所点，金鼓之声，乃澶渊将士，欢呼圣驾。

宋真宗　不是辽兵杀至?

李继隆　正是。

寇　准　请万岁登舟渡河。

王钦若　且慢,启奏万岁,李继隆之言有诈,看这灯火之光遍布千里。河北之地,哪里有许多军民!金鼓之声,一派杀伐之气,哪里是迎接圣驾,分明辽兵已到澶渊。李继隆蒙混万岁,别有居心。万岁不可渡河!

宋真宗　嘟!胆大李继隆,竟敢蒙混孤王,意欲何为?

寇　准　嘟!李继隆,尔乃中原名将,荷国厚恩,今日怎么竟敢蒙混起圣驾来了?我来问你,这灯火之光,金鼓之声,到底是你眼见的真,还是王大人猜测的真?

李继隆　启奏万岁,为臣所奏,句句是实。想河北离此,不过咫尺之遥。万岁若是不信,就请王大人与臣先过河去,看个明白,再行起驾,也还不迟。

寇　准　言得极是,就请王大人先行过河一看。

高　琼　王大人,随我走!(抓王钦若)

王钦若　(惧)这……

宋真宗　不必如此,既然是真,寡人一同过河就是。

李继隆　万万岁。

高　琼　请驾登舟。

[吹打,下。拉开,水声,大船水景,众排列船上。

宋真宗　(西皮原板)茫茫黑夜波涛滚,

九重天子身履前军。

虽然是过河来心中不定。

[一阵风过,雪花飘,王钦若急扶宋真宗。

王钦若　风雪如狂,水寒风冷,请万岁加衣。看狐裘伺候。

[左右进斗篷,宋真宗接过欲披复止。

宋真宗　哎，想军前将士，俱在风雪之中，捍御贼寇，寡人怎忍此重裘。不不不，不用了。

寇　准　王大人，你又错了。

王钦若　嘿！

宋真宗　（接唱）爱寡人王爱卿别具忠心。

　　　　　　雪大风高不禁寒冷！

　　　　　　前面什么所在？

王钦若　哎呀万岁，再向前去，就是河北之地了。

宋真宗　怎么，再向前去，就是河北之地了么？

王钦若　正是。

寇　准　（知王钦若意）艄手。

艄　手　有。

寇　准　中流水急，加快前行！

艄　手　是。

宋真宗　（西皮原板）过中流便是那背水孤城，

　　　　　　　　越行来越觉得心中不稳。

　　　　众位卿家，将舟船暂驻中流，寡人要一观黄河夜景。

王钦若　舟船停下。

寇　准　李将军。

李继隆　在。

寇　准　万岁要停舟中流，观赏黄河夜景，不知风高水急，舟船停得住否？

李继隆　臣启万岁，中流浪急，又系北风逆水，舟船难以停住。

王钦若　住了！只要船舵掌得稳，哪有不能停住之理？

寇　准　王大人，你可知道古语有云：逆水行舟，不进则退。如今圣驾正在逆水之中，这船是停不得的。

王钦若　停不得？

寇　准　停不得。

王钦若　若是停下来?

寇　准　不知要退到什么地方去了!

王钦若　寇相爷。

寇　准　王大人。

王钦若　你真所谓不到黄河心不死!

寇　准　大人你是到了黄河还不死心!

王钦若　啊。

寇　准　啊。

王钦若　嘿嘿嘿……

寇　准　哈哈哈……

高　琼　催舟!

宋真宗　(西皮散板)看起来不过河势已不能。

　　　　　　　　咳!

　　　　　　　　难道说就是孤一人要命,

　　　　　　　　生和死全付他寇准一人!

　　　　［内喊声。

众　　　哦!

李继隆　澶渊百姓,迎接圣驾,请万岁登岸。

　　　　［闭二道幕。

　　　　［牌子,幕外,上场原人上,从人不上。

　　　　［报子上。

报　子　报!——萧太后亲率大兵,直扑澶渊而来。

　　　　［宋真宗大惊,寇准一扶。

寇　准　再探。

报　子　啊!(下)

［宋真宗望寇准。

寇　准　早在臣意料之中，请万岁少安。李将军，万岁行宫可曾备好？

李继隆　俱已安排妥当。

寇　准　好，传我将令，澶渊各军将领，齐集北城楼，共商决战之策，二鼓会齐。

李继隆　遵命。

寇　准　且慢，请问将军，将军营中可有酒？

李继隆　有酒。

寇　准　可有棋？

李继隆　棋，也有。

寇　准　可有能歌善舞的歌伎？

李继隆　澶渊荒僻，这倒无有。

寇　准　就是街头巷尾卖唱的小姑娘也好。

李继隆　丞相要这些何用？

寇　准　北风正紧，大雪纷飞，北城夜色，定然别有佳趣。我要城头赏雪。

李继隆　遵命。（下）

寇　准　请万岁行宫安歇。

宋真宗　全凭卿家。（下）

王钦若　哼哼！我君臣性命，断送你手！（下）

寇　准　哈哈哈……

高　琼　咳！好痛快呀，好痛快！

寇　准　高王爷痛快什么？

高　琼　少时饮酒赏雪，我少不得饮他个几大杯。

寇　准　嘿嘿，就是不让你去吃酒。

高　琼　为何不让老夫前去？

寇　准　你可记得，前日相府之中，我的好几桌美酒，被老王爷这一脚，踢的狼藉不堪。如今不让你去了。

高　琼　哎哎哎，要去要去。

寇　准　高王爷，七万禁军，可已安排就绪？

高　琼　分路渡河，但等天明号炮一响，分路杀出，生擒萧后！

寇　准　非是不让你去吃酒，还有一要紧之事，相烦老王爷。

高　琼　还有要紧之事？

寇　准　老王爷未曾看见，适才万岁一听萧后前来，惊慌失措，加以王钦若从中撺掇，只怕今晚他还是要走的。

高　琼　这……依你之见？

寇　准　寇准去至北城，大会诸将。老王爷必须将圣驾牢牢攀住。五鼓前后，我便回转。

高　琼　要我攀住圣驾？

寇　准　正是。

高　琼　丞相。

（西皮散板）用计调扶你有本领，

攀住万岁数某行。

你只管放心把酒饮，

等你五鼓转回程。（下）

［启二幕。

［丑旗牌掌灯笼，棋童捧围棋，二担酒人，一拿酒具，二村姑携钱竹、笛子上。

丑旗牌　参见丞相。

寇　准　棋酒等物，全都来了？

丑旗牌　全都来了。

寇　准　这是酒？

丑旗牌　是的。这是山西汾水淌出来的，名叫竹叶青。

寇　准　好酒。

丑旗牌　有名的好酒。

寇　准　这是棋?

丑旗牌　这副棋子是上好的“云南扁”。

寇　准　哦,看你如此识货,好像也会着棋的样子。

丑旗牌　哎,马马虎虎,谈不上会下,能走两子罢了。

寇　准　好,少时我们下上一局。

丑旗牌　那您得手下留情哪。

寇　准　你们都是唱曲子的小姑娘?

二村姑　是。

寇　准　你们会唱什么曲儿?

二村姑　莲花落,杨柳青,还有各式各样的山歌小曲。

寇　准　好得很。来,我们上城去者。

丑旗牌　待我与相爷带马。

寇　准　慢来。彤云漠漠,大雪飘飘,万里银装,夜色如画。相爷我要步行踏雪。

(倒板)一天风雪澶渊境。

丑旗牌　遵命。

寇　准　小姑娘,你们方才言道,会唱各式各样山歌小曲,你们先唱一段与相爷听听。

二村姑　请丞相点唱。

寇　准　要我点唱?

二村姑　是。

寇　准　好,你们与我唱上一段——哦,唱上一段你们爱唱的,相爷爱听的。

二村姑　是。

(唱莲花落)山歌唱呀唱连声,

唱的是南北大交兵。

七郎八虎把幽州闯，

杨家将英雄留美名。

杨家将英雄留美名。

寇　准　哈哈哈，唱得不错，口清齿利，好一群聪明的小妮子啊！

（西皮散板）北城棋酒会群英。

（西皮快板）一不是晋谢安矫情物镇，

二不比汉诸葛城上鸣琴，

魁磊儿在胸中消融未尽，

寻快意还须要浊酒千樽。

澶渊城似银装高有数仞！

丑旗牌　澶渊城是李将军亲自督修，坚固得很。

寇　准　（接唱）北城上可容得寇丞相樗蒲怒掷，

妮子们歌舞纷纷？

丑旗牌　北城楼大得很哪。

［军乐声。

寇　准　（接唱）军中乐从来是音凄节冷。

二村姑　（唱杨柳青）一天大雪下纷纷，

万岁过河打辽兵。

寇丞相北城把酒饮，

萧太后吓得走三魂。

萧太后吓得走三魂。

寇　准　好哇。

（西皮快板）今日里山歌竹笛却胜过白雪阳春，

愁只愁萧燕燕……

（转二六）胸无情韵。

纵遇着寇相公她不算知音。

咳！
说什么萧燕燕知音不称，(称读去声)
到如今满朝中君君臣臣、武武文文，
置腹推心，又有几人？
今日里管天下我当以天下为己任，
哪管它明日里奸邪谗谮，发配充军，
碎首尸分，九族无存！
平生毛病好任性……(转散板)

(滑倒)

丑旗牌 哎呀呀，(起扶寇准)丞相未曾跌坏吧？

［下二道幕。

寇　准 哈哈哈……

(接唱散板)未提防复雪之下有坚冰，

(转流水)只为奸谗怀愤恨。

越想越气动无名，
但见小人闪鬼影。
不见大雪满埃尘，
这一跤摔倒理所应。

［李继隆上。

李继隆 啊丞相，丞相吩咐之事俱已安排就绪。天气寒冷，饮上一杯，以御风寒。

寇　准 谢将军。(饮)

(西皮散板)果然是一杯下咽遍体生春。

［报子上。

报　子 报！——萧后离此只有五里之遥。

李继隆 再探。

报　子　啊！（下）

李继隆　（唱流水）辽兵百万来压定，

澶渊只有数万兵。

丞相如此安闲甚，

末将心中解不明。

寇　准　将军！

（唱快流水）尊一声将军且安静，

听我把贼寇军情细说明。

辽兵并无百万盛，

那不过虚张声势恐吓我朝廷。

骑军不过八万整，

步卒只有十数万兵，

马步又分成三路进，

眼前贼不过数万人。

杨延昭保州来坐镇，

石保吉精兵守大名。

我曾命三万雄师马继将军亲率领，

正在那，太行山右，衔枚疾进，斜趋邯郸，

断贼归程。

七万禁军过河助战辽兵难逃遁，

决战单等谯楼报五更，

诸事安排俱妥定，

你道我该不该听歌赏雪复燕云，

常言道制敌须靠奇谋胜，

斩将擒王一网清！

李继隆　哦！明白了。

［闭二道幕。

［报子上。

报　子　报！——萧后来到北城！

李继隆　再探。

报　子　啊！（下）

李继隆　请丞相登城。

寇　准　正要会她！

（西皮散板）久闻得这老婆娘诡诈险狠，

得瞻仰也算是有幸三生。（同下）

萧太后　（内唱西皮倒板）

灯火高烧北城上！

［在倒板中幕徐启，寇准与丑旗牌城上围棋，灯火高照。

［萧太后、萧挞览、众辽兵上。

萧太后　（唱散板）是何人逞大胆如此猖狂，

难道说小宋王把军情瞭望！

众将官！

众　啊！

萧太后　（接唱）按雕弓待孤令万弩齐张！

众　啊！（引弓）

萧太后　（接唱）问城头是何人把姓名报上。

李继隆　呔！我家丞相寇准，在此赏雪！

萧太后　啊！

（快板）老寇准是何时把丞相来当，

难道说曹利用言无虚诳，

难道说宋朝廷确有提防，

难道说王钦若不在朝上，

为什么容寇准如此猖狂，

一时间好叫孤难以猜想！

丑旗牌 吠！闻得萧后亲到前军，问她可敢前来，会会我家丞相！

萧挞览 太后，千万不可向前。

萧太后 （西皮散板）说什么不可露行藏，

此时已在虎身上，

还有甚犹豫与彷徨，

叫声寇准听我讲，

孤便是辽邦太后到疆场！

寇　准 （西皮散板）你就是萧太后久仰久仰，

风雪夜认不清抱歉非常。

萧太后 （接唱）孤这里雄兵百万声威壮，

要渡黄河夺汴梁。

尔何时当了宋丞相，

竟敢送死到前方。

寇　准 （接唱）我朝中封丞相无须着与你先讲，

何劳你忒关心追短问长。

萧太后 （接唱）你既是前来与孤相抗，

为什么还不出城动刀枪？

寇　准 萧后！

（二六）你问我因何不交仗，

有几个缘故听端详。

一来是宋王爷沿途劳乏待静养，

二为着我赋性粗豪，

诗兴发作，酒兴也狂，

兵未交先寻个高歌饮畅，

你看这万里银装，

带砺山河，尽入诗囊，

第三事却为你萧后着想，

一句话说出来你切莫着慌，

你行围射猎号称百万是虚诳，

分明是乘其不备夺取我汴梁，

倘若是我立刻传将令来交仗，

怎奈你二十余万马步全军还未到前方，

大宋丞相江海量，

不欺你孤儿寡妇在疆场。

萧太后 哎呀！

(西皮散板)我军情他竟是了如指掌。

萧挞览 太后。

(接唱)倒不如将老儿射死在城墙。

萧太后 使不得。

[王钦若上。

王钦若 寇丞相，辽兵将至，万岁寻你，你还在这里吃酒啊！

寇　准 辽兵哪，这不是辽兵么？

王钦若 (见辽兵)哎呀！(跑下)

萧挞览 看箭！

[萧挞览射寇准，预伏的火牌升起。

寇　准 哈哈哈……

[萧挞览再射一箭，仍被挡住。

寇　准 (西皮散板)假行围暗发兵鬼蜮伎俩，

数万兵称百万谋袭我邦。

到此间又不敢明阵交仗，

却暗中施冷箭暗把人伤。

真乃是妇人之见难欺丞相，

可笑你，扭扭捏捏，偷偷摸摸，贻笑大方。

萧太后 （接唱）这老儿虚实难猜想，

被他辱骂脸无光，

有心与他拼一仗！

萧挞览 杀！

张　环 辽寇！

（接唱）骂声辽寇敢逞强！

［弩箭发，射中萧挞览。

萧挞览 哎呀！

萧太后 啊！

（接唱）宋营中有埋伏速收兵将。

速速收兵。

［萧太后率众兵将下。

寇　准 啊！

（西皮散板）谁人暗地把弓张，

抓来见我休饶放。

［张环上。

张　环 丞相恕罪。（跪）

寇　准 谁叫你放箭？谁叫你放箭？

张　环 萧后战又不战，是我一时恼怒，射了他一箭，丞相恕罪。

寇　准 你这一箭哪！放得好啊，哈哈哈……

（接唱）老萧后已吓得魂魄飞扬！

李将军。

李继隆 丞相。

寇　准　萧后亡魂丧胆，足证她军虚弱无疑。趁此时机，沿河上下，金鼓齐鸣，使她夜不安眠，明日必获全胜。再传一令，诸将到齐，齐集城楼，听候将令！（下）

第八场

［宋真宗、陈尧叟、丁谓在场上，牌子中，启幕高琼上，站九龙口对真宗一看，来回踱步。

宋真宗　（西皮散板）耳边战鼓声声震，

欲待成眠梦不成。

［王钦若上。

王钦若　（西皮散板）北城险送残生命，

心中还觉有余惊。

参见万岁。

宋真宗　命你去唤寇丞相，可曾前来？

王钦若　万岁，为臣携带内侍数人，分头寻找，行到北城之上，只听一声呐喊，那寇准险些滚下城去。

宋真宗　（惊）啊？

王钦若　如今萧太后率大兵，困住澶渊，水泄不通。请万岁速转河南，去往金陵，不可迟延！

宋真宗　寇准误孤，寇准误孤！吩咐銮驾，退往河南！

高　琼　且慢！不可草草如此起驾。

宋真宗　还要怎样？

王钦若　（同时背引）定要驾转河南。

高　琼　(同时背引)必须攀住圣驾。

高　琼　想陛下此番亲征,威震四海,如今被辽兵吓了回去,岂不被天下人耻笑?想此事皆由寇准一人而起,必须将寇准斩首,使天下之人,皆知亲征之罪,非由万岁,才好起程。

王钦若　咳!到底是高王爷见高识远,若不将寇准斩首,何以谢天下之人?

宋真宗　召寇准。

[内侍甲上。

内侍甲　启奏万岁,奴婢奉命寻找寇丞相。寇丞相现在北城楼上,大会诸将,饮酒赏雪哪,掷骰子,行酒令,吆五喝六,热闹非凡哪!

王钦若　速传万岁旨意,叫他立刻前来见驾。

内侍甲　是。(下)

高　琼　哎呀万岁!王大人方道寇准被辽兵吓得跌跌爬爬滚到城下,怎么此刻又胆大起来,上了城楼饮酒赏雪了?

宋真宗　有些儿奇怪!

内侍甲　(上)启奏万岁,寇丞相大宴之后,亲自唱了两段小曲儿,与诸将围棋,一局未终,躺在虎皮大椅上,呼呼大睡了!

宋真宗　他睡着了么?

内侍甲　打呼的声音,犹如打雷的一样。

宋真宗　起过了。

内侍甲　是。(下)

宋真宗　(西皮散板)他竟在北城头呼呼大睡,
怎不像王卿奏慌乱成堆。
莫非是贼军情了然胸内。

王钦若　(看出宋真宗动摇,加紧催逼)万岁,寇准现在只有饮酒睡觉,闭起眼睛等死,不必再等待于他,起驾要紧。

陈尧叟/丁谓　是啊,起驾要紧。

宋真宗　（打呵欠）

（接唱）朕忽然也想睡一回。

王钦若　不可啊，不可！万岁千万不要被那寇准蒙混。瞧他连万岁的面，也不敢见了！

［内侍甲上。

内侍甲　启奏万岁，寇丞相前来见驾。

王钦若　这……

宋真宗　传。

内侍甲　传。

［寇准上。

寇　准　（西皮散板）北城杯酒惊萧后，

行宫尚留一对头。

小人不去终掣肘！

［高琼出门。

高　琼　未到五鼓，你怎么就回来了？

寇　准　怕你攀不住圣驾。

（接唱）见万岁出小人还要你再助一筹。

高　琼　快些进来吧。

寇　准　臣寇准参见万岁。

宋真宗　寇卿平身。

寇　准　谢万岁。

宋真宗　决战大计，安排怎样？

寇　准　仰万岁洪福，将士同心，河北诸军当贼寇之前，御林军乌袭北虏之后，但等五鼓天明，六军并发，一战可成！

宋真宗　如此说来，万事俱已齐备了么？

寇　准　各事俱已齐备，只是有一紧要之处，还须派一得力大臣，前往镇守!

宋真宗　什么紧要之处?

寇　准　就是大名府天雄军!

王钦若　(抓到机会)啊! 怎么到了此时,大名府天雄军还缺少能将镇守。哎呀万岁! 想大名府乃澶渊右臂,这等紧要之所,尚未安排妥善,还说什么一战可成!

高　琼　丞相,待老夫前往镇守如何?

寇　准　十万禁军,全仗老王爷率领,焉能出镇大名。

宋真宗　该命何人前往?

寇　准　此等紧要之所,为臣意欲亲身前去——

王钦若　万岁,事已至此,寇丞相他想脱身而去了。

寇　准　怎奈大敌当前,臣要亲自指挥决战。

宋真宗　这便如何是好?

寇　准　寇准已为万岁寻得一位福将在此。(取出敕旨)适在北城已为万岁草得敕旨一道,万岁请看。

宋真宗　待孤看来。——(念)"镇守大名,统领天雄军,即着王钦若前往!"

[宋真宗、王钦若同惊骇。

寇　准　决战在即,不容少缓,请万岁授敕!

宋真宗　这……

寇　准　请万岁授敕,请万岁,授敕!

宋真宗　王卿接敕。

王钦若　臣领旨。

寇　准　看酒来!(内侍上酒,寇准接杯)王大人,此酒名曰"上马杯",请王公干杯上马!

王钦若　这……

寇　准　王大人接杯！

高　琼　王大人干杯。

寇准／高琼　（同）王大人请来干杯上马。

王钦若　（战栗）接杯。

高　琼　带马上来！

［旗牌带马上。

旗　牌　马到。

高　琼　请王大人上马。

王钦若　万岁。为臣就此与万岁永别了么？

宋真宗　（变色）这……

寇　准　（厉声呵斥）王大人，你身居重位，当此决战之际，出不祥之言，哭哭啼啼，成何体统，还不速速上马！请来上马！

高　琼　请来上马！

寇准／高　（同）请来，上马！

王钦若　（无可奈何，跪至宋真宗面前）为臣去了。

宋真宗　（扶起）王卿。

王钦若　万岁。

宋真宗　为朕江山，卿且前去，但等北寇一平，立即召卿回转。

［寇准、高琼同时听见一惊。

王钦若　谢万岁。马来！（上马）寇准！钦若此去，死不足惜。只是你身为丞相，报国无方，却将万岁之尊，置于死亡之地，你的眼中哪里是什么当今万岁？分明你将万岁当作一个泥雕木偶，作你孤注一掷！

高　琼　咳！

［高琼猛踢马一脚，马嘶，王钦若下。

高　琼　送他一程！（下）

［寇准、宋真宗同时为王钦若的言语震动。

宋真宗　王卿转来！

寇　准　去之已远。

宋真宗　命人追赶。

寇　准　追赶何事？

宋真宗　另派他人前往。

寇　准　圣命如天，不可更改。

宋真宗　寡人左右，离不得王卿。

寇　准　有寇准现在。

宋真宗　有你现在？

寇　准　有臣现在。

宋真宗　好，如今是万事俱备了？

寇　准　还有一件。

宋真宗　还有什么？

寇　准　请万岁准备御驾，亲至城头观战，以振军威。

陈尧叟　哎呀寇丞相，两军决战，万岁理当驾转河南，何必城头观战？

寇　准　安排齐备，万无一失，三军将士，人人仰盼万岁威容，擒拿萧后！

宋真宗　要去观战？

寇　准　要去观战。

宋真宗　理当？

寇　准　理当观战。

宋真宗　不错，孤是理当观战！（愤然下，陈尧叟、丁谓随下。）

［寇准望宋真宗背影，心中一阵激烈冲击。高琼争上。

高　琼　丞相。

寇　准　王钦若去了？

高　琼　去了。万岁何在？

寇　准　万岁含怒而去。

高　琼　想必为了王钦若临去之言："孤注一掷"！

寇　准　（冷笑）哈哈哈……金陵如今不能去了。

［起五鼓。

寇　准　高王爷听令！

高　琼　在。

寇　准　饮餐战饭！全身披挂！天已五鼓！准备破辽！

高　琼　得令！（下）

第九场

［开打。

［上马夫，遛马。

马　夫　请王爷。

［四宋兵引高琼上，高上马。（因年老上不去，重新再上马。）四宋兵领起来，归后面站正一字。

［李继隆、任跃、张环上。

李继隆　高王爷，你也来了。

高　琼　高某老了不成？

李继隆　不老。

高　琼　不老？

李继隆　不老。（同）哈哈哈。

[高琼下，任跃、张环随下。

[李继隆上马，（起牌子）耍枪花下，四宋兵随下。

[四辽将上。（两边望）

[报子上。报下，四辽将下。

[耶律斜轸上，报子上，脱斗篷，拿锤上马，追下。

[耶律隆绪与马夫上，上马下场。

[辽兵拿萧后枪，牵马，过场。

[四辽将上，上马，领起来，任跃、张环下场门上，会阵。开打，四辽将败下，耶律隆绪上，张、任败下，李继隆挑上。李继隆与耶律隆绪开打。（用十面埋伏最后一段曲牌）李继隆回枪，耶律隆绪用盾牌刀，耶律隆绪败下，李追下。

[四大刀手与四盾牌手开打。（打四合如意）

[高琼与耶律斜轸开打，李继隆挑上，（高下）打耶律斜轸抢背，与辽兵混战，李与辽兵架下。

[任跃、张环与二辽将对开，任跃下。

[张环对二大刀手。

[任跃挑上，二辽将败下。

[耶律隆绪上，对任跃、张环。

[李继隆上，任跃、张环下。李继隆打隆绪抢背，隆绪败下。

[高琼上，辽兵从上场门，宋兵由下场门抄过。

[萧太后上，圆场随辽兵下。

[耶律斜轸与高琼对打。左右上绊马索，高琼落陷阱，马夫翻上，救高琼，高跃出陷阱。辽兵上，倒脱靴，上萧后，刺死马夫。高与萧过半拉河，高挑萧盔，打头，萧归里。

[宋兵下场门上，辽兵退至上场门，萧大旗落下。

[暗灯。

第十场

［萧太后、耶律隆绪、众辽兵将上。

萧太后 （怒不可遏）咳！

（西皮散板）阵前一时失了慎，

金冠被挑落埃尘。

一世威名丢丧尽，

笑煞睽睽天下人。

咳！

韩　杞 启禀太后，大事不好。

萧太后 何事惊慌？

韩　杞 寇准命人带领御林军马，不计其数，埋伏邯郸一带，我军腹背受敌！

萧太后 哎呀！

（接唱）一时轻进遭围困，

腹背受敌怎交兵？

隆　绪 母后！我军身入重地，腹背受敌，不如将全部人马，一齐扑向宋王。死里求生，纵然全军覆没，也要杀他个落花流水！

［中军上。

韩　杞 启禀太后，宋营高挑太后金盔，前来骂阵。

萧太后 与我换盔带马！

隆　绪 换盔带马！

［小军拿盔带子上。

小　军　盔到马到！

隆　绪　请母后上马！

［萧后刚欲上马，忽然停住，纵声奸笑。

萧太后　嘿嘿嘿……把马儿带下去！（小军带马下）

隆　绪　母后这是何意？

萧太后　险些儿作错了大事，能屈能伸，方为丈夫，保全军力，还有再来之望。他要我出战，我却要宋王讲和！

隆　绪　哎呀母后，我军形势如此不利，宋王怎肯讲和。

萧太后　哼，文章就在这里头，宋王胆小，内有奸臣，虽然倚仗寇准，御驾亲征，可是他面对着的是萧太后，也不得不惧怕三分哪！韩杞。

韩　杞　在。

萧太后　曹利用随军囚押，还他冠带，传他立刻进见。

韩　杞　得令！（下）

隆　绪　少时见了曹利用，必须正言厉色，以示我军气壮！

萧太后　哀家晓得。

［韩杞、曹利用上。

韩　杞　使臣到。

萧太后　呔！曹利用听着！今儿个放你回去了，你与我告诉宋王，就说本后愿意和他讲和了！（锣）

曹利用　（讽刺地）哎！这是澶渊，你就要议和了，那汴梁还未曾到达呢！

萧太后　住口！你道本后讲和是惧怕宋王不成！这儿有三件事，要借你的嘴，告诉宋王。一要他偿补我朝金帛百万；二要他在今儿个晚上回音；三要他好好地想一想那十年前两狼山、陈斜谷是怎么一回子的事！你出营去吧！

曹利用　贵后，两军交战正在热闹之际，何必忙于讲和，使臣还是多住两天再走吧！

隆　绪　（拔剑）叫你走你就走！

萧太后　韩杞！

韩　杞　在！

萧太后　放他回去。

韩　杞　是。请吧！

曹利用　哼哼哼……又来了！这叫做早知今日，何必当初！（下）

隆　绪　哎呀母后！若是宋王不肯讲和，还得早作准备。

萧太后　倘若宋王不肯讲和么！一面传令下去，粮草辎重，一齐聚集，准备放火烧毁，决一死战！一面传令，三军鼓噪，叫那小宋王闻声胆寒！（下）

第十一场

［陈尧叟、丁谓站门引宋真宗上。

宋真宗　咳！

（西皮散板）金鼓声只震得天摇地颤，

怕只怕澶渊城变作了两狼山。

［内侍甲上。

内侍甲　启奏万岁，毕丞相解押粮草，来到澶渊候旨。

宋真宗　宣。

内侍甲　毕丞相进见哪！

毕士安　（内）领旨。

［毕士安，内侍下。

毕士安　（西皮散板）寇大人奉万岁亲临战场，

不放心赶前来探望军情。

老臣毕士安见驾，吾皇万岁。

宋真宗 平身。

毕士安 谢万岁。

宋真宗 毕卿来得好，寡人正有一事要问。

毕士安 万岁请讲。

宋真宗 当年先皇征伐北辽，两狼山、陈斜谷之败，到底因由何在？

毕士安 启奏万岁，记得那日出兵之时，寇大人已然说过此事。依臣看来，两狼山、陈斜谷之败，乃是由将帅不和、军令不专而起！

宋真宗 哦！乃是军令不专之故！

毕士安 正是。

丁　谓 如此说来，今日军中大事，由寇丞相一人所专，是断断不会战败的了？

陈尧叟 哎呀毕大人哪！军令虽然要专，可也不能大权独揽哪！就像今日两军决战，祸福难知，何必定要万岁驻驾澶渊，城头观战？若是不幸，被流矢所中，如何是好？

丁　谓 唉！为什么定要万岁御驾亲征？要是万一打了败仗，黄河阻路，就是跑也是来不及的。这就难怪王大人临去大名之时，言说寇丞相把万岁当成“孤注一掷”呀！

毕士安 此话怎讲？

丁　谓 大人你不懂吗？这句话是说一个好赌的汉子，输得只剩下一注本钱。

毕士安 老夫还是不解。

陈尧叟 就是说拿万岁当作最后一注赌本。赢了，寇准名扬天下；输了，大宋江山休矣！

毕士安 （闻言一惊，旋即转为镇静）二位大人，寇大人赤胆忠心，艰难独任，哪些儿是为着自己扬名。老夫不解，若是万岁不明，竟将王大人之言听信，往金陵一走，河南河北，全归贼手。在万岁轻毁祖宗之成业，在公等又有什么好处？

陈尧叟 这……

丁　谓 这是王大人讲的。

陈尧叟 我二人不过是背后议论议论而已。

毕士安 天下事就坏在公等这些背后的议论！

［陈、丁感到毕话不是味道，怏怏而退。

［内侍甲上。

内侍甲 启奏万岁，曹利用回营见驾。

宋真宗 传。

内侍甲 曹大人进见哪！

曹利用 （内）领旨。

［曹利用上。

曹利用 臣曹利用参见万岁。

宋真宗 你怎么回来了？

曹利用 萧后兵败，将臣放回，与万岁议和。

宋真宗 萧后她……情愿议和了？

曹利用 有三件大事，为臣看来不能应允。

宋真宗 哪三件大事？

曹利用 一要我朝偿与金帛百万，二限万岁今晚回音，这三……

宋真宗 什么？

曹利用 要万岁记起一件往事。

宋真宗 什么往事？

曹利用 就是那十年前两狼山、陈斜谷全军覆没之往事！

宋真宗 （被打中要害）哦！……曹利用！

曹利用　臣。

宋真宗　区区草寇，叫寡人好不耐烦。命你立刻前去，告诉萧后。寡人应允讲和就是。金帛百万，如数赏赐，不必多行计较，你……去吧。

曹利用　这个……

寇　准　（内）且慢！

［寇准上。

寇　准　（西皮散板）三军气吐山河壮，

萧后金冠落道旁。

赶至行宫来看望，

眼见燕云归我邦。

万岁，闻听曹大人回营议和，可是真的？

宋真宗　正是。

寇　准　万岁之意如何？

宋真宗　区区草寇，为了百姓，免受刀兵之苦，纵然金帛百万也要赏赐于他！

寇　准　万岁，萧后战败言和，好似瓮中之鳖，正好一战拴拿索回燕云十六州之地，怎么反愿赏赐金帛百万，应允议和？为臣不解。

宋真宗　（不悦）依你之见？

寇　准　依臣之见么？

毕士安　（拦阻）哎寇大人，还要从长计议。

寇　准　毕大人！

（快板）石敬瑭无耻燕云让，

山河千里属辽邦，

胡马百年随意闯，

兴过多少灾和殃。

天遣萧后投罗网，

岂可轻轻纵虎狼。

若还我燕云无话讲，

不还一决在沙场。

机不可失休轻放，

臣言如此请思量。

宋真宗 哼哼哼……我来问你，这眼前是谁家江山，谁家社稷？

寇 准 这……自然是太祖、太宗之江山，万岁之社稷。

宋真宗 既然是孤的江山社稷，难道孤就作不得一些儿主？

寇 准 这……

宋真宗 孤意已决，再言者斩！

［宋真宗拂袖下，陈尧叟、丁谓随下。

毕士安 万岁正在恼怒之时，我也曾与你丢过眼色，你为何不解呀？

寇 准 （西皮倒板）突然间他怒发三千丈！

（西皮散板）斩字居然脱口扬！

毕士安 坐下来，平平气。

寇 准 （接唱）拼着头颅朝后闯！

毕士安 闯不得！（一把死命拉住）路已走到尽处，话已说到头！（作斩首势）

寇 准 毕大人，燕云十六州之地，与寇准人头孰重？

毕士安 这……

寇 准 国家社稷之耻，与寇准人头孰重？

毕士安 这……唉，大人哪！

（流水）休得要逞意气追短问长，

亲征事本来是出于勉强。

这些时他愁只愁回不得汴梁，

好容易盼着个不再交仗。

哪还肯冒风险斗虎拴狼，

更何况有一语他牢记心上，

就是那“孤注一掷”意怏怏！

话到尽头休再讲，

马到悬崖要收缰，

说什么收复燕云旧土壤，

纵然是割下头颅死无用场。

寇　准　嗯……

（二六）此间他如同身历其境，

叹寇准少世故恭顺无能。

我岂不知君王心不喜寇准，

王钦若人虽去魂魄未行。

（转原板）只说是百年祸一朝除尽，

料不想未完事要留与后人！

咳！

天下事岂能够尽如心性，

（快板）再叫声曹大人细听我云。

虽属万岁有圣命，

我有三件事你要凛遵。

一要你晓喻萧后，此番会盟，乃是我朝仁义之情。她必须将无敌兴兵暗袭我邦之咎，写在盟书之上。

曹利用　好，若不允呢？

寇　准　我立刻兴兵与她决战。

曹利用　这二？

寇　准　二要那萧后，明日午时三刻，亲到澶渊城下，歃血订盟！

曹利用　这……

寇　准　她若不来，我立刻动兵，与她决战。

曹利用　这三？

寇　准　虽然万岁言道，百万金帛，在所不惜，如今我命你不得超过十万。若是超过十万，斩！

曹利用　得令！（下）

寇　准　（西皮散板）一时难泄心中愤！（转场）

毕大人，还有一事动问大人。

毕士安　何事？

寇　准　毕大人匆匆忙忙，赶到澶渊，为着何事？

毕士安　解押粮草。

寇　准　不是。

毕士安　是的。

寇　准　不是。

毕士安　是的。

寇　准　毕大人，你为的是：

（西皮散板）叫寇准送掉了故土燕云！（怒下）

毕士安　唉！

（接唱）他一片丹心如皎日，

照不得君王腹内明。（感叹下）

第十二场

［澶渊城外，"吹打"。

［李继隆、高琼、众宋将、曹利用、宋真宗上。

［耶律隆绪、韩杞、众辽将、萧太后上。耶律隆绪持令旗。

萧太后　（念）老寇准手辣心狠，

订盟约逼我亲临！

韩　杞　太后，寇准不在，您放心说话吧！

萧太后　宋王请了。

宋真宗　萧后请了。

萧太后　这一回劳累宋王，担惊受怕，抱歉的很哪！

宋真宗　天子四方巡狩，乃是寻常之事。

萧太后　这都不谈了。

曹利用　（念盟书）"宋景德元年冬十二月，辽邦以会猎为名，暗袭大宋，师会澶渊，辽兵败绩；辽主萧后，亲向宋王谢罪，暖于澶渊。"

韩　杞　我们也得照样念一遍哪！——"辽统和二十二年冬十二月，辽邦以会猎为名，暗袭大宋，师会澶渊，辽兵败绩；辽主耶律隆绪，亲向帝王谢罪——"

萧太后　你得了吧！

韩　杞　这就完了。

萧太后　宋王，盟约已定，这一回算你占尽了上风。我们是后会有期，改日再见，告辞了！

隆　绪　巴图鲁！

众　啊！

隆　绪　回营！

寇　准　（内）萧后慢走！

［寇准上。

寇　准　寇准丞相，与你送行来也！

萧太后　（西皮散板）眼前站定老寇准，

不由我心中暗吃惊。

会盟诸事俱已定，

他又前来为何情？

寇　准　萧后！

（接唱）昨夜城头言未尽，

今朝特地来送行。

军中无物可相赠，

薄礼一桩表寸心。

来来来——（小军捧金盔上，蒙以薄纱）

陈上了——（揭开纱罩）

冠一顶！

［萧太后、宋真宗同一惊。

寇　准　（接唱）礼虽少意深长你莫要嫌轻。

萧太后　（恼羞成怒，勃然变色）

（接唱）好一个狠毒老寇准，

他前来原为辱孤身。

谁不知萧后生来饶血性，

他敢欺我不能把头颅怒掷一死相拼！

一怒今朝同归于尽！

叫三军！——

辽兵将　啊！

萧太后　弓上弦！

辽兵将　啊！

萧太后　刀出鞘！

辽兵将　啊！

萧太后　（接唱）准备血漫澶渊城！

高琼／众宋将　啊……

［宋真宗大惊，高琼等向前遮护，双方剑拔弩张。

寇　准　（大笑）哈哈哈……

（西皮散板）好一个萧太后令人佩敬！

你竟要留你的头回转辽京！

来来来你速速传将令！

你来传令！

萧太后　这……

寇　准　你来传令！

韩　杞　太后，使不得！

寇　准　我谅你也不敢传！

（接唱）你原来敢说不敢行，

悬崖勒马保性命。

见机识趣算你聪明！

金盏还与萧太后！

这是你侵扰我邦蒙羞受辱的座右铭。

［扔盏与韩杞，夺过耶律隆绪令旗。

萧太后　（无可奈何）收兵！（同下）

高琼／众宋将　哈哈哈……

宋真宗　（起望辽兵，再看寇准）寇卿，会盟已定，何必多此一举。

寇　准　万岁，臣自知罪重，有本章呈上。（递表章，丁谓接表章）

宋真宗　念来！

丁　谓　是。（念）“臣好刚任性，不堪为相，请即罢去丞相之职，出镇大名，调换王钦若回朝。”嘿嘿，（从怀内取出一纸）怎么这两张纸都是一个意思啊！

宋真宗　（急止丁谓）嗯……

寇　准　为臣请旨。

宋真宗　（无法掩饰）念来！

丁　谓　是。（念）“辽兵虽去，还须戒备，大名形势险要，即着寇准前往镇守，调换王钦若回朝。”

寇　准　谢万岁。

高　琼　啊！（惊异）

宋真宗　平身平身，摆驾渡河。

［牌子，宋真宗以袖掩面下，众随下。毕士安、高琼、李继隆留。

高　琼　（对此突然情况，茫然不解所以）寇大人，这算何意啊？

寇　准　高王爷，高鸟飞去，良弓暂藏！

高　琼　我这是作梦啊……（顿足）

寇　准　高王爷，这不是梦！（号解声）你来看，那边厢号解悲鸣，旌旗倒卷！辽邦兵马，拔营北遁！文武齐心同御敌，眼前依旧汉旌旗，临歧何必多惆怅——

［内“吹打”，喊声。

寇　准　众位大人请听！城内百姓欢腾，金鼓齐鸣，圣驾奏凯回京，公等速速护驾去吧！

内　侍　请众位大人护驾。

众　　　寇丞相。

寇　准　众位大人！

（念）谈笑相逢会有期！

［内“吹打”，高琼等无可奈何下。

［旗牌带马上。

旗　牌　请丞相上马！

寇　准　带马！

［“尾声”，上马，二村姑上。

二村姑　送丞相。

寇　准　你们不是唱曲子的小姑娘么?

二村姑　是。

寇　准　你们前来作甚?

二村姑　送丞相。

寇　准　好,你们与我唱上一段。

二村姑　遵命。

(吹腔)山歌欲唱不成声,

残雪西风丞相行。

寇　准　(以手止村姑)你们怎么忘了你们爱唱的……

二村姑　哦!丞相您爱听的!

(唱"杨柳青")

澶渊城外晚霞明,

萧太后含羞往北行,

敬送丞相大名去,

过几天我们再把丞相迎。

寇　准　哈哈哈,回京之时定然还走澶渊!

["尾声合头"。夕阳西下,雪扣河山如画。

[剧终。

(1962年演出本)

京剧

智取威虎山

（根据小说《林海雪原》改编）

上海京剧院集体改编

人物表

杨子荣　中国人民解放军某部侦察排长

少剑波　中国人民解放军某部团参谋长

李勇奇　铁路工人

常　宝　猎户女儿

申德华　中国人民解放某部侦察排副排长

卫生员　中国人民解放军某部卫生员（女）

小　郭　中国人民解放军某部警卫员

钟志城　中国人民解放军某部战士

吕宏业　中国人民解放军某部战士

罗长江　中国人民解放军某部战士

战士若干人

常猎户　常宝的父亲

李　母　李勇奇的母亲

张大山　铁路工人

李　妻　李勇奇妻

群众若干人

座山雕　威虎山匪首、国民党伪“滨绥图佳保安第五旅旅长”

栾　平　奶头山匪首许大马棒的“联络副官”

匪参谋长

匪副官长

匪连长

众“金刚”、匪徒若干人

第一场　乘胜进军

［一九四六年冬季。东北某地。

［深山老林，皑皑白雪。

［中国人民解放某部追剿队全副武装，红旗前导，急驰上。

［战士们迎风踏雪，作行军于山路的舞蹈。

罗长江　停止前进！

［众列队。

罗长江　报告参谋长，来到三岔路口！

少剑波　原地休息。

罗长江　是。吕宏业！

吕宏业　到。

罗长江　警戒！

吕宏业　是。（下）

罗长江　原地休息！

众战士　是。

［小郭递地图。参谋长看地图，辨地形。

罗长江　司务长！原地休息！

［内应："原地休息！"马嘶声。

［众踏脚取暖，抖掉身上的积雪。

少剑波　大家累了吧？

众战士　不累！

少剑波　好！同志们！

[众列队。

少剑波 杨子荣、申德华同志到前站侦察，这里就是会合的地点。团党委遵照毛主席《建立巩固的东北根据地》的指示，组成追剿队，在牡丹江一带发动群众，消灭土匪，巩固后方，配合野战军，粉碎美蒋进攻，这是有伟大战略意义的任务。座山雕这股顽匪，逃进了深山老林，我们在风雪里行军已经有好几天了，到现在还没有找到。我们一定要发扬连续作战的精神。(斩钉截铁地、有力地)“下定决心，不怕牺牲，排除万难——

少剑波/众战士 去争取胜利。”

[吕宏业上。

吕宏业 报告，杨排长他们侦察回来了!

[众热切地注视杨子荣来的方向。

[少剑波将地图交小郭。

[杨子荣、申德华上，敬礼。

杨子荣 报告!

少剑波 子荣同志，你们辛苦了!

杨子荣 我们奉命化装侦察，在偏僻的山坳里，救了个哑巴孩子。经他父亲指点，我们到了黑龙沟，搜集到一些情况，查出了座山雕的行踪。

少剑波 好。

杨子荣 唱[西皮摇板]

这一带常有匪出没往返，

番号是“保安五旅第三团”。

昨夜晚黑龙沟又遭劫难，

[快板]

座山雕心狠手辣罪恶滔天。

行凶后纷纷向夹皮沟流窜，

据判断这惯匪逃回威虎山。

少剑波　同志们！我们已经侦察到座山雕的下落，现在要紧紧跟踪。罗长江！

罗长江　到。

少剑波　今晚到黑龙沟宿营！

罗长江　是。

少剑波　子荣同志！

杨子荣　到。

少剑波　我们还要进一步掌握敌情，你带申德华。

申德华　到。

少剑波　钟志城！

钟志城　到。

少剑波　吕宏业！

吕宏业　到。

少剑波　继续向前方侦察！

杨子荣　是。

少剑波　出发！

［众“亮相”。

［幕闭。

第二场　夹皮沟遭劫

［黄昏。夹皮沟村头，枯木斜立，深沟旁峭石杂陈。

［国民党“保安第五旅”座山雕匪帮溃退回山，路过夹皮沟。匪首座山雕向村中窥视。

匪副官长　三爷，这次回山，一道儿上捞到不少东西了；这夹皮沟就在咱家门口，别动它啦。

匪参谋长　是啊，“兔子不吃窝边草”嘛！

座山雕　还管那些！给我多抓些穷棒子带回去修筑工事！男的、女的都要！

匪参谋长　（会意）明白啦。

［匪参谋长率众匪进村。匪副官长正欲进村，被座山雕叫住。

座山雕　副官长，野狼嗥去找栾平，有十天了吧？

匪副官长　嗯，我也正为这件事着急哪。

座山雕　咱们回到威虎山，头一件事就要赶快扩充实力。

匪副官长　是。只要野狼嗥能找着栾平，把许大马棒的那张联络图弄到手，这牡丹江一带就都归咱们啦。

座山雕　不过，侯专员也在到处找这张图，可千万别叫他弄了去！

匪副官长　三爷，您放心，野狼嗥跟栾平是把兄弟，联络图飞不了。

座山雕　嗯！美国人明里拉着国共两党和平谈判，暗里帮着老蒋调兵遣将。听说老蒋已到沈阳，亲自督战，要在三个月之内，消灭关里关外的共军。我看时候到了！

匪副官长　好！等国军一到，北满的总司令就是您的啦！张大帅、满洲国、老蒋，都少不了三爷您哪。哈哈哈哈！

座山雕　哈哈哈哈！

［村内传来犬吠声。

［村内火光四起，人声杂乱：“孩子！”“土匪！”“救命啊！”……

［匪副官长、座山雕冲进村去。小匪随下。

李勇奇　内唱［西皮小导板］

火光冲天（持猎枪、提猎物，边唱边奔而上）人喧嚷，

［快板］

母叫子来儿喊娘。
土匪又来烧杀抢，
豁出性命拼一场！

［李勇奇撂猎物。

［众匪强拉张大山、男女青壮村民，绳捆索绑上。李勇奇与匪扭打。群众被匪拴拽，下。张大山挣断绳索，与匪格斗，下。

［李妻被拉上。李母抱婴儿赶上，喊“媳妇！”李勇奇喊：“娘，娘！”与匪格斗，下。匪连长夺过婴儿奔到深沟边。李妻、李母大喊：“孩子！”匪连长残酷地将婴儿摔于深沟里。

［李勇奇上，和李妻、李母同时惊呼：“啊！”李勇奇怒极，与匪拼死格斗，左膀挨一枪托，“抢背”倒地。

［座山雕上，对准李勇奇开枪。

李　妻　（急呼）勇奇！

［李妻以身遮护李勇奇，中弹亡。座山雕等下。

李勇奇　（急忙站起，悲愤地俯望着妻子）孩子他娘！孩子他娘！孩子他……（将妻子慢慢放于地上）

李　母　（扑过去，悲痛地）媳妇！

［李勇奇悲愤至极，起身，疾步至深沟边，俯视。

李勇奇　唱［西皮快板］

霹雳一声灾祸降，
熊熊怒火烧胸膛。
深仇大恨誓要报，
座山雕！
抓住你刀劈斧剁把血债偿！

［张大山被匪强拉上，喊：“勇奇！”李勇奇欲救；土匪冲上，缚住李勇奇。李勇奇奋力挣扎。

李　母　勇奇！

［李勇奇被掳走。

李勇奇　娘！娘！娘！

［李母追上，被匪推倒在地。

李　母　（起身，“横蹉步”）勇奇！勇奇！勇奇！

［幕闭。

第三场　深山问苦

［午后。偏僻的山坳里。窄小木屋，桌上碗筷狼藉。

［常宝在屋里收拾桌子，常猎户向屋外眺望。

常　宝　爹，刚才来的那一男一女真不讲理，把咱们家刚弄到的一点狍子肉，都吃光了。（气愤地坐于木墩上）

常猎户　（紧张地掩上门）常宝，你知道这一男一女是什么人？

常　宝　那男的不是说，他是中国人民解放军嘛！

常猎户　哼！八年前我被拉上威虎山，在山上见过他。他叫野狼嗥，是土匪。

常　宝　（惊讶地）啊？

常猎户　这儿待不住了！咱们赶紧收拾收拾，到夹皮沟你大山叔那儿去。

常　宝　嗳。

［二人收拾东西。

常猎户　（自语）前几天来的那俩皮货商，说咱们老家来了共产党，帮着穷人闹翻身，不知是真是假？

常　宝　爹，那两个皮货商，可是好人，要不是他们在雪地里救了我，我早就冻死了!

常猎户 是啊!快!

常　宝 嗳。

[常猎户打点好包裹,常宝从墙上取下皮子,隔窗见有人影。

常　宝 爹,又有人来了!

常猎户 (急忙摇手示意)别说话啦!

[二人凝神谛听。

[杨子荣、申德华、钟志城、吕宏业身着白披肩,风帽蒙着军帽上的红星,机警地上。

杨子荣 唱[西皮散板]

紧跟踪可疑人形迹不见,

申德华 老杨,这不是猎户老常的家吗?

杨子荣 对。

(接唱)

再访问猎户家解决疑难。

申德华、吕宏业同志!

申德华/吕宏业 到。

杨子荣 继续向前搜索,得到情况,上这儿会合!

申德华/吕宏业 是。(跑下)

杨子荣 小钟!警戒!

钟志城 是。(跑下)

[常猎户、常宝正在藏皮子,杨子荣走到屋前敲门。

杨子荣 老乡!

[常猎户示意常宝躲起,然后紧张地由屋内出来。

常猎户 (打量杨子荣)你是……

杨子荣 不认识啦?我就是前几天来过的皮货商啊!

常猎户　皮货商？

杨子荣　啊。

［常宝闻声奔出，见身着军装的杨子荣，露出惊讶的神色。

杨子荣　（对常宝）小兄弟，你爹认不出我了。那天不是我送你回家的吗？

常　宝　（又仔细打量，点点头）……

杨子荣　好聪明的孩子！

常猎户　（细看杨子荣，认出）哦！你是杨掌柜的！

杨子荣　啊。

常猎户　对，咱们还认过乡亲呢。

杨子荣　（微微点头）……

常猎户　屋里坐，屋里坐。

［同进屋。常宝整炕让；杨子荣边脱手套，边环视。

杨子荣　（关切地对常宝）你好点儿了吧？

常　宝　（欲语）……

常猎户　（急忙把常宝拉在身后，抢过话头）他是哑巴。

杨子荣　哦，对对对。

常猎户　你又做买卖又当兵，到底是干什么的？

杨子荣　我本来就不是买卖人。（摘下风帽，露出红星）我是中国人民解放军！

常猎户　（惊疑地）你也是中国人民解放军？

杨子荣　是啊。您见过？

常猎户　（掩饰地）哦，没有，没……没有！

杨子荣　（觉察到常猎户对自己的怀疑，坐在木墩上，亲切地）上次来，没跟您多说，我们就是从山东过来的，是毛主席、共产党领导的队伍。

［杨子荣取斧欲劈柴。

常猎户　哦。可老远的，你们到这儿干吗来了？

杨子荣　打土匪！（有力地将斧剁于木砧上）

常猎户　（惊讶地）打土匪？能行？

杨子荣　（站起）我们的大部队都在后头哪！咱中国人民解放军在东北打了好几个大胜仗，牡丹江一带全解放了。大股土匪已经打垮，剩下座山雕这些顽匪逃进了深山老林。我们一定尽快地把他们消灭掉！

常猎户　（无限愤恨地）座山雕哇！……

杨子荣　老常，这一带叫座山雕糟蹋得够苦啦！你们爷儿俩躲进这深山老林，一定有深仇大恨哪！

常猎户　（激愤地坐下，拔起斧头）……

杨子荣　老常，说吧！

常猎户　（不愿触及伤心事）八年了，别提它了！（摔下斧头）

常　宝　（情不自禁地）爹！（扑向常猎户）

常猎户　（一惊）常宝，你……

［常猎户痛苦地坐在木墩上。常宝抽泣，紧依于常猎户膝下。

杨子荣　（无限深情地）孩子！毛主席、共产党会给我们作主的，说吧！

常　宝　叔叔！我说，我说！

唱［反二黄导板］

八年前风雪夜大祸从天降！

［快三眼］

座山雕杀我祖母掳走爹娘。

夹皮沟大山叔将我收养，

爹逃回我娘却跳涧身亡。娘啊！

避深山爹怕我陷入魔掌，

从此我充哑人女扮男装。

［原板］

白日里父女打猎在峻岭上，

到夜晚爹想祖母我想娘。

［垛板］

盼星星盼月亮，

只盼着深山出太阳，

只盼着能在人前把话讲，

只盼着早日还我女儿装。

只盼讨清八年血泪账，

恨不能生翅膀、持猎枪、飞上山岗、杀尽豺狼！

爹！（扑向常猎户）

杨子荣　（激愤地）唱［西皮原板］

小常宝控诉了土匪罪状，

字字血，声声泪，激起我仇恨满腔。

普天下被压迫的人民都有一本血泪账，

要报仇，要申冤，要报仇，要申冤，血债要用血来偿！

［流水］

消灭座山雕，人民得解放，

翻身作主人，深山见太阳。

从今后跟着救星共产党，

管叫山河换新装。

这一带也就同咱家乡一样，

美好的日子万年长！

［钟志城在屋外巡视而过。

常猎户　（激动地）老杨！坐！

［常猎户激动地紧握杨子荣的手，热情地让杨子荣坐在靠门一边的炕头，递烟袋。杨子荣谢辞。常宝递水，杨子荣坐下，一饮而

尽。常宝移木墩，靠近常猎户坐下。

常猎户 老杨，这话说到我心里去了。

杨子荣 哈哈哈哈！

常猎户 嗐，打座山雕可不易呀，他仗着九群二十七地堡，能攻，能守，又能溜，谁也摸不着他呀！

杨子荣 是啊，听说上山这道儿就很难闯啊！

常猎户 可不，前山明道只有一条，又高又陡，加上防守严密，谁上得去呀！

杨子荣 当年您是怎么从山上下来的呢？

常猎户 后山还有条险路。

［杨子荣发现重要情况，移近猎户，全神贯注地倾听。

常猎户 那儿是陡壁悬崖，没人敢走，土匪也没设防。八年前我从那儿下来，要不是落在一棵树杈上，早就粉身碎骨了！

杨子荣 （兴奋地）老常，您提供的情况很有用。只要咱们大家一条心，就没有攻不破的山头！

常猎户 对！就盼着这一天哪！哈哈哈哈！

杨子荣 哈哈哈哈！

常猎户 老杨，不是我拿你当外人呐，刚才这儿来了一男一女，那男的明明是土匪，可他也说是中国人民解放军。

常　宝 我爹在威虎山见过他。他叫野狼嚎！

杨子荣 野狼嚎？他还说过些什么？

常猎户 他管那女的叫嫂子，还说是什么……栾平的把兄弟。

杨子荣 栾平？（起身）

常猎户 （起身）看样子那女的是栾平的老婆。野狼嚎跟她大吵大闹，为了争夺一张什么图？

常　宝 联络图。

常猎户 对。

杨子荣 （思考）联络图？

［钟志城推门。

钟志城 排长！老申他们回来了。

［申德华、吕宏业上。进屋。

申德华 老杨，我们在东北方向的密林深处，发现一具女尸，身旁还有一只血手套。（把手套递给杨子荣）

品宏业 因为风雪太大，埋没了脚印，不知凶手逃到哪儿去了。

杨子荣 老常，这只手套您见过吧？

常猎户 （看手套思索）这手套好像是野狼嗥的。

杨子荣 （果断地）一定是他杀了人，抢走了联络图。同志们，这件案子很复杂，牵涉到咱们逮着的那个栾平。吕宏业！

吕宏业 到。

杨子荣 我们去捉凶手。你把情况向参谋长汇报。我建议提审栾平，追查联络图！

吕宏业 是。（跑下）

杨子荣 老常，事情急迫，不能跟您多谈了。来，这点干粮给你们留下。

［杨子荣解下干粮袋交给常猎户；申德华也解下粮袋交给常宝。

常猎户 老杨！

申德华 收下吧！

常　宝 （感动地）叔叔……

杨子荣 再见吧！（转身向屋门走去）

常猎户 老杨，哪儿去？

杨子荣 追捕野狼嗥。

常猎户 不行啊！野狼嗥准是奔威虎山去了。这里的道儿本来就很难走，眼下大雪封山，生人就更摸不着了。来，我们爷儿俩给你们带路！

杨子荣 （激动地走向常猎户）老常，谢谢您！

常猎户　走！

［常猎户持斧、常宝持枪，急奔屋门。众“亮相”。

［幕闭。

第四场　定　计

［清晨。追剿队宿营地黑龙沟。指挥所内，炭火正红。军事挂图前，少剑波伫立凝思。

［门外狂风呼啸，大雪飞舞，巍巍丛山，层层密林。

［一哨兵持枪警戒，走动于丛树旁。

少剑波　（从容地）唱［二黄导板］

　　朔风吹林涛吼峡谷震荡，

［一阵风吹开屋门。少剑波走近门口，举目远望，心潮激荡。

［回龙］

　　望飞雪漫天舞，巍巍丛山披银装，

　　好一派北国风光。

［慢板］

　　山河壮丽，万千气象，

　　怎容忍虎去狼来再受创伤！

［原板］

　　党中央指引着前进方向，

　　革命的烈焰势不可当。

　　解放军转战千里，肩负着人民的希望。

　　要把红旗插遍祖国四方。

［垛板］

哪怕它美蒋勾结、假谈真打、明枪暗箭、百般花样，

怎禁我正义在手，仇恨在胸，以一当十，

誓把(那)反动派一扫光！

［杨子荣上。

杨子荣 报告！

少剑波 (闻声)老杨！

［杨子荣进屋。少剑波急步上前。

少剑波 凶手抓到了？

杨子荣 抓到了！这是从他身上搜出的一封信和一张联络图。

(把信和图递给少剑波)

少剑波 好！

杨子荣 这一带的路很难找，多亏猎户老常给我们带路哇！凶手先还冒充咱们的侦察员，经过猎户老常当面揭发，他才承认是威虎山的人，叫李充豪，外号叫野狼嗥。

少剑波 好哇！猎户对我们的帮助很大。毛主席早就教导过我们："革命战争是群众的战争，只有动员群众才能进行战争，只有依靠群众才能进行战争。"咱们离开了群众，就寸步难行啊！

杨子荣 是啊！猎户老常还提供了两条上山的道路。我根据他所指的方向，画了一张草图。(递草图)野狼嗥供认了山前这条明道，他说这儿没工事，很容易上。

少剑波 哼！显然是谎话。(略停)你们把猎户父女都安置好了吗？

杨子荣 我们把干粮留给了獵户，他们打算搬到夹皮沟去。

少剑波 好！嗳，老杨，过去栾平可没交代过这张图啊。

杨子荣 对。野狼嗥说，联络图上标着奶头山在东北各地的秘密联络点有三百处。这可是个重要问题呀！

少剑波 栾平已经押到，咱们立即提审，弄清联络图！

杨子荣 好，我去带栾平。（欲走）

少剑波 嗳，老杨，栾平是你的老对手，还是由你来审。

杨子荣 是。（走至门口，对放哨的战士）小张！

小 张 到。

杨子荣 带栾平。

小 张 是。（下）

［少剑波拉上保密帘，进里屋。

［杨子荣把墙边的板凳摆到靠门的地方。

［小郭押栾平上，进屋。

［杨子荣一指板凳，栾平坐下。

杨子荣 栾平！

栾 平 有。

杨子荣 这一向交代得怎么样了？

栾 平 我是愿意坦白的，有什么交代什么。

杨子荣 你还有一样东西没交代。

栾 平 长官，除了身上穿的，我是一无所有！

杨子荣 （出其不意地）一张图！

栾 平 图！

杨子荣 一张联络图！

栾 平 （一惊）呃！（故作镇定）我，我想想……（装作思考）哦，对，对，我想起来了，听说许大马棒是有一张秘密联络图哇。

杨子荣 听说？

栾 平 长官，别误会。这张图是许大马棒的至宝，我连见也没见到过呀。

杨子荣 栾平，你应该懂得我们的政策！

栾 平 我懂，我懂！坦白从宽，抗拒从严。

杨子荣　我问你，你在奶头山是干什么的？

栾　平　这您知道哇，我是联络副官。

杨子荣　哼哼！联络副官不交代联络点，也没见过联络图。看来，你是不想说实话！

［栾平佯作无可奈何。

杨子荣　（示意小郭，猛然地）押下去！

小　郭　（会意）走！

栾　平　（惊恐地）不，不！我……（自打耳光）我姓栾的该死，我该死！我对不起长官，现在我说实话，是有一张秘密联络图。上面画着许大马棒在东北各地的秘密联络点，有三百处哇！在我老婆手里。这么着，您把我放出去，找到她把那张图要来，献给长官，立功赎罪，争取宽大处理。（鞠躬）

杨子荣　你除了联络这三百处，别处呢？

栾　平　别处？那就是座山雕了。不过，座山雕老想着独霸北满，跟许大马棒面和心不和，我跟他很少联络。去年座山雕生日，请我吃百鸡宴，我都没去呀。

［杨子荣机警地发现新情况。

杨子荣　你要老实交代！

栾　平　嗳，嗳！

杨子荣　把那些联络点的详细情况都给我写出来。

栾　平　是，是。

杨子荣　带下去！

小　郭　走！（押栾平下）

［少剑波由里屋出。

杨子荣　这家伙真狡猾！（把栾平坐的板凳放回原处）

少剑波　（风趣地）哼，狐狸再狡猾也斗不过好猎手哇！有关联络图的事儿，他的口供跟野狼嗥倒是一致的。

杨子荣 可是他无意中又说出了百鸡宴。

少剑波 哦。

杨子荣 这封信上座山雕又请他上山赴宴，我看这里面还有问题呀。

参谋长 对。

［申德华上。

申德华 报告！

参谋长 进来。

［申德华进屋。

申德华 参谋长，同志们急着要打威虎山，都写请战书呐！

少剑波 是你带的头吧？

申德华 我……

杨子荣 哈哈哈哈！

少剑波 哈哈哈哈！（坐于炭盆旁）同志们的心情是可以理解的。现在兄弟部队已经封锁住牡丹江一带的渡口要道，座山雕跑不了啦！不过，这个家伙很不容易对付。大家不是讨论过几次了吗？用大兵团进剿，等于拳头打跳蚤，不行；把他们引下山来一口一口地吃掉，任务紧迫，也不行。这是一场特殊的战斗！咱们要记住毛主席的教导，在战略上要藐视敌人，在战术上要重视敌人！（略停）德华同志，再去召开一次民主会，根据新的情况，好好讨论一下。

申德华 是。（下）

［杨子荣欲下。

少剑波 嗳！老杨，你有什么想法？

杨子荣 我想再审野狼嗥，进一步弄清威虎山百鸡宴的情况。

少剑波 好！我等着你拿出主意来！

杨子荣 是。（下）

少剑波 唱[西皮快三眼]

几天来摸敌情收获不小，

细分析把作战计划反复推敲。

威虎山倚仗着地堡暗道，

看起来欲制胜以智取为高。

选能手扮土匪钻进敌心窍，

方能够里应外合捣匪巢。

这任务重千斤派谁最好？（思考）

[原板]

杨子荣有条件把这副担子挑！

他出身雇农本质好，

从小在生死线上受煎熬。

满怀着深仇把救星找，

找到了共产党走上革命的路一条。

[二六]

参军后立誓把剥削根子全拔掉，

身经百战、出生入死屡建功劳。

他多次凭机智炸毁敌碉堡，

他也曾虎穴除奸救出多少战友和同胞。

入林海他与土匪多次打交道，

擒栾平、逮胡标、活捉野狼嚎。

这一次若派他单人入险要，

相信他心红红似火，志坚坚如钢，定能够战胜顽匪座山雕。

[申德华上，进屋。

申德华 参谋长！

少剑波 德华同志，民主会开得怎么样？

申德华 大家仔细研究了敌情，认为我们只能智取，不能强攻，必须派一个同志打进匪巢……

少剑波 对。咱们来谈谈！

［杨子荣穿匪大衣急上，进门。少剑波打量他，申德华惊讶地望着。

杨子荣 胡标前来献图！（行匪礼）

少剑波 胡标？老杨！哈哈哈哈！

申德华 老杨！哈哈哈哈！

杨子荣 哈哈哈哈！（脱大衣，坐下）

少剑波 快说说你的想法。

杨子荣 参谋长，攻打威虎山，我看最好是智取。

少剑波 对。

杨子荣 敌人百鸡宴倒是个好机会。

少剑波 百鸡宴的情况弄明白啦？

杨子荣 弄明白了。每年腊月三十晚上，为座山雕庆寿，要用一百家的鸡摆下筵席，这就叫百鸡宴。（站起）我建议派一个同志打进敌人内部，把明堡暗道全弄清楚，然后利用百鸡宴，把土匪全部集中在威虎厅里，用酒灌醉……

少剑波 追剿队出其不意插上威虎山，打他个措手不及！

杨子荣 对，参谋长，这个任务就交给我吧！

申德华 同志们也提议要老杨担当这个任务！

少剑波 哦，好哇！德华同志，（递联络图）把这张图拿去复制留底。嗳，你通知下去，我们开个支部委员会。

申德华 是！（下）

少剑波 老杨，你改扮土匪，打进威虎山，有把握吗？

杨子荣 我有三个有利条件。

少剑波　这一？

杨子荣　奶头山许大马棒刚垮台，我可以扮作他的饲马副官胡标，这个人现在我们手里，座山雕没见过他；我又熟悉土匪黑话，不会露出破绽。

少剑波　二呢？

杨子荣　我把联络图带给座山雕，作为进见礼，必然取得他的信任。

少剑波　好。

杨子荣　这第三个条件最重要……

少剑波　就是中国人民解放军对党对毛主席的赤胆忠心！

杨子荣　（齐心地）参谋长，你是了解我的！

少剑波　（深情地）老杨，这个任务不比往常啊！

杨子荣　参谋长！

唱［西皮原板］

共产党员时刻听从党召唤，
专拣重担挑在肩。
一心要砸碎千年铁锁链，
为人民开出（那）万代幸福泉。

［二六］

明知征途有艰险，
越是艰险越向前。
任凭风云多变幻，
革命的智慧能胜天。

［快板］

立下愚公移山志，
能破万重困难关。
一颗红心似火焰，
化作利剑斩凶顽！

少剑波　好！你骑上许大马棒的青鬃马，按照猎户老常指引的路线，往东北方……

杨子荣 绕道上山。

少剑波 你走之后，追剿队进驻夹皮沟，发动群众，积极备战，等候你的情报！

杨子荣 我把情报按照记号放在威虎山西南松树林中。

少剑波 我在本月二十六日派申德华去取情报。

杨子荣 我保证准时送出。

少剑波 好，追剿队接到情报，立即出发，里应外合，把座山雕这股顽匪歼灭在威虎山！

杨子荣 参谋长，这是一个完整的作战方案，就这样决定了吧！

少剑波 （激动地抚着杨子荣手臂。少顷）子荣同志！大胆、谨慎！

唱[西皮快板]

相信你定能够完成重任，

这件事关系大举足重轻。

还要开支委会讨论决定，

用集体的智慧战胜敌人。

[杨子荣、少剑波紧紧握住双手“亮相”。

[幕闭。

第五场　打虎上山

[几天后。

[威虎山麓。雪深林密。一株株挺直的栋梁松，高耸入云；缕缕阳光，穿入林中。

杨子荣　内唱[二黄导板]

穿林海跨雪原气冲霄汉!

[杨子荣改装扬鞭飞马而上。作马舞:"骗右腿""蹬腿""横蹉步",以示下山坡;右转身、甩大衣、"跨腿"、"抬腿"、勒马、"大蹉步",以示上高岭;"腾空拧叉",以示穿密林;转身甩大衣、挥鞭、"横蹉步",纵横驰骋。至台口,"抬腿"、勒马、"蹬腿"、"小踮步","亮相"。眺望四方。

[回龙]

抒豪情寄壮志面对群山。

[原板]

愿红旗五洲四海齐招展,

哪怕是火海刀山也扑上前。

我恨不得急令飞雪化春水,

[散板]

迎来春色换人间!

[西皮快板]

党给我智慧给我胆,

千难万险只等闲。

为剿匪先把土匪扮,

似尖刀插进威虎山。

誓把座山雕,埋葬在山涧,

壮志撼山岳,雄心震深渊。

待等到与战友会师百鸡宴,

捣匪巢定叫它地覆天翻!

[远处虎啸。杨子荣作马舞:"抬腿",勒马,甩大衣,转身,"摔叉";虎啸渐近,马惊失蹄;跃起,转身,勒马,"前骗腿",下马,牵马下。

［复上。脱大衣，拔枪，拧“旋子”，“亮相”，机警地观察虎的动向，转身隐蔽树下，看准有利时机，敏捷跃起，连发数枪，虎哀鸣死去。

［远处传来枪声。

杨子荣　（立刻警觉）枪声！匪徒们下山来了。（镇静地）刚刚打死一只，现在又来一群，叫你们同样逃脱不了覆灭的下场！

［匪参谋长内喊：“站住！”匪参谋长率众小匪上。

［杨子荣穿好大衣，挺身上前，行匪礼。

匪参谋长　“蘑菇溜哪路？什么价？”

杨子荣　（昂首不答）……

小匪甲　（发现杨子荣打死的老虎，惊叫）虎！虎！虎！

［众小匪慌张后退。

杨子荣　哈哈哈哈！好大的胆子，那是只死虎。

小匪甲　（略张望）好枪法！天灵盖都打碎了！

匪参谋长　是你打死的？

杨子荣　它撞在我枪口上了。

匪参谋长　唔，好样儿的！是哪个山头的？到这儿干什么来了？

杨子荣　（反问）看样子，你们是威虎山的人啦？

匪参谋长　哼哼！那还用说。（自觉失言）嗯！你到底是哪个山头的？

杨子荣　这个你别问。我要面见崔旅长，有事要相告。

匪参谋长　你怎么连山礼山规都不懂，你不是个“溜子”，是个“空子”！

杨子荣　要是个“空子”，也不敢来闯威虎山哪！

匪参谋长　（威逼地）“么哈？么哈？”

［杨子荣胸有成竹，昂然不答。

众小匪　说！

杨子荣　（傲然地）不见到崔旅长，你们什么都别想问出来！

匪参谋长　（无可奈何地）好！咱们走！你的家伙呢？

杨 子 荣　（轻蔑地）哈哈哈哈！别害怕！

［杨子荣把枪扔给小匪，又示意抬虎、牵马。

匪参谋长　把虎搭着，牵着马！

众 小 匪　是！

［杨子荣向台口作两个急速的转身，甩大衣，坚定、镇静、勇敢地“亮相”。

［幕闭。

第六场　打进匪窟

［紧接前场。

［威虎厅内，阴森的山洞。悬挂着几盏灯火。

［座山雕坐于椅上。“八大金刚”杂乱地分立两旁。众小匪立于厅内左后方。

［座山雕示意匪参谋长带人。

匪参谋长　三爷有令，带“溜子”！

众 小 匪　带“溜子”喽！

［杨子荣昂首阔步上。

杨 子 荣　唱［西皮快板］

虽然是只身把龙潭虎穴闯，
千百万阶级弟兄犹如在身旁。
任凭那座山雕凶焰万丈，
为人民战恶魔我志壮力强。

［杨子荣向前行匪礼。

座山雕　（突然地）"天王盖地虎！"

杨子荣　"宝塔镇河妖！"

众金刚　"么哈？么哈？"

杨子荣　"正晌午时说话，谁也没有家！"

座山雕　"脸红什么？"

杨子荣　"精神焕发！"

座山雕　"怎么又黄啦？"

［众匪持刀枪逼近杨子荣。

杨子荣　（镇静地）哈哈哈哈！"防冷涂的蜡！"

［座山雕用枪击灭一盏油灯。杨子荣向匪参谋长要过手枪，敏捷地一枪击灭两盏油灯。众小匪哗然："呵，一枪打两个，真好，真好，……"被金刚制止。

座山雕　嗬，照这么说，你是许旅长的人啦？

杨子荣　许旅长的饲马副官胡标！

座山雕　胡标？那我问问你，什么时候跟的许旅长？

杨子荣　在他当警察署长的时候。

座山雕　听说许旅长有几件心爱的东西？……

杨子荣　两件珍宝。

座山雕　哪两件珍宝？

杨子荣　好马快刀。

座山雕　马是什么马？

杨子荣　卷毛青鬃马。

座山雕　刀是什么刀？

杨子荣　日本指挥刀。

座山雕　何人所赠？

杨子荣　皇军所赠。

座山雕　在什么地方?

杨子荣　牡丹江五合楼!

座山雕　(略停)嗯,你既是许旅长的饲马副官,上次侯专员召集开会,我怎么只见到栾平副官,没见到你呀?

杨子荣　崔旅长,我胡标在许旅长那儿,不过是个走卒而已,哪儿比得上人家栾副官,出头露面全是人家呀!

座山雕　你来到威虎山打算怎么办?

杨子荣　投靠崔旅长,也好步步登高。今天初登门坎,各位老大就是这样不信任我,可有点不仗义了吧?

座山雕　嘿嘿嘿嘿!这也是为了山寨的安全嘛。哈哈哈哈!

众金刚　哈哈哈哈!

［座山雕接过一旁小匪递上的烟袋。

座山雕　胡标,奶头山何日失陷?

杨子荣　腊月初三。

座山雕　你怎么走了这么多日子?

杨子荣　崔旅长,我胡标这趟来得可不容易呀。奶头山被攻破,我在白松湾避了几天风。

座山雕　白松湾?

杨子荣　就是栾平他三舅家。

座山雕　你见着栾平了?

杨子荣　见着了。

座山雕　那野狼嗥呢?

杨子荣　野狼嗥?

座山雕　啊。

杨子荣　不知道。

［众匪失望地面面相觑。

座山雕　胡标，你来了，那栾平呢？

杨子荣　栾平？

座山雕　啊。

杨子荣　嗐！别提啦！

座山雕　怎么啦？

［众匪一齐拥上。

杨子荣　我……（环顾众小匪向座山雕表示机密）

［座山雕示意，众金刚吆喝："去，去，去！"众小匪被逐下。

座山雕　胡标，栾副官到底怎么回事啊？

杨子荣　一言难尽！

唱［西皮小导板］

提起栾平气难按，

座山雕　他怎么啦？

杨子荣　［原板］

全不顾江湖中"义"字当先。

座山雕　嗳，他怎么不讲义气？

杨子荣　（接唱）

奶头山被攻破我二人幸免，

我劝他改换门庭投靠威虎山。

［众金刚得意。

座山雕　呣，他来不来呢？

杨子荣　（接唱）

人各有志不能强勉，

他不该……

他不该恶语伤人吐狂言。

座山雕 他说什么？

杨子荣 他说……

座山雕 说什么？

杨子荣 咳！

座山雕 （急不可待地）嗳，老胡，你说，你快说呀！

杨子荣 他说：

（接唱）

座山雕也要听侯专员……

座山雕 什么

杨子荣 （接唱）

调遣！

座山雕 （右腿跨椅子，转身，暴跳地坐下）啊！什么？我听他的调遣？

众金刚 去他的，什么玩意儿！

杨子荣 栾平他还有话呢！

众金刚 他说什么？

杨子荣 （接唱）

八大金刚无名鼠辈更不值一谈。

众金刚 （激怒地嚷叫）啊！这个兔崽子！

杨子荣 （流水）

他自称凤凰要把高枝占，

侯专员树大根深是靠山。

众金刚 去他的吧！

杨子荣 （接唱）

说话间掏出图……

座山雕 图？

杨子荣 （接唱）

一卷!

［座山雕下位馋涎欲滴地跟在杨子荣身后团团转。

座山雕 图!

杨子荣 ［西皮摇板］

投专员献宝图定可升官。

座山雕 是那张联络图吗?

杨子荣 对,正是那张秘密联络图。

座山雕 (焦急地)这么说,他把那张图献给侯专员啦?

杨子荣 您别着急。

(接唱)

他得意洋洋(面带讽刺的微笑)笑眯了眼,

座山雕 嗯!

杨子荣 (接唱)

从屋里搬出

［流水］

酒一坛。

座山雕 嗯!

杨子荣 (接唱)

我一连灌他三大碗,

座山雕 喔!

杨子荣 (摇板)

栾平他醉成泥一摊。

众金刚 哈哈哈……他醉了。

杨子荣 这个时候,我趁他醉得不省人事……

座山雕 嗯!

杨子荣 我就……

座山雕 宰了他！

杨子荣 不能啊，我们是多年的老朋友啦！

座山雕 呵呵，呵呵，呵呵呵呵！（自觉失言，很窘地改口）对，对，对，友情为重，友情为重啊！哈哈哈哈！

众金刚 （杂乱地）对，对，对！友情为重啊，够朋友！

座山雕 老胡，你说下去！

杨子荣 他有他的打算，我有我的主意。

座山雕 你怎么着？

杨子荣 我……

座山雕 嗬。

杨子荣 ［流水］

我乘机把他这件衣服换，

跨上了青鬃马，趁着漫天大雪，

一口气跑上威虎山。

座山雕 老胡，这么说，联络图在你手里？

杨子荣 （轻轻地）哈哈哈哈！

［快板］

崔旅长抬头请观看，

宝图献到你面前。（展图）

［座山雕拂袖，率众匪接图、看图。

座山雕 唱［西皮散板］

联络图我为你朝思暮想，

［杨子荣机警地观察着众匪。

座山雕 ［摇板］

今日如愿遂心肠。

（狂喜）哈哈哈哈！

众 金 刚 老胡了不起！好汉子！哈哈哈哈！

杨 子 荣 （双关地）崔旅长，联络图一到手，这牡丹江一带可都是我们的啦！

座 山 雕 对对对，老胡说得对。等国军一到，我就是司令。你们都弄个师长、旅长干干。

众 金 刚 全仗三爷，哈哈哈哈！

杨 子 荣 哈哈哈哈！

座 山 雕 老胡，你给威虎山立了一大功，我封你为威虎山老九。

杨 子 荣 谢三爷。

座 山 雕 咱们是国军，总得有个官衔呀！（略停）我委任你为"滨绥图佳保安第五旅"上校团副。

杨 子 荣 谢三爷提拔。（登上台阶）今后全靠各位老大多多包涵！

众 金 刚 好说，好说。

匪参谋长 拿酒来！

众 金 刚 拿酒，拿酒！

［小匪上，分送酒。

匪参谋长 大家干一碗，祝贺老九荣升！

众 金 刚 祝贺九爷荣升！

座 山 雕 献图有功，劳苦功高！

杨 子 荣 （豪迈地）唱［西皮快二六］

今日痛饮庆功酒，
壮志未酬誓不休。
来日方长显身手，
甘洒热血写春秋。

众　　匪 干，干！

［杨子荣居高临下，带着胜利的微笑，一饮而尽。

杨子荣　（雄壮地）哈哈哈哈！

［座山雕、匪副官长侧目窥视杨子荣。

第七场　发动群众

［夹皮沟。李勇奇家内外。

［中午。风雪交加。

李　母　唱［二黄摇板］

病缠身粮食尽呼儿不应，

咱穷人血泪仇何日能平！

［张大山上。

张大山　大娘。

［张大山推门进屋。

李　母　噢，是大山哪！

张大山　嗳。大娘，今儿个您的病好点了吧？

李　母　早晨起来头更晕了。

张大山　大娘，这点高粱糠……（递高粱糠）

李　母　大山，你又……

张大山　大娘，勇奇不在，还有我们大家呢！

［张大山烧水。

［李母无比感激，持高粱糠进内屋，

［李勇奇额带伤痕，棉衣破烂，气喘吁吁急上。推门进屋。

张大山　（一惊）勇奇！

李勇奇　大山！

［李母从内屋出。

李勇奇　娘！

李　母　（惊喜交集）勇奇！

唱［二黄散板］

难道说与孩儿相逢在梦境，

你这样浑身伤痕叫娘怎不心疼。

李勇奇　娘。

李　母　（接唱）

你怎样离虎口

［二六］

逃脱性命？

李勇奇　（接唱）

从后山跳悬崖险路脱身。

李　母　（接唱）

母子们得重逢悲喜交并，

越是喜越想念儿媳孙孙！

李勇奇　唱［跺板］

多少仇来多少恨，

桩桩件件记在心。

满腔仇恨化烈火，

来日奋力杀仇人！

［群众内喊："大兵进村喽！""快走，快走！"

［战士内喊："老乡别走！我们是自己人！"

张大山　啊，座山雕又来了？

李勇奇　追我来了！？

张大山　你快躲一躲，我去看看。（拔出匕首下）

［李母急忙关门。李勇奇欲冲，李母急阻。

李　母　孩子，你还是躲躲吧！

李勇奇　躲？娘，往哪儿躲呀？

［钟志诚、吕宏业上。

李勇奇　我反正豁出去了！今天是拼一个够本，拼俩赚一个！

李　母　勇奇，你……

吕宏业　（敲门）屋里有老乡吗？

李勇奇　有！人还没死绝哪！

［李勇奇猛然把门打开。李母急忙阻拦。钟志城、吕宏业进屋。李勇奇紧护李母。

吕宏业　老乡！

钟志城　大娘！

吕宏业　大娘，别害怕，我们是……

李勇奇　少啰嗦！

吕宏业　（对李勇奇）老乡，我们是中国人民解放军！

李勇奇　（打量对方）哼！这号“军”，那号“军”，我见得多啦，谁知道你们是什么军呐！想怎么着，就直说吧！要钱，没有！要粮，早被你们抢光了！要命……（刚欲举起拳头）

李　母　（急忙拦阻）勇奇！

钟志城　老乡，我们是工农子弟兵，是保护老百姓的！

李勇奇　说得好听！

［李母一阵晕眩。

李勇奇　娘！

吕宏业　（对钟志城）大娘有病？我们找人来看看吧。

钟志城　好。

李勇奇　得了吧！（搀李母进内屋）

吕宏业示意钟志城,同出门,

[少剑波、小郭上。

钟志城 参谋长!

少剑波 情况怎么样?

吕宏业 这家有个老大娘病了!

少剑波 哦,快把卫生员叫来,让她带点粮食来!

吕宏业 是!(下)

钟志城 这儿的群众工作真难做呀!

少剑波 夹皮沟的老乡对我们不了解,他们上过土匪的当。你忘了,野狼嗥不是还冒充过咱们的侦察员吗?

钟志城 是啊。

少剑波 小钟,我们不发动群众,就不能站稳脚跟,消灭座山雕;我们不把土匪把垮,群众也不能真正发动起来。

钟志诚 (笑着)我明白。

少剑波 你去告诉大家,我们要关心群众的疾苦,耐心宣传党的政策,严格执行三大纪律八项注意,以实际行动打开局面!

钟志城 是。(转身欲下)

少剑波 嗳,顺便打听一下,猎户老常来了没有。

钟志城 是。(下)

[卫生员拿粮袋上。

卫生员 参谋长,病人呢?

少剑波 在这家。(指李屋)

卫生员 (走至门前)老乡!

少剑波 老乡,我们的医生来了。快开门吧!

[李勇奇腰掖匕首怒冲冲地上;李母追上,劝阻。

李　母 勇奇,你可别……

李勇奇　怕什么？有这个也能跟他们拼！（把匕首猛扎桌上）

李　母　（大惊）勇奇，我，我求求你……（昏晕）

李勇奇　（急扶）娘！娘！

［少剑波用力推门，与卫生员、小郭同进。

［李勇奇护着母亲，对少剑波怒目而视。

少剑波　赶快急救！

卫生员　是！

［少剑波迅速脱下大衣给李母披上。卫生员将李母搀进内屋；李勇奇、小郭随入。

［少剑波把干粮袋内的粮食倒进锅内少许，煮粥。

［少顷。李勇奇从内屋出。少剑波进内屋。

李勇奇　（发现锅内的粥，感动，沉思）中国人民解放军？

唱［二黄三眼］

这些兵急人难治病救命，

又嘘寒又问暖和气可亲。

自古来兵匪一家欺压百姓，

今日事却叫人难消疑云！

真是我们盼望的救星来了吗？

李　母　（内呼）水！

［李勇奇舀粥汤；小郭从内屋出，接粥复入。少剑波从内屋出。

少剑波　老乡，大娘醒过来了，你放心吧，啊！

李勇奇　……

少剑波　老乡，你叫什么名字？

李勇奇　李勇奇。

少剑波　不是本地人吧？

李勇奇　老家是山东。当年我爹在济南做工，"四一二"政变以后，有一次闹罢工，被蒋介石杀害了……

少剑波 （愤慨地）咳！……（亲切地）怎么到这儿来了？

李勇奇 我爹死后，我娘带着我闯关东来了。

少剑波 干什么活儿的？

李勇奇 铁路工人。

少剑波 （异常兴奋地）好哇，那更是自己人了！

李勇奇 （上下打量少剑波）你们到底是什么队伍？到深山老林干什么来了？

少剑波 （亲切地）老乡！

唱[二黄原板]

我们是工农子弟兵来到深山，

要消灭反动派改地换天。

几十年闹革命南北转战，

共产党、毛主席指引我们向前。

一颗红星头上戴，

革命红旗挂两边。

红旗指处乌云散，

解放区人民斗倒地主把身翻。

人民的军队与人民共患难，

到这里为的是扫平威虎山！

李勇奇 （春雷爆发般地倾吐内心的感情）

唱[二黄碰板]

早也盼晚也盼望穿双眼，

怎知道今日里打土匪、进深山、救穷人、脱苦难、自己的队伍来到面前！

（真挚地）[原板]

亲人哪！我不该青红不分皂白不辨，

我不该将亲人当仇敌羞愧难言！（将扎在桌上的匕首按倒）

三十年做牛马天日不见，

抚着这条条伤痕、处处疮疤我强压怒火，挣扎在无底深渊。

乡亲们悲愤难诉仇和怨，

乡亲们切齿怒向威虎山。

只说是苦岁月无边无岸，

谁料想铁树开花、枯枝发芽竟在今天！

〔垛板〕

从此我跟定共产党把虎狼斩，

不管是水里走、火里钻，粉身碎骨也心甘！

纵有千难与万险，

扫平那威虎山我一马当先！

〔吕宏业内喊："参谋长！"上。进屋。

吕宏业 参谋长，老乡们都看你来啦！

〔群众拥战士上。

〔卫生员扶李母从内屋出。

群众甲 长官……

战　士 老大爷，我们不兴叫长官，叫首长。

少剑波 （紧接）叫同志。

钟志城 参谋长，这就是老常。

少剑波 （迎上去，握常猎户手）哦，老常，打山里来的？

常猎户 山洼里住不下去了，我们爷儿俩又投奔她大山叔这儿来啦。

少剑波 好姑娘啊！

李勇奇 老常哥！

常猎户 勇奇，可盼到救星啦！

张大山 首长，咱村里人人心头一团火，争着去打威虎山哪！

少剑波 （高声地）乡亲们！咱中国人民解放军在前方打了大胜仗，牡丹江一带也解放啦！

群　众　好呀！

少剑波　座山雕没处跑啦！

张大山　去抄他的老窝！

李勇奇　首长，快发给我们枪吧！

群　众　对！快发给我们枪吧！

李勇奇　（激奋地）要是有了枪，夹皮沟哪一个也能对付他仨俩的！

群　众　对！

少剑波　枪一定发给大家！不过，现在乡亲们身无御寒衣，家无隔夜粮，还能到深山老林里去打土匪吗？

群　众　那怎么办呢？

少剑波　夹皮沟药材遍地，木材如山，只要小火车一开动，不就能换回衣服粮食吗？

群　众　对呀！

少剑波　大家再把民兵组织起来，小火车一定能够通车；有吃有穿，打座山雕就更有劲啦！

李勇奇　什么时候动手修铁路？

少剑波　说干就干，咱们一起动手。

群众甲　首长，这可是个力气活呀！

钟志城　老大爷，我们这些人都是苦出身，扛起枪能打仗，拿起家伙能干活呀！

李勇奇　（奔向少剑波，异常激动地紧紧握手）好哇！首长！咱们真是一家人哪！

唱［二黄垛板］

山里人说话说了算，
一片真心可对天！
擒龙跟你——

群　　众　（齐唱）

下大海，

李 勇 奇　（接唱）

打虎——

群　　众　（齐唱）随你上高山。

李 勇 奇　（接唱）

春雷一声天地动！

座山雕哇！

群众/众战士　齐唱[散板]

看你还能活几天！

[军民紧紧靠在一起，斗志昂扬地构成雄壮威武的群象。

[幕闭。

第八场　计送情报

[拂晓。威虎山巅的一块地方。峭石耸立，地堡成群，远山起伏，遍地冰雪。右方为通往山上的要路。

座 山 雕　老九就常在这儿打拳吗？

匪参谋长　是啊。

座 山 雕　他还到哪儿去过？

匪参谋长　五个山包都去转了转。

座 山 雕　什么！你们连九群二十七地堡都让他看了？

匪参谋长　自己弟兄，给他开开眼嘛！

座 山 雕　嗐！这几天大局不妙，山下风紧，野狼嗥一去不回，早先咱们谁也没见过胡标，他单在这个时候来，我不得不防！

［匪副官长从右方上。

匪副官长 三爷，照您的吩咐，都准备好了。

座 山 雕 好，按昨儿晚上说的，给他个一针见血！

匪副官长 是。（从右方下）

［座山雕、匪参谋长突然有所发现，急从左前方下。

杨 子 荣 内唱［二黄导板］

劈荆棘战斗在（上场）敌人心脏！

［回龙］

望远方，

想战友，

军民携手整装待发打豺狼，

更激起我斗志昂扬！

［慢板］

党对我寄托着无限希望，

支委会上同志们语重心长。

千叮咛万嘱咐给我力量，

一颗颗火红的心暖我胸膛。

［快三眼］

要大胆要谨慎切记心上，

靠勇敢还要靠智谋高强。

党的话句句是胜利保障，

毛泽东思想永放光芒。

［原板］

威虎山果然是层层屏障，

明碉堡暗地道处处设防。

领导上拟智取部署得当，

若强攻必招致重大伤亡。

七天来摸敌情了如指掌，

暗写就军事情报随身藏。

趁拂晓送情报装作闲逛，(有所发现)

为什么忽然间增哨加岗情况异常！

这情报，

这情报送不出，误战机，毁大计，对不起人民，对不起党。

[二六]

除夕近万不能犹豫彷徨。

万丛剑树也要闯，

排除万难下山岗。

山高不能把路挡，

抗严寒化冰雪我胸有朝阳。

[天空霞光四射，彩云万朵，一道晨光染红峭石之尖。

[内有人声："嗨，快走哇！""这不是来了吗！"杨子荣警惕地脱下大衣，打拳，以作掩护。

[小匪乙、丙上，巡逻，与杨子荣打招呼。

小匪乙/丙 哦，九爷，早，早！

杨子荣 早，早！

[小匪乙、丙下。

[杨子荣"收式"。

[枪声。

杨子荣 枪声！

[远处喊："冲啊！杀啊！"近处喊："共军来了！""共军来了！"

[枪声紧。

杨子荣 什么？同志们来了？（思考，立即判断）不！参谋长接不到我的情报，在这个时候是不可能来的。

［枪声更紧，喊杀声更近。

杨子荣 枪声也不对！哼哼，又是试探！好，我给他个将计就计，把情报送出去。（对空鸣枪两发。向左方喊）弟兄们！共军来了，跟我出击！

［四小匪上。

杨子荣 快，冲！

小　匪 冲啊！冲啊！（下）

［座山雕、匪参谋长暗中急上。匪副官长迎上。

座山雕 老九，老九，慢着。

杨子荣 （向右方喊）站住！

匪副官长 （紧接）别打啦！别打啦！

［小匪内应："啊！""别打啦！"

杨子荣 （向座山雕）怎么？

座山雕 嘿嘿！这是我布置的军事演习。

杨子荣 嗳，要不是您拦得快，我这一梭子打出去，准得撂倒他几个。

座山雕 呵呵呵呵！

杨子荣 三爷，您布置军事演习，怎么也不告诉我老九一声！您这是……

座山雕 哎哎，老九啊，别多心呐。这场演习我谁也没告诉，不信你问问他。（指匪副官长）

匪副官长 （装腔作势）呃，可不是吗，我也真当是共军来了呢。

座山雕 哈哈哈哈！

杨子荣 （双关地）来了好啊，我这儿正等着他呢。

座山雕 老九，你真行！哈哈哈哈！

［匪连长推小匪甲从右方上。

匪 连 长 走，快走！

［小匪倒于地上。

匪 连 长 三爷，“溜子”在外头撞墙了！

座 山 雕 什么？

小 匪 甲 （吓得发抖）三爷，我们奉命下山，老远就看见小火车通了，还没进夹皮沟就撞上了共军啦！

座 山 雕 夹皮沟？（狐疑地）就回来你一个？

匪副官长 你八成叫共军俘虏了放回来的吧？

小 匪 甲 没有！没有！没有！

座 山 雕 （摸枪，直逼小匪甲）你个孬种！

杨 子 荣 （拦阻）三爷，何必呢。他要是真叫共军给俘虏过，谅他也不敢跑回来。

匪参谋长 是呀，谁都知道三爷最恨是叫共军逮住过的人！

杨 子 荣 （对小匪甲）还不快走，惹三爷生气。

匪参谋长 （踢小匪甲）滚！

小 匪 甲 （走至一旁，轻声地）咳，还是九爷好哇！（下）

匪参谋长 （对匪连长）吩咐下边，加紧防山。

匪 连 长 是。（下）

座 山 雕 （沮丧地）咳！

匪参谋长 三爷，我马上派人下山一趟，抓他一把，庆贺百鸡宴。

座 山 雕 嗯，这次可要特别小心！

匪参谋长 知道了。（下）

杨 子 荣 三爷，咱们威虎山，要讲防御，是没说的了。

座 山 雕 （自鸣得意地）哈哈哈哈！

杨 子 荣 可是咱们不能光等着人家来打咱们哪。

座山雕　对，依着你怎么办？

杨子荣　现在咱们就演习追击。

座山雕　嗬。

杨子荣　把兵练得棒棒的。

座山雕　对。

杨子荣　等吃过百鸡宴，进攻夹皮沟！

座山雕　（抓住杨子荣的手）你真是好样的！老九，就派你率领着弟兄们演习追击。

杨子荣　是。

座山雕　嘿嘿嘿嘿！

［座山雕、匪副官长下。

杨子荣　（轻声，蔑视地）这个笨蛋！

唱［西皮快二六］

座山雕愚而诈又施伎俩，
反让我有机可乘下山岗。
德华同志，
取情报这重任落在你身上，
等到那百鸡宴痛歼顽匪凯歌扬！

［敞怀"亮相"。

［幕闭。

第九场　急速出兵

［腊月二十九的上午。李勇奇家门外场坪。木栅门上贴着红色对

联。一片翻身后的欢腾景象。

[在火车汽笛长鸣声中幕启。

[夹皮沟群众背粮袋上。一个女孩喊："唷，小火车又开喽！"众目送火车远去，欢悦地下。一个青年把帮李母背的粮袋放在门前。

李　母　唱[西皮流水]

　　军民一家心连心，
　　欢腾景象满山村。
　　瑞雪纷飞人欢笑，
　　分衣分粮庆翻身。

[少剑波上。

少剑波　大娘！

李　母　首长！

少剑波　过年的东西都够了吗？

李　母　够啦，夹皮沟能过上这么个好年，可做梦也没想到哇！要不是你们来了啊，咳，这年还不知道怎么过哪！

少剑波　好日子还在后头哪！

李　母　全托共产党、毛主席的福哇！

[少剑波背粮袋，预备给李母送进屋去。幕后传来李勇奇带领民兵操练声。李勇奇喊："一、二、三、四！"民兵喊："一、二、三、四！"

李　母　（赞叹地）嗐！民兵们劲头十足啊！就是留下守村子的民兵可有意见啦！特别是常宝，说什么也不愿意留下！

少剑波　这姑娘啊……（幕后民兵喊声："杀杀杀！"）

[少剑波、李母边谈边下。

[幕后民兵操练声又起："目标正前方，杀！杀！杀！"

[常宝面朝民兵操练的方向，"后蹉步"上。

常　宝　唱[二黄小导板]

听那边练兵场杀声响亮，

［回龙］

看他们斗志昂为剿匪练兵忙，

急得我如同烈火燃胸膛！

［原板］

杀豺狼讨血债日盼夜想，

披星戴月满怀深仇磨刀擦枪。

风雪里峻岭上狼窝虎穴我敢闯，

为什么偏要我留我守村庄？

［垛板］

马上去找参谋长，

再把心里的话儿讲。

坚决要求上战场，

誓把顽匪消灭光。

［卫生员上。

卫生员 常宝！

常　宝 姐姐，你帮我说说呀！走，咱们找参谋长去！

［拉着卫生员欲走，少剑波从李屋出。李勇奇上。

少剑波 哎，你们俩在嘀咕什么呢？

常　宝 叔叔，您还是让我去吧！

少剑波 保卫村子也是咱民兵的责任哪！

常　宝 哼，我恨透了座山雕了，非亲手砍了他不可。您要是不让我去，那……那怎么行啊！

少剑波 常宝！你还小啊！

常　宝 啊？还小哪？

卫生员 参谋长，常宝有阶级觉悟，滑雪滑得好，打枪打得准，还能帮助我照顾伤员，让她去吧！

李勇奇　首长，这孩子苦大仇深，就让她去吧！

少剑波　喔？你也这么想，民兵队长？

李勇奇　就这么着吧。

少剑波　这么说，你们是一个心眼儿喽。好！就这样定了！

常　宝　是！（欢跳下，卫生员跟下）

李勇奇　首长，把栾平、野狼嗥两个犯人押走了，（机密地）看样子，马上就要打威虎山了吧?！

少剑波　怎么？着急啦？

李勇奇　（憨笑）……

少剑波　哎，你说走后山那条险路，按我们的滑雪速度，需要多少时间才能赶到？

李勇奇　走后山虽比前山远八十，我看最多一天一夜。

少剑波　好！民兵做好充分准备！

李勇奇　是！（下）

［钟志城、吕宏业上。

吕宏业　参谋长，咱们干吗这么老等着？同志们的滑雪速度已经达到了标准要求……

钟志城　民兵也组织好了……

吕宏业　再说，上级又给我们派来了增援部队……

钟志城　我看，咱们赶快出发，保证能打胜！

少剑波　同志，在关键时刻要更防止急躁情绪。

唱［西皮散板］

　　耐心待命。

钟志城　是！

［钟志城、吕宏业下。

少剑波　［原板］

　　我虽然劝他们，自己的心潮也难平。

　　歼敌日期已迫近，

　　申德华取情报不见回音。

　　倘若是生变故。

［快板］

　　我另有决定，

　　百鸡宴好时机绝不变更。

　　李勇奇提供后山有险径，

　　出奇兵越险峰直捣威虎厅。

［罗长江边喊边上。

罗长江　参谋长，老申回来了！

［申德华上。

少剑波　（趋前）德华同志！

申德华　（气喘吁吁地递情报）我没耽误时间吧？

少剑波　（接情报）没有。快去休息！

［罗长江扶申德华下。

少剑波　（急切地看情报）"……山后有险路，直通威虎厅，……以松树明子为号……"（激动地）老杨，英雄啊！

［天幕渐转暗，下雪。

［小郭内喊："参谋长！"

［小郭急上。张大山跟上。李勇奇上。

小　郭　报告参谋长，小火车开到西叉河，桥梁被破坏。我们下车抢修，突然遭到土匪袭击。我们打退了敌人……

少剑波　那两个犯人呢？

小　郭　野狼嗥被流弹打死。

少剑波　栾平呢?

小　郭　我们追击土匪,栾平他跑了!

少剑波　栾平他跑了?(旁白)他要是跑上威虎山,必然给杨子荣同志造成危险,破坏我们的剿匪计划!(回身对小郭、李勇奇)紧急集合!

小郭/李勇奇　是!(下)

[远处传来急促的敲击铁轨声。

少剑波　大山同志!保卫村子由你和老常负责。

张大山　是!

[追剿队、民兵、常猎户、李母、群众上。

少剑波　同志们!

唱[西皮散板]

情况突变任务紧,

十万火急分秒必争。

同志们整行装飞速前进!

出发!

[暗转。

[风雪弥漫。

[追剿队、民兵由李勇奇带路,迎风破雪,飞速前进。

[行至山前,众脱滑雪板。一个战士登山崖,滑下;另外两个战士持绳索攀上;其中一人又滑下,复攀上。两人抛下绳索,少剑波率众胜利地攀绳而上。

[下山斜坡,众战士有的翻下,有的腾跃而下,急速地英勇前进。

[幕闭。

第十场　会师百鸡宴

［除夕。威虎厅。

［在“带溜子喽”声中开幕。

［一小匪押栾平上。

栾　平　三爷。

座山雕　栾平！

栾　平　有。

座山雕　栾副官！

栾　平　三爷。

座山雕　你来干什么？

栾　平　我……我是给三爷拜寿来了。嘿嘿嘿嘿！

座山雕　哼！你打哪儿来呀？

栾　平　我……

座山雕　嗯。

栾　平　我……

众金刚　说呀！快说！

栾　平　我说，我说……我……从侯专员那儿来呀。

座山雕　噢，从侯专员那儿来。

栾　平　是。

座山雕　请老九！

小　匪　是，有请九爷。

［杨子荣身挂红色值勤带上。

杨子荣 三爷，一切都安排妥当啦。

座山雕 老九，你看看谁来啦？

杨子荣 呃。（见栾平一惊，立即镇定下来，抓住敌人虚弱的本质，机智地先发制人）噢！栾大哥，你怎么上这儿来了？怎么样？这次投靠侯专员得了个什么官？我胡标祝你高升！

［栾平茫然。

众金刚 （讥讽地）是呀，当上团长了吧？哈哈哈哈！

［杨子荣镇定地逼视栾平。栾平吃惊地认出了杨子荣，不知所措地。

座山雕 侯专员给你个什么官啊？嗯！

栾　平 （奸笑）嘿嘿嘿嘿，好一个胡标！你……你不是……

杨子荣 （抢先一步）我不是？是我的不是，还是你的不是？我胡标够朋友，讲义气！不像你姓栾的，当初我劝你投靠崔旅长，你硬拉我去投侯专员，这不能怪我不义气！（威严地紧逼）快回三爷的话，今儿个你到这儿来，有何公干哪？

栾　平 （避开杨子荣）三爷，我是说……

杨子荣 别扯淡！今天是三爷的五十大寿，没工夫听你说废话！

座山雕 对，少说废话！我只问你干什么来了？

栾　平 投靠三爷，改换门庭。

座山雕 哼！

杨子荣 你不是到侯专员那儿讨封去了吗？

栾　平 （欲向座山雕辩解）……

杨子荣 姓栾的，侯专员派你来干什么？快说实话吧！

众金刚 对对对，说！快说！

栾　平 我不是从侯专员那儿来！

匪参谋长　嘿，这小子刚才还说过，转眼不认账真不是个玩意儿！

（众匪哄笑）

栾　　平　（突然）别笑了！你们都中了奸计了！他不是胡标，他是共军！

（众金刚掏出武器，对准杨子荣。）

杨 子 荣　（镇静地）哈哈哈哈！好！你说我是共军，就算我是共军。现在，你当着三爷跟各位老大的面儿，就把我这个共军的来历谈一谈吧！

座 山 雕　对，你说他不是胡标，是共军，你怎么跟他认识的？

栾　　平　（吞吞吐吐）他……他……

众　　匪　嘿！

栾　　平　他……

杨 子 荣　三爷，姓栾的今儿个说话是吞吞吐吐，前言不搭后语，我看他心里必有鬼胎！

匪参谋长　八成儿是叫共军俘虏了，放出来的吧！

栾　　平　没有，没有呀！

杨 子 荣　是共军把你放了？还是共军派你来的？

众 金 刚　说！

栾　　平　我……

匪副官长　对！是不是共军派你来的？

栾　　平　我……

众 金 刚　说！说！快说！

栾　　平　（瞠目结舌）……

杨 子 荣　三爷，咱们威虎山防守得严严实实，共军这才打不进来。这小子一来，是一定有鬼！

栾　　平　（急口分辩）没有！没有呀！

杨 子 荣　栾平！（唱[西皮快板]）

反复无常好阴险，

吞吞吐吐定藏奸。

踏破山门留脚印，

要把共军引上山。

（登上台阶）

三连长！

（匪连长上，五小匪跟上。）

匪连长 有！

杨子荣 （接唱）加岗哨严密警戒，

无令不准撤回还！

座山雕 对，没有老九的命令不准撤岗！

匪连长 是！（下）

（众金刚点头赞许）

座山雕 （离开座位摔栾平于地）哼哼，你这条疯狗！前者你拉着老九去投侯专员，现在又来施离间计，还想着把共军给引进来，我岂能容你！

栾　平 三爷，他不是胡标，他真是共军哪！

杨子荣 姓栾的，你真狠毒！（从台阶上奔下）你想借三爷的刀来杀我，我悔不该在白松湾喝酒的时候不一刀宰了你！

众金刚 对，对，对！

杨子荣 三爷，我胡标一向不受小人欺。今儿个为了您，才得罪了这条疯狗，他才这样穷凶极恶！您要是拿我当共军，就立刻把我处置了！您要是拿我当胡标，就放我下山。今天是有他没我，有我没他，留他留我，三爷，您随便吧！（摘下值勤带，扔在地上）

［座山雕茫然。

众小匪 （低声地）九爷不能走，九爷不能走！

匪参谋长　三爷,老九不能走啊!

众　　匪　对对对,老九不能走啊! 老九不能走,不能走……

众 小 匪　九爷不能走啊……

［匪参谋长拾起值勤带,递给座山雕。

座 山 雕　哈哈哈哈,老九哇,你怎么要小孩子脾气? 来来来,戴上,戴上,三爷不会亏待你。

匪参谋长　(从座山雕手里接过值勤带)老九,戴上。(给杨子荣戴值勤带)

栾　　平　(见情势不利,上前央求)三爷……

座 山 雕　(拂袖)哼!

［栾平惊恐倒地。座山雕回到座位上。

栾　　平　(又央求)三爷!(见座山雕不理,为了保命,无奈地扑到杨子荣脚下)胡……胡标贤弟!

杨 子 荣　(挺立不理)……

［众匪纷纷指点栾平。

栾　　平　(自打耳光)我……我不是人,我该死。我不是人呐我!

杨 子 荣　(对众匪高喊)时间已到,准备给三爷拜寿!

众 小 匪　准备给三爷拜寿喽!

匪参谋长　三爷五十大寿,可千万别让这条丧家犬给搅了。

匪副官长　不宰了这个丧门星,于山头不利!

众　　匪　对,非宰了他不可! 宰了他! 宰了他!

栾　　平　各位老大,胡标贤弟,各位老大……(爬跪在座山雕面前)三爷……三爷! 三爷饶命……

座 山 雕　(仰面狞笑)哈哈哈哈!

栾　　平　(惊恐地)啊! 三爷饶命啊!

［座山雕摆手示意。

匪副官长　架出去!

杨子荣 交给我啦！

栾　平 九爷，九爷饶命……

［杨子荣架出栾平。栾平瘫痪。

杨子荣 唱［西皮快板］

为非作歹几十年，

血债累累罪滔天。

代表祖国处决你，

要为人民报仇冤。

［杨子荣拽着栾平衣领"蹉步"拖下。枪声。杨子荣复上。匪连长跟上。

杨子荣 三爷，一切都安排妥当了，现在该给您拜寿啦。

座山雕 老九，你的值日官，你就吩咐嘛！

杨子荣 好，弟兄们！

匪连长 有。

杨子荣 厅里掌灯，山外点明子，给三爷拜寿！

匪连长 是。（匪连长下）

众　匪 给三爷拜寿啦！

［众匪给座山雕施礼拜寿。

［匪连长上。

杨子荣 （登上木墩）弟兄们，今儿个来个猛吃猛喝，一醉方休！

众　匪 对对对，一醉方休！

杨子荣 三爷，请入席。

座山雕 嗳，弟兄们请啊！

杨子荣 今天是您的五十大寿，还是您先请。

众金刚 对，对！还是三爷请。

座山雕 好，好，请，请！（得意忘形地大笑）哈哈哈哈！

众　匪　三爷请！吃去，喝啊！哈哈哈哈！

［众匪进入内洞。

杨子荣　（走下木墩）三连长！

匪连长　是！（下）

［杨子荣环顾，扶椅欲看暗道。众匪猜拳行令。

［杨子荣上木墩。

杨子荣　唱［西皮快二六］

除夕夜全山寨灯火一片，（走下木墩）

我已经将信号遍山点燃。

按计划布置好百鸡宴，

众匪徒吃醉酒乱作一团。

盼只盼同志们即刻出现，

捣匪巢歼顽敌就在眼前。

心焦急只觉得时光太慢，

战友们却为何动静杳然。

抑不住激动情出外察看，（欲行又止）

［众匪杂乱的猜拳行令声。

（镇定地）［摇板］

紧急中要冷静，我把住这暗道机关。

［座山雕、匪参谋长等醉步踉跄上。

座山雕　老九，老九，老九啊！你怎么不来入席呀？弟兄们都等着敬你两碗哪。

匪参谋长/匪副官长　是啊！

杨子荣　今天是您的五十大寿，应当敬您哪。来来来，给三爷满上，满上。哈哈哈哈！

座山雕　来来来，满上，满上！老九，干干干！

杨子荣 三爷，请！

［众喝酒。

［机枪声。众匪惊慌地掷酒碗。

［解放军内喊："缴枪不杀！"

［金刚甲慌忙上。众小匪狼狈跟上。

金刚甲 三爷，共军的机枪把威虎厅给封住了！

座山雕 （大惊）啊！弟兄们，快！往外冲！

众　匪 冲，冲，冲！

座山雕 老九啊，你赶快跟我从这暗道里走吧！

［解放军内喊："缴枪不杀！"

［座山雕掀座椅，杨子荣把他推在一旁。

杨子荣 你走不了啦！

［二战士翻上，喊："不许动！"

座山雕 （对杨子荣）你是……

杨子荣 我是中国人民解放军！

座山雕 啊！

［座山雕欲开枪，被杨子荣一脚将枪踢飞。

［座山雕逃下。杨子荣击毙金刚甲。

［申德华率吕宏业、李勇奇、常宝、卫生员、战士冲进洞内。

申德华 老杨！

杨子荣 同志们！（指台阶上座椅下暗道）这是暗道。救出老乡，活捉座山雕！（追下）

申德华 同志们！冲啊！

［众战士、民兵喊"杀！"分数路追下。

［申德华守住暗道。匪金刚乙逃上，申德华猛喊杀声截住。申德华和匪金刚乙相刺杀。匪金刚乙被刺中。

[匪参谋长上，举枪射申德华，申躲过，反将匪金刚乙击毙。申德华与匪参谋长搏斗。

[罗长江上，将匪参谋长手枪踢掉。

[匪金刚丙、丁上，加入混战。申德华追一匪下。

[匪参谋长掀座椅帔布，欲从暗道逃走。罗长江猛喊："不许动！"跃上座椅。匪参谋长吓倒于地。罗继续与匪金刚丙、丁搏斗。

[匪参谋长持匕首猛扑向椅上的罗长江。罗机警敏捷地从椅上"云里翻"落于阶下。双方继续搏斗。

[常宝追匪金刚戊上。罗长江刺中匪参谋长左臂，匪参谋长负伤逃下。罗长江、常宝继续与匪战斗，擒住二匪，喊"走！"常宝押匪下。

[李勇奇、卫生员、战士和民兵救出被掳上山的群众，过场下。

[罗长江示意李勇奇守住暗道，下。

[李勇奇守住暗道。匪连长逃上，遇李勇奇。李喊"杀！"将匪击毙。匪金刚己窜上，被李勇奇抓起掼地，活捉。

李勇奇 不许动！走！

[一战士押二匪上。李勇奇示意战士守住暗道，押众匪下。

[一战士守住暗道。匪副官长率二匪逃上，被战士冲散，激烈混战。

[杨子荣上，二小匪争向暗道逃走，被杨子荣连发二枪击毙。匪副官长逃下，战士追下。

[杨子荣迅速跃上台阶守住暗道。座山雕偷偷持刀向杨子荣背后砍去。杨机警地闪开，举枪射座山雕腿，但发现子弹已尽。座山雕得意狞笑。杨子荣与座山雕格斗，夺过战刀，奋力砍杀。座山雕狼狈不堪地招架。

[匪副官长逃上，举枪欲射杨子荣。李勇奇赶上，将匪副官长手枪

打落在地。杨子荣拾起手枪，连毙数匪，最后将匪副官长击毙于座椅上。座山雕和众匪就擒。

［少剑波、申德华、李勇奇、卫生员、小郭等和众民兵先后奔上。

［常宝愤怒地要刺杀座山雕，卫生员劝阻。

少剑波 （紧握杨子荣手，激动地）老杨！

杨子荣 参谋长！

［少剑波把李勇奇介绍给杨子荣。二人紧紧握手。在胜利的雄壮的乐曲中众“亮相”。

［幕闭。剧终。

（1969 年演出本）

京剧

王熙凤大闹宁国府

编　剧

陈西汀

作者小传

陈西汀（1920—2002），男，原名熙鼎，江苏滨海人，曾任南京市京剧团、江苏省京剧院编剧。1953 年迁居上海市，先后任华东戏曲研究院、上海京剧院、上海艺术研究所编剧。

人物表

尤二姐　贾　琏　来　旺　平　儿　鸳　鸯　王熙凤　兴　儿　贾　珍
尤　氏　贾　蓉　贾　母　秋　桐　贾府家院　丫鬟等

第一场

［幕启：花枝巷尤二姐住处。梨花庭院，朝阳如水，莺声呖呖。

［音乐。二丫鬟上，摆酒毕，乐停。

丫鬟乙 酒都摆好了，该请二爷、二奶奶出来了。

丫鬟甲 傻丫头，二爷和新二奶奶成亲没多久，今日就要出门，得跟新二奶奶在房里多谈一会。

丫鬟乙 傻丫头，这不是送别酒？一边吃酒，一边谈心，不是新二奶奶吩咐的？

［尤二姐内白：二爷请。

丫鬟乙 他们来啦。（下）

［贾琏、尤二姐上。

贾　琏 （唱）深深庭院掩梨花，

尤二姐 （唱）无赖莺声呖乱哗。

贾　琏 （唱）春宵一刻千金价，

尤二姐 （唱）晨光早透碧窗纱。

贾　琏 （唱）新婚岁月如奔马，

［丫鬟甲、乙上。

二丫鬟 禀奶奶，您吩咐给二爷送行的酒摆好了。

［尤二姐挥手示意二丫鬟下。

尤二姐 （唱）离觞一举忽天涯。（坐）

贾　琏 啊夫人，你我新婚以来，从未远离。今奉严命，往平安州公干。留你一人，身怀有孕，住在这花巷，叫我好生放心不下。

尤二姐　二爷一走，门扉长闭，只有庭前几树梨花，伴我寂寥，还望二爷早早归来才好。

贾　琏　那是自然。

尤二姐　待我敬奉二爷一杯，祝二爷一路平安。

贾　琏　夫人请。

尤二姐　（唱）一杯难尽心头话，

愿祝征人早还家。

深巷朝朝人迹寡，

幽闺谁与惜芳华？

任他人说春无价，

我素心一片托梨花。

愁则愁夜半风高惊铁马，

错当作三妹魂归掩不住泪如麻。

静里思量还自怕，

贾　琏　怕什么？

尤二姐　（唱）怕梨花风雨漫交加！

贾　琏　二姐。

（唱）努力加餐休惊怕，

有谁知桃源深处有人家。

王熙凤纵使神通大，

怎奈是没些儿风声传到她。

尤二姐　但愿如此。

［丫鬟甲上。

丫鬟甲　禀二爷，来旺来了。

贾　琏　唤他进来。

丫鬟甲　进来。（下）

［来旺上。

来　旺　（念）二爷要出门，赶来送送行。

参见二爷、新二奶奶。

尤二姐　罢了。

贾　琏　何事？

来　旺　禀二爷，去往平安州的行李车辆，都已准备。老爷有命，请二爷立即起程。

贾　琏　你先回府，我随后就来。

来　旺　是。（欲走又停）

贾　琏　还有何事？

来　旺　禀二爷，昨儿晚上，差点儿出了事情。

贾　琏　什么事情？

来　旺　二门上两个小厮，放大了嗓门，谈起我们新二奶奶来！

贾　琏　（惊）他们谈些什么？

来　旺　他们说新二奶奶比二奶奶好，又和气，又大方，越说越带劲。凑巧这时候二奶奶屋里的一个小丫头走过……

贾　琏　（急问）怎么样？

来　旺　我心里一急，咳，急中生智，冲着两个小厮大喝一声：呔！两个小东西，吵什么，吃饱了是不是？我这么一吆喝……

贾　琏　又怎样？

来　旺　两个小厮住了嘴，岔过去啦。

尤二姐　（松了口气）她未曾听见。

来　旺　匆匆地走啦，没听见。

贾　琏　来旺。

来　旺　二爷。

贾　琏　你这一声，呼喝得好啊。二爷出门，这里的事情全交与你了。

来　旺　二爷、新二奶奶只管放心，全在我来旺的身上了。

［丫鬟甲上。

丫鬟甲　来旺，你老婆来叫你，说二奶奶找了你好半天，叫你赶快回去。

来　旺　是啦。二爷，二奶奶叫我，我得先走一步。您别忘了启程。

贾　琏　知道了。

［来旺、丫鬟甲下。

贾　琏　夫人，我要走了。

（唱）虽然是短别离也添牵挂，

尤二姐　二爷保重。

贾　琏　（唱）人虽去一寸心留在此家。（下）

尤二姐　（唱）别恨离愁难撇下，

空庭寂寂自遣芳华。

［幕闭。

第二场

［幕启：王熙凤内宅。平儿上。

平　儿　（念）二奶奶积劳成病，

二爷又雪上加霜。

善姐，善姐。

［丫鬟丙上。

丫鬟丙　平姑娘。

平　儿　来旺来了没有？

丫鬟丙　还没找到呢？

平　儿　奶奶等着问话，快多叫两个人找去。

丫鬟丙　知道了。

［丫鬟丙下。丫鬟丁上。

丫鬟丁　平姑娘，老祖宗那边的鸳鸯姑娘过来啦。

平　儿　鸳鸯姑娘来了，快请进来啊。

丫鬟丁　是。鸳鸯姑娘请进吧。（下）

［鸳鸯上。

平　儿　鸳鸯姐姐。

鸳　鸯　平姑娘。

平　儿　快快请坐。

鸳　鸯　不用客气啦。（指手里的东西）这是一包人参，老祖宗听说二奶奶累病了，特为叫我送来，给二奶奶补补身子。二奶奶呢？

平　儿　身上不舒服，还在房里躺着呢。

鸳　鸯　这么说，我就不敢惊动了。请你代问声好，我去了。

［王熙凤内喊：平儿！

平　儿　奶奶。

［王熙凤内白：你在跟谁说话呀？

平　儿　老祖宗叫鸳鸯姐姐看您来啦。

［王熙凤内白：哎呀，你怎么不早点叫我，我来啦。

平　儿　奶奶出来啦。

鸳　鸯　这……

平　儿　你就坐下吧。

［稍静。王熙凤凝重地上。

鸳　鸯　奶奶。

王熙凤　鸳鸯姐姐。

鸳　鸯　我打搅您歇息了！

王熙凤　哎呀呀，我哪这么娇贵呀，连老祖宗那儿的人也敢怠慢起来了。快坐下吧。

鸳　鸯　您坐下。

［鸳鸯坐。平儿上茶。

王熙凤　老祖宗她老人家好啊？

鸳　鸯　好，只是一天没瞧见二奶奶，饭都吃不下去啦！

王熙凤　瞧你说得好。（撒娇地）她老人家才不那么喜欢我呢。

鸳　鸯　您不信，瞧瞧这个……

平　儿　鸳鸯姐姐说，老祖宗听说您身体不舒服，特为给您送来了人参。

王熙凤　哎呀呀，这不要把我折煞了吗？

鸳　鸯　您还不知道这人参的来头哪！它是我们大姑奶奶元妃娘娘昨儿个从宫里头赐下来孝敬老祖宗的。

王熙凤　大姑奶奶御赐的？

鸳　鸯　可不是。

王熙凤　这可叫我怎么报答老祖宗和大姑奶奶呢……哎呀，平儿！

平　儿　奶奶。

王熙凤　娘娘御赐的人参，老祖宗单单送给我，这可不叫别的孙媳妇儿吃醋吗？你马上分两枝送到宁国府珍大奶奶那儿，也叫她们分享分享老祖宗的疼爱呀。

平　儿　晓得了。（取参下）

鸳　鸯　哎呀，我的二奶奶，怪不得老祖宗那么疼您。瞧您想得多周到，我回去跟老祖宗一说，老祖宗又要乐得合不拢牙来了。哦，还有一件事，老祖宗让我问问您，她老人家记得有几匹软烟纱，不知搁在哪个库房里。她老人家要找出来糊窗子。

王熙凤　哦，那是在西库房大板箱里。花样有流云蝙蝠式的、百蝶穿花式的。颜色有松绿的、秋香的、雨过天晴的，不知老祖宗要的是哪样儿？

鸳　鸯　瞧您，记得这么清楚，老祖宗怎么离得开您那。我还得问问老祖宗去，您多保重。

王熙凤　向老祖宗请安。

鸳　鸯　哦，好险！把两句要紧的话忘记了。老祖宗说啦，您身体不好，如果二爷在外面有什么拈花惹草，或是两府上下谁叫您生气添烦的，叫平姑娘随时告诉老祖宗。老祖宗来整治他们！

王熙凤　多谢老祖宗。

［鸳鸯下。

王熙凤　（唱）老祖宗偏想得这般周到，

二爷他不管我寂寞无聊。

［平儿上茶。

平　儿　您喝点儿参汤。

王熙凤　（唱）人参汤医不得心头怒恼，

［丫鬟丙上。

丫鬟丙　奶奶，来旺找到了。

王熙凤　叫他进来！

丫鬟丙　是。（下）

王熙凤　（唱）且看这刁奴的嘴是怎样坚牢！

［来旺上。

来　旺　参见奶奶。

王熙凤　罢啦。

来　旺　谢奶奶。

王熙凤　听说你这些日子，辛苦得很哪！

来　旺　奴才没有什么事，奶奶。

王熙凤　没有什么事！二爷成天成夜的不回家，你还能闲着吗？

来　旺　这个……回禀奶奶。奴才做的事，都是奴才分内该做的。

王熙凤　是啊。你都是做的本分事啊，你给我走近点儿说话。

来　旺　是。（挪了半步）

王熙凤　再走近点儿！

来　旺　是。（又挪了半步）

王熙凤　怎么，你那两条腿有点儿不方便吧？

来　旺　禀奶奶，方便方便。

王熙凤　瞧你这副可怜样子，装得还真不错，还不给我（拍案）跪下！

来　旺　是。（跪）

王熙凤　我来问你，你二爷在外边弄了个什么人？

来　旺　这个……

王熙凤　讲出来吧！

来　旺　回禀二奶奶，奴才天天在二门上听差事，如何能知道二爷在外头的事呢？

王熙凤　你自然不知道。你要是知道，还怎么拦别人，不让谈这个事呢！

［来旺惊呆。

平　儿　要是真有什么，就告诉奶奶，别叫奶奶生气。

来　旺　我说我说。回禀奶奶，这个事啊，奴才实在不十分明白。就是头里，兴儿和喜儿两个人在那儿混说，奴才吆喝了他们两句。内中详情底细，还求奶奶问兴儿，他是专跟二爷出门的。

王熙凤　哼，你们这一批没有良心的混账王八崽子，都是一条藤儿。你打量我不知道呢！给我把兴儿叫来，你也不许走开，问明白了他，回头再问你。好啊，这才是我使出来的好人呢。

来　旺　我叫兴儿，我叫兴儿……兴儿！

［兴儿内应：在。

来　旺　二奶奶叫你！

［兴儿内应：来啦！

［兴儿急上。

来　旺　快去见二奶奶。

兴　儿　二奶奶叫我？

来　旺　进来吧。

兴　儿　参见奶奶。

王熙凤　好小子，你跟你爷办的好事啊？给我实说了吧！

兴　儿　这个……（看一看来旺）

王熙凤　怎么着，要来旺告诉你怎么说吗？你就教给他怎么说吧。

来　旺　是。兴儿，论起这个事，我们早就该告诉奶奶。奶奶刚才跟我说了，这个事本来不与我们什么相干，我们告诉奶奶，奶奶会饶恕我们的。要是我们再瞒着，别说我们保不了脑袋，也对不起奶奶平日对我们的好心呐！

兴　儿　（不得要领，还不肯说）这个，这个……奴才不知道奶奶问的什么事……

王熙凤　（勃然大怒）好奴才！

（唱）狗奴才到此时还敢狡辩，

你糊涂油蒙心窍胆大包天。

今日里不给你颜色一看，

料想你也不肯把话实言。

给我先打二十个嘴巴。

来　旺　是。

王熙凤　住着，你这糊涂王八崽子！用你来打？一会儿你打自己的嘴巴还来不及呢，叫他自己打！

来　旺　是，你自己打！

兴　儿　是，我自己打。（左右开弓，边打边数）一二三四五，六七八九十。

一二三四五，六七八九十。禀奶奶，二十个打完了。

王熙凤　我来问你，你二爷在外头娶了个什么新二奶奶？

兴　儿　（吓得颤抖）奶奶问的是这个事啊。哎呀奶奶呀，求奶奶超生，奴才再不敢说一个字的谎啦！奶奶容禀呐……

（念）那天府里大老爷出丧，

二爷披麻执杖。

蓉哥一路同行，

把一个女人夸奖。

他说这个女人，温柔标致，娇小大方，

他愿意出头做媒，给二爷做个二房。

二爷一听，心花怒放，

接下来就是办家具，弄新房，成亲拜堂。

如今已是身怀六甲，

听说准是个小子模样啊！

王熙凤　怎么，她……已经身怀有孕啦？

兴　儿　是的，有了喜啦！

王熙凤　嘿……好哇，这一下我可不怕绝后啦！这么一说，都是蓉哥一人与你二爷一手包办的？

兴　儿　不是的，还有珍大爷、珍大奶奶一道帮忙。

王熙凤　（受到更大震动）怎么，这里头还有珍大爷、珍大奶奶？

兴　儿　是的，张家退亲的事，就是珍大爷、珍大奶奶做的。

王熙凤　这里又扯上什么张家、李家？

兴　儿　这位新二奶奶，原是从小就许了人家。那人姓张名叫张华，如今穷得只好讨饭。珍大爷、珍大奶奶许了他的银子，那张华答应了退亲，珍大爷、珍大奶奶才打府里把新二奶奶送过来呀！

王熙凤　打哪儿送过来？

兴　儿　珍大爷的府里。

王熙凤　她是珍大爷府里的什么人？

兴　儿　这个……咳，奴才该死。把一句要紧的话，忘了先说啦，奴才该死！（打自己的头）

王熙凤　你快说吧。

兴　儿　是。这个新二奶奶的妹子二姨奶奶的姨妈的妹子的奶奶……

王熙凤　你说明白点！

兴　儿　（高声）这个新二奶奶，她是珍大奶奶的妹子，姓尤，人称尤二姐！

王熙凤　（怒极。唱）

一句话听得我满腔火迸，
却原来其中还有这一段隐情。
新贱人并不是平常杂姓，
宁国府大奶奶手足之亲。
二爷他与贱人眼光看准，
珍大爷一家人引线穿针。
煮生米成熟饭怀胎成孕，
捏住我鼻尖儿不吃不成。
这才是明知山有虎偏向虎山行，
不见棺材她们不泪淋！

告诉我，她们住的地方，离这儿多远？

兴　儿　就在这府后头不远，名叫花枝巷。

王熙凤　（看平儿）我们都是死人哪！你刚才说这个尤二姐许过一个什么姓张的，叫什么名字？

兴　儿　叫张华。

王熙凤　住在什么地方，家里有些什么人？

兴　儿　住在东城外，家里只有一个老头子。这个张华成天成夜在赌场里混饭吃，也不回到家里去。

王熙凤　听你这么一说，你到过他的家，见过这个张华的了？

兴　儿　珍大爷为了退亲的事，叫奴才去的。还有……来旺，也一道去的。

王熙凤　（看一看来旺）哼，全不错啊！（指兴儿）你这猴儿崽子，我不看你还有点儿怕惧，不把你的腿给砸折了呢！打从今日起，不许过去。我什么时候叫你，什么时候到。迟一步，试试看。去吧！

兴　儿　是。

王熙凤　慢着，出去提一个字，提防你的皮！

兴　儿　是。（悄悄出门，拭汗下）

王熙凤　（转身看来旺）原来你也到那张华家里去过的。

来　旺　奶奶恕罪。

王熙凤　今儿个你还好，兴儿交给你看着了。要是走漏了一点风声，可全在你一个人的身上。

来　旺　是。

［王熙凤向平儿示意，平儿随来旺下。

王熙凤　（自语）好个贾珍、尤氏啊，竟把个妹妹偷偷塞给二爷。要想生下个儿子，接替贾琏宗嗣，夺取我的地位，掌握荣国府大权。拼着闹个天翻地覆，也得把你们拆散！慢着，我不会生儿子，贾琏无后。我要明着一闹，将来在老祖宗、太太面前，我可就不好做人了。唔，适才鸳鸯言道，若是二爷拈花惹草，或是两府上下谁给我生气添烦，老祖宗替我整治他们。我何不把这个事立即禀报老祖宗……不妥，这是宁国府的亲戚，珍大奶奶的妹子，腹中有孕，木已成舟。若是老祖宗把她给留下来做个正式的二房，那我又能怎么样啊？这……对，我就是这个主意！（平儿暗上。王熙凤转脸望平儿，突然一笑）平儿，刚才的话，你都听见了。弄来弄去，是一个自己的人呐！（略一沉吟）好吧，任叫她们无情，不叫我们无义。你奶奶有这份海量，把她接到府里来住。你马上就去把东厢房的三间屋子，照我正室一般布置。我们明天就亲自去到花枝巷，登门相请。不过，你当心一件，二爷现有家孝、国孝在身，这个事还得暂时瞒着老爷、太太和老祖宗啊！

平　儿　是啦。（下）

王熙凤　（狞笑）我的新二奶奶！

（唱）王熙凤泼辣货名闻里外，
　　偏有你不怕死寻上门来。
　　明日里先叫你一瞻丰采，
　　要叫你，变惊恐成欢爱，心感激泪盈腮。
　　都只为我至诚心意切，
　　敢叫你顽石点头来。
　　唉！非是我心肠歹，
　　你们在暗中勾结巧安排，要使我权势化尘埃！
　　我若是，稍松懈，
　　便招来，大祸灾。
　　逼着我摊开覆雨翻云手，
　　施展争风吃醋材。

［幕闭。

第三场

［幕启：花枝巷尤二姐住处。

［兴儿上。

兴　儿　（念）二爷昨日出门去，

　　　　奶奶今日上门来。

［丫鬟甲上。

丫鬟甲　兴儿。

兴　儿　赶快告诉新二奶奶，二奶奶来啦。

丫鬟甲　你说什么？

兴　儿　王熙凤到啦！（回头跑下）

丫鬟甲　哎呀，奶奶，奶奶！

［尤二姐上。

丫鬟甲　奶奶，大事不好了。

尤二姐　何事惊慌？

丫鬟甲　大奶奶王熙凤来了！

尤二姐　哪个言讲？

丫鬟甲　兴儿言讲。

尤二姐　哎呀，这便如何是好？

丫鬟甲　还是快快梳洗打扮，准备迎接的好。

尤二姐　如此，快随我来。

［尤二姐、丫鬟甲下。

［兴儿、平儿、丫鬟丙、丫鬟丁、车夫、王熙凤上。

王熙凤　（唱）托说烧香离府外，

　　　　花枝巷内访裙钗。

　　　　闲街几曲车轮快，

兴　儿　奶奶到。

［丫鬟甲、乙，尤二姐上。

尤二姐　快快出迎。（出门）

兴　儿　这就是大奶奶。

尤二姐　这就是姐姐么？

王熙凤　不敢，这就是新二奶奶么？

尤二姐　不敢。

王熙凤　妹妹。

（唱）为姐我多冒昧你请莫介怀。

尤二姐　姐姐请。

王熙凤　你我姐妹挽手而行。

［两人进门。

尤二姐　姐姐在上，待小妹大礼参拜。

王熙凤　哎呀，（搀起）妹妹，你我全是一样之人。这样客气，不是把为姐我折煞了吗？

尤二姐　理所应当。

王熙凤　平儿。

平　儿　在。

王熙凤　见过新二奶奶。

平　儿　新二奶奶。

尤二姐　不敢，妹妹一同请坐。

王熙凤　不要折死了她，她原是咱们的丫头，以后快别这么着。平儿，把礼物拿来。

平　儿　是。这点金珠簪环，是奶奶送给您的。

尤二姐　多谢姐姐。

王熙凤　一点儿见面礼，妹妹不要见笑。平儿，把东西拿下去，你们全去歇一会吧。

平　儿　是。（和丫鬟等下）

王熙凤　妹妹请坐。

尤二姐　姐姐请坐。

王熙凤　我说妹妹，今儿个姐姐突然到此看望妹妹，妹妹定然觉得有些个出乎意外吧？

尤二姐　（急解释）姐姐到此，小妹求之不得，哪有意外之理。

王熙凤　不然。想我王熙凤，乃是荣宁二府一个有名的泼辣货，妹妹平时，焉有不听说的道理。今儿个突然来到门前，出于妹妹的意外，不是理所当然的吗？

尤二姐　（说对了心事，无话可答）这个……

王熙凤　妹妹，姐姐在府里，早就知道妹妹是一个忠厚老实人。你一定为着这个泼辣的姐姐时刻担心。今儿个姐姐来，特为让妹妹亲眼看一看姐姐的为人。常言说得好，交浅不能言深，姐姐的话，也并不望妹妹句句全信，只求妹妹容我说个明白，那时姐姐回去，就是一命呜呼，也瞑目在九泉之下啦！

尤二姐　姐姐何必如此言重。有何教训，小妹洗耳恭听。

王熙凤　唉，妹妹。只为姐姐年岁太轻，不知世故，向来总是妇人家见识，一味只劝二爷保重身体，别在外面眠花宿柳。想不到我这一点痴心，却被二爷错会了意思，把我当作了撚酸吃醋之人，连娶妹妹作二房这样正经大事，却也不和我说上一声。其实这个事，我不知劝过二爷多少次，因为我不会生儿子，可总不能叫二爷断了后啊。我叫他早点儿娶上一个二房，生下一男半女，连我日后都有依靠。

［平儿、丫鬟上茶。

丫　鬟　奶奶请茶。

［王熙凤、尤二姐接茶杯。平儿、丫鬟下。

王熙凤　就拿那个平儿来说，还是我劝二爷收她的呢。唉，也怪我平日持家太严，这些下人之辈，哪能不恨我呢？妹妹你想，当家人恶水缸。我要是真有不能容人的地方，上头三层公婆，当中多少妯娌姐妹，又怎能容我到今天呢？就说今儿二爷娶妹妹，我要是不愿意的话，又如何肯来拜见妹妹呢？唉，说到这儿，我就不能不责怪珍大哥、珍大嫂来了。他们为着兄弟的香烟后代，把妹妹嫁了过来，乃是光明正大，不管放在老爷、太太、老祖宗面前，谁能说出个不字呢？想不到合府上下全都知道，却把姐姐我瞒得个水泄不通。妹妹你想，这不是又给我落下个恶名声吗？我……怎么能经得起这样的不白之冤呢？要是我再不跟妹妹谈谈，不是要活活地把这个肚子给闷炸了吗？妹妹，请你设身处地，替姐姐想上一想，姐姐该怎么办才好啊……（哭）

尤二姐　（急）姐姐……小妹年幼无知，累姐姐多受委屈，求姐姐原谅。丫鬟，快与姐姐换茶。

［丫鬟上茶，尤二姐接茶。

尤二姐　姐姐再请饮茶。

王熙凤　（接茶饮茶，唱）

常言道人不伤心不掉泪，
话到了伤心处珠泪双垂。
为二爷为贾家我心都操碎，
有谁知却招来恶语成堆。
堵得住山头水堵不住小人的嘴，
姐姐我成了个凶神恶煞夜叉厉鬼，
要明枪放暗箭无恶不为！

尤二姐　姐姐快快不要伤心。

王熙凤　妹妹！

（唱）可怜我上服侍祖宗三辈，
中间是妯娌姐妹绕在周围。
下人们日夜轮班如潮似水。

我哪曾有片刻稳坐深闺。

耗尽了心头血从来不悔，

最伤心，妹妹的事，防我像防贼。

妹妹呀！

我比你只不过大了几岁，

我也是女儿家从小娇养大，只解画双眉。

我也是要脸面知羞愧，

这般瞒着我，怎样把人为？

非是我向妹妹吐苦水，

疼姐姐除妹妹更去求谁？（大哭）

尤二姐 姐姐快快不要伤心。

王熙凤 （哭声愈高）

尤二姐 姐姐快快不要难过。

王熙凤 （哭声愈高）

［平儿、丫鬟上。

平　儿
丫　鬟 奶奶！

尤二姐 （也感动而哭，唱）

听姐姐这一番伤心之论，

我好似大梦醒冷汗淋淋。

且莫说句句话情通理顺，

感人心还在那一片真情。

［王熙凤伤心饮泣。

尤二姐 （唱）翻悔我年纪轻闲言轻信，

惹姐姐受委屈欲说无门。

过往事求姐姐莫再追问，

从今后与姐姐誓结同心。(虔诚地向王熙凤一拜)

王熙凤　哎呀我的好妹妹!

(唱)你竟是这般地把我怜悯,

不由我喜极更悲生。

我自从离双亲来归贾姓,

哪何曾有一人如此知心?

翻悔我来看望迁延不定,

识不得人世间有如此好人。

你不是生长在尤门外姓,

你是我亲手足一母同生。(热情一拜)

尤二姐　姐姐。

(唱)难得是贤姐姐亲临教训,

今日里作一个长夜谈心,

叫丫鬟速安排酒宴同饮。

丫　鬟　是。

王熙凤　且慢!

(唱)慢安排我这里还有话云。

妹妹,难得妹妹这样可怜姐姐,姐姐算是得了救了。刚才妹妹言道,你我今后,誓结同心,这句话可说到我心里去了。依姐姐的意思,我们这个谈心酒,不要在妹妹这儿饮,何不到荣国府里去吃呢?

尤二姐　这个……

王熙凤　不瞒妹妹说,姐姐已经在府里替妹妹准备了一所房屋,和我对门而住。穿的、吃的、使的、用的,都和我一样。我们是餐餐同席,日日谈心,也好同心合意,规劝二爷。听说妹妹不是已经有了我们的儿子了吗?这可是我们家的大事,要是无人照顾,我可不放心。

妹妹在外头，我在里头，妹妹你想，我这心里怎么过意得去。要是妹妹不搬进去，我可要搬到这儿来啦！

尤二姐 小妹遵命就是。

［幕闭。

第四场

［来旺内喊：走哇！上。

来　旺 （唱）在府中领了奶奶命，

赌场之内寻一人。

咳，真没想到，我们二奶奶三花两绕，竟把个新二奶奶弄进府来。三茶六饭，奉承得无微不至。我们这位奶奶，本来是个有名的嘴甜心苦，两面三刀，上头笑着，脚底下就使绊子。平日我们二爷在丫头跟前，只要多看一眼，她有本事当着爷揍得个烂羊头似的。人家是醋罐子，她是个醋坛子，忽然变成个香油瓶，准没有好事。今儿个一大早把我叫去，叫我到赌场上寻找新二奶奶的前夫张华，跟他做上一个好朋友，不准走漏半点风声，这里头只怕就大有文章啦。可是葫芦里头到底装的什么药，谁敢问她一句。管他呢，好在给了我二十两银子，落得吃喝一番，顺便，赌他个几把。

（唱）猜不透这其中有何学问，

也只好糊里糊涂奉命而行。（下）

［幕闭。

第五场

［幕启：王熙凤内宅。

［贾琏上。

贾　琏　（唱）回到了花枝巷悄无声响，

二姐她进府来行动荒唐。

遇蓉儿却言说平安无恙，

与熙凤对门居，亲亲热热姐妹相称和睦非常。

吉凶祸福难猜想，

是真是假我要细辨周详。

［平儿上。

平　儿　二爷，您回来了。

贾　琏　我回来了。

平　儿　奶奶，二爷回来了。

［王熙凤上。

王熙凤　啊，二爷。您回来了？

贾　琏　我回来了。

王熙凤　二爷，旅途之上，甚是劳累，这些日子来，您辛苦啦。

贾　琏　夫人说哪里话来，此番出外公干，一切顺心。适才见过老爷，他老人家言说，回头有赏。

王熙凤　平儿，你听见没有？这是二爷的能干，也是我们的体面哪！赶快与二爷备酒接风去。

平　儿　是。（下）

［贾琏向左右看，寻二姐踪迹。

王熙凤　（故意）二爷，您累了，是不是要到屋里歇一会呀？

贾　琏　不累不累，我是一些儿也不累。啊，对门那三间房屋，怎么焕然一新了？

王熙凤　二爷问这三间房子吗？是我料到二爷这一回办事有功，说不定老爷会赏下一个什么得意的丫头使女，特地替您准备下的新房啊。

贾　琏　夫人不要开玩笑，待我过去一看。

王熙凤　（拦）得了吧！你的心事，我还会不知道？让我替你请过来吧。我说妹妹，二爷回来了，请过来坐一会吧！

［尤二姐内应：来了。

王熙凤　听见了吧。

［尤二姐上。

尤二姐　二爷在哪里？（进门）二爷。

贾　琏　二姐。

［贾琏趋前。尤二姐忽感羞涩，转对王熙凤。

尤二姐　姐姐。

王熙凤　妹妹。

［贾琏干笑。

王熙凤　二爷，你看我这妹妹瘦了吧？

贾　琏　胖了，胖了。

王熙凤　这么说我这个做姐姐的还算交待得过啦。

贾　琏　这……

［同笑。

王熙凤　好，今儿个我们要饮一个团圆酒。就是咱们仨！我要亲自去安排点儿清爽的菜肴，你们先谈谈吧。（下）

贾　琏　二姐。

(唱)适才回到花枝巷，
梨花落尽剩空房。
吓得我目瞪口呆无话讲，
未曾料遇难反呈祥。
好叫我纳闷在心上，
来龙去脉说周详。

尤二姐　(唱)那一日二爷你路程才上，
姐姐她忽来到我毫无提防。
无奈何迎上前把双眉暂放，
一天愁却化作喜气洋洋。
姐姐的话句句春风暖心上，
既通情又达理体贴善良。

贾　琏　她怎样言讲?

尤二姐　(唱)姐姐说早知我住在花枝巷，
想前来看望我费尽思量。
有多少衷肠话要对我讲，
为二爷也为我挂肚牵肠。
她话到伤心处，
热泪横盈眶。
我此心非铁石，
无语暗神伤。
就在那一天，离了花枝巷，
对门相作伴，日夕话家常。
最是令人心感处，

贾　琏　什么?

尤二姐 盼望我身体强十月胎儿降。

两母同抚养，承继簪缨绵世泽，

光辉荣国府门墙。

贾　琏 好夫人哪！

尤二姐 （唱）今日里姐妹和睦相依傍，

悔往日闲言轻信太荒唐。

我这里甘愿把夫妻欢爱让，

望二爷莫把旧人放一旁。

［王熙凤已暗上。故作感动，趋前扶抱尤二姐。

王熙凤 妹妹。

尤二姐 姐姐。

贾　琏 好哇！

（唱）见此情不由我心花怒放，

她二人果然是恩爱情长。

看夫人一阵阵笑在眉头喜从心上，

全不见有一丝虚假心肠。

二姐欢愉不用讲，

但看她粉面容华，恰似那三月春风上海棠。

这样的艳福贾琏享？

祖宗三代他们也难比强。

反怪我不该把夫人来小量，

她是深明大义令人钦佩的一位醋大王。

人逢喜事精神爽，

今天的日子不寻常。

美妾娇妻双依傍，

大丈夫到此才真个把眉扬。

按不下心头喜气把话讲，

你二人都是我同命鸳鸯。

［来旺急上。

来　旺　（未进门就叫起来）奶奶！（见贾琏愣住）啊……二爷，您回来了。我……是特为来看看您的。

贾　琏　罢了。

王熙凤　来旺，后面正与二爷备酒，你快看看去。

来　旺　是。奶奶。（欲走）

王熙凤　（眼珠一转）回来！告诉平儿，把二爷的接风酒摆到新二奶奶房里去。

来　旺　是。（下）

尤二姐　（有拦阻之意）啊，姐姐……

王熙凤　这还客气什么？姐姐一会儿来。二爷，请吧。

贾　琏　好。你们一起来。

尤二姐　姐姐，你要来呀。

王熙凤　我就来的。

［贾琏、二姐并肩下。王熙凤一声冷笑。来旺溜上。

来　旺　奶奶。

王熙凤　事情办得怎么样了？

来　旺　办好了。那张华在赌场存身，见了面，一顿吃喝，无话不谈，我们就成了好朋友了。

王熙凤　很好，你走近一些……我要你立刻去找那张华。

来　旺　还有什么事吗？

王熙凤　叫他马上就往衙门口给咱们家里告上一状。

来　旺　告状？

王熙凤　头一状告的是我们二爷！

来　旺　哦？

王熙凤　第二个告的是那边的贾珍、贾蓉！

来　旺　珍大爷、蓉哥儿？

王熙凤　告我们二爷有四句话，你给我好好地记着。

来　旺　是。

王熙凤　头一句是背旨瞒亲……

来　旺　背旨瞒亲！

王熙凤　就是背着皇上，瞒着父母。第二句是倚财仗势……

来　旺　倚财仗势！

王熙凤　第三句是强逼退亲……

来　旺　强逼退亲！

王熙凤　第四句是停妻再娶！

来　旺　停妻再娶！

王熙凤　告贾珍、贾蓉的是挑唆作媒，欺压良善。

来　旺　挑唆作媒，欺压良善！

王熙凤　都记下了吗？

来　旺　全记下了。

王熙凤　说一遍给我听听。

来　旺　这个……请您再说一遍。

王熙凤　你听着：告我们二爷的是背旨瞒亲，倚财仗势，强逼退亲，停妻再娶十六个字。告珍大爷和贾蓉的是挑唆作媒，欺压良善八个字。明白啦？你快给我去吧！

来　旺　是。（走而复回）哎呀奶奶！您这一告不是要让我们二爷和珍大爷、蓉哥儿全去坐牢吗？

王熙凤　奴才！慢说这点儿小事，就是告我们家造反也不要紧。闹大了，我自然会收拾的。

来　旺　我明白了。(走而复回)哎呀奶奶,我还是不明白。您这一闹,可到底有什么好处?

王熙凤　这就不要你问了。

来　旺　是。(走)

王熙凤　回来!

来　旺　是。

王熙凤　这个事,你必须连夜办好。回头还要你到察院里去走一趟,你可要快去快来。

来　旺　是。到底是怎么回事?(下)

王熙凤　(唱)眼看着阖府中要天惊地动,

看一看这大观园的权力在谁手中。

不治死小贱人,我还叫什么王熙凤!

[尤二姐上。

尤二姐　姐姐,酒已备好,请姐姐过来同饮。

王熙凤　妹妹。

(唱)团圆酒姐妹俩要多饮几盅啊!

[幕闭。

第六场

[幕启:贾珍厅堂。

[贾珍、尤氏上。

贾　珍　(唱)琏二爷振乾纲降住了凤婶,

尤　氏　(唱)为骨肉到今日略放宽心。

贾　珍　(唱)摆家宴与兄弟庆贺同饮，

尤　氏　(唱)这种事下一次不可再行。

［贾蓉内喊：二叔到啊！

贾　珍　你的妹婿到了。

［贾琏、贾蓉上。

贾　琏　(唱)过府来只觉得心情倍畅。

贾　蓉　(唱)难得是一杯酒谈叙家常。(进门)

贾　琏　大哥大嫂。

贾　珍
尤　氏　(同)二弟
兄弟。

贾　琏　大哥大嫂，请受小弟一拜。

贾　珍
尤　氏　兄弟少礼。

贾　蓉　请二叔、父亲、母亲入席。

贾　琏　大哥、大嫂请。

贾　珍
尤　氏　二弟请。

［入席。贾蓉斟酒。

贾　琏　兄嫂。

(唱)兄嫂请受一杯敬，

小弟我说不尽感激情。

二姨妹生就温柔性，

夫妻恩爱情义深。

仗兄嫂从容来坐镇，

才使得熙凤退让三分。

贾　珍　二弟呀。

(唱)这件事愚兄我早就料定，

二姨妹是你嫂手足之亲。

弟妹她虽然有醋劲，

她不看鱼情还要看水情。

从今后只管使出丈夫的刚强性，

有为兄和你嫂撑你的腰来抵住你的后背心。

再过上七头八月你把娇儿来抱定，

熙凤她的气焰还要减三分。

她要是凶，你先狠，

她要是骂，你先开声。

等她的威风全杀尽，

二姨妹顺理成章成了荣府的当家人。

她妯娌是两姐妹，

我兄弟是一条心。

荣、宁二府就是大爷、二爷的天下……

好向那龙宫夺宝，

天上摘星星。

哈哈哈……

贾　琏　(唱)大哥大嫂请同饮，

贾　珍
尤　氏　请。

［家院上。

家　院　启禀大爷，二爷那边，人声吵嚷，不知出了什么事情。

贾　琏　这……

贾　珍　咳，青天白日，能有什么事情。你过去看看，速来告知。

家　院　是。(下)

贾　珍　吃酒，吃酒。

［兴儿急上。

兴　儿　启禀二爷，大事不好！

贾　琏　何事惊慌？

兴　儿　二爷被人家告了下来，衙门口的差人到府传人。二奶奶请您立刻回府议事。

贾　琏　但不知告我的是哪一家，为着何事？

兴　儿　告您的是新二奶奶的前夫名叫张华，为的就是新二奶奶。

贾　琏　你……说我就来。

兴　儿　是。（下）

贾　琏　哎呀兄嫂啊！

（唱）这真是顷刻之间起风云。

兄嫂，张华告了小弟，差人上门。想二姨妹之事，乃小弟服中所作，至今还瞒着老爷、太太和老祖宗，今日闹得阖府皆知，不但小弟要受责罚，只怕二姨妹也要担受一场惊怕。这……便如何是好！

贾　珍　这个张华！我给了他二十两银子，退了婚姻，他怎么又大胆告起状来。

尤　氏　咳，当初我就说此事做不得，你偏说能做。如今闹出事来，势必连累到我的头上来了。

贾　珍　你不要瞎吵闹。蓉儿，你快些过去，把事情打听明白，到底那张华是怎样的告法。

贾　蓉　爹爹，我害怕凤婶，不敢前去。

贾　珍　这，无用的东西！

［兴儿急上。

兴　儿　二爷，奶奶请您立刻回府。也请大爷、大奶奶、蓉哥儿一道前去。

那张华不但告了二爷，还顺便带上蓉哥儿和大爷一笔，说这个事都是你们爷儿俩挑唆的。如今差人被二奶奶花了钱留在那边。二奶奶说了，要是你们不过去，奶奶就亲自过来啦！

尤　氏　过去，过去，大爷过去。

贾　珍　不不不，叫二奶奶过来。哎，不不不，二奶奶也不要过来。二弟，你先回去看一看，打点一下。花多少钱，开个账单来，愚兄送过去就是。快些去吧。

贾　琏　大哥，这件事还是请你与小弟去料理一趟吧。

贾　珍　唉，你怎么这样胆小，一些儿男子的刚强都无有！快些回去。

贾　琏　还是大哥去，大哥去。

［家院上。

家　院　启禀老爷夫人，东府里二奶奶，怒气冲冲过府来了。

众　哎呀！

［家院下。

［贾珍、贾琏、尤氏，急得乱藏乱躲。

贾　珍　（为自己打气壮胆）咳，不要害怕。我是大伯子，她是弟媳妇，弟媳妇敢对大伯子怎么样。

［内：二奶奶到！

［平儿、丫鬟丙、丫鬟丁、王熙凤上。贾蓉自内溜出，一头碰上。

贾　蓉　婶娘。

［王熙凤一记耳光打个正着，顺手揪住贾蓉耳朵，牵进室内，使力往贾珍身上一推。贾蓉撞贾珍，贾珍撞尤氏，同时踉跄而倒。

［贾琏藏躲案后。

王熙凤　好一个大哥哥啊，听说您正在替兄弟接风贺喜，我这一来，可把您的雅兴给搅啦……

贾　珍　嘿嘿，嘿嘿……弟妹，请坐，请坐。蓉儿。

贾　蓉　（战战兢兢）在。

贾　珍　吩咐下面，重换酒席，款待婶娘。

［贾珍边说边走，王熙凤上前一步拦住。

王熙凤　怎么，大哥哥打算溜了吗？

贾　珍　这……不溜，不溜，不溜。

王熙凤　不溜，您就请一边歇着吧。

贾　珍　是。

王熙凤　（望尤氏一声冷笑）哼……好大嫂子！

尤　氏　二婶。（胆怯地走过）

王熙凤　瞧你那副可怜相，好像谁在欺侮你的样子。把你那背后做鬼事的胆子拿出来，不就得了吗！

尤　氏　婶娘息怒，请婶娘包涵些吧。

王熙凤　啐，亏你还有脸跟我说出包涵二字！我来问你，你那尤家的丫头，敢是没人要了，偷着只往贾家送。难道贾家的人都是好的？普天下的男人都死绝了不成。你这痰迷了心，油蒙了窍的。你就是要往这儿送，也得三媒六证，大家说明白，成个体统才是。怎么，国孝家孝，两层孝服在身，就把个人偷偷地塞进来！这会子还叫人来告我们，连官场中都知道我厉害，吃醋，如今指名来提我。你这个锯了嘴子的葫芦，就知道在老祖宗和太太跟前，一味瞎小心，应贤良的名儿，却把坏名声往我头上做。我到你们家到底干错了些什么事，你这样厉害地待我？你说，你说，你们说呀！

尤　氏　哎呀婶娘，你消消气，消消气吧。

贾　珍　是啊，弟妹消消气吧。

王熙凤　哼，我知道啊。这是老祖宗有了什么话在你心里，叫你们做这个圈套挤我出去。要不然，你打哪儿来这份胆子？请放心吧，我绝不赖在你们家里。回头咱们把老祖宗跟全族的人请了来，把话说

个明白，给我休书，立刻就走。这一会，对不起，咱们俩先到衙门口，把事情分证明白。你就跟我一道儿走吧！（抓住）

尤　氏　婶娘。

王熙凤　给我走！（强拉尤氏）

［贾珍、贾蓉一齐围上拦阻。

贾　珍
贾　蓉　（同）哎呀弟妹，
哎呀二婶，千万不能到衙门口去呀。

王熙凤　你们给我闪开！

贾　珍　二弟救命哪！（从案下拉出贾琏）

贾　琏　夫人。

王熙凤　（顿觉为难。立刻借此大发咆哮，猛然将尤氏推开）好啊！

（唱）你一家暗算我把祸来闯，

到时候拿二爷顶住我胸膛。

你们是杀人不见血流淌，

王熙凤成了个官有名县有字的吃醋大王，我只好一命丧无常，我的祖宗亲娘！（一头撞去，揪住尤氏连哭带打）

尤　氏　（唱）你们快快把法想，

贾　珍　（唱）二弟速速拿主张。

贾　琏　（唱）蓉儿去磕头把情讲，

贾　蓉　（唱）上前又要挨耳光。

王熙凤　（唱）你快随我去把公堂上。

贾　蓉　哎呀二婶！

（唱）求二婶放开了儿的娘。（跪步。倚小卖小，扑到王熙凤身上）

王熙凤　去你娘的！（踢贾蓉一脚）

［家院上。

家　院　老太太过府。

贾　珍　知道了。

［家院下。贾琏溜下。王熙凤暗暗得意。

贾　珍　哎呀弟妹呀，老祖宗前来，定是为着此事无疑。想这阖府之中，老祖宗最疼爱的就是弟妹。弟妹说什么，老祖宗信什么，少时老祖宗到来，弟妹要多说几句好话呀。

尤　氏　是啊，只要婶娘在老祖宗面前，多说两句好话，我们就都得了救了。

贾　珍　是啊，弟妹千万成全愚兄一次。（作揖打恭）

王熙凤　（狞笑）哦，我这才明白，你们干嘛在背后计算我。原来你们把老祖宗当成我的靠山。你们计算我，为的是对付老祖宗。

贾　珍　哎呀弟妹，愚兄全无此意。弟妹千万不能这样想啊。

王熙凤　我这么想？这不是你说的。老祖宗最疼爱我，我说什么，她信什么，这不明明是说我倚仗老祖宗来欺压你们吗？好吧，今儿个就当着老祖宗的面把话说说清楚吧！

贾　珍　哎呀弟妹，你千万不可如此，愚兄这里……跪下了。你们还不与我一齐跪下！

尤　氏
丫　鬟　（跪）求奶奶赏脸。

王熙凤　（借此收场）你们这是干嘛呀，这不是一齐来欺侮我心慈面软吗？（掩面哭）

贾　珍　快与婶娘梳洗。

［尤氏、丫鬟拥王熙凤下。

［内喊：老祖宗到！

贾　珍　快快出迎。

［鸳鸯、二丫鬟扶贾母上。

贾　母　（唱）凤丫头房中人传信，

衙役捕快上了门。

儿孙不贤心好恨，

［贾母进门。尤氏、丫鬟拥王熙凤上。

王熙凤
尤　氏　老祖宗！

贾　母　（指王熙凤）我正要找你！

王熙凤　人家这就上您那儿去啦。（抢着扶贾母坐下，为贾母拍胸敲背）

贾　母　咳！

（唱）快把事情细说明。

王熙凤　哟，老祖宗，看您急得这样子。（对尤氏）快与老祖宗取参汤来。

尤　氏　取参汤。

贾　母　适才丫头报信，说官府差役，上门拿人，为的是贾琏强娶了你的妹妹。想我家是什么人家，竟做出这样无法无天之事。你们快把始末情由，与我讲来。

贾　珍　请弟妹快快回禀老祖宗。

丫　鬟　参汤到。

王熙凤　（抢着接过参汤）我说老祖宗，您先喝一口参汤平平气，听我详详细细从头到尾告诉您这桩——喜事！

贾　母　什么，喜事？

王熙凤　可不是。

贾　母　嗯，你想骗我？

王熙凤　哎呀呀，你们大家看看。这阖府上下，大大小小，谁敢在老祖宗面前打半个马虎眼。谁不知道我们老祖宗上知天文，下知地理，明察秋毫。圣人心有七个窍，我们老祖宗的心是十四个窍。要是我敢骗老祖宗，那我的心得有二十八个窍！

贾　珍　是啊，谁敢骗老祖宗。

贾　母　瞧她这个耍贫嘴的。丫头。

丫　鬟　在。

贾　母　给这个贫嘴婆也倒一杯参汤来。

贾　珍
尤　氏　快与二奶奶取参汤！

王熙凤　取什么，我就讨老祖宗的寿吧！（取贾母喝剩的参汤一饮而尽）

［贾珍接过空杯。

贾　母　哈……讲！

王熙凤　老祖宗容禀。

（唱）前些时大爷丧事须人照应。
珍大嫂请她妹妹看望门庭。
她妹妹生来多秀俊，
二爷一见便钟情。
恳求大嫂把亲允，
要她做一个二夫人。
只因为二爷无后事要紧，
我便将她接进门。
但等大爷孝服尽，
再安排圆房把礼行。

贾　母　这也还说得过，只是这里头还有什么退亲之事啊？

王熙凤　老祖宗。

（唱）这妹妹幼年多不幸，
指腹为婚许过人。
她夫家讨饭多贫困，
已经花钱退了婚。

谁知人穷不安分，

胡告一状到衙门。

我已经派人打点把是非分正，

如今您老人家又多了一个漂亮的孙媳妇，过一年半载的，您就要抱一个……

（唱）白白胖胖的大重孙，您是开不开心哪？

贾　母　此话当真？

王熙凤　（撒娇）哎呀老祖宗，您今儿个怎么尽不相信我们的话呢？

贾　珍　弟妹所言，句句是实。

尤　氏　我们二婶是从来不说假话的。

贾　母　我不大相信这个醋坛子，突然会如此贤良，允她丈夫娶上这么一个漂亮的二房。

王熙凤　咳，我就知道您要说这个，我早给您预备下真凭实据啦。

贾　母　你有什么凭据？

王熙凤　这位妹妹，现在府中，给老祖宗一看怎么样？

贾　母　我正要看看。

贾　蓉　我去请二姨妈去。（下）

［平儿随下。

贾　母　哈……

（唱）看情形确似有真凭实证，

想不到泼辣货作了贤人。

贾　珍　我们弟妹本来就是贤良人。
尤　氏　我们二婶本来就是贤良人。

［贾蓉上。

贾　蓉　禀老祖宗，我的二姨妈到了。

王熙凤　妹妹来了。（出迎）

［尤二姐玉容惨淡，平儿扶上。

尤二姐　(唱)这一阵吓得我心惊胆战，
　　阖府中为着我地覆天翻。
　　偏此时要把那老祖宗来见。

王熙凤　妹妹。

尤二姐　姐姐。
　　(唱)拿什么脸儿走向人前。

王熙凤　妹妹，怎么说起这个话来。把头皮硬着跟姐姐走，一切都有姐姐我呢。

［王熙凤搀尤二姐进门。

王熙凤　老祖宗，您看这就是您的新孙媳妇。这是太婆婆，快磕头吧！

尤二姐　与太婆婆叩头。

贾　母　罢了。

尤二姐　谢太婆婆。

贾　母　(凝视有倾，点头赞许)待我再瞧瞧皮肉儿。

王熙凤　把手给太婆婆。

贾　母　(看)唔，齐全得很。凤丫头，我看比你还俊些儿呢。

王熙凤　老祖宗，要是不比我俊，我还替二爷娶吗？

贾　母　不错，不错。
　　(唱)果然是上上下下都登样，
　　骨肉停匀秀气藏。
　　聪明不露轻狂相，
　　举止之间见大方。
　　要说是胖不像那宝钗样，
　　要说是瘦也不像林姑娘。
　　似这样不胖不瘦不高不矮眉清目秀娇小大方一齐儿都兼上，

只恐怕这大观园里要算无双。

王熙凤　瞧，经我们老祖宗这么一夸奖，妹妹就显得更俊了。

贾　母　（唱）外表好看且不讲，

还看出这孩子温柔贤惠别有一副好心肠。

你看她含羞默默可怜样，

全不像凤丫头柳眉倒竖杏眼圆睁，活像个黑脸张飞手执长矛，吆一声喝断霸桥梁！

王熙凤　我今儿个可成了女张飞了。

众　哈哈哈……

贾　母　你们不知道，我年轻时候，就是喜欢看三国。这三国里头，我最喜欢的就是那个张飞。

贾　珍
尤　氏　老祖宗是欢喜你！

贾　母　（唱）你们莫笑我这麻衣相，

老眼看人有文章。

叫一声孙媳妇儿听我讲，

今朝之事莫惊慌。

难得你这贤良的姐姐神通广，

有她来疼你纵然是老天塌下也无妨。

王熙凤　哎呀呀，瞧您把我说的。我这点本事，还不都是您教的。

贾　母　哈哈哈……

王熙凤　我说，我们妹妹站了好久啦，该回去啦。您有什么话说，就再嘱咐几句吧。

贾　母　嘱咐几句话……有的，有的。孙媳妇，如今你已是贾家的人了。想我这荣、宁二府，是簪缨门第，诗礼传家。男的讲的是孝悌忠信，女的讲的是德貌言工。你容貌虽然不错，只是这一个德字，必须小心在意。

[尤二姐猛然一震。

王熙凤　老祖宗,这您放心吧。我们这个妹妹的德性,真是好得没法说了。

贾　母　好,我也要嘱咐你几句。

王熙凤　您说吧。

贾　母　她们圆房的日期,必须等到一年之后,家孝国孝服满之时。你不要忘记,那时候我要来吃这杯喜酒的。哈……

[尤二姐在贾母笑声中昏倒。

王熙凤　哎呀妹妹,怎么了,怎么了?

贾　母　快快扶下。

王熙凤　是。

[平儿、王熙凤扶尤二姐出门。

尤二姐　(醒过伏王熙凤身上哭叫)姐姐……

王熙凤　(假意抽泣)这可怎么得了啊……

[平儿扶尤二姐下。

王熙凤　这孙媳妇长得怎么样?

贾　母　果然不错。

王熙凤　我没有骗你吧?

贾　母　不曾骗我。

王熙凤　那您现在该怎么样了?

贾　母　如今我该做三件事。适才错怪了你们,头一件向你们赔礼道歉。

众　哎唷唷。

贾　母　第二件与凤丫头传名。从今往后,在二奶奶上面加上一个贤字,贤二奶奶!

众　贤二奶奶!

贾　母　这第三件……

王熙凤　慢着，我说老祖宗给我头上加了一个贤字，我们也该在老祖宗头上加一个字。

贾　珍　快，弟妹快加。

王熙凤　老祖宗的头上应该加一个圣字。

众　圣字。

王熙凤　贤人上头是圣人。从今往后，我们得叫老祖宗——

众　圣老祖宗！

贾　母　哈……（向王熙凤点首称赞）好，现在该讲第三件事了。凤丫头，适才听你说，衙门口已然打点，想必花了银钱。但不知花了多少？

王熙凤　老祖宗，您问这个干什么？

贾　母　你告诉我。

王熙凤　没有多少，连衙门里带差人，不过一千两银子。

贾　母　（惊）花了这许多银子！

王熙凤　瞧您，少了我们能拿得出手吗？

贾　母　说得也是，贾珍。

贾　珍　在。

贾　母　这一千两银子，该你们拿出来。

贾　珍　是是是，马上就与二婶送了过去。

贾　母　凤丫头。

王熙凤　老祖宗。

贾　母　（意味深长地）这三件事还称你的心么？

王熙凤　（撒娇）老祖宗，您累了，该回去歇息了。

贾　母　哈……

（唱）笑人生难得个儿孙兴旺。

众　送老祖宗。

贾　母　啊凤丫头，今天的事叫那孩子又惊，又怕，又难为情。你回去找个医生与她看看那。

王熙凤 您放心吧，我一定找一个名医。

贾　母 （唱）该应是家门盛你这醋妇变贤良！

哈……（下）

鸳　鸯 二奶奶，您今儿个是名利双收啊。（下）

［贾琏溜上。

贾　珍 谢谢贤弟妹。

尤　氏 谢谢贤二婶。

贾　蓉 谢谢贤婶娘。

众 谢谢贤二奶奶。

贾　琏 谢谢贤夫人！

王熙凤 啐！

［王熙凤啐了贾琏一口，亲热地往尤氏身上一偎。尤氏受宠若惊。王熙凤向尤氏嫣然一笑，搀扶下。

贾　珍 后堂摆宴。

［幕闭。

第七场

［幕启：王熙凤内宅。王熙凤得意洋洋上。

王熙凤 （唱）昨日里宁国府一场大闹，

闹他们一个个俯首求饶。

老祖宗解人意转怒为笑，

王熙凤博得个贤惠名标。

小贱人直吓得沉沉病倒，

奉汤药全仗我双手亲调。

［平儿急上。

平　儿　奶奶，大事不好了。新二奶奶喝了药水，肚子一阵疼，胎儿坠下啦！

王熙凤　你……说什么？

平　儿　新二奶奶的胎气掉下来啦。

［王熙凤故意一发晕。平儿上前一扶，王熙凤猛将平儿推过，急奔下。

［平儿急出门。贾琏急上。

贾　琏　平儿，新二奶奶怎么样了？

平　儿　二爷。

［平儿一把拉住贾琏急下。

［来旺跑上急得向内望。

来　旺　（苦着脸）这是怎么回事，这药是我去买的。

［平儿扶王熙凤上。来旺见王熙凤上，畏怯地急返下。王熙凤眯着眼望来旺下。进内。坐。

王熙凤　（装得有气无力地）正好是一个男孩子！这一下我们可都绝了后啦。让我安静一会，你下去吧。

平　儿　是。（下）

王熙凤　（见平儿下，扑哧一笑，唱）

人不知来鬼不晓，

一条孽种付荒郊。

小贱人面如黄蜡昏昏倒，

命若游丝一线飘。

看起来她经不起几场风暴，

便葬身在大观园的骇浪惊涛。

[兴儿上。

兴　儿　报告奶奶，二爷大喜。

王熙凤　什么大喜？

兴　儿　这回二爷办事有功，老爷赏下来了。

王熙凤　赏了什么？

兴　儿　赏了二百两银子，还有一个秋姑娘。

王熙凤　什么？

兴　儿　秋姑娘。

王熙凤　什么秋姑娘？

兴　儿　就是老爷身边的那个大丫头秋桐。

王熙凤　秋桐！

兴　儿　又标致，又能干，能说会道，手灵脚快。老爷特为赏给二爷，马上就要过来啦。

王熙凤　哦，这可真是二爷的造化呀！

兴　儿　是啊。

王熙凤　兴儿。

兴　儿　在。

王熙凤　老爷的丫头，你得去好好地陪着她过来了。

兴　儿　是。奶奶。（出门）

王熙凤　一个没死，又来一个！

[兴儿向内。

兴　儿　秋姑娘，您快点儿走啊！

[秋桐内应：急什么，我得一步一步地走着！

[秋桐翩若惊鸿上。

秋　桐　瞧，我这不是来啦！

兴　儿　请进去吧。

秋　桐　我就这么进去啦？

兴　儿　不这么进去，怎么着？

秋　桐　给我通报一声。

兴　儿　嘿，瞧你！还要二奶奶下位相迎吗？

秋　桐　谁说的？你那么一通报，奶奶一点头，我跟着就进去。要不，那多尴尬那。

兴　儿　这也说的是，你等着。禀奶奶，秋姑娘到。

王熙凤　（已经听到秋桐要兴儿通报，怒火陡起）怎么着？我这门儿小，她进不来是不是啊！

［兴儿大骇，畏缩退出。

兴　儿　听见了吧？自己进去吧。（下）

秋　桐　（唱）未进门先闻得一声狮吼，

分明她与我个冷水浇头。

她是个泼辣货闻名已久，

碰着她也是我前世未曾修。

唉……

在此间上上下下我早都看透，

谁好人谁就要大海沉舟。

凭着我随老爷十年久，

敢与她作一个冤家对头。

我要敢出乖敢露丑敢撒野不怕羞，把女儿家娇怯付东流。

（进门）

秋桐拜见二奶奶。

王熙凤　罢啦。你就是老爷赏过来服侍二爷的吗？

秋　桐　是的，奶奶。

王熙凤　这可真不巧。新二奶奶刚坠了胎，二爷不是个心事，今儿个晚上可不能办你的事啦，委屈你先一个人住两宵再说吧。

秋　桐　我说，二奶奶，这就是您的不是啦。

王熙凤　（惊）哦，我的不是？

秋　桐　秋桐是老爷赏过来的。您看在老爷的份上，也该照应我们才是。您怎么尽替新二奶奶说话呢？不是秋桐乱说，这位新二奶奶的底细，谁还不知道，那个孩子，还不知道是姓张的，还是姓李的呢？奶奶稀罕那杂种羔子，我才不稀罕呢！养孩子，谁不会，过一年半载，我们养一个给奶奶看看，管保一点儿不掺杂！

王熙凤　（惊愕，灵机转动）你今年多大年纪了？

秋　桐　十七岁。

王熙凤　唉，年轻轻，不懂事啊！

（唱）你竟对新奶奶胡言满口，

全不知人家是什么来头。

宁国府至戚亲根深底厚，

珍大奶奶的亲妹妹她姓的是尤。

她是你二爷的凤鸾俦心上肉，

新婚才未久，恩爱正绸缪。

我遇事都让三分后，

你飞蛾却向火中投。

秋　桐　好啊，我成了飞蛾投火啦！

王熙凤　（唱）人家是冰样清玉样润。

花样娇，蜜样柔。

一弯眉黛春山瘦，

两点星眸秋水流。

嫦娥羞欲避，

西子见生愁。

你虽然年华未二九，
体态足风流。
可并非一枝南国香红豆，
只不过是粗枝粗叶一丫头。
你顶撞我千句我能承受，
得罪了新奶奶一字命全休！

秋　桐　（暴怒大叫）奶奶！

（唱）我心中早压着一盆火，
奶奶的言语火加油。
说什么香红豆臭红豆，
我本是粗枝粗叶粗花粗朵生长野田沟。
您看是香，我看是臭。
您看是玉天仙，我看是烂羊头。
我倒要与娼妇交交手，
管她是谁人的妹子姓的是什么尤！

王熙凤　你快别给二爷听见。

秋　桐　（越说越气）奶奶！

（唱）奶奶身份高，顾前又顾后，
秋桐无所有，不怕把面子丢。
有她姓尤的就没有我，
一根桩扣不得两头牛。
奶奶你只管坐山观虎斗，
看秋桐为你打败眼中仇。

王熙凤　瞧你越说越不像话了。

秋　桐　奶奶呀！

（唱）秋桐是一不做二不休，

省得您再去用机谋。

只是我有句话儿得先出口，

王熙凤　有话只管说吧。

秋　桐　(唱)说出来您可不要气冲斗牛。

王熙凤　我哪那么大的气。

秋　桐　(唱)倘若是二爷他……

王熙凤　怎么样?

秋　桐　(羞涩地，唱)

到了我们的手，

您可不能把您那……

整盆整罐的南京醋，哗啦啦泼上我秋桐头。

王熙凤　哈……

(唱)大观园丫头们堆前叠后，

却无有一个人及得你这鬼丫头。

心直口快心田厚，

和奶奶的脾气好相投。

二爷有你来侍候，

我的好孩子!

分挑我多少担子减去我多少愁啊。

秋　桐　(柔顺地)奶奶!(亲热地一抱)

［内砰然一声。

［贾琏内喊：呔!怎么药水下肚，就坠了胎儿，你们与我讲!

［平儿急上，丫鬟随上。

平　儿　二奶奶，二爷这一会儿气得直摔东西，说我们服侍得不好。

［丫鬟饮泣。

王熙凤　哭啦，哭的日子在后头呢。见过你秋桐妹妹，她是老爷赏过来服侍二爷的。头一天就碰上这个事，她和我们是一样的可怜。（对秋桐）这一切你都眼见啦。

秋　桐　哈……奶奶。（念）人人都说您厉害，今日一见也平常。不是秋桐夸大口，不出三天，管叫二爷他……乖乖进我秋桐房！（拉平儿下，丫头随下。）

王熙凤　哎呀妙啊，我正少一个人冲锋陷阵，她来得不迟不早，正是个时候。先借她的手把贱人杀死，回头再来杀她，这叫做借刀杀人。（想到另一事情）刚才来旺这小子在门口冲着贱人的屋子，急得什么似的，要是到外面说出个一言半句，那我可就完了。哼，先送一个信给这个奴才，叫他知道点儿厉害！丫头们……

［内应：有。

王熙凤　把旺儿给我叫来。

［内应：是。

［来旺上。

来　旺　（嗫嚅）花枝巷的消息是我泄漏的，张华的状子是我叫他告的，坠胎气的药又是我手里买来的……又叫唤啦，还有什么好事啊。奶奶。

王熙凤　旺儿，我瞧你这一会愁眉苦脸的，莫非有什么心事吗？

来　旺　（急解释）奶奶，我没有心事，奴才有什么心事？

王熙凤　是啊，这一回办事有功，你算是奶奶第一个心腹人。可你如果有个三心二意，奶奶的脾气你是知道的。

来　旺　奴才不敢。

王熙凤　只要你对奶奶忠心，自有你的好处。奶奶不会亏待你。

来　旺　谢奶奶，奴才一定为奶奶效力。

王熙凤　这才是啊。今儿个还有一件事，要你走一趟！

来　旺　请奶奶吩咐。

王熙凤　这件事比不得前两回，怕你办不了。

来　旺　奶奶，您又不要奴才去杀人放火。有什么办不了啊。

王熙凤　嗯，正是要你去杀人！

来　旺　奶奶您别说笑话。

王熙凤　谁跟你说笑话。猴儿崽子，我要你去杀死张华。你知道奶奶的脾气，奶奶做事从来不留根脚。我不能把刀靶子递在那个张华手里，必须将他杀死，斩草除根！怎么样，不敢去吗？

来　旺　敢去，敢去。奶奶，我就去！

王熙凤　慢着！你忙不迭就走，你准备怎么将他治死？

来　旺　这个……

王熙凤　还得我教你。你找着那张华，就讹他做贼，和他打官司，将他治死，或者暗暗使人算计，打他的闷棍，务要做得干净利索。记住，千万不能走漏一点风声！

来　旺　是。

［王熙凤下。

来　旺　哎呀我的妈呀，当真要我去杀人哪！好毒辣的家伙，我这才真明白啦。她是存心要把新二奶奶弄死啊。哎呀老天那，我悔不该那一天把新二奶奶的事说出来，如今是羊入虎口，木已成舟，这个孽全在我一个人的身上啊。哎呀慢着，她适才言道，从来做事不留根脚，她杀了张华之后，大概就该轮到我啦！（摸自己颈脖）哎呀呀……咳，善有善报，恶有恶报，若是未报，时辰未到。这样毒辣的女人，是逃脱不了恶报的。人命关天，非同儿戏，我且到外面躲上几天，先把张华放走，回来再用言语哄骗于她，走到哪里，说到哪里，我就是这个主意。我走，我走，我走！

［幕闭。

第八场

［幕启：尤二姐房中，一灯如豆，帐帘低掩。

［秋桐上。

秋　桐　咳，我好恨那！

（唱）实指望随二爷月圆花好，

想不到守空房长夜无聊。

恨贱人坠胎儿不迟不早，

偏拣我秋姑娘的花烛良宵。

秋姑娘生成个心高气傲，

似这等遭冷落实在难熬。

趁二爷不在家我高声骂叫，

且看她把姑娘怎样开交？

呔，贱人听着！

［平儿端茶碗上。

秋　桐　我是秋桐姑娘，是老爷赏给二爷的。我来了好几天啦，你这个娼妇装模作样，没日没夜地把二爷给缠着，让我就守着三间空屋子。我今儿个要骂你，我骂你这小娼妇，小狐狸精，先奸后娶没人要的小贱货！

［平儿搁碗于地，猛拉秋桐。

平　儿　妹妹。

秋　桐　平姑娘，咳，我正在骂人，你干吗打岔呀！小娼妇……（被平儿推下）

平　儿　咳，这是哪儿说起呀！

（唱）秋姑娘忽改变平日模样，

发恨声施泼辣费我思量。

薄命人理应当相怜相谅，

新二奶奶，新二奶奶，睡着啦。幸喜秋桐的言语，未曾被她听见。

（唱）悄悄地送上这续命的参汤。

［尤二姐发出呻吟声。

平　儿　醒啦。

尤二姐　（唱）蒙眬间又听得有人呼唤，

［平儿搀扶尤二姐支起。

平　儿　新二奶奶。

尤二姐　原来是妹妹。

平　儿　是我。二爷关照熬一碗参汤，您喝点儿安安神吧。

尤二姐　多谢妹妹操心。（接参汤）

平　儿　您趁热喝了吧。

尤二姐　（欲喝复止）妹妹，我不喝了。

平　儿　这是最好的人参，是珍大奶奶送过来的。

尤二姐　（唱）见参汤我不觉一阵心酸。

平　儿　您不要难过，保重要紧。

尤二姐　（唱）心头饱腹中闷实难下咽，

平　儿　您想开一点，就会好的。

尤二姐　（唱）生成个如纸的命难得周全。

平　儿　快不用这样想。

尤二姐　（唱）问妹妹适才间我蒙胧听见，

平　儿　（惊）您听见什么？

尤二姐　（唱）好一似有谁人骂我在窗前。

平　儿　没有人骂您。这个府里头，谁敢骂您，这是您做梦的。

尤二姐 哦，是我做梦的。

平　儿 是啊。快冷啦，您喝了吧！

尤二姐 （唱）感不尽妹妹情……心摇手颤，

［平儿帮助尤二姐喝参汤，刚要进口。秋桐上。

秋　桐 咳！

（唱）骂得她不疼不痒我好心烦。

呔！姓尤的听着，我是秋桐姑娘，又来骂你啦！小娼妇，小狐狸精，先奸后娶没人要的小贱货！丢了一个杂种羔子什么了不起，谁还不知道你的底细吗？

［尤二姐晕倒。碗砰然落地。秋桐一愣，平儿出门。

秋　桐 怎么跟我摔东西，要打架？好，你出来，姑奶奶今儿个跟你拼了！

平　儿 哎呀妹妹，你……是怎么啦？

秋　桐 你还在这儿？

平　儿 人家都昏过去了，你就饶了她吧。

秋　桐 她装死，哪那么容易发昏，信她的！小贱人，小狐狸精！

平　儿 人家是真的昏过去了。

秋　桐 我不信，世上有那么容易发昏的人。

平　儿 你自己看看去。

秋　桐 我倒是要看看。（近前细看，惊退）

［平儿生气下。

秋　桐 （唱）她果然昏沉沉紧闭双眼，

　　这般的不经骂倒叫我为难。

　　看情形黄泉路离她不远，

唉！

　　经不起三斧头你进的什么大观园。

　　我……总不能往死人的身上再踏践，

到此时猛觉得她也可怜。

二奶奶!

我骂死她遂你的愿,

她今天该是我秋桐的明天。

说这个有什么用。

我还得打精神准备恶战,

先把个护身符抢到手边。(下)

[平儿端碗从内出。王熙凤紧跟上。

王熙凤　平儿。

平　儿　奶奶。

王熙凤　新二奶奶怎么样了?

平　儿　昏昏沉沉,有气无力,我再喂她喝点参汤。

王熙凤　把参汤放在这儿,我来喂。你歇一会去。

平　儿　是。(放参汤下)

王熙凤　(望平儿)人家养猫拿耗子,我的猫尽咬鸡。既然她离死不远,那我就成全你早点归天吧!(推门径入)喂!你醒醒,你醒醒吧!

尤二姐　(挣扎抬头)啊,姐姐。

王熙凤　是我。

尤二姐　姐姐请坐。

王熙凤　我站着说几句话,就要走的。

尤二姐　(觉得情势不对)哦,姐姐有话,但请讲来。

王熙凤　你听着!只因日前你那前夫张华告了我们家一状,你的这件丑事,就变成府里府外,上上下下,聊天逗趣的新闻。他们都说你在家里做女孩就不干净,又和我们那位珍大爷不清不白,勾勾搭搭。昨儿个晚上,老祖宗、太太把我叫了去,指着脸骂我说,像这样没人要的破烂货,你偏偏拣了来。这荣宁二府是什么人家,怎么弄了这么个伤风败俗的东西来，还不赶快把这贱货给休了！

［尤二姐气得不能支持，忽然地立起，瞪着眼直向王熙凤逼去。王熙凤愕然怯退。

尤二姐　这……就是你看望我病势来的？

王熙凤　是的。

尤二姐　这些话就是你要来与我讲的？

王熙凤　不错。

尤二姐　哼！

王熙凤　你笑什么？

尤二姐　笑我瞎了眼睛！直到此时，才认识了你。

王熙凤　是迟了一点啦。

尤二姐　我好恨！

王熙凤　你恨什么？

尤二姐　恨我不曾听我三妹的言语，把你这奸刁淫恶的毒妇，当做了贤惠之人！

王熙凤　恨就恨吧，可是我倒挺佩服你那位妹妹的。

尤二姐　你佩服她什么？

王熙凤　我佩服她聪明识趣，死得爽快。（敲三更）时候不早了，我的话也完了，你好自为之吧。（下）

尤二姐　王熙凤！（挣扎起立）

［王熙凤踪迹杳然，一阵疾风扫叶，几滴冷雨敲窗，一片凄清，尤二姐从悲愤转入平静。

尤二姐　三妹！

（唱）到此时一场梦豁然全醒，
王熙凤现出了面目狰狞。
恶生生句句话全如利刃，
看准了时机到再不用假意虚情。

可叹我死到头才明究竟，

告官衙闹宁府饮药汤堕胎儿，

都是她一手造成，更复何云。

我自被活生生逼归绝境，

成全她宽宏量贤惠之名。

死便死何惜此一条性命，

恨只恨病已深势已成败尽声名，

面对仇人，不能够一语相争！

再不愿见一个贾家人影，

再不愿见此间日出天明。

反幸这胎儿坠一身干净。（见手上戒指）

金环！

这金环好送我及早归阴，

叫一声三妹妹泉途暂等。（欲吞金环）

吞金环猛忆起贾琏夫君，

纵不愿见他人也要等他一等。（伤心已极，跌坐床沿）

［贾琏上。秋桐暗上。

贾　琏　（唱）议事不觉到天明，

成日里守病人好无意兴。

秋　桐　二爷！

［尤二姐听见。

贾　琏　（惊喜）秋桐！

（唱）天未亮你怎么起了身。

秋　桐　人家没睡，等着您那！（威胁地）我说二爷，我倒是要问问您，我们是老爷赏过来服侍您的，如今我们来了好几天啦，您就是不拢边。您倒是说明白，要是您觉得老爷赏得不好，我们就立刻回到老爷身边去啦。

贾　琏　哎，哎，哎，不能回去，二爷是很喜欢你的。

秋　桐　您欢喜我？

贾　琏　欢喜你。

秋　桐　我不信。

贾　琏　不信，你就跟二爷走。哈哈哈……（拉秋桐下）

［尤二姐听得真切，一声惨笑。

尤二姐　（唱）此时间再无有他事可想，

不须片刻更彷徨，

速把残生来断丧。（扫头。吞下金环，倒卧床上）

［五更。天明。

［平儿端参汤上，进门。

平　儿　新二奶奶，新二奶奶！哎呀，新二奶奶死啦，新二奶奶死啦！

［众丫鬟上。

丫　鬟　新二奶奶……

［来旺、兴儿奔上。

［贾珍、贾蓉、尤氏奔上。

［贾琏、秋桐奔上。

贾　珍　二姨妹！

尤　氏　妹妹！

贾　蓉　姨妈！

［王熙凤内猛叫一声，边哭边叫上：好妹妹，亲妹妹，我那苦命的……

王熙凤　好妹妹呀！（在一个漫长的哭叫声中扑到尤二姐身上）

［秋桐背后一声冷笑。

［王熙凤回头怒视秋桐。秋桐冷然相对。

［幕闭。

［剧终。

（1979 年演出本）

京剧

曹操与杨修

编　剧

陈亚先

作者小传

陈亚先（1948—　），男，湖南岳阳人。现任岳阳市文联主席、党组副书记。历任岳阳县文教局编辑、岳阳市花鼓戏剧团编剧、岳阳市文联副主席。

时　间　后汉建安年间

地　点　洛阳、斜谷等地

人物表

曹　操　后汉丞相，字孟德，称魏侯

杨　修　曹操的主簿，字德祖

倩　娘　曹操的爱妾

鹿鸣女　曹操的义女

孔闻岱　北海太守孔融之子，曹操的仓曹属主簿从事

蒋　干　曹操的谋士

公孙涵　曹操麾下幕僚

僮　儿　杨修书童

其　他　胡马商、蜀米商、吴米商、曹洪、夏侯惇、许褚、张辽、李典、乐进、徐晃、张郃（人称曹八将）、孔融（幻像）、军士、校尉、丫鬟、刽子手、三报子、招贤者

（注：本剧故事时间跨度为三年，而招贤者却从翩翩少年一直干到须发苍苍，这绝不是编剧的疏忽）

第一场

[音乐悲壮，哀鸿呼号……

[一束追光引招贤者上。他正值年少，黑发无须。

招贤者 （夸张地）汉相曹操，兵败赤壁，招贤纳士，再图大业！招贤呐——

（隐去）

（灯亮）

[松林墓地，皓月当空。墓碑上四字“郭嘉之墓”。

[曹操率领鹿鸣女、蒋干、公孙涵及“曹八将”在墓前祭奠。

曹　操 大汉丞相曹操，率领都护将军曹洪，陈桥太守夏侯惇，中郎将张辽、许褚、李典、乐进、徐晃、张郃，中秋月明之夜，祭扫故参军郭嘉墓庐！

（音乐起）

曹　操 （怆然吟诵）

明月之夜兮，短松之岗，

悲歌慷慨兮，悼我郭郎！

天丧奉孝兮，摧我栋梁，

鹿鸣女 （接诵）

从此天下兮，难觅贤良。

曹　操 （接诵）

哀哉奉孝兮，伏惟尚飨！

（白）郭嘉呀奉孝！你若不死，我岂有赤壁之败呀！（哭）

鹿鸣女　爹爹保重！

公孙涵　丞相如此礼贤下士，天下贤才必然闻风来投。

曹　操　千军易得，一将难求哇！

公孙涵　鹿鸣小姐即兴续诗，与你老人家的意韵天衣无缝！

曹　操　鹿鸣女儿虽非亲生，胜似亲生，她的才思不在蔡文姬之下。当初，老夫欲将她许配郭嘉，只恨苍天不佑，郭郎弃我而去了……

［内马蹄声。曹操等倾听。

（杨修内唱）

半壶酒，一囊书，飘零四方——

［曹操示意，众隐入松林。

［杨修骑马与书童上。

杨　修　（下马，醉步，唱）

冷眼观孙曹刘三霸争强，

欲报国无明主心中惆怅，

僮　儿　相公，到了郭嘉先生的墓台了。

杨　修　（接唱）

中秋夜念故人来会郭郎。

僮　儿　相公，郭嘉先生的墓台已有人祭扫过了。

杨　修　（心领神会）噢！

僮　儿　香灰还是热的呢。

杨　修　年年今日，只有杨修前来祭扫这冷落的坟台，今年为何这样地热闹起来了？

［僮儿发现曹操所书祭文。

僮　儿　相公，这祭扫人名叫曹孟德。

杨　修　（故意高声地）哈哈哈，你说的是那个曹孟德么？（唱）

曹孟德他也曾东征西讨，

得荆襄灭刘表意气自豪。

赤壁兵败如山倒，

十万战船一火烧。

残兵败将逃至华容道，

幸遇着关云长，

他本是老曹的旧知交。

悲悲切切苦哀告，

刀下捡得命一条。

他若想力挽狂澜于既倒，

就看他求贤纳士谋略高不高。

曹　操　(更成便服上)哈哈哈……说得好，说得好！既知曹操招贤纳士，先生何不投在他的麾下，以展济世之才？

杨　修　老头儿，你晓得我是哪个？叫我去投曹操！

曹　操　先生乃当今奇才杨德祖，那曹操正愁寻你不着。

僮　儿　你怎么知道我们相公的名讳呀？

曹　操　年年中秋，只有杨修来祭扫这冷落的坟台……

杨　修　哈哈哈……老头儿，你当真叫我去投曹操？但不知曹操能封我一个什么官儿？

曹　操　以先生之才，少不得封你个长史之职。

杨　修　长史之职？忒小了。

曹　操　哦，大材小用了，封你个兵马大都督！

杨　修　荒唐！

曹　操　怎说荒唐呢？

杨　修　杨修岂是披坚执锐之人？

曹　操　但不知怎样的官儿，才称先生心意？

杨　修　我若投奔曹操，却要做他的仓曹主簿官。

曹　操　怎么，先生愿为曹操掌管军粮战马？

杨　修　掌管军粮战马有何不可？

曹　操　先生，你不嫌弃这仓曹主簿，官卑职小么？

杨　修　哈哈哈，不要小看这仓曹主簿。那曹操如今是军中缺战马，仓中少米粮，他的当务之急，乃是国库空虚！

曹　操　（大喜）哎呀呀，先生定有富国之策。来来来，老朽洗耳恭听。

杨　修　说与你听？对牛弹琴！

曹　操　（尴尬）实不相瞒，老朽便是曹操。

杨　修　哈哈哈，丞相到底自报家门了。

曹　操　怎么，先生早知是孟德到此？

杨　修　丞相不是也早知杨修到此么？

［二人同笑。

［公孙涵与众将上。

公孙涵　呔！曹丞相在此，还不大礼参拜！

曹　操　休要胡说，快来见过杨德祖先生。

公孙涵　是。（对杨修）公孙涵见过杨德祖先生。

杨　修　久仰！原来是公孙先生，请问……

公孙涵　（故意冷落杨修）请丞相上马回府。

曹　操　今宵月色正好，我要与德祖先生安步当车，列位先行一步。

公孙涵　遵命。

［公孙涵与众将上马，下。

［曹操与杨修执手登高，驰目骋怀。满月当空，清辉如水。

杨　修　（吟诵曹操的旧诗作）关东有义士，兴兵讨群凶……

曹　操　铠甲生虮虱，万姓以死亡……

杨　修　白骨露于野，

曹　操　千里无鸡鸣！

杨　修　生民百遗一，念之断人肠！

曹　操　老夫旧时诗作，先生竟然记得一字不差？

杨　修　杨修岂止敬佩丞相的诗文。

曹　操　哦？

杨　修　我更愿丞相的襟怀如诗中一般！

曹　操　快人快语，你我相见恨晚！

杨　修　相见恨晚。

曹　操　明日就请先生上任理事如何？

杨　修　杨修敢立军令状，半年之内，军粮满仓，战马充厩！

曹　操　若能如此，真乃天下之福也！

杨　修　只是还须一人相助。

曹　操　先生举荐何人，快快讲来。

杨　修　北海孔闻岱。

曹　操　孔闻岱……

杨　修　怎么？

曹　操　他，与我有杀父之仇！

杨　修　这个……

［灯暗。

［玉箫声渐起。

第二场

［玉箫声延续。

［半年后。

［追光下，鹿鸣女吹箫，倩娘执女红，丫鬟在煎药。

倩　娘　（和着箫声，唱）

杨修进京兮，已然半载，

军粮战马兮，何曾筹来？

夙夜徘徊兮，孟德颜改，

药能医病兮，难医愁怀。

［丫鬟捧药待命。

倩　娘　（对鹿鸣女）儿呀，且去侍候你父相用药吧。

［灯亮。倩娘、鹿鸣女转入曹操书斋。

［公孙涵上。

公孙涵　公孙涵有要事求见丞相。

鹿鸣女　我父相有病在身。

公孙涵　卑职觅得百年陈酿名酒，与丞相解忧。

倩　娘　嗯！这岂是你谋士幕僚分内之事？

公孙涵　这……卑职告退。

［曹操内声："转来——"曹操上。

曹　操　（唱）慨当以慷，忧思难忘，

忧我三军，少马无粮。

德祖德祖，使我悲怆，

何以解忧，唯有杜康！

［泼去汤药，斟酒。

公孙涵　丞相，卑职有要事禀报。

［倩娘、鹿鸣女退下。

曹　操　讲。

公孙涵　丞相，有人通敌！

曹　操　哪一个通敌？

公孙涵　就是杨修举荐来的那个孔闻岱！

曹　操　嗯！尔敢诬陷贤良！

公孙涵　（取出袖折）丞相不信请看，我这里记载得一清二楚。数月来，他乔装改扮，单人匹马，与敌国交往。去年腊月初七，他西出龙门，北转雁门，进入匈奴地界半月有余。

曹　操　匈奴？半月？

公孙涵　今年正月初八，他过长江下洞庭，辗转东吴七十余天！

曹　操　东吴？七十余天！

公孙涵　三月二十九，杨修与他执手相送。那孔闻岱绕汉中、走栈道，到了刘备的成都，如今方才回到洛阳。

曹　操　（震怒）杨修、孔闻岱今在哪里？

公孙涵　孔闻岱回到洛阳正要去见杨修，被我略施小计，诓到辕门，请丞相定夺！

曹　操　先将孔闻岱拿来见我！

公孙涵　遵命！

曹　操　（思索）且慢！不要惊动杨修，请孔闻岱到书房叙话。

公孙涵　是！（下）

曹　操　（唱）当初杀了孔北海，

孔闻岱到今日耿耿于怀！

举贤良不避仇酿成祸害，

孔门中多反骨他是孽障投胎！

七年前杀孔融旧景犹在——

［灯光凝聚，回响曹操当年的声音："将孔融推出辕门，斩。"

［曹操的幻觉出现。

［刽子手架孔融上，由饰孔闻岱演员兼饰孔融。

孔　融　曹操哇奸贼！（接唱）

阿瞒竖子似狼豺！

孔融一死有何碍。

汉祚岂容你安排，

自有我的后来人——

［大斧落下，从孔融官袍中蜕出孔闻岱。

孔闻岱　（接唱）

——孔闻岱！

［杨修上。

杨　修　（唱）杨修举荐此贤才。（下）

［报子（内喊）报——报子甲、乙（翻上）。

报子甲　启禀丞相，匈奴骑兵，夺关南下！

报子乙　刘备五虎上将，东出祁山！

曹　操　啊！

报子丙　报！（翻上）

曹　操　不、不、不、不好了！孔闻岱北出雁门阴山道，西人巴蜀把敌交，南联东吴孙仲谋，三面夹攻欲灭曹。

［曹洪、夏侯惇上。

夏侯惇　丞相！无有军粮，怎敌五虎上将！

曹　洪　无有战马，怎挡匈奴铁骑！

［杀声震天，匈奴铁骑驰突。

［五虎将杀上。

［吴“水师”杀来。

［曹操三面受敌，孔闻岱手举曹操杀孔融的大斧，追杀曹操，众人刀斧齐举向曹操头上劈来。

曹　操　（呼喊）啊！

［幻觉消失，灯复明。

[倩娘、鹿鸣女急上。

倩　娘　相爷、相爷……

鹿鸣女　父相，父相你怎么样了？

曹　操　唔……（回到现实中来）我安然无恙。

公孙涵　（上）孔闻岱告进。

曹　操　传！

[曹操挥手示意，鹿鸣女、倩娘下。曹操拔剑出鞘。

孔闻岱　（内唱）

踏遍了阴山外蜀地吴邦——（孔闻岱上，唱）

孔闻岱为粮马四海奔忙。

苦匆匆，马乏人伤，

风餐露宿，褴褛了身上的衣裳回转洛阳。

拼着我七尺躯报效丞相。

巧周旋赚来了，赚来了战马与军粮。

[公孙涵提示孔闻岱解下腰间剑，孔感激地把剑交公孙涵，而后近前行参拜礼。

孔闻岱　仓曹主簿从事孔闻岱参见丞相。

曹　操　（强压怒火）孔闻岱……

孔闻岱　在。

曹　操　我来问你，你去过匈奴？

孔闻岱　去过。

曹　操　去过西蜀？

孔闻岱　去过西蜀。

曹　操　也去过东吴？

孔闻岱　去过东吴。

曹　操　哪一个派你去的？

孔闻岱　杨主簿与我计议行事。

公孙涵　你跟杨修计议的是什么？意欲何为？

［孔闻岱甚感意外，一时回答不出。

曹　操　自然是筹措军粮、战马，你道是也不是？

孔闻岱　正是。

曹　操　真乃劳苦功高，老夫赐你美酒一瓯。

孔闻岱　谢丞相！（接酒喝）

［曹操挥剑刺孔，孔转身，怒指曹操，倒僵尸，死去。

招贤者　（幕内喊："招贤啰！招贤啰——"）

第三场

［追光引招贤者上。

招贤者　大汉丞相，明察秋毫，奖功罚罪，胜似舜尧。招贤啰！（隐去）

［灯亮。仓曹主簿后花园，丽日蓝天，风送鸟语。杨修在操持公务，小炉上熬着汤药。

杨　修　（唱）青天外白云闲风清日朗，
洛阳红绕回栏阵阵暗香。
处乱世遇明主欣喜过望，
酬知己哪顾得夙夜奔忙。
坐花间药当酒无事一样，
怎知我胸臆间沸水扬汤。
当初立下军令状，

到如今恰正是半载时光。

孔贤弟无消息叫人悬望，

更无有战马军粮到洛阳！

难道说稳操的胜券成虚妄？

僮　　儿　(内喊)老爷——(隐上)老爷，大喜啦！

杨　　修　(唱)

莫不是城外边已到了战马军粮？

僮　　儿　一点儿也不错。数不清的胡马，一群一群地从北边来，千船米粮顺着洛水黄河从西南两路而来，都快到京城了。

[内声："有客商求见！"

杨　　修　送粮送马的人儿来了，快快有请。

僮　　儿　知道了。

杨　　修　且慢。(忙收拾案头书简，僮儿帮他收拾毕，欲去请客)

杨　　修　(转而一想)转来。不见，一概不见。

僮　　儿　怎么不见呢？

[杨修向僮儿示意。

僮　　儿　(笑)明白了。

[说话间，三位客商已到。

僮　　儿　(上前拦阻)嗨，主簿老爷酒醉，今儿不见客。

蜀 米 商　啥子？不见，我等有大事相商，不见不行！

吴 米 商　做生意总要碰碰头，哪好勿见面呢！

[匈奴马商说了句任何人也听不懂的匈奴语。

蜀 米 商　(对马商)说汉语，说汉语。(对僮儿)他是匈奴人。

匈奴马商　(甩马鞭)卖马的来了。

杨　　修　唔，何人在此喧哗？

蜀 米 商　听你之言，敢莫就是杨主簿、杨大人？

杨　　修　三位到此何事？

吴 米 商　我伲三个人，全是孔闻岱的好朋友。

杨　　修　怎么？你们是孔闻岱的好朋友？哎呀呀，失敬了！

三 商 人　好说，好说。

蜀 米 商　我们是诚心诚意来做生意的。

匈奴马商　我带来良马十万匹。

吴 米 商　我带来江南大米六万六千六百六十六石。

蜀 米 商　老子天府之国上等大米五千船，顺长江绕洛水一直到了洛阳。

杨　　修　哎呀，你们来迟了。

三位商人　什么，来迟了？

［三位商人乱作一团。

杨　　修　三位呀。（唱）

做买卖靠的是眼明手快，

你三人为什么姗姗迟来？

半年前，我也曾散尽千金把粮马收买，

到眼下库银短缺愧对三兄台，

买卖不成仁义在，

来来来，小饮三杯叙情怀。

匈奴马商　酒我们不喝，马你要不要？

杨　　修　马匹已充足了。

吴 米 商　这许多米，你也勿要哉？

杨　　修　不是不要，怎奈库银短缺了。

蜀 米 商　（唱川调）

好一个巧舌如簧的孔闻岱！欺瞒好友太不该。

吴 米 商　（唱京调）

说什么马到洛阳重金买，

说什么米贵如珠是京街。

匈奴马商 （唱西北调）

却原来，尽是鬼话一派，

你们汉人骗人不应该！不应该！

杨　　修 （唱）

三仁兄休要错怪孔闻岱，

半年来行情有变你们怨谁来。

也罢，念在孔贤弟的分上，下官筹些银两买下你们的粮马。

二 米 商 大人功德无量，多谢多谢！

匈奴马商 好！讲义气，谢谢！

杨　　修 只是这价钱……

三 商 人 价钱好商量。

杨　　修 这样吧，石米半两银，匹马二钱金，三位意下如何？

蜀 米 商 啥子？一石米半两银？

匈奴马商 马一匹，金子二钱？

吴 米 商 哦哟大老倌，你比苏州人煞半价还要结棍（厉害）嘛！

蜀 米 商 这个生意做不得！

匈奴马商 不卖了！

吴 米 商 勿卖哉！

［三人下，僮儿追赶。

僮　　儿 哎，你们别走，别走呀！老爷，你怎么让他走了？

杨　　修 嘿嘿，他们还要回来的。

僮　　儿 还要回来的？

杨　　修 （唱）

速准备圈马屯粮莫迟钝。

［幕内：“丞相驾到。”

杨　修　他的消息好快呀，僮儿看衣更换。（下）

［卫士上，巡视毕。

众卫士　有请丞相。

（曹操上）

曹　操　（接唱）

冲冠一怒杀了人，
千思万虑难安枕。
历历往事好惊心，
在赤壁我错杀过蔡瑁、张允……

（杨修上）

杨　修　啊，丞相，你这不速之客，敢莫是寻我这仓曹主簿的弊端来了！

曹　操　啊，这个？

杨　修　哈哈哈哈……有失远迎，快快请坐。

曹　操　（接唱）

问声主簿可安宁？

杨　修　你看我，坐花间饮美酒，有何不安宁呀！

曹　操　说什么花间饮酒，杨主簿终日操劳，以药当酒，难道老夫不知？

杨　修　怎么？杨修以药当酒，丞相尽知？

曹　操　巧妇难为无米之炊。德祖啊，实实地难为你了。

杨　修　丞相，你的仓曹主簿官实实地难当啊！我们确实到了家无隔宿粮的地步了，不过今日——

［僮儿喊上。

僮　儿　老爷，老爷，那几个外国人又来了。

［曹操一怔。

杨　修　请丞相暂避一时。

曹　操　怎么？老夫定要回避？

杨　修　丞相不知，今日这巧取豪夺的坏名声，只好由我来承担。

曹　　操　（狐疑地）哦，哦……（隐入假山石后）

［三商人上。

杨　　修　三位为何又回来了？

蜀 米 商　左思右想实无奈，且把檀香当烂柴。

匈奴马商　我情愿十万胡马当狗卖，

吴 米 商　唉，卖比不卖划得来。

三 商 人　杨大人——嘿嘿嘿……

吴 米 商　您啊，好把价钱再……

三 商 人　抬一抬。

杨　　修　方才言过，匹马二钱金，石米半两银，我已是倾其所有，价钱抬不得了。

蜀 米 商　这龟儿，王八吃秤砣，

吴 米 商　铁仔心哉。

匈奴马商　不卖了，运回去！

蜀 米 商　运回去。

吴 米 商　勿卖哉，运回去。

［三人欲走。

杨　　修　且慢！你们要运回去？运往哪里去？你的十万战马运往匈奴？你们的千船米粮运往东吴、西蜀？哼！这大汉京都之地，岂容你们将军粮战马资助敌邦！此话若被曹丞相听见，你们还要不要命？嘿嘿！

［三商人怔住。东吴米商拽过二商人。

吴 米 商　二位大老倌，我看还是保命要紧，便宜卖给伊算了！

（对杨修）杨主簿，我伲便宜卖给你了。

杨　　修　好好好，一手交钱，一手交货。你等到有司交割去罢。

［僮儿引三商人下。

［曹操上，激动不已。

曹　操　哈哈哈！老夫有了军粮战马，可雪赤壁之耻了！

杨　修　丞相……

曹　操　我要亲修战表一道，发往西蜀！

杨　修　丞相要向诸葛亮打战表么？

曹　操　正当扫平西蜀！

杨　修　（一惊）啊！还望三思！

曹　操　大计已定，不必多言。

杨　修　诸葛亮足智多谋，丞相不可草率行事……

曹　操　（忽然想到）杨主簿，我来问你，这三位外邦客商，是怎样到此？

杨　修　丞相容禀：就是那孔闻岱，半年之前，乔装改扮，单人匹马，西出龙门，北转雁门，走遍塞外匈奴，历尽千辛万苦，又从华容道东过长江，下洞庭，绕柴桑，入巴蜀，置生死于度外，谋大事于敌邦，才赚来这十万胡马、千船米粮，解我军国大难，立下不世之勋。丞相你要格外地升赏！

曹　操　呀！（旁唱）

闻言如听惊雷炸，
孟德做事差、差、差！
仇者快，亲者痛，贻笑天下，
怕只怕招贤大计流水落花。

杨　修　丞相为何沉吟不语？

曹　操　杨主簿，这军粮战马，解了我军国大难，真乃不世之勋。老夫升你官阶三级，为丞相主簿！

杨　修　谢丞相！

曹　操　来来来！这件锦袍，随我栉风沐雨，已有多年，赠予先生，聊表曹操寸心！（解下锦袍，授予杨）

杨　修　（接过锦袍）杨修肝脑涂地，当报知遇之恩。只是这军粮战马的首功孔闻岱，丞相如何升赏？

曹　操　这孔、闻、岱——么——老夫素有夜梦杀人之疾。昨夜，孔闻岱回到洛阳，相府回话，老夫正在书房蒙眬困睡之中，不想一剑哪……

杨　修　怎么样……

曹　操　我把他误杀了！

［杨修惊呆。手中锦袍落地，凝视曹，似很陌生。

［招贤者画外音："山不厌高，海不厌深，招贤纳士，一片诚心。招贤哪！招贤哪！"

［曹拾起锦袍，为杨修披上。

［曹捶胸顿足，痛悔不已。

第四场

［追光送二士兵抬一柄剑上，赫然以剑示众。

［另一束追光引招贤者上。

招贤者　对！都怪这柄剑不好！丞相梦中杀人的时候，你不在那儿，丞相拿什么杀人？是应该拿它示众。

［二士兵抬剑下。

招贤者　曹丞相礼贤下士，大礼祭奠孔从事，升赏主簿杨修，犒赏三军将士，再下求贤之令，招贤呐——（隐去）

［一片肃杀的孔闻岱灵堂。夜。

［曹操、杨修、公孙涵、将士等肃立灵前。

曹　操　（念）

　　梦中失手，错杀无辜，

　　痛悔何及，泪落如豆！

杨　修　（冷笑）嗬，嗬……（唱）

曹孟德大英雄令人钦敬，

有过错为什么不肯担承？

夜梦杀人谁能信，

万马齐喑实堪惊。

非是我愤世嫉俗甚，

我心头悲，眼中泪，

满腹疑猜，

一腔怨愤！

我那苦命的孔贤弟呀！

可怜你做了一冤魂！

曹　操　杨主簿，人死不能复生，你不要过于悲伤。

杨　修　丞相的祭礼如此丰厚，我却只有一样。

曹　操　一样什么？

杨　修　一片真心！

曹　操　如此说来，旁人就无有真心了！

杨　修　他们自己心中明白！

曹　操　老夫要为闻岱守灵一夜。

杨　修　哦……少不得由我作陪。

曹　操　正要与先生清夜长谈。

杨　修　不可不可！倘若丞相又患夜梦杀人之疾如何是好？

曹　操　唔……杨主簿，你也知道怕死？

杨　修　（有恃无恐，调侃地）我死事小，丞相的大业要紧。

曹　操　……好，你安寝去罢。

杨　修　（略一踌躇，心生一计，旁唱）

后堂我把夫人请，

叫她来会梦中人。

料丞相梦中杀妻心不忍，

到那时水落石出见真情。

但愿他引咎自责明心境，

方见得汉丞相磊落坦诚。

［更鼓三响，杨修下。

［曹示意众退下。

公孙涵　（叫住众兵士）转来。丞相彻夜守灵，尔等好生侍卫，不可大意。

众　遵命。

［公孙涵与众下。

曹　操　（唱）寂寂三更人去后，

迟迟钟鼓惹人愁。

闻岱呀！

你若能黄泉路上留一步，

我与你负荆请罪三叩头，

赐你庆功酒，

封你万户侯。

叹只叹有功未赏反遭殒首，

悔只悔错杀无辜覆水难收。

无奈何假称作梦中失手，

杨德祖咄咄逼人不罢休！

求才难啊，才难求，

只觉得遍体冷飕飕。

［丫鬟捧锦袍引倩娘上。

倩　娘　（唱）乱世夫妻多忧患，

祸福相关共悲欢。

风餐露宿常相伴，
偕卧兵车渡关山。
千危万难终不散，（为曹披衣）
春宵风清也觉寒。

曹　操　（唱）戎马倥偬苦征战，
贤妻伴我十余年。
老夫今又遇危难，
连累贤妻夜不安。

倩　娘　（唱）相爷你误杀闻岱非本愿，
白发人彻夜守灵也堪怜。
说什么今又遇危难，
得道多助心放宽，心放宽。

曹　操　（唱）误杀了孔闻岱我肝肠悔断，
设大礼祭亡灵为把众人安。
百般担忧只一件，

倩　娘　哪一件？

曹　操　那杨修……唉！

倩　娘　那杨修，为相爷的军国大事夙夜操劳，就是相爷的起居冷暖，他也常挂在心。适才，就是他去至后堂，请我来为丞相添衣。

曹　操　（一怔）怎么？是杨修他、他、他……（唱）
他请你为我把衣添！

倩　娘　正是。

［曹操拿锦袍看，赫然发现正是他赠给杨修的那件锦袍。转看宝剑、倩娘。

曹　操　唉！（唱）
马到临崖收缰晚，

投鼠忌器两为难！

倩　娘　相爷为何如此失惊？

［曹操拉住倩娘手，凝视。

曹　操　（唱）牵玉手，睹芳容，

可怜贤妻懵懂人！

我在灵堂方入梦，

你不该把我的好梦惊。

我梦中杀了孔闻岱，

文官武将尽知情。

倘若容你安然去，

我枉杀无辜担罪名。

不舍贤妻难服众，

欲舍贤妻我怎能？

事到此间乱方寸，

杨修陷我两难人！

倩　娘　（唱）曹丞相握重兵天下驰骋，

难道说保一妻妾都不能？

曹　操　（唱）我的贤妻呀！

汉祚衰群凶起狼烟滚滚，

锦江山飘血腥遍野尸横。

只杀得赤地千里鸡犬殆尽，

只杀得众黎庶十室九空。

献帝初天下人丁五千万，

今只剩七百万劫后遗民。

儿郎铠甲生虮虱，

思之断肠复断魂。

曹孟德志在安天下，

赤壁折了百万兵！

招贤纳士重振奋，

误杀了孔闻岱大错铸成！

怕只怕天下贤士心寒透，

我宏图大业化烟云！（向倩娘跪拜）

倩　娘　（唱）相爷一拜如山重，

拜得倩娘梦魂惊。

为妾一死不要紧，

怎忍你白发人反送黑发人？

曹　操　（同唱）贤妻呀！

倩　娘　（同唱）相爷呀！

曹　操　（唱）有朝一日狼烟尽，

我为你造一座烈女碑亭。

夫妻到此悲难忍，

英雄泪染透了翠袖红巾。

［伴唱："啊——啊——"

［倩娘缓缓向曹跪下。

倩　娘　（唱）愿相爷，金戈铁马多保重，

莫为我薄命女子暗销魂。

待到那海晏河清把功庆，

到坟前奠半碗剩酒残羹。

［倩娘向曹深深三拜。

［曹搀扶倩，倩推开曹，至灵前，取剑自刎。曹操悲痛欲绝。

曹　操　（凄厉呼喊）来人哪，来人哪！

［鹿鸣女、杨修、丫鬟、士兵急上，见状大惊。

鹿鸣女 母——亲!

杨　修 曹丞相你……你的梦中杀人之疾,就如此沉重么!?

曹　操 杨主簿,你看今日之事,怎样处置方好?

杨　修 但凭于你!

曹　操 好!老夫做主,我女儿鹿鸣……许配杨主簿为妻!

杨　修 (意外)啊?

第五场

[幕前。追光引招贤者上,他已是青须飘拂。

招贤者 魏侯兵发西川,再下钧旨求贤,用人之际,品行放宽,荐贤有功者,亦可封官!招贤呐——(隐去)

[蒋干手持战表,骑马上。

蒋　干 (念)诸葛亮批回了丞相战表,
　　上写着四行诗好不蹊跷,
　　是战是降不明了,
　　送与丞相瞧一瞧。(下)

[巴山之麓,白雪茫茫。

(音乐曲牌)
　　罡风卷战袍,
　　大雪满弓刀。
　　看巴山蜀水涌波涛。
　　指山河,魏武挥鞭笑,
　　灭蜀吞吴,功成在吾曹!

嘶风骅骝长啸，
中原豪杰，
胆气直上云霄！

［曹操、杨修、公孙涵、曹洪、夏侯惇、众军士，踏雪巡营，信马走来。

曹　操　（踌躇满志）茫茫大地，驰马骋怀，足慰平生也！哈哈哈哈！

蒋　干　丞相好兴致啊！

曹　操　哦，蒋先生回来了，战表可曾下达？

蒋　干　禀丞相，诸葛亮将丞相的战表批了回来。上写小诗一首，刁钻古怪，令人费解。丞相请看。（呈战表）

曹　操　列位将军。

众　丞相。

曹　操　哪个解得诗中之意，老夫有赏。

众　但不知写些什么？

蒋　干　（念战表诗）

黄花逐水飘，
二人过木桥，
好景无心爱，
须防歹徒刀。

杨　修　诸葛亮好欺人也！

蒋　干　啊呀，到底是杨主簿聪颖过人，想必已然解得了。

曹　操　你等就无人能解么？

夏侯惇　待我看来。

蒋　干　我蒋干手捧此诗，在马背上猜了十里之遥，尚未解出，夏侯将军你呢……

夏侯惇　我若猜了出来，你便怎样？

蒋　干　马行十里之内，你若猜了出来，我情愿与你牵马坠镫！

曹　洪　你若猜不出来呢?

夏侯惇　这……

曹　操　猜不出来,陈桥太守与人家牵马坠镫!

夏侯惇　我不猜了,我不猜了。

（众笑）

杨　修　诸葛亮用心险恶,分明要激怒丞相,你要三思而行。

公孙涵　杨主簿,丞相说过,今日饮酒赋诗,不议军国大事。

曹　操　且慢,马行十里,我若猜不出诸葛亮诗中之意,老夫与杨主簿牵马坠镫!（唱）

只为错杀孔闻岱,

杨德祖到今日不释于怀。

兵出斜谷他再三阻碍,

借此诗他又要卖弄高才!

杨　修　（唱）曹丞相阿谀声中心已醉,

全不见危机四伏火燃眉。

纵然是触逆鳞无端获罪,

我也要劝他尽早把头回!（拦住曹操马头）

丞相啊,前面绝壁悬崖,无有路了!

曹　操　勒转马头,老夫再猜。

杨　修　十里已过了。

众　十里未到。

公孙涵　十里未到!

杨　修　（愠怒）呸!左营来到右营,分明二十里了,你等为何睁眼瞎说?

曹　操　好,老夫与杨主簿牵马就是!

众　（惊愕）啊……

曹　洪　且慢,丞相带马,哪个敢骑?

曹　操　（制止曹洪）嗯……休得多言。杨主簿你放开缰绳！

［杨修松缰，曹为杨带马。

众　（唱）宰相带马世少有，

曹　操　（唱）曹孟德南征北战数十秋，

今日马前把人侍候，

宰相肚内好行舟！

［马嘶，众担心。

众　丞相！

曹　操　不妨事……

［圆场。曹操踉跄。

杨　修　丞相，缓缓而行吧！（下）

曹　操　缓缓而行……

蒋　干　（唱）世间只有牛吃草，

公孙涵　（唱）几曾见过草吃牛！

杨德祖不知天高和地厚，

蒋　干　（唱）不由蒋干冷汗流！

公孙涵
蒋　干　（同）丞相慢走！（二人追下）

［曹操、杨修等上。蒋干、公孙涵随上。

杨　修　丞相，你早就猜出来了！

曹　操　不错，我早就猜出来了！（念）

黄花本是一“女”字，

公孙涵　女旁有水，

曹　操　是“汝”字；

公孙涵　木上二人，

曹　操　是“来”字；

公孙涵　无心之爱，

曹　操　是“受”字，

公孙涵　歹徒持刀，

曹　操　乃是一个“死”字。诸葛亮的战表是“汝来受死”四字！

公孙涵　丞相大智大慧，天下无敌！

曹　操　（大叹）唉！说什么大智大慧，老夫之才，不及杨修三十里！

杨　修　（冲动地）丞相啊，说什么不及杨修三十里，智者千虑，也有一失，这兵出斜谷之事——

曹　操　（断然地）今日不议军机，休要多言！

杨　修　当初我再三劝阻丞相，休要发兵西蜀，如今被困斜谷，危机四伏，眼见得又是一个赤壁惨败……

曹　操　住口！用兵作战大计已定，谁敢扰乱军心，军法无情。

杨　修　丞相……

曹　操　带马！

［曹操拂袖上马而去。众随下。

［杨修茕茕孑立，不胜怅然。

［招贤者悄然而至。

招贤者　真是个书呆子，愣逼着人家说那不想说的话。人家嘴里说才华不及你三十里，可他心里怎么想的，你知道吗？

［二道幕随即落下。

招贤者　杨修这号人，是有点讨厌，不过话又说回来了，要是没有这种讨厌的，那才讨厌呢！（例行公事地喊）讨厌喽！噢，不对，招贤喽！（下）

第六场

［军营。

［鹿鸣女捧一盂鸡汤上。

鹿鸣女 （唱）老父相巡营归雪满雕鞍，

熬鸡汤送予他驱散风寒。（下）

［杨修上，蒋干追上。

蒋　干 杨主簿，杨主簿……

杨　修 蒋先生有何见教？

蒋　干 恕蒋某直言，今日之事，你又过分了！

杨　修 哦？

蒋　干 大人平日在丞相面前，常有过激之举，倒还好说，今日叫丞相为你牵马坠镫，这可非同儿戏呀！

杨　修 多承指点。无奈木已成舟，也只好听其自然。

蒋　干 依蒋某之见，杨大人去向丞相赔个不是，息事宁人为好。

杨　修 叫我去赔不是么？（冷笑）嘿嘿嘿……

［鹿鸣女上。

鹿鸣女 老爷回来了？

杨　修 回来了。

鹿鸣女 老爷恕妾直言，今日巡营，当着满营将士，你叫我父相为你牵马坠镫，此举忒过了！

杨　修 事已至此，你们父女如何处置，但请明言！

鹿鸣女 你……

蒋　干　(见势不妙)告退，告退！(下)

鹿鸣女　(感情极为复杂地)老爷呀！(唱)

一句话说得我泪抛襟袖，
老爷你把我的苦心当成仇。
你不该门楣高过屋，
你不该海水漫船舟。
你不该凡事瞻前不顾后，
你不该聪明太过反无谋。
我父纵有沧海量，
怎容你恃才傲物强出头？
倒不如你我夫妻抽身走，

杨　修　走？

鹿鸣女　(接唱)

免教你等闲抛了少年头。

杨　修　(深为感动)夫人！(唱)

只说是夫妻们同床异梦强聚首，
万不料中原才女情意厚，
把杨修祸福安危挂心头。
夫人哪，言语不周请宽宥，
听杨修吐一吐满腹忧愁。
处乱世，寝食不安，心忧汉祚，
择明主，在那郭嘉墓前，
如同子期遇伯牙，
共求知音，相见恨晚，
肝胆相照，我把丞相来投。
感丞相知遇恩天高地厚，

无奈是事与愿违志难酬。
讨西蜀枉费我婆心苦口，
劝不得悬崖边万马回头。
危难时你我夫妻抽身走，
杨德祖仰天俯地岂不羞？
叹当年曹丞相青梅煮酒，
天下英雄汉魏侯。
今日一曲英雄误，
我岂能对水看流舟？
士为知己死亦足，
为苍生我何惜此头！

鹿鸣女　（激奋地）老爷！（唱）

妾与君生生死死相厮守，
鹿鸣女有夫如此啊复何求！

杨　修　（动情地）夫人！

鹿鸣女　老爷千万要好自为之。

杨　修　夫人宽心，歇息去罢。

［鹿鸣女下。

［夏侯惇、公孙涵上。

夏侯惇　奇怪奇怪，丞相传下军中口令，乃是“鸡肋”二字！这是何意呀！

公孙涵　哎呀，你怎么连鸡肋都不知道？鸡肋者，鸡之肋骨也！（学鸡）咯咯咯！

杨　修　二位说些什么？

夏侯惇　杨主簿有所不知，适才丞相饮用鸡汤，他夹起一块鸡肋，叹道：鸡肋呀鸡肋！末将正自纳闷，丞相却传下了今晚军中口令，竟是这“鸡肋”二字。你说怪也不怪？

杨　修　什么？军中口令是“鸡肋”二字？（沉吟）鸡肋……鸡肋……哈哈哈，这就好了，这就好了！

夏侯惇
公孙涵　（不解）好了什么？

杨　修　你们哪里知道丞相的心思！（唱）

　　鸡肋肉在骨缝中，
　　食之无物肚内吞。
　　兵陷斜谷不能进，
　　丞相心中忧虑深。
　　既以鸡肋为口令，
　　我料到他今晚必退兵。
　　哈哈哈哈！

夏侯惇
公孙涵　（恍然大悟）原来如此，

杨　修　大军一撤，诸葛亮必然趁机渔利。

夏侯惇　末将早作防范就是。

公孙涵　我备马去。（二人下）

杨　修　（略一思索）且慢，待我到许褚张辽的帐中去安排一番。（下）

［有顷，军营中人影幢幢。

［一校尉在营前挂起红灯。

校　尉　（似有所见，喝问）什么人？

内　声　“鸡——”

校　尉　肋！

［校尉下。军营复归平静。

［士兵掌灯引曹操上。

曹　操　（念）

入川来战局险峻，

果然是蜀道难行。

我若不下班师令，

只恐一溃不成军。

［公孙涵上。

公孙涵 禀丞相，卑职已将诸事安排妥当。

曹　操 （不解）什么安排妥当？

公孙涵 粮草已经起运，前营改成后营，人马皆已饱食。只要丞相一声令下，大小三军便可安然退出斜谷。

曹　操 （甚喜）安排得好！（忽一转念）且慢，你怎知我要下令退兵？

公孙涵 这个……是我琢磨出来的。

曹　操 你凭什么琢磨？

公孙涵 鸡肋鸡肋，食之无味，自然是要退兵了。

曹　操 想不到你糊涂一世，竟也聪明一时！

公孙涵 多谢丞相夸奖。

曹　操 哼哼！老夫尚未下令，你敢擅自行事，难道不怕死么？

公孙涵 （大惊，跪下）丞相！这事儿与我不相干，都是杨修安排的！

曹　操 又、是、他！又是——他！

［公孙涵溜下。

［杨修兴冲冲上。

杨　修 丞相！

曹　操 （盯住杨修，有顷）杨主簿哪里去？

杨　修 军情紧急，整装待命。

曹　操 莫非你要上阵厮杀？

杨　修 丞相数十万大军尚且不能前进一步，我一介书生，上阵厮杀何用？

曹　操 如此说来，我只有退兵了？

杨　修　丞相不是已有退兵之意了么？

曹　操　老夫并未传令退兵，你自作聪明，乱我军心，该当何罪？！

杨　修　啊呀，丞相……

曹　操　（勃然变色）你，怪不得老夫了！

杨　修　丞相……

［二人争持。

［鹿鸣女上，向曹跪求。

［曹操拂袖而去。

［静场。

杨　修　夫人，杨修连累你了……

鹿鸣女　我父相屈杀你了！

杨　修　夫人，拿酒来！

［鹿鸣女取来酒壶。

［杨修饮酒，鹿鸣女悲不自禁。

鹿鸣女　（扑上）老——爷！（哭）

杨　修　（唱）休流泪，莫悲哀，

饮几杯辞行酒夫妻分开。

杨修一死无挂碍，

后事拜托你安排。

我死不必把孝戴，

我死不必摆灵台；

我死不必棺木载，

我只求一抔故土把身埋。

休将我的死讯传出外，

免得世人笑我呆。

亲朋问我人何在，

你说我远游不归来。

尸首运至皇城外，

你将这酒醍醐与我同埋。

我要借酒将愁解，

做一个忘忧鬼酒醉颜开。

在生落得身名败，

到阴曹我再去放浪形骸。

[公孙涵领四刽子手上。

公孙涵 (得意地)杨主簿，嘿嘿嘿！

杨　修 公孙先生，今日为何陡长了八面威风？

公孙涵 你扰乱军心，罪当斩首，丞相命我前来接替主簿之职，交印吧！

杨　修 (取出怀中印信)这小小的主簿印信，你垂涎已久啊！可叹哪可叹，世上多少大事，都坏在这个东西的身上！拿去吧！(掷印于地)

公孙涵 (拾起印信)侍候了！

(刽子手给杨修上绑)

鹿鸣女 夫——啊！

[拔公孙涵佩剑，自刎。

[刽子手拉杨修下。

[招贤者上。

招贤者 (高呼)招贤呐，招贤呐——

(切光)

第七场

[斜谷，刑场。一座斩台，有阶可上。

[冷月如盘，宛若当年曹杨初会之处。

[夏侯惇等众兵将簇拥曹操肃立。

[刽子手押杨修缓缓上。

[曹操与杨修对视无语。杨修昂然扭头，欲走向斩台。

曹　操　杨主簿，你扰乱军心，老夫处你死罪，有何话说？

杨　修　欲加之罪，何患无辞！

曹　操　（叹息）唉！（吟诵）

茫茫风雪兮，天地渺冥，

法无姑宽兮，哀君丧命！

[报子甲急上。

报子甲　报——中军探马，十万火急军情密报！

[曹示意报子甲近前，报子甲与曹耳语。

[曹操大惊。报子甲下。

杨　修　嘿嘿嘿！定是诸葛亮派出奇兵，要断我运粮之道，你说是也不是？

曹　操　……

杨　修　何必惊慌，许褚、张辽二位将军已抢先一步了。

（报子乙上）

报子乙　报！敌兵袭我运粮之道，中了许褚、张辽的埋伏，他们大败而去！（下）

杨　修　哈哈哈，这又是杨修自作聪明，扰乱军心之故耳！

[众议论怫然。

曹　操　呀！（唱）

杨修机谋实少有，

料事如神世无俦。

若留他为老夫运筹帷幄，

他定能妙笔写春秋。

怎将这赦免二字说出口?

(白)唉!(接唱)

有谁能解我心忧?

蒋　干　啊,丞相!杨修虽犯将令,但已将功折罪。丞相饶他一命,乃是仁者之怀,三军将士无不心悦诚服。

夏侯惇　蒋先生说得有理,末将夏侯惇愿保杨修不死。

曹　洪　末将曹洪也愿作保!

徐　晃　徐晃愿保!

李　典　李典愿保!

众　我等愿保!(众皆跪求,杨修感动。)

曹　操　(环视众人,大惊)哦——呀!(唱)

平日里一片颂扬对曹某,

却原来众望所归是杨修!

杨　修　(连连作揖)列公啊,你们帮了倒忙了!

曹　操　老夫有话要与杨主簿讲,你等退下!

(众下)

杨　修　丞相,你险些打错主意了!

曹　操　(由衷地)杨修哇杨修,你委实太聪明了。坐下来,坐下来,我二人谈谈心!

杨　修　(高坐斩台之上)为何要坐下来?我乃临死之人,你还怕高你一头?

[曹操语塞,拾级而上,与杨修同坐。

[二人背后,衬着一轮皓月。

曹　操　德祖,你可知今天是什么日子?

杨　修　(抬头望月)哦——今日是冬月十五了,好月亮啊!

曹　操　曾记得,老夫与你相逢在郭嘉墓前,也是月圆之夜,转眼又是三年了！对酒当歌，人生几何……

杨　修　（黯然神伤）空怀壮志，岁月蹉跎啊……

［一阵鸟鸣掠过长空。

杨　修　（吟诵）宿鸟悲鸣兮，人之将死，

曹　操　（吟诵）生死永别兮，促膝谈心。

杨　修　说什么促膝谈心，只怕你的知心话，不敢对人言讲。

曹　操　德祖哇，老夫实在是不想杀你呀！

杨　修　你实在是三次要杀杨修！

曹　操　（一怔）请问这一？

杨　修　丞相杀孔闻岱时，已经有意杀我，此乃一也。

曹　操　二呢？

杨　修　你假称梦中杀人，被我点破，你又有了诛我之心，此乃二也。

曹　操　这三！？

杨　修　踏雪巡营，你为我牵马坠镫，乃是三也！

曹　操　杨主簿啊！三次要杀你的是曹操；三次不杀你的，也是曹操，我已费尽苦心了！今日，我也实实不想杀你，却又不得不杀！

杨　修　敢问丞相，你那内心之中，到底为何不得不杀我呢？

曹　操　……你当初对我立下誓言，肝脑涂地，以报知遇之恩。此心此志，如今安在？

杨　修　当初，群凶混战，你“思之断肠”，招贤纳士，山不厌高，海不厌深。此心此志，如今又在哪里？

曹　操　初衷不改，天地可鉴！

杨　修　我更是初衷不改，人神共知！

曹　操　可惜呀，可惜你不明白！

杨　修　可叹哪，可叹不明白的是你！

曹　操　啊？

杨　修　啊?

曹　操　(笑)哼哼哼哼!

杨　修　(笑)嘿嘿嘿嘿!

[二人由笑变为痛哭失声。

[夏侯惇急上。

夏侯惇　丞相!诸葛亮的大军从四面杀来了!

[众将士齐上。

杨　修　丞相快快撤兵,免得全军覆灭!

曹　操　大敌当前,敢有扰乱军心者,以杨修为戒!

众　(痛呼)丞相——

曹　操　斩了杨修,退兵!斩!

[刽子手斧落灯灭。

[追光引招贤者上。他须发皆白,步履蹒跚。

招贤者　大汉丞相,斜谷兵败!招贤纳士,再图大业!(咳嗽)招贤喽……

[招贤者隐去。他的呼声回荡在空旷的舞台。

[有顷,大幕沉重地落下。

(1988年演出本)

京剧

廉吏于成龙

编　剧

梁　波　戴英禄　黎中城　王涌石

作者小传

梁　波（1946—　），男，山西省灵石县人。现为中国戏剧家协会会员，中国戏剧文学学会会员，天津市戏剧家协会副主席。

戴英禄（1941—　），男，祖籍山西徐沟。中国戏剧家协会理事，中国戏剧文学学会理事，享受国务院政府特殊津贴。曾任中国京剧院副院长、文化部艺术司副司长等职。

黎中城（1946—　），男，原籍广东顺德，生于上海。现为周信芳艺术研究会会长，上海市戏剧家协会副主席，上海京剧院艺术顾问。

王涌石（1946—　），男，生于上海，曾任上海京剧院艺术创作部主任。

人物表

于成龙　男，62 岁，福建按察使，后兼任布政使

康亲王　男，37 岁，名杰书，钦命驻节福州

勒　春　男，36 岁，福建藩司（布政使衙门）经历

邢　氏　女，58 岁，于成龙之妻

山　牛　男，35 岁，于成龙的随从

翠　妹　女，22 岁，福州民女

翠妹娘　女，53 岁，福州民妇，翠妹母亲

阿　福　男，60 岁，浙江平民

邓雨轩　男，45 岁，臬司（按察使衙门）刑名师爷

喀　林　男，30 岁，福州绿营守备

第一场

［画外音："三百二十多年前的福建官道上，走来一位衣饰俭朴的花甲老人。沉郁的双目，满含着忧济苍生的夙愿；坚实的步履，显现出蹈险如夷的信念。他就是本剧的主人公——于成龙。"

［福建城郊，树木苍翠。破旧小庙，可见一角。

于成龙　（内唱）千里跋涉到海角……

［山牛肩挑竹箱，引于成龙款步走来。

山　牛　老爷，前面就是福州城了。

于成龙　（唱）相距榕城咫尺遥。

平日里案牍劳形闲暇少，

实难得娱目舒心在今朝。

山　牛　都到了秋天了，还这么闷热，这算什么鬼地方？

于成龙　这福州可是个好地方啊！八闽富庶，稻米三熟。

山　牛　嗨，咱们走南闯北十八年，到过罗城、合州，也去过黄州、武昌，这会儿又来到福州。我看哪个地方都比不上咱山西老家好！

于成龙　怎么着？想家了？

山　牛　可不是？老爷，您就不想回家看看夫人和公子啊？

于成龙　怎么不想啊，昨晚上做梦，还梦见家门口那棵老榆树呢！

（唱）家乡好，风情天下少，

冬暖夏凉黄土窑。

香喷喷的油麦卷，美滋滋的醋，

水淋淋的绿豆芽，厚醇醇的高粱烧。

只待来日公事了，

归故园尽享天伦乐陶陶。

山　牛　老爷这话，也不知说过多少回了。我看呐，您这是"被窝窝里眨眼睛——自己哄自己"吧。

于成龙　唉，这就叫官差不自由哇！饥肠辘辘，拿个烧饼，开饭喽！

山　牛　烧饼？昨天就吃完了。

于成龙　那，武昌带来的萝卜呢？

山　牛　嗨，最后一个萝卜，咱爷俩不是当早点吃了吗？

于成龙　这……（忽然闻到什么，以鼻辨嗅）唔？一股什么味儿？

山　牛　（嗅）好香的味儿！这是……

于、山　（不约而同）红薯汤！（目光一起转向庙门，兴奋地）就在那个小庙里！

［于成龙示意山牛叩门。山牛上前连连敲门。

［庙门缓缓开了条缝，探出半个花发老人的身子，两眼充满恐惧和戒备。

阿　福　……你们找谁？

山　牛　（拱手）老方丈！

阿　福　（惊惶）我不是方丈，不是……

山　牛　哦……老住持！

阿　福　不不，我也不是住持……（想退回去，被于成龙止住）

于成龙　老人家别误会，我们是过路人。叩门打扰，只是为了见见这寺庙里的僧人，讨一口水喝。

山　牛　要是有红薯汤绿豆粥什么的，更好！

阿　福　（这才放下心来）哦。不瞒您说，这座小小寺庙，原先有两个和尚。因为交不起军粮，怕被追究通海通匪之罪，便逃出福州，云游四海去了。我是这儿的香火，孤身在此看守庙门。

于成龙　你说什么？僧家也要交纳军粮？

阿　福　原先不用。可打今春开始，前方告急，就连僧家也不能幸免。若有违抗，便以通海通匪问罪。为此，缉拿入狱者成千上万呐！

于成龙　是这样……

［二乞童跑出庙门。

乞　童　阿福爷爷，阿福爷爷……红薯汤熟啦！快去吧，我们都饿坏啦……

山　牛　这是什么人？

阿　福　唉，都是些外来的流浪孩子。父母入狱，举目无亲。我这后院菜地里，还能零星刨出些个红薯，就每天熬点儿汤，也好救他几条小命啊。

于成龙　善哉，善哉！

乞　童　我们饿坏啦，饿坏啦……

阿　福　轻声点儿！让官家听到了，又麻烦了……二位客人，如不嫌弃，一块儿进去喝口红薯汤吧？

于成龙　多谢老人家。

［阿福、二乞童引于成龙、山牛进庙。

［一阵喧哗。清兵马队过场。

［翠妹怀抱傀儡，搀扶老母，匆匆逃上。

翠　妹　（唱）街口正演傀儡戏，

翠妹娘　（唱）战马冲撞把人踢。

翠　妹　（唱）匆忙逃往僻静地……

翠妹娘　（唱）小庙之中藏身躯。

［阿福开门惊视。

［喀林率马队追来。兵弁将三人一齐抓住。

喀　林　野丫头，看你还往哪儿跑！

翠　妹　一不犯法，二不犯禁，干吗抓我母女？

喀　林　哼，你聚众街头，就有蓄意闹事之过！惊吓战马，便有通海通匪之嫌！

阿　福　军爷！她们是耍木偶的艺人，不是通海通匪的罪犯呐！

一兵弁　嘿，这不是和尚庙里的老香火吗？你自个儿欠着军粮不交，还敢帮她们说话？

喀　林　（转向阿福）哼！抗交军粮，窝藏逃犯，二罪并罚，给我押进大牢！

阿　福　冤枉，冤枉……

［二兵弁押阿福下。

翠　妹　你们还讲不讲理啦？

喀　林　讲理？（举鞭）这就是爷们要讲的理！

［喀林将皮鞭抛给兵弁。兵弁上前抽打翠妹母女。

［山牛自门内闪出，托住兵弁的手。

山　牛　不许欺负百姓！

喀　林　一个来历不明的家伙，八成是个奸细。一起拿下！

［兵弁来拿山牛，山牛抡拳出腿，将兵弁打翻在地。喀林吼叫着直扑山牛，山牛顺势一拽，将喀林掀翻在地。喀林拔刀，直取山牛。

于成龙　（急步出门，厉声怒喝）住手！

喀　林　啊！你算哪棵葱，也敢多管闲事？

［勒春、邓雨轩及众差役暗上，从旁注视。

于成龙　我不算哪棵葱，可就是要管你的闲事！

喀　林　老梆菜！我教训教训你！（挥刀）

山　牛　大胆！谁敢冒犯臬台大人？

喀　林　什么？还想冒充朝廷命官？

［众兵弁一起拔刀围住于成龙。

于成龙　山牛，看印！

山　牛　遵命！（取出锃亮的印信，高高举起）

邓雨轩　（上前细看）于成龙……

勒　春　（抢步上前）藩司经历勒春迎候大人多时了！

邓雨轩　臬司衙门刑名师爷邓雨轩听候大人调遣！

众差役　（齐拜）叩见大人！

喀　林　（尴尬地）绿营守备喀林不知大人驾到，多有得罪，在下赔礼啦。（请安）

于成龙　守备大人，你又没伤着老夫，赔的什么礼呀？倒是这位老人家跟前，你该赔个不是啊！

喀　林　什么？我……给她赔不是？一个卖艺的？

于成龙　怎么？卖艺的，就该让你无故鞭打？这是大清的律条吗？

勒　春　（向喀林）于大人言之有理，还不快赔不是？

喀　林　（无奈）唔……（一拱手）老太婆，赔礼了！

翠妹娘　（诚惶诚恐）不敢，不敢……

于成龙　还有，刚才那个香火老人呢？

喀　林　那老儿跟她母女不同，事关抗交军粮、通海通匪的大案。请大人见谅。告辞！

［喀林率马队扬长而去。

山　牛　呸！一个香火老人，也通海通匪？这不是瞎扯吗？

勒　春　这位小兄弟，不知这里的道道，可别随口乱说呀。（笑对于成龙）于大人，通海一案乃是惊动朝野的大案！前任臬司审定此案有功，深得朝廷赞许，为此官升两级。大人不会不知吧？（唱）

海贼屡屡进犯，
官兵征战连连。
倘若军粮缺断，
情同资助敌顽。

乱世当用重典，

岂容刁民作奸？

大人掌管刑名，

执法理当从严！

于成龙 呀！（唱）

话语惊人怎剖辨？

刁民果真有万千？

刑事纷扰途中见，

此刻更觉疑惑添。

疾速到任不容缓……

山　牛 老爷，这位大娘伤得不轻。

于成龙 快送他们回家。

翠　妹 我们没有家。

于成龙 那就带回衙门延医治疗。

山　牛 还有庙里那些流浪孩子……

于成龙 暂且收留。邓师爷。

邓雨轩 在。

于成龙 臬司衙门历年案卷可都齐全？

邓雨轩 俱都齐全。

于成龙 好，即刻将所有案卷送到签押房，我要仔细查验！

邓雨轩 是！

于成龙 （唱）深勘细察溯本源！

［邓雨轩引于成龙下。翠妹母女、众乞童等随下。

［勒春示意差役抬竹箱行李。

山　牛 别动！这可是咱老爷的宝贝，还得我来。

勒　春 宝贝？什么宝贝？谁不知道你家老爷人称“于青菜”。他能有什么宝贝？

山　牛　别小瞧人。我家老爷这竹箱里装的，可是千金不换、万金难买的无价之宝。单凭这箱宝贝，十八年的官就算没白做！

［山牛担起竹箱，快步追赶下。

勒　春　十八年的官没白做？（若有所思）……这个于成龙他还真有绝的！上任伊始，就把一群要饭花子给接到臬司衙门，是又管吃又管住的。上任之后一不拜上司，二不访官绅，三不会宾客，一头扎进案卷堆，把臬司衙门的陈年卷宗翻了个底朝天。好像那儿真能刨出多少黄金白银似的。这不？没过几天，他又出新招，带着手下人等去到南北东西四大监狱察看……

［时空转换，景转监狱大门。

［狱卒甲、乙开启牢门的轰响。

狱卒甲　察看？

狱卒乙　这牢里又臭又脏有啥好看？

狱卒甲　咱哥俩在这儿干了三年，还真没见过一个当官的乐意到这旮旯来转转。

狱卒乙　可不是？现如今通海大案闹得是天昏地暗，这南北东西四大牢狱更是人满为患。

狱卒甲　嗨！不纳军粮的要抓，逃避差役的要抓……

狱卒乙　出海捕鱼的要抓，过海通商的要抓……

狱卒甲　案犯的家属要抓……

狱卒乙　知情的邻里要抓……

狱卒甲　咱这福州大牢都快挤塌喽。他一个三品大员，来这儿干吗？

狱卒乙　八成又有了什么新招，要从这破牢房里再榨几串铜钱？

狱卒甲　对。要不，怎么叫"三年穷知县，十万雪花银"呢？

狱卒乙　真是：官场官场，没理可讲！

狱卒甲　有理可讲，就不叫官场啦！

［传来喊声：“臬台大人到——”

［邓雨轩、山牛和若干名掌灯笼、佩腰刀的衙役引于成龙上。

于成龙　（唱）遍阅卷宗心震撼。

印证还须亲察勘。

二狱卒　（跪）叩见臬台大人！

于成龙　此处共有几座牢房？

二狱卒　东西南北四座牢房。请问大人要查看哪座？

于成龙　今儿个我要全数勘察。

二狱卒　喳！

山　牛　前面带路！

二狱卒　大人请！

［众行走，来到东牢房。

［似有阵阵阴气从牢内渗出，夹杂着片片呻吟惨泣之声。

狱卒甲　启禀大人，这是东牢房。内押通海案待审疑犯九百九。

于成龙　（唱）榕城中何来众多待审犯？

打道南牢！

二狱卒　请大人查看南牢。

［穿石径，行窄路，于成龙步履沉重。

［又到一处，怨声累累。

狱卒乙　启禀大人，这是南牢房。内押通海案重犯家属一千八。

于成龙　哦，（唱）

眷属也要坐牢监。

二狱卒　请大人再到西牢查看！

［绕回廊，步阶梯，于成龙步履匆匆。

［再到一处，哀声阵阵。

狱卒甲　启禀大人，这是西牢房。专押通海案牵连案犯两千六百人。

于成龙　嗄！

(唱)罪牵罪来案连案，

　　重典滥施竟无边！

［走小道，过坪场，于成龙步履匆匆。

［来到死牢，喊冤之声此起彼伏，不绝于耳。

狱卒乙　大人您看，这是北牢房。内押死囚三千整！

二狱卒　半月之后便要开刀问斩！

于成龙　(震动)疑犯九百九，家属一千八，牵连案犯两千六，待斩死囚整三千？如此理案，古往今来，罕见哪，罕见！(唱)

　　通海巨案多妄诞，

　　连坐之众累万千。

　　是真犯岂容一人得逃窜，

　　是冤案纵然铁定我也要翻！

邓师爷！

邓雨轩　大人。

于成龙　这东牢、南牢——

邓雨轩　所押疑犯和家属。

于成龙　既无干证……着即释放！

邓雨轩　哦！

于成龙　这西牢——

邓雨轩　所押牵连案犯。

于成龙　受人牵累，取保候审！

邓雨轩　是！

山　牛　老爷，还有那北牢——

邓雨轩　那是半月之后便要行刑的三千死囚。

于成龙　人命关天，焉能草率？我看此案必须复议重审！

二狱卒　（旁白）哎哟喂，动真格的了！

邓雨轩　大人，通海一案乃是前任按察使亲自审定，刑部衙门批复核准，还得到驻节东南总揽军政的康亲王首肯。要想重审此案，只有请求康王爷恩准！

于成龙　理当如此！

邓雨轩　可康王爷权倾朝野，说一不二，喜怒无常，性情高傲。求他翻案，无疑是要他认错……

于成龙　是啊，这确实够难的！

［内喊声："巡抚大人令下——"

于成龙　接令！

［于成龙等急步转回监狱大门。

［勒春、喀林急上。

喀　林　（挥舞手中巡抚令箭）福建按察使于成龙听令！

于成龙　在。

喀　林　海贼侵扰，战事吃紧。巡抚大人命你三日之内，集齐十万官军所需粮草，急送前方。若有差池，以贻误军机之罪论处！

于成龙　朝廷的饷银何时能到？

勒　春　三日之后可望运到。

于成龙　饷银一到，即刻购粮，送往前方！

喀　林　等饷银运到再去买粮，前方断了炊，将士们吃什么？

于成龙　依你之见？

喀　林　老规矩呀！命各村各户三日之内按人头交纳口粮，若有违抗，按通海通贼罪名拿问收监！

于成龙　（气忿地）张口通海，闭口通匪，你还嫌这监狱不够热闹？我不信，康王爷能听由你们惊扰百姓！

喀　林　你！

勒　春　二位别动肝火。康王爷确实也不愿惊扰百姓。为筹军粮，他带头捐出王府私银一万。下官邯郸学步，也捐了五千。于大人若能稍作姿态，纵使杯水车薪，也可略解燃眉。呃，要是您觉得手头不便，尽可向属下各府各县摊派……

于成龙　摊派？闹了半天，还不是摊到百姓头上？不行！

喀　林　这也不行，那也不妥，请大人拿出个办法来！

勒　春　是啊，库银不足，军粮短缺，您可怎么向康王爷交代？

于成龙　于某正要前去拜见康亲王！

勒　春　（一愣）……好哇，好极了！那我等就静候佳音啦。告辞！

［勒春、喀林扬长而去。

邓雨轩　（担忧）大人，您真要把这些难题端到康亲王跟前？

于成龙　不端到他跟前，谁来解题呀？

邓雨轩　康亲王可不好惹呀。

于成龙　要是没事，谁愿惹他呀？

［山牛急上。

山　牛　老爷，许多刚出狱的百姓跪在街口，要拜谢大人救命之恩！

［翠妹、翠妹娘搀阿福上。

阿　福　（跪倒）青天大老爷呀！小人蒙冤入狱，险些丧生。多亏大人相救，真是恩同再造。求大人收留阿福。我愿鞍前马后，尽心效力，报答您老大恩大德呀！（大哭）

于成龙　这……

翠妹娘　大人，他无家可归，着实可怜，您就答应了吧。

翠　妹　大人答应了吧。（跪）

于成龙　（扶起阿福）好吧，咱们几个就一块儿过吧。（转向山牛，低声地）山牛，咱行囊里还剩多少银子？

山　牛　还剩八两四钱三。

于成龙　拿到街上多买几斗老米，熬上几锅又稠又厚的菜粥，分给大伙儿充饥！

山　牛　哎！（奔下）

于成龙　邓师爷，即刻回衙，连夜赶写陈情表，明日拜见康亲王！

［邓下。

于成龙　（唱）国本岂容撼，

民意大于天。

此举休问夷和险，

义无反顾陈直言！

［收光。

第二场

［福州城畔。康亲王驻跸之地。

［众亲兵背弓执矛，队列齐整，扛抬猎物，引披斗篷穿箭衣的康亲王上。勒春紧随康亲王左右。

康亲王　（唱）膺圣命驻东南雄镇海疆，

统貔貅御匪寇拱卫家邦。

盼的是建奇勋不负厚望，

又谁知民不驯吏无能，

外患内忧积弊深重，

举步维艰宏愿难偿。

恨无快刀把乱麻斩，

寝食不安思绪长。

射猎原为解惆怅，

焉能够消灾弭祸驱虎狼。

鸣金罢猎归宝帐，

解困何处觅良方？

［亲兵置凳于庭中。康亲王、勒春暂坐小憩。

勒　春　王爷真不愧是皇家血脉，身手超凡，气概凌云哪！那些个鹿狍狸獐、虎豹豺狼，一听到王爷的马蹄声，连腿都吓软啦！

康亲王　勒春，这几年，你小子是越来越会说舒心话了。

勒　春　学生追随王爷从京城来到福州七八年了，耳濡目染，再愚钝也该有些许长进呐。不过，我说的也不尽是舒心话。比如，刚才所说的……

康亲王　关于那个新来的按察使于成龙？

勒　春　是啊，那些话就够让您生气的啦。

康亲王　听说此人官声不错，可现在……

勒　春　现在是越来越不懂得官场的规矩啦！看他来到福州之后所作所为，分明是要叫百官皱眉，同僚糟心，王爷您老人家难堪吗！

康亲王　（不悦）唉，这福建地面的事，够本王烦心的了，还给我派来这么个刺儿头！

二侍女　（上）启禀王爷，酒宴齐备。

勒　春　亲王赐宴呐！

［二侍女下。戈什哈急上。

戈什哈　王爷，福建按察使于成龙有要事求见！

勒　春　于成龙？他怎么跑这儿来了？

康亲王　哼，咱照吃照喝，先把他晾在这儿。（唱）

品琼浆赏歌舞帐中小憩，

且由他枯立辕门呆若木鸡。

［康亲王、勒春隐下。

［于成龙上。帐内传出丝竹弦管及杯觥相碰之声。

于成龙 唉，真是！大官见小官，随口一声唤；小官见大官，要比登天难。

［帐外捧酒端肴者进进出出；帐内传出粗野放荡的笑声。

于成龙 （念）日影偏西宴未收，

声声劝酒贯珠喉。

华堂豪饮千巡酒，

安知冷狱万人囚！

（高声叫喊）唉！有人没有？走一个出来！（弯腰捡石，欲掷向宝帐）

［戈什哈急上。

戈什哈 何人在此喧闹？

于成龙 不是早告诉你了吗？福建按察使于成龙求见王爷！

戈什哈 王爷正在饮宴，无暇见你！

于成龙 那好。请告诉你家王爷，我这儿有人命关天的紧急公事要禀报他老人家。他既然忙着吃喝玩儿乐不便打扰，我只好回转衙门，独自行文，派八百里快骑直送北京城，请皇上定夺啦！

戈什哈 呃这……

于成龙 （转身作离去状）我走了，我走了……

［康亲王、勒春等上。

康亲王 怎么着？等不及了？

于成龙 按察使于成龙叩见王爷。

康亲王 臬台大人在这儿发的什么牢骚？

于成龙 不敢不敢，下官怕惊扰了王爷休息，更怕耽误王爷的公事。

康亲王 好一张利嘴！怪不得有那么多官员对你称赞有加，又有那么多官员说你性情孤傲。

于成龙　当今为官，有人说你几句好话，也有人说你几句坏话，这都不足为怪。俗话说，天下人都说你好，你未必就好；天下人都说你坏，你也未必就坏。

康亲王　说好不好，说坏不坏，那怎么才是好？又怎样才是坏呢？

于成龙　好人说你好，坏人说你坏，你就称不上坏；坏人说你好，好人说你坏，你就怎么也称不上好。其实，好人也罢，坏人也罢，为官一任凭的是四个字。

康亲王　哪四个字？

于成龙　天、地、良、心！

康亲王　既知天地良心，想必宠辱不惊。我问你：今儿个明明是为紧要公务而来，却为何稍不遂意便急着要走？

于成龙　不是哦。下官打从城里赶到此地，早已腰酸腿疼，饥肠辘辘。王爷欢聚宾客，又没有我于成龙半席之地。我若一味傻等，饥困难熬且不说它，就怕传扬出去，坏了王爷的名声。

康亲王　难道会有人说我吝啬？

于成龙　当然不会。

康亲王　那还会说我什么？

于成龙　会说王爷目中无人，狂傲无礼！

康亲王　这……（冷笑）这么说来，你是在替我打算喽？

于成龙　王爷明鉴。

康亲王　（不怀善意地）好！今儿个，我就以礼相待，赏你美酒三巡。只要……你能消受得了！

于成龙　郊外饮宴，旷原对酌，实乃人生美事，不过……下官今日确有公事禀报。这酒……

康亲王　本王喜爱的就是边谈公事，边饮美酒！

于成龙 边谈公事，边饮美酒？

康亲王 若不对饮，公事免谈。你胆怯了？

于成龙 （正中下怀，却又故露难色）下官遵命。

康亲王 这不结了吗？上酒！

［亲兵设座布酒。

康亲王 （唱）倾玉壶斟满了美酒一盅，

酬酢间管叫他沉醉蒙眬。

于成龙 （唱）持金爵议政事醇醪巧送，

岂知我恰正是善饮的老翁。

康亲王 于大人。（唱）

既自称"天地良心"铭记肺腑，

就应当心系朝廷枵腹从公。

福州城大小官员把银两捐送，

你为何推诿闪避装蒜哭穷？

于成龙 此事么，成龙有下情回禀。

康亲王 说吧！

于成龙 （唱）解国难理应当倾囊相奉……

（从袖中取出一小小算盘，飞快运算）王爷请看，下官位居三品，每年俸银不足二百两。平日衣食住行花费扣除，所剩无几。衙中其他官吏，更是微薄，养家活口之外，还能有多少富余？除非……嗬嗬……

康亲王 除非什么？

于成龙 （念）除非是家财万贯的豪门富翁。

勒　春 未见得捐款者都是祖传的富翁吧？

于成龙 不是祖传富翁，那恐怕就是擅敛财物的官吏喽。

康亲王 嗯？你这样讲话，就不怕得罪众人吗？

于成龙　怕得罪人就不敢说实话，那还谈的什么……（以手指天、地、心）

康亲王　本王捐赠的是王府的银子，不畏人言。勒春，你也不妨说说，所捐银两从何而来？

勒　春　这……（狼狈）下官家底不厚……俸银也不多……为解国难……只得向百姓……筹措……

于成龙　筹措？不等于摊派吗？

勒　春　为国摊派一些也不为过呀！

康亲王　着哇！

于成龙　可百姓都已穷得叮当响了。榨干了血汗，他还怎么活？倘若因此酿成祸乱，岂不更加有负朝廷？

康亲王　呃，这……

于成龙　下官为此不胜焦虑，特地赶来请求王爷免去摊派捐银。

（唱）求王爷体恤下情多多包容。

康亲王　哦！（恍然）这就是你到这儿来……

于成龙　请教王爷的第一件公事。

康亲王　嘿！巧言舌辩，真有你的！就凭你这副铁嘴钢牙，本王当刮目相看，我先赏你一大杯！（举杯）你把它喝喽！

于成龙　哎哟！这哪是杯呀？简直就是大斗盆儿嘛！

康亲王　大尿盆儿也得把它喝喽！

于成龙　这……

康亲王　喝喽！

于成龙　喝！（接杯，一饮而尽）干！

康亲王　再满上！（唱）

倾玉壶又斟满美酒二盅，

看不出这老西儿颇具内功。

方才于大人请免摊派捐银之说，似乎也言之成理。可是目下战事吃紧，军粮短缺，而府库空虚无力备粮，前方天天催促，你叫我拿什么去支应？

于成龙 我看呐……这福建省内有粮可支。

康亲王 有粮？哼哼……哼哼哈哈……省内有粮，我怎么不知道？

于成龙 （唱）入闽时一路见粮囤高耸，

黄澄澄白花花一望无穷。

康亲王 （向勒春）有这事？

勒　春 那是尚未运走的皇粮！

于成龙 （唱）论军机总有个缓急轻重，

以仓储济燃眉情理甚通。

［勒春欲与争辩，康亲王暗暗阻拦。

康亲王 （唱）我这里静待他蛇游出洞……

（佯装不明）于大人，你说什么，我没听明白呀。

于成龙 我说……（作交换手势）呃……呃……

康亲王 （学作手势）嗯？嗯？……哦！（唱）

莫不是偷梁换柱以实填空？

于成龙 嗯，不是这意思……但也可以这么说。

康亲王 嘟！（唱）侵皇粮按刑律枭首示众！

你欲陷本王爵终老樊笼？

撤座！

［于成龙悚然起立。勒春得意地撤去其座位。

勒　春 嗨嗨，于大人，您的脑袋瓜儿是怎么转的？竟会设置出这么个圈儿那么个套儿，让王爷去钻呐？你也太聪明了吧？

于成龙 嘀嘀……嘀嘀哈哈……

康亲王 哼，亏你还笑得出来！

于成龙 王爷，您误会了。按大清律法，皇粮确实不容擅动。然而，王爷您乃爱新觉罗后裔，皇上嫡亲骨肉，身受皇家命，统领皇家军，为了皇家事，借用皇家粮。这一利于征战，二利于民生，三利于朝廷大计，四利于您老人家的赫赫官声……您何患而不作？何乐而不为呀？

康亲王 （暗暗惊喜）你是说……

于成龙 王爷如能即刻拟就奏折，用八百里快骑连夜送往京都，追请皇上恩准，此事料无大碍。王爷您看如何呐？

康亲王 （豁然开朗，转嗔为喜，但又难下台阶，便故作恼怒地）好……好哇，你这老西儿胆子真不小，竟敢随意解释起大清律法来了。

勒　春 于大人，你好大的胆子！

康亲王 凭你这斗大的胆量，本王我……我饶你一回。我再赏你一杯！

于成龙 谢王爷！

康亲王 喝了！

于成龙 嗳！（接杯，一饮而尽）干！

康亲王 再给我满上！（唱）

倾玉壶再斟满美酒三盅，

非叫他酩酊醉莫辨西东。

于成龙 王爷，这两大碗入肚下官便觉微醺了。我要是有那醉言醉语的不到之处，王爷您可得多多海涵呐。

康亲王 有话就说，别找托词。

于成龙 是。王爷，恕我直言，府库空虚也罢，短缺军粮也罢，下官以为：发生于福建地面，皆非偶然。要想治理，还得从根上着手，当务之急是要重审重判通海一案！

康亲王 于成龙，何以见得通海一案必须重审重判？

于成龙 启禀王爷，下官到任之后，对八闽刑案已作深勘细查，今拟就陈情表，启请王爷细览！

[康亲王接过于成龙递上的手书急阅。

康亲王 (愈看愈感震惊)……嗄！如此情节，前任臬司与几层官衙竟都没有向本王详报！

于成龙 王爷驻节东南，统领前方战务。民间刑案未向王爷禀报，或许也是情理中事。可如今，已然闹得昏天黑地，再若不报，就有陷王爷于渎职之嫌啦！

康亲王 嗳，你是一省刑名总理，这可是你手上的事啊！

于成龙 可前任定的案，刑部批的文，如今要想复议重审，还须请王爷您出来担待担待。

康亲王 哦？本王该怎么个担待法呢？

于成龙 其一，下官已先行审问，将一应毫无理由错抓错押的无辜平民全部释放了。

康亲王 什么？放了？

于成龙 监狱早已人满为患啦。

康亲王 唔……其二呢？

于成龙 对于身无过犯牵连入狱的案犯亲属，一律交保候审。

康亲王 这这这……这不也是放了吗？

于成龙 何必留在狱中，干耗口粮呢？

康亲王 (连连摆手)好了，好了，我说了，这是你按察司的事，你放人你负责。别来问我！

于成龙 可是，还有其三！狱中关押着三千候斩监的人犯，半月之后便要开刀问斩！

康亲王 难道你还想把这三千死囚全都放了不成？

于成龙 王爷……这些囚犯本不该死啊！这福建本是土地肥沃，稻米三熟，民心纯朴，世风祥和。就是这个通海通贼大案，闹得是昏天黑地民不聊生，倘若再不重审重判，势必危害朝廷，贻害千古！只求

王爷签发手谕一道，暂缓行刑，复议重审，下官与全省百姓都将感戴王爷的大恩大德呀！（唱）

图圄中睹惨象谁不伤痛？

求亲王拯黎民水火之中。

纵不为蒙冤受屈的三千众，

也当为大清国万代尊荣！

［于成龙泪流满面，仆然跪倒在地。

康亲王　（唱）于成龙老泪纵横似泉涌，

言恳切语率直意真情浓。

作臣下深明了责任沉重，

为王爵，我驻节东南代天巡狩，位列三公，

又岂能漠然置之无动于衷？

欲兴利当剪除弊端种种，

这老儿解开我困惑重重。

于成龙，你这一跪，敢莫是在要挟本王？

勒　春　可不是吗？喝了王爷的酒，还敢要挟王爷？

于成龙　下官哪敢要挟王爷？只是那几大碗酒岂能白喝呀！

康亲王　听你这话，是想和本王比个高低吗？

于成龙　不敢不敢，只要王爷喜欢边谈公事边饮美酒，下官只好舍命奉陪！

康亲王　好！你来看！这宝帐之内有的是上好的美酒。本王今儿个就和你来个当堂比酒！

于成龙　不知怎么个比法？

康亲王　十杯一轮，没完没了，谁先倒下，便是输了。

于成龙　输了怎说？赢了怎讲？

康亲王　我要是输了，就答应你全部请求，派八百里快骑上京讨来万岁爷的御旨！

于成龙　谢王爷，您就上酒啵！

康亲王　慢！你要输了呢？

于成龙　这……

康亲王　哼哼，我要你头顶酒壶，从这儿爬回去！

于成龙　行！

康亲王　上酒！（唱）

飞觥流觞甘露涌，

［亲兵置杯斟酒。康亲王、于成龙举杯豪饮。

于成龙　（唱）玉液琼浆香味浓。

［连连斟酒、豪饮。

康亲王　（唱）百杯入肚……

于成龙　（唱）百杯入肚……

康亲王　（念）我岿然不动……

于成龙　（念）我也岿然不动？

康亲王　（念）不动！

于成龙　（念）不动！

于、康　（同唱）不动啊……

［康亲王、于成龙均告酩酊，但俱都使劲撑持，站立不倒。对峙良久，康亲王终于先软瘫于椅下。

于成龙　哈哈！（唱）

酒足方显真英雄！

（对康亲王）王……王爷……您……输了，该……说话算……算数！

康亲王　（无奈，点头）你……你这三件事……我全都答应……

于成龙　够朋友！（也软瘫在地上）

康亲王　哈哈！你也……输输输……输啦！

勒　春　不错，双方平局！

康亲王　老头儿喂，给……给……给我头顶酒壶，爬爬……爬回去！

于成龙　康王爷……你要赖皮！

［收光。

第三场

［臬司衙内过道。

［翠妹挎菜篮提小缸上。

翠　妹　（唱）冤狱平反人心畅，

东闽重又沐春光。

母女俩再不用漂泊流荡，

患难中有幸得遇可心可意的少年郎。

我清晨买菜过小巷，

捎来这清肠爽口、酸不溜丢的陈年香醋一小缸。

于老爷吃到肚里心明亮，

振作精神也好坐公堂。

［山牛挎包袱上，与翠妹撞个正着。

翠　妹　（一惊）啊？（手中醋缸掉落到山牛的包袱上）

山　牛　哟，什么玩意儿？

翠　妹　这个呀，是我专为你和老爷从街市买来的，你们山西老乡最喜爱的东西。

山　牛　醋？

翠　妹　喝一口，看香不香？

［山牛心不在焉。翠妹娘、阿福暗上。

翠　妹　你喝一口呀！

山　牛　（机械地开启缸盖，呷了一口）唔，比咱家老夫人酿的陈年老醋，差远啦！

翠　妹　是吗？（噘嘴）山牛大哥……你就不会说点儿好听的……

山　牛　哦，我……我是说，要是你也会酿醋，准比这缸子破玩意儿强……

翠　妹　你……（啼笑皆非）

山　牛　（自知失言，慌乱地纠正）呃不不，准没这破玩意儿强，不不，准比不上这玩意儿……

阿　福　哈哈哈……你到底想说什么呀？

翠　妹　（娇嗔地夺回醋缸）你呀！

山　牛　（双眉紧皱，重重地叹了一大口气）唉……

翠　妹　（奇怪地）山牛哥，你干吗叹气呀？

翠妹娘　是啊，你有什么心事吧？

山　牛　（欲说又止）……不好说。

翠妹娘　什么事不好说呀？

山　牛　（想说，又摇头）……说不好。

阿　福　没关系，慢慢儿说嘛。

山　牛　（跺脚）唉，不说好！（转身欲下）

翠　妹　山牛哥！你、你是不是生我的气呀？（急得要哭）

山　牛　哎哟，别误会，别误会！嗨，翠妹呀！（唱）

老爷唤我到后屋，

递过几件旧袄襦。

叮嘱我去至长街找当铺，

换它个几百铜钱几升米麦，回来也好下面糊。

翠　妹　（惊讶）换粮食，还得当老爷的衣服？

山　牛　（唱）咱老爷清廉节俭少俸禄，

十八年当官从不把利图。

连日来周济贫穷把人助，

只落得两手空空眼看快要断了厨！

阿　福　（激动不已）什么？为了收留我们这些人，老爷花尽钱财不说，还要典当自己的御寒衣服……不能！不能啊！

山　牛　我也这么讲，可老爷犯了倔，说要是我不听他的话，就把我赶回山西老家！

翠妹娘　（唱）这样的好人实少见，

我心酸难禁泪涟涟。

颤巍巍摸出这翡翠玉钏……

（从怀中掏出一只翠玉钏子）这是我祖父当年侯门卖艺得来的赏赐，再穷再苦也没舍得卖掉哇！（接唱）

祖传父父传女珍藏多少年。

交付你市井之中去当典，

与老爷解燃眉慰我心田。

山　牛　（连连摇头）这可不行！我不能拿……

翠　妹　（嗔怪地）嗨！这个时候，你该替谁帮谁呀？

山　牛　该替谁帮……啊！对，对！好，（接玉钏）我这就去当铺！

阿　福　造孽哟！

［收光。

［光柱下，勒春出现。

勒　春　造孽？谁说不是造孽！通海案一翻，全省几十名官员受斥受罚。前任臬司剥去顶戴不说，连我这个跟通海案并无瓜葛的藩司经历也倒了邪霉。这不？仨月前，康亲王明明把福建布政使的大印许给了我，可一转眼又下令将肥缺赏给了于成龙。还一个劲地表彰那个老西儿廉明清正……哼,其实谁不知道,一个掌管刑名的按察使,单凭通海一案,就能捞多少?我就不信,这天底下真会有不偷油的耗子、不沾腥的猫!

[光渐明,康亲王穿便服来到街头。身后家将挎刀警卫。

康亲王　(唱)轻车简从暗察访,

民怨渐消呈瑞祥。

船家扬帆穿梭过,

耕夫挥汗忙农桑。

商贾兴隆店门敞,

招帘如帜映霞光。

看起来通海案重审得当,

借皇粮援大军运筹有方。

兼藩司政令畅非同凡响,

于成龙堪称得大清栋梁。

勒　春　王爷对于成龙如此抬爱,不知日后会不会……

康亲王　会什么?

勒　春　失望!

康亲王　此话从何而起?

勒　春　王爷,想我勒春乃八旗后裔,又受王爷多年栽培,有哪些长短高下,王爷一目了然。可那个于老西儿就不一样了。他入闽不足三个月,与王爷相处不过数次。他那忠厚老成的外貌下,藏着些个什么,就有待来日揭开谜底喽。

康亲王　勒春,你这些话,我听着怎么觉得酸味十足哇?

勒　春　王爷您别误会,我受了王爷的恩泽,理该为王爷多想些事情。比如刚才……

康亲王　刚才怎么了?

勒　春　刚才我在当铺门口，看见于成龙的贴身随从鬼鬼祟祟地出来，我让戈什哈进店查询。您看，他来了。

［戈什哈提着包袱上。

戈什哈　禀王爷，奴才进当铺查询。于成龙的贴身随从典当的，是他几件破旧衣服……（开包出示）

勒　春　（翻）就这些破烂儿？

戈什哈　值点儿钱的，还有一只翠玉钏子。（递钏）

勒　春　（故作惊奇）哎呀呀，都说于成龙廉洁清贫，连家眷都不带到任上，他怎么会有这值钱的首饰？

康亲王　嗨，小小玉钏值几个钱，何足道哉？

勒　春　一只玉钏不足挂齿。可要是整整一箱，那就不是区区之数啦！

康亲王　（不信）那个乡下倔老头儿，会有整整一箱珠宝？你看见了？

勒　春　三月前，下官到城外迎接新任按察使，见他行李之中有一竹箱颇为沉重，我让衙役帮他去抬，就是那个贴身随从慌忙抢过，说箱里装的是他家老爷为官十八年攒下的宝贝，不许他人擅动。如今看来……

康亲王　这……（肝火渐起，但一转念）嗳！一个三品大员，甭说他有一箱财物，就是有个三箱五箱，也没什么可大惊小怪的呀。

勒　春　本该如此，可是现在又偏偏不是如此！于成龙平日最爱标榜的就是不爱钱财、清贫廉洁。如果他真是那么清贫，倒也自圆其说。可偏偏他又并非那么穷困，这就未免显得装腔作势、矫揉造作，其沽名钓誉、哗众取宠之意，不就昭然若揭了吗？

康亲王　啊？（唱）

　　我只道夜明珠旷世难找，
　　却未想假乱真鱼目混淆。
　　谦谦态铮铮言空有其表……

勒　春　现如今世风不正，人心不古，什么都会有冒牌儿假货呀！

康亲王　勒春！

勒　春　在！

康亲王　命你前往臬司衙门传我口谕……

勒　春　是！

康亲王　前方战事又告吃紧，于成龙摊派捐银八千两！

勒　春　好！如不交纳捐款，他那个藩司印信……

康亲王　给我夺下！

勒　春　是！他衙门里那些个装模样、做摆饰的要饭花子……

康亲王　统统赶走！我叫他真的假不了，假的真不了！（唱）

　　辨良莠试真假再出奇招。

勒　春　遵命！

［勒春窃笑。

［收光。景转臬司衙门。

［于成龙闷然独坐。

于成龙　（唱）入闽数月百事绕，

　　万户千家传歌谣。

　　唱的是刚峰再世恩再造，

　　却不知宦海处处藏暗礁。

　　十八年走遍了天涯海角；

　　十八年历尽那风雨波涛；

　　十八年离乡背井舍妻别子形影相吊……

　　十八年尝够了酸甜苦辣，

　　受够了冷讥热嘲，

　　看够了弱肉强食，

　　听够了争闹喧嚣。

常生退隐归田意，
何苦摧眉又折腰？
怎奈是，怎奈是……生就的秉性也难改了，
丢不下、抛不开、割不断、抹不掉
　那天地良心、人情世道、公理信誓缕缕条条！

［山牛送茶。于成龙落座品茗。

［内喊："勒春大人到！"

［不待传唤，勒春径直闯入。山牛回避下。

于成龙　哦？大人匆匆而来，必有要务。

勒　春　不错，我是无事不登三宝殿。康王爷手谕在此，请大人过目。

于成龙　（接手谕，展看，惊讶）"前方告急，捐款八千"？

勒　春　若是违命，藩司印信难保！

于成龙　这……这是哪里说起？！

勒　春　于大人。（唱）
八千两区区数不至烦恼，
何必将藩司印信手来抛？
虽说是鸟为食亡人为财死，
倾万金也难买花翎紫袍。

于成龙　哼！（唱）
官印若靠重金保，
于成龙宁愿信手抛！

勒　春　（唱）莫非气话随口冒？

于成龙　（唱）言为心声非假招。

勒　春　（唱）亲王严令敢违拗？

于成龙　（唱）于老西儿顽性难改铁打铜浇！
（取出官印）藩司印信在此，大人接过！

勒　春　恕下官不恭。（接印）承蒙王爷信任，这颗不大不小的印信就归我勒春代掌啦！

于成龙　（强压愤怒）哼！

勒　春　王爷还有一道口谕！

于成龙　请讲。

勒　春　为肃整官衙，请大人务必将闲杂人等清理出衙。

于成龙　这是何意？

勒　春　意思就是说，你得把那些男女老少要饭叫花统统赶出官衙！

于成龙　他们有待安置，可眼下无家可归呀！

勒　春　这我不管。衙门就是衙门，不是贫民窟、收容所、垃圾堆、乞丐窝。王爷之命，不得有误！

［勒春隐去。

［于成龙压抑了半晌的怒火，顷刻迸发。

于成龙　浑他爷的球！（将手中烟杆猛掷于地，又把桌旁木椅踢翻）

［山牛持信急上。

山　牛　老爷！有个山西客商，带来家书一封！

于成龙　（一下没反应过来）谁的家书？

山　牛　是老爷您的家书哇！

于成龙　（怒气仍未消减）先放桌上，回头再看。

山　牛　（焦急地）老爷，您快看看吧！听送信的人说，夫人她病啦！病得还挺重的！

［于成龙猛悟，忙接信折阅。起音乐。四周光暗，若梦若幻。

［画外邢夫人的声音："君在沧海角，妾守黄土窑。离别十八载，相去万里遥。唯盼君康健，平安度昏朝。莫以妾为念，鱼雁慰寂寥。"渐渐现出邢夫人的身影。

邢夫人　（唱）三十三个荞麦九十九个棱，

心窝窝里想着一个人。

［音乐声中，夫妻重逢，喜极而泣。

邢夫人 （唱）十八年两鬓如银霜雪染，

十八年只身颠簸多忧烦。

儿女们晨占鹊喜盼相见，

为妻我夕卜灯花祷平安。

遥隔千里远，

日夜常挂牵。

身子可康健？

做官难不难？

于成龙 （唱）贤夫人呐，你独自劬劳养儿女，

代夫尽孝奉椿萱。

我艰辛未能共承担，羞愧又疚憾，

于成龙欠你一百年！

邢夫人 （唱）莫自责，莫喟叹，

夫奉公妻持家理所当然。

缘深——

于成龙 （唱）——意浓情无限，

只盼望早日还乡夫妻相守度安闲。

邢夫人 （微笑，摇首）你呀你——（唱）

只怕是身虽安闲心不闲，

离却烦恼又挂牵。

一日不将王事念，

你定然昼难饱餐夜难眠。

成龙啊，成龙！

为妻我儿孙绕膝毋须多记惦，

只要你雁书两行常报平安。

待等你告老还乡那一日,

我定会引儿牵孙迎你到村边。

旧时情景再重现,

窑洞外,小河畔,剪酸枣,浇菜园,

　夫唱妇随重操犁锄重归天然。

[邢夫人渐渐隐去。于成龙心情激动,缓缓转身……

[景转回臬司衙门。

[山牛、翠妹、翠妹娘、阿福和二孩童聚集厅堂,气氛凝重。

于成龙　山牛。

山　牛　老爷。

于成龙　前天让你典当了几件衣服,昨天叫你卖掉武昌带来的老马,今早又命你去有司支取我入闽以来的俸银,都办妥了吗?

山　牛　都办妥了,三笔款项总共七十二两三钱五。

于成龙　给我。

山　牛　嗯?您从来不管账。

于成龙　今儿个我要亲手过一过账。

山　牛　稀罕!(取出银子放在托盘上,递与于成龙)

于成龙　(数银子)没错。你们都好好听着!

[淡淡的音乐,含着温馨、柔情和几分哀愁。

于成龙　翠妹,你是个好姑娘,可惜生在贫家,靠卖艺为生,浪迹天涯,至今未聘婆家。老爷于心不忍,望你早订终身。这十两银子,给你置办嫁妆,请收下吧。

翠　妹　(摸不着头脑)这……

于成龙　(不容分说)收下!

山　牛　(帮于成龙劝说)收下吧,收下吧。

翠妹娘　还不谢过老爷？

翠　妹　谢老爷。（跪接）

于成龙　山牛，你跟我从山西出来，走南闯北，十七八载，未得一日空闲，耽误了你成家立业，老爷很是过意不去。这十两银子，去至长街购置一份像样的彩礼，就算你迎娶翠妹的聘礼，你不反对吧？

山　牛　（又惊又喜）啊？老爷您……这这这……

于成龙　什么这这这的？你们俩一个有情，一个有意，老爷早看得一清二楚啦！（将银子一把塞到山牛手里）给！

阿　福　（对山牛、翠妹）赶快拜谢老爷呀！

山、妹　（欣喜万分，纳头便拜）拜谢老爷！

［阿福、翠妹娘敞怀大笑。二孩童欢叫。

于成龙　二位老人家，先别乐，我有一言，不知当讲不当讲。

福、娘　老爷有话，尽管吩咐。

于成龙　（唱）人生一世草一秋，

子身苦熬何时休？

你无妻，你无夫，你孤单，你清苦，

若往一处凑一凑，

也免得小辈常担忧。

福、娘　（难为情）哎呀，老爷您这是……

于成龙　（唱）二十两安家银定要收受，

愿二老相倚相伴度春秋。

福、娘　（跪拜）拜谢老爷大恩大德！

众　孩　（欢呼）噢——

于成龙　孩子们呐！你们来臬司衙门好几个月了。大多数都找到了自己的父母亲人，就剩下你们这几个浙江的孩子，无亲可投。爷爷这有二十两银子，请阿福老爹雇上一条船，把你们送回浙江老家，寻找自己的父母，你们看好不好哇？

众孩童 （七嘴八舌）好……不好……好……好……

孩童甲 可是我们不舍得离开爷爷！

众孩童 我们舍不得爷爷……

于成龙 爷爷何尝舍得你们？可老住在这儿，终非长久之计。就是爷爷我，也是要离开这里的呀！

山、妹、福、娘 （疑惑）什么？您要离开？

于成龙 （颔首）我已向康亲王递了辞呈，准备即日告老还乡。

山、妹、福、娘 （惊讶）啊？为什么？

于成龙 （平静地）不为什么。这里的事做得差不多了，所以就想家了呗！（继续分银）这十两银子我带回老家，给老伴延医续药。至于剩下的二两三钱五……山牛，替我到街上买两筐萝卜一篓咸菜，老爷好在回家路上自个儿开伙。（扭头快步离去）

山、妹、福、娘 （泪水夺眶而出）老爷——！

［收光。

第四场

［内喊："康王爷到——"

［康亲王、勒春气势汹汹来到臬司衙门。

邓雨轩 （匆匆出迎）刑名师爷邓雨轩叩见王爷。

康亲王 于成龙呢？

邓雨轩 于大人不知王爷驾临，到海边送孩子们上船去了。

康亲王 打发几个小叫花子回乡，还要他亲自出马吗？

勒　春　这位于大人真会收揽人心呐，啊？

康亲王　(恼火地)这个犟头倔脑的于老西儿！本王原想用收回布政使大印，来逼他交纳捐款，以此揭穿他装蒜哭穷的假面，收一收他那狂傲不羁、自以为是的脾性。没想到，他干脆递交辞呈，连按察使都不干了。这不是要挟本王、蓄意抗上，又是什么？

邓雨轩　回王爷的话，于大人秉性忠厚，断不敢与王爷抵忤。告老还乡，实在是为了回家探望患病的夫人。

康亲王　不对！探望夫人，可以告假省亲么，用得着递交辞呈吗？

勒　春　我看他是舍不得银子，又下不了台，只好溜乎者也，找碴儿躲开！

康亲王　他当这儿是酒肆茶坊，想去就去想来就来？哼！这大清朝廷的官衔，自有本王作主，哪容他随意安排？

邓雨轩　王爷的意思是……？

康亲王　今儿个，非要他当着本王的面，说个明白！

邓雨轩　请王爷厅堂用茶。

康亲王　(一转念)不！打道后衙。我要亲眼看看这个于老西儿他喝的什么酒，吃的什么菜，睡什么卧榻，住什么宅！

邓雨轩　(犹豫)只怕不便吧？

康亲王　(粗暴地)再敢啰嗦，我摘你的脑袋！

邓雨轩　遵命。

[景转后衙，于成龙的卧室。

[面对眼前异常俭朴的陈设，康亲王、勒春怔住了。

康亲王　(愣了半晌)这……这是于成龙的……卧房？

勒　春　(对邓雨轩)你没带错路吧？

邓雨轩　没错没错，这正是于大人的卧室。王爷请坐。

康亲王　(打量四周，颇为震惊)嗄?！(唱)

眼前景况非料想，

空空荡荡一间房。

一桌二椅一张榻，

冠戴一套靴一双。

一条薄絮叠床上，

墙角一口大水缸。（揭盖察看）

缸内无鱼又无肉，

咸菜萝卜，还有那清清的盐水汤。

“两袖清风朝天去，

免得闾阎问短长。”

这就是于成龙全部家当，

实叫人又惊又疑费猜详。

[勒春前后查看，从床下发现了什么，正想对康亲王说，于成龙匆匆而上。

于成龙 不知王爷驾到，于成龙失礼啦！（跪安）

康亲王 （双手将于成龙搀起，复又含愠推开）于老西儿啊，你好大的胆！竟敢要挟本王，蓄意抗上！

于成龙 这……王爷的话，成龙不明白。

康亲王 哼，人说你性子倔，原来还很会装蒜呐。（脸色一变，从袖中抽出一页辞呈）这是什么？

于成龙 哦，是下官的告老辞呈。

康亲王 （劈头盖脸，厉声厉色）你，你难道不知，目下战事连连，四海未宁，内乱方治，百废待兴，身为人臣，正当协力报国，岂能因家事而辞王事，为小利而丧大义？似这样，不顾大局抽身而去，何异临阵脱逃背信弃义？你怎么对得起大清朝廷？怎么对得起万千黎民？又怎么对得起皇上的恩典和宠信？

于成龙 （愣了片刻）……有这么严重？

康亲王 敢情！

于成龙 真那么碍眼？

勒　春 （冷笑）哼哼哼……

于成龙 （沉重地）哦……看来，今天是专找于成龙兴师问罪来了！

康亲王 不错！就这个意思！

于成龙 好……好！既然王爷数落成龙那么些罪状……成龙也有万语千言！山牛快来！

山　牛 （上）老爷，什么事？

于成龙 赶紧给我打上一坛子好酒，再挑上两盆儿鲜嫩爽口嘎嘣脆的萝卜，端到这儿来！

山　牛 老爷，您要这干吗？

于成龙 我今儿个要还康王爷一笔人情债！

山　牛 可是……这个……（捻指示意无钱）

于成龙 （未理会）快去！快去！

山　牛 （无奈）是！（迟疑地下）

康亲王 于成龙，你这是在捣什么鬼？

于成龙 下官不敢捣鬼，只不过想起了王爷平素的习惯。

康亲王 （一时摸不着头脑）习惯？什么习惯？

于成龙 "边谈公事边饮美酒。"下官没钱置办佳肴，只好按自己的习惯，来个萝卜当菜，与王爷小酌对饮。

康亲王 怎么着？敢情又要跟本王比酒？

于成龙 不敢不敢，略表敬忱。

康亲王 哼，我怕你不成？

［山牛捧水瓮，翠妹端萝卜上。

翠　妹 萝卜到！

山　牛 水——酒到！

于成龙 怎么结巴了？上酒！

［山牛忐忑斟水。

于成龙 （唱）倾瓦瓮斟满了水酒一碗。

康亲王 （唱）须提防于老西儿诡计多端。

于成龙 王爷，亲临臬司，下官不胜荣幸，略备薄酒，祈请王爷赏脸！

康亲王 好，咱们一起干！

于成龙 嗳，一起干！

［于成龙、康亲王端碗饮，二人"咦"地一声，惊愕对视。

康亲王 嘿嘿，我说于大人，你这是老汾酒哇，还是竹叶青啊？

于成龙 这个……（一时语塞，急转身将山牛拉至一旁，低声追问）山牛，这是酒吗？

山　牛 家里的钱都支派完了，我拿什么去买酒呀？

于成龙 （指碗）这是什么呀！

山　牛 这是我在后院水井里打的凉水……

于成龙 哎哟，你这不是坑我吗？

山　牛 没法子……

康亲王 （讥讽地）好酒，好酒喔！（唱）

　　这美酒，世少见，

　　太白下凡也垂涎。

勒　春 这么好的酒？于大人，得花不少银子吧？

康亲王 山牛，赶紧斟"酒"，也让勒春大人尝尝！

山　牛 （犹豫）这……（望着于成龙发愣）

于成龙 （没好气地）瞅着我干嘛？快斟吧！

山　牛 嗳。（倾瓮斟"酒"）

勒　春 我尝尝……（忙着举碗要喝）

康亲王 别忙。（唱）

品琼浆须从容细呷慢咽，

勒　春　（唱）

难道说酒碗中另有机玄？

我来品尝品尝！（举碗饮“酒”）呸！呸！这是什么东西？

于成龙　此乃臬司衙门后院的……

山　牛　井水！

勒　春　这是什么意思？

山　牛　实不相瞒，每当老爷手头拮据，无钱买酒，小人便以井水代酒，一来给老爷解馋，二来清心明目，也好不误老爷的公干。

康亲王　哦？这也是你平素的习惯？

于成龙　王爷明鉴。

勒　春　（脸色一沉）于大人！您平日所作所为，我自然无权过问。可今天，王爷乃皇室宗亲、当今御弟，称得上半个君主。你竟然以井水相待，难道不怕有失君臣之礼？难道不怕欺君犯上之嫌？

于成龙　康王爷确实是半个君主，下官以半酒款待，岂非恰到好处？

勒　春　这“半酒”又算个什么玩意儿？

于成龙　勒春大人。（唱）

“酒”字分两半，

“酉”“水”不相干。

以水代美酒，

“半酒”奉君前。

康亲王　哈哈哈哈！“半酒”之论，妙哉，妙哉！

勒　春　你、你……

于成龙　勒春大人心火甚旺，吃个萝卜败败火。（转向康亲王）王爷，您也尝尝？

康亲王　尝尝就尝尝。（拿起一片萝卜，对勒春）尝尝！

勒　春　（无奈地拿起萝卜）是，尝尝。

［康亲王、勒春同将萝卜放进嘴，脸呈苦相，勉强下咽。

于成龙　味道如何？

康亲王　唔……别具风味。（转对勒春）你觉得呢？

勒　春　唔……（十分恼火，又不能发作）味道好极了！

于成龙　既然好极了，就请多用一些。

康亲王　（连连摆手）呃，够了，够了。

［康亲王归位。

勒　春　（悻悻地）王爷，水也喝了，萝卜也吃了，您老人家问的事儿，他还没回话呢。

康亲王　对。于成龙！（唱）

休要再七弯八绕回避躲闪，

因何故弃职辞官快快直言！

于成龙　（唱）成龙离乡十八年，

桑梓萦怀心不安。

顷闻老妻重病患，

求亲王放我转回旧家园。

康亲王　这是真话？

于成龙　句句真话。

康亲王　可有虚假？

于成龙　并无虚假。

康亲王　只怕未必！

于成龙　天地良心！

勒　春　（一阵冷笑）哼哼哼……良心，于大人别在孔子庙前充圣人啦！好像这宦海之中，就您于成龙最诚实、最正派。除您以外，全都是些口是心非的小人。可遗憾的是，我追随王爷多年，见过无数您这样的官员，还真没碰到过几个不偷油的耗子、不沾腥的猫儿。您呐，别装啦！

山　牛　勒春大人，您这么说有什么凭据。

勒　春　凭据？有哇，有的是！

山　牛　在哪儿？

勒　春　就在你这里！（指山牛）

山　牛　我？

勒　春　山牛，我问你几件事，你能如实回答吗？

山　牛　您代掌藩司大印，全省官吏都归您管。我是个小小差役，您有话，当然可以问我。

勒　春　好。我问你：前儿个傍晚，你是不是到当铺去过？

山　牛　嗯？唔，去过。

勒　春　你是不是典当了几件破旧衣服？

山　牛　是啊。

勒　春　那是你自个儿的东西，还是受命行事啊？

山　牛　那是我家老爷的衣服，是老爷叫我去典当的。

勒　春　好！于大人，是您让他去的？

于成龙　是我让他去的，怎么样？

勒　春　除了几件衣服之外，还有什么东西拿去典当了？

于成龙　没有了。

勒　春　真的没有？

于成龙　我骗你干吗？

勒　春　（冷笑）那可没准儿。看！（亮出玉钏）这只玉钏，不也是您让他典当的吗？

于成龙　没有这个。

勒　春　没有？（向山牛）山牛！你也敢说没有吗？

山　牛　是……是我拿去典当的。

于成龙　这是哪来的？

山　牛　这是……那是……就是……

于、勒　（急了）说！

山　牛　是……是别人送给老爷的。

于成龙　啊？！

勒　春　哈哈！

山　牛　（慌忙解释）可是老爷自个儿并不知道！是我一个人收下，一个人去典当，一个人拿回来的当银呐！

于成龙　（勃然变色）山牛！你……你竟敢私自收受他人财物？你好大的胆子！（怒打山牛耳光）

勒　春　哎哎，于大人，自己丢了面子，可别迁怒于下属呀。

于成龙　（绰起酒坛要砸）你……

翠　妹　老爷！（仆然跪地）您别怪山牛，要怪就怪我和我娘！

于成龙　翠妹？

康亲王　这是怎么回事？

翠　妹　王爷、大人、老爷，请听我说……

山　牛　不，听我说！

翠　妹　听我说！

二　人　（同声）听我说！

于成龙　你说！

勒　春　你说！

康亲王　说！

翠　妹　（唱）千言万语说不尽，

　　　　　　件件桩桩感人心。

山　牛　（唱）老爷平生多节俭，

从不乱花半分银。

翠　妹　(唱)为济穷困救人命，

倾囊相助不惜金。

山　牛　(唱)散尽私蓄赠俸银，

典衣度日自甘贫。

翠　妹　(唱)我娘闻知大不忍，

祖传玉钏报恩情。

山　牛　(唱)换来银钱买粮米，

衙中布施受苦人。

二　人　(同唱)纵然是有千错，有万错，千错万错是我错，

切莫要冤屈了善良的老人！(心酸哭泣)

于成龙　(泪如泉涌，上前抱住山牛)山牛！我……嗐！

康亲王　(亦颇感动)原来是这样！你们……都快起来！

勒　春　(拍手)真是一场精彩不过的好戏呀！

康亲王　勒春，别太过分了。

勒　春　启王爷：过分不过分，但看假共真。伪装若剥去，是假难成真！于成龙！你们主仆三个，又唱又哭，活像真的一样，可是瞒得了一枚玉钏的来历，瞒不了大批财宝的由来！老实告诉你，打从你刚到福州的第一天起，我就发觉你压根儿就不是那号两袖空空的清官廉吏。你随身带来的财物珍宝，就有整整一箱！还想否认？那就打开卧床底下暗藏的这口竹箱，让我当场查验！

山　牛　竹箱？那是我们老爷的……

于成龙　我于成龙一不贪赃，二不枉法，你凭什么要查验！

勒　春　我受康王爷之命代掌藩司大印，全省官员属我管辖，自然有权查你！

山　牛　你不能！

勒　春　给我闪开！

［话音未落，勒春一个箭步蹿到床前，从床底拉出竹箱，猛掀箱盖。众目共指，只见箱内放着一个个布包。勒春猛力一抖，各色布包掉落在地。各种不同色彩的泥土，出现在人们眼前。

勒　春　泥土……（张口结舌，呆若木鸡）

康亲王　（诧异）泥土？

于成龙　是泥土，但不是一般的泥土。虽说它兑不到半分银子，也换不来半件衣物，它却是我于老西儿最宝贵的财富啊。它来自我为官十八年所到之处，取自百姓脚下、村野小路、广原通途。这是广西罗城的山泥，饱含着土著同胞的心意；这是四川合州的黑土，寄寓着巴蜀父老的情愫；这是湖北黄州的红土，渗透着荆鄂赤子的热血；这是武昌江畔的流沙，记载着世代平民的甘苦……让这些滋养过我的泥土哇，永远伴随着我，为的是永远记住那里的山水，记住那里的百姓，记住那里的友情，记住那里的悲欢，心怀坦荡地走完人生之路！（唱）

人生路多坎坷祸福不定，
有苦涩有酸楚也有欢欣。
脚踏着厚实的泥土，心平如镜；
牵念着善良的赤子，怀揣真情。
深知那欲如水不遏则灭顶，
贪如火不厉禁势成燎原祸国殃民终留骂名苦果自吞。
常言说——
无病休嫌瘦，奉公莫怨贫。
知足无烦恼，布衣乐终身。
非吾之有莫伸手，
非分之财莫进门。

这是我于成龙一生箴训，

不负朝廷，不亏黎民，对得起天地良心！

［康亲王感动不已。勒春无地自容。二人目光相对，康亲王手指勒春，连连摇头。勒春双手掩面，羞愧转身。

康亲王 （唱）一番话雷霆震响，

一颗心晶莹闪光，

一抹泪深情万丈，

一捧土百世遗芳。

君子品性坦荡荡，

廉吏风操正堂堂。

大清国遇良才福祉天降，

从今后尊为师共振朝纲。

［康亲王深深施礼。于成龙急忙扶住。

勒　春 （泪下如雨）于大人，勒春有眼无珠，无地自容啊！

于成龙 老朽幼时读书，曾得古训，几十年来未敢轻忘……

勒　春 大人赐教，大人赐教！

于成龙 “人人治人，国虽治而必乱；人人治己，国虽乱而必治！”你我身为人臣，当以此共勉！

康亲王 金玉良言，刻骨铭心呐！

勒　春 于大人——（匍匐在地，跪拜）

［于成龙扶起勒春，康亲王手握于成龙之手，相视亮相。

［切光。

［宣旨声：“奉天承运，皇帝诏曰：于成龙擢升直隶巡抚，赏一品顶戴。准其回乡探亲一月，期满即赴保定上任。钦此。”

［天地寥廓，一片苍莽。山路悠远，空灵渺茫。

［扛竹箱、挑担子的山牛和翠妹引于成龙缓缓走来。于成龙依然

穿着刚来福建时穿的旧褂袄，吸着旱烟……

[画外音：“于爷爷……于大人……”众人的呼喊回荡于天地间。

[于成龙回身，含笑招手……

[全剧终。

（2004 年演出本）

昆剧

墙头马上

（根据白朴原著改编）

上海市戏曲学校集体改编
执笔：苏雪安

作者小传

苏雪安(1896—1966),男,浙江杭州人,曾任上海京剧院编剧。

人物表

李世杰　李倩君　梅　香　乳　娘　家　院　裴行俭　裴少俊　裴　福

张　千　端　端　重　阳　四青袍

第一场

时间：唐仪凤年（高宗三年）。

地点：山西绛州裴行俭家。

人物：裴行俭、张千、裴少俊、裴福。

［裴行俭上。

裴行俭 （念引）满腹宏才，

今生坐享荣华福，

不是读书哪里来。

［张千暗上。

老夫裴行俭，夫人柳氏，早已下世，孩儿少俊年少多才。近因圣上修建御苑，命老夫去往洛阳拣选奇花异草，买些花栽子回来，只因老夫年迈多病，不能亲往，故而命孩儿少俊代我前去。张千！

［张千应。

唤公子出来！

张　千 （向内）有请公子！

［裴少俊上。

裴少俊 （念引）书生谁似我，

鲤庭中寸步难挪。（进门）

爹爹在上，孩儿拜揖。

裴行俭 罢了，坐下。

裴少俊 谢坐。唤孩儿出来有何吩咐？

裴行俭 今因圣上修建御苑，要为父去往洛阳，拣选奇花异草，买些花栽子回来，为父年迈多病，不惯长行，故而命你代我前往。

裴少俊　孩儿遵命。不知几时启程？

裴行俭　即便启程，张千唤裴福过来。

张　千　是！（向内）老院公。

裴　福　来哉！苍头苍头，常年奔走，不到堂前，便在厅后。

张　千　老相公唤你。

裴　福　是哉。（进门）裴福见过老相公！见过公子！老相公唤我有啥事体吩咐？

裴行俭　你家公子要到洛阳买花栽子，命你伴随前去。

裴　福　是哉。

裴行俭　一路之上需要小心伺候。张千取银两过来。（张千应下。向裴少俊）我儿此番去到洛阳，要多办事，少闲游。

裴少俊　孩儿谨记，就此告辞。（出门）

裴行俭　裴福，你家公子，年幼未经世务，此番出门，当去的地方让他去，不当去的地方，就不让他去，不可任他到处游玩。话已讲完，你们准备行囊，起程去吧。（下）

裴少俊　啊老院公，方才爹爹对你说些什么？

裴　福　勿曾说啥，勿曾说啥。

裴少俊　想不到今日爹爹叫我去往洛阳买花栽子。想洛阳乃周汉朝建都之处，此去我要畅游一回，以广眼界。裴福，你快去与我准备行囊，不要忘了随带笔砚。

裴　福　你又不去收账，要笔砚何用？

裴少俊　不是哦，此去若是看到名胜古迹，我要吟诗作赋，啊哈！哈哈哈！（得意地笑下）

裴　福　出门上路还要吟诗作赋。这样的用功，看起来将来倒是一个有出息的囡！（笑下）

第二场

时间：同前场。

地点：洛阳李世杰家。

人物：李倩君、梅香、乳娘、李世杰、院子、裴福、裴少俊。

李倩君、梅香 （内同唱）

陌上春风遍，

人间韵事多。

［鸟啼声。

梅　香 （内白）小姐随我来！

［梅香引李倩君上。

李倩君 你看蝴蝶对舞，紫燕双飞。

李倩君、梅香 （同接唱“金井水红花”）

庭院飞花絮，

池塘泛绿波。

春光好，

美景怎消磨？

梅　香 小姐你看，这围屏上面，画着一个少年，在堂上弹琴，一个妇人在帘内偷看，这是个什么故事呢？

李倩君 此乃是凤求凰的故事。

梅　香 小姐，什么叫凤求凰介？

李倩君 西汉有一才女名唤卓文君，她听了那个司马相如……

梅　香 司马相如是什么呀？

李倩君　便是那弹琴的少年才子。

（唱）求凰一曲，
　　动了文君，
　　倩女才郎，
　　竟把樊笼劈破。

梅　香　小姐，他二人是怎样的劈破樊笼呢？

李倩君　那文君听琴之后，动了怜才之心，情不由己，就在那晚悄悄地奔到相如客舍之中去了。

梅　香　好啊，小姐，不知相如见了文君他说些什么？

李倩君　他感念文君相爱，便做了夫妻了。

梅　香　哦，竟做了夫妻了，啊呀呀实实有趣，（梅香拍手笑，李倩君带羞）啊小姐，梅香看你倒像……

李倩君　像什么？

梅　香　倒有些像那卓文君呐！

李倩君　不像。

梅　香　为何不像？

李倩君　哪里来个司马相如呢？（羞）

梅　香　（拍手笑）待我来做一回司马相如可好啊？

李倩君　休要顽皮。

梅　香　我们试上一回作耍，又怕什么呢？（学）啊文君小姐！你吃了饭没有啊？

李倩君　哎，哪有见面便问吃饭的？你做不得司马相如。

［李世杰暗上。

李世杰　（怒视）哼，我儿不在绣房，为何来到前堂？

梅　香　我与小姐……

李世杰　多嘴！（李倩君领梅香欲走）回来。（李倩君、梅香止步）儿啊，想我家乃是唐室宗亲，名门阀阅，你身为千金小姐，不可不明礼义，儿站立前堂，听为父的教训！凡为女子者，礼义当先，孝顺为尚，言不出闺阃，足不离户庭，闻男子之声而惊走，乃是贞娘；览须眉之容而掩卷，方为贤妇。非礼勿言，非礼勿视，非礼勿听，岂可任意而行乎？

(唱"梧叶衬红花")

礼教当崇奉，

经文细揣摹。

自古道男女防嫌，甚于防川，川决堤溃，伦常危矣！

(接唱)莫道训儿苛，

自今呵！璇闺深锁，

不许庭阶闲走，

行动乱穿梭。

[院子上。

院　子　启禀老爷，今当上巳佳节，众位大人，俱在多宝寺饮酒，专候老爷入座。

李世杰　说我就来。(院子下)刚才言语，儿要牢牢谨记。

李倩君　孩儿记下了。

李世杰　乳娘，乳娘哪里！

乳　娘　来了！(上)见过老爷。

李世杰　带了小姐，回转绣房。正是：

(念)幼女不知处世险，

老人还为看花忙。(梅香出送)

嗯！(下)

乳　娘　啊小姐，方才老爷吩咐，还是回房去吧。

李倩君　啊，乳娘！

乳　娘　呀！

李倩君　今日乃是上巳佳节，景色宜人。难道就不许我们去看一看么？

乳　娘　你难道不知你爹爹的脾气么？

梅　香　老爷不许小姐出门，他自己倒去看花饮酒。

乳　娘　这个丫头说话，真是没大没小。

梅　香　让小姐到大门口去一会，又怕什么啊！

乳　娘　若被老爷知道，先要打你。

李倩君　乳娘，我们不到前门。

梅　香　对了，我们不到前门，我们去到后门。

乳　娘　你又来调皮，前门后门不是一样么？

李倩君　我也不到后门。

乳　娘　你们要到哪里呢？

李倩君　且到花园中一观春色。

梅　香　好啊，花园中一观春色，实实的有趣。

乳　娘　你这丫头又要讨打。

李倩君　乳娘你应允了吧，（重句，乳娘不允）梅香！乳娘不许去，我们自己去，走走走。（乳娘拦住）

乳　娘　啊，你们要到哪里去？

李倩君　我们到大门口去。

乳　娘　哎呀，大门口如何去得！（想）也罢，你们还是到花园中游玩一会吧！梅香好好伺候，不许贪玩，去去便回。（下）

梅　香　我晓得！（欲嘘，乳娘回身，急忙改口）啊，老妈妈你也玩玩去呀。

乳　娘　顽皮！（下）

梅　香　啊小姐，他们都去了，我们快到花园中去吧。

李倩君　去吧！

［音乐起。

梅　香　小姐你听啊。

李倩君　呀！

(前腔)遥听笙歌彻，

偏憎礼教苛，

上巳节佳景莫蹉跎。

梅　香　小姐，那边有一带围墙，通向大路，我们何不隔着围墙向外边望一望，也是好的。

李倩君　有理。

梅　香　小姐来呀！

李倩君、梅香　(同唱)且到花园中去波。

［李倩君、梅香下，裴少俊骑马上。

裴少俊　(接唱)我春城遍走，

春色常新，

跨了雕鞍，

舍不得扬鞭而过。

今乃上巳佳节，洛阳风俗，家家出门看花，为此我扬鞭跨马，到处游览。哎呀妙呀！洛阳风景，果然名不虚传，往常在家被爹爹关得几乎闷死，今日之游好不自由自在呵！

(唱)看这篱边陌上，

处处红畦翠窠。

李倩君　(内唱)陌上春风遍，

人间韵事多！

裴少俊　啊呀妙呀，你看墙内秋千荡漾，花阴笑语欢歌，今日身临佳境，引起我的诗兴来了。

(吟诗)碍路花枝留过客，

隔墙笑语度春风。

哈……

（唱）快活……

［李倩君、梅香同上墙头。裴少俊、李倩君同时看见。

裴少俊 （同唱）镂花墙里忽遇神仙过。

李倩君 （同唱）镂花墙外忽遇儒生过。

李倩君 （唱“玉抱肚”）

画桥西向，

跨雕鞍风流俊郎，

美丰姿气度轩昂，

妙身材称体新装。

［裴福追上。

裴　福 公子马跑慢点，老老的两只脚追勿上哉。

［李倩君望裴少俊。

裴　福 公子，你好下马哉，让我老老歇息，歇息。

梅　香 啊小姐！

裴少俊 我正要下马！（下马，裴福带马）

裴　福 人也累了，马也乏了，是应该歇息哉。公子，公子，嗳公子！

裴少俊 何事这样大呼小叫！

裴　福 公子侬勒看啥？

裴少俊 我啊？在看神仙。

裴　福 （随裴少俊眼神陡见墙上李倩君）啥格看神仙？看女眷是使勿得格，公子快点上马走，勿要弄出点事体来。

［裴少俊上马，见李倩君目注，复下马。在裴福念中，梅香拉李倩君下，李倩君不动。

裴少俊 啊妙呀，四目相窥，各有眷恋之情，这相思教我如何撇得下也！

（唱）从此墙头马上，

使我难舍难忘。

老院公快取笔砚过来。

裴　福　要笔砚何用？

裴少俊　不要多问，快快取来。

裴　福　看你在大街上做文章吧。

[裴少俊题诗。

梅　香　小姐，看不得的嘘！

李倩君　却是为何？

梅　香　不防他看了你去么？

李倩君　这又何妨啊！

(唱)禁不住两厢窥望，

管什么墙头马上。

[李倩君唱中裴少俊题诗毕。

裴少俊　快快与我送去！

裴　福　送到哪里去？

裴少俊　送到墙头上去啊。

裴　福　(笑)我做了一辈子的仆人，从来也勿曾向墙头上送过信啊。

裴少俊　你去是不去？

裴　福　勿去。

裴少俊　老院公！你就与我送这一遭吧！(央求)

裴　福　好，只此一遭，下不为例。

裴少俊　是啊，下不为例！

裴　福　啊呀，到底去不得！

裴少俊　为何？

裴　福　若是被旁人看见，岂不要挨一顿好打。

裴少俊　若是有人看见，就说是奉旨前来买花栽子的。

裴　福　喔,若是见了这一位呢?

裴少俊　若是见了那神仙么,就说你家公子命你送去的。

裴　福　(背白)这套本领他是哪里学来的!

裴少俊　什么说话!快去!

裴　福　去吧。(走向李倩君)喂,你们这花园中可有卖花栽子的呀。

李倩君　梅香,墙外有人唤你呢!

梅　香　(装不听见)啊,哪个唤我?

裴　福　喂,可有卖花栽子的呀?

梅　香　小姐,他问你可要买花带子,原来是货郎儿。(假装)

李倩君　不要胡说,你就说我家小姐有花栽子。

梅　香　喂,你们听了,我家小姐有花栽子。

裴　福　格个就是买花栽子的。(递字来)

梅　香　小姐你看!

[李倩君接诗笺。

裴少俊　待我谢天谢地。

李倩君　(念诗)只疑身在武陵游,

流水桃花隔岸羞,

咫尺刘郎肠已断,

为谁含笑依墙头!

——绛州裴少俊题

梅香,看文房四宝伺候。

[裴少俊听了很得意。

梅　香　喂,你们等着吧!

裴　福　(看梅香)这个小丫头一脸的调皮相。(再看李倩君)啊呀,果然好一位体面的小姐,与我家公子倒是天生一对,地成一双哉。

裴少俊　好么?

裴　福　实在好格。

裴少俊　妙呀！

（前腔）云开月朗，

是嫦娥人间降祥，

忒匆忙不及烧香，

仗虔诚寄我衷肠。

佳人若许配成双，

报李投桃古有常。

［李倩君和诗毕。

李倩君　梅香，交与他们。

梅　香　喂，你们要买的花栽子在这里呢！

裴　福　来哉来哉，格个末就叫有买的，就有卖的。公子花栽子来哉！

裴少俊　待我看来。

（念诗）深闺拘束暂闲游，

手拈青梅半掩羞，

莫负后园今夜约，

月儿初上柳梢头。

——李倩君题

［裴少俊看李倩君，李倩君羞下。

裴少俊　老院公！

裴　福　做什么？

裴少俊　我今晚要到花园中来……

裴　福　阿是买花栽子？

裴少俊　啊呀，教我怎样进去？

裴　福　你是读书人，就该跳龙门。

裴少俊　哈哈，今晚我要“跳龙门”。带马！（看墙后）

裴　福　啊呀，神仙上仔天哉，看弗见哉！

裴少俊　哈哈哈！（同下）

第三场

时间：当天晚间。

地点：李家后花园。

人物：乳娘、李倩君、梅香、裴少俊。

［起更，乳娘提灯上。

乳　娘　（念）花朝过了又清明，

老去春光看得轻，

月夜长街人静后，

隔墙何处卖饧声。

方才院子来说，老爷醉卧多宝寺，今晚不回府了，家中缺少丁口，为此特到四处照看门户。呀，老院公！前门可曾上锁？

［院子内白："都上好了。"

乳　娘　待我到后边走走。（下）

［连场音乐起，梅香上四顾无人，引李倩君上，唤小姐。

李倩君　（唱"高阳台"）

日已西沉，

月才初上，

心情便恁难耐！

梅　香　小姐你看，这月儿好不明亮。

李倩君　谁稀罕它这般明亮呵！

（唱）把月儿深深拜，

求你方便，

半霎云埋。

梅　香　哎呀好啊！小姐刚说得一句，那块云彩便把月儿遮起来了。

李倩君　（望）怎么还不来呢？

梅　香　想必他睡着了。

李倩君　说哪里话来，想是迷了道路了。

梅　香　哎呀呀，这里线一般的一条直路，还怕他迷路不成。

李倩君　梅香。

（唱）你道是芳径直如线，

我道是侯门深似海。

［内咳嗽声。

梅　香　啊小姐，他来了！

乳　娘　（内白）花园中是哪个？

梅　香　小姐，老妈妈来了，你快些藏躲起来。

［李倩君躲入假山背后。

乳　娘　（上）是哪个？（照灯）原来是梅香，天都二更了，不去睡觉，到花园来做什么？

梅　香　我么，（想）不是啊，方才游园的时节，小姐失落了一方锦帕，故而命我来寻找的。啊呀在哪里呀！

乳　娘　唉，黑夜之间，你手无灯亮，向哪里去找？待我来帮你找。

梅　香　妈妈不用找了，我们回复小姐去吧。

乳　娘　是啊，找不着就该回复小姐去，走吧。

梅　香　呀妈妈你……你先走一步。

乳　娘　啊，（奇怪地）我先走，你呢？

梅　香　我……我……我也走呀。

乳　娘　这便才是，随我来！

［李倩君暗示梅香不要走。

梅　香　啊，小……（望花丛）

［李倩君急藏躲。

乳　娘　小什么？

梅　香　我是叫妈妈你小心些。

乳　娘　来吧。

［拉梅香下。李倩君从花丛中步出，音乐轻起。

李倩君　哎呀呀，看梅香被乳娘拉了回去，这便如何是好呢？

［园后声响，裴少俊上，相碰。

李倩君　啊，那……那边敢是梅香么？

裴少俊　小姐，小生在此。

李倩君　原来是你……

裴少俊　小姐啊！

（唱“二郎神”）

承蒙你，

不畏嫌疑佳期订来，

历乱情怀难自解，

银河怎阻？

花墙权当梯阶。

片刻相逢成永爱。

小姐，今日相逢，三生有幸。

李倩君　你家中还有何人？

裴少俊　不幸老母见背，只有父亲在堂。

李倩君　……还有……

裴少俊　没有了。

李倩君　你……

裴少俊　小生尚未婚配。

李倩君　裴郎……

裴少俊　小姐。

李倩君　呀!

（唱"集贤宾"）

风流张敞俊雅才，
早一见投怀，
纵私订姻缘人震骇，
我今偏自调排，
只要恩情似海，
又何惧旁人惊怪!

李倩君、裴少俊　（同唱）我深感戴，
莫负了今宵相爱。

［梅香上。

梅　香　小姐，这回你有了司马相如了。

裴少俊　司马相如，啊哈哈!

［乳娘暗上。

乳　娘　（见裴少俊）你……你是什么人?

裴少俊　我……我……哎呀我……（惊避）

李倩君　乳娘呀!

（唱）他不是仙郎迷路入天台，
是我墙头掷果招来。

乳　娘　小姐，你乃深闺幼女，怎么在花园中与这样野男子相会啊?

裴少俊　怎么骂起我野男子来了。

乳　娘　大胆汉子，你是什么人? 还不快讲!

裴少俊　小生姓裴，绛州人氏，我父官居工部尚书。今日冒昧至此，望乞宽恕。

乳　娘　宽恕，宽恕，这是宽恕得的么？

梅　香　妈妈，这有什么大不了的！

乳　娘　啊！定是你这贱丫头勾引来的。

梅　香　小姐做的事，与我什么相干。

李倩君　这不该怪她呀！

（唱）枉骂她偷寒送暖一个小奴才。

梅　香　你也该说话呀！

裴少俊　（唱）将礼施，

陪笑颜口称阿奶，

我买花栽……

乳　娘　买花栽子？我们这里又不是卖花栽子的。

裴少俊　喏，

（唱）马上墙头，

姻缘凑巧相谐。

乳　娘　少时天明，老爷回来，定要将你送官究办。

梅　香　事情不是越闹越大了么？

李倩君　乳娘千万不可声张。

乳　娘　（向李倩君）我若不声张，被老爷知道了，难道叫我替你们去吃官司不成！（走）待我唤来院子。

裴少俊　啊，小姐，小姐！

李倩君　哎呀咦！

（唱"啄木儿"）

听言语直恁情性乖！

我待舍残生，

还却鸳鸯债。

也罢！

（接唱）绣房里，血染尸骸，

怕的是颠倒将你赖。

裴少俊 小姐，使不得！

李倩君 哎呀，乳娘呀！

乳　娘 你怎么说出这样话来？想你虽不是我亲生亲养，却也奶的你这般长大，我是替你们担心呀！

李倩君 乳娘，你不要替我们担心呀！

乳　娘 我的小姐呀，你只顾眼前恩爱，却忘了你父平日管教是何等厉害，你今做出此事，日后作何了局？

李倩君 （羞吓，安静地）日后么，我……

乳　娘 你怎么样？

李倩君 叫他（指裴少俊）回去，禀知父母，前来求（两看）亲呐。

乳　娘 求亲？（想起）啊呀小姐，我对你实说了吧，今有魏国公为媒，老爷已将你许配杜丞相之子，不日就来下聘了。

李倩君 此话当真？

乳　娘 谁来哄你。

裴少俊 （背白）这一下完了。

李倩君、裴少俊 哎呀！（为难，着急）

李倩君 乳娘，你要想个主意才好！（央告）

［乳娘为难思考。

乳　娘 （扶李倩君）小姐不必如此，我今倒有个主意在此。

李倩君、裴少俊 什么主意？

乳　娘 叫这少年即日上京求官，得了官回来娶你。

裴少俊 若是等我回来，小姐已被杜府聘去了呢？

乳　娘 这个！（无话可说）

李倩君 乳娘这个主意使不得！

乳　娘　使不得？

裴少俊　自然使不得。

乳　娘　使不得，哎呀！

［同焦急。

李倩君　（决断）乳娘这里来，我倒有个主意，只恐乳娘不允。

乳　娘　只要你有好主意，我便应允。

李倩君　倒不如放我两人逃走！（两望）

乳　娘　逃走么？（惊惧）

李倩君　（与裴少俊对看会意）乳娘呀！（同跪）

（唱"啄木儿"）

女孩儿本是堂上寄居客，

譬如嫁在他乡外。

乳　娘　罢！

（接唱）塌天大事我担待，

小姐，我如今担着天大干系，放你两人逃走，今后是好是歹，全在你自己了。

李倩君　多谢乳娘！（同拜）

裴少俊　多谢妈妈！

［三更。

乳　娘　呀，小姐，天交三更，乘此夜静无人，放你两人逃走吧！

［向梅香附耳，梅香下。圆场，梅香取衣包赶上，开后门。

乳　娘　保重了。

［李倩君回身三拜，裴少俊扶下。

乳　娘　哎呀呀，这霎时之间，我糊里糊涂地放走了男女三人，哈哈，（想）少时天明，老爷回来，我用何言答对？（再想）我自有道理。正是：

（念）放出笼中鸟，

哄他梦里人。

第四场

时间：定情后几日。

地点：绛州近裴家处。

人物：裴福、裴少俊、李倩君、梅香。

［裴福背书箱，裴少俊、李倩君、梅香背包袱同上。

李倩君、裴少俊 （同唱“福马郎”）

喜的是风流成爱眷，

道不尽欢喜春风面，

听莺声呖呖唱，

似送行人转回乡园。

裴少俊 小姐，前面不远，就到我家，今后我夫妻就如同形影一般了。

裴　福 咳！

梅　香 老人家为什么唉声叹气呀！

裴　福 侬个小娘囡晓得点啥？

裴少俊 是啊，老院公为何长叹？

裴　福 公子呀！

（唱）你堂上治家严，

不告成婚眷，

只恐受忧煎。

裴少俊 啊呀，你说得是呀！

梅　香 小姐，你看他们在商量什么？

李倩君 郎君与老人家讲些什么？

裴少俊　小姐有所不知，我爹爹性情古板，我夫妻今日这样回去，便是不告而娶，罪莫大焉，哎呀，这……

李倩君　如此说来，你家尊翁与我爹爹倒是一般无二。

裴少俊　是啊，都是固执得紧哪。

李倩君　郎君，我家爹爹家法虽严，我如今是不怕的了。

裴少俊　哎呀，你不怕你的爹爹，我却还怕我的爹爹呢！

李倩君　你我二人既为夫妇，便是双双回去，料你爹爹也奈何不得。

裴少俊　这个……

裴　福　唉！少夫人哪里晓得，我家老爷焉能容留于你。

梅　香　难道说，再让小姐回去不成？

裴　福　侬个小娘囡说话，能介厉害。

李倩君　啊，老人家，难道我夫妻就进不得裴家么？

［裴福犹豫，欲言又止。

裴少俊　敢是有了主意了么？

裴　福　主意倒有，只恐少夫人不肯办啊！

裴少俊　这……

李倩君　老院公，只要我夫妻团聚一处，便是上天摘月亮，下海探龙须，我也肯办。

梅　香　我家小姐是说得到就做得到。

裴少俊　是啊，我家娘子是最有烈性的呀。

裴　福　如此，公子、少夫人听了：

（念）尚书家法严，

顽固不听劝，

今日回家门，

只有将他骗。

李倩君　怎样骗法？

裴　福　喏喏。

（接念）公子前门进，

夫人后门搬，

藏在花园内，

书房门上闩，

公子完花烛，

老奴把门看。

裴少俊　我夫妻藏在花园，哪里来的茶饭？

李倩君　是呀。

裴　福　（接念）你推用功勤，

我将茶饭端。

李倩君　哦，只是天长日久，将来又怎么办呢？

裴　福　（接念）先顾眼前事，

将来再打算。

梅　香　（背白）这个老头儿倒有些鬼主意。

裴　福　啥个鬼主意，格条计策叫压倒汉张良、气煞诸葛亮！

裴少俊　小姐，我们如今只好先顾眼前事。

李倩君　将来再打算。

裴少俊　好，如此老院公，我们先将小姐送进后门，安顿之后，再去见我爹爹。

梅　香　还有我呢？

裴　福　你是火腿上的绳子，一道带仔进去就是哉。

梅　香　啐！

李倩君　梅香，休得顽皮。

裴少俊　不必多言，前面带路。

李倩君、裴少俊　（同唱）夫妇情非浅，只羡鸳鸯不羡仙。

[裴福领路同下。

第五场

时间：三年以后。

地点：裴行俭家。

人物：裴行俭、张千、裴少俊、裴福。

[裴行俭上。

裴行俭 （唱“耍孩儿”）

大比今春，正开科选，

我儿苦读已多年，

迁延，

若是裴门得显，

此一科鳌头占先。

少俊孩儿自从（张千暗上）洛阳买花栽子回家以后，忽忽三年，每日在后花园闭门读书，足不出户，倒也十分可喜。今当大比之年，不免命孩儿去往长安赴试，若得功名成就，一来光耀门庭，二来也好与他聘一高门亲事。张千，（张千应）唤公子出来。

张　千 是，待我去看看公子在做什么。（向上门走）

[裴福溜上。

张　千 老相公请公子呢！

裴　福 公子在后花园读书呢。（示意在书房陪伴李倩君）

张　千 （扬声）哦！公子在花园读书，如此你快去请来。

裴　福　是哉。(下)

张　千　公子就到。

[裴福拉裴少俊上。

裴少俊　老院公何事这般情急?

裴　福　老相公叫你去呢。

裴少俊　原来如此,待我向前。

[裴福下,裴少俊进门。

裴少俊　爹爹在上,孩儿拜揖。

裴行俭　儿啊,为父唤你半日,为何来迟?

裴少俊　这……孩儿正在书房读书,故而来迟,爹爹恕罪。

裴行俭　哈哈,儿这般用功,何愁功名不就!今当大比之年,为父命儿进京赴试,即日启程。

裴少俊　(大惊)这个……啊爹爹!儿的文字尚欠揣摩,只恐今科还去不得。

裴行俭　呣,难道儿不思上进?(裴少俊欲言)不必多言,为父后堂打点银两,儿速速准备行囊,去吧。张千随我来。(与张千同下)

裴少俊　哎呀!

(唱"红芍药")

闻言似落在深渊,

此一番怎生幸免?

老院公快来!

裴　福　(上)公子为啥着急?

裴少俊　爹爹命我即刻上京应试,如何是好?

裴　福　上京赴试,哪有不去的道理。

裴少俊　啊呀!我眼前万万不能离此而去!

裴　福　咳,年纪轻轻的读书公子,难道娶了老婆,连功名都不要了。

裴少俊　你哪里知道哦！

（接唱）非是我香闺自留恋，

　　我要调护她月中方便。

裴　福　侬嘞讲点啥。

裴少俊　老院公有所不知，你家少夫人她不久又要临盆了。

裴　福　哦，少夫人亦要养哉。少夫人做产妇，少不得由梅香服侍，怕点啥呢？

裴少俊　梅香？咳，她是个小姑娘，懂得什么？叫我如何放心得下？

（接唱）老院公速速解倒悬，

　　定奇谋遂我心愿。

啊呀天呀天，我若进京赴考，撇下小姐一人，怎生是好？

裴　福　公子！

（接唱）劝公子莫要忧煎，

　　听老奴把计来献。

裴少俊　计将安出？

裴　福　公子少时带上银两，背仔行囊，打从前门出去，再从后门进来，回到后花园，躲在书房中，躲上两个月。等到少夫人满月以后，你背上行李，打从后门走出，再从前门进来，便说考不中，不就完了？

裴少俊　唵，果然是条妙计。（内裴行俭咳嗽声）

裴　福　老相公来哉，快点进去！

［裴少俊进门，裴福随进。

［裴行俭、张千上。

裴行俭　儿啊，这有三百两银子，作为你进京的盘缠，就命张千跟随前去，张千！与公子备马。

［张千牵马上。

裴少俊　如此孩儿拜辞爹爹。正是：

(拜，念)今朝匹马赴春闱，

裴行俭　(念)富贵功名儿自为，

裴少俊　(接念，出门)但愿蟾宫高折桂，

裴　福　(接念)马前报道状元归。

裴行俭　裴福，你讲什么？

裴　福　马前报道状元归。

裴行俭　好啊，好一个马前报道状元归，好口彩，讲的好，哈哈哈！(下)

裴少俊　(左右看裴福、张千、做作地)张千带马！(上马下，张千随下)

［裴福暗笑。

裴　福　(两看)哎唷！待我开后门去！(念下)

第六场

［裴少俊上。

裴少俊　(唱“山坡羊”)

独自个思前想后，

几年来夫妻厮守，

哪一日才得明剖。

想我夫妻成婚四载，端端孩儿已经三岁，前月又生下一女，取名重阳。是我夫妻儿女，终日藏在花园之中，不知几时才能出头露面！咳，想我这不告而娶，若是爹爹知晓，定然震怒，岂不要连累娘子？哎，我这样多虑，又有什么用处哦！

(唱)把新愁旧愁暂时丢，

等候，若得时机，

再图良谋。唉！

［梅香上。

梅　香　公子，好端端的叹什么气呀？

裴少俊　我么？（掩饰）不曾叹气。小姐梳妆，可曾完毕？

梅　香　小姐梳妆好了，待我请她出来，有请小姐！

［李倩君上。

李倩君　（唱“赚”）

潜居不失唱随乐。

裴少俊　娘子梳妆完毕了么？

李倩君　（接唱）梳妆才罢！

裴少俊　梳得好呢！

李倩君　（接唱）今日里，再逢汤饼，你乐如何？

裴少俊　我么？自然欢乐。（取出玉佩）啊，娘子！这玉佩是我幼年佩带之物，今日将来送与重阳女儿吧。（送玉佩）

李倩君　她已睡着了，少时与她戴上就是。

裴少俊　好，少时与她戴上。（四看）端端为何不见？

李倩君　刚才在此。

梅　香　想必到花园去了。

裴少俊　怎么又到花园中去了。

［端端上。

端　端　爹爹！妈妈！

裴少俊　我是怎样吩咐与你。（梅香再上）叫你不要胡行乱走，你这样不听话，我是要打的呢！（李倩君拦，梅香领端端下）呀娘子！（李倩君不理）好端端的怎么生起气来？

李倩君　你倒来问我。

（唱“渔灯儿”）

为什么虚怯怯总怕人知？

为什么四年来躲在花园里？

为什么做了瞒人夫妻？

裴少俊 小姐呀！

（唱“锦渔灯”）

只为我爹尊，容不得他孩儿不告而娶，

更容不得这没媒妁的做成夫妻。

呀小姐！（李倩君不理）

［裴福上。

裴　福 啊呀公子、少夫人，为啥不开心？

裴少俊 还不是为了几年来关在花园，不能出头露面啊！

裴　福 是啊，这也难怪少夫人烦恼，只怪老相公的性情古怪，就是公子也是出于无奈。我想少夫人的事体么，总有一天会有着落的。现在唠叨么，也是无用的呀！

李倩君 老人家呀！

（唱“锦中拍”）

并非是唠叨不已，

这谜儿难瞒到底。

裴少俊 罢！

（接唱）我便向严亲禀明首尾，

顾不得惊天动地。

裴　福 公子啊！

（接唱）怕追悔莫及，

不可噬脐。

你的父亲呵！

（接唱）有道是江山易改，

只怕他本性难移。

少夫人呐！

（接唱）你那势利公爹，

是难话难提。

咳，格个事体勿必讲哉！我有两句正经话与你们讲讲。

裴少俊　老院公有什么正经话呀？

裴　福　自从你辞别老相公，出了前门，进了后门的那一天算到今日么，已有两个月了。你就该再出后门进前门，去见老相公呀。

李倩君　是啊，该去回复公爹了。

裴少俊　咳！我实实的怕见。

裴　福　有啥怕见，常言道，丑媳妇，终要见公婆……哎呀老奴失言了，失言了！

李倩君　老人家不妨事的。

裴少俊　不是啊，若是爹爹知我不曾得中，定要着恼。

裴　福　不去是不成功的。

李倩君　怕也无用，总要去见的。

裴少俊　也罢！今番去见爹爹，他若不恼，便将你我成婚之事，禀告于他。

李倩君　这……你功名未得，他焉能欢喜，还是见机行事吧。

裴少俊　我理会得。（李倩君为之脱去新衣）我去去就来。

裴　福　慢着，还有你的行李呢！（取行李上）

李倩君　早去早回。（带衣下）

裴少俊　啊呀，张千还没有叫他呀。

裴　福　张千在后门外等了半天了，你跟我来吧。

［裴福引裴少俊开后门，张千下场门上接行李同下，裴福上场门下。

［连场，张千引裴少俊上。

张　千　公子，到仔前门哉，下马吧！（裴少俊下马，张千拴马）公子，让我进去禀报老相公，你笃定点跟我进来末哉。（进门）老相公，有请！

［裴行俭上。

裴行俭　张千你回来了，公子在哪里？

张　千　公子也回来哉！

裴少俊　啊爹爹！

裴行俭　啊，你敢是不曾得中么？

裴少俊　孩儿此番名落孙山了。

裴行俭　哦，名落孙山了，依我儿的文才，不难考中，莫非主考官失了眼了，儿啊，你将墨卷取来，为父观看。

裴少俊　这个……儿在中途路上失落了。

裴行俭　怎么讲？

裴少俊　失落了。

裴行俭　好奴才。

（念“扑灯蛾”）

奴才作事太荒唐，太荒唐！

辱没我书香。

今日不管教，

日后脸无光。（打）

［裴福急上。

裴　福　让我去看看怎样了。

裴少俊　哎呀爹爹呀！

（唱“缕缕金”）

我含悲向，跪堂前。

文才不可强，

攻读实为先，

难道把亲儿腿打成飞片?

裴行俭 奴才,想我裴门世代居官,哪一辈不是满腹经纶,生下你这奴才,不求上进,岂不辱没我书香门第。裴福过来,将奴才关在后花园书房以内,将门锁上,每日三餐以外,不许与外人相见。(下)

裴　福 公子被打得怎样了?

裴少俊 今日若不是你解围,爹爹怎能干休。

裴　福 我看格顿生活是值得格嘘!

裴少俊 嗳,你这是怎么讲话。

裴　福 方才老相公说将你关在后花园书房里,将门锁上,除了三餐以外,不许外人相见,这岂不是成全仔你哉。

裴少俊 哈哈!喔唷……

裴　福 当心点。

[裴福扶裴少俊下。

第七场

[张千上。

张　千 (数板)老相公忒古板,
管儿子像囚犯,
都只为公子勿曾得官衔。
老相公一顿家法拿俚关起来,
书房门勿许开只许关,
关得公子蛮落胃,
书房里向做人家,

花园里向好自在，

少夫人，真贤慧，

养仔一胎又一胎，

里里外外侪晓得，

上上下下侪称赞，

只有我俚老相公，

困拉鼓里匆曾醒转来，

有朝一日穿崩哉，

老相公！我看耐那哼办来那哼办？

今日清明佳节，老相公命公子前去扫墓，方才已经禀明公子，不免回复老相公便了。（圆场）有请老相公。

裴行俭 张千，命你去唤公子，代我上坟扫墓，可曾去么？

张　千 公子即刻就去！

裴行俭 好，张千，看今日天气晴和，老夫意欲到花园闲步一回，以散心情。

张　千 老相公你刚刚好一点，花园里风大，还是不用去吧！

裴行俭 不妨事，你随我前往。

［裴行俭、张千下，启二幕，花园中。

［端端、重阳上。

裴　福 （内白）到落俚去？

重　阳 我们找梅香玩儿去。

［裴福上。

裴　福 哎呀，梅香到街上买花线去了。

端　端 我们找爸爸去。

裴　福 你的爹爹上坟去哉，跟我进去吧！

端端、重阳 不，我们要玩儿。

裴　福 你们要白相，我老老陪你们白相。

端端、重阳　我们来捉迷藏。

［两孩为裴福蒙眼捉迷藏。

裴　福　啊呀呀，我头晕哉，白相仔一息，你们里面去吧。你的妈妈在唤你哉。

［两孩下。

裴　福　方才在厨下喝了半壶黄汤，与他们捉仔一息迷藏，有点头重脚轻了，那旁有一石墩，让我打个盹儿，（坐墩打盹，端端、重阳悄步上，以柳拂其面，裴福醒）啊是哪一个？（见两孩）哎呀，你们怎么又来哉，还不快进去。（赶两孩入书房下）这两个小囡，真拿他们没有办法！

［两孩见裴福睡，复上，打裴福。

裴　福　又出来哉！快进去！（两孩下）正要打个盹儿，三番两次被两个小冤家闹醒，再若闹时，定要捉住他们，打他们的小屁股。

［裴行俭、张千上。

裴行俭　（念）心闲身自在，

春至景常佳。

张　千　老相公看格个花阿好看。

［裴福熟睡，被裴行俭看见。

裴行俭　青天白日竟在此打盹，成何体统！

［两孩上，见生人，站立游廊，裴行俭以杖击裴福，裴福拉裴行俭。

裴　福　我捉住哉！我捉住哉！看我打你小屁股。

张　千　（惊慌）哎呀！你睁开眼看看，是啥人？

裴　福　（发现是主人）哎唷！

端端、重阳　打得好，打得好！

［裴福见孩，焦急万状，张千同急。

裴　福　咳，你们闹什么？快出去！（推）

裴行俭　这两个孩儿是谁家的？

端　端　是裴家的。

重　阳　对啊，是裴家的！

裴　福　（惊惶）什么裴不裴的，再叫我就打！

裴行俭　且慢！（问孩）是哪一个裴家？

端　端　是裴尚书家的！

重　阳　是裴尚书家的！

裴　福　（急得跺脚）哼，谁不知道你们是裴家花园门外的野孩子，还不快走！

端　端　你骂我，我告诉爸爸妈妈去！

裴　福　（乘机抓住）你这两个小东西，采了我家的花木，还敢告诉哪个，再不走，我……

［小孩急避开。

裴行俭　我看这两个小孩，不像平常人家儿女。

［李倩君上。

李倩君　这两个孩儿不知往哪里去了。

端　端　妈呀！一个老头儿。

李倩君　哎呀！

（唱"转调货郎儿"）

　　接爹爹……

端端、重阳　妈妈这老头儿是谁？

李倩君　（接唱）正撞着你爷爷。（欲避下）

裴行俭　回来！这一妇人是谁家女子？快些讲来！

裴　福　老相公，那妇人折了两朵花儿，恐被老相公查问，故而藏在这里的。

裴行俭　咄，大胆奴才，还敢巧言搪塞，那一妇人还不从实讲来。

李倩君　（决意）公爹呀！

（唱）把因由细说，

我是你家的媳妇。

儿啊,快向前去拜见了你爷爷。

端端、重阳　爷爷!

裴行俭　(惊怒)嘿,你这妇人,口称媳妇孙儿,莫非是个疯妇!

裴　福　是呀,这妇人倒有点白痴的。

李倩君　并非疯妇,乃裴少俊之妻也!

裴行俭　这两个孩儿是谁人之子?

李倩君　乃裴少俊的骨血!

端　端　我早说是裴家的。

裴　福　老相公你不曾花过半分财礼,便得了这样一个标标致致的媳妇,粉装成的一双孙儿,应该欢喜,何必烦恼。

裴行俭　呸!原来这奴才瞒着我在花园中干得好事,就命你去到前面等这奴才回来,抓来见我!

[裴福无奈下。

裴行俭　(对李倩君)那一妇人,既称少俊之妻,是何人为媒?

李倩君　这……

裴行俭　讲!

李倩君　无人为媒。

裴行俭　谁人作主?

李倩君　自己作主。

裴行俭　你一无父母之命,二无媒妁之言,不是苟合,便是私奔,算得什么夫妻!

李倩君　啊!

(唱)恁道是无媒苟合太轻狂,

我是个宦家女,

知书达理在闺门养,

博得个一颗珍珠擎在掌。

裴行俭　你口称宦门之后，家住哪里？你父是谁？哼！看你言语支吾，定是个娼妓之流。

李倩君　啊呀！

(唱)竟道我是优娼，

何须讪谤！

裴行俭　我世代书香被你玷辱，若将你送到官府，奸盗淫邪少不得要问你一个徒杖之罪。

李倩君　啊呀咦！

(唱)恁道是玷辱了你世代书香，

恁道是送官府应遭流徒杖，

恁道是奸盗一样罪难当，

哎呀公爹呀！

裴行俭　嘿！

李倩君　(接唱)您忍心拆开同心连理、比翼鸳鸯。

裴行俭　哼，你枉坏了我孩儿前程，辱没了我裴家上祖。自古道，聘则为妻，奔则为妾，妾婢之流，最为下贱。我家哪有你这样伤风败俗之人，你你你还不与我快走。

李倩君　公爹呀，说什么聘则为妻，奔则为妾，我与少俊，成婚七载，与你裴家生下后代，续下香烟，难道还算不得妻子？你裴门既是官宦人家，书香门第，难道把糟糠之妻，有儿之母，任意挥逐门外？断了天赐姻缘？

裴行俭　这，也罢，你既口口声声道是天赐姻缘，我如今要凭天判断。

李倩君　何谓凭天判断？

裴行俭　你将发上玉簪取了下来，将玉簪向石上磨成了针，若是簪儿不折，便算天赐良缘。

李倩君　若是折了呢？

裴行俭　你便转回家去。

端　端　妈呀，他叫你磨这个干什么呀？

李倩君　哎呀儿啊！

（唱）你爷爷放刁放刁。

　　玉簪儿偏要变针梢。

（作磨状）细琢精磨，怎耐的敲！（簪断）

裴行俭　哈……

端　端　妈呀！你怎么把它弄断了？

李倩君　儿啊！

（唱）你爷爷太狡，

　　磨断簪儿免被人嘲。

　　好夫妻怎奈何，怎奈何！

　　哎呀难舍恩爱夫妻两处抛！（哭）

裴行俭　那一妇人，玉簪折断，看来是天绝姻缘。

李倩君　公爹呀，想这玉簪磨针，是千古未闻，这不是什么天绝姻缘。

裴行俭　是什么？

李倩君　是你公爹故意刁难而已。

裴行俭　嘿，我裴家世代忠厚，岂来刁难与你，张千！（张千应）去到书房将银瓶取来。

李倩君　要银瓶何用？

裴行俭　你将游丝，系住银瓶。向井中汲水，若是丝不断，瓶不坠，便容你在家。

李倩君　若是丝断瓶坠呢？

裴行俭　那就是天不容你。

李倩君　想这游丝，焉能系得住银瓶？你好刁难也！

(唱)俺虽是拼残生，

他也不动摇。

张　千　银瓶在此。

裴行俭　银瓶在此。

李倩君　(唱)啊，俺呵！

谁耐烦向井中把明月去捞！(摔瓶)

[裴少俊、裴福急上。

裴行俭　哈哈！你这妇人，如今簪折瓶坠，此乃是天要你夫妻分离，你还有何话讲？

裴少俊　爹爹！

裴行俭　奴才！(打裴少俊)

端端、重阳　爸爸！

裴行俭　大胆奴才，几年来你在花园之中干的好事，不必多讲，快快写下休书，休她回去。

裴少俊　这……

裴　福　哎呀老相公呀！想公子与少夫人夫妻做仔七年哉，怎么叫公子写休书？千不看，万不看，看在两个孙儿份上。有所说，生米煮成熟饭。老相公你高抬贵手，饶过了他们吧！

裴行俭　老奴才，都是你帮他们干的好事，干的好事呀！(打裴福)张千取笔砚过来。

裴少俊　啊呀！

(唱)啊哈他，他教我写休书魂飞魄荡，

满腹中有千言一时难讲。

我只得惊惊恐恐悲悲切切战战兢兢委委曲曲去求爹相谅。

爹爹呀！想孩儿与小姐成婚数载，如今又生下两个孩儿，若是将她无故休弃，叫孩儿置身何地？叫小姐何以为人？

裴行俭　呀呀呸！你二人分明是苟合，怎道无故休弃，还敢替她求饶吗！

李倩君、裴少俊　（同唱）只哭得夫妻儿女泪如雨降，

生逼散一家骨肉流离飘荡。

裴少俊　爹爹！看在两个孙儿份上，将小姐留下了吧。

裴行俭　不必多言，快快与我写！（丢笔）你敢是不写？

裴少俊　爹爹开恩。

裴行俭　也罢，张千将这妇人，送到州司衙门，问她个徒杖之罪。

裴少俊　孩儿愿写。

裴行俭　快写……写……写……

［裴少俊欲写。

裴行俭　且慢，你要写“无媒苟合，已违三从之德；淫奔贱女，怎作宦门之妇？立此休书，永断瓜葛”。

裴少俊　……写

（唱）没奈何假意允从，

忍泪修书，

暂作一个薄幸郎。（休书写完）

裴行俭　就命你即日上京应试，若得功名，回来见我，如若不然，要你的狗命！张千命你送这奴才，即刻上京，不许停留。

张　千　公子走吧！

［裴少俊走。

端端、重阳　爸爸！

裴少俊　啊呀小姐呀！今日之事，你心中定然明白，后会有期，你要保重了。（拱手下，两孩哭叫）

李倩君　裴郎。

［张千拉裴少俊下，李倩君随之。

裴行俭　回来！我儿已经将你休弃，休书在此，裴福交付于她。还不快走，

还不与我走。

李倩君　叫我走，我就走。(领两孩走)

裴行俭　且慢，两个孩儿是我裴家骨血，焉能任你带走！(夺两孩，裴行俭踢倒李倩君。裴行俭与两孩同下)

［梅香上。

李倩君　娇儿！

(唱“尾声”)

看着那端端哭叫重阳孩，

到如今夫妻儿女两分开。

梅　香　这个老头儿既是这般无情无义，我们回洛阳去吧！

李倩君　我已出走，决不回头。

梅　香　如此我们到哪里安身？

裴　福　不妨事，这里城外有座清虚观倒也清静。少夫人且到观中暂住一时，等公子回来，再图相见吧。

李倩君　(接唱)我那老人家，

我这一双儿女，要你好看待。

裴　福　老奴晓得，少夫人放心好了。

梅　香　小姐走吧。(扶李倩君下)

［裴福伤感地同下。

第八场

［李世杰冠带上。

李世杰　(念引)蒙恩开复承知遇，

又挣得春闱主试老尚书。

(诗)取士得奇才,

反教添闷怀,

掌珠随盗去,

难望雀屏开。

老夫礼部尚书李世杰,蒙恩开复原官,主考春闱,新取状元裴少俊,才华出众,相貌超群,当初我女儿倩君,若不随狂徒逃走,今日岂不是一个现成的状元女婿!

[乳娘暗上。

乳　娘　启禀老爷,方才新科状元差人送来名帖,少时前来拜见。(李世杰叹气)啊老爷见了此帖,为何烦闷?

李世杰　乳娘哪里知道,老夫新取状元绛州裴少俊,一表人才,少时就要前来拜谒,我有意招他为婿,怎奈我的女儿已随那狂徒逃走了。

乳　娘　哎,想小姐若在,只怕已嫁与杜府了。

李世杰　嗳,杜公子早已亡故,还提杜府作甚?(叫头)狂徒啊,狂徒,天若有眼,有朝犯在老夫的手内,定要将你碎尸万段,方消老夫心头之恨。

[院子上。

院　子　启禀老爷,众位门生老爷,前来拜谒座师。

李世杰　内中可有新科状元?

院　子　这倒无有。

李世杰　如此,少时状元到来,请至内书房待茶,就说老夫即刻就来。(院子下)将众门生请到花厅相见。

[院子引李世杰下。

乳　娘　想小姐自从随那少年逃走之后,已经七年。咳,如今也不知她生死存亡,方才老爷忽然提起,好不想煞人也!

[院子内白:"状元公到!"

乳　娘　状元公来了，待我回避，且慢，方才老爷言道新科状元姓裴，又是绛州人氏，莫非……待我躲在门外偷觑偷觑！

［院子内白："状元公随我来！"引裴少俊冠带上。

院　子　我家老爷在花厅会客，少时就来，请状元公少待。

裴少俊　好奇怪呀，他知我今日前来，登门拜谒，为何把我冷淡起来，（想，焦急）莫非他已知道墙头马上之事么？这……

［乳娘上，偷看，先觉面熟，再看，认准，进门。

乳　娘　啊裴公子。

裴少俊　（大惊）你……

乳　娘　我就是倩君小姐的乳娘，难道你忘了吗？

裴少俊　这……

乳　娘　那日开了花园后门放你夫妻双双逃走之人，难道不认识了么？

裴少俊　哦，原来是妈妈！

乳　娘　啊，状元公，我家小姐怎样了？

裴少俊　小姐么？（又不好说出休弃之事）

乳　娘　是呀，我家小姐……

［李世杰上，听见提到小姐惊疑地进门。

裴少俊　啊，恩师。

李世杰　啊！乳娘你怎么认识状元公呢？

乳　娘　这……

李世杰　（疑到李倩君身上）为何提起小姐，还不快讲！

乳　娘　哎呀老爷，你道他是何人？

李世杰　谁不知他是新科状元啊！

乳　娘　呵，新科状元是他，带了小姐逃走的也是他！

李世杰　啊！（意外惊怒，目视裴少俊）

裴少俊　门生该死！（跪）

［李世杰一见裴少俊，意欲发作，二看乳娘。

乳　娘　老爷，这个现成的状元女婿还不认了下来么？

李世杰　咳，我今日也骂狂徒，明日也骂狂徒，不想这狂徒……

乳　娘　还不拜见你岳父。

裴少俊　哦，是是是，岳父在上，小婿大礼参拜。（拜）

李世杰　贤契请起。

（唱“短拍”）

喜女儿自择人家，

状元郎个个争夸，

眼力不差，

眼力不差。

裴少俊　（接唱）到如今翁婿一家。

早知今日，

何须惊怕。

啊，岳父大人，小婿蒙恩除授洛阳知府，即日上任，就此拜辞。

李世杰　且慢，贤婿可是先回绛州？

裴少俊　正是先回绛州，后到洛阳。

李世杰　贤婿见了令尊，就说老夫不日去到绛州会亲。

裴少俊　这个……小婿遵命，就此拜辞！

［乳娘暗笑下。

裴少俊、李世杰　（同唱“合头”）

辞玉陛试罢归衙，

琼林宴万株花。

［李世杰下，裴少俊出门，圆场，四青袍两边上。

裴少俊　啊呀且住！适才岳父言道，他不日去到绛州会亲。只是倩君小姐已经不在我家，他若来时，叫我何言答对？不免赶回家去，与爹爹商议便了。左右，带马绛州去者！

［青袍领下。

第九场

［端端、重阳拉住裴福上。

端　端　老公公我们要到花园里去。

裴　福　（唱“侥侥令”）

失母儿啼哭，

思儿母惨凄。

端端、重阳　老公公，我们要去。

裴　福　到落俚去？

端端、重阳　你带我们上花园里去。

裴　福　这样大的太阳，到花园里去做什么？

端端、重阳　找我妈去。

裴　福　哎呀，你妈妈不在花园里了。

端端、重阳　在哪儿呀？带我们去吧。

裴　福　好小囡，不要吵，随我进来。（携孩）乖些我把糖与你们吃。

［端端挣脱手向外跑，裴行俭上，端端退回。

裴　福　乖小囡，你乖点，你们老爷爷是要打的。

端　端　打我也要去。

裴行俭　他们要到哪里去？

裴　福　要到花园里去。

裴行俭　花园中倒也不妨，带他们去吧。

裴　福　哎呀，花园里去不得。

裴行俭　为何去不得？

裴　福　两个小孩到了花园，就这样哭哭啼啼，要他们的亲娘啊。

裴行俭　哼！（向两孩）你们再若吵闹是要打的。

裴　福　（拦住）老相公，小囡要娘，也是常情。你老大年纪，对小囡发啥个威。（拉两孩下）

［张千上。

张　千　启禀老相公，公子转来哉！

裴行俭　哦，公子回来了，中了无有？

张　千　公子中仔状元哉。

裴行俭　吩咐鼓乐相迎。

张　千　鼓乐相迎。

［裴少俊冠带上见父。

裴少俊　爹爹在上，待孩儿大礼参拜。

裴行俭　我儿中了状元，不拜也罢。

裴少俊　哪有不拜之理！正是：

（念）荣归乡里拜严亲，

　　拜谢谆谆教养恩。

裴行俭　（念）只为宏才动天子，

　　顶冠束带耀门庭。

［裴福引两孩上，远远地高叫。

端端、重阳　爸爸，（裴少俊一惊）我们要妈妈！（到裴少俊身边跪下）

裴行俭　我儿得中回来，乃天大喜事，这样哭哭啼啼成何体统！裴福将这两个孩儿领到后堂，免得在此打扰。（裴福犹疑未行）还不快去！（裴福无法，领两孩下）儿啊，今日衣锦荣归，为何这般愁闷？

裴少俊　只因两个小冤家，哭哭啼啼要他的亲娘，叫孩儿也无计奈何。

裴行俭　这又何难，待为父与你另选高门贵女，与你婚配就是。

裴少俊　高门贵女？

裴行俭　是啊！

裴少俊　请爹爹不劳费心。

裴行俭　却是为何？

裴少俊　孩儿此番赴罢琼林之后，那恩师大主考，定要将他女儿许配与我。

裴行俭　（喜悦）嗄，有这等事，我儿可曾应允？

裴少俊　孩儿不敢应允。

裴行俭　为何不允？

裴少俊　只因尚未禀明爹爹，若是允了，岂不是不告而娶，罪莫大焉。

裴行俭　这，但不知那恩师大人姓甚名谁。

裴少俊　他乃唐室宗亲。

裴行俭　喔，唐室宗亲，啊呀，既是唐室宗亲，一定是姓李了，不知是官居何职？

裴少俊　现任礼部尚书。

裴行俭　礼部尚书，嗄，原来是李世杰李尚书。他与为父同朝为官，这正是门当户对，可称天赐良缘。

裴少俊　依孩儿看来，不是什么天赐良缘。

裴行俭　是什么？

裴少俊　乃是大祸临头。

裴行俭　我儿何出此言？

裴少俊　爹爹呀！

（唱“铧锹儿”）

你慢欢喜，事蹊蹊，

这临头大祸，

只怕轮到自己。

裴行俭　儿啊，哪一个大祸临头？

裴少俊　还有哪个，就是孩儿。

裴行俭　哎，我儿是新点状元，天子门生，只有鹏程万里，哪有大祸临头。

裴少俊　哎呀爹爹！你可晓得被我家休弃之人，她是哪个？

裴行俭　她乃寒门贱女，早已休弃，提她作甚。

裴少俊　爹爹，这一休，就休出事来了。

裴行俭　休出什么事来？

裴少俊　她就是李尚书之女。

裴行俭　嗄！（惊）

裴少俊　那李尚书即日要来会亲，我家已将小姐休弃，他若来时，怎肯干休，岂不是孩儿的大祸临头。

裴行俭　这个，（着急，忽又假作镇静）想先前你不该把她休了。

裴少俊　先前……

裴行俭　是啊，岂不是你错了！（瞪眼说瞎话）

裴少俊　（被逼无奈）是是是，孩儿错了。

裴行俭　既然如此，只有你亲自前去向她赔礼，接她回来团聚啊。

裴少俊　要孩儿前去吗？

［裴福暗地摇手。

裴行俭　是啊！

裴少俊　咳！

裴行俭　敢是你不愿前去？

裴少俊　非是孩儿不愿前去，那李倩君性情顽强。孩儿去么，只怕也是枉然。

裴行俭　难道说要我亲自前去不成？

裴　福　看起来只好老将出马哉。

裴行俭　也罢，为了我儿的前程，待为父亲自前去，裴福随我来。

裴　福　到落俚去？

裴行俭　这……是啊，你家少夫人，自从那日出门之后，不知她在何处安身。

裴　福　你问她吗？

裴少俊　是啊，她在何处安身？

裴　福　就在城外清虚观。

裴少俊　清虚观！（忽然着急）难道她出了家么？

裴　福　公子勿要着急，她还勿曾出家。

裴行俭　是啊，状元夫人哪有出家之理。裴福吩咐外厢打轿迎接少夫人去，正是：

（念）阖家欢喜庆团圆。

裴　福　（接念）今朝看伊团团转。

［裴行俭、裴福同下。

裴少俊　且住，那倩君小姐的脾气，我是晓得的，虽然爹爹前去，她未必肯回，我不免随后赶去便了。张千，外厢带马，往清虚观去者。（下）

第十场

［裴福上。

裴　福　哈哈，格末真正是桩笑话哉！前三个月拿少夫人赶出去，后三个月又要去接她回来，自己晓得有点难为情……哈哈！自己钻在客堂里，勿敢进来，倒说要我老老先去通报。哈哈哈！

［梅香闻笑声溜上。

梅　香　哦！原来是老公公来了！

裴　福　是我哇！

梅　香　你为何一个人自说自笑啊？

裴　福　我么？心里想想好笑么自然要笑格。

梅　香　什么事？快讲吧！

裴　福　就是不讲把你听。

梅　香　我一定要你讲！（扭住裴福）

裴　福　我就是勿讲。

梅　香　快讲！（扭）

裴　福　勿讲。

［李倩君上。

李倩君　梅香！（梅香撒手）为何这样顽皮？

裴　福　少夫人。

李倩君　老人家来了，端端、重阳两个孩儿可好？

裴　福　两个孩儿么，好，好，再好呒不哉，哈哈，哈哈！

李倩君　老人家为何这般欢喜？

梅　香　小姐，他笑了半日了。我问他笑什么，他只是不肯讲。

裴　福　看见你么不讲，看见仔少夫人么就会讲格。

李倩君　老人家你要讲什么？

裴　福　恭喜少夫人，贺喜少夫人。（拜）

李倩君　想我夫离子散，身居观中，还有什么可喜可贺之事？

裴　福　现在是勿会夫离子散哉！

李倩君　此话怎讲？

裴　福　少夫人有所不知，我家公子中了状元回家来了。

李倩君　（喜）哦！他……

梅　香　哎呀小姐，这一下就好了！

裴　福　是啊，这岂不是可喜可贺！

李倩君　(忽又沉下脸)他中他的状元,与我何干!

梅　香　是啊,他已把小姐休了,还管他什么状元状方的!

裴　福　老相公在外头预备接你回去呢!

李倩君　(变色)我乃被他家休弃之人,何用他来!(归座)

梅　香　是啊,何用他来!(回身)

裴　福　(自白)对格,老相公当初忒也绝情,今朝也应该让他碰碰钉子!(想)有拉里哉。(向内)喂!老相公!

［裴行俭大摇大摆上。

裴行俭　裴福可曾见过你家少夫人?

裴　福　见过哉。

裴行俭　(急于要知李倩君态度)哦,她知道我来了么?

裴　福　晓得,晓得。

裴行俭　可曾讲些什么?

裴　福　勿曾说啥,就说请你进去。

裴行俭　是呀,她乃名门闺秀,知书达礼,知道我来了,自然要相请的。待我进去,啊贤媳在哪里……

梅　香　(当门叉手而立)你是哪里来的?

裴行俭　啊!怎么连我都不认得了?快去通报你家小姐。

梅　香　嗯,你等着吧!(返身不理)

裴行俭　(自己下台)裴福你就说我来了。

裴　福　是哉,老相公来哉。

裴行俭　(上前一步)啊贤媳……

李倩君　我道是谁,原来是老……(裴行俭注意)尚书。

裴行俭　哎!一家人为何这样相称!

李倩君　到此何事?

裴行俭　哦!贤媳有所不知,我儿少俊得中状元回府,特来与贤媳报喜来了。

李倩君　你的儿子中了状元，与我报什么喜来？

裴行俭　贤媳说哪里话来！有道是夫荣妻贵，怎说不喜？裴福，吩咐将轿子搭了进来，少夫人就要回府了。

李倩君　且慢！

（唱）怎当得老尚书，

玉步亲劳。

裴行俭　贤媳，我是特来接你回府的。

李倩君　我若回去，岂不枉坏了你儿子的前程？辱没了你裴家的上祖？你家世代书香，哪有我这样无媒苟合、伤风败俗之人。

裴行俭　唳，说什么无媒苟合，想这女貌郎才，两情相悦，成就百年之好，古来就有。

李倩君　哦，古来就有？倒要请教。

裴行俭　这……（想）想那韩寿偷香，贾充不以为罪；文君夜奔，后世传为佳话。贤媳此举，实有古人之风！哈哈哈哈！

李倩君　只怕是娼妓之流，少不得要问个徒杖之罪。

裴行俭　言重了！

李倩君　（接唱）想当初罪难当，

痛骂我是娼妓之流，徒杖难饶。

裴行俭　裴福，这话哪一个大胆讲的呀！

裴　福　我也勿晓得啥人这样大的胆子呀！

裴行俭　胡说！（斥裴福）贤媳说哪里话来，想我儿状元及第，得配你唐室宗亲，尚书爱女，乃是天赐姻缘。

李倩君　真正的令人可笑！

（接唱）闻言令人笑，

教人恼，

怎忘了玉簪儿磨针两断了？（向头上拔簪示意）

裴行俭　唳，想这玉簪儿非金银可比，怎能磨成了针。裴福，这不是笑话么？

裴　福　笑话多得势笃！

李倩君　着啊。

（接唱）怎忘了游丝系银瓶，

坠井难捞？

裴行俭　游丝儿焉能系住银瓶，这是一句笑话。

裴　福　赛过在溜白相。

裴行俭　贤媳乃我家之人，快快回家去吧！

李倩君　哪个是你家之人，难道你忘了当初……

裴行俭　忘了什么？

李倩君　立此休书，永断瓜葛……

（接唱）你那满纸上写画着一行行火辣辣的圣贤大道，你那满胸中蕴藏着恶狠狠的秽根苗。

裴行俭　贤媳，已往之事，何必重提？

李倩君　哎！

（唱）罢罢罢老尚书你免开尊口，

纵然你舌敝唇焦（撕休书）也枉费心劳！（拂袖而下）

［梅香同下。

［裴福故意捡起地上撕破休书要走。

裴行俭　裴福，你拿到哪里去？

裴　福　我去寻张纸把它补好仔。

裴行俭　唉，无用之物，补它作甚？

裴　福　作兴下次老相公要，还好用用哇。

裴行俭　放屁！还不退下。

［裴福退避暗笑，出门。

［裴少俊上。

裴少俊 爹爹。

裴行俭 我儿来得正好，快快进去夫妻相见。

裴　福 公子来得正是当口。

裴少俊 什么当口？

裴　福 老相公弄勿落哉，只好溜之大吉。公子快点进来吧！

裴少俊 慢来，小姐敢是生着气么？

裴　福 像煞有一点。

裴少俊 哎呀，这便如何是好！

［梅香偷听。

裴　福 你同你老子两样格，勿碍格，进去吧，我去看看老相公在做啥。（下）

梅　香 （昂头当门而立）进来的是哪一个？

裴少俊 梅香，是我啊！

梅　香 哦，原来是裴家公子，（看）你今日头插金花，身穿红袍，怎么还想得起我们小姐呀？

裴少俊 梅香你错怪了我了，小姐现在哪里？

梅　香 小姐在烧香念经，不许闲人打扰！（开玩笑地）

裴少俊 唗，怎么把你家姑老爷当起闲人来了，你闪开吧。（推开梅香）娘子！（望）娘子！（两望）

梅　香 （故意）小姐，公子来了，你不要理他。

裴少俊 哎呀，娘子啊！（上前抚慰，示意梅香溜出房，梅香下）今日相逢，为何一言不发，敢是你还见怪与我。

李倩君 （唱）我只说生死同心鸾凤交，

感谢你写休书，我多承教。

裴少俊 小姐，那休书乃是爹爹再三逼迫，并非我的本心，如今我父口口声声称道你是贤德媳妇，娘子你今日扬眉吐气了。

李倩君 （唱）我不是贤德媳妇。

裴少俊 何出此言？

李倩君 （唱）你算得怯懦夫曹！

裴少俊 （唱）你肯把墙头马上深盟抛？

往事如烟你宽恕饶。

［梅香笑，裴福手携端端、重阳上，两孩悲呼。

端端、重阳 妈呀！

李倩君 （唱）我那朝思暮想的亲儿呀！

看双双儿女把亲娘叫，

禁不得消愁解怨，

裴少俊 （接唱）破涕为笑。

娘子我们回去了吧！

端端、重阳 妈妈回去吧！

裴　福 少夫人回去大团圆哉！

李倩君 回去了吧！

（合唱）墙头马上传佳话，

留与后人谱好词。

［剧终。

（1959年演出本）

昆剧

钗头凤

编　剧

郑拾风

作者小传

郑拾风(1920—1996),男,四川资中人。曾任中国作家协会会员,中国戏剧家协会会员。新中国成立后,历任上海《新闻日报》《解放日报》副总编辑,评论员。

人物表

陆　游　陆　安　唐蕙仙　翠　红　赵士程　狄　英　李　贵　李　春

兰　香　罗玉书　陆　母　静　因　沈逸云

序　幕

［大幕拉开。

［纱幕后。沈园景色。陆游在台上。

［纱幕上出现《钗头凤》。音乐声中，转暗。

第一场　菊　宴

［宋高宗绍兴十五年秋。

［山阴沈园“亦可小休”轩前。

［幕启：李贵捧酒坛上。

李　贵　（唱）一夜秋风遍地黄，主人好客下人忙，他们吟诗多风雅，何人吟唱我灌园郎？

［兰香捧盆菊上，李贵迎上接过。

李　贵　呵呀，兰香！你身怀有孕，要小心了。

兰　香　不要紧的。（见酒坛）

兰　香　贵哥，今日老爷启封名酒，必有贵客。

李　贵　你猜着了。今天老爷请的是陆游夫妇。他们是山阴城鼎鼎大名的一对诗人才女呵！

（内呼：“陆公子到”！）

李　贵　兰香，你速去报与老爷，我在此等候了。

［陆游，唐蕙仙携手上。

陆　游　（唱“步步娇”）

　　春波桥秋水微微浪，

　　人儿影相傍，

　　桥上下，两鸳鸯。

陆　游　（接唱）禹寺钟鸣，碧空回响。

蕙　仙　（唱）打乱了雁一行。

陆　游　（白）蕙妹，你看这沈园真是别有洞天呵。

（唱）听，菊丛里促织儿纵情唱。

蕙　仙　（唱“醉扶归”）

　　人道香幽幽袭人的木樨花强，

　　我爱洁白白荷花美无双！

陆　游　（唱）卿和我都不爱浓妆爱淡妆！

蕙　仙　（唱）这大好秋光宜吟唱，

陆　游　（唱）沈氏园素手美酒共飞觞。

蕙　仙　（唱）呀！风过处无边落叶萧萧降！

李　贵　小的李贵，迎接陆公子、少夫人。

陆　游　罢了，你家主人呢？

李　贵　现在后园，少时就来迎接。

蕙　仙　听你口音，不像本地人氏。

李　贵　小的汴梁人氏。

陆　游　蕙妹，真是“亲不亲，故乡人”。一听口音，你就找到乡亲了。李贵，你到山阴几年了？

李　贵　靖康元年，金兵攻打汴梁，小的正满周岁。全家南逃山阴，已有二十年了。

蕙　仙　务观，李贵不但与你同庚，也与你命运相同呵！

李　贵　小的怎敢与公子相比?

陆　游　哎,同是天涯沦落人,怎么比不得?李贵,你也想回汴梁么?

李　贵　收复中原,回故乡,正是小的日夜所盼,只是朝廷一味求和,只怕北归无望了!

陆　游　这个……

李　贵　我家主人来了!

［沈逸云、赵士程、罗玉书上,兰香随上。

陆　游　呵,逸云兄,辱蒙宠召,不胜感激。

沈逸云　贤伉俪惠然前来,小园生辉。

陆　游　(亲热)士程兄你我也多日不见了!

(指罗)这位世兄是?

沈逸云　罗御史的公子罗玉书!

陆　游　哦!(讽刺)久闻大名了!

罗玉书　我是不请自来的。家父与你岳父还是世家。日前,家父来信说,他已向秦丞相极力推荐,并下诏江陵,请你岳丈入京议事哩!

陆　游　有这等事么,陆游尚无所闻。

蕙　仙　我父隐居江陵多年,已惯于清闲,恐难应诏前往。

罗玉书　那万岁爷的诏书是推辞不得的。陆兄,家父爱才如渴,吾兄此次进京投考,何妨前往一见,如蒙家父荐与秦丞相,吾兄前程无量也!务观兄你看如何?

陆　游　陆游生性鲁愚,不识抬举,是会有负厚望的呵!

沈逸云　请诸位入席欢叙吧!(就座)

沈逸云　略备薄酒,为务观兄饯行。今科魁首,舍君其谁?来,弟等共敬一杯!

陆　游　沈兄过誉了,与诸公共饮一杯吧!(众饮酒。)

赵士程　列位仁兄,恋这名花佳酿,岂能无诗。请哪位先来一首?

罗玉书　（咳嗽）小弟不揣冒昧，就来个“毛荐自遂”吧！

沈逸云　玉书兄，我看“毛荐自遂”，不如“毛遂自荐”吧！

罗玉书　“毛遂自荐”也吧，“毛遂自荐”也吧，鄙人这个丑是献定了。

（念）

丹桂花开菊花黄，

主人斟酒我先喝，

举杯遥祝秦丞相，

天下太平全靠他。

沈逸云　难得呀难得，玉书兄做的诗，

不拘平仄，不按韵律，

顺口成诗，真乃是千古绝唱矣！

陆　游　更难得者，好一个“天下太平”！

罗玉书　此话怎讲？

陆　游　二圣蒙尘，万民涂炭，靖康之耻未雪，罗兄眼中竟然天下已太平了。

罗玉书　这个……

赵士程　这就叫做言为心声，这一个“天下太平”可把罗叔玉……

沈逸云　列位，我们还是来作诗吧！

蕙　仙　蕙仙不才，愿以一小诗奉上。

沈逸云　好！兰香，笔墨呈上。（蕙仙提笔赋诗，交与陆游）

陆　游　（念）

北望中原泪满襟，

王师何日荡胡尘？

红妆妄论兴亡事，

蹈海鲁连不事秦！

沈逸云　好诗！好诗！

罗玉书　好什么好！哼！这“不事秦”，分明是当朝秦丞相心怀不满。那鲁连是什么人？叫他出来一见！

赵士程　想此秦的秦乃秦国的秦，非是你丞相那个“秦”，至于鲁连这个人么，倒是有的，可惜早在一百年前就死了。

罗玉书　哦……

沈逸云　列位，我们还是请务观兄，再来一次妇唱夫随吧！

陆　游　陆游遵命！

（挥笔）

萧瑟秋风又一年，

中原北望气如山……

（李贵啼哭）

沈逸云　胆大李贵，为何在贵客面前哭哭啼啼。

李　贵　（下跪）

小的该死！

兰　香　老爷息怒，李贵今日有病。

陆　游　我看李贵流亡江南二十年，病在思乡。他与我夫妇命运相同，陆游借主人之酒来！

来来。我们同干一杯。

李　贵　（跪饮）谢公子！

（陆安上）

陆　安　公子、少夫人，江陵唐大人派人来了。

陆　游　有请！

（陆安下）

狄　英　（上）公子、小姐！

陆　游　匆忙到此有何贵干。

狄　英　狄英身受重托，带有万金家书，故而匆匆而来。

罗玉书　务观兄。江陵的佳音不是已经来了么？

陆　游　闻说岳父答应奉旨去京，可有此事？

狄　英　公子听何人所言？

罗玉书　这好消息么，是鄙人……

狄　英　（同陆）他是何人？

陆　游　他就是当朝罗御史之子。

狄　英　（怒）

你那狗父呵，

（唱“收江南”）

在朝中食君禄附奸党，
暗地里通金邦害良将。
黑刹神偏长副罗汉相，
笑嘻嘻掩不住凶刀亮。
他、他，他江陵下网，
诱唐公上当！
你啊！你也投错胎，
我看，
任找个猪狗爹比他强，
猪狗爹比他强！

罗玉书　尔等骂朝廷命官，该当何罪？

陆　游　这“是非自有公论”！

赵士程/沈逸云/唐蕙仙　“公道自在人心”！

罗玉书　哈。原来你们都是一伙。陆游，你这小子当心了！

（下）

沈逸云　罗玉书一去岂能善罢甘休，这是如何是好！

陆　游　狄爷不如到寒舍暂避一时。

赵士程　不可。陆年伯去世之后，府上已非年伯从政时可比。

不如住在我家，凭这一个“赵”字，谅他奈何不得。

狄　英　列位不必费心，我今日还须赶往临安。唐大人在我临行之时，托我带来宝剑一口，赠予陆公子，还有凤钗一支，家书一封，面交小姐。

蕙　仙　我爹爹接诏之后有何打算？

狄　英　唐大人再三辞诏，不获允准，终日闷闷不乐。何日起程，他说小姐看信以后自然明白。

陆　游　（接信念）凤钗诗：骨何铮铮，光何灿灿，爱心永固，宁折不弯！我岳父他、他、投江自尽了！

（众震惊，悲声中落幕）

第二场　钗　祸

［次日拂晓前。

［陆游书斋。

陆　游　昨日突闻岳父惨死噩耗，我和蕙仙悲痛欲绝。

回到家中，又不敢向母亲说明，怎奈今天正是母亲四十大寿。

怎能让她伤心，只得强颜欢笑，瞒过了今日再说。蕙仙为此日夜悲啼。我再三劝慰，她才迷糊睡去，唉！

（抚案上宝剑）国恨家仇，好不悲愤人也！

（唱“点绛唇”）

重重恨紧锁双眉，

恨朝廷昏聩，

用秦桧国运艰危。

挑灯看江陵剑难抑伤心泪！

（舞剑）

蕙　仙　（披衣上）务观，你，一夜未睡么！

陆　游　你，你，你看你自己呵！

（唱“混江龙”）

一夜显瘦减腰围。

眼圈儿深深陷愁玉蛾眉，

偷插朵白花更憔悴。（鸡鸣）

蕙　仙　天哟，今日乃是姑母娘寿辰，我这家门不幸的儿媳，不敢戴重孝，不敢哭一声。

（唱）

怕的是触犯萱围，

反倒要对镜簪花敷脂粉，

强忍悲痛，把笑影脸上堆。

陆　游　（唱）

泪眼看好蕙妹，

空悲戚千言难慰，

（白）你且摘下这白花。

（为蕙仙递过凤钗）

暂且戴上这凤钗吧！

蕙　仙　哎，我一见此钗，爹爹生前音容笑貌历历在目了！

（唱“油葫芦”）

十九年凤钗与父长相随，

娘遗物，他陪珍贵，

每见他半夜捧钗双泪垂，

在江陵，他结庐深山身引退，

忠奸明白分泾渭，

谁料想，魔爪不饶人，

老父成新鬼。

只留下我可怜弱女，

人世间苦受罪！

陆　游　蕙妹！你乃母亲嫡亲侄女，何来受罪之忧？

（为蕙仙插上凤钗）

陆　安　（急上）公子，老夫人急匆匆赶到此处来了！

陆　游　这是为何？

陆　安　老夫人还未起身，那白衣庵静因师太就来了。老奴在窗外细听到，那尼姑奉了罗玉书之命，前来打听狄爷下落的。公子、少夫人，你们要小心了。

［陆安下，翠红引陆母、静因上。

陆游/蕙仙　孩儿给母亲拜寿，祝母亲福寿安康。

（跪）

陆　母　罢了！（陆、蕙起立，哑默）

陆　游　静因师太你来得早哇！

静　因　大施主四十大寿，贫尼能不早到？

陆　母　游儿，你昨天在沈园闹些什么？

陆　游　昨日沈逸云设宴为儿饯行，母亲你是知道的。

陆　母　哼！

（念）风风雨雨满山阴

男女混杂乱纷纷。

酗酒胡闹暂不论，

江陵来了什么人？

蕙　仙　母亲见过此人，他叫狄英。

陆　母　现在何处？

陆　游　匆匆而来，他已走了。

静　因　这么匆忙就走了么？

陆　游　他有要务在身，不愿停留。

陆　母　这家伙实在可恨。为何惹是生非，出口伤人，得罪了罗公子？

静　因　不是我出家人多嘴，狄英怎么也不该辱骂当朝罗御使啊！

陆　母　蕙仙，你那父亲也好生古怪。既不愿同流合污，为何又前往临安？

蕙　仙　母亲，外间传闻不实。

陆　母　你且讲来。

蕙　仙　待母亲寿诞之后，儿媳一一陈述。

陆　母　揣一只闷葫芦，过什么生日？你有话就讲。

陆　游　蕙仙确有难言之痛。

陆　母　她有难言之痛，你来讲！

陆　游　我……这！

静　因　贫尼在此不便，我先告辞！

陆　母　师太，你是我贴心人，你不能走。我听，你也听！

陆　游　母亲……

蕙　仙　母亲，爹爹为人母亲是知道的。他怎会身附权奸，随波逐流？

陆　母　不随波逐流，又怎么样？

蕙　仙　为表明心迹他将宝剑、凤钗，交于孩儿……

陆　母　是何意啊？

陆　游　那剑么？望孩儿闻鸡起舞立志报国。

蕙　仙　那凤钗，望孩儿自珍自重。

陆　母　那钗在何处？

蕙　仙　儿媳头上插的就是。

陆　母　如此珍贵宝钗，不好生收藏，你戴它做甚？

蕙　仙　为母亲祝寿。

陆　母　我倒要鉴赏鉴赏，（陆游拔钗交给陆母，陆母见钗怒形于色，强行压抑）游儿，你看如何？

陆　游　精致绝伦，稀世之珍。

陆　母　稀世之珍？稀世之珍！早不来，迟不来，赶在今日送它来；你早不戴，迟不戴，选在今日头上戴，好气人也！

（唱"鹊踏枝"）

我早怀疑言辞闪烁意为何，
此利剑直刺我心窝内。
怨当年慈命难违，
气短心摧，
谁料想二十年后又来作对，
挑起这事端，其能怨谁？

（白）给我砸碎！

陆　游　砸碎？

静　因　老夫人为何生这么大的气啊！

陆　母　你哪里知道，这凤钗本是老母遗物，原说是留给老身，后来蕙仙她娘过门，在老母面前骗去此钗，我反背了个刁钻小姑的恶名声。当年我曾发下誓言，今生今世，不愿再见此钗，有钗无我，有我无钗。想不到今日……我真恨啊！

陆　游　母亲听说孩儿一概不知，你不欢喜，蕙仙不戴也就是了。

蕙　仙　请母亲息怒，儿媳不戴就是了。

陆　母　陆游，你幼读孔孟，知书识礼，我且问你，何谓"孝"？

陆　游　善事父母曰"孝"！

陆　母　何谓"顺"呢？

陆　游　“顺”者从也。

陆　母　好！你要做孝子，就照为娘去办；你要钗么，也好办……

陆　游　母亲有何训教？

陆　母　远走高飞，离开家园！

蕙　仙　务观，你就依娘……

陆　游　蕙妹，你……（忍痛摔钗）

陆　安　（上）启禀老夫人，张府、李府、赵府、钱府送来礼仪。各家宝眷随后就到。

静　因　老夫人快到客堂去吧！（鼓乐大作）

陆　母　老爷，你撇下老身好命苦啊！（翠红、静因扶下）

陆　安　请公子、少夫人迎客去吧！

陆　游　（示意陆安下，拾起断钗，与蕙仙抱头痛哭。）

（合唱）

钗可断，爱难催，

苦儿女，永相偎！

第三场　逼　休

［当日傍晚。

［陆母佛堂。

［幕启，翠红安置香烛后下。

陆　母　（跪伏祈祷）献上三炷香，菩萨降吉祥，保我儿青云直上，保我家太平安康。

（静因上）

静　因　奉了罗府命，照计来施行。凭我三寸不烂之舌，我闹他个家犬不宁。可笑这老夫人，错把我灾星当贴心。（见陆母施礼）哎呀，老夫人，今天府上这样大的场面，贫尼大开眼界了。

陆　母　早上怄了一场气，再热闹的场面，也是枉然。

（翠红捧茶上）公子和少夫人呢？

翠　红　他们累了一天，回房歇上一会，就来给您请安。

陆　母　师太，适才你还提起，罗玉书亲耳听到，姓狄的带有万金家书么？

静　因　确有此事。

陆　母　既有书信，为何瞒住老身。翠红，你去把公子叫来。慢，单叫公子来。

（翠红下）

静　因　老夫人您还在为凤钗怄气呢？早年的那段孽缘已成过去，我看蕙姑娘倒是蛮讨人喜欢的。

陆　母　哎，你哪里知道，

（唱“前腔”）

人人夸蕙仙才和貌，
我看她全像她娘颦和笑，
游儿所好她所好，
诗词弦管非妇道！

静　因　既然上一代姑娘有这么一段孽缘，又何必联成这儿女回婚姻？

陆　母　（唱）怪老爷在世太执拗，
不听半句忠言，一手搭起鹊桥，
反骂我气量狭小。

静　因　这婚姻大事，关系公子前程，陆府香烟。难道两个人的八字也没合上一合么？

陆　母　老爷不信鬼神不信命，我一提算命，就被他骂上一通，不敢再提。

今日你这么一提，我倒想起来了。前天托你找人给他们算个命，可有回话？

静　因　如今木已成舟，算也无用。我看还是不说了吧！

陆　母　到底怎样，你说。

静　因　一定要说么？

陆　母　那好，我受人之托，忠人之事。我这里照直陈说。信与不信，老夫人你可得自己拿定主意了。

（唱）蕙姑娘孤鸾星命星照，
四十六才能把好运交。
若是结婚早，
灾祸随身没法逃。
克父母、克公婆、克老又克小，
娶了孤鸾星霉运自招，
好端端蕙姑娘她命不好，
不由我出家人泪落心焦，泪落心焦。

陆　母　师太，听你之言，如梦初醒。如是别家的女儿，我一纸休书把她休了，偏生她又是我嫡亲侄女，我怎忍心休她。我那游儿与她恩爱情深，也是万难应允的，叫老身如何是好？

静　因　老夫人，贫尼倒想起一个权宜之计！

陆　母　什么——权宜之计？

静　因　这样吧，公子上京应考，蕙姑娘暂住尼庵，消灾避祸，待公子发迹之后，再作安排了。

陆　母　只好如此了。师太这样与人行善，容当后谢。

翠　红　（上）夫人，公子来了！

静　因　贫尼告退。

陆　游　（上）孩儿拜见母亲。

陆　母　少夫人今日受屈了，受苦了！

陆　游　母亲……

陆　母　我看她哭丧着脸，想是为了凤钗之事愤愤不已吧。

陆　游　母亲不必多疑，蕙仙知书达礼，怎敢怨恨母亲？她还对孩儿言道。只要能使母亲安康，区区凤钗又算得了什么，摔了就摔了。

陆　母　（冷笑）好一个贤惠媳妇！可惜为娘余怒未消。

陆　游　余怒未消？

陆　母　有事不明，尚须请教。

陆　游　母亲有何事请教？

陆　母　当年你舅父也曾发誓，与秦桧势不两立。为何今天又到临安做官去了？

陆　游　母亲，那罗玉书的谣言是不可相信的。

陆　母　分明你舅父有信来，你反说他人造谣。我且问你，舅父来信，为何不敢给为娘一看？

陆　游　这个？

陆　母　到底有信无信？

陆　游　母亲，你不问也罢！

陆　母　我偏要问。

陆　游　母亲，你错怪舅父了！

陆　母　你说什么？

陆　游　舅父拒不接受秦桧诏命，投江自尽了。

陆　母　你待怎讲？

陆　游　投江自尽了。

陆　母　兄长啊！你命好苦，适才静因的话倒是灵验得很，莫非蕙仙孤鸾命在兴妖作怪啊！（白）儿呀，事到如今，我与你老实说了吧！你舅父惨死，为娘痛断肝肠。常言道：万般皆是命，半点不由人，为娘原是不全信的，如今我不得不信了。

陆　游　母亲信的什么？

陆　母　你可知道蕙仙生的什么命？

陆　游　什么命？

陆　母　孤鸾命！

陆　游　孤鸾命？

陆　母　犯了孤鸾命。她孤苦一生，你看她一出娘胎，你舅母身亡；嫁到我家，你父病逝山阴；过门一年，并无身孕；今日江陵，舅父又投江自沉。为娘真是悔恨不尽，后悔为你错联这门亲。

陆　游　母亲，蕙仙究竟何罪？宿命之说，怎可轻信？

陆　母　蕙仙不育，陆门绝后，你将如何？

陆　游　天不绝后，可待来年。

陆　母　你的前程，要也不要？

陆　游　前程好歹，全在人为。

陆　母　蕙仙命里克夫，你功名无望。

陆　游　儿愿舍弃功名。

陆　母　大胆！为娘句句忠言，你不听；我削发修行，离开这陆家门。

陆　游　（白）母亲呀，照母亲之意，难道要儿休弃蕙仙不成？

陆　母　这个，为娘与蕙仙有骨肉之亲，怎忍心出此？只望我儿依我两件事。

陆　游　哪两件？

陆　母　明日即往临安赴考。

陆　游　此事儿早定了的。这二？

陆　母　蕙仙暂住尼庵。若你今科得中，蕙仙有福分，孤鸾之说无稽，吹吹打打接她回家。

陆　游　母亲，如今秦桧当道，如若不中呢？

陆　母　为陆家香烟，儿的前程，就只好——忍痛割爱了。

陆　游　母亲，母亲，此事儿难从命。

陆　母　嗯！（陆游迫跪）

［幕落。

第四场　别　盟

［紧接前场。

［陆游书房。

蕙　仙　［捧衣物上，为陆游准备行装。

（唱）云凌月来，花影依稀，

墙角蟋蟀，为何了悲泣？

务观他迟迟未归，我胆颤心悸，

谁知我此时悲苦味。（泣）

（陆游上，欲进门又止）

陆　游　（集贤宾）绕回廊步步难移，

意惶惶怕见娇妻。

今夜里话藏心底，

老母出难题。

蕙　仙　（抹泪强笑）务观，你回来了。

陆　游　你在做甚么？

蕙　仙　为你收拾行囊。

陆　游　为我收拾行囊？临安，我不去了！

蕙　仙　不去了？

陆　游　当真不去了。

蕙　仙　(笑)偌大年纪的人还说小孩子话！不到临安，怎能取得功名，报效朝廷？你呀！

(凝视而笑)为何不敢看我？你说的，分明是假话！

陆　游　(愠然、厉声)你，还笑什么！

蕙　仙　笑也错了么，难道要我哭啊！

陆　游　我要你该哭：哭、哭。你该哭呵！

蕙　仙　今天你怎么啦？你有话就说，若是心中烦闷，蕙仙与你分忧。

陆　游　我去临安以后，你怎禁得起三九严寒啊！

蕙　仙　原来为了这个，你不用放在心上了。

(唱“逍遥乐”)

我从小颠沛。

受尽了雪压霜欺。

倾心知己，

全不管世人碌碌笑情痴，

全不惧落花瓣瓣碾成泥。

但恨我不善体母意，

战兢兢少礼仪愧为君妻，

愿今后使老人得宽慰，

做承欢好儿媳。

(白)务观，你就放心去吧。

(接唱)趁东风，跨征骑，

趁东风，跨征骑！

陆　游　(背唱“前腔”)

蕙妹难测老母意。

好心肠尚幻想铁心可移，

说什么“使老人得宽慰”，

“做承欢好儿媳”呵！

怎料到好夫妻即分离(悲泣)。

蕙　仙　你为什么哭了？母亲到底对你说了些甚么？你说呀！你说呀！（陆安入）

陆　安　公子，少夫人，沈家李贵夫妇求见。

陆　游　唤他们进来。

陆　安　是！（退）

［李贵、兰香携食盒上。

陆　游　李贵、兰香，莫非奉沈老爷所差？

李　贵　不，是我小两口为公子送行来了！

陆　游　呵，为我送行来的。

李　贵　（念）沈园有幸相见，你不嫌下人微贱，同饮一杯酒，酒香上甜。听说公子临安去，一点酒菜献尊前。祝公子鳌头独占，步青云报国除奸。

陆　游　陆游愧领了。

兰　香　兰香也说一句，我从未见过公子、少夫人这样一对好夫妻，有才有貌，恩恩爱爱，真令人羡慕呀！

蕙　仙　（苦笑）你说得太好了！

兰　香　少夫人呀，山阴城里男女老少都在夸你们哩！

陆　游　难得你夫妇一片真诚，陆游感动无已。李贵，我看你身上衣单，怎禁得起秋风瑟瑟，（取衣）我这里寒衣一件你就拿去，不用嫌弃。

李　贵　（领衣）李贵敬领了。公子、少夫人，明年春暖，小的移栽的洛阳牡丹盛开之时，再请你们夫妇游园观赏。李贵告辞了。（下）

蕙　仙　（目送李贵夫妇，感慨）这对夫妻人羡慕，布衣粗食欢乐多。

陆　游　他们是掏心亮胆祝福我，苦乐难通其奈何！

蕙　仙　务观，你为何如此悲伤？母亲到底与你说的什么？你当知蕙仙为人，为了你，我全能逆来顺受。

陆　游　只怕横逆来时，出你意料。

蕙　仙　我却不信。

陆　游　我实在难以出口？

蕙　仙　有何难以出口，姑母娘总不至把我休弃吧！

陆　游　（一怔）你想到哪里去了？

蕙　仙　是呀，除此而外，还有什么为难之事呢？

陆　游　是呀，除此以外，还有什么为难之事呵！

（背唱“金菊香”）

　　好妹妹一猜就破了题。

　　我不说明她不依。我不说明她更生疑。

　　一句话作半句提，

　　蕙妹呀，并非休弃是暂分离！

蕙　妹　你去临安，自然是暂时分离，有何难以出口。

陆　游　这个暂时分离，非同寻常，母亲信神信佛……

蕙　仙　这我知道。

陆　游　她听信邪说，说你命犯孤鸾，要耽误我的功名。

蕙　仙　你也信么？

陆　游　无稽之谈怎会信他。怎奈老母迷信异常，定要你明日搬进尼庵，说什么暂避一时，可以消灾避祸。

蕙　仙　你若得中归来……

陆　游　宿命之说荒诞无稽。

蕙　仙　如若不中呢？

陆　游　蕙妹，你休要盘问了。

蕙　仙　呵，这才明白了！难怪他话到口边半吞吐，姑母娘到底打开了闷葫芦，我悲愤满腔……我不能外露，怕的是连累了务观的锦绣前途。我痛苦，他酸楚，我不幸，他也无辜。为了他有朝得上青云路，务观我劝你，

(唱)遵母命，写下休书，休了我！

陆　游　蕙妹，你疯了不成！这休书，我宁死不写的。

蕙　仙　看来你并不真心爱我。

陆　游　蕙妹，你说些甚么呀？

蕙　仙　既相爱何忍我挣扎在地狱里！

陆　游　地狱？

蕙　仙　是地狱呵！

(唱"醋葫芦")

一年来侍母常自苦，命贱如蚁，

背郎君饮恨空悲啼，

写一纸休书，劝郎莫迟疑。

一纸休书所值凡几？

只要海誓永记，山盟不移！

不怕他凡夫笑，庸人讥，

只要人弃你不弃，

真情侣你我两心知，

长相守恋枕席未必知己，

我心中深藏你夸不完爱不尽的好夫婿。

陆　游　(唱)蕙妹她，好志气，

傲霜菊，头不低，

深情话永埋心底，

今生不负蕙妹意。

蕙　仙　（斟酒送别）

（唱“柳叶儿”）

临别时敬君一杯苦酒，

痛到了极处诗难题。

十里长亭难相送，

人去也，各东西，

一路上霜露重莫忘添衣。

陆　游　（唱“浪里来煞”）

回敬妹，一杯酒，

人去也，何日聚？

陆游/蕙仙　（合）绵绵此恨无尽期。

（幕后合唱）

谁信深秋星月夜，

诀别夜又成了定情佳期。

苦鸳鸯悲切切也情依依，

纱窗外星光暗月影移！

［幕落。

第五场　园　逢

［十年以后。

［山阴沈园。

兰　香　（上场念）

十年风雨不寻常，打散鸳鸯各一方。满眼依然桃和柳，触景生情更断肠。这里就是当年相聚之处，可叹人事变迁，令人伤情。陆公子与蕙姑娘分离之后，他家老夫人硬逼着他另娶王氏，蕙姑娘也改嫁了赵士程赵相公。虽然赵相公对蕙姑娘关心体贴，但蕙姑娘对陆公子总是不能忘怀。今天赵相公陪同蕙姑娘来此游园，也好让她消愁解闷哪！（下）

［兰香引赵士程、唐蕙仙上。

赵士程　（唱“祝英台近”）

沈氏园，春犹在，
违别又十载，
桃柳东风，
宜把闲愁解。

蕙　仙　（唱）怎奈受伤雁儿，
新巢虽暖，难忘记，
云间天外，

赵士程　夫人心事，士程深知。务观兄仕途坎坷，才华埋没，我也深为痛惜。但昔日创伤，实难平复，还望夫人珍重。兰香，你传话院公，我们就在此用餐。

兰　香　是！（下）

赵士程　夫人，我们到那边看桃花去！

（赵、唐下）

［陆安引陆游上。

陆　游　（唱“铧锹儿”）

叹人渺园在，
昔时残梦无限感慨。
忠言在，敢忘怀。
十年空过了，

我愧为勾践后代！

(白)陆安摆好笔观侍候。(陆安下)

满园春色，满腹愁肠，我这管小小秃笔怎生描写啊！

[兰香上，猛然见到陆游。

兰　香　我看这位相公有些面熟，莫非是他……

陆　游　这位女子……

兰　香　兰香叩见陆公子。

陆　游　兰香，你家李贵可好？

兰　香　当年他跟随狄爷投奔牛皋将军。自从秦桧老贼毒死了牛将军，李贵再无音信。

陆　游　你们的孩儿呢？

兰　香　那孩子已有十岁了。十年世事变迁，自从沈老爷死后，我也离开沈园，侍候新主人了。若非新主人待人厚道，我母子俩不知道如何度日哟！(抽泣)

[赵士程内喊：兰香！

兰　香　(应)公子可别走远，我去去就来。

(急下)

陆　游　(愤然独白)好一个李贵，好一个兰香呵！一个是抛妻别子，血战沙场；一个含辛茹苦，抚养孤雏。请问临安城的达官贵人，你们在湖光山色之中，歌舞升平，哪还想到小民的辛酸哟！哪还想到恢复中原？

兰　香　(提食盒上)陆公子，一壶酒，几碟菜，不要见弃。

陆　游　(痛极)兰香，十年前，你同李贵在我魂销肠断时，送来酒菜。怎么，今日你……

兰　香　不，这是我家主人送的。

陆　游　你家主人是谁？

兰　香　公子不问也罢！

陆　游　无名氏的盛情，我是不敢受领的。

蕙　仙　（内叫）兰香……

兰　香　公子，你看，（暗泣）我家主人来了！

（蕙仙上，陆游惊愕，四目相对，哑默无言）

（女声伴唱“前腔”）

梦里人来！

十年花开花败，

苦念伊人何处，

涩泪盈腮。

旧盟儿虽在，

鸳梦难再。

绵绵爱，

怎忘怀？

蕙　仙　表兄，今日在园中巧遇，士程要我代致敬意。

陆　游　士程兄也在园中么？

兰　香　这酒菜是赵相公吩咐小的送来的。

陆　游　请表妹代我致谢。（兰香下）

蕙　仙　表兄别来无恙？

陆　游　你十年苦况，我略有所闻。当年罗御史上书秦桧，迫我落第，罗玉书又买通静因，把你骗进尼庵，图谋加害于你。多亏士程兄相救，你才逃出庵堂，藏身赵府。回忆往事，恍如隔世呵！

你看她呵！

（唱“小桃红”）

红酥手儿黄滕酒，

我别有滋味涌上心头也……

蕙　仙　(唱)旧人憔悴，

容颜消瘦面含忧，

一分笑，九分愁。

陆　游　(唱)竟不察杯中酒满外流，

有多少肺腑话难开口也。

蕙　仙　(唱)春去后，梦难留，

十年盼得一聚首，

借杯酒，浇君愁。

(白)表兄，小妹敬酒一杯！

陆　游　愚兄深谢了！(干)

蕙　仙　听说表嫂贤淑，小妹深感安慰。

陆　游　她么，确是你姑妈的贤德媳妇，可惜所遇非人，嫁了个话不投机的呆书生。

蕙　仙　事已至此，怨恨何益！表兄郁郁，小妹何堪。一别十年，咫尺天涯，你的境遇行踪，能否见告一二?

陆　游　一言难尽呵！

(唱“下山虎”)

泪湿衫袖，空对吴钩，

满朝皆群丑，

犬马封侯。

落第临安，

心向谁剖?

落魄书生满面羞。

闷来时，僧做伴，

纵情醉，蕺山游。

无限伤心事，锁闭心头，

怕望沈园怕登楼。

蕙　仙　表兄，你过分消沉了！

（唱“五韵美”）

问表哥，断肠夜，曾记否？

杯杯泪酒，

寄望君前程锦绣。

我忍死，何所求！

盼知己，抒壮志，立朝除奸荡寇。

陆　游　表妹深情，陆游感愧交集。我这书生又负你一片心了！

蕙　仙　表兄呀！

（唱“五般宜”）

我是感君情义厚，

盼君重抖擞，

今去也，何日再相逢，

劝君更饮一杯酒！

陆　游　人生不相见，动如参与商。（要出泪）

这杯酒么……

蕙　仙　与你同干！（干杯时二反复）

陆　游　表妹今巧遇，再见何年，愚兄偶得俚句，请表妹指正。

（壁上挥毫）

蕙　仙　（惊呼）“钗头凤”！（看壁）

（唱）红酥手，黄縢酒，

（男独）满城春色宫墙柳。

东风恶，欢情薄，

一怀愁绪，几年离索，

错！错！错！

（女合）春如旧，人空瘦，

泪痕红浥鲛绡透，

桃花落，闲池阁，

山盟虽在，锦书难托，

莫！莫！莫！

（白）天呀天！（掷笔在哭）悲不自胜。

第六场　遗　钗

［赵士程内室。

赵士程　（唱“南点绛唇”）

小病成灾，

闲愁未解，反招害，

怨悔满怀。

不想到又一片乌云来天外。

（白）沈园春游归来，夫人园中坐久，患了春寒，病势沉重，令人忧虑。方才又传来李贵战死消息，狄英叫人送来李贵遗物，要我交付兰香。我想，兰香突闻噩耗，怎么经受得起，只好瞒她一时，再作道理。

兰　香　相公回来了。

赵士程　夫人病况如何了？

兰　香　仍然是时而惊呼，时而昏迷。

赵士程　唉！……呵，兰香你可晓得，李贵他托人带信来了。

兰　香　（极度兴奋地埋怨）他、他、他还记得世上有个兰香么？

赵士程 他怎么忘记你，这里有托人带来的纹银五十两……是李贵带给你的。

兰　香 谁稀罕他的银子。

赵士程 还有旧衣一件，权当家书。（兰香一愣，赵连忙解释）来人还说，旧衣虽破不忘旧，我常把妻儿记心头。

兰　香 如今有了消息，我母子就谢天谢地了，请相公代我写封回信，要李贵军中好好照料好自己。不要牵挂我们母子，要他好好杀敌立功。

赵士程 我代你写。

兰　香 谢相公。

赵士程 你好生照看夫人，我请郎中先生去。（叹息，下）

兰　香 （细看旧衣）

（唱“解三醒”）

抚旧衣，无限恩爱，
欢喜泪，簌簌满腮。
你看它补丁一块块，
粗针线，乱剪裁，
想见郎戎马匆忙我不怪，
待兰香拆拆缝缝细安排，
时光快，
只须过十年八载，
我俩的孩子穿上身来。

蕙　仙 （帐内惊讶）务观，务观！

兰　香 蕙姑娘，蕙姑娘！

蕙　仙 （揭帐茫然）他走了？

兰　香 陆公子没来呵！

蕙　仙　莫非在梦中不成？

兰　香　是梦？

蕙　仙　会是梦么？我明明看见他跨上青马，腰悬龙泉剑，驰马过来，在我面前翻身下马。紧紧握住我的手，说道，秦桧一死，朝野欢呼。他奉诏进京，奏陈国事。他要我送他一程，一路上手搀手，肩并肩，全不管旁人闲言，忽然间马隐人灭，只剩下一缕轻烟呵！

兰　香　你别太伤心了。

蕙　仙　这件旧衣哪里来的？

兰　香　姑娘，谁想得到，李贵托人带来的。

蕙　仙　恭喜你，总算苦出头了。

兰　香　这件衣，姑娘还认得么？

蕙　仙　这件衣，不是……（与兰香同抚旧衣，二重唱）

“端正好”

郎衣破，

衣破不忘旧。

长相守也长相候！

衣在手，暖在心头。

盼有日凯歌雷动群山吼，

沈氏园敬君一杯接风酒！

兰　香　姑娘，你看，李贵一双笨手，把它补得不像样子。

蕙　仙　你补上一补，好生珍藏吧！（兰香下。蕙仙挣扎到窗前，望见雾中塔山，百感交集。）

（唱“滚绣球”）

塔山雾未收，

病望泪双流，

塔山呀，

你本在琅琊海口，南来为何由？

我念中原人空瘦，此生难回汴州。

望塔山怀念那避乱南逃的故旧，

望沈园每日里千万声呼唤你陆游。

怎忘记春渡桥同你肩并肩儿手携手，

过柳堤，绕菊篱，倩影儿双双恩爱稠，

这欢乐几多时候？

(白)那第二次的沈园相会呵，

“叨叨令”

但见他略吐一二咽八九，翕翕张张的口；

强举起浅浅一杯进口难，火火辣辣的酒；

在壁上和泪挥写“钗头凤”，颤颤巍巍的手，

霎时间心摧肺裂难自持，烈烈轰轰的吼。

女合唱　兀的不痛杀人也么哥，

兀的不痛杀人也么哥，

蕙　仙　(唱)我这个将死未死的蚕，

将灭未灭的烛，

已断未断的藕。(兰香上)

蕙　仙　(倒在兰香怀中)兰香，我是不中用了，现有事托付于你。

蕙　仙　(摘下头上凤钗)这凤钗，我托你交与务观，你切莫忘怀了。

兰　香　姑娘……

幕后，女声清板低唱“钗头凤”上阕……“错！错！错！”

(切光、幕闭)

第七场　吊　园

[宋宁宗嘉定元年。

[距前场五十三年后。

[一片荒凉的沈园。

陆　游　(拄杖上,唱)

"红绣鞋"

那边厢斜阳枯树,

画角声惊起啼乌。

旧游处,早荒芜,

禹寺钟如故。

春波照影孤,

痛玉骨长埋泉土。

"迎仙客"

看这里断墙尚留断肠诗,

那蜘蛛用游丝将残笔补,

忆忠言我有负卿的柔情万缕。

枉读那万卷书,

无力破险阻。

问大地哪里是书生报国处?

屈曲迷茫小路!

(白)回想当年,好不伤感。蕙仙,死而有知,来,来,来,陪我旧地重游吧!(下)

（李春扶双目失明的兰香上）

李　春　奶奶，荷花池到了。

兰　香　那池边的亭子呢？

李　春　亭子也在。

兰　香　可是那朱红栏杆、云母画屏的？

李　春　哎！奶奶也不怕伤了自己身体，从乡下十五里路摸进城来，在禹迹寺哭了半天，还到这破园子来干什么哟！

兰　香　你不知道那蕙姑奶奶多可怜呵！

李　春　这我知道。

兰　香　你知道什么？往年此日，倒也罢了，今年是她八十阴寿。在这人世间，除我而外，她还有甚么亲人！我不来，谁来？我不哭，谁哭呵！（拭泪）

李　春　奶奶您别生气，孙儿是怕您累坏了身体。您在此休息片刻，待孙儿给您弄碗茶来。

兰　香　你快去快回。

（李春欲下，与陆游照面）

陆　游　这位小哥好生面熟。

李　春　老人家，我没见过您。

陆　游　不，不，不，你身上这件衣服……

李　春　不瞒您老人家说，这件衣是爷爷传给我爹，我爹留给我的。

陆　游　你是李贵……

李　春　正是李贵的孙子李春。请问尊姓大名。

陆　游　我姓陆名游。

李　春　（跪）您就是陆务观陆大人，小辈叩头。

陆　游　你也知道我陆游么？

李　春　老大人呀，我奶奶把你叨念着哩！

陆　游　我在外多年，不知你家景如何？回到山阴，四处打听，也无人知道你奶奶下落。

李　春　老大人，我奶奶在蕙姑奶奶死后，又知道了爷爷战死的消息，就此哭坏了双眼。城内无法生活，带着我爹到乡下老家种田去了。

陆　游　李春，你今日进城做甚？

李　春　今日是蕙姑奶奶八十阴寿。奶奶定要进城，到禹迹寺去祭奠于她。奶奶还说，蕙姑奶奶，可怜得很呀，在这人世间，她已没有甚么亲人，她不来，谁来？她不哭，谁哭呵？

陆　游　呵！在寺内痛哭的瞎眼婆婆，原来是她。她、她、她，现在在哪里？

李　春　那边坐的就是。

陆　游　待我上前。兰香，陆游看望你来了。

兰　香　谁在叫我兰香？

陆　游　六十三年前，在这亭子里，同李贵同干一杯酒的陆游啊！

兰　香　哎呀，陆公子，怎么你讲话的声音变了！

陆　游　我已经须发苍苍，齿牙摇落，何止声音变了，你就是看得见，也认不出我了！

兰　香　兰香也老了。唉，蕙姑娘要是活到今天，你也认不出她了呵！

陆　游　（惘然）蕙仙她会老么？

兰　香　是，她在我心头，还是那样年轻。

陆　游　在我心头，她不曾老，也不会老呵！真是流光如驰，一转眼已是她八旬冥诞之期。我今日到禹迹寺祭奠于她，不想与你在此相逢。

兰　香　公子如此钟情，蕙姑娘九泉有知也是高兴的了。

陆　游　只怕九泉之下相逢，我是一眼看得出她唐蕙仙，她么，已经认不出我衰翁陆游了。

兰　香　公子呀，蕙姑娘他他……临终之时盼得你好苦呵！

（唱“石榴花”）

她临终未曾开言早已唏嘘，

我一双泪眼已模糊。

她说是此时最念中原、恋旧居，

苦盼你携断钗归葬故土，
红梅下屋角一隅。
碑上刻“错错错”你高歌一曲，
她虽然骸骨不归愿已足！

陆　游　断钗何在？

兰　香　兰香为你珍藏五十年了！

陆　游　（念）五十年，五十年，
断钗依旧山河依然。
临安城依然是金迷纸醉，
大好神州依然是剩水残山。
我怕见断钗，
愧对蕙仙，
此生难遂蕙仙愿，
我把钗盒代代传。
我不信——
（唱）皇帝子孙，自甘作奴，
总有日钗葬汴京，
魂香万古！

［夕阳余，满台灿烂，陆游深情捧起钗盒。

［响起悲壮的陆游“示儿”诗：

死去元知万事空，
但悲不见九州同。
王师北定中原日，
家祭毋忘告乃翁。

［幕徐徐落。

［剧终。

（1981年演出本）

昆剧

血手记

（根据莎士比亚的《马克佩斯》改编）

编　剧

郑拾风

作者小传

郑拾风（1920—1996），男，四川资中人。曾任中国作家协会会员，中国戏剧家协会会员。新中国成立后，历任上海《新闻日报》《解放日报》副总编辑，评论员。

人物表

马　佩　郑　王　杜　戈　梅　云　铁　氏　杜　宁　张　龙　李　豹

郑　元　梅　妻　健　男　御　医　四侍卫　牛　旺　郑王魂　梅妻魂

贾　平　女巫甲、乙、丙

第一场　晋　爵

［鬼影滩，三女巫飘然上。

甲　巫　我乃真也假，

乙　巫　我乃善也恶，

丙　巫　我乃美也丑，

甲　巫　结伴儿滩上浮游，

甲　巫
乙　巫　对对，结伴儿滩上浮游，（三人舞）
丙　巫

丙　巫　寒风吹得咱热汗流。

乙　巫　毒日晒得咱心冰透。

甲　巫　练就了冷眼利口。

乙　巫　说坍它凤阁龙楼。

丙　巫
甲　巫　谁说咱吉凶休咎，

乙　巫
丙　巫　地狱里给他自由！

甲　巫　姐妹们，你们看，自寻死路的贵人来了也！

［雄壮的军乐声中，众将士引马佩、杜戈上。

众　　（合唱"新水令"）

勤王平叛下幽州，

大将军风驰云骤。

丰功堪不朽，
举国颂马侯，
一代风流，
留下了美名儿传身后！

马　佩　啊！这寂寂草原，断绝人烟。冷月啼乌，黄沙碧血。梅将军，这是什么地方？

梅　云　此处就是鬼影滩。

马　佩　杜老将军，可曾听过这鬼影滩？

杜　戈　传说此处乃古战场，夜间常有鬼影出现，能道出人心奥秘。

马　佩　如此你我下马一观。（三人下马，三女巫上）

马　佩　噫，你们看，月影之下果然有人来了。

杜　戈　哪里有什么人？

梅　云
马　佩　（拔剑叱）嘟，你们是人？是鬼？

甲　巫　我等非人非鬼，乃千年灵气所钟，我等特为将军贺喜。

乙　巫　马将军英名盖世，谁人不晓。转眼您就是一字并肩王了。

丙　巫　天机不可泄漏，少时立见分晓。

甲　巫　将军深受万民爱戴，还应享九五之尊。

马　佩　你们胆敢戏弄于我！

甲　巫　我等怎敢！还有偈语四句，贵人听着：逢凶化吉，提防杜公，除根不尽，后患无穷！我等去也！（隐去）

杜　戈　啊！元帅你见到甚么，何不说与末将知道？

马　佩　二位将军没见到甚么？

杜　戈　无有见到什么！

马　佩　呵！呵！（心不在焉）我每逢劳累过度，常有幻影出现。醒来便忘得一干二净了。

［杜宁上。

杜　宁　启禀父帅，万岁驾到。

杜　戈　好，准备接驾。御林军引郑王上，太子郑元随行。

郑　王　（唱“江儿水”）

　　乱起旋风骤。

　　险成异国囚。

　　幸狂漾力挽有神手，

　　丰功伟绩美名留。

马　佩
杜　戈　吾皇万岁，太子千岁！微臣救驾来迟，万岁受惊了！

郑　王　卿家平身！此次祸起仓促，若非卿家等奋力杀敌，先王缔造的基业，且不断送在寡人手了？也怪寡人错信奸佞，把那司徒老贼当作忠臣，委以重任，谁料他勾结外邦，图谋不轨，实实令人痛心！

马　佩　司徒贼子现在何处？

郑　王　已斩首示众！大将军马佩，加封卿家一字并肩王，兼兵马大元帅，这口龙泉古剑，赐与卿家佩带，以示嘉勉之意。

马　佩　谢主隆恩。

郑　王　杜老将军！

杜　戈　在！

郑　王　加封卿家为兵马副元帅，兼宫廷卫戍总管。孤有马、杜二卿股肱良臣，国家安如磐石了！

杜　戈　谢万岁！

郑　王　闻说马卿府第，离此不远，寡人今晚要亲临府第小住几日。

马　佩　臣深感殊荣，容臣先回家，吩咐家人恭候圣驾。

郑　王　（乐极）允爱卿所奏！

马　佩　领旨！带马！（下）

郑　王　杜卿传令，缓缓东行者。

杜　戈　遵旨！三军随驾东行。一路之上，要剑不入鞘，马不卸鞍，好生护卫了。

［三军喏喏。齐下。

第二场　密　谋

［马佩府第。

［四使女引马妻铁氏上。

铁　氏　（引）昨夜梦荒唐。虎踞龙床。

醒来不觉汗如浆，一枕黄粱。

（白）只因圣上被困，将军勤王平叛，

日来渺无消息，叫妾身好生挂念。

昨夜得一怪梦，也不知主何吉凶。

（唱"啄木儿"）

可叹人间世，也沧桑，

短短百年追逐忙，

这里有楼台亭榭。

那里有血火沙场，

我这里冷冷闺中苦盼望，

他那里辜负红颜劳梦想，

铁甲金戈相偎傍。

［使女健男急上。

健　男　恭喜夫人，贺喜夫人！

铁　氏　傻丫头，喜从何来？

健　男　适才快马飞报，王师大捷，将军封为一字并肩王。万岁爷还要驾临这里慰问夫人。将军飞马先行，立即回府。夫人，你已是王妃了，这还不是大喜么？

铁　氏　原道是噩梦，却是喜讯来。健男，吩咐动乐，随我迎接王爷。

健　男　是，动乐。

［鼓乐声中，众兵卒引马佩喜气洋洋上。

马　佩　夫人！

铁　氏　王爷！

马　佩　呵！（改口）王妃免礼！

铁　氏　王爷请！

马　佩　王妃请！

铁　氏　妾妃与王爷贺喜。

马　佩　免礼！此乃是万岁爷与我家的恩宠。

铁　氏　也是王爷汗马功劳所得。

马　佩　万岁驾临，你要早作准备。

铁　氏　健男，吩咐打扫庭园厅房，准备美酒珍馐，恭迎圣驾。

［除马、铁外，全下。

马　佩　哈哈哈哈，果然应验了。

铁　氏　应验甚么？

马　佩　妃子，某师回朝，意遇见了三位仙姑。

（唱“啄木鸟”）

可笑鬼影滩，事荒唐，

仙女争先诉短长。

这一个哝哝唧唧，

那一个颠颠狂狂。

铁　氏　(白)讲些什么?

马　佩　(接唱)祝贺我大喜重重天外降,称颂我望重德高人景仰。一人之下万人之上!

铁　氏　一人之下,万人之上?

马　佩　话犹未了,万岁就封我一字并肩王,又赠我龙泉古剑一口。那不就是一人之下万人之上么!

铁　氏　(沉吟不语)

马　佩　妃子为何纳闷?

铁　氏　妾身想起那司徒威来了,

马　佩　叛徒国贼,想他作甚?

铁　氏　想当年万岁也封他为一字并肩王,权盖当朝,永赦死罪,如今怎样呢?

马　佩　他是犯上乱国,咎由自取。

铁　氏　妾身看来,他是功高压主,势难相容。

马　佩　妃子差矣!万岁宽厚仁爱,哪会做出此等事来?

铁　氏　王爷!依我看来,这一字并肩王,并非吉兆,不如辞掉。

马　佩　你平时劝孤家拥重兵,争豪杰,今日立功晋爵,你反而劝我辞官,是何道理?

铁　氏　只为你生性懦弱,也太善良,况且呀越是靠近万岁,越是容易遭忌。你可不是他人的对手!

马　佩　依妃子之见……

铁　氏　依我浅见,万岁来时,你就再三恳求,取回成命,交出兵权,请赐庄园养老。

马　佩　正当壮盛中年,告老还乡,万岁岂不生疑?何况多年养就精兵十万,皆我羽翼心腹,这兵权怎能交得?

铁　氏　交不得?

马　佩　交不得！

铁　氏　既然交不得兵权，就要动用兵权……

马　佩　（掩口）你，你，你。

铁　氏　王爷休要惊慌，妾身伴随多年，深知王爷心事，既不愿居人之下，却又优柔寡断，多次丧失良机。此番御驾亲临，乃天意呀……

马　佩　你越说我越糊涂了。

铁　氏　王爷，你道怪也不怪，昨夜妾身也得一怪梦。

马　佩　梦见甚么？

铁　氏　梦见虎踞龙床。

马　佩　（上前，紧握铁手）此话当真？

铁　氏　如何不真？妾身醒来吓得浑身大汗。

马　佩　那就更奇了，昨夜鬼影滩上，遇见三位仙姑，也说我（低声）不但一字并肩王，而且有九五之尊！

铁　氏　那时你身边还有何人？

马　佩　奇怪的是，杜戈、梅云在旁都没看见，也没听见。

铁　氏　分明是皇天有命，你我违命不祥！

马　佩　妃子，你莫非要我今晚发起兵变，取而代之？

铁　氏　王爷差矣！你要家中劫持万岁，大逆不道。那郑王亲信甚众，必然纠合起来对付于你。不论成败，你都落个万古骂名。

马　佩　这，进退两难，你要我怎生自处？

铁　氏　妾身倒有一计，只怕王爷不敢。

马　佩　讲！

铁　氏　（唱“归朝歌”）

　　　　将军呵将军切勿彷徨，

　　　　只怨他自投罗网。

马　佩　（掩其口）你要我……（作杀状）

铁　氏　（接唱）

若要想登九五妙计一桩。

趁良宵神鬼不知血溅龙床，

到明朝嫁祸除王党，

你是百官朝拜的好皇上，

妾身是铁心铁胆的铁皇娘！

马　佩　只是郑王待我不薄，怎生下手？

铁　氏　哼哼，当断不断，妇人之仁！

马　佩　哈……妃子你有此心，难道我无此愿？只是此事尚有疏漏，可要血洗满门的哟！

铁　氏　王爷，若是信得过我，妾身愿助王爷一臂之力，管叫他的性命难逃我铁娘娘之手。

马　佩　好，此事就交给你了。

铁　氏　谢吾皇万岁！

马　佩　皇后平身！（相视大笑）

第三场　嫁　祸

［马佩府中郑王下榻处，红烛高烧。

［张龙、李豹二卫士上。

张　龙　万岁酒醉室内眠鼎，保护圣驾不得闲。

李　豹　王妃送来"一壶酒"。

［架上鹦鹉："一壶酒"。

（发现鹦鹉）哈哈，原来是只鹦哥！大哥，贪酒误事军法严。

张　龙　说什么“贪酒误事”，谅着小小一壶酒也醉不倒哥儿俩。

李　豹　那就喝上一口吧！

张　龙　好酒！

李　豹　果然好酒！

张　龙　哟，酒好酒，后劲不小……

李　豹　大家留神，切莫醉倒！（两人颓然倒下）

［马佩上。

马　佩　（闻张、李鼾声）夫人的蒙汗药果然灵验得很，两个蠢猪醉倒在地，真是天赐良机。待我动起手来！（挥剑，有所触动）

（唱“商调集宾”）

见龙泉心潮陡地涨，

转眼间赠剑人要剑下亡！

咦，却怎的事临头心旌乱恍，

迷茫茫知在何方？

［烛影摇晃中，马佩发现头上利剑幻影。

呀！（唱“逍遥乐”）

啥眼前晃荡？

又一龙泉，

空中作响，

血淋淋利刃锋芒！

呀！（唱）一会儿它变短变长，

一会儿一半显形一半儿藏。

一次次滑脱手掌，

使劳神者神丧，

劳心者心碎，

劳力者空忙。

[铁氏画外音：九五之尊，虎踞龙床，皇天有命，违命不祥。

马　佩　哎，"上京马"既然是纷纷吉兆报祯祥，

隐约约天赐龙泉指方向，

到手的九五之尊莫彷徨。

上天助我好娇娘，

愿俩同心成大事她立后我称皇！

铁　氏　（急上）王爷，你还未曾动手么？把这头功让分我吧！

马　佩　你不手软！

铁　氏　妾心似铁。

马　佩　好，马佩之妻不寻常，事事争先逞豪强。

[铁氏只身入内，马佩在外仗剑巡视。

铁　氏　（仓皇奔上）王爷，王爷，吓死我也！

马　佩　妃子为何这般模样？

铁　氏　妾身正欲下手，忽然间那老头睡态安详，好似我父亲模样。是我狠不了心，下不了手哇。

马　佩　（冷笑）到底女流之辈，你且在此候着，无论何人在此经过，格杀勿论！（欲下）

铁　氏　（叫住）王爷！

马　佩　（一惊，转身）什么？

铁　氏　你千万不要看他啊！

马　佩　哼，你看我如何动作！到得榻前圆睁双眼，咬紧牙关，举起钢刀，念上三声"吾皇万岁"，管叫他做我刀下之鬼。（下）

[铁氏心有余悸，绕室彷徨。这时响起敲门声："笃！笃！"

御　医　（内叫）开门，开门！（叩门）

铁　氏　何人叩门？

御　医　（内应）太医为万岁请安。

铁　氏　万岁安康，不必惊扰！

御　医　（内）例行公事，不敢误事。开门哪！

铁　氏　候着！

［御医上。

御　医　王妃，连老朽也不认识了？

铁　氏　什么老朽，小朽，我认得你，这钢刀不认得你！（举刀砍）

御　医　（哀求）请王妃明言老朽身犯何罪？死也要做一个明白鬼。

铁　氏　你擅闯禁地，莫非想行刺皇上？

御　医　半夜定省，乃是小官职责，你杀了老朽不打紧，他日王爷、夫人旧病复发，谁人为你处方侍药？

铁　氏　（心动）念在你昔日有功，饶你不死，快出去吧！

御　医　（四顾，惊诧不解）谢王妃！

铁　氏　（叫住御医）转来！（御医伏于地）我来问你，可曾看见什么？

御　医　小官什么也没看见！只见王妃与一个人在此……

鹦　鹉　谋刺皇上，谋刺皇上！

铁　氏　（一把捏死鹦鹉）多嘴多舌，以此为戒！（抛鹦鹉与御医）下去！

御　医　你就死在多嘴多舌。这女人凶相毕露，神色慌张，主上有变故，我且告知太子逃命去吧！（急下）

马　佩　（上）………（铁欲问，马托刀示意）

铁　氏　（见刀上有血）正是天赐神助，王爷洪福齐天。待我把刀放在醉鬼身边，刀上鲜血抹在他们身上，咱们走吧！

马　佩　血！血！

铁　氏　（泰然）唉！王爷你久经沙场，这点血算得什么？少时回房，洗去血污也就是了。（二人同下）

［杜戈杜宁父子上。

杜　戈　张李二将哪里去了？快去寻找！

牛、贾　(两校尉持张、李出)禀元帅，二将倒在地。

杜　戈　与我抓了起来。

杜　宁　启禀爹爹，大事不好。

杜　戈　何事惊慌?

杜　宁　(哭)万岁被刺龙床!

杜　戈　尔待怎讲。

杜　宁　万岁被刺龙床!

杜　戈　(猛地推开杜宁)啊呀万岁呀!(朝郑王寝宫扑地跪倒，跪步入内)

［马佩急上。

马　佩　(故问)贤侄，何事惊慌?

杜　宁　二将烂醉如泥，万岁遇刺归天了。

马　佩　(拔刀，指向张、李)尔等受何人指使，说!

张　龙　我等罪该万死，等杜老将军到来自会陈述。

李　豹　你心里明白。

马　佩　看剑，(刺死李豹，再刺张龙，杜宁阻挡不及，张龙倒地死)万岁!(佯哭)

杜　戈　(上，见状)张龙李豹何人所杀?

马　佩　他二人百般抵赖拒不认罪，是我一气之下，故而将他们杀了。

杜　戈　你!王爷杀了二人只怕主凶就难寻了!

马　佩　(恍然大悟状)呵!我盛怒之下有欠思量了!将二贼拖了下去!

［梅云上。

梅　云　王爷，老将军。本宫太子昨晚带几名随从快马加鞭，夺门西逃。

杜　戈　呵!太子他逃了!

马　佩　是了，太子杀父，畏罪潜逃。梅将军听令，速速领人马，将他追了回来。

杜　戈　且慢!万万不可伤害他的性命。

马　佩　万万不可伤他性命。

梅　云　是!（下）

马　佩　杜老将军传令下去，三军缟素，即刻起灵还都。（哭）

杜　戈　是，下面听着王爷有令，即刻护送圣体还都。

马　佩　啊呀！万岁呀!

第四场　刺　杜

［杜宁驰马上，杜戈马失前蹄，跌倒。

杜　戈　一路驰马巡营心焦燥。

（唱“油葫芦”）

马呀吗，你我百战归来都老了，

再不能驰骤沙场立功劳。

你可知国逢臣变普天孝。

杜　宁　爹爹，你近日为何闷闷不乐!

杜　戈　儿啊，

（唱）莫怨今日为父笑容少，

可怜啊，主上他怨恨难消，

怨恨怎生消!

而今忽地，换新朝，新人笑，

呀哇哇，前程难料？杯杯传酒醪，

寸寸心旌摇。

枉佩带御赐宝刀，这御赐宝刀!

杜　宁　爹爹，那郑元弑父叛徒，儿也百思莫解。

杜　戈　嗨，好不明白的蠢材！万岁早有旨意，传位小王，他怎会做这万人骂之事！

杜　宁　如此说来，莫非另有他人。

杜　戈　你可想过，张龙李豹，为何死得不明不白？

杜　宁　呀！难道马佩他……

杜　戈　心中明白就是了。

贾、牛　（内白）杜老将军慢走。

杜　宁　爹爹，有人来了。

杜　戈　下马等候。

贾　平　参见杜老将军。

杜　戈　尔等到此有何要事？

贾　平　朝中有人要加害老将军，我俩特来保护与你。

杜　戈　喔，朝中还有何议论？

牛　旺　都说太子不是真凶，真凶还在京中。

杜　戈　尔等也这样看。

贾　平　正是。

杜　戈　何不拿下凶手。

牛　旺　只因时机未到。

杜　戈　等待何时？

牛　旺　尚待老将军相助一臂之力。

杜　戈　要我如何行动？

贾　平　只消一件物事。

杜　戈　哪一件？

牛　旺　只怕老将军不肯。

杜　戈　哎！只要报国勤王，慢说一件，就是十件百件，俺杜某也万死不辞。

牛　旺　慷慨应充，我就对你实话实说吧，奉旨讨贼。

贾　平　要你的人头。（猛刺一刀，杜戈猝不及防倒地，正准备举刀，杜宁武打，刺死贾平）（白）儿呀，火速投奔小王，为国锄奸！快走！（死）

杜　宁　爹爹！

［幕落。

第五场　闹　宴

梅　云　骨肉添恩宠，

梅　妻　双双朝至尊。

梅　云　夫人大姐贵为皇后，我等以大礼相见。

梅　妻　妾身明白。

健　男　啊！梅将军。

梅　云　烦劳通报，梅云夫妇奉旨到来。

健　男　候着，有请娘娘。

铁　氏　（上念引）华灯万点庆功宴，三杯酒换了江山。

健　男　皇姨，将军候见。

铁　氏　快请！

健　男　有请！

梅　云　臣等参见娘娘。

铁　氏　啊呀，同胞骨肉何用大礼？

梅　妻　君臣大礼是废除不得的。

铁　氏　贤妹，多日不见，想煞为姐了。健男，快送皇姨内宫休息。

健　男　是，随我来！

铁　氏　梅将军，圣上密旨办得怎样了？

梅　云　启禀娘娘，叛徒杜戈已死，杜宁逃走了。

铁　氏　牛旺、贾平呢？

梅　云　贾平殉职，牛旺现在宫外候命。

铁　氏　一死一逃，功罪各半。梅将军你看将牛旺如何发落？

梅　云　依臣之见，脊杖四十，赏银百两，将他遣返原籍，不许他胡说八道。

铁　氏　哟，太亏待他了，圣上有旨意，事成之后重重有赏！

梅　云　（以手作刀）请问娘娘之意？

铁　氏　应知祸从口出。

梅　云　（木然）应知祸从口出。

铁　氏　这事只可万岁知，我知，将军知，不能叫外人知道。

梅　云　（木然）唔，万岁知，娘娘知，我知……

铁　氏　梅将军！（发现梅心不在焉）梅将军……

梅　云　啊，娘娘，梅云在。

铁　氏　今晚要多多饮上几盅！

梅　云　小将浅量。

铁　氏　吩咐下去，先杀牛旺，摆宴庆功！

［灯暗，鼓乐声中，万岁驾到。文武百官，太监，宫娥拥马佩，铁氏上。

马　佩　哈哈。

（唱“醉花荫”）

花拥皇宫春无价，
染绿那飞檐碧瓦，
银河静，斗杓横，
钟鼓动，催响琵琶。

铁　氏　昨日晚缟素服，

也尽换上满眼艳阳赤霞。

马　佩　大丈夫当如是也，

万里江山独霸！

［梅云率文武百官上。

众　吾皇万岁，娘娘千岁，千千岁！

马　佩　平身！

众　万万岁。

马　佩　（见一虚席，故问）杜老将军呢？

梅　云　老将军巡营未归。

马　佩　庆功盛会，老将军缺席，举座不欢，可也不便久候，来！来！来！（离座，起乐，举杯）寡人出身军伍，寡德鲜能，承蒙杜老将军与众卿同心协力，愿今后匡扶社稷，寡人在这里敬酒了。（躬身）

众　官　（跪倒）微臣谢恩！

［杜戈鬼魂上，踞虚席。

马　佩　（转身，见杜戈鬼魂，神色大变）

你，你，你怎么来了？

铁　氏　（愕然）哪个来了？

马　佩　（强作镇静）寡人下诏，你不来；

你来了，寡人又不请了……（厉声）

与我退下！

（唱“喜迁莺”）

老杜戈纷披血发，

怒目睁，紧咬着牙，死盯着咱。

只怨你错时机棋输一着，

咱岂敢百战功劳付流沙，

猛然间头晕眩汗如雨下，

甚野鬼敢闯帝王家？

(白)走哇，寡人杀死的人，比你尊贵百倍，他尚且不敢捉弄寡人，你大胆、你放肆、来人呀，与寡人拿下！

众　官　(面面相觑)喏！

铁　氏　啊，列位大人，万岁今夜有病，尔等不要惊慌，(对马佩)万岁，你可要清醒！

［杜戈鬼魂隐去。

马　佩　众卿，尔等可看见了？

众　官　(附和)臣等看见了。

马　佩　看见什么？

众　官　万岁看见甚么，臣等看见甚么。

马　佩　哎！他来了！

众　官　是，他来了！

马　佩　他又走了！

众　官　是的，他又走了！

马　佩　他走了，寡人江山就坐定了，天下就太平了，不杀此人，哪有我马佩今日；不杀此人，我马佩就有心腹之患，坐卧不安，尔等如实说来，该杀不该杀？哈哈。

众　官　该杀，该杀！

［杜戈鬼魂复出。

马　佩　(变色)这该杀的又来了！

梅　云　适才马佩已露真情，弑君是他，杀人灭口也是他，心狠手辣，令人不寒而栗。想我梅云都知内情，日后定要对我下毒手，此时不走，尚待何时？只是夫人尚在后宫，这，这……

铁　氏　列位大人，圣上偏偏今夜发病，扫兴之极。诸位大人各自回府吧！

［众臣退，留下梅云。

梅将军，贤妹宫中暂住几日。你先回去吧！

梅　云　夫人，生生死死就看你姐姐姐夫的恩典了。（下）

铁　氏　万岁醒来，万岁苏醒。万岁啊，适才你神色恍惚，吐露了真情。

马　佩　梅云何在？

铁　氏　回府去了。

马　佩　不好！梅云此去后患无穷，杀他全家，以除后患。梅云之妻现在何处？

铁　氏　贤妹快来。

梅　妻　参见万岁。

马　佩　皇姨免礼，进前来，进前来，皇姨啊皇姨，休怪我不仁不义，只怪你丈夫自己不好，到阴曹地府见他去吧。皇后你可要明白啊，量小非君子，无毒不丈夫！

第六场　问　巫

［鬼影滩，四禁卫引马佩上。

马　佩　（唱"滚绣球"）

燃香火，遍山河，
声声唤，万谷和，
孤今朝四面皆楚歌，
求仙姑降祯祥消灭灾祸。
郑元他复仇心似烈火，
铁氏她恍惚病床卧。

仙姑呵，

祸与福来往穿梭，

全为你劝说寡人攀登宝座。

哎呀，仙姑，

是天降大任不推托，

堂堂丈夫也非怯懦。

前途吉凶，

只求你实言点破。

（大呼）仙姑哪里？（三声）众禁卫齐应声："仙姑哪里"？天昏地黑，三女巫上。

女巫甲 （念）无时想得着，有时怕失落。

女巫乙 怕失落，怕失落，杀人流血算甚么！

女巫甲 豺狼添翅膀。

女巫乙 毒蛇长了角，浑身哆嗦为什么？

马　佩 各位仙姑久违了。

众　巫 圣驾到此何事？

马　佩 你们位列仙班，寡人心事也猜不着么？

众　巫 陛下话说哪里，小仙一猜便中。

马　佩 好，你们猜来！

女巫甲 （念）圣君愁眉深锁，

想是政躬违和，

想是外患内忧，啃尝苦果。

满耳是神哭鬼歌，

你无处闪躲。

女巫丙 （念）为的是边寨烽火，

你外强内懦，

不辞劳求救于我……

马　佩　仙姑猜得倒也不错，只是说我马佩外强内则虚么，此言差矣！

女巫丙　何差？

马　佩　马佩受命于天，代郑王而登九五，大仁大智，勇往直前，何懦之有？杜戈不忠，梅云不义，除去心腹之患，何懦之有？何罪之有？

女巫甲　哈，既然如此，陛下又为何来？

马　佩　眼前梅云投奔郑元，与杜宁配合，纠集乌合之众，直扑京师。寡人此来，为的是探明天意。

女巫乙　此话怎讲？

马　佩　如若天亡我，马佩当统率群雄，全歼贼逆。

女巫甲　陛下英武盖世，天降祯祥，老天爷还嫌爱之不够，怎舍得亡你啊！

（唱“脱布衫”）

那玉皇爷特告你天骄马哥：

转眼间海不扬波。

（白）你担心实在可笑呢？

（唱）除非见树林摇簸？

除非有非胎生妖孩一个。

马　佩　何谓树林摇簸，马佩不解？

女巫丙　天要亡你，树林都会走路。

马　佩　何谓非胎生妖孩？

女巫丙　只有不是十月怀胎的人才能打败于你。

马　佩　世上又有这种怪事？如此说来……

女巫乙　天下无敌，江山永固。

女巫丙　只有一件，你——

（唱“小梁州”）

可怜你娇滴滴好老婆，

病入膏肓，吉少凶多。

她那边走火入了魔，

身后事早早张罗，早张罗。

［穿梭绕马佩狂舞。

马　佩　（拔剑狂怒）一派胡言，吃我一剑！

［众女巫隐去，狂笑。

众禁卫　（用剑架住马佩）万岁，醒来！

马　佩　啊！仙人往哪里去了？

众禁卫　只有阵阵狂风怒号不见人影。

马　佩　（寒噤）你们凡人岂能看得见的，带马！

（唱“煞尾”）

霎时星星如雨银河

飞沙走石鬼影婆娑。

苍天不亡我奈我何！

苍天不亡我奈我何！

第七场　闺　疯

［铁氏寝宫，灯光耀如白昼。

铁　氏　（内白）血！

［手拿烛台上。

（唱“斗鹌鹑”）

这时节寂寞深宫鸟无哗也静悄悄，

与陛下絮絮叨叨，进几名忠言，

切莫当耳边风来了也又去了。

近日你为几摊血痴呆呆般地丧魂，

是大丈夫怎扭扭捏妇人般胆小？

又不是阎罗王发来的拘票，

呀哈，

战战兢兢不似个人君，

如何能威慑当朝！

铁　氏　（自言自语）万岁，你把两手藏在背后做甚？血，血有甚么？我这里也有血。啊万岁，这里有水，我们来洗，来洗呀。洗不净？也就算了。（冷笑）万岁，古往今来哪个帝王手上没有鲜血！怕什么？（稍停）万岁你为何惊怒满面？你看见了什么？（鬼魂转身，不是马佩，是郑王！）呀！（烛灭，灯暗、烟火。）

（唱“紫花儿序”）

他圆睁怒目竖毛发，

万乘君怎变成厉鬼夜叉？

郑王魂　你一对狗男女，密谋弑君，寡人索命来了。

铁　氏　（接唱）且莫怨着咱

只怨你太轻信，啊呀，

被人拉下马……

［郑王魂怒目飘然隐去。烟火，杜戈鬼魂。铁氏骇极哀告。

铁　氏　（唱）迷乱中苦哀求杜爷爷，

只恨当日个误听了谗言。

害得爷命丧黄沙！

杜　魂　你夫妇密谋，杀害于我，如今你的气数已尽，还不还我的头来！

［杜戈执刀砍去，铁氏翻跌，跪地求救。烟火，杜戈隐梅氏鬼魂上。

［铁氏昏乱中抱住梅妻，发现后，如遇救星。（白）呀，我道是谁，原

来是亲妹妹。

梅妻魂 （冷笑）我是你刀下的冤魂，谁是你的亲妹妹？

铁　氏 （唱“调笑令”）

莫这般觑咱，

莫这般觑咱，

一藤上两朵花。

贤妹呀，

可怜我冤孽缠身难自拔，

轮番儿索命的高声骂，

一个个露出钢牙！

呀哈，

你你忍心黄鹤楼上看翻船一旁乐煞，

全不念好歹一家！

梅妻魂 你们排斥异己，杀人灭口，只知皇权，断了六亲，逼走梅云，株连及我，杀了人心不跳，脸不红，真是禽兽呀！

［梅妻扑来，铁氏跌倒。烟火，绿鹦鹉飞舞而来。

鹦　鹉 真是禽兽呀！

铁　氏 （秃厮儿）

呀哈，

分明死在指捏爪掐，

今朝又见红粉绿纱，

只见他一句问来一句答，

鹦　鹉 （唱）一句问来一句答。

铁　氏 鹦鹉！

你的招数难把我恐吓，

鹦　鹉 （唱）你的招数难把我恐吓。

铁　氏　奈不何咱！

鹦　鹉　(唱)奈不何咱！

铁　氏　(冷笑)他们都去了，有什么害怕？不要害怕？

［郑、杜、梅妻、鹦鹉分上，逼铁氏。

铁　氏　爷爷饶命哪！(万分惊恐地疲极倒下)

第八场　血　偿

［京城郊外。

［四兵卒、梅云、杜宁引郑元上。

郑　元　(唱"新水令")

急切切满腔不共戴天仇，

白茫茫雪凝甲胄。

扬鞭马蹄疾，

千遍试吴钩。

扫穴犁庭，

提防困兽斗。

(白)京忝在望，只因马佩防守甚严，无法接近。诸公有何良策？

梅　云　臣深知马佩其人，长于固守而疏于谋略。京郊开阔，确乎难以接近。依臣之见，趁明日天色微明之际，下令三军头插树枝徐徐前进，那马佩未必知其所以，待到三军逼近，他已措手不及了。

郑　元　梅将军之计甚好。明晨五鼓，照计而行。

［众下。

［马佩戎装，四侍卫随上。

马　佩　逆风千里真豪杰，东突西奔笑豕狼。郑元小子冒死进犯，孤家早已密令缉查。侍卫们——

众侍卫　有！

马　佩　好生巡查者！（众侍卫下）

［健男缟素上。

健　男　健男叩见万岁！

马　佩　（一惊）你来此何事！

健　男　娘娘归天了！（哭）

马　佩　她，死了！铁氏呀铁氏，老是好逞能，又先寡人走了一步。唉，朕的东宫娘娘呵！

（唱“雁儿落”）

才做了那短命的铁皇娘，
却是那戏中角儿刚台口一转又卸装，
笑人生实在的太匆忙，
荒唐，
谁不是一天天向死亡，
我马佩啊！
料来日不长，
七尺躯宁战死不投降！（黯然）

健男，念你多年侍候娘娘，朕赐你宝剑一柄，自尽去吧！

健　男　（哭，跪）谢万岁！（下）

［五鼓。

众侍卫　（上）启禀万岁，怪事一桩！

马　佩　何事惊惶？

侍卫甲　那城外森林渐渐移动。

马　佩　（大惊）待寡人一观。（登高。复仇军伪装树林如潮水涌来）

众将士　（舞蹈。合唱“梅花酒”）

兵万众，马千匹，
兵万众，马千匹，
树枝儿打扮的，
绿叶儿缠裹的，
时南北，时东西。
遮天的尘沙起，
漫山的树林移，
密藏了刀枪剑戟，
密藏了刀枪剑戟。
骑马的快如飞，
步行的勇无敌，
风卷起郑王旗，
窃国贼死有期，
杀他把先王祭！

马　佩　不好，森林移动。仙姑的话，果然应验了。侍卫们，抬枪备马！

［杜宁上。

杜　宁　俺杜宁在此！

马　佩　（驾住杜刀）贤侄，你不该投奔郑元小儿。

杜　宁　一派胡言，看刀！

［马、杜交战，杜不支，败退，马追赶，梅云上。

马　佩　梅云，我恨不得把你碎尸万段！

梅　云　呸！灭绝人性的魔王！看枪！

马　佩　梅云，曾有仙人对我言，除非不在娘肚子里长大的人，才能伤害寡人的姓名。

梅　云　哈！哈哈！我，母亲怀胎七月，早产了我梅云。嘿，好贼子，你该送命在我手里了！

马　佩　（慌乱）一派胡言，看刀。

（战鼓声中，杜宁回马，与梅云合战马佩，马被梅云枪挑下马，杜赶上乱刀砍死。众将士托举马佩尸首，众齐声高呼“万岁，万万岁”！）

［“万岁”声中，雾霭四起，众隐下，三女巫上。

甲　巫　好一场厮杀。

乙　巫　好一阵喧哗。

丙　巫　这时节一片静哑。

甲　巫　生旦净末丑，急忙把妆下。

乙　巫　这故事真也非真，假也不假。

丙　巫　欲知后事如何？

合　少不得还有后话。

甲　巫　戏是演之不完。

乙　巫　大幕总得落下。

丙　巫　劝诸君切莫当真。

合　姊妹们随风去也！

［剧终。

（1987年演出本）

目录　卷二

1　昆剧　长生殿
唐葆祥　李　晓

31　昆剧　司马相如
郭启宏

73　昆剧　班昭
罗怀臻

111　越剧　梁山伯与祝英台
口述:袁雪芬　范瑞娟
执笔:徐　进　成　容　陈　羽　宋之由　弘　英

149　越剧　西厢记
集体改编　执笔:苏雪安

205　越剧　碧玉簪
剧本整理:黄　沙　弘　英

259　越剧　情探
安　娥　田　汉

293　越剧　红楼梦
徐　进

343　越剧　祥林嫂
吴　琛　庄　志　袁雪芬　张桂凤

387　越剧　孟丽君
吴兆芬

435　沪剧　罗汉钱
宗　华　文　牧　幸　之

551　沪剧　阿必大回娘家
剧本整理：文　牧

昆剧

长生殿

（根据洪昇原著改编）

编　剧

唐葆祥　李　晓

作者小传

唐葆祥(1937—)，男，上海人。曾任上海昆剧团艺术室副主任、创作组组长。

李　晓(1944—)，男，浙江镇海人。现任中国戏曲表演学会常务理事、中国戏曲现代研究会理事、上海古典文学研究会理事、上海比较文学研究会理事。

人物表

唐明皇　念　奴　杨贵妃　永　新　高力士　朝　官　安禄山　内　侍

杨国忠　胡　将　陈元礼　仙　女　梅　妃

第一场　定　情

时间：天宝年间。

地点：长生殿。

[幕起：长生殿内灯烛辉煌。

[朝官们毕恭毕敬，站立两厢，四内侍引唐明皇上。

唐明皇　（唱“东风第一枝”）

端冕中天，

垂衣南面，

山河一统皇唐。

愿此生，终老温柔，

白云不羡仙乡。

高力士　（上）花貌喜沾新雨露，锦袍常惹御炉香。奴婢高力士启奏万岁爷，册封贵妃娘娘，已到殿门候旨。

唐明皇　宣上来！

高力士　领旨。万岁有旨，宣贵妃杨娘娘上殿！

宫　女　（内）领旨！

[宫女引杨贵妃上。

杨贵妃　（唱“玉楼春”）

恩波自喜从天降，

浴罢妆成趋彩仗。

臣妾杨玉环见驾，愿吾皇万岁！

唐明皇　妃子，抬起头来！

杨贵妃　遵旨！（抬头）

唐明皇　妙啊！排宴！

高力士　万岁有旨，排宴哪！

［内奏乐，杨贵妃敬唐明皇酒，宫女敬杨贵妃酒。

众　（合唱“念奴娇序”）

寰区万里，
偏征求窈窕，
谁堪领袖嫔嫱？
佳丽今朝，天付与，
端的绝世无双。

众　臣　臣等恭贺万岁娘娘，恩情美满，地久天长。

安禄山　臣安禄山启奏陛下，今日乃陛下大喜之日，臣愿献胡旋舞，以博天颜一笑。

唐明皇　妙啊！卿且舞来！

安禄山　领旨！

［安禄山起舞，在舞蹈中翻出四条字屏，众臣依次同念。

众　臣　“国泰民安”——“一统皇唐”——“鸾凤和鸣”——愿吾皇“万寿无疆”。

唐明皇　哈哈哈……高力士！

高力士　奴婢在。

唐明皇　庆兴宫赐宴！

高力士　众位大臣，庆兴宫赐宴！

众　臣　谢万岁！（下）

高力士　奴婢启奏万岁爷、杨娘娘，月亮上来啦，何不赏月一回？

唐明皇　朕与妃子，同步阶前，玩月一回。

高力士　掌灯！

唐明皇　（携杨下座）

（唱“古轮台”）

下金堂，

笼灯就月细端相，

庭花不及娇模样。

轻偎低傍，

这鬓影衣光，

掩映出丰姿千状。

朕与妃子偕老之盟，今夕伊始，（袖出钗盒）特携得金钗钿盒在此，与卿定情。

杨贵妃　（接唱）这金钗钿盒，

珍奇无比，

天恩深广。

幸得今日侍君王——

唐、杨　（合）还承望，恩情美满，地久天长！

（幕后合唱“尾声”）

唯愿取，钗不单分盒永完，

恩情美满，地久天长。

［合唱声中，宫女伴舞。

［唐明皇扶着杨贵妃向深宫走去。

［珠帘一道道下。

［幕徐徐闭。

第二场　絮　阁

时间：清晨。

地点：翠华西阁。

［幕间女声独唱：

柳叶双眉久不描，

残妆和泪污红绡。

长门自是无梳洗，

何必珍珠慰寂寥。

［幕在第二句慢慢拉开，一束冷光照射舞台一角，被打入冷宫的梅妃正对着唐明皇赐的一斛珍珠。

［高力士上。

高力士　（念）自闭昭阳春复秋，罗衣湿尽泪还流。

一种娥眉明月夜，南宫歌舞北宫愁。

自家高力士，向年奉使闽粤，选得江才女进御，万岁爷十分宠幸，赐号梅妃，宫中都称她梅娘娘。自从杨妃入侍后，两人甜甜蜜蜜，如胶似漆。那梅娘娘可惨啦，如同关入冷宫一般，再也见不到万岁爷一面。嗨，谁知万岁爷突然想起了她，让小黄门送去一斛珍珠，那梅娘娘睹物伤情，写了一首哀怨的诗，赠于万岁爷。那万岁爷见了诗，倒是动了恻隐之心。今日命咱家密召梅娘娘来到翠华西阁幽会。（向内喊）梅娘娘，这儿就是西阁，您随我来！（进阁）启万岁爷，梅娘娘宣到。

［梅随高进阁，唐明皇与小内侍从内出。

梅　妃　陛下！

唐明皇　妃子！

[梅妃哭拜，唐明皇爱抚地搀起，示意高力士守阁门，扶梅妃下。

高力士　我说来人，快把阁门关上了！

内　侍　是。（下）

高力士　正是，幸喜梅妃蒙圣恩，又怕杨妃闯阁门。我得留神着点哪。（下）

[永新、念奴引杨贵妃上。

杨贵妃　（唱"醉花荫"）

　　一夜无寐乱愁搅，

　　天未晓，潜踪来到。

[高力士暗上，张望，被杨贵妃发现。

杨贵妃　高力士！

高力士　（躲避不及）奴婢在！

杨贵妃　万岁爷呢？

高力士　在阁内。

杨贵妃　还有何人在内？

高力士　没有。

杨贵妃　（冷笑）既没有人，待我进去！

高力士　（慌急）娘娘，只因昨夜万岁偶感风寒，圣体欠安……

杨贵妃　既是圣体欠安，怎生在此驻宿？

高力士　只因西阁清幽，故而在此将息。

杨贵妃　如此，你在此做什么？

高力士　奴婢奉旨守门，不让闲人打扰。

杨贵妃　（怒）高力士，你敢不容我进去么？

高力士　（慌忙叩头）奴婢怎敢？娘娘息怒，（杨不理，直闯进）（高急拦）娘娘少待,(对内)待奴婢叩门!阁内有人吗?

内　侍　门外是谁呀?

高力士　杨娘娘在阁外!

[阁内,小内侍急上。

内　侍　请少待(向内)有请万岁爷!

[唐明皇与梅妃急上。

内　侍　启万岁爷,杨娘娘在阁门外。

[唐明皇劝梅妃暂避,梅妃无奈地下。

[唐明皇示意内侍开门,自己佯在案前瞌睡。

高力士　杨娘娘,阁门已开,请娘娘进去吧。(杨欲进)杨娘娘——到!

杨贵妃　(环视四周)妾闻陛下圣体欠安,特来问安。

高力士　大清早就来请安来了。

唐明皇　寡人偶觉身子不快,未及进宫,何劳妃子清晨到此?

杨贵妃　陛下病体之由,妾倒猜着几分了。

唐明皇　(笑)妃子猜着何来?

杨贵妃　喏——

(唱“出队子”)

都只为相思萦绕,

唐明皇　“相思”?哈哈,哪有此事!

杨贵妃　(唱)为着个意中人把心病挑,

唐明皇　寡人意中人,除了妃子,还有何人?

杨贵妃　妾哪里当得陛下意中人来。陛下向来宠爱梅妃,何不宣召她来,以慰圣情牵挂。

唐明皇　此女久置楼东,哪有复召之理!

杨贵妃　陛下休要瞒妾了——

(接唱)俏东君春心偏向小梅梢,

单只待，单只待望着梅来把渴消。

既不沙，只问恁是谁，

把那珍珠去慰寂寥？

［高力士暗下。

［杨贵妃不理，四处查望，直入内室。

［唐明皇情急，高力士上，与唐明皇耳语："梅娘娘已经走了，这枝翠钿，你藏好了！"

［杨贵妃手拿一只凤舄出。

杨贵妃 啊！这只凤舄是哪里来的？

唐明皇 在，在哪里？啊！这只凤舄是哪里来的？（一拂袖，袖中之翠钿落地）

杨贵妃 （急拾起）哪？又是一朵翠钿！此皆妇人之物，陛下既然独寝，怎得有此？

唐明皇 这……好奇怪啊！高力士。

高力士 奴婢在。

唐明皇 这只凤舄是哪里来的？

高力士 咦，这是哪里来的？

唐明皇 寡人不解吓！

高力士 奴婢也不解吓！

杨贵妃 陛下怎说不解吓！

（唱"刮地风"）

哎呀！只这御榻森严宫禁遥，

早难道有神女飞度中宵。

只问这两般儿信物是何人掉？

［将凤舄、翠钿掷地，高力士忙拾起。

杨贵妃 昨夜谁侍陛下寝来？

可怎生般凤友鸾交，

到日三竿犹不临朝？

外人不知呵——

都只说殢君王是我这庸姿劣貌，

哪知道恋欢娱别有个雨窟云巢！

臣妾自知无状，不堪侍奉君王！

（从袖中摸出钗盒）这钗盒乃陛下定情所赐，今日特来交还陛下——（唱“水仙子”）

拜拜拜，拜辞了往日君恩天样高。

唐明皇 你……（欲怒，高力士示意制怒）啊，妃子，休要如此烦恼，还是将钗盒收下吧！

（接唱）把把把，把深情蜜意从头缴！

省省省，省可自承旧赐福难消。

［杨贵妃将钗盒往唐明皇手中一塞，

［杨一转身，无意间将钗盒打落在地。

唐明皇 啊！

杨贵妃 （惊）……

唐明皇 （恼羞成怒）你，你，你……你不奉召，擅自闯入。寡人再三忍耐，你竟如此目无至尊。岂有此理！高力士，送她出宫！哼！（下）

［杨贵妃被这一突变惊呆了。高力士拾起钗盒，交还杨贵妃，杨贵妃茫然不接。

高力士 杨娘娘，不是奴婢擅敢多嘴，如今满朝文武，巨室豪门，谁个没有三妻四妾，何况万岁爷呢！娘娘也该顾及万岁爷的金面哪！您看万岁爷已经去远了，看在奴婢份上，您把钗盒收下吧。

［杨贵妃哭下。

高力士 唉，一个撒娇，一个着恼，叫我们做奴才的如何得了？我总得想个法子让他们和好如初才好。嗨，你们瞧见了吧，别看咱家平时跟着万岁爷吃香的，喝辣的，要是碰上这档子事，还真不好办哪！奴才也不好当哪！

［幕闭。

第三场　托　情

时间：接前场。

地点：午朝门外。

［幕启：四朝官在朝门外等候，杨国忠匆匆上。

杨国忠　（唱“扑灯蛾”）

晴天里霹雳一声，
匆匆地谢罪朝圣。
娘娘忤君心，
昨夜里出宫廷。
裙带儿相连藤一根，
无端祸生，
吓得人胆战心惊，
吓得人胆战心惊。

四朝官　杨丞相！

杨国忠　列位大人，

［内喝道声——

［安禄山上。

安禄山　（接唱）喜盈盈，伏地蛰龙待飞升。

四朝官　参见安郡王！

安禄山　列位大人请了。

杨国忠　原来是安郡王。

安禄山　哦，杨国忠！

杨国忠　万岁爷命你镇守范阳，你为何还不前往？

安禄山　杨国忠，我来问你！今日万岁命我出镇范阳，可是你参的本？前番万岁欲迁我左相，又是哪个保的本？

杨国忠　此乃圣上旨意，难道你……

安禄山　嘿嘿，你参本也罢，保本也罢，这左相的官儿，也不在俺的心上。只是，闻听娘娘触犯圣上，斥放出宫，可有此事么？

杨国忠　此事与你有什么相干？

安禄山　哈哈……此事与我么，并无干系，只是与你么——

杨国忠　怎么样？

安禄山　与你这裙带上的官儿，只怕就有大大的干系！

杨国忠　安禄山，你不要高兴得忒早！

安禄山　杨国忠，你也何必惊慌！

［内喊："高公公到——"

高力士　（念）絮阁争宠气未消，为此君王不早朝。列位——

众　高公公。

高力士　万岁爷今天龙体欠安，无法视朝，列位大臣请回吧！

杨国忠　这……

安禄山　杨国忠，你我后会有期……

杨国忠　（焦急的）高公公，万岁他……怎么样了？

高力士　（故意的）万岁他昨日龙颜不悦，一夜不曾安寝！

杨国忠　（紧张的）哦，万岁可曾怪罪下官？

高力士　他倒不曾提起你……

杨国忠 （松了一口气）哦，不曾怪罪起我，真是谢天谢地！

高力士 万岁倒是细问了娘娘回府的光景如何。

杨国忠 你看万岁他……

高力士 八成是在吃后悔药呢！

杨国忠 何以见得？

高力士 万岁他现今独坐宫中，长吁短叹……

杨国忠 哦，独坐宫中，长吁短叹！莫非万岁他……

高力士 这还不明白吗？我看万岁爷正在思念杨娘娘呢！

杨国忠 高公公，此事全仗你在万岁面前多多美言几句！

高力士 杨老先，你是个明白人，如今事已至此，恐怕不好办吧！

杨国忠 （摸出一盒，塞在高力士手中）

高力士 （打开一看，惊喜，随即假正经地）嗳，杨老先，咱家的脾气你可是知道的，我平生最恨这种拉拉扯扯……

杨国忠 区区薄礼，不成敬意，还望笑纳！

高力士 那好吧，只此一遭，下不为例！

杨国忠 是，是，下不为例，下不为例！高公公，此事……

高力士 这么着，今晚正是七夕，乃是牛郎织女相会之日，待我将娘娘暗暗带入宫中，与万岁爷相见便了。

杨国忠 只是无有圣上的圣意，如何进宫？

高力士 你怎么又糊涂了，咱们总得给万岁爷一个台阶才好。

杨国忠 要是万岁怪罪下来呢？

高力士 我看，万岁爷见了娘娘，高兴还来不及呢！怎么会怪罪呢！要真怪罪下来，还有咱家我呢！

杨国忠 高公公，你就是我杨家的救命恩人了！请上，受下官一拜。

高力士 杨老先，起来，起来！哈哈哈……

［幕闭。

第四场　密　誓

时间：七夕。

地点：长生殿内外。

［幕启：新月一弯，双星闪烁，殿角上挂有白鹦鹉。

［唐明皇遥望星空，愁绪万端。

唐明皇　（唱“小桃红”）

　　一弯新月夜沉沉，

　　意乱愁难寝也。

［鹦鹉叫：“娘娘来了，娘娘来了！”

［唐明皇信以为真，四处寻找不见。

高力士　万岁爷，鹦鹉在这儿叫呢！

唐明皇　高力士，将这鹦鹉撤了下去！

高力士　领旨。

［内侍捧膳食上，

内　侍　请万岁爷上膳！（唐明皇正对着金钗钿盒出神，不曾听见）

高力士　你倒是响一点！

内　侍　是，（大声地）请万岁爷上膳！

唐明皇　（回身，恼怒）下去！

内　侍　是

高力士　你来得不是时候，它叫得也不是时候，下去吧！

内　侍　是。（接过高力士手中的鹦鹉下）

唐明皇　咳，朕在此想念妃子，却被那厮前来打扰，好不烦人也——

（唱）这景况中，追思已是苦难禁，

怪灵鸟又啼吟，

都只为一时里语欠斟，

枉负他旧日的恩情甚也。

叹弦断，离了知音，

欲和好，怎为情，

更羞对，双星照临。

［高力士内喊：“杨娘娘，走好啦——”

［高力士引杨贵妃上。

杨贵妃 （唱“下山虎”）

更深漏尽，

旧地逡巡。

怅望得九重远，

咫尺隔层云。

往常间，我含笑还嗔，

他那里，百事依顺。

为横枝轻将连理分！

思将何物传情悃？

唯有一缕青丝可感君。

这头发呵——

曾共他枕上相偎衬，

曾对他镜中撩云，

全仗这断丝残魂寄殷勤！

唐明皇 我那妃子呵——

（唱“五般宜”）

想着你初来时情真意真。

杨贵妃 （唱）想着你乍别时，心惊胆惊。

唐明皇 （唱）我怎能霎时负前盟？

杨贵妃 （唱）我怎能忘却些儿云情雨情？

唐明皇 （唱）只愁你孤身只影。

杨贵妃 （唱）只愁你心神不宁。

唐、杨 （合唱）

思念煞，音讯难凭，

钗盒情，何日再订？

［唐明皇倦极，倚栏而眠。

［杨贵妃步上长生殿外平台，见唐明皇一愣，欲去不忍，将一缕青丝放在桌上，又将凤帔轻轻盖在唐明皇身上。

唐明皇 （睡梦中惊喊）妃子——妃子——

［杨贵妃吃惊，下意识避入假山石后。

唐明皇 （四处寻找不见）呀，又是一梦……啊，这凤帔是哪里来的？莫非是我那妃子来过了？妃子哪里，妃子哪里？啊，这青丝又是哪里来的？异香扑鼻，这不是我那妃子的香云么？高力士！

高力士 奴婢在。

唐明皇 适才有谁到此？

高力士 奴婢一直在此侍候，没人来过啊！

唐明皇 分明我那妃子来过了，快去找来，快去找来！

高力士 领旨。（下）

唐明皇 （念）这缕缕青丝，片片香云，

勾起我思无限，愁万分。

记前宵香气枕边闻，

到今朝和泪寄断魂。

悔煞我一时任性，

枉负你一片真情。

妃子，妃子，寡人自知不是，欲待赔罪，难以启齿。哎，我宁可做一介平民，亦好与你做个恩爱夫妻！妃子，妃子——

杨贵妃 （心情激动，不可自抑，投向唐明皇）陛下！

唐明皇 啊！玉环！

［幕后独唱：

秋光静，碧沉沉青烟送暝，

再度相逢珠泪迸。

唐明皇 玉环，想煞寡人也！

杨贵妃 都是臣妾无状——

唐明皇 不，不，不，是寡人的不是。朕尝到分离之苦了！（为玉环拭泪）从今以后，你我再也不分离了。

杨贵妃 臣妾只怕春去花老，你我的恩情不能地久天长！

唐明皇 玉环，休得多虑。今夕正是七夕，你看天上的牛郎织女正相会呵——

杨贵妃 那牛郎织女虽则一年一度相会，却是一片真心，万古不变。

唐明皇 朕亦是一片真情，万古不变。喏喏喏，你我对着双星盟誓如何？

杨贵妃 （幸福地）三郎！

唐明皇 来呀！

唐、杨 双星在上，我李隆基、杨玉环，愿生生死死，共为夫妻，永不分离，双星鉴之！

［唐明皇将金钗为杨贵妃插上，又给她披上凤帔，步上高台，遥望星空，双星闪烁，似乎在向他们祝福。

［幕后独唱转合唱：

七月七日长生殿，

夜半无人私语时。

在天愿为比翼鸟，

在地愿为连理枝。

［幕闭。

第五场　起　兵

地点：郊外。

时间：秋天。

［幕起：胡笳声紧吹，安禄山引众胡将上。

众　（唱“朱奴儿”）

明晃晃刀枪，

剑戟角弓张，

飞豹旗风外飘扬。

虎将狰狞声势壮，

马如龙掣断丝缰。

人如猛虎下山岗，

夺中原意气昂。

安禄山　（念）夙怀大志蓄异谋，兵强马壮踏中原。某安禄山向在唐室为官，那皇帝老儿欲封俺为左相。叵耐杨国忠那厮，百般阻拦。为此圣上命我镇守范阳，且喜跳出樊笼。趁此君昏臣暗，文恬武嬉之日，正好发兵。众将官——

众　喳！

安禄山　各路人马，擂鼓吹号，兵发潼关！

众　得令！

（唱“泣颜回”）

鼙鼓震天响，

振军威，鼙鼓震天响。

密匝匝铁骑连营列，

倒海翻江。

纵然是雄关与险道，

怕什么铁壁与铜墙。

觑定了小中原在眼，

敢教它归吾执掌！

［幕闭。

第六场　惊　变

时间：接前场。

地点：御花园。

［幕启：唐明皇、杨贵妃乘辇同上，宫女随上。

唐明皇　（内唱“北粉蝶儿”）

天淡云闲，

列长空数行新雁。

妃子，朕和你散步一回者。

唐明皇　（唱“南泣颜回”）

携手向花间，

暂把幽怀同散。

凉生亭下，

风荷映水翩翻。

杨贵妃 （接唱）爱桐阴静悄，

碧沉沉并绕回廊看。

恋香巢秋燕依人，

睡银塘鸳鸯蘸眼。

唐明皇 宫娥们，撤宴过来！

宫　女 领旨！

杨贵妃 待臣妾把盏。

［杨贵妃欲把盏，唐明皇阻止，永新上前把盏。

唐明皇 （唱“北石榴花”）

不劳恁玉纤纤高捧礼仪烦，

只待借小饮对眉山。

俺与你浅斟低唱互更番，

三杯两盏，遣兴消闲。

杨贵妃 陛下请。

唐明皇 妃子请。

杨贵妃 干！

唐明皇 干！妃子，今日虽是小宴，倒也清雅。

杨贵妃 便是。

唐明皇 妃子，来来来，请！

杨贵妃 陛下再请。

唐明皇 干！

杨贵妃 干！

唐明皇 啊，妃子，记得那年在沉香亭赏牡丹，召翰林学士李白，草清平词三首，命李龟年度成新谱，其词甚佳。不知妃子可还记得？

杨贵妃 臣妾还记得。

唐明皇 可为朕歌之?

杨贵妃 领旨。

(唱“南泣颜回”)

花繁浓艳想容颜。

云想衣裳光灿。

新妆谁似,

可怜飞燕娇懒。

名花国色笑微微,

常得君王看。

向春风解释春愁,

沉香亭同倚栏杆。

唐明皇 哈哈哈——

[鼙鼓声大作,宫女扶杨贵妃下。杨国忠内声:“啊呀,不好了——”上。

杨国忠 (念)渔阳鼙鼓动地来,惊破霓裳羽衣曲。臣启陛下,大事不好!

唐明皇 啊?

杨国忠 安禄山造反,打破潼关,不日就到长安了。

唐明皇 守关将士安在?

杨国忠 哥舒翰兵败,已降贼了!

唐明皇 哦,啊呀!

(唱“北上小楼”)

恁道失机的哥舒翰,

称兵的安禄山,

赤紧的离了渔阳,

赤紧的离了渔阳,

陷了东京,破了潼关。

吓呀，吓得人胆战心摇，

吓得人胆战心摇，

肠慌腹热，魂飞魄散，

早惊破月明花粲！

杨国忠 臣当日再三启奏，禄山必反，陛下不听，如今果应臣言。

唐明皇 卿有何策，可退贼兵？

杨国忠 陛下，事起仓促，难以抵敌，不若暂且入川，以待天下勤王。

唐明皇 依卿所奏，快传旨，诸王百官，即刻随驾幸蜀便了。

杨国忠 遵旨，下面听着，诸王百官，即刻随驾幸蜀去者！

［幕闭。

第七场 埋 玉

时间：初秋。

地点：长安西郊转马嵬坡驿亭。

［幕启：唐明皇、杨玉环、高力士、陈元礼引军士列队过场。

众 （同唱“粉孩儿”）

匆匆的弃宫闱珠泪洒，

叹凄凄冷冷半张銮驾，

望成都直在天一涯。

渐行来渐远京华，

五六搭剩水残山，

两三间空舍崩瓦。

高力士 启万岁爷，来此已是马嵬驿啦！

唐明皇　吩咐暂驻銮驾。

高力士　(对众军)暂驻銮驾!

［唐明皇与杨贵妃进驿亭。军士与陈元礼俱下。

［内喊声:要杀杨国忠的随俺来!

［杨国忠逃上,军士追上。

杨国忠　啊呀……(被军士砍死,拖下)

［唐明皇、杨贵妃急上高力士随上。

唐明皇　高力士,快宣陈元礼进见!

高力士　万岁有旨,陈元礼进见!

陈元礼　(上)臣陈元礼见驾。

唐明皇　众军为何呐喊?

陈元礼　启奏陛下,禄山造反,圣驾播迁,都是杨国忠专权误国。今日他又烧毁便桥,私通吐蕃,激怒六军,竟将杨国忠杀了!

唐明皇　啊!

杨贵妃　喂呀!(掩袖而泣)

唐明皇　陈元礼,你竟敢擅杀大臣么?

陈元礼　万岁,众怒难犯呀!

唐明皇　你……这也罢了,传旨起驾!

陈元礼　众军听者,圣上赦尔等擅杀之罪,速速起驾!

［内喊:"国忠虽诛,娘娘尚在,不杀贵妃,誓不护驾!"

陈元礼　启万岁,众军言道,国忠虽死,娘娘尚在,不肯起行,望陛下割恩正法!

唐明皇　啊!

杨贵妃　啊呀!

(唱"风入松")

　　风波陡起堪惊诧,

亲兄已遭劫杀。

妾在深宫自随驾，

又何干六军疑讶。

长跪乞求陛下，

刀兵莫向臣妾加！

唐明皇 （唱“急三枪”）

妃子你泪莫洒，

眼前事休惊怕，

赫赫君威在，

岂容他乱军哗！

［内呐喊声，高力士、陈元礼急忙巡视。

高力士 啊呀，万岁爷，外厢军士已把驿亭团团围住了！如何是好？

唐明皇 陈元礼过来，你快去安抚六军，说朕——自有道理！

陈元礼 陛下，众军言道，不杀贵妃，誓不护驾！

唐明皇 国忠纵然有罪，与妃子何干？要杀贵妃，万万不能！

陈元礼 臣启陛下，贵妃虽则无罪，国忠实系亲兄，今在陛下左右，军心不安。若军心不安陛下则不安；若军心安，则陛下安矣。伏乞三思！

唐明皇 喔……喔……喔……

杨贵妃 喂呀——

唐明皇 有寡人在此……

杨贵妃 陛下呀——

（唱“风入松”）

眼前事只怕难禁架，

妾薄命应受折罚。

一似急风吹落花，

鸳鸯横遭浪打。

岂是贪生怕死，

痛生生怎舍官家？

唐明皇 妃子啊——

（唱“风入松”）

怎能将七夕甜甜蜜蜜果，

翻做成苦苦涩涩的瓜！

怎忍看一朵娇娇滴滴花，

任风雨摧残断送天涯！

他那里若是再禁架，

我拼代你陨黄沙！

［军士们冲上，欲进驿亭，高力士、陈元礼抽刀架住。

高力士 众军休得近前，圣上即刻下旨！

［众军退下。

高力士 啊呀，万岁爷，众军要拥进来了！

唐明皇 待朕出去！

高力士 万岁，去不得！

唐明皇 朕何俱一死？

杨贵妃 陛下！（拖住唐明皇衣袖）

陈元礼 啊呀，陛下呀！眼下贼势猖獗，各地勤王之兵等待万岁下诏召集。万岁若如此轻生，岂不将我大唐江山断送于安禄山么？望万岁以江山社稷为重，以黎民百姓为重！

高力士 万岁爷，陈将军言之有理！

［众军呐喊声起。

唐明皇 这……

杨贵妃 陛下啊，事到如今，妾只有一死，以报君恩！

唐明皇 妃子，你若捐生，朕虽有九重之尊，四海之富，要它作甚？我是决不肯抛舍你的嘘！

杨贵妃 陛下，三郎！你一片真情，妾感激不尽。但求陛下平安无事，妾死也瞑目了！

唐明皇 朕连妃子也不能保全，还算什么堂堂天子！

杨贵妃 容妾长辞！（跪下拜别）

高力士 万岁爷，娘娘深明大义，慷慨捐生，还求万岁以社稷为重，勉强割恩了吧！

［众军呐喊声起。

唐明皇 妃子……妃子……

［高力士强拉唐明皇下。

［高力士手捧白练上。

高力士 娘娘，有什么话吩咐奴婢几句。

杨贵妃 高公公，圣上春秋已高，只有你是旧人，须要小心侍奉！

高力士 奴婢知道。娘娘你还有什么事要托付奴婢的吗？

杨贵妃 （取下头上金钗，袖出钿盒）这钗盒是圣上定情所赐，与我交回陛下。休要念我了。

高力士 是，娘娘。（接下钗盒）

陈元礼 请娘娘复旨！

［杨贵妃颤抖地从高力士手中接下白练。

高力士 苍天哪苍天，保佑娘娘早升仙界！

［杨贵妃手捧白练，向南拜别圣上，缓慢地拖着白绫向舞台深处走去。

［幕后独唱：

　　一代红颜为君尽，

　　千秋遗恨马嵬驿。

［天幕上一条巨大的白练凌空升起。

陈元礼　起驾——

［军士们列队而行，合唱声起：

一代红颜为君尽，

千秋遗恨马嵬驿。

［幕闭。

第八场　雨　梦

时间：数年后秋夜。

地点：长生殿。

［幕后合唱：

西宫南内多秋草，

落叶满阶红不扫。

梨园子弟白发新，

椒房阿监宫娥老。

［幕启：唐明皇旧殿重到，无限感慨。高力士关窗点灯。

唐明皇　（念）重来旧殿暗魂销，

苑柳宫花一样凋。

［高力士将金钗、钿盒给唐明皇，暗下。

唐明皇　（念）金钗钿盒依然在，

不见伊人一梦杳。

咳，寡人好不悔恨也——

（唱“脱布衫”）

羞煞咱，掩面悲伤，

救不得，月貌花庞。

是寡人全无主张，

不合呵将她轻放。

（唱“小梁州”）

我当时若肯将身去抵挡，

未必他直犯君王；

纵然犯了又何妨，

泉台上倒博得永成双。

（唱“幺篇”）

到如今独自虽无恙，

问余生有甚风光！

只落得泪万行愁千状，

人间天上。

此恨怎能偿！

［唐明皇隐几而卧，入梦。

［幕后独唱：

悠悠生死数年别，

魂魄不曾入梦中。

［传来一声凄厉的呼叫“陛下——”

唐明皇 妃子，妃子——

［在飘渺的云雾中，仙女们跳起《霓裳羽衣舞》，杨贵妃也在其中。唐明皇可望而不可即，加入舞蹈。

［幕后合唱：

霓旌飘飘，

清风万里飏，

雨露承恩草木芳，

喜山河一统皇唐。

碧海沉沉，

蟾宫映清光，

青女素娥齐拜仰，

愿此情地久天长。

［突然一阵鼙鼓声，杨贵妃不见。伴随着安禄山狰狞的笑声，仙女们列成白绫状晃动，渐渐退去，天幕上出现白绫。

［唐明皇回头见白绫惊醒。

唐明皇 啊！

［茫然四顾，依然是破旧的长生殿。雨声淅沥，檐铃叮咚，孤灯一盏，摇曳不停。

［幕后独唱和合唱：

凄风苦雨檐铃响，

孤灯伴我旧君王。

天长地久有时尽，

此恨绵绵永难偿，

永难偿——

［一束微弱的灯光，照射着发呆的唐明皇。

［剧终。

（1987年演出本）

昆剧

司马相如

编　　剧

郭启宏

作者小传

郭启宏（1940—　），男，潮州市饶平县人。现为北京人民艺术剧院编剧，兼任北京文联副主席、北京戏剧家协会主席。

人物表

司马相如　字长卿，蜀郡成都人；文采风流，官至中郎将，后拜孝文园令

卓文君　蜀郡临邛人，卓王孙之女

卓王孙　临邛巨富

东方朔　官拜太中大夫，善诙谐

杨得意　宫廷狗监

王　吉　临邛县令，司马相如之友

墨　香　司马相如之琴僮

伴　月　卓文君侍女

宾客甲、乙，僮仆，衙役，武士，轿夫等若干人

第一折　桥　会

［暮春。

［临邛郊外，青云桥。

［青年士子们拥上青云桥，器宇轩昂过桥……

幕后合唱：

　　云舒云卷，
　　巴蜀依然，
　　看青衿争拥，
　　青云桥畔，
　　青阳里青眼向青天。
　　独有那倦游人，
　　功名梦断。

［幕内墨香呼：相公，快走哇！司马相如上。

司马相如　（唱“南仙吕、桂枝香”）

　　野山似笑，
　　云桥若消，
　　曾经自诩英豪，
　　终竟浪夸才调。

墨　　香　相公，青云桥到了！

司马相如　青云桥？墨香，去看看我当年题字还在么？

墨　　香　（上前看）在哪！（边看边念）“不乘高车驷马，不过此桥……”

司马相如　（自吟）不乘高车驷马，不过此桥。唉！

（接唱“桂枝香”）

羞惭怎消？

羞惭怎消？

徒有一胸高傲，

空余数声长啸。

望晴霄——

烟云落寞伤春暮，

书剑飘零叹路遥！

王　　吉　长卿兄！

司马相如　王吉仁兄！

王　　吉　适才差役来报，官道上来了主仆二人，一说长相，我就晓得是你，来！请过桥吧！

司马相如　这……我落魄如斯，羞过此桥。

［内人声嘈嘈。中军吆喝：闲人散开，杨大人过桥了，杨得意坐在滑竿上，手捧小狗。

王　　吉　（喊）杨公公！

杨 得 意　（示滑竿）停下。哟！这不是王吉兄么？

王　　吉　杨公公，驾临本县也不招呼一声，我也好尽尽地主之谊啊！

杨 得 意　王吉兄有所不知，皇上喜爱狗，我是公务繁忙啊！哈哈哈（见司马相如）这位是……

王　　吉　他就是名传千里司马长卿！

杨 得 意　哦！长卿兄，想不到咱们三个成都老乡在这儿见面呢。长卿兄，你的《子虚赋》可是天下传颂！何不进京去求取个功名呢？（司马相如冷淡）当今的皇上可不比从前的了！

（念）皇上英伟有雄才，

选贤高筑黄金台。

长卿果然雄心在，

正好进京展奇才！

［司马相如兴味索然，不睬杨得意。

杨得意 （尴尬地）哦！我还要替皇上选狗，选狗，告辞了！（杨得意踌躇满志偕中军等下）

王　吉 （羡慕地）杨得意，杨得意，真是洋洋得意！这位仁兄从小欢喜养狗，想不到一技之长竟然发达，做了朝廷狗太监，深得万岁欢心。正是人仗狗势，不可一世！

司马相如 （猛然爆发）如此看来，文章何用！

（唱“长拍”）

何必文章！

何必文章！

鸡鸣狗叫，

胜过龙吟虎啸！

秕糠高举，

稂莠昂立，

涧底松难见青霄！

王　吉 长卿兄何必自寻烦恼？你我弟兄相见不易，请到敝衙相聚几日？

司马相如 多谢盛情，我不过此桥了！

王　吉 长卿兄，你可知道我们临邛有宝啊！

司马相如 什么宝？

王　吉 （吟）天下豪富在蜀郡，

蜀郡豪富卓王孙。

实不相瞒，今日是他请我相约长卿到他府中一叙啊！

司马相如　一身铜臭的俗人！

王　　吉　卓王孙是个俗人，可他的女儿乃是稀世之珍啊！

司马相如　她是何人？

（吟）天生丽质美丰韵，

可怜新寡无知音。

噢！莫非她就是世人传说的才女，能吟诗善操琴的。

王　　吉
司马相如　（同时）卓文君！

［似有琴声传来，复闻女声吟诵："……楚王乃驾驯驳之驷，乘雕玉之舆，靡鱼须之桡旃，曳明月之珠旗……"

司马相如　（惊奇）这是我的《子虚赋》啊，我的《子虚赋》——

（唱"短拍"）

天降娇娃！

天降娇娃！

愁氛尽扫，

把功名利禄全抛。

飞步上云桥！

问山水为谁妖娆？

休笑我神魂颠倒，

便是无情花鸟也情摇！

［幕后伴唱：

才略风情何托？

红衫翠袖绿裙！

［幕闭。

第二折　琴　挑

[卓府厅中。

[卓文君靓装艳服，手捧《子虚赋》边读上。

卓文君　（赞叹地）好赋啊！好赋！

（唱“南仙吕入双调，忒忒令”）

骇世客或生空桑，
绝代才应来天上！
芳心随柳丝丝荡。
怨天公，欠思量，
强派侬，作娇娘，
怎同伊诗文交往？

[卓王孙春风满面上。

卓王孙　（念）万贯家财称大款，
买得地来买得天！
只有风雅难买到，
想不到文章大腕在眼前！

小的们！今天有贵客临门，你们要与我里里外外前前后后上上下下都要打扫打扫干净。（回身见房内卓文君，喊）文君，女娃娃！

卓文君　爹爹来了，女儿迎接爹爹。

卓王孙　文君哪！我是无事不登三宝殿，今天爹爹要向你借一样东西。

卓文君　爹爹又来说笑，女儿除了一个自由身，这家中里里外外哪一件不是爹爹你的？

卓王孙　话是这样讲，我就怕女儿你不肯哪！

卓文君　（撒娇地笑）爹爹到底是借什么？

卓王孙　嘻嘻嘻，我借的就是你那张心爱的绿绮琴！

卓文君　（一愣）绿绮琴？

卓王孙　不错。

卓文君　不借！

卓王孙　女儿啊！今天是有贵客临门。

卓文君　（嬉笑）爹爹有什么贵客？俗客。

卓王孙　这位贵客还是县太爷花了好大力气请得来的。

卓文君　附庸风雅之辈，莫污了我的冰弦清韵！

卓王孙　（搔首，忽见文君手中的《子虚赋》）呶呶呶，这位贵客就是写《子虚赋》的司马相如先生！

卓文君　（一惊）哦！成都司马相如。

卓王孙　就是他！

卓文君　爹爹，女儿也要见见司马先生。

卓王孙　啥子？你也要见见他。

卓文君　我还要拜他为师。

卓王孙　还要拜他为师。

卓文君　（浮想翩翩）司马先生定是一位儒雅可敬的长者……

卓王孙　（狡黠一笑）为啥一定是个老头儿呢？

卓文君　那《子虚赋》文采斑斓而又风神奇伟，岂是花拳绣腿的浮薄少年做得出来？

卓王孙　哈哈！你一猜就猜错了！人家三十刚出头，真是要脸蛋有脸蛋，说潇洒还真潇洒，要不是他穷得叮当响，还是个白丁，我早就招他来做我的倒插门女婿！

［内声：贵客到！

来了！（见女儿手中《子虚赋》）这个借给我摆摆样子啊！

［急下。

卓文君　（愕然、惊喜、羞怯）

（唱“沉醉东风”）

甚缘故心惶惶，心惶惶。

好一似小鹿儿轻撞……

伴月，抱琴来！（伴月内应抱琴出来）

猛抬头烂漫春光，烂漫春光！

（卓文君示意伴月抱琴送去，下）

［卓王孙及宾客甲乙上“请哪！”“请哪！”王吉引司马相如上。

卓王孙　今日司马先生光临，老父台枉驾，可谓蓬，蓬蓬蓬蓬蓬……（想不出词儿）

王　吉　卓翁，蓬蓬蓬打鼓啊！

宾客甲　（提醒卓王孙）蓬荜生辉！

卓王孙　我晓得，碰到了墙壁自然会生灰啰！（众笑）司马先生，我一辈子理财经商，最爱翰墨文章，我家中还有好多珍奇宝贝请先生鉴赏，鉴赏。

王　吉　（意在言外）长卿兄，你可要仔细地看哪！

［众簇拥卓王孙下。

司马相如　（情不自禁向珠帘内张望。）

（唱“园林好”）

赏珍奇前厅后堂。

偷眼向珠帘眺望。

影绰绰踟蹰俯仰……

［侍女往来穿梭，摆琴桌等，伴月抱琴上。司马相如与立于帘内的卓文君四目相对，秋波频递。

司马相如　（接唱“园林好”）

花解语，玉生香！

（幕后伴唱）

花解语，玉生香！

二　　人　（唱“江山儿”）

果真天上客，

果真天上客，

飞来巴蜀乡。

似梦里蓬莱览胜三山浪。

瑶池细酌千花酿，

苍梧醉赏双妃唱……

却怎生咫尺天涯莽莽，

也只好束带矜庄，（重句）

隔的个银河凝望！

（伴唱）

银河凝望！

[众人哈哈哈，上。

王　　吉　（调侃）长卿兄，眼睛都看直了！

卓 王 孙　司马先生，你在看什么？

司马相如　我在看这张瑶琴。

卓 王 孙　这张瑶琴，是我女儿的心爱之物，价值连城，名叫绿绮琴。

司马相如　（惊喜）绿绮琴！（用手一拨琴弦）

卓 王 孙　看先生这架势，好像会两下子，何不弹奏一曲，让我们也好好饱饱眼福？

众　　　　饱饱耳福。

宾 客 乙　嗳！这琴是要听的！

卓 王 孙　听琴！就不许看琴？我就是喜欢看他十个手指头在琴弦上噼

里啪啦乱动弹。

司马相如 张弦代语，借韵传情，献丑了！

（弹琴并歌）

凤兮凤兮归故乡，

遨游四海求其凰。

有艳淑女在斯堂。

何缘交颈为鸳鸯！

卓文君 呀！（唱“品令”）

冰弦数弄，

心弦共铿锵。

如痴如梦，

魂魄上高唐……

司马相如 （弹琴复歌）

凤兮凤兮从凰栖，

得托孑尾永为妃。

交情通体心和谐，

中夜相从别有谁？（重句）

别有谁。

卓文君 中夜相从……

（唱“品令”）

欣喜若狂，

玉宇知音降！

瑶琴作伐，

神交心赏。

敬谢天公，

慧眼派侬作娇娘！

合　　唱　作娇娘(重句)

众　　　　请教曲名?

二　　人　(脱口而出)《凤求凰》(文君下)

卓 王 孙　弹得好!弹得好!

宾 客 乙　什么叫《凤求凰》。

卓 王 孙　凤求凰,凤求凰。就是那个母鸡倒过来求公鸡啊!

(众笑)

王　　吉　啊!卓翁,今朝酒水不好马马虎虎格!

卓 王 孙　放心,我早就准备好了,来来来,先跟我去吃点四川风味红油水饺,赖汤元!请!请!

(众簇拥下)

司马相如　(且望帘内且走)浓妆不掩天然样,一个文君,胜却万里封疆!

(唱"川拨棹")

忽惆怅,

只怕是空劳梦,徒臆想!

伊或许片刻轻狂?

却怎生抛撇华堂?

又恁地踏碎清霜?

[卓文君夜装上。

卓 文 君　(接唱"川拨眉")

提什么华屋画堂,重露繁霜!

卓 文 君　拼名节,理新妆,

走星夜,奔情郎!

(柔声喊)长卿!

司马相如　(蓦然回首,喜出望外)文君!

[两人拥抱。

（幕后伴唱“意不尽”）

神仙眷筑室玄黄，

更遑论桑间濮上？

哎呀呀千古一人——

［卓文君！

百世芳！（重句）

［两人相拥。

［幕闭。

第三折　奉　使

［卓王孙上。

卓王孙　气死我了，气死我了！

（念）司马相如穷书生，

勾引我女儿去私奔，

人人笑我卓王孙，

害得我临邛县内难做人，

我难做人。

［宾客甲乙上。

宾客甲　卓翁，你可晓得，城西又新开了一家酒店。可有陈年好酒，消消我心中的愁闷。

宾客乙　听说当垆卖酒的还是个绝色女子！

卓王孙　是个漂亮的女娃娃？走！去饱饱眼福！

宾客甲　啊！卓翁，这个女人你可不能饱眼福。

卓王孙　老子有的是钱，我就不信天底下有不见钱眼开的女人。

宾客乙　不可啊不可！这一位么……

卓王孙　（追问）是哪个？是哪个？

宾客甲　正是府上的文君小姐。

卓王孙　啊！是她，准又是司马相如那狗日的搞的鬼，来逼我的嫁妆钱！

宾客甲　司马相如一贫如洗。

宾客乙　文君小姐只怕难耐清贫。

卓王孙　（心疼）我的女娃娃要受苦了。

宾客甲　卓翁何不送些银两与他，也就算了！

卓王孙　要钱？没得！小的们，拿好家伙砸他的酒铺去。（带众家丁下）

（宾客甲、乙溜下）

［酒店店堂。

（合唱）

沽不完人间一坛酒，（重句）

涤不尽世上千般垢，（重句）

暂收拾万恨千愁，

且吩咐一张笑口！

一张笑口。

［司马相如着犊鼻裤提椅子上，墨香、伴月抬桌子上，卓文君系围裙当垆。

卓文君　长卿！新店开张，快去吆喝啊！

司马相如　我去？嗳，墨香你去！

墨　香　啊？让我去吆喝？我不去！

司马相如　伴月，你去！

伴　月　我不敢，我不敢！

卓文君　好！好！我去！

司马相如　怎能让你去啊！还是文君当垆，相如卖酒。

墨　　香
伴　　月　好！好！相公吆喝，相公吆喝。

司马相如　（欲叫，又开为出口）嗳……吆喝啊。

司马相如　哎！开张咯！南来的北往的，东奔的西忙的！列位客官快来，快快来呀！

卓 文 君　要他们来做什么？（逗他开心）

司马相如　喝酒啊，本店窖藏美酒，亚赛玉液琼浆，醉倒山东大汉，熏死关西婆娘……（众笑）

卓 文 君　啐！这样吆喝，哪个敢来喝酒？快报酒名上来。

司马相如　好，好，好。待我来报，哎，本店有美酒千坛，有翡翠绿，琥珀黄，玫瑰艳，葡萄香，西凤，茅台，五粮液，花雕，加饭，女儿红，还有文君陪酒……

三　　人　啊！

司马相如　哦！文君美酒，文君美酒！（笑）女掌柜，来口水喝！

卓 文 君　要得！墨香，赏茶一杯！

墨　　香
伴　　月　碧螺春一杯啰！（笑下）

卓 文 君　（笑）看你这条犊鼻裈，真像个店小二。

司马相如　我这是放牛娃穿的，牛仔裤啊！

二　　人　（唱"南越调，小桃红"）

富豪衣锦又披纱，
卖酒家穿裤衩也！
动也轻盈，
静也潇洒，
天放去浮华！

也潇洒，去浮华，

女当垆何不穿裤衩也！

［伸手扯卓文君裙子。

卓文君　（推司马相如手）哈哈哈，长卿你真会穷开心！

司马相如　穷……（复黯然神伤）穷哪！一代才女当垆酒家，堂堂七尺何颜立足天下？

卓文君　（解意，抚慰）长卿，不必如此。苏秦有贫贱之羞，韩信还有胯下之辱……

司马相如　文君，我，我不甘心啊！

［卓王孙带众家丁气势汹汹上。内喊："走！走！走！"

卓文君　爹爹！

卓王孙　噢！总算你还认得我是你的爹爹？

卓文君　爹爹请息怒，来来来坐下了，饮上两杯，有话慢慢讲来。

卓王孙　讲啥子？跟我走！

卓文君　哪里去？

卓王孙　回家去！

卓文君　（幸福地）这里就是我的家。

卓王孙　啥子？这里就是你的家？

司马相如　岳父大人！

卓王孙　哪个是你的岳父大人？你这个无耻小人！

卓文君　爹爹前来看望女儿，足见父女情深，他是你的女婿，爹爹也该以礼相待呀！

卓王孙　以礼相待？他不管三七二十一把你给骗走了，他讲的啥子理哟！

卓文君　此乃女儿自己作主，爹爹不要迁怒长卿。

卓王孙　哎呀女儿哪！你是爹爹的心肝好宝贝，我这也是为了你好啊！

你不能只顾眼前恩爱，他不就是写了个《子虚赋》么？有学问还能当得了饭吃么？

卓 文 君 爹爹，文君一不贪钱财，二不攀权势，但求一个同声相应、同气相求的知心人。

司马相如 （感动）文君！

卓 王 孙 （推司马相如）走！文君，我问你到底跟不跟我回去？

卓 文 君 爹爹，不要逼迫女儿！

卓 王 孙 文君哪！你总不要爹爹跪下求你啊！

卓 文 君 爹爹如此相强，女儿实难从命。

卓 王 孙 你们两个这是敬酒不吃吃罚酒。小的们，你们给我砸他的酒铺！

［众家丁“砸”的一声，乱砸一气！

（东方朔内声：“圣旨下”。东方朔、王吉及骠骑上。）

东 方 朔 圣旨下，司马相如接旨！诏曰：兹因西南有事，特封司马相如为中郎将，为朕草拟檄文，克日出使西南夷。望诏谢恩哪！

司马相如 （惊喜）万岁！万万岁！

东 方 朔 哈哈哈，长卿兄你可真是，高才好运气哪！

司马相如 东方兄，此事从何而起？

东 方 朔 有一天，皇上读了你的《子虚赋》拍案叫绝，然后长叹一声：说道朕恨不能与那司马相如同时而生！哈哈，皇上还当你是位古人呢！（众笑）

王　　吉 妙趣啊妙趣！

东 方 朔 还是狗监杨得意上奏说：“司马相如还结结实实地活着哪！”哈哈哈。

司马相如 哈哈哈，总算苍天有眼呀！

（唱“正宫・锦缠道”）

　噫吁嘻！

一江风阴霾褪尽，
晴山点点春。
点点春。
和氏璧离了湮沦，
昆吾剑出了埃尘，
大宛马脱了羁困，
高树拂青云！

王　吉　卓翁，贵婿平步青云，我等拜见中郎将！

二　人　拜见中郎将！（司马相如不理卓王孙）

卓王孙　嗨！他这是小人得志，现如今有得钱才是大人，没得钱你还是个小人。

司马相如　（接唱“锦缠道”）
料天道当酬英俊，
看我赤手整乾坤。
人去也，匠心独运，
待功成，慷慨报君恩！

东方兄，我此番前去，定能旗开得胜，马到功成！

东方朔　（语重心长地）长卿！

（唱“小普天乐”）
祸和福，相为邻，
吉和凶，相招引。
浮沉海原在要津，
是非地最是宫门。
慎！
暖风熏人，
峨冠可误身。

须记取群轻折轴，

众口铄金。

卓 文 君 长卿，东方大人金玉良言，你要牢记在心。

司马相如 嗳！我还未曾上任，你们左一个祸福，右一个吉凶，我还做什么官哪？

卓 文 君 长卿，文君愿随同上任，甘苦与共……

司马相如 啊！随同上任？你去做什么？（对众）她去做什么？

东 方 朔 （见卓文君尴尬，打圆场）哈哈！长卿兄，嫂夫人要跟你前去，乃是疼爱于你。长卿兄一人在外，嫂夫人不放心，怕丢了老公啊！

卓 文 君 文君名节换来，岂能轻抛？我是想随同上任，有事么，也好有个商议啊。

司马相如 夫人同行，只怕亘古无有的吧？

卓 文 君 只要圣上应允，后世就有先例了！

东 方 朔 好！待我去禀报圣上。你等速速准备。

卓 文 君 多谢东方大人！

墨　　香 （高兴地）相公做官了，相公做官了！

司马相如 （得意）嗳！如今该叫老爷了！

墨　　香
伴　　月 （看司马相如脚上）草鞋！

司马相如 哎！这就是足踏瑶草，一步登天！（不慎摔跤）（众笑）

第四折　郊　迎

［青云桥。

［一片欢腾场面，有莲湘舞、踩高跷、舞狮子，卓王孙率家丁抬妆

奁，宾客甲乙捧礼品。

宾 客 甲　（念）百姓郊迎十里路。

客 宾 乙　（念）万人空巷看相如。

卓 王 孙　（念）好运来了拦不住，

　　贤婿赛过蔺相如。

宾 客 甲　文君小姐好眼力呀！

宾 客 乙　到底是卓越慧眼识英雄！

卓 王 孙　哎！我好后悔呀。

二　　人　后悔什么？

卓 王 孙　后悔与我那贤婿相见恨晚了！

［鼓乐声起，王吉上，中军、武士开路，司马相如策马上。

王　　吉　临邛县带领众百姓。

众　　　　迎接中郎将！

司马相如　（唱“新水令”）

　　桥头立马梦犹新，

　　叹飞花飘茵落溷！

［卓王孙介白：“区区薄礼，请贤婿笑纳”。

　　昔日羞韩信，

　　今日拜苏秦。

［宾客甲乙：“不成敬意，请大人收下”。

　　媚语缤纷，

　　只为黄金印！

［众人献礼品，叠如小山。

王　　吉　（高喊）请中郎将过桥！

司马相如　慢！墨香，你去看看我当年的题字还在么？

墨　　香　还在呐！不乘高车驷马不过此桥，来，

［墨香去桥头抹去二个“不字”。

［众人上前观看。

宾 客 甲 好！去掉二个不字“乘高车驷马过此桥！”

王　　吉 前番决心初表，今番壮志已酬！

宾 客 乙 对！对！字少意深，更显出题辞，内结构深层次，高品位，全方位的文字张力！

卓 王 孙 哎！你们知道这桥叫什么名字？

客 不是叫青云桥么？

卓 王 孙 青云，青云，谁能平步青云？只有我的贤婿直上青云。（众笑）

司马相如 （狂笑）哈哈哈！（高喊）过桥！

司马相如 列队相迎！

东 方 朔 司马相如跪听宣读。

司马相如 （高兴跪地）万岁！

东 方 朔 （读诏）诏曰：“查中郎将司马相如出使西南，有万民折告发该员贪赃枉法，念其招安有功从轻发落，褫夺官职，闲去作赋。望诏谢恩！”

众 （喝）望诏谢恩！

司马相如 （惊愕）万万岁！

（唱“折桂令”）

蓦然横祸飞临！
天塌陵震，
地陷川奔。
雨罩三秦，
云掩五津，
雾锁官门。

东 方 朔 收回金印，脱去蟒袍。

众　　　收回金印，脱去蟒袍。

王　吉　临邛县人微言轻，爱莫能助。此事么，拜托东方大人了！（急溜下）

宾客甲　知人知面不知心，斯文败类！（取走礼品下）

宾客乙　恶习不改，好色又贪财！（亦取走礼品下）

卓王孙　哼！上青天，上青天，爬得高，摔得重！（对家丁）把嫁妆抬回去！（下）（二家丁抬妆奁下）

司马相如　（接唱"折桂令"）（东方朔与墨香耳语下）

阴惨惨流言铄金，

冷森森暗箭伤人，

乞望天恩，

垂顾逐臣，

光照覆盆！

[卓文君急上。

卓文君　长卿！

司马相如　文君！（扑怀而泣）我冤枉啊！

卓文君　长卿，文君心中明白，宦海凶险，世态炎凉，长卿你何必烦恼！

司马相如　不！我要上告，我要告到金銮殿！

卓文君　你状告何人？难道要告万岁不成？

司马相如　这……我一定要去。

卓文君　长卿，如今忠奸不分，是非难辨，就是上了金銮殿，也不会有什么结果。

司马相如　我不管，我一定要去。（欲走）

卓文君　你不能去，去不得！

司马相如　（狠狠一甩）你不要阻拦！我即刻就去！

卓文君　（气急）长卿！你执意如此，我们就此分手！

［卓王孙溜上。

卓 王 孙　分得好！分得好！女儿，不要往那边走，跟我往那边走，我八抬大轿都准备好了，跟我回家去。他呀！让他告去！哼，耗子给猫捋胡子，作死哦！女儿，跟我回去！（拉文君）

司马相如　文君！

卓 文 君　长卿！

卓 王 孙　啊？你还要跟他？

卓 文 君　我跟定他了！

卓 王 孙　完了，她这是王八吞秤砣——铁了心了！唉！女儿噢！（下）

司马相如　（百感交集）文君！

（唱“雁儿落”）

人情薄似云，
荣辱同谁论！
何日里重开万里春？
叹眼下雨过芳菲尽！

卓 文 君　（唱“得胜令”）

困顿盼功名，
冠盖误书生。

司马相如　（接唱“得胜令”）

人世诚多诈，
君王亦寡情。
悲鸣，
怒海孤鸿影……

卓 文 君　（接唱“得胜令”）

远行，
无官一身轻！无官一身轻！

司马相如 文君，如今我们哪里去安身呢？

卓 文 君 回你故乡，我当垆，你卖酒，我们相依为命！

（唱“沽美酒”）

结庐市井中，
续奏《凰将凤》
续奏《凰将凤》
你作诗文我女红。
酒幌迎风，
醉白云，卧青松！
卧青松。

司马相如 （唱“太平令”）

女儿心胜似金印。
紫蟒袍怎比红裙！
千万卷史书阅尽，
卓文君亘古一人！
玉韵，
琴心，
剑魂，
感深恩男儿泪滚！
男儿泪滚！（一拜）

（东方朔带墨香、伴月悄上）

东 方 朔 长卿，事到如今不要太悲伤。说真的，我可真羡慕你啊，患难见真情。长卿，我在茂陵有一处田庄，若不嫌弃，请二位到茂陵作赋如何？

（司马相如，卓文君对看）

东 方 朔 我这田庄啊，有三分水，四分竹，平添七分明月，五步楼，十步阁，眺望百步江流。可是弹琴作赋的好去处啊？

卓 文 君　多谢先生美意！

司马相如　多谢东方兄情高意深。

东 方 朔　这就见外了，长卿我还要送你一个字！

司马相如　什么字？

东 方 朔　隐！

司马相如　隐？

东 方 朔　隐！

司马相如　隐！哦！我明白了，人无紫蟒乌纱，尚能生存于世上，若无真情至爱，何必定作人身！

卓 文 君　你呀，难得明白！

司马相如　我啊，岂止明白，只要文君高兴，我愿再穿犊鼻裈，再作店小二……

卓 文 君　哎！（吆喝）

司马相如　（接）家有美酒千坛。

墨　　香
伴　　月　翡翠绿，琥珀黄，玫瑰艳，葡萄香，西凤，茅台，五粮液，花雕，加饭，女儿红，还有文君陪酒，文君哪陪酒啊！

（大家高兴地上高台亮相）

第五折　卖　赋

［杨得意上。

杨 得 意　（念）人间世态没准谱，

一会儿祸来一会儿福。

后宫的事情更悬乎，

勾心斗角争风又吃醋。

皇后派我千金去买赋。

事成之后我也有好处，

好风送爽忙赶路，

茂陵花树两三株，两三株。（急下）

［茂陵田庄。

［司马相如，卓文君上。

卓文君 （吟唱）三杯淡酒荼蘼架，

伴我檀郎看落花。

司马相如 （念）满腹文章居人下，

何时货与帝王家？

卓文君 长卿，你呀还是不忘功名二字……

司马相如 不，不！我们如今已在茂陵隐居了，隐了！你看，布衣蔬食，粗茶淡饭！请！（饮酒）

卓文君 隐不在乎身，而在乎心！身隐徒有其表，心隐才见精神！

司马相如 妙论！妙论！来来来，我敬你一杯！

［杨得意上。

杨得意 嗬！喝上了！

卓文君 杨公公来了，快请上座！

杨得意 好！我入席了。今天我掏酒钱！

卓文君 何劳公公破费！

杨得意 为相如、文君取酒！该当黄金千两！

卓文君 黄金千两？足够我们开上十个酒店！

杨得意 不开玩笑，这就是酒钱，快请收下。

司马相如 须说原因，方能收下。

卓 文 君　先说原因，方能收入。

杨 得 意　好！实话实说。

（数板）皇后和皇上是亲姑表，

入主中宫黄金屋，

如今皇上有新欢，

藏娇的金屋变冷屋。

司马相如　后宫之事与我们何干！

杨 得 意　娘娘她想借妙笔再邀宠，

但求和好似当初。

因此上不惜千金来买赋，

派我来求司马相如。

文君、相如（同时）哦！千金买赋。

司马相如　（唱“南商调·黄莺儿”）

思绪正翩跹，

锦绣文，岂卖钱？

杨 得 意　文章是要经国济世的，岂能用钱买得？

卓 文 君　杨公公，你把长卿当作市井中的文章贩子了。

杨 得 意　哎！娘娘的好意，就算是娘娘的一点意思吧！

卓 文 君　只是我们无福消受呵！

杨 得 意　嫂夫人，难道你真愿意看着长卿一辈子落魄么？

卓 文 君　杨公公，发达了又当如何？

（接唱“黄莺儿”）

双眸常看云舒卷，

穷也等闲，

达也等闲，

人间自有清幽院！

司马相如　（接唱“黄莺儿”）

奈何失意难排遣，

人今赋闲，

长天遥望空嗟叹！

（叹息一声）

卓文君　长卿，你叹息什么？

司马相如　（接唱“黄莺儿”）

叹青衫，

才如泉脉，

地下作波澜！

杨得意　（急上前）长卿兄！当今之世，谁不想过得滋润？瞧你这吃的住的！唉！真格的，她要你的赋，你收她的钱，公平交易嘛！何况还连着后宫门呢？

司马相如　（沉思片刻，接过黄金）我收下了！

卓文君　（一惊）长卿你？

司马相如　文君，这一回你就听我的！

杨得意　（欣然）长卿兄，拜托！拜托！（下）

司马相如　文君！我们如今一贫如洗寄人篱下，总不能一辈子靠在东方兄身上啊！

卓文君　（一想）倒也是的，就这一回！

司马相如　就这一回！

卓文君　下不为例，

司马相如　下不为例，

卓文君　（又一想）只是……这后宫失宠你如何代笔！

司马相如　哎！无非是一封情书而已！

卓文君　一封非同寻常的情书！只怕帝王心挽回难……

司马相如 我有生花笔一管。

卓 文 君 你做不到的！

司马相如 做得到的！

卓 文 君 做不到！

司马相如 做得到！

卓 文 君 我们打赌！

司马相如 赌什么？

卓 文 君 烧水沏茶！

司马相如 好！我们击掌为定！（二人击掌，欢笑。）墨香，笔砚伺候！

卓 文 君 伴月，打坐向前！（墨香、伴月应声上。）

司马相如 我要作赋了！

卓 文 君 看你怎样写！伴月，他写一句，你与我念一句。

伴　　月 是。

［司马相如提笔书写。伴月看。

伴　　月 （高声）长门赋！

卓 文 君 以地名为题名，老规矩，不见高明！

司马相如 这才古朴！（复书写）

伴　　月 （念）夫何一人兮，

步逍遥以自虞。

卓 文 君 开篇平平。

司马相如 开门见山！（停笔思考）

卓 文 君 怎么？刚刚落笔，就写不下去了？

司马相如 不要打扰！

（念）魂逾佚而不返兮，

形枯槁而独居……好

卓 文 君 （步至司马相如身旁，看，念）

雷隐隐而响起兮，

声像君之车音……

妙啊！听见雷声隐隐而想起凤车辚辚，不明写思念，思念之情更深！真是妙句！

司马相如　还有更妙的呢。

伴　　月　小姐要输了。

司马相如　你家小姐输定了。

卓 文 君　（娇嗔）休得啰嗦！快写呀！

司马相如　（笑着疾书，念）

忽寝寐而梦想兮，

魂若君之在旁，

惕寐觉而无见兮，

魂迋迋若有亡！

卓 文 君　（喜极，搂着司马相如脖颈）好！好！长卿，这一往深情，你是怎样想出来的？

司马相如　当年我在临邛，等你来时就是这样想的。

卓 文 君　你到底不是陈阿娇啊！

司马相如　嗳！难道写天子就要篡位，写囚犯定要杀人不成？

卓 文 君　这倒也是，亏你想得出来。

司马相如　我么？就是这么一想就想出来了！

伴　　月　哦！胡编瞎想的。

卓 文 君　怪道文人之情总是这样半真半假！

司马相如　人无全真，也非全假，虚虚实实，真真假假。

卓 文 君　如此你对我几分是真几分是假呀？

司马相如　九分是真，一分，也不假！

伴　　月　能说会说！小姐输了，小姐输了！

司马相如　与我烧水沏茶。

卓 文 君　好！与你当一回烧水丫头！

伴　　月　碧螺春一杯啰！（二人下）

司马相如　（自我陶醉）写得好，怎么写得这样好！真是横扫天下文人也！

（唱“商调·山坡羊”）

长门赋情浓辞巧，

逞英华垂芬流藻，

教天下骚客折腰，

料阿娇收泪应含笑！

（得意之时，一阵寒风，不禁一颤）

唉！寒灯孤影，冷月凄风……这哪里是写陈阿娇，分明是写我自己呀！想我司马相如满腹经纶，上不能报国，下不能济世，生不能建功，死不能留名，倒落个寄人篱下，行尸走肉打秋风！

（潸然泪下）

（接唱“山坡羊”）

思如潮，

何时英主召？

夸我才调，

壮我怀抱，

则为功业名标，

鹰扬廊庙。

飘摇，

梦里新纱帽；

悄悄，

醒来旧绨袍。（长叹一声，掷赋于地）

［杨得意上。急拾起地上赋稿。

杨得意　（一阅）奇才！奇才！（对司马相如）娘娘说了，事成之后，要启奏皇上，封你个官儿当当呢！

司马相如　（一惊）当真？

杨得意　没错！

司马相如　（兴奋起来）哦！我又能大展宏图了！（忽转忧容）只是……我要靠皇后枕边之风呀……不！不……（取回赋稿）

杨得意　呆鸟！傻二，这有什么？多少文人想拍也拍不上呢！（屈指数着）张三万、王二筒、李四条、刘五魁、这些个文人都给娘娘写过效忠信，可连个七品闲官都没捞着。（诱惑地）喂！还有呢，娘娘又说了，（压低声音）封官以后还要在她的裙带亲里找个美人儿给你当小妾呢。你可就拽着凤尾巴上了天，成了皇亲国戚了呀！

［司马相如经过激烈的思想斗争，终于颤抖着将《长门赋》交与杨得意。卓文君端茶上，闻言。见此情景，惊呆，茶盘滑落，咣当有声。

第六折　断　弦

［孝文园令府第内庭院。

［墨香、伴月张罗着酒席。琴声传来。

伴　月　墨香，墨香！小姐这几天不知怎么的，整个儿变了个人。这节气了，还在院子里弹琴，又叫咱们摆酒宴……

墨　香　（指心窝）他呀！这儿有事！

伴　月　什么事啊？

墨　　香　（耳语）相公要讨小老婆了！

伴　　月　真的？

墨　　香　骗你是小狗，相公的《长门赋》感动了皇帝，陈阿娇又得宠了！为了感谢相公，给他封了一个孝文园令，还要送他一个皇家美女呢！

伴　　月　啊，我们家小姐太可怜了！

墨　　香　可不是吗？！

伴　　月　（一想）墨香过来，过来呀！你长大了会不会像相公一样？

墨　　香　不！我才不会，我会永远对你好的。

伴　　月　真的？

墨　　香　不骗人？

墨　　香　不骗人，拉钩。

［内声：司马大人回府。司马相如上。

司马相如　（唱"北曲中吕·粉蝶儿"）

败叶残秋，

正萧疏，恁般物候。

伴　　月
墨　　香　迎接大人。

司马相如　有请夫人！

［伴月撇嘴而去。

司马相如　（见状生疑，接唱"粉蝶儿"）

甚缘由作兴风流？

顿教人提心在口！

［卓文君抱琴而至。

司马相如　文君！眼下重阳已过，到处疏林冷落，你还有此雅兴啊！

卓 文 君　我先敬你三杯！

司马相如　好！恭敬不如从命！

卓 文 君　这一杯酒……

（唱“醉春风”）

敬夫君笔落列珠玑，

文成铺锦绣。

司马相如　（饮酒）夫人过奖了！

卓 文 君　（接唱）敬夫君求凰一曲得风流，

星夜蜀道走！

司马相如　（饮酒）多谢文君相知相亲，干！

卓 文 君　（接唱）敬夫君涤器灶前，

当垆堂上，

情深意厚。

司马相如　是啊！想当年文君当垆，我卖酒，情深意厚，（吆喝）哎！家有美酒（突然刹住，僵）多谢文君患难相知，来来来，我们同干此杯！

卓 文 君　（接唱“朝天子”）

花落水流彩云飞，

往事成追忆，

人已非，

嫁娶何须双泪垂！

胡不归？

愿得一心人在，

白头相与随。

司马相如　（惊慌）文君，你这是何故？

卓 文 君　文君今日还有新诗奉赠！

司马相如　新诗？

卓 文 君　《白头吟》！

（弹琴复歌）

皑如山上雪兮，

皎若云间月，

闻君有两意兮，

故来相决绝……相决绝。

（铿然一响，弦断）

司马相如 呀！

（唱“石榴花”）

一声脆响振林梢，

我好似寒蝉仗马惊弓鸟，

茫茫然泥塑木雕！

（上前）君弦太高，弦断了，我来与你续上！

卓 文 君 琴瑟难调，续也无用！

［内声：走！走！

（卓王孙、王吉、二家丁抬妆奁上）

王　　吉 长卿他加官晋爵文园令。

卓 王 孙 老泰山亲送嫁妆两番行。

啊！女儿，女婿大福大贵啊！

王　　吉 才子佳人，天生一对！

卓 王 孙 老夫今日亲送嫁妆，请贤婿过目圈点！圈点。

（司马示意卓王孙对文君去讲）

啊！女儿这妆奁……

卓 文 君 爹爹这妆奁……

卓 王 孙 我晓得送晚了，送晚了！

卓 文 君 来得正是时候，请转送司马府上新夫人！

卓 王 孙 啥子？你讨了我女儿还不满足，还要讨小老婆？

［内声：皇后懿旨下。杨得意上。

司马相如　千岁！

杨得意　司马相如跪听宣读，皇后懿旨：孝文园令司马相如有功于社稷，特赐皇家美女一名，望诏谢恩！

司马相如　千千岁！

卓王孙　要得，要得，我也成了皇亲国戚了！

王　吉　这是府上的荣耀。

众　（唱“小上楼”）

陈皇后馈赠小星，
陈皇后馈赠小星。
却之不敬，
受之不能！

王　吉　长卿！

（唱“石榴花”）

既然皇后赐娇娘，
就该顺旨谢当朝，

卓王孙　贤婿！（接唱）

现如今讨房窈窕，
恰好时髦，正是新潮，
若无小妾人讥笑！

司马相如　岳父大人，此事还要听文君的！

卓王孙　啊！女儿，贤婿他有本事，娘娘赐小妾，此事么我点头了！

卓文君　文君在家既不从父，出嫁焉能从夫！

卓王孙　我的乖乖女儿啦！

（唱）女儿你何必推倒醋瓶抢风骚？

只要是你作大她作小，
误不了一品诰命凤冠骄！

王　　吉　诰命夫人，文君当之无愧。

杨 得 意　享不尽的荣华富贵。

卓 王 孙　我的颜面也光彩。

司马相如　多谢夫人，成全与我！

卓 文 君　（嘲讽）恭喜长卿！贺喜长卿！（沉痛地）长门赋换来了千两黄金，长门赋换来了孝文园令，长门赋换来了皇室佳人！

司马相如　（惶惑）这，这长门赋……

卓 文 君　这长门赋也卖尽了铮铮铁骨，浩浩正气，脉脉温情！

（黯然）（一座默然）

王　　吉　夫人你也太认真了！如今满朝文武，哪个不是高楼深院、妻妾成群？

卓 王 孙　不要说满朝文武，文君，你也是晓得的，就是爹爹我后院也有不少小妾。

司马相如　文君！想我司马相如一胸翰墨，半世蹉跎，荣辱沉浮，去日苦多！如今以锦绣文章换来这一官半职，原非本意，不过多了个小妾……

卓 文 君　（沉痛）多了小妾，失了大节！

司马相如　（恼羞成怒）即便如此，你就不能相安？就不能相谅么？

卓 文 君　（平静地）人各有志，何必相强？想文君还是临邛旧罗裙，而今日相如已非当年长卿了！

（唱“迎仙客”）

　　灞水流，不回头，

　　数载悲欢一笔勾！

伴月，我们走！（众人追）

司马相如　（叫）文君！既然如此，你就走吧！

（伴月）愿得一心人在，

白头相与随。

[卓文君偕伴月下。卓王孙欲追。

王　　吉　卓翁！长卿今日纳妾，文君夫人暂且回避也是对的。

杨 得 意　对！对！送入洞房！

[东方朔上，将皇后懿旨扯碎，众惊。

杨 得 意　你！你亵渎了娘娘懿旨！

东 方 朔　陈阿娇无权下旨。皇上发现长门赋乃是司马相如代作，一怒之下，将陈阿娇废了。

[杨得意狼狈下。

卓 王 孙　看来我的嫁妆又要抬回去了。（欲走）

王　　吉　慢点，再轧轧苗头看！

卓 王 孙　对！坚持到最后一分钟，要不人格也没有了。

司马相如　（惶恐）东方兄，皇上可曾怪罪于我？

东 方 朔　皇上嫌你才情太多，把你的孝文园令也免去了！

司马相如　（大惊失色）啊？

卓 王 孙　完了，完了。鸡飞蛋打，彻底完了！

王　　吉　落魄的文人尚可交往，罢职的官儿要划清界限。

卓 王 孙　我在作死哦！（两人下）

司马相如　东方兄，我如今一无所有了，从今往后，哪里是我的安身之处啊？

东 方 朔　长卿，你怎么又忘了，患难见真情。（欲走）

司马相如　东方兄！

东 方 朔　你呀！有你该去的地方！（飘然而下。）

墨　　香　相公，平日我听你的，今日就听我的吧，来！跟我走，走吧！

（合唱北曲正宫“端正好”）

断云飞，霜风骤。

疏林抖，萧瑟穷秋。

邛崃几度人依旧，

泪洒青衫袖！

墨　　香　相公，又到青云桥了！

司马相如　青云桥！

（唱“滚绣球”）

想见此桥，怕见此桥！

越不过两三寻天堑峣峣！

走不赢七八丈云路迢迢！

墨香去看看题字还在么？

墨　　香　在呐！乘高车驷马过此桥！

司马相如　乘高车驷马过此桥！如今高车在哪里？驷马又在哪里呀！

（接唱）乐在此桥，恨在此桥！

出仕也，难防宵小。

归隐也，难耐寂寥！

墨香，将“乘高车驷马”与我擦掉！

墨　　香　哟！相公，只剩下过此桥三个字，这算什么呀！

司马相如　如此我再添几个字，“再造山河过此桥”！

墨　　香　使不得，使不得，有人会以为你要造反呢！

司马相如　“雄心犹在过此桥”。

墨　　香　雄心？你还有雄心啊？

司马相如　也不好，也不好。还不如“不乘高车驷马不过此桥”的好！

墨　　香　哟！琢磨了半天，还是老词啊！

司马相如　嗳！我这老毛病又来了！

（唱）倒不如羊毫一扫，

管他娘水阔天高！

风也么飘，树也么摇！（重句）

［又见众书生抱负满怀奔向仕途。

司马相如 哈哈哈！过桥！

（合唱）羊毫一扫，

水阔天高。

风也么飘，

树也么飘！

（1996年演出本）

昆剧

班　昭

编　剧

罗怀臻

作者小传

罗怀臻（1956—　），男，河南许昌人。现任上海市剧本创作中心艺术总监。中国戏剧家协会副主席，中国文联全国委员会委员，中宣部文化名家暨"四个一批"人才，享受国务院专家特殊津贴。

时代背景　中国东汉年间

人物表

班　昭　马　续　曹　寿　班　固　傻　姐　范　伦

序

［幕启。

［东汉皇宫前。老年班昭由傻姐扶着，走出宫门，走下台阶。

［幕内唱“正宫·梁归燕”：

白发萧萧出宫门，

寻旧友，

访故人。

遥向蓬莱忆前情，

对孤影，

独悲欣。

班　昭　傻姐，今夕何夕？

傻　姐　永宁二年。

班　昭　你我入宫几载？

傻　姐　四十年了。

班　昭　人都老了吧？

傻　姐　不老，小姐年方七十一，傻姐青春六十八。

班　昭　傻姐，你我这是要到哪里去？

傻　姐　哪里都不去，晒太阳。

班　昭　真是这样无事可做了？

傻　姐　无事可做。

班　昭　也罢，晒太阳，晒太阳。

［班昭坐在石阶上遐想。

傻　姐　(感慨着)为著《汉书》入宫廷，独对寒灯四十春。而今书成人衰老，一片冰心忆故人。

［马续、曹寿上场，分别朗诵司马迁《报任安书》、司马相如《上林赋》。

傻　姐　就是他们两个，大师兄马续，二师兄曹寿。那一年，《汉书》尚未解禁，他们还在小姐的长兄班固先生门下读书。小姐呢，她才十四岁，十四岁呀……

［傻姐、班昭隐下。

第一场

［字幕：汉明帝永平十一年。是年，班昭十四岁。

［班氏草堂。马续、曹寿的读书声延续着。班固病容扶杖上。

班　固　二位贤契在读谁家文章？

马　续　禀先生，弟子在读司马迁《报任安书》。

曹　寿　禀先生，弟子在读司马相如《上林赋》。

班　固　一个读司马迁，一个读司马相如。依你们看，前朝两位司马，哪一位更值得后人推崇？

马　续　弟子以为，《史记》为天地立心，乃千秋大作，太史公更值得推崇。

曹　寿　师兄所言甚是。不过，司马相如锦绣辞赋，也曾占尽一代风流。

班　固　说得是。司马长卿一支妙笔并非常人可比，而那太史公的浩然正气更是千古无匹！(病痛)

马续、曹寿　先生珍重！

［太监范伦上。

范　伦　这是班固先生的家吗？

班　固　公公是？

范　伦　你就是班固先生吧？我是太后身边的，来给先生道喜。

班　固　寂寞寒儒，喜在何处？

范　伦　先生有个小妹，叫班昭？

班　固　是。

范　伦　今年一十四岁？

班　固　正是。

范　伦　令妹可了不得，竟敢给皇太后上书。

班　固　班昭上书？

范　伦　班固先生！

（念）小班昭上书朝廷，
　　陈利弊开启书禁。
　　皇太后纳言恩准，
　　赦免你修史罪名。
　　加封个兰台令史，
　　再赏赐百两黄金。

这下，你们班氏两代人没修完的《汉书》，可望修齐了。

班　固　公公怎讲？

范　伦　皇太后开启书禁，《汉书》可以继续编写了.

班　固　（唱"南吕·太师引"）

降皇恩重开书禁，
全赖我小妹上书到宫廷！
续《史记》蒙冤戴罪，
修《汉书》罹遭狱刑。
数十年如临如履，

两代人舍家舍命。

喜今日雾散天晴，

不由我书生涕泪湿衣襟。

多谢皇太后，多谢公公！

范　伦　班先生先别忙着谢，太后还有事呢。

班　固　公公但请吩咐。

范　伦　听说班先生从前有过《两都赋》，文采斑斓，气势如虹。太后激赏先生的文笔，命你作一篇《长秋宫圣德颂》。

班　固　《长秋宫圣德颂》？

范　伦　长秋宫乃是太后住的地方，再过数月便是太后的四十大寿，这篇赋可是要在庆典上用的。

班　固　班固久不作赋，恐怕有负太后深恩。

范　伦　别，死学问要做，活文章也要写，要不皇太后凭什么准你修史，还赏你官做？

班　固　容我三思。

范　伦　行，不过到时我可要亲自来取。说了半天的话，主角儿还没登场呢，我倒想见见这位小才女是个什么样儿。

班　固　马续，去叫惠班。

马　续　惠班！惠班！

［傻姐活蹦乱跳上。

傻　姐　来啦来啦来啦——见过先生！见过大师兄、二师兄！见过这位不长胡子的公公！

班　昭　她就是班昭呀？

班　固　此乃小妹身边侍读的傻丫头。

傻　姐　丫头就丫头呗，还傻丫头。

马　续　傻姐，惠班呢？

傻　姐　你问我小姐呀，我不说。

马　续　为何不说？

傻　姐　我傻呀？

曹　寿　快去将小姐请来，公公要见她。

傻　姐　什么，公公要见我家小姐呀？啊呀，这可糟了！

（唱“铧锹儿”）

暗自儿心中叫苦，
欲隐瞒阵阵慌怵。
你问询小姐去处，
她正读书。

班　固　在何处，读何书？

傻　姐　（唱）潜入库房，
偷阅禁书。

班　固　惠班好大胆！

傻　姐　（唱）莫高声，
啊呀犯糊涂，
小姐有吩咐，
祸从口出。

不好，小姐要我保密，我怎么全说出去了，我可真是个傻丫头呀！

范　伦　无妨，无妨，太后已解除书禁，你家小姐她不算犯法了。

傻　姐　真的，不犯法了？我得告诉小姐去！小姐——（下）

班　固　公公同去书房一看？

范　伦　算了吧，我宫里还有事。班先生，不不，班大人，告辞！

班　固　曹寿，代我送公公。

曹　寿　公公请。

［曹寿送范伦。班固、马续内下。

曹　寿　公公慢走。公公,《圣德颂》何时来取?

范　伦　说来就来。

曹　寿　恐怕……

范　伦　怎么?

曹　寿　公公有所不知,先生一向多病,顾得《汉书》,恐怕顾不得辞赋,万一……

范　伦　(打量他)你叫什么名字?

曹　寿　学生曹寿。

范　伦　曹寿……我瞧你要机灵有机灵,要人样儿有人样儿,这事该怎么办,你就多用着点儿心吧。

[范伦意味深长地下。曹寿独伫着,若有所得。

第二场

[班氏书房。少女时班昭睡卧书城。幕内傻姐叫唤声。

班　昭　(慵懒地)谁在叫唤?(唱"中吕·粉蝶儿")

心旷神怡,
卧书房醉人香气。
望窗台日影西移,
人站立。
收拾起,
满地卷帙。
每日乐此不疲,
谁知我小小秘密。

［班固内声："惠班，开门来"！

［班昭躲藏。班固上，傻姐、马续、曹寿跟上。

傻　姐　小姐，别躲了，听朝廷的公公说，小姐没事！

班　固　是啊，惠班，你给皇太后的书信已获恩准，《汉书》解禁了！

班　昭　（探出头）是真的么？

傻　姐　啊呀小姐，你怎么爬到书柜上去了！

班　固　快下来！

班　昭　（跃跃欲试地）我不敢。

马　续　大师兄扶你下来！

曹　寿　二师兄扶你下来！

班　昭　好，那我就跳！

［班昭跳下，马续、曹寿接住。

班　昭　（调皮地左右依靠着）哈哈……

马　续　（关切地）惠班，摔着没有？

曹　寿　（逗着她）你呀，吓我一跳！

傻　姐　其实，小姐想试试你们俩，哪个真疼她！

班　昭　傻姐！（追打）

班　固　好了，不要闹了。惠班，快告诉兄长，你是如何想到给皇太后上书的？

班　昭　我不是班彪的女儿、班固的妹妹么？

（唱"迎仙客"转"石榴花"）

我既是班氏女，

便要做有心人，

岂不知孰为重孰为轻？

那日偶入书房，

见满目断简心不平，

愤然上书到宫廷，

欣喜《汉书》又开禁。

修残补缺存书稿，

阅史临篇添长进。

从此后，兄长著书，小妹烹茗，

两师兄左右相帮衬——

傻　姐　还有我呢？

班　昭　（唱）还有你傻丫头烧火填薪。

曹　寿　（唱）愿早日书成。

马　续　（唱）愿早日书成。

班　固　哈哈……（咳喘）

马续、曹寿　先生珍重！

班　固　（环顾他们）惠班，你和傻丫头烧些茶来，我与两位师兄有话要讲。

［班昭招呼傻姐下。

班　固　（唱“红绣鞋”）

二贤契错投门下，

师徒们亲似一家，

同嚼粗饭咽苦茶。

可叹我妻孥早丧少根芽。

每忧患多病身，

择妹婿完婚嫁，

倘若天不假年——

这《汉书》后继之人便是他！

你们哪个愿意？

马　续　（唱“快活三”）

太匆忙，怎思量？

曹　寿　(唱)怎思量，太匆忙。

马　续　(唱)霎时追问无主张；

曹　寿　(唱)霎时无主张……

马　续　(唱“朝天子”)

那惠班貌庄，

那惠班心强，

那惠班海棠花模样。

虽朝夕相依傍，

却怎敢奢望配成双？

曹　寿　(唱)那惠班貌庄，

那惠班心强，

那惠班海棠花模样。

虽朝夕心向往，

却怎敢《汉书》信口来承当？

马　续　(唱)思量……

曹　寿　(唱)思量……

马　续　想我马续，何德何能，敢配班昭，敢接书稿？

曹　寿　想我曹寿，才貌俱佳，若娶班昭，也算荣耀！

马　续　纵不能娶班昭为妻，我也要终身呵护于她，终身追随先生。

曹　寿　才女为妻，虽然风雅，怎奈《汉书》，实在繁重。

马　续　(唱)欲待推托却惆怅……

曹　寿　(唱)欲待应允又迷惘……

马　续　回禀先生，弟子不配。

曹　寿　回禀先生，弟子不敢。

班　固　你们的心思我都知晓，你们暂且出去，待我问过惠班再讲。

马续、曹寿　遵命。

班　固　慢,我若问明白了,你们待怎样?

马续、曹寿　(相互一视)但凭先生作主。

班　固　好,去吧。

马续、曹寿　是。

[马续、曹寿下。班昭捧茶上。

班　昭　两位师兄怎么走了?

班　固　(斟酌着)小妹,你看两位师兄如何?

班　昭　(不经意地)两位师兄,好哇。

班　固　哪个更好?

班　昭　(想了想)都好。

班　固　好在哪里?

班　昭　大师兄温良敦厚,二师兄机敏风流,各有千秋。

班　固　(点头)倒也评说得当。

班　昭　不过,大师兄若有二师兄的才气,二师兄若有大师兄的敦厚,那就更好了。

班　固　说得不错。惠班,倘若兄长让你在两位师兄中择一夫婿,你中意哪个?

班　昭　兄长在说笑话?

班　固　姑妄言之吧。

班　昭　既然不当真,我也就无妨一试。(稍一偏头)我要二师兄!

班　固　为什么?

班　昭　二师兄有才气呀?

班　固　那便曹寿。

班　昭　不要,我也舍不得大师兄。

班　固　那又为什么?

班　昭　大师兄人品好呀?

班　固　那便马续。

班　昭　不不不，也不要，我还是要二师兄吧。

班　固　怎么又变了？

班　昭　重人品的可敬却不可爱，有才气的可爱却不可靠。唉，我也不知道喜欢哪个，不喜欢哪个。也罢，还是兄长替我作主吧。

班　固　此话当真？

班　昭　那个自然。

［班固郑重其事地将马续、曹寿的名字分写在两片竹简上。

班　固　惠班，你自己选吧。

班　昭　（惊异）兄长不是说笑的么？

班　固　兄长哪里是在说笑，我是要为《汉书》找一个继承人呀！难道你还不懂吗？

班　昭　可是，我还小啊？

班　固　只怕兄长的来日已经不多了！

班　昭　兄长当真要嫁小妹？

班　固　不是马续，便是曹寿。

班　昭　这！（唱“四边静”）

望着那两片竹简，
战兢兢不敢向前。
共谁良缘，
须臾怎分辨？
信手一片，
明日怎相见？
看兄长情切切流泪眼，
这也不是嫁妹，
是把班昭嫁书简。

班　固　班氏一门，《汉书》为大。惠班，你就答应了吧！

班　昭　班氏一门，《汉书》为大。可是我……

班　固　兄长与父亲在天之灵，一同求你了！

班　昭　兄长！

［班昭无奈择简。

［幕内唱（班昭《女诫》）：

“得之一人兮，
是谓永毕；
失之一人兮，
是谓永讫……”

第三场

［班家庭院，马续背竹简上。

马　续　（唱“新水令”）

有谁知百年姻缘，
早铸上两片竹简。
道尽祝愿，
道尽祝愿，
留些儿酸酸甜甜在心田。
收拾起怅惘，
收拾起羞惭，
却还是相见时候默无言。

［班昭捧茶上，马续欲回避。

班　昭　大师兄！

马　续　哦，惠班。

班　昭　大师兄请用茶。

马　续　多谢，多谢……哦，惠班，先生的病怎么样了？

班　昭　愈见沉重了。

马　续　那，那师弟在先生身边用功吗？

班　昭　倒还勤奋。

马　续　这就好，这就好……哦，有师弟辅佐先生，《汉书》更有望了。

班　昭　大师兄，兄长夸你制的竹简，比皇家书院的还好呢。

马　续　先生夸我了？哎呀，真不敢当啊。

班　昭　（望着他，生出隐隐的歉疚）大师兄，你消瘦了，你为何不在兄长身边治学，而要独自揽下这些杂事呢？

马　续　哦，师弟的学问比我好，如今他成了先生的妹婿，师弟做的事情先生又格外放心，只要能继续留在先生的身边，继续为先生的《汉书》出力，我就心满意足了。哦，惠班，我去看看先生。

［马续背起竹简，快步下。

［曹寿抱《圣德颂》匆匆上。

班　昭　夫君，你到哪里去？

曹　寿　哦，惠班，你还记得太后命先生作赋的事吗？

班　昭　记得。

曹　寿　范公公已然催过几次了。我就知道，先生只顾埋头著书，顾不上这篇辞赋。所以，我暗地里代先生作好了。明日便是太后的寿期，我要赶快送进宫去。

班　昭　兄长病势沉重，你当守在他身边才是呀？

曹　寿　我怕先生得罪了太后，不得善终啊！再者说，作好这篇赋，也是报答太后的恩情。惠班，你听听我作的《圣德颂》，气势如何？（朗诵)“懿德巍巍兮，福被四海；圣德淑茂兮，光耀九州……”怎么，作得不好?

班　昭　作得好，作得太好了。啊，夫君，我来问你，你我成亲之后，你终日埋首，苦心思谋，就是在作这篇辞赋么?

曹　寿　是啊，我这也都是为着先生呀? 好了，我这就进宫去，我要亲手献给皇太后。(不由分说，急急就下)

班　昭　(望着他背影，久久回不过神来)天哪，我就是嫁给了他……

[傻姐内声：“小姐快来，先生不行了!”

班　昭　兄长——(急返下)

[暗转。

[班氏书房。班昭、马续、傻姐围着气息奄奄的班固。

班　固　曹寿，曹寿……

马　续　惠班，师弟呢?

班　昭　夫君他——

班　固　我要把书稿托于曹寿。惠班，曹寿他到底哪里去了? 你说，你快说呀!

班　昭　(唱“折桂令”)

一霎时意乱如麻，
泪若泉涌，
心似刀扎。
那人远在天涯，
怀揣着美赋，
疾走着官衙。
他怎知兄长牵挂，
一声声呼唤着他。
如此也罢，

如此也罢，

我只得情急之中把书稿，

权且担下！

小妹班昭愿接《汉书》。

班　固　惠班，你……

班　昭　我乃班彪之女，班固之妹，传接汉书，义不容辞。

班　固　可你乃一女子？

班　昭　著书立说，女子何妨？

班　固　这……论才学，小妹并不输于曹寿，然治学之苦，你又岂能耐得？

班　昭　父兄耐得，班昭因何耐不得？况有大师兄相助，小妹断不负这《汉书》。

班　固　为何偏偏不提曹寿？

班　昭　夫妻又何分彼此……

班　固　早知如此，我又何必择婿。（挣扎起）惠班，你来看……这满屋的书稿，都是父兄两代的心血，而今它就要交付你了。要知道，司马迁生前虽多厄运，死后却被奉为史圣。司马迁死后，朝廷明令不许续写《史记》。父亲在世，曾暗自编修《史记后传》，为此锒铛入狱；父亲死后，兄长改《后传》为《汉书》，又几番沉浮；幸得小妹上书太后，史稿才得以重见天日啊！（唱“得胜令”）

这《汉书》承继着《史记》创新篇，

起高祖迄王莽二百二九年。

录旧事举一代，

世代永相延。

薪传，

史书无间断。

薪传，

一朝朝一代代鞠躬尽瘁筚路蓝缕前赴后继写下我华夏一部大通典!

惠班,你向书稿起誓!

班　昭　(郑重跪下)我班昭,五岁习《诗经》,七岁读《论语》,九岁熟诵《史记》,十岁而作篆书。自幼目睹家事变迁,领略史家悲喜,而今情势所迫,承继史稿,一息尚存,修行不辍,有生之年,定当完成《汉书》。天地为证!

班　固　如此,我便放心了,放心了……

[班固逝。

[范伦内声:"太后懿旨下。兹因曹寿文采卓群,辞赋斑斓,《长秋宫圣德颂》命为国赋,曹寿官授内廷秘书,入住东观阁"。

班　昭　(惊惧)啊,夫君……

第四场

[字幕:十数年后。是年,班昭三十岁。

[班氏书房,风雨之夜。班昭披衣著述,傻姐一旁酣睡。

班　昭　傻姐,温壶茶来,傻姐——这个丫头,又睡着了。(解衣盖她,感到寒意)好清冷的长夜!(唱"山坡羊")

这夜儿无端惆怅,
这夜儿无依无傍,
这夜儿清冷生寒,
这夜儿惹起愁千丈。
我殷殷望,

前后两迷茫。

亡兄夜夜魂魄在，

夫婿日日不归堂。

啊，心慌，

心慌夜更长；

啊，夜长，

夜长更凄凉。

傻　姐　（醒来）啊呀，我怎么又睡着了。小姐，天不早，去睡吧。

班　昭　你且去睡，我再坐坐。

傻　姐　坐什么呀，坐这儿写书，还是坐这儿发愣啊？你不睡，我可睡了。

班　昭　慢着，我要你打听曹寿的消息，你怎么……

傻　姐　我打听了呀，可是，大师兄他不许我说。

班　昭　为何？

傻　姐　听外面人议论，说二师兄不是入的东观阁，而是后宫。那皇太后不但喜欢曹寿的文才，更喜欢他的模样，说是把他养在宫里当什么嬖臣、面首。小姐，什么叫嬖臣、面首呀？

班　昭　不要问了！

傻　姐　不问就不问，发什么火呢。（噘着嘴下）

班　昭　（唱"急三枪"）

凌空霹雳炸，

当头泰山压；

似雷打，

似电击，

似天塌！

直教人羞欲死，

恨欲煞！

十数年名分空挂，

不归家，

怎地不疑他？

我要面见皇太后，面见曹寿——（欲行急止）且慢！

（唱“风入松”）

皇家宫院怎对质，

未可恶语起喧哗。

听窗外沥沥暴雨下，

对孤灯滔滔珠泪洒。

还须得强掩悲伤，

吞苦涩，咽落牙。

［班昭伤心久久。马续捧茶上。

马　续　惠班，夜深了，用些热茶吧。

班　昭　（掩饰地）哦，多谢大师兄。

［马续犹豫着坐下。

班　昭　大师兄，有事吗？

马　续　哦，没有。

班　昭　歇息去吧。

马　续　这就去。（仍坐着）

班　昭　大师兄，你……

马　续　（斟酌地）哦，惠班，大师兄有件事情要与你商量。

班　昭　明日不好吗？

马　续　明日我就要走了。

班　昭　大师兄要走？

马　续　惠班，先生这部书稿，我能做的都做了，余下的就全靠你了。记得先生生前最想写的是部《天文志》，可先生又力不从心，因为这要行万里路，要用许多年的时光。如今，先生去了，他留下的这个心愿，理当由我马续去做。

班　昭　大师兄所言之《天文志》，确是不可或缺。只是大师兄一声说走就要上路，你教我……

马　续　韶华易逝，只须趁早哇。

班　昭　延缓几日不好吗，哪怕就一日？

马　续　为何还要延缓呢？惠班，你不曾听到外面的传言吧？

班　昭　（回避地）什么传言，不知道。

马　续　传说师弟十余载未归，你我暗地——嗳，捕风捉影，不说也罢！

班　昭　（又一惊）哦？既然如此，大师兄，你走，你快走吧！

马　续　（立起身）明日一早，我便启程。

班　昭　等等。大师兄，你再坐坐。

马　续　还坐？

班　昭　坐，坐嘛！

马　续　我坐，我坐。

班　昭　（为他斟一杯茶）大师兄，你我兄妹都不会饮酒。今夜，小妹以清茶代酒，为大师兄饯行。大师兄，你要干，干哪！

［幕内唱："这一杯清茶呀，

不是酒，

浓于酒，

醉在人心头！"

班　昭　（唱"南越调·小桃红"）

最难风雨送征人，

流泪眼怎相对也。

这离别泪，

和着苦水含着悲。

自幼相伴随，

你牵在手、驮在背，

不是亲兄妹，

胜如亲兄妹也。

今去也，呵护有谁……

既早去，便早回，

我这里再捧杯，盼兄归。

马　续　（唱“下山虎”）

苦茶别绪，

夜雨离愁，

道它不是酒，

醉在心头。

泪也难收，

人也难留，

从此天涯两悠悠。

青卷寒灯你孤守，

书稿催你早白头，

教七尺也含羞。

欲说还休，

把壶中残茶都灌下喉。

班　昭　（取出一方锦帕）大师兄，这是小妹绘的一方锦帕，绣着一对鹣鲽，题着“天长地久”，我想送与未来的嫂嫂。

马　续　《汉书》不成，不言婚娶，我早就说过。

班　昭　大师兄的心思，小妹焉能不知。只愿你早日成家，莫负年华。你若不允，小妹便再不见你大师兄了。大师兄！（唱“五般宜”）

想着你此一去天高地远，

想着你在旅途涉水跋山。

马　续　(唱)想着你鞠躬在灯前，

想着你听风听雨案边茶边。

班　昭　(唱)只愁你形单影单，

马　续　(唱)只愁你朝寒暮寒。

班昭、马续　(齐唱)哎呀，道不尽万语千言，

多珍重，莫挂念。

[马续捧锦帕掩泪下，班昭如失魂魄。

[曹寿上，此时的他已全然不见当年的倜傥。

曹　寿　(轻声地)惠班。

班　昭　(着一惊)你……

曹　寿　是我，我回来看看你。

班　昭　走，你快走!

曹　寿　(坐下)我知道，我对不起你，对不起死去的先生，我今日回来，就只想对你说一句话。

班　昭　说。

曹　寿　惠班，你和大师兄成亲吧。

班　昭　(猝不及防)你说什么……

曹　寿　大师兄比我好，唯有他才能帮你完成《汉书》，你就堂堂正正地与大师兄过吧。

班　昭　莫非你也听到了什么?

曹　寿　不，我这是一片诚心。当初先生把你嫁与我就错了。这是休书，你拿去吧。

班　昭　不，你不能不明不白地休了我，不能!

曹　寿　其实，我只是想作一点赎补。从今以后，你就再不是我的妻子，我也再不是你的丈夫了。(欲去)

班　昭　回来！这些年你都在哪里，做什么？你说，你说呀？

曹　寿　我还说什么？我只有悔，只有恨，我恨我自己呀！（唱“越调·忆多娇”）

恨无穷，悔无边，
重游故地泪满衫。
手抚当年旧书简，
悔恨万千，
悔恨万千，
空教师友心寒。
悔无穷，恨无边，
重逢故人情何堪。
一入宫门十数年，
羞愧难言，
羞愧难言，
断送美好姻缘。

惠班，你忘了我吧，我不配做一个读书人，更不配做你的丈夫！

班　昭　（久久望着他，触动旧情）你抬起头来，告诉我，我若原谅了你，你还能回到书斋，回到我身边，与我一同著书吗？

曹　寿　不，我作不了自己的主，我再也回不到你身边，我已经死了，死了！

班　昭　不，我要你回来，我要你留下。你要知道，我一个人著书有多苦啊，我是多么想念死去的兄长，想念从前的二师兄啊！

曹　寿　二师兄……惠班，你能再叫我一声二师兄吗？

班　昭　二师兄！

曹　寿　惠班！（唱“南吕·哭相思”）

一声呼唤回当年，
执手看，情意绵。

历历往事成虚幻，

越追悔，越伤感。

惠班，我要走了，你要善自珍重，你要完成《汉书》！

班　昭　不，我不放你走，不放你走！（央求他）

范　伦　（突上）嘿，逮个正着！曹寿，你怎么偷着跑回来了，太后还等着你写赋呢！

曹　寿　不，我再也不为她写赋了！

班　昭　公公，放我夫君回家吧！

范　伦　回家，回哪个家呀？曹寿没告诉你，太后她死了。她老人家临终留下遗言，封你夫君为安内侯，让他为太后守陵，为太后写赋，千秋万代地写、写、写下去呀！

［曹寿忽然挣脱范伦逃下。

范　伦　侯爷，你可不能闪着！侯爷——（追下）

班　昭　夫君！

［傻姐上。

傻　姐　小姐，大师兄不忍与你道别，他走了。

班　昭　快与我追赶曹寿！

傻　姐　小姐，你看！

［涛声汹涌，曹寿投水自尽。

班　昭　（哭泣着）还我夫君，还我二师兄……

［一声惊雷炸响，地动山摇。

傻　姐　啊，小姐，雷把房顶打着了，着火了！

［大火即起。

班　昭　书稿！书稿！我的书稿……

［火光熊熊，班昭晕倒。

第五场

［字幕：二十年后。是年，班昭五十岁。

［皇家书院，陈设豪华。傻姐已见老态。

傻　姐　（唱"金菊香"）

自那年，大师兄一副行囊把路上，

二师兄撒手沉了江。

一把大火焚书稿，

小姐重重病一场。

万般无奈之下，只好再次上书，搬进内廷书院。

转眼春秋二十载，

满头青丝渐染霜。

眼见《汉书》，即将完稿，不知何故，小姐有些耐不住了。你看她，今日题诗，明日作赋，闲来便是与皇后妃嫔们酒会应酬。还洋洋得意，乐此不疲。照此下去，只怕要耽误自己的大事呀！

［班昭内笑声。

傻　姐　小姐回来了，我去备茶。

［傻姐下。班昭微醺上。

班　昭　（唱"逍遥乐"）

奉内侍诏请，

授业公主，

解惑王孙。

课后邀约频频，

与赵姬并坐抚琴，
陪李妃饮酒论诗文，
都是些闲情雅兴。
归来时犹自半醒，
下回婉拒，
收心、收心！

傻　姐　（捧茶上）小姐回来了。

班　昭　回来了。

傻　姐　书案整齐，快做学问吧。

班　昭　待我稍事歇息。（就势躺下）

傻　姐　你看，一回来就累了。

［范伦引风尘仆仆的马续上。

范　伦　马先生，你瞧着，这可是内廷书院，皇上破例让班昭在这儿著史。

马　续　果然皇家书院。

班　昭　（敏感地）傻姐，外面谁在说话？

马　续　惠班在哪里？惠班在哪里……

班　昭　（倏地站起）大师兄！

傻　姐　哎呀，果然是大师兄回来了！

马　续　傻姐！惠班！

班　昭　啊，大师兄！

［班昭、马续扑在一处。

［幕内唱“相思曲”：

又从头，
从头看不够。
执手凝眸，
一任双泪流。

班　昭　(唱)问师兄，

水阔鱼沉何处走，

为甚地，恁消瘦？

马　续　(唱)问小妹，

孤影空巢怎相守，

为甚地，白了头？

班　昭　(唱)问师兄，

音讯无有，

教小妹长短愁。

马　续　(唱)问小妹，

故人迟归，

误《汉书》，心愧疚。

班　昭　大师兄说哪里话来，快，快给大师兄上茶呀……(一阵眩晕)

马　续　(急扶)惠班，你怎么了？

班　昭　不妨事，不妨事，多饮了几杯酒。

马　续　你会饮酒了？

班　昭　应酬，应酬而已。来，大师兄请坐，你快坐呀！

马　续　我坐，我坐。

范　伦　(殷勤地)哎呀，而今的曹大家可不比从前了。上至后宫妃嫔，下至民间女子，谁不知道曹大家写的《女诫》呀？曹大家可是当今的女圣人，活楷模呀！就说这部煌煌大著《汉书》吧，朝廷早就列为国史了，连皇上召见还称一声班女史呢！想想从前的风流皇太后把个《圣德颂》捧上了天，而今的皇后娘娘却慧眼独具，就爱《女诫》。真是各领风骚，风水轮转！

班　昭　(没好声地)范公公，你啰嗦什么。

范　伦　哎哟，曹大家面前哪有我说话的份儿。我知趣，我闭嘴，我外面候着。哦，马先生，您可不能多坐，这儿不是您久坐的地方，啊？嘿嘿嘿……

班　昭　外面候着去。

范　伦　是是是。（退下）

傻　姐　老不死的，真讨厌！

班　昭　大师兄，来，用茶用茶，这可是皇室的贡品。

马　续　惠班，我要先敬你一杯呀！

班　昭　你敬我，这是为何？

马　续　听说我走之后，家中一把大火，师弟也死了。你独自一人，修齐《汉书》，一定吃尽了千辛万苦。马续不才，总算带回了《天文志》书稿。而今，先生的遗愿终于在你的手中实现了。你说，我能不敬你吗？

班　昭　慢来，慢来，这茶我可不敢饮了。

马　续　为何？

班　昭　大师兄！（唱“集贤宾”）

把腹中苦水对君吐，
二十年寂寞独处，
醒来时唯见有书。
知天命年今已度，
想岁月几多乘除？
日穷常自怜，
书稿暂阙如。

马　续　如此说来，《汉书》尚未告竣？

班　昭　思量当初，不识深浅，谁料《汉书》，如此繁重。

马　续　此话何意？

傻　姐　大师兄还听不懂么，小姐的意思是写不动了。

班　昭　（自斟自饮着）是啊，写不动了。

马　续　哦？（环视）

班　昭　大师兄怎么不来品茶，到处打量什么？

马　续　惠班，我看这皇家书院不像是著史的地方。

班　昭　怎么不像？

马　续　太奢侈，太豪华，到处珠光宝气。

班　昭　哈哈……你当是班氏草堂么？这是皇家书院！不错，是奢侈，是豪华，可它与学问又有何关系？难道非要悬梁刺股，忍饥挨饿，才能作得好文章么？你呀你，还是从前的大师兄呀！哈哈……

马　续　惠班，你变了。

班　昭　怎么变了？

马　续　你让我想起曹寿。

班　昭　曹寿！

马　续　惠班！（唱"上京马"转"梧叶儿"）

惦记书稿二十年，
天涯羁旅心相牵，
重逢不识旧人面。
听着你笑语喧，
觑着你性悠闲，
倒叫我一阵一阵地心寒。
金壶光灿灿，
玉杯价无边，
宝器烹清淡，
无奈味道全变。

班　昭　怎么，大师兄不高兴了？

马　续　惠班，你把书稿交给我吧。

班　昭　交给你，为什么？

马　续　让我修齐《汉书》，完成先生遗愿。

班　昭　好，交给你，现在？

马　续　现在。

班　昭　（突然高声）太晚了！

马　续　你……

班　昭　（大笑）哈哈……

马　续　你笑什么？

班　昭　（激动起来）我笑，笑你居然把我比作曹寿；我笑，笑你竟要拿走我的书稿。不，我这不是笑，是哭，哭哇……（果然放声大哭）我这一生，嫁人，人死了；写书，书烧了。我一个女子孤灯寒卷，又有谁来帮过我？就在那一夜，风雨交加，肝肠寸断，我是多想留住你大师兄。可你，竟也不辞而别，离我而去！就因为我是班家的女儿，我便无所推托，而只能一天天，一月月，一年年，一个十年又一个十年地守在书斋，伏在案前，对着孤灯，握紧笔管，一个字，一个字地写、写、写么……说实话，我心已尽了，力已乏了，人已老了，头已白了，我为何就不能像常人一样享受几天人生呢？不就是喝几壶茶，饮几杯酒，赴几回宴，偷几日闲么，难道这也过分了么？大师兄你来得正好，你把书稿拿去吧，全都拿去。说实话，我恨这部书稿，恨死了！

马　续　（颤抖着）好，我拿走，我全都拿走！

傻　姐　大师兄，我也跟你走吧！

班　昭　傻姐，你也要走？

傻　姐　走！想我傻姐也真傻，你们班家著书，与我何干哪？我为何也一生不嫁就伺候你呢？不就是佩服你的才学、志气，看着你孤单一人想帮帮你么？如今你一撒手，我这一辈子又算什么呢？大师兄，我们走，先生的书稿在哪里，傻姐我就跟到哪里！

班　昭　（又扑过去抢夺书稿）不，你们不能走，不能拿走书稿，这是我的书稿，是我的书稿呀……（嚎啕大哭）

马　续　（回身走近她）惠班，我知道，你是不会放弃《汉书》的！

班　昭　（抱着他，委屈万分地）大师兄呀……

马　续　（抚慰着她）惠班，大师兄知道你心里苦，很苦！若是师弟不死，若是我马续有曹寿的才学，我是绝不让你这样辛苦的！你可以怨，可以恨，可你不能悔呀，因为你是班昭，唯有你才能完成先生的遗愿！（掏出那方锦帕）惠班，还记得这方锦帕吗？二十年来，我一直带在身边，只要一捧起它，我就想起我那班昭小妹，有它与我为伴，我知足了，知足了！

班　昭　大师兄，我的好兄长！

马　续　惠班，你还是我的好小妹呀！

傻　姐　小姐，我也不走了。

班　昭　傻姐！

马　续　惠班，我去问问范公公，可否请他奏明皇上，让我们回班氏草堂著书。

班　昭　好，我跟你回去，回去。傻姐，你带大师兄去和范公公讲。

傻　姐　哎！大师兄，你真好！

［马续、傻姐下。班昭收拾书简，心潮难平。

班　昭　（唱“醋葫芦一拍”）

锦衣玉食兮，
消磨得人慵懒；
金堂华宴兮，
消遣得身倦烦；
经坛高会兮，

消损得神思散；

荣名虚衔兮，

消折得心志残。（唱“醋葫芦二拍”）

优游岁月兮，

常自嗟叹；

痛心疾首兮，

年复一年；

焦灼于心兮，

其实不安；

每思发奋兮，

一延再延；

欲罢则难，

不罢则也难，

欲罢不罢则难上难；

最难马续一声喊，

梦惊醒，发全班！

［幕内唱“醋葫芦三拍”：

“最难耐的是寂寞，

最难抛的是荣华。

从来学问欺富贵，

真文章在孤灯下。”

［班昭坐回书案。

［傻姐踉跄上。

傻　姐　小姐，不好了，范公公带大师兄去见皇上，皇上不许你回班氏草堂。大师兄为能留在宫中伴你著书，他、他、他……自请了宫刑啊！

班　昭　（惊呼）啊呀！大师兄，小妹我对不起你呀……

第六场

［字幕：又是一个二十年。是年，班昭七十岁。

［老态龙钟的范伦上。

范　伦　江山还是汉室江山，社稷还是汉家社稷。转眼已是元初年了，班昭入宫四十载了。终于，《汉书》完稿，将要成书了。皇上说，这可是继太史公《史记》之后我朝的又一部大典！可是，班昭、马续都没在《汉书》上署名，是他们自己不要。后人读《汉书》，就只知班固而不知班昭、马续了。这两个人，也算一辈子。图个什么呢，嗯？图个什么哟……（蹒跚着下）

［景同前场，现出简朴。书稿已撤运一空。

［一烛残烧，天已大亮。班昭疲倦地靠在马续背上，沉沉大睡。忽然，班昭惊醒，茫然寻顾着。

班　昭　书稿，书稿……

马　续　惠班。

班　昭　书稿，我的书稿呢？

马　续　朝廷派人运走了。

班　昭　（失魂落魄地）天哪！那是我的书稿，我的书稿呀……

马　续　惠班，你静一静。

班　昭　不！我要书稿，我的书稿呀……（呜呜地哭）

马　续　你怎么哭起来了？史稿就要成书，你应该高兴才是呀！

班　昭　（忽然一抹泪）是呀，我应该高兴才是！我不哭，不哭……（又抽噎）可是，我就是想哭……

傻　姐　小姐别哭了，大师兄他要走了！

班　昭　（一愣）你又要走？

马　续　是啊，《汉书》修齐，我该走了。

班　昭　你到哪里去，带着我吗？

马　续　（看着她，摇摇头）方才范公公来说，皇上要你留下。

班　昭　那你为何不留下？

马　续　皇上说，马续的事情做完了，叫他出宫去吧。

班　昭　（忽然一挥手）我不管，要走一齐走，要留一齐留。

马　续　皇上恐怕后人看不懂《汉书》，要你留下来注解。你就留下吧，也是为了这部《汉书》。

班　昭　那你可要等着我？

马　续　我等着。

班　昭　上茶，为大师兄饯行。

［幕内唱："这一杯清茶呀，

　　不是酒，

　　浓于酒，

　　醉在人心头……"

班　昭　（唱"南吕·梁州第七"）

　　这一杯酬谢知音，

　　好兄长意笃情深，

　　小妹心上你最亲！

马　续　（唱）百年遭遇，

　　生死同心。

　　非关姻缘，

　　却是真情。

班　昭　（唱）这一杯答谢傻姐姐，

辛勤伴我一生。

傻　姐　小姐，傻姐我来世还侍候你！

班　昭　（唱）这一杯祭奠亡灵；

马　续　（唱）悼师弟九泉冤鬼，

慰先生在天仙魂。

班　昭　（唱）伤心……

马　续　（唱）欢欣……

班　昭　（唱）伤心有情总离别；

马　续　（唱）欢欣离别最多情；

班昭、马续　（合唱）且把不尽相思泪，

含笑饮！

［班昭、傻姐依依送别马续……

［幕内唱“正宫·梁归燕”：

“白发萧萧出宫门，

寻旧友，

访故人。

遥向蓬莱忆前情，

对孤影，

独悲欣。”

尾　声

［景同序场。

［字幕：一年后，班昭七十一岁。

［班昭仍如序场时姿态，安静地坐着。

傻　姐　大师兄出了宫门，没几天就死了。小姐闻讯，强撑着一声不哭。她做完了该做的事，就每日里坐在宫门外的石阶上，想啊、想啊……日落西山，当心小姐受寒。小姐，你该醒醒了！

［傻姐信手一推，班昭耷下了如霜似雪的头颅。

傻　姐　（哽咽着）小姐也走了。

［傻姐伏在班昭膝前，无声抽泣着。

［大幕缓重闭合。

［剧终。

（2001年演出本）

越剧

梁山伯与祝英台

口述：袁雪芬　范瑞娟
执笔：徐　进　成　容　陈　羽　宋之由　弘　英

作者小传

徐　进（1923—2010）男，浙江省慈溪人。曾任中国戏剧家协会理事，中国作家协会会员，上海市文联委员，国营华东越剧实验剧团、上海越剧院编导。

成　容（1922—　），女，上海人，编剧。曾任华东越剧实验剧团、上海越剧院编剧。

弘　英，男，20 世纪 40 年代初担任尹桂芳主演越剧《红楼梦》编导。新中国成立后，加入华东越剧实验剧团、上海越剧院，先后参加《梁山伯与祝英台》《碧玉簪》《盘夫索夫》等剧目整理编写工作，1958 年 1 月奉调支援天津越剧团，退休后回上海虹口越剧团工作。

人物表

梁山伯　祝英台　祝员外　师　母　梁　母　银　心　四　九

第一场　草桥结拜

［草桥。祝英台与银心扮男装，银心肩挑书担行囊，随祝英台上。

合唱：上虞县，祝家庄，玉水河滨。

　　有一个，祝英台，秀丽聪明。

　　立大志，求学问，读书杭城。

　　主婢俩，乔装扮，离家启程。

祝英台　（唱）风和日丽花如锦，

银　心　（唱）女扮男装出远门。

祝英台　（唱）避开邻里亲和戚，

银　心　（唱）瞒过行路相识人。

祝英台　（唱）走过五里青松岭，

银　心　（唱）前面已是草桥亭。

祝英台　银心，我们到亭内歇足一会。

［主仆休息亭内。梁山伯上，四九挑书担行囊随后上。

梁山伯　（唱）离故乡，别慈亲，求学上杭城。

　　见前面，古凉亭，叫声四九停一停。

四　九　相公何事？

梁山伯　两腿酸软，不如在此略坐片刻。

四　九　相公说得有理。相公，亭内有人。

梁山伯　哦，看他们也是行旅模样，说不定也是去杭城读书去的。

［梁山伯入亭，对祝英台作揖。

梁山伯　仁兄请了，小弟有礼。

祝英台　小弟这厢还礼。

梁山伯　请问仁兄尊姓大名？府居何处？

祝英台　小弟姓祝名英台，乃是上虞祝家庄人氏。

梁山伯　祝仁兄。

祝英台　敢问兄台是……

梁山伯　会稽梁山伯。

祝英台　梁仁兄敢是去杭城读书？

梁山伯　正是。请问你呢？

祝英台　我也去杭城访师求学。

梁山伯　好极！好极！请坐。

祝英台　请坐。

［四九、银心走近谈天。

四　九　哎，你们是到哪里去的？

银　心　我们到杭城读书。

四　九　我们也是到杭城去读书。

银　心　那巧极了。（走向祝英台，脱口而出）小姐。

祝英台　（急掩饰）小姐好端端在家，你提她作甚？

银　心　噢……我想小姐要是能一同出来读书那就好了。

祝英台　是啊。

梁山伯　敢问仁兄……莫非……（四九、银心下）

祝英台　哦，仁兄有所未知。

祝英台　（唱）我家有个小九妹，
聪明伶俐人钦佩，
描龙绣凤称能手，
琴棋书画件件会。
我此番杭城求名师，

九妹一心想同来，

我以为男儿固须经书读，

女孩儿读书也应该，

只怪我爹爹太固执，

终于留下小九妹。

梁山伯 （称赞）妙哉高论，妙哉高论。

梁山伯 （唱）仁兄宏论令人敬，

志同道合称我心。

男女同是父母生，

女孩儿读书明理也该应！

祝英台 （谦谢）承兄夸奖，岂敢，岂敢。

祝英台 （唱）我以为天下男子一般样，

难得他也为女子抱不平。

梁山伯 （唱）像这般良朋益友世间少，

我有心与他结为兄弟盟。

梁山伯 祝仁兄，小弟有言，只是难以启齿。

祝英台 仁兄，有何见教，但说无妨。

梁山伯 （唱）想山伯无兄又无弟，

亦无妹来亦无姐，

有缘千里来相会，

得遇仁兄心欢喜，

意欲与你两结拜，

未知仁兄可愿意？

祝英台 哦！（想了一想）

祝英台 （唱）多承仁兄不见弃，

金兰结义称兄弟，
从此读书有良伴，
小弟哪有不愿意。

梁山伯 请问仁兄今年——

祝英台 二八。

梁山伯 我今年已是一十七岁了。

祝英台 有道长者为兄，幼者为弟。

梁山伯 如此你我对天一拜。

祝英台 旅途之中未带香烛，这便如何是好？

梁山伯 不妨撮土为香。

祝英台 如此甚好。

［祝英台学梁山伯的动作而拜。

梁山伯 贤弟请上，受愚兄一拜。

祝英台 小弟也有一拜。

［四九、银心上前。

梁山伯 四九，快过来拜见祝相公。

祝英台 银心，快来见过梁相公。

四　九 拜见祝相公。

银　心 拜见梁相公。

梁山伯 贤弟，你看天色不早，我们不如登程去吧！

祝英台 银心，挑起行装

［四九、银心先下。

梁山伯 贤弟请。

祝英台 梁兄请。

第二场　托　媒

[梁山伯、祝英台书房。

合唱：梁山伯，祝英台，
情重如山深如海，
同窗共读两无猜，
志同道合相敬爱。
光阴过去似流水，
匆匆过了三长载。

[祝英台磨砚，梁山伯作文，梁山伯忽发现祝英台耳环痕。

祝英台　哎，你在看什么？

梁山伯　（唱）贤弟啊，你我同窗三年整，
今日忽见耳环痕，
只有女子戴耳环，
贤弟啊，你穿耳朵为何因？

祝英台　（唱）你做文章不专心，
为什么看来看去看不停？
若说我的耳环痕，
提起此事真笑死人，
祝家庄年年有庙会，
村里人叫我去扮观音。

梁山伯　（笑）哦。

祝英台　（唱）下次再要瞎猜疑，我就要……

梁山伯 （接唱）贤弟不必怒气生。

祝英台 下次不可。

梁山伯 下次不可。贤弟，你看我这一篇文章做得如何？

［银心在外面探头望，机警地喊。

银　心 梁相公，梁相公，先生唤你。

梁山伯 啊，先生唤我，亏得我的文章已经做成了。贤弟少待，愚兄去去就来。（下）

银　心 （手持信，轻唤祝英台）小姐，员外又有信来了。

祝英台 真的？待我来看。（看信皱眉）

银　心 是不是又来催我们回去？

祝英台 是。

银　心 那我们要不要回去？

祝英台 （点头）要回去。

银　心 什么时候回去呢？明天？

祝英台 明天。

祝英台 （唱）离家读书已三长载，

老父是封封家书催我归。

我与他同窗三载非寻常，

情重如山深如海。

老父病重盼儿归，

我难舍知心梁山伯。

银　心 小姐——

（唱）读书三载长相伴，

小姐心事我明白，

梁相公家世虽寒贫，

但他有德又有才，

倒不如月老跟前订白首，

你拜托师母做大媒。

[银心下，去请师母。

[祝英台徘徊、暗忖。取出玉扇坠。

祝英台 师母——

(唱)叫我如何自托媒……

[银心，银心……

[银心迎师母出。

银　心 相公，师母来了。

祝英台 师母。

师　母 英台，听银心来说，你家又有书信来催你归去了？

祝英台 刚才家父来信，说有病要催我归去。

师　母 父病理应回去，几时动身？

祝英台 我想禀明先生，明日一早登程。

师　母 如此甚好，一路小心。

祝英台 谢师母。

师　母 银心，你要好好侍候了。

银　心 是。

祝英台 (欲言又止)师母……

师　母 英台你还有何言相告？

祝英台 还有……没有什么。(稍停)师母。

师　母 英台，有话坐下来讲。

银　心 我整行装去了。(下)

师　母 英台，有话就讲吧！

祝英台 师母啊！

(唱)老师教诲恩如海，

又蒙师母好看待。

师　母　不用客气。

祝英台　（唱）我在草桥结义梁山伯，

同窗共读三长载。

师　母　这个我早已知晓。

祝英台　（唱）三长载，三长载，

我有满腹心事……

师　母　讲啊——

祝英台　（唱）口难开。

师　母　英台有话，但讲无妨。

祝英台　（唱）师母啊，英台乃是乔装改。

师　母　（不动声色，微笑）

师母心中早明白。

祝英台　师母？你……

祝英台　（唱）袖内取出玉扇坠，

交与师母……

师　母　（唱）……为何来？

祝英台　师母啊——

（唱）雪白蝴蝶玉扇坠，

烦交义兄梁山伯，

倘若师母来玉成，

大恩永记在心怀。

师　母　（唱）英台果是多情女，

山伯有德也有才，

师母我愿意做大媒，

梁山伯配祝英台。

祝英台　师母！

第三场　十八相送

[途次。幕后合唱。

合唱：三载同窗情如海，

　　山伯难舍祝英台，

　　相依相伴送下山，

　　又向钱塘道上来。

[梁山伯、祝英台与四九、银心上。

祝英台　梁兄——

(唱)书房门前一枝梅，

　　树上鸟儿对打对，

　　喜鹊满树喳喳叫，

　　向你梁兄报喜来。

梁山伯　(唱)弟兄二人出门来，

　　门前喜鹊成双对，

　　从来喜鹊报喜讯，

　　恭喜贤弟一路平安把家归。

祝英台　梁兄请。

梁山伯　贤弟请。

祝英台　(唱)出了城，过了关，

　　但只见山上樵夫把柴砍。

梁山伯　(唱)起早落夜多辛苦，

　　打柴度日也艰难。

祝英台　梁兄啊，

（唱）他为何人把柴担？

你为哪个送下山？

梁山伯　（唱）他为妻儿把柴担，

我为你贤弟送下山。

祝英台　（唱）过了一山又一山，

梁山伯　（唱）前面到了凤凰山，

祝英台　（唱）凤凰山上百花开，

梁山伯　（唱）缺少芍药共牡丹。

祝英台　（唱）梁兄若是爱牡丹，

与我一同把家归，

我家有枝好牡丹，

梁兄要摘也不难。

梁山伯　（唱）你家牡丹虽然好，

可惜是路远迢迢怎来攀！

祝英台　（唱）青青荷叶清水塘，

鸳鸯成对又成双。

梁兄啊！英台若是女红妆

梁兄愿不愿配鸳鸯？

梁山伯　（唱）配鸳鸯，配鸳鸯，

可惜你，英台不是女红妆。

银　心　（唱）前面到了一条河，

四　九　（唱）漂来一对大白鹅，

祝英台　（唱）雄的就在前面走，

雌的后面叫哥哥。

梁山伯　（唱）不见二鹅来开口，

哪有雌鹅叫雄鹅！

祝英台　（唱）你不见雌鹅对你微微笑，

它笑你梁兄真像呆头鹅！

梁山伯　（唱）既然我是呆头鹅，

从今后莫叫我梁哥哥。

［梁山伯生气，祝英台向之赔罪。

祝英台　梁兄……小弟讲错了。

梁山伯　下次不可。

祝英台　下次不可。

银　心　（唱）眼前一条独木桥，

［梁山伯先上了桥，四九、银心过桥。

梁山伯　贤弟，你快过来啊！

祝英台　（唱）心又慌来胆又小。

梁山伯　（唱）愚兄扶你过桥去，

［梁山伯扶祝英台过桥，至桥中心。

祝英台　（唱）你我好比牛郎织女渡鹊桥。

［梁山伯扶祝英台下桥。

合　唱　过了河滩又一庄，

庄内黄犬叫汪汪。

祝英台　（唱）不咬前面男子汉，

偏咬后面女红妆。

梁山伯　（唱）贤弟说话太荒唐，

此地哪有女红妆？

放大胆子莫惊慌，

愚兄打犬你过庄。

祝英台　（唱）眼前还有一口井，

不知道井水有多深？(投石井中)

梁山伯 (唱)井水深浅不关紧，

你我赶路最要紧。

[祝英台要梁山伯照影，遂相扶至井前俯视。

祝英台 (唱)你看井底两个影，

一男一女笑盈盈。

梁山伯 (唱)愚兄明明是男子汉，

你为何将我比女人！

梁山伯 快走吧！

(唱)离了井又一堂，

前面到了观音堂。

祝英台 (唱)观音堂，观音堂，

送子观音坐上方。

观音大士媒来做，

我与你梁兄来拜堂。

[祝英台拉梁山伯同跪。

梁山伯 (唱)贤弟越说越荒唐，

两个男子怎拜堂？

梁山伯 走吧！

合　唱 离了古庙往前走——

银　心 (唱)但见过来一头牛，

四　九 (唱)牧童骑在牛背上，

银　心 (唱)唱起山歌解忧愁。

祝英台 (唱)只可惜对牛弹琴牛不懂，

可叹你梁兄笨如牛。

梁山伯 (唱)非是愚兄动了火，

谁叫你比来比去比着我！

祝英台 （唱）请梁兄，莫动火，

小弟赔罪来认错。

梁山伯 好了，我们还是快走吧。

祝英台 （唱）多承梁兄情义深，

登山涉水送我行，

常言道送君千里终须别，

请梁兄就此留步转回程。

梁山伯 （唱）与贤弟草桥结拜情义深，

让愚兄再送你到长亭。

［梁山伯、祝英台双双又行。

（合唱）十八里相送到长亭，

十八里相送到长亭。

［梁山伯、祝英台入亭坐，四九、银心在亭下休息。

祝英台 梁兄——

（唱）你我鸿雁两分开，

梁山伯 （唱）问贤弟你还有何言来交代？

祝英台 （唱）我临别想问你一句话，

问梁兄你家中可有妻房配？

梁山伯 （唱）你早知愚兄未婚配，

今日相问为何来？

祝英台 （唱）要是你梁兄亲未定，

小弟替你来做大媒。

梁山伯 （唱）贤弟替我来做媒，

但未知千金哪一位？

祝英台 （唱）就是我家小九妹，

不知梁兄可喜爱？

梁山伯　(唱)九妹今年有几岁？

祝英台　(唱)她与我同年——乃是双胞胎。

梁山伯　(唱)九妹与你可相像？

祝英台　(唱)品貌就像我英台。

梁山伯　(唱)但未知仁伯肯不肯？

祝英台　(唱)家父嘱我选英才。

梁山伯　(唱)如此多谢贤弟来玉成，

祝英台　(唱)梁兄你花轿早来抬。

我约你，七巧之期……

梁山伯　噢，七巧，

祝英台　(唱)……我家来。

(合唱)临别依依难分开，

心中想说千句话，

万望你梁兄早点来。

［祝英台、银心下场，梁山伯、四九挥手作别。

第四场　思祝　回忆

［梁山伯、祝英台书房。

合唱：燕子归去书斋冷，

夕阳黄昏照古槐。

梁山伯　(唱)自从英台别我归，

书房寂寞梁山伯。

梁山伯　唉！贤弟啊！

梁山伯　（唱）我哪日不想来访你？

怎奈我学业未满不能来。

梁山伯　师母！

师　母　山伯，看你心神不宁，为了何事？

梁山伯　师母……（难以出口）弟子思念家乡……

师　母　思念家乡就该回去！（梁山伯欲语又止）我有一事，正想问你。

梁山伯　师母有话请讲。请坐！

师　母　山伯，你来！

师　母　（唱）英台与你同窗共读有三载，

她的心事你可明白？

你此去是否访英台，

再问你，她到底是男还是女裙钗？

梁山伯　（唱）贤弟回家我常挂怀，

师母呀，你问男问女好奇怪。

师　母　（唱）她临行有言曾相托，

托我替她做大媒，

信物就是玉扇坠。（取出玉扇）

梁山伯　（接过玉扇）啊！

梁山伯　（唱）但不知贤弟要娶谁？

师　母　（唱）山伯呀！英台乃是女子扮。

梁山伯　（呆若木鸡，惊喜万状）啊！英台是个女的……

师　母　是啊！

梁山伯　英台是个女的……如此说来，英台就是九妹，九妹就是英台……

师　母　是啊！是啊！

梁山伯　（唱）英台她自己做媒自己配！

师　母　(点头笑)既有婚约,理应早去求亲,你明日禀明先生下山访英台去吧!

梁山伯　(一揖,再揖)多谢师母,多谢师母!四九!四九!

梁山伯　(唱)四九快与我把行装整——

合　唱　一心下山把英台访,

相公与僮儿都匆忙,

梁山伯心慌意乱只想早到祝家庄。

(念)那四九,

(唱)手脚忙,

　　手忙脚乱整行装,

　　大红帖,备端整,

　　哎呀!玉扇坠,不可忘。

　　坐等不及山后雄鸡唱。

(念)离书房,下山岗,

(唱)匆匆前往。

[途次。梁山伯上,四九挑着行囊后随。

梁山伯　(唱)祝家庄上访英台。

　　一边走一边喜,

　　同窗竟会成连理;

　　一边走一边想,

　　我与她同桌共读情义长;

　　一边走一边呆,

　　我不辨男女三长载;

　　一边走一边忖,

　　想起了十八里相送她到长亭。

　　眼前就是旧时景,

回忆往事喜又惊。
她曾经梅花透露春消息，
我竟是泥塑木雕不知情。
记得出了城，过了关，
她曾经比喻樵夫为妻把柴担；
过一山，又一山，
她说是家有牡丹等我攀；
下了山，过池塘，
她说是水里鸳鸯两成双；
过池塘，见条河，
英台说山伯真是呆头鹅啊！
她说是独木桥上织女会牛郎，
她说是庄上黄犬咬红妆，
想起了井底照影分男女，
想起了观音面前好拜堂。
一桩桩比喻我猜不透，
英台说，对牛弹琴这牛就是我梁兄长！
眼前已是长亭在，
在长亭她亲口许九妹，
想不到九妹就是祝英台，
英台！你这个媒呀——
做得对。
袖中取出玉扇坠，
欢欢喜喜藏起来。
英台叫我花轿早去抬，
那英台叫我梁兄早相会。

梁山伯　四九，

（唱）叫四九急忙赶路程，

恨不得插翅飞到她妆台。

梁山伯　四九，快来啊！

第五场　劝婚　访祝

内　喊　祝太公，这门婚事就这样定了。

银　心　小姐，梁相公他就要来了。

祝英台　你怎知道？

银　心　我怎么不知？昨夜烛花结了个双蕊。烛花双蕊，喜事来。

［祝公远喜气洋洋地进来。

公　远　喜事，喜事，英台你的喜事来了。

公　远　（唱）今日媒人我家来，

为父将女儿亲事配，

如今攀得乘龙婿，

祝家门第多光彩。

祝英台　（唱）爹爹啊，你已将女儿终身配？

公　远　（唱）天赐良缘称心怀。

祝英台　（唱）爹爹将女儿配与谁？

公　远　（唱）他就是有财有势太守之子马文才。

祝英台　（惊愕良久）爹爹，女儿不配。

公　远　门当户对，怎说不配？

祝英台　女儿不嫁。

公　远　为何不嫁?

祝英台　儿愿侍候爹爹,终老一生。

公　远　英台,为父也何尝舍得你离开膝下,怎奈女大当嫁。

祝英台　女儿年纪尚小。

公　远　为父岂能误了儿的青春。

祝英台　女儿不愿。

公　远　我明白了,你在杭城读书时莫非……银心,你陪小姐读书三载,做了些什么?讲!

[银心惶惑地看着祝英台。

银　心　小姐……

祝英台　银心,但说无妨。

银　心　(胆怯地)小姐在杭城读书三载,遇见那会稽梁山伯相公,义结金兰,形影不离,十八里送别长亭,小姐还……

银　心　(唱)小姐还亲口许九妹。

公　远　九妹?

祝英台　爹爹。

公　远　(唱)怪不得好言相劝劝不醒,
却原来在外有了儿女情。
美满姻缘你不愿,
你辜负老父一片心。
自从盘古分天地,
哪有闺女自定亲?
马家是有媒有聘有父命,
梁山伯他与我祝家难联姻。

祝英台　爹爹……

公　远　亲事已定,不必多言。

［祝英台愤然径下。

祝　仆　启禀员外，会稽梁山伯求见。

公　远　梁山伯……（迟疑）哦……请！

祝　仆　梁相公，请。

［梁山伯与四九上。

梁山伯　祝仁伯，小侄拜见。

公　远　梁贤侄，恕我未曾远迎。

梁山伯　小侄冒昧登门，还望仁伯大人见谅。

公　远　哪里，哪里，梁贤侄想是路过寒舍？

梁山伯　乃是特地造府，向仁伯大人问安。

公　远　不敢，不敢。

梁山伯　顺便也望望英台贤……贤弟。

［祝仆端茶上，银心接过。

银　心　梁相公请用茶。

四　九　（指着银心）银心弟弟……相公，是银心妹妹。

梁山伯　四九！（止之）

公　远　梁贤侄，远道而来，请到书房小坐片刻，当命英台出见。（向祝仆）陪梁相公书房稍坐，不得怠慢。

祝　仆　是。梁相公请。

［祝仆领梁山伯、四九下。

公　远　银心，唤小姐下楼，有客相访。

银　心　是。

公　远　且慢，你叫小姐先来见我。

银　心　是。

公　远　（唱）英台已受马家聘，

是马家媳妇马家的人。

谁知山伯又登门，
两情不断要留祸根。

[祝英台上。

祝英台 梁兄在哪里？爹爹。

公　远 英台，梁山伯访你来了。

祝英台 梁兄在哪里？

公　远 英台，我看还是不见的好。

祝英台 我与梁兄义结金兰，同窗三载，远道来访，岂可不见。

公　远 你已是马家的人了。

祝英台 女儿未曾依允。

公　远 岂不闻婚姻大事当由父母作主。

祝英台 爹爹应念女儿长亭亲许。

公　远 无媒无聘，作事不端！

祝英台 有师母为媒，玉扇坠为聘，于礼无亏。

公　远 英台你……

祝英台 爹爹！

公　远 马家乃是簪缨世家，阀阅门第。

祝英台 梁家虽属贫寒，也是清白人家。

公　远 英台！你放肆！

（唱）忤逆女你不该不听父命，

祝英台 （唱）望爹爹恕女儿人孰无情。

公　远 （唱）知书文应达理岂可任性，

祝英台 （唱）婚姻事非儿戏关儿终身。

公　远 （唱）你若不去马家，有辱门庭，

祝英台 （唱）要女儿嫁马家，实难从命。

公　远 英台，你大胆！

(唱)三从四德乃古训，
婚姻事天经地义遵父命。
如不然门楣有辱成话柄，
礼法不容怎做人。
为父我平日万事依从你，
唯有这一桩难依允。
英台啊，
终身大事非儿戏，
已将儿许马家万难变更。

公　远　念你与山伯有结拜之谊，就容你一见。你要好言相劝于他，叫他另娶淑女。

公　远　银心。

［银心上。

公　远　有请梁相公。

银　心　是！（下）

祝　仆　梁相公，请。

公　远　英台，不要泪痕满面。有失礼数。

［祝英台拭泪。梁山伯上，四九、银心跟上。

公　远　梁贤侄。

梁山伯　祝仁伯。

公　远　英台，快来见过梁贤侄！

祝英台　梁兄。

梁山伯　啊……贤……

公　远　(唱)贤侄远道到寒舍，
恕老朽不能来奉陪。

梁山伯　仁伯有事请便。

公　远　（唱）都只为前村钱员外，

他与我前日有约会，

约定了日子难更改，

只好失陪你梁贤侄。

你从杭城到寒舍，

不嫌怠慢就坐一会。

公　远　英台，你与山伯乃是结拜兄妹，你要好好款待，倘有半点怠慢……

公　远　（唱）为父回来要整家规。（下）

祝英台　银心。

银　心　小姐。

祝英台　陪四九到里面去歇息一会。

银　心　是。四九哥哥，来。

四　九　相公……

梁山伯　不可放肆！

［银心、四九下。

祝英台　梁兄。

梁山伯　唔！你我在读书的时候，乃是弟兄相称。如今你已这般打扮，我还是称贤弟，还是……

祝英台　你我在读书时节，我是女扮男装，你我理该弟兄相称，如今，不妨改称兄妹。

梁山伯　贤妹！

祝英台　梁兄！这里不是说话之处，请到小妹书楼小坐。

梁山伯　如此甚好。

祝英台　梁兄请。

梁山伯　贤妹请，还是贤妹先请。

［祝英台、梁山伯下。

第六场　楼台会

［楼台。祝英台在幕后合唱声中出。

（合唱）久别重逢梁山伯，
倒叫我又是欢喜又伤悲，
喜的是今日与他重相会，
悲的是美满姻缘两拆开。

祝英台　（唱）但见他喜气冲冲来访九妹，
我只得强颜欢笑上楼台。

祝英台　梁兄请。

梁山伯　贤妹请。

祝英台　梁兄请坐。

梁山伯　贤妹请坐。

祝英台　梁兄，你我长亭分手，别来可好？

梁山伯　好！贤妹家居，想必安适？

祝英台　托梁兄之福，也还好……梁兄此来是路过，还是特到？

梁山伯　愚兄乃特地到此，一来与仁伯大人问安，二来想望望你家九妹。

祝英台　九妹……

梁山伯　是啊！

（唱）那一日钱塘道上送你归，
你说家有小九妹，
长亭上面做的媒，
愚兄是特地登门求亲来。

祝英台 （唱）梁兄啊！你道九妹是哪一个？就是小妹祝英台。

梁山伯 愚兄知道就是——

（唱）贤妹啊！

梁山伯与祝英台，

前世姻缘配拢来。

祝英台 （唱）见他欢笑我心碎，

他怎知，爹爹已将我终身配。

梁山伯 （唱）久别重逢应欢喜，

你因何脸上皱双眉？

祝英台 （唱）梁兄啊！我有一件伤心事，

要想明说……口难开。

梁山伯 你我之间，还有什么话不可讲的？尽说不妨。

祝英台 梁兄……自从小妹别你回家，爹爹作主已将小妹终身许配马家了。

梁山伯 马家……马？

祝英台 马太守的儿子马文才，梁兄。

梁山伯 （惊愕良久）：你、你……你好——

（唱）你在长亭自做媒，

说道家有小九妹，

既然九妹就是你，

你为何又许马文才？

祝英台 （唱）梁兄啊！难道你小妹心意尚不知？

我岂愿嫁与马文才。

梁山伯 （唱）贤妹啊！我与你山盟海誓情义在，

我心中只有你祝英台，

你父作主许马家，

就该快把亲事退！

祝英台 （唱）我也曾千方百计把亲退，

我也曾拒绝马家聘和媒，

怎奈是爹爹绝了父女情，

他不肯把马家亲来退。

梁山伯 （唱）你父不肯把亲退，

我梁家花轿先来抬！

杭城请来老师母，

祝家厅上坐起来，

聘物就是玉扇坠，

紧紧藏在袖管内，

玉蝴蝶，玉扇坠，

难道不能夫妻配？

祝英台 （唱）玉蝴蝶，玉扇坠，

蝴蝶本应成双对，

岂知你我自作主，

无人当它是聘媒。

梁山伯 （唱）纵然是无人当它是聘媒，

我与你生死两相随。

我要写成冤状当堂告，

头顶状纸进衙内，

就告你父祝员外，

他不该欺贫爱富图赖婚姻犯大罪。

我再告那仗势欺人的马文才，

他活夺我爱妻该有罪。

这一张状纸进衙内，

倘若为官是清正，

只断拢来不断开。

祝英台 （唱）梁兄句句痴心话，

小妹寸心已粉碎。

你可知堂堂衙门八字开，

官官相护你总明白。

那马家有财又有势，

你梁家无势又无财。

万一你告到衙门内，

梁兄你于事无补要先吃亏。

梁兄啊！梁门唯有你单丁子，

白发老母指望谁？

我英台此生已无望，

梁兄你另娶淑女……

梁山伯 （唱）我哪怕是九天仙女我都不爱！

［梁山伯黯然坐下。银心上，设酒。

［银心下。

祝英台 （唱）梁兄特地到寒舍，

小妹无言可安慰，

略备水酒敬梁兄，

梁山伯 （唱）想不到我特来叨扰你酒一杯。

祝英台 梁兄。

（唱）记得草桥两结拜，

同窗共读有三长载，

情投意合相敬爱，

此心早许你梁山伯。

可记得你看出我有耳环痕，
使英台脸红耳赤口难开；
可记得十八里相送长亭路，
我是一片真心吐出来；
可记得比作鸳鸯成双对，
可记得牛郎织女把鹊桥会，
可记得井中双双来照影，
可记得观音堂前把堂拜。
我也曾留下聘物玉扇坠，
我是拜托师母做大媒；
约好了相逢之期七巧日，
我也曾临别亲口许九妹；
我实指望有情人终能成眷属，
想不到美满姻缘两拆开。
梁兄啊！我与你梁兄难成对，
爹爹允了马家媒；
我与梁兄难成婚，
爹爹收了马家聘；
我与你梁兄难成偶，
爹爹饮过马家酒；
梁兄啊！爹爹之命不能违，
马家势大亲难退。

梁山伯　(唱)英台说出心头话，
我肝肠寸断口无言，
金鸡啼破三更梦，
狂风吹折并蒂莲！

我只道有情人终能成眷属，

谁又知今生难娶祝英台。

满怀悲愤无处诉啊——

无限欢喜变成灰！

［梁山伯愤极成疾。

祝英台 （唱）梁兄啊，你千万珍重莫心灰。（梁山伯吐血）

祝英台 血！

祝英台 （唱）梁兄啊！这种种全是小妹把你来连累！

梁山伯 贤妹，愚兄决不怨你。你可知，我为你一路上奔得汗淋如雨呵！

祝英台 （唱）梁兄啊！

梁山伯 （唱）贤妹妹，我想你，

神思昏昏寝食废。

祝英台 （唱）梁哥哥，我想你，

三餐茶饭无滋味。

梁山伯 （唱）贤妹妹，我想你，

衣冠不整无心理。

祝英台 （唱）梁哥哥，我想你，

懒对菱花不梳洗。

梁山伯 （唱）贤妹妹，我想你，

提起笔来字忘记。

祝英台 （唱）梁哥哥，我想你，

东边插针寻往西。

梁山伯 （唱）贤妹妹，我想你，

哪日不想到夜里？

祝英台 （唱）梁哥哥，我想你，

哪夜不想到鸡啼？

梁山伯　(唱)你想我来我想你，

祝英台　(唱)今生料难成连理。

梁山伯　(唱)辞别贤妹回家行，

祝英台　梁兄，你这个样子，我……

梁山伯　(唱)我死在你家总不成！

祝英台　(唱)梁兄你休说伤心话，
我肠欲断心欲碎，
你是好好来望我，
反而害你带病归。
梁兄啊，你千万要保重，
今日别后你何时来？

梁山伯　(唱)回家病好来看你，
只怕我短命夭殇不能来。
倘若我有长和短，
就在那胡桥镇上立坟碑。

祝英台　(唱)立坟碑，立坟碑，
梁兄你红黑二字刻两块，
那红的刻着祝英台，
那黑的刻着梁山伯，
我与你生前夫妻不能配，
梁兄啊！我就是死也要与你同坟台！

梁山伯　愚兄告辞。

祝英台　梁兄，

祝英台　(唱)让小妹来送你一程。梁兄啊……

第七场　山伯临终

［合唱：送兄送到藕池东，

荷花落瓣满池红。

荷花老来结莲子，

梁兄访妹一场空。

［梁山伯卧室。梁山伯病卧于床。梁母挟包袱由外入，四九跟入。

梁山伯　母亲，她来了没有？

四　九　还没有回来，安人回来了。

梁　母　山伯，为娘已从祝家回来了。

梁山伯　母亲你回来了，不知英台她来不来呀，她不来吗？母亲可曾对她言讲，山伯病入膏肓，唯求见她一面，虽死无憾。

梁　母　为娘也曾如此说来，怎奈英台她……她叫为娘带来一封信。她说你看了自会明白。

梁山伯　待孩儿来看。

（唱）母亲带回英台信，

书信上面言安慰。

她说道咫尺天涯难相会，

此身未来心已来。

但见她珍重二字满纸写，

她望我除灾又脱晦。

英台啊，可怜我刻骨相思染重病，

可怜你要想聚首不能来。

这是雪白蝴蝶玉扇坠，

当初是英台自做媒，

到如今姻缘已隔万重山

蝴蝶枉自成双对。

梁山伯 想是英台已嫁到马家为人。哦，母亲，看来儿命不久，儿有重言拜托。

（唱）杭城读书三长载，

实指望为梁家增光辉，

谁知道为了英台女，

染成疾病难挽回。

娘啊娘，倘若儿归黄泉路，

儿的娘身体须自爱。

恳求母亲如儿愿：

儿死后在胡桥镇上立坟碑。

立坟碑，立坟碑，

红黑二字刻两块，

红的刻着祝英台，

黑的刻着儿梁山伯。

儿与她生前不能夫妻配，

儿死后也要和她同坟台。

［梁山伯死去，梁母与四九哭呼。

四　九 相公——

第八场　逼　嫁

［楼台。祝英台面前堆着嫁衣，祝公远正在劝女儿梳妆上轿，祝英

台痴坐不理。

公　远　英台，这般时候你怎么还不梳妆？英台，英台！

（唱）今朝吉日并良辰，

马家彩轿门前停，

诸亲贵戚俱来到，

本州县令亲上门，

似这般光景你不上轿，

岂不要逼父喜事不成祸事成？

祝家名声毁一旦，

方远百里传笑柄。

英台啊！鸟惜羽毛，人惜脸，

你叫为父脸面何在，如何下场，

怎生做人？

四　九　让我进去，让我进去！小姐……梁相公他已经死了！

祝英台　（唱）闻梁兄遭不幸悲痛断肝肠，

梁兄你是为我一病亡啊，

我英台岂能活世上，

我要……

公　远　英台，英台，想为父替你攀了这门高亲，还不是为了你。你如此寻死觅活，你……你……你要活活气死你白发老父！

祝英台　女儿依从就是。

公　远　依了就好，依从就好。

祝英台　只是求爹爹依我一事。

公　远　讲。

祝英台　（唱）爹爹逼我上轿行，

女儿有一事来求恳：

孩儿要轿前两盏白纱灯，

轿后三千纸银锭。

花轿先往胡桥镇，

英台要白衣素服去祭兄坟。

公　远　这个……

（唱）今日马家来娶亲，

怎能去拜山伯坟？

祝英台　（唱）倘若爹爹不答应，

要我上轿万不能！

公　远　好，为父就依你。不过你要，外面穿红内着白，祭坟之后，即到马家交拜天地。

祝英台　爹爹，女儿拜别了。

第九场　祷墓　化蝶

［梁山伯墓前。吹鼓手、仪仗前导，仆人相从，其后为祝英台花轿。花轿至梁山伯坟前不行。

祝英台　（唱）一见坟台魂魄消，

呼天踏地哭嚎啕，

楼台一别成永诀，

人世无缘同到老。

梁兄啊！实指望天从人愿成佳偶，

谁知晓，喜鹊未叫乌鸦叫；

实指望，笙箫管笛来迎娶，

谁知晓，未到银河就断鹊桥；

实指望，大红花轿到你家，

谁知晓，白衣素服来祭祷；

梁兄啊！不能同生求同死——

［灯光复亮。风和日丽，花鸟争春，彩虹万里。祝英台、梁山伯化作蝴蝶，翩翩起舞。

（合唱）彩虹万里百花开，

花间蝴蝶成双对。

千年万代不分开，

梁山伯与祝英台。

［剧终。

（1951年演出本）

越剧

西厢记

（根据王实甫原著改编）

集体改编　执笔:苏雪安

作者小传

苏雪安（1896—1966），男，浙江杭州人，曾任上海京剧院编剧。

人物表

莺莺　张生　红娘　老夫人　欢郎　法本　法聪　琴童

第一场　惊　艳

［张生、法聪上，合唱：

游艺中原、书剑飘零琴为伴，
铁砚磨穿，才高难逐男儿愿。

张　生　（唱）久闻名，河中府，普救禅院，
张君瑞，来瞻仰，宝相庄严。
随喜了，法堂北，上方佛殿，
又来到，钟楼南，香积厨前，
游洞房，登宝塔，回廊绕遍，
数罗汉，参菩萨，拜罢圣贤。

法　聪　张先生，到此寺中都已游遍，请先生方丈待茶。

张　生　啊呀……那边好大的院子，不知是什么所在，益发待我随喜随喜。

法　聪　（扯住）先生请住。

张　生　怎么样？

法　聪　那边是去不得的。

张　生　却是为何？

法　聪　这里面住着崔相国的夫人和莺莺小姐。

张　生　崔相国家眷为何不住馆驿，却来宝刹居住？

法　聪　先生有所不知。只因相国去世，夫人与小姐扶了灵柩，回转博陵原郡，路上不靖，故而暂时寄居寺中。

张　生　原来如此。

法　聪　夫人平日治家严谨，什么人都不能进去的。（门内莺莺唤红娘）

红　娘　小姐。

莺　莺　开了角门。

红　娘　是。

法　聪　啊呀，崔府女眷来了，遇上了多有不便，这怎么好？张先生这里来躲一躲吧。

［法聪、张生避至石后。红娘和莺莺同上。

红　娘　小姐快来！

红　娘　你看那边万紫千红，好不有趣！小姐来啊！（同下）

［张生、法聪自石后出。

（伴唱）只听得呖呖莺声花外转，

猛然见五百年风流孽缘。

法　聪　张先生，我师父就要回来，请先生方丈待茶。

张　生　小师父先行一步，小生随后就到。

法　聪　如此，先生就来。（下）

张　生　妙呀！

（唱）一声声银铃笑声入心田，

一阵阵麝兰香风迎神仙。

寂寂山寺无人到，

俏佳人芳草花丛任翩跹。

裙带轻扬姿婀娜，

明眸翠钿步留连。

踏遍青山春不见，

春在她一枝桃花手里边。

心儿里朝思暮想口难言，

我盼你等你等了廿三年！

情向前生种，人逢今世缘，

梦里人似曾相识到眼前。

［莺莺、红娘再上。张生避假山后。

莺　莺　（唱）人随春色到蒲东，

门掩重关萧寺中，

花落水流红闲愁万种，

徘徊无一语唯怨东风。

红　娘　（唱）蝶恋飞花舞落茵，

莺　莺　（唱）风飘万点正愁人。

红　娘　小姐！

（唱）你暂撇开闲愁闷，

深院无人且赏春。

小姐，我们扑几个蝴蝶玩耍玩耍？

莺　莺　使得。（同扑蝶）

红　娘　小姐。你看这里的碧桃花开得多鲜艳呐，我们再去折两枝好不好？

莺　莺　使得。（同折花。张生向前，莺莺略惊顾）

红　娘　小姐，我们回去吧！（莺莺再回顾张生，红娘略示遮蔽意。莺莺翩然下，红娘随下）

张　生　（停立久望后）她去了！（再看墙内，叹息，惆怅）唉！

（唱）月殿神仙归洞天，

此地空余杨柳烟，

门掩了梨花深院，

粉墙儿高似青天，

恨天不与人方便，

怎禁得意惹情牵。

（徘徊不忍去，想象摹拟）怎当她临去秋波那一转……

（再想象）今番是，

定把这透骨相思病儿缠。

红娘她来了！（红娘上，张生前迎）

张　生　小娘子，小生这厢有礼了。

红　娘　先生万福。我奉老夫人命前去打听斋期，先生何事？

张　生　敢问小娘子，该是侍奉莺莺小姐的侍女红娘姐么？

红　娘　我便是，何劳动问？

张　生　红娘姐，小生有句话敢说么？

红　娘　（若有所觉）言出如箭，不可乱发，一入人耳，有力难拔。请说吧。

张　生　这个……小生姓张名珙字君瑞，本贯西洛人氏，年方二十三岁，正月十七日子时建生，并不曾娶……

红　娘　谁问你来？我又不是算命先生，要你的生辰八字何用啊？（欲行，被张生拦住）

张　生　再问红娘姐，你家小姐她可常出来走走么？

红　娘　（怒）出来便怎么样？

（唱）夫人节操凛冰霜，

治家严谨教有方；

虽然三尺童子辈，

无召不敢入中堂；

先生又非亲和故，

何劳絮絮问短长？

非礼弗言是古训，

读书人怎敢把礼义忘？

从今休得胡乱讲，

从今以后当问的问，不当问的就不要胡问，你要是胡问呀！

（唱）被老夫人闻知你祸一场！

（背白）真是个书呆子！（匿笑下）

张　生　（愁闷不语，有顷）

（唱）听说罢，心惆怅，

一天愁锁眉尖上。

小姐呀，你心中若惧老萱堂，

你不该临去回头望；

今生若不和你并头莲，

难道我前世烧了断头香？

红娘啊，你年纪小性气刚，

却为何凛若冰霜？

红娘呀，张郎若去相偎望，

与小姐郎才女貌正相当。

红娘呀，你不做美我便不把小姐想，

红娘呀，你可知相思债儿最难偿。

准备着一万声长吁短叹，

五千遍捣枕捶床。

是了，我何不向和尚借得僧舍一间，早晚也好再见莺莺小姐一面？我就是这个主意。（张生举步，琴童上，相遇。）

琴　童　相公，我到处找你都没有找着，你站在这里做什么呀？

张　生　琴童，这大半天你在什么地方？

琴　童　我在宝塔顶上玩耍呢！

张　生　（唱）天色不早回店房，

搬取行李和书箱。

琴　童　搬到哪里？

张　生　搬到寮房。

琴　童　住在哪里？

张　生　住在庙堂。

第二场　酬　韵

［张生伫立月光下。

（伴唱）玉宇净无尘，

银河倒泻影，

莫负此良宵，

张　生　（重唱）吾心还自警。

［起更。

（唱）一更后万籁寂无声，

怎不见墙外人儿影？

我侧着耳朵听，

我蹑着脚步行，

我只在太湖石上等，

（上太湖石）等我那齐齐整整、

袅袅婷婷的姐姐莺莺。

莺　莺　（内白）红娘，开了角门，摆起香案。

红　娘　（内应）晓得。（开角门，莺莺、红娘同上。红娘设香盘）

张　生　（唱）猛听得角门儿呀的一声，

风过处人未来衣香细生，

我踮着脚尖儿仔细定睛，

妙呀！

比那日初见时越齐整。

莺　莺　红娘，取香来！

莺　莺　（唱）一炷香愿亡父早升天堂，

二炷香愿老母百年寿长，

三炷香……

红　娘　（唱）见小姐含情脉脉话难讲。

小姐，为什么每夜到了第三炷香，就没有话了？

莺　莺　这……

红　娘　待红娘来替你祝告吧！

（唱）愿小姐早配鸳鸯，

配一个冠世才学如意郎，

风流人物温柔性，

与小姐百年成双。

莺　莺　红娘，休得顽皮，你看今夜的月色好不明朗。

红　娘　是呀，今夜月色，好不明朗。

莺　莺　（想）红娘，老夫人命你去问长老，几时可与老相国做好事。你倒是问了没有？

红　娘　我问过了。长老说二月十五日斋期，请老夫人与小姐去大殿拈香。小姐，我想起一件好笑的事……

莺　莺　什么好笑的事？

红　娘　前天老夫人差我去问斋期的时候，碰见那日在角门口遇见的那个秀才（张生倾听）他对红娘深深一揖说：小娘子不是莺莺小姐身边的红娘姐吗？小生姓张名珙字君瑞，本贯西洛人氏，年方二十三岁，正月十七日子时建生，并不曾娶妻！

莺　莺　（微笑）谁要你去问他？

红　娘　谁问他来！他还唤着小姐名字，说："常出来走走么"？被红娘好好地抢白了一顿。

莺　莺　红娘你不抢白他也罢。

红　娘　哼！我不抢白他，不知道还要说些什么疯话呢。

莺　莺　（略略思索）红娘，你告诉过老夫人没有？

红　娘　红娘还没有告诉老夫人。

莺　莺　这些小事，你不对老夫人说也罢。

红　娘　红娘理会得。小姐，你看月到中天，再拜一拜吧！

莺　莺　（无语地沉默拜祝，微叹，对月出神）幽闺无限伤心事，尽在深深一叹中，咳！

张　生　（张生下石）小姐此叹，必有所感。（想）我不免以月光花影为题高吟一绝，看她如何！

（低吟）月色溶溶夜，
花阴寂寂春；（徘徊墙下）
如何临皓魄，
不见月中人。（后两句高吟）

莺　莺　红娘你听，墙角有人吟诗。

红　娘　小姐，这声音就是那个二十三岁未曾娶妻的傻瓜啊！

莺　莺　好清新的诗呀！

（微步行吟）兰闺深寂寞，
无计度芳春；
料得行吟者，（张生贴近墙边，注意，倾听）
应怜长叹人！

张　生　（喜悦地）你酬和得好快呀！

（唱）我高吟你低应，
心儿里蕴藏着多少聪敏，
语句新音律清，
小名儿真不枉唤做莺莺。
我拽起罗衫欲行，

她赔着笑脸来相迎，
小姐啊，人生难得一知音，
我和你——
隔墙儿酬和到天明。

红　娘　小姐夜深了，怕老夫人责怪，我们回去吧！

［莺莺不得不行，红娘牵莺之袖下。张生呆立。

张　生　（唱）隔墙猛听闭门声，
环佩声遥人去静，
欲寻归路立空庭，
一抹轻云横斗柄。

第三场　寺　警

［启幕前，奏佛家焰口音乐，唱回向偈。

［幕启，音乐唱赞声停。

［忽金鼓声大作，法聪奔上。

法　聪　师父啊！师父啊！不好了啊！

法　本　法聪为何大惊小怪？（上）

法　聪　今有河桥守将孙飞虎，率领五千人马，围住寺门，口口声声要抢崔家莺莺小姐做压寨夫人。现在大家把寺门紧闭，谁也不敢出去与他答话。这怎么好？这怎么好？

法　本　法聪，快去吩咐阖寺人等叫他们坚守寺门。快去，快去！

法　聪　是，是。

法　本　这怎么办？

张　生　长老，快快禀告老夫人才是。（欲行）

法　本　先生往哪里去了？

张　生　小生，去去就来。（下）

法　本　待我禀与老夫人知道。啊，老夫人！（夫人搀欢郎同上，红娘跟上）

老夫人　啊，长老，这寺前为何为这样金鼓喧天，马嘶人闹？

法　本　夫人，大事不好了！（焦急）

老夫人　怎么了？

法　本　哎呀，老夫人呐！那河桥守将孙飞虎，带领五千人马，围住寺门，口口声声要……

老夫人　长老，要怎么样？

法　本　要抢莺莺小姐做个压寨夫人！（夫人惊恐失色）

（红娘急下。）

老夫人　（十分惊慌地）这、这、这如何得了！（惶急）

法　本　老夫人，可要报与小姐知道？

［莺莺内白："哎呀母亲啊！"上，扑向夫人，哭，红娘随上。

莺　莺　（唱）平地风雷一声震，

老夫人　（抱哭）

老夫人　（同唱）娘的魂离壳祸临身，

莺　莺　（同唱）儿的魂离壳祸临身，

老夫人　（唱）孤孀母子无路奔！

（法聪跑上）

法　聪　师、师父……老、老夫人，外面贼兵言道，若不把小姐送出，他们要放火烧庙了！

众　人　（同惊惶）

法　本　快去打听，快去打听。（法本挥手，令法聪退下）

莺　莺　（唱）这凶信阵阵逼得紧，真教人进退两无门！

(扶红娘身)才把那人儿心上亲

想不到鼙鼓一声惊断魂。

老夫人　儿啊！怎生得了！(哭抱)

莺　莺　母亲且莫悲痛，孩儿想来只有将儿献与贼人，才可保得阖家性命。(红娘哭)

老夫人　我家无犯法之男、再婚之女，怎能忍将吾儿献与贼人，岂不辱没了俺的家谱？

莺　莺　事到如今，母亲莫再怜惜孩儿，若将儿献与贼人，

(唱)一来，免得摧残老母亲，

二来，以免佛殿化灰尘，

三来，众僧无事命可保，

四来，先人灵柩得安宁，

那五来，(抱欢郎入怀)欢郎虽是未成人，

欢　郎　姐姐！

莺　莺　(接唱)也保得崔家后代根。

莺莺若是惜自身，(转激昂)

先灵一旦化烟尘，

可痛负了慈母恩，

可怜绝了爱弟亲。(众大哭)

老夫人　想我儿乃是千金之体，为娘怎忍将儿献贼求免！

莺　莺　母亲呐，献贼本是退兵之计，孩儿岂肯真个顺从与贼，如今若求两全……也罢！

(唱)娘啊！三尺绫，毕儿的命，

把儿的尸首献贼人！(哭，众同哭)

老夫人　儿啊，你怎能如此！

红　娘　小姐不可如此。

法　本　夫人，何不问过合寺人等？若有高见，共商一个退兵之计，脱此大难，也未可知。

莺　莺　（忽有所决定）母亲，孩儿别有一计在此。

老夫人　儿有何计？

莺　莺　若有人能退得贼兵……

（唱）儿情愿与那英雄结为秦晋。

老夫人　（寻思，无奈）对，虽不能门当户对，到底还强似献与贼人。我的儿，只是太委屈你了！

（唱）这才是箭在弦不得不发，

我狠心肠舍姣儿为救全家，

叫长老你向两廊，与我传话，

你传话下去，合寺人等，有谁能退得贼兵的，老身作主，倒赔妆奁，便将小女莺莺与他为妻。

法　本　老僧遵命。

老夫人　（接唱）眼睁睁任凭儿彩凤随鸦！

［法本躬身至廊上。

法　本　阖寺人等听者，如今若有人能退得贼兵的，老夫人作主倒赔妆奁，将莺莺小姐与他为妻。（夫人摇头叹息，莺莺扶红娘对泣）

张　生　（内白）来也！（上）

（唱）五千众劫佳丽合寺被围，

护佳人救众难舍我其谁？

摇动这笔尖儿要把贼兵退——

长老！

法　本　先生莫非有退兵之计？

张　生　正是。

法　本　先生你乃一介书生，手无缚鸡之力，怎能退得贼兵？

张　生　你莫小看了书生也！

（唱）我自有调兵符靖乱拯危！

法　本　（引见）夫人，这秀才就是老僧那个亲戚。他道有退兵之计。
（莺莺止住红娘勿言）

老夫人　先生有何退兵之计？

张　生　方才听长老当众晓谕夫人之意，小生与阖寺僧俗，同在患难之中，故而愿献退兵之计。

老夫人　足见先生仁义，刚才已与长老说过，有人退得贼兵的，情愿将小女莺莺与他为妻。

张　生　夫人言出如山，小生义不容辞，此事但请宽心。长老，此时退敌，先要借重长老。

法　本　（惶惧）这……老僧年迈无勇，怎能退得贼兵？

张　生　长老不必惊慌，请到钟楼之上，晓谕贼人，就说夫人言道："小姐孝服在身，道场功德未满，送与将军，只怕于军不利，请将人马暂退一箭之地，三日之后功德圆满，小姐换了吉服，方能送与将军。"

老夫人　（惶急地）三日后又当如何？

张　生　夫人不必着急。小生有一故友，姓杜名确，号白马将军，统领十万大军，镇守蒲关。一封书去，救兵必到。

红　娘　（背面向莺莺）小姐，倒看他不出！

莺　莺　红娘，也真难为他呀。（红娘莺莺同下）

法　本　老夫人，若得白马将军前来。何愁一个孙飞虎，夫人，但请放心。

老夫人　如此多谢先生。

第四场　赖　婚

（幕前合唱）人望蒲关唱凯歌，

马离普救敲金镫。

[红娘自台后来，张生自外上，两遇。

红　娘　(唱)一场灾祸化烟云，

成全了君子淑女结良姻。

五百僧众、崔氏合府齐感恩，

恩人就是那书生。

红　娘　张先生来了，老夫人等着呢，快来吧！

张　生　红娘姐，今日老夫人相请，可还有别的客人吗？

红　娘　(唱)不请街坊不会亲，

不受人情避众僧，

今日筵前无别客，

请贵人和莺莺双双匹聘。

张　生　不想我张生也有今日。(来回顾盼)

红　娘　张先生，你为什么看着地下日光，走来走去？

张　生　小生客中，少了一面镜儿，所以借着日光，看看我的衣冠穿戴得齐整么！

红　娘　(唱)原来是他来回顾影，

真是个疯魔酸丁。

张　生　红娘姐，你看我这两鬓如何？

红　娘　(唱)你光油油滑倒苍蝇，

酸溜溜酸到牙根！

张　生　小生客中未带聘礼，怎好见老夫人？

红　娘　(唱)你灭寇有功举将能，

两般功劳是红定。

先是小姐心中十分顺，

张　生　当真的么？

红　娘　(唱)总只为你先生胸藏百万兵。

老夫人　(内白)红娘，张先生来了吗?

红　娘　老夫人，张先生来了。(老夫人上)

张　生　夫人在上，张生拜见!

老夫人　先生少礼，老身也有一拜。(裣衽)

张　生　小生怎敢当?(答拜)

老夫人　前日若非张先生，焉有今日?我合家性命，皆先生所活。今日略备小酌，非为报礼，聊表谢忱，望先生莫嫌轻慢。

张　生　贼兵之败，皆夫人洪福。事已过去，不足挂齿。

老夫人　先生请坐。红娘，看酒来!(斟酒)请张先生满饮此杯。

张　生　(接酒)长者赐，不敢辞，张生拜饮。(饮酒)

老夫人　红娘，去请小姐出来，与张先生行礼!

红　娘　是，小姐，老夫人请你出来行礼呢。

(莺莺上)

莺　莺　(唱)若不是张解元识人多，

谁人能退这干戈?

红　娘　小姐，快些儿吧，张先生来了半日了。

莺　莺　(唱)适才向碧纱窗下画双蛾，

委屈张生劳久坐。

红　娘　小姐你今日这样打扮，越显得脸儿吹弹得破了。

莺　莺　(唱)顽皮红娘休啰嗦，

当着人信口开河。

红　娘　今日张生见了你，他心里不晓得要怎样快活呢!

莺　莺　(唱)红娘啊，难道说他往日相思都为我?

红　娘　不为你小姐又为哪个来?如今老夫人把你们成就了，莫说张生，就是小姐你呀……

莺　莺　（羞斥）（红娘微笑不语）红娘，难道今日之宴，就算我与张生的——

红　娘　可不就是你们的合欢宴、交杯酒吗？

（莺莺有所感）

莺　莺　母亲呀！

（唱）——也不该两番举动一番做，

省钱吧，结甚丝罗？

纵张罗，又费什么？

红　娘　小姐不要再说了，张生等久了，去吧！

莺　莺　（唱）帘儿外稳住步目转秋波——

［近门看，为张生所见。

张　生　（向夫人）小生更衣，暂时告退。

［出门撞见莺莺。红娘以身蔽之，缓缓地同莺莺入门，张生随入。

莺　莺　（唱）——他玲珑心早窥破，

吓得莺莺无处躲，——

见过母亲，（张生同拜）

老夫人　罢了，张先生请上坐！

张　生　小生礼当侍立，焉敢与夫人对坐！

老夫人　道不得个恭敬不如从命，请先生上坐。

张　生　如此小生告坐。

老夫人　儿啊，近前来。

莺　莺　母亲！

老夫人　快上前拜了儿的哥哥！

［张生、莺莺、同时惊愕。

张　生　呀，这声息不对了。

莺　莺　我娘变了卦了！

老夫人　从今以后，你俩似同胞兄妹一般亲热！

红　娘　呀，这相思今番害定也！

莺　莺　（看张生，唱）——只见他目定口呆神色沮，

只见他不哼不动低头坐。

真是个积世老婆婆，

竟说出妹妹拜哥哥！

［张生微睨莺莺，莺莺诉出心中苦楚。

颈儿低垂心儿苦，

满口话儿难倾吐，

肠转折，眼模糊，

却摆这筵席做什么！

老夫人　红娘，斟酒来，儿啊，与你哥哥把盏！

（催）儿啊，快上前与你哥哥把盏。

［莺莺委屈地接盏。

莺　莺　（唱）——他其实咽不下这玉液金波，

他岂料这好事化作南柯！

老夫人　请张先生满饮此杯。

张　生　小生量窄。（莺莺看张生，微微点首）

莺　莺　红娘，接了杯盏！

老夫人　女儿，若不是你兄长相救，哪有儿的活命，理当敬你哥哥一杯！

莺　莺　（唱）——料今后病染沉疴难长久，

母亲呀你害了人命还啰嗦。

［红娘斟酒递盏。

老夫人　红娘替你小姐代敬一杯。

张　生　（拒饮）方才说过小生量窄。

红　娘　小姐，这烦恼怎生得了？

莺　莺　（唱）而今烦恼还犹可，
怕的是久后思量怎奈何？
我有心想把衷肠诉，
怎奈母亲在旁边坐。
张生啊你无缘我命薄，
你我从此咫尺天涯阻！

老夫人　张先生，你我已为至亲，实为可喜，就请先生满饮此杯！

［张生冷笑。

莺　莺　（唱）——休道他脸上笑呵呵，
我知他泪入愁肠比酒多，
他一封书信把贼兵破，
他不想姻缘想什么？
说尽了甜言落空他，
母亲啊，担尽了虚名你误了我！
啊……好不明白的母……爹爹啊！

［哭，夫人震惊。

老夫人　红娘，好好侍候小姐。

［红娘扶莺莺下。

张　生　（起立，忽然地）小生醉了，告退！

老夫人　简慢不恭。

张　生　夫人跟前，小生有一句话该说吗？

老夫人　先生请讲。

张　生　前日孙飞虎围了寺门，变在仓卒。夫人曾说不论何人能退贼兵的，就将莺莺小姐予他为妻，是有这句话么？

老夫人　有哇。

张　生　当此时，是谁挺身而出？

老夫人　是张先生。

张　生　是谁修下书信，请来白马将军，退却贼兵？

老夫人　先生有活命之恩，怎奈先相国在日……

张　生　夫人请住。借兵解围，既是小生所做，夫人理该谨守前言，将小姐许与小生。为何忽以兄妹相称？

老夫人　张先生，小女终身，先相国在日，实已许了老身的内侄郑恒。前日他有书到来，说即日就到。他若来时，叫老身无以为对。

张　生　原来夫人是这个主意。请问夫人要是白马将军不来，孙飞虎公然无礼，请问小姐又如何得配与令侄郑恒呢？

老夫人　这个……张先生，如今我情愿多以金帛相酬，愿先生另聘高门，实为两便。

张　生　夫人，当日小生挺身而出，岂为贪你钱财而来？你好小量。张珙告辞。

老夫人　（内愧地）张先生不必如此。（考虑）你我既为至亲，就请先生移住西厢，以便徐图报答。

张　生　这个……

老夫人　红娘！（红娘应上）张先生醉了，快送张先生书房安歇去吧，明日别有话说。（下）

红　娘　张先生，你少喝一杯，不是好么？

张　生　红娘姐。你也糊涂。我喝什么酒来？小生自见小姐之后，废寝忘餐，虽告不得别人，却瞒不得你。前日这一封书本不足道，只是夫人堂堂一品太君，金口玉言亲许婚姻。红娘姐，这不仅你我二人听见，两廊数百僧俗，上有天，下有地，佛天菩萨都听见的。如今你家夫人忽然变卦，真叫小生心尽计穷，更无别路，只有在你红娘姐跟前，自尽了吧！

红　娘　（拦住张生）先生，夫人有言在先，如今反悔了，莫说先生听了生气，就是我红娘听了，也实是为先生不平。

张　生　红娘姐，既有不平之意，何以教我？

红　娘　实对你说，今日之事，都是夫人作主，小姐未必一般心思。也罢，待红娘来想个法儿，使你与小姐一通情愫。

张　生　若得红娘姐如此，小生生死不忘。

［张生向红娘施礼，红还礼。

（灯暗）

第五场　琴　心

（伴唱）春昼伤心曾劝饮，

　　良宵探意试听琴。

［张生坐理琴。看天，起立。伴唱中红娘捧香盘上。

红　娘　呀，小姐快来呀！小姐，你看今夜月色多好呀！

莺　莺　月儿呀月儿，你又出来做什么呢？

（唱）望晴空冰轮乍涌，

　　步香阶风扫残红，

　　牛女星横断太空，

　　团圆月偏照孤茕。

红　娘　（点香）小姐你看今夜月晕，明日怕有风呢！

莺　莺　咳，风月天边有，人间好事无。

红　娘　小姐，这样的明月正好烧香呀！

莺　莺　红娘，我有什么心情烧香来？

红　娘　既然来了，就胡乱地烧一炷吧！

莺　莺　（唱）从今后只许我心头空想，
从今后只许他梦里相逢，
从今后他是个影里情郎，
从今后我成了画中爱宠。

［红娘全神贯注隔墙，张生上。

张　生　不知小姐来了没有？

［红娘咳嗽。

莺　莺　（诧异）红娘怎么样了？

红　娘　没有什么。小姐烧香吧！（莺莺烧香）

张　生　红娘咳嗽，定是小姐来了，待我弹起琴来。

［张生弹琴，莺闻琴猛惊，旋即镇定。

莺　莺　（故意地问）红娘，你听这是什么响呀？

［红娘也故意听，摇头。

红　娘　小姐，红娘听不出来，小姐你试猜呀！

莺　莺　（唱）莫不是步摇得宝髻玲珑？（红娘：不是的！）
莫不是裙拖得环佩玎咚？
莫不是风吹铁马檐前动？（红娘摇头）
莫不是梵王宫殿夜鸣钟？

红　娘　也不像。小姐这声音好像在那边，你再仔细地听呐！

［引莺莺走近东墙。

莺　莺　（唱）我这里潜身听声在墙东。
却原来西厢的人儿理丝桐。

红　娘　小姐，你在这里烧香，我去看看老夫人睡了没有。

［莺莺无言，红娘下。

莺　莺　（唱）他不做铁骑刀枪把壮声冗，
他不效缑山鹤唳空。

他不逞高怀把风月弄，

他却似儿女低语在小窗中。

他思已穷，恨未穷，

都只为娇鸾雏凤失雌雄，

他曲未终，我意已通，

分明是伯劳飞燕各西东，

感怀一曲断肠夜，

知音千古此心同，尽在不言中。

张　生　（低语）听墙外似有声息，定是小姐，我再试弹一曲。（故意高声）昔日司马相如曾弹一曲，名曰《凤求凰》，小生岂敢自称相如，只是小姐你啊！卓文君如何比得上你？我今将此曲弹来，

（琴歌）有美人兮见之不忘，

一日不见兮思之如狂，

凤飞翱翔兮四海求凰，

无奈佳人兮不在东墙，

张琴代语兮欲诉衷肠，

不得于飞兮使我沦亡！

莺　莺　呀！是弹得好呀，其词哀，其意切，使人听了不觉泪下！

张　生　（推琴）咳，夫人忘恩负义，还则罢了！只是小姐，你却不应如此无情啊！

莺　莺　张生，只是你错怪我了。

（唱）狠心娘变了卦好事成空，

怎怪我忘恩负义把你欺哄，

闺门里她无日无夜教女工，

岂容我女孩儿家求鸾凤？

［红娘偷偷窥看。

母亲呀，你口不应心弄神通，

哪管人死活将咒儿诵。

中间一道粉墙儿，

隔断了云山千万重，

只有高唐来梦中。

［红娘突出吓破。

红　娘　小姐！什么鸾凤？什么神通？什么高唐？什么梦中？被夫人知道那还得了？

莺　莺　（惊且羞）哎呀，你这小妮子，吓我一跳。

红　娘　（匿笑）小姐不要害怕，红娘与你作耍的。

莺　莺　红娘，时候久了，回去吧！（欲行）

红　娘　（机灵地）小姐，张生要走了，你知道吗？

莺　莺　多嘴！（行又止）真的么？

红　娘　自然是真的啰。

莺　莺　（不语不行，注视红娘，半晌，行行又止，回头问红娘）你去对他说，叫他再住几天。

红　娘　小姐不必着急，我即刻就看他去。

莺　莺　红娘回房去吧。（下）

［红娘回身侧听墙东无声。暗笑点头捧香盘跑下。

张　生　（长叹）咳，小姐你多留一刻不好吗？红娘姐，你今夜便与小生回话不好吗？

张　生　原来是红娘姐。

红　娘　张先生。

张　生　夜来小姐听琴，不知说些什么？

红　娘　先生呐！

（唱）你一曲相思弹得妙，

她知音惹起情颠倒，

趁这风静月朗夜阑时，

特使红娘来相告。

张　生　小姐叫红娘来相告什么？

红　娘　她说请先生再住几天。

张　生　小姐既有见怜之心，我在这里有个简帖儿，敢烦红娘姐寄与小姐。

红　娘　那我可不敢。她要是一下变了脸，说：“红娘，这是谁的言语？谁叫你拿来的？这小妮子，竟敢这样胡行！”嗤……她扯成纸条儿，去告诉老夫人，怕不要把我打个半死。

张　生　小姐决不会如此，只是红娘不肯与小生带去。小生情愿多送一些财物，酬谢红娘姐。

红　娘　（怒）啊！我是贪图财物才来的吗？

（唱）秀才家卖弄有家私。

怎说把红娘多赏赐？

我虽然是女孩儿家有志气，

难道说贪图财物才到此？

张　生　红娘姐不要生气，小生说错话了。

红　娘　（回嗔）（唱）你若说可怜我这个傻小子，

说不定我还替你想法子。

张　生　好，就依红娘姐，你就可怜可怜我这傻小子吧！

红　娘　这便才是。拿来！

张　生　（取出简帖交红娘）

红　娘　（反复看）张先生，这上面写些什么呀！

张　生　红娘姐哟！

（唱）先写几句寒温序，

后写五言八句诗，

叠成一幅同心纸，

再写鸳鸯成双字。

小生这个简帖，非同小可。我的红娘姐，你要小心在意！

红　娘　你拿过来给我吧！（接简）

（唱）我不推辞愿为之，

就说是昨夜那人叫传书。

（夹白）先生你放心吧！我用舌尖上说词传你简帖里的心事！

（唱）管教发落这张纸，

免得你，害相思。

［出门，张生随下。

张　生　多谢红娘姐，多谢红娘姐，多谢红娘姐。

第六场　闹　简

红　娘　张生把这个简帖儿再三交托于我，只是叫我怎能当面交与小姐。

［红娘持简上，偷看室内，手势，藏简于妆盒内。

红　娘　小姐什么时候了，你还在床上作什么呀！（红娘扶莺莺徐步上）小姐你还不曾梳洗呀？

莺　莺　夜来不曾好睡，身子困倦，懒得梳洗。

红　娘　小姐用过点心没有？

莺　莺　尚未。

红　娘　如此小姐梳洗，待红娘到厨下拿点心去。（欲行）

莺　莺　红娘！

红　娘　小姐。

莺　莺　（欲语不语）老夫人在做什么？

红　娘　老夫人……在教欢郎读书呢。

莺　莺　这半天不见你的影儿，到哪里去来？

红　娘　我……我到西厢去来。（莺莺不语，红娘欲行）小姐你梳洗吧，我去拿点心去。（急步下）

莺　莺　咳。我有什么心情梳洗哦？

（唱）夜听琴，勾起了，女儿的心事，

晓窗寒，神思倦，脂粉慵施，

懒得抬身一声长叹息，

（行到妆台）轻匀粉脸随意挽青丝。

（梳妆，照镜）奁中珍物常闲置，

（开妆奁，见简，猛惊起，取简细看，又左右顾）

却原来一首断肠词，

定是红娘藏在此，

教人忒煞费寻思。

这简帖定是他叫红娘拿来的。张生啊张生，你也太大意了。咳，张生多情，寄此诗简，叫我看了不胜感慨，我要复他一信，又恐被外人知道，若不复他一信，又叫人割舍不下，这便怎么好呢？

（看信，反复，吟诗，莺莺眼前出现张生幻影，幻影吟诗）

张　生　（吟）相思恨转添，

慢把瑶琴弄，

乐事又逢春，

芳心尔亦动。

此情不可违。

虚誉何须奉？

莫负月华明，

且怜花影重。（重句）

［红娘暗上，莺莺察觉，立刻从惊慌中得到主意。

莺　莺　红娘！（故作怒容）

红　娘　小姐。

莺　莺　过来。

红　娘　啊呀！这声息不对了。

莺　莺　过来啊！（红娘踟蹰而前）红娘我来问你，这东西是哪里来的？谁敢把这简帖儿来戏弄于我？我甚么时候看惯这样的东西？我告诉老夫人去，不打下你的下半截来！

红　娘　啊呀，小姐……（委屈地）小姐叫我去看他，他才叫我带来的。小姐不叫我去看他，我敢问他去讨来吗？再说红娘又不识字，知道他写些什么！（机灵地）小姐不用恼，（抢简）待红娘到老夫人跟前出首去！

莺　莺　（拦）你到老夫人跟前出首哪个？

红　娘　（故意地）出首张生呀。

莺　莺　（略惊，转脸）红娘。罢了。我逗着你玩来的！

红　娘　被老夫人知道了，不要打下我的下半截来。

莺　莺　（匿笑）红娘，老夫人怪你时有我替你说话，不妨事的。

红　娘　哎唷，小姐一会要告诉老夫人打下我的下半截，一会倒又替我说话了。

莺　莺　（微笑）红娘，你近来说话越发不知轻重了。

红　娘　都是叫小姐把我闹糊涂了。

莺　莺　红娘，（取回简帖）过去的事，也不必再去提它了。我还不曾问你，你今早到西厢去，张生他到底怎样了？

红　娘　我不说。

莺　莺　啊呀！你说呀！

红　娘　小姐呀。

（唱）那张生病得真凄惨，

不思茶饭怕动弹，

莺　莺　他果真病得那个样儿么，也该请个太医给他看看症候啊！

红　娘　小姐你当他生什么病来？

（唱）他说是日夜里苦把佳期盼，

因此才废寝又忘餐，

若要想性命得保全，

除非小姐救苦救难。

莺　莺　（有了主意）红娘，他这种胡言乱语下次休向我来提，幸亏你的口稳，若教别人听见！成什么话？

红　娘　小姐你叫我去看他……

莺　莺　红娘，我命你去看他，只是兄妹之情，并无别意。

红　娘　哼，张生愿意和小姐做兄妹吗？若不是老夫人许了婚又赖，人家敢这样讲，敢这样想吗？

莺　莺　虽是我家亏负了他，他也不该如此。（考虑）罢了，待我写个简帖儿去回绝了他就是了。（写帖）

红　娘　小姐，你这是写什么来，这样不是要害了他吗？

莺　莺　红娘，你不知道，我若不回绝了他，以后还不知要闹出什么事来。红娘，你对他说，小姐叫你去看他，只是兄妹之礼，叫他再也不要胡思乱想，以后再犯，定然告诉老夫人知道。红娘，就连你也脱不了干系。拿去！

红　娘　我不拿去。（不接）

莺　莺　快拿去。

红　娘　我不去。（红娘仍不接）

莺　莺　这小妮子，好不知分晓！（掷书，下）

红　娘　(徐徐转看，再看地下，无奈拾书)咳，小姐啊小姐，你把这个性儿往哪里使呀！

(唱)你看她使性儿装神弄鬼，

　　辜负我好心肠传书递简。

咳！我要不去吧，又说我违拗她，再说张生还等着我的回话呢？做我红娘不着，就到书房走走！走吧！

(自言自语)

第七场　传　书

张　生　(唱)盼佳音，等佳音，

［张生侧耳倾听，开门，见无人，叹气，又闭门。

(接唱)风声疑是人敲门。

　　(我)一封书退却五千兵，

　　一封书牵动闺楼小姐心。

　　红娘殷勤系红绳，

　　美滋滋眼看好事儿成。

红　娘　(上)张先生开门！

张　生　红娘姐，(红娘入门)事情怎么样了？

红　娘　还要问呢？不要傻了，不济事了。

张　生　怎么不济事了？

红　娘　小姐恼了。

张　生　小姐怎么会恼？这都是你红娘姐不肯用心呐。

红　娘　是我不肯用心？哦唷先生，天在头上，你那个简帖儿写得好呀！

(唱)只怨你先生命蹇，

怎说我红娘违慢？

若不亏小姐素相怜，

今朝险些将案犯。

从今后相会少，见面难，

劝先生早寻个酒阑人散。

张　生　红娘姐，你……

红　娘　先生，再也不必申诉你的肺腑了，怕小姐唤我，我要回去了。

张　生　红娘姐！啊呀红娘姐，你不能走，你要走了，还有谁与我小生出主意呢？

红　娘　先生，我管不了你们的事。（再走，张生扯红娘袖）

张　生　红娘姐，红娘姐。

红　娘　唉！先生乃是读书之人，岂不明理？我为了你那个简帖儿，小姐只差拿棍子打我了，你还缠我！

(唱)为了你恩情美满，

险些儿我皮肉摧残。

张　生　(唱)红娘姐千万多担待，

我不该将你来连累。

你聪明机灵言辞乖，

你与小姐亲如姊妹。

红娘姐呀——

你是个侠义肝胆，

慈悲心肠，菩萨再来。

崔、张两家感恩你，

子子孙孙，世世代代难忘怀。

红娘菩萨呀——

救人总要救到底呀——

我至今不求你姐姐还求谁？

张　生　你一定要与我想个法儿才是，我这一条性命全在红娘姐身上了，你要救我的命呀！

红　娘　（唱）禁不起他甜话儿都说烂，

好叫我左右做人难。

我没来由的只管和他分说。小姐有回信在此。（向张）你自己看去！（付书，张生接着，惊喜起立）

张　生　啊！红娘姐，果是喜讯。（再看书）红娘姐，小姐有书到此，你何不早说？小生理该迎接，接待不及，小姐恕罪！

红　娘　张先生这是什么意思啊？

张　生　小姐恼我都是假的。

红　娘　假的？

张　生　你可知，这书中之意……书中之意。（哼）

红　娘　书中之意怎么样？

张　生　书中约我今夜到花园里相会。

红　娘　我且不信。

张　生　信不信由你。

红　娘　张先生，这上面说些什么？

张　生　书中乃五言诗四句（吟）：

待月西厢下，

迎风户半开。

拂墙花影动，

疑是玉人来。

红　娘　不要念了，快解与我听吧！

张　生　待我解与你听，“待月西厢下”，约我月上就去。

红　娘　要是今夜没有月亮呢？

张　生　嗳！这是诗意，这是诗意呵！“迎风户半开”，小姐开门等我呢。“拂墙花影动”，叫我跳过墙去。

红　娘　跳墙？

张　生　“疑是玉人来”，就是小生我来了啊！

红　娘　真个是这样解？

张　生　不是这样解，红娘姐，你说该怎样解呢？（给红娘看）

红　娘　啊呀，张先生，真个是这样解么？

张　生　小生乃是猜诗谜的社家，这四句诗还会解错了么？

红　娘　（红娘恍然明白莺莺在瞒自己）

（怒意）好个小姐，原来你连我红娘都瞒过了！

（唱）几曾见寄书的瞒过鱼雁？

好小姐心眼儿这样刁钻，

看几时接了这齐眉鸿案。

张　生　红娘姐，你叫小生怎样跳过墙去呢？

红　娘　（唱）跳东墙与红娘两不相干。

跳也由你，不跳也由你，你们的事我都不管。（出门）

小姐啊小姐，我看你今晚如何瞒得过我红娘哦！（下）。

张　生　今晚之事，好不叫人高兴！唉！（再看书简）只是叫我今晚如何跳墙过去！呣！小姐叫我跳墙我是非跳不可。非跳不可了呵！（得意地关门）

第八场　赖　简

［莺莺面向内，徐步背上。

莺　莺　(唱)杏花楼上晚妆罢，

悄悄行来步儿怯，

[红娘端着香盘在前面隐身花丛窥视莺莺，窃笑，一露脸又赶紧躲起来。

红　娘　(唱)她心慌踢损牡丹芽，

玉簪抓住荼蘼架。

莺　莺　(唱)夜凉似水苔径滑，

露珠湿透凌波袜。

一勾新月映残霞，(红娘与莺莺同时望月，红娘暗笑)

人约黄昏柳荫下，

红　娘　我看她
崔莺莺　我这里　(重唱)心猿意马难拴下，

红　娘
崔莺莺　(重唱)今夜如何发付他？

红　娘　(内白)小姐，你走得好快呀！(摆香盘)小姐，你看树枝上的乌鸦都归巢了，池塘里的鸭子也睡静了，(调皮地)今天晚上要不要烧香？

莺　莺　红娘，你看这良夜迢迢，正是烧香的时候呢！

(唱)嫩绿池塘藏睡鸭，

淡黄杨柳隐栖鸦，

良夜迢迢人初静，

一炷清香祷月华。

红　娘　(调皮地)是啊，我也说正是烧香的时候呢。故而早把香盘摆好了。(二更)

(唱)红娘难猜真与假，

冷眼旁观且看她。

(红娘至角门处)

莺　莺　(略惊)你去看什么?

红　娘　我好像听到外面有人说话,我到角门外看看去。

(出角门到隔墙)(张生上)

张　生　(见红娘)哦,红娘姐……(红娘做手势,令勿高声,张生低问)小姐来了么?

红　娘　小姐倒是来了。我问你,真是小姐约你来的么?

张　生　(得意地)小生乃是猜诗谜的社家……

红　娘　(再做手势,令勿声张,低语)快低声些,她在那边站着呢?你快去吧!(张生欲行)慢点,你不要从角门进去,怕小姐疑心是我来带你的,她不是叫你跳墙吗?你跳吧!(跑下入角门)小姐!

莺　莺　(正出神望墙角,闻声猛惊)啊!

红　娘　小姐,角门内外我都看过了,连个人影子也没有。

莺　莺　没有吗?

(红娘溜下,莺莺四顾)

(唱)　　　红娘神色真奇怪,

(张生爬墙)莫非已将我机关解?

要是他……啊呀,

　　　　　母亲知道怎生好?

(张生跳下,莺莺惊)谁呀?

张　生　小姐,是我啊!

莺　莺　张生,是你呀。(张生走近莺莺)

张生,你来做什么?

张　生　小生是奉了小姐的大作,如约而来的啊!

莺　莺　啊呀,张生,红娘她在这里呢!

张　生　小姐放心,红娘姐,我在角门口遇见过她了。

莺　莺　(唱)果然红娘已明白,

(白)啊呀,张生,红娘她要来了,你快走吧!

张　生　这……小生是……

莺　莺　啊,你快去吧,你快去吧!

张　生　小姐,这……这……

莺　莺　红娘,红娘。

红　娘　(内应)嗳,(红娘即出,与张生照面)

莺　莺　红娘。

红娘,我好端端地在这里烧香,忽然有个贼跳过墙来,你快与我轰了出去。

红　娘　啊,花园里会有贼?我来看看,贼在哪里呀,贼在哪里呀?(故意地叫)

张　生　红娘姐,是我呀。

红　娘　(一笑)哦!我说花园里哪会有贼。小姐,不要紧,是个熟贼。

莺　莺　胡说,贼难道还有生的熟的吗?

红　娘　小姐,你也认识的呀!

莺　莺　谁呀!

红　娘　是张生——(匿笑,指张生)

莺　莺　不管张生,李生,快与我把他带了下去。

红　娘　带到哪里去?

莺　莺　(语塞)带到老夫人那里去。

红　娘　(暗指张生讥笑,转向莺莺求救)啊呀,带到老夫人那里,岂不坏了他的名声吗?小姐,待红娘替你处分了吧!张生过来,(故作怒容)跪下,张生,我来问你,(张生跪下)是谁叫你跳墙过来的?跳墙过来做什么?快说!(暗示张生实说,张低头不语,红娘恨)说啊,张生!

(唱)小红娘处分花木瓜,

　　要对你说句衷肠话。

人说你才学海样深，

谁知你色胆天来大。

你黑夜里闯进人家。

不当你奸定当你贼来拿。

张生你读孔圣之书。必达周公之礼。为什么黑夜跳墙过来？是谁叫你来的呢？说呀！（再示张生实说，张生低头不语，红娘恨）说呀！

莺　莺　红娘，与他多讲些什么？还不把他带了下去？

红　娘　小姐，看在红娘分上，饶了他吧！

莺　莺　（借此下台）看在你的分上，……先生大恩早晚必报，如今既为兄妹，如何又生此心？万一被夫人得知，先生何以自安？今看在红娘分上……

红　娘　（急插）饶了他吧！

莺　莺　饶过你这一遭。下次不可！起来！（下）

红　娘　羞也羞也！好一个猜诗谜的社家，今天你该死心塌地了吧？

（唱）说什么春宵一刻千金价，

准备着寒窗重守十年寡。

（张生气极）

红　娘　（惊扶）先生你怎么了？

（扶）先生，先生，我扶你回书房去吧。

——灯暗。

第九场　寄　方

［舞台另一演区，灯亮。

［红娘扶着张生，张生昏昏沉沉欲倒下。

张　生　(唱)小生是多愁多病身，

怎当她倾国貌倾城。

系春心情短柳丝长，

隔花阴人远天涯近。

相思深但愿早死早称心，

魂魄儿与她长相亲。

山障了隔墙花影，

雾迷了待月西厢夜沉沉。

蓦然间生变卦地塌天崩，

哎呀呀！这世上怎得说分明？

尤云殢雨俏冤家，

怕是我曾误了她前生。

(灯暗)

［舞台一演区灯亮。

莺　莺　(唱)想是你前生误了我，

故而我误你今生。

［舞台另一演区，红娘扶着张生。

红　娘　(接唱)说什么你前生误了她？

讲什么她误你今生？

张　生　(接唱)隔墙儿联吟琴曲心相印，

前世冤家，今世知音。

红　娘　(接唱)想当日你成全她女儿节行，

莺　莺　(接唱)我岂忍报答她愁苦灾星。

张　生　(接唱)为赴约跳东墙病危缠身。

红　娘　(接唱)便是这以怨报德难安枕。

莺　莺　(接唱)更何况挂肚牵肠一片情。

张　生　（接唱）从来是心坚自可开金石，

红　娘　（接唱）这书呆又是可怜又可敬。

莺　莺　（接唱）难道说冷眼由他自死生？

张　生　（接唱）遥望着咫尺香闺千里远，

红　娘　（接唱）你相思债不了，黄泉路倒近，

唉！美姻缘只为夫人赖了婚。

［另一演区暗灯，张、红下。

莺　莺　（接唱）不是亲来还是亲，

我何妨——

何妨以兄妹名分去探病。

（莺莺想到此理由颇为得意，暗自点头娇憨一笑）

［红娘外上。

红　娘　啊！小姐，你要到哪里去？

莺　莺　房中好不闷人，想出去游散一会。

红　娘　看你神思困倦，想是不曾好睡。我去把被儿熏得香香的，你去睡一会儿吧！

莺　莺　红娘，你缠着我做什么？

（唱）只要我一步出闺门，

你便像影儿不离身。

红　娘　（委屈地）这不干红娘的事啊，都是老夫人吩咐我这样伺候你的。

莺　莺　（唱）老母亲拘管得紧，

小梅香服侍得勤。

红　娘　（忽然猜到莺莺心事）小姐，你不要冤屈我。红娘是解得你的心事的。

（忽然地）小姐，你知道吗？张生的病重得很呢。

莺　莺　听说了，不是请了太医与他调治了么？

红　娘　听说了，只是今天他的病越发沉重了。

莺　莺　（惊急，但仍矜持着）怎么？

红　娘　今日早晨琴童在佛殿上哭呢。说他家相公已经水米不进，只剩下一口气了。

莺　莺　（唱）病在他身胜似在我身，

急得我六神无主乱了方寸。

往日里空读了医书万卷，

女华佗开药方怎治心病？

那参术蓍归都是些草木药石，

草木无情人却有情。

（断然地坐书案，写诗完）

（合唱）解铃还须系铃人，

含羞再把佳期订，

莺　莺　（唱）药方好治相思症，了却千秋……

（合唱）了却千秋一段情。

莺　莺　红娘，我这里有一张好药方儿，你去送与张生吧！

红　娘　什么好药方儿？（不接）小姐你又来了，上次你叫我送个简帖儿，才害得他一病郎当，如今又送什么好药方儿。小姐，你不是叫我去送他的命吗？

莺　莺　红娘，这药方是救命的啊！

红　娘　小姐，张生的病可不是吃药会好的。

莺　莺　红娘：你不懂得药性，这药方正对他的症候呢。（递到红娘手中）。

红　娘　小姐，（央求想退还）你哄了我红娘不要紧，张生是经不起再哄的了。

莺　莺　今番决不哄你。

红　娘　小姐，今天我听老夫人说，但等你表兄郑恒到来，就要接你回转博陵去成亲呢！

莺　莺　(惊)竟有此事！(推走红)好姐姐，你快去！救……救……救人要紧！快去啊！

［红娘走了两步回身，莺莺施礼。红娘下。

莺　莺　(唱)问苍天女儿何不幸，
百事从来不称心。
母亲呀，将人的义海恩山，
都做了远水遥岑。
翻雨覆云毁前盟，
全不顾你女儿的终身。
恨无彩凤双飞翼，
飞到西厢去探病。
瞻前顾后战战兢兢，
一失足要铸千古恨。
平日里严守闺训的相国千金女，
岂可学那抱琴私奔卓文君？
想着他人俊才俊，
念着他孤形只影。
数月来难见几回面，
他对我心如磐石情恳意真。
到如今凄切切病倒在异乡，
奄奄一息有谁问？
闺楼西厢咫尺近，
怎奈是铁壁铜墙四周困。
想起红娘方才话，
郑恒来就要离此返博陵，

从此远隔天涯路，

迫在眉睫两离分。

(夹白)红娘怎么到如今还不回来！

(唱)且待她商量再把主见定！

娘亲还是红娘亲？

(红娘持灯上)

红　娘　(唱)好小姐药方开得真奇妙，

原来怕知母未寝我红娘晓。

她那里一纸灵符把相思疗，

(见莺莺独坐)

莺　莺　(欲言又止)

红　娘　(唱)她见了我，欲言无从反羞臊。

红　娘　(放下台灯)小姐，我回来了。

莺　莺　(想)噢！红娘，我身子困倦，你去收拾卧房，我要睡去了。

红　娘　(奇怪)怎么？小姐要去睡？

莺　莺　呣。

红　娘　小姐，那你什么时候起来？

莺　莺　傻丫头，睡下了，自然明天天亮起来啊！

红　娘　(有些发急)那你怎么好去睡啊？你要睡了，怎样发付那人呢？

莺　莺　什么那人？

红　娘　好，那你去睡吧！

［莺莺走，红拖住。

红　娘　嗳！小姐你这是何苦哦！

(莺羞，红唱)小姐啊！

你是一会儿恼，一会儿愁，

一会欢，一会儿恐，

那张生是一半儿相思一半儿恨，
一半儿痴迷一半儿疯。
你明明约了张君瑞，
为什么今番叫他又落空？
小姐啊，你莫怕羞，莫惊恐，
我保管风不吹，草不动，
犬不吠，人寂踪，
知恩报恩有古训，
怕什么西厢隔万重。

(白)去吧！

(含羞地)(不语)

(莺坐桌前)

除了我红娘没有第二个人知道了，怕什么羞呢？来待红娘替你梳洗梳洗吧！

(莺至衣架前，羞状)

小姐，这样吧，你闭上两只眼睛，有红娘送你去，你什么都不用管了。去吧！

(替莺莺披上斗篷推莺莺行)谁叫你开药方的，没有办法子，走吧！

[莺莺与红娘行了两步，莺莺停步，返身至妆台前。

红　娘　怎么？

莺　莺　忘了带手绢了。

[红娘于妆盒中取手绢递给莺莺，莺莺心不在焉接过。

红　娘　小姐，时候不早，走吧！

(莺莺随红娘走了几步，又折返，在窗栏前踌躇犹豫)

红　娘　啊！怎么又回转了呢？小姐，你又忘了什么呀？

莺　莺　(缓缓坐下)我……红娘，还是你去吧！

红　娘　我去？——我又没有写药方约过他！

（赌气地在一旁坐下）好了，好了！小姐你去不去都不关我的事，红娘要睡去了。（故意打了一大哈欠）

莺　莺　（着急，走近红娘，低声恳求）好姐姐……我们走吧！

红　娘　（调皮天真地一笑）小姐，我知道你此刻的心呀！——早已经飞到西厢去了！

莺　莺　（娇羞）呀啐！（莺莺转身急速入内）

红　娘　小姐，你慢点走，房门是在这一边呀！（笑追）

（红娘入内搀扶莺莺出，缓缓走向妆台衣架。红娘为莺莺穿披、系带、整裙，莺莺既羞且喜，犹豫迟疑地俯首移步。）

红　娘　我家小姐嘴是说得硬的，这两条腿却是软的。

（莺莺缓缓而下，红娘笑，随跟下）

第十场　拷　红

（老夫人上）

老夫人　（唱）相国门楣日见衰，

擎珠掌上费心怀，

（夹白）我看莺莺这女孩儿，

近来变了神和态，

是喜是愁解不开，

倘然有个好和歹，

我颜面如何下得来。

待我问过欢郎（叫），欢郎快来！（欢郎上）

欢　郎　母亲，你唤我作什么？

老夫人　这几日见你姐姐做些什么针线？

欢　郎　我没有看见姐姐做针线！倒老是看到她烧香。

老夫人　烧香乃是一件好事，为何这样说话？

欢　郎　母亲你不知道，前天晚上母亲都睡着了，我还看见姐姐和红娘在花园里烧香，烧到半夜，还没有回来。

老夫人　你这话是真的吗？

欢　郎　是我看见的。

老夫人　欢郎，你快去唤红娘来。（欢郎下）唉！为了这个妮子终身大事，天天叫人提心吊胆，要是真的做出什么事来，叫我还有什么颜面去见相国于地下？（欢郎引红娘上）

红　娘　哥儿慢走。

欢　郎　（回身）做什么？

红　娘　老夫人唤我做什么？

欢　郎　母亲知道你每天陪姐姐到花园里去烧香，如今要问你呢！

红　娘　（自语）莫非老夫人已识破西厢之事。哎呀！她若拷问起我来，叫我又怎样回答？

老夫人　红娘。

红　娘　（急）咳！红娘啊红娘，你且不要惊慌，进去见过再说。（入门）拜见老夫人。

老夫人　小贱人还不跪下。

欢　郎　母亲你怎么了？

老夫人　不要你管，快去取家法过来。

红　娘　老夫人，好端端地为什么要跪下？（欢郎取过家法）

老夫人　跪下，（红娘委屈地跪下）（向欢郎）下去！

（欢郎下）红娘你知罪吗？

红　娘　红娘不知罪。

老夫人　小贱人，还说无罪，谁叫你半夜三更和小姐到花园里去的？

红　娘　不曾去呀！

老夫人　不曾去？

红　娘　红娘自幼不会欺心，谁见来的？

老夫人　欢郎见来，

（唱）我命你陪小姐行监坐守，

谁要你引着她胡行乱走？

快讲出犯由来万事全休，

免得我动家法你小命难留，

（白）你不说，我打死你这小贱人。（打）

红　娘　夫人不要闪了贵手，我说。

老夫人　你与我讲！讲！讲！

红　娘　红娘那日与小姐……

老夫人　怎么样？

红　娘　（唱）夜坐时停了针绣，

老夫人　停了针绣做什么？

红　娘　（唱）我与小姐闲讲究。

老夫人　闲讲究什么？

红　娘　（唱）她说哥哥病已久，

要到西厢去问候。

老夫人　你们去了没有？

红　娘　去了。

老夫人　不得我言语，你们倒去问候些什么？

红　娘　（调皮地）问候么就是问候，还有什么好讲的？

老夫人　唔！（红娘畏缩）你们去问候，那张生说些什么？

红　娘　（唱）他说夫人将恩当作仇，

　　　　　　今叫小生在半道上喜变忧。

老夫人　以后呢？

红　娘　（唱）这以后……

老夫人　怎么样？（嗯）

红　娘　以后的事么，以后再说吧。

老夫人　（举棍）小贱人你还不快说。

红　娘　（唱）她说红娘你先走，

老夫人　你先走？（焦急地）还有小姐呢？

红　娘　（唱）叫小姐权且落后。

老夫人　哎呀小贱人，她一个女孩儿家，半夜三更，你叫她落后做什么？

红　娘　我也不知叫她落后做什么啊！

老夫人　（焦急地）以后，以后呢？

红　娘　哎，事情到这里么就完了，哪有许多的以后呢？

老夫人　小贱人还不快讲！（再举棍）

红　娘　我说，

　　　　（唱）月儿才上柳梢头，

　　　　　　早已人约黄昏后。

老夫人　（气恼已极）这……

红　娘　（唱）常言道女大不中留，

　　　　　　其间何必苦追求？

　　　　　　夫人啊，你得放手时且放手，

　　　　　　得罢休时且罢休。

老夫人　这件事已经多久了？

红　娘　（唱）夫人啊，红娘不曾把日月记，

　　　　　　月余来，早已情意两相投。

老夫人　天呐，我堂堂相国府，竟出了这样出乖露丑的事。待我把那禽兽拉到官府去。

红　娘　老夫人你去告谁？

老夫人　去告那张生。

红　娘　这事怨不得张生。

老夫人　也要怨那个不识羞的贱人。

红　娘　也怨不得小姐。

老夫人　都是你这个小贱人一人之故。

红　娘　这是你家的事，哪里怨得着我红娘呢？

老夫人　如此倒怨谁来？

红　娘　（随口地）只都怨……

老夫人　怨哪个？

红　娘　（正义地）都只怨你老夫人。

老夫人　我？你这死丫头，怎么倒反说怨我？

红　娘　夫人要是告到官府，夫人身上先有三个不是。

老夫人　怎么我还有三个不是？我问你这一？

红　娘　夫人呀！

（唱）当日军围普救寺，

曾面对三百僧众许婚事。

白马将军拯危急，

全仗张生一封书。

好姻缘本已天配定，

你却是以怨报德悔前誓。

夫人呀，若到公堂对簿时，

言而无信你咎难辞！

老夫人　哦！这二呢？

红　娘　（唱）出乎尔又反乎尔，

又留张生在西厢住，

才使这怨女旷夫两得便，

问一个治家不严你又不是。

老夫人　（猛然提醒）这——

红　娘　这三，

（唱）待到有司问案时，

是谁家千金犯了私？

到那时，夫人纵有莲花舌，

（白）你将何以回答来？

（接唱）岂不是辱没了相国家声贻笑人世！

老夫人　这个——（神色颓废，完全屈服）

红　娘　是啊，凡事三思而行，不可造次！

老夫人　（沉吟）这事难道罢了不成？

红　娘　事情到了这个地步，只怕罢也不由得你老夫人，不罢也由不得你老夫人了啊！

老夫人　依你之见呢？

红　娘　（夫人颓然坐，红娘察言观色）老夫人，红娘跪久了啊！

老夫人　小贱人起来讲！

红　娘　（调皮地）多谢老夫人。

红　娘　若依红娘之见倒不如赦其小过，成其美事，将小姐许与张生，不就完了吗？

老夫人　（唱）这丫头一言打动我心坎，

倒叫老身为了难。

我若将莺莺许了张君瑞，

他白衣怎与我家攀？

我若将张生送官去究办，

（又想）

为的是相国门风重如山。

且许他金榜题名再来娶，

这婚事全凭天意作安排。

老夫人 去叫小姐出来。

红　娘 有请小姐！

（莺莺上）

莺　莺 红娘。

红　娘 西厢事发了，老夫人方才拷问了红娘半日，她那拐杖儿只是滴溜溜地在红娘身上打转。

莺　莺 红娘，你多受委屈了。

红　娘 还好，都叫我说过去了。如今老夫人叫你呢，老夫人有意要把你许配给张生了。（莺莺羞喜）

莺　莺 啊！红娘事到如今，怎么好意思去见母亲呢？

红　娘 小姐，你又来了。自己娘的跟前，有什么不好意思的？

（莺莺见夫人）

莺　莺 见过母亲。

老夫人 你，你，你……（夫人看莺莺哭）

莺　莺 委呀！母亲。

老夫人 我的儿……（抱）我的儿你被人欺……（莺莺不以为然，渐渐转向外）这都是我的孽障。我又怨着谁来？红娘，去唤那个禽兽前来！

红　娘 唤哪个呀？

老夫人 张生。

红　娘 是，张先生快来！（张生上）

张　生 红娘姐，敢是小姐唤我？

红　娘 哎，你怎么尽往好的方面想？告诉你，西厢事发了，老夫人叫你去。

张　生　哎啊，小生惶恐，你替我遮盖些儿吧！（欲下）

红　娘　唉，事情大了，遮盖不了，你快去吧！

张　生　（游移）我、怎么好意思去见老夫人呢？

红　娘　你看看先前跳墙的胆有多大，如今胆子又多小。我告诉你，老夫人有意把小姐许配你了，叫你去见丈母娘呢。

张　生　真的吗？

红　娘　谁哄你来？快去吧！

张　生　（入门）参见老夫人。

老夫人　好个饱学秀才，我好意留你寄宿西厢，你竟会作出这种非礼之事，本当送你到官，又恐辱没了相国的家声，没奈何只有把莺莺许你为妻。（莺莺张生同喜）

张　生　参见岳母。

红　娘　这一回总算成功了。

老夫人　但有一件——

（莺莺红娘同注意）

老夫人　我家三世不招白衣女婿，明日你与我上京应试去。得官回来，才与我儿成亲，若不得官，你休来见我母女。红娘，吩咐准备车轿，安排酒菜，明日在十里长亭与张先生饯行。儿啊，随为娘进去。

（张生莺莺对视无语）

第十一场　长　亭

［张生、夫人、莺莺、围石台坐，红娘侍立一旁。

［琴童挑行装过。

（合唱）碧云天，黄花地。

西风紧北雁南飞，

晓来谁染霜林醉？

总是离人泪。

蝉声低，蛩声细，

柳丝长玉骢难系。

（张生叹息）

老夫人　（与张生把盏）张生，你满饮此杯，老身送你上京赴试。别无嘱咐，愿你得官回来，再与我儿成亲，若不得官……要知道我家三世不招白衣女婿。

莺　莺　张生，你就我手中，饮了这一杯吧！（张生饮酒）

老夫人　红娘，吩咐套车侍候，请张先生上马。我和小姐先回去了。

张　生　夫人。

莺　莺　母亲。

老夫人　天色不早，你们分别几句，不要误了他的行程，为娘在车上等你。（红娘扶下）

莺　莺　你此一去，无论得官不得官，是要及早回来的呀！

张　生　小生理会得。

（合唱）伯劳东去燕西飞，

万水千山何时归？

眼中流尽血和泪，

心底还同未尽灰。

莺　莺　（唱）我未送行先防你去，

你未登程先约归期，

张　生　（唱）却不料合欢未已愁相继，

顷刻间拆散鸳鸯分两地。

莺　莺　（唱）若能够长相守花开并蒂，
不胜似轻别离状元及第？

张　生　（唱）君瑞此去非得已，
愿卿珍重保玉躯。

莺　莺　（唱）此一去鞍马秋风自调理，
顺时善保千金体。
荒村雨露眠宜早，
野店霜桥起要迟。
你休要一春鱼雁无消息，
我这里青鸾有信频须寄。
你却休金榜无名誓不归——

张　生　（唱）金玉之言当谨记。
得官回来荣耀妻，
不得官回来陪伴你。

老夫人　（内白）红娘快去请小姐登车。（红娘上）

红　娘　小姐，老夫人请你登车。

张　生　小姐你先回去吧！

莺　莺　你先上马吧！

老夫人　（内白）女儿，日色已迟，快登车吧。

［张生、莺莺同哭，莺莺挥手令行，张生顿足下。

红　娘　小姐，他往哪里？

莺　莺　（指）四围山色中，一鞭残照里。
（合唱）将遍人间烦恼填胸臆，
量这大小车儿如何载得起？

［剧终。

（1953年演出本）

越剧

碧玉簪

剧本整理:黄　沙　弘　英

作者小传

黄　沙(1919—1988),男,导演。又名黄维光,原籍四川重庆。1950 年 4 月,参加华东越剧实验剧团,任副团长。1952 年至 1955 年春,调任华东戏曲研究院艺术室副主任。1955 年 3 月,转入上海越剧院任一团团长。曾先后执导越剧《梁山伯与祝英台》《西厢记》《碧玉簪》《追鱼》《盘夫索夫》等,其中《梁山伯与祝英台》获 1952 年第一届全国戏曲会演演出一等奖,是越剧界较有影响的导演之一。

弘　英,男,20 世纪 40 年代初担任尹桂芳主演越剧《红楼梦》编导。新中国成立后,加入华东越剧实验剧团、上海越剧院,先后参加《梁山伯与祝英台》《碧玉簪》《盘夫索夫》等剧目整理编写工作,1958 年 1 月奉调支援天津越剧团,退休后回上海虹口越剧团工作。

人物表

李秀英　王玉林　陆　氏　李廷甫　李夫人　春　香　孙媒婆　王　裕

李　兴　秋　桂

第一场　庆寿　定亲

［画堂。

［内喊：李大人到！

［李兴、家院、婢女躬首相迎。

［李廷甫、王裕手挽手兴高采烈上。王玉林、顾文友跟上。

李廷甫　（唱）

　　五十荣年摆寿筵，

王　裕　（唱）

　　一片贺喜华堂前。

李廷甫　（唱）

　　宾客祝酒兴正浓，

　　有意试才避此间。

李廷甫　王年兄、贤侄请！

王　裕　请！

［四人入座，婢女送茶。

李廷甫　来！吩咐好好款待宾客，有事速来报与我知。

［李兴应声下。

李廷甫　王年兄、贤侄请用茶！

王　裕
王玉林　请！

李廷甫　王年兄，闻得贤侄才高学广，意欲烦劳贤侄代作寿联一副，不知肯依允否？

王　裕　我儿才疏学浅，岂敢放肆？

李廷甫　年兄请勿推却。

王　裕　遵命。儿呀，李年伯要你写寿联一副，你可会写？

王玉林　爹爹，今日是李年伯五十荣庆，孩儿理该写寿联一副，以表恭贺。只是有顾世兄在，孩儿怎敢出丑？

顾文友　哎哟哟，王世兄不必客套，快快写吧。

［家院领王玉林下。

李廷甫　王年兄请。

王　裕　李年兄请，顾贤侄请！

顾文友　请请请！

［三人同饮。家院持对联与王玉林同上。

［家院高举对联呈李廷甫观看。

李廷甫　（念）华堂祝寿辉五秩，传盛德似雷及远；

天阶晋爵赐千钟，述丰功如日方中。

好，快把寿联挂起来！

［家院应声下。

王　裕　哎呀，李年兄，使不得。此乃我儿的急就章，不登大雅之堂。挂不得！

李廷甫　五秩荣年显人瑞，群仙献寿祝天官。妙啊！

（唱）

我看他落笔好似龙戏水，

转毫犹如虎腾身。

果然是才貌双全世上少，（转而一想）

我将秀英配婚姻。

李廷甫　王年兄，侄儿今年几岁了？

王　裕　小儿今年一十八。

李廷甫　不知娶了哪家千金？

王　裕　尚未婚配！

李廷甫　弟有一言难以启齿。

［顾文友注意听。

王　裕　年兄你我自幼相交，不妨直言相告。

李廷甫　小弟年已半百，只此一女，今年一十八岁，尚未许字。意欲配与令郎为妻，不知年兄意下如何？

王　裕　只是贤弟家道清寒，怎敢高攀！

李廷甫　年兄太谦了，自古嫁女择佳婿，令郎品学兼优。诚佳婿也，年兄不必推却！

王　裕　既蒙年兄台爱，小弟敢不从命。至于聘金……

李廷甫　就以此对联为聘。年兄！你看可好？

王　裕　还需媒证？

李廷甫
王　裕　你我一言为定。

王　裕　如此说来，小弟高攀了。儿啊！快过来拜过岳父大人。

王玉林　是，岳父在上，小婿见礼。

李廷甫　哈哈，贤婿起来。（向顾文友）侄儿！快来见过妹婿。

顾文友　（勉强）妹婿请。

王玉林　舅兄请。

顾文友　姑爹，小侄家有要事，告辞了。

李廷甫　侄儿既有要事，那就回去吧！

顾文友　是。（出，王玉林送出）

王玉林　送舅兄。

李廷甫　你我既为亲家，还得改变称呼才是。

王玉林　如此说来要称亲家了。

李廷甫 亲翁！哈！哈！哈！

陆　氏 老爷?

王　裕 夫人,李年兄已将他的千金小姐许配我儿,快快改变称呼。

陆　氏 (大喜)要改称亲家公、亲家母。

李廷甫 亲家,哈哈哈……(众人同笑)

［李兴急上。

李　兴 阿林,快去见过岳母大人。亲家!

李　兴 启老爷,宾客们听说老爷已将小姐许配给王公子,都说这是双喜临门！他们抢着给二位老爷道喜来了!

［内传:这真是双喜临门！可喜可贺呀！恭喜呀！恭喜呀!

李廷甫 哎呀,不敢当！来！王年兄,你我快快迎上前去！内堂备有宴席,请到内堂饮酒……

［同下。

［下二道幕。

第二场　定　计

［幕外。

［顾文友上。

顾文友 (唱)

我有心栽花花夭损,

他无心插柳柳成荫,

东桥请来孙媒婆,

我定要拆散他夫妻方消恨。

［孙媒婆上。

孙媒婆 （唱）

男婚女嫁全靠我，

活拆夫妻我也会做。

孙媒婆 公子在上，老身有礼。

顾文友 喔，孙媒婆来了。学生有一事，要与你商量。

孙媒婆 公子但请吩咐。

顾文友 我有一表妹，名叫李秀英。我早想娶她为妻，谁知姑爹竟将她许与王裕之子王玉林。请你过来想个办法，我定要把表妹夺了回来。

孙媒婆 哎呀，顾公子！想那李府千金，即日就要出嫁，老身我还是伴娘。这件事为难啊！

顾文友 这种事你孙媒婆还会没有办法？

孙媒婆 办法倒是有的，不过嘛……

顾文友 闯下祸来，有我担当！快快想来。

孙媒婆 好！只要公子写情书一封，假说你和李秀英小姐早有来往，待老身再去偷……（与顾文友耳语）

顾文友 好计！这里有二十两银子，你先拿去。

孙媒婆 多谢公子。

顾文友 事成之后，再拿五十两！

孙媒婆 五十两？

顾文友 对，五十两！哈哈哈！

孙媒婆 哈哈哈！

［暗灯。

第三场　偷　簪

［妆楼。

［春香捧妆盒与孙媒婆上。

春　香　（唱）

今日是小姐出阁期，

忙得春香汗珠儿滴。

孙媒婆　（唱）

镜儿、粉盒儿——

春　香　（唱）

花儿——

孙媒婆　（唱）

簪儿——

春　香
孙媒婆　（合唱）摆整齐。

孙媒婆　（接唱）

快请小姐梳妆打扮，

花轿到时要来不及。

春　香　（对房内）小小姐，时候不早，快出来梳妆打扮吧！

［春香见房内无动静，回头对孙媒婆望望。孙媒婆示意春香进房去请，春香下。孙媒婆急转身欲揭开妆奁盒，春香扶小姐上，孙媒婆连忙缩回手。

李秀英　（唱）

昨夜灯花结双芯，
今早枝头喜鹊叫。
出阁之期闹盈盈，
又听得鼓乐声声迎花轿。
又喜又忧又胆怯，
那春香嬉皮笑脸将人瞧，叫人暗害臊！

春　香　小姐，花轿迎娶来了，快快梳妆打扮。

孙媒婆　哎哟，小姐换上了新装越发娇嫩、漂亮了！

［内夫人呼喊“秀英！”

春　香　小姐，夫人来了。

［李夫人上。

李秀英　母亲！

李夫人　儿呀，今日是你大喜之日，为娘不免要叮嘱几句。秀英呀！（唱）

你幼读诗书守庭训，
要做个贤德的好夫人。
婆家不比在娘家，
言行举止要谨慎。
遇事忍耐休任性，
孝顺公婆敬夫君。
愿我儿，夫妻恩爱似鱼水，
愿我儿，白头偕老乐天伦。
满月时，你夫妻双双回娘家，
娘与儿重叙母女情。

李秀英　（点首）

［外传来花轿迎娶喜乐声，秋桂急上。

秋　桂　夫人，花轿已到，老爷请夫人、小姐快作准备。

李夫人　儿呀，快随同为娘到堂前与你爹爹拜别。

李秀英　母亲！（哭倒在地）

［李夫人暗揩着泪，秋桂扶着她走在前面，春香扶李秀英跟着同下。孙媒婆见四面无人，急步回至妆台，迅速地揭开妆奁盒，取出碧玉簪，仍把盒子盖好。

春　香　（内喊）孙妈妈！孙妈妈！

［孙媒婆忙藏好玉簪。春香上。

春　香　孙妈妈，小姐就要上轿了，你这个伴娘快去呀！

［春香至妆台捧着妆奁盒下。

第四场　洞　房

［幕外：二丫鬟持灯引路上楼，媒婆跟上。春香陪新郎新娘拉红绿彩球上楼。媒婆、春香搀扶新娘与新郎并坐床上。

孙媒婆　恭喜相公！贺喜小姐！老夫人，时候不早了，我们该走了。

［二丫鬟下。

［孙媒婆喊春香同出，俟春香下场后，她迅速将信件丢在门口，下。二更。

王玉林　呀！

（唱）

　　夜静更深月朦胧，

　　洞房花烛喜融融，

　　见房中丫鬟已不在，

我不免，揭去红巾看花容。

王玉林　啊呀，妙呀！

（唱）

果然是，天姿国色容颜美，

好比嫦娥飞出广寒宫。

我玉林配得名门女，

可算得，三生姻缘今相逢，

玉林配得名门女，

红袖添香更用功，

有朝一日功名就，

凤冠霞帔亲手送。

王玉林　这是什么？原来是封书信，“顾文友表兄亲拆”。想顾文友乃是她的表兄，这封书信怎会落在这里？一支玉簪。啊！（念信）

文友表兄如面：

自幼青梅竹马，兄妹情深义厚，

犹忆中秋一别，盛情长怀心头。

只盼月老牵媒，恩爱共偕白首，

哪料事非人愿，严命另配鸾俦。

我虽嫁到王门，岂肯得新忘旧？

玉簪一支，聊表心意，

藕断丝连，情意难丢，

若问重会之期，满月回门聚首。

李氏秀英敛衽百拜。

王玉林　哎哟！好气呀！

（唱）

我只道，她是冰清玉洁名门女，

谁知她，是伤风败俗下贱人。

王玉林 李尚书啊，李尚书！

（唱）

杠为尚书少家教，

我王门清白有名声。

玉林人穷志不短，

这奇耻大辱怎能忍？

我若与她去争吵，

这丑事传扬辱门庭。

倒不如，堂前禀告爹娘晓，（下楼）

王玉林 不可！不可啊！

（唱）

唯恐伤了爹娘心。

我强忍怒气回书房，

从此休提夫妻情。

［春香听见下楼的脚步声，上。见王玉林气冲冲下楼而去，她连忙返身入新房，揭下小姐头上的红盖。

李秀英 （唱）

新房之中冷清清，

为何不见新官人？

想必他，高厅之上伴亲友，

想必他，到婆母跟前去受教训；

想必他，宴席之上酒喝醉，

想必他，身有不爽欠安宁。

我左思右想心不宁，

不觉得东方发白天将明。

［暗转。

第五场　询　婢

［内厅。

［陆氏上。

陆　氏　（唱）

自从阿林成了亲，

合家上下喜盈盈。

陆　氏　自从我阿林讨进媳妇，我老太婆是越想越开心。媳妇大娘有才有貌，有道有理，进门格辰光，是十里红装，连得我老爷的官运也来哉。日前亲家公金口一开，我老爷上京做官去哉，老太婆想想真是开心煞哉了！（坐下）

［春香上。

陆　氏　刚刚过去格好像是新媳妇房里的春香呀！春香！春香！

春　香　参见老夫人。

陆　氏　省哉，老夫人要问问侬。

春　香　老夫人问我什么？

陆　氏　春香呀！侬格小姐待姑爷可好呀？

春　香　小姐待姑爷当然是好的。

陆　氏　好的，那么姑爷待小姐呢？

春　香　姑爷待小姐末……

陆　氏　小丫头吞吞吐吐阴阳怪气，到底好勿好？

春　香　老夫人……不是春香搬弄是非，要说姑爷待小姐末，可说不上好呢！

陆　氏　呀！说不上好呀？

春　香　自从成婚以来，姑爷他还没有上过楼呢！

陆　氏　呀！听春香讲起来，伊拉小夫妻二人还没有同过房。阿林呀！真真昏头啦！春香呀！侬搭我叫伊出来。

春　香　老夫人，书房里我不敢去。

陆　氏　勿去，为啥勿去呀？

春　香　老夫人，你不知道刚才我到书房里去请他上楼。我还没有说几句话，他就骂起我来了。要是我再去请他，说不定他还要打我呢！

陆　氏　还要打侬？

春　香　嗳！

陆　氏　小畜生，变得介凶！格倒好个，待我自己去叫伊。

春　香　是。

陆　氏　阿林啊阿林！

［王玉林上。

王玉林　孩儿拜见母亲。

陆　氏　阿林啊，侬在书房里做啥？

王玉林　孩儿在书房里读书。

陆　氏　读书倒是要紧，阿林，读书白天读，晚上读啥格书？去，到新房里去！

王玉林　母亲，孩儿不去。

陆　氏　为啥不去？

王玉林　孩儿读书要紧。

陆　氏　读书，读书，读昏了侬格头！去，到新房里去。

王玉林　不去！

陆　氏　不去，真的不去，还是假的不去？

王玉林　不去就是不去。

陆　氏　喔唷！侬倒真的不去？春香给我拖上去！

春　香　噢！

王玉林　谁敢！

陆　氏　在娘面前还是这样凶，到底是侬凶还是我凶！春香，老夫人开口了，侬动手。来呀，与我拉了去！

王玉林　母亲，孩儿不去！

［春香拉着王玉林的衣襟，陆氏在后面。小圆场。上楼，进入房内。

第六场　二洞房

［内层。

春　香　小姐，老夫人与姑爷上楼来了！（李秀英上）

李秀英　媳妇拜见婆婆。

陆　氏　起来！起来！

李秀英　官人！

陆　氏　阿林，媳妇大娘多少有道理，快去还一个礼，去呀！媳妇大娘，阿林啊，勿懂道理，看在婆婆的脸上，勿要动气。时间不早了，阿婆要下去哉。

李秀英　媳妇送婆婆。

陆　氏　勿要送格。（见王玉林欲出）做啥？

王玉林　孩儿送母亲。

陆　氏　勿要侬送，侬给我坐咚。小畜生倒比我跑得还快，让我关仔门。

王玉林　母亲，你关门可不要上锁。

陆　氏　小畜生倒是提醒我哉，叫我不要上锁，我倒偏要锁咚。今朝小夫妻俩一定会和睦哉。老太婆也要下楼困觉去哉。（下）

王玉林　母亲，娘呀！

（唱）

娘亲不知儿心苦，
儿要言明难出口。
此事一旦传出外，
李王两家丢尽丑。
如今是爹爹已到京城去，
无人作主难出头。
我虽有千般委屈向谁诉？
也只好，万般怨恨压心头。

王玉林　过来，过来，拿本书来。

春　香　是！姑爷，书来了。

王玉林　（看书，念）

家有贤妻夫少祸，
孝子贤孙积德多。
哼！

（唱）

别人家鸳鸯结就心欢喜，
我玉林娶妻不贞辱门第，
假装正经一旁坐，
我面对贱人就生气。
倒不如上前将她问，
咳！
何必与她多是非？

咬紧牙关不理她，

无奈坐等鸡晓啼。

李秀英 啊！

（唱）

官人他新婚宴尔心不欢，

他欲言不语频叹息。

难道他嫌我秀英容貌丑，

难与他才郎配成婚？

难道他嫌我陪嫁妆奁少？

难道他另有意中人？

我胡思乱想费猜疑，

我还是上前去问官人。

官人呀，莫非是李家有事来得罪，

我爹娘安排婚事欠周密？

莫非是怪我秀英理不周，

在那婆婆面前失了礼？

莫非是春香言语来冲撞，

惹得你官人生怒气。

[春香端茶上，胆怯，秀英接过代送。

（接唱）

小春香，不懂事，

由为妻，来赔礼。

[王玉林怒目以书击桌，秀英惊吓，茶盘失手落地。

王玉林 哼！

（唱）

她还要虚情假意献殷勤，

鱼目怎可把珠混。

我以为，尚书爱才择佳婿，

却原来，甘饵诱我把钩吞。

似这般，恶毒心计太可恨！

看来朝，功名成就，另娶淑女再配婚。

［王玉林闷坐灯前看书。春香一旁困倦。

李秀英　春香，你去睡吧！

春　香　小姐你呢？

李秀英　我……我不睡。

（唱）

官人呀！

你心中有何不快事，

可否与为妻说详细。

春　香　小姐不睡，我也不睡！

李秀英　这一夜之苦，你如何经受得起！

春　香　我要陪伴小姐。

李秀英　咳，春香呀！

（唱）

春香倒有主婢情，

我夫妻好似冤家陌路人。

他不安睡我也难睡，

我只得默然陪坐等天明。

［五更敲过。陆氏上。

陆　氏　天倒亮哉！小夫妻俩阿有起床，待我上楼看看。唷！房里肃静，小夫妻俩还没起床。

勿错，让我打开锁去！

王玉林　母亲。(冲下)

陆　氏　阿林到底年轻,看见娘还怕难为情。(走进)

李秀英　拜见婆婆。

陆　氏　哇呀,好媳妇呀!为啥不多困一息,介早就起来了。

春　香　老夫人……

李秀英　(急忙回答)只恐婆婆呼唤,故而早起。

陆　氏　真是我格好媳妇,春香快陪小姐到里面去梳妆。今朝小夫妻和睦哉,老太婆也好放心哉。

第七场　邀　宴

[内厅。

[王兴引李府家人李兴上。

陆　氏　春香,快请小姐下楼。阿林跑出来。

[王玉林、李秀英、春香上。

王玉林　见过母亲。

陆　氏　省哉!

李秀英　婆婆。

陆　氏　侬娘有信来哉。勿知有啥事情,侬倒拆开来看看。

李秀英　是。(看信)婆婆,书信理该请官人拆看。

陆　氏　到底是尚书府千金,进进出出都懂道理。阿林,侬岳母有信来哉,侬倒拆开看看。

王玉林　孩儿不要看。

陆　氏　做娘拨侬读仔几年书,侬倒在娘格面前摆起架子来哉!勿要看,我会叫媳妇大娘看格。媳妇大娘，阿林不识抬举，侬自己看好哉。阿婆叫侬看，侬只管看。有啥格事情，侬告诉阿婆。

李秀英 婆婆，信中别无他事，只因今日乃是媳妇满月之期，我母亲要官人与我同去饮酒。

陆　氏 我老太婆倒是忘记哉。媳妇、阿林呀！快点换换衣裳，坐轿子马上动身。

王玉林 孩儿不去……

陆　氏 不去，为啥不去？

王玉林 这……没有扇子不去。

李秀英 春香快去房中把檀香扇子拿来。

陆　氏 没有扇子不去。读书人扇子倒是要紧。

春　香 是！（下。拿扇子上）

陆　氏 扇子来哉。

王玉林 （扯扇）哼，扇子虽好，可惜骨子太轻。

陆　氏 哎哟！活畜生侬在发昏啦？介好一把扇子拨侬扯得八马分碎。侬勿去，勿去算哉，我会叫媳妇大娘一个人回去。媳妇大娘，伊不去，侬一个人回去好哉。

李秀英 婆婆，既是官人不去，那媳妇也不去了。

陆　氏 媳妇大娘，侬娘只有一个女儿，要是这次不回去，侬娘要勿放心。阿婆作主，侬回去住半年回来。

王玉林 谁敢？

陆　氏 （对王玉林）

做啥，屋里由侬当家哉？轮勿着侬作主。侬叫媳妇勿要回去，我偏要媳妇回去。

（向李秀英）去，进去换换衣裳马上动身。

［春香扶李秀英与陆氏同下。

王玉林　啊呀！且住，这贱人回转娘家分明是有约在先，有了。我自有道理。（下）

第八场　归　宁

［花厅。

［李夫人出。

丫　环　有请夫人！

李夫人　（唱）

秀英出阁娘挂心，
我日夜盼他转家门，
好容易，盼到今朝满月归，
安排酒筵在厅上等。

［丫鬟上，顾文友闻声从另一方向上，他见丫鬟进屋后，立即跟至门前偷听。

李　兴　启禀夫人，小姐回来了。（下）

李夫人　（喜悦地）快快有请！

李　兴　有请小姐！

［顾文友返身退下。

［李秀英与春香同上。

李夫人　罢了，小姐呢？

李秀英　母亲。

李夫人　儿啊！来坐下坐下。儿呀！为娘信中写得明白，要你们夫妻同来，为何不见贤婿？

（看门外）

李秀英 母亲，官人他……他与同窗好友会文去了，故而他没有来，叫女儿在母亲面前代为问安告罪。

李夫人 这也难怪。儿呀，一月不见，你瘦多了。儿呀，今日你回得家，为娘心中十分高兴。我备得酒筵，你我母女同饮几杯。

李秀英 是。

［李夫人携李秀英同入座。

李夫人 春香，你也坐下。（丫鬟倒酒）

春　香 夫人在上，哪有小婢的座位？

李夫人 你服侍小姐辛苦，也该同饮几杯。

春　香 多谢夫人。

李夫人 秀英，儿呀！

（唱）

今日我儿回家来，

合家上下心花开，

母女相见心欢喜，

李夫人 儿呀，来，饮酒。

（唱）

她为何，

面带愁容锁双眉？

李夫人 儿呀，快饮酒。

李秀英 母亲，女儿饮不下。

李夫人 想你在家之时，也能饮上几杯，怎么今日连一杯都不饮？

李秀英 母亲，女儿不想饮酒。

李夫人 不想饮酒，儿呀！

（唱）

莫非是，王家门第不相称？

将我儿婚姻来错配。

李秀英 母亲呀！

（唱）

女儿不是论门第，

娘亲休要多疑猜。

李夫人 （唱）

莫非是，婆婆与你合不来？

我儿尚须多忍耐。

李秀英 （唱）

婆婆为人很和蔼，

她待女儿如同亲生一般爱。

李夫人 （唱）

莫非是，为娘陪嫁妆奁少，

害我儿脸上少光彩。

李秀英 （唱）

母亲呀，女儿嫁妆满房间，

四邻八舍齐赞美。

李夫人 （唱）

莫非是，为娘没有来看你？

从今后我三日五日，为娘亲自探女来。

李秀英 母亲这倒不必。

李夫人 儿呀，来啊饮酒。

（唱）

难道是，你夫妻失和少恩爱？

春　香 夫人！

李秀英　母亲，

（唱）

　　我们是形影相随不分开。

李夫人　恩爱就好。

春香，我来问你，老夫人待人可好？

春　香　（唱）

　　老夫人待人十分好。

李夫人　那么姑爷呢？

春　香　（唱）

　　姑爷他……也和蔼。

李夫人　既然如此，那小姐面容如此消瘦？

春　香　这个……想必小姐初到王家，饮食不便，起居不惯的缘故。

李夫人　饮食不便，起居不惯。儿呀！今日你回得家来，就在娘身边多住几时，有为娘照料，好好养息身体。今夜就与为娘同榻，我还要与你谈谈家常呢！

李秀英　是！

［李兴上。丫鬟出，收酒具下。

李　兴　禀夫人，姑爷有书信一封，要小姐亲自拆看。

李夫人　儿呀，想你今日刚回娘家，贤婿怎么就有书信来了？

李秀英　这个……请母亲允女儿拆书观看。

（唱）

　　上写函知李秀英，

　　今日回转娘家门。

　　我要你原轿去来原轿回，

　　不许留宿到天明。

　　如若今朝不回来，

从此休想进王门。

李夫人 儿呀！贤婿书信到来，为着何事？

李秀英 母亲！信中别无他事，只因婆婆年老，无人侍奉，官人读书要我作伴，故而……故而要女儿随轿回去。

李夫人 儿呀！想你今日刚回娘家，多者几月，少者半月，哪有随轿回去之理？待为娘写信一封，叫贤婿前来同住也就是了。

李秀英 母亲，既然官人他有书信到来，想必家中定有要事。你今日放我回去，女儿改日再来侍奉娘亲。

李夫人 想你嫁到王家，只有一月，难道就只有你婆家，没有我娘家了吗？

李秀英 娘呀！

（唱）

并非女儿不孝顺，
都只为官人在家将我等。
夫妻恩爱同作伴，
送汤提茶称他心。

李夫人 儿呀！

（唱）

既然你夫妻多恩爱，
为娘听了也高兴。
只是你难得回转娘家来，
多住几日伴娘亲。
人家的女儿回转娘家住几月，
秀英呀！你就是住上三日、五日总该应。
陪伴为娘住几日，
我亲自送儿回家门。

李秀英 母亲，

（唱）

你今日放儿回家去，

我改日再来望娘亲。

李夫人　儿呀！哪有女儿满月回家就要随轿回去的道理！

李秀英　母亲……

李夫人　（唱）

为娘只留你住一宵，

明日我一早送儿转家门。

李秀英　母亲！你既然要放女儿回去，又何必再要女儿住宿一宵？

李夫人　如此说来，为娘留你一宵都留不住了。

李秀英　女儿今日不回，只恐夫妻失和……

李夫人　什么？为娘留你一宵，就要害你夫妻失和吗？如此说来，你一定要回去。倘如为娘今日病死在床上，难道你也还要回去不成吗？

李秀英　母亲，娘呀！

（唱）

女儿是你娘亲生来娘亲养，

有长有短总好商量。

女儿若有事做错，

娘呀娘！你也肯来原谅。

女儿嫁到王家只一月，

那婆婆虽好怎比得堂上亲生娘？

我夫妻虽然也恩爱，

怎比得亲娘你能知儿痛痒？

夫妻失和儿受苦，

娘呀娘！你今日放儿回家去，

到来日，我双双对对来望亲娘。

李夫人　儿呀！非是为娘不肯放你回去，你可知道，自从你嫁到王家，把为娘想得好苦呀！

（唱）

为娘养儿十八春，
母女相伴不离分。
自从吾儿出嫁后，
娘在家中冷清清。
好容易，盼到我儿满月归，
只望重叙母女情。
谁知你对待丈夫热如火，
对待为娘冷如冰。
我留你一宵都留不住，
叫娘痛心不痛心！

李秀英　（唱）

娘呀娘！今日放儿回家去，
日后再来报娘恩。

李夫人　怎么为娘说了半天，你还是要回去。

李秀英　我……要回去。

春　香　小姐，我们不要回去呀！

李秀英　春香，打轿！

［春香下。

李夫人　好！你要回去就回去。譬如为娘当初不生，当初不养，你回去吧！

李秀英　母亲！这都是女儿的不孝，母亲请上，女儿拜别了。

［李秀英拜别，李夫人不理。春香上，扶李秀英跨门出。李秀英两次回身后终于离去。

［丫鬟上。见状，随即进屋禀知夫人。顾文友亦跟进屋。

丫　环　夫人，小姐她真的走了。夫人，我看小姐她面带愁容，想必是在王家受了委屈。

李夫人　（唱）

儿啊，生怕我儿遭不幸，
明日探女走一程。

第九场　三盖衣

［内室，陆氏拉王玉林上。

王玉林　母亲，母亲，母亲！

陆　氏　我叫侬和媳妇大娘一同回娘家去，侬勿去！侬勿去就算哉，为啥又写信叫伊回来？伊回来侬又勿肯上楼，这算啥呢？（见王玉林欲走）站住，勿要动！春香，春香来！

［春香出。

春　香　老夫人。

陆　氏　快对小姐说，姑爷来了。

春　香　小姐，老夫人和姑爷上楼来了。

［李秀英出。

李秀英　婆婆，官人，请上楼来哉。拜见婆婆。

陆　氏　媳妇起来，媳妇大娘今天路上辛苦了，晚上早些歇息。呀！阿婆也要下楼困觉去了。

李秀英　媳妇送婆婆。

陆　氏　不要送了，坐咚。我关仔门。春香轧七轧八在里面做啥？嘘……

春　香　老夫人。

陆　氏　春香，侬在里面做啥？

春　香　我要服侍小姐。

陆　氏　侬要服侍小姐？春香，上次姑爷上楼侬阿有的在房里？

春　香　对的。

陆　氏　春香呀，小姐有姑爷服侍个，到小房间困觉去。去，去，去呀！（春香下）我道伊小夫妻为啥勿和睦，原来这个毛病全出在春香身上。让我关好门，落仔锁。唉！阿林呀阿林！侬存啥个心啊！做爷娘辛辛苦苦搭侬讨一房媳妇，小夫妻俩应该恩恩爱爱、和和睦睦。隔了一年生了一个儿子，老太婆抱起孙子，我就昂啊，昂啊，一昂昂到上街头。陈家老太太看见哉，“哎呀！王老夫人，你手上抱格啥人？”“阿林格儿子，我老太婆格孙子啦。”“啊呀！王老夫人，侬格孙子头皮圆圆，必中状元。”我老太婆多少开心！这个小畜生，咳！儿子不生，女儿也养一个。老太婆抱了囡孙，这样逗啊，逗啊，一逗逗到下街头。人家又看见哉，“啊呀，侬手上抱格啥人？”“阿林格女儿，我老太婆格囡孙。”“王老夫人，侬真好福气，先开花后结子，来年一定抱孙子。”老太婆真是开心煞哉，老太婆是越想越开心。（头碰门框）老太婆是想抱孙子想昏头哉！小夫妻俩还未同过房，啥地方来孙子抱！闲话少讲，下去困觉去。（下）

王玉林　（唱）

母亲她，其中事由不明白，
定要拉我上楼来。
今日她回转娘家去，
他二人是有约在先私情会。
我以为她定在娘家住一宿，
就可以，一封休书将她退。
谁知她，原轿去又原轿回，

倒使我，留难留来退难退。

王玉林 贱人呀贱人！

（唱）

像你这样水性杨花女，

有何面目到王家来？

今夜再忍雷霆怒，

坐等天明下楼台。

李秀英 （唱）

谯楼打罢二更鼓，

官人他，独坐一旁不理我。

我自从，嫁到王家有一月多，

真好比，口吃黄连我心里苦。

婆婆拉他上楼来，

总指望，我们夫妻从此可和睦。

谁知他，怒气冲冲独自坐，

他是不理不睬恶摆布。

我不明不白受委屈，

可怜我啊！满腹的委屈向谁诉？

枉费了婆婆一片心，

看起来，今世夫妻难和睦。（三更）

耳听得谯楼打三更，

夜已深，人已静。

见那冤家，他身上衣衫多单薄，

今夜岂非要受寒冷？

我若是叫他去安寝，

那冤家是不见好意反见恨。

要是他，受了风寒成了病，

叫秀英如何能安心？

李秀英　有了，

（唱）

我还是取衣与他盖，

免得我官人受寒冷。

我战战兢兢将衣盖，

那冤家，平日见我像仇人，吓得我不敢去近身。

秀英并未待错他，

他为何见我像眼中钉？

像他这种负心汉，

我还有什么夫妻情？

不顾冤家我自安睡，

想起了婆婆老大人。

李秀英　那冤家虽是无礼，那婆婆待我——

（唱）

总是不错呀！

冤家他，枉读诗书理不明，

那婆婆她待我像亲生。

更何况，王门唯有他单丁子，

若冻坏了官人，要急煞婆婆老大人。

我还是取衣与他盖，

想起往事心头恨。

李秀英　想我李秀英，自从我嫁到王家，一向礼义周到，并无过错。谁知道这冤家却无缘无故将我当仇人。今日乃是我满月之期，理该回转娘家母女团聚，谁知道这冤家，不知安下了什么心计，他要我原轿而去，原轿而归，害得我母女痛哭而别。咳！冤家呀，冤家！世上哪有你，你，你这样——

（唱）

不通情理的呀！

爹娘爱我似珍宝，

这冤家当我路边草。

他既这样对待我，

我任凭冤家冻一宵。

我还是将衣衫藏笼箱，

猛想起，于归之期娘训教。

李秀英　想我出嫁之时，我母亲再三教导，要我到了王家，要孝顺公婆、敬重丈夫。想今夜天气寒冷，我若不与他盖衣，被旁人知道，定要骂我秀英礼仪不周，还要怪我父母养女不教。唉！爹娘呀爹娘！

（唱）

你叫女儿如何好！娘啊娘！

难进难退我李秀英。

今夜叫我如何好！

娘啊娘啊，曾记得那日爹爹做大寿，

母亲上楼喜信报，

说道是，已将女儿终身许，

郎才女貌结鸾交，

说玉林，这也好来那也好，

说玉林，他貌也好他才也高。

我是口不应声心欢笑，

但只望洞房花烛早日到。

谁知道进了王家事颠倒，

夫妻似仇情义少。

自出娘胎十八载，

这样的苦处我是受不了。

天啊！还是我爹娘错配婚？

还是我秀英命不好？

天啊！

耳听谯楼打四更，

见冤家，浑身颤抖他要受寒冷。

我若不将衣衫盖，

他如何坐等到天明！

冤家呀！你虽没有夫妻情，

我秀英待你是真心。

也罢！我手持衣衫上前去，（盖衣）

盖罢衣衫心安宁。（五更）

王玉林 醒来，醒来，李秀英醒来！

李秀英 官人。

王玉林 我来问你，这衣衫可是你替我盖的？

李秀英 是呀，是我盖的。

王玉林 盖得好，上来有话。

李秀英 官人！

王玉林 贱人啊贱人（打李秀英），你将女人衣衫盖在我的身上，你想害我一世功名不得成就，你……好狠的心肠！

［春香上，听见门内的骂声，大惊，连忙下楼禀告王夫人。

王玉林 （唱）

你将女人衣衫盖我身，

想害我一世功名不及第。

李秀英　官人！

王玉林　（唱）

　　我不打死贱人气难消。（拳打足踢）

［陆氏与春香急上，王玉林夺门逃下。

李秀英　婆婆！

陆　氏　哎哟！好媳妇！伊为啥打侬呀，媳妇大娘？

李秀英　婆婆呀！

（唱）

　　昨夜官人进了房，

　　我见他独坐一旁等天亮。

　　媳妇见他身寒冷，

　　将衣衫盖在他身上。

　　谁知他，不见好意反动怒，

　　他又是骂来又是打。

　　婆婆呀！媳妇做错了什么事？

　　还请婆婆伸冤枉。

陆　氏　好媳妇啊！阿婆是心痛煞哉！

第十场　探　女

［客厅。

［陆氏上。

陆　氏　（唱）

　　阿林无故打媳妇，

亲家母知道要闯祸。

［内报："李夫人到!"

陆　氏　出接。请进。

李夫人　(上)请!

陆　氏　亲家母请坐。

李夫人　不必客气。

陆　氏　亲家母,今朝啥格风把侬吹得来啊?

李夫人　我来看看我家女儿。

陆　氏　好,春香快叫小姐下楼来。

［春香扶李秀英上。

李秀英　婆婆。

陆　氏　侬娘来哉,快上去见过礼。

李秀英　拜见母亲。

李夫人　儿呀!罢了。亲家母,为何不见贤婿?

陆　氏　想必在书房读书,待我叫伊。阿林!

王玉林　母亲,何事?

陆　氏　侬格岳母来了,进去见过道理。

王玉林　拜见伯母。

李夫人　小畜生!我将女儿许配于你,难道你叫我一声岳母还怕我受当不起?

王玉林　好一位尚书夫人出口伤人,果然有其女,必有其母。

李夫人　小畜生,我女儿嫁到王家有何过错?你要还我个道理。

王玉林　问那贱人自己。

李夫人　你竟敢当着我的面骂她!

王玉林　非但要骂,打也无妨。

李夫人　谅你也不敢!儿呀,过来。

李秀英　母亲。

陆　氏　侬敢动手?

［王玉林打李秀英后下。

李夫人　秀英儿呀！自从你嫁到王家，受王玉林如此凌辱，今日被娘亲眼所见，好不叫为娘痛心！还是随为娘回去吧！

李秀英　女儿如若随娘回去，倘被旁人知道，还当女儿在王家做了什么错事，这岂不要败坏我李家的名声？就是女儿我，也难以做人！

李夫人　既然如此，为娘自有道理。春香，你好好服侍小姐。（对外）打轿！

李秀英　母亲。（下跪）

李夫人　儿呀！你既不愿随娘回去，为何又要跪着不起?

李秀英　女儿跪送母亲。

李夫人　儿呀，待为娘修书一封，叫你爹爹回来，与那畜生评理。

李秀英　母亲，爹爹好好在京为官，你千万不能惊动于他。

陆　氏　不好惊动格，不好惊动格。

李夫人　为娘自有道理。

［春香扶李秀英下。

第十一场　夜　归

［郊外。

［内喝："马来！"众吆喝。

［李廷甫与众随从上。

李廷甫　（唱）

　　快马加鞭把路赶，

不分昼夜回家；

只为李兴把信传，

夫人在家身不安。

她说道早回三日能相见，

迟回三日难团圆。

因此我，奏明圣上，连夜出京，马不停蹄回家转——

［众赶路圆场下。

［中幕开，李夫人出。

李夫人 （念）急信送京城，未见转回程。

［内报："老爷回！"

李夫人 出见。

［李廷甫上，与李夫人相见。

李廷甫 （放心地）夫人请来见礼。

李夫人 （想起女儿，转怒）还见什么礼，还见什么礼？

李廷甫 啊！夫人，下官闻得夫人有重病，连夜赶回，怎么见了下官竟这样怒气不息，却是为何？

李夫人 你配得好一个女婿，选得好一个才郎！

李廷甫 贤婿！贤婿是有才有貌，有什么不好呢？

李夫人 好一个才貌双全的女婿！当初都是你配下这门害人的亲事，自从我女儿嫁到王家，被王玉林折磨得人不像人，鬼不像鬼，你快与我去王家领尸回来。

李廷甫 呀！夫人，我女儿被王玉林如此凌辱，我难道罢了不成！夫人请进内厅，下官自有道理。

［李夫人下。

第十二场　对书明冤

［客厅。

［陆氏上。

陆　氏　咳！

（唱）

家门不幸子不肖，

一份人家弄得七颠八倒。

［王兴上。

王　兴　李大人到。

陆　氏　说到曹操曹操就到。出接。

［李廷甫走。王兴下。

陆　氏　亲家请来见礼。

李廷甫　过礼。

陆　氏　请，请坐。

李廷甫　坐。

陆　氏　不知老亲家驾到，有失远迎，忘勿见怪。

李廷甫　唤我女儿出来。

陆　氏　春香，快叫小姐下楼。

［春香扶李秀英出。

陆　氏　媳妇大娘，侬爷来了，快去见过礼。

李秀英　拜见爹爹。

李廷甫　儿啊，罢了！（见李秀英狼狈之状）为何不见贤婿？

陆　氏　来啦！来啦！阿林！阿林！

［王玉林上。

王玉林　母亲。

陆　氏　侬岳父来了，快上去见个礼！

王玉林　孩儿自有道理。

［王玉林欲入，陆氏拉住。

陆　氏　侬有道理？侬有道理？那娘就不要介淘气哉。

［王玉林入。

王玉林　拜见伯父。

李廷甫　口称伯父，你是何人？

王玉林　王玉林。

李廷甫　王玉林！好一个王玉林！只为当初我爱你才貌，才将女儿许配于你，出嫁之时，陪嫁妆白银千两，良田三百亩，十里红装，还曾替你修造房屋，这样厚待于你，难道连一声岳父都叫不得么？

王玉林　好一个为官之人。牵长道短，岂非好笑！

李廷甫　小奴才，胆敢口出狂言，必须还我一个道理！

王玉林　还你道理不难，你先带女儿回家去。

李廷甫　（大怒）带女儿回去，难道我养她不过老吗？

王玉林　慢说是养她过老，就是另嫁豪门，我王玉林决无异言。

李廷甫　好！你……你与我写休书过来。

王玉林　待我写来！

陆　氏　（向王玉林）做娘还没有开口，侬敢动动看？

李廷甫　想我女乃是尚书千金，岂容你要娶就娶，要退就退，今日你还清道理便罢，要是还不清道理，岂肯饶你？

王玉林　（摸出情书）好，你自去看来。

李廷甫　（看信）“顾文友表兄亲拆……”秀英，你过来。

李秀英 爹爹！

李廷甫 （打李秀英）小贱人，你竟敢做出这样伤风败俗之事，岂能容得！（拔剑）看剑！

陆　氏 慢！亲家公，侬为官之人阿知三从四德？

李廷甫 岂有不晓。

陆　氏 在家？

李廷甫 从父！

陆　氏 出嫁？

李廷甫 从夫！

陆　氏 却又来，侬给我坐咚。媳妇大娘嫁到我王家，有规有矩，有道有理，就算有啥事情做错，丑在我王家，败在我王家，轮不到侬杀，轮不到侬打。

李秀英 爹爹，爹爹呀，我秀英自从嫁到王家，受到王玉林如此的凌辱，指望爹爹回来，与女儿申冤解愁。谁知道爹爹开口就骂，举剑就杀。爹爹啊爹爹，女儿到底有何过错，你也该说个明白，女儿我就是死……也要死得瞑目。

李廷甫 你自去看来。

陆　氏 媳妇大娘，这是啥东西？

李秀英 婆婆，这是一封情书。

陆　氏 情书？媳妇大娘，侬写过没有？

李秀英 婆婆，媳妇冤枉。

陆　氏 冤枉。这种事情哪能讲得清？

春　香 老夫人，是真是假可以对过笔迹。

陆　氏 春香，快取过纸笔砚墨来，亲家好对笔迹个，老天保佑这情书笔迹勿同、勿同、勿同。

［李秀英写好，陆氏接看。

陆　氏　老太婆看看是不同的。亲家公，同不同侬倒拿去看看。

李廷甫　玉林，我看笔迹不同，你是上了人家圈套了。

王玉林　（看字）情书是假，难道碧玉簪也是假的不成。

李廷甫　碧玉簪？春香，难道是你在穿针引线？

春　香　老爷，冤枉，冤枉！

陆　氏　春香，春香，侬胆子放大，有啥闲话侬要落落落落讲出来。

春　香　老夫人，小姐出阁那天，我明明看见碧玉簪放在梳妆盒内，我也不知道这支玉簪怎会到姑爷手里的。

陆　氏　阿林，侬这支碧玉簪是从哪里得来的？

王玉林　母亲，那天花烛之夜，孩儿在房门口拾得的。

陆　氏　侬在房门口拾着格，这倒奇怪哉！春香，那天新房里，还有啥人？

春　香　老夫人，还有孙媒婆。

李廷甫　来呀！（随从上）捉那孙媒婆到来，不得有误。

随　从　是。（下）

［随从带孙媒婆上。

孙媒婆　见过大老爷。

李廷甫　孙媒婆，你可认识这支玉簪与这封书信么？

孙媒婆　这……这老身不知情。

李廷甫　我问你认识不认识，并未问你知情不知情。

孙媒婆　这支玉簪我认识是你家小姐的，这封情书……啊，这封书信老身不知情不知情。

李廷甫　好一个大胆的孙媒婆！一封平常的书信，你如何一见就知道它是一封情书，你还敢说不知情么？

孙媒婆　这……

李廷甫　看你不打不招，来！

随　从　有！

李廷甫　与我重打四十！

孙媒婆　我招，我招。这都是顾文友公子出的主意。只因他看中你家小姐，不想老爷却将小姐许配给王公子，因此他怀恨在心，要我偷得小姐的碧玉簪，他写了情书一封，命我将情书玉簪丢入小姐新房之中，有意让王公子看见，好拆散这一对姻缘。这都是顾公子的主意，与老身无关，大人饶命。

陆　氏　侬格害人精！

李廷甫　儿啊！你本是李家珍珠，却做了王家草，为父心中如刀绞。我儿若有长和短，二老心血一旦抛。秀英！

王玉林　娘子！

李廷甫　来呀！（随从上）打道回府。（与随从同下）

陆　氏　我气煞哉。

王玉林　娘啊！（跪）

陆　氏　侬这个活畜生，做娘的不要侬叫哉！

王玉林　母亲，孩儿知错了。

陆　氏　知错了！前番日子做娘横问侬，侬不讲，竖问你，侬不响，到今朝一份人家弄得七颠八倒，侬再来叫娘，来不及哉。

王玉林　母亲，孩儿好悔啊。

陆　氏　悔？侬有得悔了。

王玉林　娘呀，

（唱）

悔不该一封情书假当真，

屈煞我妻李秀英；

悔不该当初不听娘教训，

竟做了无情无义人。

娘呀，秀英若有长和短，

你叫孩儿怎做人？

还望娘亲来作主，

从今后娘的言语句句听。

（讨饶地）母亲！

陆　氏　从今朝起侬听娘的闲话，好格，起来。

王玉林　多谢母亲。

陆　氏　阿林呀！今年是大比之年，侬赶快上京求取功名，若得一官半职，侬在岳父母面前也好有个交代，媳妇面前赔个礼，或许还可以夫妻和睦。娘叫侬上京去，侬去不去？

王玉林　孩儿遵命。

陆　氏　那赶快去整顿行装。

王玉林　（去而复还）啊呀母亲，娘子病重，还望母亲多多照看。

陆　氏　不要侬操心，（推王玉林下）这桩事体，要多怪我阿林嘛，也是怪勿得格啦！

第十三场　送凤冠

［花厅。

［李廷甫与李夫人上。

陆　氏　亲家，阿林有官做哉，一来托亲家之福，二来托媳妇大娘之福气。

李夫人　这是大家之福。

王　裕　大家之福。

陆　氏　大家之福。

王玉林　（唱）

玉林今科中状元，

发奋求名遂宏愿。

两家尊长上面坐，

为什么不见娘子女婵娟？

母亲呀，娘子病体可痊愈，

还望母亲问根源。

陆　氏　亲家母，为何不见媳妇大娘？

李夫人　待我喊她出来（对外）“春香，唤小姐出堂！”

［内春应：“是，有请小姐！”秀英：来了！

［春香上至门外探望。

［春香扶李秀英出。

李秀英　（唱）

合府上下喜讯传，

秀英移步到庭前。

［李秀英至门前与厅内王玉林对视。

（唱）

王玉林，得意忘形赔笑脸，

把过去之事化云烟，

见堂上，两家尊长双对坐，

秀英暂去把礼见。

李秀英　拜见公婆，爹娘。

陆　氏　媳妇罢了，起来。

李夫人　儿啊，一旁看坐。

王玉林　（唱）

我见娘子心欢喜，

娘子见我生怒气，

抬头再看我贤妻，
但见她，背朝东，面朝西，
堂上大人把我斜眼看，
羞得我面红耳赤把头低。
怪我当初事做错，
我只好，手捧凤冠去赔礼。

王玉林 娘子请来见礼。想我与秀英虽是夫妻，却未成过连理，她还是一位千金小姐呀！我应称她一声小姐才是。啊，小姐，这厢有礼了，啊呀，我真糊涂呀！想我玉林今日得中头名状元，她不是状元夫人么？我理该称她一声夫人才对呀。啊夫人，下官这厢有礼了。啊夫人，我的夫人呀！

（唱）

劝妻休要将我怨，
且听玉林来相劝，
当初迎娶你到我府，
我本是新婚燕尔庆良缘。
都只为文友设计陷害你，
假造情书偷玉簪，
他存心拆散我夫妻，
害得你我花烛之夜不团圆。
奸人毒计他终败露，
用尽心机也枉然，
如今是媒婆下狱文友死，
我与你夫妻从此再团圆。
夫人啊，过去之事莫再提，
快受官诰接凤冠。

李秀英 （唱）

你不要多言多语多相劝，
害得我多思多想多心酸，
怪爹娘错选错许错配人，
配了你这个负情负义负心汉。
我也曾好声好气好言问，
你却是恶言恶语恶待看，
你不该不声不响不理睬，
你为什么瞒书瞒信瞒玉簪？
我主婢受苦受辱受到今，
害得我哭爹哭娘哭伤肝，
既然你是大富大贵的大状元，
你就该去娶一个美德美貌美婵娟。

王玉林 （唱）

凤冠捧得双手酸，
立呀立得两腿软，
千言万语去相劝，
她一点不肯回心转。
背转身来朝上看，
见大家袖手作旁观，
上坐岳父老大人，
我只得，恳求岳父去送凤冠。

（走向李廷甫，下跪）

王玉林 岳父。

李廷甫 何事？起来。

王玉林 多谢岳父。

李廷甫 站在一旁。啊，秀英儿呀，

（唱）

你莫记前仇莫记怨，
且听为父言相劝，
前番玉林委屈你，
难为他今日认错心意转。
你看他，龙门高跳夺魁首，
平地春雷我心欢，
你就该与他夫妻重团圆，
秀英儿啊，
你承受皇恩接凤冠。

李秀英 （唱）

叫声爹爹听根源，
京都离此路途远，
家中之事你不晓，
娘亲面前去问问看。
那日他庭前把婚退，
气得你爹爹肝肠断，
此情此景在眼前，
爹爹你还会替他送凤冠！

李廷甫 （唱）

女儿说话像箭穿，
说得我有口难相劝，
她受过玉林千般苦，
难怪女儿把我怨。
贤婿呀，要送凤冠你自己送，

接与不接我不管。

[暗示王玉林请岳母代送。

王玉林 （唱）

女儿总听娘的话，

娘去相劝定能回心转。

上前恳求老岳母。（下跪）

李夫人 （唱）

状元跪地为哪般？

王玉林 （唱）

岳母呀，大人不记小人过，

还请岳母送凤冠。

李夫人 起来。

王玉林 多谢岳母。

李夫人 站在一边。

（唱）

贤德女儿听娘劝，

娘知女儿心中怨，

要怪奴才顾文友，

串通媒婆起祸端。

到如今水落石出冤已明，

贤婿是，金榜题名中状元。

前番受苦今富贵，

你快接凤冠霞帔穿。

李秀英 母亲，娘啊，

（唱）

娘亲何苦来相劝，

娘呀娘，难道你前番之事都忘完？
可记得满月之期回娘家，
他逼我随轿去来随轿转；
可记得母亲那日到王家，
他竟敢岳母不叫伯母唤；
可记得摆在娘前将儿打，
羞辱女儿无地钻。
我受过玉林多少气，
娘呀娘，难道你，一点不记怨？
并非女儿心肠硬，
此事不要你娘多管。
他是个恶毒丈夫儿不愿，
管他状元不状元！

李夫人 玉林！

（唱）

我去相劝也无用，
凤冠还你王状元。

王玉林 （唱）

岳母相劝妻不听，
铁石心肠劝不转，
这叫玉林如何好，
还求堂上两年迈。

王玉林 爹爹！

王 裕 何事？

王玉林 （唱）

从前孩儿礼不端，

悔将秀英恶待看，

如今她不肯接凤冠，

还请爹爹去相劝。

王　裕　小畜生！

（唱）

年少无知肇祸端，

枉守芸窗读书卷。

在家不听娘教训，

贤德媳妇受了屈。

为父不管家中事，

要劝求你娘去劝。

王玉林　娘呀！

陆　氏　做啥？

王玉林　（唱）

娘子不肯接凤冠，

还请母亲代去劝。

陆　氏　媳妇大娘她娘的话不听，阿婆的话更加不听，做娘的是不去倒霉。

王玉林　你去相劝，她一定会听的。

陆　氏　不去。

王玉林　当真不去？

陆　氏　不去就不去。

王玉林　也罢！

（唱）

母亲不肯去相劝，

我中状元也枉然，

孑然一身空嗟叹，

皈依三宝了心愿。（欲向外走）

陆　氏　慢，转来，做和尚是做不得格！让我去倒倒霉看。

王玉林　多谢母亲。

陆　氏　站得一边。哈哈哈！媳妇大娘，这凤冠侬是要接格呀！

李秀英　婆婆。

陆　氏　我格心肝宝贝呀！

王玉林　娘子，母亲的话你可要听的。

陆　氏　格末侬自己去送！

（唱）

叫声媳妇我格肉，
心肝肉来宝贝肉，
阿林是我手心肉，
媳妇大娘侬是我格手背肉，
手心手背都是肉，
老太婆舍勿得倷两块肉。
媳妇侬心宽宽来气和和，
贤德媳妇来听婆婆。
阿林从前待亏侬，
难为伊今朝赔罪来认错。
侬看伊是跪到西来跪到东，
膝髁头跪得红火火。
媳妇侬三番两次勿理伊，
伊状元勿做要去和尚做。
格种就叫现世报，
侬贤良媳妇就有好结果。
听从婆婆接凤冠，

诰命夫人由侬做。

李秀英 （唱）

回禀年迈老婆婆，
你何必苦苦相劝我？
夫妻不和世间有，
唯有我不明不白受折磨。
折磨媳妇染重病，
多亏婆婆你相救我。
我不愿与他夫妻和，
只好辜负你老婆婆。

陆　氏 （唱）

媳妇侬是贤良方正第一个，
福也大来量也大。
千错万错是阿林错，
我婆婆待侬总勿错。
媳妇侬今朝夫妻和，
一家团聚乐呵呵。
媳妇若勿肯夫妻和，
我这份人家要吼结果。
左邻右舍要谈论，
王家后代要断香火。
岂不是一场欢喜一场空，
我养什么伲子做什么婆？
媳妇呀侬卖个人情给婆婆，
收下凤冠夫妻和。

李秀英 （唱）

婆婆呀我不愿与他夫妻和，

我情愿提茶端汤奉公婆。

陆　氏　（唱）

伊情愿提茶端汤奉公婆，

真是我贤惠格好媳妇。

左右为难难煞我，

陆　氏　阿林侬若要夫妻和睦末，除非侬——

（唱）

状元跪地去认错。

王玉林　母亲，孩儿乃是天子门生、新科状元，怎能向娘子跪下？

陆　氏　侬老婆都要勿着杠哉，还讲啥新科状元天子门生。

［王玉林低头走近李秀英，下跪。众起立。陆氏乘机将凤冠送到李秀英手里，连声说："好格，好格！"

李秀英　（唱）

凤冠霞帔暂且收，

请公婆爹娘原谅我。

李夫人　这是理所当然。

李廷甫　内堂备得酒筵，亲家请。

王　陆　请。

［李廷甫、王裕、李夫人、陆氏下。

王玉林　下官这厢有理了。（一躬到地）

［李秀英下，王玉林放下心事，揩揩汗下。

［剧终。

（1954年演出本）

越剧

情　探

编　剧

安　娥　田　汉

作者小传

安　娥（1905—1976），女，河北省获鹿县人。剧作家、词作家、诗人、记者、翻译家。曾任北京人民艺术剧院、中央实验话剧院、中国戏剧家协会创作员。

田　汉（1898—1968），男，本名田寿昌，笔名田汉，湖南省长沙县人。剧作家、词作家、诗人。曾任文化部戏曲改进局、艺术局局长。中国现代戏剧三大奠基人之一。

人物表

敫桂英　王　魁　王　忠　小　菊　彩　屏　张行简　判　官　小　鬼

小　吏　校　尉　仕　女

序

[幕启:隆冬季节,海神庙前。朔风怒吼。衣衫褴褛的王魁一边挂字画,一边不住地呵手。

伴唱:漫天风雪涌阑关,

严寒砭骨浸双腿。

书生不堪下第归,

饥寒交迫度日难。

[王魁瑟缩发抖地坐下读书,终因饥寒交迫,昏倒在地。

[敫桂英上,小菊随上。桂英被王魁的字画所吸引。

[王忠上,见王魁昏倒,急扶。

王　忠　(哭)少爷醒醒,少爷醒醒!

[敫桂英见王魁昏倒,与小菊救至家。

[切光。

第一场　伴　读

[伴唱:海神庙前结奇缘,

鸣珂巷中共相伴。

落第举子烟花女,

相怜相依两情眷眷结凤鸾。

［静夜。室内。桂英在灯下做着针线。

桂　英　（唱）对红烛，走神针，蛾眉暗展，

想不到，风尘中，却遇奇缘。

看王郎，每日里，手不释卷，

换紫袍，夺高魁，定在来年。

小　菊　（上）桂英姐，你看谁来了？（彩屏上）

桂　英　是彩屏姐你来了！

彩　屏　四妹，这是你叫小菊托我变卖的一对翡翠盘龙镯子。我想，这样贵重的首饰，你还是自己留着吧。

桂　英　不，姐姐……

彩　屏　妈妈，那边这个月的包身银子我已代你付了！

桂　英　不，姐姐，这可使不得！还是代我变卖的好！

彩　屏　四妹！

（唱）风尘沦落谁人怜，

苦姐妹休戚更相关。

为王魁，你闭门谢客把人得罪，

为王魁，你受尽鸨儿恶磨难。

二年来，你当衣衾典钗环，

二年来，你把平生积蓄毁一旦！

你是一片痴情全不顾，

还须防人心隔衣衫。

桂　英　姐姐！

（唱）两年相依共相伴，

两心相知照肝胆。

王郎他，绝非朝三暮四负心辈，

姐妹们，莫再妄猜将他难。

再过些日子，王郎要上京赴考，我要为他多备些银两。有劳姐姐费心了。

［桂英坚决地把镯子交给彩屏。

彩　屏　你呀！

小　菊　（插话）彩萍姐姐，你看我家姐姐的香罗带都已经换了！

［彩萍这才注意到桂英的罗带与自己的已不同。

彩　屏　四妹，你是决意从良，跟定王魁了？

［桂英重重地点了点头。

彩　屏　（叹口气）既然你心意已决，我也就不说了。（接过镯子，还是有点犹豫）我先走了——（忽然看见桂英的玉扇坠）四妹，这镯子你还是留着应急，卖这玉扇坠吧。

桂　英　不！姐姐，这玉扇坠是我爹爹留下的唯一遗物，我岂能变卖。

彩　萍　（望着桂英）妹妹，但愿你真能心愿得遂！我走了。

桂　英　（送）姐姐慢走！

［彩屏下。桂英回屋，看五更鸡上熬的莲子羹。

桂　英　菊妹，时候不早，快三更天了，叫你姐夫来安睡吧！

小　菊　姐姐，二更还不到呢！姐夫刚才说了，再念一章就过来。

桂　英　哦。菊妹，莲子羹熬好了吗？

小　菊　熬好了。

桂　英　熬好了，快倒在碗里，你姐夫过来就要吃的。

小　菊　姐夫还没有来呀。倒得早了，岂不要冷了？

桂　英　你姐夫一过来就要吃，若不早些倒，不是要烫了你姐夫吗？

小　菊　姐夫一下子不过来，莲子羹冷了，岂不是要冷坏姐夫吗？

桂　英　你这丫头，冷了么再热呀！

小　菊　姐姐呀，你想得真周到。

桂　英　去吧。

小　菊　哎。(故意地)姐夫出来了!

桂　英　(忙回身)王郎……

［小菊笑着去倒莲子羹。

桂　英　你这丫头! 呀,时候不早了!(向内)王郎,王郎!

王　魁　(内声)娘子少待,小生来了!

(唱)黄卷青灯二年以上,

抵得过苏季子刺股悬梁。

这也是,我王魁,艳福无量,

夜读书,还有这,红袖添香。

倘若是,到京城,功名有望,

定不负,桂英妻,一片心肠。

桂　英　王郎,快来用莲子羹,冷了吃下去不好。

王　魁　娘子,这般时候,怎么还不睡?

小　菊　姐夫不睡,姐姐怎么安睡得了?

［小菊笑着下。

王　魁　娘子,你在这里做什么?

桂　英　做针线。

王　魁　做什么针线?

桂　英　一双棉袜子。

王　魁　替谁做的?

桂　英　你想我还给别人做的么?

王　魁　我不是有许多袜子,又做它何用?

桂　英　你过去深夜用功,受了寒气,两腿时常发冷。噢,(取出药方)前几天我又在张大夫那里求得药方,他说此病再发,可服此药。我想你就要上京赴考,可不能再受寒冷,需要棉袜护腿才好。

王　魁　(唱)一双棉袜一片情,

眷眷情意暖人心。

想王魁，本也是，出身名门；
父母亡，家道落，炎凉尝尽。
赴科考，双落第，羞愧难忍；
到莱阳，欲投亲，又尝门羹。
风雪天，卖字画，饥寒逼我险丧生；
末途中，遇娘子，宛如春风唤醒濒死的身与心！
是你不嫌穷泊偏怜才，
是你以身相许我落难人。
两年来，你为我操尽百般心，
两年来，你为我受尽千般辛。
似这般恩深如海，义重如山，
叫王魁今生今世也还不清！

桂　英　王郎！
(唱)桂英有幸嫁郎君，
是前世姻缘今生定。
恩义二字莫再提，
只盼着，夫与妻，
恩恩爱爱不离不弃共一生。

王　魁　(唱)本待与妻白头相守莱阳郡，
怎奈是功名二字困书生。
此番再度上汴京——

桂　英　(唱)愿郎君，夺高魁，鳌头占定。
慰爹娘泉下有灵，
展抱负霖雨苍生。

王　魁　(唱)若是王魁真扬名，
定用凤冠霞帔谢夫人。
从此跳出风尘外，

改门庭，享荣华，富贵一生。

倘若是，再下第——

桂　英　（唱）你速速回程。

敫桂英，与王郎，同守清贫。

青春结伴烟波走，

学一个范大夫泛扁舟。

青春结伴四海行。

（取出玉扇坠）王郎！

（唱）先父遗物玉扇坠，

留君身畔伴君行。

碧玉坚韧如妻心，

见扇坠犹如见桂英。

王　魁　（唱）碧玉扇坠寄意深，

娘子深情记在心。

叹王魁无以来回赠——

（见香罗带）这是娘子为我而换的香罗带，待我就在香罗带上题诗一首——（挥笔题诗）

感受神女菩提水，比翼连枝恩似海。

他年蟾宫折桂时，誓将弱柳玉宇栽。

（唱）这墨香诗情权作君心慰妻心。

桂　英　王郎！

王　魁　娘子！

伴　唱　悠悠琴声，传寄心音，

曼曼舞姿，交映月影。

今夜良辰美景，

且记，且记！他年欲寻何处寻？

第二场　盟　誓

［伴唱：相见难，别也难，

执手相看情相挽。

［海神庙内，桂英与王魁执手相望。

桂　英　王郎，你还记得么？你我夫妻初次见面，就在这海神庙。

王　魁　是呀，真是天缘巧合。你我结成夫妻可说是海神爷做的媒。

桂　英　海神庙中，患难相逢；两年以来，朝夕相依。此刻就要分别，话有万千，不知又从哪里起……

王　魁　娘子——

王　魁　（唱）此一去，兰房寂寞要劳妻等，

桂　英　（唱）你旅途萧条也断魂！

王　魁　（唱）娘子啊，你眠食寒暖要小心，

桂　英　（唱）王郎啊，你专心赴考莫分心。

桂　英　王郎，此番中与不中，你都要早去早回！莫忘了，鸣珂巷中还有苦苦等待的妻呀！

王　魁　王魁此心可对天，娘子但请放心。

桂　英　王郎……（欲言又无言）

王　魁　娘子，不如就请海神爷替我们作证！

桂　英　作证？

王　魁　（跪下）小生王魁，自与桂英结为夫妇，誓不变节再娶。此去若得高中，定接桂英到京，同享荣华。若违此誓，永堕刀山！

桂　英　（急跪掩住王魁的口）王郎言重了！（望海神）我敫桂英，年方二

十，与王魁结为夫妇，生死祸福，永不变心。若违此誓，长沦苦海！

［王忠与小菊进庙催行。

王　忠　少爷、少夫人，时候不早啦，快上路吧！

桂　英　老管家。

王　忠　少夫人有何吩咐？

桂　英　一路之上，好好侍候少爷。

王　忠　老奴记下了。

王　魁　菊妹。

小　菊　姐夫一路保重。

王　魁　好好照看你家姐姐。

小　菊　姐夫放心。

桂　英　王郎……

王　忠　少爷时候不早了。

王　魁　娘子。

桂　英　王郎。

［王魁下，王忠随下。桂英木立呆望。

小　菊　姐姐，姐夫去远了，看不见了，我们回去吧！

桂　英　（唱）恨疏林遮住了王郎影，

这颗心随定他远水遥岑！

［切光。

第三场　说　媒

［鼓乐声渐起。新状元府，张灯结彩。

幕　后　状元公回府！

［王魁穿着状元服上，春风得意。

王　魁　（唱）赴过琼林宴，

打马御街前。

万人空巷争相看，

状元公风光无限。

这也是苍天从人愿，

不辜负寒窗十数年。

［王忠手捧一叠喜帖上。

王　忠　少爷！少爷——哦，要叫状元公！启禀状元公，求亲的人又来了！

王　魁　（有些得意有些烦恼）求亲？又来了？还是与我一样回复。

王　忠　状元家有糟糠之妻，亲事不便应允；各位大人好意，状元心领！

王　魁　正是。

王　忠　（跷起大拇指）少爷——不，状元公，真是好样的！大丈夫也！

（唱）状元公重情守诺好气概，

少夫人苦尽甘来天安排。

不枉她雪地救你回，

不枉她倾心将你爱，

不枉她为你换罗带，

不枉她忍讥嘲两载苦相陪。

快快接她京都来，

让她脱离苦海、扬眉吐气展风采！

王　魁　说得有理，待我好好安排。

［小吏上。

小　吏　启禀状元公，吏部侍郎张大人过府。

王　魁　吏部张大人，哦，速速有请。

小　吏　是。有请张大人。

［张行简上。王忠、小吏下。

王　魁　啊，简翁！

张行简　下官少来拜候，状元公请恕罪。

王　魁　学生怎敢劳张大人玉趾驾临。请坐。

张行简　恭喜状元公三喜临门！

王　魁　三喜？

张行简　状元公新科得中，乃一喜；朝中王侯大臣争相与状元公缔结秦晋之好，乃二喜；状元公不弃糟糠，一一回绝亲事，人品高洁，令老丞相都为之钦佩，意将女儿灵珠小姐许配状元公，乃三喜也！

王　魁　承蒙老丞相见爱，学生感激不尽。只是老丞相既知学生家有糟糠，何故还将灵珠小姐许配学生？

张行简　这是老丞相爱才心切，他访得状元公之妻并非名门千金，实在为状元公可惜呀。

王　魁　可朝中大臣的夫人出身寒微者不少，何止王魁一人？

张行简　可是堕落风尘的却无有啊！

王　魁　（一惊）啊？

张行简　堂堂新科状元，竟娶莱阳鸣珂巷烟花女子为妻。此事倘若被人知晓，状元公，你的脸面何存？老丞相实在是爱才如命，不忍状元公难堪，故而命下官前来提亲，还请状元公应允为好。

王　魁　啊呀！这便如何是好呀？

（唱）王魁高中方数日，

来龙去脉全查清。

丞相神通有奇能，

这亲事非同一般费思忖。

常有道，糟糠之妻不下堂，

忘恩负义留骂名！

简翁啊，承蒙相爷错见爱，

又蒙简翁过府来，

寒妻虽落鸣珂巷，

她原是书香门第贤德的好裙钗，

我与她患难相逢成匹配，

停妻再娶不应该。

张行简 （唱）状元公不要太书呆，

细听下官言开怀。

敫桂英本是章台柳，

怎比得侯门绣户女裙钗？

她朝秦暮楚性难改，

怎配你天子门生翰苑才？

此事若被万岁知道了，

将状元公贬下凤凰台。

那时节功不成名不就，

辜负你十年寒窗把辛苦挨。

怎比得丞相堂前作乘龙，

与灵珠小姐配和谐。

相府门前通四海，

青云路早为你安排，

似这样千载良机实难再，

状元公呀，你错过了机会要懊悔。

王　魁 （唱）他那里言语如剑利，

不由王魁把头低。

娘子啊，你偏偏是个烟花女，

叫王魁，思前想后、左右为难费迟疑。

张行简　状元公为何独自呻吟？

王　魁　学生实在是进退两难！

张行简　不难，不难！进则从此仕途亨通，青云直上；退么，也就退回莱阳，再过那卖字画、典钗环的穷苦日子。哦，说不定，你那桂英妻见你仕途无望，就另换门庭去了！

王　魁　不，不，不会的！

（唱）我与她，海神面前把誓盟，

祸福生死不变心。

过往神灵可作证，

背信弃义要遭报应！

张行简　（唱）人往高走水低流，

天经地义奔前程。

王　魁　这……（触摸到玉扇坠）不，不可啊！

（唱）不为神灵为情分，

桂英情义如海深。

停妻再娶伤她心，

怕只怕，休书变成催魂令。

张行简　她乃是青楼女子，怎会为断情小事而死？

（唱）劝状元莫再乱思想，

大丈夫当断则断休要误一生！

状元公，这门亲事你还是应允了吧！

王　魁　哦，我应允。

张行简　状元公即允婚事，请赐一信物，已做聘定。

王　魁　匆忙之中，学生无有信物。

张行简　这玉扇坠不就是最好的聘物吗？

王　魁　啊？这玉扇坠么……

张行简　（摘下，细看）丞相府金银财宝堆积如山，并不在乎状元公聘礼的轻重。这事就定下了！哈……状元公告辞！

王　魁　（唱）一声应允脱口讲，

恩爱夫妻付汪洋，

这真是船到江心马临崖上，

王魁只得狠心肠！

（提笔欲写休书）娘子——哎呀，既是休书，我怎好再称呼她娘子？还是叫一声桂英姐吧！

（唱）一封信寄与鸣珂巷，

交与敫氏女娘行。

非是王魁良心丧，

我也是百般无奈难言讲。

叹只叹，我功名前程不敢忘，

怜只怜，你烟花女难配状元郎！

押书银子二百两，

恕王魁不能转莱阳。

念她与我两年恩爱，待我题诗一道：

比翼连枝愿已乖，

休将薄幸怨王魁。

只因憔悴章台柳，

怎向琼楼玉宇栽？

王忠哪里？

［王忠上。

王　魁　这里有书信一封，押书银子二百两，速速送往莱阳，交与——鸣珂巷。

王　忠　敢是接少夫人进京？

王　魁　啊——正是！

王　忠　这就好了。老奴即刻起程，少爷还有什么话命老奴禀告少夫人？

王　魁　信里写得明白的了！

王　忠　（笑）哈哈哈，是老奴多问了。

［王忠下，小吏上。

小　吏　启禀状元公，莱阳家书到。

王　魁　啊——下书人何在？

小　吏　书信下在了客店之中，是店主东送来的，小人已打发他回去了。

王　魁　下去。

［小吏下。

王　魁　（看信）桂英拜寄王郎亲拆。（读信）还有小诗一首。

（念）上国笙歌锦绣乡，

才郎得意正疏狂。

谁知憔悴幽闺客，

日觉春衣带系长。

娘子好情深也！

（唱）桂英情深实可悯，

字字行行是泪痕。

帝都欢笑幽闺冷，

怎不叫人暗伤神？

王忠哪里？

［小吏上。

小　吏　下书去了。

王　魁　唤他回来。

小　吏　去远了。

王　魁　快快追他回来！

小　吏　快马如飞也追不上了！

王　魁　不好了！

（唱）桂英情爱似海深，

见信焉有活命存，

这真是驷马难追一言定——

小　吏　启禀状元公，宰相府差人前来接新姑爷过府。

王　魁　（唱）这明明是来勾桂英的魂。

小　吏　（内喊）请新姑爷上轿。

［切光。

第四场　阳　告

［海神庙。小菊引桂英穿斗篷戴风帽上。

桂　英　（唱）海神殿前来焚香，

望求神圣保佑我王郎。

一枝香——（跪下）

愿王郎，在京都，身体无恙，

朝攻书，晚习剑，快乐安康。

倘若是，有灾和难，向他来降，

敫桂英，我情愿，一身担当。

二枝香——

愿王郎，文章得意，扶摇直上，

占鳌头，攀桂枝，一举名扬。

那时节，夫妻俩双双京都往，

不羡那，银河上，织女牛郎。

三枝香——

倘若是，我王郎，不中皇榜，

快叫他收拾行李回莱阳。

夫妻俩，布衣粗服耕织酬唱，

学一个隐山林梁鸿孟光。

海神爷啊！（向神像观看）

海神爷好比明镜照，

照澈我桂英心一条。

判官低头对我笑，

小鬼他也喜眉梢。

莫不是我王郎喜讯到——

［彩屏引王忠上。彩屏叫上：四妹——

彩　屏　恭喜四妹，妹夫中了状元了！老管家报喜来了！

桂　英　（惊）真的？

王　忠　恭喜夫人，贺喜夫人，我家少爷中了状元，命老奴报喜来了。

桂　英　（唱）想不到敫桂英也有今朝！

王　忠　书信一封，押书银两二百两，请少夫人收下。

桂　英　银两菊妹收下，老管家，少爷身体可好？

王　忠　好！好！

桂　英　可是少爷亲自差你来的？

王　忠　（笑）正是，少爷亲自派我来的，命老奴迎接夫人即刻进京。

桂　英　（刚想拆信）老管家一路辛苦。

小　菊　姐姐快念信吧，我们都想听听姐夫的喜信。

桂　英　唉！忙什么？

彩　屏　状元公给状元妻的信，我们怎么好听呢？算啦，算啦，我们还是先回去告诉妈妈，早点儿给妹妹预备行李，好让她进京会“王郎”去。

桂　英　姐姐！

彩　屏　嗯，定要张灯结彩，敲锣打鼓，让大家都来看看我们鸣珂巷走出来的诰命夫人。

桂　英　姐姐，何必如此。

彩　萍　我就要叫那些曾经嘲笑你的势利人好好看一看，什么叫慧眼识英才！

［彩屏引王忠下。

小　菊　对，姐姐，我回家以后，也要问问妈妈不可。看她还要骂姐夫穷、姐姐贱么？

桂　英　菊妹，不要如此。你先回去，赶早准备行装，明日一早你我姐妹一同进京。

小　菊　多谢姐姐，姐姐您……

桂　英　为姐谢过海神即刻就回。

小　菊　好，你快回来，我等着你。

［小菊下。

桂　英　（踌躇后看信）王魁柬寄桂姐妆次。（蹙额）“自别姐入京，侥幸得中，蒙程老丞相招赘，即日成礼。既有新婚，难践旧约。特命王忠送白银二百两，以报贤姐两年恩爱。”

　　比翼连枝愿已乖，
　　休将薄幸怨王魁。
　　只因憔悴章台柳，
　　怎向琼楼玉宇栽？

桂　英　他又新婚了？难践旧约了？我是章台柳，不配栽琼楼，我是章台柳，不配栽琼楼——

［静场。

桂　英　(茫然望着远处,自语)王魁!你、你、你这个贼呀!天哪!

［桂英去帽,抛斗篷,显里边素色衫裙。

桂　英　(唱)风云易测人心难信,

寸寸相思化灰尘。

海神爷呀,对神灵不由我泪珠滚滚,

尊一声海神爷细听分明。

遭不幸我的父异乡丧命,

可怜我卖入烟花葬埋父身。

风雪天,救王魁,

我与他萍水相逢结成婚姻。

夫妻相爱两年整,

我伴他每夜里苦读到三更。

王魁上京把试应,

我也曾与王魁同在神前把誓盟。

实指望生死祸福与他同命,

谁知晓,知人知面不知心!

王魁他中了状元就忘了本,

他竟然停妻再娶又作新人!

二百两银子一封信呀,

害得我上天无路入地无门。

似这等负心贼神人共愤,

望神圣,主正义,施恻隐,

与我桂英把冤伸——

勾贼的魂灵与我折证,

与我折证,海神爷啊!

纵死黄泉也感谢神恩。

(白)海神爷呀,我的话你听见了没有?你念我桂英孤苦伶仃就替我作个主吧。(停)怎么我哭诉了半天,你一点也不理睬我?莫非求你的人太多了,你忘了那天我和王魁在此盟誓了么?(对判官)判官爷你与我查一查吧。查明了你向海神爷回禀一声,求海神爷快快办那王魁吧!(见判官不动)怎么你也不理睬我?那日我和王魁到此盟誓,不是你和小鬼作见证的吗?(向小鬼)小鬼哥,小鬼哥,你可记得吗?记得我在此和王魁盟誓么?(停)怎么,你也不理睬我?你们大家都不理睬我?啊,我明白了,如今王魁比不得以前了,他中了状元,是天子门生,又做了丞相的女婿。你们是怕他,不敢惹他!怕他,不敢惹他!哈……你们都看不起我,看不起我敫桂英,一无钱,二无势,是个烟花女子!可是我该受人家欺侮的吗?

(唱)判官拒绝作见证,

小鬼也不肯禀一声,

真乃是叫天天不应,

欺侮我敫桂英薄命之人。(再向海神)

海神爷呀!

人道你无私多刚正,

善与人间解冤情。

却为何今日无应灵,

任我哭诉你不作声?

海神爷呀,莫非你管海上不管人世,

岂不闻人世风波险十分。

与王魁在神前发下誓愿,

负心贼口血未干已背前盟。

（白）王魁呀王魁，我不想你！……我真的不想你！……我就是不想你！我回去？回去！回去吧……

［一声惊雷响，隐约中众人嘲笑声渐起，向桂英袭来。

幕后声 哈，状元夫人……真是痴人说梦……烟花女就是烟花女，乌鸦枉想做凤凰……哈……

桂　英 （痛苦不堪）海神爷呀，桂英已是无路可走了。你不敢拿王魁对折！我，我只有一条死路，死？对！就是我死了，也要勾那王魁，到你神前对证呀！（解带）

（唱）香罗带呀香罗带，

可惜你千丝万缕织成了一段离愁！

我前世与你甚冤仇，

今世要留在我咽喉左右！

［切光。

第五场　行　路

［判官、鬼卒上。

判　官 （念）海水滔滔波浪翻，

青山绿水灾眼前，

痴心女子负心汉，

活捉王魁报仇怨。

我乃海神庙判官是也，只因敫桂英被王魁休弃，自缢身死，海神准了她的诉状，命我勾拿王魁魂魄前来与她折证。敫桂英哪里？

桂　英 来也。（上）判官爷。

判　官　敫桂英。

桂　英　有！

判　官　海神爷准了你的诉状，带你去到汴京，捉拿王魁魂魄前来与你折证！

桂　英　当真？

判　官　有勾魂牌票。

桂　英　（唱）海神爷降下了勾魂的令，
不枉我桂英弃残生，
判官爷你与我把路引，
汴京城捉拿负心人。

判　官　走！

桂　英　（唱）飘荡荡离了莱阳卫，
又只见漓水北去，沂水南回。
过青州淄川，点缀着三两个都会，
猛抬头又望见泰山巍巍。
日观峰丈人峰如群仙排队，
多少个伤心人在那舍身岩下把命催。

判　官　走。

桂　英　（唱）过运河，越东平，

判　官　梁山泊！

桂　英　（唱）梁山泊在，
叹今日，哪里有宋公明、
武二郎，百八条好汉仗义扶危。
望北方又只见狂涛怒水，
原来是黄河东去咆哮如雷。
过考城，入兰封，山川壮美，

望左边陈留郡，

想起了东汉时干旱三载，

赵五娘剪发包土造公婆的坟堆，

耳边厢一声声催人肝腑——

判官爷，这是什么声音？

判　官　这是孤雁哀鸣。

桂　英　（唱）原来是孤雁儿嘹嘹呖呖叫声悲。

孤雁儿与桂英一般儿憔悴，

莫非也被抛弃，漂泊天涯，无枝可归？

判　官　敫桂英！前面就是汴京！

桂　英　（唱）听说是汴京城我心血如沸，

宰相家住着个负义的王魁！

他在那绣帏罗帐成双成对，

闪得我敫氏女孤孤单单凄凄切切千里魂飞！

啊呀贼呀，今夜晚管教你到神前服罪。

判　官　来此已是相府，敫桂英在此少待，待俺领鬼卒勾那王魁者。

桂　英　这！

（唱）判官爷休性急且待一回，

判　官　莫非你又生退转之意？

桂　英　（唱）非是我生退转心肠忒软。

都只为两年间夫唱妇随。

判官爷，许桂英前去试探，

他若还有人性在我情愿收回。

判　官　走！要是他连半点人性也没有呢？

桂　英　这个？

（唱）判官爷呀！倘若是负心人抗不服罪，

我定要将贼的命来追！

判　官　好，容你一探。

桂　英　谢判官爷！

［切光。

第六场　情　探

［月夜，书斋。王魁正踌躇满志地在抚琴自娱。

［侍女上。

侍　女　拜见姑爷。

王　魁　何事？

侍　女　小姐已备好酒菜，等候姑爷一同饮酒赏月！

王　魁　你回房禀小姐，说我批完公文立即回房！

侍　女　是。（下）

王　魁　（唱）说不尽水晶帘下脂香粉媚，

常学那风流张敞巧画蛾眉。

喜今宵浸楼台月明如水，（风吹梧桐叶落）

对梧桐思往事忽动余悲。

想我王魁，自入赘相府以来，仕途顺畅，春风得意；那灵珠小姐千娇百媚与我十分恩爱。华年似水，不觉又是深秋，回想在莱阳时节，与我那桂英妻……（忽觉失言，四顾无人，始安）在那桐阴月下浅斟低唱，畅叙心怀，于今都成往事了！

（唱）想当初，与娘子，心心相印，

夫妻们，在月下，谈论诗文，

星光灿，月华浓，梧桐弄影，

这前尘，如春梦，不可追寻。

那王忠从莱阳回来，言道敫桂英得到我的书信，就在海神庙自缢身死。啊呀，下官虽在金玉锦绣之中度日，总觉得神思恍惚。哎呀，桂英哪桂英，你的阴魂不要埋怨于我，我也是不得已呀！（初更鼓）

（唱）谯楼上，初更起，

月移花影上墙西，

自从休了敫氏女，

我精神恍惚为怎的？

这也是王魁不得已，

辜负了多情敫氏妻。

两年间她与我共晨夕，

三更灯火五更鸡。

谁知生离成死别，

百般的恩爱怎忍重提？

待请那名僧高道超度你——

是呀，待下官明日瞒着夫人，去请名僧高道，与那敫氏多念几卷经文也就是了。

（唱）叫她与素娥青女在那玉宇栖。

树林下是谁来了？（咳嗽）你是谁呀？哎呀，不是人是树影哪！

（唱）莫非我疑心生鬼魅，

不由我浑身起鸡皮。

咳，慢说鬼神之事，不可凭信，纵然有鬼，我王魁乃是男子汉，大丈夫，又是天子门生，丞相女婿，怕它作甚？

（唱）骂声王魁太泄气，

鬼魅怎敢把状元欺？

（远处传来桂英叫王郎的凄凉声，后又传来旧曲）

呀！此曲乃桂英在鸣珂巷所唱，为何今夜又闻此声？

（唱）声声旧曲如鹃啼，

又听不见了。

莫不是时衰被鬼迷。

［桂英上。

桂　英　（唱）身轻似纸风中来，

飘向门前扣玉钗。

王　魁　（惊）呀！

（唱）这时候是何人来到此地？

桂　英　王郎开门来！

王　魁　哦，定是我那夫人等我饮酒赏月，亲自接我来了。啊夫人，你何必亲自来请呀！（笑问）外面敲门的是谁呀？

桂　英　是我呀！

王　魁　（笑问）你是谁呀？

桂　英　我嘛……是我呀！

王　魁　是夫人么？

桂　英　正是！

王　魁　我说是夫人来了。

（唱）果然是贤夫人莲驾亲移。

［桂英敲门。

王　魁　来了，来了。这正是：闭户不知风月好，开门迎得环佩来，来了来了，夫人，请啊！

［王魁开门，桂英轻身而进。

王　魁　哎呀，今夜月色虽好，只是风大了一些，险些将灯都吹灭了。夫人，来唷！

桂　英　吹灭了也好，记得你我夫妻在莱阳的时节，不是时常吹灯赏月么？

王　魁　（掩灯，惊）哎呀，夫人休要说笑，你什么时候也到过莱阳？啊夫人！请啊，请呀！啊……（从灯下见桂英，惊叫）鬼！鬼！

桂　英　分明是人，怎说是鬼？

王　魁　你不是敫桂英么？

桂　英　正是。

王　魁　王忠回来言道，你得了我的书信，就在海神庙内自缢身死了啊！

桂　英　那是他传错了，我不曾死。

王　魁　你不曾死？

桂　英　不曾死。

王　魁　当真？

桂　英　当真，我不分明是你的桂英吗！

王　魁　（胆子大起来，仔细打量，不由惊喜）果然是桂英！（有一种解脱的感觉）桂英——（忽然又想起）千里迢迢你是怎样来的？

桂　英　千里迢迢，王郎，你来得，难道我就来不得吗？

王　魁　（警觉）你来做什么？

桂　英　一来闻说王郎高中，特来贺喜。

王　魁　事隔已久，还贺什么喜。

桂　英　这二么，我与王郎送药方来了。

王　魁　药方？什么药方？

桂　英　王郎。

（唱）你真是一登龙门便健忘，

可记得，深夜苦读在鸣珂巷，

天寒地冻结冰霜，

冻坏你郎君腿一双，

急得我，东请大夫西求医，

求得妙方煎膏汤，

治愈你郎君身健康，

保佑你，上京赴试名题金榜。

海神庙一别离莱阳，

为妻我日牵挂夜入梦乡，

唯恐你旧病再复发，

我是千里迢迢来送药方。

王　魁　（唱）一张药方勾旧情，

难得桂英情义深。

我与她，患难相知在风尘，

今日里怎能负她一片心？

（欲上前，见罗带）不！

怎奈她，原本是，青楼神女，

野花卉，怎能栽，玉盂金盆。

金阙内，玉阶前，一旦传扬，

岂不是，断送我，锦绣前程！

我的病从未再发，药方不用了。

桂　英　怎么，药方不用了？

王　魁　（想了一想）……桂英，你……你还是回去吧。并非我存心负你！这也是为势所迫，出于无奈！你我恩爱一场，如今已如黄粱一梦……你，你还是回去吧！

桂　英　王郎！记得我与你当日相爱，誓不再嫁，我常受鸨儿的打骂，姐妹们的讥笑。今日王郎高中，为妻反遭休弃！我若是回去，不要说鸨儿的嘴脸难看，就是那些姐妹们也会一个一个地奚落与我。想桂英自叹薄命沦落烟花，如今更是无家可归了！我千山万水历尽艰险而来，只求王郎看在往日夫妻恩情，留我做一房侍妾，收留我这个孤苦伶仃的女子吧！

王　魁　(被触动)呀——

(唱)桂英她，声声哀，珠泪双抛，

我心也酸，情也缠，愧歉难消。

当年若非桂英救，

王魁焉能有今朝？

昔日恩情今犹记，

怎忍她孤雁飘零失暖巢？

上前去，轻唤妻——

桂　英　啊，莫非王郎答应了吗？

王　魁　(唱)我意乱心慌。

桂　英　(作揖)多谢王郎。桂英至死也不忘你大恩大德啊！

王　魁　(闻言一惊)不，不可不可呀！

(唱)倘若被，夫人知，怎能轻饶？

凤凰山雀怎同巢？

留下她，毁了我，两相难保！

桂英呀，破镜重圆总留痕，

你何必苦苦相逼不相饶？

你若真心对我好，

莫叫我，左右为难受煎熬！

桂英，为你为我，你还是回去吧！我实在是无奈啊！

桂　英　你——(欲上前捉，一想，再作试探)王郎啊！

(唱)莫道桂英怀怨愤，

我痴情一点绕郎君。

纵然是我无福作妾媵，

望状元公能开一线恩。
收容我在府上作奴婢，
常伴郎君侍晨昏。
日间三餐我祇奉，
夜晚来，铺床叠被理衾枕。
王郎啊，为奴为婢我自甘愿，
免沦异乡受欺凌。
王郎啊，千不念，万不念，
还念我，孤苦伶仃少亲人！
若许我日日常把你容颜仰，
就好似幽谷草得浴阳光迎早春。

王　魁　（唱）她杜鹃啼血苦哀鸣，
我是船到江心难回程。
穿上的紫袍岂能变回蓝衫？
享着的荣华不能化成泡影！

桂　英　难道我做奴婢也无此福分？我桂英好苦呀！

［二更鼓。

王　魁　（唱）狠狠心，举利剑，斩断旧情，
决不能，再心软，留下祸根！
敫桂英我心意已决，你不必多言！我给你黄金五十两，你好自为之，自立门户去吧。

桂　英　（怒）哼！事到如今，你还要我敫桂英再落风尘吗？！（逼上去，又退，强忍）好，既然你我恩断义绝，把我的碧玉扇坠还给我！

王　魁　（为难）那玉扇坠么……

桂　英　怎么，也像丢弃桂英一样的丢弃了吗？

王　魁　我实话告诉你吧，那玉扇坠已作了我与夫人的信物了。

桂　英　（气极）你——你！

王　魁　你若真要我还，我与你另买一个也就是了。

桂　英　（哀伤欲绝）王魁！那玉扇坠是我爹爹的遗物，不想今天你，你……

王　魁　啊呀，敫桂英呀敫桂英！今生是我负了你，待我来生再还你！

桂　英　哦？

王　魁　你若不信，我可对天盟誓。

桂　英　盟誓？你还要盟誓？！王魁呀王魁，你已经害死了一个敫桂英，难道你还想再害死一个敫桂英吗？

王　魁　（莫名恐惧）害死？你……你是人还是鬼啊？

［起三更鼓。

桂　英　正是桂英鬼魂到此。王魁啊王魁，我试探了半天，实指望你还有半点人性，可免你一死，谁知你竟如此丧尽天良！

［桂英怒不可遏，露出鬼形。

王　魁　（大惊）啊？

［敫桂英追捉王魁。王魁持剑反扑。判官、小鬼上，拿下王魁。

［敫桂英闻言一怔，转而无声地哭泣……

伴　唱　舍身把情探，

探得几回肠断？

女儿心泣血含泪，

一生痴情为了谁？今生情难圆！

［幕落。

［剧终。

（1957年演出本）

越剧

红楼梦

编　剧

徐　进

作者小传

徐　进（1923—2010），男，浙江省慈溪人。曾任中国戏剧家协会理事，中国作家协会会员，上海市文联委员，国营华东越剧实验剧团、上海越剧院编导。

人物表

贾宝玉　林黛玉　薛宝钗　王熙凤　紫　鹃　贾　母　贾　政　王夫人

琪　官　袭　人　晴　雯　薛姨妈　傻丫头　长府官　焙　茗

第一场　黛玉进府

[残冬时节。贾母正房内室。丫鬟珍珠和紫鹃等着远道而来的贾母的外孙女林黛玉，她俩正张望着。

[内声：林姑娘来了！林姑娘来了！

[林黛玉由老婆子扶着，从一排玻璃窗后走过。只听周妈妈说："林姑娘走好。""林姑娘随我来。"后面跟着林黛玉从家里带来的一个小丫鬟雪雁。

(幕后合唱)乳燕离却旧时窠，

　　孤女投奔外祖母。

[林黛玉入室，老婆子为她脱去披风。室内时钟声鸣，她好奇地注视了一下。

林黛玉　(自语)外祖母家确与别家不同。

(幕后合唱)记住了不可多说一句话。

　　不可多走一步路。

[傻丫鬟扶着鬓发如银的贾母从内走出，绣鸾扶着王夫人随着出来。

贾　母　我的外孙女来了。在哪里啊？在哪里啊……(看到林黛玉，悲喜交集地哭唤)外孙女儿！

林黛玉　外祖母！

贾　母　外孙女儿，我的心肝宝贝啊……

[众人陪着拭泪。林黛玉扶贾母坐下，按礼拜见了贾母。

贾　母　(拉着林黛玉坐在自己身边)

(唱)可怜你年幼失亲娘，

孤苦伶仃实堪伤。

又无兄弟共姐妹，

似一枝寒梅独自放。

今日里接来娇花倚松栽，

从今后，在白头外婆怀里藏。

王夫人 是啊！

贾　母 （指着王夫人）这是你二舅姆，快去见过。

林黛玉 是！（跪拜）拜见二舅姆！

王夫人 （扶起）不消了，外甥女儿。快起来，来，这旁坐下。（细视外甥女儿）看你身体单薄，弱不胜衣，却是为何？

林黛玉 外甥女自小多病，从会吃饭起，便吃药到如今了。

［丫鬟们献上茶果。在严肃的气氛里，忽听外面有笑语声："啊呀！林姑娘来了吗？真的来了吗？老祖宗，我来迟了，我来迟了。"随着笑语声，进来了王熙凤。林黛玉忙起身迎接。

王熙凤 老祖宗，我来迟了。

（唱）昨日楼头喜鹊噪，

今朝庭前贵客到。

贾　母 （笑语）你不认得她。她是我们这里有名的一个"泼辣货"，南京人所谓"辣子"。你就叫她"凤辣子"就是了。

王夫人 （笑着告诉林黛玉）她就是你琏二嫂子。

林黛玉 见过二嫂子。

王熙凤 （忙上前携林黛玉手，仔细地上下打量）啊呀！好一个妹妹。

（唱）休怪我一双凤眼痴痴瞧，

似这般美丽的人儿天下少！

哪像个老祖宗膝前外孙女，

分明是玉天仙离了蓬莱岛。

妹妹，来坐下。妹妹，你如今来到这里呀！

休当作粉蝶儿寄居在花丛，

这家中就是你家中。

要吃要用把嘴唇动，

受委屈告诉我王熙凤。

林黛玉 多谢二嫂子费心。

王熙凤 坐下，坐下！你们赶早打扫屋子，让林姑娘带来的人歇息去吧！

老婆子 见过老太太、太太。

王夫人 起来。

周妈妈 妈妈、姑娘随我来。

［周妈妈领老婆子、雪雁下。

贾　母 （看了雪雁一眼）黛玉带来的这个小丫头太稚嫩了，把我身边的那个……（环视众丫头后，看到紫鹃）紫鹃丫鬟给了黛玉，好使唤。

王夫人 老太太想得周到。

紫　鹃 见过林姑娘。

贾　母 （稍停）怎么，宝玉去家庙还愿，这时候还不回来？也该让他和妹妹见个礼么。

王夫人 绣鸾，你去看看宝玉回来了没有。（向林黛玉）外甥女儿，我有句话要告诉你。我家里的三个姐妹倒都极好，以后可一处念书，时常学做针线，只是我有一件不放心，就是我那个宝玉……

［一个丫鬟内报："宝二爷回来了！"

［贾宝玉手里挥舞着一串佛珠，从玻璃窗后走过，上场。

贾宝玉 （向贾母请安）老祖宗安！（又向王夫人）太太安！

贾　母 （笑语）宝玉来，家里来了客人，还不快过来见你林妹妹。

王夫人 快去见过林妹妹。

［贾宝玉注视林黛玉。

贾宝玉　林妹妹。

［贾宝玉与林黛玉互相打量。

贾宝玉　（唱）天上掉下个林妹妹，

似一朵轻云刚出岫。

林黛玉　（唱）只道他腹内草莽人轻浮，

却原来骨格清奇非俗流。

贾宝玉　（唱）娴静犹似花照水，

行动好比风拂柳。

林黛玉　（唱）眉梢眼角藏秀气，

声音笑貌露温柔。

贾宝玉　（唱）眼前分明外来客，

心底却似旧时友。

（满脸含笑）这个妹妹，我好像曾看见过的。

贾　母　（笑）又胡说了，你何曾见过。

贾宝玉　虽没见过，看见面熟，心里倒像是认识的一般呢。

贾　母　好，好。（拉双方手）这样，以后在一起也就和睦了，坐下，坐下。

贾宝玉　妹妹，你读过书吗？

林黛玉　只上过一年学，认得几个字。

贾宝玉　（走到林黛玉身边）妹妹尊名？

林黛玉　名唤黛玉。

贾宝玉　表字呢？

林黛玉　无字。

贾宝玉　（笑）无字。好，我送妹妹一字，唤作"颦颦"甚妙！啊？

王熙凤　（插嘴）什么叫"颦颦"呀？

贾宝玉　《古今人物通考》上说，西方有石名黛，可作画眉之墨。妹妹眉尖若蹙，取这个字，岂不甚美！啊！

王熙凤　（笑）只怕又是杜撰的！

贾宝玉　除了《四书》《五经》，杜撰的也太多呢。

贾　母　你听听，多聪明啊。

贾宝玉　妹妹，你有玉没有？

林黛玉　我没有玉。你那块玉也是件稀罕之物，岂能人人都有？

贾宝玉　（摘下身上佩戴的那块玉，狠命地向地上摔去）什么稀罕东西，人的高下不识，还说灵不灵呢，我可不要这个！

［丫鬟们慌了，紫鹃急去拾玉，交给王熙凤。

王夫人　宝玉……

贾　母　（急得搂住了贾宝玉）孽障！你生气，要打骂人容易，何苦去摔你那命根子！

贾宝玉　家里姐姐妹妹都没有，只有我有，我说没趣。今天来了这个神仙似的妹妹她也没有，可见这不是个好东西！

王熙凤　宝兄弟，快戴上。

贾宝玉　我不要，不要！

［贾宝玉挥手拒绝。

王夫人　宝玉，当心你爹知道。

贾宝玉　（愣住）……

王夫人　快戴上。

王熙凤　（温柔地替宝玉戴上了玉）宝兄弟，老祖宗不是常说吗？这富贵家业就指望着你这个命根子呢！

第二场　读西厢

［某年春天三月中旬，大观园沁芳桥畔。远处楼阁峥嵘树木葱蔚，青溪泻玉，山石穿云，大观园全景在望。

［这一天早饭后，贾宝玉怀兜落花，走至沁芳桥上，把花瓣抖落在流水中，看着落花随水漂去。走下桥，欲再收拾残英时，忽然看见了彩蝶在花丛飞舞，于是他天真地蹑着足尖去捉蝴蝶。他扑了个空，立起来时，小厮焙茗悄悄上，抱住宝玉。

［焙茗大笑。

贾宝玉　你到这里来做什么？

焙　茗　二爷，你叫人家找得好苦呀！

贾宝玉　做什么？

焙　茗　你上次叫我弄的书，我给你拿来了。

贾宝玉　在哪里啊？（接过书来看）《西厢记》。

焙　茗　二爷，对不对呀？

贾宝玉　（高兴地）对，对。

焙　茗　二爷，你也该赏赏我了吧？

贾宝玉　（心已在书上，随口说）好，明天赏你一吊钱。

焙　茗　谁没见过一吊钱？二爷，把这象牙雕刻的，赏给我吧！

［焙茗不容分说，将贾宝玉身上佩物都解了去。

焙　茗　这个荷包也赏给我了吧。

贾宝玉　（夺住）哎，别的你都拿去，这荷包是林妹妹送给我的，谁也不准拿！

焙　茗　二爷……（又从贾宝玉身上拿了件饰件）

贾宝玉　拿去吧。

［焙茗拿着饰件高兴地下。

［贾宝玉看到神妙处，禁不住手舞足蹈起来。

贾宝玉　像这样的书，老爷却不许我读，今日我背地里偏要读它一个爽快呵——

（唱）读遍书斋经与史，

难得《西厢》绝妙词，

羡张生，琴心能使莺莺解，

慕莺莺，深情更比张生痴。

唉！叹宝玉身不由己圈在此，

但愿得今晚梦游普救寺。

［贾宝玉正看得出神，这时，只听背后有人说道：“你在这里做什么？”贾宝玉吓了一跳，急把书藏好。一回头，见是林黛玉。

林黛玉 哦，原来躲在这里用功。（故作讽嘲）这样一来呀，可要“蟾宫折桂”了呢！

贾宝玉 你取笑我做什么？你又不是不知道我最讨厌那些诳功名、混饭吃的八股文章，你还提这些呢！

林黛玉 不是那些书，那又是什么书呢？不要在我面前弄鬼了，趁早给我看看。

贾宝玉 好妹妹，给你看我是不怕的。我在这里看书，除了花鸟以外没有一人知道，好歹不要告诉人。

林黛玉 什么书啊？（兴奋地）

贾宝玉 真是好文章！你要是看了，连饭也不想吃呢。

［贾宝玉故意逗她，不给看，林黛玉生了气。贾宝玉连忙把书递过去。

林黛玉 （接过书，念）《西厢记》。

［于是林黛玉坐下来，从头看起，越看越爱。贾宝玉侧依在她身边共看，一会儿又立在她身后。林黛玉看得出神。

贾宝玉 （笑）你说好不好？

［林黛玉笑着点头。贾宝玉情不自禁地学作书中张生之态轻摇折扇，走向林黛玉。

贾宝玉 妹妹！

（唱）我是个多愁多病身，

你就是那倾国倾城的貌！

林黛玉 （面红耳赤，带怒含嗔地站起来指着贾宝玉）该死的——

（唱）胡说八道，

弄出这淫词艳曲来调笑，

混账的话儿欺侮人，

我可要到舅舅跟前将你告。

［林黛玉转身欲走，贾宝玉急了，忙上前拦住。

贾宝玉 好妹妹，

（唱）我无非偶记词儿顺口念，

好妹妹，你千万饶我这一遭，

我若有心欺侮你，

好，让我明朝跌在池子里，

让癞头鼋，把我吞吃掉。

林黛玉 （噗哧一笑）

（唱）那张生一封书敢于退贼寇，

那莺莺八行笺人约黄昏后，

那红娘三寸舌降伏老夫人，

那惠明五千兵馅做肉馒头。

我以为你也胆如斗，

呸，原来是个银样蜡枪头！

贾宝玉 （笑）你说说，你这个呢？我也告诉去。

林黛玉 （故意推他）你去呀，你去呀！

贾宝玉 好了，好了，我们不谈这个了。好妹妹，我们谈别的好吗？

［贾宝玉袖藏了《西厢记》，与林黛玉坐在石上。

贾宝玉 妹妹，我上回到你房里来，看见你又在做针线了。好妹妹，你替我做个香袋给我，好不好？

林黛玉 那可要看我高兴不高兴。

贾宝玉 你送我香袋，我也送你件好东西。（摸出一个鹡苓香串来）这是北静王送我的，是皇上赐下来的。

林黛玉 （站起来拿过香串轻蔑地掷在地上）什么臭男人拿过的，我可不要这东西！

贾宝玉 （只得拾起来收好了）你不要这东西，我可要你的香袋。要，我要香袋，香袋。

林黛玉 你要一个香袋那很容易，横竖今后有人会替你做了，人家比我又会做，又会写。又有什么金的玉的……

贾宝玉 你又来了！（忙上前凑近她，悄悄地说）我们两个一桌吃，一床睡，从小一起长大。她是才来，岂可为了她而疏远你的呢？

林黛玉 啐！我难道叫你疏远她？那我成了什么人呢？（双手按心）我为的是我的心。

贾宝玉 我也为的是我的心。难道就知道你的心，而不知道我的心不成？

［林黛玉低头不语，在山石上坐下，贾宝玉也跟着坐下。

林黛玉 天气分明冷了一些，你穿得这样单薄，回头冷了，怕又要伤风了。

贾宝玉 看你自己也穿得这样单薄。

［贾宝玉把《西厢记》递给林黛玉，两人又共读起来。

会琪官　幕　外

［城后一冷落庙宇的佛殿一角，庙虽旧，但仍可见其精致。壁上尚留有色彩斑驳剥落的仙佛壁画。

［宝玉和琪官都身穿披风，正在庙内偷偷话别。焙茗在门口守望。

贾宝玉　琪官！

琪　官　二爷！

贾宝玉　（沉默良久）——琪官，你真的不想唱戏了吗？

琪　官　嗯！

贾宝玉　你这样逃走，他们能放得过你吗？

琪　官　二爷我不怕，我再也不愿受人欺侮了。

（唱）做戏子，低贱犹如婢如奴，

台下泪比台上多。

此去避居东郊地，

从此离开亲王府。

贾宝玉　（唱）怎奈是肺腑之交难分手，

琪　官　（唱）但愿得鱼雁往来多传书。

［焙茗走近宝玉，示意该回去了。

［宝玉与琪官都会意不可久留。

琪　官　（取下身上所系大红茜香罗汗巾递与宝玉）二爷，这是琪官随身之物请留作纪念。

［宝玉接过茜香罗，忙取下自己所系嫩黄汗巾回赠琪官，琪官收下。

［琪官跪拜告别，宝玉扶起。

（幕后伴唱）相见时难，别也难。

贾宝玉　你好自珍重！

（幕后伴唱）一声珍重，湿罗衫。

［琪官恋恋不舍后毅然而下。宝玉远望不胜依依。焙茗走近，宝玉似若慰之。

第三场　“不肖”种种

［怡红院。时届夏。贾宝玉正被逼读八股文。晴雯出，见他摇头晃脑之状，不禁掩口而笑。

贾宝玉　(念)“事君以忠，事父以孝。圣人云：忠孝人之本也，事君不可以不忠，事父不可以不孝也。三纲五常乃人立身之大经，为人臣子，不可以不知，是以忠臣出于孝子之门也。”

［晴雯忍不住笑出声来。

贾宝玉　人家在苦恼，你还笑呢！(弃书)唉！

(唱)每日里送往迎来把客陪，
焚香叩头祭祖先，
垂手恭敬听教诲，
味同嚼蜡读圣贤。
这饵名钓禄的臭文章，
读得我头昏目眩实可厌！

晴　雯　孙悟空套上了紧箍咒，没法子，再读一会吧。我替你打扇子。

［晴雯为贾宝玉打扇。

贾宝玉　咳！八股八股，把人害苦呵！(心不在焉地读了两行，看晴雯)呀，晴雯看你的眉毛，是谁替你画成这个样子？

晴　雯　我自己画的。

贾宝玉　画得一点不美，我来替你改画一下。

晴　雯　小祖宗，读书要紧呢！

贾宝玉　让我解解闷吧！

晴　雯　好，就让你画。（取画眉笔等物，让贾宝玉替她画眉，正欲画时）二爷，你画便画，可千万不要把我的眉毛画得和林姑娘一样。

贾宝玉　这是为什么？

晴　雯　太太不喜欢。

贾宝玉　哦……奇怪！难道眉眼生得好看一点，也就会得罪人了么？我偏要画得像林妹妹一样。

［袭人捧着个果盒上，见状，直摇头。宝玉画毕，晴雯收拾了画眉具下。

袭　人　（向贾宝玉）二爷，读书要紧，看天时热了，来，脱下一件衣服吧。（替贾宝玉换衣，忽发现他身上一条鲜艳的汗巾）咦，这条汗巾是哪里来的？我怎么从来没有见过？说啊，二爷，是哪里来的？

［贾宝玉急掩藏汗巾，晴雯复上。

贾宝玉　这条汗巾吧，是个朋友送我的。

袭　人　是什么朋友？竟送你这样的东西？

贾宝玉　哎呀，你就少管一些好不好？

袭　人　（摇头叹息）咳！不知你又结交上什么三教九流的人物了。（收拾换下的衣物入内）

晴　雯　（走向贾宝玉）好鲜艳的一条汗巾！不知我家二爷又在做什么瞒着人的事了。若有些风风雨雨，被上头知道了，又免不得把红萝卜算在蜡烛账上，叫我们做奴婢的晦气！

贾宝玉　你怕什么，我干得全是正经事，又没去为非作歹。

晴　雯　那这条汗巾从哪里来的？

贾宝玉　不瞒你说，忠顺亲王府里有个唱戏的戏子名叫琪官。这条汗巾，是他送我留作纪念的。

晴　雯　唱戏的戏子？

［袭人由内出，听到贾宝玉和晴雯的谈话，不觉大惊。

袭　人　哎呀！二爷竟和戏子结交朋友，那还得了！二爷呀……

（唱）平日里，你不分上下贵贱，

与下人，共奴婢平起平坐。

今日里，又与戏子结朋友，

岂不防品行名声被玷污！

若被老爷来知晓，

家法如何饶得过？

晴　雯　（听不入耳，挺身而出）唷，与戏子交个朋友，这难道就犯了什么罪了么？

［窗外出现了薛宝钗。

晴　雯　（唱）皇帝也有草鞋亲，

与戏子往来有什么错？

［薛宝钗上。贾宝玉与晴雯回头发现薛宝钗怔怔地听着，不觉一呆。

薛宝钗　宝兄弟。

袭　人　是宝姑娘来了，宝姑娘请坐。

薛宝钗　怎么不欢迎客人么？那我不该来。

贾宝玉　宝姐姐，来，宝姐姐请坐。

薛宝钗　你们刚才讲得这样热闹，在谈些什么？

袭　人　宝姑娘，你看，他竟和戏子结交了朋友。

薛宝钗　戏子？

袭　人　那还得了么！

薛宝钗　是啊，宝兄弟要是真和戏子结交，那倒是叫人担心呢……

贾宝玉　宝姐姐，不要听这些。

［焙茗上。

焙　茗　二爷，老爷吩咐我来传话。说贾雨村老爷明日一早要来拜访。老爷要二爷准备准备，明朝好会客。

贾宝玉 又是会客。

焙　茗 （无可奈何地）这是老爷吩咐的嘛。（下）

贾宝玉 宝姐姐你替我想想，老爷每逢接待宾客，总要我也陪着。你说这为的是什么？

薛宝钗 （摇着扇子，笑着）自然你能迎宾接客，所以才叫你呢。

贾宝玉 我不过是个俗中又俗的俗人罢了，我真不愿与这些"禄蠹"们来往。

袭　人 宝姑娘，你听听，他就是这个改不了。世间上哪有个不愿和做官的人往来、却愿和戏子结交朋友的道理！

薛宝钗 是啊，这倒是要改一改才好，宝兄弟。

（唱）常言道"主雅客来勤"，

谁不想高朋能盈门？

如今你尚未入仕林，

也该去会做官的人，

谈讲些仕途经济好学问，

学会些处世做人真本领，

理应该百尺竿头求上进，

怎能够不务正业薄功名？

贾宝玉 （大为逆耳，把对薛宝钗的美感都消失了）宝姐姐，老太太要玩骨牌，正没人。你去玩骨牌去吧。

薛宝钗 （羞红了脸，笑）我难道是专陪人家玩骨牌的么？

袭　人 （忙劝解）宝姑娘，不要理他这些，人家劝他上进，他总是骂人家什么"禄蠹"，你想怎么怨得老爷不生气呢。

薛宝钗 （只好笑了笑）时候不早了，我该走了。

袭　人 宝姑娘再坐一会吧。

薛宝钗　不用了，我走了。宝兄弟，我走了——

袭　人　宝姑娘走好，宝姑娘走好，宝姑娘走好。

［袭人使手势要贾宝玉送薛宝钗，贾宝玉不理。袭人送走薛宝钗后，又回来。林黛玉上，闻声止步不前。

袭　人　宝姑娘真是心地宽大，有涵养，幸而是宝姑娘，要是换了林姑娘，又不知会怎么样呢！提起这些来，宝姑娘真叫人敬重，可是你倒和人家生分了。

贾宝玉　林姑娘从来没说过这些混账的话。

袭　人　这难道是混账话吗？

贾宝玉　真想不到琼楼闺阁之中，也会染上了这种风气！（拂袖而入）

［袭人取书：二爷、二爷！随下。

［林黛玉听了这话，不觉又惊又喜，又悲又叹。

（幕后独唱）万两黄金容易得，

人间知己最难求，

背地闻说知心话，

但愿知心到白头。

第四场　笞宝玉

［荣国府厅上。贾政正在训宝玉。

贾　政　好端端的，你垂头丧气做什么？方才贾雨村来了，要见你，等你半天才出来。及出来了，又无慷慨潇洒的谈吐，显得委委琐琐的，哼！

（唱）陪贵客你做委琐状，

陪丫头你倒脸生光。
自古道世事洞明皆学问，
人情练达即文章。
可叹你，人情世故俱不学，
仕途经济撇一旁。
只怕是庸才难以成栋梁，
与家与国皆无望！

近日来是谁跟着你上学？

焙　茗　（忙上前请安）是小的焙茗。

贾　政　他到底读了些什么书？一定是读些流言混话在肚子里，学了些精致的淘气！嘿，等我空了，先剥了你的皮，再和这不上进的算账！

焙　茗　（吓得忙跪地）是！

贾　政　还在这里做什么！还不下去读书。

［贾宝玉如逢大赦，和焙茗急奔下。

［仆人上。

仆　人　禀老爷，忠顺亲王府里有人来见老爷！

［忠顺亲王府长府官上。

仆　人　是！有请！

贾　政　不知大人驾到，有失远迎，望请恕罪！

长府官　岂敢，岂敢！

贾　政　大人请！

长府官　请！

［贾政与长府官彼此见礼，仆人献上茶。

贾　政　大人请坐！

长府官　请坐！我们府上有一戏子名叫琪官，乃是我王爷心爱的，如今三五日不见回去，四处寻找无着。听城内众人传说琪官与令郎宝玉相交甚厚，听说逃出府去，也是令郎的主意。故此求老先生转致令郎，请将琪官放回，一则可慰王爷奉恳之意，那二来么也免下官求觅之苦。（作揖）

贾　政　（又惊又气）请大人稍待。来人！唤宝玉。

［仆人上。

贾　政　唤宝玉来！

［仆人下，贾宝玉上，与长府官对视了一下。

贾宝玉　老爷。

贾　政　你这该死的奴才！

（唱）在家里，你行为乖僻背训教，

在外边，无法无天又招摇，

那琪官是王爷驾前承奉人，

你胆敢引逗他出府逃！

贾宝玉　什么琪官，我实在不知此事，恐是讹传，亦未见得。

长府官　（冷笑）讹传？

（唱）现有真凭实据在，

他赠你汗巾还系你腰。

贾　政　你讲！你讲！

贾宝玉　（唱）那琪官，厌倦台上鬻歌舞，

厌倦台下卖欢笑。

再不愿厕身优伶，

愿做个闲乐渔樵。

长府官　如此说来，他人在哪里呢？

贾宝玉　我却不知。

长府官　他避居东郊，可有此事？

贾宝玉　大人既知底细，又何必问我！

长府官　好，我且去找一回，找着了便罢，若没有还来请教。告辞了。（下）

贾　政　（回头向贾宝玉）不许走开，回来有话问你！（送长府官出）请大人慢走。

贾宝玉　琪官啊琪官。

（唱）可叹你纵有行者神通广，

　　难逃如来五指掌。

［贾政回来。

贾　政　站住，（脸色铁青，逼视贾宝玉，掴了他一个巴掌）来人！

［进来几个仆人。贾环溜下。

贾　政　（手指贾宝玉对仆人大声地）把宝玉绑了！取绳子来，取大板来，把门都关上，若是有人传信到里面去立刻打死！

［贾宝玉焦急四顾，求救无人。仆人等照命令执行，捆绑了贾宝玉。

贾　政　（泪流满面）天啊！天哪！想我贾府诗礼簪缨之族、富贵功名之家，竟出了你这个不忠不孝的逆子！

（唱）你不能光灿灿胸悬金印，

　　你不能威赫赫爵禄高登。

　　却和那丫头戏子结朋友，

　　做出了玷辱门楣丑事情。

　　不如今日绝狗命，

　　免将来弑父又弑君，

　　今日打死忤逆子，（宝玉：老爷）

　　明日我，情愿剃度入空门。

　　快与我活活打死休留情！

［仆人们笞宝玉，一阵阵笞挞声，呼叫声。

贾宝玉　老爷！老爷！

贾　政　（直挺挺地坐在椅上）

（接唱）免将来辱没祖宗留祸根。

打！打！打！与我打！

［贾政嫌仆人们打轻了，一脚踢开掌板子的，自己夺过板子来打，打了几下，被扶着绣鸾丫头急奔而入的王夫人夺住了。

王夫人　宝玉！宝玉！（哭着）老爷，宝玉虽然该打，你自己也要保重，打死宝玉事小，倘若把老太太气坏了，岂非事大了？

贾　政　（冷笑）夫人休提此言，我养了孽子，我已不孝，趁今日结果了他，以绝后患。

王夫人　（挽住贾宝玉）老爷也该看在夫妻分上，我年已半百只有这个孽障。宝玉，我们娘儿俩不如一同死了，我那苦命的儿啊！

贾　政　（长叹一声）都是你，把他宠成这样。我今天非勒死他不可。拿绳子来，拿绳子来。

王夫人　老爷，你要把他勒死，你就把我勒死了，把我勒死了！

群众声　老太太到。

［外面一片声地“老太太到”，话未一完，只听外面贾母颤巍巍的声音。

贾　母　（内声）你先打死我，你先打死我……

［只见贾母被珠丫头扶着，摇头喘气地进来，后面跟着王熙凤。

贾　母　宝玉！

王熙凤　宝兄弟！

贾　政　（躬身赔笑）老太太有什么吩咐，何必自己走来，唤儿子进去吩咐便就是了。

贾　母　（厉声）你原来和我讲话……我倒有话吩咐，只是我一生没养个好儿子，却叫我同谁说去！

贾　政　（忙跪下）老太太，做儿子的如此管教他，也为的是荣宗耀祖。老太太说这话叫我做儿子的如何当得起？

贾　母　呸！我只讲一句话，你就经受不起，你那样的板子，难道宝玉就禁得起了？（看贾宝玉）

贾宝玉　（抱住贾母双膝）老祖宗……

贾　母　宝玉！（老泪纵横）我这不争气的孙子呵！（紧紧抱住）

第五场　闭门羹

［傍晚。怡红院内外。

［贾宝玉的伤才愈，这一天晚饭后，在榻上睡着了。袭人坐在榻边，手中做着针线。旁边放着一柄绳拂，偶尔拿起拂子替他拂赶飞虫。这时，薛宝钗上。

薛宝钗　（唱）饭后闲步到怡红院，

　　嘘寒问暖把宝玉探。

［薛宝钗叩门上铜环。

晴　雯　谁呀？

薛宝钗　是我呀！

［晴雯开门。

晴　雯　是宝姑娘。

薛宝钗　宝二爷在吗？

晴　雯　宝二爷他已经睡着了呀。

袭　人　（猛抬头，见是薛宝钗，忙放下针线，起身笑迎入屋）是宝姑娘来了，宝姑娘请进！

[晴雯嘟着嘴下。

薛宝钗　你在做什么？（说着，一面看她做的针线）哎呀！好漂亮的针线生活，这是给谁的？

（袭人向榻上努嘴，表示给宝玉做的）

薛宝钗　（笑）他这么大了，还要戴这肚儿么？

袭　人　他的伤刚好，夜里睡觉翻来覆去的，哄他戴上这个肚儿夜里落了被，也不会冻着他。

薛宝钗　真亏你想得周到。

袭　人　唉！

薛宝钗　（笑）好端端的怎么叹气了？

袭　人　宝姑娘，你哪里知道。

（唱）老爷是毒打二爷家规严，
看的是望子成龙把名显。
谁知他好了疮疤忘了痛，
未见本性改半点。
我叹的是燕子做巢空劳碌，
枉有这知寒送暖心一片。

薛宝钗　你又何必这灰心呢？

（唱）你是知心识意将他待，
忠肝义胆人共见，
非我当面夸你好，
也常听太太说你贤。
常言道，急水尚有回头浪，
宝兄弟，总有一日性情变。
青云有路他终须到，
飞黄腾达待来年。

袭　人　宝姑娘，你想得周到。（略）宝姑娘来了半天，我连茶都没有倒一杯，你坐一会，我去倒茶来。（下）

薛宝钗　不用了……（坐下做起针线活来）

贾宝玉　（翻腾了一下在梦里……）什么活！和尚道士的话如何信得？什么金玉良缘，我偏要说木石姻缘！

［薛宝钗放下针线活愣住了，欲走。

贾宝玉　（醒来）宝姐姐是你啊。（忙起身）

薛宝钗　宝兄弟，身体可大愈了？

贾宝玉　多谢你牵记着，我已经全好了。宝姐姐想必是来了许多时候。

薛宝钗　（笑）坐了一会儿就听见你在梦中骂人，想不到我是专门来听你骂人的。

贾宝玉　（笑）是真的吗？我自己一点都不知道呢。

薛宝钗　好了，梦中之言不足信，就不谈它吧。我来是望望你，二来听说你近来做了几首新诗，倒想来拜读一番呢？

贾宝玉　我的诗啊任凭做得怎么好，总比不得你和林妹妹，（拉着薛宝钗的手）我正好请你评论一下呢。

［袭人倒茶出来，听到他们讲话。

袭　人　宝姑娘，那么请到里面来吧。

贾宝玉　宝姐姐请呀。

［宝玉、宝钗、袭人同下。晴雯由内出，林黛玉由院外上。

晴　雯　（发泄）什么宝姑娘、贝姑娘的，有事没事跑了来坐着，叫我们半夜三更地不得好睡。

林黛玉　（唱）宝玉被笞身负伤，
　　荣国府多是无情棒，
　　他是皮肉伤愈心未愈，
　　我是三朝两夕勤探望。（叩院门铜环）

晴　雯　(听到敲门声)谁呀？都睡着了，有事明天再来吧！

林黛玉　是我呀！还不开门？

晴　雯　(听不出是谁，使性子)凭你是谁，二爷吩咐的，一概不许放进人来。(转身入内)

[林黛玉又气又惊欲高声喊，急听内室传来薛宝钗呼唤："宝兄弟""宝姐姐"声，以及宝玉与宝钗笑声又缩了回来。

(幕后伴唱)一声呼叱半身凉，

独立花径心凄惶。

林黛玉　(唱)我寄人篱下气难扬，

(幕后伴唱)低头忍吃闭门羹。

第六场　游园　葬花　试玉

[数天后的一个早晨，大观园沁芳桥畔。只听王熙凤的声音"老祖宗走好"。王熙凤和薛宝钗扶着贾母旁边陪着薛姨妈和王夫人，后面跟着许多仆妇、丫鬟，同上。

薛宝钗　(唱)四月天气雨乍晴，

陪着老太太来游春。

薛姨妈　(唱)人说四月春将去，

我看是正当美景和良辰。

薛宝钗　老太太你累了，到那边坐一会儿吧。

贾　母　好呀，

(唱)老年虽有惜春意，

怎奈是白发已非赏花人。

薛宝钗　（唱）说什么白发已非赏花人，
　　依我看老太太越活越年轻，

王熙凤　（唱）长生不老活下去，
　　赛过南极老寿星。

贾　母　（笑）凤丫头，就凭你这张巧嘴！

薛宝钗　（笑）这几年，我留心看起来，二嫂子凭她怎样巧，总巧不过老太太。

贾　母　我的儿，我如今老了，还巧什么？当年我像凤丫头这般年纪，倒是比她还强呢。

王夫人　是啊，是这样的。

贾　母　姨太太，不是我当着姨太太的面奉承，千真万真，从我们家中四个女孩儿算起，要说巧，要说好，可都不及宝丫头。

王夫人　对，对，老太太说得真对。

薛姨妈　（笑）这话是说偏了。

王熙凤　这倒是真的，我听老太太常在背后也说宝姑娘好。

贾　母　凤丫头，等会你去准备一些好吃的东西，娘儿们今天索性就乐一乐。（向薛姨妈）姨太太，想吃什么，都只管告诉我，我有本事叫凤丫头办了来吃。

薛姨妈　老太太总是给她出难题，时常叫她弄了好吃的东西来孝敬我们。

王熙凤　姨妈休说了，我们老祖宗只是嫌人肉酸，要是不嫌人肉酸早就把我也吃了呢！老祖宗快来呀！

［众人大笑，边笑边走，同下。

（幕后合唱）看不尽满眼春色富贵花，
　　说不完满嘴献媚奉承话。

（幕后独唱）谁知园中另有人，
　　偷洒珠泪葬落花。

［独唱结束音乐拖尾……

［远处传来清幽的笛声。在笛声里，林黛玉肩挂花锄，锄上担着纱囊，缓步行来。

林黛玉 （唱）绕绿堤，拂柳丝，穿过花径，

听何处，哀怨笛，风送声声。

人说道，大观园，四季如春，

我眼中，却只是，一座愁城。

风过处，落红成阵，

牡丹谢，芍药怕，海棠惊。

杨柳带愁，桃花含恨，

这花朵儿与人一般受逼凌。

我一寸芳心谁共鸣，

七条琴弦谁共鸣。

我只为惜惺惺怜同病，

不教你陷落污渠遭蹂躏，

（幕后伴唱）且收拾起，桃李魂，

自筑香坟，葬落英。

［葬落花，吟出了《葬花词》。

花落花飞飞满天，

红消香断有谁怜？

一年三百六十天，

风刀霜剑严相逼，

明媚鲜妍能几时？

一朝漂泊难寻觅，

［贾宝玉正走这里，看到林黛玉在葬花，听到《葬花词》不觉站立在山坡上听呆了。

林黛玉 (唱)侬今葬花人笑痴，

他年葬侬知是谁？

一朝春尽红颜老，

花落人亡两不知。

[贾宝玉不觉恸倒在山坡上，把怀里兜着的落花撒了一地。他哭起来了。

林黛玉 人说我痴，难道还有一个痴的不成？（回头见是贾宝玉，叹了一声，躲开他走去）

贾宝玉 妹妹慢走。

[林黛玉站住了。

贾宝玉 我知道你不理我，见了我就躲开。我只和你说一句话，从今后就撂开手。

林黛玉 你说吧！

贾宝玉 说两句，你听不听呢？

[林黛玉回头就走。

贾宝玉 （长叹）唉！既有今日，何必当初！

林黛玉 （回过身来）当初怎么样？今日又怎么样？

贾宝玉 嗳！

(唱)想当初，妹妹从江南初来到，

宝玉是终日相伴共欢笑，

我把那心上的话儿对你讲，

心爱的东西凭你挑，

还怕那丫鬟服侍不周到，

我亲自桩桩件件来照料。

你若烦恼我担忧，

你若开颜我先笑，

我和你同桌吃饭同床睡，
像一母所生的亲同胞。
实指望亲亲热热直到底，
总见得我俩情谊比人好。
谁知道妹妹人大心也大，
如今是斜着眼睛把我瞧，
三朝四夕不理我，
使宝玉失魂落魄担烦恼。
我有错你打也是骂也好，
为什么远而避之将我抛？
你有愁，诉也是说也好，
为什么背人独自常悲号？
你叫我不明不白鼓里蒙，
我就是为你死了
也是个屈死的鬼魂冤难告！

［林黛玉又感激，又难受，淌下泪来。

贾宝玉　怎么你在哭了？

林黛玉　我何曾哭来？

贾宝玉　你看，珠泪还滚着呢！（禁不住抬手为林黛玉拭泪）

林黛玉　（退了几步）你要死了，动手动脚的。

贾宝玉　（笑）说话忘了情，不觉动了手，也就顾不得死活。

林黛玉　你既这么说，我来问你，那天我到怡红院去，你为什么不叫丫头开门呢？

贾宝玉　此话从哪里说起？怪不得你不理我。好，我若敢这样对待妹妹叫我立刻就死好了。

林黛玉　啐！那一天呀！

(唱)我不顾苍苔滑天色昏，

来访你秉烛共谈心，

谁知道受了你丫头言欺凌，

尝了你怡红院里闭门羹。

撇下我满目凄凉对院门，

遍体生寒立花径。

那一日你蒙着耳朵不理人，

今日何必指着鼻子把誓盟？

贾宝玉 好妹妹，我实在不知道你来过，那天只有宝姐姐来坐过一回。定是丫头们干出来的好事，等我回去问出是谁，定要教训教训她们。

林黛玉 是要教训教训才好，得罪了我倒是小事，要是以后宝姑娘来，什么贝姑娘来了，也把她们得罪了，事情可大了。

贾宝玉 （赶上前）你还说这些话，到底是气我还是咒我呢？

林黛玉 （自悔不该这样说）这有什么要紧，筋都暴起来了，还急得一脸汗呢！（边说边近前替他拭汗）

贾宝玉 （瞅了她半天，握住她的手，说出一句话）好妹妹，你放心。

林黛玉 （愣了半晌，离开身子）我又有什么不放心？我真不明白你的意思，你倒说说看，什么放心不放心？

贾宝玉 （叹了口气）你果然不明白这话么？难道我平日在你身上用的心都用错了？若连你的意思都体贴不着，那就难怪你天天为我生气了。

林黛玉 我真不明白。

贾宝玉 好妹妹，你不要骗我。你若真不明白这话，不但我平日白费了心，我的心都辜负了。你总是因为不放心的缘故，才多了心，才弄了一身的病。好妹妹，若能宽慰些，你的病就好了。

［林黛玉听了这活，如轰雷掣电一般，细思之，比自己肺腑里掏出

来的还恳切,一时有千言万语要说,却半字也吐不出来,只是瞅着他。

[贾宝玉也怔怔地看着林黛玉。

[林黛玉回身走去。

贾宝玉 (拉住她)妹妹慢走,你再让我说一句话再走好不好?

林黛玉 (非常恳切地)还有什么可说的?你的话,我都明白了。

贾宝玉 都明白了?好妹妹,我这个心从来也不敢说,今天我大胆地说出来,我就是死了也情愿的。我为你也弄了一身的病,又不敢告诉人只好挨着!

[林黛玉轻轻地推开他的手走去,贾宝玉出神地咀嚼着林黛玉的话。袭人走来,怕贾宝玉热,便走近贾宝玉。

贾宝玉 (出了神,未察觉是谁,只以为是林黛玉)只怕等你的病好了,我的病才会好呢。我睡里梦里也忘不了你,好妹妹!

紫　鹃 二爷!

贾宝玉 紫鹃,林妹妹呢?

紫　鹃 她走了。

贾宝玉 走了,到哪里去了?

紫　鹃 她回苏州自己家里去了。

袭　人 宝二爷,宝二爷。啊呀!宝二爷不好了。

老祖宗 袭人你是怎样侍候的,把宝玉弄成这个样子。

袭　人 不知紫鹃说了些什么话,二爷他眼也直了,手脚也冷了,话也不会说了。

老祖宗 紫鹃你与他说了些什么?

紫　鹃 我并没与他说什么,只是和他说了句玩笑。宝二爷你可不能当真呀!

贾宝玉 紫鹃,你不能走你不能走,要去连我也带了去。

老祖宗 这是怎么一回事?

周妈妈 老太太,林家派人来看宝二爷了。

老祖宗 你叫林家的人,到客堂坐一会。

贾宝玉 不得了！不得了！林家的人来接林妹妹了。快打出去！打出去！

王熙凤 打出去！打出去！

老祖宗 宝玉,这不是林家的人。

贾宝玉 (唱)除了林妹妹,

凭是谁不许她姓林。

老祖宗 对呀,以后你们不准提到林字,不要叫姓林的进来。

王熙凤 都听见了吧！不许姓林的进来。

贾宝玉 看,那边有只船来接林妹妹了。

贾宝玉 (唱)啊呀！船在那边等。

老太太 来人,快把船摇走,摇走。

贾宝玉 紫娟。

贾宝玉 (唱)林妹妹,

她从今以后去不成。

[贾宝玉拉着紫鹃的手,心地安慰了许多。

[老祖宗与王夫人两人相互对视着,心情茫然。

第七场　王熙凤献策

[某年的一个秋天黄昏,贾母房中,贾母捧着茶盅似在思考什么。王夫人坐在下首,傻丫头随侍在侧。

贾　母 近来宝玉病得奇怪,那黛玉又忽然病忽然好的,以前小孩子们在一起的时候也不怕什么，如今……你看怎么样？

王熙凤　老太太，依我看“男大当婚，女大当嫁”，不如趁早给宝玉成了亲，也免得闯出什么祸来。说不定冲一冲喜病也就好了呢？

王夫人　老太太，我的心里也是这样想；只是那林姑娘啊——

（唱）虽是有貌又有才，
只恐怕多愁多病福分浅。
宝丫头德容皆备有福相，
品格端方十分贤。

［袭人上。

王熙凤　可不是么！

（唱）更有金锁配宝玉，
是一对天生的并蒂莲，
能使家和万事兴，
助得宝玉富贵全。

贾　母　既然你们都说宝丫头好，我的主意也就定了。

［傻丫头在一旁傻笑，被王熙凤阻止。

王熙凤　你们都听到了？可不准传出去，要是走漏了一个字，当心打断你们的两条腿。

傻丫头　是！

王夫人　老太太，你看？

贾　母　（半晌，长叹一声）唉！宝玉若真像袭人方才说的那样，万一生出什么祸来，这倒教人难了！

王熙凤　（胸有成竹地）难倒不难，我倒有个主意。（示意傻丫头退下，傻丫头下。袭人亦退下）但不知姑妈肯不肯？

王夫人　你只管说来。

王熙凤　依我看，这件事只有一个“掉包”的法子。

贾　母　掉包?

王熙凤　唔!

(唱)定一条偷梁换柱掉包计,
设一个李代桃僵巧机关,
到时候红盖头遮住新奶奶,
扶新人可用紫鹃小丫鬟。
对宝玉只说娶的是林妹妹,
把真情暂且瞒一番。

贾　母　(点头)只是能瞒得过么?

王熙凤　老祖宗——

(唱)等到那酒阑人也散,
生米煮成熟米饭,
管叫他销金帐内翻不了脸,
鸳鸯枕上息波澜。

[贾母与王夫人只是点头。

第八场　傻丫头泄密

[已是深秋季节,这天,林黛玉早饭后带着紫鹃在园里散闷。

[紫鹃走了,林黛玉倚着栏杆,看秋风萧瑟,景物凋谢,不禁感触。

林黛玉　(低声吟唱)

风萧萧兮秋气深,
忧心忡忡兮独沉吟,
望故乡兮何处?

倚栏杆兮涕沾襟……

[林黛玉未曾吟完，忽听那边山石旁边有人在哭，便走了过来，只见一个浓眉大眼的丫头坐在那里哭。那丫头见是林黛玉，便不敢哭，站起来拭泪。

林黛玉 你好好的为什么在这里啼，受了什么人的气了？

傻丫头 林姑娘，你评评这个理，他们说话我又不知道，我就说错了一句话，我姐姐也不该打我呀！

林黛玉 你姐姐是哪一个？

傻丫头 就是珍珠姐姐。

林黛玉 你叫什么？

傻丫头 我叫傻大姐。

林黛玉 你姐姐为什么要打你？你说错什么话了？

傻丫头 为什么？还不是为宝二爷娶宝姑娘的事情。

林黛玉 （以为听错了，拉她近身问）你说什么？

傻丫头 （接着诉说下去）喏，就是为了宝二爷娶宝姑娘的事情。（说完知闯祸了，吓得赶快走）

（幕后合唱）

啊——

好一似塌了青天，沉了陆地，

魂如风筝断线飞！

眼面前，桥断、树倒、石转、路迷，

难分辨，南北东西。

[林黛玉脸色苍白，身子晃荡，脚步斜软，似若迷失方向在园中转东转西地走。紫鹃取了手帕回来，见这情形，惊疑地赶了过来，扶住她。

紫　鹃 （轻声地）姑娘，你究竟要往哪里去呀？

林黛玉　(半晌,迸出一句)我……我问问宝玉去!

[林黛玉急向桥上走去,走了几步,她身子往前一栽,回过头来,靠着栏杆"哇"的一声,一口血直吐了出来,紫鹃急扶住她。

紫　鹃　血!姑娘,姑娘……

第九场　黛玉焚稿

[悄无人声的潇湘馆,在冬日的黄昏愈益显得落寞。风摇动着窗外的竹子,竹子在风中挣扎。

[黛玉病卧榻上,紫鹃守候在榻边,她端过药来。

紫　鹃　姑娘,起来吃药吧。

[林黛玉摇头。

紫　鹃　(泣声)你就吃一点吧。

[林黛玉推开药碗。紫鹃一阵心酸,禁不住哭泣起来。

[林黛玉挣扎起坐,又喘成一片。紫鹃忙用软枕替她靠住坐起。

林黛玉　紫鹃你哭什么,(苦笑)我哪里能够死呢?

紫　鹃　姑娘!

(唱)与姑娘情如手足长厮守,

这模样,教我紫鹃怎不愁?

端药给你推开手,

水米未曾入咽喉,

镜子里只见你容颜瘦,

枕头边只觉你泪湿透。

姑娘啊!想你眼中能有多少泪,

怎禁得冬流到春，夏流到秋？

姑娘啊！你要多保养再莫愁，

把天大的事儿放开手，

保养你玉精神、花模样，

打开你眉上锁、腹中忧。

林黛玉 （感激地对紫鹃笑了笑）

（唱）你好心好意我全知，

你曾经劝过我多少次，

怎奈是，一身病骨已难支，

满腔愤怨非药治，

只落得，路远山高家难归，

地老天荒人待死。

紫　鹃 姑娘，

（唱）姑娘你身子乃是宝和珍，

再莫说这样的话儿痛人心，

世间上总有良药可治病，

更何况府中都是疼你的人，

老祖宗当你掌上珍，

众姐妹贴近你的心……

林黛玉 （生气，忙止住紫鹃）不用说了。

（唱）紫鹃休提府中人，

这府中，谁是我知冷知热亲！

（满腔悲愤地喘气，然后注视紫鹃）妹妹，只有你是我最知心的了。

紫　鹃 姑娘！……

林黛玉 （支撑住身子，用劲地说）把我的诗本子拿来！

紫　鹃 等身子好些了再看吧。

林黛玉　拿来。

［林黛玉摇头。紫鹃取诗稿给她，见她又咯了血，忙用手绢替她揩拭。林黛玉指指手绢。紫鹃知是又要手绢，遂又去取。

紫　鹃　姑娘！姑娘！姑娘！

林黛玉　（使劲地说）有字的！

［紫鹃知是要那块诗帕，便取来给她。林黛玉接过诗帕，狠命地想撕碎它，但无力的手只有打颤的分儿。

紫　鹃　姑娘，姑娘，何苦自己又生气呢！

［林黛玉指指火盆。

紫　鹃　（以为她冷了）姑娘，火盆有炭气，只怕受不住。

［林黛玉只是摇头，紫鹃只得端火盆来，放在榻边。

林黛玉　（拿起诗稿，无限感慨）

（唱）我一生与诗书作了闺中伴，

与笔墨结成骨肉亲。

曾记得菊花赋诗夺魁首，

海棠起社斗清新，

怡红院中行新令，

潇湘馆内论旧文，

一生心血结成字，

如今是记忆未死，墨迹犹新。

这诗稿不想玉堂金马登高第，

只望它高山流水遇知音。

如今是知音已绝，诗稿怎存？（焚稿）

紫　鹃　姑娘，这又何苦呢！

林黛玉　（唱）把断肠文章付火焚。

（接着又取诗帕来无限伤心地看了一阵）

这诗帕原是他随身带，
曾为我揩过多少旧泪痕，
谁知道诗帕未变人心变，
可叹我真心人换得个假心人。
早知人情比纸薄，
我懊悔留存诗帕到如今，
万般恩情从此绝，(焚帕)
(幕后独唱)只落得一弯冷月照诗魂。

林黛玉 (唱)只落得一弯冷月照诗魂。(昏迷)

紫　鹃 姑娘，你醒一醒。

［出现喜乐声，

林黛玉 (唱)笙箫管笛耳边绕，
一声声犹如断肠刀，
他那里花烛面前相对笑，
我这里长眠孤馆谁来吊？

紫　鹃 姑娘，(哭泣)

林黛玉 (紧握住紫鹃的手)妹妹……我是不中用的了。

林黛玉 (唱)多承你伴我月夕共花朝，
几年来一同受煎熬，
实指望与你并肩共欢笑，
谁知道风雨无情草木凋。
从今后你失群孤雁向谁靠？

紫　鹃 姑娘！(扑向林黛玉怀痛哭)

林黛玉 (唱)只怕是寒食清明，
梦中把我姑娘叫。

［紫鹃哽咽。

林黛玉　妹妹，我托你一件事。

紫　鹃　什么事？

林黛玉　黛玉在此没有亲人，我的身子是干净的，你好歹叫他们送我回去。

林黛玉　（唱）我质本洁来还洁去，

休将白骨埋污淖。

紫　鹃　姑娘！姑娘你不要这样。

［洞房，新人坐了帐，雪雁愤愤地看了贾宝玉一眼，退了出去。喜娘给新郎新娘奉上合欢酒，并向贾母等道喜后也退了出去。

［潇湘馆。

［又一阵从远处传来的喜乐声。

紫　鹃　姑娘！你不要听了。

林黛玉　（直着声）宝玉！宝玉！你好……

［林黛玉终于在“一年三百六十日，风刀霜剑严相逼”下死去。

紫　鹃　（伏倒在林黛玉身上，哭呼）姑娘！姑娘……

第十场　金玉良缘

［在红烛和喜服相互辉映下，洞房似乎是满室生春。贾宝玉满脸堆笑，挨近新娘。

贾宝玉　林妹妹！

［新娘的身子颤动了一下。

贾宝玉　你身子好了没有？我们好久没有见面，总算盼到了这一天！妹妹……

［贾宝玉欲揭开红盖头。王熙凤忙推开他。袭人扶新娘坐向花

烛前。

王熙凤　宝兄弟！

贾　母　宝玉来！你要稳重点呵。

王夫人　是啊！

贾宝玉　我知道。林妹妹，今天真是从古到今，天上人间——

贾宝玉　（唱）是第一件称心满意的事啊——

我合不拢笑口将喜讯接，

数遍了指头把佳期待。

总算是，东园桃树西园柳，

今日移向一处栽。

此生得娶林妹妹，

心如灯花并蕊开，

往日病愁一笔勾，

今后乐事无限美。

从今后，与你春日早起摘花戴，

寒夜挑灯把谜猜，

添香并立观书画，

步月随影踏苍苔；

从今后，俏语娇音满室闻，

如刀断水分不开。

这真是，银河虽阔总有渡，

牛郎织女七夕会。

贾宝玉　（问周围的人）咦，方才只见雪雁，却为何不见紫鹃呢？

王熙凤　（连忙回答）她的生肖冲了，因此不来。

贾宝玉　原来如此。林妹妹你盖着这个东西做什么？我们何必用这些俗套呢？

［贾宝玉欲去揭开红盖头，这使贾母等人急出了一身冷汗。

王熙凤　（阻住他）宝兄弟。

［贾宝玉住手，但歇了一歇，耐不住又要去揭。

王熙凤　（又阻止）宝兄弟！（拉贾宝玉至一边）

王熙凤　（唱）做新郎总该懂温柔，

休惹得新娘气带羞，

多生欢喜少痴傻，

随缘随份莫贪求。

老祖宗都是为你好——

王夫人　宝玉，我的儿，

（唱）愿你俩相敬如宾到白头。

贾宝玉　那还用说么？

贾　母　宝玉，来！你母亲的话你可要记住。这是为你好呀！

贾宝玉　知道。（又走向新人）林妹妹虽然这红盖头啊！

（唱）遮住你面如芙蓉眉如柳，

却遮不住心底春光往外透。

［贾宝玉蹲下身子看新娘，众人提心吊胆地亦随着看。

贾宝玉　（按捺不住，终于揭开了盖头。他睁眼一看像是薛宝钗，但心中不信，急持灯来照看，可不是薛宝钗又是谁？发愣）我是在哪里？我在哪里？

袭　人　二爷！

贾宝玉　袭人，你来咬咬我的手指头，看我是不是在做梦？

［众人忙接过灯去，扶贾宝玉坐下。贾宝玉发着呆。

王熙凤　什么做梦不做梦，老太太在这里坐着，老爷也在外面坐着。

贾宝玉　袭人，你告诉我，方才这床上坐的美人儿是谁啊？

袭　人　是新娶的二奶奶。

贾宝玉　你真糊涂，那新娶二奶奶是谁？

袭　人　（在王熙凤的示意下，肯定地）是宝姑娘。

贾宝玉　林姑娘呢？

袭　人　怎么混说起林姑娘来，老爷作主娶的是宝姑娘。

王熙凤　是啊，老爷作主娶的是宝姑娘。

袭　人　是宝姑娘。

贾宝玉　宝姑娘？……老祖宗，你告诉我，这到底是怎么一回事？到底是怎么一回事？

贾　母　宝玉，你娶的是宝姑娘。

贾宝玉　我方才明明与林妹妹成的亲，雪雁还扶着她呢！怎么一霎时都变了，都变了，这是为什么？为什么？为什么？

王熙凤　（安慰坐立不安的贾母）老祖宗，船到桥头总会直的，你坐下。

［王熙凤一言方毕，贾宝玉放声大哭，贾母等手足无措。

贾宝玉　（哭呼）林妹妹！（伏桌，痛心疾首）

（唱）我以为百年好事今宵定，
为什么月老系错了红头绳？
为什么梅园错把杏花栽？
为什么鹊巢竟被鸠来侵？
莫不是老祖宗骗我假做亲，
宝姐姐她赶走我心上人。

贾宝玉　林妹妹，你在哪里？

（唱）定是气息奄奄十分病，
泪似滚水煎着心。

贾宝玉　（不理）听，你们听，你们可听到林妹妹的哭声？（向袭人）

王夫人　你听娘说，宝玉……

贾宝玉　（扑跪贾母面前，捶着胸）老祖宗，我要死了。

贾　母　（与王夫人同安慰贾宝玉）宝玉你怎么样？你怎么样？

贾宝玉　我有一句心里的话要说。

贾　母　你说，你说！

贾宝玉　（唱）我和妹妹都有病，

两个病原是一条根。

望求你，把我们放在一间屋，

也好让同病相怜心连心，

活着也能日相见，

死了也可葬同坟！

贾　母　宝玉……

贾宝玉　老祖宗啊！

（唱）天下万物我无所求，

只求与妹妹共死生。

老祖宗！你依了我吧！（连连叩拜）

贾　母　（捶着心，老泪纵横）宝玉，今天是你大喜的日子，你竟病得这个样子，好教我心痛呀。你呀……

［王夫人呆若木鸡。能说惯道的王熙凤也束手无策。薛宝钗心内又痛又乱垂头无语。洞房一片沉寂，方才满室生春的气象已烟消云散。

贾宝玉　我知道求你们没有用！（立起身来，不顾一切地）我找林妹妹去！

王熙凤　（急上前）宝兄弟……

贾宝玉　（推开她）我找林妹妹去！

贾　母　（拦阻他）宝玉！你……

贾宝玉　（推开贾母）我找林妹妹去！

薛宝钗　宝玉，林妹妹她、她，她已经死了！

［贾宝玉闻言昏了过去，洞房乱了秩序，众人扶着他一片声地呼

“宝玉”。贾母颓然倒在椅子上。

(幕后合唱)好一条掉包计偷柱换梁，

只赢得惨红烛映照洞房。

第十一场　宝玉哭灵

贾宝玉　(奔上，一呆)林妹妹……我来迟了！我来迟了！

(唱)金玉良缘将我骗，

害妹妹魂归离恨天，

到如今人面不知何处去，

空留下素烛白帏伴灵前，

林妹妹啊林妹妹，

如今是千呼万唤唤不归，

上天入地难寻觅。

可叹我，生不能临别话几句，

死不能扶一扶七尺棺！

林妹妹啊！

想当初，你是孤苦伶仃到我家来，

只以为暖巢可栖孤零燕，

我和你，情深犹如亲兄妹，

那时候两小无猜共枕眠。

到后来，我和妹妹都长大，

共读《西厢》在花前，

宝玉是剖腹掏心真情待，

妹妹是心里早有你口不言。
到如今，无人共把《西厢》读，
可怜我伤心不敢立花前。
曾记得怡红院尝了闭门羹，
你是日不安心夜不眠。
妹妹呀，你为我一往情深把病添，
我为你，睡里梦里常想念。
好容易盼到洞房花烛夜，
总以为美满姻缘一线牵，
想不到林妹妹变成宝姐姐，
却原来，你被逼死我被骗！
实指望，白头能偕恩和爱，
谁知晓，今日你黄土垅中独自眠！
林妹妹，自从居住大观园，
几年来，你是心头愁结解不开，
落花满地伤春老，
冷雨敲窗不成眠，
你怕那，人世上风刀和霜剑，
到如今，它果然逼你丧九泉。

紫　鹃　宝二爷，天夜了，这里不便多留，你还是回去吧。

贾宝玉　紫鹃，我知道，妹妹恨我，你也恨我，我就是死了也是个屈死鬼。

紫　鹃　这些话我已经听惯了。人已死了，还说什么呢！

贾宝玉　紫鹃，妹妹临死时，她讲些什么？

紫　鹃　（唱）想当初，姑娘病重无人理，
床前只有我知心婢。
她这边，冷屋鬼火三更泣；

你那边，洞房春暖一天喜。

只听她恨声呼宝玉，

这辛酸的事儿我牢牢记。

紫　鹃　(指着宝玉)宝二爷。

(唱)你来迟了！你来迟了！

人死黄泉难扶起。

贾宝玉　(痛哭)你不能怪我，这是父母做主，并不是我负心！

紫　鹃　(伏桌哭泣)姑娘！啊……

贾宝玉　(环视四周后)

(唱)问紫鹃，妹妹的诗稿今何在？

紫　鹃　(唱)如片片蝴蝶火中化。

贾宝玉　(唱)问紫鹃，妹妹的瑶琴今何在？

紫　鹃　(唱)琴弦已断你休提它。

贾宝玉　(唱)问紫鹃，妹妹的花锄今何在？

紫　鹃　(唱)花锄虽在谁葬花？

贾宝玉　(唱)问紫鹃，妹妹的鹦哥今何在？

紫　鹃　(唱)那鹦哥，叫着姑娘，

学着姑娘生前的话。

贾宝玉　(唱)那鹦哥也知情和义。

紫　鹃　(唱)世上的人儿不如它！

贾宝玉　林妹妹，我被人骗了，被人骗了。

(唱)九州生铁铸大错，

一根赤绳把终身误。

天缺一角有女娲，

心缺一块难再补。

你已是质同冰雪离浊世，

我岂能一股清流随俗波！

［远处传来寺院晚钟声声，贾宝玉若有所悟。

紫　鹃　（低头泣语）宝二爷，你快回去吧！

［贾宝玉在晚钟声中，默默向灵前告别。向外走去。

［宝玉出走后，身后传来一片呼唤着“宝二爷”“宝玉”等声。

［剧终。

（1958年演出本）

越剧

祥林嫂

（根据鲁迅小说《祝福》改编）

编　剧

吴　琛　庄　志　袁雪芬　张桂凤

作者小传

吴　琛(1912—1988),男,导演。原名吴朝琛,笔名魏于潜、殷鸣慈等。江苏省无锡人。中国戏剧家协会理事、上海市文联委员、上海市作家协会会员。早年为话剧界“四小导演”之一。历任华东戏曲研究院艺术室主任,上海越剧院总导演、副院长,中国剧协第二至四届理事。导演的越剧有《白蛇传》《西厢记》等。

庄　志(1920—2003),男,一级编剧。原名曹永福,曾用名郑永福。上海人。中国戏剧家协会会员、上海作家协会会员。与人合作改编的剧目有《祥林嫂》《关汉卿》等。

袁雪芬(1922—2011),女,浙江嵊州人,越剧表演艺术家,越剧袁派创始人。工青衣、闺门旦。1933 年开始学艺,先后在杭州、上海等地演出。1942 年 10 月起,在上海大来剧场开始越剧改革。上海越剧院首任院长,代表剧目有《祥林嫂》《山河恋》《梁山伯与祝英台》。

张桂凤(1922—2012),女,越剧表演艺术家,越剧张派老生创始人。浙江萧山人。1936 年入嵊县招龙桥科班学艺,工老生。1942 年 10 月进上海大来剧场,是袁雪芬倡导的越剧改革的第一批参加者之一,1945 年在上海加入袁雪芬、范瑞娟领衔的雪声剧团,1947 年加盟范瑞娟、傅全香领衔的“东山越艺社”。历任华东戏曲研究院实验越剧团、上海越剧院演员。代表剧目《打金枝》等。

人物表

祥林嫂　贺老六

（以下按出场顺序）

婆　婆　卫老二　祥　根　柳　妈　阿　花　鲁四太太　阿　牛　老　孔

卫老婆子　鲁四老爷　高老夫子　老大妻　三叔婆　贺老大　九斤太公

庙　祝　阿　毛　七　斤　阿发婆婆　山里人甲　山里人乙　邻　孩

三大嫂

第一场

［辛亥革命以前。某一年腊月上旬的傍晚。

［浙东，卫家山，祥林家。

（合唱）年年腊月年年冬，

卫家山人家家穷。

最穷要算祥林家，

世世代代做长工。

祥林一死债满身，

愁得老娘心事重。

［卫老二哼着绍兴大板“赵匡胤借头”上。

卫老二 催马加鞭进高关，遇着狮子将马攀。玄郎抬头来观看，嘿嘿……祥林娘！

婆　婆 卫大哥！坐，坐！

卫老二 又在哭啦，死了算啦，活着的想开一点，你还有祥根呢！祥林嫂呢？

婆　婆 打柴去了。

卫老二 祥根呢？

婆　婆 一道去了。

卫老二 祥林娘，祥根今年几岁啦？十二还是十三？

婆　婆 十四啦。

卫老二 十四啦！好讨老婆哉。

婆　婆 讨老婆？祥林的棺材钱都还不出！你是中保人，这是瞒不过你的。

卫老二　是呵，说起这笔棺材债，我这个中保人头都夹扁了。不过债是死的，人是活的，可以想想办法嘛。

婆　婆　想啥办法呢？家里是无田无地，好卖的都卖光了，要么还有两间破草屋。

卫老二　祥林娘，你真是聪明一世懵懂一时，勿会在你媳妇身上打打算盘。

婆　婆　有啥算盘好打呢。

卫老二　祥林娘！

（唱）祥林一死已半年，

你空留着年轻媳妇在身边。

大户人家守节造牌坊，

穷人守节为哪点？

寡妇再嫁寻常事，

也没有什么不体面。

你藏着个活宝不卖钱，

我看你真是懵懂少主见。

婆　婆　（唱）不是我懵懂少主见，

再嫁寡妇能值几个钱？

我一家生活半靠她，

怎能够挖肉补疮图眼前。

卫老二　（唱）祥林娘——

你说寡妇再嫁不值钱，

我倒有个好主见。

贺家坳山中有个贺老六，

打猎为生已多年，

曾经托我把媒来做，

村里姑娘哪个肯嫁到山间？

祥林娘，要是祥林嫂肯嫁过去，

他愿出财礼八十千！

婆　婆　八十千？

卫老二　是八十千。

（唱）祥根讨老婆，

还了棺材钱，

至少剩下二十千，

舒舒服服好过年。

婆　婆　（唱）原以为寡妇再嫁不值钱，

想不到肯出财礼八十千。

娶亲还债好过年，

这倒是个好主见。

卫老二　（唱）再说你媳妇生来命不好，

留在身边要晦气添，

卖掉她换来一房新媳妇，

你后半世还可老来甜。

婆　婆　好倒是好，格么要是伊不肯呢？

卫老二　（唱）只要你答应，一切我周全。

通知贺老六，打轿到门前，

捆捆绑绑塞进花轿，

清清爽爽蛮简便。

婆　婆　那么贺老六这个人到底好不好？

卫老二　贺老六这个人，拿了金丝灯笼去找也找不到，老老实实，规规矩矩。

婆　婆　那么几时来要人呢？

卫老二　只等你一句话，明天就来抬人。

婆　婆　明天？格太快了！

卫老二　祥林娘，夜长梦多，越快越好。

婆　婆　那么钱呢？

卫老二　一手交人一手交钱！

婆　婆　介好格！

卫老二　一言为定，我去了。你可不要走漏风声！

婆　婆　我晓得格。

［卫老二哼着绍兴大板出屋，迎面见到祥林嫂挑柴上。

卫老二　祥林嫂！

祥林嫂　卫大叔！

卫老二　祥根！像个大人哉，歇两天卫大叔搭侬做个媒。

祥林嫂　看来又是要债来的。（进门）娘！

婆　婆　祥根，夜饭已经烧好啦。

祥林嫂　娘，吃夜饭了！

婆　婆　我吃不下。（祥林嫂提水桶出门）

祥　根　娘，吃饭了。刚才卫大叔是不是又来讨棺材钱？

婆　婆　是呀，祥根，债越逼越紧，日子一天比一天难过，娘实在没有办法，刚才卫大叔倒出了个好主意！

祥　根　什么好主意？（祥林嫂提水上）

婆　婆　想叫你嫂嫂嫁出去。

祥　根　嫁出去？娘……

婆　婆　轻点，贺家坳贺老六伊倒肯出……还了债，还可以替你讨老婆。娘想想倒也是个办法，已经讲好明天要来抬啦！

祥　根　娘，你怎么想出来的。

婆　婆　轻点，轻点！

祥　根　娘，你不对呀，嫂嫂她肯去吗？

婆　婆　管她肯不肯，娘已经答应了。肯也要去，不肯也要去！

祥　根　我告诉嫂嫂去！

婆　婆　你敢！你若走漏风声，伊逃走了我打死你。我还不是为了你，给你阿哥还债，给你讨老婆呀。

祥　根　我不要。

婆　婆　小鬼！进去！媳妇啊，侬门关关好！

祥林嫂　噢！祥林……祥林！

（唱）祥林啊！婆婆说话你可听到，
她要卖我到贺家坳。
已与瘌子商量定，
明天就要抢上轿。
这恶煞时辰我怎么过，
你叫我苦命如何好？
人说道有爹有娘有主张，
我乃是无爹无娘无依靠。
祥林啊，啊呀祥林啊，
我从小到你家里来，
双手不停到今朝。
只道是苦到尽头总有甜，
谁知晓你年轻短命将我抛。
从此苦命无指望，
只指望服侍婆婆能到老。
那婆婆恶骂我能受，
饥饿寒冷我能熬，
千苦万难我不怕，
怕只怕要我去再醮。

看那张家媳妇李家嫂，
与我一般夫早夭，
俱都是被迫无奈再婚嫁，
却被人冷嘲热讽到今朝。
我宁死不做再醮妇，

婆　婆　媳妇，辰光不早了，好困了。

祥林嫂　（唱）我只有婆婆跟前哀哀告。
求婆婆念念旧情不卖我，
我情愿做牛做马千斤重担一人挑。
婆婆若念婆媳情，
怎忍将我去卖掉？
看来是婆婆她为钱财主意定，
纵然是说破了舌尖也徒劳。
左思右想乱如麻，
难道说我坐等明天时辰到。
眼前只有一条路，
不如一死万事了！

我好端端的为什么要死呢，我不会逃么？对！逃！你快逃啊……

（唱）霎时鸡啼天将晓，
此时不走我就逃不了。
趁此夜深人不觉，
咬紧牙关只有逃。

（合唱）只有逃，只有逃，
宁死不愿再婚醮。

（独唱）临去匆匆回头望，
依依难舍（合唱）旧时巢。

第二场

［同年腊月下旬的下午。

［鲁镇，鲁府大厅。

（合唱）爆竹连声震耳响，
　　　　鲁镇处处火药香。
　　　　掸尘送灶煮福礼，
　　　　鲁府今年分外忙。

鲁四太 阿花，柳妈！大厅客堂厢房一点都没有动过。死丫头，一转背就偷懒，抽掉你几根懒筋才会好啦！

柳　妈 太太，今年不雇短工是忙不过来的。杀鸡、宰鹅、煮福礼……侬晓得我是吃素的。

鲁四太 是呵，雇短工总是淘气。断命卫老婆子，没有事来得起劲，托伊找个人，连影子都不见了。

阿　牛 娘！给我几个铜钱，叫阿花陪我买花炮去。

鲁四太 家里短工都雇不到，连年都要谢不成了，还买什么花炮！

阿　牛 那我自己去买。

鲁四太 拿去，拿去。

老　孔 太太。

鲁四太 老孔回来啦。账收得怎样？

老　孔 只有半把淘成。

鲁四太 只有半把？世道变了人心也坏哉。

老　孔 太太，老爷呢？

鲁四太　正与高老夫子谈天呢。你先去吃饭吧。

老　孔　太太，卫老婆子来了。

卫老婆　祥林嫂，来！见过四太太。

鲁四太　你还想着来啊。

卫老婆　太太，我是找不到人，所以不敢来。祥林嫂，见过四太太。

祥林嫂　见过四太太。

卫老婆　太太！（唱）她是卫家山中人，
是我娘家近乡邻。
今年春天丈夫死，
留下了婆婆小叔债一身。
她愿意出来做帮工，
粗细生活样样能。
老太婆愿意做中保，
不知太太可称心？

鲁四太　（唱）我有心将她来留下，
可惜她，是孤孀，
老爷素来多忌讳，
还得与他去商量。

鲁四老爷　（内声）可恶，可恶！真是世风日下人心不古！（上）真是世风日下人心不古啊！

（唱）康梁变法已荒唐，
民党主张更猖狂。
改官制，变法令，
废八股，立学堂，
上下尊卑全不顾，
孔孟之道撇一旁。

高老夫子 （唱）目前是世风日下伤风化，

道德沦亡乱纲常。

鲁四老爷 所以，大埠头赵家媳妇殉节上吊，我不但自愿替她做这一篇墓志铭，还特别声明不收钱。

高老夫子 是呵是呵！所以赵老爷特命小弟前来，向四老爷当面致谢！

鲁四老爷 我还把我们移风社的十八届征文题目叫做《节妇行》，特别表彰！古云：饿死事小，失节事大！这无非是挽救挽救世风人心罢了！

高老夫子 四翁此举，不是小弟当面恭维，真是听君一席话，胜读十年书。可惜小弟今日俗务羁身，不能畅聆高论，只待改日再来请教！

鲁四老爷 哪里哪里，老夫子既然贵忙，不便强留。

高老夫子 好说好说，告辞告辞！

鲁四老爷 走好走好！

高老夫子 留步留步！

鲁 四 太 老爷，卫老婆子来了。

卫 老 婆 见过四老爷。祥林嫂，见过四老爷！

祥 林 嫂 见过四老爷！

鲁 四 太 她是卫老婆子娘家的近邻，今年春天刚死了丈夫。

鲁四老爷 是个寡妇？

卫 老 婆 屋里还有婆婆小叔，因为穷，情愿出来帮佣，我看人还老实。老爷，你看可好？

鲁 四 太 年夜岁边用人难呵！老爷，先试试看再说。

鲁四老爷 老孔回来了没有？

鲁 四 太 回来啦，今年只收了半把淘成。

鲁四老爷 可恶！人呢？

鲁 四 太 在账房里。卫老婆子，让伊先试三天，规矩照旧。

卫老婆　好格好格，谢过四太太！

祥林嫂　谢谢太太！

卫老婆　祥林嫂，你好好做，我过三天再来。

祥林嫂　卫婆婆，谢谢你！

卫老婆　自家乡邻不要客气。（下）

［阿花、柳妈扛脚盆上、祥林嫂上前抢过来……

（合唱）祥林嫂力气真不小，
袖子卷得半尺高，
擦擦擦，擦得又快又是好，
太太一旁微微笑。

第三场

［第二年春天。鲁镇河埠头。

卫老二　（唱）东南西北俱走遍，
去冬寻找到春天。
踏破多少鞋底板，
这断命寡妇总寻不见。
我只道，寡妇抬进山里去，
一桩事情可顾几面。
祥林娘还了债，
我老癞卸了肩，
贺老六有老婆，
还可再赚几个谢媒钱。

谁知天不从人愿，
到手的财喜化成烟。
还是再去寻！还是再去寻！

祥林嫂 （唱）青青柳叶蓝蓝天，
弯弯桥影压水面。
一日三餐无忧虑，
还有五百月规钱。
但愿还得婆婆债，
终日劳累也欢颜。
（合唱）不做再醮妇，
辛劳也鲜甜，
脸上显白胖，
渐有笑影在口角边。

卫老二 唉！寡妇犯八败，跑烂我的鞋。这个断命寡妇到今朝还没有寻着！明明到手的铜钱就要落空，跑到啥地方去了？河埠头有个女人，手里拿着淘箩，好像是祥林嫂嘛！是祥林嫂，是祥林嫂，原来在鲁家！

第四场

［距上场几天。鲁家小花厅。

卫老婆 见过四老爷，四太太。

婆　婆 四老爷，四太太！

卫老婆 这就是祥林嫂的婆婆，伊屋里厢……还是你自己去讲！

婆　婆 话是很难出口，四老爷四太太，真是实在对不起啦！

（唱）老爷太太容我讲，
老太婆有件事情要商量。
我媳妇能在府上做，
真好比一步登天堂。
就只是家计贫寒人手少，
开春以来农事忙，
所以想叫我媳妇回家去，
还望老爷太太多原谅。

鲁四太 （唱）水有源，树有根，
我只凭中保把话讲。

婆　婆 媳妇！媳妇！
（唱）媳妇啊，你的心事我明白，
娘的苦处你也知情。
春来农忙人手少，
我特来领你回家门。

祥林嫂 娘，我在这里做，每月也有五百文工钱，积少成多，也好替你还债，我不回去。

鲁四太 是呀！（唱）她虽然没有立过卖身文，
道理总要讲讲清。
哪里有要来就来去就去，
何况又有中保人。

祥林嫂烧饭去。

婆　婆 媳妇！

祥林嫂 娘，你把我这几个月工钱先拿去家用吧。

婆　婆 太太，千万不要生气，我是实在没有办法。屋里穷，祥林死啦，老的老，小的小，媳妇不回去，叫我怎么办？

鲁四老爷　好啦！哭哭啼啼成何体统！老孔！你把祥林嫂的工钱算出来。

婆　　婆　老爷。

鲁四老爷　既然她婆婆要她回去……

鲁 四 太　就是要回去么也应该做到月底，这是规矩。

婆　　婆　老爷太太正是福大量大。老爷太太既然看得起我媳妇，过了忙头，我再叫媳妇来帮忙。不过做到月底么……太太，你们大户人家人手多，不在乎个把人，我们小户人家是靠她吃的。老爷太太顶好今朝就给我领伊回去！

鲁 四 太　介便当呀，老爷，明朝还要过节呢！

鲁四老爷　那好，就到月底。

婆　　婆　老爷！

鲁四老爷　讲定算啦，你还噜苏什么！

老　　孔　老爷，方才我算了算，一共一千二百五十文。祥林嫂省吃俭用，一文钱都没有花。

鲁四老爷　拿给她！

婆　　婆　这叫我……老爷太太是宽洪大量的呀！老爷……

卫 老 婆　祥林娘，走了！

婆　　婆　谢老爷太太！谢老爷太太！（下）

鲁四老爷　然而……

第五场

［紧接上场。河埠头。

山里人甲　老癞，还没有响动？

卫 老 二 是呀，一进去就不出来哉。

山里人甲 辰光不对啦呢！会不会漏风？

卫 老 二 格勿会格。祥林娘也是老口，你放心。

山里人甲 再不出来，今天要回不了山啦！

卫 老 二 这你放心好了，我老癞这种事情经手得多，只脱时辰，勿脱日脚。今天不到手不过门。

卫 老 二 祥林娘，怎么啦？

婆　　婆 已经讲好了，要到月底！

卫 老 二 啥？要到月底？你真是老旦在唱新戏文哉！

(唱)不是我怪你老太婆，

你真是越老越糊涂。

上次是你口风不紧闯了祸，

格桩亲事一拖拖仔三月多。

贺家坳等煞贺老六，

害得我挟仔钉鞋雨伞，

不晓得跑仔多少冤枉路。

今朝你媳妇在你眼面前，

介好机会会放过。

还会答应到月底，

你分明通风报信差不多。

叫你媳妇再逃走，

你存心同我癞子有难过！

我癞子只好与你搭头吊，

贺家坳就来抬你老太婆！

婆　　婆 (唱)你也不要埋怨我，

我为这断命婆娘有苦无处诉。

老爷太太不答应，

我总不好去硬拖。

我是连哭带笑都做过，

现在要看你老癞去对付——

卫老二 那好！

(唱)文不成功就动武，

一切事情交给我。

卫老婆 不对哟，四老爷门口勿好乱来格！

卫老二 动动不要紧格！

婆　婆 卫老婆子，事情已到这样地步，自家人总要帮帮忙。你当不晓得好啦来，你跟我来！（下）

[山里人甲乙上，与卫商量，见祥林嫂来了忙躲了起来。

[卫指挥山里人甲乙抢祥林嫂下。

第六场

[同日傍晚。贺家坳贺老六家。

(合唱)贺家坳在山里山，

只见树木无田畈。

女采茶，男打猎，

猎户人家度日难。

贺老六今年三十三，

借债才得把亲攀。

三 叔 婆　老大屋里啊，恭喜恭喜啊！你呀是会做人格，老六也亏得有你这个嫂嫂，今朝伊总算成人家了，不容易呀！你是又做嫂嫂又做娘，你良心好！

老 大 妻　三叔婆，这是你讲得好，还不是托三叔婆的福呀！

三 叔 婆　我是没有什么东西好送，就是格两只头生鸡蛋，不好算数的，算我一点点心意！

老 大 妻　自己人，不要格，你自己留着，自己吃吧！

三 叔 婆　一点点，一点点！

老 大 妻　介罪过格！

贺 老 大　九斤太公，走好！老六还没有回来啊？

九斤太公　老六呢？

老 大 妻　老六上山打猎去了。

九斤太公　打猎？今朝是啥日脚？年纪轻不懂事。做好日是天赦日，还去打什么猎呢？

老 大 妻　他是去打过酒小菜的。

九斤太公　日脚过得真快，老六的爹做好日还在我的眼面前，想不到老六今朝也成亲了！

小　　孩　新官人来了！

贺 老 六　九斤太公，三叔婆！

贺 老 大　老六，今朝还打什么猎！

九斤太公　老六是去打过酒小菜。老六到底还嫩来。

三 叔 婆　老六是老实格。

九斤太公　都一样格，老六爹成亲格辰光，人也是寻不着格勒。

［新娘子来啦！新娘子来啦……

老 大 妻　快些准备准备！

卫 老 二　走开，走开！新娘子等会看！老大，人来啦。还有一半？

贺老大　在这里。

卫老二　蜡烛点起来！蜡烛点起来！

［新娘子下轿啦！

小　孩　新娘子在哭啦！

三叔婆　不要多讲，二婚头出嫁总是介格呀！

祥林嫂　我叫了你多年的大叔，你欺侮我寡妇。你是要绝子绝孙的呀！

卫老二　我也是为你好呀！贺老六有啥不好，比你祥林不晓得要好多少倍了！拜堂！拜堂！

［头撞开了，出血了！

九斤太公　香灰，香灰！

卫老二　一点点皮伤，勿要紧，快些拜堂！

九斤太公　一拜天地！二拜祖宗！夫妻交拜！在读书人家帮过工终究两样！

贺老大　这怎么办？

卫老二　不要紧的，房门一关，明天就会好的。老大，老酒准备好了吗？

贺老大　酒准备好了，大家吃杯酒去。

九斤太公　不要忘记，把老六打来的山鸡炒一炒。

老大妻　老六，等她醒过来，好好劝劝她！（下）

贺老六　（唱）花轿临门喜盈盈，

　　谁知平地波涛生，

　　她寻死觅活人昏迷，

　　倒叫我左思右想心不定。

祥林嫂　哎哟……哎哟……

贺老六　你好点了吗？

祥林嫂　走开，强盗！

贺老六　你喝点茶吧。

祥林嫂　强盗，让我回去！

贺老六　你不能走，你不是受着伤吗！天黑了外面有野兽的！

祥林嫂　不要你管！

贺老六　她会不会去寻死！你不能走。

祥林嫂　强盗！强盗！算你力气大，强盗胚！

贺老六　你不能害我！

祥林嫂　我害你什么！

贺老六　我花了许多财礼倒不去说它，你要去寻死觅活闹出一条人命来，这不是害我吗？

祥林嫂　让我回去！让我回去！

贺老六　你要到哪里去呀，这里就是你的家呀！你给我坐咚，我会待你好的！

祥林嫂　谁认识你，强盗胚！让我回去！让我回去！

贺老六　都是卫老癞，为什么事先不讲讲好呢！

祥林嫂　你们会不讲好，你们合伙抢我来还会不讲好！强盗胚！让我回去！

贺老六　真是天晓得！

（唱）我老六今年活了三十多，
这种事情从未碰到过。
我虽是生长山野一粗汉，
强凶霸道我不会做。
我老六从小父母双亡故，
全靠兄嫂扶养我，
都只为少田无产难耕种，
我只得深山冷坳当猎户。
常言道男子三十成家业，

因此上拜托老癞媒来做。

只指望高高兴兴配夫妇，

又谁知吵吵闹闹起风波。

祥林嫂　(唱)那黄花闺女多多少，

你寻着我苦命寡妇却为何?

贺老六　(唱)老癞作事太可恶，

事到今日才清楚。

他骗我姑娘不肯嫁山里佬，

有一位寡妇倒不错。

他说你手勤脚健人忠厚，

十人看见有九赞慕，

家贫无计难守寡，

你自己愿意嫁丈夫。

祥林嫂　什么?我自己愿意，断命癞子!

贺老六　(唱)他还说一为祥林还债务，

二为小叔讨媳妇，

我花去财礼八十千，

谢媒钱还不算数。

祥林嫂　八十千?

贺老六　是八十千，你还不知道?

(唱)我不做强盗不做贼，

你道我，八十千钱是从哪里来?

每日里翻山越岭起五更，

风餐露宿落半夜，

日晒雨打山间守，

冰天雪地把猎围。

猎户是四季靠一冬，
一冬能积多少财？
八十千半是积蓄半是借，
拼拼凑凑凑拢来。
别人是洞房花烛成双对，
我老六一场欢喜反成悲。
十年心血化成灰，
今生莫想再把妻房配。
我是娶妻不成反欠债，
还落得一个强盗胚。

祥林嫂 （唱）听他一番心酸话，
倒叫我有口也难开。
有钱人娶亲是平常事，
那穷人无钱亲难配。
他八十千钱非容易，
多少血汗去换来。
狠心人得了我的卖身钱，
害老六负下了一身债。
我恨癞子怨婆婆，
我不应该反将老六来责怪。
只见他又是恼恨他又是悔，
独坐一旁发了呆。
倒叫我要死不能死，
要归又无家归，
要闹又不能闹，
要赔也无钱赔。

这真是走也难来我留也难，

进退两难怎安排？

我好命苦呀……

贺老六 哭么不要哭，我会待你好的！不要哭，人穷么身体倒是要紧格。你喝点茶吧！

祥林嫂 那你的债如何还呢？

贺老六 债？债不要紧，只要我们不怕吃苦，债总有办法。我有的是力气哟！

（独唱）祥林嫂看贺老六，

心地善良人不错。

（合唱）只要双双勤劳做，

夫妻定能同甘苦。

第七场

［五年后的某一个春天。贺老六家。

（合唱）贺老六与祥林嫂，

相亲相爱无限好。

一个是打猎砍柴多勤俭，

一个是养蚕采茶不辞劳。

一副重担两人挑，

隔年生下小阿毛。

五载光阴快乐过，

都说是祥林嫂交了好运道。

祥林嫂 （唱）做双鞋子三寸长，

青布底，红布帮，

穿在阿毛小脚上，

妈妈看了喜呀喜洋洋。

阿毛来，你的脚大得真快。

阿　毛 新鞋子。

祥林嫂 新鞋子好看不好看？

阿　毛 好看。

祥林嫂 阿毛喜欢不喜欢？

阿　毛 喜欢！

祥林嫂 好，脱下来，还有只做好了一起穿。

阿　毛 新鞋子新打扮，毛毛穿了真欢喜。爹爹看了眯眯笑，妈妈叫我好囡囡！妈妈，我要吃豆！

祥林嫂 好！那你快点剥豆，等一会蒸豆吃。

阿　毛 妈妈我要豆。

祥林嫂 什么豆？

阿　毛 罗汉豆。

祥林嫂 什么罗？

阿　毛 三斗罗。

祥林嫂 什么三？

阿　毛 破雨伞。

祥林嫂 什么破？

阿　毛 斧头破。

祥林嫂 什么斧？

阿　毛 状元府。

祥林嫂 什么状？

阿　　毛　油车状。

祥 林 嫂　什么油?

阿　　毛　芝麻油。

祥 林 嫂　什么芝?

阿　　毛　白花子。

祥 林 嫂　什么白?

阿　　毛　柏子白。

祥 林 嫂　什么柏?

阿　　毛　老娘舅。

山里人甲　阿毛娘——阿毛娘——(山里人甲乙扶贺老六上)

祥 林 嫂　老六!老六你怎么啦?

山里人甲　阿毛娘!老六的伤寒症刚好,你怎么能让他出去打猎呢?野兽是打到了,可是自己也昏倒在山沟里啦!要好好地养养啦!

山里人乙　是啊,那我们走啦。

祥 林 嫂　谢谢你们!(山里人甲、乙下)老六!老六你怎么啦?

贺 老 六　没有什么,你看我不是又好了吗!阿毛你看,爹打了一只狼!

阿　　毛　爹爹,阿毛怕!

贺 老 六　不怕,这是死的!狼吃人,我们就剥它的皮!

祥 林 嫂　春天怎么会有狼?

贺 老 六　怎么没有,躲在山里少看见就是了。这是只小狼,大母狼被逃掉了。今天打到的野兽上个月的利息可以抵掉了!

祥 林 嫂　是啊,刚才大伯来说,老店王又来要过债啦。阿毛爹,你怎么了?

贺 老 六　没有什么,我睡一会儿就会好的。

祥 林 嫂　好,你歇一歇,我替你去煮一点蚕豆粥吃!

贺 老 六　我吃不下,我出去时已经吃过点冷饭了!

祥林嫂　你也真是，伤寒症刚好，怎么能吃冷的呢！我烧点热的给你暖暖肚！阿毛，你到门口去剥豆，让爹好好歇一会，不要走开！

贺老六　阿毛，新鞋鞋怎么只有一只？

阿　毛　还有一只妈妈做！

贺老六　你还怕不怕狼？

阿　毛　阿毛不怕。

贺老六　对！不怕！爹去歇歇，阿毛乖乖剥豆！

阿　毛　爹爹，讲狼！

贺老六　阿毛，不要吵，爹要歇一会，你到门口去剥豆，乖！快去！

阿　毛　妈妈！我要豆，什么豆？罗汉豆……（呜叫声）

贺老六　（唱）一阵阵腹中如绞痛难当，

两眼昏花心发慌。

阿毛娘……阿毛娘……

祥林嫂　阿毛爹！你怎么啦？

贺老六　（唱）痛得我天昏昏地茫茫，

只觉得口干舌麻手足僵。

祥林嫂　阿毛爹！看你痛得这样，是哪里不舒服？

贺老六　（唱）看来我是伤寒又复发，

只怕我命不会长。

祥林嫂　阿毛爹，你千万不能这样想，你会好起来的！

贺老六　你快去叫我大哥来！

贺老大　老六怎么又昏倒在山沟里啦？

祥林嫂　大伯，老六伤寒复发，痛得厉害呢！

贺老大　老六，老六你怎么样啊？

贺老六　大哥，我腹痛如绞，看来是不会好了，小弟……

（唱）有言拜托——

兄嫂犹如我爹娘，

从小多承你好扶养。

你为我成家立业费心机，

想不到如今还要累兄长。

穷人欠债如欠命，

我情愿起早落夜受风霜。

谁又知身染伤寒三月多，

债主的本利我难还偿。

要想无债一身轻，

却落得伤寒复发命危亡。

小弟撒手死了去，

口眼难闭事两桩。

一是债务未还清，

二是阿毛未成长，

无田无地无产业，

只有这两间破草房。

近族唯有你亲兄嫂，

我只有一切拜托你兄长。

贺老大　老六！（唱）阿毛是贺家骨肉贺家根，

又是我老大的亲儿郎，

你急中休说断头话，

自古吉人有天相。

只要留得青山在，

一切总有办法想。

祥林嫂　大伯说得对，你会好起来的，会好起来的！

贺老六　阿毛娘！（唱）阿毛娘！

你到我家五年长，
五年的光景梦一场。
可怜你三春劳碌到寒冬后，
从早操劳到夜三更，
我一病累你双肩重，
你愁苦从不对人讲。

祥林嫂 你讲这些做什么？

贺老六 （唱）实指望，贫贱夫妻同到老，
谁又知半途将你撇一旁。

祥林嫂 阿毛爹……

贺老六 阿毛娘！
（唱）如今离你西归去，
你母子怎样度时光？
留给你，破屋两间债一身，
阿毛要你好扶养。

祥林嫂 阿毛爹！

贺老六 阿毛娘，不要哭，我死后，大伯会照顾你们的，快去叫阿毛来，给大伯磕头！

祥林嫂 阿毛！阿毛……啊呀阿毛不见了！
［狼拖小孩……打狼啊……

贺老六 有狼！快去看看！
（唱）阿毛是我命根子，
乡亲们啊，快快寻找阿毛我儿郎。
阿毛——阿毛！
（唱）霎时间天旋地转难支撑，
阿毛……阿毛……（死去）

祥 林 嫂　老六，我们的阿毛被狼吃了！阿毛爹——

（合唱）这真是屋漏偏逢连夜雨，

行船又遇当头浪。

第八场

［同年腊月的一个上午。鲁镇，鲁府小花厅。

鲁 四 太　老爷你又要出去了？

鲁四老爷　我到高老夫子家去一去，马上就回来的。

鲁 四 太　那你把祝福日子拣拣定再走呀！

鲁四老爷　正是！（唱）妇道人家多唠叨，

家务事难道还要我照料？

年年祝福是常规，

分内之事也忘掉，

日子早该挑选好，

为什么穿耳朵一定要等临上轿？

鲁 四 太　你又没有空过，再不定日子，连短工都要寻不着了！

鲁四老爷　为啥不早点叫叫好呢？

鲁 四 太　还会叫得着啊，每年为断命短工淘气，我想来想去还是想着祥林嫂！

鲁四老爷　祥林嫂，祥林嫂，你开口闭口总是祥林嫂！

鲁 四 太　（唱）你不要厌烦祥林嫂，

哪一个长工比得了？

她自从嫁到贺家坳，

日子过得倒很好，

还生下一个胖儿子，

你要她再来办不到。

鲁四老爷 好了好了，唠唠叨叨，差老孔找一个短工来！

鲁 四 太 一日到夜只忙人家的事情，自家屋里事一点都不管。老孔！老孔！

老　　孔 太太！

鲁 四 太 老孔，你去找个短工来！

老　　孔 太太，这几天雇短工，工钱恐怕要高一些了。

鲁 四 太 年夜岁边了，有啥办法呢！ 高就高一点吧。

老　　孔 太太，卫老婆子来了！

鲁 四 太 这死老太婆，倒还想着来呀！

老　　孔 后面好像祥林嫂！

卫 老 婆 祥林嫂，来！ 见过四太太！

祥 林 嫂 见过太太！

鲁 四 太 祥林嫂，几年不见老得多啦！ 你又戴谁的孝呀？

卫 老 婆 太太，这真是天有不测风云呀！

（唱）她自从嫁到山里后，

头几年过得倒顺流，

谁知道丈夫得了伤寒死，

阿毛又被狼拖走。

孤苦伶仃无依靠，

房屋又被大伯收，

逼得她走投无路难度日，

还望太太来收留。

鲁 四 太 作孽！

祥林嫂　我真笨，我真傻，真的。我单知道下雪天野兽在山坳里没有东西吃，才会到村子里来，我就不知道春天也会有狼。我拿了一只小篮子盛了一篮豆，叫阿毛坐在门口剥豆。他是很听话的，我的话他句句听，阿毛出去了。当我要叫阿毛的时候，阿毛不见了。我急了，我就到处去寻，寻……寻到山坳里，只寻到阿毛一只小鞋子。我怕阿毛被狼吃了！果然，果然啊！阿毛躺在草窝里，他肚子里五脏都被狼吃空了，手里还紧紧捏着一只小篮子……

鲁四太　前世作孽！

卫老婆　太太，府上总要用人呀，生手不如熟手，再说，她现在无牵无挂一个人，好安安心心做下去了。太太，你就做做好事吧！

鲁四太　好吧，不过，祥林嫂，你在我这里做，可不能哭哭啼啼的。老爷是最犯忌的。柳妈，你把祥林嫂的包裹拿到下房去吧！

卫老婆　阿弥陀佛，多谢太太！

祥林嫂　卫老婆婆，真是谢谢你了！

第九场

［距上场几天后。鲁镇河埠。

祥林嫂　阿毛不见了，我就到处寻……

阿　花　祥林嫂，你米到底淘好没有？

祥林嫂　我还没有淘好呢。

阿　花　啊呀，祥林嫂！

众　祥林嫂，后来怎么样了？

祥林嫂　我到处去寻，寻到山坳里，只寻到了阿毛一只小鞋子。

众　阿毛呢？

祥林嫂　阿毛躺在草窝里，他肚子里的五脏都被狼吃了，手里还紧紧捏着小篮子！

阿发婆　祥林嫂，我还没有听过，你再讲一遍！

众　好，我也再想听一遍！

祥林嫂　我真笨，我真傻……

阿　花　祥林嫂，不要讲了，太太已经在发脾气了，一天到晚我真笨我真傻！

（合唱）我真笨，我真傻，

总是反复这些话。

鲁府上下都侧目看，

祥林嫂手脚没有当年快。

第十场

［几日后的傍晚。鲁府厨房。

祥林嫂　（唱）我真傻，我真笨，

我又是懊恼又是恨。

我拿了一只小篮一只碗，

叫阿毛一面剥豆一面看门。

只怪我自己太粗心，

转眼不见他踪影。

不见阿毛我心着急，

哪顾得山高路窄到处寻。

寻啊，果然阿毛躺在草窝里，

血肉模糊看不清，

五脏已被狼吃空，

小篮一只还捏得紧。

阿发婆 罪过，罪过！

祥林嫂 要是我的阿毛还是活着，也有这么大了。

七　斤 娘娘，我怕。

阿发婆 七斤，不要怕！

阿　花 祥林嫂，不要讲了，太太来了！

阿发婆 都怪你命不好，祥林嫂，想开点吧。故事倒讲得好个，下次我叫七斤娘一道来听！

鲁四太 阿牛，这么晚了，还不去睡觉！阿花，去叫阿贵来，只有吃饭人，没有做事人！明朝祝福，杀鸡宰鹅格人都没有！

祥林嫂 太太，杀鸡宰鹅我会的！

鲁四太 你？去叫柳妈来呀！

（唱）明朝就是祝福夜，

一切事情都未安排。

吃饭的人倒一大班，

做事都要点一点拜一拜。

碟子碗盏未洗好，

红漆铜盘未曾汏，

祥林嫂！你放着！

（唱）桌围椅披去理一理，

五祀蜡器擦一擦。

祥林嫂！叫你不要动，你听见吗！

（唱）你还在这里做什么，

快点与我去劈柴。

真像死尸面孔，一天到晚没有笑容！（下）

柳　妈　天倒落雪了！

祥林嫂　落雪了？我真笨，我真傻！我单知道下雪天，野兽在山坳里没有东西吃才会到村子里来，我就不知道春天也会有……

柳　妈　祥林嫂，你又来了，快劈柴！

祥林嫂　柳妈，我会擦的！

柳　妈　祥林嫂，你还不晓得，你做了两次寡妇，你双手不干不净，这种东西太太不让你碰的呢！祥林嫂，你头上的疤，不是那时撞起的吗！祥林嫂！我给你想想，你实在不合算呀！

（唱）祥林嫂你实在笨，

索性撞死倒干净，

如今是留下一块伤疤痕，

倒被人家当话柄。

再说你第二个丈夫又丧命，

更是一件大罪名。

将来你到阴司去，

那两个死鬼男人还要把你争。

到那时你左也难来右也难，

阎王只好把你一锯两半分。

祥林嫂　柳妈，这是真的吗？

柳　妈　当然是真的，这《玉历宝钞》上不是画着吗，十殿阎王判官小鬼！

祥林嫂　那怎么办，柳妈，有什么好办法吗？

柳　妈　办法倒有一个，只怕你做不到！

祥林嫂　什么办法？

柳　妈　祥林嫂！（唱）你还是去到镇西土地庙，

捐条门槛作替身，

让千人踏万人跨，

赎了你这一世大罪名。

［阿花内喊："柳妈——"

阿　花　你蜡台擦好了吗？太太说，擦好了拿到大厅去，桌围椅披去理理出来！

（合唱）祥林嫂你实在笨，

索性撞死倒干净。

如今是两个丈夫在阴司等，

阎王只好将你一锯两半分。

祥林嫂　（唱）千悔恨，万悔恨，

悔只悔当初一撞未撞准，

到如今第二个丈夫又丧命，

更是一件大罪名。

都说我不吉不祥八败命，

不干不净的扫帚星。

我抬头不敢看别人，

只有低头恨自身。

老爷太太我更怕见，

把我当作眼中钉。

祭祀不许我沾手，

杀鸡宰鹅无我份。

刚才柳妈一番话，

原来我罪孽有这般深。

我人世不见天堂路，

阴世倒有地狱门，

还有那两个丈夫在阴司等，
阎王要把我一锯两半分。
那玉历宝钞劝世文，
十殿阎罗阴森森。

这是什么？

(唱)青面獠牙是……是小鬼，
紧拉着铁锁锒铛一妇人。
莫非她也是生前犯大罪，
到阎王殿前定罪行。
想我生前受尽千般苦，
死后哪堪两半分！

打鬼……打鬼……是我自己的影子，没有什么，没有什么，去捐条门槛？捐条门槛……

(唱)不如去到镇西土地庙，
捐条门槛作替身。
让千人踏万人跨，
赎了我这一世大罪名。

(合唱)让千人踏万人跨，
赎了我这一世大罪名。

第十一场

［若干天后。镇西土地庙。

祥林嫂 庙祝伯伯！

庙　祝　侬个罪名倒是蛮重，不过侬要捐门槛，侬哪格捐得起啊！

祥林嫂　庙祝伯伯，捐一条门槛究竟要多少钱啊？

庙　祝　总要二十千。

祥林嫂　二十千？那我怎么捐得出啊。

庙　祝　本来么侬哪格捐得出来。

祥林嫂　庙祝伯伯，你总要做做好事啊，我每个月只有五百文工钱。

庙　祝　五百文啊？

祥林嫂　是啊。

庙　祝　格侬诚心要捐了。

祥林嫂　是啊，是啊。

庙　祝　让我再核算核算……人工、木料、漆水，至少要十二千！

祥林嫂　十二千？

庙　祝　侬每个月工钱五百文，做二年，最少有十二千了！

祥林嫂　二年！

庙　祝　十二千是最少格了，再少么就是不诚心，不诚心侬捐出来，也是不灵格了！

（合唱）祥林嫂一面走一面思忖，
为赎罪哪顾得万苦千辛。
从今后整日里她紧闭嘴唇，
她做啊，做啊，
好容易熬过了两年光阴，
积下了血汗钱十二千，
去到那土地庙赎罪名。

第十二场

［两年后又是祝福的日子。鲁镇，鲁府大厅。

阿　花　柳妈，祥林嫂呢？

柳　妈　你还不晓得，她捐门槛去了！

阿　花　捐门槛去了？

柳　妈　是呀，祥林嫂格人倒是阿弥陀佛，就是被命害煞啦！

祥林嫂　（唱）捐好了，捐好了，

　　捐好了门槛一条。

柳　妈　门槛捐好了？

祥林嫂　柳妈，阿花，我门槛捐好了！

（唱）庙祝说正月初三就动工，

　　元宵节前包做好。

　　杉树料，福建漆，

　　四尺宽，一尺高，

　　蛀虫白蚁钻不进，

　　日晒雨淋也烂不了。

　　从今后让千人踏万人跨，

　　我的罪孽好赎掉。

柳　妈　好好好！你的罪孽都由门槛代去了，你从今可以转运了！

祥林嫂　柳妈、阿花，你们有空的时候，都帮我去踏一踏！

（唱）今天我已赎了罪，

好似重新投娘胎。
从今后杀鸡宰鹅我能做，
我也可以擦蜡台，
今夜晚祝福摆供有我份，
我也不用再避开，
活着不会惹人厌，
死到阴司也无罪。

老　　孔　时候已到，老爷关照上福礼！

（合唱）起福礼，一声叫，
好时辰，已经到。
先摆果品茶和酒，
再摆如意和元宝。
一盆豆腐一盆血，
一把筷子一把刀，
三牲福礼快端上，
还有粽子和年糕。

鲁四太　（唱）最要紧一条元宝鱼，
老爷少爷好把龙门跳。
还有一碗万年粮，
我一不关照就忘掉。

阿花，快拿过来！

祥林嫂　太太，我好拿的！

鲁四太　阿花，快拿过来！

祥林嫂　太太，我捐过了！

鲁四老爷　什么捐过了？

祥 林 嫂 老爷，我门槛捐过了！

鲁四老爷 什么门槛不门槛？

祥 林 嫂 老爷，我的罪已赎过了！

鲁四老爷 赎罪，你还想赎罪？你这不祥之物，伤风败俗，一生一世也赎不了罪！

鲁 四 太 千岁万岁！千岁万岁！阿花，快去换一换，祥林嫂！今朝是啥日脚！今朝是啥个日脚呵！

鲁四老爷 和她多讲些什么！叫她滚！老孔，把她的工钱算出来！

鲁 四 太 柳妈，拿包裹！

鲁四老爷 我早关照过你，这样伤风败俗的贱胎留不得！

鲁 四 太 总怪我一时心软，看她可怜，谁知她会变得这个样子！

老 孔 老爷，工钱她全拿去了，只剩下几十文零头。

鲁四老爷 拿给她！叫她快滚！真是一个谬种！

鲁 四 太 老爷，百无禁忌！祝福！祝福！

鲁四老爷 祝福！（鞭炮声）

第十三场

［五年后的除夕深夜到天明。鲁镇鲁府大门前。

（合唱）几番风雪几番霜，

鲁镇仍是旧景象。

年终家家祝大典，

迎接福神赐吉祥。

祥林嫂 过年了，又是一年了！我在这世上活了多少年了？长啊！

(唱)雪满地，风满天，

寒冬腊月又一年。

长长的日子我怎么过，

如梦如真在眼前。

曾记得婆婆领我十一岁，

那祥林他还在摇篮眠，

我日间喂他三餐食，

晚间常把尿布添，

我是又做媳妇又做姐，

含辛茹苦十几年。

又谁知并亲半年祥林死，

留下了两代寡妇度日艰。

婆婆是负下重债将我卖，

卫老癞抢我到山间。

多亏老六待我好，

隔年又有阿毛添。

阿毛，阿毛！老六，你不要怪我啊！我是笨，我是傻，我单知道下雪天，野兽在山坳里没有东西吃才会到村子里来，我不知道春天也会有狼。老六，你不要怪我啊！你不要怪我啊！

谁知道伤寒夺去老六的命，

阿毛又遭饿狼衔，

撇下我无依无靠无田地，

那大伯又收去屋两间。

没奈何我二次重把鲁府进，

只求得免受饥饿度残年。

都说我两次寡妇罪孽重，

老爷太太见我厌，

我为了赎罪去捐门槛，

花去我工钱十二千。

人说道天大的罪孽都可赎，

却为何我的罪孽，

仍旧没有轻半点，啊呀轻半点？

我要告诉去，我一定要告诉去，我到哪里告诉去啊？

我只有抬头问苍天，

（合唱）抬头问苍天，

祥林嫂 魂灵究竟有没有啊？

（合唱）苍天啊不开言。

祥林嫂 （唱）我是低头问人间，

地狱到底有没有？死了的一家人还能再见面吗？快告诉我，快告诉我！

（合唱）人间也无言，人间也无言。

半信半疑难自解，

似梦似醒离人间。

［剧终。

（1977年演出本）

越剧

孟丽君

（根据丁西林同名话剧改编）

编　剧

吴兆芬

作者小传

吴兆芬（1937—2018），女，上海川沙人。一级编剧。1961 年毕业于上海师范学院中文系，同年 9 月进上海戏剧学院戏曲创作研究班深造。中国戏剧家协会会员、上海戏剧家协会理事。曾任上海越剧院创作室主任、红楼剧团副团长。

人物表

（出场序）

皇甫少华　荣　兰　孟丽君　刘国丈　权　昌　皇　帝　魏太师　皇甫敬

梁尚书　尹良贞　孟士元　皇　后　皇太后

序　幕

［幕后合唱　孟士元南疆御寇被敌擒，

权奸乘机害忠臣。

眼见得孟府临危遭劫难，

少华他策马飞驰夜报讯。

［合唱声中，舞台上先后映现三个画面：皇甫少华策马飞驰，不时顾盼动静；刘国丈率领兵将，气势汹汹地急速行进；孟丽君对镜描容，从容勾勒……

［幕后独唱　赠丹青，结誓盟，

千里烟波两地情。

［独唱声中，皇甫少华与孟丽君匆匆相见，赠画接画。

［远处火光熊熊，马蹄声骤，恋人盟誓作别。

［孟丽君挥手示意，荣兰急上，抖启男冠男装。

［切光。

第一场

［三年之后。

［金殿上。

［幕后合唱：从此后，假凤展翅高飞翔，

步青云，先中状元后拜相。

举贤任能兴百废，

惠誉政绩传四方。

可笑满朝须眉辈，

三年来，不识丞相是女郎。

［钟鼓齐鸣内大盟声："万岁临朝！万岁临朝……"皇帝上。太监权昌和侍卫、宫女等随上。

皇　帝　（唱）安乐皇帝万般好，

寡人就是怕坐朝。

喜的是年轻丞相才学高，

恼的是几位老臣爱唠叨。

且喜边疆干戈息，

安掌乾坤任逍遥。

今日里皇甫元帅凯旋归——

［魏太师、皇甫敬、刘国丈、梁尚书等鱼贯而上。

从　臣　臣见驾吾皇万岁！

皇　帝　众卿平身，赐座。

从　臣　谢万岁！

皇　帝　（唱）等郦卿代孤相迎齐来朝。

啊，众位大臣，皇甫元帅凯旋荣归，打了胜仗立了大功，朝廷该赏他何物，该封他个什么官啊？

刘国丈　蟒袍玉带，御酒庆功。

魏太师　依臣之见，可封为京师提督元帅，统领御林军，保护圣驾。

内　侍　（内声）启禀万岁！丞相郦君玉、元帅皇甫少华殿外候旨。

皇　帝　快宣！

内　侍　万岁有旨！宣丞相郦君玉、元帅皇甫少华上殿。

孟丽君　(唱)号炮响鼓乐鸣幡卷东风，

喜少华得胜归威震三军。

不枉我三年履险伴帝君，

扑朔迷离掩芳容；

不枉我保他出征赴边戎，

国仇家冤铭心中。

喜盈盈召唤贤契上朝去——

［皇甫少华英姿焕发地上。

少　华　(唱)随恩师扬眉吐气拜圣君。

孟丽君　臣郦君玉，
少　华　臣皇甫少华，　见驾吾皇万岁！

皇　帝　平身，赐座。

孟丽君　谢万岁！

少　华　谢万岁！

皇　帝　皇甫元帅，你打了胜仗，立了大功。朕赐你御酒庆功。

少　华　谢万岁！

皇　帝　有劳丞相代朕把盏。

孟丽君　遵旨，把盏！

［侍卫端酒盘上，孟丽君与皇甫少华各取酒。饮祭，放杯；近照面，少华惊疑端详，孟丽君急避。

黄甫敬　儿啊，还不快快谢恩。

少　华　谢万岁美酒。

皇　帝　皇甫元帅，朕还欲赐你蟒袍玉带。

少　华　启万岁，臣不要蟒袍玉带。

皇　帝　不要蟒袍玉带，那你要什么？

少　华　臣愿万岁赐臣一道诏书。

皇　帝　一道诏书，要它何用？

少　华　用它昭雪一位忠臣全家大小的不白之冤。

皇　帝　啊！忠臣受了不白之冤？这是怎么一回事？

少　华　万岁！

（唱）三年前南蛮入侵犯边疆，
孟士元奉旨挂帅赴沙场。
他屡建奇功破敌阵，
连战连胜斗志昂。
不幸一日中敌计，
他身负重伤，坠马被擒到番邦。
可恨那云南巡抚彭泽贼，
诬告孟帅私通敌人早投降。
从此孟家遭奇冤，
他女儿天涯茫茫奔他乡。
如今是克敌制胜真相明。
他忠贞不渝威武不屈三年全节在牢房。
万岁啊，讨诏书愿将这奇冤雪，
胜似那蟒袍玉带加身上。

皇　帝　呀，竟有这等事。那孟士元今在何方？

少　华　孟士元虽已启程回京，然三年牢狱，遍体鳞伤，中途又不幸染病，故而不能随军同行。

［孟丽君听皇甫少华叙述，止不住悲从中来。

皇　帝　唔，丞相，那此事就烦丞相复查昭雪。

孟丽君　遵旨！

皇　帝　皇甫元帅，忠臣受冤，理当昭雪；将军有功不可无赏。朕照赐蟒袍玉带，还要加封你提督元帅之职。

少　华　万岁，臣不要封官。

皇　帝　哦？这天下还有封官而不要的？这又为什么？

梁尚书　啊，万岁，依臣看呀——

（唱）元帅承恩沐春风，

可惜他年少尚未配鸾凤。

若能封官又赐婚，

岂不是锦上添花春更浓。

皇　帝　啊呀，好呀！

（唱）梁卿主意妙趣送，

赐婚祝捷兴意浓。

怎奈是现成无有淑女在……

刘国丈　（唱）梁大人有女如玉待字闺中。

皇　帝　（唱）既如此金殿赐婚朕玉成。

刘国丈　（唱）臣做现成大媒翁。（大笑）

少　华　啊呀万岁，这些臣都不要。

皇　帝　那你要什么？

少　华　臣愿将功折罪。

皇　帝　将功折罪？你何罪之有？

少　华　想那孟总督虽未降敌，然确是损兵折将，有负君命。故而臣愿将己之功，折他之罪。

［孟丽君感动，几致失态。

皇　帝　这……丞相你看此例可行吗？

孟丽君　万岁！

（唱）孟士元忠心报国几十载，

疆场上一朝失算有原委。

元帅他少年之功敬长者，

其志高尚堪敬佩。

刘国丈 唉，丞相——

(唱)若论古今法与规，

只闻子可赎父罪。

如今这功劳本是皇甫家，

怎能赎那孟家罪？

少　华 万岁！

(唱)孟士元他本是臣的岳父，

臣是女婿属小辈。

皇　帝 朕不但准你赎罪，还要加封你一个忠孝王。

少　华 谢万岁！

梁尚书 哎，慢来慢来，方才分明已有万岁赐婚，国丈为媒，将小女如玉许配皇甫将军，怎……怎……怎么又跑出来一个岳父呢？

刘国丈 是啊是啊，皇甫元帅，万岁金殿赐婚，这乃是锦上添花，喜上加喜呀，还不快快谢恩！

少　华 二位大人，小侄自幼与孟家小姐孟丽君订有婚约，实是万万不能另聘他人。

魏太师 哎，说得好，说得好！哈哈哈！

皇　帝 太师为何这样高兴？

魏太师 啊万岁，老臣闻得那孟丽君唷——

(唱)既有那闭月羞花貌惊人，

更有那锦心绣口才学深。

与元帅珠联璧合天作成，

那才是锦上添花满朝春。

刘国丈 老太师此言差矣！

(唱)孟丽君乃是犯人女，

怎能由万岁亲赐婚?

魏太师 (唱)那孟家冤狱理当平,

这犯人之女从何论?

刘国丈 (唱)纵然不是犯人女,

潜逃就有大罪名。

魏太师 冤狱潜逃分明无罪。

刘国丈 不服王法,分明有罪。

魏太师 无罪!

刘国丈 有罪!

皇　帝 唉呀呀,这有罪无罪嘛,还请丞相指教。

孟丽君 万岁,臣闻从前有一孔门弟子名唤曾参,他父母每次举棒打他,他是小棒打,愿挨,大棒打,逃走。他父母问他,这是为何?曾参答道:小棒打不会有伤,大棒打可致夭亡。若将孩儿打死,岂不加重了父母的过错?自此他父母再也不使大棒了。万岁,曾参之言,推此及彼举一反三,那冤狱受刑,好比大棒打子,孟丽君若不逃走,岂非也要加重朝廷的过错?

皇　帝 这个……

孟丽君 孝子事亲,大棒可走;忠臣事君,冤狱可逃。此乃先辈圣人之遗训也。

魏太师 丞相不愧博学多才,经你说古论今这么一比,那孟丽君不但逃得无罪,而且逃得好,逃得好啊!哈哈哈……

皇　帝 如此说来,那孟丽君冤狱潜逃,确是无罪?

孟丽君 确是无罪。

皇　帝 好,无罪,无罪!

少　华 谢万岁!

梁尚书 啊呀万岁!

(唱)孟丽君有罪无罪不提他，
我女儿方才已许皇甫家。
君无戏言从古云，
望万岁成全这对并蒂花。

少　华　(唱)孟丽君有罪无罪已明断，
我与她早结丝萝缘难解。
少华除了孟丽君，
玉女天仙我也不娶她。

魏太师　嗯，这门亲有情有义，应该联孟家，

刘国丈　不，这门亲金殿赐婚，应该联梁家。

魏太师　孟家！

刘国丈　梁家！

［魏太师与刘国丈反复争论。

皇　帝　唉！
(唱)二卿休要闹喳喳，
如今是两个女子都待嫁。
这有趣的婚事怎发落，
主意还请丞相拿。

魏太师　丞相，你这个主意可要出得合情合理噢！

梁尚书　丞相，你这个主意可要出得体恤圣意呀！

刘国丈　丞相，你这个主意可关系到梁大人女儿的终身大事啊！

黄甫敬　丞相，你这个主意可要拿得好呀！

少　华　恩师，这可是门生的终身大事啊！

孟丽君　是啊，这个主意可真不好拿啊！让我再仔细地想想？
(唱)君臣们催我主意拿，
这变化如何发付它？

喜少华多情又多义，

一片真心似玉无瑕。

如今我女扮男装有欺君罪，

这系铃解铃须筹划。

皇太后精明能干识风云，

解病危我岐黄回春救过她。

三月三幸逢太后庆寿诞，

趁晋见脱乌纱还须借助她。

万岁，依臣之见，皇甫元帅与孟家的婚约在前，如有孟丽君，万岁理当赐婚皇甫元帅与孟丽君成亲。

梁尚书 要是没有孟丽君呢?

孟丽君 （犹豫了一下）要是没有孟丽君……那自然该与你家如玉小姐成亲罗!

少　华 啊呀丞相，这可万万使不得……

皇　帝 嗳，丞相主意公平，元帅不用多辩。啊，丞相，只是这孟丽君到底在哪里呢?

梁尚书 我看孟丽君到底在不在，只有天晓得。

少　华 万岁，臣愿弃官寻找孟丽君，哪怕走遍天涯海角，也定要把她找到。

梁尚书 要是孟丽君一年不见?

少　华 我找她一年。

梁尚书 十年不见?

少　华 我找她十年。

梁尚书 要是一辈子不见?

少　华 我就找她一辈子!

魏太师 好！真是有情有义。

刘国丈　哼，真正岂有此理！

孟丽君　依我看，孟丽君不用去找。

［众闻之皆惊。

皇　帝　不用寻找？

孟丽君　只要朝廷通令各府州县，张贴皇榜，赦免孟丽君潜逃之罪，命她投案自首也就是了。

梁尚书　倘若她不来投案自首，难道要我女儿等她一辈子了？

刘国丈　给她一个限期嘛！

皇　帝　限期多久？

刘国丈　限期一月。

魏太师　太短太短。

皇甫敬　我说限期一年。

刘国丈　太长太长。

［刘国丈与皇甫敬，一说“一月”，一说“一年”，反复争论。

皇甫敬　三个月。

梁尚书　也太长太长。

皇　帝　好，由朕作主，限期一百天。

孟丽君　（惊算）一百天？

皇　帝　（不耐烦地掩耳）哎呀，退朝！（下）

少　华　（叫住孟丽君）啊恩师，这一来，你……你可害了我啦！

孟丽君　元帅此话怎讲？

少　华　丞相，想我与那孟丽君早有海誓山盟，生则同衾，死则同穴。她若不能如期归来，难道逼我去和那梁家小姐成亲不成？！

孟丽君　元帅不必担心，皇榜一出，天下皆知。那孟丽君岂会不闻不问？何况元帅对她如此多情多义，她岂有不想与你早完花烛之理？

少　华　我是怕她只身潜逃，举目无亲，度日如年，忧心如焚，她会不会早

已不在人世了啊！（伤心）

孟丽君　父母之冤未伸，鸾凤之愿未酬，她不会死去。

少　华　（有所发现地）莫非你——（忽又收敛）有她的消息么？

孟丽君　如有消息，定当奉告。元帅，等——待——佳——音！（下）

少　华　（一怔茫然）等待佳音……

［切光。

第二场

［三个月以后。

［中幕外，荣兰持信上。

荣　兰　（唱）忠孝王派人来送信，

求良医要丞相过府去出诊。

想必是孟丽君三月不揭榜，

他相思日深急成病。

小姐啊这真是一波未平一波生，

你系铃人如何去解铃？

唔，有了，待我去禀与丞相知道。（持信下）

［中幕启，皇甫家书房。

［少华正凝视端详孟丽君画像，如痴如迷。

少　华　画像啊画像，丽君啊丽君。究竟是你像那郦丞相，还是那郦丞相像你？究竟是你们两个确是相像，还是你就是郦丞相……唉，你啊你……你真把我捉弄得好苦也！

（唱）望丹青，心惆怅，

盼佳音，三月长。
百日限期期将满，
愁肠百结无主张。
天天盼望无消息，
夜夜梦回费思量。
这丹青分明像丞相，
两副面庞一般模样。
望丹青呀思丞相，
是真是假是弁是钗费猜详。
他若不是画中人，
为什么仪态神容都相仿。
他若真是画中人，
为什么至今不肯露红装。
丞相他对我话中又有话，
嘱咐我候佳音意味深长。
今日托病请丞相，
我定要察言观色探行藏。

［皇甫敬和夫人尹良贞同上。

尹良贞 儿啊，少华！

少　华 爹爹、母亲来了，请坐。

尹良贞 儿啊，求医书信已经送去，丞相说即刻就到。

少　华 （喜形于色）噢，这就好，这就好。

皇甫敬 儿啊，你说丞相就是孟丽君？可据为父所知，丞相家中，早有妻室了。

少　华 纵有妻室，怕也是为掩人耳目，爹爹不信，请看孟丽君赠予孩儿的自画像。

尹良贞 （取画净目细观）像啊，这画像真和那替我看过病的丞相一模一样。老爷，你看！

皇甫敬 （疑惑地看图）确有相似之处。

尹良贞 那少时丞相到此，我们就凭这张画像前去认他。

皇甫敬 嗳，这怎么可以？想这天下容貌相似者甚多，更何况……

尹良贞 哎，我说老爷，你与丞相三年同朝，难道还分不清是男是女，我看你真是个老糊涂！

皇甫敬 夫人，我可不能像你这样莽撞。

尹良贞 我说你糊涂！

皇甫敬 我说你莽撞！

尹良贞 你糊涂！

皇甫敬 你莽撞！

［两人重复争论数次。

少　华 啊爹爹母亲，不用争了。少时丞相一到，就能分晓……（与二老耳语）

［幕后声："丞相到！"

尹良贞 那儿啊，你这个病人也该快快打扮打扮呀！

少　华 对对对，丞相他……他果然来了！

［尹良贞拉皇甫敬急躲入屏风后，孟丽君和身背药箱的荣兰急上。

孟丽君 （唱）见书房寂寂无声好清静，

为什么不见有人把客迎？

莫非是二老不知丞相到，

莫非是少华病势真不轻？

莫非是这病中还有病？

我还须随机应变多留神。

［孟丽君和荣兰见画像皆惊。

荣　兰　（指画像）丞相这画……

孟丽君　（制止荣兰惊呼，自己却难禁百感交集，思绪万千）

（唱）见画像，百感生，

三年旧物安无恙。

画啊画，我羡你命运比我强，

三年来日日能伴他在身旁。

我羡你不愁风波不愁浪，

淡妆匀粉好安详。

今日里真容假貌来相逢，

怎不叫人触景生情情难藏。

荣　兰　（猛见人影晃动，急忙示意提醒）丞相……

孟丽君　（故作观赏字画）这屏风上的字画精致得很啊！

荣　兰　（故意大声她）嗯嗯嗯，是啊！是啊！

孟丽君　（双关地）这字画的布局，怕是也费了一番心思的呢！说不定还是忠孝王亲手书写，亲手书画！

荣　兰　是呀！是呀！

孟丽君　我们就在此等候忠孝王！（再觑一眼画像，镇静地坐下）

［尹良贞不知不觉地走出屏风观察丞相，皇甫敬急掩之而出。

皇甫敬　丞相驾到，老夫有失远迎，失礼呀失礼！

孟丽君　哪里哪里，老元戎，不知忠孝王的病怎么样了？

皇甫敬　小儿他……他突然病倒。（见皇甫少华探头而出，向他急摇手）

［皇甫少华出，装病态。

少　华　啊唷！啊唷！（见孟丽君故作如逢故旧般地惊呼）啊呀！孟丽君……

［孟丽君、荣兰、皇甫敬皆惊。

皇甫敬　（急制止皇甫少华）儿啊，是丞相为你看病来了！

少　华　噢，恩师你要救我的命啊。

皇甫敬　请丞相按脉，下官到后堂吩咐为丞相备宴。

孟丽君　老元戎不必客气。

皇甫敬　应该，应该！坐！

［尹良贞又探头观察，皇甫敬急阻，下。

［荣兰移过脉枕。

孟丽君　忠孝王伸手过来，我替你按脉。

少　华　好！（忘情振臂）……（悟而急又装病）唉唷！……恩师，我生的是什么病？

孟丽君　你呀！生的是急性病。

少　华　急性病？

孟丽君　看来是肝火太旺吧！

少　华　恐怕是阴阳失调吧？

孟丽君　这……这病不要紧，数日之后幸逢太后寿诞。太后寿诞一过，保管贤契心旷神怡。（递过药包）此药能强心舒气，戒急戒躁。

少　华　唉！学生之病，岂能常药所医。哎呀，如此用药，这药箱恐怕用不着了？

孟丽君　（连忙掩饰）荣兰，吩咐打轿伺候！

荣　兰　是！（调皮地瞪了皇甫少华一眼，大模大样地背药箱下）

少　华　（突然站起）啊呀恩师，实不相瞒我生的乃是思孟病。

孟丽君　（一怔，故意扯开）啊，思梦病？噢噢噢，日有所思，夜有所梦！思梦病，思梦病！

少　华　（单刀直入）不！我的病乃是为……（以手指孟丽君）

孟丽君　（更惊，神情严肃起来）唔？

少　华　（手指无奈地转向画像）喏喏喏，乃是为她而起呀！

孟丽君　（舒了一口气）噢！你的病，是为她而起的呀！

少　华　是呀，恩师请看，这是孟丽君赠我的自画像。

孟丽君　这是孟丽君的自画像，那我倒要仔细地看上一看。

少　华　恩师请看！

孟丽君　唔，画得好呀，画得好！

少　华　唔，画得像呀，画得像！

孟丽君　嗳，我说是画得十分好啊！

少　华　嗳，我说是画得十分像啊！（观察试探中更信对方即是孟丽君）

（唱）他有意装作无意样，
我有心再把心话讲。
恩师啊皇甫少华与孟丽君，
早就海誓山盟结鸳鸯。

孟丽君　噢，你得了这样一位如花似玉的小姐，真是福分不浅啊！

少　华　（唱）可惜是皇榜贴出三月长，
未见她投案露真相。
恩师你殷勤嘱我候佳音，
怎奈是画饼不能充饥肠！

孟丽君　（唱）贤契啊，好风来时篷才张，
青云有路终能上。
你与她有情人终能成眷属，
何需焦躁不用慌。

少　华　（唱）如今是好风已临篷不张，
只怕她做了高官把旧情忘。
我为她天天看图等佳音，
我为她夜夜思梦梦难长。
我一片真心唯天表，
她无动于衷为哪桩？

孟丽君 （唱）他那里字字句句诉衷情，

我这里方方寸寸九回肠。

他情切切为我思念长，

他恨生生怨我旧情忘。

酸溜溜他语中带刺挖苦我，

痴呆呆我万千苦衷他全不想。

常言道水未落石难出，

我心中有话怎明讲。

人说伴君如伴虎，

一旦有祸要害夫郎。

奸佞未除我怎下堂，

少华呀，这难煞人的处境你不体谅。

［孟丽君委屈、动情，皇甫少华看在眼里。

少　华 （故意指着画像）孟丽君呀孟丽君，你与我明明近在咫尺，却如同装作陌路人一样，你呀你呀！

（唱）透过眉宇探秋波，

你的心事瞒不过我。

定是为犯欺君罪，

担心再罹杀身祸。

三年来，你为平外乱、雪家冤，

事出有因万不得已你才有错。

更何况你我两家功劳大，

何惧万岁不让步？

倘若真要定你罪，

同患难我不辞赴汤与蹈火。

丽君啊，要是万岁赐婚梁家女，

叫少华如何去对付？

百日限期期将到，

你切莫犹豫再蹉跎。

你若再把时间误，

你不申诉我申诉。

你若再不夫妻认，

我定当你薄情寡义负了我。

孟丽君 （唱）听少华话语激切情意真，

声声犹催夫妻认。

人说道雪里梅花早知春，

他却像晚开木樨不接讯。

我正为功成把身退，

巧运筹谋苦费心。

一来是彭泽案情待查清，

二来是待等太后寿诞临。

若得太后来帮助，

可保得安然脱险夫不惊。

少　华 （急指画像）啊，孟丽君，你倒是说话呀！

孟丽君 （唱）贤契呀，你为画像起病怨画像，

可知那画像有口口难张。

你看她秋波清澈明如镜，

你看她柳眉淡扫智慧藏，

想必她你的心事早知详，

想必她心中定有好主张。

少　华 （失态地）孟丽君呀孟丽君，（连忙转指画像）你……你你你……你也太狠心了！

孟丽君 （脱口而出）这是你错怪……（指画像）错怪她了。

少　华 咦，恩师，你怎么知道我错怪她了？

孟丽君 （唱）既然她敢逃冤狱走天涯，

定是个烈性女子有志向。

贤契你恩重如山对待她，

她定会情深如海来报偿。

少　华 （激动地扑向孟丽君）丽君，我的妻呀！

尹良贞 （突然冲上）喂呀，我的好媳妇呀……

孟丽君 （惊醒）大胆！

皇甫敬 （急出解围）丞相……

孟丽君 老元戎，忠孝王神志不清，务须及早用药，就此告辞。（急下）

少　华 丽君！丽君！母亲，都是你呀……

尹良贞 啊？唉……

[切光。

第三场

[数日后。

[皇宫内院，皇家小憩便殿。

[幕后合唱：百日期限今已满，

无奈月圆人不圆。

鸾凤干戈谁家赢，

各有心事怀中揣。

[合唱声中幕启，皇帝正抚琴独吟，兴意盎然。

从　臣　臣见驾吾皇万岁！

皇　帝　众卿平身。

从　臣　谢万岁。

梁尚书　万岁，今天百日期满，未见孟丽君投案，望万岁赐婚小女，与忠孝王即日完婚。

刘国丈　对，立即成亲。

魏太师　嗳，慢来慢来，既然孟家婚约在前，忠孝王又非孟丽君不娶，我看这期限可以放宽。

梁尚书　这期限不能放宽。

魏太师　可以放宽。

梁尚书　不能放宽。

魏太师　可以放宽。

［梁尚书与魏太师反复争论。

皇　帝　怎么又吵起来了？此事当如何处裁，还是请丞相指教！

孟丽君　此事嘛……（步下金阶看日光，返身入殿）万岁！

（唱）算日子，朝仪日期虽已满，

看日光，限期时辰尚未终。

须要念尚书择婿心意急，

更须念丽君少华情义重。（示意少华）

百日尚能耐心待，

一刻更应等从容。

劝列位稍安毋焦躁，

说不定情况有变在顷刻中。

［幕后传来呼声："孟丽君投案自首！"

孟丽君　那孟丽君不是来了吗？

皇　帝　宣。

权　昌　宣孟丽君上殿。

［内声：“领旨！”

［荣兰女装上。

荣　兰　（唱）小姐奇谋巧安排，

要荣兰以假护真认亲来。

让他们真假都难辨，

为的是拖延期限巧解围。

荣　兰　孟丽君叩见万岁！

皇　帝　抬起头来！唔，果然仪容不凡。

少　华　万岁，她乃是假孟丽君。

皇　帝　她是假孟丽君？

孟丽君　嗳，未经审问，怎能断定真假？

皇　帝　唔，丞相高见，代朕问来。

孟丽君　遵旨。你这女子，家住何方，姓甚名谁？一一讲来。

荣　兰　（天真爽朗地）丞相容禀！

（唱）孟丽君就是我名讳，

老家就在云南昆明鼓楼街。

孟丽君　你父母是谁？

荣　兰　（唱）爹爹总督孟士元，

娘亲韩氏命西归。

孟丽君　可曾婚配？

荣　兰　（唱）自幼父母早许配，

许配那……

孟丽君　许配何人？

荣　兰　（天真调皮地指皇甫少华）就是他——

（唱）与少华情投意合两相爱。

少　华　（啼笑皆非）啊呀呀呀，这……这从何说起啊！

刘国丈　此乃寻常家史，何足为证？

梁尚书　何足为凭？

孟丽君　是啊，何足为凭？

荣　兰　（唱）丞相呀！丞相若是疑猜，

孩提趣事可质对。

那年丽君方五岁，

少华随父拜客来。

他与我青梅竹马同玩耍，

他为我摘桃上树落尘埃。

左臂留有疤痕在，

不信可问我公爹。

少　华　（惊讶）啊呀，这真是奇哉怪也！

皇甫敬　（惊讶）啊呀，这真是奇哉怪也！

孟丽君　忠孝王，这小女子可是对答如流呀！

少　华　此乃移花接木假乱真，有枝有叶却无根。

孟丽君　什么有根无根，你快仔细认上一认嘛！

少　华　（执拗地）不用认，不用认。

孟丽君　为何不认？

少　华　（双关地）见过真的，不能说真；看着假的，难道要我说她是真不成？

刘国丈　万岁，既然忠孝王说是假，恐怕其中确是有诈。

魏大师　万岁，这小女子所答，事事有根句句有凭，岂能轻易说假。

皇　帝　是呀，若按小女子所言，有根有据，那这桩婚姻，朕是当成全……

少　华　慢！万岁！

（唱）万岁他成全二字轻出唇，

我心头顿觉千斤沉。

我这里情真意真，

她那里似铁似冰。

不关痛痒心好狠，

还拿腔作调捉弄人。

也罢！

少华我不是知音不钟情，

生死与她结同心。

今日明志剖肝胆，

万岁驾前吐真情。

万岁，那真孟丽君她……她……早就来了！

皇　帝　啊！她在哪里？

孟丽君　（赫赫威严地逼近皇甫少华，示意阻拦）是呀，她在哪里？她在哪里？

少　华　（取出画像）她在这里！

皇　帝　这是什么？

少　华　这是孟丽君的自画像。

皇　帝　（接过画轴，看画像，惊叹，动容）啊呀，妙啊！

（唱）好一个亭亭玉立画中人，

疑是那九天仙子下凡尘。

弯弯蛾眉远山青，

莹莹凤眼秋水明。

意态妖娆千般柔，

风姿绰约万种情。

六宫粉黛多多少，

几曾见似这般倾国倾城。

啊！忠孝王！画像虽好，朕总不能叫画像同你成亲啊！

少　华　万岁，要是这画中人在呢？

皇　帝　（不经心地）那自然立即与你赐婚成亲。

少　华　君无戏言？

皇　帝　言出如山。

少　华　谢万岁！请万岁按图索骥，她……她远在天边，近在眼前。

皇　帝　（一惊）近在眼前？此时？

少　华　此时。

皇　帝　此地？

少　华　此地。

皇　帝　（突然放声大笑）哈哈哈……忠孝王啊，你的病到底好了没有？

少　华　万岁，我的病早就好了。

皇　帝　恐怕未必吧。你来看，这金殿之上，分明都是男子，而孟丽君乃是个女子，你却说她近在眼前，这……不是痴人说梦吗？

［刘国丈、梁尚书等均大笑。

少　华　万岁，这金殿之上，衣冠装束确系男子，可其中有位大臣，却因家国之仇，不得已而女扮男装！

皇　帝　（大惊）你待怎讲？

少　华　有一位大臣女扮男装！

［众皆惊。

皇　帝　哦，竟有这种事？那朕倒真要一一审视了。（兴味颇浓地取画下位，至大臣前一一对照）

［孟丽君内心焦急，不由略显不安，但随即又镇静下来。

［幕后合唱：狂澜已有百丈高，

他不该推波还作涛。

千钧一发如何好，

愿借东风去退潮。

［合唱声中，皇帝一一审视其他大臣毕，及至走进孟丽君，反复审视对照，顿然自信发现了一个天大的秘密，喜不自禁。

皇　帝　（唱）侧目细看郦卿容貌，

分明酷似画中窈窕。

鸿鹄飞自天际来，

扑朔迷离待分晓。

倘若果是钗易弁，

孤皇不保谁来保？

啊！郦卿，你来帮朕看看，这画中人与殿上哪一位大臣面貌相像啊？

孟丽君　（镇静地）万岁！

（唱）容貌相像世上多，

男女有别不能错。

一定是忠孝王情痴神恍惚，

像与不像乱猜摩。

皇　帝　说得对，朕也说这女扮男装决无其事，决无其事。

少　华　（急不择言）啊呀万岁，你分明已经看出……

皇　帝　（严厉制止）唔！

刘国丈　万岁，倘若这朝中真有大臣女扮男装，论律当立斩不赦。

少　华　（不顾一切地）不，只要万岁赦她无罪，孟丽君就可脱下朝服，还她红装。万岁，你就成全我们夫妻团圆吧！

皇　帝　（怒容）你还要痴人说梦，你太放肆了！

少　华　（还欲据理力争）万岁！

孟丽君　（急阻）你莽莽撞撞，颠颠倒倒，难道不知大祸将临？（转向皇帝）啊万岁，念我贤契有病在身，口不应心，允他知错而改，悔过自新。

皇　帝　（狡黠地）好，看在郦卿分上，就饶他这一次。

少　华　谢万岁！

魏太师　（亦有所觉察）啊万岁，这如今又是女子，又是画像，究竟谁真谁假，倒真叫人越辨越糊涂了。

太　监　启奏万岁，云南总督孟士元病愈荣归，现在午门外候旨。

皇　帝　（喜不自禁）啊呀，好了，一个不糊涂的人来了！快宣！

太　监　宣孟士元上殿！

［内声："臣领旨！"随即上。

孟士元　（唱）冤昭雪官复职云散雾开，

怎奈是儿无踪新愁萦怀。

臣孟士元见驾，吾皇万岁！

皇　帝　平身。孟总督，快来见过为你昭雪明冤的郦丞相。

孟士元　谢万岁！郦丞相……（发现对方面熟）

荣　兰　（急奔孟士元）啊，爹爹！

孟士元　（一愣）你是谁呀？

荣　兰　我是你女儿丽君呀！

孟士元　（激动）是我女儿？是我女儿丽君？……不对呀，你认错人了吧？

荣　兰　啊爹爹，几年不见，你怎么连亲生女儿都认不出来了？

少　华　是啊，岳父，如今你女儿已是个大人了，只怕面对面你真的认不出来了。

孟士元　（不明其意）贤婿，难道你也说她是我的女儿？

少　华　岳父，你的女儿啊……（先指孟丽君，后摇手指荣兰）

皇　帝　（狡黠地）孟总督，这小女子自称孟丽君，所说之言句句有凭有据，你快快上前认过亲生。

孟丽君　孟总督！

（唱）常言道知子莫若父，

女儿的心事父知情。

究竟是真作假还是假作真，

请总督细观容貌细辨音。

孟士元　(唱)听丞相言弦外似有音，

观丞相貌容颜如丽君。

荣　兰　啊爹爹!

孟士元　(唱)回头再看阶下女，

似曾相识面不生。

难道我思女心切眼昏花，

还是盼儿又入梦境。

贤婿他指指点点有隐情，

万岁他声声催我认亲生。

看起来今日境遇非寻常，

认女儿还须要三思而行。

荣　兰　啊爹爹……

孟士元　(唱)辨音容，阶下女原来是荣兰，

孟丽君　孟总督！你难道真的连谁是你女儿都认不清了？

孟士元　(唱)察神韵，丞相分明我亲生，

荣　兰　(哭喊)爹爹!

少　华　(急)啊呀岳父，小婿深爱丽君之心瞒不过你，你……你……你可不能胡乱认她噢!

梁尚书　孟总督!

孟士元　(唱)定是丽君有为难情，

倒不如不说假来不说真。

啊呀万岁，恕老臣体弱有病，耳聋眼花，实在认不清呀!

孟丽君　万岁！既然还是真假难辨，允微臣把这小女子带回相府，仔细

再审！

皇　帝　好吧，此事就交爱卿发落。

孟丽君　（怀着再次胜利的喜悦）遵旨！

梁尚书
刘国丈　啊呀万岁，这女扮男装之事……

皇　帝　（得意而果断地念）女扮男装纯属虚话，谁再胡言立斩不赦。退朝！

［皇帝取画像，目视孟丽君，笑下。

少　华　（指孟丽君）你呀！你呀！

荣　兰　你啊！你啊！你倒仔细地看看，我为什么不是孟丽君？我要不是孟丽君，你就得与梁家小姐成亲。到那时我看你怎生了得。

孟丽君　（指少华）你啊！你啊！

少　华　噢！

［切光。

第四场

［紧接上场，丞相府内室。

［荣兰带权昌上。

荣　兰　启禀丞相，权昌公公到。

［孟丽君上。

权　昌　郦丞相接旨。

孟丽君　公公。

权　昌　万岁宣丞相即刻进宫共商国是。

孟丽君　公公先请，下官随后就到。

权　昌　（狡黠地）不，万岁命我随丞相一同进宫。

孟丽君　这……如此，请公公稍待。（走近书桌，思索有顷，提笔疾书）荣发，此乃公文急件，立即送出。

荣　兰　（会意）是！

孟丽君　公公请！

权　昌　请！

［切光。

［幕后合唱：私心惑乱小君王，

上林苑中布罗网。

面对着聪明天子风流阵，

令才女百折搜寻锦绣肠。

［换景：上林御苑。

［内声："丞相请呀！""万岁请！"

［皇帝、孟丽君蹚马上。

皇　帝　（唱）君臣上马缓缓行，

不由寡人喜在心。

倘若他风流相国是才女，

岂不是绝代佳人天赐朕。

在金殿图容已透春消息，

游上林再施雨露探春心。

孟丽君　（唱）君臣上马缓缓行，

一路心中暗沉吟。

假言入宫议朝政，

原来邀伴游上林。

看万岁定然别有意，

我该留神处且留神。

皇　帝　丞相请哪！

孟丽君　万岁请！

皇　帝　（唱）上林三春好风光，

君悦臣欢同玩赏。

孟丽君　（唱）层楼飞阁多玲珑，

画栋雕梁好辉煌。

［一群鸿雁飞鸣而过。

皇　帝　郦卿你来看！

（唱）看云中鸿雁飞过声声鸣，

卿可知此鸟乃是恩爱禽。

孟丽君　（唱）臣只闻此鸟识礼仪，

你看它该后不前排字行。

皇　帝　（唱）看溪边一片嫩绿报春晓，

卿可知此乃新栽相思草。

草木有情也相思，

问郦卿人若钟情情何了！

孟丽君　（唱）才疏不识相思草，

臣只闻自尊自重有含羞草。

无知草木若有情，

遵理训人情当比草情高。

皇　帝　这个……

（唱）我隐隐约约去挑动，

他疏疏淡淡话藏锋。

我探意再露三分明，

看他又用何招架功。

丞相呀卿文采如人藏奇风，
朕与你即兴联对雅韵诵。

孟丽君　如此请教上联。

皇　帝　清风有迹难遮影。

孟丽君　明月无知空照人。

皇　帝　云白山青天有意。

孟丽君　江深竹静地无心。

皇　帝　万丈深潭，教渔翁如何下钩。

孟丽君　千层峭壁，劝樵子及早回头。

皇　帝　这个……啊呀！
（唱）郦卿才华果出众，
须臾间字字珠玑和九重。
我若能有此贤内助，
定是个安邦定国的好梓童。
我挥舞柳梢飞珠洒，
啊呀呀，真个与画中美人点不差。
丞相，来此桥头，你我骑马过桥。郦卿请啊！（见其有难色，窃喜）怎么？郦卿不敢？（趋前欲扶）待孤扶你上桥。

孟丽君　不，微臣自己上桥。

［孟丽君与皇帝先后上桥。孟丽君坐鞍不稳，大露女态。皇帝暗喜，催骑追上，猛挥一鞭。孟丽君坐骑惊，差点跌下，皇帝急扶之。

皇　帝　郦卿，你可要小心点啊。哈哈哈……
（唱）你既是堂堂男子臂力雄，
为什么体态娇柔不禁风。

孟丽君　（唱）只因我自幼年多病常娇养，
从小在父母宠爱中。

惯坐轿子不骑马，

因此是上桥险把马缰松。

皇　帝　好！你我下马而行。

孟丽君　谢万岁！

皇　帝　（唱）信步来到龙池边，

见龙池中对对游鱼嬉水中。

我与卿水里照影影成双，

正好似一龙一凤喜相逢。

孟丽君　（唱）万岁此话理欠通，

君臣如何比龙凤。

君赐臣一幅湖山收眼底，

臣报君万家忧乐常驻胸。

居安思危古之训，

我阁事未料先辞君。

皇　帝　阁事不妨明日料理，少时你我同往天香馆，君臣同饮一盅如何？

孟丽君　（再次推辞）万岁……

皇　帝　卿再说不去，朕真的要生气了。来呀，院中掌灯，摆驾天香馆。

［内声："是，掌灯……掌灯……"

皇　帝　哈哈哈哈！郦卿来呀！（不由分说携孟丽君下）

［暗转。换景。

皇　帝　来来，郦卿，请上座。

孟丽君　啊呀万岁，微臣怎敢与万岁平坐？

皇　帝　这个座位平日乃皇后娘娘所坐，可惜她不配噢！她应该把这只座位让出来，让与你丞相！

孟丽君　万岁又说笑话。

皇　帝　来请上坐！

孟丽君　告坐！

［小太监斟酒后退下。孟丽君无奈地就座。

皇　帝　（举杯）来，为卿才高八斗，敬你一杯。（目视其饮下）

孟丽君　（趁皇帝饮酒间隙，把酒吐入袖管）谢万岁！

皇　帝　（斟酒）为卿忠心可嘉，再敬一杯。

孟丽君　（故意抢先举杯）请！（趁帝饮酒，将酒泼地）

皇　帝　（酒兴上来）郦卿呀！

（唱）人言潘安美书生，

我说郦卿胜十分。

日间朝中风波起，

问郦卿可识寡人保你情？

怪不得元帅为你堪销魂，

就是孤爱你才貌也动心。

愿与卿吟诗赏画常聚首，

愿与卿说古论今更亲近，

愿与卿共掌乾坤理朝政。

愿与卿时时刻刻不分离，

朕与卿今夜尽兴天香馆。

知己君臣同榻论政。

孟丽君　万岁！

（唱）想微臣受皇家重用之恩，

常自励秉忠心报效朝廷。

都只为受恩宠少年得志，

遭人忌惹人妒风波迭生。

日间朝中流言起，

蒙君圣明皂白分。

今夜若宿天香馆，

无端非议必丛生。

一议君臣乱礼仪，

二责下官媚朝廷。

为国为君为微臣，

望万岁、再思忖、掂重轻、

观全局传君令收回成命。

皇　帝　（唱）好容易，风流阵里困孤军，

岂甘心，莲花舌前又败阵。

几经迂回单刀入，

仗我君威将她军。

啊丞相，想君臣同桌而食，同榻而眠，从古有之，先有刘备孔明，后有光武子陵，千古佳话传到如今，你、你因何推三托四，怕这怕那，违拗寡人？（故意把脸一沉）你你你莫非是裙钗红粉？

孟丽君　（蓦地一惊，迅即强自镇定）万岁你此话，这是何意？

（唱）万岁你日间降谕不信邪，

为什么夜来又说回天话。

君王若也存疑虑，

相国何以服臣下。

既如此我只得挂袍除冠，

辞朝别驾归林下。（说罢真要除冠）

皇　帝　啊呀呀丞相，孤不过说句笑话，何必当真？好好好，既是卿不愿同榻，那你我就到内室秉烛长谈到天明。这卿总不能推辞了吧？（步步进逼）

［权昌急上。

权　昌　万岁！万岁！启万岁，娘娘驾临天香馆。

皇　帝　竟有这等冒昧之事，关上大门！

权　昌　娘娘已进大门。

皇　帝　关上二门。

［权昌急下。

孟丽君　（乘机脱身）既是娘娘驾到，微臣更当告退。

皇　帝　（又阻）慢！娘娘未经宣召，不能前来。她就是来了，也只有娘娘让丞相，不能教丞相让她。

［内喊："娘娘驾到！"

皇　帝　啊，她真的来了？（指内室）郦卿请暂避。

皇　后　（唱）老爹爹递消息朝中出奇闻，

　　　丞相府又报知君臣游上林。

　　　若不阻止这风流事，

　　　枉为我昭阳宫中第一人。

万岁圣安！

皇　帝　到此作甚？

皇　后　闻万岁在此赏月，特来恭陪。

皇　帝　（强硬地）孤不用你陪。

皇　后　（也强硬地）臣妾不敢不陪。

皇　帝　朕要你回宫。

皇　后　臣妾不想回宫。

皇　帝　（僵持片刻，有了主意）好好好，多谢娘娘盛情美意。（非常礼貌地）赐座。

皇　后　（同样礼貌地）谢座。

［孟丽君突然上。

孟丽君　参见娘娘千岁！

皇　帝　（惊）你……

皇　后　丞相，时候不早，回府去吧！

孟丽君　谢娘娘。

皇　帝　且慢，朕还有阁事，要与丞相商量。

皇　后　啊万岁，阁事明日早朝商量也不为迟！

皇　帝　啊呀这是朝廷之事，谁要你来多管？你给我回宫！

皇　后　啊？

［太监惊呼上。

太　监　丞相！丞相！启奏万岁，丞相府荣发来报，相府突然失火，叫丞相速速回去。

孟丽君　娘娘如何是好？家遭劫难，恕臣告退！

皇　后　丞相，快回府去吧！

孟丽君　谢娘娘千岁！（急下）

皇　帝　郦卿！郦卿！……唉！都是你噢！

［收光。

第五场

［翌日清晨。

［皇太后的内宫偏殿。

［幕后合唱：朝中夺爱火正旺，

后宫寿庆备宴忙。

火警连连报太后，

老兄妹灭火良计共相商。

［合唱声中幕启。太师正向太后力陈主见。太后时而赞许，时而

迟疑。

太　后　我的老哥哥,这相府失火之事,不可小看呀!

魏太师　是呀,是呀……

［宫女上。

宫　女　禀太后,郦丞相求见。

太　后　果然来了。宣!

宫　女　是!郦丞相进见!(下)

［孟丽君内声:"领旨!"随即上。

孟丽君　臣郦君玉恭请太后圣安。老太师安好。

魏太师　臣相安好,请坐!

太　后　丞相一早进宫,有何要事?

孟丽君　太后——

(唱)恕微臣冒昧求见内宫进,
问候太后可康宁?

太　后　(唱)前年我一病康复消百病,
丞相你妙手回春赛观音。

孟丽君　(唱)太后康宁万民福,
愿尽绵力表寸心。
今日我提前送寿礼,
献一尊亲手描绘的观世音。

太　后　(唱)祈神灵哀家最敬观世音,
你股肱臣何来这温存体贴贤淑心?

孟丽君　(唱)想微臣才疏大意常失检,
望太后宽恕我涉世未深。

太　后　(唱)三年来常听人夸贤相能,
今出此言为何因?

魏太师 （会意，进而试探）是啊，莫非为昨晚失火之事？

（唱）听说是昨晚相府失谨慎，

问丞相火中可受惊？

孟丽君 （唱）此乃是马房失火家人安，

一场虚惊顷刻平定。

魏太师 （唱）这一场虚惊莫小看，

星火不慎家难安。

谨防意外莫疏虞，

望丞相及早消灭起火源。

孟丽君 （唱）金玉之言我领教，

感谢太师来忠告。

失火事一之为甚岂可再，

下官心中早明了。

只是相府失火事还小，

已劳太师把心操。

若是宫廷有失慎，

擎天华厦栋梁摇。

万岁太后天之骄，

防患未然更重要。

望太师多谨慎，

莫使那圣上太后受惊扰。（观察太后、太师）

［**幕后合唱**：一席话隐锋芒对答巧妙，

达情理见分量胆略高超。

太　后 是呀！

（唱）边廷干戈乱刚平，

后院难经火再烧。

古人说惜指失掌见识短，

我岂能为小可失大道。

丞相呀，难得你锦心绣口说安危，

防火警有老太师助哀家，

内外谨慎明察秋毫。

孟丽君 （会意）太后明察秋毫，此乃万民之福。太后千岁千千岁！（突然跪地）臣这里有陈情奏章一道，专呈太后，请太后圣断！（递奏本）臣先请告退。

太　后 （心照不宣地）请便！

孟丽君 谢太后！（怀着胜利的喜悦，回头妩媚一笑，下）

太　后 你与我念来。

魏太师 （与太后会心地交换眼色，急展奏本，念）"……臣因父母蒙冤，华厦被侮；因此，痛心疾首，义愤填膺。先人曰：国家兴亡，匹夫有责。臣才不顾身为女子，冲出闺阁，投奔仕途，立志为亲洗冤，为国振威……"（与太后相顾含笑点头）可我怕万岁不肯就此罢手。

太　后 那就把暗事放到明处，来他一个御前会审。

魏太师 御前会审？

[切光。

第六场

[翌日晨。金銮殿上。

[伴随着景阳钟鼓声。

[幕后合唱：乐悠悠美梦成泡影，

水灵灵甜果变酸酒。

纵也难、擒也难，

爱恨交加恼又羞。

骄天子岂肯罢休，

贼奸佞火上浇油。

看御前会审巧争斗，

又一番较量风雨怎收。

［魏太师、刘国丈、梁尚书恭候圣驾。皇帝手持孟丽君画像。看着看着，已忘乎一切。

权　昌　（轻声地）万岁，万岁，该审案了。

皇　帝　（恢复至尊之态）对，带钦犯孟丽君！

权　昌　带钦犯孟丽君！（内声：带钦犯孟丽君！带钦犯孟丽君！）

［女装打扮的孟丽君上。

［幕后合唱：孟丽君三年乔装为丞相，

今日里脱下锦袍还红装。

孟丽君　（从容不迫地跪下）孟丽君见驾，吾皇万岁！

皇　帝　（为其美容、新姿所吸引）抬起头来！呀！

（唱）见郦卿姿容一新胭脂透，

百倍妩媚不胜收。

你若早允寡人意，

何苦竟作阶下囚。

［皇帝忘乎所以，竟欲下座与她亲近。太监、侍卫惊哄声。

皇　帝　（唱）花开尚在花枝头，

叫朕如何肯罢休？

刘国丈　啊！万岁审啊！

皇　帝　审啊？

梁尚书　万岁！问啊！

皇　帝　问啊？（打定主意，端起了架势）嘟！孟丽君，寡人一向视你为股肱，举你作栋梁，不想你竟是女扮男装，欺瞒君王，你真是辜负了寡人待你之心噢？（一再示意，孟丽君无反应）来呀！

［两校尉上。

皇　帝　将孟丽君暂且押下。

孟丽君　（威严地）且慢！请问万岁，今日可是御前会审？

皇　帝　是啊！

孟丽君　既是御前会审，为何一不审，二不问？

皇　帝　这个……

孟丽君　不审不问，这案如何判、又如何断哪？

皇　帝　（习惯地发问）那依丞相之见呢？（见太监、侍卫们起哄，狡黠地思索）好，那你们审、你们问！

刘国丈　（恶狠狠地怒拍惊堂本）嘟！

皇　帝　（不忍）啊呀，轻一点嘛！

梁尚书　下跪何人？

孟丽君　孟丽君。

刘国丈　以前是何人？

孟丽君　孟丽君。

刘国丈　（没趣地）大胆！

［皇帝又不忍，再示意轻声。

刘国丈　（唱）你既说以前是孟丽君，

那郦君玉究竟是何人？

孟丽君　（唱）孟丽君本是我真名姓，

郦君玉乃是我假姓名。

刘国丈　（唱）你女扮男装谁指使？

孟丽君 (唱)花木兰是我指使人。

刘国丈 (怒)大胆！你竟敢用一个死了的古人来戏弄老夫，你不怕罪上加罪？

魏太师 嗳，国丈，既然她说得有名有姓，那就该问下去嘛！孟丽君，你说花木兰是你指使人，这是何意？

孟丽君 老太师——

(唱)花木兰女扮男装赴边关，
孟丽君效仿木兰须眉扮。
木兰代父去从军，
丽君为父冤案翻。
木兰挥戈克可汗，
丽君荐夫平外患。
木兰经百战，丽君兴百废，
都为生民免涂炭。
一样是家有急国有难，
当仁不让道义担。
为什么木兰如愿驰明驼，
丽君有家不能还？
为什么当年木兰受策勋，
今日丽君成囚犯？
欲害孟家满门斩，
朝中早有人发难。
云南详文今已到，
结案亲呈送御览。
万岁圣明应公断，
行赏罚可借古比今举一反三。

皇　帝　(看文后,狠视刘国丈)啊?此案冤案,还有你的份!

魏太师　嗨,果然不出我所料。

刘国丈　(下位)老臣年迈糊涂,上了彭泽之当!望万岁恕臣粗心大意。

[刘国丈狼狈地下。

梁尚书　万岁!孟丽君女扮男装,扰乱纲常,必须严惩!

魏太师　孟丽君在朝三年,忠心耿耿,劳苦功高,堪称忠臣孝女,理应嘉奖。

梁尚书　孟丽君无视法纪,欺君惑众,理当斩首!

魏太师　理当嘉奖。

梁尚书　理当斩首。

魏太师　嘉奖。

梁尚书　斩首。

皇　帝　嗳!

(唱)他说要嘉奖他道当斩首,
殿上有大臣后宫有母后。
办重了母后不依朕怜惜,
办轻了朕的夙愿何以酬?
有道是只要五湖明月在,
何愁没处下金钩。
我何不先施调和计,
且把她移花接木御苑留。

(振作精神,咳嗽一声)众位大臣,此案由朕公平裁审。孟丽君欺君有罪,本应问斩。念你三年执政有功,辅助君王有德,从宽发落,革去丞相之职,贬为宫女,收在皇宫之内,侍奉……侍奉母后终身。来呀,将孟丽君押进内宫。

[幕后喊声。臣皇甫:"臣皇甫敬愿保孟丽君,恳求上殿见驾!"孟士元:"臣孟士元,愿保孟丽君恳求上殿见驾!"

太　监　(上)启奏万岁,皇甫少华等众大臣为保孟丽君,恳求上殿见驾。

皇　帝　谁敢违旨再奏，定斩不饶！退朝。

［幕后喊声皇甫少华："且慢！臣皇甫少华冒死上殿见驾！"随即冲上。

皇　帝　（气极欲待发作，然终又忍下）你你你你难道真的不怕杀头？

少　华　臣效命皇家，生死二字，从未放在心上。

皇　帝　（理亏心虚，轻声提醒）朕早已传旨下去，谁敢违旨再奏，定斩不饶，须知君无戏言啊！

少　华　既是君无戏言，万岁日前早已赦了孟丽君，为何今日还将她留在宫中？

皇　帝　（耍赖地）嗨！今日是今日，当初是当初！（欲走）

少　华　（忙拦住）万岁！

皇　帝　来啊！把他绑了！

［幕后内侍喊声："太后驾到！"

［宫女扶太后上。

太　后　松绑！（示意皇甫少华）你先下去！（少华下）

皇　帝　母后，孩儿身为九五之尊，三宫六院，天经地义……

太　后　此事我看不可！不可！

皇　帝　历朝皇帝可以，孩儿我为何不可？

太　后　别家女子，任你挑选，唯有她么……（摇头）

皇　帝　（任性撒娇）别家女子，岂能与她相比。孩儿我非要这个孟丽君不可！

太　后　唔！皇儿啊！

（唱）你身居皇位着龙袍，
举足轻重可知道？
劝皇儿休任性，
莫为小趣失大道。
想一想若非他两家汗马功，
岂有这国泰民安风雨调？

功绩当以恩泽报，

过河岂能就拆桥。

将心比心度人情，

这夺妻之辱谁也受不了。

皇儿啊，君如船臣如水，

掌乾坤要熟知水性舵稳操。

更何况载舟之水能覆舟，

天高不算高人心第一高。

赏罚宽严非儿戏，

这利弊得失、轻重安危你要细推敲。

皇　帝　这个……

太　后　不要这个那个了，江山为重，国事为大。哀家已认那孟丽君为义女，儿今日就在金殿赐她完婚！

皇　帝　（无奈）好好好，一切照母后旨意办！

太　后　（喜）权昌传旨。

权　昌　是。万岁金殿赐婚。宣公主、驸马上殿。

［喜乐声中，孟丽君凤冠霞帔，皇甫少华红袍金花上。

［皇帝尴尬，羞愧，无地自容。

［皇帝无可奈何地亲授红绳，孟丽君与皇甫少华交拜天地。

权　昌　一拜天地！二拜高堂！夫妻对拜！送入洞房！

太　后　皇儿？

少　华　谢皇兄。

［落幕。

［剧终。

（1979 年演出本）

沪剧

罗汉钱

编　剧

宗　华　文　牧　幸　之

作者小传

宗　华(1926—1997),女,浙江定海人。1947 年后历任上海少壮越剧团、玉兰越剧团、东山越剧团、三华越剧团、上海沪剧团编剧。著有戏曲剧本《罗汉钱》(合作)、《星星之火》(合作)、《鸡毛飞上天》(合作)、《金秀娘》(合作)等。

文　牧(1919—1995),男,原名王瑞鑫,艺名王文爵,上海松江人。1947 年参加施家、上施等沪剧团,任演员兼编剧。历任上海人民沪剧团编剧、艺术研究室副主任。

幸　之,男,上海嘉定人。曾任上海人民沪剧团编剧。

人物表

艾　艾　女，十八岁，农村青年妇女，单纯，直爽，明朗，勇敢

小　晚　男，二十岁左右，农村青年，单纯，热情

燕　燕　女，二十一二岁，农村青年妇女，机智，聪明，重感情

小　进　男，二十一二岁，农村青年，耿直，倔强，稍急躁

小飞蛾　艾艾的母亲，三十八九岁，聪明直爽，内敛热情，外形非常俏丽

张木匠　艾艾的父亲，四十三四岁，农村手工业者，较直爽，爱面子

村　长　男，五十余岁，农民出身，自私固执，封建残余意识较浓厚

五　婶　五十余岁，农村里三姑六婆型的妇女，能说会道，搬弄是非

燕燕娘　五十岁左右，旧式农村妇女，保守

王老太　五十余岁，旧式农村妇女，保守自私

农民甲　男，六十二三岁，封建残余意识较浓厚

农民乙　男，四十岁左右

小　春　男，二十岁左右，合作社职员

王助理　二十三四岁，有点官僚主义，工作不大用脑筋

区　长　男，四十岁左右，热情风趣，共产党员

王　旦　男，十五岁的小孩

青年农民甲　男，十八岁

青年农民乙　男，十七岁

其　他　群众

第一幕　第一场

［饰景：合作社门口，远处可望见庙前的旗杆。

［人物：小晚，小进，村长，艾艾，小飞蛾，张木匠，王助理员，燕燕娘，小春，五婶，燕燕，青年农民甲乙，农民甲乙及群众，调龙灯的，演《送公粮》的。

［时间：一九五〇年农历元宵节。

［锣鼓喧天。

（合唱“进花园调”）

红旗飘扬锣鼓响，锣鼓响，
农民翻身喜洋洋！
去年秋天大丰收，大丰收，
男勤女俭生产忙。
胜利过个翻身年，翻身年，
今夜元宵花灯放。

［幕启。远处锣鼓声，群众三个一群，二个一群上。

众　（唱“进花园调”）

正月十五闹元宵，闹元宵，
花灯集会兴致高。
家家户户挂红灯，挂红灯，
十番锣鼓用劲敲。
东王庄花鼓打得好，打得好，
西王庄高跷算头挑。

李家村里高台戏，高台戏，

张家庄上龙灯调。

众　　去看花灯去啊！

[群众欢悦地走向灯场那边，村长从人群中挤出来。

众　　（纷纷向村长招呼）村长！村长！

去看花灯吧！（下）

村　　好，就来，就来。

（向他们点着头）

（唱“过关调”）

人来人往多热闹，

张家庄上气象好，

可惜美中有不足，

就是男女混杂一团糟。

（白）尤其是一班青年男女，嘻嘻哈哈地搞得太不像样了。我是村里的村长，村里风气，不能够让他们搞坏了。

（唱“过关调”）

应该男是男来女是女，

规规矩矩行正道。

年青男女搞一起，

风气也要败坏了。

定教村里小伙子，

一个一个来检讨。

[小春从灯场上奔来。

春　　村长！

村　　小春！

春　　灯场上在寻你。

村　寻我做啥?

春　灯场上要茶水。

村　我就去,我就去。小春!合作社里蜡烛还有得多吗?

春　剩得不多了。

村　呀!那么怎么办呢!还有多少?

春　不到小半箱吧!

村　那你先去拿来吧!

春　区里王助理员来啦!

［王助理员上。

村　王助理员!区里来吗?

王　是呀!村长!我来看看张家庄上出名的龙灯。

［春下。

村　(春下时,村又喊住。)小春!你拿了蜡烛直接到灯场上交给张木匠好啦。你对他讲,蜡烛要节省一点!

春　好!我晓得啦。(下)

王　村长!你真会打算,样样都想得周到。

村　也有想不到的,我正担心会出什么事呢。村里有些问题,我正要向区里反映呢。

王　有些什么问题?我到张家庄来,一来看灯,二来原是想了解一些情况的。你说吧!

(他拿出本子准备记)

村　(唱"过关调")

今夜村上放花灯,
男女混杂缠不清。
尤其年轻男女们,
更加荒唐太过分。

　　最不好是张艾艾和李小晚……

王　(夹白)张艾艾……李小晚……

村　(唱)马家燕燕王小进。

王　(夹白)马燕燕,王小进。

村　(唱)他们已经有来往,平常管教不肯听。

王　王小进、李小晚不都是积极分子吗?

村　生产是很积极,就是男女问题上实在太看不过去。

王　(夹白)群众意见怎样呢?

村　(迟疑了一下)

(唱)人人讲他坏规矩,

　　群众个个有反映,

　　意见多得不得了,

　　村里名声真难听,

　　都说是出了四个好宝货,

　　张家庄风气败干净。

王　(接唱)

　　既然群众有意见,

　　你村长要费心。

[小春从合作社出,拿了蜡烛箱。

春　村长!你怎么还没有去啊?

村　就来了!(对王助理员)我们到灯场去吧。(边谈边下)我是村长,我不得不把这种情况反映给你。

春　(不满地)哼!又是讨论小晚、小进的事了。村长真有些奇怪,村里别的工作都能想出办法,做得很好,就是对婚姻问题总是想不通。(下)

[小进、小晚一个拿了龙珠,一个拿了花炮唱着上。

进、晚　（合唱“月月红调”）

正月十五放花灯，洒拉拉仔唷，

哎哎唷。

红旗飘扬，洒拉拉仔冷打，洒拉拉仔冷打，

冷里冷打洒拉拉仔唷，哎哎唷！

梅花开放，喜气洋洋，

红男绿女，齐集灯场，场呀又么场。

进　小晚弟！

晚　小进哥！

进　看天色不早，龙灯就要到齐了，我们快赶到灯场去吧！

晚　走吧！龙灯在等你这颗龙珠呢！

进　（唱“流水调”）

今天怎么不见张艾艾，

为啥不来看花灯？

晚　（接唱）

我已经一天没有看见她，

不晓得有些啥事情。

要不她等在会场上，

我倒要去寻一寻。

进　（接唱）

一天不见就忙煞人，

你们倒是难解又难分，又难分。

（落腔）

晚　（接唱）

你和燕燕也一样，

为啥说我独一人？

进　　（接唱）

提起此事心头闷，

我同燕燕难成婚。

介绍信，村长不肯写，

怪只怪，燕燕没有斗争性。

我们两个不叫应，

何必再要提心境？不高兴。

（落腔）

晚　　（接唱）

你俩何必来气恼？

要怪村长不该应，

这样下去不大好，

日长时久就要意见生，意见生。

（落腔）

进　　（转唱“快板”）

这事情叫人心烦恼，

路上何必多谈论。

晚　　（接唱）

快快走来脚步紧，

行走不觉灯场近。（落腔）

进　　（指前面）咦！前面来的好像是艾艾嘛！

晚　　（高呼）艾艾！

艾　　（内应）哎！（跳跃出）

晚　　艾艾！你在哪里？我寻了你半天。

艾　　我也在寻你。

进　　你两个倒好，你寻他，他寻你。

（内有人呼：小进！小进！快来呀！龙灯快齐了！）

进　　（把手围在口边）噢！来了！（回身）

小晚！你去不去？（下）

晚　　我不去调龙灯，我去放花炮。

进　　好，那我去了。（下）

晚　　艾艾！你是不是在会场寻我？

艾　　没有，我以为你在田里，跑到那里也看不见你。

晚　　我已经去过，锄完草才来的。

艾　　（情意深长地）小晚！

晚　　艾艾！

艾　　你晓得我心里多高兴。

晚　　为啥高兴？

艾　　（唱“过关调”）

方才我到麦田走。

见一片青苗绿油油，去年小麦收成好，料想今年也是好丰收。

收成一年好一年，

好日子一天一天在后头。

我想想将来光景无限好，

万分欢喜在心头。

晚　　（接唱）

提起我们的生产有劲头，

今年小麦比往年好。

捕虫拔草再施肥，

田里小麦长得高。

艾　　（接唱）

今年小麦比往年好，

你家田里更加好。

人家青苗六七寸，

你家青苗尺把高。

我越看心里越喜爱……

晚　艾艾，你喜爱什么？

艾　爱你小晚哥。

（接唱）

劳动生产手段巧。

晚　（握了艾艾的手）艾艾！我们的事情你对你娘提起过了没有？

艾　我还没有向我娘提起。现在村里那些老顽固议论纷纷，说我俩不正经。我爹糊里糊涂，我娘又胆小怕事，没个长辈去说一说，我怕他们不会答应。

晚　唉！现在给你提亲的很多，我怕日子一拖长……

艾　小晚你放心好了，反正我心里只有你，决不嫁别人。

晚　艾艾！

艾　（拿下戒指给晚）给你。

晚　戒指！

艾　这是我娘给我的，我给你，算是表表我的心。

晚　（接了戒指）艾艾！我没有戒指，我给你这个吧！

艾　啥？

晚　（唱"寄生草尾调"）

我赠你一个罗汉钱……

艾　（唱"寄生草调"）

金黄澄亮罗汉钱，

巧小玲珑惹人爱，

滴溜圆呀！中间有个四方眼，

心眼里呀！瞧见一个李小晚，

对我笑口开。

晚　　（接唱）

艾艾赠我小方戒。

艾　　（接唱）

小晚赠我罗汉钱。

晚　　（接唱）

罗汉钱呀！团团圆圆做夫妻，

艾　　（接唱）

小方戒呀！真金不怕火来炼，

两人心不变。

晚　　（接唱）

表记成双……

艾　　（接唱）

……人成对。

晚　　人成对呀！两个心儿紧相连，

艾　　（接唱）

紧相连呀！我俩永远不分离，

晚、艾　（合唱）

永远在一起。

晚　　（拉住她的手）艾艾！

（突然随风飘来一阵锣鼓声，一会儿又低下去。）

晚　　艾艾！我们放花炮去吧！

艾　　你先去吧！我娘还等我陪她一起来看灯，我回家去一去再来。你在哪里放花炮？

晚　　我在庙灯场后面。

［青年甲、乙上。

青　甲　啊呀！小晚哥！灯场上在寻你，快点去放花炮去呀！

青　乙　嗨！人家在讲情话，你来拆散人家，太煞风景！

青　甲　小晚！艾艾！你们两人这么好，为啥不到区里去登记结婚？

晚　　唉！不要提了，我们村里有了这位村长，青年人就不要有婚姻自由了。你们看小进同燕燕两个，到今天村长还不肯开介绍信，因此区里不能去。

青　乙　你们勿要管他，自己到区里去讲好了，大家一起劳动，一起学习，情投意合，村里除了几个老顽固，哪一个不说你们是天造地设的两对？他一个村长，就不管群众的意见吗？

青　甲　对！我们非要和几个老顽固斗不可。

晚　　不要讲了，他来了。好，好，我们走吧！（都下）

［村长从下场的地方回来，一看见艾艾、小晚在一起就有气。

村　　（唱"数板"）

小晚艾艾又是在一道，
不由我心头火来冒，
也曾几次同他讲，男女混杂顶不好。
他们总是当作耳边风，
还是嘻嘻哈哈在一道。
张家庄风气全败坏，
臭名声到处都得到。
我做村长有责任，
明天叫他们一个一个来检讨。

（白）明天一定叫艾艾、小晚检讨！不，王小进、马燕燕也要检讨。（气得吹胡子）

婶　　（上，唱两头"吴江歌"中间"数板"）

东院五婶就是我，
专门替人家媒来做。
东奔西走我顶起劲，
只要媒礼送得多。
口吐莲花三寸舌，
骗得人家相信我。

(白)啊呀！村长！你今朝是忙得不得了，怎么有空在这里呀？啊！啥事情不高兴呀？

村　五婶！

(唱“汪汪调”)

讲起这事气煞人，
艾艾小晚搅不清，
鬼鬼祟祟不正派，
搞不出啥好事情。
村里的风气全败坏，
批评他们还不虚心。

婶　(接唱)

这桩事情实在气煞人，
这班青年人真正无理性。
艾艾这个小姑娘，
怎么姑娘的规矩忘记净？

村　(突然笑嘻嘻地对五婶)五婶！

(接唱)

艾艾这个小姑娘，
人品生得很端正，
样样能做件件会，

粗细活儿都能行。

我倒心里很欢喜，

就是她有点不正经，

不过这也不妨事，

人才第一最要紧。

任凭她行为怎么坏，

有了丈夫管教就规正。

婶　（接唱）

这句言语真不错，

我与你意见不差半毫分。

村　（接唱）

上次托你到艾艾家，

替我外甥去提亲，

你说她的爹娘不答应，

还要从长再议论。

我想请你再催一催，

这桩事情要赶紧。

把艾艾早点订了亲，

想办法使她来规正。

婶　（接唱）

村长只管心宽放，

这桩事情我记在心，

艾艾的亲事包在我身上，

十拿九稳说得成。

村　只要事情成功，我一定重重谢你。

（他们谈着话）

[小飞蛾、艾艾母女俩上。

艾　(唱“进花园调”)

　　元宵佳节闹盈盈，闹盈盈，

蛾　(接唱)

　　母女二人去看灯。

艾　(接唱)

　　看红灯高挂旗杆顶，旗杆顶，

　　谅来龙灯要起行。

蛾　(接唱)

　　悄悄飞步向前走，向前走，

　　穿柳燕子一身轻。

婶　(回头)你们母女俩看灯去吗？

蛾　是呀，你们不去吗？

村　(向五婶使个眼色)你们谈谈，我走了。(下)

婶　艾艾娘！我有一句话同你谈谈。

艾　(心里非常厌恶五婶。她娘给五婶拉过一旁，她没有走过去，隔着老远一段叫她娘。)娘！看灯到底去不去？

(艾艾撅起了嘴很不耐烦地等在那里)

婶　(唱“数板”)

　　艾艾娘我与你是自己人，

　　你且听我说分明。

　　我上次曾经来做媒，

　　东王庄王家亲事算头等。

　　小倌人就是村长亲外甥，

　　东王庄又是你娘家门。

　　要说人，只有公公、婆婆、丈夫，清清爽爽三个人，要说家，有地有田，有房有产，吃得饱来穿得新。

这种人家点了灯笼吒处寻，

我看你这是趁早订了婚。

[燕燕上。

艾　燕燕！

燕　艾艾！你怎么在这里？小晚在寻你呢！

艾　我同你一道去！（向小飞蛾）娘！我和燕燕去看放花炮去。

蛾　（回头）花炮不好看，还是等一等看调龙灯。（看见燕燕）

燕　（对小飞蛾）婶婶！

蛾　（笑笑）燕燕姑娘！（又回头与五婶谈话）

（唱“流水调”）

五婶真是热心人，

要你操劳多费心。

近来媒人多不过，

我一个女儿不够分。

但等我与木匠商量过，

五婶跟前给回音。

[艾艾与燕燕趁小飞蛾不备，偷偷溜下。

婶　（唱“数板”）

并非我来催得紧，

我有一句话不知中听不中听？

常言女大不中留，

留长只怕坏名声。

要晓得村里纷纷多议论，

都说你家艾艾不正经。

蛾　不正经？

婶　　（接唱）

只怪她常同小晚在一起，
还有燕燕王小进。
青年男女混杂不清，
难免人家自要谈论。
目前名声不大好听，
沸沸扬扬传遍全村。
我看这样下去不大好，
还是替她早定亲。

蛾　　（唱“流水调”）

听五婶噜里噜苏说一阵，
不由我心里暗思忖。
五婶实在太多事，
唠唠叨叨缠不清。
艾艾平常无错处，
为啥说她不正经？
年轻姑娘爱热闹，
这也是各人的喜爱各人的性。
只有女大当婚配，
这句言语是正经。
回身叫声五婶婶，
承你关心多热诚。
艾艾亲事自要定，
但等我与木匠再议论。

［这时三三两两有人到这里来看灯。

婶　　（还要说）艾艾娘！

蛾　　（故意回身呼艾艾）艾艾！（不见艾艾）艾艾！咦！到哪里去了？

婶　　大概又同燕燕俩去看放花炮了。我说艾艾娘！你可要当心，燕燕这个小姑娘不好，你家艾艾常与她在一起，不要被她带坏了。

蛾　　（敷衍地）噢！艾艾这小姑娘，也不同我说一声。五婶！我去寻她去。

［欲下。

［农乙、丙上。

农　乙　嘿！你今天这身打扮，越看越像那个唱武旦的小飞蛾了。小飞蛾你飞去唱《金山寺》吗？

蛾　　也亏你是叔叔长辈，怎么总是一天到晚没大没小地小飞蛾、小飞蛾乱叫？

农　乙　叫你小飞蛾有啥不好呀！你要不是小飞蛾，张木匠也不会老提着锯条跟在你后头呀！

［小飞蛾生气下。王助理员上场。

婶　　哎呀！人家一二十年的事情，你翻陈账做啥？

农　乙　怎么？五婶！我也翻翻你的陈账好不好？

婶　　不同你讲！

［农乙、丙笑下。

王　　这是怎么回事？

婶　　唔！王助理员来啦。

王　　这个小飞蛾是啥人呀？

婶　　唉！王助理员！你不晓得，这个艾艾的娘，是张木匠的老婆，自从二十年前嫁到庄上来，人都说她像戏庄子里的武旦小飞蛾。大家你也叫我也叫，就叫开了这个名字。

王　　这张木匠提锯条又是怎么一回事呢？

婶　　唉！这话就更长了。这个小飞蛾，就是人生得标致，在娘家的时候就有个相好的，叫保安，嫁过门之后，这事情叫张木匠晓得了，就用锯条狠狠地打了小飞蛾一场，才把小飞蛾这条心打掉了。可是张木匠还不放心，只要小飞蛾一回娘家，张木匠不管事情忙不忙，总要跟了去。所以方才人家提起张木匠提锯条，她就脸红了。

王　张木匠现在还打老婆吗？

婶　唉！现在女儿都十八岁了，小飞蛾的心也规正了，还打的啥？

王　哦！好，我去寻村长去。

婶　你等着看吧，等一会那个耍龙头的就是张木匠。

［王点头下。

［燕燕娘上。

娘　（唱“过关调”）

　　我家燕燕去看灯，

　　眼睛一眨不见人。

（见五婶）

　　五婶！（回头）

　　燕燕娘啊！你那里去啊？

　　我去寻燕燕。

婶　你不要去寻了，她和张家艾艾一起去了。燕燕娘！

（唱“数板”）

　　不是我五婶来多嘴，

　　有桩事情看得我不过意。

　　艾艾她名声不大好，

　　恐怕带坏了你燕燕，

　　败坏名声不得了。

娘　（接唱）

　　亏得你来提起，

我以前一点也不留意。

我想她们本来很要好的，

随随便便让她去，

今天你来提醒我，

以后我要留心点。

婶　（接唱）

本来倒也不关我啥事情，

不过燕燕婚姻是我亲手提，

倘使有啥风声吹到人家耳朵里，

我做媒人责任负不起。

况且是男家拣了好日子，

正月十七……

（屈指）

今天月半，明天十六……

后天就要去登记。

娘　（接唱）

这样好像太局促，

时间只怕来不及。

婶　（接唱）

后天不过去登记，

以后另外定婚期。

[锣鼓喧天地打了起来，鞭炮声响了起来，一时拥来了很多人。有从四面来的，有从灯场那边过来的群众，自动地排成一条道，中间好像让龙灯过来。大家都望着灯场那边。

众　出灯了！

婶　（向群众）三婆婆！四婶婶！到这里来看。

蛾　　(从人群中找到燕燕)艾艾呢？怎么剩你一个人吗？

燕　　艾艾去看小晚放花炮了。

众　　喔！来啦！(一阵混乱，好容易才安静下来)

农　甲　咦！龙灯怎么还不来？

(青年农民甲、乙从人群中钻了进来)

青　甲　龙灯就要来了！

农　乙　现在在哪里？

青　乙　还在小桥头。

农　乙　你全看见过了？

青　甲　唔！今年的灯不比往年，可真热闹！

青　甲　(唔)

大红旗，在前走，
后面跟着硬牌灯。
硬牌灯上十六字，
个个字眼意义深。

青　乙　(唱)支援前线，

青　甲　(唱)解放全国，

青　乙　(唱)保卫世界，

青　甲　(唱)持久和平。

青　乙　(唱)硬牌灯，前头走，
凤阳花鼓在后跟。
男敲锣来女打鼓，
有唱有做真好听。

青　甲　(唱)凤阳花鼓前头走，
后面跟着抬角灯。
一句武来一句文，

武一句，武松大闹狮子楼，
文一句，张生月下会莺莺。
青　乙　(唱)抬头灯，前头走，
送公粮队在后跟。
四男四女同打扮，
红绿衣服簇崭新。
八根扁担软溜溜。
青　甲　(唱)送公粮，在前走，
后跟五色大龙灯。
青龙盘旋上下，
小白龙舞在中心，
黄龙金光闪闪，
赤龙火焰熏熏，
绿龙一团碧玉，
一条条活跃飞腾。
龙头活形活现；
龙眼黑白分明；
龙须飘在两边；
龙角弯在头顶；
龙鳞上彩书俱全；
龙尾巴风卷残云。
青　乙　(唱)耍龙灯英雄好汉，
一个个抖擞精神。
雪白毛巾扎在头上，
英雄结实威风凛凛。
身穿乌黑短袖，

纽扣密密层层，

大红缎无裆叉裤，

绑腿布扎得紧紧，

脚穿麻丝草鞋，

腰束淡黄汗巾。

青　甲　（唱）耍龙珠手脚灵活，

耍龙珠东蹿西奔，

龙尾巴翻天覆地，

龙抢珠大开四门，

锣鼓敲得震天响，

龙灯耍得更有劲。

人山人海真热闹，

灯光照来耀眼睛。

花灯一行又一行，

还有许多说不尽。

众　（落“金陵塔调”）

形形色色，五花八门。

（锣鼓声近）

众　花灯来了！花灯来了！

（锣鼓喧天，鞭炮声响，花灯鱼贯入场。接着是送公粮的上来。）

众　（鼓掌）好！送公粮！送公粮！

（四男四女挑公粮，从内唱出。）

男、女　（合唱）

一根扁担像条龙，

嗨哨嗨仔哨，嗨嗨哨，

扁担公粮，嗨哨嗨嘸杭哨，

嗨唷嗨嗺杭唷，

杭唷，杭唷，嗨唷嗨仔唷，送前方。

女　（唱）吃得饱饱，

男　（唱）好打胜仗，

女　（唱）支援前线，

男　（唱）增加力量。

男、女（合唱）

踊跃送公粮，

（锣鼓）

一分公粮一分力，

嗨唷嗨仔唷，嗨唷嗨，

人人应当，嗨唷嗨应杭唷，

嗨唷嗨嗺杭唷，

杭唷，杭唷，嗨唷嗨仔唷，送前方。

男　（唱）力量是铁，

女　（唱）力量是钢，

男　（唱）解放台湾，

女　（唱）消灭匪帮，

男、女（合唱）大家得安康。

（锣鼓）

众　（同唱—重复上段）

[送公粮下，锣鼓声急。

[小进舞龙珠上。

众　龙灯来了！龙灯来了！

[龙灯继龙珠上龙珠翻了个跟斗。

众　好！王小进耍龙珠！

［张木匠持龙头随着龙珠翻舞。

众　　好！你们看！张木匠调龙头！好！张木匠再来一个！

［耍龙灯的与群众合唱。

众　　（唱“进花园调”）

锣鼓敲来震天响，震天响，（锣鼓）

龙灯耍出新花样。（锣鼓）

龙抢明珠满场飞，满场飞，（锣鼓）

彩龙得珠光万丈。（锣鼓）

龙灯调得像车轮，像车轮（锣鼓）

好比农民大翻身。（锣鼓）

元宵佳节花灯放，花灯放，（锣鼓）

农村快乐说不尽！（锣鼓）

众　　好！再来一个！

第一幕　第二场

［饰景：张木匠家。是普通的农村人家，收拾得很整洁。右边有门可通外室，中间放着桌子家具等，左边有张床铺，挂着花帐子。

［人物：艾艾、小飞蛾、张木匠。

［时间：紧接前一场。

［幕启。艾艾从外面进屋来。

艾　　（唱“过关调”）

元宵佳节闹盈盈，

花灯色色看不尽，

玩得尽兴回家转，

进门不见二双亲。

村前灯场已经散，

（白）

谅来也快要回来了。

（点起油灯来）

（接唱）

挑灯独坐等娘亲。

（转“寄生草”）

十五月亮滚滚地圆，

手拿着罗汉钱滴溜溜地转。

罗汉钱呀，金黄澄亮光闪闪，

光闪闪呀，艾艾心里好喜欢，

心里好喜欢。

日里常放在口中含，

夜里我压在枕下睡。

小晚哥呀，与我艾艾两相愿，

两相愿呀，罗汉钱儿团团圆，

团团又圆圆。

思思想想精神倦，

神思恍惚两眼疲……

［她倒在桌上睡着了。

［小飞蛾从外面进屋来。

蛾　（唱“迂回”）

看罢灯，回家走，

只见姑娘睡桌头。

(白)艾艾！醒醒！到床上去睡吧。

(轻轻地扶她到床上)

[艾艾没有醒来，罗汉钱从她手里掉下来。

[小飞蛾拾了起来，端过来一看，惊讶地。

呀！罗汉钱！这姑娘……

(唱“三角板”)

她几时把我罗汉钱儿偷到手。

[摸出钥匙开箱，取出首饰匣子，再开锁，揭盖一看，愣住了。

咦！怎么罗汉钱还在盒子里！

艾艾她，罗汉钱儿何处得？

真教人心中费猜疑。

莫非她，与娘同做一般事，

说不定，也是小方戒换来罗汉钱。

(忙拉艾艾的手看)

(白)呀！果然！

(唱)十指光光空无有，

(捏了捏艾艾的口袋)

戒指不在她身边。

儿啊！你走了为娘一条路，

把我万千心事来提起。

(白)罗汉钱！罗汉钱！

(唱“反阴阳”)

为了这个罗汉钱，

甜酸苦辣都尝遍。

二十年来心酸事，

不敢回想埋心底。

想当初还在娘家里，
我与那保安有情义，
偏偏是我自己的婚姻难作主，
一定要父母之命媒妁言。
爹娘把我来婚配，
嫁到张家做夫妻。
保安哥与我藕丝不断。
一来二往情丝牵。
我赠他戒指表心意，
他赠我一个罗汉钱。
风吹草动消息传，
丈夫打骂无情面。
可怜我，受尽委屈难分说，
眼泪倒流肚中咽。
二十年日月不易过，
这痛苦永生永世难忘记。

（转“快板”）

罗汉钱呀罗汉钱，
是好是坏难分辨。
若说你是好东西，
我为你受尽多少苦难言，
若说你是好东西，
二十年不曾离开你。
不论好坏已过去，
可是艾艾的事情在眼前。
母女俩一对小方戒，

换了两个罗汉钱。

女啊女，你走上了为娘这条路，

往后日子苦黄连。

还是给你早托媒人早出嫁，

免得闯出穷祸惹是非，

趁早回头还来得及。

［看了看艾艾，正睡得酣酣。

（转“基本调”）

有心把罗汉钱儿来收藏，

（艾　“梦呓”小晚……小晚……）

仔细一想慢一点，

她同小晚很接近，

说不定为了罗汉钱，

也曾经大大费心机。

还是悄悄还给她……

回过头来想仔细。

女儿总要许夫家，

将来定会生是非。

难道看她走上这条伤心路，

岂能忍心让她受苦伤？

左思右想无主意，

见听得门外脚步声音紧接连。

（“三角板”落腔）

［她把两个罗汉钱随便往箱子里一丢，顺手锁了箱子。

［张木匠从外面上。

张　（伸伸腰）鸡都快要啼了，你为啥还没有睡？

（小飞蛾不答应）

张　（一眼看见艾艾睡在床上，就来了脾气）艾艾！起来！起来！

［艾艾在梦中惊醒，吓得哆嗦了一下，一骨碌爬了起来。

艾　（瞪着眼问）啥？

蛾　（白了木匠一眼）不能轻轻地叫么？看你把姑娘吓得这样子！（温和地）艾艾！醒了么？没啥事情，你爹叫你回到自己房里去睡呢！

［艾艾不说什么，笑了笑就进房去了。

张　你看，宠爱得她像啥样子？

蛾　我宠爱啥？做了半世人，就是这样单根独攀的一个姑娘。在娘家不这样喜欢一点，明朝出了嫁，也就管不到她吃苦受灾了！（想想心里就很难过）

张　讲起这个，我到想起来了，这两年给艾艾提亲的那么多，你总是拣来拣去觉得不好。东院五婶说的东王庄这门亲事，听她说来也不差。我看快把她嫁出去吧，外面的闲语可不得了啦！

蛾　怎么？

张　（唱“阴阳血”夹“流水调”）

满村议论风声传，
闲言闲语家常谈。
倒说道马家有一个马燕燕，
张家有一个张艾艾，
二人一般不正经，
招风惹草坏村规。
现在燕燕有了主，
独剩艾艾亲未攀。

蛾　燕燕和小进的亲事，不是说村长不肯出介绍信吗，怎么又说有了人家呢？

张　　（唱“阴阳血”夹“流水调”）

自古说天上无云不落雨，

地上无媒不成婚。

王小进和马燕燕，

没有三媒并六证，

村里人说他不正经，

村政府自然不出介绍信。

后来配的是另一家，

媒人是东院五婶，

夫家住在西王庄，

听说后天就要办结婚证，

嫁出了燕燕剩艾艾，

今后张家独出坏名声。

蛾　　（有些不服气）（唱“一字板”）

村政府也是瞎挑剔，

村里人就是假正经。

既然嫌我女儿名声坏，

为什么来来往往都来做媒人？

为什么村长也拜托五婶婶，

为他外甥来提亲？

张　　（接唱）

光闹脾气有啥用，

外面闲语总是真。

早把女儿嫁出去，

免得旁人背后论。

蛾　　（接唱）

本来女儿养到一百岁，

九十九岁总要嫁出门。

不过常言道稻田里好坏一年事，

嫁丈夫不好害终身。

总要配得勤勤俭俭小伙子，

小夫妻俩和和气气过光阴，

爹娘在家也放心。（煞板）

张　那当然也要盘算盘算，我看五婶提的王家那门亲事，到可以谈谈。艾艾娘！

（唱“三滮腔”）

我近来只管调龙灯，

（转“八滮腔”）

忘记了向你问一声，

（转“十滮腔”）

日前五婶来做媒，

说的是王家一门亲。

王家住在东王庄，

和你娘家近乡邻，

（转“三滮腔”）

这家人家究竟好不好？究竟好不好？

（转“四滮腔”）

近年来过的啥光景？

蛾　（接唱“五滮腔”）

你来问我叫我难回答，

（转“六滮腔”）

自从我嫁到你张家门足有二十春。

（转“七溁腔”）

想一想，忖一忖，

二十年来能有几次，

高高兴兴望娘亲，

回转门，回转娘家门？

（“八溁腔”）

邻亲好比陌生人。

张　（接唱“九溁腔”）

到底不曾断绝娘家路。

蛾　（接唱“十溁腔”）

就是回转娘家门，

夫妻双双一同行，

我在前面走，

你在后面跟，

不知存在什么心，

真像解差押犯人。

就是回转娘家门，

看你总是心不定，

凳子未曾坐得热，

已经催我就动身。

哪有工夫望乡邻？

就是回转娘家门，

与丈夫你同出进，

我晓得你也晓得，

问我还是问自身。

张　（转唱“快板”）

吃了新米饭，

为啥再讲陈年话？

艾艾的婚事最要紧。

既然你王家情形不熟悉，

一到明天再打听。

蛾　　打听，到我娘家去么？

张　　是呀。

蛾　　那么你去好了。

张　　我去？不像样，不像样。你去吧！打听打听，人家怎样？孩子怎样？

蛾　　这个还要你教吗？

张　　（笑着）如果人家还好，那就趁早把女儿嫁出去得了。

（停了一会）艾艾娘！

蛾　　啊？

张　　我再问你个没大没小的话。

蛾　　啥？

张　　村里人都在讲我家艾艾和小晚的事，这事到底搞得怎样了？

蛾　　这话也不用讲了，姑娘长大了总要嫁出去的。好吧，明天看得对，就把她许了吧，也好丢掉一头心事。艾艾爹，我明天一早就要出门。你对艾艾说，叫她把四斤棉花拿到俞老头家里去弹了，等我回来就要用的。

张　　怎么你忘记了，明天我也去的。

蛾　　你到哪里去？

张　　同你一道回娘家呀！

蛾　　你也要去？

张　　二十年来老规矩都是一道去的。

蛾　　（心里有些难受）唉！艾艾都这样大了，你快要做丈人的人了，难道我一个人回娘家，你还不放心吗？

张　　（嘻开了嘴）跟惯了，还是跟跟吧！

（鸡啼）

第二幕　第一场

［饰景：东王庄王家。屋外是路口。

［人物：五婶、小飞蛾、张木匠、王老太。

［时间：前一场的翌晨。

［五婶、小飞蛾、张木匠同走上。

蛾　　（唱“吴江歌”）

为了儿女要配婚，
急急回转娘家门。

张　　（唱）二十年习惯难以改，
张木匠紧紧背后跟。

婶　　（唱）做媒人全靠三样快，
嘴快手快脚头勤。

蛾　　（唱）多时不走娘家路，
今天回家脚头轻。

张　　（唱）过了小桥忙转弯，
翻过前宅到后村。

婶　　（唱）路上行人笑你们，
像三朝里夫妻双回门。

蛾　（唱）五婶你不要说笑话

东王庄已经望得清。

婶　（唱）远望村南屋脊高，

就是提亲的王家门。

（转“跳板”）

喏！就是这家王家，

三间房子高大，

九亩八分田地，

吃陈米烧陈柴，

养鸡养鸭养猪猡，

水牛缚在场角外，

屋里人口不多，

只有公爹婆妈，

公爹做人最和气，

婆妈平常不语啥。

（转“吴江歌”）

攀着这门好亲事，

丈人丈母笑哈哈。

张　（唱）我看王家不会错，

还是趁早许了婚。

蛾　（唱）艾艾爹你啥要紧，

到了庄上再打听。

婶　（转唱“跳板”）

喔唷！艾艾娘，你放心！

五婶说话句句真。

两亲家见面谈谈心，

顺便四面偷眼看，
包你称心喜盈盈。
不必再到庄里去，
不必打听四乡邻，
常言道眼见事情方为实，
耳听旁人总虚闻。

（转"吴江歌"）

谈谈说说走得快，
不觉来到王家门。

［拉小飞蛾、张木匠进王家门。

蛾　（止步不进去）

（唱）平常进门望乡邻，
今天上门是相亲。

（转"跳板"）

若被人家来晓得，
三三两两瞎谈论。
新闻新闻真新闻，
丈母先上女婿门。
世界上，萝卜青菜沿街卖，
决没有，黄花闺女送上门。
说我家艾艾无人要，
娘替女儿把女婿寻。

（转"吴江歌"）

闲人闲语最难受，
上门相亲不好听。

婶　（唱"跳板"）

哎呀！不管人家嚼舌根，

来来来！三人同进王家门。

蛾　(接唱)

不要急，等一下，

我倒有个好才情(主意)。

请你五婶先进去，

我俩娘家走一程。

稍等一筒烟工夫，

然后再进王家门。

(转“吴江歌”)

只说叫你一道回家去，

其实暗里上门来相亲。

婶　这样也好。

张　到底是你女人家想得周到。

蛾　(向张)我们走吧？

婶　可是你俩要快点来呀？

蛾　晓得了。(同张下)

婶　(唱“吴江歌”)

今天的媒人做得稳，

叫一声王家请开门。(敲门)

(白)开门！(王老太自闪出)

太　来啦！

(唱“银绞丝”)

清清早晨早清清，

不晓得那位乡邻上我门。

婶　我呀！大嫂！

太　　（开了门）噢！

（接唱）

原来是张家庄上五婶婶。

（白）五婶！到屋里坐。

婶　　（唱“银绞丝”）

呼一声大嫂别行客气，

今天五婶来恭喜。

太　　（接唱）

哪里来的喜？

婶　　（接唱）

喜在眼面前，

托我做媒早舒齐，

就好到区政府去办登记，

办喜日子拣来近一点。

太　　亲还没有定好呢！怎么就办喜事？

婶　　也差不多了，只要今天一说就成功了。

太　　你上次说的三家，今天说的到底是哪一家？

婶　　（唱“汪汪歌”）

我看三家差不多，

门当户对配得过。

不过两家姑娘有了主，

只剩张家艾艾人一个。

太　　（唱）只怪我家老头最勿好，

拖三拖四全错过，

好的姑娘全挑完，

剩下坏的留给我。

婶　　(唱)张家艾艾人才好，
粗细活儿全会做。
张家庄姑娘虽然多，
啥人和她比得过？
聪明伶俐又能干，
活像那二十年前的小飞蛾。
[太、婶入内，空场。
(小飞蛾上)
蛾　　(唱"快板")
娘家匆匆走一转，
急急忙忙又来王家门。
媒婆是花言巧语不算数，
总要我自己看才作准。
[太、婶从内出。
蛾　　呀！他们出来了！(她躲在旁边听她们讲)
太　　(唱"三角板")
人才倒还说得过，
就是名声不正路。
婶　　(接唱)
要是没有这点小毛病，
哪会留到现在姑娘做。
太　　(接唱)
假使她坏名声带到王家来，
还不是买了个气块气死我。
婶　　(唱)闲人闲语听不得，
传来之言只当风吹过。

姑娘真有大毛病，

你兄弟哪会叫我媒人做？

常言道，姑娘人才为第一，

行为不好不在乎。

只要一到夫家地，

上门干净就算数。

太　（接唱）

哼！好稻不长在荒田里，

凤凰不出在乌鸦窠。

有了好娘养好女，

娘不正经，女儿一定不正路。

但看他娘小飞蛾，

嫁到夫家还是想着保安哥。

偷鸡野猫本性坏，

今生今世难改过。

蛾　嗨呀！气死我了！

（接唱）

真是狗眼看人低，

糟蹋我母女这地步。

保安哥是我心中爱，

用不着你们管教我。

婶　（接唱）

人是苦虫骨头贱，

不打不骂不正路，

只要结结实实打一顿，

以后做人自然会改过。

太　　（接唱）

　　生就的人性，钉就的秤，

　　做就的木桶，打就的箍。

　　天生的骨头一世贱，

　　打断了铁棒难改过。

婶　　（接唱）

　　生铜熟铁打得软，

　　管媳妇不必费啥大工夫。

　　不信但看小飞蛾，

　　任凭她臭气满村布，

　　经不起木匠打家婆，

　　还不是毒打一顿归正路？

蛾　　（气得发抖）呸！你们晓得个屁！

　　（唱“快板”）

　　我与保安哥，

　　当初是藕断丝连情不断，

　　朝朝旦旦挂在心，

　　到后来他娶了妻房我生了女，

　　年深月久才冷了心。

太　　秧好稻好，娘好女好。（摇头）

婶　　不碍的！张木匠打好了老婆，难道艾艾就打不好么？

蛾　　（唱）难道说受打受骂也传代？

　　这条规矩啥人定？

　　哼！我女儿不用你管教，

　　你不要做梦睡不醒！

太　　犯不着为了一个丑媳妇，被人家说我婆妈凶狠。

婶　　贱骨头嫁到哪里，总得要被人家打得呀！有啥人会说你凶？

蛾　(心寒栗地)

(唱)这样说,我女儿到东到西被人打,

越思越想越痛心。

母女俩为啥命运都一样,

这真是苦竹根头出苦笋。

想当初嫁到张家门,

张木匠蛮横无理性,

眼睛瞪,眉毛竖,

狠命毒打不留情。

这情景二十年来难忘记,

想起来叫人发抖汗毛凛。

这苦处艾艾怎么受得起?

一辈子受尽痛苦难翻身。

再想想老一辈的姐妹无其数,

像我的遭遇数不清。

凡是在娘家有相好,

到夫家一定受苦辛。

婆妈骂来丈夫打,

受不起痛苦就死路寻。

难道全是天生挨打的命,

挨打的命难道是天生成?

太　我总觉得这个姑娘拖泥带水不清爽。好吧,等老头子回来再说吧。(进内)

姊　那不要紧,等她过了门不许她回去,断绝她娘家路……(跟下)

蛾　(愤极)

(唱)你还要,断绝艾艾娘家路,

我女儿，不是卖出门！

（白）你们在做梦！

（唱）我女儿哪怕是养到老，

一辈子让她在娘家门，

决不会嫁给你王家做媳妇，

也不会使我的女儿受苦辛！

（煞板）

（张木匠上）

张　（听见末一句）

怎么了？

蛾　（恨极）

不好！不好！

张　为啥不好？

蛾　不要提起了，不好就是不好！

张　艾艾婚事怎么了？

蛾　我的女儿不嫁了！

[怒气冲冲，自说自下。

[张木匠莫名其妙地跟着下。

第二幕　第二场

[饰景：张木匠家、同第一幕第二场。

[人物：艾艾、小晚、燕燕、小进、小飞蛾、五婶、张木匠。

[时间：紧接第一场。

[幕启。艾艾在忙乱地找寻罗汉钱。床上的被褥翻得零乱，扫帚横在地上。

艾　（唱"快板"）

　　昨夜前房和衣睡，
　　醒来不见罗汉钱。
　　前房后房都找遍，
　　东找西寻不看见。
　　急得我来心不足，
　　怎样好见小晚面？

（钻到床底下去寻）

（小晚上）

晚　艾艾，你躲在床下做啥？

艾　（爬起来，要哭的样子。）

小晚！

晚　为啥这样？

艾　罗汉钱不见了！

晚　丢到哪里去了？

艾　今天一早起来，一直寻到现在，还是寻勿着。气得我连饭也吃不下去。

晚　不要生气了，听我说，

（唱"快板"）

　　罗汉钱失落事情小，
　　怕只怕晴天霹雳赶乌云。

艾　（惊异地）

啥？

晚　（接唱）

听说东院五婶婶，

替你做媒婆家寻。

你爹娘跟她同到东王庄，

一定为你去相亲。

艾　　（接唱）

五婶！老不死！管啥闲事做啥媒？

你真是田里的蝗虫害人的精，

你要想咬断我的稻根没收成。

晚　　（接唱）

看来是，我俩的事情难成功，

还是打消主意作罢论，

免得藕断丝连常挂心。

艾　　（接唱）

小晚你心里不要急，

这一门亲事说不成。

晚　　（接唱）

为啥亲事说不成？

艾　　（接唱）

我不愿意难配婚。

晚　　（接唱）

那时候，由不得你自作主，

艾　　（接唱）

只要我打定主意不答应，

总不能把我扎头扎脚嫁过门。

晚　　（握了她的手）

艾艾！

（燕燕上，两人就停住了话。）

艾　燕燕姐！快来坐。

燕　（笑着）

我还是避开点好。

艾　（笑了笑，按住燕燕的肩膀，把他按坐在凳上。）

你少说废话，快给我坐下来！

燕　说真的，你们的事情怎么办？想出了办法没有？

艾　我们正在谈起这件事情呢，燕燕姐！

（唱“旦旦游”）

只怪五婶老不死，
到东到西管闲账，
骗了我的爹娘，
去到东王庄上，
硬要替我做媒，
不由我自作主张。

燕　（接唱）

五婶最是舌头长，
你爹娘上了她的当。
不过你俩要决断，
及早快把办法想。
日子一拖长，
事情就弄僵，
不要像我燕燕样。

晚　（接唱）

听说你已经许到西王庄。

燕　（接唱）

约定明天到区上，

就要登记急得没法想。

晚　（接唱）

明天就要去登记？

艾　（接唱“旦旦游快板”）

晴天里霹雳打，

又是那五婶做媒起祸殃。

不要去登记，同她拼一场！

晚　（接唱）

难道不能再改变？

燕　（唱）怪只怪我亲娘，

死死活活作主张，

有理讲不通，话也说不上，

逼得我来无法想，

思想起来恨不得哭一场。

艾　我看我们这个村的村长，做事真有点颠倒。去年腊月，你和小进到区里去登记自由结婚，他死也不出介绍信，反过来倒要你二人检讨。今天这种强逼婚事，这个村长连屁也不放了，村长管的什么事呀？

燕　我受的冤枉气真多呢！一、我们村长盯着我要我检讨，二、家里的娘哭哭闹闹逼我出嫁，三、再有个不明亮的小进，他哪里晓得我的心事，我为了他受尽了气，他现在倒恨起我来，说我做事没有主意，反而连见面也不招呼我，背后还说我与他的事情算了算了。艾艾！你想……

艾　（急说）燕燕姐！不要难过，等我遇见了小进，好好地劝他一劝，事情要干干到底。

燕　事情很急,明天就要登记去了呢!

晚　(唱“基本调”)

看起来你我婚姻也难成,

阻碍重重路难行。

一来是村长反对我,

他把你许给他的小外甥。

二来有,五婶替你媒人做。

三来有,由你母亲作主张。

假使她听信东院五婶话,

也与你死死活活闹一场,

事情不由你作主,

还不是跟别人登记到区上。

艾　(接唱)

怎么又说这种话?

我娘不比燕燕娘,

她也不会同我吵,

还只怕艾艾与他闹一场。

(小进在外面呼)

进　老张叔叔!老张叔叔!

晚　小进哥!

进　小晚,你也在这里。

艾　(拉了燕燕一把)

小进哥哥又来找你啦!

(没等燕答话,小进就跑了进来。)

(燕燕本想找他来诉一诉苦,两三天也没有找着空间。这回见了他,赶快与艾艾坐到床边,把凳子空出来让给他坐,两眼对着他,可是一时也想不起该说什么话。)

进　(没有理睬燕燕也没有坐,只对艾艾讲话)

艾艾!老张叔叔呢?村上好多人等着要请他教外面调龙灯去呢!

艾　我爹到外婆家里去了,你坐一下吧!

进　我还有事。

(翻了燕燕一眼,就出去。走到门口,回身,故意对小晚讲。)

小晚!到外面来吧,犯不着花费这点闲工夫,有啥用处?还是回去叫你爹多花几石米爽快一点,怕讨不着老婆吗?

(说着就走)

(燕燕一肚子的冤枉没处论,一埋头,爬在床边哭起来)

艾　(唱"西厢混合调、离魂调")

燕燕姐姐不要哭,不要哭,

小进哥哥,向来就是耿脾气。

晚　(接唱)

美好婚姻中途变,中途变,

难怪小进心里难过生了气。

艾　(接唱)

事情不成再商量,再商量,

这样态度对待燕燕,我看也是不可以。

(落"准脚调几调"腔)

(小晚忙拉拉艾艾的衣服,叫他不要这样论,怕引起燕燕更伤心。)

燕　(唱"煎药汤")

我晓得小进心里怨,

怨我少主意,

见我也不理,

哪晓得我心乱如麻口难言?

艾　(唱“离魂调”)

燕燕姐姐胆放大，胆放大，

我去找寻，劝劝小进莫生气。

晚　(接唱)

只怕小进劝不醒，劝不醒，

到了明天，事成僵局，来不及。

燕　(忍住了眼泪)

不要管我了，我劝你俩的事，早点想想办法吧！你看我，弄成这个样子，伤心不伤心？

艾　你看有啥办法，村里的长辈，都是那些老脑筋，啥人肯来搅我们的事？想寻一个人到我娘面前提一提亲的也寻不着。

晚　说好话的人一个也没有，说坏话的倒不少。时常有人劝我爹说，早点替儿子定个亲吧，不要耽搁了。看来真要同小进一样了。

(燕燕猛然挺起腰来，发誓一样)

燕　(唱“流水调”)

介绍人，我来当，

向你们两家爹娘亲来提。

我们婚姻无人来帮助，

只有你帮我来我帮你。

村里人，都在说，

说我们两个姑娘不要脸，

我们定要有决断，

偏偏在他们面前争争气。

现在燕燕已耽搁，

难道也来耽搁你？

我为你一定出把力，

让你们婚姻来成全，来成全。

艾　（接唱）

燕燕姐，

晚　（接唱）

谢谢你，

给你爹娘提一提，

成功失败且不管，

水落石出也看个底。

免得是提心吊胆心不定，

谢谢你，我先向你敬个礼，拜托你。

艾　就这样试试看，一定要把这桩事情办好。

晚　好，我要走了，不要村长碰着了，再叫我们检讨。

艾　你走吧，你先去寻小进谈谈。

晚　好！

[三个相互点了点头，走下。

艾　（拉着燕燕手）

燕燕姐！你自己的事情怎么办？

燕　现在不要管我的，先把你的事情办好。也许你的办好了，我的事也解决了。先打算打算，见了谁就应该说怎样的话。

艾　要是五婶给村长的外甥婚事说成了，那怎么办呢？

燕　我同你说……

[她们二人交头接耳地说话。

[小飞蛾回来。

艾　娘！

燕　（欠身）婶婶回来啦！

蛾　燕燕姑娘吗？你快坐着。

艾　娘！爹没有回来？方才小进哥来寻过他的，说东村有许多人等他教调龙灯呢！

蛾　我晓得了。你爹在半路上，就被那班调龙灯的小伙子拖了去了……燕燕姑娘，你娘好啊？

燕　（想提起给艾艾做媒）婶婶……

［五婶急匆匆赶上。

婶　啊呀！艾艾娘！你怎么闷声不响就回来了？害得我在王家等了半天，不看见你来。再赶到你娘家一问，说你早就回来了，我拔脚就赶回来。你看，奔得我来满头大汗，差一点累掉半条人命。那也好，总算婚事定当了，汗没有白流。艾艾娘……

（小飞蛾一句话不答，不再啰唆）

（唱"跳板"）

艾艾娘！不论说人，人亦生得整齐。

不论说家，人家总算可以。

咱们村的村长，是她婆婆兄弟，

婆婆做人真好，向来和和气气，

艾艾嫁了过去，一定称心如意，

保管不受嫌弃。

你不要打错主意。

蛾　（有气地）

（接唱）

谢谢你的好意！

婶　（看小飞蛾的情形有点两样）

（接唱）

不要客气，不要客气。

蛾　不过，说起来要怪我做娘的不好。艾艾，我没有好好地管教过。

姑娘野头野脑地不懂规矩，要是到了婆家，听你说，婆婆又是和和气气的，那怎么好呢？我家艾艾这个贱骨头，不打是不成人的呢！

婶　唔！

(刺心，但仍厚脸地)艾艾么？好姑娘嘛，有啥错处？

(见艾艾对她瞪眼噘嘴地)

艾艾娘！不要三心二意了，就给一句话我吧！

(艾艾万分关心地看她娘的神色)

蛾　等木匠回来再论。

婶　(晓得不妙)

也好！那我走了。

(回转来)

艾艾娘！这样好的人家错过了，以后恐怕点了灯笼，寻遍天下也寻不到了。

蛾　我都晓得了。

婶　那么我等你回音？

蛾　(冷冷地)随便。

婶　噢！那我走了！

蛾　不送！

[五婶不好意思地下。

[艾艾晓得王家的亲事不成，满心欢喜。燕燕向她使了个眼色，叫她走开。艾艾走到隔壁去，倚着门窃听。

燕　婶婶！

蛾　唔！

燕　艾艾的亲事怎样了？

蛾　不要去提起它。

燕　　不成功么?

蛾　　嗯。

燕　　(笑嘻嘻地)婶婶!

燕　　(唱“紫竹调”)

　　燕燕也许太鲁莽,

　　有话对你婶婶讲。

蛾　　做啥?

燕　　(接唱)

　　我来做个媒,

　　保你称心肠,

　　人才相配门户当。

　　问婶婶呀,我做媒人可像样?

　　问婶婶呀,我做媒人可稳当?

蛾　　(唱)燕燕你是小姑娘,

　　你做媒人不像样。

燕　　(接唱)

　　只要做得对,

　　管啥像不像?

　　我来试试也无妨。

蛾　　(接唱)

　　燕燕姑娘!我就听你讲一讲,

　　我家艾艾许配哪家年轻郎?

燕　　婶婶!你听着,

　　(唱)就是同村李小晚。

蛾　　(急阻)

　　(接唱)

这门亲事不稳当。

燕　　（接唱）

攀了这门亲，

蛾　　（接唱）

村上有人讲，

年轻姑娘太荒唐。

燕　　（接唱）

叫婶婶呀，婚姻只要配相当，

配相当呀，管啥人家背后讲?

（转“流水调”）

婶婶呀！我也来学一学五婶样，

这门亲事世无双。

小晚人才生得好，

村里哪个比得上?

放了犁，就是耙，

劳动生产好榜样。

况且小晚艾艾早相爱，

正好一对配成双，配成双。

自己看对自称心，

将来不会怨爹娘。

别人家夫妻容易寻相骂，

这一对夫妻有话有商量。

夫妻两个最亲热，

随时回家望爹娘，望爹娘。

假使你反对这桩婚姻另匹配，

将后来一定风吹草动起祸殃。

成了夫妻合不来，

不是骂，便是打，

艾艾受苦大人害，

长吁短叹怨爹娘，

把我推到地狱地，

爹娘生的啥心肠，啥心肠？

婶婶啊！想一想，

艾艾是你亲生养，

眼面前，放着好坏两条路，

你给艾艾作主张。

蛾　（接唱）

话是说得有道理，

艾艾小晚配得上。

独怕村里闲话多，

只说爹娘太荒唐。

养了女儿不管教，

村里风气全坏光。

你说好来没有用，

外面闲话啥抵挡？啥抵挡？

燕　（接唱）

说闲话的都是老脑筋，

只说艾艾小晚不正当。

索性把他俩配成双，

看人家还有啥闲话讲？有啥讲？

蛾　（旁唱）

不能轻看这个小姑娘，

说得有条有理好主张。

这样一来倒也好，

一双两好免得将来闲气生。

艾艾小晚本是两相愿，

艾艾决不会再被人打。

回转身来燕燕叫——

（她伸手抚着燕燕的头发）

你做媒人倒也做得蛮像样。

燕　（接唱）

婶婶可是答应了我？

蛾　（接唱）

不要性急不要慌，

还有你叔叔张木匠，

等他回来再商量，再商量。

燕　婶婶！我早晓得，你不是不转弯的老脑筋。

你只有艾艾这样一个姑娘，总为她将来打算的。一定会让他们称心如意的。

蛾　真会说话，好姑娘！你几时学做媒人的？

燕　婶婶！说定了可不能改口。

蛾　（笑着）

你这个媒人好厉害，还要敲钉钻脚啃？

燕　婶婶……

蛾　不要说了，我去蒸两个糯米团子给你吃。

燕　婶婶！我不要吃。

蛾　不要吃？你是媒人，还要请你吃十八只蹄髈呢！

燕　十八只蹄髈吃下来，要变成五婶那样的胖媒婆了。

蛾　哈哈……你慢点走，艾艾呢？这小鬼哪里去了？（下）

（艾艾掩口笑着上）

燕　你都听见么？

艾　听见了，谢谢你，燕燕姐！

燕　慢点谢我，还有一头，小晚的爹娘面前还没有说呢。

艾　（笑了笑）

他家爹娘，比较好说一点。

燕　（有意打趣）

好，那么你自己去说吧！

艾　不要！一客不烦二主，还是你说。

燕　我去试试看。你到合作社门口等我，我现在就到小晚家里去。

艾　好，走吧！

燕　啊呀！婶婶还在蒸团子呢。

艾　不要吃了。

燕　（有意羞艾艾）

你看你！

［艾艾拉了燕燕就跑下。

蛾　（端了盆团子出来）

燕燕！现成的团子还热的，快来吃吧。艾艾这憨姑娘蒸热了团子也不吃。

（不见燕燕四面寻）

燕燕！燕燕！咦！到啥地方去了？燕燕！燕燕……大概这两个姑娘又到啥地去看热闹了。

（她端了团子正要往里走，张木匠从外面进来）

张　（边叫边上）

艾艾娘！

［小飞蛾一回身，他马上拿团子就吃。

哈！正好，你晓得我肚皮饿了。

蛾　也没有看见你这种样子，像饿了三日三夜没有吃过。

张　（不答应话，笑着只顾吃）

相亲相亲，肚皮都饿煞了。艾艾娘！方才你急急忙忙，气呼呼地跑回来，艾艾亲事到底怎样啊？

蛾　不要提了，不要提了，五婶不是东西，人前背后挑拨是非。艾艾嫁过去，要吃一生的苦。

张　你这样拣来拣去，女儿到底啥辰光嫁出去？

蛾　眼前倒有一家好人家。

张　哪一家？

蛾　就是那小晚……

张　啊！啥人做的媒？

蛾　马家的燕燕。

张　（唱"三送"）

嗨！千挑万选，拣着这个李小晚，

（下唱"紧板"）

你真越来越糊涂！
提起了别家亲事还愿意，
不能够嫁到李家做媳妇。
艾艾的声名坏在他身上，
村里传说当山歌，
再与小晚夫妻做，
外面的闲话更加多。
还是嫁到王家去，
免得旁人讥笑我。

蛾　(接唱)

艾艾爹你不要火气大，

听我从中论清楚。

艾艾同小晚常接近，

远近村庄都有数。

东王庄的王家也晓得，

将来难免闲气多。

张　(无语)……

蛾　(接唱)

婆婆骂来丈夫打，

你可舍得亲生女儿受痛苦?

张　(无语)……

蛾　(接唱)

你自己不去想一想，

你要不要女儿时常走走娘家路?

张　(无语)……

蛾　(接唱)

我是二十年来孤单单孤零零，

冷清清的日子经常过。

张　(接唱)

好了，好了，不要再说了，

何必翻啥老账簿!

(顿一顿)

(白)艾艾娘，

(接唱)

假使把艾艾配小晚，

怕只怕人家笑话我。

蛾　　（接唱）

你怕人家笑话你，

难道就不怕女儿去受苦？

张　　（无语）……

蛾　　（接唱）

你不要看轻了马燕燕，

姑娘的说话倒道理多。

她说道人家说艾艾不正路，

其实是就为了小晚人一个。

索性把他们配一对，

看他们还有啥闲话！

（白）艾艾爹！你看对吗？

张　　（无语，心里也服了，稍停）

看来你已经答应啦？

蛾　　是啊！你呢？

张　　（口里不肯认错）

我不管了，随你！随你！

我还要调龙灯去呢！（下）

蛾　　（见张走后，心里很高兴）

啊！总算丢掉一桩心事。等艾艾回来，我就告诉她，也让她高兴高兴。

（忽然想起罗汉钱来）

呀！小晚给她的一个罗汉钱，我也该还给她了呀。

（开箱取钱）

（唱“寄生草”）

罗汉钱呀罗汉钱！

两个钱儿一样圆，

一样圆呀，小方戒一对来交换，

来交换呀，一个儿甜蜜一个儿酸，一个儿好心酸！

(白)要是我的爹娘，也像我一样做法，那就好了。唉！快要做丈母娘了，还要想啥前情？这个铜钱怎样去还给她？嗯！还是等到晚上，让她睡着了，偷偷地塞在她衣袋里吧！

(艾艾一股劲飞跑进来)

艾　娘！小晚爹……

蛾　啥？

艾　娘！小晚的爹也……

(觉得难为情就缩住了嘴)

蛾　也啥？答应啦？

艾　(扭转头，难为情地)

娘！

蛾　戆姑娘，告诉你，你爹已经答应你同小晚的婚事了！

艾　真的？娘！

(拉住娘的手)你手里拿的什么东西？

蛾　(用两只手指捏起来)

罗汉钱。

艾　罗汉钱？啥地方来的？

蛾　拾来的。

艾　娘！那是我的！

蛾　你啥地方来的？

艾　我……也是拾来的。

(说着就笑了)

蛾　　是你的就还给你。

（把钱还给艾艾）

艾　　（看见娘手里还有一个）

娘！你手里还有一个罗汉钱？

蛾　　那是我的。

艾　　娘！你啥地方来的？

蛾　　我也是拾来的！

艾　　（抱住了娘，拉开了嘴直笑）

娘！

第二幕　第三场

［饰景：燕燕的家。右边有个窗口，可望见外面的院场。

［人物：燕燕、燕燕娘、五婶、艾艾、小晚、村长。

［时间：前一场的隔日早晨。

［幕启。燕燕躺在床上，她娘坐在床边，央她起来。

娘　　燕燕啊！太阳已经晒过屋脊啦，好起来啦，唉！

（五婶进来。在院子里就作腔作势地）

婶　　喔唷！燕燕娘，恭喜啊！

娘　　五婶！（忙催燕燕）你看，五婶也来了，你还不起来打扮打扮，同五婶到区里去登记。

［燕燕不理睬她娘，只顾闷睡。

婶　　（见燕睡着，早晓得有些不对，故意地）

呀！燕燕姑娘，大喜啊！

（“跳板”）

燕燕今天逢大喜，

五婶特来恭喜你。

人生大事第一桩，

祝你称心又如意。

你的婆家名望好，

西王庄上有名气。

小倌人生得真漂亮……

燕　（听得不耐烦，从床上坐了起来）

（接唱）

这种鬼话不要提！

狗嘴巴吐不出啥象牙来，

早已听得真讨厌。

婶　（厚颜地装着笑）

（接唱）

噢！原来你已早晓得，

又是我多说一遍。

这种婆家实在好，

寻来真正不容易。

五婶为了这门亲，

起早落夜费心机。

跑得鞋破袜头穿，

为了你这对好夫妻。

说来你该谢谢我……

燕　（接唱）

谢谢你多管闲事惹是非。

（煞板）

（五婶又碰了一个钉子，就此哑口无言）

娘　　（接唱）

你这个姑娘无规矩，

人家是一片好心意。

幸亏五婶快活人，

得罪几声勿动气。

看时候已经不大早，

错过时辰不吉利。

快快起来梳妆好，

赶到区上去登记。

（落“三角板”）

燕　　我不去了！

娘　　（急唱）

呀！夫家拣好黄道日，

约定今日去登记，

人家早在区里等，

哪可以身藏高楼拔短梯？

燕　　拔啥短梯，不关我事！

娘　　是你出嫁呀！怎么不关你事呢。

燕　　（唱“三角板”）

既然是我来出嫁，

为什么攀亲时不提起？

自说自话瞎作主，

不问我愿意不愿意。

娘　　你不去啥人去？

燕　　娘，我问你……

娘　　问啥？

燕　　（唱）男家媒，啥人做？

娘　　是五婶呀！

燕　　（接唱）

　　女家亲事啥人提？

娘　　五婶！

燕　　（接唱）

　　啥人说起王家好？

娘　　五婶！

燕　　娘！

　　（接唱）

　　啥人从中讲茶礼？

娘　　五婶！

燕　　（接唱）

　　全是五婶出主意，

　　就叫五婶去登记！

婶　　啊呀！

　　（唱）一簸箕垃圾倒在我头上，

　　怎么会冬瓜缠到茄门里。

　　婚姻是你娘答应，

　　同我媒人没关系。

娘　　燕燕！你变啦！真像……

　　（唱）春二三月疯狗见人咬，

　　得罪五婶少道理。

　　五婶请你看在我面上，

只是冤家不争气。

婶　小孩说几句不作兴的话，我哪会动气？嘻嘻！

娘　燕燕！你到底去不去？

燕　我不去！

娘　你存心和我憋气吗？

燕　随便啥事情都由你作主，我几时同你憋过气？

娘　既然你不同我憋气，那你就同五婶到村政府去！

燕　村政府做啥去？

娘　到村长那里写介绍信。

燕　不去！

娘　怎么又不去啦？

燕　见了村长又要叫我检讨。

婶　这次有媒有证，不会再叫你检讨了。

燕　不去！不去！

婶　燕燕娘，我看她既然不肯到村政府去，就不要去了。介绍信就由我们二人去写吧！等会再同燕燕一道到区里去。

娘　也好，燕燕！那你村政府里就不要去了，等我写了介绍信回来，你就到区里去。

燕　区里也不去！

娘　也不去？你打算到啥地方去？

燕　啥地方都不去。

（倒在床上再睡）

娘　啊！

[燕燕不理她娘。艾艾和小晚走进院子里，从窗口里看燕燕，隔窗叫声，"燕燕姐姐！"见里面情形不对，连忙收住了口，站在窗外看。

娘　看来你要气死我吗，天啊！天啊！

燕燕啊！你不要没有良心啊！

（唱“长腔长板长过门”）

这样看，男是冤家，女是气！

燕燕的心肠太嫌狠，

燕燕呀！你三岁上亲爹死，

娘养大你费尽心。

六月里蚊子窠里喂你奶，

皮肤要给蚊虫叮；

十二月敲开冰河洗尿布，

十只指头念八曲，节节骱骱痛到心。

费尽心血养大你，

希望养大孝大人。

想不到翅膀未展自作主，

娘的说话不肯听。

我吃的苦头像丢在东洋大海里。

五婶啊！养育这样忤逆种，枉费工夫白操心，

有什么脸面来做人？

倒不如早死一日早安心。

婶　好了，好了，燕燕你看你娘……

［燕燕看他娘这样啼哭，在床上坐了起来，呆呆地望着想不出办法。

娘　（哭吵）

想想苦来，算算苦啊！苦来苦去，独苦我啊！不养小辈没后代，养了女儿来气死我啊。

婶　燕燕娘！不要哭了。燕燕！你看看，怎么不来劝劝，真看你娘寻死吗？啊呀！真是阿弥陀佛的！燕燕娘！你不要气。

（给燕燕娘抚胸口）

燕燕是一时懵懂，等一会会想转来的。

娘　（坐在椅上，拍手拍脚的）

啊呀，我不要活了呀，我还是去……

燕　（唱“反阴阳短过门”）

见亲娘寻死作活闹翻天，

真叫我，心乱如麻多烦厌。

眼珠一转计上眉，

想出一个好主意，

不如暂且来答应。

（点点头）

好！到了区里再翻脸。

娘　（还是哭，但不时在偷看燕燕的举动）

啊！天啊天！

婶　啊呀！这算啥呢，欢欢喜喜的事情，弄得哭哭啼啼。燕燕，你真罪过啊！

燕　（赌气地揭了被起来）

好！我就去！

艾、晚　（在窗外不约而同）

燕燕姐！

（艾艾忍不住冲了进来）

婶　燕燕娘！燕燕答应了。

娘　（擦着泪，笑了起来。）

答应了！这才是好女儿。

艾　（询问的样子）

燕燕姐！

（燕燕把她手一捏，使个眼色，拉住艾艾）

娘　（唱“麦冬菜结尾”）

燕燕真是好姑娘，

婶　（接唱）

应该喜洋洋。

娘　（唱收腔）

登记的规矩听五婶讲。

婶　（唱跳板）

燕燕姑娘，

仔细听我来讲，

一到区上，

就要笑面堂堂。

先交介绍信，

然后把话讲。

问得详细，

谈得清爽，

只说自愿婚姻，

别样不要多讲。

燕　（接唱）

明明你强逼燕燕去登记，

婶　（接唱）

戆姑娘！就说自愿也无妨。

问你为啥爱他，

不要随便瞎讲。

因为他爱劳动，

做人诚实大方。

只要这样一讲，

夫妻就能成双。

这种登记规矩，

实在非常便当，非常便当。

燕　　屁！我鬼影子也没有看见过，怎么晓得人家劳动不劳动？

娘　　啊呀！我的小祖宗啊！五婶教你的，你就照样说一遍就算啦。难道你存心同我作对啊？

燕　　娘，我怎么好同你作对？我是真的不晓得啊。你们说吧，要我说啥，我就说啥。五婶！还有啥鬼画符，你全说出来，我照样画（话）就是了。

婶　　（吐了口大气）

别的也没有啥了。

娘　　好，时候不早了，五婶，我同你到村政府去写介绍信。燕燕，你在家里等我们。她也打扮打扮，换件新衣裳。

（燕燕不理她们，她娘拍拍身上衣服，解下围身）

就这样走吧！

婶　　燕燕姑娘！新鞋子也换一双！

［同娘下。

［艾艾在她们背后，装了鬼脸，吐了一口唾沫，小晚也进来。

艾、晚　燕燕姐，你怎么答应她们了？

燕　　（唱“流水调”）

请你两人休担心，

我有主见不要紧。

刚才情况闹翻天，

谅必你们看得清。

因为我娘吵不停，

所以暂且来答应，

到了区里再计较，

来个前账不承认。

说不定对我事情能挽回，

那时候随机应变再议论，再议论。

艾　（唱“三角板”）

这个主意倒蛮好，

不知区里啥光景？

燕　（接唱）

你和小晚婚姻事，

你家爹爹可答应？

艾　（接唱）

昨天我娘同我讲，

说我爹爹已答应。

晚　（接唱）

我家爹娘也同意。

艾　（接唱）

百事具备事可行，

我们也想去登记，

晚　（接唱）

特来寻你介绍人。

艾　（接唱）

可惜姐姐有心事，

自顾不周难分身。

燕　（唱“快板”）

管你事总要管到底，

你俩婚事要赶紧。

你们婚姻先办好，

做个榜样给村里人。

让我的亲娘也能长见识，

我有话可以对付我母亲。

说不定我的婚事能解决，

我好同小进两下结成婚。

你两人同我一起到区里。

艾　　（接唱“三角板”）

还有桩事情很担心，

我们到区上去登记，

一定要村政府出介绍信。

村长是个老脑筋，

口口声声说我坏名声。

他一定不肯出介绍信，

我们到区里去枉费心。

燕　　（唱）这桩倒是为难事，

（想了想）

仔细一想不要紧。

我娘替我去写介绍信，

你们抓住这点当话柄。

要是村长不愿写，

你们当场向他就责问，

为啥别人可以代替写，

亲自来写倒为不可能？

看他有啥话来讲，

晚　对！

（接唱）

真是一个好才情（主意）。

假使他真不肯写，

我就不要介绍信。

直接赶到区政府，

就说村长老脑筋，

别人可以代替写，

自己去写偏不准。

艾　（唱“转流水调”）

这样一来非常好，

一举两得称我心。

燕燕婚事也戳穿。

燕　（接唱）

正好拆穿西洋镜，

由你们替我来说穿，

我娘也不会记我恨，不会恨。

晚　好，我们就去区政府要村长写介绍信。

艾　可是燕燕姐说宁死不到村政府。

燕　为了我的介绍信我不去，替你们办事我就去。

艾、晚　（携手）

好！我们去吧！

燕　村政府门口等一等，等我娘和五婶……

［燕燕娘和五婶上。

婶　（扬起信来）

介绍信拿来了！啊呀！燕燕你怎么还不打扮，就要到区里去了呢!

娘　啊呀!你这姑娘,快打扮起来呀,等一等村长还要来呢!

燕　(向艾艾小晚二人看了看)

村长要来?

娘　是呀!村长真好!一看见我去就说你家是父母作主的。

婶　(插入)

媒人也正经。

(沾沾自喜的样子)

娘　(接下)

说很好,也不问别的,就给我写了介绍信。说你燕燕上了正路,村里风气能转好了,还要来贺贺你哩。

燕　(冷笑)

嘿!原来是这样。好吧!我们就等他来道贺吧!

(拉艾艾和小晚到一边坐下)

娘　(对艾艾、小晚)

你们两个还没有走吗?

燕　我拉他们聊天呢!

娘　啊呀!好姑娘,你快打扮呀!

燕　等一等。

(自顾自地坐向在一边去了)

婶　(对燕燕娘)

我看时候快近中午了,还是吃了饭到区里去。我先回家去一趟,等等我再来。

(把介绍信交给燕燕娘)

介绍信你收好!

娘　这样也好。

婶　（悄悄地）

燕燕娘，我看燕燕心里还不大服，你再留心点！

（燕燕娘点头）

我去一去马上就来，这桩事情办得越快越好。

娘　对！

婶　我走了。

娘　你快去快来。

婶　有数了。（下）

娘　（把木梳镜子拿到燕燕面前）

燕燕快打扮，时间不早了。

（向艾艾）

艾艾姑娘，快帮燕燕梳头。我要去烧饭去了。

（系上围身，下）

燕　你们看，我娘这副样子，我真拿她没有办法。

晚　方才你娘说的村长这种样子，只怕十有八九不会给我们出介绍信了。

艾　不要管他，试试看。

燕　对！试试看。

（村长上）

村　（唱"数板"）

燕燕今天去登记，
村长我心里好欢喜。
婚姻大事非儿戏，
应该要父母之命媒妁言。
村里都能这样做，
就好扭转坏风气。

　　但愿艾艾也能回心转，

　　好配给我外甥做夫妻。

　　且到马家去贺喜，

　　行至马家大门前，大门前。

（一进门，看见她们这几个人在一起，心里就没好气。来的时候一团欢喜，马上换了一包气，不理睬艾艾和小晚，板起面孔）

燕燕！

燕　村长，请坐呀！

村　（唱）方才你娘来到村政府，

　　说是父母作主将你配。

　　我想你这样做得对，

　　父母作主是理应该。

　　并且向你来贺喜，

　　明媒正娶真光彩。

　　从此走上正经路，

　　把你的名声来挽回。

　　不正经的，毛头姑娘小伙子，

（特别瞪眼看着艾艾与小晚）

　　及早回头，免得将来要吃亏，要吃亏。

燕　（唱“三角板”）

　　现在要请你写封介绍信，

村　（接唱）

　　介绍信由你母亲带转门。

燕　（接唱）

　　不是我的介绍信，

（指艾艾与小晚）

就是她们两个人。

村　你们两个?

艾、晚　(同时)

我们两个。

村　哼!

(唱)还不给我去检讨,

亏你们还有脸要介绍信?

晚　(接唱)

我俩已经检讨过,

两相情愿一条心。

村　(接唱)

难道怕你们不情愿?

艾　(接唱)

你还怕啥人不答应?

我爹我娘都愿意,

晚　(接唱)

我爹我娘也全答应。

村　(转唱"数板")

我问你,啥人是你介绍人?

燕　(接唱)

就是我,是我燕燕做媒人。

村　(接唱)

你,就是你,你怎样好做介绍人?

燕　(接唱)

我为啥不能做媒人?

村　(接唱)

亏你倒还做得出，

可晓得你的名声不好听。

燕　（转唱“三角板”）

既然名声不好听，

你为啥要替我出介绍信？

村　（答不上话来，嘴里在叽里咕噜地不知说什么，可是说不出口）

燕　（重复一遍）

（接唱）

既然名声不好听，

你为啥要替我出介绍信？

村　（发脾气）

（接唱）

去！去！去！你们都是不正经！

艾　（接唱）

嫁给你家小外甥，

你看正经不正经？

村　（半天接不上气来）

你……这个小姑娘，

晚　（重复一遍）

嫁给你家小外甥，你看正经不正经？

（把椅子用劲拖一下，接唱）

任凭你们本事天样大，

要我写信万不能！

艾　（接唱）

写与不写任凭你，

好在区上还有人，

我们还是要登记去，

请他们把道理评一评。

村　(接唱)

村里不是不知道，

早晓得你们不正经。

艾　(接唱)

区里原来也晓得，

也知道你这老脑筋！

村　我……

艾　我啥？

村　我是为你打算！

艾　你是为你外甥打算！

晚　不要同他多讲，我们到区里去说！

村　(气得发抖)

好，你们到区里去好了。我还怕你们这些臭毛丫头？

[气冲冲下。

晚　好，我们走！

燕　我也去，索性搞个明白。

[小晚携着艾艾往外就走，燕燕跟着，迎面来了五婶。

婶　(拉燕燕)

啥地方去？

燕　咦！到区里去登记呀！

婶　吃了饭去。

燕　(挣脱了五婶拉她的手)

等不及了。(下)

婶　啊呀！你也等等我呀！

（一面向里喊）

燕燕娘！燕燕娘！

娘　（燕燕娘急上）

啥事情？

婶　介绍信！

娘　（把介绍信慌忙地寻给她）

啥事情？这样急？

婶　燕燕到区里登记去了！

（没有说完拔脚就跑）

燕燕！等等我！

［追下。

［燕燕娘又是莫名其妙，又是欢喜，呆立在那里，嘻开了嘴。

第二幕　第四场

［饰景：区政府办公室。墙上挂着毛主席像，一张桌子，几个凳子。

［人物：登记人男甲乙、登记人女甲乙、介绍人甲乙、王旦、艾艾、燕燕、小晚、五婶、王助理员。

［时间：紧接前一场。

［幕启。区政府办公室靠左首一排凳子已坐满了人，都是来登记的。另外一个十三四岁男孩子——王旦，趴在地上看蚂蚁打架。

［艾艾燕燕，小晚嘻嘻哈哈地笑着跑进办公室。

艾　（唱“过关调”）

　　三人来到区政府，

燕　　（接唱）

谈谈说说笑呵呵。

晚　　（接唱）

可笑五婶跑得苦，

落在后面半里多。

艾　　（接唱）

啥人叫她媒人做？

应该让她吃点苦。

跑来好像滚冬瓜，

晚　　看啊！

（接唱）

真像老母鸡踱方步。

（艾艾燕燕笑得弯着腰）

艾　　（唱）区政府里多热闹，

燕　　（接唱）

正月新春喜事多。

艾　　（接唱）

红男绿女多高兴，

晚　　（接唱）

自由婚姻幸福多。

（五婶气喘着进来）

婶　　（唱“跳板”）

你们这班年轻人，

一点不肯来照顾。

只顾自己跑得快，

不肯走得慢点等等我。

害得我奔得满头汗，

半条性命差不多。

做人不要太缺德，

不应该捉弄我这老太婆。

晚　啥人捉弄你，是你自己走得慢嘛！

婶　好了！好！总归是侬么道理对。唉！

[一屁股坐在凳上喘气，把手巾摇着当扇子。一个青年男子给他挤得没办法，只得站了起来。她向四面望望。

呀！怎么西王庄的小旦还没有来？

（小王旦跳出来）

旦　啊！叫我啊？五婶？我早就来了！

婶　你在做啥？

旦　我在看蚂蚁打架。

艾　（悄悄地）

燕燕！原来是这一个！

燕　（悄悄地）

这个孩子生得倒蛮漂亮，不过看起来，年纪还小呢！怎么这样要紧结婚？

婶　（拉着小王旦）

你不要乱走，跟着我！

（悄悄地指着燕燕）

就是她。

旦　（点点头，其实眼看着艾艾）

[王助理员拿了一叠纸，匆匆出来办公。人们都挤向办公桌旁，小王旦更挤在桌边。

[先是登记人男甲、女甲一对站在前面，旁边站介绍人甲。男甲、

女甲把介绍信交给王助理员。

王　　（拆开信看了看，问男甲）

你叫啥名字。

男　甲　张德贵。

王　　今年几岁啦？

男　甲　二十岁。

王　　你俩的婚姻是自愿的吗？

男　甲　自愿的。

王　　为啥愿意同她结婚？

男　甲　因为爱她能劳动。

王　　（问女甲）

你叫啥名字。

女　甲　我叫王秀英。

王　　几岁啦？

女　甲　二十岁。

王　　自愿吗？

女　甲　自愿。

王　　为啥愿意同他结婚？

女　甲　因为他能劳动。

王　　（拿了张红纸片，向三人。）

都来打个手印。

（于是三人盖了手印）

男　甲　好了吗？

王　　等一会给登记证你们！

［男甲等三人下来。

［接着是男乙、女乙、介绍人乙除了姓名不同，换了个“李松林”、

“张美娣”“王金根”外，其余都相同。就像背书一样，很快地也处理好了。

燕　（把艾艾推到前面）

先办你的！

［艾艾笑一笑，和小晚走到桌边。

［王助理员伸着手要介绍信，小王旦正在桌边，马上递了上去。

婶　（着急地拉了小王旦一把）

弄错了！弄错了！

旦　没有错，人家全是一个人一封信的。

晚　说你错了，你的对象是那一个！

（满屋子里的人都笑）

王　你怎么连自己的对象都不认识？

（向燕燕）

你先来吧！

［燕燕走出，五婶忙把燕燕的介绍信递上去。

王　（向王旦）

你叫啥？

旦　王旦。

王　几岁了？

旦　十……二十岁了！

（用手指装数字也搞不清楚）

王　怎么十、二十岁？

旦　（瞪了两眼，站在那里说不出话来）

（五婶在旁边急得团团转）

王　你们的婚姻自愿吗？

旦　（背书似的）

自愿的，自愿的。

王　为什么愿意同她结婚？

旦　因为她能劳动。

王　（看了看介绍信）

（唱“数板”）

我问你，马燕燕！

你说他有多少年纪？

燕　（干脆地）

（接唱）

他的年纪我不仔细。

婶　（脱口而出）

咦？

燕　（接唱）

咦的啥？这个要怪你自己，

他的年纪你从来不曾提。

婶　（急得不得了，可是说不出口）

啊呀！你这个戆姑娘……

旦　（卖弄聪明）

（唱）人家真是不晓得，

硬要怪她无道理。

我们从来没见过，

她怎能晓得我年纪！

（哄堂大笑）

王　（唱“三角板”）

我早就看出这对婚姻有毛病，

小孩子当面说谎不可以。

方才说婚姻你自愿，

现在说两个人不曾见过面，

既然你婚姻称自愿，

哪会把别人家姑娘当作妻？

既然说两人不曾见过面，

哪会得她能劳动你详细？

（落腔）

这桩婚姻不合理，

不准你俩来登记。

一来男方岁数不实在，

二来双方不曾见过面，

谈不上自由婚姻自愿意，

一定是媒人搞的鬼把戏！

（白）回去吧！

婶　（喃喃地）

倒霉！真不争气。燕燕！

燕　我还有事呢！你先回去好了！

婶　（边去边数）

也没有这样死心肠姑娘，一点不会转弯，就算我没有同你说过，看人家说二十岁吗？

（小王旦跟在她后面）

小鬼！真不争气！

旦　（大声地）

啥人不争气！

婶　（忙掩住小王旦的口）

小祖宗！你不会轻点吗？快走！

旦　　算登记好啦？怎么这位姐姐不跟我回去呢？

婶　　小祖宗！走吧！

（推着下）

（那一边已经开始艾艾与小晚的事了）

晚　　王助理员！

（唱“数板”）

我俩没有介绍信，

不知登记能不能？

王　　（接唱）

为啥没有介绍信？

艾　　（接唱）

只为村长是老脑筋，

说我们自由恋爱是败风气，

要他出信偏不肯。

燕燕娘代替燕燕叫他写，

他却是顺顺当当就出信。

他要我嫁给他小外甥，

分明是只顾自己太偏心。

王　　你们是哪村的？

艾　　张家庄。

王　　你叫啥？

艾　　张艾艾。

王　　（注意地）

你就是张艾艾吗？

艾　　是。

王　　（看了小晚）那么你一定是李小晚了？

晚　　是。

王　　（唱）张艾艾！李小晚！

谁是你们的介绍人？

燕　　（接唱）

就是我马燕燕，

做他们的介绍人。

王　　（接唱）

马燕燕我晓得，

张家庄上很有名。

你们二人全来了，

马燕燕怎样好做介绍人？

燕　　（接唱）

我为啥不能当介绍人？

这话说来真新闻。

王　　（接唱）

因为村里有报告，

说你们名声不好听。

艾、燕、晚　（同接唱）

我问你证据在哪里？

王　　（接唱）

你们早有来往坏名声。

晚　　（接唱）

早有来往啥不好？

男女应该常接近，

假使起先无来往，

岂非要弄错对象是非生？

（大家又笑起来）

王　（接唱）

村里既然有报告，

等调查以后再讨论。

燕　王助理员！

（接唱）

他俩结婚啥不好，

为啥还要调查清？

他两个全是未结婚，

没有啥瓜葛与纠纷。

两人真正自愿意。

你还要调查啥事情？

王　反正总是要调查，你们还是回家去吧。

艾　怎么区里也不讲道理？

晚　王助理员！你怎么也同我们村长一鼻孔出气？

燕　你难道也是老封建？

王　你们回去吧，随便怎样也要调查调查。

（对众）

登记好的进来拿登记证。

（同众下）

艾、晚　（同）王助理员的脑筋一定不清爽！

燕　我看他一时清爽，一时糊涂，处理我的事的时候倒很清爽，大概有点忽冷忽热。

艾　（想着，气愤）

偏偏我这个事情会碰上他的发冷时候，真是岂有此理！

晚　真是岂有此理！

燕　艾艾！你看燕燕的事，今天不是就解决了吗？

艾　　唉！要是人民政府定个什么办法出来就好了！

燕　　我说，一定会有的。人民政府绝对不会听村长那种老顽固破坏人家的婚姻的。我们要拿定主意，不屈服，同他们斗下去！

晚　　对！燕燕！我完全同意！

（唱“开篇收腔”）

　　拿定主意努力奋斗，

燕　　（唱）不达到目的决不罢休。

艾　　（唱）但愿政府定出好办法，

三　人　（合唱）

　　婚姻才能真自由。

第三幕

［饰景：张木匠家，如第一幕第三场。

［人物：小飞蛾、张木匠、艾艾、小晚、小进、燕燕、村长、王助理员、燕燕娘、五婶、青年农民甲、乙、群众。

［时间：两个月以后的中午。

［幕启。张木匠、小飞蛾、艾艾，三个人在吃午饭。张木匠闷着头吃，艾艾看看他想说话，见他神色不对，又不敢说，小飞蛾一直注意着艾艾，一种不协调的空气在他们中间弥漫着，快吃完的时候——

艾　　（忍不住）

爹！

张　　（不应）

艾　　（有些不耐烦，但还是说了）

爹！前村小陶刚才叫你去修水车。

张　　（还是不响，他吃他的饭）

艾　　（努起了嘴，看看小飞蛾）

蛾　　听了吗？艾艾在对你说话！

张　　（不响）

蛾　　你到底听见了没有？

张　　生了两只耳朵，怎么会不听见？听见的比你多得多呢！

蛾　　（知道张木匠又要发牢骚，便忍着不作响了）

张　　（白了小飞蛾一眼，把饭碗重重一放，又开始发起牢骚来）

哼！事情闹得这样大，

你向床里一滚，什么也不管了。

（见小飞蛾不接口，话更多了）

反正你整天蹲在家里，也听不到外面的闲话。

蛾　　你怎么又来发这个牢骚？两个多月了，早也说，晚也说，说来说去就是这些，预备说到哪一天才完啊？

张　　怎么？我说错啦？

（唱"紧长腔长板"）

一开口就来说我发牢骚，

你要晓得张家的臭名真不小。

艾艾的事情闹到区政府，

村里男女都知道。

只要我一出大门口，

村里人就指指点点来讥笑。

张木匠的女儿不规矩，

张木匠的女儿无管教，

连得登记不准许，

张家姑娘太胡闹。

树要皮来人要脸，

难道我张木匠的面子全不要？

如果你的主意打得好，

我也不会受气到今朝。

（艾艾听了，放下饭碗就走开了）

蛾　（走去看艾艾）

艾艾，你管你吃饭，不要听他的。

张　不要听我的听你的？听你的吧！

（唱“紧长腔长板”）

你说的艾艾嫁给李小晚，

从此再无有啥坏名声；

你说的，索性把艾艾嫁小晚，

看别人有啥闲话背后论？

现在你去听听，

那一个人不说得乱纷纷。

死人臭只有三里路，

活人臭十乡万里都闻名。

全是听了你的好主意，

害我在外面难做人。

真是青竹竿来掏茅坑，

臭气越掏越难闻。

蛾　（唱“干板”）

你不要把事情推在我身上，

当初亲事你也答应。

张　（接唱）

都是你说得花好稻好样样好，

还不是在你的身上起的祸殃根。

蛾　（接唱）

起啥祸殃有啥错？

算来是这桩事很配称。

小晚艾艾啥勿好？

男勤女俭好婚姻。

张　（唱）既然你说好婚姻，

为啥区里登记批不准？

（落腔）

蛾　（语塞）

张　亏你还要来和我来说话，

配得对区里会不许登记吗？

艾　这是王助理员有问题，事情还没有完呢。

张　你还要等他来调查吗？小姑娘家懂点啥？

（唱"三角板"）

要调查就是不准，

事情弄到这地步，

张家名声更加坏。

就是要嫁给李小晚，

区里不许登记，怎么可以来出嫁？

倘若另外亲来配，

还有啥人再要她。

养了女儿嫁不出，

看起来要一世耽搁在娘家。

（张木匠发牢骚的时候，小飞蛾和艾艾收拾桌上的碗筷。这时小飞蛾提了盛着碗筷的木桶要出门，被张木匠阻止住）

嗨，难道你就不管她，

问你这样下去怎安排？

蛾　（接唱）

我没有功夫听你这些话，

［另外又拿了一脚桶衣服，赌气地下。

张　哼！这种样子。

（接唱）

脾气变得这样坏，

扭转身来不理睬，

以后事情不管她。

［气冲冲地拿了锯子下。

艾　（唱）（反阴阳）

爹爹是怨三怨四说勿停，

真叫我万分怨恨气在心。

恨只恨村长不应该，

始终不肯出介绍信。

老顽固，老封建，

真是个死不开窍的老脑筋。

助理员光说空话不办事，

阻挡我们婚姻到如今。

晚　（推门进来）

艾艾，你一人在家吗？

（见她神色不好）

艾艾，怎么？在生气吗？

艾　小晚，

（唱“三角板”）

我正要搭你谈一谈，
你我婚事怎么办？
助理员不准我们来登记，
口说调查人不来。
外面议论更加多，
我爹爹听了闲话心头烦，
回来时常发脾气，
一天争吵好几回。
我娘心里有气说不出，
唉，真使我不能再忍耐，
写信到县里去告状，
为什么到现在还不见回音来？

［小进气喘喘地跑进来。

进　小晚、艾艾，你们两人都在呀？

晚　小进哥，为啥这样快活？

进　告诉你们一个好消息。

艾　小进哥，什么好消息？

进　你看，你看，合作社的报纸。小春哥叫我拿来把你看看啊。政府颁发《婚姻法》了。

晚　（看）

艾　（接唱）

婚姻法！啥婚姻法？

进　（接唱）

男女婚姻有保障，

婚姻须男女双方都自愿，

不许别人来阻挡，

只要正当谈恋爱，

就好登记配成双。(落腔)

(读报)

男二十岁，女十八岁，方始能够结婚。

晚　(接唱)

说年龄我们都合格。

艾　(接唱)

说自愿，都是自己作主张。

进　(接唱)

完全符合《婚姻法》，

你们就好登记到区上。(落腔)

晚　(唱)嗨，《婚姻法》，来得好。

艾艾我们就好配成双。

艾　(唱)这样一来真是好，

我们更加有话讲。

现在去要介绍信，

不怕村长再阻挡。

晚　对。(唱)

不管他同意不同意？

我们也能登记到区上。

艾　(接唱)

你同燕燕也好去登记。

进　(垂头丧气地)

(接唱)

我与她事情已弄僵，

恐怕她对我有意见。

艾　（接唱）

小进哥不要这样想，

她对你还是有情义。

进　（接唱）

要你们二人帮我个忙，

先在燕燕面前转弯讲一讲。

艾　（接唱）

好，就让我替你去跑一趟。（落腔）

进　那么我就在这里等。

艾　不等在这，难道叫燕燕来寻你吗？

（三人都笑了出来）（艾艾下）

进　（唱“流水”）

小晚，我的肚里心事耽，

等一会燕燕就要来。

以前看见不叫应，

今朝见面口难开。

晚　（接唱）

说来要怪你不好，

脾气生来太急躁。

事情不曾搞明白，

一跳就是八丈高。

现在跳得起来跌不落，

这种脾气要改改好。

现在也不必耽心事，

燕燕平常性情好，

只要当面认错赔个礼，

燕燕不会来计较。

（白）等一会我同艾艾先到村政府去，向那个老顽固要介绍信。你同燕燕讲和了之后，也就来。

进　　怎么？你们一走，就丢下我们两个吗？

晚　　两个，话也好讲得多点？有啥不好？

［燕燕从外面叫“艾艾”上。

燕　　艾艾！艾艾！

晚　　（对进）

他来了！他来了！

燕　　（不懂小晚的意思，一愣）

小晚，艾艾呢？

晚　　艾艾刚来寻你啊？

燕　　唔！那么我怎没有看见？我从田里来，让我去寻她吧！

晚　　不要去了，她就要回来了，你在这里等她吧，

（拉她坐下）

让我出去看看。

［出，随手把门带上。

［燕燕站起来，开门欲走。

进　　燕燕。

（燕不响，又欲走）

燕燕！

燕　　（回过神来）你不是不理睬我啦？今天倒怎样会叫起我来？

进　　（呆呆地望着）

燕　　还是叫你爹爹多花几石米爽快一点。

进　　(低头不语)

燕　　(猛然想起小进脾气急躁,不要弄假成真,缓和地)有话讲呀,燕燕,燕燕,多叫名字有啥用?

进　　燕燕是我不好,怪我的性子太急了?事情没有搞清楚,就发脾气。

燕　　(心里暗喜)今天怎么倒明白了?本来你也不替我想想,娘同我哭天哭地地吵。我只有这个娘,年纪也大了,就忍心让她受气吗?我对你又没有变心,你就乱发脾气,见面也不招呼,我来与你商量商量,话也讲不上,一开口就讲冷话,要是我也像你一样,早同人家区里去登了记了,你好——

进　　燕燕,不要讲了,我都认错了,向你赔个礼。(鞠两个躬)

燕　　(倒笑了出来)亏你做得出来!

进　　燕燕,你晓得吗?我们好结婚啦!

燕　　小进,你讲啥?

进　　政府颁布《婚姻法》啦!只要年龄合格,男女双方自愿,都可以自由结婚。

燕　　真的吗?

进　　报上已经登出来了。艾艾与小晚去要介绍信了,我们也去吧!

燕　　你这个急性子怎么又发作了。

进　　(笑着)嘻嘻……

(小晚、艾艾,村长争吵着走过来)

(声"哪有这种事,你们胡说""报上都登出来了")

(村长边说边自台左上)

村　　不同你们讲,我找你们爹娘去!

(小晚、艾艾跟上)张木匠呢?怎么不管教管教你女儿,让她成天跑到村政府闹去。人呢?

进　　怎么?他还不肯写介绍信?

晚　　他要肯倒吵不起来了！

进　　你没有告诉他，政府公布了《婚姻法》？

晚　　他不相信。

进　　不信，把报给他看。（奔下）

（村长看报）

晚　　（拿出报纸来一扬）你看，（打开念）中央人民政府颁布《婚姻法》。（第二章第三条，结婚须男女双方本人完全自愿，不许任何一方对他方加以强迫，或任何第三者加以干涉。第四条，男二十岁，女十八岁，始得结婚……）

［村长起始不大注意，后来慢慢注意，倾听，听小春读到这里，把报纸抢过手来看。

春　　（接唱）

报纸上登得蛮清楚。

晚　　（接唱）

难道你眼睛里没有看见过？

进、艾、燕　（接唱）（合唱）（青农甲、乙上）

嗨！难道你眼睛里没有看见过？

村　　（接唱）

你们的婚姻不合法。

晚、艾、进、燕　啥？又是不合法？

晚　　（接唱）

请你把道理讲清楚。

村　　（接唱）

乱搞得婚姻合了法，

败风气的事情还要多。

艾　　（接唱）

我们婚姻哪条不合法，

为啥不能夫妻做？

村　　（接唱）

不能做就是不能做，

因为你们行为不正路。

晚、艾　啥不正路？

农　甲　（在旁看得耐不住）（接唱）

并不是我年纪大来闲话多，

这种事情实在看不过。

村长说话句句对，

就是你们不正路。

进　　（接唱）

张老伯，什么地方不正路？

农　甲　（唱）我年纪活了六十岁，

从来不曾看见过，

姑娘自己嫁丈夫。

村　　（焦急地）嗨，你不懂的不要乱讲。

农　甲　啊，我讲错啦？

村　　别人可以照《婚姻法》办事，只有你们是要例外的。

晚　　这事啥道理？

村　　《婚姻法》是提倡婚姻自由，你们是——

晚　　我们不是自由的吗？

村　　你们是男女乱搞！

艾　　啥叫乱搞？

村　　整天在一起，怎样不是乱搞？

晚　　不在一起怎么能认识？不认识怎么能结婚？

村　　哼，要是你们两人结了婚，张家庄要给人家笑坏了！

晚　　人家为啥要笑？难道父母作主不笑吗？难道要三姑六婆做媒才不笑吗？

［小飞蛾提水桶上。

村　　我不同你说！（回头见小飞蛾）

（唱“三角板”）

艾艾娘，你养了女儿不教训，任凭他男女乱搞不正经。

蛾　　（接唱）

艾艾未曾做错事，

怎样说我无教训？

村　　（接唱）

难道你，不看见他们男女搞一起？

这是你的好教训！

蛾　　（接唱）

我是要把艾艾配小晚，

父母同意有媒证，

他们配婚啥不好？

村长为何不赞成？

村　　（接唱）

你倒还要帮他们来说话，

我看你还是少讲点，

你这样庇长护短从容她，

人家是更要把你前事提。

蛾　　（一钉子碰闷了）

艾　　（更气愤）老顽固！

燕　　死脑筋！

村　　好，打击干部，检讨，检讨！

晚、进　呸！呸！

众　　区长来了！

晚　　好，艾艾，艾艾，区长来了，这下子可好了。

［区长与年轻人等上。

村　　好啊！王助理员也来了，评理吧！看你们对？还是我对？

［区长王助理员自台右角上。

区　　乡邻们！好啊！小晚，你们好多人在这里谈啥问题吗？呦！艾艾，燕燕！

燕　　区长，你来得真好！要求你来解决一桩事情呢！

村　　区长，这班小伙子和姑娘们闹得太不像话了！

燕艾进晚　区长，区长！

区　　（笑）嗳！嗳！不要急，有话大家慢慢地讲。村长，这是怎么回事呀？

艾　　区长，我们就是同村长再评理。

晚　　村长不讲理，阻挠婚姻自由。

村　　他们真是闹翻了天了。

区　　好吧，有理讲不尽，大家来好好地谈一谈。

农　乙　我也是这样说，只要好好地讲，用不着闹呀！好得今天区长也来了，天大的事情人民政府都能解决，这个事情还怕办不了吗？

众　　本来大家要讲理。

晚　　区长，我先讲！

区　　一样，就你先讲吧！

晚　　（唱"三角板"）

听我讲，争论只为婚姻起，

我与艾艾情感深，

两人自愿婚来结，

恨只恨，村长不出介绍信。

今天政府颁布了《婚姻法》，

他还是阻扰婚姻不出介绍信。

村　区长，（接唱）

实在他们名声太不好，

全村人家有反映，

如果让他们婚来结，

破坏了风气就难端正。

区　嗯。（接唱）

理由是出在众人口，

大家的意见要讲讲明。

村　（接唱）

这桩婚事配不得，

他们是，男女混乱搞不清。

艾　（接唱）

这都是，你自己脑筋旧，

男女一样全是人，

他能劳动我能生产，

有啥搞得清来搞不清。

村　（接唱）

男女随便搞一起，

岂不是，伤风败俗出臭名声？

燕　（接唱）

难道说婚姻不能自作主？

村　（接唱）

你们的自由太过分。

进 (接唱)

是你一人把婚姻来包办。

村 (接唱)

我几时包办你婚姻?

艾 (接唱)

你阻挡我嫁给李小晚,

(艾至村长后至蛾身旁)

你又私心,把、把、把我许给你小外甥。

村 你……

区 你们的家长有什么意见呢?

晚 (唱“三角板”)

我父母早就来答应。

艾 (推小飞蛾)娘,你说呀!

蛾 (接唱)

我倒也赞成他们配成婚。

(至台右)

区 噢!(向村长)父母都赞成了。(向青甲、乙)好,你们再把你们的意见说一说。

青乙 (接唱)

艾艾小晚感情好,

年龄出身都相当,

青甲 (接唱)

他们两人都爱劳动,

天造地设是一双。

区 好!现在我来谈一谈。

（唱“阳血”）（在台左至台右口）

婚姻大事应该自作主，

任何人不能来阻挡。

只要双方都情愿，

第三者何必管闲账？

（和村长唱）

村　　区长！那么风气就不管了吗？

区　　（接唱）

风气吗？

自由婚姻自作主，（向众唱）

男女双方当然常相见。

既然男女平等是一样，

常在一起也无关系。

同志彼此感情好，

有啥造成坏风气？

（向村长唱）

村　　但是名声……

区　　（接唱）

名声好坏啥标准？

不能把旧眼光来看新人。

封建婚姻非自愿，（向众唱）（村长坐下）

害了多少妇女们。

因此上，婚姻一定要作主，

应当自己把对象寻。

只要正当谈恋爱，

说不上什么坏名声。

蛾　　是啊，名声，名声害死了多少女人！

农　　哎，倒也不错。

区　　（接唱）

　　政府颁布《婚姻法》，

　　是要打破封建旧脑筋。

　　你俩婚姻都合法，

　　就可以登记来结婚。

［晚、艾、进、燕都高兴得跳了起来。

晚　　进，真的吗？

区　　当然是真的。为了你们的事，王助理员办得不好，害了你们耽搁了结婚，区里应当负责。现在怎样还能耽误你们呢？

王　　（王出）过去我的封建思想没有肃清，办错了事，很对你们不起。幸亏上级有了指示，区长亲自来调查这件事，才给纠正过来。你们哪一天到区里再来一趟吧，我立刻就给你们办好登记。

农　乙　（笑起来了）喔，原来区长专程来调查这桩婚姻的。（自后出，张自台左上。张木匠恰好急急匆匆地一脚跨进来）

张　　喔！区长来了，王助理员也来了，你们是……

区　　艾艾的爹，你对你女儿的婚事有什么意见？

张　　（唱"数板"）（答非所问）咳，不必再提了。艾艾这个姑娘不争气，又同小晚在一起，（回身对艾）也算几次同你讲，你怎么耳朵里一向也不曾听进去？

区　　（不懂）什么？你说的什么？

张　　（接唱）区长！

　　他们到底太年轻，

　　一点不懂啥道理。

　　既然区里不能来登记，

这件事就不必再提起。

这事我张家门里家教差，

养出小女不争气。

众　(笑)哈……

区　我问你对他俩的婚姻，有什么意见？你觉得小晚这个人怎么样？

张　(接唱)小晚呢——

小晚生产是能手，

庄户人家好子弟。

区　那你同意不同意他俩结婚呢？

张　(接唱)哎呀！

我同意不同意有啥用？

这里不准他们来登记。

区　(接唱)

现在区里准许他们来登记，

我问你同意不同意？

张　(一愣)

区长，你说的是真的？

区　我说的怎么不是真的？小晚与艾艾是自由恋爱，应当让他们登记。

张　那上一次为什么不能登记呢？

区　那是王助理员办错事了。怎么样，你同意不同意？

张　(接唱)(呆笑半晌)

既然区里准许他们去登记，

我本来没有啥意见。

蛾　(接唱)(自台右至台中)

你有意见快点说，

将来不要怨三怨四多是非。

张　(接唱)

我不是早就对你说，

由你做娘的作主意。

蛾　(又好笑，又好气)真没有见你这种人……

区　好吧！现在只等喝你们的喜酒了，你们什么时候去登记，就找王助理员。

区　村长同志，你有什么意见?

村　(唱“数板”)

方才听了区长一番话，

说我是封建思想，办事有偏差，

也许我思想有疙瘩，

还要请区长帮助我深刻来检查。

区　你慢慢想想吧，妇女解放也是我们的工作，封建思想可要不得啊！有这样思想的人，村里不是你一个，我想要在这村里展开一个《婚姻法》宣传，等一等我们到你那里去谈谈。

(他们在谈着，艾艾等四人也在商议)

燕　艾艾，小晚，恭喜，恭喜。这下又可好了。

艾　燕燕姐姐，你呢?

进　(抢着)我们一道去！

燕　(思索)急啥？有米不怕煮饭晚，有了《婚姻法》，还怕结不成婚吗?

进　你……

燕　艾艾，我想等你们领了登记证回来，让我娘看见了，对她讲也好讲一点。

蛾　燕燕姑娘，你娘面上，我去替你说，包在我身上。

(五婶挤进来看热闹)(自台右上至台中，蛾身旁)

婶　　艾艾娘，啊呀，你们家里真热闹啊！

青　甲　哈哈！五婶，乱说媒人，你来做啥？

婶　　怎么？不许我来？

青　甲　艾艾，小晚，燕燕，小进，人家事情都自己解决了，你还想来插啥手？

婶　　你胡说些啥？

青　甲　政府公布了《婚姻法》，以后男女结婚，全凭本人自愿，用不到媒婆了，你的饭碗敲碎了。

众　　（笑五婶）哈哈！

青　甲　你不相信，区长在这里，你自己问问吧！

婶　　区长！

青　乙　你替你自己去做个媒人吧！

婶　　我不跟你们说……（自台左下）

［五婶在人群中，一副尴尬面孔蹓了出去。

区　　那么，我们走了吧！（对艾艾等）要是有什么困难，你们只管到这里来找我，你们明天来登记吧！

艾　　区长！你再坐一会吧！

区　　不坐了，改天来喝你的喜酒！

［与村长边谈边出，自台左下。

［众人进出。小飞蛾回进来。青年甲、乙，农民甲、乙，四人至台右下。

蛾　　这样好了，姑娘好称心了，想不到区长会这样明白我们女人的苦痛，他的话句句打在我的心里……唉！要是从前，我做姑娘的时候……

［艾艾跳上。

艾　　娘，（见蛾眼上有泪珠）娘！你怎么？

蛾　　（忙擦去泪痕）没有什么？娘太高兴了，姑娘！

艾　　娘！

蛾　　（唱）姑娘啊！你今天终究称了心，为娘心里……（不知如何对女儿讲）……真高兴。

艾　　娘！

蛾　　（唱）姑娘啊！你就要出嫁到夫家去，

有空要常常回来望双亲。

不要有了女婿忘记了娘，

丢下你娘孤零零。

艾　　娘！你怎么这样想，你不是很高兴吗？

蛾　　是呀，我是很高兴！

（唱）想不到女儿婚姻事，

政府也能来照应。

为娘做了半世人，

做梦也想不到这样好事情。

姑娘啊，像你们这般年轻人，

生在今朝好幸运！

看你们真是多幸福，

我真想返老还童重做人。

艾　　娘！

蛾　　（唱）当村有人讲闲话，

说什么自由婚姻不正经。

姑娘啊！你们偏要争口气，

做一个榜样给村里人。

望你与小晚多和好，

美满幸福过光阴。

望你勤勤俭俭把日子过，
毛主席共产党的恩情要记在心。

艾　(唱)娘的说话我牢牢记，
与小晚勤勤俭俭过光阴。
(在台中唱)
我一定积极把生产来搞好，
要报答毛主席的大恩情。
(张木匠，小晚上)

蛾　(满心欢喜)
小晚，坐啊！

张　(端凳给晚)
小晚，你坐！

晚　(反而窘了)
噢！那么(眼看艾艾)我们几时去登记呢？

艾　过两天就去。

张　过两天？做啥过两天，明天就好去！

晚　噢……那么，我们……明天去登记。

蛾　(笑眯眯地)好呀！早点去也好，我陪你们一同去。

张　好，我也去。

蛾　你也要去。

张　有你妈，也少不了我呀！

蛾　(笑着点头)

[一群青年男女农民打着锣鼓上，燕燕娘、燕燕、小进也上，连连向他们道贺："恭喜你们呀！"。

娘　(向小飞蛾)艾艾娘，恭喜你呀！燕燕同我讲，你为艾艾配了个好亲事了！

蛾　　我只是称了女儿的心，做父母的也不用想她到夫家吃苦，心也安定了，倒是辛苦了你家燕燕！

娘　　小孩子家哪里懂啥事情，不过凑个现成媒人罢了！

蛾　　燕燕娘，我也做个现成媒人，你倒当面讲一讲，燕燕、小进的婚事怎么样？

娘　　早先我怕人讲闲话，现在我明白了，让他们配了婚也好——你们几时到区上去登记？

蛾　　明天。

娘　　那让燕燕同小进一起去。

［大家欢呼鼓掌。

［锣鼓声起。

众　　（唱"进花园调"）

《婚姻法》，来颁布，来颁布，男男女女笑呵呵！从此婚姻得自主，得自主，美好生活幸福多。

［幕徐落，剧终。

（1952年演出本）

沪剧

阿必大回娘家

剧本整理:文　牧

作者小传

文　牧(1919—1995),男,原名王瑞鑫,艺名王文爵,上海松江人。1947 年参加施家、上施等沪剧团,任演员兼编剧。历任上海人民沪剧团编剧、艺术研究室副主任。

人物表

婆　婆　阿必大　婶　婶

［婆婆上场。

婆　婆　(唱)冬天日出黄咕咕，
李家娘娘想家务。
伲格当家人名字就叫李九官，
登勒拉外头贩猪猡。
老夫妻只有一个独养子，
身材生得矮勿过。
一尺三寸长衫着在身上随地拖，
人人叫伊“石秤砣”。

(白)伲老夫妻俩只有一个独养子，今年已经十六岁哉。不晓得哪能养勿大，还是小来一眼眼。一件长衫只有一尺三寸，穿在身还拖在地上，不过迪个囡小是小来，聪明是聪明来。有一天我老头子心情斜好，伊讲老太婆我带侬去白相。我讲到啥地方去白相，伊讲我领倷到上海白相大世界，我讲好格。我想伲老夫妻一道去白相，甩个囡一个人来屋里，我倒有点不放心。我搭老头子讲，要么领伲秤砣一道去，老头子讲好格好格。伲娘三家头一道到上海，到上海路远乘车子，伲乘着一部车子狭油油的，长么蛮长格，上头蒙条小辫子能吊起来，乘勒来当当当当会响格。伊拉话，狄格叫当当车。上了车，有人走过来叫买票，伊讲大人要买票，小人可以勿买。伲格囡十六岁了，不买票，伊想难为情伐，就顶发顶发顶起来。奈么我一吓，侬迪能顶起来要买票。我就轻悠悠朝伊长衫上一拖，肩上一压。伲迪格囡直聪明，伊就朝下一埋，缩短仔三寸就此矮脱半人头，狄能一来就此格勒一张哨哨车票勿曾买。我伲进了大世界。喔唷，大世界里真好白相，闹猛来。走进去有两面哈哈镜，我想去照一照，要死啊，照着一张长格拨我一吓，一个人像根电线木头。伲格秤砣也去照了，照了一面矮格，要死啊，本来已经小来一眼眼，一照就寻也寻不着。我想伲格秤砣呢，要死快了哉，伲格囡像只踏扁了个灯笼壳子呀，我是自己养了欢喜来。小末小，小柴精一点都不挤世界，做起衣服，料作也好省一点。

婆　婆　（唱）只恨隔壁邻居侪勒讲究我，

讲我养着迪种能好宝货，

啥人家女儿肯来做媳妇。

我是闻听此言心光火，

就托南村许媒婆。

叫仔事体真凑巧，

陆家宅有个陆寡妇，

新死男人实在苦，

有个十三岁侄囡叫阿必大。

我难为十只洋，

一套花布短衫裤。

从此后，

有了媳妇做婆婆。

（白）提起伲必大迪个死货色，真像踏碎皮球一包气。我想屋里人手少，事体多，领个养媳妇来好替替手脚。啥人晓得十个多月来，每一桩事都看勿入眼，真真叫讨手脚。讲讲伊伐，不懂；骂骂伊伐，不痛；打打伊伐，人家讲我做婆阿妈太凶！天下世界婆管媳妇嘛也不是我行出来呀，迪个末立朝讲来迪能格，格个做人真真难听！

婆　婆　必大，必大啊！（怒唤）死货色！

阿必大　（幕后）哎，婆阿妈！

婆　婆　喔唷，这货色倒是刁呀！叫她必大倒不理我，叫她死货色就婆阿妈，是我自己骂自己。（怒）给我死出来！

阿必大　来啦，（上场，给婆阿妈凶狠的目光吓住）婆阿妈……叫我做啥？

婆　婆　死僵僵地，侬勒做啥？

阿必大　在里面汏衣裳。

婆　婆　（责怪地）汏侬的老衣！

阿必大　婆阿妈，是侬的衣裳。

阿必大　我的……死货色，今天我又没有换过？

阿必大　是昨天早上换下来的。

婆　婆　那么昨天早上为啥勿汏脱？

阿必大　昨天一早起来，你就叫我弹棉花、搓条子，一直做到半夜里。

婆　婆　勿要说，被人家听见了好像你做得老苦的。其实一点点生活，也用不着做啥夜作，难为多少灯油。

阿必大　（不敢讲话）

婆　婆　对你说，今朝我要烧香去。

阿必大　婆阿妈烧香去！

婆　婆　是啊，听见我要出去，（装腔）婆阿妈，你去烧香去啊。你开心来，面花眼笑。我去烧香，侬搭我做生活。

阿必大　婆阿妈，做啥生活呀，龌龊衣裳也汏好了。

婆　婆　死货色！生活做得完？生活生活要生出来的。上半天弹棉花，下半天搓条子，夜里纺纱。

阿必大　（哭）啊……又要做到四更点？

婆　婆　你啥个开心老哭得出，眼泪水多末。眼泪给我缩进去。

阿必大　婆阿妈，眼泪水不好缩个啊，要末揩脱。

婆　婆　你只死货色，勿要勿知足，我看倷做媳妇比伲做媳妇格辰光好得多。像伲能格做媳妇是真正苦，要做来脚勿登地，吃是轮不到的，困觉是无没名分，一日做到夜，一夜做到天亮，两只眼睛做酸，只好挨班落班困，真正酸来叫一只眼睛困，一只眼睛休息。迪只酸来，迪只闭迪只开啦，二只眼睛闭下来那能办呢？拿一只茶叶梗子撑起来。死货色，我问你，平常弹多少？

阿必大　八两。

婆　婆　今朝看看菩萨面少弹点，弹半斤。

阿必大　婆阿妈，一样的。

婆　婆　瞎讲，八两是八，半斤是半，八两多半斤少。

阿必大　婆阿妈，我做的是一样的。

婆　婆　敢回嘴。（扭臂）

阿必大　哇……

婆　婆　不许哭！起来，跟我来拿棉花！（打出棉包取出棉花）

阿必大　我……我的吃呢？

婆　婆　死货色，生活还末做，倒先想吃了。

阿必大　我做仔一早晨生活，还没有吃饭呢。

婆　婆　咋，啥人叫侬不吃。

阿必大　锅子里已没有了啊！

婆　婆　灶脚边上。

阿必大　婆阿妈，灶脚边上是猫吃的呀！

婆　婆　吃了一样会饱的。

阿必大　冷的呀！

婆　婆　冷，放在太阳里晒晒热。

阿必大　毛也长出很长了，

婆　婆　毛长来，吃脱点，吃勿脱，板刷刷刷。

阿必大　婆阿妈，已经酸了呀！

婆　婆　酸！酸往肚子里钻！给我做生活去。（下）

阿必大　（哭泣）

婶　婶　（唱）听说必大受折磨，

好比钢刀刺胸脯。

阿侄女是我从小抚养大，

像亲生女儿差不多。

只因去年死丈夫，

少吃无穿日难过。

也是羊吃干枯没奈何，

狠心肠拨伊做媳妇。

只怪我当初耳朵软，

听信媒人许媒婆。

讲得花好稻好样样好，

说婆妈吃素念弥陀。

我想留在我身边受苦，

还是到李家投生路。

到今朝走错一步后悔多，

再一想眼见事体方为实，

小囡闲话不作数。

亲自到李家跑一次，

是非就能分清楚。

要是亲家母真的不讲理，

哼！不客气我也不好对付。

常言道有理能够打太婆，

我要领伲必大转门户。

三步并着两步走，

大道不走走小路。

匆匆已到李家宅，

穿竹林小桥过，

踏进场角看清楚，

见有个姑娘喂鸡食，

只见她面黄肌瘦骨头露，

果真是侄囡阿必大，

(白)必大!

阿必大 婶娘!(抱住婶娘痛苦地哭着)

婶 婶 做啥?

阿必大 我痛!

婶 婶 拨我看看，是拨婆阿妈打格?阿大讲得勿错，侬受苦啦。婶娘养侬迪能大，勿要讲打，就是重活也舍不得讲一声。早晓得侬要受迪种苦，我决不会放侬过来。勿要哭，婶娘是来领侬回去格。

阿必大 领我回去?婶娘快走吧。

婶 娘 勿要心急，就是要走，

也要去对侬婆阿妈讲一声。

阿必大 对伊讲了，伊勿肯放格。

婶 娘 必大，侬到李家来得明，去也要去得清，侬去叫侬婆阿妈出来，勿要怕，有我。

阿必大 婆阿妈!

婆 婆 (内声)啥?死货色，又要讨打啦。

婶 娘 老太婆倒凶格。必大侬声音放响一点，讲婶娘来啦。

阿必大 婶娘来啦!

婆　婆 啥?喔!我来了。

(唱)听说婶娘到,心里别别跳,

她是人称茄人头。

嘴巴会讲好像鹦哥叫,

手指头粗来好像小锉刀。

平常不出门,今朝前来到,

一定是阿大回家把救兵讨。

我讲闲话要当心仔,

当心仔。

(白)必大啊,乖囡,侬婶娘在哪里啊?说我婆阿妈来迎接。

阿必大 噢,婶娘,婆阿妈来接侬啦!

婆　婆 喔!婶娘!

婶　娘 女亲家,侬好啊。我真担心侬,像一口气回不转来。

婆　婆 婶娘,哪得有工夫来?

倒是杨和尚下山!

婶　娘 杨和尚下山,侬想砍我头刀?

婆　婆 勿,侬是难得来格,立客难当,请到里厢去谈谈。

婶　娘 女亲家,请!

婆　婆 请!婶娘难得请来,请侬立正,我要搭侬见个礼。

婶　娘 免了!

婆　婆 要格!要格!婶娘,侬来么前几天拨一个信来,我好准备三吹三打接侬!今朝突然来真是待慢!屋里厢,家堂、灶君、门神、土地,侪好拉哦?

婶　娘 亲家,我问侬好拉哦?

婆　婆 我好啦。

婶　娘　侬真格好啦？我看侬勿太好。像大骱骨勿活络，像得着仔羊猪圈病！

婆　婆　呒没啥！就是前一日，一只酱缸勒屋浪向，忽声能碎了，我用扶梯爬上去拿，勿当心扑跌子一跤，格老一只大骱骨跌伤了，迪二日走起路来勿便当来。

婶　娘　女亲家，你要当心啊！年纪大哉跌下去，落勿起来就讨厌哉！

婆　婆　必大啊，掇凳。

阿必大　噢。

婆　婆　必大啊，倒茶！必大啊！去烧点点心。

婶　娘　必大，勿要忙，婶娘十几月呒没看见侬。来！等勒我身边，让我好好看看侬。

（对婆）女亲家，勿要客气，我屋里吃饱仔来格。

婆　婆　喔！吃饱仔来格，再吃一点。必大，去烧几只水潽鸡蛋。

婶　娘　格么我也勿客气哉！

婆　婆　（对必大）啥人要侬去烧，我自己去弄。

（像对鸡）嘟嘟……

婶　娘　女亲家侬做啥呀？

婆　婆　我想烧二只水潽鸡蛋，告老去候候看。

婶　娘　女亲家，勿要去候啦，二只鸡小来，勿像会生蛋格。

婆　婆　勿，二只鸡面孔红彤彤哉，嘟嘟……

婶　娘　人家讲，满园小鸡红彤彤，勿晓得哪只好做种。女亲家，不要去糟踏啥啦。我是个孤孀妈妈过来人，必大爷叔过世辰光，我也会绷场面，吃脱子十几板豆腐，欠的铜钿直到现在还没还清。亲家侬也勿要绷场面，我是勿好来扰侬格！

婆　婆　扰！扰是豆腐皮素菜，是丧羹饭，倒刁啦，我要反反。

（对婶娘）做呀！

婶　娘　侬也做！

婆　婆　大家做！爷叔过世几化日脚？

婶　娘　已经一年啦。

婆　婆　真是前世修来的好福气。

婶　娘　亲家，死了当家人，哪能是前世修来的好福气呢？

婆　婆　喏！像我夫妻成双么吃饭同台，安置同房，有事么要同当家人商量，望亲眷么也要成双，勿像侬，死了当家人倒是清清爽爽，自作主张。跑东跑西，也呒没有人讲，迪个勿是死了当家人好福气。

婶　娘　侬眼红么也跟上来。

婆　婆　婶娘，今朝来有啥事体？

婶　娘　亲家，我今朝来还要搭侬商量一桩事体，我自己男女勿养，所以我把必大当作自己女儿。明朝是伊爷叔周年，要掇脱一只灵台，我想叫必大回去叩几个头，住几天。

婆　婆　要必大回去住几天，明朝是伊爷叔周年，掇灵台是桩大事体。

婶　娘　是啊！侬讲好哦？

婆　婆　掇灵台是大事体，照例是好去格……

婶　娘　好去格！必大，跟婶娘回去！

婆　婆　慢！婶娘！勿要心急，听我讲。常言说：水牛屎垩田不壮，女人家说话勿当。若要领必大回去，等伊拉公阿爹回来发放。

婶　娘　请问男亲家可在府上？到啥地方去了？

婆　婆　出门贩猪猡去了。

婶　娘　今朝能回来哦？

婆　婆　呒没一定，今朝勿来明朝……

婶　娘　明朝勿来呢？

婆　婆　清明讯再勿来，等到七月半，冬至十月朝，大年夜总会回来格。

婶　娘　请问男亲家今年多少高寿！

婆　婆　今年四十九,明年五十岁。

婶　娘　快五十岁人啦,还在外面做生意,真辛苦!

婆　婆　是呀!要赚几个铜钿,呒没办法。

婶　娘　亲家!侬胆子也太大呀!哪能放伊一大把年纪的人出门去。如果上船落船,头一晕眼一花,腿一拌往河里一窜,氽在长江、搁在桥桩,死在外面尸首也收勿转来,哪能办呢?侬倒也可以清清爽爽,像我一样做个福气人哉。

婆　婆　迪个女人倒促刻!

婶　娘　不过闲话要讲转来,难道叫我伲必大一辈子勿回娘家?

婆　婆　格是还有我婆阿妈。

婶　娘　本来侬可以发放。

婆　婆　婶娘!勿是我勿放,一家是有一家格难处。听我讲,

(唱):叫声婶娘女亲家,

自家人叹叹苦经也勿碍啥。

我是领必大不容易,

东合会,西借债。

自从必大到我家,

时不好来运不佳。

伊拉公阿爹生意勿顺利,

猪猡死脱一大排。

再加多了必大一个人吃饭,

所以又空了一身债。

好得今年田里收成好,

纱好纺来布好卖。

让你必大帮助伊拉公阿爹,

做生活还脱一些另碎债。

婶　娘　（唱）

亲家姆，侬讲了好听哦？

说啥为伲必大空了一身债。

小姑娘做侬养媳妇，

我茶礼勿曾受到过啥。

必大虽小不是吃闲饭，

帮倷从早做到夜。

侬说必大从小命里苦，

那李家命好带不坏。

侬婆阿妈总有一天要归天去，

也想有个亲生小辈，

到侬灵台面前拜几拜。

我要领必大回娘家住几天去，

侬推三托四像个啥。

老古话：香客不断杭州路，

女儿总好回娘家。

必大是到李家做媳妇，

勿曾当啥货色卖。

婆　婆　（唱）是呀！既然侬一定要伊回娘家，

我看还是迭能罢。

今年头里来不及，

待到明年三春外。

让我坌起田来，

下起种来，脱起草来，

捉起花来，纺起纱来，

织起布来，

染起来，做起来，
做两套新衣裳，
让伊穿着像像样样回娘家，

婶　娘　呸！

(唱)：侬不要牙齿嚼尖舌头滚，
这种长脚闲话不中听。
姑娘不断娘家路，
说到天边讲得赢。
一定要领伊回转门，
今朝勿肯也要肯。

(白)必大！走！

婆　婆　敢走！

阿必大　啊！婶娘……

婶　娘　必大！不要怕。婶娘是来者不怕，怕者不来！啥人敢在侬身上碰缺半根汗毛，婶娘叫伊搭仔三脚架哈直！

婆　婆　你不要一本正经，不要在关老爷面前施大刀！

婶　娘　侬勿要在张天师面前鬼画符！

婆　婆　我是晓得侬格！

婶　娘　晓得啥？

婆　婆　晓得侬格威名！

婶　娘　我也晓得侬格大号。

婆　婆　啥大号？

婶　娘　啥威名？

婆　婆　侬是毒！

婶　娘　侬是雌！

婆　婆　雌啥？

婶　娘　毒啥？

婆　婆　毒……独个子人。

婶　娘　雌……雌亲家姆。

婆　婆　亲家姆本来是雌，那里来雄的？

婶　娘　留点侬面子。

婆　婆　我是蟹养出来，不要啥面子。额角头下面就是下巴，侬只毒夹剪。

婶　娘　侬只雌老虎！

婆　婆　好！我活了四十多岁，呒没人当面叫我。今朝侬来叫我雌老虎！我就叫侬尝尝雌老虎脚爪格味道。（被婶娘打翻在地）

不算格，我踏着一笃鸡粪一滑！

婶　娘　好，侬来！

婆　婆　侬蜡烛不点不亮！

婶　娘　侬勿见棺材勿哭！

婆　婆　侬不吃生姜勿晓得辣！

（婶娘扭倒婆妈）

婆　婆　（挣扎）救命！

婶　娘　再敢凶哦？

婆　婆　不凶啦！

婶　娘　放必大回去！

婆　婆　格是勿放。

婶　娘　（打）放哦？

婆　婆　放，放格！

婶　娘　就饶了侬。

婆　婆　养了侬了十几个多月，侬强解劝。唉！婆婆要受媳妇气，天下哪有迭种理？死货色侬走！

婶　娘　就走！呒没迪能便当，就叫伊拖一片、挂一片回娘家吗？现在侬倒不怕坍侬婆阿妈格台啦？

婆　婆　我也呒啥光彩，侬衣裳是倷娘家带来格。

婶　娘　哼！必大替倷做了十个月，连衣裳也不添一件，办不到！

婆　婆　哪里来？做起来也来不及。

婶　娘　必大，有哦？

阿必大　有格。我进来辰光穿新衣裳，第三天就剥下来锁勒箱子里。

婆　婆　啊！侬倒是蟛蜞馄饨里戳出啊！

婶　娘　去拿出来。

婆　婆　不要做梦。

婶　娘　拿勿拿？（欲打）

婆　婆　拿，拿。（取衣出）今朝碰到强盗抢啊！

婶　娘　侬讲啥？

婆　婆　勿讲啥。

婶　娘　替必大穿。

婆　婆　婶娘，侬迪格勿讲理啦，世界那有婆妈服侍媳妇的道理。

婶　娘　道理？婆妈打媳妇，女儿不许回娘家，养媳妇勿当人看待，迭格是啥人定格？侬会讲理就不会打人啦！快替必大着！

婆　婆　唔！来着啊！死货色！（偷偷扭一把）

阿必大　喔唷！

婶　娘　做啥？侬又在阴损伊拉？

婆　婆　天地良心，我替伊拍落些灰尘。

婶　娘　（思量）不好，必大今朝跟我回去，将来免不了仍旧要回到婆家，雌老虎今朝在我手里吃了亏。一定会在必大身上反本，将来倒害了必大。

阿必大　婶娘，好回去了。

婶　娘　虽则跟婶娘回去，最多不过住格十天半月，迟早要回婆家。侬去回头一声，消消伊格气。

阿必大 婶娘，我跟侬回去，哪怕饿死不愿再到李家来啦。

婶　娘 想想必大要吃苦头，真是心酸。必大，红八字在人家手里，不好跟婶娘一辈子。今朝去回头一声，将来事体往后再讲。

阿必大 唔！（欲去回头一声）

婆　婆 哼！李家格媳妇，不怕伊在陆家过一世。天上飞鸟，总有一天到地上来寻食吃！

阿必大 婆阿妈……我跟婶娘回去啦！

婆　婆 啥人要觅侬颗宝。常言道，媳妇不是宝，有了铜钿就好讨。侬跟婶娘回去，有力量侬一世不要回婆家来。侬要再踏进李家门口，养媳妇不会当太婆看待！哼！红八字在我手里。

婶　娘 侬倒是不受人抬举。本来我想领必大回去住几日就来，现在爽快对侬讲，去了不来啦！侬不服随侬叫啥人来，带了红八字到了小茶馆里，四方台子八方理来评一评看！（带必大下）

婆　婆 （同视二人远去）死货色，看！跳跳蹦蹦真开心来。侬算走啦！看侬跑得出李家门。（抚摸着伤痛，哭着）做婆妈不能管媳妇，我第一遭吃到迭能苦啊！

（1954年演出本）

目录 卷三

1 沪剧 芦荡火种
上海人民沪剧团集体创作 执笔:文 牧

63 沪剧 姊妹俩
余雍和

129 沪剧 雷雨
宗 华 改编:余雍和

185 沪剧 敦煌女儿
杨 林 曼 君

221 淮剧 三女抢板
口述:何叫天 执笔:顾鲁竹 李晓民

279 淮剧 女审
口述:李玉花 陈为翰 杨占魁
整理:吕君樵 马仲怡 筱文艳

305 淮剧 牙痕记
马仲怡 顾鲁竹 李晓民

421 淮剧 哑女告状
王健民 单 弦

481　淮剧　母与子
吴海燕　徐根生

545　淮剧　金龙与蜉蝣
罗怀臻

585　淮剧　武训先生
罗怀臻

沪剧

芦荡火种

上海人民沪剧团集体创作　执笔:文　牧

作者小传

文　牧（1919—1995），男，原名王瑞鑫，艺名王文爵，上海松江人。1947 年参加施家、上施等沪剧团，任演员兼编剧。历任上海人民沪剧团编剧、艺术研究室副主任。

人物表

（按出场序）

阿庆嫂　沙七龙　陈天民　小　凌　郭建光　叶思中　沙老太　周翻译

黑　田　刘副官　胡传奎　天子九　刁德一　三婶婶　张松涛　林大根

小　李　小　王　张德标　村民若干　新四军战士若干

序幕　湖边接应

［时间：抗日战争初期的一个初秋深夜。

［地点：江南阳澄湖边路上。

（合唱）不做亡国奴，

愿把鲜血流，

祖国河山寸土不能丢啊。

艰难奋斗，不怕牺牲，

驰骋敌后汇成铁流。

要战斗坚决要战斗。

不收复河山誓不甘休。

阿庆嫂　（唱）月黑星稀三更天，

紧摇快船到湖畔。

今日县委来指示，

半夜接应伤病员。

如今是船泊江口人上岸，

只等那同志们一到就开船。

沙七龙　阿庆嫂，同志们怎么还不来？

阿庆嫂　七龙，你不要心急。

阿庆嫂　你听！

阿庆嫂　七龙，同志们来了！赶快把船摇到小桥头等着。

沙七龙　我就去。

阿庆嫂　陈书记！

陈天民 阿庆嫂!

阿庆嫂 同志们都来了?

陈天民 都来了。小凌,赶快去把同志们接过来。

小　凌 是!

陈天民 阿庆嫂,由于时间关系,我只能把情况和上级的指示,简单扼要地交代一下。我们的新四军,

(唱)东进江南敌后方,
屡使日寇受重创,
遍地燃起抗日火,
迫使那日本鬼子心胆丧。
豺狼挨打更猖狂,
兵分五路来扫荡,
截断交通封了港,
妄想设下包围网。
领导已经作决定,
坚决开展反扫荡,
大部队集中到路西去,
迂回作战打它一个冷不防!
留下伤员十八位,
随部队转移有许多不便当,
要他们留在这里养好伤,
坚持斗争红旗扬。
你们湖东沙家浜,
人称红色保险箱,
这十八位伤员交给你,
掩护工作你担当。

一定要保存力量养好伤，

重整旗鼓上战场。

阿庆嫂 陈书记，你放心。只要春来茶馆活着我阿庆嫂，十八位同志在沙家浜一定能养好伤。

陈天民 好！祝你们胜利地完成这个光荣任务。

陈天民 来了。

陈天民 来，我来介绍。这位是指导员郭建光同志。这位是地下联络员——阿庆嫂，她的公开身份是在沙家浜开设春来茶馆。

阿庆嫂 郭指导员。

郭建光 阿庆嫂。

叶思中 指导员。

阿庆嫂 陈书记。

陈天民 郭建光同志，马上通过封锁线。

郭建光 叶排长，出发！

叶思中 是！同志们出发！

第一场　军民一家

［时间：相隔上场半月左右的一个傍晚。

［地点：沙老太家门口。

沙老太 好热啊！

(唱)世道变来天也变，

秋后还像大伏天。

我家里，住着一个伤病员，

眼看他，热得几夜难安眠。
开窗困，只怕同志风寒受，
关了窗，又闷得七窍冒青烟，
新四军，为国为民来抗日，
好同志，受伤得病我心酸。
天呀天！有病之人哪能受得起，
求老天总要照应点。
我是汰好衣裳回家转，
斩两根芦粟带身边，
让指导员尝尝甜不甜。

郭建光 （唱）月似银钩星似棋，
山河似画多娇丽。
虞山脚下稻初熟，
阳澄河中蟹正肥，
浪里鱼舟撒丝网，
又见那水击芦苇野鸭飞。
这鱼米之乡好江南！
好一个大江南，
岂容日寇强占据！
近日来，鬼子“扫荡”多猖獗，
斗争越来越艰巨，
但愿我早复健康归部队，
重把快机手中提，
与同志们并肩作战去反扫荡，
要拔尽那江南膏药旗。

沙老太 喔唷，指导员啊！当心，当心。

郭建光 大妈！不要紧。好多了。

沙老太 你腿上伤口还在化脓，你要当心点。

郭建光 走动走动好的。

沙老太 快吃点甜芦粟。

郭建光 大妈，你也吃。

沙老太 解解渴。不知道甜不甜。今天天气真热啊！

郭建光 大妈，看你，一有空就帮我们同志缝缝补补，你待我们真好。

沙老太 同志们待我们更加好。你们新四军为我们老百姓打日本鬼子，流血流汗，我们还不知道怎样待好你们才对呢！

郭建光 大妈，我们新四军是老百姓的子弟兵，这些事情是我们应该做的。

郭建光 大妈，我想……

沙老太 想啥？

郭建光 我想回部队去了。

沙老太 啥？要回部队去啊？

郭建光 是啊！

沙老太 哎，指导员啊！

（唱）回去两字且慢提，
先要你好好养身体。
你寒热未退伤未好，
走路偏东又偏西，
怎好回到部队去？
不嫌我老太待慢你，
在此地好好将补细调理。

郭建光 （唱）我不是今朝走明天去，
就是要走，
也要等伤口稍微好一点。

沙老太　(唱)稍微好一点，我也不依你，

待等你，腿上伤口痊愈好；

待等你，身上毛病全脱体；

待等你，一日三餐九碗饭；

待等你，身强力壮步如飞；

待等你，面红堂堂——

像正月梅花，

二月杏花，三月桃花，

红里泛白，白里泛红，

有了那三等九样花颜色；

郭建光　(唱)那时候——我就能回到部队里，

沙老太　(唱)到那时候，回去两字再商议。

郭建光　哈哈哈！讲了半天，你还是不让我回去啊！

沙老太　是呀，指导员啊！大妈讲句心里话，真舍不得你离开我。

郭建光　大妈，你听！

沙老太　喔！大概是七龙回来了。

小　凌　大妈……

郭建光　小凌！

小　凌　指导员。报告指导员，同志们的病况都有好转，就是张明同志伤势还比较严重。你看，谁来了！

叶思中　大妈！

郭建光　小叶！

叶思中　指导员，你腿好了？

郭建光　好得多啦！

叶思中　太好了，那我们可以回部队了。

小　凌　指导员，给你换药吧。

郭建光　小叶，张明同志的病，你要多照应点呀！

叶思中　是。

沙老太　真像我的四龙！咦！他怎么不来叫我？

叶思中　指导员，这位大妈怎么盯牢住我看呀？

郭建光　喔，看就看吧！你又不是新娘子，怕什么难为情！

沙老太　同志，你今年几岁了？

叶思中　我今年廿四岁了。

沙老太　廿四岁，你叫啥？

叶思中　我叫思中。

沙老太　叫四龙？

叶思中　不！我姓叶，叫叶思中。

小　凌　大妈，你认得他？

沙老太　不！不认得！真像啊！

叶思中　大妈！像啥？

小　凌　大妈，像啥人？

沙老太　你像我第四个儿子四龙！

郭建光　噢！大妈，就是你经常提起的，参加红军的那个四龙吗？

沙老太　是呀，是毛主席共产党领导的红军。

郭建光　同志们，大妈一共养了七个孩子，五个都被刁家地主害死了，现在只剩下四龙和七龙两个！

沙老太　四龙离开家乡已有五六年没有音讯了。

郭建光　大妈，你不要难过，四龙的道路走得对啊，抗日一定会胜利，革命一定会成功！

小　凌　大妈，你不要难过。

叶思中　对！大妈，你不要难过。

沙老太　不，我不难过，可是你真像啊……

郭建光 小叶，来，快叫一声“妈妈”！

叶思中 妈妈！妈妈！

沙老太 我的好儿子！

沙老太 是七龙回来啦！七龙，你回来了！

沙七龙 我回来了，妈妈。啊！指导员，你的伤口化脓还没有好，怎么就起床了呢？

郭建光 不，今天我好多了。你看！

沙七龙 当心，指导员！

沙老太 七龙。你看是谁回来了？

沙七龙 是四哥！四哥，是你回来啦！

小　凌 他不是你四哥，是我们的叶排长！

郭建光 是大妈刚才认的干儿子。

沙七龙 妈妈，你……

沙老太 七龙，你说他像不像四哥啊？

沙七龙 ……真像呀！

沙老太 那你快去叫一声“四哥”。

沙七龙 四哥！

叶思中 七弟！

沙老太 七龙，你怎么这么晚才回来？

沙七龙 妈妈，本来我老早回来啦，啥人晓得在路上看见财主刁赖皮屋里的狗腿子，在抢一个老太太的包裹，周围乡亲们实在看不下去，准备动手打他。那个狗腿子看苗头不对，拔腿就逃，我就拼命去追，那个家伙眼看就要给我抓住了，他没有办法就往河里一跳，想游水逃走，这个时候我也就往水里一钻，拖牢他两只脚请他吃了几口水……

叶思中 啊！七弟，想不到你还有这样好的水性！

沙老太 思中啊！你七弟还有大海里捞绣花针的本领呢。

小　凌　大妈，我们叶排长也有一套本领。

沙老太
沙七龙　啥？

小　凌　他是我们部队里一名百发百中的神枪手。在一次战斗中，他用十发子弹打死了十一个鬼子。

沙七龙　指导员怎么多打死一个？

郭建光　这叫一箭双雕。

叶思中　七弟，我向你学习水性。

沙七龙　四哥，我向你学习枪法。

叶思中　好，现在就去。

沙七龙　好，走。

郭建光　当心，两个小鬼别闯祸。

沙老太　当心啊！

小　凌　指导员，你自己当心，我去看看其他同志。

郭建光　喏，带几根甜芦粟去吃。

小　凌　不，还是你自己留着吃吧！

郭建光　这是命令！

小　凌　是！大妈，谢谢！我先走了。

郭建光　大妈！你辛苦了，快去歇歇吧！

沙老太　啊呀！我和你瞎缠，倒忘了你肚子饿了，我去蒸两只糯米团子给你吃吃。

郭建光　大妈，我不饿呀……

沙老太　不，不，你坐坐，我去去就来。

阿庆嫂　指导员，有情况。

郭建光　阿庆嫂。

阿庆嫂　鬼子开始“扫荡”了，进行得很快！县委指示，要同志们到芦苇荡暂避一时，船和干粮我都已经准备好了！

叶思中 指导员，日本鬼子已经打到小桥头。

沙七龙 还有汉奸、走狗。

叶思中 指导员，集合队伍打吧！

叶思中 指导员！

沙七龙 指导员！

叶思中 指导员！

郭建光 叶排长，集合全体伤员进芦苇荡。

阿庆嫂 七龙。

郭建光 阿庆嫂，你通知民兵要带领乡亲们把家里的财产转移，要把多余的粮食坚壁起来。

阿庆嫂 指导员，县委还有指示，队伍进入芦苇荡以后要注意两点：一不能动烟火；二不能高声歌唱。只要看见春来茶馆升起红灯，就说明鬼子已经走了，我们会派老百姓来接应你们的。

郭建光 明白了。

沙老太 指导员，这些团子你带走，你们要当心啊！

郭建光 大妈，再见！

周翻译 报告！ 新四军没有，新四军伤病员也没有。

黑　田 你找找忠义救国军……（耳语）新四军伤员叫他们统统抓到。

周翻译 哈依！

第二场　敌伪勾结

［时间：离前场两天后上午。

［地点：胡传奎临时指挥部（幕外）。

刘副官　胡司令。

胡传奎　啥事情?

刘副官　刁教官陪周翻译来了。

胡传奎　啥?周翻译这个辰光来做啥?苗头不对,事体大哉。天子九,架一挺机枪戒备。

天子九　架一挺机枪。

胡传奎　请!

天子九　请!

张德标　刁教官。

刁德一　司令,我来给两位介绍一下,这是皇军黑田先生的得意红人——翻译周仁先生,是我的老同学,也是我的好朋友。这位是阳澄湖边赫赫有名的、新近参加国民党改编"忠义救国军"的胡传奎司令。

周翻译　久仰,久仰。

胡传奎　这一次皇军要我暗地里配合扫荡新四军;可是,他妈的,皇军也是嘴硬骨头酥,被他们一冲就冲过去了,我们差一点又吃了亏!

周翻译　司令,皇军对你这次扫荡大为不满。

刁德一　做啥?统统走开。

刁德一　胡司令——

(唱)这次皇军大扫荡,

事先密约谈妥当。

申明我们名为"忠义救国军",

实际是打击新四军和共产党。

皇军十分信任你,

要你配合来扫荡。

到如今,新四军全部突围走,

我问你，在皇军面前怎交账？

周翻译 （唱）因此黑田大佐冲天怒，

要把你们全部消灭光！

胡传奎 啊？

刁德一 （唱）幸亏周先生从中帮了忙，

皇军司令才肯原谅这一趟。

胡传奎 （唱）帮忙不能空口说白话，

打仗勿是弄白相。

既要子弹又要枪，

也要人马也要粮。

皇帝也不会差饿兵，

队伍兵丁要慰军饷。

周翻译 （唱）只要你真心与皇军来合作，

有的是子弹有的是枪！

刁德一 （唱）要我们进入沙家浜，

长期驻扎在鱼米乡。

胡传奎 好是好，不过刁教官，沙家浜是新四军的老土地，万一新四军……恐怕不好对付。

周翻译 司令啊，皇军更不好对付啊。

刁德一 司令啊，还犹豫什么？有奶便是娘。

胡传奎 好，管他妈的三七二十一，多谢周先生帮忙。

周翻译 不过有一个条件。

胡传奎 怎么条件多来！

刁德一 好讨价还价的。

周翻译 新四军留下一批伤病员，隐藏在沙家浜。皇军要你们一定把他们抓到。

刁德一　怎么样？老胡，吃得落吧？

胡传奎　什么话，请周先生回复黑田先生，有我胡传奎就没有共产党，一言为定。

刁德一　老胡，这一回你是明里投靠国民党，暗里投靠日本军，脚踏两条船，搞曲线救国，真是蛟龙入海，前途无限！

胡传奎　明里也好，暗里也好，还不是你刁老弟牵的线吗？再说，这一趟回到沙家浜——你家的基地，就是我这条毒龙也斗不过你这地头蛇呀！

第三场　茶坊智斗

［时间：当天下午。

［地点：春来茶馆。

阿庆嫂　噢，谢谢你。

男青年　阿庆嫂，我走了。

三婶婶　明珠，我实在走不动了，我们就在此地坐一歇吧。

阿庆嫂　三婶婶，你们回来了。

三婶婶　阿庆嫂，逃东逃西真不是人过的日子，也不知道家里被日本鬼子糟蹋得怎么样了。明珠，我们回家看看吧。

阿庆嫂　明珠，搀好你妈妈。

阿庆嫂　（唱）日本鬼来扫荡兴风作浪，
搜查了三整天离开了村庄。
同志们在芦荡受冻挨饿，
升红灯接伤员准备船舫。

（白）芦荡里指导员与同志们只要看到春来茶馆升起了红灯，就知道日本鬼子已经走了。我们会派老百姓去接他们。

男青年 不好了，不好了，阿庆嫂，不好了！胡传奎回来了，还有刁德一也回来了！乡亲们，不好了，胡传奎回来了！

阿庆嫂 （唱）想勿到一波刚平一波又起，
胡传奎、刁德一又回到了沙家浜。
地头蛇到家乡人心惶惶，
且不能将伤员接出芦荡。

阿庆嫂 （唱）一阵阵马蹄声鸡飞狗跳，
敌人到我要见机行事摸清情况。

沙七龙 阿庆嫂，听说胡传奎的部队回来了！

阿庆嫂 还有刁德一这条地头蛇也回来了！

沙老太 同志们在芦荡里怎么办啊？

阿庆嫂 我看刁德一回来也讨厌，看来一时还不能把同志们接出芦荡。

沙七龙 怎么办啊？

老　农 阿庆嫂，听说刁赖皮儿子刁德一回来了，还有胡传奎也回来了，怎么办呢？

三婶婶 阿庆嫂啊，你从前救过胡传奎的命，这一次出来为我们大家去讨个情，帮帮大家忙。

众　人 是啊，阿庆嫂！

阿庆嫂 三婶婶，当初胡传奎当大队长的时候，打过日本鬼子，我是救过他的性命，不过一年多不看见了，听说他改编成忠义救国军，不晓得变得怎么样了。

天子九 不许跑！站住！不许跑！站住！

天子九 站住！不许跑！哪能！跑啥跑，啊……喂喂，告诉你们，胡传奎的队伍回来啦！日本鬼子见我们部队也跑掉了，今后胡司令的部队要长驻在沙家浜，保护你们来了。怎么，不弄点东西出来慰劳慰劳，看见就跑，像啥样子啊？

明　珠　鬼子搜了三天三夜，什么都搜光了。叫我们拿什么来慰劳你们？

天子九　讲啥你！慰劳么，你不可以来慰劳慰劳么？

阿庆嫂　大阿哥啊，兔子勿吃窝边草，来来来吃杯茶。

天子九　哪能，想硬出头是吗？

阿庆嫂　你看怎么办？

刘副官　哟！天子九你在同谁吵啊？喔，阿庆嫂！好久不见了，你好呀！

阿庆嫂　刘副官！你回来了！听说胡司令一起回来了？

刘副官　是啊！咦！怎么回事啊？

阿庆嫂　喏！这位大哥不相识，跟我有点过不去啊。

刘副官　天子九！你怎么道理，你怎么眼睛不睁睁开！这人是阿庆嫂，是自己人呀！

天子九　自己人呀？

刘副官　以前救过胡司令性命。

天子九　救过老头子命？

刘副官　胡司令还要卖她三分面子，自己人呀！阿庆嫂，没事。

阿庆嫂　没啥关系，没啥关系，一朝生，两朝熟！

天子九　阿庆嫂，对不起！

阿庆嫂　大阿哥没事，以后到茶馆里来坐坐，吃杯茶。

阿庆嫂　刘副官，你是晓得我的。我是一向不喜欢随随便便拿胡司令的大帽子抬出来压势人的！

刘副官　司令来了。

胡传奎　哦，阿庆嫂！

阿庆嫂　胡司令！

胡传奎　一年多勿看见，好吗，活得好吗？

阿庆嫂　托司令的福，活得好！胡司令，一年多勿见，你越来越发福了。

胡传奎　哈哈，人家说我瘦点了……

阿庆嫂　请坐。

胡传奎　阿庆呢？

阿庆嫂　啊呀，司令啊，你不要提起了，阿庆这个滥料坯。

胡传奎　怎么？

阿庆嫂　弄不好的，一日到夜赌铜钿。有一次输得实在不像样，我跟他大吵一场，憋了气走掉了！

胡传奎　走啦？

阿庆嫂　一月多没信息了。

胡传奎　啥地方去了？

阿庆嫂　有人看见他在上海跑单帮。

胡传奎　写封信去叫他回来呀。

阿庆嫂　司令呀，等我阿庆回来，你要管管他。

胡传奎　放心，这件事包在我身上。

阿庆嫂　司令啊！请坐，我已拿水烧起来了，吃杯茶歇歇脚。

胡传奎　刁教官，大队到了你家基地了。怎么样，司令部设在你家里，你看好吗？

刁德一　我这个家里还不晓得被新四军糟蹋成怎样了？

胡传奎　刘副官，你带两个弟兄到刁教官家里看看去。

刘副官　是！

刁德一　胡司令啊，刚才听见要写封信给谁呀？

胡传奎　写给她男人啊。

刁德一　她？她又是谁呀？

胡传奎　你问的是她？

（唱）春来茶馆阿庆嫂，

心直口快好心肠。

大前年我还未改编忠救军，

只有十几个人来七八条枪。

想不到贴面碰着萝卜头，

就在那阳澄湖边打一仗。

打光子弹只好溜，

鬼子紧追不肯放。

逃到此地大门口，

幸亏阿庆嫂竭力来帮忙。

将我藏来水缸里，

总算逃过这难一场。

阿庆嫂 啊呀，司令呀，当初你打鬼子我做这一点事情，放在嘴上做啥，难为情吗？

胡传奎 这叫君子不忘其旧呀！

阿庆嫂 司令啊，请坐，请坐！香烟忘记拿了，我去拿。

刁德一 司令，

(唱)沙家浜是我老家乡，

我是这里生来这里长。

全村人头男女老小都熟悉，

怎会得不认识他们夫妻俩？

胡传奎 (唱)“八一三”战时炮声响，

他们夫妻逃难来到沙家浜。

开爿茶馆混饭吃，

阿庆嫂为人四海又漂亮。

那时候，你们全家逃的逃来溜的溜，

怎能会认识他们夫妻俩？

阿庆嫂　(唱)胡传奎改编忠救军，

未知他的动向如何样？

刁德一一副阴险狠毒相，

我要仔细暗提防。

胡传奎　阿庆嫂，我来给你们拉个场。这位是我的教官，就是此地大财主，刁赖皮的……

刁德一　胡司令……

胡传奎　喔，不……是刁老太爷的大少爷小刁，哈……刁德一。阿庆嫂，往后有事，就寻他照应。

阿庆嫂　刁教官。

胡传奎　刁教官，阿庆嫂自家人，以后要照应点。

刁德一　好说，好说。

阿庆嫂　司令，抽一支香烟。司令，村里的老百姓讲起你当初打日本鬼子，喏，跷这个大指头。

胡传奎　阿庆嫂，你也不差，当初我藏在水缸里的时候，在萝卜头面前，你面不改色，我服帖你，哈哈……

刁德一　(唱)阿庆嫂我佩服你真是有胆量，

竟敢在日本人面前耍花枪，

要没有抗日救国的好思想，

怎肯舍身救队长？

阿庆嫂　(唱)胡司令平时对我肯帮忙，

我阿庆嫂背后大树有靠傍。

这是他行得春风有夏雨，

开茶馆江湖义气第一桩。

胡传奎　放着的交情呀。

刁德一　(唱)新四军在此日脚长，

一定在茶馆店里常来往。

既然是行得春风有夏雨，

我要问一声对他们照顾如何样？

阿庆嫂 （唱）摆出八仙桌，

招接十六方，

砌起七星炉，全靠嘴一张。

来者是客勤招待，

照应二字谈不上。

刁德一 阿庆嫂到底是开茶馆的，连说话也是滴水不漏么！

阿庆嫂 胡司令啊！这个算啥呢？

胡传奎 说不像话不像！

阿庆嫂 我倒没啥。刁教官请用茶！

刁德一 （三重唱）我看他不慌又不忙，

胡传奎 我看他不阴又不阳，

阿庆嫂 我看他不善又不良，

胡传奎 说话好像鬼打墙。

刁德一 （合唱）不知她究竟啥名堂，

阿庆嫂 不知他究竟啥名堂。

刁德一 我有心问来要问到底，

阿庆嫂 我有心防来要节节防。

刁德一 我问她新四军伤员在哪里，

阿庆嫂 若问起新四军伤员在哪里。

刁德一 趁机会看她神色怎么样，

阿庆嫂 趁机会把他底细摸清爽。

胡传奎 疑神疑鬼。

刁德一
阿庆嫂　（合唱）胡传奎好像生了气，

刁德一　（轮唱）这个草包真是无用场，

阿庆嫂　（轮唱）这个草包正好派用场。

阿庆嫂　司令啊，没有关系，都是自己人。司令再吃杯茶，我再去冲壶水。

胡传奎　我身边的人，他总是不放心。

刁德一　司令，阿庆嫂这个女人真能干，一直在此地开茶馆店，对新四军伤病员不会不晓得，就怕她晓得不肯讲。

胡传奎　我看你两只眼睛像出气洞，你想问得出？要问我来问。

刁德一　对！还是司令有面子，这叫行得春风有夏雨嘛！

阿庆嫂　哼！倒好把这个草包抬出来了！

胡传奎　阿庆嫂！我问你一桩事情……

阿庆嫂　问啥呀？

胡传奎　这个两双头——新四军？

阿庆嫂　哦！新四军！有！有！

（唱）你要问起二双头，

此地住过许多新四军。

还有不少伤病员，

伤势有重也有轻。

这个伤了就到此，

那个好了就动身。

我们这个村子里，

家家住过新四军。

连我这爿小小茶馆店，

也曾经住过不少人。

胡传奎　那现在人呢？

阿庆嫂 现在都走了。

胡传奎 走了?

阿庆嫂 (唱)大前天听说鬼子来扫荡,

他们说不与鬼子去硬拼。

还说只准打鬼子,

不被鬼子打。

只听一声集合令,

一个下午走干净。

胡传奎 那么伤病员呢?

阿庆嫂 你想新四军伤病员不走成吗?走啦,司令。

(唱)你们部队开到沙家浜,

是不是要与鬼子拼一拼?

胡传奎 这个……我有我的道理,你勿要问。新四军伤病员统统走啦?

阿庆嫂 司令,你想,

(唱)如果他们不动身,

鬼子扫荡搜了三天整,

怎会搜不出半个人?

胡传奎 (唱)这桩事体真奇怪,

萝卜头在公路上搜得紧。

水路之上也封了港,

昨夜我们在小桥东面等。

此地只有一条路,

怎会没有碰到他们。

阿庆嫂 哦,司令,你们部队在小桥东面,怎么没有碰着日本鬼子呀?

胡传奎 日本人是老早……

刁德一 嗯!

阿庆嫂 碰着了不打？唔，一定是勾结上了。

刁德一 司令，我讲新四军伤病员走不远的。

阿庆嫂 走不远？那么在哪里呢？哪能鬼子搜了三日三夜，一个人也搜不出来呢？

刁德一 东洋人来到此地是地陌生疏人头不熟，勿要讲三日三夜，就是七日七夜也搜不出一个影子的。不讲别的，单讲胡司令，一年前不明明落到日本人眼皮底下，幸亏你阿庆嫂帮忙，把他这么大的人被你往水缸里一藏，不就藏过去了吗？阿庆嫂你讲是不是？

阿庆嫂 刁教官听你这样讲，新四军伤病员是我藏起来了？

刁德一 嘿嘿嘿嘿。

阿庆嫂 胡司令！这是锣鼓听声说话听音。喏，这样看，我当初救你倒是救坏了，现在反而落个话柄，喏！

胡传奎 不，不，不……

阿庆嫂 不，不，不，胡司令啊！请你还是派上几个兄弟，在我处里里外外前前后后搜一搜，搜一搜，你们搜一搜。不要疑心疑惑地叫我里外不好做人！

胡传奎 刁教官，你怎么个道理？阿庆嫂，没有你的事情。刁教官，我们走吧。

刁德一 司令，大家都是自己人，讲句笑话末。司令啊，我是替新四军的伤病员着想啊。你想人家留下来一大批人啦，伤的伤，病的病，要看医生没医生，要用药品又没有药品，这样的处境多少困难嗬？我们是忠义救国军，团结抗日，一定要千方百计帮帮新四军伤病员的忙。阿庆嫂你讲对吗？

阿庆嫂 刁教官，我看还是搜一搜！

刁德一 阿庆嫂，请你等一等，请你把这灯点起来。挂上去。

阿庆嫂 点灯！司令啊，天也没有黑，这不难为蜡烛火。

胡传奎 又不吃夜饭唠！点啥灯。

刁德一　我们正想在此地吃顿便饭，阿庆嫂请你点灯。

阿庆嫂　好的。

刁德一　司令啊，村口小茶馆里谈谈事体弄顿夜饭吃吃，有啥勿好呢？茶馆店点起红灯，显得是太平景象。阿庆嫂救过你命有交情，暂且破费两钿，来日方长后补末。

阿庆嫂　有数！

胡传奎　你讲新四军到底有没有？

刁德一　有！当然有啰。

胡传奎　有，在啥地方？

刁德一　司令，你看那边芦苇荡。

刁德一　胡司令，你看那边芦苇荡。

胡传奎　对！来人！到芦苇荡去搜。

刁德一　轻点，轻点，你想，东洋人到此地来搜了三天三夜，不曾搜出一个人。芦苇荡这样大，我和你要搜啊，一个也寻不着的。

胡传奎　你看怎么办呢？

刁德一　要他们自己走出来。

胡传奎　要他们自己走出来？

刁德一　天子九，传我命令，把全村老百姓都叫到春来茶馆门口集合，教官训话。

胡传奎　嗨嗨，你叫老百姓来有啥用啊？

刁德一　司令，叫他们到阳澄湖里去捉鱼捉蟹。

胡传奎　你倒又想吃了。

刁德一　每条船上派我们自己的弟兄，名义上是保护他们，暗地里换上便装，混在老百姓当中，到阳澄湖去，芦苇荡真的有新四军伤病员，一看见老百姓出来，捉鱼捉蟹，以为日本人全部撤退了，一定会自己跑出来，那时候来一个抓一个，来两个抓一双，不是能拿他们一网打尽吗？

胡传奎 好办法！亏你想得出来，怪不得人家叫你刁钻促狭。

天子九 报告！老百姓都来了。

天子九 轻点，教官训话。

刁德一 乡亲们，我们是忠义救国军，是胡传奎司令部队回来了！知道你们很苦，也拿不出东西来欢迎慰劳我们，我们也不怪你们。现在要你们马上到阳澄湖里捉鱼捉蟹！我们照市价收买！决不叫你们吃亏！

刁德一 你们不要怕好了，我们每条船上派三个弟兄保护你们。

胡传奎 他妈的，啥人不去？不去就枪毙！

阿庆嫂 （唱）他们想放下香饵钓金鳌，

刁德一诡计毒砒霜。

眼前情况多紧张，渔船一开起祸殃。

眼看红灯升起难放下，

同志们中计怎担当？

通风报信又来不及，

乡亲们违抗不去也要性命丧。

乌鸦若能报凶讯，

（合唱）乌鸦若能报凶讯，

阿庆嫂 （唱）你就赶快飞到芦苇荡。

（合唱）飞到芦苇荡。

阿庆嫂 开枪！

（唱）如果村里枪声响，

（合唱）村里枪声响，

阿庆嫂 （唱）枪声传进芦苇荡。

（合唱）传进芦苇荡。

阿庆嫂 （唱）伤员们，知道村里有敌人，

（合唱）知道村里有敌人，

阿庆嫂　（唱）有了防备不会上他当。

对，让他们打枪。有了！

天子九　司令不好了，有人跳水了！

胡传奎　他妈的，开枪！开枪！

天子九　是！

刁德一　不准打，不准打！不能开枪。

胡传奎　来人！快放条船下去！

刁德一　不用了。

胡传奎　为啥？

刁德一　要是芦苇荡里真有人，他们又不是聋子，听见枪声，不肯出来了。

胡传奎　那你这个半吊子为啥早点不讲呢？

刁德一　那你为啥不早点听我的呢？天子九，把老百姓全部解散，把船只全部扣留，把芦苇荡团团封锁，要是芦苇荡里真的有人，饿也要饿死他们。

胡传奎　要是我弄不过你们，老子就不叫胡传奎！走！

阿庆嫂　胡司令，怎么不吃好夜饭走？

胡传奎　还吃得落夜饭来！

第四场　（幕外）黑夜送粮

［时间：深夜。

［地点：芦苇荡一角。

沙七龙　（唱）深更半夜月茫茫，

阿庆嫂叫我送信送粮进芦荡。

来到湖边抬头看，咦，怎么不见舟船在湖旁？

(白)啊呀，刚刚回来的时候，一条小船明明放在这里的。

天子九 不许动，深更半夜啥地方来？

沙七龙 村里来。

天子九 身上背的什么东西。帮人贩卖鸦片是吗？小鬼胆子真不小。

沙七龙 是个鸦片鬼。

天子九 告诉你，识相点快拿包袱放下来，放你过去，要不然送你到部队去。

沙七龙 长官，你就放了我吧。

天子九 不许动！

(唱)小鬼你敢溜一溜，

我就要把手枪开。

沙七龙 (唱)要是你手枪开一开，

前面弟兄就要来。

这点老土你也拿不到手，

就要挑挑你个大老板。

天子九 你还嘴硬，

(唱)让你试试我的铁拳头，

沙七龙 (唱)让你尝尝我的飞毛腿。

第五场 芦荡坚持

[时间：隔天傍晚转夜。

[地点：芦苇荡。

张松涛 指导员，我来。

郭建光 张松涛，你们那组加紧把芦棚搭好。

张松涛 是！

郭建光 叶排长，情况怎样？

叶思中 枪响以后没什么情况。

郭建光 还要严密监视沙家浜的方向。

叶思中 是！

郭建光 小凌，张明现在怎样了？

小　凌 伤口在化脓了。到昨天为止，带来的药都用光了。

郭建光 走，到前面去看看。

叶思中 小凌，指导员怎么了？

小　凌 指导员已经两天没吃东西了。

郭建光 小叶，这团子还是给重伤员吃吧。

小　凌 指导员，你就看在抗日的情分上，把它吃下去吧！

林大根 指导员！小王同志昏过去了！

众　人 小王同志，小王……

郭建光 他是不是伤势恶化了？

小　凌 伤势没有什么大的变化。

郭建光 那是……

林大根 他是饿得支持不住了，才昏过去的。

众　人 小王，小王。

郭建光 小叶，刚才一只团子呢？

小　叶 指导员你……

战士丙 指导员，小王醒了。

郭建光 小王，你一定是饿了，快把这团子吃了吧。

小　王 我晓得这是最后一只团子。指导员，还是你吃吧。

郭建光　小王我已经吃过了，你不相信吗？小凌，你那里是不是还有团子啊？

小　凌　嗯……还有……

小　王　同志们，指导员把粮食省下来给重伤员，自己用湖水充饥。指导员，还是你吃了吧。

郭建光　小王，吃了吧，饿坏了怎么能打鬼子。吃吧！

战　士　小王你吃了吧！

小　凌　小王你快吃了吧！

小　王　还是留给指导员吃吧！

小　李　我们被围困芦苇荡已经五天了，可是现在粮食药品都没有了，这可是大事体啊。

林大根　对啊，断命的芦苇荡，日里苍蝇舔伤口，夜里蚊子叮得浑身肿。我们干什么要到这里来，还不如留在沙家浜与敌人拼一场。

众　人　对，拼！

叶思中　林大根，你还有没有组织性，纪律性？该做啥做啥，走。

郭建光　（唱）远望着沙家浜云遮雾障，

湖面上怎不见帆过船航？

为什么阿庆嫂不来探望？

亮红灯传枪声大有文章。

这芦苇荡日晒夜露受煎熬，

粮断药尽更难当，

轻伤员还能顶得住，

重伤员伤势恶化要命伤亡。

战士们慷慨激昂来请战，

焦躁情绪在滋长。

须冷静，察敌情，

紧握枪，等指示，

与同志们团结一致相信党，

定能够坚持待命在芦荡。

郭建光 （唱）不做亡国奴，愿把鲜血流，

祖国河山寸土不能丢啊，

艰难奋斗，不怕牺牲，

驰骋敌后汇成铁流。

小　李 指导员，粮食找到了。

郭建光 芦根，嘿，不错啊！又甜又嫩，可以当粮食又可以当水果！

叶思中 那我们分头去挖芦根！

小　王 指导员我也去。

郭建光 小王，你现在的任务是休息。

小　凌 指导员叫你休息，你就休息。

小　王 指导员为啥不让我去？

林大根 应该服从命令啊！我们到芦棚里去。

小　凌 小王，

小　凌 四面搭起芦棚，真像个疗养院。想不到我们抗日还会住疗养院。

芦苇疗养院，一片好风光。

天是屋顶地是床，

青枝绿叶作围墙，

又高又大又宽敞，

世界第一哪个比得上？

月里嫦娥把宫灯照，

巡哨站岗，

虾兵与蟹将，

喏！

还有龟丞相。

天高云淡，野鸭飞翔，

月明之夜，秋虫歌唱。

静静听来味道好，

虫儿好几样，赛过大合唱。

听：

蛐蛐蛐，蟋蟀叫，

敞敞敞，纺织娘，

蟋铃铃，唧铃子，

蝈蝈蝈，田鸡蛤蟆叫得响。

小王啊！

双目一闭把精神养，

养好身体上战场，

去打败小东洋。

小　王　对。

小　凌　刚才天很好，怎么一下子就下雨了，小王，我扶你到芦棚里去！

小　李　不好了！

小　凌　出了什么事了？

小　李　张明同志在挖芦根时不小心被河水冲走了！

小　凌　指导员，指导员！

郭建光　小叶，你当心啊！

小　李　指导员，叶排长有危险，游不过来了……

林大根　张明给浪头冲走了，追不到了！怎么办？

小　李　怎么办？怎么办？

战士甲　指导员，我去！

众　人　我去！

郭建光　慢！怎么水里有三个人！这个人水性这样好！看他把张明救起来！小凌，快去看看！

叶思中　先把张明送进芦棚，指导员，七龙兄弟来了！

众　人　七龙兄弟！

郭建光　七龙，你好！

沙七龙　指导员。

郭建光　七龙兄弟，村里情况怎样？

沙七龙　日本鬼子扫荡三天三夜，村里到处是火光，还杀了很多人，后来胡传奎、刁德一也来了，封锁港口，船也扣了，阿庆嫂叫我送信送粮，到河边碰到天子九，我把他踢进阳澄湖里，就游水过来了，可是粮食都被河水冲光了。

郭建光　七龙兄弟，不要难过，把阿庆嫂的信拿来。

叶思中　他妈的，胡传奎，刁德一，不接受我们的劝告，硬要与我们为敌，到时候非得好好收拾他！

众　人　对！

张　明　同志们，对啊！打倒日本鬼子给人民报仇……

众　人　张明，张明……

叶思中　请示县委把我们调出去打日本鬼子算了！

林大根　对！跟他们拼了，打得好，一个拼两个，就是一个拼一个，也出了这口气了！

众　人　对，拼了！

众　人　指导员，打吧！

小　凌　要拼命也得把伤养好。

郭建光　对呀！卫生员同志讲得对，我们十八个伤员拼了鬼子三十六个，五十四个算是报了仇吗？不！鬼子有几十万、上百万的军队来侵略我们，而有些汉奸、败类助纣为虐，拼命要消灭新四军，我们能答应吗？

众　人　打倒卖国贼！打倒汉奸！

郭建光　抗日的责任主要在我们肩上，我们要一个变几百个，成千上万个，建立更强大的抗日军，发动更多的老百姓，开辟更大的根据地，一定要把鬼子赶下大海。

（唱）锦绣山河遭烽烟，

乌云翻滚锁长天，

困难吓不倒英雄汉，

坚持芦荡，等待命令，

胜利在明天。

众　人　对，胜利属于我们的！

沙七龙　指导员，我不能眼看着同志们受冻挨饿，我马上赶回去告诉阿庆嫂，尽快将你们救出去！

郭建光　不！风浪太大有危险，你今天不能回去。

沙七龙　为了让你们早日离开芦苇荡，早日消灭日本鬼子和胡传奎，我走了。

郭建光　七龙兄弟，小心啊！

叶思中　指导员，暴风雨来了！水越涨越高！

郭建光　同志们，日本鬼子和我们作对，可是老天爷也不帮我们的忙。同志们，我们能不能坚持？

众　人　能！

郭建光　叶排长，你带领伤员向高处转移！

叶思中　是！

幕　外

阿庆嫂　（唱）一场风潮

心胆寒，

眼看着黑云盖地白浪滔天，

远望芦荡——

(合唱)烟雾弥漫，

茫茫一片都不见，

阿庆嫂 (唱)近看湖边——

(合唱)湖水泊岸，

阿庆嫂 (唱)水涨船高桥脚短，

五尺芦苇只没剩了一个尖，

十八位同志在水中淹，

(合唱)水中淹

阿庆嫂 (唱)淹……淹……

淹在水中我的心里酸。七龙送信又未归，

吉也不知，凶也难猜，

有啥人再把信来传?

欲向县委请指示，

去也困难，来也不便，

如今上下断了线，

(合唱)断了线，

阿庆嫂 (唱)寸肠九转，也想不出一个好主意。

阿庆嫂 (唱)忽听得，恶贼赌博闹声喧，

镇静些，敌人就在眼面前。

第六场　开方授计

［时间：紧接前场。

［地点：春来茶馆。

阿庆嫂 刘副官，你匆匆忙忙做啥？

刘副官 阿庆嫂，刁教官来啦吗？

阿庆嫂 刁教官在看司令搓麻将。有什么事？刘副官。

刁德一 心急慌忙有什么事情？

刘副官 周翻译在家里等你。

刁德一 什么事？

刘副官 奉了日本人命令来调查搜捕新四军伤病员的情况怎样？

刁德一 你不是不知道，封港扣船五天了，虽然到现在一点动静也没有，但我看不出几天就会见分晓。你去跟他说，叫他不要心急。

刘副官 我跟他讲了，他说日本司令在发脾气啦！今天一定要听回音！

刁德一 好！我自己去一次。告诉你，所有的船一只都不能少，少一只我找你算账。

阿庆嫂 这班反动派，在日本鬼子面前卑躬屈膝，唯命是从。你们妄想把十八位伤员困死在芦苇荡，呸！真是白日做梦。

(唱)旧恨未消新仇添，
革命的意志比钢铁坚。
我十岁上就到那日华纱厂去做工，
在那里被折磨了十几年，
受尽了外国老板仗势凌人的气，
吃尽了流氓工头，
血迹斑斑催命的皮鞭。
多亏党来启发了我，
好比吹散乌云见了天。
参加组织闹革命，
“八一三”派我来到阳澄河边。
十八位同志和我都一样，

我们苦难人的心儿紧相连。
县委把这副重担交给我，
要把革命的火种来保全。
眼看那狂风大来，水浪激，
伤员们已经熬了一夜天，
十八位同志有伤、有病、有饥有寒，
又没有一条船，
怎受得狂风打、暴雨淋、河水冲淹？
想办法我更要争时间，
哪怕是困难重重在当前。
我定要千方百计弄到一条船，
免得同志们在芦荡遭危险。

我一定要千方百计弄到一条船。

阿庆嫂 刘副官，看你忙了，我替你泡的茶也冷了。这几天你辛苦来人也瘦点了。刚刚心急慌忙有啥事情？我想起来了，司令刚刚好像在寻你啊。

刘副官 司令来寻我啊？

阿庆嫂 好像有事问你。

刘副官 司令手气怎么样？

阿庆嫂 刘副官，今天司令手气不好，两只底输光了，

刘副官 司令又输了！

阿庆嫂 刘副官，你要当心点！

阿庆嫂 粮食送到了吗？

七　龙 半路上碰到天子九，我把他打死在阳澄湖后，游到芦苇荡，可是粮食全被水冲光了。

阿庆嫂 那我给指导员的信可收到？

七　龙　我交给指导员了。

阿庆嫂　同志们的情况怎样?

沙老太　昨天夜里一场大风暴,同志们天天在水中泡。阿庆嫂你看怎么办?

阿庆嫂　船只被刁德一封锁起来了,现在同志们需要船啊!我们千方百计也要弄到一条船。

七　龙　对!我拼死也要弄到一条船。

刘副官　怎么?弄啥?

阿庆嫂　刘副官,他想弄条船,你看有啥办法?

刘副官　弄条船?这个是谁?

沙老太　是我儿子!

刘副官　是你儿子,怎么没有看见过?

阿庆嫂　刘副官,这个小囡这几天在生病。

沙老太　是啊,这几天在生毛病啊。

阿庆嫂　睡在床上好几日没有出门。

沙老太　已经两天没吃过东西。

阿庆嫂　你又不曾看见过他,怎么会认识他。过来坐一歇。

刘副官　嗯!噢,在生毛病。

沙老太　这个囡在生毛病,你不要动气。

阿庆嫂　刘副官,他们娘俩和我商量,要我帮帮忙。喏,这个小囡有病,想到城里去看病,没船呀。要我在司令面前说个情,弄条船,到城里去摇个来回,你看行吗?

刘副官　摇只船到城里去?

阿庆嫂　要是你不放心,我来陪他们去。

刘副官　阿庆嫂,不行的。你又不是不晓得,刁教官讲过,那芦苇荡里有新四军的伤病员,才把船只集中在一起封了港,断绝他们来往。关照你，这两日风声紧，前两日和你吵的天子九，昨天夜里在阳澄湖巡哨，突然之间勿看见了，不晓得到哪里去了。还有一个姓陈的新四军专门乔装改扮到处活动，还在招兵买马。风声这样紧，还要一只船，不行的。

阿庆嫂 谢谢你关照，七龙娘，不行的。那么姓陈的新四军你碰着了吗？

刘副官 这个家伙神出鬼没，哪能碰得着呢？

刘副官 什么人？站住！

陈天民 （唱）壶中悬日月，

笔下传奇方，赛华佗，家住常熟迎春堂，

三代祖传名儿扬，

疯痨臌隔，疑难杂症，

妙手回春，指日可望。

阿庆嫂 先生！

刘副官 哎！你是哪里来的？

陈天民 噢！我是常熟城里，城隍庙隔壁第二家，三代祖传，赛华佗。

刘副官 良民证有吗？拿来看看，啥人叫你到此地乱跑？

陈天民 我们是走江湖，四海为家，不知道此地好来不好来。

刘副官 此地不好来，走，走！

陈天民 噢！噢！

阿庆嫂 啊呀！先生，此地不好随便来，走走！

阿庆嫂 先生等一等啊！刘副官，这个先生来得巧。这个囡要到城里去，既然先生是走过此地，就让他来替这个小囡看看吧！

刘副官 阿庆嫂，刁教官关照过的，陌生人不好到此地来了。

阿庆嫂 刘副官，这个小囡生病作孽来，田里的活也不能做，就让他看看好了，这点小面子总肯买格。

刘副官 我又不好做主的，好在胡司令在里面，问一声司令。

胡传奎　什么事情？

刘副官　噢！胡司令，阿庆嫂讲……

阿庆嫂　胡司令，事情是这样的，这个囡身上有毛病，要弄条船。

胡传奎　弄条船？干啥？

阿庆嫂　喏！想到城里看病，现在没有船，正巧这个郎中先生走过，我就多一句嘴，想就请这先生看一看。刘副官讲……胡司令这个面子总肯给的，不过就怕刁教官晓得要害司令难做人了。给他这么一说，我也吓来，不敢讲！算了！

胡传奎　怎么？刁教官放个屁也香的？拾着鸡毛当令箭来！

阿庆嫂　司令不要动气，刘副官也讲得对，真得出了事情，司令面前难交代。既然郎中先生走过此地，就让他看一看罢！

胡传奎　看！看！看！

阿庆嫂　七龙娘谢谢司令！

沙老太　谢谢司令。

阿庆嫂　胡司令啊，今天手气好吗？

胡传奎　不说了，三只底脱光啦！出来兜兜青龙。

阿庆嫂　胡司令啊，青龙兜过了，这次坐下去保险三副腊子。

胡传奎　好，依你的金口，和腊子取红钿。

阿庆嫂　和仔腊子取红钿，取红钿，

胡传奎　刘副官，天子九寻到没有？

刘副官　我昨天找到今天没有找到。

胡传奎　死人啊，再去找啊！

阿庆嫂　先生，这个囡在生毛病，心里急来，心里急来。

陈天民　啊哼！病家不用开口，能知病情根源。说得对，就吃我的药；说得不对，不收分文。这是我们三代祖传，决不欺人。

刘副官　哎！病家不用开口，能知病情根源，啥三代祖传的，你不要吹牛。

我倒要看看你有多少本事！看！

陈天民 老太太，阿嫂，这小兄弟毛病我晓得了，说得对，就讲对，我好用药！

刘副官 快讲，不要啰唆！

陈天民 好，听了！

（唱）他心里闷来头里胀，

好比千斤大石压胸膛。

刘副官 慢！我问你，他讲得对不对？

沙老太 是的呀！对的，这个先生讲得一点不错！刚刚他是讲胸口闷。

阿庆嫂 噢！我倒想起来了，刚刚你不是告诉我，讲这个小囡无轻头，昨天上半日吃了二只冷的糯米团子，吃坏了。

刘副官 这个家伙有点道理。

陈天民 （唱）他是内有病来又有伤，

阿庆嫂 嗯！

陈天民 （唱）受了风寒着了冷，

再加上平时饮食不周到，

天时一变就痛难当，

到如今，三焦阻隔上下不通气，

难怪他，心虚体弱肝火旺！

阿庆嫂 刘副官，这个先生讲这个囡内里有肝火，所以刚刚和你强头立颈。伤病人得罪，你不要动气。先生，毛病你讲对了，不过总要想办法救救他呀！

陈天民 先要拿这个伤吊出来，病就会好了！

刘副官 伤，什么伤吊出来？

阿庆嫂 喏！这个先生讲，这个囡内里有伤，只要把伤吊出来毛病就好了！你这个先生，没有伤叫没啥啥，有了伤啥人不想吊出来，讲得没路呀!

刘副官 对了,伤总要想吊出来,阿要无没路呀! 没有路吗?

陈天民 说我先生没有路。好吧! 诸位,我来开张方子,吃了药,包你有路!

刘副官 吃了你的药有路,倒要看看你的本领。开!

陈天民 (唱)这张秘方非寻常,

定能脱险取出伤。

共有草药足九味,

味味重头药性强。

防风水香与没药,

当归天冬不能忘。

最要紧,寄生红花与石蜜,

村醪半斤赛高粱。

若问此方妙何处?

妙处全在药名上、上、上、上!

陈天民 老太,药要马上去赎噢!

阿庆嫂 这张方子要马上去赎,噢! 刘副官,你要看呀! 我们也看不懂呀! 和我一样有啥看头?

陈天民 阿嫂,马上把药方配来,浸在酒里,只能浸一夜不能多浸,多浸要失效。

阿庆嫂 看来这个先生本事有点,就是讲话太多了。

刘副官 真是糗戏多锣鼓!

陈天民 你讲我啰唆,我还要啰唆几句,噢! 药,要在临睡时候吃下去,如若到天亮还不见效力,可以到常熟城里来寻我,我可以赔你们车马费、医药费。

阿庆嫂 哟,说得这样硬! 好罢,妈妈,谢两只角子给先生。

沙老太　谢谢先生，一点点。

陈天民　小兄弟的病好了替我多扬扬名。

刘副官　毛病看好，好走了。

阿庆嫂　对，可以走了。

刘副官　走，走，走！

阿庆嫂　当心路滑。

刘副官　（自语）刁教官关照，陌生人不许到此地来。

阿庆嫂　刘副官，坐一歇，再来吃杯茶。

刘副官　司令要我去寻天子九，叫我到哪里去寻？

阿庆嫂　七龙，妈妈，刚才这位先生给我们指出一条路来。

沙老太　是呀，我听听句句有因头。

七　龙　阿庆嫂，他说把伤吊出来，是不是叫我们把伤员救出芦苇荡呀！

阿庆嫂　是这个意思。你们刚刚没听见这位先生讲吗？这药浸在酒里只能浸一夜，多浸就要失效了，就是告诉我们伤员们在芦苇荡不能再浸，再浸就要出事体。先生为我们指出一条路来了，要我们把伤病员寄到红石村。

沙老太　啊！我没有听他这样讲呀！

七　龙　我也没有听见。

阿庆嫂　你们没有听见他讲呢？他讲共有草药足九味，味味重头药性强，若问此方妙何处，妙处全在药名上，上，上，上！就是讲我们要看药名第一个字，看！防风、水香、没药，是防水没三字。

沙老太、七龙　对！对！是防水没三字。

阿庆嫂　下面当归、天冬。

七　龙　对！是当天。

阿庆嫂　轻点！下面寄生的寄，红花的红，石蜜的石，村醪的村，连起来是防没，当天寄红石村。

（唱）县委指示写得明，

将伤员速寄红石村！

沙老太 （唱）要救伤员非容易，

河里船只封锁紧。

伤员无船不能行，

怎样能当夜转移红石村？

阿庆嫂 （唱）你们看水桥边船只有一群，

风浪中碰撞摇不停。

若能浪打缆绳断，

若能风送船儿行。

不怕敌人封锁紧，

同志们有了船只好动身。

七　龙 有啦！阿庆嫂，

（唱）让我跳到水中去，

水底里砍断缆绳。

推了船只就动身，

看起来空船随风来飘荡。

哪知船底却有人，

只要漂出半里路。

大湖中烟雾弥漫就看不清，

船只一到芦苇荡，

我就将伤员救到红石村。

阿庆嫂 事到如今也只有这样了。七龙，同志们需要两条船。

七　龙 两条船？

阿庆嫂 能吗？

七　龙 能！

阿庆嫂 好兄弟，妈妈，你看好吗？

沙老太 好啊！阿庆嫂，让七龙去吧！

（唱）你要胆大心细多谨慎，

把同志们救出芦苇荡。

要晓得十八个伤员一个娘，

十八条性命都在你身上。

（合唱）十八个伤员一个娘，

十八条性命都在你身上。

阿庆嫂 同志们只要看到春来茶馆升起了红灯，就晓得我们在接应他们了。妈妈你过去看看。

七　龙 阿庆嫂，我走了。

阿庆嫂 七龙你一定要当心啊。

刘副官 噢！什么声音？

阿庆嫂 噢！倒掉一桶水呀！

第七场　捕捉舌头

［时间：数月后某天傍晚。

［地点：路旁（幕外）。

刘副官 （唱）司令定亲喜洋洋，

叫我到，常熟城里跑一趟。

也算我，额角头上澄澄亮，

办喜事，捞着一笔大横档。

小　王 先生，先生，香烟要吗？

刘副官　不要，不要！

小　王　先生，我苦恼，你就买一包吧！

刘副官　去，去，去。

小　王　先生，我娘生病，已经三天没有吃了，做做好事，你就买一包吧！

刘副官　什么你娘生病，你娘死了我也不要。

小　王　先生，这是中国香烟！

刘副官　什么中国香烟，我不要吃。

小　王　你要吃日本香烟，是汉奸！

刘副官　你讲啥？

小　王　我讲你是汉奸，汉奸！

刘副官　小赤佬。

叶思中　不准动！

刘副官　你们是什么人？

叶思中　是江南抗日游击队。

刘副官　啊呀，你是游击队？

陈天民　你是胡传奎手下的刘副官吗？胡传奎手下现在有多少人？

刘副官　面子上讲起来有一千多，实际上只有四五百。

陈天民　有多少武器？

刘副官　武器也不多，只有二三百根长短枪，五六挺机关枪，还有些手榴弹，橡皮船是最近日本人送给他的。

郭建光　为啥无缘无故逮捕沙老太？

刘副官　我们在芦苇荡搜查的时候，发现一只沙记粮袋，是沙七龙的，所以把沙老太捉起来了。

陈天民　现在关在什么地方？

刘副官　关在胡传奎的司令部里。

陈天民　听说胡传奎要结婚了？

刘副官 是的，是刁教官做的媒人，把周翻译的妹妹嫁给他。

陈天民 结婚的日期定在什么时候？

刘副官 是本月廿三日。

陈天民 请了多少客人？

刘副官 请了县长、局长、大队长，还有日本司令也请了。

陈天民 你这些话都是真的吗？

刘副官 是真的，我不敢说谎，要是说谎，你枪毙我好了。

陈天民 来，带下去。

刘副官 长官饶命，长官饶命。

郭建光 叶排长，命令你把会吹、弹、打、唱的同志们组织起来，在三天之内练好一副戏班子和一个江南丝竹的小堂名。

众战士 戏班子？小堂名？

陈天民 同志们！消灭敌人的时候到了。

第八场　虎口交锋

［时间：数日后。

［地点：胡传奎司令部。

胡传奎 沙老太婆招了没有？

张德标 报告，老太婆还是不肯招。

胡传奎 拉出去枪毙。

刁德一 慢！皇军司令要的是她的口供，不是要她的老命。

胡传奎 我这堂堂司令连枪毙一个人的权利也没有！

刁德一 枪毙了死老太婆就像鹞子断了线。查不出新四军伤病员怎能向皇军司令部交账呢?

胡传奎 来,再上次老虎凳!要是老太婆不招,拿她的老骨头一根一根钳出来。共产党的生活真是难弄啊。

刁德一 司令,有一个人值得怀疑。

胡传奎 啥人?

刁德一 春来茶馆的阿庆嫂。

胡传奎 阿庆嫂,你对她有怀疑吗?

刁德一 我的司令啊,我对她总有点不大放心!

胡传奎 你有啥依据?

刁德一 司令,你想我们刚回到沙家浜,要老百姓到阳澄湖去捉鱼捉蟹,为啥有人突然跳水?你的徒弟天子九和刘副官为啥一去不回?再讲我们下了命令封港扣船,又为啥有两只小船自己会氽出去呢?从我们在芦苇荡里搜查到这只沙记粮袋来看,船肯定是沙老太的儿子沙七龙偷的。沙老太和阿庆嫂是老邻居,这幕后指使人会不会是……

胡传奎 你说是阿庆嫂,这个女人真有这么大的胆子,把她捉得来。

刁德一 不,司令的恩人吗!

胡传奎 那怎么办?

刁德一 司令,你不是要办喜事吗,今朝去请她到此地来,名义上是请她帮你办喜事,暗地里……

胡传奎 要是这个女人真是共产分子,我就抽她的筋剥她的皮!

匪　兵 报告,阿庆嫂到。

刁德一 喔唷,倒走在我们前头了。请!

胡传奎 请。

匪　兵 是。

刁德一 张德标!

张德标 有。

刁德一 阿庆嫂来，要殷勤招待，按我眼色行事。打！

阿庆嫂 胡司令，恭喜呀！

胡传奎 阿庆嫂，请坐。

阿庆嫂 好的。

刁德一 阿庆嫂你是稀客。怎么有空来？

阿庆嫂 听说胡司令要办大喜事，我特地贺喜来的！司令，恭喜恭喜呀。

(唱)春风得意喜星高照，

刁教官说合做媒人。

喜上加喜重重喜，

办喜事门道我略知一二分。

胡传奎 阿庆嫂是来帮忙办喜事的。

阿庆嫂 是啊！

(唱)常言道，酒水只要看台面，

讨娘子花轿最要紧。

挂灯结彩场面好，

吹弹打唱动人心。

若说酒水办得好，

都夸你，为人四海讲交情。

若说是，请到名家第一手，

更显得，交际广阔根基深。

(白)刁教官，你说对吗？

刁德一 阿庆嫂，你真热心。

胡传奎 对，对！阿庆嫂，你一定要帮帮我的忙呀。

阿庆嫂 这个还要你讲吗？

(唱)先到苏州定打唱，

再到杭州定纱灯。

苏州打唱名声重，

杭州灯彩颜色新。

陆家浜鼓手称第一，

我和他们江湖来往有交情。

司令呀！

别样礼品送勿起，

送一班江南丝竹小堂名。

胡传奎 啊呀！又要让你破费啦！

阿庆嫂 这是人生在世的大喜事。

刁德一 阿庆嫂！茶凉了，请用茶啊。

阿庆嫂 我还刚刚知道刁教官会这样客气。司令啊！酒水定了吗？

胡传奎 还没有定呢！

阿庆嫂 司令啊，

（唱）你要办酒水，

厨师最要紧。

我有个姨夫在上海，

十八把菜刀最出名。

只要司令出声口，

我马上回去写封信。

包叫他，立刻赶到沙家浜，

沙家浜，名菜好酒待客人。

胡传奎 阿庆嫂，拜托你。

阿庆嫂 放心。

刁德一 老太婆招了没有？

张德标 报告，老太婆昏过去了。

刁德一　用冷水喷醒!

阿庆嫂　司令,你们有公事在身,我在此不便,我走了。司令,我走了。

阿庆嫂　刁教官这算啥?

刁德一　我们在此地办公事,跟你没有关系,你请坐。

胡传奎　既然刁教官叫你坐一会,你就坐一会吧。

阿庆嫂　好,那我就坐坐。

刁德一　把老太婆带上来。

胡传奎　老太婆你到底招不招?

沙老太　招啥?

胡传奎　芦苇荡的新四军是不是你儿子送走的。

沙老太　不晓得。

胡传奎　这幕后指使人到底是啥人?

沙老太　不晓得。

胡传奎　你再装胡羊,我就……

刁德一　司令,有话好说。老太太,不要再糊涂,你要好好想一想。坐呀。

(唱)新四军待你有啥好?

为啥要,死心塌地去帮忙?

我刁德一,兔子不吃窝边草,

我与你,同乡之谊交情广,

只要招出新四军,

你想活命有希望。

刁德一　阿庆嫂,你去劝劝她。

阿庆嫂　我?

刁德一　阿庆嫂,你与老太太是邻居,我看还是你来劝劝她吧。

阿庆嫂　刁教官不行,我有什么办法?

刁德一　我看你比我有办法。

胡传奎 你去劝劝。

阿庆嫂 好吧！既然这样看得起我，那让我试试看。不过这个老太脾气我是有点数，恐怕也是要碰钉子的。

刁德一 试试看。

阿庆嫂 老太，老太，你应该好好想一想，到底是啥人好，啥人坏？

刁德一 对了，阿庆嫂，你讲讲看，啥人好？啥人坏？

阿庆嫂 这要胡司令来讲。

胡传奎 嗯……

沙老太 我来讲。我来讲。

沙老太 （唱）哪个好来哪个坏，

老百姓早就看清爽。

“八一三”，日本鬼子打上海，

杀人放火奸淫掳掠似虎狼。

杀得尸骨似山堆，

鲜血满地淌；

烧得一片是焦土，

到处是荒凉。

有良心的中国人，

谁也不愿国家亡。

新四军，东进江南来抗日，

老百姓，当然欢迎都敬仰。

难道说，支援抗日犯了罪，

你们通同日寇倒无妨？

你们是“忠义救国军”，

手里有刀还有枪，

为啥专打一心抗日的新四军，

反而不去打东洋？

胡传奎 你懂得格啥？

沙老太 （接唱）我问你，新四军与你有什么仇？

为什么，狠毒心肠不轻放？

日本人给你什么恩？

为什么，帮着鬼子来扫荡？

你们是“忠义救国军”，

忠在哪里，义在何方？

我问你救的是哪一国？

为啥不救中国助东洋？

汉奸走狗卖国贼，

我早就识透你们狗心肠。

胡传奎 你……

沙老太 （接唱）你有理对着百姓当面讲；

没有理，把我千刀万剐也无妨！

新四军一定会到此地来，

胡传奎 抓起来！

沙老太 （接唱）你们的狗命也活不长。

胡传奎 拖下去！我要她尝尝我的厉害，我要拿你开膛破肚……

阿庆嫂 司令！

刁德一 慢，阿庆嫂有话讲。

阿庆嫂 司令，我有话不知当讲不当讲。

胡传奎 不，这时候你有什么话讲？

阿庆嫂 本来这个时候我是不应该讲啥，可是我和司令是有交情的，不讲梗在喉咙里有点熬不住。

胡传奎 那么你说啊。

阿庆嫂 依我看，你们是上了老太婆的当了。

胡传奎 上当？

阿庆嫂 （唱）沙老太不肯招出新四军，

她明白，年迈人苦刑受不起，

故意骂得你们心光火，

拿条老命拼一死。

你们真会上她当，

拖到外面去枪毙，

依我看，杀了一个沙老太，

放走了新四军伤员一大批。

再说司令就要逢大喜，

这样动刀动枪不吉利，

侬是一帆风顺青云上，

何必要自惹风浪遭晦气？

胡传奎 哎，是呀！办喜事触仔霉头要一生一世触下去啦。

刁德一 阿庆嫂，照侬看哪能办呢？

阿庆嫂 （唱）我倒有个好主意，

今朝把她放回去。

胡传奎
刁德一 （唱）放虎归山啥道理？

阿庆嫂 （唱）不是放虎归山去，

此乃是，放下金钩钓大鱼，

欲擒故纵妙笼计。

胡传奎 妙笼计？

阿庆嫂 你要杀这老太婆，还勿是三个指头捏个田螺。

胡传奎 稳的。

阿庆嫂 你们要的是新四军的伤病员，要这个老太婆做啥？依我看勿杀她，放她回去。不！表面上是放她回去，暗地里派人监视她，日日夜夜看住她，只要有人和她来往，就可以揪出一个头来，到时候一二三四五六七揪出一大排，新四军伤病员不就可以一网打尽吗？

刁德一 要是揪不出呢？

阿庆嫂 喔唷，我的刁教官，退一万步讲，等司令大喜办完之后，杀头充军也来得及。你们还怕她逃走吗。

胡传奎 是的！来呀！将老太婆带上来。

胡传奎 老太婆，我看在阿庆嫂的面上，就放你回去吧！

沙老太 要杀就杀，不要搞啥鬼花样。

胡传奎 老太婆，诚心放你，不要不识相。

刁德一 阿庆嫂，麻烦你送她回去吧！

阿庆嫂 我送？好！老太，走吧！走吧！

刁德一 张德标！

张德标 有！

刁德一 跟下去监视她们，只要两人关系亲密，马上抓回来……

张德标 是！（下）

胡传奎 你葫芦里卖啥药？

刁德一 我刚才有心放她一马，现在要让她狐狸尾巴现原形。

张德标 不好了，不好了，刁教官，她们打起来了。

刁德一 啥人打起来啦？

张德标 那个老太婆和阿庆嫂，一到门口就打起来了。

刁德一 我叫你去监视她们，你为什么——

阿庆嫂 噢喔这个老太婆，跑到门口趁我不注意拿我一阵打，你看，衣裳也扯破了，纽扣纽襻也拉干净了。牙齿脚里血也打出来啦。

胡传奎　（拉刁德一）好了，好了！真是猢狲肚皮里打不出好主意，狗嘴里落不出象牙来。现在你放心了吗？怎么？不妨事吧？还要办喜事！

阿庆嫂　不妨，喜事尽管办。瞎了她的眼睛，哪是我的对手？早就给我打得落花流水了！

刁德一　阿庆嫂，你是不是多心了？

阿庆嫂　刁教官，我要是多心，也不会在多心人面前多管闲事了。

胡传奎　（对刁德一）神经病！

第九场　瓮中捉鳖

［时间：数十天后。

［地点：刁德一庭园。

叶思中　报！舅老爷到！

叶思中　你准备得如何？

林大根　已准备好了。

叶思中　奏乐。

刁德一　司令，司令！罗江警察局张局长来了。

胡传奎　请！

张德标　司令，司令，皇军司令部来电话，要周翻译听电话。

胡传奎　电话里皇军司令讲来吗？

张德标　电话里倒没有讲。

胡传奎　噢！周翻译在新房里。

胡传奎　刁教官，你先招呼一下张局长，我就来！

阿庆嫂　司令，你这个新官人，你怎么到处乱跑？我红毡毯铺好了，拜老祖宗去。

胡传奎　拜老祖宗？

林大根　长官，时间差不多了，要开席吗？

胡传奎　皇军司令还没有来呢。

张德标　瘪三，皇军还没有来了，眼睛瞎了？

周翻译　皇军司令部来电话，黑田大佐马上就到。

胡传奎　皇军来了，叫他们准备准备呀。

胡传奎　什么？

阿庆嫂　我去看看。

阿庆嫂　司令，不妨，不妨，新房里看新娘子的人实在太多了，把一面团圆镜轧碎了。

胡传奎　啥？倒你娘的霉，枪毙，枪毙！

叶思中　报！皇军司令到！

胡传奎　皇军司令到了，出接，出接！

阿庆嫂　司令呀，拜老祖宗——

胡传奎　拜啥个断命老祖宗。

阿庆嫂　（示意叶思中准备）告诉指导员，可以准备行动了。

胡传奎　坐坐！坐坐！

刁德一　太白古新桥。（请抽烟）

黑　田　胡先生，今天是你大喜之日，人来人往很热闹，面子大大的有格。

胡传奎　皇军司令到此地来，我们的面子大大的有。

黑　田　不知贵军的防务怎样？

胡传奎　我们的队伍塌塌有。

黑　田　哼！你们在村口小庙驻扎多少队伍？

刁德一　张德标，村口小庙里是不是派了二岗人啊。

张德标 二岗，二岗！

黑　田 不行格。

刁德一 多派些人。

黑　田 不用了。胡先生，刁先生，我已经在村口小庙驻扎了三十个皇军。

刁德一 张德标，小庙里有三十个皇军，吩咐厨房里送三桌酒水，多带香烟老酒去慰劳慰劳。

黑　田 不，先送一桌，让他们轮流的防守，轮流的吃呀！

刁德一 好，好，先送一桌！

张德标 村口小庙酒水一桌！

阿庆嫂 胡司令呀，新娘子听到皇军司令来真是有面子，一定要当面谢皇军司令。

周翻译 对对对，这是舍妹。妹妹快来见皇军司令。

黑　田 今天真是喜上加喜，我们应该好好地庆贺一番。

阿庆嫂 厨房里人呀！

林大根 有！

阿庆嫂 吩咐下去，皇军司令到了，人统统都在此地，可以准备开席了。

林大根 噢！有数了！准备开席了！

张德标 司令，新四军……

黑　田 什么新四军格？讲！

张德标 是，是，是。我刚才听见唱戏的戏子讲，路上碰到新四军。

黑　田 什么地方？

张德标 苏州，苏州！

黑　田 苏州来的，问问，问问！

张德标 是，是是，唱戏的，皇军司令有话问你。

陈天民 戏马上就要开始了，叫我们上来做啥？

张德标 皇军司令要问你哪能碰着新四军的？快去讲！

陈天民　皇军司令！

黑　田　听说你们在路上碰着新四军？

陈天民　碰到新四军——

黑　田　在什么地方？

陈天民　在那边！

黑　田　什么这边那边？

刁德一　唱戏的，讲讲清爽。讲好了胡司令有赏。

陈天民　各位听了，

（唱）舟船顺风向前行，

沿路经过芦苇荡，

迎面有小舟来阻住，

将我们带进一村庄。

黑　田　什么村庄？

陈天民　地陌生疏，人头不熟，我们也不知道什么村庄。

（唱）进村庄，遇见抗日游击队，

有几位战士负了伤。

游击队里有一位郭司令，

亲自审问把话讲。

知道我们是江湖戏班子，

就相送我们出芦苇荡。

黑　田　郭司令叫什么名字？

陈天民　（接唱）郭司令三字名叫郭建光，

领导抗日威名扬。

黑　田　有多少队伍？

陈天民　（接唱）若问部队有多少？

只有——

十八位伤病员在休养。

胡传奎 嘿嘿嘿！只有十八位伤员，想与皇军老子来碰。

陈天民 （接唱）莫道伤员十八位，

个个都是抗日好汉英雄将。

有一位，浑身是胆赵铁山，

他曾经，火烧虹桥飞机场，

浒墅关前冲过宪兵队，

京沪线上炸桥梁。

有一位，神枪战士叶思中，

百发百中敌胆丧。

郭司令他领导游击队，

不久就要攻打你们沙家浜。

不仅要把汉奸走狗全消灭，

还要把那阳澄湖日寇一扫光。

黑　田 胡说！

胡传奎 好大胆，你竟敢当面辱骂皇军！

陈天民 这不是我讲的，是郭司令讲的。

刁德一 你是什么人？

陈天民 我是唱戏的。

刁德一 替我搜！

叶思中 不许动！

众战士 不许动！

黑　田 你们到底是什么人？

叶思中 我们是江南抗日游击队。

黑　田 哼……今天给你们俘虏了，可是你们走不出沙家浜！

郭建光 哈哈哈，你们还梦想小庙里三十个鬼子来保护你吗？

郭建光 你听！

林大根 报告！小庙里三十个鬼子全部消灭了。

郭建光 听见吗？这就是你们日本鬼子侵华下场。把他们押下去！

众战士 是！

郭建光 阿庆嫂。

陈天民 党还有更加重要的任务要她去完成。

郭建光 大妈，你受苦了！

陈天民 郭建光同志，上级有指示，要你们迎接新的战斗。

郭建光 叶排长，集合队伍出发！

众战士 是！集合！

众　人 （合唱）不做亡国奴，愿把鲜血流，

　　祖国河山寸土不能丢啊。

叶思中 立正，向左转。

艰难奋斗，不怕牺牲，

驰骋敌后汇成铁流。

要战斗坚决要战斗。

不收复河山誓不甘休

（1960 年演出本）

沪剧

姊妹俩

编　　剧

余雍和

作者小传

余雍和（1937— ），男，江西德兴人。曾任上海京剧院、上海沪剧院编剧，上海沪剧院艺术总监；现为上海市文史研究馆馆员。享受国务院特殊津贴。

人物表

辛　蓉　医生

辛　薇　工人

辛政委　解放军某部政委，辛蓉和辛薇的养父

辛　母　辛政委的妻子

郑兴华　乡村医生，辛政委的大女婿

小　蜂　郑兴华之子

小　朱　舞蹈演员

钱大伯　乡村老农

第一场

［当代。暮春的一个下午。

［某城市，辛政委家客厅。室内宽敞整洁，陈设简朴，只有一面穿衣镜比较引人注目；右侧可见楼梯一角。

［幕启：辛薇着新装翩翩起舞上，行至穿衣镜前，不禁顾影自怜。

辛　薇　（唱）盛开的鲜花喜春光，
　　　　年轻的姑娘爱时装。
　　　　今天是我过生日，
　　　　妈妈送套新衣裳。
　　　　色彩艳丽式样美，
　　　　可惜对镜自欣赏。
　　　　待等心上人来到，
　　　　结伴双双去游逛。
　　　　他是舞坛后起秀，
　　　　才华出众貌堂堂。
　　　　相恋刚满两月整，
　　　　情意却似三年长。
　　　　几回望断窗前路，
　　　　不见倩影心怅惘。

［小蜂蹑手蹑脚地上，躲到辛薇身后，不料辛薇一个转身碰到了小蜂。

辛　薇　小蜂！吓了我一跳，你想做啥？

小　蜂　（笑嘻嘻地）二阿姨，你带我出去玩玩好吗？

辛　薇　我没有空。

小　蜂　今天你过生日，不是请了假吗？

辛　薇　我还有事情。

小　蜂　我晓得，你是等小朱叔叔一道去荡马路。

辛　薇　小鬼，你懂啥荡马路！（忽有所见地）喏，三阿姨来了，你叫她带你去玩吧！

小　蜂　（冲着窗外高兴地叫起来）三阿姨！

辛　蓉　（内应）哎！看球！（随即飞出一只小足球）

小　蜂　（如守门员般地接球）好球！

［辛蓉嬉笑着，手捧一束鲜花矫健地上。

辛　蓉　小足球迷，满意么？

小　蜂　"火车头"，"鼎脱"了！（调皮地抱足球奔下）

辛　薇　（笑着）蓉蓉，你可帮我解了围啦！

辛　蓉　姐姐，祝贺你生日愉快……（向辛薇献花）

辛　薇　太美啦！

辛　蓉　（戏谑地）长命百岁！

辛　薇　（喜形于色）喔，更要谢谢你啦！（打趣地）望你今年找到一个漂漂亮亮的男朋友！

辛　蓉　姐姐你真坏！

辛　薇　坏啥？难道你不想找男朋友，留在将军府里当一辈子老姑娘吗？

辛　蓉　看你说的……

辛　薇　这有啥，女大当嫁，还怕难为情哪？

辛　蓉　姐姐……

辛　薇　妹妹！

（唱）如今你年纪已不小，

应当快把朋友交。

堂堂大学生，有才又有貌，

上门求婚的人儿不知有多少。

问妹妹，可要姐姐帮你挑？

劝妹妹，莫将青春耽误了！

辛　蓉　（唱）此事我尚未细思考，

朋友还须自己找。

若问啥条件？人品最重要，

志同道合基础牢。

问姐姐，这个标准可算高？

请姐姐，莫为妹妹把心操。

辛　薇　（唱）我知妹妹条件好，

不愁对象找不到。

辛　蓉　（唱）那你担啥心？

辛　薇　（唱）希望你趁早。

辛　蓉　（唱）再等十年也不算老。

辛　薇　（唱）到那时，嫁不出去休懊恼。

辛　蓉　（唱）到那时，再求姐姐作介绍。

［正当辛蓉和辛薇说笑时，小朱兴冲冲地上。

辛　薇　小朱！

小　朱　嗬，什么事情让你们姊妹俩笑得这样高兴？

辛　蓉　（忍俊不禁）你问姐姐。

小　朱　什么事情？

辛　薇　让她自己讲。

辛　蓉　（戏谑地）我讲，人家等你半天，都要唱“望穿秋水”了。（哼“望穿秋水……”）

辛　薇　(欲追上前)你……

［辛蓉笑着逃上楼去。

辛　薇　(佯装不悦地)骑摩托车的先生,今天你怎么也姗姗来迟呀?

小　朱　就是为了这个(掏出一个小盒子)——献给我的业余舞蹈明星的生日礼物!(以舞姿呈上)

辛　薇　(打开小盒子,一怔)金项链!

小　朱　(背诵式地)二十四 K,五颗翡翠,价值八百九十二元整!

辛　薇　买这么贵重的东西……

小　朱　为了表达对你的爱慕,这又算得了什么?(要为辛薇戴项链)你戴上它更加光彩照人,肯定比我们歌舞团里跳西班牙舞的女主角还要漂亮几分!

辛　薇　看你……(不禁莞尔)小朱,你一个歌舞团的青年演员,每月工资五十四元五角,又要抽烟喝酒跑咖啡馆,哪来的钱买这么高级的金项链?

小　朱　托爷娘的福呗!

辛　薇　你真会敲竹杠。

小　朱　敲竹杠?我们这代人不靠爷不靠娘,哪能住得上洋房,存得了钞票,讨得起新娘……

辛　薇　(笑)这倒也是。

小　朱　薇薇!

(唱)羡慕你生在一个好家庭,
嫡亲爸爸是将军。
他驻防边疆收入大,
定有巨款银行存。
如今你茵茵大姐又去世,
只剩姊妹两个人。

将来二一添作五，

花不完来用不尽。

辛　薇　（唱）我爸爸主张青年要自立，

反对儿女享现成。

妈妈因病辞工作，

一直未领离职金。

说是堂堂将军家，

省吃俭用如平民。

怕你将来要失望，

这座泰山靠不稳。

小　朱　这你还不懂，他现在教育你们要自立、节俭，也是为了留钞票给你们结婚成家的时候派大用场啊！

辛　薇　你们搞文艺的真会想象！

小　朱　我讲究实惠。薇薇，明天我要到苏北去一趟。

辛　薇　你们歌舞团去巡回演出？

小　朱　不，是几个要好朋友邀我去演出几场，捞点外快。

辛　薇　你们私演私分好吗？

小　朱　这有啥，现在农村富了，农民兄弟比我们钱多得多。你去为他们演出，他们非常欢迎，双方有利嘛！

辛　薇　小朱，你明天要走了，你教我跳的西班牙舞得帮我复排一下，要不我到文化宫去表演要出洋相的。

小　朱　这是义不容辞的事情，马上就排。

［辛薇开响收录机；辛蓉和辛母自楼上走下来。

小　朱　（迎上前，甜甜地）伯母，您好哇！

辛　母　（高兴地）好，好！

辛　薇　妈妈，让小朱帮我排练一下西班牙舞。

辛　母　好啊！今天你过生日，热闹热闹，跳完了我请大家吃排骨面。

辛　蓉　太好了，我可是既有眼福又有口福。

辛　薇　妈妈，可不能便宜了妹妹，我们跳舞她唱歌！

辛　母　那当然。蓉蓉是市人民医院的著名歌手，妈妈不会放她过门的。

［在众人一片欢笑声中，辛薇与小朱正欲跳舞，小蜂夹着小足球持信奔上。

小　蜂　外婆，外婆！外公来信了！（交信给辛母）

辛　蓉
辛　薇　（关切地）爸爸来信了！

辛　母　不知道他忙些什么，这次隔了个把月没来信了。

辛　蓉　我给爸爸写了两封信，他一封也没回。

辛　母　（看信封）北京！他到北京去开会了？（见大家都很关心）我来看看他写些什么……（拆信）

［大家围着辛母等候消息。

小　蜂　外婆，你读给我们听听！

辛　母　（看信）好，我读给你们听吧！（读信）

（唱）这次开会去北京，
事绪繁忙时间紧。
蓉蓉来信早收到，
一直无暇发回音。
听说薇薇有对象，
择友还望重品行。
茵茵去世已周年，
兴华苦闷须关心。
他在农村工作忙，
照料小蜂靠你们。

我对后辈操劳少，

家事全仗你费神。

暮春气候虽转暖，

多病犹需防寒侵。

可记得，前两年提起的那件事……

［辛母突然停读，自阅数行渐觉不支，只得仰靠在沙发上。

辛　薇
辛　蓉　（一怔）妈妈，你怎么啦？

辛　母　（低声地）有点不舒服。

辛　薇　（关切地）爸爸信上……（上前取信）

辛　母　（不让辛薇拿去）没啥。

辛　蓉　（几乎与辛薇、辛母举动同时，制止地）姐姐……（上前切脉）妈妈发病了！我拿药去！（匆匆上楼又回头）姐姐，你打电话叫车子！（入内）

辛　薇　哎！（入内）

小　朱　（扶着辛母）小蜂，快去倒点开水来！

小　蜂　哎！（入内）

［辛母晕厥过去。

小　朱　（惊慌地）伯母！伯母！（趁势取信偷看，看后迅即塞回辛母手里，显出异样神色）

［辛蓉拿药，小蜂端水上。

［辛母服药苏醒，大家舒了一口气，争相问候。

辛　母　（镇静地）没有什么，不要紧的。（把信收入口袋）

辛　蓉　妈妈，你今天气色很不好，心脏跳动很快，早搏严重。我陪你到我们医院去检查一下吧！

辛　母　（微微点头）……

［辛薇急出。

辛　薇　车子马上来。蓉蓉，我们一起去吧！

辛　蓉　不用了，我陪妈妈去。

［辛蓉扶辛母下。小蜂跟出去。

小　朱　（神秘而兴奋地）薇薇，我发现了你们家一个秘密！

辛　薇　我家有啥秘密？

小　朱　你知道刚才你妈妈为什么发病？

辛　薇　我妈妈身体不好，心脏……

小　朱　不，是刚才那封信引起的。

辛　薇　怎么回事？

小　朱　你爸爸来信说，你妹妹蓉蓉的亲生父亲是美国华侨！

辛　薇　（不相信地）你讲啥？

小　朱　蓉蓉不是你的同胞妹妹呀！

辛　薇　你胡说！

小　朱　是真的。

辛　薇　不不不……

小　朱　你爸爸那封信上说得清清楚楚，再过几个月蓉蓉的生父就要回来认亲了，他还叫你妈妈不要伤心，始终牢记两句话：人生在世有何求？造福社会为己任。

辛　薇　唔，这两句话倒是我爸爸经常讲的。

小　朱　那还有假？薇薇，现在你成了将军家的独养女儿，真是太好了！

辛　薇　独养女儿……

小　朱　是呀，你要是能把小蜂送回乡下去，此地清清爽爽，一切都将属于你的了！

辛　薇　这不行，妈妈很喜欢我这个外甥皇帝，她不会同意的。刚才爸爸信上还说，我姐夫一个人在农村工作忙，小蜂要靠我们多照顾。

小　朱　哎呀，现在情况起了变化！蓉蓉肯定会跟生父到美国去，你妈妈身体又很不好，靠你来照顾小蜂，这有多麻烦。

辛　薇　我姐夫那里怎么办？

小　朱　你们家有的是钱，大不了叫你妈妈每个月贴点钱给你姐夫，让他在乡下寻个保姆，这对父子俩不是更好嘛！

辛　薇　这……

小　朱　要不然以后我们谈情说爱、看电影、上饭店、逛公园还要带个外甥在身边，不了解情况的人，还以为是我俩的……这像什么样子！

辛　薇　对对对，我过几天写封信去，叫姐夫来把小蜂领走。

小　朱　我看趁热打铁，明天我去苏北演出，把小蜂带到县城里……

辛　薇　那我打电报给姐夫，让他到县城里去接小蜂就是了。

小　朱　对，电报我马上帮你去打。（欲走又回头）薇薇，等会儿我带你去看内部录像。

辛　薇　啥地方？

小　朱　你别问，到时间我用摩托车来接你！（扬手）拜拜！（匆匆下）

［外面传来摩托车启动声，辛薇探身窗外眺望。

辛　薇　（唱）霎时间眼前变化似梦幻，

我又是心欢又不安。

但愿将来能如意，

同与小朱建乐园。

［辛蓉上。

辛　蓉　姐姐！

辛　薇　蓉蓉，妈妈怎么样了？

辛　蓉　需要住院治疗。

辛　薇　不要紧吧？

辛　蓉　不要紧的，我会去照顾她的，你放心。小蜂呢？

辛　薇　在外面玩。

辛　蓉　都要下雨了，还在外面玩。这孩子，老师说他成绩下降，我来问问他的功课。

辛　薇　下雨他自己会回来的。

辛　蓉　我去找他。（欲去寻找）

辛　薇　妹妹，我跟你商量一件事情。

辛　蓉　什么事情？

辛　薇　妈妈病了，什么时候出院还不知道。我们工作都很忙，你业余时间要学外语，还要侍候花园里种的中草药，事情太多太累……

辛　蓉　这不要紧，我身体好，能对付。

辛　薇　短日子可以，长时间难办。我想趁妈妈住院机会，把小蜂送回乡下去。

辛　蓉　（一愣）送回乡下去？

辛　薇　对，正巧明天小朱到苏北去演出，让他带小蜂……

辛　蓉　不，姐姐，不能这样做！

辛　薇　为啥不能这样做？

辛　蓉　小蜂身体不好，经常生病，妈妈心疼他，少不了他。你这样做妈妈知道了会生气的。

辛　薇　（赌气地）那情愿让她生气，也不愿让她累死！

辛　蓉　姐姐，以后小蜂交给我，决不让妈妈增加负担。

辛　薇　算了吧，你是市医院的大医生，什么科研啦，攻关啦，有时可以一连几天不回家，最后还不是我这个当工人的倒霉！

辛　蓉　姐姐，你……

辛　薇　告诉你，我已经打电报给姐夫了！

辛　蓉　啥？（略停）我去打个长途电话向姐夫解释一下。（欲走）

辛　薇　蓉蓉，你这不是存心和我唱对台戏吗！

辛　蓉　你听我说……

辛　薇　你不要说了！妈妈是我的嫡亲妈妈，外甥是我的嫡亲外甥，为了照顾好妈妈的身体，我有权这样做！

辛　蓉　姐姐，你的嫡亲妈妈、嫡亲外甥，不也是我的嫡亲妈妈、嫡亲外甥吗？我们是要照顾好妈妈身体，但也要帮助姐夫挑点担子。

辛　薇　那好，你要真是体谅妈妈，心疼妈妈，又要帮姐夫挑担子，你就让外甥跟你一起住到你们医院里去吧！

辛　蓉　姐姐，这是为什么？

辛　薇　（恼火地）为什么？这不能那不能，他是郑家人，难道让他蹲在辛家一辈子？我看你好人也做不到底！

［突然一道闪电划破长空。

辛　蓉　（克制地）姐姐，要是那样做，人家会讲……（不愿意说下去）

辛　薇　（不肯放松地）人家会讲啥？你讲，你讲嘛！

辛　蓉　人家会讲——

（唱）大姐在世情义重，
　　大姐亡故情义空。
　　外甥到底非亲生，
　　不是亲生不心疼。

辛　薇　你讲得对！

（唱）你不是妈妈亲生女，
　　你对妈妈不心疼！

［雷声震耳。

辛　蓉　（简直不相信自己的耳朵）姐姐，你说啥？姐姐，你讲呀！

辛　薇　（自知失言，但也只好说下去）你根本不是我妈妈亲生养的，反正你迟早要离开我们家的……

辛　蓉　你胡说！

辛　薇　这是爸爸给妈妈的那封信里讲的！

［外面传来摩托车声；随后小朱叫声："薇薇！"

辛　薇　（欲走又回头，对辛蓉）妹妹，请你把小蜂安排好吧！

（急下）

［电闪、雷鸣、雨下。

辛　蓉　（唱）眼看二姐去匆匆，

一语激起我心潮涌。

说什么我非辛家亲生女，

是真是假还朦胧。

［小蜂上，见状惑然。

小　蜂　（慢慢地向辛蓉走去）三阿姨，你为什么哭？

辛　蓉　小蜂！（紧紧抱住小蜂）你跟三阿姨住到我们医院宿舍里去吧！

小　蜂　（不解地）住到医院宿舍里去？

第二场

［数天后。晚上。

［市人民医院职工宿舍。室内有床和写字台等陈设。

［幕启：辛蓉斜倚在床头执笔写信；小蜂端坐写字台前做功课。

辛　蓉　（自语地）亲爱的爸爸！

（唱）数天来，怀百感，

今夜晚灯下提笔又茫然。

写信问爸爸，望能解疑团，

怎奈是千言万语难开端。

自从风波起，寄宿未回转，

对妈妈至今仍把真情瞒——

免得娘心酸。

写几行,意拳拳,

我这里一番斟酌方寸乱。

爸爸担重任,怎让他不安?

理应当先将烦恼暂抛远。

待等爸爸归,妈妈出医院,

到那时再对是非作判断——

我疑消心也宽。

小　蜂　三阿姨,我功课做好了。

辛　蓉　拿给阿姨看看。

小　蜂　哎。(将作业本递给辛蓉)

辛　蓉　(看作业)题目是做对了,可惜字写得太潦草。

小　蜂　我……

辛　蓉　小蜂,要想把功课做好,字也应当写得端端正正啊!

小　蜂　(领会地点点头)……

辛　蓉　今天是星期六,你可以去看看电视。

小　蜂　(兴奋地)哎!看电视去罗!(欲走)

辛　蓉　小蜂,把作业簿整理好。

小　蜂　是!(收拾好作业簿)三阿姨,可以走了吗?

辛　蓉　早点回来!

小　蜂　晓得了!(跳跳蹦蹦地下)

[郑兴华自另一方向上。

郑兴华　三妹!

辛　蓉　(十分意外地)姐夫!你今天怎么来了?

郑兴华　我接到二妹的电报……

（唱）那日突然接电报，
要我按约去县城。
不料蜂儿人未到，
想必其中有原因。
抽身匆匆来此地，
见了二妹方知情。
怪我一时考虑少，
烦劳大家多操心。
今天我带蜂儿走，
为让妈妈好养病。

辛　蓉（唱）妈妈对他很喜欢，
近来学业也长进。
往后由我来照看，
不会拖累其他人。

郑兴华（唱）我知三妹抱负大，
专心研究著论文。
而今正当有为时，
怎能耽误你前程？

辛　蓉（唱）我知姐夫志向远，
科研重任担在身。
坚持自学更刻苦，
怎能影响你发奋？

郑兴华（唱）感谢三妹多勉励，
自当奋力而前行。
若对蜂儿再挽留，
我负疚之心更难平。

［小蜂兴高采烈地上。

小　蜂　（径直奔去）三阿姨，今朝电视真好看哪！

辛　蓉　小蜂，你看，谁来了？

小　蜂　（转身，欣喜异常）爸爸！你怎么来了？

郑兴华　（亲昵地）小蜂，爸爸来带你回去。

小　蜂　（一怔）带我回去……（显出不乐意的样子）

郑兴华　不愿意？

小　蜂　我……我跟三阿姨蹲在此地不是蛮好吗，我不回去。

郑兴华　三阿姨工作忙，外婆又生病了。乖孩子，你应当跟爸爸回去。

［辛薇出现在窗口。

小　蜂　不，三阿姨讲了，等外婆出了医院，我们一道回家去。三阿姨，是吗？

辛　蓉　是啊。

郑兴华　傻孩子，我们家在乡下，跟爸爸回去吧！

辛　薇　（走进室内）小蜂，你看哪个小朋友不跟自己爸爸一起蹲在自己家里的呢？你应当听爸爸的话，跟爸爸回家去。

小　蜂　不，我要跟三阿姨在一道！

辛　蓉　姐夫，你就让他蹲在此地吧！

郑兴华　（犹豫地）我……

辛　薇　（抢过话头）蓉蓉，姐夫知道你的情况，工作上、事业上、个人生活上你都有自己的目标和追求，姐夫会同意让小蜂留下来影响你吗？姐夫，你说是吗？

郑兴华　我一定要带小蜂回去，决不拖累三妹！（见小蜂态度，制止地）小蜂！

小　蜂　爸爸，我求求你，不要带我回去！（纠缠地拖住郑兴华）

郑兴华　（难过地）小蜂！（去拉小蜂手）

小　蜂　（甩脱）三阿姨！（奔向辛蓉，求助地）三阿姨！

辛　蓉　（抚小蜂头）好孩子！

辛　薇　小蜂，你怎么这样不懂事，当心爸爸生气。

郑兴华　（对小蜂）走，跟我回去！

辛　蓉　（阻拦地）姐夫！

辛　薇　蓉蓉，你不要感情用事了，你是阿姨，人家是父子。

辛　蓉　姐姐，你这是什么意思？

辛　薇　我是为你着想，为妈妈着想，为姐夫着想，你就干脆说句话吧！

辛　蓉　你要我说些什么？

辛　薇　劝小蜂跟姐夫到苏北去。

郑兴华　对，三妹，你就讲句话吧！

辛　蓉　（十分动情地）我是孩子的阿姨，你……你……你要我怎么讲？讲啥好？

辛　薇　你再这样下去，会影响人家父子感情的！

郑兴华　（十分难受地）是啊！三妹，养儿教子是我分内的事，再困难我也要尽这个责任。我求你看在你大姐的情分上，就让蜂儿回到自己的家乡去吧！要不，孩子会跟他的亲生父亲也不亲啊！

辛　蓉　（痛苦地）姐夫……

郑兴华　请原谅我，我就这么一个亲生儿子啊……

辛　蓉　姐夫，你……你不要说了……（违心地推开小蜂）小蜂，你跟爸爸回去吧！

小　蜂　三阿姨，你不要我了？（哭泣）

辛　蓉　（痛苦难言）……

小　蜂　三阿姨，你讲话呀！

郑兴华　蜂儿，走吧！（推小蜂前行几步又回头）三妹，我们卫生院的中草药实验室还没有建立起来，有件事要拜托你。（从挎包里掏出一包中草药）这包中草药请你帮我们化验分析一下，具体要求都写在报告纸上，有了结果就麻烦你邮寄给我。再见了！二妹，我走

了！（带小蜂匆匆下）

［辛蓉奔向窗口，含泪目送。

辛　薇　（顺手拿起小蜂的书包，劝解地）妹妹，你不要为这件事难过了。我对小蜂不是没有感情，我是为了……

辛　蓉　（愤然地）你不要讲了！

辛　薇　上次都怪我态度不好，其实我也是为你的前途着想。你搬回家吧，要不妈妈知道……

辛　蓉　姐姐，你就让我安静一下吧！

辛　薇　你……

辛　蓉　我不回去！

辛　薇　蓉蓉，是你不愿回家，可不是我赶你走的。

辛　蓉　是的，请你走吧！

辛　薇　真是不可理解！（怫然而去）

［辛蓉不禁伏案抽泣。

［辛政委自另一方向上，敲门。

辛　蓉　（误以为是辛薇）求求你，不要来……

辛政委　（径自入内，笑着）怎么，连爸爸也不要了？

辛　蓉　（一愣）爸爸！

辛政委　我的三千金真厉害呀！呃，你在跟谁光那么大的火呀？

辛　蓉　（掩饰地）没啥。

辛政委　嗐，眼圈都红了，还瞒得了我这个老侦察兵哪！

辛　蓉　（扯开话题）爸爸，你怎么来了？

辛政委　（玩笑地）飞将军自重霄入嘛！

辛　蓉　（递茶）爸爸，你见到妈妈了？

辛政委　我一下飞机就直奔你们医院。你妈妈可是躺在病床上闹官僚主义，家里的情况全都被两个宝贝女儿封锁起来了。（笑）

辛　蓉　（解释地）爸爸，我……

辛政委　好了，别瞒我了，刚才我从家里来，情况我还知道一点。（发现未写完的信）是写给我的。（信手拿起，充满感情地念）“亲爱的爸爸……”

辛　蓉　（见辛政委颇动感情）爸爸，你怎么啦？

辛政委　看，刚开了个头，泪水就把信纸给打湿了……蓉蓉，你不是一个很坚强的孩子吗？怎么，发生了什么事情，使你这样伤心？

辛　蓉　爸爸……

辛政委　蓉蓉！

（唱）往日见你笑盈盈，
今天双眉锁愁云。
泪水点点信笺湿，
落笔沉沉忧思深。
儿有多少伤心事，
尽管诉与爸爸听。

辛　蓉　（唱）女儿心里有苦闷，
不知当问不当问？

辛政委　（唱）父女之间心相通，
有何话题不能问？

辛　蓉　（唱）问爸爸，女儿年满廿五岁，
可算已经长成人？

辛政委　（唱）雏鸟早已凌空飞，
谁说没有长成人？

辛　蓉　（唱）问爸爸，二十五个春与秋，
女儿可曾离双亲？

辛政委　（唱）二十五年如一日，

寸步不曾离双亲。

辛　蓉　（唱）问爸爸，儿虽自幼伴双亲，

女儿我究竟是不是亲生？

辛政委　（默默无语）……

辛　蓉　（唱）爸爸啊，我深知双亲待儿好，

亲不亲生实难分。

为把真情弄清楚，

还求爸爸说分明。

辛政委　（略停顿）这件事，在前两年华侨寻亲访友热潮中，我和你妈妈就想告诉你，可是几经考虑，我们又怕伤了你的心，也就没有再提它。这次你的生父通过政府帮助，终于找到了你的下落，过些日子他准备从美国回来……

辛　蓉　他回来做啥？

辛政委　同我们商量，想把你带走。所以，我想趁这次回来的机会，跟你好好谈谈，让你也有个思想准备。

辛　蓉　爸爸！这到底是怎么回事啊？

辛政委　蓉蓉！

（唱）那还是廿五年前春寒夜，

你出生就在这人民医院。

你生父当初经商去南洋，

原说道事情办妥返家园。

你生母产后三天身亡故，

又谁知你生父突然音讯断。

你妈妈当时工作在此地，

她将你抱回家中当作亲生来照看。

从此后，朝朝暮暮身相随，

休戚与共同冷暖。

如今幸喜儿成长，

将和生父庆团圆。

辛　蓉　（扑向辛政委）爸爸……

辛政委　蓉蓉，这件事是谁告诉你的？

辛　蓉　是姐姐对我讲的。

辛政委　（霍地站起）薇薇！她是怎么知道的？

辛　蓉　她说是你给妈妈来信……

辛政委　（恼火地）刚才你妈妈还说她不知道。她是偷看了我给你妈妈写的信，这孩子也太不像话了！

辛　蓉　爸爸，你不要责备姐姐。

辛政委　她这样做是为了什么？

辛　蓉　她也是一番好意。

辛政委　你不要替她开脱！我知道，再让她这样下去，我们就对不起她的亲生父母了！

辛　蓉　（一怔）爸爸，你说什么？难道姐姐她……

辛政委　对，薇薇她也不是我和你妈妈的亲生女儿呀！

辛　蓉　爸爸！（扑向辛政委怀里）

第三场

［数天后。早晨。

［辛政委家花园。一侧与门前平台相连接，园内除通常设施外，映入人们眼帘的是一些栽种的有花或无花的中草药。

[幕启：辛薇愁绪满怀地坐在台阶上弹着吉他。

[辛蓉提浇花水壶上。

辛　蓉　姐姐，你还在不高兴哪？

辛　薇　（苦笑地摇摇头）……

辛　蓉　（上前拉住辛薇手）姐姐！

（唱）今朝乃是天放晴，
你何必脸上堆阴云？
望你弹一支欢畅曲，
调子低沉要伤身。

辛　薇　（唱）姐姐今日愁满怀，
怎能弹出喜悦声？

辛　蓉　（唱）爸爸批评为你好，
希望殷切爱更深。
姊妹二人共相勉，
携手并进慰双亲。

辛　薇　（唱）爸爸待人多宽厚，
对他人总是有求必应。
前天给姐夫寄汇款，
数目慷慨令人惊。
如今我是他唯一亲生女，
他倒是百般苛刻常教训。

辛　蓉　（唱）姐姐啊，你、你、你是爸爸唯一的亲生女，
更应当理解爸爸一片心。

辛　薇　（唱）可惜是爸爸对我不理解，
想起来怎不叫人添愁闷？

辛　蓉　（克制自己的感情安慰别人）姐姐，你何必为这点小事发愁呢，当

心过分忧愁会头上添白发脸上长皱纹的!

辛　薇　你还跟姐姐开玩笑呢!

辛　蓉　姐姐,你不要再忧愁了,我唱支莫愁歌给你听吧!

辛　薇　莫愁歌?

辛　蓉　我知道你喜欢听这首歌,是吗?

辛　薇　是啊,莫愁,莫愁……(随手拨弄着吉他)

［辛蓉唱起了《莫愁啊,莫愁》;辛薇跟着用吉他伴奏。

辛　薇　(歌毕,不禁高兴地赞叹)妹妹唱得真好!(收起吉他)

(唱)你嗓音宛转似春莺,

歌儿唱得真动听。

如果你在剧团里,

早已南北扬了名。

辛　蓉　好了,姐姐不要取笑我了!时间不早了,我到医院去接妈妈,你帮忙收拾一下房间!(欲走)

辛　薇　哎呀,我还要出去呢!

辛　蓉　今天妈妈出医院,你就不要走了。

辛　薇　人家约好了的。

辛　蓉　什么人家人家,你就向你那位"舞蹈王子"请个假吧!再见!(笑着匆匆下)

辛　薇　嗨!(显出进退两难的样子)

［小朱自另一方向急上。

小　朱　薇薇,人家等你半天了,快走吧!

辛　薇　不行,我还有任务。

小　朱　啥任务,今天不是你厂休吗?

辛　薇　家庭任务,今天妈妈出医院。

小　朱　你要不去真太遗憾了!那天我们看的内部录像里跳的那种贴面

舞，我已经全部学会了。

辛　薇　你真聪明！

小　朱　要不人家肯叫我"舞蹈王子"呀！来，我先教你跳一点过过瘾。

辛　薇　这……

小　朱　这有啥，将军府里跳跳贴面舞谁敢管？

辛　薇　我爸爸就要回来的。

小　朱　回来就刹车嘛！薇薇，像你这样有才华的业余舞蹈明星，不会跳当今西方最流行的贴面舞怎么说得过去？我们是八十年代的青年，要适应时代新潮流啊！（摆出舞姿）

辛　薇　（笑）看你！

小　朱　（拉辛薇）抓紧时间，来吧，来吧！

[小朱与辛薇跳贴面舞。

小　朱　薇薇，你爸爸就要回部队了，我们的事还不赶快向他提。

辛　薇　我知道。

小　朱　现在你成了辛家的独养女儿，这次就看你的了。

辛　薇　（不禁莞尔）……

小　朱　可不要忘了，起码像你姐夫那样，"一只手"呀！（比手势）

[在辛薇与小朱边说边跳中，辛蓉扶辛母上，辛政委随后跟上。

辛　母　（制止地）薇薇！

辛　薇　（停止跳舞，同时地）妈妈！（连忙上前搀扶辛母）
小　朱　（停止跳舞，同时地）伯母！（连忙上前搀扶辛母）

[辛蓉扶辛母入内。

辛　薇　（发现辛政委，高兴地奔去）爸爸！

小　朱　（拘谨地）辛伯伯！

辛政委　（克制地）刚才我可是开了一点眼界。怎么不跳了，怕难为情？

辛　薇　（连忙解释）爸爸，我们……

辛政委　爸爸是土包子。你们那样搂搂抱抱的，像个什么样子！（对小朱）这也是你们歌舞团让排演的节目？

辛　薇　这……

小　朱　（随机应变地抢过话头）呃，有个节目里面有那么一点点贴面舞，我教薇薇跳了玩。

辛政委　小朱，你可不要忘了自己是个革命文艺工作者！

辛　薇　爸爸，人家是业务尖子，他懂。

辛政委　业务尖子就更要自爱自重。

辛　薇　爸爸，你坐呀！（拉辛政委坐下）我给你泡杯你爱喝的家乡茶，浓一点好吗？

辛政委　（态度平和了）多放点吧，我是有点渴了。

［辛薇入内，少顷端茶出。

辛　薇　爸爸，你后天就要回部队是吗？

辛政委　是呀，看来你是不太欢迎爸爸待在家里的。

辛　薇　看你，人家问问，想跟你谈一件要紧的事情。

辛政委　什么要紧的事？

辛　薇　（有点羞涩地）我和小朱……

辛政委　你和小朱怎么样？

辛　薇　（耳语地）想准备结婚。

辛政委　（意外地）准备结婚？你们相识才不久，有这个基础吗？

辛　薇　爸爸！

（唱）我们彼此很了解，

性格相合习相近。

小　朱　（唱）我们一样爱舞蹈，

志趣相投心相印。

辛　薇　（唱）中秋佳节行婚礼，

不知爸爸可赞成？

辛政委 （唱）男婚女嫁非小事，

为何匆忙作决定？

兴趣爱好在表面，

真正相知是内心。

共同生活道路长，

结合动机更要纯。

希望你们多考虑，

条件成熟再联姻。

小　朱 （迎合地）辛伯伯说得对！薇薇，我们就依伯伯意见，考虑成熟些，推迟些日子吧！

辛　薇 不过，爸爸也要答应女儿一个要求。

辛政委 什么要求？

辛　薇 我想……结婚不管迟早，总要准备办点嫁妆……

辛政委 那当然。

辛　薇 办嫁妆要……

辛政委 要钱是吗？

辛　薇 （点点头）爸爸，现在年轻人工资低，开销大……

辛政委 这我知道。我们的收入比你们多。女儿要出嫁，我们做父母的在条件许可下应当给予帮助，我同意！

辛　薇 谢谢爸爸！不过，女儿希望能给……（比画一只手）

辛政委 可以，不过不要摆宴请客，除了你妈妈为你置办好的东西，再给你两千元！

辛　薇 （不禁一笑）爸爸，这个——（比手势）五个指头！

辛政委 多少？

辛　薇 五千！

辛政委　乱弹琴！

辛　薇　前几天你给姐夫寄了五千元，我跟姐夫一样嘛！

辛政委　胡说八道！

辛　薇　五千元又不多嘛，这是时代新潮流。

辛政委　（克制地）什么时代新潮流，我不懂。

辛　薇　爸爸，人家都晓得你是将军，我是将门之女，结婚嫁人一生一次，总得办得热闹一点，像样一点，有点将门气派，不然别人会说你是……

辛政委　说我是一毛不拔的铁公鸡？

辛　薇　（撒娇地）说你是马列主义老爷爷！

辛政委　（欲怒还抑）思想僵化的大“左派”，是吗？

小　朱　（连忙解围地）不，不，是……

辛　薇　（也有所意识）是……是思想解放得还不太彻底！

辛政委　（爆发地站了起来）够啦！什么时代新潮流、将门气派、思想解放得还不太彻底，一句话，就是跳贴面舞，讲排场，比嫁妆，贪享受，一切向钱看！混账！统统给我滚出去！

［小朱见状悄然溜下。

［辛薇掩面哭泣。

［辛蓉与辛母闻声急出。

辛政委　（激动而大声地）告诉你，我是共产党的将军，是靠人民血汗养活的革命干部，是人民的公仆！将门之女又怎么样，还不是跟普通老百姓一样，靠劳动吃饭，自己养活自己……

［辛薇哭着奔下。

辛　母　老辛，你不要过于激动，当心身体。

辛政委　（有所克制）蓉蓉，去把薇薇找回来。

辛　蓉　哎！（奔下）

辛政委　我今天要给她摊底牌，让她头脑也清醒清醒。

辛　母　(一怔)什么？你现在就要告诉她？

辛政委　对，全部摊开，毫无保留地告诉她！

辛　母　老辛！

(唱)自从茵茵亡故后，

悲痛至今犹未休。

蓉蓉若随生父去，

只剩薇薇身边留。

她要知道非亲生，

一旦疏远更担忧。

三个女儿抚养大，

多少疼爱在心头。

求你暂莫把此事提，

重重打击我难经受。

辛政委　这件事蓉蓉谈过，我也想过……

辛　母　那你……

辛政委　我是说我们的家产。

[辛蓉陪同辛薇缓步走上。

辛政委　(平和地)你们都给我坐下。(略停，对辛薇)多少年来你也许都没有见过爸爸发这样大的脾气。是呀，很不好啊！

[辛薇委屈地哭了。

辛政委　我知道你感到很委屈，我也很难过。你也许会认为爸爸太吝啬了，存了很多钱都舍不得给女儿，还谈得上什么父爱呢？在一般人的眼睛里，一个老将军肯定是个财神爷。是呀，几十年的部队生活，爸爸当然也不是一无所有的。

[辛蓉和辛薇各怀不同的心情，有着不同的反应。

辛政委　本来我是想在临终的时候，给你们姊妹每人留下一份作为遗产的，今天既然有这样的机会，那就提前送给你们吧！

辛　母　老辛……

辛政委　是时候了，请你去把我那只宝贝盒子拿出来吧！（见辛母犹豫不前）去吧！

［辛母入内。

辛　薇　（娇声地）爸爸，你……你不生女儿的气了？

辛政委　（沉思无语）……

辛　蓉　爸爸，这份财产我不要！

辛　薇　你现在情况不同，将来有的是钱……

辛政委　（制止地）薇薇！

辛　蓉　我真的不要，爸爸！

辛政委　这是爸爸的一份心意。嗐，大概你妈妈还舍不得给你们呢！蓉蓉，你去拿！

辛　蓉　爸爸，我不去！

辛政委　薇薇，你去吧！

辛　薇　哎！（快步入内）

辛　蓉　（诚挚地）爸爸，你和妈妈抚养女儿二十多年，花费了多少心血，恩情比山还重；你平时教育女儿，不要指望父母的遗产供自己享受，只有依靠辛勤的劳动，才能得到真正的幸福。为什么今天你却要这样做呢？

辛政委　蓉蓉，爸爸完全理解你的心情……

辛　蓉　请爸爸原谅我，女儿决不要这份财产！

［辛薇捧着盒子出来。

辛政委　薇薇，你把盒子打开。

辛　薇　哎。（审慎地打开这只包了又包的小盒子，不胜惊讶地）子弹？三颗子弹头！爸爸，妈妈她拿错了！

辛政委　不错。这三颗珍藏在身边几十年的子弹头，正是爸爸准备留给你们三姊妹的最宝贵的遗产啊！

辛　薇　（大失所望地）啊！（跌坐一旁）

辛　蓉　（关切地望着盒子）爸爸，这三颗子弹头是……

辛政委　这三颗子弹头都是从爸爸身上一颗一颗地取出来的呀！

辛　蓉　（不禁肃然地）哦！

辛政委　你们看！（从盒内拿出一颗子弹头）

（唱）这第一颗，长征途中把乌江渡，
飞来打在大腿上；
鲜血染红激流水，
我带它泅过几重浪。（又拿出第二颗子弹头）
这第二颗，驰骋抗日最前方，
飞来打进右胸膛；
鲜血染红高粱地，
我带它养伤离战场。（再拿出第三颗子弹头）
这第三颗，曾经打伤两个人，
来历更是非寻常。
当时挥戈正南下，
路遇残敌放暗枪。
军部参谋为救我，
突然扑到我身旁；
弹头穿过他左肩，
而后嵌入我臂膀。
鲜血染红青青草，
我带它南征北战迎解放。

颗颗子弹代价高，

千金难买意深长，

辛家从来无珠宝，

亦没有巨款箱底藏。

我身边唯有此物最珍贵，

送你们，愿你们要牢记历史，切莫辜负父辈的期望。

蓉蓉，爸爸将第一颗送给你！（含笑地递给辛蓉）

辛　蓉　（双手接过，深情地）爸爸！

辛政委　过一阵你们科研小组不是要到苏北农村去考察吗，把这一颗带给兴华吧！

辛　蓉　哎。

辛政委　薇薇，爸爸将这第三颗送给你。

辛　薇　（勉为其难地）爸爸，我……

第四场

［盛夏。傍晚。

［苏北乡村，郑兴华家门前场院。门口瓜棚下有简单设施，可供乘凉憩息；院子四周围着荆条篱笆，里面种满了中草药。远山近竹一片苍翠，呈现出优美的自然景色。

［幕启：小蜂生病，躺在瓜棚下的竹榻上，抱着辛茵的遗像睡着了。

小　蜂　（梦呓）妈妈，妈妈，妈妈！（惊醒，坐起来端详遗像）

（唱）我刚才好像做了一个梦，

　梦见了好妈妈悄悄来走近。

她含着笑脸旁边坐，
问长问短与我谈心。
问我学习好不好，
问我劳动可勤奋？
夸我天天在长大，
夸我已经懂事情。
待我张口要喝水，
好妈妈突然之间无踪影。

爸爸，茶，我要喝茶！（放下遗像，支撑着站起来）爸爸，你到啥地方去了？你快来呀……（刚走两步，一阵晕眩摔倒在竹榻旁）

［辛蓉背着挎包兴冲冲地上。

辛　蓉　（唱）垂柳依依蝉声唱，
碧水悠悠映斜阳。
一路行来犹嫌慢，
为科研考察到山乡——
兼看小外甥。（进场院）

小蜂！小蜂！（见状迅步走去）小蜂！（以手抚小蜂额，惊讶地）啊！热度很高，摔倒了！（扶小蜂上竹榻，尔后匆匆进屋）

［少顷，辛蓉拿着湿毛巾端茶走出。

辛　蓉　小蜂，你醒醒！（忙着给小蜂灌茶，额上敷湿毛巾）

小　蜂　（下意识地）妈妈……（伸出手臂勾住辛蓉的脖子）

辛　蓉　小蜂，是我呀，是三阿姨呀！

小　蜂　（睁开眼睛）三阿姨！是你……

辛　蓉　是我啊，阿姨来看你来了。

小　蜂　三阿姨，刚才我做了一个梦，梦见妈妈来了。（顺手拿起遗像看）

辛　蓉　（有些心酸地）你睡觉也把妈妈照片放在身边……

小　蜂　我想妈妈，爸爸也想妈妈，我们经常看妈妈的照片。

辛　蓉　好孩子！

（唱）爸爸可知你生病，

为何独自睡门前？

小　蜂　（唱）爸爸知道我发寒热，

睡在此地荫凉点。

辛　蓉　（唱）你知爸爸去哪里，

为何家中人不见？

小　蜂　（唱）爸爸在家辰光少，

要到晚上才见面。

近来有了实验室，

下班还去忙实验。

门口种满中草药，

放假也难歇半天。

日日看书到深夜，

餐餐烧饭抢时间。

煎鱼炖肉炒青菜，

不是太咸就少盐。

我对爸爸意见大，

今朝说陪我，人又不在我身边。

辛　蓉　（克制自己感情，抚慰地）好孩子，今天阿姨背你到卫生院去看病吧！

小　蜂　卫生院路远，阿姨背不动的，我不去。

辛　蓉　你热度很高，不能耽误，怎么办呢？

小　蜂　桌子上有药片。

辛　蓉　（取过药片）小蜂，你就先吃几粒药片吧！

小　蜂　哎。

［辛蓉服侍小蜂吃下药片。

辛　蓉　小蜂，你再躺下，好好睡一觉，出身汗就会好的。

小　蜂　（躺下，抚摸遗像）三阿姨，我睡不着。

辛　蓉　乖孩子，你闭上眼睛，阿姨唱支歌给你听好吗？

小　蜂　（高兴地）好！我好久没有听三阿姨唱歌了。

辛　蓉　小蜂，快闭上眼睛，听阿姨唱歌。（从小蜂手里拿过遗像）

［辛蓉看着辛茵遗像，轻声唱起了《军港之夜》，小蜂睡着了。

［在歌声中郑兴华背药箱悄悄走上。

郑兴华　（轻声地）三妹！

辛　蓉　姐夫！（起立，将遗像放在近旁小桌上）

郑兴华　什么时候到的？

辛　蓉　刚到。抗菌素有吗？

郑兴华　都带来了。

［郑兴华将小蜂抱进屋去；辛蓉拿药箱跟进。

［少顷，辛蓉挂着听筒与郑兴华一同走出。

辛　蓉　姐夫，小蜂病情不轻，你怎么让他一个人睡在门口？

郑兴华　今天我是专门调休在家陪他的……

辛　蓉　你专门调休陪他？（责怪地）你人都不知道跑到哪里去了，他晕倒在地上，你知道吗？

郑兴华　（欲作解释）我……

辛　蓉　你是医生，总该明白治病如救火，病人更要紧；你就是要出去，也应当请邻舍来帮助看护一下嘛！

郑兴华　是呀，怪我一时心急，走得匆忙。

辛　蓉　（不禁恼火地）你也太不关心小蜂了！

（唱）你忍心让他独自睡门外，

你忍心让他晕倒在地上。

说什么专门调休作陪伴，

却不知看护踪影去何方？

当初你未听劝阻离我家，

坚持要带他回乡。

口口声声能领好，

还请我们把心放。

谁料如此来照应，

孩子病重丢一旁。

亏你自己是医生，

竟对病人狠心肠。

而今我回家怎向双亲讲，

你、你、你忘了大姐临终的嘱托和希望。

郑兴华 三妹，是我不好，我……

［钱大伯挑担子迈着矫健的步子上。

钱大伯 郑医生！

郑兴华 （急切地）钱大伯，你儿子怎么样了？

钱大伯 （十分高兴地）我儿子得救了，我儿子得救了！（放下担子）

郑兴华 那太好了！

钱大伯 郑医生——

（唱）多亏你妙手能回春，

救我儿子一条命。

他是钱家栋梁柱，

好歹关系三代人。

若照从前老规矩，

我要磕头下跪谢你恩。

郑兴华 钱大伯——

（唱）我们医务工作者，
救死扶伤是本分。
只恐责任未尽好，
唯愿临床治百病。
听到病人脱了险，
胜似奖赏加在身。
一切归功党培养，
人民医生为人民。

钱大伯 你说得对呀！人民医生为人民，今天你上门治病救人忙了半天，连口茶都顾不上吃，真是过意不去。刚才要不是你说家里还有个病人等你打针吃药，我们全家无论如何也要拖住你吃顿夜饭再回来。（环顾四周）呃，郑医生，你骗人吧，病人呢？

辛 蓉 钱大伯，没骗你，是他儿子病倒在床上。

钱大伯 小蜂！郑医生，你儿子病在床上也不说一声，可是我为了自己儿子的病，急急忙忙拖着你就往我家跑，我……我真对不起你啊！

郑兴华 钱大伯，你不要这样讲。

钱大伯 有你这样的好医生，真是我们村里人的福气呀！

郑兴华 钱大伯，我没有为大家做多少事情，我还做得不够啊！

钱大伯 你还做得不够？姑娘，你说说看。（见辛蓉挂着听筒）哦，你大概也是到我们这里来当医生的吧？

郑兴华 她在城里当医生，是小蜂的阿姨。

钱大伯 哦，是阿姨妹妹。（顺手拿起放在小方桌上的辛茵遗像，端详对照地）你姐姐茵茵可是我们村里的好老师啊！当年她到我们村里来插队落户，什么活都肯干，跟乡亲们蹲在一起一点架子也没有。到后来大家才晓得，她就是抗战时在我们这一带打鬼子出了名的辛将军的大女儿呀！（放下遗像）唉，不耽误你们了。（打开盖住的担子）乡下人没有什么好东西，这点西瓜是自己种的，表示我们全家一点心意吧！（抽出扁担欲走）

郑兴华　哎，钱大伯，这可不行！

钱大伯　有啥不行，你看不起我们是吧？

郑兴华　这……那么瓜钱一定要收下。（掏钱）

钱大伯　郑医生，你这是啥意思？

郑兴华　钱大伯……

钱大伯　（有点恼火地）我是来送瓜的，不是来卖瓜的！箩筐改日来拿，再见！（匆匆下）

辛　蓉　老人家真有意思！

郑兴华　（自豪地）这就是我们乡村人的性格啊！

辛　蓉　（歉意地）姐夫，刚才我……

郑兴华　别说了。三妹，请坐。

辛　蓉　姐夫，这次我们科研小组到你们这一带来考察，可要请你帮忙啊！

郑兴华　那还用说，以前我们麻烦你的地方太多了。三妹，告诉你一个好消息，我们中草药实验室在爸爸的鼓励下已经建立起来了。以后我们采集到中草药可以自己化验了！

辛　蓉　太好了，我来帮你临床试用。

郑兴华　好。（顺手指去）你看，那些中草药长得多好！

辛　蓉　我来的时候都看到了。

郑兴华　有些是你茵茵姐亲手栽种的，有些还是爸爸从外地带来送我的呢！

辛　蓉　姐夫，这次爸爸让我带来一样珍贵的东西送你。（取出装着子弹头的小盒子递给郑兴华）

郑兴华　（郑重地接过）爸爸来信告诉我了，我一定把这颗珍贵的子弹头好好保存起来。三妹，我也要托你办件事。

辛　蓉　好啊，什么事？

郑兴华　托你把五千元汇单带回去还给爸爸。

辛　蓉　你们建立实验室没有用这笔钱？

郑兴华　是啊！四十多年前……

(唱)爸爸曾浴血奋战在这片土地上，

这片土地上留下了他的战绩与荣光。

乡亲们思念将军情深厚，

老将军关怀乡亲意更长。

前次他寄来积蓄五千元，

为支持建立科研实验场。

当此事村里村外传扬开，

犹如那融融春风在激荡。

群策群力齐奋起，

争学前辈好榜样。

故而未用这笔钱，

却又打了翻身仗。

请三妹代我奉还给好爸爸，

感谢他鼓舞我们发愤图强把业创。

辛　蓉　好啊！

郑兴华　三妹，这次你能到农村来看看太好了！自从党的十一届三中全会以来，我们农村面貌变化真大，可惜的是我们这里还缺少教师、医生和各种科技人员。要不，我们变得更快！

辛　蓉　是啊！

郑兴华　(越说越起劲)走，我带你去看看我们新建立起来的中草药实验室吧！

辛　蓉　好。

［郑兴华带辛蓉欲走，小蜂扶门走出。

小　蜂　爸爸！

郑兴华
辛　蓉　（一同回身）小蜂，你……

小　蜂　人家一天没吃饭，肚皮饿得咕咕叫了。

郑兴华　（抱歉地）是呀，我真糊涂，月亮都升起来了，你三阿姨也没有吃饭呢！

辛　蓉　（不禁发笑）刚才钱大伯说你连茶也不肯喝一口，哪里还想得到吃饭哪！

郑兴华　（也觉好笑）对不起，马上烧饭！马上烧饭！（向屋里走去）

辛　蓉　（跟上去，风趣地）姐夫，我看你们这里不仅缺少教师、医生和各种科技人员，恐怕还缺少一个烧饭的吧？

郑兴华　哈哈哈！

第五场

［秋天。午前。

［地点同第三场。

［幕启：辛蓉在洒扫庭院。小蜂自屋内奔出。

小　蜂　三阿姨，爸爸怎么还不来？

辛　蓉　（看表）马上就要来了，你等急了是吗？

小　蜂　你比我心里还要急，老早就在此地等了。（欲走）

辛　蓉　小鬼，你到哪里去？

小　蜂　我到弄堂口去等爸爸!(欢欢喜喜地下)

［辛薇寻觅地上。

辛　薇　蓉蓉,你见到我那颗子弹头吗?

辛　蓉　(一愣)子弹头?

辛　薇　是呀,就是爸爸送给我的那颗子弹头。

辛　蓉　你丢了? 哎呀,姐姐,你怎么可以丢了呢!

辛　薇　(不以为然地)这有啥大惊小怪的。

辛　蓉　太不像话了!

辛　薇　哦哟哟,你也来教训我! 反正是丢在自己家里,过两天我有空把它寻出来就是了。(打量地)哟,今天上下一身新,打扮得这样漂亮,我可是从来没有看到过啊!

辛　蓉　(回敬地)这有啥大惊小怪的。

辛　薇　(调侃地)人家都讲姑娘的心事不好猜,我说也能从打扮上看出几分来。

辛　蓉　(掩饰地)你看出啥?

辛　薇　姐姐是过来人,我看出点啥,你自己心里明白。(诡秘地一笑,入内)

辛　蓉　难道姐姐看出了我的心事?(顿觉脸飞红云,难抑心头喜悦)

(唱)自从上次去乡村,

心儿始终未平静。

逗留时日虽然短,

难忘见闻印象深。

苍山翠竹连绿水,

几番入梦分外亲……

那一次,小蜂生病姐夫遭误解,

他默默承受无怨声。

高尚风格感染了我，
坦荡胸怀令人钦。
他没有进过大学府，
发愤钻研医术精。
挚爱生活有理想，
献身事业更热忱。
乡邻疾苦多关切，
真是人民的好医生……
流光飞逝数月过，
他却悄悄占据了我的心。
书来信往多少遍，
意欲点穿还遮隐。
今天他出差到此来，
我要趁此好机会，当面来挑明。
相信双亲能理解，
辛蓉我憧憬未来美如锦。

［郑兴华拎提包与小蜂兴冲冲地上。

小　蜂　三阿姨，爸爸来了！

郑兴华　三妹！

辛　蓉　（略显不自然地）姐夫！

郑兴华　三妹，这次组织上让我来办点事，能蹲半个月，我又可以利用这次机会，到你们医院去讨教了。（放下提包）

辛　蓉　那太好了！

郑兴华　还要请你多多帮助啊！

辛　蓉　看你，人还没有跨进大门就又是讨教，又是帮助，这不叫未进庙门先烧香吗？

郑兴华 哈哈哈！（取出一个小本本）这是你要的，我们那一带乡村常见病、多发病的资料。（递给辛蓉看）妈妈在家吗？

辛　蓉 在，老早就准备好了中饭等你，快进去吧。（欲上前拎提包）

小　蜂 （抢着拎提包）我来拎！（显得颇费力气）

辛　蓉 看你有多高兴！（笑盈盈地陪郑兴华进屋）

小　蜂 （从包内取颗红枣送进嘴里，边吃边唱着）“大红枣儿甜又香，送给那亲人尝一尝……”

［小朱上，站在门外。

小　朱 （故作夸奖地）哎呀，小蜂唱得真不错啊！啥人教你的？

小　蜂 是我小辰光妈妈教我唱的……呃，小朱叔叔，很久没有看到你了嘛！

小　朱 我到外地巡回演出去了。小蜂，二阿姨在吗？

小　蜂 她在里面，你进来吧！

小　朱 乖孩子，你去帮我喊一声。呃，悄悄地喊，懂吗？

小　蜂 晓得了。（拎着沉重的提包进屋）

［辛薇走出来。

辛　薇 （欣喜地）小朱，你们回来了！

小　朱 刚回来！

辛　薇 怎么样，好吗？

小　朱 好，大获成功！

辛　薇 为啥老是站在外面？快进来谈吧！

小　朱 （进门）唉，想不到为了爱情，为了你，我却成了你们家不受欢迎的人。

辛　薇 你别这么说，爸爸妈妈的意思也是希望我们好。

小　朱 我已经够好的了，贴面舞不跳了，内部录像也不看了，连私演私分的事都洗手不干了，你说还要怎么好？

辛　薇　（忍俊不禁）我看总有一天会感动上帝的。

小　朱　要是上帝不受感动呢？

辛　薇　我就来个私奔。

小　朱　那可不好，你要是离开这个家，一切都将化为乌有。

辛　薇　唉，上次五千元钱都要不到手，将来也不会有什么油水的。

小　朱　不见得。依我看，现在的关键还在你妹妹身上！

辛　薇　在我妹妹身上？

小　朱　对！

（唱）若是蓉蓉渡重洋，
你的地位不一样。
那时爸爸再顽固，
妈妈也会好商量。

辛　薇　（唱）根据观察来判断，
蓉蓉无意去远方。
我曾劝她多少回，
态度令人很失望。

小　朱　（唱）目前状况很难讲，
她想博取好影响。
一旦生父见了面，
条件成熟会飞翔。

辛　薇　（唱）近来有桩秘密事，
越看越觉非寻常。
她与姐夫很热络，
通信频繁胜以往。
估计中了爱神箭，
因此不想去异乡。

小　朱　（唱）世上怪人怪事多，

降格以求太荒唐。

莫非你情报有失误，

我难以相信难想象。

辛　薇　不信，我马上把小蜂叫来盘问盘问。（对屋内喊）小蜂

［小蜂走出来。

小　蜂　二阿姨，喊我啥事情？

辛　薇　（亲热地）来，你过来，阿姨有话问你。

小　蜂　问啥？

辛　薇　上趟三阿姨到乡下看你，你爸爸对她好不好？

小　蜂　好的。

辛　薇　三阿姨对你爸爸好不好？

小　蜂　更加好！

辛　薇　怎么好法？

小　蜂　我讲不来。

小　朱　比如说，他们两个人做点啥，讲点啥？

辛　薇　是呀，你讲给二阿姨听听。

小　朱　小蜂真是好孩子，你讲讲看。

小　蜂　上趟三阿姨到乡下……

（唱）头两天陪我在床前坐，

我病好爸爸陪她去外面。

看看青山看竹林，

兜兜果园兜河边。

日里一同去医院，

夜里一同搞实验。

三阿姨说农村好，

真想蹲它几十年。

辛　薇
小　朱　(不禁相对而视)哦!

辛　薇　回到城里,三阿姨写了很多信给你爸爸,都写点啥?

小　蜂　(唱)有一封信我看到……

辛　薇
小　朱　(急切地)讲点啥?

小　蜂　(唱)讲互相学习、互相帮助、共同进步、共同钻啥……研。

小　朱　(唱)信上可有三个字,

“亲爱的”——你可看见?

小　蜂　(连连摇头)没格,没格!

辛　薇　(唱)你再好好想一想,

“我爱你”——这三个字你是否都看见?

小　蜂　(思索地)有格,有格!

(唱)你写给小朱叔叔很多信,

“亲爱的,我爱你”——这六个字我都看见!(调皮地笑着奔下)

辛　薇　(摇摇头)小鬼……

小　朱　薇薇,不管这件事发展到什么程度,都不能让你姐夫拖蓉蓉出国的后腿。否则,难听的话多了,人家会说你爸爸妈妈为了嫡亲女婿、嫡亲外孙的利益,就不顾牺牲养女和人家华侨的利益。

辛　薇　你放心,我妈妈是不会支持这件事的,我知道她再也不会让我们像茵茵姐那样嫁到乡下去了。小朱,听说蓉蓉的生父就要回来了。

小　朱　那你赶快把这件事告诉你妈妈。

辛　薇　对。刚巧今天我姐夫也来了……

小　朱　太好了!你一定要抓住这个机会,找你姐夫单独谈谈,做做他的工作,叫他打消这个念头。

辛　薇　好,我马上找他去。(欲走)

小　朱　喂,不要让蓉蓉知道!

辛　薇　有数!(匆匆进屋)

小　朱　唉,辛蓉会爱个阿乡,真是叫人不可理解!(怅然而下)

[辛薇与郑兴华自屋里走出。

郑兴华　二妹,什么事?

辛　薇　我想跟你单独谈谈。

郑兴华　好啊!

辛　薇　姐夫——

(唱)妈妈体弱病缠身,
我们姊妹工作忙。
照顾外甥欠周到,
还望姐夫多原谅。

郑兴华　(唱)大家为我添拖累,
兴华已觉心惶惶。
若非三妹来坚持,
蜂儿理应早回乡。

辛　薇　(唱)蓉蓉生父将来到,
骨肉团聚意深长。
虽然我们情难舍,
也应成全她漂洋。

郑兴华　(唱)三妹非同一般人,
胸中早已立志向。
她的事业在国内,
估计不会去远航。

辛　薇　（唱）自从上次去考察，
蓉蓉想法颇异常。
听说她已告诉你，
要以大姐作榜样。

郑兴华　（唱）三妹曾经对我讲，
医疗事业前途广。
服务农村新天地，
亦能实现她愿望。
真是当代好青年，
奋发有为志在四方——
我钦佩她有理想。

辛　薇　姐夫，蓉蓉的想法太脱离实际了！你可要劝劝她……

郑兴华　（不解地）要我劝劝她？

辛　薇　是呀，如果她真要跑到山沟沟里去，妈妈也不会同意的。

郑兴华　为什么？

辛　薇　你是过来之人，农村艰苦不说，那里怎么可能实现她当医学专家的理想呢！

郑兴华　二妹，现在的农村，跟我和你茵茵姐去插队落户的时候大不一样了！

辛　薇　这我还会不知道！

郑兴华　你要去实地看看就更加清楚了，将来发展起来……

辛　薇　将来是将来的事。你也不想想看，妈妈为了茵茵姐的死，心里已经很难过了，她怎么可能再让妹妹去走那条路呢！

郑兴华　（还想解释地）茵茵是因为得了急病……

辛　薇　如果姐姐不是在农村，她就不至于得那种急病，就不至于缺医少药，就不至于……

郑兴华 （欲争辩）二妹……

辛　薇 姐夫，你是明白人，妹妹的事情关系到侨务政策和海外影响，希望你帮助做做工作，劝她跟自己生父出国吧！

郑兴华 二妹，这工作我不能做啊！

辛　薇 姐夫，这工作只有你做才合适。

郑兴华 不不不，我不能反对三妹正确的志向哪！

辛　薇 正确的志向？我看你是为自己打算！

郑兴华 我为自己打算？

辛　薇 你是想跟蓉蓉要好才这样做的。

郑兴华 （大为震动）我可是从来也没有这样想过啊！

辛　薇 你不要再隐瞒了。

郑兴华 二妹，我确实没有……

辛　薇 算了，希望你以后不要让人家再讲闲话。

郑兴华 什么闲话？

辛　薇 你当了将军女婿，还想做华侨娇客！（扬长而去）

郑兴华 （唱）几句话说得我愤懑无言，
似钢针如利箭刺在心尖。
多少年未遇这辛辣嘲讽，
今日里受委屈向谁申辩？
回想起往时事反复自问，
接触中又何曾失去检点？
二姨妹竟然会生此误解，
却原来怀疑我有私情牵连……
蓉蓉她风华正茂有理想，
品学兼优人称羡。
目营四海志远大，

实为当代好青年。

相形之下很惭愧，

怎配比翼共欢颜？

无理要求难答应，

可怕指责能避免。

摆脱困境明心迹，

我必须疏远离此间。（欲走）

［辛蓉兴冲冲地走出。

辛　蓉　姐夫，吃饭了，怎么还出去？

郑兴华　我，我不饿。（又要走）

辛　蓉　（着急地）你要到哪里去？

郑兴华　（无措地）我……

辛　蓉　你今天怎么啦？

郑兴华　三妹，我这次出差时间很紧，也很忙，以后不再来麻烦你们了。

辛　蓉　（奇怪地）刚才你不是说要我帮忙，好好利用这次出差的机会到我们医院去请教吗？

郑兴华　（克制痛苦）我……我改变计划了。

辛　蓉　（焦虑地）可这本资料上有不少问题，我还要向你请教呢！

郑兴华　三妹，我爱莫能助啊！

辛　蓉　你今天就是要走，也应该把话讲讲清楚。

郑兴华　（语塞）……（低下了头）

辛　蓉　（深情地低语）是我什么地方得罪了你？

郑兴华　（默然呆视）……

辛　蓉　是家里其他人使你不愉快？

郑兴华　（摇摇头）……

辛　蓉　是妈妈对你讲了点什么？

郑兴华　不是。

辛　蓉　（几乎落泪）究竟发生了什么事，请你痛痛快快地讲出来吧！

郑兴华　（感情地）三妹，小蜂拜托你了，半个月后我来领他回乡下去。（转身慢慢走去）

［小蜂高高兴兴地上。

小　蜂　爸爸，你到啥地方去？

郑兴华　（不理睬，继续走）……

小　蜂　（急切地）三阿姨，你怎么让爸爸走啦？

辛　蓉　（伤心地）让他走吧！（热泪夺眶而出）

小　蜂　爸爸，你不能走啊！三阿姨天天盼你来、想你来，你晓得吗？

郑兴华　小孩子不要胡说！（匆匆迈步出门）

小　蜂　爸爸……（追上去）

郑兴华　（呵斥地）给我回去！（急下）

小　蜂　（回身进门）三阿姨，爸爸走了！

辛　蓉　（茫然地）这到底是怎么回事啊？

第六场

［半月后。晚上。

［地点同第一场。

［幕启：小蜂在穿衣镜前轻声哼唱《军港之夜》，充满了依恋之情。郑兴华提着行李包自内室告别出来。

郑兴华　（唱）光阴忽忽半月过，

　　来领蜂儿回家乡。

刚与妈妈相告别，
灯下见她泪汪汪。
我欲匆匆离此地，
不觉心头添惆怅。
蜂儿，我们走吧！

小　蜂　爸爸，我要等三阿姨回来嘛！

郑兴华　三阿姨还没有下班，我们不等了，下趟再来看她吧。（拉着小蜂欲走）

小　蜂　（任性地）我不嘛！

［辛蓉手里捧了袋橘子上。

辛　蓉　姐夫！

郑兴华　（一时不知所措）嗯。

小　蜂　（得救地）三阿姨！爸爸要领我回去……

辛　蓉　哦。（把橘子递给小蜂）你拿去给外婆吃吧！

小　蜂　哎。（习惯地接过辛蓉的拎包，高兴地入内）

辛　蓉　姐夫，这半个月你也不来一次，找你也找不到。

郑兴华　我忙。

辛　蓉　上次你突然走了，出了什么事情妈妈和姐姐都说不知道，你又不肯告诉我。这到底是为啥？

郑兴华　三妹，没啥。

辛　蓉　既然你不愿意讲，我也不能勉强。今天你刚到家里就又要走了，我有许多话想找你谈谈。

郑兴华　找我谈谈？

辛　蓉　是啊！

（唱）我的生父已来到，
　　安排明天去会面。

如同陌路两个人，
一道屏障隔心间。
思前想后还犹豫，
突然相见有何言？

郑兴华 （唱）你生父一别廿五载，
认亲归来喜开颜。
要求相见同欢聚，
人之常情总难免。

辛　蓉 （唱）生父要我去美国，
此事想听你意见。

郑兴华 （唱）或去或留你选择，
应当自己拿主见。

辛　蓉 （唱）他有财产要我继承，
我也想听听你意见。

郑兴华 （唱）事关理想和信念，
还应自己拿主见。

辛　蓉 （唱）拿主见，拿主见，
他想回避不沾边。

郑兴华 （唱）听意见，听意见，
她想试探我心意。

辛　蓉 （唱）我再问他一桩事，
看他如何来回避？
妈妈为了照顾你，
几次欲劝你续弦。
考虑小蜂能相处，
要求对方啥条件？

郑兴华　(唱)她这一问太突然，

我笼统回答且遮掩。

此事我从来未想过，

不准备考虑再挑选。

辛　蓉　(唱)他在搪塞我提问，

我偏偏不让他敷衍。

姐夫！

(唱)我有一个小愿望，

时刻准备去实现。

大姐胸怀远大志，

她为山乡把身献。

我要走她那条路，

敢将青春来磨炼。

不恋城市爱农村，

争做当代新青年。

相信你会理解我，

支持我自己拿定这主见。

郑兴华　(唱)拿主见，拿主见，

叫我怎吐肺腑言？

自从二妹来指责，

故作回避到今天。

刚才妈妈谈此事，

忧虑重重难排遣。

我应强抑激动情，

且将爱意埋心田。

三妹，请原谅我，我走了！(提起拎包，向内喊)蜂儿！蜂儿！

辛　蓉　（难受地）你就这样走了？爸爸回来了，难道你也不想见一见？

郑兴华　（不无痛苦地）妈妈告诉我了。

辛　蓉　爸爸为了我生父认亲之事，外事部门特地请他回来。昨天他一到家就问起你。他想等你回来和你谈谈，想不到你却来个不告而别……

郑兴华　（解释地）我……我已经买好今天晚上的船票了。

辛　蓉　（有些愤然地）那你走吧！（奔入内室）

郑兴华　（无措地）三妹！（慢慢放下拎包）嗨！（匆匆下）

［辛薇一副刚发生过争吵的样子，自另一方向漫步而上。

辛　薇　（唱）夜幕沉沉人已静，
一场风波犹未平。
刚与小朱又争吵，
怏怏分手回家门。
半月来他总坚持不让步，
说什么没有五千难成婚。
怎奈是彼此感情非寻常，
我已经无力自拔陷得深。
真好比哑子喝了黄连水，
只能够点点滴滴苦在心。
原指望爸爸态度有改变，
妈妈也会寄同情。
谁知二老愈严厉，
执意反对这门亲。
可叹光阴匆匆去，
更怕美景化幻影。
眼前只有去求蓉蓉，

我想姊妹之间总有恻隐心。

(向内喊)蓉蓉！蓉蓉！

[辛蓉自内上。

辛　蓉　(见状一愣)姐姐,你怎么啦?

辛　薇　妹妹,我求求你……

辛　蓉　怎么回事?

辛　薇　我和小朱……

辛　蓉　你们吵嘴了?姐姐,这种人你早就应该和他断绝来往了!

辛　薇　我……我实在断不掉啊!

辛　蓉　你只看到他的跳舞才能,可是你了解他的人品吗?

辛　薇　事到如今……好妹妹,我求你向你生父开一次口,要五千元钱,帮我解脱困境。

辛　蓉　怎么,你要我向一位从来没有见过面的华侨父亲去要钱?

辛　薇　他是富翁,是你的亲生父亲,这又有什么不可以的呢?妹妹,你无论如何……

辛　蓉　我不能开这个口!姐姐,我此地有八百多元钱,你拿去用吧!(掏出存折给辛薇)

辛　薇　(愤然地)今天你不看在我的面上,也得看在我的父母养育你二十五年的情分上,难道二十五年的养育之恩只值这八百多元钱吗?

辛　蓉　(动情地)姐姐,爸爸妈妈二十五年的养育之恩不要说八百,就是八千、八万也报答不了啊!可是,我工作了两年多,只存下这么点钱……

辛　薇　算了吧,把你的施舍收回去吧!(将存折摔在桌上,奔上楼去)

[窗外秋风呼啸,落叶纷飞。辛蓉痛苦地收起存折,走向窗前。

辛　蓉　(唱)秋夜里,风声响,

一阵阵寒意袭来透心凉。
抬头望明月，但见吐银光，
哪知我思绪如潮涌胸膛？
二姐愤然走，言词太荒唐，
她不顾姊妹情谊把我伤。
秋夜里，费思量，
眼前事件件还须仔细想。
兴华因何故？回避非寻常，
看起来定有压力在身上。
明日见生父，只为认亲忙，
我岂能向他伸手讨赐赏？
秋夜里，情激荡，
生父归引来是非一桩桩。
应当劝二姐，歧路休彷徨，
问妈妈兴华为何变了样？
腹中话语多，向谁去言讲，
我唯有细对爸爸诉衷肠。

［辛政委心情沉郁地上。

辛　蓉　（迎上前）爸爸！

辛政委　（径自坐下）蓉蓉，给我拿瓶茅台来！

辛　蓉　爸爸，你不能喝烈性酒啊！

辛政委　你快去拿来！

辛　蓉　（仍未挪步）我是医生，不许你喝。

辛政委　这是家里又不是医院。

辛　蓉　你身体不好。

辛政委　不，今天我要开开戒！（自己走到玻璃柜前取酒）

辛　蓉　当将军的就可以违犯自己订的规矩，你心情不好可以借酒浇愁。女儿呢，女儿心里有苦闷怎么办呢？

辛政委　你有什么不开心的？（回身入座）

辛　蓉　我……

辛政委　（注意观察）你明天就要见到你的生父了，还有什么不高兴的呢？

辛　蓉　爸爸，我不想去见他。

辛政委　（一愣）不是讲好了吗，为什么变卦？

辛　蓉　他不是我父亲。

辛政委　乱弹琴！

辛　蓉　我不去美国，更不会去继承他的事业！

辛政委　蓉蓉，我是说……

辛　蓉　（难以自抑地）我是说，爸爸，我这个曾经被遗弃的孤儿，是妈妈的乳汁哺育了我，是爸爸的品德熏陶了我。今天，我能成为一个大学毕业的医务工作者，我们的党和祖国在我身上要花多少心血啊！爸爸，祖国的医学还不很发达，尤其是农村缺医少药的问题还没有根本解决，这你是知道的。作为一个中国的青年医生，她的理想、前途、事业和生活，应该同中国的命运紧紧地联结在一起。爸爸，你说我怎么能……（无法再说下去）

辛政委　（十分动情地）蓉蓉，爸爸了解你……可你的生父不远万里而来，想见见自己的亲生女儿，说明他怀念祖国和他的骨肉，难道这点道理你还不懂吗？

辛　蓉　爸爸，我懂，可是我的感情……（难过地）这些天来，女儿有多少委屈、烦恼和痛苦。我，我实在受不了啊！……

辛政委　（深情宽慰地）蓉蓉，生活是复杂的，当我们一旦置身于矛盾之中，就需要很好地克制自己的感情，冷静对待，慎重处理。半年前，在我得知你生父将要回国认亲的消息时，思想上也有过一些苦闷。

二十五年来，我们父女情深似海，如同亲生，谁又舍得离开谁呢？

辛　蓉　是啊！那你……

辛政委　我们要为你生父多想想，海外侨胞也是炎黄的子孙。我们应当顾全大局，热忱相待，要真正懂得做人的道理。你说是吗？

辛　蓉　（点点头）……

辛政委　据外事部门讲，你生父还是个爱国华侨。爸爸相信你是能够正确对待的。

辛　蓉　（理解地）爸爸……

［郑兴华上。

郑兴华　（苦闷心情已去掉不少）爸爸！

辛政委　兴华，我正想找你谈谈，你到哪里去了？

郑兴华　我去退船票了。

辛政委　哦。

［此时辛薇哭闹着从楼上奔下来。辛母与小蜂跟着下。

辛　薇　（边哭边说）大家都不容我，我走！我走！

辛政委　（克制地）这是干什么？

辛　母　她想用死来威胁我！

辛政委　哦！

［辛薇并未止步。

辛　蓉　（连忙上前阻拦）姐姐，你不要这样！

辛　薇　（大为反感地推开辛蓉）你走开！

辛　蓉　（再次阻拦）姐姐……

辛　薇　（再次推开）谁是你姐姐？你不跟我同父同母，你不是我的亲姊妹，不要来碰我！（继续要走）

辛政委　（再也无法克制，暴发地）你给我站住！（喝住了辛薇，痛心而自抑地）你口口声声同父同母亲姊妹，蓉蓉是不是我的亲生女儿，可是你呢……

辛　蓉　（劝阻地）爸爸……

辛政委　（并未听从，对辛薇）你知道吗，你也不是我的亲生女儿！

辛　薇　（完全不相信地）不，不，你是我的爸爸，是我的亲爸爸！

辛政委　不，这是事实，是谁也改变不了的事实！

辛　薇　不！这是不可能的事，我不能相信！

辛　蓉　（同时地）姐姐！
辛　母　（同时地）薇薇！

辛政委　本来我早就想告诉你，可就是你不把她当作亲姊妹的妹妹和妈妈怕刺伤了你的心，几次要我不要对你讲……今天你想走，想用死来威胁你妈妈，好吧，等我把话讲完……

辛　薇　爸爸……

辛政委　（回忆地）记得二十七年前的一天，当你正熟睡在摇篮里的时候，我们驻地的村庄发生了大火灾。你的亲生父母——也就是我们的军部参谋和军医，双双投入了救火行列。他们和一批战友，为了抢救人民的生命财产，奋不顾身地扑向火海。最后，为救出一个嗷嗷待哺的农家孩子，他俩强忍浑身伤痛，再次冲进烈焰，不幸房倒梁塌，你……你……你的亲生父母一齐献出了年轻的生命……

辛　薇　（不禁嚎啕）爸爸！

辛政委　当你的生父还在弥留之际，他紧紧地拉着我的手，轻轻地呼唤着："首长，首长，我那未满周岁的女儿就托付给你了，给你的亲闺女小茵茵作个伴；如果你和大姐不嫌弃，就……就……就让她做你们的亲生女儿吧！"后来，我和你妈妈遵照你生父的遗愿，带着仅有七岁的茵茵，一同去把你抱进了我们家……

辛　薇　（唱）猛听爸爸一番话，

声声如雷震在心。

原来我亦非辛家亲生女，

真不知今后怎样对双亲……

辛　蓉　（唱）姐姐啊，爸爸今天将往事提，

是要我们去学父辈舍己为人的好品行。

你不必心存隔阂生疑虑，

二十多年来，我们一直是辛家的掌上珍。

严父慈母如春晖，

不是亲生胜亲生。

二老原本有打算，

此事终究要讲明。

待等我俩婚嫁日，

回顾身世意味深。

谁料我生父有消息，

说要回国把儿认。

秘密一旦来揭开，

全家为此不平静。

当我知道这件事，

辗转反侧难安寝。

那天又因小蜂走，

姊妹之间闹矛盾。

尔后爸爸来看我，

他知情由很气愤。

忍痛谈出你身世，

听罢犹使我震惊。

唯恐姐姐心难受，

还请爸爸暂且对你瞒真情……

可记得爸爸送你子弹头，

他说到曾经打伤两个人。

一位是抚育我们的好爸爸，

另一位就是你英勇的亲父亲。

这弹头浸透了父辈鲜红血，

是他们为革命无私无畏的见证。

我们要永远百倍珍惜它，

让它激励我们姊妹俩为四化建设献青春。

辛　薇　（泣不成声地）可是，我……我……我把那颗子弹头弄丢了……

辛　母　今天是你妹妹帮你找到了！（把子弹头交给辛政委）

辛　薇　妈妈……

辛　母　（负疚地）薇薇，你爸爸长期在边疆工作，把你们姊妹交给了我。由于我们对你生父怀有一种特殊的感情，我一直宠爱你，袒护你，想不到反而害了你。我有责任啊！

辛政委　你妈妈讲得对，我也有责任啊！（将子弹头交给辛薇）每当我见到这颗子弹头，就会想起你的亲生父母；而今天看到你的种种表现，使我更加感到内疚啊！

（唱）作为你养父，我对不起你临终托孤的父母俩，

作为老战士，我对不起那为民捐躯的战友们。

在疆场我可以指挥千军与万马，

在家里我未能克尽父责一分心。

多年来原谅自己工作忙在外，

疏忽了防微杜渐意义深。

刚才我到你单位去了解，

方知问题并不轻。

你和小朱味相投，
洋风铜臭沾满身。
只顾自己求欢乐，
哪有情义对亲人。
浑浑噩噩过日子，
善恶美丑分不清。
你已走向危险路，
望你幡然能猛醒。
牢记生父两句话，
今后当作座右铭：
“人生在世有何求，
造福社会为己任。”

辛　薇　爸爸！（跪下）

［场上众人无不动容。

辛　蓉　（深情地上前扶持）姐姐！

辛政委　薇薇，你应该吸取教训了。小朱的歌舞团，今天我也去了解过，他在跟你谈恋爱的同时，还勾引其他的女孩子。要知道，他并不爱你的人，而是看中了将军门第和金钱。你应当好好向你妹妹学习！

辛　薇　妹妹！（扑向辛蓉）

辛　蓉　姐姐！（搂着辛薇）

小　蜂　（天真地）二阿姨，你与三阿姨又要好了吗？

［众人发出了欢悦的笑声。

辛政委　（感奋地）啊，天亮了！蓉蓉！

辛　蓉　爸爸。

辛政委　（故作严肃地）辛蓉同志，我以一个将军的身份命令你，马上到华侨饭店去会见你的亲生父亲！

辛　蓉　（振奋地）是！我去换件衣裳。

辛　薇　妹妹，就穿我那件新做的衣裳吧！

辛　母　（有点不舍地）蓉蓉，我的孩子……

辛政委　哎，今天应该高兴啊！

小　蜂　三阿姨，我跟你一道去！

辛　蓉　好啊！

郑兴华
辛　母　（制止地）小蜂！

辛政委　让小蜂去嘛！我给你们叫辆车子。兴华，你送一送吧！

郑兴华　我？

辛政委　（慈祥地）去吧，这样不是很好嘛！

［场上充满了欣喜的气氛。

［剧终。

（1981 年演出本）

沪剧

雷　雨

（根据曹禺先生同名话剧改编）

编剧:宗　华　改编:余雍和

作者小传

宗　华（1926—1997），女，浙江定海人。1947 年后历任上海少壮越剧团、玉兰越剧团、东山越剧团、三华越剧团、上海沪剧团编剧。著有戏曲剧本《罗汉钱》（合作）、《星星之火》（合作）、《鸡毛飞上天》（合作）、《金秀娘》（合作）等。

余雍和（1937—　），男，江西德兴人。曾任上海京剧院、上海沪剧院编剧，上海沪剧院艺术总监；现为上海市文史研究馆馆员。享受国务院特殊津贴。

人物表

繁　漪　周朴园妻子

周朴园　某煤矿公司董事长

鲁　妈　鲁贵妻子

周　萍　周朴园与鲁妈之子

四　凤　鲁贵与鲁妈之女

鲁　贵　周公馆仆役头

周　冲　周朴园与繁漪之子

鲁大海　鲁妈与周朴园之子

周公馆仆役若干

第一场

[20 世纪 30 年代。江南某地。

[夏天。上午。天空灰暗，暴雨将至。

[周公馆客厅。

[幕前曲。

女声独唱：那样的时代已经过去久远，

这个故事却依然令人震撼。

两家人割不断的情仇爱怨，

到头来只留下一片风凄雨惨。

[启光。四凤在倒药。

[蝉鸣声声。

[鲁贵上。

鲁　贵　四凤！四凤，我同你商量一件事。

四　凤　啥？

鲁　贵　老爷生日时，大少爷赏给四块钱，还了债就没有了。手头方便，借给我十块八块好吗？

四　凤　你要，问哥哥去要。

鲁　贵　问大海要？这个闯祸坯，不好好在矿上做工，却偏要罢工造反，现在正在门房间等着要见老爷，弄不好，饭碗头也要敲脱了。真不晓得这个杂种是哪个王八蛋生出来的。

四　凤　爹爹，我没有铜钿。

鲁　贵　别人不晓得你，我还不晓得吗？大少爷他……

四　凤　爹，你不要穷疯了，瞎三话四。

鲁　贵　你以为我真的糊涂了，不晓得你跟混账大少爷的事。

四　凤　爹！爹！好，给你。本来是替姆妈买衣服的。

鲁　贵　十二块！这才是我的孝顺女儿。

四　凤　好了，我上楼替太太送药去了。

鲁　贵　四凤啊，（神秘地）你到这个房间来要当心点。

四　凤　（一愣）做啥？

鲁　贵　这个房间闹过鬼。

四　凤　（一惊）真的有鬼？你看见过？

鲁　贵　（更神秘地）当然。一个男鬼，一个女鬼，两个人年龄相差有限。

四　凤　是人？爹爹，是啥人啊？

鲁　贵　我看得清清爽爽，那女鬼就是太太。

四　凤　太太？那男的呢？

鲁　贵　那男的就是大少爷。

四　凤　大少爷？

鲁　贵　是啊，原来是太太和大少爷闹的鬼把戏。

四　凤　不，我不相信，你一定是看错了。

鲁　贵　信不信随便你，不过，太太要叫你娘今天就到公馆来一趟，叫你娘一下火车就来见她。

四　凤　不！爹，无论如何，我在这里的事，不能让姆妈知道。她两年前走的时候嘱咐过你，不许你送我到公馆来帮人。你不听，偏要我来。我死也不能叫姆妈知道此地这些事情的。

鲁　贵　别急嘛，还有爹爹呢。他们的事情落在我的眼睛里，我要叫他们怕我。

四　凤　爹，你可不能胡来。爹，你听，有咳嗽声，太太来了。

鲁　贵　不要慌，什么事都不要提，我走了。

四　凤　爹爹，等姆妈来了，你先告诉我一声。

鲁　贵　嗳。四凤，你同太太讲一声，说鲁贵一直在牵记太太的毛病。（慌忙下）

［四凤端着药碗向楼梯口走。繁漪从楼上下来。

繁　漪　（唱）半月来似病非病懒下楼，

这世界有谁理解我的痛苦与忧愁？

四　凤　噢，太太你下楼来啦，我正要拿药送到楼上呢。

繁　漪　嗯，老爷在书房吗？

四　凤　老爷在书房会省政府来的客人。

繁　漪　是哪一日回来的？

四　凤　前天夜里回来的，回来的时候太太已经睡着了。老爷讲不要惊动太太，老爷就睡在书房里了。

繁　漪　两个星期没有下楼来，这间房子变了样了。

四　凤　是的，老爷讲原来的样子不好看，把太太新添的几样家具又搬出去了。这样子是老爷自己摆的。

繁　漪　这只旧箱橱又搬来了。楼下也是这样的闷热。

繁　漪　四凤！

（唱）这几天为何不见大少爷，

四　凤　（唱）大概是他事情忙。

繁　漪　（唱）听说他要到矿上去？

四　凤　我不晓得。

繁　漪　（唱）难道无人对你讲？

四　凤　（唱）我只晓得少爷房中的佣人们，

相帮他在理衣裳。

繁　漪　（唱）他现在可曾起了床？

四　凤　太太你问的是啥人？

繁　漪　大少爷。

四　凤　我不晓得。

繁　漪　(唱)他昨夜回来是啥辰光?

四　凤　我不晓得,太太!

(唱)我是每天晚上回家睡。

繁　漪　你每天回家睡的?

(唱)为何要每天来回走慌忙?

四　凤　(唱)是你太太吩咐我回去。

繁　漪　(唱)那时老爷在矿上,

如今他回来无人会服侍,

你每天回去不妥当。

四　凤　老爷是吃素念佛的,不欢喜我服侍的。太太,药冷了,吃药吧。

繁　漪　啥人说我要吃药?

四　凤　老爷讲太太这两天又在发病了,一清早叫我去赎了一帖,煎好已经半天了,太太吃了吧。

繁　漪　(接过药碗)哎哟,苦得很,倒掉吧。(放下药碗)

四　凤　倒掉?

繁　漪　嗯。这几年来这些苦东西也吃够了。

[周冲内喊:四凤,四凤!

四　凤　哎。

[周冲兴冲冲地上。

周　冲　(只见到四凤)四凤。我有事情要告诉你。

繁　漪　冲儿。

周　冲　(一愣)姆妈,你怎么下楼来了?

繁　漪　冲儿,你怎么啦?一头的汗。

周　冲　我刚刚和一个同学在打网球。姆妈,你让我看看病好了没有。

繁　漪　姆妈是心里不舒服。四凤，你替二少爷去开一瓶汽水来。

四　凤　是，太太。

繁　漪　冲儿，来，看你呀，满面通红的。今年十七岁了吧？

周　冲　姆妈，你再忘记我的岁数，我真要生你的气了。

繁　漪　姆妈是不好，有时候连自己都忘记了在什么地方。哦，十八年了，在这家里，你看姆妈老了吧？

周　冲　不，不老。

[四凤拿汽水上。

四　凤　二少爷，汽水来了。

周　冲　谢谢你，你再给太太拿一个杯子来，好吗？

四　凤　噢。（下）

繁　漪　冲儿，你们为啥这样客气呀？

周　冲　姆妈我就是要想告诉你……

[四凤上。

四　凤　（递杯子）二少爷，给。

周　冲　噢，这房子怎么这样热啊。

繁　漪　大概窗没有开吧。

周　冲　我来开。

四　凤　二少爷，不能开，老爷吩咐不能开窗。

繁　漪　开开来！他一出去就是两年不回来，这屋里的死气他是不会晓得的。

四　凤　噢，我来开。

周　冲　四凤，你不要动，让我来。

繁　漪　四凤，你到厨房里去看看，今朝替老爷准备了什么素菜。

四　凤　是，太太。（端着汽水盘子下）

繁　漪　冲儿，你不是讲要和姆妈讲闲话吗？那你就讲吧。

周　冲　姆妈。我有啥事体都不会瞒着你的，你是一个不平常的母亲，你大胆，有想象，又是最能同情我的……

繁　漪　（不禁莞尔）啥事体呀？看你吞吞吐吐的。

周　冲　姆妈，我恐怕讲出来以后你要不欢喜我的。

繁　漪　不，姆妈永远欢喜你。讲吧。

周　冲　姆妈！

（唱）我现在爱上了一位好姑娘——

繁　漪　（一愣）噢。

周　冲　（唱）她质地单纯心善良，

勤劳朴实无娇气，

天生美丽又健康。

虽然她出身很贫苦，

从未读书进学堂。

可却是胜过名门千金女，

值得我朝思与暮想。

繁　漪　难道你说的是四凤？

周　冲　正是她！

（唱）我还向她求过婚……

繁　漪　（惊讶）你还向她求过婚？

周　冲　（唱）可她说心上已有如意郎。

她越是推脱我越喜欢，

真正的爱情总有波折和风浪。

我要认真去求父亲，

允许我先帮四凤进学堂。

繁　漪　想不到我的儿子也会爱上她。冲儿，你太天真了！四凤是一个底下人，你爱上她实在不妥当。更何况你父亲是不会答应你的。

周　冲　姆妈，我现在已经不是小孩子了，我一定要和爹爹讲。姆妈，哥哥来了，哥哥。

［周萍上。

繁　漪　萍。

周　萍　你也在此地。

繁　漪　刚下楼来。

周　萍　冲弟弟，爹没有出去吧？

周　冲　没有。哥哥你是不是要见他啊？

周　萍　嗯，我想临走之前再和爹谈一次话。

周　冲　噢，哥哥，爹有客人在。他讲过一会会到此地来的，我们就在此地等他吧。

周　萍　好，那我先回房去写一封信。

周　冲　哥哥，（上前拦住）姆妈好多天没有看见你了，我们坐下来一起谈谈吧。

繁　漪　冲儿，你哥哥是欢喜一个人坐着的。

周　萍　那也不见得。因为爹爹回来了，我恐怕你很忙，所以……

周　冲　哥哥，你不晓得姆妈身上有毛病吗？

繁　漪　你哥哥怎么会拿我的病放在心上呢。

周　萍　姆妈，好一点吗？

繁　漪　谢谢你，刚下楼来。

周　萍　噢，对了——

（唱）明天我要离家到矿上去，

繁　漪　（唱）未知何日是归期？

周　萍　（唱）说不定在哪一天，

也许要过二三年。

繁　漪　（唱）你到矿上去做啥？

周　冲　姆妈难道你忘记了，哥哥本来是读矿科的。

繁　漪　（唱）难道你要走的理由就是这一点？

周　萍　（唱）我好像待在家中太长久，

心里烦闷……

繁　漪　（唱）因此想把家庭离。

我怕你是胆子小，

这房子里曾经有过鬼出现。

周　萍　不！

（唱）这件事情我没忘记，

只是觉得心烦厌。

繁　漪　（唱）要是我换了你，

也想趁机离此地。

免得看见周围的人，

心里觉得很讨厌。

周　萍　（唱）我恨自己都恨不够，

如何再能将别人嫌？

冲弟弟，我回房去了。（走）

周　冲　哥哥，你不要走。你看爹爹来了。爹！

［周朴园进客厅。

周　萍　爹。

周朴园　繁漪今天下楼来了，身体好点吗？

繁　漪　我没啥。矿上罢工的事情怎样了？

周朴园　昨天早上已经复工，解决了，没啥问题。

周　冲　爹，怎么鲁大海还在门房间里等着要见你啊？

周朴园　鲁大海，此人有背景，厂方预备要将他开除。

周　冲　开除？不，爹，我刚才同他谈过话，觉得他很有些道理。他是工人代表，也是为了工友们谋生存，我们不该开除他呀。

周朴园　冲儿，你太年轻了，你知道社会是什么？读过几本社会经济学的书？我可以告诉你，我在德国留学的时候，在这方面比你懂得多。

周　萍　爹，我想明天就到矿上去，请爹爹安排我的工作。

周朴园　这次你能到矿上去磨炼一下也好，做什么事情我会打电报告诉你。

周　冲　爹，我有一件非常重要的事情想跟你商量。我想把我的学费分一部分出来，送给……

［四凤端茶上。

四　凤　老爷用茶。

周朴园　四凤……

周　冲　爹……

周朴园　你等一等。四凤，叫你煎的药呢？

四　凤　煎好了。

周朴园　煎好了为啥不送来啊？

繁　漪　送来了，我没吃。

周朴园　没吃，为啥？四凤，药呢？

繁　漪　倒掉了，我叫四凤倒掉了。

周朴园　倒掉了？药还有吗？

四　凤　罐头里还有一点。

周朴园　去倒来。

四　凤　是。

繁　漪　我不愿意吃这个苦东西。

周　冲　爹，姆妈不要吃药，你为啥要这样强迫她呢？

周朴园　你同你母亲一样，都不晓得自己的病在啥个地方。吃了药对你的身体有好处。四凤，把药端到太太的面前去。

四　凤　是，老爷。太太用药吧。

繁　漪　好，先放在此地。

周朴园　你现在就吃掉它。

繁　漪　不，拿开！

周朴园　吃掉它。

繁　漪　我吃不下。

周朴园　当着孩子的面，就不要任性。冲儿把药端到你母亲的手里。

周　冲　爹，我……

周朴园　去！

周　冲　姆妈，你吃吧，为了我你就吃一点吧。

繁　漪　不能，留着我晚上吃。

周朴园　繁漪，当了母亲的人，应该要替小辈着想。就是自己不保重身体，也应该替小辈做一个服从的榜样。

繁　漪　不，我吃不下。

周朴园　萍儿。

周　萍　爹。

周朴园　劝你的母亲把药吃下去。

周　萍　叫我？

周朴园　跪下来，劝你的母亲。

周　萍　（求恕地）爹爹！

周朴园　（厉声地）叫你跪下！

周　萍　爹爹！

（唱）一声下跪令，

繁　漪　朴园！

周　萍　（唱）我羞愤交加慌了神。

繁　漪　（唱）我浑身震颤恨填膺。

周　萍　（唱）难僵持，

（唱）此情此景

繁　漪　（唱）陷窘境，

周　萍　（唱）我恨地无缝能钻进！

繁　漪　（唱）我心苦比药苦千分！

周朴园　（厉声地）叫你跪下！（周萍跪下）

繁　漪　我吃，我吃，我现在就吃！（喝了两口，眼泪涌了出来，望望周朴园峻厉的眼神和周萍苦恼的情状，一气将药喝下。哭着跑上楼）

［周萍和周冲怔怔地望着繁漪跑上楼。

周朴园　（见周冲欲走）冲儿，告诉你母亲，说德国克教授要来替她看病。

周　冲　姆妈不是吃了你的药了吗？

周朴园　你母亲病得很不轻，神经失常。克教授是一个有名的脑病专家，一定会看好你母亲的病。告诉她，听见了没有？

周　冲　听见了，爹。（上楼）

周朴园　四凤，我记得告诉过你，这间房子里要没有事体，底下人不要随便进来。

四　凤　是，老爷。（下）

周朴园　嗯，窗啥人又开了？

周　萍　爹，大概是冲弟弟开的。

周朴园　关上。

［周萍关窗。

周朴园　萍儿，我听人说，你现在做了一件很对不起自己的事情。

周　萍　爹爹，你讲啥？

周朴园　你知道你现在做的事情对不起你父亲，也对不起你的母亲吗？

周　萍　（有些惊慌失措）爹爹……

周朴园　你是我的长子，我不愿当着人谈这件事。（稍停，严厉地）我听人说，我在外面的时候，你在家里很不规矩。

周　萍　(更加惊恐，退)爹，没有的事，没有……

周朴园　一个人敢做，就要敢当。

周　萍　(大惊失色)爹！

周朴园　公司的人说你总是在跳舞场里鬼混，尤其是这两三个月，酗酒、赌钱，整夜地不回家。

周　萍　哦，你说的是……

周朴园　这些事情是真的吗？说实话！

周　萍　爹，是真的。

周朴园　将近三十岁的人，应当懂得自爱！

(唱)你可知道，你的名字为啥要叫萍？

周　萍　爹，我晓得。

周朴园　自己讲一遍。

周　萍　(唱)因为我母亲名字叫侍萍，

她临死之前替我取的名。

周朴园　(唱)为了你的生身母，

你现在的行为完全要改正。

我的家是最有秩序的大家庭，

我的孩儿是健全的好子孙。

你是我亲手来栽培，

我不愿给旁人去谈论。

周　萍　是，爹爹。

[鲁贵上。

鲁　贵　老爷，你请的客人来了。

周朴园　请客人到这边来坐。

鲁　贵　是，老爷。(下)

[周朴园走到沙发前坐下，取出一支雪茄，周萍忙为他点火。

[收光。

第二场

[午饭后。

[周公馆花园。

[启光。女声独唱：

午后花园静悄悄，
知了鸣叫添烦恼。
忽闻轻轻口哨声，
绿荫丛中传暗号。

[随着口哨声周萍上。

[四凤闻声从绿荫丛中走出来。

四　凤　萍！

周　萍　四凤！

四　凤　萍，我们总是这样偷偷摸摸的……

周　萍　所以我要离开此地。

四　凤　萍，我真怕。

周　萍　怕啥？

四　凤　我怕万一被老爷晓得我们的事……

周　萍　可怕的事情并不在此。

四　凤　还有啥？

周　萍　四凤，近来你可听到什么风言风语？

四　凤　没听到。

周　萍　真的没听到啥?

四　凤　真的。

周　萍　(释然)那就好。

四　凤　萍,听说你明天到矿上去?为啥不带我一道去?

周　萍　四凤,这次我不想带你走。

四　凤　萍!

(唱)我们俩情投意合心相印,
曾立誓白头到老不离分。
这次我求你带我一起走,
也免得两地思念度晨昏。
到矿上我会悉心照料你,
好让你饮食起居更安宁。
你若是怕人背后有非议,
我可以仍然当你大少爷的小佣人。

周　萍　(唱)四凤尽说孩子话,
更不该小看我周萍。
我既然放开了胆量爱着你,
又何惧旁人指责和议论。
四凤啊,若是现在带你走,
只恐怕殃及你我两家人。
目前的环境不允许,
尚有事情未摆平。
待等时机成熟后,
我定会张开双臂将你迎,还请你放心。

四　凤　(唱)有你一番真情话,

　　　　我生生死死都放心。

　　　　哪怕你过去做错了什么事，

　　　　我四凤永远都是周萍的人，永远是周萍的人。

周　萍　你真是我的好四凤！四凤，今天晚上我到你家来。

四　凤　萍，今天晚上你不能来，我姆妈要回来了。

周　萍　那我们两个人就在外面会一会面吧。

四　凤　也不能，今天晚上我姆妈一定会和我谈谈家常的。

周　萍　可是我明天一早就要走了。

四　凤　那，那今天晚上就到我屋里来吧。

周　萍　好！我来的时候仍然吹口哨，你听得清爽吗？

四　凤　嗯。

周　萍　好，整十点钟。

四　凤　十点。

　　　　［鲁贵上。

鲁　贵　（打招呼）大少爷。四凤，你姆妈来了。

四　凤　姆妈来了？姆妈在啥地方？

鲁　贵　在门房里和你哥哥讲话。

四　凤　好，我去看姆妈去，我去看姆妈去。（跑下）

鲁　贵　大少爷你晓得吗，四凤的姆妈来了，太太要见她……哦，太太来了。（见繁漪出现）太太你毛病都好了？鲁贵一直在牵记太太的毛病啊。

繁　漪　没啥。你可以走了。

鲁　贵　是。（下）

周　萍　哦，我要回房去整理东西去了。

繁　漪　（拦住周萍）等一等。请你稍坐一歇吧。我有几句话要同你讲。

周　萍　你讲吧。

繁　漪　萍！

(唱)方才的情形你亲看见，

你父亲是怎样对待我。

我身受痛苦非一天，

往后去还要照样受折磨。

一天两日还能受，

整年累月日难度。

无穷的时光无尽的苦，

叫我怎样光阴过。

周　萍　(唱)父亲他总是这样的老脾气，

言出如山不马虎。

繁　漪　(唱)不能让人家讲一句，

我就要听一句。

周　萍　(唱)听不进就当它风吹过。

繁　漪　萍！

(唱)看你讲得好轻松，

你不要不真不假对待我。

我希望还像从前一般样，

诚诚恳恳热情多。

要晓得我有多天不见你，

心里已经足够苦。

周　萍　(唱)正因为相见苦更多，

因此我离家出门户。

免得我们早晚常相见，

提起往事后悔多。

繁　漪　(唱)可是我一点不后悔，

我做事情从来未曾后悔过。

周　萍　(唱)半月以来我不见你，

我向你明白表示过。

懊悔我从前做错了事，

怨恨我自己太糊涂。

我对不起我父亲，

又对不起冲弟弟——

繁　漪　哼，最对不起的人，你倒反而拿她轻轻地忘记了。

周　萍　是啥人啊？

繁　漪　是我！

(唱)你曾经引诱过的后母就是我。

周　萍　你疯了！

繁　漪　(唱)你欠了我一笔债，

你要对我责任负。

不能见了新世界，

就一个人奔去撇开了我。

周　萍　(唱)讲这一些言语真可怕，

难道你家庭地位父亲体面都不顾。

繁　漪　体面？哼，哼，你也讲体面？

(唱)你周家门庭好体面，

十八年来我看得多。

表面上是正人君子有道德，

暗地里是男盗女娼都会做。

周　萍　你！

繁　漪　(唱)你父亲从前欺骗人家穷姑娘，

玩厌了死活全不顾。

你就是他的私生子……

周　萍　你，你瞎讲！

繁　漪　（唱）我有赃有证有来路。

十五年前有一天，

你父亲酒醉糊涂告诉我。

客厅里照片上年轻的小姑娘，

就是你的生身母。

你父亲将她赶出周家门，

她一气自尽投了河。

周　萍　你，你简直……

繁　漪　（唱）你父亲非但骗了你的娘，

后来他又用同样手段占有了我。

我来时青春一少女，

如今被折磨得像死人差不多。

三年前你从无锡到此地，

是你要我走上了这条路。

使我这后母再不像后母，

情妇也不像情妇，

是你，是你大少爷来引诱了我。

周　萍　你、你、请你不要讲引诱两个字好不好？

繁　漪　（唱）可记得那天半夜里，

是你曾经亲口告诉我。

你说痛恨你父亲，

只望你父亲早亡故。

你说过不怕犯下逆伦罪，

只要同我一起过。

周　萍　(歇斯底里)这是我一时的情感冲动。

繁　漪　(唱)你不应该对我讲出此种话，

　　　　　　我虽年轻总是你后母。

周　萍　这是我一时的糊涂，难道说——

　　　　(唱)你一点都不肯来原谅我。

繁　漪　(唱)我已是心如死灰专等死，

　　　　　　是你在我心上烧起了一把火。

　　　　　　如今又撇开了我不要我，

　　　　　　让我像花儿无水渐干枯。

　　　　你说，你说叫我哪能办?

周　萍　我不晓得，你讲吧。

繁　漪　我希望你不要走。

周　萍　不要走，叫我在此地永远陪着你?在这一个家庭里，使我想到了过去的罪恶，就这样活活地闷死。

繁　漪　(唱)既晓得这家庭能够闷死人。

　　　　　　那为何孤孤单单丢下了我?

周　萍　你没有权利讲这种话，你是冲弟弟的母亲。

繁　漪　我不是，不是！自从把我的性命、名誉都交给了你，我什么都不顾了。我不是周冲的母亲，也不是周朴园的妻子！

周　萍　如果你以为你不是我爹爹的妻子，可是我还承认我是我爹爹的儿子！

繁　漪　(冷笑)你爹爹的儿子！

周　萍　随便你怎么讲，我希望这是我们的最后一次谈话。

繁　漪　(愤然地)请你记住，一个女子不能受两代人的欺侮！

周　萍　请你让我走吧。(拨开繁漪下)

繁　漪　天哪，这日子叫我怎么过?

［女声独唱：

诘问苍天无回应，

哪堪苦酒和泪吞。

情山欲海是与非，

为何女人受伤深？

［收光。

第三场

［紧接前场。

［景同第一场。

［启光。鲁贵招呼鲁妈上。四凤随上。

鲁　贵　嗳，四凤娘，你此地坐一坐。四凤，开一瓶鲜橘水给你姆妈吃吃。

鲁　妈　不要！这是人家的东西。凤儿，哥哥呢？

四　凤　哥哥在门房间里等我们。

鲁　贵　等你们？等着见老爷。

四　凤　爹爹，你快去看看哥哥呀。

鲁　贵　我现在没空。花园里电线坏了，我要差人去找电灯匠来修理。四凤娘，你坐在此地不要走动，太太就要下楼来的。（下）

鲁　妈　凤儿。

四　凤　嗳。

鲁　妈　到姆妈身边来，让我看看。

（唱）一别两年未见面，

　　母女相隔分两地。

我是日日盼望心牵记，

夜夜做梦在家里。

两年来未知我儿如何样？

让我好好看看你，

让姆妈好好看看你。

四　凤　姆妈！（亲热地搂住鲁妈）

鲁　妈　凤儿，这样热的天，怎么你们窗都不开的？

四　凤　这是此地老爷的怪脾气，一到了热天不许开窗。

鲁　妈　哦。奇怪，这一间房子……

（唱）我好像在哪里看见过？

四　凤　姆妈，你一定是想我，在梦里看见过的。

鲁　妈　（唱）我似乎恍恍惚惚在梦里。

这些家具很眼熟，

真好像我的灵魂曾经到此地。

四　凤　人家这些家具搬来已有二十年了，这个时候你人还在无锡呢。

鲁　妈　无锡？不！

（唱）我一定到过这地方，

这些家具我全都记得起。

一点也不错，这只大箱橱——

（唱）还是原封不动放在这一边。

四　凤　这只箱橱是周公馆里死去的太太用的。

鲁　妈　啥？你讲此地姓周？

四　凤　姆妈，啊呀，姆妈，你怎么了？手冰冰冷，一定是路上中了暑。姆妈你坐一会吧，我去倒点冷开水给你吃。

鲁　妈　大箱橱，姓周……不能够……不能够……照片……

四　凤　姆妈，这一张照片是这里周公馆第一个太太的。你看这张脸生得多漂亮。姆妈，人家都讲有点像我。啊呀，姆妈，你怎么了？姆妈，你吃点冷开水吧。

［楼上传出繁漪喊“四凤”的声音。

四　凤　哎，我来了。姆妈，太太在喊我了。

鲁　妈　去吧。我不要紧的，好一点了。

四　凤　噢，我去去就来的。

鲁　妈　（唱）见照片真是我侍萍，

不由我浑身发抖心震惊。

难道我又重返周家来？

是梦是真难分清。

这只大箱橱……周家……是的。四凤也来了。

不，我走过的路——

（唱）决不能再让她走，

我立刻带她回转门。

凤儿，凤儿！

［繁漪上。

繁　漪　你是四凤的姆妈吧？

鲁　妈　你是此地的太太？（行个礼）

繁　漪　不要客气，让你久等了。坐吧。

鲁　妈　噢。

［四凤上。

四　凤　太太，雨衣拿来了。

繁　漪　四凤，你拿雨衣放在此地。

四　凤　噢。

繁　漪　把窗门打开。（四凤去开窗）你到厨房里去关照一声，今天的晚饭早点准备。

四　凤　是，太太。（下）

繁　漪　鲁妈妈，坐下来谈谈。我常听四凤提到你，知道你是个通情达理的人，我不妨把请你来的原因讲一讲。

鲁　妈　太太，是不是四凤有啥不检点的地方？请太太不要瞒我。

繁　漪　没啥，她是蛮好的。不过，鲁妈妈，我有个儿子叫周冲，这孩子真是太天真了，他对我说，他喜欢四凤，还要娶四凤……

鲁　妈　太太我懂了，我马上领四凤回家去。

繁　漪　我那儿子傻头傻脑的，就怕他常到你家来缠四凤。

鲁　妈　太太，你放心，我后天就要回到济南，我带四凤一起去。

繁　漪　那好。我叫账房把她的工钱算出来。她的东西明朝让鲁贵带回去。

鲁　妈　那就麻烦你了。

［周朴园由通向书房门上。鲁妈闪在一旁。

周朴园　繁漪，克教授正等你看病啊。

繁　漪　我没有病，看啥医生。

周朴园　你病得不轻，神经失常，克教授一定会看得好你的病。

繁　漪　我没有神经病，你们为啥要这样咒我啊！我告诉你，我没病，我没病。

周朴园　你看当着人的面前乱叫乱闹，有了病偏说没有病，这不是神经上的病吗？

繁　漪　我就是有病，也不是医生能看得好的。（下）

周朴园　你要听话啊！这间房子里底下人要没有事情，不要随便进来。

鲁　妈　我不晓得，老爷。

周朴园　（打量一下鲁妈）新来的老妈子吗？

鲁　妈　不是的。我来寻我女儿的。

周朴园　你女儿？

鲁　妈　四凤是我女儿。

周朴园　那你找错了地方了。

鲁　妈　是。

周朴园　窗啥人又开了？

［鲁妈很自然地走到窗前，关上窗户。慢慢地走向通厨房的门。

周朴园　（看她关好窗户，忽然觉得她很奇怪）你等一等。请问贵姓？

鲁　妈　我姓鲁。

周朴园　听你的说话不像是北方人，好像带无锡口音。

鲁　妈　因为我自小在无锡长大。

周朴园　三十年前你也在无锡？

鲁　妈　是。老爷。

周朴园　哦，哦，哦，三十年前无锡出了一件很有名的事，你可晓得？

鲁　妈　不晓得老爷你讲的是哪一件事？

周朴园　无锡有一家姓梅的……

鲁　妈　姓梅的？

周朴园　（唱）她是梅家千金女，

突然投河去自尽。

后来不知如何样，

这件事情你可知情？

鲁　妈　（唱）我认得一位年轻姑娘她姓梅，

不是名门女千金。

她出身是个贫家女，

在周公馆里做佣人。

周朴园　哦，你大概弄错人了吧。但不妨可告诉我听听。

鲁　妈　（唱）听说她与周家少爷不清白，

生下了两个孩子就难见人。

后来周少爷嫌她是底下人，
遗弃她另攀高门亲。
大儿子留在周家地，
她怀抱婴儿去自尽。

周朴园　她……

鲁　妈　（唱）她是周公馆梅妈的独养女，
她的名字叫侍萍。

周朴园　你姓啥？

鲁　妈　我姓鲁。

周朴园　哦，哦，侍萍，侍萍姑娘寻死后，可有人将她埋葬？不知她坟墓在哪里？

鲁　妈　老爷，你问这为啥？

周朴园　我想为她修一修坟墓。因为我同她是亲戚。

鲁　妈　噢，亲戚。那你就不必修了，这个人现在还活着。

周朴园　还活着？

鲁　妈　嗯，偏偏遇到好人将她救起，后来她带着孩子流落异乡。

周朴园　孩子都还在？

鲁　妈　是。

周朴园　你是啥人？

鲁　妈　我是四凤的母亲。

周朴园　哦。

鲁　妈　可怜她有苦无处诉，母子两人为了糊口，讨饭、帮人缝补浆洗都做过……

周朴园　现在她呢？

鲁　妈　现在她就在此地，你想见她吗？

周朴园　不，不，不。难道说她不想来寻周家吗？

鲁　妈　不想。大概她不想再求周家。老爷，你想帮助她吗？

周朴园　你先下去吧。

鲁　妈　没有事了？老爷。

周朴园　叫四凤给我拿一件旧的衬衣来。

鲁　妈　旧的衬衣？

周朴园　在最老的箱子里，纺绸的，是没有领头的衬衣。

鲁　妈　（唱）这种衬衣一共有五件，

　　　　不知你要哪一件？

周朴园　要哪一件？

鲁　妈　（唱）有一件在右袖襟上烧破了一个洞，

　　　　后来用丝线绣成一朵梅花补上去。

　　　　还有一件左袖襟上绣着一个萍字……

周朴园　你，你，你到底是啥人啊？

鲁　妈　（唱）我，我就是从前侍候过你的底下人。

周朴园　侍萍，是你啊！

鲁　妈　是我。侍萍有一天老得连你也认不出了。

周朴园　你来做啥？

鲁　妈　不是我自己要来的。

周朴园　是啥人指使你来的？

鲁　妈　（控诉地）命！是不公平的命要我来。

周朴园　（感叹地）三十年了，你仍然要奔上门来。

鲁　妈　我没有来寻你，我没有来寻你！我以为你早就死了。这是天要我到此地来碰到你。

周朴园　我们都是上了年纪的人，心里有啥委屈也不要哭哭啼啼的。

鲁　妈　委屈！

　　　　（唱）我没有委屈只有恨，

我的眼泪早已流干净。
你现在是社会上的大人物，
看来一帆多风顺。
大概你所做的好事都忘记，
你作了孽反正痛在别人身。

周朴园 过去的事体好不要提了。

鲁　妈 (唱)我一生受够你周家罪，
三十年痛苦说不完诉不尽。
想不到四凤又到周家来，
我与你前世今生冤孽深。

周朴园 侍萍，你冷静一点，要知道富贵生死都是由命运来决定的。这些年，我一直把你当作原配来看待，每逢你生日都要默默来纪念你，甚至连关窗的习惯也保存了。

鲁　妈 好了，现在你也不必再谈这些了。

周朴园 那好，我问你，这些事鲁贵可晓得？

鲁　妈 不晓得。

周朴园 好。那你带走的儿子呢？

鲁　妈 在你矿上做工，现在在门房里等着要见你的人。

周朴园 鲁大海是我的儿子？竟然在矿上闹罢工反对我！我真不知道前世作了什么孽。

鲁　妈 你放心吧，他不会承认你是他的父亲。

周朴园 这也是命该如此啊。好吧，那你就明明白白讲一声，要多少铜钿？

鲁　妈 啥？你以为我来是要你的铜钿？

周朴园 那你来做啥？

鲁　妈 我来……我来……我只想见一见萍儿。

周朴园 见萍儿？可萍儿已经晓得他母亲死了。

鲁　妈　你放心，我决计不会哭哭啼啼地叫他认我母亲的。我也明白他也不会承认我是他母亲。我只是想看一看，终究是我养的儿子。

周朴园　好吧。等一等我叫他来，可是你见了以后就要走啊。我跟你的事体就这样解决了。我告诉你，我要把四凤和鲁贵的生意回掉。我知道你生活很困难，这里有一张五千块的支票，你拿去吧。从今以后你鲁家人再也不要到周家来了。（递支票给鲁妈）

鲁　妈　（唱）我这些年来受的苦，

不是你用铜钿能够算得清！（怒撕支票，掷地）

周朴园　难道你还不愿意了结这桩事体吗？

［外面传来争吵声。仆人匆匆上。

仆　人　老爷，那工人鲁大海蛮不讲理，一定要见老爷。

周朴园　嗯，去叫他进来。

仆　人　是。

周朴园　等一等，把大少爷叫来。

仆　人　是。（下）

周朴园　你不拿铜钿要后悔的。

［仆人领鲁大海进来。另外随上的仆人们侍立一旁。

鲁大海　妈！

鲁　妈　大海。

鲁大海　你还在此地。

周朴园　你是啥人？

鲁大海　不要摆架子，你还不晓得我是啥人吗？

周朴园　闹罢工闹得最凶的工人。

鲁大海　对了，一点也不错。

［周萍上。

周　萍　爹。

周朴园　萍儿，过来。

鲁大海　董事长，究竟想不想解决问题？

周朴园　你们谈的条件难以办到，公司里一条都不会答应。

鲁大海　那我告诉你，这次大罢工，工人们团结一致，不取得胜利决不收兵！

周朴园　你就相信你那几个代表吗？你可晓得，昨天矿上已经复工了。

鲁大海　你骗人！

周朴园　这是你那几个代表跟我签的合同。（对周萍）你不妨拿给他看看。（周萍拿文件给鲁大海看）上面有那几个代表的签字。

鲁大海　他们签了字为啥不告诉我，他们人呢？

周朴园　昨天夜车已经走了。

鲁大海　（愤然地）真是一些没有骨头的东西，竟然出卖了我们！

周朴园　小伙子上人家当了，乱叫乱闹有啥用。

鲁大海　你们拿几个臭铜钿收买了他们，真是不要面孔的董事长！

周　萍　混蛋！（冲上前）

周朴园　（对周萍）不许你讲！（对鲁大海）矿上已经将你开除了，你没有资格跟我来谈话。

鲁大海　原来你早就安排好了，真是杀人不用刀啊！

周朴园　胡说！

鲁大海　你的底细我早知道了。你从前在哈尔滨承包修江桥，故意破坏江堤放水淹……

周朴园　滚出去！

鲁大海　你害死了多少人命，连上面发下抚恤金你也要捞……

周朴园　快给我滚出去！

鲁大海　你发的是绝子绝孙的断头财，你是个丧尽天良的狗强盗！

［周萍冲向鲁大海，打了他一记耳光。

鲁大海 强盗，你敢打人！（反抗，被仆人架住）

周朴园 不许打人！

鲁　妈 你们不能打人，你们不能打人……你是萍……萍，凭啥打我的儿子啊？

鲁大海 姆妈，不要理睬他们，在此地我们会吃亏的！

鲁　妈 大海，我们走吧……

［鲁大海和鲁妈被仆人拥下。

周朴园 萍儿，你太鲁莽了。

周　萍 他不应该侮辱爹的名誉。

周朴园 鲁贵和四凤我也不能再用他们了。

周　萍 爹，鲁贵和四凤他们不是做得蛮好么？

周朴园 鲁大海是四凤的哥哥。

周　萍 鲁大海是四凤的哥哥？

［女声独唱：

鸿沟百丈人隔远，
父断情义子断缘。
骨肉相逢不相认，
慈母心碎泪难干。

［收光。

第四场

［当天晚上。

［鲁妈家。主景为四凤的住房。

［启光。鲁家人刚吃完晚饭，鲁妈在擦桌子。四凤站在柜子旁洗碗。鲁大海侧着身子在不显眼处擦拭手枪。

鲁　妈　（一惊）大海，你这手枪是哪里弄来的？

鲁大海　在矿上，警察打我们的时候落掉的。

鲁　妈　现在带在身上做啥？

鲁大海　不做啥。

鲁　妈　妈问你，你要讲。

鲁大海　周家逼得我没有路走，这就是一条路。

鲁　妈　胡说！刚才吃饭的时候我同你说过，周家的事算完了，我们姓鲁的永远不要提他们了。

鲁大海　可是我们矿里工人流的血，周家大少爷打我的耳光，就算完了吗？

鲁　妈　完了，这笔账算也算不清。

鲁大海　我要同他们算！

鲁　妈　不！大海，你是妈最喜欢的孩子，我从来没有这样对你讲过这种话。你听着，你要是伤了周家的人，不论是他家老爷还是少爷，我就一辈子不认你。

鲁大海　妈……

鲁　妈　把枪给我，交给我！

四　凤　哥哥，你交给姆妈吧。

鲁大海　也好，可是你放的地方要告诉我。

鲁　妈　好。我放在这只箱子里。（把枪放进箱子里）

鲁大海　姆妈，我出去一下。（下）

鲁　妈　四凤，我到隔壁张大婶家去……

四　凤　去做啥？

鲁　妈　把这些家具卖了，买车票到济南去。

四　凤　嗯。

[鲁妈下。

[外面敲门声。

[外面的声音：此地姓鲁吗？

四　凤　（意外地）二少爷。

[四凤赶去开门，引周冲上。

四　凤　二少爷，你到此地来做啥？要是太太晓得了……

周　冲　是太太叫我来的。不过，我自己也想来看看你们。

四　凤　二少爷，你怎么会认得这个地方？

周　冲　是我姆妈告诉我的。四凤，今天的事情实在对不起你们，都怪我爹爹蛮不讲理。不过事情慢慢会改变的，等我爹爹回矿上，我一定想办法帮助你，送你去读书。

四　凤　二少爷，我是女人家，一个底下人。

周　冲　四凤，我从来就不当你佣人看，我恨这个世界不平等，我们一样受压迫，我心里也恨我爹爹。我们都年纪轻，我们应当一同去寻找我们的世界。

四　凤　二少爷，你真会说话。

周　冲　四凤，是真的，我有时就忘记了现在，忘记了家，忘记了我姆妈，还忘记了你，并且忘记了我自己！

（唱）想在一个冬天清早晨，

明亮的天空万里晴。

在那广阔无边的大海上，

有一只小船，驶得像海燕轻。

白色的风帆张得满，

海风阵阵吹得紧。

像海燕张开翅膀海上飞，

飞向天际追白云。

那时候，我和你同坐在船头上，

乘风破浪向前进。

我和你飞向我们的新世界，

那里有真正的快乐和清净。

没有虚伪和争吵，

没有强权不平等。

［鲁大海上。

四　凤　哥哥！

周　冲　鲁先生！

鲁大海　奇怪，夜深了，周家二少爷会到此地来？

四　凤　哥哥，二少爷是好心来安慰我们。

周　冲　是的，鲁先生，我正想见你，今天的事我觉得对你很抱歉……

鲁大海　你少提这件事。安慰，天生穷骨头，用不着他们来安慰。

周　冲　你大概是误会了我的意思。

鲁大海　我没有误会，你可以走了。

四　凤　二少爷，你走吧，不要同他说了。

周　冲　好，我走。四凤，我姆妈怕你们一时找不到工做，特地叫我送上一百块钱，暂时先用起来。（掏钱）

四　凤　二少爷，谢谢太太好意，这钱我们不能收。

鲁大海　对！你们周家这种血腥铜钿我们是不会要的。我告诉你，以后你们周家的人不准到此地来，要是再来，不管是谁，我都不饶他！

周　冲　我想我们周家除了我，不会再有人这样糊涂的，再见吧。（下）

四　凤　二少爷，外面天暗，我送送你。（下）

［鲁妈上。

鲁大海　姆妈，你回来了，刚才……

鲁　妈　我看见了。我打算明天就走。

鲁大海　明天就走？

鲁　妈　我改变主意了，明天走。

鲁大海　好了，别的就不用再说了。

鲁　妈　你想要讲啥？

鲁大海　没啥，我回来的时候看见四凤正同周家二少爷说话。

鲁　妈　（自语地）这个糊涂姑娘，都讲点啥？

鲁大海　没听见。姆妈，我明天也要回矿上去。

鲁　妈　你去做啥？已经被他们开除了。

鲁大海　开除，没有这么便当。姆妈，我再出去一次。

鲁　妈　快要下雨了，你还要到哪里去？

鲁大海　我出去拉车子，挣点铜钿做路费。（下）

［四凤回上。

四　凤　姆妈，你回来了。

鲁　妈　凤儿，周家二少爷，到此地来做啥？

四　凤　是太太叫他送铜钿来的，他也是一片好意。

鲁　妈　真的吗？

四　凤　是啊。

鲁　妈　凤儿，你是姆妈心头一块肉，可不能再像姆妈一样受人家欺骗。你同周家少爷究竟有啥事情，你要老实告诉姆妈。

四　凤　姆妈，没啥。

鲁　妈　那好，明天我就带你离开此地。

四　凤　明天就走？姆妈，为啥这样快？

鲁　妈　你还要做啥？

四　凤　我，我……

鲁　妈　凤儿，不愿意跟姆妈早点走吗？

四　凤　也好，我们明天走吧。

鲁　妈　凤儿，你还有啥事情瞒着我吧？

四　凤　没啥。

鲁　妈　好姑娘，你记得刚才姆妈说的话吗？

四　凤　我记得。

鲁　妈　凤儿，我要你一辈子不见周家的人。

四　凤　噢！

［雷声隆隆。

鲁　妈　外面雷声你都听见了，姆妈要你当着老天爷罚个咒！

四　凤　姆妈……

鲁　妈　我要你说。

四　凤　姆妈，那何必呢？

鲁　妈　要讲！

四　凤　（唱）娘亲要我罚个咒，罚个咒，

不由四凤心惊胆寒难开口。

妈妈呀，女儿总听娘的话，

何必要我对天罚咒罚重咒？

鲁　妈　（唱）难道你是要伤娘的心？

不由为娘阵阵心酸泪双流。

四　凤　（唱）只见娘亲为女儿双泪流，

不由四凤心如刀割浑身抖。

我罚咒，永远不见周家的人……

鲁　妈　你要是再见周家的人呢？你讲！

四　凤　（唱）天雷劈我——儿愿受。（跪下）

鲁　妈　凤儿，姆妈晓得你受委屈了。（扶四凤）起来吧，时间不早了，姆妈陪你睡吧。

四　凤　不，姆妈，你去睡吧，我想一个人在此地歇一歇。

鲁　妈　好吧，姆妈去睡了。（下）

四　凤　（唱）独对孤灯呆思忖，

心乱如麻难安宁。

娘亲要我罚了咒，

难道我真的就不见周家人？

满腹苦楚向谁诉，

四凤我难以启口告母亲。

娘亲啊，你哪知女儿犯下了弥天罪，

枉费娘亲爱女心。

常言道，纸里包火总要穿，

将来总要露真情。

哥哥知道要恼怒，

娘亲更是伤透心。

这日子叫我怎样过？

我真是百结愁肠理不清。

见天空墨黑一片无光亮，

犹如那千斤重铅压在我的身。

老天啊，你快下一场倾盆雨，

你排山倒海只管往下淋。

冲掉这令人难熬的恶天气，

冲掉我千重万叠心头闷。

［不远处传来口哨声。

四　凤　（唱）忽听远处有口哨声，

莫非这冤家到来临。

是萍！

［周萍上。

周　萍　(敲窗户,低声地)喂,开开窗,四凤!

四　凤　不,我不能开,我姆妈在家里。

周　萍　四凤,你不要骗我,你姆妈睡着了。

四　凤　不,我不能开,今天我哥哥恨透你了。

周　萍　我晓得,你哥哥出去了。

四　凤　不,我不能开,我已经睡了。

周　萍　四凤,我求求你,开开吧!

四　凤　不,我不能开,你走吧!

周　萍　好,我晓得了,刚才我弟弟到过此地,你变心了。

四　凤　啊!你讲啥?

周　萍　那你为啥不开,你不晓得我……

四　凤　大少爷,你饶了我吧!

周　萍　四凤,你开开门吧!我只想看一看你。

四　凤　大少爷,明天吧,到了明天我啥都依你,你走吧!

周　萍　真的明天……

四　凤　真的。

周　萍　好吧!我就明天来。那我走了。(佯装离去的脚步声)

四　凤　萍,你走了?他真的走了。(闷热难熬,上前开窗)

[周萍忽然立在窗口。

四　凤　啊,你没有走!

[周萍越过窗进屋。他满身泥水,脸上沾着血。

周　萍　凤,我还是进来了。

四　凤　你的脸怎么了?

周　萍　为了来见你,在路上跌的。凤,你让我好好亲亲你。

四　凤　不,不能啊!萍,你走吧!

周　萍　四凤,你把窗户关起来吧。

四　凤　你不能关窗，不能关窗。萍，你饶了我吧！你不能这样。

［雷声隆隆，大雨如注。

［繁漪上。闪电不时照见她苍白的脸面。她伸手将窗户关上，漠然地走了。

［鲁大海叫门声：妈妈，开开门。

四　凤　哥哥回来了！

［鲁妈声音：大海，你怎么这样晚才回来？

［鲁大海声音：妈妈，我就要到矿上去了，你开开门。

周　萍　那怎么办，怎么办？

四　凤　你不能朝那边走，要碰到的。

周　萍　那我跳窗口。

四　凤　啊呀，怎么窗打不开。

［鲁妈的声音：大海，你的包袱呢？

［鲁大海的声音：大概在四凤房里。

四　凤　他要到我房里来了，快到床底下躲一躲。

［四凤正引周萍躲藏，鲁大海持灯推门进。

鲁大海　啊！谁？啊！是你！妈妈，你快进来，我见到鬼了！

鲁　妈　天啊！

四　凤　啊！

鲁大海　原来是你！（抄起桌上的菜刀，奔向周萍）

鲁　妈　（用力拉着鲁大海的衣襟）大海，你不要动手！你要动手，妈妈就死在你的面前！

鲁大海　妈妈，你放开我！你放开我！

鲁　妈　（见周萍不动）你这糊涂东西，你快走啊！

［周萍急下。

鲁大海　抓住他！

四　凤　萍！（夺门而出）

鲁　妈　凤儿，你不能走，外面湖水涨起来了。

［鲁大海从箱子拿枪，提着马灯下。

鲁　妈　凤儿，凤儿！（喊着下）

［女声独唱：

娘亲呼唤声声哀，

唯恐儿女受伤害。

一世颠簸风雨里，

待等几时云雾开。

［收光。

第五场

［紧接前场。

［景同第一场。

［启光。周朴园坐在沙发上拿着侍萍照片在看，旁边亮着灯。外面雷声、雨声可闻。

［繁漪上。隐约可见鲁贵的身影闪过。

周朴园　繁漪，你去啥地方了？

繁　漪　心里闷，出去走走。

周朴园　这么晚了，还出去走走。

繁　漪　嗯。我有神经病。

周朴园　你究竟到啥地方去了？

繁　漪　在花园里赏雨。

周朴园　直到现在？

繁　漪　淋到现在。

周朴园　你到楼上去吧，我要一个人在此地歇歇。

繁　漪　你给我到楼上去！我要一个人在此地歇歇。

周朴园　叫你到楼上去。

繁　漪　我告诉你我不愿意，我不愿意！

［周萍低着头慌乱上。

周朴园　萍儿。

周　萍　爹。

周朴园　这么晚，你刚回来？到啥地方去了？

周　萍　（慌乱）爹，我早回来了，我刚刚出去买了点东西。（看一下手表）爹，我想明日凌晨两点多钟还有一班夜车，我打算现在就走。

繁　漪　现在？就这么急吗？

周　萍　是的。

周朴园　萍儿，外面在下雨，半夜三更出去不方便吧。

周　萍　（情绪缓过一点）爹，现在走，明天一早能到，寻起人来比较方便。爹，介绍信呢？

周朴园　信在书房的书桌上。

周　萍　我去拿。

周朴园　慢，慢，慢，繁漪，你到书房里帮我把一封信拿来，好吗？

繁　漪　好。（下）

周朴园　（叹了口气目送繁漪下去，跟上几步）萍儿，你过来。萍儿，我老了，直到今天我才感觉到我真的老了。你要记住，我要的是我的家庭有秩序，平平安安。

周　萍　我记住了，爹，你放心吧，事情都会过去的。

周朴园　不！不！事情没有这么简单，做人是很不容易的。（压低声音）这把钥匙你拿好，在书房书桌第二个抽屉里有一把手枪，你带在身边，只可防身，不能闯祸啊。

周　萍　知道了。（周朴园把钥匙放在周萍的手上）

［繁漪持信上。

繁　漪　信在此地。

周朴园　萍儿，你好好去吧，我要睡了。繁漪，你也应该到楼上去歇歇了。（下）

繁　漪　照这样讲，你是一定要走了。

周　萍　嗯！信拿给我吧。

繁　漪　我问你，你刚才到啥地方去了？

周　萍　你心里早明白，用不着多问了。

繁　漪　噢，你还是到四凤屋里去了。

周　萍　嗯，我去了，我去了，我去了！你打算怎样？

繁　漪　不打算怎样。我问你，你走了以后，预备拿她怎样？

周　萍　以后，我和她结婚。

繁　漪　结婚？你父亲呢？

周　萍　以后再讲。

繁　漪　萍，你今天晚上只要不走，你父亲那里由我替你想办法。

周　萍　不必了，这是一件正大光明的事体，我在任何人面前都能讲得出。

繁　漪　萍，你想过吗，你走了以后我又会怎样？

周　萍　我不晓得，把信给我。

繁　漪　（唱）你若今天离我走，

我的性命也难长久。

你父亲硬说我有神经病，

整天叫人来看守。

医生逼我吃苦药，

管得我左右难动路难走。

我不是疯子也变疯，

这样的日子怎能受？

周　萍　时间不早了，信给我吧。

繁　漪　（唱）难道你无动于衷看我死？

周　萍　（唱）这条路是你自己要走。

繁　漪　（唱）你忘了你母亲是怎么死？

她也是被你父亲活活逼死把命丢。

周　萍　（唱）我的母亲不像你，

她把母亲的责任负。

她并没有对不起我父亲……

繁　漪　（唱）这种话亏你怎么说出口！

你忘了自己才是有罪的人，

你忘了三年前怎样将我来苦求，

（白）你忘了我们……

（唱）我一生心高气傲不服人，

今朝是低声下气向你求。

这家庭我再也不愿待下去，

你父亲的罪我已难忍受。

他怕我翻开他的痛疮疤，

要人家把我当作是疯狗。

我只有你周萍是亲人，

求你带我一起走。

周　萍　简直在胡说！

繁　漪　（唱）日后你要娶四凤，

我们合住在一起也能够。

或者我把四凤叫回来，

只恳求你莫要将我丢。

周　萍　你真是疯了。走，你到楼上去！

繁　漪　你就这么讨厌我吗？

周　萍　你不像是个明白人，你给我滚开！

繁　漪　哼，刚才我在鲁家看见你同四凤……

周　萍　（恐惧感）你到鲁家去过了？

繁　漪　看你从窗口跳进去，我在窗口外面等了你半天。

周　萍　那窗门是你关的？

繁　漪　是我关的。

周　萍　你真是一个疯子！

繁　漪　你要怎样？

周　萍　我要你死！（用力推了繁漪一把，然后朝自己房间走，下）

繁　漪　（呆呆地望着周萍下，自语地）完了……

繁　漪　（唱）霎时间一阵阵怒火烧我心，

一滴滴苦涩的泪水肚中吞。

原以为低声下气再哀求，

周萍会顾念几分往日情。

谁知他丝毫没有怜惜意，

反而对我更凶狠。

竟然扬言要我死，

好让他安安稳稳做新人。

难道我应当听从他摆布，

受他父子两代人欺凌，

甘愿遭到他谴责，

甘愿为他担罪名？

今天我已被逼到绝路上，

哪怕是鱼死网破也要拼一拼！

［鲁贵悄然而上。

鲁　贵　太太！

繁　漪　（有点突然）做啥？

鲁　贵　刚才太太去过我家……

繁　漪　你跟踪我，准备怎样？

鲁　贵　我不愿惊动老爷，只想求太太赏一口饭吃。

繁　漪　那好吧，你就留下来做吧。

鲁　贵　谢太太恩典！

［鲁大海上。繁漪一惊。

鲁　贵　你怎样进来的？

鲁大海　铁门关了，叫不开，我翻墙进来的。

鲁　贵　你来做啥？

鲁大海　我寻四凤。

鲁　贵　四凤没来过。此地周家的事体我已经统统讲好了。你走吧，走，走……

鲁大海　等一等，你替我把此地的大少爷找来。

鲁　贵　你想做啥？

鲁大海　你寻不寻？（盯着鲁贵）

繁　漪　鲁贵，你请大少爷来。有我在此地，不要紧的。

鲁　贵　噢。

鲁大海　我关照你，要是你不把人寻来，一个人溜了，（亮出手枪）你可要当心。叫他们把铁门打开，让姆妈进来。

鲁　贵　好，好，好，我替你照办。这个小王八蛋。

繁　漪　你是啥人？

鲁大海 四凤的哥哥。

繁 漪 你是来找我们的大少爷？告诉你，我们大少爷要上车了。

鲁大海 他要逃了？

［鲁贵咳嗽一下，引周萍上。鲁贵下。周萍手里拎着箱子由房里出，看见鲁大海，停住。

鲁大海 你叫这位太太走开，我要同你讲话。

周 萍 好。请你到楼上去吧。

［繁漪走上楼。

［鲁大海愤恨地望着周萍，用力打了他耳光。

鲁大海 （唱）好一个混账的狗东西，

你们是吃喝玩乐太容易。

拿我们穷人家女儿寻开心，

过后就不负责任丢一边。

要不是刚才母亲来阻挡，

我早就一刀砍了你。

周 萍 （唱）我本来早就不想活下去，

是因为爱四凤我才觉得生命有意义。

今天能够死在你手里，

也算我周萍好福气。

鲁大海 （唱）既然你真心爱四凤，

为啥不能正大光明把亲来提？

周 萍 （唱）目前家庭会阻拦，

还需要寻找一个好时机。

四凤她能够理解我苦衷，

请相信我爱四凤的心永远不会变。

鲁大海 你们这种人讲话能叫人相信吗？

周　萍　我写了一封信就是为了这件事，本来我要给四凤看的，你拿去看吧。

鲁大海　不要看，我没工夫看。

周　萍　那你要我怎样？

鲁大海　我要，我要你的命！（拔枪对周萍）

［周萍吓得躲开，闭上眼睛。

鲁大海　（鄙视地）把眼睛睁开来！

周　萍　你要做什么？

鲁大海　把我妹妹找来。

周　萍　四凤，她没来。

鲁大海　我和姆妈到处找她，不在此地那在什么地方？

周　萍　四凤她真的没有到此地来。她，会不会……

鲁大海　不会。你以为她会寻死吗？

周　萍　（着急地）她会的，她性子强……

［外面传来口哨声。

周　萍　你听，四凤来了！（走到门口）请你到饭厅里去等一等吧，她再也受不起惊吓了。

［大海下。

［四凤的声音：萍！

［四凤由中门进。她头发散乱，脸上泪水和雨水交流。

周　萍　四凤！

四　凤　萍！（瘫在周萍的身上）

周　萍　你双手冰冷，快坐一会。四凤，刚才你跑到哪里去了？真急死人了。

四　凤　萍！萍你带我走。

周　萍　四凤，我们现在就走。

四　凤　现在就走，是真的吗？萍。

周　萍　是真的。四凤，我们两人永远在一起。

四　凤　对。离开了此地，我们永远也不分开了。萍，我们快走吧！

［四凤拉着周萍至中门口。中门开，鲁妈与鲁大海打着伞进来。鲁妈仿佛变了一个人，苍老了许多，声音也喑哑了。

四　凤　姆妈！

鲁　妈　凤儿，你为啥早点不告诉我？唉，怪姆妈太糊涂了，我没想到你会走这条路。

周　萍　鲁妈妈，四凤，快走吧。

鲁　妈　凤儿！

鲁大海　姆妈，让他们走吧。

鲁　妈　啥，让他们一起走？

周　萍　鲁妈妈，请你相信我。

鲁　妈　你们在一起？凤儿你们不能在一起，快跟娘回去。

四　凤　姆妈，你不能这么做！（突然晕倒）

鲁　妈　（赶紧上去扶着四凤）凤儿，你醒醒啊！

周　萍　四凤！

鲁大海　妹妹！

鲁　妈　凤儿，醒醒啊！

四　凤　姆妈！

鲁　妈　儿啊！你不要怪姆妈心狠，姆妈有苦讲不出。

四　凤　姆妈我不能再瞒你了，我与他已经有了……

周　萍　四凤，真的，有多少时候了？

四　凤　我已经有孕三个月了。

鲁　妈　天呀！

（唱）这真是晴天霹雳当头打，

三十年的罪孽难道都在我身上？

你们还是快快走，

但愿我不是你亲娘。

四　凤　姆妈！

周　萍　四凤，我们走吧！

鲁　妈　不！你们不能走，不能走！

四　凤　姆妈！我已经是他的人了，你就放了我们吧！

周　萍　鲁妈妈！请放我们走吧。

鲁大海　姆妈，事已如此，你就让他们走吧！

鲁　妈　（决断地）走吧！哪怕天打雷劈统统罚在我身上，一切罪过由我担当。大海，你去叫辆车，你送他们上车。

鲁大海　噢。（下）

鲁　妈　凤儿，让姆妈来亲一亲你。你，你让我也看一看。

周　萍　鲁妈妈！

鲁　妈　你们，走吧！一生一世也不要回来，永远不要再见到我！

四　凤　姆妈！

周　萍　妈妈心里难过一时，以后会好的。我们走吧！（拉着四凤向鲁妈行个礼走）

鲁　妈　走吧！

［周萍与四凤走到门口。繁漪突然出现。

四　凤　（惊呼）啊！太太！

繁　漪　你们到哪里去？

周　萍　好呀，你在偷听。

繁　漪　不止我一个，还有人呢！

周　萍　你们……

繁　漪　嗯，冲儿，冲儿，来。

[周冲畏缩地上。

周　萍　天下有你这种女人!

繁　漪　我早就告诉过你,女人不是好欺侮的!冲儿,你去问四凤,她要同你哥哥走了。

周　萍　四凤,你告诉他,说你要嫁给我。

周　冲　四凤,你……

繁　漪　讲呀,你早上还对我讲的,你为啥不讲下去!

周　冲　不!姆妈!只要四凤愿意,哥哥,只要你好好对待四凤,你把她带走吧,我没有什么。

繁　漪　(唱)你一点不像我儿子……

周　冲　咦,姆妈,你怎么了?

繁　漪　(唱)不要把我当作你的母。

她被你父亲早闷死,
十八年伴着一个活阎罗。
只有遇见周家大少爷,
我才把整个身心来托付。
可是他占有了我又把别人爱,
把我丢下不要我。

周　冲　姆妈,你不能这样。

周　萍　你不要去听她的,她在发疯。

繁　漪　(唱)你这个虚伪脏东西,

现在学会了你的父。
你把我说成是疯子,
可以开脱你罪过。
这是我最后一口气,
我要当着众人来揭露。

我要你亲口告诉他，

告诉他我并不是你后母。

周　萍　亏你说得出来。

繁　漪　（唱）我要让大家都晓得，

是你欺骗了你的父。

是你欺骗了你弟弟，

是你大少爷来欺骗了我。

四　凤　姆妈！

周　萍　四凤，你不要听她的，我们走吧！

繁　漪　不要走，大门锁上了，你走不了！（转身冲楼上大喊）朴园！朴园！

鲁　妈　我们走吧！

周　萍　不准喊！

周　冲　姆妈，你不要……

繁　漪　朴园！朴园！你看，你父亲来了！

［周朴园上。

周朴园　你在叫啥？还不去休息。

繁　漪　我叫你来见见你的亲戚。

周朴园　亲戚？

繁　漪　让你来见见你的好媳妇，来，来，来叫一声爹。对，你还来见见这位老太太。萍，当着你的父亲也来见见你这位娘。

周朴园　侍萍！你还是到周家来了。

繁　漪　啊，（惊讶地）她就是侍萍？

鲁　妈　不，不是的，你们弄错了。

周朴园　（唱）她就是萍儿的生身娘，

周　萍　啊！不，爹，不是的。

周朴园　（唱）你的娘亲未曾死。

周　萍　不，不是的！

（唱）不是她，她不是我的生身娘。

周朴园　胡说！

（唱）你不要以为同四凤一个娘来养，

觉得脸上无光亮。

她就是你的生身母，

你怎能泯灭人伦丧天良？

侍萍啊，我平生做错了这件事，

害你侍萍一辈子把苦难尝。

今后由萍儿来补偿……

萍儿啊，快跪下见见你亲娘！

周　萍

周　冲

四　凤　（同唱）天啊天，为什么？为什么？

繁　漪

鲁　妈

周　萍　姆妈！（跪下）

鲁　妈　萍儿！

四　凤　啊！（跑下）

周　冲　四凤！四凤……（跟着四凤下）

繁　漪　冲儿，冲儿！（跑下）

鲁　妈　凤儿，凤儿！（跑下）

周　萍　爹，你不该生我啊！（冲进书房）

［远处听见四凤的惨叫声。周冲狂呼四凤，过后周冲也发出惨叫。

［鲁妈：凤儿，凤儿！繁漪：冲儿，冲儿！

［仆人拿着伞匆匆上。

仆　人　老爷！

周朴园　快说，怎样了？

仆　人　（急不成声）四凤死了！

周朴园　二少爷呢？

仆　人　也……也死了！

周朴园　（颤声）不，不，怎么……？

仆　人　四凤碰着那条没有修好的电线，二少爷不晓得，赶紧拉了一把，两个人一起触电死了。

周朴园　这……这不能够！不能够！冲儿！

［周朴园与仆人一起跑下。

［周萍从书房拿着手枪冲到台中，脸色惨白，但神气是沉静的，朝自己房间走去。

［外面人声嘈杂，哭声、叫声、吵声混成一片。

［中门大开。仆人们拥着繁漪上。

繁　漪　（似哭似笑）冲儿，你就这样死了，你刚才还是好好的，你就这样死了。冲儿！

［周朴园和鲁妈神情麻木，拖着沉重的脚步上，二人呆呆地对视着苦笑。

周朴园　（喃喃地）我丢了一个儿子，不能再丢第二个。萍儿，萍儿呢？

［周萍房间里响起枪声。屋内死一般的沉寂。

繁　漪　萍！

周朴园　啊！

［鲁妈泥塑般呆立在桌子后面。

［女声独唱：

那样的时代已经过去久远，

这个故事却依然令人震撼。

两家人割不断的情仇爱怨，

到头来只留下一片风凄雨惨。

[收光。

[剧终。

（2010年演出本）

沪剧

敦煌女儿

编　剧

杨　林　曼　君

作者小传

杨　林（1962—　），男，现任职于河南省文化艺术研究院，河南省委宣传部“四个一批”人才。

张曼君（1953—　），女，中国艺术研究院戏曲学教授、中国戏剧梅花奖表演艺术家、享受国务院特殊津贴。

时间　20世纪下半叶至今

地点　敦煌莫高窟、上海

人物表

樊锦诗　彭金章　常书鸿　段文杰　莫高窟男女同事　前贤们

序

［幕启。莫高窟洞窟里风铃、禅音萦绕……

［主题歌起：

（唱）见到你万物沉寂唯你风流，

那一刻心随你走不再回头。

随风穿越亦趋亦走，

尘世繁华岁月春秋，

有了你无怨无求。

［一盏佛灯亮了起来，显现了樊锦诗。她凝眸仰望，思绪万千。

樊锦诗　（喃喃轻声）328……314……427……259，我的禅定佛陀……

［有声音传来：要走了？

樊锦诗　嗯。

［那声音：告别？

樊锦诗　嗯。

［那声音：舍不得？

樊锦诗　是的。

［那声音：走吧，会回来的。

樊锦诗　当然！

［那声音：九层楼的守护神！

樊锦诗　（笑了）你懂我，常院长！

［樊锦诗回眸，常书鸿显现在她面前。

樊锦诗　（唱）回眸望，远去了五十年的时光，你的眼神，还像生前一般睿智慈祥。

常书鸿　（唱）岁月悠悠倏忽如一晃，

上海姑娘，两鬓也如霜。

樊锦诗　（唱）往事清晰犹如昨日模样，

无悔青春在心底珍藏。

常书鸿　（唱）当初是我轻轻一点头，

让你的青春和生命留在大漠敦煌。

樊锦诗　（唱）是谁说“性格决定命运”？

怎能忘你我当年的三击掌！

常书鸿　（唱）三击掌？

樊锦诗　（唱）三击掌！

二人合　（唱）那决定命运的三击掌——

掀开了半个世纪前那段难忘的时光……

一

五十年前莫高窟

［段文杰及几个研究所的同事拿着一封信，兴冲冲跑上。

众　人　（高喊）所长！所长！

段文杰　所长，上级又给我们派来一个大学生，北京大学考古专业的……

男同事　听说了，是个女学生，一个上海姑娘……

段文杰　所长，还是您面子大，一下子就要来了北大毕业生！

常书鸿　我说老段，让我先换换衣服好不好啊？

段文杰　（唱）哦！来来来——

给他们把当年的衣服换上——

常书鸿 （穿衣服唱）

看一看老常我当年的模样。

众　人 常所长！

段文杰 所长，介绍信。

常书鸿 念吧。

段文杰 樊锦诗，女，25 岁——

［樊锦诗和段文杰一起念了起来——

樊锦诗 1958 年入北京大学历史系考古专业，5 年修业期满，1963 年 8 月毕业，现分配你所工作……

［说话间，樊锦诗已经跑下。

段文杰 所长。

常书鸿 我说段老师，樊锦诗——她人呢？

众　人 人呢？人呢？

段文杰 （环顾）所长，人呢？

常书鸿 你问我啊？

段文杰 嗨，趁我看信的工夫，她扔掉行李，人就不见了。

女同事 哎呀，上海来的小姑娘，初来乍到，不要迷路了吧？

常书鸿 （好像也有些着急了）快去找！

段文杰 哎，所长，去哪里找？

常书鸿 我的段老师，当年你来报到时候，是先去的哪里啊！

段文杰 哦！洞窟……

常书鸿 当然！

［众人下。

［樊锦诗内唱：离学堂好如雏鹰展翅膀——

［樊锦诗上。进洞窟。

樊锦诗 （唱）好风送我入敦煌。

神秘的敦煌，

诱人的敦煌！

多少次亮相在北大的课堂上，

多少次带着我在梦中徜徉。

今日身临莫高窟，

梦想成真喜欲狂。

璀璨中西文明史，

一页页皆是华丽篇章。

抬头看飞天眼前翩翩舞，

侧耳听反弹琵琶韵味长。

齐涌来幽幽妙音与妙相——

［禅音中，常书鸿等举起佛灯。

樊锦诗 （唱）霎时间吉人天佑现佛光……

［以下对答如梦如幻。

常书鸿 （轻轻地问）美吗？

樊锦诗 （轻轻地答）美！美得令人心醉。

常书鸿 妙吗？

樊锦诗 妙！妙得让我神魂颠倒。喏，那259！

常书鸿 禅定佛陀。

樊锦诗 禅定佛陀，好美好美的笑容。

常书鸿 堪比蒙娜丽莎的笑容。

樊锦诗 是的，堪比蒙娜丽莎的笑容。我想——

常书鸿 想什么？

樊锦诗 想一辈子做他们的小丫头！

常书鸿 （大笑）……

［樊锦诗四下环视，如梦醒来。

樊锦诗 你……是谁？

常书鸿 按理，应该先问新来的人——你是谁？

樊锦诗 我是北大毕业生，莫高窟新兵，樊锦诗。

段文杰 好个莫高窟新兵樊锦诗，刚刚递上介绍信，报到证还没交给我，一下子你人就没影子了！果然一头钻进洞窟，还是常所长你料得准呀！

［樊锦诗一惊，转身见常书鸿。

樊锦诗 常所长！（忘情地打量着）你……常书鸿？你是从塞纳河畔归来的大画家常书鸿？（常笑而不答）你就是，就是在巴黎街头看到一本《敦煌石窟图录》就魂不守舍赶来敦煌的常书鸿？（常笑而不答）呀！你就是为了心中尊神，全然不计后果，带着时髦漂亮的妻子一同归来的常书鸿？

段文杰 （以指掩口）这个……不提！

常书鸿 既是事实，提提又何妨？对，我就是你说的那个"全部"的常书鸿。

樊锦诗 报告常所长，我的介绍信已交段老师，这个是我的报到证，请收下。

［常书鸿迟迟不接。

樊锦诗 （不解）段老师！（悄声问段文杰）

段文杰 （笑）（唱）所长经历难言传，

创伤如刀刻心间。

担心重现昔日景，

忧虑重重故拖延。

这里的艰辛难想象，

怎能重见不堪的从前？

樊锦诗 （唱）祖国，祖国需要就是我志愿，说什么艰辛怕什么磨砺?

到远方去,到边疆去,年轻人经受考验,

是我们这一代大学生的铮铮誓言!

段文杰 (唱)豪情壮语动人心弦——

常书鸿 (唱)老段哪——

是黑是白是去是留等到明天。

樊锦诗 (唱)为什么去和留要等到明天?

分明是不相信我的誓言。

今夜晚我一个人独自留守,

三击掌赌一个胜利开颜。

众　人 三击掌?好!

(唱)我们来见证,

输赢放眼量。

(高叫)一击掌——

樊锦诗 (唱)困难如刀,

迎刃而上!

众　人 二击掌——

樊锦诗 (唱)敦煌为家,

决不彷徨!

众　人 三击掌——

樊锦诗 (唱)三击掌——

胸怀凌云志,

扎根在边疆。

学业得施展,

毕生献敦煌。

定叫所长刮目看,

我不是你们眼睛里娇滴滴的上海小姑娘！

［郑重三击掌。转身跑出洞外，对空大喊——

樊锦诗 莫高窟，我来了！（跑下）

段文杰 老常！

［段文杰向常书鸿跷起大拇指。两人相视一笑，隐去。

［收光。

二

当晚　莫高窟小石屋

［夜。樊锦诗居住的小石屋前。

［众同事上。

众　人 （唱）星星眨着眼，

凉风习习来。

小石屋的对面啊，

一盘好棋已摆开。

段文杰 （上）（唱）带来了珍藏多年的家乡酒。

常书鸿 （上）（唱）哟，泸州头釉味道赞！

众　人 （唱）看那边灯火已亮起，

这一边浅斟慢下成竹似在怀。

［小石屋内，樊锦诗兴奋不已，安置着自己的"家"。

樊锦诗 （唱）铺开了背包行李，

挑战这一盘妙棋。

在一个走向生活的庄严时刻，

命运和意志把我送到了此地。

这样的陌生，

这样的神奇，

这样的刺激，

让我这样的痴迷。

(拿出照片)出来吧，彭金章。

(唱)亲爱的人，快来到这个谈情说爱的浪漫天地——

[彭金章显现

彭金章 (唱)如往常一呼而至，走进你的世界里。

樊锦诗 金章，你来了！

彭金章 我来了！

(唱)陪你熟悉这里的陌生，

陪你领略这里的神奇，

陪你感受这样的刺激，

陪你沉醉这样的痴迷。

樊锦诗 还有呢？

彭金章 (唱)还要看看你永远看不够的迷人笑容……

樊锦诗 还有呢？

彭金章 (唱)还有那——

你在哪里，哪里就特有的温馨气息……

樊锦诗 还有呢？

彭金章 (唱)最重要来给你加油助力，

赢下三击掌的赌局为你争口气！

[小石屋对面。

段文杰 (唱)忍不住想要走近去看看——

常书鸿 (唱)老段，安心坐莫要搅乱我的棋。

段文杰 （唱）毕竟是陌生地方的第一夜——

常书鸿 （唱）躲过初一，躲不过十五，一样无处避！

［小石屋里，两个心爱的人面对新的生活相互勉励。

樊锦诗 （唱）新生活在眼前展开锦绣，

未来的理想梦绣在上头。

彭金章 （唱）你在敦煌守护千佛洞窟九层楼，

我在武汉大学把事业追求。

樊锦诗 （唱）永铭记北大精神不甘人后，

彭金章 （唱）趁年轻拼将心血创风流！

樊锦诗 （唱）大西北的夜空清幽好透亮——

（大惊）啊！狼！是狼！

［飞沙走石，油灯骤灭，小石屋漆黑一片，樊锦诗急回身掩门。

樊锦诗 （唱）房屋外有个绿眼大狼！

房屋内一片漆黑暗无光。

金章！金章！

啊？却原来是美梦一场！

风拍门户咣咣响，

树影映窗似魍魉。

飞沙走石还有狼，

这是什么鬼地方？

恨不能顷刻逃离回家乡！

常书鸿 （几分忧心）

（唱）小石屋门开又关上，

害怕了吗，

新来的上海姑娘？

樊锦诗 （似听见不服气）

（唱）难道说你们就没有害怕过，

初到敦煌的第一个晚上？

常书鸿　（唱）漫回想，也曾犹豫彷徨，

是九层楼的风铃唤起灵魂激荡！

［风铃声隐隐，继之时隐时强。

樊锦诗　（唱）耳听风铃阵阵响，

穿透了石屋小窗。

［以下是不约而同各表自己的感悟——

常书鸿　风铃昭告：人生为一大事而来——

樊锦诗　风铃昭告：人生为一大事而来——

常书鸿　风铃启示：一生大事在敦煌！

樊锦诗　风铃启示：一生大事在敦煌！

常书鸿　（唱）风铃留驻先行者的青春！

众　人　（唱）风铃启迪后来者的理想！

段文杰　（唱）敦煌人人皆有这风铃洗礼的一晚——

众　人　（唱）才走出小石屋前坚实脚印一行行。

樊锦诗　（唱）远去了黄浦江上朗朗明月，

消逝了未名湖畔隐隐涟漪。

鼓勇气打开手电把黑夜面纱轻撩起——

眼蒙眬似见那众圣千佛来汇齐。

这一边，神秘的佛陀闪着那禅定秋波，

那一边，美丽的飞天驾起了五彩云霓。

有你们飘逸与微笑，

一颗心瞬间有靠依。

轻沙敲窗，似听到江南小溪淙淙，

窗隙透亮，似看到上海家乡灯光在摇曳。

待明朝红日冉冉高升起，

雄赳赳新兵上岗多神气！

不恐惧，不孤寂，

不退缩，不失迷！

常所长你我的三击掌，

樊锦诗必定胜无疑。

樊锦诗 睡觉。

[她安然睡去。

[小石屋对面的棋盘上，段文杰一子落盘。

段文杰 将！哈哈……

(唱)所长你这盘棋已经输定，

常书鸿 (唱)常书鸿三击掌输得从容惬意！

[众人拥到小屋门前，敲门，门不开。

段文杰 (有些慌了)老常，会不会有什么事情？

常书鸿 (也有些着急)撞门！

[早已躲在门后的樊锦诗一把拉开门扇，跑了出去。众人险些摔倒在地。

樊锦诗 (得意地高喊)莫高窟，我赢啦！

[一声驴叫。

樊锦诗 啊？这是……

段文杰 是一头毛驴啊。

樊锦诗 啊，是毛驴啊！

众　人 唉！

樊锦诗 哎呀，昨晚我开门出来看到一双绿眼睛盯着我看，我还以为是狼呢！

段文杰 呵呵，难怪你马上就把门关上了。

常书鸿　祝贺你，胜利者。（他伸出手去）

樊锦诗　（一激灵）等一等，厕所在哪里……（匆匆跑下）

女同事　啊？上厕所啊！那边，那边！

［众大笑。一男同事学驴叫！音乐中众笑变慢动作。

樊锦诗　（返场。望着大笑的众人，感慨）这真是一个笑话。从此，这头毛驴的故事在所里口口相传。是驴眼？是狼眼？反正这双绿眼睛，在小石屋的门前盯了我整整三年。

三

三年后　上海

［上海。

［彭金章、樊锦诗结婚的洞房。小小斗室，一片温馨。

［彭金章在忙着。

彭金章　（唱）细细数三载千日相思账，
相思苦苦中有乐似蜜糖。
她那边风沙漠漠思不尽，
我这边江水悠悠情意长。
心相印又岂在暮暮朝朝，
又谁知朝朝暮暮费思量！
苦尽终把甘盼来，
大红双喜贴在窗。
感谢所长多体谅，
承诺锦诗返家乡。

角落里是她归来的行囊，

这满天霞光不是梦。

一旦呈上请调信，

就永把锦诗留身旁！

铺纸提笔把信写——

［樊锦诗提包上。喊金章。

樊锦诗　金章，喏！

彭金章　（唱）回来了辛苦采买的俊俏新娘！

樊锦诗　金章我跟你说，我跑到了城隍庙，才买到这个一对大红蜡烛。

彭金章　吃力了吃力了……

樊锦诗　金章，我还给你看一样东西。（拿出包里的佛灯）你看！

彭金章　佛灯！

樊锦诗　这个是常所长刚刚从邮局寄来的礼物！

彭金章　这可是你最喜欢的礼物！

樊锦诗　那是！

彭金章　可现在请你把它先收起来。你去点蜡烛布置新房，我去写文章！

樊锦诗　你写啥文章？哦哟还卖关子。

彭金章　阁下的请调报告呀！

樊锦诗　（一惊）请调报告？

彭金章　是啊，你忘记啦？把你调回上海啊，多少好的机会！常言道：好事要抓紧办。锦诗，快点蜡烛吧！

樊锦诗　（镇定了一下情绪，接过红烛）好，你去写，我来点。

［彭金章伏案写请调报告，兴奋自语。

［樊锦诗本要点蜡烛，却下意识地拿起佛灯，喃喃自语。

［他们各自表述不同的心声——

彭金章　（唱）实际困难写纸上，

我向组织诉衷肠。

樊锦诗 （唱）举起佛灯细端详，

想起了我初进洞窟那模样。

彭金章 （唱）或调武汉，我的学堂，

或回上海，她的故乡。

樊锦诗 （唱）三年日日相守望，

你看我我看你心境多安详。

彭金章 （唱）简单扼要，

樊锦诗 （唱）把佛灯点亮；

彭金章 （唱）语短情长，

樊锦诗 （唱）永驻心房。

彭金章 （唱）此致敬礼，

樊锦诗 （唱）把佛灯点亮；

彭金章 （唱）再谢伟大的常所长！

樊锦诗 （唱）永驻心房。

彭金章 （唱）锦诗啊！锦诗！快把大名签上，

从此后你就别了敦煌！

［彭金章兴奋地把写好的请调信高高举起，回身举目，看见樊锦诗点亮灼灼的佛灯，一时惊呆。

彭金章 （低声，缓缓地）锦诗，这是我们的新房，你怎么点佛灯啊……

樊锦诗 （这才发现错把佛灯当喜烛）哎呀，真是的，我应该点红烛的，我来点！

彭金章 （抓住她的手，直视着）锦诗。告诉我，你是不是舍不得敦煌？

樊锦诗 不是的，金章！……是的。

［望着彭金章盯着她的眼神，樊锦诗低下头去。

［彭金章一愣——

彭金章　(唱)她的眼神恍惚飘悠，
她的呼吸失了轻柔。
哪里像迎接喜讯来临，
分明是强把灾难苦忍受！

樊锦诗　(唱)看报告恰似风狂雨骤，
猛然间我成了漂泊之舟。
北大的五年学习，
敦煌的三年坚守，
怎忍心就这样付诸东流？

彭金章　(唱)深知她倔强性情天生就，
更懂她追求学业无尽头。

樊锦诗　(唱)转念想夫妻怎可不相守？
三年来金章他为我苦苦等候。

彭金章　(唱)她是去？

樊锦诗　(唱)我是去？

彭金章　(唱)还是留？

樊锦诗　(唱)还是留？

樊锦诗　(唱)我去也不忍留也心揪……

彭金章　(唱)细细揣测已明八九……

樊锦诗　(唱)眼前机会顺手丢，
遗憾终生悔不休！
新婚再要长别后，
深恐幸福难到头。
金章啊，
不要你等候，
不需你央求。

这请调报告的字我来签，

樊锦诗大名就落在纸上头！

樊锦诗　金章！喏！

［樊锦诗在请调报告上落笔，交给彭金章手上。

［停顿片刻，彭金章却郑重地把报告撕了。

樊锦诗　金章！你干嘛？

彭金章　锦诗，我知道你舍不得敦煌。去吧，你，属于敦煌。

樊锦诗　金章……（流泪了）

彭金章　锦诗！你怎么哭了？哎呀！今天是我们大喜日子，不要哭啊！来，笑一笑，就像……就像那个259，禅定佛陀，东方的蒙娜丽莎。

樊锦诗　金章，你真支持我回敦煌？

彭金章　嗯，总之，我最喜欢看你笑起来的样子。来，点上红烛！

［两人点上红烛，洞房里红烛与佛灯相映生辉。互佩红花。

彭金章　现在我宣布，彭金章、樊锦诗婚礼开始！

樊锦诗　以红烛为证——

彭金章　以佛灯为证——

樊锦诗　以我们怦怦心跳为证！

彭金章　以新娘最美丽的笑容为证！

二　人　两套行李——两个行囊——

彭金章　我将转回武汉大学，

樊锦诗　我将重新奔赴敦煌！

二人合　路迢迢天涯咫尺近，情依依相爱两心知！

［佛灯灼灼，烛光幽幽。

［这是婚礼，也是告别。

［主题歌起：

（唱）见到你万物沉寂唯你风流，

那一刻心随你走不再回头。

随风穿越亦趋亦走，

尘世繁华岁月春秋，

有了你无怨无求。

［在彭金章的深情目光中，樊锦诗回到了莫高窟。

樊锦诗 （高喊）莫高窟，我回来了！

［收光。

四

莫高窟

女同事 （唱）回来了！回来了！

上海的新娘子，

舍不下敦煌回来了。

回来了！回来了！

考古的主力军，

不分日夜苦操劳。

［常书鸿、段文杰出现在光圈里。

常书鸿 （唱）好一骑伯乐所识千里马，

不愧是老常我留住的一个宝。

段文杰 （唱）从此后敦煌考古上正道，

开启了壁画彩塑断代第一遭。

白天在洞窟，

精心做编号；

夜深孤灯下，
着意细眷抄。
一字字一行行，
字字行行心血操劳。
为飞天佛陀辨年轮，
为敦煌研究她把重担挑。

女同事 （唱）莫高窟呈现新面貌，
她却是事业家庭两煎熬。
夫妻两地遥，
孩子无人照看绑在床上哭啕啕。
没有办法……
怎么是好……（吵成一团）

常书鸿 （唱）你们不要吵，哪一个敦煌人不是撇家舍业团圆少？

女同事 （唱）是啊，常所长你也曾妻离家散苦煎熬。

常书鸿 （唱）哎，我那点故事不说也罢了，
哦，怎奈何……

女同事 （唱）怎奈何……

常书鸿 （唱）耳边常响起，
前妻她离去，
一双儿女哀哀哭声高——

［似有呼应般，一阵幼儿哭声传来，由弱渐强。

女同事 （唱）同样的哭声惊天动地，
来了个好男人不惧千里路迢迢！

彭金章 （唱）风吹大漠哭声紧，
一声声引来大江边披星戴月探亲人！
寻哭声大步流星一路奔，

急忙忙跨进石屋门——

见孩子只身在床上，

直哭得浑身抽搐痛欲昏。

张咧的小嘴，满脸的泪痕！

一根麻绳道道捆。

此情境揉碎天下父母心！

（把孩子搂在怀中）宝宝不哭，爸爸来了！

［孩子不哭了，屋中一片安谧。

［樊锦诗急急跑上。

樊锦诗 哎呀！怎么没听到孩子的哭声啊？

［她慌忙跨进屋去，从彭金章怀里抱过孩子揽进怀中，对彭的存在浑然不觉。

樊锦诗 宝宝！妈妈来了，还好还好。宝宝还好，妈妈没听见你的哭声啊，就害怕担心啊，听到你的哭声就知道你是安全的。来，毛巾擦擦脸——（伸手去拿，彭金章递过）我们来喝喝水——（伸手去拿，彭金章递过）妈妈回来了再给宝宝解开绳绳……（这才发现绳的另一端在彭金章手中牵着，大惊大喜皆意外）金章？你什么时候来的，我怎么没看见你啊。

彭金章 （忍不住怨气）樊锦诗！

（唱）天下哪有你这样不称职的娘？

竟然用绳索将儿绑！

他到底是我们的儿子，

还是那路边的羔羊？

樊锦诗 （感到突然，也没好气地）金章，你。

（唱）才见面不该这样讲，

这不是上海是敦煌，

彭金章 （唱）一根绳紧紧将儿绑。

讲出此种话替你臊得慌。

樊锦诗 （唱）绳子将儿绑，安全有保障，

深恐他手脚活动滚下床，

万一爬到屋门外，

提防有野狼。

彭金章 （唱）亏你还能说出口，

孩子最高待遇是“不喂狼”！

既无能就不该将儿带到人世上——

樊锦诗 （唱）你此话说得太荒唐！

为人父的责任尽了几斤又几两？

对我苦处一点不体谅。

彭金章 （唱）我是鞭长莫及只能苦思念，

你近在咫尺却把儿子丢一旁！

这样去上班你心能安？

樊锦诗 （唱）进洞窟，心随飞天入苍茫。

出了洞窟，回现实，

想到了孩子心慌张。

彭金章 （唱）工作狂，为人母的职责全然忘？

樊锦诗 （唱）你是说我不配做孩子的娘？

彭金章 （唱）看看孩子可怜样，

樊锦诗 （唱）母子连心心也伤。

彭金章 （唱）再无奈也该把办法想，

樊锦诗 （唱）公私兼顾两头忙。

彭金章 （唱）婚后就该留上海，

樊锦诗 （唱）请调信是谁撕一旁？

彭金章　(唱)那是为了成全你，

樊锦诗　(唱)反正是你亲手把妻子送敦煌。

彭金章　(唱)樊锦诗！

强词夺理还气壮，

事到如今偏逞强，全然没有当年样，

字字句句将我伤。泥人也有土性子，

我问你做母亲的责任在何方！

樊锦诗　(唱)你站着说话腰不伤！

你可知亲娘应该如何当？

你知道一夜尿布要换几次？

你知道奶瓶是温还是凉？

你知道婴儿生病怎喂药？

你知道四季怎样换衣裳？

你知道婴儿吮吸是怎样撞心房？

你知道他一颦一笑怎样牵我肠？

我已经想尽办法倾尽力，

荒漠里一个人也要把儿抚养成身材魁梧好儿郎——

不亚于你彭金章！

[床上的孩子哇的一声吓哭了。

[见彭金章收拾东西，樊锦诗慌了。

樊锦诗　金章，你这是干什么？啊？你要走啊？你不要走，是我不好，我错了！我不该这样发火，我不应该瞒着你不说实情报喜不报忧。啊，你还要带孩子走？不可以，不可以。等一等，你看，我已经找老乡借来了背包带，明天会背着宝宝一起进洞窟的。你看！你看！

彭锦章　锦诗，孩子放在这里不合适。

樊锦诗　你还要……

彭锦章　锦诗，你听我说。请你相信我，我会安排好的。让我接替着你，当爹当娘。

樊锦诗　（一怔）金章……

彭金章　锦诗，你听我说。是的，你说的我都不知道。那你就得让我知道，夜里要换几次尿布，奶瓶是温是凉，要怎样给孩子吃药，要怎样给孩子穿衣裳，要多少时间喂一次奶，怎样哄孩子睡觉……

樊锦诗　金章……

［樊锦诗一把抱住了他。

［常书鸿显现在光圈里——

常书鸿　是啊，漫漫人生路，不是每个人都有这样的幸运啊。

［说话间，樊锦诗抬起头来——

樊锦诗　（感慨）是的，我真是个幸运的人。

［樊锦诗伫立，望着渐行渐远的父子。

樊锦诗　（唱）多少次望着他远去的身影，
多少次渴望着重逢再来临。
一次次分别又团聚，
一次次升温着我俩的爱情与亲情。

合　（唱）岁月悠悠，渐渐白了两鬓。
细数那离去的脚印，
从夏到春，从冬又到春。

樊锦诗　（唱）直到那，此生中最后一次我为你送行，
哀乐声声碾碎了我的心。
一张纸条轻轻放在我手里，
一串陌生的数字映眼睛。
那是你临别最后的叮咛，

告诉我那是银行卡密码要记清，
嘱咐我不要随意放置难找寻。
那里面储蓄着你的勤俭与细心，
那里面保留着家里的油盐和柴米。
珍藏着你为持家守业操碎的一颗心。
金章啊，这个家原本是你一肩挑，
这个家没有你竟寸步难行。
万籁夜静，
露重更沉。
千百次默念着你对我的关心，
百千回轻唤着挚爱亲人。
你忠厚的笑容又浮现，
顿觉冲开了心的闸门。
任绵绵密密数十年不老的情话细流淌，
任重重叠叠几十载如歌的岁月轻掠影。
未名湖，珞珈山，
还有那九层楼的云同鉴证，
老彭你是一个好学者，一个好男人，
我的好丈夫，打着灯笼天下也难寻。

［收光。风铃继续，绵延不绝……接下场。

五

［常书鸿走出，环顾天地，心惴惴，意茫茫。

常书鸿 （唱）且收住感怀泪，

思绪万千风云变，

一场灾祸突现眼前。

［风沙搅天。阵阵怪异声音频出。

［莫高窟陷入“文革”情景。人们举着标语牌上场。

常书鸿 （唱）常书鸿被关进牛棚，

段文杰 （唱）段文杰被下放遭横扫。

［纷纷攘攘，各派纠缠得像闹剧一般。

［忽有巨大的声浪震响，一个高音喇叭推了上来，上面传来了那个年代典型的音乐。

［有人跑上，气喘吁吁——

报信者 不好，红卫兵来了，要砸烂莫高窟这个封资修老巢！

众　人 啊？

（唱）莫高窟要毁灭，

九层楼摇摇欲倒！

丢开派系的缠绕，

停止揪斗的喧嚣。

保卫我们的莫高窟，

打出另外的口号！

［顷刻间，他们手中的标语牌翻了过来，变成了另外的八个字：保卫我们的莫高窟！

常书鸿 （“跳出”叙述）嘿嘿，这也是莫高窟“一景”。

（唱）人们请记住，

记住这历史的一幕。

任他喧嚣吵闹，

关键时挽手并肩一条战壕，

守护莫高窟！

现在，该我上场了。（他转身向九层楼走去）

段文杰 （冲出高喊）老常！

（唱）所长他奔向九层楼，

一步，两步，三步……义无反顾！

老常啊，

那里是万佛之顶的禁地，

十人登顶九不回，只怕落得粉身碎骨黄泉赴！

常书鸿 （厉声）来犯者听真，你们胆敢再向前半步，常书鸿在此殉身跳下！

［樊锦诗也冲了上来——

［樊锦诗缓缓前进。

段文杰 小樊，你干什么？

樊锦诗 讲故事。

段文杰 荒唐！快回来！小樊！

常书鸿 小樊！

樊锦诗 常所长、段老师，也许他们还不知道啊，不知道这神秘的莫高窟有多少珍贵，不知道有多少动人的故事……

［面对“红卫兵”，樊锦诗娓娓道来。

樊锦诗 你们知道吗，这里为什么叫莫高窟？莫，就是“没有”——没有比莫高窟更高的窟！开凿她经过了十个朝代。内有735个洞窟，2415尊彩塑，45000平方米精美壁画啊，桩桩件件是珍品宝贝，个个都有好听的故事。喏，就来说一说259窟，塑造禅定佛陀的故事吧。

（唱）说来话长听分明，

让时光穿越千余年前北魏时辰，

佛音绕梁的莫高窟，

引来了丝绸路上一个年轻人。

他越过风沙与荒丘，
要塑一尊绝代塑像世留存。
这个年轻人凿了崖壁建洞窟，
一心为禅定佛陀塑金身。
从此后他日日生活在洞里，
轻易不出洞窟门。
日复一日年复年，
十年雕出佛一尊。
只见她——
云发高髻面圆润，
两耳垂肩佛意真，
双腿盘起须弥座，
座下缭绕起祥云，
双手捏合禅定印，
弯眉慈目看世人。
可是工匠他——
左看右看不满意，
好似画龙未点睛，
怎传佛陀韵？
怎讲佛陀魂？
怎描她笑容？
怎刻她的唇？
日思夜想难下笔，
几番雕琢不称心。
春去秋来意萧索，
岁月催得白发生。

莫不是心诚感天地，

莫不是意浓惊乾坤，

猛然间——

一道佛光耀洞门，

一缕祥云罩穹顶，

工匠他眼前澄澄亮，

心潮涌动灵思喷。

他拿起画刀轻若羽，

似有神助力千钧。

佛陀面庞妙生辉，

好一个，禅悦姿态迷人心。

欣然一笑传神意，

越千年长河美丽得永存！

常书鸿 （唱）十代王朝百代工匠千余载，

段文杰 （唱）铸就我大中华辉煌历史烁烁金身！

樊锦诗 （唱）维护她——

众　人 （唱）是历史功臣！

樊锦诗 （唱）没有了她——

众　人 （唱）我们就没有了根基和祖魂！

樊锦诗 （唱）前有古人后有来者，

你我同是华夏的子孙！

众　人 （唱）你我同是华夏的子孙！

［静场。外音。

樊锦诗 人呢？

常书鸿 宵遁。

樊锦诗 是醒悟。

常书鸿　也是良知。

［收光。

六

三十多年后　莫高窟

［佛音袅袅，时间流逝。

［樊锦诗在洞窟里静坐凝思。

［常书鸿悄然出现在她身后。

常书鸿　祝贺你小樊，荣获第三任院长。

樊锦诗　常院长，你逝世多年。小樊如今也白发苍苍了。

常书鸿　看样子，你有心事？在想什么呢？

樊锦诗　在想莫高窟，想过去，想现在，更担忧莫高窟的将来……

常书鸿　哦。将来？

樊锦诗　上千年的瑰宝，扛得过人祸，却难抵御风沙的侵袭、大气氧化和天灾的肆虐，更难在时间的长河里永存。

常书鸿　你是说，永远留住莫高窟？

樊锦诗　是的，永远。

常书鸿　好大的气魄。可是人生苦短，岁月悠悠。常书鸿离去，段文杰离去，我辈同仁都会离去。莫高窟总有一天也会消失离去。樊院长，保护莫高窟任重道远啊！是要想一想，留住莫高窟是敦煌人的愿望还是奢望……（常书鸿隐去）

樊锦诗　常院长！常院长悄然远去，段院长踪迹渺然，荒漠漠狂沙漫卷浑不知天上人间，呼千回唤万遍敦煌不见，

（唱）啊，又是一个噩梦魇苦苦纠缠。

樊锦诗 （惊顾茫然不见）我这是怎么了？最近老是做这样的梦。想我樊锦诗，在课本上初识敦煌，就立志要把北大考上；考古系勤读苦修，命运驱使奔来这向往的地方。为长留曾与常所长三击掌；别丈夫坚守佛窟数十年，实践考古篇章。如今第三任院长的职责，落在了当年上海小姑娘的肩膀上！如何做？如何当？“让莫高窟永留世上”，是愿望？还是奢望？……不敢想啊不敢想！这千年敦煌，熬过了岁月沧桑，偏遭遇强盗列强；抗住了文化浩劫，又迎来经济潮浪。利用和保护怎两全？自然的侵蚀又怎阻挡?！难道，数万平方米的壁画终将消失？难道，惟妙惟肖的彩塑也会遁亡？难道，禅定佛陀就这样永远离去？难道，一千六百年后，或更短更长，只能向子孙后辈讲述有关莫高窟模模糊糊的印象？

（唱）几番叩问如惊雷炸响，

恍如梦，千年佛洞空荡荡。

心坠深渊，魂入苍茫，

但只见流沙漠漠充空囊……

［禅定佛、飞天、“巨形”大佛，或远或近如梦幻般显现出来——

（唱）尊贵的禅定佛陀你欲何往？

为什么迷人的笑容换成忧伤？

惊见你面庞细纹悄悄现，

斑斑驳驳映在秀眉上。

美丽的飞天你何处翔？

你的故乡永远在敦煌。

还有那千年卧佛，

在哪里哪里何处把身藏？

顿觉洞窟身摇晃，

睁眼看剩一片黄沙空茫茫！

——醒来深思梦非梦，

涔涔冷汗湿衣裳。

深省悟——

人类敦煌只有一座。

敦煌存留岂能永长？

樊锦诗虽然已年迈，

一片初心不敢改。

五十年前三击掌，

誓言声声响耳旁。

一击掌青春留在苍凉大漠，

二击掌赢回了学术敦煌，

三击掌誓将那瑰宝消逝脚步来阻挡。

拼尽全力绝不退让，

敦煌慷慨留我，

我誓言留住敦煌。

［在她的誓愿中，新时代的敦煌人走上，显现出继往开来的气象。

众　人　（唱）欣逢高科技时代，

大敦煌伸展翅膀。

樊锦诗　（唱）创一番宏图伟业，

就是那数字敦煌。

众　人　（唱）《千年莫高》永停驻，

《神秘佛宫》世永享。

樊锦诗　（唱）让禅定佛永远禅定，

叫飞天女永远飞翔。

众　人　（唱）保卧佛祖千古安卧，

助巨身佛耸立端庄。

永远飞翔耸立端庄。

樊锦诗 （唱）樊锦诗心力微微不足道，

多年来幸运之神相依傍。

幸运师长群贤多爱护，

年华付出得报偿。

今日里恭迎前辈英魂归。

喜看新敦煌！

［风铃阵阵，禅音浩渺，佛灯盏盏。

尾　声

［舞台上，逐一走来敦煌的先贤——

常书鸿 我，常书鸿，1904年生于浙江杭州，1943年就职敦煌莫高窟，享年90岁。现在落叶归根，仰望九层楼在三危山上守护敦煌。

段文杰 我，段文杰，四川绵阳人。1917年生人，1945年就职敦煌莫高窟。享年94岁。现也仰望九层楼，在三危山上守护敦煌。

史苇湘 我，史苇湘，1924年生，1947年就职敦煌莫高窟，享年76岁。现在在三危山上面向九层楼守望。

欧阳琳 我，欧阳琳，1924年生，史苇湘的老伴儿。1946年来到敦煌，享年92岁。现在我和老伴一起守护敦煌。

贺世哲 我，贺世哲，1930年生，1961年就职敦煌莫高窟。享年81岁，同样，我也是三危山的守望者。

［声音继续，人群陆续。

前贤们 我，杨汉章——我，窦占彪——我，吴兴善——

众　人 还有我。

彭金章 还有我——

樊锦诗 金章！

［彭金章径直向樊锦诗走去，周到细致地为樊锦诗换上老年服饰。

彭金章 彭金章，河北肃宁人。1936 年生，1986 年从武汉大学调来敦煌研究所，享年 82 岁。现在……

樊锦诗 （打断他）我，樊锦诗，1938 年生于北京，长在上海，在敦煌五十余年，将来我要和我的金章也一起回到三危山上守望，因为我是敦煌女儿！

［主题歌：

（唱）见到你万物沉寂唯你风流，
那一刻心随你走不再回头。
随风穿越亦趋亦走，
尘世繁华岁月春秋，
有了你无怨无求。

［剧终。

（2018 年演出本）

淮剧

三女抢板

口述:何叫天　执笔:顾鲁竹　李晓民

作者小传

顾鲁竹（1915—2000），男，江苏建湖人。新中国成立初曾在江苏盐城地委宣传部工作，后任苏北扬剧团团长。1953 年调入上海华东戏曲研究院任编剧。1955 年调入上海市人民淮剧团担任编剧。

李晓民（1928—2005），男，广东番禺人，曾用名李展平。曾任上海京剧院、上海淮剧团编剧。

时代　明朝嘉靖某年夏末

地点　湖广衡山县

人物表

黄伯贤　衡山县令

黄秀兰　伯贤之女

邱　萍　伯贤之义女

王玉环　伯贤好友之女

王志坚　玉环之父，伯贤好友

张　氏　玉环之姨母

贺总兵　衡阳总兵

贺三郎　总兵之子

海　瑞　湖广巡抚

海　安　海瑞家将

海　雄　海瑞家将

家　郎

中　军

禁　婆

四军士

四衙役

四校尉

两刽子手

第一场　遇　祸

［衡山脚下，山洪滚滚。有一木桥通河上，因水势汹涌，桥板微倾。远处山上枯草枯树，遮人眼目。

［四军士、家郎，持弓箭引贺三郎策马上。

贺三郎　（唱）出得衡阳奔郊外，

扬鞭打马走如飞，

来在山下寻野味……

呵呀！

那一野兽身体肥。

家郎，快与你家小爷带过弓箭。

家　郎　是！（送上弓箭）

贺三郎　看箭！

家　郎　哎，三公子，你射什么？

贺三郎　你真是鼠目寸光！

家　郎　哪里？

贺三郎　咦，那山坡下面不是有两只大肚皮的野兽！你看我一箭双雕。

家　郎　啊呀，三公子，（上前阻拦）那是种田人家的两只家牛。

贺三郎　管它家牛野牛，射死带回，也好下酒呃！

家　郎　三公子，牛大体重，我们拖不回去！

贺三郎　你等拖不回去？

四军士　拖不回去。

贺三郎　真是无用的东西！

（麻雀叫声）

贺三郎　呵呀！

（唱）一群野鸟空中过……

（又欲射）

家　郎　三公子，这是麻雀，太小了！

贺三郎　麻雀又太小了？

家　郎　太小了。

贺三郎　呸！

（唱）真是拣精又拣肥，

与我四下寻野兽……

荒草枯树把眼遮。

家　郎　三公子，何妨下马到山上寻找……回？

贺三郎　好！（下马）

（唱）快快领路衡山上……

［四军士、贺三郎、家郎同上山。贺三郎滑倒，前处扶上。

贺三朗　呵呀！

（唱）居高临下好行围，

山前山外群兽回避，

树上树下百鸟惊飞，

眼花缭乱难发箭……

家　郎　三公子，你就闭上眼睛射一箭吧。

贺三郎　好呃！

（唱）试一试你小爷弓箭神威！

（射箭，山鸡鸣叫）

小山鸡在空中摇摇欲坠。

家　郎　公子的好箭！

贺三郎　哈哈！

(唱)快快与我紧紧相追！

家　郎　追！

[四军士、家郎、贺三郎同急下。

[张氏内白“随我来呀！”与王玉环同上。

张　氏　(唱)姨侄女你休要一路愁闷，

怪只怪滚滚山洪太无情。

现如今你家房产冲干净，

到我家粗茶淡饭度光阴。

王玉环　(唱)这几年蒙姨母百般照应，

送柴米助银酒犹如亲生。

王玉环朝思暮想难孝敬，

但愿等爹爹回补报大恩。

张　氏　(唱)我不照应谁照应，

当年妹妹情义深。

王玉环　(唱)提起高堂心酸难忍，

只见姨母不见娘亲。

爹爹在外无有音信，

想到此不由我珠泪暗淋。

张　氏　(唱)年迈人说话少思忖，

一句话引起侄女苦情。

叫玉环少悲伤赶路要紧……

(拉王玉环)

王玉环　(唱)姨母当心这山路不平。

张　氏　(唱)老身终年住山村，

不怕高低路不平。

王玉环/张氏　(唱)一老一少你挽我扶往前进……

(一阵追喊之声)

王玉环　呀!(张望)

(唱)何处传来的喊声?

张　氏　山野之中,怎会人声喧嚷?

王玉环　哎呀姨母,那旁有一趟军士来了。

张　氏　军士!

王玉环　姨母,我们快躲避躲避!

张　氏　啊呀侄女,前是桥头,这是山野,哪里去躲?

王玉环　哎呀,他们越来越近了!

张　氏　侄女不要害怕,我等背立道旁,让他们过去也就是了。

[张氏拉王玉环背立道旁。

[四军士喊追上,过场下。

王玉环　姨母,我们快上桥走吧!

张　氏　好,挽扶同行。

[王玉环扶张氏上桥,摇晃。

王玉环　啊呀!

张　氏　当心!

王玉环　这木桥怎么这样倾斜?

张　氏　也是洪水冲的呀,慢慢行走!

[贺三郎迎面上桥。

贺三郎　呀!

[王玉环催张氏急退回桥头。

[贺三郎过桥来,家郎随上过桥。

家　郎　哎,你等可曾看见一只山鸡……

贺三郎　一只山鸡!(窥视王玉环)

家　郎　由此地飞过？

张　氏　山鸡？无有。

家　郎　无有？

贺三郎　怎说无有，分明有一只山鸡（暗指王玉环）在此！（大笑）

张　氏　在哪里？

贺三郎　被这一女子劫过了！

王玉环　呀！

张　氏　小军爷，此话从何说起？

贺三郎　与我搜查！

家　郎　是！

［张氏拦阻家郎。

家　郎　你敢阻拦？

张　氏　哎呀，二位军爷呀！我等适才到此。委实不曾看见什么山鸡，查的什么？

贺三郎　是有是无，一查便知分晓，搜。

王玉环　姨母！（拉着张氏）

贺三郎　倒是一个温柔的少女！（暗笑）

张　氏　二位军爷，适才有趟军士追喊过去，想必山鸡在那边。

家　郎　休要多言！

贺三郎　慢着，这位老妈妈说在那边，想必就在那边，快去看看！（示意）

家　郎　嗯，好！（下）

贺三郎　（念）山野道旁长香草，

小桥头上有美人！

王玉环　姨母！（牵张氏衣袖）

张　氏　走！

贺三郎　慢走，我还有话相问。

张　氏　这……

贺三郎　请问妈妈，这位可是你的千金小姐？

张　氏　嗯，是我的姨侄女。

贺三郎　噢，你可知我是何人？

张　氏　不敢请教。（不愿相谈）

贺三郎　哎，这有何妨？我乃衡阳总兵大人的三公子。

张　氏　总兵大人的三公子！（畏缩）

贺三郎　贺三郎就是我，想是久闻大名？

张　氏　嗯，是久闻大名，告辞三公子了！（拉王玉环欲走）

贺三郎　哎，百闻不如一见，你看我怎样？

张　氏　你……你好！

贺三朗　既然久闻大名，今日一见称好，妈妈，你为何要走呢？

张　氏　贺公子，我们还有要事！

贺三郎　那比终身大事要紧？

王玉环/张氏　呀！

贺三郎　老妈妈，你不要装糊涂了！

（唱）我父衡山为总兵，

衡山南北谁不闻。

当朝首相严阁老，

他是我父老师傅。

我自幼练得好本领，

城里城外早有名，

你侄女巧遇我三生有幸……

张　氏　你……

贺三郎　（唱）快将她匹配我凑成十房夫人！

张　氏　呸！

(唱)玉环贤惠传遍山阴村，

怎肯嫁你这个祸害精！

贺三郎　呀！

张　氏　玉环快走！

贺三郎　大胆！（抓住张氏）

张　氏　你竟敢白日抢人！

贺三郎　说抢就抢。

王玉环　待我投水一死！

张　氏　玉环！（上前拉住王玉环）

贺三郎　你与我滚开了！（摔倒张氏）

［王玉环走上木桥。

贺三郎　哪里走！（奔上桥去）

［家郎拾山鸡急上。

家　郎　三公子！

贺三郎　呀！

［贺三郎猛回头滑下桥去，随山洪漂流而下。

王玉环　呀！姨母！（冲下桥来，拉住张氏）

家　郎　三公子，三公子！（手足无措）来人哪！

［四军士急上。

家　郎　三公子掉下水去，快快打捞！

四军士　是！（欲下）

家　郎　且慢！三公子若有三长两短，如何了得！不要让这女子逃走！

［家郎领二军士下。

二军士　是！走！（上前强拉王玉环）

王玉环　天哪！（被拉下）

张　氏　玉环，玉环！（追下）

第二场　报　驾

［中幕前。

［家郎拾山鸡急上。

家　郎　啊呀，这便如何是好？……有了，难管他人死与活，且打自己离身拳！有请老大人！

［贺总兵上。

贺总兵　（念）孩儿打猎去，

迟迟不归来。

家　郎　启禀老大人，大事不好！

贺总兵　何事惊慌？

家　郎　这个……

贺总兵　讲！

家　郎　嗯，老大人，今晨三公子要我陪他郊外打猎。

贺总兵　知道了，如今三公子打来多少飞禽走兽？

家　郎　飞禽走兽未曾打多少，他倒……

贺总兵　他倒闯下祸来了？这怕什么，管他天大祸事，自有老夫承担。

家　郎　恐怕老大人也承担不了。

贺总兵　呀！

家　郎　他……

贺总兵　他怎样？

家　郎　苦命的三公子！（哭）

贺总兵　我儿他……

家　郎　掉下水死了哦!

贺三郎　呀!

(唱)闻听我儿落了水,

点点老泪洒胸前。

莫非是你少检点,

再莫非有人胆包天?

家　郎　嗯……

贺总兵　快讲!

家　郎　三公子与我找这只山鸡,来至桥上,遇见民女王玉环……

贺总兵　王玉环!

家　郎　不幸被她推下水去!

贺总兵　噢,原来是狗贱人抢物害人!……她现在何处?

家　郎　已押至衡山县衙。

贺总兵　我儿尸体呢?

家　郎　抬回大营!

贺总兵　我定要那王玉环活祭儿灵!

打道衡山县!

[家郎引贺总兵下。

第三场　诬　告

[衡山县公堂,平常陈设,上有"公正廉明"横匾。

[家郎急上,击鼓三声下。

[四衙役引衡山县县令黄伯贤急上。

黄伯贤　（念）堂鼓三声，

　　何人叫冤枉？

　　带击鼓人上堂！

家　郎　（内白）总兵大人驾到！

黄伯贤　呀！（一惊）有请！

［贺总兵上，家郎随上，黄伯贤迎入内。

黄伯贤　不知总兵大人驾到，有失远迎，望乞恕罪。

贺总兵　县太爷，你过谦了。

黄伯贤　不敢。左右，看座。

［衙役为贺总兵设座。

黄作贤　不知老大人驾临敝衙，有何紧急公务？

贺总兵　哼，你做的好父母官！

黄伯贤　这……莫非大人营中缺粮，或是下官有失政之处？请老大人当面指教。

贺总兵　老夫营中哪会缺粮。只是有一事不明，要请教于你。

黄伯贤　不敢。

贺总兵　我且问你，吃皇家俸禄？

黄伯贤　忠心报国。

贺总兵　身为父母官？

黄伯贤　为黎民分忧！

贺总兵　呸！

（唱）枉在衡山为县令，

　　坐享俸禄不教民。

　　抢劫凶杀在人间，

　　光天化日路难行！

黄伯贤　怎会如此？

贺总兵　(唱)可怜我的三郎儿……

黄伯贤　令公子怎么样了?

贺总兵　(唱)横遭不幸水底丧身!

黄伯贤　呀!

　　　　(唱)闻得公子遭凶信,

　　　　　　不由我顿时心内惊,

　　　　　　何方野氏不安分,

　　　　　　竟敢上山把凶寻!

　　　　　　且请大人少悲愤,

　　　　　　容下官捉拿凶犯誓为公子把冤伸!

　　　　　　人来!

贺总兵　不用!

黄伯贤　老大人……

贺总兵　女犯王玉环已被我手下人抓来!

黄伯贤　噢,多承老大人。

贺总兵　快与我升堂审问!

黄伯贤　是……何妨主老大人同审?

贺总兵　哎,武官焉理民情,你与我审问便了。

黄伯贤　老大人在此,下官不敢上坐。

贺总兵　无妨,老夫今日到此,不过是一个原告罢了,只管升堂!

黄伯贤　如此,下官告罪,升堂!带女犯王玉环。

衙　役　喳!

　　　　[两衙役押王玉环上。

王玉环　叩见青天大人!(下跪)

贺总兵　你……你就是王玉环?

王玉环　民女王玉环。

贺总兵　好哦！

（唱）试问你大胆仗什么势？

谋财害命把天欺，

草芥之命难以抵，

我定在喝动三军千踩万踏把你化为泥。

王玉环　啊呀！

黄伯贤　老大人暂息雷霆之怒，容下官慢慢审问。

贺总兵　你问！

黄伯贤　王玉环，你家住哪里？为何谋财害命，从实招来。

王玉环　青天大人，民女实在冤枉呀！

贺总兵　一到公堂，连呼冤枉，不敢讲出情由，分明罪恶昭彰，就该用刑！

黄伯贤　老大人，乡村民女，少到公堂，不会讲话，也是有的。

贺总兵　分明是装腔作势！

黄伯贤　慢慢讲来。

王玉环　县太爷呀！民女王玉环，家住城外山陶村，只因家遭山洪之灾，随姨母张氏前往她家过活，不想在衡山脚下。小桥之上，遇见了贺……

黄伯贤　怎样？

王玉环　贺公子拦住桥头，不让前行。

贺总兵　呀！

黄伯贤　他乃总兵之子，你就该让他过去。

贺总兵　自应如此。

王玉环　民女也曾站立桥头，相让于他，怎奈他……

黄伯贤　往下讲！

贺总兵　分明讲不下去。

黄伯贤　不用害怕，讲。

王玉环　唉，他行为不轨，欲抢民女去做第十房夫人，民女不允，那贺三郎将我姨母摔掼桥头，上桥抢我。只因水急桥塌，他行走匆匆，失足落水而死。

贺总兵　住了，分明是信口胡言。家郎，与我上前作证。

家　郎　嗯，见太爷。

黄伯贤　你要秉公讲明。

家　郎　小人亲眼得见，是这民女抢夺山鸡，将公子推下水去！

黄伯贤　当真如此？

贺总兵　老夫的家郎向不谎言！

王玉环　哎呀青天大人哪！一只山鸡能值多少？何况他手下人多，凶势狼威。民女年轻，姨母年迈，怎敢冒犯官家之子？请大老爷参情！

贺总兵　你治下这等刁民，巧言舌辩，不动大刑，怎么招认，你……与我用刑！

黄伯贤　这……

王玉环　冤枉呀！

贺总兵　快快用刑哪！

王玉环　县太爷明镜高悬！

贺总兵　黄知县！

王玉环　县太爷！

贺总兵　黄伯贤！

王玉环　青天哪！

黄伯贤　（颤抖不停）

贺总兵　狗官哪！

（唱）我儿被害本是真！

王玉环　（唱）民女不是启祸的人！

贺总兵　（唱）公子一死谁偿命？

王玉环　(唱)怎以叫玉环作冤魂?

贺总兵　(唱)你装聋作哑不应分!

黄伯贤　(唱)真叫我左右为难无章程!

贺总兵　(唱)人命关天你不问!

王玉环　(唱)民女冤情海样深!

贺总兵　呀呀呸!休要你在一旁絮絮叨叨!

黄伯贤　老大人!

贺总兵　狗官哪!

(唱)自古杀人该偿命,

为何迟迟不判斩刑?

黄伯贤　(唱)身为县令秉公正,

令郎的命案要查清。

贺总兵　(唱)现有人证与物证。

何用再去问他人?

黄伯贤　(唱)一面之证难把案定,

待本县再传张氏仔细问明!

贺总兵　呀!大胆!

(唱)老夫说一向无二,

何况是为的我儿命一条,

小小知县胆非小,

可知我师父严嵩压当朝?

我看你头上戴不住乌纱帽,

身上穿够了紫罗袍!

项上人头今难保……

狗官哪!

少不得你与此女命全抛!

家郎，打道衡阳府！

家　郎　是！（下）

黄伯贤　送大人。

贺总兵　你与我小心了！你与我小心了！（下）

黄伯贤　呀！

（唱）贺总兵一怒出堂口，

盛气凌人鬼神愁！

此案若是不追究，

要丢去头上乌纱项上的人头！

若是将民女来斩首……

王玉环　青天哪！

黄伯贤　（唱）岂不叫她遭恨千秋？

罢罢罢，暂将生死抛脑后，

待我仔细问从头。

堂下民女听了，贺三郎之死，非同小可。你的性命，本县的前程，必须从实讲来。如不然这大刑难……熬！

王玉环　哎呀，青天大老爷呀！

（唱）王玉环为人本忠厚，

礼义二字记心头。

家中虽然不富有，

意外之物怎强求。

贺三郎身佩宝剑弓在手，

我本是手无寸铁一女流。

山鸡野味值多少，

何苦因此把命丢！

是非曲直好参透，

求太爷将我救！你家子子孙孙步步高升，千年万载万载千年美名留。

如将民女来斩首，

可怜我孤苦伶仃幼年丧母爹爹在外家遭水灾房产流，落难女子要千恨万愁！

望青天刑法不加无罪女，

设法放我重把亲投。

黄伯贤 也罢，暂且将王玉环收监。

衙　役 是！（下拿手铐上）

王玉环 父母官！

黄伯贤 暂且委屈一时，本县不会屈斩于你！下去。

［衙役一人带王玉环下。

［张氏外呼冤枉，衙役一人上。

黄伯贤 呀，又是何人叫冤，带叫冤人上堂！

衙　役 叫冤人上堂！

［张氏急上。

张　氏 民妇张氏叩见县太爷！

黄伯贤 你可是王玉环的姨母？

张　氏 民妇正是。

黄伯贤 本县正欲传你，贺三郎究竟如何一死，要从实言明。

张　氏 太爷呀，贺三郎之死，原是他欲抢玉环为妾，自己不慎掉下水去，我侄女怎敢相推？务求青天老大爷开脱于她，我张氏终生感谢父母官的大恩大德！（哭泣）

黄伯贤 果真如此？

张　氏 民妇不敢谎言！

黄伯贤 如此说来，你下堂去吧！

张　氏　哎呀，青天哪！我一人是万万不愿回去的了！

黄伯贤　你将怎样？

张　氏　求太爷将我一起收监！

黄伯贤　这……

张　氏　县太爷呀！

(唱)今日里这场祸因我来闯，
我带她到舍下去过时光，
只说是姨侄女有了扶养，
又谁知飞来祸遇害见三郎，
倘若她蒙冤屈刑场之上，
我张氏对不起死去的妹妹，
她的娘！
求大人要放同把我们放，
要押一起押牢房，
要斩先将老身斩，
不愿玉环蒙冤枉。若要斩首斩一双！

黄伯贤　(唱)老妈妈忠厚言非谎，
贺总兵仗势太逞强，
劝张氏下堂去我府衙住……

张　氏　青天大老爷你要万代高升！

[二衙役引路下。

黄伯贤　(唱)静候传讯少要惊慌！(下)

张　氏　县太爷！

衙　役　哎，你真太啰唆了，莫说王玉环的性命难保，就是我们太爷的前程也靠不住了！(二衙役下)

[中幕闭。

张　氏　呀！……天哪！

（唱）听说侄女难保命，

好似滚油煎我心！

说什么县令前程靠不稳，

果真那贺总兵独霸衡阳无法无天任意而行！

我欲要寻找她父去送信，

千里迢迢何日才能转回程？

眼睁睁见侄女遭不幸，

难道说人间无有青天包大人？

顾不得乌天黑日无人问，

我定要手执清香连夜投奔衡阳官府大小衙门哀哀上告苦苦诉情纵然丢去老身命，要为侄女把冤申！（下）

第四场　义　争

［县衙后堂，陈设简单，朴素幽静。

［邱萍上。

邱　萍　（唱）明日是我义父五十寿诞，

秀兰姐姐又受了风寒，

但愿她吃过汤药出身汗，

姊妹们欢欢喜喜为义父庆寿一番。

眼看日落天色暗，

来到外堂为义父请安。

啊呀，义父今日还不早早退堂？

哪有这许多冤枉案，
义父终日不得闲，
我这里忙把家院喊……

［家院上。

家　院　见过二小姐。

邱　萍　（唱）我问你老爷是在公堂仍问案，还是到书房把卷翻？

家　院　老爷适才往府衙去了。

邱　萍　这般时候前去，定有什么紧急公事！

家　院　提起此事，倒是人心大快！

邱　萍　什么事？

家　院　适才我闻听人言，贺总兵之子贺三郎，为非作歹，惯抢民女，曾逼死几条人命，前任县官也不加闻问。如今这贺三郎掉下水淹死了！

邱　萍　如此说来，天理昭彰。

家　院　是呀，不过又无辜连累了一位女子。

邱　萍　呀，这是从何说起？

家　院　贺总兵痛子丧身，诬告那过路女子谋财害命！

邱　萍　当真如此？

家　院　分明是仗势害人，那胡知府原是前任的县官，向与贺总兵连成一气，如今那女子恐怕性命难保！

邱　萍　噢！好恨也！

（唱）乌云遮日天昏地暗，
强暴横行贻害人间，
贺三郎为非作歹早成罪犯，
糊涂官儿是非不关，
如今苍天睁开眼，

怎能教过路人空把罪担？

但不知我义父如何定案？

家　院　老爷岂肯冤屈好人，因此贺总兵往府衙理论去了。

邱　萍　噢！

（唱）但愿乌云能吹散

保此女平平安安！

黄秀兰　（内白）妹妹在哪里？

邱　萍　姐姐，我在这里。（欲下）

［黄秀兰上。

邱　萍　姐姐，你怎么不多睡一时？

黄秀兰　我不过受了一点风寒，吃下汤药，出了汗，也就好了，倒是累妹妹辛苦忙碌。

邱　萍　姐姐，你怎么生疏起来？想我邱萍全家遭倭寇杀害，由海州逃走淮安，不是蒙义父收留，姐姐照看，恐怕早已……

黄秀兰　妹妹，你怎么又提这些？（抚慰）妹妹，明日是我爹爹五十寿辰。你不是早对我言讲，要亲自做些寿桃寿面，为爹爹拜寿？

家　院　恐怕老爷自己倒忘记了。

黄秀兰　你还说，你我虽在异乡，自家也要热闹一番。可是你讲的？

邱　萍　是我讲的，怎样？

黄秀兰　那快至府下，姐姐做你下手。

邱　萍　那要你听我吩咐！

黄秀兰　那是自然。

邱　萍　好！

黄秀兰　家院，快对我爹爹言，今晚少看案卷，我姐妹要为他老人家祝寿。

家　院　老爷到府官那里还未回来。

邱　萍　恐怕事有纠缠。

黄秀兰 究竟为了何事？

邱　萍 姐姐，这种气人之事，你还是不问的好。

黄秀兰 呀！妹妹，你快快对我讲明。

邱　萍 唉！

［黄伯贤内白："回府！"

邱　萍 义父回来了。

黄秀兰 是爹爹回来了。

［黄伯贤上。

家　院 还接老爷！

黄伯贤 罢了。

邱　萍 义父！

黄秀兰 拜见爹爹！

黄伯贤 罢了！家院掌灯来。

家　院 是！（下）

邱　萍 义父，那件案情如何了结？

黄伯贤 这……不用多问。

黄秀兰 爹爹，邱萍妹妹要亲做桃面为爹爹拜寿，少时还要……

黄伯贤 好好好，你等先去！

［家院掌灯上。

黄秀兰 妹妹！（拉邱萍欲暗问）

邱　萍 姐姐，少时我对你言讲。义父，我姐妹少时前来。

［邱萍、黄秀兰施礼下。

黄伯贤 好，退下。

［家院下。

黄伯贤 哎，好不难煞人也！

（唱）适才将到府衙案情来辩。

胡知府听信了一面之言，

以大压小逼本县，

定要斩王玉环在三郎的坟前。

我再三来辩白知府翻脸，

他教我仔细思量莫要纠缠。

我想那受难女蒙冤非浅，

句句恨字字泪动人心弦，

想到此不由我心惊胆战……

仿佛见众百姓怨气冲天！

难道我抛黎民良心改变？

难道我官官相护赴势趋炎？

难道我留恋这七品知县？

难道我怕自身难以保全？

罢罢罢！

顾不得胡知府替灵生翼，

顾不得贺总兵一手遮天，

顾不得我的女无依无靠，

顾不得白发娘难度晚年。

我不愿身上官衣百姓血染，

我不愿头戴乌纱黑白倒颠，

纵然斩去我黄知县，

我定要上凭天理下秉公断，搭救难女免受奇冤，到那时我命丧九泉心甘情愿，对得起黎民对得起天，为民一死理所当然！

家院！

［家院上。

黄伯贤 （唱）人与我传禁婆悄悄相见，

快将那王玉环带到厅前。

家　院　是！（下）

黄伯贤　贺总兵，你休仗严嵩势力，勾结胡知府，胡作非为。我黄伯贤虽不如海瑞大人能力斗严嵩老贼，我也能秉公而断，看你如何！

［家院与禁婆带王玉环上。

禁　婆　叩见大人。

黄伯贤　罢了，此女案情重大，本县要细细审问。为她除去刑具。

禁　婆　是。（为王玉环除去刑具）

黄伯贤　不用你等在此，家院，带禁婆厨下用饭去吧。

家　院　是。

禁　婆　多谢大人。

家　院　随我来。

［家院带禁婆下。

王玉环　青天大人哪！（哭）

黄伯贤　不必如此。王玉环，你家中还有何人？

王玉环　只有爹爹一人。

黄伯贤　你爹爹他叫何名字？

王玉环　我爹爹名叫王志坚。

黄伯贤　王志坚？他现在何处？

王玉环　现在戚继光大人营中，若是爹爹闻此消息，定然是肝肠寸断！

黄伯贤　啊呀，想不到这王玉环是我仁兄之女！……起来讲话。

王玉环　谢大人。唉，爹爹你年老在外，只怕是无人养老送终的了！

黄伯贤　倒是一片孝心。也罢，本县念你横遭不白之冤，又是英雄之后，孤苦伶仃，岂能屈斩于你。本县立即放你回去。

王玉环　县太爷，此话当真？

黄伯贤　身为父母官，理应为民作主，哪有谎言。

王玉环　青天大老爷，真是再生的父母。（连连叩谢，起身欲走）

黄伯贤　且慢。

王玉环　太爷……

黄伯贤　你此去投奔哪里？

王玉环　投奔姨母家中。

黄伯贤　万万去不得。

王玉环　这是为何？

黄伯贤　若是贺总兵派人前去搜查，你……

王玉环　这……

黄伯贤　既然你父在戚继光大人营中，你自应远走高飞，前往福建，寻找你的爹爹去吧！

王玉环　多承太爷指点，只是姨母放心不下。

黄伯贤　今晚先到你姨母家中，明日清晨出走。

王玉环　辞别太爷。

黄伯贤　且慢，家院，取纹银三十两前来。

［家院应声取银上，交给黄伯贤，家院又下。

黄伯贤　这三十两纹银，作为路费，快快收下了。

王玉环　这……

黄伯贤　事不宜迟，收下。

王玉环　（接银）人道见官如见虎，怎么这位县太爷这样仁慈。

黄伯贤　不必延迟，待我将你送出此门。

王玉环　嗯……民女敢问父母官的高姓大名，日后我与我爹爹也好报答不斩之恩。

黄伯贤　这……不必多问，你父自然明白。

王玉环　呀，我父明白吗？……务请太爷明讲。

黄伯贤　哎，贤侄女呀！

（唱）你父与我情谊非浅，
好……似同胞兄弟手足相连。
三年前我离开淮安山阳县，
半途中偶遇你父王志坚。
黄河渡口同遭风险，
小舟遇浪底朝天。
你的父不顾生死猛勇入水，
白浪中拼命拉住我黄伯贤。
不是你父将我救，
我黄伯贤早已命丧九泉。
你的父为救我反把病染，
失包裹无衣衫又无银钱。
感仁兄救我命恩情一片，
我早请医晚侍候亲把药煎。
数日后你的父病势已退，
往京城一路上照顾周全。
临别前撮土焚香盟誓愿，
有福同享有难同当金兰永好不复心田。
几年来手足情时常怀念，
未打算初到衡山遇我侄女在公堂之前。
秉公道理应把你放，
论情谊我怎能叫你含冤。
叫侄女快快离开衡山县，
到明朝又恐怕事有纠缠！

王玉环　啊呀！

（唱）闻听伯父一番话，

才知道我爹爹病中靠他，
今日又要将我救下，
此恩此德感激无涯！
待我辞别……
(欲进又退)哎呀！
……是非大……
我玉环险些将事做错！
伯父呀！（双膝跪下）

黄伯贤 侄女，这是为何？

王玉环 (唱)贺三郎之事案情大，
总兵官在公堂咬碎钢牙。
虎势狼威谁不惧怕，
我一走他定把伯父追查。
私放人犯罪非假，
要断送伯父你头上的乌纱！

黄伯贤 (唱)侄女说得哪里话，
救人哪顾头上的乌纱。
快快与我去了吧……
[拉起王玉环。

王玉环 (唱)我怎能叫伯父戴锁披枷！
[邱萍与黄秀兰同暗上。

黄伯贤 哎呀侄女呀，事到如今，你休要为我担心，只管逃走便了。

王玉环 我是万万不能走的呀！

黄伯贤 只管走！

王玉环 走不得！

黄伯贤 你与我走呀！

[强拉王玉环欲出门，黄秀兰、邱萍迎面进内，黄伯贤、王玉环退内。

黄秀兰 爹爹，她……

黄伯贤 她就是我常提起的患难之交王志坚王仁兄之女王玉环。

黄秀兰 原来是玉环姐姐。

[黄秀兰与邱萍同与王玉环见礼。

黄秀兰 爹爹，这夜晚天黑，带玉环姐姐何往？

黄伯贤 哎呀儿呀，如今她横遭奇冤，难道你就地等死不成？

邱　萍 噢！

黄秀兰 爹爹，你适才见过府官。他是如何说法？

黄伯贤 那胡知府也是严嵩的门徒，贺总兵的同党。他等朋比为奸，勒逼为父将她定罪！

邱　萍 呵呀！

黄秀兰 如此说来，爹爹快与姐姐奔走六部衙门，转奏圣上。

黄伯贤 啊呀儿啦，六部衙门皆严嵩掌管，何况你父官卑职小，难见皇上。

黄秀兰 难道京中就无一个真正的高官？

黄伯贤 这……往日倒有一人。

黄秀兰 此人？

黄伯贤 吏部侍郎海瑞，曾责打严嵩，为奸贼所忌，现调赴安南催贡去了。

邱　萍／黄秀兰 噢。

黄伯贤 如今是，天高皇帝远，上告又无门！

王玉环 唉！

黄伯贤 玉环，你还是快快逃走吧。

王玉环 伯父大人哪，我今一走，不仅连累与你，就怕伯父全家的性命，也是难以保全的呀！

邱　萍 是呀，贺总兵如此厉害，定会追究，到那时义父与姐姐性命难保，就是邱萍也难免一死。何况贺总兵的人马，驻扎四门，玉环姐姐难以逃走，纵然插翅膀，也难免追查！

黄秀兰 爹爹要从长计议。

黄伯贤 这……唉。

（唱）她三人说出了这番话，
不由我心中乱如麻。
只说是把侄女能救下，
怕只怕画不成又害全家。
义女邱萍难幸免，
还要连累白发妈妈。
上告无门冤屈大，
恨只恨到处是严嵩的爪牙。

王玉环 （唱）伯父不必泪如梭，
一番好意记心窝。
冤屈一人我甘愿，
不怪伯父只怪那妖魔！

邱　萍 （唱）义父为救人左右盘算，
我邱萍急得心如箭穿！

黄秀兰 （唱）爹爹一旁无限悲愤，
姐姐上前愿意受刑。
爹爹是断案秉公正，
姐姐是不愿连累人。
欲救无法欲斩不忍，
急得我父女们揉碎了心！

［四人正悲愤无法当中，家院急上。

家　院 启禀老爷，总兵府中军前来。

黄伯贤　你姐妹快快退下。

［黄秀兰、邱萍、王玉环急下，家院也下。

［四军士引中军急上。

中　军　黄知县，我家大人言道：三公子要等王玉环人头祭奠，你快快定她死罪！如不然，立即将王玉环调至知府衙审问！

黄伯贤　这……

中　军　你休要犹豫不决，小心了。回府！

［四军士引中军下。

［黄秀兰、邱萍、王玉环急上。

黄秀兰　爹爹。

王玉环　伯父，总兵府中军前来何事？

邱　萍　义父。

黄伯贤　适才中军言道，贺总兵要我将她定成死罪，如不然立即将她调至胡知府衙前审问！

黄秀兰／邱　萍　呀！

王玉环　伯父大人呀！既是玉环路遇此祸，理当自己身受。如今我不愿横遭贼子杀害，但求在伯父大人刀下一死！

黄伯贤　这……使不得啦！

邱　萍　难煞人也。

王玉环　伯父，你不要犹豫了。

黄伯贤　你叫我怎么忍心！

黄秀兰　苍天哪！

(唱)眼望天外一片昏暗，
怨雨愁云布满衡山。
面对堂上纱灯一盏，
父女们含恨泪水潸潸。

仰首呼天苍天不睁眼，
低头恨贼贼子害人间。
父辈相交同过患难，
怎能叫姐姐血染尘寰？
放玉环必然是满门抄斩，
想到此不由我心胆俱寒。
白发祖母在家乡盼，
盼来盼去盼个斩教人心何安！
明日是爹爹过寿诞，
寿诞之期身遭难要血溅湖南。
救姐姐免全家横遭大难，
绞断肝肠左右难！
猛然抬头朝姐姐看……
(想到年龄身材)哎！
今唯有秀兰代玉环，
姐姐身遭难，
爹爹两为难，
满门尽遭斩。
尽孝道全仁义理应我秀兰承担！
尊声爹爹少悲叹，
喊声姐姐泪休弹，
秀兰能当人命案，
甘愿替死……莫再为难。

王玉环／邱　萍　呀！

黄伯贤　儿啦，你愿替死？

黄秀兰　儿愿替死。

黄伯贤　此话当真？

黄秀兰　儿是真心。

王玉环／邱　萍　使不得啦！

黄伯贤／黄秀兰　为何使不得？

王玉环　怎能教姐姐无辜受刑？

邱　萍　义父与二位姐姐呀！想我邱萍一家人，横遭倭寇杀害，蒙义父收留，情同骨肉，秀兰姐待我，又胜过同胞姐妹。如今，玉环之父，正抗击倭寇，为报清国恨家仇，为替义父解愁，为代姐姐尽孝，为谢玉环之父，唯有容我替死！

王玉环／黄秀兰　呀！

黄伯贤　义女，你也要替死？

邱　萍　情愿替死。

黄伯贤　此话当真？

邱　萍　一片诚心。

王玉环／黄秀兰　使不得啦！

邱　萍　使得！

黄伯贤　使不得！

（唱）邱萍你是一片诚意，

可怜你孤苦伶仃无靠无依，

做情应该做到底，

让你替死不相宜。

邱　萍　（唱）我爹娘被倭寇乱刀杀死，

多蒙义父广施仁慈，

几年来扶养我有情有义，

邱萍女想报答无有时机。

现如今她的父出生入死，

报国恨家仇东征妖夷。

情似海恩如山牢牢永记，

今日里不报答等待何时？

有恩必报是正理，

望求义父莫迟疑，

刑具把我来戴起，

邱萍万死总不辞。

黄伯贤　呀！

黄秀兰　还是我来戴。

邱　萍　我来戴！（争夺刑具）

王玉环　二位姐姐，还是我来戴。

黄秀兰／王玉环／邱　萍　姐姐呀！（抱头相哭）

黄伯贤　天哪！

（唱）她三人你争我夺有仁义，

不由我在一旁泪湿官衣。

我拼性命救玉环合情合理，

舍邱萍救他人分明把父欺，

舍亲生救玉环悲痛不止……

我唯有命三人高飞远离，

叫三人快不要争执不已，

取银两奔福建莫要延迟！

要死为父一人死，

你等逃走无人知。

志坚兄本是大仁大义，

戚继光更能够广施仁慈。

秀兰领路离开此地……

黄秀兰　爹爹！

王玉环　伯父遭受凌迟！

邱　萍　（唱）怎舍得义父——

［相扶痛哭，禁婆上。

禁　婆　大人，时刻不早了。

黄伯贤　哎呀妈呀！事到如今也瞒不得你了。王玉环横遭奇冤，本县不忍屈斩于她，再审之后，又知她为我好友之女。本县一心救她，怎奈贺总兵勾结胡知府，权势逼人，如今我儿秀兰，义女邱萍，皆愿替死，这……叫我如何忍心？

禁　婆　噢，大人与小姐如此仁义，小人从未见过，只是案情重大，如何是好？

黄伯贤　这……

［家院急上。

家　院　启禀老爷，大事不好。

黄伯贤　何事？

家　院　胡知府派人下公文前来！

黄伯贤　公文现在哪里？

家　院　那人言道：事关明日五更斩人，要老爷亲自去接。

黄秀兰/王玉环　呀！

邱　萍/黄伯贤　你等休要惊慌，待我前去！

［黄伯贤与家院急下。

王玉环　哎呀二位姐姐呀！你等欲舍身相救之情，我来生当报！如今只求二位姐姐在我死之后，能收尸入殓。等我爹爹回来，要他老人家向海瑞大人衙前上告，为玉环申冤报仇！

黄秀兰/邱　萍　这……

王玉环　妈妈，快带我回转衙中！（欲下）

黄秀兰/邱　萍　姐姐呀！（上前拉住）

（唱）人虽初遇心心相印，

如今替死出于至诚！

王玉环　(唱)一片真心情难领，

何能替代问斩刑！

黄秀兰/邱　萍　(唱)万望姐姐要应允……

[欲跪。

王玉环　(上前扶住)二位姐姐呀！

禁　婆　(唱)教禁婆在一旁难悲声！也罢！三位不姐不必争执，我倒有一计在此，不知三位小姐意下如何？

黄秀兰/邱　萍　妈妈请讲。

禁　婆　何妨备下黑房一间，死板一块，抢死则死，凭天一断！

王玉环　这……

邱　萍　此计甚好！

黄秀兰　就劳驾妈妈费心！走！

王玉环　万万不可！

禁　婆　王小姐不必推辞，随我来！

[禁婆、黄秀兰、邱萍拉王玉环同下。

第五场　抢　板

[黑房之中，仅一香案，两旁有椅。

[禁婆掌灯进房，放死板复出。

禁　婆　三位小姐前来抢板，

[黄秀兰、王玉环、邱萍内唱【倒板】同上。

黄秀兰/王玉环/邱　萍　(唱)姊妹们挽手把黑房来进……

[同进黑房，禁婆关门拿灯下。

黑暗之中心连心，

一片诚心把苍天请，

但求我死她二人生。

［同摸索，焦急。

王玉环　（唱）左右摸索无踪影，

泪水汗水浑身淋。

黄秀兰　（唱）两手空空心头冷，

步步留下姊妹情！

［左右摸索，碰倒，相扶，再摸板。

黄秀兰／王玉环／邱　萍　（唱）手颤抖，心不定。

莫非木板飞上天庭！

黄秀兰　（摸索触板）呀！（拾板）我抢到了！

王玉环／邱　萍　呀！（上前抢夺）

黄秀兰／王玉环　姐姐松手，姐姐，松手！（争夺，板分为三截，黄秀兰居中得死板，王玉环、邱萍各得一端）

邱　萍　但愿我一死！

［黄伯贤内叫“使不得”！急上，禁婆、家院持灯随上。

黄秀兰　儿已抢得死板！

黄伯贤　这……

王玉环／邱　萍　姐姐呀！（叫板）

黄秀兰　（唱）苍天已断难更改，

劝姐姐莫把此事挂在胸怀！

王玉环　（唱）说什么苍天已断难更改，

怎能叫姐姐无辜身受灾？

王玉环是人生父母养，

难道说姐姐不是十月怀的胎？

我但愿法场含冤一死，

也不能让姐姐与伯父分开！

黄秀兰　(唱)走上前拜一拜，

姐姐莫要泪满腮。

我爹爹一人身在外，

各事要你多安排。

生前请你来奉养，

死后请你披麻戴孝扶柩到两淮。

邱　萍　(唱)蒙义父搭救我恩似山海，

以德报恩理所应该。

我邱萍一人无挂无碍，

你还要孝敬义父与祖母奶奶。

黄秀兰　(唱)转身上前拜二拜，

邱萍贤妹莫悲哀。

你同玉环要相亲相爱，

莫要分出彼此来。

爹爹悲伤你要劝解，

我纵死在九泉笑颜开。

黄秀兰/王玉环　(唱)姊妹们只哭得难分难解……

邱　萍　姐姐呀……

［鼓打三更。

黄伯贤　啊呀，事已如此，不必再争。从今以后称玉环为秀兰，切不可走漏风声！你等快将她二人带下！

［家院、禁婆强拉王玉环、邱萍同下。

黄秀兰　爹爹！(膝行向前)

黄伯贤　儿啦！(扶着黄秀兰)

黄秀兰 （唱）双膝跪倒拜三拜，

愿爹爹福寿康宁永无灾。

儿明日不能为爹爹把寿拜，

寿桃寿面已作安排。

儿生前蒙爹爹辛勤领带，

儿死后劝爹爹莫要悲哀。

想儿就把玉环望，

唤儿还有邱萍来。

她二人能为爹爹把愁解，

思儿的苦肠要丢开。

快拿枷锁替儿戴。

爹爹呀！

只当儿十年前与我亲娘同遭病灾。

黄伯贤 （唱）儿说出痛心话我肝肠如绞，

四目相看珠泪双抛。

恨只恨你的父官卑职小，

不能够秉公断保全侄女命一条。

儿为父解忧愁尽义尽孝，

又怎忍将我儿绑赴市曹！

遭不幸儿的母下世得早，

我日做爹夜做娘扶养到今朝。

实指望儿长大为父有靠，

想到此心头恨怨气难消。

恨总兵太横暴，

恨严嵩压群僚，

恨嘉靖昏无道，

奸人横行万民哀哭就连我做县令也难保自身的姣儿！

黄秀兰　（唱）劝爹爹休埋怨来休烦恼，

事已如此不必徒劳！

只当儿三朝未满七朝未到，

玉环姐邱萍妹就是爹的女儿，

往日祝寿父女言笑，

今夜祝寿畅谈通宵。父女们相聚唯有此朝！

黄伯贤　唉！

［禁婆拿刑具上。

禁　婆　大人！

黄伯贤　噢，妈妈，此事万万不能走漏风声！

禁　婆　小人知道。

黄伯贤／黄秀兰　受我父女一拜！

禁　婆　不敢！

黄伯贤　上起刑具带下。

［禁婆替黄秀兰上起刑具欲拉下。

黄秀兰　啊呀！

黄伯贤　儿啦，莫非疼痛？

禁　婆　我拉重了？

黄秀兰　（摇头）

［黄秀兰随禁婆行至门外。

黄秀兰　（急转身）爹爹……

黄伯贤　呀。（急走出）儿啦，你莫非……

黄秀兰　（摇头）

黄伯贤 那是为何?

黄秀兰 儿要再看一看爹爹。

黄伯贤 哎!(不忍看)

［黄秀兰欲下。

黄伯贤 儿回来!

黄秀兰 (急奔回)爹爹呀!(上前拉黄伯贤)

黄伯贤 (唱)父哭女来天地震!

黄秀兰 (唱)女哭父来日月沉。

黄伯贤 秀兰儿啦!

黄秀兰 爹爹呀!

黄伯贤 (唱)泪难忍!我的儿啦!……

［鼓打四更。

禁　婆 走!

［黄秀兰随禁婆下。

黄伯贤 儿啦!(下)

第六场　问　斩

［衡山县公堂——同第三场。

［中军上。

中　军 已过四更,为何还不提犯过堂?待我击鼓!(击鼓三下)

［四衙役引黄伯贤急上。

黄伯贤 (颤抖)升堂!带女犯!

衙　役 带女犯!

［两刽子手押黄秀兰上。

黄秀兰 父……

黄伯贤 你……

黄秀兰 父母官！

黄伯贤 女犯，你可是……

黄秀兰 我黄……

黄伯贤 你这黄花幼女，王……法难容！

黄秀兰 王玉环。

黄伯贤 低头，中军，你可看得真？

中　军 看得真！

黄伯贤 本县可问得明？

中　军 谅你不敢不明！

黄伯贤 哼！验明正身，松刑上绑！

［两刽子手为黄秀兰松刑上绑。

刽子手 请太爷判斩！

黄伯贤 这判斩吗！……（不忍落笔）

黄秀兰 爹……

黄伯贤 低声！（狠心点朱笔，摔笔）绑赴刑场！

［刽子手为黄秀兰插斩旗，押下，中军随下，四衙役引黄伯贤下。

第七场　闻　耗

［中幕前。

［王志坚内叫“马来”上。

王志坚 （唱）披星戴月奔湖广，

奉命前来押解军粮。

我王志坚常把女儿想，

今日因公路过家乡。

星夜回家把玉环望，

父女们相见要欢聚一场。

得意扬扬回家往……

[内张氏叫板："玉环儿哇！"

王志坚 呀！

(唱)是何人叫玉环悲愤满腔？

勒住马鞍回头望……

[张氏手捧香盘急上，圆场。

张　氏 (唱)屈斩玉环不应当！

满腹含冤无处讲……

[张氏碰王志坚马头，撞张氏香盘跌倒。

王志坚 呀！(急下马，上前扶张氏)

(唱)老人家请原谅怪我慌张。

张　氏 呀！你……

王志坚 你……

张　氏 你可是妹丈？

王志坚 你可是玉环姨母！

张　氏 啊呀妹丈呀！昨日我带玉环到我家中，不幸路遇贺总兵之子贺三郎。他失足淹死，他父反勒逼黄知县定玉环死罪！

王志坚 此话当真？

张　氏 今日五更三点就要问斩！

王志坚 呀！

张　氏 妹丈！

王志坚 （唱）闻听我儿遭冤枉。

霹雳一声雷轰顶梁！

不顾生死法场上……

［拉马，打马。

张　氏 妹丈，妹丈！

［王志坚催马下，张氏追下。

第八场　辨　犯

［刑场，城外山野，乌云密布，一片凄凉，公案斜设城边。

［两刽子手押黄秀兰上，中军，四衙役引黄伯贤上。

黄伯贤 （念）天暗地又愁。

忍心斩女……囚！

［鼓打五更。

黄伯贤 时辰已到，吩咐……

中　军 且慢，我家大人还要亲来监斩！

黄伯贤 这监斩吗？

（唱）天昏昏来地茫茫，

但愿得五更三点天不明，

心似油煎难久等……

刽子手，

速速与我问斩刑！

刽子手 喳！

中　军 住了！大人军令，谁敢违抗！

黄伯贤　奉胡知府之命，不敢延迟！绑下去！

［王志坚内叫板："且慢"，急上。

衙　役　你是何人？

王志坚　王玉环之父王志坚！

黄伯贤　王志坚！

王志坚　我要面见你家太爷！

黄伯贤　与我轰了下去！

衙　役　下去！

王志坚　呀！竟然如此！……（亮剑）闪开了！

衙　役　你……

中　军　哎，吵些什么！他要面见你家太爷，就该容他一见，也好等等我家大人。黄伯贤，我做下主来了！

王志坚　黄伯贤？

黄伯贤　这……

王志坚　（急上前）果真是你？黄伯贤，狗官啊！想当年，你我患难相遇。情同骨肉，因此撮土焚香，对天盟誓，有福同享，有难同当。不想你做了一个小小的县令，竟然忘却旧好，忍心屈斩我的女儿。我王志坚悔恨当初，瞎了双眼，错当你是圣贤之辈！如今你为虎作伥，颠倒是非，不顾百姓死活，妄为高官厚禄！黄伯贤，你要算不仁不义寡廉鲜耻伤天害理狼心狗肺的衣冠禽兽！

黄伯贤　你休要咆哮刑场，无法无天！（摆手）

王志坚　快快下来，与我面见府官！

黄伯贤　本县出斩人犯，全凭知府公文。

王志坚　你与我回往京城听审！

黄伯贤　押解人犯，随你前往！

中　军　哪里走！

王志坚　呀！

［家郎内报“总兵大人到！”四军士、家郎引贺总兵急上。

贺总兵　何人在此吵吵闹闹？

中　军　启禀大人，就是他！

贺总兵　呀！你在何人帐下，如此蛮不讲理？

王志贤　戚继光戚总兵大人帐下解粮官，王玉环之父王志坚！

贺总兵　你意欲何为？

王志坚　要斩我儿，可有皇上的御批？

贺总兵　此等小事，何劳皇上烦审！

王志坚　可有刑部公文？

贺总兵　天南地北，徒劳往返。

王志坚　人命关天！

贺总兵　杀人偿命！

王志坚　分明冤屈好人！

贺总兵　有凭有证！

家　郎　是我亲眼所见。

王志坚　一面之词！

贺总兵　你女儿也低头服罪！

王志坚　这……

贺总兵　大胆！

（唱）竟敢大胆逞野性，

枉任军门错立身。

不念你催粮奉军令，

拿至营门问典刑！

王志坚　（唱）未犯律条谁敢受问，

休仗势力欺压人！

我儿何曾把罪认？

教她当面讲一声。

黄伯贤 这……

贺总兵 （唱）案已审来罪已定，

何用再去问犯人？

王志坚 （唱）草菅人命难容忍！

贺总兵 （唱）将他轰走……

斩王玉环活祭儿灵！

［家郎提灯走向黄秀兰，中军欲阻王志坚，黄伯贤焦急。

家　郎 （看黄秀兰）呀！人犯已换！

贺总兵 呀！（上前观看）

黄伯贤／王志坚 这……

贺总兵 黄伯贤，你竟敢偷龙换凤，蒙混于我！人来！

军　士 在！

贺总兵 速至衡山搜查真犯王玉环，将在场人等，一概带往大营，容我亲自审问！走！

［四衙役匆下，两刽子后押黄秀兰下，四军士、中军、家郎、贺总兵推王志坚、黄伯贤下。

［张氏内叫“刀下留人！”急上。

张　氏 玉环，妹丈，（两望场）呀！刑场之上，为何人影全无？莫非玉环已被斩首？（再望）死尸无有！这是为何？耳听那边人声吵嚷，定在那边，待我赶上前去！（急下）

第九场　巧　遇

［中幕前。

［海瑞内白“开道！”四校尉、海安、海雄引海瑞上。

海　瑞　（唱）离安南返故国无限欢庆，

两国和好不动刀兵。

半途中奉圣命将我委任，

湖广巡抚除暴安民。

赴长沙路过这衡山县境，

接官所前无有人。

带路进城观动静……

［张氏急上。

张　氏　狗官哪！

海　安／海　雄　呀！（上前拦阻）

张　氏　你还我的侄女来！

海　瑞　（唱）民妇定然有冤情！

海安，好好问她。

海　安　是。你这民妇，向何人要还你的侄女？

张　氏　就是那贺总兵、黄知县！

海　安　你可知我家大人是谁？

张　氏　这……

海　安　新任湖广巡抚海瑞海老大人。

张　氏　啊呀青天哪！（忙跪拜）

海　瑞　你有何冤情，只管讲来！（上前扶起）

张　氏　老大人哪！

（唱）总兵之子失足落水，

黄知县官官相护颠倒是非，

姨侄女王玉环定成死罪……

海　瑞　噢？

张　氏　（唱）大人的正直美名扬海内，

秉公断明是非救玉环得生回。

我张氏感谢你长生禄位牌一面，

早烧香晚换水三跪九叩供奉青天！

海　瑞　（唱）听张氏把冤情诉说一遍，

不由我海瑞怒冲天！

骂声总兵与黄知县，

大不该官官相护审问倒颠！

叫张氏休得要珠泪满面，

你侄女王玉环我能保全！

张　氏　叩谢老大人！

海　瑞　随我前往！

［四校尉、海安、海雄、张氏、海瑞同急下。

第十场　明　冤

［总兵大营之帐，两旁刀枪剑戟，杀气腾腾。

［四军士押黄秀兰及黄伯贤、王志坚，中军引贺总兵急上。

贺总兵　升帐！黄知县，你可知罪？

黄伯贤　罪从何来？

贺总兵　哼！少时教你明白！王志坚，这一女子你可相识？

王志坚　嗯……（背白）这是哪里说起？

黄秀兰　爹爹！（面向王志坚）

贺总兵　住口！哪有父亲不认识女儿的道理！何况老夫亲眼得见，一夜之间怎会变了模样？……也罢，这一女子，你姓甚名谁？何人将你收买？好好言讲，老夫放你回去。

黄秀兰　民女王玉环，家住城外山阴村，母亲早已下世，爹爹在外多年，故而生疏了。

王志坚　这……

贺总兵　呸！

（唱）大胆民女敢蒙混，

话音分明是外乡人。

得多少银两现卖命，

从实招来免动刑！

黄秀兰　（唱）千两黄金难卖命，

谁肯舍生代斩刑？

玉环蒙冤千古恨，

休要坑害县大人！

贺总兵　呀！

（唱）拖下去重打四十军棍……

黄伯贤　且慢！这民女未犯军规，何能责打军棍？

贺总兵　为我儿报仇，理当如此！拖下去！

［两军士拖黄秀兰下。

王志坚／黄伯贤　呀！（各在一边）

(同唱)我在一旁揉碎了心!

一棍打下泪难忍,

二棍打下心内疼!

[内夹数打声。

王志坚　(唱)何方民女为儿偿命?

黄伯贤　(唱)满腹冤苦去向谁云?

王志坚　(唱)此女胜过我亲生女,

黄伯贤　(唱)眼见亲生横受非刑!

王志坚　哎,大人哪!

(唱)是非未清何能拷问?

贺总兵　(唱)老夫定要细追根!

带了上来!

[黄秀兰内唱【倒板】,两军士押上。

黄秀兰　(唱)一阵打得我昏迷不醒……

(上被推倒)啊呀!

皮破肉绽鲜血淋!

叔父为我把贼子恨。

爹爹为我暗擦泪痕!

咬紧牙关忍一忍,

非刑之下咬口三声!

(挣扎且跪)

贺总兵　你究竟叫何名字,快快讲来!

黄秀兰　我……

王志坚　你……

黄伯贤／贺总兵　讲!

黄秀兰　王玉环!

贺总兵　呀！

王志坚　儿……啦！

黄秀兰　爹爹！

［王志坚抚摸黄秀兰。

贺总兵　大刑侍候！

［黄伯贤、王志坚、黄秀兰同相应震惊。

［家郎内白："真王玉环拿到！"

贺总兵　噢，黄伯贤，你的对头到了！押了上来！

中　军　押了上来！

［家院押王玉环上，邱萍跟上。

王玉环　爹爹！

邱　萍　（欲阻）姐姐！

王玉环／黄秀兰　爹爹！

王志坚／黄伯贤　儿啦！（各扶其女）

王玉环　（唱）儿在家乡遭祸殃，

贺三郎自己落水逼儿去抵偿。

多亏了黄伯父恩高义广，

她的女黄秀兰替死到刑场！

贺总兵　原来如此！

王志坚　我错怪仁兄了！

（唱）望总兵将秀兰即刻释放！

王玉环　（唱）这一场冤情事我一人来当！

贺总兵　说得如此轻易，来呀！

四军士　在！

贺总兵　将黄伯贤父女，押往府衙定罪，将民女王玉环，绑赴刑场！

黄伯贤／黄秀兰／邱　萍　呀！

王志坚　我与你拼了！（拔剑上前）

贺总兵　拿下了！

［四军士上前，抵敌，中军从后将王志坚抓住欲绑。

王志坚　贼子呀！

贺总兵　一齐押往知府衙前。

［内白："湖广巡按海瑞大人到！"

贺总兵　海瑞大人到！

黄伯贤／王志坚　噢！

［黄秀兰、邱萍、王玉环相视而喜。

贺总兵　有请！

中　军　有请！

［四校尉、海安、海雄引海瑞上，张氏随上。

［贺总兵相迎，黄伯贤整冠侍候。

贺总兵　大人驾到，有失远迎！

海　瑞　岂敢。

黄伯贤／王志坚　见过大人！

海　瑞　罢了，老大人在此何事？

贺总兵　为我儿被害一案，在此审问。

海　瑞　啊呀！大人既治军又管民，真是辛苦得很！

贺总兵　这……

海　瑞　本院今日到此，再不敢劳动大人。

贺总兵　理应请大人审问！

海　瑞　如此借你公堂一用。升堂！

［吆喝升堂。

海　瑞　黄知县！

黄伯贤　卑职在。

海　瑞　你身为父母官，不为民作主，竟敢官官相护，屈斩王玉环，是何道理？你与我从实讲来！

黄伯贤　啊呀老大人哪！

（唱）卑职难以秉公办，

头上压有两重山！

贺三郎抢民女自己遇难，

胡知府贺总兵狼狈为奸，

虎势狼威勒逼本县将民女斩，

情急无奈我女秀兰代玉环！

海　瑞　噢！

贺总兵　分明是一派胡言！

（唱）黄知县徇私情调换人犯，

王玉环害我儿铁证如山！

王玉环　（唱）民女并非杀人犯！

王志坚　（唱）望大人明冤屈惩凶除奸！

海　瑞　那是自然，你等何人作证？

王玉环　我有姨母作证。

贺总兵　我有家郎作证！

海　瑞　张氏与家郎前来！

张　氏／家　郎　叩见大人！

海　瑞　贺三郎究竟怎样一死？与我讲！

张　氏　分明是贺三郎抢我姨侄女为妾，自己落水一死！

海　瑞　家郎，你与我从实讲。

家　郎　这个……

海　瑞　休要言语支吾，须知本院铁面无私！

家　郎　嗯……本来是三公子去抢王玉环，自己掉下水的呀！

贺总兵　呀！你怎么信口胡言？

海　瑞　分明是句句实话，想这一女子，怎敢谋害你儿？说与山县的三岁娃娃也不会相信！

贺总兵　这……

海　瑞　如今案情已白。王玉环，随你父与姨母下堂去吧。

贺总兵　且慢！三言两语，怎可释放死囚？

海　瑞　难道说三言两语，就可定死罪？

贺总兵　人命关天，怎能不闻不问！

海　瑞　人命关天，不能屈斩好人！

贺总兵　呀！

（唱）如此审问不公正！

海　瑞　（唱）怎容你纵子行凶害黎民！

贺总兵　（唱）同往京城把理论。

海　瑞　（唱）代天巡狩奉命出京！

贺总兵　（唱）可知我师父严嵩掌朝权？

海　瑞　（唱）王子犯法这尚方宝剑不容情！

贺总兵　吓！

海　瑞　将他拿下了！

海　安／海　雄　是！（上前押住贺总兵）

海　瑞　连同胡知府，一齐押往长沙审问，你等退下！

［中军与四军士向内下，海安、海雄押贺总兵家郎下。

海　瑞　黄知县！

黄伯贤　卑职在。

海　瑞　本院知你到任以来，深受严嵩爪牙欺压，此番舍身为友，仁义动天，着你暂代衡阳府，待奏明圣上，再行定夺。

黄伯贤　谢大人。

海　瑞　一齐下堂去吧!

王志坚／王玉环　叩谢青天!

张　氏／海　瑞　理应拜谢黄知县父女!

[王志坚、王玉环、张氏谢黄伯贤、黄秀兰、邱萍,又同谢海瑞。

[剧终。

(1957 年演出本)

淮剧

女　审

口述:李玉花　陈为翰　杨占魁
整理:吕君樵　马仲怡　筱文艳

作者小传

马仲怡(1913—1990),男,江苏建湖人。曾任上海人民淮剧团编剧。

吕君樵(1915—1996),男,北京人,生于上海。历任上海京剧改进协会副主任、华东实验京剧团副团长、上海市戏曲学校京昆实验剧团副团长兼分支部书记、上海青年京昆剧团副团长、上海淮剧团副团长、中国剧协上海分会秘书长、中国田汉研究会理事、中国导演学会顾问等职务。

筱文艳(1922—2013),原名张士勤。淮剧女演员。江苏淮安人。幼年学艺。工青衣、花旦。11 岁从艺,先演娃娃生及娃娃旦,后专攻青衣、花旦,16 岁登台演出。曾任上海市人民淮剧团团长。

人物表

秦香莲　四女兵　四　将　国　军　英　哥　冬　妹　王延玉　陈世美

小太监　大太监

秦香莲　（内唱"老拉调"【导板】）

宋天子大摆庆功宴，

［四女兵、四将引秦香莲上。

秦香莲　（接唱）犒赏我孔月华平寇凯旋；

在席前重见仇人面，

怒火中烧恨冲天，

我本想当着百官历诉其罪，

御宴上比不得在两军阵前；

没奈何暂忍心头怒，

［进门，中军迎上，众带马下。

秦香莲　（接唱）心问口口问心如何申冤？

想我秦香莲，当初在三官堂前，多蒙韩琪将军深明大义，杀身成仁，我母子三人才得脱险。行至介元山前，遇见一位老者，传授武艺，隐居多年，待机行事。（顿）只因西夏犯境，边疆告急，朝廷悬榜招军，因此改名孔月华，前去投军。血战沙场，三年有余，圣上见我屡建奇功，封我都督之职。（顿）是我杀退敌兵，班师回朝，今日拜见天子，圣上赐宴犒赏。哪知在御席之前，咳！

（唱"自由调"）

十载冤家又相见，

昔日情景历历在眼前，

陈世美化骨扬灰我认得，

他却不知孔月华就是秦香莲！

加官晋爵非我愿，

刻骨仇恨怎能抛一边？

若不是投军杀敌边疆远，

我岂容这负义贼位列朝堂到今天！（思索）此仇此情，如何得报？如何洗雪？这，这……

［英哥、冬妹上。

英　哥
冬　妹　母亲！

秦香莲　哦！英哥，冬妹……

冬　妹　母亲你可何愁眉不展？

［香莲未理。

英　哥　母亲上朝可曾看见狠毒的父亲？

秦香莲　儿啊！为娘要是会见陈世美，依尔等怎处？

英　哥　要是孩儿碰上了他，定要打他一顿！

冬　妹　是呀！不打他一顿，也要狠狠地骂他几句。

秦香莲　儿呀！

（唱）打骂不能解仇恨。

英　哥
冬　妹　难道此仇，罢了不成？

秦香莲　儿啊！

（接唱）若不为报仇何用隐居高山巅？

娘打算明日上金殿，

天子驾前雪沉冤，

上告那陈世美罪名三件：

不孝父母，

停妻再娶，

杀妻灭子，

有道是王法无私谅他性命难保全。

冬　妹　母亲明日上告御状，待女儿来磨墨。

英　哥　如此说来，那陈世美活不了几天了？

秦香莲　嗯，天子准了御状，将陈世美明正典刑。为娘此生，心愿可了。英哥、冬妹。

英　哥
冬　妹　儿在。

秦得莲　准备纸墨笔砚，特为娘写状。

［中军上。

中　军　启禀都督，王老相爷，投帖拜府。

［香莲接帖。

英　哥　母亲，是哪位王老相爷？

秦香莲　（轻声）就是当年为娘进宫，要陈世美相认我母子的王廷玉王老相爷。

冬　妹　如此说来，王老相爷是个好人哪！

秦香莲　正是。

英　哥　既是好人，母亲就该迎接。

秦香莲　嗯！吩咐大开正门，有请。

中　军　有请。

［吹打，王廷玉上，香莲迎接。

王廷玉　孔都督！

秦香莲　王相爷！（迎直）儿等上前拜见。

英　哥
冬　妹　拜见老相爷！

王廷玉　不敢，请问都督，此二人是……

秦香莲　一双儿女。

王廷玉　相貌不凡，相貌不凡！

秦香莲　相爷夸奖了。（香莲示意英哥、冬妹退下。

［王廷玉正在端详香莲，香莲转身。

秦香莲　王相爷请坐。

王廷玉　都督请坐。（入座）

秦香莲　王相爷过府，有何见教？

王廷玉　适才在庆功宴上，老朽与都督敬酒这时，我看你面熟得很，不知在何处见过，只是一时想不起来了，故而特来拜府。

秦香莲　啊！（略思）王相爷你是不知啊，还是故问？

王廷玉　人老眼花，只有不知，哪有故问？

秦香莲　王相爷你太健忘了。

（唱"自由调"【平板】）

我时刻感激你恩高义大。

王廷玉　这是哪里谈起？

秦香莲　（唱"自由调"）

容我把往事奉告老人家：

十年前相逢在胡同口，

拦轿喊冤怀抱琵琶，

王廷玉　都督当时怀抱琵琶，这……

秦香莲　（接唱）我要告皇纱宫陈驸马，

王廷玉　你是……

秦香莲　（接唱）我就是秦香莲改名换姓叫孔月华。

王廷玉　（恍然大悟）原来是你啊！

（接唱"自由调"）

不想你竟能从戎平西夏，

立下了不世之功实堪夸；

十年之间变化大，

只怪我年老眼昏花。

秦香莲 王相爷你想起来了。

王廷玉 （接唱）当初你要告陈驸马，

皇纱宫席前弹琵琶，

你身穿重孝站廊下，

鼓儿词借题打动他，

又谁知陈世美推聋装哑，

想当年真叫人切齿咬牙。

都督你的好口才。

秦香莲 王相爷夸奖了。

王廷玉 哈哈哈……（略思）老夫还有话要问。

秦香莲 王相爷请讲。

王廷玉 昔日之事，如今作何打算？

秦香莲 正欲明日上告御状，听候圣上发落。

王廷玉 上告御状？（略思）老朽有话奉告。

秦香莲 相爷请讲。

王廷玉 常言道，冤家宜解不宜结。如今你功高爵显，以老朽看来，你做你的都督，他做他的驸马，既往不咎，岂不两全其美。

秦香莲 多谢王相爷的美意。怎奈此仇不共戴天，焉能善罢甘休！

王廷玉 都督呀！

（唱“自由调”）

我不能坐山观虎斗，

冤家不宜结到头。

陈世美虽然罪应有，

还望你宽宏大量不计前仇，

常言道得罢手来且罢手。

秦香莲 王相爷！

（接唱）老人家不必与他把情求，

那日与相爷分手后，

陈世美毒计又上心头；

这狠心贼！

（接唱）命韩琪追杀我母子图灭口，

三官堂险些儿把命丢。

幸遇韩琪人淳厚，

容我母子诉情由；

他念我子小女年幼，

释放我母子他自刎头。

相爷啊！

（接唱）想起往事谁能忍受，

皇纱宫三番两次苦哀求。

他不问父母生前与死后，

贪图富贵把情义丢；

不认糟糠和亲儿女，

杀妻灭子寸草不留；

似这等衣冠禽兽世少有。

王相爷！

（接唱）此冤不申此仇不报，

心怎甘休！

王廷玉 呀！（唱“自由调”）陈世美丧天良不如禽兽，

可怜那韩琪自刎荒丘，

秦香莲遭不幸亏她忍受，

十年来她耿耿于怀誓报此仇。（顿）

只怪我好心肠喜爱多口。

秦香莲 相爷啊！

（接唱）请相爷明日早朝做个木头。

王廷玉 这个？都督明日上告御状，陈世美论罪该斩，只是他……

秦香莲 他怎样？

王廷玉 想他是当朝驸马，只怕万岁不准，公主、太后不依，都督三思。

秦香莲 这……难道说国法徇私不成？（稍有激动）

王廷玉 这个……告便。

秦香莲 请便。（有些不安）

王廷玉 （唱“自由调”）

香莲要告陈驸马，

论罪论法难容他，

只恐怕万岁难准本，

岂不是火上把油加？

到那时秦香莲骑虎难下。（思索）

有了，待老朽即去皇纱宫，着陈世美前来拜府。他夫妻重见，那时节，陈世美见香莲功高爵显，理正词严，他必然恳求香莲不要上告御状，想那香莲乃是慈祥之人，定能饶恕于他，我就是这个主意。

秦香莲 王相爷为何背地沉吟？

王廷玉 这，都督。有道是二虎相争，必有一伤，你要知道。我王廷玉呀是个好心肠的人哪！告辞！

（接唱）但愿得息事宁人共保皇家。（下）

［英哥、冬妹上。

英　哥
冬　妹　母亲，方才王老丞相前来为了何事？

秦香莲　（二三锣念白）

若问王丞相，
一片好心肠，
为了冤家事，
再三劝为娘。

英　哥　相劝母亲何来？

秦香莲　他言道，二虎来争强，必有一损伤。

英　哥　嘿！

秦香莲　要为娘休告御状。

英　哥
冬　妹　却是为何？

秦香莲　（唱）陈世美招赘在宫墙，
老太后、公主必阻挡，
怕万岁不准本章

英　哥
冬　妹　难道此仇罢了不成？

秦香莲　儿啊！

（唱“自由调”）

万岁准了娘的本章，
立斩世美申冤枉；
倘若不准娘的御状，

英　哥
冬　妹　母亲怎样？

秦香莲　（接唱）到那时母子三人再另作主张。

［中军上。

中　军　启禀都督，皇纱宫陈驸马前来拜府。

秦香莲　啊……（感到突然）

［英哥欲冲出，为冬妹所阻。

秦香莲　且慢！（暗语）尔等暂且退下，为娘自有章程。

英　哥　嗯……

［香莲示意冬妹劝英哥下。

秦香莲　传话下去，有请陈驸马。

中　军　都督有请陈驸马。（下）

［陈世美由小太监引上。

秦香莲　驸马！

陈世美　都督！

［同笑入座。

秦香莲　不知驸马驾到，有失远迎，多多恕罪。

陈世美　岂敢，本宫少来拜候，都督海涵。

秦香莲　不敢。（顿）驸马驾临，有何贵干？

陈世美　适才王老相爷相宫……

秦香莲　他说些什么？

陈世美　他说道都督也是湖广人氏，因此本宫前来，一来拜府，二来叙叙乡谊之情。

秦香莲　原来驸马也是湖广人氏。（顿）想不到湖广还出了陈驸马这样的贵人，为我们乡里增光！

陈世美　都督夸奖了！

［同笑。

秦香莲　请问驸马，你是住在大湖广，还是住在小湖广？

陈世美　这个……都督取笑了。哪里有什么大湖广小湖广，本宫乃是湖广荆州府洒花县的人氏。都督你呢？

秦香莲 我么！巧得很，也是洒花县的人氏。

陈世美 啊！不知都督，家乡还有何人？

秦香莲 这？我有一舍亲，与驸马同姓，不知是否同宗？

陈世美 啊！有名则知。

秦香莲 陈大德！

陈世美 陈大德……（顿）告便。

秦香莲 请便。（注意陈世美神情）

陈世美 呀！

（唱“自由调”）

他怎知我父也住洒花县。

其中必定有根源。（略思）

我看都督很面善，

在何处相识我难以了然。

本宫偷眼来窥看！（偷看）

孔月华貌似秦香莲。（又看，再想）

我曾命韩琪将她追赶，

到如今无下落已有数年，

难道说秦香莲还未曾死……（深思）

哎！韩琪虽无下落，秦香莲是甚等样人，怎能与孔都督相比呀！

（接唱）她怎比孔都督文武双全。

秦香莲 驸马你可认识陈大德？

陈世美 这，本宫寻思甚久，并不相识。

秦香莲 好一个并不相识，请坐。

陈世美 （反问）都督，你提他作甚？

秦香莲 这……因陈大德膝下只有一个儿子，数年前上京赶考，迄今音信全无，可怜那陈大德二老，冻饿而死！这陈大德生下这个不肖之子，真是家门不幸。（顿）请问驸马。令尊令堂可在京城？

陈世美 这，早已下世，爹娘呀！（佯作掩泪状）

秦香莲 驸马提起二老，如此伤感，孝心可嘉。

陈世美 为人子者岂可不孝？

秦香莲 请问驸马贵庚几何？

陈世美 本宫虚度四十有二。

秦香莲 膝下有几位子女？

陈世美 这……并无子女。

秦香莲 驸马如此荣贵，膝下无儿真是不幸得很。（顿）哎呀呀，只顾与驸马叙谈，茶也未献。来人送茶。（暗语示意中军）

［中军应下。

［英哥、冬妹端茶上。

陈世美 （大惊）啊！

（背唱"自由调"）

看小将好似英哥和冬妹，

不由我坐立不安心有愧。

他二人怎会到都督府内？（又看香莲）

不是香莲她是谁？（有些紧张）

秦香莲 驸马莫非认得他们？

陈世美 这，并不相识。（故作镇静）

秦香莲 既不相识，为何如此惊讶？

陈世美 这，（略思）哼！我看他二人的面貌，倒与都督相似！（反问）

秦香莲 这不相瞒，他二人乃是本都督在班师途中收留来的。

陈世美 啊！（半信半疑）他二人的父母何在？

秦香莲 他二人有母无父！

陈世美　有母无父？他们的母亲现在何处？

秦香莲　驸马听了！

（唱“自由调”）

他的母能文又能武，

三年前领兵踏征途，

如今就在这都督府。

陈世美　你……

秦香莲　（接唱“连环句”）

我就是他们的亲生母秦氏香莲。

今日里定把你这不忠、不孝、不仁、不义、狼心狗肺的贼子除！

陈世美　哎呀！（唱“自由调”）

一见香莲浑身抖颤，

不由我世美魂飞九天。

如今她官高爵又显。

与文武百官齐度肩。

倘若奏本把君见，

怕只怕世美命难保全。（思索）

这……也罢！

（接唱）这时候我只得好言奉劝。（施礼，秦香莲不理，又一阵思考）

哎！我好糊涂呀！

（接唱“自由调”）

我堂堂驸马何惧那秦香莲！

秦香莲！

（接唱）纵然本官把罪犯，

须知我在朝有势有权！

你要享荣华富贵爵位显。

依我看往事不提求两全。

秦香莲 呸！

(唱“自由调”)

谁像你不顾廉耻贪富贵，

说什么往事不提求两全。

我与你同把君皇见，

是非自有公正言。(抓陈世美蟒袍)

王法条条定将你斩！

陈世美 呀！

(接唱)好一个厉害的秦氏香莲，

只说是威胁利诱把祸事免，

谁知她报仇的心意坚。(苦思)

有了。

(接唱)唯有暂且回宫院……

内侍！

小太监 在！

陈世美 打轿回宫！

秦香莲 且慢！陈世美，你……还想回宫么？只怕你今天回不去了！

(接唱)报仇雪恨在今天。

[中军上。

中　军 启禀都督，皇纱宫的公公到。

秦香莲 啊！(英哥、冬妹欲拔剑，香莲阻止)吩咐有请！

[中军传话后，大太监上。

秦香莲 公公到此何事？

大太监 奉太后、公主之命，接陈驸马回宫。

陈世美　（喜出望外）打轿回宫。

秦香莲　且慢！烦劳公公转启太后、公主，就说陈驸马在此，有事相商。

陈世美　休听她的胡言，速速打轿！

［世美欲行，英哥、冬妹拔剑阻止。

大太监　都督！你若留住陈驸马，不放他回宫。太后与公主发怒，你可担当不起呀！

陈世美　嗯！（作得意状）

秦得莲　哼！有什么塌天之事，我敢作敢当！公公速速回去。彼此方便。

大太监　这……

秦香莲　英哥、冬妹！

英　哥
冬　妹　在！

秦香莲　将两位公公送出府去！

［陈世美示意大太监速奏太后、公主。

［英哥、冬妹应声把两太监送下，又上。

陈世美　香莲！欲将本宫何为？

秦香莲　我要审问于你！

陈世美　这……

秦香莲　英哥、冬妹！

英　哥
冬　妹　在！

秦香莲　吩咐升堂！（吹打下）

［世美欲走不得，四女兵、四将上站门，香莲佩剑上，入位。

秦香莲　下站可是陈世美？

陈世美　当朝驸马。

秦香莲　为何不跪？

陈世美　本宫上叩青天，下拜君王，岂能跪你小小的都督、裙钗之辈！

秦香莲 你好大胆！

（唱“自由调”【散板】）

有理何惧你权势大，

山正哪怕影子斜。

来人呀！

［众应声。

秦香莲 （接唱）将他的蟒袍来脱下，

摘下世美头上乌纱。

［两将押陈世美下，秦香莲出位，在舞翎中，表现无限愤怒和激动，又入位，准备审问。陈世美脱下蟒袍，摘下乌纱后，又被押上。

秦香莲 （接唱）将贼子按捺在公案之下！

众　将 陈世美下跪！

［陈世美不理。

众　将 （再唱）陈世美下跪！

［陈世美仍不理。

众　将 （三唱）陈世美下跪！

陈世美 这……（陈世美被两将用力推倒跪下）

秦香莲 陈世美！

（接唱）审问你三项大罪要据实回答。

陈世美 秦香莲，你说本宫身犯三大项大罪。我且问你这一？

秦香莲 你对父母，生前不养，死后不葬，葬后不祭，其罪一也。

陈世美 本宫辞朝不准，有道是尽忠不能尽孝，非我之罪也！

秦香莲 说什么尽忠不能尽孝，分明是，贪图荣华与富贵，忘记了二老养子之情，思子之苦。（顿）你既读诗书，该知礼义。常言道，天有好生之德，人有恻隐之心，鸟有反哺之义，羊有跪乳之恩。陈世美呀，陈世美！你……连禽兽都不如呀！

陈世美　这……

秦香莲　（唱“老淮调”）

第一项大罪谅你难分解。

不孝父母理不该。（以上二句重唱一遍）

爹娘生前不奉养，

死后未曾立坟台。

只顾在皇宫贪富贵，

养育之恩全抛开。

二爹娘盼儿常倚柴门外，

你竟无片纸只字寄回来。

二爹娘盼子不归眼哭坏，

你身在皇宫喜笑颜开。

既不想生身之父将你领带，

又不念养育娘亲十月怀胎。

羔羊食乳把娘跪拜，

幼鸟反哺其情可哀。

为子不孝双父母，

我问你恨从何处来？

陈世美　这……你欲加其罪，何患无辞？再问你这二？

秦香莲　家有糟糠，又招驸马，其罪二也！

陈世美　大丈夫三妻四妾，有何不可？

秦香莲　呸！说什么三妻四妾，分明是弃旧迎新，不知廉耻。你有什么结发之情，糟糠之爱，就是一对亲生儿女，你何曾有半点骨肉之情啦？

（唱“老淮调”）

夫妻本应该同偕老，

结发深情如漆胶。
想当年你赴京城去赶考，
我为你筹借盘缠把心操；
你招驸马身荣耀，
忘记了家中老小受煎熬；
全家跋涉千里将你找，
可怜公婆冻饿而死在荒郊；
皇纱宫两次向你苦哀告，
你这狗强盗，铁打的心肠不动半分毫。
不认糟糠妻，
不念儿年小，
亲生子女你不要，
结发夫妻一旦抛，
停妻再娶罪非小，
欺君罔上王法难逃。

陈世美 这……时过境迁，何必重提。我问你这三？

秦香莲 这三……杀妻灭子，毒胜狼虎，其罪三也！

（唱“老淮调”）

陈世美恶毒胜狼虎，
斩草还要把根除；
不认我母子还不算数，
狼心贼又生毒计谋；
杀妻灭子为了免后患，
只顾你自己把富贵图；
亏韩琪念我母子遭遇苦，
放我香莲逃出虎窠。

你以为我母子三人无活路，

未料想害不死的香莲审问你这无义之徒。

有道是虎毒不食子，

陈世美呀！

（接唱）你所行所为连畜生不如，

审问你三项大罪在都督府。

（接唱“连环句”）

你这不孝父母，

停妻再娶，

杀妻灭子，

负义之徒，

论国法，

你就该明正典刑，

斩首示众，

晓谕天下，

才能把这十载宿仇来消除！

众兵将 杀！杀！杀！

［众喊，陈世美惊恐。

陈世美 哎呀！（唱“自由调”【散板】）

看今日灾难不易脱，

三项大罪难隐瞒。

低头苦思心揣摩，（苦思良久）

有了！

（接唱）本宫忽然计上心窝。

秦香莲，本宫纵然有罪，自有万岁发落。况我身为驸马，你虽官拜都督，既不能审问，更不能判断。你竟敢私立公堂，苦苦逼问，以下犯上、其罪不小；而且你也有隐姓埋名欺君之罪，我劝你要三思而行！

［秦香莲下位打陈一掌。

秦香莲 陈世美呀，狠心贼！事到如今，还要强词夺理。我秦香莲不为西夏犯境，投军杀敌，既不用隐姓埋名，更不能容你活到今天。不想你还要血口喷人，岂能容得。将士们！

众　将 有！

秦香莲 将陈世美与我绑起！

［幕内白："圣旨下！"

陈世美 秦香莲，圣旨到来，还不接旨？

秦香莲 这个……

陈世美 若不接旨，就有欺君之罪！

秦香莲 不许你多口！

［陈世美退缩，秦香莲下位。

秦得莲 （向幕内问）何人督旨？

［幕内白："王老丞相督旨。"

秦香莲 王丞相……（略思）接旨。

［王廷玉捧旨上，香莲引进。

王廷玉 大宋皇帝诏曰：陈世美有前妻，招赘驸马，本有欺君之罪，姑念其在朝有功，既往不咎。圣命都督秦香莲即刻送驸马回宫。钦此。

［香莲大怒。

英　哥
冬　妹 啊……（英哥抢过圣旨）

陈世美 （得意忘形）皇恩深重，来！

［众人不理。

陈世美 打轿回宫！

秦香莲 且慢！无我将令，不准擅动，违令者斩！

［陈世美惶急，使眼色与王廷玉。

王廷玉 都督，圣命不可违拗啊！

陈世美 着哇！

秦香莲 住口！

（唱“自由调”【散板】）

我本想陈世美难逃法网，（视圣旨）

又谁知国法徇私我怒火满腔，（视佩剑）

箭在弦上必须发，

血海深仇怎能不报偿！（拔剑欲杀，王廷玉阻挡）

陈世美 （接唱）我拉住了王相爷死不放，

有好歹由你来承当。

王廷玉 （接唱）圣上旨意不能违抗，

诸事且待进宫商量。

英　哥
冬　妹 （接唱）管什么圣命抗不抗，

众兵将 （接唱）放虎归山重把人伤。

秦香莲 着！着！着！

（接唱）三尺龙泉握手上！

［正欲杀，忽然传来一片喊杀声。

秦香莲 英哥，冬妹！

英　哥
冬　妹 在！

秦香莲 （接唱）速去打探报为娘。

英　哥
冬　妹 遵命。（急下）

秦香莲 王丞相，适才战鼓频催，却是为何？

王廷玉　老朽不知。

秦香莲　莫非方才内侍回宫，奏与太后、公主，派兵前来不成？

［英哥、冬妹急上。

英　哥
冬　妹　启禀母亲，府外有御林军团团围住，言道奉了圣上之命，前来迎回驸马。若是驸马有了好歹，杀进府来，国法难容！

秦香莲　国法难容！事到如今，昏王既不讲国法，我等还有什么国法可讲！（拔剑欲杀陈世美）

王廷玉　哎呀都督呀，御林军前来接驸马回宫，你若剑劈世美，不但老夫吃罪不起，就是你也难逃国法！

［秦香莲思索后，推开王廷玉，抓住陈世美。

秦香莲　（唱"自由调"）

国法二字无从讲
恨世美，
骂昏王，
顾不得为难王丞相，（举剑杀死陈世美）
这是你自作自受自遭殃！

王廷玉　（唱散板）

一见驸马剑下丧，
吓得老夫无主张，
埋怨香莲太鲁莽。

秦香莲　相爷，事到如今，你也顾不得许多了。将士们！

众兵将　有！

秦香莲　（接唱）且随我突破重围杀出皇城，

一齐回到介无山岗！
杀出皇城！

众兵将　杀！

王廷玉　反不得！

［秦香莲持剑引众杀出。

王廷玉　（望着陈世美尸首而叹）嘿嘿，完了！

［剧终。

（1959年演出本）

淮剧

牙痕记

编　剧

马仲怡　顾鲁竹　李晓民

作者小传

马仲怡（1913—1990），男，江苏建湖人。曾任上海人民淮剧团编剧。

顾鲁竹（1915—2000），男，江苏建湖人。新中国成立初曾在江苏盐城地委宣传部工作，后任苏北扬剧团团长。1953 年调入上海华东戏曲研究院任编剧。1955 年调入上海市人民淮剧团担任编剧。

李晓民（1928—2005），男，广东番禺人，曾用名李展平。曾任上海京剧院任、上海淮剧团编剧。

人物表

顾凤英　安文亮　王朝成　李　氏　王朝聘　张　氏　刘半城　刘　安

徐素梅　安寿保（刘天壁）　王金龙（安禄金）　王　桂（院　公）

静　波　丫　鬟　下　手　公　差　赛　相　董　妈　四贺容

上　集

第一场　卖　子

［时间：隆冬。

［地点：六合的一座破落不堪的关帝庙。

［安文亮内叫板：凤英！寿保！冻死我了！扶病上。

文　亮　（唱）顾凤英领寿保留门乞讨，
安文亮累妻儿受尽煎熬。
六合城失路费穷愁潦倒，
身染病宿破庙饿火中烧。
时不济运不通何必赶考，
恨祖上少荫功积德不高。
无奈何强撑持步出古庙，
他母子迟迟不回所为哪条？
朔风寒身颤抖昏昏欲倒，

［安文亮踉踉跄跄出庙欲昏倒。

［顾凤英一手持着破碗，一手拿着树枝上，忙扶住文亮。

凤　英　（接唱）身虚弱怎禁得寒风似刀。
杂草铺上暂睡好，
燃火取暖把寒消，
少时寿保回古庙，
讨回来剩粥剩饭侍奉年高。

文　亮　寿保娘！

（接唱）饥寒交迫病卧倒，

怕只怕尸骨在异乡抛。

八岁的寿保把饭讨，

安文亮心头刺上万把刀。

我的形容憔悴像枯草，

背着我父子泪双抛。

［饥饿难忍。

凤　英　寿保你怎么还不回庙啊？

（接唱）莫不是娇儿迷了道？

莫不是空着讨饭瓢？

莫不是长街被狗咬？

迟迟不回娘心焦。

你暂忍一时，寿保就要回来了，

［在香炉内燃起树枝，扶文亮下。

［安寿保一手持棍，一手拿着空盆上。

寿　保　（接唱）东街上来了。【悲调】

清晨冒雪把饭要，

跑了半天空着瓢。

连日来从没吃一饱，

庙堂里饿坏二年高。

巧遇那刘老板长街卖珠宝，

年半百无有后代根苗，

到处托人买一子，

安寿保暗暗喜心梢。

我请他少时来到关帝庙，

劝爹娘出卖亲生小娇儿。

凤　英　小娇儿啊!

(唱)【小悲调】

你说出此话心何忍，
钢刀割肉处处疼，
莫说娘未生三男并四女，
我安家生儿一条根。
纵然儿父身有病，
生离死别都是苦，
我不能把儿送下陷人坑。
有道是小小瓜儿不离藤，
小小的孩子不离娘亲，
瓜儿离藤难生长，
孩子离娘受欺凌。
儿的孝心娘难允，
要卖身,打断这条心，
不能可不能!

寿　保　(接唱)爹有病身在异乡谁人问?

难道你眼睁睁地望船沉?
眼目下有谁来帮衬?
常言道:死路要求生。
爹爹若有长和短，
老人家孤苦靠何人?
孩儿好比南园嫩韭菜，
头刀割去二刀生。
何况老娘身有孕，
娘啊,你咬咬牙齿狠狠心。

［顾凤英泣不成声。刘半城带着刘安携银包上。

半　城　寿保！寿保，你父亲呢？

（白）卖身事你爹娘可曾应允？

寿　保　刘老板，你来了。

（白）央求你帮寿保劝说娘亲。

半　城　安家娘子。

（唱）有道是富贵寿考前生定，

妻财子禄难争衡。

可怜你注就劳碌命，

好一似破船就在死沟沉。

如今你一家受贫困，

孤庙里病倒你夫君。

敝人有所心不忍，

因此上替你母子想章程。

我的家财大得很，

膝下缺少后代根，

买寿保当着儿子领，

不做小厮做螟蛉。

一举两得好得很，

但不知要卖多少银？

凤　英　千两黄金我不卖！

半　城　（接唱）安家娘子你任性，

凡事要三思而后行。

你的丈夫身有病，

寿保饿得不像人，

有道是巧妇难煮无米饭，

能手难拿两根针。

你固执一家三口同归于尽，

六合县找不出第二个刘半城。

你若是耽误丈夫的病，

哼，你呀！要担个大大不贤名。

凤　英　这……

半　城　安家娘子，你要明白，有道是“舍不得心头肉，医不得眼前疮”。如今你的丈夫朝不保夕，你舍不得小的生离，难道你忍心与老的死别吗？

凤　英　刘老板你……

半　城　你听我讲：眼前丈夫病困异乡，你母子束手无策。长此下去，定是病死了丈夫，饿死了娇儿，怎么了局呢？

寿　保　妈，你舍了孩儿吧！

凤　英　儿啦！（搂抱）为娘怎舍？

半　城　执意不卖，我也不能勉强。告辞！（假走）

寿　保　刘老板……

刘　安　你的母亲不允，叫我有什么用？

半　城　事已如此，我说安家娘子，这一举两得，我看你还是舍了吧。

寿　保　啊哟母亲啦！此时不舍孩儿，要是爹爹死在庙堂，衣衾棺椁仍然要出在儿的身上。

啊哟娘啊！到了那时，老人家孤苦无依，落一个人财两空，岂不是……

凤　英　天哪！

半　城　唉！我也心有不忍。既然如此，刘安你快到长街，请一位代书的先生，写一张卖身纸。

刘　安　是。

寿　保　我自己会写，不必请人代书。求刘老板将这执笔银子，给我的苦命老娘!

半　城　你能写?(惊奇)好!不行。

寿　保　为什么不行?

半　城　这破庙以内,无僧无道,哪里来的文房四宝?

寿　保　我父乃是赶考举子,书箱以内,现有纸墨笔砚。

半　城　这真太巧了。如此么,我多把你二两银子。

寿　保　多谢刘老板。

半　城　要写你母亲的口气出卖。

寿　保　知道。

(唱【大十字调】)

安寿保提羊毫珠泪滚滚,
想不到初作文出卖自身。
想我父在祠堂将儿教训,
昔孟母择邻处割断机杼教子成人。
孔融六岁见梨不争
丁兰刻木王祥卧冰郭巨埋儿
天赐黄金哭竹生笋孝感天心
安寿保怎敢比前辈的古人。
上写着出卖亲生长子,
下写着立笔人顾氏凤英。
都只为文亮夫进京赶考,
饭店内被强盗偷去路银。
因此上儿的父得下重病,
逼得我母子们四路无门。
顾凤英妇道家呼天不应,
安寿保年纪幼叫地不灵。

没奈何卖去了亲生寿保，

儿八岁卖身价八两纹银。

安寿保写到此眼花手冷

半　城　（接唱）安寿保出卖与我的名下，

自卖后与安家永断葛藤。

安寿保倘若有夭年不测？

凤　英　（接唱）顾凤英决不向刘家要人。

半　城　（接唱）安寿保倘若有偷脱拐带？

凤　英　（接唱）刘老板请放心。

寿　保　（接唱）安寿保叩求娘亲手画押，

凤　英　（接唱）顾凤英提羊毫无限酸辛。

万岁爷有了你亲点魁首，

众大臣有了你治国安民，

父母官有了你判人生死，

老朝奉有了你进出万两黄金，

文亮夫指望有了你上京赴试。

谁知你变成青锋剑，

无义无情割断了我们骨肉离分。

横一横安寿保就要改名换姓，

要竖一竖母子情永断葛藤。

半　城　刘安，取过十两银子，交与寿保。

刘　安　是，当面点过。

半　城　（看看后点头）寿保，交与你母亲好好收藏。我离家已久，今日就要回去。你母子赶快分别一番，我在庙外等待于你。

寿　保　请问老人家哪里人氏？

刘　安　陕……

半　城　唔！现在本城附近。安家娘子，寿保随身的衣服，把他穿去，望你不要脱下。

寿　保　这……

凤　英　数九冬天，我怎忍心脱下儿的棉衣。

半　城　寿保少谈几句，赶路要紧。

（刘安同下）

寿　保　妈，赶快把银子收好，倘再遗失，没有两个寿保！

凤　英　（唱）我的寿保儿啊，

寿保儿捧上了纹银十两，
顾凤英心似粉碎寸断肝肠！
家虽贫儿也是娇生惯养，
论族规安寿保承嗣二房。
儿的父独养儿子不肯让，
因此上带母子随同上京邦。
只说是儿父衣锦归故里，
又谁知卖儿在破庙堂。
娘本当不把寿保儿卖，
千斤重担娘难承当，
杂草铺怕病死儿的父，
又怕饿死小儿郎。
少时你跟随人家把刘门上
嘱咐你的言语记胸膛
儿啊！倘若他真把你当个儿子领，
真是离开地狱就上天堂，
你糠箩里就往米箩里跳，
千万莫想你苦命的娘。

看见年老的称大伯，
看见年少的喊兄长，
比娘年老的称伯母，
比娘年轻的叫姨娘，
儿要懂得尊辈长上，
圣贤教导你不可忘。
前堂孝敬领生父，
后堂要孝敬领生娘。
领生父母要将儿骂，
你低头不语站一旁。
领生父母要将儿打，
你手捧家法跪前堂。
领生父母就当个亲爹娘喊。
常言道:无情棒不打这嘴乖的郎。
儿啦,饥寒饱暖自照应，
比不得留在娘身旁。
十冬腊月天气寒，
二八月里早晚凉，
五六月时疫凶如虎，
直到深秋还提防。
儿啦,一年四季春为首，
你必须黎明即起发奋芸窗，
锥刺股头悬梁，
儿要用心读文章，
切莫可耽误青春好时光。
倘若当着书童用，

儿要清早打扫小书房，
文房四宝理停当，
书柜子擦得亮堂堂，
候主人，盥洗毕，
到厨下你去备茶汤，
主人先饮儿后用，
儿啊，剩茶次饭你莫嫌脏。
一粥一饭来之不易，
一丝一缕你莫损伤。
起早睡晚你休怕苦，
灯油火烛要提防，
常言道：朝朝防火夜防贼，
安睡前去摸摸门闩子看看水缸。
儿啊，手里头有事你口要答应，
事情多了莫嫌忙，
受人委屈你要忍让，
做奴婢就是个恶水缸。
被人家责备你莫拗犟，
儿啊，打死了没人代你伸冤枉。
常言道：财主的脾气大，
眼睛一瞪就反腔，
他开口骂来举手打，
打我儿还要骂为娘。
人家买一个勺子就捞一个柄，
我卖掉一个儿子就贴上一个娘。
儿啊，倘若你家爹爹病体好，

为娘随他上京邦
做得一官并半职，
再到六合赎儿郎
倘若你家爹爹病不好，
你叫你家老娘怎样回家乡？
寿保儿你有什么话对娘讲。

寿　保　娘啊！

（接唱）道一声老娘……
娘的话孩儿谨记心上，
儿人去心随二爹娘。

【清板】老人家仍应多保重，
切莫为儿太悲伤。
只当没把寿保养，
狠狠心掐断这苦肠。
愿爹爹病后多调养，
不必想念小儿郎。
卖身纹银整十两，
苦命老娘派用场。
爹爹病好把京城往，
但愿成名天下扬。
要是亲戚将儿问，
娘就说寿保不幸中途亡。
老人家不久要生养，
哪有钱新做小衣裳。
儿留下一件破衬袄，
或是弟或是妹遮遮寒凉。
儿本当叩别年迈父，

病中人添烦恼似雪上加霜。

母亲受儿大礼恭上，

恕孩儿不孝苦命娘。

凤　英
寿　保　（同哭下）

母子们只哭得泪如雨降！

凤　英　我的小娇儿啊！

寿　保　儿的养育娘啊！

刘　安　（急上）寿保，天时不早，我们家主人催你赶路要紧！

凤　英
寿　保　（同唱）除非是梦里再会儿郎/亲娘！

凤　英　再把为娘看上一眼！

寿　保　妈……

刘　安　快走吧。

寿　保　妈收好纹银，多多保重！（下）

凤　英　寿保！娇儿！娘的小娇儿啊！

（白）弯子一闪不见影，

能说会道知书达礼的小娇儿，

变成十两哑巴银。

少时刻长街把郎中请，

［安文亮从庙内扶病迎上。

文　亮　寿保娘！

（唱）难道你站在高坡望船沉？

凤　英　（唱）搀扶你到长街去医病，

文　亮　唉！哪里有钱看病啦？

凤　英　你腹中可饥饿？

文　亮　饿死我了，寿保呢？

凤　英　(捧银)寿保在此。

凤　英　这就是寿保啊!

文　亮　哎,我问寿保啊!

凤　英　这就是寿保啊。

文　亮　这银子又是哪里来的?

凤　英　(白)寿保见你昏迷不醒,
　　跪到长街卖自身。
　　身价笔资十两整,
　　买主是当地的店东刘半城!

文　亮　你……气死我了!
　　(接唱)好似霹雳轰头顶,
　　骂一声无知的顾凤英!
　　有道是虎毒不食子,
　　你比虎狼毒几分。
　　不孝有三无后为大,
　　安文亮岂是悖逆的人?
　　士可杀而不可辱,
　　纵然一死也不卖亲生。
　　原价换回安家后,
　　一家团聚再想章程,
　　不与我带回安寿保,
　　从此割断夫妻情。

凤　英　(接唱)病人火大暂忍且,
　　十两银没用半分文,
　　你在庙堂等一等,
　　我死也要赎回寿保娇儿。(急下)

文　亮　呀!

（接唱）顾凤英贤惠令人敬，
安文亮如此太无情。
夫妻们从未红过脸，
病人容易把火气生。
她跟我几年受贫困，
从来怨言无一声。
我丢失路费身染病，
可怜她为人家浆浆洗洗缝缝补补留门乞讨忍饥挨饿还安慰我的心。
越思越想不应份，
安文亮愧对顾凤英。
倘若是刘家不应允，
有谁来帮助我们异乡人？
我坐在庙堂将她等，
岂不是逼她把死寻？
就好比卖个铜勺捞个柄，
我快到长街寻母子们。

[文亮开门急下。香炉内的残火，被一阵狂风燃到神盒，霎时烟雾弥漫，顷刻庙堂化为灰烬。

[幕落]

第二场　疑　子

[张氏上。

张　氏　（白）二娘养个小杂种，

合家日夜闹哄哄，

从此员外更加宠，

气得三娘眼发红。

想不到二娘这贱人真能给老头子养个胖儿子？说也奇怪，昨天二娘在瓦车篷里养了个小伙啦！

（王桂暗上）

嘿，二娘她十多年来从没生过怀，

老头子才讨我张氏进门的。老员外年老多病，我谅他不养了。唔，我看这里面定有蹊跷，我不免假意前去道喜，暗地探探动静。对，就是这个主意。

朝　成　（内声）嗯哼！

张　氏　老头子来了。（王朝成上，张氏迎上前）唷，恭喜员外，贺喜员外，真是天赐麒麟，我王家的香烟总算有人继承了。

朝　成　三夫人，你说得好呀！哈哈。

张　氏　嘻嘻，老爷，二娘身体可好？

朝　成　皇天保佑，他母子二人还都平安。

张　氏　阿弥陀佛，真是谢天谢地啦！

让我进去看看。

王　桂　真奇怪，瓦车篷里会养小伙，要不是我亲眼所见，也难免……

张　氏　老王，你什么时候来的。

王　桂　刚来。

张　氏　可曾听到什么？

王　桂　一句都没听见。

张　氏　哦！

王　桂　唉！

（念）车篷养小伙，

无奇不成书。

若非亲目见，

我也有疑因。

王　桂　（背）你呀，骂天骂地，没天没地。

朝　成　（阻）二娘生养不久，休要惊扰于她，你……你改天再进去看吧！

张　氏　唷，二娘不让看，难道连孩子也不许我看上一眼吗？

朝　成　为……

张　氏　姐的孩子也就是我的孩子，我倒要去看看他长得到底像谁。

朝　成　二娘，你就改天再看吧！

张　氏　我现在就想看。

朝　成　改天看。

张　氏　现在看。

［李氏装病态怀抱婴儿上。

张　氏　唷，姐姐……

朝　成　二娘你？

张　氏　姐姐呀，你是坐月子的人，怎好随便走动呀！快坐下，快坐下，（扶李氏坐）

李　氏　妹妹要看这孩子他？

张　氏　是呀，是呀。唷！又白又胖。

王　桂　（背）又白又胖，气得你肚皮发胀。

张　氏　额阔脸方，真是相貌堂堂。

王　桂　相貌堂堂，气得你面孔发黄

张　氏　将来不是元帅就是宰相。姐姐你真好福气啊！（接过婴儿抱）哦！这孩子可曾取过名字？

李　氏　无有。

张　氏　老爷，你就快与他取个名字吧！

朝　成　名字么？（想）呀！

数日前我曾做一梦，

从天降下小金龙，

此子定是佛爷送。

李　氏　老爷呀！

(唱)不如就取名王金龙。

朝　成　王金龙？(拍手)好好！(抱婴儿)

我儿生得品貌出众，

日后是飞黄腾达赛金龙。

李　氏　(唱)一子成名富贵共……

张　氏　(旁唱)我定要摇死这条小毛虫。

(对李)呀，这真是金龙入屋，

王家有福。

王　桂　有金龙入屋，气得你眼睛发白。

朝　成　哈……

(王朝聘上。)

王　桂　启禀员外，三老爷求见，

朝　成　(不乐)你就说二夫人刚刚生养，忌生人前来，请三弟改日到此。

张　氏　三叔又不是外人，忌的什么?? 请进来。

朝　聘　兄长得一子，他喜我不喜。

朝　成　你……你讲说什么。

朝　聘　我说：兄长得一子，他喜我也喜。

张　氏　三叔，你来得正是时候呀！你看二娘昨晚养的胖小伙，

朝　聘　兄弟我前来特向嫂嫂道喜！(对李)恭喜呀！恭喜。

李　氏　三叔同喜。

朝　聘　(唱)听说嫂嫂生了子，不由朝聘喜在心，

一谢祖宗肯积德，

二谢送子观世音，

恭喜兄长老来交好运，

天赐麟儿接后根。

我一家满门俱喜庆，代问候嫂嫂可安宁？

李　氏　多谢三叔！

朝　聘　嫂嫂将侄儿抱给小弟看上一看。

李　氏　这……

朝　成　刚落地的婴儿请三弟改日再看。

李　氏　员外，请扶我进房去吧！（扶朝成下）。

朝　聘　哼！不识抬举的东西！

张　氏　喂，你这个没良心的，怎么说“他喜你也喜”呀？

朝　聘　唔，我喜？你看我喜得吹胡子，瞪眼睛的。

张　氏　好哇，我气倒气死了。

朝　聘　这个小杂种，也不知道是哪个养的。

张　氏　我开后门尚且没养，二娘会养儿子？我才不相信。

朝　聘　只要你养下儿子，那倒是我家的真种啊。

张　氏　都怪你无能哪！

朝　聘　正是：叔嫂从长把计定。

张　氏　迟早拔去眼中钉！你与人来呀！

（推王朝聘同笑下）

第三场　念　子

［时间：两月后，诚求必应，紫竹林中观自在白莲台上现如来。

［地点：山西平阳附近的观音巷。

［老尼静波手持佛珠上。

静　波　（念）扫地不伤蝼蚁命，

爱惜飞蛾纱罩灯。

贫尼静波，上月初收来了一位贫妇人，看她也不是平凡人家模样，又生得一双巧手，我让她绣一轴送子观音，与徐知府大人的诞辰。我不免将佛婆唤上，问她可曾绣好。我说，佛婆走上。

［顾凤英内应：来了。手拿观音像上。

凤　英　（唱）师父命我把佛像绣，

一针一线刺心头。

就好比饿死鬼挑着米担子走，

无情火上又泼油。

这送子观音绣成就，无限辛酸倍加愁。

含悲成泪来至佛殿口——

静　波　不必客气。我且问你，佛像可曾绣好？

凤　英　刚才竣工，师傅请看。

静　波　啊哟，你真是一双巧手。

凤　英　师傅夸奖了。

静　波　明日是知府大人的诞辰。今日乃是他暖寿之期，我就送到他的府中，我想知府大人一定有重赏。

凤　英　师傅啊！【小悲调】

（唱）酬谢二字怎敢受，

报答师傅将我收留。

若不是师傅将我救，

顾凤英乞讨在街头。

若不是师傅将我救，

顾凤英早已葬荒丘。

感谢你恩情天高地厚，

没齿难忘记心头。

陪伴师傅禅房守，

顾凤英此外复何求。

静　波　好一位讲情讲理的佛婆。好心好报，你日后一定有一步好运走走。

凤　英　若有升腾之日，定要翻盖庙宇，替佛装金，报答师傅的大恩大德。

静　波　嗯，我倒想起来了。

凤　英　师傅想起什么？

静　波　听我来告诉你。

【数板】徐知府为官清正头一位，娶我那表姐又贤惠，

老夫妇都交五十岁。

真可惜老来无子不算贵，

生一位大小姐

今年交八岁。

能吟诗，会作对，

四书五经能倒背。

我把你送到徐府内，教这位徐小姐，描龙凤，绣花卉，

终老一生不受罪。

凤　英　多谢师傅关怀。

静　波　你当心庙内香火，我即刻前往。

凤　英　师傅放心。

静　波　我又想起来了，我俗家一个表姐，请我替她绣双送老花鞋，索性烦你。

凤　英　理当与师傅效劳。

静　波　来，来，到我的卧房拿把你。

［静波拉顾凤英同下。

［安文亮衣衫褴褛不堪上。

文　亮　(唱)沿途卖字把妻儿赶，

越过了万水与千山。

一府八宗无从打探，

语言隔阂难交谈。

眼看天色即将暗，黑夜何处把身安？

神圣神圣，佛家你大慈大悲救苦救难。弟子安文亮江西南昌来庭村的人，只为寻找妻儿，至今流落太原。人地生疏，举目无亲，叩求大士，保佑弟子求得一官半职，回家团聚！定然替佛装金，翻盖庙宇。你讲啊，你说哪，哎，你为何不讲啊？你为何不说哪？哦哦哦，你是泥塑木雕，不能讲话呀。欲寻短见

［老尼静波挟着刺好的佛像上。

救安亮。

静　波　啊！阿弥陀佛！蝼蚁当且贪生，你这个人为何要寻短见？

文　亮　我寻死有寻死的道理。老师傅，你不用管。

静　波　不管？荒田杀人问地主，你死在我这佛殿以上，官家岂不要问罪于我？

文　亮　这……

静　波　看你是个读书人，应该世理通达，我劝你不要寻死。

文　亮　我一定要死。

静　波　宁在世上挨，不在土里埋，死不得。

文　亮　此地死不得，我到那一边去死。

静　波　为什么一定要死？

文　亮　我满腹文章，不能荣宗耀祖，倒落得妻离子散。

静　波　哦！我劝你还是不要死得好。

文　亮　不死会有什么好？

静　波　你既有文才，何不找一个大户人家，教上几个蒙童，守时待命，慢慢打听妻儿。

文　亮　守时待命？

静　波　是啊。

文　亮　多蒙老师傅指点，我一定不死。请求宝刹，借宿一宵，杯水不扰，明日清晨赶路，回转家乡。

静　波　这……

文　亮　出家人慈悲为本，方便为门。老师傅谅无推辞。

静　波　好吧！有道是，摆渡摆到江边，送佛送到西天。你就在我这佛殿旁边，暂宿一宵。

文　亮　这……

静　波　很对不起，因为我们这里都是尼姑道婆，故而不能留你到后院住宿。

文　亮　哦！原来不是长老。（背供）

安文亮啊安文亮，你算是倒运了，告辞。

静　波　我叫你宿在佛殿旁边，为何又要走？

文　亮　学生乃圣门子弟，素知男女授受不亲，况且都是出家之人，戒律森严。学生宁可冻死，也不违圣贤之道、佛门清规。

静　波　倒是个老诚君子。这样吧，待我叫佛婆拿点剩斋来把你食用。

文　亮　也不用。

静　波　难道你不饿吗？

文　亮　学生在市上卖字，带了些干粮，尚可度过。

静　波　天时不早，我要闭山门了，你……

文　亮　多谢老师傅救命之恩，学生徐图后报。今日我就在这庙外檐下暂宿，再不敢打扰师傅。

静　波　如此贫尼……

文　亮　请闭山门。

［静波闭山门，念着阿弥陀佛下。

［谯楼起更。

文　亮　安文亮啊安文亮，你实指望一举成名，光宗耀祖，谁知时运不佳，只落得撇子抛妻，只身流落太原。思想起来，好不愁煞人也！

［安文亮昏昏欲睡，顾凤英一手端灯一手拿着未绣好的送老花鞋上。打三更。

凤　英　呀！

（接唱）望楼打罢二更天，

心事重重难安眠。

那一日离开六合渠，

沿途乞讨到太原。

一府几宗都找遍，

访不出安家后代香烟。

多蒙师傅心慈念，

收留我佛前把油添。

早晚暗暗许下愿，

借花谢佛祷告苍天。

保佑夫君身康健，

早日星都得意回。

禄金娇儿有归处，

寿保回到娘身边。

倘若老天从人愿，

顾凤英亲手裁亲手剪亲手描亲手粘大红缎子锦镶边绣一

对长幡挂佛前。

[望楼打三更。

文　亮　啊！

(接唱)望楼三更交夜半，

耳旁有人诵弥陀。

隐隐约约不清楚，

诵经文为何木鱼声一概无？

说什么家乡在何处，

说什么念子又思夫，

出家人不把红尘恋，

哪有个尼姑有丈夫？

嘀嘀祷告如泣如诉，

文亮不禁泪如梭。

我想此人是媳妇

你与我同病相怜的世运也无奈何。

哎！这才是你亲口说，

光明磊落的大丈夫。

如今在庙外门壁听，

岂非枉读圣贤书？

[安文亮以破衫蒙头，打四更。

凤　英　(接唱)夜静更深人脚定，

隐约听见叹息声。

听他高声无限恨，

听他低声念新人。

怨一阵来叹一阵，

声声悲苦碎人心。

听来此言熟得很，
莫非儿夫到庵门？
待我开山门去通讲……
哎，
他怎能扶病来到太原城？
定是我思儿念夫心烦闷，
耳边犹响旧时音。
何况佛门多清净，
夜半哪能会生人？
师傅知道定责问
善心反落惆缠身。
阵阵秋风寒夜冷，
门内外同声叹息空相邻！
风美朦胧，打五更。

文　亮　（接唱）鼓打五更天拂晓，
阵阵心思涌如潮。
看来妻儿无觅处，
欲归家去路途遥。
只身流浪无依靠，
铁鞋踏破也徒劳。
顾不得无颜见父老，
南昌府寻访故旧交。
教书暂作投身所，
寻亲戚再开考高官寻中再访妻儿。

［安文亮急匆匆下。钟鼓声响。

凤　英　呀！

（接唱）睡梦中哭别安寿保，
猛听得钟鼓一起敲。
快到后院把落叶扫，
洗手净目再把香烧。

［静波手拿佛珠上。

静　波　佛婆！

凤　英　师傅早安！

静　波　门外一个落难之人。你盛些斋饭送到庙外与他食用。

凤　英　是。

静　波　（开庙门）那位相公，你快转来，用些斋饭再赶路啊。不用客套，你转来呀！

［顾凤英捧斋上。

凤　英　师傅，斋饭在此。

静　波　他倒走了。

凤　英　怪不得半夜三更，听得有人唉声叹气，看来也是个落泊之人。

静　波　是啊，不是我到庙外观望，他要寻短见了。

凤　英　救人一命，胜造七级浮屠。师傅你功德无量。但不知那人家乡何处，因何要寻短见？

静　波　倒未曾问他。佛婆，快将佛像取来。

凤　英　现在此处。（当场取）

静　波　你当心香火，我到徐府祝寿去了。

凤　英　师傅放心。

静　波　你们将山门紧闭。

凤　英　是。（关庙门）

静　波　阿弥陀佛。

［静波与顾凤英分头下］

［幕落。

第四场　认　子

［中幕前。

［吹打声中，刘半城上。

半　城　（念）当年庙中将儿买，

　　今日堂前配良缘。

［家院刘安上。

刘　安　启报员外，徐家花轿到，

半　城　穿堂一拜！

刘　安　扶新郎新娘上来，穿堂一拜。

［男女傧相扶刘天壁、徐素梅内边同上。

刘　安　一拜天地，二拜长上，夫妻同拜，引入洞房！

［男女傧相拥刘天壁、徐素梅下。

半　城　哈哈哈，

刘　安　员外，徐府小姐娇生惯养，差有伴娘前来，安顿何处？

半　城　呀，去拿喜银十两，交与伴娘

刘　安　啊呀员外，当日买子也不过花十两银子，如今赏她……

半　城　哼！今日儿攀高亲，非比往昔。怎可让徐府失笑我商贾起家？下次不可多言！

刘　安　是，是，是！

半　城　唤她上来！（下取喜银复上）

［顾凤英上。

凤　英　（唱）十五年来为使女，

今日又作伴嫁娘。

刘　安　员外赏你十两喜银，（交银）快上前拜谢。

凤　英　谢员外厚赏！

半　城　伴娘，今日你来在刘家，当如徐府一样，好好侍候亲人。

凤　英　遵命。

半　城　从今以后，就在耳房安身。（下）

凤　英　是！（抬头见刘半城，惊疑）啊！

刘　安　张望什么？快去收拾耳房，准备用饭吧！

凤　英　哦，（看刘安）你……

刘　安　你？

凤　英　像在哪里见过。

刘　安　是呀，是呀，像在哪里见过，就是没见过，以后还不是朝朝相见吗？

凤　英　请问你家员外大名？

刘　安　谁不知山西太原刘半城！随我来！（下）

凤　英　刘半城！

（唱）我只知素梅小姐配刘姓，

想不到她的公爹是刘半城！

配的公子刘天壁，

莫非是寿保娘的姣生？

十五年来未遭影，

为的卖得十两银。

东里寻来西打听，

想断肝肠揉碎心。

今日里天赐机缘刘府进，

难道说苍天不负苦心人？

赶到洞房窥动静，

会一会娘的姣儿叙一叙离情！

［急下。

［中幕开，二丫鬟上领赏。

丫鬟甲 唉，顾奶来领赏！（同下）

［刘家洞房，徐素梅端坐，刘天壁思索。

天　壁 想我安……我刘天壁，蒙爹爹延师教读，得中解元，又蒙知府徐大人赏识，将女婚配。如今徐小姐从平阳到此，与我成亲，真是锦上添花，喜不自禁。怎奈拜堂之时，不能拜养育双亲。

怎不暗擦泪痕！（起初更）

（唱）人逢喜事精神有，

我大洞房暗含愁

白日里不见双亲在左右，

到晚来梦魂关帝庙前游，

见爹爹扶病望儿人消瘦，

见母亲低头饮恨泪双流。

八年养育情深厚，

人分两地一样愁，

不能到爹爹病榻去问候，

再不闻娘呼寿保语温柔。

安家生来刘家后，

谁见我思悠悠来恨悠悠！

（徘徊发现洞房陪奁）呀！

（接唱）洞房设备真锦绣，

橱柜里装满丝和绸，

绫罗花缎做被褥，

纱门幕配上黄金钩。

上绣着和合二圣同晋酒，
对对金鱼水上游，
一对飘带分左右，
门布团绣的猴子盘绣球。
上一副鱼水千甲子，
下一副芝兰八百秋。
想老娘替我绣过花加口，
绣的是松鹿在山头，
上一副寿比南山松不老，
下一副福如东海水长流。
此花如出老娘手，
安寿保睹物思人愁更愁。

素　梅　（唱）往日里爹爹夸夫不绝口，
说他文才盖九州，
今见他眉清又目秀，
不负我徐素梅梦寐所求。
喜结良缘到白首……
他为何一阵喜来一阵忧？
刘……（含羞）

天　壁　哦，小姐你……

素　梅　刘郎，
（唱）莫非嫌我容貌差？

天　壁　（唱）小姐似天仙下神州，

素　梅　（唱）莫非嫌陪嫁不丰厚？

天　壁　（唱）身外之物非我求。

素　梅　（唱）那为何愁眉频频皱？

天　壁　（唱）想念爹爹暗含愁，

素　梅　（唱）公爹陪客正饮酒，

天　壁　这个……小姐呀

（唱）叹的是母亲何方漂流，

素　梅　哎，

（唱）闻婆母去世十年久，

却为何你说婆母在外漂流？

天　壁　这个……

素　梅　（唱）看刘郎言语恍惚不应口，

究竟为了什么情由？

既称姻缘喜配就，

何妨对素梅说从头，为妻能为你解忧。

天　壁　（唱）一句话问得我哑了口，

欲说无言如鲠在喉！

（打二更）

哦，小姐呀，

此刻已是二更后，

请莫猜疑在胸头。

快来同饮交杯酒，

家常容后说根由。

素　梅　（接唱）劝相公，少饮酒，

借酒浇愁愁更愁。

有什么心事对我讲，

素梅能与你分忧。

寿　保　（唱）我问你嫁衣谁人绣，

望小姐对我话根由。

素　梅　乃是我府中顾妈所绣。

寿　保　此人现在何处？

素　梅　已伴我到此。

寿　保　可能容我一见？

素　梅　这有何难，顾妈走上！

［顾凤英急上。

凤　英　来了，伴娘见过新贵人！

天　壁　请起！啊！你……

凤　英　你真是寿保？

天　壁　母亲！

凤　英　我的儿啦！

天　壁　亲娘呀！

凤　英　（唱）只说是母子今生难相见，

天　壁　（唱）想不到儿洞房花烛庆团圆。

凤　英　（唱）那一日为娘卖了你，
你爹爹醒问根源。
顿时与为娘翻了脸，
逼娘去把儿领归。
为娘追儿未见面，
回庙又见火冲天。
儿夫死活未相见，
哭离六合奔太原。
那一日行在瓦车篷内，
风吹大雪飞满天。
腹中胎儿往下坠，
为娘痛得就地眠。

生下你弟安禄金，

急得娘头晕目又眩。

欲抱他行走路途远，

没奈何痛将儿弃郊边。

多承尼僧把我荐，

到徐家侍奉小姐十余年。

天　壁　(唱)儿想娘每天想到红日坠，

儿想娘从来不敢对人言。

叹的是爹爹生死难决断，

叹的是不知二弟能保全。

是谁人叫我一家饮苦水？

只有含恨怨苍天！

母子们只哭得珠泪满面……

素　梅　(唱)在一旁叹坏徐素梅。

以下慢上儿媳有罪，

把婆母当作使女在身边。

今日唯有膝前长跪，

请婆母宽恕儿媳不贤！

凤　英　(唱)有道是不知不为罪，

娘要谢你把我母子巧成全。

天　壁　(唱)合欢酒改饮团圆酒。

梅/壁　(唱)奉请高堂饮双杯！

凤　英　儿啦，不用如此。你二人同饮交杯，为娘站在一旁，看上一眼，也就喜不自禁了！

［刘安引刘半城急上。

半　城　啊！洞房之中，大哭小喊，又不图个吉利，究竟为了何事？

天　壁　爹爹，她是我亲生之母，十五年来两地相念，今日不想在洞房重逢。

半　城　啊！你原来是当年卖子的顾凤英？

凤　英　叩谢员外将我儿扶养成人。

半　城　难道你今日想领子回头？

凤　英　嗯？

半　城　这是什么？（拿出卖身契约）

凤　英　这个……

半　城　哼！

（唱）当日你只图把银要，
亲生骨肉一旦抛！
卖身契上写得好，
字字行行还明了。
永断瓜葛不相扰，
永无反悔人银两交。
今日天壁已深造，
又娶儿媳在今朝。
你今想要安寿保，
可知他是刘家儿，
十五年养他费了银多少？
堆起来已有泰山高，
为读书费多少油来熬多少灯草，
刘半城日日夜夜把心操，
白鸽子要把亮处找，
难道我一场心血是徒劳？

凤　英　（唱）顾凤英不敢将儿要，

有道是一纸卖契快如刀，

请容我母子常见到。

天下母亲爱姣儿，

伏望员外行行好。

半　城　(唱)劝你休要多唠叨！

刘安，将她赶出府去！

刘　安　走！(拖起顾凤英)

梅／壁　爹爹！(同跪倒)

半　城　不准多言！

凤　英　员外，还望你善待他二人！我不来相扰就是！

天　壁　母……

半　城　住口！

凤　英　走！(急下)

天　壁　天哪！(昏倒)

［上集完。

中　集

第一场　追　母

［时间：紧接上集，当宿五更前后。

［地点：又是一处瓦车篷前。

［顾凤英内【倒板】上。

凤　英　(唱)别姣儿出刘府无限惆怅，

连夜离开了……

别姣儿出刘府无限惆怅，
连夜里离开了山西平阳。
一路走来一路想，
刘半城要算铁打的心肠。
我知他领子费去银千两，
难道他不知我骨肉情意长？
又何妨容我母子常来往，
我怎会叫他白领儿一场！
谁知他恶言恶语当面讲，
逼我顷时离洞房。
我自恨十字画在白纸上，
割舍姣儿回奔南昌。
哪顾得路远山遥难行走，
哪顾得隔黄河来隔长江。
但愿隔儿万里远，
不愿隔儿一堵墙。
隔阻了千山万水断妄想，
近在眼前刺胸膛。
不愿回首望，(仍回望)
徒洒泪千行，
一步一惆怅，
回顾黑茫茫！
苍天哪！
你若是断我莫把寿保想，
却为何容我见他在洞房？
倘若是母子相逢有指望，

却为何又逼骨肉分两旁？

如此捉弄我母子俩，

难道说嫌我苦水未饱尝。

我安家前世里作过多少恶？

顾凤英烧了多少断头香？

（朔风怒嚎，雪花飘飘）

啊呀，

朔风耳边响，

愁云遮星光，

大雪从中降，

何处暂时把身藏？

一座车篷已在望，……

且等雪住奔家乡。

（正拂雪坐下，想起当日车篷产子情况）啊！

似在此间将儿养，犹见枯草堆旁，

眼前又现旧景象，

却不见禄金儿他……在何方？

莫非是冻死草地上？

莫非早已喂虎狼？

哎，

是我亲见主仆俩，

含笑抱儿奔前庄，

待我到前庄去察访……

定是徒然问一场。

眼前的长子不容我看望，

何况那小姣儿不知有亲娘，

是存是亡难料想。

顾凤英两番怀胎尝尽酸辛白养儿一双。

儿夫又不知何处往，

想他病体命难长！

妇道人到此地步何指望？

我自叹，盼的什么富贵、上的什么京邦、卖的什么姣儿、到的什么平阳、抛的什么骨血、拾的什么主张，只落得夫妻拆散、莫卜存亡、骨肉分离、天各一方、逼夫诉责、难称贤良、旁人咒骂、恶毒婆娘、吐骂身受、灾难自尝，满腹苦情向谁讲，不如一死永断了苦肠！

车篷外，山水响，

雪拥道，风声狂，

枯树似孝杖，

荒山着孝裳，

风似奏哀乐，

雪似泪千行，

代儿来送葬，

棺椁是河床，

永别了，永别了！

永别了我的夫，我的儿一双！

［急下。

［刘天壁急上，刘安跟上。

天　壁　（唱）出得洞房将母赶，

料定娘亲回江南。

顾不得大雪迷人眼，

顾不得朔风刺骨寒，

顾不得冰块满溪涧，

顾不得风雪堆高山，

顾不得爹爹多责难，

顾不得娘子泪潺潺，

顾不得刘安后边喊，

顾不得翻山越岭举步难！

一边走来一边看……

刘　安　公子，公子，不必追了！

天　壁　（唱）不见老母此心不甘！

刘　安　想必道路相转，遇不着了！

天　壁　（唱）寻遍天涯将娘探……

刘　安　哎！（阻拦）

天　壁　（唱）你……胆敢将我阻拦？

刘　安　公子呀！

（板）天昏地双暗，

风雪拥阳关。

道路有千万，

黑夜寻人难。

你是任性赶，

家里闹了翻。

员外气红了眼，

怒声震屋山。

新娘在房中叹，

跑坏了我刘安。

请在车篷歇歇脚，

稍时跟我把府还，把府还！

快坐下吧！

天　壁　我怎能在此打坐？啊呀母亲，母亲，你究竟往哪里去了？（看雪地）啊！此间似有妇人足迹，想必是我母亲道在过此。刘安，你我四下找来。

刘　安　好好好，就找找看吧！（下）

天　壁　母亲，母亲……（欲下）

［丫鬟引徐素梅急上。

素　梅　相公！相公！

天　壁　你可曾遇着我的母亲？

素　梅　不曾遇着。

天　壁　她……她到哪里去了？

素　梅　啊呀相公呀，爹爹见你追出洞房，起先是怒火冲天，然后老泪横流，病倒床前！

天　壁　啊！

素　梅　婆母找不着，爹爹又病倒。这如何是好？

天　壁　（唱）养父为天壁出走染了病，

亲娘为寻找寿保十余春。

一边是十年来承父领，

一边是八年养育有深恩。

欲回家去把父照应，

难舍母子骨肉情，

欲要四处把母探听，

难忍爹爹病缠身。

天壁寿保皆孝顺，

恨不能立时将我分！

进一步退一步神思不定……

素　梅　（唱）想不到洞房之夜祸临门。

刘　安　（内声）快来救人哪！

壁／梅　啊！（欲下）

［刘安扶顾凤英上。

刘　安　公子，她投河自尽！

天　壁　啊，母亲！（连步向前）

（唱）想不到母亲寻自尽，

浑身已是冷如冰。

当日里儿欲卖身娘不肯，

划字时一横一竖刺娘心。

娘为姣儿受父责问，

千山万水将儿寻。

只说是洞房见母双吉庆，

又谁知卖身契约不饶人。

一旦娘死儿抱恨……

凤　英　（唱）错迷迷此身任浮沉，

天　壁　母亲！

凤　英　（唱）难道是姣儿把娘唤醒？

寿保儿啦！

你……

（拉在怀中又推开）

你快回刘府莫问娘亲！

天　壁　娘呀！

（唱）你再流离儿怎忍？

凤　英　(唱)只怨当日卖亲生。

天　壁　(唱)卖儿全为治父病,

凤　英　(唱)该我安家少子无孙。

素　梅　(旁唱)徐素梅一旁暗思忖,

婆母的身世实堪怜。

既然公爹不肯认,

倒不如暂住我家免纠纷。

(对刘)

婆母呀,

(唱)媳妇有言未奉禀……

求婆母到我娘家暂安身。

天　壁　到徐家么?

凤　英　这如何使得呀!

天　壁　依孩儿之见,母亲暂住徐家倒是两全之计。

凤　英　这……

素　梅　婆母,媳妇与你跪下了。

天　壁　母亲,孩儿与你跪下了。

凤　英　好,为娘依从就是。你们快回家看看去吧!

天　壁　刘安,快到前面雇一车辆送老夫人去往太原。

刘　安　是。(下)

素　梅　(对丫头)梅香,你跟随老夫人一同前去,要好生侍候。

丫　环　是。

天　壁　恕孩儿不能远送了。

素　梅　婆母走好。(同下)

[幕落。

第二场　放　子

［时间：数年后。

［地点：王朝成家。（中幕外）

安文亮上。

文　亮　（唱）安文亮思念妻儿双眉皱，

往事桩桩涌心头。

那年寿保卖身后，

凤英追赶不回头。

急得我四处忙奔走，

急得我险些丧荒丘。

王员外路遇将我救，

从此在王府把身留。

管账且兼将他儿教，

不觉光阴十数秋。

员外夫人皆忠厚，

小金龙天性聪颖把学求。

怎奈是大小夫人常争斗，

那三娘为夺家财用计谋，

逼我把账本交她手，

不随心意便闹不休。

我本想辞馆回家走，

员外他病中数次来挽留。

安文亮左难右难难开口，

怎奈是寄人篱下终日愁。

唉！恨只恨命途多舛天不佑，

但不知何日运转能出头？

想来在此难长久……

倒不如趁早拜辞回乡走，免得与势利小人结冤仇。（欲下）

［张氏上。

张　氏　喂！回来！回来！

文　亮　唤我何事？

张　氏　（伸手）拿来。

文　亮　你要什么？

张　氏　要你手中的账本呀！我的管账先生。

文　亮　这，我不能将它交与你。

张　氏　你莫非要想将这账本交与李氏不成？哼！告诉你，员外还没断气呢，你就想……

文　亮　（忍不住）你休要胡言乱语。我，我马上就将它交与员外，省得你含血喷人。

张　氏　（拦住）嘿！

（唱）你死抱账本不放手，

动的什么坏念头？

莫非蛤蟆想吃天鹅肉？

文　亮　呀！

（唱）安文亮阵阵怒火上心头！

（对张）

想我虽然不富有，

分外之财不妄求。

自赏清风惨两袖，

待人接物礼仪周。

如今你无缘无故将我咒，

张　氏　(唱)休要在鬼脸上抹粉不知羞！

拿来，拿来，快将账本拿来！

(扯安衣袖)

文　亮　(又气又怕)你……唉！

(唱)君子动口不动手，

张　氏　(唱)对你我还要用拳头！

［王金龙手提飞禽上。

金　龙　(见状)呀！(扔飞禽)

为何如此？

文　亮　(甩开张氏手)

张　氏　小杂种，你胆子真不小呀！竟敢打起老娘来啦！我……(欲打，想起，突然嚎淘大哭)呜！

小杂种打人啦！快救命呀，快救命呀！我不要活……不要活啦！(边叫边下)

金　龙　她，她又要了，

文　亮　唉！有道是来得光明去得清白，我还是亲手将账本交与员外……

金　龙　先生你又要走啦？

文　亮　天下之大，不愁没我安文亮容身之地。金龙，来！同去见过你父，再作道理。

金　龙　先生……

文　亮　金龙，走吧！(拉金龙同下)

［幕开：王朝成卧室。

［王朝成从病榻上猛然挣扎起来。

朝　成　啊呀，救命哪！救命哪！

［李氏急上。

李　氏　员外，你……

朝　成　你快去救救金龙儿呀！

李　氏　金龙儿出了什么事吗？

朝　成　你怎么又让他上山打猎？

李　氏　儿膂力过人，有人陪他同去，怕的什么？

朝　成　啊呀，你呀！

（唱）想不到白日做噩梦，

醒来余悸在胸中，

我遥见姣儿射兔伏出洞，

不想他身后来了一大虫。

张牙舞爪多凶猛，

直扑我儿王金龙，

我欲要挣扎上前身难动，

我欲要呼救又哑了喉咙。

眼看我儿把命送，

顿时洞口血染红。

李　氏　啊？

（唱）莫非是员外病中心事重，

朝　成　唉！

李　氏　（唱）员外心思我全懂，

想必是怕人谋害儿金龙。

朝　成　二夫人哪！

（唱）多亏你诚求观音把子送，

十五年扶养姣儿又成龙。

四书五经他能背诵，

又练得一身武艺力无穷。

王门中有此虎子称洪福，

夫人哪！

怕只怕有人不相容。

如今我年衰病势重，

思前情想后事怎不教我心事重重！

李　氏　（唱）常言道儿孙自有儿孙福，

莫要把他年忧虑揽在胸。

纵然是三娘三叔心肠毒，

诸亲六眷定不容。

［王金龙急上，王桂持弓箭与野禽上。

李　氏　啊呀，金龙儿打了飞禽回来了！

金　龙　母亲！（扶母痛哭）

张　氏　人心隔肚皮！那倒说不定！

李　氏　妹妹，你说得也太对不住安先生了！

张　氏　什么样子才对得住？像你那样明里庄重，暗里巴结，总靠他过下半辈子？

李　氏　你……

张　氏　我怎样？

文　亮　员外，钥匙账簿在此，告辞了！

金　龙　先生，（上前拉住）

张　氏　早走早好！

朝　成　狗贱人哪！

（唱）胡言乱语当我面，

冒犯先生太不贤。

借此图把家财占，

你可知头上还有天？

纵然是朝成气已断，

金龙他有继承权。

账目何用你来管？

李氏她立为正房你为偏。

张　氏　（唱）当日是你把我骗，

说什么过门就掌权。

不想个先生在家内，

何必在世上过千年。

朝　成　你不要拉，让我早死早好！

王　桂　哎哎哎，三主母，人不伤心没得死，你往我身上碰，怎么碰得死？员外病重，你就耐着一点性子吧。家财还愁没有你一份吗？

张　氏　你也不是个好东西！

王　桂　是我王桂的不是，先走吧！

张　氏　那就走着瞧吧！

王　桂　好好！（送张氏下）

文　亮　员外爷请你体谅，我立即要离尊府了。员外呀！

（唱）有道是清官难断家务事，

文亮在此不相宜。

员外呀！

纵然你待我有情意，

安文亮者味你不尽知。

几番欲要离此地，

看员外年迈多病未便提，

今日里为我管账风波起，

没奈何特向员外来告辞。

朝　成　这个……

金　龙　先生，学生与你跪下来了。

文　亮　金龙，你不必如此。

金　龙　恩师呀，

（唱）你午后为我家料理账，

晨昏教我读文章。

如今我业未成来学未博，

恩师就要转还乡。

学生心中怎不惆怅，

就好像瓜儿离藤儿想爹娘。

文　亮　（唱）为师亲看你成长，

亲见你学富五车武艺强。

师生犹如父子样，

今日离别也酸愁肠。

无奈久处非所望……

但愿你早登龙虎榜，

不负为师教你一场。

李　氏　这……

（唱）满腹心事难言讲，

话到舌尖收了腔。

说什么师生如同父子样，

殊不知却是父子在一堂。

我是如刺在心上，

早也防来晚也防。

防的王桂脱口讲，

防的员外得知详，

防的三叔兴风浪，

又防那恶毒的张氏三娘。

今日他父子同惆怅，

转眼离别各一方，

欲要趁此把实情讲，

怕的是波涛顿生难收场。

倘若我将真情讲，

员外定然一气病入膏肓；

倘若我将真情讲，

从此身在王府面无光；

倘若我将真情讲，

金龙他——一时任性不认娘，

跟随亲父去他乡；

难道我用尽心血空抚养，

难道我母子们多年欢聚梦一场？

不，不，千不能万不能，

不能就把真情讲。

文　亮　（唱）她为何沉吟不语神气慌张？

李　氏　哦！（对安）先生……

（唱）我这里送你束修银子六两权作路费到南昌，

愿你从今长将妻儿访……

金　龙　（从母手中拿过银子包，并将身带十两一并交与安）

先生……

（唱）这十两孝敬恩师表心肠，

文　亮　（一怔）这十两么！

（旁唱）我这里又见银十两，

猛想起那年落难在庙堂。

当初为失银五十两，

穷途末路卖儿郎；

当初为了银十两，

夫妻失散奔四方；

如今是金龙赠我银十两，

霎时间无限辛酸涌胸膛，

金　龙　（唱）恩师休要又推让，

李　氏　（唱）区区数难报你教儿一场，

楚楚眼泪别处淌。

金　龙　先生，收下吧！

文　亮　唉！（接过银）

（唱）我只得洒泪情别返故乡，

拜辞了！

朝　成　恕我不能远送了。

文　亮　员外保重！（与王金龙同下）

［王朝聘提果品上。

朝　聘　啊！安生怎么真的走啦？这像个什么话？嫂嫂，把他追回来吧！

李　氏　真是说来好听！（下）

朝　聘　哎！这是什么话？兄长，小闻得你病体稍愈，真是喜出望外，特地买来些点心，请兄长滋补滋补。

朝　成　我是不想吃。

朝　聘　兄长，难道你就不念同胞骨肉之情吗？往日小弟虽有不是之处，兄长能当包涵，再说这王氏门户也得要人撑持，欲说打仗还是亲兄弟，上阵还是父子兵！

朝　成　这个……

朝　聘　兄长，这点心又香又酥，不信你尝尝看看吗？

朝　成　好好好！哎，三弟呀！

金龙还望三弟多多照看，

这家财……

朝　聘　家财怎么办？

朝　成　你与金龙平半分摊。

朝　聘　(唱)家产何用平半摊，

该是金龙的，

兄长不必担心！先尝尝点心吧！

朝　成　好！真是酥得很。(吃果品)

朝　聘　那就多吃一些。

朝　成　不能用了。

朝　聘　那就先躺一会吧！(扶朝成躺下，趁机拾了钥匙账簿溜下)

[李氏上。

李　氏　啊！三叔到此何事？

朝　成　送来点心。

李　氏　哦！

朝　成　夫人，我怎么浑身似火？

李　氏　快快用茶。

朝　成　啊呀！

(唱)阵阵烈火烧身上，

好似扯肚又牵肠。

头又昏脑又胀！

恨三叔点心之中放砒霜！

啊呀！(倒在床上死去)

李　氏　员外——

［王金龙急上。

金　龙　啊！爹爹！

李　氏　（唱）一见员外把气断，

我好比大海失风船。

我母子要随人去

眼看迟早命同完。

……（碰头）

金　龙　母亲！（上前拉住）

（唱）凶手本是三叔父，

孩儿即刻去报官。

李　氏　儿啦！

（唱）你不懂人情与世故，

谁不知贪赃枉法的糊涂官，

你三叔衙前早有路，

酒肉朋友交许多，

公堂上哪容你去把理说？

三拷六问受折磨，

此去飞蛾自投火，

插翅也难出网罗。

何况为把家财夺，

他叔嫂早已有图谋！

有钱买通鬼推磨，

我母子势力单薄唤奈何。

赃官决不会凭公断……

金　龙　（唱）我与他戴天之仇誓不完！

［王桂急上。

王　桂　启禀二主母与公子，大事不好！

李　氏　又有什么祸事来临？

王　桂　三员外与张氏夫人，说你母子用毒药害死员外，想跟安先生出走。如今他二人已往县衙报案，少时公差就要临门啦！

李　氏　啊！

金　龙　待我赶到县衙，与他二人辨一个是非！

王　桂　公子，嘴大吃嘴小的，你去不得！

金　龙　难道就蒙受冤屈不成？

李　氏　儿啦，你去不得。夫呀！

王　桂　二主母，事到如今，三十六计，走为上计。

李　氏　走！

王　桂　走的好！

李　氏　走的好！

（唱）叫王桂与我快收拾，

我母子即刻要分离。

王　桂　是！（接钥匙下）

金　龙　母亲，你呢？

李　氏　我吗？儿啦！

（唱）你父适才把气断，

未曾斋醮未封棺。

你父被害亲目睹，

眼看母子受栽诬。

眼看有冤无处诉，

眼看母子要入网罗。

邻舍要靠娘解说，

免得骂我恶毒婆。

纵然官吏猛如虎，

这场官司娘去拖。

何妨尝尽冤狱苦，

只要儿逃出是非窠！

金　龙　母亲，要走一同逃走！

李　氏　（唱）并非为娘等灾祸，

同室相煎没奈何。

为娘年迈难上路，

远走他乡累赘多。

一旦不幸同被捕，

断绝了王门后代根源。

实在对不起你的父，

娘为求子拜佛念弥陀！

转眼姣儿就离母，

止不住心酸泪成河。

别人家受的十月怀胎苦，

为娘盼你好心酸。

当年曾从车篷过，

一幅景象记心窝。

曾见别人抛子女，

曾见别人留血书，

人家抛子如刀割，

我离姣儿万箭穿。

叹的是金龙儿命苦，

三番两次受折磨。

苦味难向儿细说，
望你长命百岁灾难无。
过河从容上摆渡，
爬山小心下山坡。
太阳未落把旅店住，
黑夜更深强盗多。
银钱莫向人前露，
莫为钱财起风波。
当心饥寒与饱暖，
娘不能为儿把衣穿。
各事与王桂商议做，
万不可把他当老奴！
为娘嘱托要记住。
到金陵，找外婆，
读诗书，勤练武。
早赶考，上京都，
得中后，做清官。
有一朝，还乡转，
救你母，拿凶徒。
仇报仇，冤报冤，
祭你父，再封棺。
到那时母子相会一家团圆，
休教为娘眼望穿！

李／龙　（唱）母子们只哭得喉干舌破，
再相逢怕的是梦里南柯。

［**王桂拿包裹上。**

王　桂　公子，衙役已到前门，快随我后门逃走！

金　龙　母亲！

李　氏　王恩公请受我一拜！

王　桂　不敢！

李　氏　快快逃命去吧！

金　龙　哎！（与王桂急下）

［张氏、王朝聘引二公差急上，开门入内寻找。

朝　聘　王金龙哪里去了？

张　氏　就先锁了老虔婆！

公　差　走！（锁起李氏）

李　氏　夫啊！（同下）

第三场　高　中

［中幕外，鸣锣开道。乐声中众下手引安文亮从上场门上。

［王金龙与众下手从直场门上。

金　龙　我当何人，原来恩师也得中了，可喜可贺！

文　亮　岂敢。从今以后，你不必以师生相称了。

金　龙　什么相称？

文　亮　彼此同科得中，乃是年兄年弟。

金　龙　学生不敢。

［幕后声："圣旨下"！督旨官上。

亮／龙　接旨。

督旨官　大明皇帝诏曰：文状元安文亮听礼部调用，武状元王金龙赴辽东

征讨倭寇，即日前往，钦此。（下）

亮／龙　万万岁。

金　龙　学生理应与恩师同去拜候各位大人，怎奈王命在身，校场点兵去了。

文　亮　但愿你旗开得胜！

金　龙　多谢恩师。（下）

文　亮　开道相府。（下）

［启幕。

第四场　相　会

［安府后堂，顾凤英上。

凤　英　（唱）寿保儿在朝为宰相，

为国辛劳昼夜忙。

素梅儿媳把家务掌，

有条不紊称贤良。

顾凤英半生遭流浪，

想不到皇封诰命在府堂。

人人道我把福享，

谁知我心事腹中藏。

想起儿父安文亮，

未卜生死与存亡。

挂念禄金已成长，

不知流落在何方？

思前想后暗惆怅，

欲泣无声泪盈眶。

但愿他父子身无恙，

骨肉欢聚在一堂。

我也曾嘱儿多察访，

渺无音讯禀为娘。

看来团圆无指望，

揉碎儿肝痛断肠。

老天若随人愿望，

顾凤英明烛真香谢上苍。

[徐素梅捧茶上。

素　梅　(唱)相爷奉旨到科场，

改选文武状元郎。

但不知谁人得中龙虎榜，

一举成名天下扬。

行一步来到后堂上，

凤　英　唉！

素　梅　呀！

(唱)婆母为何恼闷愁肠？(献茶)

凤　英　(唱)丫鬟婢女何处往？

素　梅　(唱)教敬婆母理应当。

凤　英　(唱)家常何须把礼

素　梅　(唱)自愧侍奉太无方，

还望婆母多原谅。

凤　英　(唱)媳妇贤德四海扬，

素　梅　(唱)求婆母有何心事对我讲。

凤　英　（唱）都只为骨肉离散挂肚牵肠。

素　梅　（唱）自古道吉人有天相，

定能够天伦乐叙在府堂。

凤　英　但愿如此。

［后台声“相爷回府”。天壁上。

天　壁　（念）喜事从天降，

回府禀高堂。

儿寿保拜见母亲！

素　梅　拜见相爷！

天　壁　有劳夫人为我侍奉萱堂。

素　梅　你又来了——

天　壁　哈哈哈！

素　梅　相公今日回来如此高兴，但不知谁家儿郎得中？

天　壁　哎！不是谁家儿郎得中，便是谁人的令尊得中。

凤　英　寿保你真会取笑。

天　壁　不但孩儿高兴，告诉母亲与夫人，一定也高兴得很。

凤　英　说了半天，究竟什么喜事令人高兴？

天　壁　我父得中头名状元！

素　梅　哦！

凤　英　天下同名同姓，最多极广。儿不可孟浪！

素　梅　婆母言之有理。

天　壁　母亲：

（唱）孩儿奉旨进科场，

考选天下读书郎。

八百翰林千进士，

纷纷呈上好文章。

头名状元安文亮，
才高八斗世无双。
年纪已逾半百上，
祖居在江西南昌东庭庄。
他口口称我老师相，
孩儿连说不敢当。
儿监考不应我父得高中，
若不中埋没英才欺君王。
只得呈上龙书案，
御笔亲点他状元郎。
真是喜事从天降，
兴高采烈禀老娘！

凤　英　儿啊！
(唱)身为首相休鲁莽，
事关重大莫寻常。
丞相错认生身父，
朝中文武笑断肠。

素　梅　是呀，
(唱)同名同姓多又广，
必须仔细问端详。
果是公爹中龙虎榜，
你就该着他到府堂。

天　壁　(唱)适才分手在御阶上，
他说少时到府堂。
一来拜候老师相，
二来拜候师母娘。

素　梅　羞人答答的。

凤　英　（唱）倘若他果然来拜访，

　　公媳相见又何妨？

天　璧　哈哈哈。

素　梅　你哟……

［刘安上。

刘　安　禀相爷，新科状元前来拜府。

［徐素梅急下。

天　璧　夫人你……

凤　英　儿到厅堂会客去吧。

天　璧　母亲暂避，就在后堂相见。让母亲看得清楚，然后相认。

凤　英　儿言之有理。（下）

天　璧　有请状元公后堂相见。

刘　安　有请！状元公后堂相见！（下）

［乐声起，安文亮冠戴上。

文　亮　老师相在上，受晚学生大礼参拜！

天　璧　免！免！

文　亮　哪有不拜之理？

天　璧　说到就算，免了！免了！

文　亮　学生恭敬，不如从命。

天　璧　状元公请坐。

文　亮　老师相堂前，哪有晚学生的座位？

天　璧　有话叙谈，哪有不坐之理？

文　亮　是……谢坐。

天　璧　状元公锦绣才华，万岁御览之后，龙心大喜，亲点魁元，真是可喜可贺。

文　亮　晚学生才疏学浅，多蒙老师相的提拔，今后还望恩师多多指点。

天　壁　状元公过谦了。

［刘安上。

刘　安　禀相爷。

天　壁　何事？

刘　安　有公爷传圣谕前来，言道，武状元王金龙奉旨挂帅，平服倭寇。请相爷率领文武百官，送王元帅出征辽东。

天　壁　上复圣驾，即刻前往。

刘　安　是。（下）

文　亮　金龙真是平步青云。（自言自语）

天　壁　（背供）母亲，可是爹爹前来？

凤　英　（暗上）正是儿父。

天　壁　如此，请母亲前去相认。

凤　英　我叫他一声，也就是了。

天　壁　嗳！母亲你是堂堂太夫人，不可随便。

凤　英　不错不错，丞相的母亲应当有个太夫人的样儿。

天　壁　状元公。

文　亮　老恩师，赶快请出师母娘来，登堂受礼。

天　壁　不用了，我还有慈母在堂，请出来与状元公相见。

文　亮　恩师，赶快请老夫人出堂，受我三拜九叩。

天　壁　母亲，这就是新科状元公。

凤　英　哦，状元公。

文　亮　岂敢岂敢！

天　壁　状元公少坐。我去送王元帅出征，少刻就来。

文　亮　师相请便。（天壁下）

凤　英　状元公请坐。

文　亮　老夫人受学生大礼参拜。

凤　英　起来！起来！请坐。

文　亮　老夫人在此，焉有晚生的座位。

凤　英　不必客气，请坐，

文　亮　是……谢坐。

凤　英　你抬头看看，可认识于我？

文　亮　嗳，晚学生幼读儒书，遵循圣教，非礼勿言，非礼勿视。仰视老夫人，就该挖去二目。

凤　英　你太言重了，看看又待何妨。

文　亮　呀！

（背唱）心中埋怨老师相，
为何邀我到后堂。
我欲参拜他阻挡，
为何请出他的娘。
老夫人教我仰目视尊长，
怎不叫人心暗慌。
瓜田李下嫌疑衙，
有道是将上堂来声必扬。
她偏要我抬头望，
老夫人未免太癫狂。
急得汗流如雨降，
倒不如不辞而别出府堂。

凤　英　状元公，你坐呀！

文　亮　是是是，晚学生遵命！

凤　英　状元公！

（唱）我问你大名可叫安文亮？

文　亮　我叫安文亮。

凤　英　(唱)你祖籍可是东庭庄?

文　亮　舍间是江西南昌府,东庭庄。

凤　英　(唱)你父可叫安天东?

文　亮　家父上面天字,下头东字。

凤　英　(唱)顾凤英可是你妻房?

文　亮　贱内叫顾凤英。

凤　英　(唱)你的儿名叫安寿保?

文　亮　唉!

凤　英　没有吗?

文　亮　有的有的。

凤　英　现在何处?

文　亮　唉,晚学生一言难尽。

凤　英　(唱)却难怪你泪汪汪,

他八岁卖了银八两,

只为你病困在庙堂。

从此一家生离别,

天南地北各一方。

是真是假对我讲,

休顾忌家丑不外扬。

文　亮　呀!

(唱)老夫人学过看衣相,

看来我家丑难隐藏。

老夫人知道何须我多讲,

你可说在我的心窝膛。

凤　英　夫君哪!

文　亮　啊！

凤　英　（唱）难道你不把妻儿想，

抬头一看又何妨。

刘天壁就是安寿保，

我就是顾凤英寿保的娘。

文　亮　此话当真？老……

凤　英　老爷！

文　亮　哦夫人！你？

［徐素梅急上。

素　梅　媳妇拜见公爹。

文　亮　她？

凤　英　她就是你的儿媳。

文　亮　哦，免了，免了。

素　梅　酒宴齐备，请公婆后堂把宴。

凤　英　老爷请！

文　亮　请！（同下）

［幕落。

第五场　接　母

［中幕外：张氏上。

张　氏　咳！想当年，

【数板】想当年只说害死小杂种，

谁知老的送了终。

三叔与我同受用，
百万家财称富翁。
李氏二娘当牛用，
逃走小子王金龙。
有人说金龙丧了命，
有人说他立了功，
这几天实在心事重，
怕的是竹篮打水一场空。
三叔到街坊去打听，
但看是吉还是凶。

［王朝聘急上。

朝　聘　不得了哇！

（接数板）

街谈巷议一窝蜂，
平寇元帅立了功。
有人说他封王位，
有人说他封国公。
班师回朝转，
实在有威风，
路过太原府，
定然奔家中，
磨房先救母，
然后进皇宫。
怕只怕脑袋要搬动，
奈河桥下去打氽氽，
郡都城里找外公！找外公！

张　氏　当真如此？

朝　聘　一点都不假。

张　氏　啊！你不要怕哟！

朝　聘　你不要抖啊！

张　氏　这……怎么得了呢？

朝　聘　我吓慌了，一点主意都想不出来。

张　氏　当初我说，马马虎虎让他母子俩过去吧，你偏要独吞这万贯家财。

朝　聘　你埋怨我也是枉然，赶快拿主意哟。

张　氏　只要小杂种一回来，你我还不是春蚕吐丝，自捆乍绑！

朝　聘　我倒有个主意。

张　氏　你有什么主意？快说啦！

朝　聘　（唱）李氏办事软心肠，

同去请她出磨房。

鸡鱼肉蛋办四样，

再喂一挂肚肺汤。

把她请在上席坐，

我斟酒你就把饭装。

吃过酒菜嘴就软，

然后拿出好衣裳。

仓库里钥匙齐捧上，

内外请她把家当。

见金龙求她把好话讲，

这就叫袖里藏恨人难防。

张　氏　（唱）你吩咐把酒席办停当，

朝　聘　（唱）你赶快进香房拿钥匙，

开皮箱拿出几件好衣裳，

央求李氏快换装。

张　氏　就去哟！

朝　聘　越快越好！

［王朝聘与张氏分头下。

［中幕开。磨房，李氏内叫板。

李　氏　金龙！我儿！你盼坏为娘了！

（上唱）自从儿出门把难逃，

我日日夜夜泪双垂。

想娇儿如痴又如醉，

望眼欲穿儿不归。

想娇儿三餐不知味，

想娇儿想得目昏迷，

想娇儿长夜难安睡，

想娇儿错把枕头当儿回。

梦中曾与儿相会，

耀武扬威衣锦归。

年少初登第，

皇都得急回，

禹内三级浪，

平地一声雷。

醒来睡在磨房内，

稻草铺眼泪湿透大半边，

恨三叔与三娘图谋不轨，

害死儿父命西归。

为娘不忍儿受累，

主仆双双远走高飞。

赃官受了他二人贿，
反坐为娘是罪魁。
浑身是口难分辨，
含冤被禁暗伤悲。
说什么娇儿得显贵，
京城喜报到庄围。
赃官深怕受连累，
案情未结放娘回。
只说是从此免苦罪，
谁知儿奉旨扫狼烟，
喜讯噩耗传说不一，
三叔他又想一手把天遮。
日间逼娘去浇水，
夜晚逼娘把磨推，
忍饥挨饿人劳累，
受尽凌辱朝打暮槌。
但愿儿早把敌兵退，
但愿儿早日凯旋归。
报仇雪恨全仗你，
再为娘明辨是和非。
娘只要再见儿一面，
纵死也含笑在九泉。

［王朝聘捧酒菜，张氏捧衣同上。

朝　聘　嫂嫂，开门。

李　氏　哪一个？

朝　聘　小弟我来了。

李　氏　啊！

张　氏　二娘你快点开门啦！

李　氏　你们不要苦苦逼我了，我刚浇水回来，少时就推磨了。

朝　聘　小弟前来，不是逼你磨面，是送喜讯来的。

李　氏　我有什么喜讯？

张　氏　金龙回来了。

李　氏　金龙儿回来了？（开门）金龙儿在哪里？金龙儿在哪里？

朝　聘　他已班师回朝，就在早晚回来。

张　氏　姐姐，你真是好福气啊，

李　氏　你们又来折磨我了。

张　氏　请姐姐更衣。

朝　聘　请嫂嫂到厅堂把盏。

张　氏　请姐姐到后宅去住。

朝　聘　仓房里钥匙请嫂嫂掌管。

李　氏　你们这算何意？

张　氏　（唱）姐姐休要猜疑不定，

关起门来是一家人，

孝敬姐姐理应分，

何况你又是王家的大贵人。

李　氏　他……他……

（唱）平时对我多凶狠，

今日因何如此殷勤？

莫非我儿果然得胜？

莫非我儿班师回程？

倒不如趁此来探问……

（故意对张氏）

唉！我命羡如厌……还称什么大贵人！

朝　聘　（唱）嫂子不必大谦逊，

天大的喜事快进门。

李　氏　还有什么喜事嗯！

朝　聘　（唱）堪夸侄儿有本领，

平定倭寇建功勋，

如今赫赫掌帅印，

高奏凯歌到京城。

李　氏　吓！（喜，复捺住）唉！

（唱）莫非三叔听错了文？

朝　聘　（唱）王金龙正是元帅名。

李　氏　（唱）莫非同名又同姓？

朝　聘　（唱）王金龙三字不差毫分。

张　氏　（唱）姐姐命好有福分。

注定再做太夫人。

朝　聘　（唱）有道是一人受禄全家庆，

聘／张　（唱）请嫂子/姐姐更衣打扮上前厅。

（前扶后拥地）

李　氏　你等不必如此！还是让我在这个黑房等候金龙回来吧！

朝　聘　堂堂的太夫人住在黑房……

张　氏　这如何使得，姐姐莫非还记恨在心么？

李　氏　我……不敢，就怕再有横祸飞来，到那时老死牢房，含冤终生。

我……我再也看不到金龙儿的面了。（泣）

张　氏　有道是大能容小，

朝　聘　天能盖地。

张　氏　君子不记小人过。

朝　聘　宰相肚里能撑船。

张　氏　二娘，你倘若不肯换上这身衣服……

朝　聘　嫂子，你倘若不肯去到前厅喝杯水酒……

张／聘　我们就……长跪不起了。

李　氏　（不得已）快起来！快起来吧！

张　氏　姐姐！我的好姐姐！

（忙代更衣）

［王金龙身穿旧衣上。

金　龙　（唱）缰场三年平倭寇，

常把老娘挂心头。

伪装回来把母救，

再为亡父报冤仇。

将身来到后门口，

一纵跳过矮墙头。

张　氏　好了，姐姐快离开这个又脏又臭的黑房吧！

李　氏　我还是留在这黑房之中。

金　龙　（忍不住）母亲！（冲入）

李/张/聘　（一惊）吓？你……你……你是……

金　龙　（跪倒李氏面前）孩儿金龙回来了。

李　氏　（摸王）你真是金龙？

金　龙　孩儿正是金龙。

李　氏　金龙！（嚎哭）

金　龙　娘！孩儿回来了。

李　氏　我苦命的儿呀！

张　氏　哼！这哪像做官的样子呀？

李　氏　哦，快去拜见你那三姨娘……

张　氏　不用了。听说你已经当了大官回来啦！怎么又变成这般模样呀？

朝　聘　莫非你是从辽东逃回来的？

金　龙　姨娘容禀，

（唱）孩儿自从离家后，

去到京都把军投。

本以为步上青云中魁首，

又谁知龙肉虽美难下喉。

刚饮琼林酒，

片刻不停留，

奉旨平倭寇，

险些丧荒丘，

思念娘亲我暗逃走……

朝　聘　哼哼！逃走！早知道你是逃回来的。

金　龙　（唱）弄得这衣衫褴褛乞讨回来。

（李一怔）

万望母亲多原谅，

且将孩儿来收留。

李　氏　（唱）听他言来浑身抖，

好一似大海崩了船，

指望儿功名早成就，

又谁知如此落泊令人愁。

金龙呀！有道是人向高处走，

你为何偏往低处投？

朝　聘　（想起）我来问你，平辽元帅不也叫王金龙么？

金　龙　巧得很，元帅的姓名与我相同。

朝　聘　哦！怪不得。

张　氏　有道是龙生龙，凤生凤，老鼠的儿子会打洞。那个王金龙是个大元帅，这个王金龙么可是个真要饭的！

金　龙　三叔姨娘呀，

（唱）金龙本是王家后，

又何必冷嘲热讽将我羞？

想先父留下家财本富有，

丰衣足食不用。

母亲呀！孩儿归来把家门守，

孝敬老娘度春秋。

张　氏　嘿！嘿嘿！

（唱）万贯家财你无福受，

就怕你要做阶下囚。

网中之鱼休想漏，

（对王朝聘）

速报官衙将他扣留。

李　氏　这……这万万使不得呀！

（唱）求你二人抬贵手，

莫到官衙把状投。

且念我儿年尚幼，

得罢休来且罢休。

朝　聘　（唱）毒死亲父罪应有，

旧案早已把名留。

如今营中潜逃走，

死有余辜不必央求。

走吧！我的好侄儿，省得我去叫人拉着你走。

张　氏　你也走吧！我的好姐姐，到监牢去和你的金龙去度春秋吧！

金　龙　你们真的要我去见官府不成？

朝　聘　难道吃饱饭没事跟你闹着玩的？

金　龙　果真要去？

张/聘　当然要去。

金　龙　一定要去？

张/聘　一定要去。

金　龙　也罢！既然要见官府，奉陪了。（出）

朝　聘　怎么，你想逃？

金　龙　（向内）左右！

［四军士引王福手捧官服上。

张/聘　（见状大惊）吓！

王　桂　王桂叩见太夫人。

李　氏　（意外地）王桂，你……你你……快起来！快起来！（对子）金龙，你莫非真的做了官啦？

王　桂　小主人已经官封兵马大元帅了。

李　氏　阿弥陀佛，谢天谢地啊！

王　桂　请太夫人更衣。

［王桂代李氏穿衣，军士为王金龙穿帅袍。

朝　聘　这下完蛋了！

张　氏　还不快快去求求，求求老爷和太夫人。

朝　聘　就怕这次求太上老君也保不住啦！

金　龙　秃，大胆的奸夫淫妇见了本帅还不跪下！

张/聘　（忙跪）求元帅开恩呐！

金　龙　尔等谋夺家财，毒死我父，虐待我母，又千方百计欲将我杀害。如今本帅得胜归来，尔等不但毫无悔改之意，反而变本加厉，又欲陷害于我，此仇此恨不共戴天！正如尔等所说，罪上加罪，死有余辜。左右！

四军士 有。

金　龙 将这无耻的狗男女送入官衙按罪斩首。

四军士 是！

张／聘 元帅饶命呀！太夫人饶命呀！

李　氏 哼！

朝　聘 唉，刚才见官我嘴上硬。

张　氏 如今见官我胆颤惊。

四军士 走！（将张氏与王朝聘带下）

李　氏 王桂，这番苦了你了。

王　桂 二主母在家比我苦得多啦！

金　龙 母亲，如今大仇已报，随孩儿一同上京去吧。（搀扶李氏下，王桂随下）

［幕落。

第六场

［时间：紧接前场。

［地点：长亭。（中幕外）

［四朝官引刘天壁上。

天　壁 列位大人请了！

天　壁 王元帅平寇得胜，如今班师回朝，你我同到十里长亭，迎接有功之臣。

四朝官 丞相请！

天　壁　请！（同四朝官【水底鱼】当场）

四朝官　请丞相入长亭稍坐。

天　壁　那厢尘土飞扬，想是王大人回朝来了。

［众下手、四将、李氏乘轿过场下。王金龙打马上。见刘天壁等下马。

天　壁　王大人，得胜回朝来了？

金　龙　回朝来了。

四朝官　王大人平寇有功，可喜可贺！

金　龙　岂敢。下官何德何能，劳动丞相亲自迎接。

天　壁　扫平外患，为朝廷立下盖世功劳，理应恭候。

金　龙　岂敢！

天　壁　理当。

金　龙　岂敢！

天　壁　理当。（同笑介）

四朝官　圣上有旨，请王大人到光禄寺把盏。

金　龙　丞相请！

天　壁　王大人请！

金　龙　丞相请。

天　壁　你我挽手同行，啊！（发现牙痕六指）

金　龙　丞相看的什么？

天　壁　哦请！

［四朝官、王金龙、刘天壁等同下。

［中幕开，安府的小花园。

［二丫鬟捧香烛上。于凉亭旁边设下香案。

二丫鬟　有请太夫人。

［顾凤英上。

凤　英　香案可曾齐备？

二丫鬟　摆设停当，请太夫人沐手焚香。

凤　英　尔等退下。

二丫鬟　是(同下)

凤　英　(念)清晨一炷香，

叩拜祝上苍，

吉人有天相，

保佑小儿郎。(拈香)

(唱)每天虔诚拜天地，

一炷清香祝神祇。

瓦篷里生一子，

儿离娘胎各东西。

寒来暑往难忘记，

灯前月下泪如丝。

白日牵挂娘心里，

梦中常见婴儿啼。

想当年水冷草扣冰天雪地，

同身寒冷腹中饥，

如今是鸟语花香风和日丽，

高车驷马着裘衣。

骨肉之情难割弃，

伏望能有重见期。

倘若苍天随人意，

顾凤英诵经拜菩提。

[安文亮暗上。

文　亮　夫人啦！

(唱)骨肉欢聚该欢喜，
你却是愁锁双眉暗悲啼。
一门荣耀谁能比，
往日苦情何必提。

凤　英　唉！
(唱)你真是贵人多忘事，
提起头来你便知。
那一日路过太原地，
腹中娇儿把胎离，
休怪我狠心将儿弃，
无法带他奔陕西。
因此上左膀咬上牙痕记，
咬指写书血淋漓。
禄金儿放在车篷里，
生死存亡全不知。
此情此景难忘记，
求神圣保佑母子相见时。

文　亮　(唱)事隔多年已忘记，
你身怀有孕与我分离。
既然生下安家子，
你就该带他到陕西。
长子寿保难承嗣，
就靠禄金接宗支。
非是我责怪你不是，
错于当初悔后迟。

凤　英　(唱)老爷说话不明理，

文　亮　(唱)你未免孟浪欠三思。

凤　英　(唱)你丝毫不知当日事，

苦苦一味责为妻。

文　亮　(唱)要死母子一道死，

岂可骨肉活分离？

凤　英　好了好了，我不与你顶撞。人到老了，任断不弯的脾气，还跟从前一样。

文　亮　江山好改，秉性难移。

[二丫鬟上。

二丫鬟　报太老爷太夫人，相爷回府。

文　亮　大不接小，叫他进来。

凤　英　就说太夫人有请。

二丫鬟　是，太夫人请相爷到花园相见。(下)

[刘天壁上，刘安暗上。

天　壁　孩儿拜见爹娘。

文　亮　罢了。

凤　英　唉！

天　壁　啊！爹娘何故烦恼？

亮/英　你去问她/他哟！

天　壁　母亲，究竟为了何事？

凤　英　为娘想念你二弟禄金。他一不来想主意，二不来宽慰，反而责怪起为娘的不是了。

文　亮　当初在庙……

天　壁　妙得很，妙得很！朝中平西侯王金龙，不但是山西太原人氏，左膀以上，也有个牙痕记。

凤　英　当真如此？

天　壁　确是如此。

文　亮　山西太原王金龙？

天　壁　不错。

凤　英　左手可是六指？

天　壁　不错。

文　亮　粗眉大眼？

天　壁　不错。

文　亮　虎背熊腰？

天　壁　不错。

文　亮　文武兼备？

天　壁　不错。

文　亮　百步穿杨，百发百中？

天　壁　不错。

亮／英　竟有如此巧事？

天　壁　事有凑巧。

亮／英　你是在何处见过他？我问你？
哎！

文　亮　我教的弟子，你怎会见过？

凤　英　我养的儿子，你怎会见过？

文　亮　明明是我的学生。

凤　英　明明是我的娇儿。

文　亮　你疯了。

凤　英　你又固执了！

天　壁　爹娘不必争论，天下事百闻不如一见。依儿之计，何不请王大人过府饮宴，当面看个明白。究竟是爹爹的学生，还是母亲生的禄金贤弟。

凤　英　儿所见甚是。

文　亮　不必多此一举。

天　壁　爹爹，孩儿与金龙同朝为官，请过府来，谈叙谈叙，也未尝不可。若是爹爹的学生，那就更加亲切。如果母亲认出确是二弟，岂不是我安家之幸？

文　亮　即该命人前去请他过府叙谈，倒也使得。

天　壁　刘安过来，拿我的名帖，去到帅府，请王大人光临饮宴。

刘　安　遵命！（下）

天　壁　母亲：

（唱）少时请来王金龙，
老人家做事烦从容。
只为念子情深重，
为孩儿母命当遵从。
须知武将性情猛，
又为皇家立奇功，
错认了封疆大臣罪名重，
朝廷王法不能容。

文　亮　（唱）你不用轻举并妄动，
京城内不比旧车篷。
你好比白日做大梦，
我深知熟悉王金龙。
王朝成，是乃翁，
李家是他亲外公。
举止不凡令人器重，
八岁我为他开的蒙。
目视十行能背诵，

又爱习武力无穷，

与我同年又得中，

挂帅平寇走辽东，

凭汗马获得君王宠，

堪称当代一英雄。

你若是将他来戏弄，

怕只怕恼羞成怒难宽容。

凤　英　（唱）我虽念子不懵懂，

可笑你堂堂状元理欠通。

同名同姓天下有，

偏偏是你的学生王金龙？

顾凤英自知当慎重，

万一冒犯能宽容，

世界上巧事多得很，

说不定骨肉能相逢。

文　亮　（唱）请你到后堂把经诵，

凤　英　（唱）我定要看看王金龙。

文　亮　（唱）枉费心机成何用，

凤　英　（唱）宽恕我你的高见难遵从。

文　亮　（唱）我看你少要轻举莫妄动，

凤　英　（唱）有意外不致累及状元公！

天　壁　（唱）爹娘休把意气用，

孩儿成竹早在胸！

少时金龙到舍下，

母亲隐身花丛中，

细看咬的牙痕记，

打量六指可相同。

听言语，观行动，

儿仔细盘问王金龙……

文　亮　我看……

［刘安上。

刘　安　禀相爷，王大人驾到。

天　壁　动乐。

刘　安　有请。

天　壁　请母亲退到假山石后。

凤　英　为娘知道。

［王金龙在乐声中上。

天　壁　王元帅！

金　龙　刘丞相！

文　亮　金龙！

金　龙　原来是恩师！

天　壁　是我的家父。

金　龙　啊！刘丞相你……

天　壁　说来话长，容后奉告。

金　龙　如此说来，刘王二家乃是通家之好。

［同笑介。

天　壁　王大人请坐。

金　龙　丞相与老师请坐。

亮/壁　请！（与金龙同入座）

金　龙　丞相与老师召我过府，有何见教？

天　壁　敬备薄酌，与王大人贺功。

金　龙　金龙何德何能，敢劳丞相如此厚待。

天　璧　简慢得很。

［刘安上。

刘　安　宴齐。

天　璧　王大人上座。

金　龙　丞相与老师上座。

文　亮　你到我府，乃是贵客，应当上座。

金　龙　如此有劳了。

［同入座。

天　璧　请！

金　龙　请！（牌子）

天　璧　请问王大人贵庚几何？

金　龙　一十九岁了。

天　璧　可算得少年英俊。

金　龙　丞相夸奖了。

凤　英　事隔一十八年，落地一岁，正是十九岁。

文　亮　请！

金　龙　请！（牌子）

天　璧　打水净面。

［刘安捧面盆上。

凤　英　（背唱）宾客宴罢来净手，

见金龙左膀牙痕红溜溜。

小小的骈指他也有，

英雄气概更风流。

举止与儿夫颇相似，

二目有神双眉稠。

虽然相隔年月久，

襁褓中形态尚存留。

如此巧事真少有，

枝枝节节都对头，

我本当隐身假山后，

怎奈是母子天性情难收！

(上前拉住金龙左膀)

儿啊……

(注视牙痕，泣不成声)

金　龙　啊！老夫人你……

凤　英　喂呀！儿你想煞为娘了！

天　壁　是我的母亲。

文　亮　夫人你……

金　龙　这……这是从何说起？

文　亮　贤契原谅，贱内想儿子想疯了。

金　龙　想儿子想疯了？

天　壁　啊哟王元帅啊！当年家慈途经太原，瓦车篷里生我二弟禄金，只为无法领带，留下血书一封，膀上咬了牙痕，抛弃道旁，今日见你品貌相同，年龄符合，手有骈指，膀有牙痕，因此情不自禁，冒昧相认于你。

文　亮　可怜她已失常态，还望贤契，不必介怀。

金　龙　哦！原来如此。

(唱)老夫人思儿得下疯癫病，

因此上错把金龙当亲生。

本当与她来争论，

怕的病势难回春，

刘相将我恨，

愧对老师尊，

小事烦容忍，

何妨学医生割股心。

一句话治好夫人病，

表表同朝为官情。

我这里假意将母认，

母亲！我是你儿安禄金，特地拜问老娘亲！

文　亮　啊！

凤　英　(唱)一声叫娘除百病，

果然盼到安禄金。

一家欢聚情难禁……

好比枯树喜逢春。

文　亮　(唱)安文亮真是梦初醒，

原来学生是亲生。

怪不道人说我师生像父子，

今亏夫人揭真情。

天　壁　(唱)仁兄贤弟曾叫应，

想不到还是同胞共娘亲。

凤　英　(唱)还不上前把父兄认？

亮/壁　(唱)退退让让为何情？

金　龙　哎，老夫人有病，难道刘相与老师也疯了不成？

文　亮　这个……

天　壁　那贤弟为何亲口叫娘？

凤　英　儿啦，你……

金　龙　真是岂有此理！

(唱)适才我假意将母认，

为的是宽慰老夫人。
刘相与老师无疯病，
因何故意当真情？
我家住在山西省，
爹爹名讳王朝成。
家门不幸他丧了命，
堂上有李氏老娘亲。
安老夫子亲眼见，
我对刘相曾言明。
你家住在江西省，
既非亲来又非邻。
牙痕是娘咬的印，
六指岂可作证凭？
如此捕风又捉影，
意将瓜藤扯葛藤，
假意摆宴将我请，
分明想戏辱我封疆大臣！

凤　英　（唱）姣儿少要多辩论，
你哪知其中有隐情？
唯有向你母去探询，
定会道你是安家根！

金　龙　（唱）老夫人谈吐很清醒，
看来是装病蒙骗人！

天　壁　你真是不通情理！
（唱）爹娘当面你不认，
忘记根从何处生！

安家生来王家领，
事由有因有证凭。
我娘要你把养母问，
反道装病蒙骗人，
今日善意将你请，
又说戏弄封疆臣，
如此出言太不逊，
全不念多年师生又是同殿保大明！
乌鸦也有反哺意，
羔羊尚知跪乳恩，
有道母子是天性，
不料你自恃功高一朝反目便无情！

金　龙　(唱)王金龙哪及你孝顺，
新科状元当父亲，
亲生父子不同姓，
又想要我跟你行！
如此拉拢结亲仪，
莫非想独揽大权要朝廷？

天　壁　啊！
(唱)反唇相讥难容忍！

凤　英　(唱)兄弟阋墙娘儿疼，

文　亮　(唱)请恕贱内将你认，

金　龙　(唱)望恩师鉴谅二三分！
学生上殿去奏本……

天　壁　(唱)手挽手儿一同行！

金　龙　走！

天　壁　走！（与金龙同下）

凤　英　儿啦！……这便如何是好？

文　亮　你呀！真是无风起浪！

凤　英　你呀！真是坐观成败！

文　亮　你叫我如何插口？

凤　英　还不到朝房察听！

文　亮　就坏在你的身上！（下）

凤　英　唉！（下）

第七场

［时间：紧接前场。

［地点：金殿前。（幕外）

［甲乙朝臣同上。

文臣甲　（念）天子临朝日，

武将乙　（念）文武跨金阶。

［丙丁朝臣急上。

文臣丙　（念）两家争儿子，

武将丁　（念）将相吵起来！

甲、乙　二位大人从何说起？

文臣丙　（板）说来真奇怪，

笑话传御街。

丞相不姓刘，

新科状元是他亲爸爸，

武臣丁 （板）还有那王元帅，

说是安家第二胎。

一个拉蟒袍，

一个扯玉带。

劝又劝不住，

文臣丙 （板）拉又拉不开。

那边已经闹起来，

众朝臣 （板）这事怎安排？怎安排？

［刘天壁与王金龙拉扯上。

壁／龙 走！

众朝臣 哎哎哎，何必如此？（两阻挡）

文臣丙 刘相要你喊安状元一声父亲，

你就叫一声何妨？

王金龙 父亲岂是乱叫的？

武将丁 是呀，这怎可儿戏！

文臣甲 你真是成事不足，败事有余！

武将乙 老大人不明真假，怎能妄将臆断！

文臣甲 文官动动嘴，你武将跑断腿！

武将乙 保国用枪剑，那用毛笔尖！

刘天壁 贤弟，我劝你还是先回家问母！

王金龙 我定要辨个是非！（急去撞钟）

刘天壁 清官难断家务事，

但看万岁显灵机。

［中幕开：金殿。四龙套四宫女太监引明神宗急上。

神　宗 何人撞钟擂鼓？

壁／龙 微臣惊扰圣驾！吾皇万岁万万岁！

明神宗 原来是文武二爱卿！快快请起。

壁／龙 谢万岁。

明神宗 二卿有何本奏？

壁／龙 微臣有家事一桩，请万岁明断。

明神宗 清官难断家务事，只怕孤王也难分难解？好好好，且慢慢奏来。

壁／龙 臣启万岁，微臣家中……

明神宗 哎哎，金殿之上，有大有小。丞相有本，先当孤奏来。

刘天壁 万岁容奏：

(唱)白玉阶前臣奏本，
表表当年受苦情。
祖籍江西南昌郡，
东庭庄上有寒门。
爹爹姓安名文亮，
母亲顾氏叫凤英。
只为我父把京城奔，
天合旅店失路银。
急得爹爹身染病，
一家人古庙暂存身。
母子无钱把医生请，
微臣八岁卖自身。
安家原名叫安寿保，
卖与陕西刘半城。
我父病中不答应，
逼老娘，退银追回人。
路过山西太原郡，
瓦车篷里把他生。

可怜老娘无法领，
血书一封将他扔。
又怕日后无凭证，
左膀以上咬牙痕。
二弟出世有骈指，
因此起名安禄金。
母子拆散十八载，
金龙正交十九春。
母亲想出思儿病，
昼夜不眠念破唇。
因此上就把金龙请，
老娘仔细认亲生。
行动就像我的父，
面貌好似老娘亲。
年纪地址都足证，
更加左膀有牙痕。
偏偏左手有骈指，
因此把他当禄金。
他言狂语大太不逊，
因此上金殿见圣君。

明神宗 （唱）刘天壁金殿来奏本，
孤王宠爱添几分。
爱卿幼年多教顺，
入朝来又是秉忠心。
忠臣孝子令人敬，
孤王为你扬美名。

再把金龙爱卿问，
你有何本奏寡人？

王金龙 （唱）刘相仗势官极品，
坐家里欺负人。
臣回朝安府把我请，
说什么贺功带洗尘。
酒宴以毕把面净，
后堂走出安夫人。
看她好像疯癫病，
拉住微臣喊娇生，
青红皂白全不问，
说微臣名叫安禄金。
他住江西南昌郡，
臣住山西太原城。
我父不幸早丧命，
家有李氏老娘亲。
路隔千里无佐证，
捉风捕影毫无根。
天下骈指多得很，
也有同年同日生。
牙痕本是胎里印，
怎可把金龙当禄金？
安老头子曾受聘，
教诲金龙好几春。
各事他曾亲眼见，
堪为金龙作证人。

伏望万岁仔细问，
一样臣莫怀二样心。

明神宗 （唱）二卿不必多辨本，
孤王自有好章程。
你二人同把老娘请，
此事不难问分明。

王金龙 （唱）回府去把老娘请。（急下）

刘天璧 （唱）天璧迈步出朝门，
爹爹正在朝房等，
娘站远处候佳音，
上前施礼把爹娘请。

安文亮 （上唱）你不该顺从儿娘亲，
金龙见驾奏天子，
降下罪来谁担承？

顾凤英 （唱）你好似穿了钉鞋拄拐棍，
树叶子落下打头疼。
万一认错娇生子，
领罪全有顾凤英。

刘天璧 （唱）万岁已经传圣命，
请爹娘上殿去见君。

顾凤英 （唱）儿在前面把路领，
今日有幸见圣君。

安文亮 （唱）上殿参驾要谨慎，

顾凤英 （唱）胆怯请你回府门。

安文亮 （唱）不比在家任你性，

顾凤英 （唱）认子又有证又有凭。

刘天壁 （唱）敬候李氏王夫人。

［李氏夫人内唱倒板，王金龙扶她上。

李　氏 （唱）听说是大明天子传圣命，

忙整衣衫进朝门。

匆匆来将儿细问，

万岁宣娘为何情？

王金龙 （唱）安家欺人太过分，

说什么儿是安家生。

娘到金殿去顶本，

大胆直言莫让人。

李　氏 （唱）晴空霹雳轰头顶，

大海崩船吓掉魂。

心惊慌，故镇静，

手抚胸，暗沉吟，

当年在雪地将儿领，

受尽苦不敢告诉人。

气坏了三叔与三婶，

员外为儿丧残生，

亏王桂带走娇生子，

海角天涯去逃生。

磨房受苦将儿等，

好容易盼到有升腾。

只说是领儿防身老，

谁知安家认娇生。

血书一封曾拜读，

儿的娘名叫顾凤英。

倘若我咬紧牙关不承认，

李氏从不昧良心。

倘若我直言去奏本，

老来无子靠何人？

千苦万苦没得儿子苦，

命比黄连苦十分。

就好比鸡抱鸭蛋空欢喜，

竹篮打水枉费心。

左思右想神不定，

苍天哪，可怜可怜我受苦人！

我只得言语将儿来蒙混，

不到金殿见圣君。

儿啦，安家做事不应分，

旁人的闲言你莫听。

用不着与他去辨本，

有道是处事让三分。

大度宽容莫君子，

朝中无人官难做，

儿好比校场杆独一根，

倒不如弃官归乡井，

免得在朝受欺凌。

王金龙 （唱）孩儿应当遵母命，

圣命难违请娘亲。

辞官不做容后论，

且到金殿把理评。

千军万马儿不怕，

匹马单枪闯贼营。

何惧安家势力大，

不分出是非不甘心。

李　氏　（唱）我这里有口难答应，

有道是理亏舌头短三分。

金龙只顾凭血性，

不知娘腹中有隐情。

儿啦！非是为娘怕顶本，

你知道娘是乡下人。

见人难说三句话，

一开口面红到耳根。

既未见过君王面，

又不识朝中文武臣。

娘若是颠三倒四说错话，

连累我儿难为情。

王金龙　（唱）老娘但把心放稳，

当今万岁也是人，

只管放胆去奏本，

纵有大事儿担承。

李　氏　（唱）违娘意就为不孝顺，

娘说话难道儿不听？

在娘看辞官回原郡，

何必与安家去顶真。

王金龙　（唱）母亲不愿去顶本，

急得金龙无计行。

娘啊，儿有一言无敢讲，

李　氏　有话直管讲。

王金龙　（唱）难道儿不是娘亲生？

李　氏　呀！

（唱）我若不去顶一本，

金龙冤家有疑心。

倒不如随儿金殿奔，

咬牙关誓不说实情。

娇儿与娘把路领——

王金龙　（唱）急急忙忙来到午朝门。

李　氏　（唱）不用人说明如镜，

殿阁下站的是安夫人。（行礼）

少到尊府去详问，

有眼不识老太君。

金龙回府对我论，

说什么夫人认娇生。

同样的人儿多得很，

难道夫人认错人？

你失娇儿并不假，

我养金龙也是真。

老夫人若有爱儿意，

金龙把你做螟蛉。

何必到金殿去顶本，

通家之好伤交情。

顾凤英　（唱）我与他从来不相认，

又好像见过王夫人。

曾记得路过太原郡，

瓦车篷里养禄金。
血书一封儿裹紧，
左膀之上咬牙痕。
本当赶路平阳奔，
怕的是猫犬伤娇生。
因此上车篷角落将身隐，
当时来了这位王夫人。
年老的院公把路领，
风停雪止近黄昏。
说什么敬香回来招一子，
就好像万年穷徒得一方金。
当年人品多俊俏，
如今脸上添皱纹。
文亮夫也曾对我论，
王门中两房只有一条根。
越思越想越对劲，
纸糊灯笼肚里明。
王金龙，安禄金，
两个名字一个人。
夫人啦，本当不把娇儿认，
昼夜不眠揉碎心。
苦口劝你休辨本，
假是假，真是真，
禄金是我亲生养，
金龙是你领成人。
血泡子不亏夫人领，

十个婴儿九难存。
你的功劳比我大，
我不是忘恩负义人。
顾凤英纵然把子认，
不把娇儿领回门。
血书是我亲手写，
谁家拾去是谁家根。
顾凤英认子无二意，
只要他叫我一声老娘亲。
只要夫人你承认，
寿保也送把你做螟蛉。
倘若夫人不相信，
顾凤英对天把誓盟。

李　氏　（唱）安夫人说话欠聪明，
哪有个儿子肯让人。
既然彼此有情分，
何必上殿去见君？
言差语错伤和气，
劝你三思而后行。

顾凤英　（唱）不是我儿我不认，
是我儿你也莫伤心。
老姐妹不要伤和气，
认儿子各人有苦情。

王金龙　（唱）奏我主臣母见圣驾，

刘天壁　（唱）臣爹娘金殿参明君。

明神宗　（唱）安王二位小爱卿，

各人请来老太君。

内侍与孤赐锦凳，

安夫人有本先奏寡人。

顾凤英　（唱）万岁台前忙奏本，

当着满朝武共文。

那一日路过太原郡，

冰天雪地步难行，

忽然间腹中疼难忍。

瓦车篷里养娇生。

我儿左手有骈指，

因此起名安禄金。

本当就把娇儿领，

身无分文四无亲。

产后本想寻自尽，

难舍两个小娇生。

到平阳寻找安寿保，

眼前又有安禄金。

百般辛酸全尝尽，

人到绝处要求生。

咬破手指把血书写，

狠心将儿路旁扔。

又怕日后难相认，

左膀以上咬牙痕。

母子分别十八载，

王金龙正交十九春，

年纪地址都对劲，

左有骈指膀有牙痕。
因此臣妇将他认。
文亮夫曾经流落王府内，
他与金龙好师生。
详细情形会明白，
王金龙究竟是谁生？
聪明不过圣天子，
伶俐不过众大臣。
察言辨色仔细问，
此事不难辨假真。

李　氏　（唱）万岁台前忙顶本，
臣妇把家事奏圣君。
家住山西太原郡，
儿父祖居王家村。
二老公婆早丧命，
儿的父兄弟两个人，
叔叔名叫王朝聘，
我员外名叫王朝成。
婚配那大娘无生养，
又把我李氏娶进门。
过门五年才有孕，
生下金龙小娇生。
员外就把瞎子请，
代儿八字算算真。
父子二人犯冲冠，
青龙白虎难并存。

三枝桃树两枝叶，
一挂黄线送星辰，
半夜就往东南送，
四十九岁才回程。
大碗掼碎十六个，
又在左膀咬牙痕，
为儿心血都用尽，
待他犹如掌上珍。
明明是我亲生养，
安夫人竟会当亲生。
没有个母鸡不下蛋，
没得个妇道不养人。
难道说儿子只准安家养，
王家不派有娇生？
安老头子能做证，
他在王家好几春。
叩万岁秉公论，
幸勿欺负老实人。

刘天璧 （唱）王夫人之言不足信。

王金龙 （唱）安夫人言无半点真。

刘天璧 （唱）金龙本是安家后，

王金龙 （唱）金龙还是王家生。

刘天璧 （唱）安家养——

王金龙 （唱）——王家生

明神宗 （唱）孤王再问老爱卿，
你是王家老夫子，

金龙是你贵门人。
王家养还是王家领，
秉公据实奏寡人。

安文亮 （唱）她二人金殿强奏本，
没想到教我做难人。
曾记当年在王府，
兄弟之间争继承，
三娘说金龙非血统，
李氏又说是亲生。
我对此事未过问，
糊里糊涂弄不清。
若说金龙是她养，
明明内中有曲情。
不但儿子没相似，
落一个侮辱大臣又欺君。
若说金龙是她领，
众文武说我有私心。
左思右想心不定，
有道是中庸之道可立身。
万岁，安文亮无法来做证，
叩求圣驾恕微臣。

明神宗 （唱）爱卿不知不遭罪，
孤王再问顾凤英，
何时路过太原郡，
何月何日何时生？

顾凤英 （唱）腊月念九日将儿养，

日落西山近黄昏。

明神宗 （唱）李夫人，金龙生庚对不对？

李　氏 （唱）金龙儿本是除夕生。

明神宗 （唱）念九日养除夕生，

通天监一问便分明。

顾凤英 万岁，那一年月小，没得三十晚上。

李　氏 月大有三十晚上。

顾凤英 没有！

李　氏 有！

刘天壁 （唱）有无何必多辩论，

铁证如山不用争。

微臣有计探虚实，

金针刺血分假真。

明神宗 着，着，着！

（唱）内侍取过金面盆，

二位夫人各自取金针。

金针刺血当殿试，

是母子骨肉血相凝，

倘若不是亲骨肉，

鲜血下水两边分。

刘天壁 （唱）我的母亲先刺血，

王金龙 （唱）应当先让我娘亲。

李　氏 （唱）金针刺血疼难忍，

王金龙 （唱）为孩作证在这一针。

李　氏 （唱）心虚手软身颤抖，

金针坠落地埃尘。

王金龙 （唱）刀枪剑戟不足惜，

何怕金针刺血疼。

李　氏 （唱）不刺血娇儿逼得紧，

刺血娇儿让把人，

前生注定是苦命，

天哪！二十年辛苦在这一针！

（不敢刺）

刘天壁 （唱）见此情心中已明白，

众文武猜到八九分。

顾凤英 （唱）王夫人手持金针泪滚滚，

娇儿无知逼娘亲。

罢罢罢儿子我不认，

安文亮 （唱）不认娇儿罪欺君。

顾凤英 （唱）欺君之罪我愿领……

安文亮 啊！

李　氏 （唱）好一位大仁大义的安夫人，

万岁呀，

莫怪难妇不承认，

没儿子苦楚甚伤心。

曾记员外在世日，

为儿女拜佛又求神。

那一日庙堂把香敬，

瓦车篷听到婴儿啼哭声。

事有凑巧我装怀孕，

拾娇儿胜得一方金。

李氏当着亲生养，

员外当着掌上珍。
十冬腊月怕儿冷，
正二月怕儿天花生，
五六月怕儿受了暑，
八九月早晚加衣襟。
没养儿子无奶乳，
庄前庄后去求人。
抓尿抓屎娘情愿，
娇儿一哭娘心疼。
一周两岁娘怀抱，
三周四岁扶儿行，
五六岁教儿学玩耍，
七岁开学读诗文，
读书读到十五岁，
员外被害伤残生。
打发娇儿去逃命，
我在家受苦整三春。
想娇儿三食不想吃，
想娇儿日夜放悲声，
想娇儿想出思儿病，
想娇儿哭目险失明。
诉不尽腹中千般苦，
才巴到骨肉又逢春。
只说是领儿防身老，
谁知安家认亲生。
早知道苍天注就我苦命，

装的什么假肚，

求的什么神灵，

定的什么巧计，

骗的什么亲邻，

保的什么家产，

想的什么继承，

就好比石上栽花，

大海捞针，

裁缝成衣，

贫妇织锦，

枉费姑娘一趟心，

辛苦劳碌为旁人。

将血书呈在龙书案，

当万岁儿子交把安夫人。

明神宗 李氏夫人休要如此伤悲，孤王自有道理。王金龙，还不前去认你亲生父母！

王金龙 微臣遵旨！

(唱)老娘金殿把血书献，

我好似两头船上遇浪颠！

亲生母从未见过面，

领身母扶养我十几年，

本当先把亲娘见……

(李氏悲叹)

领身娘珠泪滚滚洒胸前。

娘啊，金龙虽是安家养，

血书以上有言在先，

娘为儿受尽辛酸，
听够怨言，
五更便起，
三更不眠，
寒怕儿冷，
暑怕儿热，
雪中送炉，
床前打扇，
一旦儿病，
娘心如煎。
爱儿之情永记忆，
怎会将娘搁一边?
纵然寻见亲娘面，
还跟老娘到太原。
生前奉养死入殓，
披麻执杖送你归天。
冥寿周年儿祭奠，
逢时过节把坟填。
老人家权且坐金殿，
再拜生身二老年。
孩儿先有不孝罪，
当面曾出不逊言。
儿未出世娘遭颠沛，
慰父寻兄过太原。
瓦车篷里将娘累，
长途跋涉难向前。

留血书想见娘心碎，

咬牙痕分明盼团圆。

如今思儿又难入睡，

累娘成病似疯癫。

思念深情儿能辨，

难怪娘一见骈指顿展愁眉，

重见牙痕，珠泪涟涟，是喊娇儿动人心弦。

总算老天从人愿，

安禄金重到娘身边。

顾凤英 儿啦！

（唱）一见娇儿跪金殿，

触景生情想当年。

我一家骨肉虽相会，

李氏夫人更可怜。

禄金儿不必双膝跪，

快安慰李氏娘亲莫含悲！

安文亮 （唱）王夫人待儿恩非浅，

辛勤抚养十几年，

各事为父亲眼见，

有道是领身之母大似天。

亮／英 （同唱）儿今后姓名不改变，

王金龙 （唱）孩儿谨遵父母言。

老娘休要流珠泪，

金龙跌跪娘面前，

儿今后姓名不改变，

安王二家共团圆。

李　氏　（唱）娘受苦是儿亲眼见，
　　　　无儿女好似苦黄连。
　　　　安夫人，我把儿子交把你，
　　　　苦命人收拾回太原。

安文亮　（唱）照血书行事不食前言。

刘天壁　（唱）我弟兄姓名都不变，

明神宗　（唱）安刘王三家共团圆。

众　谢主隆恩。

明神宗　返班！（下）

王金龙　母亲，随儿回府！

众　请！哈哈哈！（同下）

［剧终。

（1962年演出本）

淮剧

哑女告状

编　剧

王健民　单　弦

作者小传

王健民（1924—2014），男，江苏兴化人。曾任合义淮剧团、联谊淮剧团编剧。1952 年加入上海淮剧团担任编剧。

单　弦（1941—2018），男，江苏阜宁人。上海市戏剧家协会会员。上海市教育学院中文系毕业，教育工作者。

人物表

掌上珠

掌赛珠　掌上珠的同父异母妹

掌夫人　掌上珠的继母

呆　大　掌夫人的前夫之子

陈光祖　掌上珠的未婚夫

掌　忠　老家院

菊　香　丫鬟

梅　香　丫鬟

四校尉

二家丁

中　军

老衙役

二刽子手

第一场　闹　鬼

［八月，黄昏。

［荒废的花园一角。听月楼前，古木阴森，蔓草离离，秋虫唧唧：幽暗处，流萤点点。

［呆大的黑影渐高，慢慢走过，消失在月洞门内。少顷，掌忠提灯笼引梅香、菊香抬香案上。

掌　忠　（念）良心不良人变鬼，

　　　　公道非公鬼是人。

梅　香　掌公公，府中常常闹鬼，鬼就在这楼上么？

掌　忠　是啊，鬼就在这听月楼上！

梅　香　掌公公，你说每晚夜深人静，这听月楼上就有读书之声，想必是个男鬼了？

掌　忠　啊……是啊！

菊　香　什……什么模样啊？

掌　忠　噢，只见黑影来去，看不分明。好像是头戴乌纱帽，身穿大红袍……

菊　香　掌公公，不要说了，不要说了，我怕得很哪！

掌　忠　不必害怕。为人不亏心，遇鬼也不惊。

梅　香　掌公公说得是。

菊　香　（摇头）姐姐，你不是也怕么？自从闹鬼以来，阖府上下，哪个不怕呀！

掌　忠　不必拌嘴，香案已经摆好，快请夫人！

梅　香
菊　香　有请夫人！

掌夫人　（内应）哎，来啦！

［梅香、菊香扶掌夫人上，掌上珠、掌赛珠随上。

掌夫人　（唱）忽听得丫鬟一声请，

我硬起头皮进园门；

心里头十五个吊桶来打水，

七上八下……（妈妈）七上八下跳不停。

听月楼是老爷在世读书处，

想不到现在又有读书声。

我只好求鬼让我能安稳，

又恐怕烧纸更惹鬼上门。

掌赛珠　（唱）依我看还是请来张道士，

在楼上设坛请神捉鬼魂。

掌夫人　小姐到底是我养的肉疙瘩，说到妈妈心里啦！

掌　忠　夫人，如果这张道士法术不高，恐怕反而要触犯这个恶鬼呀！

掌夫人　这个……对！

（唱）也作兴鬼也怕软不怕硬……

快随我烧香磕头向鬼求情。

［掌夫人领众人跪拜。

［呆大在幕后呜呜大叫，众大惊。

掌夫人　啊呀！鬼来啦！

［呆大突然从花墙倒塌处跳出，跌倒。

呆　大　（大叫）呜……

掌夫人　哎呀！（吓瘫在地）老娘走不动啦，快来帮我搬腿呀！

掌　忠　（见呆大）原来是呆哥！

掌赛珠 本来就不像人，还要装鬼！

掌上珠 呆哥，快见过母亲。

掌夫人 啊！是呆宝！你……

呆　大 鬼！呜——

掌夫人 （魂不附体）妈妈也，快走！

［掌夫人、掌赛珠下。掌上珠观望，迟迟未走。

掌　忠 大小姐，你也快走啊！

［梅香、菊香扶掌上珠下。

掌　忠 呆大，你躲在此处做什么啊？

呆　大 （从怀中拿出绳索）唔，唔……（做捉鬼状）

掌　忠 你是捉鬼么？

呆　大 唔！

掌　忠 （拉住呆大）不可胡闹啊！

呆　大 唔！（猛推掌忠，仍要捉鬼）

掌　忠 呆大，今晚厨房里有美酒，快去喝哪！

呆　大 （作喝酒状）酒？（傻笑）嗨！嗨……（不断作喝酒状，下）

掌　忠 天色不早，想必无人前来，我也好作些准备了。（拿出钥匙开听月楼门，并敲了三下，转身下）

［上弦月在浮云中时隐时现，听月楼门慢慢启动。

陈光祖 （内唱）心焦急盼望天黑更鼓响……

［陈光祖走出听月楼。

陈光祖 （唱）蒙小姐花笺相约今夜话别我赴考场。

是喜是忧心旌摇荡，

望白雪思念那金陵旧家神暗伤。

双亲谢世门庭改，

鸟啼花落旧池塘。

门庭改，旧池塘，

再不见亲朋车马闹门旁。

年年堂前燕，

也飞往富家梁。

琴书挑一担，

我投亲到维扬。

想不到岳母嫌穷赶我走，

多亏了小姐明理将我藏。

半月来书楼寂寞人做鬼，

临别时竟留恋蛛网尘封读书窗。

忽听得蟋蟀不鸣脚步微啊……

［掌忠引掌上珠上。

掌上珠 （唱）羞怯怯不觉清露湿罗裳。

掌　忠 陈公子，小姐来了！

陈光祖 小姐来了！

［掌上珠含羞立一旁，掌忠下。陈光祖迎上前去。

陈光祖 多蒙……啊，姐姐玉趾亲临，这厢有礼了。

掌上珠 这厢还礼。

［两人无语。

陈/掌 （背唱）我本有千言万语盼见面。

真见面——

掌上珠 含羞痴立无一言。

陈光祖 黯然销魂无一言。

掌上珠 （背唱）我纵然心乱如丝自己剪，

不能把母亲逼嫁对他言。

我纵有千般苦难自己受，

不让他耽误前程心挂牵。

陈光祖 （唱）多谢你深夜来相见，

露重风凉我意歉然。

可叹你继母嫌穷——

掌上珠 （唱）母亲不该将你撵，

原谅她思虑一时欠周全。

陈光祖 （背唱）她倒是待人宽容心地善，

喜有这贤妻结良缘。

掌上珠 （唱）今夜一别千里远，

但愿你泥金喜报早到门前。

这锦袱中是金钗几股珠花几件，

赠予……公子作盘缠。

陈光祖 这……

掌上珠 （唱）还有这灯下做成粗针线，

粗针线，挡挡风雨你带身边。

公子，收下了！

陈光祖 （唱）难中人，深深谢！（施礼接包袱）默默无语泪如泉。

掌上珠 （唱）原谅我未敬杯酒作长亭饯，

陈光祖 （唱）永不忘你情深义重比酒甜。

掌上珠 （唱）北上天寒多风雪，

早晚莫忘把衣添。

日暮先投店，

鸡鸣早看天；

乘船舱更坐，

骑马慢扬鞭。

京都繁华休留恋，

有官无官早回旋。

书生不懂人心险，

闺中人倚遍栏杆梦魂牵。

陈光祖 (唱)多谢叮咛意，

春雨润心田。

繁华不留恋，

只待月团圆。

休说人心险，

扇坠在身边。(取出玉鱼扇坠)

掌上珠 (唱)公子啊，扇坠我在心上系，(取出玉鱼扇坠)但愿这……

掌/陈 (同唱)但愿这双鱼比目永相连。

心上系，永相连，

两心相许比玉坚。

[更鼓三响。

掌上珠 呀！

(唱)更鼓声声催离别，

陈光祖 (唱)更鼓声声催离别，

[掌忠上。

掌　忠 小姐，已打三更，快送公子上路吧！

掌上珠 (背唱)我莫把双泪落君前。

陈光祖 (唱)望你别后多珍重，(施礼)

陈/掌 (同唱)千里路，一轮月，明月千里共婵娟。

[月色转明，掌忠引路，陈光祖、掌上珠依依不舍下。

[幕闭。

第二场　逼　嫁

［二幕外。

［深秋。

［掌夫人气冲冲上。

掌夫人　咳！

【数板】气得我把血吐！

我几次充军到绣阁。

劝我大小姐，

另嫁高门毁去(妈妈)穷婚约。

她真是山芋、萝卜上不了燕窝桌。

说什么宁可背上讨饭篮，

朱买臣的妻子她决不学。

好心她当作驴肝肺，

就像逼她吃毒药。

老娘说话你敢不听，白白费唾沫，

你死鬼老子还替我捏捏脚。

是老虎，我要拔你两颗牙，

是犟牛，我要扳你一只角，一只角！

梅香！梅香！菊香！菊香！这些小贱人都死到什么地方去啦！我今天一定要让她看看家法！对！让她看看家法！(急走，石头触痛脚尖)哎呀！死人石头！(瘸下)

［二幕启。

［笼罩桃红轻纱，纱上星光闪烁，宫殿隐约。

［在一片宫廷音乐声中，掌赛珠着宫装，梅香、菊香掌龙凤扇同上。掌赛珠搔首弄姿。

掌赛珠 （唱）哎呀呀！

龙楼凤阁如同天上，

香雾蒙蒙掩日光。

想往日皇娘常在梦里做，

喜今朝真正做皇娘！

眼看那宫娥彩女齐跪拜，

就好像百鸟朝凤凰！

这里是金银财宝如山样，

那里是绫罗绸缎无法量；

琼浆玉液尽我灌，

山珍海味任我尝。

耳边厢"皇后千岁"声声嚷，

心里头真是脂油拌蜜糖。

我就是活到千千岁，

还要再找长寿仙方。

哎，为什么不见哀家的好皇上？

哀家的皇上怎么还不回宫啊？

梅　香
菊　香 启奏娘娘，圣驾去到东宫。

掌赛珠 圣驾去到东宫！东宫娘娘是谁呀？

梅　香
菊　香 大小姐掌上珠。

掌赛珠 啊！她敢抢去我的皇上！你们去叫御林军，把掌上珠抓来见我，定叫她剥皮抽筋，熬油点灯！

梅　香
菊　香　是！（同下）

［灯光渐暗。

掌赛珠　（唱）只有我执掌东宫伴君王。

［音乐大作，乌云翻滚。

掌赛珠　（唱）哎呀呀！为什么黑云滚天地摇晃……

［灯黑，轻纱、星光隐去，烟火大作。抢后堂景。

掌赛珠　（唱）就是死也要抱住锦绣龙床！

救命啊……

［掌赛珠在烟火中跌掼，呼救，变红、黑脸。

［音乐渐缓。灯光复明。掌赛珠斜倚湘妃榻上。

掌赛珠　（仍在梦中）救命啊！救命啊……

［梅香、菊香上。

梅　香
菊　香　二小姐！

掌赛珠　救命啊！救命啊……

梅　香
菊　香　（惊慌）二小姐！二小姐！

梅　香　快请老夫人！

梅　香
菊　香　老夫人快来呀！

［掌夫人上。

掌夫人　你们还有规矩吗！吵嚷什么？

菊　香　禀老夫人……

掌赛珠　救命啊……

掌夫人　（见状）啊！妈妈的心肝肉疙瘩来，你碰上什么恶鬼啦！来，掐人中！（菊香掐掌赛珠人中）用劲哪！来，揪头发！（梅香揪掌赛珠头发)用劲哪！你们这些死鬼！(一想)对了，掌忠会刺金针，快叫他来！

梅　香
菊　香　掌公公，快来呀！

［掌忠上。

掌夫人　你快来为她刺上几针！(递金钗)

掌　忠　(接钗)待老奴看来！

掌赛珠　(醒)你们做什么，莫非要害死我皇娘么？

掌夫人　皇娘！哎呀，还说昏话，再掐！再……

掌赛珠　(对掌忠)你与我滚！

掌　忠　是。(下)

掌赛珠　妈也，刚才我做了一个大喜之梦，女儿命中要做皇娘！

掌夫人　皇娘？是啊，我生的闺女就是做皇娘的料子嘛！

掌赛珠　不过有人要抢我的东宫位置。

掌夫人　谁敢胆比天大呀？

掌赛珠　掌上珠！

掌夫人　掌上珠！哼！我正要教训教训她！看看这个贱人来了没有？

［梅香、菊香欲下，掌上珠上。

掌上珠　(念)堂前继母严相逼，

　　雪压寒梅志不移。

掌夫人　到底是千金小姐，架子不小啊！

掌上珠　(施礼)见过母亲。

掌夫人　唷！在你眼目之中，还有我这个晚娘吗！

掌上珠　女儿不敢。

掌夫人　那么，我跟你说的事情，依是不依？

掌上珠　女儿誓不从命！

掌夫人　哎，这就是了！你不聪明，老娘我还算聪明。那个钱侍郎啊，家有家财，人有人才，你嫁过去啊，嗨！真是天生的一对，地配的一双！

掌赛珠 （将母亲拉到一旁）钱侍郎这么好，怎么不让女儿我嫁过去！

掌夫人 咳！比你的死鬼老子还大二十岁，你要啊？

掌赛珠 啊！

掌夫人 （对掌上珠）好，就这样说定了！

掌赛珠 妈，你真是老糊涂，她没有答应。

掌夫人 她不是说自己是不聪明么？

掌赛珠 她是说发誓不听从你的命令。

掌夫人 啊！那老娘是嘴上搽石灰——白说啦！不要跟我玩字眼。你说，是答应，还是不答应？

掌赛珠 （幸灾乐祸地）姐姐是大富大贵之人哪，怎么能下嫁小小的钱侍郎？不过光棍不吃眼前亏，还是答应的好啊！

掌上珠 女儿不做无义之人。

掌夫人 老娘只懂有钱有势，不懂什么无情无义。你还是不答应啰？

掌上珠 母亲哪！

（唱）怎能忘爹爹生前常教诲，

掌夫人 又搬出死鬼老子来压老娘啦！

掌上珠 （唱）女儿家德如寒松志如梅。

掌赛珠 好姐姐，这就是书呆子说的呆话！

掌夫人 （唱）这真是大白天里遇见鬼，

掌赛珠 （唱）白鸽子总拣亮处飞。

掌上珠 （唱）人各有志我无翻悔，

掌赛珠 （唱）难道说母亲把你往火坑里推？

掌夫人 你要晓得，钱侍郎家里，乖乖！

（唱）金哪银哪，金银如同长流水，

你那个穷婆家喃：

锅膛里掏不出一勺子灰。

掌上珠 (唱)钱侍郎再富女不爱，

陈公子再穷我愿相随。

掌夫人 (唱)你真是八尺厚的脸皮——

掌赛珠 (唱)嗯！还要加倍，

真能够劈卷了刀口戳断了钢锥！

掌夫人 (唱)富家郎不嫁你等穷鬼，

人搀你不上轿，鬼搀你拔脚飞。

你不要错过这好机会——

掌赛珠 如不然哪，

(唱)就好像走过宝山空手归。

掌上珠 (唱)如果我命里该穷也不会富，

嫌穷爱富理太亏。

掌夫人 啊！阿弥陀佛，老娘吃的是胎里素，修心积德，你敢骂我嫌穷爱富！(气极)啊……

掌赛珠 (为母亲揉心)妈妈也！

(唱)你心血不过是苏木水，

人家呀，哼！

皇上要为她竖起贤女碑！

掌上珠 (唱)我从未想留个美名在碑上刻，

只知道良心为本判是非。

掌夫人 (唱)你莫想和讨饭棍子成婚配，

我要让毛竹板来判是非！

掌上珠 还望母亲原谅！

掌夫人 什么圆亮方亮，国有国法，家有家规，看你骨头硬，还是老娘的板子硬！

梅　香
菊　香　(跪)老夫人息怒!

掌夫人　(踢开梅香、菊香)呆大!呆大!呆宝哎!死鬼到什么地方去啦?我的呆爹爹哎!

呆　大　(应上)哎!

掌夫人　你这个活祖宗,做起老娘的爹爹啦!

[呆大傻笑着找东西吃。

掌夫人　(大喝)过来!

呆　大　(吓了一跳)唔!(指嘴要吃)

掌夫人　看家法过来!

呆　大　(惊)啊!

掌夫人　拿家法来!

呆　大　(摸着屁股哭)唔!唔……

掌夫人　老娘并非打你。

呆　大　不,不打!(指屁股)

掌夫人　不打你,快去!

呆　大　唔!(取家法回上)

掌夫人　与我打!(背转面)

呆　大　唔!(打掌赛珠)

掌赛珠　(叫喊)哎唷!

掌夫人　替老娘重重打!

[呆大重打掌赛珠。

掌赛珠　(哭)哎唷,妈也!

掌夫人　(见状)唷!死鬼呀,你怎么打我的心肝哪!打她呀!

呆　大　她?唔……(摇头)

掌夫人　打呀!

呆　大　唔……（摇头）

掌夫人　你这个死鬼！（将呆大拖至一旁）你怎么不打她呀？（呆大摇头）她骂老娘偷孤老。

呆　大　唔！

掌夫人　还骂你是野杂种，拖油瓶！

呆　大　唔，坏！

掌夫人　打！

［呆大怒打掌上珠。

掌上珠　（跪地，托住竹板，哭）呆哥啊！

（唱）我有什么错？我有什么罪？

你怎把，你怎把无情竹板信手挥！

爹爹呀，你在九泉应流泪，

亲娘啊，你怎忍撇我在摇篮一去不回！

听人言爹疼娘爱如含口内，

想不到挨痛打，我犯了什么家规？

想爹娘，心已碎，

泪难忍，恨难追。

（哭板）我的爹娘啊！

好姻缘变成苦酒千万杯。

［呆大擦泪打自己。

掌夫人　你敢当老娘面，哭你的短命爹娘，想叫我晦气。（切齿）好啊！再打！

掌赛珠　妈不要气坏身体，让她想上一想。姐姐呀！

（唱）既知道是苦酒何必自醉，

惹妈妈弄你个下马威。

［传来鼓乐声。

呆　大　唔！（作吹唢呐状）吧吧吧……（扔下竹板下）

掌夫人　呆大！（鼓乐大作）啊！为什么鼓乐喧天哪！

掌赛珠　待女儿看来。（下）

掌夫人　呀！府里一无倒头喜事，二无丧事，怎么……（一想）啊呀！莫非是钱侍郎家来带人哪！这这这……怎么办？（顿）丫鬟！

梅　香
菊　香　老夫人。

掌夫人　我这里也有钥匙一把，你们先把这贱人关进听月楼，让鬼来开导开导她！

梅　香
菊　香　（惊）老夫人！

掌夫人　谁敢啰嗦（剥掌上珠衣衫，衫内扇坠掉下）

掌上珠　（拾扇坠）……

掌夫人　（走向掌上珠，抢下扇坠）这个扇坠已成废物，不必藏在身边。

掌上珠　母亲……

掌夫人　快滚！

［掌上珠、梅香、菊香下。

掌夫人　钱大人哪，你真是烧虾等不得红啊！小贱人还没有答应，怎么就花轿上门！

掌赛珠　妈妈，坏啦！

掌夫人　一点也不坏，妈妈已想好了主意。

掌赛珠　什么主意？

掌夫人　钱家既来带人，不管小贱人答应不答应，老娘来她个硬摘瓜。

掌赛珠　妈哎，来带人的不是钱家！

掌夫人　不是钱家，那是李员外家，我收过他家一副翡翠手镯……

掌赛珠　也不是……

掌夫人　那一定是王员外家，我收过他家一只金项圈。

掌赛珠　妈也，是陈家！

掌夫人　哪个陈家？

掌赛珠　被你撵出门的陈光祖！

掌夫人　不要跟妈妈开玩笑，陈家这根讨饭棍子发横财啦？

掌赛珠　哎呀，人家中状元啦！

掌夫人　中状元啦？

掌赛珠　还听说当今皇上钦点他做什么刑部，刑部……大臣！

掌夫人　死丫头，你不要来吓老娘。

掌赛珠　哎呀，是真的呀！

掌夫人　是真的？

掌赛珠　真的！

掌夫人　（发愣）真的！这一下砸锅倒灶喽！（一想）对！赶快叫你姐姐去梳妆打扮！（欲下）

掌赛珠　妈妈！

掌夫人　有话快说吧！

掌赛珠　女儿标致么？

掌夫人　当然标致，是做皇娘的料子吗！

掌赛珠　像姐姐么？

掌夫人　像，一模活脱姊妹花！

掌赛珠　妈也，你怎么不为亲生女儿想一想？

掌夫人　为你想一想？

掌赛珠　嗯！

掌夫人　妈妈是个大木瓜，怎么为你想一想啊？

掌赛珠　好妈妈，（与母亲耳语）……

掌夫人　（惊喜）哦！我家女儿到底是七窍玲珑心，旁人想不到的，你能想到！哎，怎么防止后患哪？

掌赛珠　（与母附耳）……

掌夫人　（不断点头）唔……好！常言道："无毒不丈夫"。我说哪，无毒不算我家掌赛珠！

掌赛珠　（撒娇）妈妈！

掌夫人　噢，扇坠我已抢来，想不到正好把你派用场。

掌赛珠　你真是好妈妈！（接过扇坠下）

掌夫人　你真是妈妈的好女儿！

［掌忠引中军上。

掌　忠　（笑）哈哈哈……恭喜夫人，贺喜夫人！陈公子……

掌夫人　（制止）知道了。

中　军　小人拜见掌老夫人。

掌夫人　不必客套。

中　军　（呈大红帖）小人奉本部陈大人之命，迎接小姐赴京，完成婚礼。礼单在此，请老夫人过目。

掌夫人　（接过红帖）掌忠，安排来人，客房休息。

掌　忠　是。（对中军）有请！

［中军下。

掌夫人　掌忠！

掌　忠　夫人有何吩咐？

掌夫人　把梅香、菊香和家下人等喊来见我。

掌　忠　梅香、菊香，家下人等，夫人呼唤。

［梅香、菊香、二家丁上。

众　恭喜老夫人，贺喜老夫人！

掌夫人　罢了。你们都听着：因为大姑爷陈光祖，久无音信，大小姐只得毁去婚约，另许钱家。如今大姑爷高中做官，也是我日夜求神弄佛，才有这般荣华富贵。他今日前来迎亲，叫我实在为难。我想大小姐已许配钱家，人口说人话，不能改口，所以让二小姐嫁与大姑爷。梅香、菊香也随我一同前往。掌忠留下看管府门，哪怕是筷子，也不许缺少一根！常言道：

（数板）一人有福，
拖带一屋。
二小姐嫁到京城去，
大家有好处，不要做蜡烛。
如有人吃了五谷想六谷，
定叫你没有好结局。
要晓得县太爷是我干儿子，
朝廷里有我前夫外甥的堂房伯。
我嘴巴一歪就板子响，
手指头一画就变牢狱。
我把话说在先，
到那时莫怪老娘我手条子毒！

［梅香、菊香面面相觑，与二家丁同下。掌忠惶惶不安。

掌　忠　夫人，老奴冒死一言！

掌夫人　该讲的就讲，不该讲的，不讲为妙！

掌　忠　夫人哪！

（唱）大小姐与陈家婚约是老爷订，
龙凤帖早就结成两家亲。
喜今日彩舆千里来迎娶，
怎能够以妹充姐做新人。
那钱家请媒说合小姐未应允，
庚帖未换亲未成。
夫人说钱家亲事不能改，

陈家婚约铁铸成，更要依遵。

掌陈两家是通家好，

毁婚约怎对老爷在天灵！

掌夫人 怎么，你要教训老娘哪！

掌　忠 （唱）老奴我罪该死人老嘴笨，

为的是掌家世代好名声。

何况大小姐，

孝敬老夫人；

也请老夫人，

有点爱女心。

请夫人恕我愚钝，心里不安，言语不逊，夫人三思，收回成命，信守婚约，名正言顺，整理嫁衣，择定良辰，吩咐大小姐，拜别祖宗先赴京城。

掌夫人 （怒不可遏）好哇，你是我掌家哪一代祖宗啊！

（唱）当面锣，对面鼓，竟敢和老娘顶——

不要以为，你是老爷的救命恩公，你就寿星老儿卖妈妈——倚老卖老，管起我掌家的家务事来啦！

掌　忠 老奴不敢。

掌夫人 谅你不敢！谁要是吃饭吃黄了牙，哼！

（唱）老娘不是省油灯！

（对内高喊）准备挂灯结彩！

［鼓乐声起。

掌　忠 （焦急）夫人！

［掌夫人不理，步出后堂，掌忠紧跟。

［二幕下。

掌　忠 夫人，你再容老奴一言……

掌夫人　唾！（将唾沫吐掌忠颊上）

掌　忠　啊！（惊呆）

掌夫人　滚！滚！（将掌忠逼下）老东西，不识抬举！

［呆大醉醺醺上。

掌夫人　呆大，妈妈正要找你。

［呆大不理，掌夫人拉住。

呆　大　唔！（摔开母亲）

掌夫人　哎，妈妈要你做一桩事。

呆　大　（打着呃）……

掌夫人　呆宝啊，家里要做喜事，让你吃喜酒哪！（呆大喜）但是听月楼，常常闹鬼……嗯，不跟你说啦，你是个胆小鬼！

呆　大　唔？（拍胸表示胆大）

掌夫人　你既然胆大，今夜你去放火，烧掉听月楼，求个永远平安。

呆　大　（摇头）……

掌夫人　我说我家呆宝是胆小鬼，就是胆小鬼！

呆　大　唔！（表示胆大，欲下）

掌夫人　（拉住）呆儿子哎，不要心急，等到三更时分你就放火！

呆　大　唔唔……

掌夫人　好，就去预备。

［呆大下。

掌夫人　正是：

（念）情愿烧光一座楼，

不让祸根世上留。

［幕闭。

第三场　纵　火

［当晚。

［听月楼内外。

［更鼓初响，掌上珠从内出。

掌上珠　(唱)谯楼上起更鼓夜凉如水，

听秋虫一声声，如泣如诉，凄凄切切，高高低低，停停歇歇，情思万缕诉与谁！

陈郎啊，你曾在此处人充鬼，

人心险恶不胜悲。

我与你姻缘早被红绳结，

你怎知继母逼我另嫁高门日夜催。

纵然我人毁婚不毁，

痴痴看烛泪流寸寸成灰。

我有泪不在娘前哭，

不是她身上肉怎疼女儿肝肠摧？

［二更鼓响。

谯楼上鼓二更残月西坠，

只见那云淡星稀雁南飞。

问飞雁陈郎今夜在何处？

功名成否几时归？

恩爱不论荣和辱，

我甘愿荆钗布裙守柴扉。

呀!

忽见得灯花报喜结红蕊……(遐想)

[掌忠上,开锁上楼。

掌　忠　大小姐!

掌上珠　老忠伯!莫非……莫非有什么喜事么?

掌忠大　小姐,你知道了?

掌上珠　知道什么啊?

掌　忠　陈公子已经考中状元。

掌上珠　考中状元!

掌　忠　官拜刑部尚书。

掌上珠　刑部尚书!

掌　忠　今日前来迎娶。

掌上珠　今日前来迎娶……(害羞和激动)

(接唱)果然是鸿雁带得喜信回!

看窗外华灯耀眼并非梦,

心乱跳耳根热喜上双眉。

掌　忠　(唱)不过是,不过是花轿要抬二小姐……

掌上珠　二小姐?

掌　忠　二——小——姐,她,要做陈公子的夫人!

掌上珠　(惊疑)老忠伯,你你……你在怎讲?

掌　忠　哎呀,大小姐呀,夫人言道,你已许配钱家,不能改口。所以将二小姐嫁与陈公子,不日赴京成亲,不许家下人等张扬出去。老奴冒死直言,却被夫人唾了一面,轰出后堂!

掌上珠　啊!(受到沉重打击,昏昏欲绝)

掌　忠　(扶住)大小姐!

掌上珠　(接唱)这世上,哪有这样的娘?哪有这样的妹?哪有这样的亲骨肉？哪有这样的肝和肺？哪有这样的情和理？哪有这样的成婚配？羞耻忘，天良昧，占姐夫，太卑微！

怒火烧干我伤心泪……

爹爹呀，你女儿肝肠寸断，肝肠寸断告诉谁！

掌　忠　（唱）她母女如同狼和狈，

要提防夜长梦多事难为。

掌上珠　（唱）事临头我不知如何应对？

掌　忠　为今之计，大小姐只有先到京城，与陈公子相会，诉说冤情。

掌上珠　先到京城，诉说冤情！掌忠是啊！

（唱）叫她们美梦如同泡影吹。

大小姐，你赶快收拾收拾，待老奴去雇好舟船，与小姐一同赴京。

掌上珠　（唱）只有你以诚待我深深谢……（欲跪）

掌　忠　（急扶）哎呀，折煞老奴了（下楼，锁门下）

掌上珠　（接唱）但愿得玉漏长谯楼更鼓慢相催！

［三更鼓响，掌上珠支颐养神。

［呆大上，过场放火。火大作，掌上珠惊觉。

掌上珠　（唱）这大火从何起，哎呀乱窜火舌……

［慌乱中撞倒烛台，急下楼，门拉不开，复上楼。

烟火团团将我围，

难道我，命该绝，

人祸天灾紧相随！（慌乱跌掼）

纵然死我不愿在今天死……

爹爹呀，你保佑女儿，我只有跳楼逃命了！

见到了陈公子甘心即刻化成灰！

［呆大傻笑着返回。掌上珠跳窗，呆大见有黑影下坠。

呆　大　唔！鬼！（直奔窗下，见是掌上珠）啊，大，大妹妹！（恨得顿足，扑

上前去）

［幕闭。

第四场　别　洞

［幕外。

［掌忠手拿纸锭上。

掌　忠　唉！好好一座听月楼，如今只剩下这断墙碎瓦，枯叶飘零。小姐，想不到老奴雇好舟船，回得家来，你却葬身火窟。好不凄惨人也！【哭板】小姐呀！

（唱）你虽是独生女性情和顺，

你虽是千金体敬老怜贫。

待老奴如长辈仁至义尽，

敬继母如亲娘忍气吞声。

为什么善良人偏逢噩运，

我未能救小姐抱恨终身。

掌赛珠彩舆骏马要赴京去，

小姐你孤魂杳杳何处行？

这火灾从何起心中纳闷，

望小姐托个梦说说分明！

小姐呀，你玉体成灰，谁疼谁问，

只有老奴，两串纸锭一点心。

（欲焚纸锭，见有人来）呆大来了。唉！小姐死后，家中若无其事，想不到呆大还有一点人情，来到此处……（再看）呀，并非来此。

他怎么东张西望，钻进竹林？手中好像还有衣物？此事蹊跷，我倒要看个清楚。（下）

［二幕启。

［荒废的花园一角，古树修篁。一片榛莽掩蔽着一个假山洞口，因时近黄昏，更显得幽暗。

［呆大上，四望无人，打开衣服看看，觉得能御寒，表示满意；又拿馒头，欲吃，一想，打自己脑袋，收起馒头，张望进洞。

［掌忠上。

掌　忠　（惊异）呀，此洞早就荒废，无人进出，呆大他，他怎么神色不安，钻进洞内？这、这、这叫人费解呀！（见有人出来，退避一边）

［呆大出洞口，张望，拿着一个碗下。

掌　忠　（跟上几步观察，不解）呀！他怎么进洞拿着衣衫，出洞拿着碗盏？（唱）好像是有人叹息不见人影……

［呆大捧了一碗水上，见掌忠欲进洞，急用水碗砸过去。

掌　忠　（惊）啊！

呆　大　（怒吼）坏！（猛抱掌忠）

掌　忠　啊！呆哥……

呆　大　（切齿）你，坏！（将掌忠摔倒，举巨石欲砸）

掌　忠　（惊呼）呆哥！你、你……（坐地退让）

掌上珠　（大喊）呆哥住手！（冲出洞口，瘫于地上）呆哥住手！

［呆大见状，丢下巨石，急扶掌上珠，张臂保护。

掌　忠　（见是掌上珠，悲喜交加）大小姐！

［呆大怒火未息，仍举石欲砸掌忠。

掌上珠　（抱住呆大腿。）呆哥，打不得！

呆　大　唔！（仍怒，表示掌忠偷看洞口）他，坏！坏！

掌上珠　（接唱）呆哥啊，你错把好人当坏人！

掌　忠　大小姐，你怎么却在此处？

掌上珠　乃是呆哥相救。

掌　忠　呆哥相救！（老泪纵横）小姐呀！

（唱）呆哥他纵然打我毫无怨恨，

我辜负了老爷临终嘱托情！

只恨我年老无能未尽命，

害得你听人摆布受欺凌。

只说你身陷烈火遭不幸，

想不到呆哥相救石洞藏身。

怎忍看你容颜憔悴难辨认，

你怎么瘫倒在地血染衣裙？

掌上珠　（唱）听人言，听人言蛇毒豺狼狠，

我才知，我才知狠毒莫过继母心。

掌　忠　（领悟）哦，这大火是……

掌上珠　（唱）这大火是从继母心头起，

呆哥他，他是无辜放火人。

掌　忠　（惊）啊！

［呆大捶击自己脑袋。

掌上珠　（唱）人总求生不求死，

我只得跳下楼窗想求生。

一阵钻心痛，

两眼黑沉沉；

醒来时却在石洞里，

才知道腿受伤寸步难行。

掌　忠　（哭）大小姐受苦了！

掌上珠　（唱）呆哥虽呆天良未泯，

不似那母和妹……人面、人面兽心！

（剧痛昏厥）

［掌忠、呆大扶掌上珠坐山石上。

掌　忠　小姐！小姐！

［传来鼓乐声。

掌　忠　（唱）这里是魂魄悠悠骨断筋损，

那边是鼓乐声声送新人。

天公不公恶人得逞……

［呆大怒搬巨石欲下。

掌　忠　呆哥你要做什么？

呆　大　（切齿举石）砸，砸……砸花，花轿！

掌　忠　你，不能鲁莽啊！

掌　忠　小姐！

［掌上珠醒，呆大抛石走过来。

呆　大　好！妹……

掌上珠　（接唱）只觉得痛阵阵黑沉沉冷冰冰。

不知是天上人间乐声隐隐？

掌　忠　（唱）今朝是掌赛珠出嫁的吉日良辰！

掌上珠　啊！

（唱）我要将她问，将她问，将她问，

我要上京城，上京城，上京城！

［掌上珠忘记疼痛，站起来，由掌忠、呆大扶着左冲右突。

掌　忠　对，上京告状！

［幕后掌夫人叫声："呆大！呆大！"

掌　忠　呀！快快躲藏！

［掌忠、呆大扶掌上珠进洞。

［掌夫人边喊边上。

掌夫人 呆大！呆宝哎！咳！妹妹出嫁，有多少生活要他去做。这两天马粪堆成山，他连个人影子也没有了！烧火丫头说他捧了饭碗，走向这个荒园，又发什么呆性了。唉，不知道是我缺了什么德，养了这个活宝！呆宝哎……是不是躲在洞里？呆大！（欲进洞）

［呆大从山后转出，见掌夫人头上金簪，用荆棘钩住掌夫人裤脚。

掌夫人 哎唷！（惊慌）啐！有鬼！（又被呆大钩住，慌呼）哎呀！来来来……来人哪！（吓瘫在地）

呆　大 （扔去荆棘）妈，妈……

掌夫人 死，死鬼哎，你，你到哪里去啦？快快搀老娘！

呆　大 （扶起掌夫人，乘机拨下她发髻上的金簪）唔！（作长舌状，并指山洞）鬼！

掌夫人 （魂不附体）快快快走！（欲逃下，发髻散下）啊！我的金簪子没有啦！（寻找）

呆　大 （做鬼脸）啊呜！

掌夫人 （被吓一跳）妈呀！（逃下）

［呆大拿出金簪呆笑。掌忠扶掌上珠出。

掌　忠 呆哥！

呆　大 （示金簪）钱！钱！

掌　忠 （感动）有了它就有了盘缠。呆哥，你的心比它还可贵呀！

掌上珠 老忠伯，就请你快雇舟船。

掌　忠 哎呀小姐，不能再雇舟船了。怕只怕你那狠心继母，万一发现小姐未死，派人追赶，水路难逃，不如从旱路进京为妥。请你兄妹先到仙女庙，待老奴收拾收拾，同去告状！

掌上珠 好，我们就即刻启程！（起立）哎呀！（跌倒）

掌　忠 （痛心）大小姐，你不能行走了？

掌上珠　两腿受伤，寸步难行！

掌　忠　这便如何是好啊？

呆　大　大妹妹，我，背！

掌上珠　（感激）哥哥！

呆　大　来，我背！

［呆大背掌上珠。亮相。

［幕闭。

第五场　洞　房

［深秋，花烛之夜。

［洞房。

［鼓乐声中，二丫鬟提红纱灯前导，陈光祖着吉服、插宫花、牵红绸同心结引掌赛珠缓步上。掌赛珠穿戴凤冠霞帔，红巾盖头，由梅香、菊香搀扶着。

［新郎、新娘并坐花烛前，梅香、菊香、二丫鬟拜贺，陈光祖散喜钱，梅香、菊香、二丫鬟下。

［陈光祖看着掌赛珠，欲言又止。

陈光祖　（唱）喜滋滋新人并坐锦墩上，
　　乐融融红烛高烧影成双，
　　等婚期人隔千里魂梦向往，
　　这时候欲诉情怀口难张。
　　笙箫歇，月映窗，
　　窗纱上春水溶溶戏鸳鸯。

我与她良缘早订三生石上……

［掌赛珠揭巾偷看。

掌赛珠 （接唱）哎呀呀！

果然是的的刮刮、文文雅雅、漂漂亮亮、富贵风流的状元郎。

［陈光祖转身，掌赛珠急放下头巾，少顷，再偷看。

看这里虽没有宫娥彩女和皇上，

［陈光祖走动时，掌赛珠又揭开头巾，再偷看。

却也有金灯玉盏象牙床。

［陈光祖回顾，掌赛珠急放下头巾。

陈光祖 （唱）她那里悄无声环佩微微响，

可敬她温柔庄重又贤良。

［陈光祖上前欲揭头巾，害臊又止，掌赛珠自己慢慢揭开头巾微笑。

陈光祖 （有点慌乱）啊，她，怎么自己揭开头巾？

掌赛珠 （故作端庄）相公请坐！

陈光祖 哦，夫人，下官有礼了！

［掌赛珠含羞答礼。

陈光祖 夫人，掌恩公怎么未曾一同来京哪？

掌赛珠 哪个掌恩公啊？

陈光祖 怎么？她……

掌赛珠 （灵机一动）相公说的是老掌忠么？他因年老，不肯离开家园哪！

陈光祖 噢，这也罢了。（斟酒，向掌赛珠举杯。）夫人，请你先饮此杯。

掌赛珠 （旁白）交杯酒应该夫妻双双同饮，他怎么叫我先饮此杯？莫非我露出什么马脚了？（暗自检点）

陈祖光 夫人哪！

(唱)如不是你坚贞不二将我供养，
怎有这鹏程万里姓字香。

掌赛珠 (唱)哎呀呀，他把反话正面讲，
我这里一身冷汗湿衣裳。

陈光祖 (唱)杯酒寸心恭敬奉上，
谢夫人情深义重永不忘。

掌赛珠 (旁白)他是读书之人，一定是在用什么典故骂我啊？
(唱)我真像两眼黢黑看不见亮，
要沉住气莫学苍蝇乱撞纱窗。
骑在虎上就莫怕虎，
看他来什么马我就戳它什么枪。(接杯饮酒)

陈光祖 夫人哪！
(唱)想不到门庭衰落双亲归泉壤，
人情薄如纸冷于冰霜。
穷途到处逢白眼，
我只得哭别荒坟到维扬。

掌赛珠 哎呀，我怎么对答呀？(想了一下)对，我就来个顺水推舟，投石问路。夫——(故作羞态)君哪！
(唱)继母不贤你多原谅，
她不该嫌你贫穷赶出门墙。
我虽然读书少礼义记心上，
为夫君哭干了泪水哭断了肠。

陈光祖 (唱)不愧是名门闺秀有教养，
重义多情世无双。
多亏你命义仆四处来寻访，
听月楼中把身藏。

三更灯火五更鸡，

发愤读书日千行。

你虽然人不相见心相印，

叫掌忠送衣送食送文章。

掌赛珠 （旁白）啊！原来如此！

（唱）怪道家中常闹鬼，

原来是姐姐暗把姐夫藏。

摸到底细胆子壮，

真好像拾到金一方。

陈光祖 （唱）昔日里听月楼中鬼，

掌赛珠 （唱）今朝是天子门生状元郎！

陈光祖 （唱）昔日里美鸳鸯遭无情棒，

掌赛珠 （唱）今朝是荣华富贵拜花堂！

陈光祖 （唱）楼中鬼，状元郎，无情棒，拜花堂，

是夫人大贤大德、患难相帮，才有这冬去春来百花香.

掌赛珠 （唱）他已像呆鸟入笼在我手掌，

我还须再用功夫灌迷汤。（假装掩面抽泣）

陈光祖 夫人，你，你怎样了？

掌赛珠 （唱）提往事我眼泪直往肚里淌，

恨继母逼我另嫁富家郎。

陈光祖 啊！

（唱）你怎么未把此事对我讲？

掌赛珠 （旁白）哎呀，掌上珠没有讲过？我说油了嘴啦！（一想）是啊！

（唱）怎能够叫你伤心误了考场。

我与你天老地老——

陈光祖 夫人，是天荒地老。

掌赛珠 噢，对！

（唱）天荒地老情难断，

如不然我上吊投河见阎王。

陈光祖 （唱）她怎么语无伦次有些疯癫样？

掌赛珠 （唱）原谅我得见郎君喜欲狂。

看起来他还有疑云罩心上，

我要在迷魂阵里得寸进尺将他降！

问夫君双鱼扇坠可在身上？

验一验我今日是否在梦乡？

陈光祖 夫人并非做梦，扇坠在此。（递扇坠）

掌赛珠 （也取出扇坠）夫君哪！

（唱）玉扇坠浸透我血泪晶晶亮，

今朝啊分开的鱼儿喜成双！（接过扇坠细看）

陈光祖 呀！

（唱）玉扇坠，喜成双，

喜到极时泪盈眶。

夫人哪，擦干泪水合欢酒儿同举手上……

夫人请！

掌赛珠 （唱）我这痴情女遇到你负心郎！

陈光祖 （惊诧）啊！

掌赛珠 （唱）适才你冷眼旁观将我打量，

蔡伯喈中高魁忘记咽糠的赵五娘！

陈光祖 （急欲分辩）夫人……

掌赛珠 （唱）我情愿削发为尼把凤冠让……

陈光祖 哎呀夫人，我如果是忘恩负义的蔡伯喈，就叫我五雷击顶……

掌赛珠　谁叫你说这狠心誓言，为妻心疼哪！

陈光祖　光祖心迹，唯天可表啊！

掌赛珠　怪为妻多疑了，郎君请！

陈光祖　夫人请。

陈／掌　（唱）但愿得有难同当、有福共享，鱼水情深地久天长。

［陈光祖、掌赛珠同饮。

陈光祖　夫人，同年友好，都在前厅，我去敬酒一巡，立刻就来。

掌赛珠　郎君请便！

陈光祖　（唱）看夫人满面娇羞桃花样，

胜刚才梨花带雨淡淡妆。（下）

掌赛珠　阿弥陀佛！

（唱）想不到顺风顺水船儿入了港，

人家骗钱我骗到了夫郎！

［掌赛珠得意拍手时，传来鹦鹉声：梅香带路！梅香……

是谁要梅香带路娇声嚷？

有声无人我心里慌！

［鹦鹉声：菊香送茶来！菊香……

哎呀呀，是姐姐的阴魂找我算账！

（跪地哀求）啊呀好姐姐，你饶了我吧！好姐姐……

［鹦鹉声：梅香！

掌赛珠　（见是鹦鹉）啊，原来是学人说话的鹦鹉！

（接唱）过几天我捋你羽毛喝你汤！

［掌赛珠顺手拿起酒杯砸鹦鹉。

［幕闭。

第六场　赴　京

［初冬。

［斜阳古道，秋风黄叶。

掌上珠　(内唱)走不尽黄叶地沙飞风吼……

［呆大(假人)背掌上珠上，亮相。

路茫茫我好像大海孤舟。

早过了烟水连天洪泽湖口，

也过了古黄河两岸芦花秋。

［犬吠声。

只听得一声声荒村野狗，

不知道走到了哪县哪州?

家乡远隔断了寒烟衰柳，

京华路只见那云山悠悠。

好哥哥背住我日行夜走，

天虽冷衣虽单满面汗流。

他虽不是同胞兄情同骨肉，

为申冤背我走如马如牛。

请哥哥放下我暂歇路口，

你还是埋头走不肯停留!

这都是继母娘心肠狠透，

害得我兄妹俩天涯漂流。(圆场)

又走上羊肠道山高坡陡，

扶峭壁攀藤萝苔滑林幽。

脚底下云如海不敢回首，

悬崖边临深涧鸟怯猿愁。

好哥哥你让我慢慢爬走，

妹不愿连累你同掉深沟。

如果我命该绝天公不救，

我纵然尸骨碎万念皆休。

哥哥他泪满眶死不开口，

更将我紧紧背步步把神留。

过险境反觉得心惊腿抖，

好哥哥气喘喘笑上眉头。

只觉得饿火烧心哥哥已饿瘦，

荒山里无人烟何处乞求！

待妹妹寻野果把饥肠急救……

［寻果，摘果、尝果，后给呆哥吃。

纵然是人参果我难下咽喉。

眼看那红日落山时过申酉，

一阵阵寒鸦绕树把林投。

飞鸟有巢晚归宿，

我却无家走荒丘。

前无村庄后无店，

路长日短万斛愁.

忽听得狼嗥如哭在草丛走……

［呼喊、逃避、跌倒、撇叉、爬起、急走。

惊魂定才看见新月如钩。

哎呀！风刀霜剑难忍受，（见渡口）

哥哥啊，这野渡无人也无舟。

看前面黑沉沉有灯光如豆，

如果是古冢青磷怎把宿投！

［雁叫。

兄妹们如同天边雁，

尚不知今晚寄宿在哪一座芦花滩头！

［寻路、跌倒，连步下。

［幕闭。

第七场　鸠　兄

［二幕外。

［幕后传来掌赛珠的笑声，二家丁提刑部灯笼，梅香、菊香捧金手炉、玉茶壶拥着掌赛珠乘彩舆上。

掌赛珠　（唱）贵妃赐酒深宫内，

两袖犹带御香归。

贵妃哪有我花容美，

她却能陪龙伴凤住宫闱。

皇帝老儿不识货，

并非我无福做贵妃。

醒眼蒙眬望殿阙，

恨未能敬献君王酒三杯。

啊呀，热死姑奶奶了！（菊香为她除去银狐猩红风帽）

转道承天门，我要去观赏雪景！

［众应，同下。

［呆大上，见有人，从怀里拿出破碗，乱叫追赶，家丁甲返身。

呆　大　唔唔……（指腹）饿！饿……（示破碗）啊，啊……

［家丁甲打呆大，并将他踢倒，呆大擦血、怒追，将破碗砸向家丁。

［幕后，掌上珠喊“哥——哥——”

［呆大返身，扶衣衫褴褛的掌上珠上。

掌上珠　（唱）熬尽风霜到京城。

漫天大雪怎藏身？

（见呆大额上血迹，夹白）哥哥，你又挨打了？

哥哥啊，你我寻找避风处……（张望）

就在那屋檐底下等天明。

［呆大拂雪，扶掌上珠就地坐下。掌上珠渐睡去。风声，呆大脱衣盖妹身上，蜷缩一旁。

掌上珠　（发现身上衣服，复为呆哥盖上，哭）哥哥……

［切光，二幕启。

［两三天后。

［暖香阁内。

［掌赛珠上。

掌赛珠　（念）丈夫荣华妻也贵，

我是人间活神仙。

［家丁甲上。

家丁甲　禀夫人，刑部侍郎钱大人，着心腹送来密信一封，要请夫人亲启。

掌赛珠　（接信拆看，大惊）啊！（旁白）只说掌上珠已在听月楼中烧死，怎么却与呆哥来京告状？多亏钱大人消息暗通，陈光祖又奉旨出京，尚未回来，如不然真要坏了我的大事！（想，对家丁甲）命你即刻去到刑部衙门，说我改日面谢钱大人，并将信中所说呆男村女，暗暗带回府来！

家丁甲　是！（下）

掌赛珠　钱大人，你真像我家祖宗，暗中保佑我啊！

［家丁甲上。

家丁甲　禀夫人！呆男村女，在外候命。

掌赛珠　待我看来。（戳破窗纸，向外偷看）啊呀，果然是烧不死的对头星！

家丁甲　夫人，这呆男村女……

掌赛珠　（怒斥）什么呆男村女！是你家舅爹爹姨奶奶！

家丁甲　是，小人该死！

掌赛珠　快快有请！

家丁甲　是。有请舅爹爹姨奶奶！

［呆大、掌上珠上。呆大握拳怒视家丁甲，家丁甲躬身后退捏汗下。

掌上珠　呀！

（念）朱楼画阁香风暖，

　　不似官衙怎诉冤？

掌赛珠　（满面春风，热情出迎）啊呀呀，什么好风把你们吹来的呀？好姐姐，妹妹朝思暮想，今朝真想到你了！

掌上珠　啊！你……

呆　大　（见是掌赛珠，怒吼）晤！唔！坏！（追打掌赛珠）

掌赛珠　啊呀，来人哪！

［二家丁上，按住呆大，呆大怒喊。

掌上珠　想不到，我又落于你手！也罢，（背手）连我也捆了吧！

掌赛珠　（大喝）住手！

二家丁　是！

掌赛珠 你们眼睛瞎了不成！

二家丁 是！

掌赛珠 滚下去！

二家丁 是！

掌赛珠 （抽泣拭泪）啊呀好姐姐呀，你们太委屈小妹了啊！

（唱）只说是天火一场姐丧命，
我只好代替姐姐来成亲。
不是我看见凤冠红了眼，
实在是逼上梁山做夫人。
我想到姐姐就嚎啕哭，
几缸眼泪也记不清。
初一二哭到月东升，
三十夜哭到月西沉。
饭不想吃茶不饮，
你看我瘦得只剩几根筋。
啊呀呀，想不到今朝能见面，
阿弥陀佛我念几声。
姐姐呀，你千里迢迢来把亲认，
我愿把凤冠还与原主人。
你如果还有一点姐妹情分，
就让我做个丫鬟也甘心。
呆哥啊，你要打妹妹心太狠，
自古道钢刀不斩无辜的人。
怪奴才有眼无珠要将你捆……
小妹这厢赔礼了！

呆　大 （怒吼）唔！（仍要打）

掌赛珠　啊呀，呆哥！（架住呆大拳头）

掌上珠　哥哥！（拉开）

掌赛珠　（唱）原谅我强盗嘴巴菩萨心。

啊呀，看你们衣衫单薄，妹妹真像猫抓心哪！

待妹妹取来衣衫！（下）

呆　大　妹妹，走！

掌上珠　（思量）哥哥，莫非她回心转意了？

［掌赛珠暗上，向内招手。

掌赛珠　姐姐……

掌上珠　妹妹，如果你真有悔改之心，姐姐我也不是记仇之人哪！

［掌赛珠点头抽泣，掌上珠为妹拭泪，同归座。

［梅香、菊香捧衣履上。

掌赛珠　梅香、菊香，快快拜见大小姐，衣履呈上。

梅　香
菊　香　（跪）拜见大小姐。（呈衣履）

掌上珠　礼重了！（扶起梅香、菊香，动感情地）你们可好啊？

掌赛珠　好！你看他们，穿戴得像千金小姐哪！姐姐你换衣裳吧！

梅　香　（流泪）大小姐，想不到你还在人世，落得这般模样……

掌赛珠　谈家常的日子长呢。姐姐快请更衣！

掌上珠　这……（犹豫）

掌赛珠　难道怪小妹无有真心！（抽泣）

掌上珠　既然如此，待我浴后再换。

掌赛珠　姐姐说得是，浴后再换。呆哥，你就先换吧

［梅香、菊香帮呆大穿戴。

呆　大　（高兴）唔！好！（觉得袖长讨厌，作要剪的手势，梅香摇手）

掌赛珠　梅香、菊香，快摆酒宴，好与兄姐洗尘！

梅　香
菊　香　是！（同下）

［呆大归座。

掌赛珠　姐姐，小妹昨夜做了一梦，梦见姐姐来到京城，我就痴心备下酒宴。真是苍天不负有心人，想不到兄姐真的来了！

掌上珠　多谢妹妹费心了！

［音乐起。梅香，菊香捧壶杯佳肴上。

［掌赛珠离座拦住菊香。

掌赛珠　让我看看，是不是御酒啊？（掌赛珠取酒壶，转身暗放毒药，亲斟毒酒。菊香看到，惊恐。）姐姐请哪！

［掌上珠接杯在手。呆大白斟自饮，狼吞虎咽。菊香颤抖。

梅　香　菊香，不舒服么？

菊　香　没，没有，我，我……我冷。

掌赛珠　姐姐！妹妹陪你饮上三杯。

（唱）恭喜你死里逃生到京内，

我喜在心窝笑在双眉。

这本是御赐美酒今朝酒更美。

姐姐，酒喝醉了，文雅一点，怎么说啦？

掌上珠　玉山颓。

掌赛珠　好！

（唱）姐妹们今朝拼它个“玉山颓”！

（举杯）姐姐请哪！

菊　香　大小姐……（抖）

梅　香　大小姐喝一杯暖暖身体吧！

呆　大　唔！唔……（作手势要掌上珠饮酒，自己喝了几口）唔！

唔……（跷拇指）

掌上珠　（唱）我从来不知酒滋味，

　　只能勉强饮一杯。

掌赛珠　好！姐姐请！

掌上珠　（举杯欲饮又止，背唱）

　　不过我今朝不能醉，

　　多少事还要仔细谈一回。（对掌赛珠）

　　你知道我滴酒入口就要醉，

　　原谅我以茶代酒把妹陪。

掌赛珠　看起来姐姐还是恨妹妹呀！（掩泣）

掌上珠　（唱）倒教我左右为难难应对……

掌赛珠　（将酒杯举到掌上珠面前）好姐姐，你就喝这一杯，也算尽了小妹的心意。

（唱）我决不敬你第二杯。

掌上珠　这……

［呆大接过，一饮而尽。

掌赛珠　啊呀，我敬姐姐酒，你……（又斟一杯）姐姐请！

掌上珠　哥哥代我喝了，以后再……

掌赛珠　梅香、菊香，你们跪下！

梅　香
菊　香　是！（同跪）

掌赛珠　大小姐不喝酒，你们就不要起来！

掌上珠　（唱）怎忍看梅香菊香地下跪，

　　我只得放开愁肠饮一杯。（举杯）

［菊香抖得更厉害。

杯中酒多像清清泪，

回想往事不胜悲。

掌赛珠 姐姐请哪！

［掌上珠欲饮。

菊　香 （惊恐大叫）大小姐……

呆　大 （捂腹叫喊）唔！啊……

掌上珠 （放下酒杯）哥哥！你……

［呆大痛苦挣扎，帽子脱落。脸变黑，用酒杯砸掌赛珠，倒地。

掌上珠 （哭喊）哥哥！

梅　香 菊香妹，这酒里恐怕有毒！

菊　香 好姐姐，人命关天，休要多嘴！（拉梅香下）

掌赛珠 （故作镇静）呆哥，酒喝得太多了！

掌上珠 不，这是酒中有毒！

掌赛珠 姐姐未曾喝酒，倒说起醉话来了。这御酒之中，哪来的毒啊？

掌上珠 这酒中定然有毒

掌赛珠 （突然）那就是你放的！

掌上珠 啊！

掌赛珠 你想冒认官亲，骗我呆哥作证！

掌上珠 啊！

掌赛珠 因为冒认不成，你就杀人灭口！

掌上珠 啊！（顿）你，你……你好狠毒啊！

（唱）我恨自己未把恶人来看透，

只说你还有良心尚知羞。

我相信了你蛇蝎心肠蜜糖口，

我忘记了鳄鱼吃人泪先流。

你冒名代嫁占姐婿，

到底是谁教呆哥深夜火烧听月楼？

你今朝又暗藏杀机置毒酒，

好哥哥无辜把命丢。

你作贼心虚杀人灭口，

苍天有眼我一命留。

杀兄害姐罪难宽宥，

你先发制人，反咬一口，我不想害人，你天良无有，

逼得我无路可走，欲罢休也难罢休。

掌赛珠 （大笑）哈哈哈……

（唱）说什么欲罢休也难罢休，

你就是想溜也难溜。

说什么冒名代嫁占姐婿，

我与陈光祖从小结成鸾凤俦。

掌上珠 你，你真是恬不知耻，颠倒黑白啊！

掌赛珠 （唱）你才是颠倒黑白脸皮有一拣多厚，

掌府里哪有你这贱女流。

谁知你姓张姓李属鸡属狗，

是哪块石头缝里冒出臭丫头！

掌上珠 （气得发抖）啊！

掌赛珠 （唱）你妄想利用我呆哥是妹舅，

冒认我丈夫就有理由。

这真是癞蛤蟆想吃天鹅肉，

自找死的飞蛾把火投。

掌上珠 （唱）我是你姐姐——

掌赛珠 （唱）无中生有。

掌上珠 （唱）你害死哥哥——

掌赛珠　(唱)凶手是你我要报仇!

掌上珠　(唱)你天良何在——

掌赛珠　(唱)你良心喂了狗。

掌上珠　(唱)你指鹿为马——

掌赛珠　(唱)你指马为牛。

掌上珠　(唱)我要告冤状——

掌赛珠　(唱)告御状,

掌上珠　(唱)告御状?

掌赛珠　(唱)告御状!

赛/上　(同唱)告御状我也陪你走!

掌赛珠　走!

掌上珠　走!

赛/上　走!

(二人拉扯。

掌赛珠　啊!你竟敢跟姑奶奶动手!

(掌赛珠拔翡翠朵银针乱刺掌上珠面部喉部,

掌上珠　[惨叫倒地,昏厥。

掌赛珠　走啊!(拉掌上珠)走啊!

掌上珠　(醒,怒叫)啊!

掌赛珠　走啊!

掌上珠　啊……(抱着掌赛珠的腿不放)

掌赛珠　怎么?你不会说话啦!(自语)她口不能讲,手还能写!来人哪!

[二家丁上。

掌赛珠　将这村女十指扭断!

二家丁　是!

［二家丁扭掌上珠十指，掌上珠惨叫倒地。

［掌夫人匆匆上。

掌夫人 好闺女哎，听说女婿大人奉旨回京了！（见掌上珠，吓得目瞪口呆）啊！她是人是鬼啊！

掌赛珠 （挡住母亲视线，冷酷地）妈妈少管闲事，后堂去吧！

掌夫人 好，好，吓死我了！（下）

掌赛珠 光祖既然回京，我倒要与钱侍郎商量商量。先告一状。来人！将她关进黑房严加看守！

二家丁 是！（拖掌上珠下）

掌赛珠 （接唱）且看我借她丈夫的刀杀他妻子的头！

哈哈哈……

［幕闭。

第八场　告　状

［二幕外。

［一老衙役上。

老衙役 这真是新官上任三把火。老爷回京，顾不上休息，就要放告理事，难得，难得哪！（挂放告牌，捶腰）哦唷……

［掌上珠上，见放告牌，跌倒。

老衙役 哎，哎，你想做什么？

掌上珠 啊啊……（作击鼓状）

老衙役 是个哑女！你要击鼓鸣冤？（作击鼓状）

掌上珠 （点头）啊啊……

老衙役　（作写书状）可有状词？

掌上珠　（摇头）

老衙役　既是哑女，又无状词，怎么告状？（挥手）走开，走开（转身欲下）

掌上珠　（叫）啊啊……（泪如泉涌，跪下）

老衙役　（见状）莫非她真有什么冤情？唉！起来，起来，快去击鼓！

掌上珠　（示双手）啊啊……

老衙役　啊呀！你怎么十指肿大，怎能击鼓啊？

掌上珠　啊，啊！（求老衙役代击）

老衙役　你要我代你击鼓？

掌上珠　啊！（点头）

老衙役　哎，不行，不行，要让陈大人知道了，少不得要打我二十大板！

掌上珠　（哀求）啊，啊……

老衙役　唉！可怜，可怜！好，老汉情愿挨上二十大板，我代你击鼓。

［老衙役击鼓，在堂威声中扶掌上珠下。

［二幕启。

［刑部大堂。

［四校尉、中军、陈光祖上。

陈光祖　（念）愧列九卿，羡成康，社稷安宁。

　　升堂！（在鼓乐中升座）带击鼓人上堂！

中　军　带击鼓人上堂！

（老衙役带掌上珠上。掌上珠惊恐，老衙役鼓励她上前，跪下。

老衙役　禀大人，有一哑女告状。

陈光祖　哑女告状？告状人，可有状词？（见掌上珠低头无反应）掌起面来！掌起面来！（掌上珠仍无反应，拍惊堂，大声）掌起面来！

［二校尉抓住掌上珠双臂，板起脸。

陈光祖　（惊）啊！怎么有些像我夫人模样啊？

掌上珠　（认出陈光祖，大叫）啊！啊！（扑向公案，被校尉推倒，抢背，连步近陈光祖。）

［陈光祖离座欲看仔细，堂威声起，掌上珠被校尉推坐地上。

［掌赛珠、梅香、菊香匆匆上。掌赛珠脱去披风上堂，见掌上珠，大惊。

掌赛珠　啊！她怎么逃出来啦！（怒视梅香、菊香）

［梅香，菊香下。

［掌上珠抬头看到掌赛珠。

掌上珠　（指着掌赛珠哭叫）啊啊啊……

掌赛珠　（急走近公案假哭）啊呀相公，你要为我作主啊！

陈光祖　夫人认得她？

掌赛珠　认得她！

陈光祖　果真认得她？

掌赛珠　烧成灰也认得她！

陈光祖　她是何人？

掌赛珠　她是逃犯！

陈光祖　她是逃犯！

掌赛珠　哎呀！相公啊！她乃是扬州的一个刁妇，长得和我一模一样，想不到她癞蛤蟆想吃天鹅肉，冒用我的芳名，串通呆哥，来京冒认官亲，眼看诡计败露，她就杀人灭口，用毒酒害死我的呆哥，反而恶人先告状，被钱大人判成死刑，谁知她逃出牢房，前来乱告刁状。相公，你要为我申冤，为我呆哥报仇啊！

陈光祖　夫人所言不假？

掌赛珠　不假！

陈光祖　是真？

掌赛珠　是真！（拿出呆大的帽子）这就是我呆哥的帽子，上面也溅有毒酒！

陈光祖 如此说来，她原来并不聋哑？

掌赛珠 （语塞）这，她是装聋作哑。

陈光祖 有这等事！

（唱）她虽然蓬头垢面非凶相，

为什么要装聋作哑诉冤枉？

（对掌上珠进行观察）

掌上珠 啊！啊！（示双手）

陈光祖 （唱）她为何十指如槌肿到手掌？

掌赛珠 （唱）这就叫做贼心虚想栽赃。

陈光祖 （唱）她怎么还有血迹在颈项？

掌赛珠 （唱）还不是苦肉计儿自做伤？

陈光祖 （唱）夫人哪，王法无情不能乱讲，

掌赛珠 为妻怎敢乱讲。（呈判词）这是刑部侍郎钱大人的判词，相公过目。

陈光祖 （念）扬州刁妇，

冒认官亲。

杀人灭口，

嫁祸于人。

查讯属实，

当判斩刑。

掌赛珠 （接唱）就请你依法严办这坏婆娘！

陈光祖 （唱）钱大人既定判词岂容恶人逃法网……

校尉们，将这刁妇，押进死牢，待本官复查完毕，再问刑！

［二校尉执掌上珠，套上锁链。

掌上珠 （大叫挣扎）啊！啊……

掌赛珠　(大笑)哈哈哈……

(接唱)这就叫"恶有恶报"到了时光！

［二校尉扶掌上珠下。

［掌忠上，见掌上珠，拉住。

掌　忠　啊！大小姐！

掌上珠　啊！

［校尉推掌忠，抢背，押掌上珠下。

掌　忠　(大喊)冤枉啊！

［掌忠不顾校尉拦阻，闯上公堂，被校尉推倒，欲拉下。

掌　忠　(大喊)冤枉啊！

陈／掌　(惊)啊！

陈光祖　(急离座扶掌忠)原来是掌忠老恩公！

掌　忠　原来是陈公子！

陈光祖　老恩公！你为何鸣冤？

掌忠陈　公子！(愤指掌赛珠)她，她她她……

陈光祖　她是我的好夫人哪！

掌　忠　她不是你的夫人！那女犯才是你真正的夫人！

陈光祖　(惊异)她是……

掌　忠　她她她是二小姐掌赛珠！

掌赛珠　(走上前来猛打掌忠)你这老奴才，得了多少钱财，敢来串通刁妇，冒认官亲！(还要打)

陈光祖　(阻止)唔！

掌　忠　陈公子，此人生来刁恶，休说她辱打老奴，就是油锅在前，钢刀架颈，我也要说，我也要讲！是她母女二人，串通一气，勒逼大小姐，另嫁高门；是她贪图富贵，损人利己，妹代姐嫁，冒名成亲；是她以假充真，不知羞耻；是她反咬一口，诬陷好人！可怜我大小姐为你誓守婚约，却被关进听月楼，狠心继母，唆使呆哥，深晚放火，可怜我大小姐上天天无路，入地地无门，只得跳楼逃命；不幸两腿受伤，寸步难行。多亏呆哥，千里背行，寻找于你，只说是善有好报，恶有严惩。想不到，她倒稳坐公堂，大小姐打下死牢！这天良何在？天理何存？（声泪俱下）陈公子啊陈公子，你要为大小姐申冤哪！

陈光祖　掌恩公，照你说来，女犯就是掌上珠，她为何聋哑？

掌　忠　聋哑？

陈光祖　聋哑。

掌　忠　这，这这这……

掌赛珠　老奴才，怎么无言对答？再编谎话呀！

陈光祖　（关切地）掌恩公，若有不实之词，这王法无情呀！掌忠老奴若有不实之词，愿受万剐千刀！请你容我与大小姐见！

陈光祖　带女犯上堂！（归座）

［二校尉挟掌上珠上。

掌　忠　（见状痛心，老泪纵横）大小姐，老奴在此！（连步）

掌上珠　啊啊！（扑过来）啊啊……（泪下如雨）

掌　忠　大小姐，陈公子在此，你与我快说！

掌上珠　啊，啊！

掌　忠　你与我快讲啊！

掌上珠　啊！啊……

掌　忠　（扶住掌上珠，失声）大小姐，老夫人派人把我看住，我故而迟来一步。你怎么真的聋哑了？

掌赛珠　老奴才，不许当堂串供！

掌　忠　（怒视掌赛珠，并察看掌上珠）她的颈项哪来伤痕？哦！明白了，莫非她被人刺中经穴，故而变成聋哑！（转身）大人，老奴借她金钗一用。

掌赛珠 你想做什么？

陈光祖 你就借她一用。（掌赛珠拔钗掷地。

掌　忠 苍天哪，这金钗刺下，生死攸关。老爷啊，你在天之灵，多多保佑啊！（走向掌上珠，刺向她的耳根）

掌上珠 （大叫）啊！（昏厥在地）

掌赛珠 老奴也来杀人灭口啦！你们将他拿下了！

［二校尉捉住掌忠。

掌赛珠 （得意忘形）哈哈哈……

［众瞩目倒在堂上的掌上珠。

掌上珠 （由低而高）冤枉啊！

掌赛珠 （惊恐）啊！

掌　忠 大小姐，陈公子在此，你快快诉冤哪！

掌上珠 （唱）他他他，坐高堂，顶乌纱，怎知我，十指断，喉咙哑，冤沉沉，情切切，凄凄惨惨，惨惨凄凄，恨无涯。

（哭板）大人哪！

你可知害不死的愚妻跪案下？

多亏了好梅香黑房相救冒死到府衙！

掌赛珠 （惊）啊！（欲狡辩）

陈光祖 （摆手制止，对掌上珠）你慢慢讲来。

掌上珠 （唱）我与她同父异母闺中同长大，

人称道掌家双珠姐妹花。

她她她面如观音心如虎，

姐妹花成了死冤家。

她母女拆我良缘逼我另嫁，

她忘羞耻妹充姐嫁贪图富贵与荣华。

火烧听月楼，虽是呆大，

分明是她们杀人灭口我悲愤交加。

亏呆哥人丑心善将我救，

藏在假山洞暗暗送饭又送茶。

正西风黄叶纷纷下，

好呆哥背我鸣冤到京华。

想不到她消息灵通行奸诈，

将我兄妹接到家；

假情假义泪水在腮边挂，

嘴上带蜜舌上生花；

又赠衣衫又摆酒，

我倒也心酸含泪原谅她。

怎知她美酒里竟把毒药下，

毒死了呆哥，她倒打一耙，

翻眼无情，将我刺哑，

十指折断，两手肿大，我有口难言、有笔难抓。

你信假为真、以真为假，

我纵然屈死在黄泉，阎罗殿上也要告她！

陈光祖 呀！（离座扶掌上珠，悲痛满怀）

（唱）听恩妻诉冤情我泪如雨下，

字字是血句句泪我心乱如麻。

这判词分明有假指鹿为马！（撕判词）

掌赛珠 慢来！（取出扇坠）

（唱）这扇坠难道是假，你忘记了它？

陈光祖 恩妻，这扇坠怎么在她身边？

掌上珠 （唱）是继母从我身上强抢下。

陈光祖　是继母抢下？

掌赛珠　哼！

（唱）也应叫见证人来细向查。

陈光祖　可有见证？

掌上珠　（唱）无有见证人，我句句是实话，

［梅香、菊香手拉手上，同跪下。

梅　香
菊　香　（唱）见证人就是我与她。

那一日逼小姐毁约另嫁又遭打和骂，

是夫人，是夫人抢上扇坠交与她。

菊　香　（唱）呆哥贪杯中毒死，

亲手放毒也是她。

梅　香
菊　香　（唱）杀兄害姐罪孽大，

望大人明镜高悬莫饶她！

陈光祖　（唱）我几乎铸成冤狱万人唾骂，

谢丫鬟救恩妻仗义执言实可嘉！

快将她凤冠霞帔来扒下……

［二校尉执掌赛珠下。掌夫人上。二校尉执掌赛珠穿罪衣复上。

掌夫人　（见状）哎呀，天这么冷，你怎么还脱衣裳啊！

掌赛珠　老不死哎！你怎么也赶来做我的催命鬼呀！

掌夫人　好闺女，你犯了什么罪呀？

掌　忠　她杀兄害姐，罪不容辞！

梅　香
菊　香　就是她杀了你的儿子呆大！

掌夫人　啊！你这个害人精哪！（揪打掌赛珠）

陈光祖　也将她拿下一同办罪！

掌夫人　啊呀，我又有什么罪呀？

掌　忠　哄骗呆大，火烧听月楼！

掌夫人　哎呀，这也是小贱人的主意呀！

掌赛珠　你胡说！

掌夫人　你胡说！

掌赛珠　你这个老狐狸！

掌夫人　你这个小狐狸！

陈光祖　（拍惊堂）呵！死到临头，尚不知悔，定斩不饶！

掌／夫　（跪下哀求）大人，饶饶我吧！（又求掌上珠）你救救我吧！

掌上珠　唉，也罢。相公，你就高抬贵手，从轻发落吧！

陈光祖　思妻为人宽恕，可是这王法难容！丫鬟，伺候夫人，后堂更衣。

梅　香
菊　香　是！

掌上珠　（指帽）这是哥哥遗物，让我带在身边。

［陈光祖递帽，梅香、菊香扶掌上珠下。

陈光祖　校尉们！将这老罪妇钉上长枷发回原籍惩处！刽子手！

［二刽子手上。

陈光祖　将罪犯掌赛珠绑赴刑场，开刀问斩！（掷下斩标）

［二刽子手执掌赛珠，插斩标；二校尉执掌夫人上枷分头下。

陈光祖　（接唱）看谁敢以身试法定难逃无情刀斧与长枷。

（下位）掌恩公，从前你救过我的岳父，在扬州救了我陈光祖，今天又救了我的恩妻，大恩大德，定当图报，受我一拜！（跪拜）

掌　忠　哎呀！（跪扶）折煞老奴了！

陈光祖　取过本官紫貂大氅与掌老恩公御寒！

［二校尉呈大氅。陈光祖亲自加在掌忠身上。

陈光祖　快备轿马，迎接夫人回府！

掌　忠　快备轿马，迎接夫人回府！

［鼓乐声起，二校尉提刑部大堂大红灯笼上，二家丁推彩舆上。

陈光祖　有请夫人！

［梅香、菊香捧着凤冠霞帔引掌上珠全身素服捧呆哥破帽上。

陈光祖　（大惊）啊！夫人，你为光祖，九死一生，今日团聚，乃是大喜之时，你，你为何素服全身？

掌上珠　（凄然泪下）哥哥为我千里背行，屈死九泉。我要为他扶柩还乡，守孝一年。还望相公，恕愚妻无礼！

陈光祖　（激动）夫人如此贤德，光祖无不从命！

掌　忠　（自豪地）真是我掌家的好小姐呀！

陈光祖　请夫人将息几天，不日启程。

掌上珠　哥哥！

［在音乐声和开道锣声中，陈光祖扶掌上珠走向彩舆。

［幕闭。

［剧终。

（1980年演出本）

淮剧

母与子

编　　剧

吴海燕　徐根生

作者小传

吴海燕(1946—　),女,广东兴宁人。上海市戏剧家协会会员。曾任上海淮剧团艺术室主任,编剧。

徐耿声(1950—　),男,曾用名徐根生,籍贯江苏,毕业于上海戏剧学院戏文系。曾就职于上海淮剧团、上海市剧本创作中心。

人物表

小　岚　桂珍与前夫的女儿

外　婆　张连生岳母，张强林外婆

桂　珍　小岚的母亲，强林的后妈，张连生的后妻

张强林　张连生和秀娟的儿子

张连生　强林的父亲，秀娟的丈夫，秀娟去世后又与桂珍结婚

飞虎娘　强林朋友飞虎的母亲、强林家邻居

飞虎、大毛　强林的朋友、不良青年

何大妈　街道居委会工作人员

第一场

［时间：一个中秋的傍晚。

［地点：某里弄老式住房。门前小院有花草，冬青树。室内洁净明亮，有一门通向内室，另一侧通厨房。张连生家。

［幕启：小岚手提菜篮、月饼盒兴冲冲上。

小　岚　（唱）

中秋佳节人欢欣，
秋风送爽满地金。
家家团圆乐融融，
小岚我里外忙不停，
忙呀么忙不停。
杏花楼月饼味道好，
桂花酒开瓶香喷喷。
炒上几只拿手菜，
显一显我的手艺真高明。

［小岚进门忙个不停，毛手毛脚地发出响声。

外　婆　（自内室出）谁呀？

小　岚　外婆，是我。

外　婆　怪不得乒乒乓乓的。

［小岚不好意思地伸了伸舌头。

外　婆　买得真不少呀！

小　岚　今天中秋节，妈说要吃团圆饭，特意叫我多买点菜。外婆，你尝尝,“杏花楼”的金腿月饼。

外　婆　(忙躲闪)不,不。

小　岚　怎么?

外　婆　我一向吃素不沾荤。

小　岚　(天真地)哎呀,我怎么没有想到买点素月饼呢!

外　婆　不怪你,不怪你,我吃不吃不要紧,只要大家高兴就行。

小　岚　那,那我先去洗菜。(下)

外　婆　又是一个中秋节……又是一顿团圆饭呀!

(唱)

逢佳节勾起往事情难禁,

忆当年女儿外孙伴我笑盈盈。

看眼前秀娟故世小林去劳教,

怎不叫我梦萦魂牵难舍难分。

女婿虽然人和顺,

无奈已经娶新人。

虽说她亲声热语将我唤,

嘘寒问暖多殷勤。

只因我不是亲娘不是婆,

终究是客客气气难贴心。

——秀娟啊,你不该走得那么急哇!

[外婆一阵心酸,暗自流泪。

[桂珍下班归来,上。

桂　珍　(唱)

一封通知报音讯,

桂珍我匆匆回家准备迎小林。

他提前释放回家转,

我欢喜，我高兴，欢欢喜喜，高高兴兴，却又担着几分心。

今日里，合家欢聚度佳节。

从此后，我的担子更不轻……

［桂珍进门。

桂　珍　（亲热地）妈！

外　婆　哦，回来了？（偷偷擦去泪水拿起针线活，却总也穿不进针。）

桂　珍　（忙上前）妈，我来！

外　婆　唉，老了，不中用啦。

桂　珍　妈，您是上了年纪的人，就多歇歇吧，有什么事尽管说，我来做。

外　婆　你在纱厂也够辛苦的啦，家务事怎么好多麻烦你呢！

桂　珍　（从提包中取出纸盒）对了，这是小林爹特意给你从“功德林”买来的素月饼。

外　婆　（意外地）这……真难为他了。

桂　珍　妈，小岚把菜买回来了？

外　婆　嗯，真不少呢。

桂　珍　那好，今天这顿团圆饭，还要多添一个人呢！他来了呀，你准会高兴得合不拢嘴！

外　婆　嗯？

桂　珍　（笑语）妈，小林要回来了！

外　婆　小林要回来了？（不信）岚岚娘，小林劳教要三年才满期，我算得清清楚楚，今天才两年一个月零三天。

桂　珍　他在农场表现不错，政府决定提前释放他！

外　婆　（喃喃地）哦，提前释放……

桂　珍　是呀，连生已去接他了！

［小岚从厨房跑上。

小　岚　妈，你回来了！快帮我去买包味精吧！

桂　珍　你这个大厨师倒会差人呐！妈，等他来了……

小　岚　（急着打断）哎呀，我还等着用呢！

［小岚拖桂珍。

桂　珍　（嗔怪地）死丫头，看你一双油手，把我衣裳都弄脏了！（对外婆）妈……

外　婆　看你们娘儿俩！（对桂珍）你就先去，有话回头再说。

小　岚　是呀，你就去吧！

［小岚把桂珍推出门外，返身。

小　岚　哎呀，饭煳了！（急下）

外　婆　（自语）小林要回来了，小林要回来了！

（接唱）

祖孙重逢在眼前，
喜煞我白发苍苍年迈人。
细思忖，欢喜之中又添心病，
不知桂珍——她会怎样对待小强林。
时候不早，我还是快收拾收拾。

［外婆入内室。

［天色渐暗，一轮明月升起。

［强林提旅行袋上，他衣衫虽旧，却还整洁。

强　林　（唱）

回乡路走过一程近一程，
心切切，恨不能三步并作两步行。
望断云山盼故里，
来到家门步却停。（走至门口，深情地抚摸着门框）

［幕外旁唱声起。

幕外旁唱：

月照窗棂花摇曳，

风吹石阶叶飘零。

此景此情依稀在，

耳旁似闻慈母音。

［幻觉。母亲的画外音："小林，小林，你回来了！"随即幻觉消失。

强　林　（情不自禁地）妈妈！

（唱）眼前哪有慈母影，

只听见秋虫孤鸣两三声。

昔日温暖何处觅，

眼前景象多冷清。

妈妈呀，我的妈妈呀，如今强林好悔恨，

是我伤透你一颗慈母心。

而今浪子愿回头，

爹爹呀，你能否谅解我强林。

［强林欲进又止，飞虎娘提油瓶上。

飞虎娘　（碰着旅行袋）哎唷，是哪个瞎子眼的把东西放在路口！（发现强林）啊唷，阿林，你回来啦！哎呀，啧啧啧，人瘦得像个芦柴棍子，苦死了！听说那个地方一天二两饭，睡觉要用大绳串……

强　林　（打断）胡说八道！

飞虎娘　（随风转舵）就是嘛！我才不相信，这下子好了！外婆见了你，要开心死了！咳，你不晓得，你前脚走，你娘就……（干泣几声）这个家，啧啧啧，没法讲啦！熬了两年，总算你老子开明，喏，给你找了个晚妈妈……

强　林　晚妈妈？

飞虎娘　怎么，你还不知道！真是"有了后娘就有后爹"！这么大的事都不告诉你！（更加起劲）她呀，进门才三个月，里里外外谁敢不听她的！

强　林　不要讲了！

飞虎娘　好，好！各家都有一本难念的经，要我多管什么闲事。咳，我是眼见气不平，你烧香也不能赶掉菩萨……

强　林　什么意思？

飞虎娘　你外婆是受不完的气……

强　林　我外婆她……

飞虎娘　（故意卖关子）看我又多嘴了，不说了。（欲走）

强　林　阿姨，把话说清楚！

飞虎娘　你一定要听，我只好讲啰。

［飞虎娘在强林耳边点点戳戳，喊喊喳喳。

［强林火冒三丈，欲冲进家门。

飞虎娘　（急拦）哎呀，小祖宗，你省省吧！常言道，人在矮檐下，谁敢不低头。往后，千万要夹着尾巴做人！像我家小飞虎那么讨人欢喜，不过就是喜欢打打牌，一角二角玩玩，她都看不惯，还要到里弄去反映！哼，要是见到你这副样子，又刚从那种地方出来……

强　林　我这副样子……

飞虎娘　她还能有好脸色给你看吗？往后呀，小木鱼有得在你头上敲呢！

［飞虎急上。

飞　虎　老太婆，你昏头啦，家里还吃不吃饭？

飞虎娘　妈妈马上就来。你看，谁回来了？

飞　虎　唷，阿林庙里出来了？（递烟）来一根。

飞　虎　（见强林推让）哎唷！庙里厢蹲蹲，头颈缩脱三寸！

强　林　（有意躲避）刚到家，有话以后再说吧。

［强林推门进院。

飞　虎　快回去吧，你家里晚娘在想你呢！（转身对娘）快回去烧饭！

[飞虎母子下。

强　林　（烦躁地）

（唱）

爹爹呀，妈妈死后你另娶，

还念什么父子情？还念什么父子情！

心烦意乱神不定，

后母她……

她能否容我把身存？

[强林压住心头不快，走进屋门。

[小岚从厨房出。

小　岚　哎，你找谁？

[强林没搭理，仍要向里走。

小　岚　（急拦）你，你想干什么？

强　林　你管不着！

小　岚　这是我的家，我怎么管不着？

强　林　你的家？真是烧香赶掉菩萨！

小　岚　你！告诉你，派出所离这里不远！

强　林　清楚，你去报告好了！（拉开椅子，一屁股坐下）

小　岚　（不知所措）你！外婆！快来！

[外婆从内室上。

小　岚　外婆，这个人硬闯进我们家里！

外　婆　（冲着强林）你想干什么？（惊异）小林！

强　林　外婆！

[婆孙相见、悲喜交加。

小　岚　（惊讶地）小林！（尴尬地）

外　婆　（打量）小林，你黑了！

强　林　外婆，你老啦，身体好吗？

外　婆　好，路上累了吧，快歇歇，我给你倒水洗洗。

强　林　我自己来！外婆，她……

外　婆　哦，我正要告诉你，你爹娶人啦。（指着五斗橱上连生和桂珍的合影）

强　林　我知道了。

外　婆　刚才那个姑娘，就是她带过来的，现在算是你妹妹了！唉，要不是你妈妈……

［强林久久地看着那张合影。稍顷，从旅行袋里取出一卷纸，慢慢打开，原来是生母的一幅画像。

外　婆　是你妈妈？真像啊！在农场画的？

［强林点头不语。

外　婆　（捧起画像）秀娟！你看看吧！小林回来了！唉，可怜她到死都不闭眼，叫着：小林！小林！妈妈丢不下你呀……

强　林　外婆……

外　婆　秀娟，你要是和我们在一起，多好哇！

［强林走到五斗橱边，把合影从镜框中取出，换上画像。

外　婆　小林，你？

强　林　让妈妈伴着我们。

外　婆　（指照片）那，这……

［说话间，张连生兴冲冲推门进屋。

张连生　小林！你已经回来啦！嗯，长高了，人瘦了点，倒还结实。路上累了吧，来来来，快坐下歇歇。爹有好多话要和你谈哪。

［张连生拖了把椅子坐下，点烟。

强　林　爹，你坐。

张连生　过去，爹对你关心不够。嘿嘿。（不好意思地）一看你那个样子，不会教育，光会生气……

外　婆　过去的事就不提了吧。

张连生　对，过去的事就让它过去了。这次回来后，待在家里好好学习学习，没有事不要老朝外跑！等有了工作，要好好干，千万不要像过去那个样子，轧坏道，赌博，喝酒，抽烟……要是再犯错误，那就……

外　婆　（打断）你呀，有话不会慢慢再讲？小林刚到……

张连生　（意识到强林情绪不对）好，不多说了，我就这个心愿。强林，你饿了吧，爹拿点点心给你。（拿起月饼）"功德林"素月饼。噢，这是你妈买给外婆吃的，你也尝一个。

外　婆　（意外地）是桂珍买的？

张连生　她一大清早就去排队了。强林，你妈……这个……就是……（尴尬地）嘿嘿，本想写信告诉你，……她跟我是一个厂的，等一下你就见到了。

张连生　强林，以后在她面前说话做事要有点分寸，不要犟头倔脑，见了面，客客气气地喊声妈。

［桂珍上，在门口停住。

强　林　我只有一个妈。

张连生　你，你这是什么话！

外　婆　叫阿姨就行了。

强　林　你们愿意怎么叫就怎么叫！

张连生　你！

外　婆　（制止）小林！

强　林　爹！你心里还记得妈妈吗？（掼结婚照）

张连生　（一震）有什么话好好说，你，你这是……

强　林　我永远不会忘记我的亲妈妈，好妈妈（举画像）

［张连生欲夺镜框，强林不放，两人争执不下。

［桂珍进门，众人惊愕。

［静场。

［旁唱声缓起。

旁　唱　扬帆偏遇顶头浪，

桂珍呀，看你如何拿主张？

［张连生慌忙地想掩饰刚才发生的一切。桂珍平静地接过镜框，轻拂去尘土，端端正正放在柜上，又从抽屉里取出一条新毛巾。

桂　珍　（亲切地）是小林吧！路上累了，先去洗洗！妈，我们吃饭吧！

外　婆　好！好！（向内喊）小岚，准备吃饭！

［小岚内应，端饭菜上。

桂　珍　岚岚，这就是你小林哥。

小　岚　（讷讷地）他……

［桂珍拉住小岚，满怀期待地朝强林迎去。

［幕闭。

第二场

［距前场数日。下午。

［强林家门前小庭院，通走廊到张连生内室。

［幕启：强林在画画。稍顷，丢下画笔一声长叹。

强　林　（唱）

在农场天天盼望早日释放，

归来后不知出路在何方？

小飞虎没把旧日朋友忘，

几次三番找我说短长。

我不能拉破情面将他挡，

又不愿重和他们晃来荡去磨时光。

进退两难叫人愁，

只有在家把身藏，

怎奈是如今家里变了样，

寄人篱下心情总觉不舒畅。

盼只盼早有工作把班上……

桂　珍　（接唱）

为小林就业事四下奔忙。

方知晓待业青年多多少，

细思忖国穷人多难周详！

虽说是工作一时无眉目，

桂珍我，明情况，轻重缓急，总有先后，

百废待兴，尚须体谅，为国家分忧解愁，理所应当！

（进门）

桂　珍　画得真好。

强　林　没事做，随便画画的。

桂　珍　（指强林身上的衣服）小林，这衣服是自己补的？

强　林　嗯。

桂　珍　针脚补得又细又密，补得真不错。

强　林　在农场什么事都得自己学着干。

桂　珍　（亲切地）小林，在家闷得慌吗？

强　林　（一丝苦笑）唉！

桂　珍　工作一时不能解决，也不要心急，你欢喜画画，加把劲多练练说不定将来用得上……

强 林 （低头不语）……

桂 珍 （掏出两张电影票）小林，这两张电影票，等你爹下班了，陪他一起去看。

强 林 （接过电影票）那我先帮张奶奶把米买回来。（下）

［桂珍翻看着强林的外衣，若有所思。是该给他买件衣裳了！

［小岚轻手轻脚进来，一手从书包中取出点心放在桂珍面前。

桂 珍 死丫头。

小 岚 这是我给你买的点心。妈，你忘了，今天我发工资。

桂 珍 怎么，光给我一个人吃？

小 岚 （又掏出一袋糖）这是给大家的。

桂 珍 （点头称赞）好，岚岚到底是大姑娘了，懂事啦！妈妈还记着你小的时候……

小 岚 （撒娇地）妈！

桂 珍 小岚，妈跟你商量个事。

小 岚 什么事？

桂 珍 妈想给你小林哥买件上衣，可手上现钱不多，妈想跟你……

小 岚 （掏钱）妈，这三十元，你拿着吧。

桂 珍 妈用不了这么多。

小 岚 妈，我都清楚。

（唱）

莫要说岚岚不问家中事，
妈妈的难处我全知，我全知。
每天开门七件事，
全要你操劳费心思。
里里外外忙不歇，

含辛茹苦从不提。

顾前顾后就是不顾你自己。

(白)这笔钱还是你买点营养补补身子——

(唱)拖垮身体后悔迟。

桂　珍　(拿钱,激动地)

(唱)

莫看这薄薄几张纸,

儿的心意娘尽知,娘尽知。

原以为儿在娘身边总幼稚,

如今她知疼知热与娘相扶持。

母女共处十几载,

今日更觉情相依。

桂　珍　岚岚,这二十元钱你拿去吧。

小　岚　还是你拿着吧。

[外婆从屋内出,见状一怔。

桂　珍　这钱你还是拿去吧,我知道你早就想买一件上装了。

小　岚　(推让)不!现在我不想买了。

桂　珍　(把钱塞进她口袋)你不买,我就不高兴了,听话。

[外婆伤心地摇摇头。

小　岚　那……好,我去买。妈,你陪我去参谋参谋吧!

桂　珍　也好,我正要给你小林哥看看有没有合适的。(携小岚下)

[外婆复出。

外　婆　(望着桂珍母女背影、摇头自语)到底是自己的骨肉亲啊!知疼知热……(拿起强林的外衣)唉!

[稍顷,强林上。

强　林　(心中诧异)外婆,你身体不舒服……跟谁怄气了……到底怎么回事？说话呀！

外　婆　我……看你衣裳旧了，要是你妈妈在……唉，千盼万盼就盼你自己争气，早日有个工作，早点出头吧！

强　林　（触到痛处）工作、工作，像我这种人要等到哪一天哪。

［连生拿奖状、红花上。

张连生　妈！

外　婆　哦，你这是——（指红花）

张连生　妈，我又评上先进生产者了。

外　婆　好，好。

张连生　（感慨地）咳，要不是桂珍来了，把这个家里里外外理得顺顺当当，我在厂里能安心生产吗？对了，小林，电影票拿到了吧？我们快走吧！

外　婆　看电影？

张连生　厂工会发的电影票，桂珍非要让我跟小林一起去看。看，时间都快到了。（进屋）

外　婆　（自语）看个电影不管饱，又不挡寒……

张连生　（复上）妈，你说什么？

外　婆　（欲语又止）唉！

张连生　妈，你有话说好了。

外　婆　小林爹，我一不是婆婆，二不是亲娘，有句话不知该不该讲……

张连生　你有什么话还不能跟我讲？

外　婆　桂珍进门，待我倒也不错，不过现在家大人多，你们做父母的要一碗水端端平，手心手背都是肉哇！

张连生　怎么？

外　婆　刚才……她硬给小岚买衣裳，小岚不要，还……（做手势塞钱）

［外婆犹豫再三，对张连生轻声嘀咕，又拿起强林的上衣比划。

张连生 妈，桂珍是个懂道理的人，你会不会……

外 婆 （委屈地）我都半截子下土的人了，还能闭着眼睛瞎讲吗？我不怪她，自己的孩子谁不心疼？可怜小林是个没娘的孩子……看他穿的是什么……

强 林 （不耐烦）外婆，我不要什么衣裳！

张连生 （劝慰地）一点小事，你们不要往心里去，再说，人家小岚也是挣钱贴补家里的……妈，等桂珍回来，我问问她。

外 婆 不，不，线越缠越乱，话越说越多，不要为了一件衣裳伤了你们夫妻的和气。

张连生 （为难地）这……

［强林掏出电影票丢在桌上，拿起上衣朝外走去。

张连生 小林，你电影不看了……

强 林 我是吃闲饭的，哪配看电影！（大步下）

外 婆 小林，小林。（追下）

张连生 唉！

（唱）

家有五口四个姓，
八仙桌旁坐的四方人。
说亲不是连着根，
非亲倒是一家人。
做事稍稍欠思忖，
一碗水就难端得平。
倘若是只管女来不顾儿，
难怪一老一小把气生。
一碗水端端平，说说容易做起来难啊！

［稍顷，桂珍母女上。

桂　珍　哟，你回来啦？

小　岚　爹。

张连生　嗯，你们……

小　岚　我们本来想去买衣裳的，（示手中活鱼）喏，正巧碰上菜场买活鱼，妈说小林哥喜欢……

桂　珍　（打断）看你，说起来没个完，快拿到厨房去吧！

小　岚　哎。

桂　珍　（想起）咦，小林呢？（看表）电影要开场了，他人呢？

张连生　他……不看了。

桂　珍　他……怎么不看了？

张连生　不看就算了，你们娘俩去吧！

桂　珍　那你去吧！

张连生　我，我头疼。

桂　珍　头疼？

［桂珍拿起电影票诧异地看着。

［幕落。

第三场

［次日上午。

［景同第一场。张连生家。

［幕启：小岚提一捆书上。

小　岚　（唱）

走一路来歇一阵，

累得小岚汗淋淋，

今日里妈妈嘱咐我遵命——

希望他努力学习做新人！

［小岚气吁吁进门，把书放在桌上，倒水喝。

［强林提水桶拖把上，好奇地翻看桌上的书。

小　岚　这是特意为你借的，你看吧！

强　林　为我借的？

小　岚　是呀，妈妈说，你闲在家里，可以看看书。（起劲地报着书名）喏，《人的一生该怎样度过》《青年思想修养》《理想、道德、情操》《钢铁是怎样炼成的》……

强　林　行了，行了，我看不懂。

小　岚　这有什么看不懂的，这些书对你都很有针对性，我特意找了半天……

强　林　对不起，我没有兴趣！钢铁是怎样炼成的？要我看怎样炼钢干什么？

小　岚　这哪里是讲炼钢呀！哈哈哈……亏你还是个高中生呢！

［强林把书扔在桌上，进内室。

小　岚　唉，妈妈叫我对他帮助、关心！我看哪，吃力不讨好，忙来忙去是瞎子点灯——白费蜡！

［飞虎拎录音机和大毛推门而进。

飞　虎　阿林！阿林！喂，小阿妹，阿林在哦？（随意翻书）

小　岚　不知道！不要乱动！

飞　虎　唷，火气不小，看看有什么关系！

大　毛　哎，看看有什么关系！（念）《钢铁是怎样冻（炼）成的？》……

飞　虎　什么钢呀铁的，没噱头。

［强林闻声上。

小　岚　哼，真是一群活宝！（转身下）

强　林　飞虎，找我有事？

飞　虎　来，认识认识，这是大毛，小阿弟。阿林，兄弟知道你心里不开心，帮你来解解闷，出去兜兜？

强　林　没意思。

飞　虎　（递烟）来一根！

［强林接过烟，又放在桌上。

飞　虎　（对大毛）那好，来点刺激的。

［大毛找了半天，不知怎么开。

飞　虎　（对大毛）去，去（打开录音机）

［顿时，一阵嘈杂的乐曲声充斥室内。

强　林　哎，飞虎，飞虎！

飞　虎　（关上录音机）怎么？你怕那两个？阿林名气本来蛮响嘛，现在倒成了管制分子！好，不为难你，我们走！（提着录音机欲走）

强　林　回来！（指录音机）放！

飞　虎　（伸出大拇指）上路！（又打开录音机）

［小岚闻声上。

小　岚　你们干什么？（上前把录音机关上。）

飞　虎　唷，小阿妹，你怎么样样都要管？

小　岚　谁允许你们这样？

强　林　（赌气地）我！

小　岚　你！

强　林　大毛，开！

小　岚　不许开！

飞　虎　阿林！

大　毛　（胆怯地）

［强林把录音机打开。

小　岚　不许你们在这里胡闹！

飞　虎　现在思想解放，样样都可以！怎么样？来一个！（欲搂小岚）

小　岚　（气恼地把录音机关上）不要耍流氓腔！

飞　虎　阿唷喂，发嗲呢！

小　岚　你再这样，我去报告派出所！

大　毛　（心虚地对飞虎）算了，算了！（指录音机）讲好五点钟还给人家的。

飞　虎　（也觉没趣，故作害怕状）好吧，我们走。

小　岚　走，你们滚出去！

飞　虎　（悻悻地）迭种人实在吃不消，（走至门口，复探头）阿林，你这小晚娘比老晚娘还凶嘛！哈哈哈哈……（与大毛摇摇摆摆下）

小　岚　滚！

强　林　（发作）我警告你！以后我的朋友来，不许你横眉竖眼！

小　岚　哼，像小飞虎这种流氓，就是不许进我们家的门！

强　林　我愿意请谁就请谁，要你摆什么威风？

小　岚　把家里搞得乌烟瘴气，我就是要管！

强　林　（怒极）你，你算什么？这是我的家，看不惯，就滚！

［桂珍上，闻声一惊。

小　岚　（气极）你，你的家……流氓窠！

桂　珍　（急忙进屋）小岚，怎么这样讲话！

小　岚　妈，你不知道，他引来一帮小流氓……

桂　珍　有理讲理，怎么好骂人呢？

小　岚　你，你还怪我！

桂　珍　有话好好说，吵什么！

强　林　（没好气地）算了，不要指着和尚骂秃子。

桂　珍　到底怎么回事？

小　岚　你去问他！好了！（气冲冲出门，下）

桂　珍　小林，到底怎么回事？

强　林　……

桂　珍　说话呀！

强　林　（赌气地）飞虎带人来玩玩，要她耍什么威风！

桂　珍　你对飞虎是怎么看的？

强　林　他……

桂　珍　小林……

（唱）

兄妹间又何必吵吵闹闹，

和睦相亲乐陶陶。

与朋友来往本不须多计较，

但要看选择何人当知交。

强　林　（唱）

我不是三岁娃娃要人管，

交朋友是好是坏我自己明了！

桂　珍　（唱）

你做事头脑易热欠思考，

做家长又怎能不把心来操？

强　林　（唱）

反正我样样都不好，

才让人抓住把柄冷眼瞧。

桂　珍　（唱）

我盼你从此步步走正道！

以往的教训望你要记牢。

强　林　（唱）

过去的事你倒忘不掉，

巴不得我一辈子蹲监牢。

桂　珍　（唱）

你说此话令人气恼，

是非岂容来混淆？

香臭不分，好坏不辨，

小林哪，

万万不可旧辙又重蹈！

［外婆匆匆奔进。

外　婆　小岚娘，他可是个没娘的孩子啊！（搂住强林）

桂　珍　（克制地）妈，我在跟他讲道理，他……

外　婆　好了，好了，飞虎娘风风雨雨说得半条街都知道了！

桂　珍　对她的话也要分析分析。

强　林　（不顾一切地）你女儿的话最正确！拿这一堆书来出我的洋相，还说此地是流氓窠，哼，流氓窠！那你们来干什么？

桂　珍　（被刺伤）你……

外　婆　小祖宗，你少说几句吧！（对桂珍）喏，跟他爹脾气一样，一上火就不管三七二十一。小岚娘，大人不把小人怪，莫往心里去噢！

［强林抓起刚才飞虎给的烟，点火。

强　林　（冲着外婆）给我点钱！

外　婆　你？

强　林　买烟，没事做，心里烦！

外　婆　这……

桂　珍　你的工作问题，你爹和我都到街道办事处去谈过，一时还不能解决，可以看看书，练练画，抽烟不是个好事！

强　林　（对外婆）到底给不给？

外　婆　给，给。（掏钱）少抽点噢！

桂　珍　（阻拦）妈，这钱不能给！

强　林　你没有资格管！（转身，下）

外　婆　（对桂珍）天地良心啊！这钱是我自己以前积蓄的，不是……

桂　珍　妈，该花的钱用多少我也不心疼，不该花的一分钱也不能给啊。你这样要把他宠坏的。

外　婆　小岚娘，自打你进门，我们没有红过脸，今天我要多句嘴，你你以后就不要管得那么宽了！睁一眼闭一眼，为自己留条后路，在外面也落个好名声呵！（进内室）

桂　珍　为自己留条后路，落个好名声……外婆，我真想把心掏给你看！

［桂珍独自一人，久久不能平静。

［何大妈上。

何大妈　（轻轻地）桂珍！

桂　珍　何大妈请坐。

何大妈　哦，刚从街道开完会，来看看你，家里都好吗？

桂　珍　嗯，还好。

何大妈　哈……大妈知道你的处境，家里家外要顶住多少闲言碎语，刚才开会时我们还谈到这件事，对飞虎娘这种人要好好教育。桂珍，你也要心放宽些，邪终不能压正嘛！

桂　珍　大妈！

何大妈　桂珍，大妈还要告诉你一件意想不到的事呢。（拉起桂珍左手）

桂　珍　（下意识地捂住伤疤）……

何大妈　伤疤！桂珍，你知道三年前，砍你一刀的那个人是谁吗？

桂　珍　（摇头）那天夜里，风大雨猛，我……

何大妈　他，他就是张——强——林！

桂　珍　张强林?!

何大妈　对，就是你家强林！

桂　珍　（震惊）他……（跌坐椅子上）

（唱）

一波未平又起浪，

阵阵袭来不由人心灰意凉。

世上道路宽又广，

却为何冤家狭路聚一堂？

这般的晚娘如何做，

这般的苦果如何尝！

大妈，我，我该怎么办呀！

何大妈　是呀，谁也想不到啊。

何大妈　（示信）我这里有一封信，这封信是你原先住的地区派出所转给我们里委的，是小林在劳教农场时写给你的……

桂　珍　（一震）写给我的？

何大妈　对，是一封向你悔悟请罪的信！

桂　珍　（眼前一亮）噢！

［何大妈递信。

桂　珍　（拆看，念）“请转交受我伤害的一位阿姨收”。

［幕后强林独唱声起：

（唱）

我姓张，名强林，

不幸曾经入邪门。

那天你雨夜独自走，

我是那拦路抢劫的作案人，

我害你受惊落伤残，

也害自己罪孽深。

多亏政府挽救我，

方知深陷污泥坑。

今朝特写请罪信，

向您表表我的悔恨心。

只求阿姨宽恕我，

我定要重新做个人！

桂　珍　（自语）他……他求我宽恕……决心重新做人……

何大妈　是呀，……你想想，医生能把病人推出门去，妈妈能舍得扔下孩子不管吗？

桂　珍　这……

何大妈　强林好比是生过大病的孩子，丢下不管，容易旧病复发，用药过猛，又经受不了，只能慢慢精心调理呀。

桂　珍　精心调理……

何大妈　只要他真正愿意痛改前非，我们就要指路，不能堵他的路，能拉，不能推，你说是不是？像强林这样的孩子，往后退一步，就会给社会带来不安；往前进一步，就是为“四化”出力的好材料。

桂　珍　我，我应该拉他，扶他一把呀……

何大妈　（动情地）桂珍，你跟大妈想到一起了！（音乐声起）天下做父母的都像你这样一颗心就好了！（稍顿）自打你进门，多少双眼睛在看着你，看你是不是够个好晚娘。可我知道，你的一言一行，一举一动，不是光图做个好名声的晚娘，还要做个有责任心的家长呀！

桂　珍　（激动地）大妈！可是……

何大妈　大妈知道你的难处呵！小林的就业问题，国家现在解决不了，你也不要急，里委正在想办法，我再去街道办事处走走，迟早总归会解决的。再说，小林欢喜画画，也是个长处嘛。

桂　珍　（感激地）大妈！

何大妈 我走啦。（欲下）

桂 珍 何大妈，这件事，你我两个人知道就行了。

何大妈 桂珍！你的心真好啊！（下）

［桂珍掏出强林的来信，复看，陷入沉思。

桂 珍 （唱）

读书信勾起我心潮翻滚，
信纸上留下他点点泪痕。
一字字一句句言诚意恳，
我似见一颗忏悔求进的心。

［捧起秀娟画像。

望画像桂珍思绪更难禁，
细端详悄然无语画中人。
强林他情深意切把亲娘画，
虽无彩笑却传神。
描不尽无娘的孩儿思娘意，
画不完无娘的孩儿爱娘情。
透出他深深怀有悔恨意，
透出他良知未灭盼前程。
我怎能抽身退步不过问，
我怎能犹豫徘徊无信心。
我怎能轻卸这教子的重任，
纵有坎坷与磨难，
我要顶住非难、不怕议论，驱邪扶正将他引，
要把强林教成有用的人。

［亮相。

［幕落。

第四场

［数日后下午。

［市内某商店前的街心花园，远处楼房鳞次栉比。

［幕启：飞虎从店内溜出。

飞　虎　（唱）

今天运气真不坏，

转眼之间捞钱财，

三张拾块到手中，

（夹白）“状元楼”……

酒足饭饱好痛快！好痛快！

［大毛神色紧张地上。

大　毛　不好，“刮散”了！

飞　虎　（一惊）什么？

大　毛　你刚走，那个女的就大哭大叫。

飞　虎　怕什么，又没有人认识我们。

大　毛　坏就坏在被强林家的小姑娘盯上了，她今天当纠察！（担心地）要是被送到派出所，让我爸爸晓得肯定要打死我！

飞　虎　脓包！还没有进庙，骨头就软了！稳住，让我想想办法！（四下张望）看，阿林来了！（对大毛比画一番）

大　毛　（脱口而出）过桥？

［强林心烦意乱地上。

飞　虎　（迎上）阿林！今天怎样肯出来遛遛？

强　林　在家没意思。(就势勾肩搭背搭住强林)你们家那两位也太厉害了,怎么缠住你不放?(指商店)看,又来了吧!(将赃款塞进强林袋中。)

［小岚上,打量着他们三人。

大　毛　看,有什么好看的?

飞　虎　看看老朋友嘛,有数!

小　岚　放规矩点!刚才在一个农村妇女身边转来转去干什么?

飞　虎　什么转来转去?

小　岚　不要装了!(拉住大毛)刚才的事是不是你们干的?

大　毛　我,我又没有干什么……(挣脱,跳过花坛溜下)

小　岚　哎,哎!(对飞虎、强林)你们一个也跑不掉!

［一工人纠察上,小岚对工人纠察耳语一番。

工人甲　(对飞虎)走吧!

飞　虎　干什么?

工人甲　你心里清楚!

飞　虎　哎,师傅,说话牙齿要并并拢,阿拉又不是这种人啰!

工人甲　不要说得好听!还是请你"协助、协助"吧!

飞　虎　不相信是吧!(上下口袋翻了个底朝天)彻底无产阶级!放心了吧?(下)

工人甲　哎、哎。

小　岚　我知道他住在哪里!

［强林转身欲走。

工人甲　等等。

强　林　怎么,又怀疑上我了?

工人甲　自觉行动嘛。

小　岚　(拉工人甲耳语)师傅,他刚才不在现场。

工人甲　我有数！（对强林）快点吧！

［桂珍拿着新买的衣料和一包图画颜料上。

强　林　（迟疑了一下）好，看吧！（抖出口袋，一抖掉出一叠钱。）

小　岚　（一怔）啊！

工人甲　三十元？太巧了吧！哪里来的？

强　林　我……不知道！

工人甲　哼，不知道？

强　林　师傅，我真的不知道，会不会是刚才那两个……

工人甲　算了，少来这一套！哪个单位的？

强　林　没有工作。

工人甲　没有工作？我看你干的是"钳工"吧！

强　林　你！

桂　珍　（上前）老师傅，怎么回事？

工人甲　怎么回事？合伙扒窃！

小　岚　（拖开桂珍）你不要管！

工人甲　小岚，这个人我认出来了。前几年他经常在这一带作案，有一次被我当场抓住。好久不见了，又露头了！他们搞的见得多了！这一套就叫放风过桥。

小　岚　（气极，指强林）你，你……

工人甲　走吧！"钳工"师傅！到派出所去一趟吧！

桂　珍　老师傅——（欲上，被小岚拖住。）

［工人甲欲答话，见强林急速跑下，急追。

桂　珍　（唱）

见此情不由人心痛似绞。

小　岚　（唱）

见此情不由人怒火中烧。

桂　珍　（唱）

难道他又走回头道？

小　岚　（唱）

他竟然伙同飞虎掏钱包！

桂　珍　（唱）

今日事来得好蹊跷。

小　岚　（唱）

当众被抓，原形毕露，罪责难逃！

更可恨连累一家遭人耻笑。

桂　珍　（唱）

一时间真假难辨好心焦！（心急如焚欲下）

小　岚　（一把拖住）妈，你？

桂　珍　岚岚，我去问问情况，（把手中东西交给小岚）这是给小林买的衣料和图画颜料，你带回家吧。事情还没有搞清，先不要告诉你爸爸和外婆，万一……

小　岚　就是要他们好好管教管教他！

桂　珍　小岚，你怎么这样不懂事？

小　岚　我不懂事？事情明摆着，你还护他干什么！

桂　珍　那……他为什么还说不知道呢？

小　岚　哎呀，他的话不能相信！

桂　珍　哎，不能把话说死！小林过去是有错，但他现在确实有悔改，记得吗？那天突然下雨，他急忙帮助邻居收衣服，下午又帮张奶奶买米……这些事虽然小，在他来讲已经很不容易了！

小　岚　那是骗取信任！

桂　珍　不能以成见看人嘛。再说，我们这个家庭，跟别的家是有点不同，生活中都遇到不幸……就需要互相体贴关心。对小林更是……

小　岚　体贴，关心？我跟他有什么关系？

桂　珍　小岚，怎么能这样说呢？上一次你生病住院，强林的爸爸是怎样对待你的呢？他白天厂里工作那么忙，晚上还到医院里一连陪了你几个通宵。孩子呀，人与人之间总还得要有点真挚的感情嘛！

小　岚　真挚感情？哼，好心好意给他借来那么多书，只落个对牛弹琴！

桂　珍　你心是好的，也要注意方法嘛！那一大堆书讲道理的太多，讲故事的又太少，叫他……

小　岚　（打断）算了，我没有这个水平，也没有这份耐心！他呀，是出窑的砖，定型了！

桂　珍　你！（欲走）

小　岚　妈，不能去！

桂　珍　为什么？

小　岚　刚才押他去的是我们单位的老师傅。你一去，叫我以后有什么脸见人！

桂　珍　小岚！怎么能这样想呢？事情的真相总该问个明白吧！（欲走）

小　岚　（痛心地）妈妈！（拉住桂珍，触到伤疤）妈妈！这伤疤！难道你忘了？你吃那些小流氓的苦难道还不够吗？妈你该清醒清醒了！（唱）

三年前风雨夜你惨遭不幸，
歹徒他抢手表丧尽良心。
手举刀落血飞溅，
左手臂上留伤痕！
你滴滴血殷殷，
我点点泪纷纷，
伤在娘身上，
儿心疼又疼。

你岂能将血的教训全抛尽，
还要为这种人费尽苦心。
岚岚自幼失父爱，
母女相依度光阴。
儿是娘亲心头肉，
娘是儿心中最亲的人。
日子清贫却和美，
何曾无端把是非生！
自从进了张家门，
你可知闲言碎语多难听。
说什么十个晚娘九个狠，
这千年的偏见忒伤人。
纵然你坦然无言不见怪，
纵然你心胸豁达把气吞，
一辈子也难逃晚娘名呵，
一辈子我被人骂作“拖油瓶”！
妈妈，妈妈你好糊涂，
连累女儿受欺凌。
今日事倘若你再去过问，
叫我往后怎做人？
你让他自作自受自遭罪——

桂　珍　（气极）小岚！你怎么说出这种话！你是个共青团员，在单位里还要做后进青年的工作，小林是我们家里的人，我这个做家长的怎么能撒手不管呢？

小　岚　家长，他哪里把你当做家长呀！

桂　珍　他就是不把我当家长，我还应该尽到我应尽的责任！（欲下）

小　岚　妈妈，（委屈地）难道为了一个小流氓，你——（接唱）

竟不顾患难相依的母女情！

桂　珍　小岚，妈懂得你的心情，可是你……你将来会理解我的！（步下）

小　岚　（又气又急）妈，妈呀！

［小岚失声痛哭。

［幕落。

第五场

［紧接前场。

［建筑工地一角。

［强林上。

强　林　（唱）

横祸飞来叫人怨，

袋中冒出无名钱。

倒霉人偏遇倒霉事，

强林落个不白冤。

分明是飞虎将我来“过桥”——

飞虎！飞虎！（四下张望）

［飞虎走出，大毛随上。

飞　虎　哟，亏你还记得这个老地方！

强　林　少啰嗦！（一把揪住飞虎衣襟）

（唱）

不吐真情休怪我要动拳！

飞　虎　都是一个山上下来的，何必认真！过过桥总归懂的！

强　林　过过桥！说得轻巧，你们栽赃害我，自己反倒溜得快，走，到派出所去讲讲清楚！

大　毛　阿林哥，算了吧……

飞　虎　讲讲清楚？那你为什么不去讲，要在半路上溜走呢？

强　林　你……我一个人怎么讲得清！

飞　虎　算了，这次算我不上路，事先没跟你打招呼，“状元楼”我请客，怎么样？

强　林　（一把甩开飞虎）哼！

飞　虎　啃，还来真的？好，我就是进了庙，也要抓个垫背的，就说我们是同伙，坐地分赃！（拉大毛上前）喏，活旁证！要是戴上 808（手铐）我也不过是初犯，你可是刑满释放再犯……

强　林　你！（欲挥拳）

飞　虎　你呀！总归跟我们脚碰脚一路货！哼，不要再一本正经重新做人，谁看得起你？谁又信得过你？你那个后娘巴不得你一辈子关进去呢？

强　林　（触到痛处）

飞　虎　算了，阿林，癞子头上多块疤，反正破相了，还是跟我们混混吧。（递烟点火）

强　林　（犹豫后接烟）……

飞　虎　阿林，今天事不怪我，实在是那个死丫头盯得紧，要不然……

强　林　还说什么……

飞　虎　哼，以后我要好好教训教训她！

大　毛　那今天的事……

飞　虎　只要不开口，神仙难下手。来，我们先快活快活（掏出酒瓶、罐头）。

桂　珍　小林，你在这里？

强　林　（冷冷地）找我干什么？

桂　珍　找你回家！你们大家都回去吧！

飞　虎　回去？把我们骗到派出所去吧？

桂　珍　心里踏实，就是去派出所也没有关系。

飞　虎　（语塞）……

桂　珍　小林，刚才到底是怎么回事？

强　林　问你女儿去！

桂　珍　你是当事人嘛！小林，我陪你到派出所把事情讲清楚。

飞　虎　好哇，说来说去，你还是想把阿林骗进去蹲监牢。

桂　珍　这是什么话？出了事，我们能眼看着不管吗？

飞　虎　用得着你管？你算什么？

桂　珍　（毫不迟疑）我是强林的妈妈？

飞　虎　妈妈！嘻嘻，什么妈妈？晚妈妈！

桂　珍　晚妈妈，晚妈妈又怎么样？难道就见人矮三分吗？就没有权利教育子女尽到做父母的责任吗？是啊，你们都有亲妈妈，如果她看到你们这样不走正道却不闻不问，这样的妈妈又亲在什么地方呢？小林，你跟飞虎在这里干什么？（看见地上罐头壳，高级烟壳）高级烟、罐头、酒，你们真阔气，真舍得吃呀！

大　毛　享受享受有什么关系？

飞　虎　又不是吃你的！来，我请客，怎么样？

桂　珍　飞虎，你说这种话不害臊吗？这是你们用自己的劳动挣来的吗？是你们的父母甘心情愿让你们这样挥霍的吗？（对大毛）小弟弟，你有学不上，有家不归，躲在这里干什么？

大　毛　我……

桂　珍　（对强林）小林，你不是痛恨这种生活，立志要过新的生活吗？

飞　虎　你看，又来了！

强　林　用不着阴一句阳一句揭我老底，你以为钱是我偷的？

飞　虎　（忙阻止）阿林！这种事跟她说得清吗？

桂　珍　（气愤地）你……

强　林　用不着你操心，从今后我不是这个家的人了！（下）

桂　珍　小林！小林！（欲追）

飞　虎　（拦住）省省吧，想儿子都想疯了，死缠住不放！

桂　珍　（拉住大毛）小弟弟，告诉我，刚才到底是怎么回事？

大　毛　我……

飞　虎　少啰唆，她又不是你的晚妈妈。大毛，走（不由分说拉大毛下）

桂　珍　哎哎——

（唱）

飞虎他蛮横无理几番挡，
那孩子支支吾吾难把口张。
小强林言语生硬来逞性，
似有苦闷心头藏。
看来内中定然有花样，
我还须了解情况再作主张。
万不能，让小林……
再成那失舵的船儿触礁迷航。

［桂珍欲下，外婆内喊桂珍上。

外　婆　桂珍。

桂　珍　妈！

外　婆　呃，你……

桂　珍　我在找小林，下午在……

外　婆　我听说了，他人呢？

桂　珍　刚才还在这里，我来，他又跑了……

外　婆　咳，桂珍，这件事要是真的……那又要关几年？咳，这孩子真把人心都操碎了！

桂　珍　……也怪我没有尽到心啊。

外　婆　不，不，桂珍，我想求你……

桂　珍　你要说什么？

外　婆　（唱）

我求你高抬贵手把小林放。

桂　珍　妈！

外　婆　这件事抬抬手就盖过去了，就说三十元钱是你给他买东西的……派出所会相信，再说小林也不是当场被人抓住……

外　婆　（唱）

就说是你让他买物添衣裳，

大事化小小化了。

一家人平平安安莫再惹祸殃。

桂　珍　（唱）外婆你疼孙之情我体谅，

依我看捂捂盖盖，反而会把事弄僵。

外　婆　（唱）

可叹我们婆孙相依叫人怜，

秀娟惨死把命丧。

你就成全这好事一桩，

人前背后做个好晚娘。

桂　珍　（唱）我也想人前落个好名声，

今日事未明真相，

我怎能说假话将人诳，

错上加错失主张。

外　婆　只要事情过去了，我带他到乡下去，也省得你们受牵累多是非……你们一家人……

桂　珍　妈，你想差了……

外　婆　……你就不能……好，好，好，我真是老糊涂了……

（唱）

对面看人心不透，

你，你，你真是铁石心肠！（欲下）

桂　珍　妈！（拉住外婆）

外　婆　（甩开）岚岚娘，我担当不起……（下）

［桂珍怔怔地望着外婆远去的背影。

［幕落。

第六场

［紧接前场。

［景同第一场。张连生家。

［幕启，强林见四下无人，冲进家门。

强　林　（唱）

一朝失足万人恨，

谁肯相信我回头的人。

到如今浑身是口难分辩，（环顾室内，见生母画像，动情地搂住镜框）妈妈呀！事到如今，谁还会相信我？

［外婆上。

外　婆　小林。

强　林　（扑向外婆）外婆！

外　婆　（心疼地）小林，到底怎么回事？告诉外婆呀！

强　林　我……

［连生怒冲冲上。

连　生　（唱）

接电话压不下心头怒火一盆。（推门进屋）强林！

外　婆　这么早就下班了？

连　生　小岚打电话到厂里，我请假回来的！（对强林）你，你给我跪下！

外　婆　哎呀，有话慢慢说，慢慢说！

连　生　你干的好事，你讲！（拍桌）你讲呀！

强　林　我没有什么好讲。钱是别人“过桥”给我的，我根本不知道。

连　生　你还嘴老！

外　婆　看你，有话好好说嘛！

连　生　妈，你不要护着他了，他，他……咳！老毛病又犯了！派出所都去过了！

外　婆　这，这……

强　林　胡说，“拖油瓶”造谣！

连　生　太不像话了！你……（抄起凳子欲砸）

外　婆　小林爹，不能哪！不能哪！

强　林　你打！你打，反正我的命不值钱！

外　婆　小林，你疯了！

连　生　打死他我偿命！妈，你让开！

外　婆　（情急）看在秀娟的份上，这是她，她……留下的一条根，是你俩的亲骨肉！也是我老太婆的亲孙孙！（颤巍巍地）你要打，就打我吧，（抱住板凳跪下。）

连　生　妈……（搀起外婆）

［外婆一阵晕眩，连生急忙搀扶。

连　生　小林，快拿湿毛巾！

强　林　外婆！外婆！

［强林递毛巾，连生给外婆敷在头上。

外　婆　秀娟哪！

连　生　（动情地）小林呀，小林！两年前，你去劳动教养，我们一家人几天几夜不能合眼，眼泪止不住往下淌，哭红了眼睛，哭哑了嗓子，哭断了肝肠！想呀想，怎么也想不明白，我们这个世代清白的人家，怎么会出你这个不争气的后代！可怜你妈妈一急成疯，她，她，她车轮之下……

外　婆　不要讲了，不要讲了！

连　生　见你提前释放回来，我真是满心欢喜！我常想，你妈妈要是能见到这一天该多好呀！孩子，父母的一颗心你能理解吗？

（唱）儿啊，斑斑白发，

斑斑白发可以作证，

可怜天下父母心。

你莫怨爹爹心肠狠，

打在儿身我心更疼。

自打你哇哇啼哭到人世，

疼你爱你如同掌上珍。

曾记得送你把学校门进，

曾记得你戴上红领巾。

曾记得你捧着“三好”奖状回，

全家人笑得泪花盈。

谁料平地狂风起，

国乱家乱无安宁。

多少孩子走歧路，

多少青年误青春。
你书不读来在外混，
好吃懒做恶习生。
可叹平日教育不抓紧，
事到临头乱了神。
多少回，风雨里，
大街小巷将你寻。
声声唤儿儿不应，
路灯下你的亲娘顶着风雨，
拖着病身，一直候你到天明。
多少回，夜深沉，
老外婆心切切盼着小外孙。
担惊受怕流不尽泪，
唯有心中求神灵。
多少回，白日里，
爹爹上班不安心。
只为人称你“小钳工”呐，
我这个六级钳工却是听见“钳工”二字倍戳心！
往事辛酸不堪言，
只盼你迷途知返做新人。
纵有千错与万错，
悔过自新爹娘能通情。
秀娟她九泉之下若知晓，
亦会含笑放宽心。
谁知你恶习难改犯旧病，
怎不叫我肝胆欲裂心痛似绞，

活活气煞斑斑白发人！

［父亲用力捶胸，悲愤难忍。

强　林　爹，我没有干坏事！

连　生　（伤心地）事到如今，你还要再瞒我？

强　林　（跪下）爹，我真的没有干坏事呀！

外　婆　（将强林扶起）你就相信孩子这一次吧！

连　生　（对强林）不是爹心肠硬，是听怕了，怕你再陷泥坑，怕你再进牢房！爹再也经不起那种打击了。

强　林　难道一个人做过错事，就一辈子被看成罪犯；一个人有了污点，就再也不能得到信任了吗？

［众人痛苦难言。

［小岚上。

小　岚　（冷冷地）张强林，派出所叫你去一次。

连　生　怎么？他……

小　岚　他半路上逃走了！

连　生　（对强林）什么？你……你半路上逃什么？你不做贼，心虚什么？

［飞虎娘急上。

飞虎娘　强林——强林快走！你晚妈妈带派出所的人来抓你了！

［众惊，强林欲出门。

外　婆　哎呀，天哪！这可怎么得了！

连　生　你到哪里去？

飞虎娘　总是自己一条根，你就让他避避风头吧！

小　岚　畏罪潜逃，罪上加罪！

连　生　（怒极）早点抓去早太平，我没有这样的儿子！

强　林　（悲愤地）连父亲都不相信儿子，谁还能相信我！（转身欲走）

［桂珍和民警上。

桂　珍　（拦住）小林，你不要走……

强　林　你这狠毒的晚娘！（一把推开桂珍夺路逃下）

连生/外婆　小林！

民　警　张强林！（欲追）真不像话！

外　婆　（一把拖住，苦苦哀求）民警同志，求求你饶他一次吧！

桂　珍　（上前劝说）妈，民警同志不是来抓小林的……

外　婆　（打断）算了，不要人前说得好听……

桂　珍　（痛苦地）妈……

民　警　外婆，不要这样说，我们确实不是来抓强林的。现在情况还未查明，失窃人提供的线索，与张强林的外貌特征不符……

小　岚　但赃款是在他身上！

民　警　是啊，不排除他有参与的可能，何况他还有犯罪前科……

桂　珍　他在农场确有悔改表现，回来后……

连　生　（烦躁地）事情不是明摆着的吗？自己家里人还为他辩护什么？

飞虎娘　唉，真可怜，强林回来还没过上几天安稳日子，又要倒霉啰！

外　婆　（勾起心火）家里要有个好脸色给他，他也不会往外跑……跑出祸来了！

桂　珍　妈！

外　婆　这下子该称你心了吧！（晕眩）

［桂珍急忙搀扶，外婆一把甩开，飞虎娘上前搀扶她。

飞虎娘　咳，闺女死了，孙子气跑了，这日子怎么过吓！

外　婆　我好命苦哇！我还活着干什么，秀娟啊……

［小岚又气又恼，瞪了桂珍一眼，扭身下。

飞虎娘　唉，这个家，难弄啊！（欲下）

民　警　等等，飞虎近来有些活动很反常，你这个做家长的知道吗？今天的事，他也在场，我们正要找他谈谈。

飞虎娘　(张口结舌)哦,这……(溜下)

民　警　(对连生、桂珍)孩子回来,好好谈谈,千万不要急躁,有什么情况,我们再联系,这件案子一定能搞清。(下)

[众人相视无言。

外　婆　事到如今,我是没指望了,这里我也呆不下去,还是回乡下去……

连　生　妈——

外　婆　小林爹,这些年难为你照应我了,我知道你是个忠厚人。就再求你一件事,等我死了,破费点钱,让我跟秀娟在一起吧!(一阵心酸)

桂　珍　(痛苦地)妈,你怎么能走呢?我要是有什么地方对不住你老人家,你就痛痛快快地说,哪怕骂我都行。

外　婆　不怪你,不怪你!只怪我是个老糊涂,小林又是个不干净人,在这里丢人现眼,让你们受牵累了!

连　生　妈,你不能走!(茫然地扶外婆坐下)桂珍,今天的事……我们心里都不好受……有句话,我早就想讲……

桂　珍　你我之间还有什么不好说的。

连　生　小林又落到这一步,……虽说他不是你亲生,可现在总在一个锅里吃饭了吧?俗话说,一碗水要端端平,就说买衣裳吧,你也为小林想想就好了,难怪外婆……

桂　珍　(惊愕地)买衣裳?我……(欲辩又止)

[小岚背旅行包上,径直向门外走去。

连　生　小岚,你……

小　岚　我看够了!这个家,我呆不下去!

桂　珍　岚岚……

小　岚　(爆发地)你为这个家掏心掏肺,有什么好结果?帮助,关心,(从书包里扔出衣料)还跟我拿钱去给他买衣裳买图画颜料,到头来受气挨骂……(眼泪夺眶而出)你这是……何苦哇!(奔下)

外　婆　啊！

［桂珍愣在那儿，半晌说不出话来。

连　生　（内疚地）我……

桂　珍　难啊，真难啊！（失声痛哭）

［连生和外婆相视无言，外婆暗下。

连　生　桂珍，我，我错怪了你……我们同一个厂有十几年了，想当初，我生产有劲头，年年评先进，小林出了事，他娘一急成疯，不幸撞车身亡……我上班担心，下班操心，到头来气伤了心，可你却对我……对我掏出一片真心，不嫌弃外婆，不讨厌小林……我，我感激，我明白……

桂　珍　（莫大安慰）你，明白又有什么用……

连　生　桂珍！我对不起你，为了这个家，为了小林，连岚岚都跟……我们。桂珍，我们还是分开吧！

桂　珍　（一惊）什么？

连　生　让小林跟外婆……

桂　珍　不，不，不能这么做！

连　生　让小林跟外婆另外过日子，我的工资全部给他们……

桂　珍　让他们分开过？我不同意。

连　生　那，那只有我们分吧！

桂　珍　（惊愕）什么？我们，分？

连　生　（有苦难言）……我不忍心把你害苦了……

桂　珍　连生！

（唱）

你今日说出此违心话，
怎不叫人心如刀割怀抱冰。
你疼我爱我为我好，
更应知桂珍一片心。

我与你虽不是原配夫妻，
却也是恩爱和谐情意真。
当初把你家门进，
不怕议论不为留美名。
只为你生产积极人品好，
只为小岚又有了好父亲。
只为两家都曾遭不幸，
桂珍愿倾注一腔情和爱，
让春风重暖新家庭。
可谁知千年的偏见比刀狠，比刀狠呐。
情付流水无回声。
此时此刻多盼你与我心心相印，
谁知你，谁知你急流转舵忙抽身！

连　生　（内疚地）桂珍！

桂　珍　（唱）

外婆虽非我亲母，
情同骨肉也难分。
强林虽非我亲生，
没娘的孩儿格外招人疼。
虽说他曾经入歧途，
受害的花朵培养须精心。
怎能将他们推出家门另立户，
让一老一小孤零零。
今日事平地风波陡然起，
是非曲直尚未明怎能轻易下结论，
怎能在受伤的心上再撒盐一层？
寸草能报三春暖，

人非草木岂无情。

天下父母心一样，

后母也应该尽到责任心！

桂珍无有金和银，

唯有一颗拳拳慈母心。

慈母的心，火一般的情，

但愿得化作喜雨，化作甘霖，

涓涓细流，点点滋润，消冰融雪，

迎来那欣欣向荣万木春！

［电闪雷鸣，桂珍拿伞欲下。

莲　生　你……

桂　珍　现在，要紧的是把强林找回来，他身无分文，走投无路，要再被坏人拖下水，后果就更不堪设想了。

连　生　桂珍还是……我去！

桂　珍　你把外婆接回来，我去找强林！（拿起强林的一件上衣）

连　生　好。

［暴雨倾盆，二人迎着风雨疾行而去，传来呼唤声：小林——小林——，声音在夜空中缭绕震荡。

第七场

［紧接前场。

［某建筑工地一角。

［幕启：飞虎从水泥桩后探头张望，见四下无人。

飞　虎　(对暗处)雨不下了,快出来吧!

[大毛上。

大　毛　唉,阿哥,好回家了吧?

飞　虎　回家?哼,马上送你进庙。

大　毛　不回家,那我妈妈她……

飞　虎　你又不是吃奶的孩子,想妈妈了?跟阿哥在一道,怕什么?走,到船码头去混一夜。

大　毛　不是说好在这里等阿林的吗?

飞　虎　这么晚还不来,谁知道他又出什么事!快走。

大　毛　(刚迈步,惊叫)啊唷!脚,脚被钉子扎破了。哎呀,血!

飞　虎　妈的,就你多事!那你在这里等着吧,我先走!

大　毛　(胆怯地)哎,哎(忽然见远处有人走来,慌张地)有人来了!好像是阿林的妈妈。

飞　虎　快,让她看见我们就麻烦了!

[两人闪身暗处躲藏。

[桂珍内唱上。

桂　珍　(唱)

　　顶风冒雨一路寻找,

　　不见强林心似火燎。

(四下张望)咦,不是说他们常来这一带吗?强林——,(不慎一脚踩空,跌倒在地)哎哟!

[大毛伸头张望,嘻嘻作笑。

桂　珍　(急切地)哎,小弟弟,你看到我家强林吗?

[强林上场,听见此话,急忙闪身暗处。

大　毛　强林,不知道。

桂　珍　你知道他会去什么地方?

大　毛　不知道！

桂　珍　（欲下，返身）天这么晚了，又下着雨，你躲在这里干什么？

大　毛　（有苦难言）我……

桂　珍　看看，衣裳这么单薄，要受凉的！（递手中衣）来，这是我家强林的，先穿上吧！（不由大毛分说，利索地给大毛穿上衣服）小弟弟请你陪我一起找找强林好不好？

大　毛　（张口结舌）这，这……哎唷，哎唷！（抱住脚，蹲下）

桂　珍　怎么？（察看）哎呀！这么深的伤口！（忙掏出手绢给大毛包扎）咳，你们这些孩子呀，要叫父母操多少心！不行，还在流血，快去医院看看，能走吗？

大　毛　嗯。（走走，停停）

桂　珍　等等，（递钱）你拿着吧，挂号、配药用。

大　毛　这……

桂　珍　我还要去找强林，不陪你了，你自己去看吧。（欲下）

大　毛　（有所触动）阿姨，你找不到强林的。

桂　珍　嗯？找不到，为什么？你知道强林在什么地方啰。

大　毛　他……

桂　珍　（急切）他在哪里，到底出了什么事？快告诉我吧！

大　毛　阿姨，你为什么非要盯住阿林哥呢？

桂　珍　小弟弟，不是阿姨非要盯住你们不放。出了这么大的事我心里能不着急吗？今天的事你也在场吧？你应该把事情的真相讲给阿姨听。

大　毛　阿姨，我们都以为你对阿林哥……

桂　珍　怎么？你们以为强林不是我亲生的，我就不喜欢他，不关心他的前途，是吗？不错，我是个晚娘，可是我一想到他亲娘为了他而死得那样惨，我就要更好地爱护他，照顾他。怎么能就这样让他在外面荡来荡去呢？今天的事他应该主动讲讲清楚。……这样的风雨天，他肯定是又冷又饿，又能到哪里去呢？他不知道一家人都为他操碎了心哪。孩子，你要是见到他，就对他说，妈妈我是相信他的！我总不相信他又走回头路！

强　林　听后母一番话，我羞愧难当。

桂　珍　（旁唱）

　　但愿得使他能够吐真相——

飞　虎　（旁唱）

　　大毛他吐真情，定要给他拳头尝！

大　毛　（鼓起勇气）阿姨，阿林哥马上会来这里的。你不要怪罪他，今天的事不是他干的，是……

［飞虎猛地窜出，打了大毛一记耳光。

飞　虎　要你多嘴！

大　毛　你！打人（呜咽着逃下）

［飞虎欲追，桂珍急拦。

桂　珍　飞虎，你干什么？

［飞虎猛转身恶狠狠地盯着桂珍，飞虎娘匆匆上。

飞虎娘　飞虎！飞虎！

飞　虎　吵什么！

飞虎娘　（涕泪交加）不好了！派出所要找你，说好几件案子都牵涉到你。你就快躲一躲吧！

飞　虎　啊！好，拿钱来！

［飞虎娘急掏钱。

飞　虎　就这么一点！

桂　珍　飞虎娘，你不能这样做！

飞虎娘　哎呀，人心都是肉长的，我不能眼看他……

桂　珍　我们疼孩子就要把他朝正路上引。你这不是爱他，是害他！

飞　虎　（对母）你跟她啰嗦什么？快走！

［飞虎娘下。飞虎欲向另一侧方向下！

桂　珍　飞虎，你走错路了！

飞　虎　（惊回首）你想干什么？

桂　珍　你应该去投案自首！

飞　虎　你管不着！

桂　珍　我不能眼看你错上加错！

飞　虎　（凶相毕露）你这个晚娘管到我的头上来了，叫你尝尝我的厉害！

［飞虎对着桂珍猛击，桂珍跌倒。

飞　虎　（恶狠狠地）你还管不管？

桂　珍　管！管！

［飞虎掏出刮刀，欲向桂珍行凶，强林从暗处冲出。

强　林　（不动声色）飞虎，给我！

飞　虎　阿林！（递刀）好，有种！

桂　珍　小林，你……

强　林　我都明白了。（转身向飞虎扑去）

［飞虎大惊失色，两人扑打，飞虎力渐不支，抽身逃下。

［强林欲追，见后母倒卧在地，走上前去，一手拉着后母的手，另一手仍拿着刚从飞虎手中夺下的刮刀。

［一道闪电把夜空划亮。

强　林　（惊叫）伤疤！

［两人造型。

［天幕上投出强林举刀欲向一妇女手上砍去的画影。

强林的幕外音：把手表给我，

桂珍的幕外音：强盗，放开我！放开我！来人哪……啊！

幕后旁唱：见伤疤顿时间如雷轰顶，

后母她竟是当年受害人。

她怎会不将我怨恨，

一家人怎会原谅我强林？

[强林猛转身飞奔而下。

桂　珍　小林——小林！

[切光，暗转。

[大街小巷，风雨交加，强林奔上。

强　林　（唱）

穿大街，过小巷，步履踉跄，

心如麻，头发胀，哪顾得雨猛风狂！

[桂珍步履艰难上。

桂　珍　（唱）

穿大街，过小巷，步履踉跄，

心焦虑，眼张望，哪顾得雨猛风狂！

[二人圆场。

强　林　（唱）

后母悲切诉衷肠，

小林方才明真相。

为孩儿，慈爱母亲竟成疯，

寻孩儿，后母她为我奔波忙。

桂　珍　（唱）

伤痛难挨刺心肺，

秋雨泼身分外凉，

寻孩儿，昔日他母疯癫死，

为小林，我身受折磨又何妨。

［天幕景转。

强　林　（唱）

走一程呵叹一阵，

声声叹，不知归路在何方？

苍天呵，求你把天地都照亮，

划开我心头迷茫阵阵，阵阵迷茫。（下）

桂　珍　（唱）

走一程呵呼一阵，

声声呼唤，不知小林在何方？

苍天呵，求你把天地都照亮，

让我找回儿郎，找回儿郎！

小林——小林——（下）

［景转，强林上。

强　林　（唱）听呼声一阵阵令人心碎，

今方知后母她情真意深胸怀一片慈母心肠。

悔不该胡乱猜疑，将她错怪，

干下傻事，赌气逞强，

恩将仇报，听信诽谤，

险铸大错，重陷泥塘。

害她为我，害她为我呀！

旧疤之上又添新伤！

［强林下，桂珍上。

桂　珍　（唱）

适才间母子释疑心欢喜。

谁知他神色突变走匆忙。

莫非他，对我依然存戒心，

怒气未消仍逞强？

莫非他隐情在身怕人知，

莫非他认出这刀伤？

小林——小林——（下）

［强林上。

强　林　（唱）

命运呀，为何这般作弄人，

偏偏让仇人、亲人聚一堂。

千错万错我知罪，

万不该狭路相逢，

苦果偏要再让我尝！

［风雨渐停，强林疲惫不堪。远处传来呼救声，强林警觉地躲向暗处。

［小岚提旅行袋奔上，飞虎紧追上。

小　岚　（惊恐地）你想干什么？来人哪，抓坏人！

［两人扭打，小岚扯下飞虎口罩。

小　岚　呵，是你！

飞　虎　哼，你跟我过不去，老子也跟你过不去！

［飞虎持刀，紧逼小岚，危急中，强林冲出与飞虎搏斗，小岚飞速奔下。

［小岚领纠察民警上，追捕飞虎过场。

民　警　（对小岚）问个名字好谢谢！（急下）

小　岚　（对强林）同志，谢谢你，留个名字吧！

强　林　（起身抬头）是你?！

小　岚　是你！（奔下）

［强林怔怔望着远处。

［桂珍从另一侧上。

桂　珍　小林！

强　林　你，你为什么总是跟着我？

桂　珍　我要尽到一个母亲的责任呵！

强　林　（有苦难言）可我，我……

桂　珍　有话，回家慢慢讲吧！

［桂珍拖着强林，强林无奈，迟迟疑疑移步。

幕后旁唱：看一路街灯闪闪亮，

听亲人细语情深长，

可知我无颜再见亲人面，

有家难回意彷徨。

莫怅惘，莫迟疑，

快回到亲人的身旁，亲人的身旁。

［母子慢慢走下。

［幕落。

第八场

［次日清晨。

［景同第一场。张连生家。

［幕启：外婆心绪不宁望着窗外。

外　婆　（唱）

一夜秋雨始放晴，

母子不归愁煞人。

思前想后愧万分，

我不该以旧眼光来看桂珍。

（叹气）唉！

［连生匆匆上。

连　生　妈！

外　婆　你怎么到现在才回来？他们……

连　生　（急切地）妈，告诉你，刚才我到派出所去了一次。大毛正在那里说偷钱的事是飞虎拉他一起干的，跟强林无关。他本来不敢讲，多亏桂珍启发帮助，使他受教育，讲出了真相。

外　婆　啊？这件事，真多亏了桂珍！

连　生　是呀，在强林身上，看上去我们比她关心，但实际上，她比我们想得周到，关心得更深呀！

外　婆　（感叹地）我总以为死了女儿断了根，没娘的孩子无人疼，要不是何大妈开导我，要不是亲眼看到……咳！

连　生　妈，事情已经清楚了，应该高兴才是呀！

外　婆　嗯嗯！

［强林步履沉重，推门进屋。

外　婆　小林，你回来啦！真把外婆急死了，咦，你妈妈呢？

强　林　（一怔）……

外　婆　噢，是岚岚娘……（转念一想）哎呀，也是你妈妈！她人呢？

［桂珍上，听见此话。

桂　珍　（激动地）妈，我在这里！（险些跌倒）

［众人急忙上前搀扶。

父　亲　桂珍，你怎么啦？

强　林　她被小飞虎打了！

外　婆　呵！伤得怎么样？

桂　珍　不要紧，不要紧！

外　婆　哎呀，衣服都湿透了，快去换换吧！

桂　珍　嗯，小林，你也换上吧！（递上新衣）。

［强林接过新衣，百感交集。

外　婆　快去换衣裳，我去烧点点心。

桂　珍　妈，我不饿！

外　婆　奔忙了一夜能不饿？你还跟我见外是不是？

桂　珍　（感激地）妈！

［何大妈上。

何大妈　唷，看你们娘儿俩真亲热！

［众人招呼。

何大妈　（对强林）你呀！咳！叫大妈怎么说你好呢？往后再也不要这样意气用事了！

［强林低头不语。

何大妈　告诉你们个好消息，我们街道决定组织待业青年办个工艺美术品工厂。小林会画画，我们派他先去学习，回来好当个小师傅。

强　林　（意外地）我……

何大妈　怎么样？工作有了着落，该放宽心了吧！

桂　珍　这太好了！

强　林　（摇头自语）不可能了……

［外婆示意桂珍快换衣服，桂珍入内室。

何大妈　哎，打起精神来，怎么？跟你这个晚妈妈还有什么解不开的疙瘩？你呀，人不大，思想倒很陈旧，总以为晚妈妈不好！只要尽到母亲的责任，晚娘亲娘都一样！你看飞虎娘是个亲娘吧？她那样待飞虎，恰恰是害了他，现在她真懊悔不及了。我还要去跟她好好谈谈。我走了！（下）

外　婆　小林，事情都清楚了。

强　林　嗯！

外　婆　她，是个好人呵！

强　林　嗯！

外　婆　以后，再不要胡闹了，一家人和和美美过日子多好。

强　林　不！外婆，我走了！回农场去！

外　婆　又说傻话！

强　林　（痛苦地）真的！

外　婆　哎呀！我的小祖宗，你还发什么犟脾气！事情不是都弄清楚了嘛，这么好的晚妈妈，这么好的妈妈，打着灯笼也难找，你不要昏了头。

连　生　你真是扶不起的刘阿斗，你……（克制住，诚恳地）强林，不要怄气了，留下来吧！

强　林　（摇头不语）……

外　婆　你心里到底有什么为难事？

强　林　（抱头跌坐）天哪！叫我怎么办哪？

强　林　爹，外婆……你们让我走吧！我对不起你们，对不起这个家，更对不起她……农场的生活虽然苦一点，但我挺得住，你们就放心吧！外婆，你多保重……爹，我……（咬咬牙）我走了！

［桂珍自内室出，闻声止步。

（从五斗橱内拿出桂珍和连生的合影，重新放入镜框，拿起秀娟的画像欲放入旅行袋）。

外　婆　不，我不让你走！

桂　珍　妈，小林不会走的！

强　林　不，我要走！

桂珍/连生　为什么？

强　林　这个家我没法留，也不配留！（欲下）

桂　珍　（拉住小林）小林，没有过不去的河，攀不过的山，有什么为难事你就尽管说吧！

强　林　（甩开桂珍）我……

桂　珍　难道你一定要走？

连　生　强林（阻止地）

桂　珍　（掏信）等等，我想请你带个口信。

强　林　（不解）给谁？

桂　珍　给一个和你一样的年轻人！

（唱）

他也曾误入歧途把罪犯，
年轻轻，劳教农场度着夏暑与冬寒。

连　生　你怎么和他认识的？

桂　珍　（接唱）

三年前他深夜赌博钱输尽，
为抢钱财持刀行凶将我砍。

［桂珍挽起袖子。

外　婆　伤疤？你，这种人你还理他做什么！

桂　珍　（接唱）

在农场受教育他幡然醒悟，
起变化有进步托人转来这一函。
他说道：平时不听忠言劝，
到如今深觉悔恨与羞惭。
一是自己误终身，
二害他人受伤残，
望我开怀来原谅，

莫将仇恨记心间。

他决心彻底来改造，

重新做人把身翻。

点点泪水把信纸透，

字字句句真情含。

我一遍一遍看不够，

越看越觉心里安。

骏马尚有失蹄时，

人不犯错确也难。

贵在迷途能知返，

日后也能高峰攀。

莫气馁，莫空叹，

濯清污泥展新颜，

此番你去将我心意来明阐，

说我殷切盼他早早把家还。

待到归来上门时，

我定会不歧视，不怠慢，言语亲，笑声酣，意真诚，情无限，欢欢喜喜，亲娘一般，双手迎接浪子还，双手迎接浪子还！

桂　珍　（递信）小林，你去问问他，是否忘了自己说的话？

强　林　（接过信）……

连　生　（对桂珍）竟有这种事！

外　婆　太气人了！

强　林　（痛苦地）外婆，你们不要再讲了！

外　婆　小林，你……

［小岚上，闻声止步。

强　林　（捶打着自己）这个人就是我，是我犯下的大罪呀！

外　婆　你……咳！

连　生　（痛心地）这，这是真的？

［强林默默地点了点头。

［连生气得欲挥拳，手在半空中又无力落下，抱头跌坐凳上。

外　婆　（迟疑地问桂珍）那……你为什么不早说……

桂　珍　我……本来不想讲……

外　婆　（轻声地）你，你不怪罪他？

［桂珍点头。

连　生　（不敢相信地）你能原谅他？

［桂珍又一次肯定地点点头。

强　林　（热泪盈眶）你难道真的不气、不恨吗？

桂　珍　恨，怎么不恨，我也是个人嘛！可是这杯苦酒不只是你一个人酿成的，（对众人）我想这刀疤刻在我手上，更刻在小林的心上。它不应该是我们之间的隔阂，而是每个做父母，做儿女永远值得记取的教训啊！

强　林　（泪流满面）你这样谅解我，信任我，我要像个人样再来见你们！（欲走）

［小岚推门而入。

小　岚　小林……哥，我们都不要走了！

外婆/连生　岚岚。

桂　珍　孩子，别说傻话了，这里就是你的家，大家都是你的亲人！怎么舍得再让你走呢！儿行千里母牵挂，母亲的心都是相通的呵！

强　林　（再也抑制不住，扑倒在桂珍怀中）妈妈！

［桂珍深情地抚摸着强林，禁不住泪花闪闪。

［众人激动不已。

旁　唱（唱）

一声妈妈叫出口，
怎不叫人喜泪流。
有情能胜亲骨肉，
阖家欢聚乐悠悠。

[众人喜悦，亮相。

[幕落。

[剧终。

（1981年演出本）

淮剧

金龙与蜉蝣

编　　剧

罗怀臻

作者小传

罗怀臻(1956—),男,祖籍河南许昌,生于江苏淮阴。现任上海市剧本创作中心艺术总监。中国戏剧家协会副主席,中国文联全国委员会委员,中宣部文化名家暨“四个一批”人才,享受国务院专家特殊津贴。

时代背景　西周以降，华夏某诸侯国，大体为楚流裔一脉

人物表

金　龙　一代国君

蜉　蝣　金龙的儿子

玉　凤　金龙的妻子

玉　荞　金龙的儿媳

牛　牯　金龙的追随者

孑　孓　金龙的孙子

老　王　金龙的父亲

优伶甲、优伶乙、小者、诸王、兵士、嫔姬等

序幕　流　亡

［幕启。

［玉碎宫倾，一座死寂。老王悬挂在王座上，背后插着一柄剑。

［马蹄声骤起。幕内一片欢呼——“公子金龙狩猎回宫！”

［金龙猎装冲上，目睹惨状，悲怆不已。

金　龙　父王，你死得好惨！

［杀声如潮，似由八方袭来。

［牛牯——一员浓须战将，紧张退上。

牛　牯　叛军杀回来啦，公子快走呀！

金　龙　（沉浸在哀伤里，不可自拔）不，让我与父王死在一起！

牛　牯　公子使命在身，不可忧伤误国。公子快走，末将掩护你！

金　龙　（固执地）不，我死也不走！

［牛牯情急，踹倒金龙。金龙愕然。

牛　牯　（催促地）公子快走！

［金龙退着步，转头欲走。

牛　牯　（突叫）回来！

［金龙蓦止，牛牯卸下盔甲与其交换。

金　龙　（感激地）将军姓名？

牛　牯　（示头盔）在公子手里！

金　龙　（读诵）牛牯！

［背景隐去。金龙顶盔潜逃。

［转景：海天一角。一片湛蓝。金龙惊心动魄地奔突中，力渐

不支。

［蓦地，一张渔网凌空罩下，金龙被缚，动弹不得。

［玉凤——一跣足露肘的渔家女小心逼上。

玉　凤　男人有手有脚是只狼，没手没脚是只羊……

金　龙　你是谁？

玉　凤　渔家女儿唤玉凤。

金　龙　玉凤，你见过狼？

［玉凤摇头。

金　龙　羊呢？

［玉凤再摇头。

金　龙　其实狼就是羊，羊就是狼！

玉　凤　不对，狼是狼，羊是羊。我娘生前讲过，不一样！

金　龙　不信你放了我，保证一样！

玉　凤　我是个单身女子，怕你不老实！

金　龙　天地为证！

［玉凤犹豫着放开金龙，金龙随手甩开头盔，盯视玉凤。

玉　凤　大哥，你看我？

［金龙点点头。

玉　凤　我很丑？

［金龙摇摇头。

玉　凤　不丑也不俊？

金　龙　俊！

［金龙冷不防扑倒玉凤，玉凤挣扎无效。

［幕内独唱，如怨似尤：

“大哥哥心太黑，

想得出就做得出；

小妹妹心太软，

有办法也没办法。

从今只求一件事，

一辈子不离妹半尺……”

第一幕　出　海

[字幕：三年过后

[依山傍水，打鱼人家。玉凤一面烧煮头盔中食物，一面摇晃着吊网中婴儿。

玉　凤　（唱）我家有个小儿郎，

白白胖胖嫩汪汪。

没病没灾见风长，

长大做个打鱼郎。

[金龙肩网提篓，兴冲冲而上。

金　龙　（唱）打鱼归来心欢畅，

又见妻子与儿郎。

渔家自有渔家乐，

太太平平度时光。（放下渔具，直奔婴儿）

哈哈，我的儿子！

玉　凤　看你，又把孩子吓哭啦！

金　龙　是我把他吓哭了？真是怪呀，这孩子看见爹爹就哭，看见娘倒笑，爹爹终日为儿下海打鱼，真是白白辛苦一场了。

玉　凤　谁让你风风火火，不好好逗他。

金　龙　（摩拳擦掌地）好，爹爹今天非要逗他一个笑！

［金龙逗婴儿，婴儿大笑。

［三口之家，天伦之乐。玉凤将头盔捧给金龙，金龙玩味。

金　龙　这顶头盔倒教你派上用场了。（读诵头盔，若有所思）牛牯……

玉　凤　大哥，你看这头盔上的名字，已经被水煮得模糊了。

金　龙　模糊了好，模糊了就不再是顶头盔，而是铁锅了。

玉　凤　大哥，你为何从不告诉我你的身世？

金　龙　（掩饰地）我的身世？哈，我有什么身世，我只是一个日出而作、日没而息的渔夫。怎么，你为何总要询问我的身世？难道你对我还有什么不放心吗？

玉　凤　不，我只知道你是我男人，这是我儿子，别的什么都不管，不管！（幸福地偎着他）

金　龙　玉凤，我会陪伴你一辈子！

玉　凤　（甜美地）大哥……

金　龙　（惬意地）哎！

［二人热烈相拥，难解难分。

［陡地传来龙舟号子，声势浩大。似有一支庞大船队，从海上经过。玉凤挣脱金龙，奔跑过去。

玉　凤　（欢呼地）海上过龙船喽！

金　龙　（愣愣地）天子巡朝……

（唱）忽见龙船过水上，

蓦地心底起苍凉。

往事如烟重记起，

始觉悠然大梦长。（踱步，沉思）

［金龙幻觉：死去的老王凌空显现，神秘威严。

老　王　金龙……

金　龙　（跪下，虔诚地）父王……

老　王　你是一代君主，不是渔夫……

金　龙　金龙知道……

老　王　回去吧，继续祖先开创的基业，登临万民仰望的宫廷，不要忘记你是谁的子孙……

金　龙　是，父王……（老王隐去）

金　龙　对！我应该走，我应该离开这地方，我应该去打天下！

玉　凤　大哥，你怎么了？

金　龙　我要去打天下！

玉　凤　什么打天下？

金　龙　我……

玉　凤　拿来。

金　龙　什么？

玉　凤　（指头盔）你这个不给我，我拿什么煮饭呀？（夺过头盔）我说大哥，你还是好好地陪我打鱼吧！（用渔网套住他）

金　龙　（看着她，扯下渔网）不！玉凤！

（唱）莫再为我披渔网，

我本不是打鱼郎。

穷途末路相遭遇，

懵懂逗留三载长。

你知道我是谁，

你晓得我来何方？

我只是匆匆过客相来往，

云鹄暂栖你身旁。

玉　凤　（不解地）你在说些什么？

金　龙　（接唱）玉凤啊，感激你患难之时相为伴，
感激你疗伤抚痛情意长。
感激你果腹御寒一张网，
感激你三年相爱恩一场。
今日饮你一泉水，
他年报还十条江。

玉　凤　（唱）大哥呀，你一声说去就动身，
好似流水风样轻。
我问你忽然中了什么邪，
为什么转眼多情变无情？
事到今日从头问，
你是何方一尊神？
为何留三载，
为何滞渔村。
为何忍心抛妻子，
为何要向远方行？
三年恩爱不算短，
三年情义海样深。
三年共织一张网，
一丝一扣不能分。

［金龙犹豫不决。老王重又出现。

老　王　（繁复地）金龙，你是君主，不是渔夫……

金　龙　（矛盾地）不，不，不……

玉　凤　大哥，你就不要走了吧……

金　龙　（推开她）不！

老　王　金龙，你是个不肖的子孙……

玉　凤　大哥，你不能这样绝情……

［海上风浪骤起，金龙奔赴高处。

［风雷疾电，天倾地旋。

金　龙　（唱）风骤起，雷乍响，

风雷催我去远方。

上天先人频召唤，

地下妻儿欲断肠。

扑面万仞高山起，

低头脚下人一双。

一腔奔涌都是血，

斩断羁绊莫彷徨。

［金龙接过襁褓，语重心长。

金　龙　儿子，爹爹走了，你不要啼哭……好好陪伴母亲，快些长大……记住，爹爹不是寻常之人，你也不是生在等闲人家……或许有那么一天，爹爹成功了，到那时，你就知道爹爹是谁，爹爹会交给你一座江山！

玉　凤　大哥，你真的要走？

金　龙　要走。

玉　凤　你往哪里走？还会回来吗？

金　龙　（摇摇头）不知道……

玉　凤　大哥，我们的儿子，还没有姓名，日后长大，算是谁的子孙？

金　龙　不是渔夫，就是王侯！

［金龙毅然离去，玉凤痛心疾首。

［幕内独唱："大哥哥心太黑，

想得出就做得出；

小妹妹心太软，

有办法也没办法。

从今只求你一件事，

一辈子不离妹半尺……”

第二幕　入　宫

［宫殿。一声巨响，万籁俱静。激战后的阶石下，死尸枕藉。

［阶石之上，王座孤独地立着。

［字幕：二十年后

［牛牯得胜冲上，手舞足蹈，形似疯狂。

牛　牯　啊哈，胜利啦——

［兵士冲上，欢声雷动。

金　龙　（内唱）血泊中返宫廷悲喜交迸——（上）

偿还我二十年戎马艰辛。

叹先朝失王政玉碎宫倾，

扶王座一阵阵触目惊心。（泣声）

父王，金龙又打回来啦……

［牛牯忘形地跳上王座，振臂高呼。金龙见之，悚然一惊。

金　龙　（一声断喝）牛牯！

牛　牯　（未曾经意，仍自欢呼）啊哈，老子又打回来啦，老子要坐江山啦！

金　龙　（忽地拔出剑，直指着他）你给我下来！

［静场。

［牛牯猛然意识到了什么，慌忙跳下。

［金龙从容地步上阶石，款款入座。

［牛牯斜睨着，冷不防飞起一脚，金龙扑倒在地。

［全场哗然。

金　龙　兄弟，你——

牛　牯　（顽皮地）大哥，还记得这一脚吗？

金　龙　（口气旋转温和）金龙不敢忘记。

牛　牯　大哥寻思，若没有牛牯当初这一脚，公子能有今天？

金　龙　没有，断然没有！

牛　牯　那你总该客气一声吧？

金　龙　（躬着身，佯装小心）是，金龙该死，兄弟请上座！

牛　牯　（豪爽一笑）哎，大哥说到哪里去啦，这王位本来就是大哥家里祖传的，兄弟我怎敢犯上？来，大哥请吧，兄弟一生一世都是大哥的忠臣！

金　龙　（固执地）不，兄弟请，还是兄弟请，兄弟称君，金龙称臣……

牛　牯　（看着他，信以为真）也罢，兄弟我就碰碰屁股，好歹也算过了帝王之瘾！

［牛牯调皮入座，把玩有顷。金龙潜至背后，突起一剑。牛牯死去。金龙踢开牛牯尸体，沉稳坐定。

金　龙　来呀，鸣鼓放炮，祷告列祖列宗，公子金龙，入主临朝！

［鼓炮声骤响，欢呼声如潮。

兵　士　大王万岁！大王万岁！

［兵士舞蹈，舞步践踏在尸体当中。金龙正襟危坐，不可一世。

［蜉蝣忽从金龙椅下钻出，东张西瞅，一脸冒失。场上大惊。

蜉　蝣　奇怪，明明在打仗，怎么一眨眼睛就睡着了？

金　龙　（紧张地）你是何人？

蜉　蝣　（望望金龙，有些自来熟）我叫蜉蝣，就是小虫子，一点点，这么大，浮在水里，游呀游的！（比画）

金　龙　蜉蝣，这便是你的名字？

蜉　蝣　是呀，我娘说，起个贱名字，养得活！

金　龙　你是叛朝的兵勇？

蜉　蝣　什么兵勇，我是被人抓来的。

金　龙　抓来也是叛兵，概杀无赦！

蜉　蝣　（扑通跪倒）哎呀大王，可怜可怜我吧！想我蜉蝣上有老娘，下有妻房，一旦客死异乡，岂不绝了全家生望？大王将心比心，慈悲心肠，蜉蝣给你老人家磕头啦！（连连磕响头，如鸡啄米）

金　龙　（觉得有趣）这一少年，伶牙俐齿，憨态可掬，倒也招人喜欢！

蜉　蝣　（愈发起劲）大王喜欢蜉蝣，蜉蝣譬如就是大王的儿子。大王饶了蜉蝣，譬如饶了自己！

金　龙　（不禁笑出声）哈哈，真是一个尤物！（俯身摸着他的头）啊，蜉蝣，你是谁家的孩子，为何吃粮当兵，与大王从实讲来，大王饶你不死。

蜉　蝣　（碰个响头）多谢大王！

（唱）我名叫蜉蝣，

蜉蝣小东西。

从小命儿贱，

有娘没有爹。

大王啊，对头本无意，

杀戮没道理。

何不积一德，

放我去寻爹。

金　龙　看你不出，倒是个孝子！

蜉　蝣　孝子孝子，饶个不死！（再磕头）

金　龙　（点头）唔，蜉蝣，看你言谈举止，倒令大王有几分不忍。告诉大王，你爹爹是做什么的？

蜉　蝣　听娘说，他是一个威风凛凛的壮士！

金　龙　他叫什么名字？

蜉　蝣　大王，我爹爹名叫牛牯！

金　龙　（一惊）牛牯？

蜉　蝣　是，叫牛牯。大王纵横八方，见多识广，想必认识我爹？

金　龙　（神色陡变）蜉蝣！你爹爹牛牯本是大王手下一员大将，只因他入宫之时，反状毕露，被大王手起剑落，一命呜呼。你若早来一步，或许父子还能见上一面，如今晚了！

蜉　蝣　啊呀，爹爹！

（唱）千山万水来找寻，

待到相逢生死分。

爹爹呀，早知父子无缘分，

蜉蝣我何必离家来寻亲。

金　龙　蜉蝣听着！

（唱）牛牯功成反骨露，

大王无奈方翦除。

念他生前战功著，

留你宫帷陪伴孤。

蜉　蝣　蜉蝣一不会行文，二不会杀人，大王留我何用？

金　龙　大王喜欢你，大王要你成为一个俯首帖耳的弄臣。来呀，送入内廷，施以宫刑。

蜉　蝣　宫刑，弄臣，大王要阉割我？我不当弄臣，不做阉人。大王，我家中还有妻子呀！

金　龙　（冷冷地）大王留下叛臣之子，乃是要向天下人昭示仁慈。记住，不要学你的父亲，有始无终！带下去！

［兵士架蜉蝣下。

金　龙　（玩味地）牛牯的儿子成了阉人……哈哈……（十分惬意）

［传来蜉蝣被刑的一声惨叫，金龙蓦然一个趔趄，险些栽倒。

金　龙　（唱）没来由手足冷、头眩晕，

莫名惶恐漫上心。

五脏如被人牵扯，

一阵疼痛紧一阵。

我这是怎么了……

玉柱似风摇，

金殿如山倾。

王宫荡漾若飘飞，

丹墀向下沉。

抓也抓不住，

唤又唤无声。

旁顾四遭皆无应，

真是急煞人！

［蜉蝣受刑惨叫声持续，金龙在王座上挣扎翻腾。有顷，惨叫声戛然停止，金龙硬挺于王座上，如同僵尸。一片寂静。

［兵士架行刑后的蜉蝣上，金龙见之，宊觉茫然。

金　龙　他是谁？

一兵士　牛牯之子，大王吩咐阉割的少年。

金　龙　是孤王的吩咐？孤王要阉割他？

一兵士　是，大王。

金　龙　如此说来，牛牯的儿子阉了？

一兵士　是，大王。

金　龙　他再不能生儿育女，传宗接代了？

一兵士　是，大王。

金　龙　这么说来，这江山永远是我金龙家的了？

一兵士　是，大王。

金　龙　来呀，与孤王广采美女，大选嫔姬，孤王要生一群龙子龙孙！

［众兵士簇拥金龙下场。蜉蝣挣扎呻吟，痛不欲生。

蜉　蝣　（唱）不提防受刑戮祸从天降，
好端端蒙耻辱身心两伤。
昏沉中强睁眼周遭四望，
不知我此时间身在何方。
曾记得那一日寻父把路上，
一家人送别我情深心意长。
娘为我做干粮泪水和面淌，
妻为我备行囊揉碎了肝肠。
娘嘱我路上须知寒与暖，
妻嘱我寻到爹爹早返乡。
谁知今日寻到此，
爹爹死在玉阶旁。
恨昏王无辜向我把刀举，
害得我一副身心、鲜血流淌。
投亲不成、反受创伤，
有家难回、有苦难讲，
万种牵挂、都成断想，
欲死欲生、痛苦难当。
思家乡，想亲娘——

［又一表演区，玉凤与玉荞伫立海岸，一脸期盼。

玉　凤　（接唱）娘在家乡想儿郎。

玉　荞　(唱)郎呀,你此时此刻在何方,
可曾寻到爹,
身心可健康?
蜉　蝣　(唱)康健之躯不复有,
何颜重归我家乡。
玉荞妻呀,新婚二载成永诀,
一生累你守空房。
玉　凤　(唱)房里无妻不成家,
家中少男唉声长。
儿呀儿,你爹爹此刻在何处,
哪年婆媳共成双?
玉　荞　(唱)双飞双宿心向往,
一旦分离苦难当。
何日夫妻共鸳枕,
双双共入温柔乡。
蜉　蝣　(唱)双飞双宿成梦想,
父子永远难回乡。
丈夫脚下血泊路,
一程落得一重伤。
玉　荞　(唱)伤心泪,长流淌,
泪水淌出一条江。
玉　凤　(唱)江水这头是女子,
江水那头是儿郎。
蜉　蝣　(唱)郎在阶下跪——
玉　荞　(唱)妻在倚门望——
玉　凤　(唱)娘在家中想——

蜉　蝣　（唱）一想一断肠！

玉　凤　（唱）想人的日子怎么过？

玉　荞　（唱）娘啊，倒不如弃家远行走四方！

［漫漫长路，一线延伸。

［幕内独唱：“寻儿归，唤夫归，

一寻一唤一伤悲。

他年亲人重聚首，

满腹滋味说与谁？”

第三幕　盘　桓

［宫墙之内，花园一景。

［字幕：又逾八年

［金龙踱步寻思，形神俱衰。

［幕内伴唱：“后宫嫔姬三千众，

数年难得一龙种。

试遍养精百味药，

归于徒劳一场空。”

金　龙　（唱）人是从前人，

身是昔时身。

为何不中用，

忧心每如焚。

愈是盼子愈无子，

逐年减精神。

那年流亡海岛，也曾生下一子，入宫之后，派人找寻，竟然踪影全无，难道说这竟是我的一个梦吗？不，我是有过儿子的，有过……

［蜉蝣上，蜉蝣经数载磨炼，已变得老成圆滑。

蜉　蝣　（对一小宦者）坐在这里干什么，还不去征选民女？记住，要养过儿子的！

［小宦者应声下。蜉蝣走近金龙，一手搭肩，一手抚臂，轻揉慢捏，煞有介事。金龙头也不回地配合着，二人似已默契。

蜉　蝣　大王又在想什么？

金　龙　蜉蝣，你说孤王还行吗？

蜉　蝣　（明知故问地）大王什么行不行啊？

金　龙　自然是生养儿子。

蜉　蝣　（眯着眼，有气无力地）行啊，大王怎么不行，大王是阳刚之人，哪里会不行呢？行，大王就是行！

金　龙　可是……（有点难于启齿）怎么太医说，纵欲过甚，反倒难成呢？

蜉　蝣　那是太医吃大王的醋，凭大王这副钢铁身板，什么儿子养不出来？大王行，大王真正行！

金　龙　经你这么一说，孤王倒又精神些了。

蜉　蝣　精神好，精神妙，精神来了好睡觉！来呀，还不都来伺候！

［数名美姬应上，金龙强打精神，勉强应付。

蜉　蝣　（阴阳怪气地）来呀！

（唱）这一个姿容娇好，
　　好一把剔骨钢刀。
　　这一个杨柳细腰，
　　似一条毒蛇缠绕。
　　这一个妩媚窈窕，
　　绝掉你后代根苗。

这一个倩目巧笑，

来把你交椅扳倒。

［金龙力不从心，气喘坐地。

蜉　蝣　（对众美姬）大王今日到此，明日再请诸位。各自回宫吧。

［众美姬昂首挺胸，列队而下。

［二优伶上场。

优　甲　宫里养优伶，

优　乙　大肉加白银。

优　甲　每天说笑话。

优　乙　日子蛮开心。

二　优　见过大王，见过大宦者！

蜉　蝣　（拉过一边）昨日教给你们节目，可曾记熟？

二　优　滚瓜烂熟。

蜉　蝣　口齿要清，表情要真，有赏无赏，全看本领！

二　优　是！

［优甲扮君王，优乙扮王妃，一本正经。

蜉　蝣　大王，平平气，定定神，一出优伶戏，看着长精神。

［金龙坐起，二优伶放肆地跳上跳下。

优　甲　这是一方御榻，我朝上头一睡，我就是国君。

优　乙　这是一方御榻，我朝旁边一睡，我就是王妃。

优　甲　君王是一个男人。

优　乙　王妃是一个女人。

优　甲　两个人合在一起。

优　乙　要养一个小人。

优　甲　拿来？

优　乙　什么。

优　甲　儿子。

优　乙　拿去。

优　甲　什么?

优　乙　种子。

优　甲　我要的是儿子。

优　乙　种子不发芽,儿子哪块来?

优　甲　明明怪你。

优　乙　明明怪你。

优　甲　怪你、怪你、就怪你!

优　乙　怪你、怪你、怪自己!

［二优争吵不休,扭打成团。蜉蝣幸灾乐祸,抚掌大笑。

金　龙　(恼羞成怒)放肆!

［二优惊愕,蜉蝣溜向一侧。金龙拔剑一挥,二优砉然毙命。

蜉　蝣　(手舞足蹈)反了,反了,竟敢当面揭大王疮疤!大王杀得好,大王一杀人,威风全出来了!

金　龙　(猛然抛剑,恨叹一声)唉!

(唱)二优伶装鬼弄神似有意,

揭痛我隐在心头一种疼。

帝王也有帝王苦,

身后常虑一传人。

巍巍宫廷总险峻,

百年之后谁支撑?

蜉　蝣　只要大王舍得播种,何愁没有收成?

金　龙　孤王不信,孤王就不是一个男人!

［金龙忿忿而下。蜉蝣一脸快意。

蜉　蝣　(唱)这也叫一报一报还一报,

一刀一刀偿一刀。

你把我废了，

我将你折腰。

耗干你的血，

掐断你的苗。

绝掉你的下一代，

心头气方消。

小　者　(上)启禀大宦者，大王颁令征来的少妇，俱已在册。

蜉　蝣　(拿腔作调)大王要找的乃是生过儿子的年轻婆娘，你可不要选错了人?

小　者　大宦者放心，个个都是养得儿子。

蜉　蝣　挨个带上来，让我先瞧瞧。

[小宦者应声下。蜉蝣正襟危坐，一副傲态。

[小宦者推搡玉荞上。

玉　荞　(唱)扶老携幼到京都，

八年漂泊消息无。

街头失散被征选，

强逼入宫唯呜呼。

小宦者　见过大宦者!

[玉荞厌恶地看一眼，扭过头去。

[蜉蝣一惊，本能地直立起来。玉荞忽觉异样，怔怔地回身打量。

[幕后唱:“只道今生难再逢，

相逢恍如在梦中。

是惊是喜怎言表，

一任热泪径自涌。”

玉　荞　你怎么这身装束?

蜉　蝣　你怎么到了宫中？

玉　荞　我被强征而来，你……

蜉　蝣　（无言以对，满面羞辱）我……

小宦者　他是大宦人。

玉　荞　大宦人？

小宦者　就是阉人，我们都是阉人。

玉　荞　阉人？夫啊，你怎么成了个阉，阉人……

小宦者　蜉蝣有女人，报于大王听！（下）

蜉　蝣　（痛不欲生，砰然跪倒）玉荞，我对不起你……

玉　荞　这是为什么……

蜉　蝣　我，教我从何说起……

玉　荞　难道你忘了妻儿，忘了家乡，忘了我吗？

蜉　蝣　不，我没忘，我一辈子忘不了，我每日每夜都在想、想你们呀……（泣不成声）

玉　荞　夫呀，你知道我们一家等你，寻你，已经整整漂泊了八年，想不到你竟然醉生梦死，做了宦臣，你教我白白辛苦一场啊！

蜉　蝣　玉荞你听我说，听我说呀！

玉　荞　我不要听，不要听！

小　者　（上）大王来了。

蜉　蝣　（拉起玉荞）玉荞，快走！

玉　荞　哪里去？

蜉　蝣　大王征选民妇，乃是为了生养龙种，一旦被他看上，你可就永无出宫之日了！

［金龙突上，盯视玉荞，玉荞藏至蜉蝣身后，惶恐不已。

蜉　蝣　（旋即换了一副面孔）大王来了，大王以为这个女人如何？

金　龙　（斜睨着）天然秀色，全无涂抹。

蜉　蝣　大王喜欢，那就留着受用，瞧她这模样，倒也是天生的王妃，天生的娘娘！

玉　荞　（不解地）蜉蝣，你……

蜉　蝣　（摇着手，暗示她）不要大惊小怪，蜉蝣这是为你好！

金　龙　蜉蝣，她是你的妻子么？

蜉　蝣　哦，从前是，现在被大王选中，便是大王的了。

金　龙　你倒慷慨得很！

蜉　蝣　（故意一笑）蜉蝣是大王的侍臣，还要女人何用。玉荞，听我的话，留在大王身边，享受宠爱，当王妃，当国母，当……

金　龙　美人，来，孤王并非好色之徒，孤王要把一座江山，托付在你的肩上，孤王要一个传人哪！（乞求地张开手）

蜉　蝣　大王在叫你，还不快去！

［玉荞羞怒地打蜉蝣一记耳光。

蜉　蝣　打得好，尽管打。蜉蝣侍候大王，自然也侍候娘娘。娘娘什么时候想打奴才，就打吧！（凑上去）

玉　荞　（蒙面）天呐，他就是我从前的夫君！

金　龙　蜉蝣啊，你劝劝她。你要让她明白，伺候大王就是伺候国家，为大王养儿子就是替天下人生父母。教她像你一样，做大王的忠臣义仆，为大王排忧解难。不要把大王惹火了，惹火了，大王是要杀人的。

蜉　蝣　大王放心，奴才自会开导她，大王就耐心地等着吧。

金　龙　（点头）好，你顺便告诉她，普天之下，莫非王土。率土之滨，莫非王臣。想逃是逃不脱的。

蜉　蝣　（表情复杂地）是，送大王！

［金龙下。蜉蝣回视玉荞，绝望悲嚎。

玉　荞　天啊，你真的要把我献给大王吗？

蜉　蝣　不，不是……

玉　荞　那是要带着我逃走？

蜉　蝣　大王说了，你逃不出去……

玉　荞　那你打算怎么办呢？

蜉　蝣　我也不知道……

玉　荞　（走近他，央求地）蜉蝣，你要想个办法逃走。我们去找母亲和儿子，我们要一齐回家呀！

蜉　蝣　不，我不能回去，我不能回家。玉荞啊玉荞，我已经不是你的男人了，我没有脸再做人了。

玉　荞　不，你是我的男人，我不嫌弃你，只要你肯带我出去，带我回家。

蜉　蝣　回家，我跟你回家做什么，我已经是个废人了，难道你一点不明白吗？

玉　荞　可是，你总不能待在宫里一辈子吧？

蜉　蝣　说得对，我就是要待在宫里一辈子，我要陪伴大王，陪伴到死，我要报这杀父之仇！

玉　荞　杀父之仇？

蜉　蝣　是的，我爹爹牛牯是被大王杀死的。

玉　荞　那你为什么不也去杀了他？

蜉　蝣　我不要他这样去死，他阉割了我的身子，我也要他生不出儿子，像我一样活得不舒服，活得不自在。

玉　荞　你这又是何苦呢？

蜉　蝣　何苦？哼，我这都是他逼出来的！玉荞，说句心里话，我已经不想离开他了！

［内声："大王传蜉蝣问话！"

玉　荞　我与他拼了！（欲下）

蜉　蝣　回来！（异样地看着她）玉荞，你能听我的一句话吗？

玉　荞　你要说什么？

蜉　蝣　我要你留下来当王妃，陪大王，用你的美貌和聪明去摧残他，一直摧残到死！我蜉蝣要用自己的婆娘来报这杀父之仇、阉割之耻、夺妻之恨！

玉　荞　不，我不去，死也不去！

蜉　蝣　玉荞，我求求你了！

小宦者　（上）启禀大宦者，墙外有一老一小祖孙二人，要见玉荞。

蜉　蝣　（紧张地）啊，我娘来啦！

玉　荞　（挣脱蜉蝣）娘，娘！

［玉凤拄杖摸上，孑孓身背讨饭头盔跟上。

玉　荞　娘，娘，他要将我献给大王！

玉　凤　他是谁？

玉　荞　他就是你的儿子……

玉　凤　蜉蝣，我的儿子？怎么会在这里？

孑　孓　娘，蜉蝣不是我爹的名字吗？

玉　荞　正是你无耻的爹爹！

玉　凤　蜉蝣在哪里，我儿在哪里，蜉蝣！

蜉　蝣　（双膝下跪）娘，儿在这里！

玉　凤　（摸索有顷，忽然掴翻）小畜生！

（唱）儿离家门无音讯，

原来浪迹在京城。

上有老母不奉养，

下有妻儿不关心。

八年生死两不问，

到头来反将妻子献宫廷。

我问你爹爹可曾有下落，

我问你为何忘记一家人，

我问你如今良心在何处，

我问你是否还认老娘亲？

孑　孓　奶奶，奶奶，你为什么要打我爹爹？

蜉　蝣　孑孓，我的儿子！

（唱）娘啊娘，莫怪孩儿太绝情，

儿被仇恨割碎心。

娘不知爹爹惨死在宫廷，

娘不知亲生儿子成宦人。

娘不知儿媳入宫难逃走，

娘不知蜉蝣一颗复仇心。

望求娘领带孙儿去逃命，

我一家与大王结下仇恨海样深。

玉　凤　如此说来，都是那大王将我一家害到了这步田地？

［内声："大王有令，将玉荞沐浴更衣，送入内宫！"

玉　凤　我要闯入内宫，与大王评理！

（唱）唤一声我的儿子与孙孙，

前有呼后有应紧紧围定我这不怕死的人。

牛牯一家败到此，

说理拼命入内廷。

走！

［蜉蝣凝眉筹思，亮出利刃。

第四幕　闯　宫

［沉香重帷，宫廷内景。

［数名宦者捧玉荞过场。金龙拈香祈神。

金　龙　列祖列宗在天之灵，保佑金龙延子得孙。无后之罪，金龙担当不起。

［金龙深伏于地，蜉蝣执刃暗上。

金　龙　（敏感地）是蜉蝣吗，这里用不上你，你下去吧。

蜉　蝣　是，大王。（隐下）

［玉凤内声："还我亲人呐——"

金　龙　（本能一怔）谁在叫嚷？

小宦者　（上）禀大王，一个瞎眼婆婆闯了两道宫门，拦都拦不住呀！

金　龙　她是谁，如此大胆？

小宦者　牛牯的妻子，玉荞的婆婆。

金　龙　哦，她要做什么？

小宦者　他向大王讨要亲人。

金　龙　放她进来。

小宦者　这个瞎眼婆子可凶啦！

金　龙　孤王连牛牯都不怕，还怕他老婆不成，带进来！

小宦者　是！（下）

玉　凤　（唱）一迭声三项噩耗从天降——（闯上）

丈夫死，亲儿伤，

儿媳被逼入宫墙，

好一似霹雳炸开我胸膛，
绝了我万种期盼、千回梦想，
百般牵挂、一生希望，
唯剩下满腔怨愤、冲天怒火，
顾不得年迈之身、横冲直撞，
面见君王论短长！

君王哪里，君王哪里？

金　龙　（打量着）你是牛牯的妻子？

玉　凤　（指点着）你是杀了我丈夫的大王？

金　龙　是我杀了他。

玉　凤　你是残害了我儿子的国君？

金　龙　是我阉割了你的儿子。

玉　凤　你是抢夺我儿媳的狼么？

金　龙　孤王征天下之民女，何用一个抢字！

玉　凤　你这无道昏王！

金　龙　（大笑）哈哈……

玉　凤　你笑什么？

金　龙　我笑你这些婆婆妈妈的事情，居然拿到我的宫廷来讲。

玉　凤　难道宫廷就不讲理么？

金　龙　当然讲，但不是讲这些家长里短，悲欢离合，大王要讲的乃是他的江山，他的基业，他的百岁千秋。这个你就不懂得了吧？

玉　凤　我不懂，我只向你要儿子，要儿媳，要我的亲人！

金　龙　念及于此，大王才决定不杀你。大王决定与你了结这笔恩仇。说吧，你想要什么？

玉　凤　我要你偿命！

（唱）骂一声凶暴残忍的无道君王，

我要你把我一家三口的孽债偿。
我丈夫牛牯他犯何罪，
为什么玉阶之上把命丧？
你可知我一家盼他多少载，
我盼瞎了双眼盼断了肠。
我儿蜉蝣来寻父，
你一不杀，二不放，
偏偏把他的身儿伤。
你叫他有家难返、有苦难讲，
不死不活守在你的身旁。
你是何等歹毒、何等凶狂，
何样的一副豺狼心肠。
这世上多少美妇与娇女，
你为何偏把我家儿媳抢？
丈夫驾前供驱使，
妻子深宫伴君王。
你究竟存的什么心，
弄得这凄凉景象荒唐又荒唐。
我斗胆犯上问一声，
你家可有姐和妹，
你家可有爹和娘，
你家若有这等事，
你将何颜立世上？
我一怒之下手举竹杖向前闯——
骂一声呀，凶残的狼，
杀我丈夫、害我儿郎、

占我儿媳、断我希望、

人走绝路，老命拼上，

走一步，骂一声，

骂一声，舞一杖，

轰轰烈烈、张张扬扬、

跌跌撞撞、乒乒乓乓，

管你是什么王不王！

金　龙　来呀，轰出去！

[兵士赶玉凤下。

金　龙　（忿忿地）牛牯啊牛牯，想不到孤王这一剑，竟招来如此的麻烦！（拔剑乱舞，似要驱散什么）

[孑孓寻上，觉着新奇。

孑　孓　（冒失地）爷爷！

[金龙一怔，宝剑失手着地。

金　龙　（奇异地）你是谁，你叫我什么？

孑　孓　老爷爷，我在看你舞剑！（顺便坐在阶石上）

金　龙　你是谁家的孩子，你叫什么名字？

孑　孓　我叫孑孓。

金　龙　孑孓？

孑　孓　就是小虫子，一点点，这么大，浮在水里，游呀游地！（比画）

金　龙　（觉得熟悉）孑孓，小虫子，游呀游地……这便是你的名字么？

孑　孓　我奶奶说，取个贱名字，养得活。

金　龙　你奶奶是谁？

孑　孓　是爹爹的娘。

金　龙　你爹是谁？

孑　孓　是爷爷的儿子。

金　龙　那你爷爷又是谁呢？

孑　孓　（想了想）我奶奶说，我爷爷叫牛牯！

金　龙　（一愣）牛牯？

孑　孓　（认真地）是牛牯，奶奶教孑孓从小记住爷爷的名字，不要忘了！

金　龙　（变色）如此说来，你是牛牯的孙子？牛牯他不但有儿子，他还有孙子？

孑　孓　是啊，老爷爷，你有儿子有孙子吗？

金　龙　（阴沉地）老爷爷没有儿子也没有孙子，老爷爷是孤家寡人。

孑　孓　（偏着头）什么叫孤家寡人，孤家寡人就是你的名字吗？

金　龙　是的，是我的名字，可我也不许牛牯有孙子，我要掐死他的孙子！（追赶）

［孑孓逃下，遗落头盔。金龙拾起，神情顿异。

［年轻玉凤的声音："大哥，你看这头盔上的字迹已经模糊了……"

［年轻金龙的声音："模糊了好，模糊了就不是一只头盔啦……"

［年轻玉凤的声音："大哥，你为何不告诉我你的来历？为何，为何……"

［年轻玉凤的声音反复回响，金龙如魂出窍。

金　龙　天哪……

［蜉蝣潜上。

蜉　蝣　他在做什么，难道知道今天是他的末日吗？（逼近）昏王啊昏王，我要先下手啦！

［蜉蝣行刺，金龙本能避让，受伤。

金　龙　蜉蝣，你为何行刺大王？

蜉　蝣　（高举利刃，讪笑着）哼哼，你还问我，你以为阉割了我的身子，也阉割了我的仇恨吗？我是要杀你，我要为我的父亲报仇！

［蜉蝣追杀。

金　龙　(突然)蜉蝣,你看那是什么!

蜉　蝣　(发现头盔)我父亲的头盔,怎么落在这里?

金　龙　告诉我,你爹爹是谁?

蜉　蝣　我爹爹是被你杀死的牛牯!

金　龙　你娘是不是名叫玉凤?

蜉　蝣　是又怎么样?

金　龙　你爹爹牛牯当年出走之时,你是不是还在襁褓之中?

蜉　蝣　是的,我是在襁褓之中,可是我记住了爹爹的名字。他叫牛牯!(继续追杀)

金　龙　(且逃且说)蜉蝣啊蜉蝣,难道说你一家数口,都相信这头盔上的牛牯二字,便是你的爹爹么?

蜉　蝣　我娘说是便是,难道我爹爹还有假么?

金　龙　蜉蝣,你听我说,牛牯不是你的爹爹,你爹爹名叫金龙!

蜉　蝣　呸,你才叫金龙!我爹爹叫牛牯!(抵住金龙咽喉)

金　龙　(双手力推,渐不能支)蜉蝣,你听我说,只因当年叛臣作乱,先王被杀,公子金龙为逃活命,与战将牛牯交换头盔,潜逃出宫,在那海岛,与你母亲玉凤相爱三年,生下了你。因我树大招风,举国追捕,唯恐被人缉拿,连累你母子,所以一直不曾流露真实姓名。三年之后,我离开渔村,无意之中留下了这顶头盔,谁知你们母子竟把这头盔上的牛牯二字当作了我,真是大错特错呀!

蜉　蝣　(松力)你说得这些,全是真的?

金　龙　是真的,爹爹一句也不曾骗你!

蜉　蝣　不,你不是我爹爹,你是杀我爹爹的仇人!(又欲刺杀)

金　龙　蜉蝣,快放下刀子,你是我的儿子呀!

[金龙栽倒在地,蜉蝣举刀欲刺。

金　龙　(乞求)儿子,我可怜的儿子,你就饶了自己的爹爹吧!

蜉　蝣　(利刃脱手)啊,不,不,不是,我不是你的儿子,不是——(逃下)

金　龙　(惨呼)儿子——

第五幕　祭　祖

[雷声滚动,闪电曳空,帝王陵墓,一片荒冢。

[金龙冠脱发散,蹒跚寻上。

金　龙　儿子,我的儿子……

[雷霆炸响,诸王出土,金龙惊骇跌坐。

金　龙　列祖列宗在上,金龙请罪来啦……

诸　王　金龙,你是个不肖的子孙……

金　龙　我是个不肖的子孙……

诸　王　你阉割了自己的传人……

金　龙　是的,我阉割了自己的传人……

诸　王　你要受到祖宗的惩罚……

金　龙　我要受惩罚……(一想,转念)我为何受惩罚?我一生戎马,苦苦征伐,好不容易夺回这座江山。我盼望儿孙,乞求传人,到头来却落得如此下场,我这是为什么?

[诸王无语,面面相觑。

金　龙　(一跃而起,拔剑挥劈)哎,你们怎么都不说话,为什么都装聋作哑?你们说话呀!

[金龙砍斫碑牌,形似疯狂。诸王隐去。

金　龙　天回答我——

[一记惊雷。

金　龙　（唱）擎长剑，问苍天，
苍天冷眼也漠然。
转对王陵声声唤，
列祖列宗皆无言。
冷眼倒也罢，
无言便无言，
为何雷电劈打我，
分明难恕我罪愆。
我一生负重担苦苦征战，
失江山夺江山二十余年。
入宫来杀牛牯为防后患，
除祸种阉蜉蝣势使必然。
我也曾登高处思深虑远；
我也曾想大海追忆从前。
我也曾遣官吏四处寻遍，
我也曾盼儿孙苦不堪言。
桩桩件件有何错，
谁知亲儿在身边。
先圣若有后来眼，
何不及时把灵显。
亲手将，儿身残；
亲手将，儿媳占；
亲手将，妻子撵；
亲手将，亲人煎。
大错铸成悔已晚，
一副破碎怎补连？

一面是祖宗交予千秋业，

一面是阖家老小共团圆。

大路迢迢何处去——

一片苍茫在心田。

［蜉蝣惨然泣上。

蜉　蝣　天哪天，我到底是谁家的子孙，何人的后代呀……

金　龙　他就是我的儿子，他本该继承先王的基业，可是，我已经把他废了……

蜉　蝣　大王啊大王，你不该生我……

金　龙　蜉蝣，来，叫我一声爹爹。

蜉　蝣　不，我没有爹爹。我爹爹死了，他死了！

金　龙　他没有死，他不会死，他就站在你的面前。他是一个君主，一个大王！儿啊，来，到爹爹身边来！

蜉　蝣　不，大王，你的儿子死了，他死了！

金　龙　我可怜的儿子！

［金龙乞求着拥抱蜉蝣，蜉蝣恐惧地躲避着他。金龙一个趔趄，重重栽倒。

金　龙　（跪着乞求）蜉蝣，你还是杀了爹爹吧！

蜉　蝣　（终于感动）爹爹！

金　龙　儿子！

［父子相认，哭作一团。

蜉　蝣　（唱）寻生父认生父噩梦一场，

想爹爹怨爹爹欢喜悲伤。

自幼儿只见娘长年泪淌，

今日里终见父动了肝肠。

抹一把爹爹泪爱恨难讲，

望一望爹爹面犹自心慌。
爹爹呀，你当年生儿大海上，
独自闯荡去远方。
不问娘亲一声短，
不问孩儿一声长。
你可知人家的儿郎多欢喜。
父母在堂喜洋洋。
蜉蝣生来少父爱，
没有爹爹唯有娘。
想不到一朝父子见了面，
爹爹挥刀把儿伤。
一颗心儿来寻父，
生生劈碎在宫墙。
早知落得这般样，
我离的什么故乡，
抱的什么希望，
寻的什么亲父，
离的什么亲娘，
如今是寻也悲伤，认也悲伤，
亲也悲伤，仇也悲伤，
生也悲伤，死也悲伤。
我教我何颜唤你亲爹爹，
你有何颜认儿郎？

金　龙　（唱）心惨惨，泪悠悠，
一行一行往下流。
问蜉蝣，心中可把爹爹恨？

蜉　蝣　(唱)一半是泪水,一半是怨仇。

金　龙　(唱)问蜉蝣,你娘因何瞎了眼?

蜉　蝣　(唱)错嫁了人儿泪长流。

金　龙　(唱)问蜉蝣,从前的日子怎么过?

蜉　蝣　(唱)白日是辛苦,梦里是担忧。

金　龙　(唱)问蜉蝣,今后还有何事求?

蜉　蝣　(唱)只求一家再从头。

金　龙　(唱)同在京城享富贵?

蜉　蝣　(唱)蜉蝣不愿宫中留。

金　龙　(唱)留下大业谁厮守?

蜉　蝣　(唱)情愿天涯去放舟。

金　龙　(唱)江山托付谁?

蜉　蝣　(唱)霸业早厌透。

金　龙　(唱)渔夫不是帝王后,

蜉　蝣　(唱)帝王与我是对头!

金　龙　儿啊,你真的要走?

蜉　蝣　走!

金　龙　不能饶恕爹爹了吗?

蜉　蝣　不能!

金　龙　好,你走吧,爹爹不留你,可你要将孑孓留下。

蜉　蝣　不,孑孓是我的儿子!

金　龙　孑孓是我的孙子!

蜉　蝣　孑孓是渔家的后代,理当打鱼为生!

金　龙　孑孓是龙子龙孙,理当成为一代传人!

蜉　蝣　那我就杀死我的儿子!

金　龙　那我先杀死我的儿子!

［金龙冲动拔剑，刺中蜉蝣，蜉蝣扭曲跪地。

蜉　蝣　大王，你杀得好……（抱剑死去）

金　龙　（大恸）我的儿子！

尾声　入　主

［宫殿辉煌。兵士匍匐。

［金龙抱蜉蝣尸体上。

金　龙　大王金龙，劳碌一生。不求世人宽恕，但求无负神明。

［玉凤走上，身后跟着玉荞和孑孓。

玉　凤　（俯下去，抚摸着儿子）蜉蝣，你死了比活着欢活……（气厥）

［玉荞拾剑自刎，孑孓哭抢上去。

金　龙　（挽定孑孓）来，孙儿，跨过你爹娘的尸体，走上去，你将成为一代新君！

［金龙将孑孓按坐，孑孓冷不防一剑洞穿了他，金龙艰难回首，欣慰地点头，死去。

［兵士呆立良久，忽然整齐地拜倒在孑孓脚下。

兵　士　大王！

［孑孓一惊，旋捧起那顶头盔，默默落座，神情庄严肃穆。

［兵士匍匐着。

［幕内唱："大哥哥心太黑，

想得出就做得出。

小妹妹心太软，

有办法也没办法。

从今只求你一件事，

一辈子不离妹半尺……”

[音乐辉煌。

[大幕缓重闭合。

[剧终。

（1993年演出本）

淮剧

武训先生

编　剧

罗怀臻

作者小传

罗怀臻(1956—　),男,祖籍河南许昌,生于江苏淮阴。现任上海市剧本创作中心艺术总监。中国戏剧家协会副主席,中国文联全国委员会委员,中宣部文化名家暨“四个一批”人才,享受国务院专家特殊津贴。

时间　清咸丰至光绪年（约 1858 年—1896 年间）

地点　山东堂邑（今冠县）一带

人物表

武　训　小名武七，行乞兴学者

梨　花　爱恋武训之村妇

了　证　僧人，武训终身之好友

张老辫　地主，武训之姨父

卫驼子　屠夫，梨花之丈夫

管　家　张老辫之管家

张老辫家的帮工，集市上的村民和观者，义学开馆参加庆典的乡绅，学童，梨花的儿子孙子等

序　幕

［一望无际的平原，一条蜿蜒的村路，武训沿途乞讨，踽踽行来。

［两名学童背着书包雀跃上，武训站在路边为学童让路，学童不小心撞到武训，一本线装书《三字经》从武训怀中掉落，一学童捡起来还给他。另一学童将武训拿倒了的书倒过来，武训感激作揖，两学童彬彬有礼下。

［武训忽有所闻，屏声息气，四顾寻找。传来学童吟诵《三字经》的声音，声音渐近渐强，俄顷如大江涌潮，充盈天地。

［童声吟诵："人之初，性本善。性相近，习相远。苟不教，性乃迁。教之道，贵以专。昔孟母，择邻处。子不学，断机杼。窦燕山，有义方。教五子，名俱扬。养不教，父之过。教不严，师之惰……"

第一场

［春天，僻静的乡村，一轮太阳升起，几树梨花正开。

［字幕：清咸丰八年，即公元 1858 年，是年武训 20 岁。

［少年和尚了证双手合十跑上，眺望四周，向内招手。

了　证　阿弥陀佛！

（念）小和尚，闲操心，

　　大清早，出庙门。

来到村头梨树下，

帮助友人牵红绳。

［青年武训、梨花分别上。

武　训　（憨憨地）行不改名，坐不改姓，小名武七，大名武训。17岁来到姨父张老辫家帮工，辛苦三载，今年二十挂零。说实话，旁的不想，只想一样，你说什么，成家立业，娶妻生子？对了，你懂的。（咧嘴一笑）

梨　花　（朗朗地）梨花树下，来了梨花，这个武七，还真心花。其实啦，都在一个屋檐底下讨生活，他做帮工，我做女佣，抬头不见低头见，有什么话不好当面讲。对了，装，他装我也装，大家一起装。（抿嘴一笑）

武　训　（东张西望着）梨花……

梨　花　哪个喊我梨花？

武　训　（故意望着树上）有的梨花白，有的梨花红，有的梨花黄……

梨　花　不是喊我呀？好吧。（故意驱赶树上鸟雀）呜起——

武　训　哪个喊我武七？

梨　花　什么武七武八，我在撵树上乌鸦，呜起——

武　训　我晓得，你不是撵树上乌鸦。

梨　花　我也晓得，你不是望树上梨花。

武　训　一个东家做工，三年了，你从来不跟我搭腔。

梨　花　我没跟你搭腔，你也没跟我搭腔。

武　训　嘴上没跟你搭腔，手上没少帮你做事。

梨　花　这个我晓得，脏事重事你都偷偷帮我做，我又不是瞎子。

武　训　你也是的，背地里帮我洗洗涮涮，补补连连，还当我不晓得。

梨　花　我晓得你晓得，我看见你眉毛动来动去的，那个就叫眉来吧。

武　训　我也晓得你晓得，我也看见你眼睛珠子翻上翻下的，那个就叫眼去吧。

梨　花　你咒我死人翻白眼。

武　训　我没咒。

梨　花　你咒了,看我不收拾你!(追)

武　训　冤枉,冤枉啊!(逃)

了　证　(挡在二人中间)二位有话好好讲,好好讲。

梨　花　我说了证小和尚,你一大早把我喊出来,说有人有话跟我讲,莫非就是要讲这种倒头话么?

了　证　梨花,你听我讲嘛。

(唱)叫声梨花莫气愤,

听我了证说分明。

大家同在庄上住,

你来我往有交情。

你们二人心中事,

都曾诉与了证听。

今日了证来撮合,

莫要辜负好心人。

我说武七,今天是你要我把梨花喊出来的,你先开口吧。

武　训　我……

梨　花　你看你看,还是吞吞吐吐。

(唱)了证了证做媒证,

武七武七把话云。

过往神仙睁开眼,

替我梨花听分明。

武　训　好吧,我讲。

（唱）人在说话天在听，

梨花梨花听我云。

你我相识三年整，

虽无一言肚里明。

妹妹年已十八春，

梨　花　（唱）哥哥二十正挂零。

武　训　（唱）我想辞工回家转，

梨　花　（唱）我也不想伺候人。

武　训　（唱）我想盖上几间房，

梨　花　（唱）我想嫁上一个人。

武　训　（唱）盖房盖的是新婚房，

梨　花　（唱）嫁人嫁的是勤快人。

武　训　（唱）老老实实，

梨　花　（唱）本本分分；

武　训　（唱）勤勤恳恳，

梨　花　（唱）太太平平；

武　训　（唱）和和顺顺，

梨　花　（唱）安安宁宁；

武　训　（唱）快快活活，

梨　花　（唱）开开心心；

武训梨花　（合唱）早日结成小夫妻，

恩恩爱爱过一生。

武　训　我没读过一天书，我不认得一个字，你不会嫌弃我吧？

梨　花　我也没读过书，我也不认得字，你我正好一对睁眼瞎。

武　训　假如我们成了家，假如日后有了儿女，一定要供他们读书。

梨　花　再苦再穷，也要教儿女读书。

武　训　讨饭行乞，也要教儿女识字。

梨　花　你的话都说到我心里去了。

武　训　你的话也说到我心里去了。

梨　花　武七哥哥，你真好！

武　训　梨花妹妹，你真俏！

［武训、梨花相视而笑，一笑不可收拾。

了　证　（亦喜悦地）阿弥陀佛！

武　训　（不由自主地牵起梨花的手）梨花妹妹，我来问你，我在姨父张老辫家的三年工期已满，我想结算工钱，回家种田，你愿意跟我一起回家么？

梨　花　愿意。

武　训　真的？

梨　花　真的。

武　训　梨花，做我老婆吧，我会对你好。

梨　花　好一时，还是好一世？

武　训　好一时。

梨　花　啊？

武　训　也好一世。假如有来世，还要对你好。

梨　花　赌咒。

武　训　赌咒。

梨　花　发誓。

武　训　发誓——我若欺负梨花，一辈子打光棍，断子绝孙！

梨　花　你打光棍，我怎么办？不是讨饭行乞，就是断子绝孙，尽说这些晦气话，替我打嘴！

武　训　打嘴！

梨　花　再打！

武　训　再打！

梨　花　（拦住他，心疼地）你还真打，不怕疼呀。

武　训　嘻嘻，看你心疼不心疼。

梨　花　你坏！（又打）

武　训　嘻嘻……（再逃）

了　证　武七哥哥，梨花姐姐，你们真是天生一对。

武　训　了证兄弟，快快背上你家嫂嫂，回庄去也！

了　证　嗯哪！叔叔背嫂嫂，一路加小跑。

［了证驮着梨花跑下，武训追赶着下，留下一串青春笑语。

［梨树后，管家招呼张老辫上，二人不怀好意地交头接耳。

［幕内唱："同工三长载，

三载未开言。

可怜青春梦，

匆匆化灰烟。"

第二场

［当日晌午。张老辫家客堂。张老辫与管家由内由外神秘兮兮地上。

张老辫　管家。

管　家　老爷。

张老辫　太太送走了？

管　家　送走了。

张老辫　嘻嘻嘻，送走了好，送她到闺女家住几天，眼不看心不烦。

管　家　老爷讲得对，毕竟是亲姨妈和亲外甥嘛，老爷不便当面做手脚。

张老辫　说得对，哎，管家，你给我找的那个杀猪驼子姓什么来着？

管　家　姓卫，卫驼子。

张老辫　对，卫驼子，他来了么？

管　家　来了，买人的票子跟绑人的绳子一块带来了。

张老辫　武七的合约，梨花的文契，你把手脚做好了吧？

管　家　都做好了，老爷放心。

张老辫　管家，我们这么做人，会不会遭报应啊？毕竟我是武七的亲姨夫。

管　家　人不为己，天诛地灭。我这可都是为老爷算计。

［卫驼子上。

卫驼子　见过张老爷。

管　家　卫掌柜的艳福不浅，这个梨花可是黄花闺女。

卫驼子　多谢张老爷，多谢大管家。

张老辫　叫武七、梨花。

管　家　武七，梨花！

［武训、梨花内应："来啦！"武训、梨花身背包裹手挽着手兴冲冲上。

张老辫　武七、梨花，你们身背包裹，手挽着手，这是要做什么？

武　训　姨父大人在上，外甥武七，手挽梨花，辞工回家。

梨　花　是的，张家老爷，我要跟随武七回家。

张老辫　我明白了，原来你们二人在我庄上偷偷摸摸，私订了终身。

武　训　这个叫前世缘分。

梨　花　这个叫福报今生。

张老辫　呵呵呵，前世缘分，福报今生，我要恭喜你们好事成双。

武　训　多谢姨父。

梨　花　多谢老爷。

张老辫　武七、梨花，看你们急急乎乎的样子，好像今日就要走？

武　训　算清工钱，马上就走。

梨　花　拿回田契，即刻双飞。

张老辫　一个要算工钱，一个要拿田契。管家，把他们要的东西拿给他们。

管　家　（早已有备）这是武七的合约，这是梨花的文契，你们可要看仔细了。

武　训　（拿着合约发愣）我没念过书，看不懂。

梨　花　（捧着文契发呆）我不认得字，不明白。

张老辫　看不懂，不明白，那就请管家念给你们听。

管　家　武七先听好。

（念）“东家张老辫，帮工武训，既为亲戚，亦为主仆，

公平相待，订立合约。双方议定帮工三年，每年工钱十六吊，

年中年尾，随时支取，三年期满，总共铜钱四十八吊。”武七，

这上头写得不错吧？

武　训　不错，请姨父结账吧。

张老辫　还结什么账，你的账不是结清了么？

武　训　结清了，我可是一文铜钱没支过？

张老辫　一文铜钱没支过，笑话，合约上的手印是不是你按的？

武　训　是我按的，那是姨父你说一年没有支工钱，一年按上一个手印，外甥我三年没有支工钱，一共按了三次，对不对？

张老辫　不对，合约上明明写着支取一年，按上一次。你总共支了三回，每回支取十六吊钱，三年四十八吊钱都被你支取光了。这字据，这手印，明明白白写着，难不成你想讹亲姨父么？

武　训　你让我看看……（捧着合约，拼命地看，却把合约拿倒了）

管　家　（替他倒过来）目不识丁，看什么看。

武　训　姨父，你这是欺负我没念过书，欺负我不认得字。

张老辫　不错，姨父我是欺负你了，可谁让你没念过书，不认得字呢？

武　训　姨父，亲姨父，你未免太狠毒了！

（唱）武七我三年庄上卖性命，

三年帮工受苦辛。

三年里一天没回过家，

三年里没支过钱一文。

一天天一月月一季季一年年，

做了活流了汗出了力尽了心。

到头来你设下圈套挖了陷阱，

欺负武七目不识丁不能断文。

坑蒙外甥受骗上当按下手印，

三年劳碌血汗工钱被你独吞。

你呀你，枉称武七的亲姨父，

你呀你，还有脸叫我亲外甥？

我把你心肠有一比，

你比毒蝎还毒十分。

姨妈在哪里，我找姨妈评理！

张老辫　你姨妈到你表姐家去了。

管　家　武七，你姨妈她也不识字，恐怕帮不了你。

武　训　我到县衙门去告状。

张老辫　告状，呵呵呵，合约上白纸黑字，打着手印，就是铁证。你就是告到金銮殿上也无用。

武　训　姨父，我还有一句话问你。

张老辫　问吧，自家亲戚，不必客气。

武　训　三年之前，我因何来到你家？

张老辫　因你在邻庄王举人家帮了一年工，被王举人黑了工钱。

武　训　那王举人如何黑了我的工钱？

张老辫　王举人做假账，说你回家探望母亲，支走了工钱。

武　训　王举人黑了我的工钱，我才不相信外人，来到亲戚家里帮工。想不到三年前王举人造假账坑我，三年后亲姨父又造假账坑我，你们这些识字的富人，为何要欺负我们这些不识字的穷人？今天，我一定要拿回我的工钱，我要拿回我的四十八吊钱。

张老辫　四十八吊钱，除非再签三年合约。

武　训　我就是行乞讨饭，也不在你家帮工。

张老辫　那就请便，来呀，请他出去。

武　训　不，我要我的工钱。（扭住他不放）

张老辫　管家，招呼帮工，给我打他！

［管家招呼几个青壮帮工上，围殴武训。

梨　花　住手，你们不能这样欺负人！（护着武训，为他擦拭脸上鲜血）武七哥哥，好汉不吃眼前亏，你的工钱拿不到，还有我的几亩田，只要我们辛勤耕种，照样丰衣足食，照样生儿育女，照样活得好好的。（对张老辫）拿来！

张老辫　什么？

梨　花　田契。想我梨花，幼年丧母，五岁之上跟随经商的父亲途经此地，不料爹爹偶染痢疾，一病数月，病愈之后，为赶行期，爹爹把我寄养在你这个朋友张老辫的家里。爹爹担心我受苦，花了二十两银子买了五亩肥田，并把这五亩肥田反租给你，收取薄租，当作我的寄养费用。想不到爹爹一走就是十三年。十三年来，我从一个寄养的小姐变成了你家的用人，今天我要把我爹爹寄放在你手上的田契拿走，跟我的武七哥哥过生活。

张老辫　对不起，田契没有，卖身契倒有一张。

梨　花　卖身契，你说什么，我爹爹他把我卖给你了？

张老辫　是的，你爹爹把你卖给了我，你爹爹从我这里拿走二十两银子，亲笔在文契上写道，十八岁前做丫鬟抵饭钱，十八岁后听由买卖，值回二十两银子。你若不信，让管家念给你听。

梨　花　我不要听，不要听，肯定又是你们做了手脚，我只怨爹爹为何还不回来，为何把亲闺女寄养在这样的人家，还说是朋友，明明是人贩子。我爹爹他绝不会卖女儿。（泣不成声）

管　家　我可以作证，梨花爹爹交给老爷的的确是卖身契。

梨　花　（捂着耳朵）我不相信，不相信！骗子，强盗！

（唱）我骂一声狼心狗肺的张老辫，
　　你昧了良心欺了天。
　　你在那合约上头记假账，
　　私吞了武七哥哥血汗钱。
　　又弄出这卖身文契来坑我，
　　满口的胡话与谎言。
　　你假仁假义装良善，
　　你害人害己积罪愆。
　　你欺穷欺弱欺贫贱，
　　你无情无义造沉冤。
　　可怜我小小年岁做帮佣，
　　白白辛苦十三年。
　　到头来还要被你来典卖，
　　生生地拆散我与武七哥哥好姻缘。
　　从今后我要日里咒夜里骂，
　　没日没夜日日夜夜诅咒你诅咒你诅咒你，
　　诅咒你行路路塌过桥桥断盖房房倒造楼楼垮，
　　一生一世不得安生不得太平不得好死你就是死了也尸首不全。

张老辫　卫掌柜的，这个梨花你还买不买？

卫驼子　泼辣女人帮夫命，我买，我买。

张老辫　好吧，一手交钱，一手交货。

卫驼子　（交银票）银票拿好了。

张老辫　把人带走吧。

卫驼子　梨花姑娘，跟我走吧。

梨　花　你是谁？

卫驼子　我是在杨二庄集市杀猪卖肉的卫驼子，从今以后你就是我的老婆了。

梨　花　啐，我不认识你，不会跟你走。

卫驼子　那我就动粗了。（解绳子绑人）

梨　花　武七哥哥，快救我！

武　训　（护着她）张老辫，不，姨父，亲姨父，你坑了我三年工钱，我认了；你骗了梨花的田契，我也劝她争不过你不要争了；这些我们都认命了，认命了！如今，只求你念在亲戚分上，念在外甥为你白白做了三年、梨花为你白白做了十三年帮佣的分上，不要把梨花卖给人家。武七跟梨花情愿还在你的庄上做活，一个铜板都不要，只求你不要把我们分开。梨花，跪下来给姨父叩头，求求他成全我们，你快跪下叩头呀！

梨　花　我不跪他，我恨他！

张老辫　卫驼子，赶快绑人走！

梨　花　我不走！（紧紧抱住武训）

卫驼子　（对武训）你放开她。

武　训　我不放她。

卫驼子　她是我的人。

武　训　她是我的命。

卫驼子　你若不放，剁你的手。

武　训　剁我的手，我也不放。

卫驼子　（腰间抽出杀猪刀）张老爷，我剁了？

张老辫　剁，剁出事情我担着。

卫驼子　剁猪蹄剁羊蹄剁牛蹄，还是头一回剁人蹄——（举刀）

梨　花　住手！你这个挨千刀的屠夫，我跟你走！（顺手一个耳光）

卫驼子　（并不愠怒）梨花，你讲的是真话？

梨　花　真话，我跟你走，你让我再跟武七哥哥讲几句话。

卫驼子　好，讲吧。

张老辫　卫驼子，把人带走！

卫驼子　张家老爷，畜生临死还哼哼几声呢，让他们讲几句话又何妨。

武　训　梨花，你真的要跟他去吗？我不要你跟他去，我不放你跟他去！

梨　花　武七哥哥，我们都不要犟了。犟也犟不过人家，谁让我们从小没念过书，不认得字呢？我们从一开始就输给了人家，一开始就注定了受骗上当。

武　训　只怪我们穷，我上不起学，念不起书。

梨　花　（捧出一个包裹，层层解开）这是我爹爹临走留给我的。爹爹说这书名叫《三字经》。爹爹曾经教会我几句，“人之初，性本善。性相近，习相远……”爹爹说等他回来好好教我，可他至今没回来，恐怕梨花这辈子念不了书了。这本《三字经》，我就送给武七哥哥你吧。

武　训　我不要，我请不起先生教我认字。

梨　花　你不是说，假如日后有了儿女，讨饭行乞也要让他们读书吗，怎么忘了？

武　训　我没有忘，我忘不了，可是我跟哪个生儿育女呀。

梨　花　那我不知道，也管不了，反正我梨花这辈子是你武七哥哥的。人不是，心是，一辈子……

武　训　（痛不欲生）梨花……

［梨花把《三字经》郑重交给武训，二人无言对拜。

［幕内唱：“一拜二拜连三拜，

三拜在地起不来。

妹妹今日嫁人去，

哥哥千万莫伤怀。”

［卫驼子扛起梨花，大步流星下。武训目送梨花远去，气绝倒地。

管　家　哎呀，死过去了。

张老辫　连人带包裹甩出去。

［青壮帮工抬起武训下。张老辫、管家相视而笑。

第三场

［字幕：三日后

［了证上。

了　证　（唱）想不到村头一场梨园会，

竟落得无情棒打鸳鸯飞。

风雨飘摇破庙内，

一灯如豆四方悲。

［破庙内，夜，武训昏迷中，了证悉心照料他。

［武训霍然坐起，怪目圆睁，他的主观视觉中张老辫装扮判官、管家与卫驼子装扮黑白无常、帮工们装扮众小鬼，挟持着双手被缚、白布蒙面的梨花，如一副乡村戏班子吹吹打打地上。

武　训　判官老爷，不，你是张老辫……黑白无常，不，你是张老辫的管家，你是卖肉的卫驼子……还有你们，一群装成小鬼的帮工……你们这是要把梨花带到哪里去？你们放下她，放下她！

张老辫　不得无礼，判官在此

武　训　（揭掉他的面具）你不是判官，你是张老辫。

管　家　黑无常在此。

卫驼子　白无常在此。

武　训　（打掉他们的帽子）什么黑白无常，明明是恶管家、卫驼子。

众帮工　小鬼在此！

武　训　（举起铜勺挥打他们）你们不要狗仗人势，龇牙咧嘴，你们都是张老辫的帮凶。

［武训掀起梨花的白盖头，梨花露出一张白惨惨的脸。

武　训　啊，梨花，你怎么变成这样？（见梨花对他惨笑，毛骨悚然）梨花，你不要这样望着我，不要这样对着我笑，不要。我知道，他们是要把你带下地狱，好让你我今生今世永不相见。

［张老辫指使"小鬼们"带走梨花，武训拦住去路。

武　训　你们把我的梨花留下，把她留下！

张老辫　小鬼们，与我打！

［武训与"群鬼"打斗，争夺梨花，交手中《三字经》从怀里掉落。梨花捡起《三字经》还给武训，手指指书，手指指心，喃喃有词。武训手捧书本惊愣着，倏忽间人与"鬼"俱已不见

武　训　（恍然惊醒，茫然若失）梨花，梨花……

了　证　（亦被惊醒）武七醒了。哎，你为何手捧书本，满头大汗？

武　训　了证兄弟，我这是在哪里呀？我好像刚刚去了一趟阴曹地府，刚刚还看见了梨花。

了　证　你在说什么胡话。

武　训　了证，你告诉我，我是不是在张老辫家的客堂上，被他气死过去了？

了　证　是的。张老辫欺负你和梨花不识字，骗了你的工钱，骗了梨花的良田，又把梨花卖给了杀猪的卫驼子，你一气之下昏死过去，是我把你背到了这个没有香火的破庙里。你已经昏迷了三天三夜。

武　训　我昏迷了三天三夜，可我好像一直醒着，一直在想什么。

了　证　你在想什么，想梨花么，可梨花已经不是你的人了。

武　训　我想梨花，也想梨花分手时跟我讲的话。梨花把她的《三字经》送给我，要我日后有了儿女，一定要供他们读书。如今梨花走了，我也不想成家，不会有儿女了，我想做一个不出家也不成家的人。

了　证　不出家也不成家？

武　训　一个无拘无束无牵无挂的人。

了　证　无拘无束无牵无挂？

武　训　我想讨饭行乞，积攒钱财，兴办义学，我想让周围百里跟我和梨花一样从小读不起书的孩子，识文断字，知书明理，不再受张老辫、王举人他们的欺。

了　证　凭你一人讨饭得来的钱，就能兴办义学？

武　训　能，能，了证兄弟，你听我讲。

（唱）如其帮工受人欺，
不如讨饭随自己。
武训生在武家庄，
叔伯兄弟排第七。
自幼家道已中落，
八岁时候死了爹。
每到饥荒断粮炊，
九岁跟娘去行乞。

手上一个讨饭碗，
身上一件百衲衣。
讨来残羹与剩饭，
一顿饱来一顿饥。
一十三岁学种地，
能耕能割能耙犁。
无奈家中土地少，
十六出门卖苦力。
先是遇到王举人，
黑我工钱把我欺。
再遇姨父张老辫，
骗我钱夺我爱险些气得我命归西。
昏昏沉沉三日夜，
恍然悟出一道理。
我愿穷人能识字，
不再受那富人欺。
从此甘心做乞丐，
一勺羹，
一文钱，
一缕麻，
一根线，
一片布，
一块皮，
一汤一饭，
一分一厘，
聚少成多，

盖房置地。

总有一日，

扬眉吐气。

办成义学，

造福乡里。

想到此，千辛万苦都愿意，

乞讨终身志不移。

了　证　行乞兴学，千古奇丐。武七，了证我听了你的一番话，好像也悟出了一点道理。

武　训　你悟出了什么道理？

了　证　（唱）你发愿乞讨兴建义学院，

我也想立志苦行去化缘。

了证我少小出家百佛堂，

见堂上佛像破残多不全。

我思忖托钵苦行去募捐，

走大千芒鞋孤旅求善钱。

修复好百尊佛像遂心愿，

纵然是耗费年华无怨言。

从此后一丐一僧江湖远，

怀夙愿行乞化缘心相连。

武　训　你要化缘修整佛像？

了　证　我要化缘修整佛像。

武　训　凭你一个人化缘得来的钱，就能把百佛堂修好？

了　证　你若能，我便能。

武　训　我若能，你便能？

了　证　正是。义丐在上，了证和尚就此别过。

武　训　义僧了证，一路之上，多多保重。

［武训与了证深深拜别。

［幕内唱："一拜二拜又三拜，

三拜过后各分开。

一僧一丐江湖上，

苦海作舟渡蓬莱。"

第四场

［字幕：数月后

［乡村集市，熙熙攘攘。张老辫、管家上，几个青壮帮工随上。

张老辫　（唱）可恼可恼真可恼，

老婆归家兴波涛。

不吃不喝不睡觉，

终日吵闹哭号啕。

怨我坑骗亲外甥，

骂我为人太奸刁。

要我把他找回去，

否则上吊在今朝。

无可奈何装个孬，

柳林集市走一遭。

管家，听说武七做了要饭花子，每逢柳林集市，必来此地卖艺行乞，怎么今天没看见他？

管　家　老爷不妨先到对面小酒馆坐坐，让帮工们在此候着，一旦看见武七过来,马上报告老爷不迟。

张老辫 也罢,小酒馆去者。

［管家吩咐帮工留守,自己陪着张老辫下。

武　训 (内唱)太阳出来把路上——

［艳阳炫目,集市喧嚷,武训身着丐装,手持铜勺,一路高蹈轻飏上。

武　训 (接唱)但只见集市之上,

人来人往;

男男女女,

熙熙攘攘;

老老少少,

好不繁忙;

且看我身穿着百衲装,

裢褡子挎肩膀;

手持着破铜勺,

半痴呆半癫狂;

这边厢脑袋瓜上翘辫子晃,

这边厢寸草不生地溜溜光;

大摇大摆独来独往,

嬉皮笑脸说说唱唱;

一文钱叫你一声爹,

半块饼喊你一声娘;

你就是唾我骂我打我踢我,

只要你唾了骂了打了踢了之后能解囊;

即便是再唾再骂再打再踢,

我也是不推不挡不躲不让满脸赔笑喜洋洋。

［村民、观者聚拢而来，武训卖艺行乞。

观者1　武七，年纪轻轻不干活，为何却要出来讨饭？

武　训　为人帮工受人欺，不如讨饭随自己。

观者2　武七，你是不是被王举人、张老辫坑骗怕了，不敢再到富人家帮工了？

武　训　富人不仁似禽兽，亲戚不亲如对头。

观者3　沿街讨饭，你就不怕丢人现眼？

武　训　别看今天我讨饭，早晚修个义学院。

观者4　好好的辫子为何剃了？

武　训　这边剃，那边留，办个义学不犯愁。这边留，那边剃，积钱置块义学地。

观者5　看你穿得破破烂烂，哪家闺女能看上你？

武　训　破帽头，破衲袄，修个义学少不了；穿得烂，穿得破，一个男人照样过。

观者6　武七，你总不能当一辈子讨饭花子吧？

武　训　一把铜勺来讨饭，一生修个义学院。背着褡子沿街溜，修个义学不犯愁。

观者7　竖个钉，打个滚，学个蛤蟆满地爬。

武　训　竖一钉，一个钱，打个滚，两个钱。要竖要滚都情愿，我要修个义学院。

观者8　武七，听说你敢吃蝎子、蜈蚣，你吃给我看看，我给你铜钱。

武　训　吃蝎子，吃蝎子，毒死拉倒我的事。吃蜈蚣，吃蜈蚣，蜈蚣下喉毛茸茸。

观者9　武七，趴下，让我当驴骑，边爬边叫加你钱。

武　训　骑得稳，爬得快，修个义学真不坏。学驴喊，学驴叫，拿到铜钱眯眯笑。

观者10　武七，你过来，老子今天不痛快，就想打人解闷。

武　训　打一拳，一个钱；踢一脚，两个钱；一个耳光三个钱，两个耳光五个钱。

［一人打，众人打，观者一哄而上，武训承受着纷纷拳脚，满地找钱。

［张老辫、管家上，张老辫用脚踏住了武训捡钱的手。

武　训　（抬头一看一笑）老爷老爷抬抬脚，武七地上把钱找。

张老辫　（抬脚踹倒他）没出息的武七，竟然做起要饭花子

武　训　（就势抱住他的脚）老爷老爷踹一脚，五个铜钱不能少。

张老辫　（又踹一脚）去你的！

武　训　踹的好，踹的好，十个铜钱归我了。

张老辫　什么铜钱，随我回庄去，跟你姨妈要

武　训　不许溜，不许跑，十个铜钱少不了。

张老辫　武七，你姨妈叫你回庄上帮工，以后一个月结一次工钱，放心了吧？（见他不感兴趣）十天结一次？（见他仍不感兴趣）难道你要一天结一次？那也行！

武　训　不帮工，不回庄，帮工回庄尽白忙。不认人，不认亲，十个铜钱快结清。

张老辫　好吧，我给你十个铜钱，以后你可再也不要到姨父庄上去了。

武　训　拿到钱，笑哈哈，亲戚二字休提它。若要提它倒也罢，还我工钱与梨花。

管　家　老爷，我们走吧，我看武七是走火入邪魔了。

张老辫　走。

武　训　走走走，莫回头，回头看看是对头。

张老辫　（回头唾他一口）呸，臭要饭花子！

武　训　（一把扭住他）哈哈，唾一口，一个钱。

张老辫　我还唾！

武　训　唾两口，两个钱。

张老辫　不错，我唾了你两口，我就是不给钱，怎么样？

观 者 1　讨饭花子的账也赖，太不像话了。

众观者　两文钱，拿出来！

张老辫　好吧，唾一口一文钱，踢一脚两文钱，我买你二十文钱的拳打脚踢。

武　训　头上太阳照，今朝运气好。眨眼二十钱，马上到腰包。你打、你踢，你踢、你打，踢踢踢、打打打，二十文、到我家，哈哈哈……（反而快意）

张老辫　（摩拳擦掌）呸，今天算我破财！

［张老辫踢打武训，用力过猛，一跤倒地，众人见之，哈哈大笑。

［乡绅甲、乡绅乙上。

乡绅甲　太过分了，太过分了，简直有辱斯文。

乡绅乙　众生皆平等，乞丐也是人。张老辫，你不要欺负穷人。

众观者　不要欺负穷人！

张老辫　（见势不妙，抛下二十文钱）管家，我们走！

［张老辫与管家招呼帮工们下，乡绅甲、乙向武训施舍银钱，

武　训　多谢二位乡绅，多谢二位善人！

［乡绅甲、乙与众人散下。

［梨花腆着大肚子上，不经意看见了武训。武训瞥见梨花，转头欲下。

梨　花　武七哥哥！

武　训　（止步，回头）梨花妹妹……

梨　花　（上下打量他，悲从中来）真的是你……

武　训　（莫名伤感）真的是我……

［幕内唱："陌地相逢无话讲，

不知何处叹凄凉。

上上下下细打量，

不由辛酸泪双行。"

武　训　（强作笑颜）梨花，恭喜你，要当娘了。

梨　花　多谢。

武　训　听说卫驼子的肉案摆在杨二庄上，怎么在柳林集市撞见了你？

梨　花　杨二庄集市被镇长侄儿霸占，生意不好做，他就把肉案移到柳林来了

武　训　早晓得会在柳林撞见你，我就是绕行一百里也不打这边过。

梨　花　武七哥哥，你是不是恨我？

武　训　不是恨你，是不想让你看到我这副模样。

梨　花　天下多少路不好走，你为何非要做要饭花子？

武　训　我不知道，也说不清楚。自从王举人、张老辫欺骗了我，自从你跟卫驼子走后，我就万念俱灰，百无牵挂，一心一意想当一个叫花子，积攒钱财，筹办义塾。我就想让这堂邑县方圆百里的穷孩子都能读得起书，上得起学，日后不再走你我这样的路，不再受王举人、张老辫他们的骗。

梨花，这是你送我的《三字经》，我一直揣在怀里，有朝一日，我要听到穷人家的孩子像发洪水一样从四面八方传来读书声……人之初，性本善。性、性、性……哎呀，我不识字，念不上来。（一脸的羞愧）

梨　花　（看着他，声音哽噎）武七哥哥，我心里难过。

武　训　我好好的，你难过什么。

梨　花　你走近来，让我替你揩一把脸。

武　训　我走近来，你替我揩。

梨　花　(唱)揩一把脸上尘土和泥浆，
　　　　哥哥你数月不见胡须长。
武　训　(唱)梨花梨花莫悲伤，
　　　　哥哥我无牵无挂走四方。
梨　花　(唱)揩一把嘴边白沫和血水，
　　　　哥哥你忍受多少拳脚伤。
武　训　(唱)今日伤，明日养，
　　　　一拳一脚有报偿。
梨　花　(唱)揩一把眼角泪水一行行，
　　　　哥哥你多少委屈心里藏。
武　训　(唱)眼中本来没泪水，
　　　　不知何故涌两行。
梨　花　(唱)揩一把满脸辛劳和风霜，
　　　　哥哥你为办义塾苦奔忙。
武　训　(唱)苦奔忙，苦奔忙，
　　　　哥哥心中亮堂堂。
　　　　有朝义学办起来，
　　　　不枉乞讨这一场。
梨　花　(唱)哥哥呀，想着你在路上风雪寒霜，
武　训　(唱)梨花呀，但愿你自珍重免受风凉。
梨　花　(唱)想着你，想着你在路上常回头望，
武　训　(唱)梨花呀，但愿你自珍重莫再哀伤。
武　训
梨　花　(合唱)哎呀，多少话哽在喉难道难讲，
　　　　一字字一句句化作了泪水千行。
武　训　梨花，我走了，你要保重自己。
梨　花　日后经过柳林，不要绕道而行。

武　训　晓得了。

梨　花　你走吧。

［卫驼子提着一块肉上。

卫驼子　武七兄弟慢走。武七兄弟不见外的话，请把这块肉收下。

武　训　（瞬间满脸堆笑）一块肉，一块肉；又有肥，又有瘦；多谢贵人来施舍，武七给你来磕头。不过，我想把这块肉卖给卫掌柜的，你看行么？

卫驼子　我给你的肉，你再卖给我，这算什么意思？

武　训　我一个讨饭的，哪里配吃肉，卖给卫掌柜的，我要换现钱。

卫驼子　哪有这个道理，不换。

梨　花　（一跺脚）换！

卫驼子　好，换！武七兄弟拿好了，这是半吊子钱。

武　训　嘻嘻，半吊钱，半吊钱，不要肉，要现钱；都说猪肉最好吃，不如修成义塾院。多谢掌柜的，多谢掌柜的娘子，要饭花子告辞了。

梨　花　等等。（劈手夺下卫驼子手上的肉，递给武训）拿走！

武　训　（手举着肉，高声吆喝）卖肉啦，半吊子钱！（下）

梨　花　（忽然抱紧肚子）哎哟喂，疼死我了……

卫驼子　不是要生了吧？

梨　花　生你个头呀！哎哟喂……

［梨花一边喊着疼一边抹着泪下，卫驼子跟下。

第五场

［字幕：10 年后，是年武训 30 岁

［还是那座破庙。了证上。

了　证　(唱)破钵芒鞋走四方，

江湖化缘十载长。

回到堂邑思旧友，

探访武七话短长。

听说他十年不改大志向，

为办义塾行乞忙。

日间讨饭独来往，

夜里栖身在庙堂。

谁道修行深山里，

红尘何处不道场。

来此已是武训栖身之所，待我唤他。武七开门，武七开门！天光才收，便已安睡。也罢，待我明日一早，再来拜访。

［了证下。武训在管家和两个帮工搀扶下醉醺醺上。

武　训　到了，到了，管家，你们请回吧。

管　家　老爷吩咐，一定要把你送进庙里。

武　训　送到即可，送进不必，我那庙里又脏又乱。

管　家　那好，我们这就回。(对两帮工低语)老爷说，就是要借武七喝醉了酒，嘴上没加栓，心里没加锁，想方设法弄清楚他藏钱的地方。

武　训　(敏感地)哎，你们怎么还没走？管家，你在说什么？

管　家　哦，我们即刻就走。

武　训　管家，你过来，我问你话。

管　家　请问。

武　训　今天是我姨妈五十大寿，对不对？

管　家　对。

武　训　我武七不计较跟张老辫的恩怨，跑去为姨妈祝寿，该不该？

管　家　该。

武　训　寿也祝了，头也磕了，酒也喝了，你说张老辫他现在为何对我这样好？

管　家　今非昔比，因为你武七有钱了。

武　训　我一个要饭花子，有什么钱？

管　家　谁不知道你武七讨了十年饭，攒了大几百吊钱，想这一吊钱就是一两银子，几百吊钱就是几百两银子，足够盖几间大瓦房，买几十亩地，谁还敢小看你武七呢？

武　训　我攒了几百吊钱，你们怎么知道？

管　家　是你在酒桌上亲口对你姨妈说的。

武　训　我那是想请姨妈找个可靠的人替我放贷，养出小钱来，想不到姨妈又跟姨父说了。难怪张老辫今天对我这么客气，一边给我敬酒，一边问我钱放在了哪里。钱放在哪里，我能告诉他么？告诉他，我的钱还是我的么？好了，你们走吧，武七虽然生来头一回喝酒，还喝了那么多，但是我心里明白，我是不会放你们进我的庙门，更不会让你们知道我在神龛底下挖了一口地窖——嗳，我说这些干什么，我跟你们说什么了？

管　家　你没跟我们说什么，我们什么也都没听见。

两帮工　对对对，我们什么都没听见。

武　训　那就好，我没说，你们没听见，快走吧。

［武训晃荡着走进庙门，上杠加栓。

管　家　果然嘴上没加栓，心里没上锁。武七的话，你们听懂了？

两帮工　听懂了。

管　家　一个陪我蹲在这里，一个回去报告老爷。记住，不要惊动太太。

［一帮工应声下，管家与另一帮工隐下。

［破庙内，一片漆黑，武训独自盘坐在神龛上，半醉半眠。

武　训　天黑了，又是一天过去了。天黑了真好，我就喜欢天黑，伸手不见五指，对面不见人形，天黑之后我就可以回到我的破庙里，坐在神龛前，躺在土炕上，想想昨天，想想今天，想想明天，想想后天，然后把我打从头一天要饭积攒下来的铜钱从地窖里起出来，从头至尾数一遍，再数一遍，一直数到天亮。不瞒你们说，武七我就是喜欢数钱，白天在外讨饭走路心里数，晚上回到破庙合着眼睛手上数，夜里做梦梦里还在数，数呀数，数呀数，一块铜钱一枚小钱都不能漏过，因为这些钱都是我的，我要攒足一千吊、两千吊、三千吊，那时候我就可以盖房子，请先生，办义学了。想到这里，我真开心！可是有的时候，我也不开心。十年之前，我的梨花被卫驼子抢走了；五年之前，我的亲娘病死了；我唯一的朋友了证和尚也是一别十年无消息。说心里话，我想他们，每天每夜都想，想梨花，想亲娘，想了证。想他们的时候，我就把他们想成这些铜钱，想着他们像这些铜钱一样陪伴在我身旁。你看，这一堆比如是我娘，这一堆比如是梨花，这一堆比如是了证，我看看它们，跟他们说话，一枚一枚数着他们，一枚一枚打我手上经过，我这心里头就变得开心，变得踏实了，我就离我建成义塾的梦想越来越近，越来越近了……

［武训说话间移开神龛，挪开巨石，下到地窖里，把钱币一吊一吊地起上来，俄顷，钱币堆积如山。武训在暗夜中数着那些钱币，神情怡然。

武　训　（唱）夜深沉十方静掩上庙门，

佛龛下数铜钱叮咛有声。

这铜钱数在手神闲气定，

叮咛声暗夜里宽慰我心。

这铜钱数在手难舍难分，

就好比与亲朋手足情深。

这铜钱数在手唤起恻隐，
是它们陪伴我度过艰辛。
这铜钱数在手心痛难忍，
一枚枚沾满了血迹泪痕。
这铜钱它是我十年见证，
见证我整十载乞讨人生。
这铜钱它是我寂寞知音，
十年来伴随我多少晨昏。
这铜钱它是我希望之本，
为了它我情愿忍受欺凌。
这铜钱它是我再生之门，
为了它吃尽苦我也甘心。
铜钱呀铜钱，
你是我的性命；
铜钱呀铜钱，
你是我的亲人；
铜钱呀铜钱，
你是我的来世；
铜钱呀铜钱，
你是我的今生；
我为你行了多少乞讨路，
我为你受了多少暴雨淋。
我为你顶了多少日头晒，
我为你蹚了多少霜和冰。
我为你挨了多少疯狗咬，
我为你吃了多少闭门羹。

我为你遭了多少拳脚打，
我为你听了多少嘲骂声。
这铜钱我不能用它砌瓦屋；
这铜钱我不能用它去娶亲；
这铜钱我不能用它置寒衣；
这铜钱我不能用它半分文。
事到如今，
无悔无恨；
事到如今，
无怨无嗔；
事到如今，
无悲无戚；
事到如今，
无愤无憎；
一厘厘一分分一吊吊一文文，
厘厘分分吊吊文文，
有朝一日建成义学大事情，
我小小乞丐千难万劫也欢欣。

[暗夜中，响起学童吟诵《三字经》的声音，书声朗朗，弥漫庙室："人之初，性本善。性相近，习相远。苟不教，性乃迁。教之道，贵以专。昔孟母，择邻处。子不学，断机杼。窦燕山，有义方。教五子，名俱扬。养不教，父之过。教不严，师之惰……"

[武训怡然数着铜钱，怡然听着书声，心满意足地酣然入睡。

[张老辫与管家带着几个青壮帮工上，一帮工撬开庙门，张老辫、管家等似一群田鼠，钻进破庙，爬进地窖，盗走铜钱。

[一声鸡啼，天光大亮。了证走上。

了　证　天气晴朗梨花香，探访武七到庙堂。庙门大开，待我进去。武七醒来，武七醒来！

武　训　（猛然惊醒）谁在叫我？

了　证　是我，了证。

武　训　了证，你回来了。

了　证　回来了。（见他望着四周发抖）武七，你这是怎么了？

武　训　不好了，我的铜钱被人盗了。

了　证　你说什么，你的铜钱被人盗了？

武　训　天哪，这是要我的命了，我活不了了，活不了了，天哪！

了　证　武七，你平平气，慢慢讲，到底发生了什么事情。

武　训　（喘息着，语无伦次）我该死，我糊涂，我混账，我不该去给姨妈祝寿，我不该在酒席上喝酒，我不该跟姨妈说放贷的事情，千不该万不该不该和张老辫来往。可怜我那十年辛苦攒下的八百七十几吊铜钱都被狼心狗肺的张老辫盗走了。这哪里是盗走我的钱，分明是盗走我的命，我活不成了，活不成了，活不成了……（号啕大哭）

了　证　武七，你静静，你静静，你的意思我听明白了，张老辫盗走了你十年的讨饭钱，你遭此大劫，万念俱灰，只想一死，是也不是？

武　训　是，我该死，我糊涂，我混账，我明明知道姨妈做寿，我去不去人家都不会在乎，可我居然人五人六地去了，还送了半吊子钱。半吊子钱呀，要挨多少个嘴巴，叫多少声亲爹亲娘呀！一个要饭花子，要的什么脸面，我把十年的辛苦，十年的孤独，十年的风风雨雨，十年的人不像人鬼不像鬼，一顿饭几杯酒就都吃光喝光了，十年来我可是一文钱也没有舍得给自己用，可如今——我真混呀！（狠狠打自己耳光，试着用脚踢自己，没踢着，反栽了个跟头）

了　证　（抱着他，万分同情）事到如今，我问你，你想怎样，告官么？

武　训　这般世道，告官何用。

了　证　告官无用，去乞求张老辫，把钱还给你？

武　训　他不会承认偷盗，乞求也无用。

了　证　如此说来，这笔钱是回不来了。

武　训　我去死，我死到张老辫家的客堂上。

了　证　你已经在他家的客堂上死过一回，再死一回他也无动于衷。

武　训　我不明白，为什么读了书识了字的人，反而做出禽兽不如的事。为什么？

了　证　有人读书为了识字，有人读书为了明理，有人读书为了利己，有人读书为了利人。古往今来，书里书外，小人君子，千差万别。

武　训　那你告诉我，我该怎么办？

了　证　我只想问你一句老话。

武　训　什么话？

了　证　武训，你还想凭一己之力，兴办义学么？

武　训　这个……

了　证　你说呀，你害怕了？

武　训　（不寒而栗）我不知道……

了　证　武训先生，我要感谢你呀。

武　训　你说什么，你感谢我，你还叫我先……生？

了　证　是的，武训先生！

（唱）了证我原是路旁一弃婴，

襁褓中僧侣收养育成人。

原只想安心念经做佛事，

多亏你一言点悟懵懂心。

你为办义塾去乞讨，

我江湖化缘报佛恩。

敬佩你身虽卑贱志向广，

效法你破钵芒鞋举善行。

武　训　如此说来，你化缘十载，已经捐够了修复佛像的钱款？

了　证　不但捐够了修复佛像的钱款，我还要将百佛堂扩成千佛殿。

武　训　百佛堂扩成千佛殿，恭喜你功德圆满。

了　证　不，了证的功德尚未圆满。我还要重新上路，继续化缘。

武　训　你还要上路化缘？

了　证　我还想把千佛殿建成万佛庙。

武　训　百佛堂，千佛殿，万佛庙，就凭你一个穷和尚，托钵化缘一辈子，就能建成万佛庙？

了　证　积沙成塔，心想事成，何事不可。武训先生，你说呢？

武　训　你不要叫我先生，我要叫你先生，先生在上，不，了证法师在上，法师的一番教诲，武七听懂了，就当我劫数未尽，从头再来吧。

了　证　你我十载分别，匆匆一聚，又要各奔前程。

武　训　等等，我真想抱着你大哭一场。

了　证　贫僧何尝不想与你相拥，放声一哭。

武　训　哭？

了　证　哭！

武　训　不，不哭，笑！

了　证　对，笑！

武　训　哈哈！

了　证　哈哈！

武　训　哈哈哈……

了　证　哈哈哈……

［二人笑中有悲，泪中含笑，五味杂陈。

［幕内唱："笑中含着泪，

笑中含着悲。
笑中有深情，
笑中无怨悔。”

尾　声

［张老辫着丐衣拄杖上。

张老辫　劝人莫做亏心事，迟早报应到自身。在下张老辫，想当年武七、梨花在我家帮工，是我听了管家的话，让他造了两张假文书，赖了武七的工钱，骗了梨花的田契。再后来，管家套出武七藏钱的地方，也是我盗走了他藏在破庙地窖里的铜钱。想不到我张老辫前半辈子害人，后半辈子遭了报应。就在我偷盗武七铜钱的第二年，我糊里糊涂地听了管家的话，把全部地产房产都当成银票，交给管家去投资什么倒头铁路，什么叫铁路，铁路在哪块，我是一概不知道，就这么被这个王八蛋管家欺骗，连人带银票都无影无踪。破产了，落难了，我老婆，也就是武七的姨妈进了尼姑庵。亲戚朋友看见我像躲麻风病，连女儿也不欢迎我进门。无奈何，只得仿效外甥武七，做起讨饭花子。一讨就讨到了这把年纪。嗳，都这把年纪了，怎么还不死呢！大爷大妈行行好，赏一口剩饭填填饱……（蹒跚着下）

［鞭炮齐响，人声鼎沸，“崇贤义塾”开馆庆典，学童、乡绅、村民上。

［字幕：29 年后，清光绪二十二年，即公元 1896 年。是年，武训 59 岁

临清、杨二庄、柳林三所义学先后开馆。是时，武训已两耳失聪，

病入膏肓，但他至死没有中止行乞。

乡绅甲 “崇贤义塾”开馆，武训先生怎么还不来呢？

乡绅乙 学童们还等着给武训先生行礼呢！

一村民 看，武训先生来了。

［武训身背草席，步履艰难地上。

武　训 打一拳，一个钱。踢一脚，两个钱。莫要笑我命儿贱，照样修成义学院。

乡绅甲 武训先生，三所义学修成，你老就不要乞讨了。

武　训 义学院，要供养。行乞路，还漫长。大钱留住好先生，才能教出好学生。

乡绅乙 请先生进馆受礼，学童们还等着给你老磕头呢

武　训 （探头望望，又缩回来）不识字，不断文，不敢脏了义塾门。

乡绅丙 听说大清皇帝赐下黄马褂，朝廷还封先生为“义学正”呢。

武　训 黄马褂，没有用。义学正，不用封。行乞办学我乐意，义塾开馆乐融融。

［武训铺展草席，坐在墙角，远远地看着学馆。了证上。

了　证 武训先生在哪里？好你个武训，你这一辈子受人骗，可你却骗了我一回。

武　训 你说什么，我骗你了？

了　证 骗了，你赖在我的庙里三天三夜不走，好说歹说，要我把建万佛庙的款捐出一半，帮你在杨二庄建成了义塾“育英堂”。

武　训 千尊佛，万尊佛，不如弟子把书读。

了　证 敬鬼神，修来生，不如渡人在今生

武　训 （望着他）呵呵。

了　证 （默契地）呵呵。

武　训
了　证　（开怀地）呵呵呵……

［梨花领着儿孙上。

梨　花　武七，武七，我要恭喜你呀，恭喜你要了一辈子饭，总算把义学办成了。你看，这是卫驼子留下来的小驼子，这是小驼子养的小小驼子。你一辈子无儿无女，他们就是你的儿孙。你死了，他们为你披麻戴孝。

［梨花的儿孙给武训磕头。武训捧出那本已经破烂了的《三字经》，跪着送给小小驼子。小小驼子把书顶在头上，庄重地走进学馆。

［学童吟诵《三字经》的声音如潮水涌来，俄顷弥漫了天地："人之初，性本善。性相近，习相远。苟不教，性乃迁。教之道，贵以专。昔孟母，择邻处。子不学，断机杼。窦燕山，有义方。教五子，名俱扬。养不教，父之过。教不严，师之惰……"

［武训闭目听着学童书声，摇晃着，摇晃着，末了轻轻一倒，安静地死在了证怀中。

了　证　阿弥陀佛！

［众人下跪，一片哀号。

众　人　武训先生！

［一页一页中国古代蒙学、经学经典，漫天里纷纷坠下，似梨花，似飘雪，似纸钱，伴着朗朗读书声……

（2017 年演出本）

上海
当代剧作选
1949–2019

第4卷

上海市剧本创作中心
上海市文化艺术档案馆 编

上海人民出版社

目录　卷四

1　滑稽戏　满园春色
集体创作　执笔:周正行

81　滑稽戏　七十二家房客
杨华生　张樵侬　笑嘻嘻　沈一乐

141　滑稽戏　路灯下的宝贝
王辉荃　姚明德

207　滑稽戏　阿混新传
姚明德　严顺开　王桂林　郭海彬　周嘉陵
执笔:王辉荃

277　滑稽戏　GPT 不正常
赵化南　严顺开

345　歌剧　楚霸王
黄维若　李稻川

371　儿童剧　马兰花
任德耀

429　儿童剧　魔鬼面壳
任德耀

477　儿童剧　白马飞飞
秦培春

滑稽戏

满园春色

集体创作　执笔:周正行

作者小传

周正行（1925—2009），女，江苏常熟旺坭桥人。国家一级编剧，中国戏剧家协会会员，上海市戏剧家协会会员、理事，上海曲艺家协会会员。全国“三八红旗手”“上海三八红旗手”荣誉获得者。

人物表

二　号　满意斋菜社服务员

四　号　满意斋菜社服务员

八　号　满意斋菜社服务员

十五号　满意斋菜社实习生

十六号　满意斋菜社实习生

庄师傅　满意斋菜社厨师

小　胖　满意斋菜社厨房实习生

龙书记　满意斋菜社党支部书记

老　陆　另一菜社厨师

小　叶　另一菜社服务员

何　芳　顾客，医生

老　田　顾客，科学工作者

田小林　顾客，老田女儿

老　江　顾客，机器厂工人

老　海　顾客，人民公社社员

其他顾客　母女、华侨、演员、何芳母亲等

第一幕

[地点：上海。

[时间：一九五八年秋。

[景：满意斋菜社店堂一角。

[幕启：店堂里一片热闹景象，服务员来往穿梭服务。

四　号　（上）哎末来哉！小胖！要一只八宝辣酱，一只醋熘黄鱼。

小　胖　（从厨房出）醋熘黄鱼没有了。

四　号　醋熘黄鱼没有了？

小　胖　哎！（小胖下，十五号上）

四　号　哎末来哉！哎！十五号，醋熘黄鱼没有了！亲爱的同志们！……（下）

十五号　小胖！（八号上）

小　胖　哎！十五号，新品种介绍介绍。

十五号　你放心好了，你不讲我也会介绍的。（回身，踏八号的脚。）哎呀！师傅对不起，踏痛吗？

八　号　走路要当心点嘛！

十五号　对不起，对不起。（下）

内　八号！

八　号　噢！来哉！（拿毛巾下）

[二号上。

二　号　亲爱的同志们，你们好。现在各条战线都在大跃进，毛主席教导我们：要全心全意为人民服务。我们饮食店为了更好地为顾客服务，实行四心三快，四心就是：热心、耐心、细心、虚心。三快就是：动作快、出菜快、算账快。亲爱的顾客们！希望大家督促我们工作，多提宝贵意见。同志们，我们要爱惜粮食，请大家节约粮食。粮食是宝中之宝。我们不怕麻烦，半碗饭可以添，小半碗也可以添，小小碗也可以添。

内　二号，来个小小碗。

二　号　噢！来了！（盛了一小碗饭下）

八　号　（上）二号说话真灵，一说出口大家就响应了，添饭就是添饭，还有什么半碗，小半碗，小小碗。要是大家都吃小小碗，我可忙死了。

甲　同志，添饭。

八　号　噢。

乙　同志，调个小小碗。

八　号　好的，小小碗。同志，小小碗来了。

内　同志，来碗小小碗。

八　号　好的，大家都吃小小碗了。

［小胖从厨房送一叠空碗上。

小　胖　八号师傅，你为什么不高兴？

八　号　有什么可高兴的？

小　胖　嘻……（下）

八　号　有什么好笑?!

内　同志，快点。

八　号　噢，小小碗来了！（下）

甲　同志，算账！

［二号过场。

二　号　好，来了。八号，算账！（下）

甲　喂，谢谢你快一点好不好？

八　号　在走过来了。

［二号端菜上。

乙　同志。（对二号）

二　号　哎。

乙　你刚才说得真对，粮食是宝中之宝，节约粮食是我们每个人应尽的责任。同志，你这种服务态度真是我们学习的榜样。

二　号　我们还有很多缺点，请多提宝贵意见。

甲　二号同志，你服务态度真好，真要好好地向你学习。

内　二号！

二　号　噢！

乙　二号同志你态度真好，向你学习！（二号下，八号上）我伲要好好向你学……

八　号　……

乙　（发现站在他面前的是八号）同志，我要向你提个意见。

八　号　欢迎的。（收台子上的空碗）

乙　你这个态度，应该好好地向这位二号同志学习。

甲　对呀！

八　号　是呀！我们大家都学习的。（下）

四　号　（上）亲爱的同志们！你们好，你们辛苦了，你们动脑筋，找窍门，大搞技术革新，为祖国社会主义建设贡献力量。

乙　这位同志服务态度倒蛮好，再会！再会！（甲、乙下）

四　号　再会，再会，请多提宝贵意见。哎！这二位同志，过马路要走横道线。……哎！小胖。（下）

［顾客老田、小林上。

小　林　爸爸，我们就在这里吃吧！

老　田　好！

四　号　（上）亲爱的同志们，你们好！

小　林　你好！

四　号　大家都好！

老　田　好。

四　号　老伯伯，好久没请过来了，身体好?!

老　田　好！

四　号　啊呀！老伯伯精神抖擞，鹤发童颜。老伯伯还在工作?

老　田　还在工作。

四　号　不简单，这样大的年纪还在为社会主义建设出力，真是老当益壮！伟大！伟大！（下）

老　田　这位同志真好！

小　林　爸爸你看这里的同志服务态度多好，又耐心、又热情。

老　田　唔！

小　林　对待顾客像亲人一样的，服务态度真好——

［八号上，把筷碗很重地往桌上一放，就走了。

小　林　爸爸，这里只要客人坐下来，用不着你开口，他们就会把所有的菜，一只一只都会报给你听的。

老　田　喔！

小　林　爸爸，你欢喜吃什么菜?

老　田　你点。

小　林　爸爸，你点。

八　号　哎！同志，快点好吗？现在忙得很呢！

小　林　喔。同志，今天有什么时鲜菜?

八　号　这里菜都是时鲜菜。

小　林　挑几只营养价值高一点的菜。

八　号　我们这里的菜营养价值都高的。

小　林　那么请你报几样给我们听听。

老　田　对，对，请你报几样给我们听听。

八　号　冷盆有白鸡、白肚、油爆虾、卤肫、酱鸭、酸辣菜，热炒有炒肉丝、炒肉片、大菜有椒盐……

小　林　喂！同志，你报的菜，我这菜单上全有的嘛！

八　号　是呀，这里有的，这里也有的。

小　林　我要你报这里没有的。

八　号　你那里没有的，我这里也没有，厨房间里也没有。

小　林　请你叫那位同志来好不好？

八　号　你说那个二号吗？他管外面那张桌子的，这张桌子我管的。

老　田　小林，算了，我们随便吃一点算了。

小　林　爸爸你是欢喜吃鱼的，来个红烧头尾好不好？

老　田　好啊。

小　林　再来个什么菜？

［十五号端鱼过场。

小　林　哎，同志，这是什么菜？

十五号　醋熘黄鱼。（下）

小　林　醋熘黄鱼！爸爸，你不是最欢喜吃醋熘黄鱼吗？

老　田　是啊！

小　林　同志！

八　号　哎，来了。

小　林　就来一个红烧头尾，一个醋熘黄鱼。

八　号　前面有的，后面没有了。

小　林　怎么前面有，后面没有了？

八　号　红烧头尾有的，醋熘黄鱼没有了。

小　林　咦?！那位同志刚刚端过去的不是醋熘黄鱼吗？

八　号　那是前面叫的，有的。你们后面叫的没有了。

小　林　哎，怎么没有了呢？

八　号　没有，就没有了。要吃，明天早点来！

小　林　同志，请你想想办法好不好？我爸爸是从苏州来的，他顶欢喜吃醋熘黄鱼……

八　号　我对你说：没有就没有。不要说苏州来，就是广州来的，也没有用。

小　林　同志，你这算什么话呢？

八　号　我在回答你的话呀。你问我有没有？我说没有。没有就是没得。

老　田　好了，我们出来吃东西，不要管人家态度。

八　号　哎！我态度也算得好了。

老　田　同志，你的态度不大好啊！应该好好学习，学习。好了，你就把头尾先叫下去吧。

八　号　那么就来个头尾了。（狠狠地叫）小胖，来一个红烧头尾。

小　林　爸爸，我们是来吃饭的，又不是来受气的，这算什么态度?!

老　田　算了，做服务员工作也不容易，耐气点算了。

八　号　哎，大家耐气点算了！（用力把胡椒瓶往桌上一放）

内　八号。

八　号　噢，哎末来哉！（下）

二　号　（上，对丙、丁）请提宝贵意见。

丙、丁　谢谢，我们很满意，再会。

二　号　再会，再会！

丙、丁　再会，谢谢！（下）

小　林　爸爸，你看这位服务员多好，多热情，我们搬到他那边去。

老　田　好！

二　号　二位请坐。二位菜点好没有。（留他们在原来位置坐下）

小　林　……只点了一只红烧头尾。

二　号　二位吃一只红烧头尾怕不够吧！

老　田　等等再看吧。

二　号　老伯伯再想想看吃什么？

［十五号过场。

二　号　唔，老伯伯欢喜喝酒的。

老　田　你怎么知道的？

二　号　从你鼻子上看得出的。

老　田　鼻子上怎么看得出的？

二　号　喏，刚才酒拿过去的时候，你的鼻子……

老　田　好好，就喝一点酒。

二　号　来二两竹叶青？开开胃、活活血，是不是来只冷盆？

老　田　好，来盆白切肉，你喜欢吃的。

小　林　来盆熏鱼。

老　田　白切肉好。

小　林　熏鱼好。

［十五号过场。

二　号　二位一个要熏鱼，一个要白切肉，那来个小拼盆，二样都有了。熏鱼上面洒点五香，味道甜蜜蜜，香喷喷。

小　林　那就来个小拼盆。

二　号　老伯伯年纪大，我给介绍一只少而精的菜，炒全鸭。

老　田　噢，一只全鸭我吃不下。

二　号　老伯伯，不是一只鸭，它是用鸭肫、鸭肝、鸭脚、鸭膀、鸭舌烧的，色、香、味、形面面俱到，看看不是鸭，吃吃全是鸭。

老　田　好好。

小　林　同志！

二　号　哎!

小　林　醋熘黄鱼真的没有了吗?

二　号　是没有了。点过一只红烧头尾,二只都是鱼也不好。我看老伯伯要调调口味想吃肉了。

老　田　哎,你怎么知道我喜欢吃肉呢?

二　号　我从你的眼睛上看出来的,你尽对肉类上看。

[老田看菜单。

老　田　酱爆肉

二　号　甜蜜蜜

老　田　回锅肉

二　号　辣蓬蓬

老　田　乳腐肉

二　号　特别鲜

老　田　红烧肉

二　号　蛮入味

老　田　走油肉……

二　号　顶欢喜

老　田　你怎么知道?

二　号　侬只手指牢走油肉。

[十五号过场。

二　号　老伯伯,走油肉粗中带细,三精二油,看看蛮油,吃吃不油,一到嘴里就酥。

老　田　好好。

[二号从品袋里拿出报纸。

老　田　同志,你真像心理学家!

二　号　老伯伯!(送上报纸)

小　林　爸爸，他的眼睛真像X光一样。

二　号　好说，好说。（下）

［八号，气冲冲上。

内　你这个服务员怎么服务的？

八　号　我不好，我不好。

内　什么态度！

八　号　你态度好！

内　你这种态度要好好地检查、检查。

八　号　我不好，我检查。你的态度最最好，全世界最好。自己不带面镜子出来照照！（老田，小林见状悄悄地搬到另一桌）

［八号发现他桌上的老田、小林不见了。

八　号　（对厨房）庄师傅！

庄　（上）哎！

八　号　红烧头尾不要了。

庄　红烧头尾已经在锅里烧了。

八　号　客人已经走了。

庄　（生气地）小胖，红烧头尾不要了！（下）

内　八号，算账！

八　号　噢！（下）

［二号上，给老田送上冷盆，倒酒。

内　二号。

二　号　哎！（下）

［十五号上端了一大叠空盆子上。

十五号　师傅，四心三快，动作要快！（奔进厨房）

八　号　慢慢来吧！

［厨房里传来摔碎盆子的声音，十五号从厨房里懊丧地跑出。

八　号　我对你说了，慢慢来，你不相信，你看（学十五号）“四心三快”“动作要快”“拍拉塌”。为来为去，为了四心三快，快出事情来了。

十五号　师傅，这不能怪四心三快，要怪我自己工作上粗心大意。

四　号　十五号，下次当心点。像我过去学生意，摔掉了盆子赔钱是小事情，还要停生意。（二号添饭上）

二　号　十五号，我伲做工作要胆大心细，业务不熟练，慢慢来不要心急。（下）

十五号　噢。

八　号　十五号，我说你不但要四心三快，还得加一心，变五心三快。

十五号　加一个什么心？

八　号　你还要加一个“当心”。

十五号　对。（下）

八　号　其实今天的事也不能怪十五号，怪来怪去要怪四心三快。自从我们实行了四心三快，客人对我们的要求越来越高了；像刚才二号，添饭就添饭，还要什么半碗，小半碗，小小碗！好啦，我一天到晚跑煞、跳煞、“排头”吃煞、想想真是气煞。

四　号　我的看法，不管四心三快也好，五心三快也好，最主要对客人要主动、热情。要多打招呼，闲话要多。

八　号　闲话多有什么用？客人到这里来是来吃饭的，又不是吃闲话的。

四　号　不是这么说的，闲话多总比较热情。八号你不行，你这样招待的确有问题，一天到晚死样怪气，假痴假呆，客人问你一句，你回答半句，这样客人怎么会满意呢？

八　号　我不跟你争，你以为我真的没有本领使顾客满意吗？要不要我跟你打统仗，你的桌子我也做，我的桌子你也做，看谁招待得好？

四　号　好的。假如客人表扬我，你就向我学习。

八　号　好。

四　号　否则我向你学习。八号,你记住一定要闲话多。

［老江上。

四　号　让我去招待。亲爱的同志们！你们辛苦了,亲爱的同志,请擦脸。

老　江　谢谢你。

四　号　(对八号)看见没有？亲爱的同志们,你们辛苦了！你们动脑筋,找窍门,大搞技术革新,为祖国社会主义建设贡献力量,非常感谢你们,亲爱的同志们,现在你们厂里工作很忙,我们应该向你们炼钢工人多多学习。

老　江　同志,我不是炼钢厂的。

四　号　不是炼钢厂的？哦,一定是人民教师。人民教师不简单,你们为了培养第二代,不辞辛苦,第二代是祖国的花朵。亲爱的老师,向你们老师致敬,伟大！伟大！

老　江　同志,我不是老师,我是机器厂的。

四　号　哦,机器厂？机器厂是专门造机器的……机器厂没有话了,太好了,机器厂是没有话说了。

八　号　没有话就别说了。

　　内　哎！添饭。

八　号　噢！(下)

四　号　亲爱的老大哥,你们这样辛苦,对国家贡献真大,值得向你学习。亲爱的同志,请用茶,(将茶壶交给老江,欲走。)

老　江　喂！喂！

四　号　哦！弄错了。对不起,对不起。同志,喝不喝酒？

老　江　不喝。

四　号　不喝酒就吃饭。今天菜冷盆有白鸡、白肚、油爆虾、卤肫、酱鸭、酸辣菜。肉有乳腐肉、东坡肉、炒肉片、椒盐排骨加糖醋。亲爱的同志们！要吃到乳腐肉、东坡肉……

老　江　我不想吃肉。

四　号　不吃肉,那么吃鱼。鱼有头尾、肚档、划水、炒鱼片、番茄鱼片。亲爱的同志们！要吃醋熘黄鱼……

小　林　喂喂,同志！醋熘黄鱼不是没有了?

四　号　对,对,醋熘黄鱼是没有了。

老　江　没有,就不要报了。

四　号　同志,对不起。那么你吃砂锅。砂锅有全鸡、全鸭、砂锅什锦、砂锅三鲜、砂锅菜心、砂锅全家福。亲爱的同志们！……

［八号上,倒了一杯茶给四号。

老　江　唉！

四　号　亲爱的同志们！……

八　号　好了,亲爱的同志们向你讨饶了。

内　四号！

四　号　来了！来了！亲爱的同志们……

八　号　(对老江)你到底吃什么菜?

老　江　329……。

八　号　什么？三两酒？要绿豆烧,还是竹叶青?

老　江　不要酒,我正在找资料,翻到三百二十九页？(二号过场听见)

八　号　找资料到图书馆去！

老　江　我刚刚是在图书馆,现在中午休息……

八　号　好吧！你休息吧！

内　算账。

八　号　来了。(下)(老海上)

老　海　同志,这里还有人吗?

老　江　没有。

［老海把老江摊在桌子上的书合拢收集在一边,从挂包里拿出一

块羌饼放在桌上，老江拿饼当书，发现书不在，起立找。老海也起立陪着找。

老　江　同志，这里的书看见没有？

老　海　都在这里。

老　江　啊呀！你不是开玩笑吗？我找了半天才找到的参考资料都给你翻掉了。

老　海　同志，你把书摊了一桌子。

老　江　那你可以对我说明嘛！

老　海　我是好心帮助你收拾啊！

老　江　我正在动脑筋技术革新，请你原谅。

老　海　现在人人都在动脑筋。

老　江　糟了，现在找不到了。

老　海　我来帮你找。

老　江　我也找不到，你怎么找得到呢？

老　海　只要在书里，总逃不掉的。

老　江　你不知道的。

老　海　我知道的。

老　江　那谢谢你，快点找吧。

老　海　保险快——你找什么？

老　江　找？——喔唷“阿伯老人”。

老　海　噢，要找八个老人？

老　江　我自己来找，都怪我自己不好。

老　海　不，不，我不好。

老　江　我不好。

老　海　我不好。

四　号　喔！亲爱的同志们，你们好，农民伯伯。你们动脑筋、找窍门，为国家创造财富，非常感谢你们。你们……

内　四号。

四　号　噢！来了。（对老海）农民伯伯为祖国增产粮食，伟大！伟大！（下）

老　海　他在说什么？

老　江　一句话也听不清楚。唉，真难找。

老　海　来，我帮你找。

老　江　现在大跃进，我在技术革新，时间宝贵，你找不到的。

老　海　我能找到的。

老　江　谢谢你，不要缠了，你这样越帮越忙了！

二　号　（上）什么事？同志。

老　江　同志，事情是这样的，刚才我为了弄清楚技术上一个关键问题，把参考资料摊在桌子上，给这位同志翻掉了。

老　海　同志，我把他书翻掉了。……事情是这样的，我进来的时候……

二　号　同志，你现在心里很急对不对？

老　江　对。我急死了。

二　号　同志，你听我的话，你不要急。

老　江　我急得不得了，你怎么叫我不要急？

二　号　你越是急越是找不到。

老　江　对、对。

二　号　同志，我来帮助你找。

老　江　你又找不到的。

二　号　（翻书）哎！你看对不对？

老　江　哎！对呀！

老　海　让我看。（顺手一抽书又合拢）

老　江　哎哟！又找不到了。

二　号　不要紧，找到了。（书给老江）

老　江　咦，你怎么知道的？

二　号　你自己说的。

老　江　我说的？

二　号　三两酒！三百廿九页。

老　江　哦！真是个有心人。

［老海又要伸手拿书，老江挡住。

老　江　你还要好啦？！

二　号　同志，我们不要为了一点小事情，大家心里不高兴，心里不高兴，吃了东西不消化。再说一个工人老大哥，一个农民伯伯，工农是一家，我们何不趁此机会大家交流交流经验，研究研究工作。同志菜点过吗？

老　海　一个红烧头尾。

二　号　好。哎！八号一个红烧头尾（下）（八号上）

八　号　一个红烧头尾。

老　海　同志，你在哪里工作？

老　江　我在机器厂工作。你呢？

老　海　我是红旗公社的。你姓什么？

老　江　我姓江，三点水，长江的江。你呢？

老　海　我与你五百年前是一家。

老　江　你也姓江？

老　海　我姓海，三点水，就是上海的海。

老　江　对对，水流千里归大海，我们工农是一家嘛。海伯伯。

老　海　不敢，你叫我老海好了。

［二号给老田送菜，下。八号拿一盆菜，下。

老　江　听你口音——。

老　海　苏北，你呢？

老　江　宁波。呃，海伯伯，你这次苏北到上海……

老　海　我是到上海来替公社办点事。

老　江　你很辛苦。

老　海　不辛苦。为社会主义建设应该的，你才辛苦呢，吃饭还在搞革新。

老　江　这是应该的。大家为了革命工作嘛。

老　海　刚才那位同志说得好，我们工农是一家。

老　江　对对。海伯伯抽烟。

老　海　我有。

老　江　一样的。

老　海　谢谢，你菜点了没有？

老　江　啊呀，我忘记点了。给刚才那个“亲爱的同志们”，喊昏了。

老　海　那我们一起吃吧。

老　江　好。

老　海　喂，同志！

八　号　哎！来了。（慢吞吞地上）

老　海　红烧头尾，快点。

八　号　已经放在锅里烧了。

老　海　再来一个八宝辣酱。

八　号　那么红烧头尾不要了？

老　海　要的。

八　号　那么来两个菜啰？

老　海　对。

老　江　海伯伯，要不要再来一个汤，怎么样？

老　海　好的。

老　江　喂，同志，再来个猪肝汤。

八　号　三只了，唔。再来个猪肝汤。（回身欲下）

老　江　哎，同志！这里的花卷很好，来几个试试好吗？

老　海　好，来几个试试。

老　江　（对八号）同志，再来六个花卷。

老　海　我有羌饼，四个够了。

老　江　六个。

老　海　四个。

八　号　两扯扯，来五个吧！

老　海　同志，猪肝汤里多放点“香头”。

老　江　八宝辣酱少放点辣。

八　号　同志！还有什么话一起讲讲光。

老　江　猪肝汤烧得嫩一点。

老　海　头尾烧得透一点。

八　号　二人花样倒透的。小胖！（小胖上）喂，一重、一嫩、一透！

小　胖　什么一重、一嫩、一透！

老　江　八宝辣酱重辣，红烧头尾嫩点，猪肝汤透点。

小　胖　什么？猪肝汤透点还好吃吗？

八　号　客人关照，多烧烧就是了。

小　胖　好好，多烧烧，多烧烧。（下）

内　八号。

八　号　哎！（下）

老　海　这是什么？

老　江　这是抽水机。

老　海　我到上海就是来买抽水机的。

老　江　我们厂里为了更好支援农业建设，设计几种新式抽水机。希望你多多帮助，多多提意见。

老　海　看机器看得懂，看这个看不懂。有什么意见？不过有一个意见。

老　江　什么意见？

老　海　最好农村里多来一点抽水机。

老　江　好好，应该全力支援农业第一线。

老　海　你看过今天报纸吗？

老　江　还没看过。

老　海　今天报纸有一篇关于工业支援农业，农村支援城市的消息。

老　江　那非看不可，你报纸带来没有？

老　海　带来的。（找）啊呀，忘记带出来了，噢，我去买一份来吧。

老　江　不用买，向他们借一份好了。

老　海　对对。（喊服务员）同志！（四号上）

四　号　哎——来哉！亲爱的同志们，吃好了？再会，再会！

老　海　我们还没有吃呢。

四　号　哦，还没有吃？

老　海　报纸有没有？

四　号　包子，有的。要到下午三点半。

老　海　怎么这么晚？

四　号　不晚，本来四点钟，现在已经提前半个钟头了。

老　海　这是什么报纸？

四　号　鸡肉大包、豆沙大包、小笼馒头、水晶包子。

老　海　同志！我们要的是看的报纸。

四　号　哦，看的报纸？我还以为是吃的包子呢？对不起。（喊下）亲爱的同志们！

老　海　真是的，看的报纸会搞到吃的包子上去了。

［四号拿了一大叠报纸上。

四　号　亲爱的同志们，报纸来了！这是《人民日报》《解放日报》《文汇报》

《光明日报》《新民晚报》《青年报》《每周广播》《新少年报》……

老　江　你当我们小朋友了。

老　海　我们只要一份《解放日报》就行了。

四　号　来，我来给你们翻。

老　海　你知道？

四　号　知道的。

老　江　这同志热心倒真热心。

四　号　也谈不到热心，现在我们千方百计要使顾客满意，只要顾客满意，我们最高兴了。要表扬请到外面账台上。（指指自己身上号码）这是电影，这是话剧，这是沪剧，这是越剧，要高兴高兴看滑稽。

老　江　我们要看今天的消息。

老　海　对，看今天的消息。

四　号　噢，有的，今天天气预报消息：天气阴雨，风向东北，最高温度二十二度，最低温度十七度……

［八号上把四号拉开。

八　号　请你到气象台去报告。

内　四号。

四　号　噢！亲爱的同志们，来了。

［客母、女，抱了婴儿，并拎了许多东西上。

女　妈妈，这里有两个空位子。

母　同志，我们有要紧事赶火车去，请你随便给我们什么菜，快一点。

八　号　菜只只快的，不过总要烧熟了才好吃。你等得及等，真正等不及，我给你们想办法……

母　谢谢你。

八　号　明天早点来！

内　八号。

八　号　噢！来了。（下）

女　妈妈，我们不要吃了。

母　哎，不要吃了。他们大馆子，看不起我们。走，随便买些什么东西吃吃算了。

［二号上。

二　号　咦！同志，怎么没有吃就走了？

母　不吃了，来不及了。

二　号　怎么啦？

母　人家来不及了。

二　号　你们是乘火车去的？

母　对！

二　号　是回常州去？

母　对！哎，你怎么知道的？

二　号　我听你口音是常州人。

母　呃，哦，我们走了，乘火车要来不及了。

二　号　你们乘火车来得及的，到常州的火车，还有一个钟头开。我让你们在一刻钟内吃了走，到火车站，还可以休息廿分钟。快请坐。

母　好好，太好了。

二　号　给你们来一个八宝辣酱，一个生炒青菜，一碗清汤。叫他们烧得鲜一点，快一点。

母　好好。

女　这个叔叔真好。

八　号　哎——末来哉！红烧头尾来哉。

二　号　八号，这个红烧头尾给我。

八　号　是谁叫的？

二　号　是那位老伯伯叫的吗？

八　号　啊？这位老伯伯没有走？

二　号　怎么？你以为他们走了？

八　号　我菜也回掉了。

二　号　啊呀！（跑到老田桌上）老伯伯，真对不起，你们点的红烧头尾我忘了叫下去。

小　林　怎么可以？

老　田　那就算了，不要了。

小　林　爸爸，你喜欢吃的。同志。

二　号　真对不起。我看现在叫下去，你们饭也快吃完了。这样吧，清蒸鲥鱼刚刚蒸好，就来个鲥鱼！

老　田　好好，太好了。

二　号　小胖，清蒸鲥鱼。

［八号上。

八　号　八宝辣酱……

［小胖追上。

小　胖　哎哎，还没有烧好呢！

八　号　不是已经好了吗？

小　胖　虾仁还没有盖上去呢！你这个人真是搞七廿三的！（下）

二　号　八号，你这只八宝辣酱让给我那二位先吃吧！

八　号　不行。

二　号　这二位要赶火车的。

八　号　事情大家都有事情，要商量你自己商量。人家菜上晚了，我要吃批评的。（接过小胖端上的菜）八宝辣酱来了。（下）

老　江　海伯伯，趁热的吃！

［二号对老江他们。

二　号　同志，对不起，我想跟你们商量一下：因为他们赶火车去，如果你们来得及的话，这只八宝辣酱让他们两位先吃，你们的菜，我马上去催一催。

老　江　可以，可以，我们再等一会儿好了。这没有什么关系。

二　号　谢谢。

　　母　真对不起，我们先吃了。

老　江　别客气，先吃吧，赶火车要紧。

［二号拿饭给母女。

［八号端汤，从老江的头上送上来。

八　号　哎！当心烫痛！猪肝汤来了！

老　江　喔唷！当心点。

［二号端菜给老田。

八　号　同志，菜齐了。

老　海　还少一个八宝辣酱。

八　号　咦？八宝辣酱不是已经来过了？

老　海　让给他们吃了。

老　江　因为他们二人有事，辣酱让给他们。

八　号　这……？

二　号　八号，我事先同你商量过。

八　号　商……

老　江　同志！别瞪眼睛！快点去呀！（八号下）

［孩子哭，母抱了孩子站起来哄孩子。

　　母　噢！宝宝睡觉啰……

　　女　妈妈，你快吃，我来抱。

　　母　你快吃，要来不及了。噢噢……

二　号　同志，你吃，孩子交给我抱。

母　你替我抱，你怎么工作？

二　号　我现在空着，快给我抱吧！

母　同志，你替我抱，我坐着吃，叫我怎么吃得下呢？

二　号　你要赶火车的，快吃吧！

母　现在想想真开心，随便跑到哪儿，都像自己家里一样。

二　号　同志，你放心吧，孩子我抱惯的。

［孩子还哭。

母　这孩子，怪他奶奶太欢喜了，一天到晚抱，抱了还要走，走了还要抖。

二　号　我也来抖。

母　别吵了，叔叔给你抖了！

二　号　哎“叔叔抖”你快吃饭吧！

［小胖送菜上。

小　胖　二号！菜来了。

二　号　谢谢。（抱了孩子送菜下）

［八号送菜上。

八　号　同志，菜齐了，再不要让了。

女　啊呀！这辣酱真辣！

八　号　辣酱总辣的，怕辣就不要吃辣酱。

母　辣得不能吃了。

老　江　真糟糕，我最怕辣了。那个不是已经关照过少放点辣。这个没有关照，一定更辣了。

老　海　你尝尝看。

老　江　喔唷！

老　海　怎么？辣得不得了！

老　江　同志，这个辣酱怎么这么甜？

八　号　听见吗？八宝辣酱太甜，人家表扬了。

老　江　还表扬得出。甜得不像八宝辣酱，像八宝饭了。

八　号　对不起，下次关照少甜点。

老　海　同志，猪肝怎么烧得这么老？嚼都嚼不动？

八　号　你自己关照猪肝汤烧得透一点。

老　海　我叫你红烧头尾烧得透点！

老　江　你怎么都弄错？

八　号　好好，对不起，请大家克服一下困难吧！

［何芳上。

何　芳　同志，有没有空位子？

八　号　没有。

何　芳　请你想想办法好不好？

八　号　没有办法。

何　芳　同志，我吃了饭马上要上班的。

八　号　同志呀，你忙我知道，现在大家都忙的，吃吃玩玩，马路上荡来荡去的人没有了。

何　芳　同志，外面在下雨……

八　号　外面下雨，我也没有办法。雨又不是我叫他下的，是天要下的，我也没有办法。

母　（对何）同志，我们就吃完了，这里马上就空。

何　芳　谢谢你。你看，人家顾客都这样关心人，你是个服务员，也可以“活络”一点吗？

八　号　同志呀，你说得倒容易，“活络”要看情况的，要能“活络”才“活络”，不能“活络”又不能乱“活络”的。

内　八号。

八　号　哎！（边喊边下）哎末来哉！（下）（四号上）

四　号　哎末来哉！亲爱的同志们，你们好，你们辛苦了！你们动脑筋，找窍门为国家创造财富——

何　芳　哎哎……（以为招待她）

四　号　非常感谢你们。

内　四号。

四　号　噢，来了。（边喊边下）哎——末来哉——

母　（对何）我们吃好了，你坐吧。

二　号　（上）同志，小宝宝睡着了。

母　谢谢你。

二　号　请到外面账台上去付，三轮车已经叫好了。

母　同志，谢谢您，我们自己来拿。

［二号，送下。

［八号上，收拾桌子。

何　芳　同志，请你快一点好吗？

八　号　同志，看你性倒蛮急的，其实性急，早点来好了。

何　芳　哎！请你来一碗牛肉汤。

八　号　好。一碗牛肉汤。

何　芳　谢谢你，拣瘦一点的。

八　号　肥的，瘦的，要弄起来看了。

何　芳　唔，淡一点。

八　号　淡一点。

何　芳　两只花卷。

八　号　花卷没有了。

何　芳　你去看看，到底有没有？

八　号　用不着看，我有数的。

何　芳　你看也没有看，怎么知道没有了呢？

八　号　这叫吃什么饭，当什么心。有没有？我当然知道，总不见得我不知道，倒是你知道！

何　芳　同志呀，我有胃病的。

八　号　有胃病？我也没有办法，我又不是医生。

何　芳　你这个人说话怎么这样？

八　号　说话总是这样说的，我已经说了二三十年了，我要你满意，可以的，我说花卷有的，不过要等……

何　芳　等到什么时候？

八　号　等四个钟头，等到下午五点钟。

何　芳　噢，我为了吃两只花卷，工作都不要去做了？

八　号　落市了，要等夜市了。叫你等又不肯等，有什么办法呢？同你讲花卷没有了，我又不会变戏法，变两只给你吃吃。

何　芳　同志，你说话怎么像吵架一样！

八　号　我不是说得蛮好吗？

何　芳　蛮好？你是服务员呀！负啥责任？

八　号　啊呀！同志，服务员服务给你吃嘛！眼睛不要瞪出来好吗？同志，现在服务员与顾客都平等了！

老　江　你……

老　海　同志你态度是不好。

八　号　你看她啥态度。

何　芳　我不吃了。

八　号　哎！来！来！来！出来吃饭应高高兴兴，何必这样呢？

何　芳　你自己检查检查，你这是什么态度？

八　号　态度不好？你可以提意见。

何　芳　你这种态度，我还吃得下？

八　号　吃不下，少吃点。

何　芳　我不吃了。

八　号　哎！同志这是你不对了，我已经打你招呼了，还要怎么样？你自己检查检查，这是什么态度？

何　芳　要我检查？你认为我态度不好，你向我领导上去反映好了。

八　号　我又不知道你是什么单位的？

何　芳　大众医院的。

八　号　到医院去？我触霉头了。

何　芳　你们意见簿呢？

八　号　在账台上。（欲下）（四号上）

四　号　亲爱的同志们，你吃得很满意……

何　芳　人家吃还没有吃呢，吃得很满意，不了解情况，瞎讲、瞎讲。……（下）

四　号　今天这位女同志，今天吃不下。（像喊菜名一样地喊）

八　号　吃不下喊什么，有什么可高兴——

［误将江、海汤碗拿走。

老　江　喂！喂！我们还吃呢！（四号下）

老　海　（气）不吃了，算账！

八　号　（给他们账单）喔。付账到外面账台上。

老　江　同志，你的服务态度好好检查检查。

八　号　态度大家好检查的。

老　江　我来。

老　海　我来。（二人抢账单）

八　号　不要抢，当心盆子敲坏。

老　江　啊呀，外面在下雨了。

老　海　这么大的雨，你书要淋湿了，我把衣服脱给你。

老　江　不，我自己有衣服。

二　号　（上，见状，取雨衣）这个书不能淋湿的，披一披，你等一等。

［小胖从厨房里出。

小　胖　二号师傅这把伞也借给他们，这是我们师傅的。（下）

二　号　同志，请把雨伞带去吧！

老　海　同志，外面在下雨，你们自己也要用的。

二　号　不要紧，反正我们不出去。

老　海　那明天送来。

二　号　随便啥时顺便带来好了。

老　海　明天一定送来，我是红旗公社——

老　江　我是机器厂。证件给你看……

二　号　不用看，难道我还不相信你们？

老　海　再会，再会。

［四号上见二人欲下。

四　号　亲爱的同志们。

［老江、老海，急逃下。

四　号　亲爱的同志们。（追下）

小　林　二号同志，算账。

二　号　喔，请到外面去付，下雨了。

老　田　不要紧，我们带了伞的。

老　田　小林，我们走吧，今天这顿饭我吃得非常满意！

［四号回上。

四　号　老伯伯，吃得满意明天再来，亲爱的同志们，明天再来……

［老田、小林急下，四号追下。

［二号、四号、十五号上。

十五号　师傅，师傅，八号师傅呢？（八号上）这是客人对我们提出的批评和表扬，（对二号）这是你的，都是表扬。

四　号　那我们的表扬呢？

十五号　都是批评。（分条子给他们）八号、八号、八号、四号、八号、八号、四号、八号、八号……噢，这张是我的。

八　号　表扬？

十五号　批评！

八　号　批评你什么？

十五号　十五号服务员同志，工作粗心大意，"投五投六"，不符合"四心三快"的要求，希望今后改进。

二　号　注意以后改进。

四　号　哎，十五号，这二张都是批评？一张批评，一张是表扬。人家写得清清爽爽的：四号同志，招待周到，态度热情……

八　号　不过话太多了。

［拿过八号手里的批评条子。

四　号　八号同志，态度硬绷绷，脾气生碰碰，碰碰要弄僵！

八　号　二号。并不是我吃了批评心里难过，我们店里要实行"四心三快"，我看难得很，客人的要求越来越高了，本来这种批评条子难得来一张、二张，现在好了，要末不来，一来就是一叠一叠。

十五号　师傅，我认为这不能怪四心三快的，只怪我们没有做好工作嘛。

四　号　十五号这句话说得对。自己工作没有做好，怎么能怪客人批评呢？还说现在批评条子一叠一叠的来，照这样发展下去，今后批评条子要一捆一捆地来哩。对客人要主动，要热情，要多打招呼，闲话要多……

八　号　最好像你一样，客人来了，亲爱的同志！伟大！伟大！没有用，也要挨批评的。

二　号　我们做工作不是为了表扬，为了表扬做工作，太没意思了。

八　号　二号，一百个客人一百条心，要个个人满意是难的。

二　号　只要我们全心全意为人民服务，顾客怎么会不满意呢？

四　号　对啊！顾客跟我们又不是冤家。

二　号　我们应该把方便让给顾客，把困难留给自己。

八　号　这样我们的工作更难做了。

四　号　是啊！难做了。

二　号　只要下决心想做好，就一定能做好的。

四　号　是啊！工作人人都想做好的，没有人喜欢吃批评的。

八　号　话是对的（起立）不过吃批评也要看地方的，有的批评吃得适意，自己可以检查自己态度不好，有的批评吃得冤枉的，像这张（指批评条子）八宝辣酱烧得太甜了，像八宝饭了，天地良心，菜不是我烧的，是厨房间里烧出来的，批评我吃，厨房间里倒……（老庄上，八号的手指正指到老庄的脸上）。

老　庄　（嘴上戴了口罩）厨房间怎么啦……

八　号　你讲什么外国话，一句也听不懂。

老　庄　（脱下口罩）哦，口罩没有脱，（对厨房叫）小胖！

［小胖从厨房间出。

小　胖　嗳！

老　庄　把意见簿给他们看！（小胖把意见簿给二号）今天一天的损失我叫小胖都记下来了，喏！刚刚给一个顾客来只大盆什锦冷盆，客人吃不下，吃一半剩一半，这是不是浪费？还有，点好了菜一会儿不要了，一会儿又来了，这是同谁捣蛋？我真搞不懂你们什么道理，小胖进去！（气下，见小胖手里还拿着意见本子）簿子给他们！（下，小胖看看本子跟下）

四　号　厨房间对我们也有这么多意见。

八　号　我早说过了，我们服务员工作要做好是难的。

十五号　二号师傅，你看这么多批评条子可怎么办呢？

二　号　根据每张条子解决问题嘛！像刚才那位女同志没吃饭就跑了，心里一定气得不得了。

十五号　是谁招待的？

四　号　是谁招待的？

八　号　好啦，不要问了，是我呀！

四　号　这位女同志是哪一个单位的？

二　号　大众医院的，八号，你有没有想到这个女同志没有吃到饭，心里一定非常气，会影响工作！

八　号　我，我——我没有想得这么多。（气得朝外走）

十五号　师傅，吃饭了。

八　号　现在我吃不下，我到外面去吹风。（下）

四　号　喂！外面在下雨呀！快点进来，当心受凉。好啦！二号心急吃不了热粥，慢慢来嘛！吃饭了，亲爱的同志们！吃饭了！（下）

十五号　师傅，不要难过。工作上总会碰到困难的，慢慢地克服它，好了，你提出的四心三快，我们一定支持你，一定要搞好工作。走，走，吃饭去了！

二　号　你先去吧。

十五号　那你马上来呀！

二　号　（唱）

顾客意见一张张，
我心情沉重细思量。
“四心三快”刚推行，
为什么阵阵风波起店堂。
八号态度硬绷绷，
碰碰就要肝火旺。
四号只会闲话多，

有口无心蛮闹猛。

青年虽然有热情，

基本功夫又不过硬。

要实行“四心三快”新目标，

怎解决眼前矛盾一桩桩。

（白）发展生产，保障供给，全心全意为人民服务，工农兵的批评是对我们的期望，为我们改进工作指明方向。

（唱）“四心三快”执行好，

顾客们生产热情更高涨。

批评战友就是批评我，

帮助我团结同志革命意志更昂扬。

烧小菜五味调和最要紧，

干革命同心同德是保障。

共产党员，心胸宽广，

要热爱同志，互助互帮。

依靠群众依靠党，

才能万紫千红百花齐放。

［龙书记拿了雨伞，看桌子上的批评条子。

二　号　（回身见）龙书记?！龙书记，工厂出了次品能回炉，我们出了次品？……

龙　怎么回事？

二　号　刚刚有位女同志没有吃饭气跑了……（递意见条给龙）

龙　……大众医院何芳，我们服务工作绝对不能出次品，我们共产党员对党的事业负责，要想办法挽回影响。

二　号　呃！

二　号　小胖，小胖，快快。

小　胖　呃！呃！（小胖一边吃饭一边奔出）

二　号　拿四只热馒头快快！

小　胖　呃！呃！

龙　二号，你做得对，应该这样做，这样才能符合党对我们的要求。

[小胖上，递一袋馒头给二号。

小　胖　二号师傅。

二　号　谢谢你。

小　胖　龙书记吃饭了。（下）

龙　二号，等一等。（拿雨伞给他）

二　号　（接伞感动、下）

[龙书记抬头望见窗外的八号。

龙　啊呀！八号，你怎么淋在雨里！八号。（奔下）

第二幕

[地点：上海满意斋菜社的宿舍。

[时间：当天下班后的晚上。

[景：宿舍里布置简单清洁，有双层的单人床二副，桌子、凳子、茶几等。

[幕启：大家沉默。

小　胖　八号师傅，你不要想不通了，报纸上有一篇文章，我翻出来给你看，保险你一看就通。（找报纸，十五号也帮他找）喏，寻着了，八号师傅你看——（到八号面前）

八　号　（背过脸去）我不要看。

小　胖　你看看，对你有帮助的（硬塞给他，不小心碰痛了他的鼻子）

八　号　喔唷！鼻头！

小　胖　碰痛吗？

八　号　酸溜溜的。

［龙书记和二号边谈边上。

二　号　我对同志帮助不够，我要检查。

八　号　怎么可以叫你检查呢？怪来怪去是我错。

龙　你错在什么地方呢？

八　号　错在什么地方还在找，反正顾客不满意总是我错。

四　号　龙书记，今天八号中饭也没吃，我想他到外面去淋雨，淋一会头脑可以清醒一点，谁知他越淋越糊涂。

十五号　八号师傅，自己身体要当心啊！不是龙书记把你拉回来，你要淋出毛病来的。

八　号　不会的，我譬如淋莲蓬头。（打喷嚏）

小　胖　二号师傅代你去送馒头，衣服都淋湿了，你淋莲蓬头，他淋大龙头。

八　号　二号，那我对不起你啦。是我得罪了顾客，你去送馒头。像这样的顾客来一个还好，要是来一百个都要去送，怎么来得及？

二　号　他们来了，要是吃得满意就可以不送，我们是服务员，又不是送货员。

小　胖　你衣服淋湿，二号师傅借衣服给你换，你鞋踩湿了，二号师傅把自己的新鞋给你穿。

十五号　他自己都舍不得穿。

小　胖　你没吃中饭，我师傅还下面给你吃，你知道吗？你什么都不知道！

四　号　嗳！小胖，态度好点。龙书记，我喜欢讲句公正话。今天的事，不能单怪八号，顾客也有责任，听说这个女同志也蛮疙瘩。古话说，一只碗不响，两只碗叮当。

龙　四号，照你这样说，今朝顾客没有吃，还要叫她写检查啰？

四　号　这也讲不出的。

龙　是啊！为什么同样的接待，顾客对有的人满意，有的人不满意呢？

八　号　对呀。龙书记这话对呀，这个问题我也研究了很久。同样是顾客，为什么二号接待就满意，我接待就不满意了。

龙　是什么道理呢？

八　号　我也同样接待他们的，他倒茶，大家倒茶，他拿毛巾，大家拿毛巾，没有什么两样。哦！我晓得了他的脸生得讨人欢喜，你看伊只面孔笑嘻嘻看上去就讨人喜欢，我的脸是不讨人欢喜。

四　号　八号的话很对，二号的脸生得讨人欢喜，唉！我也不讨人喜欢。

二　号　怎么讲到脸上去了，这跟脸有什么关系？关键在我们对顾客是不是全心全意。

四　号　对，二号讲的话也很对，顾客来吃饭的，又不是来找麻烦的。

八　号　你怎么说对的呢？

十五号　龙书记，我认为我师傅对的，我过去也有这样看法，觉得客人很难弄，我就不高兴去理他们。后来，有一次我看见一个老太太来吃饭，她走路不方便，我上去搀了她一把，结果她很感激我，说我像她的亲人一样，我倒给她讲得怪难为情的。

小　胖　十五号这是什么道理？

十五号　什么道理我不懂，不过我总认为，只要处处想到顾客，工作就做得好了。

四　号　十五号，你这话也很对。

小　胖　这就叫全心全意为人民服务。

四　号　这叫全心全意为人民服务，小胖的话也很对。

八　号　现在随便哪一个说法，你都对了。

四　号　……对的。

龙　四号，既然我们大家知道全心全意为人民服务，那么我们为什么不能使每一位顾客都满意呢？

四　号　对！龙书记，你的话也很对。

八　号　你说对在哪里。

四　号　这，我还没有搞通。

四　号　龙书记，客人到我们店里来我对每个顾客都是主动热情，满面春风，算得热情，为啥顾客看见我都逃走呢？

小　胖　我说……（坐起，两脚正好碰痛四号鼻子）

四　号　喔唷！

龙　小胖当心点。

小　胖　我说四号师傅服务态度蛮好的。

四　号　态度是蛮好。

小　胖　不过太好了，一天到晚"亲爱的同志们，伟大！伟大！"哪能不要逃走呢。

龙　小胖，你！

八　号　用不着多讲的，一百个客人一百条心，要使一百个人都满意，根本办不到。

十五号　咦，那么我师傅，怎么会使顾客满意的呢？

八　号　他两样的。

十五号　啥两样？

八　号　一只面孔！

龙　同志们现在关键寻着了，就在二号面孔上，二号就请你介绍介绍面孔哪能会讨人欢喜的。

二　号　（唱）八号真会把笑话讲，

找原因找到面孔上。

服务员春风吹暖一片心，
顾客们生产热情更高涨。
顾客的要求虽不同，
我们要以心贴心多体谅。
满腔热情为人民，
关键不在面孔上。

八　号　（唱）

道理蛮洁爽，
报告听过几趟。
顾客服务员平等大家都一样，
二号你歇歇想出新花样。

（白）添饭就添饭还来个半碗，
小半碗，小小碗。
顾客要求更加高，
难免要碰僵。

四　号　（唱）

八号请你不必争，
要表扬一定要学我样。
算算你只面孔蛮聪明，
想不到聪明面孔笨肚肠。

八　号　（唱）

谢谢你四号不要打棚，
我一生一世不会有表扬。

四　号　（唱）

只要你嘴巴不停闲话多，
保险你表扬一张接一张。

八　号　（唱）

都像你啰里啰唆瞎敷衍，

顾客是一个一个侪逃光。

四　号　（唱）

多讲总比你勿讲好。

（白）侬只面孔。

八　号　（白）

哪能？

四　号　（唱）

赛过像一只电冰箱。

龙书记　（唱）

思想问题不解决，

笑出来面孔硬绷绷。

思想问题不解决，

嘴巴不停也无用场。

思想问题不解决，

舌头牙齿打相打。

烧出来的饭菜会夹生，

思想问题不解决，

哪能会提高服务质量。

二　号　（唱）

搞好团结才有力量，

目标一致明确方向。

正常需要应该满足，

过分要求须要劝阻。

一颗红心为革命，

定能满园春色百花香。

龙书记 （唱）

二号话儿想一想，
商业工作意义勿寻常。
伟大领袖毛主席，
亲切的教导指方向。
服务员工作责任重，
肩负着党的委托工作很高尚。
服务为工农兵，
工农情谊长。
端端送送、热菜热汤，
端来的是阶级情，
送走的是旧思想。
我们要把党的温暖送到，
群众心坎上。

二　号 我认为龙书记的话，大家可以想一想，我们站在店堂里为谁服务？这个问题是原则问题，根本问题。

龙 对，我们工作要全心全意为人民服务，处处把方便让给顾客，把困难留给自己，四号，你搞通哦？

四　号 龙书记，给你这么一讲，再一分析，我好像有一点点明白了。

八　号 明白就明白，还有什么一点点明白。

龙 八号，你谈谈看，问题是否在于我们的立场观点上呢？

四　号 哦，我只有一点点明白，你大概有两点点明白了！

八　号 老老实实，明白就明白，不明白就不明白。龙书记，我还要想想看。

龙 好好，多想想会得想明白的。

小　胖　怎么还要想想看，这个问题多简单，我来讲给你听："在社会主义建设时期，服务员也是起一定作用。"报纸上讲的蛮明确，你不要不相信，我拿报纸给你看。（跳来跳去找剪报）

四　号　嗳！当心。

小　胖　我剪下来的报纸呢？

十五号　我又没有拿。

小　胖　你拿了吗？

四　号　没有。

小　胖　龙书记，请你还给我！

龙　怎么问起我来呢？那张报纸不是我刚刚看了交给你的。

小　胖　（对十五号）一定在你那里？你袋袋里摸摸看。

十五号　没有。

小　胖　对了，（对八号）一定在你那儿，你不拿出来我要搜！

八　号　哎，谢谢你，不要胡闹了！

二　号　反正在总在，不在总不在，不要"投五投六"。

小　胖　二号笑嘻嘻，一定有道理，让我搜。我早就知道在你那儿了，（搜二号口袋，从里面拿出一张纸）啊！不是的，（读）服务顾客到家定要依靠大家……

十五号　一二三四五六七八……

四　号　什么东西？读出来大家听听。

二　号　拿来！我还没有考虑得成熟，还给我……

小　胖　还给你！

龙　二号，拿你的设想谈给大家听听，征求征求意见。

二　号　我还没有想成熟，先谈出来听听，我想在四心三快的基础上还要使顾客从进门到出门要有八个满意。

八　号　啊！八个满意？二号，你在开玩笑还是怎么的，一个满意都不行，还要八个满意？

四　号　八号，你这样不对的，你专门泼冷水，怎么会一个满意都办不到，不过八个满意太多，四个满意差不多。

十五号　这有什么讨价还价的？

四　号　我想双方照顾。

小　胖　二号师傅，什么八满意？你说给我们听听。

二　号　第一做到进门满意，处处温暖，像到家里。

第二做到招待满意，主动热情，像亲人见面。吃饭到此地，一块毛巾，一杯热茶，端到手里，吃到嘴里，热到心里。

四　号　没话了，伟大，伟大！

二　号　这位青年充满朝气，今天一定工作顺利，你要吃饭，坐到此地。我听你一讲，对你一看，就知道你欢喜吃什么东西……

四　号　你眼睛又不是X光，怎么可以透视到人家心里。

二　号　跟你来一些咸带鱼、咸黄鱼、咸刀鱼。

小　胖　你怎么知道我欢喜吃咸的小菜？

二　号　你宁波人呀？

四　号　那么我是苏州人呢？

二　号　欢喜吃甜的。

龙　我常州人呢？

二　号　常州人勿欢喜吃甜老，勿欢喜吃咸老，欢喜吃椒盐老的。（对八号）这位八号师傅来一碗葱油面、重胡椒。

龙　对老。

小　胖　为什么？

二　号　八号师傅雨淋得淌淌滴，外加还在打喷嚏，胡椒给他多加点，可以解寒气。第三做到，时间要快，老庄卖力，小胖注意。

小　胖　我师傅的手艺，保险顾客个个满意。

二　号　第四做到，小菜颜色非常鲜艳，色香味形别有风味。

第五做到，价格满意，经济实惠，交关便宜。

第六做到，卫生满意，干干净净，健康保险。

第七做到，出门满意，依依不舍，像亲人分离。

第八做到，客人回去，一路想想还有回味，有利于建设社会主义。

小　胖　二号师傅，你这个八满意，不要说顾客，我听听也满意的。

八　号　不要说你，就是我坐在旁边听听也满意的，服务态度是重要，顶要紧顾客吃得满意，你们厨房里的事，厨房间里行吗？

小　胖　厨房间里你放心好了。

八　号　你师傅能行吗？

小　胖　我的师傅，他只管烧烧弄弄，配菜拔菜全归我管的，再讲（庄师傅上）我的师傅听我的话（见庄，尴尬）师傅。

庄　好吧，明天我拜你为师傅！

小　胖　师傅！（对八号）都是你不好！

庄　小胖刚刚小组会上争得面红耳赤，饭也没吃饱，喏这包饼干吃了吧！

小　胖　我师傅老买东西给我吃的。

庄　你们在说什么？

小　胖　师傅，二号师傅他千方百计使顾客满意，又想出个八满意，师傅，我代表厨房间全部支持他了！

庄　什么人请你出来做代表，老三老四地冲在前面，代表厨房全部支持他了，二号，要顾客满意是好的，我也赞成的，不过要顾客个个满意，我看也难的。

八　号　嗳，听听！

庄　顾客的脾气我也摸熟的，进来都喊快点快点，我从来也没有听见客人进来说："我不要紧，慢点好了，等他们都吃好，我等打烊再吃。”

八　号　到底庄师傅年纪大，说的话有道理，你们哗啦哗啦说了半天，没用的。庄师傅今天这句话有点像话了。

庄　照你这样说，我平时说的话不像话了。

八　号　不能多心的。

庄　我们厨房间里的工作全靠两只手做出来的，一菜刀不去，一勺子不来，表扬二字不谈，吃批评总是我们厨房间。

八　号　吃批评大家不谈，批评总是我先吃，要等我吃得剩下来再挨到你吃！

庄　这是什么意思？

八　号　什么意思？讲给你听听。你今天一个八宝辣酱烧得太甜了，像八宝饭了，这菜是你烧的，批评是我吃的。

庄　你不提这件事就罢了，提起这件事，我肚子里一肚皮的气还没有出呢，我问你，你们服务员在外面的，到我们厨房间里来干什么？

八　号　来帮你们忙的！

庄　谁请你们来的？

八　号　好，我自讨苦吃。

庄　进来都是自说自话，自己动手，加汤加料，这个菜放在前面，那个菜放在后面，搅得我七荤八素，所以我才入错了一把糖。上次也是你，我在烧烂胡肉丝，你手脚来得快，把锅子拿掉了，换一个锅子，换了一个大汤黄鱼，我回转身来，把肉丝往大汤黄鱼里一放，眼睛一眨，你把二只菜送出去了，吃烂胡肉丝的客人怎么不要提意见呢？找来找去肉丝一根也找不到，“同志，你们这算烂胡肉丝，还是烂胡黄芽菜？”吃大汤黄鱼总不该有意见了吧，吃出外快了，谁知道也有意见的，当天不提隔天来提，隔天还是吃大汤黄鱼：“同志，你们大汤黄鱼怎么肉丝也没的？”我忙着打招呼：“同志，大汤黄鱼根本没有肉丝的！”“什么话，昨天还有的，今天没有，你们当我没吃过？”还要讲：“帮你们忙的！”（气得话也讲不出）

［二号倒茶。

［庄师傅气。

龙　庄师傅，讲了半天吃杯热茶。（一想）哦，刚刚发过火，热的吃下去火上加火。换杯冷的吧。

庄　我吃热的，冷的从来不吃的。

龙　热的吃下去，你还要火哦？

庄　一直火也吃不消的，你给我吃哦？我又要火了。

龙　喏。（拿茶杯给庄师傅）

龙　庄师傅你不要火，你烧的菜大家都知道，到此地来吃饭的顾客，那是没有一个不称赞的，连得同行都佩服。庄师傅烧起小菜来，不论放糖放盐，“嚓”一把放下去，从来不放第二把，甜咸齐巧恰当，烧出来的小菜颜色好看，油光澄亮，形状美观，各式各样，味道好吃，又鲜又香，那是甜是甜得有味道，咸是咸得有鲜头，庄师傅对哦？

小　胖　我师傅烧小菜最讲究色、香、味。

庄　那是形状也要紧。

龙　对，还有形状，要讲究色、香、味、形、就拿形来讲，就要靠火功到家。庄师傅就火功到家（言外之意）火的时候，火窜上窜下，对哦？不火时候就文火、小火、慢慢的下来。（二人会心一笑）小胖你就火功不到家，所以形状不好看，像上次烧条醋熘黄鱼，色、香、味都很好，火功不到家，外形不好看，一条尾巴断脱的，很难看。庄师傅你这套技那能学出来的，讲给大家听听嘛。

庄　啥学出来的，“刮”出来的！

小　胖　“刮”出来的？

龙　小胖听见哦，你师傅的本事是“刮”出来，你呢？你是吃饼干吃出来的。

庄　他们是生在新社会，我是活在旧社会。……新旧社会两重天，在旧社会……勿谈啦！

四　号　在旧社会里，服务员是被人看不起的，叫我们服务员叫“堂官”，叫厨房师傅叫……

庄　不讲了，讲出来难听。

龙　在旧社会里，服务员、炊事员都给人看不起的。庄师傅烧了一手好菜，但在旧社会里自己却吃的是拼菜汤，睡的是无脚床。

二　号　庄师傅在旧社会里苦头吃足吃足，庄师傅你讲给大家听听。

庄　二号，你吃的苦头比我多，你讲讲自己吧。

二　号　唔。我13岁的时候正是抗日战争开始，我逃难到上海，在一家小饭店里学生意，其实学什么生意，白天洗碗生炉子，夜里领小囡、汏尿布，一天只能困两三个钟头。有一天老板娘又麻将打通宵，我就抱小囡抱到天亮，一夜眼睛没有闭一闭，就汏碗，一阵头晕，人跟碗一起跌在地上，老板出来就朝我腰里一脚，还骂：“我养只猫会跳，养只狗会叫，侬独想困觉。”我说：“我没困觉，我是晕倒。”老板骂我嘴凶，嚓嚓二记耳光，马上停生意。我就流落街头，幸亏庄师傅救我。

庄　那时候我也是泥菩萨过江，自身难保，我虽然有只饭碗也是风吹要碎，雨打要漏。

十五号　后来呢？

二　号　庄师傅介绍我到另外一家饭店里再学生意。我从13岁学生意到廿几岁还在学生意。

小　胖　13岁学到廿几岁，哪能学这么多年？

四　号　旧社会里，学三年，补三年，满师之后帮三年。

二　号　这时不但在店堂里忙，还要经常送菜出门，有一天下大雪，刮大风，冷到零下12度，一个反动军官打电话来定一只“促刻”小菜。

十五号　什么菜？

二　号　“火烧冰激凌”，只得马上送去，我头顶麻叉袋，脚踏木拖板，手拎提盘篮，在冰天雪地里一步一滑，一步一滑……

十五号　师傅你走得慢点！

二　号　不能慢，火烧冰激凌要“烊脱”。

十五号　那你走得快一点！

二　号　不能快，走得快冰激凌要“打脱”。这时火烧冰激凌外头烫里面冷，我人是外面冷，里面火。一步一滑，一步一滑，好不容易总算送到了。

十五号　师傅送到了？

二　号　那个反动军官还嫌我送得太慢，眼睛一瞪问我多少钱？五元。五元我再加你一脚……（腰一扭）喔唷！

龙　这一脚就踢在你师傅十年前的老伤上，伤上加伤，恨上加恨。小胖，什么叫刮出来，你懂了吗？老一辈就是这样过来的。

四　号　你们年纪轻的人，生长在新社会多幸福，我伲在旧社会里吃的苦，你们做梦也想不到的，我们没有工钱的，做在前头，拿个零头，吃排头，三日两头还要吃拳头。

小　胖　真不讲道理。

八　号　旧社会不讲道理多嘞，现在新社会服务员顾客平等。

龙　不光平等关系，我伲还是革命战友。

八　号　战友！

龙　战友就是阶级兄弟。

八　号　……

龙　兄弟就是亲人。

八　号　亲人懂吗？（对四号）

龙　那么对亲人啥态度？

八　号　啥态度……（尴尬）

二　号　我真没想到，在旧社会里被人看不起的“堂官”，解放后被称为光荣的商业工作者。1954年国庆节，党让我到北京去参加商业工作者代表大会。万万没想到我们敬爱的周总理到招待所来看我们，总理朝我走来握住我的手，我激动得一句话也讲不出来，这时总理笑了……

众　总理笑了。

二　号　还是总理先开口：“同志你辛苦了。”我讲：“总理你才真正的辛苦呀！”总理笑容满面地讲：“我们都是同志啊，都在为人民服务么。”从此以后我听到同志二字，心里总是热乎乎，热乎乎，当我穿上这件工作服，就想到这是毛主席、周总理给我们的光荣，叫我们要更好好地为人民服务。（停顿）再讲现在顾客一进门，第一句就是同志，我就感到非常亲切。

四　号　给你一讲，我也觉得亲爱的同志们更加亲切可爱。

龙　我们只做了应该做的事，顾客再三表示感谢，临走时，跟我们紧紧握手，有的还向我们提出保证，要多炼钢，多打粮。同志们大家想想看，我们既不是钢铁厂的领导，又不是公社书记，为什么工人、农民兄弟向我们提出保证呢？

小　胖　龙书记、八号师傅讲的顾客、服务员平等勒。

四　号　平等勒，所以工人农民兄弟向伲提出保证，为什么我们不向他们提出保证呢？小胖，你讲。

小　胖　（对四号）你讲讲看呢？

四　号　这个问题我完全通了，讲倒讲不出。

八　号　讲不出不要讲，听龙书记讲。

龙　同志们大家记得吗？我们敬爱的周总理接见我们代表时，亲切讲：“工厂出次品还可以回炉，你们可不能出次品啊！”

四　号　我记得。

龙　可是今天有的顾客气得跑掉！有的顾客吓得逃掉！这是不是次品？

二　号　庄师傅，以前我们不好，常常到厨房间里来打搅你的工作，请你原谅。以后我们到厨房间里，一定听你的话，不七手八脚，如果你有什么意见，提出来，我们立刻改正。

庄　（激动）这……这……

我脾气你们还不知道？说过就算数。不过，龙书记，我这个人有一个毛病。

八　号　毛病我顶厉害了。

庄　（对八号）有病拿出来医嘛！龙书记，我现在有点明白了，我老实对你们讲，我肚里有一个疙瘩，我认为你们服务员同志，跟顾客直接接触，我们厨房间里的人跟顾客不见面，表扬起来你们有份，吃起批评，总是我们厨房间。菜烧得不好，只要你们顺口讲一句好了，“怎么烧得太甜了？”“喏，厨房间！”“烧得太咸了！”“喏，厨房间！”

十五号　庄师傅，我没有说过。

八　号　我，我说过的。

四　号　应当老老实实，我有时讲，有时不讲的。

庄　不管讲也好，不讲也好，所以你们一到厨房间，我就火了。火一来，油、盐、酱、醋乱捞乱放了，现在明白了“上市时候忙，你们来帮忙的”，这样一想，就一点事也没有了，所以我讲我思想里有毛病。二号，从今天起，你们有什么事，尽管到厨房间来，我们厨房间有什么事，你们也要来帮我们忙。大家相互协作，对内搞好团结，同心同德，对外为人民服务全心全意。

四　号　好极了，伟大，伟大！

小　胖　同志们，我的话对吗？我说我师傅听我话的。

庄　我听你的话？我是听党的话。

十五号　师傅，我们保证做好工作。

庄　龙书记，二号，有些问题，今后应该多讲讲。

龙　对！有些问题要多讲讲。

庄　是要讲，我再来讲讲，我13岁时候……

四　号　庄师傅，再讲我没意见，不过，肚子对我有意见，泡饭烧好吗？

庄　烧好了，我去热一热。

［大家准备下，小胖脱下帽子发现一张剪报。

小　胖　啊一张报纸在我帽子里，给你看（给八号）

［二号、龙、庄、小胖、十五号纷纷下，台上四、八号。

八　号　嗳！

四　号　嗳！刚才龙书记、二号的话，对我们都是个教育，我的确完全明白了。

八　号　明白，我也明白，用不着老放在嘴上讲，龙书记、二号话对的，服务员态度好，工农顾客满意，生产上有劲，这个道理我也懂，不过我思想上是有个疙瘩，认为现在顾客和服务员平等了，他们也应该尊重我们的劳动。所以有的顾客要求高一些，我就认为是“疙瘩”、难弄，心里火了，心里一火，面孔难看，面孔难看，就要吃批评了。

四　号　那你面孔不要难看嘛。

八　号　心里一火，面孔掌握不住了。

四　号　我早说了，我俩都有个毛病，你面孔难看，我闲话太多，我们应该好好向二号学习，做到八个满意。

八　号　我们工作要对得起这件工作服，单在嘴上讲是没用的，要拿出实际行动来。

四　号　好！现在趁他们都不在，我们来练练看，我来招待你，看看能不能使你八个满意。

八　号　你能让我八个满意，我就向你学习！

四　号　现在我来招待你！

八　号　我来吃饭。

四　号　行，亲爱的顾客们，你们好，你们辛苦了，你们动脑筋，找窍门，为祖国社会主义建设贡献力量，亲爱的同志们。

八　号　（望着四号）嗳嗳！

四　号　好，现在坚决改掉老毛病，同志，吃点什么菜？

八　号　给我来一盆干切牛肉。

四　号　好的，先来干切牛肉。

八　号　请快一点！

四　号　放心，我关照厨房间特别快，现在我们千方百计使顾客满意，你们一定会满意的。态度好吗？

八　号　不用问的！

四　号　干切牛肉！

八　号　你们这里的干切牛肉——

四　号　怎么——

八　号　有牛肉味道的吗？

四　号　同志，你开玩笑了，牛肉当然有牛肉味道。

八　号　同志，有牛肉味道的牛肉，我不吃的！

四　号　那末同志，来盆白切肉，吃猪肉吧！

八　号　白切肉有猪肉味道吗？

四　号　当然有猪肉味道。

八　号　我不吃的。

四　号　那末来盆白鸡吧！

八　号　有鸡味道吗？

四　号　有的。

八　号　我不吃的。

四　号　那末来只豆腐羹吧！

八　号　有豆味道吗？

四　号　有的。

八　号　我不吃的。

［四号也学他一起说出“我不吃的”。

四　号　没有这么疙瘩的顾客的啊！

八　号　你碰到这么疙瘩的顾客也受不了的，老实说只要顾客稍为随便一点，不要说八个满意，就是十六、三十二、六十四个满意都办得到。

四　号　嘴上说没有用的。

八　号　四号，不是我夸口只要你不疙瘩，我非但要招待得你满意，而且要招待得你舍不得走出去，就是走，临走，拖牢我跟我紧紧握手。

四　号　只要你招待得我满意，临走，我一定跟你紧紧地握手。

八　号　现在我来招待你，同志，吃饭来了？

四　号　第一句就是废话，顾客上馆子，不来吃饭来干什么？总不见得理发来的。

八　号　依你说，到我们店里来全是吃饭的？

四　号　当然！

八　号　这是什么话，有一次，有一个顾客来，我问他：“同志，你来吃饭的？”他说：“我来抄火表的。”

四　号　没有这么巧的。

八　号　同志，要不要喝点酒？

四　号　随便！

［八号拿过漱口杯、牙刷放在桌上。

四　号　同志，牙膏有没有？

八　号　这是代表饭碗筷的。

四　号　我还当你们店里规矩大，客人进来，先得刷牙齿。

八　号　同志，你一个人要不要喝瓶啤酒？

四　号　随便。

八　号　同志，吃点什么菜？

四　号　随便。

八　号　冷盆要来只白鸡？

四　号　随便。

八　号　清爽些，来只酸辣菜？

四　号　随便。

八　号　热炒有炒肉丝、炒肉片？

四　号　随便。

八　号　椒盐排骨加糖醋？

四　号　随便。

八　号　茄汁鱼片？

四　号　随便。

八　号　（耐不住）你样样随便！

四　号　你脸又要难看了？

八　号　哦！（克制）来只菜心肉片？

四　号　随便……

八　号　吃饭来只炒鳝糊？

四　号　随便。

八　号　红烧狮子头？

四　号　随便。

八　号　三鲜汤？

四　号　随便。

八　号　三花汤？

四　号　随便。

八　号　人多来只砂锅？（龙、二号、庄、小胖、十五号悄悄上）

四　号　随便。

八　号　砂锅什锦？

四　号　随便。

八　号　砂锅大鱼头？

四　号　随便。

八　号　砂锅——鱼骨头？

四　号　什么，有砂锅鱼骨头这种菜的？

八　号　有像你这样随便的客人的？！

四　号　（拿镜子）看，你这种面孔哪能全心全意为人民服务？！

八　号　哦，哦！

二　号　（亲切地拉着八号）八号！

八　号　啊！（难为情地把帽子拉下遮住面孔）

第三幕

［地点：上海满意斋菜社店堂。

［时间：“五一”国际劳动节前夕。

［景：同第一幕、节日的气氛。

［幕启：八号、二号在做营业前的准备工作。

二　号　八号，你脸好看得多了。

八　号　我是向你学习的。

二　号　你不要太谦虚了，你的业务进步很快，普通话比我讲得好，这些我都应该向你学习。

八　号　我也不行，普通话说说就会无锡话出来的。

二　号　比我可好多了，你教我说普通话好不好？比如说：同志们，现在我们实行“四心、三快”第一要热心。

八　号　第一是热心，这个热字，说普通话要把舌头卷起来。

二　号　（学）热心，我的舌头就是卷不起来。

八　号　慢慢来，每天早上起来练练！

二　号　我一定要好好学普通话。这里北方客人很多，上次我介绍一位北方顾客吃绿豆汤，我说：同志，要不要吃 liu tou tang（绿豆汤）他听了半天听不懂。

八　号　二号，学普通话不难，最难学是服务态度，你的笑我就学不会。

二　号　只要你对顾客有感情，就能从心底里笑出来。

八　号　真不容易。

二　号　我们大家一起来研究。主要随时注意顾客的生活习惯和他的工作特点，每一个顾客进来首先就应该注意是做什么工作的。

八　号　这容易，只要他们将工作证拿出来看一看，就行了。

二　号　你倒不问他们户口簿带来没有！我们必须根据什么样的人，配什么样的菜，像有种人年纪比较大、人比较瘦、文质彬彬，吃不多的。

八　号　那倒不一定，像我人多瘦，胃口可大啦！

二　号　你是个别的情况。譬如介绍给农民弟兄吃菜，要经济实惠，最好介绍腌鲜、炒三鲜、汤三鲜，油水足，东西多，价廉物美，他们就满意了，回到农村，生产起来更有劲，这样做，有利于工农联盟。

八　号　二号，你怎么想得这么周到呀！这样一个问题，你想得到，我就想不到，看来是个感情问题。

十五号　（上）师傅早！

［二号把十五号当顾客招待给八号作示范。

二　号　小朋友早，小朋友，你到学校里去是吗？给你来一碗盖浇饭好吗？

十五号　好的。（领会二号的意思）

八　号　你怎么知道她要吃盖浇饭的？

十五号　师傅，你听见吗？小朋友要到学校里，盖浇饭可以快一点呀！

八　号　哦，盖浇饭只要浇头一盖就行了，对！

十五号　师傅，真想不到我们工作也要动脑筋的。

八　号　做工作都要动脑筋，脑筋不动要生锈的。

［四号上。

四　号　亲爱的同志们，你们早！

二　号　好！同志们，今天厂礼拜，来二两大曲。

四　号　来二两大曲。

二　号　给你再来一个鸡头鸡脚，再加一个大转弯。

十五号　师傅，什么叫大转弯？

四　号　老吃客都懂的，大转弯就是鸡翅膀。

［龙书记从厨房出。

二　号　哦！你好！给他来碗菜汤面。

八　号　你怎么知道他欢喜吃菜汤面？

二　号　艰苦朴素。

［小胖、庄师傅端了几盆新品种上。

庄／胖　当心，烫痛！

四　号　什么事？

八　号　干什么？

庄　来来，尝尝我们的新品种，领导上批准的试验菜，尝得好顾客面前多介绍介绍。

小　胖　亲爱的同志们，你们辛苦了！亲爱的同志们……（学四号）

四　号　喂，难为情吗？

庄　小胖。

小　胖　哈……

庄　味道怎样？

八　号　嗯，好极了！

庄　你们知道今天的菜谁烧的？

八　号　老手式，有道理！

庄　是我徒弟小胖烧的。

四　号　喔唷，好极了。

小　胖　伟大！伟大！

庄　嗳！小胖。

小　胖　是师傅教我的。

庄　嗳！党的培养，我包教！

小　胖　我包会！

八　号　我包吃！

四　号　小胖这只菜不是你烧的，你看色香味形面面俱到，这一定是庄师傅烧的。

庄　不是我烧的，是小龙烧的。

众　小龙是什么人？

龙　小龙是我，庄师傅开心的时候，就要叫我小龙的。

四　号　龙书记这只菜，没有闲话了。

众　伟大！伟大！

龙　同志们，五一国际劳动节快到了，大家有什么新的打算。

庄　龙书记，我们厨房间正在动脑筋。

小　胖　我代表厨房间……

八　号　你又要代表了！

庄　今天我叫他代表的。

小　胖　哼，我代表厨房间宣布，三天之内想出一百种新品种。

龙　厨房间已经动起来了，那我们服务员呢？

八　号　早就动了。

龙　怎么动？

八　号　保证顾客进门到出门，保证八个满意。

四　号　八号，我就不放心你！顾客一多你就要脾气硬绷绷，态度生碰碰，碰碰要弄僵！

八　号　四号，你放心，我准备工作早已做好了，当我脸难看（提出镜子），拿出来一看，就知道。嗳，最最担心的是你。

四　号　干什么？

八　号　顾客一表扬，你又要亲爱的同志们伟大，伟大。

四　号　嗳！你老眼光看新事物，你放心，我也准备好了，假如闲话一多，自己觉得，喏！（掏出口罩）口罩马上一套。

二　号　四号现在闲话也少得多了，客人也表扬了。

四　号　也瞒不了你们两位，新社会里做人，老老实实，说一是一，说二是二，是话多，就说多，是话少，就是少，要是话少了硬说多是不对的，要是话多硬说少也不对的……

龙　嗳，口罩，口罩！……

四　号　哦。

龙　所以啊！关键不在镜子上，也不在口罩上，主要是在我们的阶级感情上！以后我们还要好好讨论，讨论！上市时间到了，大家去准备、准备吧。

［八号、十五号、二号、龙书记下。

庄　嗳：小胖，厨房间里做准备工作了。（小胖下）（四号收拾盆子下）

［八号上。

八　号　二号，二号，不好了，上次提意见批评我的女同志又来了！（二号上）

二　号　在什么地方？

八　号　喏！

［何芳上。

何　芳　请问八号同志在不在？

二　号　在，八号，有人找你。（四号上）

四　号　噢！亲爱的同志们——（同二号下）

［龙书记上。

八　号　这位是我们领导，龙书记，你有话对他说好了。

何　芳　噢，龙书记。

龙　尊姓？

何　芳　姓何。

龙　请坐！

何　芳　我是大众医院的。

龙　噢，何芳同志，有什么事吗？

何　芳　（唱）

提起此事我难为情，
激动的心情说勿尽。
有一天我到此地来吃饭，
心情急躁催得紧。

同八号同志争几句，

板了面孔就出门。

把情绪带到工作中，

态度生硬对待病人。

怪我平时学习差，

为人民服务思想不扎根。

今朝我特地来作检查，

学习你们好精神。

龙书记 （唱）

影响侬工作真抱歉，

是我们服务不好有责任。

你主动作检查，

更叫我们心情不安宁。

顾客意见是动力，

希望你多多批评我们再改进。

何　芳 （唱）

你们服务态度感动人，

我特地把表扬送上门。

你们冒雨为我送馒头，

阶级友爱暖我心。

今天后，一定以你为榜样，对待病人满腔热情。

龙 何同志，你太客气了，我们工作没有做好，害你工作上受到影响，我们应该检查，怎么可以让你来道歉呢？

何　芳 龙书记，你这么说，使我惭愧，你们的服务态度，值得向你们学习！

龙 我们还存在许多问题呀！

何　芳 尤其是这位八号同志，他的服务态度太使人感动了，我今天特地向他学习来的！

八　号　啊！

何　芳　同志！

八　号　同志，真对不起你，那天是我态度不好，请原谅！

何　芳　你这么说，我难为情了。

八　号　我比你还要难为情！

何　芳　我自己检查下来，是我态度不好，太急躁了，给你们工作带来了许多困难。

八　号　不，那天你饭都没吃，影响了你的工作，也影响了你的健康，真对不起你的。

何　芳　我今天特地向你检查来的！

八　号　不不，应该我向你检查！

　　龙　应该我检查，我思想工作没做好。

何　芳　我还有一个要求。

　　龙　你提哦。

何　芳　请把上次我向你提意见的条子还给我吧？

　　龙　八号你看呢？

八　号　不不，这张条子我准备留一生一世，这张条子对我帮助太大了。我看这张条子可以改掉我老毛病了。

何　芳　这说得太过分了，同志，你送来的点心我已经收到了，谢谢你，我今天特地送钱来了，还有一份表扬信！

八　号　这——这不是我送的！

何　芳　你冒了雨给我送点心，我心里太感谢了，怎么可以再叫你垫钱呢！

八　号　不是我。

何　芳　咦，这张条子不是你写的吗？满意斋，我想除了你，没别人，请不要客气了！

八　号　我没客气呀！（二号上）同志点心不是我送的，是我们小组长二号同志送的，我非常惭愧！

何　芳　二号同志。

二　号　哦！这是八号叫我代送的。

八　号　这——（惭愧得把毛巾遮在脸上）

何　芳　啊呀，你们这里的协作精神真好啊！对我有很大的启发。

二　号　我们还有许多缺点。

何　芳　龙书记，我看到你们服务态度，就觉得我工作一点也没有做好，我一定要把你们精神带到工作中去，做出成绩来向你们汇报。（递表扬信给八号）

八　号　龙书记你……（征求龙意见）

龙　八号，你就拿表扬信和批评条子放一生一世。

龙　我们的工作有很多缺点，以后还请你时常过来，多提宝贵意见。

何　芳　说得真客气，再会！

龙　请坐一会。

八　号　不不，不要走，饭吃了再走。

何　芳　对不起，今天我有事来不及了！

八　号　有事情来不及？二只花卷、一碗牛肉汤、瘦一点、淡一点、我关照快一点好了。

何　芳　你记性真好，今天实在没空，过几天再来吧！我和爱人已经讲好了，等休假的日子全家一起来，也好让他们来学习，学习你们先进思想。

龙　欢迎，欢迎，欢迎你们多提意见，欢迎你们全家来聚餐。

何　芳　一定来，一定来，再见！

八　号　何同志，你多少吃点吧！

何　芳　过几天我一定来！

八　号　这样吧，同志，你讲了半天，喝杯茶吧！

何　芳　谢谢你。

八　号　嗳，你多少吃点我也高兴了。

何　芳　谢谢你。龙书记，多谢你们启发了我，再见！（下）（四号接演员上）

四　号　哎末来哉！张同志，此地坐。

演　员　就这里吧！

二　号　（送茶）张同志，好久没来了。

演　员　你好！

四　号　（摆碗、筷）好久没到这儿来吃饭了。

演　员　是呀，我们下乡巡回演出——

四　号　哦，张同志在下乡演出，辛苦了，一个团全去的？

演　员　全去的。

四　号　还参加劳动吗？

演　员　参加劳动。

四　号　喔唷，又要参加劳动，又要演出，太辛苦了！

演　员　一点不辛苦了，你们的工作辛苦。我好久没来，你们服务态度都好了。

四　号　说得好，现在我们尽量使顾客满意，顾客满意，我们最高兴了，希望你们提出宝贵意见，你们来吃饭，对我们帮助很大，鼓舞很大，亲爱的同志们——

二　号　嗳！（四号急戴口罩上）

演　员　二号同志，我今天想换换口味，吃辣子鸡丁好不好？

二　号　张同志，我想提个意见，辣子鸡丁不合适，你们演员，最重要的是保护嗓子，生的、辣的、烟酒最好少吃。

演　员　啊呀，你看，我老是不注意。

二　号　这样，来一个酱爆鸡丁怎么样？

演　员　好的，谢谢你。

二　号　马上就来。（下）

［老陆、小叶由八号陪上。

老　陆　同志，这只玻璃杯干净吗？

八　号　消过毒的。

老　陆　消过毒的是干净的，同志，既然玻璃杯这么干净怎么连人也照不出来的？

八　号　那面没人，当然照不出来，喏！

老　陆　唔！（拿烟）同志火柴有吗？

［八号划火。

老　陆　你先来！

小　叶　你先来！

老　陆　你先来！

小　叶　你先来！

［二人故意推让，八号烧痛手。

老　陆　等下开会，你看乘电车还是乘公共汽车？

小　叶　乘电车慢，公共汽车快。

老　陆　电车近……

老　陆　你先来……

小　叶　一样的，你先来。

老　陆　不要客气的，自己人还有什么客气的？

［八号耐着性子给他们点上了烟。

老　陆　小叶，你看这个人……（八号气，马上拿出镜子）

八　号　二位同志，要不要喝点酒？

老　陆　小叶，你要不要喝点酒？

小　叶　先喝点酒。

八　号　什么酒?

老　陆　给我来半斤黄酒。

八　号　好,半斤黄酒。(对小叶)你呢?

小　叶　替我来点高粱。

八　号　喔,高粱。

老　陆　小叶高粱太凶,黄酒和顺,喝下去软笃笃,软笃笃舒服。

小　叶　高粱比黄酒过瘾,高粱喝下去一条线,热溜溜、热溜溜,“煞根”!

老　陆　我欢喜喝黄酒。

小　叶　我欢喜喝高粱。

老　陆　喝黄酒。

小　叶　喝高粱。

八　号　好,好,我看还是喝黄酒,活血,高粱太凶。

小　叶　这里高粱有吗?

八　号　有的。

小　叶　卖吗?

八　号　卖的。

小　叶　卖的就好啦!是我喝,又不是你喝!

老　陆　小叶,态度好一点。

八　号　不要紧,我吃得消的。同志欢喜喝高粱,先来二两。

小　叶　二两?给我来——(伸一个指头)

八　号　一斤?同志,酒吃多了影响健康,还要误事,一斤太多了,是不是?

小　叶　我又不吃一斤,我只吃——一两?

八　号　一两?

小　叶　行吗?

八　号　……可……可以!

小　叶　可以，就给我来一两。

八　号　哦，同志我们这里的高粱都是瓶装的，最小的瓶是二两装的。这样吧，你来一个二两装的，喝了一两，剩下来的一两你带回去喝吧！

小　叶　还有一两带回去？老陆，等会儿我们要去开会，带了酒瓶去开会？像什么话。

老　陆　是啊，拿了只老酒瓶，“甩法甩法”像样哦。

小　叶　那么高粱不要了。

八　号　就喝黄酒吧。

老　陆　他高粱不要，我黄酒也不要了。

八　号　好，好，今天开会不喝酒，过一天再来喝吧，那么不喝酒，冷盆要不要？

老　陆　冷盆么，报几样听听。

八　号　今天冷盆很多，有白鸡、白肚、油爆虾、卤肫、酱鸭、酸辣菜、糖醋……

小　叶　同志，你讲话噼噼啪啪……“像机关枪”！

老　陆　八号同志，你的服务态度是好的，不过性子太急，冷盆从嘴里一齐冲出来，人家怎么听得出？你慢慢地，一只一只报好了。

八　号　冷盆有白鸡，白鸡就是白斩鸡……

小　叶　白鸡就是白斩鸡，你当我们小孩子，连白鸡都不懂吗？

老　陆　白鸡就是白斩鸡，吃只白鸡，还要先拿张说明书给我看看。

八　号　冷盆有白鸡、白肚、油爆虾、卤肫、酱鸭、酸辣菜、油煎带鱼、干切牛肉、八种冷盆。

老　陆　哦，有八种，都好吗？

八　号　都好的。

老　陆　好吧，八种一起来！

八　号　哦，两位同志，吃八个冷盆吃不下，剩下来要浪费的。

老　陆　同志，你想得周到，真细心。不瞒你讲，我们到这里来吃饭就是来吃冷盆的，满意斋冷盆上海有名气的，我们是慕名而来。我们想几只冷盆只只尝到味道，不过一起来浪费，吃不全，心里难过，八号，你想想看，既要不浪费，又要只只吃到，你倒想想办法看！

小　叶　老陆，你放心好了，这里叫满意斋，他们一定能使我们满意的，你看他在动脑筋了。

八　号　嗨，嗨……

老　陆　哦！你看，他两只手在"甩法甩法"，在想办法了。

八　号　喔，对不起，请等一下。

[二号经过。

八　号　二号，我不行了，我掌握不住，我要冒火了！（下）

二　号　这是两个特殊顾客，我来。（过去）

[老陆将烟递给小叶，二号给小叶点烟，小叶又推给老陆，二人又推来推去，二号用两根火柴一起划着，不慌不忙把两根火柴分开给二人同时点上。

二　号　菜点了没有？

老　陆　菜是点了，只是还没有叫下去。你们这里八只冷盆我们都想吃。同志，你替我们想想办法，既要都吃到，又要不浪费。

二　号　同志，这样，来个小全盆吧！

老　陆　小全盆里有点什么？

二　号　有白鸡、白肚、油爆虾、酸辣菜、海蜇皮、素鸡一共六种。

老　陆　这六种不错，好——啊呀，可惜只有六种，最好再加两种。

二　号　……当然，可以加两种。

老　陆　同志，麻烦吗？

二　号　只要顾客需要，我们是不怕麻烦的，不过小全盆再加两种，你们两位是吃不了的。

老　陆　对，节约要紧，干脆不吃冷盆了。同志，来几只实惠点的炒菜吧！

二　号　今天的青鱼头尾？

小　叶　好的，好的，太腥气了。

二　号　鲫鱼？

小　叶　鲫鱼骨头太多，吃了鲠喉咙的。

二　号　那来只炒鳝糊吧？

小　叶　鳝糊就是黄鳝，黄鳝一动不动我害怕的。

二　号　那么素什锦？

小　叶　吃素，我又不是和尚。

二　号　荤素菜？

小　叶　荤就荤，素就素，不荤不素，最最难吃。

二　号　那么来个椒盐排骨？

老　陆　排骨我不吃，骨头太多，肉太精，咬上去好像咬在三夹板上。

二　号　来只小蹄髈？

老　陆　太油。

二　号　走油肉呢？

老　陆　油都走掉了，有什么好吃？

二　号　牛肉怎样？

老　陆　牛肉？从来没有吃过。

二　号　羊肉？

老　陆　羊肉火气太大。

二　号　巧得很，今天有冻肉。

老　陆　冻肉太凉。

［八号路过，见状，不满地下。

二　号　我讲的你们都不称心，请你们自己挑吧！

老　陆　我不识字的。

二　号　我读给你听？

老　陆　时间来不及的。

二　号　读读快的。

老　陆　用不着挑了，我们吃了还有事，我们吃饭，实惠点的汤来一只。

二　号　那么来只大血汤怎么样？

老　陆　大血汤里有些什么？

二　号　大血汤里有血、豆腐、海参、肉丝。

老　陆　有血、豆腐、海参、肉丝，好的。

老　陆　喂，大血汤里有血，血我不吃的，血拿掉好了。像我们这种客人不疙瘩的。

二　号　好，血拿掉。

小　叶　喂，同志，大血汤里有豆腐？

二　号　有的。

小　叶　豆腐有豆腥气，我豆腐不吃的。

二　号　也拿掉好了。

老　陆　喂，同志，大血汤里有海参的？

二　号　有的。

老　陆　海参没有什么好吃的，太滑了，刚刚到嘴就滑到肚里去了，什么滋味也没有尝到。海参也拿掉。

二　号　好，那么清爽点的，来只肉丝汤。

老　陆　单单肉丝？那干脆清爽，肉丝也不要了。

二　号　同志，这就清汤了。

老　陆　这只清汤，油水重点，烧得透点，加点香头，加点葱，加点大蒜，加点香菜，再加点鲜酱油、酱油、镇江醋。再加点鲜辣粉、五香粉、味之素、咖喱粉。上面再加点辣油兜兜，再弄二点麻油在上面氽氽。

二　号　同志，请原谅，清汤我们不卖的，如果你们吃盖浇饭有清汤供应，汤不够，倒是可以添点的，那里有专门来吃只清汤，这价格难写了。对哦？

叶／陆　对，对。

二　号　希望两位协助我们搞好国家企业。

小　叶　哦哦，那来只肉丝汤。

老　陆　肉丝汤……

二　号　好，肉丝汤。

老　陆　同志，请你肉丝拣瘦点。

二　号　好的。

老　陆　假如有肥的也放点里面。

二　号　好的。

小　叶　同志，先跟我们来两只花卷！

二　号　两只花卷。

老　陆　慢！花卷我也要吃的，来四只。

二　号　好四只。

小　叶　喂，我看还是来两只吧。

老　陆　慢慢，两只不行，吃不了要浪费的，浪费粮食不好，我看还是一只吧！

二　号　二个人吃一只?！可以。我替你们一切两。

陆／叶　喂！——（无语）一只，一只。（二号下）

老　陆　这里品种又多，服务态度又好，他们真是先进，不知道出菜快吗？

二　号　（端汤和花卷上）快的。

老　陆　同志，这花卷不大热了，请你换一换！

二　号　对不起，饭菜上桌，不能调换，我们保证食品卫生。

小　叶　花卷冷他不能吃，因为他有胃病的。

二　号　好，我去给你们再蒸一蒸。（下）（老陆、小叶故意把汤吹冷）

二　号　来了。

老　陆　同志，我汤不热。

二　号　汤是热的。

老　陆　热是热的，热得不透。

演　员　喂，你们二人是来吃饭的，还是故意来找麻烦的，鱼不好，肉不好，花卷冷，汤不热，说起来大家都学习过的，怎么一点也不尊重人家劳动。

二　号　张同志，别生气请吃饭。

演　员　喔唷！你不气我倒气死了，这饭叫我怎样吃得下。

二　号　慢慢吃。

老　陆　二号同志，汤热一热便当吗？

二　号　便当的。

演　员　这倒用不着假客气的，蛮热的汤吹冷它干吗？

小　叶　同志，你……

老　陆　小叶，小叶，过来，注意态度，这个女同志……（二号端汤上）

老　陆　二号同志，我想问你一个问题，我们一次一次找你麻烦，你光火吗？

演　员　开心总不见得！

二　号　同志，我不光火。

老　陆　你不光火，我自己想想都要光火了！

小　叶　你心里难过吗？

二　号　不难过。

小　叶　不难过？！我心里难过得勿得了！

老　陆　不难过？这话我不相信，其实你心里的火是窜上窜下，不过地你修养好，硬压住的，对吗？

二　号　不对！现在每一项工作都光荣的，都是为人民服务，跑来跑去是我的工作，是我的责任，总不见得叫你们跑，叫你们端，现在是大跃进时代，就是通过端端送送，用实际行动来批判旧世界，建设新世界，对哦。

老　陆　同志，你的思想境界真高。

二　号　同志，我们的工作有什么缺点请向我们提出，帮助我们改进，我看你们两位今天也不是单纯来吃饭的，对吗？

老　陆　对呀，我是四如新厨房师傅，今天是来向你们学习来的。

小　叶　我是四如新的服务员。（二人解开外衣的扣子露出服务员的工作服）

二　号　欢迎你们帮助我们工作。

［小胖送菜上，四号、八号和老陆、小叶争接菜。

众　哎，末来哉。——（送菜下）

尾　声

［时间：一年后的“五一”劳动节。

［地点：满意斋店堂。

［景：同前场。

［幕启：四号、八号、龙书记做准备工作，十五号拿了一叠信上。

十五号　师傅，龙书记、八号师傅，这么许多表扬信！小胖！厨房里的表扬信。

小　胖　（小胖和庄师傅上）这么许多表扬信真要好好地工作。

八　号　过去表扬信难得来一封二封……。现在表扬信一叠一叠的来。

四　号　这样发展下去，真要一捆一捆的来了。

小　胖　八号师傅，你的表扬信里有没有，“面孔冷冰冰，态度生碰碰，碰碰要弄僵？”

十五号　小胖，对师傅一点没有礼貌。

八　号　没关系，翻翻老账，相互促进。

四　号　（读）是表扬八号的。“八号同志，工作细致，态度温和，我们一定要搞好工作答谢你！”好极了。

龙　同志们，顾客给我们表扬是对我们一种鼓励，千万不能骄傲自满。今天是“五一”劳动节，顾客比平常多，我们要好好工作。

庄　对。同志们，有什么困难到我们厨房间来，互相协作，全心全意为人民服务。

龙　好，大家准备准备。（下）

［老田、小林上，是八号招待，忙换位子，八号从十六号手中接杯茶，老田、小林见状止步。

八　号　老伯伯，我们服务有不周到的地方，请多提宝贵意见，帮助我们改进，老伯伯，我知道你喜欢喝酒的。

老　田　你怎么知道的？

八　号　你看见酒，鼻子要——

老　田　今天我可没有嗅过？

八　号　上次二号同志招待你的时候，你嗅过了。先来二两竹叶青活活血。

老　田　哦！你是向二号学习。

八　号　老伯伯，吃酒先来只冷盆，一位欢喜白切肉，一位欢喜熏鱼，来只拼盆。

老　田　嗳，对啊！

八　号　你顶喜欢吃走油肉，就来个走油肉吧！三精二油，看看蛮油，吃吃不油，吃到嘴里酥透酥透。

老　田　好好。

小　林　同志，今天有什么时鲜小菜？

八　号　有的，今天厨房间老师傅想出了几种新品种，等会儿就会介绍的。请等一会，酒先来。（下）

老　田　暖，这位同志的态度好得多了。

小　林　爸爸，他们是先进集体，每一位同志态度都好了。

小　林　爸爸，你看，这灯多少漂亮！（父女看灯）

老　海　（和老江上）……是这个话。二号同志怎么不看见？

老　江　海伯伯，现在他们是先进集体，态度个个都好了。（坐下）

林／田　一样的。（见老江他们坐在他们的座位上，就让到旁边的桌上）

［八号上。

八　号　二位同志好久不来了，今天吃什么菜？

老　江　一只八宝辣酱，糖少放点。

八　号　八宝辣酱，今天保证不会甜得像八宝饭。

老　海　一只猪肝汤。

八　号　猪肝汤烧得嫩点。

老　江　好！

老　海　一瓶果子酒。

八　号　喝点酒，是不是先来只冷盆？

老　江　来只白鸡——这人的脸色好看多了。

八　号　（拿着镜子）哦，不骄傲自满。（下）

老　海　老江同志，上次你们设计的抽水机，对我们农业上帮助很大，真感谢你。

老　江　这是毛主席，党中央领导得好，今天报上有篇文章，很好。

老　海　报纸带来没有。

老　江　啊呀，没带来，我去买一份。

老　海　问他们借一份看看吧！

老　江　对，(叫)同志。

［四号上。

老　江　同志报纸有吗？

［四号点头不语下。

老　江　啊呀！不对，等会他又要有拿看的报纸，拿吃的包子了。

老　海　应该跟他讲讲清楚。

老　江　同志！(四号上)真的拿吃的包子了。

老　海　我们要看的报纸！(四号递过报纸)

老　江　这个呢？(四号指指外面)哦，别人的，现在话少得多了。

四　号　呃！(向他们点头下)

［何芳与母上。

［八号上。

何　芳　妈，这位就是我常跟你讲的八号同志。

母　哦，你就是八号同志，我真要谢谢你，何芳在工作中有点成绩，是受了你启发才进步的。

八　号　老太太，你说得太好了，我太惭愧了，这全是党教育我这样做的。

何　芳　二号同志呢？

八　号　市里去参加会议了。二位请坐一会，今天有新品种介绍。(下)

［十五号、十六号、庄师傅、小胖上。

十五号　亲爱的同志们，现在由厨房间二位师傅介绍新品种。

庄　亲爱的同志们，今天是“五一”国际劳动节，我们为了更好地为顾客服务，我们厨房间里又设计了几样新品种：点心有玫瑰大包、水果烧卖、菠萝春卷。

小　胖　千层油糕。

庄　冷盆有春暖花开。

小　胖　万紫千红。

庄　比翼齐飞。

小　胖　孔雀开屏。

庄　热菜有：松鼠黄鱼。

小　胖　蝴蝶明虾。

庄　桂花炸肉。

小　胖　翡翠冬瓜。

庄　五香六味。

小　胖　七荤八素。

母　怎么还有七荤八素？

小　胖　这个菜，七种荤，八种素的放在一起烧，叫七荤八素。

母　那一定很丰富的。

小　胖　亲爱的同志们，我们服务不周到的地方，对新品种有意见，请多提宝贵意见，“谢谢”。（下，点菜）

老　田　一只万紫千红、一只蝴蝶明虾。

龙　好。

老　江　二菜一汤三只。

八　号　要添再招呼！

［四号上。

庄　（上）四号！

四　号　嗳！（接过菜）谢谢！

庄　互相协作。（下）（华侨上）

华　侨　给我来一个红烧牛腩。

四　号　啊？！（误听）红烧牛奶？牛奶只能放白糖，怎么可以红烧？

华　侨　什么？（广东话）

四　号　(误听)面?

华　侨　我要吃饭!(广东话)

四　号　你这话我听不懂。

华　侨　什么?

四　号　亲爱的同志们,你们辛苦了!……(急得又犯了老毛病,废话一大堆)

[八号上。

八　号　干吗?

四　号　一位顾客要吃红烧牛奶。

八　号　四号,今天是劳动节,会不会像去年一样,同行来考验的。

四　号　说不定。

八　号　哪位顾客?

四　号　喏!那个女同志,大胖子。

八　号　哦,是个大胖子,会不会是三八饮食商店厨房师傅。

四　号　不像,你看她身上打扮!

八　号　也许她故意这样打扮得不让你们看出来呢?一定是同行。老师傅,不要骗我们了,你是三八饮食商店的师傅。

四　号　是啊!

华　侨　什么?(广东话)

四　号　哦!(误听)下面的。

八　号　你化装我们看得出的。

四　号　不要开玩笑,我们看得出的。

华　侨　你讲什么我听不懂,我要红烧牛腩!(广东话)

八　号　不对,不像同行。

四　号　要命了!“哑巴”“哑巴”……(作手势)

八　号　她不是哑子。

四　号　喔！——亲爱的同志们——（二号上）哦！二号来了，二号，她的话我们听不懂。

二　号　（观察）她是归国华侨。同志，你要什么菜？请你自己写。

华　侨　好，（写）

八　号　唔，怎么给你想出这个办法。

二　号　一只红烧牛腩、一杯白兰地。

四　号　哦，红烧牛腩这是广东菜，我们店里没有的。

华　侨　同志，你有没有？没有就算了。

二　号　我们没有，可以想办法，我们有协作关系，你坐一会儿。（下）

华　侨　谢谢你。

八　号　我们刚才以为你是厨房师傅——哦，她听不懂。（下）

四　号　哦！（下）

［服务员忙碌地为顾客送茶、酒、毛巾等等，二号为华侨送菜上。

华　侨　谢谢你，这杯酒敬你。

二　号　我们在工作时间不能喝酒，谢谢！

华　侨　噢！这花献给你。（和二号握手）

二　号　龙书记。（把花给龙）

龙　谢谢！（和华侨握手）

华　侨　祖国真是满园春色。

龙　祖国真是满园春色！

四　号　伟大，伟大！

［花丛中，人们欢笑。

（1958 年演出本）

滑稽戏

七十二家房客

编　剧

杨华生　张樵侬　笑嘻嘻　沈一乐

作者小传

杨华生（1918—2012），男，原名杨宝康，浙江绍兴人，国家级非物质文化遗产“独脚戏”项目的代表性传承人，中国戏剧家协会会员，中国曲艺家协会会员。曾任合作滑稽剧团团长，大公滑稽剧团演员。1979年参加上海市人民滑稽剧团，任副团长、名誉团长。

张樵侬（1910—1998），男，原名张保恩，上海浦东南汇人。中国曲艺家协会会员，上海戏剧家协会会员。曾任合作滑稽剧团、大公滑稽剧团、上海市人民滑稽剧团演员。

笑嘻嘻（1919—2006），男，原名阙殿辉。江苏吴县人。历任合作滑稽剧团演员，大公滑稽剧团副团长、团长、艺委会主任，上海人民滑稽剧团副团长、名誉团长。

沈一乐（1926—1968），男，苏州人。历任大公滑稽剧团、上海人民滑稽剧团演员。

人物表

二房东　46岁(上海人)

柄　根　流氓,二房东的姘夫,35岁(上海人)

阿　香　二房东养女,17岁(上海人)

三六九　伪警察,30岁(山东人)

金医生　45岁(绍兴人)

杜福林　卖梨膏糖的,40岁(浦东人)

福林妻　32岁(上海人)

小皮匠　24岁(苏北人)

老裁缝　50岁(苏州人)

裁缝妻　45岁(杭州人)

小宁波　洗衣服的,32岁(宁波人)

小宁波妻　30岁(浦东人)

老山东　卖大饼的,40岁(山东人)

山东嫂嫂　37岁(上海人)

杨老头　卖香烟的,58岁(宁波人)

韩师母　舞女,25岁(上海人)

房客甲、乙、丙、丁

救火员甲、乙、丙、丁

伪巡官

伪警察甲、乙

第一幕

[吆喝声……

杜 福 林　（唱）卖的都是梨膏糖，吃的都是黄莲汤，住的还是白鸽笼，睡的都是铺板床，回家要受房东气，外面的警察敲竹杠，卖糖人过不到人日子，不知道苦头吃到啥时候。

福 林 妻　这个自来水龙头也欺负人，是开也开不大，关也关不掉。

小宁波妻　这个是二房东搞花头。

老山东妻　师母啊。

韩 师 母　山东阿嫂。

老山东妻　你回来啦？

韩 师 母　昨晚在歌舞厅里又是个通宵。

老 山 东　点你唱歌的人多吗？

韩 师 母　点我唱歌的人倒是蛮多的。

老山东和妻　哦，哦，那你赚了不少钱了。

韩 师 母　都是点了歌，不付钱的。

老山东妻　不付钱的？哎哟，真是作孽哦。

老 山 东　那没钱吃什么呢？

老山东妻　就是。

老 山 东　来，吃个大饼吧。

韩 师 母　不可以。你们要做生意的，自己吃。

老山东妻　不要客气嘛，都是邻居嘛。来来来，吃！

韩 师 母　谢谢！

老山东妻　不要客气。

福 林 妻　韩师母，昨晚韩先生咳嗽又咳了一晚上。

韩 师 母　真的？

福 林 妻　快点去看看呀。

韩 师 母　哎。

福 林 妻　韩师母，你衣服别忘了换。

韩 师 母　哦！

福 林 妻　韩师母也真可怜，韩先生是个大学生，毕业到现在，一直失业在家，再加上生肺病一家人家开销都靠韩师母在歌厅里唱歌赚点钱，偏偏经常碰到白唱的。

小宁波妻　是呀，都是些流氓呀。

福 林 妻　都是流氓呀。我先走了。

小宁波妻　你快去吧！

老 裁 缝　老山东，问你借点面粉。

老 山 东　你自己拿吧。

老 裁 缝　谢谢。

老 山 东　没事。

老 裁 缝　老山东，你良心真好，韩师母没饭吃你给她个大饼吃，不过你这大饼是越做越薄，喔唷，我昨天买只大饼，捧在手里刚刚要张口，开口打个喷嚏，一只大饼，像叶子一样飞出去了。

老 山 东　你蛮会开玩笑的。

老 裁 缝　我寻开心的。

金 医 生　小宁波，小宁波！

小 宁 波　谁在叫？

众　　人　金医生！

金 医 生　小宁波，人在哪里？

小宁波　这里。

金医生　小宁波，刚刚搬来不熟悉，一桩事情请你帮帮忙。

小宁波　什么事？

金医生　这条裤子帮我烫得平整些。

小宁波　好。

金医生　今天我出诊要去穿的。

小宁波　金医生，我心里秤秤，自从你搬到这里后，今天是第一次出诊。

金医生　对的。

老裁缝　金医生，你第一次出诊，这出诊费是不是加倍？

金医生　这事情是这样的，一般穷人没有钱的，我一个铜板都不收的。

众　人　好！

金医生　我们以后都是邻居了，有什么事尽管叫我，所有毛病我都会看的，什么盲肠炎，肺气肿，脚底流脓，头顶生疮，都没有问题的。

老裁缝　我以后有病的话……我干吗要生病呢！

金医生　我这个意思啦，那我先去了，帮我快点，我今天要去，再见了！

小宁波　金医生，你到哪里去啊？

金医生　回去啊。

小宁波　哎呀，这是我家啊。

金医生　走错了。

老裁缝　金医生，你这个眼神是一天世界。

小宁波　对对！

金医生　这什么话，我眼镜不戴看不清，眼镜戴了看得很清楚，什么眼神不好，瞎三话四。

［金医生撞水龙头。

众　人　喔唷！

金医生　对不起，眼睛不好看不出，自来水龙头啊，哈哈哈，这水这么小。

［音乐《马路天使》。

阿　　香　阿姨好！

小宁波妻　不好意思，我们洗衣坊靠水过日子的，先让我接点水好吗？

裁 缝 妻　我们天天也要靠这个自来水冲糨糊，做衣服的，自来水小得像泪水一样小，怎么办呢？

小宁波妻　是呀，急死人了！

阿　　香　婶婶，你先来。

裁 缝 妻　谢谢！

阿　　香　阿姨，我这里还有一桶水，你先用。

小宁波妻　阿香，不好意思，谢谢你！

阿　　香　没关系。

二 房 东　阿香！

阿　　香　妈。

二 房 东　我让你下来拎点水，你怎么拎到现在还没有上去？

阿　　香　妈，我在等。

二 房 东　你在等啊，我怎么看到你把水倒给她。

阿　　香　阿姨急了要洗衣服。

二 房 东　她要洗衣服，我要洗澡。

阿　　香　妈，我们楼上不是还有一缸水吗。

众　　人　楼上还有一缸水了？

二 房 东　阿香，死上去！

小宁波妻　二房东嫂嫂，你也太不讲道理了，自来水干吗要你先用？

二 房 东　你是不是吃饭吃昏头了，我们这里的自来水费都是公摊的，为什么要让你先用？

小宁波妻　二房东嫂嫂，你忘记啦，我们洗衣服的水都是付加倍钱的，再说，你的衣服都是我们给你洗，给你烫，你是一分钱也不出的。

二 房 东　从今天开始，我不要你付加倍的钱了。但是自来水也不许你们多用。

众　　人　这不用自来水我们怎么过。

二 房 东　（唱）你们算人多嘴巴凶，

居然得罪我二房东，

现在我来关照你们，

自来水不许随便用，

从今以后新规定，

每人每天用一桶，

啥人多用不成功，

不要怪我板面孔。

小宁波妻　我们洗衣服都靠水。

小 宁 波　没冷水怎么弄？

二 房 东　啥人要是不愿意，请他马上就出去。

老山东妻　你总是叫我们赶搬场，你做人为啥这么凶？

老 山 东　老的房客搬出去，押金钞票就充公，新的房客搬进来，好另收定金，你们懂不懂？

众　　人　懂，懂，懂，真是黑心的二房东！

老 裁 缝　房东嫂嫂真聪明，赚钱的脑筋真会动。

小 宁 波　房子造得像白鸽笼。

众　　人　像白鸽笼。

老 裁 缝　房客都像进牢笼。

众　　人　进牢笼。

裁 缝 妻　自来水只能用一桶，这种规矩行不通！

众　　人　行不通！

二 房 东　好说好话你们不肯听，给你们面孔不要脸，啥人再敢来犟一犟，啥人再敢来动一动，我一拳打他——

众　　人　哪能？

二 房 东　六只洞！这里房客七十二，倒是算你最有种。你不见棺材不会哭，我叫你认识我二房东。山东人，你找死啊！你想吓死我啊！

老 山 东　只能你吵架，我不能做大饼啊？

二 房 东　我吵架，是她在和我吵，不讲道理，想多用水和我商量商量，我这人一向忠厚老实，山东嫂嫂，你说是吗……那么我……我好了，吵了这么一会，还不过瘾，再找个人吵吵，你，已经和你吵过了，老山东，不和你吵，小宁波，小宁波……

小 宁 波　干吗？

二 房 东　出来出来，和我来吵一会！

小 宁 波　我没空，我在烫裤子。

二 房 东　我和你说的话你听见吗，从现在开始，这里的房客每人每天只能用一桶水，你也不能例外。

小 宁 波　二房东嫂嫂，我们是开洗衣店的，一桶冷水不够用的。

二 房 东　你也知道不够用，那你老婆的嘴为什么这么凶呢？

小 宁 波　叫你不要吵不要吵。

小宁波妻　不是我要和他吵，是她和我吵。

小 宁 波　不要响，二房东嫂嫂，我和你说好话。

二 房 东　有毛病，说好话要说出来的。

小 宁 波　我的意思是，从现在开始，你的衣服我包掉了，我一直帮你洗，一直帮你烫，洗到你死掉为止。

二 房 东　你说什么？

小 宁 波　不是，我的意思是，一直帮你洗，一直帮你烫，自来水费照样加倍。

二 房 东　这还差不多。

老 裁 缝 不对,有味道。

小宁波妻 啥味道?

老 裁 缝 焦味。

小宁波妻 哎呀,小宁波,不好了呀,你看呀,一条裤子被你烫了个洞。

小 宁 波 看到吗,我叫你不要吵不要吵。

小宁波妻 你还怪我啊,啥人叫你活不干,和她去吵架。

二 房 东 开心啊,一只手烫得像鸡脚爪,开心啊,这就叫恶有恶报,善有善报,不是不报,时辰未到,裤子烫破了吧?

小宁波妻 哎呀,等会金医生来了怎么办?

金 医 生 小宁波,小宁波!

小宁波妻 哎呀,金医生来了。

金 医 生 小宁波,裤子烫好了吧?

二 房 东 金医生,你来呀,来呀,来呀……

金 医 生 怎么骨头这么轻。

二 房 东 金医生,小宁波把你的裤子烫得没话讲了,烫的了是梆硬,刮了松脆,喷喷香。

金 医 生 你以为是香脆饼。

二 房 东 快点穿起来。

金 医 生 难为情。

二 房 东 金医生,小宁波把你的裤子烫得没话说了。

金 医 生 二房东嫂嫂,我这条裤子是走遍上海滩淘来的,我出诊时穿着……哎呀,我的裤管呢?

二 房 东 喏,在这里。

金 医 生 哎呀,小宁波,你怎么把我的裤子烫了有尾巴的了?

小 宁 波 金医生,是这样的,我在里面烫裤子,二房东一把把我拉出来吵架,我不肯和他吵,她硬要和我吵,我的熨斗放在裤子上忘记了。

金医生　我只有这一条裤子。

二房东　你只有一条裤子啊，哈哈哈！

金医生　哈哈哈，笑你个死特！大清早，眼睛睁开就和人吵架，吵得七十二家房客不得安宁，只要有两个人在吵架，不用问，一个人肯定就是你。

二房东　金医生，裤子烫破不能怪我，有句古话你听到过吗，叫天灾人祸，各由天命，谁的裤子烫破，谁倒霉。

金医生　如果你不和人家吵架，这条裤子也不会烫破。

二房东　那你的意思，这条裤子要我来赔。

众　人　当然你赔，当然你赔。

炳　根　哪能？大清早哇啦哇啦，吃饱了是吗？

二房东　炳根啊，小宁波把金医生的裤子烫破了，他们这帮瘪三叫我赔。

炳　根　你们是不是吃饭吃醉了，裤子烫破了叫我们二房东赔，你们是不是吃吃她？哪个瘪三说的，有种站出来。

二房东　事情是这样的，小宁波在烫裤子的时候，我一把拖小宁波出来吵架，熨斗放在裤子上，裤子烫破了。

炳　根　那你怎么对他们说的？

二房东　我说这个叫，天灾人祸，各由天命，谁的裤子烫破，谁倒霉。

炳　根　这句话说得上路的。

二房东　我是一向有路的。

炳　根　喂喂喂，啪啪你们都在外面走走的，这点道理终归懂的，裤子烫烫终归要烫破的，你怕烫破你不要给人家烫，这叫天灾人祸，各由天命，谁的裤子烫破，谁倒霉。

金医生　那你的意思，是我倒霉了。

炳　根　话里的意思，这条裤子是你的？

金医生　你看，烫了这么大个洞。

柄　　根　好了，长裤剪掉变短裤，穿出去像童子军，喔唷，不要派头小，一条裤子烫坏就烫坏，大家都是住在一幢房子里的，抬头不见低头见，算了算了。

小宁波妻　小宁波，你看这条裤子是谁的，怎么和刚才烫坏的一条，一模一样。

金 医 生　让我看看。

柄　　根　赤佬在闻味道。

金 医 生　这条裤子是我的，这条不是我的，我的裤子没有烫破。

众　　人　那么这条是谁的？

小 宁 波　柄根爷叔，这条裤子是你的。

柄　　根　你吃饭是不是吃昏掉了，这么好的洋装裤子烫这么大的一个洞，你看怎么办？

小 宁 波　柄根爷叔，我会织补的，我帮你织补。

柄　　根　不行，照新的赔。

金 医 生　柄根爷叔，啪啪大家都是外面走走的，这点道理终归懂的，裤子烫烫终归要烫破的，你怕烫破不要给人家烫。有句话听到过吗，叫天灾人祸，各由天命，谁的裤子烫破，谁倒霉。抬头不见低头见，那么算了。

柄　　根　去去去。

金 医 生　我的裤子没有烫破，我没有倒霉，我出诊去了。

柄　　根　都是你这个女人，行出来天灾人祸，各由天命。

二 房 东　这句话你也讲过的。

柄　　根　我听你讲我再讲的。

二 房 东　我又不知道你把裤子拿给他们烫。

柄　　根　我又没拿给他们烫，我把裤子交给阿香的。

二 房 东　阿香，死下来！

阿　香　妈，什么事？

二房东　啥人让你把裤子交给小宁波烫的？

阿　香　妈，不是你自己讲的，我们的裤子给小宁波洗给小宁波烫，这样可以一分钱也不出，可以揩揩油了。

老裁缝　这叫偷鸡不成蚀把米。

二房东　你看，烫了那么大个洞。

阿　香　我没叫他们烫坏。

炳　根　小赤佬，打死你。

小皮匠　不许打人！

炳　根　你是谁？

小皮匠　你听好，我就是这里，九十六号门牌，七十二家房客之一，客堂背后，灶间门口，楼梯阁楼下的小皮匠。

众　人　哟，好！

炳　根　干吗，你们当他梅兰芳。小皮匠，没花头的，小赤佬，认识你爸爸吗？

小皮匠　不认识。

炳　根　上到八十岁老公公，下到三岁小弟弟，东到杨树浦，西到徐家汇，南到南铁厂，北到火车站，谁不认识我？

小皮匠　我就不认识。

炳　根　我打女儿要你来管。

小皮匠　你打人，我们人人都能管。

众　人　对，我们都可以管。

炳　根　我问你，你是阿香的什么人，阿香是你的什么人，你有资格管？

小皮匠　我是男人，她是女人。

炳　根　小赤佬！

二房东　你的皮没有他的皮厚。

柄　　根　大家都听到了，他说他是阿香的男人，阿香是他的女人，你给我说清楚，阿香怎么会是你的女人，你怎么会是阿香的男人？说不清楚，你爸爸当场摆平你。

小皮匠　我问你，我是男人还是女人？

柄　　根　男人。

小皮匠　阿香是男人还是女人？

柄　　根　女人。

小皮匠　男人女人不是蛮清楚的。

柄　　根　小赤佬，嘴巴老。

老裁缝　慢慢慢，我的一块布料没了。

小宁波妻　你的布料是什么时候不见的？

老裁缝　就是刚才小皮匠和柄根爷叔打架时没的。

柄　　根　大家都慢点走，老瘪三，你说你的布料是我和小皮匠两个人打架时不见的，你的意思是我和布料有关系，是我拿的？

老裁缝　有没有关系我不知道，布料不见了是事实。

柄　　根　好，这里人都在，今朝你爸爸当场抄给你看，布料在谁身上，谁就是贼，从前少的东西，统统叫他赔。

杜福林　对，这条马路上少掉的东西也叫他赔。

柄　　根　假如布料不在，就是你瞎说，要你点上大香大烛，摆二十桌酒水。

老裁缝　你意思摆二十桌酒水，那么就算了，算我倒霉，算我晦气。

柄　　根　哪能？哪能？哪能？老瘪三，一会布料没了，一会不要抄了，那么简单，凭你说的，今朝大家都在这里，一定要抄，抄出来的东西在谁身上，谁就是贼，从前少的东西都要他赔，我从前少了个 LG 金表，有八十四钻，一根金链条有三斤多重。

小皮匠　三斤多重的金链条你套头上吃得消的？

柄　根　不关你什么事，我还少了一件西装，二件长衫，三顶礼帽，四双皮鞋，一只五斗橱，一只梳妆台，一只红木八仙桌，四把红木椅子……

杜福林　好了，这个不是偷东西，这是搬场了。

柄　根　好了，你们以前少了什么都说出来，小偷抓到有得赔的。

老裁缝　我少了件皮袍子，两套仿绸的格子短衫裤。

老裁缝妻　我少了个水桶。

小皮匠　我少了两把榔头。

小宁波妻　我少了两块肥皂。

众人甲　我少了两包香烟。

众人乙　我少了个脚盆。

众人丙　我少了件汗衫马甲。

众人丁　我少了个凳子。

老山东　我少了两个大饼。

老山东妻　还有两根油条。

杜福林　我少了两箱梨膏糖。

福林妻　还有三块尿布。

柄　根　这瘪三垃圾的，大大小小都要的，你们都记住，贼抓到都有赔的，老裁缝，你说你少掉的布料是什么颜色，花头，什么样子的？

老裁缝　就是这样的花头，这样的样子，有三尺多长。

柄　根　大家都看到了，这样的花头，这样的样子，有三尺多长，小皮匠嫌疑最大，先抄你。

小皮匠　要抄我可以，谁来抄你？

众　人　对，要抄大家一起抄！

柄　根　笑话，我们二房东是有钱人，会要你们穷鬼的钱。

二房东　算了，我们不抄他们，他们也不抄我们，我们回去吧！

柄　根　干吗给人家留个话柄在，今朝硬碰硬，你爸爸先抄给你们看。有吗？

众　人　没有！

柄　根　有吗？

众　人　没有！

柄　根　有吗？

众　人　不要脸，偷布料！

柄　根　好，老瘪三，你设个圈套让你爸爸来钻。

小皮匠　你自己说的，布料在谁身上，谁就是贼，现在布料在你身上，你就是贼。以前我们少的东西统统叫你赔。

众　人　赔赔赔！

杜福林　慢慢慢，我来说两句，你们不能冤枉人，这块布料不是柄根爷叔偷的。

柄　根　听见吗，杜福林你上路的，下个月的房钱晚两天付。

杜福林　这块布料是刚才柄根爷叔和小皮匠打架时有人从裁缝摊拿了布料偷偷塞在柄根爷叔口袋里。

柄　根　这个瘪三胆子大的，敢在老虎头上拍苍蝇。杜福林你说，这块不料是谁偷的？

福林妻　你少说两句。

柄　根　你说。

杜福林　我不敢说。

柄　根　你说，说出来下个月房钱打八折。

杜福林　好打八折？那我说了，这个贼不是别人，就是你老婆二房东。

众　人　呀，是她啊，不要脸！

小皮匠　我去报告警察局。

柄　根　你这个小贼。

小皮匠　我小贼，你老婆才是女贼。

柄　根　好啊，我打死你。

老山东　我要杀了你。

第一、第二幕幕间

骗子甲　来来来，走过路过不要错过，大家眼睛睁睁大。

骗子乙　你自己眼睛给我睁睁大，一个人也没，哇啦哇啦叫干吗？十三点。

骗子甲　倒是没人的，哎，一个冲头来了。

骗子乙　冲头来了，开始干活。

骗子甲　明白了。

骗子乙　来，走过路过不要错过。

骗子甲　不要错过。

骗子乙　便宜便宜，这里布料非常便宜。

骗子甲　非常便宜，几个大洋。

骗子乙　一块布料七尺长，只卖五个大洋。

骗子甲　五个大洋不算便宜。

骗子乙　还可以便宜，现在只卖三个大洋。

骗子甲　三个大洋还可以便宜。

骗子乙　还可以便宜，咬咬牙齿两个大洋。

骗子甲　两个大洋还可以便宜。

骗子乙 还可以便宜,横竖横,拆牛棚,现在只卖一个大洋。

骗子甲 一个大洋。

老裁缝 一块布料一个大洋?什么布料。

骗子乙 这个布料好,手撕撕不碎。

骗子甲 撕不碎。

骗子乙 剪刀剪不断。

骗子甲 剪不断。

骗子乙 火烧烧不烂。

骗子甲 烧不烂。

骗子乙 大炮轰不开。

骗子甲 轰不开。

老裁缝 你们不是卖布料,在卖钢板。

骗子乙 东西好。

老裁缝 哦,东西好,那给我看看。

骗子乙 哦,看看。

老裁缝 哦,那么大块布料是合算的,不知道布料质量怎么样,给我看看。

骗子乙 布料好得不得了,要看可以的,先付钱后看布料。

骗子甲 一个大洋。

老裁缝 我又不会跑的,我一块大洋肯定会给你的。

骗子乙 我知道的,说说不跑,到时候肯定会跑的,要看布料,先付钱。

骗子甲 对的。

老裁缝 这话说的气人的,什么意思嘛,我又不会跑,好爽气点,一个大洋拿去。

骗子乙 布料拿去,亮头里去看吧。

老裁缝 一手交钱,一手交货,要死啊,刚刚很大一块布料,现在像尿布一样。搞错了!

第二幕

杜福林 百姓百姓，百样担心，天长日久，一本苦经，富人鱼肉荤腥，穷人油条大饼。

福林妻 福林，你唱得轻一点，小孩在睡觉。

杜福林 百姓百姓，睁大眼睛，何年何月，能见光明。

福林妻 福林，这种句子你少唱唱，让警察听见又要打你了。

杜福林 我被打惯了，多打两次我无所谓的。我知道了，你快点睡觉，小孩不舒服，我还有两句写完就好。

福林妻 那你早点睡。

杜福林 我马上就睡了。

福林妻 谁啊？

阿　香 阿姨，是我。

福林妻 阿香，半夜三更来找，有什么事？

阿　香 福林叔，你今天当面拆穿我妈偷布料的事，他们恨死你了，你们知道吗，警察局的王科长是柄根爷叔的干爹，等会他要叫老头子派警察来找你麻烦了，你们自己当心点。

杜福林 谢谢你！

福林妻 （唱）都是你惹的祸，你年纪活了四十多脾气还是这么大，多管闲事自己多吃苦，看见房东偷布料，你为啥就要多啰嗦，假如把我们赶搬家，看你怎么来对付，没吃没穿穷光蛋，闷声不响日子过，我看你真是越活越糊涂。

杜福林 （唱）眼看邻居受欺负，心里实在气不过，为啥穷人一定要吃苦，我一定要出房东的丑，把柄根的面子撕破。

福林妻 穷人注定要受苦，注定要受苦。

杜福林 我气不过，出出气。

福林妻 出气，现在出事情了，怎么办？

杜福林 不要怕，怕什么？快点睡吧，我忙一会就睡了，不要急！

三六九 查户口，开门。

福林妻 福林，大概是警察来了。

杜福林 不要急，有我，你快点睡觉。

三六九 里面有人吗？

杜福林 里面有人的，外面是谁？

三六九 外面是我。

杜福林 里面是我。

三六九 嘿，他奶奶的！

杜福林 哦，你来找你奶奶的。你奶奶不在，在其他地方。

三六九 什么找奶奶，听清楚了，我是警察局的警察，我来调查户口。

杜福林 哦，你来调把斧头，找木匠去换，这里没的。

三六九 哎，听清楚了，我是警察，我来调查户口。

杜福林 什么，你是警察，我不相信，万一你是强盗呢。

三六九 不相信那你开门看吧。

杜福林 我开门，强盗冲进来，东西都抢光了。

三六九 我跟你讲，我是警察。

杜福林 我不相信，你是强盗呢。

三六九 你不相信，你开门看。

杜福林 我开门，强盗冲进来。

三六九 我他奶奶的，你到底开不开门？

杜福林 来了，警察先生，我的短衫你看见没有？

三六九　你的短衫关我什么事？

杜福林　刚才在的，你来之后，短衫不见了。

三六九　照你这么说，我们警察要拿你们老百姓的短衫。

杜福林　你不要客气了，上次我两箱梨膏糖就是被你们警察抢光的。

三六九　废话少说，开门！

杜福林　来了，短衫找到了。

三六九　在什么地方？

杜福林　我穿在身上。

三六九　他妈的你是死人还是活人？

［杜福林把门打开随即又关上。

杜福林　哦，走了，蛮好。

三六九　我他妈的，我这个鼻子酸溜溜酸溜溜的，这个门怎么又关上了你？

杜福林　你不是走了吗。

三六九　我还没进来了。

杜福林　哦，没走啊。

三六九　开灯。

杜福林　电线被二房东剪了。

三六九　把蜡烛点上。

杜福林　火柴有吗？

三六九　有的。

杜福林　点上。

三六九　警察查户口，还要贴火柴。

杜福林　这也难得的。

三六九　看见吗，是警察吗，我跟你讲，我老虎皮一穿我就是警察。

杜福林　老虎皮一穿是警察，老虎皮脱了是强盗。

三六九　他妈的还要说我强盗啊，起来起来，老老小小全部起来，调查户口。

杜福林　哦，起来。

三六九　哎哟，什么东西咬人的？

杜福林　凳子上的臭虫在咬你。

三六九　臭虫，这么多臭虫。

杜福林　你踩死它们呀。

三六九　你们家臭虫关我什么事，换个凳子坐。

杜福林　这个凳子也有臭虫的。

三六九　那我坐在桌子上。

杜福林　桌上也有臭虫的。

三六九　那别烦了，床上挤一下。

杜福林　床上也有臭虫的。

三六九　那么我只能站着和你说话了。

杜福林　地上也有臭虫的。

三六九　照你这么说，我到你家来，连站的地方都没有？

杜福林　我家本来就没你站的地方。

三六九　废话少说，我搞不懂，你们睡得好好的，怎么臭虫不咬你们，专咬我啊？

杜福林　我们身上血已经吸干了，你难得来的，你的血新鲜，它要吃新鲜的。

三六九　照你这么说，我今天是来请客的。

杜福林　你今天是送货上门呀，不要动。

三六九　干吗，哎哟哇啦，干什么你？

杜福林　一只蚊子。

三六九　一只蚊子？你打得轻一点。

杜福林　打得轻打不死。

三六九 打得重我受不了。

杜福林 下次打轻点。

三六九 下次还打啊？我这几天牙疼得厉害，以后有蚊子我自己打。

杜福林 我知道了，不要动，蚊子又来了。

三六九 不要动，在什么地方，我自己来。

杜福林 上面，下面，左面，右面，左面，右面，右面，左面。

福林妻 警察先生不能打福林，福林不经打的，我们一家靠他养活的，不能打他。

三六九 我没打他。

福林妻 你没打他？那我听到噼里啪啦什么声音。

三六九 噼里啪啦声音是从我脸上出来的。

杜福林 这个警察有点傻乎乎的，自己打自己的。

三六九 好了，废话少说，你知道我今天来干什么吗？

杜福林 干吗？

三六九 抽壮丁。

杜福林 没空，请假。

三六九 抽壮丁管你有空没空，上面有规定，从十六岁到……你今年几岁？

杜福林 比去年大一岁。

三六九 那你去年几岁？

杜福林 比今年小一岁。

三六九 我他妈的，到底几岁？

杜福林 你们抽到几岁？

三六九 我问你今年几岁？

杜福林 你们抽到几岁？

三六九 你今年几岁我们就抽到几岁。

杜福林 你们抽到几岁，我终归比你们大两岁。

三六九　我们抽到八十岁，你有八十岁吗？

杜福林　警察先生，我不用去了，我今年八十二岁。

三六九　你八十二岁，你是老太爷啊，我给你祝寿来了，谎报年龄，逃避壮丁，跟我走。

杜福林　是八十二岁。

三六九　怎么还八十二岁。

杜福林　我儿子，我老婆，我，三个人加起来正好八十二岁。

三六九　那么我加起来要一百多岁了，还是谎报年龄，还是到局里去。

杜福林　不去，警察先生，你会跳芭蕾的？

三六九　这有什么稀奇呢，我一个人，你们两个人，老太婆过来帮帮忙。

福林妻　为什么要帮你？

杜福林　这是我的老婆，终归帮我忙的。

三六九　你老婆帮你忙的，那么我老婆为啥总是帮人家忙的？

杜福林　帮谁忙？

三六九　帮一个小白脸，关你什么事，去局里。

杜福林　警察先生，商量商量。

三六九　商量商量可以，壮丁不抽，交壮丁费五担大米。

杜福林　拿不出。

三六九　那便宜点，三担大米。

杜福林　这也拿不出的。

三六九　那这样吧，拿五个大头。

杜福林　拿不出。

三六九　那三个大头。

杜福林　一个大头也拿不出。

三六九　没有大头那到局里去。

杜福林　大家再商量商量。

三六九　商量商量就对了，你看，我拉了也很累，汗也出来了。

杜福林　是啊，汗也出来了，看看衣服，很累啊。

三六九　我来一次也不容易，想想家里有什么东西可以当的当掉，也就三个大头，又不贵，便宜的，壮丁你就可以不要去了，夫妻两个好好商量商量。

杜福林　商量好了。

三六九　商量好了？大头拿来。

杜福林　你给我？

三六九　什么我给你，你给我。

杜福林　我为什么要给你？

三六九　我是警察。

杜福林　凭什么说你是警察。

三六九　我这个老虎皮一穿就是警察。

杜福林　你老虎皮呢？

三六九　老虎……哎。

福林妻　在门外。

三六九　你等着，天亮我来找你，你等着。

［三六九下。

杜福林　我实在气死了，出口气也好。

福林妻　福林，现在怎么办，小孩怎么办，烧得厉害。

［小皮匠等上。

杜福林　谁啊，哦，小皮匠。

小皮匠　警察走了？

杜福林　走了走了。

老裁缝　福林，到底什么事，你说。

杜福林　就是小孩发烧得厉害。

金医生　不要急，有我在，我来看看。

老裁缝　烫不烫？

金医生　烫倒不烫。

福林妻　你摸在哪儿？

金医生　烫得不得了，小孩什么时候发烧的？

福林妻　昨天晚上。

金医生　咳嗽有没有？

福林妻　有的。

金医生　痰多吗？

福林妻　也有的。

金医生　咳起来有没有“咕噜噜”的声音？

福林妻　这倒没有。

金医生　知道了。

众　人　什么毛病？

金医生　急性肺炎。

众　人　哎哟，那怎么办啊？

金医生　送医院。

杜福林　送医院要多少钱？

金医生　最起码三个大头。

杜福林　三个大头我哪里拿得出，一个大头也拿不出来。

小皮匠　不要急，我这里有个大头，本来想买皮子的，现在给孩子看病要紧。

杜福林　谢谢，一个大头还缺两个了，不够呀。

金医生　福林，这两天我出诊也有一个大头，拿去看病吧。

杜福林　你给我钱还鞠躬干吗？

金医生　我这个大头藏在鞋子里的，生怕短命警察抢走。

杜福林　谢谢，还缺一个大头，怎么办？

老裁缝 福林，别急，我这里还有一块。

金医生 拿出来。

老裁缝 我在拿，我这个大头是学生意时藏的。

金医生 绳子这么长，快点，小孩发烧。

老裁缝 喏，来了。

老裁缝 喏，一块大头，拿去，看病要紧。

福林妻 快点去吧。

［三六九上。

三六九 是不是给的壮丁费？

杜福林 小孩看病的。

三六九 什么小孩看病的，这是给的壮丁费，钱给我，你就可以不要去了，知道吗？

杜福林 强盗。

福林妻 福林，那现在怎么办？

杜福林 小孩看病的钱没了。

老裁缝 福林，不要急，三个大头在我这里。

第二幕、第三幕幕间

骗子甲 来来来，走过路过不要错过，大家眼睛睁睁大。

骗子乙 你自己眼睛给我睁睁大，一个人也没，哇啦哇啦叫干吗，十三点。

骗子甲 倒是没人的，哎，一个冲头来了。

骗子乙 冲头来了，开始干活。

骗子甲 明白了。

骗子乙 来，走过路过不要错过。

骗子甲 不要错过。

骗子乙 便宜便宜，这里布料非常便宜。

骗子甲 非常便宜，几个大洋。

骗子乙 一块布料七尺长，只卖五个大洋。

骗子甲 五个洋不算便宜。

骗子乙 还可以便宜，现在只卖三个大洋。

骗子甲 三个大洋还可以便宜。

骗子乙 还可以便宜，咬咬牙齿两个大洋。

骗子甲 两个大洋还可以便宜。

骗子乙 还可以便宜，横竖横，拆牛棚，现在只卖一个大洋。

骗子甲 一个大洋。

老裁缝 一块布料一个大洋？什么布料。

骗子乙 这个布料好，手撕撕不碎。

骗子甲 撕不碎。

骗子乙 剪刀剪不断。

骗子甲 剪不断。

骗子乙 火烧烧不烂。

骗子甲 烧不烂。

骗子乙 大炮轰不开。

骗子甲 轰不开。

老裁缝 你们不是卖布料，在卖钢板。

骗子乙 东西好。

老裁缝 哦，东西好，那给我看看。

骗子乙 哦，看看。

老裁缝 哦，那么大块布料是合算的，不知道布料质量怎么样，给我看看。

骗子乙　布料好得不得了，要看可以的，先付钱后看布料。

骗子甲　一个大洋。

老裁缝　我又不会跑的，我一块大洋肯定会给你的。

骗子乙　我知道的，说说不跑，到时候肯定会跑的，要看布料，先付钱。

骗子甲　对的。

老裁缝　这话说的气人的，什么意思嘛，我又不会跑，好爽气点，一个大洋拿去。

骗子乙　布料拿去，亮头里去看吧。

老裁缝　一手交钱，一手交货，要死啊，刚刚很大一块布料，现在像尿布一样。搞错了。

第三幕

阿　香　皮匠阿哥，你吓了我一跳。

小皮匠　你也吓了我一跳。

阿　香　你的衣服我帮你补好了。

小皮匠　不好意思，阿香，你对我真好。

阿　香　皮匠阿哥，说到好，你对我才叫好，你就像是我的亲人。

小皮匠　阿香，我们都是天下的苦命人啊。

（唱）可怜我小皮匠，自幼离家乡离家乡，挑起皮匠担，流浪走四方，依靠一双手勉强度时光，三餐粥汤难以周全，哪有钱做衣裳，皮匠师傅的鞋子，没有后跟，难怪我衣服要开天窗。

阿　香　（唱）可怜我从小离亲娘，养母心肠狠，时刻把我打，幸亏有众房客处处帮阿香，体贴关心我，还有你小皮匠，为了照顾我，得罪恶虎狼，不是亲人胜亲人，感激你呀一片热心肠，老杨伯伯，你怎么回来了！

杨老头 自己家里总要回来的，我没看见。

阿　香 老杨伯伯，我走了。

小皮匠 我送送你。

杨老头 小皮匠，什么意思，住一幢房子，又不是送到火车站去。

小皮匠 杨老头。

杨老头 不要说了，大家心里都清楚。

小皮匠 杨老头，你出去生意怎么样。

杨老头 带出去9包香烟，带回来7包。

小皮匠 卖掉2包，卖了几个钱？

杨老头 五块。

小皮匠 卖了五块？

杨老头 一个警察拿了两包香烟，我问他要钱，他一个耳光，这里五个块。

小皮匠 五个乌青块，哎呀，不像话，不谈了，杨老头吃泡饭。

杨老头 我经常吃别人泡饭，不好意思。

小皮匠 没事，等你发财我吃你的。

杨老头 我会发财？发到一口棺材不错了。

二房东 阿香。

阿　香 妈。

二房东 死人，叫声妈也叫不来的，叫得来像死猫叫，喵，你在干吗？

阿　香 拖地板。

二房东 拖地板，干吗，苦恼死了？拖地板累死了？你妈我搓了36圈麻将回来也没叫累，今天牌霉的是一天世界，搓得腰酸背疼，木头啊，听到娘叫腰酸背疼过来敲两下，短命的算盘珠拨一拨动一动，哎哟，敲不动啊，饭没吃过？

阿　香　从早上到现在，一样东西也没吃过。

二房东　哎哟，早上到现在，一样东西也没吃过，你今天没吃过昨天吃过了呀，就算今天没吃过明天也可以吃的，这什么道理，说的话派头也没，丢我的脸，敲。哎哟哇，找死啊，你想敲死我啊？

阿　香　哎呀哇。

小皮匠　哎，楼上安静点！

二房东　是这样的，你们想安静啊，想安静你们搬到殡仪馆去，那里最安静了。

杨老头　房东阿嫂，我们在下面吃泡饭呢。

二房东　哎呀，老甲鱼吃泡饭了，嘿哟，甲鱼吃泡饭是神气死了，要是吃蛋炒饭是吵翻天了，好，甲鱼，让你吃泡饭，叫你吃泡饭——

小皮匠　喂喂喂，上面钉棺材板啊。

二房东　好的，你触我霉头，今天我老鬼小鬼一起钉。

小皮匠　你搞我也搞。

二房东　来呀。

杨老头　哎哟，敲穿了。

二房东　哎哟，地板敲穿了，小鬼，好，你的头钻上来了，今天我踩死你。

杨老头　不要吵！

二房东　好，小鬼头换了个甲鱼头，你们倒是在翻花头嘛，老甲鱼踩死你，你们来呀，钻呀，再去拿个拖把来。

阿　香　妈，算了。

二房东　去拿，赤佬模子，我怕你，我怕你我不做人了，我戳死你。

小皮匠　杨老头，拿把切菜刀，把他手斩下来。

二房东　哎哟，痛啊，哎哟，痒死了。

小皮匠　认识我吗，叫声好听的。

二房东　皮匠阿哥。

柄　根　好了，你们这帮瘪三在拆房子啊，等着瞧，你爸爸我来收拾你们。

二房东　柄根，你总算回来了，你要是在晚点回来，你今天就看不到我了。

柄　根　哎呀，和这些穷鬼搞什么搞？

二房东　我在和他们搞？（指着阿香）都是这个吊死鬼害人，滚回房间去，我早说了，卖掉，你就是舍不得卖。

柄　根　小鬼卖不出钱。

二房东　这吊死鬼养得壮吗？

柄　根　养肥了再卖。

二房东　这吊死鬼养得壮吗？养到大年夜就这么壮……喝了这么多酒，那么多酒气，干吗喝那么多？

柄　根　一共才喝了五六斤高粱，你听我说，好日子过不长了，老头子，警察局里的王科长要到台湾去了。

二房东　那我们怎么办呢？

柄　根　和他们一起走到台湾去。

二房东　和他们一起去台湾，那我们的房子怎么办？

柄　根　房子有人看中马上卖掉。

二房东　要户头吗？

柄　根　没户头我找死啊。

二房东　那这点房客怎么办呢？

柄　根　笃定，房客叫他们统统搬场。

二房东　他们肯搬吗，有七十二家房客了。

柄　根　你笃定放心，我和我干爹说好了，派些警察来和这帮穷鬼搞，搞到他们受不了搬家。

二房东　对，第一个要赶走小皮匠。

柄　根　小皮匠这个料最坏，枪打出头鸟，先打这个赤佬。什么事，脸色那么不好？

二房东　今天不高兴，麻将输得一塌糊涂。

柄　根　麻将输了换一家试手气，翻本嘛。

二房东　对，去翻本去。

柄　根　对面弄堂张家去搓两圈。

二房东　今天我翻本了算这个吊死鬼运气好，翻不了本我回来剥她的皮，抽她的筋。

柄　根　你先去，我待会儿会去的。

二房东　我去了。

柄　根　你去好了。

二房东　我去了，你待会儿就来哦。

柄　根　你去吧，你最好一去不回，阿香，来来来。

阿　香　柄根爷叔。

柄　根　陪我喝些酒。

阿　香　我不会喝酒的。

柄　根　（唱）黄毛丫头十八变，越变越漂亮了。阿香心里要明亮，你娘的心太硬，不是把你打，就是把你骂，你娘把你骂一句，我就埋怨你娘，夫妻之间不和睦，就为了你这个小姑娘，我在外面很混得开，东南西北名气响，徒子徒孙数不清，只要你肯嫁给我，别人见你叫师娘，有人再要欺负你，阿香就要响一响，哈哈哈，里面来谈谈。

阿　香　救命啊！

小皮匠　不好了，着火了！

二房东　哪里着火了？

小皮匠　没有着火。

二房东　那谁叫的着火？

小皮匠　我叫的。

二房东　你为什么叫着火？

小皮匠　我听见楼上阿香叫救命，我以为着火了。

二房东　阿香，你为什么要叫救命？

阿　香　柄根爷叔他……

柄　根　什么东西，小姑娘骂她两句，话多，找死啊！

救火员　哪里着火？

柄　根　误会，老大，没着火。

救火员　没着火打什么电话？谁打的电话？

二房东　谁打的电话？谁？自己说！

柄　根　别问了，找死啊，电话我自己打的。

救火员　哦，电话你打的，你为什么打电话？

柄　根　事情是这样的，我听到这个赤佬叫着火了，我打的电话。

救火员　你是谁啊？

柄　根　我是这里二房东的男人。

救火员　你为什么要喊？

小皮匠　我听到楼上阿香叫救命，我以为着火了，所以我叫着火了。

救火员　你是干嘛的？

小皮匠　小皮匠。

杨老头　房客，没花头的，有花头的在这里。

救火员乙　大头讨两个。

救火员　来，电话你打的对吗？

柄　根　对，电话我打的。

救火员　摆句话出来。

柄　根　老大，你这个是斧头，我这个是鼻子，劈开后没地方配的，不能开玩笑的，老大自己人，来抽烟。

救火员　香烟我们自己不会买啊？

柄　根　你靠什么，我靠什么，大家一条路上的，警察局王科长是我干爹。

救火员　警察局，救火站，桥归桥，路归路，没关系的，救火站有规定，救火车一到劈房子。

柄　根　哎呀，老大帮帮忙，这帮赤佬来了，不带点锡箔回去，不会走的。

二房东　那怎么办呢？

柄　根　那么开个尺寸？

救火员　一根大条子。

柄　根　哎哟，你这太辣手了，一根大条子，十两黄金，破房子，又不是花园洋房，再说大家外面混混的，空场面，没钱的呀。

众　人　他有钱的。

柄　根　你们这帮瘪三，现在我明白了，什么叫倒撬边。

救火员　没钱是吗，劈房子。

柄　根　商量商量。

救火员　蜡烛嘛。

柄　根　这帮赤佬，不给他们钱是不会走的。

二房东　那怎么办呢？

柄　根　随便给他点东西。

二房东　这个是我的，你的干吗不给他？

柄　根　我外面要摆场面要混混的呀。

二房东　你要摆场面，我也要混混的呀。

柄　根　我会再买给你的。

二房东　你买给我啊，你的东西都是我买给你的。

柄　根　你买给我，我不是小白脸，你肯倒贴给的啊？

二房东　你还算小白脸啊。

柄　根　怎么不是小白脸，人家都叫我印度小白脸。哎，弟兄啊，有话好说，意思意思，一个金镯，大家辛苦钱，买点东西吃。

救 火 员 怎么,一个手镯?

救火员乙 当我们讨饭的?

柄　　根 哎哟,辣手的,讨饭讨到金手镯也不要,本事大的。

救 火 员 这根东西一起脱下来。

柄　　根 老大算了,这东西要外面混混,摆场面的。

救 火 员 算了,交个朋友。

柄　　根 好的,交个朋友,改天请你吃饭。

救 火 员 你房子在哪?

柄　　根 在二楼。

救 火 员 去二楼,劈房子?

第三幕、第四幕幕间

理 发 师 先生,很久没来了。

顾　　客 是啊,很久没来了,忙呀。

理 发 师 还是老样子?

顾　　客 照老样子剃短。

理 发 师 好的,先生,你不要看我地方小,很干净。

顾　　客 所以我经常来的。

理 发 师 老太婆你不要敲了,没看见我做生意。

顾　　客 不要敲了。

理 发 师 再吵我生意都吵光了。

顾　　客 做生意,不要吵。

理 发 师 先生,你看我做点生意也不容易。

顾　客　是呀，现在生意都难做。

理发师　天天狗头上抓抓，猫头上拉拉。

顾　客　什么话，什么叫狗头上抓抓，猫头上拉拉，我这是人头呀。

理发师　对不起，我说错了。

顾　客　话说得难听吗，狗头上抓抓，猫头上拉拉。

理发师　吵架都要怪二房东不好。

顾　客　二房东？为什么。

理发师　天天赶我们搬家，我心情不好，打了老太婆一下。

顾　客　打老太婆不应该的，打就打了，就当小时候被爹娘多打了一下，算了不要说了。

理发师　听见吗，这位先生也说算了，什么，你还要吵啊，再吵我打死你。

顾　客　你不是打她，你是在打我。

理发师　对不起。

顾　客　做生意做吗？

理发师　做的。

顾　客　不做我走了。

理发师　你走了我没生意了。

顾　客　就是来挑挑你的。

理发师　那你看怎么剃？

顾　客　不要剃了，刮胡子吧。你在干吗？

理发师　我皮一下刀。

顾　客　这是我袖子，你当是皮刀布啊？

理发师　要死，让她吵昏掉了，老太婆，拿块热毛巾来。

顾　客　哎，你在刮胡子还是眉毛？

理发师　刮胡子呀。

顾　客　我眉毛被你刮了呀。

理发师 对不起。

顾　客 对不起就行了？我眉毛没了怎么出去？

理发师 什么？二房东把家里被子扔出来了？

顾　客 你不要走，还有根眉毛一起刮掉算了。

第四幕

阿　香 小皮匠！

小皮匠 出什么事情了，你妈妈又打你了，她为什么要打你啊？

阿　香 我妈要把我卖到妓院去。

小皮匠 什么，卖到妓院里，阿香你千万不能去，你一去就一生一世完了。

阿　香 小皮匠，苦人柄根不像样，心肠实在狠，他与姆妈商量，准备离开上海城，还要把房子来卖掉，把所有房客赶走，还要把我卖了做妓女，一脚踢进地狱门，小皮匠。

小皮匠 你不要伤心。

阿　香 快快替我想办法，救救我这苦命人。

小皮匠 房东和柄根是一对老畜生，心害众房客，断送你青春，胜似那吃人的狼，比虎狼更凶狠，擦干了眼泪，逃离家门，想尽办法与他们斗，就是斗不动，也要拼命。

阿　香 小皮匠。

小皮匠 阿香，你不要难过，我想办法，我办法多的，你放心。

阿　香 皮匠阿哥，有办法吗？

小皮匠 一下子想办法倒想不出来了。

阿　香 你想想办法呀。

小皮匠 阿香,你别哭,你一哭我难过的,你难过我也难过。

三六九 哎哎哎,小姑娘,哭什么哭,小鬼,是不是你在欺负她?

阿　香 不是他,警察先生。

小皮匠 瞎猫拖死老鼠啊。

三六九 那她为什么哭?

小皮匠 她妈妈打她。

三六九 妈妈打她就哭了,被妈妈打有什么好哭的,我被我妈妈打就不哭。

小皮匠 警察先生,你那么大了被你妈妈打?

三六九 不是现在打我,是我小时候妈妈打我的,现在我妈妈很宝贝我的。她妈妈为什么打她呢?

小皮匠 叫她做生意去。

三六九 做生意?叫她做生意就哭了?做生意有什么不好,做生意好的,今年几岁了?

阿　香 十七岁。

三六九 十七岁可以做生意了,我十六岁我就做生意了。

小皮匠 哎哟喂,警察先生,你知道叫她做什么生意啊?

三六九 做什么生意啊?

小皮匠 做妓女。

三六九 啊,叫十七岁的女儿做妓女。

小皮匠 你不是十六岁就做了。

三六九 我是做小生意卖天津萝卜的,天底下哪有这种妈妈把自己的亲生女儿往火坑里推?

小皮匠 不是亲生的,是养女。

三六九 买来的,那就更不对了,这是贩卖人口,逼良为娼,犯法的行为。

小皮匠 警察先生,这事情你个管不管?

三六九 怎么不管,我……这个小姑娘,我问你,你妈妈家里这个大头有吗？

阿　香　大头？我妈家里有很多。

三六九　你妈家里有很多？你放心，这个事情包在我身上。

阿　香　皮匠阿哥，警察先生说都包在他身上。

小皮匠　警察先生，你真是个好人啊。

三六九　你说什么？

小皮匠　你是个好人。

三六九　你说我是好人啊，我从小长那么大，没人叫过我好人，我碰到识货朋友了，你放心，这事情包在我身上了。

阿　香　警察先生，你救救我。

三六九　（唱）你起来，哭也哭得我悲伤，给我下跪是不敢当，起来，这件事情太荒唐，摧残女儿良心伤，当警察，都要管，要为百姓来申冤枉，逼良为娼有罪名，我要来教训教训你的娘，不要怕，有胆量，有我在帮你们忙，有我这铁面无私包青天，哪怕他三头六臂我也不买账，不买账。

小皮匠　警察先生，你坐。

三六九　来呀，把这个逼良为娼的老太婆带上来。

小皮匠　好，我去叫。

二房东　阿香。

小皮匠　来了。

三六九　没关系，有我在这里你放心。

二房东　你放心，我就猜到你和小皮匠在一起，家里事情不做，整天和他在一起，找死啊？你以为他是好人啊？坏料，这里这么大一摊垃圾不扫。

三六九　谁是垃圾？

二房东　是人啊。

三六九　垃圾？有那么大的垃圾吗？

二房东　对不起。

三六九　对不起？怎么对不起，没看见？

二房东　没看见。

三六九　黑糊糊一团，没看见？

二房东　正因为黑糊糊一团，所以看不见。

三六九　我他奶奶的，我一看就看出来你不是好人，短命脸上还生一颗痣，我们这种都是好人脸，你逼良为娼，贩卖人口，这是犯法的行为知道吗？

二房东　我从小买回她，养了那么大，花了不少钱，把她卖到妓院，也是将本就利，谁也管不着。

三六九　管不着？我就要管，我就要把你带到局里去，走！

二房东　哎，放手，你想吃我豆腐啊？

三六九　你还算是豆腐啊，你自己不看看清楚你还算豆腐，我看你已经变成豆腐干了，而且不是一般的豆腐干，是臭豆腐干，没人管你，我就要管，我就要把你带到局里去。

二房东　好了，不要一本正经了，好了，像真的一样的。

三六九　小皮匠，撑一把。

二房东　好了，你靠什么，我靠什么，大家都是自己人吗，脚碰脚。

三六九　我还和你脚碰脚？我和你在一起还是一对狗男女，什么脚碰脚，你放心，我就要把你带走，警察局，走。

柄　根　哟，三六九。

三六九　阿哥，你怎么住在这里？

柄　根　我就住在这儿，你来干吗？

三六九　我来抓人。

柄　根　抓人干吗？

三六九　逼良为娼，一个老太婆。

柄　根　老太婆，逼良为娼，带她进去，老太婆人呢？

三六九　就是她。

柄　根　没的说，马上带她进去……你吃饱了，这是我的女人。

三六九　阿哥，你寻开心了，你的女人我看到过的，身材很好，脸蛋漂亮，不是这么胖的一个死老太婆。

柄　根　这是另外一个。

三六九　另外一个，阿哥，你一共有几个？

柄　根　好几个，不关你的事。

三六九　阿哥你身体要当心。

柄　根　来介绍一下，这是警察局的兄弟三六九，王科长派来的，这是我的老婆，叫一声阿嫂。

三六九　阿——嫂——

二房东　免了。

柄　根　三六九，阿香是我的女儿，你看这事怎么办？

三六九　你放心，阿哥的事情就是我的事情，阿嫂的事情是阿拉的事，都是一家门，一句话。

二房东　你这吊死鬼，死上去，哎，你干吗？

小皮匠　你说上去呀。

二房东　我叫你上去啊？我和你攀亲家。癞蛤蟆想吃天鹅肉，呸！

柄　根　三六九，警察局派你来就是和他们搞的。

三六九　我知道。

柄　根　统统叫他们搬场，你要知道，住在这幢房子里的瘪三都不是东西。

三六九　我知道，住在这幢房子里的瘪三都不是东西。

柄　根　他们不是东西，我们是东西。

三六九　他们不是东西，我们是东西。

柄　根　我们也不是东西。

三六九　我们也不是东西。

柄　根　你在搞什么东西。

三六九　随便你搞什么东西。

柄　根　你别搞，听我说，住在这幢房里的房客统统让他们搬场，这房子有人看中，你到时这里有利可图。

三六九　谢谢阿哥。

柄　根　卖力点，让他们搬场。

三六九　明白。

柄　根　这里的小皮匠，后面的金医生，这里他们两个最麻烦，枪打出头鸟，先把他们赶走。

三六九　你放心阿哥，吃吃他们，桃子没那么酸的。

柄　根　卖力点做，等到完成了，到我楼上喝酒，今天小菜好的，白斩鸡，油爆虾。

三六九　阿哥，阿嫂，我他奶奶的，我一看就看出来你不是好人。

小皮匠　警察先生，你怎么一下子就变脸了？

三六九　废话少说，今年几岁了？

小皮匠　24 岁。

三六九　24 岁正好，抽壮丁。

小皮匠　怎么抽壮丁了。

三六九　你是谁？为什么不抽？都要抽壮丁。

小皮匠　没空去。

三六九　没空？那拿五担大米。

小皮匠　没有。

三六九　那三担。

小皮匠　没有。

三六九 那就五个大头。

小皮匠 拿不出。

三六九 那三个大头。

小皮匠 没有,一个大头都没有。

三六九 不可能一个大头都没有吧,找找看。

小皮匠 没有的。

三六九 不可能没有,干什么?

小皮匠 痒。

三六九 你个小鬼还怕痒了,过来,把手举起来,干什么你?

小皮匠 痒。

三六九 有什么好痒的,我就不怕痒,有什么痒的。

小皮匠 你不怕痒,把手举起来。

三六九 举就举。

小皮匠 我还没过来就痒了。

三六九 你不能过来的,一上来我就害怕,滚开,我管你痒不痒,这双拖鞋不错,就算壮丁费。

小皮匠 这是客人的。

三六九 什么客人,我就是客人,什么客人不客人,壮丁费,阿哥阿嫂。

小皮匠 客人要来拿怎么办呢,哎哟,真像强盗,流氓,王八蛋,你妈妈了个呸！金医生对不起！

金医生 小皮匠你在干吗?

小皮匠 刚才来个警察说要抽壮丁,我不去,他就三个大头五个大头,我说没有,他就把客人的鞋子抢走了。

金医生 小皮匠,你要知道,警察蛮横得不得了,为老百姓办事情,办什么事情,到人家家里这里一块大头,那里一块大头,敲竹杠,这种警察我不是瞎说,将来结婚生小孩,再大也就花生米这么大。不过话说回来，看见警察不要怕他，上次我为人看病，警察来敲竹杠了，对我狠得不得了，我不是瞎说，我对他眼睛一瞪，打得警察响都不敢响，警察你别怕，哎哟警察来了，要死，我碰到警察了。

三六九　什么人？

金医生　中国人。

三六九　干什么的？

金医生　医生。

三六九　医生？会看什么病？

金医生　警察先生，我对外科内科妇科小儿科，什么科我都看。

三六九　好，我牙疼的厉害，给我看看牙齿。

金医生　警察先生，我是看外科的，牙科我不看的。

三六九　你不是说牙科内科嘛。

金医生　我是内外的外，不是牙齿的牙，牙齿我看不来。

三六九　不看？真的不看？我不要你看，医生，姓什么？

金医生　我姓金。

三六九　哦，金医生，今年几岁了？

金医生　58 岁了。

三六九　正好，抽壮丁。

金医生　警察先生，我知道的 58 岁用不着抽壮丁的。

三六九　不管，凑数也好的。

金医生　警察先生，你看看清楚，我一千度近视，打枪我看不准的。

三六九　我和你说，弄尴尬了，我们瞎子也抽，瞎子知道吗，就是盲人，我们也抽的。

金医生　警察先生，瞎子抽去干吗呢？

三六九　派什么用，到军队里按摩。

金医生　搞什么，按摩，我不去的。

三六九　不去可以，给我看牙齿，壮丁不去，壮丁费也不要你，看牙齿的钱我也不给你，大家抵消，过来给我看牙齿。

金医生　好，我给你看，牙齿我从来没看过，嘴巴张大，哎哟，臭得不得了。

三六九　臭是我刚才吃的大蒜。

金医生　张大。

三六九　我他妈的，有什么好看的？

金医生　我近视眼看不见。

三六九　看不见，那现在看见了吗？

金医生　看见了。

三六九　看得怎么样？

金医生　警察先生，你的牙齿已经烂得糊嗒嗒的。

三六九　烂成什么，糊嗒嗒？那怎么办呢？

金医生　拔掉。

三六九　那好，那就给我拔了。

金医生　警察先生，拔牙的钳子我恩缪额（绍兴话：没有的）。

三六九　钳子什么？

金医生　小皮匠敲的钳子我恩缪额。

三六九　钳子恩牛？恩牛什么意思？

金医生　恩缪额就是没有。

三六九　他妈的没有就没有，什么恩牛，难听死了。没钳子，那有钳子就能拔了？

金医生　有钳子拔了就行。

三六九　你等着，小皮匠，这个钳子借一下。

小皮匠　派什么用？

三六九　拔牙齿。

小皮匠　我这是拔钉子的。

三六九 不管的，对了，我的鞋不牢，你给我打些钉子，敲得牢点，上次老皮匠给我钉的芝麻钉。什么声音？

小皮匠 干活。

三六九 轻一点，我被你吓死了。

小皮匠 干活总是有声音的。

三六九 医生。

金医生 哎呀，警察先生，我求求你了，我不帮你拔牙，你也用不着开枪啊。

三六九 我没开枪。

金医生 你腰里不是别着手枪吗。

三六九 这不是手枪，是朋友送给我的一双拖鞋。

金医生 手枪不别，别个拖鞋，怎么想得出的？

三六九 好了，钳子来了。

金医生 警察先生，你用这个钳子不能拔的。

三六九 医生水平高，不在乎钳子好不好，来吧。

金医生 好，我帮你拔，这种钳子拔鞋钉的，怎么来拔牙齿了，嘴巴张大。

三六九 张大。

金医生 嘴巴张大不要动，张大。警察先生，你刚才嘴巴张的挺大，我钳子一过来，你嘴怎么就变成鸡屁股了？

三六九 不是，我看到这钳子我有点害怕。

金医生 那你要拔吗？

三六九 要拔。

金医生 那你别怕。

三六九 我怕疼。

金医生 忍一下疼。

三六九 忍一忍，好。

金医生 嘴巴张大，来了，你别紧张。你不紧张我倒紧张了。

三六九 干什么你。

金医生 我看不见。

三六九 看不见你坐到身上来干吗，这地方你可以坐吗，这里只有俺老婆可以坐。

金医生 我没办法，我看不清楚。

三六九 看不清楚？一定要坐？

金医生 要坐的。

三六九 那好，来吧。

金医生 对不起，不是我存心的。

三六九 我和你说，好好拔，拔得好有奖励，拔得不好打屁股。

小皮匠 金医生，你在杀猪吗。

金医生 我在拔牙。

三六九 我疼得厉害。

金医生 拔下来了。

三六九 你水平还是高的，给我看看。你拔哪里一个？

金医生 上面的一个。

三六九 他妈的，我是下面的一个，我待会找你算账。

小皮匠 皮鞋好了。

三六九 我皮鞋穿好找你算账。这么大的钉子，小皮匠，你用什么钉子钉的。

小皮匠 两寸半的，你不是芝麻钉钉不牢嘛。

三六九 你这不是钉皮鞋，你是钉棺材，给我重钉。

小皮匠 算我倒霉。

三六九 你倒霉，我才倒霉，过来，给我重拔。

金医生 你一定要拔的，小皮匠不要走，帮个忙，帮我把头抱住。

三六九 拔牙齿要小皮匠帮忙啊？

金医生 说说清楚，到底是上面的还是下面的？

三六九 你听清楚了，是下面一只。

金医生 下面一个，明白。

第四幕、第五幕幕间

魔术师街头卖艺，小流氓敲竹杠，反被魔术师戏弄。

第五幕

杨老头 房东阿嫂，不要敲了。

二房东 老甲鱼，还不出钱给我滚。

杨老头 （唱）房东阿嫂，我并不是懒得出了蛆，我实在是生病不能做生意，我欠你房钱三个月，我事出无奈真可怜，我老头孤苦伶仃一个人，无兄无弟也无妻，今日将我赶出门，你明明要我早点死，房东阿嫂啊。

二房东 话要说说清楚，你走不走不管我什么事，我这人一向死人不管，付不出房钱给我搬家。

小皮匠 杨老头，什么事？

杨老头 付不出钱要我搬家。

小皮匠 二房东，杨老头欠你多少钱？

二房东 三个月房钱。

小皮匠 三个月房钱，多少钱呢？

二房东 三个月房钱相当三斗米，今天市价是一斗米 14 万，三四十二，12 万。

小皮匠 好的。

二房东 不对，搞什么东西，一斗就要 14 万了，被你们搞昏了，重算，42 万，今天付不出房钱就给我滚。

小皮匠 不要着急，我们大家想想办法，我这儿有十万。

杨老头 谢谢。

小皮匠 哎哟喂，还是凑不齐。

二房东 还是凑不齐吧？

韩师母 我这儿有 11 万，本来是给韩先生看病的，现在先给杨老伯用吧，他不用搬家了。

小皮匠 谢谢你！

韩师母 没关系。

二房东 干吗，算你替杨老头还债，反正你挣钱容易的，不要本钱的，只要朝男人身上一靠，朝人一笑，蓬嚓嚓，钱就滚滚而来了，不要脸！

韩师母 你……

二房东 什么东西，你妈妈的！

众　人 呸！

二房东 你们倒呸在我前面，你们这些杀坯，钱拿出来！

小皮匠 这里总共是 32 万。

二房东 还缺 10 万。

小皮匠 你等会，杨老头，二房东把你什么东西扔了。

杨老头 家里的水壶被她打坏了，三个大饭碗也被她打坏了。

小皮匠 还有呢？

杨老头 我房间里一个棚被她打坏了。

小皮匠 二房东，一个新的水缸是多少钱，10 万买得到吗？

二房东 不止。

小皮匠 这些东西就算 10 万，刚才给你 32 万，加你打坏杨老头的东西，总共 10 万，一共 42 万，房钱付清了，杨老头，你不用搬家了。

二房东 不行，我这样扔东西要扔掉 10 万啊？

小皮匠 你自己说的。

二房东 不行的，我这人一向做出牌子的，扔坏东西从来不赔的。

小皮匠 你从来不赔的，好，我们到二房东家扔东西去。

二房东 好，我赔，小赤佬，你们厉害，我一件件搬出来，你们一件件搬进去，瘪三，等着瞧。

三六九 走走走。

韩师母 你千万不要找我男人去，千万不能告诉他。

三六九 不告诉他？你在外面做私娼，我不告诉你男人？

韩师母 你看我怎么是私娼呢，我是唱歌的歌女呀。

三六九 你唱歌的歌女，你男人知道不？

韩师母 他是不知道的。

三六九 为什么不知道？

韩师母 他是教书的，很要面子的，所以我瞒着他，私底下在外面唱歌。

三六九 你还是私娼，你瞒着你男人私底下在外面唱歌，不是私唱吗？

韩师母 你这是哪跟哪啊？

三六九 我不管，走。

韩师母 不能去，他正在生病。

三六九 不去，不去可以，你马上给我搬家。

韩师母 你不是寻开心吗，你让我现在搬到哪去？

三六九 你搬到什么地方我不管，你不搬，走，找你男人去。

韩师母 我不去。

三六九　走。

杜福林　哎哎哎。

三六九　力气倒蛮大，我倒不知道了，是你力气大还是我骨头轻？

杜福林　光天化日下调戏良家妇女。

三六九　我什么时候调戏的？

杜福林　你，现在，手搭着人家手。

三六九　我想怎么摸上去软软的。杜福林，她这个人是私娼。

杜福林　什么私娼，人家是歌女，老公生病了，赚点钱，做歌女犯法吗？

三六九　不犯法的。

杜福林　不犯法，还有事吗？

三六九　没事了。

杜福林　没事了，回去，你也没事了，回去，统统回去！

三六九　我那么听你话干吗，杜福林，你不要忘了，你还欠我两个大头。

杜福林　我什么时候欠你的？

三六九　上次壮丁费，五个大头。

杜福林　我还价三个大头，不是被你抢走了吗？

三六九　对啊，三个大头，给我，我放在口袋里，回到家里我怎么找来找去找不到。

杜福林　这不关我什么事。

三六九　哦，对了，走开。你男人今年几岁了？

韩师母　30岁。

三六九　30岁，正好，抽壮丁。

韩师母　他在生病，怎么能做壮丁。

三六九　壮丁不去那可以，拿出壮丁费，五担大米。

韩师母　我怎么拿得出？

三六九　那便宜点，三担大米。

韩师母 也拿不出的。

三六九 那就拿五个大头。

韩师母 没有的。

三六九 那就……

杜福林 三个大头。

三六九 好了,我警察不做了,你做吧,我就做你,反正你都知道了。

杜福林 你戴我的帽子倒不像强盗了。

三六九 像什么?

杜福林 像土匪了。

三六九 还要土匪?

杜福林 想得出的,谁要带你的帽子。

三六九 我一共就这两句话,都被你说完了。

杜福林 我背得出了,我替你说,让你省点力气。

三六九 呵呵,这个杜福林还是蛮讨人喜欢的,我开得就是这个价钱,怎么样,三个大头。

韩师母 警察先生,我真的没钱的。

三六九 没有是不可能的,打扮的那么漂亮,戒指,项链,这个手链。

韩师母 这都是假的。

三六九 假的?

韩师母 城隍庙买来的。

三六九 哦,装门面的,那包里有钱吗?

韩师母 没钱的,真的没钱。

三六九 不可能没钱,看一下。

杜福林 有人抢包,强盗抢包。

三六九 谁敢抢包,你放心,警察在这里,谁敢抢你的包,来让我看看,人家又要叫了,来,拿过来看看,怎么可能没钱,总有钱的吧,真没钱。

韩师母 是没钱吧。

三六九 哦，摆摆门面的，就这样荡法荡法，摆门面要那么好的包，做工还蛮考究的，耶呵，夹层里有一个大头。

韩师母 警察先生，这是看病的钱呀。

三六九 什么看病钱，是壮丁费。

杜福林 你还我两块大头。

三六九 我为什么要还？

杜福林 一样壮丁费，为什么她一块大头我上次三块大头，找我两块。

三六九 这话倒是对的，我找你，大头到我手里我还会还给你吗，进了口袋就不拿出来了。我跟你讲，现在是一个大头，她还欠我两个大头，欠我两个大头，待会我来拿，做工蛮好的，还哭了，有什么好哭的，你赚钱方便，歌一唱，男人身上一抱，蓬嚓嚓，这么一嚓，钱不是嚓过来了吗？

杜福林 真是强盗。

韩师母 福林伯伯，怎么办。

杜福林 别急，我们房客一起想办法，快去看你韩先生去。

［暗转，灯暗。

三六九 阿哥，阿嫂。

二房东 好了，别叫了。

柄　根 知道的是在叫阿哥阿嫂，不知道的以为在叫牙刷牙膏，赤佬以前大概做小生意的。

三六九 阿哥眼光准的，我以前是做小生意的，我卖天津萝卜的。

柄　根 帮帮忙，要么马路上摊煎饼的，没派头，我叫你来这里搞的呀，你搞了没？

三六九 我搞的，阿哥我搞得厉害，我牙齿也搞掉两个了。

柄　根 你不是来搞的，你是来收房钱的，这儿三个大头，那儿三个大头，你倒是三六九拿现钞的。

三六九　没办法，就这么回事。

柄　根　我跟你讲，早点让这帮穷鬼搬家，你就有机会升了，没苗头，多弄两个警察和他们搞。

三六九　不行，阿哥，我不是警察局的局长。

柄　根　这句话倒对的，我干爹不过是警察局的科长，假如我干爹是警察局局长，这事情好办了，那你动动脑筋想想办法的呀，怎么和警察局长搭上线，叫警察局长出面帮忙，事情好办了。

三六九　我有办法了，我有一个好主张，(唱)阿哥阿嫂来听我讲，我们那位分局长，最近有和太太闹僵，局长今年六十岁，太太倒有两个，大太太，不会生儿子，二太太也不会把孩子来养，局长就怕绝子孙，他每天每夜愁断肠，最近想娶第三房，最好是个小姑娘，一方面，可以伺候在身旁，一方面，抓紧时间来把孩子养，阿香的人品还不错，局长一定看得上，我来做个介绍人，你们俩看怎么样？讲话，想想，怎么样？阿哥阿嫂，怎么样？

二房东　柄根，你不要糊里糊涂，阿香嫁给这老头子一点花头也没，捞不到什么的，再说辈分也不对了，我们倒过来叫她师娘了，搞什么，不行的。

柄　根　你这女人傻真傻，可以换个思路想想的，我们女儿可以的，照你所说的，嫁给警察局局长，我们发了，警察局局长是我们女婿，我是丈人老头，你是丈母娘，我们女婿警察局局长，发了，这时要这些穷鬼搬家，还不是一句话，只要多派人来，这幢房子里的瘪三搬家是一句话。

二房东　到时候别说这房子里的人搬家一句话，就是这条弄堂里的人搬家也是一句话。

柄　根　不要说这条弄堂了，这条马路上的人叫他们搬家也是一句话。

三 六 九　不要说这条马路上的，就是全上海的人全部搬家不是一句话吗。

柄　　根　碰到赤佬了，都搬了剩我们三人不要吓死人的，三六九，卖力做，我在女婿大官人面前，栀子花，白兰花，稍微花一花，让你升官。

三 六 九　阿哥阿嫂，我朝思暮想，就想加这么两条，就心满意足了。

柄　　根　做小生意的，没派头，什么弄个两条，要么不加，加就多加两条，加个十七八条。

三 六 九　这个十七八条不像样的，十七八条我走在马路上，人家当我是动物园逃出来的斑马，走，老爷太太走好。

[灯光转明。

老山东妻　阿香这个孩子又在哭了，她的命真苦啊。

老 山 东　大家不能看着阿香被他们往火坑里推。

众　　人　有道理。

小 宁 波　大家想想办法呢。

杜 福 林　我是在想办法，想来想去没办法，大家一起想想。

二 房 东　喂喂，赤佬，你们又坐在一起动什么坏脑筋。

杜 福 林　二房东阿嫂，事情是这样的，大家知道阿香要出嫁了，那么想想是老邻居了，总归要送些礼对吗？

二 房 东　哦，送礼啊。

杜 福 林　刚刚大家在商量呀，老裁缝送六件旗袍。

二 房 东　这倒是用得上的。

杜 福 林　老山东现成的两袋面粉。

二 房 东　谢谢。

杜 福 林　金医生送一套红木家具。

二 房 东　不好意思。

杜福林 小宁波说送四件旗袍，我呢，送两箱梨膏糖。

二房东 用得上的。

杜福林 大家商量下来，最近手头比较紧，最后决定不送了。

二房东 好极了，你们这帮瘪三，集体弄个空心汤团给我吃。好的，没关系，我女儿马上嫁给警察局局长了，以后我一个一个拜访你们，不怕你们不搬家，赤佬，瘪三，干吗？

众　人 小皮匠，怎么样了？

小皮匠 阿香说她嫁给警察局局长宁可自杀。

杜福林 这事肯定和让我搬家有关系。

众　人 对啊。

杜福林 想想办法。

小皮匠 我们大家横下一条心，不动摇，不搬家。

三六九 老爷，太太，太太，老爷，老爷太太快下楼来吧，我们警察局局长来接新娘了。

二房东 来了。

三六九 敬礼，不要抱着我呀，老爷太太走好，大家不要急，让老爷太太先走。

杜福林 像棺材里出来的。

众　人 呸！

三六九 哪一个呸的，我告诉你们，不要随地吐痰。

杜福林 办法我想出来了。

众　人 好好。

小宁波 好，快点去。

众　人 哎哟，二房东嫂嫂来了，快吵架。

二房东 你们找死啊，我女儿出嫁，你们吵架，算触我们霉头。

小宁波 二房东嫂嫂，你听我说，你知道金医生在家干吗？

二房东 干吗?

小宁波 他在给人看病。

二房东 你有病啊,医生不给人看病看什么?

小宁波 你知道他在看什么毛病?

二房东 看什么病?

小宁波 看脑膜炎。

老裁缝 脑膜炎也没啥关系的。

二房东 搞什么,脑膜炎要传染,死人的。

众　人 对对。

二房东 金医生,不行的。

小皮匠 这个病人就在你家里门口对过,走进走出要经过的。

二房东 金医生,不行,快点搬出去。

金医生 不能搬,病人走不动。

二房东 走不动,你们抬他出去呀。

众　人 对对,抬出去。

柄　根 这是谁啊。

二房东 不要去碰,脑膜炎。

柄　根 哎哟,走后门,你们这帮穷鬼恶劣的,我女儿出嫁办喜事,你们弄个脑膜炎来触我们霉头,你们有本事和我女婿大官人说,我们女婿警察局局长,你们这帮瘪三识相点,三天后叫你们搬家,不搬,叫我们女婿找你们麻烦。

二房东 阿香,哎,阿香不见了,你们看见我们阿香吗?

众　人 没有。

三六九 这就是我们警察局局长。

柄　根 局长。

三六九 怎么啦,新娘子没了?

柄　根　新娘子刚才在的。

二房东　眼睛一眨，不见了。

二警察　报告，没有。

警　长　怎么回事？

杜福林　我前两天听他们说的，要把阿香卖到妓院去，好赚点钱。

三六九　我也听说的。

柄　根　瞎说，没说过。

警　长　到底怎么回事？

柄　根　警长，是这样的，我女儿刚才还在的，眼睛一眨不见了，你放心，马上找到，找到就送过去，送给警察局局长，车在外面，你放心，真的我女儿找不到，我把我女人送过去。

警　长　我关照你，我们局长扔的就是这些老菜皮。

柄　根　人家不要你，老菜皮。

二房东　要我倒好了，升了。

警　长　三六九，你知道，局长在车上发火，局长关照的，有新娘子带新娘子，没新娘子给我带人。

二房东　带人？

柄　根　带谁啊？

三六九　他奶奶的，我一看就看出来，你们不是好人，来，手铐，一个是臭豆腐干，还有一个，铐起来。

警　长　把三六九铐起来。

杜福林　我一看就看出来。

众　人　你们不是好人。

［剧终。

（1959年演出本）

滑稽戏

路灯下的宝贝

编　剧

王辉荃　姚明德

作者小传

王辉荃(1943—2002),男,上海市人。上海曲艺家协会会员。曾任上海人民艺术剧院滑稽剧团演员、江苏省苏州市滑稽剧团客席编导,浙江省曲艺杂技总团艺术顾问兼浙江省滑稽剧团艺术总监。

姚明德(1944—2019),男,原上海人民艺术剧院演员,从事话剧表演工作三十余年,曾在《万山千水》《夜店》《又一春》等多部话剧中扮演不同类型的角色。导演过《桃花湾的娘们》等6部作品,并担任多部电视剧、话剧、滑稽戏的编剧。

人物表

蒋大毛　蒋二毛　丁阿发　小阿弟　郝启金　刘阿姨　吴志刚　吴彩英

蒋阿桂　张民警　蒋玲妹　王老师　顾客甲、乙、丙　阿黑娘天幕呈现：

“其实地上本没有路，走的人多了，也便成了路。”

鲁迅（头像）

“烦恼里含有美。”

查利·卓别林（头像）

第一幕

[时间：现在，星期六夜晚九、十点钟。

[地点：某城市一条街的路灯下。

[音乐声、汽笛声、喝彩声、吵闹声。

[幕启：路灯下，一群人参差不齐地围观着，看不清里面在干些什么事。

[蒋二毛的吼叫声在人群中传出。

蒋二毛 不来了！

[蒋二毛从人群中冲出，围观的人散开，原来他们在打康乐球。

小阿弟 （与蒋二毛对垒者，拉住蒋二毛）怎么，输掉想滑脚啦?！付盘钱！

蒋二毛 付盘钱?！

众 （起哄）对，输掉付盘钱！

蒋二毛 你们串通一起“做”（诈）我，我就不付盘钱！

众 （起哄）赖皮呕！

小阿弟 好，不付剥衣服！（准备上前剥蒋二毛衣服）

蒋二毛 （拿起康乐球的棒头当作武器抵挡）谁敢来?！（挥舞棒头）

[刘阿姨上，蒋二毛将棒头打在她身上。

众　　(笑)哈……

刘阿姨　干什么?

蒋二毛　……刘阿姨!

刘阿姨　这么晚了,还在打康乐球?!快回家去!

一青年　回家去?!我在家已经待了两年了!你回去睡觉吧!

一青年　该管的不管,不该管的瞎管,猫捉臭虫多管闲事!

蒋二毛　哎……你们怎么能这样对刘阿姨讲话,人家可是街道干部,得罪了她,当心让你们在家待业待到八十岁!

众　　(笑)哈……

刘阿姨　好……本来我要带个好消息给你们,现在既然这样——

众　　怎么样?!

刘阿姨　我回家去睡觉!

众　　(发现对自己有利害关系的情况,忙纷纷上前拦住)

一青年　刘阿姨……

一青年　刘阿姨……

蒋二毛　亲阿姨……

刘阿姨　(又气又好笑,点中其中几个青年)你……你……还有你,明天到街道去一次!

众　　干什么?

刘阿姨　给你们安排工作啦!

一青年　(激动)姆妈哎!

一青年　(空嚎)啊!啊!

一青年　(跳跃)万岁!

[被安排工作的青年雀跃下。

蒋二毛　刘阿姨,我有吗?

刘阿姨　(摇摇头)

蒋二毛　那我阿哥大毛呢？

刘阿姨　（也摇摇头）……二毛，当前待业青年人数多，国家正在积极安排，你们两兄弟再等一阶段……

蒋二毛　等一阶段？！刘阿姨，看来我要打持久战了！

刘阿姨　这……（欲开口）

蒋二毛　（制止）我们要的是工作，不是道理！

刘阿姨　（无奈下）

［蒋二毛呆顿顿在想些什么。吴志刚过场。

［丁阿发上，拍拍蒋二毛肩头。

蒋二毛　（抬头）阿发！

丁阿发　他们人呢？

蒋二毛　小阿弟偷人家两用车，车子开走不远，在墙头上撞一下，大家追上去了！

丁阿发　二毛，你怎么跟小阿弟这种人开台盘？！谁不知道，这条马路上小阿弟年纪最轻，花头最透！

蒋二毛　还问我？！这盘老板是你呀，是你把康乐球盘租给他，还硬紧拖我跟他对开！

丁阿发　……别多讲了，你们开了几盘了？！

蒋二毛　六盘。

丁阿发　一角一盘，六盘六角，来——（伸手）

蒋二毛　去问小阿弟拿。

丁阿发　开台盘有规定，谁输谁付盘钱。

蒋二毛　我没钱。

丁阿发　二毛，你别搅了，看我可怜，我白天在生产组当临时工，一天九角，就靠夜里出租台盘，贴补生活，家里还有一个疯瘫的娘咪！

蒋二毛　阿发，你也看我可怜！你白天还在生产组当临时工。我呢？长期全天休息，一分钱进账也没有！

丁阿发 你没有钱，干吗跟小阿弟打康乐球？！

蒋二毛 我想碰碰运气，解解厌气。

丁阿发 你这是在拿我晦气！你要解厌气，到工人俱乐部去！

蒋二毛 我又没有工作证！这样，我没钱付盘钱，就拿一支钢笔押给你。

丁阿发 我又不是寄售商店！

蒋二毛 还不肯？！这样，我们来开六盘，假使你输了，盘钱不算；假使我输了，付双倍盘钱，六角翻只筋斗，一元二角。

丁阿发 （咬咬牙）好，你别赖！

蒋二毛 大丈夫，一言既出，四匹马难追！

［蒋二毛与丁阿发打康乐球。边打边聊。

丁阿发 你阿哥大毛呢？

蒋二毛 还不是在家里看书？！

丁阿发 听说他今年又没有考上大学？！

蒋二毛 唔，他已经考第三趟了！他横考竖考也不像在考大学，"赛过"（好比）在拷酱油。

丁阿发 不过，他还是有志气的。你姐姐玲妹呢？

蒋二毛 跟轮船跑武汉去了。

丁阿发 什么时候回来？

蒋二毛 ……你找她？

丁阿发 不找她。

蒋二毛 不找她，那问她干什么？

丁阿发 好久没见到她，随便问问……来，打康乐球！

［蒋二毛与丁阿发继续打康乐球。

［蒋二毛每打进一子，都要得意地哼上几句《草帽歌》

［吴彩英捧书端凳上，坐路灯下看书。

［蒋二毛为了“瞄准”而弓腿、猫腰。人不时冲到吴彩英面前，吴彩英将他推开，反复数次。

蒋二毛　（火）你干吗？！（见吴彩英）噢，吴彩英！

吴彩英　这么大的小伙子，还在打康乐球，像话吗？

蒋二毛　咱们不像你，中学毕业考上外国语学院，我、大毛、阿发，都是“摩登时代”的“流浪者”！

吴彩英　听你的话，情绪还不小么！

丁阿发　不像你，现在是大学生，将来不当翻译就当教师，一个月六十元稳拿，还有什么情绪？！

吴彩英　丁阿发，你不是到生产组工作去了么？！

丁阿发　临时工！活了廿九岁了，工资还没年龄大！

吴彩英　国家有困难，慢慢来，你们要耐心等待。

丁阿发　放心，我有的是耐心，我准备一直耐心等待到进漕溪北路200号！

吴彩英　丁阿发，你这是对社会主义发泄不满情绪！

丁阿发　别来这一套，等我有了工作，吃饱肚子，养活老娘，唱的调子肯定比你还要高！

蒋二毛　（拦住）别吵，大家虽然不是同班同学，但毕竟是在一个学校里读过书的！好了，我们打我们的康乐球，她看她的书，南北双方，划清三八线，互不侵犯！

丁阿发　这盘你已经输了！

蒋二毛　刚才发生意外事故，不算，重来！

丁阿发　你赖！

［丁阿发与蒋二毛争吵。

［临街寓所推窗，居民纷纷探头：

“吃饱了？！这么晚，还闹？！”

“小爷叔，我明天要上早班的，让我再睡一会儿！”

蒋二毛　（对丁阿发）嘘，轻一点！

吴彩英　人家居民都有意见了——

蒋二毛　嘘，轻一点！

［蒋二毛与丁阿发继续鏖战。

［吴彩英看书。

［蒋大毛上。

蒋大毛　二毛！

蒋二毛　唔？！

蒋大毛　怎么还在打康乐球？阿爸让我叫你回去——

丁阿发　嘘，关键时刻！

蒋二毛　一会儿就好！

蒋大毛　一会儿就好？上次你也说一歇歇就好，结果我在马路上站了三个多钟头，人冷得格格抖，回转去被阿爸吃头皮。

蒋大毛　好，我等你，快一点！（拿出书站在路灯下看）

吴彩英　蒋大毛！

蒋大毛　吴彩英！今天你怎么在这里？

吴彩英　今天是星期六呀！

蒋大毛　……对！对！我现在不读书，又没工作，连星期几都忘记了，你怎么在此地看书？

吴彩英　在家看书开着灯，怕影响父母睡觉！

蒋大毛　你学习也够艰苦的！

吴彩英　你比我更艰苦！

蒋大毛　……大家苦碰苦，当心和我一样变近视眼！

蒋二毛　（对丁阿发）好，三比三，“塌皮”！（无胜负）

丁阿发　算给你白打！

蒋二毛　大毛，走！

蒋大毛 等一会儿,我跟吴彩英说几句话!

蒋大毛 (对蒋二毛)那再来六盘!

蒋二毛 ……好,大毛,这可是你让我打的,等会儿阿爸"骂山门"(骂街),我不管!

蒋大毛 知道了! 你打你的康乐球去!

[丁阿发与蒋二毛再次决战。

吴彩英 大毛,你最近在自学些什么?

蒋大毛 两用车的技术装配,我想明年再考机械工业大学。

吴彩英 你还准备考大学?!

蒋大毛 唔,吴彩英!

(唱)

我自幼立志攻机械,
至今雄心未更改,
(然而)几番落榜多折磨,
冷嘲热讽接踵来。
人生幸福事万千,
哪有青春更宝贵?!
眼看光阴流逝心更切,
莫待鬓白徒伤悲!

吴彩英 (唱)

一席真挚肺腑话,
激起心潮起波澜,
人生高尚贵在有抱负,
千里之行始于把步迈,
成功归属坚忍者,
不经风雨不成才,

我愿为你分忧愁，

倾力相助把高峰攀！

蒋大毛 吴彩英，我太需要你帮助了！

蒋二毛 大毛，我快打好了，你们谈话抓紧一点！

蒋大毛 你再去打一会儿！

吴彩英 大毛，你自学有什么打算？

蒋大毛 我看了些两用车技术装配书，可是只有书上的知识，没法实践，要是有辆两用车该多好……你看，我这人就爱胡思乱想……哎，吴彩英，我攻机械还吃亏在英文基础太差，你能帮助我补习吗？

吴彩英 可以，我每星期六回家，就替你补两小时英文。

蒋大毛 太感谢你了！

［蒋阿桂寻儿上，见两组人。

吴彩英 那我们每星期六晚上九点，在这路灯下……（要绕一下）

蒋大毛 我一定准时来！（视而不见）

吴彩英 我一定等你！

蒋大毛 吴彩英——

蒋阿桂 （咳嗽）嘿！

蒋大毛 阿爸！

吴彩英 蒋家伯伯！

［蒋二毛见父亲欲溜。

蒋阿桂 站住！大毛，我叫你出来干什么？！

蒋大毛 找二毛！

蒋阿桂 二毛找到了吗？

蒋大毛 （指）喏！

蒋阿桂 那为什么还不回来？！

蒋二毛 我早就要回来了，大毛叫我康乐球再打一会儿！

蒋大毛 （忙接）我碰到了老同学吴彩英，就谈……

蒋阿桂 就谈起来了?！我不来，你们要谈到天亮了！

吴彩英 蒋家伯伯，你别误会。

蒋阿桂 彩英姑娘，我希望这是误会。你想，我们大毛连自己都养不活，怎么能与你结婚呢?！

吴彩英 蒋家伯伯，你不要瞎想！

蒋阿桂 我没有瞎想，这完全是大毛在瞎想！

蒋大毛 阿爸，我是在跟吴彩英商量明年考大学的事！

丁阿发 事情没有弄清爽滥骂山门，主观透顶！

蒋阿桂 （对蒋大毛）什么，你还想考大学?！

蒋大毛 阿爸，请你再支持我一次！

蒋阿桂 你还要我怎么支持?！你前年大学没考进，在家自修，我为了支持你，紧缩开支，拿茶叶戒掉；你去年大学没考进，我拿香烟戒掉；你今年大学没考进，我又拿最最心爱的老酒戒掉，假使你明年再考不进大学，我已经没有什么可以戒了，要么拿饭戒掉！

蒋大毛 阿爸，我心里明白，这全怪我在家里等了三年……

蒋二毛 还有我等了一年……

蒋大毛 这给你经济带来不少压力，家里的日子比较清苦……

蒋阿桂 不，我不准你们叫苦！我蒋阿桂从小摆修自行车摊，在旧社会里忍饥挨饿，直到解放才有安顿，尤其并到国营企业，还当上车行副经理，如果不解放就没有蒋阿桂一家，现在我们的生活再苦也要比旧社会好得多得多！我蒋阿桂一家不能昧着良心说新社会的坏话，听见了吗？别在外面东游西荡惹是生非，走，回去！

［蒋阿桂押大毛、二毛欲下。

丁阿发 （大喝一声）站住！

蒋阿桂 干什么？

丁阿发 训儿子训好啦?!

蒋阿桂 你有什么补充?!

丁阿发 补什么充?! 付盘钱!

蒋阿桂 打康乐球还要付盘钱,谁规定的?!

丁阿发 我。

蒋阿桂 你是什么人?

丁阿发 康乐球的主人。

蒋二毛 盘老板!

蒋阿桂 年纪轻轻是个小业主?! 盘钱不付!

丁阿发 我跟二毛有言在先,谁输谁付双倍钱。

蒋阿桂 二毛,你答应过他吗?

蒋二毛 (点头)

蒋阿桂 小鬼!

蒋二毛 不过,这几盘我输掉不能算数!

丁阿发 为什么?

蒋二毛 你自己的盘做过手脚的!

丁阿发 那重打好吗?

［众面面相觑。

蒋阿桂 重打就重打,搞阴谋诡计的人决没有好下场。不过,大家把话讲清楚,这次二毛打赢了怎么办?

丁阿发 一盘头,盘钱算数!

蒋二毛 一言为定?!

蒋大毛 二毛,我来帮你打,我学机械,三角几何掌握得好!

蒋阿桂 让开,我来打。

丁阿发 你打?

蒋阿桂 盘老板阿弟,我在打康乐球的时候,你阿爸还在拖鼻涕呢!

丁阿发 好,来!

［众摆开阵势，大毛、二毛为父亲助威呐喊。

蒋阿桂　(突然醒悟，扔掉棒头)要命，我跟你打康乐球?！大毛、二毛，走！

丁阿发　盘钱！

蒋阿桂　不付，你这是赌博，我还要去报告派出所！

丁阿发　你这是欠账倒赖，别想走！(拉住蒋阿桂衣袖)

蒋阿桂　放手！

丁阿发　不付钱不放手！

［两人挣扎，蒋阿桂衣袖被撕坏。

蒋阿桂　赔！

丁阿发　赔?！呸！

蒋二毛　你敢骂我阿爸，我跟你拼了！(欲上前打)

丁阿发　(拿棒头抵挡)谁敢来?！

吴彩英　不能动手！

蒋大毛　吴彩英！

［蒋大毛将吴彩英拉过一旁耳语，吴彩英急下。

蒋阿桂　喂，盘老板，你把棒头放下来，否则，我不客气了！

蒋二毛　丁阿发，把棒头放下。

丁阿发　好，二打一儿子打爷；三打一孙打阿爹！

蒋大毛　阿爸，我们让他打，千万别动手！

［丁阿发追打蒋家父子三人，蒋大毛为了拖时间不时用棒头挑逗丁阿发。

［张民警由吴彩英陪同上。

张民警　干什么?

［四人愣住。

蒋阿桂　张同志，我批评他摆康乐球摊赚钱是变相赌博，他非但不听，还把我一只袖子也扯掉了，弄得像跳西藏舞！

张民警　丁阿发，摆康乐球摊是非法的，你知道吗?！

丁阿发　廿九岁的男子汉，一个月工资廿七元养不起娘，讨不起老婆，这是合法的?!

张民警　这是两个概念!

丁阿发　我只要一个能使我无忧无愁的概念!

张民警　难道就能用不正当的手段去追求?! 走，派出所去!

丁阿发　（走）

张民警　大毛、二毛，你们也可以走了!

蒋阿桂　对，大毛二毛好回去了!

张民警　也到派出所去!

蒋阿桂　啊?!

张民警　二毛不但多次参与丁阿发的康乐球赌博，而且还是刚才两用车被偷、影响治安的肇事者之一。

蒋阿桂　那大毛是老实头。

张民警　老实头拿棒头?!

蒋阿桂　那我去。

蒋二毛　阿爸，到派出所去轧什么闹猛?!

张民警　走吧!

［丁阿发、蒋大毛扛康乐球，蒋二毛扛架子并拿棒头，不时拨弄。

蒋二毛　唉! “一枪光!”(全完了)(唱)“妈妈啊……”

第二幕

［时间：接前场。

［地点：派出所内。

［幕启：蒋大毛、二毛、丁阿发听候张民警训话已经多时……

张民警 ……你们都是二十多岁的人了，还打康乐球，搞赌博?！这不仅对个人无益，更严重的是影响社会治安。居民们早有反映，说你们妨碍他们休息，影响他们工作。我也多次找你们谈话，可你们一只耳朵进，一只耳朵出！尤其是二毛，人最小，油条最老！……

［蒋二毛思想早已开小差，在玩弄康乐球的棒头。

张民警 好啊，到派出所里来打康乐球?！放下！二毛，你给我好好地想一想，你可不是无缝可钻的蛋！至于大毛，虽然你没有直接参与赌博，可你拿了根棒头挑法挑法干什么?！啊?！……

［蒋大毛正在抓紧时间看书。

张民警 你平时头脑很清醒，今天怎么会轧在这当中的呢?！

蒋大毛 （读书）“操纵失灵！”

张民警 什么，自己做错事，怪操纵失灵?！你准备怎么样?

蒋大毛 “调换压阀！”

张民警 什么，想调换个阿爸?！为什么?

蒋大毛 “漏气放炮”。

张民警 调个阿爸去漏气放炮?！

蒋二毛 （忍不住笑）

张民警 严肃点！（见蒋大毛在看书）喂，我在跟你说话，你看书?！

丁阿发 （趴在桌子上睡着了，鼾声起，与张民警的说话声似乎在争高低）

张民警 你既然爱学习，那就别卷进去……

丁阿发 （同时，鼾声）

张民警 你更不应该瞎出点子……

丁阿发 （同时，鼾声）

张民警 你想……

丁阿发 （鼾声愈烈）

张民警 （致使无法讲话，大喝一声）喂！

丁阿发 （醒）妈，我来了！

张民警 既然你连做梦也想到姆妈，那就应该少做一些使你姆妈担心的事情！你们三个人自己看看，像什么腔调！

（唱）

年纪轻轻太糊涂，
缺乏自爱走邪路，
理应知错心内疚，
诚诚恳恳求帮助。
谁知一个嬉皮笑脸弄枪棒，
一个看书一个睡觉打呼噜，
若无其事我行我素，
你们以为这里是疗养所?!
为了社会治安得维护，
定要严肃教育不含糊！

现在根据每个人参与的情况，写份检查，同时作出保证。

（分给每个人纸和笔）

丁阿发 保证什么？

张民警 保证今后再也不搞这种非法活动。

丁阿发 那我们来个互相保证。

张民警 互相保证?!

丁阿发 我保证再也不搞非法活动，你保证解决我生活困难！保证我的基本生活条件！

张民警 这不是我们派出所的事，劳动就业和工资归街道管。

丁阿发 张同志，那你就让我留在派出所吧。

张民警 为什么？

丁阿发 根据我目前处境，出去以后还得要想办法赚钱，难免还要进来，省得跑进跑出多事情，我索性坐在派出所里别出去了！

张民警 （火）你这是什么态度？！

丁阿发 （不服）你这是什么态度？！

蒋二毛 哎，大家别发火，有话好好讲，耐心一点，都是同志么！

张民警 你看他，有了错还不承认！

蒋二毛 是啊，阿发，你怎么能强词夺理呢？张同志完全是一片好心，虽然语气重了一点，方式方法有问题，但大方向是正确的么！

张民警 是么！

蒋二毛 不过，张同志，你也不能只讲大道理，不解决人家的具体困难。这样，人家是不服的！好了，大家少讲几句，张同志，你回去休息去吧！

张民警 ……（悟）怎么，你是来劝相骂的？！你的检查呢？！

蒋二毛 （递纸）

张民警 （接、看、读）"生性调皮捣蛋，一贯屡教不改，再搞非法活动，应该关进牢监……"你这是什么意思？！

蒋二毛 坏透了，应该抓起来……

张民警 你在说谁？

蒋二毛 我。

张民警 好像在说别人么！

蒋二毛 当局者浑，旁观者清，我跳出来看自己，就感到问题严重了。

张民警 别耍滑头！

蒋二毛 不，张同志，我这是在描绘自己可怕的未来——如果再这样待业待下去（呜咽）早晚要走这条路的，这，就算我进监狱的申请报告。

张民警 乱弹琴！大毛！

蒋大毛 到！

张民警 你的检查呢？

蒋大毛 没……没写好！

张民警 我看你不是在写么！

蒋大毛 没——没有写。

张民警 拿来，让我看。

蒋大毛 写得不好，没什么好看……

张民警 你在写文章?! 拿来！

蒋大毛 （无奈，递纸）

张民警 （接、看、读）“检查要点，两用车故障简易检查法”……谁要你写两用车故障检查?! 你准备在这儿开爿两用车修理门市部?! 告诉你们，今天不端正态度，不认识问题，不检查错误，就别想走！

丁阿发 我根本没想到要走！

蒋二毛 你现在要我走，我还要考虑考虑！

张民警 怎么，你们想要无赖?! 二三十岁的人，还在吃爷的，不能为父亲分担困难，难为情，二毛身强力壮没地方用，只好用在打康乐球上。

蒋大毛 张同志，我们不是无赖，我们是无能！这么大的小伙子既然不能读大学又没有工作，多少无能！可这又有什么办法呢？就拿我来说，前年考大学，我考了 270 分，但是录取分数是 280 分；去年我考了 340 分，录取分数又提高到 350 分；今年我考了 400 分，录取分数又提高到 410 分……

张民警 这说明社会在前进，国家对学生的要求越来越高！

蒋大毛 这个我明白，所以我思想上也做好准备，万一大学真的再考不取，我也要自学机械，我还要成为祖国机械工业的奋斗者！

张民警 有这个志向很好么！

蒋大毛 好什么？吃饭、穿衣靠谁？靠阿爸！靠妹妹！这精神和经济上的压力我受不了，我多么想一边挣钱一边自学……可这条路又在哪里呢?！空怀壮志，无所从事，无能啊！

［蒋阿桂上。

张民警 这点我很同情！

蒋大毛 同情?！可你并不完全了解我们内心的痛苦！

蒋阿桂 放屁！

蒋大毛/蒋二毛 阿爸！

蒋阿桂 我不准你们叫苦！我蒋阿桂从小摆修自行车摊，在旧社会里忍饥挨饿，直到解放才有安顿，尤其并到国营企业，还当上车行副经理，如果不解放就没有蒋阿桂一家，现在我们的生活再苦也要比旧社会好得多得多！我蒋阿桂一家不能昧着良心说新社会的坏话，听见了吗?！

蒋二毛 阿爸，你怎么讲来讲去这几句，像老和尚念经?！

蒋阿桂 什么，我在进行传统教育，讲我是念经?！还要讲我是老和尚?！小鬼，我今天打死你们！（拿棒头追打）

张民警 蒋师傅——

蒋阿桂 张同志，你别劝，我实在气死了，你把他们喊到派出所来教育，他们竟然诉苦，我非要打死他们！（追打）

［蒋大毛、蒋二毛逃，蒋阿桂追，张民警拦住。

蒋阿桂 你们这两个小鬼，大闹派出所，真是狗胆包天！

张民警 蒋师傅，你在派出所里打人，胆子比他们还大！

蒋阿桂 （放下棒头）张同志，我是恨铁不成钢呀！

（唱）阿桂望子成蛟龙，

却不料，两个讨债是两条虫，

我早年丧妻遭不幸，

抚养子女责任格外重，

既做爷来又当娘，

熬过多少春与冬。

到如今，大毛二毛不争气，

无业游民一场空！

常牵挂，经济拮据开支紧，

更担心，冤家闯祸走进死胡同，

平日间，我强颜欢笑在人前，

其实是，无限痛苦在心中！

张同志，别人不知道，我心里明白，我虽然外表装得若无其事，可内心……痛苦呀！

丁阿发 不，我不准你叫苦！你蒋阿桂从小摆修自行车摊，在旧社会里忍饥挨饿……

蒋阿桂 去，你在触我霉头?!

丁阿发 问你自己，一会儿不准人家叫苦，一会儿自己（学蒋阿桂）“无限痛苦在心中……”

蒋阿桂 我并不否认大毛二毛待业，给我带来一些痛苦，但我决不同意，就此说新社会苦！

丁阿发 我跟你的观点完全一致。

蒋阿桂 不一致！你把待业看成是失业，没有希望没有前途；我说待业就是待业，国家还在关心你们，国家会给你们出路的！

丁阿发 那路呢?

蒋阿桂 （语塞）不跟你多讲！

丁阿发 我看你也讲不出！

蒋阿桂 我两个儿子都是给你带坏的！

丁阿发 你完全可以讲，整个社会上的待业青年都是给我带坏的！

蒋阿桂　我放心不下他们呀！

丁阿发　大毛二毛，这样看来，你们比我福气。

蒋二毛　好什么？

丁阿发　你们阿爸脚能走，还到派出来看看儿子，我娘疯瘫，只能躺在床上，睁开眼睛白等！

［刘阿姨上。

刘阿姨　张同志！

蒋大毛　彩英姆妈——

刘阿姨　大毛你——（大毛低头）

张民警　刘阿姨！你辛苦了，实实足足陪了四个多小时。

刘阿姨　阿发娘已经睡了。

丁阿发　怎么，你到我家里去了?!

刘阿姨　张同志怕你娘等急，又没有人照顾，就跟街道联系了一下，我就到你家里去看看！阿发，你放心，你妈睡得很好。

蒋阿桂　你别以为别人都是冷血动物，都是无情的。

丁阿发　（激动而又无言可表，将棒头朝头上一敲）

［众惊。

张民警　（拉刘阿姨于一旁）看来他们的问题，单单靠在我们派出所里是解决不了！

刘阿姨　我们街道一定尽快再讨论一次。

张民警　你快点回去休息吧！蒋师傅，你也回去吧！

蒋阿桂　好，我走了。（对两个儿子）你们好好地接受教育、好好检查！（指丁阿发）你也不例外！（边走边对张民警）张同志，你总要给他们一条路走走，噢?!

［蒋阿桂与刘阿姨同下。

张民警　（有所感触）给他们一条路走……路在哪里呢?！这路又怎么走呢?

［王老师拎小菜篮上。

王老师 小张!

张民警 老头子,已经五十多岁的人了,还叫小张?!

王老师 几十年夫妻,叫惯了。

张民警 老王,你怎么会来的?

王老师 你昨天夜里没有夜班,可是我一直等到十二点多还不见你回来,我想你一定又有任务,所以趁买小菜来看看你。

张民警 六十开外的人多歇歇,随便吃点啥么,干吗天不亮去买菜?!

王老师 你呢? 五十多岁还坚持工作! 再说,反正我这个教师退休了,就应该当好后勤,喏,这是早点心——肉馒头。

张民警 只有四点半,怎么已经有早点心买了?!

王老师 是待业青年摆的饮食摊,出摊早,服务好,来,快吃,一共四只。

张民警 (努嘴暗示)

王老师 噢,在审查对象,不能吃肉馒头的。

张民警 老王,你知道他们是谁?

王老师 我不想知道,充其量是社会上的不安定因素。

张民警 你去看看,这几个搞康乐球赌博,影响社会治安的青年。蒋大毛!

蒋大毛 (转身)到!

张民警 蒋二毛!

蒋二毛 (转身)有!

张民警 丁阿发!

丁阿发 (转身)干什么?!

张民警 你们看看,谁来了!

［蒋大毛等注视王老师,王老师也注视着蒋大毛等。

王老师 (激动不已)同学们!

［蒋大毛等冲上前。

蒋大毛等 王老师！

王 老 师 同学们，万万没有想到，我把你们送出了学校大门，可又眼看你们走进了派出所……我惭愧！我既没有使你们掌握好文化知识，又没有帮助你们走在人生道路上的每一步！

丁 阿 发 王老师，你不要瞎谦虚！这是我们自己的事！

王 老 师 你们自己的事?!

丁 阿 发 我们要自己养活自己！

蒋 大 毛 我们要出路！

蒋 二 毛 我们要工作！

王 老 师 你们这批学生不是蛮好嘛?!

丁 阿 发 好啥？上天无路！

蒋 大 毛 入地无门。

蒋 二 毛 （唱）到处流浪！到处流浪！

王 老 师 不，有路！有门！

丁 阿 发 什么路？

蒋 大 毛 什么门？

王 老 师 自找工作！自寻出路！

蒋大毛等 （不解）

王 老 师 来！（招呼青年们坐于周围）昨天我在校里交报告，今天早上我跟她（指张民警）买点心……

丁 阿 发 你怎么跟她买点心?!

王 老 师 她是我爱人。

蒋 大 毛 怪不得张同志对我们的情况这么熟悉，原来有王老师这条内线。

张 民 警 快吃吧！吃完了馒头写检查，写完检查，振作精神跟你们王老师找出路吧！

蒋大毛等 （兴奋，认真地边咬馒头边写检查）

［丁阿发等占去三只馒头，张民警将余下的一只馒头给王老师，两人相互推让，最后张民警将馒头一分为二，与王老师每人半只，望着丁阿发等含笑而食。

第三幕

［时间：翌日。

［地点：飞轮自行车行内外。

［幕启：蒋阿桂在听电话，旁边站着吴志刚在等候他修车。

蒋阿桂 啊，张同志不在?! 那请问蒋大毛他们人呢？早走了，到哪儿去了？

吴志刚 同志，请快一点。

蒋阿桂 （对吴志刚）马上就好。（听电话）啊，到哪儿去啦？

吴志刚 同志，我还要上班去！

蒋阿桂 噢，他们上班去了?! 不对，他们是待业青年，没有班好上！

吴志刚 同志，是我要上班去。

蒋阿桂 （对吴志刚）你去好了。

吴志刚 ……车还没有修呢！

蒋阿桂 （对吴志刚）马上修！马上修！（听电话，发现对方已将电话挂断）看，都是你！

吴志刚 怎么怪我?!

蒋阿桂 给你七搅八搅，电话也挂断了。

吴志刚 同志，作为一个营业员，在上班时间是不应该打私人电话的！

蒋阿桂　我也是没有办法！

蒋阿桂　我儿子……（欲讲又止）跟你没有什么讲头，车子怎么啦？

吴志刚　长远没用了，今天要骑，发现……

蒋阿桂　（心神不定）请等一等。

吴志刚　干什么？

蒋阿桂　打只电话。

吴志刚　你怎么又要打电话了？！

［蒋阿桂打电话。

蒋阿桂　喂，是公安局吗？！你们那里有没有三个青年送进来过……其中两个青年是我儿子，啊，我儿子叫什么名字？

［吴志刚推车走。

吴志刚　同志，你叫什么名字？

蒋阿桂　（答吴志刚）蒋阿桂。

［吴志刚推车下。

蒋阿桂　（继续听电话）对，我儿子叫蒋阿桂……不，我叫蒋阿桂！啊，刚才是我自己讲叫蒋阿桂？！噢，那是位顾客在问我……（说到此处，呆，松开听筒自言）顾客问我姓名干什么？一定是提意见。唉，店里正在开展双佳活动，我又是副经理呀……唉，怪来怪去两个小讨债，害得我六神无主，工作也做不好！（猛想起还在打电话）喂，喂！（发现对方已挂断）

［蒋阿桂挂电话，自己无精打采干活。

［吴彩英推两用车上。

吴彩英　蒋家伯伯！

蒋阿桂　彩英姑娘！

吴彩英　我想麻烦你一件事情。

蒋阿桂　寻大毛？啥事体？

吴彩英 这辆两用车不知什么毛病发不动了，走了好几家店，不是不会修，就是来不及修，想请你修一修。

蒋阿桂 可以。

吴彩英 什么时候来拿？

蒋阿桂 下午吧。

吴彩英 （边说边朝蒋家窗口看）好……

蒋阿桂 彩英姑娘，你眼睛盯着我窗口看，干什么？

吴彩英 蒋家伯伯……蒋家伯伯……

蒋阿桂 干吗呀？

吴彩英 大……大……大……

蒋阿桂 你在吹喇叭？！

吴彩英 大毛呢？

蒋阿桂 你不是说不寻大毛吗？！

吴彩英 随便问问。

蒋阿桂 我也在找他。

吴彩英 昨天到派出所去还没有回来？

蒋阿桂 （点头）他是硬轧进去的。

吴彩英 我现在去打听打听……噢，蒋家伯伯，假使大毛回来，让他今天在老地方老时间等我。

蒋阿桂 噢。

吴彩英 别忘了，老地方老时间！

蒋阿桂 唔。（悟）什么老地方老时间？

吴彩英 他心中有数！（急下）

蒋阿桂 唉，一个痴心的姑娘！

［丁阿发、蒋大毛退下。

［蒋二毛入车行内。

蒋阿桂 大毛呢?

蒋二毛 大毛……不知道怎么,我们走走分开了,在后头。

蒋阿桂 派出所有什么处理?

蒋二毛 一人一份检查,再奉送一只肉馒头。

蒋阿桂 到派出所去还有得吃肉馒头?!

蒋二毛 是张同志怕我们肚皮饿。

蒋阿桂 出了派出所又到什么地方去过了?

蒋二毛 街道。

蒋阿桂 又去要求分配工作了?

蒋二毛 ……

蒋阿桂 现在待业青年多,又碰到国家还有不少困难,一时上难安排,你们别去瞎吵瞎吵!

蒋二毛 我们没有瞎吵,兜了个圈子就回来了……阿爸,你在修两用车呀?

蒋阿桂 多问的,你自己看么!

蒋二毛 (摸车)

蒋阿桂 别动!

蒋二毛 看看。

蒋阿桂 有什么好看?今天你二姐跑轮船要回来了,快去烧中饭去。

蒋二毛 等会儿去烧,我想看看你修车。

蒋阿桂 修车有什么好看?!跑开点,当心弄坏!

蒋二毛 (无奈,故意造作)阿爸!

蒋阿桂 干吗呀,大惊小怪的!

蒋二毛 我会骑两用车了!

蒋阿桂 吹牛!

蒋二毛 不信,我骑给你看。

蒋阿桂 刚修好,是要准备试车,你去骑骑看!

蒋二毛　（高兴地准备骑车）

蒋阿桂　（推开蒋二毛）去！给你骑，保险与公共汽车撞鼻子！

蒋二毛　阿爸，给我骑一条马路就回来！

蒋阿桂　半条也不行！嗳，我真弄不懂，你今天盯住这辆两用车干什么？

蒋二毛　我——我想学修两用车！

蒋阿桂　你学修两用车干什么？

蒋二毛　那你过去教我和大毛修自行车干什么？

蒋阿桂　生意忙，来不及的时候可以让你们帮帮忙！

蒋二毛　那我学修两用车，也等你来不及的时候帮帮忙！

蒋阿桂　现在店里有的是青年，不要你帮忙！

蒋二毛　那我自己帮自己的忙！（出言后知失口）

蒋阿桂　嗬，说了半天，你想学了以后替人家修两用车？！街道准备安排你到什么车行？

蒋二毛　没有。

蒋阿桂　那你怎么跟人家修两用车？

蒋二毛　咦，独立操作么！

蒋阿桂　好，你想摆摊头？！

蒋二毛　这有什么稀奇，你也是摆摊头出身的么！

蒋阿桂　这是我过去不幸的遭遇，不光彩的历史。

蒋二毛　现在也有待业青年摆点心摊、缝纫摊的！

蒋阿桂　个体经济，兔子尾巴长不了！

蒋二毛　怎么长不了？

蒋阿桂　要知道，摆摊头是资本主义残余势力。

蒋二毛　我又不雇佣人，自己养活自己，这怎么是资本主义？！

蒋阿桂　啊呀，个体就是个人，个人就是私的，私就是资本主义的核心。你怎么连这点也不懂？！唉，只怪你没有单位，缺少学习呀。

蒋二毛　阿爸——

蒋阿桂　别多讲了！二毛，你如果敢摆摊头，我就拿你摊头全部敲光！这件事，你与大毛商量过吗？

蒋二毛　（摇头）

蒋阿桂　大毛比你有头脑，他肯定不会这样做的。走，回去！

［蒋二毛无奈走出车行，遇蒋大毛，丁阿发上。

蒋大毛　二毛，怎么样？

丁阿发　你放心，他拍胸脯的，“借不到两用车，我不叫蒋二毛！”还要“不获全胜，决不收兵！”

蒋二毛　去去去！

蒋大毛　真的没有借到？

蒋二毛　非但没有借到，而且被阿爸轧出苗头，给他臭骂一顿。

蒋大毛　我知道肯定要弹出来的。

丁阿发　我有办法。

大毛/二毛　什么办法？

［丁阿发与蒋大毛、蒋二毛耳语。

蒋大毛　我反对！

蒋二毛　我同意！

丁阿发　二比一，通过。大毛，为了前途，只能对不起你阿爸一次了。快走！

［丁阿发等三人下。

［少顷，蒋二毛气急吼吼上。

蒋二毛　阿爸，阿爸，不好了！

蒋阿桂　出什么事了？

蒋二毛　大毛突然人浑身发抖了！

蒋阿桂　人呢？

蒋二毛　来了。

［丁阿发背蒋大毛上。

［蒋阿桂端凳让大毛坐，大毛浑身发抖，因做亏心事，故而抖得也很自然。

蒋阿桂　大毛，你怎么浑身抖得这么厉害?!

蒋大毛　（不知如何回答）

蒋二毛　喏，刚才大毛在半路上不是碰到吴彩英么?!……

蒋阿桂　碰到吴彩英又用不着发抖的!

蒋二毛　不是呀，他们两人碰着就讲话了……

蒋阿桂　讲讲话怎么会发抖呢?!

丁阿发　讲讲话，他们两个人争起来了!

蒋二毛　对对，争到后来，大毛气得浑身发抖!

蒋阿桂　大毛是吗?

蒋大毛　（急忙点头）对对对!

蒋阿桂　啊呀，老同学争争吵吵干什么，你真是个犟脾气!

蒋二毛　阿爸，我看这事别提了，快送医院!

蒋阿桂　这是气得发抖，不是病，坐一会儿就会好的，用不着送医院。

［蒋大毛三人面面相觑。

丁阿发　（推大毛）抖!

蒋阿桂　怎么啦?!

丁阿发　大毛又抖了，眼睛也朝上翻了!

蒋二毛　我看，还是快送医院!

蒋阿桂　啊呀，这里到医院还有一段路了。

丁阿发　那喊救护车!

蒋二毛　不对的，救护车喊一次就要拾元，拾元呀!

蒋阿桂　拾元?!

蒋二毛　好节约尽量节约，我来背大毛上医院去。

蒋阿桂　你吃不消的！

［丁阿发暗示蒋大毛抖。

丁阿发　这样吧，蒋家伯伯，你这里两用车有吗？

蒋阿桂　有。

丁阿发　好骑吗？

蒋阿桂　刚修好。

丁阿发　我来骑两用车送大毛上医院。

蒋阿桂　两用车不能带人。

丁阿发　紧急情况紧急处理。

蒋二毛　走小路。

蒋阿桂　好，那快走！快去快来！

丁阿发　保证快！

［众扶蒋大毛上，丁阿发推车下。

蒋阿桂　二毛，你待在这里干什么？！我店里跑不开，你快跟得去！

［蒋二毛奔下。

蒋阿桂　阿发，我一切都交给你了！

［内应："你放心！"

［灯暗。

［复明。

［蒋阿桂在听电话，边上站着吴志刚，等候他修车。

蒋阿桂　喂，中心医院门诊室吗？有一个青年病人来过吗？是浑身发抖的！是开两用车送来的，啊，没有？！

吴志刚　同志——你怎么电话从上午打到下午？！

蒋阿桂　（对吴志刚）——马上好！马上好！（听电话）啊，到别的医院去问？！都问过了，没有。（无力地挂断电话）

吴志刚　老师傅，你怎么老是在工作时间打私人电话?!

蒋阿桂　我有紧要事情。

吴志刚　什么紧要事情?

蒋阿桂　跟你没有什么讲头!

吴志刚　不妨随便谈谈么。

蒋阿桂　唉，一言难尽，两个儿子在家待业，东游西荡……喂，你是来修自行车还是来调查户口的?! 车子修吧?!

吴志刚　不修了。

蒋阿桂　不修?! 那你推车来干什么?

吴志刚　本来我是来修车，现在看你这样情绪，车子也修不好，还是到别处去修……

［吴志刚推车下。

蒋阿桂　咦，这种顾客怎么碰得着的?! 唉，两个小鬼在外面兜圈子，害得老头子工作也做不好。他们把两用车骑出去，半天多了，会不会出事情?!

［蒋玲妹急匆匆上。

蒋玲妹　阿爸!

蒋阿桂　玲妹，两个小捣蛋寻着吗?

蒋玲妹　没有。

蒋阿桂　丁阿发呢?

蒋玲妹　也没有。

蒋阿桂　到他家去寻!

蒋玲妹　他家搬了，我不认得。

蒋阿桂　急死人。

蒋玲妹　阿爸，好得彩英是老同学，好商量的!

蒋阿桂　我是代表店里与她产生修理关系，出了问题，店里要受损失的。

［吴彩英上。

吴彩英　蒋家伯伯。

蒋玲妹　吴彩英。

吴彩英　玲妹，你上岸休息？

蒋玲妹　唔。

吴彩英　蒋家伯伯，有件事要跟你们打个招呼。

蒋阿桂　怎么你向我打招呼?!

吴彩英　那辆两用车本来晚些拿没有关系，现在有点急事，所以我赶来拿了。

蒋阿桂　应该的！应该的！

吴彩英　那太谢谢你了！

蒋阿桂　用不着谢，下次请过来，再见！

蒋玲妹　阿爸，人家两用车还没有拿呢！

吴彩英　蒋家伯伯——

蒋玲妹　彩英，这辆两用车已经给我阿哥大毛——

吴彩英　已经给大毛?!

蒋阿桂　（忙将玲妹拖开）对，给大毛送到总店去，有一只零件非要总店去修的，我现在已经去叫大毛拿回来了！

吴彩英　大毛帮我去拿两用车了？

蒋阿桂　对。

吴彩英　那我在此地等他！

蒋阿桂　我在她面前讲大毛，真是自寻烦恼！

蒋玲妹　彩英，我对你老实讲了吧！（与彩英耳话）

吴彩英　原来是这么一回事。

蒋阿桂　（尴尬）嘿……养不教，父之过……不过，你也有责任的。

吴彩英　我有什么责任？

蒋阿桂 大毛送医院都是为了你。

吴彩英 为了我?!

蒋阿桂 二毛和丁阿发讲,大毛本来蛮好,后来在半路上碰到你争吵一通,气得浑身发抖,只能让丁阿发开了两用车送医院。

吴彩英 我与大毛没有碰到过么!

蒋阿桂 那我问大毛,大毛怎么拼命点头的呢?!

吴彩英 我非但与大毛没有吵过,连话都没有讲过半句!

蒋阿桂 噢,原来是全本瞎讲……好,三个人骗了两用车做坏事情了!玲妹,快去报告派出所!

蒋玲妹 阿爸!

吴彩英 蒋家伯伯!

蒋阿桂 这是他们自己要走这条路的!快去!

［蒋阿桂推蒋玲妹、吴彩英下。

［王老师上。

王老师 同志。

蒋阿桂 什么事?

王老师 你们店里修两用车吗?

蒋阿桂 修的。

王老师 我想请你们修辆两用车。

蒋阿桂 车子呢?

王老师 在家里。

蒋阿桂 去推来。

王老师 不能推来了,这辆两用车拆得变散装了。是不是请你——(指指宣传牌"上门服务")我是街道待业青年办公室的,这两用车等用。

蒋阿桂 ……好,在什么地方?

王老师 徐南路123号。

蒋阿桂 你姓什么?

王老师 王。

蒋阿桂 你去好了,我马上就来。

[王老师下。

蒋阿桂 (对内)小李,我到徐南路 123 号王家修两用车去了!(骑车下)

[蒋玲妹、吴彩英、张民警上。

张民警 我估计他们不会做什么坏事的。

蒋玲妹 (朝车行内)阿爸……

[内:"蒋师傅到徐南路 123 号去修两用车了。"

张民警 徐南路 123 号?! 是丁阿发新搬的家么。

蒋玲妹 真的?!

张民警 这里一定有什么好戏,快走! 立正,起步跑!

[三人跑步下。

第四幕

[时间:紧接前场。

[地点:丁阿发家——一间简易的平房,一处通内室,一处通外室,房内陈设简单,使人感到突出的是两张半成品的沙发和沙发布。一座两用车架居台中央,其余地方堆满零件。

[幕启:蒋大毛等三人面对拆散的两用车各有所思:丁阿发埋头抽烟,大毛翻阅参考资料,二毛在玩两用车轮盘。

丁阿发 放下,你在滚铁环!

蒋二毛 火什么？拆下来装不上怪我?! 是大毛讲的，装一装拆一拆快得很。现在只能当散装处理价卖给废品回收站了。

丁阿发 没有把握就不要拿回来拆。

蒋大毛 事先没有把问题估计得这么复杂。心想凭过去跟阿爸修自行车的实践和书上两用车装配原理，拆一拆装一装总方便的……不过，这辆两用车的零件都让我们拆下来，还是不错的。

蒋二毛 是呀，假使给我们拆得粉粉碎，我们都可以当工程师了。

丁阿发 以后我们摆摊头是修两用车，不是拆两用车！

蒋大毛 这不是在学习么！

蒋二毛 这样要学习到什么时候?!

丁阿发 我看，干脆搞运输服务站，踏黄鱼车。

蒋二毛 我吃不消，踏黄鱼车没有力气，要么摆点心摊，卖油墩子。

丁阿发 赚头少！（指半成品沙发）要么跟我做沙发。

蒋二毛 现在马路上卖沙发的有的是。

丁阿发 那就分道扬镳！

蒋大毛 阿发，别忘了，我们的联合宣言！

（唱）莫斗气，别吵架，

怎能摊头未摆先分家？

零件拆散合不拢，

这说明，我们知识很贫乏！

只为糊口去奔波，

似同无头无脑的大闸蟹，

若想有所作为创事业，

就要脚踏实地付代价！

丁阿发 那就再装！

蒋大毛 等一等，刚才你们出去，王老师来过了。

蒋二毛　他会装吗?

蒋大毛　不会。不过,他去想办法了,他叫我们不要蛮干瞎撞。

丁阿发　这两用车的来历,你告诉王老师了吗?

蒋大毛　没有,按我们商量的我只说是从娘舅那儿借来的。

丁阿发　唔,王老师做人一点一画,假使知道是这样借来的,肯定要批评我们,而且还不支持我们。

蒋二毛　反正,一切等成功了再说……

丁阿发　可现在没有成功,只有失败!

蒋二毛　你怎么又讲气话了?!

［王老师上。

蒋大毛等　王老师!

王老师　怎么,还在不高兴?! 世界上的事情不怕百战不利,只怕灰心丧气! 刚才我跟你们请到了一位自行车车行的老师傅,等会儿马上上门来帮你们修,你们可要好好学习。

蒋大毛　唔。

王老师　还有,向人家借来的工具去还掉,我给你们买的修理工具。喏!

丁阿发　(激动)王老师,这叫我们怎么才好呢?!

蒋二毛　等我们赚了钞票还你。

蒋大毛　我们一定将修理服务站办起来。

［丁阿发将工具放床底下。

［蒋大毛等又兴致勃勃欲研究。

［内传来丁阿发母亲的声音:"阿发!"

蒋二毛　阿发,你姆妈喊。

丁阿发　姆妈,什么事?

［内:"我该吃药了吧!"

丁阿发　来了!

王老师　阿发，你研究，我来去给你姆妈吃药。（下）

［蒋大毛等三人围聚研究。

［蒋阿桂上，敲门。

丁阿发　谁呀？

蒋阿桂　来修两用车的。

丁阿发　二毛，去开门。

蒋二毛　呃。（开门，见是自己的父亲，忙关门）不好了！

丁阿发/蒋大毛　怎么啦？

蒋二毛　修两用车的不是别人！

丁阿发/蒋大毛　谁？

蒋二毛　是……是阿爸！

丁阿发/蒋大毛　（惊）啊？！

蒋二毛　阿爸看见这副样子，肯定饶不了我们的。

蒋大毛　王老师怎么请来的老师傅会是阿爸的呢？！我真的要叫阿爸了！

［三人乱作一团。

丁阿发　别慌，我们来个避而不见。

蒋大毛/蒋二毛　避而不见？！

丁阿发　来！（与大毛、二毛耳语）

［丁阿发让大毛、二毛各坐于一沙发架子上，用沙发布披盖在他们身上，似同沙发一样，自己钻入床下。

蒋阿桂　（敲门）开门呀！

［内王老师："阿发去开门，可能是来修两用车的。"

［王老师自内屋出，上。

王老师　阿发——大毛、二毛……咦，人呢？！大概又出去搞什么东西了。怎么不告诉我一声！

蒋阿桂　（敲门）开门呀！

王老师 来了！（开门）

蒋阿桂 （入屋）怎么喊了半天不开门？

王老师 我在屋里。老师傅，麻烦你们上门服务，真对不起！

蒋阿桂 别客气！

王老师 沙发上坐！

蒋阿桂 （欲坐）不坐了，快抓紧时间修车吧！

王老师 也好。

蒋阿桂 两用车呢?！

王老师 （指车架和零件）喏！

蒋阿桂 （惊）怎么全拆开来了?！

王老师 是几个青年学拆装，结果拆了以后装不拢了！

蒋阿桂 这倒跟我两个儿子一样，就喜欢拆东西，看见一样拆一样，一家一当全拆光！这车拆得像什么样子呢！

［在上述对话中，蒋大毛、蒋二毛移动沙发，至内房门口处，两人扔下沙发，躲进内室。

蒋阿桂 你看，这车叫我怎么装?！（欲坐，沙发已不在）唔?！

王老师 （搬沙发）噢，请坐！请坐！老师傅，他们年轻不懂事，等会儿我一定叫他们好好地向你学习。

蒋阿桂 这用不着……唷，来得匆忙，我工具没带全，反正今天也装不好，我明天带了工具再来！

王老师 老师傅，今天能装多少就装多少，工具我有，在床底下，我来拿给你。

［丁阿发闻声，忙将工具从床底下推出床口。

王老师 老师傅，你要什么？

蒋阿桂 钢丝钳。

［丁阿发将钢丝钳传给王老师，王老师将钢丝钳递给蒋阿桂。

蒋阿桂 大扳头。

［丁阿发将大扳头传给王老师，王老师将大扳头递给蒋阿桂。王老师递后思索，这些工具是自己拿的，还是别人递给他的……

蒋阿桂 唔，这样的拆法是对的，各部件也没损坏，这几个青年还是有些路的。

王老师 是呀，如果你能指导一下，让他们再多实践几次就可以摆摊头了！

蒋阿桂 什么，摆摊头？！

王老师 对。

蒋阿桂 摆什么摊头？

王老师 修两用车自行车。

蒋阿桂 摆摊头修两用车自行车？

王老师 对。

蒋阿桂 让我来装给他们看？

王老师 对。

蒋阿桂 给他们作指导？

王老师 对。

蒋阿桂 再见！（走）

王老师 （拉）怎么啦？

蒋阿桂 要我为资本主义摇旗呐喊，我不干！

王老师 几个待业青年摆摊头、搞修理，怎么是资本主义呢？！

蒋阿桂 摆摊头是全民的？

王老师 （摇头）

蒋阿桂 集体的？

王老师 （摇头）

蒋阿桂 不是全民不是集体，那是什么？

王老师 个体。

蒋阿桂 个体就是个人，个人就是私的，私就是资本主义的核心。你怎么连这点也不懂?！唉，缺少学习呀！

王老师 老师傅，我是请你来修车的。

蒋阿桂 这种钱我不要赚，金钱动摇不了我走社会主义的决心！

［蒋阿桂走出，王老师追出门。

［蒋大毛等三人出现。

蒋二毛 老顽固！

蒋大毛 老憨头！

丁阿发 老极左！两用车我们自己来装！

［丁阿发等三个一起躲进内屋去。

蒋阿桂 对不起，自行车钥匙忘了。

王老师 你刚才放在哪里?

蒋阿桂 喏，这台子上。(自己去拿钥匙，见台上的两用车号牌，呆)这车牌?

王老师 是两用车上的。

蒋阿桂 这车是你的?

王老师 不是我的，是几个青年的。

蒋阿桂 是几个青年的?！你讲，那几个青年是从哪里弄来这辆车的?

王老师 是向他们娘舅借来的。

蒋阿桂 (咕)好极了，爷变娘舅了！(对王老师)告诉你，这车是几个青年诈骗来的。

王老师 诈骗来的?

蒋阿桂 你还不知道?

王老师 我不知道。

蒋阿桂 别装糊涂。你把那几个青年交出来！

王老师 不知道他们到哪儿去了?！

蒋阿桂　我今天不见他们的面，我不走！

王老师　老师傅，你跟他们什么关系？

蒋阿桂　我是他们的阿爸。

王老师　原来你就是蒋师傅。（欲握手）

蒋阿桂　别来这一套！我原来一直弄不懂大毛二毛怎么会越来越不听我话，今天我终于明白了——

王老师　明白了什么？

蒋阿桂　原来你是教唆犯！

王老师　我怎么变教唆犯了？！

蒋阿桂　教唆他们骗车，教唆他们走资本主义道路！

王老师　冤枉呀！

蒋阿桂　捉牢都喊冤枉的！走，派出所去！

［丁阿发自内室出，蒋大毛欲揭穿，被丁阿发与蒋二毛硬拉往外走。

王老师　这样，老师傅，我给你找个证人。

蒋阿桂　谁？

王老师　丁阿发的母亲，喏，就在里面。

蒋阿桂　阿发娘在里面？

王老师　这里是丁阿发家。

蒋阿桂　走，进去问！

［蒋阿桂押王老师进入内室。

［蒋大毛等三人上。

蒋大毛　不好了，怎么张同志、彩英、玲妹都来了？！

蒋二毛　吃不准。

丁阿发　凶多吉少！

蒋二毛　不好，阿爸出来了！

蒋大毛 里外夹攻！

丁阿发 各就各位隐蔽！

［丁阿发三个按第一次的办法躲藏。

［蒋阿桂拉王老师上。

蒋阿桂 阿发娘睡着了，叫我问什么？！

王老师 那等一会儿。

蒋阿桂 等到什么时候？！走，到派出所去！

［张民警、吴彩英、蒋玲妹上入屋。

张民警 蒋师傅怎么啦？

蒋阿桂 张同志，你来得正好，我抓住一个教唆犯！

张民警 谁？

蒋阿桂 （指王老师）就是他！

张民警 他是教唆犯？！

蒋阿桂 对，一定要从重从快从严处理。

蒋玲妹 阿爸，他是热心人！

蒋阿桂 热心人？！热心教大毛二毛阿发骗车？！教他们摆摊头？！（对王老师）把大毛他们交出来！

王老师 我是不知道他们到哪儿去了！

张民警 是怎么一回事？

王老师 还不是按照上午在街道商量的，让大毛他们先作业务准备，谁知他们弄来的一辆两用车，是从蒋师傅店里骗来的。

张民警 噢，蒋师傅，误会了，他对大毛他们行动，不是教唆，是支持！

蒋阿桂 张同志，你讲话要负责！

张民警 完全负责。他就是我的爱人。

蒋阿桂 （惊）啊？！

蒋玲妹 也就是我们的王老师！

吴彩英 蒋家伯伯，我老实对你讲吧，我这辆两用车借来，请你修好以后是准备交给大毛派用场的。

蒋阿桂 （更惊）啊?!（跌坐在“沙发”——大毛身上）

蒋大毛 （跳起）阿爸!

丁阿发 （从床底钻出）蒋家伯伯!

蒋阿桂 二毛呢?

蒋二毛 （在蒋阿桂身边扔下沙发布伪装）阿爸!

［众又惊又喜。

第五幕

［时间：数周以后。

［地点：蒋阿桂家，内外室。

［幕启：蒋阿桂正在对蒋玲妹发脾气。

蒋阿桂 你去把大毛、二毛找回来!

蒋玲妹 他们这几天正在忙着成立修理站。

蒋阿桂 他们搞修理站，有什么本事?!

蒋玲妹 有什么本事?! 你不帮他们忙，他们还不是在这两三个星期内把那辆两用车装好了?!

蒋玲妹 再有本事，摆摊头——歪门邪道!

蒋玲妹 阿爸!

（唱）你为何闭眼走路不转弯?!

死抱陈旧把历本翻?!

街道干部刘阿姨，

多次相劝把政策谈，
为了广开就业路，
支持兴办修理站，
待业青年为群众，
个个是，自食其力的劳动者！

蒋阿桂 我就不相信。要知道，你阿爸过去就因为摆过摊头，吃了不少亏。即使后来进了国营单位，也还留个尾巴，几十年来要处处夹紧尾巴做人。老实说，这条尾巴我算夹紧了，可是到了“文化大革命”，人家还要揪住我尾巴掼三掼，讲我是混进工人阶级队伍中的阶级异己分子。现在大毛他们明明没有尾巴，为什么要硬紧去装尾巴呢?!

蒋玲妹 这不是装尾巴，搞个体经济，是符合社会主义市场需要，再说大毛二毛也是为了减轻你的负担！

蒋阿桂 我就拿裤带勒得再紧，也不让他们走回头路……去，去把大毛、二毛找回来！

蒋玲妹 我有事情要出去。

蒋阿桂 你怎么搞的，休假到现在，每天上午十点钟非要出去?

蒋玲妹 我有事情么！

蒋阿桂 什么事情?

蒋玲妹 保密！（下，复返）饭菜烧好了，中饭不要等我！（下）

蒋阿桂 小姑娘神出鬼没像白莲花！唉，这家弄得乱七八糟呀！大毛二毛，我真为你们担心，这一步棋子走下去要全盘错呀！（进内室，捧照相镜框）老太婆，我对不起你，我没有带好这几个孩子，老太婆呀……老太婆……（呜咽）

［蒋大毛上。

蒋大毛 阿爸，你在干什么?

蒋阿桂 不关你什么事?! 老太婆哎——(悟)大毛,你回来啦?!

蒋大毛 唔。

蒋阿桂 你可以不要回来了!

(唱)近来情况伤透心,

你们在搞啥花样经?!

清早我还未起床,

你们已经无踪影,

深夜入睡星斗照,

你们还不转家门,

半月来,少长谈,

父子好似陌路人!

蒋大毛 (唱)忙着筹建修理站,

任务繁重时间紧,

父亲膝下少问候,

还望原谅莫把肝火升!

蒋阿桂 (唱)你与二毛阿发不一样,

能学鸿鸟入凌云,

明年升学有指望,

为何中途把主意来变更?

蒋大毛 (唱)我的信念未动摇,

通过实践更坚定,

修理业务多熟悉,

知识积累有增进,

还能减轻你负担,

这是一举两得的好事情!

蒋阿桂 这算什么好事情?! 大学生不要做,正当工作不去找,去摆摊头?!

蒋大毛 阿爸，参加修理站，搞个体经济以后也能考大学的。

蒋阿桂 别搞错，摆摆摊头生意忙就要雇人，一雇人就是小业主，小业主就是老板！考大学政审肯定通不过。

蒋大毛 我相信党的政策！(进内屋拿份材料往外走)

蒋阿桂 又要走了?!

蒋大毛 拿修理站的服务草案去和二毛、阿发研究一下。

蒋阿桂 不准去！

蒋大毛 阿爸——修理站这几天就要成立了！

蒋阿桂 你退出！

蒋大毛 我不同意！

蒋阿桂 不准去！

蒋大毛 人家在等我。

蒋阿桂 就说我生病。

蒋大毛 你没病！

蒋阿桂 就要生病了。

蒋大毛 等你真的生病，再来喊我！

蒋阿桂 你敢走?! 大毛，我求求你，你就别让我这个饱经风霜的阿爸再担什么忧愁了！

蒋大毛 (心软)阿爸——

蒋阿桂 我们到里面去谈——(蒋大毛推入内室，随即将门关上，插上插销)这样，你走不了啦！我走了！

蒋大毛 阿爸，你怎么把门关起来了?!

蒋阿桂 特殊情况特殊处理。

蒋大毛 不能随便关人！

蒋阿桂 你是我的儿子，我不算私设牢房的！

蒋大毛 (喊)阿爸！

蒋阿桂 你太平一点吧，你好好看看你娘的照片！我去找二毛，找到了二毛领你们再到街道去说你和二毛退出修理站！

蒋大毛 阿爸！

蒋阿桂 我叫你阿爹！

［蒋阿桂欲下，吴彩英上。

吴彩英 蒋家伯伯！

蒋阿桂 彩英姑娘，你——

吴彩英 我是来看玲妹的。

蒋阿桂 对，你从来没有讲过寻大毛。

吴彩英 真的。

蒋阿桂 玲妹出去了，有什么事吗？

吴彩英 她要跟我借几本书，我给她送来。

蒋阿桂 那就放在此地。

吴彩英 不，我下次送来。

蒋阿桂 这几本书交给我不放心？！

吴彩英 不，有些内容我要当面解释一下。

蒋阿桂 好……

［蒋大毛听到门外有人，从门缝里张望，敲门。

吴彩英 什么声音？

蒋阿桂 ——没有什么声音，

吴彩英 好像里面有人么。

蒋阿桂 是房管所在替我们修门！

吴彩英 修门？！

蒋大毛 （敲门）阿爸！阿爸！

吴彩英 修门还喊阿爸？！

蒋阿桂 不，是房管所青年活跃，一边修门一边唱日本电影里《草帽歌》

“妈妈——”

蒋大毛 阿爸！阿爸！

蒋阿桂 喔唷，唱得卖力的，还要“妈妈——”

蒋大毛 阿爸，开门！

吴彩英 蒋家伯伯，《草帽歌》里怎么有“阿爸，开门”?！

蒋阿桂 ……彩英姑娘，老实对你说了吧，里面关的是大毛！

吴彩英 是大毛！

蒋阿桂 还不是为了摆摊头的事，……我只得采取强制措施！

吴彩英 嗬?！

蒋阿桂 我知道你总是帮他们忙的，今天别来劝我，你快拿走吧，我还要去寻二毛，寻到二毛，拖了大毛一起到街道去表态，退出修理站！（走）

吴彩英 蒋家伯伯！

蒋阿桂 干什么?

吴彩英 你知道二毛在哪儿啊?

蒋阿桂 阿发家里是他们的根据地。

吴彩英 不，他和阿发在对过公园的湖心亭。

蒋阿桂 ——那你陪我走一趟！走呀！

吴彩英 蒋家伯伯，我们走了，万一大毛大吵大闹，出了事情怎么办？我在此地等玲妹，顺便看牢大毛，你快去把二毛找来。

蒋阿桂 你看牢大毛?！

吴彩英 我也应该为大毛着想呀……

蒋阿桂 噢?！

吴彩英 你还不相信我?！

蒋阿桂 相信！相信！那你千万别给大毛逃走！

吴彩英 你放心！

［蒋阿桂下。

［吴彩英见蒋阿桂远去，忙将内室门打开。

吴彩英　大毛。

蒋大毛　（不理）

吴彩英　大毛，你怎么啦？

蒋大毛　我是被关押者，你是看守。

吴彩英　难道你要我对蒋家伯伯讲，我要拿大毛放走？！

蒋大毛　（激动，奔出，握住彩英手）彩英！

吴彩英　你呀，怎么连我的心思还不知道？！

蒋大毛　是呀！是呀！（更紧握彩英手）

吴彩英　（羞）哎！哎！

蒋大毛　（忙放手）我走了。

吴彩英　站住。

蒋大毛　干什么？

吴彩英　你走了，我呢？

蒋大毛　你不是等玲妹送书吗？！

吴彩英　这几本英文机械书，是我从学校里借出来给你的。

蒋大毛　那你刚才怎么对阿爸讲——

吴彩英　为什么样样事情都要给你阿爸知道呢？！

蒋大毛　彩英，你——我太感谢你了，可……可你别在我身上花这么多的心血。

吴彩英　什么意思？

蒋大毛　你是大学生，我是摆摊头的……

吴彩英　你阿爸过去摆摊头，可是你姆妈不是一位小学教师吗？！

蒋大毛　（激动地）彩英！

（唱）世上美好事物布宇宙，

莫过于结识心地正直好朋友，
你增添我信念去战斗，
从不将甜蜜挂在口，
你给予我深情多真挚，
从不将权财来追求，
我愿作人生之路开拓者，
决不把你赤诚之心来辜负！

吴彩英 （唱）人生是花爱是蜜，
酿蜜更需把私欲丢，
神圣事业结友情，
踏平崎岖争自由！

［两人在深情之中。

［王老师上，见状，退出门外。

王老师 （故意喊）里面有人吗？

［蒋大毛、吴彩英惊。

蒋大毛 请进来。

［王老师入。

蒋大毛／吴彩英 王老师！

王老师 大毛，刚才街道通知，叫你们快去街道开会讨论修理站开业工作，再去工商管理局登记。

蒋大毛 怎么这样快？

王老师 听说区里也很关心你们！

蒋大毛 区里怎么知道我们的事！区里也这么关心我们的事情？

王老师 别管它，二毛、阿发已经去了，就等你这个负责人！

蒋大毛 二毛、阿发不是在对面公园湖心亭吗？

吴彩英 （笑）

蒋大毛　原来是你来个调虎离山！

吴彩英　快走吧！

蒋大毛　不行！我阿爸不让我参加修理站，刚才将我关在里屋，现在去找二毛，等会儿要带我们到街道去退出修理站。假使他回来，发现我不在，肯定要找到街道里来，我们还能研究，还能到工商行政管理局去登记?!

吴彩英　……有了，去把里屋被头铺好，假装你睡着了，再把门锁上，他肯定不会怀疑，这样你们可以笃定到街道去。

蒋大毛　好！

王老师　时间来不及，只能这样做一做了，我来去搞伪装！（进里屋）

吴彩英　大毛，你快去！

蒋大毛　（欲走）不好，阿爸来了！（忙躲门背后）

［吴彩英忙将里屋门锁上，坐着看报。

［蒋阿桂上。

蒋阿桂　彩英姑娘！

吴彩英　回来了！二毛呢?!

蒋阿桂　我到对过公园兜了六个圈子，人也不看见！我怕你等久，所以赶回来了！大毛……

吴彩英　在里面一动也没有动，而且已经睡了！

蒋阿桂　是呀，太累了！我去看看！

［吴彩英一边陪蒋阿桂入内室一边暗示门背后的蒋大毛快走。蒋大毛速下。

［蒋阿桂、吴彩英进内屋，王老师急躲门后。

蒋阿桂　被头滥盖……（欲拉被头）

吴彩英　（急）蒋家伯伯……

蒋阿桂　干吗?

吴彩英　大毛醒了，又要吵了出去的！

蒋阿桂　对对对，让他好好地睡觉。

［蒋阿桂与吴彩英出内室。

蒋阿桂　彩英姑娘，你也辛苦了，快回去休息吧！

吴彩英　我想等大毛醒了以后，讲几句话！

蒋阿桂　他忙了这么多天，我看这一觉睡过去不大会醒了，别让你再辛苦。等以后大毛找到正当工作，我让他好好与你畅谈。

吴彩英　（无奈）那走了。

蒋阿桂　走好！再会！

［吴彩英下。

蒋阿桂　大毛睡觉，这个修理站就办不成！（疼爱）让我再去看看大毛睡得怎么样了！

［王老师闻声急忙将门顶住。

蒋阿桂　怎么搞的，门怎么顶牢了?！大毛！大毛！

王老师　（学蒋大毛）唔。

蒋阿桂　你醒啦?

王老师　嗯。

蒋阿桂　那开门呀！

王老师　去！

蒋阿桂　你生我气了?！

王老师　嗳。

蒋阿桂　阿爸也是为你好，我作为你的父亲，不能让你去摆摊头，要知道不堵住资本主义的路，就迈不开社会主义的步！

王老师　啊呀，你怎么到现在还在讲这种话，我的蒋师傅哎！

蒋阿桂　什么，叫我蒋师傅?！昏了你的头！大毛，阿爸跟你讲句老实话，我这样拦住你，是心里有点怕！几十年来，一有风吹草动，搞个体不是丢饭碗，就是受批判，你姆妈就是为了我担惊受怕、操劳一生死的么！大毛——

王老师 哎。

蒋阿桂 你去好好看你娘的照片，就会明白了！

［王老师端起照相镜框，寻找。

王老师 那个是姆妈?!

蒋阿桂 啊，你连姆妈都不认得了?!

王老师 （似乎找到）找到了——唉，可怜的妈妈！

蒋阿桂 你不为你自己负责，你也要对得起你死去的娘，也要对得起我爷，也要对得起吴彩英！

王老师 啊?!

蒋阿桂 "啊"什么?！我早就看出你们两个人要好了，如果你摆摊头，再雇几个人，今后你们结婚，你是老板，她就是老板娘，我的孙子马上变成小开……啊呀，不得了啊！

［刘阿姨、蒋二毛、丁阿发上。

蒋二毛 阿爸！

蒋阿桂 你还想到回来?!

刘阿姨 蒋师傅，有话好好讲，这么凶，准备吃人呀?!

蒋阿桂 刘阿姨你来得正好，我向你宣布，大毛、二毛退出修理站。

丁阿发 来不及了！这是工商行政管理局签发的营业执照。

蒋二毛 上面有大毛二毛大名的！

刘阿姨 蒋师傅，今天我是特地带他们来拜访你的！

蒋阿桂 儿子回到家里，还称拜访?!

蒋二毛 请注意态度，现在不是儿子来看阿爸，而是街道青年修理站的职工来拜访飞轮自行车行副经理。喏，这是街道介绍信。

蒋阿桂 干什么？

蒋二毛 接洽供货业务！

丁阿发 还要向您学习技术知识！

蒋阿桂 不接待。

刘阿姨 蒋师傅，青年们的做法是符合国家、人民和个人利益的！

蒋阿桂 ……街道真的同意他们开张了？

丁阿发 客气！

蒋二毛 而且修理站办在车行对过。

蒋阿桂 想抢生意，挖社会主义墙脚？！

蒋二毛 不，你们两用车自行车来不及修，这里又是闹市口，我们这样都是补充社会主义经济！

蒋阿桂 理论性倒强的。那资金呢？

刘阿姨 街道决定对他们进行一部分贷款。

蒋阿桂 那还有“一部分”呢？！

蒋二毛/丁阿发 （无所回答）

刘阿姨 所以我来……

蒋阿桂 我一分钱也没有！

王老师 （内喊）我来出资金！

蒋阿桂 别胡说八道，你即使有钱，也由我支配！

王老师 我的钱我有权利！

［蒋大毛上。

蒋阿桂 （对内）昏了你的头，你这个小鬼！

蒋大毛 阿爸，你不能骂人！

蒋阿桂 啊，大毛！那里面——

［王老师开门出。

王老师 蒋师傅！

蒋阿桂 （惊）

［众笑。

第六幕

［时间：一个多月以后。

［地点：同第一场。

［两用车的发动声、喧杂声。

［幕启　路灯下一群人好奇地围观着，看不清内中在干些什么，等人散去，某人推两用车出现，才看清楚，青年修理站已经开始营业了。

顾客甲　谢谢。

蒋二毛　发现问题再请过来，我们负责“三包”！

顾客甲　太好了。（推车下）

顾客乙　（对正在教他技术的大毛）同志，我懂了，太感谢你了，我出差到上海，看见摊头随便问问两用车的修理技术，想不到你这样耐心教我……

蒋大毛　我也在学习！

顾客乙　向你学习！再见！（下）

丁阿发　（对顾客）让你久等了！

顾客丙　没什么，你们生意兴隆么。

丁阿发　来，吃杯茶，坐一歇。

顾客丙　唷，修理站兼摆茶摊，想得周到，会做生意。

蒋二毛　这茶是免费供应！

顾客丙　这为人民服务真到了家！

丁阿发　车修好了！！

顾客丙 多少钱？

丁阿发 补只洞，一角五分；两只洞只要两角。

顾客丙 价钱公道，我要替你们到处介绍，我要让人家都知道，青年修理站领导修车水平新潮流，价钱公道、服务周到，誉满——全上海！（下）

蒋二毛 唔。（捧肚皮）

丁阿发 干吗？

蒋二毛 唱《空城计》了！

［蒋玲妹拎饭盒上。

蒋二毛 “阿庆嫂”来了！

蒋玲妹 去！快吃饭吧！大毛、二毛，阿发！来！

蒋大毛 （唱）手接饭盒问玲妹，

今天供应什么菜？

蒋玲妹 （唱）花色品种又翻新，

尝一尝，酱汁牛肉荷包蛋！

蒋大毛 （唱）酱汁肉——

蒋二毛 （唱）酥得来！

蒋大毛 （唱）荷包蛋——

蒋二毛 （唱）味道崭！

蒋大毛 （唱）你这个家伙真是馋佬坯！

蒋二毛 （唱）并非我二毛是天吃星，

皆因为，自食其力心花开！

蒋大毛 （唱）修理站——

蒋二毛 （唱）办起来！

蒋大毛 （唱）做工作——

蒋二毛 （唱）有岗位！

蒋大毛　（唱）为人民服务有作为！

［此时，蒋玲妹将饭菜端给正在埋头修车的丁阿发。

丁阿发　谢谢。

蒋二毛　（偷看丁阿发饭碗）好，两只荷包蛋，三块酱汁肉，（对蒋玲妹）好，包庇！

蒋大毛　二毛，这怎么叫包庇呢？！这叫亲者严，疏者宽！

蒋玲妹　大毛，你也变坏了！

丁阿发　玲妹，真不好意思，你休假五十二天，天天为我们烧菜送饭，还要服侍我娘——

蒋玲妹　你办修理站不是更忙吗？！

丁阿发　……你……你瘦多了。

蒋玲妹　……我愿意。

蒋二毛　唉，就是没有人对我讲"我愿意"！大毛，来，你来对我讲两句吧！

丁阿发　二毛，当心吃拳头！

蒋二毛　还是客气点好，我是你的小舅子！

蒋玲妹　二毛！

［蒋玲妹追打蒋二毛，众嬉笑。

［蒋阿桂上，众收敛，蒋玲妹急下。

蒋二毛　阿爸，今日大驾光临，有何贵干？

蒋阿桂　利用中午休息，特地前来取经。

蒋二毛　是来看我们出洋相的吗？！

蒋大毛　（制止）

蒋二毛　大毛，我记得修理站开张那天，阿爸站在对面店门口讲："嘿，个体经济，兔子尾巴长不了，今天开张，明天收摊！"现在已经一个多月过去了，阿爸，这明天是哪一天？！

（唱）"明天——明天——明天比蜜甜！"

蒋阿桂 别高兴得太早么!

蒋大毛 群众欢迎总是事实么!

蒋阿桂 他们是目光短浅……不,是受你们蒙蔽!唉,资本主义确实很容易迷惑人的。不过,结论只有一个:个体经济——

众 "兔子尾巴长不了"?!

[吴志刚上。

吴志刚 同志。

蒋阿桂 (以为叫自己)唔,是顾客又要修车了?!对面。

吴志刚 我不修车,找人!

蒋阿桂 找人?

吴志刚 找蒋大毛、蒋二毛、丁阿发!

蒋大毛等 找我们?!

蒋阿桂 找他们干什么?

吴志刚 随便聊聊,请他们谈谈如何找出路、摆摊头、为群众、搞好服务,使修理站越办越兴旺!

蒋阿桂 同志,你是报社的吧!嗳,宣传典型可要注意政治,当心犯方向性错误!

吴志刚 啃,宣传他们要犯错误?!还带有方向性?!

蒋阿桂 当然。

吴志刚 哈……

蒋阿桂 这个人怎么搞的,听见犯错误还这么开心?!

吴志刚 老师傅——

[顾客丁上。

顾客丁 请问这里是不是徐南路青年修理站?

蒋二毛 是的,有什么事?

顾客丁 我是市北区体校自行车队的,我们有一批赛车坏了需要修理,想请你们帮帮忙。

蒋大毛 市北区的车子怎么拿到这么远的地方来修？

顾客丁 我们是慕名而来的，人家都介绍你们修理起来工时短、质量好，价钱公道、服务周到。

蒋大毛 你们说得好，车子有多少？

顾客丁 二十辆。我们会有二吨卡车送来的，希望修得越快越好，我们下星期等车子用。

丁阿发 现在要节约汽油，你抄个地址，我用黄鱼车来运。

蒋大毛 不，我们马上抽人到你们车队来修。

顾客丁 ……这太过意不去了。

蒋大毛 你们这批车子是什么毛病？

顾客丁 钢丸磨损。

蒋二毛 啊呀，我们的钢丸缺货。

丁阿发 快去批一点。

蒋大毛 （看自己的父亲）

蒋二毛/丁阿发 （也注视着蒋阿桂）

蒋阿桂 （故作没有听见）

蒋大毛 （对蒋阿桂）你们店里钢丸有吗？

蒋阿桂 有的。

蒋大毛 批一点给我们！

蒋阿桂 我们的钢丸是专门供应自己店里修车的。

蒋大毛 （无奈）同志，你是不是将车子交给他们店去修吧！

顾客丁 （对蒋阿桂）你们店是——

蒋阿桂 （指方向）国营全民所有制企业飞轮自行车行！

顾客丁 真威风，你是来看他们出洋相的？！

蒋阿桂 你这话是什么意思？

顾客丁 你这是乘人之危，卡人家货源！

蒋阿桂　我不能为资本主义提供粮草！

丁阿发　我们是在替为国争光的自行车队修车子！你就行行方便吧！

蒋大毛/蒋二毛　阿爸！

顾客丁　看看，人家为了批点钢丸都叫你阿爸了！

蒋阿桂　我本来就是他们的阿爸！

吴志刚　（递过在一旁写好的纸）蒋大毛同志，别求了，你们到区公司联系一下，今后有关你们的货源请他们负责供应。

蒋大毛　我们和区公司没有关系的。

吴志刚　有我写的条子，拿到区里去盖个章。

蒋大毛　（不置可否，接过条子，看）吴志刚——吴区长！

众　（惊）吴区长！

蒋大毛　吴区长，谢谢你！

吴志刚　不，应该谢谢你们。

蒋大毛等　谢我们?!

吴志刚　你们为什么要办修理站？

蒋大毛　自力更生，边工作、边学习！

蒋二毛　不做无业游民！

丁阿发　吃饭、生活！

吴志刚　没了？

蒋大毛等　（摇头）

吴志刚　近几年来，国家虽然想尽办法采取种种措施使广大青年就业，但历史遗留下来的问题不可能一下子全部解决。你们自找出路办修理站，这是主动地为国家分担忧愁、解决困难。我，作为一个共产党的干部，怎么能不感谢你们呢？

蒋阿桂　吴区长，这事情你了解过吗？

吴志刚　我从上次到你店里来修车子时，就开始了解了。

蒋阿桂　那这条子——

吴志刚　蒋师傅，这不是我个人的随心所欲，党支持青年一代用双手去改变他们的处境，去创造他们的幸福！

［吴彩英、王老师上。

吴彩英　大毛——

吴志刚　彩英！

吴彩英　叔叔！

蒋大毛等　叔叔？！

吴彩英　我来介绍一下，这位是我叔叔！

蒋大毛等　叔叔……不，吴区长！

蒋大毛　彩英，你怎么从来没有对我说起过你叔叔是区长？！

吴彩英　这是叔叔的保密条例。叔叔，这就是我常说起的路灯下的宝贝！

吴志刚　也包括你，你不是也在支持我们工作吗？！

吴彩英　要说支持，你最支持了，他们拆装的那辆两用车还不是你的？

吴志刚　为了节油，我两用车不骑了，给他们，可是你牵线搭桥！

蒋二毛　是呀！她对大毛特别支持！

吴志刚　唷，这点你倒也对我一直保密么！（见王老师）如果没认错的话，您就是王老师！

王老师　吴区长，你还认得我？！

吴志刚　四十年前，我可是你最头疼的捣蛋学生呀！

众　（笑）

吴志刚　王老师，你为他们做了不少工作呀！

王老师　我是在为社会尽责任！

蒋二毛　吴区长，王老师可忙啦，他是我们修理站的顾问兼技术指导兼会计兼出纳！

吴志刚　倒是大权独揽!

王老师　大毛,刚才我在街道把你们一个月来的收入结算了一下,除去成本、交税、公积金,还盈余二百五十元,作为工资。

众　(惊)

王老师　怎么处理?

蒋大毛　我和二毛每人拿七十五元,阿发拿一百元!

丁阿发　不,有言在先,三人三十一。

蒋大毛　不,你家有困难。

蒋二毛　对,你娘疯瘫,我们阿爸还在工作。

丁阿发　(含泪)谢谢。

［蒋大毛走近蒋阿桂。

蒋大毛　阿爸,我给你五十元留作家用。

蒋二毛　我也上交五十元。

蒋大毛　再给你十元……去买老酒。

蒋二毛　我也给你十元……去买茶叶,别买香烟!

丁阿发　我也给你十元。

蒋阿桂　你也给我十元?!

丁阿发　上次扯坏一件上装,赔你……多退少补。

蒋阿桂　(激动)阿发……大毛、二毛,这种事我连做梦也没有想到!

吴志刚　蒋师傅,你没有想到的事还有呢!为了提高修理站的技术水平,经区政府有关部门决定,推荐大毛到两用车技术研究所去进修学习!

蒋阿桂　真的?

吴志刚　骗你?!

蒋阿桂　他是个体户!

吴志刚　党的政策有言在先,搞个体经济的待业青年,升学、招工、参军都不受影响。

王老师　还有，街道让我来通知丁阿发，为了加强徐南北路修理站的力量，调他去当负责人。

蒋大毛/丁阿发　（为自己离开而恋恋不舍）二毛！

蒋二毛　别难过，你们走好了，大毛进修以后还是要回来的；阿发还跟我站在一条线上，眼下这里虽然只剩我一个人，我会好好干的！

王老师　不，二毛，你不是一个人，街道让你收两个徒弟，喏，你看，刘阿姨把他们领来了！

众　谁？

［刘阿姨领小阿弟、郝启金上。

蒋二毛　小阿弟、郝启金！

［三名老职工上前握手。

蒋阿桂　吴区长，看来搞个体经济也是一条路呀！

［张民警、蒋玲妹上。

张民警　大毛、二毛、阿发、郝启金、小阿弟，把摊头收掉跟我走！

众　到哪里去？

张民警　派出所！

众　（惊）派出所？！

蒋阿桂　吴区长哎，这个体经济还是兔子尾巴长不了，派出所来取缔了！

张民警　谁要取缔个体经济？！

蒋阿桂　你不是叫他们到派出所去吗？！

张民警　派出所与街道联合召开经验交流会，请他们谈谈，待业青年怎样为"四化"作出贡献！

［众欢腾。

天幕呈现："感谢你们青年变成发光发热的宝贝"。

［全剧终。

（1981年演出本）

滑稽戏

阿混新传

编　剧

姚明德　严顺开　王桂林　郭海彬　周嘉陵

执笔:王辉荃

作者小传

姚明德（1944—2019），男，原上海人民艺术剧院演员。从事话剧表演工作三十余年，曾在《万山千水》《夜店》《又一春》等多部话剧中扮演不同类型的角色。导演过《桃花湾的娘们》等6部作品，并担任多部电视剧、话剧、滑稽戏的编剧工作。

王辉荃（1943—2002），男，上海市人。上海曲艺家协会会员。曾任上海人民艺术剧院滑稽剧团演员、江苏省苏州市滑稽剧团客席编导，浙江省曲艺杂技总团艺术顾问兼浙江省滑稽剧团艺术总监。

严顺开（1937—2017），男，上海人。曾为享受国务院特殊津贴专家，国家级非物质文化遗产滑稽戏代表性传承人。中国戏剧家协会会员。上海市第十届政协委员，曾任上海滑稽剧团演员，上海滑稽剧团专家咨询委员会主任，兼任编导工作。

王桂林（1944—2017），男，江苏江都人，中国曲艺家协会会员，上海曲艺家协会会员。1960年考入上海市大公滑稽剧团，1978年转入上海曲艺剧团（上海滑稽剧团前身）。曾参与《谁是女婿》《路灯下的宝贝》《阿混新传》《官场现形记》《屈打成医》等几十部剧目的创作和演出。

周嘉陵（1939—2020），男，江西清江县人，上海曲艺家协会会员，上海电视艺术家协会会员。1977年9月调入上海滑稽剧团，其艺术活动涉及舞台、荧屏、剧本创作等多领域。

郭海彬（1936—　），男，浙江定海人，上海市曲艺家协会会员。从部队文工团调入上海滑稽剧团。擅长话剧、喜剧、相声表演和创作。曾在滑稽戏《满园春色》《出色的答案》《性命交关》，影视剧《海啸》《乘车》《请多多关照》多部作品中担任主要角色和重要角色。

人物表

杜孟雄	男	五十六岁	某农业饲料厂厂长
老阿奶	女	七十四岁	杜孟雄之母
杜大男	女	三十六岁	杜孟雄的长女,纺织女工
杜明辉	男	三十五岁	杜大男的丈夫,某农业饲料厂的技术员
杜小东	男	二十八岁	杜孟雄的次子
杜小西	男	二十六岁	杜孟雄的三子,某农业饲料厂的工人
罗敏敏	女	二十八岁	某农业饲料厂干部
肖长根	男	五十七岁	市郊农民
肖梅英	女	二十六岁	肖长根的女儿

阿芳、王师傅、孙阿太、工厂农村群众等

第一幕

[时间：某日傍晚。

[地点：杜孟雄家的客堂间。

[幕后旁唱：叽叽叽，叽叽叽，

叽叽叽，叽叽叽……

小鸟小鸟，我的朋友，

春天在向你招手！

阳光下面多欢乐，

放开那动人歌喉！

唱吧唱吧，我的小鸟；

唱吧唱吧，我的朋友，

看，我们多么幸福，

美好的生活似锦绣……

[幕启：这是普通石库门住宅的客堂间。室内摆设朴实无华，平淡简易。在几处显眼的地方挂着许多鸟笼和摆着众多的蟋蟀罐，蟋蟀的叫声和鸟鸣交织在一起，发出阵阵不协调的响声。

[老阿奶在认真地给鸟喂食，忙碌非凡。

老阿奶 大男，要吃饭了，快去烧饭！

杜大男 （自卧室出）阿奶，我知道了。

老阿奶 去把豇豆、茄子拣拣。

杜大男 等一歇。（返进卧室，下）

老阿奶 大男——

杜大男　(自卧室出)什么事呀?!

老阿奶　要做“狮子头”,快去斩肉!

杜大男　(不满地嘀咕着走向厨房)人家难得请一天病假在家做件衣服,有这么多事!这么大年纪还养鸟,像什么样子?!(进厨房下,复上,把菜刀往砧板桌上一放,鸟惊)

老阿奶　大男,轻点,鸟都被你吓死了!

杜大男　阿奶,你省省心吧,七十多岁的人了还养鸟,像话吗?!

老阿奶　这是你兄弟小西交给我的任务,早晚两餐,不能脱班!

杜大男　阿奶,你不要再宠小西了。他廿六岁的人,厂里不好好工作,整天在外面瞎混……

老阿奶　总比轧坏道做坏事情好得多……哎,今天你们都发工资了吧?

杜大男　知道了!发工资一交生活费!不过,明辉还没回来。哎,阿奶,我真弄不明白,爹在厂里当厂长,我们姐弟三人也都有了工作,你为什么非得让大家住在一起,吃在一起呢?!

老阿奶　聚在一起好!

杜大男　好什么?!依我看,大家分开吃、住算了!

老阿奶　你在说什么?

杜大男　大家分开吃、住算了……

老阿奶　你再说一遍!

杜大男　各立门户……分家!

老阿奶　分家?!大男,你又要提分家了?!好,好……你爹只有六个月的时候,你爷爷就死掉;你爹二十岁娶媳妇;你娘生了你、小东、小西、又一场重病死掉……我把这杜家撑住可不容易!现在你提出分家?!好!你提出分家——(搬凳子,欲往上踩)

杜大男　阿奶,你干什么?

老阿奶　你提出分家,我就上吊自杀!

杜大男　（拖住老阿奶）阿奶——

老阿奶　你还要分家吗？

杜大男　不分了！吃在一起、住在一起、死在一起！

老阿奶　那马马虎虎……（忽然想起）唷，忘了给蟋蟀喂食了……

杜大男　（生气地把菜刀和砧板往桌上一推）肉斩好了！

老阿奶　……好，好……我来去做"狮子头"！（拿起菜刀砧板进厨房下）

杜大男　（边拣菜边发牢骚，嘀咕道）这算什么名堂？！

［杜明辉自外而上，进客堂间。

杜大男　（还在自言自语）现在到处在搞改革，我们家的大锅饭不知到什么时候才能打碎？！唉，真是……

杜明辉　大男干嘛火气这样大？

杜大男　每个月到今天的日子，我心里就火！

杜明辉　嗬，今天是发工资日子。（从口袋里掏出工资，交给杜大男）喏，一分不少，全部上缴。

杜大男　你交给我，我交给阿奶，我只不过是"二传手"！

杜明辉　交就交么！

杜大男　（学杜明辉）"交就交么！"你派头真大！你想想，我和你一个月工资一百多元，每月上缴百分之七十，自己只剩几元？！苦也就苦一点么，可……两个兄弟……喏，就说小西，小东把招工名额让给他，他仍旧不好好工作！不是请事假、就是请病假；日里养鸟斗蟋蟀、夜里打"大怪路子"，七混八混混得厂里都不叫他杜小西，叫他"阿混"了！每个月发工资七扣八扣只拿七、八元，生活费只上缴五元，吃起来倒从来不买账，尽挑好的吃！

杜明辉　我们当姐姐，姐夫的要耐心帮助，在钞票上能退让就退让……

杜大男　……你这个人啊，我嫁给你也算倒霉！

杜明辉　哎，你这话说错了。我是招女婿，不是你嫁给我，而是我嫁给你！

杜大男　那就算我娶着你这个男人倒了霉！

［杜大男发现杜明辉又在忙碌地翻阅资料。

杜大男　哎，你又在搞什么名堂？

杜明辉　我们厂生产的饲料普遍反映成本高，质量低。所以我想研究搞一种成本低质量高的混合饲料。

杜大男　嗳，怎么什么事都得你去搞！搞了又有什么好处？！你去年搞的科技革新，至今一分钱也没拿到……你……傻瓜！

杜明辉　好，我傻！那我就不搞混合饲料。从明天开始，向小西学习！

杜大男　向小西学习什么？

杜明辉　“混”呀！

杜大男　没出息！

杜明辉　嗬？！还是让我去搞混合饲料！

杜大男　（又好气又好笑）去，去，去……

杜明辉　大男，多干点就多干点么。

［老阿奶从厨房间出，上。

老阿奶　对，年轻人多干点好。明辉你爹呢？

杜明辉　正在厂里听取罗敏敏汇报。噢，阿奶，小西从苏州回来了。

老阿奶　嗬？！这孩子吃福实在好，我今天正买了个童子鸡！

杜大男　（有气）阿奶，这次小西去苏州玩，不是请病假，而是旷工！

老阿奶　……旷工……哎，反正比交坏朋友干坏事强！

杜大男　阿奶——（强压怒火）大家肚子早饿了！

老阿奶　等等小西，时间还早。我们肚子又不饿，明辉，你说是吗？

杜明辉　……是的！是的！

杜大男　你——

杜明辉　（轻声劝杜大男）就等等小西。（欲进内屋，想起一件事，忙返身）噢，大男，等小西回来，告诉他一声，好好抓抓文化技术学习，过几天厂里就要举行文化技术考试了。

老阿奶 明辉，厂里又不是学堂，考什么试?!

杜明辉 阿奶，为了提高工人的文化技术水平，发挥大家的积极性，不让吃大锅饭……

老阿奶 不吃大锅饭，开小灶?! 这多不方便!

杜大男 阿奶，你别瞎扯。这是不让没有真才实学的人混饭吃!

老阿奶 (若有所思)考试的题目是谁出的?

杜明辉 我也算一个。

老阿奶 那你把题目出得简单一点。

杜明辉 怎么啦?

老阿奶 行行好，让大家都混口饭吃吃算了!

[杜明辉摇摇头，啼笑皆非进内屋，下。

[杜大男进厨房，下。

老阿奶 (猛想起)哟，蟋蟀饿了，误了喂食，小西要埋怨的。(将放着蟋蟀罐的小车推至舞台中央，边喂食边自语)好，这只蟋蟀张嘴吃了……你这只蟋蟀别叫，食料来了……嗳，"大头"蟋蟀，你今天怎么这么没精神?! 吃呀……唷，不好! 大男，快来呀!

[杜大男自厨房，上。

杜大男 什么事?

老阿奶 "大头"蟋蟀逃走了!

杜大男 这有什么可大惊小怪的?!

老阿奶 嘿，你说话口轻飘飘! 这是小西交给我的任务，必须要重点保护!

杜大男 这又不是出土文物，还要重点保护?!

老阿奶 快帮我捉呀!

杜大男 我捉?! 我恨不得把这些蟋蟀全踩死!(回厨房，下)

老阿奶 你敢! 你敢……唉，这下让我怎么向小西交待呢?

［老阿奶用蟋蟀网罩捉“大头”，发现网罩太小，索性拿起菜罩捕捉。

［似乎听到杜小西的脚步，便躲进内屋。下。

［幕后旁唱：

蟋蟀鸟儿把头点，
来了阿混杜小西，
一年三百六十五天，
天天混得像神仙——
哈哈！

［杜小西手拿鸟笼、手杖上。

杜小西 （边呼喊边进客堂内）阿奶——

老阿奶 （从内屋出）小西，你回来啦！唷，好香啊，是什么东西？

杜小西 茉莉花！从苏州买来的，送给你！（将茉莉花环套在老阿奶颈内）阿奶，你去过苏州吗？唷，苏州好玩极了，有狮子林拙政园、虎丘……喏，这根手杖就是在虎丘山买的，送给你的！

［杜大男自厨房端菜出，上。

杜大男 哟，吃闲饭的人回来了么。

杜小西 唔，回来了……（悟）谁吃闲饭？！

杜大男 总不见得说我。

杜小西 是说我？！告诉你我是饲料厂的工人又不是待业青年！

杜大男 （针锋相对）人家待业青年还要自力更生、自食其力，你呢？

杜小西 我有工资，在家吃、住交生活费的！

杜大男 交多少？你每月只交五元钱！人家上托儿所交托费也得陆元呐！

杜小西 ……不睬你。阿奶，你看这只鸟怎么样？

［杜大男气愤进厨房，下。

杜小西 （兴致勃勃）阿奶，这只鸟是从东山买来的。毛光，尾巴翘得老高，叫起来声音特别动听！

老阿奶 嗯，好听、好听……这只鸟多少钱？

杜小西 三十元。

老阿奶 三十元？

杜小西 便宜不？

老阿奶 ……（勉强）便宜的！便宜的！

杜小西 阿奶，蟋蟀吃过了没有？

老阿奶 （紧张）……吃过了……

杜小西 我要检查的，你别混呀！（查看蟋蟀）"红头绿塔"……

［蟋蟀罐内蟋蟀——发出"瞿瞿"叫声。

杜小西 这只"大头"，叫起来最响亮！（欲掀蟋蟀罐盖）

老阿奶 （急忙发出"瞿瞿"叫声掩护）

杜小西 （辨声音）唔，怎么今天"大头"中气不足？

老阿奶 老了！

杜小西 只有几天不见，怎么老得这么快？！（再仔细辨听，发现是老阿奶的叫唤声）你叫什么？！（掀开蟋蟀罐盖）啊呀，"大头"呢？

老阿奶 逃……逃走了！

杜小西 逃到哪去了！

杜阿奶 在家里。

杜小西 我关照你要重点保护，怎么看不住它呢？！

杜大男 （正巧自厨房出，上）这有什么？！有人连厂里的规章制度都看不住他，旷了工到苏州去玩！噢，蟋蟀就不能跳到外面来散散心？！

杜小西 你——

杜大男 阿奶该吃饭了！

杜小西 算了，蟋蟀等会儿再捉，先吃饭……（话未说完，已动手吃鸡）

杜明辉 （自内屋出，上）小西，回来啦？！

杜小西　回来了！阿哥，苏州真好玩，上有天堂，下有苏杭……我还从东山买了只鸟……

杜明辉　（打断）你怎么又旷工了?！爹让我告诉你，今晚不准出去，他有话要对你说！

杜小西　（着急地自语）看来今天混不过了……

老阿奶　别急，有阿奶！（说着进厨房，下）

杜小西　（旋即转喜）阿哥，吃鸡！吃鸡！

［杜小东自外进客堂间，上。

杜小东　阿奶——（继而向在场的人招呼）

杜小西　小东哥最近混得怎么样?

杜小东　没有混出什么名堂。

杜小西　还混出什么名堂?！只要能混得过去就算了！哎，小东哥，这只鸟你见过吗？我从苏州东山买来的。你听，它叫起来……

杜小东　小西你到苏州去过了?

杜小西　唔。

杜小东　出差?

杜小西　自费旅游，饱览祖国大好河山，培养爱国主义精神！

杜大男　皮厚！旷工！

杜小东　（对杜小西）真的?

杜小西　（笑着点头）

杜大男　（对着杜小西）你别高兴，等爹回来，他不会放过你的！

杜小东　小西，你也是廿六岁的人了，不要再瞎混了！

杜小西　我懂。

杜大男　你懂?！你懂，人家也不会叫你“阿混”了！小东，罗敏敏回来了。

杜小东　（一怔）嗬?！

杜明辉　（觉察）怎么，你没把让招工名额的事，告诉罗敏敏?

杜小东　她刚出差不久，我就写信征求她的意见，可是敏敏坚决反对……后来，我就自己决定了。

杜大男　这可闯穷祸了。

杜小西　闯什么祸?！如果罗敏敏反对小东哥搞个体译文打字，这种女人就根本不值得爱！

杜小东　不谈了！阿奶——

杜明辉　在厨房里。

杜小东　阿奶——（进厨房，下）

[杜小西独自狼吞虎咽吃鸡。

杜大男　喂，爹还没回来，你先吃啦?！

杜小西　吃点鸡有啥可大惊小怪的?！（无奈将手中鸡放下。猛然，又拿起鸡咬）

杜大男　怎么啦?！

杜小西　这已经咬过了！

[老阿奶、杜小西自厨房出，上。

老阿奶　大男，你今天还没有把生活费交给我呀……

杜大男　（无奈，拿出钱，暗自抽出几张藏好，然后将钱交于老阿奶）喏。

老阿奶　你们二人工资一百四十元，交百分之七十是九十八元。（数钱）怎么只有陆拾捌元?

杜大男　是这样的，明辉好多年没添衣服，我替他买了件上装；这几天他身体不好，我又买了点营养品。所以扣掉三十元，上交六十八元。

老阿奶　明辉，你买了件什么上装?

杜明辉　（因只顾观察研究饲料，故回答茫然）啊?

老阿奶　你又买了点什么补品?

杜明辉　补品?！没有呀。

杜小西　（对杜小东）嘿，姐夫连接“子”（即暗示）也不懂！

老阿奶 大男，明辉要买衣服，弄点营养品补补身体，这也是应该的。不过，家里开支大，你当老大的，应该多贴点。

杜大男 大家都有工作，为什么偏要我多贴?!

老阿奶 在一个锅里吃饭，贴钱总有多有少的么！（从钱中抽出几张给杜小东）小东，这三十元拿去，快去买吧。

杜小东 阿奶，这钱……我不要了。

杜小西 啊呀，小东哥，客气什么?! 阿奶给你，你就拿！有拿不拿是傻瓜！

杜小东 （从阿奶手中接过钱）阿奶，谢谢。

老阿奶 （示意去谢杜大男）

杜小东 阿姐，谢谢！

杜大男 谢什么?! 如果说声“谢谢”，就能有钱的话，我宁可从早到晚说它廿四小时“谢谢”！小东，你老是往外拿钱，今天又要三十元，这是干嘛呀?!

杜小东 阿姐，我们搞的外国科技译文打字社，过去只搞英文业务，现在有单位送来日文资料。我虽然懂一点日文，但还跟不上。今天书店正在卖全套的日文基础书，需要三十元。我没钱，所以……

杜大男 好了，别说了，把三十元还给阿奶！

杜小东 （不解地，把三十元钱交还老阿奶）

杜大男 （从自己衣袋里取出三十元钱）你明辉哥的衣服和营养品还没买，这三十元钱，你先拿去！

杜小东 （激动）阿姐，你让我说什么好呢?!

杜大男 “让我说什么好呢?!”谁让我是你的阿姐呢?!

杜小西 阿姐——你没话可说了！我太激动了！以前，我每个月工资拿来都要藏点私房钱。今天，阿姐的行动感动了我，我决定把这个月的工资百分之一百地全部上缴！

［众狐疑。

老阿奶　(喜出望外)谁说我们小西吃闲饭、贪吃懒做?!真正冤枉他呀!好,今天阿奶把你的工资全部收下!(接过杜小西工资袋,抽出钱——仅有一元)啊,只有一元钱?!

杜大男　好极了,工资只有一元,还说全部上缴,真有志气!

杜小西　上半个月病假、事假多;下半个月又到苏州旅游,工资全部扣光了。喏,买这只鸟还借了人家三十元钱……

老阿奶　(忙打断)别说了,这三十元,以后阿奶替你还……大家吃饭了。

[众围桌坐下。

老阿奶　(突然发现杜明辉早已离去)明辉,吃饭了!

[杜明辉在内屋应声:噢。

杜大男　(看看砂锅里的鸡)啊,只剩一半了?!

杜小西　那还有一半呐!

杜大男　(讥讽)你胃口怎么这么好?!

杜小西　那我胃口不好!(把筷子一放)阿奶,我不吃了,看你们吃!

老阿奶　小西,你不要以为自己挣的钱少,就吃得少。阿姐不会讲你的……

[杜明辉拿了一袋饲料边琢磨边从内屋出,上。

老阿奶　明辉,你说是吗?

杜明辉　(不知道回答什么)啊?噢,哎。

老阿奶　(对杜小西)听见了吗,你姐夫也不会讲你的。快吃吧!

杜大男　(责怪杜明辉)你只会说"啊""哎"!快吃饭!

杜明辉　(琢磨出什么)我马上来!(进内屋,下)

[杜大男回头见杜小西正抓起一只鸡腿撕咬,气得瞪大双眼。杜小西发现,调皮而又尴尬地把鸡腿伸给杜大男。杜大男跺脚离去。

[罗敏敏进客堂间,上。

罗敏敏 阿奶！

老阿奶 唷，敏敏姑娘来了！

［罗敏敏与在场的人一一招呼。

老阿奶 敏敏，出去跑了半年，辛苦了！

罗敏敏 人辛苦点倒没什么，就是一张合同也没签成。白白在外地跑了一大圈。

杜小西 罗敏敏，下次有这种机会让我出去混混呀！

罗敏敏 阿奶，这东北人参送给你；大男师傅，这茶叶是真正的“龙井”，给杜技术员；小西，这“金铃子”送给你！

杜小西 （接）唷，是广西货么！高级！谢谢，谢谢未来的嫂嫂！

罗敏敏 去！（深情地）小东，这日语磁带是给你的。

杜小东 （接）

罗敏敏 小东，到厂里上班，还能适应吗？

杜小东 （吞吞吐吐）敏敏……我……我没有进厂。

罗敏敏 没有进厂？！那你的招工名额呢？

杜大男 （指杜小西）给他“顶替”了！

杜小西 对，我们是同志加兄弟，革命友谊万古常青！

［罗敏敏将杜小西推向一边。

罗敏敏 那你现在——

杜小东 还是半年前，信上讲的。

罗敏敏 搞译文打字？！

杜小东 （点头）

罗敏敏 个体？！

杜小东 （点头）

罗敏敏 小东，你有必要作出这样的牺牲吗？！

杜小东 可是社会需要我这样做。

罗敏敏　你就不考虑今后的生活?

杜小东　我相信一定能养活自己!

罗敏敏　你只考虑你自己?!

杜小东　噢,你——我也养得活的。

老阿奶　对,真正养不活,我们家可以贴的。

罗敏敏　(对杜小东)你怎么一点也不尊重我的意见?!

杜小东　因为我发现你一下子不会改变自己的观点。敏敏,我们到外面去走走,好好地谈谈……

罗敏敏　我需要的是你用行动来改正自己的错误决定。阿奶、阿姐、小西,再见!(奔出客堂间,下)

杜小东　敏敏——

杜小西　追呀!

杜小东　敏敏——(奔出客堂间,下)

杜大男　(对杜小西)都是你!

杜小西　怎么,什么事都怨我?!

杜大男　小东把招工名额让给你,苦了他自己、害了你!现在罗敏敏与他吹了,还不是为了你?!

杜小西　吹就吹,凭小东哥这点本领,还怕混不到老婆?!

老阿奶　(劝解)好了,别吵了,大家吃饭吧。

杜小西　对,吃饭。刚才只吃到一半。

杜大男　明辉,吃饭了。再不吃,连汤也喝不到了!

[杜明辉自内屋出,上。他边走边嚼咬什么。

杜大男　你在吃什么?

杜明辉　(将手一摊)

杜大男　(见杜明辉手中之物)啊,人家吃鸡,你在吃鸡饲料?!

杜明辉　我在辨辨混合饲料的味道呀。

杜大男　快吃吧！（将杜明辉推到桌旁坐下）

杜明辉　（不动声色）

杜大男　吃呀！

杜明辉　（示意砂锅）

杜大男　（看砂锅）好极了，吃得精光，连洗也用不着洗了！（把砂锅翻转过来）

杜明辉　算了……

杜大男　你算我不算！阿奶，我有意见！

老阿奶　什么意见？

杜大男　要想在一起过日子，就应该认认真真干活，认认真真挣钱，否则就不要跨进这家门来吃闲饭！

杜小西　什么吃闲饭?!（火）杜大男同志！你弄弄清爽，你是女儿——

杜大男　女儿又怎么样?!

杜小西　女儿早就该嫁出去了！，你自己不嫁出去，还要招个女婿进来……

杜明辉　（不自然地干咳一声）咳。

杜小西　（悟，忙打招呼）阿哥，对不起，我这话是漏出来的。（对杜大男）老实讲，一个不走、两个落户，多贴活该。不肯贴，你就滚，滚吧。滚得远远的！

杜大男　什么我领到你这么大，你叫我滚?!（激怒之下，把砂锅砸向杜小西）

杜小西　（接着砂锅，忙躲逃）阿奶——

［杜大男追打杜小西，老阿奶、杜明辉劝阻无效。

杜大男　这种日子我不要过了！分家、分家！

老阿奶　别吵了！（端凳于屋中）来！（招呼孙儿、孙女）来，搀我上去！

［众莫名其妙搀老奶上凳。

老阿奶　你们要分家，我就上吊自杀！

众　　(呼、拖)阿奶——

［传来杜孟雄的喝斥声：小西回来了吗?!

［人们震住。杜小西忙躲于角落处。

［杜孟雄怒气冲冲进客堂间，上。

杜孟雄　(见状，搀老阿奶下凳)妈，你们在干什么?!

杜大男　爹，刚才罗敏敏为了小东招工名额的事，跟小东吹了，我批评小西，小西还要叫我滚……

杜孟雄　他叫你滚?！好极了……(对小西)来，我跟你谈谈……

杜小西　(惊恐)我不来……

杜孟雄　来呀，来谈谈么。

老阿奶　(怂恿杜小西)去，你爹跟你谈谈，怕什么?!

［杜小西紧张地走到杜孟雄身旁。

杜孟雄　这几天，你到哪儿去啦?

杜小西　苏州……爹，你苏州去过吗?

杜孟雄　我不像你，有这么好的福分。

杜小西　爹，你应该到苏州去玩一次。上有天堂，下有苏杭，我还在东山买来一只鸟……

杜孟雄　你到苏州去，跟厂里请过假吗?

杜小西　忘了。

杜孟雄　下星期厂里要举行文化技术考试，你知道吗?

杜小西　知道的。

杜孟雄　准备得怎么样?

杜小西　总想法混过去。

杜孟雄　你看你自己，还有一点做人的样子吗?!

杜小西　做人又没有统一规格的。

杜孟雄　你?！你这个“阿混”，混得厂里意见纷纷；混得家里六缸水浑；混得大家不叫我厂长，都管我是“阿混”的爹！我今天揍死你！

［杜孟雄抄起手杖追打杜小西。

老阿奶 孟雄！

杜小西 （对杜孟雄）哎，你妈叫你！

杜孟雄 妈。

老阿奶 你干什么？

杜孟雄 教训儿子。

老阿奶 把手杖给我。

杜孟雄 （递过手杖）妈，干什么？

老阿奶 （拿过手杖）你教训你的儿子，我要教训我的儿子！

［老阿奶追打杜孟雄，杜孟雄追打杜小西；杜明辉、杜大男劝解；一家人乱成一团。

杜小西 （突然示意大家别出声）嘘——

众 （惊，呆）

杜小西 大家听呀！

［传来一阵蟋蟀叫唤声“瞿——”

杜小西 （扑向地上）“大头”在这儿呐！

［众啼笑皆非。

［切光。

第二幕

［时间：距上场一周以后。

［地点：某农业饲料厂的办公室一角。

［幕启：罗敏敏坐在办公桌前听电话，应接不暇。

罗敏敏 ……不行！同志，你们小组想搞技术改革是好的，但不能直接找厂长，你们先打报告给车间，由车间送技术科研究，再转给厂部办公室交厂长讨论……什么？这是繁琐?！这是制度！……不要闹无政府主义么！（挂电话）

［电话铃又响。罗敏敏接。

罗敏敏 喂对！哎，你怎么又打电话来了?！同志，厂部还没讨论呐！再耐心等一段时间……（挂电话）

［电话又响。罗敏敏接。

罗敏敏 喂，找谁？罗敏敏?！……（自语）小东?！……（思索片刻）不在。（挂电话）

［杜明辉上。

杜明辉 敏敏，厂长找我什么事？

罗敏敏 你去年搞的科技革新，局里把奖金批下来了！

杜明辉 （意外）嗬?！

罗敏敏 五百元！

杜明辉 （又意外）

罗敏敏 （拿过一封信）这是钱！

杜明辉 （郑重接过，从信中抽出）“三元五角”？

罗敏敏 按制度，凡属厂的科技革新奖金，全厂所有人平均分配所以是“三元五角”。

杜明辉 ……噢。（把钱藏口袋，走几步）敏敏，文化技术考核的准备工作要抓紧进行。（欲走）

罗敏敏 杜技术员，你一点也没有想法?！

杜明辉 习惯了。就是一分钱没有，工作还是应该做的。

罗敏敏 （拿起杜明辉放在桌上的钱）杜技术员，钱！

杜明辉 噢。(接,藏于口袋中)回去要上交的。

[杜明辉下,王师傅上。

王师傅 罗敏敏,厂长呢?

罗敏敏 王师傅你找厂长干什么?

王师傅 小西实在不像话,生产的都是废品。(递产品)

罗敏敏 (接产品)这是小西做的产品?

王师傅 是啊!小组里意见很大,都要求把他调走。

罗敏敏 你给他多提提。

王师傅 提了。有什么用?!厂长的儿子都这样混法,厂里还像啥个样子?

罗敏敏 那我转告厂长。

王师傅 不行!我自己去。

[杜小西上,和王师傅碰面。

杜小西 你找我?

王师傅 找你?!看也不要看你!

杜小西 这个月生产奖金怎么样了?

王师傅 你还要奖金?!你出次品连小组里的奖金也都被你敲掉了!

[王师傅气愤地下,走了几步复回。

王师傅 小西!钱拿去。

杜小西 (接钱)"三元五角",什么钱?

王师傅 科技革新奖!

杜小西 我又没参加。

王师傅 制度规定,全厂按人头平分。又不能少你的!(下)

杜小西 (咕)我没有参加搞科技革新,拿奖金……嘿,这日子倒蛮好混的。(哼起小曲)

罗敏敏 小西,你到这儿干什么?

杜小西 我……我有事。(从口袋里掏出一封信,看见有人进来,又收

回信）

［肖梅英上。

肖梅英 （对罗敏敏）同志——

罗敏敏 （打量对方）你怎么又来了?!

肖梅英 我们养鸡场急需饲料呀……

罗敏敏 我跟你说过几次了，要买饲料，到我们厂门市部去。

肖梅英 你们厂现在的产品成本高质量低。听说，你们厂在搞新的混合饲料?

罗敏敏 这仅仅是个别技术员的想法。

肖梅英 我能不能找那位技术员谈谈?

杜小西 （抢在前）可以！可以！我……

［罗敏敏一把将杜小西推开。

罗敏敏 不行！按规定，属于技术交流，要有局里的介绍信。

肖梅英 同志，我是农村来的，是不是?……

罗敏敏 郊区来的，那要市里介绍信！

肖梅英 同志，帮帮忙……

杜小西 （对肖梅英）同志，你不要对她苦苦哀求。要混合饲料你找我。

肖梅英 找你?

杜小西 对，走。

罗敏敏 小西，到哪儿去?

杜小西 找我姐夫杜明辉——技术员！

罗敏敏 不行！没有厂部同意，技术员不能随便接待外人。

杜小西 条条框框这么多——（跑到罗敏敏前，撕下一张写横幅白纸）

罗敏敏 哎——这纸有用的！

杜小西 撕也撕了！你应该在我没撕以前打招呼的！（在纸上写完地址，交于肖梅英）这样，你明天到人民路1号来找我，我让姐夫在家里等你。

罗敏敏　杜小西，你怎么自说自话？

杜小西　我在家里接待客人也用得着你管?!

肖梅英　（对杜小西）同志，谢谢！

杜小西　没关系！学习雷锋，助人为乐。

肖梅英　再见！

杜小西　（热情）再见——

［肖梅英下。

罗敏敏　小西，你这是破坏厂里规章制度！

杜小西　我是路见不平，拔刀相助！

罗敏敏　你怎么不去干活？

杜小西　干完了！

罗敏敏　到这儿来干什么？

杜小西　找你！（拿出小东的纸条）小东哥让我带给你的！

罗敏敏　（接过纸条看完放在抽屉里）

杜小西　怎么样？小东哥叫你去谈谈，去吗？

罗敏敏　别人事情你不用管！马上就要文化技术考试了，你准备了没有？

杜小西　准备什么？从 1966 年上一年级开始就没考过，只要能混过去就算了！

罗敏敏　难道你没觉得自己文化技术太差吗?!

杜小西　唉，一共廿六岁，文化大革命中浪费十年。再努力，晚了……（从怀里拿出竹子蟋蟀筒玩耍）

罗敏敏　哎……

杜小西　嘘，别出声，开牙了！

罗敏敏　小西，你怎么上这儿来玩蟋蟀?! 该担担心事了！你们小组王师傅早就到厂部来要求过了，希望把你调出这个组！你还不认认真真干活儿呢？

杜小西　认真？！……认真了又怎么样？！一个月奖金发一百元？！一年加一次工资，每次加三级？！不可能的！老实说，要不是在家里受了点气，我还不一定来上班呐，我又不缺钱花，像这个星期能这样坚持上班，已经算突飞猛进了！

罗敏敏　要不要选你当劳动模范？

杜小西　这由你们考虑。

罗敏敏　亏你说得出口，我为你感到羞耻！

杜小西　羞耻？你看得惯看，看不惯就闭起眼睛不看！你知道我是否看得惯你吗？你摸着良心想想，当初小东哥跟你一起插队的时候，他待你多好！可现在他去搞个体译文打印社，你把他甩了，我为你感到羞耻！什么东西？陈世美！八十年代女的陈世美！

罗敏敏　（气极）你！你说话要注意分寸！

杜小西　分寸掌握得很精确！

罗敏敏　别忘了，你是厂长的儿子！

杜小西　厂长儿子又怎么样？我又没有享受过一点特权！请病假、事假照样扣工资！旷工照样通报批评！厂长的儿子……我真后悔，怎么会当厂长的儿子？！

罗敏敏　小西，你太不像话了！

杜小西　罗敏敏，这是我的心里话。一开口你是“厂长儿子”，你是“干部子弟”……嘿，可怜呀，我只不过是一百多人小厂厂长的儿子，是个低干子弟，又不是高干！人人钳牢我，连爹也盯着不放！

罗敏敏　这是厂长对你的严格要求。

［杜孟雄上，旁听。

杜小西　对不起，他只能在厂里对我凶，在家里他又不敢凶的！我是他儿子，他是我阿奶的儿子，大家都是儿子，级别一样的！

［杜孟雄上前拎杜小西的耳朵。

杜小西 （以为是罗敏敏）哎哟，有话好讲，别拎耳朵。（打量拎耳朵的人，惊）啊?！爹！

杜孟雄 你有这点狠劲，为什么不用到生产上去?

杜小西 我生产指标完成了。

杜孟雄 全是废品，小组里的同志都在帮你返工！敏敏，通知财务科，将杜小西这个月奖金全部扣除！

杜小西 奖金早就扣完了。

杜孟雄 扣工资！

杜小西 工资也扣得差不多，再要扣就得扣你的了！

杜孟雄 下个月的工资一起扣掉！

杜小西 慢！爹——不，厂长！

杜孟雄 干什么?

杜小西 我是哪个小组的。

杜孟雄 机修小组。

杜小西 我是不是机修小组一员?

杜孟雄 是呀！

杜小西 我干的活是不是小组的活儿?

杜孟雄 是的。

杜小西 那小组同志帮我返工，算不算我的活儿?

杜孟雄 算……

杜小西 那干嘛要扣我工资?

杜孟雄 这……你这是在诡辩！你想靠在小组身上混日子！你抬起头看一看——（指会标）读！

杜小西 “文化技术考试”。

杜孟雄 还是明辉讲得对！厂部已经作出决定，先对你们进厂未满三年的新工人进行一次文化技术考试，不及格的补考，补考再不及格，就调离原岗位，重新安排工作。

杜小西 重新安排工作？爹，那你帮我安排得好点。

杜孟雄 （讥讽）我想安排你当工程师，好吗？

杜小西 工程师我当不了……对，把罗敏敏这只位置给我，好吗？

杜孟雄 胡扯！（一拍桌子）你跑过来！

［杜孟雄一把抓住杜小西。从他上衣口袋里取出扑克牌。

杜孟雄 扑克牌?！好啊，家里都是鸟、蟋蟀，搞得像花鸟商店，现在索性拿到厂里来玩，真是目无厂规，胆大包天！

［杜孟雄举起蟋蟀罐追打杜小西。

杜小西 爹，你在家里打我，是爹打儿子；在厂里打我，可是厂长打工人，这性质不一样的！

杜孟雄 好，我到家里收拾你！（手里蟋蟀罐里的蟋蟀在叫唤）滚！（将蟋蟀罐扔向窗外）

杜小西 （跑向窗外）"大头"蟋蟀！

杜孟雄 敏敏，通知各车间新工人，下午准备考试，考试，考试！

杜小西 （头伸进窗户）爹，你把我蟋蟀扔了，我回去告诉你妈！

［灯暗。

［追光。

［杜小西忧心忡忡上，满面愁容。

杜小西 （唱）蟋蟀罐，被打破，

爹爹又当"包龙图"，

诚心要考考我，

情面都不顾，

日子真难过……

［老阿奶急上。

老阿奶　小西！

杜小西　（似遇救命之人猛扑上去）阿奶——

老阿奶　小西，干什么？

杜小西　爹把我“大头”蟋蟀甩了！下午又要进行文化技术考试，假如我考不及格，就要调离原岗位！

老阿奶　小西，不要急！阿奶替人带来一样宝贝。

杜小西　什么宝贝？

老阿奶　（取出一张纸）你看，前几天我收拾房间时，在你姐夫房间里的字纸篓里拾到一些碎纸头，我看见上面有“考试”二个字，我急忙用糨糊拼拢粘好。你看有用吗？

杜小西　“考试题目，什么是商品的使用价值？牛顿的第一定律是什么？化学元素中哪六个是惰性元素？”阿奶，大有用处，你帮了我的大忙了！

老阿奶　你回答得出吗？

杜小西　回答不出！

老阿奶　那我白起劲！小西啊，你也真不争气！

［杜小东上。

杜小东　小西，我让你带的信送到了吗？

杜小西　别提了，罗敏敏——陈世美！（见杜小东，顿时喜笑颜开）小东哥，快帮帮我的忙！

［杜小西拖了杜小东一下。

［老阿奶跟下。

［追光收。

［在暗转中，众哗：“小林三道题都答出了！”“好”。

［灯亮。会议室已是临时考场。

［杜明辉在主考，杜孟雄在监考协助；罗敏敏在旁侧工作。青工小

林坐在考场中间。

［会议室窗外拥了一些观热闹者。

杜明辉 小林，你考得不错！

杜孟雄 小林，这一个月工夫没有白化，回去吧。

［小林高兴地跑出考场，众围他议论。

杜孟雄 敏敏，叫下一个

罗敏敏 下面一个：杜小西！杜小西！

杜孟雄 这下要急死人了！

罗敏敏 杜小西——

众 “阿混”——

杜小西 到——（从远处奔进考场）

杜孟雄 你这口气倒长的！

杜明辉 小西，不要紧张，抽一张考卷！

杜小西 （上前抽考卷，嘴里还默念：“牛顿的第一定律……”从考卷中抽出一张，打开一看，惊呆）唔，不是这张！

杜明辉 小西，把题目念一下。

杜小西 “……中国的四代发明是什么”

杜孟雄 是什么？

杜小西 ……

［旁唱：哑子吃黄连，有苦讲不出，

阴错阳差，差点有心肌梗塞！

杜明辉 小西，“四代发明”是什么？

杜小西 ……大鸣大放……

［全场讪笑。

杜明辉 还有二代发明呢？

杜孟雄 是“大字报、大辩论”？

杜小西　对！大字报、大议论！

［众哄笑。

杜明辉　（平静地）小西，再抽一张。

杜小西　（从考卷中又抽出一张）

杜明辉　读题目！

杜小西　“旧中国的四大家族是谁？”

杜明辉　回答！

杜孟雄　总不见得是“王、张、江、姚”？！

杜小西　“王、张、江、姚”是四人帮，你不要乱扯！

杜孟雄　是谁呢？

杜小西　……报告！

杜明辉　回答！

杜小西　我想喝点冷饮水！

［杜明辉点头，杜小西跑到冷饮桶前喝冷饮。

杜孟雄　我看喝冷饮水是假，弄僵了！

杜小西　僵什么？！僵……蒋……对！“蒋、宋、孔、陈”！

［自豪地回到凳子上。

杜孟雄　（稍宽心）好，再抽一张。

杜明辉　慢！小西，你具体说一下，“蒋、宋、孔、陈”是谁？

杜小西　蒋——蒋介石！

杜明辉　（点头）嗯。那“宋”呢？

杜小西　宋——后面先讲好吗？

杜明辉　好，“孔”呢？

杜小西　孔——孔老二！

［众笑。

杜明辉　宋？

杜小西 大概“宋江”。

杜孟雄 （气）那陈呢？

杜小西 ……

罗敏敏 （冷笑）嘿！

杜小西 （目光扫视到罗敏敏身上，突然）陈世美！

罗敏敏 神经病！

［众哗然。

杜孟雄 （气极）你滚出去！

杜小西 （欲走，回身）那我回答得对吗？

杜孟雄 等候补考。

杜小西 得考三道题，我还有一道呐！

杜明辉 好，再抽一张。

杜小西 （寄于无限希望，搓搓手抽出考卷。打开一看，背起手，似乎挺有把握。）

杜孟雄 （上前拿过杜小西手中的考卷）“谈谈你对孙中山的认识。”

杜小西 不认识！

杜孟雄 怎么不认识？

杜小西 孙中山死的时候，连你都没出世，我怎么会认识他呢?!

［众狂笑。

杜孟雄 （怒不可遏）无知！你对中国历史这样无知！

杜小西 我又不想做历史学家！

杜孟雄 凭你这样的回答，连小学五年级的文化水平都没有，怎么去建设“四化”？你等候补考，再不及格，就重新安排工作！滚！

杜小西 我的技术还没考呐！

杜明辉 （拿出一迭报告）这是检验科对你干的活所作的质量报告，没有一班是合格的。这技术还用得着考吗?!

杜小西　……

［旁唱：活了廿六岁，一生充好汉，

今朝坍台，出尽洋相，恨不得掘洞朝下钻！

众　（议论）唷，老厂长坚持原则，一点也不卖交情……杜技术员当主考官过得硬……“阿混”今天混不过去了！……

杜小西　（不服地）叫什么?！你们来考考看！要是考不出，你们都是“阿混”！

杜孟雄　小西，你对文化考试什么态度?

杜小西　有意见！考试像摸彩一样，完全是碰运气的！

杜孟雄　大家都是这样考的！

杜小西　你来考考看！

众　对，老厂长也考考！

罗敏敏　小西，今天是考进厂未满三年的工人，老厂长用不着考的。

杜小西　要考，大家一起考！你也要考！

众　对，大家都考！

杜明辉　同志们，干部的考核，我们厂考核小组是在研究，可今天……

杜小西　干部应该带头！

众　对，干部一起考！带头考！……

杜孟雄　好，考就考！

杜小西　慢！

［众愣住。

杜小西　算了，爹，你别考了！

［众不解。

杜小西　首先你身为厂长水平高，肯定考得出。第二，即使你考不出，也不会补考，更不会调离原岗位，重新安排工作。

杜孟雄　不，我有言在先，如果我这次文化技术考试不及格，坚决按厂部决定办，调离原岗位，重新安排工作。

［众喝彩。

［杜孟雄坦然地抽了一张考卷，将它交给杜明辉。

杜明辉 （读考卷）“商品的使用价值是什么？”

［杜小西冲上前欲回答，被杜明辉、罗敏敏拦住。

杜小西 爹，给你碰巧了！

杜孟雄 “商品的使用价值就是商品必须是供别人、供社会消费而不是供生产者自己消费。”

杜明辉 这话谁讲的？

杜孟雄 马克思。

［众喝彩：好！

［杜孟雄坦然地去抽第二张考卷，索性接连再抽一张，一齐交给杜明辉。

杜明辉 第二题：“牛顿的第一定律是什么？”

杜孟雄 （一愣）再读一遍！

杜小西 牛顿的第一定律是什么？

杜孟雄 ……

杜明辉 第三道题：“化学元素中哪六个是惰性元素？”

杜小西 爹，惰性就是“懒惰”的意思。

杜孟雄 ……（掏出手绢擦汗）

杜小西 报告！给他喝点冷饮水。

杜孟雄 去！

罗敏敏 （走近杜孟雄）厂长，“牛顿……”

杜孟雄 （怒火从心头升起）去，回到你自己位置上去！

杜小西 用不着你帮忙，我爹肯定答得出的！

杜孟雄 （立起转身踱步）……报告！我要求补考！

杜小西 不，我爹不补考！我来代我爹回答！

［众讥讽地笑着。

杜小西 你们听着："牛顿的第一定律是什么？"牛顿的第一定律就是物质的守恒定律，就是说任何物体在不受外来物体的影响之下，保持原有匀速运动状态，这就是牛顿的第一定律。化学元素中六个惰性元素是氦、氖、氩、氪、氙、氡。完了！

［众鼓掌喝彩。杜孟雄惊喜为杜小西倒茶擦汗打扇。

罗敏敏 奇怪，他刚才一道题也答不出，现在怎么会滔滔不绝的呢？！

杜小西 这就叫人不可貌相、海水不可斗量。

罗敏敏 那为啥前三道题答不出，后三题马上就能答出了呢？！

杜小西 老实讲，刚才是太紧张，一时轧牢了，现在都畅通了！

［老阿奶急匆匆上，冲进考场。众拦。

杜孟雄 妈，考场不能进去！

老阿奶 我讲一句话。（对杜小西）小西，我在你姐夫字纸篓里又拾到一张纸头，你看看有用吗？

杜小西 （读）"中国四代发明是什么？""旧中国的四代家族是谁？"……阿奶！

老阿奶 有用吗？

杜小西 脱班了！！

［切光。

第三幕

［时间：当天傍晚以后。

［地点：杜孟雄家的客堂间——同第一幕。

［幕启：老阿奶、杜孟雄、杜明辉、杜大男、杜小东、或坐或站于各

处，神情忧郁，一言不发，屋外树上的知了烦躁地叫唤着。

[杜小西低着头上，见一家人又气又恨又怨又怒的眼神，畏缩地拿个小凳子坐于一角。

老阿奶 （打破沉默）吃饭了！

[众不语。

老阿奶 大家吃饭了！

[众不理。

老阿奶 ……明辉，好吃饭了。

杜明辉 阿奶，我不饿！

老阿奶 ……小东，你听话，吃饭了！

杜小东 阿奶，我等一等！

老阿奶 ……小西，你可以吃饭了！

杜小西 我——（欲就餐，见一家人纹丝不动）我吃不下！（把凳子搬到另一角坐下）

[老阿奶见无人应诺吃饭，独自坐到饭桌旁哭泣。

[杜孟雄见状，向大家招个手。杜小东、杜大男、杜明辉、杜孟雄一起围坐在桌旁。

[杜小西也拿起凳子，走向桌边，但坐哪儿都插不进座位。刚想坐到杜孟雄身边，杜孟雄一瞪眼，吓得他急忙躲……不得已又回到原来的坐处。

杜大男 （对小西）你看看，你混得阿奶对你哭了！

杜明辉 小西，你年纪轻轻，这样混下去，是否考虑到自己的前途？

杜大男 （责怪明辉）你自己算好了?！他已经回答出了，你再问他干什么？

杜明辉 我问他又没有问错！

[两人争执，杜小西拿着凳子坐到杜小东旁。

杜小东 小西，你也太不像话！厂里混得不像样还不算，把家里也搞得……

[杜小西拿着凳子坐到阿奶旁，阿奶哭泣。杜小西又坐杜孟雄面前。

杜孟雄 （转身）滚！

[杜小西跳起来。看看四周连自己坐的地方也没有。把凳子往中央一放，站上去，低下头，像受批斗。

杜孟雄 你干什么？下来！像你这种腔调，我们是要好好斗一斗，批一批，大家谈谈，畅所欲言！

杜明辉 小西你考虑过吗？假使补考再不及格，就是调离原岗位，没有真才实学，也混不下去。

杜大男 自己考不出，还要钳牢爹。爹“厂长”的位置敲掉，对家里有什么好处?!

杜孟雄 有你这样的儿子，厂长“敲掉”活该！在厂里我身为干部，没有带头学习文化技术，造成你这样瞎混，我有责任。在家里，做爹的没管好儿子，对于他的“混”，姑息、迁就……我也有责任，不过话又说回来，我不是不想管，而是管不了呀！（眼睛转看老阿奶）有阻力！阻力大……

杜明辉 爹的意见我同意，讲出了问题的真正实质。混的人不仅有主观因素，还有他的客观条件。

杜大男 我早就讲过了，小西这样混是有“后台”的！

杜小东 这样就培养了他的依赖性！

杜明辉 对！要使小西不混，我们就要采取措施，推掉他的靠山。敲掉他的后台！拔掉他的保护伞！

[老阿奶越听越感到滋味不对，走到小西的旁边，把他推向一边，自己低头坐下。

老阿奶 你们来吧！我就是他的靠山！他的后台！他的“黑洋伞”！你们

来推吧！来拔吧！来敲吧！

［众惊。

杜孟雄 妈，你怎么……

老阿奶 怎么都不讲了？

杜孟雄 ……好，为了帮助小西，我提出让他们姐弟三人各立门户，分家！同意的举手！（举手）

杜明辉 这样做对小西独立生活有好处，我同意！（举手）

杜小东 我也同意！（举手）

［杜小西见大势所趋，只能举手，并把阿奶的一只手也拉了起来。

杜孟雄 好，一致通过！（突然发现杜大男没举手）大男，你——？

杜大男 我不同意！

杜孟雄 你不是一直要分家？现在——？

杜大男 我是提过要分家。我是恨他不争气！我希望他能在厂里认认真真干活，使我们能安安心心、开开心心过日子。现在他厂里都混不下去，如果我们分家，你们看我兄弟一没技术、二不会做人，分了家，叫他怎么过日子？！

杜小西 （激动）阿姐！

杜大男 小西，如果爹爹一定要分家，你就跟阿姐过！

［幕后旁唱：恨铁不成钢，阿姐火热的心，

再要瞎混，不求上进。

我杜小西简直不是人！

杜小西 阿姐，今后……对不？你们……对不？我……对不？

杜孟雄 你讲什么？

杜小西 很清楚。反正今后我混不出个人样来，我不要看见你们。

众 什么？

杜小西 你们不要看见我，反正一样！我写保证书……

杜明辉　小西，要看你的行动！

杜小西　不，不写保证书，别说你们不相信我，连我也不相信自己。

老阿奶　这下可好了！对，本来今天是小西生日，我们吃面，现在要好好吃一顿。（掏钱）大男，你去买点熟菜！小东，你去买两瓶啤酒！

［杜大男、杜小东拿下钱。

杜明辉　阿奶，我要写一份今天考试的情况报告，到厂里去一次。

老阿奶　早点回来，等你吃饭。

［杜明辉下。

杜孟雄　小西，你好好写保证书，动动脑筋！（进另室）

老阿奶　他会写的！小西，快写！写得多点——（进厨房）

杜小西　（愁绪满腹，面对笼中之鸟，睹物生情，唱）

小鸟呀你不要叫，
我的欢乐哪里找？
人人讨厌我，处处惹人笑，
想想真苦恼……

［一阵鸟鸣。

杜小西　你叫什么？！……今天我就是不给你吃，让你也尝尝饿肚子是啥滋味！我要写保证书了……（坐下拿起笔）保——证——书！

［肖梅英上。进杜家客堂。

肖梅英　同志……

杜小西　你找谁？

肖梅英　你忘记了？在厂里……（学杜小西说话样）。“学习雷锋，助人为乐”……

杜小西　（想起）喔，乡下人！请坐，请喝茶！

肖梅英　你在写东西？

杜小西　（掩饰）对，我在准备下一步的计划。

肖梅英 我姓肖，叫梅英。

杜小西 你有什么事?

肖梅英 我和我爹搞的养鸡场，最近饲料发生问题。听说你们饲料厂最近正在研究一种低成本、高营养的混合饲料……

杜小西 你要混合饲料?(跑到里间拿出杜明辉搞试验的一小包饲料)这些饲料你先拿去用……

肖梅英 (笑)这点怎么够吃?我们五千多只鸡来!

杜小西 五千多只?!噢，你们是生产队里的鸡!

肖梅英 不!是我们自己承包的养鸡场，有三上三下楼房，还有恒温设备。

杜小西 你们家住三上三下楼房?

肖梅英 是鸡住的。

杜小西 那你们家……

肖梅英 二上二下。我们队里的乡亲这几年都盖了楼房，这没什么稀奇!

杜小西 (不信地笑着)嘿……

肖梅英 你不信?!小西同志，你也太小看我们乡下人了。自从实行承包责任制后，发展相当快，单讲我家就有电风扇、缝纫机、沙发、电视机……

杜小西 电视机我家也有!(掀起九吋电视机罩布)

肖梅英 我们家的比你们家的大!带颜色的!

杜小西 (忙遮下电视机罩布)彩电?!

肖梅英 (暗笑)这次买国库券，我家就买了五千元。

杜小西 五千元?!(吞吐)嗬，你们是富裕户!!

肖梅英 那有什么呢!现在只要肯干的人都会有出息的!

杜小西 (被触及要害)对!对!

肖梅英 小西同志，你技术员姐夫不在家吗?

杜小西 唷，今天正巧我家有点事，出去了。

肖梅英　……那我下次再来吧!

杜小西　肖梅英同志,说不定他马上就回来,你再坐一会儿。我们……随便谈谈!

肖梅英　……好。(坐下)

杜小西　肖梅英同志,你们乡下请事假、病假扣工资吗?

肖梅英　这都是我们自己掌握的!

杜小西　那比我们城里好混嘛!

肖梅英　小西同志,你在厂里干什么工作?

杜小西　干……反正过去……现在……这要看我下一步的计划了!

肖梅英　是不是技术工作?

杜小西　……对,带一点技术性的。

肖梅英　那你对混合饲料也一定有研究的!

杜小西　唔……有一点儿。

肖梅英　那太好了! 就请你跟我谈谈吧!(拿出笔记本欲记)

杜小西　(侃侃而谈)关于混合饲料……就是用各种饲料混合起来的。混合饲料的关键在于混! 混……

肖梅英　你怎么老是"混"?

杜小西　对,混得好那就能混下去,混得不好的话那就要混僵! ……这个问题我一时也讲不清楚,等以后再和你细谈。

肖梅英　好,欢迎你到我们家里来,看看我们养鸡场,看看我们农村。我们那儿还新建了一座花园!

杜小西　你们那儿有鸟、有蟋蟀吗? 你看我这只鸟从东山买来的,三十元!

肖梅英　(笑)我们那儿根本不用买,到处都有!

杜小西　真的? 你家住在什么地方?(欲拿纸笔)

肖梅英　(从书包里拿一名片)给,上面都有。

杜小西　(惊奇地看看名片,用力弹弹)

肖梅英　(拿出一篮鸡蛋)小西同志,这是我们养鸡场的鸡生的蛋,请尝尝。

杜小西　（推辞不掉，感激地收下）那好。

肖梅英　我走了，欢迎你来我们养鸡场，再见！（和小西热情地握手）

［肖梅英下。

［杜小西送至门口。回至屋内把鸡蛋搂在胸前，躲在摇椅上，甜蜜地回味。

［幕后旁唱：来了肖梅英，绝处又逢生。

这种机会，千年难寻，

我的心飞向农村……

［老阿奶手端菜碗上。

［杜大男、杜小东相继上。

杜大男　阿奶，熟菜买来了！

杜小东　阿奶，啤酒也买来了！

老阿奶　好，叫你爹一起吃饭。

［杜孟雄上。

杜孟雄　小西，保证书写好了吗？

杜小西　（肯定地）不写了！

众　（惊异）啊？！

杜小西　（站起）农村是一个广阔的天地，在那里是可以大有作为的！

［杜小西手臂一张，"啪"！一篮鸡蛋从胸前掉到地上，全部打碎。

［切光。

第四幕

［时间：距上幕一月以后。

［地点：肖长根的家。

[在幕前旁唱声中启幕。

[幕前旁唱：

喜鹊哎，喳喳喳喳……把歌唱，

梅英心中喜洋洋，

小西今朝到我家，

养鸡场上更兴旺，更兴旺！

[肖梅英自内出，上。她翘首以待，久不见杜小西人影。

[肖长根自内出，上。

肖长根 梅英，杜小西来了没有？

肖梅英 还没有。

肖长根 怎么还没来?!

肖梅英 爹，他说定今天来，肯定会来的。你急什么?!

肖长根 唷，怨我急?! 你自己比我还要心急！你不急，不停地在门口望什么?!

肖梅英 （嗔怪）爹！爹，你快去买菜呀！

肖长根 鸡、蛋、菜、家里都有，还买什么?!

肖梅英 （催促）再去买些菜。

肖长根 （故意）哎，今天究竟是谁来呀？

肖梅英 饲料厂技术员杜小西。

肖长根 几个人？

肖梅英 一个人。

肖长根 那还要买什么菜?!

肖梅英 （将菜篮塞于肖长根手中）别多问，快去呀！

[阿芳和一农村男青年来到肖长根家，上。

阿　芳 长根伯伯！

肖长根 阿芳，你怎么会有空来的？

阿　芳　我们公社广播站请人谈谈养鸡经验。

男青年　对,早就跟你约好的。

阿　芳　请谈谈吧。

肖长根　啊呀,真不巧,我家里有客人来送混合饲料。

男青年　谁?

肖长根　饲料厂的技术员,叫什么西……

阿　芳　杜小西?!

肖长根　对,杜小西!

阿　芳　来送什么混合饲料?!杜小西是梅英姐的男朋友!

肖梅英　(忙制止)

男青年　我们在河滨公园看见过梅英跟他在约会……

肖梅英　(又制止)

阿　芳　对,杜小西还请我们吃过冰砖!

肖梅英　(急制止)

肖长根　好了!(对男青年,摸钱)快,替我去买点蹄髈、虾、啤酒,还有蟹!

男青年　如果蟹没有买呢?

肖长根　帮我去捉!

男青年　是!(接钱)阿芳,走!

阿　芳　梅英姐,我们去告诉大家去!

[阿芳、男青年离肖家,下。

肖长根　(注视着梅英)好呀,明明是新女婿上门,还讲是技术员来送混合饲料?!

肖梅英　爹,你别瞎说!

肖长根　我瞎说?!那你跟杜小西到河滨公园碰头干什么?

肖梅英　学技术。

肖长根　那他写给你十多封信,拿出来看看!

肖梅英　……

肖长根　老实说，你是不是在跟杜技术员交朋友？

肖梅英　没有。

肖长根　没有？

肖梅英　哎。

肖长根　你敢说三声没有？

肖梅英　“没有！没有！没……”

肖长根　不敢说了？！梅英，你爹不是老封建。再说你妈去年故世，我也希望你早点找个女婿。哎，那小伙子人品好吗？

肖梅英　……（娇羞点头）

肖长根　看得起我们农民吗？

肖梅英　（点头）

肖长根　那他跟你提过结婚吗？

肖梅英　（点头。继而一想不对）不，我们根本没有谈过这事情。

肖长根　那你们快点谈，抓紧谈。如果我真能找到一个有技术的小伙子当女婿，那养鸡场要大大兴旺了！

肖梅英　爹，你是找女婿，还是聘请技术指导？！

肖长根　女婿也要，技术员也要。这叫双丰收！对，我去拔鸡毛，你快点去换衣服，杜技术员马上就要来了！（兴冲冲往厨房而去，下。）

［肖梅英憧憬着幸福的未来，无限欣喜。

肖梅英　（唱）风儿轻轻吹，
鸟儿在歌唱，
梅英倚门望，
心中泛波浪！
小西他，
心底正直为人好，

交往一月，令人难忘。

友情的种子播心房。

但愿幸福花开香飘永芬芳！

[肖梅英进内室，下。

[杜小西一身簇新打扮，手执着礼物喜笑颜开直奔肖家而来，上。

杜小西 （唱）杜小西，运道好，

今朝来到丈人家！

蛋糕——“老大昌”：

香烟——“凤凰牌”。

“毛脚”女婿初登场……跑得快！

[杜小西叩门。

杜小西 梅英，梅英——肖梅英在家吗？

[肖长根自厨房出，上。

肖长根 来了。

[肖长根开门。

杜小西 请问，肖梅英是住在这里的吗？

肖长根 是的。你是——

杜小西 杜小西。

肖长根 杜小西?！快，快请进！

[杜小西进肖家。

肖长根 （喊）梅英，杜小西同志来了。

[肖梅英自内室出，上。

肖梅英 小西！

杜小西 梅英！梅英，我今天到你家来，心跳的厉害！

肖梅英 干嘛？

杜小西 如果碰到你爹，真不知说啥好……

肖长根　随你说什么都行。

［杜小西不好意思地向这位陌生老人致意。

肖梅英　小西，他是我爹！

杜小西　（忙施礼）伯伯！

肖长根　（忙还礼）不敢当，请坐，请坐！（端出一盘装有数杯的饮料）小西同志，我不知道你爱吃什么，喏，这里有牛奶、蜂王浆、麦乳精、橘子水，随你挑！

杜小西　伯伯，我也不知道你喜爱什么。（拿过礼物）喏，这里有人参酒、奶油蛋糕、“凤凰牌”香烟，请你收下。

肖长根　让你破费了。

杜小西　没什么。噢，梅英，这是我给你买的书：《怎么科学养鸡》《农业基础知识》《英语会话九百句》。

肖长根　让梅英学外国语？！

杜小西　伯伯，我们要用发展的眼光来看待农村建设，农业要提高水平，就是要吸取外国的先进技术——eis！

肖长根　啊呀，你对梅英太关心了！

杜小西　不，这主要是梅英人好，她的为人给了我深深的教育。梅英她人老实、忠厚、有朝气、有理想，她是中国妇女的典型！

肖梅英　小西，你瞎说些什么？

杜小西　真的，梅英，我不能跟你比……

肖长根　客气！杜小西同志，你是一个有文化修养的技术员！

杜小西　伯伯，请千万不要这样称呼我！

肖长根　谦虚！

杜小西　真的！我根本比不上你们……不信，我讲给你们听听……

肖梅英　好极了！小西，我一直想听你介绍，你是怎样学习、怎样工作的。

肖长根　对，你应该好好地帮助梅英。

杜小西　(哭笑不得)伯伯,我过去……我做人……过去,过去……过去的事不谈了!反正,反正我想通过这次到农村来重新开始、重新开始,我要闯一条新路!

肖长根　小西同志,这条路你走得通的!我和梅英举双手赞成,表示坚决支持!

杜小西　谢谢。伯伯,我今天给你带来了一袋刚试验成功的混合饲料。

肖长根　太需要了。

杜小西　(拿出一袋混合饲料)这是样品,先给几只鸡吃吃看,如果反映好,我再替你去大批定购。

肖长根　想得周到。

杜小西　伯伯,请拿只桶,我来拌饲料。

肖长根　(递过桶)喏。

杜小西　再盛些水。

肖梅英　鸡饲料从来都是干拌不加水的么?!

肖长根　这是新的混合饲料,使用的方法肯定新式的。小姑娘,别不懂装懂!

[肖梅英去打水,下。

[杜小西把饲料倒入桶内,用手拌。

肖长根　小西同志,用手拌不卫生,我去拿根棒头。

杜小西　没关系,我做惯的。

肖长根　我去拿。(走而复返)小西同志,这混合饲料功效究竟高吗?

杜小西　高。

肖长根　那我养鸡场的鸡全交给你了,看你的本领了!(去取棒头,下)

杜小西　(边拌饲料边嘀咕)这混合饲功效究竟高不高,我又不知道的。梅英爹说要把养鸡场的鸡全交给我,看我的本领……(想着想着,无意之中发现柜上的饮料)牛奶、蜂王浆、麦乳精……高级营养品！对，让鸡也补一补。（把牛奶、蜂王浆、麦乳精倒入桶内。又看到台上的橘子水）橘子水！广告上见过，吃橘子水能消暑解渴，开胃通气……一起倒进去，让鸡开开胃！（把橘子水倒入桶内）这些东西倒进去，别说鸡，就是人也要抢着吃呐。等会儿几只鸡保证把这桶饲料全抢光！

［肖梅英端水，肖长根拿棒头上。

肖梅英 小西，水。

［杜小西把水倒入桶内。

肖梅英 （见桶内颜色）小西，这饲料的颜色怎么白花花、黄澄澄、还有点红殷殷?!

肖长根 新的混合饲料，这颜色当然是新颖的。小姑娘，别不懂装懂！小西，棒头——

杜小西 （更来劲）不要的！（用手拌）伯伯，鸡棚在哪里？

肖长根 后面。

杜小西 我去给鸡喂食。

肖长根 吃了饭再去。

杜小西 不，我习惯干完了活再吃东西。否则，我吃不下的！（拎桶去鸡棚，下）

肖长根 梅英快跟去学习呀！

［肖梅英疾速随去，下。

肖长根 哈……这样的女婿真是被我觅宝觅着的！快去准备准备吃饭……（收拾桌子，见盘中杯盏饮料空空如也）唷，好大的胃口！那菜要多烧一点。

［肖长根进厨房，下。

［杜孟雄、杜明辉往肖家而来。上。

杜明辉 爹，你太累了。等这家用户走访结束，你先回去。下面几家用户，让我一个去走访。

杜孟雄 不。通过刚才几家用户的走访，对我启发很大呀！现在农村对科学饲养知识的需求相当迫切，如果我们的工作还停在老一套上，就会影响禽蛋生产的发展。唔……再坚持一下。哎，这家用户叫什么？

杜明辉 （看了一下单子）“肖长根”。据反映，这位肖长根对使用新的混合饲料有强烈的愿望。

杜孟雄 嗯。（上前叩门）里面有人吗？

［肖长根自厨房出，上，开门。

肖长根 （打量两位陌生人）你们找谁？

杜明辉 肖长根。

肖长根 我就是。里面请。

［杜氏翁婿随肖长根进肖家。

肖长根 请坐，你们找我有什么事？

杜明辉 我们是农业饲料厂的——

杜孟雄 他是技术员。

杜明辉 他是我们厂长。

肖长根 （肃然起敬）厂长，你有什么吩咐？

杜孟雄 谈不上吩咐。听说你们十分需要混合饲料，所以特地送货上门，征求意见。

肖长根 啊呀，你们真是处处为我们农民着想——

杜明辉 应该的。

肖长根 不过，你们厂里已经有人送货来了，你们何必再亲自跑到我们乡下来呢？

杜孟雄 （愣）老同志，你在说什么？！

肖长根 你们厂已经有位技术员来送混合饲料了！

杜孟雄　啊?!

杜明辉　啊?!

肖长根　哎,这位同志相当热心,又肯干,又肯帮,喏,还亲自拌好饲料送到鸡棚里去喂食。

杜孟雄　……明辉,你们技术科,今天有人到这里来吗?

杜明辉　没呀。

杜孟雄　这……(悟)噢,我明白了,这位同志一定是放弃休息,主动为农民服务。

杜明辉　完全有这可能。

杜孟雄　唉,我真有点官僚作风。这么好的同志在我们厂里,我怎么一点也不发现?!

肖长根　厂长,这位同志已经跟我女儿联系一个多月了。

杜孟雄　嗬?!明辉,这次回厂后,一定要把这位同志的事迹好好地整理一下,树个典型让大家学习,尤其是对"阿混"进行一次形象化的教育!

杜明辉　我完全同意。

杜孟雄　老同志,这位同志叫什么名字?

肖长根　杜小西。

杜孟雄　(惊、呆)啊?!

杜明辉　(惊、呆)啊?!

肖长根　你们怎么啦?

杜孟雄　……唉,真万万没想到……

肖长根　是呀,有些人做了好人好事没被人家想到,真不简单。你们说杜小西这种思想好吗?

杜明辉　(气)好!

杜孟雄　(气极)好极了!

肖长根 是呀，不瞒二位说，我女儿梅英已经跟他谈恋爱了！

杜孟雄 什么?!

杜明辉 什么?!

肖长根 他就要当我的女婿了！

杜孟雄 （又是惊、呆）啊?!（跌坐于凳）

杜明辉 （又是惊、呆）啊?!（跌坐于凳）

肖长根 你们怎么啦?!

［肖梅英自鸡棚而来。上。

肖梅英 爹，小西拌的混合饲料被几只鸡一抢光，吃得一点也不剩。快打盆水，让小西洗洗手擦把脸，准备吃饭。

杜孟雄 老同志，姑娘，你们上当了！

肖长根 啊?!

肖梅英 啊?!

杜明辉 小西不是什么技术员！

杜孟雄 他技术不好，思想也有问题！

肖梅英 不，不可能！

杜孟雄 我还不知道?! 我是他爹，他是我儿子。（气糊涂）我是他生的，我还会不知道?!

杜明辉 （提醒）爹！

杜孟雄 我也气糊涂了！

肖梅英 这是怎么一事!?

肖长根 这是怎么一回事……（思索）对，就是这么一回事！（对肖梅英耳语后，对杜孟雄）杜厂长，你说杜小西思想有问题……

杜孟雄 对。

肖长根 那为什么星期日不在城里休息，跑到咱乡下来送混合饲料呢?!

杜孟雄 这……

肖长根　你说他技术不行……

杜孟雄　对。

肖长根　那为什么他拌的混合饲料被几只鸡一抢光，吃得一点也不剩呢?!

杜孟雄　这……

肖长根　（对杜明辉）你也是技术员，你拌的混合饲料有这么好的效果吗?

杜明辉　（诚实地摇头）

肖长根　欧！所以，依我看呀，不是小西没有技术、思想有问题，而是你杜厂长怕我们把你这位宝贝技术员抢走，看不起我们农民，不愿让儿子跟乡下姑娘交朋友，你是在故意说小西的坏话！

肖梅英　爹！（故意讥讽杜氏翁婿）你怎么能这样说呢?！城市和农村本来就是有区别的么！

杜孟雄　这……（对肖长根）你不信，就问他！（指杜明辉）

杜明辉　我们厂长说的是实话！

肖长根　算你紧跟领导?!

杜明辉　我是小西的姐夫。

杜孟雄　对，他是我大女婿！

肖长根　噢，你这个女婿帮丈人忙?！那今天我这个丈人也要帮女婿的忙！

肖梅英　（制止）爹！

肖长根　梅英，小西当不当技术指导，做不做女婿，我暂时不谈，可是对他们这种本位主义、轻视农民的错误思想一定要提出批评！唉，解放卅多年了，还有这种思想，痛心！痛心呕！

杜孟雄　老同志，你让我说什么好呢?！噢，小西人呢?

肖长根　在鸡棚里。

杜孟雄　我去找他算账！（欲冲去）

肖长根　（大喝）你敢?!

杜孟雄　（哭笑不得）唉，我怎么会有这样的儿子?!

肖长根 这是你的福气！（转怒为喜）亲家，你别太倔了！

［阿芳来肖家，上。

阿　芳 梅英姐，那位技术员来了吗？

肖长根 （忙答）来了。

阿　芳 我们公社广播站要向他采访，乡亲们也来看他了！

［孙阿太在几个农村群众搀扶下来到了肖家，上。

孙阿太 （边走边呼）长根！长根——

肖长根 孙阿太，你怎么来啦？

孙阿太 你爹妈结婚是我做的媒，今天梅英有了对象，我还能不来看看？！新女婿来了吗？

肖长根 来了！

孙阿太 （见杜明辉）这女婿好，好！

肖长根 不是他！（扶孙阿太坐）

杜孟雄 这下热闹了！

杜明辉 （将杜孟雄拉过一旁）爹，小西在家里混厂里混，可是这次到乡下来，很难说也是在混呀。

杜孟雄 对。（对肖长根）老同志，碎玻璃不能冒充金刚钻，小西是什么样的人，让事实来证明！

肖长根 真金不怕火来炼！要不，我们当场考他一下，如果他真的是混的人，我自己也会赶他出去的。不过，请你们二人回避一下。

杜孟雄 干吗？

肖长根 你们在场，在影响他正常水平的发挥！

杜孟雄 好，我们让他！（对肖长根）碎玻璃不能冒充金刚钻！

肖长根 真金不怕火来炼！

［杜氏翁婿在肖长根指点下进内室，下。

肖梅英 爹，小西来了！

肖长根　慌什么?！你应该相信小西。

［杜小西自鸡棚出，上。

杜小西　梅英——

肖梅英　小西，你——

肖长根　(忙插入)小西，乡亲们都来看你了。

［杜小西在肖长根介绍下，向乡亲们频频致意。

孙阿太　啧，相貌堂堂，小巧玲珑！

阿　芳　杜小西同志，我是公社广播站的……

杜小西　我们见过面。

阿　芳　我们想请你谈谈，你是如何下决心跟我们农民结合搞“四化”的？

男青年　杜老师，我们想请你谈谈有关混合饲料的知识？

杜小西　这……这不行……

众　　　别谦虚么！

肖长根　小西，你是应该好好地谈谈，让人家看看，我们请来的技术指导，梅英的对象是个有本领的人！

阿　芳　大家鼓掌欢迎！

［众鼓掌。

杜小西　(无法推辞，只得就范)同志们，我讲……

［众骚动，有的拿笔记本认真记录；阿芳递上一台录音机。杜小西一惊，将录音机翻个身，阿芳又将录音机调转身。

杜小西　……(对着录音机)同志们……乡亲们……你们好！你们辛苦了，向你们学习！向你们致敬！

［众热烈鼓掌。

杜小西　关于有人问我是如何下决心跟农民结合搞“四化”的。回答很简单：我的生活、我的经历告诉我，我只有这条路……因为，农村是个广阔的天地，在那里是可以大有作为的！

肖长根　（敲敲窗——窗后是杜氏翁婿）听见了没有？！

阿　芳　（误听、忙答）听见了，他说得真好！

肖梅英　（递过茶）小西。

杜小西　（得意）哎，至于混合饲料的知识……唔……咳……啊？！

肖长根　小西，像刚才那样说下去。

肖梅英　不要紧张！

杜小西　嗯。关于混合饲料……

肖长根　（对众）这样，大家提问题，有什么不明白尽管问。

杜小西　对，自由一点。

阿　芳　杜小西同志，请你谈谈饲料工业发展的历史，好吗？

杜小西　好。关于饲料工业的历史……首先，它是新兴的工业，也就是在解放以后才有，在解放前是没有的。这是因为旧社会太腐败了，政权掌握在一小撮人手里。具体地说，也说是政权掌握在四大家族手里——（想起了什么）哎，旧中国的四大家族是谁，你们知道吗？

众　　　知道，是“蒋、宋、孔、陈”。

杜小西　对，是“蒋、宋、孔、陈”。不过，请注意，蒋是蒋介石；宋是宋子文。不是宋江；孔是孔祥熙，不是孔老二；陈是陈果夫陈立夫，不是什么陈世美！

众　　　（议论）这技术员挺风趣的……

［杜明辉从窗户缝中塞出一张纸条，一青年接，又递给杜小西。

杜小西　（接纸条，读）有人问“饲料使用好坏，怎样看反应？”这个……唔，主要是看它把饲料吃一去以后，身上泛出的颜色。如果身上有青色，就说明饲料用得好。同志们，这饲料可大有讲究呀！如果饲料用得精细，可以增强体质。它就能过冬，到了春天照样开牙，两根胡须挺直，斗起来咬住对方不放，叫起来力大气足：

“瞿，瞿——”

男青年　杜老师，你这是教我们养鸡，还是教我们斗蟋蟀?!

［众狂笑。

肖长根　（对肖梅英）梅英，看样子情况不妙，（气呼呼去鸡棚，下）

肖梅英　（想了一下）小西，我也有个问题。

杜小西　（心虚）梅英，你有问题，咱们个别谈。

肖梅英　不，就现在谈。

杜小西　……好……好……

肖梅英　据了解，新试制的混合饲料，它的成分有所改变。请问，有哪六种新的成分组成?

杜小西　六种新的成分……（实在想不出，搪塞）大概是“氦氖氩氪氙氡”……

阿　芳　“氦氖氩氪氙氡”是化学中的六个惰性元素。

杜小西　怎么，你们乡下人连惰性元素也懂啊?!

男青年　我们早学过了。

肖梅英　告诉你，杜小西！混合饲料六种新的组成成分是小麦、玉米、大麦、菜饼、豆饼、麸皮。

杜小西　你怎么知道?!

阿　芳　在《农业科技报》上早就有文章介绍了！

肖梅英　你再说，这六种成分的百分比是多少?

杜小西　（慌）这没有什么百分比，混合饲料主要是靠各种饲料混合，关键是混……

［杜孟雄早已打开窗户。

杜孟雄　（大喝一声）你别再混了！

杜小西　（以为是群众的斥责，忙答）谁混啦?!（回头见杜孟雄、杜明辉）爹?!明辉哥?!

杜孟雄　混合饲料的关键是混?!胡说八道!告诉你,混合饲料是由各种成分按百分比进行组合的,关键是各种成分充分发挥自己的作用,而不是掺和在里面瞎混!你这个"阿混"!(举凳欲揍)

[肖长根的一阵喊叫:不好了!

[肖长根端了一箩耷拉着脑袋的鸡自鸡棚出,上。

肖长根　不好了,刚才被杜小西喂过的鸡都快死了!

杜明辉　小西,你给鸡吃了些什么?

杜小西　混合饲料,噢,再加一些牛奶、蜂王浆、麦乳精,还有橘子水!

杜明辉　鸡滑肠了!

杜小西　啊?!

[全场气氛陡然沉默。

一青年　阿太,咱们走吧!

孙阿太　噢。(走而复返)长根,这个女婿模样蛮好,你就自己打主意吧!(离肖家,下。)

男青年　(故意)阿芳,这磁带你擦得干净吗?

阿　芳　(向他指了指肖梅英)

男青年　唉!(离肖家,下。)

一青年　(嘀咕)回家烧饭去了!

[阿芳与群众离肖家,下。

杜小西　(见人们离去,心中十分羞愧)梅英……

肖梅英　杜小西,我万万没想到你果真是这样的人!

杜小西　我……

杜孟雄　你这个"阿混",在家里厂里混不下去,就钻到农村来"混",现在可好啦,你从厂里出丑一直出丑到农村,你把咱家、咱厂的脸皮全丢尽了!

杜明辉　你再这样混下去,要混到社会的垃圾堆里去了!

肖长根 （怨恨）杜小西——

杜小西 到。

肖长根 你给我出去！

杜小西 伯伯，我杜小西过去是……后来我想到农村来了以后……可现在……对不起，对不起！（从口袋中掏出钱，搁鸡箩上，摸了摸鸡）对不起！（见肖梅英）对不……（无言可表，奔出肖家，下）

［远处传来火车鸣笛声。

肖梅英 （惊）小西？！

杜明辉 （急呼）小西？！

［众紧张、茫然。

［切光。

第五幕

［时间：数天以后的夜晚。

［地点：河滨公园僻静一角。

［幕启：绿树成荫、河流临依。

［老阿奶在杜大男搀扶下上，杜孟雄随后。

杜孟雄 ……妈，小西不一定在此地河滨公园……

老阿奶 小东说过的，往常小西每逢星期日都要到这里来跟一个姑娘碰头的！

杜大男 阿奶，现在人家梅英姑娘不会再来碰头了！

老阿奶 我知道你们都嫌弃小西！小西已经几天不回家，也不到厂里去上班，人上哪儿去了呢？！真正急死人了！

［远处传来杜明辉的喊声:“阿奶——。

［杜明辉上。

众　明辉,小西找到了吗?

杜明辉　……小西根本没有到肖梅英家去过。

老阿奶　啊呀。小西——(对杜孟雄)我就是向你要小西!

杜明辉　(忙解围)阿奶,那我们分头再到别的地方去找……

［杜明辉、杜大男欲下。

老阿奶　我跟你们一道去!(走而复返,对杜孟雄)找不着小西,我就不认你这个儿子!(呼)小西哎——

［老阿奶在杜明辉、杜大男搀扶下,下。

［杜小东奔上。

杜小东　爹!

杜孟雄　找着小西了吗?

杜小东　(摇头)

杜孟雄　歇会儿。

［父子俩向四周张望,无小西影踪。两人踱步……

杜小东　爹……

杜孟雄　唔?

杜小东　听说,在这次干部考核中,罗敏敏成绩很差,连补考都不及格,厂部准备调动她工作?

杜孟雄　唔,这些天她一直心事重重,连口都不开。小东,这样一来,你们俩言归于好的可能性就更小了……

杜小东　不,爹,只要罗敏敏能有新的起点,不论她调动做什么工作,我都愿意跟她好下去的……

［罗敏敏内呼:老厂长——

杜孟雄　罗敏敏?!

[罗敏敏奔上。

罗敏敏　老厂长!

杜孟雄　敏敏?! 你怎么会到这儿来的?

罗敏敏　刚才我在厂里接到小西打来的电话……

杜孟雄　小西打电话给你?

杜小东　小西打电话给你?!

罗敏敏　他说,(哽咽)他决定把自己在厂里工作的名额让小东“顶替”。

杜孟雄　顶替?!

杜小东　顶替?!

罗敏敏　就是把招工名额还给小东!

杜小东　那小西在什么地方?

罗敏敏　他没说。

杜孟雄　我们都在找他呀!

罗敏敏　老厂长,小西要我告诉你们,叫大家不要再去找他了,至于他的下落,过几天自会水落石出的。

[众疑、思索。

杜孟雄　水落石出……(迸发)情况不妙! 小东,我们再到附近找找看!(急下)

杜小东　敏敏,我们再好好地谈一谈。

罗敏敏　咱俩的事以后再说,现在快去找小西!

杜小东　(感动)敏敏——(呼)小西!

[罗敏敏、杜小东寻找,下。

[杜小西神情颓丧从一边上,他陷入极度的痛苦之中,自叹不息。

杜小西　我再到什么地方去呢?! 回厂? 丢脸! 回家? 受气! 找肖梅英? 她肯定把我恨死! 唉,万万没想到,做人做到今天会这样难做! ……在外面混了几天,我从来没有感到这样孤独,从来也没有感到像这样抬不起头……快活点！（哼）“小鸟啊小鸟……”我这样活在世界上还有什么意义?!（从口袋里摸出一张纸）“绝命书”。不！活了廿几岁，只能算“短命书”！……（读“短命书”）

“阿奶，当我要离开这个世界的时候，第一个就想到你。你最疼爱我，你最喜欢我，连我养的鸟和蟋蟀都宝贝得不得了。不过，我做人做到这种地步，你不是没有责任的……

阿姐，我这个兄弟真勿争气！上次你拿砂锅砸我，不是要砸死我，而是要砸醒我！谁知我醒不过来。现在我去了，不过你也不要难过，好在你还有一个争气的兄弟，今后阿奶就靠你照顾了！

明辉哥，我的好姐夫！假使我现在能听你谈谈：你是怎么做人的，那多好！可惜晚了！……

小东哥，我也真弄不懂，我们弟兄两个，怎么一点也不像?！你将来肯定混得出名堂！不过到那个时候，罗敏敏再来找你，你不要睬她！她是陈世美！她也是个阿混，不过混得比我门槛精！小东哥，如能拉的话，你还是拉她一把！……

爹，我现在很想你！我这个儿子，打也打不好，骂也骂不好，厂里管不好，家里也管不好。爹，你倒应该总结总结经验教训：在家里怎么会有我这样的‘阿混’儿子？在厂里怎么会有我这样一个‘阿混’工人？……

妈妈，我生下来就没有看见过你！现在能见到你了！不过，我现在没有脸来看你妈妈……

梅英，我在这个世界上最最对不起的就是你，你算什么名堂呢？为了混合饲料，结果碰到我这个‘阿混’，也算你倒霉。不过，说句心里话，假使不出这件事，我还是爱你的。……

好，不谈了。再谈，死不掉了！

阿奶、爹、姐、哥、梅英——永别了！”

［肖梅英不知何时已到公园，闪在一旁，观察动静。

［杜小西把“短命书”放在石凳上，回身跳上河边的栏杆，正纵身——

肖梅英　（急呼）等一等！

杜小西　（不由自主）不等了！（一想不对，回头见肖梅英，惊）梅英！

肖梅英　你干什么？！

杜小西　我想……呼吸新鲜空气！

肖梅英　真的？！

杜小西　……我自己也不知道。

肖梅英　别骗人。一个人干任何事总会有目的的。

杜小西　我这个人干事就不太有目的。

肖梅英　（指石凳上的“短命书”）这是什么？

杜小西　（忙收起“短命书”）……是下一步计划。

肖梅英　你还想骗我？！

杜小西　不！你怎么会到这儿来的？

肖梅英　我找你好几次了。

杜小西　梅英，我……对不起你！

肖梅英　你仅仅是对不起我？！

杜小西　还有你爹。

肖梅英　还有呢？

杜小西　——对不起我阿奶。

肖梅英　还有呢？

杜小西　我爹。

肖梅英　还有呢？

杜小西　哥、姐。

肖梅英　还有呢？

杜小西 ……

肖梅英 你认真想想！

杜小西 ……伟大祖国，十亿人民！

肖梅英 你最对不起的是一个人。

杜小西 谁？

肖梅英 你自己。

杜小西 我？！

肖梅英 你爹妈把你生下来干吗？

杜小西 ……做人呀。

肖梅英 做人做人就是要做。可是你廿六年来，不是混就是骗。你这不是做人，是在害人！害别人，更害你自己！你还有半点做人的样子吗！杜小西！

（唱）你虚度年华走邪路，
激起我满腔心头怒。
原以为你是有所作为新一代
露真相，竟然是把戏做。
我赤诚相见显真心，
哪知换来是痛苦！
我愿将青春谱新曲，
你却把友情当赌注。
你热爱农村、爱我全是假，
都是为了贪图安逸混出路。
我与你往日无怨今无仇，
为什么你偏要如此来欺侮我！

杜小西 好，骂得痛快！骂得舒服！

肖梅英 唔？！

杜小西　不，我是说，你这样骂我，我反而感到痛快，我现在是认识到自己没有一点做人的样子！

肖梅英　你没有认识到！

杜小西　这，你在冤枉我，我已经觉得没脸做人了！

肖梅英　所以你刚才就想跳河自杀了？

杜小西　有过一闪念。

肖梅英　那你后来为什么不跳了？

杜小西　被你“等一等”喊牢了！

肖梅英　如果我不喊你呢？

杜小西　也许我现在已……

肖梅英　我现在不喊你，你去跳河！

杜小西　（愣住）

肖梅英　去跳呀！

杜小西　真的？

肖梅英　真的。

杜小西　……你不后悔！

肖梅英　我没有骗！没有抢！我后悔什么？

杜小西　……好，我这下明白了，你找我原来是为了报复我。好，肖梅英同志，再见！不，永别了！

[杜小西再次向河边，兀止。

肖梅英　怎么又不跳啦?！我看你是一个没有勇气的人！

杜小西　没有勇气?！好，我今天就是要拿出勇气跳给你看！

[杜小西再次向河边，纵身欲跳……

肖梅英　杜小西！

[杜小西刹住。

肖梅英　既然你有勇气自杀，为什么就没有勇气做一个对社会有用的人呢?!

杜小西 (猝然震撼)

肖梅英 (从包里拿出一迭书)这是你送我的书。现在还给你！你不想和我再见,我倒——愿意跟你再见,再见！

[肖梅英下。

[幕后旁唱:走了肖梅英,留下肺腑言！
字字句句,语重心长,
唤醒了“阿混”杜小西！

杜小西 (目送肖梅英远去,激动地)对……我既然有勇气自杀,就为什么没勇气做一个对社会有用的人呢?！……杜小西！拿出勇气来,做一个对社会有用的人！(把手中“短命书”朝地上一丢。望见远处来了一个人)爹?！(隐藏)

[杜孟雄上。

杜孟雄 小西！小西！……咦,刚才还看见人影,怎么一会儿不见了呢?！(拾“短命书”擦石凳,坐下,无意打开一看)“短命书”！嘿,写“绝命书”也会写白字！谁写的?杜小西!?啊?(迫不及待地读信)“爹……现在很想你！……你倒应该总结总结经验教训,家里怎么会有我这样的阿混儿子?厂里怎么会有我这样的阿混工人?……永别了！”啊!?死啦?！小西！……

[杜孟雄冲向河边,脱去外衣,纵身欲跳,

[杜小西冲上去,紧紧抱住他,拉下栏杆。

杜小西 爹,你不能死！

杜孟雄 我为什么要死！

杜小西 那你为什么要跳河?

杜孟雄 我到下面去找你！

杜小西 我在上面,你为什么到下面找?

杜孟雄 那你在“短命书”上不是讲“永别了”？

杜小西 我本来是想死，现在不想死了！

杜孟雄 怎么不想死了？

杜小西 既然我有勇气去死，为什么就没勇气做一个对社会有用的人呢？

杜孟雄 （欣喜）对！我的“阿混”儿子！——

杜小西 哎，“阿混”的爹！——

［父子俩紧紧拥抱。

［切光。

第六幕

［时间：数月以后的某天。

［地点：杜孟雄家。

［杜大男忙碌地在喂鸟，老阿奶喜悦地张罗着圆台面上的饭菜……两人时而交头接耳，张望着厨房，发出阵阵由衷的笑声，

［杜小东匆匆进客堂间，上。

杜小东 阿奶，阿姐，今天怎么这么热闹，像开宴会一样？！

老阿奶 今天咱家是“双喜临门”！

杜小东 怎么双喜？

杜大男 第一喜，你爹主动退居二线，当顾问了！

老阿奶 第二喜，你明辉哥当选厂长了！

杜小东 真的？——阿奶，今天这酒席我请客！

杜大男 为什么？

杜小东 我翻译的一篇外国论文，科学杂志上发表了！

杜大男　那我们家是三喜临门！

杜小东　（掏钱）阿奶，我请客。

杜大男　慢，叫明辉请客！

老阿奶　为什么？

杜大男　这次他们的革新小组获得了成果，得到科技奖五百元！

杜小东　阿奶，那是四喜临门！

［杜明辉、杜孟雄拿着锅铲等自厨房出，上。

杜大男　明辉，你得了科技奖，请客！

老阿奶　庆祝四喜临门！

杜孟雄　妈，应该是五喜临门！这次小西文化技术考核成绩优良，还得了超产奖！

老阿奶　（激动地抽泣）小西也有奖了……

众　阿奶！

老阿奶　今天让小西请客！

众　对，叫小西请客。

杜小东　爹，今天你怎么烧菜了？

杜孟雄　今天明辉当厨师，我是他的助手、顾问。

杜明辉　爹，烧白切肉什么时候放酱油？

杜孟雄　白切肉不能放酱油！

杜明辉　那应放什么？

杜孟雄　放奶油！

［众笑。杜孟雄、杜明辉进厨房，下。

［罗敏敏进客堂间，上。

罗敏敏　阿奶！

众　罗敏敏！

［老阿奶将罗敏敏拉至沙发上坐下。

杜大男 小东，快倒茶(见小东急着同罗敏敏讲话，会意)阿奶！阿奶！

老阿奶 干什么？

杜大男 撤退！

老阿奶 (刚会意)对，撤退！

［杜大男、老阿奶进厨房，下。

杜小东 敏敏，最近杂志上发表了我翻译的外国论文，你看见了吗？

罗敏敏 (不语，从包里拿出一本杂志给小东)

杜小东 (接过杂志，惊异，深情地看了她一眼，又将自己手上的杂志给她。)

罗敏敏 (接过一看)不是一样的?!

杜小东 翻开来。

罗敏敏 (打开，读)“敏敏，让我们在实践中不断校正自己的人生哲学……”(内疚地起身看着小东，转而深情地)小东！

杜小东 敏敏！

［两人依偎在一起。

［杜明辉、杜孟雄上。杜孟雄见状转身走。杜明辉叫“罗敏敏——”被杜孟雄拉下场。

杜孟雄 (回头)继续进行！

［杜小东、罗敏敏刚又走近，肖长根内叫：“老厂长！”两人忙分开。

肖长根 (上场，拎了大包、小包进屋)老厂长！

［杜孟雄、杜明辉上场。

杜孟雄 我请你吃顿便饭，你带这么多东西干什么？

肖长根 一点点，小意思。

［杜小东将他手上东西接过，与罗敏敏进内室，下。

杜孟雄 老兄弟，梅英呢？

肖长根 这女孩说好一起来，可早上出去，至今没见人影……

杜明辉　你脱班了！

［众笑肖长根跑到内室门口，杜小东、罗敏敏自室内传出笑声。厨房里又传来一阵笑声，肖梅英、杜大男老阿奶端菜自厨房出，上。肖长根惊呆。

肖长根　梅英，你……我是脱班了！（众笑）

［肖梅英把老阿奶、杜大男介绍给肖长根，又端来杯茶给肖长根。

肖长根　我倒弄不懂，这是谁的家？（众笑）

杜孟雄　好，大家吃饭！

［肖长根四处张望。

杜孟雄　你找谁？

肖长根　杜小西呢？

杜孟雄　厂里还没回来，先吃饭。

肖长根　今天等小西来了再吃饭。

众　　　那好。（分头进各房间，下）

［杜小西奔进客堂间，上。肖梅英闻声自厨房出，上。

杜小西　阿奶！阿奶！阿——梅英！

肖梅英　你怎么又欺骗我！

杜小西　我什么时候欺骗你？

肖梅英　说好九点整在河滨公园碰头，怎么不来？

杜小西　梅英，厂里有几个青年到现在还在瞎混，我找他们谈谈！

肖梅英　（笑）你找他们谈？有意思。

杜小西　我有体会呀！喏，“既然有勇气自杀，为什么就没勇气做一个对社会有用的人？！”我都说了！

肖梅英　（含羞地）小西，今天我爹也来了！

［这时从内室传来杜孟雄与肖长根对话：“好，一言为定，今年让他们谈朋友，明年让他们结婚！”

［杜小西、肖梅英两人呆住……

杜小西 梅英，我……我……

肖梅英 你说呀！

杜小西 我说不出来。

肖梅英 既然你有勇气重新做人，那为什么就没勇气讲出自己的心里话呢?!

杜小西 对，杜小西拿出勇气来！梅英，我……我爱你！

［肖梅英羞涩地低下头。

杜小西 梅英，其实我早就爱你了！我被子也准备好了。

肖梅英 干什么？

杜小西 我情愿当招女婿！我们家招女婿“行”的！我姐夫就是招女婿！

［杜明辉上。

杜明辉 喂，你说我干吗？

［众上。

老阿奶 小西，今天你请客！

杜小西 为什么？

杜小东 今天你拿到奖金了！

杜小西 好，不过，在请吃饭前，我要对各位进行一次考试，

肖长根 啊，你们家里吃饭也要考试的?!

杜小西 伯伯，人家选女婿可以考试，我请吃饭为什么不能考试？

杜孟雄 小西，你不要花头透！

杜小西 爹，我给你们厂里考，乡下考，现在也应该允许我考考大家么！……姐夫，你说对吗？

杜明辉 小西，考！

杜小西 我现在天天出全勤上班，业余时间又要补习文化技术，又要参加新饲料的试制，你们说，我这些心爱的鸟交给谁饲养最最恰当？

众　　这好办！（都举手准备回答）

杜小西　谁回答错了，谁今天请客！

［大家又把手缩回。

杜孟雄　大家先吃饭，后补考！

杜小西　慢，爹，你也不能混。

肖梅英　我来回答，这些鸟任何人喂养都不恰当！

杜小西　梅英！

肖梅英　只有把它交给大自然！

杜小西　听见吗！？梅英对我最了解，我准备把这些鸟全部放掉！

众　　（惊）放掉？！

杜小西　对，我现在深深体会到，鸟靠别人喂养，非但它的翅膀硬不起来，还要连累一大批人的精力。只有让它自己到大自然去寻食、去奋斗，才能自由飞翔！（摘下鸟笼，打开笼门）飞吧……它还不肯飞呢！

杜孟雄　闲饭吃惯了，留恋安乐窝！

肖梅英　拉它一把！

老阿奶　鸟啊，你带个讯，就说咱家兴旺发达了！

杜小西　（拿出鸟，吻了吻）亲爱的鸟，祝你幸福！（放鸟）再见！

［歌声起。

［大家围坐桌旁，举杯互贺……

［众欢跃。

［剧终。

（1983年演出本）

滑稽戏

GPT 不正常

编　剧

赵化南　严顺开

作者小传

赵化南（1946—　），男，籍贯浙江嘉兴。曾任上海沪剧院编剧，上海市艺术创作中心签约作家，上海作家协会理事。

严顺开（1937—2017），男，上海人。曾为享受国务院特殊津贴专家，国家级非物质文化遗产滑稽戏代表性传承人。中国戏剧家协会会员。曾任上海市第十届政协委员、曾任上海滑稽剧团演员，上海滑稽剧团专家咨询委员会主任，兼任编导工作。

人物表

阿　为　男,38 岁,国际海员

庄佩丽　女,33 岁,幼儿园教师

庄妈妈　56 岁,庄佩丽的母亲

沈彩珍　女,47 岁,某厂工人

周忠发　50 岁,某小报记者,沈彩珍的丈夫

李　波　女,20 岁,医院护士

李　伯　70 岁,退休工人,李波的爷爷

阿　米　女,26 岁,营业员

刘福生　28 岁,工人,阿米的丈夫

周　方　13 岁,学生,周忠发的儿子

［1988 年元旦前后。

［上海市白荷街 919 号底楼大客堂。这间石库门房子常有的底层客堂，实际上已成了置放五只煤气灶的公用灶间。客堂右侧有一扇门，是阿为的家。离阿为房门不远，是通往二楼的楼梯。客堂左侧也有一扇门，是李伯的家。左侧靠前是大门，这里的居民，上街或者回家都由此进出。客堂中间放着二楼周家的一张方桌，因他家住房困难，有关方面同意他们在公用场所辟一块私人领地。

第一场

［周忠发坐在桌边看报。

［沈彩珍上。她刚下班回家，手里拎着个蛇皮袋，袋里装着二十来斤毛蚶。

沈彩珍 （吃力地）快来帮帮忙！我拿不动了。

周忠发 （上前帮拎蛇皮袋）来了，来了。

沈彩珍 有茶吗？我嘴巴干死了。

周忠发 （忙端上茶）有，有。

沈彩珍 （喝茶）太烫了！

周忠发 （吹茶）呼，呼……

沈彩珍 （喝茶）还是烫！

周忠发 （又吹，发觉杯子已空）烫归烫，已全部喝光了。

沈彩珍 （朝上下邻居高喊）喂，庄家姆妈、阿米，快点下来！（敲李伯家的门）李伯伯，出来！

［庄妈妈和庄佩丽从楼梯上下来。李伯从房里出来。

庄妈妈 彩珍，什么事？

李　伯 叫我做啥？

沈彩珍 （拍拍蛇皮袋）你们毛蚶要不要？

李　伯 唷，这么多毛蚶！是从十六铺批发来的？

沈彩珍 批发？我又不是个体户。我们厂里发的。年底到了，人家发毛毯、毛线、毛料，我们厂今年亏本，厂长讲不发不好意思，所以发点便宜货，弄点毛蚶给大家吃吃。

周忠发 现在这种风气太不像话了，报纸上再三呼吁，不要乱发钞票实物，还是乱发。既然发了，发得漂亮点呢，发毛蚶！我看在发神经病！

沈彩珍 你不晓得，我们厂长是海门人，从小吃毛蚶长大，和毛蚶有深厚的感情。

周忠发 叫我们也和毛蚶建立感情？

庄妈妈 老周，你又有写文章的材料了。在你们的小报上发一条社会新闻，稿费拿来还可以买毛蚶吃。

周忠发 我写文章，从来不为稿费，是为了针砭时弊，发扬正气……

沈彩珍 （打断周忠发）好了好了，你在小报上吹得还不够，回家还要吹！这么多毛蚶，我们三个人吃不掉，帮我一把，分给大家。

周忠发 好。

庄妈妈 你们厂里发的，我们不好意思拿。

李　伯 吃白食要肚皮痛的。

沈彩珍 好，我就收点钞票吧。我不会让大家吃亏，市场价五角，我便宜一角，算六角一斤。

庄妈妈 六角？

沈彩珍 ……算四角。讲错了。忠发，拿秤、篮子！

李　伯　好了，开秤了。（带上纠察红袖章）排好队。

庄妈妈　就我一个人，还排啥队？

李　伯　一个人也要遵守秩序。一个人排队合算，排来排去第一个。

［刘福生奔上。

刘福生　我也要！

李　伯　你要什么？

刘福生　不晓得。

李　伯　买什么都不知道，就说要。

刘福生　只要是排队，一定是好货。（见是毛蚶）哈，好货，我的家主婆最爱吃了。来，帮我称十斤。

李　伯　后面排队。

刘福生　我有要紧事情，让我先称。

李　伯　（扬起戴袖章的胳膊）不可以。

刘福生　喔唷，像真的一样，这是灶披间。

李　伯　灶披间就可以违法乱纪了？

刘福生　好好，我看见你怕。方方姆妈，我等一会儿来买。（奔上二楼）

庄妈妈　这毛蚶真新鲜，不大不小，而且一点烂泥也没有。

李　伯　真是时代在前进，样样在发展，毛蚶也在发展，一捉上来，烂泥自然抖掉，叫人吃起来方便些。

庄妈妈　佩丽，买几斤？

庄佩丽　我听姆妈的。

庄妈妈　称三斤。

庄佩丽　好的。

庄妈妈　你上去罢，我来买。

庄佩丽　噢。（上楼）

庄妈妈　方方姆妈，我称三斤。

沈彩珍　这么好的毛蚶只要三斤？

周忠发　庄家姆妈，要买多买点，毛蚶是荤菜当中最便宜的。

李　伯　不要强卖强买，她说三斤就三斤。

沈彩珍　好。一四得四，二四得八，三四十六，一元六。

庄妈妈　三四好像是十二，一元二。

沈彩珍　对对，一元二。看我这算盘，不灵。

李　伯　算盘不灵？你怎么不算三四得八！

沈彩珍　算错总是有的。

［刘福生拿着两包药从二楼奔下。

刘福生　等一等。哎，你们谁家有板蓝根冲剂？

李　伯　怎么，你不舒服了？

刘福生　有没有？

李　伯　有……

刘福生　好！拿来！

李　伯　前几天吃光了。

刘福生　（惋惜地）哎呀，做啥要吃光呢！

李　伯　不是我一个人吃的，是和小朋友一道吃的，开水一冲像可口可乐一样！

刘福生　真不领市面。现在板蓝根冲剂吃香，行情上去了。原价一盒二元七角，现在一盒十元！做啥要吃光呢。我这二盒，就值二张分。（欲下）

沈彩珍　福生，毛蚶！

刘福生　我称……你们先称，剩下的我包了。（下）

沈彩珍　李伯伯，你来罢。

李　伯　等一等。（摘下袖章）戴着袖章不能当顾客。我顶反对以权谋私，利用职权敲竹杠。我现在以普通老百姓身份买毛蚶。我从小欢喜吃毛蚶,吃不厌。(拿出大篮子)好了,彩珍,请你帮我多称一点。

沈彩珍 称多少?

李　伯 二两!

沈彩珍 这么大的篮子只称二两?

李　伯 (指口内)你不要看我牙齿蛮好,都是假货!一只毛蚶进去,嚼两个钟头,仍旧是一只毛蚶。买二两还算多的,按我的心思,买一只毛蚶就够吃了。

沈彩珍 你当它奶油话梅了!……好,称二两半,算一角。

[周方背着书包上。

[李伯付钱。

周　方 (一把夺过钱)姆妈,你怎么做起二道贩子来了?

沈彩珍 (对周忠发)你看他!

周忠发 去,做功课去。

周　方 我现在变成二道贩子的儿子了,还念什么书,长大以后跟姆妈卖毛蚶算了。

[李波上。

李　波 爷爷,面包买来了。

李　伯 爷爷今天也请你吃好东西。

李　波 什么东西?

李　伯 毛蚶!

李　波 (发现毛蚶)毛蚶?(对李伯)爷爷,这毛蚶是什么地方来的?

周　方 (指沈彩珍)是这个二道贩子弄来的。

李　波 这些毛蚶不能吃,全部丢掉。

沈彩珍 什么什么!全部丢掉?为啥?

李　波 现在出现了突发性甲型肝炎,你们知道吗?这次甲型肝炎,可能同吃了不清洁毛蚶有关。毛蚶一吃，GPT马上上去！

沈彩珍 瞎三话四。毛蚶年年有，我也年年吃，今年我少讲也吃了二十几斤，你看看，我这副身胚，什么地方像甲肝。忠发吃得还要多，你问问他。

周忠发 不多不多，壳不算，肉只吃了二十几斤。

沈彩珍 什么地方像甲肝？

周忠发 甲肝倒没有，嘴巴有点干。因为酱油蘸得太多了。

沈彩珍 谁不知道，毛蚶补血补气，清热解毒。

李　波 方方爸爸，你平常写写文章，是个有文化有知识的人，不要因小失大。

沈彩珍 因小失大？三十斤毛蚶，市场价要十五元钱，四天的工资。年纪轻轻，讲话轻飘飘。

李　波 你这个人，怎么连好坏都不懂。真拎勿清！

沈彩珍 你拎得清！

李　伯 小波当然拎得清，她读卫生学校不是上半天进去下半天就出来的，整整读了三年。成绩优良，全班第一，像她爸。她爸是我养出来的！小波讲得对，吃了毛蚶，"滴滴涕"要上去的！

李　波 爷爷，是GPT要上去的！

李　伯 对，"批批涕"要上去的……

李　波 不对，是G—P—T！

李　伯 对。G—P—T三样东西都要上去的！弄得不好，会跟阎罗王碰头的。阎罗王客气得很，见了你，就不会让你回来了。

周忠发 是呀，回来的车子也没有的。

［刘福生上。

刘福生 我的毛蚶呢？

沈彩珍 还要毛蚶呢，吃了要生肝炎的。

刘福生　啥人讲的？

沈彩珍　还有啥人，919号里的女医生讲的。甲肝甲肝，我还没有看见有人生过。

刘福生　甲肝倒是有人生，要不然板蓝根冲剂生意不会这么好。我刚刚两盒，一出门就脱手，进账二十元兑币。不过，护士小姐，毛蚶跟甲肝会有啥不正当关系？这不可能！来，我称五元钱。

沈彩珍　你不怕？

刘福生　怕啥？即使有细菌，用一百度的哒哒滚的开水一烫，不要讲小小的细菌，这么大的人也烫死了。

李　波　不能吃！

沈彩珍　这小姑娘是属田螺的，怎么和毛蚶吃起醋来了！

刘福生　我没有空参加辩论。（上楼）

李　伯　小波，这毛蚶真不能吃？

李　波　市里有紧急通知，我们医院已经传达了。

李　伯　真的？

李　波　真的。

李　伯　好，我来。（戴上袖章）来来，把毛蚶都交出来。一只也不能留。我第一个退！

沈彩珍　李伯伯，你这么做有些不惬意了，听孙女一讲，光面孔马上变成毛面孔。

李　伯　我面孔本来就不光滑。

沈彩珍　现在谣言多，你当心上当。

李　伯　别人我信不过，小波是我孙女，我信得过。佩丽娘，你带头！

庄妈妈　口说无凭，我要看到红头文件再行动。

李　伯　方方，你呢？

周　方　不吃毛蚶还要等文件，太不自觉了。

李　伯　还是方方懂事。方方娘，你呢？

沈彩珍　这甲肝，生的人总归要生，不生的人总归不生。方方不吃，我吃，忠发，你呢？

周忠发　我紧跟夫人。

周　方　（放下手上功课，把蛇皮袋拎到李伯跟前）爷爷，我上交。

沈彩珍　（给了周方一巴掌）你当这是你爸的遗产哪。

周　方　遗产就遗产！

周忠发　小鬼，我还没有死！

周　方　吃吃吃，到生了肝炎就哭哭哭……（突然止住说话，眼睛盯着大门，笑了）

［阿为提着皮箱上。

阿　为　（对大家笑）嘿……

众　人　（除了庄妈妈）阿为！

李　伯　回来啦？

阿　为　（点点头）船刚靠岸。

周忠发　这趟休假几天？

阿　为　两个星期。

李　波　嘿，阿为哥，一年不见了！

阿　为　你好，护士小姐。

周　方　阿为哥。

阿　为　方方！今年读六年级了？

周　方　嗯，明年我就是中学生了。

阿　为　（从包里取出电子计算器）明年的中学生，送给你，好好读书。

周　方　（对周忠发、沈彩珍）电子计算器！

沈彩珍　快谢谢！

周　方　谢谢阿为哥！

阿　为　小波，这是你的。

李　波　（接过衣服看，兴奋地）唷！阿迪达斯，名牌。

李　伯　懂也不懂，是阿里巴巴。

李　波　你才不懂。

李　伯　快点儿谢谢！

李　波　谢啥，我和阿为老有数了。对吗，阿为？

阿　为　对，从小就有数。方方姆妈，你现在还每天看小说啊？

沈彩珍　看，老习惯了，一天不看书就饭吃不下，觉睡不着。

周忠发　实在没啥看，儿童读物也要看。

沈彩珍　（悄悄地对阿为）你未来的丈母娘在旁边，快去叫。

阿　为　（走到庄妈妈跟前，不好意思地）姆妈……

庄妈妈　（冷冷地纠正）庄家姆妈。

阿　为　（尴尬地）对对，庄家姆妈，因为我和佩丽还没有那个……

周　方　（跑到楼梯口）佩丽姐姐，快点下来！

李　波　（朝楼上喊）你的亲爱的回来啦！

［刘福生拿着行李下，和李波撞个满怀。

李　波　怎么你下来了？

刘福生　吃毛蚶你要管，我上上下下你也要管？

李　伯　福生，过来。（作介绍）这位就是底楼后客堂的国际海员——阿为。

刘福生　久闻大名！

阿　为　你是……

李　伯　他是新搬来的，二楼西厢房刘福生，在厂里做生活，有时还跑跑单帮。

刘福生　什么跑单帮，是活跃市场。

周　方　他的老婆叫阿米，和他住在一起。

刘福生　不住在一起叫什么老婆。阿为，你的职业非常对我胃口，我在国内市场跑，你在国际市场跑，将来我们两个人……（用手比画）懂吗？

阿　为　什么意思？

庄妈妈　这意思非常清爽。

刘福生　还是庄家姆妈脑子活络。人家讲你阿为老实，今日一见，果然。

［庄佩丽从楼上下。

庄佩丽　阿为——

阿　为　佩丽！（冲动地朝庄佩丽跑去）

庄妈妈　咳——

［庄佩丽看了阿为一眼，走到庄家妈妈身边。

庄妈妈　佩丽，你楼上下来，第一个看到的应该是啥人？

庄佩丽　应该是你。

庄妈妈　（纠正）姆妈。

庄佩丽　对，姆妈。

庄妈妈　姑娘家，看见男人不要心急慌忙，稳重点。

庄佩丽　晓得了。

李　波　也没有这样的。一对情人一年没见面了，一见面就应该是啊……（做拥抱动作）这样！

刘福生　我看，你将来结婚快的——

李　波　至少不想像他们，谈十年恋爱。

刘福生　离婚也快的。

李　波　滚开！

刘福生　（看表）唷，我倒是应该滚了，火车要开了。

李　伯　福生，又要出码头跑单帮？

刘福生　跑单帮难听吗，这叫横向联系。现在上海市场上板蓝根冲剂紧缺，为了解决上海困难，我到福建娘舅家进点货。

李　伯　福建的娘舅？

刘福生　对。

李　伯　你娘舅在哈尔滨呀。

刘福生　那是过房娘舅。

李　伯　你娘舅有办法？

刘福生　他是药材行管仓库的。我和他通过长途电话了，联系好了。这次一来一去，一进一出……（做数钱动作）不谈了！不谈了！

李　伯　当心被我捉牢。

刘福生　怎么会被你捉牢呢。李伯伯，等一会儿阿米回来，你告诉她，我走了。

沈彩珍　你自说自话走掉，阿米要不开心的。

刘福生　你把毛蚶给她，她看见毛蚶比看见我这个男人欢喜多了。再会！（下）

庄佩丽　姆妈，几分钟过去了，我现在可以去叫阿为了吗？

庄妈妈　心还是急。去吧。

庄佩丽　阿为，你回来啦？

阿　为　回来了。

庄佩丽　身体好吗？

阿　为　好的。

庄佩丽　饭吃得下吗？

阿　为　吃得下。

庄佩丽　你吃得下，但我一点也吃不下。你觉睡得着吗？

阿　为　睡得着。

庄佩丽　你睡得着，我睡不着觉比吃不下饭还要"结棍"！

周　方　哈哈！

沈彩珍 笑啥?

周　方 老好白相的。

沈彩珍 啥好白相?

周　方 谈朋友老好看的,比电视里的好看。

沈彩珍 去! 你们不要受干扰,继续谈,继续谈。

［阿米上。一副病态,全身无力。

李　伯 阿米回来啦,福生刚刚走,到福建去了。

阿　米 这死人,要紧关头人走了,这叫我怎么办? 叫我怎么办!(急得要哭)

沈彩珍 不要急,呶,他帮你把毛蚶买好了。

阿　米 我哪里还有心思吃毛蚶!

李　伯 阿米,你怎么了?

阿　米 我说了你们不要怕。我刚从医院回来,医生讲,我 GPT 二百五,我得了甲型肝炎了!

［众人骇然。

沈彩珍 (手中毛蚶落地)不好了!

［幕落。

第二场

［第二天上午。

［周方在自己家的方桌上做功课。周忠发心神不定地来回踱步,不时用惊慌的目光朝二楼张望。

周忠发 (自语)阿米生肝炎了,她住在二楼西厢房,我们住在二楼后厢房,离得最近！她的煤气灶就摆在我们煤气灶的旁边，也靠得最近。有句老话叫近朱者赤，近墨者黑，我们现在是近肝炎者得。完结了！

周　方　爸爸，你做啥啦？兜来兜去，我头也被你兜晕了，你看，这道算术题又做错了！

［沈彩珍提着菜篮子上。

沈彩珍　（慌张地）不得了，今天小菜场里不得了。

周忠发　出什么事了？

沈彩珍　甲肝！人人都在讲甲肝，人心惶惶，吓人得不得了。

周　方　姆妈，啥叫甲肝？

沈彩珍　就是肝炎。

周　方　肝炎就是肝炎，为啥叫甲肝？

沈彩珍　肝炎品种非常多，分甲乙丙丁子丑寅卯。甲型肝炎就叫甲肝。

周　方　那乙型肝炎呢？

周忠发　叫乙肝。

周　方　那丙型肝炎呢？

周忠发　叫丙肝。

周　方　“饼干”我顶欢喜吃了！有巧克力饼干、奶油饼干、苏打饼干……

沈彩珍　小鬼，只想吃！大家还讲，这次甲肝流行，都是吃毛蚶吃出来的。

周忠发　上帝保佑，幸亏昨天我们没有吃毛蚶。

周　方　这应该谢谢小波姐姐。

沈彩珍　我们厂长倒好，明天还要发毛蚶。

周忠发　你们厂长，要么在发神经病！

周　方　而且神经发足！（发现李伯煤气灶上的水开了，去敲李家门）爷爷！水开了！

［李伯从房里出来，冲热水瓶。

沈彩珍 有人讲，甲肝传染起来快是快得不得了。听说现在上海传染上甲肝的人，已经超过二……二……（一时记不清）

周忠发 二万？

沈彩珍 不止。

周忠发 二十万？

沈彩珍 好像也不止。

周忠发 二百万？

沈彩珍 二百万，好像也……

周忠发 二千万！

沈彩珍 差不多了。

周　方 老师说，上海人口只有一千二百万。

周忠发 大人讲话，小人不要插嘴。

周　方 大人讲错了，小人也不好讲？

沈彩珍 小鬼，做功课。

李　伯 （冲完开水，朝二楼喊）阿米，阿米，开水要吗？

［阿为从自己房里出来。

阿　为 李伯伯，让我送上去。（拿起热水瓶上二楼）

周忠发 这一个钟头里，阿为上上下下已经跑了十几趟了，国际饭店也跑到顶了。

李　伯 阿为这个人从小到大没有变过，不管谁的事，就当自己的事一样，真是个好人。

沈彩珍 甲肝这样东西，不管好人坏人都要传染的，我真替阿为担心。

李　伯 这点你不用担心。阿为讲，他们船员都学过卫生防疫知识。什么脑膜炎、猩红热、百日咳、出痧子……

［阿为从二楼下来，到水龙头前洗手。

沈彩珍 阿为，你在阿米房间里走进走出，不怕传染？

阿　为　不怕，手洗干净，就没事了。

沈彩珍　这是甲肝，容易传染！不能碰着病人，碰着一点点马上就传着。

李　伯　简直像触电。

沈彩珍　是像触电。人家都在说，空气也会传染的。比如你在下风头，他在上风头，风“呜——”吹过来！细菌“啪”传着了！GPT“嚼”上去了！

李　伯　噢——细菌“啪”传着了！GPT“嚼”上去了！医院里“猎”一送，医生讲不行了，太平间“竖”一放，火葬场“蓬”一烧……

沈彩珍　对呀！

李　伯　不像话！（进屋）

周忠发　有人讲眼睛看一看也会传染到的。

阿　为　你们是在讲《西游记》《封神榜》的故事。

沈彩珍　不是讲故事，这是真的。我现在又急又怕，万一传染到怎么办？我和忠发已经活了四五十岁了，人也做过了，真出什么事也认命了，但我的方方人还小，人小肝嫩，碰不起的，再讲他的岁数也不好，十三岁，一十三，乱刀斩……嗷！（哭）忠发——

周忠发　（也哭）嗷……

［两人抱头大哭。

阿　为　喂！你们干什么？不要这么紧张，事情还没到这种地步。肝炎没有生，胆倒吓破了。

周　方　嘻……

沈彩珍　你笑什么？

周　方　我今天八道题目全部做错了！

［阿米从楼上走下。

沈彩珍　（大惊）不好，GPT来啦！

周忠发　快躲起来！

阿　米　你们这是干什么？

沈彩珍　阿米哎，你生肝炎应该进隔离病房。

阿　米　病人多，医院客满，只好建立家庭病房。我也没有办法。

沈彩珍　东荡西荡，灶披间当公园了。（回头对周忠发）快，回到房间里去。手不要碰扶梯把手，脚不要踏到楼梯！

周　方　脚不踏楼梯我们怎么走上去？

沈彩珍　少踏点！

［周忠发、周方小心翼翼上楼。

阿　米　方方姆妈……

沈彩珍　你不要过来，我谢谢你。（绕了个大圈子急奔上楼梯）请你台子不要碰。（上楼）

阿　米　（又气又伤心）我变瘟神了！（坐到周家凳子上哭）

阿　为　阿米，你得了肝炎，不能再动肝火，肝炎加肝火，这只肝吃不消。再讲跑来跑去是容易传染。阿米，你下楼来做啥？

阿　米　昨天我药没有配，想家里还有几盒板蓝根冲剂，可以吃两天，谁知道找来找去找不到。我想配药去。

阿　为　现在你主要任务是休息，有事只要讲一声，我们会帮你做的。

阿　米　我实在不好意思，你已经帮了我许多忙。

阿　为　邻居之间，客气点啥，福生不在，大家照顾。药方给我。

阿　米　你不要过来！万一你传染上肝炎……

阿　为　假使我染上肝炎，证明我这个海员的卫生防疫知识还没有学好，还需要补课。（从阿米手上拿过药方）你上去吧。

阿　米　噢。

［阿为欲下，庄妈妈上。

阿　为　姆……庄家姆妈。

庄妈妈　你出去啊？

阿　为　去帮阿米配药，我走了。（下）

庄妈妈　（看见阿米，一愣）你怎么下来了？

阿　米　（苦笑）嘿，所有的人都密切注意我的动向。（上楼）

庄妈妈　火气真大。

［李波拿着消毒器具上。

李　波　阿为，阿为！庄家姆妈，你的女婿到哪儿去了？

庄妈妈　小姑娘，讲话用词要恰当。阿为还不是我的女婿。

李　波　还不是？整条弄堂都知道阿为和佩丽老早就敲定了，敲得扎扎实实，分也分不开了。

庄妈妈　不，对阿为的婚前考察，我还没有结束。

李　波　你已经考察他十年了，一个十岁的外孙也被你考察掉了，还要考察！

庄妈妈　唉，你不懂，我是有教训的。就因为自己年纪轻时，没有进行婚前考察，所以我廿一岁结婚，廿二岁离婚，男人走脱，家庭拆掉，走错一步，一世吃苦。所以对佩丽的婚事，我要好好考察。小波，你今后寻对象，一定要考察清爽。

李　波　对，考察！考察他五十年。

庄妈妈　五十年也太长了，十年二十年差不多。

李　波　十年以后我三十二岁，二十年以后我四十二岁，庄家姆妈，到时候考察下来不灵光，怎么办？

庄妈妈　重新寻一个考察。

李　波　再考察十年二十年，我六十二岁，成为老太婆了！（扮老妇人状）考察考察……要是这样，我宁可……

庄妈妈　宁可怎么样？

李　波　宁可像你庄家姆妈，廿一岁结婚，廿二岁离婚，哈哈……（欲上楼）不谈了，我给阿米打针去了！

庄妈妈　你……

李　波　但是我告诉你，对阿为考察是多余的。（上楼）

庄妈妈　这个小姑娘，今后要吃苦头的。（烧水）

［沈彩珍从二楼走下。

沈彩珍　（胆战心惊地朝四处张望）庄家姆妈，她人呢？

庄妈妈　啥人？

沈彩珍　阿米。

庄妈妈　楼上去了。

沈彩珍　（放下心来）喔唷，刚刚吓死我了，浑身都是GPT，在我身边转来转去，说说她还要不开心。

庄妈妈　我看她火气大得很。

沈彩珍　这叫肝火旺。细菌在肝里钻来钻去，在咬、在啃！肝吃不消了，就光火了。

庄妈妈　本来平静的919号，现在不太平了。

沈彩珍　不太平的日子还在后头呢。第二个生肝炎的人马上要出现了。

庄妈妈　（紧张地）啥人？

沈彩珍　阿为。你不晓得，他一上半天都在阿米房间里，身上早就传到细菌了。第三个生肝炎的人也马上要出现了。

庄妈妈　啥人？

沈彩珍　佩丽！你女儿。

庄妈妈　（吓一跳）她怎么会？

沈彩珍　她是阿为的情人呀，情人见面总归要抱一抱，亲一亲，一热络，阿为身上的细菌"啪"跳到佩丽身上！不好了，第四个生肝炎的人也要出现了。

庄妈妈　啥人？

沈彩珍　你呀！

庄妈妈　是应该轮到我了，我天天和佩丽生活在一起，细菌“啪”从她身上跳到我身上。

沈彩珍　我现在和你讲话，细菌“啪”跳到我身上。

庄妈妈　你“啪”跳到方方爸爸身上。

沈彩珍　他“啪”跳到方方身上。再“啪啪——”

庄妈妈　“啪啪”！

沈彩珍　好哉，在放鞭炮了。用不了几天，919号上上下下全部“啪”上了！919号门牌号头也要改了。

庄妈妈　改成几号？

沈彩珍　改成89号——“没有救”了。

庄妈妈　你也讲得太危险了。

沈彩珍　危险的事情还有呢。（神秘地）我一直在想，阿为同阿米是初次见面，他为什么要这样热心地照顾阿米？明明晓得细菌“啪啪”在跳，他还要“笃笃”奔上去，还要“碌碌”靠上去。其中一定有原因。

庄妈妈　你这话是什么意思？

沈彩珍　意思很清楚。一个男人帮一个女人做事情，里面肯定有花头。

庄妈妈　毫无根据。

沈彩珍　有根据。（从口袋里摸出一本杂志）昨天我借了一本杂志，里面有一篇小说，那个女主角同阿米太像了。

庄妈妈　什么小说？

沈彩珍　叫……（翻书）看，叫《丈夫不在家》，意思是丈夫不在家，女人花嚓嚓！你想看，就拿去看。

庄妈妈　我不要看，听这名字我已经知道里面是什么内容了。

沈彩珍　你这个丈母娘要当心啊。

［阿为急匆匆上。

阿　为　姆……庄家姆妈，药买来了，跑了好几家药店都没有，结果是用二十元兑币翻跟斗翻来的。

庄妈妈 哼!(上楼)

阿　为 (一愣)方方姆妈,庄家姆妈她为啥不开心?

沈彩珍 要问你自己!

阿　为 我怎么啦?

沈彩珍 自己应该注意点。

阿　为 (不解地)我已经蛮注意了。

沈彩珍 注意得还不够。

阿　为 (一想)以后要更加注意。

[周忠发从楼上下来。

周忠发 (胆怯地)我可以下来吗?

沈彩珍 下来吧,阿米回房间去了。

周忠发 她怎么可以乱走呢。生了肝炎还满天飞!(坐到阿米刚才坐过的凳子上)她刚才碰过我们的桌子吗?

阿　为 没碰过。不过,她坐过这只凳子!

周忠发 (触电似的从凳子上跳起)哎呀,没得命了!我的屁股没有用了。

沈彩珍 死人,在楼上不是蛮好,死下来做啥!

周忠发 这里是我们吃饭的地方,总是要下来的呀,我现在怎么办?(急得团团转)不好了,细菌钻到裤子里去了,里面痒兮兮……

阿　为 又不是白虱,这是病毒。

周忠发 一样的,就是大一点儿小一点儿而已。

沈彩珍 快把裤子脱掉。

周忠发 有道理。(一想不对)此地是公共场所,怎么好脱裤子呢。我到房间里去。(欲上楼)

沈彩珍 回来!你想把 GPT 带到房间里去呀!

周忠发 (脚一缩,差点儿从楼梯上跌下)我也顾不得读书人斯文不斯文

了，就在这里脱。（松裤带）

［庄佩丽背着包上。

庄佩丽 阿为。

周忠发 （见是庄佩丽，连忙拉上裤子）有人来了！唉，早不来迟不来，关键时候来。

沈彩珍 此地是公共场所，不是公共厕所！

周忠发 对，上公共厕所。关键时刻，女人比男人冷静。（奔下）

沈彩珍 喂，先把裤带束好，马路上难看！（追下）

庄佩丽 方方爸爸肚子泻啦？

阿　为 我一时也讲不清爽。佩丽，下班啦，礼拜天还上班，真辛苦。

庄佩丽 加班。

阿　为 佩丽，我以为你昨天夜里要下来的，我在这里等了你两个钟头。

庄佩丽 我一直想下来，但又不敢下来。姆妈要我注意影响。姆妈也是为我好。

阿　为 是要听姆妈的。

庄佩丽 （纠正）庄家姆妈。

阿　为 对，庄家姆妈。

庄佩丽 今天上班，我一点心思也没有，连我们幼儿园的小朋友也看出来了，问我，“庄老师，你在想啥？”

阿　为 你在想啥？

庄佩丽 我在想一只戆大。

阿　为 戆大是啥人？

庄佩丽 是你呀，你这只戆大。

阿　为 我又不戆的。佩丽，我也想你，在船上，没有一天不想。昨天，我真想仔细看看你，但你姆妈在旁边，我看也不敢看。来，让我看看，仔细看看。

［两人靠近。

庄佩丽　你看得这样仔细，是不是把我的面孔忘记了？

阿　为　你的面孔我怎么会忘记，要忘记也先忘记我自己的面孔。佩丽，我们把婚事办了好吗？

庄佩丽　我不同意。

阿　为　（着急地）不同意？我们信里不是说好了，我回来就结婚，怎么又不同意？

庄佩丽　我讲的不同意，就是同意。

阿　为　我汗也急出来了。

庄佩丽　不过，我同意了也没有用，要姆妈同意才算数，她讲对你还要考察。

阿　为　我一定积极表现，争取尽早通过考察。佩丽……

庄佩丽　阿为……

［两人渐渐挨近，双手拉在一起。

阿　为　佩丽，我们到马路上去兜兜好吗？

庄佩丽　姆妈要骂的。

阿　为　那就在此地兜兜。

庄佩丽　这儿是灶间呀——

阿　为　性质一样的。

［两人在灶间里兜圈子……

阿　为　你看我们买什么家具？

庄佩丽　我听你的。

阿　为　现在外国都时兴对床。

庄佩丽　什么叫对床？

阿　为　就是夫妻俩一人一只床，分开睡觉。

庄佩丽　我们分离了那么久还要分开？我不要分开。

阿　为　那……就不分开……

［庄妈妈出现在楼梯口。

庄妈妈　马上分开！各人退后三步。你们在干什么？

阿　为　谈谈。

庄妈妈　谈，应该用嘴巴，不应该用手。

阿　为　这……

庄妈妈　阿为，请你以后不要用带肝炎细菌的手碰我的佩丽。

阿　为　我手上没有肝炎病毒。

庄妈妈　阿米身上浑身都是。你去她房间，细菌"啪"跳到你身上，你身上细菌"啪"跳到佩丽身上，佩丽身上的细菌再"啪"跳到我身上……还了得！

阿　为　我碰不着阿米的！

庄妈妈　真的？

阿　为　真的，我保证。

［阿米从楼上走下。沈彩珍上。

沈彩珍　方方爸爸没有裤子，在公共厕所里跑不出来了！（发觉阿米）不好，GPT又下来了。

阿　米　小波在我房间里消毒，我觉得气味难闻，出来透透气。

沈彩珍　阿米，请你的手不要碰楼梯把手。

阿　米　你看见吗，我戴手套了。

沈彩珍　细菌……会从手套里钻出来的。

阿　米　（气愤地）你……你……（转身上楼，脚下一软，差点儿跌倒）

阿　为　当心！（急步上前抱住阿米）

沈彩珍　不要碰着！

庄妈妈　已经碰着了！

［幕落。

第三场

［两天以后。

［周忠发和沈彩珍用挂满小三角红布的警戒绳在围自己家的方桌。

周　方　（在围绳下面钻着玩儿）老好白相的。

沈彩珍　这不是给你玩儿的，是防止肝炎病毒的。以后放学回来，就钻到里面。

周　方　知道了。

沈彩珍　现在我放心了。

周忠发　彩珍，你看这个办法怎么样？我这人还是相当聪明的。

沈彩珍　你呀，要我逼。

周忠发　所以讲，你永远是我们家的第一把手呀！

［阿为手拿电工工具从二楼下。装电铃。

阿　为　你们这是干什么？准备开展览会？

沈彩珍　展览会开在灶披间？想得出。这是防止甲肝传染的安全措施。

阿　为　谁想出来的？

周忠发　当然是我，来，请你提提意见。

阿　为　我从来没有看见过，意见提不出。

周忠发　听听，连阿为也提不出意见。他世界各国都跑过，见多识广，他提不出意见，可想而知我的发明完美到了什么程度。我可以去申请专利了。

阿　为　方方爸爸，这把老虎钳帮我拿一拿。

［周忠发欲接老虎钳。

沈彩珍 （大叫）别碰他的东西！钻进来！

［周忠发慌忙钻进围绳内。

沈彩珍 他手上有病毒你不知道？骨头一轻，样样都忘了。阿为，老实讲，这个方法主要是为了防止你的。

阿　为 防我？

沈彩珍 你现在是只蚊子。

阿　为 这么大的蚊子？

沈彩珍 一只带着阿米病毒的蚊子，飞上飞下，叮着谁，谁倒霉。

阿　为 既然我这样危险，你应该把我围起来，919号里的人都保险了。

沈彩珍 现在还管别人？自己保护好自己，已经是上上大吉了。

阿　为 唉。（装好电铃朝二楼喊）阿米，你试试看。

［嘟——电铃响。

沈彩珍 阿为，你在弄点啥？

阿　为 帮阿米装只电铃。

沈彩珍 装电铃做啥？

阿　为 阿米有什么事，只要一揿电铃我就知道了，省得她下来了。

周忠发 你的脑子也蛮灵的。

阿　为 这也是为了你。阿米一下来，你就到公共厕所换裤子，经常拎了裤子跑进跑出，也不雅观。

周忠发 我们两人，做法两样，目标一致。

沈彩珍 阿为，我不懂，你帮阿米做事，为什么这样卖力？

阿　为 福生不在家。

沈彩珍 噢，"丈夫不在家"……

阿　为 帮助靠大家！

沈彩珍 我看，（话中有话）阿米一定给你吃过糖了。

阿　为　我不喜欢吃糖。

沈彩珍　这个糖甜，一直甜到心里。此糖不是那糖也！

阿　为　甜的东西我一向不喜欢吃。倒不是阿米，就是你给我吃，我也不要吃。

沈彩珍　我的糖怎么能跟阿米的糖比呢。

阿　为　糖好像都一样。（拿着工具上二楼）

沈彩珍　这戆大戆得我讲甜是什么意思也不懂。

周　方　姆妈，我懂。你是在用比喻词讽刺阿为哥哥。

沈彩珍　你！（举手欲打）

周　方　啊唷哇！

沈彩珍　我打还没有打着。

周　方　我也是预防措施！（逃出围绳，奔下）我去白相了！

沈彩珍　坐在里面真舒服，像包厢一样的！

周忠发　对，这儿再装几只壁灯，简直像香格里拉音乐茶座。晚上吃饭时，台上再点几支蜡烛，旁边方方再唱唱歌，简直像烛光卡拉 OK。（不由哼起小曲）

［庄妈妈、庄佩丽上。

沈彩珍　庄家姆妈，你们上街买了点什么？

庄妈妈　（拿出尼龙绳）好东西。

沈彩珍　这干什么？

庄妈妈　我觉得你们的方法是目前最有效的甲肝隔离法，所以去买了点绳子。

沈彩珍　（看绳子）喔唷，你的绳子比我的好，什么料作？

庄妈妈　纯尼龙的。

沈彩珍　这绳子结实。防肝炎好防四五十年了！

庄妈妈　佩丽，把它围起来！

庄佩丽 姆妈,我不会。

庄妈妈 我也不会。

庄佩丽 姆妈,叫阿为来围。

庄妈妈 对,叫他做,我也好趁机考察他。去叫他出来。

庄佩丽 姆妈,我不去,你说过单身汉房间是不能进去的。

庄妈妈 真笨,在房门口叫呀。

庄佩丽 (走到阿为门口)阿为——

沈彩珍 佩丽。(手指楼上阿米房间)

庄佩丽 (到楼梯口,朝二楼喊)阿为! 阿为!

[阿为从二楼下。

阿　为 佩丽。

庄佩丽 阿为,姆妈叫你。(低语)你当心点,姆妈要考察你。

阿　为 考察? 就现在? 佩丽,你……别紧张……放心,从小到大,不管学校考试还是组织考察,次次通过。今天也肯定通过,经过考察,她肯定会讲:"以后不要再叫我庄家姆妈了,就叫姆妈吧。"

庄佩丽 你当心点。

阿　为 (走近庄妈妈,胆怯地)庄家姆妈。

庄妈妈 这声音难听来。

阿　为 我来考察你了。

庄妈妈 啊——

阿　为 不……给你考察。

庄妈妈 给我把煤气灶围起来。

阿　为 怎么围?

庄妈妈 跟周家一样。

阿　为 这……(十分为难地)庄家姆妈,我觉得这种做法不好,这是公用地方,他也围一圈,你也围一圈,会影响别人家的,再讲,这种办法不科学。

庄妈妈 我认为最科学。佩丽，你看呢？

庄佩丽 ……科学的。（将阿为拉到一旁）

阿　为 不科学。

庄佩丽 阿为，你已经 38 岁，我也已经 33 岁，考察再通不过，我……（欲哭）

阿　为 你不要哭。

庄佩丽 你就顺顺她好了。

阿　为 好，顺顺她。（走到庄妈妈面前）庄家姆妈，我来顺顺你了。

庄妈妈 顺顺我？

阿　为 不……这个办法是科学的。

庄妈妈 这是你的意思还是佩丽的意思？

阿　为 是佩丽的意思。

庄妈妈 你的意思呢？

阿　为 我认为这种做法不科学。

庄佩丽 阿为！姆妈，他认为不科学，我认为科学，他也就认为科学了。我听你的话，他听我的话，因此他也就听你的话……

庄妈妈 佩丽，你吃力吗？阿为，你给我围起来。

庄佩丽 阿为。（把绳子塞在阿为手上）

庄妈妈 你围不围？

阿　为 围的……不过，我在帮阿米装电铃……

庄妈妈 你讲啥？装电铃？

阿　为 对。

庄妈妈 你想得真周到。看她生病无聊，装只电铃给她玩玩。

阿　为 不是给她玩，是便于联系，省得她经常跑下来。

庄妈妈 （冷冷地）你就看着办吧。

阿　为 佩丽，姆妈同意了。

庄佩丽　她没有同意。

阿　为　你怎么连意思也听不懂？“你自己看着办吧！”就是完全信任我，叫我自己拿主意。我上去了。（奔上二楼）

庄佩丽　阿为……

庄妈妈　佩丽。

庄佩丽　姆妈。

庄妈妈　自己动手。

庄佩丽　等阿为来做好了。

庄妈妈　考察结束，没有通过。

周忠发　阿为也真是……帮丈母娘做事应该卖力点才对。（对沈彩珍）我从前卖力吗？叫我朝东不敢朝西，叫我咳嗽不打喷嚏！

沈彩珍　你是马屁精。

［李伯上，摘下左臂上的袖章。

庄佩丽　李伯伯，下班啦。

李　伯　我算什么上班，退休工人寻点事做做。你们这是做啥，排自来水管子还是挖阴沟洞？

沈彩珍　挖阴沟洞？我们又不是清洁工。

李　伯　绳子上还晒被单，今天又没有下雨，外面不去晒，晒在灶间里。喂，你们到底在干什么？

沈彩珍　预防甲肝病毒。

李　伯　啥？

周忠发　建立隔离区。

李　伯　我活了一大把年纪，还没有看到过这种样子的肝炎隔离区。

周忠发　是吗？

李　伯　谁想出来的？

周忠发　还有谁，当然是我。

李　伯　这种办法，差不多的人是想不出的。

周忠发　说得对。

李　伯　想出这种办法的人也差不多了。这有什么用，病毒要进来，照样进来。

沈彩珍　我们还有第二手准备。（拿出喷雾药水）

李　伯　（凑近看）“雷达杀虫剂，蟑螂死光光”。

周忠发　导向式喷嘴。

沈彩珍　喷一喷，蟑螂十天不敢进来。

周忠发　喷一喷，蟑螂全部死光。

李　伯　姆妈哎，这是杀蟑螂的！

沈彩珍　这么大的蟑螂，“嚼”一下就能死掉，这小小的细菌，“嚼！嚼！”二记，全部死光。

庄妈妈　佩丽，这办法好，买一瓶，楼上房间里喷一喷。

庄佩丽　好的，姆妈。

李　伯　还有人响应。

沈彩珍　李伯伯，你在马路上管交通，接触人多，也去买一瓶喷喷，这就安全多了。

李　伯　要买的。每天上班喷一喷，下班再喷一喷。

沈彩珍　对。这样就太平了。

李　伯　这样我也可以进太平间了。

［李波上，发觉不对，又往回走。

李　伯　小波，进来了又出去干啥？

李　波　我以为我跑错地方了。

李　伯　没有错，这是919号。

李　波　怎么变成这个样子了，一圈一圈，像动物园、饲养场。

周忠发　这就难听了。是动物园，我在里面是啥？

李　伯　是只老猢狲。周家庄家，把绳子拆掉！

沈彩珍　为什么要拆？

李　伯　妨碍走路，影响居民生活，围绳子没有三整顿办公室的许可证，属于违章建筑，统统拆光。

沈彩珍　我用绳子围自己台子，完全是正当的。

李　伯　佩丽娘，你先拆。

庄妈妈　她不拆，我也不拆。

李　伯　真的不拆？

庄妈妈　不拆。

李　伯　好，你们不肯拆，(摸出袖章，戴好)到底拆不拆？

沈彩珍　喔哟！

李　伯　看见袖章就喔哟。

沈彩珍　李伯伯，过去这袖章是布头的，现在改成平绒的了。袖章也在发展。

李　伯　袖章的料作不关你的事。拆不拆？这可是代表法律啊。

沈彩珍　这里是灶间，不是马路，袖章不起作用。忠发，走，我们上楼。少啰嗦。(与周忠发上楼)

［电铃响。

［众人吓一跳。

李　伯　什么声音？

庄佩丽　是阿为帮阿米装的电铃。

李　伯　装电铃？我以为消防队搬到隔壁来了。

李　波　这就像我们医院病房里的呼叫铃，病人有情况，只要揿揿电铃，护士马上赶到。

庄佩丽　对的。

李　伯　阿为真有脑子，好办法。

庄佩丽　姆妈，李伯伯表扬阿为有脑子。

庄妈妈　有啥好表扬的，每个人都有一只脑子。

李　伯　我讲他脑子质量特别好。

李　波　（递上香蕉）爷爷，香蕉。

李　伯　这香蕉是外国货嘛。是“巴拿马”！买这么多做啥？

李　波　给阿米吃。

李　伯　那就全部给她，我不吃了。

李　波　好，我送上去。（上楼）

李　伯　（悄悄脱下袖章，自语）戴一只袖章不管用，明天开始戴两只。（进屋）

庄佩丽　姆妈，你吃力了，休息一下，等阿为来做。

庄妈妈　他靠不住。我倒弄不懂，他和阿米到底什么关系？真的像其他人讲的，他们有私情？

庄佩丽　（大惊）啊……

庄妈妈　我认为这不可能，他没有这种爱好。

庄佩丽　是不可能，是不可能。（有些放心）

庄妈妈　要么是政治问题？

庄佩丽　（又大惊）姆妈……这不可能。

庄妈妈　你现在在恋爱，恋爱中的姑娘，考虑问题不是用大脑，而是用脚后跟。不管怎么说，为了你的幸福，我要耐心细致，深入持久地考察。

庄佩丽　姆妈，你……

［阿为从二楼下。

庄妈妈　（冷冷地）电铃装好了？

阿　为　装好了。（发现庄家围的绳圈）这……

庄妈妈　我们也装好了。

阿　为　这不起作用。庄家姆妈，电铃装好了，阿米在恢复健康以前也不会再下来了，你就放心拆掉吧。

庄妈妈　你以为我是为了隔离阿米？我是为了隔离你！

阿　为　我讲过了，我碰不着阿米。

庄妈妈　碰不着？上次在楼梯上，我亲眼看见你，（做抱动作）这样还不算碰？

阿　为　这……庄家姆妈……

庄妈妈　从今以后你不要叫我庄家姆妈了。

阿　为　考察通过了？

庄妈妈　你叫我二层楼的东厢房的庄家姆妈。

阿　为　啊？

［幕落。

第四场

［前场的第二天傍晚。

［李伯拿着一张小纸条在默读。

李　伯　（背小纸条上的内容）一长一短，葡萄糖吊光了，调葡萄糖；一长二短，要开水；一长三短，要冷开水；二长一短，吃药片……三长二短……不对，“三长二短”要准备骨灰盒了！

［周方背着书包上。

周　方　爷爷好！我姆妈下班了吗？

李　伯　还没有。你今天放学怎么这么晚？

周　方　我不高兴回来。一回来，姆妈就把我关在圈圈里面，长期下去，真要变成小猢狲了。

李　伯　你变小猢狲，你姆妈变老猢狲了，这儿变花果山了。

周　方　姆妈要变也不是变老猢狲，她人大，变成大猩猩。

李　伯　哈哈，你要死，被你姆妈听见就……（举手做打状）

周　方　喔唷哇！

李　伯　反应快的。（又背诵）一长一短，调葡萄糖；一长二短要开水……

周　方　爷爷，你叽里咕噜在做啥？

李　伯　背信号。

周　方　是阿为哥哥和阿米姐姐的通信信号？

李　伯　对。

周　方　你为啥要背？

李　伯　阿米生毛病，邻居都要帮忙，否则阿为一个人要吃力死了。

周　方　爷爷，我来帮你背。

李　伯　好。（把纸条交给周方）

周　方　开始了。（普通话）一长一短。

李　伯　（学讲普通话）调葡萄糖——你不要用普通话好吗？

周　方　好，重新开始。

周　方　一长一短——

李　伯　调葡萄糖。

周　方　二长一短——

李　伯　要开水。

周　方　不对，一长二短要开水，二长一短是吃药片。

李　伯　你这样跳着问，我怎么记得牢。

周　方　我们老师出题目，一直是跳着出的。阿米姐姐打电铃也不会顺着打。再来，一长一短——

李　伯　调葡萄糖。

周　方　一长二短——

李　伯　吃药片。

周　方　不对，要开水。

李　伯　你讲要跳的呀！我跳你不跳，我不跳你跳，跳么要跳到底的呀。再来！

周　方　一长一短——

李　伯　吃药片。

周　方　你要吃药片了，连葡萄糖也忘记了。

李　伯　算了算了，我自己来背吧，被你一搞，我全部忘记光。

周　方　爷爷，像你这样背，起码一个礼拜，等你背熟了，阿米姐的毛病也好了。你别背了，听到铃响，你来向我请教。

[沈彩珍上。

沈彩珍　向你请教啥，在爷爷面前不要老三老四。

李　伯　下班啦？

沈彩珍　嗯。顺路到自由市场买了点儿菜。我看到阿为了，他买了两条像鞋底这么大的活的河鲫鱼。

李　伯　阿米胃口不好，他是给阿米买的。

沈彩珍　阿为真是样样都会。

李　伯　当海员嘛，船上锻炼出来的。彩珍，阿米生毛病，福生又不在家里，光靠一个阿为，他也吃不消，你们女人做惯家务，一起帮帮忙。

沈彩珍　不是我不肯做，做了人家还以为我想在阿米身上捞什么好处。

李　伯　这话就不对了，照你这样说，阿为是为了在阿米身上捞好处？

沈彩珍　谁知道。

李　伯　彩珍，讲话下巴要托托牢，牙齿捉捉齐。

[阿米从二楼下，手上吊着一瓶葡萄糖。

周　方　阿米姐姐。

沈彩珍 唷，方方，钻进去！（和周方一起钻入绳圈内）

李　伯 阿米，你怎么下来了？

阿　米 我想要点开水。

李　伯 你打电铃好了。

阿　米 阿为买菜去了。

李　伯 我在呀。

阿　米 信号你听不懂。

李　伯 听得懂，要开水就打……二长一短。

周　方 二长一短是吃药片，一长二短是要开水。

李　伯 这……一样的，吃药片就要喝开水。阿米，我去拿一长二短。（进自己房间）

周　方 阿米姐，阿为哥不在，你要啥也可以打电铃，爷爷不懂，我懂，我会指导他的。

阿　米 方方，谢谢你。

［李伯拿热水瓶出来。

李　伯 阿米，这一长二短你拿去。

阿　米 我只要倒一杯子水就可以了，你的热水瓶我不能碰。

李　伯 你是怕我 GPT 也上去。放心，我这只肝老得不要讲病毒，就是老鼠来咬，也不一定咬得动。拿去用，小波回来会消毒的。

阿　米 谢谢。李伯伯，灶间里围两只圈做啥？

周　方 爸爸讲为了抵挡你身上的病毒传染。

阿　米 对你爸爸讲，我再也不下来了，叫他拆掉。这样难看嘛！

周　方 妈妈讲，这主要防阿为哥，讲他是带着你身上病毒的蚊子，碰到谁，谁倒霉。

［沈彩珍举起杂志欲打，周方逃开。

阿　米 （生气）怎么可以这样，阿为知道了不要气得昏过去嘛！

李　伯　还好，没有昏过去。

阿　米　他不知道围圈圈的目的？

李　伯　晓得。这就是阿为过硬的地方，他无所谓，像没事体一样。

阿　米　他无所谓，我有所谓，这太气人了。我生病，全靠阿为，为啥一个好人，要为我受委屈，我……我……（越讲越气）

李　伯　你这只肝，刚刚好一点儿，不要动肝火。

阿　米　这只肝我不要了！横竖横，有得讲阿为把我的病毒传给大家，还不如我直接送货上门。（去拉绳圈）沈彩珍！

沈彩珍　（惊恐地）你想干什么？

阿　米　我要钻进来，和你拥抱！（入圈）

沈彩珍　（拖周方逃出圈外）阿米，我投降！要死了，吊了葡萄糖还这么活络！

阿　米　你这样做，太不讲交情了，存心叫阿为不要照顾我。我来了！

沈彩珍　慢！（举起杀虫剂）你再过来，我要喷了。

阿　米　喷啥？

沈彩珍　病毒死光光。

阿　米　来得正好，我是想叫病毒死光。喷呀！

沈彩珍　唉，价钱这么大，我连自己也舍不得用。阿米，你这样恶作剧，不作兴的。看在方方记牢电铃信号的面上，算了吧。

李　伯　（上前）差不多了，算了。

沈彩珍　李伯，帮我挡一挡。

李　伯　阿米，快点上去。你真的把肝炎传给大家，吃苦的还是阿为，他会忙死的。上去吧。

阿　米　看在阿为面上，饶了你。（上楼）

沈彩珍　这女人样样做得出。来，方方，快点消毒。（用杀虫剂朝周方身上喷）

周　方　我不要喷！同学们闻到这股味道都叫我小蟑螂。

沈彩珍　小蟑螂就小蟑螂。

周　方　我不要喷！（奔下）

沈彩珍　我自己也消消毒！（朝自己头上、身上喷）

李　伯　刚才阿米在你身边转来转去，我看喷不解决问题。现在只有一个办法。

沈彩珍　什么办法？

李　伯　吃它两调羹。（进屋）

沈彩珍　你是要我死！（边喷边上楼）

［庄妈妈、庄佩丽分别上。

庄佩丽　姆妈，（接过庄妈妈手中菜盘）哟，河鲫鱼，我最欢喜吃了。

庄妈妈　佩丽，今天碰到过阿为吗？

庄佩丽　碰到过。

庄妈妈　讲过话吗？

庄佩丽　讲过。

庄妈妈　在他房间里讲的？

庄佩丽　没有，单身汉房间我怎么好进去呢？

庄妈妈　那你们在什么地方讲话？

庄佩丽　在我单位里。

庄妈妈　什么？在你单位里！你不应该接待他。

庄佩丽　我是想……不晓得怎么回事，一看到他就……

庄妈妈　全忘记了？

庄佩丽　我也不知怎么搞的！

庄妈妈　他讲点啥？

庄佩丽　他说……他说他假期快要结束了，问我这桩事情怎么打算。

庄妈妈　啥事体？

庄佩丽　（不好意思说）就是……（用手指做结婚样）

庄妈妈　你怎么回答？

庄佩丽　我讲姆妈还要进行考察。

庄妈妈　回答正确。

庄佩丽　他还讲，请姆妈看他苦恼，是不是结了婚以后再考察。

庄妈妈　结了婚就来不及了。看样子他蛮急的。

庄佩丽　是呀，他急死了。

庄妈妈　你呢？

庄佩丽　我也……我和姆妈一样的，姆妈急我也急，姆妈不急，我也不急。

庄妈妈　我也急。你三十二岁了，我怎么会不急？

庄佩丽　是呀，我急……要稳重点。

庄妈妈　他还讲点啥？

庄佩丽　他说结婚以后，将来……我不讲了。

庄妈妈　咦？讲下去。

庄佩丽　说将来养个儿子，也让他当国际海员。

庄妈妈　不要讲了。

庄佩丽　他也讲光了。姆妈，他从意大利给我带来一根项链。

庄妈妈　你不能拿的。

庄佩丽　我又没有拿。

庄妈妈　（发觉庄佩丽戴的项链）这是……

庄佩丽　他给我戴的。

庄妈妈　项链的事不能对人家讲，特别是邻居。知道吗？

庄佩丽　晓得了。

［李伯从房里出来。

李　伯　你们稍微停一停，我跑出来了……意大利项链成色好吗？

庄妈妈　啊？

李　伯　我不会对别人说的，特别是邻居。

庄妈妈　哟，你在偷听。

李　伯　这不能怪我，你看看这板壁缝，宽得连野猫也钻得进。我不要听，你们硬要我听，我的房间简直像一只喇叭箱。佩丽娘，我看你不要再考察阿为了，你不像在拣女婿，你像在审查犯人。

庄妈妈　李伯伯，我情况你清楚，廿一岁结婚……

李　伯　廿二岁离婚，男人跑脱，家庭拆散，走错一步，一世吃苦！你讲过二百多趟了！像祥林嫂的舅妈。你考察，我没有意见，不过我提醒你，阿为是老实头，你横考察竖考察，搞得不好他就变呆木头，佩丽一生一世吃苦头。佩丽寻着阿为是额角头，阿为碰着你这种丈母娘触霉头，我再要跟你讲闲话是"老寿头"！

庄妈妈　李伯伯……

李　伯　不要讲！我不要听！（下）

［周方上。

周　方　庄家姆妈！（朝二楼喊）姆妈，我饿死了，可以烧饭了！

［沈彩珍从二楼下，手里捏本杂志。

沈彩珍　到底养女儿好，母女俩一碰着话就讲不完。你看我这儿子，见到我只会讲"肚皮饿死了！"来，先吃些饼干。

庄妈妈　方方也是好小囡。

庄佩丽　姆妈，我到后门口洗鱼去。

庄妈妈　我去。（端着鱼下）

沈彩珍　（烧饭）佩丽，阿为也买了两条河鲫鱼。

庄佩丽　他不晓得姆妈已经给我买好了。

沈彩珍　他不是买给你的。是买给（指二楼）她吃的。

庄佩丽　阿米想吃，这倒好。

沈彩珍　还好呢，一条鱼要几块钱。

庄佩丽 阿为讲过，等福生回来总算账。

沈彩珍 嘿，到时候，也不知道谁跟谁算账。我平常欢喜看看小说书，福生是欢喜看武打片的！

庄佩丽 你这是什么意思？

沈彩珍 啥意思你听不懂？真是被你姆妈管得连灵性也没有了。阿为和阿米搭上了。

庄佩丽 阿为不是这种人，对他我最了解。

沈彩珍 人是会变的。尤其是经常在国外跑的人，变起来快。我正巧在看一本书，书里男主角的情况跟阿为一模一样。

庄佩丽 什么书？

沈彩珍 《中国海员和外国交际花》。

庄佩丽 黄色书。

沈彩珍 黄色书？黄色倒有点儿黄色，不过也有点教育意义。佩丽，我看啊，现在阿为对阿米要比对你好得多。

庄佩丽 瞎讲！要是我生肝炎，阿为肯定还要着急。

沈彩珍 对了。等阿为回来，你对他讲，你GPT也不正常了，看他怎么讲。他如果对你比对阿米好，我就劝你姆妈用不着考察了，劝她让你们结婚。

庄佩丽 用不着再考察了？这倒好的。可我装病装不来呀。

沈彩珍 你就学阿米，有气无力："阿为啊，不得了了，我GPT高上去了，力气……力气一点儿没有，我想吃河鲫鱼……"便当吗？试试看。

庄佩丽 阿为——

沈彩珍 怎么像羊叫。重来。

庄佩丽 我准备生肝炎了……

沈彩珍 怎么是准备生呢？

庄佩丽 对，我已经生好了……

沈彩珍 阿为来了——

［阿为拿着鱼和一些食品上。

沈彩珍 方方，快，钻到自己圈子里去。阿为，回来啦？唷，这条河鲫鱼真大。

周　方 让我看看，唷，嘴巴还在动。（把阿为拉到一边）阿为哥，你要当心，我姆妈和佩丽姐商量好了，（耳语）还要骗你的鱼吃。你要提高警惕。

沈彩珍 （对庄佩丽）快讲！你……哎唷，阿为，不得了了！

阿　为 什么事？

沈彩珍 佩丽也生肝炎了。

阿　为 佩丽，你自己讲。你也得肝炎了？

庄佩丽 这……这……我得了肝炎，是甲肝。

阿　为 GPT 多少？

庄佩丽 不晓得。

沈彩珍 （悄悄地）一万多。

庄佩丽 一万多——

阿　为 嘿！一万多！（生气地）佩丽呀，想不到你也……

沈彩珍 是呀，真想不到，佩丽也会生肝炎。

阿　为 （讥刺地）你当心传染。

沈彩珍 不要紧，她这肝炎，不传染。你快去关心关心，照顾照顾。

阿　为 有你关心就够了。

沈彩珍 她胃口不好，不想吃肉。

庄佩丽 连肉汤也吃不进。

沈彩珍 就是想吃河鲫鱼。

阿　为 自己去买。（气鼓鼓地走上二楼）

沈彩珍 阿为——

庄佩丽　(伤心地)他对我一点也不好。

周　方　(拍手大笑)好,河鲫鱼吃不着。

沈彩珍　你高兴点啥?

周　方　是我告诉阿为哥的。

沈彩珍　叛徒!(打了周方一记耳光)

周　方　啊唷哇啦!这次被你打着了!

[幕落。

第五场

[数天后。

[庄妈妈在洗衣服。

[庄佩丽无精打采地从楼上走下。

庄妈妈　佩丽,你这两天怎么了,有气无力,愁眉苦脸,会不会真的生肝炎了?

庄佩丽　姆妈,阿为已经三天不跟我讲话了,看见我睬也不睬。

庄妈妈　怪你自己,假装生肝炎去试探他。

庄佩丽　我想主动寻找机会,帮你进行考察。

庄妈妈　考察要偷偷地考察。不过昨天晚上的电视新闻给了我很大的启发。

庄佩丽　哪一条新闻?

庄妈妈　广州海关抓住了两个走私犯。

庄佩丽　(吓了一跳)你的意思阿为是……

庄妈妈　有这种可能。你记得福生临走时讲的话吗?他说,"我在国内跑,你在国外跑，今后互相有用得着的地方”。从此以后，阿为对阿米另眼相看，好得像自家人一样。

庄佩丽 但这也不能讲阿为是走私犯呀。

庄妈妈 我讲可能有走私企图。有了企图就会有行动，有了行动不就成了走私犯了？阿为人呢？

庄佩丽 大概又去买河鲫鱼了。

庄妈妈 你赶快到他房间里去看看。

庄佩丽 看啥？

庄妈妈 把他房间里所有的东西都记下来，等福生回来以后，再看看这些东西还在不在。在，没有问题；要是这点东西不在了，其中就大有文章了。

庄佩丽 我不去，单身汉房间不能进去。

庄妈妈 阿为不在不要紧。快点进去，早点把阿为考察清楚，你也好早点结婚。为你的事情，我也急得不得了。听姆妈的话，进去。

庄佩丽 噢。（走入阿为的房间）

［突然，庄佩丽从房内发出一声惊叫："啊！"

庄妈妈 （吃了一惊）佩丽！

［庄佩丽从阿为房内冲出。

庄佩丽 （惊恐地）不得了……姆妈……不得了了！

庄妈妈 什么事？

庄佩丽 在阿为床上……有……有……

庄妈妈 有什么？

庄佩丽 有一把手枪！阿为有手枪！

庄妈妈 （大惊）别瞎讲。你看仔细了？

庄佩丽 真的。真的，姆妈，是把手枪，我看得清清爽爽。

庄妈妈 想不到，事情比我想象的还要严重，他已经不是想走私的问题，他是特务。

庄佩丽 是特务?

庄妈妈 他为什么对阿米这样关心,事情也很清楚了。

庄佩丽 为啥?

庄妈妈 发展反革命组织。一长二短,二长二短,这完全是特务的秘密联系信号。看上去,阿米已经被他拉进去了。通过阿米,再发展福生。佩丽,你也可能是他的发展对象。

庄佩丽 啊!

庄妈妈 你被他发展进去了,就要发展我了。

庄佩丽 姆妈,怎么办?

庄妈妈 报告公安局。

庄佩丽 把阿为捉进去?姆妈,我和他结婚的事怎么办呀!

庄妈妈 这我已经没有资格决定了,要公安局来决定了。

[李伯上。

李　伯 到底年纪大了,马路上站一会儿就腰酸背痛。(摘下袖章)

庄妈妈 李伯伯,你回来得正好,出大问题了。

李　伯 又有什么事?大惊小怪。

庄妈妈 阿为他……

李　伯 又是阿为!你别说,我不要听。

庄妈妈 我一定要你听我讲。

李　伯 我不要听你讲可以吗?

庄妈妈 好,好好,我不讲,让佩丽对你讲。佩丽,你对李伯伯讲。

李　伯 佩丽讲,我要听的。什么事?

庄佩丽 刚才姆妈叫我到阿为房间里去……

李　伯 阿为在吗?

庄佩丽 不在。

李　伯　阿为不在，你到他房间里去干什么？

庄妈妈　我想叫她去看……

李　伯　我不要听你讲。佩丽，讲下去。

庄佩丽　姆妈叫我去看看阿为房间里的东西，她怀疑阿为有走私企图。

李　伯　（对庄妈妈）怎么让你想出来的！

庄妈妈　我是……

李　伯　我不要听你讲。佩丽，继续讲。

庄佩丽　我走到里面，只觉得床上有一样东西闪闪发光，开始也没有注意，等我走近一看，是一把手枪！

李　伯　（一愣，再想）不可能。

庄佩丽　是真的，李伯伯。

李　伯　是你看见的？不是你姆妈看见的？

庄佩丽　是我亲眼看见。你也知道，我从来不说谎。

李　伯　我还是不相信。手枪还在里面床上？进去拿出来。

庄佩丽　我怕。

庄妈妈　我也怕。

李　伯　那么……只有我去拿了，不要怕！（从口袋里取出袖章，胆战心惊地走进屋内。片刻，手拿小布包上）哟，这把枪这么小。

庄妈妈　特务用的，藏起来方便。

李　伯　倒是很好玩儿的。（打开布包，摆弄手枪）

庄佩丽　李伯伯，当心走火！

李　伯　（对着庄佩丽和庄妈妈）叭！叭！（拿出一支香烟，用手枪打火机点着，对庄妈妈）我现在要听你讲了。讲呀。

庄妈妈　嗯……

李　伯　讲呀。

庄妈妈　这……现在的人聪明倒是聪明，假的做得和真的一模一样。

李　伯　你是看我站马路站得还不够吃力，回来还要和我开展文娱活动！（摘下袖章）我考察下来，你的毛病最严重，阿为碰着你这种丈母娘，前世作孽。我真想替阿为哭一场！

［刘福生上。一副垂头丧气的样子。

李　伯　福生，回来了？（看见刘福生空手）你倒有本领，货色还没到家里，就销光了。是不是怕被我抓住？

刘福生　不谈了不谈了。

李　伯　怎么这副死白鱼腔调，出了事啦？板蓝根冲剂没有批着？

刘福生　我怎么会批不着？娘舅一批就是两箱，钞票付掉，东西到手。

李　伯　顺利的。

刘福生　刚准备上火车，谁知道被两个人拦住。

李　伯　谁？

刘福生　我不认识。这两个人……和你差不多，也戴着袖章。

李　伯　哈哈，被我的同行捉牢。

刘福生　捉牢我也不怕，我是出钞票买的，又不是偷的。他们问我发票有吗，要看发票。

李　伯　给他们看呀。

刘福生　自己娘舅还要开什么发票。

李　伯　这就麻烦了。

刘福生　他们通知我娘舅来对证。

李　伯　后来呢？

刘福生　娘舅来了。他说……不谈了，不谈了。

李　伯　讲下去，我要学习学习，下次捉起你来便当点。

刘福生　娘舅讲，没有这件事，他根本不认识我的。

李　伯　你娘舅是个老滑头！

刘福生　纠察问他，你有外甥没有？他说有，不过早就死了。原来我这个娘舅最大的爱好就是收藏钞票。他收了我的钞票没有入账，放进自己口袋里去了。

李　伯　你娘舅是偷了仓库里的药，再卖给你。

刘福生　我想，好，既然你娘舅翻脸不认人，我外甥也不认舅家门了。

李　伯　嗯，下面呢？

刘福生　幸亏我记性好，我把付给娘舅几张一百元，几张十元，几张五元，几张一角，全部报出来。他们在娘舅身上一搜，跟我说的完全一样。

李　伯　还好，你娘舅一分钱也没有用掉。

刘福生　他的爱好是收藏钞票。证据确凿，娘舅闷脱。娘舅被他们拎进去了。

李　伯　钞票呢？

刘福生　买板蓝根了。

李　伯　板蓝根呢？

刘福生　板蓝根原封不动在仓库老地方摆好。

李　伯　物归原处。

刘福生　统统没收。

李　伯　你就被放回来了？

刘福生　我……不谈了，不谈了。

李　伯　再讲下去，蛮好听的。

刘福生　他们一封电报，通知我单位派人来领。其实，我认识回来的路的。我单位也真是，派一个人来领我就够了，一派派了三个人。

李　伯　人多显得郑重。

刘福生　单位里派出来领我的人的车费、住宿费、出差费、夜点费，统统照我“排头”的。既然来了就省点呢，三个人坐飞机！多用掉我三张飞机票的钱。

李　伯　你请客旅游！

刘福生　不谈了，不谈了，偷鸡不着蚀把米。

李　伯　不是蚀一把米，蚀好几千斤米了。

刘福生　算我倒霉。李伯伯，阿米下班了吗？

李　伯　从你离开的这一天开始，到现在，她还没有出过919号大门。

刘福生　这次倒是收心的，没到外面去野。

庄佩丽　她被隔离了。

刘福生　（一惊）阿米也进去了？

庄佩丽　她生肝炎了，隔离在自己家里。

刘福生　啥？看来我到福建倒霉倒得还不够！板蓝根冲剂又没有批回来，生啥肝炎呢！（欲上楼）

［沈彩珍从楼上下。

沈彩珍　福生回来啦？阿米生肝炎了。

刘福生　我知道了。

沈彩珍　你不要急。你不在家里，有人照顾阿米，周到得没话说了，阿为天天……（和刘福生边说边上楼）

［阿为上。他手里拎着刚买来的东西，旁若无人，对谁都不理不睬。

庄佩丽　阿为……阿为！

庄妈妈　（故意避开）佩丽，我到天井里晾衣服去了。（端起刚洗好的衣服下）

李　伯　老太婆今朝拎得清的。我……（欲坐下）我自己倒拎勿清了。请你们俩说话轻一点，我这板壁缝大，外面说话，里面都听得见。（进自己房间）

庄佩丽　阿为，你为啥一直不理睬我？

阿　为　我看见你害怕，你GPT一万多嘛！别人不了解我，你也不了解我？

庄佩丽　你们全怪我。方方姆妈讲你和阿米关系不正当，我就……其实她的话我一点也不相信。

阿　为　我早就听到她的议论了，我没有必要多啰唆。

庄佩丽　再讲姆妈叫我配合她对你进行考察，所以我就……

阿　为　考察好了吗？

庄佩丽　还没有。

阿　为　那好，我就坐在这里，你仔仔细细考察。

庄佩丽　阿为，最好不要考察，你自己说出来算了。

阿　为　叫我讲啥？

庄佩丽　你为啥对阿米这么好？

阿　为　我老实对你讲，不为啥。

庄佩丽　你这样回答，姆妈不满意的。她讲，一个人做任何事情，都是有目的企图的。

阿　为　我就没有目的企图。

庄佩丽　你随便什么目的企图，说一个算了。

阿　为　这怎么可以随便讲。好好好，我承认，我就像方方姆妈讲的，我看中了阿米，想动她脑筋。这下满意了吧？

庄佩丽　不满意，你不会的，你不是这种人。阿为，再想一个。

阿　为　我实在想不出。

庄佩丽　你么，不肯讲。姆妈么，瞎怀疑瞎联想，刚才差一点想把你捉到公安局去！

阿　为　捉我到公安局？

庄佩丽　姆妈怀疑你有走私企图，后来又讲你可能是反革命，外国派遣特务。

阿　为　我真的要叫姆妈了，讲话要有根据呀。

庄佩丽　开始的时候，姆妈觉得是有根据的，不但有根据，而且有证据。

阿　为　什么证据？

庄佩丽　（拿出打火机）不许动！

阿　为　有这种手枪的人就是特务？那打火机厂就是兵工厂？厂长就是特务头子？卖打火机的地方就是特务联络站？这是打火机，我想买给方方玩的，后来怕他玩火出事，没有给他，想送给李伯伯。

［李伯伯从自己房里出来。

李　伯　什么东西送给我？你们放心，刚才你们谈的话，我一句也没听见，就是最后一句“送给李伯伯”听见了。要送给我什么？

阿　为　这把手枪。

李　伯　手枪，好。我准备做老特务了！

［李波上。

李　波　告诉大家一个好消息！

李　伯　什么好消息？

李　波　阿米的验血报告出来了，GPT 降到了四十以下，正常了。

阿　为　小波，快点告诉阿米。

李　波　晓得。（上楼，和从二楼下来的周忠发撞个满怀）

周忠发　小姑娘，蹦蹦跳跳，什么事这样高兴？

李　波　阿米的验血报告出来了，一切正常。

周忠发　好得真快，主要是阿为的功劳。

李　波　还有我呢。（上楼）

周忠发　阿为，你现在有空吗，我想跟你单独谈点事。

庄佩丽　你们谈吧，我去看看姆妈。（下）

李　伯　单独谈谈，我在此是多余的了。（走进自己房间）

周忠发　阿为，首先我要向你道歉，方方姆妈对你很不礼貌，说你关心阿米，有不正当男女关系。这是对你的污辱，小市民习气！低级！庸俗！（鞠躬）

阿　为　方方爸爸，你今天是特地来为我平反昭雪的？弄得这样严肃干什么，算了。

周忠发　阿为，还有一件事。最近我在酝酿写一篇纪实性文章，这篇文章一发表，我保证你会感谢我。

阿　为　什么道理？

周忠发　到时候你就晓得了。这篇文章的题目，叫《面对 GPT 的枪杀手》。

阿　为　GPT 看不见，摸不着，要枪杀手做啥？

周忠发　这就是我们写文章的人的诀窍了，这叫迎合读者心理。现在的读者要刺激，最好男主角都是杀手，把女人全部杀光；女主角都是寡妇，男人全部死光。

阿　为　这倒蛮配方方姆妈胃口的。

周忠发　我也是受她的启发。阿为，你是海员，到过许多国家，德国去过没有？

阿　为　去过。

周忠发　马克思的故居去过吗？

阿　为　去参观过。

周忠发　从那以后，你做每一件事是不是心里都想到了马克思？

阿　为　这怎么可能呢？

周忠发　那你不顾一切照顾阿米，为啥？

阿　为　慢，慢，你这篇文章到底想写什么？

周忠发　写你。你就是我文章中的男主角。

阿　为　我……我就是那个枪杀手。

周忠发　对，就是一号英雄人物。为了使这篇文章一出笼……不，一发表就能一炮打响，请你谈谈，你这样照顾阿米，目的是啥？动机是啥？企图是啥？

阿　为　又是目的动机！你……你……你讲我的目的动机是什么？

周忠发　请你自己讲。

阿　为　我实在讲不出。

周忠发　好，我代你讲。你一不为金钱，二不为美色，你的真正目的，是想使自己成为一个先进工作者。

阿　为　不瞒你讲，我们这船队，十年前就是先进集体了。

周忠发　这……你是想通过帮助阿米，为入党创造条件。

阿　为　我入党已经八年了。

周忠发　那……阿为，那你到底为什么？出于什么目的？谢谢你，讲给我听听，让我完成这篇文章，帮帮忙，看我苦恼。

阿　为　好，我讲。

周忠发　你等一等。（连忙拿出笔、记事本）好，你讲。

阿　为　阿米生病，需要照顾……

周忠发　……没有了？

阿　为　没有了！

周忠发　开玩笑，太简单了！对不起，谢谢你，再弄一点。帮我一下。

阿　为　我倒弄不懂了，你为我写文章，反而讲要我帮忙，我倒要问你，你写这篇文章的目的动机是什么？

周忠发　我……阿为，我们是老邻居了，我就直说了吧。我是写过不少文章，但都是骗钞票的。最近单位里要定级评职称，我要是连一篇有分量的文章也没有，就完结了。你的事迹，正好写一篇好文章，是我发现了一个英雄，是我推出了一个英雄，这样我就有本钱了，这就是我的目的。为了我的目的，请你讲出你的目的，请你像照顾阿米一样照顾我一次。看我苦恼，再加一点！

阿　为　我讲不出！

周忠发　随便怎样弄一点——我怎么像讨饭一样！

阿　为　现在我比你更加苦恼，更加苦恼！（十分生气）

［李波从楼上奔下。

李　波　（着急地）不好了，不好了，阿为，你当心，快点跑！

阿　为　我又怎么了？

［李伯从自己房里出来。

李　波　爷爷，不得了了！

周忠发　出啥大事情了？

李　波　你去问你老婆！都是她在当中七讲八讲，讲阿为关心阿米有目的企图，讲阿米么“丈夫不在家，女人花嚓嚓”，还讲一男一女在房间里一聚就是大半天……

周忠发　低级低级，庸俗庸俗。

李　波　刘福生像是没有脑子的，也会相信，先和阿米吵，现在在寻刀，讲要和阿为拼……

［刘福生手中拿着武术大刀，杀气腾腾下楼。

刘福生　阿为，不要跑！

阿　为　我为啥要跑？

［庄妈妈、庄佩丽上。

［沈彩珍和周方从二楼走下。

李　伯　（挡住刘福生）福生，你想干什么？

刘福生　干什么！干一个男人应该干的事。三尺长的武大郎也敢跟西门庆拼命，我刘福生堂堂七尺男子汉，我……我……杀！

［众人拦住刘福生。

李　波　你发什么火！不了解了解情况就动刀，这算什么男子汉？

刘福生　碰到这种事体，男人都……你小姑娘这种事不懂！杀——

周忠发　阿为绝对没有这种事，我担保。

刘福生　有！肯定有的！要不然我在福建也不会这样倒霉。两箱板蓝根，三张飞机票……杀——

［阿为绕着绳圈跑，刘福生追。众人手忙脚乱，边喊边劝。

李　伯　（满面怒容，大喝一声）停！

［众人愕然，停住。

李　伯　福生，坐下！

刘福生　我没有心思坐。

李　伯　把刀给我！

刘福生　不给，我要杀了他。

李　伯　给不给？

刘福生　不给。

李　伯　（戴起袖章，将袖章伸到福生眼前）看看！

刘福生　（只得把刀交给李伯）我给。

李　伯　再大的事情也好用嘴巴讲嘛，要动武，朝我来，昏了头了。

沈彩珍　我也对他说，要文明解决。

李　波　都是你，唯恐天下不乱。

沈彩珍　怎么能怪我，他们二男一女的事，怎么能怪我。（从口袋掏出一本杂志）我刚刚还看到一篇小说，喏，《两头公牛和一头母牛》。

周忠发　谢谢你，少讲几句罢。阿为是这种人吗？对他我最了解了。阿为，对吗？阿为你自己讲，讲给他们听，目的动机是啥。（拿出笔和本子）

庄佩丽　阿为，你讲呀，也讲给姆妈听听。

阿　为　（又气又急）我……我……我能讲啥呢。

刘福生　讲呀，什么目的？什么动机？

阿　为　……我讲不出……

［阿米从二楼下。

阿　米　我来讲，阿为关心我，照顾我是有目的的。其实每个人做事都有自己目的。大家晓得，阿为和佩丽马上就要结婚了，为了使婚后夫妻永远不分开，阿为想通过我，叫我爷叔帮忙，调到公司里工作，我爷叔在航道局当领导。这事阿为自己没有和我谈过，但是我肯定阿为是这个目的。阿为我猜得对吗？

阿　为　你……（气得说不出话来）

阿　米　阿为，你怕点啥呢？现在社会上托人调工作的事多得很。你放心，别人的忙我不帮，你的忙我帮定了！

［众人看着阿为。

阿　为　你……我……我……（晕倒）

庄佩丽　阿为！（上前抱住阿为）阿为晕过去了！

［幕落。

第六场

［数天之后。

［庄妈妈、沈彩珍、刘福生各自在自己的煤气灶上烧菜煮饭。周忠发在方桌前写稿。

［李伯心里窝着火，他也在烧菜，却不时地离开灶头，怒不可遏地来回踱着步。

［李波从阿为房间出。

李　伯　（忙上前）小波，阿为怎么样？

李　波　心动过速，血压偏高。

李　伯　想吃东西了吗？

李　波　不想。（进阿为房间）

李　伯　（终于克制不住，拿起自己煤气灶上的菜锅朝周家的方桌上一摔）怎么都变成哑子啦！

周忠发　（吓了一大跳）哎呀！我的稿子！我的文章！酱油麻油溅得一塌

糊涂了！……（凑近稿子细看，从稿子上捏起一片大蒜）还有大蒜！

［众人都吃一惊，仍默默烧饭。

李　伯　你的文章不是欢喜加浇头吗？我就给你加一点！我问你们，阿为跟你们到底有什么难过，要把他逼到这种地步！现在你们满意了，太平了，不响了，笃笃定定烧饭烧菜了。你们知道吗？阿为三天没有吃饭了！阿为做错了啥事体？他只不过就像在马路上看到一支香烟头，拾起来掼到痰盂里，这样一件小事你们就不得了啦！什么特务、走私，看中人家老婆，想做英雄人物，想拉关系调到岸上来……花色品种样样齐全。讲他不正常……我看你们都碰着鬼。我本来脑子蛮清爽，弄堂里打"大怪路子"专门赢的，这两天不对了，跑进墙门就糊涂了，什么是对，什么是错，也弄不清爽了。

［李波从阿为房间出。

李　伯　小波，阿为怎么样啦？

李　波　还是闷声不响，两只眼睛定洋洋，面孔朝着墙壁，一会儿摇头，一会儿点头，嘴巴里叽里咕噜，不知讲点啥。

李　伯　是脑子出毛病了？

李　波　他本来就老实，再加上受到强烈的刺激，神经上怎么受得了。

李　伯　神经不正常了？（火又冒上）你们都听见了吗？都听见了吗？阿为病得这副样子，你们讲怎么办！

李　波　你们讲阿为和阿米关系不正常……

李　伯　我看你们自己不正常！

李　波　阿米是 GPT 不正常！

李　伯　你们是脑子不正常！

李　波　阿米是生甲型肝炎！

李　伯　我看你们统统得了脑膜炎……好，我现在不讲了，听你们讲！

［周忠发、庄妈妈、沈彩珍、刘福生悄悄地离开客堂，溜回楼上。

李　伯　现在都变成哑子了，变成聋子了，变成瞎子了！我对你们说，假使阿为真的脑子坏了，神经搭错……

李　波　爷爷，别说了，他们都走光了。

李　伯　我还没有讲光，怎么可以走？走了我也要讲！再不讲要闷死了！阿为做了一点点好事，有种人连女儿也不肯嫁给他了。（朝二楼高喊）有什么稀奇，天底下就你一个人有女儿？告诉你，小姑娘有的是，我明天就给他介绍，介绍三个！

李　波　爷爷，三个不可以的！

李　伯　让他挑一个。

李　波　你去休息休息，你十几年没有这么激动了，心脏会吃不消的。

李　伯　好了，我现在心里痛快极了。

［李波把李伯扶到房门口，让李伯进屋。

［庄佩丽拿着一碗八宝饭偷偷下楼。

庄佩丽　小波，阿为到底怎么啦？

李　波　还是老样子，木头木脑的。

庄佩丽　（着急）三天了，不吃不喝，怎么受得了呢，我急也急死了。小波，这碗八宝饭，你帮我送送进去，平常他最欢喜吃八宝饭，无论如何劝他吃一点儿。你对他说，这八宝饭是我佩丽的心，也是我佩丽这个人。叫他一定吃了它。

李　波　你这么漂亮的话，自己进去当面对他讲多好。

庄佩丽　我是想进去，我恨不得进去和他……但是不能够，姆妈讲过，姑娘家往单身小伙子屋里跑，要闯祸的。

李　波　你这个人怎么一点主张都没有！阿为已经病得像戆大了，还不肯进去看看他，我真怀疑你对阿为是不是真有感情。

庄佩丽　有的，有的呀！

李　波　有的就进去。

庄佩丽　要闯祸的！

李　波　闯祸就闯祸。

庄佩丽　我……

李　波　好，今天我跟你说明白，阿为是百里挑一的男子汉，姑娘看见他，心里都会动一动，老实讲，我也会心动的。你不进去，我进去。但是，我进去之后，你不要怪我，那时，阿为就不属于你的了。（朝房里冲）

庄佩丽　（拦住李波，着急地）你怎么会有这种想法！

李　波　我这人讲到做到，爷爷也管不了我。

庄佩丽　你们年龄也不配呀。

李　波　现在老夫少妻，是世界流行式。我最后问你一句，你进去吗？

庄佩丽　我……

［李波欲进阿为家。

庄佩丽　（冲口说出）我进去！

李　波　（收起脚步）请吧。

［庄佩丽迟疑着，脚步很慢地朝阿为房间走去。

李　波　怎么像小脚老太婆了。

庄佩丽　（走到阿为房门口，又停住）要闯祸的！

李　波　就是要你闯祸。进去了，就别再出来了，不要再回楼上去了。

庄佩丽　我姆妈……

李　波　到时候你姆妈非但不会骂你，而且一定会对你讲："佩丽啊，非法同居多不好啊，我经过冷静的思考，你还是跟阿为马上结婚吧"。

庄佩丽　真的有这种效果？我闯一趟祸试试看……不行！

李　波　还不进去？我喊一二三，喊到三，新娘子就不是你了。（作势

要喊）

［庄佩丽忙冲进阿为房间，李波把阿为的房门关上。

［房门里传出庄佩丽的声音："小波，让我出来！"

李　波　不许出来，到阿为床边去。真吃力，比上班还要吃力！

［周忠发和沈彩珍悄悄地从楼上下。

周忠发　（对沈彩珍低语）老的不在，小的在。好下来了。

沈彩珍　菜还没有烧熟呢，烧菜！

周忠发　吃生的算了。

沈彩珍　我们又不是广东人，喜欢吃生的。

周忠发　这一老一小发起火来六亲不认。我在想，大概是我们错了。

沈彩珍　错个屁，我刚刚看到一本书，叫《假装神经病的风流男人》，跟阿为蛮像的。

周忠发　什么事你都能在书上找到根据。

沈彩珍　（指着李波）她在灶间里荡来荡去做啥，弄得像便衣警察。

周忠发　吃不准。你烧菜，我保护。

［庄佩丽冲出房间。

庄佩丽　（惊恐地）小波，他……

李　波　怎么啦？

［阿为从房间里慢吞吞地出来。他头上戴着一顶不伦不类的绒线帽，上身穿一件打满补丁的中式棉袄，下面穿一条短到小腿肚子的长裤，手里拎着一只破箱子。

［所有的人都愣住了。

［从楼上下来的庄妈妈见状也愣住了。

李　波　（惊得目瞪口呆，敲敲自己房门，轻叫）爷爷，爷爷，你出来！

［李伯从房里出来，见到阿为那副模样，不由一惊。

李　伯　（小心翼翼地）阿为，阿为，你这是到哪里去？

阿　为　出国去。

周忠发　(对沈彩珍低语)怎么弄得像收旧货的。

［周方奔上。见到阿为,大吃一惊。

周　方　(扑到阿为跟前)阿为哥,阿为哥,你怎么啦?为什么要这样?说话呀!(急得要哭)

李　波　(问庄佩丽)他是怎么了?

庄佩丽　(痛苦地)我不知道,我一进去,就看见他这副样子。

阿　为　我要回船上去了。

周忠发　你这样怎么上船?像是逃难。

阿　为　方方爸爸,我有样东西还给你。(从破箱子里取出旧铅笔盒子)

周忠发　旧铅笔盒子?这不是我的。

阿　为　是你的,是你送给我的。现在还给你。

周忠发　阿为,(伸出三个手指头)这是几?

阿　为　这是三。方方爸爸,你不要以为我神志不清爽。你还记得吗,我十岁的时候,父母因公伤死掉了,我成了孤儿,父母的所在单位,要送我进孤儿院。但是,你们不肯让我离开919号,提出共同来抚养我。我留了下来。你们像亲人一样待我。记得那是12月里,外面正好在落大雪,很冷很冷的,但我一点儿也不冷,在你们中间就像在春天里一样。方方爸爸,你对我读书非常关心,天天帮我复习功课,你教得真好。在我读三年级的时候,考试得第一名,你就买了这个铅笔盒子送给我,当时我开心得跳了起来。

周忠发　我有点儿记起来了,当时你好像哭了。

阿　为　我哭是因为我实在太高兴了。

周忠发　还给我,我有啥用场?

阿　为　你不要,我就还给你钞票,我加倍偿还,你讲,要多少?

周忠发　这算什么意思呢,当时是我送给你的。

阿　为　你为啥要送给我？当时你一定有什么目的！

周忠发　你这么说就太不惬意了！我有啥目的，我是出于关心，我看你是个孤儿，需要有人爱护。现在你长大了，反倒怀疑我有啥目的了。我……（自悟）

阿　为　（苦笑了笑，又从箱里取出一本书来，走到沈彩珍面前）方方姆妈，这本书还你！

沈彩珍　我最欢喜书了。

阿　为　你还记得吗？在我读海运学校时候，你说，“阿为，你的样子像杨子荣！”你就送给我这本《林海雪原》，叫我好好看，将来成为真正的杨子荣。我现在也吃不准到底像不像杨子荣？你讲，我像杨子荣吗？

沈彩珍　像的！像的！活脱脱像的……（心里一阵难受，上楼）

阿　为　（苦笑着摇摇头，又从箱子里取出一只饭盒子，走到庄妈妈面前）二层楼的东厢房的庄家姆妈，这饭盒是你过去送给我的。我记得第一次你在这饭盒里，装的是我欢喜吃的八宝饭。你给我盛了多少饭，里面装过多少斤红烧肉，我也记不清了，我只记得每次饭盒子满得不能再满了！现在还你这个饭盒，当然不能空着还你，请你算一算，一共要多少钱，我绝不少你一分钱！（把饭盒交到庄妈妈手上）

庄妈妈　（深感内疚）这……我也记不清了。

阿　为　（摇一摇头）我不相信，你一定是记得的。当时你对我这么好，一定有目的，有目的就会记得。（走到庄佩丽面前）佩丽！（拿下头上的绒线帽）你还记得这顶绒线帽吗？这是你刚刚学会织绒线，织了这顶帽子送给我，你讲，“阿为哥哥，一个人脑子不能冻坏。”我戴在头上，不仅脑子热，浑身都感到老暖热的。虽然那时我还小，但是我朦朦胧胧晓得新娘子是世界上最要好的人。我想，将来我结婚，我一定要佩丽做我的新娘子。虽然那时你只有八岁，我只有十三岁。但当时我是这样想的，真的。现在这顶帽子……

庄佩丽　(着急地)不要还给我。

阿　为　不要拉倒！脑子不好冻坏脱的。(戴上绒线帽，走到李伯面前)李伯伯……

李　伯　阿为，你身体不好，我来讲。这件衣裳是我送给你的。当然不好同“阿里巴巴”比，但是穿在身上还是蛮暖热的。本来我想多送几件给你，但是我自己……

阿　为　这件衣裳是我一生中最珍贵的一件。

李伯伯　你欢喜就好。

阿　为　(对周忠发、沈彩珍、庄妈妈)你们都算好了吗，要我怎么还？讲呀，你们讲不出来。我知道，你们也算不清爽，当时你们根本没有想到要我还。(痛苦地，感情地)当时你们关心我、爱护我，根本没有什么企图目的，只是想到一个没有父母的孤儿需要帮助、需要关心。讲到目的，你们只有一个目的，就是希望我能健康地成长，将来成为一个充满爱的人。是你们这种无私的爱把我培养成一个懂得爱、充满感情的人，这是当时的919号。使我伤心的是：现在的919号人与人之间都围起了栏杆。(大哭)……我要走了。

周　方　阿为哥，我送你。

李　波　阿为，我送你上船。

周忠发　我们还是像从前一样，大家一道送。

阿　为　我一个也不要你们送。

庄佩丽　不！我要送你！阿为，送你上船之前，我想先和你去结婚登记。好吗？

阿　为　这……(喜欢地)再好也没有了。

庄佩丽　结婚登记后，再到上次你带我去的“鲜得来”吃排骨年糕，好吗？

阿　为　这……再好也没有了。吃它两个钟头！

李　伯　让佩丽一个人送，大家不许送。听见吗？（欲戴袖章）

周忠发　不要拿出来了，我们都听见了。

庄妈妈　佩丽……你听我讲……

庄佩丽　姆妈，以后我要多听听阿为的了。

庄妈妈　这次你还是要听我的。

庄佩丽　不，姆妈，我不听！

庄妈妈　听姆妈的话，登记结婚不要忘记带户口簿。

庄佩丽　不……我听我听！我听姆妈的。（急奔上楼）

阿　为　（激动地）二层楼的东厢房的庄家姆妈！

庄妈妈　你不要叫得这么复杂，尽量简单。

阿　为　姆妈！

庄妈妈　哎！阿为，你临走前帮姆妈做一桩事情。

阿　为　什么事？你讲。

庄妈妈　帮姆妈把绳圈圈拆掉。

阿　为　好！（拆绳圈）

周　方　爸爸，你呆着干什么？我们家绳子也好拆掉了。

周忠发　对。啥人想得出这种办法，也差不多快了。（拆绳圈）

［庄佩丽下楼。

庄佩丽　阿为，户口簿拿来了。快走！

庄妈妈　阿为，你冷热当心，早点儿回来！

［阿米、刘福生下楼。

阿　米　阿为，这次幸亏你的照顾，真不知如何感谢你。

阿　为　用不着谢。不过我倒有句话想对你讲，我从小欢喜海，我不想离开大海，真的。

庄佩丽　今后，我们生的儿子也让他当国际海……（不好意思了）

阿　米　阿为，真对勿起。

刘福生　对不起的应该是我呀。阿为……不谈了，不谈了！

［沈彩珍拿书下楼。

沈彩珍　阿为，你们去结婚登记后，你直接回船上？

阿　为　是的。

沈彩珍　我送本书给你，空的时候看。

阿　为　谢谢。（接书）"《婚前必读》……"

沈彩珍　这本书交关好，一定要读。

李　伯　慢！阿为，你这副样子去结婚登记，像叫花子上门讨饭。这衣裳还给我。

阿　为　没有关系。

李　伯　脱掉！

［大家上前剥阿为衣服，周方将船员服给他穿上。

阿　为　好，明年春天回来，请你们吃喜酒！我相信明年春天，919号里不会再有啥病毒干扰了。

庄佩丽　（挽住阿为胳膊）好走了，戆大！

周　方　公公，佩丽姐骂阿为是戆大！

李　伯　这种戆大越多越好，我希望919号全部变成戆大！

周　方　那我呢？

李　伯　小戆大。

周　方　你呢？

李　伯　老戆大。

众　人　哈……

［众人和阿为道别……

［剧终。

（1990年演出本）

歌剧

楚霸王

编　剧

黄维若　李稻川

作者小传

黄维若(1950—　),男,湖南长沙人,中央戏剧学院教授、博士生导师。全国政协委员。享受国务院政府特殊津贴。

李稻川(1933—　),女,出生于上海,中国戏剧家协会会员,中国音乐家协会会员,政府特殊津贴获得者。现任中央歌剧院导演。

人物表

项　羽　西楚霸王，男高音

虞　姬　项羽之妻，女高音

范　增　项羽称其［亚父］，男中音

吕　雉　刘邦之妻，女中音

刘太公　刘邦之父，男低音

颠　冉　楚营中的倡优，特殊男高音

戚　施　楚营中的倡优，低男中音

将　官　楚军将领，男高音

第一场

［项羽大胜刘邦。

这是一个血腥鏖战后的凯旋。舞台中央两三辆残破冒烟的战车码作一堆，项羽和几个将领屹立其上，检阅这胜利的场景。合唱声中数百名楚军士兵高举大旗，执着武器，扛着掠获的财物，押着俘虏上场。

合　唱　胜利了，胜利了！

刀斧卷刃了，

利箭折断了，

敌人在血泊中倒下了……

项　羽　大楚将士们，

英雄好汉们，

大地在你们脚下颤抖，

前进吧，让我们踏上凯旋之路，前进！

合　唱　光荣归于您，一往无前的楚霸王，

您的长剑挥起狂涛飓风，

您的叱喝唤起风云雷电！

一士兵　大王，刘邦逃进了荥阳城！

项　羽　疾速攻城，活捉刘邦！

合　唱　进攻，进攻，活捉刘邦！

［一将领上。

将　领　大王，抓到上万名汉军俘虏！

项　　羽　把他们都活埋了！

合　　唱　哦呵！活埋，活埋！统统活埋！

［一群孩子模仿战争的游戏，簇拥着两个楚营中的倡优，一个叫颠冉，一个叫戚施上。

童声合唱　打、打、打、打、打，杀、杀、杀、杀、杀，

我把你打翻在地，

你把我踩在脚下。

打、打、打、打、打，杀、杀、杀、杀、杀……

二 倡 优　霸王，汉王，两人斗一场，

胜者得天下，败者补破缸。

［受伤的士兵及俘虏过场，一将领从俘虏群中抓出了吕雉与刘太公。

将　　领　哈哈！这是刘邦的老婆和父亲！

范　　增　吕雉，刘太公？好！

吕　　雉　范三爷爷，救命啊……

刘 太 公　子羽，范、范先生，看在同乡、邻里的分上……（欲晕倒）

项　　羽　（命士兵）去！把他的伤口敷上药，再包扎起来！

士　　兵　是！大王。

项　　羽　（再命令另一士兵）然后，把他们的头割下来挂到大门上给刘邦看看。（刘太公晕倒，吕雉尖叫，士兵各执伤药短刀拥上）

范　　增　慢！大王，留下他们。（耳语）

项　　羽　（沉默片刻）好，让他们再活一天，攻城！

合　　唱　攻城、攻城！让血肉归为黄土，

让荒野变成大冢。

［切光。

第二场

［这是一个残破带血的黄昏。晚霞把天地映得通红。断剑残戈遍地乱插，破旗败帜东倒西歪。不知何处，埙声幽幽地哀鸣，多少从大战中恢复了一点理智的楚军士兵在此祭奠亡灵，一戴青铜面具的女巫边舞边唱。

女　巫　黄昏里村落又飘起了炊烟，

母牛带着小牛从山道上归栏，

水车不再咿呀，

织机不再抛响，

小窗亮起油灯，

孩童传来嬉笑，

这一切，这一切，

你们都再也看不到了，

再也听不到了，

只有，流萤、黄沙、枯草、伴着白骨……

合　唱　万里迢迢的家乡，

青翠相连的桑田，

母亲的白发，

妻儿的呼唤，

你们再也看不到了

听不到了

回不去了……

[项羽、范增及卫士上。

项　羽　(大怒)谁敢在此私祭？来人，把为首的车裂。

[众人奔散，卫士抓住女巫，掀去面具。

众　啊，虞姬夫人?!

项　羽　你?!

范　增　夫人，家国兴亡，在此一战哪，如此私祭哀号溃乱军心呀！

虞　姬　(轻轻地)不知为什么，我总想找个地方痛哭一场。

项　羽　(狂笑)好，那就祭，把吕雉刘老儿拿来，挖出心肝，祭奠阵亡将士。

[几个士兵推上一辆破车，上置木笼，笼中囚着吕雉，半死的刘太公也被抬上。将士们亮出兵刃，摆出阵势，向木笼围聚过去。

范　增　先别动手！(走向吕雉)你想活吗？

吕　雉　想活、想活，我上有老下有小，求求你们放我回家吧，求求你们……(痛哭)

范　增　那好。(打开木笼，虞姬上前将吕雉扶出)照我的意思写封信！

吕　雉　(不解)写信？

范　增　对，写封信给那不要妻子的丈夫。

吕　雉　我写。

刘太公　不能写……

范　增　写封信给那不要父亲的儿子——刘邦。

吕　雉　我写。

刘太公　不能写……

范　增　告诉他，三天之内不投降，我们就宰了他老子和你……

吕　雉　我写，我写，

只要不杀我，

只要活下去，

只要……

刘太公　不能，不能写呀……（昏过去）

吕　雉　范三爷爷，我听您的，听您的。

项　羽　（冷不丁发话）照我的意思写！

吕　雉　遵您的……是，照大王的意思写。

项　羽　你写：楚汉久战，

相持未决，

年轻的抛骨沙场，

年老的饿死在运粮路上，

都只为你和我，

连累了天下黎民，

血染了山岳大地，

倒不如选个时辰，

你我单独较量，

一决雌雄。写！

范　增　荒唐，胡闹，王霸之业，形同儿戏。

虞　姬　子羽，子羽，你要冷静……

项　羽　写、写！

范　增　天下人将笑话这市井无赖的举止！

项　羽　我不怕天下人笑话，

我就是我，

永远光明磊落、

胸怀坦荡的楚霸王。

（对吕雉）写，三天之内，不来应战就宰了他老子，剐了你！

吕　雉　我写，我写！

范　增　慢！（对项羽）子羽呀，子羽，

好机会都被你错过，

鸿门宴你让刘邦溜走，
咸阳城被你烧得片甲不留，
为什么你总是这样任性……

项　羽　亚父，为什么你总要我去干那些偷偷摸摸、猥猥琐琐的韬略计谋？

范　增　你、你，你真是个长不大的孩子！

项　羽　（怒）你年纪太大，大到有些冥顽不灵！

［范增急怒之下，张口无言，突然有点站不稳……

虞　姬　亚父、亚父！（对项羽）你怎能这样对待他老人家？！

［项羽沉默。

吕　雉　啊？哦！嗯……（若有所悟）

［光暗。

第三场

［月夜，楚营空地一隅放着大木笼，吕雉缁衣披发，蜷在笼中，耿耿难眠。

吕　雉　我恨啊，我恨！
恨你这狰狞的夜，
恨你这冰冷的风，
恨你这漆黑的天，
恨你这寒星儿鬼眨眼！
吕雉啊吕雉，
你是被遗弃的狗？
你是被埋葬的虫？

你是半死的鬼？

你是幽幽的魂？

不，我是活着的人！

项羽、范增，我要你们哭着去死，跪着来生。

让世人知道我是怎样的女人！

［虞姬带一侍女上。

虞　姬　（向笼中送上夹袍）寒风刺骨，你穿上这个吧。

吕　雉　好妹妹，放了我吧……（痛苦）男人们打仗，我们女人遭殃，天哪！这是为什么呀！

虞　姬　（黯然）是呀，

夜深寒苦，最孤独的还是我们女人，

兵荒马乱，最苦的还是我们女人。

女人、女人，你的丈夫贫穷，

你就是穷神的踏脚石，

你的丈夫富贵，你就有被抛弃的危险，

你的儿女在哪里？

要么远离天涯，音讯不问；

要么埋骨黄沙，梦里相寻。

火塘边把容颜烤得枯焦，

纺车前把脸上皱纹编织，

这就是我们女人！

［范增上。

吕　雉　范三爷爷看在您从小看着我长大的分上，救救我，放了我吧！

范　增　照我说的，写封信就成。（对虞姬）夫人，你来此做什么？

虞　姬　深夜寒苦，我给她送件衣服。唉，战乱兵荒，最苦的还是我们女人……

范　增　（深深叹息）

人啊，只要穿上甲胄，

只要拿起刀枪，

乡亲邻里、朋友兄弟，

都已在天地间消失，都已在心中死亡。

你只有两种选择，

生存还是死亡。

吕　雉　（从笼中伸出双手）拿竹筒笔墨给我！

［范增命从人递上丝绢和笔墨，吕雉写好，范增看过，收起。

范　增　唔，就这样，我看刘邦是不会见死不救的。

［范增、虞姬等下。

吕　雉　（突然发疯般猛击木笼柱）你！你只有两种选择，

生存还是死亡！

（撕下一块夹袍丝质衬里）生存还是死亡！

（捡起笔又写一遍，将丝绢塞入胸前，对范增下场方向）

你只有两种选择，

生存还是死亡！

［切光。

第四场

［楚营中正举行宴会，数十名大汉赤膊文身，正在表演“刑天舞”，他们把肚皮和胸脯整个画成一张巨大凶悍的脸，模仿古代刑天被砍掉脑袋以后，以乳作眼，以脐为口继续作战的样子，手持大斧

在雷鸣般的鼓声中疯狂舞动,野兽般吼唱。

众大汉　大斧子劈下咔嚓嚓,满世界流血哗哗哗,
脊梁骨折断叭叭叭,脑袋口搬家唰唰唰,
勇士们,好汉们,白骨抛疆场。
热血洒他乡,让喷出的鲜血,
去染红天空,染红太阳!

[由于躯体的疯狂扭动,身上那张大脸像在挤眉弄眼,龇牙咧嘴。一曲歌罢,众人继续狂饮。

项　羽　(有些醉了)酒喝多了,就跟白水一样。

一将领　(大声地)对,这么喝没意思,让刘邦的老婆来给咱们斟酒,给咱们解闷!

众　对,让她来侍候咱们!

项　羽　把刘邦的老婆带来。

[虞姬制止,无人理睬,吕雉被人拉来,众将领一片狂呼乱叫,吕雉吓得发抖。

虞　姬　(大声)不要这样。(停顿)不要这样!如果站在这里的是你的妻子,是你的姐妹,你们将会怎样?……

范　增　醉生梦死,唉!大敌当前,如此狂呼滥饮,孟浪胡来,骄兵必败!

[项羽站起,怒视范增,吕雉突然膝行而前。

吕　雉　范三爷爷、亚父大人,快救救我,只有您——能救我了……(痛哭)

范　增　你什么意思?拉下去!

[卫士上前拖曳吕雉,吕故意掉出绢帕又慌忙去捡。

项　羽　那是什么东西?

[一卫士拿过绢幅递给项羽,项羽看毕勃然变色,将绢幅递给范增。

范　增　(念)吕雉吾妻,汝虽困顿囹圄,然亦不必焦虑,亚父在彼主事,自

有妙策相救，且倾灭楚项之日已为期不远……

[众哗然，一齐看定范增。

范　增　(气得发抖，绢幅掉落亦不自知)你、你。(抽剑欲杀吕雉)

项　羽　(缓缓地拔出佩剑递给范增，悲哀地)请您从前面杀我，亚父，不要从背后捅我。

范　增　(剑掉地，半晌)你，你也相信这种诡计?

虞　姬　不，这不是真的，大王，写信时我在那儿，不是这么一回事呀……

项　羽　(向吕雉)怎么回事? 说!

吕　雉　我不知道，这是亚父给我的……

虞　姬　(对吕雉)再也没有见过比你更歹毒的女人! 不! 你不是人，你是毒蛇，我要杀了你! (拾起范增掉在地上的剑刺向吕雉，吕尖叫逃命，被士兵抓住，项羽拉住虞姬)

项　羽

虞　姬　(三重唱)天哪，这究竟是怎么回事?!

范　增

范　增　唉! 十年，整整十年，

我将心血都抛洒予你，

日日夜夜为你苦思虑，

年复一年与你共筹谋，

孩子啊，顽童! 竖子!

(解下印绶，一声长叹)

对不起你啊，项梁兄弟，

我辜负了你的重托，

唉，子羽啊我痴迷的孩子

你为什么听不进那逆耳忠言，

看不到真正的敌人，

孩子啊，我对不起你。

项　羽　十年，相处十年，

我尊你为亚父

敬你为师长，

当我少年时，

你的双手爱抚我，

当我痴迷时，

你谆谆教诲我。

为什么？这是为什么？

你用这刀剑从背后刺我?!

大丈夫要光明磊落，

大丈夫要胸怀坦荡，

难道这是一场噩梦？

范　增　孩子，我老了，

实在疲倦了

不中用了……

虞　姬　我好恨，

我恨自己识不破这蛇蝎般的女人。

我好痛，

痛子羽不听忠言不辨真伪冤屈亚父。

亚父，对不起您，

十年辛苦，子羽他辜负了您的希望。

留下的只有冤屈和磨难，

我的眼泪在流淌，

我的心灵在呼喊：

亚父，原谅子羽年轻。

原谅子羽愚鲁……

［一群孩子簇拥着二倡优上。

童声合唱 打、打、打、打、打，

杀、杀、杀、杀、杀。

我把你打翻在地。

我把你踩在脚下。

打、打、打、打、打，

杀、杀、杀、杀、杀。

二倡优 霸王、汉王，两人斗一场。

胜者得天下，败者补破缸……

［一士兵上。

项　羽 也罢，愿走愿留，我项羽全都由你！

吕　雉 我好喜！

女人的眼泪如此神奇，

一点小计就让他们分崩离析。

我好笑！

笑你项羽果然是个大草包，

笑你范增不过是个大蠢货，

吕雉，不仅只会缝缝补补生儿育女，

我还能运筹帷幄，指江山！

士　兵 汉使到！

［汉使上。

汉　使 汉王致意霸王，如果放回我们老太公和夫人，汉王愿意讲和。以鸿沟为界，楚汉之争就此止息，永不争斗！

范　增 圈套、诡计！项王，刘邦一向诡计多端，万不能轻信以鸿沟为界的鬼话。(对汉使)告诉刘邦，不是讲和，而是要你们投降，投降！

汉　使 汉王说话算话，只要放了夫人和太公，以鸿沟为界，楚汉之争，就此止息。

范　增　不能讲和、不能放人……

吕　雉　范三爷爷……

一将领　住口，你这恶妇，再说话我宰了你！

项　羽　（走向范增）以你之见？

范　增　汉军粮草不济，援兵未到，讲和是刘邦的缓兵之计，子羽，万不能……

项　羽　我们粮草未断，却也搜括不出几粒粮食。援军早到了，却是四五百苍头老兵。你该不会是又在替刘邦……

一将领　项王，范老先生说得在理。万不能轻信，以致中了奸计…

项　羽　你替他说话？你也想归汉，好，我成全你！（一刀将其刺死）

众　（惊恐）啊！

合　唱　讲和，讲和，我们的血流尽了，

我们杀够了，我们不愿再打了……

项　羽　传我命令，放了刘太公，吕雉，安排讲和！

合　唱　讲和，讲和，我们的血流尽了，

我们不愿再打了，讲和，讲和。

［众将士纷纷摔碎手中杯盏，一拥而下。舞台空空荡荡，只有范增一人。

范　增　啊，碎了，碎了，

一切都碎了……

碎了，碎了，

我的心碎了……

苍天啊，苍天，

你不该污辱我这白发之人，

你不该亵渎我这满腔热血，

子羽，痴迷的孩子，

从今后，你耳边不会再有絮絮唠叨，
也不会有人敢对你说“不”。
筵席散了，
一切都已过去，
别了，永远地别了……

［虞姬上。

虞　姬　亚父，老人家，你要去哪里？

范　增　寒风里枯叶飘向何方，
我就走向何方。
天空里孤雁飞向哪里，
我就走向哪里。

虞　姬　亚父啊，我心里有说不出的忧伤，
白发之人遭磨难，
一路风尘好凄凉，
想不到，一片赤诚，
只落得形影孤单黯然离去。
亚父啊，未晚先投宿，
鸡鸣看天光，
逢桥涉水须仔细，
行船过渡莫慌张……

范　增　（仰天长啸）
行路难，行路难，
不在水，不在山，
只在人心险恶间，
我不是，风前烛，
瓦上霜，怕只怕，

今日别，再见难。

[老人走了，虞姬望着这蹒蹒远去的孤单背影，不禁失声痛哭。

[幕落。

第五场

[很长一段音乐描写战争。舞台上只见硝烟弥漫，一片暗红，无数鼓声、号角声、兵器相撞声、厮杀声、惨嗥声、怒吼声惊天动地而来。

[静场、升光。激战后的战场，尸横遍野。一片惨景。项羽伫立在血泊中，右臂负伤，但仍有一股天神般的凛凛神威。

项　　羽　我心里涌动着厮杀的欲望。

几次小小的失败又算什么？

[不知从哪里传来一声沉重的叹息。

谁？站出来！

死者合唱　哦，耀眼、黑暗——看不见，

哦，温暖、寒冷——觉不着，

哦，嘈杂、拥挤——寂静、宽阔，

我们自由了，我们什么也不需要了，轻松啊！

项　　羽　亚父，亚父，你在哪里？

父老乡亲尸横遍野，

失败的阴影渐渐围拢，

我不该拒绝你的忠告，

以致中了奸计……

亚父，亚父，你在哪里？

一切都无可挽回。

只有在梦里，才能见到你，

多少次在梦里见到你那

飘零的白发，

慈祥的面容。

你走了，你走了。

（渐渐跪下）

我对不起你呀！

［光暗。

第六场

［明月的清辉洒满垓下荒原，楚军战士们在阵地上休息，他们疲惫不堪，伤残甚众，一阵歌声，随风飘来。

楚　歌　三月里来三月三，

细雨蒙蒙柳丝长，

青斗笠，绿竹筐，

笑歌声里采桑忙。

七月流水遍地金，

炊烟袅袅又黄昏，

新米酒，晚风轻，

家人围坐细细饮。

八月天凉好个秋，

十里飘香桂花洲，
扬双桨，荡莲舟，
荷花映日水悠悠。
腊月寒梅满枝芽，
漫天大雪纷纷下。
呼鹰犬，张弓矢，
纷纷围猎驰骏马。

士兵甲 好耳熟的歌子啊！

士兵乙 这是咱楚地的歌呀！

士兵丙 好久，好久没听见过这么好听的歌子……

［歌声越来越响亮，楚军士兵慢慢地参加一起唱。

［项羽上，闻四面楚歌，大惊。

项　羽 这是怎么回事？难道汉军已得楚地？为何楚人如此之多？（片刻）不，这不是楚地，也不像楚歌。这是刘邦的诡计，刘邦，我要剐了你！（对楚军士兵）不许唱，不要唱！这里不是楚地，这哪里是真正的楚音，喂！喂！（对楚歌方向）你们这叫什么楚歌，学得像点再来唱吧！（楚歌暂停，后又复起）不许唱！不许唱！

一小卒 （哭起来）我想妈妈，我要回家……

一老卒 再这样打下去，我们别指望活着回去了。

［有的士兵放下手中的武器，有的脱下盔甲，纷纷离去……

项　羽 （情不自禁地轻轻唱起了楚歌，突然）

乡亲们、父老们！
我项羽起兵至今八载，
你们跟着我出生入死，
血洒疆场，
身经七十余战，

所挡者破，所击者服，未曾败北……

可是今天被困于此，缺衣少食，进退两难。

好吧，都回去吧，

这是天意，是天要亡我项羽，

我纵有移山拒川之力，

也难为这天神之命！

天地永恒，命运无情，

一万年，太阳永远这样血红，

一万年，月亮永远高挂苍穹，

流星的辉煌，在那灿烂的一瞬，

我们自有那短暂的永恒！

回去吧，回去吧！

［全体士兵跪下。

众　众　项王，多保重！

［合唱与楚歌跌宕起伏，由近至远，传来二倡优歌声：

项王、汉王，两人斗一场。

胜者得天下，败者补破缸。

［一片死寂。清清的月光变得更加忧伤，舞台上只剩下项羽、虞姬二人。

虞　姬　真静呀，好久、好久都没有这样安静过了。

项　羽　我听得见你的心在跳……真对不起你呀！

虞　姬　不，我喜欢这样。喜欢这样和你待在一起。唉，我的小铜镜，小梳妆盒，都在战乱中丢失了，我真想看看自己呀！（她寻觅数度，突然发现项羽的剑）你过来！（抽出剑）这样，唔，对着月光……（她以剑作镜子开始梳妆）

怎么月光下的我是这样憔悴，

怎么镜中的我是这样忧伤……

镜子呀，镜子！

你照见了我这飘零的鬓发，

还有那悄悄爬上眼角的皱纹。

项　羽　铁剑呀，铁剑！

你曾挡住敌人的刀枪箭矢，

怎挡不住亲人的悲伤叹息?!

二　人　啊，抹去两行清泪，

这泪水让我心碎。

项　羽　上苍啊，让我去死，

让我到地狱中去煎熬……

让我心爱的人平安吧！

虞　姬　镜子呀，镜子！

请照一照我心中的希望。

项　羽　心中的希望在哪里？

虞　姬　照一照我故乡的小路，

项　羽　啊！何处是归途？

二　人　归去吧，归去吧。

虞　姬　让我对着你做最后的梳妆。

项　羽　让我用长剑做最后的厮杀。

二　人　归去吧，归去吧！

虞　姬　我要回故乡！

项　羽　送你回故乡！

［虞姬从项羽手中拿过剑，铁剑在她手里成了一束鲜花，一条彩带。

项　羽　（悲壮地）

　　力拔山兮气盖世，

　　时不利兮骓不逝，

　　骓不逝兮可奈何，

　　虞兮虞兮奈若何！

虞　姬　（和）汉兵已略地，

　　四面楚歌声，

　　大王意气尽，

　　贱妾何聊生?!

［虞姬边舞边和，歌声戛然而止，长剑已深深插在她胸口……项羽抱起虞姬。

［切光。

第七场

［涛声震耳。乌江边。上百名男女合唱队员组成的乌江，用形身配合灯光的变换，使得乌江时而波涛狂涌，时而缓缓东流。项羽踯躅来到江边。

合　唱　啊乌江，啊夕阳！

万里夕阳染红大地，

滚滚乌江缓缓地流。

项　羽　当年江东子弟八千，随我西进抗秦。

合　唱　到如今八千子弟半个也不回头。

项　羽　啊！这哪里是江流？

合　　唱　分明是流不尽的英雄的血。

摸一摸也觉得烫手！

大王，快过江吧，大王，

我们的英雄，家乡的儿子。

项　　羽　惭愧！惭愧！

我还有何脸面去见江东父老？

我还有何脸面去见邻里乡亲？

女声合唱　回来呀，亲人，

孤灯下你的妻儿在等你，

秋风里白发双亲在盼你，

回来吧，孩子，

妈妈为你酿了新米酒，

妈妈为你缝好了新棉袄，

地里的苞米等你收割，

树上的蜜桃等你品尝，

回来吧，亲人，你在哪里？

男　　　　田地芜尽了，家园颓败了，回来吧！

男声合唱　对不起呀亲人！别等了，别盼了。

我已成了漆黑的夜，我已成了冰冷的风。

我已成了枯草中的白骨，旷野里的流萤。

白骨，流萤，

白骨，流萤……

项　　羽　（惭愧至极，不觉跪下）

是我让你们成了枯草中的白骨，

旷野里的流萤，

是我害得你们有家难回

鲜血流尽……

恨我吧，恨我这凶狠暴君！

骂我吧，骂我这千古罪人！

纵然淘尽乌江水，

也洗不尽我的羞辱与悔恨！

（抽出剑）利剑呀，利剑！难道你还要跟我去厮杀？

不，不，去吧！

今天你虽然威风凛凛

不可一世，

明天你终会化为黄沙尘土，

不会有人知道

你辉煌的过去，

天茫茫，地茫茫，

千古风流一瞬间……

别了，朋友，

我让你杀过许多人，

今天，我要让你杀一个最该杀的人！

［项羽举起长剑，横向自己的脖子，波涛涌上来，将项羽淹没在一片红色世界中。

［剧终。

（1994年演出本）

儿童剧

马兰花

编　剧

任德耀

作者小传

任德耀（1918—1998），男，笔名王十羽。江苏扬州人。曾任中国儿童戏剧研究会理事长、全国文联委员、中国戏剧家协会上海分会副主席。历任中国福利基金会儿童剧团团长、儿童艺术剧院院长、名誉院长兼艺术指导。一级导演。

人物表

王老爹　妈　妈（王老爹的妻子）　大　兰　小　兰　老　猫　树公公

兔子姐姐　兔子妹妹　梅花鹿妈妈　鹿娃子　猴　子　小松鼠　喇叭花

狗尾巴草　马　郎（马兰花）　小　鸟　水底的姑娘们　王老爹家的邻居们

第一幕

第一场

[天刚破晓，太阳上升，长着茂密树木的远山逐渐显现，山谷里的小河在闪闪发光。

[雄鸡在叫，大地渐渐明亮，王老爹家的屋子轮廓，也越来越清楚。这间屋子是建造在山坡上的，墙上长满了爬墙虎之类的植物，显得很古老。

[小兰卷着袖子，撩起裙子，挑了一担水上来。

小　兰　（轻轻地放下担子，拿水瓢舀水浇花，嘴里轻轻地唱着歌）

我和朝霞一块儿起床，
我和露珠同上山冈，
结识了好伙伴风霜雨雪
知心的小鸟天天对我歌唱。
一年四季花开满山冈，
争红斗艳吵吵又嚷嚷，
唯有那马兰花不声不响，
一丛丛在路旁散发清香。
每年三月马兰开
山谷天空一色蓝，
今年春天来得晚，
寒霜尽消未见一片蓝花瓣。

[王老爹从屋里出来。

王老爹　姑娘，轻点儿，妈妈还睡着呢。

小　兰　（伸了伸舌头，顽皮地）爹，你早！

王老爹　早呀，像小鸟一样。快去，给爹烙几张饼，我要上山。

小　兰　哎！（转身就跑）

王老爹　小心，（小兰进屋去了）不要把你妈弄醒。

［王老爹吸了一口新鲜空气，接着打开屋后的鸡鸭窠，一群鸡和鸭子，吵着闹着出来了，老爹把它们赶远。

［灶房里的烟囱冒出了青烟，家雀在叽叽喳喳地叫着。

［王老爹坐在一个长满青苔的水池旁边，磨起他的斧头。他一摸到斧头，不由得就哼起了他砍柴时唱的山歌。

［一会儿，妈妈从屋里匆匆忙忙地跑出来，手里拿着一个篮子，埋怨着自己。

妈　妈　该死！该死！起晚了，起晚了……

［她发现王老爹已经起来了，就跑到他身边。

妈　妈　你早起来了？真是，也不叫我一声。

［王老爹不搭理她，光笑。看着她，又唱起歌来了。

妈　妈　还唱？像鸭子一样！

王老爹　（笑得格外起劲了）妈妈，你别急，我是存心要你多睡一会儿的。

妈　妈　多睡一会儿，小鸡小鸭可要饿坏了。

［她跑到鸡鸭窠旁边，发现窠门已经打开，小鸡小鸭一只也没有了，她急坏了。

妈　妈　小鸡呢？小鸭呢？糟了，糟了……

王老爹　怎么了，怎么了？

妈　妈　没有了，没有了。（四处寻找）

王老爹　什么没有了？

妈　妈　啊呀，你真是，一点儿都不着急。小鸡小鸭没有了！

王老爹　没有了，哈哈哈，你来，你来。（他拉着妈妈到小河边）你看这河里是什么？

［屋后远处的小河里，鸭子愉快地游着

王老爹　（再拉着妈妈到屋后）再看后院里。

［后院有小鸡的叫声。

妈　妈　（忍不住笑了起来）老爹，你真是……（她说不出什么话了，忽然想起）啊呀，我给你做几张饼，路上吃。

［妈妈打算到灶房里去做饼，刚一转身，厨房的窗户推开了，小兰从窗户里探出身来，两手都是面粉，她正在做饼。

小　兰　妈妈，你别来了，我都做完了。你看，这是最后的一个，放在锅里就得了。

［说完，小兰转身回到灶房里做饼去了，妈妈在发愣。烟囱里冒出一股浓烟。

妈　妈　好呀！你们爷儿两个存心作弄我！

王老爹　妈妈，你就多睡一会儿吧！你身体本来就不好，昨天晚上织那床毯子，老晚老晚才睡，也该歇会儿嘛。——想到这里，我该问问你，你忙着织那床毯子干吗呀？

妈　妈　老爹呀，你不知道我的心事，两个女儿都大了，说不定哪一天选中了哪家的小伙子，说出嫁就出嫁，到时候，我这个老妈妈连点儿礼品都没有，该多寒碜呀。

王老爹　啊呀，妈妈，人家说，老人家只有两件心事，老母鸡和女婿，一点儿也不错。

妈　妈　这又怎么样，难道不可以吗？

王老爹　可以，当然可以！

妈　妈　咦，大兰起来没有？你喊过她了吗？

王老爹　没有呀。

妈　妈　这孩子，你不喊她，她会睡到吃午饭才起来的。（她朝屋里着）大兰，大兰！该起来了！

王老爹　大兰，起来吧！你爹要上山去了！

大兰的声音　嗯——起来了——

妈　妈　姑娘，起来吧，太阳都老高老高的了！

［大兰推开窗户，伸着懒腰。

大　兰　嗯，起来了。真是——人家睡得正香，什么事情呀？

妈　妈　姑娘，快醒醒吧！你爹快上山了，妹妹给爹做的饼都快好了，你还伸懒腰呢。

王老爹　出来吧！趁着太阳刚出来，给南瓜去浇点水吧！

大　兰　哎。

［她答应得很好，可是身体却像贴在窗户上，动也不动。过了一会儿，她伏在窗台上又睡着了，头发披到水池边上了，她也不觉得。

妈　妈　老爹呀，咱们两个姑娘不像一个娘胎里生出来的。

［大兰伏在窗台上睡着了，老猫跳上窗台，把大兰吓了一跳，她起身看是猫，便把他抱在身边。猫也驯顺得很，懒洋洋地靠着她，咕噜咕噜地念起经来。

妈　妈　这条死猫，又来了。两个简直离不开，大兰整天就缠住个猫，什么事也不做。

王老爹　这猫是怎么回事？来了就不走。

妈　妈　这死猫是前村官老爷家里的。老爷一出去，它就跑到这儿来。大兰就喜欢跟官老爷家的人来往，家里的事简直不愿意干，什么事都要人侍候。我看她也快变成官家的人了。

王老爹　妈妈，别着急，女儿大了，咱们要好好地劝她。

妈　妈　你跟她说破嘴皮她也不听，可是官老爷家的人随便说句什么，她就忘不了。

［小兰从厨房里走出来，她拿了一个小竹篮。

小　兰　爹！饼。

王老爹　（他看着竹篮里的饼）太多了，我吃不完。

小　兰　不多，一共才十个，吃得完。

王老爹　吃不完。

小　兰　吃得完。

［父女二人各自坚持起来了。

妈　妈　我说老爹呀，你就……

王老爹　（抢着学妈妈的声调说）你就带着吧，这是你女儿的好意。是不是？

［母女两个都笑起来。王老爹也哈哈大笑。

王老爹　你们母女两个每天都是这样，真是……（他边说着，一边把斧头插在腰里，拿起扁担、绳子，准备出门）

王老爹　大兰，爹要走了，你就起来吧！帮你妈做点儿事。

［大兰醒来了，头发还散着哩。

大　兰　爹，你要走了？噢，走吧！（忽然想起一件事赶忙跑出来）哎哎哎，爹，卖了柴，在市上买点儿花布回来，你看，我袄子都旧了。

妈　妈　别买，老爹。（对大兰）要穿，自己去织。家里有的是织布机。

［大兰噘着嘴，走开了。

小　兰　爹，山里的马兰花该开了，看到的话，就采点儿回来。

王老爹　好！

［王老爹走了，离家不远，就唱起山歌来了。

妈　妈　老爹呀，早点回来呀！

王老爹　（远远地答应着）哎——

妈　妈　上山多加小心呀。

小　兰　爹，不要忘了花，马兰花。

王老爹　（远远地应声）哎——

［歌声渐远了，听不见了。

［大兰靠着水池，看见水里的影子，懒洋洋地梳着头发。

［窗台上的老猫，呼呼地睡着了。

［幕落。

第二场

［深山里。峭壁悬崖，悬崖下面是一个湖，湖水很平静。

［古树参天，野花遍地。

［梅花鹿妈妈和她的小儿子在山顶上晒太阳。

［猴子爬在古藤上荡秋千。

［小松鼠在树上梳尾巴。

［兔子姐妹在追逐游戏。

兔子妹妹　（她的声音非常清脆，一面逃，一面说）哈哈……姐姐……慢点儿……姐姐………我跑不动了……

兔子姐姐　哈哈……我才不管呢………抓到你，你就算输……

［她们围着大树转，树公公给她们弄得直痒痒也哈哈大笑起来。树公公一动，把古藤也带动了，吊在古藤上荡秋千的猴子吓了一跳。

［兔子姐妹不管这些，仍然在追逐。妹妹往喇叭花丛里钻，她埋着头，一下子撞在喇叭花身上。喇叭花正从地底下冒出来，被这一撞，满脸气呼呼的。

喇叭花　你这个小鬼，干什么？

[兔子妹妹吓坏了，赶快跑到姐姐身边。喇叭花鼓着个嘴，看样子她在地底下就生气了。

兔子妹妹 姐姐，她怎么了？要不要向她道个歉。

兔子姐姐 别做声，她不是跟我们生气。

[一会儿，地底下又冒出了狗尾巴草，哭丧着脸。

狗尾巴草 你看你，又生这样大的气，值得吗？我不过是说着玩的，你就认真起来了。

喇 叭 花 谁跟你认真了，你不过是棵草，而且是狗尾巴草；而我呢，是花——喇叭花。

狗尾巴草 花跟草有什么两样，还不都是泥里长出来的？

喇 叭 花 嗯，不同！

狗尾巴草 花跟草就配不到一道儿了？

猴　　子 （冒冒失失地来了一句）配得到一道儿。

[大家哈哈大笑。

兔子妹妹 （也跟着大家笑）姐姐，什么叫配在一道儿？

兔子姐姐 不知道，我也不知道……

小 松 鼠 哈哈哈………配在一道儿都不懂，真是……哈哈……

喇 叭 花 你们笑什么？（向狗尾巴草）走，那边去谈谈。

[狗尾巴草向大家做了个鬼脸，就顺从地跟着喇叭花走了。

[大家笑得格外起劲。

[远处响起一阵伐木的声音，跟着王老爹的山歌也在山谷里响起来。歌声把山谷里的“居民们”都吓了一跳。

[兔子姐妹竖起了耳朵。

[小松鼠爬上树顶，只剩了尾巴在外边。

[猴子灵活地趴在古藤上眺望。

[梅花鹿妈妈护着小儿子，一动也不动地观察着。

［歌声越来越响。

［喇叭花回过头拉着狗尾巴草，躲在了一块石头后头。

［山谷里的“居民们”慌乱起来，纷纷准备逃走。

树公公　（登高眺望之后）孩子们，不要怕，那是王老爹，常在这山上打柴的王老爹，从来不伤害好人的，不要跑吧。

［谁也没听清他的话，一溜烟都跑光了，躲了起来。

［一阵慌乱之后，山谷里显得很安静，树叶在微微颤动，花草也摇摆了两下，小鸟轻轻地飞过晴空。

［王老爹的歌声越来越响，一会儿，他来了。他把打好的半担柴放在一旁，捡地上的枯枝。他渴了，走到湖边舀点儿水喝；肚子饿了，拿出竹篮里的饼吃；累了，就躺在山坡上休息一会儿。他发现树上一只松鼠的尾巴，就捡起一块小石子扔上去。松鼠尾巴摇了两下，又不动了。王老爹拿树枝弄他的尾巴，小松鼠转过身来，生气地向着王老爹瞥了一眼，跟着就躲进树叶里去了。王老爹哈哈大笑。

［笑声把躲在小山背后的两只小兔引了出来，先是大耳朵，慢慢伸出两个可爱的兔子头来，瞪着大眼睛，看着王老爹。

［王老爹发现了两只小兔子，高兴极了，用手去摸兔子耳朵，兔子姐妹机灵地跑到跟前。

［一会儿，小松鼠和小兔子，还有山顶上的梅花鹿母子等也都探出头来，看着王老爹。

［王老爹毫无恶意，拿出自己的饼，弄成一小块一小块的放在地上。

［大胆的猴子第一个跑出来拿了一小块饼吃，王老爹没有惊动他。

［他胆子大了，又来拿第二块。王老爹还是没有动。渐渐地小动物们都围在王老爹身边，王老爹对他们好极了，和他们一起玩开了。

[鹿娃子要下山来跟王老爹玩，梅花鹿妈妈不放，鹿娃子找了个机会就逃下山来。

[王老爹和小动物们越玩越高兴，摸摸他们的鼻子、耳朵、尾巴、头上的角。小动物见他没有恶意，也都很乐意给他摸。慢慢地小动物们也摸王老爹，有的摸他的胡子，有的爬到身边拉他的手。猴子挠老爹的痒痒，老爹乐得把什么都忘了，跟小动物们翻上翻下，在地下打滚。

[树公公和梅花鹿妈妈看见了也高兴了，哈哈大笑。

树公公 孩子们，别闹了，老爹年纪大了，经不起你们这样弄，停止吧！

梅花鹿妈妈 鹿娃子，上来吧！

[可是小动物们谁也不听他们的话，仍旧缠着王老爹玩。鹿妈妈和树公公互相看看，一点儿办法都没有。

[忽然，山谷里发出一阵美妙的音乐。在音乐声中，悬崖顶上的石缝里，慢慢伸出了一丛蓝色的花，这花在闪闪发光。小动物们都惊叫起来。

猴子 马兰花开了。

其余的小动物们 马兰花开了，马郎又要来了……

王老爹 这是什么？

树公公 王老爹，你赶巧了，这是马兰花，他是今年山谷里的第一朵。他一出现，接着满山遍野的马兰花就全要开花了。

王老爹 啊呀，好看哪，这不是小兰要我采的马兰花吗？要是我能得到他，该多好呀。

[王老爹一边自语着，一边走上悬崖，打算采花。小动物们都在等着别处马兰花的开放，没有注意王老爹。王老爹的心里惦记着花，不注意脚下，他快走到悬崖边上了。

树公公 老爹，当心……

［可是已经来不及了，王老爹得花心切，一下子就掉下了悬崖。

［小动物们忙成一团，乱喊乱叫，来回奔跑，都在设法救老爹，可是谁都没有想出好办法。

［正在这紧张的时刻，小动物们忽然不响了，都注视着悬崖底下的动静。

［悬崖下，一丛马兰花，渐渐地长高了，王老爹无力地躺在花丛上。花儿慢慢地分开了。我们发现王老爹原来被一个健壮的小伙子抱着。

［小动物们看到了，都惊叫起来。

小动物们 马郎！马郎！

［马郎向大家笑了一笑，接着抱着王老爹，走下花丛，把王老爹放在一个小山坡上。

［小动物们都围过来，有的亲他的脸，有的摸他的手。大家都轻手轻脚地不敢出声。

马　　郎 老爹，醒醒！醒醒！

小动物们 （也跟着轻轻地喊着）老爹，醒醒！醒醒……

王 老 爹 （慢慢地睁开了眼睛，看看大家）嗯……好危险呀！是你们救了我了。

猴　　子 不是我们，是他，马兰花。

马　　郎 老爹，你哪儿受伤了？

王 老 爹 哪儿也没有伤，你们看。（他站起来，慢慢地走着。猴子跟在他后面，提防他跌倒。王老爹走上悬崖，看着闪闪发光的马兰花）这是什么地方？

马　　郎 这是马兰山。

王 老 爹 马兰山？这是什么花？

马　　郎 这是今年开放的第一朵马兰花。

王老爹　马兰花？

马　郎　是的，随着这第一朵马兰花的开放，整个山谷的马兰花都将开出来了，你看！

［在马郎手指划过去的地方，长出了一丛丛蓝色的马兰花，顿时，满山遍野像一片蓝色的海洋。

［这景色使王老爹和小动物们都看呆了。

王老爹　你是谁？

马　郎　我叫马兰花。我用这双手，培植了成千上万朵的马兰花。

王老爹　你是人，还是花？

马　郎　（站立在花丛中）既是人，又是花。花和我，就像露珠和雨点，合起来就是一滴水。

王老爹　你愿意给我一朵这蓝色的花吗？

马　郎　是你要吗？

王老爹　不，我的女儿。

马　郎　你的女儿？是不是住在这山脚底下，随着朝霞一块儿起床，跟着小鸟一块儿歌唱的姑娘？

王老爹　是的，你认识她？

马　郎　我不认识，不，也可以说认识，因为从我这么小的时候起，我就听惯了她的歌声，你听。

［远处小兰在歌唱。

马　郎　（向着悬崖上那朵发光的马兰花招手，马兰花就飞了过来，马郎把花接在手中，交给王老爹）老爹，这朵花请你带回去。那位姑娘喜欢它，那就请你问问她，愿不愿意嫁给我马郎？

树公公　老爹，恭喜你呀，马郎向你家姑娘求亲啦。

王老爹　（接过花来，乐得像什么似的）好好好，我就回去问问她，我就回去……（他挑起柴担，准备下山）

［小动物们围着他，帮他收拾。

狗尾巴草　（把喇叭花拉在一边，给她一根狗尾巴草）你喜欢不喜欢呀？你愿意不愿意呀？

喇 叭 花　（打了他一记）傻瓜，你自己去想吧。

［小动物们听到他们的话，都乐开了。

王 老 爹　我走了，再见了，孩子们。

马　　郎　老爹，再见了。这朵神奇的马兰花，和我的心连成一片，如果姑娘不嫌弃我，那么明天，月亮当头的时候，在山脚底下，小河旁边，我们来迎亲！

［王老爹挑着担子在小动物们的陪送下下山去了。马郎一个人在想着什么，小动物们回来了，偷偷地围着他，一齐向他使鬼脸，马郎不好意思地躲进花丛。

［幕落。

第三场

［王老爹家（景同第一场）。

［天色渐晚，小鸟归林，落日的余晖，映在房子上、瓜棚上。

［瓜棚下的小桌上摆好了饭菜，小兰在绣花，大兰抱着老猫在嗑葵花子。妈妈心里在惦记着老爹。往常，老爹早就回家了，可是，今天天都快黑了，还没有回来。她看看大路，又摸摸饭菜，心里很不安。

大　　兰　真是，还不回来，人家肚子饿得直叫。（她起身拿桌上的饭菜）

妈　　妈　大兰，再等一会儿吧。

大　兰　又不是我吃，我弄点东西给老猫吃。

妈　妈　老猫也得等人吃完了再吃。

大　兰　好吧。

妈　妈　我说，孩子们，你爹一定出了什么事，往常没有这么晚还不回来。

大　兰　我看哪，爹一定在市上见到好朋友，上酒馆喝酒去了，一定是的。妈，别等了，我们先吃饭吧。

妈　妈　不会的，他知道我们在等他，你饿，你先吃吧。

小　兰　（放下花绷）妈，我去找爹去。

大　兰　你到哪儿去找呀，到山里，还是到市上？我说，你们别操这份心吧，他会回来的。

小　兰　我到山里去找找看。（她跑下去了）

妈　妈　大兰，你是姐姐，一点儿心眼都没有。你爹这么晚还没有回来，你也不着急，我说你到市上去看看吧，说不定他真给你到市上买花布去了。

大　兰　市老早就散了，到哪儿去找呀？

妈　妈　你到大路上看看也好呀。

大　兰　好吧！我去，真是麻烦！

［她刚走了两步，听到猫叫，又回身到窗台上抱着猫出去了。

［妈妈一个人到处看，她记挂着老爹，坐也不是，站也不是，不知怎么办好。

妈　妈　（自语）人老了，也变糊涂了，好像不知道会等他似的！啊呀！菜都凉了，饭也冷了。

［妈妈把饭菜端进灶房，一会儿，烟囱里冒烟了。

［老爹挑了一担柴回来，他拿着那朵马兰花，宝贝似地捧在手里。

王老爹　妈妈，妈妈！姑娘们！

［妈妈从灶房跑出来。

妈　妈　啊呀，你可回来啦，简直变成个小孩子了。过来过来，我闻闻，大概又碰到几个老酒鬼，喝饱了老酒回来了。

王老爹　妈妈妈妈，别叫别叫，一没有喝酒，二没有贪玩，遇到一件大喜事。

妈　妈　算了算了！什么大喜事？喜事会落到你头上？

王老爹　你看。（他举起那朵马兰花）

妈　妈　什么宝贝？一朵野花，值得你大惊小怪的。

王老爹　哎哎哎！你别动，别抢，这可真是了不得的大喜事呀。

妈　妈　我知道，你在哪儿玩迟了，忘记回来了，想编套词儿来搪塞，是不是？老头子，快讲吧！一定是喝酒了。

王老爹　你闻你闻！（他向妈妈哈了一口大气）真没有喝酒。可遇到一件好事，你听我讲。

［妈妈把耳朵凑过去，王老爹跟她耳语，妈妈又是惊又是喜，眼睛越瞪越大。老爹讲完了，妈妈却愣头愣脑像个傻瓜似的，不知所措。

妈　妈　啊呀，我的毯子还没有织好哪！我说嘛，说来就来，措手不及，来啦！我这个丈母娘什么礼也拿不出来，多寒碜呀！

王老爹　啊呀，我的老伴呀！亲还没有迎呢，你就想当丈母娘了。再说，女儿还没有答应呢。

妈　妈　是呀，两个丫头，都去找你了，一个到市上，一个到山里。快喊去！明儿就迎亲了，真是，这么急。

王老爹　小兰，你快回来呀！（没有人答应）大兰，你快回……

大　兰　哎，我来了。

妈　妈　你来了，你怎么这么快，你根本就没有去。

大　兰　我在大路张望了一眼，没有人嘛，我就回来了呀！

妈　妈　小兰一定跑远了。老爹呀，你跑一趟，去喊她去。啊呀，算了算了，我去！你那个跟斗跌得也够受了，歇会儿吧，我去我去！（有意把老爹拉在一旁）你跟大兰谈，我看到小兰就告诉她。

[说着她急急忙忙地跑走了。

大　兰　爹,你到市上去了?花布买了没有?

王老爹　孩子,爹没到市上去,花布也没有买。你爹在山上带回来这朵花,你看好看吗?(把马兰花给她看)

大　兰　爹!你不给我买花布,拿这朵花来骗我,我才不要呢!院子里的花多着呢,谁稀罕这个,我才不喜欢它呢,有什么好看的。

王老爹　大兰呀!这是山上一个年轻汉子给我的,他人长得漂亮,聪明能干,他说哪位姑娘喜欢这朵花,就问问她,愿不愿意嫁给马兰花。马兰花就是他的名字。

大　兰　(她把抱在手里的猫丢掉,一把抢过花来)我喜欢这朵花,多好看呀!(闻闻花)啊呀,好香呀!我喜欢它。

王老爹　真喜欢吗?

大　兰　真的。爹,把这花给我吧。(老爹把花给她)马兰花住在哪儿?

王老爹　山里。

大　兰　山里?他的房子大吗?他有多少地?他有几匹马?家里可有佣人侍候他?

王老爹　大兰,你想错了。马兰花和你爹一样,既没有地,也没有马,更没有高楼大厦,侍候他的佣人想也不用想。

大　兰　那他靠什么过日子呢?

王老爹　靠他的一双手。

大　兰　(马上变了主意)爹呀,女儿舍不得爹,舍不得妈,也舍不得这个家。爹,我虽然喜欢这朵花,可是我现在还不想出嫁。(大兰把那朵花掷在地上)

王老爹　(赶忙拾起那朵花)我知道你不会喜欢这朵花的。

[小兰和妈妈跑进院子里来,住在附近的邻居也跟进来。

小　兰　爹!

王老爹 小兰，你看。

［王老爹把马兰花高高举起。马兰花发出了奇妙的光彩，院子里叫这光彩照耀之后，好像进入了一个奇妙的境地。

小　兰 （被这美丽的花征服了。她屏住呼吸看着这朵花，然后跑过去，把花抱在胸前）爹，女儿要，要这朵在梦里见了不知多少次的花。（转身对妈妈）妈，女儿肯嫁给马兰花。

［隐隐约约地听到一种醉人的音乐，好像无数童子在合唱，那和声像颂歌一样动听。

［远处的小河显得格外清亮。

［小兰拿着那朵花走向河边。

［妈妈和王老爹欢喜得快流泪了。邻居们向他们道贺。

［大兰坐在水池旁，摸摸老猫，毫无所谓的样子，对院里发生的一切，她好像什么也没有看见。

［幕落。

第四场

［山脚下，小河边。

［圆月当空，银光倾泻满地。五彩云霞，在天空游动，也映在河底。远处，飘来了音乐和歌声，其中还夹杂着一些清脆的笑声。

［在河的远处，漂来了一只荷叶做的小船。小船上站着马郎和他的朋友们，他们都打扮得十分漂亮，其中有两个小动物装扮成和合二仙，头上戴了大头娃娃的面具，一个手里捧了一个宝盒，一个手里拿了荷花荷叶。

［小兰穿着新衣服，手里拿着马兰花。王老爹、妈妈及邻居们都来了。大家都打扮得干净漂亮。他们看到远处河上的景色，惊呆了。

妈　　妈　老爹呀！你看见没有？那远远的五颜六色的是他们吗？

王 老 爹　妈妈，别响，是他们来了。

妈　　妈　来啦？马郎呢？

王 老 爹　别急呀！

［马郎他们一群人快走近了。

喇 叭 花　（老远地喊）王老爹呀！我们来迎亲了！

王 老 爹　来吧，我们都准备好了。

狗尾巴草　老爹呀！妈妈来了没有？马郎给丈母娘准备好礼品啦！

妈　　妈　（向王老爹）我说过，要没礼品，多寒碜呀。（她整理老爹手里的绣花毯子和梳妆盒子）老爹，整理整理好。

［马郎和朋友们都上岸了。

［马郎看着小兰，小兰看着马郎，两人相对无言，可是他们各人心底都在说着话。

［两个人慢慢地走近，朋友们都安静地凝视着他们。

［他们走近了，小兰把马兰花交给马郎，马郎把马兰花戴在小兰的头上。顿时响起音乐，天空落下无数花瓣，舞台上呈现一片花海，天空的五彩云霞，变幻得更加美丽。

树 公 公　孩子们，准备起来，给他们举行婚礼吧。

［场面排开，和合二仙扶着小兰和马郎立在正中，形成了我们古老的民族婚礼的场面。

［马郎和小兰向树公公、老爹、妈妈、鹿妈妈等长辈行礼，又转身向朋友们行礼，然后相向行礼。鹿妈妈端出了两杯酒，请他们喝交杯酒。朋友们都愉快地跳起舞来。

［狗尾巴草把喇叭花牵在一边，偷偷地谈话。

狗尾巴草　看看人家马兰花，多幸福呀。

喇叭花　他是花，你是草。

狗尾巴草　还不是一样。

喇叭花　你要怎么样呢？

狗尾巴草　我想，我想……我想和你……就像马兰花和小兰姑娘一样。

喇叭花　哎呀，你别说了，多难为情呀！

狗尾巴草　好不好嘛？我等了好几年了。……就在今天，顺便把婚礼也举行了好不好？

喇叭花　啊呀！多难为情呀。你去跟树公公说去。

狗尾巴草　（跑到树公公身边）树公公，树公公！我……（不好意思说了）

树公公　什么事？你讲呀！

狗尾巴草　我……我……你问她吧。（指喇叭花）

喇叭花　（很快地把身子转过去）我……

树公公　哈哈哈，你们是怎么回事呀，吞吞吐吐的！

［朋友们都围过来了。

狗尾巴草　是这么回事，我……我们……我们想……啊呀，喇叭花！

喇叭花　看你这没用的劲儿，我来给你说吧。树公公，他想和我成亲。

树公公　好呀，你怎么样呢？

喇叭花　我……我答应了。

狗尾巴草　嘻嘻嘻。（他傻里傻气地跑过来拉喇叭花的手）

树公公　好，双喜临门，孩子们，给他们打扮打扮，把婚礼一道儿举行起来吧。

［狗尾巴草走近喇叭花，从头上拔下一根狗尾巴草，插在喇叭花的头上。

［紧接着他们也按照马兰花和小兰刚才进行过的婚礼仪式，行起礼来，不过他们是被小动物们强迫着行了跪拜礼。

［大家欢乐无比，接着跳起欢乐的舞蹈。大家为新郎和新娘祝福。

树公公 孩子们，露水已经把我们的衣服弄湿了，我们该回去了，孩子们，向老爹和妈妈告别吧。

［他们互相告别。马郎把小兰扶上船。

［水渐渐地把他们漂远了。

妈　妈 小兰呀！记住呀！明年马兰花开的时候，千万回趟家。妈妈记挂着你们。

小　兰 哎。

［他们越漂越远，歌声越来越轻。后来只有几朵闪闪发光的花儿，在小河的尽处漂流，慢慢地什么也看不见了。

［幕落。

第二幕

第五场

［深山里（景同第二场）。

［一年的时间过去了。又快是马兰花盛开的季节了。

［早晨，树公公在门前打扫，小松鼠和猴子在帮他做事。

［山顶上出现一对长鹿角，跟着，鹿娃子神气十足地出现在山顶上，他长高了，声音也粗了。

鹿娃子 树公公，您早！

树公公 鹿娃子，你早！

鹿娃子 树公公，我给您说过多少回了，我长大了，我不叫鹿娃子了，我叫梅花鹿。

［他伸伸腿，挺起胸，昂起头，摇摇尾巴，做出一副大人的样子。

树公公 哈哈哈……

小松鼠 鹿娃子，快下来，帮着做点儿事。

鹿娃子 小鬼……

猴　子 鹿娃子，别偷懒，下来！

鹿娃子 （伸手采了一个松果，掷下来）小鬼头，你们也喊我鹿娃子，我长了一岁了，去年我比你们小，今年我比你们大。

小松鼠 嘻嘻嘻，你长了一岁，难道我们没有长？

鹿娃子 你也长大了？

猴　子 哈哈哈，只许你长，不许我们长，真是笑话。

［猴子掷上去一个松果，鹿娃子又掷下一个，他们互相打起来。鹿妈妈跑出来。

鹿妈妈 鹿娃子，怎么又打起来了？

鹿娃子 他们喊我鹿娃子。

鹿妈妈 喊你鹿娃子，有什么不对？

鹿娃子 我叫梅花鹿，你看，我的角。

鹿妈妈 看你神气的。

树公公 鹿妈妈，他长大了，不高兴人家喊他鹿娃子了。

鹿妈妈 树公公，您老人家早。您在忙什么呀？

树公公 嘿，你忘了？马兰花今天就要开花了，马郎和他的媳妇就要看我们来了。

鹿妈妈 啊呀，可不，一年了。鹿娃子……啊，梅花鹿！快回来，收拾一下。

［他们回山洞去了。

树公公 孩子们哪，快点弄吧，看样子马兰花快开了，你闻，泥土散发着清香的气息，我想，时辰快到了。

猴子和小松鼠 对，我们快收拾吧。

［他们在树上树下忙碌起来。树公公也和他们一起忙。

［狗尾巴草抱着小狗尾巴草上来，一边走，一边哄着小孩。

狗尾巴草 噢，噢，噢，小宝贝不要哭……

喇 叭 花 （在远处）孩子他爹，你慢点儿走呀，这路不好走，滑，你来扶我一把呀！

狗尾巴草 啊呀！我手里抱着孩子呀，这怎么办呢？你当心呀！

喇 叭 花 你过来一下呀！

狗尾巴草 我手里有孩子呀！（他亲亲孩子）乖，乖乖！我来也不抵用呀，你当心点走吧，对了，对了，扶着那棵树。对，对，抓紧那把草，当心……

喇 叭 花 （在远处）啊呀！

狗尾巴草 啊呀！不要紧，抓紧那把草。（喇叭花没有跌下来）

［喇叭花艰难地走上来，她穿了一身新衣服，戴了满头花，左手提了一个包袱，右手提了一个红纸包，臂弯里还夹了一只老倭瓜。她一步一步地横着走过来，快走近狗尾巴草，狗尾巴草伸过手去扶她，她也伸过手来抓他，还没抓到他的时候，一不小心，跌了一跤，东西也都落在地上了。

狗尾巴草 啊呀！

喇 叭 花 啊呀！

［他们这两声“啊呀”，把抱在手里的小狗尾巴草也吓哭了。这下子把狗尾巴草忙坏了，他又要哄孩子，又想去扶喇叭花。喇叭花坐在地上要爬起来，但很难，显得很狼狈。

狗尾巴草 叫你少带点儿东西，你偏不信……

［树公公、小松鼠、猴子、鹿妈妈、鹿娃子等闻声都赶紧跑出来。鹿妈妈去扶喇叭花，拉不动她，就接过狗尾巴草手里的孩子，叫狗尾巴草去拉喇叭花。

鹿 妈 妈　你这个家伙，连媳妇也不晓得招呼。

［喇叭花叫鹿妈妈这么一说，感到委屈，哇哇地哭起来。

狗尾巴草　（急得也快哭了）啊呀！鹿妈妈，我手里有小孩呀！（这时，小孩又哭了，他把喇叭花往地上一放，赶忙跑到鹿妈妈身边）啊呀，我的小宝贝，别哭了……啊呀！我的小宝贝……

鹿 妈 妈　快去把媳妇扶起来！噢，噢，不要哭……

狗尾巴草　（嘟嘟囔囔地）大手大脚的，这点路都不会走，真是……

［他勉勉强强地去拉喇叭花。

喇 叭 花　（从地上跳起来）谁稀罕你！我爬不起来？

狗尾巴草　（吓了一跳）能爬起来就好。

喇 叭 花　你这棵狗尾巴草，神气得什么似的，非你不可呀，我是一朵花，花！

狗尾巴草　花！花又怎么样呢？难道花就娇……

树 公 公　你们这两口子，谁也不服谁，成天像冤家一样。

喇 叭 花　树公公，您评评理呀！他……

狗尾巴草　（同时）树公公，您说说看，总不能不讲理呀……

树 公 公　好了，好了，你们都少说一句吧，要学着互相尊重才好。

喇 叭 花　这是他……

鹿 妈 妈　别说了，你是来看树公公的吧？

喇 叭 花　可不是吗，一吵架把正经事也给忘了。你还站在那儿噘着个嘴做什么？还不去找一下，我那包东西呢？

狗尾巴草　（瞪着眼睛，噘着嘴，走到刚才来的路旁，拾起那个红纸包和包袱、南瓜等物给喇叭花）给你。

喇 叭 花　树公公，给您带来一个老倭瓜，老得很哩。（树公公不理她，她推推狗尾巴草）说话呀！你！

狗尾巴草　树公公，我们下次不吵了。

树公公　说话要算话。

喇叭花　（抱过小孩，向树公公）树公公，别生气了，看看您的小孙子吧。

［喇叭花把小狗尾巴草抱给树公公看，树公公这下子才给逗乐了。

［兔子姐妹匆匆忙忙地跑来，她们都长大了，已经不是一对不懂事的小孩子，而是一对漂亮的小姑娘，不过兔子妹妹清脆的笑声，仍然没有变。

兔子妹妹　树公公……树公公…

兔子姐姐　树公公，马兰花开了没有？

树公公　别急，别急，小姑娘，你们没有来，马兰花不会开的。哈哈哈……

［正在此时，山谷里放出异彩，响起了迷人的音乐，长在最高处的马兰花在闪闪发光。一朵碧蓝的马兰花，在慢慢地开放，接着满山遍野都发出光亮，成千上万朵的马兰花都在缓缓开放。这景色，比起去年来，更加美丽，更加迷人了。

［所有花丛里发出来的光彩都集中在舞台中心的一丛正在生长的马兰花上，这一丛花组合得特别美丽，颜色也特别蓝，远远看去，像一堆蓝宝石。

［就在这花丛中，站立着马郎和小兰。这幸福的形象，引起了所有在场人的羡慕。

小动物们　马郎……小兰嫂嫂……你们好！

马郎　你们好！

小兰　树公公，您好！

树公公　好，大家好！

鹿妈妈　（向小兰）小兰，过得惯吗？

小兰　过得惯。

兔子妹妹　小兰嫂嫂，你喜欢我们这儿吗？

小　　兰　喜欢。

兔子姐姐　喜欢什么？喜欢谁？

小　　兰　喜欢你，喜欢他，喜欢你们大家。

猴　　子　喜欢不喜欢他？（指马郎）

［大家都乐起来了。

喇 叭 花　小兰，你看！（她把小狗尾巴草抱给她看）

小 松 鼠　嘿，喇叭花又献宝了。

猴　　子　不是献宝，是献草，献了一棵小狗尾巴草。

［大家都乐开了。

树 公 公　孩子们哪！一年一度的马兰花开花的节日已经来了。让我们按照马兰山的传统，跳起我们节日的舞蹈吧。

［音乐响起，山谷里的居民们跳起舞来，大家按照传统，先向长辈们致敬，再相互致敬，然后向后辈们祝福，最后赞美伟大的自然，人们都兴奋而愉快。

［马郎和小兰一边跳，一边谈着。

小　　兰　马郎，真快呀，（她随手摘了一朵路旁的马兰花）马兰花又开得漫山遍野的了。

马　　郎　嗯，这条路都变成蓝颜色的了。

小　　兰　像天空，又像海洋，真美呀。

马　　郎　你还记得吗，去年这个时候，我们也是在这条蓝色的道路上，一同走进我们的家。

小　　兰　怎么不记得，露水把我的裙子都弄湿了。

马　　郎　真快呀，都一年了。

小　　兰　马郎……

马　　郎　嗯。

小　　兰　马郎。

马　　郎　你想说什么呀，说呀！

小　　兰　你难道想不到吗？我的心事。

马　　郎　（看看小兰的眼睛）嗯，我懂，你想家。

小　　兰　妈、爹，还有姐姐，他们时常跑到我的心里来，我想去看看他们。

马　　郎　明天我就送你回去。

小　　兰　不，我要现在，因为今天我离开家整整一年了。我想妈——爹——还有姐姐，他们一定在记挂着我。我现在就回去，明天就回来，好不好？

马　　郎　好，原谅我不能和你一块儿回去，希望你明天一定回来。

小　　兰　一定。马郎，明天早晨在山脚下接我。离开你我也会想你的。

马　　郎　一定。

小　　兰　那我走了。

马　　郎　等一等。（他向长在高处的马兰花招手，接着飞来了一朵蓝色的小花，他把花交给小兰）带着这一朵马兰花，你要什么，只要说："马兰花，马兰花，风吹雨打都不怕，现在请你就开花，勤劳的人在跟你说话……"这样，你要什么，它就会给你，黑路会明亮，逢水就有桥。千万戴好，不要丢了。（他把花插在小兰头上）

小　　兰　谢谢你，我会当心的。再见了。

马　　郎　不，再等一会儿。树公公！朋友们！请停一会儿跳舞吧。小兰要回家去一趟，看看爹妈，现在就要上路了。

［树公公和朋友们跑来。

树 公 公　什么？什么？

小　　兰　树公公，我离家一年了，想回家一趟，看看爹妈。

树 公 公　应该的，应该的。

兔子妹妹　怎么说想走就走了哩。

鹿妈妈　给我们大家问老爹和妈妈好。

喇叭花　小兰，告诉老爹和妈妈，我们养了个胖小子。

小　兰　好，一定把这好消息告诉他们。谢谢你们了，朋友们，我上路了，明天我们就能见面了，你们玩吧，顶好玩个通宵，省得马郎回去寂寞。

狗尾巴草　你放心吧，我们不会让他寂寞的。

小　兰　马郎再见了，不要忘了，明天清早就来接我。再见了，朋友们！（小兰走了）

大　家　再见。

马　郎　当心呀！路上当心呀，那朵马兰花！

小　兰　（远远应着）哎——

［朋友们向远处看着。

［幕落。

第六场

［王老爹家屋外（景同第一场）。

［月夜。屋子里点上了灯。妈妈在屋外，向大路上眺望。老爹出来喊她。

王老爹　妈妈，回来吧，下露水了，外面冷，进去吧，她不会回来了。

［王老爹嘴里虽这样说，可心里仍然惦记着小兰，他也向大路上眺望。

妈　妈　该回来的呀，一年了，连个信也没有。

王老爹 就在这两天了，你放心吧，小兰不会忘记我们的。

［老猫在屋顶上叫。

妈　妈 死猫，又来了。

大　兰 （听到猫叫，她赶忙推开窗户唤猫）喵呜！咪咪咪，老猫，过来。（发现爹妈）你们还不睡觉？我说妈妈，你就别操这份心吧，妹妹有了新家，早把我们给忘了。

妈　妈 你别瞎扯，小兰不像你。

王老爹 妈妈，回去吧，天晚了，今天是不会回来的了。睡去吧。

［爹妈进屋，屋里的灯没有熄，妈妈绣花的影子在窗户上出现了。

［月光下，小兰回来了，她几乎是跑回来的。这里的一切都勾起她无限的回忆。她发现妈妈的影子。

小　兰 妈——（赶忙停住，在水池边照照自己，整理整理头发）

［老猫又在屋顶上叫了，小兰看看它。

［小兰要进屋，忽然想起什么，从头上拿下马兰花，举得高高的。

小　兰 马兰花，马兰花，风吹雨打都不怕，请你现在就开花，勤劳的人在跟你说话：把送给爹妈的礼品送来吧。

［一阵五彩云霞，飞来一个篮子，这篮子里装满了礼品。小兰惊喜地去看这些礼品。

［老猫“喵喵”直叫。

［大兰推开窗户。

大　兰 老猫，叫什——（忽然发现小兰）谁？——妹妹！妈妈！

［妈妈赶忙出来。

小　兰 妈妈！

妈　妈 小兰……我说你会回来的。……

［她们拥抱，老爹也从屋里出来。

小　兰 爹。

王老爹 你到底回来了，怎么这么晚？

大　兰 妹妹，快坐一会儿吧。

妈　妈 小兰，你胖了。

大　兰 妹妹，你这一身衣服真好看哪。

小　兰 这是我自己做的。

王老爹 马郎可好？

小　兰 好。……

［大家笑声不绝，把邻居们都引来了。

邻居甲 小兰，你回来了？

邻居乙 可把你妈想坏了。

［大家你一言，我一语，乐得更起劲了。

邻居中的一个年青姑娘 跟我们谈谈，你们的日子过得可好？

另一个年青姑娘 给我们唱一首新歌吧。

［小兰边舞边唱。

小　兰 高高山上有我家，

山青水绿难描画，

好伙伴相处像兄弟，

同甘共苦有马郎。

远离家乡整一年，

儿时的伙伴挂心边，

朝别山冈晚归家，

探望乡亲和爹妈。

敬献老爹一壶酒，

深山打柴好润口；

各色丝线送妈妈，

愿您绣出百样花。

送给姐姐一匹布，

做身袄裤好洗换；

马兰花儿赠大家，

愿幸福走进你们家。

［每个人都得到了礼物，戴上一朵马兰花。大家快乐地跳起了舞。

一个老妇人 小兰，你们进屋歇一会儿吧，我们也该走了。

［邻居们都向小兰告别，小兰和老爹、妈妈进屋去了。

［大兰一个人留在屋外，她看看屋内，半天没有讲话。

大　兰 （自言自语）把她美死了，小丫头，看她那副神气的样子，真把人给气死了。

［屋里传出了一阵笑声。

大　兰 好呀，你高兴，你享福了，你这个小丫头，我哪一点儿不如你？（她走到水池边照着自己）我长得和你一样好看，你不比我多点什么，你会的，我都会；你能的，我都能。你有一个脑袋，我也有一个脑袋；你能想，我也会想。——可当初我是怎么想的呢？爹先问我的呀，该死的糊涂脑袋，你怎么了，你怎么把得到手的幸福，又给了别人呀？唉，我真恨呀！

猫 （在屋顶上）喵呜——喵呜！

大　兰 死东西，你还叫，难道你在笑话我吗？

猫 （叫得更响了）喵呜，喵呜……

大　兰 （捡起地上的石头扔过去）死东西，你叫！

［随着石头扔过去的地方，一阵青烟突起，在烟雾里，跳出一只黑猫。这已经不是大兰抱在手里的黑猫，而是和大兰一样高矮的大黑猫。

猫 喵呜！喵呜！喵……哈哈哈……

大　兰 （吓了一跳）你是谁？

猫　猫，你的好朋友。

大　兰　猫？怎么变得这么大？

猫　从来就没有小过，你看，胡子这么长，而且是白的。（他摸摸胡子）

大　兰　你来干什么？

猫　看你怪可怜的样子，想来帮你一个小忙。

大　兰　你！帮我的忙？

猫　对了，老朋友有了困难，不能站在一边看着不管。

大　兰　你有什么能耐？

猫　你瞧：这是腿，一跳，五六尺高，从地上跳上台子找点吃的，不费劲；这是手，有人管它叫爪子，挺厉害，抓起帚把来哔哔驳驳的响，（低声）逮耗子两手儿可忘了；（大声）这身体，挺灵活，翻个把跟斗，吊个把毛儿，不费劲，你瞧，（他翻了个跟斗，吊了一个毛儿）面不改色，还不带喘气；这脑袋，出起主意来顶快，什么事，我都能想出来，保管能行。你听这首诗：

一二三来一二三

老猫法术大如山，

翻个跟斗打个滚，

出几个好主意没困难。

大　兰　我的心思，你都知道了？

猫　笑话，哪能不知道呢！不知道，还叫什么好朋友呢！

大　兰　你说说看，我能把已经丢掉的幸福找回来吗？

猫　怎么不能！

大　兰　我该怎么做呢？

猫　告诉你，你要幸福，就不要怕别人痛苦。

大　兰　我还怕她痛苦呀！我恨死那死丫头了。

猫　那好，等她回家的时候，你想法子送她上路，要让她相信，你是没有坏意的……以后该怎么做，我等会儿告诉你。他们要来了，你要装着什么事也没有发生过的一样。喵呜。

［小兰出来了，老猫躺在一边。大兰装着收拾东西。

小　兰　姐姐，你一个人在收拾呀，我来帮你吧。

大　兰　不要了，小妹，我来，你歇着吧，一路上辛苦了。

小　兰　不累，我来。

大　兰　小妹，你的手好巧呀。这件衣服是你自己做的吗？多好看呀，我怎么也做不来，真懊悔当初没有跟你好好学。

小　兰　姐姐，现在跟妈学也行呀。

大　兰　反正妈妈会做就行了，我好像永远也学不会了，我一拿上针线，头就昏，大概我永远也学不好了。

小　兰　姐姐，不是不能学……

大　兰　亲妹呀，好妹妹呀，你知道我多想你呀，你在家不显，离开家可叫人想呀，亲妹妹，这次你可得多住几天，我要跟你多谈谈。

小　兰　姐姐，我明天早上就要走了，家里还有很多事情呢。

大　兰　明天就走？那怎么行呢？我们还没有好好地谈过呢。

小　兰　那现在就谈吧。

大　兰　亲妹妹，说来话长呀，现在我又不晓得从哪儿谈起了。这样吧，好妹妹，明天早晨我送你上路，一路上我们谈吧。

小　兰　好，就这样吧。

妈　妈　（在屋内）小兰。（出来了）怎么一会儿就不见你了，我还在跟你说话呢，一转眼就不见了。

大　兰　小妹，你进去跟妈妈谈谈去吧，我一会儿就收拾好了。

妈　妈　大兰，你也来吧，就要吃饭了。

大　兰　我就来。

［妈妈和小兰进屋去了。

猫　(鬼鬼祟祟地跑出来，四处看看，然后走到大兰身边，轻轻地)明天在路上，设法把她的衣服、耳环弄到手，到河边的时候，就——(做了一个推人下河的姿势)

大　兰　啊呀——

猫　这样，你就可以找到你的幸福啦。哈哈哈……

大　兰　(点点头)嗯。

[天空越来越阴沉，月亮叫乌云遮没了。远处在闪着电光。

[幕落。

第七场

[山脚下，小河边(景同第四场)。

[清晨，山雨欲来之势。小河里的水不是那么平静了，微风吹过，激起波浪。

[猫像一阵风一样飞奔上来，鬼鬼祟祟地看看四周，又朝来的路上看看，然后回头，找到河边的一块石头，在后面躲了起来。

[一会儿大兰和小兰来了。

小　兰　马郎，马郎！姐姐，马郎还没有来。

大　兰　我说吧，太早了，咱们坐下休息一会儿吧。

小　兰　姐姐，你累了，叫你跑这样多的路来送我。

大　兰　这有什么呢！亲姊妹，一年不见面了，难得的。

小　兰　一路上尽顾了赶路，姐姐，你说要跟我谈话的呢。

大　兰　唉！真不知道从哪儿谈起呀。

小　兰　我们快来好好谈谈吧，一会儿马郎来了，我就要走了。

大　兰　小妹，马郎从哪一边来？

小　兰　从那边。

大　兰　顺着这条河上去，就是你们的家吗？

小　兰　对了，顺着这条河向前去，再翻过一个山头，就可以看到一大片马兰花，那就是我们的家。

大　兰　这河里有鱼吗？（她跑向河边）。

小　兰　（一把拉住她）姐姐，你不是有话和我谈吗？

大　兰　小妹，我们去看看，河里一定有鱼。走！

小　兰　不要，鱼有什么稀奇呢？

大　兰　一定还有石头。

小　兰　姐姐，你怎么老是扯这些呢？

大　兰　小妹呀，你别急，我们说正经的，你说我长得难看吗？

小　兰　谁说你难看了！

大　兰　比你呢？

小　兰　我不知道，为什么要比呢？

大　兰　比着玩嘛。来，我们看河里的影子。（大兰拉着小兰来到河边的一块大石头上。河里显出两个姑娘的影子）

大　兰　你看，我难看死了，衣服都打了补丁，颜色也洗褪色了，你的衣服多好。人恃衣衫马恃鞍，我当然比不过你了。

小　兰　姐姐，我把这件衣服送你吧。

［她脱下自己的外衫。

大　兰　那怎么行呢！马郎知道不要怪你呀？

小　兰　不会的，我告诉他，给了你了，他会高兴的。

大　兰　那也好。我来试试吧。

［小兰把外衫给大兰穿上。

大　兰　（穿好外衫之后，看看小兰）啊呀，不行，还是你好看，因为你有耳环，而我没有。

小　兰　(拿下自己的耳环)耳环也给你吧！(大兰伸手就来拿耳环)这副耳环是马郎亲手做的。

大　兰　那你告诉他，你给了我了，他会高兴的。

小　兰　是的，他会高兴的。

［小兰把耳环给大兰戴上。大兰赶忙在河里照照。

大　兰　啊呀！我头上没有花。小妹，这朵花多好看呀，也给我吧。

小　兰　姐姐，你要花，我给你去采，这朵花，不能给你。

大　兰　你什么都给我了，这么一朵野花有什么了不起的。

小　兰　姐姐，你不知道。这不是平常的花，这朵马兰花是马郎的命根子，我们全家的幸福都靠它。

大　兰　啊，马兰花！那借给我戴一会儿吧。

小　兰　不能够。你要什么，我都可以给你，这朵花，不能给。

大　兰　(半开玩笑似的)那我抢了。

小　兰　你抢我也不能给，因为给了你，我还能不能见到马郎，都不敢说。好姐姐，你说吧，你还要什么，我再给你。

大　兰　我要马兰花，不给？那我真抢了！(动手就要抢)

小　兰　(跳下石头)姐姐，不要开这样的玩笑。

大　兰　哈哈哈哈……小妹，你真有趣，我跟你闹着玩的，你就当真了。好了，好了，不开玩笑了，我知道马兰花是你们家的宝贝，你就是送给我，我也不能要呀。

小　兰　可你刚才真的要动手抢了。

大　兰　我的好妹妹，那是跟你闹着玩的。咱们是亲姐妹，这点儿事还挂在心上干吗呢！来吧，亲妹妹，我们来谈谈吧。来吧，坐到这儿来。

［小兰不愿意理大兰了，她看着河的上游，盼着马郎。

大　兰　（也看看河的上游）小妹，你来看，远远来了个人，那是谁？是不是马郎？

小　兰　（赶忙爬上石头）哪儿？哪儿？

大　兰　喏！那一边，那一边，那个穿蓝衣服的。

［小兰踮起脚尖，向水的上游看。

［大兰趁小兰注视着远方的时候，冷不防地抢了小兰头上的马兰花，小兰被这一举动吓愣了。这时猫从石头后面跑出来，两人一起把小兰推下河去。

［水花四溅，妹妹呼救的声音。老猫捡起一块石头扔下河。过了一会儿，一切都恢复了原状。

猫　哈哈哈哈……大兰，你有两手。（顺手把马兰花抢到手）再见！（转身就要跑）

大　兰　哎哎哎！你怎么走了？

猫　事情都办好了。你在这儿等着吧，马郎一会儿就来接你了，从此就可以过好日子了。

大　兰　他……他会相信我是小兰吗？

猫　怎么会不相信呢？你们姐妹俩本来就长得很像，现在你又穿了小兰的衣服，戴了小兰的耳环，他还会不相信吗？你等着吧，他一会儿就来了。我可要走了。

大　兰　慢点儿，你等会儿嘛，我怕得很。他要问起我，小兰哪儿去了，怎么办呢？

猫　傻瓜，你自己就是小兰嘛。他怎么会问呢？

大　兰　对，对。哎……你把马兰花拿去干什么呀？

猫　你懊悔当初没有嫁给马郎，把得到手的幸福丢了，我帮你出了主意，现在你把幸福找回来了，你就去吧。至于我，我要的就是这朵马兰花，哈哈哈……闲话少说，我要走了，再见，祝你幸福！

大　兰　哎哎，马郎要是问起我马兰花，可怎么办呢？

猫　这还不简单，你就说丢了就行了。（他打算走，可是走了两步，又想了一想）哎，我这个傻瓜，还跑路干什么呀，我有宝贝在手里，我该享享福了！（他把马兰花举得高高的，大声喊着）马兰花，马兰花，风吹雨打都不怕，勤劳的人在说话，请你马上就开花，我要一辆八匹马拉的大车，把我送回去。（他闭上眼睛，满以为马车来了，再向四周看看，一切都照旧，什么也没有）大兰，有马车来过吗？

大　兰　见鬼了，什么也没有来过。

猫　（打了马兰花一下）你这个什么宝贝花，连马车都变不来。

大　兰　世界上就没有八匹马拉的马车。

猫　你没有见过世面，我们老爷进进出出都是坐八匹马拉的车，或者十六个人抬的大轿。你以为世界上就只有一匹老牛拉的大车，才叫车吗？真是没有见过世面！

大　兰　可是你没有变来呀！

猫　啊，我想起来了，一定是口诀不对。你知道口诀吗？

大　兰　不知道。

猫　这有什么用呢！丢掉它算了。

大　兰　啊呀，多可惜呀。拿给我戴戴吧！

猫　不行，你带回去，落在马郎手里就有用，他就可以把一切都搞清楚的。没有马兰花，他一点儿办法也没有的。千万不能给他。

大　兰　那怎么办呢？

猫　（想了一会儿）这样吧，我跟你一齐去，你就说我是你家的老猫，可以帮你们做事情，捉老鼠，把花藏在我这儿，找机会骗到口诀再走。

大　兰　好，有你跟我一起，我胆子就会大一点儿。（远远地听到马郎的歌声）

猫　来了

大　兰　谁？

猫　你的马郎呀！

大　兰　啊呀！这怎么办呢？啊呀呀……我第一句话跟他说什么呢？

猫　安静点，沉住气。

大　兰　（整理整理自己的衣服，摸摸耳环）上天保佑，不出事才好。……老猫呀，你要帮忙呀，露了马脚就糟了。

猫　放心吧，这点事情，保管干得利落。来了，小兰，记住你叫小兰。（他把马兰花藏起来，趴在地上，贴在大兰的身边，装着很驯顺的样子，摇着尾巴）喵呜，喵呜，喵呜！

［马郎划着一条小船来了。

马　郎　小兰，小兰！

大　兰　（傻傻地愣在那里）……

猫　（低声地）答应呀，你。

大　兰　哎。

猫　喵呜！

马　郎　小兰，你来了半天了吧？

大　兰　没有……刚到一会儿。

马　郎　我来迟了。

大　兰　不要紧。

马　郎　妈妈他们好吗？

大　兰　好！（她显得很狼狈）

马　郎　你别难过了，过两天我再送你回去住几天。

大　兰　不要不要，我住腻了。

猫　喵呜！

马　郎　这猫是你带来的吗？

大　兰　是呀，他是我们家的老猫，我一年不回去了，他还认识我。今天我走了，说什么也不肯离开我，一直跟着我。我叫他回去，他也不干。老猫，你回去吧。

猫　不，喵呜！不，我不回去。（他贴着大兰身边，装得很驯顺，舔舔马郎的脚，又摇摇头，表示不愿意回去）

大　兰　你看，这死猫。

马　郎　回去吧，老猫，老爹还等着你呢。

猫　不，我要跟我们姑娘在一起。喵呜。（索性坐在大兰脚下不起来了）

大　兰　这样吧，我们把他带回去吧，他会帮我们做事，还会捉鼠。

马　郎　可是老爹他们不要吗？

大　兰　不要紧，爹知道老猫跟我来的。

马　郎　那好吧，快上船吧，要下雨了。

［猫很快地跳上船，马郎把大兰扶上船，解开船索，自己也跳上去，划起桨，船开了。

［天空闪着电光，雷声隆隆，紧接着是倾盆大雨。小河里的波浪更大了。

［幕落。

第三幕

第八场

［马郎和小兰的家。马郎领老猫、大兰进来。

大　兰　噢！比我们家的大。

马　郎　什么？这屋子变样了吗？

大　兰　噢，噢，我说，这山楂果比我们家的大。（她拿起桌上的山楂果就吃）

马　郎　先换衣服吧，洗洗脸洗洗手再吃东西呀！

大　兰　不要紧，我肚子饿了。

马　郎　怎么这样饿！

大　兰　啊呀！你不知道，昨天一夜都没有好好地睡觉，今天天没亮就起来了，早饭也没有吃，就走了十几里路。啊呀！我累了，想睡一会儿。

马　郎　好吧，你歇着吧。（大兰倒在床上睡觉）老猫，你也休息休息去吧。过不惯吧，怎么半天没有开口？

猫　姑爷，过得惯的，过得惯的。

马　郎　啊呀，你浑身都湿了。

猫　不要紧的，姑爷，待会儿，太阳出来了，我爬上屋顶，晒一会儿就好了。

马　郎　老猫，你就住在这间屋里吧。

猫　姑爷，用不着，我喜欢住灶台，又舒服，又暖和，找点什么吃的也方便。

马　郎　你是说你打算偷嘴？

猫　哪能偷嘴呢？……我是说灶房里耗子多，逮耗子吃很方便。

马　郎　你倒蛮勤快的。

猫　什么话！谁不知道，我们猫是世界上最勤快的，当人们都已经睡得很甜很甜的时候，而我们却瞪着两只大眼，注视着墙犄角、小窟窿。姑爷，你就放心吧，我来到你们家，保管把你们家耗子逮光，并且还帮你做事，没有话讲，我们姑娘知道我。

马　郎　老猫，你很会说话。

猫　那是，我就有这点嗜好：爱讲话。我肚子里装了不少典故，姑爷，闲下来，我给您讲吧，保管您听得够味儿。

马　郎　好吧！

［门外很多朋友都来了，还没有看到他们，就听到一片嘈杂的声音，其中喇叭花的声音最尖、最突出。

喇叭花　小兰！老爹和妈妈可好呀？

兔子妹妹　小兰嫂嫂，带什么东西给我们吃没有？

［随着声音，喇叭花、兔子姐妹、猴子和小松鼠跑了进来。

喇叭花　马郎！小兰回来了？

马　郎　回来了，睡觉了。

兔子妹妹　小兰嫂嫂。（跟着就跑近床边）

小松鼠　（猛然发现了老猫，吓了一跳）啊呀，一只猫！

猴　子　（他看见了老猫，也吓了一跳）你是我们这儿的？

马　郎　朋友们！不要怕，他是老猫，是小兰的好朋友，以后就住在我们这儿了。

喇叭花　小兰，老爹他们可好呀？

大　兰　好得很，好得很。

兔子姐姐　小兰嫂嫂，你带点什么吃的给我们啦？

大　兰　吃的？要有，我老早吃光了。

［大家都显得很尴尬，话也说不下去了。

大　兰　老猫！你没有睡觉？

猫　没有，我跟姑爷说话呢，你呢？

大　兰　刚刚睡下去，就被吵醒了，啊呀，真是！……

［她伸了个懒腰。

兔子妹妹　姐姐，走吧！

兔子姐姐　小兰嫂嫂，对不起，我们把你吵醒了。

大　兰　已经醒了，还说什么呢。

喇叭花　走吧……

鹿娃子　（一边喊，一边跑进来）小兰，小兰，你好呀？

［大家拉住他。他一看空气不对，停住脚。大家把他也拉出去了。

猴　子　（低声和鹿娃子说）快走吧！变了。

［大家都走了。

大　兰　真讨厌！人家睡得正香着呢。

［这情景，使马郎感到奇怪，他一直以怀疑的眼光，注视着刚才所发生的一切。他打量着大兰。

猫　姑娘，你也太不对了，人家好心好意来看你，你却给人家浇冷水。

大　兰　谁请他们来的！

马　郎　你病了，还是怎么的？怎么回去一趟，什么都变了？

大　兰　马郎，我实在太累了！我除了想睡觉，什么也不想。

猫　说实在，姑娘回去简直没有休息，老爹和妈妈跟她谈了一通宵，今天天没亮就起来，走了十几里路，连饭都没有好好吃一顿。你睡去吧，姑娘。

马　郎　等一下吧！我问你，我的马兰花呢？

大　兰　马兰花？

马　郎　嗯！在哪儿呢？

大　兰　我戴在头上的呀。（她故意在头上乱找）

马　郎　没有呀！

大　兰　那一定掉在床上了。（她在床上乱翻）

马　郎　（也在床上找）没有呀！

大　兰　（浑身乱找）啊呀，那一定在路上丢掉了。别急，让我想想……对了，一定是在西山凹子里丢掉的，我在那儿歇了歇脚……啊呀，不对不对，定是回来的路上，下大雨那阵子丢掉的。

马　郎　你仔细想想，究竟是在哪儿丢掉的？

大　兰　啊呀，这叫我怎么想呢？我要是知道丢掉了，就把它拾起来了呀！啊呀，马郎，算了吧，一朵马兰花，有什么了不起，路边多的是，待会儿我给你采一大把来。

马　郎　我看，你是着了魔了！你简直变了！你一点儿也不像小兰。

大　兰　哈哈哈哈……我看你才着了魔呢，连自己的妻子都不认识了。哈哈哈……老猫，你说可笑不可笑，马郎连自己的妻子都不认识了，哈哈哈哈……

猫　姑娘！好好说，好好说，再想想，在哪儿丢了，我去找。姑爷，您别生气，我出去给您找去，我去，我去！

马　郎　不用你去了，老猫，你帮她想想看，会在哪儿丢掉的呢？

猫　别急，别急，让我想想。离开家的时候，我看到她还戴在头上的。嗯……过河的时候，我好像也看见的，……以后怎么样的呢？啊呀，我就不知道了，恐怕就是在过河的时候丢掉的，一定。

马　郎　我去找。

猫　姑爷，我给您去找吧！不过我也真不明白，这里山前山后，长满了各式各样的花，丢掉了，再摘一朵就行了，为什么非要那朵不可呢？

马　郎　老猫，你不知道，山里的野花，摘下来，隔不了一会儿就枯了，我那朵马兰花永远不会枯，遇到什么困难，求教它，就可以给你设法。

猫　（趁机探听）怎么求教它呢？

马　郎　我没有心思再跟你谈什么了，我求你不要缠住我吧，我要走了，在没有找到马兰花之前，我没有心思再管其他的事情。（马郎跑出去了）

猫　姑爷，等等，我跟您一齐去找。

马　郎　（在远处回答）不要，不要了。

[猫要出去，大兰一把拉住他。

大　兰　算了吧，你就歇着吧！

猫　（趁势翻了一个跟斗）哈哈哈，你以为我真的跟他去找呀？笑话，我不过是做做样子，让他以为我还不错，要紧的是要找机会骗到他的口诀之后我好溜之大吉。哈哈哈，让他去找吧。姑娘，我们来，把这屋里好吃的东西都拿出来，吃他个饱，然后就睡他一个好觉。

[他们情不自禁地乱蹦乱跳，嘴里还唱起莫名其妙的歌来。

[幕落。

第九场

[小河边（景同第四场）。

[月亮叫乌云遮住了。小河里的水在哗啦啦地流着。大地寂静无声，微风吹过，隐隐地听到树叶子颤动的声音。

[马郎很疲乏地走来。

马　郎　（注视着河水）小河里的流水呀，你可曾看见一朵蓝颜色的花？（小河的流水声）你们的话，实在不能理会。啊——丢了马兰花，就像丢了眼睛一样，什么都看不见了。（眺望四周）这是什么地方？这不是我和小兰成亲的地方吗？……可是，小兰在哪儿呢？……啊！我的小兰！（他伏在岸边石头上流泪沉思）

[月亮从乌云里出来了，五彩云霞又在天空出现，小兰和马郎成亲的情景，又展现在我们眼前，他们又跳起成亲跳的舞蹈，可是他们两个谁也无法接触到谁。他们都想说心底的话，可是谁也听不到谁的声音。

［黑色的波浪冲击着他们，无情地使他们分手，小兰消失在黑色的波浪里。

［舞台上恢复了平静，马郎一人伏在河岸的石头上。

马　　郎　小兰！小兰！难道真的遭了灾难。（站起，奔向另一方向）小兰！小兰！

［滔滔流水，滚过我们的眼前，透过波浪，看到小兰躺在水底的石头上，很多仙女围着她。马郎的喊声，惊醒了小兰，她起身想跑出水面，可是她处在水底，无法摆脱水的束缚。她好像一朵莲花，叫流水冲过来，冲过去，无法逃出水面。最后她只能又躺在石头上。

小　　兰　（无力地）我要回去……马郎在喊我……我要回去……

水仙之一　小兰姑娘，你安静一些，你们丢了马兰花，是不能见面的。等马郎找到马兰花，你们就会跟从前一样了。

小　　兰　可是谁能告诉他，马兰花在哪儿呢？这样他永远也找不到的呀。

水仙之二　不会的，马兰花帮助诚实、善良的人，它总有一天会回到你们手里的。

小　　兰　好心的姑娘，请你去告诉他一声好不好？

水仙之一　不，我们上不去。

小　　兰　那不是什么都完了吗？

水仙之二　小兰姑娘，别急，我们会给你设法的。

［水底的仙女们在商议着，一只小鸟在天空盘旋着，叫着。

［这只小鸟是一只和真鸟一样大小的鸟，可以用傀儡的办法操纵。

小　　兰　小鸟！这是我家门口的小鸟。小鸟！小鸟！

［小鸟停在岸边的石头上，注视着水底。

水仙之一　小鸟，小兰姑娘遭到不幸，你快给她送一个信吧。

［小鸟朝水底倾听着。

小　兰　小鸟，请你快去告诉马郎，马兰花在大兰身上，她骗了我的衣服，抢了马兰花，把我害死，装成我的模样……小鸟，快去吧，马郎要跑远了。

［小鸟在天空盘旋之后，在一块大石头上停下来。

小　鸟　马郎！马郎！

［马郎回来了。

马　郎　谁？

小　鸟　是我，小鸟。

马　郎　小鸟，你可曾看见一朵蓝色的花？

小　鸟　马兰花吗？

马　郎　对，你看见过？

小　鸟　我知道在哪里。

马　郎　你知道！

小　鸟　嗯。

马　郎　你怎么知道的？

小　鸟　小兰姑娘告诉我的。

马　郎　她在哪儿？

小　鸟　叫大兰害死了。

马　郎　什么？

小　鸟　大兰害死了小兰，又到你家里装成小兰，要夺去小兰姑娘的幸福。

马　郎　马兰花呢？

小　鸟　就在她身上。

马　郎　小鸟，请你跟我一齐回去，帮我找到马兰花，好吗？

小　鸟　好。

马　郎　那请你飞过来吧。

［小鸟展开翅膀，轻轻地落在马郎身旁。

马　郎　小鸟，感谢你在困难中帮助我。

小　鸟　事情还没有做呢，你就感谢！走吧，去找马兰花。

马　郎　好。

［小鸟在前面飞，马郎踏着兴奋的步子回家去。

［幕落。

第十场

［马郎和小兰的家（景同第八场）。

［马郎和小鸟来了。

小　鸟　好安静，一个人都没有吗？

马　郎　哼，还没有醒呢。小鸟，你就待在这儿吧，我去找树公公他们去。小鸟，你不要离开这里，等着我。

小　鸟　你去吧，我看到马兰花就喊你。

［马郎走了。

小　鸟　太阳晒上床了，这山里的人都做了很多事情了，他们还躺着呢，真是不害臊！

大　兰　（在床上）谁在这儿乱叫！（到处寻找，看到小鸟，小鸟却不看她，她也没有想到小鸟会讲话）真是讨厌！（她转身准备再去睡觉）

小　鸟　懒骨头！懒骨头！

大　兰　（赶快回身）谁呀？谁呀？家里爹爹妈妈每天吵得人不能安宁，这儿是什么人好管闲事呀！我爱睡多久就睡多久，你管得着吗！笑话，简直是狗拿耗子！

小　鸟　谁都管得着。懒骨头，坏良心的人，谁都看她不顺眼。

大　兰　你呀！闹了半天，是你讲话呀！这地方真邪气，小鸟也管起大人来了，我看你还是安分一点儿吧，哈哈哈。老猫呀！老猫，起来没有？快出来！

猫　（从床肚里懒洋洋地爬出来，抖抖身上的灰，打了个哈欠，伸了个懒腰）唉——

大　兰　怎么了，垂头丧气的？

猫　过不惯嘛！这地方真不是味儿，昨天到今天没有闻到一点点鱼腥味，真不好受。

大　兰　算了，算了，别发牢骚了，早晚你会大吃一顿的。（向老猫指指小鸟）你瞧。

猫　噢——一只小鸟。（口水都滴下来了）

小　鸟　懒骨头！坏良心！

大　兰　你怎么随便骂人啦！

猫　（赶忙制止她）骂得对，骂得对，我们的确起得太迟了。你看你，披头散发的，实在不好看。

［大兰拿了小兰的梳子对着镜子梳起头来，她一面梳头，一面还自鸣得意地唱着一首粗俗的歌。猫在窥视着小鸟的动静。

小　鸟　害人精，没良心。

大　兰　什么！你说什么？

小　鸟　不害羞，用别人的镜子照鬼脸，用别人的梳子梳狗头。

大　兰　你！

小　鸟　不管别人痛苦不痛苦，就管你自己快活！

大　兰　你这个鬼鸟，（扑了过去）你管得着？

［小鸟机灵地跑开了。大兰像凶神一样，追着小鸟。猫一把拉住大兰。

猫　姑娘，干吗生这样大的气呀？

大　兰　（低声）老猫，这怎么得了，她知道底细了呀，她要是告诉马郎，那你我都要完了。

猫　别急，别急，慢慢来，你去梳你的头吧。（笑容可掬地走近小鸟）小鸟，你的心真好呀！你这是骂谁呀？小兰姑娘一向很好的呀！

小　鸟　小兰好，谁都知道。可是她是小兰吗？

猫　（装作一点儿坏意都没有的样子靠近了小鸟）小鸟呀，她怎么不是小兰呀，你看她模样儿一点儿也没有变。

小　鸟　穿了小兰的衣服，戴了小兰的耳环，可是小兰的心，她是偷不走的！你要干吗？

猫　不干吗。小鸟，你太好了，你简直……

［猫一下扑过去，小鸟展开翅膀想飞，可是叫猫给逮住了。猫突然变成一副可怕的面孔。

猫　你简直是我的一顿丰富的早点。哈哈哈，我老猫一整天没有吃到荤腥了，哈哈哈。

［小鸟在挣扎，可猫抓得紧，羽毛飞落一地。

小　鸟　你放手！你这阴险的东西！

猫　放手？哈哈哈！我肚子饿得直叫了。

小　鸟　你……马郎……

［小鸟被拉到屋后去了。可以听到老猫的狞笑声和小鸟挣扎的叫声。

［大兰若无其事地梳她的头。

［过了一会儿，老猫安闲地走来，抹抹嘴，洗洗脸。

大　兰　怎么样，过瘾吧？

猫　还不错。

大　兰　也不收拾收拾，满地都是鸟毛。

猫　从来没有这个习惯。

大　兰　马郎一会儿就回来，看到不问呀？

猫　（恍然大悟）你这个提醒很要紧，必须做出像没有发生过什么事情的样子。

［老猫捧了一堆骨头和鸟毛出来，掏了一个坑，把它们埋起来。

马　郎　（在远处）小鸟！小鸟！

大　兰　糟了，马郎来了，他找小鸟，怎么办？

猫　别慌，我们先躲起来，看他怎么样？

［老猫拉着大兰躲起来。

马　郎　（跑来）小鸟，小鸟！小鸟哪儿去了，（他四处寻找，发现地上的羽毛，又看看床上的人也没有了，他觉察出小鸟遭遇到不幸，情不自禁地流泪了）我的小鸟。

［这时响起了一阵悦耳的音乐，随着音乐，在埋小鸟骨头和羽毛的地方，慢慢地长出了一棵苹果树，树上结满了苹果，所有的苹果都在闪闪发光。

［在音乐声中，可听到小鸟的声音。

小鸟的声音　马郎，马郎，你的小鸟就像你的小兰一样，叫老猫害死了。

［马郎抱着苹果树哭了。

小鸟的声音　马郎，马郎，千万不要悲伤，快去找朋友们去，找到马兰花，什么都会好起来的。

［马郎依依不舍地离开苹果树走了。

［大兰和老猫走了出来。

大　兰　傻瓜，你去找马兰花吧，哈哈哈……

猫　当心，他没有走远。

大　兰　管他呢，来，我们摘苹果吃。

［她的手刚接触到苹果，苹果就闪起耀眼的光亮，手就被打回来

了。她不甘心，再去摘，同样被打回。她双手抱着树干摇，可是奇怪得很，手叫苹果树吸住了，无法离开。

大　兰　啊呀，老猫，我手拿不下来了……老猫……

猫　别急，别急。（他捡起地上的苹果就大吃起来）想想办法。

大　兰　啊呀！人都急死了，他还要想办法！真是，老猫，帮帮忙吧！

猫　就来，就来。别急……（忽然大叫）啊呀！——这倒霉的苹果把人都酸死了！

大　兰　老猫，快点找把斧子来，把苹果树砍掉，快，快快……

猫　来了……来了……（他找来一把斧子，拼命砍树）

大　兰　用劲砍呀，快点儿……

［马郎跑来了。

马　郎　干什么呀？你们！

猫　（猛然被吓昏了）哦——大兰——小兰妹妹的手拿不下来了。姑爷。

大　兰　砍呀，快砍呀，还有一点点呀，快呀，别理他！

［猫继续砍。

马　郎　停止！不许砍！

［老猫不听，仍然猛砍。马郎跑过来，抢他的斧子，老猫不给。大兰的手虽然粘在树上拿不下来，但是她仍然找机会踢马郎。

［苹果树被砍倒了，大兰的手也下来了。

马　郎　你这没良心的东西，害死了小兰不算数，连我的小鸟和苹果树你们也要统统害死，你们这些害人精！

大　兰　好呀，你已经知道了，那也就不瞒你了。怎么样呢？——小兰死了，马兰花丢了，你还有什么法宝？哈哈！我劝你不必了，咱俩好好成家，好日子在后头呢！

马　郎　去你的吧！我恨你，恨你这个人面兽心的东西！快告诉我，马兰花在哪里？

大　兰　我怎么知道呢，你又没有给我。

猫　姑娘，你也太放肆了！姑爷，你别生气，马兰花没有了，没有关系，也许光念那几句口诀也能行，你就试试吧，也许能行。念吧！

大　兰　对了，念吧，念咒吧，也许念念咒你就能得救了。

马　郎　去你的吧！马兰花帮助诚实、善良的人。你们这些虚伪阴险的家伙，得到马兰花，也没有用处的。拿出来！

大　兰　哈哈，你有能耐你找呀！我从哪儿拿出来呀！

马　郎　狡猾的东西！一定藏在你身上。

［他追到大兰身边去找，大兰狡猾地逃开，靠近了老猫的身旁。

大　兰　你还不快跑，老猫，把马兰花去毁掉。（大声喊）来吧，马郎，你的马兰花就藏在我的头发里，你来吧！来吧！

［马郎追大兰，大兰逃开了。马郎追下。

猫　（只剩下他一个了，他迅速地拿出马兰花看看）哈哈，傻瓜，你上当了。

小鸟的声音　马兰花！马兰花！马郎！马兰花在老猫那儿。

［猫听到小鸟的声音，赶快把马兰花藏起来，逃掉了。

小鸟的声音　马郎，猫跑了！

［马郎跑回来四处找着。

小鸟的声音　快追老猫去呀，马兰花在他那儿。

马　郎　小鸟，小鸟，飞出去，告诉朋友们，抓老猫。

小鸟的声音　马兰花在老猫身上，朋友们，抓住老猫呀！

［马郎也追下去了。

［幕落。

第十一场

［深山里（景同第二场）。

［远处鹿娃子奔跑的声音：嘚嘚嘚……

［兔子姐妹从路边草丛中伸出耳朵。

［山顶上，梅花鹿妈妈也探出头来。

［喇叭花夫妇交头接耳地谈论着。

［小松鼠爬在树上看动静。

［猴子爬在悬崖的石缝里。

［树公公仔细地看了看四周。

树公公 这是鹿娃子的声音，一定是有了什么消息，孩子们准备好。

鹿娃子 （跑上来）坏东西来了，我在那边山头上看到的。

树公公 孩子们，小心，躲起来，坏东西诡计多，大家要当心些。

［大家都躲好了，兔子妹妹伸出耳朵，兔子姐姐一把就把她拉下去了。在四周都安静下来的时候，突然有一个小孩的哭声，接着可听到狗尾巴草低声地说："小心些，不要让他出声。"跟着又传来喇叭花哄孩子的声音。

［一切都很安静，猫狼狈不堪地逃来了。

猫 （看看后头没有人追来）见鬼，今天我老猫倒过来变成个耗子了，长这么大，第一次跑这样多的路。啊呀，腿也不听我使唤了，头也好像重得多了。（他想起马兰花，很小心地把马兰花拿出来）马兰花，老爷爷，我老猫诚心诚意地求您，赐给我一辆八匹马拉的大马车吧。马兰花老爷爷救救我吧！如果八匹马拉的车子不行，那请您赐给我四匹马拉的马车也行，要不就是两匹的，或者一匹马拉的也可以，要不，您干脆就给我一匹马吧。马兰花老爷爷，我求您，我跪下来求您了，行行好吧，做做好事吧！我老猫都哭了，呜呜呜！

树公公　你这是干什么呀？

猫　（猛然睁开眼，看见一个长胡子的老公公，又惊又喜，他以为马兰花来了，马上磕头如捣蒜）老爷爷救苦救难，做做好事，帮帮忙呀！

树公公　你要什么？

猫　我要一匹马，不不不，八匹马拉的大马车，车子上装着金银财宝，珍珠玛瑙，山珍海味，绫罗绸缎……老爷爷，行行好吧，立刻就来，立刻就要。（他又磕头）快呀！快呀！

小鸟的声音　马兰花，马兰花在老猫身上，朋友们抓住他呀！抓住他呀！

猫　（更惊慌了）老爷爷，行行好吧，快！快！快！等我到了家给你盖庙宇、立佛像，快呀！快来吧！车子，金子，银子……

树公公　你这个骗子，孩子们，把住路口不许他跑掉。

猫　（发觉不对，转身就想跑，但是每个地方都有人把守，他走投无路）啊呀，糟了！

［马郎追来了，猫看到马郎来了，吓坏了，马上奔上悬崖。

马　郎　骗子，快把马兰花还给我。

猫　（站在悬崖上，高举马兰花）马兰花在这儿，你想要吗？哈哈，我不能从它身上得到东西，我也不想给你！

［马郎追上悬崖，和老猫展开了搏斗。最后，马郎把老猫举得高高的，扔下悬崖。老猫惨叫。正在这时，大兰跑来了，她看到这一情景，简直吓坏了。

马　郎　糟了，马兰花也掉下去了。

猴　子　不要紧，有我！

［猴子和鹿娃子飞一样奔下悬崖。

［马郎转身看到大兰，大兰又羞又愧，像得了病似的瘫在草丛里。

马　　郎　你？

喇 叭 花　害死自己的亲妹妹，哪有这样狠心的人！

鹿 妈 妈　真是鬼迷了你的心了。

大　　兰　我……

树 公 公　你还有脸说话？

［猴子和鹿娃子一路上打闹而来。

猴　　子　给我，是我先拿到手的。

鹿 娃 子　是我先拿到手的……马郎……（他正要把花交给马郎）

猴　　子　（一把把花抢过去）马兰花！给你！

鹿 娃 子　你……（打算去抢）

小 松 鼠　算了，你们这两个人，谁也不饶谁。

兔子姐姐　老猫呢？

猴　　子　老猫变成死猫了。

兔子妹妹　在哪儿？（她爬上悬崖，想去看死猫）

树 公 公　算了，孩子们，不要去看了，让这个坏东西和他做的丑事一齐去死吧！马郎，快把小兰叫回来吧。

马　　郎　（高高举起马兰花）马兰花，马兰花，风吹雨打都不怕，现在请你就开花，勤劳的人在跟你说话：让小鸟和小兰，一齐回来吧。

［山谷里响起幸福的音乐。天空又显现出奇幻的景色，一只小鸟迅速地从天上飞过，接着马兰花开放了，花丛中站立着小兰，马郎赶忙过去拥抱她。这幸福的会见，使所有的人都高兴得流下了眼泪。

［小兰转身向大家招呼，这时发现了大兰。

小　兰　你——姐姐，你不是有很多话要跟我说吗？

［大兰羞愧得抬不起头。

小　兰　姐姐，千言万语，只有一句话，幸福要自己去创造，马兰花不会凭空给你什么。

树公公　回去吧，好好想想，你干了些什么？

［大兰羞愧地走了。

树公公　孩子们，都回去吧，让他们两个人谈一会儿吧。

［天空现出彩虹，小兰和马郎在花丛中说着话。朋友们都悄悄地躲藏起来。

［深山里恢复了平静。

［幕落。

［全剧终。

（1956 年演出本）

儿童剧

魔鬼面壳

（根据刘厚明同名小说创作）

编　　剧

任德耀

作者小传

任德耀（1918—1998），男，笔名王十羽。江苏扬州人。曾任中国儿童戏剧研究会理事长、全国文联委员、中国戏剧家协会上海分会副主席。历任中国福利基金会儿童剧团团长、儿童艺术剧院院长、名誉院长兼艺术指导。一级导演。

人物表

老倭瓜　70 岁,耍猴戏的老头

卖樱桃的小女孩　12 岁

银　背　老雄猴,猴群首领

老雌猴　银背的老婆

灰　灰　年轻的雄猴,人称“美猴王”

力　力　年轻的雄猴,身强力壮,后成为猴群首领

朵　朵　年轻的雌猴,豆蔻年华,婀娜多姿

胖大婶　雌猴

竹　竿　雄猴,胖大婶的丈夫

寡　妇　病弱的雌猴

光　光　年轻的雄猴

小猴崽　雄猴

小小猴崽　雄猴,小猴崽的幼年

小蜉蝣黄　昆虫,雄

小蜉蝣红　昆虫,雌

小蜉蝣绿　昆虫,雌

猴子们、观众们、小蜉蝣们

序

［森林一角。

［一个猴群在此聚居。这个猴群不大，也就是十几只猴子，以家族为中心，包括雌、雄、长、幼聚居在一起，共同觅食、进餐、游戏。他们也恋爱、结婚、生儿育女。老猴子死了，还有送葬、守灵的习俗。他们是温顺的动物，但也会争吵、斗殴，甚至自相残杀，自相吞噬。他们赖以生存的食物是各种野果、树叶、嫩枝，也吃动物，像小鸟、鸟蛋、昆虫、蚂蚁等也很爱吃。每个猴群，总有一位首领，现在这个猴群的首领，年事已高，既不能带领群猴上高山觅食，更不能在凶恶的敌人面前挺身出来保护群猴。看来，他头顶上的王冠已经摇摇欲坠了。此刻，这群猴正在进餐，有的爬上树顶采吃嫩叶，有的趴在岩石上吃野果，有的在湖边喝水，有的攀援在古藤上边吃边荡，逍遥自在。

［鼓声中，银背和老雌猴登场。

群　猴　（问安）银背大伯，您早！……银背大伯早晨好！

银　背　（笑容满面，热情地向群猴问好）孩子们好！节日愉快！北面山崖上的樱桃，已经长得水盈盈、红艳艳的了，按老祖宗传下的规矩，我们应该上山去过一个欢腾的樱桃节。无奈我老猴腿脚不听使唤，前爪也不那么灵活，要攀悬崖、穿峡谷，有点儿力不从心了。是我们的灰灰，体谅我老猴子的苦衷，他自告奋勇，上山为大家采摘樱桃，下山来过节，使我这即将下台的老猴子，能和大家尝尝新鲜樱桃，享受天伦之乐。灰灰真是好样的！

［群猴欢呼，同时用前爪拍地，表示赞赏。

银　背　朵朵！你登高望远，看看灰灰回来没有？

朵　朵　（敏捷地攀上长藤眺望）大路上不见他的影子！

力　力　我去接他。

银　背　别响！听——

［远处树叶沙沙作响，似狂风袭击树林。

力　力　（连跳带蹦，蹿上山崖）灰灰——

群　猴　（齐声响应）灰灰——

［树叶沙沙声越来越近，间有树枝折断声，接着，灰灰拽着一根长藤从天而下。

［猴群欢声四起。

［灰灰——人称"美猴王"，一身银灰色的绒毛，光彩夺目，脊背上一缕乌黑的长毛，显得挺拔、秀丽。他捧着一大捧红得透明的野樱桃，放在一块石头上。猴子们围着红樱桃手舞足蹈，欢呼跳跃。灰灰捧了一捧樱桃给银背和老雌猴，两猴哈哈大笑。灰灰又捧了一捧给力力，力力拣了一颗樱桃扔在半空，然后用嘴去接，樱桃落在嘴里，大家笑了。力力拥抱灰灰，很亲密。灰灰又捧了一捧，送给那位可怜的寡妇。她不敢上前接受，灰灰走到她跟前，拉着她的前爪，把樱桃塞给她。寡妇千恩万谢。灰灰又送胖大婶和竹竿樱桃。胖大婶拿了一大半，只留几颗给竹竿，竹竿哭丧了脸，胖大婶拿樱桃喂给背在身后的小小猴崽，竹竿笑了。所有的猴子都得到了樱桃。最后，灰灰捧了一捧樱桃，送给娇小玲珑的朵朵。朵朵不敢接，有些腼腆。

群　猴　（用前爪拍地，喊着朵朵的名字）朵朵——朵朵，朵朵！

［朵朵接过樱桃，群猴欢声雷动；有的猴子竖蜻蜓，有的抱住大树转圈圈。

群　猴　（反复吼叫）朵朵！朵朵！灰灰！灰灰！跳舞！过节……

[朵朵、灰灰爽快地唱起《樱桃之歌》。

灰　灰　(唱)我送你樱桃红，

像一座水晶宫。

是我的心与情，

是我的爱和梦。

朵　朵　(唱)我喜欢樱桃红，

我喜欢水晶宫。

心与情，爱和梦，

永远藏在我心中。

群　猴　(唱)樱桃红又红，

爱情浓又浓，

啊……祝愿长相爱，

心比樱桃红。

[灰灰和朵朵翩翩起舞。

[群猴拍爪顿足，随声附和。

[灰灰和朵朵拉着两根长藤，荡起秋千来了，潇洒飘逸，逗人喜爱。

[猴子们情不自禁地爬上长藤，或高或低、或前或后地荡了起来。欢腾的情绪，异常热烈；奇妙的场面，非常壮观。

[猛然，一声巨响，一根树枝丫折断了。

灰　灰　(手中的藤就附依在这枝丫上，措手不及)哎哟，不好——(从空中坠落下来)

[舞台全黑。

群　猴　灰灰！灰灰！灰灰——

[一束光从高空直射舞台中心，陷阱的底层铺着一张网。

灰　灰　(在网上挣扎、打滚，被网缠住了，越滚越紧)朵朵！朵朵！力力——力力——

［舞台高空出现朵朵焦急的面孔。

朵　朵　（向下看，喊）灰灰，别急，别挣……

［舞台高空又出现力力的面孔。

力　力　（眼睛睁得很大，对着陷阱的底层失声地狂喊）灰灰，别急！藤！我来把藤扔下去，抓住藤，不要放手，我们把你拉上来！

群　猴　灰灰，我们拉你上来！

［灰灰在挣扎。藤的一头落在陷阱的底层。灰灰从网眼里伸出爪来，他的爪已经靠近长藤了。

［猛然地响起枪声：叭！叭叭！

［群猴惊叫。藤迅速地坠落在陷阱的底层。

［舞台高处，猴脸迅速隐没。猴子的叫声越来越远。朵朵的哭声越来越远。

［灰灰的爪无力地落在藤上。

［死一样的静寂。

［沉重画外音："这是三年前的事了。一口狡猾的陷阱，一张无情的绳网，把灰灰缠住了，他无法动弹，只能束手就擒。从此，灰灰远离家乡，远离猴群，踏入了一个陌生的世界。他丢失了许许多多宝贵的东西，但是，他脖子上却多了一根冰凉的锁链……"

［灯暗。

第一场

［节奏鲜明的铁链声。

［小孩的嬉笑、喝彩声，非常热烈。

[舞台光渐亮。

[街头。

[一只木箱放在一旁，木箱上挂几个假面具。箱子上的一台小型录音机放着音乐。

[老倭瓜牵着拴在灰灰脖子上的铁链。灰灰在跳舞。

[灰灰远离家乡、远离猴群已经三年了。三年，在猴子的生命里，应该说是一个漫长的岁月，变化很大呀。现在的灰灰已经不是三年前的灰灰了，身上光彩夺目的银灰色绒毛已经暗淡无光。他也不像以前那么英俊了，精神有些恍惚，时常自言自语，宣泄自己心底的忧郁。但当他耍把戏的时候，还是那样生龙活虎，不减当年的风采。他和老倭瓜语言不通，但心心相印，能互相体贴，互相爱护，相依为命。尽管如此，灰灰一时一刻也没有忘却他的山林，他的故乡，他的伙伴，他的"红樱桃"。他时时都在想挣脱脖子上的锁链，告别老倭瓜，回归山林，再晤亲人。

[老倭瓜是一位民间耍把戏的艺人，年已七十，命运多舛，孑然一身，靠街头卖艺、乞讨糊口。一日，偶遇一位猎人叫卖猴子，老倭瓜便倾囊中所有，把猴子买下来，精心驯养，耍起猴把戏来了。三年来，老倭瓜和灰灰结下了深厚的情谊，难舍难分。眼下，他最担心的事就是怕这猴子养不长，因此，灰灰脖子上的那根铁链，老倭瓜是不会轻易为他解开的。

[音乐停，观众们爆发出喝彩声。

老倭瓜 （打躬作揖）谢谢，谢谢诸位捧场。猴乖，你看，大家都在捧你的场，还不谢谢大家！

[灰灰坐在地上摇头，故作忸怩状，不肯表演。

老倭瓜 （对观众学灰灰忸忸怩怩的姿态）你看，你看，这乖猴子还会撒娇呢！

[灰灰索性躺在地上不动了。

老倭瓜 你看，你看，这乖猴子躺倒不干了，不过，这猴子耍了一天的把戏，也够累的了。来，乖猴，加点儿油！（扔给灰灰一根香蕉）吃饱了给爷们儿表演，怎么样？

[灰灰剥掉香蕉皮，一面吃香蕉，一面不断点头。

老倭瓜 我那乖猴子在吃香蕉，我老倭瓜给诸位讲个故事。从前呀——（衣服口袋里发出吱吱的叫声，从口袋里拽出一个小猴子）别捣蛋，我在讲故事：从前呀——（口袋里又发出吱吱的叫声，叫声越来越响，拽出一长串小猴子）

[观众大乐。

老倭瓜 好了，好了！猴乖，现在该你表演《老太太上街买青菜》了。（按了一下录音机）

[音乐响了。

[灰灰跑到箱子跟前，拿起一个瘪嘴老太婆的面具戴在脸上，胳膊上挎着一个菜篮子，一扭一扭地在场上走了一圈，不断和观众打招呼，做出许多滑稽动作，最后又翻了一个跟头。

[观众哄堂大笑，欢呼鼓掌。

老倭瓜 谢谢诸位捧场，我老倭瓜给您敬礼！（把帽子取下来，露出一个亮堂堂的光脑袋，拍了一下）

[观众又是一阵大笑。

老倭瓜 俗话说得好：在家靠父母，出门靠朋友。（说着，把帽子朝天放在地上）对不起，对不起，敢请诸位赏给我们爷儿俩几张钞票吧！

[观众纷纷把镍币、钞票扔进帽子。

老倭瓜 谢谢！谢谢！这位大婶，赏几个子儿吧！——谢谢，小妹妹乖，谢谢喽！猴乖，快过来，谢谢诸位！

[灰灰打躬作揖，摇头摆尾。观众又笑出了声。

[路灯亮了。

老倭瓜 天色已经很晚，诸位也该回家吃晚饭了。明天，我们爷儿俩还在这儿耍把戏，我这猴明星要表演霹雳大舞。首场献演，欢迎诸位再来捧场。

[观众满意地散去了。

[老倭瓜拾钱。灰灰也去拾，拾了交给老倭瓜。灰灰坐在地上胡思乱想。老倭瓜累了，手臂弯到背后，给自己捶起背来。灰灰看了心中不忍，从箱子里拿了一瓶啤酒，一个杯子，放在老倭瓜面前，顺手给他倒了一杯酒，随即跑到他背后，为他捶起背来。

老倭瓜 （很舒服，笑个不停）嘻嘻……重一点儿，捶重一点儿。

[灰灰使劲捶。

老倭瓜 嘻嘻……这就舒服了！（握住灰灰前抓，把他拉到身边）你在想什么？

灰　灰 （憋了半天，用手势比画）山！

老倭瓜 山？

[灰灰点头。

老倭瓜 你要回家？

[灰灰不断点头。

老倭瓜 你不要我了？

[灰灰支支吾吾地又点头又摇头。

老倭瓜 （泪花闪闪）猴乖，我已经七十岁了，我再也承受不了苦难对我的袭击了。想当年我老倭瓜带着妻子儿女、狗熊虎豹，组成一个老倭瓜马戏团，漂洋过海，走村串镇，游移巡回，轮流献艺。“老倭瓜”的大名，威震四海，真是家喻户晓呀。十年前，我想叶落归根，不愿一辈子在海外流浪，最后葬身异地，于是带着一家老小乘海轮归国。没有想到在海峡遇上风暴，我一家老小被夺走了，我用心血培养起来的会要把戏的狗熊、老虎、豹子、海狮统统被夺走了。现在，老天把你给了我，你再走，我怎么活下去啊！

［灰灰捶胸顿足，说不出话来。

老倭瓜　猴乖，你说话呀！多少年了，我就在这海峡周围找呀找呀！所有的县城、乡镇我都去过了，这海上的岛屿我也去过很多，我总想能找到我的妻子、儿女。只要找到一个，我就放你走，可是没有呀！猴乖，真像水里捞月亮一样呀！

［灰灰不理解老倭瓜的话。

老倭瓜　唉，水中捞月一场空啊！

［灰灰点点头。

［远处传来清脆的小女孩的叫卖声："樱桃要吧，卖樱桃！刚摘下来的樱桃，樱桃要吧，卖樱桃！"

［少顷，卖樱桃的小姑娘上。她穿了一身洁白衣衫，头上顶着一个圆扁的篮子，篮子里装着红得透明的樱桃。她一手扶着篮子，另一只手在平衡自己的身体，边叫边卖，察看着周围是否有人要买樱桃。

［灰灰看见小姑娘头顶着红樱桃，顿时情绪发生强烈的变化，凝视樱桃良久。猛然，灰灰从高处跳下来，直奔卖樱桃的小姑娘。小姑娘很害怕，躲避。灰灰追，抢过装满樱桃的篮子，捧去给老倭瓜看。老倭瓜以为他要吃樱桃，掏钱给小姑娘，把樱桃买下来。灰灰把樱桃放在地上，围着樱桃转圈子，一颗也不吃。

［舞台深处，隐隐现出朵朵的身影。《樱桃之歌》的旋律在空中荡漾。

［灰灰爬上高处，远眺群山，又跳下来，观赏樱桃，如此反复多次，最后拔脚出走。老倭瓜拉住铁链不放，灰灰拼命挣脱，双方你来我往。灰灰急得在地上打滚，双方相持不下，各不相让。灰灰要走，老倭瓜不放行，相对泪如雨下。灰灰有些失常，狂奔翻滚。老

倭瓜牵着铁链，随着他狂奔翻滚，死不放手。

灰　灰　求求您，老爷爷，放我走！我是猴子您是人，人的世界，猴子难生存，脖子上拖着一条铁锁链，失去自由像犯人。高山上有我的好兄弟，峡谷里有我的朵朵和亲人，天各一方难相见，漫长的日夜我梦断魂。老爷爷求求您放我上山吧，放我上山吧！

老倭瓜　（心软了，长叹一声，解开锁链）强扭的瓜不甜，你走吧！

［锁链落地。老倭瓜大哭。

［灰灰走了几步，又回头。老倭瓜背对灰灰，用手示意要他快走。灰灰拖着沉重的步伐，抹着眼泪，向老倭瓜告别——下跪、磕头。

灰　灰　老爷爷，我走了，您保重！

老倭瓜　你走吧！（嚎啕大哭）

灰　灰　（猛然从箱子里拿出一个魔鬼面具戴在脸上，大叫）老爷爷，我再跳一遍霹雳大舞给您看！（按录音机）

［音乐声大作。

［灰灰戴着魔鬼面具，跳起霹雳大舞。老倭瓜一面观看，一面流泪，最后情不自禁地抱着灰灰，旋转不已。灰灰从老倭瓜怀抱里挣扎出来，离开老倭瓜，走远了。老倭瓜伏在地上痛哭。

［灯暗。

第二场

［森林一角。

［阔别三年了，这里变化很大：小树长高了，藤更粗了，灌木丛更茂密了。

[天刚蒙蒙亮,森林里弥漫着雾气。才出世的小蜉蝣在雾中飞过来,飞过去,一会儿高,一会儿低。它们穿着五色斑斓的外衣,在早晨阳光的照耀下,确实好看。

小蜉蝣们 (用银铃般的声音,唱着美丽的《小蜉蝣之歌》)

我是人世的小蜉蝣,
朝生暮死命不久。
早晨我是小毛头,
晚上就是小老头。
昨天的欢乐我不留,
明天的牵挂我没有。
生命虽然只一宿,
生活的脚印却长留。

小蜉蝣红 啊呀!谁躺在这儿?

[茅草丛中,躺着灰灰。

小蜉蝣绿 啊呀,是人吗?头埋在草丛里,看不出来。

小蜉蝣黄 我看是猴子。头看不出,这猴爪子可是清清楚楚的。

小蜉蝣红 猴子!啊呀,猴子是爱吃我们昆虫的呀!我怕!

小蜉蝣绿 我也有点儿怕,我们快逃吧!

小蜉蝣黄 别怕。即使是猴子,现在他睡着了,也不会吃我们的。

小蜉蝣绿 我还是怕。

小蜉蝣红 我看,我们别啰嗦了。我们活着的时间很有限,老研究这个睡着的猴子,有什么意思?

小蜉蝣绿 对,我们搭汽车到城里去,看看大千世界是什么样子的。

小蜉蝣红 好极了,听说城里有高速公路,有地下铁路,还有很高很高的摩天大楼。

小蜉蝣绿 还有时装表演。快走吧,快走吧!

小蜉蝣红　快走吧！

小蜉蝣黄　慢着，你们注意到没有，这里是大森林，经常有野兽出没，这位懒猴先生躺在这儿，要是野兽来了，还不一口就把他吞到肚里去啦！

小蜉蝣红　这句话说得对，我们把他叫醒。

小蜉蝣绿　我们的声音太轻，他听不见。

小蜉蝣红　我们找块石头，扔在他的头上，把他砸醒。

小蜉蝣绿　我们抬不动石头。

小蜉蝣黄　我看我们去咬他的脚丫子，在他脚底心爬，他又痒又痛，不就醒来了吗？

小蜉蝣红　对对对！

小蜉蝣绿　脚丫子太臭，我不咬。

小蜉蝣红　臭就臭一会儿吧，要是他叫野兽吃了，不太可怜了吗？

小蜉蝣绿　好吧，咬醒他就到城里去。

小蜉蝣红　好。

小蜉蝣黄　慢着，我说别到城里去了，就在这儿研究研究这位懒猴吧。

小蜉蝣红
小蜉蝣绿　这懒猴有什么好研究的？

小蜉蝣黄　不！大有可研究的地方。你们想想猴子应该在猴群里，他孤孤单单一个人怎么回事儿？再说，他夜里为什么不睡觉，要白天睡？再说，他睡觉为什么要把头埋在草丛里？再说……

小蜉蝣红　别再说了，你一个人研究吧，我们走！

小蜉蝣黄　别急别急，我们不是已经说好了的吗，我们同年同月同日同时生，也要同年同月同日同时死，怎么能半途分手呢？

小蜉蝣红　同年同月同日同时生，同年同月同日同时死？（点点头）这倒

小蜉蝣绿　也对！

小蜉蝣黄　刚才我听到一条最新的新闻，说是三年前，森林里有个猴子被猎人骗到陷阱里，被抓走了，现在，据说这只猴子又回来了。我怀疑，这只猴子是不是就是那只猴子？

小蜉蝣绿　你真会胡思乱想！

小蜉蝣红　这条新闻很有意思，黄先生的设想也很有趣。

小蜉蝣黄　我建议，我们城里不去了，花花世界不去看了，把这个谜语弄清楚好不好？

小蜉蝣红　行！一辈子弄清楚一个问题，也不算白活。

小蜉蝣绿　行。

小蜉蝣红　看来，现在得去咬他的臭脚丫子了。

［三个小蜉蝣咬灰灰的脚丫子。灰灰的脚丫子动了动，三个小蜉蝣笑着唱着他们的歌，飞走了。

灰　　灰　（醒了，坐起来，戴着魔鬼面具的头上挂着树叶和干草，看看四周，似曾相识，听到小鸟在头顶上啾啾地叫，引起自己许多回忆）这是什么地方？藤，大树，石头，山路，湖……啊呀，我好像来过。（发现一蓬茅草长得很茂盛，上前拔掉茅草）啊呀，这不就是当年的陷阱吗？你害得我好苦啊！（伏地痛哭）现在……我总算又回到家乡了，我再也不离开你了！（在地上打滚，拥抱大树，跳越岩石……反复做这些动作，就像一个神经失常的人，无法克制自己喜悦的心情，然后攀援长藤，登高远眺）那最高的山崖，不就是樱桃林吗？樱桃都熟了，半边天都是红的，啊，我真想吃红樱桃，一口气能吃一万个。……咦，那不是力力和朵朵吗？啊呀，他们也往北山崖爬，还有银背大伯、小猴崽……喂——力力大哥，朵朵，银背大伯，你们的灰灰回来啦！乡亲们，我回来啦——（没听到回音）啊，太远了，他们听不见。我到北山崖去，跟他们一起吃樱桃，一起玩儿。对，就是这个主意。乡亲们，我回来了——（向樱桃林奔去，一路奔，一路喊）我回来了，灰灰回来了，乡亲们——（奔下）

［三个小蜉蝣迅速地飞了出来，又是跳又是笑，兴奋异常。

小蜉蝣黄 果然不出我的所料，他就是灰灰。

小蜉蝣红 你真有两下子。

小蜉蝣绿 是呀，真了不起！

小蜉蝣黄 我想现在灰灰已经跟朵朵、力力见面了。

小蜉蝣红 这个场面一定很热闹。

小蜉蝣绿 一定有眼泪。

小蜉蝣黄 猴子没有眼泪，因为他们没有泪囊。

小蜉蝣红 没有眼泪，一定有拥抱，有……

小蜉蝣绿 还有接吻！

小蜉蝣黄 别胡思乱想了！飞！我们到樱桃林去看个究竟。

小蜉蝣红
小蜉蝣绿 飞吧！飞啊——

［三个小蜉蝣飞出舞台。

［灯暗。

第三场

［樱桃林。

［大片樱桃树上结满红艳艳的樱桃。

［又是一个樱桃节了。隔了三年，猴群变化很大。银背早就下台了，力力晋升为猴群首领。灰灰被猎人捉走以后，没有音讯，朵朵成了力力的妻子。天刚亮，猴群翻山越岭，攀悬崖，穿峡谷，已经到达北山崖的樱桃林了，一个个筋疲力尽，又饿又渴，见到红艳艳的樱桃，垂涎欲滴。

小猴崽 好呀，这一大片樱桃，够我们吃的了！爷们儿请吧！

胖大婶 （一把拉住小猴崽）找死呀！大王还没有来，你就想摘樱桃！你……

［银背夫妇艰难地爬上来。

银　背 啊呀！这点儿路可把我半条老命爬掉了！（靠在石头上，动不了）

老雌猴 叫你不要来你非来。三年前，就叫唤力不从心，现在又要逞能！

银　背 唉……（摇头叹息）得给大王安个座位呀！

小猴崽 不用你操劳，我已经找好了。这儿，怎么样？

银　背 （察看一番）好，就这儿，打扫一下。

小猴崽 一边歇着吧，这你管不着！（敏捷地打扫）

［银背摇摇头靠在一旁。

［小猴崽又去摘樱桃。

胖大婶 你怎么又摘樱桃？

小猴崽 这是给大王摘的。

［远处传来力力的笑声。

小猴崽 （登高眺望）大王来了！大王来了！

［群猴肃立。

［力力和朵朵着华丽的服装走来，风度翩翩，潇洒自如。小猴崽把他们引到准备好的座位上。

力　力 这是你给弄的？

小猴崽 是的，大王。怎么样，满意吗？

力　力　哈哈哈！（摸摸小猴崽的猴头，携着朵朵登上宝座）伙伴们，今天又是樱桃节了，按照老祖宗的规矩，我们在这里过一个欢腾的节日。

［猴群里零零落落地发出一阵欢呼。接着，猴子们一个个地向力力献樱桃。

力　力　谢谢！我们高高兴兴地过节，不许打架，不许吵嘴，不许抢别人嘴里的东西，不许——好了，大家可以吃了！

［群猴一面采摘樱桃，一面开怀大嚼，声音响彻樱桃林。

力　力　（大声）不许发出声音！

［顿时，群猴愣在那里，鸦雀无声，不敢吃了。

力　力　吃呀！吃呀！

［咀嚼声又响起来了。

［力力抓抓脑袋，摇摇头，和朵朵笑笑。

［灰灰的声音由远而近："乡亲们，我回来啦，灰灰回来啦！"声音刚落，戴着魔鬼面具的灰灰奔上，张着双臂向猴子们扑过去。

灰　灰　（狂呼）老乡，我回来啦，我是灰灰呀！

［猴子们见到灰灰，赶忙向后退，一个个面如土色，惊慌失措，不知如何是好。

灰　灰　（跑到力力和朵朵面前狂叫）朵朵，你好呀，是我回来啦！力力大哥，你好呀，是我回来了，你不用害怕呀！

力　力　（浑身发抖，处于极端恐怖的精神状态之中，用颤抖、沙哑的声音发出令人毛骨悚然的叫声）魔鬼来啦！红毛魔鬼来啦！——他是来吃我们猴子的，乡亲们，快逃命呀……

［顿时，樱桃林一片混乱，猴子们狂喊乱叫，恐怖异常，谁也顾不了谁，像一阵风一样，跑得无影无踪。樱桃林里只剩下一个灰灰。

［一片静寂。

灰　灰　（惊呆了）我怎么变成魔鬼了？还是一个会吃猴子的红毛鬼！我

自己是猴子，怎么会吃猴子呢？真把我气死了……（跑到河边，想捧水喝，对着河水看了又看，愣住了）

［小河里的水反射过来的阳光在灰灰脸上晃来晃去。

灰　灰　（把戴在脸上的魔鬼面具取下来，左看右看，情不自禁地笑出了声）我真混！光顾了回家，连这魔鬼面壳也忘了取下来。我真不好，让乡亲们受惊了。啊呀，我真混！我是个混猴子，糊涂猴子，笨猴子，傻猴子，呆猴子，木头猴子，没有脑袋的猴子，该打屁股的猴子！我不是猴子，是猪八戒！（使劲地骂自己，打自己，然后对着面具自言自语）三年了，我天天都要戴上各种各样的面壳，可从来没有看见过自己戴上面壳以后是什么德性。现在我看清楚了，我再也不会戴你这些鬼面壳了！……告诉你，我就是我，堂堂正正的猴子，绝对不做魔鬼！去你的吧，魔鬼！滚远一些吧，红毛魔鬼！（用足力气把魔鬼面具向远处扔去）

［魔鬼面具就像飞碟一样，旋转着在空中划了一道弧线，落在远处的灌木丛里。

灰　灰　（如释重负地吐了一口长气，心情很舒畅）我去找乡亲们，向他们道歉，告诉他们，我不是来吃猴子的红毛魔鬼，我是灰灰，我是猴子。（抬脚要走，没有想到腿一软，一个踉跄，险些儿摔倒，挣扎着站直，定定神，调整好自己的心态）饿了，我去找乡亲们，找到他们一切都会好的。（振作精神向前奔去）

［过了一会儿。

［力力带着他的猴群蹑手蹑脚地走来。

力　力　小心，不要开口。（四处察看）

［群猴也四散寻找察看。

力　力　看到红毛鬼没有？

银　背　没有。

竹　竿　他会不会躲在哪儿了?

小猴崽　快逃!

力　力　(制止小猴崽乱动,战战兢兢爬上山坡,偷偷地伸出了头向远处察看)没有,还是没有呀!

银　背　(哈哈大笑)我们猴子有个属性——多疑,喜欢疑神疑鬼。也许,刚才根本就没有什么红毛鬼,是我们的眼睛看花了。

老雌猴　大概是的。刚才我根本什么也没有看见,你们大家乱嚷嚷,吓得我眼睛都没有睁。

胖大婶　我还没有闹明白,就被大伙儿拉走了。

竹　竿　有道理,有道理,刚才我似乎也没有睁眼睛。

力　力　大家揉揉眼睛,揉十下。来!

[群猴揉眼。

力　力　一、二、三、四、五、六、七、八、九、十!眼睛睁大一点儿,看清楚,仔仔细细看清爽!预备——看!

[群猴眼睛睁得大大地察看。

力　力　有没有?

群　猴　(哈哈大笑)没有!

力　力　(又爬上山坡,睁大眼,仔细看)没有,果真没有。现在,可以证明,刚才,所谓的红毛魔鬼,准是一种幻觉。

银　背　英明呀!幻觉,一点儿也不错。不要弄得人心惶惶!没有,果真没有,就是没有!

小猴崽　(在一旁狂叫)力力大叔,力力大叔,山下来了一个又脏又瘦的灰猴子,朝我们这儿走来了。

力　力　噢!大家揉眼睛,看清爽!

[群猴揉眼,看。

银　背　果真有个瘦猴子来了。(吓得发抖)

力　力　大家躲起来，别开口，红毛魔鬼又来了！

［群猴又是一阵混乱，都隐藏起来。

［灰灰四肢无力，沮丧着脸走来。

灰　灰　老乡们不知道跑到哪儿去了。——我实在走不动，又饿又累，还是到这儿来，吃点儿樱桃，再去找吧。（摇了摇樱桃树枝，落下了很多樱桃，捡了几个，准备吃）

力　力　不许吃！你是干什么的？这樱桃是谁的，你知道吗？（声音很响，似炸雷，跳出来）

灰　灰　（吓了一跳，看了力力一眼，镇静下来，旁白）现在，他怎么抖起威风来了？（吃樱桃）

力　力　把樱桃放下，不许你吃，这樱桃是我的！

灰　灰　（吐掉嘴里的樱桃）你的？（把手上的樱桃扔得远远的）

力　力　你是谁？

灰　灰　你是问我吗？我叫灰灰，灰——灰！

力　力　（愣了一下）灰——灰？（围着灰灰看了一圈）

灰　灰　我和你一样，也是在这儿出生长大的，我们是老乡，地地道道的老乡啊！

力　力　你？你……你来干什么？

灰　灰　我回家乡来啦，力力！我是你的老乡呀！我们小的时候……

力　力　老乡？你是我的老乡？我怎么不认识你？嗨！大家都出来！

［银背和他的老伴，竹竿和他的妻子胖大婶，小猴崽、朵朵以及年轻、年老的猴子们都从各个角落里冒出头来。

力　力　伙伴们，这个丑八怪，硬说跟我们是同乡，你们认识这个又脏又瘦的丑八怪吗？

［群猴不开口。

力　力　怎么不说话啦？快说，不认识，一齐说！一、二、三！

群　猴　（七零八落地）不——认——识。

力　力　（对灰灰）你还有什么话好说？

灰　灰　我真是你们的老乡呀。我叫灰灰！

群　猴　（很奇怪）灰灰？

［有些猴子产生了怀疑。

力　力　你胡说！（向银背示意）银背大伯，您说！

银　背　（突然哈哈大笑）灰灰？哈哈哈哈……灰灰，人称“美猴王”，一身银灰色绒毛，闪闪发光，脊背上有一缕长毛乌黑透亮，跟他走夜路，用不着打灯笼。你——什么样？你身上的毛快掉光了，背脊的毛倒是黑的，可是秃了，光溜溜的，像板刷。告诉你，猴儿崽子！我这猴群里的猴子，身上有几根毛我都说得出来。您哪，甭想屁股上插芦花——冒充大公鸡！

［群猴哈哈大笑。力力拍拍银背的肩膀，银背得意地点点头。

灰　灰　老乡们，老乡们，我真的是你们的老乡，一点儿也不假。只是三年前，我掉在猎人的陷阱里，被猎人逮去了，把我卖给一个耍猴子的老人。三年来，我是在极不正常的情况下度过的，我变了样子——你们也变了样子，银背大伯变得最厉害，从内到外我一点儿都不认识您了。

力　力　（心虚，赶忙打断灰灰的话）满嘴胡扯！胡说八道！世界上哪儿有什么耍猴的人？

银　背　（带头响应）我这么大岁数了，从来没有看见过耍猴的人！世界上根本就没有耍猴的人！

群　猴　对！

力　力　银背大伯在我们猴群里是最有权威的猴子，见多识广，他的话千真万确……再说，难道我们猴子可以任人耍弄吗？

银　背　这是对我猴类极大的污蔑！

力　力　对，你必须为你的瞎胡扯、造谣付出代价！我要惩罚你！

［群猴起哄。公猴、母猴、大猴、小猴都跟着力力乱叫乱嚷，叫归叫，声音却有大有小。

力　力　（声嘶力竭）严惩瞎胡扯的骗子手！

银　背　（声色俱厉）惩罚这个骗子，不许他胡说！

胖大婶　（话中有话）叫他滚蛋，让他滚远些！

竹　竿　对，把他赶走。滚！滚！滚！

寡　妇　作孽呀，瘦成这样，还要犟！还不快走！（使个眼色）

小猴崽　他不走，就把他吊起来，吊在大树上！

朵　朵　小猴崽，不要乱来！（对灰灰）你从哪里来，还是回到哪里去。你待在这里，有得苦头吃哩。

灰　灰　我是灰灰呀！我回到哪里去？这儿是我的家呀！

力　力　这小子嘴硬，不给他点儿颜色看，他不会服帖的。来，我们把他当排球打！

灰　灰　打排球？

［小猴崽和年轻的猴子们积极响应，马上把灰灰围在当中。

［力力揪住灰灰领口，不由分说，当胸就是一拳，打得灰灰踉踉跄跄，立脚不稳，猛地后退。不料后面的年轻猴子在他背上又是一拳，打得他几乎是趴着冲过去的。当然，在他面前有一个猴子挡着他，把他猛推回去，你一拳，我一脚，你一推，他一搡，“老乡”们欢呼呐喊，足足打了二十个回合，把饿着肚子的灰灰打得头昏眼花，跌倒在地。

［一场战斗结束了，有的猴趾高气扬，心满意足；有的猴打得带劲，兴犹未尽；有的猴低首不语，有口难言；有的猴低声饮泣，寸心欲碎……

力　力　识相一点儿，我不打死你，马上夹着尾巴滚蛋，这里没有你的市面！伙计们，走！到湖里去洗个澡。

［群猴在首领呼啸一声之后，嘻嘻哈哈、跳跳蹦蹦地四散了。朵朵不断回首。

［天色渐渐暗下来。蜷曲着身躯的灰灰躺在地上，月光洒在他身上，极目凄凉。

［朵朵回到樱桃林。她心绪不宁，呼唤着灰灰。

朵　朵　灰灰！灰灰——灰灰——

［灰灰苏醒过来。

朵　朵　（来到灰灰身边）灰……你怎么变得这样……

灰　灰　朵朵！你认不出我来了吧？

朵　朵　不，我一眼就看出是你，你的眼睛没有变，仍然是那样明亮。

灰　灰　你长大了……

朵　朵　嗯，我已经生过两个小猴崽了。

灰　灰　你……你……

朵　朵　有什么好大惊小怪的，哪一个猴子都这样。

灰　灰　看来，你是这个猴群里的王后了？

朵　朵　是的，你怎么看出来的？

灰　灰　你的气派，和你这身华贵的衣服。

朵　朵　（转了一圈）好看吗？

灰　灰　……好看……

朵　朵　谢谢！

［灰灰低头不语。

朵　朵　我做了王后，你不高兴？

灰　灰　不不不，高兴。

朵　朵　这才对呀。

灰　灰　你以前不是挺讨厌力力的吗？

朵　朵　是的，现在……我不知不觉地变了。

灰　灰　我问你，刚才他们那么多人把我当排球打的时候，你看到了吗？

朵　朵　我看到了。

灰　灰　那个时候，你看出我来了吗？

朵　朵　看出来了，我一眼就看出来了。

灰　灰　看出来了，为什么看着他们打我，你不开口？

朵　朵　我……

灰　灰　你说呀！为什么？

朵　朵　我……你……你不要再问了……

灰　灰　我还要问你，你说力力真的不认识我了吗？

朵　朵　不，他认识你！他打你胸口的时候，我看到他的前爪在发抖。

灰　灰　可是为什么他还是那样残酷地打我？你说呀，你说呀！

朵　朵　我……

灰　灰　三年来，我日日夜夜思念你们。你和力力的影子，不知道在我梦里出现过多少次。今天，我吃尽千辛万苦，回到家乡想和你们一起过樱桃节，可我万万没有想到，你们这样残酷地对我，这是为什么为什么呀！

朵　朵　我……我……灰灰，你知道你回到猴群，带给力力多么大的威胁啊！

灰　灰　威胁？

朵　朵　是的，包括我在内。

灰　灰　包括你在内？

朵　朵　我不想再说了，我的心很乱。我来找你，是请求你赶快离开这里！这里容不了你，你快走吧！请原谅，我帮不了你。（敏捷地爬上山坡，爬到高处时，放慢脚步，居高临下，注视着灰灰，喃喃自语）我的心怎么又不平静了……不！不能这样……我得快点儿回去。（高声）灰灰，你快离开这里吧，快！（低声）永别了——灰灰。（走了）

灰　　灰　（努力克制自己，使自己平静下来，但因饥饿难忍，感到口渴，忽闻远处泉水叮咚作响）水？……我要活下去……我去找他们……我会给他们什么威胁……我是这里的猴子，我要回家……（朝着泉水的响声艰难地爬过去）

［三个小蜉蝣缓缓地飞过来。他们相对无言，看着灰灰爬去。

小蜉蝣黄　不可思议，不可思议，做梦也没想到会有这样的结果！

小蜉蝣红　灰灰太可怜了！

小蜉蝣绿　力力太残酷了！

小蜉蝣红　银背大伯最坏！

小蜉蝣黄　生活是复杂的！（摇头叹息）牵丝攀藤，一团乱麻，谁是谁非，很难说呀！

小蜉蝣绿　别咬文嚼字了。说吧，怎么办？

小蜉蝣黄　能甩开灰灰不管吗？

小蜉蝣红　不能。

小蜉蝣绿　他现在就一个人了。

小蜉蝣黄　可我们的力量也太小呀，帮不了什么忙。

小蜉蝣绿　他现在应该赶快离开这儿！

小蜉蝣红　对，这帮猴子要把他咬死的！

小蜉蝣黄　可他不愿意离开猴群呀！你看，你看，被打成那样，他还往他们那边爬。

小蜉蝣红　我们喊住他。

小蜉蝣绿　飞过去，快！

小蜉蝣黄　飞！

［几个小蜉蝣飞向湖边。

［灯暗。

第四场

［湖边。

［银盘似的月亮已经升到中天，大地洒满蓝幽幽的银光，崖石纵横交错，湖水被微风吹起层层细浪。舞台上呈现出一种天造地设、十分完美的自然景色，使人赏心悦目，胸怀畅爽。无奈就在这令人心醉的境界里，猴子们正在表演着一出愚蠢得“可爱”的把戏——《水中捞月》。

［伸进湖面的长长的崖石上，猴子们摆开了一字长蛇阵。力力的后爪攀援在一根很粗的藤上，尾巴也缠绕在粗藤上，前爪抓住一个猴子的尾巴。下面依次是大大小小的猴子，都拉着前面猴子的尾巴，自己的尾巴又让后面的猴子拉住，连成一长串，在努力捞取水中的月亮。

力　力　（狂叫）大家抓紧尾巴，千万不能放松！

胖大婶　啊呀，疼死我啦！

力　力　忍着点儿。小猴崽，摸到水了吗？

小猴崽　摸到了！可是，我捞不上来！

力　力　笨蛋！你用两个爪子把月亮抱住，不就捞上来了吗？

小猴崽　不行呀！我一抱，月亮就碎掉了，怎么办呢？

胖大婶　啊哟！我的尾巴要断啦！

银　背　我这根老尾巴也靠不住啦——

力　力　别怕，有我呢！我的后爪抓紧这根藤，前爪抓住你们的尾巴，放心吧，尾巴不会断，也不会掉下水。小猴崽，再下水捞！

胖大婶 力力，做做好事吧，别捞了！这玩意儿，又不能吃，又不能穿，捞它干吗？

银　背 不对！捞上来挂在大王的脖子上，闪闪发光，要多威风有多威风！

力　力 捞！大家再忍一会儿，今儿个非把月亮捞上来不可！

胖大婶 捞！（一把拉住银背尾巴）屁股翘起来，闪闪发光。（使劲拉了下银背的尾巴）要多威风有多威风！

银　背 啊哟——

力　力 小猴崽，使点儿劲，钻到湖底下，捞上来有赏！

小猴崽 好咧，大王，您等着吧，小猴崽保证让您满意。（说着，尾巴一甩，甩到银背的前爪旁）银背大爷，把我的尾巴拉牢，我要下水啦！（纵身跳进湖里）

［小猴崽下水牵动了所有的猴子，他们跌跌撞撞向前倾倒。有的笑，有的叫，有的喊，有的嚎，吱吱喳喳，高声喧闹。

灰　灰 （艰难地从另外一块岩石上爬到湖边，看着群猴在捞月亮，摇摇脑袋，自语）这些老乡们真傻，我听老倭瓜说过，“水里捞月一场空”。现在他们揪着尾巴下水捞月亮，不是白日做大梦吗？

力　力 小猴崽，钻到湖底了吗？

［小猴崽没有回答。

群　猴 （一面使劲拉着别人的尾巴，一面又护着自己的尾巴，焦急地呼喊着）小猴崽，快点儿上来！……快点儿上来！

小猴崽 （水淋淋地从湖里爬上来，手里捧着一团烂污泥）大王，湖底下根本没有月亮，只有烂污泥！

群　猴 （大失所望，齐声惊叫）啊？（愣在那里）

灰　灰 （自语）我好像应该告诉他们，别干这种傻事啦，说不定力力看我这样老实，会回心转意答应我回到猴群中来的。对，就这样做。（站在石头上，对着群猴喊话）喂——亲爱的老乡们，请听我灰灰说一句真诚的话：水里的月亮是无法捞上来的！严格地说，水里的月亮，根本就不是月亮，那是天上月亮的影子！你们不要拉着尾巴活受罪了！弄得不好，尾巴真会拉断掉的。

群　猴　是呀……说得对呀……尾巴是会断的呀……

力　力　又是那个又脏又瘦的丑八怪在说瞎话了，我得教训教训他！丑八怪，你听着：你胡说八道，我们不会上你的当！什么影子不影子，难道只许天上有月亮，就不许水里也有月亮吗？你是在欺骗我们，你想把我快捞到手的月亮偷回去，好卖大价钱是吧？滚蛋吧！我们不相信你！再说，我们的尾巴很结实，用不着你担心！

灰　灰　啊呀，力力大哥，我说的是实话。请你想一想，如果水里的月亮不是影子，而是一个实实在在的月亮，那你为什么捞不上来呢？

力　力　那是因为——因为水太深，月亮沉到最深最深的水底下去了！

灰　灰　力力大哥，你……

力　力　谁是你大哥，你这又脏又瘦又丑的家伙，配做我的兄弟？呸！你再敢啰嗦，我们就把你当足球踢！

光　光　好，好！刚刚把你当排球打，现在把你当足球踢，保管把你踢得粉身碎骨！

力　力　连你的猴毛都踢得干干净净。伙计们来吧，我开球啦！

[说着说着，力力做了一个踢足球的动作，他那攀着长藤的尾巴和后爪子一松，就从半空中掉了下来，相互拉着尾巴的一串猴子也统统掉进湖里去了。顿时，猴子们在水里乱扑腾，鬼哭神嚎，高喊救命，乱作一团。

[灰灰赶快奔到湖边，找到一根又粗又长的树枝，伸给落水的老乡，把他们一个一个拉上岸，累得满头大汗，浑身湿透。有的猴子感激他，偷偷地向他致谢。万万没有料到的是，当力力接受了灰灰伸过来的树枝，被灰灰使劲拉上岸的时候，不但没有感谢之

意，反而一抹脸上的水，立即就露出狰狞面孔，声嘶力竭地大声斥骂灰灰。

力　力　都怪你，都怪你，你这个丑八怪！我们捞月亮，关你什么事？如果你不和我唠唠叨叨、没完没了，我会想到把你当足球踢吗？如果我不想把你当足球踢，我会松开尾巴和后爪子吗？如果我不松开尾巴，我们会掉到水里吗？

银　背　力力说得很对，都是这个坏蛋害了我们。我这根老尾巴被揪得吱吱响，差点儿就断了！

胖大婶　（低声）这老不死的，活该！尾巴断了，能怪他？

竹　竿　倒霉！灌了我一肚子水，这丑八怪不是好东西！

胖大婶　你也乱骂！你是什么好东西？（狠狠地拉了一下竹竿的尾巴）

竹　竿　啊哟！

胖大婶　来，头朝下，脚朝上，把水吐掉。

竹　竿　他——

力　力　你看看，你害得人家好苦呀！

灰　灰　这不能怪我，我是好心呀！

力　力　你就是不安好心。伙计们，来踢他的足球！

［群猴一拥而上，哇哇乱叫，把灰灰围在中间。

［灰灰吓得面如土色，浑身发抖，转身拔脚就跑。没有想到，力力一把将灰灰揪住，灰灰拼命挣脱，力力使劲拽牢，两个进行了一场激烈的搏斗。力力身强力壮，灰灰一天一夜未进食物，浑身乏力，斗不过力力，被他拳打脚踢，浑身是伤，无法还手。力力仍然揪住灰灰不放，灰灰无奈，狠狠地在力力的手腕上咬了一口。力力大叫一声，赶忙捂住伤口，灰灰趁机溜走。小猴崽紧追不舍。

力　力　（用嘴吸吮手腕上流的血，一跺脚，大叫一声）追！

［群猴起着哄，正想追去，小猴崽奔回。

小猴崽　力力大叔，丑八怪已经钻进灌木林了！

力　　力　好，他钻进死谷了！银背大伯，请你到黄尾巴老三的猴群去一趟，请他派伙计们出来帮帮忙。他们从右面、我们从左面包围灌木林，听到我敲鼓的声音，就收缩包围圈，活捉骗子丑八怪，抽他的筋，剥他的皮！追！

［群猴呼啸着向灌木丛奔去。

［三个小蜉蝣飞出来。

小蜉蝣红　糟糕，他们要下毒手了！

小蜉蝣绿　怎么办呢？怎么办呢？

小蜉蝣黄　（果断地）找到灰灰，用我们的生命保护他！

小蜉蝣红　飞！

小蜉蝣绿　啊呀，满山遍野，都是猴子！

小蜉蝣黄　快，从猴子们的头顶上飞过去！

小蜉蝣红
小蜉蝣绿　飞！

［三个小蜉蝣飞离湖边。

［灯暗。

第五场

［灌木丛，一眼望不到边。远处是在黑暗中的原始森林。灌木丛中，山石嶙峋。

［三个小蜉蝣边唤着："灰灰先生，您在哪儿？"边飞落在石头上，轻手轻脚四处寻找灰灰。

小蜉蝣黄　(细声叫)灰灰先生！灰灰先生！

小蜉蝣红　您在哪儿？

小蜉蝣绿　您快出来吧！

小蜉蝣黄　我们有要紧的事和您商量！

［一片静寂。

小蜉蝣红　也许他已经逃出去了。

小蜉蝣黄　不可能，这片灌木丛，一眼望不到边，他逃不出去！

小蜉蝣绿　在这儿呢，快来！

［灰灰蜷曲着身子躺在洞里，一点儿力气也没有了。

小蜉蝣红　灰灰先生，(伏在灰灰身边)您醒醒。

小蜉蝣黄　这里不能睡觉。

小蜉蝣绿　醒醒，灰灰先生！

灰　　灰　(醒来，猛然坐起)你们——

小蜉蝣黄　我们是三个小蜉蝣。今天早晨，刚刚出世就遇到您，我们亲眼看到您遭到许多不应该遭到的待遇，我们非常同情您，想为您做点儿事……

小蜉蝣红　我们还咬过您的脚丫子。

小蜉蝣黄　嘘！别啰嗦！(严肃地)您现在的处境很困难，我要告诉您的是，他们已经把您包围了！

小蜉蝣红　他们还请了黄尾巴老三的猴群一起包围您。

小蜉蝣绿　整个灌木丛都围住了。一会儿猴子到齐了，他们就要收缩包围圈，要把您捉住，抽筋剥皮。

小蜉蝣红　他们是猴子，他们有时候很温顺，有时候也很残酷。

小蜉蝣黄　现在已经是夜里了，茫茫大地，一片漆黑，什么吃的也找不到了。

小蜉蝣红　我们小昆虫，有心要帮助您。

小蜉蝣绿　我们的力量很小，很小，很很小。

小蜉蝣黄　小归小，如果把我们三个很小的力量凝聚在您的心里，就会形成一股力量。

小蜉蝣红　我们心甘情愿地把这力量奉献给您。

小蜉蝣绿　您现在最需要我们了！

小蜉蝣们　请您把我们吃下肚吧！

灰　　灰　这……这……这怎么可以？

小蜉蝣黄　（严肃地）这是一个很现实的问题。您就是不吃我们，几分钟以后，我们的生命也会结束的。

小蜉蝣红　我们是世界上寿命最短的昆虫。

小蜉蝣绿　我们的生命历程是：朝生暮死。

小蜉蝣红　我们早晨是小毛头，晚上就是小老头。

小蜉蝣黄　（高声）不要再犹豫了，灰灰！张开您的嘴巴，我们自己飞进您的嘴里。您把我们咽下肚，去和那些虚伪的、丑恶的灵魂搏斗吧！

［灰灰摆手、闭嘴，不能接受。

小蜉蝣红　（大声）快张开嘴巴，灰灰哥哥！我的翅膀已经开始沉重起来，再晚就飞不到您的嘴边了。

灰　　灰　不能啊，不能。我的两片嘴唇像有千斤重量，我张不开呀！

小蜉蝣绿　灰灰哥哥，您怎么这样懦弱？您不能趴在地上，等他们来把您打死呀！

小蜉蝣黄　来吧，唱起我们的歌。

［《小蜉蝣之歌》响起来了，歌声带来了力量。

灰　　灰　（站起身来，又跪倒在地上张开双手，仰起头）小蜉蝣们，来吧，我用心血迎接你们，我永远记住你们的嘱托。（闭着眼，张开嘴）

［小蜉蝣飞翔起来。舞台上出现奇妙的光彩，令人神往。

［猛然，山谷里响起了鼓声："嗵！嗵！"声音单调、恐怖。惨蓝色的月光笼罩大地。

［灰灰紧张起来，四处张望。他向前走，鼓声响；向左走，鼓声也在响；向右走，鼓声还在响；他向后走，退着走，鼓声渐近。

灰　灰　（不知如何是好，用手抚摸自己的胸口，力求镇静下来）现在三面都有人在包围，我无法逃脱。要逃，只有从后面，穿过灌木丛，进原始森林才有生路。只能这样，走！（直奔原始森林，忽然停住脚步，发现路旁的魔鬼面具，凝神注视良久，猛扑过去，抱起，贴在胸前）

［鼓声越来越响，猴叫声也渐渐响起来，连猴爪拍地声也能听见了，好像是千军万马逼近了灌木丛。

［灰灰镇静地钻进灌木丛。催命的鼓声……群猴的呐喊……乌云在游动，月亮一会儿钻出乌云，一会儿钻进乌云。舞台忽明忽暗。夜风似乎在助威，风刮得树叶沙沙作响，形成一股强烈的恐怖气氛。

［猴子形成半圆圈向原始森林进袭。群猴手执木棍、绳索，随着鼓声统一脚步，在力力指挥下逼近灌木丛。

［鼓声节奏突然加快。

力　力　冲呀！

群　猴　冲呀！

力　力　活捉丑八怪！

群　猴　活捉丑八怪！（冲向灌木丛）

［突然，从灌木丛的石头后，跳出一个红毛魔鬼——就是白天见过的那个青面獠牙、血盆大口、耳朵上竖着两撮红毛的狰狞可怕的红毛魔鬼。这个"魔鬼"就是戴着面具的灰灰。

［力力走在正中，不偏不斜正好对着灰灰。

灰　灰　（大吼一声）啊！

［这声叫喊，喊得令人毛骨悚然。顿时，鼓声停了，猴群止步了。力力腿一软，身子向后仰，踉踉跄跄摔倒在地上，直打哆嗦。群猴都被吓昏了，定在那里，一动不动，一声不响，足足有十秒钟之久。

灰　灰　（大喝一声）猴子们！你们给我老实听着：我是专吃猴子的红毛大王，每天吃好多只猴子。我要把你们脑袋敲开，吃你们的脑汁！

群　猴　（吓得直叫，浑身打哆嗦）吱吱吱……

灰　灰　你们愿意让我吃掉吗？

［群猴都在发抖。

银　背　愿意！哦……不愿意！不愿意！

胖大婶　不能吃掉我，我有小猴在喂奶！

群　猴　魔鬼大王，不能吃呀！

银　背　我老了，我的肉嚼不动呀！

灰　灰　那好，既然你们大家都不愿意，只有一个老猴子愿意，那我就把这个老猴子吃掉。（奔向银背）

银　背　（吓得浑身发颤，拼命叫喊）我害怕，吓得答错了，马上就改正了。

灰　灰　改正了，那就是说你也不愿意？

银　背　是的，是的，我也不愿意。

灰　灰　既然大家都不愿意，那就拜我为王，你们要无条件地服从我的命令。你们办得到吗？

群　猴　办得到，办得到，一定办得到！

力　力　大王，请放心，一定不折不扣地办到。

灰　灰　既然你们如此诚心，那我就改变我的习惯：原来专吃猴子，不吃别样，现在你们尊我为王，那我从此就不吃猴子了。

群　猴　感谢大王！恩重如山！感谢感谢！

力　力　大王改变习惯，是我等猴子最大的幸福。但是大王以后要吃什么，还要请大王讲一讲。

灰　灰　跟你吃的一样，山楂、毛桃、山核桃、毛栗子、香榧子、酸杨梅、香蕉，还有红樱桃。

力　力　甲虫、蚂蚁、小鸟、昆虫要不要？

灰　灰　不要，不要，一样都不要。只吃素的，不吃荤的！

力　力　行、行、行！

［群猴也随声附和。

灰　灰　每天，天一亮就要把我所要的东西送到我王宫里来，刮风下雨、大雪纷飞都要送，不得有误！

力　力　是、是、是！但不知大王的王宫在哪里？

灰　灰　在泉水旁边，有三块大石头，石头上有个洞，那里就是我的王宫，你们就把贡品送到洞口，听清楚没有？

力　力　听清楚啦！

灰　灰　闲杂猴等，不要在我王宫附近逗留，听清楚没有？

力　力　听清楚啦！

灰　灰　你们都回去吧！

力　力　谢谢大王，一百个谢谢，一千个谢谢！

群　猴　一万个谢谢！

［力力带头下跪，群猴齐刷刷地跪在灰灰的脚下。

［月亮又被乌云遮住了，舞台上一片漆黑。

第六场

［鼓乐齐鸣，乐声粗犷、单调。

［群猴进贡的队伍，在力力、朵朵的率领下，缓缓前进。两个年轻

的猴子，挥舞着用树叶组合成的旗帜，摇来晃去。小猴崽举着一把用野花、树叶、树枝和藤扎成的“万名伞”，边走边舞。群猴穿着五颜六色的豪华服装，捧着、顶着圆盘子，圆盘内放着各种野果、山珍，虔诚地前进。队伍后面，跟着几只衣衫褴褛、畏畏缩缩的老猴子，包括那个寡妇。

[王宫前平台上有一块石头，是猴王的宝座。群猴来到宫前的山坡上，肃立着。

力　力　（高声）有请红毛大王！

群　猴　（声嘶力竭）有请红毛大王！

[随着吼声，猴子们一齐刷的跪在山坡上。

[灰灰戴着红毛魔鬼的面具，穿着已被撕成一根根布条的衣服从山洞里爬出来。看来这位大王刚刚睡醒，一出场就打了个哈欠。

灰　灰　谁呀？一清早，就到我这儿来吵吵闹闹的，干什么呀！

力　力　启禀大王，我们给您送贡品来了。

灰　灰　（肚子正饿，迫不及待地要吃贡品）在哪儿？贡品在哪儿？（到处找贡品）

力　力　大王，请看！（和朵朵带头献上贡品）

[音乐大作。

[群猴捧着、顶着贡品跳起舞蹈，唱起颂歌。

红毛大王，
菩萨心肠，
不吃猴子吃野果，
恩重如山，
永远不会忘！
红毛大王，
菩萨心肠，

保护群猴降洪福，

无灾无病，

逍遥又快活。

无灾无病，

快活又逍遥。

［歌声越来越响亮，舞蹈越跳越红火，力力和朵朵在群猴中更是非常活跃，非常亲昵。

［灰灰起先对贡品很有兴趣，还从圆盘里拿了一些山果大嚼，但看到力力和朵朵并肩跳舞的场面后，显得坐立不安，上蹿下跳，嘴里吱吱乱叫，烦躁异常，最后终于跳上山岩，大吼一声，震惊四座。

［音乐停止，跳舞中断。

灰　灰　停止，不要跳下去了！统统回去！

［力力无奈，只好叫群猴下山。群猴战战兢兢地溜下山坡。力力也准备下去。

灰　灰　力力，你别忙走！

力　力　是。（赶忙跪在一旁）

［灰灰上前揪住力力，猛地一推。

力　力　（踉踉跄跄，摔了一跤）大王，我有什么不对，您尽管说嘛，不要生气，把身体气坏了。

［灰灰不答理力力，疯狂地揪住他，当头一拳，接着又对胸口猛击一掌，举起后爪，在力力的肚子上猛踢一脚，把力力踢倒在地，又猛扑过去，举起后爪打算踩住他的胸口。力力不敢回手。

［灰灰忽然停住后爪，不往下踩，后爪悬在半空。定格。

［力力仰卧欠身。定格。

［灯光慢慢隐弱。舞台深处，灰灰和力力三年前的影子显现出来，

浮在半空。他们友好相处，灰灰给力力从北山崖采来新鲜樱桃，力力欣喜万状，把樱桃扔上半空，张嘴等着，樱桃落在他的口里。他高兴地拥抱灰灰，灰灰也拥抱力力，不断旋转。灯光渐暗。

［灰灰举爪欲踩力力的画面再现。

灰　灰　（收住后爪，慢慢放下，伸前爪拉起力力，坐上王位）过来！

力　力　大王还有什么吩咐？

灰　灰　明天开始，不用这么多的猴子前来进贡，只来一两个就行了。

力　力　大王，这……

灰　灰　我喜欢安静。

力　力　是，不过……

灰　灰　好了！猴群里大大小小、母母公公的猴子轮流来进贡，我也好和他们说说话呀。你走吧！

力　力　遵命！（小心翼翼地下）

灰　灰　（看着力力的背影，自言自语）我是仗着这个面壳在耀武扬威啊！要是有一天我没有这个面壳，会有什么结果呢？啊呀，我不敢想，不敢想……

［灯渐暗。

第七场

［几天之后。清晨。

［红毛大王的王宫门前。

［乌云满天，雨时大时小。

［银背和老雌猴头顶很大的树叶挡着雨，背着黄口袋，蹒跚地走

来。他们浑身都淋湿了，冻得打哆嗦，蹑手蹑脚走向王宫。

银　背　是这儿吧？

老雌猴　是的。

银　背　红毛大王还没有起来吧？

老雌猴　坐下歇会儿吧。

银　背　唉！听说，这位红毛大王很厉害，前几天，无缘无故，把力力狠狠地揍了一顿，打得鼻青脸肿的。

老雌猴　你可得当心，别把他弄火了，也挨一顿揍。

银　背　那我这几根老骨头就散架了！

老雌猴　喂，听说这位红毛大王长胖了？

银　背　哪有不胖的？衣来伸手，饭来张口，还要吃人参。

老雌猴　啊呀，你说什么？你找死呀？你那几根老骨头痒痒啦？

银　背　啊呀，我说走了嘴啦！

老雌猴　快吐！

［银背不断吐口水。

老雌猴　念经！

银　背　阿弥陀佛！

［灰灰出来了。

灰　灰　你们在干什么？

银　背　（吓了一跳，狡猾地）我们在给大王念经，请老天爷保佑大王多福多寿，长命百岁！

灰　灰　你叫什么？

银　背　我叫银背，她是我老伴。

老雌猴　大王，老天保佑您多福多寿，长命百岁！

银　背　我们是进贡来的。奉我们首领力力的命令，给您上山采人参，挖灵芝草——

老雌猴 还有何首乌。

银　背 您看，您看！（从黄口袋里掏出人参、灵芝草献给灰灰）

［老雌猴也把何首乌献给灰灰。

灰　灰 我用不着这些补品。你们带回去，自己吃吧。

老雌猴 不行不行，力力知道了，要把我们的猴皮剥下来的。

银　背 大王，只要您在力力面前给我们说几句好话，要他别把我们赶出猴群，我老猴就心满意足了。

灰　灰 银背！我问你，前几天我听说你们猴群有一个叫灰灰的猴子回来了，你们把他赶走了，有这回事吗？

银　背 没……有吧，我没有听说过，前几天我一直闹肚子，躺在家里没出门。老猴婆你说是不是？

老雌猴 是的，是的，他是闹肚子，拉得一身都是屎，臭得要命！

灰　灰 唔，我可是红毛大王，眼睛，可以看到千里外的事情；耳朵，可以听到万里外的声音……你说的都是真话吗？

银　背 大王，我该死，我记错了，我是上个月闹的肚子，前几天我已经好了。老伴，你说是吧？

老雌猴 是的，是的！一点儿不错。

银　背 灰灰嘛，他的确回来过。

灰　灰 他是灰灰，还是骗子？

银　背 不是，不是骗子，我头一眼就认出他是灰灰。

灰　灰 那你为什么在力力面前口口声声说他不是灰灰，是骗子，是无赖？

银　背 （嚎啕大哭，在地上打滚）我要说他是灰灰，马上我就要被赶出猴群。孤零零的猴子在森林里是没法活下去的呀，大王！

老雌猴 大王！（跪下）您饶了我们吧！

灰　灰 （满腔怨恨，无从说起，厉声）别在这儿哭，回家去，走！

［银背跪下磕头，站起打躬作揖，退着下山。

灰　灰　（厉声）站住！

银　背　（又跪下来）大王，还有什么吩咐？

灰　灰　过来！（把人参、灵芝草、何首乌塞给银背）拿回去，你们两个人吃。别害怕，我不说，他不会知道的。快走！（高声）快回去！

银　背　（吓得浑身发抖）这怎么行！（手捧人参，身子向后退，退了好几步，猛然停住，把人参恭恭敬敬放在灰灰的脚下）您是大王，我是猴子，我怎么敢吃您的贡品！（说完拉着老雌猴转身飞奔而下）

灰　灰　（看着银背的背影，黯然神伤）大王……猴子……

［灯暗。

第八场

［十几天之后。

［红毛大王王宫门前。

［天还没有大亮。满天大雾，依稀可见景色的轮廓。

［朵朵头顶一个装满了红艳艳、水盈盈的野樱桃的圆盘，双手捧着一件用金丝猴毛绣成的披风走上山来。她走到王宫门前，不敢再进一步，跪下，面对王宫，不敢开口，虔诚地等待着红毛大王的宣召。

［灰灰从王宫里出来。

灰　灰　是谁跪在王宫门前？

朵　朵　是我，朵朵，奉我们首领力力之命，给大王送贡品来了。

灰　灰　（戴着红毛魔鬼的面具，大摇大摆，官腔十足）喔——朵朵，是你。快起来，快起来！

朵　朵　请大王允许我跪着跟您说话。这件披风，是我用金丝猴毛为您绣成的，这里是深山野坳，山风很大，吹在身上很冷。请大王披上，抵挡风寒。

［灰灰取过披风，顺手就披在肩上。他动作敏捷，姿态优美。

朵　朵　大王穿上这件衣裳，精神更加抖擞，神采更加辉煌。愿大王赐福群猴，消灾免难，我们愿意终身供奉，不敢怠慢。

灰　灰　谢谢。力力好吗？

朵　朵　好，大王。

灰　灰　他什么时候当猴群首领的？

朵　朵　三年前。

灰　灰　力力真了不起，他是你心中的英雄吧？

朵　朵　大王，不不……不过，他确实很勇敢、聪明。大家都很喜欢他。他还跟大家一起唱歌、跳舞，在湖里捞月亮。

灰　灰　噢，捞月亮！捞到了吗？

朵　朵　没有。他说，还要捞，非把水里的月亮捞出来不可。

灰　灰　噢，力力做事很有毅力呀。

朵　朵　是的，大王，力力对您十分崇拜。请大王助他一臂之力，把月亮捞上来。

灰　灰　哈哈哈，我可没有这么大的本领啊！

朵　朵　大王，您太谦虚了。（拿起带来的红樱桃，献给灰灰）这些野樱桃是从北山崖采来的。

灰　灰　北山崖？

朵　朵　是的，每年我们都要上北山崖过樱桃节，大家吃野樱桃。

灰　灰　每年都去吗？

朵　朵　是的……不过有一年没有去，因为……

灰　灰　那一年你们就吃不上北山崖的野樱桃了？

朵　朵　不，有位好心的猴子上山给采回来了。

灰　灰　谁？

朵　朵　已经不在这个猴群了，他再也不会回来了……大王，请用樱桃吧！您看，我拣的是最大最大的，闻起来挺香，看上去挺美，吃起来很甜很甜的。请大王品尝。

灰　灰　（捧着樱桃，百感交集，难以下咽）听说，你们每年过樱桃节的时候，都喜欢唱那首《樱桃之歌》，是吗？

朵　朵　是的。不过，我已经三年不唱了。

灰　灰　我想听听。

朵　朵　我……

灰　灰　我很想听呀！

朵　朵　大王——既然要听，我只好献丑了。（唱起《樱桃之歌》）

我知道樱桃甜，
我知道（他）常怀恋，
不论是哪一天，
不论是哪一年。
我知道樱桃甜，
我知道（他）常怀恋，
一天天又一年年，
天各一方难相见。
樱桃虽然红，
难挡雨和风。
啊……
樱桃虽然甜，
就怕心不坚……

［朵朵越唱越激动，她的感情完全进入了三年前的境界。这是因

为自从她和灰灰谈话之后，她的心灵产生了一种强烈的撞击，无法遏制自己的悔恨。但她也知道，无论是过去、现在或将来，她只能顺着那条崎岖古道踽踽独行。她无法改变，也没有力量可以改变，因此她今天的歌声已经和三年前大不一样。她把她当前的心境注入三年前的旋律里，把一首欢快的歌唱成了悲痛欲绝的哀歌。歌唱完了，朵朵已经失去自我控制的能力。她扶着一块石头，深深地吸气，努力使自己平静下来。

灰　灰　你……怎么啦？

朵　朵　大王不必担心，这首歌我三年没有唱了。

灰　灰　为什么？

朵　朵　因为……唱这首歌会使我想起三年前的事，想起那位好心肠的猴子。今天，算是《樱桃之歌》的绝唱，以后我再也不会唱了。大王，朵朵告辞了！（向灰灰深深地鞠了一躬，转身迅速地奔下山去）

灰　灰　（摘下魔鬼面具，扔在地下）朵朵，我的朵朵——（欲追）

［小猴崽从山下爬上来，抱着一个大西瓜，轻手轻脚地走向灰灰。

小猴崽　大王，大王。

灰　灰　（吓了一跳，赶忙把面具戴好）谁？

小猴崽　我，小猴崽。

灰　灰　你来干什么？

小猴崽　给您送好吃的来了。

灰　灰　朵朵已经送过了。

小猴崽　她是她，我是我。她是力力要她送来的，我是自己来孝敬您的。

灰　灰　我不要你孝敬。我的心很乱，你走吧！

小猴崽　（嬉皮笑脸）您别生气，大王，您知道这西瓜里装的是什么？

灰　灰　我要休息了。（向王宫走去）

小猴崽　（拦住）大王，这西瓜是外表，肚里装的是昆虫。

灰　灰　昆虫？

小猴崽　小蜉蝣。

灰　灰　小蜉蝣？

小猴崽　嗯。这几天，他们给您送来的尽是些山楂、毛桃、树枝、树叶，就不知道给大王换换口味。我小猴崽给您弄来了，大王，您应该感谢我呀！

灰　灰　我不吃小蜉蝣！

小猴崽　您以前是专吃猴子的红毛大王，如今发善心不吃猴子了，猴子不吃，连小蜉蝣也不吃，大王，这谁信？

灰　灰　把西瓜里的小蜉蝣放掉！

小猴崽　放掉？大王，您知道我花了多大力气，才捉到这一西瓜的小蜉蝣来孝敬您！您要我放掉，我不是白费力气了吗？

灰　灰　那你把西瓜拿走！

小猴崽　拿走？嗨，大王，（神秘地）您别怕，谁也没有看到我捉小蜉蝣，我是夜里捉的。我把西瓜瓤吃掉，装进小蜉蝣。给您送来的时候，我没有走山前大道，走的是山后小道，谁也没有看见我。您吃呀，谁也不会知道的。

灰　灰　（大叫一声）小猴崽，你在这儿胡天乱地说些什么呀？你给我滚！

小猴崽　我滚，我就滚！（在地上打了一个滚）大王，您要是怕白吃了我的小蜉蝣过意不去，那您就把我收留在您的身边，当一名小卒子，专门侍候您。您要我干什么，我就干什么，什么事我都能给您办到。您既然当上了我们这群猴的大王，就少不了要个在您鞍前马后一心侍候您的小喽啰呀！

灰　灰　（气得七窍生烟，猛然一跳，跳上山坡，大喝一声）你胡说八道！想不到你这个小小年纪的小猴崽，脑子却装满了肮脏的垃圾，你给我滚！

小猴崽 大王，我是真心诚意来孝敬您的呀！

灰　灰 你给我滚！

［小猴崽抱头鼠窜。

灰　灰 （百感交集，情不自禁地唱出心声）

那一个早晨，
对着太阳，太阳，
我以为看见了我，看见了我。
那一个夜晚，
背着星星，星星，
我却又遗失了我，遗失了我。
面壳使我赢得了生存，
面壳使我失去了灵魂。
没有友谊，没有信任，
没有爱情，没有真诚。
面壳使我赢得了一切，
面壳使我失去了一切。
没有友谊，没有信任，
没有爱情，没有真诚。
虽说天空灿烂神圣，
我的心却只有黑暗昏沉。
虽说大地富饶，五谷丰登，
我的心却是孤独贫困。
我一点儿也不快活，
我一点儿也不快活！
我不快活，我不快活，

我一点儿也不快活！

（看到小猴崽留下的大西瓜，猛踢一脚，把西瓜踢破）

［五颜六色的小蜉蝣从西瓜中飞出，满天飞舞，《小蜉蝣之歌》响彻云霄。

灰　灰　（在蜉蝣群里跳舞）小蜉蝣们，我没有忘记你们生前对我的希望和嘱咐。（把魔鬼面具撕得粉碎）

［舞台上彩雾迷漫。

［剧终。

（1990年演出本）

儿童剧

白马飞飞

编　剧

秦培春

作者小传

秦培春(1944—　),男,南京江宁人。中国戏剧家协会会员,中国作家协会上海分会会员,中国电影文学学会会员,戏剧文学学会会员,儿童戏剧研究会会员。中国福利会儿童艺术剧院一级编剧。享受国务院政府特殊津贴。

人物表

飞　飞　白马，由一位青年男子扮演。关于这位演员，他首先是一个英武的男子，有俊美的脸庞和强健的体魄，有一双大而明亮的眼睛。他扮演的马王，有良马的贵族血统，高贵气质是不可缺少的。戏剧开始时，他的眼神高傲而纯真，退伍、落难时，眼神中则有一种贵者的哀怨。历经坎坷之后，他变得深沉和成熟。他的忠诚、视死如归，都要从这位主角（人马）的眼睛里流露出来。此外，当他和他的主人休戚与共时有时会表现出一种女性的妩媚

红　马　第三节起改称皇后，由一位青年女子扮演。她美丽典雅，柔中有刚。她的性格是多面的，陷入热烈的爱情时，她像奔放的吉普赛女郎，面对残酷的战争，她又有英雄、烈女的气概

罗　成　八路军年轻的骑兵连长。他的名字与中国古代的一个少年英雄相同。他出生于东北农户，全家死于日军的屠杀，于是，当他内心苦闷时，常常独自对着河水唱怀念家乡的忧伤的民歌。他的深仇大恨常常使他变得性情暴躁，这影响过他对于飞飞的理解。当然，更重要的是，在反侵略战争中，他渐渐与飞飞结下生死之交

黑　森　日军骑兵部队的年轻军官。他出身于日本皇族，有贵族气，毕业于西点军校，又受过武士道精神熏陶。同时，他从小受汉唐文化影响，能吟诵唐诗。这使他与别的入侵者相比更倾向于武力和人心的双重征服。他是典型的骑士，非常爱马，飞飞对中国主人的忠贞和高尚气节最终击败了他

八路军骑兵团指导员冯大华　骑兵团关团长　小马倌　小号手　赵明　运输队员　老头　大、小青马　大、小黄马　枣红马　日军军曹　龟山弘吉、原田　黑森坐骑花子　马医　敌我双方人员、战马

第一节 马王争战之后，白马飞飞战胜了最后的对手。每当晨曦微露，他都要来向红马倾诉爱情……

[大幕拉开，舞台上呈现出蓝色的栅栏。栅栏后，是五匹马。两位姑娘扮演大、小黄马，两位小伙子扮演大、小青马，还有一位姑娘扮演红马。

[曙光微露，马们都在熟睡，只有红马伏在栅栏前。她睁着明亮的眼睛，她的衣装红得像火。远处，是一望无际的大草原。

[传来一声高昂的马的嘶鸣。马们纷纷醒来，他们一个个摇晃着脑袋，打着响鼻、哈欠。

大青马 （对红马）皇后，你早就醒来了，还是睡不着？想心事？

红　马 皇后？为什么要叫我皇后？

大青马 不是我要这样叫，是那位白马王子，他想要你做他的新娘。

红　马 大青，你别瞎说！

大青马 怎么是瞎说？那个新马王，他相中了你！每天，当曙光升起的时候，他都要来这里，对着你一遍又一遍地唱爱情小夜曲，你当我们是聋子？我们不过假装睡着罢了。

红　马 坏，你们真坏！

[马们追逐嬉闹。忽然，远处又传来一阵长长的嘶鸣。

小青马 听，是他在呼喊，几十里外都能传到你耳朵里！

小黄马 只有真正的马王，才能发出这样的呼喊。皇后姐姐，你真幸福！

小青马 （学小黄马）你真幸福！怎么，我们的小黄妹妹也爱上白马啦？

[马们正笑闹着，骑兵连长罗成从侧幕上。场上立即变得鸦雀

无声。

小黄马 看，有人来了！

［马们回到栅栏边，并排站立。罗成默默地看着栅栏前的空地。冯大华上。

冯大华 罗连长，我就知道你在这儿。

罗　成 我要在这里等他，等白马飞飞。这匹马好胜心极强，他从哪里把你摔下来，第二天还会到哪里去。他不相信有人能驯服他！再说，他刚刚经历了一场马王之战，打败了最后一匹凶猛的野马，做了新马王。马王可以在任何马群里挑选新娘，他看中了这匹红马，做他的皇后！（走到栅栏前，轻轻抚弄红马的头鬃）

［红马害羞地把脸侧过去。

［又传来一阵马嘶，随之，马蹄声响起。

冯大华 罗连长，别让他把你摔坏了……我可以把皇后让给你。

罗　成 我不会要这匹红马。我要驯服白马飞飞！我要骑着白马去抗击日本鬼子！

冯大华 罗连长，草原上远近闻名的驯马人都想驯服他，全被他摔下马来，有三个人摔断了腿，现在还没好！

罗　成 我相信，白马也在寻找真正的勇士，寻找他的主人！关公与赤兔、项羽和乌骓，宝马总是和英雄的名字连在一起！我一定要让飞飞成为我的坐骑！

［这时，蹄声越来越近，疏密有致，急促而富有韵味，似乎绕着整个剧场响着。

罗　成 曙光已经升起了，先让我们站到暗处去。（与冯大华退至暗处）

［马蹄声绕场一周以后，停息下来。

［白马飞飞出现在舞台上，他浑身雪白，白得耀眼。他的腿修长强健，他的身躯充满阳刚之气而富有神韵。

飞　飞　（在栅栏边站立片刻，开始歌唱）

你是天山脚下的一朵红花，我的红马，

你红得像火，像我心中的爱情，我的红马，

请你做我的新娘吧，我的红马，跟随我到远方的草原去，我的红马，

那里的湖水清又甜，我的红马，让我们自由地并肩奔驰，我的红马，

像两朵蓝天上的云彩，我的红马……

［唱毕，飞飞在栅栏前舞蹈。这是一种表现力量、充满热情的现代舞。飞飞独舞完毕，红马再也按捺不住，跳出栅栏，与飞飞同舞。这是两匹马的爱情"双人舞"，舞蹈既有排斥又有吸引，既有马的力度又柔情似水。两匹青马和两匹黄马也随之伴舞。舞蹈将要结束时，罗成从暗处站到明处。

罗　成　飞飞！

［红马，大、小青马，大、小黄马跳回栅栏。

［飞飞站立，与罗成相对而视。

罗　成　飞飞！

［飞飞怒目看着罗成，原地踏着碎步。

罗成正面迎上去，飞飞侧过头和身躯，罗成纵身一跃，开始人和马互相搏斗的双人舞。冯大华一边观看。

［只见飞飞突然直立，罗成被摔下马，飞飞隔开一段距离盯视着他，眼中露出逗弄的神色。罗成又翻身上马。这次，飞飞在飞驰中突然停顿，身子往后一缩，罗成从马脖颈前滚翻落地。飞飞先是远远地注视，流露出好奇甚至有些同情和敬佩的神色，而后走近去低下头拨动一下罗成，像是看他摔得怎样，有没有摔死。罗成醒过来，慢慢地站起，再一次跃上马背。飞飞开始狂奔。剧场

四周响起急速的马蹄声以显示这次搏击的激烈。

罗　成　(手握长长的缰绳,唱)

从中原来到千里牧场,
你的名字使我日夜神往。
你是一匹双翼的神马,
自由自在地,在森林和草原之间飞翔。
啊,白马白马,群马之王,
为了祖国的自由,我要把缰绳替你套上。
从今后,你就是一名抗敌的战士,
跟随我一起奔赴疆场。
请不要再留恋绿色的草场,
我知道马跟人一样儿女情长。
我也曾是一个牧羊少年,
是日寇的铁蹄,踏碎我美丽的梦想。
啊白马白马,群马之王,
为了祖国的自由,我要把缰绳替你套上。
从今后,你就是一名抗敌的战士,
跟随我一起奔赴疆场。

(终于驯服了飞飞,和飞飞在舞蹈中对话)飞飞,你几岁啦?

[飞飞以马蹄敲击四下。

罗　成　哦,四岁了。

[飞飞首肯。

罗　成　我今年十九岁,那你是小弟弟了。

[飞飞首肯。

罗　成　我知道,在马类中,四岁的年纪,已经算是个小伙子了。你现在参军了,是一名新战士,你懂吗?

［飞飞不明白，表示迷惑。

罗　成　这些天，我做梦都在喊你的名字，飞飞！飞飞，从今后让咱俩结下生死之盟，一起在战场上建立功勋，好吗？

［飞飞昂首表示赞同。

罗　成　好，飞飞真可爱，来拉钩。（与飞飞拉钩）飞飞，听一位相马师告诉我，说你有五种德行：尽责守职，克服艰难，临危不惧，知死不避，不事二主。是吗？

［飞飞被夸得异常兴奋。

罗　成　听说你还有六能：能日行千里，能识别路途，能辨认凶吉，能飞越深沟，能浮游江河，嘶鸣之声能带动同类。是吗，飞飞？

［飞飞更得意非凡，兴奋、骄傲。

罗　成　那好，现在，接受我的命令，（令飞飞立正）用你那划破长空的嘶鸣，召唤你的马群，随我奔赴战场！

［飞飞昂首嘶鸣，嘶声划破长空。

［群舞。群马奔腾，飞赴战场。

第二节　飞飞和红马来到华北平原，成了八路军骑兵成员。他们参加了对日军黑森骑兵团的战斗，这对恋人双双立了大功。

［春天，华北平原，麦苗青青，战火把土地染成斑斑黑色。一条小河流过，河水清亮。指导员冯大华正指挥骑兵连合唱《大刀进行曲》："大刀向鬼子们的头上砍去……"激昂的歌声很富感染力。

［小马倌领着红马、大青马、小青马、大黄马和小黄马来到河边

饮水。

[马们俯身清流，尽情地痛饮。

[飞飞走上舞台。他看了看他的恋人、他的同伴，也朝河边走去。

[红马看见飞飞，悄悄向他走去。他俩脖子挨着脖子，以表示亲密之情。当发现其他马都回过头来看时，他俩又分开。

红　马　飞飞，你好！

飞　飞　皇后，我未来的皇后，你好！这些天，训练紧张，你觉得累吗？

红　马　还好……告诉你，我已经能听懂三十二个词了：卧倒，跪下，起跑，飞奔，跨越障碍，冲啊，杀，鬼子……

飞　飞　鬼子？究竟什么是鬼子？

红　马　鬼子就是敌人啊。我们还没参加过战争，还不知道鬼子是什么样子。

飞　飞　我也不知道。我的主人一说起鬼子，就怒火满胸膛。他还常常独自唱怀念家乡的歌谣，声调很悲伤……

[传来罗成的歌声："我的家，在东北松花江上。那里有森林煤矿，还有那满山遍野的大豆高粱……"

飞　飞　还有，他们天天都唱的那首歌，也有鬼子这个词……

[罗成唱着歌走上来。他看见了飞飞，飞飞也看见了他。他们互相投过去的眼光充满友情。

罗　成　飞飞，我来替你梳头。（走过去轻轻拍拍飞飞的脑袋，从口袋里掏出一把大木梳，替飞飞梳理那长长的头鬃）

[冯大华、小号手、赵明上。他们各自替自己的马梳头。马们静静地站立，朝阳下，这梳头的景象十分美丽动人。

[关团长上。众人都停下手，向他行礼。

关团长　（还礼）小伙子们，准备得怎么样？战斗马上就要打响了，上级授予我们鹰骑兵团称号。这是我们的第一场战斗，我们一定要像雄鹰一样，旗开得胜！

罗　成　放心吧团长，我们一定把鬼子杀得片甲不留！小号手，吹训练号，继续训练！

小号手　是！（吹起了训练号）

［所有的战马闻号声整齐地站立，听着罗成的口令，做着各种动作。

罗　成　预备！起跑！飞奔！卧倒！跪下，站起，跨沟！跨越障碍！

［马们动作整齐而有力量。灯暗。

［响起鼓声和音乐。黑森率骑兵团走上舞台。他们白色的军旗上，有一个“皇”字。

黑　森　停下，我们今天就驻扎在这里，明天清晨发起进攻！

［原田、龟山弘吉等纷纷下马，敬礼。

原　田
龟山弘吉　哈依！

［黑森的坐骑是一匹叫花子的黑白相间的花斑马。其他人的坐骑一律是黑马。黑森跳下马，轻轻地抚弄花子的长鬃。

［花子也是一匹良马，扮演她的姑娘美丽而妖娆。

黑　森　（环视四周，被春天的景色吸引，想起一首唐诗）“春眠不觉晓，处处闻啼鸟，夜来风雨声，花落知多少？”唐代孟浩然的这首关于春天的诗可真令人回味无穷……

龟山弘吉　长官，支那民族是劣等民族，您在皇家骑兵官兵面前，大声朗诵中国诗词，要注意影响……

黑　森　龟山！你懂得什么？你知道什么叫汉唐文化？

龟山弘吉　长官，明天我们面对的是八路军新成立的鹰骑兵团。他们刚从新疆伊犁运来几百匹骏马，我们万万不可轻敌！

黑　森　龟山，你这个人，一会儿自高自大，一会儿又胆小如鼠。我一直记住我父亲山本的话,“在战场上,如果你嫌你的剑太短,你就往前进一步!”

原　田　黑森男爵!

黑　森　(缓了一口气)上马,进村!

[舞台上表现八路军鹰骑兵团和日本骑兵团的残酷厮杀的场景。

[开始,敌我双方进行列队马战。双方的军旗飘动。八路军用的是号,日军用的是鼓。八路军的骑兵战马同仇敌忾,日军也是训练有素。我方马队把敌方插乱,敌方也把我方插乱;我方把敌方截断,敌方也把我方截断;我方迅速合拢,敌方也迅速合拢。一时打得难分难解。

[厮杀终于互相分割,舞台上呈现出罗成与黑森单刀单马的战斗。

[有两次,飞飞超越花子,逼得黑森来不及转身,黑森反手相迎,从容回避。有一个回合,罗成的战刀被黑森搅掉。黑森没有直扑过来,却把头一歪,示意罗成捡起刀继续决斗。罗成愤怒得发狂,在马上探身捡起刀拼命奋战。两匹马忽而相并,忽而分开。飞飞突然刨起双蹄,偏头去咬花子。黑森勒马后退,飞飞紧逼一步,把黑森从马上撞下来。罗成用嘲讽的表情也朝黑森一歪头,示意他爬上马继续决斗。

[黑森终于落荒而逃。

[罗成和他的骑兵勇士追上日军。罗成砍倒了护旗的日本兵,一把夺过敌方军旗。兵败如山倒,我军扬威追击。军号声、马嘶声不绝于耳。

[马蹄声伴随着追杀声远去,蹄声在剧场四周回响。短暂的停顿后,爆发出一阵欢呼声。

第三节　鹰骑兵团首战告捷。庆功会上，罗成和飞飞立特等功，冯大华和皇后立一等功。骑兵团为飞飞和皇后举行了盛大的婚礼……

［欢呼声中，舞台大亮。庆功大会正进行。舞台上，人马并立而站。鹰骑兵团军旗鲜艳红亮。

关团长　我们无愧于雄鹰的称号，我们消灭了日本侵略军一百二十四人，战马九十六匹，缴枪六十支，倭刀十五把。为了表彰骑兵团官兵和骏马，我宣布，罗成和他的战马飞飞分立特等功并授予特等雄鹰勋章。

［众鼓掌。关团长亲自授予罗成和飞飞勋章。当特制的勋章挂在飞飞脖子上的时候，飞飞的神色中流露出庄严的表情。

关团长　授予冯大华和他的战马皇后一等功勋章。

［皇后在接受勋章时，却有一种女性的腼腆。

［掌声后，全体骑兵唱起《保卫黄河》，"风在吼，马在叫，黄河在咆哮，黄河在咆哮……"歌毕。

关团长　这次战斗后，我们要小作休整，然后投入紧张的训练。休整期间，我们有一个特殊的安排，现在请骑兵连长罗成同志来宣布。

罗　成　我们把飞飞和皇后从他们遥远的故乡带走的时候，他们这一对"情人"正在热恋之中。我建议在战斗胜利的间隙，就在面前这块绿色的草地上，让我们为他们举行盛大的婚礼！

［又一阵热烈的欢呼和庆贺。随之，喜庆的音乐响起来。

罗　成　让我们把"新郎"和"新娘"，好好打扮一下。

［场灯暗下来，热烈的音乐继续响着。

［当场灯重新亮起时，一对巨大的红烛点燃了。一轮圆圆的大月亮挂在草地上空。证婚人罗成站在高台上。

罗　成　“新娘新郎”入场，奏婚礼进行曲！

［一身火红的“新娘”皇后披着白色婚纱，一身雪白的“新郎”飞飞穿黑色燕尾服。他俩相携走上舞台。

罗　成　“新娘新郎”跳舞！

［婚礼的圆舞曲响起，先是大青马、大黄马，小青马、小黄马翩翩起舞。然后，白马飞飞携起皇后红马走下舞池，跳起热烈的“双人舞”。

第四节　赛马大会期间，白马飞飞患病，这高傲的骏马不愿在人前流露出病态。罗成和飞飞的关系恶化，飞飞开始了倍受磨难的生活。

［婚礼的圆舞曲结束了。柔美的音乐还在继续。场灯渐渐地暗下来，周围显得异常寂静。猛然，口令响起：“各就各位——预备——砰！”随着一声枪响是急促的马蹄声。

［舞台暗。马蹄声环绕剧场，是几匹马在奔跑。伴着马蹄声，响起众人的呼喊：“加油！加油！皇后，加油……”

［舞台上，白色牌子醒目地写着“赛马会”的红字。看台旁，鹰骑兵团红旗迎风飘动。

［皇后和大黄马、小黄马奔跑上舞台。她们在观众的呼喊声中穿过舞台。蹄声绕场一周，使人感觉舞台和整个剧场内，是一个环

型跑道。当她们又一次奔上舞台，舞台推出一道屏障。这时，皇后已把另两匹战马远远抛在身后。她迅速越过障碍，冲线，夺得第一名。

［观众席又响起“皇后——第一，皇后——冯大华——第一”的呼喊声。

关团长　皇后——冯大华的记录是五公里五分二十三秒，小组第一，取得决赛权！

［又是一阵欢呼。冯大华和皇后像朋友似的离开了。而罗成则对着远去的皇后呆呆出神。关团长走到罗成面前，他都没有发觉。

关团长　罗成，明天你和飞飞参加小组赛，有信心吗？

罗　成　信心？

关团长　怎么？我看你情绪不太好啊。

罗　成　不是我情绪不好，是我的飞飞情绪不好。

关团长　怎么，飞飞怎么啦？冠军肯定是他了！

罗　成　这一阵赛前训练，飞飞一直情绪不好，好像我强迫他跑似的。他常常在障碍面前停步不前，跑到终点，还总是气喘吁吁的……

关团长　会不会是病了？

罗　成　我请兽医检查过，他胸腔饱满、腰背浑圆，正当身强力壮的年龄。

关团长　我知道，你这个人有点脾气急躁，你对飞飞要多一点关怀……

罗　成　我就差驮着他跑了……是他的性格？我真猜不透……

关团长　要有信心，飞飞是整个骑兵团最出色的骏马！（走下）

［罗成答应了一声，也走下去。

［夕阳西下。晚霞在小河河面上洒下一片金光。不远处，传来号兵断断续续练号的声音。有马蹄声缓慢地由远而近。

［飞飞慢慢走到河边喝水。突然，他感到一阵剧烈的疼痛。他看了看四周没有人影，强忍不住，疼得倒在地上打滚。

［皇后走近，发现了这一切。

皇　后　（关切地）飞飞，你怎么啦？

飞　飞　疼，我肚子疼……

皇　后　那你在你的主人面前，为什么装得没事一样？

飞　飞　我不愿让他看见我病得痛苦，再说，他已经替我找过医生，医生说我没病。

皇　后　那你就不要参加比赛了！

飞　飞　我一定要参加，主人要我拿冠军！我知道他也痛苦，他报仇心切。有一回，他在马棚里睡着了，我听见他从梦中哭醒，哭喊着叫"娘！"可是他对我却常常发脾气，他以前不这样。昨天，我没能一下子跨越障碍，他骂我畜生！……可我是一匹通人性的马，他不该这样骂我！

皇　后　你病了，你不要瞒着他！

飞　飞　他们来了！（迅速挣扎着站起）

［冯大华和罗成说着话走到河边。

冯大华　瞧，小两口在这儿多亲热。

［冯大华替皇后梳理头鬃，皇后温存地倚着她的主人。

冯大华　走，皇后，我们遛遛去。（领着皇后离开河边）

罗　成　（抚了抚飞飞的头）飞飞，这两天，你跨越障碍和深沟都不利索，咱们再练练去！（领着飞飞离开河边，来到旷野，翻身上马）

［"奔驰！跨越障碍！"按罗成的口令，飞飞强忍着病痛做着动作。当罗成喊"跨沟"时，飞飞猛然停下来，罗成猝不及防，一下子从马上摔下来。

［罗成大怒，飞飞站着盯视着他。罗成一鞭子抽去，顿时，飞飞前额留下血色鞭痕。飞飞感到意外，这是罗成第一次鞭打他。他强忍住泪水，屈辱和愤怒交织在一起。这时，小马倌走过。

小马倌　罗连长，你太残忍了！

罗　成　（立刻就后悔了，看着委屈的飞飞，扑过去抱住飞飞的头，失声痛哭）飞飞，原谅我，我自己都不知道自己干了什么，请原谅我是第一次……

［飞飞面对罗成的泪水和安抚，目光变得冷淡，他没有表示谅解。

罗　成　（失神地）小马倌，你替我照顾一下他。（说完飞快跑下）

［小马倌替飞飞擦了擦额上的血痕。皇后独自走上，走到飞飞跟前。

飞　飞　（面向苍天，发出撕心裂肺的呼喊）我是他的朋友，他为什么要鞭打我？

［夕阳的余晖全部收尽，一切都没入黑暗中。

［人声沸腾，小组比赛前夕。

［飞飞、大青马、小青马，站在起跑线上。罗成走到小马倌面前。

罗　成　小马倌，今天你代替我。飞飞一直跟我闹别扭！

小马倌　连长，我驾驭不了飞飞，我怎么能比你跑得好呢？

罗　成　别多说了，这是命令！

小马倌　好，我试试。（翻身上马）

［口令声："各就各位——预备——开始——砰！"三匹马同时飞奔，飞飞像一枚发射出的炮弹。

［罗成站在看台上，眼光里露出少有的神采。他看着飞飞遥遥领先。

［蹄声又绕场一周。

［飞飞在障碍面前突然减速，打着旋子。

［场上的人不停尖叫，呼喊，吹口哨。飞飞还在打旋子。小青马和大青马赶上来，越过了障碍。

罗　成　（不顾一切地）飞飞！

［突然，飞飞腾身而起，飞越过障碍，迅速地超过大青马和小青马。终于，飞飞第一个冲过终线。

关团长　飞飞的成绩是，五公里四分三十秒！

［场上响起雷鸣般欢呼。罗成冲过去和小马倌、飞飞拥抱，三个脑袋碰在一起，定格。灯暗。

［口令声："决赛开始——各就各位——预备——砰！"响起急速的马蹄声。

［马蹄声绕场一周。舞台灯亮。赛场。

冯大华驾驭皇后，罗成驾驭飞飞在奔驰。

［关团长饶有兴味地看着。

［飞飞落后皇后半个马身。不管罗成怎样催动他，他都坚持不超越皇后，并且跑得很吃力。

［人群沸腾得像潮水。

［直到终点，飞飞还是落后几步。罗成生气地离开赛场而去。

［关团长把冠军的奖杯授予冯大华。

［飞飞孑然地站着，显得茫然和孤独。

［又一天。罗成独自站立河边。一匹枣红马在不远处饮水。罗成唱着怀念家乡的忧伤的歌谣。关团长走过来。

罗　成　团长，大反攻就要开始了，我得换一匹战马才行。

关团长　飞飞真的不行了？

［小马倌急匆匆上。

小马倌　罗连长，飞飞在马棚里打滚，我看好像是疼的……

关团长　我看飞飞真有病……

罗　成　说他有病，马医又查不出来；说是没病，他连训练都吃力，怎么还能去打仗？团长，这次运来一批新马，把这匹枣红马给我吧。

关团长　你倒是有眼力，买这匹马还搭了一头骡子呢。你真忍心让飞飞退伍？要有一批老马到运输队去。

罗　成　不忍心又怎么样？我决心换一匹。

［这时，小马倌领飞飞上。

小马倌　连长，把飞飞给我吧，我来调教他。

罗　成　不行，我骑了枣红，飞飞岂不更调皮？

小马倌　找个好医生给他治！

罗　成　乱弹琴！小资产阶级温情主义，现在是战争，战争！把飞飞送到运输队去吧。

［运输队员走来，去牵飞飞。

运输队员　走吧，跟我去拉车，拉车比打仗舒服！

［飞飞情绪复杂，徘徊不前，迟疑着被牵走。

罗　成　（唱《走吧，飞飞》）

走吧，飞飞，不要再回首张望，
走吧，飞飞，莫要再徘徊彷徨。
战争正在残酷地进行，
向敌人冲锋需要健康，需要力量。
走吧，飞飞，不要再回首张望。
走吧，飞飞，莫要再徘徊彷徨。
我心爱的战马终于离去，
留下一个骑手独自歌唱，独自忧伤。

［幕间。

皇　后　（唱咏叹调）

春天过了，树叶儿纷纷落下，
秋天过了，大雪飘飘洒洒。
我亲爱的草原王子，我的爱人，
我梦中的情人，我的白马。
你离开了开满花朵的草原，
你离开了你的主人，离开了战争生涯。

别忘了等胜利来临的时候，
带我回草原故乡安家。

第五节　两年后，鹰骑兵团转战之中，罗成偶然与飞飞相遇。飞飞伤痕累累，形如乞丐，如果不是骏马不变的嘶鸣，罗成已经认不出他来……

［宜城。街口，停着一辆马车。一匹肮脏、灰白、褴褛的马侧身对观众站着。

［舞台另一边，罗成领着枣红马和小马倌并肩走上。

罗　成　小马倌，你把枣红牵到营地，我要在镇上逛逛。

小马倌　连长，这枣红马真棒。这两年，他驮着你，打了无数次胜仗，立下了汗马功劳！

罗　成　小马倌，枣红是一匹好马，可是，我的小马倌，你还是不懂我的心思啊。

小马倌　连长的心思我懂。两年里，你没有一天不想念白马飞飞！

罗　成　可是，飞飞现在在哪里呢？

［小马倌牵枣红马下。

［似乎听到飞飞的名字，那匹侧身站着的马回过身来，发现了罗成。而罗成却没有认出他来。

［猛然，那匹褴褛的马发出一声激昂的嘶鸣。罗成听到马嘶，如同听到熟悉的乡音，他发现这匹面目皆非的马正是飞飞。这个落难走背字的英雄，眼神里流露出贵者的哀怨。

罗　成　飞飞！你是飞飞！（眼泪夺眶而出）

［飞飞含着泪，站立不动，委屈、哀怨、辛酸、激动，一齐涌上心头。

罗　成　（跑过去，搂住飞飞的脑袋哭出声来）飞飞，我的飞飞，你不知道我多么想你！

［飞飞的大眼睛里，大颗大颗的泪珠滚落下来。

罗　成　飞飞，我得暂时离开你一会儿，我要去问问你是属于哪个部门的。（按老习惯打着唿哨）飞飞，我得先离开你一会儿，我要设法把你带走。

［飞飞紧紧搂住罗成不放。当罗成松开他时，他一瘸一拐地围着罗成跳舞。

罗　成　喂，这匹马是谁的？马车是谁的？

［走出来一个老头。

老　头　我的，我们运输队的。八路军同志，您喊我？

罗　成　您知道这匹马从哪儿来的吗？

老　头　他到我们这儿才几个月，以前是运输连的，现在归我们民兵。听说，他换了好几个地方了！

罗　成　这匹马以前是我们骑兵团的，立过赫赫战功！我想把他领回去。

老　头　那可不成，我的好同志。八路军赶走了日本鬼子，解放了我们宜城，我们民兵运输连这一阵儿任务特紧，要把几个大粮库的粮食拉到断炊缺粮的老百姓家里去。您一定要去办好手续！

罗　成　办手续要花几天？

老　头　您得跑好几个地方，找人签字、盖章，少说也要三四天。

罗　成　可我们团明天就要开拔！

老　头　这我可帮不上忙，您不能就这样把他拉走！

罗　成　（想了一下，走开）那好。

［飞飞看着罗成离开，发出一声绝望的哀鸣。

［晚上。黑暗中，简陋的马棚旁，老头在打瞌睡。罗成轻轻解下飞

飞的缰绳，拉他出马棚。飞飞配合默契，踏蹄毫无声息。

罗　成　(把飞飞牵到路口，拍拍他的腮帮)飞飞，我暂时不能带你回营地，让团长看见了，准要我再送你回运输队。明天我们凌晨出发，你听到骑兵团大部队的马蹄声，就追赶队伍吧，我们永远不再分开了。(将飞飞独自留在路口，然后走开了)

［飞飞似乎听懂了罗成的话，默默地站着不动。月光下，一个悄然伫立的身影。灯暗。

［众多马蹄声响起。鹰骑兵团队伍在行进。

［路口。几条路在这里交汇。

［远处是广袤的原野。深秋里，色彩斑斓。

［关团长、罗成、赵明、小马倌、冯大华正在休息。

罗　成　(对冯大华)指导员，昨天我偷了马。

冯大华　飞飞？你遇见飞飞啦？

罗　成　我不能带着他，把他放在宜城外路口了。我让他跟上队伍，可是他没有来。

［远处，雾中的阳光扑朔迷离。

冯大华　他不来，也许是好事，否则，你怎样向团长交待？

罗　成　(眺望，大喜)飞飞！他跟上来了！

冯大华　是他，只有他能这样奔跑！简直是在飞，真不减当年风采！

关团长　(也发现了飞飞，向罗成)怎么回事？

罗　成　昨天晚上，我在宜城看见他，来不及办手续……我盗了马，吩咐他自己追赶上队伍。

［远处传来急促的马蹄声。

关团长　你懂得八路军纪律吗？

罗　成　懂。

关团长　懂，懂什么？懂为什么要偷马，真丢人！

罗　成　他原本是我的。

关团长　是你自己抛弃了他！你把他赶走了！

罗　成　您知道，我再也赶不走他了。

关团长　你不能带队伍了，下去当战士。

罗　成　是！

关团长　到了驻扎地，关三天禁闭！

罗　成　是！

［马蹄声近了，更响了。飞飞终于赶到。

［皇后如见久别的亲人，迎上去与飞飞跳舞。舞姿欢乐、哀婉而动人。

［清晨。小河边，有一个小木屋。罗成在小木屋里蹲禁闭。从窗口可以看到罗成露出半个身子静静地坐着，像一张半身照片。

［马蹄声渐近，停止。指导员冯大华走近小屋。

冯大华　罗连长，罗连长。

罗　成　我现在是士兵了，不是什么连长了。

冯大华　真是"老狗能记千年事"，关团长要我通知你，恢复你的连长职务。

罗　成　我现在是在蹲禁闭，今天已经是第三天，再过一会儿就刑满释放了。

冯大华　伙计，别发牢骚了。你以为我心里好受？团长心里更不好受。你怎么能怪他！

罗　成　关团长的心是铁做的，我不怪他。我重新得到了飞飞，比什么奖励都强！

冯大华　团长为了飞飞，访遍了全军名医，已经检查出来，飞飞的腿得的是曲肱炎，已经治好了。两年前患的疝痛，现在已经痊愈。

罗　成　我不该冤枉飞飞。经历了这次悲欢离合，我要跟飞飞永不分离。

冯大华　小马倌给飞飞又洗澡、又梳理，飞飞已是焕然一新了！（对幕后）小马倌，把飞飞领来。

［马蹄声“得得”响起。

冯大华 罗连长，团长通知，让你等会儿解除禁闭后，直接到团部开会，曲峒大战就要开始了。

［蹄声止。罗成从窗口伸出头张望。飞飞已恢复了昔日神采，白得耀眼。他在窗前空地上，跳起了回旋舞。他知道罗成在看他，他是为罗成而跳的。跳毕，飞飞走到窗前。罗成和飞飞，隔着窗拥抱良久。

冯大华 时间到，禁闭解除！

［罗成与飞飞，跳起重逢的舞蹈。这段舞奇特而有感染力。飞飞在罗成面前，显出一种女性的妩媚，他们之间，一对视一举手，一颦一笑，一蹲一站，都变得异常默契。从飞飞的眼里，我们看到了一种从未有过的成熟。

［嘹亮的冲锋号响起。

［音乐是《义勇军进行曲》的变调。

第六节　罗成和飞飞，参加了残酷的曲峒大战。这是抗日战争史上，少见的血腥大战之一。飞飞传奇般的“救主”故事，在军中广为流传。

［利用舞蹈描述这次血腥残酷的战争。战地上，双方都留下不少人、马的尸体。

［战斗中，敌人伤亡惨重。同样，我军也付出了血的代价。

［小马倌被龟山弘吉砍下马，牺牲了。

［罗成在刀剑搏斗时，中了敌人的子弹，也翻身落马，昏死过去。

［我军乘胜追击，黑森退守翠叶湖。

［曲峒营地，关团长独自站立，神色异常严峻。冯大华走过来，也默默地站着。

冯大华 团长，我军攻克曲峒，付出了血的代价。战士和马匹伤亡一百多。罗连长和飞飞也失踪了。

关团长 我看着罗连长中了枪弹，不久，就只见飞飞只身在敌军阵中左冲右突，马背上已是空鞍。

［这时，薄暮中传来"咴咴"的马嘶声。嘶鸣中有无限的悲怆。

关团长 是飞飞！

［飞飞一阵又一阵悲哀的嘶鸣，令人心碎。蹄声近了，白马飞飞来到关团长和冯大华面前，低着头。

冯大华 飞飞，罗连长呢？

关团长 飞飞，就你回来啦？

［飞飞走过去，把头埋在关团长怀里。

关团长 飞飞，你的罗连长呢？我们的英勇骑士呢？

［飞飞曲屈前腿，跪在团长面前。

关团长 （大动感情，弯下腰，抚摸飞飞的头鬃，尽力安慰他）尽管是一匹马，他也懂得战争，懂得战斗的情谊！飞飞，去吧。

［飞飞站起身，忧伤地离去。

［月光下的夜晚，在尸横遍野的战场上，飞飞在寻找他的主人——罗成。

［翠叶湖边，日军驻地的一块高地。黑森也在望着茫茫战场。

［原田走上报告。

原　田 长官，在战场上，有一匹战马。

黑　森 打探照灯。（举起望远镜）

［探照灯亮起，如舞台的追光。飞飞舞蹈着寻找他的主人。

黑　森　是那匹白马！是他，是我生平见过的最好的马。

原　田　开枪射击！打死他！

黑　森　不准开枪！我要得到他！要让他做我的坐骑。

［飞飞继续寻找主人的舞蹈。

黑　森　他在干什么，像是在寻找什么？那里到处是人的、马的尸体。原田，准备好二十匹马，我要拘捕这匹马。

原　田　哈依！（下）

［猛然，飞飞在地上发现了罗成的刀鞘。他顺着刀鞘在周围寻找，终于找到了昏迷在地上的罗成。

［飞飞跪下身子，用头轻触罗成的头，用脸贴近罗成的脸。

罗　成　（醒了）是你，飞飞？（伤势重，支不起身子）

黑　森　马倒在地上了，他也受伤了？出击！

［几十匹马的蹄声响起。

［飞飞跪伏在地上，让罗成把身子移向马背。罗成终于上了马。

［飞飞驮着罗成向战场外奔跑。

［响起枪声。枪声中飞飞奔跑的慢动作。

黑　森　不准开枪！追。先开枪打马上的人，马我要活的，我一定要得到那匹马！

［舞台上，罗成骑着马行进。

［突然，四处响起枪声。

罗　成　不好！飞飞，我们被包围了。刚才你犹豫了一下，我想起了相马师的话，说你有六能，能识别凶险，我们是不该走这条路！怎么办，突围吧。

［飞飞奔驰突围。罗成中弹，险些跌下马去，紧伏在马背上。飞飞继续奔跑。

［枪弹如雨。

[飞飞带着罗成钻进树林。

[后面传来黑森的喊声:"我要那匹马!我要活捉那匹马!"

罗　成　飞飞,你把我带到树林里来干什么?敌人包围树林怎么办?

[飞飞慢慢卧下,让重伤的罗成下马。飞飞用前蹄扒树叶、树枝。

罗　成　(躺在地上)飞飞,你弄那些树枝干什么,要把我盖住……(昏迷过去)

[飞飞向罗成跪下,然后,围着罗成跳告别的舞蹈。

[飞飞突然长鸣一声,冲出树林。

罗　成　飞飞!

[黑森的军骑追赶着飞飞。

原　田　马上的人呢?死了?

黑　森　先不要管人了,一定要逮住那匹马。

[飞飞跳进翠叶湖,在湖中浮游。

原　田　白马跳进了翠叶湖。

黑　森　开动湖中汽艇,包围他。

[汽艇响起来。

[飞飞终于被绳索套住。灯暗。

第七节　飞飞被捕以后,既遭到残酷的刑罚,又受到厚待,盛宴、华宅、美马,都打动不了他高洁的心灵,他绝食九天而亡……

[美丽的翠叶湖畔,响起有节奏的日本鼓声。这一天,黑森要骑上被俘的白马飞飞。他想驯服他。

[白马的头鬃用金线编成妍丽的头饰，又配以镶金雕鞍。他被原田牵到湖畔的一块空地上。

黑　　森　（欣赏着他的猎物飞飞）放开他，我今天要试马。

[飞飞被放开以后，用冷漠的、敌对的目光盯着黑森。

[飞飞踏着碎步，戒备地看着黑森。

[黑森迎面走向飞飞，猛地扑向马背，翻身上马。

[飞飞一会儿直立，一会儿颠摇，都无法把黑森掀翻下马。

[飞飞猛然放开四蹄飞奔，奔下舞台。

[剧场四周久久回荡着飞飞急剧疯狂的蹄声。

原　　田　黑森男爵在东京赛马大会上名列前茅，他一定能征服这匹马！

[蹄声近了。飞飞驮着黑森回到舞台。他急速飞驰，突然停下，身子往后一缩，黑森被重重地摔下马来。

原　　田　（冲过去）男爵！

[黑森被摔得昏死过去。

[舞台灯猛地收尽，台上一片黑暗。

[少顷，传来皮鞭抽打的声音。

[灯亮。白马飞飞被绑成一个大字，像受难的耶稣。

[龟山弘吉用皮鞭狠狠地抽打飞飞。

[飞飞默默地忍受着刑罚，对苍天投去悲怆的目光。

龟山弘吉　行刑队。

[站出来两个日本士兵。

龟山弘吉　准备执行枪决。

[日本士兵端枪瞄准飞飞。

龟山弘吉　（掏出一份判决书，念）“查为我大日本帝国皇军虏获，编号为0911中国白马一匹，实乃一冥顽不化、桀骜不驯之动物，一九四四年十月二十三日，因不服驯养，伤我骑兵司令黑森男爵，为维护皇军之尊严，兹判决0911号白马死刑，立即执行。切切此布！”

[亀山弘吉尚未宣读完，一辆吉普车驶来，刹车声。受伤吊着绷带的黑森下车，站住。

[两个日本士兵正准备射击。

黑　　森　停下！放下枪。

[日本士兵放下枪，全场顿时鸦雀无声。黑森走到亀山弘吉面前。

黑　　森　谁让你这么干的！

亀山弘吉　阁下，我处置这匹犯罪的马，有什么不当之处吗？

黑　　森　没有我的命令，你凭什么宣布白马死刑？

亀山弘吉　阁下，他使你负了伤，堂堂皇军司令官，怎能任凭一个中国牲口逞凶？

黑　　森　我问你谁的命令？

亀山弘吉　阁下住院，团队由我指挥，我可以发布命令。

黑　　森　那么，我告诉你，现在由我指挥，我可以命令逮捕你！

亀山弘吉　悉听尊便。我要到总部控告你！上次，你关于我军在南京行动的议论，总部已经记录在案！

黑　　森　你这个魔鬼！我一定要降服这匹白马！

亀山弘吉　你等着！

[亀山弘吉骑上一匹马，马蹄声远去。

黑　　森　给白马松绑，给他盖一个豪华马厩！我一定要让他成为我的坐骑！

日本士兵　是！

[马厩。浑身是血的飞飞站立在宫殿般的马厩内。

[马厩外站着黑森和原田。

原　田　白马在房间里乱跑，用血肉模糊的身躯撞在雪白的墙上。

［马厩墙上，团团血印，像一幅印象画。

黑　森　给他上最好的饮食，要像贵宾那样厚待他！

［少顷，两个日本侍女，端着菜肴娉娉婷婷走上。

侍女甲　白马先生，请用餐，鱼粉和脱脂奶拌的黄豆！

侍女乙　白马先生，我送上的是生鱼片，这些都是日本料理！

［飞飞看着这些精美的饮食，一点也不为之动心，站立不动。

［片刻，侍女甲、乙端食物走出马厩。

黑　森　（站在马厩外，见侍女甲、乙走出）怎么样？

侍女甲　他一点也不吃。

侍女乙　他甚至看都不看一眼。

黑　森　他也许太孤单，我要把花子放进去。

［少顷，花斑马花子走进马厩，她对飞飞边歌边舞。花子身披黑白相间的和服，用日本歌舞向飞飞表示爱慕之心。她的舞蹈显得妖冶而温柔。

［飞飞凝神远方，仿佛听到皇后的情歌。

［皇后在另一演区出现。

皇　后　（唱）我的歌声，随着风儿，向远方飘去，

亲爱的飞飞，你被囚禁在哪里？

我要向你倾诉我心中的思念，

我要向你报告我们胜利的消息。

白　马　（站立不动，唱）

你的歌声，常常出现在我的梦里。

草儿青，花儿红，蓝天无边无际。

那时候，我们还是无忧无虑的小孩，

白云下，一匹白马驹和一匹红马驹。

皇　后　(唱)如果你能活到胜利的那一天，

咱们俩一起回到故乡绿色的草地。

白　马　(唱)即使我就这样静静地死去，我的灵魂，也要陪伴你一同归去。

飞　飞
皇　后　(唱)我们出生在那里，

我们生长在那里。

生活为了那片和平的绿土地，

战死了，回到那里去安息。

[飞飞猛然向花子进攻，花子逃出马厩。

[几日后。马医走进马厩。

[黑森和原田立于马厩外。

黑　森　原田君，今天是第几天了?

原　田　已经是第九天了。

[马医出马厩。

黑　森　怎么样?

马　医　这匹马除了鞭打的外伤，五脏六腑没有一处是不健康的。男爵，我认为，这跟他的情绪有关……

黑　森　(走到马医面前)你是说……

马　医　他就像一个入定的隐士，把目光朝向广漠的天空。他像是在跟上帝交谈，他的心像水一样平静。男爵，他在绝食。

黑　森　(一把揪住马医胸口)你说什么?

马　医　是的，为了对他的祖国忠贞不渝，他在绝食!

[日本鼓鼓声猛然响起，飞飞訇然倒地的巨大声响。

马　医　他已经绝食而亡!

黑　森　(一惊之下仆地跪倒)我一生爱马。那匹白马，是我见过最优秀的宝马良骏。我满以为我能驯服他，可是我错了!那匹马，像一个人一样，经历了所有考验，为了忠诚不渝，它心甘情愿地选择了死。……试问，一匹马我们都不能征服，何况一个民族、一个国家！

［日本鼓鼓声响彻整个军营。

［雄壮的军歌，飞飞涅槃。

［剧终。

（1995年演出本）

上海
当代剧作选
1949—2019

第5卷

上海市剧本创作中心
上海市文化艺术档案馆 编

上海人民出版社

目录 卷五

1 话剧 考验
夏 衍

71 话剧 布谷鸟又叫了
杨履方

155 话剧 枯木逢春
王 炼

227 话剧 第二个春天
刘 川

299 话剧 年青的一代
陈 耘

377 话剧 激流勇进
胡万春 佐 临 执笔:仝 洛

473 话剧 于无声处
宗福先

525 话剧 陈毅市长
沙叶新

话剧

考　验

编　剧

夏　衍

作者小传

夏　衍（1900—1995），男，原名沈乃熙，字端先，浙江杭州人。中国著名文学、电影、戏剧作家和社会活动家。中国左翼电影运动的开拓者、组织者与领导者之一。新中国成立后历任上海市委常委、宣传部部长、文化部副部长、中国文联副主席、全国人大代表、全国政协常委。

人物表

丁　伟　新华电机制造厂厂长

郑裕青　丁伟的妻子

丁　淞　丁伟的女儿

杨仲安　新华电机制造厂副厂长

薛为德　车间主任

徐达民　车间副主任

钱沛之　总工程师

俞嘉华　女秘书

王　蕙　杨仲安的妻子

方　克　工厂党委会副书记

马小宝　生产小组长

何复清　车间副主任

朱　帆　职员

工　友　甲、乙

第一幕

［时间：1953 年早春，三月的一个星期日的傍晚。

［丁伟的宿舍。两间一组的公寓式房子。舞台是作为会客室兼书房的一大间，正中后面是一排窗子，窗前面是写字台。一张旧式沙发，右边是书架、茶几等简单的陈设。左边靠墙是一张小书桌，这是丁伟的女儿丁淞读书温课的地方。前方是小圆桌、椅子等等。

幕启时舞台虚空，阳光透过窗帷，斜射在书桌上。

［丁淞清脆的歌声、脚步声。

“火车在飞奔，
车轮在歌唱，
装载着木材和粮食，
运来了地下的矿藏……”

［她拿着一束盛开的桃花进来，继续唱：

“多装快跑，快跑多装，
把原料送到工厂，
把机器带给农庄，
我们力量移山倒海。”

［丁淞十五岁，白衬衫上罩着一件淡绿色毛线衣，藏青色的裙子，两条短辫子，健康爽朗。

［丁伟四十开外，中等身材，浓眉大眼，新理过发，但是两头的发根已现青色。

［丁淞歌声。

“烟囱像森林，
钢水在沸腾，
新纪录不断地出现，
找窍门开动脑筋……”

丁　伟　（坐下来，抽了一支烟，打断她）你妈妈呢？怎么一转眼就不见了。

丁　淞　陪小弟回托儿所去了。（从带回来的小网袋中，取出用玻璃瓶子装着的昆虫，和搜集了的植物标本）

［年轻的勤务员推门进来，拿来一张字条，丁淞就近接过来。

勤务员　方才李部长来过，留下一个条子。

［丁淞抢着把一个折成L形的纸条接过来，打开。念。

丁　淞　我念给你听，这又不是密件。（推他坐下，靠在旁边念）“丁伟同志：顺道来看你，你们全家都去逛公园了，礼拜天，难得的好天气。我来是为了告诉你一件事，你的请求，批准了，同意你去搞工厂。市委的正式通知已经发出。要是干训班结束得快，希望你下礼拜内就来报到。”

［丁伟抢过来看，显有兴奋之色。

丁　伟　（自语地）搞工厂。

丁　淞　你搞工厂？

丁　伟　嗯。

丁　伟　（望着她想了下）笑什么？笑我搞不来？（自语）好快，批准啦。

丁　淞　（对父亲抱怨似的）我叫你用网套，你偏要用手，瞧，这么大的一个花蝴蝶，给你把翅膀搞碎了。

丁　伟　你用网子套，跑得满头大汗，一个也抓不到，我用手，一下就抓到了。（望着她）一样的蝴蝶，要这么多干吗？

丁　淞　一样？才不一样呐。这是粉蝶，后面的翅膀是圆的，这个的后翅膀有两条拖脚，叫凤蝶。（撒娇似的反问）一样？

丁　伟　哦，还有这么些道理？

丁　淞　道理多得很呐。

［见她一心不乱地整理标本，回身坐到自己写字桌前面，取出一本书来，看。

［一分钟。丁淞大约觉得饿了，跑到后面去，取了一叠饼干出来，递几块给她爸爸。

丁　伟　才捉过虫子的手，不卫生。

［丁淞憨笑，用小手巾揩手。

丁　伟　淞淞。

丁　淞　唔。

丁　伟　把你的代数练习本子，给我看一看。

丁　淞　（笑）哈，习题做不出，对吗？

丁　伟　谁说，十二个习题，昨晚上全做了。

丁　淞　那，要我的练习本子干什么？

丁　伟　要一下呢。

丁　淞　骗我，二次方程式，顶容易，只要把求出来的X数目字代进去，对就对，不对就不对。（顽皮地）我知道，X求不出来，是不是？好，你再试试，晚上教你。

丁　伟　（苦笑）你坏。

丁　淞　嗳。（想起了似的）爸，你学数学干吗呀，妈在笑你，她说，“八十岁学吹打，老来忙”。

丁　伟　这……你就不知道了。数学，是学任何一门科学的钥匙。你也得好好地学，不管你自己想当一个生物学家也好，或者你妈妈想你当一个歌唱家也好，数学是一切科学技术的顶重要的助手，它帮你整理知识，整理思想。懂吗？要是小时候不打好基础呀……

丁　淞　可是，（撒娇地嘟起了嘴）我学不好，这次考试……

丁　伟　（逗她）不及格，是不是？

丁　淞　谁说！我，四分。

丁　伟　下次得拿五分，用功。

［楼下有人高声谈话。

丁　淞　好，要是……

杨仲安　老丁在家吗？

郑裕青　在家，刚回来。

丁　伟　你妈回来了。

杨仲安　你看刚才我都不认识了。

郑裕青　好几年没见了！进来坐坐。

丁　淞　跟谁在讲话？（开门出去）

［郑裕青陪着杨仲安上来。郑裕青，三十开外，中等身材，有点胖，穿灰色干部服。杨仲安四十不到，胆汁质型，正在开始发胖，容易激动，习惯于用高嗓子讲话。

郑裕青　（推门进来）老丁，你猜谁来了。

丁　伟　（完全出乎意外，眼睛一亮，迎上去，紧紧地握手）啊，老杨！

杨仲安　（热情地两手抓住丁伟的肩膀，看了又看）你简直没有变，可是——

丁　伟　你胖了。

杨仲安　一百六十五磅，正好，你一点也没有变，老样子。可是，裕青同志，你发福了。（对丁）方才在门口碰上，要不是她先招呼我，我就不敢……

郑裕青　老了，这么多年……

丁　伟　别说她胖，最近看了几次话剧，她还打算归队，去演戏呐。

郑裕青　听他瞎说，（对丁淞）叫杨伯伯，怎么的，不认识了？

杨仲安　淞淞？（抚着她的头）啊，日子真快，已经是大姑娘了，记不记得？我抱过你。哈哈……

［丁淞有点怕羞，一时记不起来。

杨仲安　（拉一把椅子坐下）你们一直在这儿？

丁　伟　不，南下的时候到过一下，待了一个月，后来在甘大工作，整整两年半。去年才调过来，还是搞教育，在干部训练班。

杨仲安　真是“隔行如隔山”，同在一个地方，一直没有见面。

丁　伟　你，南下之后就在……

杨仲安　对，接管之后就在厂里当军代表，后来是副厂长。

丁　伟　（高兴）怎么，你也在搞工厂？

杨仲安　不像吗？

丁　伟　像，像得很，（流露）老朋友又在一块了，真好。

郑裕青　你们谈谈，我去沏茶。

杨仲安　知道你在这儿，昨天就想来，凑巧今天是礼拜天。老丁，你哪一天到差？

丁　伟　什么？

杨仲安　你不知道？装傻。

丁　伟　不，不，你讲的是……

杨仲安　任命已经下了，你来当咱们厂的厂长，咱们又在一起。（由衷地高兴）你来了，我就放心了。

丁　伟　什么？这是真话？

［郑上，倒了茶。

杨仲安　我不像你爱开玩笑。（向郑）他，爱开玩笑的脾气还没改？

郑裕青　老了，脾气很难改啦。（笑）“三反”的时候，还有人提了他的意见，说在干部学校工作，态度不庄重，不严肃，在家里，跟小孩也开玩笑，装怪样子。

杨仲安　这不错啊，他是乐天派。

丁　伟　老杨，言归正传，你说的厂……

杨仲安　新华电机制造厂，造发电机、马达、变压器……

丁　伟　哦，这个厂生产情况怎么样？

杨仲安　你放心，有我。上个月就听说市委要派一个厂长来，心里嘀咕了好久。你知道我这个人的脾气，不了解的人合不来。昨天接到通知，原来是你，哈，好极了，老战友，老同志，再好没有。

丁　伟　可是……

杨仲安　厂里的事，你放心，我摸了三年，差不离，已经有了底了。

丁　伟　跟你在一起，当然再好没有。可是，我什么也不知道，没有精神准备，你讲讲，让我知道一点……

杨仲安　急什么，过一天，我把详细情形向你报告，再叫各部门负责人来向你汇报。

丁　伟　不，现在随便谈谈，你知道我的急性子。

杨仲安　对，不讲清楚，晚上睡不着，是不是？从哪儿讲起呐。

丁　伟　（从桌上找出方才李部长留下的字条给他看）你瞧，就在你来之前五分钟，我才知道这个决定，正式通知还没有收到，也许送到学校去了。李部长的条子上只有三个字，搞工厂。（停一下）搞工厂？连什么工厂也不知道，你说的那个厂，规模多大？

杨仲安　说大嘛，当然比不上五年计划的新建厂，说小嘛，可也有一千多工人，不过，这是一个重点厂，市委直接在抓。

丁　伟　生产情况……

杨仲安　现在可好啦。接管下来的是一个旧厂，一塌糊涂，好容易，搞了几次大运动，三反，民主改革，生产改革，这才变了样。老丁，你看看，这三年，我的头发白了多少？

丁　伟　真不容易，老杨，你从哪里学了这一套？（亲热地在杨仲安肩上重

重地一拍）

杨仲安　（得意地笑）承老同志夸几句，白了头发，也甘心了。你知道，人家可不这样看，现在办事不容易，上面要检查，下面有意见，好了还要好，完成了生产任务，还要要求什么按节奏生产。工厂，可不比部队，凡事都得民主。凭良心，我这个人，不算不民主吧，可是这次党代表会议，意见就提了一大箩，老丁，你下去，得有个精神准备。（纵声大笑起来）

丁　伟　批评，提意见，这哪儿都一样，应该有……

［郑裕青端了一盘饼干出来，又倒了茶。

郑裕青　没什么好东西，吃一点。仲安同志，小王怎么样，身体好吗？

杨仲安　小王？噢，现在可不是小王了，老了，五个孩子的妈妈……

丁　伟　五个孩子？

杨仲安　三男两女，到这儿三年，添了四个。

郑裕青　三年添了四个？

杨仲安　五二年正月一个，老四，男的；十二月又一个，老五，女的。

郑裕青　她在哪儿工作？

杨仲安　就在厂里，还是老本行，在本厂的工会里当文教委员。孩子多了，事情办不好，我说算了吧，把孩子管好一点，她不肯。

丁　伟　三年添了四个，你了不起！

杨仲安　（苦笑）要是厂里的生产，也像这个一样，节节高，一年增加这么百分之二百，那才好啦。

［郑裕青下。

丁　伟　你不是说，厂里的生产很不错？完成了任务……

杨仲安　按理说，应该说不错。机器就是那些老机器，人，就是那批老人马，可是生产量，年年在增高，要是旧的厂，应该说什么问题也不会有，偏偏这是一个发电机厂。

丁　伟　(什么都新鲜)为什么?

杨仲安　在五年计划的第一年,电器制造是一个重点。(从口袋里摸出一个小本子来,边翻边说)在各种生产品中间,今年比去年要增加的比例,电机这一门顶大。发电机要增加百分之一百十九,电动机——就是马达,要增百分之四十一。在十八种主要生产品中间,这两项增加得顶大。

丁　伟　唔,真不简单。

杨仲安　任务重,且不说它,困难的问题是干部。老丁,市委派你来当厂长,表示对这个厂的重视。我算了算,三年多来,除去接管的班子以外,没有派过干部,跟我一起来的五个人,调的调了,垮的垮了。

丁　伟　垮了?

杨仲安　可不是,垮了两个,一个你也许还记得,在鲁东跟你一起工作的小姜,三反中,整垮了。

丁　伟　唔,我仿佛听人说过。(停了一下)可是,三年来不是添了一大批新骨干?

杨仲安　(摇摇头)学生子出身,不顶事。

[天色渐暗,丁伟想起什么似的,朝后间望了一眼。

丁　伟　青!(对丁淞)叫妈妈来一下。

杨仲安　唔,还是老规矩,青!

丁　伟　还有什么新规矩,叫郑裕青同志,像在办公事,叫淞淞的妈,太封建,叫爱人嘛,年纪大了,叫不出口。

[郑裕青上来,丁和她耳语了一下。

丁　伟　老杨,难得在一起,在这儿便饭吧,喝几杯叙叙旧,裕青知道你爱吃什么。晚上喝两杯的习惯,没有改吧?

杨仲安　不,不,今天可不行,我还有点事。

郑裕青　别客气,又没有……

杨仲安　跟你们还客气,真的,还有一个会,(看了看表)哟,时间差不多了。

丁　伟　礼拜天也开会？

杨仲安　嘿，老丁，这一点，你也得有个精神准备，一搞工厂，就不像教书一样的有什么礼拜不礼拜了。

丁　伟　老杨，我看你还是老脾气，什么事情都是一把抓，自己劳碌，也不让人家休息。不吃饭也可以，时间还早，再坐坐。

杨仲安　（看表）不行，时间到了。忙嘛，有什么办法。改一天，我请。

丁　伟　（站起来）真的有事，那不勉强。隔天，让小王，跟你的老四老五一起来，好吗？说，哪一天？

杨仲安　这，可说不定，反正，来日方长，哈哈……再见。

郑裕青　不再谈谈，真是……（对丁淞）跟杨伯伯握手，说再见。

丁　淞　再见。

杨仲安　再见。

［丁伟送杨仲安出去。

丁　淞　（问从门外同来的妈妈）谁呀？

郑裕青　你还想不起来？

［丁淞摇头。

郑裕青　爸爸老讲起的杨仲安，你爸爸的顶好的朋友，皖南事变那一年，背了你爸爸突围的。

丁　淞　是他？

郑裕青　可不是。

丁　淞　（很快地跑到窗口，俯望）杨伯伯，再见。

［丁伟回来，郑裕青从后房出来。

郑裕青　淞淞，你又拿了我的鸡蛋？

丁　淞　（伸出两个手指）两个。

郑裕青　拿出来，好好的鸡蛋……

丁　淞　已经孵了两天了，在少年宫，电气孵蛋，过几天给你小鸡。（走到写字桌前面，翻书，开了台灯）

[丁伟回来有点激动，在室内走了一圈，望着裕青。

丁　伟　事情来得太快，也真巧。

郑裕青　巧？

丁　伟　我说的是我跟老杨的关系。念初中，前后同学，参加革命之后，我当报社社长，他当经理，我当指导员，他是我的副手，现在，又在一个厂里……

郑裕青　（含有深意地一笑）可是，你得当心他那火爆的性子，你们俩呀，见了面，好像亲兄弟，一抬杠，谁也不肯饶一句……

[丁伟笑。

郑裕青　（温婉地）几年不见，大家都变了，你得把老习惯改一改，人家已经当了三年厂长，你刚去。

丁　伟　（点头）对。你讲得对。

丁　淞　（忽然大声地）爸。（回过身来）

郑裕青　什么事呀，吓了我一跳。

丁　淞　求出来了，X 等于 1，你来看。

[郑裕青下场。

[丁伟跑过去，父女二人热心地看着课本。

[天色渐暗。

[幕徐徐下。

第二幕

[距上幕一个多礼拜，三月下旬的一个清晨。

[新华电机制造厂的厂长办公室。

［总务科的职员朱帆，指挥着两个工友，为即将到职的新厂长搬写字台。秘书俞嘉华帮着张罗一切。

［舞台正面后方是一排大玻璃窗，从此可以望见烟囱，厂房和水塔。窗前，面对面的摆了两只大写字台，两把回转椅，左方是出口的门，再左是文件架，窗前，面对面右方前面是一张小写字台，这是厂长室女秘书俞嘉华办公的地方。

［俞嘉华，二十二岁，穿着朴素的干部服，但是依旧可以看出女学生的本色。远远的可以听到有人通过扩音机在作报告。

［把厂长的写字台和"文房四宝"摆好之后……

朱　帆　小俞，你看看还差什么东西，（不等回答，对两个工友说）可以了。（二人下）

［俞嘉华看了一下桌上的东西，又检查了一下抽斗的钥匙。

朱　帆　大小倒一样，就是这只（指新添的一只）旧了一点，买新的，也不好。（望着俞）今天就来？

俞嘉华　听杨厂长这么说。

朱　帆　（打算走了，对俞）你再检查一下，要是缺什么东西，通知我。

［俞点头，朱帆下。她整理了一下文件，把许多要批阅的文案分门别类，放在杨仲安桌上，惯例地撕了一张挂在她写字桌背后墙上的大日历，这一天，是三月二十五日。

［电话响，俞接电话。

俞嘉华　喂，是的，杨厂长不在……什么？又是触电啊，没有性命危险，（在撕下的日历背后用铅笔记录）唔，啊，来，杨厂长在小播音室讲话，你去找一找。

［电话未完时，朱帆陪了丁伟上场。

朱　帆　杨厂长在讲话，快完了，（丁很注意地听俞嘉华在打的电话）这儿是厂长办公室，后面还有一间小会客室，对了，这位是这里的秘书，俞嘉华同志。

俞嘉华 （挂上电话上前一步）是……丁厂长。

丁　伟 （和她握了握手，立刻就问）方才的电话，出了事故？

俞嘉华 嗳，变压器车间又有一位老师傅触了电。

丁　伟 情况怎么样？

俞嘉华 伤很重，可是，没有性命危险。（话未完，电话又响了，立刻听）喂，是的，杨厂长不在，你哪一位？重电机车间，什么事，唔，等一等，（笔记）有一批线圈被检验科退了回来，唔，这样好不好，再过……十分钟，再打来，杨厂长就回来。

朱　帆 （对了）今天是二十五，快月底了，每逢月底，总得忙乱一阵，过了这几天，到月初，就轻松了，您，休息一下，杨厂长立刻就来。（下）

［俞嘉华拿过丁伟桌上显然是新买的有盖茶杯和热水瓶。

俞嘉华 厂长，您喝茶，还是开水？

丁　伟 （笑）有茶叶？（俞点头）那喝茶吧，谢谢你。

［一阵南风，扩音机的声音隐约可闻，丁伟一边把这间办公室观察了一下，侧耳听。

［声音："这是上级交下来的任务，任务很重，但是也很光荣，为了完成和超额完成这一个光荣的任务，为了本厂的荣誉，再加一把劲吧，同志们，到三月底，只有六天了，本月份和本季度的任务，一定得在这六天内完成，同志们，工厂就是战场，让我们大家努力，用主人翁的态度，坚决地完成上级交下来的任务"。若干鼓掌之声响起。

丁　伟 （在他，什么都很新鲜）唔，真像战场一样。

［何复清，三十来岁的职员，穿着有油污的工作服，闯进来。

何复清 杨厂长，没来？

俞嘉华 就来。

何复清　那，我就在这儿等一下。（很有牢骚）这实在太不讲道理，看厂长怎么说。

俞嘉华　（轻声）什么事呀？

何复清　老问题，检查科有意找麻烦，早不说，晚不说，今天才说，离月底只有五六天了，老说什么铁耗大，温度高，不合检验规范，天晓得，这批砂钢片，本来就是次货，铁耗怎么能不大？又要马儿好，又要马儿不吃草，真是……（一口气说了一大套，这才发现了丁伟仔细在听，停住）

俞嘉华　（趁热介绍）这位是丁厂长。

何复清　（有点后悔方才的牢骚）对不起，我是变压器车间的何复清。

丁　伟　（和他握手）我刚来，又是外行，等一下杨厂长来了……

何复清　好好，我在这儿等一等。（对俞）那个报告，杨厂长看了没有？这个问题很大，要是今天不解决，本月份的生产任务，就甭想完成。

丁　伟　（想起来）你们车间？就是方才出事故的？

何复清　对咯，一位老师傅，整天整夜的赶工，人太疲倦了，就会疏忽，出毛病。

［这时候，杨仲安和总工程师钱沛之，轻电机车间的主任薛为德、副主任徐达民同上。

［杨仲安在门外叫人去通知张师傅家里，要他们放心。

俞嘉华　杨厂长，丁厂长来了。

［薛为德，四十岁开外，两鬓已有稀疏的白发，深色干部服，穿得干净利落；钱沛之五十五六岁，头发已经半白，但是很健康，绝无老态；徐达民二十八九岁，瘦长，用十分顶真的态度讲话，但眉目间还有几分稚气。

杨仲安　（看见了，愉快地）啊，你来了，好极。（热烈地握手）你看，我忙得像个什么样子。来来来，我来介绍。丁厂长，丁伟同志，我的老战友，从三八年到渡江战役，我们俩一直工作在一起。（着重地加一句）好同志，这位是本厂的总工程师钱沛之同志，这位是轻电机车间的车间主任薛为德同志，这位是副主任徐达民同志。（看了一下俞嘉华）你，大概已经介绍过了。对，还有，何复清同志，变压器车间的副主任。好好，大家坐下来谈谈。

薛为德　（殷勤而又恭敬地对丁）丁厂长，真是久仰得很，厂里全体同志，盼得很久了。请坐。（忽然对俞）怎么的，这张写字台，没有新一点的？

［杨仲安看了一下新添的办公桌，正要讲话。

何复清　（性急地对杨）厂长，昨天向你报告的那件事，无论如何要请你做个决定。

杨仲安　（问俞）不是，我已经批了？

俞嘉华　不，批了的是重电机车间的……（拣出一份文件，交给他）这一份，还没有看。

何复清　是那一批线圈规格的问题。

［这时，丁伟静静地听着，习惯性地从口袋里取出一包香烟，薛为德很快地从自己烟盒里取出一支，递给他，并给他点了火。薛的善于对付与钱沛之的拘谨明显的成为对照。

丁　伟　谢谢。（看了薛为德一眼）

杨仲安　检验科的意见怎么样？

何复清　还是不肯签字。不签字，八只一千 KVA 的方泵就不能装配，不能如期出货，那，这个月的任务，就差了一大段。

杨仲安　那么，你认为——

何复清　基本问题，是检验规范脱离实际，不符合实际施工需要，这是全厂普遍性的问题。

薛为德　（点头同意）对，我们车间也一样……

何复清　（继续下去）这个问题一定得解决，可是，为了目前紧急情况，我们车间的意见是先解决这一批订货，先完成这一个月的生产计划，规格问题，留到下个月去解决。

杨仲安 （不假思索地）对，应该这么办，你，赶快把这一批变压器装配起来……

何复清 可是，检验科顶住不肯签字。

杨仲安 他们不肯签字，我签字了还不肯签字？

何复清 那好。（欲下）

徐达民 （禁不住站起来）厂长，这样不好吧？

杨仲安 不好？为什么？

徐达民 会出毛病，（顿了一下）“出力铭牌”上刻上了字，规定了一千KVA，现在铁耗这么大……

杨仲安 我问过薛主任，（薛点头）他是内行吧，我还问过钱总工程师。他也说任何机器设计的时候，都有一定的保险，就是说，实际出力，总要比“铭牌”出力多一点，不要紧。（钱为难地欲言又止）

徐达民 这不错，可是，这一点保险，就是安全保障，连这一点也没有，安全使用的时候就有危险。

杨仲安 （不理会他，用下巴对何复清示意）就这样，你去办吧。

何复清 （回头对徐）同志，这是什么时候，三月底，第一季度的任务……

徐达民 可是，杨厂长，这样做有危险，从科学上……

杨仲安 （接上来）你们，就爱咬住科学两个字不肯放，科学科学，好像就只有我不尊重科学。问题是这儿不是研究院，（有意说给钱沛之）这儿是要按月按季度完成任务的工厂。变压器车间这个月计划规定了要出一万多KVA的产品，不完成，谁负责？

薛为德 （看见杨的决心很大，连忙打顺板）对对，现在是任务第一，特别是今年的第一季度不完成任务，上面会怪我们没有尽到最大的努力。

杨仲安 钱老先生，这个问题，你有意见没有？他……

钱沛之 这个问题讲起来很复杂……

薛为德 我跟沛之同志谈过，大概不会有什么问题，……（看着钱似乎要他讲一句）

钱沛之 当然咯，严格一点说，问题不是没有。

杨仲安 （抢着）今天的问题就是上面压下来的任务不容许我们太严格对吗？（对何）好，就这么办。（何复清下）

［徐达民还想讲话，俞嘉华轻轻地对他使了一个眼色，为了缓和空气，她上前一步。

俞嘉华 杨厂长，这么安排，好吗？这儿是丁厂长。这样摆，两边的光线都好。

杨仲安 我没有意见。

薛为德 好，小俞同志，你想得周到，这儿还是靠窗，光线好，又好又风凉。（讨人欢喜地笑着）咱们杨厂长发了福，怕热。

杨仲安 好吧，谈谈旁的问题。（到自己位子坐下，俞嘉华把一大沓文件放在他面前）怎么的，又是这么一大堆，老丁，你看，这怎么得了呀，（一件一件地翻着）请购单，报销单，请假单。每天待看待批的文件就有这么多，看也看不了。（笑着）今后，你得来当家咯。老丁，搞工厂真是不简单，忙呀，乱呀，你看这怎么办？（对俞）你，整理过了？

俞嘉华 这些是急件，等着要批，这些？可以缓一点。（递给他一份报纸）这是今天的报纸，参考资料。

杨仲安 （随手也翻了一下文件，把报纸往后面的文件架上一搁）成天批公文，看报的时间也没有。老丁，对不起，你们先聊聊，我把立等要批的几件看一下。（对俞）这一堆都得批？（俞点头）主管部门都盖了章？（俞点头）不会错吧？（俞微笑不语）他们盖了章，我就批。（拿起笔来，行书，写同意）

［薛殷勤地和丁讲话。

钱沛之　厂长，你们谈谈，我先走一步，还有些事情……（杨点头，丁和他握手，钱下）

［电话响，俞接电话。

俞嘉华　喂，对，请等一等。杨厂长，电话。

杨仲安　喂，什么事？我是啊。什么？零件接应不上？那零件到哪里去了？上个月赶工吃空了？为什么不事先点一点？难道要我来给你们一件一件地安排好？什么？什么情况？不必来，电话里讲吧。有人讲怪话，（丁侧耳听）要小组长把他们的名字记下来。什么？（大声）你不管。告诉他们，今天是二十五，离月底只有六天，这六天，咬碎牙齿也得干，不能太民主！（挂上电话）

薛为德　（对丁）说实话，要不是咱们杨厂长领导正确决心大，有魄力，这个厂的任务是很难完成的。

丁　伟　（沉思了一下）老是这个样子，这么忙？

薛为德　不，今天是二十五呀，月底嘛，总归忙一点，到月初……

丁　伟　（慢慢地走了几步，对俞）小姑娘同志，对不起，方才介绍的时候，没听清楚……

俞嘉华　（笑着）我叫俞嘉华。

丁　伟　对，俞嘉华同志，你这里有材料吗？本厂按月的生产进度？

俞嘉华　有。（很熟练地取出一叠材料）这是今年两个月的材料。（走近他身边）一月上旬，完成本月份生产任务的百分之九，中旬，完成百分之二十一，下旬，完成百分之六十二。（停一下）二月份……

丁　伟　等一下！九，二十一，六十二……（屈指一算）共是百分之九十二，那，没有完成任务。二月份……

俞嘉华　二月份，上旬，百分之四，中旬，百分之九，下旬，百分之七十七。一共，百分之九十。（解释）这个月是旧历新年，旷工多，受了影响。

丁　伟　（若有所思）唔！

徐达民　（忍不住了）可是，这只是数量上的百分比，讲质量，那就更……

［杨匆匆把公事批好，对徐达民看了一眼，站起来。

杨仲安　（慨乎言之）搞工厂，就是这个样，特别是咱们这个厂。品种杂，规格多，任务重。老丁，你看看就会知道，挑这个担子，不容易。（对薛）好吧，你们把急于要解决的问题，谈一下。

薛为德　情况嘛，杨厂长知道得很清楚，我的意见，昨天也已经向您报告过，没有什么补充，我完全同意您昨天指示的方针，这样办，错不了，至于工会方面的意见嘛，（迟疑了一下，对徐）达民同志，你反映一下。

徐达民　还是那两个问题。一个是克服线圈短路问题的马小宝同志的合理化建议，再拖下去下面有意见；第二个问题是每逢月底的突击任务，工人们说，这是变相的加班加点。对于前一个问题，我也同意杨厂长的意见，放到下个月初去讨论，可是后一个问题，再不解决，不仅完成不了任务，还会出更多更大的事故……

杨仲安　（反诘）谁说是加班加点？

徐达民　领导上说是突击任务，下面却把它看作加班加点……

杨仲安　有人说，我知道，可是，必须认清，这只是少数落后分子的意见，对于这批人，要批评，要教育，要打通他们的思想，要他们想想，解放之前怎么样，现在怎么样，多出一点力，就叫苦，就说怪话，这不是落后，是什么？（无意识地显示他的干练，有点兴奋，嗓门渐高）

徐达民　那，也不见得吧。方才厂长在喊话的时候，我亲耳听见张大妹在说，机器不要睡觉，人可是要睡觉的。（征求薛为德的同意似的）张大妹，谁都知道是马小宝小组的积极分子。（薛为德习惯性的点头）

杨仲安　（拦住他）对咯对咯，连积极分子都讲怪话，这证明你们车间里的政治工作做得不够好，是不是？支部、基层工会，还有，你们青年团支部，在干什么？（火辣辣地）造成这种思想混乱，你们车间的领导没有责任？

薛为德 对，对，这方面的工作，的确做得很差，我首先应该负责，（对徐）怎么样，今晚上开个生产小组长和积极分子的联席会，请两位厂长去讲讲话，打一下气，好不好？

徐达民 （率直地）会开得太多，气，也打够了！只打气，不解决问题，不如让他们早一点回去休息。说实话，这几天，工人们已经累够了。

杨仲安 工人们累够了，谁不累，谁不忙？这算是群众观点，是不是？（冷笑）车间主任照顾工人健康，厂的领导上不照顾，是不是？

徐达民 （压低声音）我没有这个意思。可是，很多工人都累病了，这是事实。

杨仲安 （按捺不住了）告诉你，老弟，你把问题看得太简单，你只看一个组，一个工段，一个车间，我可不能跟你一样，要有群众观点，同时要有国家观点。工人一定得休息八小时，请问，我厂长每天休息几小时？我哪一天不在加班加点？老弟，我杨仲安革命了十五六年，难道连这一点群众观点都没有？

［薛为德点头笑。电话响。

俞嘉华 喂，是的，（紧张）什么？又是事故？轻电机车间？在，都在。（对薛徐）你们车间……什么？讲慢一点，轧伤了手，唔，有人在闹？

徐达民 （性急地）薛主任，快去看看。（回身急下）

俞嘉华 （对电话）薛主任就来。

杨仲安 （也感到事态严重）我去！（回头对丁）老丁，我去看看，你在这里顶一下。

［与薛同下。

［一阵救护车的警铃声。

丁　伟 （焦虑地望着窗外，回身）每天都这样？

俞嘉华　忙，是经常的，事故嘛，这礼拜特别多，三天之内，已经……四五件了。

丁　伟　不是说，已经有过一个安全生产运动？

俞嘉华　唔，那时候……（话未完，电话又响了）哪一位？哦，方书记，杨厂长刚出去，轻电机车间出了事故，对，丁厂长在，对，今天到的。

丁　伟　谁？

俞嘉华　党委副书记方克同志。（对电话）喂喂，你来？（对丁）他说就来看你。

丁　伟　不，我去吧。

俞嘉华　丁厂长说，他来看你。唔，好，等一等。（把电话交给丁）他要跟你讲话。

丁　伟　喂，方克同志吗？好，多谢，对，今天才到，你在轻电机车间，出了事故，我方才从电话里知道，老杨到现场去了……你来，噢，那也好。欢迎得很。（放下电话）

俞嘉华　过去很熟？你们……

丁　伟　不，认识，可是不很熟，开会的时候常碰到。

［冷场一分钟。俞嘉华拿了一叠材料，出来，走向丁。

俞嘉华　丁厂长，这是有关本厂基本情况的一些数目字，这是三年来的工作总结，市委批准了的民改，民主改革总结，还有一些原始记录，你，要看看？

丁　伟　好得很，我正想要，你想得周到。（翻了一下自语似的）要摸清情况，单看材料就不简单。

俞嘉华　你还可以跟方克同志谈谈，他知道得顶全面。

丁　伟　对。（坐下来，翻文件）

［少顷，轻轻地叩门，方克进来。

［方克四十岁才过，身体结实而态度沉着。

俞嘉华　方克同志。

丁　伟　方克同志。

方　克　(热烈地)啊,丁伟同志,你来得好极了,大家盼望很久了。(握手,久久不释)特别是这个时候来。

丁　伟　坐坐,你,一直在这个厂?

方　克　四九年底来的,(点了点头,坐下,然后述怀似的)五〇年,留用的那位厂长调走了,我们一直向上面喊,派一位得力的厂长来。这下,目的达到了。丁伟同志,你来得正是时候,(带着苦笑)碰上了顶忙乱,顶麻烦的时候,乱糟糟的情况,已经看到了吧?

丁　伟　组织上把这个任务交给我的时候,一方面很兴奋,可是说实话,另一方面也真是战战兢兢,有点胆怯。因为,这是一副我的能力所不能负担的担子。

方　克　不,我相信你一定能搞好,大家对你指望很大。

丁　伟　别这么说,别期望得太大,我懂得,今天搞工厂,单靠忠诚和决心,已经不够了。这之外,还要工业方面的知识,我有决心去钻,可是,钻得有一段很长的时间。

方　克　(重重地点头)对,要钻,肯钻,就行,丁伟同志,上个月党委会开会的时候,有一位同志说,要把咱们的厂搞好,一定要有一个既能联系群众,又有业务知识的领导,(稍停)厂里的情况,我想李部长已经跟你谈过……(不自觉地看了一眼俞嘉华,她很懂事,很自然地拿了方才杨仲安批好的文件,出去)

丁　伟　你说的是,(停了一下之后)厂长和党委之间的关系?昨天李部长提到!

方　克　(点头)应该率直地说,这不是普通的所谓关系,而是思想上的距离。(沉默了一下)

方　克　初看,好像问题很多,很严重,譬如说事故多,质量坏,生产不均衡，等等。其实这些都可以解决。（着力地说）只要领导能认真地再搞一次生产改革，有决心。

［丁伟无言。

方　克　（有点不好意思地笑了笑）你刚到这里，也许你还……

丁　伟　不，大家都是老同志。（停一下）市委正要我向你深入地了解一下这个问题。

方　克　去年以来，可以说，斗争得相当的尖锐。起先，他兼着党委书记，万事一揽子。讲明了分工负责之后，情况还是一样，我很惭愧，我的能力不够，不，应该说党性不强，在重要问题上不能坚持原则，不能帮助仲安同志改正错误。所以，我刚才说，你来得正好。你担任这个工作，再适当也没有。因为第一，你刚才说过，有钻业务的决心，第二，你懂得他的长处和缺点，你是帮助他纠正他的最好的人物。

［丁伟无言，站起来踱了几步。

［外面的大喇叭又发出声音，一听就知道是杨仲安在讲话。

方　克　听，又在讲话，看来，训话，做大报告，他所说的"打通思想"，已经成了他的完成任务的唯一领导方法。偏偏，解放三年多了，工人觉悟都提高了，不解决这个问题，单靠打气，"打通思想"，行不通了。况且，他的做法，太主观，群众反驳，他的政治工作是"我打你通"，这是工人同志的天才讽刺，不是什么"怪话"。

丁　伟　（心情沉重，沉默了一下）方克同志，仲安同志的个性，我知道，就是主观性强，看来，还有点自负。

方　克　（点头）对……

丁　伟　这也难怪，在干部之间他有威信，许多人佩服他的魄力他的决心。

方　克　谈得不算少，有时候也争到面红耳赤，（笑了笑）可是，说出来很滑稽，有一次，在小会上，他冲口而出，说有心打击他的威信，提高自己。这不是……

丁　伟　唔？

方　克　为了便于你向大家了解情况，我不能不向你反映一件事实。

［丁伟望着他。

方　克　（一路沉重的语调）大家盼望总有一位能够解决实际问题的厂长，大家指望着你，这几天，自从你的任命发表之后，从个别谈话中，有些人已经流露出一种威信。

丁　伟　（有点感动）威信？

方　克　对，仲安已经不止一次地说，新厂长是他的老同事，老战友，生死之交，在皖南突围的时候，他背着你逃出了危险……说你一定会支持他。

丁　伟　（很快地）他讲了这些？

方　克　讲了不止一次，当然，这是无意中随便讲的。

丁　伟　那是事实，我一直感谢着他，（回身，用出自衷心的诚挚，对方克）可是，方克同志，今天你把这个情况告诉我，我很感谢你。（和方握手）

方　克　你可以向各方面去了解一下，钻之前，（停了一下）过了这个月底，打算开一次党委会，那时候，也许你可以听到更多的意见。（告辞）

丁　伟　好。（握手）

方　克　再见。

丁　伟　（想起，叫住他）差一点忘了，这是转关系的市委的介绍信。（交）

方　克　好。（出门）

［俞嘉华又拿了一叠信件，文件回来，与方相遇。

俞嘉华　怎么，方克同志走啦？

丁　伟　嗳，（走了几步，站住）小俞同志。

俞嘉华　唔，丁厂长。

丁　伟　你来这里多久了？

俞嘉华　快两年……

丁　伟　那么，情况应该知道得很详细了……

俞嘉华　（迟疑地）还差得很……

丁　伟　假使你同意的话，想剥削你一点工余时间。

俞嘉华　（出其不意，望着他，不知说什么才好）这……

丁　伟　就是说，在下了班的时间，或者礼拜天，带我到厂里的各处去看看，听听，随便地跟同志们谈谈。譬如说，老工人，技术人员，和方才杨厂长叫他“老弟”的那位……

俞嘉华　徐达民同志。

丁　伟　对，还有工厂管理人员，工会负责同志。

俞嘉华　好，什么时候都可以。

丁　伟　（摇头）不，不应该“什么时候都可以”，只应该是“下班之后”，或者礼拜天……所以，我说剥削你的工余时间。（笑着）这是不应该的，特别是对年轻的女同志们。

［俞嘉华愉快地笑。

［幕落。

第三幕

第一场

［四月初的一个礼拜日清晨。

［工厂的小会议室，正面是墙，墙上有一张毛主席与斯大林在克

里姆林宫前同行的彩色招贴盘。右边前面是入口的门,右边墙上是油画毛主席像。正中,一张盖着白布的会议桌,不同样式的十来把椅子。左边后面,有一个小套间,靠窗一张小桌子,一具电话,桌上有热水瓶,茶具等等。

[太阳从左边的窗口斜射进来,照亮舞台前面,因之左后方的套间就比较阴暗。

[幕启时,舞台虚空,在不很容易看到的套房书桌前面,有一个人坐在那里静静地看书,有时隐约可以听到他默念的低声。

[一分钟后,俞嘉华陪了丁伟从右手推门进来。这一天是礼拜日,俞嘉华穿浅蓝色衬衫藏青色裙子。丁伟把显然已经嫌厚了的黑呢上衣搭在左臂上,用手帕揩着汗。

俞嘉华 (介绍)这儿是小会议室。平常是厂长跟各车间的主任们开"调度会"的地方,有时候也开开小会。

[丁伟点头,把房间望了一眼,看看那幅招贴画,看到了靠墙茶几上的一个扩音机。

俞嘉华 对啦,这儿也就是播音室,厂本部在这里向各车间传达指示,或者做做动员报告呀什么的。(指了一下扩音设备)各车间都有扩音设备。

丁　伟 哦,那些大喇叭的声音,都是从这儿发出去的。(笑着)说实话,我是最怕大喇叭的。

[俞嘉华对于他的爱开玩笑的风格,似乎已经很习惯了,笑了笑,打算走了。

[在后边套房看书的人,听到他们讲话,侧耳听了一下。

俞嘉华 (边走边讲)我们再去看看文化俱乐部,餐厅,托儿所好吗?(回头)哦,你约了小徐!

丁　伟 好。(正要回身出去,发觉有人在后面念书,站住)

俞嘉华　（走过去，看了一下，意外地）啊！钱老先生，您在这儿……

［丁伟走过去，钱沛之拿起放在桌上的眼镜，戴上，起来招呼。

丁　伟　好极了，我正要来拜访。今天，算是巧遇。

钱沛之　不敢当，厂长很忙。

丁　伟　怎么的，礼拜天，钱工程师不休息，清早就在这里研究什么问题？

钱沛之　不，不。（有点忸怩）这，跟在年轻人后面学习学习。

俞嘉华　（看见他手里拿的是一本俄文读本）在学俄文，钱老先生，您……

钱沛之　谈不上，才开始，讲出来，厂长可别笑话。这是给我的大孩子激出来的，他在发电厂当见习工程师，学了两年俄文，还不会看书。有一天，我问他，俄文真是这样难吗？你猜他怎么说？他说，难和易，要看决心的大小啦。这一点讲得对。可是他又说，年轻人学容易，老年人学困难。这，我就不同意了。把他的两句话连起来，好像年纪大了的人，就不能下决心，这是什么话呀。（摇头）我不相信。（好像揭露一个秘密似的）我不让他知道，悄悄地学，过些时，打算给他一个冷不防，翻一段俄文给他看看。（把书打开来）

丁　伟　（愉快地笑着）好，老先生真了不起。（让座）请坐，咱俩谈谈。

俞嘉华　钱老先生的劲头可大呢，一点也不服老，去年秋天本厂开运动会，老先生参加了网球比赛。

钱沛之　那算什么，年轻的时候，在外国，还跑过百米呢。

丁　伟　（自己坐了下来，悠闲地）钱工程师以前在……

钱沛之　那是很久以前的事了，在法国念书，做过工，拖过地板，也洗过碟子，那时候勇气可不小，可是回来以后，这些年来，落后了，老了。

丁　伟　不，就单凭学俄文这一点，你一点也没有老，咱们年轻人得好好向你学。小俞同志，往后别再叫钱老先生，把老字去掉。（笑）钱先生，要是不妨碍你学习时间，随便聊聊，好不好，真有好多问题，要向你请教。

钱沛之　没有关系，实在也说不上什么学习。（对俞）你别给我讲出去啊，我才学了四十几天。每天两小时，（指书）这是俄文速成阅读法，这办法很好，单讲看电气工程的书，（得意地）我的程度已经跟我大孩子的差不多了。（言归正传）哦，厂长，你太客气，我……

丁　伟　要请教的事情多得很，你知道我是一个外行，正在当小学生，所以对于生产上的事，等我整理出一个头绪之后，再专门来向钱先生请教，今天我们随便谈谈，谈谈生活，或者说，一般的感想。

钱沛之　（防范似的挡住）不，这些，我可谈不上，特别是什么感想，或者意见，我是学工程的人，不会讲话，我就是怕开会的时候有人要我讲话。去年国庆前，有一位记者先生盯住我，一定要我写一段感想，我还是一句也写不出来。

俞嘉华　（笑着）你没有写，可是你谈了，记者把你的谈话记了下来，发表了，有一段话我记得很清楚。你说，人家说，生活在毛泽东时代的孩子是幸福的，我说，生活在毛泽东时代的老头子，也是幸福的……对不对？

丁　伟　讲得好。

钱沛之　（态度随便起来，谈锋转健）那倒是我的真情实感。厂长，咱们这批老人，旧人，或者说是留用人员吧，别的方面，什么都不行了，落后了，可是有一点，却看得比年轻人更清楚，更真切，就是看得多了，什么都有了个比较，清朝时我还小，不清楚，后来的袁世凯、曹锟、蒋介石、汪精卫、日本人、美国人，还有什么这个统那个统的，我都亲眼看见、亲身受过。今天和那些日子一比，我们学科学的人不愿意随便恭维什么人，可也不能不得出一个事实的结论，就是，肯定现在比从前好。当然，不同的人，可能有不同的看法，不同的感受，我也问过我的老妻……（对俞）别笑我老派，我叫不惯新词儿，什么爱人……

丁　伟　对，这一点我有同感。

钱沛之　我问过我的妻子，她把解放前后一比，举出了两条。

丁　伟　（抓住）钱先生，你能不能把缺点和偏差讲一讲呢？

钱沛之　（不免有点世故）这个嘛，没有准备，（笑着）跟你方才所说一样，等我整理出一个头绪之后，再向厂长请教。

丁　伟　（不再问了）钱先生觉得，咱们这个厂……

钱沛之　（想了一想）杨厂长很干练，领导得很好。（停了一下）只是有点，也许我看得不对，我总觉得……你们共产党办事，是不是太急了点？

丁　伟　（以请教的口吻）你讲的，是哪一方面？

钱沛之　就说咱们这个厂吧，三年多来的变化，可太大了，真是一个了不起的改变。接管过来的时候是一个破破烂烂的厂，现在，居然造起大型的发电机、马达和三万六千伏的油开关来。（停了一下，似乎是要等待对方的反应）可是，领导上，好像总是不满意，打气呀，突击呀……发掘潜力，总归有个限度吧，我，有点摸不到底。

丁　伟　（想了想）这个问题，照我的理解，可以分开来看。不合实际情况地急躁冒进，当然不好，不对，应该反对，可是，合乎实际情况的加快速度，就应该，就不该反对。

钱沛之　对了，就是这个合不合实际情况的看法问题。中国要工业化，要赶快工业化，这我完全了解，中国工业上太落后，这上面的亏，吃得太大，可是，现在的速度，是不是太快了呢？厂长。

丁　伟　厂里的事，似乎还有许多问题，需要大家一起来讨论解决，可是钱先生，一般来说，中国工业化的速度，应该是相当快的，而不是相当慢的。

钱沛之　这个嘛，也许是我的保守思想，我以为，这三年，抵得上过去三十年，已经是不算慢的。

丁　伟　对，不能算慢，问题是在过去停滞太久，太落后了，落后了就得快马加鞭，迎头赶上。

钱沛之　厂长，我补充一句，落后之外，再加上这三十多年来的破坏……譬如这个厂，“八一三”那一年，就被打得稀烂。

丁　伟　（重重地点头）对，落后，加上内战外战的破坏。（停了一下）记得十月革命之后，苏联也跟我们一样，落后，破坏，因此有人说过，反干涉战争结束的时候，年轻的苏维埃是扶着拐杖离开战场的。

钱沛之　是呀，我们中国也是一样。

丁　伟　有一样的地方，也有不一样的地方。一样的，是工农业生产的落后和战争破坏，不一样的，是咱们中国并不是孤零零地扶着拐杖离开战场，而是被一个强有力的手扶着，支持着，离开战场。

钱沛之　（领悟）对，这只扶着我们的手，就是苏联。

丁　伟　钱先生，这一点很重要。这一点，也就是中国工业化的速度可以比较快的因素和保障。钱先生，你在学俄文，你说是为了不服气，要给你的孩子一个冷不防，可是，我看呢，这之外，恐怕还有一个因素，就是通过俄文，学习苏联的技术经验。

钱沛之　（爽朗地笑了）好吧，讲穿了，也真有这么点意思。

丁　伟　这意思很好。

钱沛之　可是，俞秘书，你可不能讲开去啊，直到此刻为止，还是一个秘密。

俞嘉华　好，一定。

［这时，徐达民以为室内无人，推门进来，看见丁伟和钱沛之在谈话，有一点踌躇，条件反射似的看了看手表。

徐达民　对不起，我来得早了一点。

丁　伟　不，来得正好，钱总工程师在这儿，一起谈谈。（拉开一把椅子）

钱沛之　（又不免世故起来）咱们谈得很多了，你约了徐副主任，你们谈吧。（解释似的）我还跟老婆孩子约好了去逛街。再见。（伸出手来）

你刚才的话，对我的启发很大，这样谈谈，沟通沟通，很好。说老实话，跟领导不拘形式地聊天，这还是第一次，（丁有反应）丁厂长，咱们初次谈话，我提个意见好不好？

丁　伟　当然好啊！

钱沛之　我说，咱们厂里，大会小会，开得太多，而跟领导个别交换意见，汇报情况，又似乎太少，有时候看见领导忙，也真想提个意见，出个主张。当然咯，这些意见不一定对，可能十之八九是不正确的，可是，过去就没有这种机会。

丁　伟　这一点很正确，很重要，谢谢你，今后一定要多有这种机会。再见。

钱沛之　再见。

［再度握手，钱下，丁送到门外，回来。

［这时候之前，俞嘉华从口袋里拿出一个很小的本子，取出夹在中间的两张电影票，给了徐达民一张。

徐达民　（有点为难）糟，也许，去不成。

俞嘉华　不是你自己要订的？（丁回来，不讲下去）

丁　伟　（对徐）请坐。

徐达民　（坐下，有一点僵，停了一下之后）丁厂长，那一天，我的态度不好。

丁　伟　（意外）什么事啊，哪一天？

徐达民　就是，你来厂的第一天，为了赶工突击，加班加点的问题，我对杨厂长的态度的确不够好。

丁　伟　这……为什么要提这个问题？

徐达民　（答不上来，想了一下）我想，会给你一个很不好的印象。

丁　伟　（笑着，平静地）不，正相反，你给我的第一印象不坏。（想了一下）你以为，我今天约你来，是为了这个问题？要你来承认态度不好？

徐达民　（露出稚气的窘态）你刚来，才见过一面，你约我谈话，我想，可能是……

丁　伟　可能怎么样？

徐达民　（只好直说）厂长找谈话，照过去的经验，不是交任务，就是挨批评……这之外……

丁　伟　不对，我刚来，什么人都想个别谈谈，想找你，就是为了你那天的那个态度，那个（着重）对工作负责的态度。（对俞）对了，小俞同志，你约他的时候，怎么说的？

俞嘉华　（有点窘）我，很简单呀，我说，丁厂长要找你谈谈。（想了想）对了，态度不好的话，我讲过。不过，那是这之后，支部开会的时候，我提了他的意见。

徐达民　厂长，我脾气坏，态度不好，我可以承认，在对人态度上，我还有许多缺点，譬如在工作时间开玩笑。有些女工结了婚，技术学习差了，我就说，别学了，回家去抱娃娃吧！这些都不对，可是，说我提意见，是为了出风头，个人英雄主义，这就，就太……

丁　伟　（向俞）有人这么说，还是你的意见？

俞嘉华　大家都说他脾气坏，我只不过把听到的向他反映了一下，他（望着徐，似乎有权利可以责备他似的）把两件事混起来了。

丁　伟　好，现在弄清楚了。约你来谈谈，是我的意思，批评你的态度，（指俞）是她的意思对吗？这不能搅在一起，好啦，不谈这个，谈谈其他的。你以前，工科出身？（看见他很紧张，补充一句）我希望咱们这次谈话能打破你过去的“经验”，厂长约人谈话，也可以既不挨批评，也不交任务，好不好？随便谈，跟刚才钱工程师所说一样，“沟通沟通”。

徐达民　（松弛下来，但还是一本正经）以前在交大念过，没有毕业，解放前闹学潮，给开除了；解放以后，就进了“革大”。

丁　伟　（对俞）你们是“革大”同学？

俞嘉华　他比我早一期。

徐达民　“革大”结业之后，在区委机关工作了一年多，后来，按技术人员归队的指示，派到厂里来搞民改，其实，我在交大两年，没有学到什么。

丁　伟　（诚挚地）可别小看了这两年，有了这一点底子，再学业务，就比我们这一批全外行强得多了。今天，当我抓上这个工作的时候，才真真深切地感觉到小时候没有很好念书的苦处，不懂得科学技术的苦处……你是团员？

徐达民　团员，正在申请入团。（低下了头）

丁　伟　哦。（停了一下）你要继续努力，好好学习，你有条件可以成为一个工业建设方面的专家，我们要有这样的专家，要有真正懂得技术的党内的行家。

徐达民　可是，在厂里，谈技术会挨批评的，你那天听到，杨厂长说我是单纯技术观点。

丁　伟　（很欣赏他的这种倔强的率直，可是，不直接回答他的问题）反对单纯技术观点，这做法不明确，应该说，反对科学技术上的非政治观点。（停一下，为了使他了解，然后）其实，技术是重要的，斯大林同志说过，在社会主义改革时期，技术决定一切。

徐达民　那，厂长你看，那天我是对的，就不是单纯技术问题，而是严重的政治问题，譬如生产混乱，盲目突击，造成了许多不应有的事故，又譬如把不合规格的线圈装配出去，卖给工厂，矿山，这，这些不都是政治问题？领导上的思想问题？

丁　伟　（进一步感到室内空气的不对，尽量使他镇静）给党报写反映，不是很好吗？为什么要用“坦白”这两个字？

徐达民　因为领导的看法，写反映就是告状。

丁　伟　（严肃的）领导不会这样看，你可以放心。

[徐达民无言，不能释然于怀。

[电话响，俞嘉华去接。

俞嘉华 喂，谁呀？在，你是……（笑了）喔，请等一等！（对丁）请爸爸听电话，你的小姐。

丁　伟 怎么会找到这里来？（接电话）嗳，什么事？妈妈叫我回去？小东西，别胡说，不是妈妈叫我，是你叫我，对吗？小孩子可不能说假话。我知道，票子已经订了三张，对，不会错。什么？吃午饭？哪有这么早……（挂下，刚来，解嘲似的）没办法，孩子吵着要看电影。（对徐）你们哪一场？

俞嘉华 （突如其来，有点意外）什么？

丁　伟 你们，不是也买了票？

俞嘉华 嗳，工会订的团体票都是第三场。

丁　伟 那很好，大家一起去，这部片子很好，对咱们的工作有帮助，应该去看看“马克西姆三部曲”里面的一部——《维堡区的故事》。那时候，苏联也跟我们一样，外行人当了部长，行长，厂长……（看见徐心不在焉）怎么的，还在为那件事情……

徐达民 （满肚子委屈，一吐为快）厂长，我实在看不惯，我要说，（停了一下，痛苦地）我没有别的心思，只是想把车间搞好，得罪人也不怕。（俞忙阻止他，他一心讲下去）小的扣紧，大的放松，池子里捕鱼，太湖里放生，凡事不跟大家商量，我看啊单枪匹马，是闯不出社会主义的。

丁　伟 谁，单枪匹马？

徐达民 （脱口而出）杨厂长。

俞嘉华 小徐，你又……

丁　伟 （以手制止了俞）无保留地讲出来，很好，可是，杨厂长……

[薛为德推门进来，看见丁伟，恭敬地。

薛为德　啊，小徐，丁厂长，你在这儿？难得碰上月食的礼拜天，怎么不休息休息？（对徐）啊呀，达民同志，你可把我找苦了，什么地方都……

徐达民　有什么事吗？

薛为德　没有什么，方才，杨厂长打电话找你，请你就去，他在宿舍等你。

［徐震动，丁伟也有了预感。

徐达民　我就去。（拿起帽子）

［很快地下。

丁　伟　薛主任，你知道，杨厂长找他，为了……

薛为德　（笑着）我也不大清楚，听说，为了徐达民同志的工作安排。（溜了俞嘉华一眼）达民同志的人缘不太好，车间里很对立，只有我一直拥护他，替他讲好……

丁　伟　工作安排？

薛为德　我猜想，不一定对，可能不是。不过，丁厂长，你能看到这一点，先找他谈谈，实在再好也没有了。这位同志，什么都好，工作积极，有见解，就是年纪小，愣头儿青？做事讲话顾前不顾后，容易捅娄子。（停了一下）厂长，你听说没有，那一批一千 KVA 的变压器，对方不肯验收，退回来了。

丁　伟　这跟徐达民同志有什么关系？

薛为德　那当然，不一定因为他讲了话，不过杨厂长说，怕什么……（忽然不讲下去了，停了一下）所以啦，丁厂长，事情总是内部解决的好，摊开了，内内外外都伤和气。

丁　伟　那么，杨厂长找他……

薛为德　不一定就谈这件事吧，对达民同志，杨厂长一直是很爱护的，就怕他猛冲猛打，搞出什么事来，所以……（又停住了）

丁　伟　（追问）所以？

薛为德　恰巧，区里要办一个工人技术学校，要咱们厂里派一个文化水平较高的干部去当教员，杨厂长就想……

丁　伟　徐同志去？

薛为德　（不着边际地）这，也还没有最后决定，方才杨厂长电话里说——你看怎么样？

丁　伟　这不好。杨厂长在宿舍？

薛为德　对。要是，厂长感觉得不好，我去，跟杨厂长说……

丁　伟　不，我去。（披上衣服）这样办不好，对什么人都不好。（推门出去，立刻回来，对俞）小俞同志，给我打个电话回宿舍，可能回去晚一点，别等我回去吃饭。（下）

［薛为德哑然，欲言又止，慌忙地追上去。

［俞嘉华起初也有点意外，很快地清醒过来，眉目间显出兴奋感的表情。

第二场

［时间紧接上一场。

［在杨仲安的宿舍，单幢机房的楼下会客室。正面是一排短窗，外面是一块很小的草地。有一棵树，可以望见远远的天和短篱笆。右手转一小弯就是大门入口，左手通教室的门，中间是一张小圆桌，靠右手墙壁是一张旧式长沙发，圆桌旁几把椅子，靠左手后面是一扇通院子的小门，门的左边是一个藤书架，稀稀落落的几本书。通内室的门口，随便地放着一个儿童木马，墙上挂着一只破风筝。

[感觉房间有落寞杂乱之感。

[幕启时，徐达民站在杨仲安前面，杨仲安坐在藤椅子上，手指在小圆桌上轻轻地，无目的地叩着，似乎在观察徐达民的反应。

[场面很僵，一分钟之后。

杨仲安 坐下来谈吧，你——还有什么意见？

徐达民 （停了一下）这个工作，我不想去。

杨仲安 不去？还是不想去？

[徐达民不语。

[内室两个孩子争吵之声，增添了烦躁情绪。

杨仲安 （大声地）别吵，把小鬼带到弄堂里去。

[王蕙在室内的声音："别吵别吵，爸爸骂了，去玩吧。"

王　蕙 （出场，是为了给孩子拿那个木马，看见徐达民，勉强地笑了笑）小徐同志，怎么不坐啊，孩子们吵得要命。

[王蕙三十三岁，身材不高，稍有憔悴之色，拿了木马，匆匆地下场。

杨仲安 （催他）怎么样？主意打定了没有？

徐达民 （沉默，显然是在做思想准备，从眉目间可以看出，回答是否定的）

杨仲安 （放大声音，说服他）这个工作很重要，很重要，为了培养工人技术干部……

徐达民 我不是没有工作在做，上个月拖下来的马小宝小组的合理化建议，这几天正有一点进展……

杨仲安 （沉不住气了）厂里懂技术的不止你一个，审核合理化建议的工作，有人管。达民同志，要你去担任这个工作，是领导上再三考虑的结果。

徐达民 领导上？丁厂长也同意了？

杨仲安 （出其不意，有点生气了）这，你不用管。

徐达民　丁厂长方才跟我谈话，没有提起这个问题。

杨仲安　你，找了丁厂长？（站了起来）

徐达民　是他找我。

杨仲安　你，跟他谈了什么？

徐达民　随便谈，（迟疑了一下）当然也谈了些生产上的问题。

杨仲安　（这一下就显然有点激动了）你又想告状，是不是，告诉你，你别以为领导上会有两个不同的意见，你别想钻这个空子，丁厂长跟我之间……

徐达民　我没有这个意思，（补上一句）我没有这样坏。

杨仲安　（冷笑）没有这样坏？唔，再想想，人人说你脾气很躁，爱出风头，到处告状……

徐达民　（愤然）难道，有意见不可以说？

杨仲安　（大声）可以说，可以说，（反语）为什么不当面和我（着重）说？

徐达民　方才不是说了，调工作我有意见，我想搞绕线圈的合理化建议。

杨仲安　（勉强镇定下来）个人有意见可以提，最后决定还是在领导，这一点应该懂吧？（稍停）

［徐达民无言。

杨仲安　好吧，你再去想想。

徐达民　（坚持）这个问题……

杨仲安　你，不服从调配？不服从领……导？

［门铃响，王蕙匆匆地出来开门。

杨仲安　小老弟，我这样安排，为的是你好，别……

王　蕙　（门口声）啊哟，丁伟同志，难得，一个人？怎么裕青同志没有来……

杨仲安　（有点意外，赶快把徐打发走）好，再谈吧，回去跟薛主任商量商量，再见。

［徐达民拔腿就走，两三步后又回来，拿了忘记在桌上的帽子。

丁　伟　（与徐正面相见）哦，达民同志，怎么就走了？

徐达民　（从喉咙里发出的声音）再见。（下）

丁　伟　（欲留他，又中止，回头来和杨招呼）礼拜天，没有出去？

杨仲安　这边坐。（对王）沏杯茶。

王　蕙　他，有什么礼拜不礼拜，（瞟了杨一眼）不是打报告，就是约人来谈话，真是。

杨仲安　（好像没有听见她的话）怎么样了，老丁，情况摸得……

王　蕙　你看，又是老一套，情况呀，工作呀，这么好的天气，连院子里也不去走走，丁伟同志，他这个人，就是不懂得生活……

杨仲安　好，你懂你懂。（注视着丁，等待着他的回答）

丁　伟　（坐下来）对，本来嘛，搞工厂跟一般工作不一样，现在已经好咯，上了轨道，我刚来的时候……

王　蕙　丁伟同志，打电话请裕青同志过来，一起吃了饭出去玩玩好不好？还有，小妹妹……

丁　伟　（看了一下手表）不了，今天不行了，改天来吧。（笑）违反你们的休息纪律，跟老杨谈几句就走。

王　蕙　干嘛这么急……

杨仲安　好，好，坐下。（看了王蕙一眼，她感到空气不对，下去沏茶）

丁　伟　（轻声）徐达民同志的事，你……

杨仲安　你怎么知道？

丁　伟　方才薛为德跟我说……

杨仲安　对，叫他来，就为了这件事，你的意见……

丁　伟　老杨，这样办不好吧？

杨仲安　不好，为什么？

丁　伟　（依旧用缓和的语调）把个肯提意见的人调开，容易影响……

杨仲安　（抢着说）不是为了他爱提意见，而是为了他群众关系不好，这小子流氓习气很深，经常吵架，专说怪话，特别是跟车间主任薛为德合不来……

丁　伟　我也听说，他脾气不好，经常和人吵架，（停了一下）可是，我以为，我们应该了解一下，他跟人吵架是站在哪一方面，正确的方面，还是错误的方面……

杨仲安　（笑）你真是，这还用了解，我对他最清楚……

［王蕙端了两杯茶上来。

丁　伟　王蕙同志，据你了解，徐达民这个人……工会方面对他……

王　蕙　（想了一下）就是性子急一点，讲话太尖刻，好的一面是工作热情很高，肯动脑筋，去年车间漏电，他冒险抢救，受过上级工会表扬，在工人群众中间，关系是不坏，尽管性子急了一点，很多人还是喜欢他。

丁　伟　这就……

杨仲安　你别听她，工会的看法，有片面性。

王　蕙　（反驳）这是什么话，工会有片面性，你没有？

杨仲安　（抢着）一件事就可以说明，要调动他的工作，主要是车间基层的意见，一向老好人的薛为德，这一次很坚决。我们能不听一下车间主任的意见？

丁　伟　可是，方才薛为德跟我说，调动他，是你的意见。

杨仲安　（大笑起来）唔，老丁，难道我会在你面前讲谎话，可以打个电话叫他来对一对。

丁　伟　这何必。（诚恳地）老杨，我当然相信你，可是不一定能相信薛为德。这些时我用鼻子到下面去嗅一嗅，觉得薛为德这个人……不太正派，方克同志也有这种看法！

杨仲安　（依然笑着）老丁，我在这里三年多了，薛为德，是留用技术人员里面进步得最快的一个，工作积极，人缘好，在会议上总是他带头响应领导号召，对上面交下去的任务从来没有二话……

丁　伟　老杨，我在革大和干校搞了两三年，也接触了不少旧知识分子，有这么一种典型，开会的时候发言很积极，讲话怪漂亮，可是，这种人又常常会上捧下压，两面三刀……

王　蕙　（正想说什么，被杨拦住了）唉，这倒是。

杨仲安　当然，对一个人，可以有各种不同的看法，不过，从政治观点来看，老薛这个人是可信的。

王　蕙　（好容易插进来）丁伟同志，你的意见对，要调用小徐，工会一定会反对。

［杨仲安不满地瞅了王一眼。

丁　伟　好吧。（为了转换气氛，笑着）咱们暂时不作人物鉴定，关于徐达民的事，暂时先别做决定，好不好？让党委研究。

杨仲安　（心中不悦）你决定了，我没有话说。

丁　伟　（委婉地）不是这么说，我们之间的意见应该一致。

杨仲安　老丁，话得讲清楚，今后，意见不一致的时候，你做主。

丁　伟　不，不在于你做主或者我做主，由集体来做主，党来做主。

杨仲安　这，就未免小题大作了。好好，我同意，我同意。

丁　伟　那很好，明天，我们再找薛主任来谈谈，（站起来）大嫂，再见。（解释似的）

王　蕙　一定要走吗……（握手，陪着丁出去）

丁　伟　淞淞催着我回去。（在门口和杨握手）下午不去看电影？

杨仲安　（摇头）对这些，我兴趣不大。（送丁下）

丁　伟　再见！（室中，走了几步，若有所思，下）

［王蕙回来，手里拿了一张当天的报纸，本来打算翻一下就交给杨仲安的，可是一个标题把她吸住了，站定，看。

杨仲安　（发觉）什么事？

王　蕙　嗯？（念）新华电机厂生产混乱……

杨仲安　什么？（一下夺过来）

王　蕙　后面有编者按。

杨仲安　（看着）一定是徐达民搞的鬼！（怒火中烧）胡说，三月份事故十二件，数目字就夸大。

王　蕙　（凑近来看报，一边说）我看，这问题——

杨仲安　（气吼吼地）你看什么？（迁怒似地望着她）

王　蕙　不一定是小徐一个人的意见。

杨仲安　当然有人在后面撑腰。（又看了一下，把报在桌上一掼）这，简直是放冷箭，（对王）就挑了这个时候，红五月竞赛开始的前夕，有意打击领导，（又禁不住把报拿起来）唔，我的估计不会错，你看，（念）……生产混乱的主要原因，是由于领导上的自满情绪，保守思想……他妈的，谁自满，我不止一次批评过生产碰顶思想，（停了一下，打定主意，对王）打电话叫总务处的魏秘书，还有薛为德，叫他们立刻来一下，一定得写稿子去说明……

王　蕙　不，你不能这样做。

杨仲安　（大怒）为什么？

王　蕙　这是搞错了吗？

杨仲安　报纸就不会登错？

王　蕙　你冷静一点，既然登出来了，就党、团、工会大家讨论一下这篇通讯，看看哪些错，哪些不对。

杨仲安　（愣了一下，眼睛瞪在报上了，终于忍不住，大声地）不行，一讨论，还得了，七嘴八舌的，这，明明是方克要我丢脸，趁丁伟刚到任，就给徐达民撑腰来这一下……（望着王蕙）

王　蕙　（劝告口吻）别扯远了，我看，让老丁来了，检查一下工作有好处，编者按也说，希望该厂领导上进行一次认真严肃的检查。

杨仲安　（大声）我不是怕检查，我就看不惯这些捣乱鬼在厂里胡闹，我不能让他们到头上来拉屎……（走了几步，忽然心血来潮）喂。

王　蕙　（一怔）什么？

杨仲安　不用厂的名义去更正，那，你写一篇通讯，去反驳一下，好不好？

王　蕙　（完全出乎意料）我？

杨仲安　对。

王　蕙　（严肃地）我是什么人？

杨仲安　你是我老婆，我知道，可是徐达民不用自己的名字，你也可以不用王蕙的名字，你可以反映工会的意见。

王　蕙　（勃然变色）你变了，想不到你会糊涂到这个程度，我是什么人，你是什么人？

杨仲安　（愣住）我？

王　蕙　别忘了，你是个共产党员。

杨仲安　我不知道？要你讲。

王　蕙　知道，就不该说这种话，出这种主意，我看你呀，差不离了……

杨仲安　什么？你，你侮辱我？（迎上一步，气势汹汹）

王　蕙　（大声一喝）站住，你打算怎么样？我侮辱你，还是你在侮辱你自己？

［杨仲安为之失色，喘息，不语。

王　蕙　告诉你，尽管能力差，我也是个党员，我有个选择，我不能闭着眼睛，跟着你掉下去。这些年来，我也忍受得够了。

杨仲安　（已经气馁，作负气语）你，你打算，趁这个机会，也来……

王　蕙　少说废话，好好去想一想，刚才老丁的话没有错，你，就是给薛为德这批人捧糊涂了，厂长正确，厂长英明，甜言蜜语的，把你捧上了天，自以为了不起……

杨仲安 （声音低了下来）今天你怎么啦……

王　蕙 今天？这些话，就早该讲了。（也把气色和缓下来）你再去想想，这是什么时候，你站的是什么地位……

［杨仲安无言。

［门外两个小孩的声音“薛叔叔，薛叔叔”。

［二人回头望门口，薛为德提了一大块猪肉，一个肘子推门进来。

薛为德 厂长，你不是要买猪蹄子，好不容易给买到了，合作社今天……（察颜观色，看见神色不对）王蕙同志，……（把猪蹄子交给她）

［王蕙望着杨仲安，不动。

［杨仲安颓然坐下。

第四幕

［几天之后的一个傍晚。

［舞台与第一幕同。

［幕启时，丁淞将许多植物标本贴在一幅图画纸上，钉满了她书桌前的半边墙壁，继续在整理。嘴里哼着“太阳落山”的调子。

［少顷，丁伟从工厂回来。

丁　伟 （对淞）吃过饭了？

［丁淞点头，忙着，没有离开桌子，嘴里继续哼着那支曲子。

丁　伟 （看了下她钉在墙上的标本）怎么的，开展览会？还有音乐伴奏。

［丁淞没有反应。

［他脱下上衣，放好皮包，到后间去洗了一把脸，走出来。

丁　伟　你妈出去了？

丁　淞　（停了哼曲子，简单地）开会。

丁　伟　（走过去欣赏她的那些标本）这是蒲公英，我知道，这是什么？

丁　淞　苍耳。

丁　伟　这些我都知道，莱菔，豌豆，毛茛，对吗？干嘛枫叶要这么多？

丁　淞　错啦，这不是枫叶，这是槭树的叶子，你数数，枫叶只有五瓣的，槭叶就有七瓣的。

丁　伟　（点头）喔，还有这个分别，这是……

丁　淞　你自己看呀，下面有说明。

［丁伟看了下表，然后，从抽屉里取出一本书来，静心地看。

［天色渐暗，丁淞整好了标本，点点数目，开电灯。

丁　淞　老师说过，这时候看书，顶坏眼睛。

丁　伟　（一笑）这时候不看，什么时候看啊。（一分钟后，看见她已经整理完了）淞淞，来互助一下。

丁　淞　不，你自己学。

丁　伟　你不来互助？过一天你问我时事测验的时候，我也说，你自己学。

丁　淞　（笑了笑）好好，我来看看。（依偎在他身边，撒娇地）爸，下个礼拜天……

丁　伟　知道了，又是一大串要求，上午逛公园，晚上看电影，是不是？

丁　淞　你答应了？

丁　伟　先把这个公式讲一讲。

丁　淞　这，不就是从上面那个公式化出来的？（一边用铅笔写着）就是欧姆氏定律，电流和电压成正比例，和电阻成反比例。

丁　伟　说得详细一点。

丁　淞　电流和电阻成反比例的，就是说，抵抗越大，电流越小，抵抗越小，电流越大。

丁　伟　哦，（点头，自己把公式写了一遍，若有所悟）回来，电流怕抵抗，拣抵抗小的地方，对吗？

丁　淞　（似懂非懂）反正，成反比例嘛。（回到自己书桌前面）

［静止一分钟。

丁　淞　（突然想起似的）爸，方才，小王来过了。

丁　伟　小王？谁呀？

丁　淞　我没有见过，妈妈要我叫她杨阿姨，可是她自己，却尽叫她小王小王，人家头发都白了，还叫小王……

丁　伟　（想起来了）杨阿姨，啊，对了，一定是杨厂长的太太。

丁　淞　对，她们尽讲厂里的事，后来，小王走了。

丁　伟　（有点紧张）为什么？

丁　淞　不知道。

丁　伟　她们讲了些什么？厂里的事……

丁　淞　唔，妈妈不许我听，只听见杨阿姨说，人家说你们两个的意见，搞不好，不团结。

丁　伟　杨阿姨说，还是人家说？

丁　淞　杨阿姨说，她听人家说。

丁　伟　唔。

丁　淞　（盯着他）什么“唔”啊，（一本正经）爸，不可以的哦，大家要团结。

丁　伟　（噗的一笑，但立刻敛起笑容）还讲了些什么？

丁　淞　过一会妈妈会告诉你的，（停了一下）后来，谈呀谈的，妈妈也哭了，妈妈说，不，杨阿姨说，老杨，上次来过的杨伯伯要来看你，今晚上。

丁　伟　他要来，今晚上？

丁　淞　唔，杨阿姨说，起先他不肯来，杨阿姨逼着他，才肯来。（稚气的严肃）爸，你看，人家多好啊，来看你，跟你团结。

丁　伟　（心不在焉）今晚上？那，我去看他。（看了下表）糟，不行，还有旁的人要来，（走过去打电话）喂，请问杨厂长在家吗？（对方挂断了，再拨另一电话）喂，新华吗，接厂长室……什么，没有人听话？（放下，有点心乱，合上书，在室内走着）

［郑裕青回来，从街上买了一包水果，取出，装在盘子里。

丁　伟　方才，王蕙来过了？

郑裕青　你怎么知道？（看了一眼）快嘴丫头，是你讲的？（对丁伟含有深意地）

丁　伟　老杨一会儿要来？

郑裕青　小王这么说。（停了一下，望着他）你们之间，真的有意见？

丁　伟　（想了一下）有。

郑裕青　为什么不好好地谈一谈？要……

丁　伟　方书记和我跟他谈过几次，问题还是没有解决，昨天在党委会上搞得很僵，本来今天想找他，碰巧工业部开了一天会……

［丁淞走过来听。

郑裕青　淞淞到后面去玩。（给她一个苹果，丁淞撅着嘴下去）你啊，也应当冷静一点。老同志、老朋友之间，有什么事情不清楚？加上，你新去，情况不了解。

丁　伟　（感慨地）就是为了老同志，老朋友，事情不好讲。

郑裕青　（不很明白他的意思）为什么？（停了一下）小王很痛苦，她说，老杨把你当作亲兄弟一样，听说派你去当厂长，有说有笑地高兴了好几天。这几天，厂里都传开了，说你们不团结。（坐下来，停了许久）你想你们俩相处这么久，十多年的老战友，你危险的时候，他帮助过你，救过你的命。

丁　伟　（沉痛地）就为了这个，（一顿）现在，他危险了，我应该救他——

郑裕青　（意外）他危险？

丁　伟　（抽着烟，深深地点头）本来，也想再过些时候，等我多了解一点，再把问题推开来谈，可是，事情发展到了变相地压制批评，这就不能再慢，不能再等了。为了挽救，我有责任。王蕙没讲这些？

郑裕青　（点头）就是为了报上的那篇快讯？

［丁伟点头。

郑裕青　（开始感到事情的严重，但还是禁不住要说）给外面讲，影响不好，来了个新厂长，领导上就不团结。王蕙说了许多老杨的不是，可是，你别太主观，你刚去，人家好歹已经干了三年……（下面门铃响）可能他来了，（欲走又回头）我不了解，不好多说，可是，他上门来找你，你得要冷静一点，少开玩笑，他这个人，受不了一句重话。（下去）

丁　淞　（丁淞从后间伸出半个身子，装鬼脸）爸爸，要团结呀！

丁　伟　别听……

郑裕青　（门外）这儿的天气可真怪，一下就热得像夏天了。

杨仲安　可不是吗？他回来了吗？

郑裕青　（进）老丁。

丁　伟　（丁伟走上一步）老杨，请坐吧！

杨仲安　（强作镇定）今天的会，开了一整天？

丁　伟　（让座）到三点才结束，回来在厂里转了一下，你到车间去了。

杨仲安　对！（僵持了一下）晚上没有事吧？

丁　伟　没有，正好谈谈。

杨仲安　（停了一下）你这个房间很闷，怎么不开灯？

丁　伟　（过去）开这灯吧。（笑着）把淞淞的虫虫草草吹了，又该跟我吵了。

杨仲安　你真是个好父亲，想得周到。

［沉默了一下，不知从何谈起，裕青端了一盘苹果进来。

郑裕青　吃点吧。

杨仲安　嫂子，还这么客气。

郑裕青　方便的，我给你削。

杨仲安　（接过来）不，我自己来，你别忙。（削着苹果，异样的沉默）

丁　伟　（一边抽烟，好一会）老杨，前礼拜的事，我太性急了一点，你跟徐达民谈话，我不该撞上门来，也不该当时就否定了你的意见，要是事先咱们商量一下，就好了。

杨仲安　过去的事，别谈了，谈谈今天的事吧！报上既然登出来了，总得有个交代，更重要的，是用什么办法来克服生产无讨论的问题。（削好了苹果，可是不吃）前个礼拜天的事，我也性急了一点，就怕小徐太毛躁，东告状，西喊冤，把计划搞乱。

丁　伟　你看，徐达民这位同志……

杨仲安　我？我对他可不坏啊，你也许不知道，他是市委派来参加民主检举的。搞完了就要走，我看他还能干，是我争着把他留下来的，他当车间副主任，也是我提拔的（似乎并没有体会到那一段话的意思，话就不自觉地转到这方面去了），整党学习的时候，要他参加他就开炮，我也没有什么，这一点我有经验。哪一次群众运动，没有几个打手。可是近来，越闹越凶了，不了解实际情况，乱发表意见，在他眼里，简直没有领导。就说那一批电压器的事，人家挑剔，有话可说，自己厂里的人，难道不知道这个厂的机器设备，技术，条件……（激昂起来）

丁　伟　（冷静地）他不是还提了改进设备的意见？

杨仲安　（冲口而出）你听他？谈何容易！几位工程师又加上从大学里请来了一位专家，开了几天会，还提了不少的问题，一个工人马小宝能够解决？我问过薛为德，薛为德又问过钱沛之，他们总算是专家了吧？他说，这不行，这不过是一个“想法”，而不是一个

“办法”。

丁　伟　这个问题，我以为，倒可以研究研究，前些日子方克同志和我跟马小宝谈了一下，都觉得他的“想法”很不错，而且，也还有一些具体的“办法”——当然我是外行，不懂得，所以开会之前，我又找了钱沛之，他也说有道理，可以试一试，我才初步同意了成立一个专门性的技术研究组，打算叫徐达民来负责。

杨仲安　你决定这样做？

丁　伟　还没有决定，想听听你的意见。（稍停）让他试试，好吗？你打算把徐达民调出轻电机车间。那么，就派他专门搞这个问题，不是很好？

杨仲安　老丁，你是不是把这个人抬得太高了，这个人品质不好，爱捣乱，跟什么人都搞不来，加上政治上落后。

丁　伟　（笑着）老杨，我还是上次跟你谈的那个意见，脾气不好是一面，生产上不负责是另外一面。一个人能够一贯地用饱满的情绪革新生产，给人民制造财富，我以为如果没有相当的政治觉悟，是不可能的。

杨仲安　我不这样看，这个人，空话会说，实际不行。

丁　伟　（努力平静地）老杨，我说，应该多看看这批年轻人，这是我们必须依靠的新生力量，不好吗？咱们这一辈人，是在革命和战争的环境中生活过来，成长起来的。而现在，碰上了新环境，咱们热爱的那一套，该下来了，用处不大了，我们完全不熟悉的，却逼着我们去做，我们肩上的责任很重，可是，更重要的，是有意识地去培养、扶植年轻的一代。

杨仲安　这……你把咱们自己看得太不中用了，我不这样想。（分明已经有一点负气）我不懂什么科学、技术，懂科学技术的是钱沛之这批人。可是三年来，这个厂是党领导过来的，让他们领导，就不能完成上级交下来的任务，就不能谈这个厂成为人民的工厂，老丁，你再考虑一下，我不赞成让徐达民主持另外一个局面，这……（显然动了肝火）

丁　伟　（沉默，在屋子里走了一圈，坐下来，似乎已经有了决心）老杨，咱们是老同志，十几年的老战友，什么话都可以谈，应该说，我讲几句也许不中听的话，好不好？

杨仲安　好。

丁　伟　老杨，我觉得，在你身边，有两种不同的人，一种是像薛为德那样的人，百依百顺，没有不同的意见，你说今天的太阳带一点蓝颜色，他说对啊，简直觉得像阴丹士林一样，你说今天水里有点盐味，他说厂长真了不起，连千分之一成分的盐分也辨出来了。这种人像一块丝绸，摸上去顺手，光溜溜的舒服，可是相信这些人，就会生事，就会把厂搞垮，把你葬送。另外一种是像徐达民那样的人，犟头倔脑，不听话，凡事有意见，你说好，他说不一定，你说对，他说还有问题。这种人像一块粗麻布，摸上去刺手，不舒服，可是，这种人会提醒你，警惕你，帮助你，把我们的事业搞好。

杨仲安　（怫然）你把徐达民看得太行，把我杨仲安看得太不行，太糊涂了！我是昏君，我是官僚主义，是不是？同志，你太主观了，你把厂里的复杂情况，看得太简单了。

丁　伟　（想要平静他，缓和他）别这样说，老杨，咱们把结论下得太早。

杨仲安　（一口气说下去）你既然这样讲了，那我也把要讲的话讲一讲。你前天找钱沛之，是上他家去的？

丁　伟　是的。

杨仲安　我知道你到马小宝家里去过，谈过，这很好。可是，一个党员厂长，御驾亲征，去登门拜访一个满脑子英美技术观点的留用人员，好不好？会产生什么影响？你才来，也许不知道，不了解三年来的经过，把留用人员的气焰压下去，可不是很容易，要他们尊重领导，更难，你这样一来，这批人，尾巴又会翘起来了。

丁　伟　（想了想）记得我们在胶东的时候，一起学习过列宁的那本《左派幼稚病》。

杨仲安　这是什么意思？

丁　伟　最近我又找出来念了一遍，列宁跟我们说："我们能够而且应该不是用幻想的人才，不是用我们特别造就出来的人才，来建设社会主义，而是用资本主义遗留给我们的人才来建设社会主义。"列宁说："这当然是困难的事，不过除此之外，任何其他解决这个任务的办法，都是不值一提的轻举妄动。"（停一下）当然咯，咱们今天和当时的苏联有所不同，咱们有了苏联专家们的帮助，可是老杨，技术人员还是要就地取材，就地培养，我们要有成千上万的中国专家。

杨仲安　对这批人，我用啊，我没有开除他们。用，难道不要改造？

丁　伟　对，要改造，要帮助他进步，这一点很重要。但是，改造不单是消极的问题，而是积极的、诚恳的教育和帮助的问题。

杨仲安　同志，教育帮助之前，不压一下、冷一下是不行的。

丁　伟　可是，解放已经四年多了，应该承认技术人员这几年的进步。老杨，我认为，对技术人员的政治工作，应该紧紧地结合实际业务，结合生产，空空洞洞谈政治，背教条是不会起作用的。

杨仲安　（对他的话似乎根本听不进去，迫不及待地想把要讲的话讲完）还有，对方克，你什么事都先跟他商量，我有意见。

丁　伟　（意外）他是党委书记……

杨仲安　我告诉过你，这一年来他一直跟我挑眼……

丁　伟　这件事，方克同志一直很苦闷，他不止一次要我向你……

［门铃又响。

丁　伟　青，去看看，有人按铃。

［郑裕青带着郑重的表情下去开门。

杨仲安　（负气）我没有对不起他。

［二人对坐沉默。

［徐达民和马小宝兴冲冲进来。马小宝年纪已经五十以上，身体健康，徐达民手里拿了一卷订好的图样。一进门看见杨仲安在，有点意外，很快地冲淡了他兴奋的神色，丁伟起来和他们握手。

丁　伟　哦，马小宝同志，坐坐坐。

马小宝　杨厂长。

丁　伟　请坐，随便吧。

徐达民　（还是很性急）马师傅，你说说。

马小宝　还是你说，我讲不清楚。

丁　伟　碰上了什么困难？

徐达民　不，没有，马师傅的建议，有把握了。

丁　伟　是线圈短路的问题？

徐达民　对，线圈短路，是轻电机车间的关键问题，这一点，马师傅早就看出来了，这一次研究小组检查了报废了的十一只线圈，除去绝缘问题之外，找出了一个主要毛病，就是绕线圈的时候绕的圈数不准确。有的时候多，有的时候少。（杨露不耐之色）这样，就得出了一个结论，就是要去掉这个毛病，先得改造一下绕线机（对马说）下面，你讲吧。

马小宝　绕线机有毛病，转数不准。怎么样才能使它走得准，这个法子一直想不出来，这一次丁厂长要我们研究，上级撑了腰，大家劲头就大了，组里提了好多个意见，试试都不行，我心里嘀咕，对自己说，怎么的，看出了毛病，找不到药方，什么建议还不是废话。（停了一下）家里的老太婆看见我茶不思饭不想，开口问了，怎么的，出了毛病，挨了批评？我把事情告诉了她，嘿，想不到她听了就说，你到我们厂去看看。

徐达民 （说明）老马的爱人，在振兴袜厂做工。

丁　伟 （不大理解）袜厂，织袜子的？

马小宝 对，织袜子不是也要绕线圈吗？去看看也好。我们去了，我，徐主任，张大妹。真怪，看了那部机器，触到了脑筋，窍门找到了，回来之后，再动脑筋，大家凑合起来，照织袜机的构造，打了张图样。

［徐达民打开图样，丁仔细地看，马小宝从旁解释，看后丁伟把图交给杨仲安，他负气似地看。

丁　伟 改装机器，费事吗？

马小宝 一点不费事，赶一赶，三五天就可以做出来。

丁　伟 花多少钱，试装一部？

徐达民 那很省，许多配件有现成的，有的本厂可以造。

马小宝 还可以到废料里去找找。

徐达民 我估计了一下，先装一部试试，大概只花——一两百万。

丁　伟 这，跟别的同志，商量过没有？

徐达民 对，我忘了讲，给钱总工程师看了。

丁　伟 他怎么说？

马小宝 （笑着）老先生看了图样，用手打自己的头。（做手势）

丁　伟 为什么？

马小宝 他说，该死该死，这么点轻巧的办法，为什么我就想不出来？

丁　伟 他同意这样做？

徐达民 对，他说，恭喜你们，窍门终于找到了，可是后来，他补充了几点。（取出附图）这是他的补充，都很重要。

丁　伟 那很好。

徐达民 厂长同意吗？

丁　伟　我想(目视杨)应该同意的。

徐达民　那,请厂长批一下。

丁　伟　不,这一类的事,不需要厂长批,总工程师同意,签了字,就可以办,这一点,我已经跟钱沛之同志讲过了。

徐达民　(兴奋地)老马,回去就干。

马小宝　好。(站起来)

丁　伟　不再谈谈?

马小宝　不,大伙儿在等消息。(与杨招呼)杨厂长。

徐达民　老马,告诉他们,说批准了,你猜,他们该多高兴。

[二人下。

马小宝　(门外)顶高兴的,应该是你。

丁　伟　老杨,这不就解决了一个问题?总的不出毛病,产品的质量……

杨仲安　(冷笑)你,真是太天真,把问题看得太轻易了。三年来,这样的所谓发明制造,我看得多了,讲起来天花乱坠,装在纸上很好看,做出来呢,就完蛋,这样的事,不止三五次了。

丁　伟　这,我看不尽然吧。我看了你给市委作的三年总结里面,被采用而有效的合理化建议,就有六十多件。

杨仲安　(语塞)我不反对你这样做,我只是说,这些枝枝节节的改革,解决不了整个问题。

丁　伟　整个问题要解决,枝枝节节的问题也要解决。而坚决地支持革新,又是改进生产的主要环节。(停了一停)至于整个问题,除了昨天提出了一些问题,决定了生产改革的补课之外,谈得不够具体,我正想听听你的意见。老杨,对于解决整个问题,你以为……

杨仲安　(悻悻然)我以为?我站在挨整的地位,还有什么以为?

丁　伟　老杨,平静一点好不好?对于这个,咱们之间的意见应该一致。据工厂党委的检查意见,我们存在的问题是成品质量差,事故多，每月每季的生产不平均。这三条，都联系到一个问题……

杨仲安　（终于爆发了）我代你说，领导不好，是不是？我杨仲安是官僚主义者，是个人主义者，是不是？好吧，我不行，你来试试，你来整，你来改……

丁　伟　（竭力用平静的调子）老杨，别这么说，对于这些新事儿，咱们都还没有经验，谁都会犯错误，检查下来没有，当然顶好。要是有，在党和人民的利益前面，有什么不可以承认，有什么不可以纠正，我们过去都犯过错误。

杨仲安　（拦住他）要整就整，我杨仲安，做事凭党性，干了三年，事实摆在前面，问心无愧，对得起良心，要检查，检查好啦。（站起来，拿了帽子，打算走了）

郑裕青　（出来，用有力的调子）老丁。

［二人无语。

郑裕青　干嘛要这样，老同志之间。（对杨）仲安同志，你别跟他……

杨仲安　（气吼吼的）我跟他，有什么！不是我跟他有意见，是他跟我有意见！真是，新官上任三把火……

郑裕青　老丁，你不该用这种态度对待多年的朋友……

丁　伟　不，这不是朋友不朋友的问题，不是个人之间的问题，这是一个严肃的原则问题。要是个人问题，我决不坚持，我一定谦让，我可以退十步，退一百步，退到自己没有站足的地方。可是，这明明是一个用什么态度来对待人民财产，用什么态度来对待先进工作者的问题。这样的问题，有责任要争，我不能让，连一寸一分也不能。

杨仲安　好，争吧，我有准备。

丁　伟　不在这儿争，到党委会去争。让党，让群众来判断，这样的问题，是应该争出一个正确的答案来的。

杨仲安 好，到党委会去解决。再见。（连手也不握，忿然而下）

丁　伟 老杨。

郑裕青 仲安同志。（跟着下场）

［丁伟反背着手，走了两步，看他头也不回地走了，退回来，慢慢地踱着。

郑裕青 （从外面回来，望着他，好容易说）老丁，对他得耐心一点，又不是不知道他的脾气。（要说下去，看到他苦痛烦恼的神气，不讲了，入内）

［这时，万籁俱寂，丁伟一个人踱着，拉开窗帷，窗外深蓝色的天上映出一轮皓月。

［时钟的嗒嗒声。

［一分钟之后。

丁　伟 （站起来打定了主意似的）青！（郑裕青上）给我打个电话给王蕙，请她告诉老杨，我明天一早去看他。

郑裕青 （高兴地点头）好。（走向电话机）

第五幕

［五一节前夕一个清晨。

［与第二幕同，厂长办公室。

［窗外，可以看见工会文教科的工作人员搬着红布横幅，纸扎的模型，标志着生产图表的硬片等等经过，横幅上可以看出“五一劳动节”字样。

［少顷，总务科的朱帆轻轻地推开门，先伸进头来望了一下，然后

进来。

朱　帆　（低声的）小俞，你知道出了什么事啦？

俞嘉华　（意外）什么？鬼头鬼脑的。

朱　帆　你不知道？装蒜。

俞嘉华　知道什么呀？

朱　帆　喂，（发现一个秘密似的）昨晚上的会开下来，好像有了结论了。

俞嘉华　（有点不耐）你说什么呀，没头没脑的。

朱　帆　（张望了一下）今天一早，杨厂长打了个电话来，我接的，气吼吼地说，要我给他把办公室里的私人东西送回去。

俞嘉华　哦！（觉着了）还说什么？

朱　帆　我问，要不要叫小俞听电话，他不理，呼地一声把电话挂上了。

俞嘉华　（平静地）那，你给他办呀，趁丁厂长没来的时候。

［朱帆走到杨仲安的办公桌前面，对乱堆在一起的东西，有点无从下手。

朱　帆　钥匙有吗？（俞从抽屉内拣出一把钥匙给他，一边整理，一边说）小俞，看形势，这次的风浪可不小。昨晚上李部长来参加，嘿，训别人，挨了训。会开到后来，杨仲安的嗓门儿低了。

俞嘉华　你怎么知道的？

朱　帆　总务科嘛，会不开完怎么能先走啊，我在外面陪到了十一点半。

俞嘉华　哼，听壁话，小广播，不好。

朱　帆　唷，我又没有跟别人说。

俞嘉华　我不是别人？为什么要跟我说？

朱　帆　好，不说不说。这些，等午饭之后再给他收拾。（欲下，但不能已于言）谁也怪不了，这么多人帮助他，他还是想不通。（俞不语）

［朱帆下，一二分钟之后，方克推门进来。

俞嘉华　（放下报）方克同志，有什么事吗？

方　克　丁厂长还没有……

俞嘉华　（笑着）还没到办公时间。

方　克　（看了一下手表）在宿舍？（拿起电话来欲打）

俞嘉华　就来的，别打扰他吧。他，很会安排时间，前天在他宿舍里看到一张他的日程表，除了规定的政治学习之外，上班之前，半小时阅报，一小时数学，下班之后，一小时半的物理。

方　克　哦，这样忙，办得到吗？

俞嘉华　听郑裕青同志说很严格，学习的时候，连他顶喜欢的孩子也不准打搅他，在这儿的时候也一样。前天，小徐就给他训了几句。

方　克　他训了徐达民！

俞嘉华　（微笑）当然，训法不同咯。徐达民跑来告诉他，新办法实行了之后，车间里换了一个样子。马小宝小组的张大妹、赵师傅，下了班还不走，饭也不吃，一直搞到七点钟。小徐这样说，以为他一定会高兴，可是他面孔一沉，严肃地说，不行，要严格执行制度，不得迟到早退，也不得早到迟退。他说，只有这样，才能把正确的生产纪律固定下来。

方　克　这讲得对，下了班不走，尽管说是自愿，也还是一种加班加点。这样的纪律是不能作数的。（随手指着桌上的文件）少了些了？

俞嘉华　少得多了，至少，也少了一半。自从建立了三级负责制，实行了各科分工之后，报告简化了，鸡毛蒜皮的条子也不拿到这儿来批了。这样，我也可以有点工夫读读书，看看报了。

方　克　那好，这样吧，丁厂长来了，打个电话给我，我在党委会办公室不走开。（欲下）

［王蕙气急败坏地推门进来，面色憔悴，喘息不定，一进门，和正欲下场的方克迎面相对。

王　蕙　哦，方克同志。（望了一下）丁厂长不在？

俞嘉华　快来了,王蕙同志。

王　蕙　(对方)昨晚上,(语中断,用手帕揩了揩汗,好容易)做了决定没有?

方　克　(回身站定,镇静地)做了。

王　蕙　他,他会垮?

方　克　不会,只要他能够认识错误,很好地改正……他,怎么说?

王　蕙　昨晚上回来,看样子不对,家里,两个小孩又在生病,问他,什么话也不讲……后来,他直着嗓子喊,工厂干不了,回乡下去当小学教员教书。

方　克　他太冲动了,这都是气头上的话,你得劝他平静下来。

王　蕙　对他作了处分?

方　克　唔,作了处分。(严肃地)可是,王蕙同志,这是对他的最大限度地爱护和挽救,不这样,对他不好。这决定经过了工厂支部、党委和市委的反复讨论。

王　蕙　(痛苦地)这些时候,我跟他不止说过一次,昨天开会之前,我表示过……

方　克　这些,丁伟同志都讲了。这样很好,你的这一个表示很重要,是的,这关系到仲安同志的前途……你能够跟大家站在一起,一起来帮助他,那是再好也没有了。

王　蕙　可是,我的话……(语中断,停了一下,突然)方克同志,大家对他的意见……

方　克　那是很明确。(稍停)他的错误是严重,(稍停)王蕙同志,昨天会上,是丁伟同志救了他。

王　蕙　丁伟同志?

方　克　对。(稍停)会上肯定了他过去和这几年来的成绩,同时也严肃地批评了他骄傲自满,缺乏批评与自我批评的严重错误……以前在艰苦斗争中他倒经得起考验，现在反而被胜利冲昏了头脑，有了点成绩就夸大个人作用，自以为老子天下第一。

王　蕙　(性急地)他的处分是……

方　克　今天就会宣布，我可以告诉你，对小徐那件事，他不能以粗鲁的态度对待生产积极分子，而且轻信薛为德的意见，压制和打击了来自群众的批评，所以……(心情沉重)党内处分是当众警告，在党内刊物上通报。(俞嘉华有点震动)

王　蕙　行政上……

方　克　行政上降职使用，只要他好好地改正错误。

王　蕙　(不禁感激)那，那不是太，太……(讲不下去，忽然口气一转)那他干嘛还要……

方　克　是啊，这是爱护，很大的爱护，你先劝他平静下来，过一会，也许今晚上，我去找他。王蕙同志，这件事，我感到很大的责任，没有能够及早帮助他。

王　蕙　那不，我得跟他讲清楚，这样对他爱护，还发什么牛劲，真是，太得福不知！那……(转身欲下，很快回过来有把握地)方克同志，请你和丁伟同志放心，我负责一定要他好好检查，(停了一下，声音平静点)方克同志，这个人就是脾气倔强，一时转不过弯来，可是我相信，一定会让他懂得党对他的……(把手帕遮鼻子欲言又止转身下场)

方　克　王蕙同志……(看她走了，对小俞)这样吧，丁厂长来了，打个电话给我。

［不多一刻，丁伟上。

俞嘉华　厂长，你，没有碰见方克同志？(丁摇头)没有，他才走，说，请你来了之后打个电话给他，现在打吗？(拿电话)

丁　伟　等一等，日报表来了没有？

俞嘉华　(想起)唔,还没来。

丁　伟　催一下,这是制度。这是我给我自己规定了的制度,到办公室之后第一件事是看上一天的生产日报表。在这之前,什么事也不干。

俞嘉华　喂,接生产科,(对丁)送出了。

丁　伟　小姑娘同志,你笑什么,你以为我太机械,是不是?不对,对于自由散漫惯了的人和机构,先机械他一下,造成习惯,有好处。

[有人叩门,俞嘉华去接了日报表进来,交给丁。他仔细地看,面露笑容,拿红蓝铅笔在墙上的图表上画了两条线。(对俞)你瞧,这就是加强了作业计划的结果。这一条线,平了,没有什么高低,也没有曲折,这多好。(再看了一下,然后对俞)好,现在给方书记打电话吧。

方　克　(推门而入)不用打了,人来了!哈哈哈。(对丁)你早。

丁　伟　早,方才来过?

方　克　对,我性急了一点,昨天,会后我想了一些问题,想先跟你商量一下。

丁　伟　这些倒不困难,我会后也仔细想了一下,安排了一下。

方　克　经过了这次整顿之后,不,应该说是改革之后,完成任务,提高质量,降低成本的一切可能条件都具备了,只要群众真的动了起来,过去不能解决的问题一定能很好解决。所以,我想跟你谈谈今后工厂党委的工作。

丁　伟　对,这很重要。

方　克　我以为,即使反掉了官僚主义之后,在定额问题,在劳动纪律问题,在奖金问题……我们还是会遭遇到很多的抵抗的。对于这些,党和工会一定要尽最大努力给行政以最大的帮助。

丁　伟　这儿有个有利条件,就是群众基础很好。对于这一点,党委、工会、青年团——包括杨仲安同志在内,都做了很多的工作,可是今后，用大喇叭每天喊话的办法，不行了。单纯的政治号召，也不能解决问题，我们要做的，是深入生产、深入群众的，紧紧地和生产结合的政治工作、思想工作。

方　克　对，昨晚上李部长临走的时候也跟我谈了这个问题。（稍停）他尖锐地批评了我在工厂党委的工作。

丁　伟　我同意你昨晚上讲的，重要的是联系群众和集体领导。（稍停一下）这方面，方克同志，我们要尽先考虑出一些切实可行的办法。

方　克　好。

丁　伟　（想起）哦，今天，你是不是抽空到杨仲安那边去一下……

方　克　刚才王蕙同志来过。

丁　伟　（关切地）怎么样？

方　克　不出所料，说一晚上没有睡，要改行，说工厂工作干不了。

丁　伟　（沉默了一下）这是负气的话，这个人的脾气，一时扭不过来，（望着方）王蕙同志……

方　克　她很好，很能掌握原则，从这里也可以看得到不正确的作风在家庭里也遇到了抵抗。（微笑）

丁　伟　对，（忽然想起，对俞）啊，差一点忘了，小俞，请医务所的黄大夫到杨厂长宿舍去一下，他的老三病得很厉害，跟黄大夫说，假如有必要，给他另外约一位小儿科大夫去看看。（停了一下，继续对方）方克同志，关于对老杨的这个决定，你看群众的反应会怎么样？

方　克　这倒没有问题，今天一早，工会主席把决定一宣布，大家起先不相信，后来就高兴得跳起来了，说，只有共产党才能这样做，事情摊开，经过大家讨论，看法就一致了，连一向盲目崇拜杨仲安的人思想上都起了很大的变化。

［有人轻轻叩门。

丁　伟　请进来。

钱沛之　(推门进来,看见丁伟和方克在谈话)哦,厂长有事。

丁　伟　不不,进来坐,我正要找你,听说,马小宝同志改装机件的试验成功了。

钱沛之　好得很,成绩比我们预想的还要好。

方　克　(起来告辞)那,好极了,你们谈,我先走了,还有许多事要安排。(与钱握手后下,到门口站住)丁伟同志。

丁　伟　什么?

方　克　(笑着)一会儿,还想打乱一下你的生活规律,侵占你一点饭后休息时间,好不好?就这么一次。

丁　伟　(也笑了)好啊,怎么会不好?你,真的以为我这样机械,机械到不通情理?

方　克　那倒不是……(下)

钱沛之　厂长,你的办法好,把问题摊开来,跟大家讲清楚,让大伙儿一起来想办法,这样技术上长期解决不了的问题,一个一个地解决了。除了马小宝的线圈问题之外,减少消耗的问题,纠正绝缘下降的问题都已经有了很好解决方案,这些,慢慢地再向厂长来汇报。今早上我跑来向你报告,是一件更重要的事情。

丁　伟　什么事情?说说。

钱沛之　这两天,职工代表会的技术组摸了一下这个厂的家底子。厂长,说出来太不成话,当了这么多年的总工程师,原来家里有多少财产,完全心中无数。咱们的厂,不是已经经过了什么生产管理检查,哦,真是自己骗自己,什么也没有摸到底。(解释)这次一查,证明了我们的原始记录,完全靠不住,家底子,要比知道的,入了眼的多得多,好得多。

丁　伟　这就证明了上次的清资核对没有搞透。

钱沛之　对对,那一次也开了代表会,可是杨厂长做了动员会之后,只开了一次技术人员和老年工人的座谈会。

丁　伟　那么，沛之同志，这一次一定得认真地清空一下。

钱沛之　这次可不同了，大家动了起来，要不彻底查也不行了。咱们用的那几架的确旧了，超过了使用年限，可是，就在重电机车间的废品和弃料堆里，这次找出了几套全新的，装在木箱子里，还没有装配的绕线机！

丁　伟　对，这是一个发现，把那些肮脏的搬走，把那些呆料整理一下，可能还会发现好东西。好吧，沛之同志，让咱们补一次课，把它彻底搞透。

钱沛之　对，厂长，因此，为了把事情彻底搞清楚，昨天的技术组会议上，要我来向你提两个要求。

丁　伟　哪两条，提吧！

钱沛之　第一，希望能够把现在的专业技术小组固定下来，不要牵动一下就取消，因为现在已经发现了潜力很大，大家都认为发掘潜力是一件长期工作。

丁　伟　很好，可以，而且必要。第二呢？

钱沛之　第二，照现在情形看，过去的定额，定得太低，实在太保守，可以大大地提高，因此，大家主张重新讨论今年第一季度的定额。

丁　伟　这是多数人的意见？

钱沛之　多数，可以说绝对多数。有一位工程师讲话的时候，声音发抖，他说，太对不起大家，太不用脑筋，明明就在泉水旁边，却一直喊着没有水喝。

丁　伟　那么，沛之同志，你的计……

钱沛之　厂长，我不知怎么说才好，说出来，你会笑话。过去我定额，斤斤计较，要加这么百分之三，百分之五，会争到面红耳赤，可是现在看来，应该加的不是什么百分之三，百分之五，而是百分之三十，百分之四十……

丁　伟　定额还可以提高，这是肯定了的，可是你讲的这个数目字，不会太高？有把握？

钱沛之　（笑得天真）厂长，你可以去打听一下，我钱沛之，是一个出了名的保守分子，没有把握决不乱说，我更不会冒险，问题一查之后，大家已经看得很清楚，过去的定额已经大大地落后在工人实际能力的后面了。

丁　伟　有把握，就应该。但是，这儿还有一个前提，就是要这样，必须反复地核算、查封，（着重地）并在群众中间慎重讨论，只有在取得了工人和技术人员的一致同意，再经过行政上的审核批准之后，方可以决定。

钱沛之　那当然，那当然。

丁　伟　还有什么要求没有？

钱沛之　没有了。

丁　伟　那么，沛之同志，我也有一个意见，看你能不能同意？

钱沛之　（有点意外）意见？

丁　伟　对，就是，想从你们的技术组里，把薛为德同志调出来。

钱沛之　这……

丁　伟　可以同意吗？

钱沛之　厂长的意见，是调出去？还是留在厂里？

丁　伟　在厂里。

钱沛之　厂长，（停了许久）我不知道，拿不定主意，技术上，也不一定有把握。这些话，要是在过去，我决不讲，现在嘛，不讲就不对了。

丁　伟　不，薛为德的缺点，不是老好，而是严重的不负责。（钱有点吃惊）你讲他技术上没有把握，这很对，有一位老工人说得很好，他说，薛为德这个人，在外行看来是内行，在内行人看来是外行。对吗？（钱笑了）对于他的问题，对于几个车间的负责人问题，我们已经有了比较全面的安排，你可以放心。

钱沛之　那，再好也没有了，就这么办。

丁　伟　就这么办，（握手）对了，今天太忙，不谈了，我还有几个问题要向你请教。

钱沛之　什么问题？可以……

丁　伟　不，不，这是我个人学习上的问题，一本初级电工教本，硬是啃不下，有空的时候，到你府上请教。

钱沛之　厂长总是太客气，这些，只要……

丁　伟　可是，沛之同志，尽管啃不动，学了欧姆氏定律，我得了一个启发。

钱沛之　哦，欧姆氏定律？

丁　伟　对，不是说，电流的大小，跟线路抵抗的大小成反比例，它拣抵抗小的线路走，是不是？电流这家伙，爱走抵抗小的路，没有勇气，是一个胆小鬼。

钱沛之　对对。（想了一下）

丁　伟　因此，我想，咱们做事，不应该学电流的样子。

钱沛之　（谈到这些，兴致来了）你想得很好，可是厂长，我有一个补充。

丁　伟　什么补充？

钱沛之　电流不肯走抵抗大的路，这是因为在它面前还有抵抗小的路可以走，假如线路只有一条，那么，按科学上说，只要有一定的电压，尽管抵抗大，它不仅会走这条路，而且还会在经过抵抗的时候发出光来，发出热来，电灯（指顶上的电灯泡），就利用了这条定律。

丁　伟　好极了，这个补充很重要，沛之同志，咱们的线路上也还有抵抗，让咱们通过抵抗突破抵抗，发出光来，发出热来吧。

钱沛之　一定，一定这么办。（有感之色，下）

［俞嘉华好像有话要讲，丁伟忽然想起——

丁　伟　小俞同志，把这张写字柜整理一下，五一节以后，徐达民同志要在这儿办公了。

俞嘉华　(意外)什么？

丁　伟　他，已经被提升为第二副厂长了。

俞嘉华　(不自觉地)厂长，这个，不是……(有点急)他太年轻，他不会……

丁　伟　怎么的，你有意见？

[俞嘉华讲不出来，一阵脸红。

丁　伟　小俞同志，我记得，你们，去看过一部电影，还记得吗？这片子里，党委决定了要马克西姆去当银行行长的时候，斯维尔德洛夫跟马克西姆怎么说的？

俞嘉华　(低声)记不清了。

丁　伟　你听，斯维尔德洛夫说："我们还没有在专门学校里培养部长，但是，才干不是生来就有的，干吧……只要能虚心听别人的意见，努力钻研业务，不要紧，你能够胜任的，这样，你才是马克西姆。"懂吗？这样，才是徐达民，才是毛泽东时代的青年技术人员。

俞嘉华　(感动)对是对，不过……

丁　伟　照常规来看，是提得快了一点，很多人有这个感觉。可是，为了鼓励革新扶植新生力量，市委批准了这个提升。

俞嘉华　可是……(说不出话来，低下了头)

丁　伟　你有点替他害怕，可是我相信，你是会高兴的。不过，今后你们在一起办公了可不要吵嘴呀。

俞嘉华　(羞怯)厂长，你……

丁　伟　别瞒我，尽管我离开懂事而聪明还很远，可是这些问题，有一点经验，不讲，也会看出来的。

[俞嘉华又羞又高兴，去整理那张桌子。

[剧终。

(1954 年演出本)

话剧

布谷鸟又叫了

编　剧

杨履方

作者小传

杨履方(1925—　),男,重庆璧山人。中国剧协第三届理事。历任苏南军区文工团、华东军区艺术剧院编剧。马鞍山市文化局创作组副组长,武汉军区京剧团创作员。

人物表

童亚男　女青年团员，又叫“布谷鸟”

王必好　青年团支委

申小甲　青年团员，拖拉机手

郭家林　党员，残疾军人，独臂

石秀娥　女青年团员，郭家林的妻子

孔玉成　党员，团支部书记，青年生产队长

方宝山　农业生产合作社社长兼党支部书记

童亚花　童亚男的姐姐

雷大汉　社员，童亚花的丈夫

雷大婶　雷大汉之母

马大婶　雷大婶的邻居，过时的老媒婆

屈小娣　女青年团员

李金芳　女青年团员

叶有根　青年团员

白天水　青年团员

黄菊英　青年孕妇

社员甲、乙

第一幕

第一场

[一九五六年初，春天还没有到，残冬还没有走。

[江南的田野上，覆盖着一层薄薄的春雪，麦苗透出了淡淡的绿意。

[小丘旁，有一条新修的大道，道旁种上了还没有抽芽的柳树。河水在道旁静静地淌过。河面上有一座用木板临时搭成的小桥。

[田野上，一片吆喝声，一片谈笑声，一片歌声。

[兴化民歌《刮地风》：

女声领唱　生产全靠手脚勤哪

多弄那个哦哪本啦

齐　　唱　多弄那个哦哪本哪

呀呀嘿顶重要了

女声领唱　哎哎了哟啊蝴蝶呀飘飘

齐　　唱　清香玫瑰芍药花开

顶重呃要吖

[男女社员挑着箩筐、箕子来回奔跑。

[方宝山骑自行车上，他满意地看着群众热情的劳动，也心痒痒地想跟着大伙儿干。

[石秀娥挑着河泥，气喘喘地上。

方 宝 山　秀娥，快跟上！

石秀娥　方社长！

方宝山　吠，女将都出马啦！

石秀娥　（摸摸肩）哪来的马呀！

方宝山　（笑）揪吧，揪两年，别说四条腿的马，四个轱辘的——

石秀娥　（抢着说）大车——

方宝山　汽车——呜呜跑！

［二人笑了，石秀娥挑下。

［雷大汉和郭家林挑河泥上。

雷大汉　（同时）方社长！

郭家林　（同时）方书记！

［二人欲挑下。

方宝山　（叫住二人）等等！

［二人停住，方宝山支起自行车。

［方宝山走过去抓住雷大汉的扁担，挑起担子兜了几个趟子，二人开头愣愣地望着他，又互相望望，会意地笑了，方宝山也放下担子笑了。

方宝山　（向郭家林）怎么样？还有把劲吧？

郭家林　（点点头）过瘾啦？

雷大汉　庄稼人出身嘛！

方宝山　咳，家林，自从当上这个“脱产干部”，就剥夺了我的劳动权利！看看大伙儿干得起劲，手脚就痒痒的，（轻声地）像小寡妇看大姑娘出嫁一样。

［三人又笑了。

方宝山　大汉，你这挑多少斤？

雷大汉　毛估估，一百五。

方宝山　太少啦，你单干时能挑二百五嘛！

雷大汉　(坦率地)一分工分一分力咞。

方宝山　哈哈,小九九倒打得精呢！那就多给你三分。

雷大汉　行哪,那就挑二百五。

郭家林　瞧你这小心眼！

方宝山　(向郭家林)独臂将军,敢跟大力士比赛吗?

郭家林　咳,掼挑打蘼,我甘拜下风,要说跳障碍、爬铁丝网、扔手榴弹嘛,他可得听我指挥哩！

方宝山　老伙计,我怕你是人硬货不硬啰。

[二人笑着挑河泥下。

[孔玉成上。

孔玉成　方书记,开会回来啦?

方宝山　(点点头)玉成,小伙子们劲头不小啊！

孔玉成　小伙,小伙,身上都有三把火。

方宝山　一升高级社,火都点起来啦。

孔玉成　点起来啦。

方宝山　青年队今天多少人出勤?

孔玉成　活着的全出来啦。

方宝山　(满意地)好家伙,玉成,过去说:“正二三月忙拜年,四五六月忙插秧,七八九月忙收场,十冬腊月晒太阳。”可现在,没个人忙拜年,也没个人晒太阳,都忙着积肥了！

孔玉成　是啊,方书记,今年,冬闲变成了冬忙,连孕妇也动员出来啦！

[孕妇黄菊英挑河泥上,她吃力地一步一步走着。

方宝山　菊英！(走过去)有身子的人啦,也能挑这么多。

黄菊英　(害臊地)不,我没有。

方宝山　没有?(瞪着她凸起的肚子)瞧,明摆着嘛,还主观哩！

[黄菊英不好意思下。

方宝山　玉成，别让大肚子挑河泥了，吃不消啊。

孔玉成　动员不下来呀，问她们，就说“我没有”，方书记，你不看见啦？再说，这事儿，男人也不好多问啊！

方宝山　妇女主任呢？

孔玉成　就是我。

方宝山　（惊奇）你？你是妇女主任？

孔玉成　呃，是我。

方宝山　（忍不住笑了）你！真新鲜！胡子拉碴的男人，什么时候当起妇女主任来啦？

孔玉成　方书记，是这么回事——我家大梅干妇女工作没经验，我就替和尚念经。

方宝山　这么说，你也能替大梅生孩子啰？咳，你呀，别把事情全往自己身上揽，你看你，又是生产队长，又是团支书，又是妇女主任，胡子眉毛一把抓，像话嘛？抓住生产，这才是关键！现时，抓住积肥，才是关键的关键，嗳！

孔玉成　（服从地）是。

方宝山　“一切为了生产，一切为了积肥！”这个口号要在青年团里贯彻下去！

孔玉成　好，干，我动员他们起早带夜干！

方宝山　（满意地）对，玉成，青年队起个带头作用，嗳！你这个妇女主任！

孔玉成　（不好意思，尴尬地）嘿嘿嘿……

方宝山　（学他）嘿嘿嘿！

［方宝山骑自行车下。孔玉成下。

［“布谷鸟”的歌声，远远地传来。

［江都民歌《撒趟子撩在外》：

一根丝线牵呀么牵过河叮（哥哥）

郎买个梳子

姐哪呀姐梳了头嘘哟哟嗬

撒趟子撩在外

一见脸呀儿的红嘘(哥哥)

明呀明个白白

就把相呀思吖害嘘哟哟嗬嗬

[申小甲挑着空箩筐回来,被歌声迷住了,失神地站在木桥上。

[雷大婶,马大婶提着畚箕在附近拾粪。

[申小甲不自觉地随声哼着:

梳子虽丑

红是么红溜溜吖(哥哥)

拿起梳子

想呀想呀情的哥吖哟嗬嗬

撒趟子撩在外

一见脸呀儿的红嘘(哥哥)

明呀,明个白白

就把相呀思吖害哟哟嗬嗬

[马大婶看见申小甲的样子,拉拉雷大婶的衣袖,指着申小甲。

马大婶 (轻声地)嘘——瞧,迷住了!

[雷大婶用指头刮刮脸。

[二人背过身发笑。

[申小甲听见笑声,慌慌张张地往回跑,跑了几步,发觉方向错了,又回头向河边跑去。

[郭家林和石秀娥挑着空土箕回来。

[郭家林放下箕子,欲脱衣裳。

郭家林 秀娥,帮我脱脱衣裳。

石秀娥 脱了会着凉,不许脱。

郭家林 服从命令听指挥吧。

石秀娥　听我指挥！

郭家林　（服从地）是，听你指挥。

［二人笑了，石秀娥帮他把纽扣扣上。

［社员甲、乙挑着空箕子回来。

［“布谷鸟”的歌声，渐近渐高。

［茅山民歌《隔里隔三垛》：

布谷鸟声声叫得响
庄户人家插秧忙
隔里隔三垛啊，隔里隔三垛
段段隔山呀子垛
嗯呃子哟，嗯呃子哟
插秧忙啊，我的大哥哥

［屈小娣、李金芳、白天水、叶有根挑着河泥陆续上。

［“布谷鸟”的歌声：

男女老少下田忙
合作社生产计划强
隔里隔三垛啊，隔里隔三垛

［“布谷鸟”愉快的笑声。

［亚花、“布谷鸟”挑着箕子上。

［亚花下坡时滑了一跤，亚男忙去扶她，也摔倒地上。

［众哄笑。

童亚男　（一纵身跳起来）笑啥？嘿嘿嘿……

［众又笑，有的善意地笑，有的讥讽地笑。

社员甲　（讥讽地）女人还是回到锅前转转吧，别出来摔跤啦！

社员乙　对啊，只有公鸡敬菩萨，哪有母鸡敬菩萨啊！

童亚男　什么？

社员乙　(不知趣地)我说,女人——

[童亚男抓起一把河泥向社员乙扔去,社员乙躲开,凑巧,扔中了正挑着箕子来的王必好。

[亚男连忙跑过去,见是王必好,又不好意思,尴尬地不知所措。

社员甲　绣球抛得准呀!

[众又哄笑。

[亚男转身到社员甲、乙面前。

童亚男　怎么?瞧不起妇女?

[亚花上去拉拉亚男。

童亚花　亚男,别……

童亚男　(没理会)建设社会主义,少得了妇女?嗳?试试看,你们挑一百,我也不挑九十九!

[社员甲、乙往后退。

[众又哄笑。

社员甲　好厉害!

社员乙　戳到马蜂窝啦!

屈小娣　(憨气地)呃,咱们妇女都是大马蜂,你当好惹的!

李金芳　(抿着嘴格格地笑)吱,大马蜂。

童亚男　检查一下你们的妇女观点!

郭家林　好哇,妇女反冲锋啦!

众青年　好哇,"布谷鸟"!

[社员甲、乙看看形势不利,便想收兵。

社员甲　(向社员乙)好鸡不跟狗斗,好男不跟女斗,快走吧!

社员乙　(趁势下台)走,跟穿裙子的没谈头!

[社员甲、乙溜下。

[众又哄笑。

［亚男放声大笑。

郭家林 临阵脱逃了，抓住！

众青年 抓住！

郭家林 好大的胆子，叫“布谷鸟”吓跑啦！

石秀娥 魂都掉了！

［众笑着纷纷散去。

［马大婶拉拉雷大婶。

马大婶 老姐妹，瞧见啦？

雷大婶 瞧见了。

［马大婶和雷大婶一面拾着粪，一面轻声谈着，隐去。

［王必好一直不吭声地坐在一旁。

童亚花 走吧，亚男。

童亚男 姐姐，你先走，我就来。

［亚花看看她和王必好，径自下。

［亚男跑过去，关心地、温柔地询问。

童亚男 必好。

［必好不做声。

［亚男到他身边，看着他。

童亚男 必好，砸疼啦？啥地方？

［亚男体贴地蹲下去。

童亚男 我看看，啥地方？

［必好轻轻推开她。

童亚男 怎么啦？

王必好 没啥，干活去吧。

童亚男 必好，刚才，碰的巧！不是我有心……

王必好 没啥，干活去吧。

童亚男　别生我的气，必好，别生我的气。

王必好　没啥，干活去吧。

童亚男　（柔声地）必好，晚上咱们一块儿去罱河泥，好吗？

王必好　好，干活去吧。

童亚男　（摇摇头）不，你笑笑，笑笑我就走。

［亚男望着必好，期待着，必好应付地笑笑。

童亚男　必好，你不生我的气啦？嗳？

王必好　好，干活去吧。

［亚男挑着河泥下。

［雷大婶和马大婶又拾着粪走过来。

马大婶　歇歇吧，老姐妹。

雷大婶　好，歇歇。

马大婶　拾了半天野粪，我的头也昏了，眼也花了，腿也麻了，腰也酸了，脚也疼了，手也软了。

雷大婶　老姐妹，你比我硬梆多啦。

马大婶　哎哟，老嫂子，快别这样说，我这几根老骨头，都好进棺材肚子啦。

雷大婶　进棺材，我才不啦，阎王老爷下帖请我也不去。人家都过社会主义啦，叫我一个人爬进冷冰冰的棺材，呸，呸，呸！（吐了几口唾沫，赶走霉气）

马大婶　老嫂子，命不由人啊，社会主义好，都是年轻人的，没咱们的福分，不瞒你说，老嫂子，以前，我走东家奔西家，撮合几家亲事，一年到头，少不了我几只猪头，几匹洋布，几双鸳鸯鞋，可如今，年轻人有了"护身符"（指婚姻法），我就满身是嘴，满嘴是舌头也没用啦！

雷大婶　嗨，如今的年轻人呀，也太过分啦。

马大婶　是啊，你没看见亚男丫头，唱唱跳跳，打情骂俏。

［马大婶学刚才亚男对付社员甲、乙的样子，二人大笑。

[王必好抬头看见，难过地低下头。

马大婶　啧啧啧，七男八女的，像个什么大闺女，（神秘地）你没听说她娘年轻的时候——

[马大婶附着雷大婶的耳朵，嘁嘁喳喳耳语。

[二人又噗哧一笑。

雷大婶　唉，好葫芦结好瓢，孬种出坏苗，我那亚花媳妇就跟她一根藤上长的……

[王必好实在受不了，难过地跑下。

雷大婶　明说是妇女参加劳动，挣工分，骨子里还不是想跟男人鬼混，偷鸡摸狗，啧啧！

马大婶　是这话啊，老嫂子，老话说得好："黄荆棍儿打出贞节女！"你也不叫大汉管教管教她。

雷大婶　我家大汉呀，要不是三天两头管教她一顿，怕不飞上天了！

马大婶　（感慨地）如今的闺女呀，别说男人看不惯，我们老太婆也看不惯，唉，什么世道啊！

雷大婶　世道变了，要在老年头，真是——你瞧，（摸摸自己的腿）喏，就在我生大汉那年，有一回，我在河边洗衣裳，河对门王老三跟我说了两句话，无巧不巧，给我那冤家碰见了，抓住了头发，拉回家，关上门一顿好打，差点没把我腿打断……我就带上了这老残疾。

马大婶　是这话啊，老嫂子，年轻时候，我那死鬼——

["嘟嘟"哨音声。

[人声："收工啦，收工啦！"

雷大婶　啊哟，老姐妹，我们光顾着说话，他们都收工啦！

马大婶　对，该回家了。

[二人提着畚箕下。

[孔玉成和王必好上。

［众纷纷上。

孔玉成　收工啦，晚上干！

众青年　好！

［亚男挑着河泥上。

郭家林：布谷鸟来了，再跟我们唱个歌好不好？

众青年　好哇，布谷鸟，唱吧！

［亚男放下畚箕，唱：

村子外面有一棵……

［王必好走到亚男前面。

王必好　亚男，别唱啦！

［亚男停住。

孔玉成　好，别唱了，回家吃饭，晚上罱河泥。

众青年　（不听）布谷鸟，唱吧！

郭家林　对，大伙儿累了一天，听布谷鸟唱唱，劲头更大！

［叶有根拉着申小甲，推出人群。

叶有根　对手来啦！

［申小甲羞涩地想逃开，被大家包围住。

众青年　小甲、布谷鸟，唱吧！

童亚男　唱吧，小甲！

众青年　唱吧，唱吧！

［亚男和小甲对唱《我的心事不好意思讲》。

亚男领唱

村子外面有一棵

众　唱

有一棵白杨树

领　唱

春天里飞来了

众　唱

飞来了一只布谷鸟

布谷谷,布谷谷,布谷谷,唔

布谷谷,布谷谷

从早晨到傍晚

不住声地歌唱

从早晨到傍晚

不住声地歌唱

小甲唱

布谷鸟,你为什么要歌唱

是不是催我们快快下种

是不是催我们快快插秧

亚男唱

我不是催你们下种

我不是催你们插秧

我的心事啊

不——不好意思讲

不——不好意思讲

布谷谷,布谷谷,布谷谷

小甲唱

布谷鸟,你为什么要歌唱

是不是这儿的露珠儿不甜

是不是这儿的玫瑰花不香

亚 男 唱

这儿的露珠儿甜又甜
这儿的玫瑰花香又香
我的心事啊
不——不好意思讲
不——不好意思讲
布谷谷，布谷谷，布谷谷

小 甲 唱

布谷鸟，你为什么要歌唱
是不是这儿的小伙子不聪明
是不是这儿的姑娘不漂亮

亚 男 唱

这儿的小伙子都聪明
这儿的姑娘都漂亮
我的心事啊
不——不好意思讲
不——不好意思讲
布谷谷，布谷谷，布谷谷

亚男领唱 村子外面有一棵

众 唱 有一棵白杨树

亚男领唱

春天里飞来了
飞来了一只布谷鸟
布谷谷，布谷谷，布谷谷，唔
布谷谷，布谷谷
从早晨到傍晚

不住声地歌唱

从早晨到傍晚

不住声地歌唱

布谷谷，布谷谷，布谷谷，唔

［众鼓噪，欢笑。

孔玉成 回家吃饭，晚上罱泥！

［众余兴未尽地慢慢散去。

郭家林 （走向孔玉成）孔队长，青年人唱唱歌……

［二人边谈边下。

［亚男欲走，必好走过去。

王必好 亚男！

童亚男 嗳，必好，什么事？

王必好 等等，我有话讲。

童亚男 你还在生我的气吗？必好。

［亚男走过去，温柔地看着他，替他扣着纽扣，必好轻轻地推开她的手。

王必好 （严肃地）亚男，你是个青年团员，我也是个青年团员。

童亚男 （感到莫名其妙）什么意思呀！

王必好 听我讲：我是团支委，又是你的入团介绍人，我要关心你的进步。

童亚男 （不安地）我怎么啦？告诉我，我工作上有什么缺点？

王必好 不，不是工作问题，是你的思想作风。

童亚男 我的思想作风？

王必好 （说教地）是啊，青年人应该要求进步，改造思想，端正作风。

童亚男 难道我——

王必好 听我讲，近来，你的表现不好，群众也有反映。

童亚男 （越发不安）反映我？

王必好　别说男人看不惯，很多妇女也看不惯。

童亚男　看不惯？

王必好　（正经地）是啊，为了你的进步，为了你的……你的……各方面，我站在组织的立场上——

童亚男　必好，你说些什么呀，我一点不明白。

王必好　不明白？

童亚男　不明白，怎么回事，快讲吧！

王必好　听我讲，挑河泥的时候，你抓河泥砸人，又在群众面前跟人斗嘴，天天唱那些什么“就把相思害”呀，什么“不好意思讲”呀，什么——

［亚男明白了，原来是这么回事！突然哈哈大笑。

王必好　（板着脸）笑，笑，笑，你就是不严肃！（教训地）一个妇女——

［亚男又笑。

王必好　（气恼地）还笑，还笑，笑啥，有啥好笑！

［亚男止住笑，随口哼着。

童亚男　“酸溜溜，溜溜酸，笑得我的肚子疼，笑得我的肠子弯，笑得我的眼泪一大摊！”哎呀，必好，你真笑死人啦！

王必好　男笑痴，女笑怪！

童亚男　必好，你别说啦，你这个人真——滑稽。

王必好　听我讲：你是个青年团员，又是个姑娘，在群众面前，行为要检点，作风要正派，（突然诌不上来了）还有什么的要什么的——对，态度，态度要严肃！

童亚男　（有些不悦）我不检点？不正派？不严肃？

［沉默。

童亚男　（解释）必好，你是看着我长大的，我的性子就这样，你还不知道？

［沉默。

王必好　亚男，听我讲。

童亚男　嗯，你讲吧。

王必好　你要忠实回答我，忠诚老实是青年人的优良品质，虚伪狡猾是——

童亚男　（大声叹气）唉！……

王必好　（不以为然）怎么？

童亚男　你要问什么话呀，到底？

王必好　别打断我的话，亚男，凭青年团员的品质，你说，你听不听组织的话？

童亚男　听。

王必好　那你就答应我一件事吧。

童亚男　什么事，你说吧。

王必好　说出来，你别生气，我完全是为了你好，为了对同志负责，为了团的影响——

童亚男　（又大声叹气）唉！

王必好　（又不以为然）怎么？

童亚男　你这个人真要命！（委曲求全）好，你快说吧。

王必好　答应我，别跟申小甲一块儿唱歌，别在群众面前嘻嘻哈哈。

童亚男　（没想到）啊！

王必好　嗯。

［沉默。

王必好　答应吗？

［沉默。

王必好　我不是反对你唱歌，只是别在大伙儿面前唱，别跟申小甲一块儿唱。

童亚男　（有些明白，盯了他一眼）啊！

王必好　你是不是真心跟我好，这就是考验，明白吗？考验。

[沉默。

童亚男 （点点头）好吧，我答应你。

王必好 （活跃了）好，亚男，好！我知道你肯听话。（说教地）青年人不怕有缺点，有错误，只要有勇气，有决心——

童亚男 （受不了，接过来说）就能克服缺点，改正错误。

王必好 对，对，你全知道啦。

童亚男 我全背熟啦。

王必好 好，晚上我等你。

[亚男点点头，必好下。

[亚男困恼地独自沉思。

[吆喝声："站住！站住！鬼婆娘！"

[亚花奔上。

[雷大汉追上。

雷大汉 站住，鬼婆娘！

童亚花 （见亚男）亚男！（跑到亚男身边）

童亚男 姐姐！

雷大汉 走，跟我走！

童亚男 干什么？大汉哥。

雷大汉 （汹汹地）你别管，我的马儿由我骑，我的婆娘由我管，我要干啥就干啥！

童亚男 你怎么不讲道理呀，平白无故又欺侮人？

童亚花 亚男，他又发牛脾气——

雷大汉 （扬扬手）什么？

童亚男 （阻止）你——大汉哥，有事好讲，你说，怎么回事？

雷大汉 刚丢碗，就想往外跑，你这馋猫野獾子！

童亚花 我不是跟你讲过了吗，去开妇女会嘛。

雷大汉　不许你开什么妇女会、老婆会！

童亚男　大汉哥！

童亚花　大汉，我就开这一次，这一次。

雷大汉　不行，跟我回去！

童亚男　大汉哥，开会，思想才能进步，你不让我姐姐进步么？

雷大汉　进步，你们进步了，男人准戴绿帽子！

童亚男　（气恼）唉，你！

雷大汉　（向亚花）走不走？

［亚花服从地，想跟着他走。

童亚男　（叫着她）姐姐！

［亚花又站住。

童亚男　姐姐，来！

［亚花又回过身来，不愿跟着他回去。

雷大汉　（发火）贱骨头发痒了！

［大汉脱下鞋子，想抓住亚花的头发，亚花急忙躲避，大汉追赶，一鞋底打去，没打着，亚男忍不住跳过去，一把夺下大汉手中的鞋子，摔在地上。

［大汉气咻咻地瞪着亚男。

［亚花畏惧地躲在亚男身后。

［僵持。

雷大汉　（大声地）好，反了天啦！（转身下，又回身拾起鞋子）

雷大汉　（向亚花）有本事，别回来！

［走上前面，狠狠瞪了亚男一眼，哼一声，大踏步下。

童亚花　（抱住亚男）亚男妹……

童亚男　姐姐！

［稍停。

童亚花　妹妹，我怎么办？怎么办？

童亚男　（也想到自己的遭遇）是啊，我们怎么办？

［缓缓落幕。

第二幕

第二场

［几天后，暮色苍茫。上弦新月，冷清清地悬在天空。

［合作社的俱乐部里，有桌、有凳、有椅。门口有一副对联："共产党像太阳，合作化是方向。"室内锦旗、标语、宣传画，琳琅满目。

［申小甲一个人坐在凳子上拉二胡："空山鸟语"琴声婉转清脆，铿锵悦耳。

［不一会，亚男进来，看见小甲一个人在拉二胡，想退出去，但又被幽美的琴声吸引，不忍即去，悄悄地坐在屋角椅子上。

［小甲凝神专注，未发觉有人。

［琴声急骤，琴弦崩断。

童亚男　（跳起来）哎呀！

［小甲一惊，跳起来。

申小甲　谁？

童亚男　我。

申小甲　（惊喜地）啊，你，你，吓我一跳！

童亚男　吓你一跳，你胆子真大。

［亚男走过去把火油灯拿过来。

童亚男　有火柴吗？小甲。

［小甲取出火柴点灯，心里有些慌乱，几次没点着。

童亚男 人还没来？

申小甲 没来。

童亚男 怎么啦？点不着？

申小甲 点不着……点得着。

童亚男 （没注意到他的慌乱）给我吧。

［亚男点上灯。

童亚男 今晚上开会还是唱歌？

申小甲 不知道。

［沉默。

童亚男 咱们剧团刚成立那会儿，多热潮，唱歌的唱歌，跳舞的跳舞，演戏的演戏。

申小甲 咱们宣传合作化，宣传“四十条”，宣传“兵役法”，宣传……唉，现在都活动不起来啦！这是什么道理？

［亚男起身欲走。

申小甲 亚男，别走！

［亚男停住。

申小甲 他们没来，咱们先练练歌，好不好？

童亚男 练歌？我们俩？

申小甲 呃，我真喜欢这个歌。

［小甲随口唱起来：

村子外面有一棵

有一棵白杨树

春天里飞来了——

童亚男 （阻止地）别唱啦，别唱啦！

申小甲 怎么啦？

［亚男难受地低下头。

申小甲　生我的气啦？

［亚男摇摇头。

申小甲　怎么回事？亚男。

童亚男　没什么。

申小甲　不，你骗我。

童亚男　小甲，我求你一件事。

申小甲　什么事，你讲吧，我全答应。

［稍停。

童亚男　往后，我们别在一块儿唱歌了，好不好？

申小甲　（惊异地）为什么？

童亚男　（苦恼地）别问啦，我已经答应了人家。

申小甲　答应谁？

童亚男　（不是生他的气）别问！别问！

［沉默。

申小甲　（有些明白，有些难过）好，我不问，不问就是……反正，我也要走了。

童亚男　走？到哪儿去？

申小甲　进拖拉机训练班，学开拖拉机。

童亚男　真的？

申小甲　孔支书告诉我的。

童亚男　开拖拉机，啊！多好，多好啊。

申小甲　怎么？你也想？

童亚男　就是想呀，小甲，有我吗？

申小甲　不，不知道。

童亚男　你看我够条件吗？我打个报告，请求请求，怎么样？

申小甲　试试看吧。

［亚男取出钢笔，小申把自己日记本上的纸撕一张下来，递给她。

童亚男　可这报告怎么写呀！

申小甲　你心里怎么想就怎么写。

［亚男和小甲伏在桌上写报告。

［郭家林上。

郭家林　嘿，两个积极分子，又在学文化！

［二人笑了。

郭家林　（走到桌旁）怎么，捣鼓什么？

申小甲　亚男跟组织上打报告——

童亚男　别告诉他。

郭家林　（误会她要跟王必好结婚）啊，我明白啦，是不是要当新娘子啦？

童亚男　（不好意思）啐！

申小甲　（误会郭家林猜透他的心事，开他们两个的玩笑）怎么你——不，我们没那个意思。

郭家林　（也糊涂了）你们？你们什么？

申小甲　我们一块儿去学开拖拉机呀！

童亚男　我想请求组织上批准。

郭家林　（恍然大悟）啊，是这么回事。

童亚男　家林，你同意吗？

郭家林　不，不同意。

童亚男　为什么？

郭家林　你走了，咱们剧团的布谷鸟就飞啦，往后谁来唱：

　　村子外面有一棵

　　有一棵白杨树……

童亚男　（烦恼地）不要唱，不要唱！

郭家林　(意外地)怎么啦?

[沉默。

郭家林　布谷鸟为啥不叫啦?

[亚男转身欲出。

郭家林　亚男,到哪儿去?

童亚男　送报告给孔支书。

郭家林　练歌了。

童亚男　一会儿就来。

[亚男跑下。

郭家林　怎么回事?

申小甲　不知道。

郭家林　(向小甲)这些天,她的脾气变了,小甲,她没跟你讲什么?

申小甲　没有——哦,讲了,我问她,她光说:“别问了,我已经答应了人家。”

郭家林　(愤然)他怎么能这样!

申小甲　(有些明白)谁?是不是……

郭家林　(冲口而出)王必好!

申小甲　(果然)啊……

郭家林　现在就这样,往后的日子怎么过!

申小甲　(明白了)啊……

[痛苦地坐下来。

郭家林　你怎么啦?

[沉默。

郭家林　(也有些明白,轻声地)难道你……

[小甲默认。

郭家林　(同情地)唉……情况复杂了,小甲,你打算怎么办?

申小甲　我，我不知道，我明天就走。

郭家林　（点点头）对。

［小甲欲出。

郭家林　到哪儿去？

［小甲出，家林跟出。

郭家林　小甲！

［家林出去追人。

［王必好、孔玉成上。

孔玉成　咦？不在这儿。

王必好　她家里说到俱乐部来了。

孔玉成　又到哪儿去了呢？

王必好　（痛苦地）唉，玉成，你看看吧，看看吧，亚男不在，申小甲也不在，黑不溜秋的，准又揪到一块儿去了，准又……

孔玉成　（愤懑地）这两个青年团员，真胡闹。（安慰地）必好，别难受了，一切有我，你放心吧。

王必好　我哪能放下这个心，玉成，偏偏团支部推荐他们两个去学开拖拉机，方书记又同意了，这下，两个人揪到一块儿，不是黄鼠狼进鸡窝啦！

孔玉成　是啊，当初，我也欠考虑，光看他们两个年轻力壮，有点文化，又怪机灵，没想到这一层。

王必好　当初，我就反对——

孔玉成　别说了，当初，你光说妇女开拖拉机不合适，我没同意你这观点，谁知你话中有话，好啦，我去跟方书记讲讲，把亚男换下来，你马上跟她结婚。

王必好　（兴奋起来）方书记会答应换她吗？

孔玉成　放心吧，我的意见，他准同意；可结婚的事，你自己谈去，我没法包办。

王必好　(感动地捏住玉成的手)玉成,我一辈子都忘不了,一辈子……

孔玉成　你的事就是我的事,我的事也是你的事,说这些干啥?

王必好　(庸俗地)事情妥了,我叫新娘子亲自敬你三杯酒。

孔玉成　(自得地大笑)必好,你这个规划太保守了,三十杯我也不反对!

王必好　好,三十杯,三十杯!

孔玉成　好,分头办事吧,我去找方书记,你去找亚男。

[孔玉成、王必好下。

[门外,清脆的欢笑声。

[李金芳和屈小娣上。

[石秀娥拉着童亚花上。

屈小娣　嘿,没人?

李金芳　哪回不这样,锣齐鼓不齐。

石秀娥　亚花,闷在家里干啥,出来听听大伙儿唱歌,多开心。

屈小娣　开心死啦!

童亚花　(犹豫)待会儿大汉回来,又……

屈小娣　没出息,怕什么?有我们,他敢吞了你!

童亚花　你们不知道他的脾气,他别的都好,就是不许我出来开会、学习。

石秀娥　不开会、不学习,哪能进步呢!

李金芳　唉,咱们都建设社会主义啦,他脑袋瓜里还装些封建残余。

屈小娣　哼,我真想敲敲他的脑袋瓜!

童亚花　小娣,别这样讲,他会改变的。

屈小娣　改变?除非公鸡下蛋马生角!

李金芳　小娣,别这样说。

石秀娥　姑娘们,给她出个主意吧。

屈小娣　我有个好主意。

众　说吧，说吧。

屈小娣　咱们妇女都团结起来，谁也不嫁男人，让他们都打光棍，一辈子也讨不上老婆，看他们还敢欺侮妇女！

［众忍不住大笑。

石秀娥　傻丫头，你这个办法行不通，我坚决反对，我跟家林结婚三年，他对我好，我也对他好，我干嘛要让他打光棍？

李金芳　我也反对，我心里早有了……（害臊地背过脸格格地笑）

石秀娥
屈小娣　（同时）哪一个？

李金芳　（用手遮住脸）我不知道，我不知道，反正我要嫁给他……（又是格格地笑）

屈小娣　（气恼）好，好，你们都嫁人吧，嫁人吧，我可一辈子也不嫁男人！

童亚花　傻丫头，别嘴硬，我们记住你的话，总有一天，你也要碰上——

石秀娥　碰上个一辈子也不讨媳妇的小伙子！

［屈小娣跳起来追石秀娥。

屈小娣　要死啦，不许讲，不许讲！

［众弯腰大笑。

屈小娣　你们这些厚脸皮，真不害臊！

［众愈发笑作一堆。

［白天水、叶有根上，姑娘们看见了，连忙止笑。

白天水　笑什么？这么高兴！

叶有根　妇女们到一块儿，不是哭就是笑，不是笑就是谈咱们小伙子。

李金芳　谁也没谈你们。

［姑娘们又是格格地笑。

屈小娣　不是谈你们，是骂你们。

石秀娥　啐，脸皮比城墙拐角还厚！

叶有根　瞧，我猜对了吧，骂也是谈呀！

［姑娘们都不好意思，噗哧地笑了。

白天水　你们为啥要骂我们呀！

叶有根　对啊，我们哪儿得罪了你们？是不是借你们谷子还你们糠啦？“啊嚏”骂得我们直打喷嚏！（果然又打了一个）“啊嚏”！

［众又笑。

童亚花　（突然）秀娥，我回家去了。衣服还没洗。

［亚花匆匆下。

白天水　亚花怎么啦？

石秀娥　怕大汉找她。

李金芳　大汉净欺侮她，这种男人呀——

屈小娣　男人真讨厌，要是我，坚决离婚！

叶有根　你还没结婚就想离婚啦？

白天水　别开玩笑，亚花也太温驯了，雷大汉这种男人，要整整才好。

李金芳　（赞许地）这才像个男人说的话。

石秀娥　那天，布谷鸟整了他一下，把鞋子给他摔了，他只好拾起来走了。

白天水　对，布谷鸟做得对。

叶有根　好家伙，立场都变了，你们可以吸收他参加妇女会了——“啊嚏！”

［众笑。

白天水　好几天都听不见布谷鸟唱歌啦！

叶有根　我真想听听她唱：

　　一根丝线牵呀么牵过河吖（哥哥）

［众随着唱：

　　郎买个梳子

　　姐哪呀姐梳了头嘘哟哟啃

　　撒趟子撩在外

一见脸呀儿的红嘘(哥哥)

[申小甲急匆匆上。

申小甲 你们都在这儿?

[众起来欢呼。

众青年 小甲,来唱歌!

申小甲 出事啦!

众青年 什么事?

申小甲 黄菊英晕倒了。

石秀娥 怎么回事?

申小甲 她带着个大肚子天天挑河泥,今天回来就流产了,现在很危险。

众青年 流产了! 怎么办?

申小甲 家林在那儿,他说剧团改天练歌,咱们快抬她到保健站去。

众青年 好,去!

[众一拥而下。

[雷大婶拄着拐棍,打着灯笼上。

雷大婶 亚花,亚花!(见没人,坐下来歇气)唉,人影也不见,跑到哪儿去啦?(揉揉腿)差点没把我摔在泥塘里,(恨恨地)这回,我要抓住了……

[雷大汉匆匆上。

雷大汉 妈,看见她没有?

雷大婶 看见个鬼了,一个大男人,连个女人都管不住,害得我老婆子黑灯瞎火出来叫魂!

雷大汉 妈,我不叫你出来,你偏往外跑。

雷大婶 哼! 往外跑,还不亏你那个好媳妇,一转脸,就不见啦,我倒出来看看,她到底干啥好事。

雷大汉　咳，这回，看我不给她点颜色看看！

雷大婶　对啊，这回，你要狠狠管教她，不用怕，女人只有三件宝：一哭二闹三上吊，没什么了不起。

［亚男上，听见他们谈话，站住，二人未发觉。

雷大汉　妈的，我知道，铁砧生来是锤的，女人生来是挨揍的。愿受，服服贴贴跟着我；不愿受，泼出一盆洗脚水，社里女人多得很，闭着眼睛就能摸一串！

雷大婶　这才像个有志气的男人。

［亚男忍不住走上去。

童亚男　你们说了些什么呀！

雷大婶　（一惊）啊！

雷大汉　你！

童亚男　大婶，黑灯瞎火的，你还出来。

雷大婶　（讥讽地）是啊，我出来碍人家的事了。

童亚男　（忍耐）大汉哥，你刚说那话可不对，女人也是人，不是什么铁砧、洗脚水！

雷大汉　我没跟你讲。

童亚男　大汉哥，我姐姐哪点不好，你为什么要对她那样。

雷大汉　你——你管不着！

童亚男　路不平旁人铲，事不平旁人管。

雷大婶　管你自己的男人去吧。

雷大汉　走，妈！

［雷大婶、雷大汉下。

［亚男又气愤、又苦恼。

童亚男　（困惑地）为什么，为什么今天还有这种人，这种思想……

［沉思。

［王必好上。

王必好　亚男！

童亚男　必好！

王必好　你在这儿，我到处找你。

童亚男　找我干嘛。必好，你看见孔支书吗？

王必好　找他干什么？

童亚男　（热情地）必好，你猜猜。

王必好　我猜不出。亚男，我们谈谈正经事吧。

童亚男　不，你猜猜，我也是正经事。

王必好　别胡扯，听我讲——

［亚男把报告给必好。

童亚男　瞧！

［必好看报告。

王必好　哦，想开拖拉机？

童亚男　呃，想。

王必好　想跟申小甲一块儿去？

童亚男　呃，一块儿去。

王必好　（讥讽地）想得真好！

童亚男　（揣摩他的真意）是嘛……当个拖拉机手多好啊！（热烈地）一溜平地上，拖拉机噗噗噗开过去，大块大块黑泥，像浪花一样翻起来；一行行种子，像雨点一样撒下去；黄桑桑的稻子、麦子，一排排倒下……（发现他的反应不对）必好，你同意我去吗？

王必好　（摇摇头，瞪她一眼）不，不同意。

童亚男　不同意，为什么？

王必好　你是个妇女。

童亚男　（哭笑不得）妇女，妇女不能开拖拉机？真滑稽，你没见报上说，好多妇女都会开拖拉机，还有开火车的，开电车的，开——

王必好　那些全是摆样子的。亚男，妇女干这些不合适。

童亚男　为什么不合适。

王必好　听我讲：妇女要结婚、怀孕、生孩子、带孩子、管家务，一年到头，还不是三天打鱼，两天晒网，只有妨碍生产。

童亚男　妨碍生产？

王必好　是啊，我是为了生产，也是关心你，亚男，听我的话，没有错。

童亚男　把报告还给我。

王必好　给你干嘛？

童亚男　我给团支书。

王必好　我是团支委。

童亚男　好吧，请组织上考虑吧。

王必好　不用考虑了。

［必好把报告撕掉。

童亚男　（吃惊地，痛苦地）干什么，你——

王必好　亚男，听我讲：别想精想怪了，好好在家待着吧。

［亚男气得说不出话来，但极力忍耐。

王必好　亚男，听我讲，不要一会儿南京买马，一会儿北京装鞍，这就叫不踏实，还叫这个——急躁冒进，懂不懂？

［亚男不语。

王必好　亚男，别发展主观了，咱们俩赶快把事办了吧，办了事，你待在家里，咱们俩好好过日子。

童亚男　我明白啦！

王必好　那，你答应不答应？

童亚男　必好，等我学习回来，行不行？

王必好　哼，我也明白啦。

童亚男　你明白什么啦?

王必好　明白了你的学习动机。

童亚男　什么动机? 什么意思?

王必好　你为什么要跟申小甲一块儿去学习? 你为什么不跟我马上结婚?

童亚男　(有口难辩)嗨,你呀你!

王必好　你说,是不是?

童亚男　(苦恼地)你为什么要这样想?

王必好　回答我,是不是?

童亚男　必好,别这样想,别这样想。

王必好　(固执地)回答我!

童亚男　你想歪了,想歪了。

王必好　别当我是傻瓜,猪也有三分灵气,刚才你跟申小甲到哪儿去了?

童亚男　刚才我到孔支书家里去了。

王必好　做了亏心事,还不大胆暴露思想。

童亚男　必好,你讲的什么话呀,我跟小甲从小在一块儿长大,现在,又在一个队里劳动,一个团小组过组织生活,一个文娱组唱歌,我们是好同志,你还没跟我好那会儿就这样,现在还是这样,你怎么啦!

王必好　(主观地)你就是不肯承认错误!

童亚男　我有什么错误? 我没有带头生产吗? 没有团结青年积极响应党的号召吗?

王必好　听我讲,你的思想作风,一点也不像个青年团员;一天到晚,吵吵闹闹、唱唱跳跳、浪浪荡荡,群众影响很坏!

[亚男极力忍耐,克制自己。

[稍停。

童亚男　(沉重地)我受不了你这种话。

王必好　我也受不了，我早就——早就受不了啦。我看见你跟别人在一块儿唱歌、跳舞、演戏，我的心就像剉子剉一样，刀子扎一样，锥子刺一样，我整夜整夜睡不着觉，做梦也净做些噩梦……

童亚男　（心软了，怜爱地）必好，别这样，别这样，这些都是你自己想出来的，我知道你喜欢我，我看你认识高，思想好，又肯帮助我进步，我就答应你了，相信你了，可你还不大了解我，我喜欢跟大伙儿唱唱跳跳，说说笑笑，我的性子就这样。

王必好　你不能改改吗？

童亚男　你要我怎么改，我就怎么改。

王必好　好，你就依从我五个条件吧。

童亚男　好吧，你说吧。

［必好取出一张纸来念着。

王必好　一、退出剧团，不许跟青年男女在一块儿唱歌、跳舞、演戏——准许你在我家里唱歌。二、不许跟男人单独谈话——谈了话，当天跟我汇报。三、不许在群众面前嘻嘻哈哈——特殊情况，必须经我批准。四、看见申小甲远远躲开，以免发生意外——如有公事，由我居中传达。五、马上跟我结婚，发誓不想拖拉机。

［把纸条递给亚男。

王必好　签名吧。

［亚男气得说不出话。

王必好　拿去，签吧。

［亚男突然接过纸条，看也不看，一把撕碎。

王必好　（意想不到的刺激）你，你敢！

［亚男把碎纸扔掉。

王必好　（气急败坏）好，好，撕掉了，撕掉了！

童亚男　对，我撕掉了。

王必好　那就——那就把恋爱也撕掉！

童亚男　好吧。

［必好把碎纸片拾起来。

王必好　将来，你别后悔！

童亚男　决不后悔！

王必好　哼！

［必好愤愤下。

［亚男木然，又突然跑到门口。

童亚男　必好，必好！

［必好已走远，亚男回身。

童亚男　走了……

［猛然伏在桌上痛哭。

［郭家林上。

郭家林　亚男，你怎么啦？

［亚男止哭。

童亚男　我跟必好……不好啦……

郭家林　不好了，为什么？

董亚男　我受不了，受不了……

［幕急落。

第三场

［第二天，夕阳欲坠时。

［合作社管理委员会门前，砖头砌的台阶，阶沿种了一排万年青，

两旁有一株桃树，还没有吐苞。

［台阶下面，新辟了一片广场，这儿原来是一条大道，行人依旧从这里往来。

［收工了。社员们劳动了一天，虽很疲乏，还愉快地唱着歌，谈笑着，从这儿走回家去。

［方宝山和孔玉成蹲在平台上，埋头研究"合式秧池"的沙盘。方宝山把代替秧苗的松针，在沙盘上移来移去。

方宝山　瞧，这样插，这样插，株五行六，整整齐齐，发棵均匀，薅秧也方便，多科学！

孔玉成　（赞同地）是啊，从前插秧，那就是鸡啄米。

方宝山　对，这是一套科学技术改革，今年，我们先在青年队示范，再全面推广，这样，千斤亩准实现！

孔玉成　准实现！

方宝山　玉成，听说老农还有些反映？

孔玉成　是啊，个别的有一些。

方宝山　谁？什么反映？

孔玉成　苏老汉说："我种了四五十年庄稼，没这些玩意，也没饿死，吹，一千斤！除非穗子从根上长起！"

方宝山　玉成，分析分析，这是什么思想？

孔玉成　（不肯定地）这是……经验主义。

方宝山　对，说得对，还有什么反映？

孔玉成　还有姜大爷说："揪得上，楼上楼；揪不上，卖耕牛！"

方宝山　嗯，这又是什么思想，分析分析看？

孔玉成　这是保守思想。

方宝山　对，对，对。

［宝山给玉成一支烟，二人抽起香烟。

方宝山　玉成，揪个新鲜玩意儿，总会碰上什么主义和思想，当干部的，可不能跟着群众叫喊，要慢慢打通群众思想，过些时候，我们来开个技术训练班，你们青年队多派几个人来学习学习。

孔玉成　好

［二人走下台阶。

方宝山　玉成，青年队有什么问题？

孔玉成　有，童亚男打了个报告。

［把报告递给宝山，宝山不在意地扫了一眼。

方宝山　不是说她思想作风不好，换周怀清去了？

孔玉成　是啊，她还一个劲请求，昨天，她又随随便便跟王必好——

方宝山　搞恋爱啦？

孔玉成　不，解除了。

方宝山　（不在意地）啊，情况又变化了。

孔玉成　是啊，为了点小事，她就跟必好闹翻啦。

方宝山　（失笑）你也是，没事找事干。这点小事你也管。青年人恋爱，就跟我们江南的黄梅天一样，一会儿晴，一会儿雨，管他干啥，玉成，当干部只要抓紧生产就行了。别抓住芝麻，丢了西瓜。

［社员甲、乙惊惊惶惶上。

社员甲　方社长，方社长！

方宝山　什么事？

社员乙　不好了，出事啦！

方宝山　出了什么事？

社员甲　（喘口气）不知怎么的，就躺下了！

社员乙　（抢着说）赶也赶不起来！

社员甲　兜一圈又躺下去了！

方宝山　什么人生病啦？

社员甲
社员乙 (同时)“约克夏”！

方宝山 (着急)“约克夏”生病啦？嗳，咱们社只有这只种猪，种猪！

社员甲 这是地道的纯种！

社员乙 一根杂毛也挑不出！

方宝山 (阻止)怎么病的？病得怎样啦？

社员甲 早上吃了一口，中午一口也没吃——

社员乙 不，吃了两口。

社员甲 吃了两口又吐了，晚上——

社员乙 晚上也会吐！

方宝山 啰嗦些什么，把我头都搞昏了，你一个人说吧。

社员甲 好，我说。躺在草堆上，呼噜呼噜，不知是喘气，还是打鼾！

社员乙 喘气！

社员甲 打鼾！

方宝山 快请兽医去！

社员甲 兽医来不了。

方宝山 快抬到兽医站去吧！玉成，挑几个棒小伙子！

[玉成下。社员甲、乙欲下。

方宝山 唉，我去看看，真糟糕！真糟糕！

[宝山同社员甲、乙下。

[稍停，必好从管委会出来，亚男从台右上，二人不期而遇，非常尴尬，欲进不能，欲退不得，亚男想招呼他，他赌气偏过头去。

[亚男愣了一下，轻轻叹口气，跑进管委会。

[必好听见她跑进去了，转过身来，向管委会门口望了一眼，心情混乱地待了一会儿，突然发现地上掉了一块毛巾，他猜想是亚男头上掉下来的，他想送还给她，一转念，他又狠狠地把毛巾一脚

踢开，快步走了。

［稍停，小甲背着背包上，他发现地上的毛巾，拾起来，正想送进管委会。

［亚男从管委会出来，低着头下台阶。

［小甲本想避开，一转念，想到毛巾定是她掉的，就走上去。

申小甲　亚男！

童亚男　（一惊）啊！

申小甲　你掉了东西没有？

童亚男　（想想，摸摸身上）没有。

申小甲　你在找什么？

童亚男　我没找什么，我找孔支书。

申小甲　（拿出毛巾给她）这是你的吧。

童亚男　（高兴地）对，是我的头巾，多谢！

申小甲　噢噢。（心情有些混乱）我走了。

［小甲回身欲走。

童亚男　小甲，你到哪儿去？

申小甲　区里报到去。

童亚男　就你一个人？

申小甲　两个人一块儿去。

童亚男　（以为自己被批准了）一块儿去？批准了？

申小甲　批准了，我昨天就告诉你了。

童亚男　昨天？

申小甲　你就忘记啦？

童亚男　不，不能吧？

申小甲　什么不能？我不骗你。

童亚男　今天我才把报告交给孔支书。

申小甲　（不解）什么报告？

童亚男　你也忘记了？昨天晚上，我们在俱乐部一块儿写的呀！

申小甲　（明白过来）哦，学开拖拉机。亚男，现在可迟了，我马上就跟周怀清一块儿去啦。

童亚男　周怀清？

申小甲　是啊，我跟他一块儿去。

童亚男　（恍然大悟）哦……跟他。

申小甲　你瞧，介绍信都写好啦。（小甲把介绍信给亚男，亚男看介绍信）

童亚男　（惊诧）怎么？把我的名字改了，换上了周怀清！

申小甲　（拿过信来看）真的，我倒没看出来。

童亚男　这是怎么回事？（难受地坐在台阶上）

申小甲　（同情地）亚男，别难受，别难受。

［沉默。

申小甲　（自责地）怪我不好，我不把介绍信给你看就好啦。

童亚男　不怪你，小甲。

申小甲　（关心地）亚男，外边风大，你回去吧。我学好了回来教你。

童亚男　教我？

申小甲　嗯，咱们订个条件吧。

童亚男　（像烫着了似的）你也要订条件?!

申小甲　（没理解她的心情）对，订个“三包”，包教、包学、包会，你看好不好？

童亚男　（松口气）啊……“三包”。

申小甲　好吗？

童亚男　好。

申小甲　回来见。

［小甲欲走，亚男不自觉地叫住他。

童亚男　小甲，你等等。

［小甲站住，稍停。

童亚男　小甲，昨天晚上，我做了一个梦，好大好大一只手，揪住我的辫子，一个劲拖、拖、拖，拖得我好疼，我又叫又骂——

［里面叫声："申小甲，走吧！"

申小甲　（向内应声）来啦！（向亚男）后来呢？

童亚男　后来，不知怎么的，我就醒了，醒了，难受死了，我就……

申小甲　别信这些鬼梦，梦是假的。

童亚男　我知道，只是心里难受……

［内叫声："申小甲！"

申小甲　（急迫地）好，我走了，（跑了几步又回来）愿你们幸福！

［小甲急下，亚男想理解他这句话的意思。

童亚男　我们幸福？……（摇摇头）

［玉成上。

童亚男　团支书！

孔玉成　亚男，你的报告，我们已经研究了。

童亚男　我知道了。

孔玉成　那好。你有啥意见？

童亚男　团支书，为啥先决定我去，又变卦了？

孔玉成　这是组织上的事，你不用问。

童亚男　为啥不能问？

孔玉成　（勃然）真是无组织无纪律！

童亚男　这就是无组织无纪律？

孔玉成　瞧，你这口气，你这态度！

童亚男　团支书，我的态度不好，你可以批评。

孔玉成　你这个人真难领导！

童亚男　什么？团支书，你不是叫我提意见吗？

孔玉成 （气恼）哼，童亚男，我实话告诉你，这次没批准你去，就是你的思想作风不好，很多人看不惯，你跟王必好同志随随便便解除了关系，这是你的错误，好好给我写份检讨书来！（转身）要深刻！

［玉成气冲冲进管委会。

［亚男气愤地坐在台阶上。

［台后的声音："等等我吧，家林！""你又不是小脚女人，孩子他妈！""面孔也不要，孩子在哪儿啦？"

［一阵愉快的笑声。

［家林和秀娥挑着筐子回家。

石秀娥 （发现亚男一个人坐在台阶上）亚男！

郭家林 一个人在这儿干啥？

石秀娥 亚男，啥事不乐意？

郭家林 是不是没批准？

［亚男点头。

石秀娥 那也别犯愁啊。

郭家林 亚男，谁去都一样，回家吧。

童亚男 （委屈地）我不服气，为什么批准我去又变卦了？

郭家林 （同时）是吗？

石秀娥 （同时）为什么？

童亚男 孔支书说，为了我的思想作风不好。

郭家林
石秀娥 （同时）思想作风不好？

童亚男 我跟王必好不好了，也是我的错误，要我写检讨书。

石秀娥 你写吗？

郭家林 别忙写。秀娥，你跟亚男回家去，解解闷，我找方书记谈谈。

石秀娥 好，到我家去吧，亚男。

［秀娥同亚男下。

［方书记匆匆上。

方宝山　（见郭）家林，还好，亏得早发现，要不，坏大事啦！

郭家林　什么事？方书记。

方宝山　（失笑）“约克夏”，今天生病啦。

郭家林　“约克夏”？

方宝山　对啦，就是地委奖给咱们社的那口种猪。

郭家林　（失笑）我道你说人哩！

方宝山　我可是说猪啊！

［二人笑了。

郭家林　方书记，你忙不忙？

方宝山　你看我忙不忙？老婆都跟我提出了严重抗议，坚决要退出——

郭家林　合作社？

方宝山　家庭！

［二人笑了。

方宝山　你总喜欢在忙的时候来缠住我。

郭家林　可你永远都没有不忙的时候。

方宝山　好，谈吧，老伙计，现在，我虽说是个领导，过去，我们一块儿在地主家放牛割草，吸血鬼不给我们吃喝，肚子饿慌了，我们偷偷舀猪食吃，长大了，又一块儿参加基干队，打游击，有一次，到城里去执行任务，咱们俩化装成一对夫妻，你扮女的，头上包着黑布，脚上……

郭家林　别提过去了，还是谈谈现在的事吧。

方宝山　好吧，是不是残废金没发，你生活上有困难啦？

郭家林　哈哈，承你关心，可没猜对，我的生活没问题，你知道吗，黄菊英流产以后，就病倒了！

方宝山　休养休养就好啦。

郭家林　还有，好几个社员生血吸虫病，肚子都大了！

方宝山　（不在意地）啊。

郭家林　（学他口气）啊。下文呢？

方宝山　研究研究。

郭家林　这些人最好马上送医院。

方宝山　瞧你这劲头，什么大不了的事，现下生产紧张，正缺劳动力——

郭家林　我看，比“约克夏”生病的事大一点。

方宝山　（瞪瞪眼）人怎么能跟猪比？

郭家林　（不相信自己的耳朵）什么，什么？我的耳朵出了毛病吧？

方宝山　人是个人的事，猪是全社的事，哪样重要？

郭家林　你这话真新鲜！

方宝山　一点也不新鲜。（欲出管委会）

郭家林　方书记！

［宝山不耐烦地站住。

方宝山　又有什么大事？

郭家林　还有亚男的事。

方宝山　是不是学开拖拉机的事，闹情绪？

郭家林　听说把她换下来，是因为她思想作风不好。

方宝山　是啊，团支部汇报的。她的思想作风不好，很多人都看不惯，为了照顾影响，就把她换了。

郭家林　方书记，这些话，你怎么看法呢？

方宝山　我看有点过分。

郭家林　谁过分？汇报的情况过分？还是她的思想作风过分？

方宝山　她太活泼了点。

郭家林　活泼还有什么太不太？再说，活泼又有什么不好呢？青年人应该活泼，应该高兴，应该唱唱，跳跳，说说笑笑，我们干嘛要去限制她们呢？说你们这样太过分了，那样太过分了，这样我看不惯，那样我也看不惯，这不合规矩，那不合原则……难道要把这些小青年都变成半死不活的小老头子小老婆子？这才是一个娘胎出来的好青年么？

方宝山　哈哈，真新鲜！

郭家林　一点不新鲜。社会主义的青年就不是这样！

方宝山　这些鸡毛蒜皮，也扯上社会主义了，告诉你，这些小事……

郭家林　（固执地）这不是鸡毛蒜皮！

方宝山　（无可奈何地）家林，咱们现时在揪合作化，建设社会主义，我每天要关心多少大事，这么大一副家当，这么大一摊子生产，你没担起我这副担子，不知道有多沉！

［宝山说完，就往管委会走。

［里面大汉的骂声："你走，我不打断你的腿！"

［亚花的哭声："你打吧，打吧！"

［大汉的骂声："你到哪儿去？"

［亚花声："找方社长评评理！"

［宝山闻声站住。

［亚花跑上，大汉追上。

［一群男女随上。

童亚花　（哭）方社长！

雷大汉　你！

方宝山　干啥？又打架啦？

童亚花　方社长，他蛮不讲理，昨天晚上……

雷大汉　野婆娘，胆儿越来越大啦！

［雷大汉过去拉亚花。

［家林过去阻拦。

郭家林　大汉，这是讲理的地方。

方宝山　你们呀，三天不打仗，灶王老爷也朝外张！

童亚花　方社长，你要给我作主！

雷大汉　方社长，别听婆娘家的话！

方宝山　清官难断家务事，有理三千，无理八百，谁也不许讲了。回家去，好好生产！

童亚花　我死也不到他家去啦！

姑娘们　对，不要去！

雷大汉　不回家？找野汉子去？

童亚花　我回娘家去！

雷大汉　回娘家，好，你一辈子也别想迈我家门槛！

［亚男、秀娥上。

屈小娣　好，亚花姐，不上他家，上我家去！

［亚男走到亚花身边。

童亚男　姐姐，回我们家去。

雷大汉　你又来煽火，不行！

童亚男　她是我姐姐！

雷大汉　她是我老婆！

方宝山　好啦，好啦，哪家铁勺儿不碰碰锅沿，回去吧。（说完，径自进入管委会）

郭家林　大汉，就让她回娘家住几天吧！

众青年　走吧，亚花。

［亚男拿过亚花手中的包袱。

童亚男　姐姐，咱们走。

屈小娣　快走吧，有我们。

雷大汉　(气恼)好,滚吧,我不稀罕!

童亚花　记住吧,我再不受你欺侮了。

[亚男、亚花同下。

[大汉愤愤地转身欲走,小娣跑到他前面。

屈小娣　你拿花轿也抬不回来她啦!

雷大汉　哼,女人都骑到男人脖子上了!

[众哄笑。

[幕急落。

第三幕

第四场

[一个月以后,太阳偏西的时候。

[亚男家门前。

[亚男和亚花在打草绳,亚男站着结草绳,亚花坐着绞草绳。

童亚花　亚男,你不累?

童亚男　不累,社里等着要呢! 快打吧。

[稍停。

童亚花　(叹口气)唉……

童亚男　姐姐!

童亚花　嗳。

童亚男　你还想他?

[亚花默然。

童亚男　你呀,也真是,他那样折磨你,还没受够?

童亚花　亚男，你不知道，当女人真难啦。

童亚男　我知道，我知道，我也受过折磨。

童亚花　像你那样倒好，不称心就趁早……我可不一样，我从小就到他家当小媳妇，长不长，短不短，也快十五年啦……

童亚男　是啊，那时候，你才八九岁。

童亚花　我这一走，一个月过去了，心里就像有个挂心钩似的……（不好意思地，轻声地）我真想回去看看。

童亚男　姐姐，你的心肠太软了，像灯芯草似的，一碰就弯。姐姐，别牵肠挂肚的，就在这儿住下，他思想要不改变，干脆别理他。咱们有了合作社，妇女自己劳动，养活自己，不像从前，嫁汉嫁汉，穿衣吃饭。现在，你还怕什么？

童亚花　亚男，你说的也在理……我就等他，等他……

童亚男　他要老不改变呢？

童亚花　不，不会的，我知道大汉，他也是耳根子软，听了别人的坏话……

童亚男　哎，姐姐，你呀，你真是太好啦，大汉哥真该死——

［亚花连忙捂住她的嘴。

童亚花　别！

童亚男　好，好，我不骂他啦，骂他，你又心疼，可他疼你吗？

童亚花　有时候……也疼。

［二人忍不住笑了。

［亚花收好绳子，亚男捆起来。

童亚花　亚男，我问你句话——你跟必好真解除了？

童亚男　你问这干啥？

童亚花　你们还能不能……

童亚男　（摇摇头）不能。

童亚花　听我劝，别那样磨不开，大家体贴一点，将就一点——

童亚男　姐姐，你不知道，我把他看透了，我不能跟他过一辈子。看看你们现在这样，想想我自己，我就害怕……（拿起草绳）好啦，给我，我替保管员送去。（抱草绳下）

［亚花叹口气，从怀里取出一双男人的鞋来，上着鞋帮。

［马大婶鬼头鬼脑上。

马大婶　哟，大汉嫂，你一个人在这儿？

童亚花　马大婶，歇歇脚吧。

马大婶　大汉嫂，你在给谁上鞋帮？

［亚花藏过鞋，马大婶一把抢过来。

马大婶　大汉嫂，给大汉做的吧？（比比划划）可不是，嗯，大汉嫂，你手儿多巧呀，（赞叹地）啧啧啧，真是飞针走线，描龙绣凤，好个能干媳妇儿。

［亚花不好意思地拿过鞋。

童亚花　粗手笨脚的，哪儿做得出好针线？闲着没事混混手呗。

马大婶　大汉嫂，你真是个好媳妇儿，你要是个姑娘，我大婶拼上这双老腿，准给你挑个称心女婿！

童亚花　（不耐烦地）马大婶，别笑话我了，你坐一会儿，我要烧晚饭了。

［亚花欲入内，马大婶急阻止。

马大婶　忙啥。大汉媳妇，我问你句不知高低的话：你为啥不回去呀？出门的女儿，进门的媳妇，老在娘家，荤不荤，素不素，像啥话呀！

童亚花　马大婶，你别说了，过去，大汉把我折磨够了，我在娘家，自己劳动，自己生活，不受谁的干，不受谁的湿，倒也干净。

马大婶　哟哟，老话说：兔子沿山跑，还来归老窝，总不成在别人家待一辈子啊！大汉嫂，夫妻没隔宿的仇，牙齿也有咬着舌头的时候，夫妻吵嘴打架，哪能顶真；好啦，收拾收拾，我送你回去吧。

童亚花　（有些活动，但又止住）马大婶……不，我不回去。

马大婶　别假意巴巴的，你当我老糊涂了，这鞋是给谁做的？

［童亚花语塞。

马大婶　你当我看不透你的心？哪个女人不是嫁鸡随鸡，嫁狗——

童亚花　（忍不住）马大婶！

［马大婶住口望着她。

童亚花　我不是给他的。

马大婶　给谁？（一顿）哦！我明白啦。

童亚花　你明白也好，不明白也好，我不陪你了。

［亚花入内。

［马大婶气恼地吐了口唾沫。

马大婶　呸！你也抖起来了！

［雷大婶蹑手蹑脚上。

雷大婶　老姐妹，怎么样？

马大婶　不好了，老嫂子！

雷大婶　怎么的？

马大婶　我不好说出口，来……

［马大婶扳住雷大婶耳语。

雷大婶　（一惊）真的？真有这事？

马大婶　可不，我亲眼看见，亲耳听见，老嫂子，我是翻嘴摇舌的人吗？

雷大婶　（狠狠地）哼，我心里也早有个谱了，好骚货，这会儿倒翘起来了！

马大婶　是啊，老嫂子，世道真变了，这些天，我鞋子都磨破了两双，提起你家，那些死丫头就像叫鬼咬了似的，塞住耳朵，拔腿就跑，那些当爹娘的，也由着他们，不肯作主，老嫂子，如今，这事难办，那两丈二尺布，我情愿退还给你。

雷大婶　（丧气）唉，要不是如今的事难办，我早就叫大汉把她休了，还来请动你的大驾，求爷爷，告奶奶，请她回去？不瞒你说，亚花一走，少个劳动力，我家的工分就少了一半！如今是高级社，土地也分不了红，就靠点劳动力，你看，我这亏，可吃大啦！

马大婶 是啊，如今一个婚姻法，一个合作化，女人有了两件法宝，腰也直了，气也粗了，胆也大了，脸皮也厚了！

雷大婶
马大婶 （同时）唉！

［二人垂头丧气下。

［孔玉成、王必好上。

王必好 不知在不在家。

孔玉成 进去看看吧。

王必好 我不去！

孔玉成 干嘛，泄气啦？去吧，有我！

王必好 玉成，我谈不好，你就快上！

孔玉成 我知道，你放心。我不相信，一个小丫头，就制她不住，她要不听话，嘿嘿！

［拿出一本日记本拍拍。

王必好 她要去找方书记呢？

孔玉成 方书记还是听我的，还是听她的？

［二人自信地笑。

王必好 好，玉成，她要答应跟我恢复婚姻便罢，她要不答应，就狠狠制她。

孔玉成 不制制还了得，你没看见，她上次跟我提意见，好厉害，我叫她写检讨书现在也没写，一定要好好加强她的组织观念！

［二人刚要进去。

［亚花出现在门口。

童亚花 呵，孔队长，王必好，进来坐坐吧。

孔玉成 亚男在家吗？

童亚花 不在，刚送草绳去了。

孔玉成 啊！我们找她去。

［玉成、必好下。

［亚花怀疑地看着他们，又进屋内。

［大汉提着一个小口袋，畏畏缩缩上。见没人，又不好贸入，徘徊于门边。

［秀娥、金芳、小娣、菊英各抱一捆草绳上，瞥见大汉，互相使使眼色，故作不见。

［大汉发现她们，闪在一边。

石秀娥 嘿，你们看见没有？

李金芳 看见什么？

石秀娥 打老婆的好汉呀！

［众笑。

屈小娣 啐，这种男人，谁嫁给他谁倒霉！

黄菊英 是啊！亚花多好啊，偏偏好花插在牛粪上。

石秀娥 才不啦，没听人家说，社里姑娘多得很，闭着眼睛就能摸一串！

李金芳 我看啦，摸一串泪珠儿吧！

［金芳咯咯地笑，姑娘们大笑。

石秀娥 你们听说没有？马媒婆还在给他做媒呢！

屈小娣 要死哪，这个老不死的。

李金芳 放心吧，没哪号傻瓜会上她的当。

石秀娥 嗯，那可说不准！

众姑娘 怎么啦？

石秀娥 马媒婆保证给他完成任务！

众姑娘 怎么完成？

石秀娥 给他找个八十岁的年轻姑娘！

［众又大笑。

［大汉听也不是，不听也不是，走也不是，不走也不是。

［众穿过亚男家门前下。

［大汉出来，愣愣地站在那儿。

［稍停，走到门口，轻轻地叫。

雷大汉 （怯声地）亚花，亚花！

［亚花出来，一眼看见大汉，惶然不知所措，呆住了。

［稍停。

雷大汉 亚花！

童亚花 你来干啥？

雷大汉 （嗫嚅地）我来看……看你！

童亚花 我没病，也没死，要你来看我。

［亚花伤心欲泪。

雷大汉 我怕你粮食不够，给你捎带点米来。

［大汉把小口袋给亚花，亚花有些感动，想接住，又转念，怕是他妈出的主意，骗她回去。

童亚花 不，你带回去吧，我有吃的。

雷大汉 亚花，你收下吧，我带回去，会给妈看见。

［亚花明白是他本意，又有些感动，接过口袋。

［大汉转身欲走。

童亚花 大汉！

雷大汉 啊。

童亚花 你等等！

［亚花忙进屋去，取出一双布鞋。

童亚花 大汉，看你的鞋，都脱帮了，哪能干活，（把鞋给他）拿去，你这个人呀，从小就费鞋。

[大汉接过鞋，感动地说不出话。

[稍停。

雷大汉 （轻声地）你是给……给我做的？

童亚花 嫌不好么？

雷大汉 （释然而喜）啊，不，不是！（接鞋）刚才，妈跟马大婶说，你是给别人……

[停顿。

童亚花 我气气她们。

雷大汉 哦！气气她们。（勇气陡增）亚花，你……你跟我回家去吧。

[亚花不答。

雷大汉 回家去吧，亚花，男人无妻，一家无主，你走了，我空空荡荡的，啥也没有，家，就像个荒山野庙，这日子，我一天也过不下去，过不下去了……

[亚花伤心地啜泣。

童亚花 谁叫你那样狠心……

雷大汉 当初我是头犟牛，亚花，你揍我一顿吧，揍吧！

[大汉把鞋子脱下来给亚花。

[亚花把破鞋扬起来，又丢到他脚下。

童亚花 （又爱又恨）我恨死你，快穿上！

雷大汉 恨我吧，我也恨自己，我折磨了你，也折磨了我自己。

童亚花 大汉……

雷大汉 亚花……往后，我再骂你一句，烂舌头；动你一下，断指头；你要干啥，随你高兴，你要不信，我写个保证书给你。

童亚花 （已心许）谁要你保证。

雷大汉 亚花，放心吧，我再不听她们的话了，这些时候，我长心眼了，你是个规矩人，刚才我才知道，妈背着我找马媒婆做媒——

童亚花 什么？做媒?!

雷大汉 (坦率地)没事,没有姑娘肯答应。

童亚花 (放心)啊!

雷大汉 走吧,亚花。

童亚花 好,你等等,我拿东西。

[亚花入屋内。

[亚男上。

雷大汉 (羞惭地)亚男!

童亚男 你来啦。

雷大汉 亚花答应跟我回家啦。

童亚男 回家?

雷大汉 是啊,我……

[亚花提包袱出。

童亚花 亚男,我回家了。

童亚男 姐姐!

雷大汉 亚男……我……我不是强迫她。

童亚花 我们团结了。

童亚男 好吧,大汉哥,你可要真心对姐姐,别昧着良心,你不知道,她多好啊。

雷大汉 我知道,我知道,过去,我猪油蒙了心窍,豆腐渣塞了眼睛——

童亚花 (心急地)哎呀,快走吧!

雷大汉 对。(伸过手)包袱给我。

[大汉一手提过亚花的包袱。

童亚男 (看见口袋)这是什么?

童亚花 他带来的粮食,你留下吧,亚男!

雷大汉 留下吧。

童亚男　不，你们带回去。

［亚男把粮食袋塞给大汉。

雷大汉　亚男，我回去就写保证书！

童亚花　（催促地）走吧！

［大汉、亚花愉快地下。

［亚男望着他们，也感到松快。

［孔玉成、王必好上。

孔玉成　亚男，你回来啦！

［亚男见王必好，感到突然。

童亚男　孔支书，啥事？

孔玉成　必好想跟你谈谈。

童亚男　谈谈？

孔玉成　你们谈吧，我有事，待会儿来。

［孔玉成下，二人沉默。

童亚男　王必好同志，谈什么？

王必好　我们的事，我还有点意见。

童亚男　我们的事，早解决了，你还有什么意见？

王必好　听我讲：过去的事，你有缺点，我也有缺点，都不是原则问题。

童亚男　我不大了解。

王必好　过去，你的思想作风不好，是你的缺点；我对你无情的批评，是我的缺点。

童亚男　这样说，是你的优点。

王必好　不，一定得算缺点。现在，你的思想作风，有了转变，一天到晚，老老实实，规规矩矩，孔支书也表扬你了。

童亚男　（苦笑）你们表扬错啦！

王必好　不，非常正确。

童亚男　不，非常不正确，你们批评得不对，表扬得也不对，我不接受。

王必好　嗳，你这同志，受不起批评，也受不起表扬，好吧，批评跟表扬都取消吧。

童亚男　王必好同志，你到底是什么意思？要跟我谈什么？

王必好　听我讲：你有了进步，组织上很高兴，我也很高兴，这些时，我想来想去，为这点芝麻大的小事，赌气不值得，咱们俩还是恢复关系吧。

童亚男　不，我们不是赌气，也不是小事，我想起你的五个条件，我就讨厌，你这人……

王必好　我有缺点。

童亚男　（用力说出）太自私！

王必好　（意外地）什么？……我我我……我真心爱你。

童亚男　不，你爱的人不是我，是你自己！

王必好　（一惊）我自己？

［沉默。

王必好　（忍住气）好吧，你要答应跟我恢复关系，我取消三个条件！

童亚男　不光取消三个条件，你那讨厌的思想也要取消！

王必好　亚男，说话别太刺激了，什么讨厌、自私，你的思想就不自私？你的作风就不讨厌？

童亚男　你讨厌就别理我。

王必好　哼！别把尾巴翘得太高啦！你这样，对你没啥好处！

童亚男　跟你好了，也没好处。

王必好　老实跟你讲：你一定要跟我好，这是组织上的意见。

童亚男　（一惊）组织上？

王必好　对，孔支书的意见。

童亚男　（气愤）团支书也不能强迫包办！

王必好　（气恼）好，你敢——

［亚男气极欲入屋内。

［孔玉成赶上。

孔玉成　亚男！

［亚男停住。

孔玉成　怎么啦？你们。

［僵持。

孔玉成　亚男，不要生气，过来，我有句话跟你说。

童亚男　你说吧，团支书。

孔玉成　年轻人，就爱使性子，为啥不好好谈呢？

童亚男　我们谈不来。

王必好　我把批评取消了，表扬也取消了，条件也取消了，可倒好，越谈越俏！

孔玉成　亚男，一个青年团员，要进步，就要听组织的话。

童亚男　嗯，我听。

孔玉成　好，这就对啦，必好想跟你恢复关系，你考虑过啦？

童亚男　我没啥考虑啦。

孔玉成　好好考虑一下，必好是个好同志，工作好，思想好，作风好，各方面都很好，你为啥不跟他好？

童亚男　他——（改口）我不愿意。

孔玉成　过去你跟他好过，为啥不能恢复？

童亚男　要恢复就不解除，解除了就不恢复。

孔玉成　（上火）亚男，你别把婚姻法看得马马虎虎，随随便便就解除，一句话就拉倒，这就是资产阶级思想，浪荡作风！

王必好　这就是自私自利！

童亚男　（气愤）你们欺侮人！

孔玉成　我警告你，不许你这样！

王必好　不跟我好就是不服从组织！

童亚男　（急得眼泪花花地）你们别拿大帽子来压我，我有什么不对！我有什么错误！

孔玉成　哼，你还想隐瞒！（取出日记本）瞧，这是什么？

童亚男　不知道。

王必好　这是在申小甲家里发现的日记本。

孔玉成　（把日记本给必好）必好，你念念。

王必好　（念）“……今天才知道她跟王必好好啦，晚上，我一个人偷偷哭了一场……”

童亚男　（惊）小甲？他！

孔玉成　不，不是这一段，（拿过日记本来念）“……他们要能过得幸福，我情愿一个人哭……”

王必好　这就是吃醋！

孔玉成　对，吃醋。看前面，（念）“……今天我们在一块儿唱歌，她唱得真好听，比布谷鸟还要唱得好听……”喏，这不是证据吗？比布谷鸟还要唱得好听！

王必好　你还有什么说的？

孔玉成　你说，你是不是跟申小甲好了？

［沉默。

王必好　说呀！

［沉默。

童亚男　（坚决地）是，好啦！

孔玉成
王必好　（同时一惊）什么？

孔玉成　什么时候好的？

童亚男　现在。

王必好　（粗鲁地）你撒谎！

童亚男　是现在。你们没读他的日记以前，我不知道他爱我，我也没想到我会爱他。现在，我才看清楚了他，看清楚了我自己，也看清楚了你们。

［孔玉成、王必好都愣住了。

［沉默。

孔玉成　（改变方式）亚男，你放乖点，你跟必好恢复了，对你的工作、前途、群众影响都会好。

［亚男一惊。

童亚男　我的工作，前途……

王必好　等等各方面。

［稍停。

童亚男　团支书，你讲这话什么意思？跟他好就有前途，不好就没前途，这叫什么话？

孔玉成　就这话，你心里放明白点！

童亚男　（坚决地）不，我不拿自己的幸福来换你那个“前途”！我不，不！

王必好　玉成，你看，多顽固，多顽固！

孔玉成　不怕你顽固，你想跟申小甲好，办不到……组织上不答应！

王必好　别做梦！

童亚男　（愤怒了）我要，要爱！爱到底！谁也管不着！

孔玉成　（恼怒）童亚男，你要坚持错误，我就开除你的团籍！

［亚男一愣，顿住。

王必好　承认错误吧。

童亚男　我没错误！

孔玉成　好，马上开支部大会！

童亚男　开吧，开吧，开除了我的团籍，我也要爱！

［幕急落。

第五场

［当天夜里，北风呼呼，雪花飘飘，好大一场春雪。

［郭家林家前厅，左通寝室，右通厨房。

［墙上挂着毛主席和朱副主席像，还有相片框、立功证……

［家林和秀娥在火油灯下面学文化。

石秀娥　家林，这个字读什么？我又忘了。

郭家林　把手伸出来。

石秀娥　干什么？

郭家林　我告诉你。

石秀娥　（想伸不伸地）给！

［家林在她手上打了一巴掌。

石秀娥　（假生气）为啥打我，不来啦！

郭家林　知道了吗？

石秀娥　知道什么？快告诉我这个字怎么读？

郭家林　我不是告诉你啦！

石秀娥　（若有所悟）啊，我知道啦，打打打，打字。

郭家林　（摇摇头）我打你的手，你觉得怎么样？

石秀娥　我觉得打老婆的人太可恶，对了，可恶的恶字。

郭家林　（忍不住笑）你真聪明。我告诉你，疼字，我打你，你不疼吗？

石秀娥　（要打家林）坏死了，坏死了！

郭家林　(故作严肃)严肃点,一个妇女,不要活泼得太过分了! 哈……

[二人融洽地笑。

[门外敲门声;微弱的人声:“秀娥……秀娥。”

郭家林　(机警地)听,有人!

[门外人声:“秀娥……”

石秀娥　谁呀!(向家林)夜半更深,是谁叫?

[家林走到门边。

郭家林　谁呀!

[门外女声:“是我!”

[家林和秀娥开门,一股冷风吹进来。

[亚男满身雪花,泥污狼藉,软弱无力地倚在门边。

[二人大惊。

石秀娥
郭家林　(同时)亚男!

[秀娥扶着亚男进来。

[家林关上门。

石秀娥　亚男,怎么啦?

郭家林　出了什么事?

[沉默。

[突然,亚男抱着秀娥啜泣。

石秀娥　亚男,亚男。

郭家林　怎么回事?

[亚男揩掉眼泪。

童亚男　我的团籍……被开除了……

郭家林
石秀娥　(同时)为什么?!

童亚男　刚才开了团支部大会，孔玉成、王必好他们宣布……

郭家林　（气得直跺脚）咳！这些人，这些人，干了什么事！

石秀娥　什么时候开支部大会，我一点也不知道。

童亚男　金芳、小娣、天水、有根，好多团员都没参加。

郭家林　什么理由？怎么通过的？

石秀娥　你有什么错误？

童亚男　说我犯了五大错误！

郭家林　好家伙，五大错误！好大罪名！

石秀娥　别吵，听她讲。

童亚男　孔支书说，我有严重的资产阶级思想；严重的无组织无纪律；严重的浪荡作风；严重的抗拒情绪；严重的挑拨别人夫妻不和……

郭家林　胡说八道，全是胡说八道！

石秀娥　亚男，大家都相信么？

童亚男　我不知道。

郭家林　没人反对吗？

童亚男　开头还有几个，都被孔玉成跟王必好打击下去了，我起来申诉，还说我坚持错误，顽固到底，不许我发言，就这样，糊里糊涂就把我开除了！

郭家林　（气恼）真是无法无天！

石秀娥　这两个人坏死了！

童亚男　……家林，你是个党员，你说说看，我到底有什么错误，他们为什么要这样打击我！

［停顿。

郭家林　（激动地）这些家伙，我跟他们——

石秀娥　家林，沉住气……

郭家林　亚男，你坐一会儿。

［家林欲出。

石秀娥
童亚男　（同时）到哪儿去？

郭家林　找方书记！

［家林冲出。

［秀娥拿起电筒追出去。

［一会儿，秀娥回来，关上门。

石秀娥　外面好大风雪！

童亚男　（不安地）路上不好走啊！

石秀娥　让他去吧，没掉了当兵的脾气，说冲就冲，大牯牛也拉不住。

童亚男　唉，秀娥……

石秀娥　亚男，别难受，进去躺一会儿吧，我烧碗姜汤给你吃，去去寒。

童亚男　不，秀娥，我暖过来了，我想跟你谈谈。

石秀娥　好，亚男，谈谈心里宽荡一点。

童亚男　秀娥，你说，我们新社会里，一个妇女，有没有权利挑选自己的幸福，有没有？

石秀娥　有，当然有。

［稍停。

童亚男　秀娥，你跟家林幸福吗？

石秀娥　幸福。我们结婚三年了，日子越过越甜。（微笑）亚男，你干嘛问这个？

童亚男　我想了解一个问题。秀娥，幸福是你自己挑的吗？

石秀娥　（引起回忆）亚男，也真难啦，过去，妈跟我订了婚，把我许给镇上裁缝铺老板的儿子，他不学好，偷老子的钱去赌、喝，他嫂子告诉了我，我就想：我能跟这种人过一辈子吗？不，不能！我就跟他到法院解除了婚约……

童亚男　后来，你就跟家林好啦。

石秀娥　也不是那么容易啊，我妈嫌家林是个残疾，拼死拼活不肯答应，别人也劝我，你这样个好姑娘，干嘛要挑个独膀子？可我偏不听，我有我自己的思想，我就喜欢他家林，我就挑中了他，迷上了他，什么也挡不住我爱他。

童亚男　是啊，什么也挡不住。

石秀娥　我没挑错，他是个好人，没比他更好的啦……

童亚男　（感动地）是啊，你的幸福是你自己挑中的。秀娥，为什么我要挑挑我的幸福，他们就来干涉我，打击我！这些人为什么这样坏呢？

石秀娥　亚男，事情会过去的。

童亚男　嗳，秀娥，你真幸福啊……

石秀娥　你也会幸福的，会的。（轻声的）小甲是个好青年，他真心实意爱着你，挑他吧。

童亚男　（害羞地）秀娥……

石秀娥　你知道了？别害臊了，我挑家林的时候，脸皮可厚呢，怎么说他也不肯答应我，说我是同情他残疾，不是爱，我现在想起来，耳根子还发烧。

［二人笑了。

［敲门声。

童亚男　听，谁来啦！

石秀娥　家林回来啦。

［秀娥连忙开门。

［亚花进，大汉跟着，替她打着电筒。

童亚花　（同时）秀娥！
石秀娥　（同时）亚花！

［秀娥关上门。

童亚男　(意外地)姐姐,大汉哥!

童亚花　(松口气)啊,到底在这儿。

童亚男　你们怎么来了?

雷大汉　大兴兄弟回家,跟我们说,他们开会斗争你——

童亚花　(白他一眼)大汉,不是这么说的。

雷大汉　(柔顺地)好,你讲吧,我这人嘴笨。

[秀娥笑着望望亚男。

童亚花　亚男,听说你们团员开什么会,把你开除了,我怕你出事,就拉着大汉回家来看你,哪晓得,没人在家,我急了,满村找你,找了半夜……

童亚男　(感动地)啊,姐姐。

雷大汉　老天爷,可算把你找到了,要不呀,我得整夜陪她喝西北风,查户口。

[众笑了。

童亚男　姐姐,不要紧,家林找方书记去了。

童亚花　这些事,他管吗?

石秀娥　他会管的,他不管,总会有人管。

童亚花　(放心了)好,亚男,回家吧。

童亚男　不,我等等家林。

童亚花　亚男,你可要耐着性子,别跟当干部的吵,都是你平常嘴尖舌快,得罪了干部,惹上这场是非。

童亚男　不,姐姐,不是这么回事,你不是处处让人么?为啥大汉哥还欺侮你呢?

雷大汉　(惭愧地)呃……老疮疤,还揭它干啥。

童亚花　哎呀,我们走吧?

雷大汉　好,走,走!

［大汉、亚花出门又回来。

童亚花 妹妹，回头我们来接你。（亚花、大汉下）

石秀娥 看样子，他们真好啦。

童亚男 大汉哥是个直爽人，说好就真好，可不像王必好他们，心那么冷……

［秀娥点点头。

石秀娥 来啦！

［家林、宝山进。

石秀娥 方书记，进来吧。

［宝山莫名其妙地望着她们。又看看家林。

方宝山 怎么回事？

郭家林 （诡笑）请坐吧，宝山。

方宝山 家林，带我到你家来干啥？你不是说社里有头牛冻死了么？

石秀娥
童亚男 （同时）牛？！

郭家林 宝山，我本意是请你到我家来，又怕你不肯赏光，我才想出这个鬼点子。

石秀娥
童亚男 （同时）哦！

方宝山 （有点恼火）深更半夜，大风大雪，你把我骗来干嘛？请客也没这种请法！

郭家林 我不是请客，是请老战友来谈天。

方宝山 谈天？黑灯瞎火的，你把我从被窝里拉出来谈天，是不是你发了神经病？

郭家林 不，我脑子里没出故障。请你来有桩急事——

方宝山 到底是猪还是牛？

［秀娥忍不住笑了。

郭家林　(指指亚男)是人!

方宝山　她?

郭家林　对,就是她!

方宝山　就是这桩急事呀,看你这架势,就像火上了房子!

郭家林　同志哥,这比火上了房子还紧急!

［秀娥入厨房。

［宝山欲走。

童亚男　(着急地)方书记!

方宝山　改天谈吧。

郭家林　(冲动地)支部书记同志,人真不如一头猪,一头牛?

方宝山　(有点受不了)什么话?谁这样讲过?

［僵了一阵。

郭家林　(平静一点)宝山,一个年轻姑娘,受不了这么大的痛苦,你明白吗?

童亚男　方书记,你要给我做主啊!

方宝山　什么痛苦不痛苦,姑娘小伙子恋爱,总有一点痛苦,我脑子里的事情太多了,一天到晚,又是生产,又是整社,又是政治思想教育,我这个社长兼支书,正事都忙不过来,哪有闲工夫管她们的子丑寅卯。

童亚男　方书记,难道你光管大家的社会主义,就不管我的社会主义啦!

方宝山　(奇怪地)你的社会主义?你还有个什么社会主义?

童亚男　我的幸福啊!

方宝山　幸福?什么幸福?大伙儿都入社了,干社会主义了,谁还不幸福!不要慌,好日子在后头!

童亚男　方书记,一个人受了冤枉,党管不管?

方宝山　你受了什么冤枉?

郭家林　亚男的团籍被他们开除了!

方宝山　（一惊）谁？

童亚男　孔玉成跟王必好！

［亚男忍不住哭了。

方宝山　真的么，太胡闹了，家林，这事我可是一点也不知道！

郭家林　你就光知道猪啦、牛啦！——

方宝山　咳，行了，我关心猪牛，也不是为自己想吃个猪蹄子、牛尾巴，还不是为了大伙儿。亚男，他们为什么把你开除了？是不是你也有缺点，比如说这个思想作风啦，是不是太……

郭家林　（尖锐地）太活泼了点。

方宝山　对，太那个一点，听说还不大正派！

童亚男　不正派？我就是喜欢跟大伙儿一块儿唱唱跳跳，说说笑笑。

郭家林　这就叫——不正派？

方宝山　不，不，听说你跟王必好闹翻了，就是为了申小甲？

童亚男　王必好那样想，我可没那样想。本来决定我跟申小甲去学开拖拉机，又把我换下来了。

方宝山　嗯，那是我同意的。他们跟我说——

童亚男　跟你说我思想作风不好，骨子里是怕我跟申小甲一块儿去了，把我留在家里跟他结婚，还拿五个条件来限制我！

方宝山　（意外）哦，这事我也不知道！

郭家林　关于人的事，你知道得太少了。

童亚男　先前，我真是一个心眼对王必好，没想到会跟小甲好；也不知道他对我好。

方宝山　情况真复杂！

童亚男　今天，他们把小甲的日记念给我听，我才知道他是好青年，真心实意喜欢我，可他们硬说我早就跟小甲好了，逼着我跟他断绝关系，我才看清了他们的嘴脸！

方宝山 申小甲的日记是哪儿弄来的？

童亚男 他们从申小甲家里拿来的。

方宝山 真有这事？

郭家林 肮脏！下流！

［沉默。

［片刻，秀娥端热汤上。

石秀娥 喝口热汤，暖暖身子。

［方宝山沉思未发觉。

石秀娥 方书记，事情就是这样的，亚男是个好姑娘，趁热喝吧，也是个好青年团员，不喝冷了……（发觉没人理她，奇怪地望着大家）

方宝山 不像话！

石秀娥 （以为说自己）什么？不像话？

方宝山 哦，我不是说你。

郭家林 你呀，同志哥，人才是建设社会主义的宝贝。你光顾积肥，大肚子妇女累得流产了，你不管；社员生血吸虫病，你不关心；亚花受欺侮，你没看见；可猪生病，牛受冻，你就昏天黑地，头昏眼花了！

方宝山 我真有点头昏眼花了，亚男，那你为什么要破坏别人夫妻关系呢？

童亚男 我破坏谁？

方宝山 大汉跟亚花！听说你把好好一对夫妻拆散了！

［外面敲门，秀娥开门。

［大汉、亚花亲亲热热地上。

童亚花（同时）亚男，我们来接你了！
雷大汉（同时）亚男，回家去吧！

方宝山 （意外地）你们俩！

雷大汉
童亚花 （同时）方社长，我们俩团结了！

雷大汉 亏得亚男她们帮助我——

童亚花 (不好意思)大汉,别说了……

方宝山 (又是意外)帮助你……

雷大汉 方社长,往后,我再骂她一句,烂舌头;动她一下,烂指头;她要干啥,随她高兴,你要不信,我写个保证书给你!

郭家林 又是新鲜事!

方宝山 又是新鲜事。(看看窗外)雪不下了吧?

雷大汉 好像不下了。

方宝山 (握住家林的手,欲走)家林,我谢谢你!

郭家林 干嘛,我们的正事还没谈呢!

方宝山 什么正事?

郭家林 关于牛的事。

方宝山 你这个家伙真厉害,(向亚男)放心吧,亚男,你的事,党来管!

[幕急下。

第四幕

第六场

[麦收的时节。

[景同第一幕。大自然已经换上了鲜艳的夏装,辽阔的田野上,麦浪起伏,有的麦田已经收割了,只剩下整整齐齐的麦桩。

[道旁已经绿树成荫,柳丝摇曳。

[远处,拖拉机噗噗地响着。

[布谷声声,歌声回荡……

［这儿备有茶水，成为往来的休息站。

［社员们挑着一捆捆麦把，愉快地往来。

［社员甲、乙、黄菊英挑着麦把上。

黄菊英 布谷鸟又叫啦！

社员甲 它说："不苦，不苦！"

社员乙 还苦啥，拖拉机来帮助咱们社割麦了，多省事！

［三人喝口茶，挑麦把下。

［天水和金芳挑麦把回来。

白天水 （望着拖拉机）吙，真神气啊！

李金芳 谁呀？

白天水 申小甲，坐在拖拉机上头，好像赵子龙大战长坂坡一样！

李金芳 你呢，天水？

白天水 我？我就像猪八戒过火焰山，（揩揩汗）热得直喘气。

［金芳抿住嘴咯咯地笑。

白天水 （喝口茶）笑啥？

李金芳 有人偏喜欢猪八戒呢！

白天水 谁？你说谁？

李金芳 你呀，比猪八戒还傻！

［金芳急忙跑下。

白天水 （自语）我比猪八戒还傻？（猛悟）哦！我真傻！（急忙追下）

白天水 金芳，金芳！

［小娣和有根挑麦回来。

屈小娣 （气汹汹地）干嘛老跟着我，去也跟着，来也跟着，你赶上前面去不行吗？

叶有根 你挡住了我的路啊。

屈小娣 好，我让你。

［小娣站在路旁，让有根走过去，有根走到前面，又故意站住。

屈小娣　干嘛你又挡住我？

叶有根　（鼓起勇气）小娣，我问你句话。

屈小娣　什么话偏要在大路上问。

叶有根　这是急事。

屈小娣　好，你问吧。

叶有根　你看，小甲跟亚男，一个是拖拉机手，一个是青年队长……

屈小娣　是又怎么的，不是又怎么的？

叶有根　（发慌了）不……不怎么的，你看他们多幸福！

屈小娣　幸福怎么的，不幸福又怎么的？

叶有根　（直流汗）不……不怎么的。

［小娣欲走，有根抢上去。

叶有根　（决心）小娣，我们能不能跟他们一样。

［秀娥上，发现他们，不作声躲在旁边。

［小娣害臊地低下头。

叶有根　能不能，小娣。

屈小娣　你去吧，你去吧。

叶有根　（懊丧地）好，你不答应，我一辈子也不找对象啦！你记住，一辈子！

［有根失望地下。

屈小娣　（突然）有根，有根！

［有根又上。

叶有根　小娣，你叫我？

［小娣点点头，又低下头。

叶有根　你同意吗？

［小娣又点点头。

叶有根 （不敢相信）你答应啦？

［小娣又点点头。

叶有根 （还不敢相信）你没意见？

屈小娣 你真啰嗦，真啰嗦！

叶有根 （大喜）咳，我真啰嗦，真啰嗦。（兴奋地说着“我真啰嗦！”下）

［小娣幸福地微笑。

［秀娥溜到她背后。

石秀娥 咳，真啰嗦。

［小娣惊惶地转身。

石秀娥 我一点也没听见，没听见。

［小娣羞涩地低下头。

石秀娥 可给我逮住了，大话才说了几天！（学小娣口气）“我一辈子也不嫁男人！”

屈小娣 （捂住秀娥的嘴）要死啦！

石秀娥 （逃开）真碰上个一辈子也不找老婆的男人，真是女大十八变！

屈小娣 （央求）秀娥姐姐！

石秀娥 别姐姐长，姐姐短，赶快交代！

［小娣急跑下。

石秀娥 你跑，你跑，我嚷开啦！

［秀娥随下。

［后台山歌声，自远而近。

［昆山民歌《河边大树遮郎背》：

嗨嗨嗨嗨嗨

嗨嗨嗨嗨嗨嗨嗨

姐来田里捉来稗草

嗨嗨嗨嗨哝咄嗨嗨

看呀见情哥过了呀几顶桥

［亚男边唱边挑麦把上。

嗨嗨嗨嗨嗨

嗨嗨嗨嗨嗨嗨嗨

河边大树遮我郎来背

嗨嗨嗨嗨哝吔嗨嗨

为啥勿拿伊劈劈当柴来烧

［台后歌声，自远而近。

［亚男停住倾听。

［高淳民歌《风吹杨柳水上飘》：

风吹杨柳哎

水上啊飘，哎

郎唱啊山歌（啊）

把姐（啊）来找（啊）

姐来找啊哎

姐（啊）来找，哎

［小甲穿着工装，汗淋淋地唱上来：

手攀啊杨柳啊

走过独木啊桥啊

［亚男见小甲，两人跑上来。

童亚男　小甲！

申小甲　亚男！

［亚男走过去，替小甲揩揩汗。

申小甲　亚男，你还记得我们订的“三包”吗？

童亚男　（故意地）不记得了。

申小甲　（微笑地）你不想学开拖拉机啦？

童亚男　队里的事，我都忙不过来。

申小甲　你是不喜欢我……

童亚男　（突然感到不好意思）你说什么呀？

申小甲　我是说你不喜欢我帮助你了？

童亚男　啊……不，小甲，我常想：哪一天，我们两个……

申小甲　（误会她的意思）越快越好！

童亚男　什么呀？

申小甲　你不是说……登记吗？

童亚男　（不好意思地）我是说，我们两个都当了拖拉机手！

申小甲　好，那时候，我们就……

童亚男　越快越好！

［亚男不好意思地飞快跑下去。

［小甲目送她去了，愉快地回身开拖拉机去了。

［马大婶和雷大婶各提一个竹篮，拾着地上掉下的麦穗。

马大婶　听见没有？老嫂子，布谷鸟又叫了！

雷大婶　听见了，老姐妹，听见了。

马大婶　女一段，男一段，唱到一块儿了。

雷大婶　由他们唱吧，我是上辈不管下辈事了，再说，咱们当姑娘的时候，不也唱过么？

马大婶　那时候，咱们可规矩啦，哪敢这样明目张胆，勾勾搭搭。

雷大婶　现在不同往时了，咱们只好顺大流，还能勒住年轻人的脖子，不叫她们唱？

马大婶　哼，这姑娘，要是我生的呀……

雷大婶　你生的又怎么样？

马大婶　我就给她一根绳子一把刀，随她挑一样。

雷大婶　哎哟老天爷，你说得多吓人，亏得送子娘娘长了眼睛，没给你一个姑娘。

马大婶　还是送子娘娘看承我，没给我添麻烦。

雷大婶　麻烦哪，人家姑娘可有出息啦，如今当上什么干部啦？

马大婶　哼，玉成跟必好真是流年不利，连个姑娘都没制住，反给倒打了一耙，乌纱帽都丢了。

雷大婶　当干部不存好心，罪上加罪！

马大婶　老嫂子，你这话可不公平！

雷大婶　不公平，哪点不公平？

马大婶　好人遭雷打，哪点公平？

雷大婶　木匠做枷，自作自受。

马大婶　（要走）老婆子，没长心肝！

雷大婶　你这老媒婆长了啥心肝？不是你嚼舌根，我家大汉会跟亚花吵呀闹的？

马大婶　呸！怎没叫你两条腿都瘸了！

雷大婶　呸！你这断子绝孙的，吃东家，穿西家，还我两丈二尺布来！

马大婶　你这老不死的，拿回去裹死尸！

［马大婶骂着下。

［雷大婶喘着气。

［大汉和亚花挑麦上。

童亚花　妈，怎么啦？

雷大汉　妈，你跟那个老媒婆吵啥？

童亚花　别气了，回家吧。

雷大婶　这个阎王爷都不收的老妖精，老僵尸，老封建！

雷大汉　妈，叫你少跟她来往，你偏……

童亚花　（阻止）大汉——妈，回去吧，别理她！

雷大婶　你们干你们的活，别管我，我找她要布去！

［雷大婶下，二人喝着茶。

童亚花 大汉，妈也跟马媒婆合不上套了。

雷大汉 是啊，社会主义嘛，人都往好里变。

童亚花 现在，日子才过得有点味儿了。大汉，我到你家十多年，好日子才开头……

［二人幸福地微笑。

［家林上。

郭家林 嘿，我道是哪对小夫妻，亲亲热热的，原来是你们老两口！

雷大汉 老两口？我们才真是对小夫妻哩！

［三人都笑了。

［口哨声，"布谷鸟"的声音："收工啦！"

童亚花 大汉，快挑回去吧。

［大汉、亚花欲走。

郭家林 （见大汉挑一大捆）嗬，真棒，一顶俩！

雷大汉 我吃饭也一顶俩啊！

［大汉、亚花挑麦把下。

［亚男挑麦把上。

童亚男 团支书，收割机割麦真快呀，忽拉拉就是一大片！

郭家林 眼馋了！噢！

童亚男 （不好意思）我说正经事。

［宝山推自行车上。

郭家林
童亚男 （同时）方书记，有什么好消息？

方宝山 倒像新闻记者的口气！好消息多着啦，你们青年队计划完成得怎么样？

童亚男 早完成了，就是捆麦把的来不及。

方宝山　你们研究研究，把劳动力调整一下，还有，我在三大队发现妇女挑麦把，跟男人一样多，说什么男女平等，你们队有这情况没有？

［家林跟亚男使个眼色，二人会意地微笑。

童亚男　我们是能挑多少挑多少。

郭家林　报告指挥员同志，本队孕妇全部动员下火线了，请首长指示！

方宝山　调皮，我告诉你们，县委表扬了我们社，特别表扬了你们青年团，朝气勃勃，带动全社……布谷鸟，你想不想拖拉机？

童亚男　（误会）方书记……

方宝山　怎么，不想了，好，那就算了！

［宝山跟家林耳语，家林笑。

郭家林　真的，马上办理手续？

童亚男　（不好意思）麦子还没割完呢，办理什么呀，我不同意！

方宝山　什么呀，什么呀，你不同意什么？

郭家林　你想到哪儿去了？

［二人笑了，亚男也笑了。

方宝山　亚男，第二期拖拉机训练班又要开学了，组织上决定派你去学习，马上去办理手续！

童亚男　（意外）真的？（兴奋地）团支书，方书记！保证完成任务！

［亚男挑起麦把，唱着歌儿下。

方宝山　哎，家林，今晚上开会研究一下俱乐部工作，把剧团活跃起来，另外，青年团开会，座谈会，对小伙子们进行恋爱、工作、生活的教育！

郭家林　新鲜事！

方宝山　还有，关于猪的问题——

郭家林　你怎么老没忘了猪呢？

方宝山　呃，咱们卖给国家五百头肥猪，副业生产也受到了表扬！

郭家林 好哇，现在可以说，为了咱们社，为了大伙儿，你也该受到表扬啦！

［二人笑着下。

［王必好和孔玉成挑麦把上。

王必好 大伙儿为啥那么快乐？

孔玉成 （埋怨地）还说呢，为了你，害得我倒霉！

王必好 为了我？多亏你帮忙，我才犯了错误！

孔玉成 你要不自私自利，损人利己，我会犯错误？

王必好 （发火）什么？我——你当你心眼好，真心帮我忙？你还不是想我帮你忙，跟我哥哥说，把你调到区里工作？

孔玉成 （也火了）谁这样想？

王必好 你亲口跟我讲过。

孔玉成 谁跟你讲过，你这个忘恩负义的家伙！

王必好 你对我有什么恩，什么义？你只是想在群众面前摆摆自己的权威，要大伙儿都服你，不服你，你就打击报复！

孔玉成 我打击报复？不是你自己爱不上，恨死了她，要我帮你整她？

王必好 别说了，全是你的错！

孔玉成 你的错！

王必好 你的错！

［二人吵着下。

［亚男气喘喘上，小甲随后追上。

童亚男 （喘着气）小甲，别……

申小甲 快告诉我，什么好消息？

童亚男 你闭上眼睛。

申小甲 好。

［小甲顺从地闭上眼睛。

［亚男把介绍信拿出来，放到他手里。

童亚男　看吧。

［小甲睁开眼睛看信。

申小甲　介绍信！（兴奋地）亚男，你要去学开拖拉机啦？

童亚男　小甲。你高兴吗？

申小甲　高兴！

童亚男　你同意吗？

申小甲　同意。

童亚男　（深深地动情）多好啊！多好啊！

［众纷纷上。

［姑娘们跑上抱住亚男，小伙子们嚷叫。

［众唱着。“我的心事呀，不好意思讲”。

［夕阳如火。

［布谷声声。

［幕缓缓下。

（1957年演出本）

话剧

枯木逢春

编　剧

王　炼

作者小传

王　炼（1925—　），男，原名王树鑫，山东济南人。历任华东大学文工团（后改为华东人民革命大学文工团）、华东人民艺术剧院、华东话剧团（后并入上海人民艺术剧院）编剧、导演。

人物表

苦妹子　农妇，二十四岁

罗舜德　血防站长，三十岁

方冬哥　新调来的拖拉机手，二十五岁

方妈妈　冬哥的母亲，五十七岁

方老爹　冬哥的父亲，比他的妻子大十岁左右

刘　翔　血防站副站长，医师。二十八岁

刘　辉　医学院毕业生。二十二岁

秦文佩　护士。二十四岁

李根香　合作社主任。三十五岁

李大爷　李根香的父亲。社干部，六十岁

赵黑牛　冬哥的助手，徒弟，十六岁

江院长　上海医学院院长，五十岁

余先生　中医，六十岁

张书记　县委书记。四十岁

农民们　（寡妇，赵二婶，农民甲、乙、丙、丁）

医生和护士们

国民党官兵各一个

伪地保一人

壮丁四五人

序　幕

[音乐起。幕在音乐声中缓缓启。

[舞台上是一片茫茫的夜色，野冢累累，断壁林立，虽已仲春天气，春天仍无消息，只有桥下一株将萎的老梅，独自残留着一两枝苍白的花蕊，在寒风中摇曳。

[逃难的行列，在沉重悲怆的音乐声中，扶老携幼缓缓走过。他们衣衫褴褛，形容枯槁，大腹便便的晚期血吸虫病人，时有可见。

[少顷，音乐渐低，一个苍凉的声音，随着如泣如诉的二胡声唱起来：

“唱起歌来哭哀哀，双塔山下病成灾。

多少人家田地荒，多少人家绝后代。”

[一个蓬头素服，头缠白纱的青年寡妇，从村内出来，向桥上走去，她领着一个小女孩，女孩头戴白帽，帽上缝一块小小的红布，手中提一大串纸钱和锡箔。

[少顷，方老爹一家四口从桥上走下来，方老爹的腹部隆起，满面病容，手中拄着木棍，不住地喘息，方妈妈小心地扶着他，十五岁的方冬哥肩上斜背一只大包裹，紧紧跟着，十四岁的童养媳苦妹子，胁下挟一卷黑色的破棉絮，手上提着一个破竹篮，远远地跟在后面。正当一家四口在寒风中茫然四顾，不知何去何从的时候，忽有撕裂人心的妇人的哭声传来。

[方老爹气喘得更急了，摇摇欲倒，方妈妈连忙扶他向土地庙前的石凳走去，但没来得及，方老爹跌倒在地。

方妈妈　冬哥爹，冬哥爹。

［方冬哥放下包裹，前来帮助，苦妹子吃力地把包裹背起来。

［桥上出现了一个挑担子的青年，见状急放下担子，帮忙把方老爹扶起，让他坐上石凳，靠在自己身上。

方老爹　（醒来）你是谁？

青　年　跟您一样，我是一道逃荒出来的。（向方妈妈）想法弄点水来吧！

冬　哥　我们家里活不下去了，那儿闹大肚子病。

方老爹　没有饭吃带着一家老小就逃出来了。

［青年一旁休息。

方老爹　冬哥妈，我不行了，你带着他们快走吧。

方妈妈　不，我们死也要死在一块儿。

方老爹　冬哥妈，冬哥是我们方家命根子，你要好好照顾他，苦妹子，你从小就到我们家来，从没有把你当作童养媳看，一直把你当亲生女儿一样，往后你们要好好过日子，冬哥妈，让他们早点儿成亲吧，你能抱个孙子就有靠头了。

方妈妈　你说这个干什么？苦妹子，你去想法子弄点水来。

［苦下。

方老爹　（对妈）你去看看这是什么地方？（对冬）你也去看看。

［寡妇上。

方妈妈　老乡，这是什么地方？

寡　妇　（注意到方老爹，惊）你们怎么上这儿来了，你们没看见这儿到处都是坟，几十里也碰不上一个人，这儿大肚子病可厉害了，这儿人都快死绝了。（说不下去，一手掩面）

［大家目送，歌声又起：

“唱起歌来哭哀哀，双塔山下病成灾，
有男不娶双塔女，有女不到双塔来”

方老爹　（绝望地）老天爷呀，我怎么走这么多路还没有走出这块地方。冬哥，你带着妈、苦妹子快走吧。

［枪声自远处传来，远处出现火光。

［大家慌乱。

方冬哥　（急上高坡，喊）苦妹子，苦妹子。

方老爹　（向方妈妈）你去，去看看。

方妈妈　（也走到高坡上，喊）苦妹子，苦妹子。

［方老爹趁他们都不注意，踉跄地走上了桥，突然“扑通”一声，他跳下河去，接着响起一片水花四溅的声音。

［大家一愣，那青年跳上桥头，向下一望——音乐大作。

青　年　（惊）哎呀，老大爷！（也跳下去）

［方妈妈惨叫一声，向前走了两步，摇摇欲倒，被儿子扶住。

方冬哥　妈，妈。

［少顷，方妈妈终于醒来，摇摇晃晃地向桥头走出。

［音乐戛然中止，桥上出现了那个青年，他全身水淋淋的，抱着方老爹的尸身，一声不响，方妈妈呆住。

［长久的沉默，青年放下尸身。

方妈妈　（突然放声恸哭）我的天哪！

［歌声：“唱起歌来哭哀哀，双塔山下病成灾。

爹爹死了没人埋，孩子儿死了没人抬。”

［犬吠，人声，自远而近，接着在不远的地方响起了两声清脆的枪声，几个难民匆匆跑过去。

一难民　（向青年）还不快跑，小伙子，抓壮丁了。（下）

青　年　（惊）抓壮丁了？快走，快走。（挑担子）

冬　哥　（哭声）苦妹子……

［又一声枪响，更近了，人声也更加嘈杂。

[方妈拉着儿子,跺脚。

[三人过桥去。

[伪地保带一个国民党的下级军官和一名士兵追着一群难民过桥去。

[人声渐低,苦妹子端水上,一看人没有了,惊慌,水碗落地。

[桥那边有吆喝声,皮鞭声,苦妹子急忙藏在一堵断墙后面。

[军官、士兵和地保押四五个壮丁从桥那边走回来过场,壮丁们被绳子捆在一起,其中也有那个挑担子的青年,现在他的担子没有了,脸上有血迹。

[台上渐暗,壮丁们过去了,苦妹子走出来,望望他们的背影,又望望四周。

[远处传来若隐若现的歌声:

"唱起歌来哭哀哀,双塔山下是苦海,

可怜壮丁抓了去,一生一世回不来。"

[夜风萧索,春寒料峭,苦妹子伏在方老爹尸身上恸哭。

[舞台全暗。

第一场

[十年后的一个秋天,黄昏。

[秋高气爽,阳光明亮,稻穗流金,枫叶呈丹。

[布景是一间宽大而敞亮的房子,过去是地主祠堂的一座侧殿,正面是一个四扇屏风门,门两旁是两排高大的窗子,门窗上都雕满了好看的、古老的图案,全部打开来。可以容纳充足的阳光,还

可以一直望出去，望见外面的大路、河流、远山、塔影、白帆和县城的一角，包括在阳光中闪闪发光的、新建的县委大楼。左侧是一排雕花的隔扇，有门通正堂，右侧有扇形的窗子和一偏门，窗外老梅一株，绿叶成荫。室内家具简单，其中有两三件是白色的医院用具，尚未安排停当，有些空荡的感觉。

［开幕时，窗门紧闭，但看得见外面是阳光普照的世界，通过窗棂，射进了一道道白色的光束。少顷，外面有人声，接着有人推开了正面的大门。

［社主任李根香——一个中年妇女，身体健壮，性格豁达，一只手扛着一张木牌子，上面系着红彩绸，别一只手拿着一杆稻叉，后面跟着几个农民，抬着桌椅。

李根香　放在这儿吧。（打开所有的窗子，室内立即明亮起来）

［李大爷自窗外过，他年近六十，但看来比年轻人还有劲。

李大爷　快去抢收呵，有劳动力的都去呵！（向窗内）根香，医生还没来？

李根香　没呢。

李大爷　你自己不来，还把我们人也抽来。气象站有通知下午天靠不住，你不知道哇！

李根香　就来了，爹。（向农民）把这儿副门板扛进去。

［李大爷下，农民们扛门板入内。

［赵二婶拿热水壶和饭碗上。

赵二婶　放哪儿啊？

李根香　放这儿吧！

［外面有人喊："医生来了"，大家下。

［一农民扛两件行李上，然后，李根香引秦文佩与刘翔上。

李根香　（向跟来二群众）快去抢收吧，有什么好看的！（向秦）你们就这一点行李？

秦文佩　在后边呢。

李根香　你们看，牌子都给你们写好了，（把竖在墙上的一块木板翻过来，上面写着“血吸虫病防治站”）这儿是办公室，这儿是宿舍，那是病房。

刘　翔　这儿也是吗？

李根香　都是，里边还有好几间呢。

［刘翔走进去。

李根香　这就是你们站长吗？

秦文佩　不是站长，是副站长，他医道可好了。是省城有名的医生呢。

［天渐暗，阳光隐去。

［外面有个女人的声音喊：“根香姐，根香姐！”大家回头，苦妹子上，我们几乎不认识她了，她不再是个小姑娘，从神态到装扮都已变成了一个农村少妇，看来身体很不好，有些病态，腹部也微有隆起。行动迟缓，两只大眼睛里流露着惊慌和忧虑。

［秦文佩是个热心肠的护士，刘翔是个看来颇有修养的医生，有深邃的眼睛与宽阔的前额，还有一双经常洗得雪白雪白的手。

苦妹子　根香姐，医生来了？（略略有些迟疑）怎么办呢，他，他今天更厉害了，两眼直往上翻，话都说不出来了。

李根香　真的？别着急，过几天等医生们安排好了，就去给他看。

秦文佩　谁病了？我去看看。

李根香　她男人程老四也是（指牌子）得的这个病，躲在床上好几年了。

秦文佩　好几年了？（迟疑）

李根香　是啊，可不容易了，男人下不来床，里里外外都靠她一个人张罗。

苦妹子　（企求地）医生。

秦文佩　你等一等。（向内）刘医生。

［忽然锣声，人声大作，有人喊：“要下雨了，快去抢收啊，有劳动力

的都去啊！”

李根香　（看天）糟糕，天要下雨了，田里正在收稻。（慌忙拿起稻叉）

苦妹子　唉！真急死人，人病在床上，稻烂在田里。

［罗舜德挑着担子，我们可以看出来，他就是序幕中那个挑担子的青年，十年不见，身体更魁梧了一些，但还是那么质朴，那么平易近人，他穿一条已经褪成白色的军裤，一件蓝老布中式上衣，光着头。脚下穿着一双草鞋，担子一头是两只大木箱，一头是些行李杂物。箱子上画着酒杯，写着“轻放”和“勿倒置”的字样。

［苦妹子给他让了下路，然后下。罗舜德忽然觉得眼熟，回头注视。

李根香　苦妹子，苦妹子，（向李）爹，她不行啊，你没看出来，她的病也不轻了。（急追下）

李大爷　抢收嘛，马上要下雨，稻子不赶快割下来，就要烂在地里了。

秦文佩　这……

刘　翔　我们没有人。

李大爷　没有人？你们不是人啊？

刘　翔　我们下田去啊？

李大爷　不下田，粮食收不回来，大伙儿都得喝西北风。

秦文佩　哎呀，老大爷，您可不能这么说，我们不是不去，是不会呀。

李大爷　不会，你们吃饭会不会？

罗舜德　哎，老大爷，别急，我跟你去。

李大爷　好，你来了。

罗舜德　好，你先去，我马下来。

［李打量罗，下。

［雨开始落下来。

罗舜德　你们的行李，下面是县委张书记让我送来的药。

刘　翔　请放在这边儿吧。

罗舜德　好。（把东西挑过来，放好，拿起扁担要走）

刘　翔　哎，慢着，多少钱？

罗舜德　什么多少钱？

刘　翔　你担行李的脚钱啊。

罗舜德　（摇摇头，笑笑）不要钱。（迅下）

秦文佩　我们不去不好吧。

刘　翔　算了，我们去了也插不上手。（开始收拾东西）

［秦拿东西入内，雨声淅沥可闻。

［县委张书记与上海医学院的江院长一先一后上，张戴大草帽，江穿雨衣，另外还打一把黑布伞。

张书记　你们都到了？没淋雨吗？

刘　翔　（抬头）张书记。

张书记　你看谁来了？

刘　翔　（惊奇）江院长，您怎么来了？

江院长　没想到吧，我是来开会的，能够下来要工作很好呵，（看看四周）这儿条件不错嘛。听张书记说，你这里有一份调查材料。

刘　翔　（从皮包里拿出两份）您是说这个吗？我在路上翻了下，只能说是一份社会情况调查，医学上恐怕没什么价值。

江院长　哦？

张书记　可是我们县委这次制定计划还多亏了它哩，（向江）它已经把附近几个县的血吸虫病流行情况，都基本上掌握了。

江院长　那不容易啊！（看封面）这是什么人写的？

张书记　罗舜德，一个复员军人，在部队当过几年卫生队队长，抗美援朝参加过反对细菌战的战斗。复员以后一直在附近几个县里搞群众工作，路跑得很多，这份调查材料还是他挤业余时间搞的呢，你看看就知道了。确实是下过一番功夫的。

江院长　借给我看看。

［李大爷手持稻叉，李根香扶苦妹子上，后面跟着几个农民，大家都水淋淋的。

李大爷　（大声）你还说呢，我淋着大雨站在稻堆上等，可等来等去接不着，半天也不上一把来，我真是气极了，骂了两句祖宗，可谁知道是她呢？一来一看，人都昏过了，手里还抱着这杆叉呢。

李根香　还说呢，批评了多少回了，别骂人，别骂人，就改不了。

李大爷　我怎么知道是她呢。（气鼓鼓地坐在一旁）

张书记　江院长，你看会不会是血吸虫病？

江院长　有这个可能。

［翔将听诊器给江，江听。然后三人到一边去研究，苦妹子挣扎着要站起来。

李根香　你又要干吗？

苦妹子　李大爷呢？稻把还没堆起来呢。

［群众怀着沉重的心情下，室内笼罩着一片悲哀的气氛。

张书记　（向江、翔）你们都看见了，血吸虫病不但威胁着人民的健康和生命，也影响生产和生活。妇女不生育，青年不生长，活着的没有生趣。我们要建设社会主义，可是在这里——江院长，希望以后你多给我们些帮助。

江院长　一定，我今天才真正体会到中央为什么要下这么大的决心。怎么样，你们打算怎样开始？

刘　翔　（摇头）很难。

江院长　是啊，很艰巨很光荣啊。

刘　翔　（沉思）江院长，你说——血吸虫病真能消灭吗？（感到江的诧异的眼光）你觉得奇怪，但这是事实，从第一天开始，我就在为这个问题苦恼，想不到的，可是必须去做，而且看来又确实要做到。

江院长　我不十分懂得你的意思。

刘　翔　在外国，也有不少知名的学者，想把血吸虫病消灭，可是无结果，这您是知道的。

江院长　你认为我们将来也会毫无结果吗？

刘　翔　根据这份材料看，这一个县有肚子大起来的晚期病人就在五千人以上，多少张病床，才能治完这些病人？即使这些人真的治好了，又有什么用呢？粪便里还是有虫卵，河水里还有钉螺，农民又不能不与河水粪便接触，一接触，不还是要感染吗？

江院长　是的，你问得很好，但是我们应该做回答问题的人，并且，在这方面我们不能交白卷。

刘　翔　你认为——可以消灭？

江院长　我想你我都会有这样的体会，时代不同了，很多过去认为不可能的事，现在都可能了。

［张书记兴冲冲上，秦文佩也端灯上，室内明亮。

张书记　（向翔）刘翔同志，准备吧，我们很快就要开展工作了，上海也要派人来支援我们，今晚就有人来，你们需要的东西县委马上会给你们，罗舜德同志哪儿去了？

秦文佩　谁呀？

张书记　罗舜德同志，你们的站长。

秦文佩　没来。

张书记　（看见药箱）这不是卫生员发给你们的药吗？我叫他给你们送来的呀？

刘　翔　这是个老乡送来的。

张书记　给他们物色这么个干部真不容易，又懂业务，又有工作能力，人家硬是不肯放，官司一直打到省委，走吧，时间不早了，我们该开会去了。

江院长　刘翔再见。

张书记　有什么困难,有什么问题随时来找我。

［张、江下,翔走回桌前,拿起材料正本。

秦文佩　我们站长叫什么名字?

刘　翔　罗舜德。

秦文佩　(看药箱)哎呀,他不会就是刚才那个挑担子的人吧。

刘　翔　挑担子的?

秦文佩　不就是他刚才给送药来的吗?

刘　翔　(笑了)那是个老乡,帮忙给挑东西的,你没听说?那是个得力干部,为了调他,官司都打到省委了。干部挑担子?亏你想得出。

秦文佩　又懂业务,又有工作能力,这可太好了。(赞叹)

［二人在灯下翻看,罗舜德浑身污泥,提着一根稻叉,和一个打理得非常整齐的背包上,秦轻轻碰了翔一下,二人开始注意。

罗舜德　(不声不响地把稻叉和背包放好,然后走过来)你是副站长吗?(向秦)你是秦文佩同志?

刘　翔　(跑到大门外看看,回来问罗)那位罗舜德同志怎么没来?

罗舜德　我就是罗舜德。

［翔、秦二人相顾惊愕。

［灯骤暗。

第二场

［灯渐亮。

［夜深人静,月光如水,一片片浮云在碧空中移动。

[油灯下，刘翔仍在写着什么，秦文佩在收拾东西，站内已整理得很整洁了。

[外面一个男中音。轻轻唱起一首民间小曲。

秦文佩 刘医生，给谁写信？

刘　翔 我妹妹。

秦文佩 刘辉？怎么？你想叫她也来？

刘　翔 不，她在上海医学院将毕业，还是先在那边工作一下好。

秦文佩 我跟她中学就同学，她的脾气我可知道，她要决定干什么，谁也拦不住。

刘　翔 这么晚了，谁还在唱？

秦文佩 （笑）那位罗站长，他一个忙着在厨房里烧开水呢。

刘　翔 都快半夜了，还烧什么开水？

秦文佩 不是说今晚可能有上海的医生来吗？

[翔继续写，李根香匆匆上。

李根香 （焦急地）秦同志，刘医生，麻烦你们一下，抓点什么药给她吃吧，想法子叫她怎么也熬过这一宵去。

秦文佩 谁病了？

李根香 苦妹子，她自己有病，又摊上这种事儿，我看她有点熬不住了。

秦文佩 她还在哭？

李根香 哭倒不哭了。可是她男人刚死，就躺在跟前怎么受得了。

[罗舜德上。

刘　翔 不能另找个地方睡吗？

李根香 （为难）我叫她到我家去，她怕我家老人家忌讳，说什么也不肯去。

刘　翔 （想，向秦）要不你给她一点镇静剂叫她带回去吧。

罗舜德 （插进来）最好我们有一个人去一下，必要的时候，干脆叫她到这儿来过夜，反正我们没人忌讳，你们看呢？

李根香　那再好也没有了。

刘　翔　（向秦）你去一下吧。

秦文佩　好。（向箱中取药）

罗舜德　你还没睡？

刘　翔　没呢，也许上海的医生就来了。

刘　翔　对了，你写的那份调查报告我看了。

罗舜德　你给我提意见吧，我从小没念过书，这还是到部队以后才学的。

刘　翔　你参军很久了吧？

罗舜德　四七年，国民党抓壮丁，我逃出来以后，就参加了我们部队，从四七年到现在。听说了吗？县委要我们开始收治病人。

刘　翔　是呵，太仓促了，全县几十万人口，光是查一次粪便，恐怕也来不及，还有预防方面的一些准备工作，我们人手不够。

罗舜德　再晚不行了，病人等不及，生产也等不及啊，春耕以前非开始不可。

刘　翔　要治完八万病人，任务太艰巨了，还可能感染，恐怕不能解决问题。

罗舜德　你说怎么办呢？

刘　翔　消灭钉螺，因为钉螺是血吸虫病的媒介，如果集中全力突破这一环，也许可以解决问题。

罗舜德　那病人呢？

刘　翔　病人治不治疗倒不特别重要，按照流行病学的观点看来，人、粪便、钉螺，在传播血吸虫病的作用上，是一样的，集中精力消灭钉螺，这样才能根治血吸虫病。

罗舜德　（稍停）我不十分懂你的意思，钉螺要消灭，可病人不能不治，不管怎么说，眼看着这么多病人不治，总不是办法。

刘　翔　（拿出一本书）这是上海一位高教授写的，他是我的老师，一位流行病专家，研究血吸虫病已经很多年了，你可以看看。

罗舜德　我要看，不过——

［忽然，一声女人的尖叫传来：“啊，蛇，蛇！”

罗舜德　（惊问）谁？（跑到门口张望）

刘　翔　（端灯，向外照）怎么回事？

罗舜德　有人被蛇咬了。（下）

［刘翔急忙打开药箱拿药，一个老乡一手提行李，一手扶刘辉随罗上。刘辉是个上海的女孩子，很聪慧，也很倔强，但到底是个孩子，有时又不免容易动感情，她手中提一只小帆布旅行袋，惊魂未定。

老　乡　刚从上海来的。

罗舜德　咬着没有？

刘　辉　（借着灯光看见走过来的人），没有，哥哥。

刘　翔　（也惊）小妹！是你？你怎么来了？

刘　辉　你怎么也来了？（把旅行袋一扔）哎呀，哥哥。（要扑过去）

刘　翔　（一手遮住灯）哎，小心灯。（罗急接过去）

老　乡　好，我走了。

刘　翔　谢谢你。

［又有几个医生上，罗招呼到里屋休息。

刘　辉　（高兴地抱住刘翔）哥哥，你真的调来了？多好啊，这下子妈妈可以放心了。（罗下）

刘　翔　（拉开她）好好的，别像块牛皮糖似的，上星期我给你写过一封信，你没收到吗？为什么不回信？

刘　辉　你问我，我还没问你呢，你多久到这儿来的？怎么不告诉我？

刘　辉　（把刚才写的东西拿出来）我正想给你拍电报呢。

刘　辉　（奇怪）拍电报？（念）千万勿下乡——为什么？

刘　翔　我问你，你怎么会分配到这儿来的？

刘　辉　这我怎么知道？

刘　翔　一定是你自己先请求的。

［刘辉不响。

刘　翔　你呀！（生气地把书本向桌上一甩，急促地徘徊了两趟，停住）谁叫你去请求的？

［刘辉答非所问。

刘　翔　跟你说，分配工作的事，一定别忘了跟我联系，可你——你看看，这是什么地方？这样的条件，（心烦意乱）来的时候见到高教授吗？

［刘辉摇头。

刘　翔　（走来走去）你为什么不去找他，他答应过想办法留你在学校工作的，唉，上海医学院条件多好！实验室的设备，图书馆的藏书，哪一样不是全国第一流的？许多专家、教授，都在那里兼课，这对你的前途，你的进步，多么有利？可是你——就这么，感情一冲动，把什么都搞糟。

刘　辉　现在还说这个干什么？

刘　翔　（想自己的主意）不，你先在这儿住几天，我再写封信给高教授，也许还能挽回。

刘　辉　不，你别写，哥哥。

刘　翔　为什么？

刘　辉　不能挽回了。

刘　翔　（明白了他的意思，气又冲上来）又上来那股子傻劲儿了？！

刘　辉　（执拗地）你干吗一定要我回去嘛？我不，我就不。

刘　翔　（大声）哦，什么事都由着你？

刘　辉　（也大声）是我自己的事嘛，干吗要你替我作主？

[翔被刺痛，沉默。

[外面传来罗舜德的歌声。

刘　翔　(有些心酸)翅膀硬了，有了工作地方。嫌哥哥管得多了。

[刘辉把头埋在哥哥的手里。

刘　翔　(爱抚地)也许我管得太多了，不过有一点你要了解，我总是为你好，你再想想吧。(站起来)我去给你安排个休息的地方。(走)

刘　辉　哥哥！(刘翔停住)你要是真为了我好，最好你马上给妈妈写信。

刘　翔　写什么？

刘　辉　你告诉她——我在这儿，很好。

刘　翔　(烦)随你吧，将来后悔了，别冲我哭鼻子。(下)

[刘辉望着刘翔走了，回头，四周望望，这时，室内外一片安静，柱子的巨大黑影在墙壁上摇晃着，窗外明月照人，她慢慢地陷入沉思。

[罗舜德端一盆水上。

罗舜德　(在柱子后面发现刘辉)洗洗脸吧。

刘　辉　(惊觉)谢谢。

罗舜德　你们来，我们很欢迎啊，就是怕你们做不惯。

刘　辉　那倒没什么，就是怕我将来能不能在这儿工作——(把毛巾一丢)还不一定呢。

罗舜德　为什么？

刘　辉　我哥哥不答应，他是为我好，这我都知道，可是他想得不对，我是个青年团员，我不能——(不愿再说下去)

罗舜德　你现在打算怎么办呢？回去？

刘　辉　(忧愁地)我不知道，也许只好这样，(烦恼地)你不知道，我的脾气犟，他比我还犟。

罗舜德　那么说，你准备妥协了？

刘　辉　(惊)妥协?

罗舜德　不是妥协吗?随便看看,那边有灯光的地方,(有深意地)你知道是谁在那儿工作吗?

刘　辉　(感觉到)谁?

罗舜德　一位中央首长,在那儿召开会议。

刘　辉　中央首长?

罗舜德　嗯,他也是为了要消灭血吸虫病才到这儿来的。

刘　辉　跟我们一样?

罗舜德　是的,跟我们一样,你知道吗?这个病不光我们这一带的,长江流域和长江以南的十二个省市都有,全国有一千万人生病,一万万人受到威胁,情况十分严重,现在合作化运动高潮已经到了,条件具备了。

刘　辉　我要斗争,需要他支持,走,你带我去。

罗舜德　不用了,如果就是这一件事,现在他已经知道了,并且,他愿意支持你。

刘　辉　什么?你就是——

罗舜德　认识一下吧,(伸出手来)你叫什么名字?

刘　辉　(握手)我叫刘辉。

罗舜德　我叫罗舜德,县委派我来和你哥哥一道负责这儿的工作。

[刘翔的声音:"小妹,小妹。"

刘　辉　哎,来了。(下)

[秦文佩上,直奔桌前端灯。

秦文佩　李主任,你慢点走。

[端灯下。

[室内全暗,月光画在建筑物上的剪影,古老有窗棂图案,配着屋檐上垂下来的丝萝,像一张美丽的剪纸。

［少顷，李根香扶苦妹子上。

李根香　慢慢走，怎么连个灯也没有？

秦文佩　（声）李主任，我在里边铺床呢，你等一会儿，我就来。

李根香　你在这儿等一会儿，我到里头去看看，衣裳你拿着。（把一件衣服交给苦妹子，入内）

［苦妹子拿着衣服，无力地靠在一根柱子上，月光照着她瘦削的肩膀和苍白的脸。

［音乐声起。

［少顷，苦妹子发觉有人。

罗舜德　你来了，坐坐。

［沉默。

苦妹子　来了，麻烦你们了。

罗舜德　听说你不是本地人。

苦妹子　我老家是江西玉山，出来十年了。

［又沉默。

罗舜德　玉山人，那咱们还是小同乡呢。

苦妹子　你也是玉山人？

罗舜德　你听说过没有，在玉山东门外有个姓罗的木匠，叫罗老爹的？

苦妹子　听说过，听说他也是得的这个病后来上吊死的，还听说他一家七口都死在这种病上了。

罗舜德　那就是我爹，现在不会再有这种事了。

［又沉默。

［秦文佩在内，露出半个身子。

秦文佩　苦妹子，你去歇着吧。

［罗过去端灯，回身，与苦妹子灯下相对，详视半晌。

罗舜德　你？

苦妹子　你？

罗舜德　没有认错吗？十年以前，有位姓方的老大爷。

苦妹子　没有错，那是我公公，在这里跳河死了。

罗舜德　还有位老妈妈，和一个男孩子呢？

苦妹子　（摇头，泪水盈眶）就那次分散以后再也没找着。

罗舜德　那么你现在？

苦妹子　（哽咽）后来我讨了两年饭，日子实在没法过，只好又嫁了人……（哭出声来）

［秦文佩与李根香急出。

罗舜德　（向秦）床铺收拾好了吗？扶她进去吧。

苦妹子　（忍住泪）同志，医生，你们说，我的病还能治好吗？

李根香　看你说的，怎么不能呢？

苦妹子　可老年人都说，这是神仙也难治好的病，从来就治不好的呀。

李根香　你别信那些，能治好，准能治好。

苦妹子　（向秦）医生，真能治好啊？

秦文佩　这……

［电话铃响，罗接。

罗舜德　喂，我是呀，哦，张书记，你们还在开会？已经下半夜了，那份调查材料不是江院长带去了吗？……要我口头汇报？……啊？什么？中央首长？谁？毛主席！

［《东方红》音乐起，大家怀着无限的感激与崇敬，望着远处县委大楼上闪着灯光的楼窗，罗放下电话，向窗口走去。

［苦妹子紧紧地抱住李根香。

［幕落。

第三场

[冬尽春来，寒梅吐艳。

[布景是殿外的庭院，观众可以看狗崽子走廊，扇窗和殿角，另一侧有好看的月亮门，墙下有新砌的石凳和一株盛开的老梅，满树绚开的白花，正散发着扑鼻的异香，走廊上放着一张桌子，上面放着病历和温度计。

[幕启：锣鼓声自远而近，医生与护士四五人跑出来看，刘翔也推开窗子向外看。

[罗舜德迎出去，李根香率领着一队病人上，前面有几个干部拿着感谢信、保证书，医生和护士鼓掌，罗舜德把他们引入室内。

[秦文佩把病人拉住。

[一队病人弯弯曲曲地站在走廊上，高兴地谈笑，刘辉也出来帮忙维持秩序，锣鼓紧一阵慢一阵地敲打着。

[罗舜德和李根香出来。

刘　辉　李主任，你们真有意思，送病人来也敲锣打鼓，跟过节一样。

李根香　毛主席号召消灭血吸虫病，是件大喜事，我们社里又是你们的第一批病人，怎么能冷冷清清没点动静呢？

罗舜德　这上面画了圈的都来了？

李根香　嗯，（又向辉）你们加油干吧，我们说好了，将来等你们站上医好最后一批病人的时候，还要给你开庆功会，唱歌，演戏呢。

刘　辉　还演戏？那可太好玩了。（走开）

秦文佩　李银发小组是哪些人？跟我来。（一群人随下）

罗舜德　怎么不对啊？

李根香　哪儿不对？

罗舜德　一共五十个人，现在连四十个也不到嘛。

李根香　哦，对了，有几个社干部跟拖拉机站的人，一起开会跟我们社订合同计划春耕的事。

罗舜德　不来的（又指名单）这十几个都是干部吗？

李根香　不全是，也有别的原因。

罗舜德　什么原因？

李根香　原因很多，从这次动员中暴露出来的情况看，主要是怕耽误生产，也有的怕治了半天又断不了根，白耽误事儿。

罗舜德　这倒是问题呢，走，我跟你到乡总支去研究一下吧。

［二人欲下，刘翔上，手拿一小瓶。

罗舜德　老刘，你到哪儿去了？我找了你半天。

刘　翔　查螺去了。高教授要试验一种杀灭钉螺的药物，写信来叫我帮忙。

罗舜德　今天这样忙，你不在，这可不大好呵。

刘　翔　实在因为他等着要，等不及了，以后我注意就是了。

罗舜德　病人都来了，快去看看吧，忙了这一阵子总算有成绩了。（与香下）

秦文佩　（上，向最后几个病人）只有你们几个人？

群　众　他们在干活。

［廊上病人渐渐登记完，走进殿内，空场。方冬哥拉着赵黑牛从月亮门里走进来，十年以后的方冬哥已长成个浓眉大眼的大汉子了，他长得很结实，浑身充满活力，但不爱说话，生人面前还有些羞涩，是个内向的人。相反的，他的助手赵黑牛却是个爱说话的，又调皮又稚气的孩子，手中拿一根竹笛儿，不时放在嘴唇上飞快

地吹出一串音符来。

赵黑牛　师傅，瞧你，站在拖拉机上倒挺威风，一下地这……

方冬哥　叫你去你就去吧，看这个啰嗦劲儿。

赵黑牛　哼，就会冲我发脾气，一见女同志就泄了气。看我的。

［刘辉在赵黑牛说话时上，坐在桌前写病历。

赵黑牛　（走到辉跟前，先咳嗽两下）同志。

刘　辉　（抬头）你怎么来晚了？你叫什么名字？

赵黑牛　我？叫黑牛。

刘　辉　我问你的大名。

赵黑牛　大名叫赵黑牛。

刘　辉　张开嘴。

赵黑牛　干吗？

刘　辉　试试温度，看看发烧不发烧。

赵黑牛　我又没有病，干吗给我试温度？

刘　辉　小同志，上次宣传大会你没来听是不是？这种病在早期的时候，病人都觉得自己没病，其实呢，血吸虫早就钻到你血管里去了，你如果现在不治，将来到了晚期，肚子就要大起来。

赵黑牛　哎呀，肚子要大起来的呀？

刘　辉　是啊，到那时候肚子有了腹水，就不好治了，懂吗？

赵黑牛　懂了。

刘　辉　好，那就来吧。（把温度表塞进赵黑牛口中）

［赵黑牛为难地回头看方，方着急地向他做手势。

刘　辉　（看见方）你叫什么名字？快来试温度吧。

方冬哥　（窘）不，同志，我，我没有病。

刘　辉　你看，又是一个开会不到的，我们唾沫都讲干了，你们还是老说没病没病，别啰嗦了，张开嘴巴。

［举起温度计。

方冬哥　我没有病，真的没有病。

赵黑牛　他——

刘　辉　不要说话，当心弄坏温度表。（向方）来。

赵黑牛　（索性拿出来）不是，同志，他是我师父。

刘　辉　不管是谁，是病人，都是试温度。（把赵黑牛的温度表塞回口中）

方冬哥　不，同志，我是来找站长的。

刘　辉　我知道，今天已经有好几个人来找站长了，站长都没有答应，他说名单安排好了，谁也不能不来。

方冬哥　可我们不在名单啊。

刘　辉　不在名单？那你们来干什么？

［刘翔上。

刘　翔　什么事？

赵黑牛　你是站长吗？

刘　辉　他是副站长。

方冬哥　（把黑牛拉到一边去）一样，（向翔）副站长，我叫方冬哥，是调到这儿拖拉机站工作的，可是我母亲很怕这个血吸虫病，我到这儿来，她很不放心，想请您给想个什么办法，跟她说说。譬如说，跟她讲讲，怎样预防就能不得病，有了病也能治得好，就这样吧，把这些道理多跟她讲讲，她就不会有顾虑了。

刘　翔　（和颜悦色）对不起，我们现在刚刚收治病人，很忙的，没有时间。

赵黑牛　你讲完了，走吧。

［方冬哥垂头向外走。

［苦妹子自内出。

苦妹子　小刘医生，这是怎么回事？他们说没有我的名字。

刘　辉　谁说的？

苦妹子　秦同志说，不是你跟我说，叫我第一批就来的吗？

刘　辉　也许名字弄错了。你别着急，在这等我一会儿，我去替你查查看，小同志，你跟我来吧。（下）

［赵黑牛挣脱方的手，不满地看了他一眼，也下。

［苦妹子被那梅花吸引住了，向树下走去，但方冬哥的尖锐的目光使她有些不安。

［室内传来笛声，黑牛吹起“唱起歌来哭哀哀”的调子。

方冬哥　（低声）苦妹子。

［苦妹子惊，后退。

［半晌。

方冬哥　不认识我了？

苦妹子　（跌坐在梅树下的石凳上，几乎没有声音的）真是你？冬哥？

方冬哥　苦妹子。

苦妹子　冬哥。

方冬哥　（高兴）你怎么还在这儿？

苦妹子　（也高兴地）你也是逃出来的？

方冬哥　逃出来的？什么逃出来的？

苦妹子　你那年不是给抓了壮丁了？

方冬哥　没有呵，谁说的？

苦妹子　没有？真是谢天谢地。

方冬哥　我当是一辈子见不着你了。

苦妹子　坐，坐吧。

方冬哥　坐。

苦妹子　真快，都十年了。

方冬哥　十年没见，你变了。

苦妹子　你也变了，成了大人了。（踌躇了一下）

方冬哥　你给谁戴孝?

苦妹子　(黯然)我男人,他死了。(流泪)

方冬哥　(由衷地)别难过,我调到这儿来不正好能照顾你吗?对了,妈也来了,她要知道你在这儿,一定也很高兴。

苦妹子　妈也来了?

方冬哥　那年我跟妈是一路要饭要到省城去的,后来妈给人家缝穷,我就当小工,卖苦力,一直到解放以后,生活才好起来……你不知道,这些年我多想你,苦的时候想,日子好过了,也想。我们到处找你,托人打听你,可是一点音讯也没有。

[苦妹子低头,背过身去。

[黑牛与刘辉上。

[微风吹过,花瓣落了苦妹子一身,方为她拂去。

[赵黑牛又飞快地吹了一串音符。

方冬哥　(急分开)黑牛,快去叫我妈来,你就说——她在这儿。

赵黑牛　谁呀?

方冬哥　对,我自己去。(走两步,回身对苦妹子)你别走,我就回来。(下,牛喊着"师父,师父"随下)

刘　辉　(走到苦妹子跟前)你认识他?

[苦妹子羞涩地说不出话来。

刘　辉　我知道了,他就是你常常说起的那个方冬哥是吗?

[苦妹子点头。

刘　辉　这下你可好了。

苦妹子　(刚沉浸在欢乐中,忽然一怔)不,不。(走)

苦妹子　(半自语地)你说,我能吗?我嫁过人,身上还戴着孝——不,我得去跟他说,不能这样。

刘　辉　这有什么?你嫁过人,可是人不在了。

苦妹子　我有病。不能拖累别人。

刘　辉　苦妹子，（苦停住）有病怕什么？你不是来治了吗？我刚才已经给我哥哥说了，他正在给你查呢，不会没有你名字的。

苦妹子　（六神无主）小刘医生，我心里……我说不出来，就像做梦一样……你说，真的一个月就治好了？

刘　辉　你看你，这还能假了？

［秦文佩开窗。

秦文佩　小刘医生，刘医生请你去一次。

刘　辉　你看，这不是查出来了？快别瞎想了。（下）

［苦妹子望着刘辉去了，渐渐安静下来，拾起石凳上的一朵落花，幸福地微笑着。

［远处笛声悠扬。

［方妈妈匆匆上，她头发已白，慈祥中露出严峻，衣衫整洁。

方妈妈　哪里？哪里？

方冬哥　在这儿。

［二人正遇个照面，都愣住，相互打量。

苦妹子　妈。

方妈妈　苦妹子。

苦妹子　妈。

［方冬哥上。

方冬哥　妈，你怎么啦？她就是苦妹子呀。

方妈妈　（抱住苦妹子）我的好孩子，这几年可苦了你了，跟妈说，这些年是你怎么过来的。那年咱们娘儿们走散了以后，我领着冬哥到处找你。

苦妹子　我也是到处找您呀！

方妈妈　那时候这儿四边几十里看不到一家人家，到处都是乱坟堆。

方冬哥　妈，你怎么啦，见面了，老说这个干吗？

方妈妈　我真是老糊涂了。嗨，我坐在这儿干什么，这不是人家治大肚子的地方吗？走，回家去，看看我给冬哥收拾的新房子吧，多亏了合作社，给了冬哥那么两大间新盖的瓦房，四面都是绿油油的水稻田，一眼望不到边，看了真叫人喜欢，要是你爹活到解放……

［赵二婶自内上。

赵二婶　苦妹子，你的名字查着了吗？

苦妹子　（摇头）没有。

赵二婶　你不要急，你有病，他们总会给你治，社主任说了，你有病，就是这一批治不了，你也不用下地干活了，好好歇着，工分没有也不要紧，反正病到了你这样，社里总要救济的。唉！（向外下）

方妈妈　（变色）你有病？

苦妹子　是啊，好几年了。

方冬哥　走吧，苦妹子。

苦妹子　不，我不去了。

方冬哥　为什么？

苦妹子　马上就要给我治病了你们先去吧。

方冬哥　苦妹子。

苦妹子　你陪妈先去吧。

方冬哥　苦妹子……（心神不定地，下）

苦妹子　（见方不走）我得去治病了。（欲入内）

方冬哥　苦妹子。

［二人相对，略停，苦入内，方向外下。

［苦返回，望。

苦妹子　他走了。（蒙起脸来，哭）

［罗舜德自外入。

罗舜德　你怎么还不进去，在这儿干什么？（刘辉自内出）她怎么啦？

刘　辉　她从前那个方冬哥来了。

罗舜德　真的?

苦妹子　罗站长,快把我的病治好吧。

［刘翔开窗,手拿一份病历。

刘　翔　小妹,查着了。

刘　辉　(高兴)查着了?(向苦)你看,就要给你治病了。(刚要入内)

刘　翔　(上,没看见苦妹子)好不容易才查到,你猜为什么没有她的名字,老罗也在这儿,原来她是个晚期病人,不能治了。

刘　辉　啊!

罗舜德　谁是晚期病人?

刘　翔　就是这个,(辉拼命摇手,但他没看见)苦妹子呀。

刘　辉　(叫出来)哥哥。

［已经晚了,苦妹子倚住梅树,长久地沉默,刘翔也明白了这是怎么回事,感到很抱歉。

［音乐起。

苦妹子　(用颤抖的声音)晚期病人怎么样?不能治了?

［沉默,苦望望这个,又望望那个。

苦妹子　(突然爆发地)刘医生,罗站长,不,你们得给我治,你们得给我治,我不能躺在家里等死,我这一辈子靠山山崩,靠水水流,好容易才盼到今天,看看,别人都欢天喜地朝社会主义奔,可我——我还年轻,我要活着,我有两只手,我不能老吃政府的救济粮。我,我要干活!(声嘶力竭)我要社会主义!(哭)

罗舜德　老刘。

刘　翔　(摇头)她——苦妹子,你放心,我们一定给你想办法。

［苦妹子抬头望着他。

［幕落。

第四场

［夏友根、赵二婶挟铺盖迎面上，一见李大爷，停止，有点难为情。

李大爷 （惊讶）你怎么回来了，医生怎么说。

夏友根 李大爷，您先叫我去住院，一住一个月，生产怎么办？工分怎么办？

赵二婶 李大爷，您就和根香说一声吧，这回别让我们去治病了，我孩子小，丢在家里不放心。

李大爷 一个孩子，一个工分，我看你们那，不行……

夏根友 刚才我听室友说，到现在咱们队里的秧还没插完，这要耽误了得多么大的损失！

赵二婶 李大爷。

李大爷 （心里早就活动了）那——你们病就不治了？

夏根友 我们有什么病？吃得下，做得动，又不是晚期病人。

李大爷 （心里高兴）唉，真拿你们没办法，别啰嗦了，快回吧！

夏根友 你可答应了。（夏走）

李大爷 哎，放下东西忙上来啊，田里活儿可等着你呢。

夏根友 知道，您放心吧，马上就来。（下）

赵二婶 就这么说定了，李大爷，我去给孩子喂点吃的，回来跟你们一起下地。（下）

李大爷 真拿你们没办法。

［李刚要走，刘翔匆匆上。

刘　翔 李大爷，您在这儿正好，你们队里有两个病人跑了。

李大爷　（模棱两可）是吗？

刘　翔　请你一定把他找回来，这怎么可以随随便便违反住院规定呢。

李大爷　这话我也难说，从你们那儿跑出来的，我看还是你们自己去找吧。（想走）

刘　翔　哎，李大爷，这个病人可是你们生产队的队员啊。

李大爷　我的队员怎么啦？

刘　翔　你的队员，你就应该负责任嘛。

李大爷　我负责任？天底下有这种事，人住在你们那儿，你们为什么叫他跑了呢？你们负的什么责任？我还没问你要人呢！（气，走，又回来，拿忘掉的农具）

罗舜德　李大爷，早饭吃了？

李大爷　吃了？吃什么？等着明年的救济粮呢。（下）

罗舜德　怎么啦？老刘？

刘　翔　他们队里又有二个病人跑了，还跟我要态度。

罗舜德　谁？

刘　翔　夏根友，还有赵二婶。

罗舜德　什么原因。

刘　翔　还不是那些原因，老罗，我看你还是去了解一下他们的意见吧。

刘　翔　你看，站上还有几个闹着要走的。

罗舜德　我们一起去看看。

［群众上。

甲　两位站长都在这儿，跟你们谈谈吧。

乙　走吧，多一人多一份力量，（向罗）老罗，我们插秧去。

众　走吧。

刘　翔　（指着）就是他！

罗舜德　这是怎么回事，李大爷。

李大爷　夏根友他自己回来了，我也不知道。

刘　翔　你看，老罗你说怎么办？

罗舜德　（向翔）我看总的原则不动，个别情况个别解决吧。你看呢？

刘　翔　（不耐）我们管不了这许多！他们愿意治就治，不愿意治我们也没办法。

［群众开始低声议论，方妈妈从桥上走过来。

农民乙　不是这么说，医生，我们是真有困难，我——

农民丁　（不满地）阿发叔，你跟人家说这个干啥？你不治活该不治，人家才不管呢。

李大爷　（觉得自己是干部，责备地）阿根，你这是什么态度？

刘　翔　（忍不住）老罗，走。

罗舜德　（制止）老刘。（不愿群众看出来）好，你先回去吧。

［刘翔下，群众纷纷报之以不满的目光。

农民乙　老罗，不是我们不治，你看一治就是一个多月，生产队怎么办，你得给我们想个办法。

农民丙　（不满地望着刘翔的背影）肚子大的不收，净拉我们这些棒小伙子去打针。

农民丁　怪不得人家都说我们只治好人，不治病人呢。

李大爷　阿根，你这是说什么话？说话要有根据。

［大家纷纷议论。

农民丁　咦，我说错啦？眼前明摆着就有这么一个人——苦妹子。她病得这么重不给治，可偏要拉着我去打针，你们说，这是为什么？

［群众情绪激动。

［苦妹子开门急出。

苦妹子　乡亲们！乡亲们！我的病他们不是不治，是因为我的病已到了晚期，不——他们医生正在给我想办法。

罗舜德　是的，我们正在想办法，不光我们，县里，省里，都在想，就是现在影响生产的问题。我们也在想办法。（沉默）大家知道么，同志们，三个月以前，我们这里来过一位中央首长。

众　（纷纷地）中央首长。

罗舜德　你们知道是谁吗？

众　谁？

罗舜德　毛主席。

罗舜德　有一次要我向他汇报情况，他说很想知道我们这儿有多少人生了病，多少人丧失了劳动力，多少人受了这个病的折磨。汇报完的时候，头遍鸡都叫了，天快亮了。我想，他跑了这么多的路从北京来，又工作了一天，多辛苦啊，可我还唠唠叨叨地说了那么多，耽误他老人家休息了。我就站起来跟他说："天快亮了，您老人家歇着吧！"可是你们猜，他说什么？

众　说什么？

罗舜德　摆了摆手说："我睡不着。"

［长久的沉默。

苦妹子　对呀，乡亲们，他说得对，党中央的首长惦念着咱们的病，夜里都睡不着觉了，赵二婶，阿发叔，阿根哥，咱们可不能辜负他老人家这份心哪。你们病还轻，得赶紧治，这会儿不治，等到像我这样，再治可晚了。

罗舜德　李大爷把劳动力好好安排一下。

李大爷　好。

夏根友　罗站长，我回来也不是为了别的，是担心生产，现在我明白了，我就回去。

罗舜德　赵二婶，你怎么出院了呢？

赵二婶　我孩子小，放在家里没人照应。

众　　该谁去的谁去，生产上有什么问题我们自己解决。

［忽然又一农民奔上。

农　民　方妈妈，方妈妈呢？她家里有人生病了。

众　　谁病了，冬哥？

农　民　不知道，我没看见，是社主任叫我来的，说是发烧得挺厉害，都不省人事了。

众　　马上要春耕了，他一病不糟了？

众　　是啊！正用得着拖拉机呢。

罗舜德　大家别急，你去通知血防站，再去找方妈妈，别人该干活的还是去干活吧！

［大家纷纷下。

李大爷　这是怎么说的？（也下）

［苦妹子目送他们的背影，站在高处遥望。

罗舜德　（走，见苦妹子不动）你怎么不去？

［苦妹子痛苦地看了他一眼，匆匆地跑回家去。

［门“砰”地一声关上。

［音乐起，幕落。

第五场

［一个月以后，春暖花开，惠风和畅。

［布景是苦妹子家，一间整洁的屋子，但比较简陋，显得有些空旷，室内有一摇篮。

［幕启：苦妹子正摇着摇篮，哼着一支优美的小调，婴儿渐渐睡着

了，摇篮上垂着一只花花绿绿的绣荷包，正在微微摇动，气氛恬谧而安静。

［她离开摇篮，从床上拿了一件衣服轻轻给婴儿盖上，然后悄悄地拿起稻草，开始搓绳。

［李根香提一袋米上。

李根香　粮食还倒在这里？

苦妹子　怎么又送来了？上回的还没吃完呢。

李根香　你吃得太少了。

苦妹子　老是吃社里的救济粮，我又不干活。

李根香　这有什么？是说好五保户的生活全部包下来的嘛。

［拖拉机的声音响起来。

李根香　你听。拖拉机，这几天冬哥可忙着呢。

苦妹子　一个月了，黑牛到底什么病，怎么还没检查出来？

李根香　正检查呢，哎呀，你怎么还搓草绳啊？谁分配给你的？

苦妹子　不是分配的，是我自己要的。

李根香　这你就不对了，社里给你的任务，就是好好养病，你搞这搞那，身子搞坏了怎么办？

［孩子哭，苦妹子摇动摇篮。

苦妹子　你看你看，小宝多好玩，一笑，这两个酒窝，多好玩啊，怪不得赵二婶拿他当宝贝疙瘩。明天赵二婶就要出院了，（对孩子）小宝，回头妈妈就要把你抱走了。

李根香　（拿起稻草和草绳）你别再去找活干了，这个我拿走，你好好歇着吧。（下）

苦妹子　根香姐，你别拿走吧！

李根香　你给我好好养病吧。

［罗舜德上。

罗舜德　（看摇篮）睡着了。（向苦）夜里没哭？

苦妹子　没哭，跟我熟了。

罗舜德　这孩子真逗人喜欢，你给赵二婶解决很大问题啊。

苦妹子　我闲着也是闲着。

罗舜德　（离开摇篮）我来跟你商量件事，咱们县里的血防工作要搞大了，从上海又请来好多医生，人一多，血防站住不下了，想教小刘医生和秦护士到你家来住，行不行？

苦妹子　好啊，我正盼着有个伴儿呢。

罗舜德　我早知道你不会有意见。

苦妹子　他们什么时候来？

罗舜德　一会儿他们就来了。

苦妹子　乱七八糟的，人家能住？

罗舜德　能住，锻炼了这几个月，农村生活都早已习惯了。怎么样，生活上还有什么困难吗？

苦妹子　什么困难也没有，我得了这个病，吃得不比别人少，为什么一点也不能做，这样一年到头拖累着大家，我真是不愿意呀。

罗舜德　别这样，晚期病人不是你一个，我们一定要想办法治，张书记说了，也许中医有办法，要我们打算到省城去给你请个中医来。

［远处传来男女合唱的进行曲，愉快而开朗，自远而近，有手风琴伴奏。

罗舜德　（走向窗着）这是上海医学院的同学们来了。

苦妹子　来了那么多人？

罗舜德　所以，你自己要先挺得住才行，人不怕身体生病，就怕心生病，你说是不是？（注意到墙角）草绳搓完了？

苦妹子　没有，根香姐拿走了，她不让我干。

罗舜德　为什么？

苦妹子　怕我累着，她不知道，我要不干活比生病还难受。

罗舜午　（拿出一双布袜子）要干活，那好办，你看，不久就要有很多人下去打湖草了，我们正动员人缝这个布袜子呢，你要是愿意，闷了的时候，也帮忙给做两双吧。

苦妹子　听说穿了它下水就不得我这个病，是真的吗？

罗舜德　是真的，这上面还可以涂药，是老乡们找到的土办法，很有效。

苦妹子　（眼睛发光）那就赶快给我做吧。

罗舜德　一会儿给你送来。不过，别做得太累了。

苦妹子　你放心吧。（看袜，自语）能叫别人不得病。

［刘辉挟着铺盖卷上。

刘　辉　没问题吗？

苦妹子　你们只要不嫌脏就好了。

罗舜德　秦文佩怎么没来？

刘　辉　对了，赵黑牛的病，经过化验已经证明了，是血吸虫病的急性感染，阿佩去通知他来住院了。

罗舜德　急性感染？

刘　辉　一个月以前他帮老乡罱河泥的时候下过水，大概是那个时候感染的。

罗舜德　（向辉）也好，查出是血吸虫病来，就好对症下药了，我马上回去看看。

刘　辉　哎，等等，还有一件事呢，江教授回信来了，他说拖拉机翻土是可以杀死钉螺，你们这个窍门找对了。

罗舜德　什么根据？

刘　辉　钉螺埋在七厘米以下的土里，就不能活。

罗舜德　（高兴）好，我马上去告诉冬哥，苦妹子，你别跟他们客气。（下）

刘　辉　你别动，我自己来。

苦妹子　他告诉冬哥干吗？

刘　辉　你还不知道？就是冬哥找到这个窍门啊。

苦妹子　哦？

刘　辉　是他开的拖拉机去开耕芦滩和草洲的时候找到的。

苦妹子　你们也穿起草鞋来了？

刘　辉　跟罗站长学的，老要跑路，皮鞋扎脚。（一面收拾）你说罗站长这个人怎么样？

苦妹子　那还用说，谁不说他是个好同志？

刘　辉　跟他在一起工作真是一种幸福，他能叫你永远不知道什么是疲劳，什么是苦恼。（刚要打开一个盛放杂物的包裹，充满了幻想地）他叫你永远相信，这个世界上到处充满了希望。（向苦）听说你们很早就认识了？

苦妹子　头一回见他的时候，我还是个孩子呢。

刘　辉　他呢？他那时候有多大了？

苦妹子　也不很大，像个大孩子似的。

刘　辉　（用手比画）有这么大吗？

苦妹子　还再大一点。

刘　辉　（又比画高些）有这么大吗？

苦妹子　（笑）不记得了。

［沉默。

苦妹子　你听，拖拉机。

刘　辉　他真是个好同志，总是不知道疲劳。

苦妹子　（少顷）这几天你常常碰到他？

刘　辉　天天在一起。

苦妹子　（关心地）他身体还好吗？

刘　辉　不很好，他老不肯休息，这回分批下到别的社里去，不让他去，他非去不可。

苦妹子 （担心）真是个牛脾气，这样身子要垮的呀。

刘　辉 （也担心）谁说不是呢。

苦妹子 唉。

刘　辉 真替他担心。

苦妹子 听人说开那玩意儿要使挺大的劲儿呢，身体不好怎么行呢？

刘　辉 开什么玩意儿？

苦妹子 拖拉机呀。

刘　辉 （悟，满面堆笑）你说冬哥呀，他身体好极了，脸晒得黑红黑红的。刚才我来的时候还看见他呢。

苦妹子 可你刚刚还说——

刘　辉 错了。说了两下里去了。我说的是罗站长，我得走了。等会儿碰到冬哥，我就叫他来看你。

苦妹子 （慌）哎，你别——

刘　辉 （调皮地）我跟他说，你想他了。

［跑下。

苦妹子 小刘医生。（辉已走远，她回过身子，双手捧住自己的发烫的脸）（小孩子哭了，她跑近摇篮）别哭，乖孩子，别哭，他就要来了。（孩子哭声渐止）他就要来了，我跟他说什么呢？（用力地亲着孩子的脸）

［门外走进方妈妈，她手里提着一些包装好的食物，和一两件衣服，穿着新衣服，像过节走亲戚的样子，但神色忧戚。

方妈妈 （站在门口，向里瞧瞧）里边有人吗？

［苦妹子惊起，放下孩子向门口跑去，一看是方妈妈，怔住。

方妈妈 （尽量使自己镇静）你在家？

［苦妹子不知说什么好。

方妈妈 （放下东西）早想来看你，家里忙忙乱乱的，黑牛又病了，抽不出功夫。你的身体好点吗？医生怎么说？

苦妹子　谢谢您惦记着，坐吧。

方妈妈　（心事重重，半晌）苦妹子，咱娘儿俩总算有缘，又在这儿遇见了，你年纪轻轻的就碰上这么多伤心事，我听了心里也挺难过。

苦妹子　（担心）您找我有什么事吗？

方妈妈　我想回省城去了。

苦妹子　您才来不久，就要回去了？

方妈妈　我想带冬哥一块走。

苦妹子　（几乎听不见的声音）什么时候？

方妈妈　就是为了这个，想来找你商量商量。

苦妹子　跟我商量？

方妈妈　冬哥从小到大一直忘不了你，这次他就是因为你不肯离开这儿。

苦妹子　我知道，我有病。我也不愿连累你们，可是他来，不是我叫他来，他是为了工作才到这儿来的。

方妈妈　这我知道，只要他离开这儿，换个地方工作不是一样吗？苦妹子，我一想起他爹病的那个样子，心里实在害怕。

苦妹子　妈，你不要难过，你想怎么样，你说吧，我能做的都做了，每次他来我都是把门关上……

方妈妈　我知道，这一向苦了你了。

苦妈妈　妈，你说，你还要我做什么吧？

方妈妈　苦妹子，下次他来，你就别关上门。

苦妹子　叫他进来？

方妈妈　跟他说，劝他走，叫他死了这条心。

苦妹子　（惊慌地）我？不，不能，我不能，我见了他什么也说不出。

方妈妈　好孩子，你想想看，我们来了才半个月，黑牛就病了，要是别的病，我也就不说什么了，可偏偏医生又说，他也是这个病，这真是晴天打霹雳啊！我这一家大小为了这个病出来逃过荒，要过饭，腿跑折了，人跑散了，到头来落个家破人亡，你说，我能再让他住在这儿？眼看着他跟黑牛一样，再染上这个病？就什么都完了。

苦妹子　妈，你别说了，妈，你放心吧，我一定跟他说，劝他跟你走。

方妈妈　你……

苦妹子　妈，不要紧的。

方妈妈　孩子，要是有一天，你的病真的治好了，我就是走到天边，也要带着冬哥回来找你。

苦妹子　妈，你不要为我担心，我不是过得很好吗？什么都有人照顾。

［方妈妈下。

［秦文佩上。

秦文佩　来了那么多医生和护士，可以分成七八个组下乡去巡回治疗了。张书记要我们两年内把八万病人治完，我看用不了一年就行。（回头，见方）你怎么不声不响地就进来了？你跟罗站长搞的那新灭螺法搞成功了？

方冬哥　有眉目了，哦，秦同志，小刘医生找你，你没听说？

秦文佩　甭管她，今天上午病人都出院了，没什么要紧的事。

方冬哥　我看她的样子挺着急呢。

秦文佩　是吗？

苦妹子　不，不会有什么事，你收拾吧，我来帮你。

秦文佩　对，这会儿收拾，晚上回来，躺下就睡，省得再麻烦了。（又收拾）

方冬哥　（心急）苦妹子。

苦妹子　啊？（秦也回头看方）

方冬哥　（搭讪地）小鬼睡着了。

苦妹子　嗯，睡着了。

秦文佩　（看出来）你们俩有事？

苦妹子　没事，没事。

秦文佩　我得走了。

苦妹子　你还没收拾好呢。

秦文佩　不，刘辉恐怕等急了，我晚上再来收拾吧。（下）

苦妹子　（有些慌）秦同志。

秦文佩　这是罗站长要我交给你做布袜子用的。

方冬哥　（叫住她）苦妹子。（苦停住，方轻轻地把门掩上）我就知道，你不会老把我关在门外头。

苦妹子　（不知说什么好）小刘医生叫你来的？

方冬哥　她说你——有话跟我说。

苦妹子　（心乱如麻）我？没有。

方冬哥　我不信。（走到她跟前）说吧，有什么说，你怎么不说啊？

［孩子哭，苦妹子坐在摇篮前，外面有人唱起一首江西民歌，曲调充满感情，他们很快被吸引住了。

苦妹子　（半晌）那个小同志病了，听说跟你一起来的。

方冬哥　嗯，今天早上送到血防站去了。

苦妹子　你不怕？

方冬哥　怕什么。

苦妹子　在这儿工作会传染的。

方冬哥　你找我，就是要跟我说这个。

苦妹子　你年纪轻轻的，哪儿不好工作，为什么非待在这儿不可呢？

方冬哥　因为这儿工作需要，也因为你在这里。

苦妹子　别说傻话吧。

方冬哥　不是傻话，哪里也不去，你说吧，我已经决定了，你既然在这里，就是领导上调我，我也要求跟你一块走。

苦妹子　那何苦呢！为了我，一个病人。

方冬哥　我的脾气你知道，我心里这么想就这么做。

苦妹子　（突然改变态度）可是你知道我心里怎么想呢？

方冬哥　我知道。

苦妹子　（果断地）你不知道。

［方冬哥意外。

苦妹子　我今天要你来，就是要跟你说，叫你以后别来找我了，再也别来了。

方冬哥　为什么？

苦妹子　因为我不是方家的人了。

方冬哥　有人说闲话了？

苦妹子　没有。

方冬哥　妈来过了？

苦妹子　没有。

方冬哥　（大声）这不是你的心里话。

苦妹子　（激动）谁说的？谁说不是我的心里话。我不是你们方家的人。你死了这条心吧，你要是以后再来……不，你走吧。

苦妹子　（说不出）你走吧！（入室，关上门）

方冬哥　（气）好，我走，我再也不来了。（走到门口，下）

［苦妹子出来，强打精神，拿起白布，比量着。终于忍不住伏在桌上恸哭起来。

［幕落。

第六场

［布景是一间新修复过的房屋前面，豆棚瓜架，竹径河堤，前面是大路，一侧遥见血防站的围墙。

［幕启：方妈妈收下晾干的衣服，包好。方冬哥心情沉郁地上，坐

在小饭桌前。

方妈妈　(注意的)收工了？没到血防站去看看黑牛？

方冬哥　都收拾好了？

方妈妈　收拾好了。

方冬哥　今天就走？

方妈妈　今天就走,你给领导上说了吗？

方冬哥　说了,这是领导上给的路费。

方妈妈　领导上怎么说？

方冬哥　放我半天假,叫我送你上火车站。

方妈妈　你走的事呢？领导上不同意？

方冬哥　我没说。

方妈妈　(半晌)你看,我把衣裳都洗了,东西也收拾了,就等你跟领导上说了。

［方走开,把头抵着瓜架上的木桩,痛苦不语。

方妈妈　(心疼地)就是不听,好像妈妈说的话都是害你,人家不理你,可见是人家的难处,你这样——

方冬哥　(把抓成一团的帽子甩在桌上)别说了,您别说了好吧？

方妈妈　(顿)总拿我撒气算啥本事？(坐在儿子对面)我不是舍不得离开你,也不是叫你回家去一天到晚守着我,我只是说让领导上答应你换个地方,不管是开拖拉机还是干什么,我都愿意,就是再远点都行。

方冬哥　这话能说得出口吗？咱们害怕,人家不害怕？咱们性命要紧,人家不要紧？

方妈妈　(自知理亏)唉！(坐在一大堆东西旁,忧愁地望着)

［罗舜德高兴地喊着"冬哥,冬哥"上。

罗舜德　(观察)娘儿俩这怎么啦？(故意地望着直上的大小包裹)这是干

吗？大包小包的，大扫除啊？

方妈妈　（掩饰）罗同志坐吧。

罗舜德　（笑着）冬哥啊，做晚辈的惹老人生气，这可不应该啊。（故意地）对了，方妈妈，您老家听说了没有？最近咱们这儿出了件大事。

方妈妈　什么大事？

罗舜德　有个了不起的小伙子，他发明了一种方法，能把河边的钉螺全部消灭光。

方妈妈　什么钉螺？就是传染大肚子病的那个？

罗舜德　就是那个。

方冬哥　（插进来，急切地）你们研究过了？有用？

罗舜德　（向方）很有用，这是上海江院长来的信。（递给方）县委也知道了，还准备通报表扬呢。

方妈妈　这儿九湾十八浜到处是水，消灭得光吗？

罗舜德　您看，要不就说这个小伙子了不起吗？他为了这个害人的血吸虫病，下了很大的决心要消灭它，最后，这个窍门到底叫他给找到了。

方冬哥　（看信、高兴）哎呀，原来是这个道理呀，我怎么就没想到呢？

方妈妈　你想到什么？你要想到人家也表扬你了。钉螺要是没有了，下水就不会传染了？

罗舜德　是呵，下水不会传染了。

方妈妈　哟，这可真是件大事，谁家小伙子这么能干？

罗舜德　您猜是谁家的？

方妈妈　我到来才几天，认得谁是谁呀？

罗舜德　您要我告诉您吗？（指冬哥）就是他，您的宝贝儿子。

方妈妈　冬哥？

罗舜德　您没想到吧？这功劳还有您一份呢。

方妈妈　有我的什么份？

罗舜德　咦，你教育儿子教育得好呵，要不是你常常把过去受过的那些苦说给他听，他就能有这种决心了？

方妈妈　您夸奖吧。

罗舜德　不是夸奖，冬哥是不错呀，有一回我问他，这个病在这儿流行的这么严重，你不怕吗？您猜他说什么？

方妈妈　说什么？

罗舜德　他说："怕还行？血吸虫这玩意儿就跟美国鬼子一样，你越怕它，它越猖狂，只有一个办法，就是跟它斗，逃跑是不行的。"您听这话说得多好？"逃跑是不行的"！

方妈妈　多亏了你们常常开导他。

罗舜德　您别客气，我早听说了，儿子下乡，您是一口赞成的，是不是？要不是这样，冬哥能这么安心工作？能这么一门心思地动脑筋找窍门？

方妈妈　这么说——这病能消灭了？

罗舜德　您看，光预防方面群众就想了多少办法！饮水管理，粪便管理，还有灭钉螺，冬哥，我在想要是把河里的钉螺埋掉，可以和兴修水利结合起来，把河沟两岩的杂草作配料，还可以积极地结合起来。

方冬哥　嗳，那血防站工作不是能跟生产结合得起来了。

方妈妈　（插了进来）生了病的呢？也都能治好？

罗舜德　那还用说。

方妈妈　哦，可是——

罗舜德　可是什么？

方冬哥　（点破）她问晚期的病人。

罗舜德　哦，你问苦妹子啊？我们也在给她想办法，我听说省城的中医研究所正在研究怎么消除晚期病人的腹水，我们已经去请示县委了。

方冬哥　(急)县委怎么说?

罗舜德　县委决定也给我们请一位来。

方冬哥　那么她——也有法子治了?

罗舜德　应当说,有可能了。

方冬哥　(呼出了一口气)哦。

罗舜德　(也呼出了一口气)她要能治,全县五千多晚期病人也就都有法子治了。

[锣鼓声传来。

方妈妈　这是什么?

罗舜德　第二批病人要进站了。

[李大爷匆匆上。

李大爷　罗站长,你在这儿呵?叫我好找,我问你,怎么第一批刚出院,第二批就要进站了?这么急干吗?

罗舜德　救命的事,不急还行?

李大爷　(真急了)可是再过一星期,田里生产就要忙起来了,正是需要劳动力的时候啊。

罗舜德　什么时候不需要劳动力?等到冬天再治啊?

李大爷　就不等冬天,也得过去这一阵子呀,这会儿又要插秧,又要——

罗舜德　又要种棉花,又要种山芋,对不对?

李大爷　是啊,你也是种庄稼出身的,叫你说说——

罗舜德　叫我说什么?我说今天进站最好,一点也不耽误生产。

李大爷　什么?

罗舜德　今天进站,三天出院,休息二天,参加生产,不是正好吗?

李大爷　三天出院?针不打完就走啊?你们好医生就这样好说话呀?

罗舜德　(笑)不要紧,我站长批准就好了。

李大爷　你就会开玩笑。

罗舜德　我才不给你开玩笑呢，我的李大爷，你还不知道呢，我们现在不是二十天疗法了，是三天疗法了。

李大爷　什么三天疗法？

罗舜德　三天打完针出院，病就好了，这就叫三天疗法。这是到咱们这儿来过的那位江院长试验成功的，现在正在全国推广呢。

李大爷　好，你们真是太好了，说给解决问题，就真给解决了。（高兴地搔搔头皮，要走）

罗舜德　哎，李大爷，你上哪儿去？

李大爷　我去告诉大伙呀，有事吗？

罗舜德　没什么要紧的事，就是方妈妈要大扫除，请您给帮帮忙呢。

李大爷　是吗？好啊，叫我干点什么？（方妈妈有些窘）

罗舜德　（与方对看一眼）方妈妈，你就别客气了吧。

方妈妈　（稍顿）你就把这大的给拿进去吧。

［方妈妈与李大爷入内。

方冬哥　你一说，她老人家就通了。

罗舜德　不是因为这个，是因为咱们的工作进展太快了，事实比什么都有说服力。（拉方过来，低声）刘辉说你刚才到苦妹子家去过了，情况怎么样？

方冬哥　（低头）不好。

罗舜德　不是她叫你去找她的吗？

方冬哥　可是她跟我说，叫我以后再也不要去找她了。

罗舜德　是吗？奇怪。

方冬哥　她这样对我，我做梦也没想到。

罗舜德　她对你的感情一直很深，这我全看得出来，你千万不要胡思乱想，恐怕是病对她的影响太大了，精神上受了些刺激，你应当多谅解她一些。

方冬哥　（半晌，悔恨地）我刚才不该发火的，也太激动了。

［李根香抱着孩子匆匆上，神色焦急。

李根香　罗站长，不好了，苦妹子昏过去了！

方冬哥　啊！

李根香　刚才我回家吃饭，听见赵二婶的孩子哭得挺厉害，我当是孩子生病了，进去一看，苦妹子躺在地下，已经不省人事了。

罗舜德　这会儿有人在那儿吗？

李根香　有。

罗舜德　冬哥，你先去看看苦妹子，不要紧，我马上去请中医。

［方、香正要走，刘辉匆匆上。

刘　辉　罗站长，罗站长，冬哥，你别走。（向罗）怎么办呢？赵黑牛发现腹水，不能打针了。

罗舜德　啊？发现腹水？怎么会呢？不是刚传染不久吗？

刘　辉　这是急性传染中常见的现象，因为他是初次，尾蚴又是大量入侵，身体抵抗不住。

罗舜德　那不是跟苦妹子一样了吗？你哥哥打算怎么处理？

刘　辉　他说反正留在站里也不能治，决定把病人送回来。

方冬哥　那怎么行？

罗舜德　别着急，冬哥，你先和根香去看看苦妹子，我马上就去想办法。

［方、香下。

刘　辉　苦妹子怎么啦？

罗舜德　根香说刚才昏过去了，我看现在唯一的一条路，就是把中医请来了。不过你要告诉你哥哥，不要马上送赵黑牛回来，那样影响不好。

刘　辉　好。

罗舜德　要好好讲，别动不动就斗嘴，要知道，他不光是你哥哥，也是领导。（下）

［辉目送罗去。

［刘翔提一小旅行袋上，臂上搭着雨衣。

刘　翔　通知病人家属了吗？

刘　辉　没有呢。

刘　翔　快去通知吧，一会儿护士就要送他回来了。

刘　辉　哥哥，罗站长叫先别送回来，他到县里去请中医去了。

刘　翔　他总是那么固执，我跟他说过多少回了，中医治不了这个病，他还要去。你不是看见了，高教授信上说，中医要能治血吸虫病，砍下他的头来。

刘　辉　我们先不要把病人送回来，送回来影响多不好。

刘　翔　什么影响不好？不能治就是不能治，留在站里治不好，造成被动，影响更坏，别管他，你尽管去通知吧。

刘　辉　（不满）哥哥！

刘　翔　我们是医生，应该对病人负责。

刘　辉　正因为我们是医生，要对病人负责，就更不该送回来。

刘　翔　我自己去。

［翔刚要入内，方妈妈与李大爷出。

李大爷　哎呀，刘副站长来了！方妈妈你看，一个小黑牛生病，两个站长来看你。

方妈妈　真不敢当，刘站长请从吧，我们黑牛真亏了你们，要不啊，还不知道就是血吸虫病呢。

刘　翔　是的，我就是为小黑牛的病来的，他的病——

李大爷　（插嘴）他的病我们交给你们血防站就放心了，有个病人在你们那儿才住了一个月，就长了二十多斤，脸也红了，劲也大了，从前挑五十斤摇摇晃晃的，现在挑一百斤都不气喘了。

方妈妈　（不等刘翔开口）小黑牛虽说不是我亲生儿子，可也跟自己养的差不多，打从跟着冬哥学徒，就一直住在我家里，这回你们救了他的命，真不知道该怎么感谢你们才好。

李大爷　我这老脑筋也改了，头一批病人出院以后，一下地呀，个个都赛过小老虎，现在又有了什么三天疗法，三天治一批，三天治一批，将来病都治好了，生产上可解决了大问题了。

刘　翔　（好容易插进来）是啊，很多人都治好了，可是也有些人，情况有些特殊，暂时还不能治好，譬如说……

方妈妈　这我们也知道，病的日子久了，就要难治一些，不能都像我们小黑牛一样，刚病了不久，治起来快。

李大爷　我儿子说城里人医道就是高明。刘医生，你坐呀。（下）

刘　翔　是这样的，老妈妈，你别客气，我是想来通知你。（刘辉扯他一下衣襟）他已经有腹水了。

方妈妈　什么？

刘　翔　他的病我们暂时没法治，要把他送回来。

［如晴天霹雳，方妈妈半晌不语，兄妹两人又窘又担心。

［方冬哥上。

方冬哥　刘医生，就真的没办法了吗？听说你在省城治好了很多病人，你怎么就——（急得说不出）

刘　辉　她醒过来了吗？

方冬哥　醒是醒过来了，可是看样子很危险，连气都喘不过来。

方妈妈　你说谁？黑牛？

方冬哥　苦妹子。

方妈妈　啊？（半晌）苦妹子？（走）

［愉快的笛声，赵黑牛与秦文佩上，秦拿着包裹。

赵黑牛　(衰弱而愉快)大妈,我回来了,他们说我用不着住在那里,准是快好了,这您就用不着着急了。(向翔)是不是这样? 刘医生?

[刘翔勉强地点头。

赵黑牛　大妈,我没听你的话,生了二十多天的病,把你累坏了,你不生我的气吧?

方妈妈　(勉强地摇头)不。

赵黑牛　对了,师父,我的病好了,你可得按师徒合同办事,不能老叫我歇着了,你说包我三个月学会的,别忘了。

方冬哥　(难过地点头)忘不了。

赵黑牛　我一听说要叫我回来,真开心死了,恨不得像孙悟空那样一个"跟斗云"翻回来。(觉得气氛不对)你们都是怎么啦? 怎么都不说话呀?

[方妈妈忽然忍不住,拭着泪入内。

赵黑牛　(不懂)师父?

方冬哥　别说话了,快进去歇着吧,你还没好全呢。

赵黑牛　谁说我没好全,你别咒我,你看我。(想翻个跟头,但忽然觉得头晕)

刘　辉　你是没完全好,要多休息几天,快进去吧。

[方扶牛入内,刘翔拿起皮包、雨衣,要走。

[罗舜德与余先生上,与刘翔相遇,翔停住。余先生态度安详,目光有神,谦虚和蔼,但又极有分寸。

罗舜德　请这边走,余先生。(看见翔)你在这儿? 介绍一下吧,这位是中医研究所的余先生,县委特地给我们请来的。这位是我们副站长刘翔同志。

刘　翔　(低声)赵黑牛送回来了。

罗舜德　(一怔)这儿有急性传染病人,是不是顺便请余先生看一下吧。

余先生　好，请，请。（入内）（辉亦下）

罗舜德　老刘一起来看看吧。

刘　翔　你到底还是把中医请来了，跟你说过多少遍，中医不可能治好血吸虫病，你这样做是徒劳无功的。

罗舜德　何必忙着下结论呢，也许他有办法。

刘　翔　我的经验也很少，但据我了解，对于晚期病人，就是大多医院里除了放放腹水以外，很少有别的办法。

罗舜德　依你说，我们只好看着不治？

刘　翔　又是老问题，我真不愿再跟你争了。（提起皮包）

罗舜德　怎么，你又要去上海了？

刘　翔　我给你留过条子的。（刘辉上）

罗舜德　最近你老去上海，群众已经对你有意见了，你知道吗？

刘　翔　我帮高教授搞的那种灭螺药物，已经试验成功了。明天就要在科学委员会上宣读做试验。（信给罗）我相信，只要有了成绩，群众会谅解我的，我没闲着。

罗舜德　一定要去吗？可是这儿血防站的工作怎么办？

刘　翔　专家都来参加会议。

罗舜德　你一定要去我不阻拦你，不过我希望你考虑几个情况：第一，中医刚刚来，有很多问题需要跟你共同研究。

刘　翔　他跟我们研究什么？这根本是风马牛不相及嘛。

罗舜德　（忍耐地）第二，三日疗法就要开始了，大家都没有经验。

刘　翔　我也没有经验。

罗舜德　可你总比他们强，你是主治医师，又是副站长，你别忘了，我们的业务工作主要是你负责的。

刘　翔　是我负责的。提了意见没人重视，我早就说过治疗不能解决问题。可是一直到现在——（两手一摊）

罗舜德　你说灭螺重要，这话谁也没有反对过。正是因为它重要，我们才给你一定的时间，让你去研究，正是它因为重要，我们才重视方冬哥他们创造的新方法。现在他这种方法，江院长也来信肯定了。他还希望我们进行大规模的试验。大规模的搞，如果你是真心关心这工作的，就应该更加热心一些。

刘　翔　灭螺是重要的。但不等于说所有的灭螺方法都是最好的、最科学的。不是我泼冷水，方冬哥找到的这种方法是不值得推广的。我问过高教授，他说没有什么科学价值，充其量也不过是一种劳民伤财的人海战术，这是高教授说的。

罗舜德　（也气了）也许我不了解情况，但是这种说法也太武断，为什么为了肯定自己，就把别人就说得那么一文不值呢？

刘　翔　科学上争论，不必扯到这上头去。你说吧，同意不同意。

［罗舜德一时没有回答，空气很僵。

刘　辉　我认为你不应该去。

刘　翔　你少插嘴。

刘　辉　我为什么不能表示意见？

刘　翔　（不理她）老罗，要把眼光放远点，不要掺杂任何的私人感情在内。

［罗、辉都是很生气地望着他。

刘　翔　你这样坚持，是不是因为方冬哥的发明创造里，也有你的一份？

刘　辉　（受了侮辱）哥哥！（向罗）罗站长，别理他，这简直是——（说不下去）

罗舜德　老刘，我们相处的时间还很短，彼此的了解还不够，不过我相信，你以后会承认，在这一点上——你错了。（余上）怎么样，余先生？

余先生　（向罗）听张书记说，你们是有病床的。

罗舜德　是的，我们有病床，我在想，让他住在自己家里好呢，还是住在血防站去好？

刘　翔　可是余先生也许了解吧，像这样的病人，就是去外国也没有办法。

［余先生不语，默默地判断着。

罗舜德　（向余）外国没有办法，余先生，那就更得依靠咱们祖国的医学了。

余先生　对，我们一定尽力而为。

罗舜德　那好极了。（向家属）你们给病人收拾一下吧！刘辉，马上把病人送回站去。

刘　辉　好。

方妈妈　能治好？

余先生　（稍迟疑）能治好。

［方氏母子高兴地下。

余先生　你说的那个女病人不在这儿住？

罗舜德　走吧，余先生。

余先生　不，还有一件事，（从提包中掏出几张药方）根据过去的治疗鼓腹的经验，这些药是要连续吃的。我刚才到此地中药铺去看了一下，他们存药不全，前三帖倒没问题，可是这第四帖里有几种下味药只够抓两三帖了，到别处去想法子才好。

罗舜德　（看方子）行，这个我来想办法。

刘　翔　老罗，我去。我到上海去带回来。

罗舜德　（顿，把药方给他）好，希望你早回来。（翔接过去，又把药方看了一下还给他，随余先生下）

刘　翔　（向另一个方向）余先生再见。

余先生　再见。

［幕落。

第七场

[黄梅时节家家雨，青草池塘处处蛙。

[细雨连绵的夜晚，景同第一场，县委大楼的灯光，隔着雨细织成的薄雾，闪耀着朦胧的光，血防站里的医生都下乡去了，灯下，江院长和余先生正在谈话。

江院长 余先生，我看你该休息一会儿了。

余先生 不，不，这个病人病得太久了，身体虚弱，又受些刺激，情况比较复杂。

[刘辉上。

刘　辉 黑牛吃了药情况很好，已经睡着了，就是苦妹子，吃了药以后，稍许有点呕吐，您看……

余先生 不要紧，这是正常的反应，是要有些呕吐的。

江院长 中药有这么大效用，真没想到，过去我们在这方面注意得很不够，余先生，你的经验太丰富了。

余先生 哪里哪里，老实说，虽然早在唐朝，我们中国的医书上，就已经有过类似血吸虫病的记载，可是只有解放以后，在党的领导下，经过科学的检查和分析，我们才知道这种病始末由来，根据古人记载和我自己近来的一些经验，在给病人消除腹水、改善体质方面，那是有些把握的，但是要彻底杀死体内的成虫，这一点——我们的经验还不多。

江院长 对于中医中药，我还完全是个小学生，今天是向你学习来的，不过我相信我国古代的医学药库和广大中医的临床经验，也许经过我们中西医的合作，能够找出可行的办法来，这个病人吃过几帖药了？

余先生 三帖，现在就等第四帖了，这是个关键。（向辉）刘副站长今天晚上一定回来吗？

刘　辉 一定回来的。

江院长 我给你带来一些资料，都是全国各地的经验介绍，自从毛主席号召消灭血吸虫病以来，出现了许多动人的事迹。你们看，这是治疗方面的，这是防护方法，这是灭螺药物，这是管粪管水的经验介绍。

刘　辉 太好了，有了这些，我们的速度又可以大大加快了。

江院长 你们速度本来也不慢呵，今天张书记陪我走了一遭，碰到你们好几个巡回治疗小组，能治这么多病人，没想到。

余先生 他们很会动脑筋，罗站长还从老乡那里找来不少土方子呢，有灭螺的，也有治病的，少说也有十来种。

［秦文佩送来病历。

秦文佩 小刘医生。

余先生 怎么样？

秦文佩 苦妹子有点反应，她说心口发闷。

［大家有些紧张。

江院长 走，咱们去看看。

余先生 好，请。（二人下）

［方家母子上，冬哥扶着母亲，一手打着伞，方母挟着一个包裹。

方妈妈 秦同志，苦妹子怎么样了？

秦文佩 你老人家这么晚还不睡？

方妈妈 （深深的歉疚）不放心啊，这会儿能看她吗？

秦文佩 等一会儿吧，医生在给她看。

方冬哥　要紧吗？

秦文佩　现在还不敢说，我看你还是先陪方妈妈回去歇着吧！明天早上再来，有事我们会去叫你们的。

方冬哥　那我们去看看黑牛吧！

［秦收拾药械，刘辉坐下写病历。刘翔自外入，雨衣不住地向下滴水，神色沮丧，一进来就站在柱子的阴影里，呆呆地想心事，她们没看见他。

秦文佩　你哥哥怎么还不回来？

刘　辉　他爱什么时候回来就什么时候回来。

秦文佩　你又来了。

刘　辉　丢下这一大摊子不管，一甩袖子跑了，你不知道他昨天说的话有多气人呢。

秦文佩　他说了什么？

刘　辉　以前我还对他有些迷信，他说中医不能治，我就信了。

秦文佩　余先生的药这样灵，我也没想到。

刘　辉　你看人家江院长，还是权威呢。多谦虚。一点架子也没有，他不过是个主治医生，就不知天高地厚了，活该。没他我们也一样工作。（端起药走，与刘翔对了个照面，一怔，知道他听见了，有点转不过来）你还回来呢。（径下）

秦文佩　（缓和）哎呀，都湿透了，快脱下来吧。（帮他挂上雨衣）不大舒服？是不是着凉了？喝点热开水吧。（倒水）会开完了？

［江院长上。

江院长　刘翔回来了？会开完了？来，谈谈情况吧，我把你们罗站长搞的那个新灭螺法也交给他们了，他们讨论了没有？

刘　翔　讨论了，认为很好。

［刘辉上，余先生随后。

余先生　刘副站长回来了，太好了。（向秦）快给病人煎第四贴药。

［刘翔一愣。

秦文佩　好，刘副站长，你药放哪儿了？

刘　辉　哥哥，你买的药呢？

刘　翔　（慌）啊？药？

刘　辉　（明白了）怎么，你没买？

余先生　没买？

江院长　（向翔）怎么回事？

刘　翔　（低头）我忘了。

［刘辉把病历表"叭"的一声摔在桌上，气冲冲地坐下。

江院长　刘翔，我没想到，你是这样对待工作的。

刘　辉　余先生，怎么办？

秦文佩　（低声问余）县里能买到吗？

余先生　不能，至少要到专区去才能买到。

秦文佩　（想起来）哎，罗站长不是在专区开会吗？给他打个长途电话好了。

刘　翔　（打电话）喂，请接一个长途电话，专区卫生局，找罗舜德同志，好，谢谢你。（挂上电话）

江院长　从专区来怎么走？乘长途汽车？

余先生　晚上恐怕没有长途汽车了。

刘　辉　罗站长只要知道了，走也要走回来的。

江院长　离这儿多远？

刘　辉　少说也有四十里。

江院长　那怎么行？都这样晚了，又下着雨。

［电话铃响，刘翔接。

刘　翔　喂，是卫生局吗？我找罗舜德，什么？会开完了？人呢？哦，好，谢谢你。(挂上电话)他们说他下午就走了,天还没黑的时候,他已经动身回来了。

[沉默。

刘　辉　这怎么办呢?

余先生　实在没有办法,只好等明天了,不过就怕病人今天晚上——

江院长　(语重心长)刘翔,也许我说得重了一些,不过我认为在工作上要求严格些是有好处的,怎么会发生这样的事情,你要好好地检查一下。

刘　辉　(激烈地)检查什么?应当处分!

秦文佩　刘辉!

刘　辉　(不顾)全站的同志为了提高工作,加快的治疗病人,都在那里拼命战斗,可是你——(转向刘翔)提起来我都替你脸红。

[刘翔面色发白,霍地站起来迅速地拿起雨衣向外走。

江院长　你上哪儿去?

刘　翔　到专区去。

江院长　你现在去还有什么用?(停顿)余先生,我们另外再想想办法吧!

余先生　我们要另外想办法。(二人下)

[刘辉欲下,秦文佩将她拖住。

秦文佩　(悄悄地)你怎么啦?没看出来?他一回来神气就不对?

[辉心惊,开始注意到。

秦文佩　好好跟他谈谈吧,我去了。(下)

刘　辉　(半晌)你生我气了?

刘　翔　……

刘　辉　我刚才态度急了点,可也是为你好,出了什么事?

刘　翔　……

刘　辉　你一回来就垂头丧气的,是有什么心事吗?

刘　翔　没有。（走开）

刘　辉　不知道你感觉到没有，我们比以前疏远了，以前你常常跟我讲爸爸在监狱里跟敌人斗争的故事，也常跟我讲你站柜台，给老板欺负的事，我问工作上问题，平时你干什么，我也是都知道的，可是到这儿来以后，你什么也不跟我讲了。

［刘翔痛苦不堪。

［刘辉有点激动。

刘　翔　别这样，有很多事情，是你不需要了解的。

刘　辉　不，我需要，我心里的话总是全都告诉你的，昨天晚上我刚刚写完了我的入党申请书，这是我一生中最大的一件事，我有好多好多的体会想跟人谈，可是除了党以外，我第一个想到的——就是你。哥哥，你是个有才能的医生，你不能这样下去，秦文佩常跟我说，说你在省城工作的时候，治好过很多别人治不好的病，常常受到表扬，可是你到这儿来以后……怎么忽然变成这样了呢？今天又是这样一声不响，好像受了什么人的欺负。这都是为什么呢？我是你的妹妹，可我一点也不了解。

［刘翔忽然把脸藏在手掌里，哭出来。

刘　辉　（惊）哥哥！

［罗舜德挑担上，见状，急上前劝慰。

罗舜德　老刘，你怎么啦？

刘　翔　（抓住罗舜德的手）老罗，我错了，我错了。

罗舜德　怎么回事，好好说嘛。

刘　翔　（忍住泪）今天上午开了会，高教授提出的一套做法在大会上受到了批判，原来他搞这些不是真正为病人，而是为了他自己，他说什么“灭螺为主”“药物为主”，实际上就是以他自己为主，根本不是为病人着想，而是想突出他自己。……怪不得他要我帮他搞试验的时候对我说："要是成功了，就能得到世界荣誉。"

刘　辉　结果呢？没有成功。

刘　翔　问题不在这里，我从别人对他的批判里，看到了我自己，原来我朝思暮想，梦寐以求的是这样肮脏，这样可怕的东西，就好像抓到一根断了的绳子。

罗舜德　认识错误是改正的开始，丢掉包袱才能前进，你应当高兴，为这个新的开始高兴才对嘛。

刘　辉　是的，哥哥，我们也为你高兴。

刘　翔　不，我是为了个人才丢下工作、离开真理的，老罗，请领导上给我处分吧。

罗舜德　单纯处分那是消极的，帮助才是积极的。

［刘翔感动地握手。

罗舜德　记住吧，生活是斗争的，谁想取巧，谁就要碰钉子。

刘　翔　（突然站起来）我到专区去一下，天亮赶回来，我要用行动来弥补我的过失，快告诉我，专区的中药铺在哪条街上？

罗舜德　到底怎么回事嘛？

刘　翔　你叫我买的药，我开完会，心里一乱忘了买了。

罗舜德　什么药？就是余先生要的那个药吗？哎呀，你怎么不早说，我已经带来了。

刘翔/刘辉　真的？（余、江、秦闻声上）

余先生　药买回来了？刚才打电话给你，你不是已经走了吗？（秦拿药下）

罗舜德　本来是明天回来的，后来我一想，万一老刘开会回不来，就要耽搁了，我就提前带回来了。

余先生　真是好极了。就像算准了我们要用似的。

罗舜德　（向余）我看黑牛吃了两帖以后挺见效，知道下面要大批用，就顺便从专区捎回来了，怎么样？没捎错吧，下面有五千个晚期病人等着呢。

江院长 走了四十里?

罗舜德 可不,出了一身汗,就像洗了个热水澡,怎么样?病人的情况还好吗?

余先生 一切情况都很正常。

[方家母子上。

刘　辉 你们怎么还不回去?方妈妈。

方妈妈 黑牛倒是睡得挺香的,可我们不放心苦妹子,啊!你就叫我们去看看她吧。

刘　辉 现在不方便,她正在吃药。

方冬哥 那我们等一等。(坐在角落里)

余先生 对,这一帖吃下去,以后消除腹水的问题就要以解决了,就是……

江院长 余先生,你看这样好不好,等你给他消除腹水以后,我们给她针剂注射。你们看呢?

刘　翔 晚期病人体质太弱,如果按照常规的剂量用药,恐怕病人吃不消。恐怕不行。

江院长 那就打破一些常规嘛。

罗舜德 对了,专区现场会议上有些经验介绍,是关于减少药剂反映的。(拿出材料)

江院长 (看,高兴)这真是个有价值的发现。

余先生 江院长,我们就按这个方法治起来吧。

罗舜德 这一来,全县五千多个晚期病人的问题都解决了。

方冬哥 晚期病人也能治好了?

罗舜德 能治好了,都能治好了。

刘　辉 苦妹子吃了药以后,情况很好,我们另外给她准备了一间单人病房。

方妈妈　谢谢你们，谢谢医生。

罗舜德　余先生，是不是我们一起去看一下？

［众人下。

［舞台渐暗，只剩下大楼的灯光，越来越亮，越来越亮。

［幕徐落。

尾　声

［一九五九年的春天，大跃进的春天。

［梅花开遍了原野，红的，白的，预报着春天的消息。田野里已经露出一片新绿，迎风飞舞的柳枝上也绽出花苞般的嫩芽。沿着堤岸，插遍红旗，风展红旗如画。

［人们挥舞着闪闪发光的锄头和洋镐，铲开隔年的堤土，连同杂草一同送进掘好的泥坑，埋掉或沤肥，有的人则挑起杂草和泥土，穿梭般在堤上下穿过，歌声此起彼落。

［歌声："上一道岭来，下一道坡，挑一担土来，唱一支歌。

一唱共产党领导好，二唱人民公社好处多，
唱得高山把路让，唱得河水无钉螺，
唱得老人浑身劲，唱得青年创造多。
唱得满山金朵朵，唱得遍地银驼驼。

［女声独唱：一人唱歌——

［合唱：万人合。

［苦妹子上，这是她治好了病以后，我们第一次看见她，两年不见，一个奄奄一息的晚期病人，已变成了一个丰满健壮的农妇了，浑

身充满了生命的活力。她就是女声的领唱者。

［李根香上，提着两个竹篮。

李根香　哎，快去帮血防站的同志搬东西吧！船就要来了。

众　怎么，今天就走？

众　不是说明天吗？

李根香　那儿等不及啊。咱们县里病人都治过了，人家县还没有呢。（数一下人数）够了，用不着都去。（部分人下）

苦妹子　你这是干什么？

李根香　送给他们的礼物，你们看看吧，七十四个红鸡蛋，五十七张结婚照片，外带县里发给我们的一张丰收奖状。

众　干什么？

李根香　咦，从前生病的人多，青年不发育，不能结婚；妇女不生育，不能抱娃娃。现在他们来了才两年，就给咱们成全了五十七对小夫妻，抱了七十四个胖娃娃，还闹了去年和前年两个大丰收，这几样礼物不就都包括了。

众　这倒有意思，你真想得出。

赵二婶　（看照片）哟，你们看这是谁呀？

众　谁呀？我看，我看，啊呀！苦妹子和冬哥多亲热啊？

［众纷纷抢照片看，跑下场去，李根香刚要走，罗舜德上。

李根香　船来了？

罗舜德　来了。

［刘翔挑一担行李上，根香下。

刘　翔　老罗，你的行李。

罗舜德　哎呀，这么重，你挑得动？

刘　翔　挑得动，你别小看我，我已经锻炼出来了。

罗舜德　（握手）对，锻炼出来了。

刘　翔　(握手)应当感谢你。

罗舜德　留下的工作和反复斗争的任务,就靠你们了,血防站今后还有很多工作要做,病人都治好了,不等于血吸虫病就彻底消灭了,我们不能麻痹,要让除害灭病的工作逐渐变成群众的生活习惯,不然它还会死灰复燃,等它再蔓延起来,我们就前功尽弃了。

刘　翔　是啊,担子还是很重啊! 你又走了,我一个人……

罗舜德　两年来,你有很大进步,以后只要能依靠党,依靠群众,就一定能克服一切困难,担子是重,可我相信你们一定能挑起来,我相信你们,再见吧。

刘　翔　什么时候再见?

罗舜德　在一条战线上,走的是一条路,还怕不能见面吗?

刘　翔　我给你送到船上去。

[群众又追逐着跑回来了。欢笑声中,张书记、江院长和余先生上。

张书记　老罗,总算赶上给你们送行了。

[另一边,方妈妈与李大爷上,方妈妈抱着孙子。

李大爷　张书记。

方妈妈　老罗今天就走了?

罗舜德　方妈妈,你看,大包小包,又该我大扫除了。

方妈妈　老罗,真舍不得你们走啊!

张书记　(向江、余)这回调动他们几个人的工作可真不容易呀! 老乡们都来提意见,说什么也不肯放他们走,把我喉咙都说哑了。

江院长　他们在这儿立下大功了。我还记得第一次到这儿来的时候,到处都是病人,可是你看现在,人民公社成立了,到处都是劳动的愉快紧张,跟过去是大不相同了。

余先生　我今年六十多岁了,我经历过清朝、民国两个时代,可是只有今天，毛泽东的时代，我才亲眼看到，在我们的国家里，出现这样的奇迹。

张书记 血吸虫病不治好，想动员这样十几万人，开展这样大规模的灭螺运动和水利建设，想从根本上改变农村面貌，那是不能想象的，苦妹子，你不是要社会主义吗？

苦妹子 是啊，将来我还要共产主义。

方妈妈 张书记，要不是共产党来了，把大伙儿病治好了，我们能过这么好的日子，我们还能团圆吗，我还能抱孙子吗？

张书记 （见方妈妈手中的孩子）方妈妈，这是你的孙子吗？

方妈妈 是啊，你看，他刚满一百天。

张书记 还没给你道喜呢。

方妈妈 （笑得合不拢嘴）都喜都喜，大伙都喜。

张书记 叫个什么名字啊？

方妈妈 春天来了，大伙治好了病，都欢欢喜喜的，我看就叫春喜，你看好不好？

张书记 好极了，好极了，比他妈妈的名字可好多了。

李大爷 人家他妈妈也不叫那个名字了。

张书记 哦，苦妹子也改名儿了？叫什么？

李大爷 孩子叫春喜，她，她就叫春喜的妈了。

［大家笑，群众拥着几位白衣战士上，他们有的背着保健箱，有的提着旅行袋。

罗舜德 张书记，我们就要走了，给我们讲几句吧！

张书记 你们的工作很好，在短短的时间里，病人都普遍地得到了治疗，多数人已经恢复了健康；预防工作也很有成绩，传染源基本上得到了控制。根据我们这一段的经验，我们是一定能够把血吸虫病在全国范围内彻底根除的，我们从此摆脱了苦难，就像枯树盼到了春天一样。(指着每一个人)你们看:不能生孩子的,生了孩子,李大爷再也不喊“人手不够,劳动力不够”了,挑不动的挑得动了,长不高的现在长这样高了……我来念两首诗来祝你们胜利吧!这两首诗是毛主席写的。

众　毛主席?

张书记　主席听说江西省余江县消灭了血吸虫病以后,心里高兴,一夜没睡着,就写了这两首诗。

方妈妈　怎么?一夜没睡着?

苦妹子　我们生病,他担心得睡不着;我们病好了,他又高兴得睡不着了。

方妈妈　(十分感激)那是他老人家把心都放在我们身上了。

[合唱声起——

张书记　这两首诗的题目叫:送瘟神。(开始朗诵)

绿水青山枉自多,
华佗无奈小虫何?
千村薜荔人遗矢,
万户萧疏鬼唱歌,
坐地日行八万里,
巡天遥看一千河。
牛郎欲问瘟神事,
一样悲欢逐逝波。
春风杨柳千万条,
六亿神州尽舜尧。
红雨随心翻作浪,
青山着意化为桥。
天连五岭银锄落,
地动三河铁臂摇,

借问瘟君欲何往？

纸船明烛照天烧。

［大家握手，罗舜德率白衣战士们下。欢送的群众，在河堤上排成了一个浮雕似的美丽的画面，有张书记、江院长、余先生；有刘翔、刘辉、秦文佩；也有苦妹子、方冬哥、方妈妈……他们目送着远去的白帆，目送着这一支为人民健康而战斗的“血防”队伍。

［《送瘟神》的歌声渐昂扬，庄严肃穆，气象万千。

［幕徐徐落。

［全剧终。

（1959年演出本）

话剧

第二个春天

编　剧

刘　川

作者小传

刘　川(1926—　),男,笔名黎弘、杜若,四川成都人。中国文联第四届委员,中国剧协第三、四届理事。新中国成立后,历任华东军区解放军艺术剧院创作员,南京军区前线话剧团编剧、军区政治部文艺创作室创作员。

人物表

冯　涛　三十八岁，海军上校

刘之茵　二十八岁，海军动力研究所研究员，女，大尉

刘之华　她的妹妹，二十岁，造船大学学生

刘　杰　她的弟弟，二十五岁，海军上尉

刘自强　她的父亲，六十岁，海军动力研究所所长

刘　母　五十岁

齐大同　四十五岁，海军某制造厂厂长

潘　文　三十五岁，制造厂总设计

老　梁　年过八十，当过北洋水师的老水兵

梁大威　老梁的孙儿，十八岁

小　马　二十四岁，青年工人

小　陶　青年水兵

小　金　交际处女同志

莎洛蒂　考尔曼夫人，五十余岁

格尔索斯　五十余岁

海军报记者

水兵数人

第一场

海军报记者　我是海军报记者，我们今晚演出的《第二个春天》，这是根据我写的一篇特写改编成的一个戏。正因为这是戏，所以就有真的、有假的，真真假假、假假真真。同志们看了戏喜欢呢，就回去告诉别人，要是不喜欢，就把意见告诉我，让我好修改。（大幕开：冯涛兴冲冲地提箱子出来）喏，这位就是我们戏里的主角冯涛同志，他刚刚接受了一个有趣而又艰巨的任务。你看他走得多舒坦，笑得多开心！他跟许多早年参加革命的老同志一样，走过一条漫长艰苦的斗争道路，上校军衔标志着他为革命付出的牺牲，他经受过战争与和平的考验，饥饿与困苦的考验，失败与胜利的考验，可是生活不放过他，还要他经受一次考验！……（冯走入二道幕内，刘之茵从另一头出）那边来了位女同志，还是海军大尉呢，她为什么这样激动？刚才她兴冲冲去开会呢，怎么现在……我忘了给大家介绍，她就是刘之茵，是冯涛同志的爱人，不不，我说错了，是以后的爱人，是第二个春天到来的时候……因为他们还没有一起工作、开会、看电影，还没有经过了解与误会、疏远与接近、争论与一致……别看样子文静，她还能打枪哩！她穿着军装，做的是细密复杂的研究工作，还会拉提琴，对、对，我们这个戏就是从她拉提琴开头的……

[灯暗、二道幕打开，现出刘家庭院全景，右方是一座白色小洋房的前部、门廊、走廊和石柱，左边一排低低的木栅栏把柏油公路和庭院分开，背后是远接无际的海港湾，海波无涯。船形点点，院内花草茂盛，葡萄架下散置着轻便桌椅，舒适安静，春末夏初的早晨，太阳刚刚露头，露珠还没消散，一派轻柔的小提琴声，从走廊下飘出来，这是刘之茵在拉提琴。她的弟弟刘杰，穿着军装坐在椅上静听，旁边放着旅行袋。

刘　杰　（听完一曲之后）太好了，大姐，你是音乐家，不该搞科学，你到文工团拉提琴，也许比给海军造兵船要合适……

之　茵　我喜欢又拉提琴又造兵船，离开海，我的提琴就拉不出声音了。

[刘杰模仿老人的声音背诵“海洋是生命的摇篮，海洋是人类的母亲，海洋是战士奔驰的疆场，海洋是保卫祖国的绿色长城。”

[两人同声大笑，刘杰沿走廊走去。

刘　杰　大姐我回舰队去了，姐姐再见。我跟小妹告别一声去。（叫着）小妹，小妹！

刘　母　（从窗上摆头出来）小妹找小马去了。

刘　杰　睁开眼睛就去找小马……呵，十八岁小姑娘就忙谈恋爱了！……

之　茵　这怎么叫谈恋爱呢，男孩子女孩子在一块玩玩，社会主义时代的幸福儿童嘛！快乐，幸福，理想……就是她脑子里的一切……

刘　杰　好吧，就等着听这支无忧无虑的百灵鸟唱她的小夜曲吧！（突然）大姐，我倒想问问，你的小夜曲什么时候唱起来？

之　茵　你还是问问我的海鹰什么时候飞起来吧！

刘　杰　海鹰会飞起来的——我希望造海鹰的人也能快乐地飞。

之　茵　没有翅膀，飞不起来——

刘　杰　我觉得老潘同志一直对你很好——

之　茵　老潘，我觉得老潘没有必要对我好。

刘　杰　（失笑）那就只有等你的海鹰号了？（热情地伸出手）别忘了，大姐，我是第一号海鹰驾驶员。

之　茵　谢谢你的支持，好兄弟——你不怕爸爸骂你。

刘　杰　我是海军战士，胆子没那么小！

之　茵　可是我需要上面的、更有力的支持，（放下提琴）那我就可以放下提琴，马上投入试验了！

［刘母拿出一条漂亮裙子出来。

刘　母　之茵，来，换件衣裳。

之　茵　干吗换衣裳？

刘　母　干吗换衣裳！老齐不是说今儿要介绍个人来见你吗？回头见面总该有个样子么！……

刘　杰　妈！原来是齐厂长在给大姐做媒呀？

刘　母　就数人家老齐是热心人了……

之　茵　哎呀，妈，现在不是扯这些事的时候——

刘　母　还不是时候？要等妈多么大岁数才是时候？

［港湾里突然响起汽艇声，越来越大。

刘　杰　汽艇！（与之茵同至岸边瞭望）朝我们这里开来的。

之　茵　冒失鬼！怎么在右边这条危险航道上开快车！（挥手大喊）喂！这边危险，开到左边去！左——边——糟糕！听不见！（焦急，突然）刘杰，把手枪给我！

刘　杰　（不语）唔？

之　茵　快（接过枪，向汽艇方向连开三枪）这行了！

刘　杰　没改变航向嘛！（汽艇声更近）

之　茵　简直是木头！汽艇非给他撞碎不可（又要喊“喂——”，忽向屋里跑）我给指挥所打电话去！

刘　杰　来不及了！大姐，汽艇已经靠岸了。

［刘母叹了口气抱衣回屋内，之茵也要进屋，但汽艇已靠近堤岸，马达声减弱，她又走回来。

［两个海军军人跳上堤岸，走进院里，前面就是冯涛，仍提着箱子，后面是水兵小陶，挂着枪，刘杰连忙敬礼。

之　茵　（怒气冲冲）对不起首长，我要给你提个意见。

小　陶　（也是怒气冲天）对不起首长，我也要给你提个意见——

冯　涛　（制止）小陶，（望着之茵手里的枪）枪是你打的？

之　茵　你听见了？

冯　涛　听见啦！

小　陶　政委，要批评批评他们？

之　茵　政委同志，难道你没有看见航道上的危险标志？

冯　涛　看见了，这里我很熟悉。（轻声）十年前我学海军，就是打这条航道练起的！

之　茵　原来你有十年冒险经验了！

冯　涛　可能还要长一点儿……我说一个人对困难危险不服气不能算是冒险，对吧，同志？

之　茵　那得看什么人！

冯　涛　对，那得看什么人！（望着生气的之茵）我猜你是四川人。

之　茵　你从哪点看出来？

冯　涛　说话——只有爱吃辣椒的人才这么说话，我猜对了？

之　茵　不，一点儿也不对，我是浙江人，海边长大的——我猜，您跟我是同乡？

冯　涛　为什么？

之　茵　只有海风海浪里长大的，才好冒险——

冯　涛　真可惜，我倒是地地道道的四川人。

［刘杰和小陶都笑了，刘杰走上前。

刘　杰　对不起，首长，我大姐并不是——

冯　涛　没关系，同志，这里我很熟悉，二十年前还真有人在这打过我。

刘　杰　什么人打你，首长？

冯　涛　帝国主义海军陆战队……镇压罢工……（望着公路一带）对，就在这，倒下了一大片……（半晌）哦！小陶，走！

小　陶　（也不让步，对之茵）首长，往后打枪，先看看条令，子弹不是随便浪费的。

冯　涛　快走吧，小陶！

小　陶　（走两步，突望门廊）政委，就这啦。

冯　涛　（看门牌，急转回，向之茵伸出手）你就是设计海鹰号快速舰艇的刘之茵同志？我叫冯涛，海军总部派我来参加海鹰号试验工作。……

之　茵　（兴奋）哦！你是专为海鹰号来的？刘杰，太好了。是的，这是我弟弟刘杰。

冯　涛　总部和前线部队一样，希望尽快……看到一支又一支的“海鹰”飞到海防前线去，去捉那些讨厌的“米老鼠”！

之　茵　你看见过“米老鼠”？

冯　涛　看见过，不止一次了，……这是敌人的得意杰作，溜得快，溜得远，像老鼠一样，经常在我们领海上打洞。

小　陶　真想逮他一支活的。

冯　涛　这得靠科学家和工人们的智慧，让海鹰号飞起来，……反正，这很快了，对吧，之茵同志？

之　茵　是的。

冯　涛　我很高兴能接受这样一个愉快的工作任务，看海鹰怎样跨海飞腾……一接到命令就赶着来，我就怕错过了看试验的机会……

之　茵　恐怕你是要错过机会……

冯　涛　预定试验日期不是在本月十五号吗？

之　茵　下月十五号也不可能了。

冯　涛　总部又改变了命令？

之　茵　不，有人在昨天的会议上反对试验——

冯　涛　谁？

之　茵　我父亲。

冯　涛　刘所长？他反对你？你不正是为了实现他三十年前提出的理论才设计了海鹰号吗？

之　茵　但是，他反对试验，（冯涛困惑地沉默了，她突然激动起来）我现在需要有力的支持，冯政委——

冯　涛　叫我老冯吧！在这儿我不是政委。

之　茵　好吧，冯涛同志，你想想我现在有多苦恼，我和我们海鹰号设计小组全体同志在这个设计上花了五年的时间，经过了几十次局部试验，我相信找到了真理，我知道海军同志们日夜盼望着，我要在海上试验来证实这个想象，可我父亲这个权威人士反对试验。

冯　涛　这可是新闻……是不是你父亲跟你感情不太好？

刘　杰　不，爸爸最喜欢我姐姐，在她身上寄托了全部理想……大姐，话长咧——我们屋里去谈吧！

之　茵　对，屋里坐，跟我们一起吃早饭吧，妈——

刘　母　（出）什么？

之　茵　老冯同志在我们家吃早饭，你添点吃的吧。

刘　母　（欣喜）哦哦，我给你煎几个荷包蛋好吧，冯同志？

冯　涛　这么说我要走运了，老太太。

［之茵兄妹陪冯涛入内，刘母一直注视着冯涛。

刘　母　（自语）面子上看没脾气，人挺随和，跟之茵也谈得来……（拉拉小陶)小同志,他是你们什么首长?

小　陶　政委。

刘　母　多大岁数?

小　陶　不大,不大。

刘　母　家在哪里?

小　陶　不远,不远。

刘　母　老家里有人吧?

小　陶　不多,不多。

刘　母　都有些谁?

小　陶　有爹,有娘。

刘　母　还有呢?

小　陶　嗨,老太太,你又不招他当女婿,追根究底的干吗呀!

刘　母　你管我招不招女婿?……

[小陶进屋去了,窗口上现出之茵和冯涛俯视桌上,侃侃而谈的身形,刘母在窗边窥视,穿短裙,拿毛巾,头发披散的刘之华拉着小马进来了。

之　华　(跑上门廊)看什么?稀奇呀!妈?

刘　母　(一惊)别嚷嚷!(笑容可掬指窗内)有人来啦!

之　华　爸爸的客人?

刘　母　你大姐的,(低声)老齐给介绍的。

之　华　哎呀,大姐——(欲推窗)

刘　母　你疯了!(推她下门廊)不许你扰乱你大姐去,这么大了一点人事不懂。

[之华伸伸舌头,走回来。

小　马　(心神不定)你们家有客,我回去了。

之　华　我不准,你还不知道我今天的计划呢!我们吃了早饭就出发,上午爬西山照相。

［栅栏门外一个声音“我去”——那是胖胖的梁大威，他一跃身进栅栏来。

之　华　你回去，（又对小马）下午到海滨浴场，游个痛快！

大　威　我去！

之　华　嘘！（对小马）晚上回来看篮球赛……好不好？

大　威　好，我去——

刘　母　净想玩，看你爸爸不骂你。

之　华　爸爸也得讲民主！

刘　母　民主，你爸爸读书那会儿……

之　华　又是那会儿，那会儿是半封建半殖民地，人活着为受苦，这会是社会主义，人活着为享福。

大　威　对，民主，我提议，马上出发。

之　华　你少烦，不怕你爷爷骂你。

大　威　不怕，爷爷也得讲民主，小马，走！

小　马　不，之华，别尽想玩，海鹰号马上就要……

之　华　你和大姐一样光知道海鹰号，不知道生活，你真不想玩去？

小　马　唔。（向外走）

之　华　好，大威，他不去，我们去！

大　威　好，我还没吃早饭呢，你等我一下。（飞越栅栏而去）

小　马　别生我的气，之华，活没做好，我心里总像挂了个钩子……（之华不睬）你头一次做这样重要的精密部件，多下点功夫，对你学造船……

之　华　我对造船没兴趣了，要改学游泳，我发现自己做游泳健将比做造船专家更有前途！

小　马　什么时候发现的？

之　华　上礼拜去海滨浴场的时候……

小　马　奇怪，前不久你不还说，毕业后要跟我一起为人民海军造出世界上最好的军舰吗？怎么，现在……

之　华　所以说，你根本不了解我，也不关心我嘛！

［她负气向屋子走，却与之茵、冯涛相遇，之茵谈得很激动，冯涛却默默不发一语。

之　茵　生活里总有一股强大的习惯势力，要你踩着别人的脚印走，别人怎样生活过来，我们还要怎样生活过来，为什么我们不能找一条新路走，找一种新样子生活？

之　华　说得太好了，大姐，我们这儿就是有人爱搬“从前哪会怎样怎样”来训人，好像讲民主也错了，当游泳健将也坏了。

之　茵　小妹，怎么一大早就往外跑了，爸爸要你把实习数学题算出来，不算好不许你出去！

之　华　算那干吗？我决心当游泳健将了（入）。

之　茵　（诧然）游泳健将？……小马，她怎么啦？

小　马　兴趣又变了……刘研究员，海鹰号准期试验吗？

之　茵　你问这位冯政委吧！……（对冯）他是海鹰修造组的青年突击队队长。

冯　涛　哦！（对他伸出手去）工人同志们都想试验吗？

小　马　工人们自己心意是要早点把海鹰号送到海军战士手里，去打击侵犯我们领海的敌人，海军没有高速军舰就像海鸥没有强硬翅膀……

冯　涛　你是海军复员的？

小　马　是的！政委，复员前我是484艇轮机兵。

冯　涛　那是支老艇。

小　马　是，又老又慢，不能拿这种东西对付敌人，应该给战士们造出又

快又好的舰艇，让敌人见了发抖，我们就是这个意见，政委同志（习惯地敬举手礼，下）

之　茵　瞧，这就是群众的呼声。

记　者　（默默地走向观众）你们看，这怎么办？冯涛同志来参加试验的，可刘之茵倒要他决定试验不试验，他凭什么信她的话，又凭什么不信她的话？……这位女同志真有点特别，她那话音里，眼神里，总有一股打动人，使你非信不可的力量，对吗？

冯　涛　对，我应该支持她……（走两步，又停住）

记　者　不忙，她爸爸是国际闻名的专家，也总有他的反对理由，是不是先问问他去？（向之茵走去）

冯　涛　之茵同志，我想找找你父亲！

之　茵　我父亲可不大好对付，又固执，又有学问，他会动摇你支持我的决心！

冯　涛　我从来不喜欢动摇，我也没说决心支持你。

之　茵　不，你说了！

冯　涛　哪里？

之　茵　眼睛，你看我的图稿，听我讲情况，听小马说话时的眼神说明你是支持我的，对不对？

冯　涛　不知道……

［冯涛整装欲出，但栅门外传来老人们唱："海洋，你这生命的摇篮……"的歌声，执着鱼竿、鱼桶的刘自强和老梁回来了，之茵急忙去接东西。

之　茵　老梁爷爷！

老　梁　嗳！

之　茵　爸爸！我反对你们这样冒险出海，你这么大年纪了，又不是小伙子。

自　强　生理学上没规定六十岁的人不能出海钓鱼。

老　梁　是这话，人家姜太公八十几稳坐钓鱼台，我今年才八十。还不能出海钓鱼。大姑娘，咱们北洋水师那会儿……

之　茵　那会儿你才十三岁，老梁爷爷！（收他们的渔具）对不起，我统统没收。

自　强　跟北洋水师一样专制……（冯笑）你是……？

冯　涛　我在等你，刘所长！（给他一封信）

自　强　（看完信）来得好，早就听说你在海洋动力学方面很下过一番功夫，来给我们解开这个无定数方程式。（对之茵）请你拿点茶。（之茵下）你跟我女儿谈过了？她很苦恼，我也不愉快，可我们都想祖国有一支强大的海军……

老　梁　是这话，比北洋水师还大……

自　强　又提你那个北洋水师，那是旧式船队。

老　梁　旧式？同志，那会儿北洋水师兵船开出来，瞧吧，烟是烟，雾是雾，迷迷腾腾把海都浸住了，那会儿咱们中国——

自　强　那会儿中国就不行！没有科学，没有工业，北洋水师就活不长！

老　梁　（叹息）是这话，活不长……

自　强　靠帝国主义帮我们建设海军？那是梦想，中国，要有自己的科学、自己的工业、自己的海军！

老　梁　是这话，所长，咱们北洋水师那会儿……

自　强　你等会儿再扯北洋水师怎么样？老梁！我要跟老冯同志谈谈工作。

老　梁　是这话，谈工作要紧。（喊）大威！

［大威答应。

老　梁　我就住这西头不老远，你请来坐。

大　威　（上）爷爷！

老　梁　这就是我的孙子，我就住在西头不老远，打我爹当北洋水师的时候，就住那儿。是这话，谈工作要紧。（回身和冯涛握手，向刘老敬礼）

老　梁　钓鱼竿子呢？没收了，没收了。

［大威同爷爷下。

冯　涛　老人家很有意思。

自　强　他是个天才，也是一部活历史，不但是个优秀的水兵，也是精通造船舶机械的好技师，帮我解决过不少难题。坐吧，你一直在海军吗？

冯　涛　从人民海军成立那天起，一直在东南沿海的基地和岛屿上。

自　强　（点头）在甲板上过了无数的春天和秋天，是个真正的海军战士……（突然）我想以海军战士的忠诚坦率向你提个忠告怎么样？

冯　涛　正想听你的呐。

自　强　（把信还给他）你带着信回总部去，就说试验推迟了，失败了，你没有必要留在这里了——

之　茵　（正好端茶出来）爸爸！

自　强　（对之茵）我们不应该把一个前线的战士拖到我们这个纠纷的矛盾里来，他们只应该接受我们的海鹰号，不应该也来矛盾苦恼。（诚恳地对冯涛）老冯同志，你来的时候，心里大概这么想，轰轰烈烈地建设事业，是全党、全民的一致愿望，建设一支保卫祖国的强大舰队，我们有力量、有决心，一定是胜利接着胜利……可是，我告诉你，这是我女儿热情的幻想，所以她总觉得自己干得差不多了，能成功了，可是生活会告诉你另外东西，在我们长期受穷落后的国家里，即使造一颗超过别人的螺丝钉，也要付出无穷的智慧劳动，还要学习、学习……可有多少人肯认识这一点。

之　茵　我从来不想否认这点，爸爸！

自　强　可是你自信得令人奇怪，全不考虑失败的结果。之茵，一次大规模试验的失败，可能真正毁灭了你的方案，你懂吗？……老冯同志，我敢肯定地断言，不再经过一段长期艰苦的努力，海鹰号是飞不起来的。

之　茵　可是爸爸，一次大规模试验也可能推进方案，爸爸！该冲锋的时候不冲锋，海鹰号也同样飞不起来的。

冯　涛　我听说专家们举行多次讨论，并没有对之茵他们的设计提出推翻意见。

自　强　这是当然的，从我30年前在欧洲提出用海水反压力增快航行速度起，无数个实现这个理论的设计方案提了出来，但没有一个能超过我女儿的设计。可你能说，她的设计已经成熟了？

冯　涛　试验不是可以帮助成熟吗？

自　强　哦，你已经有点受我女儿的影响了，你得当心，老冯同志！你可以到制船厂去看一下前面几十次局部试验的记录，在我们国家目前比较困难的时候，我反对随便浪费珍贵的物资去做大型试验，请你相信，我比任何人更急切地想看见我多年的假想成为事实，让海军战士们驾着海鹰号去捉“米老鼠”。（冯涛默然）对不住，我使你有点不愉快了，是呀，我已老了，说话就容易使人泄气了……一会所里还要开党委会，你先坐坐。

［刘自强入内，冯涛和之茵相望沉默，半晌，刘母又拿衣服出来，见状，稍停住。

之　茵　（紧张地期望着他）我爸爸的意见很尖锐——

冯　涛　真理总是有些刺耳的……你生气了。

之　茵　（愤怒地扬了一下头）不！有点失望，那你就听爸爸的建议，回去吧！

冯　涛　为什么回去？

之　茵　你是前线的战士，用不到卷入我们这场斗争里来！

刘　母　（惊惶）之茵，怎么对人家这样！

之　茵　我不会别样。

刘　母　你，你这是……（焦虑地向冯走来）你别见怪，她就是脾气倔……

冯　涛　没什么，老太太，明儿我来，她又会好的。

刘　母　就是，就是，你往后可要常来呀……你爱吃荷包蛋就十五号再来好不好？

冯　涛　为什么要十五号？

刘　母　（悄悄地）我们之茵的生日。

冯　涛　哦！那我一定来。（想自己的）

［他刚想走，小陶穿好衣服出来了，刘母即出。

小　陶　政委，说你马上要回去了。

冯　涛　不，你听错了，是以后要回去，还要开着海鹰号回去。

小　陶　那可好，政委，这回回去，我一定不怕艰苦挫折，自修好无线电遥控控制课程，争取当一名在海鹰号服役的战士。

冯　涛　对，好好学习，学好技术，学好复杂的生活！

小　陶　是，再见，政委，等你的好消息啦！（敬礼，跳下堤岸，汽艇声，冯涛挥手送别）

冯　涛　再见了。

［冯涛向栅栏门走去，传来两声汽车喇叭声，一个身材魁梧、精神愉快的人走进来，他打量一下冯涛，立即伸出手。

老　齐　总部来的冯涛同志？（冯点头）我在家等你，他们说你上这儿来了，我是老齐呀，制造厂的——

冯　涛　久闻大名，我们海军里都知道有个“齐厂长”。

老　齐　对，久闻大名的齐厂长，这个人脾气还好，性格古怪，合作关系不容易搞好，是不是？

冯　涛　这几句鉴定有待事实证明。

老　齐　会有事实证明的——怎么说呢，先安顿一下住处怎么样，你喜欢听工厂里的机器吵，还是研究所的安静，要不，住到海边去，看潮涨潮落……

冯　涛　随便吧，反正是光杆一个。

老　齐　你的那口子不在一起工作。

冯　涛　那口子，八年前在朝鲜牺牲了。

老　齐　哦……（沉默）现在还是一个人？

冯　涛　一个人。

老　齐　不要紧，这件事包在我身上了。

冯　涛　这只能包给我自己！

老　齐　你跟我见外！

冯　涛　不，不……

老　齐　我懂，我懂！你要的条件高，性格啦、志趣啦！不要紧，我一定给你解决这个困难。

冯　涛　你帮我解决眼前的困难吧，瞧，总部派我来参加试验，没想到你们昨天又起了变化。

老　齐　这是我们这儿正常现象，万里晴空，忽然堆起乌云，一溜平波，转眼腾起大浪，只有风浪里滚出来的老渔民才懂得怎样在这儿行船使网。

冯　涛　是怎样行船使网？

老　齐　随着浪头飘去。

冯　涛　老齐同志，你是搞过多年海军建设的专家，我只不过是搞一个海鹰号，老同志不说客气话，我在这只有依靠你。

老　齐　（望了他一会儿）你肯依靠老齐吗？

冯　涛　还有谁比你更熟悉、更了解这儿的一切呢？

老　齐　那你得准备着，我这人身上有刺儿——

冯　涛　不要紧，我会拔刺儿……你来拿个主意吧，老齐，我们怎样对待这父女俩的争执？

老　齐　你听着。

冯　涛　试验呢？

老　齐　等待总部决定。

冯　涛　总部？总部还不是靠我们？……同志，你好像不大赞成试验。

老　齐　我没这么说。

冯　涛　那你赞成试验？

老　齐　谁说我赞成？不反对就要赞成，这是什么逻辑？我考虑的只有一样，后果。

冯　涛　什么后果？

老　齐　好后果和坏后果，专家们争起来轻松，我做起来严重，就让他们争吧、争吧！……

冯　涛　他们要请你做决定呢？

老　齐　干吗我要做决定，老冯，告诉你一句我几年来得到的教训，不要激动，不要做肯定结论，至少不会出娄子挨批评。

冯　涛　我再给你补充两句，多叫点困难，多给自己留点余地，对吧！

老　齐　对对！这是经验之谈，怎么样？

冯　涛　（困惑）同志，你把我弄迷糊了……

老　齐　迷糊就迷糊吧，不要紧，慢慢你就不迷糊了。

冯　涛　老齐同志，我看还是找老刘一块谈谈。

［老齐向门口走去，叫着。

老　齐　老太，老太！你今天做什么好吃的招待客人啊！

刘　母　（急迎出）哟！老齐来了，快来吃荷包蛋，你也请，老冯同志……

[冯涛只得应声跟入，窗户内传来杯盘声、笑语声，梁大威跑来。

大　威　(在门口低声叫)之华，之华。

之　华　(丢衣给大威)接着。

大　威　小马呢？

之　华　不睬他，我们走。

[之华、大威欲出，神采奕奕的潘文提着一包东西走进来。

潘　文　之华，之华！

之　华　哟，潘大哥回来了？

潘　文　之华！忙着上哪去？等等，你猜我给你带什么回来了？

之　华　是不是游泳衣啊？

潘　文　不，最新版的《现代造船工艺学》。

之　华　(把书扔在桌上)我不学造船，想改学游泳了。潘大哥。

潘　文　兴趣又变了？你不是立志要学大姐的精神，终身为海军建设服务吗？

之　华　那是春天的事，现在是夏天了……我还是当游泳健将有希望，我需要一套好的游泳衣。(向内叫)大姐，有人来了，大威，快走。

[拉大威跑下，之茵走出。

[潘文笑望着之华的背影，听见之茵足步声，忙回来迎上。

潘　文　之茵，瞧，为了你的试验，我到底提前赶回来了，我觉得……(听见窗内谈话声)什么事这么热闹？

之　茵　总部派来的代表，冯涛同志刚到……在北京听到什么消息吗？

潘　文　(恢复原来的声调)听到了重大的消息，四面八方都在注意这个试验的结果，连国外报纸杂志都在猜测、议论，国际闻名的刘自强博士的女儿、红色青年专家刘之茵的名字就要传遍全世界。(拿出一卷杂志、报纸)看看这些国外的报纸、杂志——你看，你看！

之　茵　（推开报纸）我不是问这些废话，老潘。

潘　文　好，那我先问一句正经话，刘老是不是提出反对试验的意见？

之　茵　（点头）很坚决！……我本来指望得到冯涛同志支持，看样子，他好像给爸爸征服了……

潘　文　我早就担心这点。（突然向前走一步，积极地）那你就再考虑一下我的那个方案，我们俩合作从头来起怎么样？

之　茵　干吗又提这个老问题？

潘　文　我们俩的想象和智慧结合在一起，刘老就完全放心，他关心你、爱你，可不大信任你！

之　茵　不！这个设计是个幻想，也许从我童年爸爸带着我去海岸边看外国军舰时起，这个幻想就产生了，我愿意为他付出生命，不能让别人来轻轻敲碎它……

潘　文　我完全是帮助你实现幻想，怎么会敲碎它？

之　茵　你明明知道你跟我幻想的是不同的道路，你只想改进现有动力装置的速度，我呢，为了实现这个幻想必须创造一种超过"米老鼠"的高速度的动力装置。

潘　文　完全可以结合起来嘛！难道你看不出来，我连后半生的生活都准备跟你结合起来吗？

之　茵　你别提这个。

潘　文　要提，这次我看到母亲，她头一句话就问我，为什么你没有跟我一齐去？

之　茵　你应该告诉她，我永远不会跟你一起去。

潘　文　真骄傲啊！

之　茵　老潘，不要自寻苦恼吧！

潘　文　自寻苦恼？

［屋里人涌出来了，一路上说着话。

自　强　（对冯涛）是啊，老冯同志，你这是自寻苦恼，……你决定不回去吗？

冯　涛　没有理由走啊！

刘　杰　爸爸，你这是天真的想法，军人怎么会因为困难，随便退却逃走？

自　强　上尉同志，这个问题你不懂，没有发言权。（看见潘文）哦，潘文回来了，（对冯）认识一下吧，潘文！

老　齐　我们厂的总设计师。

冯　涛　冯涛。

潘　文　潘文。

自　强　（打断）你来说说你对这个僵局的看法吧！总设计师……

潘　文　我无能为力，之茵非常自信，她始终拒绝跟我合作……

老　齐　刘老，这是要等总部决定的问题——

之　茵　（走前）不用等了，冯涛同志虽然代表总部来参加试验，可是爸爸告诉他，这个设计不成熟，后果太可怕，他呢？大概已被说服了，试验要无限期推迟下去，是这样吧，冯涛同志？

自　强　（对之茵）能推迟，对国家、对你都好……

之　茵　（焦急地）冯涛同志，你怎么不说话呢？

冯　涛　（走向她）你希望我怎么说？

之　茵　我希望你多想想侵犯我们领海的“米老鼠”，想想守卫前方的海军战士，想想海洋上的渔民。这样无限期拖延下去会造成多么大的损害……我对我们这个设计是……有把握的。

［她说着流下泪来，捂着脸跑进屋子里。

刘　杰　大姐！

冯　涛　之茵！

老　齐　（半晌）哟！同志们！这是干吗？今天大礼拜的，老冯才来，老潘刚到，咱们该快快活活地出去走走呀！上海滨公园去怎么样？我搞车子来……

冯　涛　我赞成上海滨公园，不过，刘老，难道之茵同志的方案连试验的价值都没有吗？

自　强　你想说，应该试验吗？

冯　涛　我想也许可以试试。

［灯暗，幕下。

第二场

记　者　时间过得真快，半个月过去了。在这半个月的时间里，冯涛同志深入群众，听取意见，积极想办法使海鹰号能早日飞起来，好尽快消灭那些进犯我们祖国领海的“米老鼠”。但怎样才能飞起来呢，这不是一件容易的事，有的人想早一点飞，有的人想慢一点，等条件成熟了再飞，这就是刘家父女争论的分歧点，而老冯呢，认为只有试验再试验才能接近成功。因此，他说服了刘老，并且向总部作了请示。而总部呢？同意了他的请示，并决定他以总部代表身份来领导这次试验。海鹰号终于如期进行海上试航了。（轰响）你们听，这是什么声音？我应该去了解一下试验进行得究竟怎么样了。

［半月后，刘之茵生日的傍晚，仍在刘家庭院葡萄架下摆好矮桌矮椅、鲜花、水果、饮料、炊具，暑热虽未退尽，但夕阳西沉，海上已漫起薄雾。

［老梁、刘母和海军报记者不安地在等待刘之华打电话——刘之华穿着工装，坐在窗槛上对话筒大声嚷嚷着。

之　华　喂！我要接试验场。对，试验场……什么？……占线。（挂电话，一会儿又接）我问刘所长他们是不是马上回家？海军报的记者同志等他们呢！……喂！小陈，试验结果到底怎么样？……不知道？鬼东西，骗人！你当我没听见刚才那声爆炸啊！还保密呢？得了吧你！（放下电话，跳下窗槛）记者同志，你就别走吧，爸爸他们就回来。

记　者　行！不着急。

老　梁　（坐不住，叫）大威，大威——（叹气）这孩子又跑没有影了。

之　华　你们都别急，爸爸一回来，什么都清楚了！（欲入内，又停）妈！你请冯代表没有？

刘　母　请了，谁知道人家来不来？

之　华　请了，准会来。（入内）

刘　母　能常来倒好……老梁爷爷，我说这人蛮不错，你看呢？

老　梁　错不错得慢慢看……

之　华　（换了衬衫、裙子出来）你看不错没用，妈！爱情只能按各人兴趣……

刘　母　开口兴趣，闭口兴趣，兴趣就能成事啦？你爸爸还在问呢，你在厂里实习得好好的，怎么兴趣又变了？

之　华　根本没变，我是找到真正的兴趣了。为什么我们家的人不当海军，就造兵舰？迷信！

老　梁　二姑娘，咱们都是离了海就不能过日子的人！

之　华　哪，我当海上游泳健将！

刘　母　你是学了两年造船专业的呀！

之　华　没兴趣！十年八年也学不好。

记　者　嘿！有意思。

之　华　社会主义制度的优越性就是给青年人创造按兴趣发展的条件！

大　威　(忽地在栅门出现)我同意!

老　梁　你同意什么啊?同意个屁!

大　威　你们老年人要尊重我们年轻人的兴趣。

老　梁　是这话,怎么尊重呢?

大　威　譬如你吧,爷爷!为什么非叫我学造船呢?不是机器,就是海,真单调!我的兴趣,本来,本来……

老　梁　也当游泳健将……

大　威　呃!健将!(之华大笑)……哦!不,不,我身体胖,游泳没前途……

记　者　学什么有前途呢?小兄弟?

大　威　学……之华,我该学什么?

之　华　问你自己的兴趣嘛!

大　威　(抓头发)谁知道什么是我的兴趣?

老　梁　(怒喝)给我滚吧!小砍头的。兴趣,兴趣,饿你三天,看你兴趣不兴趣!

大　威　呃呃,又不讲民主了。

老　梁　民主,民主,你说什么叫民主?

大　威　民主就是兴趣。(众笑)

记　者　小兄弟!光凭兴趣,随心所欲,这不是民主。

老　梁　唉!是这话,开口讲民主,闭口讲民主……你怎不讲讲你爹怎么死的,你爷爷这条腿是怎么残废的?帝国主义。你……(举杖想击)滚滚!回来,谁叫你上这儿来?

大　威　是你叫我来打听刘大姐试验的消息的呀!

老　梁　是这样,你怎么不学学刘大姐!

大　威　学她抹眼泪呀?

刘　母　抹眼泪?(上前)

大　威　试验全毁了，她不抹眼泪？

［台上人不约而同的“啊！”一声，刘母突向外走。

刘　母　我看看她去！

老　梁　走！大威。

［还没出门，刘自强已经挽着女儿的手臂回来了，父女俩穿着工作服，女儿的脸上毫无表情。

刘　母　之茵！

之　华　大姐！有人等你呐……

自　强　请坐。

之　茵　（向记者伸出手）你等久了，同志！

记　者　没什么，恐怕我来得不是时候？

自　强　正是时候，瞧！正准备给之茵过生日呢……你得跟我们喝杯酒。

记　者　谢谢。

刘　母　之茵，进去换件衣裳。

［之茵下。刘母随下。余人就到自强身边来。

老　梁　究竟怎么回事啊，所长？

自　强　（轻声）高速度引起了爆炸起火……全完了……我看见了他们拖回来烧焦了的“海鹰号”……（声音大了）可怕的损失！

老　梁　大威，快走，跟爷爷看看去。（急步走出，大威跟出）

记　者　这样看，我暂时没有什么可报道的东西了？

自　强　不！你可以报道，真正要为社会主义建设点东西，是多么不容易啊！

记　者　依您看，最近还可能进行试验吗？刘老！

自　强　我们现在的任务要继续研究烧焦了的海鹰号……

记　者　（站起来）烧焦的海鹰号，我看看去……（出）

［自强瘫坐椅上，垂头半晌。

自　强　之华……

之　华　（坐在他座椅的扶手上）爸爸，你难过吗？

自　强　我心痛。孩子，很痛……

之　华　（给他捶背）别这样，爸爸！以后别叫大姐搞这种难题就好了……能设计的东西多得很，干吗非去吃苦，挨批评，碰钉子？……

自　强　干吗？你看爸爸的头发白了没有？白了？爸爸比你小一半的时候，就看见帝国主义的军舰冲破前面的海浪，爬上这片土地来杀人放火，那边就是浸染着海港大惨案鲜血的地方，海，是祖国的门户……可是我们穷、落后，就要多吃苦拼命，爸爸就拼白了满头须发。（音乐起）

［之茵换了衣服拿着提琴出来，刘母也跟出。

之　茵　（拉了一会，突察觉母亲的眼光）是不是该吃饭了，妈？

自　强　不等客人啦？你妈妈请了冯代表。

之　茵　不会来了，他大概正在怒火燃烧的时候。

自　强　烧吧，烧吧……（坐桌旁，端起酒杯）照我们家的老规矩，为你的生日干一杯！

老　梁　看见了，看见了，所长！好好的一条船烧成了烂烟囱，比那年大东沟烧北洋水师还难看……

自　强　你这比方不对。

老　梁　我不比方，我只说，大姑娘，你心强志气高，为什么不听听旁人的话？

之　茵　是没听你和爸爸的话，老梁爷爷。（冯上）

老　梁　是这话，你听冯代表的话，他是管打仗的，他明白多少底细？

之　茵　不。

冯　涛　老梁爷爷，不完全是这样。

自　强　（对冯）这大概是我女儿对你的影响！

冯　涛　刘老，我不这样认为，我只是把这个方案的成熟性估计了多一些……

自　强　那么是热情蒙蔽了你。

冯　涛　对，你批评得很对！

刘　母　别扯这些了，快来喝酒，老冯同志，我给你煎荷包蛋去。

老　梁　冯代表！

冯　涛　老梁爷爷，坐下来谈。

老　梁　你多估计一些不要紧，国家的损失，里里外外的影响……叫海军战士知道会怎么想？

小　马　师傅！这不怨冯代表，他怎么想得到……

老　梁　应该想到，他是负这个责的！

冯　涛　老梁爷爷，我也跟你一样，好心好意想让海鹰号快飞起来。

老　梁　光好心好意还不够，要的是事情办好。

冯　涛　对。

［梁怒冲冲地下。

之　华　冯代表！别听他那一套，你有兴趣怎么搞他管得着？大姐，大姐，你干吗非吃这苦头不可？

之　茵　我有兴趣。

之　华　吃苦头挨批评的兴趣？真滑稽。冯代表。

冯　涛　你这么说才滑稽呢？小妹妹。

之　华　（调皮地）对了，你们都是反对我当游泳健将的，不跟你们谈。小马！晚上去看电影好吗？

小　马　还看电影呢？我要检查你做的这根丝杆……

之　华　你别生气。小马，实习一满，我就申请转体育学院，你造船，我游泳，不一样是好朋友吗？

小　马　（摇头）那就找爱游泳的人当你的好朋友，我的好朋友是跟我一

起造海鹰的人。（下）

之　华　真狭窄。（追出）你等等，小马！

自　强　冯代表，半月前你不想走，现在也许想走了吧？

之　茵　你想走？

冯　涛　你认为我应该走？

自　强　不，我认为你不应该走，半个月以前，你对我说：“（学冯）刘老，国家暂时有困难，这是事实，可是，钱只要花得得当，就不能算浪费，即使失败啦，那也是向成功更加靠近。”你说服了我，我同意试验，如果你现在一走，叫人家怎么想呢？海军战士在困难面前退却？不，冯代表，你得顶住。

冯　涛　谢谢你的鼓劲。

自　强　你不能走。（下）

之　茵　你还没喝酒哪？冯涛同志，你代我受气了。

冯　涛　不。

之　茵　这次试验对我十多年的幻想，五年多的努力，做了结论，没有再继续的可能了。我的幻想再有价值，谁还会再来支持？

冯　涛　之茵同志，别这样想，领导，领导会支持。

之　茵　我知道领导会支持，可我不能让国家给我浪费第二次，在我自以为胜利在望，其实是……我当时为什么不耐心些，慎重些，多绞些脑汁多流些汗。冯涛同志，你怎么也会对我的固执也那么相信呢？

冯　涛　问得奇怪，难道我比你更懂得海水怎样变成军舰的动力？

之　茵　可你有经验，人们信任你，超过你自己，你是个有见解的老同志……（回忆着）“不要叫我怎样活着，只要教我怎样生活！”

冯　涛　（一震）这两句话你听谁说过？

之　茵　一位引导我接近革命的女同志，后来就失去联系了，……这两句话很深刻，是吗？

冯　涛　（轻声）是的……一位女同志……

之　茵　她是一位百折不挠的同志。示威游行里给外国巡捕踩在马蹄下，她也没屈服，幸亏一位青年工人冒险救了她……（冯涛低下头）怎么，我刚才的意见使你难过了？不要紧，做好事的人，得到的埋怨，常常和感谢一样多，我埋怨你，也正是感谢你。

冯　涛　（半晌）这样的感谢一次就够了。

之　茵　我决不埋怨你第二次，现在你说吧，冯涛同志，我应该怎样检讨？应该做点什么事来补偿损失？

冯　涛　做点事……我说，你是不是可以跟老潘同志合作再搞？

之　茵　是老潘提议的？

冯　涛　不，是我提议的，老潘同志也有一套搞海鹰号的想法，你又有这一次的经验，合作不是我们一条出路吗？我试探过老潘，他说只要你同意……

之　茵　不，我恰恰不同意！

冯　涛　（意外）为什么？

之　茵　我跟他没法合作。

冯　涛　这么坚决。

之　茵　对不起，请你们别再提这件事情！（下）

记　者　真有意思。冯涛同志，做了一件人人都盼望搞好的事，可为什么引起那么多意见呢？现在他正想法如何试下去，一上来，就碰到之茵的钉子，他究竟错了什么呢？老冯同志遇到的麻烦事还在后面呢？咳！生活真是曲折复杂呀！（老齐和潘文上）

冯　涛　你们俩来得正好。

老　齐　老潘硬拖我来。我说折腾了一天一夜，该让大家睡一觉，劳逸结合……

潘　文　今晚没几个人能睡着！……冯代表跟之茵谈过了吗？

冯　涛　谈过了。

潘　文　她拒绝？我早料到会这样！……好吧！看我潘文是不是她想的那么不中用！

老　齐　好啦！先把这件事情丢开吧！老冯，有个外国科学技术贸易代表团来啦。进出口公司委托我们出面接待，请你负责准备明天进城吧。你看这个电报。这个代表团里有个叫格尔索斯的，是拉丁美洲人，还有一个考尔曼夫人，据说是刘老三十年前的老同学，所以希望刘老亲自接待。（向葡萄架走去）啊呀！这一桌子吃的、喝的……为什么？

潘　文　你忘了？之茵的生日。

老　齐　对，应该为我们的红色青年专家干一杯！（向屋内喊）喂！

冯　涛　老齐！我想先跟你研究一下，下一步，怎么办？

老　齐　下一步，先喝酒，好好睡一觉……

冯　涛　老齐同志，你是试验工作的主持人！

老　齐　主持人是你！老冯……

冯　涛　不管是谁，我们都要先考虑下一步……

老　齐　下一步？你多想想这一步，再说下一步吧，我算吃了你的苦头了！之茵，来干一杯，我们的寿星老！

冯　涛　刘老，你先看看这个电报。

［自强、之茵、刘母闻声出。

刘　母　好，好，先别谈工作，客人都来了，我的荷包蛋也好了，尝尝吧，老冯同志……

老　齐　啊呀！给老冯是特别招待……请坐，请坐，来，为之茵同志的生日，为她的工作……辛勤工作干一杯！

自　强　对！之茵，辛勤工作你是当之无愧的！

［沉闷，大家喝酒。

老　齐　去年这个时候，我们也在这里喝过一次酒，那时没有老冯，那时我说……（对刘母）我说什么的，老太？

刘　母　你说，你就把之茵的事包在你身上！

老　齐　对，包在我身上！（与老潘碰杯）是这么回事吧！老潘？

潘　文　但愿是这么回事！

老　齐　行了，明年再喝酒，之茵，那就怎么样？

之　茵　（端杯）那就希望老潘重新设计的海鹰号能送到战士们手里。（走到堤上，刘老追上两步）

冯　涛　我同意！

自　强　潘文，你决定重新设计了？

潘　文　不，不，是齐厂长，冯代表他们这么说的……

老　齐　我可没有勉强你。

潘　文　当然，使海鹰号赶快飞起来还是我们的重要任务，既然目前的试验失败了，我就考虑应当走另外一条路。

自　强　有另外的路很好，什么路？

潘　文　电报你已经看过了，有个科学技术代表团到中国来，市委希望你亲自接待！

自　强　那又怎么样？

潘　文　代表团的海洋动力小组是考尔曼夫人负责……

自　强　莎洛蒂·考尔曼？这位骄傲的皇后？

潘　文　正是她，她来中国的目的，不只是来参观访问你、刘老，她还要做生意，我听说她的皮包里装有一套最新的西方船舶动力技术资料。她多年来也在致力于解决航行速度问题……

自　强　懂了，你建议我们买她的技术资料？

潘　文　对，利用别人的成果来推动我们前进……

之　茵　现在全世界的海军国家都在抓速度问题，谁的军舰快，谁就占优势，我不明白考尔曼这个认为机器可以决定一切的人，怎么能够把这个“优势”卖给我们？

潘　文　这没什么奇怪，很简单，她要赚钱……

［沉默。

冯　涛　老齐，你的意见呢？

老　齐　啊，我……

自　强　同志们，不会这么简单。三十多年前，我和这位夫人在一起读书，我幻想依靠他们的技术，帮助我国建设海军的时候，她对我只有嘲笑，等我的论文发表了，她才承认东方人也可能有科学头脑。但是，她断定我只能留在欧洲，留在她的考尔曼公司里，才有可能实现我的理论。我摇摇头，买船票回国了。三十年来，她一直在注意着我这个理论的发展，这位夫人，我是领教过的了。

潘　文　形势变了，刘老，三十年前的旧中国，变成今天的强大新中国了。莎洛蒂・考尔曼再不敢傲起下巴看刘博士了……我们自己失败了，又拒绝利用别人的成果。这只能把海鹰号无限期地搁置起来！

冯　涛　怎么会搁置起来呢？

自　强　孩子，(对之茵)这些日子我把你骂得不少，因为你学得不够……可是，你的理想是宝贵的，永远不要放弃。

之　茵　谢谢你，爸爸！

潘　文　冯代表，我们现在是解决实际问题，不是谈理想。现在只有利用考尔曼这批资料才能解决我们的问题。

自　强　什么？

冯　涛　潘文同志！我不完全这样看，有我们这么多专家，难道我们自己就找不到一条出路？

潘　文　我不讲空话，冯代表，我能给你提一千条保证，一万个决心，但是海鹰号飞不动还是飞不动，今天的试验就是个很好的证据。（向自强和之茵）我并不想使你们难过，刘老，但是搞科学的人不能讲假话。（转向冯）为了海鹰，我主张买下这批资料。请你们考虑吧！

自　强　冯代表，要你来拿主意哪！

冯　涛　我同意刘老的意见，接触代表团是上级决定，同时刘老也可以会会老同学。但是，依靠外国资料来解决我们的问题，这不可靠。

自　强　如果说，是会会老同学，我同意。要我去买她的资料，我决不参加。（下）

老　齐　（对冯、潘）好了，今天不谈了吧。回去休息休息。（对冯）老冯，你也真该好好地睡一觉了！

冯　涛　叫我怎么睡得着？

［第二场完。

第三场

［市内国际宾馆，大楼上一间漂亮的客室，沙发矮桌，鲜华水果，临窗可以眺望城市的夜景，有楼梯，侧门和通舞厅的活动门。

［夜幕初临，繁星点点，市内万家灯火倒映海上，也如一片繁星。幕开时，楼上喧闹的人声未绝，舞厅内已播送轻柔舞曲，人形闪动中，舞会已经开始了。

［两个穿白衣的女服务员穿进穿出，忙着送饮料、水果之类的东西，穿晚礼服的考尔曼夫人从楼上走下来，她头发灰白、面容庄

重，交际处一位能干的女同志小金，陪着她下来。

记　者　是啊！怎么能睡得着呢？人们的心情像大海里的波涛一样在翻滚着，海鹰号工作要不要继续试下去？它的命运就此结束了吗？难道不应当再找另外的出路了吗？一系列的问题在人们思想里引起激烈的斗争，问题是真复杂呀！可是更复杂的问题还在下一场呢？因为海鹰号的工作不仅在我们内部引起了分歧、争论，而且在国际科学界也引起了注意，有的是一种友谊的祝贺，有的是别有用心，像这次来到这里的国际科学技术贸易代表团的考尔曼夫人就是一个鲜明的例子。因此，冯涛同志接受这样一个接待任务就不那么简单啦！观众同志们让我们看下去吧，看看这场别有风味的斗争吧。

小　金　您不舒服么，夫人？

考尔曼　我很好，谢谢。我害怕格尔索斯教授的喉咙，他老在大声赞美中国茅台酒，我可赞美安静的夜晚……（推开窗户，海风轻轻拂来）美丽的城市！美丽的夜晚……

小　金　你喜欢这里么，夫人？

考尔曼　太喜欢了，我真愿意把它搬回我的考尔曼公司去。

小　金　搬一座城市回去？

考尔曼　科学万能，金小姐，科学会做到这点的，我们既然能搬走巨大的恐龙，搬走整座的宫殿、古堡，为什么搬不走这座城市？

小　金　可惜你的公司摆不下这座城市吧！夫人！

考尔曼　是的，我没有那么大的柜子……金小姐，刘博士今晚真的不来了吗？

小　金　不很清楚，我们转达了夫人的盛意。

考尔曼　真想看到他！从三十年前他的海水反压加速的理论发表以后，他是我们那儿的传奇英雄，可惜沉默得太久了！

格尔索斯　（一路叫着）夫人，夫人，我尊敬的夫人！这多丢脸！你怎么能在这么热情的主人面前逃走？你能不为慷慨的主人干一杯？（举杯）来！茅——台！

考 尔 曼　你醉了，教授。

格　　尔　不可能，夫人！只有心爱的朋友能使我心醉，（抓住冯涛）亲爱的朋友，请你回去告诉刘自强，他忘记我简直是……罪恶！你问问他，在皇家海军学院宿舍里啃面包皮的时候，格尔索斯和他是怎样的交情？

冯　　涛　他身体不舒服，教授！

格　　尔　不舒服也应该来！

考 尔 曼　现在不是皇家海军学院的时代了，教授！

格　　尔　朋友可总是朋友，冯先生，也许你们认为我和考尔曼夫人这次来中国就是为了做生意？你错了，朋友！我们是抱着友好的感情来帮助新中国的！在这次行动里，考尔曼夫人可以说是一位真正的人道主义者！

考 尔 曼　教授，你说得太过分了！

格　　尔　不，夫人，我实在为你这次正直的行为感动！要是所有的国家不分大小，不分先进落后，都能这样友好互助那该多好啊！（兴高采烈的对冯）朋友，你知道她给你们带来了多贵重的一份礼物？而且是无条件的贡献给新中国！——

冯　　涛　夫人这样热情地对待新中国，真使人不可理解！……

格　　尔　因为你只想到她是资本家，忘记了她有一颗科学家的良心！连刘自强都不能否认这一点！……怎么，刘自强即使不来陪我喝酒，也该来陪我跳跳舞啊？

考 尔 曼　真的，刘博士不来，我一个晚上都感到遗憾！

格　　尔　（气呼呼地）这个没良心的！……为这个没良心的干杯！（一饮

而尽）

考尔曼　来跳个舞吧，教授。（挽他出，金也随下）

［冯尚未进舞厅，女服务员忽引刘自强父女走来，刘之茵挽着父亲胳膊，一言不发。

女服务员　冯涛同志，刘所长到了。（即出）

冯　涛　你到底来了，刘老。

刘自强　来了，来看我的老同学，不是参加交易谈判。

冯　涛　我们是没打算谈判。——刘老，你的那位拉丁美洲老同学对你的感情可真是深厚啊。

［舞厅门开了，格尔索斯跑来。

格　尔　（首先抓住冯涛）他在哪儿？这个没良心的！——（望见刘自强，呆了一下，然后双手抱住他）是你，刘自强！

刘自强　格尔索斯！

格　尔　你这个没良心的，你这么老了。

刘自强　（也很激动）老了，老了，你也老了，格尔索斯，你怎么想起到中国来的？

格　尔　我忘不了你，亲爱的！我想看新中国，想着你，仁慈的考尔曼夫人给了我这个机会！……（这才注意刘之茵）这是……小海鸥？（像抱女儿似的搂住她）我的上帝，上次我到中国来，你才这么高！

刘自强　之茵，你还记得他吗？

刘之茵　记得。（学小时候声音）你好啊，格尔叔叔？

格　尔　（大笑）格尔——叔叔！对对，就这么叫的，格尔索斯·派司特罗斯这个拉丁名字太长，你就把尾巴砍掉了，对吗？哈哈……（向刘自强）怎么样，你照自己的哲学把她送去当海军了吗？

刘自强　女孩子当真正的海军，暂时还不需要，我叫她跟我工作。

格　尔　对，把你青年时代的理想变成实际！让骄傲的西方人落到我们后头去！是这样吗，小海鸥？

刘自强　讲讲你自己吧，格尔索斯！你现在怎么样过日子？

格　尔　跟三十年前一样，一个人，一间房，写呀，画呀，讲呀，穿过军装，也穿过礼服……

刘自强　还是不回你的祖国？

格　尔　祖国现在不需要我，它太穷，离开先进国家的援助，连条游艇都造不出来，倒不如我在国外替它找朋友……

刘自强　嗯，考尔曼公司跟你是朋友？！

格　尔　别那么尖锐，老朋友。考尔曼是资本家，追求利润，可也重视友情。给她钱，换她的技术，这对我们落后国家不是很好的帮助吗？考尔曼这回带着最新技术成果到中国来，难道不是对你们的帮助？

刘自强　我对这件事没有兴趣……格尔索斯，你头发都变白了，爱幻想的脾气还没有改吗？

格　尔　不用改了，只要全世界都有我的朋友……

刘自强　只要朋友，不要人民，对吗？

格　尔　又是三十年前的老问题，人民！人民能靠自己的双手把穷困落后赶走吗？

冯　涛　只要找对了路，就一定能。

刘自强　能！现在不能，是没找对路！是你这样的人不跟他们一起去找那条路！

［考尔曼匆匆走来。

考尔曼　哈啰，亲爱的刘博士。

刘自强　莎洛蒂。

考尔曼　到底让我们看见你了！忘记老同学可是真正的罪过！要知道，我跟格尔索斯主要是为了你才来中国的……

刘自强　为了我？夫人，你把考尔曼公司给你的任务都忘记了吗？

考尔曼　还是这么幽默！（正好服务员端一盘酒来，她举起一杯）博士，为你永远不变的幽默干杯！

格　尔　茅——台！（也举杯）老伙伴，为你三十年前的理论贡献和今天的新成就干杯！

考尔曼　对，为你的新成就干杯！（饮酒）亲爱的朋友，我们的传奇英雄，你沉默得太久了，你在海水反压加速上的新成就，是该让全世界了解的时候了！

刘自强　我的新成就就是这一头白发！夫人，你也有白头发了，唉，青春像流水一样，一去不返！（挽着格尔索斯向一边走去）

考尔曼　你爱看夜里的港湾吗？

刘自强　格尔索斯。

考尔曼　（根本没听他的，拨开收音机，听了一会儿，突然）教授，我忽然觉得，也许我们快点把技术资料交给刘博士他们更好一些？（刘自强毫无反应地听着，格尔索斯反而兴奋起来）

格　尔　完全正确！大家都像亲兄弟一样互相帮助，那套讨厌的外交谈判简直多余！

考尔曼　你跟我想的完全一样。（对冯等）先生们，你们觉得——（逼视冯涛）冯先生，你对这样做有兴趣吗？

冯　涛　我跟你一样，夫人。

格　尔　我建议现在就非正式地谈谈怎样处理这批资料！

冯　涛　（对等待答复的格尔索斯等）请吧，夫人。

［刘自强与格尔索斯推让。

冯　涛　夫人，你看这二位教授还是和三十年前一样吧！

刘之茵　（转身对自强）爸爸，我们先去舞厅里看看好不好？

刘自强　对对，随着音乐散散步，脑筋可以休息休息！（向考尔曼等施礼）对不起，我马上回来。（挽女儿手入舞厅）

格　尔　刘自强，刘自强！（摇头）这个调皮鬼！（仍然很兴奋的转回来）朋友们，今天能在这样意外友好的气氛下商谈，我觉得很感动，（他真感动得流了眼泪，对冯等）夫人已经说过，她愿意无条件地把技术资料贡献给新中国，是这样吗，夫人？

考尔曼　是的，教授，上帝可以作证，我们对新中国的友谊和诚意……

冯　涛　我们很感谢，请问夫人，转让资料是无条件的吗？

考尔曼　（弦外之音）你可以这么理解……

冯　涛　夫人的意思是，不要钱！

格　尔　（也困惑了）那你要什么，夫人？

考尔曼　什么都不要，只要一点友谊的表示！

冯　涛　哦，友谊的表示，这么说夫人真是一位友谊的天使。

考尔曼　（仿佛忘了商谈）多美的音乐！记得吗，教授，公司里的周末舞会，总是少不了这支圆舞曲的……（忽然）教授，你对刘博士的理论研究没有兴趣吗？

格　尔　（莫名其妙）什么？当然！很感兴趣！

考尔曼　你不想看看他的最新研究成果吗？

格　尔　是的，如果可能——

考尔曼　当然可能，在友好的朋友面前不用客气！（对冯）亲爱的朋友，我们不该满足满足教授的好奇心吗？

冯　涛　哦，这就是，夫人要的“友谊的表示”？

考尔曼　你可以这么理解！

格　尔　（焦急了）不，夫人，我不……

考尔曼　你不想说我说了也一样。

格　尔　夫人……

考尔曼　(站起来走向窗边)啊,夜,还是这么美!

冯　涛　教授遗憾哪,我们这场友好互助,好像没开始就要结束了!

格　尔　你说什么? 我的朋友!

［考尔曼吃惊地转过身来。

冯　涛　夫人,要是我没听错,你刚才已经提出了一个我们无法办到的条件:你要我们拿出全世界都在摸索的、宝贵的东西……

考尔曼　用我们最宝贵的东西交换你们最宝贵的东西,这是公平合理的交易。

冯　涛　公平,难道夫人忘记了,全世界主要海军国家都向考尔曼公司购买了这份技术资料?

考尔曼　没有我们的友谊,你们想买也买不到!

冯　涛　科学技术领域里,没有殖民地和势力范围,考尔曼公司能达到的地方,我们也能达到!

考尔曼　这好像说,你们根本不需要商谈这项交易咯?

格　尔　朋友们,请冷静,我们先跳跳舞怎么样?

考尔曼　好吧!(挽着格尔走了两步)真遗憾,教授,原来我们这满腔友谊是他们不需要的!

冯　涛　不,夫人,友谊我们欢迎,朋友我们尊重!

格　尔　朋友,请你不要误会。

冯　涛　教授,你恐怕不了解,天天在我们领海上进行海盗袭击的"米老鼠",就是利用考尔曼公司这种动力装置武装起来的!

格　尔　(瞠目)这个……

考尔曼　(微笑)这使你们奇怪吗? 先生们,我们公司的原则是:只管技术交流,不问政治。只要条件公平,你们也有权利用这种装置去对付"米老鼠"!

冯　涛　(也微笑)可是考尔曼公司又会将更新的装置卖给米老鼠……

考尔曼　（笑出声来）啊，冯先生，看来米老鼠真使你们很头痛了？

冯　涛　夫人请放心，真正头痛的是他们！夫人可以等着那么一天，"米老鼠"不但头痛，还要全身痛，痛得粉身碎骨！

考尔曼　（并未消失笑容）有意思，有意思……可要是我，我就宁肯先注意现在，不去幻想将来……

冯　涛　（示舞厅音乐）夫人听《扬子江之波》，这是我们的新创作，也许没《多瑙河之波》美，可是比《多瑙河之波》更有劲。

考尔曼　（先是意外一惊，马上恢复平静）你太了解我了，冯先生，可是我最不喜欢有劲的华尔兹。

冯　涛　请。

［大家无可奈何地步向舞厅，格尔索斯忽然停住。

格　尔　对不起，夫人，请留步一分钟。

［考尔曼站住，冯示意潘退入舞厅。

格　尔　（恼怒）夫人！我不明白你刚才为什么讲那些话！也不明白你为什么向中国人提出新条件！

考尔曼　不可以吗？教授？

格　尔　代表团动身的时候，你和公司都没有提过这个条件，这使得我们在中国人面前显得太不友好！

考尔曼　彼此有利，才叫友好！

格　尔　夫人，请你珍惜我们的荣誉，珍惜我们和中国朋友的友谊，收回这无理条件！

考尔曼　你太激动了，教授。考尔曼公司给你提供优越的生活和工作条件，你不应该感激它，维护它的利益吗？

格　尔　我没有损害公司的利益！

考尔曼　公司需要你我用一切方法把刘博士的资料弄到手！

格　尔　到成熟的时候，他会在全世界公布，就像三十年前那样。

考尔曼　那我们就落到全世界后面了！公司会遭到重大损失！

格　尔　（严肃地）这种事我不能帮忙！

考尔曼　这是你应尽的责任！你和刘博士的深远关系至少可以帮助公司得到一些技术情报，要不，公司不必花钱派你参加代表团！

格　尔　（声音发抖）尊敬的夫人！你想把我和刘博士这样崇高的友谊变成公司发财致富的手段吗？你侮辱我！

考尔曼　我请你冷静，教授，考尔曼公司是靠利润生存的，它不能花钱养活对它无用的废物！

格　尔　请你注意，夫人，我和公司的关系是友谊互助，我为祖国……

考尔曼　你真天真，教授，你的祖国离了外援，连一天也活不下去，他能跟我们谈什么互助？

格　尔　那你当初为什么恳求我留在公司里？

考尔曼　因为你的知识和声望对公司有帮助，如果你毫无贡献，公司会跟你分手……我相信，再没有第二家公司会这样无条件地优待你了！

格　尔　你威胁不到我，我回自己的祖国！

考尔曼　（冷笑）又是祖国，你的祖国等待你的是监狱和绞架。

格　尔　（怒叫）住口！我！……我算认识你了，考尔曼夫人！

考尔曼　这对我们现在和以后的合作都很必要！

格　尔　我也要谢谢你对我的教育，夫人！（对门后招手）茅——台！

［女服务员托上酒盘，他悲愤地连饮两杯。

考尔曼　当心，教授，别给中国茅台酒冲昏了头脑！

格　尔　不，夫人，中国茅台会给我刺激使我真正清醒。

［他又饮酒，冯涛自舞厅转回。

冯　涛　（诧异）教授！怎么了？

考尔曼　教授在留恋中国的茅台酒，冯先生！

冯　涛　不要紧，教授，你以后每天都可以有茅台……

考尔曼　不，冯先生，我跟教授在想，是不是应该早些回去，（格尔索斯猛转过来，她不给他说话的机会）因为我们在这儿无事可做了。（她等待冯涛的反应）看样子我这批资料，只好原样带回去了……（又望窗外）使人留恋的夜色啊！

冯　涛　（静了一会儿）夫人！

考尔曼　啊，冯先生。

冯　涛　您想什么时候走。

考尔曼　越快越好。

冯　涛　你不后悔走得太快吗？

考尔曼　后悔的不应该是我——因为“米老鼠”没有威胁我的国家！（几乎失去自持）我不懂你们为什么对刘博士那点资料不肯放手！

冯　涛　我们不能拿它去帮助“米老鼠”，夫人。

考尔曼　（冷笑）那我想……明早就走！

冯　涛　那就主随客便，夫人。

考尔曼　记住，冯先生，我是不来第二次的。（一怒中扇子落地未觉）

冯　涛　第二次来我们一样欢迎。（拾起扇子）夫人，扇子，檀香扇啊！还是杭州人民送给你的，夫人别忘了，友谊还是友谊，晚安。

考尔曼　晚安。

［她急步走入侧室，一边看着这出戏的格尔索斯，激动地跑过来，抱住冯涛的肩头直摇动。

格　尔　好极了，年轻人，你给了她一个狠狠的教训！谢谢！你替我出了三十年来的第一口气！（举杯）来！茅——台！（一饮而尽）

冯　涛　对，茅台。

［刘家父女，自舞厅出。城市探照灯四射。

刘自强　格尔索斯，怎么还喝酒？

格　尔　没什么，老朋友，我活了六十年，今天才明白“友谊互助”怎么解释？

刘自强　怎么解释？

格　尔　（举起拳头，拍拍冯涛）像你们现在这样，先要自己有力量！

［探照灯又起。

刘之茵　格尔叔叔这是怎么了？

冯　涛　他讲了一条很重要的真理！（探照灯又起）

［海军音乐。

［灯暗，幕落。

第四场

记　者　冯涛同志在生活的激流里并没有放弃理想顺流而下，而是冲破巨浪逆流而上，为了使海鹰号能早日飞起来，（二幕渐开）他熬过多少个幽静的长夜，又迎接过多少个东升的旭日，来研究刘之茵设计一大堆图纸和她设计海鹰号的所有的资料。这又是一个早晨阳光灿烂，花草馨香……

冯　涛　同志们，早上好！（向军舰挥手）唉，时间过得真快，工作又进展得多慢啊！

记　者　是的，事情不会照主观想望发展，要忍耐、等待，跨过这段困难的时间！

冯　涛　过去两个月里，我大概忍耐得不够，所以谁都对我有意见，坐下来，耐心等待吧！（坐下来，翻文件，又跳起来）

记　者　同志，你是不是有点怕困难了？

冯　涛　我怕困难！从入党第一天起，我就知道革命就是和困难打仗这句话。

记　者　现在该到总部去汇报，请示……（整理桌上的文件）并且他还要去找刘之茵。（记者下）

冯　涛　我要打破她的固执，消除她的误解和偏见，我要告诉她，她这些宝贵的心血，怎样在这里闪耀发光，丢弃了该多可惜！（进内室，老梁唱着走进来）你真是我的好邻居！起床都一样早。

老　梁　水兵都是跟着太阳起床的！（做了几个动作）甲板集合！唱海军歌，唱我们北洋水师那时候的海军歌。黄海渤海琼州海，是在卧榻旁，国无水师范围小，海权他人攘。（走调，差气）嗓子不行了。

冯　涛　身子也不行了。

老　梁　谁说？我还等着上海鹰号当水手哩！

冯　涛　你当特别顾问吧！

老　梁　赶不上了，赶不上了。（笑着，收拾屋子，拿起案头照片）这就是你……去世的媳妇。

冯　涛　对，昨儿才从箱子里翻出来……八年啦。

老　梁　（点点头，环顾室内）我说老冯，你也真该有个人照顾照顾，安个家啦！

冯　涛　（不在意地）安家？找不到对象啊！……（他收拾屋子放起一张唱片，和第一场中刘之茵奏的旋律相同）

老　梁　（突然）好姑娘多得很吗？你看，你看我们大姑娘怎样啊？

冯　涛　（听着乐曲）哪个大姑娘？

老　梁　所长家大姑娘，你们一起造海鹰号的。

冯　涛　你说刘之茵？

老　梁　是啊！这可是个好姑娘，我看她长大的，能吃苦，有志气，就是心性太强，只有你依她，难得她依你……可这也没啥，你们这会儿都是党员，好办事，她要不听，你开会检讨她，不像咱们北洋水师那阵……

冯　涛　那阵你老也帮人家做媒说合啊？

老　梁　还做媒说合，连我自己都娶不起媳妇，……咳！她妈妈可担心这事啦，你没见直跟你煎荷包蛋？

冯　涛　哦？……（忍不住，大笑）那不吃出事了吗？老梁爷爷你在这呆会，我到食堂去。

老　梁　你还没吃早饭？一块走，我正是要为丝杆的事找之华呢！这孩子做事马马虎虎。

［冯涛与老梁同下。老齐与潘文上。

老　齐　老冯老冯，这个老冯哪儿去了！这么早就出门忙的什么！（指椅子）坐坐等他吧。

潘　文　（坐下来又不安地站起来）齐厂长，现在就跟他谈这个……是时候吗？

老　齐　是时候咯！瓜熟要摘，果子熟了要下，老同志面前没有不可讲的话！

潘　文　你来跟他谈，我走了。

老　齐　你这是怎么回事？你还怕他？你那个设计图给他看了吗？

潘　文　我交给刘老了，刘老的看法更有权威性一些。

老　齐　（忽然）你那个方案……真的做起来有把握吗？

潘　文　你想哪？

老　齐　我不想，我只坚持不打无把握的仗，弄得我四面八方挨批评，遭抱怨，我是不干的！

潘　文　我不会干，厂长！（老齐放心地点头，沉默了一会儿）

老　齐　（又是忽然地）问你句话儿，老潘，你愿意刘之茵同志离开这儿吗？

潘　文　她的问题我不发言。

老　齐　你怎么啦？同志。设计图上不能合作，生活过日子也不能合作吗？

潘　文　她现在是一只骄傲的孔雀，政治上、业务上都看不起我……

老　齐　哦？别耷拉脑袋，这事包在我身上。

［走廊上也传来冯涛跟着哼唱的声音。

冯　涛　“滔滔大海翻白浪”……

潘　文　回来了……

老　齐　还是个歌唱家哩！

冯　涛　（进门）是你们二位？想不到，想不到！你这还是头回来吧，老齐！真有你的，伙计，瞧你给我搞了一个多好的地方！

老　齐　马马虎虎吧……不嫌吵？

冯　涛　还嫌寂寞呢！

老　齐　对，再有个人就热闹了！

冯　涛　（笑着）那不也是包在你身上的任务吗？

老　齐　这事儿……现在看起来还不好包哪！（指潘）他的没指望，你的没影子……

冯　涛　那就放开手，让各人自己发挥积极性吧。（开留声机）怎么样，老齐？不是约我逛海滨公园吗？我奉陪。

老　齐　我可不能奉陪，我有个报告要送去总部，还要先请你看。

冯　涛　我不看！（指桌上）我连这些图纸都看不完，干吗去管工厂给总部的报告？

老　齐　这报告有关海鹰号并且牵涉到你。

冯　涛　（走过来）唔！牵涉到我，这我真要看看。（关留声机）

老　齐　（把报告给他，冯坐边椅，齐坐中椅）看吧！最好像刚才那样平心静气。

冯　涛　放心吧，同志。（看文件，老齐毫无表情看着他。潘文有些紧张，直摇扇子。冯涛开头还不时微笑着抬头看看他们，看下去却变了颜色，突然站起来）什么？我造成了混乱？我动摇了信心？

老　齐　我说怎么样？沉着点，看完再说嘛。

冯　涛　好，看！（又看，勃然大怒，站起）这家伙，我好大喜功，不顾困难，不倾听意见，造成严重后果……

老　齐　看吧，看吧！

冯　涛　嗬！还有群众意见纷纷！……

老　齐　连你支持的刘之茵都很有意见！

冯　涛　（看看齐，走开）你们的目的是要赶我回去？

老　齐　那是总部决定的事，按你的性格说，回部队最好。

冯　涛　是要回部队，可是要开着海鹰号回部队！

老　齐　你这样说气话能解决问题吗？我建议你坐下来好不好？

冯　涛　（忍气）同意。（坐下来）你的这篇鉴定很精彩！可惜，跟总部对我的看法并不相同。

老　齐　总部不能担保一个干部在各种情况下经受得起考验……我应该向上级反映情况。

冯　涛　应该反映真实情况。

老　齐　这里的每个字都有事实根据，我欢迎总部来核对事实，你耗费了原料物资，几乎使半个工厂停顿，就这一条，我就能开个账单给你！（真的掏出账单）

冯　涛　还是开给你自己吧！请问，我不来你就不完成海鹰号任务？你就不支持刘之茵方案？

老　齐　我支持方案，没支持试验！来的时候你说要依靠我，每次做决定的时候，你又从不听我，后果落在我头上，这公平吗？

冯　涛　听你的！听你的就是在等待中把海鹰号无限期拖下去！

老　齐　拖下去，总比搞成这副烂摊子好！唉！你使我在总部面前丢脸。

同志！这是困难的时候，怎么能搞得出刘之茵想象的那些东西来？再等十年吧！……你以为我没有轰轰烈烈地干过？咱们摆开阵势，要什么有什么，痛痛快快地干！那才叫国防建设。现在这样为一吨钢，一架仪器伤脑筋，能干出什么来？

冯　涛　原来你是这样看海鹰号的。（把报告还他）好！你送吧，我也正要回总部去汇报。（抑制着怒气）老齐！要是海鹰号真的要等十年，你这制造厂岂不是该关门了？

老　齐　所以我只支持那种不要十年，有把握实现的方案。

冯　涛　你是指老潘的方案？

老　齐　是的，我们应该集中力量支持老潘……就因为这么考虑，我同意刘之茵去学习深造。

冯　涛　她要去学习？

老　齐　我赞成她的这个志愿。

冯　涛　简直胡来！（急拨电话）刘所长家吗？我找刘之茵同志……出去了？哦哦。

老　齐　找也没有用，她已经决定了。

冯　涛　我要叫她改变这个决定！

老　齐　看来，我们两个又应了那句话“合作关系不容易搞好”了？

冯　涛　不仅是关系……

老　齐　对，还有思想、看法，很多很多是不是？我知道你会把我想得很坏，以后你会了解我的。（要走，又站住）你以为想把工作做出惊人的成绩的干劲，想在生活中扮演英雄人物的愿望，只有你有？不，我也有过，可能比你还多，可是生活教训了我，愿望常跟周围矛盾，后果常是挨批评做检讨……后来我明白了，轰轰烈烈的年月已经过去，英雄业绩不是我创造的，安安分分吧，风浪就不会打到头上来了。老冯，你要还想玩海滨公园，我下午开车子来接你。

冯　涛　还要谈这个……报告？

老　齐　不，好好打一场百分。（下）

［冯拉二胡，之茵走到冯背后。

冯　涛　之茵同志，为什么来了一声也不响？

之　茵　你的二胡使我忘记讲话了。

冯　涛　别见笑，我是一个没有诞生就死亡了的音乐家……在新四军的时候，文工团的同志们都说我这双手有希望，也许是李斯特，也许是马思聪……可是，革命需要我去扔手榴弹，指挥军舰……我请你吃点什么？糖，糖。

之　茵　也许你的真正天才还是指挥军舰？

冯　涛　不，拉二胡是我的第二志愿，世界上没有帝国主义强盗了，我就全心全意拉二胡了。

之　茵　那你可还要等上几年呢！……（见桌上图纸，惊异）

冯　涛　光拉二胡是打不垮“米老鼠”的。来，之茵，看看这些……这儿是你从幻想到画出第一艘海鹰号图样的全部过程，这是所有讨论你的计划的会议资料……

之　茵　你搜集得这么仔细、全面？

冯　涛　这是受了你的启发之后，我想象中的海鹰号型体……

之　茵　（仔细观看模型）你想得真有趣！

冯　涛　只能想想而已，我不是专家，不能代替你的劳动……

之　茵　冯涛同志，希望你不要老谈我那个死亡了的方案。

冯　涛　你的方案是死亡了吗？

之　茵　（点头）一个过程完结了，再重新开始……

冯　涛　（摆动模型）是在这个基础上开始！

之　茵　随便怎么说都可以，我觉得爸爸是了解我的，我学得太少，要解决的问题太多太大，我决定去学习，老齐同志也很支持我……

冯　涛　我可不支持你……咳！看见你这样的青年专家，我确实为党、为国家、为我们海军高兴，我们还怕什么“米老鼠”，在乎什么考尔曼？之茵，同志！你是不是也跟我们一样，有点把事情想得太容易，你丢下这么宝贵的成果，一走了之，这不是有些轻率，也有些不负责任吗？

之　茵　只有你认为宝贵……

冯　涛　会有很多人认为……我们要有决心，应该继续试验下去。

之　茵　别！别！千万别提，我怎么也不能再浪费国家的宝贵资材了。

冯　涛　半途而废才叫浪费……

之　茵　我也不能让你再去挨批评，受抱怨。

冯　涛　我请你多想想海鹰号，想想千千万万的海军战士们，多想想海洋上的渔民们。之茵同志，别那么脆弱，别走，我们一起来从头学。摸索，准备再失败它几十次，几百次，怎么样？

［之茵翻桌上的资料，突然发现黄菲的遗照。

之　茵　（惊起）你怎么会有她的照片？

冯　涛　我的爱人……黄菲。

之　茵　黄菲！她现在在什么地方？

冯　涛　八年前在朝鲜……牺牲了。

之　茵　啊！（惊喊了“牺牲了”一声，眼泪即流下）怪不得我总打听不到她的消息！

冯　涛　你们认识？

之　茵　她是我走向革命的引路人！（摇冯）你告诉我，冯涛同志，她是怎么牺牲的？

冯　涛　她救护伤员，在西岸遭到美国军舰炮击！

之　茵　你就是那个……从巡捕马蹄下救她出来的青年工人？

冯　涛　可惜我不能救她第二次。（潘文匆匆进）

潘　文　说刘老来这儿了？之茵！你怎么了？

之　茵　我们讲了一段过去的革命故事……

潘　文　哦！革命故事。（异样地看他们一会）我走……我走。

之　华　（叫着进来）老梁爷爷，老梁爷爷！咳！说是梁大爷找我？

［老梁、小马、大威同时出现在门口。

老　梁　对，我找你。小马，给她看！

小　马　瞧你磨的这根丝杆……

之　华　丝杆怎样？

小　马　磨光度不够标准，没有仔细检查细部，就走这里摩擦起火！

之　华　（意想不到）啊！……就打这儿？

老　梁　二姑娘，你怎么干出这种荒唐事来了？你不是游泳健将，倒是火头军啦！这样干活，对得起你爸爸，你大姐吗？你是咱们的接班人哪?!

［之华哭。

之　茵　（挽她到一边去）哭什么？想想自己为什么做错事嘛！

自　强　老梁！该我们出海的时候了。

老　梁　这个，所长，你瞧……（指之茵）

自　强　瞧什么，瞧！（突然看见女儿）哟！你！（忙收口）对对，我是说，渔船该出海了……

之　茵　对不起，统统没收！（抢走渔具）

自　强　蛮不讲理。

老　梁　所长，起火的原因找到了，你看，这个丝杆磨光度……

自　强　我们所里早已研究过了，但这不是海鹰号失败的根本原因。之华，搞科学要把整个心都投进去，没有一丝不苟的精神，不但搞不好科学，什么事情也做不好。

老　梁　是这话，二姑娘。

自　强　潘文，你也在这里？

潘　文　我来找你的，刘老！

自　强　要你的设计方案吗？我看过了。

冯　涛　印象怎么样？可以做试验基础吗？

自　强　可以……

潘　文　刘老，你认为可以？

自　强　我认为可以不通过试验开始建造……

之　茵　真的？

自　强　真的，因为这是考尔曼公司前年产品的翻版，人家已经成批建造，我们还要什么试验？

潘　文　刘老，你怎么能这样说？

自　强　我替你难受，潘文，当学生的时候，你就爱照抄照搬，就爱抄近路，现在还是这个老习惯。你的设计跟我的利用“海水反压力增快航速”的理论，根本无关，你跟着考尔曼走，只能永远落在“米老鼠”后面，懂吗？冯代表，我们是不是可以再研究一下之茵的方案，她没有实现自己的想象，可那个想象是正确的，我已初步摸到失败的线索，只是有待找很多资料来证实。

冯　涛　困难的是，之茵同志要走了。

自　强　胡闹！我根本不同意。

之　茵　爸爸，你不是说我学习得不够吗？我应该去进修几年。

自　强　你的进修，就是研究烧焦了的海鹰号。

之　茵　爸爸，我忘不了上次失败的景象。

冯　涛　那就想想将来胜利的景象嘛。之茵同志！无论如何，我请你多考虑一下我们这个衷心的建议。

［外面传来了琴声、歌声：“米老鼠！米老鼠，鼠头鼠尾真可恶！”接

着小陶和几个水兵出现在门口。

小　陶　报告,政委同志,你好,胜利舰水兵代表来看望首长。

冯　涛　小陶,欢迎,欢迎!同志们快进来,放心,都是自己人。(一个个握手)手风琴伴奏也来了,准备开音乐会吗?

风琴手　准备给首长唱唱我们自己编的歌:"(唱)米老鼠,米老鼠……"

冯　涛　什么歌?

众　　　米老鼠。

冯　涛　你们怎么想起编这个歌?

小　陶　胜利舰这次值勤,碰到了"米老鼠"……(大家围拢)

自　强　哦!米老鼠怎么样?

小　陶　看形势,是想抓渔船,一下子从海浪里扑上来好几条,我们顶上去跟它干开了,同志们都说:"打!抓它个活的!"

冯　涛　没抓住?

小　陶　是没抓住,政委,那东西溜得真比老鼠快,一吃炮弹就不见影子了。

冯　涛　胜利舰呢?

小　陶　中了一发炮弹,开回来修理了。

风琴手　敌人可中得更多,没关系,政委!同志们都说:"等政委带着海鹰回去了,米老鼠就溜不掉了。咱们就编了这么个歌。"

冯　涛　唱给我们听听吧!

风琴手　是。预备,同志们,唱……

[他拉起手风琴,战士们唱"米老鼠"歌,越唱越欢快。冯涛却显然引起了一种情感。他望着战士们渐渐失去了笑声……灯光暗下去,暗转了。

[灯亮时已是好些天后,冯涛独自在收拾行装,箱子已装好,二胡和唱机已收拾起来,屋里一片零乱,屋外天气阴沉,一会儿,气咻

咻的刘之茵推门进来了。

之　茵　怎么，老冯同志，听说你要走？

冯　涛　我要回总部汇报。

之　茵　这里的工作呢？

冯　涛　由老齐负责。

之　茵　这是谁的主意？

冯　涛　不是哪个人的主意，是工作需要。

之　茵　告诉我，冯涛同志，究竟为什么你要回去？

冯　涛　我的工作有缺点，在这儿引起很多意见……（笑着），你不是也很有意见吗？

之　茵　这已经过去了。

冯　涛　别人可没有过去。

之　茵　你说的是老齐同志？

冯　涛　不一定是他一个人……

之　茵　那为什么不给自己辩护呢？难道缺点都是你一个人吗？

冯　涛　还有比事实更好的辩护吗？

之　茵　真遗憾。你走得这么巧——走在我刚刚决定不走的时候。

冯　涛　（兴奋）你决定不走了？好极了，你爸爸到底把你说服了。

之　茵　不是爸爸，是你啊，同志！

冯　涛　我？我的道理会比刘老更有说服力？

之　茵　不是道理，是行动……一个在战场上奔驰了十几年的老同志，能够通宵达旦地研究我那些哑谜般的图纸……还有战士们的那"米老鼠""米老鼠"的歌声……（哼了两句）我应该再从头做一次。

冯　涛　（握手）那就太好了。你的决心同样也鼓励了我。

之　茵　可惜，你现在又要走了。

冯　涛　之茵同志，一件工作不能取决于哪个人，我们应该胜不骄，败不馁。前些日子你的心灰意冷……

之　茵　别说了。我知道那是我的缺点。冯涛同志，你真的要走吗？

冯　涛　这是暂时的，海军当然喜欢靠近海，闻点咸腥味……这儿是海好人也好！

之　茵　人也好吗？

冯　涛　很好，像你这一家，我就没跟你们生活够……

之　茵　那就搬到我们家生活些时候吧！？

冯　涛　等我回来再说吧。

之　茵　好，等你回来的时候，我们把楼上那间房子收拾好，你来洗洗海水浴，讲讲黄菲同志的故事……就这么决定好吗？

冯　涛　我可是个麻烦人哎！

之　茵　没关系，我们一家子都痛快！

老　齐　之茵，你还没有走啊？

之　茵　我不走了。老齐同志。

老　齐　哦？都收拾好了？真是快速纵队出身的……

冯　涛　这干吗？请客呀？

老　齐　给你送行，家里孩子吵，这儿清静。

冯　涛　还兴这一套啊？

之　茵　送你的汽车到了，老冯同志。

老　齐　等一等，等一等！

冯　涛　哟！真该走了。

老　梁　刚跟你熟了，又走了……

小　马　你很快就回来吗？冯代表？

冯　涛　很快，同志们，这是暂时的，是吗？

之　茵　是的。

冯　涛　是的，再也没有话说了。同志们再见。

老　齐　老冯！这个……

冯　涛　算了。

［冯提箱子向外走，之茵难过地背转脸。

［灯暗，幕落。

第五场

记　者　就这样冯涛同志回到总部，不过他并没有让步，我在总部碰到他的时候，他仍然为海鹰号工作着。我问他怎么回事，他说他向总部汇报了情况，他支持刘之茵的试验。秋天，齐厂长在总部的指令下又开始了海鹰2号的建造工作，现在决定命运的关头到了，明天又要举行海上试航了，这回会不会再烧成烂烟囱？会不会造成更可怕的损失？别说刘之茵他们，我想观众同志们，也是紧张地提心吊胆地在等待着这又一次的试验，但愿它能成功！

［潘、之茵二人匆匆走过。

潘　文　之茵，往这边走。

老　齐　奇怪，说二点到现在已经五点了——

冯　涛　对不住，参观海上试验场耽误了三个钟头。

老　齐　你可来了，还这么壮实。

冯　涛　我没有病没有痛。

老　刘　伙计，总部既然派你来，试验当然不会有变化了。

冯　涛　有变化，即使失败，也要试验到底。

老　齐　这又是你的建议？

冯　涛　不，总部的决定。

老　齐　总部考虑了后果?

冯　涛　考虑了,做了安排还指定我负责。

老　齐　那太好了,我完全放心了。

之　茵　冯涛同志,你到底回来了。

冯　涛　谢谢你们还没有忘记我。

自　强　冯涛同志你回来了。

老　梁　冯代表,敬礼。

自　强　既然总部代表到了,我的新建议就可以提了吧?

冯　涛　请提吧,又是暂停试验?

潘　文　不,正相反。

之　茵　对,正相反,改进试验。爸爸建议把海鹰号的遥控控制改为人工操纵,这可以了解航行中每个细微的反应变化。不管成功失败都能为我们提供宝贵的第一手材料……

冯　涛　刘老这意见很好。

老　齐　不过派去操纵的人可能有很大危险。

自　强　考虑到可能发生危险,我们必须派个适当的人去。

老　齐　那么谁适当呢?

自　强　最适当的是我。

老　梁　还有我,所长我跟你当助手。

自　强　你老掉牙了,还当助手。冯代表,最适当的是我。

潘　文　刘老,你这么大年纪怎么好去呢?最适当的人应该是我。我们需要的是能掌握海鹰号特点,能在最困难复杂情况下带回宝贵材料的人。齐厂长和冯代表是不合适的,之茵这个设计人也不能离开指挥部。而我呢,海鹰 2 号的全部制造过程我都参加的,在航行当中观察细微的变化,能得到第一手材料,在这方面我是最合适的。

老　　齐　是呀，我觉得老潘同志在能力和经验上都能胜任的，啊？

自　　强　可以。

冯　　涛　那太好了，老潘同志。

之　　茵　老潘，你真的觉得——

潘　　文　我觉得这是很好的机会，设计海鹰号的时候你不愿意跟我合作，现在我们到底还是合作上了。

老　　齐　老潘，你快去准备准备去吧。

自　　强　潘文……

老　　齐　老梁一起去看看吧。

老　　梁　对，看看就放心了。

［潘文、自强、老梁、老齐下。

之　　茵　（走近冯）冯涛同志，你来了就好了，我的心就不那么跳了。

冯　　涛　恭喜你，之茵同志，你盼望的这一天又来到了。

之　　茵　明天再恭喜吧，谁知道该不该恭喜。

冯　　涛　之茵……

［小马、之华、大威跑来。

三人齐说　冯代表，欢迎首长回来。

小　　马　工人们早就说，你该回来了。

之　　华　你来了，大姐就高兴了。

冯　　涛　你不高兴吗？告诉我，你们的游泳健将怎么样了？

之　　华　别提了，学那玩意儿真苦透了，天天练，月月练，胳膊腿痛得没法动。游泳健将到底不是普通运动员哪？有一回，差点叫大鲨鱼把我拖了去，真险。我想，干吗吃这份苦冒这份险呢。

大　　威　我就说，还是回来好好造兵舰吧。

之　　华　我就回来了。

冯　　涛　这还是造不好兵舰。

之　华　你等着瞧吧，这一回我造的丝杆，怎么也不让他起火了！

小　马　冯代表，你放心，这一回我再不让它打马虎过去了。

冯　涛　对。

小　马　（对着之茵）刘研究员，别紧张，海鹰号准能飞起来了。

之　茵　你有这一个信心吗？

小　马　工人们都有这个信心。（对之华、大威）走！

［摩托声。

冯　涛　是快艇中队到了。

［幕后。刘杰就位靠码头，甲前缆就位，乙后缆就位，甲前缆抛出，乙后缆抛出。

刘　杰　（上）冯政委，报告。基地特派警戒试验场的快艇中队向你报到。

冯　涛　辛苦了，刘杰同志。

刘　杰　不，辛苦的是你们，水兵们非常感谢日夜为我们辛劳的专家，工人同志们和首长们。（对之茵）恭喜你，大姐我终于等到海鹰飞翔的时候了！

之　茵　希望你真能看它飞起来，弟弟。

小　陶　（上）报告政委！我的遥控控制课程已经学完，等着为海鹰号服务！

冯　涛　好，小专家，这一部分完全掌握了吗？

小　陶　报告政委，完全掌握了，保证完成任务！（敬礼）

冯　涛　刘杰同志，试验时间，初步确定明天16点正涨潮的时候，你们的任务是警戒海上的安全，现在原地休息等通知行动。

刘　杰　是！（敬礼下）

之　茵　你等等，弟弟！

［……。

冯　涛　海鹰啊海鹰！明天你真能横跨大海，展翅飞腾，去教训那些丑恶的米老鼠吗？你能不辜负这么多人的智慧、劳动和希望吗？你能成为我们党和国家的骄傲吗？是时候了，你该飞起来了！让那些百多年来惯于玷污我们美丽海疆的强盗发抖，让那些看不起中国人民天才和毅力的瞎子唉声叹气！飞吧！你这矫健的海鹰……。

［暗转。

小　陶　报告政委，观察所报告，气象无变化，可以准时开始试验！

冯　涛　好！刘杰同志，命令快艇中队 15 点 37 分到达指定位置。

［刘杰重复命令。

冯　涛　通讯兵，命令航空兵在 15 点 50 分起飞，搜索海面。

［通讯兵重复命令。

冯　涛　警戒艇出发！

［幕后，刘杰就位离码头，甲前缆就位，乙后缆就位；刘杰离码头，甲前缆撑开，乙后缆撑开。

［大尉、之茵上。

大　尉　报告，我们已经检查了海鹰号动力装置，一切良好。

［潘文上，身穿防护服。

潘　文　冯代表，一切准备就绪，向指挥部报告。

冯　涛　潘文同志，祝你胜利归来！

潘　文　保证完成任务！

自　强　我羡慕你潘文！海军史上新的一页，也许从你手里开始！

之　茵　老潘，现在海鹰号的命运就掌握在你的手上了。

潘　文　你要跟我说的就是这一句话吗？

之　茵　这还不够吗？

老　齐　祝你成功。（潘文下，众鼓掌送）

通讯兵　报告，航空兵报告海面无变化，快艇报告，已到达指定位置，试验区内无任何船舶。

冯　涛　好吧，同志们！那就让我们日夜关心的，党和人民殷切希望的海鹰起飞吧，祝它乘风破浪，飞越大海，开到海军战士的手里去打击敌人，消灭各种各样的“米老鼠”吧！

信号兵　报告，16 点整！

大　尉　时间到！

冯　涛　起航——

小　马　海鹰万岁！（众鼓掌，欢呼）

［海鹰起航，音乐声起。

小　陶　情况正常——情况正常——

之　茵　（向冯涛）可以加速了吧？

冯　涛　刘老，你看。（刘老点头）命令海鹰加速！

通讯兵　（重复命令）海鹰，我是长江，听到请回答——长江命令你加速。

小　陶　情况正常——情况正常——

自　强　（对之茵）太好了，孩子。

老　梁　哎哟，老天爷！刘所长，你说说看，要是那些北洋水师的水手们能活到今天，那可太好了。

小　陶　报告，海鹰报告，海鹰号主机部件发生故障！

冯　涛　命令潘文镇静，立刻进行检查，改用遥控控制。

小　陶　是，海鹰，海鹰，请镇静，请镇静，命令你立刻进行检查，改用遥控控制，立刻进行检查，改用遥控控制……报告，海鹰号遥控失灵——海鹰号遥控失灵！

信号兵　报告，海鹰号发出危险信号！

之　茵　什么？危险信号？

小　陶　报告，海鹰号舱内黄色烟雾弥漫，进入危险状态！

冯　涛　命令潘文镇静，减速返航！

小　陶　是，海鹰，海鹰！请镇静！请镇静！命令你减速返航！命令你减速返航。

信号兵　报告，潘文同志离船跳海！

通讯兵　潘文同志离船跳海！

之　茵　他怎么能——（人们乱纷纷议论，焦急的议论。）

冯　涛　肃静！（人们静下来。命令通讯兵）命令快艇抢救潘文！（对小陶）严密注意海鹰动向！

老　齐　又是起火！爆炸……全完了。

大　尉　报告，海鹰号没有起火，没有爆炸！海鹰还在海上飘动！

冯　涛　对，海鹰是没有起火。

自　强　我肯定这不是出事的样子，海鹰一定还有希望！

之　茵　想法控制海鹰号。（混乱中，老梁拉大威走向一边）

老　梁　大威！（耳语）

大　威　不，爷爷你不能去！不能——（老梁、大威下）

通讯兵　报告，快艇已救起潘文。

老　齐　这一个家伙——老冯，我建议命令快艇拖海鹰号回来！

之　茵　不，不能让快艇冒险。

老　齐　那就让他飘下去？

信号兵　报告，海鹰号飘入危险航道！（一片惊慌喊叫，危险航道）

老　齐　一触礁，可就全完了！

之　茵　完了，到底是完了！

冯　涛　同志们，没有完。之茵，救海鹰号还有一个办法，我开上小汽艇，登上海鹰号。

众　　　你？

老　齐　那是危险航道！

冯　涛　没有关系，我是在危险航道上学海军的！同志们，别耽误时间了。

现在每秒钟都是宝贵的！老齐，指挥任务交给你——

信号兵　报告，有一只小帆船向海鹰号驶去。

冯　涛　奇怪！这是什么船？

大　威　（叫上）冯代表，爷爷坐着帆船去救海鹰号。

冯　涛　什么？

大　威　（哭）爷爷坐帆船去救海鹰号了。

冯　涛　好样的！这才是真正的中国水兵！

老　齐　（对通讯兵）命令快艇把帆船接回！

冯　涛　准备穿海服！

水　兵　是！（冯、水兵下）

之　茵　冯涛同志你不能去！

信号兵　报告，冯政委接近海鹰号——靠近海鹰号，上去了，他上去了！

之　茵　这个老冯！这个老冯，真是好样的。

小　陶　冯政委的生命……（重复冯政委的话）我已控制海鹰号——情况正常——这儿有许多宝贵发现！

之　茵　太好了，太好了！

小　陶　（继续重复冯涛的话）我现在快速返航。

之　茵　老天！要是能顺利回来！……

［大家注意海面，静。

之　茵　快了，快了。再有十分钟！十分钟！（静场，一声巨大轰响传来）

之　茵　（惊叫）怎么？

信号兵　报告，海鹰号起火爆炸！

老　齐　警报！抢救冯代表。

［警报声。汽艇声大作。

［幕落。

第六场

记　者　随着严寒的过去，第二个春天到了，海鹰二号试验失败后，距今已有好几个月了，在这一段时间里，参加海鹰工作的人们，根据冯涛同志冒生命危险带过来的宝贵材料，继续工作着，工作，工作，不停地工作着！终于在春潮激荡的海洋上飞起了我们盼望已久的海鹰。海鹰飞起来了！而制造海鹰的人们，他们的心，他们的情感，他们的理想也飞起来了。正是：望远海天阔，心潮逐浪高。

［幕开，之茵仍在拉小提琴，刘杰上。

刘　杰　太好了，大姐，你的风格变了，去年你喜欢狂想曲，今年确爱上了抒情曲……

之　茵　去年是去年，今年是今年啊！弟弟，连我都想学游泳，到海里滚，山上跳……

刘　杰　当然，今年有人陪你滚，陪你跳吗……

之　茵　刘杰！

刘　杰　好，我不讲……（刘母拿一件衣服由屋里出）

刘　母　之茵，快换件衣服，老冯该到了！

之　茵　是啊，是真该换换哪！（接过衣服）弟弟，你喜欢这个花吗？

刘　杰　（哈哈大笑）真是春天了，大姐都研究花衣服了！

之　茵　吹！妈，楼上房间什么时候收拾？

刘　母　早就收拾好了，连电唱机跟二胡也摆好了！

之　茵　妈，要不要准备点点心？

刘　母　早准备好了……

刘　杰　荷包蛋！

［刘母、刘杰笑，之茵下。

刘　母　我这回可算放心了，刘杰。

刘　杰　你本来不用担心的，妈。（之华上）

刘　杰　小妹，怎么一早上不听见你的声音。

刘　母　嗳！兴趣又变了——看小说了！

之　华　根本不是，妈，哥哥，你说说我怎么办好？

刘　杰　有，我们的百灵鸟又唱起忧郁的歌来了！

之　华　游泳健将不好当，造兵舰又麻烦，小马又老是跟我吵架，我活着干什么好呢？

刘　杰　你得先弄懂，活着是为了什么？

之　华　为了……幸福。

刘　杰　幸福是从哪里来的呢？

之　华　社会主义！

刘　杰　这未免太笼统了。

之　华　那你说呢？

刘　杰　你知道小妹，幸福是那些英勇牺牲的先烈们为我们争来的。我们今天有了幸福不要忘了他们。我们要学习他们的艰苦奋斗不屈不挠的精神，为人民作出贡献。比如说，冯政委和大姐他们，是爱吃苦是吗？可是他们得到了幸福，你不是喜欢小马吗？为什么不学习他？他不是两次帮你造好丝杆也得到了幸福吗？去，问问他你该怎么办。

［汽艇声。

刘　杰　冯政委！大姐，冯政委到了！

［之茵穿一件漂亮裙子出来，之华拿起一把花等待着。

［冯涛还是第一场子那样，小陶提箱子跟上。

之　华　（献花）欢迎你健康地回来，抢救海鹰的英雄！

冯　涛　可是海鹰并没有救起来啊！（对之茵）这一回你不用鸣枪三响来欢迎我了？

之　茵　因为你守规矩，不走危险航道了。

冯　涛　伯母。

刘　母　真吓死人了，老冯，又是碰伤，又是烧伤，几天人事不省，你是怎么活过来的？

冯　涛　那是因为我还想吃一回你老人家煎的荷包蛋！（环顾）怎么没有见到刘老？

刘　杰　接他的外国朋友去了。

冯　涛　谁？

之　茵　你见过的，格尔索斯教授。

冯　涛　他？那太好了！

之　茵　先在这里坐坐怎么样？

冯　涛　好。（刘杰、之华、刘母、小陶偷偷退下）

之　茵　谢谢你！

冯　涛　谢谢我？

之　茵　要郑重地谢谢你！要不是在最危险关头你镇定坚持，带回宝贵材料，海鹰2号如今又被认为失败了……（静默）

冯　涛　小院子还是那么好……

之　茵　就住这儿吧，妈妈把楼上房间收拾好了。

冯　涛　医生叫我住海滨疗养院……（掏出介绍信）

之　茵　（收起信）这里就是海滨疗养院！空下来你可以拉二胡，我拉小提琴，你还可以跟爸爸谈谈科学，天热了，我们可以和小妹在海里比赛游泳……怎么样，有决心吗？

冯　涛　没有……

之　茵　为什么?

冯　涛　(指箱子)决心都装在这儿,提来了。

之　茵　(之华由窗口探出头来,笑)小妹!

之　华　妈,决心提来了!

[汽车声,之华、刘杰跑出。

[刘自强陪格尔索斯上,记者跟上。

之　华　爸爸陪客人来了!

自　强　请吧,这里是我的海军司令部,这里是全体海员。

之华、刘杰、之茵　格尔叔叔,你好。

格　尔　你们好,我的亲人们?

自　强　这位上校……

格　尔　我们早见过了,上校。(向之茵)向你致敬!新中国的红色青年专家,听说你已经叫“米老鼠”头痛了?

之　茵　谢谢你的鼓励,格尔叔叔,世界上只要有帝国主义存在,我们就要造出更现代化的武器,保卫祖国的海防,是吗?格尔叔叔。

格　尔　说得对极了!我的小海鸥。

冯　涛　教授,这回考尔曼夫人没有来吗?

格　尔　我跟考尔曼分手告别了,跟我几十年的虚浮的幻想也分手告别了。

自　强　格尔索斯终于回到了拉丁美洲,回到自己的祖国,跟自己的人民一起斗争了。

格　尔　这得感谢你们,感谢新中国和伟大的毛泽东主席,我在他的著作里找到自己应该走的道路,不是幻想敌人的友谊,而是拿起武器解放祖国,中国走的道路也就是我们要走的道路。我离开了考尔曼,加入了无产阶级战斗队伍!我们现在是一面红旗引导下的战友！我有权利用这个神圣的字眼称呼你们：同志啊！同志！

之　茵　好极了！格尔——同志。

冯　涛　说得好，同志！

自　强　那就请进去看看我的司令部吧，同志！

格　尔　大家都请，同志们！

［自强陪格尔索斯下，众跟下，之华、之茵、冯涛留在场上。

之　华　他说得真感动人：同志啊，同志！对，我去告诉小马同志去！

［跑下，冯涛、之茵欲入内，老齐匆匆上。

老　齐　哟，老冯！出院了？恭喜，恭喜！（对之茵）快去换军服，郭司令员要接见海鹰号全体工作人员。

之　茵　郭司令员要来？（下）

刘　母　（在窗口）司令员也来了？今天真是喜上加喜了！

老　齐　身体好了吗？缺什么吃的用的告诉我……

冯　涛　谢谢，一样不缺，你最近怎么样？

老　齐　就那样嘛……

冯　涛　海鹰3号试验成功以后的情况怎么样？

老　齐　情况严重！

冯　涛　还是严重？

老　齐　严重！失败有失败的严重，成功有成功的严重！咱们穷家务办大事，困难一个接一个！搞不好就要挨批评，听抱怨。该！生活真是件麻烦事！……

冯　涛　可是又不能不生活！

老　齐　是啊，所以我在想，也许像你那样生活更痛快一些。

冯　涛　喝，老齐！你的调子变了？（之茵上）

老　齐　都第二个春天了，调子还能不变？

冯　涛　难道这回试验还有谁批评你，抱怨你吗？

老　齐　没有谁批评，抱怨我的是我自己，你说，总部要是真的按我的建议办，海鹰号现在不还在纸上？

冯　涛　对啰！伙计。

老　齐　可是海鹰成功了又怎么样？我们就跑上了尖端吗？就上了天吗？我们这个穷家务……

冯　涛　可这是爬上尖端的阶梯，天就是这样一步一步爬上去的，穷家务也就这样慢慢富强起来的。敌人不一定很怕我们的海鹰号，但他就怕我们这样一步一个脚印的顽强的朝前走，十年，二十年……

老　齐　这么说，我又该打壶酒请你聊聊了？

刘　母　（正巧这时走出）啊呀老齐，怎么是你打酒，该他们俩请你喝酒啊！

老　齐　为什么？

刘　母　得谢谢你去年给他们俩介绍啊！

老　齐　我？

刘　母　是啊，你可真说话算话，到底把之茵的事包在身上了。

老　齐　我那包的是……哈哈……真有意思！

［之华跑上，小马上。刘自强、格尔索斯、记者、刘杰、小陶上。老梁身穿北洋水师时代的海军服上，大威跟后上。

老　齐　这是干什么，老梁？

老　梁　跟大家一样，去见郭司令员啊！

自　强　就穿着这个。

老　梁　不行吗？所长？

自　强　行啊！可你干吗喜欢这老古董？

老　梁　不是这话，刘所长，我穿他不是喜欢它，我是要叫这一些后代的孩子们别忘记咱当水兵的那个年月，中国人受了多少屈辱，流了多少血泪，帝国主义的兵舰像蝗虫一样扑来，咱们是赤手空拳，无依无靠，多少人梦想什么时候咱们中国能有自己的海军，自己的兵舰？清朝皇帝、北洋军阀、蒋介石都说要办海军，可是买人家的船，请人家的人，海军有了，强盗还是上来杀人放火！还是一场梦啊！只有如今，共产党毛主席才实现了咱们中国人世世代代的心愿。孩子们（对几个小青年）孩子们啊！你们现在是幸福了！可是别忘记咱们的那个年月，是这话吗？

之华、大威 是这话！

老 梁 （对之华）二姑娘，你不是说，兴趣，兴趣吗？那么现在我问你，光凭兴趣能造出咱们的海鹰号吗？（之华默认）是这话，是这话。（对几个小青年）孩子们！你们要造更好的兵舰，当更好的水兵，是这话吗！

众青年 是这话！（众鼓掌）

［汽艇声响起。

老 齐 这是海鹰号出发去迎接郭司令员！

众青年 海鹰号！

格 尔 同志们，让我代表所有的朋友和同志，向中国人民的天才，智慧、坚韧的毅力致敬！

记 者 同志们，观众同志们，让我们向用辛勤劳动而制造海鹰的人们致敬！向我们自己的海鹰致敬！

老 梁 （拔出军刀）致敬！

［音乐声起，海鹰飞速掠过海面，众敬礼，致敬。

［幕闭。

［全剧终。

（1962年演出本）

话剧

年青的一代

编　剧

陈　耘

作者小传

陈　耘(1923—1999),男,籍贯:福建省永春县,原名陈文钦,曾用名陈云,笔名耕耘。1950 年被分配到上海市文化局文艺处戏剧室工作。后调入上海戏剧学院任教,历任助教、讲师、副教授。

人物表

萧继业　男，二十七岁，地质学院毕业生，勘探人员

萧奶奶　七十岁左右，退休的老女工，革命妈妈，萧继业的祖母

林育生　男，二十四岁，地质学院毕业生

林　坚　男，五十多岁，厂长，林育生的养父

夏淑娟　女，四十多岁，林坚的妻子，林育生的养母

林　岚　女，十八岁，高中应届毕业生，林坚、夏淑娟的亲生女儿

夏倩如　女，二十三岁，夏淑娟的侄女，地质学院应届毕业生

李荣生　男，十六岁，社会青年

姚向明　女，二十三岁，夏倩如同班同学

周　婕　女，二十五岁，夏倩如同班同学

群众数人

第一幕

［夏天，正是中学毕业生报考高中、大学，大学毕业生即将走向生活的时候；这是一个充满希望、烦恼、激情和不安的时候。

［一个星期六的下午。

［上海近郊林坚家里的小客厅，有楼梯通往楼上。有窗，通过窗口可以看见上海近郊景色和远处的工厂。有一大门通外，一门通厨房，一门通林岚岚和夏倩如的房间，室内有沙发、餐桌等物。

林育生推脚踏车上，车上挂着网兜等物，解下东西。

林育生　倩如！倩如！

［夏淑娟上。

夏淑娟　还没回来呐。你又买了些什么？

林育生　几个罐头和一些点心，今天不是约了几个同学来给倩如过生日吗？

夏淑娟　我不是关照阿香阿姨杀鸡吗？

林育生　一只鸡够谁吃的？

夏淑娟　唉，这得花多少钱！又买这么贵的点心，这影响不好！

林育生　这有什么。

夏淑娟　全烧？

林育生　留着干吗？一生才有几个生日，还不得好好庆祝一下。

夏淑娟　倩如毕业分配有消息没有？

林育生　我已经给学院党委写了封信，希望能把倩如留在上海，照顾爱人关系，我想学院会同意的。

夏淑娟　要是能留下来就好了，我也只有这么一个侄女儿。这么多年又一直在我身边，真舍不得她离开啊！饿了吧？我给你烧点绿豆汤喝？

林育生　喝不下，刚才跟小吴在外面吃过点心了。

夏淑娟　（打开盒子）连衫裙？（不以为然地摇摇头）

林育生　送给倩如的。妈，爸爸今天回来住吗？

夏淑娟　大概会回来吧，调回上海这么多天了，哪一天也没在家好好待过，今天是星期六，也该回家歇一歇了。

林育生　那待会同学来了，我们就在倩如房里吃吧。

夏淑娟　噢，忘了告诉你，萧继业回来了。

林育生　回来了？

夏淑娟　刚才来过了，说是有事找你。

林育生　（一怔）哦？

夏淑娟　待会儿请他一起来吃晚饭，你们是同班同学，又在一个勘探队里工作过。

林育生　（勉强地）好吧。

夏淑娟　岚岚怎么还不回来？

林育生　她上哪儿去了？

夏淑娟　考电影学院去了，下午都没回来吃。

林育生　刚才我碰到电影学院的杨老师，她说岚岚根本没去考。

夏淑娟　（意外地）没去考？不会吧！

林育生　很可能。她一直不肯去报名，还是我陪着她去的。

夏淑娟　这孩子！现在怎么办？

林育生　刚才我跟杨老师说了，希望学院能给她一个补考的机会，他说要跟领导上商量一下。

夏淑娟　唉！

［夏淑娟下。林育生打开收音机。

［萧继业上。

萧继业　（兴奋地）林育生！

林育生　萧继业！快进来吧！

萧继业　你好！（热情地和林育生握手）

林育生　你好！为地质报告的事回来的？

萧继业　对了，你怎么知道的？

林育生　听奶奶说起的。怎么，有矿？

萧继业　看来很有希望。

林育生　那太好了，要是真的有矿，你们小组的劳动算是没白费。

萧继业　对了，上海组织上给你安排工作了没有？

林育生　还没有。前几天学院里告诉我，勘探系缺一个系行政干事，问我愿不愿意担任，我还在考虑呐。

萧继业　那好极了，我们省里办了个地质训练班，领导上叫我告诉你，让你回去当教员。

林育生　（一震）我！？我不是腿有风湿性关节炎才回来的吗？领导上也同意我回上海找工作的啊！

萧继业　那是考虑到你有病，在勘探队工作不合适，一时又没办法给你安排别的工作，现在正好缺一个教员，这才叫你回去的。

林育生　这……这也不行，那里气候不合适，到那儿又要复发了。

萧继业　医生说的？

林育生　是啊，就是我跟你说过的那个外科主任，我要求调工作的疾病证明单就是他开的。

萧继业　哦！（失望地）本来我们以为这工作对你倒是挺合适的。

林育生　这条腿啊，真要命！

萧继业　（想了想）好吧，等会我们再商量商量，要是真的不行，那也只好叫领导上另外找人了。

林育生 （放心了）看来只好这样了。

萧继业 一会儿再谈吧，我得上医院去了。

林育生 怎么，病了？

萧继业 没什么，爬山不小心跌伤了腿，走路有些不方便。队长说，趁这次回上海，一定要把腿医好再回来，这是任务。明天是星期天，今天不去又得等到下星期一了。

林育生 对了，今天是倩如生日，约了老同学来聚一聚，一会你也来。

萧继业 我一定来，待会还要告诉她一个好消息呐。（下）

［夏淑娟上。

夏淑娟 谁呀？萧继业？

林育生 嗯。

［传来林岚愉快的歌声。

夏淑娟 岚岚回来了。

［林岚上。

夏淑娟 电影学院考过了？

林　岚 （干脆）我没去考。

林育生 回答得倒干脆。

林　岚 怎么了？

［电话铃响，林育生接电话。

夏淑娟 我问你，你为什么不去考？

林　岚 我本来说不去。是你们硬要我去报名的。成天吵、吵、吵，烦死了，我只好……

夏淑娟 那你就不想念大学了？

林　岚 谁说的，我想念农科院。

夏淑娟 你就保险能考得取？你这一病一个多月，人家总复习你也没参加。

就是考取了，将来到农村里去你受得了吗？你的身体单薄得很呐。

林　岚　身体不好可以锻炼嘛。

夏淑娟　考电影学院不也一样吗？杨老师不是说，你表演挺有希望的吗？

林育生　岚岚，杨老师来电话，叫你约个时间，学院同意你补考。

林　岚　我不去。

夏淑娟　你看你。

林育生　别傻了，错过这个机会你哭都来不及。

林　岚　（坚决地）我不去。

林育生　跟你谈不通，我告诉杨老师，你明天上午去。（拿起话筒）喂，杨老师，她……

林　岚　你干吗？（抢过电话，挂上）

林育生　妈，你看。

夏淑娟　嗨！这机会多好，人家找都找不着，可你……

林　岚　（执拗地）我说了，我不去！

［林坚从外进。

林　坚　怎么，吵架了？

林　岚　爸爸回来了！

夏淑娟　你来得正好，说说你的女儿吧，叫她考电影学院她不去，人家要她去补考，她还是不去。

林　坚　岚岚！为什么不去？电影学院挺好嘛！

林　岚　我要考农学院。

林　坚　哦？

林　岚　（稍停）爸爸，你想想看，农民们成天弯着腰在地里辛辛苦苦的干活，可是我们粮食还没过关……我总想，怎样才能用同样的劳动得到更多的收获，让每个人都能丰衣足食，这需要很多工作，也需要科学技术，我愿意在这上面出把力。

夏淑娟　想得倒很好，要是考不取呢？多一个机会不好吗？

林育生　总得给自己留条后路啊。

林　岚　（激烈地）我不要什么后路，决定了就一条路走到底。

夏淑娟　（对林坚）你看看，你看看。

［电话铃又响。

林育生　（接电话）喂……哦，杨老师，对不起，刚才……刚才断线了……好。（对林坚）爸爸，你决定吧，杨老师又来电话了。

林　坚　岚岚！你自己接吧。

林　岚　我怎么说？

林　坚　这是你自己的事，你觉得应该怎么做，就怎么说。

夏淑娟　老林！你……

林　岚　好。（兴奋地拿起电话筒）喂，杨老师，谢谢你的关心，我不准备考了……对了，我准备考农科院，再见。

林　岚　爸爸！我在园子里种了好多番瓜，还有西红柿，我把书上学来的方法都用上了，长得可大了。你要不要看看？

林　坚　好啊，我能帮你一点忙吗？

林　岚　帮我一起浇水，好吗？

林　坚　行。

夏淑娟　让你爸爸歇一歇吧。

林　坚　劳动劳动，这比什么休息都强了。（对林岚）就走吗？

林　岚　好。（准备拿工具）哎呀，木桶不够用，我到萧奶奶家里借去。（下）

夏淑娟　（惋惜地）多可惜，这样好的机会……

林　坚　她的志愿不在这上头，再好的机会也没用。

夏淑娟　她的身体不好，搞农业怕不合适。搞电影不也一样重要吗？

林　坚　可她的志愿是在农业上。她做得对，有些青年人你要他搞农业他还不肯呢！她想搞农业，这很好嘛。我们应该鼓励她才对，千万别去拉她的后腿。(发现罐头等物)哪儿来这么些东西?

夏淑娟 今天是倩如的生日,育生请了几个同学到家里来聚一聚。

林　坚 我跟你妈这辈子还没过过一次生日呐。

夏淑娟 刚才我也批评他了。(藏起连衫裙)

林　坚 (对林育生)怎么样,腿好些了吗?

林育生 现在还好,一变天就不舒服。

林　坚 在家都干些什么?

林育生 看看书,研究研究业务,怕搁久将来荒疏了。

林　坚 听说你在上海找工作了?

林育生 是啊。

林　坚 找到了没有?

林育生 前几天学院告诉我,勘探系缺一个系干事,问我愿不愿意当。

林　坚 哦,你怎么想的?

林育生 我想最好找个专业工作,所以还在考虑。爸爸,你能不能在地质研究所给我找个工作?您不是认识刘所长吗?

林　坚 找工作应该按照组织手续,怎么可以走私人关系?你的关系不是还在青海吗?病养好了,最好还是回青海去,那儿需要人。

林育生 青海领导上已经说过了,只要我在上海能找到工作,他们可以把关系转过来,还给学院写过信,要不学院也不会给我安排工作了。

林　坚 人家这是照顾你,你自己可不能这样想。有些青年人怕在艰苦的地方工作,你可别那样。有志气的青年应该到外头去闯闯。天下大得很,干吗都想挤在上海!

夏淑娟 他是腿不好才回来的。要是能在上海给他找个工作,那……(电话铃响)

林　坚 (接电话)喂,我是林坚……什么?哦,哦,我就来。

夏淑娟 怎么,又要走了?

林　坚　有要紧事。(对林育生)把我的公文包拿来。

［林育生下。林坚穿衣。

林　坚　我看这孩子有些不对头,你看是不是要把他亲生父母怎么死的告诉他?也好让他知道……

夏淑娟　告诉他这些干什么,这么多年都没让他知道我们不是他的亲生父母,现在……(林育生上,把公文包交给林坚)

夏淑娟　(转话题)在部队里一天忙到晚,现在当厂长,也还是……

林　坚　一天忙到晚?其实这跟打仗也差不多。

［林岚上。

林　岚　爸爸,要走了?

林　坚　是啊!不能帮你的忙了。(对夏淑娟)这事以后再谈吧。(下)

［林岚在搞她的农业实验,林育生烦躁地到门口等夏倩如。

夏淑娟　倩如怎么还不回来?

林育生　刚才我已经给她打了电话了。

林　岚　你又给她打电话了,人家今天在听毕业分配的动员报告。

林育生　少听一点有什么关系?大不了以后叫人给她传达一下。

林　岚　你当然没关系喽,一天到晚老是把她往家里拉,我真不明白,为什么一定要天天在一起呢?怎么不腻?

林育生　到时候你就明白了。

林　岚　我早就明白了,你这叫精神空虚。

林育生　(反击)你最充实。小教条。

林　岚　连毕业考试你也老是给她打电话,要是考砸了,毕不了业看你怎么办。

林育生　这你用不着操心,她是我们学院的高材生,她们那个小组去年实习回来还在院刊上发表了一篇勘探设计,现在508矿区正在考虑采用她们这个设计呐。她毕不了业?笑话!

林　岚　她要是跟你这样下去，能毕业就算好了。光有才能也干不了大事。

夏淑娟　（对林育生）岚岚说得也对，你可不能妨碍她的功课。

林育生　妈，我给倩如买的连衫裙呢？

夏淑娟　（取出纸盒）在这儿。

林育生　干吗藏起来？

夏淑娟　你爸爸看见了，还不得说你一顿？尽买这种洋里洋气的东西。

林育生　这有什么，这是出口货，还是小吴帮我买的呐。

林　岚　哥哥，我看你还是少跟小吴这种人来往吧，咱们是什么人家，跟这种人交朋友。

林育生　怎么啦？

林　岚　不服从统一分配，靠着他家里有钱，在家摆阔，吃闲饭，寄生虫！

林育生　别教条了，政治上落后的人，我们不去帮助他，谁去帮助他？

林　岚　还帮助他呢！再跟他这么泡下去，你都快跟他一样了！

夏淑娟　你们怎么一见面就吵个没完？岚岚，有意见不能好好提吗？

林育生　她看谁都不顺眼，就她自己好。

夏淑娟　小吴那副洋里洋气的派头我也看不惯。交朋友是要谨慎。

［幕内阿香声："岚岚，你来帮帮我。"

林　岚　哎。哥哥，你去帮一帮阿姨吧，她一个人忙不过来。

林育生　我能帮什么忙？

林　岚　洗洗菜，生生炉子总可以吧。

夏淑娟　算了，你哥哥身体不好，让他歇一歇，你去吧。

林　岚　我还得下地浇水呐，他什么事也没有。

夏淑娟　好了，好了，你忙你的，我去。

林　岚　妈，你别去。我就是看不惯他那副大少爷派头。（对林育生）哥哥今天可是你请客？

林育生　好，我去总可以了吧。

夏淑娟　你歇一歇吧，还是我去。你呀，越帮越忙。（拿罐头下，林育生同下）

［李荣生腿脚踏车出现在门口。

李荣生　岚岚！

林　岚　怎么，小李！快考试了，你还出去逛？

李荣生　反正没希望，去年都考不取，今年高中招生要求更高，还能考得取？

林　岚　不好好温课，要求再低你也考不取。

李荣生　我也在跟自己说："李荣生啊，李荣生，再不好好温课今年你照样考不取。"可是不知怎么搞的，心总是定不下来。你爸爸回来了没有？

林　岚　回来了，又出去了。

李荣生　又走了，你怎么不叫我一声。我们搬到职员宿舍都两三年了，可我一次也没看见过你爸爸。

林　岚　爸爸常年不在家。（以有这样的爸爸为荣）他总是什么地方最需要他就到什么地方去：上海一解放他就驻守在上海，我们家就搬到上海来了，后来爸爸又参加了抗美援朝，一九五五年回国以后调去搞水利工程，最近才调回上海来当厂长的。

李荣生　那你们家怎么一直住在上海？

林　岚　我跟哥哥不是在上海读书吗？妈妈要照顾我们，所以我们就留在上海了。爸爸一年难得回来一两次。

李荣生　听说他从前打起仗来又猛又狠。嗨！真想看看他是什么样子，有胡子吗？

林　岚　干吗要有胡子？

李荣生　个儿一定挺高的。

林　岚　也不怎么高。

李荣生　咳,反正他回来你叫我一声。

林　岚　没问题。

李荣生　说定了。再会!(骑车子下)

［林育生上,到门口等夏倩如。

林　岚　你到哪儿去?

［幕内李荣生声:“逛逛去。”

林　岚　又逛去?

［林岚看看太阳,拿水桶下。

［少顷,夏倩如上。

林育生　(迎上去)回来了?我给学院党委写的信收到没有?

夏倩如　收到了,上午找我谈了话。

林育生　(紧张地)怎么说?

夏倩如　不行。

林育生　不行?

夏倩如　(烦躁地)我早就说过了,叫你别给党委写信,可是你……

林育生　(焦急地)领导上怎么说的?

夏倩如　他们让我告诉你,像我们这种情况不能照顾。

林育生　为什么?

夏倩如　我想大概是因为你在上海没有工作。以后,你可以想法调到我那儿去。

林育生　你没有跟他们说,我的腿……

夏倩如　我怎么还好意思说呢,这样已经够难为情的了。

［稍停。

林育生　(做出决定)好吧,学院里要我当系干事的事,本来我还在犹豫,现在既然这样,我就答应算了。

夏倩如　答应？为了我……

林育生　也不光是为了你，我也得有个工作啊。成天待在家里没事干，这种滋味实在受不了。

夏倩如　你不是说姑父到地质研究所给你找工作吗？

林育生　他不肯，还说……算了，就暂时当系干事吧。我这就到学院去。（欲下）

夏倩如　不，育生！我们还是再考虑考虑吧。

林育生　有什么好考虑的？再考虑分配名单一决定就来不及了。

夏倩如　可是这不是要放弃自己的业务了吗？

林育生　这没什么，我可以一边搞行政，一边抽空搞业务，只要能拿出几篇有分量的科学报告，将来申请调我去当助教我看是没有问题的。

［夏倩如沉默。

林育生　干吗愁眉苦脸的。对了，我给你买了一样礼物，（拿出纸盒）你猜，是什么？

夏倩如　衬衫？

林育生　不对。

夏倩如　围巾？

林育生　不对。（打开纸盒）看，喜欢吗？

夏倩如　哟。（笑）

林育生　怎么了？

夏倩如　我要是穿上这条连衫裙，再背上个地质包，那才好看呐。

林育生　这衣服不是让你背地质包穿的，而是为了让你在研究室里，或者在我们未来的小房间里穿的。

夏倩如　得了，别尽做梦了。我还不知道会分配到哪儿去呐。

林育生　没问题，只要我把系干事答应下来，我想领导上总该照顾了吧。

要是真的把你留在上海，那该有多好啊。想想看，白天我们一起去上班，晚上回来听听音乐，看看小说，读读诗，看看电影，星期天上公园，或者找几个朋友聊聊天……。当然，工作是一定要做好的，工作做不好的人，在新社会里是不会有他的地位的。一定要在业务上好好干出一些成绩来。咳，这种生活我在青海就梦想过，现在眼看就要实现了。好，我这就到学院去。你把衣服穿起来。

夏倩如 我穿不出去，太华丽了。

林育生 这有什么，这是最新的式样。蛮好看一个人，（指夏倩如身上）干吗尽穿些这种衣服。

夏倩如 好，我试试看。（进房）

林育生 对了，我借了几张你最喜欢的唱片，有《茶花女》《卡门》，还有几张莱米谢夫的独唱曲，今天吃完晚饭，咱们开一个唱片欣赏会，算是你生日的余兴。萧继业也来参加。

［幕内夏倩如声："萧继业！回来了？"

林育生 刚到，我约他一起来聚餐了。

［夏倩如上。

夏倩如 怎么样？

林育生 好极了，你就该穿这种衣服。

夏倩如 总觉得有些别扭。你怎么想到买这个？

林育生 小吴跟我一起去买的，他说这是最新的式样。

夏倩如 小吴？我不是跟你说吗，别老是跟小吴这些人在一起，你……

林育生 他又不是什么坏人，别人都有事，你又在学校里，不跟他在一起，你叫我怎么办？闷在家里？

夏倩如 我总是看他不顺眼。

林育生 这都是成见，其实小吴人倒是挺爽快的。我走了。（下）

[少顷，萧继业上。

萧继业 （热情地）夏倩如！

夏倩如 萧继业！（上前握手）你好？

萧继业 （兴奋地）知道吗？你们写的那个勘探设计，508矿区已经决定采用了。

夏倩如 （惊喜地）真的？你怎么知道的？

萧继业 我在北京碰到他们矿区的领导同志，他告诉我的。

夏倩如 （激动地）真的吗？

萧继业 是啊，他们还准备要求学院把你分配到他们那儿去。正好今年他们那儿分配到一些名额。

夏倩如 哦！

萧继业 （热情地）没想到吧？记得一年以前你在那儿实习的时候，给我来信说，那儿地下尽是宝，可惜人手太少了。还说，虽然那儿生活很艰苦，可是工作却很有意思，毕业后你一定争取到那儿去。现在好了，眼看你理想要实现了。他还让我告诉你，要是学院征求你的意见，希望你也表示一下自己的态度。

夏倩如 哦？可是……

萧继业 怎么了？

夏倩如 这事来得太突然了。

萧继业 你不是早就有这个想法了吗？

夏倩如 去年是这样想过。

萧继业 现在呢？

夏倩如 现在……你想，育生在上海，我要是分配到别的地方去……

萧继业 他将来也不一定会在上海，他不是没找到工作吗？

夏倩如 找到了。

萧继业 找到了？刚才他……

夏倩如　他已经同意在学院里当系干事了。

萧继业　什么时候决定的？

夏倩如　刚才。

萧继业　育生他人呢？

夏倩如　到学院里去了。

萧继业　（明白了）噢！（稍停）可是你向往了这么些年的理想要放弃实在太可惜了。

［沉默。

［幕内夏淑娟的声音："倩如，你来帮帮我。"

夏倩如　就来。（对萧继业）你坐一坐。（下）

［萧奶奶和群众甲边谈着话出现在窗口。

萧奶奶　你叫他们明天来找我，我来跟他们谈谈，我想问问他们：他们这样做还像不像个工人阶级？

群众甲　（赔笑）你老人家已经退休了，我看这事……

萧奶奶　人能退休，心也能退休吗？一天不知道厂里的事，我心里就闷得慌。

群众甲　好，好，明天我叫他们来就是了。

萧奶奶　这就对了。

［群众甲下。

萧继业　奶奶！

萧奶奶　你在这儿？（进屋）腿看过了？医生怎么说？

萧继业　一时查不出来，叫我星期一去拍片子，看来还有些麻烦呐。

萧奶奶　那你就回去歇一歇吧。

萧继业　今天倩如生日，育生要我来参加他们的聚餐，跟老同学见见面。奶奶，厂里出了什么事？

萧奶奶　咳，真把我气坏了。有些青年工人，不好好劳动，干活拖拖拉拉，要福利倒走在前头，没做几天工就忙着找对象，急着要房子。市委负责同志说："你就在家里写写回忆录，好好休息休息……"我怎么休息得下去？有些年轻人，你不给他们多谈谈，他们还以为今天的好日子是从天上掉下来的呐。（发现萧继业没注意听，敏锐地）孩子，你有心事？

萧继业 奶奶，我正在想，林育生是怎么回来的？

萧奶奶 不是说有病，医生给他开了证明才回来的吗？

萧继业 今天我去看病，正好碰到那个外科主任，就问他：育生的腿是不是妨碍他回青海教书。他说，他是给林育生看过病，好像是有些关节炎，并不严重，不妨碍他在勘探队里工作。而且说是没给他开过什么证明。

萧奶奶 那证明是假的？

萧继业 从育生在青海的表现看来，这有可能。

萧奶奶 （沉重地）哦！

萧继业 奶奶，我准备写信回队里，叫队里把证明寄来查对一下，你说好吗？

萧奶奶 对，是该弄个水落石出。唉！我是又怕听到这种事，又想听到这种事。怕的是会看到我们的下一代变坏了，可心想听到了也好，好及时去拉他们一把。

萧继业 可是奶奶，他就要在学院里当系干事了。

萧奶奶 什么时候决定的？

萧继业 刚才，我想他是不愿意离开上海，也不想让倩如离开上海。

萧奶奶 那你准备怎么办？

萧继业 我怕他要是真的欺骗组织，有了工作将来要他回去就更麻烦了。

萧奶奶 那你应该找育生谈谈。

萧继业 他已经到学院里去了。

萧奶奶　那你就应该去告诉学院，叫他们把这件事暂时搁一搁，你再跟育生好好谈谈。你是一个党员，党支部既然委托你动员他回去，你就该想法完成任务才对。

萧继业　(坚决地)对，我这就给学院打电话去。

萧奶奶　慢点。你可别把什么都说了，先只说：领导上希望育生回去，系干事的事情请他们暂时搁一搁就行了。

萧继业　我知道，奶奶。(欲下，突然)哎！(揉右腿)

萧奶奶　怎么了？

萧继业　腿有点疼。

萧奶奶　厉害吗？

萧继业　没什么。(好像没事一样，在电话机旁犹豫了一下，从大门下)

［林岚上。

林　岚　萧奶奶，要走了？

萧奶奶　得烧饭去了。

林　岚　(放下水桶)我帮你生炉子去。

萧奶奶　好孩子，你总是帮我干这干那的，你也累了，今天就……

林　岚　没什么，走。(扶萧奶奶下)

［幕内姚向明的声音："倩如，我们来了。"

［夏倩如从厨房出。

［姚向明、周婕上。

姚向明　你怎么了？报告一听完就走了？

夏倩如　(支吾)家里有些事。

周　婕　(看着倩如的衣服)嘿，好漂亮。

姚向明　(这才发现)哟，我还没发现呢。育生送给你的？

夏倩如　(扯开)告诉你们，萧继业回来了。

姚向明　萧继业，噢，我们的老学生会主席。

夏倩如　一会儿还来参加我们聚餐呐。

姚向明　(在门口)瞧,那不就是他吗?

众　　　萧继业!

［萧继业上。

姚向明　(大叫)萧继业!

萧继业　你好!(握手)

周　婕　回来休假的?

萧继业　不,是为地质报告的事回来的。

周　婕　255 地区的地质报告吗?

萧继业　对了。

夏倩如　结论是……

萧继业　有矿,据我们估计,蕴藏量可能很多,品位可能很高。

周　婕　真的?不是说有一位有名的工程师在那儿勘探过,说是那儿没有矿吗?

萧继业　你怎么知道的?

周　婕　听林育生讲起的。

萧继业　是啊,正因为这样,领导上才叫我把资料都带回来,请学院里的专家们鉴定一下,要是有科学根据,就立刻进行钻探。

夏倩如　要是真的有矿,那可是一件大事。

姚向明　好,辛苦了,怪不得你晒得又红又黑,敢情是忘我劳动啊。

萧继业　(笑)你还是老样儿。

周　婕　不,比以前更活泼,越长越天真了。

姚向明　那是因为我们越来越临近走向生活了,一想到不久就要飞,心里真是有一股说不出的滋味儿。

萧继业　争取飞到哪儿去?

姚向明　你猜。

萧继业　你吗？西藏。

姚向明　(惊叫)哎呀，你怎么知道，一定有人告诉你的。

周　婕　你还用得着人告诉？一到学院就到处嚷嚷：我毕业以后，一定要到西藏去。

萧继业　家里同意了吗？

姚向明　没问题。妈妈说："你就放心去吧，不用管我们了。"爸爸说："要去就得下决心干一辈子，要是中途打退堂鼓，你别想进我的家门。"

周　婕　好厉害啊！

萧继业　要是不分配你到西藏呢？

姚向明　你别考验我了。喏，这是我和周婕的决心书，还没来得及交上去呢！

萧继业　(念)坚决服从祖国需要，争取到最艰苦的地方去。

姚向明　怎么样，觉悟不低吧？

萧继业　马马虎虎。

［大家笑。夏倩如慢慢地走开，似乎她不是即将毕业的大学生。

萧继业　你呢？周婕。

周　婕　我？什么地方都可以，分配我到哪儿，我就到哪儿去。

萧继业　妈妈怎么样？你不是个独生女吗？

周　婕　把我的嘴皮都说破了。现在好了，妈妈总算答应了。不管领导上分配我到什么地方，我背起行李就走。当然开始会有很多困难的，可能很艰苦，但上次贺书记说得好：我们这一代人生来就不是为了安逸的，要是没有困难，还要我们干什么呢？

萧继业　是啊，我们勘探队员的生活的确是艰苦的，但却苦得有意义，有价值。这次回来，我顺路去看了看108地区，三年前我们班在那儿实习过。那儿原来是一片渺无人烟的荒原。你们猜怎么着？现在那儿已经变成一座现代化的工业城市了。既然我们的劳动会给人们带来这么多的好处，那我们吃点苦又算得了什么呢？我们的困难的确很多，但我们却永远是快乐和幸福的。因为我们没有辜负党和人民对我们的期望，在建设社会主义的战斗里，我们没有吝惜过自己的力量。昆仑山上的风雪知道我们是懦夫还是好汉，戈壁滩上的烈日了解我们是土是金。对生活中那些懒汉和逃兵，我们可以豪迈地说，当我们将来在向后代讲述我们怎么样冒着零下四十度的严寒，为了寻找矿藏而走遍昆仑山的时候，他们这些人有什么好讲的呢？

姚向明　（兴奋地）对，是这样，正因为这样，我才看上我们这个艰苦专业的。

夏倩如　（平常地）姚向明，你们的决心书呢？

姚向明　在这儿，干什么？

夏倩如　我看看。

姚向明　好啊。（给决心书，周婕、萧继业注意夏倩如的行动）

林　岚　（边叫边上）萧继业！

萧继业　林岚！你好！嘿，一手的泥巴，还在搞你的农业试验？

［林岚笑了笑。

萧继业　准备考哪个专业，农学院？

林　岚　对了。

萧继业　好啊，支持农业第一线。功课温得差不多了吧？

林　岚　反正拼上了。

萧继业　嘿，两年不见，都长成大姑娘了。

林　岚　这是大自然的规律，以后还要长成个老太婆呐。

［众笑。

姚向明　喂，主人，客人肚子饿了。

周　婕　瞧你。

夏倩如　马上开始，大家动手吧。

萧继业　育生呢?

夏倩如　别等他了，他马上就来。我来铺桌子，岚岚，你带大伙儿去端菜。

林　岚　跟我来!

［除夏倩如外，其余的人都跟林岚下，厨房内立刻传出《勘探队员之歌》的歌声。

［夏倩如铺好桌子，拿出决心书，思想在斗争着。

［林育生上。

夏倩如　怎么啦?

林育生　没什么。

夏倩如　学院的事情怎样了?

［林育生不语。

夏倩如　到底出了什么事?说话呀!

林育生　不成!

夏倩如　为什么?

林育生　(愤愤地)有人拆我们的台。

夏倩如　拆我们的台，谁?

［林育生仍然不语。

夏倩如　谁?

林育生　萧继业!

夏倩如　萧继业?

林育生　他跟学院打电话，说是青海要我回去，系干事的事要学院先别考虑。

夏倩如　青海要你回去?

林育生　他今天跟我说，领导上希望我回去搞地质训练班。我已经跟他说了，我的腿不行，可是他……(怀疑地)为什么他非要我回去不可？是不是……

夏倩如　怎么了？

林育生　没什么。刚才是你告诉他的？

夏倩如　我顺便跟他提起的。

林育生　他还说什么没有？

夏倩如　没有。

林育生　哦！

［静场。

夏倩如　这样也好，我正准备跟你商量，我想不请求照顾了。

林育生　（意外地）为什么？

夏倩如　萧继业说，我们小组搞的那个勘探设计，508矿区领导上已经决定采用了。而且说是要争取我到他们那儿去。

林育生　要你去？你呢？

夏倩如　我想，也许我应该去，那儿需要我。

林育生　原来是这样。一定是萧继业……

夏倩如　不，育生！这些日子我心里乱得很。我觉得自己好像比人矮了半截……我怕听人毕业分配，怕看见人打报告，写决心书，甚至怕听激昂热情的歌声，一听大家唱“我们有火焰般的热情，战胜了一切疲劳和寒冷”，我就好像是做了什么亏心事一样。

林育生　是不是有人说了你什么？

夏倩如　不是，是我自己在责备我自己。你想，同学们都在写决心书、保证书，我也是青年，为什么我……这是姚向明和周婕的决心书，我想也签个名。

林育生　（接过决心书，看）你瞎想些什么，不！不成，你要好好想一想，别听萧继业他们那些……

［大伙儿端杯、瓶、食物上。

姚向明　嗬！育生回来了，正等着你呐。

林育生　谢谢。

周　婕　干吗花这么多钱？早知道这样破费，我们就不敢来了。

夏倩如　难得大家聚一聚。大家请坐。

萧继业　（走近林育生）育生，待会儿我跟你谈谈。

林育生　谈什么？

夏倩如　萧继业！育生！坐吧！

周　婕　伯母呢？

林　岚　妈妈身体不舒服，不来了。（下）

周　婕　你别忙了。

［幕内林岚声："我就来。"

姚向明　今天是倩如生日，我们应该祝贺他们一下才对。

周　婕　对，萧继业，你是远方来的，你代表吧。

萧继业　好，来，我代表大伙儿，祝你们……

林育生　（微笑里带着一些不易察觉出来的敌意和激动）慢些，你是贵客，你的酒可不能这样随便喝了，为了记住我们的过去，倩如，请你到我抽屉里把我从青海带回来的两只牛角杯拿来。

［夏倩如下。

林育生　在代表大伙之前，我们两人先单独干一杯，怎么样？

萧继业　好啊！

林育生　总得有个名目啊！

萧继业　为了我们的友谊。

林育生　是真心的吗？

萧继业　当然。

林育生　要是真心的，那我就请你为了我们的友谊答应我一件事。

萧继业　只要我能做到，我一定答应。

林育生　做得到的。我跟倩如的关系你是知道的。

萧继业　知道。

［林岚上。

林育生　我的腿有病，这你也是知道的。

萧继业　这……也知道。

林育生　那么，我以友谊的名义，请你考虑一下我的实际情况，在这些问题上希望你不要有意跟我们过不去，我这个要求不算过分吧？

萧继业　（放下杯子）这杯酒我不能喝。

林育生　怎么，你刚才不是在大谈友谊吗？既然是好朋友，就应该真诚相待，表里不一致可不大好！

萧继业　你这是什么意思？

林育生　你自己心里明白。（愤愤地放下杯子，下）

林　岚　哥哥！

萧继业　育生，育生……

姚向明　怎么了？

［大家询问地望着萧继业。

［灯暗。幕急下。

第二幕

［一星期以后的一个上午。林坚家门前，有树或瓜架，架上枝蔓丛生，人们可在这里乘凉，在这里工作，在这里休息。右边是林坚家屋子的一角，左边通萧奶奶家。树下有石凳等物，台上空无一人。微风吹拂着树梢，不知疲倦的蝉在“知了”“知了”地叫着。

［萧继业上，艰难地走向石凳坐下，痛苦地揉着自己的腿。

［萧奶奶上。

萧奶奶　怎么？孩子？

萧继业　（掩饰）没什么，奶奶，你坐。

萧奶奶　腿的毛病是不是越来越厉害了？你可别瞒着我。

萧继业　没什么，只是有点痛，走路不大方便。

萧奶奶　医生怎么说？这么些天还没查出个道道来？

萧继业　刚刚我又上医院去了，医生说，不仅仅是外伤，还发现别的病症，可又不肯告诉我，说是他会找你谈的。还要我去住院。

萧奶奶　（觉得问题不简单）哦！下午我就去找医生谈谈。可是你也该歇一歇了，瞧你这一头大汗，说是回来看病的，可是这么些天你哪天在家里好好待过？

萧继业　没有办法，奶奶，好容易回来一次，有些平时解决不了的问题得乘这个机会跟老师们请教请教，地质报告的事得搞出个结果来啊。还有育生的事……

萧奶奶　地质报告怎么样了？专家们怎么说？

萧继业　刚才我又去找张教授，他不在，待会儿还得再去一趟。

萧奶奶　（疼爱地）从小就是这脾气，做起事来命都不要了。育生还是不肯回青海？

萧继业　我找了他几次，他不肯跟我谈，看来他是不肯回去，我想等证明查对过以后找林伯伯谈谈。

萧奶奶　昨天队里不是已经把证明寄回来了吗？

萧继业　我已经拿到医院里查对去了，医院说下午给我回音。

萧奶奶　一有消息马上找林伯伯。我原来也想找他谈谈，就是碰不着他。走吧，今天总能好好在家吃顿饭了吧？

萧继业　走，我给你生炉子去。（同萧奶奶下）

[屋里传来林育生的声音:“好吧,要走你就走吧!”

[林育生激动地上,夏倩如跟上。

夏倩如 育生,育生,你听我说,你以为我离开你心里好受吗?其实这几天我也矛盾得很,昨天在思想鉴定会上同学们狠狠地敲了我一棒,他们给我提了不少意见……

林育生 (注意地)他们提了些什么?

夏倩如 他们说我变了,这一年来对政治不关心了,对集体活动也不像以前那么有兴趣了,说我成天只想往家里跑,还说……

林育生 还说什么?

夏倩如 还说我对功课不像以前抓得那么紧,说我毕业考试的成绩比以前差,还有……他们说得对,是不能再这样下去了。听说新疆那边已经向学院提出要求,希望学院能分配我去,看来学院是会答应的。育生,在这种时候你应该帮助我,给我力量,让我安心地走上工作岗位才对呀!

林育生 我真不明白,留在上海有什么不对呢?撇开个人问题不谈,就拿国家需求来说,你也应该主动争取留在上海。你是我们学院的高才生,你有条件,也有义务在地质科学上作出比别人更多的贡献,到新疆去能做到这一点吗?上海可就不同了,这里不光有大量的资料文献,而且随时随地都能得到专家们的指导,这对你将来科学上的成就有多大的好处啊,可你……

夏倩如 这些我都知道,现在的问题是边疆需要人,我是个共青团员,我能光想自己,不想到国家的需要吗?

林育生 当然,应该想到,可是也不能不考虑实际情况啊。你想,你要是真的被分配到边疆去,以后就别想再调回来,将来还不得把我也调去,生活艰苦一些我倒不在乎,关节炎要是复发怎么办?这一点你总不能不考虑吧?

夏倩如　那你说该怎么办？

林育生　争取留在上海，其实在哪儿不一样为人民服务？个人利益和整体利益可以统一的时候，为什么一定要人为地把它对立起来？我们这种情况，要求照顾于情于理都没什么说不过去的。

夏倩如　要是可以统一，领导上自然会考虑的，用不着我们自己去争取。

林育生　今年全院毕业生就有两三百人，领导上一个个都能考虑得那么周到？要是领导上犯官僚主义呢？就拿我来说吧，在勘探队的时候，要不是我回来探亲，从上海医院里打了个证明回去，他们才不管你在那儿工作合不合适。碰到这种情况你自己不提意见，不主动争取，严格说起来这也是对国家不负责任。

［稍停。

夏倩如　可是领导上已经说过了，我们这种情况不能照顾。

林育生　这好办，只要你自己不争取到边疆去就行，其他的问题我来想办法。

夏倩如　有什么办法？总不能不服从分配吧？

林育生　我们明天就结婚。结了婚学院总该考虑照顾了吧。

夏倩如　这像话吗？为了要留在上海就突击结婚？你怎么想得出来？

林育生　这有什么，只要动机不坏，我看用什么方法达到目的都一样。

夏倩如　不，这不好，结婚我是无论如何不同意的！而且结了婚也不一定就能照顾。

林育生　你呀！这样前怕狼后怕虎的，我看你什么事也干不成。（想了想）这样吧，我叫妈妈去找贺书记，请他答应我在学院里当系干事，只要我能在学院里工作，那他们总该考虑把你留在上海了吧？

夏倩如　萧继业不是已经给学院提过意见了吗？贺书记会同意？

林育生　这你就不用管了，我叫妈妈讲去。只要贺书记点了头，我看萧继业还有什么话说。怎么样？（夏倩如不语）你倒是说话呀。

夏倩如　你让我想想吧。（下）

林育生　唉！

［夏淑娟上。

夏淑娟　怎么了？唉声叹气的。

［林育生不语。

夏淑娟　为倩如的事？学院不能照顾？

林育生　应该照顾的，可是……

夏淑娟　有困难可以跟学院领导上提，能照顾他们总会考虑的。

林育生　提过了，他们不同意，说我在上海没工作。

夏淑娟　那怎么办？

林育生　妈！你能不能找贺书记去谈谈，请他答应我在学院里工作，那倩如也许就可以留下来了。

夏淑娟　我去有什么用？这几年我身体不好，一直在家待着，也没工作，怎么好意思找人家，再说托人情，也不太好。

林育生　怎么是托人情？家长给学院提个意见，这不是常有的事吗？

夏淑娟　不！这样影响总归不大好。

林育生　那怎么办？分配名单明天就要公布了。真急死人。（烦躁地走着）这样吧，妈！你只要去找一下贺书记，把我的情况跟他谈谈，其他的问题让他们去考虑，也不用提什么照顾不照顾的，这总可以了吧？

夏淑娟　青海不会坚持要你回去？

林育生　我的身体不是明摆着的吗？我已经给我们领导上去信了，告诉他们我回青海工作不合适。

夏淑娟　是啊，你这个病回青海不合适的。（想了想）好，我这就去找贺书记，把情况跟他谈谈，能不能给你工作，倩如该不该照顾就让他按政策办事好了。

林育生　行。那你马上就去吧。

夏淑娟　这就去。(下)

［林育生愉快地吹着口哨。林岚上，好像有什么心事。

林育生　怎么，考过了?

林　岚　嗯。

林育生　考得怎么样?

林　岚　糟透了，不及格。

林育生　不及格?两门功课都这样?

林　岚　都这样。

林育生　那还能考得取?

林　岚　是考不取了。

林育生　咳，多糟糕!妈妈!妈妈!(下)

林　岚　你叫妈妈干什么?这下子可热闹了。

［稍停。

林　岚　(自语)怎么办?去给高考委员会说明理由，要求补考?不，不能这样做!

［夏淑娟、林育生、夏倩如上。

夏淑娟　怎么，考不取了?

林　岚　嗯。

夏淑娟　(叹气)唉!

林育生　前几天还批评倩如呐，怎么自己也……

夏淑娟　(阻止)育生!

林　岚　(想辩解)我又不是功课不好，是……(终于没说出)

夏倩如　是啊，你平常功课不是很好吗?怎么今天会……

夏淑娟　大概是太紧张，临场晕头了。没什么，好好温习温习功课，明年再考。你歇歇去吧。

［林岚下。

夏淑娟　唉！你们说该怎么办？

林育生　想办法给她找个工作，找不到只好在家待一年。

夏淑娟　这一个的事还没了，又要操心那一个的事了。唉！（欲下）

林育生　妈妈，你快点，要不贺书记要下班了。

夏淑娟　我总得换套衣服啊。（下）

夏倩如　怎么，你还是叫姑妈去了？你怎么不跟我商量一下？

林育生　再商量就来不及了。

夏倩如　我总觉得这样做不大好。

林育生　有什么不好的？这样既可以解决我的工作问题，又可以解决你留在上海的问题。要不，你说该怎么办？

［夏倩如不语。

林育生　放心，不该去妈妈也不会同意去的。好，我再去催她一下。（下）

［稍停，林岚上。

林　岚　倩如姐姐，你真的同意哥哥的意见，叫妈妈到学院找贺书记？

夏倩如　我不同意能行吗？你哥哥……

林　岚　咳！你呀！（走）

夏倩如　干吗？

林　岚　我想找个地方好好想想，我这一辈子到底找不找爱人。

夏倩如　怎么了？

林　岚　怕找了爱人，丢了事业啊。

夏倩如　小鬼！嘴怎么越来越厉害了！

林　岚　（走近夏倩如）姐姐！我真替你难过，从前你可不是这样，有理想，肯钻研，想在地质方面做出一些成绩，可是现在……我想想就替你发急，让哥哥拉着一起往下坡路走，他要你怎样，你就怎样。

夏倩如　我也矛盾得很啊。可是……唉！你不明白。

林　岚　我是不明白，为什么你对他总是百依百顺的。

夏倩如　等你爱上一个人你就明白了。

林　岚　如果爱情就是这样的，那我一辈子也不要爱情！真的，不要！（下）

[稍停。萧继业上。

萧继业　听岚岚说你还是打算留在上海？

夏倩如　我有什么办法呢？育生……

萧继业　你自己的意见呢？

夏倩如　我想，既然实际上有困难，留在上海也一样工作。

萧继业　育生要你留下来真是为了工作？

夏倩如　什么意思？

萧继业　也许我的话使你不愉快，可是有什么办法呐，我是你的入团介绍人。

夏倩如　哦，你大概以为我同意争取留在上海，是为了追求安逸舒适的生活？其实你错了，对我们目前的生活方式我并不怎么热衷，是因为育生他……

萧继业　他要你这样，你也这样下去？

夏倩如　你以为我愿意这样下去吗？其实我也矛盾得很，眼看学习成绩一天天坏下去，自己的理想不能实现，同学们又提意见……有时我也苦恼得很啊。

萧继业　那你为什么不斗争？对那些不健康的东西，要么你去反对它，跟它斗争；跟它和平共处，早晚要被它吞掉的。现在你还会觉得苦恼，再这样下去，就怕你连这最后一点苦恼也没有了，慢慢地习惯了，麻木了。

夏倩如　我也斗争了，可是……

萧继业　可是最后总是以你的妥协做结束。

夏倩如　我不能过分伤他的心，有时只好暂时让步。

萧继业　牺牲原则换来的爱情会给人带来幸福吗？

［沉默。

萧继业　这些日子我常常在想，生活的确是复杂的，当你走到生活十字路口的时候，怎样才能选择正确的道路而不误入歧途呢？

夏倩如　（淡淡一笑）结论呢？

萧继业　首先要能正确地辨别方向。这在我们社会里并不困难，党已经把路给我们指明，同志们也会及时地给我们提醒。但是，更重要的是要有走正路的决心。要做到这一点可就不容易了。

夏倩如　哦？

萧继业　走正路比走捷径艰难得多，并不是每个人都有足够的决心和意志的啊！

［沉默。

夏倩如　当然，我也不能不考虑实际问题，育生在上海，你叫我怎么办？

萧继业　我们没有权利只考虑自己。哪一个毕业生没有实际困难？有的有家庭问题，有的有爱人问题，有的身体不好，有的怕冷，有的怕热，多着哪，要是大家都考虑个人问题，你想，情况会怎么样？

［夏倩如不语。

萧继业　育生将来也不一定在上海工作，我不是正在动员他回青海吗？

夏倩如　他的腿不好！这你又不是不知道。

萧继业　没那么严重，这都是……

夏倩如　（注意地）怎么，你是说……

萧继业　他的腿早晚会好起来的。你应该趁这个机会把他从个人的小天地里拉出来，再这样下去不仅会毁了他，慢慢地也要毁了你自己。

［稍停。

萧继业　你想想吧，我得给张教授打电话去了。（下）

［林育生上。

夏倩如 （坚决地）育生，叫姑妈不要到学院去了。

林育生 怎么了？刚才不是已经……

夏倩如 我想了想，这样做不大好。

林育生 刚才萧继业又给你扯了些什么？

夏倩如 不，是我自己的意见。

林育生 不是你自己的意见，一定是他……

夏倩如 是我自己的意见，刚才我已经跟你说了半天了。

林育生 （烦躁起来）那事情怎么办？好不容易把妈妈说通了，你这一来，我可怎么跟妈妈再说呢？

夏倩如 我自己跟她说去！（下）

林育生 倩如！唉！（烦躁地在树下走着，欲下）

［夏淑娟上。

夏淑娟 育生，倩如又叫我别去了，这是怎么回事？

林育生 妈，你还是照样去，别管她了。

夏淑娟 到底怎么回事？

［萧继业上。

林育生 刚才萧继业不知跟她扯了些什么。

夏淑娟 （想了想）好吧，我去。（欲下）

林育生 妈，你快点。

夏淑娟 就去。（回身进屋）

萧继业 育生！你还是想叫你妈妈去要求照顾？

林育生 怎么样？

萧继业 你应该知道，这样做不好，连你爸爸的名声都要受影响的。

林育生 这关我爸爸什么事？有问题我自己负责。（下）

萧继业 育生……（激动地看着他的背影）

［林坚匆匆上。

萧继业　林伯伯。

林　坚　听说你回来了，我正想找你谈谈，就是没有空。

萧继业　我也正想找您呢。

林　坚　好啊，晚上我有空，你上我们家来吧。

萧继业　我想现在就找您谈谈。

林　坚　（为难地）哎呀，……有急事吗？

萧继业　也没什么，我想——想跟你先谈几句。

林　坚　（看表）好，那谈吧。

萧继业　是这样，倩如不是要分配了吗？刚才育生要伯母到学院要求照顾去！

林　坚　哦！淑娟同意了吗？

萧继业　妈妈哪有不爱孩子的。不过，我怕影响不大好。

林　坚　乱弹琴！

［沉默。夏淑娟上。

夏淑娟　（意外地）回来了？

林　坚　拿一份材料。

［幕内萧奶奶“继业！张教授找你了。”

萧继业　我就来。（对林坚）张教授找我有事。

林　坚　晚上一定上我们家来。

萧继业　好的，林伯伯。（下）

林　坚　怎么，到学院去？

夏淑娟　是这样，育生的身体……

林　坚　你知道这样影响有多坏！

夏淑娟　我只是想去跟学院谈谈，告诉他们育生身体不好，到边疆工作有困难，所以倩如……

林　坚　这就够了，你自己从前也在学校里工作过，国家培养一个大学生得花多少心血，你比我清楚，劳动人民省吃俭用培养他们是为了什么？怎么，事情一跟自己有关，就连原则都不要了？

夏淑娟 谁不要原则了？坚持原则也得看具体情况，在上海不也一样工作吗？育生的亲生父母是为革命死的，他的腿又有病，组织上就是给他一点照顾我看也没什么说不过去的。

林　坚 又是腿有病？我看没那么严重。这都是他不愿意离开上海的借口。这次回来没几天我就看出点苗头来了，这孩子的精神状态不对头，人家外头社会主义建设搞得热火朝天，可他呢？成天躲在自己小窝里，天下大事不闻不问。我们像他这种年龄已经把人民解放事业的担子挑在自己的肩上了，他可倒好，眼睛只看见自己鼻子底下的一点好处，吃点喝点，成天悠悠晃晃的，也不知道他在想些什么！唉！胸无大志！胸无大志啊！对党对人民一点责任感都没有。

夏淑娟 你也说得太严重了，哪个青年人不想过得好一些，我们从前吃苦受罪不就是为了让他们今天能过好日子吗？社会主义嘛，哪能跟我们从前比。

林　坚 好嘛，社会主义，大伙儿都坐下来享清福，那好日子就会从天上自己掉下来？（夏淑娟不语）这样护着他对他没有好处。昨天我听岚岚说，育生这些年越来越不像话了，在学院里就交了些不三不四的朋友，从青海回来干脆跟他们成天泡在一起，这些你可一直都没告诉我。

夏淑娟 哪一个年轻人没几个朋友？从前他老住在学校里，现在没事就往外跑，都大学毕业了，我们做父母的还能成天守着他？

林　坚 依你说就该不闻不问，随他去？同志，教育子女也是件大事咧。特别是育生，从小就寄养在沈大夫家里，一直是在上海长大的，脑子里资产阶级思想还少得了？一九五〇年领回来那时候我就觉得是个问题，到朝鲜去以前我不是跟你说吗？要加紧教育，可你……

夏淑娟　那时候他还小着呢，再说这孩子的亲生父母又是为革命牺牲的，咱们还能亏待他？咱们自己的孩子管得严点没什么，对他，我可不能让别人日后有半句闲话。

林　坚　正因为他的亲生父母是为革命死的，咱们对他才更放松不得，真正爱他就应该在思想上严格要求他。可你呢，对他思想上要求不严，生活上又给他太宽了。想想看，这孩子要是不长进，咱们怎么对得起他的亲生父母？我想趁这次回来，就把他亲生父母的事告诉他，好让他知道自己是谁，自己肩膀上该挑的担子有多重。

夏淑娟　告诉他这个干什么！这么多年都没有让他知道我们不是他的亲生父母，现在……

林　坚　小的时候，你说等长大了再告诉他，现在你又……

夏淑娟　我是怕告诉他以后我们会有隔阂，再说这样不是也挺好吗？干吗让他知道这种伤心事。

林　坚　那就这样算了，不告诉他了？

夏淑娟　我想等他入了党再告诉他，那时候他就会正确对待这个问题了。

林　坚　我看还是现在告诉他的好，促进、促进！凭他现在这个样子，我看哪年也入不了党！你考虑考虑吧，学院里你就别去了。（欲下）晚上叫育生在家等着我。（下）

［林育生上。

林育生　妈妈，你怎么还没走？

夏淑娟　我不去了。你爸爸说得对，我们要有原则性，不能拉倩如的后腿。

林育生　爸爸回来了？他怎么知道的？

夏淑娟　你管这个干吗？（下）

林育生　（想了想，看着萧继业的房子）一定是他。（愤愤地走向萧家门口，

又停住）

［稍停。

林育生　（自语）我自己到学院去。（下）

［李荣生上，无聊地寻找消遣，树上鸟叫，拿弹弓打鸟。

［林育生推脚踏车匆匆过场。

［林坚过场。

［林岚上。

林　岚　干吗？

李荣生　没什么，唉！无聊啊。

林　岚　为什么不上街逛去了？

李荣生　车子撞坏了。

林　岚　给谁撞的？

李荣生　汽车。

林　岚　（惊叫）哎呀！

李荣生　不是，是我把汽车给撞了。

林　岚　这是怎么回事。

李荣生　那天我骑车在街上逛，反正没事做，看见绿灯就闯过去，看见红灯就顺手来一个右转弯……

林　岚　多无聊啊！

李荣生　本来么。这样走啊，走啊，忽然后面来了部汽车，"呜"的一下子就超过去了。我想，你神气什么，使足劲儿追，追啊，追啊，得，前面来了个红灯，汽车突然刹住了，好，我一下子就撞在汽车屁股上了。

林　岚　车子撞坏了？

李荣生　车子撞坏是小事，差一点没被抓到派出所去。

林　岚　你啊，活该。高中考得怎么样？

李荣生　没希望。

林　岚　这样吧，我们一起到井冈山星火农场去。

李荣生　骗人，你不是要考农学院吗？

林　岚　（怅然地）考不取了。

李荣生　怎么？

林　岚　化学，外语都考得不好。

李荣生　你要不生病就好了，平时你的功课不是挺好的吗？

林　岚　光生病也没什么，还碰上件事，所以……

李荣生　碰到什么事？

林　岚　没什么，反正已经考不取了。

李荣生　吞吞吐吐的，把我都搞糊涂了。

林　岚　有什么好糊涂，考不取，就这么回事。

李荣生　你怕什么，学校对你多少总会有些照顾的。

林　岚　为什么？

李荣生　你爸爸不是对革命有功劳吗？

林　岚　爸爸有功劳又不是我有功劳。你这是用旧眼光来看新社会。

李荣生　那你真的要上井冈山农场去？

林　岚　这有什么奇怪的！多少人都去了。只要是一颗强有力的种子在什么土地上都能发芽，越接近实际，根就扎得越深。我一定要在那儿干一辈子，在农业战线上添上我的一分力量，哪怕是小小的一分。你去不去？

李荣生　我不去。

林　岚　就这样闲逛下去？

李荣生　我在家里自修两年，考电影学院当演员去。

林　岚　你怎么看上电影学院了？

李荣生　你说我还能考什么？一见数理化我就头疼。

林　岚　电影学院不学数理化，又轻松又好玩是吗？

李荣生　至少没那么多头疼事。碰碰看，要是真碰上了，那可就美了，当电影演员！

林　岚　要不要我先教你一点，未来的大演员！

李荣生　你会？

林　岚　你忘了，我是青年宫话剧队队员，电影学院老师可在我们那儿辅导过。

李荣生　那就试试看吧。

林　岚　先给你来点形体训练，你受得了吗？

李荣生　得了，有什么了不起的。

林　岚　不叫苦？

李荣生　别吓唬人。

林　岚　那好，你过来！

［林岚把李荣生领到栏杆跟前。

林　岚　把腿搁上去。

［李荣生把腿放在栏杆上。

林　岚　太低了。（从地上找来几块砖）加一块。（在李荣生左腿和栏杆之间塞一块砖头，看了看）还不够，（又加了一块）怎么样？

李荣生　没……没什么！

林　岚　（发了狠）再来两块，把腿抬起来。

李荣生　抬不起来了。

林　岚　我来帮你。（用手把李荣生左腿往上抬）

李荣生　哎哟！哎哟！

林　岚　怎么，受不了啦？

李荣生　（硬撑着）不要紧……（突然英勇起来）不要紧，你加吧！（林岚又加上两块，然后用手在李荣生的腿上一按）哎哟！哎哟！疼！疼！

林　岚　这就叫了，人家还要把整个身体往下压呐。

李荣生　不行了，帮帮忙，让我下来吧，又酸又疼。

林　岚　急什么，还早着呢，二十分钟。

李荣生　实在不行了，我的妈呀！

林　岚　（帮李荣生放下腿来）你以为考电影学院真那么容易？

［李荣生抱着腿直揉。

李荣生　哎哟，哎哟，进电影学院得干这个？

林　岚　还有别的，你要不要再试试？

李荣生　（摇头）不干了。

林　岚　你就是想找一条轻便的路，可是生活里轻便的路是没有的。当演员，一样得付出艰巨的劳动。

李荣生　（重重地叹了口气）唉！

林　岚　跟我一起上江西去。

李荣生　不干。

林　岚　那你准备干什么？

李荣生　我也不知道，反正在家待着，也许会等到什么好机会。

林　岚　你要等到什么时候去？

李荣生　怕什么，反正我今年才十六岁！

林　岚　你有几个十六岁？

李荣生　唉！

［屋里电话铃响。

林　岚　你再好好想想。（下）

李荣生　唉！要能找到一个又称心又惬意的工作就好了。

［林岚上。

林　岚　萧奶奶。

［萧奶奶上。

萧奶奶　什么事？

林　岚　医院里给你来电话了。

萧奶奶　好！（进林家）

林　岚　喏，你不是无聊吗？这是《创业史》，这是《红岩》，都给你；还有刚到的《中国青年报》，我还没看呢，你先看吧。

李荣生　这么厚，怎么看得完？

林　岚　多看看好，要不脑子该生锈了。（下）

李荣生　（翻了翻书）唉！艰巨的任务。（懒懒地站起来下）

［萧奶奶上，心情沉重。林岚跟上。

林　岚　（急切地）这是真的吗？萧奶奶！萧继业的腿真的要锯掉？他不是好好的吗？

萧奶奶　他的腿上长了一种骨瘤，看样子是恶性肿瘤。

林　岚　一定是吗？

萧奶奶　医生说不是的可能性很小很小了。

林　岚　这……这可怎么办？可怎么办？

［萧继业兴奋地上。

萧继业　（兴奋地）奶奶，刚才张教授说，我们的地质报告，专家们讨论过了，他们说，根据各种资料来看，我们小组做的结论是有科学依据的。看来是真的有矿，据估计，蕴藏量还可能很多。哎！为了找到255地区的确有矿的根据，我们付出了多少劳动啊，每天早晨当我们背起背包迎着太阳走去的时候，我总是这样对自己说：今天一定要有新的发现，一定会有新的发现。带着这个希望，我们翻山越岭，渴了喝矿泉水，饿了吃干粮，冬天冒着寒风，夏天顶着太阳，生活是艰苦啊，可又是那样地有趣，那样地吸引人，因为有一个愿望在鼓舞着我们，一定要找到矿，一定能找到矿。现在这个愿望眼看就要实现了。张教授说，下午他们还要开会详细研究一次，要我也去参加。只要他们一有结论，我就马上背起行李回勘探队去，我要亲眼看到矿心怎么从地底下取出来，我要……

萧奶奶　（几次想打断他）你该歇一歇了，看你高兴的……（努力掩饰内心的痛苦，下）

萧继业　（疑惑地）奶奶怎么了？（回头看林岚，林岚把目光移开去）岚岚！怎么了？

林　岚　没什么呀。

萧继业　不，不像没什么，出了什么事了？

林　岚　没有呀，什么事也没出。

萧继业　不，你们一定有什么事瞒着我。

林　岚　（急）没有，真的没有……

萧继业　（突然紧张起来）刚才电话是医院来的？是吗？

林　岚　不，不是！

萧继业　你明明是这样喊的。

林　岚　噢！对，好像是医院来的。

萧继业　是不是我的腿……

林　岚　不是，他们……他们想请萧奶奶去给他们做报告。

萧继业　你为什么老躲着我？

林　岚　风把灰尘吹进去，真讨厌。（揉眼睛）

［萧奶奶悄悄上。

萧继业　你在骗我，一定是我的腿……

林　岚　（急了）不是，真的，不是。

萧继业　岚岚！别瞒我了。放心，我受得了的。我的腿很严重？是不是？（林岚不语）到底是不是？

萧奶奶　是的，孩子。

萧继业　医生怎么说的？

萧奶奶　(冷静地)要截肢。

萧继业　一点希望都没有了吗?

萧奶奶　你应该做最坏的打算。

[萧继业颓然地坐下。

[沉默。

林　岚　(走近萧继业)你别难过,这还不一定,再跟医生谈谈,说不定还有希望呐。就是真的没希望了,那也不要紧,真的,不要紧。我们学校里有位老师,为了在大火中抢救国家物资,烧坏了手,锯掉了,可是我们反而更敬重他,热爱他。我爸爸有个老战友,在抗美援朝的时候受了伤,锯掉了一条腿,可是他对国家照样作出很多很多的贡献。你也会像他们那样的。你别难过,真的,用不着难过。我……(想不出应该为他做点什么)我给你拿碗水去。(下)

[萧奶奶静静地坐在萧继业身旁,用手抚摸着他的肩膀,静默。

萧继业　(突然抬起头来,激动地)奶奶!你一生碰到过很多困难,最困难的时候你是怎么度过的?

萧奶奶　(想了想)我一生经过的困难,真是数也数不清。最困难的是一九三六年我从监牢里放出来的那一次,我在牢里头整整关了三年,回到家里才知道你的爸爸——我最后的一个儿子也在一次罢工中牺牲了。全家只剩下你我两个人,你才五个月……找不到党,找不到工作,亲戚朋友又不敢收留……困难啊,实在困难啊!(有力地)可是我一想到你,我就想,我们这一辈子给人做牛做马,总不能让我们下一代也跟我们一样,只要能让你们不再过我们一样的牛马生活,我活着吃点苦又算得了什么?这样咬咬牙我就挺过来了,一直活到现在。

[静默。萧奶奶讲话时,林岚端水上,听着。

[萧继业突然站了起来。

萧继业 不，我是个勘探队员，我不能没有腿。（走）

萧奶奶 你上哪儿去？

萧继业 我找医生去。（大步走下）

林　岚 你别那样跑，别那样跑！那会……（回身）萧奶奶！你干吗要告诉他！

萧奶奶 让他知道真情，总比蒙在鼓里好些。

林　岚 可是……（难过地挨着萧奶奶）萧奶奶！

萧奶奶 二十六年了，整整二十六年，在这二十六年里，我领着他走过人生路上多少个关卡啊！不管什么时候，只要他有一点小小的长进，我就会打心眼里感到高兴；可要是他犯了什么差错，我就会整夜整夜地睡不着。我在他身上花了多少心血啊！不容易啊，好不容易才把他培养成人，刚刚会飞，可是眼看翅膀就要折断了……

林　岚 奶奶！我的好奶奶！

［李荣生拿报纸上。

李荣生 （兴奋地）岚岚你知道吗？原来萧继业是全国社会主义建设积极分子，这次在北京刚开完了会回来的。你看他一声不响，连提也没提起。

林　岚 是吗？

李荣生 《中国青年报》上有一篇关于他的报道。你知道他的腿是怎么搞伤的？原来是为了完成任务跌伤的。

林　岚 我看看。

李荣生 太长了，他的事迹很多很多。喏，这一段我念给你听听：（热情地念）"毕业时他主动申请分配他到这一最艰苦的地区。在勘探队里，他不辞辛苦，废寝忘食地工作，带领小组的同志们冒着艰险，出没在崇山峻岭之中。有一次，在一个风雪的日子里，为了证实一个断层形成的原因，他冒着风雪爬上绝壁，由于斜坡太陡，不幸跌伤了右腿，但他仍然带伤坚持完成了任务。就在这个绝壁上获得了宝贵的资料，为证实该地区是否有矿找到了重要根据。两年来，萧继业……”

林　岚　萧奶奶！

萧奶奶　（抚摸着她的头发）别难过，孩子！俗话说，百炼成钢，不经磨炼成不了好汉。人生就像走路一样，摔跟斗，遭挫折总是难免的。（有力地）可只要你们是硬汉子，就是天大的困难也挡不住你们前进的脚步。

［林岚慢慢抬起头来，坚定地看着前方。李荣生惊异地看着这一切。

［幕徐落。

第三幕

［紧接上一幕，一个闷热的下午。太阳无情地烤着大地，连“知了”的叫声也显得疲乏而沉闷。从林坚家客厅的窗口，可以看见深蓝色的天边，已经浮动着几朵黑色的云彩，隐约可以听见远处低沉的雷声。一场暴雨正在孕育着。

［林岚在小客厅里修木桶，对萧继业的关切使她不安起来，不时到屋外向路上探望。（下）

［林坚上，看见坏了的木桶，动手修理。

［李荣生上。

李荣生　岚岚！岚岚！不在。（看见林坚）正好，修桶的，我们家也有个木桶坏了，待会儿你上我们家修一修。

林　坚　（看看他，笑了笑）好啊，你是哪一家的？

李荣生　附近工厂职员宿舍的。待会儿我领你去。正好碰上你，要不我又得挨骂了。

林　坚　怎么？

李荣生　爸爸回来又要说：“你一天到晚什么事也不干，叫你把木桶修一修也不肯，就知道张嘴吃。”

林　坚　怎么？你不上学？

李荣生　去年高中没考上，在家里待着。

林　坚　干吗不找点事做做？

李荣生　有什么事好做啊，去年有人介绍我去当店员，我不干。现在又有人劝我到农村去，我不去。

林　坚　为什么不去，我还想去呐。

李荣生　你要去还有话说，你本来就是个体力劳动者，可我是个知识分子。

林　坚　（笑）嚯！好一个大知识分子啊！

李荣生　本来嘛，读了九年书，要我去种地，还说是你们生长在社会主义，幸福，得了吧！

林　坚　为什么不幸福？去建设社会主义新农村，用自己的手创造好生活，这不是幸福？

李荣生　这算什么幸福？一天到晚跟泥巴打交道，搞了一身臭汗，还幸福呢？

林　坚　那你看哪一样才算幸福？

李荣生　多着呢。喏，譬如林岚的爸爸，当厂长，管好几千人，出门还有小汽车，那才神气，才有意思呐。

林　坚　不，当厂长也苦得很哪！

李荣生　去你的，当厂长有什么苦的？

林　坚　现在当厂长是给人民当家，又要学习新的业务，又要多快好省地完成工作，操心的事多着呐。有空还得干点别的。譬如修修桶什么的。

李荣生　得了吧，那么大个厂长也修桶？

林　坚　为什么不？厂长也是普通人嘛。

李荣生　这么说当厂长也不怎么惬意。

林　坚　照你的看法，我看干哪一行也不惬意。

李荣生　哟！你好像还挺有一套的。怎么，你也念过书？

林　坚　我念过什么书！从小是个放牛娃子，这点文化是后来自己瞎摸出来的，比不上你们知识分子。我们从前……

李荣生　你也来了，跟我爷爷一个样，一开口就是："我们从前……"现在又不是从前，一听就腻味。

林　坚　不知道从前的苦，就不知道今日的甜。不跟你们多谈谈过去，你们还以为今天的幸福是从天上掉下来的呐。

李荣生　看你还挺能说会道的。你干吗不找个别的工作？修桶！

林　坚　都不干修桶的那你就得自己修了，不修又得挨爸爸骂，是吗？

李荣生　那叫别人干好了，你现在不是有些文化了吗？干这一行挺可惜的。

林　坚　那你看我干哪一行合适？

李荣生　我想想。（认真地想）对了，当店员。

林　坚　你自己不是也不愿意干吗？

李荣生　我读了九年书，可你才……

林　坚　我才有了点文化，对吗？

李荣生　（得意地）哎！

［林岚上。

林　岚　爸爸，你回来了？

李荣生　（惊讶地）爸爸？他是你爸爸？

林　岚　怎么了？

李荣生　就是你那个当厂长的爸爸？

林　岚　我只有一个爸爸呀！

［李荣生睁大眼睛看着林坚。

林　坚　怎么了？

李荣生　你就是那个从前老打胜仗的……那一个……厂长？

林　坚　什么厂长，修桶的。

李荣生　（对林岚）你爸爸要到农村去是真的？

林　坚　为什么不真，可惜上级没批准。

李荣生　去当农民？

林　坚　怎么，这就不幸福了，是不是？

［李荣生不好意思地笑了。

林　坚　是啊，是啊，年轻人总喜欢谈论什么幸福。事情一顺心就说，我太幸福了。一不顺心，就说我一点儿也不幸福。可是什么是幸福，连他自己也没有搞清楚。

林　岚　爸爸，你说什么是幸福？

林　坚　这有各种各样的理解。有人觉得不劳动，光吃喝玩乐这是幸福；有人觉得有个称心的爱人、有个温暖的小家庭，这才是幸福；也有人觉得有名气、有地位是幸福……看法多着呐。可是依我看，对于一个革命者来说，幸福和斗争是分不开的。幸福，就是斗争胜利后的欢乐。为党的事业去斗争，这是得到幸福的主要来源。（有所指的）不肯付出艰巨劳动的人是得不到幸福的，对吗？

［李荣生不语。

林　坚　不小了，得多动动脑筋，这样糊里糊涂下去不是个办法！（李荣生低头不语）没事常到我们这儿来玩，有空咱们就聊聊，怎么样？

［李荣生点点头。

林　坚　小鬼！（欲下，回身对林岚）你哥哥呢？

林　岚　刚刚出去了，大概又是为了表姐毕业分配的事到学院去想办法了。

林　坚　（严厉地）什么，他自己去了？

林　岚　嗯。

［沉默。

李荣生　（悄悄地对林岚）我走了。这是你的《中国青年报》。（下）

林　坚　你怎么样？农学院考得好吗？

林　岚　考不取了，爸爸。

林　坚　（又是一个不愉快的消息）哦！因为生病？

林　岚　不全是，还出了一件意外的事。

林　坚　出了事？

林　岚　对了。今天早晨，我想顺路邀王秀一道去考试，可是她已经先走了，一到她家正好碰上她妈妈心脏病突然复发了，怎么办？不抢救眼看就有生命危险，一分钟也不能耽误，我只好赶快给她请医生，等到医生来了以后，我才赶去参加考试，可是已经迟到了，时间又不够，心又慌，加上本来就拉了一个多月课，所以考得很不好。看来准考不取了。

林　坚　你做得对！以后你准备怎么办？

林　岚　我想到井冈山星火农场去。

林　坚　好啊。想搞农业，到实践中去锻炼锻炼是有好处的，可是那儿比这儿要艰巨得多，你考虑过吗？

林　岚　考虑过了。我想，现在的困难再大，总比不上你们当初搞革命的时候吧？（好像对自己说）既然我们的父兄都是硬汉子，我们也不该是胆小鬼！

林　坚　说得对。

林　岚　可是妈妈不答应。

林　坚　你妈会答应的。育生回来叫他到楼上找我。(下)

［少顷，萧继业迈着艰难的步子上。

林　岚　萧继业。

萧继业　你哥哥呢?

林　岚　到学院去了。(萧继业欲下)你进来歇一歇吧。(扶萧继业进)医生怎么说的?

萧继业　要我马上去住院……做活体组织检查。

林　岚　有希望吗?(萧继业不语)……怎么跌伤就会……

萧继业　医生说病是原来就有的,只是跌伤以后才发现的。

林　岚　你还没有吃午饭吧?我给你拿些吃的去。

萧继业　不……

［林岚下。

［稍停，林育生从大门上。

林育生　噢!你在这儿,我正想找你呐。

萧继业　什么事?

林育生　我想跟你好好谈一谈。

萧继业　我也正想找你呐。

林育生　那好啊。我希望你能解释一下。

萧继业　解释什么?

林育生　为什么你要在我跟倩如中间制造矛盾?一再动员她离开上海?

萧继业　因为工作需要你们离开这儿,作为一个老同学,我也希望你们能改变一下生活方式。

林育生　改变生活方式?!请问,我们的生活方式怎么了?

萧继业　(恳切地)同志,难道你一点也不感觉到你现在这种生活的庸俗吗？成天沉醉在爱情里，关心的只是个人的小天地，满足于平庸琐碎的生活，贪恋眼前一点小小的安逸，想想看，你都做了些什么呀？

林育生 罪状倒不小。既然你对我的生活这么关心，那我就坦白跟你讲吧。我们是想把生活安排得更好，使日子过得更丰富，更有内容些。解放都十多年了，你该不至于要我们去过山沟里的日子吧？大家辛辛苦苦地劳动是为了什么？不就是为了使生活变得更好，更幸福吗？

萧继业 （尖锐地）使谁的生活变得更幸福？是仅仅使你个人的生活变得更幸福？还是使千百万人因为你的劳动而变得更幸福？如果一个人只追求个人的幸福，忘记我们的国家现在还是一穷二白，在我们的面前还摆着不少困难，忘记我们青年人对党对人民应负的责任，这样的幸福会把我们引导到什么地方去呢？同志！当心啊，不要变成一个鼠目寸光的利己主义者。

林育生 好大的帽子啊！就算像你说的那样，我们开始对个人的幸福感到了兴趣，那又怎么样呢？（振振有词）我们也跟别人一样工作，一样劳动，我们按照自己的愿望过生活，既没有去偷去抢，也没有去剥削，去妨碍任何人，请问，这有什么不合法的地方？又关你什么事？

萧继业 是的，你没有去偷去抢，也没有去剥削去妨碍任何人，你用清高和合法做掩护，所以人们才不容易察觉到你这种生活的庸俗性和危害性，正因为这样，它才变得更加危险。

林育生 （冷笑）危险？！哼！危险在哪儿？

萧继业 危险就在于它会不知不觉地腐蚀人的灵魂，毁灭人的理想，销蚀人的斗志，使人变成一个只能在个人主义的躯壳里爬行的软体动物。

林育生 （不屑地）别吓唬人，我可不是出生在资产阶级的家庭来历，请记住，我的家庭是个革命的家庭。

萧继业 那是你父母的光荣，要是自己不长进，再好的家庭出身也不能保险你不走错路。（着重地）命运得由自己来安排！

林育生 （反击）那么你呢？你似乎也没有干出惊天动地的事业来。

萧继业 我有没有干出惊天动地的事业这并不重要，重要的是我是不是尽了最大的努力来工作。我的才能也许很有限，也许我的一生永远作不出什么大的贡献，但是我要尽最大的努力来工作，给社会主义添上一砖一瓦。

林育生 多么崇高的理想啊！可是你所做的一切除了这些高尚的动机以外，还有没有别的原因？

萧继业 你这是什么意思？

林育生 你对倩如，似乎也有过好感！

萧继业 你是说我，想挑拨你们的关系？

林育生 这该问你自己，我可没有这么说。

萧继业 你爱怎么想就怎么想吧，总有一天你会明白，你想歪了。

林育生 我倒是很愿意把你想得更正直些，可是事实叫我不能不这样想。

萧继业 什么事实？

林育生 为什么你几次三番地动员倩如到边疆去？想尽办法阻挠我在上海找工作？你这样做的目的是什么？

萧继业 因为边疆需要她。至于你，那是因为我受了组织上的委托，要我动员你回去。

林育生 我的腿有病，这你不知道吗？

萧继业 病得那么严重吗？

林育生 （外强中干地）你这是什么意思？医生给我开了证明，你又不是没看见过。

萧继业 看到过，这张证明现在还揣在我的口袋里呐。

林育生 什么？

萧继业 不过，为了把问题说得更清楚，医生又在上面加了几个字。

林育生 你……你说什么？

萧继业 你自己看吧！（将证明信递给他）

[林育生看见证明信，脸色立刻变得惨白，伸手拿证明信，手指颤抖着，看完证明信上医院的批语，无力的坐下，证明信掉在地上。雷声响。

[夏倩如上。萧继业拾起证明信，藏了起来。

夏倩如 （察觉出气氛不对）怎么啦？

[沉默。

夏倩如 （对林育生）你身体不好？脸色都白了？

林育生 （掩饰）没什么，我……我有点儿头疼。（对萧继业）等会儿我找你谈谈。（对夏倩如）我想休息一下去。（下）

夏倩如 （疑惑地）你刚才拾起来的是什么？

萧继业 一封信。

夏倩如 给我看看。

萧继业 不能给你看。

夏倩如 为什么？

萧继业 跟你无关。

[夏倩如怀疑地看着他，突然紧张起来。

夏倩如 是不是他做了什么坏事？你为什么不说话呀？

[萧继业不语。

夏倩如 把信给我吧，要是他做了什么坏事，你知道这对我意味着什么。

[萧继业仍不语。

夏倩如 （激烈地）我求你了！

［萧继业仍然不语。

夏倩如 你不应该瞒着我，我的生活已经跟他联系在一起了，他的事也就是我的事，你明白吗？

［林育生上。

林育生 萧继业！把证明信给我。

［萧继业犹豫地看着他。

林育生 （从萧继业手中夺过证明信，交给夏倩如）给你，我做了一件见不得人的事。（急下）

［夏倩如紧张地看着证明信，然后无力地走向窗口，暴雨倾盆而下。

夏倩如 （低声地）好大的雨啊！……（久久地背向观众站着不动）

［李荣生躲雨上，惊奇地看着这一切。

林　岚 （拿起桌上的证明信，念）“本院没有开过此证明”。这是伪造的……原来是这样！（回身欲上楼）

［林育生上，夺过林岚手中的证明信。

林育生 你想干么？

［林岚静静地看着他，难堪的沉默。

林育生 你们说吧，现在我该怎么办？

萧继业 回勘探队去。什么地方跌倒，就在什么地方爬起来。

林育生 不行，我的腿不好，尽管我把病情夸大了，可是我的腿有病却是真的。

林　岚 你的病不是在腿上，而是在脑子里。

萧继业 （恳切地）想想看，同志！为了让我们国家能早一点摆脱一穷二白的落后面貌，多少人都在日夜不停地战斗着，你父亲二十多年来一直为革命出生入死，现在仍然站在建设的最前线。我奶奶今年快七十了，可是她一天也没有停止过为革命而斗争。凡是老一辈的今天都还站在第一线，我们年轻人有什么理由躲在个人的小角落里？

林育生　讲别人很容易，要是你的腿也像我一样，那你……

林　岚　哥哥！

萧继业　那我也会从勘探队里溜掉？不，绝不会！（好像对自己说）无论命运对我怎样残酷，我也绝不向它低头。

林育生　讲讲当然很方便。要是真的……

林　岚　（激烈地）哥哥，你知道吗，萧继业的腿就要锯掉了！（萧继业想阻止她）可人家……

夏倩如　什么？

［大家为这突然的消息怔住了。

夏倩如　是真的吗？萧继业？

萧继业　（低声）是真的。保留下来的可能性很小很小了。

［沉默。电话铃响，李荣生拿起话筒。

李荣生　喂！好好，萧继业，学院里要你去开会。

萧继业　（看表）我得开会去了。

［萧继业走了两步，一个踉跄。

夏倩如　你就别去了。

萧继业　不！我们的地质报告今天就要做结论了。

夏倩如　你还是歇一歇吧。

萧继业　这不好！大家在等着我呐。

林　岚　那我陪你去。（拿雨具）

夏倩如　我陪他去。

萧继业　你们这是干什么？我不是好好的吗？

李荣生　（接过林岚手中的雨衣）我陪他去。

萧继业　好，就让小李陪我去吧。（对林育生）回头我们再谈谈吧。（萧继

业、李荣生欲下）

［萧继业向林岚示意，林岚跟下。

［台上剩下林育生、夏倩如，难堪地沉默。

林育生 你为什么不说话？责备我吧，你有权利这样做！

夏倩如 不！我没有权利责备你，我在你身上看到了自己的将来，只有在发生了这一切之后，我才看清楚这一年来我到底做了些什么……可是你，我怎么也没想到你会逃回来，而且写了张假证明。

林育生 我不那样能行吗？我的家你是知道的，要是我像别人那样回来，大家能饶得了我吗？后来小吴给我出了这个主意。

［林岚上，旋即上楼。

夏倩如 小吴？别把责任往别人身上推了。

林育生 怎么是往小吴身上推，其实毕业分配的时候，他就要我领头拒绝分配了，当时我没听他的话，这次是因为——

夏倩如 就算这样，你自己就没有责任了吗？

林育生 当然，我并不想隐瞒自己的看法。当时我想既然我的身体不好，回上海工作不也一样吗！反正在青海也干不出什么名堂来。回上海工作对国家贡献也许更大一点。

夏倩如 你这是在骗自己！为什么萧继业就能在那儿干出成绩？你是害怕艰苦！（痛苦地）我真为你害臊！（回身欲下）

林育生 倩如，你……

［林坚上，夏淑娟、林岚跟上。

夏倩如 姑父！

林　坚 别走，你也坐下。

［沉默。

林　坚 那张证明呢？

［林育生拿出证明信。

林　坚　把它贴在墙上！

林育生　（恳求地）爸爸。

林　坚　把它贴起来！让大家常常看着它，这对你对我们全家都是一份教材：为什么我们家里会出现你这样不争气的子弟！

［林育生犹豫地看着母亲。

林　坚　（坚决地）贴起来！自己把它贴起来！

［林育生无可奈何地走向墙壁，夏淑娟取过林育生手中的证明信。

夏淑娟　说他一顿就行了，别人看见了……

林　坚　丢我们家的脸是不是？其实他已经把我们工人阶级的脸丢尽了。（痛心地）做出这种事，当逃兵！你对不起党的培养，对不起老师们对你的教导，也对不起……对不起你死去了的亲生父母！

林育生　（惊讶地）什么！

夏淑娟　老林！

林　坚　淑娟啊！是告诉他的时候了！

林育生　（茫然地）我死去的亲生父母？爸爸你……

林　坚　（沉痛地）不，我们不是你的亲生父母，你的亲生父母二十四年前已经在国民党的监狱里牺牲了。

林育生　真的？！

林　坚　他们是我的老战友，我们一起被捕，关在一个监狱里，敌人把你的父母判处了死刑，你的父亲在你出世以前就被蒋介石枪杀了，你的母亲是在你生下来的第三天被杀害的。这是她临死前写给你的血书。

林育生　血书！（接过血书）

林　坚　念一念吧，你的父母在你的身上寄托了多少希望啊！

林育生　（急切地展开血书，念）“我的孩子：刽子手已经在准备杀人的枪刀，同志们在慷慨高歌，在这即将走上刑场的时刻，我用血给你写信！永别了！我的宝贝！你的父母生活在最黑暗的年代，但我们的死却是为了光明的未来。在我们生命历程就要结束的时候，我们把自己的理想、希望和没有完成的事业交给了你。”（林育生停下，把血书按在胸口，短暂的沉默）“战斗吧，我的孩子！当你长大的时候，如果吃人的制度还没有崩溃，那就拿起武器，摧毁它！如果它已经垮了台，那就跟着党，坚决革命到底！把这曾经充满苦难屈辱的国土，建设成一个共产主义的天堂。记住，这是你的父母梦寐以求的事业，为了它，多少中华民族的优秀儿女献出了自己的生命。”（痛苦地低下了头，又抬起，泪流满面地念下去）“永远前进吧，任何时候也不要停留和后退，停留后退就是革命事业的变节……”（对着血书）妈妈，我的亲妈妈！（扑倒在凳子上掩面而泣）

林　坚　（诚挚而慈爱地）警惕啊，孩子！多少先辈流血牺牲才换来今天的胜利，我们的江山得来不容易啊！可是，帝国主义、反动派正梦想从你们这一代人身上找到他们反革命复辟的希望，你们要争气啊！

林育生　别说了，爸爸！你别说了。（痛哭着跑下）

林　坚　（对夏淑娟）看见了！放松不得啊！（夏淑娟不语）当然，我也有责任，这些年来我在教育子女这个问题上有些麻痹啊，我想在我们的社会里，年轻人还能坏到哪儿去？（有力地）不，资产阶级影响还严重得很，不是每一个年轻人都能正确地选择自己的道路啊！

［夏淑娟下。夏倩如突然站起来，走向门口。

林　岚　你上哪儿去？

夏倩如　我找贺书记去。（下）

林　岚　你……

林　坚　让她去吧，她应该去的。

［沉默。林岚静静地看着爸爸。

林　坚　是啊，是啊，我们这一代人千辛万苦打下了江山，我们的下一代呢？他们都会继承我们的事业，还是可能出现一些败家子呢？我们走的是一条艰难、但却是通往胜利的道路，他们呢？全都会沿着我们的道路走到底吗？

林　岚　（坚定地）爸爸！你放心吧，我们会沿着你们的道路走到底的！

［幕下。

第四幕

十天后的一个上午，景同第二幕。

“知了”不断地叫着，附近有卡车驶过，传来了毕业生走向生活的歌声，萧继业焦急地等待着谁。

［林岚和夏倩如上。

夏倩如　萧继业！

萧继业　回来了？

林　岚　我给你找哥哥去。

萧继业　今天就走？

夏倩如　嗯。等会儿大家到这儿来集合，一起走。你的腿怎么样了？没问题？

萧继业　能不能保留下来，今天才能做最后结论，奶奶已经到医院里去了。

夏倩如　那你怎么跑出来了？医生准许的？

萧继业　我是瞒着医生跑出来的。

夏倩如　有要紧事吗？

萧继业　你们不是今天就要走了吗?

夏倩如　你叫岚岚找我回来就为了这事?

萧继业　不,听说你搬到学院就不回来了,我是想问问你,你这样做对育生有什么好处呢?

夏倩如　怎么了?

萧继业　他还是不肯回青海去。

夏倩如　岚岚已经告诉我了。

萧继业　那你准备怎么办?让他这样下去?

夏倩如　我也不知道该怎么办。搬到学院去以前我就和他谈过了,他不肯回去。后来姑父把他带到他亲生父母的坟上去了一次,听岚岚说,回来以后他一句话不讲,成天关在自己的房间里,看得出他是在思想斗争,可就是不肯回队去。

萧继业　有些思想问题不是靠几次谈话就能解决的。林伯伯对他做了很多工作,我可是怎么也插不上手,医院里他不肯来,我回来找他,他又避开我,看来他对我还是有意见的,你帮助他也许更有效些。

[夏倩如不语。

萧继业　在临走以前跟他谈谈,只要大家耐心帮助他,他是会振作起来的。在他身上毕竟有革命者的血液,我了解他,他不是那种没志气的人。

夏倩如　好,我找他谈谈去。(下)

[萧继业走回自己的屋里。

[稍停,林育生从通河边的小路上。他瘦了,看得出内心正在激烈斗争着,他翻开亲生父母生前的日记,看了几行,又合上。少顷,走向萧继业屋前,又不愉快地停下。夏倩如上。

夏倩如　育生。

林育生　回来了?

夏倩如　嗯。(稍停)

林育生　今天就走吗?

夏倩如　对了。好些天没回来,你好吗?

林育生　没什么。(欲下)

夏倩如　育生!

［林育生停下。

夏倩如　就这样下去?

林育生　不,我要离开这儿,走,走得远远的。

夏倩如　你为什么不回队去?

林育生　我什么地方都能去,就是不能回队去。

夏倩如　为什么?

林育生　不为什么。

夏倩如　其实这都是你过虑了。只要你愿意回去,同志们会欢迎你的。萧继业说得好,在我们的社会里……

林育生　一个人跌倒了,周围就回有很多同志的手伸出来。是吗?……

夏倩如　你怀疑这一点吗?

［林育生不语。

夏倩如　怎么了?

林育生　你呢?

夏倩如　什么意思?

林育生　说说当然容易。(进屋)

夏倩如　育生!你……咳!(愤愤地坐下)

［萧继业上。

萧继业　怎么了?

夏倩如　看,他就这样走了。

［沉默。

夏倩如 算了，反正我就要走了，眼不见为净，随便他爱怎样就怎样吧。

萧继业 倒干脆，这么一来问题就解决了？

夏倩如 那你要我怎么样？像从前那样顺着他？

萧继业 顺着他倒不必，耐心却是需要的。

夏倩如 搬到学院以前我就跟他谈过好几次了。还有姑父、岚岚、你……可是他……

萧继业 光埋怨有什么用？事情发展到现在这样，难道我们就没有责任？

夏倩如 我并不是想推卸自己的责任。我曾经无原则的迁就过他。现在我再也不能像从前那样了，既然他不肯回去，我就坚决不再理他。

萧继业 不再理他？

夏倩如 对！这些日子我反复地检查了自己。这一年来我就像是跌进一个又稠又厚的泥坑里一样，只觉得软绵绵的，一边挣扎，一边往下沉，眼看就要没顶了……现在大伙儿总算把我从这个肮脏的泥坑里拉出来了，我得把身上的污泥彻底洗一洗。既然我自己的问题也没有解决，我们俩在一起不管对他对我都不会有什么好处。所以我想，我们还是分开的好。

萧继业 你跟他谈过没有？

夏倩如 搬到学院去以前我就跟他谈开了。

萧继业 哦！怪不得他对你有意见。在这种时候，你这样做只会引起他一些不必要的猜想，加重他的思想负担。你应该为他着想啊！

夏倩如 你以为我是……

［林育生从屋里上。

萧继业 育生！

林育生 回来了？你的腿怎么样？

萧继业 今天才能做最后结论。

林育生 哦！（一时找不出别的话）

萧继业 倩如今天要走了。

林育生 我知道了。

萧继业 那你们谈谈吧。（欲下）

林育生 不，你……

萧继业 （对夏倩如低声地）好好跟他解释一下。（下）

［林育生欲下。

夏倩如 育生！

［林育生只好停下。

夏倩如 有事吗？

林育生 给队里打个电报去。

夏倩如 （希望地）准备回队里去？

林育生 不！

夏倩如 打电报干什么？

林育生 没什么。

［沉默。

夏倩如 看来你对我最近的做法好像有些意见。对吗？

林育生 我能有什么意见？你做得对。谁愿意把自己的命运跟一个犯错误的人结合在一起？我只能怪自己。

夏倩如 你以为我是为自己打算，在你犯错误的时候离开你吗？

林育生 我还用不着这样想。我摔得倒，也爬得起来。林育生不是那种没志气的人。

夏倩如 但愿这样。不过我没想到你会把我看得这么坏，我是那种只顾自己的人吗？

林育生 （冷笑）哼！

夏倩如 其实我都是为了你好！

林育生 为了我好！？

夏倩如　怕你会为了我不愿意回青海去，就是回去了也怕你将来会不安心工作，这才决定和你分开，没想到你会这样看我。

［沉默。

林育生　这能怪我吗？谁知道你是怎么想的?!

［沉默。

夏倩如　（诚挚地）回去吧，育生！是该下决心的时候了。

林育生　那我就跟你讲吧！我已经写信给队里了，要求调我到最艰苦的地区去工作。我要把过去全部忘掉，重新开始生活。他们没回信，我这才想去打电报的。

夏倩如　这些都是空话！调工作那样容易的？再这样待下去，你的老毛病又要复发了。

林育生　（激动地）我知道，你也跟别人一样，以为我这是不愿意离开上海的借口，其实你错了。这些天爸爸跟我谈了很多；我又看了我亲生父母的日记……慢慢地我看清楚了，这一年来我的生活过得多么苍白，多么庸俗啊！原来我以为这是最好的生活方式，是真正的幸福，现在回想起来，我只不过是想用庸俗琐碎的生活来填补自己心灵上的空虚罢了。前几天爸爸带我去看我亲生父母的坟墓，回来以后这些天我整夜整夜地睡不着，一闭起眼睛就仿佛看到我的亲生父母在对我说："孩子，不能辜负我们对你的期望，往前走啊，千万不要迷失方向。"想到这些我就恨不得马上投入工作，用实际行动来补偿我的过错，可是也就因为这样我更觉得没脸回去见队里的同志们。处分我不怕，就是没脸见人啊！

夏倩如　（感情地）为什么要这样想？不要这样想，你能认识自己的错误，这很好。既然下决心改正错误，那就应该敢于面对现实。这些天我有这样一个体会：一个人走错了路，往回走总是要付出代价的，有时候这种代价甚至是很大；是不是经受得住这种考验，这是能不能改造自己的关键。

[林育生不语。

夏倩如 回去吧，育生！要是连面对现实的勇气都没有，哪还谈得上什么改造自己，重新开始生活？

[李荣生上。

[林育生向河边小路走去，夏倩如跟下。

李荣生 岚岚，岚岚。

[林岚上。

林　岚 干什么呀！大嚷大叫的，怕我妈妈不知道怎么的？

李荣生 怎么，你还没有告诉你妈妈？怕她还不让你走？

林　岚 你想，倩如姐姐今天就要走了，眼看哥哥也不能留在上海，她还能放我走？

李荣生 那你说怎么办？

林　岚 这样，趁我妈妈不在，我们先把行李运到车站再回来，待会儿就说给倩如姐姐他们送行，一到车站……

李荣生 我们就溜。你赶快拿行李去。

[林岚下。李荣生打开箱子，检查东西。

李荣生 毛衣，有了；棉衣棉裤，有了；牙膏，有了……

[林岚提行李上。

林　岚 怎么，买这么多牙膏？

李荣生 不算多，一打牙膏，半打牙刷，我想三年不下山。

林　岚 还带钉鞋干什么？

李荣生 爬山啊。那儿坡陡，有了它就不滑了。你就带这么点东西？

林　岚 够了。去劳动，又不是去享福的。喂，小李，我可先告诉你，那儿可比上海苦多了，要去就得下决心，别到那儿又打退堂鼓。

李荣生 什么话，你别把人看扁了。那一天听了你爸爸的话，又看见萧继业和你哥哥那两件事，回家我想了好几天，我想通了，我再也不能像从前那样糊涂下去了，我要做一个像你爸爸，像萧奶奶、萧继业那样的人。可不能像你哥哥那样。你说，我想得对吗？

林　岚　（兴奋地）这次算你想对了。好，再检查一下，有没有忘掉什么。

［检查行李。

李荣生　都有了。

林　岚　好，现在我们先把行李运到车站去，等到中午，那就再见了上海，再见了我的家。然后就走，上井冈山去，（向往地）在毛主席居住过的地方，在先烈们洒过鲜血的土地上，进行另一次革命，要荒山献宝，向土地要粮。

李荣生　我现在才发现你原来是个诗人。

林　岚　可惜，你发现得太迟了。走。

［他们背起行李准备下。

李荣生　不好了，你妈妈回来了。

林　岚　快，把行李藏起来。

［慌乱中李荣生的箱子掉在地上，东西撒了一地。

林　岚　嗨！快捡起来。

李荣生　帮帮忙。

［他们正忙着捡东西，夏淑娟上，林岚赶快把自己的行李藏起来。

夏淑娟　你们在干么？

林　岚　妈妈回来了。小李在……晒东西。

夏淑娟　到我们这儿来晒东西？我们家院子大？

李荣生　是啊，大……大多了。

林　岚　小李是想跟我聊天，怕东西丢了，就顺便拿到我们这儿来晒。

李荣生　是啊，顺便的。（慌乱中把牙膏、牙刷也放到太阳下面）今天的太阳晒东西可真好。

夏淑娟　牙膏也得晒？

李荣生　（发觉不对了）哦！哦！这个……我怕它发霉了。

夏淑娟　牙刷呐，也怕它霉了？

［李荣生语塞。

林　岚　顺便晒晒又没什么坏处。（对李荣生）我来帮你。

李荣生　对，反正太阳又不要钱。

夏淑娟　（有意地寻找）这不是我们家的背包吗？（林岚无语）我看你们是想瞒着我跑到什么地方去，对吗？

李荣生　不，没有的事，我们干吗要跑到什么地方去呢，在家里多好啊，又温暖、又舒服，比江西好多了，听说那儿尽是大山……

［林岚急阻止他。

夏淑娟　你们要到江西去？

李荣生　不，没有的事！我是打个比方，比方说：江西才不好呐，尽是大山，广东也不好，天气太热等等。

夏淑娟　这么说你们不想到江西去？

李荣生　是啊，去那儿干什么。（对林岚）对吗？

夏淑娟　真不去？

林　岚　当然不去。

夏淑娟　唉！我这趟街算是白跑了。

林　岚　怎么？

夏淑娟　本来我想你要到井冈山农场去，就上街给你买了点东西。

林　岚　什么？你给我买了东西？

夏淑娟　可不是，你看。

林　岚　（看）毛衣，球鞋，笔记本……是真的？妈妈！

夏淑娟　是啊，现在你又不去了，东西也就……

林　岚　不，妈妈！既然你给我买了这么些东西，我不去就不好意思了；为了不让你白跑一趟，我只好到江西去了。

夏淑娟 （笑）小鬼！还瞒着我。

林　岚 （扑在母亲身上）妈妈！本来爸爸叫我今天自己跟你说的，可我怕你……

夏淑娟 怕我拉你的后腿，是吗？唉！你哥哥这件事可给了我一大教训，我自己从小给地主当丫头，年轻的时候一天好日子也没过过，苦日子过怕了，心想说什么也得让你们过得好些，没想到反而把你哥哥宠坏了。

林　岚 （充满感情地）妈妈！

［沉默。

夏淑娟 （开朗地）好了，不早了，我给你们烧点东西，让你们吃了好上车。（下）

林　岚 （高兴地）嘿！真没想到。

李荣生 意外的收获。

林　岚 走，在我们家吃饭。

李荣生 那行李……

林　岚 现在还怕什么，大大方方的开步走。（拉李荣生下）

［姚向明上，声音比人先到。

姚向明 倩如！我们来了。

［周婕和几个大学生，大家喧闹着，台上立刻变得活泼而有生气。

［夏倩如上。

夏倩如 都来了？（对姚向明）几里外就听见你的声音。

姚向明 那好啊！我可以开个广播电台了。

学生甲 林伯伯在家吗？

夏倩如 不在。

学生乙 不是约好跟我们讲话的吗？

夏倩如 他一会儿就回来，时间还早，大家就在这儿歇会儿吧。

姚向明 好凉快啊。这里是我们五年来常到的地方，现在就要跟它告别了。

周　婕 是啊，五年了，我们生活在一起，学习在一起，劳动在一起……

姚向明 还有争论在一起，吵架在一起。可是一会儿上了车站，（指夏倩如）你上你的新疆，我到我的西藏。要吵架只好另找对手了。

夏倩如 是啊！现在想起来就是吵架也值得回忆的。

［几辆满载支援边疆建设的青年的卡车从附近驶过，传来了阵阵歌声，台上青年热情地向他们挥手。

［幕内歌声：

我们今天是桃李芬芳，
明天是社会的栋梁；
我们今天弦歌在一堂，
明天要掀起民族自救的巨浪。
巨浪！巨浪！不断地增长，
同学们！同学们！快拿出力量，
担负起天下的兴亡！
巨浪！巨浪！不断地增长，
同学们！同学们！快拿出力量，
担负起天下的兴亡！

［歌声中林岚和李荣生上。

姚向明 （向往地）担负起天下的兴亡，在那样的时代里，我们的先辈，毕业以后的确要担负起天下兴亡的责任。那才叫生活，那才是真正的斗争。

［萧继业上。

萧继业 不，我们也是斗争，只是在不同的条件下进行就是了。在我们的肩膀上同样担负着天下的兴亡的责任。

学生乙　对，唱起我们的歌吧！（唱《红色青年》）

［歌声中，姚向明和周婕同萧继业攀谈，问他的腿的情况。

林　岚　（突然）看！萧奶奶回来了。

萧继业　回来了?!（克制自己的不安，走到木凳上坐下）

［歌声止。林岚向大路方向跑去所有的人都注视着萧奶奶上场处。沉默。

［林育生上。

［萧奶奶上，林岚跟在后面。

林　岚　（急切地）萧奶奶！到底怎么？你快说呀！

［萧奶奶走向萧继业。

萧继业　（控制着激动心情）怎么样？奶奶！

萧奶奶　孩子！我告诉你，你可别太激动了。

萧继业　不，奶奶！我已经准备好接受最可怕的消息了。

萧奶奶　不！孩子！医生说……

林　岚　医生怎么说?

萧奶奶　他们说，你的腿长的是良性肿瘤……

萧继业　（站起来）什么?!

李荣生　（吃惊地）肿瘤!?

萧奶奶　（对李荣生）是良性的。（对萧继业）你的腿用不着锯掉了！

萧继业　（激动地）我简直不敢相信！

萧奶奶　还有一桩，勘探队来信了，说是接到你的地质报告，他们就进行钻探，现在已经见矿了。

萧继业　什么？255地区见矿了!?

姚向明　真的?

萧继业　（急忙接过信，看完）嗨！要能马上回去该多好啊！（把信纸交给

周婕，几个未来的地质队员争着看信）

［林育生在一旁犹豫着。

萧继业 育生！队长来信说，你要求调工作的信他已经收到了。组织上觉得没有必要。这是队长给你的信，他说全队同志热烈地欢迎你回去。

林育生 （意外地）是吗？（看信，夏倩如注意地看他）

林育生 （对萧继业）你向队里建议让我回去接替你的工作？

萧继业 队里需要技术人员，你又有能力。

［林育生激动得不知说什么好。

周　婕 萧继业！祝贺你！

姚向明 这太好了。

［同学们纷纷向萧继业道贺。

周　婕 （兴奋地）没想到临走前还听到这么多的好消息。现在我们该走了。

姚向明 林伯伯不是说要给我们送行吗？

夏倩如 姑父事儿多，怕是不能来了。

周　婕 时间不早了，我们还是走吧！

林　岚 妈妈！我们要走了。

［夏淑娟上。

夏淑娟 怎么？就要走了？

［夏淑娟急忙帮助林岚拿行李。大伙儿作走的准备。

［夏倩如走向林育生，林育生矛盾地走开。

姚向明 倩如！走吧！

［夏倩如回身拿行李。

林育生 （突然）你们等一等。（急下）

夏淑娟 怎么了？

夏倩如　我看看去。(下)

[台上人们议论着,夏倩如上。

夏倩如　(对夏淑娟)他在收拾东西。

[夏淑娟欲下,林育生提行李上。

林育生　我跟你们一道走!

林　岚　(惊喜)哥哥!

林育生　(走向萧继业,紧握他的手)我说什么好。一句话?我……我太糊涂了。我对不起党这些年对我的培养,对不起老师们对我的教导,也对不起我牺牲了的亲生父母,他们原来希望我……可是我……这几天我一直想找你谈谈,可是……我没脸见你啊!(低头)

萧继业　别这样,别这样。

林育生　现在我才明白什么是同志,什么是真正的友谊……你说得对,(看着手中的信)我们的社会真是一个温暖的大家庭,一个人跌倒了,周围就会有无数只同志的手伸出来,现在同志们已经向我伸出手来了,我要是再躺着不动,那我……嗨!不说了,你们看我的行动好了。

夏倩如　(激动地)姑妈!(偎依着夏淑娟)

夏淑娟　(搂紧她)孩子,我们总算没有白疼他。

[远处传来了毕业生走向生活的歌声。

萧继业　告诉同志们,我很快就回来。

林育生　我们等着你早点回来。(走向萧奶奶)萧奶奶!我要走了。

萧奶奶　能改过的就是好孩子!

林育生　妈妈!我走了。

夏淑娟　你做得对,孩子!好好干吧。

[林育生走向夏倩如。

夏倩如　(千言万语一时说不出来,激动地对大家)我们走吧!

学生甲　同学们！出发了。（众欲下）

萧继业　同学们！林伯伯回来了！

［林坚匆匆上。

众　林伯伯！

林　坚　年轻人！就要走了吗？我总算赶上了。（注视着提着箱子的儿子）

林育生　（走近父亲）爸爸，我也要走了！

林　坚　上哪儿去？

林育生　回队里。

林　坚　好啊。我早就等说这句话呐。可是你要记住，别人是不会敲锣打鼓地来欢迎你的。新的考验在等待着你。要有这样的思想准备，否则你将来还会栽跟斗。

林育生　我已经准备好接受任何考验了。

林　坚　那就好。（拿出血书）带着吧，要常常记着它。

林育生　（接过血书，坚定地）爸爸！我会把它永远记在心上的，永远！永远！

林　坚　（拿出一本书交给李荣生）给你。

李荣生　（念）《上海工人革命回忆录》。送给我的？

林　坚　（幽默地）是啊，我的大知识分子！

李荣生　不，我马上就是个体力劳动者，厂长同志！

林　坚　萧奶奶！这些日子可让你操了不少的心啊。

萧奶奶　怎么能不为他们操心啊，老林，咱们都上岁数了，日后的江山得靠他们来撑持，咱们的希望全寄托在他们身上了。

林　坚　孩子们！记住萧奶奶的话，她说出了我们老一辈人的心情。你们要走了，看到你们这种情景，我就回想起当初我参加革命的时候，那是在一个暴风雪的晚上，我一个人偷偷走的，一路上冒了多少风险啊！看，你们现在就不同了，唱着歌，成群结队走的。可是孩子们，一定要牢牢记住，是谁给了你们这一切，是谁把你们培养成人的，这样你们才不会在大风大浪中迷失方向，才能飞得高，飞得远。

林　岚　爸爸！我们记住了！

众　　　我们记住了！

［一辆又一辆的卡车载着走向生活的青年人从附近驶过，传来了一阵又一阵热情洋溢的歌声。

学生甲　好，出发了。

［人们热情地相互告别。

林　岚　（带着最大的热情）爸爸！妈妈！再见了！萧奶奶，萧继业，再见了！（走向台前，向观众）再见了！老师们！同学们！朋友们！我们走了，马上就要离开你们，到各个不同的岗位上去，像种子撒在大地上一样，我们要在那儿生根、发芽、开花、结果。再见吧！亲爱的同志们！我们走了，带着你们的期望和祝福，去创造美好的未来！

［青年们向观众挥手告别，卡车继续从附近驶过，歌声飞扬，汽笛长鸣，有列车驶向远方。

［幕徐落。

［剧终。

（1963 年演出本）

话剧

激流勇进

编　剧

胡万春　佐　临　执笔:仝　洛

作者小传

胡万春（1929—1998），男，原名胡阿根，浙江鄞县人。曾任《劳动报》记者、编辑，《萌芽》编委，中国作家协会上海分会专业作家。

佐　临，黄佐临（1906—1994），男，原名黄作霖，天津人。1949 年前曾任上海剧艺社、上海职业剧团、上海艺术剧团导演，文华影业公司的导演。1950 年调任上海人民艺术剧院，先后担任副院长、院长、名誉院长兼上海电影局顾问。

仝　洛（1916—1968），山东全椒人，编剧。

时间　1962年9—10月

地点　上海某钢铁厂

人物表

故事员　退休工人

方书记　钢铁厂党委书记，五十多岁

徐鉴镛　厂长，五十岁

王　刚　副厂长，四十多岁

欧阳俊　技术员，二十五六岁

黄　萍（女）　技术员工，二十三四岁

丁　旺　技术科副科长，近四十岁

吴炳林　平炉车间主任，近四十岁

周龙根　平炉护炉技师，五十多岁

范志高　平炉炉长，四十岁

何海发　平炉炉长，二十七八岁

邓普德　炼钢工人，二十三四岁

阿　陶　炼钢工人，二十五六岁

小　刘　炼钢工人，二十二三岁

吕工长　三十多岁

唐秀芬（女）　厂部秘书，二十六七岁

列车车长

王松松　王刚幼女，六七岁

工　人　甲、乙、丙、丁、戊、己、庚、辛……

第一场

[大幕启，露出一层纱幕。

[故事员出现。

故事员 同志们！

我是上海的钢铁工人，在钢铁厂里从小长大的，一干就干了几十年。现在年纪大了，退休了，可是我的心还没有退休，还是在厂里。厂里发生的大大小小的事，我都要去打听打听。有些事情我听了很高兴，高兴得梦里也会笑得醒过来。有些事情我听了很感动，感动得睡到半夜也睡不着，真想拖几个人来一起说说讲讲。比如说，有一次我们厂里发生了这样一件事情：这是1962年9月里，有一个下半天将近五点钟的时候，就在我们厂里一个筛焦炭的工地上……

[这时，一种炼钢、化铁工厂所特有的轰轰隆隆的声音渐起，紧接着，在一列火车急驰而过和清脆的汽笛鸣声中，天幕上渐渐显出一个钢铁厂的轮廓，就在这一刹那，故事员隐去。

[透过纱幕，看到的是雄伟的高炉、热风炉、大型转炉、塔形的化铁炉，夹着各种形状高耸入云巨大的烟囱，远近不一，参差交错，构成一个极和谐的整体，矗立在地平线上。炉丛中透出的红光，染遍了空中的烟云，片片朵朵，仿佛是浮动的彩霞。巍巍壮观，一片振奋人心的景象。

[纱幕起。近处：料场一角，运焦工人拖着运焦车穿梭似的来来往

往，吕工长站在铁扶梯上，挥动着手在指挥……

［徐鉴镛匆匆走来。……

徐鉴镛 吕工长。

吕工长 徐厂长。

徐鉴镛 怎么样，没有问题吧？

吕工长 放心吧，我们保证今天焦炭够化铁炉吃的。

徐鉴镛 那好，那好。（要走）

吕工长 徐厂长，炼焦车间的原煤要接不上气啦。

徐鉴镛 不要紧，王厂长带一列火车原材料，马上就要回来了。大概快到了。（看看表，又走上扶梯看看远处，少顷）好吧，吕工长，你们加把劲！

吕工长 你放心！

徐鉴镛 好。（向另一角又匆匆走去）

［平炉护炉技师周龙根，手里捏着一张纸，匆匆而来，一眼看到吕工长……

周龙根 吕工长，王厂长没有回来？

吕工长 没有，十一次车还没到。什么事，周师傅？

周龙根 （指指手上的纸）急事。

吕工长 （看看表）快了。你就在这儿等，火车一到，他一定会从这儿下车。

周龙根 好。（顺手拉住工人甲的运炭车，抓了一把焦炭看了看，突然地）喂，老吕，我有意见。

吕工长 什么意见？

周龙根 看，这焦炭不合格，不能进炉子。

吕工长 呵，只有几块，没什么。

周龙根 没什么？炉子要出毛病的，不能送进车间。

工人甲　周师傅，任务这么紧，你就别给我们开红灯了。

吕工长　老周，五个手指头还有长短，有几块小了一点，这是免不了的。

［向工人甲挥手，工人甲拖车要走。

周龙根　（抓住车）不行，我有意见。

工人甲　有意见，有意见，我的有意见师傅，你是平炉护炉技师，平炉又不用焦炭，这是化铁炉用的，你管得太宽了。

周龙根　平炉、转炉、高炉、化铁炉，都是厂里的炉子，我怎么能不去管呢？（恳切地对吕）吕工长，这不行呵。

吕工长　周师傅，化铁炉等着吃呵。

周龙根　这样的焦炭送给它吃？！万一把炉子的喉咙塞住出了毛病，怎么办？

吕工长　那你要我怎么办？

周龙根　你自己要想办法。

吕工长　对，（指上面料仓）这一仓送完，下一仓想办法。（又向甲挥手）

周龙根　不行，我有意见，我……

［这时，徐鉴镛和丁旺，从铁扶梯边走边谈，走上来了。

周龙根　（急向徐）徐厂长，丁科长你们看！

徐鉴镛　（看着周手心里的焦炭，微微一惊）呵……

周龙根　这样的焦炭往车间送，我有意见。

徐鉴镛　是小了。吕工长，这不行呵，最近国家要求我们冶炼优质钢，国防用的特殊钢，质量要求很高，你们怎么可以这样呢？

吕工长　这一仓筛子出了点毛病。有很少一部分不合格，眼前生产任务这么重，徐厂长，这……（恳求的眼光等待着徐）

工人甲　是呵，徐厂长，化铁炉狮子大开口等着喂呢！

吕工长　化铁炉要是接不上，那转炉车间的任务就要耽误了，不信，你去看看。

［徐在犹疑不定地思索着。

丁　旺　（非常灵敏）吕工长，就这一仓吗？

吕工长　嗯，就这么一仓。

工人甲　就那么一点。

丁　旺　（对徐厂长）就这一仓是不是就让他们送去吧？！

徐鉴镛　（点点头）那下次一定要注意。

吕工长　好。（迅速跳上扶梯，对几个工人）快！

［运炭车又继续活动起来。

周龙根　徐厂长，我有意见，这……

徐鉴镛　（抬起手轻轻地打断周的话，转对吕）吕工长，周师傅的意见是对的，你也应该接受。

吕工长　哎！

徐鉴镛　周师傅，你的责任心非常可贵。

丁　旺　周师傅一向是这样，碰到任何对炉子不利的事情，他就要提意见。他的绰号就叫“有意见”！

徐鉴镛　好，好，应该这样，应该这样。

周龙根　（拿出那张纸）徐厂长，我们有两个平炉都不行啦，要提前中修。

徐鉴镛　呵？提前？

周龙根　嗯！这是我打的报告。

徐鉴镛　（接过报告看了看）按原计划，应该在什么时候中修？

周龙根　下个月。

徐鉴镛　是呵。老周师傅，你是知道的，平炉车间九月份的生产任务，按照日产量，已经脱了五百吨钢了。这再一提前中修，把炉子拆掉，停火好几天，那怎么得了？

周龙根　没法子呵。我临时发现平炉有问题，要是不马上停火提前中修，万一出了事故，就更不得了啦。

徐鉴镛　你是不是把炉子情况过分夸大了？老周师傅，你的脾气我是知道的。

周龙根　（急欲辩解）徐厂长，你不信，你去看……

徐鉴镛　好啦。你们车间吴主任的意见呢？

周龙根　他……他不同意提前中修。

徐鉴镛　是嘛。

周龙根　（急了）徐厂长，你去看看……

徐鉴镛　好吧。（把报告还给周）等王厂长回来，我们仔细研究一下。

丁　旺　对，王厂长，今天就要回来。

周龙根　（接过报告）好吧。（一下坐在旁边的钢锭上）

徐鉴镛　场地上的生铁还有多少？

丁　旺　（指远处）那边还有一堆。

徐鉴镛　那就没有问题了。

［徐下。丁旺向另一方向走去。

周龙根　（不快地叹了一口气）咳……

［远处有火车行驰，和汽笛鸣声……

吕工长　（在扶梯上）火车到了，老周！

周龙根　哦?!（忙起身走过去）

吕工长　看，站在车皮上的那个人，一定是王厂长。

周龙根　（望向远处）对，像！（迎着下去）

［随着越来越近的火车声，台上近处渐渐暗去。紧接着一列装满矿石的火车急驰而来。在一节车皮的矿石上，面对前方站着一个人，他肩上披着一件长及膝上的蓝布罩衣，被风吹得像翅膀似地刷刷地向后飘动……

［故事员出现。

故事员　站在火车上的那个人就是王副厂长——王刚。

他是一个铁匠的儿子，做过洗衣工、锯木工人、火车站上的搬运工，在北京颐和园里当过园丁，他从小就喜欢描图画，到了上海还在一个画室里学过画。他心里曾经想过，我这一辈子要画尽世界上最美最好最有力量的东西。不过说实在的，在那个时候，你就是画得再好也还是要饿肚子！后来，他做了十几年的码头工人，参加了很多次的工人斗争，就在那个时候他入了党……上海一解放，他就到这个厂来了，当过炼钢工人，供销科长，运输主任。现在，他是生产副厂长。最近，为了解决原料问题，他亲自深入矿山，作了具体的安排，现在，他先带了一列火车的矿石回来了。

［火车渐渐地慢下来，一会儿，“咔嚓”一声停住了。

［列车长匆匆上。

列车长　王厂长，马上卸货吗？

王厂长　（站在车皮上）卸！

［列车长向远处摇动红旗。这时，火车渐渐隐去，前景渐亮。

［何海发上。

何海发　（看远处，回过头）老范！快来！

［范志高上。

何海发　老范，你猜谁回来了？

范志高　谁？

何海发　王厂长。

范志高　真的？在哪儿？

何海发　在卸货。

范志高　矿石运来了没有？

何海发　满满一列车。（指远处）你看！

［这时，运焦工人在远处纷纷和王刚打招呼。少顷，王刚穿着一件

半长不短的蓝粗布罩衣，背着一个颜料箱大步跨来。

范志高/何海发 王厂长，你回来了?!

王 刚 回来了!

范志高 王厂长，原料没有问题吧?

王 刚 够你们用的啦! 就看你们能不能炼出更多更好的钢来了!

何海发 (一拍胸)嗨，你放心，我们保证完成任务。

王 刚 好! 那就看你们两位炉长的了。

何海发 好，回头见!

王 刚 哎!

[范志高、何海发下。运焦车又忙起来了。工人乙正拖着焦炭车走过，王刚顺手从车里拿起几块焦炭看了看，他眉头一皱，摇摇头。

王 刚 (对工人乙)你们吕工长呢?

工人乙 在那儿。

王 刚 找他来一下。

工人乙 (放下车，叫过去)吕工长! 吕工长! 王厂长回来了!

吕工长 (上)王厂长，你回来了?

王 刚 嗯。吕工长，我问你，焦炭的规格是多少?

吕工长 (结结巴巴地)块度是四十五到一百分厘。

王 刚 (伸出手上的焦炭)这一块合格吗?

吕工长 这……这一块是……

王 刚 仅仅是这一块吗?

吕工长 这……这……

王 刚 (决断地)呃个家伙，干脆! 全部返工。

吕工长 全部返工?!

王 刚 嗯，全部返工，重新筛。

［这时，工人甲、乙、丙、丁都陆续走来了。

吕工长　这……这……王厂长，这一批焦炭是经过徐厂长看过的，我们把情况向他汇报了，现在焦炭任务这么重，他说下一次多注意一些，这一次就这样算了。

［这时，丁旺拿着那沓纸正走回来，见状刚想退去，工人甲看见了。

工人甲　对，喏，（指丁旺）丁副科长刚才也在场，他也同意的。不信你问丁副科长。

王　刚　啊？！（对丁旺）是吗？

丁　旺　（含含糊糊）嗯……嗯……徐厂长是同意了的。

吕工长　王厂长，你看怎么办呢？

王　刚　对，徐厂长那里我负责任去说。这些不合格的焦炭，不能运进车间。

工人甲　王厂长，化铁炉正在狮子大张口，等着喂呢！

吕工长　是啊！化铁炉火烧眉毛，等不得我们返工了。

工人甲　是呵。

王　刚　老吕，你这可不对了。三号工棚不是有备用料嘛，都用完了？！

吕工长　（语塞）这……

王　刚　这个你向徐厂长汇报了吗？

［吕工长轻轻地摇了摇头。

王　刚　呃个家伙！

吕工长　那……那我们这个月的计划全垮啦！

工人甲　这个月的红旗又拿不到手了。

王　刚　同志们，国家需要我们炼出更多的好钢，别人千辛万苦地给我们送来这么多好材料，我们怎么能这么马马虎虎的处理呢！不合格的焦炭加进化铁炉，会造成怎样的结果？炉子会出事故的！（见大家沉默）同志们，难道我能掩盖你们的错误，做个不负责任的厂长吗？

［纷纷议论起来，少顷。

工人乙　王厂长，你说得对，这是不行。

工人丙　是嘛，我们工人阶级应该大公无私。

吕工长　（想了想）好吧，王厂长，我服从你的决定，不过时间……

王　刚　老吕，我看这样吧，一部分人去修筛子，一部分人马上到三号工棚抢运备用料，双管齐下，你看怎么样？

吕工长　对，就这么办，同志们第一组去抢修筛子，第二组、第三组跟我来。

众　　　行！（纷纷下）

王　刚　（对丁旺）丁副科长，规格是你们技术科订的，自己怎么不遵守制度，不执行决定呢？

丁　旺　是呵，是呵，刚才他们说化铁炉等着用料，忙忙乱乱地我就忘了还有备用料。我马上再去检查检查。

周龙根　（匆匆又来）王厂长，可把你等回来啦！

王　刚　怎么？

周龙根　病重，要马上动手术，提前中修。

王　刚　这么严重？

周龙根　嗯，（又拿出那张报告）你看看，这是我开的方子。

王　刚　（接过看了看）老周师傅，这一提前中修，九月份的生产计划就乱了。

周龙根　不提前，万一出了毛病，那就更乱了，（递给王刚一支笔）老王，你批了吧。

王　刚　呃个家伙，你得让我去给炉子号号脉，才能批啊！

周龙根　对，对，我们一道去会诊会诊。

王　刚　走。

［刚刚动步。

周龙根　不行，不行，你刚下火车，晚饭还没吃呢?!

王　刚　不要紧，先去看看。

［两人正要走。

工人丁　（奔来）王厂长，我忘了，欧阳俊在等着你呢?

王　刚　哦，他在那里?

工人丁　（一指远处）在六号工棚，连晚饭都给你准备好了，馒头，大蒜!

王　刚　好。我先去看看炉子。等一会就去。（对周）走。

周龙根　好。

［王刚和周龙根迈步而去。

［光渐暗，纱幕落。

［故事员出现。

第二场

［纱幕启，光渐亮，露出工棚一角。

［电灯亮着，静悄悄的。一个小伙子正伏在桌上睡着了。手肘旁边放着一个饭盒。

故事员　王厂长去看了炉子。又赶到三号工棚去和工人们一起抢运备用料。欧阳俊还在六号工棚等着他呢。欧阳俊是我们平炉车间的技术员。最近，为了想冶炼出更多的优质钢、合金钢。他提出了一项炼钢的新技术，名字叫"新字三号"方案。他知道王副厂长王刚是最支持技术革新，今天他下了班就到这里来了。对我们王厂长王刚，他钦佩极了。觉得他又豪爽，又热情，办起事来又干脆又有魄力。他常常想："我要是成为一个像王刚这样的人就好了。"

所以，在生活里他就暗暗地学王刚、模仿王刚，连王刚的口头语：呃个家伙，也都学来了。

故事员 （继续）这些日子，为了“新字三号”方案？他想呵，写呵，写呵，想呵，也确实是累了，等着等着就睡着了。

［故事员隐去。王刚来了，见到睡在棚里的欧阳俊，放下画架画箱，悄悄走进来坐在他的旁边。看见桌上饭盒，打开看了看，会意地笑了笑，一边咬着馒头大蒜，一边脱下罩衣，这时，王刚看到欧阳俊脸上出现甜蜜的微笑，自己也笑了笑，把罩衣轻轻地盖在欧阳俊的身上。

欧阳俊 （惊醒了，睡眼惺忪地抹着脸，忽然见站在旁边的王刚，又惊又喜）王厂长，你回来啦！？你看我，不知怎么搞的，等着等着就睡着了。

王　刚 嗯。我看得出来，你刚才还做了一个梦？

欧阳俊 呵呀！你看出来啦？（有点不好意思）你猜我梦见了什么？

王　刚 那我怎么知道？！

欧阳俊 咳咳……你别笑我，我……我梦见自己提出的“新字三号”方案已经实现了。我看见平炉车间，都在按照我的方案炼钢，好多好多新钢种全部炼出来了。你也站在平炉旁边，还眨着眼睛对我说，呃个家伙，你可真不坏呀！

王　刚 那你呢？

欧阳俊 我？我说：“呃个家伙，这没啥了不起！”

王　刚 （爆炸似的笑起来）哈哈哈……欧阳俊，你这个理想家，可不能成为梦想家呵。

欧阳俊 咳咳……

王　刚 你在这儿等我，是不是为了“新字三号”方案问题？

欧阳俊 对。我们想从平炉原有的设备，原有的基础上来挖潜力。其中一点，就是增加一个喷嘴起强化作用，加速提高温度，就可以缩短冶炼时间，提高钢的质量。我们的喷嘴用天然气，天然气我们有的是，特别是上海，又多，又方便，成本又低。另外……这里都写着呢，你看了就知道了。（从口袋摸出一份复写的方案给王）

王　刚　（翻了一番，放进口袋）好，我一定好好看看。（走出工棚，提着画箱。）送给徐厂长看了没有？

欧阳俊　送了。还送了一份给丁副科长。

王　刚　几个炉长给了没有？

欧阳俊　给了，我想方案的时候，就是跟他们一起谈的。

王　刚　好。总工程师看了没有？

欧阳俊　（摇摇头）他病了。

王　刚　我明天去看他，再给我一份。

欧阳俊　没有了，黄萍正在复写。

王　刚　好。（忽然想起）黄萍怎么样？

欧阳俊　她去看电影去了。

王　刚　你没去？

欧阳俊　我这会儿哪有工夫看电影？！

王　刚　对。

欧阳俊　王厂长，你会支持我的吧？

王　刚　什么？

欧阳俊　“新字三号”方案。

王　刚　要是切实可行，我当然要支持。

欧阳俊　王厂长，要是可以的话，能不能马上试验？

王　刚　呃个家伙，我还没看哩，怎么能知道哪天试验。你这么性急？

欧阳俊　我怎么能不急？！最近我们平炉车间生产情况不大好。产量拉下五百多吨，质量也不稳定。

王　刚　好，你放心，我一定好好看看。（看欧）你的眼睛红了，快睡觉去。

欧阳俊　好，再见！（下）

王　刚　（望着欧阳俊走去的背影，自语着）小伙子，刚刚迈开步子，就这么沉不住气！

［王刚迈动脚步的同时，光渐暗，纱幕落。

［故事员出现。

第三场

故事员　对，王刚说得对，欧阳俊是有点儿沉不住气。可是欧阳俊这个小伙子确实是个好样的青年，他时时刻刻在想着厂里的工作。想着为社会主义炼出更多更好的钢。昨天夜里，他又没有睡好，今天一早就赶到厂部去找王刚。可是王刚比他还早，已经离开办公室，不知道到那个车间去了，欧阳俊扑了一个空……（隐去）

［欧阳俊从纱幕前踱来。

［周师傅拿着中修计划表，气呼呼地走来。

欧阳俊　周师傅，你看到王厂长了没有？

周师傅　王厂长？我这还正找他呢！嗨！

欧阳俊　你在跟谁生气。

周师傅　生气？我有什么气好生？我有意见！

欧阳俊　又跟谁有意见？

周师傅　还有谁？王刚！

欧阳俊　为什么？

周师傅　他不同意平炉提前中修！

欧阳俊　（一惊）怎么？平炉要提前中修？

周师傅　嗯！（要走）

欧阳俊　周师傅，那……那一提前中修，炉子不又要熄火好几天？

周师傅　那有什么办法。（要走）

欧阳俊　（又拦住）周师傅，非提前中修不可吗？

周师傅　嗯，怎么？

欧阳俊　没什么，王厂长为什么不同意？

周师傅　昨天晚上我好容易把他等回来，他看了看炉子就是不同意啦！

欧阳俊　（自语）他不同意中修。是不是因为“新字三号”方案。

周师傅　嗨，我说你呀，整天就钻在你那个“新字三号”里头，根本就不愿去想想炉子，你这个技术员，你去看看炉子是什么样子？！我可提心吊胆，万一出了事故怎么办？（一甩报告，提脚就走）

欧阳俊　周师傅，周师傅，周……

［周师傅头都不回地走了，欧阳俊看着周师傅远去的背影。

欧阳俊　呃个家伙，一提前中修，方案试验怎么办？那九月份生产任务怎么办？……（想了想）我再去找找徐厂长？！

［纱幕启徐厂长办公室。

［徐厂长在聚精会神地看“新字三号”方案，不时用铅笔在方案上点着，画着线，不时点头。

徐鉴镛　（自语）好，好……（继续着）

小　唐　（拿着一叠文件上）徐厂长。

徐鉴镛　（眼不离方案）唔。

小　唐　上钢二厂，淞沪钢管厂，207 厂来的信，都是急件。

徐鉴镛　什么事？

小　唐　有的最近要试制新产品，有的是有新的生产任务，需要各种规格的钢材，要求我们供应。

徐鉴镛　哦？！（接过信看）……要得这么急……

小　唐　401 厂，703 厂都来电话了，说这个月的定额，一定要按时交货，只能多，不能少，只能提前，不能拖后。

徐鉴镛　（边思索边自语）只能多，不能少，只能提前，不能拖后……

小　唐　怎么答复呢？

徐鉴镛　答复他们，我们尽力想办法，按时交货。（拿起话筒）接平炉车间……（示意小唐把手里的其他文件放在桌上给他看。小唐把几份文件放到他的眼前）……平炉车间吗？找吴主任……你，老吴？我老徐。平炉情况怎么样？……有些小毛病……呵，可以不提前中修，那太好了……什么？原材料？王厂长回来了？原材料没有问题了！喂，欧阳俊的"新字三号"方案你看了吗？……嗯……嗯……你抓紧时间多看看……好。没有问题了吧？那好。（放下话筒，批小唐给他看的文件）

［电话铃响，小唐拿起话筒。

小　唐　喂……是啊……你那里？……呵……在。（对徐厂长）冶金局来的。（把话筒递给徐厂长，拿起批好的文件下。）

徐鉴镛　（接电话）喂，我是徐鉴镛……呵，你好啊？信啊……刚刚接到（拿起桌上的那几封信）嗯……嗯……客观上需要嘛，我们就有责任跟上去……对……

欧阳俊　（匆匆上）徐厂长。

徐鉴镛　（抬抬手示意欧阳俊坐，继续打电话）……是啊，从我们厂里来说目前是有困难，不过局里可以放心，我们一定想办法克服，尽快满足这个需要。好，再见。（放下话筒，拿起桌上的方案对欧阳俊）你的这个方案我已经看过了！

欧阳俊　不知徐厂长有什么意见？

徐鉴镛　你的设想不错，很好。（拿起话筒）接技术科……丁副科长，欧阳俊同志在我这儿，你立刻来一下。（放下话筒）你们车间吴主任对方案有什么看法？

欧阳俊　他同意这个设想，车间很多工人同志也很有兴趣。

徐鉴镛　哦，那好。

欧阳俊　徐厂长，你一定会支持的吧？

［丁旺已走了进来，停步，注意听徐厂长的话。

徐鉴镛　当然，当然要支持，生产需要嘛！尤其是目前，厂里很需要你这样敢想敢闯的精神。

丁　旺　徐厂长。

徐鉴镛　坐，坐。

丁　旺　（对欧阳）“新字三号”方案我看过了，看得很仔细。不错，不错，年轻人有才气，完全是现实主义的想法。

徐鉴镛　丁副科长，我很想听听你对这个方案的具体意见。

丁　旺　好，（想了想）欧阳俊同志，你是不是先谈谈你自己的看法？

欧阳俊　我自己觉得，在第二阶段煤气用量的计算上还没有很大的把握。这一点希望丁副科长给我指点指点。

丁　旺　对，问题的关键就在这里，不过，你放心，有办法解决，我倒认为第二阶段的煤气用量是否可以再增加一些。你不要怕温度太高。

欧阳俊　哦？！

丁　旺　这一点我可以向你拍胸脯，好吧，这个问题，等一会我们再详谈。

欧阳俊　这么说，丁副科长，这个方案可以投入试验。

丁　旺　试验嘛，当然可以。

徐鉴镛　那太好了，不过，我们应该从各方面多考虑考虑。

丁　旺　（见风转舵）对，对。徐厂长的意见是非常正确的，搞这样一项重要的新技术，举足轻重，不能草率从事。

欧阳俊　那……那请领导上能早点决定。

徐鉴镛　好。

欧阳俊　好，徐厂长，我走了。

徐鉴镛　好，好。（欧阳俊下）

丁　旺　徐厂长，这个方案很有价值，如果试验成功的话，对解决平炉目前产量质量问题，非常及时而有效。这个方案的主要特点是加了一个天然气喷嘴，不过这里面有比较复杂的技术问题，完全交给欧阳俊这样一个小青年去解决，恐怕有困难。

徐鉴镛　对欧阳俊这样的新生力量，我们是不能低估的。在这方面我是有过经验教训的。

丁　旺　不。徐厂长，我不是这个意思。我是说让他一个人……

徐鉴镛　我们应该尽力支持他，帮助他！

丁　旺　当然，当然。尤其是我们技术科。我昨天夜里，花了一个通宵，看了好几遍。（拿出一张纸给徐厂长）还列了一张计算表。

徐鉴镛　哦。

丁　旺　主要的是关于第二阶段煤气用量，方案上是七千五百立方米，这就低了。我计算了一下，必须增加到八千立方米。

徐鉴镛　哦，有把握吗？

丁　旺　我敢说，这很可靠，徐厂长，我对任何问题不考虑成熟，是从来不乱下结论的。比方去年平炉火焰不正常，我把老虎头改进了一下，火焰正常了，也是经过多次考虑的。

徐鉴镛　（点点头）那一次你做得很好，这个我知道……关于"新字三号"方案的试验问题，我还要找一些干部谈一谈再决定。

丁　旺　好，好。（拿出一份文件给徐厂长）徐厂长，你上次指示我，把各车间存在一些需要解决的技术问题排排队，大部分都在上面了，还有一部分实在来不及抓。

徐鉴镛　有什么困难？

丁　旺　还是老问题，厂里的摊子越来越大，生产任务越来越繁重，我们技术科的担子也越来越重，自从正科长调走以后，就我这一个副科长负责全科工作，几乎全部精力都投进去了，还是常常感到力不从心。

徐鉴镛　这我了解，关于你们科里的人事问题，我也正在考虑。你把这个情况写个书面材料来好吗？

丁　旺　我就去写。（下）

王　刚　（向丁点点头，丁下）老徐！

徐鉴镛　老王，（热情相迎）你带来的铁矿石，石灰石，原煤我都看到了，就是还没有看到你这个人，哈哈哈……这一次，幸亏你绕到矿山里去跑了一趟。这几天各个车间都来催原材料，我真是有些提心吊胆，生怕你来迟了！

王　刚　我跟你一样，恨不得火车能飞。

徐鉴镛　后面的原材料，你都部署了吗？没有问题吧？

王　刚　没有问题，质量、数量，运来的时间，全部作了安排。

徐鉴镛　那好，太好了。（把桌上的几封信给王刚）老王，四面八方都在向我们敲战鼓。

王　刚　是啊。这次外地有好几个厂，也跟我提出同样的要求。

徐鉴镛　你知道吗？平炉生产情况不大妙，目前就脱下了五百吨钢。

王　刚　我知道了。

徐鉴镛　真是急人哪。

王　刚　（看到桌上的方案）欧阳俊这个“新字三号”你看了！

徐鉴镛　看了，看了，这个方案倒是很及时。如果试验成功至少立刻能把这个数追回来。

王　刚　不仅把这个数追回来，要是能够实现的话，整个平炉车间都会出现一个新局面。

徐鉴镛　是啊，老王，我看后天，星期一上午召开一个会，讨论讨论，你看怎么样？

王　刚　对，很有必要。

徐鉴镛　老王，我想跟你研究另外一个问题。

王　刚　什么问题？

徐鉴镛　一个干部问题，技术科的刘科长调走以后，全科工作一直是由丁旺顶着的，这个人能力很强，头脑也很灵活，平时的表现也还好，出的一些主意，也常常值得采纳。在群众中间也有一些威信，我想把他提升为正科长，你觉得怎么样？

王　刚　这个同志有一定的工作能力，也还肯干，就是工作不踏实，作风也不够正派。

徐鉴镛　哎，一个从旧社会过来的知识分子受了一套资产阶级教育，有些问题也是难免的。加强教育，加强改造，还是可以大胆使用。更多地发挥积极性嘛，我看可以。

王　刚　老徐，这个问题，还是需要郑重考虑，我看还是暂时放一放吧！

徐鉴镛　（顿了顿）好，那好吧。（看表）时间到了，我该下车间了。（从抽屉里拿出几份文件给王刚）这几份东西是你不在厂的时候我已经处理了，你看看。

王　刚　好。（看文件，徐下）

［丁旺拿着一份报告兴奋而来。见王厂长，踌躇了一下欲走。

王　刚　丁副科长，什么报告。

丁　旺　王厂长，徐厂长要我写一份关于我们科里工作繁忙的情况报告。我已经写好了。

王　刚　哦，这个，你先放一放吧。丁副科长，欧阳俊的“新字三号”方案马上就要讨论了。

丁　旺　（兴奋地）哦？！

王　刚　如果谈到试验，炉子的情况可是一个关口，你看怎么样？

丁　旺　嗯……周师傅的意见是要马上提前中修，徐厂长认为周师傅把炉子的情况夸大了，不同意提前中修。

王　刚　你的意见呢?

丁　旺　为了保险，周师傅的意见当然是好。不过为了不影响这个月生产规划，徐厂长的意见也有道理的。

王　刚　你个人的看法呢?

丁　旺　我个人的看法嘛……(搜索枯肠，难以对答)我正在科里研究！我觉得……

王　刚　(极力克制自己，恳切地)老丁，这样的重要问题，关在科里是研究不出来的，你应该亲自到炉子上去看一看。

丁　旺　(如获救星)对，对，我一定抽时间去看看(下)

王　刚　呃个家伙。

［光渐暗，纱幕落。

第四场

［纱幕前。欧阳俊坐在钢架的底座上，用计算尺在计算着“新字三号”的煤气用量问题。少顷。

欧阳俊　(喃喃自语)七千五百立方米还是可以嘛……不，再算一算。

［又用笔在纸上计算着。

丁　旺　(匆匆而来)欧阳，你在这儿?！告诉你，徐厂长决定星期一上午开会，正式讨论你的“新字三号”。

欧阳俊　呵?！真的?

丁　旺　嗯。

欧阳俊　那太好了。

丁　旺　高兴了吧？嗯？你可不知道，为了开这个会，我费了好多唇舌呵？！

欧阳俊　丁副科长，谢谢你了。

丁　旺　咳！新生事物嘛，我应该热情支持。告诉你，就在这个月底，全国金属学会要开年会，如果这个方案马上试验成功的话，那我们就可立刻写成一篇论文送到年会上参加讨论。

欧阳俊　什么？把这个方案交给全国金属年会讨论？！

丁　旺　嗯。你难道没有估计到？你提的这份方案，对冶金技术很有创造性，非常非常的有价值。

欧阳俊　呵呀，真的！要是试验成功了，能向全国推广，那对我们的炼钢事业该有多好呵！

丁　旺　对！应该有这样轰轰烈烈的抱负。在冶炼事业干出它一番成就。欧阳俊同志，对于一个技术人员来说，只有在技术上作出自己的贡献，他才能有威信，才能成为一个被大家所公认的工程师。

欧阳俊　（兴奋地）嗯……可是，这个方案还不成熟。

丁　旺　不，不要没有信心嘛！关键问题我已经替你解决了。你的第二阶段煤气用量原来是七千五百立方米，（递给欧阳俊一张纸）你看，我替你计算的。

欧阳俊　（接过看了看）什么？！八千立方米？

丁　旺　温度低了就不能达到应有的效果。你别怕温度太高嘛！

欧阳俊　这行嘛？

丁　旺　我为你计算了一夜，才把它计算好。在这一方面，我是有经验的。

欧阳俊　对。太好了。丁副科长，你可真帮了我一个大忙。

丁　旺　为了社会主义嘛，我是义不容辞的。

欧阳俊　可是时间？！

丁　旺　不要胆怯，我们两个人合作吧，合作把它搞出来送到年会上去。

欧阳俊　（欣然同意）好！

丁　旺　这份计算表，你用完了还给我。

欧阳俊　好。

丁　旺　要抓紧一些啊！

欧阳俊　对！

丁　旺　要有信心呵！

欧阳俊　当然！

［丁旺下。

欧阳俊　（看看那份计算表，自语着）八千立方米……

［纱幕起。工厂一角，堆着几根钢锭，一个大型钢管。

欧阳俊　（越想越兴奋，边走边自语着）向全国推广……太好了……（坐到钢锭上）好极了……（忽然又想起）可是，只有一个星期就要开会了……呵呀，时间太紧啦！嗯。要是马上试验成功，还能赶得上……

［黄萍走过，忽然发现正在出神的欧阳俊，立刻转身，悄悄地走近，挨着他坐下来。欧阳俊仍未发现。

黄　萍　（轻轻地碰了他一下）欧阳。

欧阳俊　（如梦方醒）呵，是你？！

黄　萍　你在想什么？

欧阳俊　没……没想什么？

黄　萍　最近怎么老不见你？

欧阳俊　这些天，我脑子里都装满了，你知道吗？

黄　萍　我知道，实现“新字三号”方案？！

欧阳俊　对，所以你两次约我看电影，我没能去，我心里也很抱歉。

黄　萍　你想得太远了，根本用不着抱歉，主要的想找你谈谈。

欧阳俊　谈什么？

黄　萍　最近，工人同志对你有意见？

欧阳俊　什么意见？

黄　萍　说你以前常常下车间，尤其是开始想方案的时候，天天下车间找他们问这问那。可最近就很少看见你人了。欧阳，我们干工作可不能离开他们哪。

欧阳俊　呵呀，我在写方案嘛！哪还有时间到车间里去呢？你了解吗？我们的“新字三号”要是实现了，那该有多美呵！黄萍，你没有感觉到嘛，我们的工厂多么雄伟，不论白天黑夜，这儿永远都有太阳升起来。

黄　萍　什么？夜里还有太阳？

欧阳俊　夜里出钢出铁的时候，我们厂红光满天，这不就是夜里的太阳?!

黄　萍　哈哈哈……一会又变成诗人啦！

欧阳俊　你不知道，我心里多么高兴！你记得吗？在钢铁学院读书的时候，我们在一块散步，谈心，谈自己的理想。那时候一切都是空空洞洞的，现在我们到工厂里来了，一切都变得具体的了，实际的了。

黄　萍　是的，理想本来就应该是实际的。

欧阳俊　“新字三号”方案如果能试验成功，那就能使我们厂生产出更多更好的钢，让我们的工厂在夜里多出现几个红太阳。我认为这是具体地、实际地为共产主义的理想作出了贡献。

黄　萍　对。

欧阳俊　而且，这份方案对我自己也是多么重要呵！

黄　萍　对你自己？

欧阳俊　是的。黄萍，我认为一个技术人员只有当自己的设想变成了现实，那才能说自己是为理想作了贡献。一个技术人员是以自己设计出来的实物去说服别人，去树立自己的威信。否则，一辈子都成不了一个工程师，一个有名望的工程师。

黄　萍　（奇怪地）欧阳，你怎么忽然有这样的想法呢？我怎么从来也没听见你说过？

欧阳俊　怎么，这个想法不对嘛？

黄　萍　（顿了一顿）理想是可贵的，可是，欧阳，在理想中，千万不要渗染个人的成分。

欧阳俊　你……你怎么能这样说呢？我感到倒是你缺乏轰轰烈烈去实现理想的勇气。

黄　萍　我现在不是好好地在技术科工作吗？我的工作就是这么普普通通的，我也没有碰到什么轰轰烈烈的事，需要自己去轰轰烈烈而我自己不去轰轰烈烈，我觉得我既然在这个岗位上，我就应该把这些普普通通工作做好，这难道不对吗？

欧阳俊　（忍耐不住）安于现状，不求上进，你……你的眼光变得狭小了……

黄　萍　什么？眼光狭小？难道也要我跟你学习，想着自己成为一个有名望的工程师。为个人打算？难道……

欧阳俊　（激怒了）这是什么话呢？那随你怎么想，你就这样平平凡凡做一辈子小螺丝钉吧！（猛然翻身坐下）

黄　萍　（愣住片刻）好！（转身就走）

欧阳俊　黄……

黄　萍　（一转身）是的，我是一颗很小很小的小螺丝钉，可我感到，我是一颗建设社会主义少不掉的小螺丝钉！（要走，忽又想起）这是你要我复写的两份方案。（把手上的一叠纸往钢锭上一丢，转脸急去）

欧阳俊　黄萍，黄萍，黄……

［这时，王刚恰恰从另一端走来。

王　刚　怎么啦？

欧阳俊　没……没什么。

王　刚　没什么？你们两个人不是一直挺好的嘛？怎么闹起别扭啦？嗯？

[欧阳俊摇摇头。

王　刚　好啦，工作去吧，这些事放开一点，（忽然想起）呵，方案复写本还有没有？

欧阳俊　（立刻又兴奋起来）有！（在黄萍刚刚丢下的两份中，递一份给王刚）

王　刚　我下午去找张总工程师去，给他看看。

欧阳俊　要开会讨论了，你知道吗？

王　刚　知道了，星期一。

欧阳俊　你对方案有什么意见？

王　刚　我今天晚上还要再看几遍，有意见我会在会上谈的。

欧阳俊　那你看，能不能马上试验？

王　刚　看你这个啰嗦劲儿！？（见欧阳俊露出失望神色）放心，是好事我就会拍巴掌！

[欧阳俊露出笑容了，正要走。

王　刚　对，“新字三号”方案，黄萍帮你出主意了没有？

欧阳俊　她？她就会批评我呢……

王　刚　哦?！批评你什么？

[欧阳俊欲言又止，默默地走开了。

王　刚　（看看下去的欧阳俊，又看看刚刚黄萍走去的方向，忽然摸了摸脑袋，想起什么，自语）这不行！谈恋爱不能影响工作！

[小唐匆匆走过。

王　刚　小唐！

小　唐　王厂长，什么事？

王　刚　（想了想）干脆！你通知黄萍，要她明天上午到我家里去。我要跟她谈个重要问题。

小　唐　好。(要走)

王　刚　等一等,你顺便到图书馆替我借一本书来。

小　唐　什么书?

王　刚　嗯……关于……关于应该怎样谈恋爱一类的书。

小　唐　(惊奇)王厂长,你……

王　刚　嗨!你就别管了,随便找一本来给我参考参考。

小　唐　(茫然地点了点头)好……(边看王刚边退了下去)

王　刚　(一下子坐在石凳子上)呃个家伙,这些婆婆妈妈的事该怎么处理!?

[光渐暗,纱幕落。

[故事员出现。

第五场

故事员　说实在的,要是在从前。这些婆婆妈妈的事,王刚才不会管呢,可是这次不同了。党委方书记到党校去学习的时候对他说过厂长也要关心干部的思想情况,所以他管了。今天是大礼拜,他让小唐去借的那本参考书也借到了,现在正在研究这本参考书呢。

[纱幕启。王刚家,一张单人床,一张写字台。墙上挂了几张中国水墨画,有的有框子,有的没框子,框子大半是用一根木柴,或者粗树枝劈开再钉起来的,室内放着画架,上面还有一张没有完成的画。

[王刚正坐在椅子上看一本书,又似乎看不进去,少顷,"唰"地一

下站起来。把书一掼……

王　刚　嗨，这些事情简直是浪费时间！

［这时。刚巧方书记跨进门来。

方书记　什么浪费时间？

王　刚　呵，方书记？！党校学习提前结束了？

方书记　（随手拿起那本书，念着封面）“谈谈青年人如何正确对待婚姻恋爱问题”。（不禁笑起来了）怎么，你也关心起这个问题来啦？

王　刚　没法子，遵照你的指示。要关心干部思想问题，现在就有这些婆婆妈妈的事要管。

方书记　好嘛！应该管嘛！这可不是什么浪费时间的事呵？

王　刚　这些小事，干吗也这么复杂？

方书记　世界上很多事情，说它简单也很简单。说它复杂也很复杂。

王　刚　我看，是没事找事。

方书记　老王，听说欧阳俊提出了一个“新字三号”方案？

王　刚　嗯，你知道了？

方书记　昨天我在党校，张主任给我打电话的时候，顺便提了几句。怎么样？

王　刚　（递给方书记一杯开水）这份方案我看过。想得很好，我到车间了解了一下，事先他跟工人谈过从实际操作摸了底的，张总工程师也同意我的看法，他指出在煤气用量上还存在一些问题，要能好好改正一下，是可以试验的。

［方书记一边听着，一边点着头。

王　刚　徐厂长说厂部准备召开一个会，讨论这个方案，目前，欧阳俊应该把主要精力放在这个方案上。

方书记　（点头）对，他的思想情况怎么样？

王　刚　这小伙子，有朝气、有热情，脑袋瓜子也肯用，跟工人也合得来，培养培养，将来是个好人才……（忽然一挥手）嗨，一些年轻人就是有一样差劲儿，老是爱情爱情的……

［方书记轻轻地笑了。

王　刚　呃个家伙，爱情多了，钢就少了！

方书记　（忍不住大声笑了）哈哈哈……

王　刚　看情况，两个人又在闹别扭。

方书记　怎么？

王　刚　反正这么回事，好的时候好得不可开交，不好的时候见面就吵。不行，不能让欧阳俊为这种事分散精力。

方书记　打算怎么办？

王　刚　我已经通知黄萍了，要她今天到我这里来谈谈。

方书记　（微笑着）你打算怎么谈呢？

王　刚　（一指那本书）就靠它啦。

方书记　靠它？（有趣的瞧了王刚一眼，点燃了一支烟）黄萍跟欧阳俊究竟为什么问题闹别扭，你弄清楚了吗？

王　刚　老天爷，人家两个人谈爱情，他们说些什么，叫我怎么知道？这种事，我没办法进行调查研究。

方书记　老王呀，老王，我说你呀，……办法怎么会没有呢？要靠你深入了解嘛！

王　刚　了解？

方书记　嗯，黄萍既然和欧阳俊有问题，就值得你从这方面去了解。

王　刚　（摇摇头）对这种问题，我没办法。

方书记　我看你做工人思想工作倒蛮有办法嘛?!

王　刚　跟工人在一起，我无拘无束，遇到问题一碰两响，他们心里想什么，嘴里不用说我也知道。可这些青年知识分子可就麻烦了。一高兴起来就什么……蔚蓝的天空，灿烂的太阳，雄伟的工厂，还……（伸开手掌）还有光荣的老茧……

方书记　哈哈哈……

王　刚　哈哈哈……连到处都是煤烟味道的钢铁厂，都说成是什么……新鲜的空气！

方书记　哈哈哈……

王　刚　可他们只要遇到一点点小困难。呃个家伙！马上就垮了，什么都好像变得暗淡无光了。什么苦恼呵，眼泪呵都来了。这些青年知识分子，特别是他们的恋爱问题，我没办法。了解他们要用X光。

方书记　哈哈哈……老王，在这个问题上，我倒有另外一个看法。在我们社会主义的大工业里，今后的青年知识分子一定还会大量增加，这是我们社会主义发展的必然趋势，这是一个现实问题。这些青年知识分子是我们党一手培养起来的，他们绝大多数是好青年。当然，也有个别的有个人患得患失，有这样或那样的问题。这就要我们很好地去帮助他们，看起来他们很复杂，其实他们很单纯。重要的是要去熟悉他们。

王　刚　这么说，还要学会新的一套？

方书记　对。形势发展得很快，我们思想工作就要紧紧跟上去。要不然，就要落在形势后面了。

［王刚点点头。

王　刚　好。

松　松　爸爸，楼下有个黄阿姨找你。

王　刚　来了！（急忙地）老方，我看这一次还是你来谈，下一次我再……

方书记　不，你请的客人，我不能包办代替。松松，你去请黄阿姨上来。

松　松　好，方伯伯。（跑下）

王　刚　老方，不行，不行，现在我还不是这块料……

方书记　那你就应该锻炼锻炼嘛！我到里面去看看报（方进入内屋）

［黄萍上。

黄　萍　好。王厂长，你找我吗？

王　刚　嗳。

王　刚　（忙将桌上那本书放进抽屉里）坐，坐。

［黄萍坐下，沉默少顷。

黄　萍　找我有什么事？

王　刚　嗯，先喝点水，……开门见山！小黄，我在想……新中国的青年，应该把精力放在工作上、学习上……谈恋爱这玩意儿……可以谈，可决不能影响工作，你说是不是？

［黄萍有些莫名其妙。

王　刚　嗯……（抓抓胡子，笑着）你对我的看法有意见吗？

［黄萍仍然有些茫然。

［僵持少顷。

王　刚　（忽然）干脆！（拉开抽屉拿出那本书）喏，我要说的话，全印在这里了，你拿去参考参考。

黄　萍　（看了看书面）我不明白，你为什么……给我……

王　刚　嗨，你拿回去好好看一看，嗯？

黄　萍　（无可奈何，点点头，接过书，又沉默了一会）王厂长，那我走啦？

王　刚　等一等！你坐。（踱了几步）我年纪比你大，是不是？我可以谈谈自己，让你们参考参考。嗯……比方说，1948 年，我和我的老伴儿认识以后，我觉得她好，她觉得我也不错，有问题两人就谈谈，没问题就各干各的工作，这不就行了，就不像现在年轻人，老是在一起逛呀，谈呀，没个完没个了的，干吗要这样浪费时间？

黄　萍　后来，你们结婚了？

王　刚　结了。可是，小黄，我们那时候都已经是三十几岁的人了，可现在一些年轻同志，鼻涕刚刚才擦干净，就忙着谈恋爱了。其实这种事忙什么呢？嗯?！（忽然大笑起来）哈哈哈……小黄，你谈谈你对欧阳有什么意见?

[黄萍默默不语。

王　刚　有什么问题,谈嘛。

黄　萍　我……我了解他,他提出的“新字三号”方案,是为了厂,为了钢,有时候连饭都忘了吃……

王　刚　嗯……

黄　萍　可是……

王　刚　什么?

黄　萍　可是最近我忽然发现他……发现他思想上产生了个人的东西……

王　刚　哦!? 什么个人的东西?

黄　萍　他忽然想当有名望的工程师了。

王　刚　呵?! 是嘛?

黄　萍　他说他是轰轰烈烈,我是个小螺丝钉,后来我们……就吵起来了。

王　刚　呵,原来是这么回事,呃个家伙,他哪来这个思想的?!

黄　萍　我也不知道,我们一起在学校读书的时候,他就有些好表现,只要大家指出,他就能很快克服,到厂里这段时间一直很好。可是这次不知为什么,他又想到这上面去了。

[王刚把手里那本书往桌上一丢,激动地走动着。黄萍随手拿起王刚丢下的书,看了看封面,莫名其妙地看着王刚。

王　刚　他最近学习得怎么样?

黄　萍　不太了解,他成天忙着“新字三号”,难得碰到他。

王　刚　你转告他,要他好好学习毛主席著作。

黄　萍　对呵!

王　刚　你告诉他,要他先读读两篇文章,《为人民服务》《纪念白求恩》要读它几十遍。

黄　萍　好，那我走了。（欲走）

王　刚　你对“新字三号”方案看法怎么样？

黄　萍　他设想得很好，很实际。

王　刚　你认为能马上就投入试验？

黄　萍　马上？

王　刚　嗯。

黄　萍　（摇摇头）怕……怕不行。

王　刚　为什么？

黄　萍　方案里的煤气用量，用的是七千五百立方米。是低了还是高了。我没有把握。而且，目前的炉子情况很不好，试起来很不利。

王　刚　（唯唯点头）嗯，煤气用量你想办法帮他计算计算。

黄　萍　计算是可以的，可是我生产经验少，恐怕掌握不了。

王　刚　那怕什么，多下车间，依靠工人。（黄点头）

王　刚　我们找欧阳俊一道上平炉，跟班劳动，扎扎实实跟着炼几十炉钢，仔仔细细观察观察，吃吃透，一定能计算出一个比较准确的数字。

黄　萍　太好了，我正想这样做。

王　刚　我告诉丁副科长，你目前的主要任务就是这个。

黄　萍　好，我走了。

王　刚　小黄，欧阳俊思想上有问题，是原则问题，就跟他斗争，斗争到底毫不妥协，另一方面，不能影响工作，要全力帮助他把“新字三号”方案搞好。

黄　萍　（点头）再见！（欣然而下）

王　刚　嗨！（方书记上）

方书记　好，谈得不错嘛！

王　刚　我说复杂吧，欧阳俊搞“新字三号”方案，这里有个人东西。

方书记　是啊，这很有可能。

王　刚　不行，绝对不能让他滋长这种思想。

方书记　对，现在既然发现他有个人主义的苗子，就值得注意，但是不能太急，火急了会把饭烧焦了的，你让他学毛选，这是最好，最及时的办法。目前还得尽力帮助他完成“新字三号”。

王　刚　我恨不得今天晚上就试验成功。

方书记　这一点我理解，老王，根据你跟黄萍的一段谈话，我看你对知识分子的思想工作，还是很有点办法嘛?

王　刚　呃个家伙，我早说过，我不是这块材料嘛！（方欲走又停）

方书记　老王，最近在党校听了一个解放军同志的报告，很好，对于如何抓活思想很有启发，我来给你传达传达。

王　刚　好！（二人坐下，聚光，闭幕）

第六场

［大幕启。

故事员　“新字三号”方案，今天就要开会讨论了。参加会议的人，各人心里有各人的想法。至于欧阳俊，就更不用说了。他一整夜翻来覆去，没有睡着过，天没亮就爬起来。虽然天下着大雨，他还是抱着准备好的文件资料，像热锅上的蚂蚁一样，东转转，西走走，好不容易才等到了开会的时间，他急急忙忙赶往厂部会议室去了。

［欧阳俊挟着一叠文件资料，从纱幕前匆匆而过。

［纱幕启。厂部会议室。上午，空无一人。

［欧阳俊上。

故事员　嗨，他还是来得太早了。屋子里一个人也没有。

［欧阳俊看看表。

故事员　时间快到了。先坐下来等他们一会儿吧。

［欧阳俊坐坐这个位子，又坐坐那个位子。……

故事员　（随着欧阳俊的动作）不行，这儿离主席太近了……坐这儿？不，坐这儿好，不远不近。最后他选了一个自己满意的位置坐了下来！很好！……他一面翻着方案，一面在注意着门外的声响……

［少顷。小唐捧着记录本、墨水等，从里面走出，放好纸笔，一转身看到欧阳俊。

小　唐　嗬，你是第一名。

欧阳俊　（有点窘）哎……哎。（看看表，又看看小唐）

小　唐　（看看表）时间快到了。

欧阳俊　哎……哎……

［小唐往外面走去。少顷，黄萍走进来。

黄　萍　（轻声地）欧阳！

欧阳俊　（一惊）呵……是你?!

黄　萍　心跳吗?

欧阳俊　心跳，没有。

黄　萍　（调皮地笑着）哼哼……我——不——相——信。

［欧阳俊默认地笑了笑。

黄　萍　别太紧张。唔?

欧阳俊　（笑了笑）别的我不担心。王厂长，车间吴主任都会支持我。不过，我担心徐厂长。他一再说要从多方面考虑考虑。很可能不同意试验。

黄　萍　是吗?

欧阳俊　嗯，呵。还有就是你姨父周师傅……

黄　萍　他怎么了？

欧阳俊　他要平炉提前中修，已经提出几次要求了，王厂长都没有同意。你姨父的脾气，你是知道的，炉子就是他的一切。一切就是他的炉子，我看他一定反对试验这种新技术。

黄　萍　炉子情况是不好，方案里有些问题是值得研究。

欧阳俊　那你也不同意马上试验？

黄　萍　是的，欧阳，你不要尽先考虑这些，开会就是讨论这些问题嘛。能不能马上试验，会上会得到正确的结论的。你应该冷静些，尽量考虑别人的意见。（斩钉截铁，热情奔放）任何问题只要是从整体利益出发，胜利了就不会骄傲自满，受过挫折也不会烦闷，苦恼。对吗，欧阳？！

［欧阳俊心不在焉地点点头。

黄　萍　欧阳，你……（听到外面脚步声）好，要开会了，我也要到平炉去了。（走到门口）讨论的结果，等一会告诉我？！

［欧阳俊点点头。黄萍下。和进来的小唐相遇。小唐看看黄萍笑了笑，黄萍走去。接着，车间主任、周龙根、何海发、工人小刘、阿陶、邓普德陆续走进来，有的披着雨衣，有的拿着伞。

邓普德　好家伙，这阵雨还真不小。

阿　陶　对庄稼可不大好。

邓普德　不要紧，早稻割了，拿到手了。

周龙根　嗯！你别那么等不得，棉花正在结铃，这一会儿可不要雨。

邓普德　呵，对，呵唷，龙王爷，你就先别着急，我们要您下再下！

吴主任　（忽然想起）哎，欧阳俊怎么还没到？

小　唐　早到了，车间主任，这不是？！（走进雨里去）

欧阳俊　吴主任。

吴主任　怎么，眼睛都红了，觉没睡好？

欧阳俊　哎……还好。

何海发　技术员！(一手抓住欧阳俊的手，一手伸出大拇指)好！你的方案想得好！

丁　旺　(推门进来)哎哟，车间主任，护炉技师，炉长、工长、炼钢好手，都到了！

邓普德　丁科长，你对“新字三号”方案，怎么个看法？

丁　旺　(呵呵地笑)大家谈，大家谈嘛……徐厂长还没来呵？(起身走去)

［徐厂长上。

丁　旺　(急迎近徐厂长，悄悄地)徐厂长。你知道了吗？听说张总工程师对方案非常推崇。

徐鉴镛　哦?！(少顷)他有什么具体意见吗？

丁　旺　这……这倒不知道。

徐鉴镛　(沉思片刻，微微点头)好……好……

［灯全亮，大家和徐厂长打招呼。

徐鉴镛　坐……坐……人都到齐了吗

小　唐　都到了，就是王厂长还没有来。他一早就到平炉车间去了。

何海发　呵。对，王厂长要我告诉徐厂长，会先开起来，他一会就赶到。

徐鉴镛　呵，呵……

丁　旺　(立刻)派人去找他吗？

徐鉴镛　(点头)嗯，好，好。

邓普德　我去找！

小　刘　对，等不得他脚快。

徐鉴镛　好吧！我们就先谈起来吧！

［大家就坐，继之，寂静无声，气氛立刻紧张起来。少顷。

徐鉴镛　嗯！谁先发言。大家不要太紧张嘛。

阿　陶　何炉长，你谈嘛。

何海发 行！我开头炮！我说……这个“新字三号”方案不坏，技术员这个脑筋动得好，动得正是时候。国家要我们出更多的新钢种。进一步提高质量，原材料的问题，王厂长亲自下矿山解决了，现在就等我们了，我们总得拿出个措施来啊！正好来了个“新字三号”方案，正对劲儿。

阿　陶 我同意我们何炉长的意思，最好马上动手试验，越快越好！

［欧阳俊豁然开朗起来。

周龙根 马上试验？你们知不知道炉子现在烧成个什么样子啦？马上试验我有意见。

小　刘 我同意周师傅的意见，不了解情况，不能乱开炮，我……我不同意马上试验。

［大家沉默。光圈渐渐收缩，落在欧阳俊脸上，他正低着头，悄悄地擦了擦额角上的汗……

欧阳俊 （自语）王厂长，王厂长，在这样紧要的关头。你怎么跑开了呢？！

［故事员出现。

故事员 王厂长是跑开了。可他不知道，王厂长这一刻正在平炉车间和老炉长范志高，为他的“新字三号”方案在操心哩……

［故事员隐去。会议室全暗，在这同时，在一个斜角的半空中，出现了一个平炉车间的平台，冶炼声隆隆，红光闪闪，王刚和范志高穿着炼钢工人的衣帽。还有黄萍三个人登在平台顶上，像置身在一片火海里，满脸是汗，油光发亮，王刚拿着一个蓝色镜片，正朝着一个平炉上的小洞，在观察炉内的情况。

邓普德 （从火丛中，走上平台的中间台阶上，向上面大声喊）王厂长！王厂长！

王　刚 （转过脸，点头相应）嗯！

邓普德 王厂长，厂部在等你去开会！

王　刚　（点头）告诉徐厂长，我马上就来！

邓普德　王厂长，等着你，快去吧！

黄　萍　呵呀！看你个等不得！王厂长马上就来。

邓普德　好！（隐去）

［王刚顺着范志高的手，拿着蓝镜片又转向另一小洞孔中观察。少顷。

［两人下了两层台阶停住。

王　刚　（一挥手）打开。

［范志高用一把小钳子，钳下一块耐火砖，露出一个洞口，一道火焰向外冲来，红光更烈，王刚用蓝镜片迎着火看了下，向范一挥手，范把耐火砖又堵回去。

［王刚站在那里，眉头紧皱，沉默不语。

范志高　王厂长，难怪周师傅着急，两个炉子的情况都很严重。

王　刚　（点点头）嗯，我知道。

范志高　那他提出来要提前中修，你为什么不同意！

王　刚　老范，你知道，我们冶炼的是国防用的特殊钢，如果提前中修，就要延期交货，会影响国家的大事。（范志高点点头）中修期决不能提前，我们唯一的办法，只能加强维护，准备嵌补。

范志高　王厂长，你看这个"新字三号"方案……

王　刚　嗯。老范，"新字三号"要是马上能试验成功多好？！产量、质量立刻就能提高，整个平炉车间就会出现一个新局面。老范，你看炉子嵌补以后，能不能马上试验？

范志高　马上试验？

王　刚　嗯！

范志高　（摇摇头）不行！

王　刚　不，老范，你看这样行不行，我们……

［这时，一阵铃响，炼铁炉隆隆声渐强起来，红光也随之更浓，把王刚和范志高的谈话淹没了，只看到王刚对用手势比画出几种办法。征求范的意见。而每次范志高都是摇摇头，并且也用手势解释，来往几次后，王刚又沉默了。少顷。

王　刚　（看表）呵呀，我要赶去开会了。

范志高　好，马上要出钢，我不能去了。

王　刚　炉子你也要多当心点呵。

范志高　嗯，你放心！黄萍，来！

［铃声又响，范志高从一角走去，隐没在火丛中去了。

［王刚向另一角走了几步，抬头向天空一看，随之，在熊熊红光前面，出现了倾盆大雨，王刚略略迟疑一下。就跨向大雨中去，走了几步，忽然打了一个寒战，立刻把黑布雨衣往身上一披，环起双臂抱在胸前……

［王刚已从雨中渐渐隐去。同时，会议室光圈渐亮，仍然落在欧阳俊焦急不安的脸上……

欧阳俊　（自语）王厂长，你快来吧，快来吧……

［正在这时，接着是一声雷鸣似的喷嚏：呵——啾！随着声音，光全亮，披着黑布雨衣的王刚，站在那里；紧接着又是一个喷嚏：呵——啾！

王　刚　这捣蛋的天气！

［刚被吓了一跳的在座的人，这时哄然一阵大笑。王刚掀掉雨衣，一下就挤进一个位子坐下了。欧阳俊如获救星，兴奋地看着王刚，王刚也向他看了一眼。一阵热闹后，会场又沉寂下来了。

王　刚　（看看大家）你们谈嘛。

徐鉴镛　对，大家接着谈，接着谈下去。

［又沉默久久。

何海发　好，我再开一炮，技术员想方案的时候，跟我们谈过，我是天天在炉前炼钢的。看了这个方案，真高兴。喏，这方案因陋就简，土洋结合，自力更生嘛！这方案实现，不但可以缩短冶炼时间，提高产量，特别是质量可以大大提高，如果试验成功了……对我们完成国家需要的新任务，会有很大……很大的好处。完了！

徐鉴镛　何炉长。你的意思是希望马上投入试验？

何海发　对！

周龙根　我有意见！我不同意马上就进行试验，大家应该想想炉子，同志们，它经不住大风大浪啦！

邓普德　周师傅，你提意见，也得看什么时候，这个方案要是试验成功了。说不定就是一场炼钢技术大革命。周师傅，你顾炉子，也顾得太过分了。

周龙根　太过分了？邓普德同志，我周龙根这把老骨头，在炉子旁边已经烤了二十多年了，炉子就是我的命根子。不管什么样了不起的方案，要损坏炉子我不答应。

徐鉴镛　周师傅，你是说，要等炉子中修以后才能试验？

周龙根　对！

［欧阳俊焦急地看着徐厂长和丁旺，又看看王刚，王刚动了动身体，但没有说话。少顷。

徐鉴镛　（用手指弹了弹桌子）我看……我们现在还是听一听王厂长的意见吧，老王，你谈谈吧。

［大家目光立刻射向王刚。

王　刚　我不知道平炉车间主任有什么看法？

吴主任　周师傅，炉子是有问题，不过，我估计进行试验还是可以的。技术员这个良好的愿望可以实现，我原则上同意马上试验。

王　刚　老吴，那你是对炉子情况估计还是不足。

［欧阳俊刚刚满面的光彩，忽地消失一大半，惊疑地看着王刚。

王　刚　刚才炉子的情况我都看了。刚刚周师傅说得对，目前平炉沉渣室，格子房圈顶的情况是不好的，万一在试验过程中有了什么差错，炉子出了毛病，那会带来什么结果？再说，更值得注意的是，方案第二阶段煤气用量是偏高还是偏低，我认为是偏高了。目前炉子的情况，经不住这种大风大浪的袭击了，因此，我不同意马上试验。（说完。看了欧阳俊一眼。）

［由此光圈集中到欧阳俊的脸上。

［故事员出现。

故事员　欧阳俊简直是五雷轰顶，他万万没想到，在这样紧要关头，王刚怎么会说这样的话。他真想抱头痛哭一场……

［欧阳俊双手抱着头。光圈转到王刚脸上。

故事员　王刚早已注意到欧阳俊的神情了，他真想说："小伙子，小伙子，你急什么呢？你应该从整体出发，不要光想自己，中修以后再试验不更有把握吗？"

［这时光圈转到丁旺身上，他正看着王刚。

故事员　丁副科长丁旺，看到王厂长坚决不同意试验，心里非常焦急，因为他有他自己的算盘。

［光全亮。

丁　旺　新生的事物嘛，总是不完全的，我认为应该大力支持，关于在方案的煤气用量这个关键问题上，我个人花了……花了一点精力，我想是不成问题的。而且，一切必须试验，才能证明是非曲直。

［欧阳俊又开始振作起来。

邓普德　徐厂长，还是你谈谈吧！

何海发　对，徐厂长谈……

徐厂长　好，我谈，同志们，目前我们厂在生产上面临着许多问题，我想大家都知道了，我就不再重复。（顺手举起几封信，电报）最近，很多上海的，外地的兄弟厂给我们来信，有可以说是从各方面都将我们一军，如果我们还是按老一套办法生产，就应付不了新局面。因此，对于“新字三号”方案，这项新技术，我同意马上试验。

［会场上立刻活跃起来，有高兴的，有焦急的，三三两两纷纷耳语起来。

王　刚　同志们，静一静。

徐鉴镛　如果试验成功，平炉车间生产的问题，立刻可以改善，不但可以把脱下的五百吨钢立刻拿回来，产量、质量也可以立刻提高，不仅如此，而炉令也可以延长，成本可以降低，特别是可以为冶炼新品种打下基础，同志们，这会给我们带来很大很大的好处。

周龙根　（急了）徐厂长，可炉……

徐鉴镛　至于炉子情况不好，我们可以加强维护，吴主任，你要抓紧这一环。

吴主任　好。

徐鉴镛　方案的煤气用量，丁副科长作过一次修正。但是不能满足，应该力求准确。欧阳俊，在试验之前，你们应该好好地再计算计算。

欧阳俊　你放心，徐厂长！

徐鉴镛　好，好。（对丁旺）丁副科长，你们技术部协助。

丁　旺　好，好。我一定尽力。

［欧阳俊坐下来的时候，胜利的目光，不自禁地投向王刚。

［王刚正在看着徐厂长，沉默少顷。

王　刚　（忍不住）徐厂长……（又控制住）老徐。这个问题，我们是不是再交给党委讨论一下？

徐鉴镛　当然，而且我们要尽快，方案既然这样有价值就应该尽快能试验。

［欧阳俊充满感激的眼光看着徐厂长……

徐鉴镛　好吧，没有问题了吧？散会！

［大家鼓掌，随之拿雨衣雨伞，开始散动。

欧阳俊　（走去握徐厂长的手）谢谢你，徐厂长。

徐鉴镛　好，好。（走进去）

［王刚追着徐厂长走进去。

邓普发　嗨，技术员，在我们炉子上试验！

欧阳俊　好。

小　刘　算了，算了，风还不知道在那儿呢，雨就来了。

邓普德　怎么？

何海发　好啦，好啦！上炉子去。

邓普德　好。（走出去）

何海发　技术员，我好好注意炉子，你再把方案修改修改。

欧阳俊　行。

何海发　（一拍欧阳俊的肩膀）那就等着看你的啦！（走出去）

吴主任　技术员，煤气用量要好好再计算计算。

［欧阳俊点点头。

丁　旺　（迫不及待）车间主任，你放心好了，我已经替他仔仔细细计算过了，没有问题。

吴主任　好。（走出去）

周龙根　（穿好套鞋，看了看欧阳俊，用力一抖手上的雨伞）嗨！（走出去）

［欧阳俊站在那儿，看着走下去的王刚的背影沉默不语。

［丁旺已经看到欧阳俊的神态，立刻走近他。

丁　旺　欧阳俊同志，怎么啦？

欧阳俊　没什么。

丁　旺　要有信心！

欧阳俊　我一定要把它试成功！

丁　旺　嗳！走！

［两人向外走去。

［光暗。纱幕落。

第七场

［纱幕前。邓普德和阿陶边谈边走上。

邓普德　要是“新字三号”能试验成功，咱们平炉车间九月份生产任务就没有问题了！

阿　陶　别说九月份?！就连今年第四季度，都能来它个满堂红。

小　刘　（跟上）别想得那么轻巧，还没决定试验哩！

［工人甲、丙、辛从另一端匆匆而来。

工人丙　邓普德，会开好了?！马上试验嘛？

邓普德　那还不行，王厂长还没同意。

工人丙　哦!？（问陶）是嘛？

阿　陶　嗳。

邓普德　阿陶，上炉子。

阿　陶　走。

［工人乙、丁、戊、己、庚、辛上，后面欧阳俊和丁旺也匆匆而来。

工人丙　（向欧阳俊）技术员，王厂长不同意马上试验是真的？

［欧阳俊点了点头，闷声不响地走去。

工人丁　丁副科长，是真的？

丁　旺　是呵，王厂长认为方案的现实可能性不足，不同意马上试验。

工人甲　王厂长是主观！

丁　旺　恐怕就有些主观了，其实，我看方案本身没有什么问题嘛。

工人丙　这是怎么回事?！王厂长向来是支持技术革新的，这一次怎么会……

丁　旺　（声东击西）这也很难说，搞这样一项重大的技术革新，谁能担保不出乱子?！同志们，这里面还有个责任问题……

工人丁　王厂长怕负责任?！

丁　旺　（摊开双手）这……这我怎么说呢?！

工人丙　怪不得欧阳俊那么气鼓鼓地哩！

工人庚　王厂长反对马上试验，一定有他的道理。

小　刘　是这样，炉子情况不好，马上试验我也反对。

周龙根　这不是要炉子的命吗？要早批准我提前中修，根本就没有试验不试验的问题。

工人丁　周师傅眼里只有他的炉子。

小　刘　炉子情况是不好，难怪周师傅有意见。

工人丙　咦，这到底是怎么回事？

工人甲　（被点着了）怎么回事？我看丁副科长说得对，王厂长是有点主观。就说那天焦炭那个事，人家徐厂长都同意了，可王厂长呢，硬逼着全部返工。

工人乙　那天焦炭的事我也在场，人家原则问题原则办吗！怎么能说人家王厂长主观呢？

工人丁　不管怎么，说王厂长怕负责任，我不同意！王厂长是个好厂长，深入群众，生产管得呱呱叫！

［黄萍走来，见状停住。

工人乙　对，人家王厂长一干二净，金光透亮，怎么能说他怕负责任？胡扯！走！（下）

工人甲　人家丁副科长说的。

［纷纷走去。只剩下工人甲、辛。黄萍一时摸不着头脑，注意在听。

工人辛　（问工人甲）闹了半天，“新字三号”还试不试验？

工人甲　你没听说嘛，王厂长不同意。

工人辛　丁副科长话里的意思好像说王厂长怕负责任。我怎么也弄不明白。王厂长怎么会是……

工人甲　你别打破砂锅问到底了，丁副科长参加今天会的，我又没有参加会，我怎么知道？走！

工人辛　嗳，这倒也是……（和工人甲下）

黄　萍　（自语）王厂长怕负责任？！什么话？！（急下）

［纱幕起。技术科，空无一人。

［少顷，丁旺边看着手里的那张煤气用量的计算表边走进来。看了一会儿放进抽屉里，来回踱步在思索着什么。少顷，黄萍上。

丁　旺　（见黄萍）黄萍同志，下班了？

黄　萍　嗯。（生气地把藤条帽往桌上一放）

丁　旺　怎么啦？

黄　萍　岂有此理……

丁　旺　是呵，这一次王厂长的态度，我也很奇怪，连这样的新生事物都不支持，像欧阳俊千辛万苦地搞出这么一个有价值的方案，他都反对，也难怪你要生气。

黄　萍　丁副科长！

丁　旺　呵，好，好，我不说。（拿出那份计算表）喏，小黄，这份资料要去归档吧。

黄　萍　什么资料？

丁　旺　这是“新字三号”煤气用量的计算草稿，是我特地为欧阳俊计算的。

黄　萍　怎么？计算数字就这样确定了？

丁　旺　当然。

黄　萍　王厂长不是要我们到平炉上跟班劳动实地观察一段时间再确定吗？

丁　旺　作为技术人员能到炉子上去劳动劳动当然很好啦！不过，一切数据的正确计算，主要还是要依靠专业理论。黄萍同志，这一点，还是请你相信我吧。

黄　萍　那“新字三号”决定试验了？

丁　旺　嗯，我看，很快就要投入试验。

黄　萍　哦？！

［黄萍看看草稿，然后放进文件橱里。

［小唐匆匆上。

小　唐　丁副科长，刚才你到哪儿去了，到处找，找不到你！

丁　旺　（一惊，尽力镇静）什么事，小唐？

小　唐　徐厂长找你。

丁　旺　徐厂长在哪里？

小　唐　他在办公室，要你马上就去。

丁　旺　好，好。（思索了一下）嗯，一定又是“新字三号”方案问题。好，我这就去（走出去）

［黄萍看着丁旺走去的背影，正在出神。

小　唐　（见状）黄萍，你怎么啦？

黄　萍　呵，小唐？

小　唐　你在想什么？

黄　萍　小唐，我问你，你对丁副科长这个人的看法怎么样？

小　唐　说不上来，怎么？

黄　萍　你是团委组织委员，我有个思想要跟你汇报。

小　唐　好，你说。

黄　萍　我……我有点怀疑……

小　唐　怀疑什么?

黄　萍　我到技术科来工作半年了,我越来越觉得丁副科长这个人喜欢奉承拍马投机取巧。有一次,徐厂长抓各科室汇报工作计划,我们的工作计划,是根据科务会议讨论写出来的。是丁副科长叫我在会上汇报的,在汇报会议上,安全科、会计科、检验科汇报了以后,徐厂长当场就批评了他们,轮到我们技术科汇报了,(边说边做)我刚想站起来汇报,丁副科长他就坐在我旁边,他忽然一下拉住我的衣角,悄悄地跟我讲:“我来”。他打开一个笔记本子,就第一条、第二条、第三条……一条一条地说起来了,说完以后,全场震动,徐厂长当场表扬了他,可是我一听,不对呵,他说的内容跟我们科务会议讨论出来的完全不一样。我一看,他笔记本子上一个字也没有,完全是他临时编的一套,你说气人不气人?!事情还没完,到了月底,厂部要检查工作计划执行情况了,到了会议室,一看是王厂长检查,脸上立刻就变了颜色了,检查到了技术科,丁副科长他还是编了一套想糊弄过去。王厂长什么话也没有说,把上次在汇报会议上的记录翻开,问丁副科长,“第一条,做得怎么样?”他说:“这……这……”说不出来了。“那么第二条呢?”“没……没有落实……因为……”“那么第三条呢?还是没有做?好。原来你们技术科在月初开的完全是空头支票?!”这一下丁副科长的脸通红,头都抬不起来了。从那以后,我就感到他有点怕王厂长。只要听到谁提到王厂长,他就有点不自在。刚才,他还在说王厂长的怪话呢。所以我感到丁副科长这个人很不老实,作风不正派。

小　唐　你对他提过意见吗?

黄　萍　提过,我好几次正面对他提过意见,可就是不起作用,你说怎么办?

小　唐　别性急，按照党教导我们的那样去做！团结、批评、团结。我们是共青团员，有责任帮助他进步。

［周龙根匆匆上。

周龙根　丁副科长呢？

黄　萍　他不在。

［周龙根坐了下来。

小　唐　我们等一会再谈。

黄　萍　好。

［小唐下。

黄　萍　姨夫，我听说王厂长在厂部会议上也承认炉子情况不好，你反对试验他也支持你，可你为什么……

周龙根　这一点，他没错，我没意见。可是他反对提前中修，我有意见，懂不懂？他既然知道炉子情况不好，为什么还不同意提前中修？简直主观，主观主义。

黄　萍　他不同意，是考虑当前的生产任务，提前中修，就要影响生产计划……

周龙根　这些王厂长都跟我说了，我知道。

黄　萍　那你为什么还说他主观主义？

周龙根　噢？为了生产，就不要炉子啦，就……

欧阳俊　（跨进来兴奋地）黄萍，我的……（见周立刻止住话头）

周龙根　（瞪了欧阳一眼，无处出气，转对黄萍）我有意见！（急急而去）

欧阳俊　（兴奋地）黄萍，你知道吗？我的“新字三号”……

黄　萍　你的，你的……我不要知道！

欧阳俊　你……你怎么啦？

黄　萍　（尽力压制自己）你知道吗？王厂长病了？！

欧阳俊　呵，他病了？

黄　萍　我们一道去看看他好吗?

欧阳俊　我不去。

黄　萍　为什么?

欧阳俊　我从来没想到王厂长是这样的人。我的方案明明可以改变生产面貌,能为国家创造大量财富,可是王厂长偏偏不同意,我看他是怕负责任。

黄　萍　你怎么可以这么说王厂长呢?

欧阳俊　丁副科长也是这么说的,我觉得他说得对。

黄　萍　你怎就随便相信别人的话呢?

欧阳俊　我为什么不相信呢?我自己明白,谁是真正地帮助我、真正支持我的。丁副科长就帮助我计算煤气用量,可王厂长就是反对。

黄　萍　王厂长只是不同意现在试验,等下个月中修以后试验,只不过迟十几天,这又有什么关系呢?!

欧阳俊　(急了)十几天?黄萍,你知道不知道?只要一个星期就……(忽然忍住不说)

黄　萍　一个星期就什么?

欧阳俊　没有什么。

黄　萍　好吧,我知道你最近不大愿意跟我谈问题,不过,欧阳,我愿意提醒你,我们应该随时警惕自己。

欧阳俊　(又火了)警惕?!警惕什么?

黄　萍　警惕自己不要犯个人主义。

欧阳俊　我也愿意再提醒你一次,不要老是这样好为人师,好吧?!

黄　萍　好!你呀!王厂长要我转交给你《为人民服务》《纪念白求恩》,你是该读,读几十遍,几百遍。(急下)

[欧阳俊看着黄萍出去的背影,少顷。

欧阳俊　(自语)我要是告诉她我是为了赶上限期,把论文送到金属年会上的事，她也许会……（又摇摇头）不，告诉她，她说不定更会冒火……唉，这个人又热情，又爽快，可就是越来越好斗嘴，要是没有这个缺点，该多好呵！？

［徐厂长、丁旺上。

欧阳俊　徐厂长。

徐鉴镛　好，好。

丁　旺　欧阳俊，徐厂长说，你的“新字三号”方案，决定马上试验了。

欧阳俊　呵？！徐厂长，谢谢你。

徐鉴镛　不，不要谢我个人，新生事物吗，应该大力支持的，欧阳俊，不要有什么顾虑，放开胆量干吧！

欧阳俊　嗯！我马上就到车间去。

徐鉴镛　好呵！（欧阳俊奔去）

徐鉴镛　（向丁旺）王厂长病了，我要去看看他，有什么事打电话给我。

丁　旺　好。徐厂长。

［徐厂长匆匆而下。

［光暗纱幕落。

［徐厂长从纱幕前走出来，丁旺追了上来。

丁　旺　关于“新字三号”方案的试验。

徐鉴镛　还有什么问题。

丁　旺　王厂长是生产厂长，如果他不同意马上试验，我们技术科的工作也很难做。

徐鉴镛　这不要紧，你们技术科工作还是可以进行。至于王厂长那里，我去跟他谈，你放心好了。

丁　旺　好，好。

徐鉴镛　没有问题了吧？

丁　旺　没有了，没有了。

徐鉴镛　那好，那好……（下）

［丁旺也转身下。

［纱幕起。

第八场

［纱幕后。王刚家，傍晚，景色如前。王刚躺在床上。少顷，起身走去，从玻璃瓶里倒了一杯冷开水，一饮而尽。然后，拿起话筒。

王　刚　喂，接运输科……我找陈科长，对，我是……老陈吗？这一场大雨，路基有没有问题……什么，塌下去一段？……嗯……缺中心钢轨？多少？……（想了想）你到三号工棚去找找，那儿一定会有，你去看看……嗯……好，什么？我，不要紧，死不了，哈哈哈……再……（一皱鼻子）呵……啾！呃个家伙！又来了……（又要打电话）

松　松　（已从里面走出来了，按住王刚的手）爸爸，妈妈叫你休息休息，你怎么又打电话啦？

王　刚　嗨，小松松，我又不是贾宝玉，打个电话还怕累着了？！

松　松　贾宝玉？他是谁呀？

王　刚　贾宝玉呀？（念书似的）嗯……他经不住风吹，受不住雨打，还又怕太阳晒。

松　松　那……那像我们冬天堆的雪人一样啦？

王　刚　哈哈哈……对，雪人，雪人，一碰就要垮。（又要打电话）

松　松　不，爸爸！（拿出手上的体温表）你量量。

王　刚　不要量，不要量。

松　松　不，妈妈派我管你的，你要守纪律。

王　刚　好，好。（把体温表含在嘴里）

［松松悄悄地走去，把电话通电插头拔掉，王刚已看见，但装着不知道。

松　松　嘿嘿嘿……

王　刚　（拿出体温表）好了。

松　松　（拿过来看）多少度呀？（给王刚）爸爸，你看看。

王　刚　（看了看）爸爸也看不懂。

松　松　爸爸，你去吃药。

王　刚　好，我去吃药。

［王刚走进去。

松　松　（拿着体温表翻过来覆过去看）奇怪，怎么看不出来呢？！

［把体温表放在桌上要进去。

［黄萍从外面上。

黄　萍　松松！

松　松　黄阿姨！

黄　萍　爸爸呢？

松　松　在里面。（向里面）爸爸，黄阿姨来了！

［松松喊着走进去。少顷，王刚上。

黄　萍　王厂长。

王　刚　小黄，坐，坐。下班了？

黄　萍　王厂长。你的身体……

王　刚　没什么，坐，坐，在炉子上劳动怎么样？

黄　萍　很好。有收获，发现一些问题都记下来了！

王　刚　好呵！

黄　萍　不过只是发现了一些问题，至于煤气用量，我还没有计算出来。

王　刚　别性急，只要汗出足了，就能找出头绪来，就会开花结果。

黄　萍　可马上就要试验了。

王　刚　不，还没有作最后决定！

黄　萍　啊！

王　刚　欧阳俊怎么样？

黄　萍　他……

王　刚　又闹别扭啦？

黄　萍　（直摇头）不。

王　刚　那怎么啦？

黄　萍　他……他昏了头了！

王　刚　唔？！

黄　萍　他……他对你……

王　刚　对我有意见？是啊，讨论“新字三号”的会议上，我的话也许伤了他的心，不过，这不要紧，我们可以……

黄　萍　不是的，他乱说，说你不同意试验是怕负责任。还有我姨父周师傅也说你是主观主义，还有些莫名其妙的意见，说你是压制新生力量，我更难过的是欧阳俊，满脑子里的个人主义！（一转脸，抹了一下眼睛）

王　刚　小黄，不要难过。事情会弄明白的，欧阳俊也会明白过来的。

［黄萍点点头。

王　刚　你坐。（倒开水给黄萍）

黄　萍　（无意发现桌上的体温表，随手拿起来看了看）王厂长，这是你刚刚量的？

王　刚　（点点头）嗯。

黄　萍　你的温度很高，三十九度一。

王　刚　没什么，没什么。你看，我结实得像一条牛，哈哈哈……

黄　萍　不，王厂长，你还是好好休息吧。我刚才……我走了，再见！（下）

王　刚　好！

［王刚又喝了一杯水，坐在椅子上默默沉思。少顷，又起身来回走着，思索着。少顷，电话铃响。

王　刚　（接电话）喂，我是王刚……周师傅？嗳，老周，你好呵！我好……什么，有意见？你提吧？“新字三号”要试验？徐厂长……（放下电话）想了想，拿起蓝布罩衣，往外要走，忽然，窗外传来一阵汽车喇叭声，“叭——叭！”随之停车声。这一刹那间，王刚也停住脚，往窗外看了看，又放下罩衣。

［少顷，徐厂长匆匆而来。

徐鉴镛　呵呀，老王，没有问题吧?!

王　刚　没有问题。

徐鉴镛　下午一直想来看你，就是抽不出空。

王　刚　（耐心听完）老徐，听说“新字三号”方案，马上就要试验？

徐鉴镛　呵！我就是来告诉你这件事的。

王　刚　党委开了会了？

徐鉴镛　党委会怎么开得起来！你看，七个委员有三个不在。方书记学习还没回来。老李到北京开会去了，你生病。不过我个别征求了一下意见，他们都同意要行政上看情况办理。

王　刚　那你就决定试验了？

徐鉴镛　根据情况，我看是可以了。（转脸看墙上的画）

［王刚欲言又止，握着拳头在桌上敲着。

徐鉴镛　（眼睛落在画架上）你的兴致可真好，这一定又是一幅新作品！（伸手要去掀罩布）

王　刚　老徐，“新字三号”现在不能试验。

徐鉴镛　老王，这一个多月你不在厂，有些问题的严重性，你是不了解，产量、质量、新品种，许多许多问题都堆在办公桌上等着解决，别的先不谈，单是眼前脱下的五百吨钢，就必须追回来。第三季度眼看就要过去了，怎么办？“新字三号”可以说求之不得的及时雨，试验成功，一系列问题立刻可以迎刃而解吗！

王　刚　对，可是目前平炉情况是不好，方案本身还有缺点，这些你考虑过了吗？

徐鉴镛　不但考虑过，也了解过，根据汇报，炉子情况被夸大了，方案上的一些问题，丁副科长已经给解决了，我看没有问题。

王　刚　这样重要的问题，要亲自下去摸摸底，单靠丁旺汇报是不行的。

徐鉴镛　老王，不能这么说，这个方案是有群众基础的，我之所以决定试验，就是考虑到群众的积极性，就是从群众观点出发的。

王　刚　群众的积极性要重视，群众的意见要听，可我们作为领导需要把群众的意见汇总起来，经过周密的分析、研究、要从全面看问题。

徐鉴镛　任务这么急，压力这么大，我们不该瞻前顾后，谨小慎微，这不正是你去年给我提的意见吗？提得很对！在时代的激流中，我们要勇于担当重任，要敢作敢为。

王　刚　敢作敢为是对的，但是不能丢掉具体情况的分析，对于这次试验，我们应该抱着严格的科学态度，不然就同样会犯错误。

徐鉴镛　奇怪，老王！你处理问题一向是喜欢干脆的，怎么现在也这样婆婆妈妈的了?！坦率地说，你是不是怕担负责任？

王　刚　你也是这样想？

［电话铃响，老徐顺手拿起话筒。

徐鉴镛　（接过话筒）喂，我是呵，呵！丁副科长，都准备好了吗？嗯……嗯……好，我就来。（放下话筒，对王刚）好吧，（拿起衣服）我们现在不必争论这些，“新字三号”方案决定马上试验。（要走）

王　刚　老徐，不管你对我有什么看法，这没什么，“新字三号”绝对不能马上试验。

徐鉴镛　厂部已经作了决定，科室车间都已经做了安排，有基础、有条件、有措施，我看没有什么必要再多考虑了。

王　刚　老徐，你这样粗枝大叶地解决问题，处理工作，会犯错误的。

徐鉴镛　为了生产，为了钢铁，我担负这个责任，我负全部责任。

王　刚　这不是你个人的事情，我们要向党负责，这样做，会给党的事业带来损失！

徐鉴镛　老王！你这样主观固执，才真的会给党的事业带来损失，好，我走了，你好好休息休息。（下）

王　刚　（强力克制住激动，久久，深切焦虑地）呃个家伙！（随之“咔嚓”一声，握在王刚手里的玻璃杯被捏碎了）。

［纱幕落。

［大幕落。

第九场

［大幕起。

故事员　这件事情从开始，也就是王刚下火车的那一天起，到现在也不过几天的时间。正在这个时候，方书记在党校的学习提前结束了。他回到厂里来了。大家一看见他，就争着告诉他厂里发生的事情。有人说王厂长是个好厂长，为了工作他累病了。可也有人说王厂长不支持新生事物，是官僚主义。王刚真的是不是官僚主义呢?！你们看，他已经发烧到三十八度七了。还时时刻刻在关心厂里的工作……

［纱幕启。王刚家。松松坐在一个小凳子上，伏在椅子上做功课。王刚在看“新字三号”方案，不时用铅笔划着，计算着，少顷……

王　刚　（自语）不行，这不行啊！……（拿起话筒）接平炉车间。喂，我是王刚，我找吴主任……老吴吗？喂，“新字三号”试验怎么样？……炉子还正常……什么时候可以出钢？……（看看表）好……老吴，要何炉长特别注意炉子……好。（放下电话，走了两步，走近画架，拿起画笔随手勾了几笔，放下笔，拉起罩布，又走近电话旁，握住话筒考虑了一下，走去拿起罩衣，向松松）松松，你在这里画画，等妈妈回来，爸爸到厂里去一下。

［松松点点头。

王　刚　我到厂里去，不要告诉别人，要保守——秘密。

松　松　（点点头。王刚走出去，松松走去拿起话筒）喂！我是王刚，接平炉车间，（放下话筒）呃个家伙，不行，这不行！（又拿起话筒）喂！我是王刚！找吴主任……（自己满意地笑了）嘿嘿……

方书记　（上）松松。

松　松　方伯伯！

方书记　乖！（看松松画画）你也在画画？

［松松点点头。

方书记　爸爸教你的？

松　松　嗯。

方书记　嗯，我知道，你爸爸夏天常常喜欢坐在黄浦江边上，光着个膀子坐在太阳底下画？

［松松点点头。

方书记　嗯，我还看见过你爸爸两个肩膀上面还鼓起来两个大馒头？

松　松　不，那不是馒头，我爸爸说那是肌肉，是从前扛东西扛出来的。

方书记　对，对，你爸爸以前当过码头工人。

［松松点点头。

方书记　乖，乖……你爸爸生病了，是吗？

［松松点点头。

方书记　（抚摸着松松的头发）爸爸到哪去了？

［松松摇摇头。

方书记　爸爸到厂里去了？

［松松摇摇头。

方书记　妈妈回来了吗？

松　松　我去看看。（走进内室）

方书记　（看看墙上挂着的画，羡慕地）好，一个人心里想着什么，手里就能画出来，这也是一件有意思的事情。（目光转向靠在画架旁边，还盖着罩布的画报）嗯，这一定是最近的创作……看看，看看他是什么心情……（走去拿起画板，放在画架上，掀开罩布，定睛一看，不禁惊叹）呵！

［光暗，只有一个光圈射在方书记的脸上。就在这时，后面的纱幕上映出一幅画。这是一幅水墨画：闪电交加，狂风把海水卷得波浪冲天，一只小船正在跟巨大的波浪搏斗，奋勇前进。

方书记　狂风怒吼，波涛滚滚……真是激流勇进！

［光全亮，画隐去。松松又走了出来，站在方书记身旁。

方书记　（仍在看着画，激动地）王刚呀王刚，你真是一个合金钢式的人！

松　松　（学方书记）王刚呀王刚，你真是一个合金钢式的人！

方书记　哈哈哈……

方书记　哈哈哈……爸爸到哪里去了？

［松松仍然摇摇头。

方书记　嗯，我知道，爸爸去看电影去了，《三打白骨精》？

松　松　不，爸爸到厂里去了。

方书记　嗬，那你怎么先不告诉我呀？

松　松　我要保——守秘密！

方书记　哦！哈……（顺手把松松抱在怀里，亲了亲她）

［电话铃响。

方书记　（抱着松松，接电话）喂，是呀，不……什么？平炉出了问题了！找王厂长？他已经到厂里去了。……喂，老吴吗？我是老方。……喂，老吴，抢救的时候要注意安全……好，我就来……（慢慢放下电话，久久不语。）

松　松　方伯伯，你怎么啦？

方书记　（像对一个大人说话）平炉出了问题了。（把松松放在地上，用手把松松的头发抚平）松松，我去了。

松　松　爸爸回来吗？

方书记　不，（一字一字，犹若自语）现在厂里需要他。

［光暗，纱幕落。

第十场

［纱幕后，人影晃动中，传出来的声音：

何海发　小王，梯子拉过来！

工人丙　来了！

何海发　阿陶，找泥料去，快！

阿　陶　好！

吴主任　何炉长，要大家注意安全！

何海发　嗳，吴主任，王厂长找到没有？

吴主任 没有，他不在家，方书记接的电话，他就来。

何海发 那好！

邓普德 何炉长，圈顶好像要塌了，怎么办？

何海发 要耐火砖，快！

邓普德 好！

何海发 邓普德！

邓普德 有！

何海发 沉住气，不要慌！

邓普德 好！

何海发 注意安全！

邓普德 是！

［纱幕启，平炉车间里里外外。外面（前景）是靠近车间一块可供休息的地方。几处堆着钢锭，在一根柱子上，有一个像鸽笼子一样小铁箱，里面放着电话。里面（后景）是平炉旁的一个平台（如第五场出现的）。外面，没有光亮；里面，像是一片火海，庞大的行车静止着，巨大的吊钩一动也不动地挂在半空中。工人们在平台上下来往奔驰，像在火云中一会出现，一会隐没，说话都是声高腔长。

欧阳俊 （上）小刘！

小　刘 （在里面答）哎！

欧阳俊 耐火砖！

小　刘 （上）什么？欧阳俊。

欧阳俊 耐火砖，快！

小　刘 好！（下）

邓普德 （上）小刘！耐火砖！

［欧阳俊接过耐火砖传递给邓普德。邓普德接砖刚下，小刘又捧上耐火砖，欧阳俊接过往里奔去。

工人甲　（上）大铲！

工人乙　来了！（奔出，从远处扔一把大铲给工人甲）

［工人甲接过大铲刚下。

小　刘　（又捧耐火砖奔出，向里喊）欧阳俊，快接！

欧阳俊　来了！（应声而上，衣服袖子烧着了）

小　刘　技术员，衣服烧着了！

［欧阳俊拍打着火。小刘帮着把火拍熄。

［周师傅出现，用蓝镜片向火里看忽然一跳脚。

周龙根　怎么办？怎么办?!

何海发　（出现）周师傅，（一伸手）给我一点泥料！

周龙根　你要干什么？

何海发　隔墙穿火，我补补看！

周龙根　嗨，我的何炉长！补有什么用？

欧阳俊　我试试看！

周龙根　欧阳俊！试！试！你看看炉子是什么样子！

何海发　（接过镜片，举在眼前往一个洞孔看了看）糟糕！

工人丙　（出现）何炉长！快来一下！圈顶上的耐火砖直往下掉！

周龙根　走，赶紧去看看！

［周龙根和何海发下。

［欧阳俊愣住久久，颓然走去。

［喧闹的声音，慢慢静下来一些了。

［外面光渐亮。徐厂长和丁旺从外面匆匆而来。一见里面火光，立刻惊住，看了看，两人互视。这时周师傅满头大汗，从里面气呼呼地走出来。

周龙根　怎么办？怎么办？

徐鉴镛　周师傅！

周龙根　（一抬头见是徐、丁，火气冲天）我说炉子有问题，不听！我要求提前中修，不准！我反对试验，说我不对，好！看吧！造成了什么样的结果?!

徐鉴镛　烧坏到什么程度？

周龙根　什么程度？（把镜片向徐厂长一伸）你们自己去看看！

[周师傅领头，徐厂长和丁旺跟着走进去。

[这时欧阳俊从里面走出来满身油泥汗水。衣袖上烧了一个很大的洞。他看了看里面，坐在大料车边上，忽然两手抱着低下去的头。

[正当此时，里面，周师傅带着徐厂长、丁旺出现在平台上，周师傅伸手一指，徐、丁顺着周手，举起镜片向一个洞口看去，少顷，两人互相看了看，徐厂长用手帕擦着汗。接着和丁旺从另一角隐去。少顷，欧阳俊身上的光圈，渐大，全亮，徐厂长和丁旺从里走出。徐厂长见抱头坐着的欧阳俊，随即走至欧阳俊身前默默站住。吴主任，何海发，范炉长，阿陶，邓普德，周龙根，小刘，工人甲、乙、丙、丁、戊、己、庚、辛纷纷走出，见状也静止住了。少顷，欧阳俊感觉到有人，抬头一看，立即站起来，欲言又止，慢慢低下了头。

徐鉴镛　这造成的损失多么严重呵?!　多么严重呵！

[欧阳俊看看徐，忽然捂着脸伏在一个大车子上。

丁　旺　欧阳俊同志，哭，是不解决问题的。

[欧阳俊猛地抬起头，看看丁旺，看看站在前面的一群人。突然，向外面奔去。

丁　旺　唉，这个年轻人……

徐鉴镛　不！丁副科长，这不是他一个人的责任嘛？

[丁旺退闪到一边去了。

何海发　徐厂长，试验是在我负责的炉子上进行的，出了事故我有责任，要处分，先处分我！

徐鉴镛 不，不，你是一个好同志，这不怪你……（用拳头敲着自己的额角）这都是我……我……我应该检讨。

吴主任 徐厂长，现在炉子已经这样了，你看怎么办？

周龙根 （迫不及待）这还有什么怎么办？！只有一条路了，提前中修！

徐鉴镛 我同意周师傅的意见，唯一的办法，只有提前中修。吴主任，马上进行！

周龙根 嗨！早该这样决定了！

范志高 徐厂长，那我们这个月的生产任务，就完成不了了。

何海发 徐厂长，这要影响国家订货的任务，也不管了？

徐鉴镛 我了解呀！可事情已经这样了，怎么办呢？生产任务问题我考虑，我负责想办法解决，你们立刻进行中修吧。（下）

［沉默片刻。

周龙根 阿兴，小刘，上炉子看看，准备中修，走。

范志高 （急阻住）老周！我看这个事还……

周龙根 怎么，老范？你这个老炉长还打算替他们出什么主意，还想让他们不中修？

小　刘 除了中修，没路可走啦！

邓普德 我就不信这个邪，不中修就不能出钢？！

周龙根 出钢？好，（指里面）邓普德，你去出钢！

［大家沉默片刻。

周龙根 这回中修，是徐厂长当场批准了的。

吴主任 好吧，老周，我们先去看看。

周龙根 （对小刘，工人丙一挥手）走！

［四人走进去。

邓普德 何炉长，你就让这么中修啦？

何炉长 （看了看邓普德，满心烦躁）嗯！（一下蹬在钢锭上，用力攥着手心

里的一块小矿石）

阿　陶　何炉长，我们就这样干瞪眼，看着这个月任务泡汤？

［何海发沉默不答。

邓普德　呵呀，我的好炉长，你好歹吭一声嘛！

何海发　（一跳而起）呀！吭？怎么吭？！

［沉默少顷。

工人丁　唉！要不是什么“新字三号”“旧字三号”，我们的炉子根本就太太平平一直到九月底。真邪门，要搞什么试验？！

何海发　你别尽开马后炮，好不好？

［何海发说完，沉思少顷，顺手把手里的那块小矿石砸到钢锭上，“当”地一声，把一直坐在钢锭上出神的丁旺吓了一跳，猛地一下站了起来。

何海发　呵，丁副科长，你看炉子是不是一定要中修？

丁　旺　（心不在焉）我？我现在……我看中修就中修吧……

［何海发顿了顿，一下又蹲了下去。邓普德接着也蹲了下去。有的人面面相觑，有的人和范志高悄悄低语，少顷。

阿　陶　（突然地），你们看！那不是王厂长吗？

邓普德　（一跃起）对，是他，王厂长来了！

［王厂长大步跨来，大家立刻围拢上去，此起彼落地喊“王厂长”“王厂长”……这时，丁旺神色慌恐，悄悄向一个角落里退隐而去。

何海发　（求救似的）王厂长！

范志高　老王，（指里面）你看！

［王刚看见里面一片红光，立即和范志高走进去，上了平台，用蓝色镜向火洞里看着。少顷。

王　刚　走，到格子房去看看。（和范志高走下平台）

［大家寂静无声。等待着王刚。少顷，王刚走上。默然片刻。

王　刚　(一转身)同志们！这一次意外事故，我没有能阻止住，造成这样的损失，我有责任……我对不起党……(顿了顿，猛地跳到钢锭上)同志们！怎么办？放在我们面前的只有两条路，第一条立刻提前中修，拖垮整个九月份的生产计划；第二条，是抢修，这是困难的，可是，克服这个困难就是胜利，大家看，我们是退却，还是进攻？

［大家一时愣住。

何海发　(突然)不，不能拖垮同志们，我们要抢修！

邓普德　对！我们要保住炉子！

阿　陶　王厂长，你说的对，提前中修就是退却，这不行，我们要进攻！

王　刚　对，呃个家伙，我就知道你们心里是这么想的！

邓普德　那，王厂长，我们马上抢修吧！

王　刚　好！

工人丁　王厂长，这次中修是刚刚徐厂长决定的。

王　刚　呵?!(立刻愣住)

邓普德　王厂长，不管谁决定的，应该抢修就抢修！

王　刚　不，不……徐厂长在那儿？

工人丁　刚刚走。

王　刚　(走去拿起话筒)接厂部……你是小唐吗？我找徐厂长……不在？……(又揿了揿电话)接党委办公室……徐厂长在吗？什么？……好……(又揿了揿电话)接高炉车间……你是小陈吗？徐厂长来过吗？……没有……(按着电话在思索)……

邓普德　王厂长，你就做个决定吧！

吴主任　看你！你急什么？

邓普德　不急？时间就是钢呵！王厂长，你……

王　刚　好吧，先干起来再说，我向党委汇报。

众　　　好！

何海发　王厂长，马上就动手？

王　刚　动手。

工人丁　王厂长，抢修是好，可这……

邓普德　怎么，你怕困难了？

何海发　困难是有，这就看我们自己啦。

阿　陶　何炉长，你放心，不抢修好，我不下炉子。

［众纷纷响应。

王　刚　对！同志们，这有什么了不起，困难捣蛋玩意儿，就怕我们这股天不怕地不怕的精气神儿！

邓普德　炉长，我报名，第一个钻炉子！（要走）

何炉长　看你这个等不得？炉子现在一千多度，你怎么钻？坏得那么凶，就算能钻进去又有什么用？我们得拿出个办法呀？！

工人丁　对呵，这又不是修煤球炉子那么容易。

邓普德　王厂长，你看怎么办？

王　刚　办法？（拍拍自己的口袋）我口袋里连半个办法也没有。

［众哄然一笑，又沉默下来。

邓普德　那我们找谁去要办法？

王　刚　找谁？找你们自己，办法只有找你们自己要。

［众哄然而笑。

王　刚　不信？喏，问问你们何炉长，他前几天就跟我谈过，格子房熔蚀，可以用压缩空气吹，是不是？

何海发　对！

王　刚　还有，阿陶，圈顶要坍陷，你说过能嵌补，对不对？

阿　陶　对，王厂长，你还记得呀？

王　刚　忘不了！

［众哄然大笑。

王　刚　同志们，还有老范，还有周师傅，还有你们这些能人，诸葛亮。走，我们到现场去，一边采取措施，加快降低炉温，一边开动开动脑筋。

众　　　走！

［众纷纷走进车间，方书记从外匆匆来，看到最后走向里面的王刚。

方书记　老王！

王　刚　方书记！？（跑下铁梯）老徐决定中修，现在大家研究下来认为可以抢修，找老徐又找不到，我就决定了，你看，怎么样？

方书记　如果大家都有这样要求，又切实可行，那就干吧，我向党委负责。

王　刚　好。

黄　萍　（走出）方书记，王厂长，（递给王厂长一个记录板）你看。

王　刚　什么？（王刚看了看递给方书记）

黄　萍　在这次试验过程中间，每一阶段炉温变化，我都记录下来了。证明你跟张总工程师事先担心的问题是对的。

王　刚　你怎么得出这个结论的呢？

黄　萍　我分析了一下，用了天然气喷嘴以后，热量的利用率提高了很多，方案里虽然也考虑到喷嘴增加热量的作用。但是，在利用率方面还是按照百分之三十的老数计算的，估计低了。就是从刚才这一炉钢火焰温度来看，利用率至少能达到百分之三十五到四十，可能还要多。因此煤气用量应该减少，不应该增多，方案里原来的七千五百立方米已经高了。再加五百，就更高了。再加上炉子情况不好，更加吃不住，这就是出事故的主要原因。

方书记　好，小黄，工作应该这样做。

王　刚　（掏出一张纸给黄萍）这是你上次记的，一起保存着，再计算的时候做参考。

黄　萍　好。

王　刚　走，准备抢修工作。

方书记　老王，你的身体顶得住吗？

王　刚　嗨，就这么一蹦一跳，出了一阵大汗，比什么仙丹妙药都灵。哈哈哈……

方书记　哈哈哈……

［两人边笑边走了进去。

［这时，丁旺走了出来，慢慢地在大料车边上坐下，光圈随之落在他满布愁容的脸上。

丁　旺　奇怪，我怎么计算错了呢？怎么会……错了，我估计错了。如果试验成功，立刻就能证明王厂长的决定是错的，我是对的，我的那张煤气用量的计算资料就能发挥作用，大家马上就会公认我的才能，我支持新生事物的热情。“新字三号”方案就会写上我的名字，就会……可现在，落下这么个大的一个责任问题，要是追究起来……不要说正科长，就连副……咳！

［这时，周龙根气呼呼地走出来，倒了一杯水一口气喝完，闷声不响地坐在铁梯上，丁旺见状，立刻紧张起来，小心翼翼地走近周龙根。

丁　旺　老周师傅，怎么啦？

周龙根　（抬头见是丁旺，忍耐住）怎么啦，还有什么怎么啦。

丁　旺　是不是在追……（没说下去）

周龙根　（不解）追什么？

丁　旺　呵，没什么，我是说，徐厂长不是已经同意中修了吗？你还生什么气？

周龙根　徐厂长同意了，可半腰里又杀出个程咬金。

丁　旺　（松了口气）呵……

周龙根　要求炉子提前中修，不同意，这一试验，好，破鼓加一锤，烧成这样，该中修了吧？还不同意，还带头领着大家抢修。急不急人？嗨，这个王厂长，真是主观，主观主义。

丁　旺　……

周龙根　试验，试验，瞧瞧，这个娄子捅的？！这对生产影响多大！

丁　旺　（渐渐又紧张起来）……

周龙根　这一回生产国防用的特殊钢，我看怎么完成任务？怎么交代？

丁　旺　是呵，是呵，要是王厂长早听你的话，提前中修，也不会出这样的事故了。

周龙根　怎么？你还有理这么说？你不是也反对提前中修的吗？你不是还一个劲儿要试验的吗？你倒好，出了事故，把责任往王厂长身上一推，你就没事了？

丁　旺　我？！

周龙根　你知道炉子怎么烧垮的？

丁　旺　我……（摇头）

周龙根　我问你，“新字三号”方案煤气用量原来是七千五百立方米，已经高了，你还硬嫌不够，要高温，高温，再加上五百，什么八千立方米，八千立方米，现在炉子垮了，还摇头装着不知道？你就没有责任？

丁　旺　（慌了）这……这怎么能怪我呢？徐，徐厂长也同意了的。

周龙根　呵！王厂长有责任，徐厂长也有责任，就是你丁副科长没有责任，你这是什么样的坏心思？

丁　旺　你是个老工人，怎么这样态度呢？

周龙根　对，我是个老工人，我看不惯这个！

丁　旺　你不是也在批评他们吗？

周龙根　我是在批评他们，可跟你不一样。他们都是好厂长，我说在嘴里，疼在心里。可你打的什么主意？香的，甜的，你抢在头里，碰上酸的苦的，自己就一点不沾都洒给别人，你这是个什么品性？你……你这个脑袋瓜子，我看也要中修中修！（转身就走，忽然又转脸）不，要大修！

丁　旺　（愣住久久，忽然又急又悔地叹了一口气）唉！我怎么说出这种话？真该死，真该死！（颓然而下）

方书记　（在里面喊声）欧阳俊！欧阳俊！咦，这小伙子跑那儿去啦?!（上）欧阳俊！欧阳俊！

［工人丙、丁拿着大铲大钢棒上。

方书记　你们看到欧阳俊了吗？

工人丁　呵，刚刚好像看到他往六号工棚那边去了。

方书记　好。（往外走去）

工人丙　（对工人丁）走！快！

［两人奔进车间。

［光暗纱幕落。

第十一场

故事员　是的，欧阳俊是到六号工棚去了。就是那天晚上，他在那里等王刚回来，等着等着就睡着了。在这几十分钟里，欧阳俊好像过了好几年一样。他想得很多很多。想到刚才的事故，想到炉子，想到王刚对他讲过的话。

［纱幕起。六号工棚一角，电灯亮着，静悄悄地，欧阳俊伏在桌上。前次情景，历历犹在目前。

［少顷，一列火车急驰而过，传来一阵汽笛声。

［欧阳俊慢慢抬起头……

欧阳俊　（自语）王厂长，王厂长，你知道我多么想去看看你？造成这么严重的损失怎么弥补呢？我……我对不起党，对不起方书记，对不起王刚。我……（双手一捂脸又伏在桌上）。

［少顷。

［方书记上，一眼看到欧阳俊，轻轻地走近他的身旁站住，少顷。

方书记　（轻轻地）欧阳俊同志……

欧阳俊　（一惊，猛一抬头）方书记?!

方书记　怎么了？一个人躲在这里哭鼻子啦?

欧阳俊　方……方书记，我……这次事故我是罪魁祸首！

方书记　（笑着）这么严重？（按着欧阳俊的肩膀，和他并肩坐下）不能这么说，这不能全怪你，试验对炉子当然也有影响，可事故也决不是完全因为试验造成的，不能眉毛胡子一把抓，你呢，也不要因为这一点挫折就弄得垂头丧气。

欧阳俊　方……方……（忽然抱头呜咽起来）

方书记　看，像个小孩子一样?!

欧阳俊　（猛然地）方书记，这次事故是我的。我没有很好地去了解炉子的情况，没有很好听取大家的意见。这都是因为我急着要赶期限，想把“新字三号”写成论文寄到金属学会去。我想当个有名望的工程师……

方书记　要接受这教训。原来你搞“新字三号”方案是件好事，一掺杂了个人的东西，急于求成，犯了错误。今后无论做什么事都要从整体出发，从党的利益出发。否则，就会犯更大的迷失方向错误。

欧阳俊　嗯。

方书记　我们的事业要求我们不仅是看到一个工厂，一个上海，而是全国、全世界！欧阳俊同志，要做工程师，就应该做这样一个胸襟宽阔气概磅礴的红色工程师！

欧阳俊　方书记，以后我一定听党的话！

方书记　对，王厂长交给你的两篇毛主席著作你看了吗？

欧阳俊　（急忙点头）嗯，（从口袋里拿出）我最近还没看。

方书记　（接过书，翻开一本，停在一页上，念）你看看这一段："我们大家要学习他毫无自私自利之心的精神。"

欧阳俊　（激动地）主席的话，好像每一句都是对我说的。

方书记　是对我们每一个人说的。

欧阳俊　这我看过，可是我怎么就忘了呢？

方书记　是啊，这是知识分子的通病，一看就懂，一放就忘。

欧阳俊　最近我一脑门子尽是试验，试验，老觉着抽不出时间来。

方书记　要学，工作再忙，挤也要挤出时间学，而且学了就要去用，在这方面你可以找黄萍谈谈嘛！好吧，你去好好休息一下。

欧阳俊　不，方书记，我要到车间里去看看。

方书记　不用去了，炉子正在抢修。

欧阳俊　什么？炉子还能抢修？可是隔墙穿孔那么严重，怎么办？

方书记　嗯，王厂长跟工人同志们在现场开了个诸葛亮会议，群众提出了许多办法。

欧阳俊　王厂长他好了？

方书记　好是没有好，可是他来了。正在进行抢修。

欧阳俊　那太好了，太好了。

［黄萍匆匆而来。

黄　萍　方书记。

方书记　小黄，平炉抢修得怎么样了？

黄　萍　快完工了。

方书记 好。

黄　萍 方书记，丁副科长他把那张计算资料要走了。

方书记 拿走了就拿走了吧。

欧阳俊 什么计算资料？

黄　萍 “新字三号”方案煤气用量，不是丁副科长帮你算的吗？

欧阳俊 嗯！

黄　萍 全算错了。

欧阳俊 那他还拿去干什么？

黄　萍 干什么？你还不知道，他把这份资料保留着想等试验一成功，拿出来当作他往上爬的本钱。

欧阳俊 呵！这个家伙……我怎么就这么糊涂！

方书记 好吧，既然抢修快完工，那你们也不必急着去了，你们就好好谈谈。不过不要再吵架了。（下）

［欧阳俊低下头，沉默不语。

［欧阳俊和黄萍相互无语，沉默久久。

黄　萍 你呀，你早就该明白了。（黄萍欲走）

欧阳俊 黄萍，你等一等，我想问你一个问题？

黄　萍 什么问题？

欧阳俊 在很多问题上你总比我看得明白，这……这究竟是什么原因呢？你能跟我谈谈吗？

［黄萍沉默了。

欧阳俊 你谈谈吗。

黄　萍 我……我谈不出什么，也许，因为我自己心里，有那么一件事……

欧阳俊 什么事？

黄　萍 （看了看欧阳俊，迟疑少顷）欧阳，你知道我父亲吗？

欧阳俊 他是一个电气工人……

黄　萍　(点头)……

欧阳俊　他牺牲了?!

黄　萍　他怎么牺牲的你知道吗?上海解放前几天,在护厂斗争的时候,他负责保护变电间的电气设备。有一天夜里,来了四个特务要破坏变压器,我父亲就拿着一根铁棒把他们拦住,他说:"谁敢动!"特务就说:"你这样卖力气,共产党给你多少钱?"我父亲说:"钱?!你们别弄脏了我的耳朵!为了我们工人兄弟这一份家业,我连命都能跟你们拼了!"结果,几个特务一下把我父亲推倒在高压母线上……

欧阳俊　后来怎么样?

黄　萍　那时候,我才十三岁,当我跑去看他的时候,他……他已经被烧……得像一块焦……焦炭了。

欧阳俊　……

黄　萍　(猛地一甩头发)这件事我一辈子不会忘记!

黄　萍　欧阳,我并不是没有个人主义。当我的脑子里个人问题想得多的时候,我就会立刻想到我父亲,想到许许多多忘我劳动的人。我想到毛主席说的:"无数革命先烈为人民牺牲了他们的生命,使我们每个活着的人想起他们心里就难过,难道我们还有什么个人利益不能牺牲,还有什么错误不能抛弃吗?"

欧阳俊　唉!我很后悔没听你的话……我真是……

黄　萍　好了,要检讨,将来向党好好检讨,现在要想想"新字三号"下一步怎么做。

欧阳俊　下一步?!

黄　萍　嗯。

欧阳俊　走,我们先到车间去。

黄　萍　(想了想)好!

[两人兴奋而下。

[一阵急驰而过的火车声,汽笛鸣声。

[光暗。

第十二场

[在黑暗中的声音:

阿　陶　周师傅,圈顶已经顶起来了,没有问题!

周龙根　好!小刘!

小　刘　有!

周龙根　喷补快完了,抓紧时间,准备沉渣室的封闭工作!

小　刘　行!

王　刚　老周,你看大家这股精气神儿?!呃个家伙!哈哈哈……

周龙根　哈哈哈……

[灯亮,平炉车间里里外外。

[车间里喷补声、人声交织,但红光已稍稍减弱了。少顷,平台上,王刚、周龙根被何海发推着出现在火光中。

何海发　王厂长、周师傅,你们去休息一下,我们来。

王　刚　不要紧。

何海发　(抢过王刚、周师傅手上的喷枪。)走!

方书记　(出现,从何海发手上抢过喷枪)我来。

何海发　不行,方书记,你不能进去。

方书记　嗨,看看我这双手,捏过几年枪杆子,这个喷枪还能对付。(隐去)

何海发　方书记!方书记!(跟着追下,隐去)

［王刚和周龙根大笑起来。

王　刚　走，老周，出去休息一下！（两人隐去）

［少顷，两人走了出来。满身满脸都是泥浆汗水，周龙根手上拿着一大瓶盐汽水，两人各拿着一个大洋瓷杯子。

王　刚　老周，修炉子真有你的！

周龙根　王厂长，这一回我才明白你了。我是个倔老头子，只是我太喜欢炉子了，老王，你说我这个过了分的思想，是不是不太好？

王　刚　不，（诚恳地）老周，你是个好同志。

周龙根　可我一直对你有意见。

王　刚　好同志跟好同志，有时候也会撞撞车，有矛盾的。

周龙根　（点点头）平炉提前中修问题，你考虑的是对的，我太片面了，我是不该对你有意见。

王　刚　不，老周，我知道你心疼炉子，中修的事我没有把道理跟你说清楚。我的作风简单，态度粗暴，你的意见对，我也应该向你检讨。

周龙根　嗨，你看你？我这可真有意见了？！

王　刚　好，干脆！（一举大杯）我们来干一杯！

周龙根　好！（两人一碰杯，"咕噜咕噜"一气喝完）

周龙根　（一抹嘴）唉，老王，这要真是酒就好啦！

［两个人哈哈一阵大笑。

周龙根　我到车间去看看，你得接受我的意见，好好在这儿休息。

王　刚　好。

［周龙根走了进去。

［欧阳俊和黄萍从外面走来，发现站在那里出神的王刚，欧阳俊忽然转脸要退走，黄萍阻住，欧阳俊几次犹豫不前，最后，鼓起勇气走近王刚。

王　刚　（一转身，见欧，伸出拳头打欧阳一下）嗨，小伙子，累了吧？

欧阳俊　王厂长！我……我对不起你……我……

［欧阳俊低下头哭了。

王　刚　咳，经过这次事情，就应该抬起头，挺起腰板儿，就应该更坚强！现在你就要给自己这个小炉子煽煽火，打打气。

［欧阳俊点了点头。

王　刚　小黄！好，你们说说，"新字三号"方案，以后怎么打算？

欧阳俊　已经出了事故了，还会不会……

王　刚　怎么，担心领导不同意？不，下个月中修以后，还是会试验，一定要试验！

欧阳俊　真的?!

王　刚　当然。

欧阳俊　好，这一次，我一定听你的。

王　刚　不，到时候这还得通过党委。

［欧阳俊点点头。

王　刚　好，就这样，（一挥手）走，我们到里面看看去。

［三个人向里面跨去时，里面响起铃声："当……当……当"。

周龙根　（出现在平台上）好了，同志们！出去休息一会！

［这时车间里的红光已渐渐减弱了。王刚、欧阳俊、黄萍、停住脚，接着邓普德、何海发、范志高、周龙根、吴主任、方书记、小刘、阿陶以及工人甲、乙、丙、丁、戊、己、庚、辛纷纷走了出来。有几个人拿着盐汽水，和大洋瓷杯子，互相分喝。

周龙根　老王，行了。平炉抢修全部完工。

王　刚　怎么样？

邓普德　（一个立正）报告王厂长！抢得好，修得快，保险用到月底，不用提前中修！

周龙根　哈哈哈……

［众随之一阵大笑。

何海发　王厂长，准备冶炼吧！

何海发　没有问题。

王　刚　好！

邓普德　王厂长，什么时候恢复冶炼？

王　刚　（看表）……

方书记　老王，我看让大家休息半小时吧。

阿　陶　方书记，不行，不行，刚才出事故，丢掉了几个小时，丢掉的钢，我们得一点一点找补回来。

何海发　对，这意见对。

王　刚　干脆，休息二十分钟开炉！

［众响应。

邓普德　方书记，"新字三号"方案下个月还试不试啦？

方书记　你们看呢？

［大家又交头接耳议论起来。

小　刘　我看别再试了？

阿　陶　怎么，这就算啦，我就不服这口气！

小　刘　你不服，你来，我可不大赞成了。

方书记　车间主任，你看呢？

吴主任　我看，检讨归检讨，试验还得试验。

方书记　（点点头）小何，你今天是亲身经过了一次试验，开了第一炮，你的意见呢？

何海发　照我说，下个月炉子中修以后，条件变化了，方书记，到时候如果领导上作了决定，还交给我，我愿意再开炮。

邓普德　好，我们何炉长这门炮，就是这么嘎嘣脆！

王　刚　范炉长，你看呢？

范志高　我……我年纪大了一点，总想得稳当点，我想再看看。如果小何试验成功，“新字三号”方案是好，那我也愿意学新的操作方法炼钢，目前嘛，我还不想试验。

小　刘　照我看，到时候来个八仙过海，各显神通，愿意试验的，就试，不愿意试的，就不试，将来试验失败，大家没话可说，试验成功了，效果好，那大家再服帖，那能？

范志高　这倒也好。

王　刚　方书记，你看这办法行不行？

方书记　行，发扬技术民主嘛，有不同的意见是可以的，不必急于强求一律。

王　刚　对，那……

［方书记在王刚耳边说了几句，王刚喜形于色。

王　刚　（对大家）方书记刚才出了个点子，我看好！到时候我看愿意试的同志跟何海发一起，组织一个“何海发炼钢班”，不愿意试的同志，跟老范组织一个“范志高炼钢班”，你们两个班来一场竞赛，看看到底是老办法好，还是新办法好，让事实证明，你们说好不好。

众　好！这办法好！

王　刚　欧阳俊，经过这一次试验，方案的问题更明确了，关于这个问题，刚刚和吴主任一起商量过了，搞“三结合”，你和黄萍下车间，跟大家一起商量，一起修改。必要的时候，到上海钢铁研究所，请他们做个小型燃烧试验，做参考数据。

欧阳俊　好，你放心，王厂长，我一定好好向大家请教。

邓普德　嗳，小黄，你得好好帮技术员一把呵！

［众哄然一笑。

阿　陶　（发现蹲在地上默默思索的老周）嗳，周师傅，你怎么一个意见也没提？

周龙根　我？我是要提意见！

阿　陶　啊?!

周龙根　我要提前中修……

邓普德　什么？您还要提前中修？

［众哄然一笑。

周龙根　(一挥手)别笑！别笑，我是说，我要提前中修是错误的。可我要提个意见，刚才我合计了一下，这一回中修正赶上国庆节，我说，咱们趁国庆节休息期间，加班突击中修，赞不赞成！

邓普德　好呀！我的老周伯伯，您这个意见好，我赞成！

小　刘　我也算一个！

［众响应。

方书记　不行，国庆节是大家休息的日子，这还得考虑一下。

邓普德　方书记，你别考虑了，这是我们自觉自愿，(对大家)嗳，你们说对不对？

［众响应："对！"

王　刚　吴主任，你是不是谈谈那个问题？

吴主任　对，同志们，抢修完成了，"新字三号"方案再试验的事也作了具体安排，可我们眼前还悬着大问题没有解决。

邓普德　什么大问题？

吴主任　这个月落下的钢呀！

工人丁　对呵，原来落下的就近两百吨，这一试验出了事故又一抢修，前后一耽误，加起来落下的就更多了……

邓普德　嗨呀，我的天，这一忙，差一点儿把它给忘啦，这倒是个大问题。

王　刚　是呵，同志们，大家都知道，这一批钢的用途很重要，不追回来影响很大。

邓普德　那还用说，我们拼了命也得把它追回来！

小　刘　看你这个等不得，得想想看怎么追。

邓普德 怎么追？王厂长，你拿办法，我们追！

王　刚 你别急，办法还是在你们自己口袋里，何炉长，你谈谈你们那个主意吧。

何海发 好……（看看表，对王刚）不行，时间到了。

王　刚 （想了想）老吴，你看是不是先开炉，等一会抓个时间接着谈。

吴主任 对，小何，先恢复冶炼！

何海发 好，同志们，时间到了，上炉子！

［众纷纷走进去，何海发很快出现在平台上，一拉铃："当……当……当……"

［这时，外面只有方书记、王刚、欧阳俊、黄萍。

何海发 （出现在里面的平台上）同志们，准备！燃炉！备料！

［随之，隆隆声起，正常的红光渐强。

［方书记和王刚向里面走去。

［光渐暗，纱幕落。

第十三场

故事员 平炉车间一场战斗结束了，已经恢复了冶炼，快要出第一炉钢了。这一夜，真是了不起的一夜！不过，有一些问题还没解决。大家一定都在关心我们的徐厂长。现在，天快亮了。他在哪里呢？回家了吗？他的心情又是怎么样了呢？

［纱幕起。徐厂长办公室。黎明之前。

徐鉴镛 （靠在沙发上，闭着眼睛像是睡着了。少顷，一拍沙发站了起来）唉！这真是没有想到的事，怎么会出了这样的事故？怎么会……

［王刚上。

王　刚　老徐?! 你在这儿? 怎么你一夜没回家?

徐鉴镛　(摇了摇头)回家也睡不着。昨天夜里我从平炉车间出来,就到码头上去了解了运输情况。

王　刚　怪不得打电话找你找不着?

徐鉴镛　(忽然想起)老王,你身体行了?

王　刚　刚刚在车间里出了一身大汗,真的好了。

徐鉴镛　炉子损坏得很厉害你知道了吧? 非提前中修不可了。

王　刚　老徐,已经抢修了。

徐鉴镛　什么?! 抢修!?

王　刚　是啊! 恢复冶炼了!

徐鉴镛　恢复冶炼了!?

［天渐亮。

王　刚　嗯,老徐,你来看看。

徐鉴镛　(愣住久久)看来,我的提前中修的决定又错了?! (思索少顷)冶炼情况怎么样?

王　刚　很正常。

徐鉴镛　没有问题吧?

王　刚　你放心。老徐,你看,“新字三号”方案下一步打算怎么办?

徐鉴镛　下一步?! (直摆手)那是不能再试了。

王　刚　怎么? 我看,下个月炉子中修以后,情况变了,条件改善了,可以再投入试验。

徐鉴镛　中修之后炉子可能没有问题,可是方案本身是不是能再试验还值得考虑。

王　刚　通过这次试验,煤气用量肯定是偏高了。既然方案本身的缺点证实了,就能找到改善的办法,到时候情况好了,条件好了,当然可以再试验！

徐鉴镛　老王，这一夜我前前后后想了很多，记得去年你和老方说我自从调到大企业单位以后，就没有从前干革命的那股冲劲了，说我过于谨小慎微，瞻前顾后，裹足不前，对新生事物缺乏敏感，这些意见我都接受了，而且积极地在改。就拿欧阳俊这次“新字三号”方案来说，我就是本着敢作敢为的精神大力支持，结果事与愿违，还是错了。

王　刚　老徐，我们相处两年多了，你对党忠心耿耿，这是大家都看到的，可是咱们离开党的要求都很远，就拿这次决定试验来说，你没有深入调查研究，过去你往往把不利的因素看得太多了，而这次又把不利的因素看得太少了，仅仅根据一个良好的愿望，不全面去分析情况就作出决定，你从一个片面到另一个片面，为什么呢？干脆一句话，你脱离了实际，脱离了群众。

［天已大亮。

徐鉴镛　你这样说，我就还是不能完全同意。怎么能说我没深入实际，我不是规定每天上午九点到十一点准时下车间。有时候上午不能去，下午就补上。

方书记　老徐，这个问题，我倒想插上两句。你每天规定两小时下车间，这非常好。问题在于怎么样下。你知道工人同志对你有一个形容吗？他们说：“我们徐厂长下车间，就像公共汽车靠站，靠一靠：‘没有问题吧？’呜——就开走了。”老徐，你没有做到看一看，问一问，听一听，想一想。这样深入实际，恐怕只是一个形式吧？！

徐鉴镛　唉！我何尝不想去多看一看，问一问，听一听，想一想？！可我没有那么多时间呵！有那么多报告集会，有那么多报表要看，有那么多会议要开，有那么多电话要听，建议要研究，文件要处理，人员要安排，问题要解决，还有参观访问，还需要我亲自接待，有这么多事情，我不坐在办公室里，你叫我怎么办？

王　刚　有些报表可以精简，有些事情根本用不着坐着开会，到现场就可以解决了！

方书记　鉴镛同志，现在我们办的是社会主义大工业，我们不是学会了再去做，而是边做边学，做了才学会的。你常常说要听取群众意见，可老徐正因为你没有调查研究，就容易偏听偏信，做出的决定就带有片面性，就难免不出乱子。现在形势一日千里，发展得很快，我们要不很好地学习，就会落在形势的后面。

［徐鉴镛正在思索，电话铃响。

王　刚　（接电话）喂，我是王刚……我马上就来。（放下话筒，向方和徐）平炉车间，让我去一下。

方书记　好。

［王刚下。

方书记　老王在这方面，就做得比较好。他经常和工人群众滚在一起，跟他们肩并肩地干，心贴心地谈。工人心里想些什么都愿意告诉他。因此，他能把情况摸得深，摸得广，摸得透。这一点很值得我们学习。

［徐鉴镛点点头。

［丁旺上。

丁　旺　方……方书记！徐……徐厂长！我……我……

徐鉴镛　你有什么事吗？

丁　旺　徐厂长，在“新字三号”方案的问题上，我有错误……我……我很痛心，很难过……我……我对不起领导！（把手上的一张纸递给徐鉴镛）这是我的检讨。

［徐鉴镛感到意外，接过那张纸看了看，递给方书记。

方书记　（接过来看了看）我看你还是应该从思想上好好地检查检查吧。

丁　旺　我……我已经初步地检查了一下。

方书记　是什么原因呢？

丁　旺　主要是……主要是资产阶级个人主义在作怪。

方书记　你能不能谈得具体一点？

［丁旺沉默不语。

方书记　可见你来之前，还是有保留的。你知道吗？你在旧社会受的那种旧思想旧习气的影响太深了。帮助欧阳俊完成“新字三号”方案，这原来是好事。可你完全是为了自己要露一手，完全为了满足个人欲望。甚至不择手段，打击别人，抬高自己。这是什么思想作风？这些思想都是要不得的。你今天是生活在社会主义社会里！

［徐鉴镛感到茫然不解。

丁　旺　方书记，领导上处……处分我吧！我……（哭了）

方书记　先不要想这些，还是好好地检查检查思想，挖挖思想根源。听说你对王厂长有不少意见，是吗？

丁　旺　（点点头）嗯……

方书记　在车间里，工人群众对你有些意见，你听到了？

丁　旺　听到了一些。

方书记　是吗？

丁　旺　嗯，说……说我把王厂长看成是我个人主义的拦路虎，把……把徐厂长当成我向上爬的阶梯。

［徐厂长一怔。

方书记　你自己觉得呢？

丁　旺　是这样，我……我是有这样思想。

方书记　（沉思少顷，把纸条还给丁旺）今后，希望你首先要下决心放下架子，多跟工人群众接触，多向他们学习，踏踏实实改造自己，丁旺同志，党向来是希望愿意帮助任何真诚要求改正错误的人的。

丁　旺　（感动地点点头）方书记，我这就去写思想检查。（要走）

方书记　不，不要这么急嘛，现在平炉车间正在进行一项突击工作，这是一个很好的机会，我建议你下去看看，不但对你今后工作有帮助，更重要的你可以看到工人同志是怎么干的，怎么想的，看看他们想的，干的，是为了什么，这样对你会有帮助的，你看好吗？

丁　旺　好，我去，我就去。（下）

方书记　老徐，听见了吧？阶梯！嗳！

徐鉴镛　……

方书记　你对事情缺乏调查研究，对人也了解得不深。

徐鉴镛　（沉痛地）真没想到！

方书记　我们不仅要建设社会主义，也要建设新的人。在某种意义上来说，建设新的人也许要更艰巨一些。

［徐鉴镛转脸看着方书记。少顷，重重地点了点头。这时，外面上班的汽笛吼鸣。

［光渐暗。纱幕落。

第十四场

故事员　老方说得对：我们这个时代真是个大熔炉，炼了钢又炼了人！通过这一场斗争，大家都前进了。现在炉子已经经过了中修，“新字三号”方案也试验成功了。“何海发炼钢班”一连出了十炉优质钢。整个平炉车间起了个大变化。今天，厂部决定在全车间推广“新字三号”。可是到了临时，又发生了变化。

［纱幕启。平炉车间里里外外。夜。外面灯暗，里面红光闪闪，冶

炼声隆隆。工人们在红光中忽隐忽现。

[黄萍站在平台上，在记录板上写着。少顷，黄萍走下平台。外面灯亮。钢架上横挂着"'新字三号'方案炉前推广大会"的横幅。

[接着黄萍走出来，坐在铁梯上继续写着。少顷。

欧阳俊 （从另一端走出来）黄萍！小何他们这炉钢有希望提高吗？

黄　萍 有可能。（把记录板给欧阳俊）你看。

欧阳俊 （看了看）好，有希望。

黄　萍 听说范炉长这一炉钢也要超过何海发？

[欧阳俊笑了笑。

黄　萍 有把握？

欧阳俊 有可能。（向黄萍耳语）

黄　萍 好！

[徐鉴镛从外面上，正向里走，范志高从另一角上。

范志高 徐厂长！

徐鉴镛 范炉长！

范志高 方书记跟王厂长怎么还没有来？

徐鉴镛 他们马上就来。你们这炉钢怎么样？

范志高 马上就要出钢。

徐鉴镛 能提高一点吗？

范志高 这个，徐厂长……你猜？

徐鉴镛 不，我不猜，我要先进去看看。

[徐鉴镛已走进去。

[范志高正要跟去时，王刚上。

王　刚 范炉长！

范志高 王厂长！

王　刚 你们快要出钢了吧？

范志高　是呵，王厂长。

王　刚　老范，用“新字三号”吧。不然就要落在后面。

范志高　王厂长……你等会瞧吧！

［远处钟声：“当当当！当当当！当当当！”

范声高　我们要出钢了。

王　刚　好，你去吧！

［范志高和欧阳俊悄悄地笑着走进去。这时，何海发和一群工人从另一角走出来。

何海发　王厂长，我们炉子马上也要出钢了。

王　刚　好。“何海发炼钢班”的英雄好汉们！你们干得不坏呵！加把劲，不然就会掉下来。

阿　陶　你放心，我们保证一路领先！

王　刚　唔，可别自满，自己有成绩的时候就得当心！

何海发　对！王厂长说得对！

［这时，另一角轰轰隆隆渐强，红光闪起。大家寂静无声。少顷。

邓普德　看，范炉长他们出钢了！

［少顷，小刘奔上。

小　刘　同志们，我们“范志高炼钢班”，刚才出的这炉钢，时间创造了一个新纪录，五小时十三分，打破你们班五小时十八分的最高纪录！

王　刚　质量呢？

小　刘　质量达到优质钢标准！

［众愣住。少顷。

邓普德　咦？！范炉长用他那个老古董。怎么出了个冷门？！

［锣鼓喧天。

何海发　王厂长，这是怎么回事？

王　刚　这就要问问范炉长他们了。

[这时徐鉴镛、范志高、吴主任、周龙根、欧阳俊和几个工人上。

邓普德 范炉长，怎么回事？你用的什么窍门？

[范志高笑而不答。

王　刚 怎么，你还要保密啦？

范志高 （有点不好意思）我们这……这……

徐鉴镛 老王，不管它，反正老方法是靠不住的，你还是宣布吧！对，（跳上铁梯）同志们！“新字三号”方案推广大会，现在宣布……取消。

[众一怔。

[徐鉴镛、王刚、范志高、小刘等哈哈大笑。

邓普德 你们笑什么？

小　刘 已经推广了！

王　刚 什么推广了？

徐鉴镛 他们自己已经推广了。

邓普德 呵?！范炉长，真的？

范志高 王厂长，我们这炉钢就是用“新字三号”方案炼的。

邓普德
何海发
阿　陶 呵?！

小　刘 何炉长告诉你们吧。我们范炉长看见你们一连炼出十炉优质钢。心里又高兴又着急，他就到你们炉子上把新的操作方法悄悄地学回来了。

[众笑。

邓普德 哦?！范炉长，这回你……

范志高 噢，你以为我真是个老古董呵?！

邓普德 你服了？

范志高 我服了，我向真理低头！

[众笑。

王　刚　老范，你可真行呵！

范志高　多亏我们技术员。他一直守在炉子旁边。

王　刚　（向欧阳俊）呃个家伙！你可真不坏呵?!

欧阳俊　呃个家伙！这没什么了不起！

［众笑。

王　刚　干脆！推广大会改成竞赛大会，大家看怎么样？

众　　　好！

［方书记匆匆而来。

欧阳俊　方书记。

邓普德　方书记，范炉长这一炉钢把我们打垮了！

方书记　呵?! 不要紧，再迎头赶上去！（握范志高手）老范！祝贺你！

范志高　不，方书记，（悄悄地）这要谢谢你今天早晨的启发。

方书记　不，不……

［徐鉴镛和王刚若有所悟，相互看了一眼。

徐鉴镛　呵！原来是方书记先来推广了?!

方书记　不，这是他们自己的劲头吗！

［众笑。

王　刚　干脆！推广大会改成竞赛大会，来个比学赶帮，大家说好不好！

［里面又一阵钟声："当当当！当当当！当当当！"

何海发　同志们！准备出钢！（下）

徐鉴镛　这一回就看你们的了，没有问题吧？

邓普德　你放心，徐厂长，他们班上有个欧阳俊，我们班上有个小黄，不含糊。

［众纷纷向里走去。

［大家走了进去。外面只有方书记、徐鉴镛、王刚。

徐鉴镛　我们的同志真是了不起，他们简直能移山倒海！

王　刚　是呵，不管什么样的困难，想拦住他们的路，那是办不到的。

方书记　老王，这使我想到你那幅画，这真是波浪滔天，激流勇进！

［里面又一阵钟声："当当当！当当当！当当当！"

何海发　（已出现在里面的平台上）准备！

［隆隆声起，红光闪耀，大钢包慢慢向平炉移动。

［欧阳俊和黄萍出。

欧阳俊　王厂长，何海发这第十一炉钢，质量：优质钢！时间：可能达到五小时十一分，打破范炉长五小时十三分的最高纪录！

方书记　好嘛！

何海发　准备——放！

［隆隆声更强，红光更浓，平炉口忽然出现一条粗圆的钢水，像瀑布似的倾泻而下。顿时钢花四溅，锣鼓喧天。

故事员　（上）同志们！再见了！再见了！

［纱幕落。

［大幕落。

（1963年演出本）

话剧

于无声处

编　剧

宗福先

作者小传

宗福先(1947—　),男,祖籍江苏常熟。历任上海市政协委员、全国作家协会全委会委员。获“国家有突出贡献话剧艺术家”荣誉称号。曾任上海市工人文化宫文艺科干事。1985 年入上海市作家协会任职。

人物表

何是非　男，六十岁，外贸局土特产进出口公司副经理

刘秀英　女，五十二岁，何是非之妻，退休的小学教师

何　为　男，三十四岁，何是非的儿子，某医院外科医生

何　芸　女，三十岁，何是非的女儿，市公安局干部

欧阳平　男，三十一岁，北京郊区某小吃店服务员，何芸过去的朋友

梅　林　女，五十八岁，遣散回乡的老干部，欧阳平的母亲

第一幕

[1976年初夏那些几乎令人窒息的日子里，一个闷热的上午，何是非家的客厅里。

[这是一个独幢的花园楼房，房间里布置得略显豪华而又不俗气，有长沙发、大书柜、钢琴、落地风扇及其他布置得体的家具，舞台左侧有楼梯通往楼上，楼梯前是一条走廊，通往何芸的房间。舞台右侧有一扇门通何为的卧室，前方也有一扇门，通往厨房，舞台正中是大玻璃门，通向外面花园。

[正是江南"梅雨"季节，连日的阴雨，今天好容易才住了一会儿。但重重叠叠的浓云依然把天空堵了个严严实实，屋里闷热难熬。

[幕后，钟声打十点。

[刘秀英正在呆呆地擦一只景泰蓝花瓶。她是个小学教师，一辈子都在用简单、朴素的语言教导孩子们要学好，要做个正直的人。她自己也就是这样一个好人，忠厚、老实、心地善良，从来不会说谎，她性格软弱，温顺，特别是对何是非从来都是百依百顺。她爱何是非，崇敬何是非，但是，近年来她却时常会一个人发呆，有时说些谁也听不懂的疯话，并且动不动就哭，问她，她什么也不说，谁也猜不出她身上发生了什么事。大家都认为她有点神经失常了，终于她因病提前退休了，她本来就是个不爱说话的人，现在变得更是沉默寡言了，默默地在这几十平方的小天地里转着，为丈夫和子女操持家务。现在，她听完了沉重的钟声，又哭了，她的哭声很低，但十分凄惨。

[楼梯响了，刘秀英强忍住哭声，但依然在抽泣。

[下楼的是何是非，他比刘大八岁，但看上去比她年轻多了，乌黑的头发，红润的脸膛，精神饱满，一望而知保养得极好。他身材适中，微微有些发福，举止稳重矜持，说话细声慢气又很自信，显然是个知道自己身份的人。解放前他是外国洋行里的一个职员，生了肺病被一脚踢出，多亏他的邻居，一个地下党负责人的接济，他才治好了病，从此他开始靠拢党，1949年初入了党，新中国成立后一直在外贸系统工作。

[此刻他拿着一瓶贵州茅台和一瓶金奖白兰地下楼了。

何是非　(看见刘)又哭了，秀英，这些年你心里到底有点什么不痛快，告诉我嘛！

[刘停止了抽泣，擦着花瓶。

何是非　嗳！这些年家里是多么顺心的日子欧，就是你……孩子们呢？

[刘摇摇头。

何是非　(向走廊)小芸！小芸！

[无人应声。

何是非　又跑出去了？她的事她自己倒袖子一甩，什么都不管。——大为！大为！

[何为从自己屋里出来，这是一个三十多岁的青年，看上去足有四十出头，他衣冠不整，边幅不修，胡子拉碴，头发老长，他的身体十分健壮，近来却长期养病在家。他是个外科医生，曾被认为是有个有希望的青年，但现在他却很有些玩世不恭了，几乎对什么事都认真不起来，懒懒散散，饱食终日，此刻他的衣衫下摆半边塞在裤子里，半边吊在外头，一手捧着本书，一手拿着把大蒲扇，穿着拖鞋踢踢踏踏地晃了出来。

何　为　爸爸。

何是非　(讽刺地)大少爷,你也动弹动弹,别净看着你妈一个人忙。

刘秀英　他有病,让他歇着吧,我来吧!

何是非　你就别向着他了,过去你对孩子们的要求也是蛮严格的嘛!——有病?什么病?思想上的病,对革命事业消极怠工!外头发热的阶级斗争不去参加,成天晃晃悠悠,什么正经事也不干!

何　为　(晃着手中的书)我正在研究我们伟大的文艺旗手推荐的世界名著《飘》这可是最正经,最最正经,最最正经的大事!

何是非　(怒)你……

[何为懒懒地打了个哈欠,拿过花瓶胡乱抹着。

何是非　(对刘)你去准备饭菜吧,都十点多了,再磨蹭客人就来了!

[刘进厨房。

何是非　(上了楼梯又回过身来)你好好看看你自己,还有点革命青年的样子吗?!(上楼)

[何为扔掉抹布,往长沙发上一躺,捧起书看着。

[楼上传来何是非的声音:“秀英,秀英!”

[何为翻起身来拿过蒲扇又躺下,使劲扇着。

[刘从厨房上。

刘秀英　啊!

[楼上何是非的声音,的确良桌布你搁哪儿啦?

刘秀英　大衣柜左边下头,(走近何为)大为,别躺这儿,回头你爸爸又该生气了。

何　为　生气也活该,谁叫他生了我这么个不争气的儿子呢?

刘秀英　大为,你妹妹今天来的这个朋友,人好不好?

何　为　妈,你这话问了我足有二十遍了!我告诉您了,根据报纸上官方介绍他是天底下头等大好人,浑身上下毫无缺点,连肚脐眼都没有。

刘秀英　不知道他老实不老实。

何　为　老实！老实极了！不也是上海民兵指挥部的这个（伸大拇指），专管抓人杀人！

刘秀英　啊?!

何　为　不过，妈，您可千万别怕他，因为据说谁怕他谁就不是好人，好人都不怕他，爸爸瞧着他就挺顺眼嘛，哎，对了，这事你问爸爸去，这个女婿是他找来的。（翻身看书）

［何芸从走廊里上，这是一个长得十分漂亮，脾气温顺的姑娘，她的生活经历很简单，政法学院毕业后分到了市公安局。她的思想方法简单，幼稚，但是她毕竟不是一个卑下的人，她不能无视斗争的现实，在1976年的那样严酷的阶级斗争、路线斗争事实面前，她陷入深深的，不可解的矛盾之中。她在认真地思索，她在顽强地探求，但她还没有得出应有的最后的结论。今天，她更是心事重重，因为，她面临着生活道路上另一个重大的选择。

何　为　你在里头？爸爸叫你你装蒜？

［何芸不语。

何　为　（发现她眼圈有点红）大喜的日子怎么掉眼泪？唉，未有抗婚志，空洒泪千滴。

何　芸　（怒）哥哥！

何　为　（也突然生了气）我要是你就等欧阳，找欧阳，到处去找他。

刘秀英　小芸，妈不准你嫁给那个姓唐的，不准，不准！（使劲儿抓住何芸摇着）

何　芸　妈妈，你怎么了？妈妈，（慌忙把刘抱住，搀到沙发上坐下）哥哥！你跟妈妈胡说了些什么？

何　为　我？替你夸了半天女婿——哼，我才不管你们的闲事呢？瞧，《飘》，gone with the wind，随风而逝。（下）

何　芸　妈，您别听哥哥瞎说。

刘秀英　那个人不老实！

何　芸　可爸爸说他好。

刘秀英　不，你爸爸——他，他不会看人，不行！

何　芸　妈妈，爸爸还能连个人都看不准？

刘秀英　孩子，你不懂啊！我不能让你也遇上个……

［何是非拿着桌布和一个小镜框下楼。

［刘秀英把后面的话咽了回去，慢慢地站起身来，呜咽着进了厨房。

何是非　小芸，你刚才到哪儿去了？（把小镜框放在书柜上，调整了一下角度，欣赏着，回过身来发现了何芸红红的眼睛，明白了，片刻）小芸，过来。

［何芸顺从地和何是非一起在沙发上坐下。

何是非　今天唐有才来，你有什么想法？

何　芸　没有什么想法。

何是非　家里人这几年对你的事关心很不够啊，你哥哥这个人自私透顶，光顾自己，你妈呢，偏又得了神经病，当然，主要责任还在我……耽误了，拖到现在，你都三十了。

何是非　（把桌布铺好，看看表，突然回头问何芸）你是不是心里还有点扔不掉——欧阳平？

何　芸　爸爸！

［何是非探究地注视着何芸，何芸把眼睛避开了。

何是非　是啊，你从小跟欧阳一块长大，两小无猜，青梅竹马，我当初也认为他是个不错的孩子，可是后来他做得太没良心了。

何　芸　（站起，胸脯激烈地起伏）爸爸，别说了！（闭上眼睛，眼泪不由自主地流了下来）

何是非　早该结束了！九年前，不是他无缘无故地把你扔了的吗？九年来，你到处打听他的下落，等他，找他，可他呢，居然忍心连一个字都不给你，石沉大海，无影无踪……小芸，不是爸爸存心揭你的伤疤，这笔账该结束了！“休将往事常思念，剪不断理还乱。”你还是干脆想想透吧。唐有才这个人出身好，根子正，政治嗅觉灵敏，立场坚定，听说中央首长对他很器重，这个人前途无量啊……

何　芸　可是听人家说他……

何是非　嗨，社会上人多嘴杂，说什么的没有？他是上海民兵指挥部的负责人，专抓阶级斗争，社会上难免有些人对他恨之入骨，其实，历史上哪个法家不挨骂？（何芸沉默）

何是非　爸爸总不会坑你一辈子，这你还不相信。

何　芸　相信，爸爸。

何是非　当然，我也不勉强你，今天先认识认识，以后多接触了，就会相互了解了嘛，实在不行，咱们再商量，好吗？

何　芸　（沉默片刻下决心）好吧。

［刘秀英拿着个醋瓶子上。

何　芸　（急欲摆脱这场谈话）妈，买醋？我去。（接过瓶子）

何是非　（想了想，夺过瓶子）我去吧——你们在家里快准备准备吧！（下）

刘秀英　小芸。

何　芸　妈妈！——（突然搂住刘）妈妈，你说欧阳和梅伯母他们现在在哪里？

刘秀英　我老梦见他们都死了。

何　芸　（恐怖地）妈妈。（伏在沙发上哭泣）

［刘秀英抽泣着进了厨房。

［片刻，何芸站起身来，她走到钢琴面前，下意识地弹了一个简单的乐曲，空中响起了九年前欧阳平轻柔的声音，突然她坐下来弹

了起了《红梅赞》，在乐曲里，她倾注了自己的全部感情。

［欧阳平风尘仆仆地从中门提着两个旅行袋上。他黑黑瘦瘦的，两眼炯炯有神。这是一个饱经风雨的人，已经完全洗脱了身上的学生气，表面他是个很沉静的人，感情不大外露，但内心却永远燃烧着革命激情的烈火，他像石头一样的坚硬，顽强，实在。

［听到那熟悉的、扣人心弦的，略微带了一点哀伤的乐曲声，他呆住了，望着小芸的背影，激动地听着。

［何芸弹完了，筋疲力尽地扑倒在钢琴上，钢琴痛苦地发出了一声轰鸣。

［欧阳平张了张嘴，但又紧紧地咬住了，他悄悄地慌乱地朝门外退去……

［何芸毅然站了起来，“啪”地盖上了钢琴盖。

何　芸　结束了，永远结束了?!（回过身来，突然看见了欧阳平）啊?!

［时间，空气，一切的一切，全都凝固了。

何　芸　是你？欧阳？

欧阳平　是我。

何　芸　你……回来了？

欧阳平　我……

［两个人默默地痴情地相视着。

欧阳平　（把眼睛掉开了）我妈妈还在外头。

何　芸　梅伯母？

［欧阳平转身出了中门。

［何芸不知所措地站了片刻，强使自己镇静下来，也跟了出去。

［何为从房间里出来，手里依然是那本书和那把大蒲扇。

何　为　（看了看钢琴）成天弹这个调，烦人哪！（坐在沙发上出神）

［何芸、欧阳平搀着梅林从中门上。梅林还只有五十多岁，但看上

去已经是风烛残年了，一头银丝，一脸皱纹，枯瘦的身子，连迈步都极困难了，但她却几乎永远在笑！她好动，爱说话，永远对生活抱有浓厚的兴趣和充足的信心，无论面临什么样的打击，她都是那样安详、沉着、面不改色。人们常常会感到惊奇，这个瘦弱的身躯里，怎么容纳得了那么巨大的生命力？

［何为听见脚步声赶紧往沙发上一横，把那本书捧起来看。

何　芸　哥哥，来客人了！

［何为干脆翻身朝里。

欧阳平　大为！

何　为　（慢慢翻身起来）欧阳？！

梅　林　对，欧阳，还有我。

何　为　（迟疑地）梅伯母？

梅　林　小淘气，认不出来了？

何　为　梅伯母！

［众人搀梅林到沙发上坐下。

何　芸　（走到厨房门口）妈，您看谁来了？妈妈，您来呀！（进厨房）

梅　林　平儿，去看看刘阿姨。

［欧阳平也进厨房。

何　为　（没话找话）梅伯母，身体好吗？

梅　林　你这个大夫怎么当的？连这个病病歪歪的样子都看不出来？

［何为不忍地把眼睛挪开了。

［厨房里传来了什么东西砸碎的声音，何为急忙进厨房。

［梅林一下子露出了筋疲力尽的样子，使劲儿按住肝区。斜靠在沙发上，何是非从中门上，看见梅林。

何是非　你找谁？

［梅不语，看着他。

何是非　（凑近梅的耳朵，大声地）老太太，你找谁？

梅　林　我不聋。

［何是非吓了一跳，但他渐渐认出来了，倒退两步。

梅　林　是啊，一个叫花子似的脏老太婆，又黑又瘦，又老又丑，跑到你这个干干净净的屋子里一坐……

何是非　梅……梅大姐？！

梅　林　是我，梅林。

何是非　我真认不出来了！梅大姐！

［刘跌跌撞撞从厨房里出来，欧阳、何为、何芸跟出，刘无声地走到梅身旁，死死地抱住了她。

梅　林　秀英！

何　芸　妈妈，梅伯母现在身体不好。

［刘哭了，嘴里说着什么，但谁也听不清。

梅　林　十多年没见了，应当高兴啊！

刘秀英　（泣不成声）想不到这辈子还能活着见到你们！

何　为　你尽说些丧气话！

何　芸　（把刘拉开，对梅）妈妈太兴奋了，一听说你们来了，把锅都扔了。

梅　林　从我 1965 年调到外地，就没见过嘛，秀英，身体好吗？

刘秀英　好，梅大姐，你可受罪了。（又哭了起来）

梅　林　你瞧，我这不是挺神气吗？

何　芸　梅伯母，这几年你们……（看了一眼欧阳平）

何　为　是啊，一下子音讯全无……

梅　林　无非是受了点风吹雨打嘛，老何，你没淋着点雨？

何是非　啊，啊，梅大姐，你现在……

梅　林　遣散回乡了，在镇上每天扫地。

何　为　又是一大“新生事物”，十一级干部回家扫地。

何　芸　可是为什么？理由呢？

梅　林　他们说我是叛徒。

何　芸　叛徒?!

何　为　证据呢？

梅　林　据说是“旁证材料确凿，铁案如山”！

欧阳平　可定案的时候又不给妈妈看。

梅　林　怎么，你们都不知道？

何是非　简直岂有此理，这些人还有没有政策观念。

刘秀英　梅大姐冤枉啊，你冤枉啊！（痛哭）

何　为　哼，我想给那几个专管儒法斗争的中央领导写封信，要求给秦桧落实政策。

梅　林　为谁落实政策？

何　为　秦桧，就是对岳飞实行“专政”的那个，应当承认他是历史上最革命、最伟大的法家。

梅　林　有意思，为什么？

何　为　因为他发明的“莫须有”的定案法，对目前巩固某些人的专政起了神奇的作用！

梅　林　（哈哈大笑）可是他们现在比秦桧高明多了，假材料能给你搞一卡车！

何　芸　难道真的有人会昧着良心坑人，写这种假材料？

欧阳平　（锐利地）难道你真的以为世界上没有这号东西？

何是非　梅大姐，咱们要相信群众，相信党，要经得起——啊，我也糊涂了，您是老革命了，这些比我懂得多。

刘秀英　他，他们害苦了你了！（抱住梅痛哭）

何是非　小芸，搀你妈妈歇歇去吧。

［何芸扶刘上楼。

欧阳平　妈妈你也歇会儿吧？

梅　林　（摆摆手）给我两块饼干。（接过咬着，问何是非）秀英这是怎么了？

何是非　别提了，秀英得了神经病。

欧阳平　神经病？！

何　为　前两年妈妈突然大病了一场，好了以后就变成这样，说话总是语无伦次的，这不是，老说梦见你们都不在了，还特别爱哭。

梅　林　也许是受了什么刺激？

何是非　我们想了这么多年也没想出来，她会受什么刺激，她的生活一直是这么顺顺当当，简简单单。

何　为　问她，她什么也不说。

［梅林有点恶心，欧阳赶紧给她端上一杯水。

［何是非不时地看看表。

［何芸从楼上下来。

梅　林　小芸，妈妈好点了？

何　芸　我给她吃了点镇静药。

梅　林　你，现在在哪儿？

何　芸　市公安局。

何是非　天安门广场事件以后，她很忙啊！对了，小芸你讲讲现在全国通缉的那个反革命。

欧阳平　噢？不知道是些什么罪行？

［欧阳与何芸交换了一下目光。

何　芸　（勉强地）他到处散发一些悼念周总理的诗。

梅　林　我可不理解，悼念周总理居然是反革命？

何是非　不那么简单吧，据说他们悼念周总理是幌子，实际上矛头对准党中央！

欧阳平　悼念周总理和反对党中央这两件事怎么绕到一块去了，我倒希望能有人给我讲个明白。

［欧阳和何芸又交换了一个短促的目光。

何　为　欧阳，你这个人就那么顶真，这种事只能意会，不能言传，懂吗？

梅　林　有意思——何为你呢，还在当外科医生？

何　为　嗯，不过我可一点儿都不忙，成天混日子！

梅　林　看得出来，看你这身打扮。

［何为不好意思地把衣服拉拉好。

何是非　这几年顶不像话的就是他，无病呻吟，小病大养，成天吊儿郎当，无所事事，就差架了鸟笼牵条狗了！

梅　林　这么严重？

何　为　唔，差不多。

梅　林　有意思，你原来对外科蛮钻的嘛！你和你的老师不是还想移植肝脏吗？

何　为　嗨，那都是城市老爷卫生路线的流毒，没事净搞尖端，不过上边倒希望我们能够研究一种普及的手术。

梅　林　什么手术？

何　为　“钳口术”，（比画着）把每个人的上面嘴唇打两眼，铅丝一穿一拧……

［梅林，欧阳哈哈大笑，何芸也忍不住了。

何是非　你也是三十好几的人，干吗整天这么不疯不傻的？

梅　林　不，挺有意思，我本来倒打算请你看看病的，可这个“钳口术”我受不了，我这个人顶喜欢说话了。

欧阳平　我这次想把妈妈接到北京去养病，路过上海，顺便也想请大为给妈妈看看。

何　芸　梅伯母什么不舒服？

欧阳平　近年来肝疼得厉害，恶心，想吐，吃不下东西。

何　为　噢？那到我们医院检查一下吧？

何　芸　你们现在住哪儿？

欧阳平　我们没介绍信，我好歹在澡堂里找了个位子，可妈妈的身体……

何　为　到这儿来住嘛！

何是非　虽说地方挤点儿，可是……

欧阳平　不想给你们添麻烦了。

何　为　我看你也有点不正常了，别废话，搬来。（看表）先吃饭，吃完饭再说。

［何芸进厨房。

何　为　对了，爸爸知道你们来，准备了点好菜！（也进厨房）

［梅林支撑不住了，手使劲按住肝部，疼痛难熬。但其他人没有发现。

欧阳平　（看了看）何伯伯，你们今天请客？

何是非　哦，小芸的男朋友来吃便饭。

［欧阳手中玻璃杯里的水泼了出来。

［何为端两碗菜上，放桌上。

欧阳平　妈妈！

［何芸闻声从厨房里出来。

梅　林　（大汗淋漓）没什么，平儿……就是喜欢大惊小怪。

何是非　快，马上送医院！

何　为　先到我屋里去歇歇。

［欧阳扶梅，何为、何芸跟着进入房间。

［何是非看了看表，拿起了电话，沉默了一下，又挂上，出大门。

［片刻，欧阳、何芸从房间出来。

何　芸　梅伯母身体一向很好，怎么会垮成这样？

欧阳平　（沉重地摇摇头）妈妈在运动中被整整关了六年，吃喝拉撒睡都在一间三平方米的黑屋子里，那里头连窗户都没有。最长一次，她十四个月没见太阳，他们打她……拴住头发吊起来，用大皮靴踢她的肚子，叫妈妈弯着腰，在她脖子上用细麻绳吊了二十斤的砖头……

欧阳平　他们采取所谓“疲劳战术”竟然连续十三天不许妈妈睡觉，眼睛一闭就用皮鞭抽……一闭就抽……

何　芸　（恐怖的）别说了！别说了！

［一阵沉默。

何　芸　欧阳，搬来住吧，为了梅伯母的身体，你们来吧！

欧阳平　（苦笑）你收留两个不明身份的人好吗？

何　芸　我？不明你们的身份？我们两家过去一块儿生活了近二十多年，我从小和你在一块儿长大，我不了解梅伯母，不了解你？

欧阳平　今天的欧阳，已经完全不是你熟悉的那个人了。（凝视着何芸）

［何芸沉默了。

［何为上。

欧阳平　怎么样？

何　为　可能……太晚了！

何　芸　什么？！

何　为　腹水已经很严重了，至少是肝硬化……欧阳，你糊涂了！为什么早不替她看？

欧阳平　我……这些年不在妈妈身边啊！她在乡下，当地卫生院没人敢给她看病，她的病历卡头一页就盖了个大戳子“黑八类”！

何　为　你带她出来嘛，来找我！

欧阳平　妈妈没有一分钱生活费，我因为妈妈的问题被迫离开部队以后，在北京郊区一个小吃店里当服务员，一个月工资三十二块。

[一阵沉默。

何　为　去叫辆车，马上送梅伯母上医院。（进屋）

[何芸欲出门。

欧阳平　我去吧，你今天不是——有客人吗？

何　芸　谁告诉你的？

[何是非出现在楼梯上。

欧阳平　还对我保密……（转身出中门）

何是非　梅伯母情况不好？

何　芸　嗯。（欲进屋）

何是非　等等，我打电话给唐有才，他已经出来了，大概马上就到。

何　芸　（低着头）我要送梅伯母去医院。

何是非　唐有才来了怎么办？

何　芸　我不知道。

何是非　小芸，你又要开始做梦了！

何　芸　爸爸，别逼我了。至少是今天，我不能见唐有才！

[电话铃响，何是非接。

何是非　喂……何芸！（把话筒给何芸）电话。——噢，出味儿来，哟，什么东西烧煳了？（进厨房）

[欧阳平从中门上，何芸想叫住他，但他一直进屋了。

何　芸　喂……是我。……现在到局里来？今天我家里有事……一定要来？……是。（挂电话，迅速进走廊）

[何为扶着梅林，欧阳跟上。

梅　林　平儿，我的包。

欧阳平　噢。（转身又进屋）

[何为抱着梅林从中门出。

[何芸穿上民警服上，欧阳拿皮包也从屋里面出来。

何　芸　欧阳，我不能去医院了。

欧阳平　（笑了）是叫你留在家里嘛。（欲走）

何　芸　（急了，拦住他）不，我要到局里去。

欧阳平　到哪儿去都行嘛！

何　芸　真的，我要去参加紧急侦破会议，全国通缉的那个重大现行反革命犯今天逃到了上海。

欧阳平　噢？

何　芸　看完病你千万别走，我们好好谈谈，好吗？

［外面何为的声音："欧阳，快点。"

［欧阳冲出中门。

何　芸　欧阳，在家等我。（追出去）

［何是非端着个锅从厨房出来。

何是非　这饭都煮成焦炭了，怎么吃啊？——小芸！小芸！大为！

［刘秀英慢慢从楼梯上下来。

何是非　（气极）全走了！

［刘又伤心地哭了起来。

［外面传来一个公鸭嗓门在叫："老何，他妈的老何哎！"

何是非　（惊恐地）唐有才？！

［幕落。

第二幕

［当天下午四时许，何是非家的客厅里。

［天变得越来越闷了，一丝风都没有，树叶有时神经质地抖动几

下，叫人以为它们立刻就会翩翩起舞，但是，没有。它们又让人失望地垂下了脑袋，看样子，还要下雨。

［幕后，刘秀英呆呆地站在桌子前面，片刻，她抓起桌上一张纸看着，突然烫手似的又扔下，惊慌地看看四周，过了一会儿又颤颤巍巍地重新拿起，咬咬牙，一撕两半。

［何是非从中门上。

何是非　秀英！

［刘一惊，赶紧把纸攒在手心里。

何是非　你一个人在干些什么？

［刘秀英惊慌无语。

何是非　他们都回来没有？

刘秀英　回来了。

何是非　何为呢？

刘秀英　在屋里。（上楼至一半）

何是非　噢——民兵小分队有人来过吗？

刘秀英　民兵小分队？！没有。

何是非　（发现刘惊慌的神色和藏在背后的手）你手里拿的是什么？

刘秀英　没什么。

何是非　没什么？给我看看。

刘秀英　不，不……

何是非　（上前硬夺了过来展开，怒）你真是疯了！这个东西也能随便撕吗？！嗯？

［刘不语。

何是非　这不是民兵小分队送来的？问你还撒谎，过去你当老师的时候，不是成天教孩子们要正直，不能说谎，可你自……

［刘仿佛被扎了一刀似的，惊骇地看着何是非，片刻哭着上了楼。

［欧阳、何为从屋里上。

欧阳平　何伯伯，您回来了。

何　为　（望着刘的背影）怎么又哭了？刚才挺好？

欧阳平　大为，刘阿姨的病就不能再想想办法？

何　为　不明原因的病是没办法治的。

何是非　唉！——欧阳，梅大姐的情况……

何　为　肝硬化，肝腹水都肯定了，至于……还有一个化验报告没出来，待会儿我去取。

何是非　大为，你怎么不让梅伯母住院呢？

欧阳平　医院里没床位，要再等一二天。

何是非　哦，欧阳，别着急，你们就安心在我这儿住着吧。

欧阳平　谢谢你，何伯伯。

何是非　不用谢，噢，秀英说刚才民兵小分队的同志来过了，留了张条子，要你们带着证件和单位介绍信去报个临时户口，瞧，秀英不留神撕破了。

欧阳平　证件我有，可妈妈……

何　为　你听清楚了，还要什么单位介绍信，你有吗？

欧阳平　没有。

何是非　欧阳，这事你抽空去一趟，好在也不麻烦，我去看看你刘阿姨。（上楼）

欧阳平　（半晌）我倒无所谓，反正豁出去了，可妈妈……他们出生入死几十年打下这个九百六十万平方公里的江山，如今却连自己的立足之地都不给他们！

何　为　这就是唐有才的“全面专政”。

欧阳平　好吧，我们马上离开上海回北京！

何　为　不行！梅伯母的身体路上已经经不起颠簸了！

欧阳平　……

何　为　欧阳，住下吧，管他们什么唐有才“盐有才”！

欧阳平　这个唐有才究竟是什么人？

何　为　上海滩上绝无仅有，出类拔萃的——大混蛋，论才无才，论德无德，论貌可又长得跟大河马似的。

欧阳平　（笑了）你这张嘴啊！

何　为　真的，告诉你个笑话，此人有一回接见外宾，谈话一个半钟头他骂了一百多次“娘”，平均半分钟一个，后来连外国人都听得耳熟了，就问翻译“what is the 他娘的？”翻译愣了半天，只得回答，这是唐先生家乡的方言，大概就是问好的意思！

欧阳平　（大笑）别说了，这样的人何伯伯怎把他介绍给小芸？

何　为　唐有才有权有势有后台嘛，他是上海那个“造反司令”的救命恩人，“赤膊兄弟”，所以论头衔他不过是个屁大的民兵头头，可工交、财贸、公安、文艺，从我们医院一直到清洁管理所，他处处都要插一手，谁也惹不起他！

欧阳平　毛主席说过的那些“东霸天”“西霸天”又出来了！——可是，何伯伯难道变得这样了？

何　为　哼，你那个“何伯伯”啊……反正，不是他变坏了，就是我变坏了。

欧阳平　你也确实变得厉害，过去你什么事情都是挺认真的嘛。

何　为　我是受伤了，不治之症。

欧阳平　什么伤那么可怕？

何　为　我是——看伤了。

欧阳平　看伤了？

何　为　这些年的“路线斗争”搞得我晕头转向，说真话——犯罪，说假话——有力，说屁话——高升，算了，我是发誓赌咒，百事不问，一日三餐，吃饱睡足。（又躺在沙发上）

欧阳平　不对，刚才在医院里一穿上白大褂，你马上就好像变了一个人，很严肃，很认真嘛！

何　为　（坐起）我是个医生，看见病人能不认真吗？可就因为太认真了，才三天两头挨批，说我埋头钻业务，想成名成家，走白专道路……算了，我走白痴道路，当个大傻瓜，行了吧？

欧阳平　（大笑）你这个伤，我有药治。

何　为　什么药？除非是敌敌畏。

欧阳平　怎么样，来十瓶？

何　为　你真打算送我归天？

欧阳平　我看你这么活着太费劲，成天得学济公，装傻瓜，心里头还不停地在折磨自己，不就图那一日三餐吗？

何　为　（打断他）看来，你还跟当年当空军飞行员一样，"让理想为我插上翅膀，在空中自由地翱翔"！

欧阳平　我早就结结实实地回到地面上来了。

何　为　地底下有什么？石头、烂泥。

欧阳平　对，坚硬的石头，朴实的泥土；还有奔腾的岩浆。

［何为不响了。

欧阳平　大为，悼念周总理的那些日子里，你没到天安门广场前去看看，几天也读不尽的诗文，挥泪悼念总理，洒血讨伐奸雄，几十万人，几百万人，日夜不断，川流不息……大为，只要到那人海中去待上一会儿，你马上就会懂得，经历了文化大革命的风雨，中国人民在政治上是成熟了！

何　为　可现在呢？又是万马齐喑，一片沉默。

欧阳平　沉默。眼前这一片可怕的，反常的沉默，正预告着一场更激烈的风暴的来临！

何　为　（片刻）你是有骨头的，好，我吃你这帖药试试。

欧阳平　（从旅行袋里掏出一本小册子）我把天安门广场的诗文整理了一本诗集，你看看。

何　为　《扬眉剑出鞘》！

何是非　小芸回来了？见着唐有才了吗？

何　芸　爸爸！

何是非　唐有才到局里来找过你了吧？

何　芸　嗯——爸爸，这个人太可怕了！

何是非　可怕？怎么了？

何　芸　他一直对我嬉皮笑脸的，可我……我讨厌这个人！

何是非　结论不要下得太早了，你知道你们局里今天为什么把这么重大的案件交给你？就是因为唐有才去打了招呼！

何　芸　要他打什么招呼？

何是非　你呀，还蒙在鼓里呢！你们局领导最近对你印象很差，说你今年以来经常表现出立场不稳，模糊动摇、犹豫、旁观。

何　芸　可是原因我告诉过您，我怀疑有些人在反周总理。

何是非　那不过是你的错觉。

何　芸　（慢慢地摇头）刚才您没听出来？梅伯母、欧阳也有这个看法。

何是非　他们？哦，他们的事，唐有才没跟你说？

何　芸　说了。他要我跟叛徒划清界限，还要我——赶他们走。

何是非　噢？听说他待会儿还要来吃晚饭？不好办哪！

何　芸　爸爸，梅伯母真会是叛徒吗？解放前地下党里她一直是你的上级，你应当了解啊！

何是非　当然，从感情上说，解放前我生了肺病被洋行老板一脚踢出来，多亏梅大姐送我去治疗，这救命之恩我一直铭记在心，看见她今天落到这个地步，我能好受吗？可是，我们都是共产党员，不能把私人感情置于党的利益之上，不过，他是不是叛徒我们还是要相信组织！相信群众……

何　芸　……

何是非　作为父亲，我还要劝你一句，小芸，不要再白白地折磨自己了！

［何芸站起。

何是非　你是个公安干部，他是个叛徒的儿子，这件事，已经没有可能了。

［何芸待了片刻，猛地转身冲进房间。

［欧阳平、何为搀梅林上。

何是非　梅大姐！你好点了吧？

梅　林　我？按大为的说法简直不算什么病，可是又不准我动，葫芦里也不知卖的什么药？

［众人扶梅林到沙发上坐下。

梅　林　平儿，给我两块饼干。

何　为　梅伯母，您刚吐完……

梅　林　瞧瞧，又来了，吐完了再吃嘛，不吃病怎么好？

［接过饼干艰难地咬着咽着。

［何是非赶紧给她递上一杯水。

梅　林　噢，外贸工作不好搞吧？

何是非　尽力而为嘛！

何　为　爸爸，你谦虚了吧。

梅　林　（把照片还给何是非）那时候，我大概正蹲在黑屋子呢！

何　为　爸爸从那以后可是鸿星高照，平步青云啊！（晃晃悠悠地下）

［一阵沉默。

何是非　（站起）啊！我得去楼上瞧瞧，你们坐会儿，欧阳，看报。（欲走）

梅　林　老何，九年没通消息，陪我聊聊嘛！

何是非　啊，好，好。

梅　林　老陈和孙大姐他们现在怎么样？

何是非　哦，孙大姐得病过世了，老陈大概还不错吧？

［梅林和欧阳平交换了一个目光。

何是非　怎么，梅大姐你找他们有事？

梅　林　老战友，问问嘛。其他几个人你们还常常聚聚吗？

何是非　难得，有时候……

梅　林　“文化大革命”真是千金难买的好时机啊！

何是非　对对，史无前例嘛！啊？荡涤一切污泥浊水！

梅　林　这话说得好！“文化大革命”的暴风雨不仅洗净了革命者的灵魂，也冲去一切政治小丑脸上的油彩！

何是非　深刻，深刻！梅大姐到底是四十年党龄的老党员了。

梅　林　不，被开除了——叛徒嘛！

［又是一阵沉默。

［电话铃响，何是非接。

何是非　喂……是我。……报临时户口？好的好的，（挂上电话）梅大姐，民兵指挥队又来催你们去报临时户口了。

梅　林　你告诉他们，我准备晚上去睡大街，有事叫他们到街上来找我！

何是非　梅大姐，您别生气，再商量吧。我去看看秀英。（上楼）

梅　林　把电扇打开。

欧阳平　妈妈，您不能吹风。

梅　林　打开，我觉得闷哪！

［欧阳平打开电扇，挪远点。

梅　林　（自言自语）应当不至于啊……虽然他过去身上有点买卖人的味儿，可解放后有所进步……

欧阳平　妈妈，我觉得可怕的正是这一点，他们把买卖人的那套本事全部搬进了党内，堂而皇之地投机取巧，见风使舵……

梅　林　某些人的政治路线需要这类人，这类人也就应运而生，害人、害

党、害国家！（一阵肝区疼痛）

欧阳平　妈妈！

梅　林　平儿，咱们离开这儿！

欧阳平　可是您的身体！

梅　林　怎么，是不是已经……不行了？

欧阳平　妈妈，您瞎说些什么？可大为说您需要好好休息。

梅　林　（不相信地摇摇头）身体越是不行，我越是要早一点赶到北京！只是，你和小芸的事……

欧阳平　妈妈！

梅　林　九年前这件事你做得太糊涂！

欧阳平　妈妈，请你以后永远不要提这件事了！

梅　林　理由呢？

欧阳平　因为这件事对我已经不可能了。

［欧阳平把眼睛避开了。

梅　林　（慢慢地）平儿，我觉得你还有什么事瞒着我。

欧阳平　妈妈，没有。

梅　林　（沉重地）有！一件大事！

［刘秀英下楼，急步走到梅林面前。

刘秀英　梅大姐，你走吧，带着欧阳，快走，离开这儿！

梅　林　（强做出笑容）秀英，你怎么了？秀英！

刘秀英　快走，求求你，快走吧！

欧阳平　刘阿姨！

刘秀英　你们要是不走，以后就永远来不了了。（想把梅林拖起来）

［何是非下楼。

何是非　又犯病了？哎呀，真不知道我作了什么孽！

［何是非硬把刘秀英从梅林身上拉开，扶到楼上去了。楼上不断

传来刘秀英悲惨的哭声。

[梅林被刘秀英一拖更不行了，靠在沙发上喘作一团。

[欧阳平停住脚步。

何　芸　（片刻）梅伯母，身体检查的情况怎么样？

欧阳平　还要等！

何　芸　欧阳！（哀怨地）难道你连跟我说几句话都不愿意了？

欧阳平　哪儿有那么可怕？

何　芸　来吧，坐一会儿。

[欧阳平只得走回来，在沙发上坐下。

何　芸　你瘦多了。

欧阳平　可没病没灾。

何　芸　精神还不错。

欧阳平　小吃店的服务员没精打采的还成？每天得从早到晚吆喝，“哎，牛肉馄饨一碗，锅贴二两！”

何　芸　（笑了）你还是那么调皮。（片刻）告诉我，九年前是怎么回事？

欧阳平　陈年老账，还翻它干什么？

何　芸　告诉我。不然——我永远得不到安宁。

欧阳平　好吧，我告诉你……

欧阳平　那时候，我一天之内成了反革命子弟，“狗崽子”，我不愿拖累别人。

何　芸　你以为，我会那么糊涂？

欧阳平　（摇摇头）以前，我自己也那么糊涂，老把社会主义革命想象得跟坐软席列车样的舒服、顺当；经历了十年“文化大革命”的风风雨雨，我才真正懂得了什么叫革命。

何　芸　（沉默片刻）也许我没你想得深刻，但你应当相信，我们都是共产党员……

欧阳平　（打断她）不，我不是党员。

何　芸　这怎么可能？

欧阳平　他们取消了我的预备党员资格，后来我打过几十次入党报告，他们理都不理。原因就是，我有这么一个“叛徒”妈妈，一个——好妈妈！（痛苦万分）

何　芸　欧阳，不要这样，也许他们将来会吸收你入党的。

欧阳平　“他们”?！妈妈早说了，党不是“他们”的，党会战胜“他们”的！林彪不是已经被党粉碎了吗？“他们”也快了！

何　芸　（片刻）梅伯母戴叛徒帽子，究竟是怎么回事？

欧阳平　（冷笑一声）你知道吗，说妈妈被捕叛变是在1947年三月到五月。

何　芸　（跳起来）1947年三月到五月?！不可能，那正是梅伯母替我爸爸看病的时候，而且她把妈妈、哥哥和刚生下来的我都接到你家，咸菜萝卜干一起吃，整整一块儿生活了八个月！不，这段时间我们全家都可以作证，梅伯母根本没有被捕过！欧阳，这很简单，只要我爸爸写个证明材料……

欧阳平　哼，你以为那些人自己不明白这是无中生有呀？妈妈的真实“罪行”是冒犯了他们几个大人物。

何　芸　谁？

欧阳平　因为妈妈抗战时在周总理领导下工作过，他们就从妈妈那儿挖总理的材料，妈妈向党中央揭发了他们。

何　芸　真有这样的人？反总理？

欧阳平　到今天你还看不明白？

何　芸　我是一直在怀疑啊。最近抓的现行反革命中，有不少人所谓的“罪行”仅仅就是悼念周总理，还拼命要我们顺藤摸瓜，抓他们身后的所谓“正在走的走资派”。这次全国公安局长会议搞了个纪要，就是大谈这个问题，听说让华总理扣下了，不准发。可上海硬是有人偷偷地往下传，要我们照办。我不明白，他们究竟想干什么？

欧阳平　你只要仔细回忆一下，为什么前两年有人提出“批林批孔批周公”的口号？为什么报上“批宰相”“批当代大儒”的谩骂之声不绝于耳？为什么总理刚去世、尸骨未寒，有人就迫不及待地要拿“四个现代化”开刀？为什么悼念周总理就是犯罪，要遭到迫害，甚至镇压？……他们要从人民心里拔去总理这棵参天大树！我们能不扬眉剑出鞘吗?!

何　芸　（忿忿）扬眉剑出鞘！

何　芸　上午我说的那个现行反革命就是到处散发一本叫做《扬眉剑出鞘》的诗集，他胆子也真大，直接给张春桥他们一人寄了一本，还寄到全国各地的报社，这事简直轰动了。张春桥大发雷霆，限时限刻要把他逮捕归案。今天早上，北火车站发现了它，估计此人到了上海，局里要我负责侦缉破案。（欧阳惊）欧阳，你怎么了？

欧阳平　没什么？

何　芸　不舒服？

欧阳平　有点累。

何　芸　（温柔地）欧阳，小时候你有什么心事总是告诉我的，现在，也告诉我吧。

［《红梅赞》的乐曲又开始回响。

欧阳平　好，我全告诉你！小时候，咱们俩老埋怨自己生得太晚，要是赶上江姐那个年代多好！如果需要，咱们也会脸不变色心不跳地把一腔热血献上，可现在我懂了，社会主义革命时期也会出现暂时的“三九严寒”“千里冰霜”，也需要红梅那种傲霜凌雪的斗志！小芸，为了保卫毛主席，保卫周总理，我愿一滴一滴地洒尽全身的热血！我，准备好了！

何　芸　（深沉地）你，还是过去的那个欧阳！放心吧欧阳，如果真有人反对总理，反对毛主席，那我，我的血会和你洒在一起！

欧阳平　小芸！（忘情地抓住何芸的手）

何　芸　（突然扑在欧阳的肩上）欧阳，这九年，你害苦了我了！

［欧阳平站起，惊愕地望着她。

欧阳平　（强作笑容）我，还有件事没告诉你，我已经有个爱人了。

何　芸　什么？

欧阳平　我的心，我的一切，都献给她了……

何　芸　别说了！

欧阳平　（片刻）我，对不起你！（再也不能自制，冲出门）

［何芸心碎了，双手蒙面坐倒在沙发上！

［何为上。

何　为　我到医院去取梅伯母的化验单。怎么，又不高兴了？我还等你去买糖给我吃呢！

［何芸哀痛地哭了。

何　为　好了好了，给你看样东西，精彩极了，欧阳编的诗集《扬眉剑出鞘》。

何　芸　（抬起泪眼看，惊恐万状）啊？！（昏倒）

［幕闭。

第三幕

［半小时之后，何是非家的客厅里。

［天渐渐暗下来，马上要下大雨了。

［幕启，欧阳平坐在沙发上，何为激动地在他周围转来转去。

何　为　你说嘛，你们俩之间究竟出了什么事？

［欧阳平脑袋深深地陷在两只大手里，不语。

何　为　小芸醒过来以后就跟傻子一样，你呢，又不说话！

［欧阳平仍然不语。

何　为　（请求地）你就开口吧，我的老祖宗！

欧阳平　（抬起头来）我只能说一句，我对不起小芸，让她……白等了。

何　为　（片刻）原来是这样，"白等了"，你说得好轻松啊！可你知道这九年她是怎么一天一天地等过来的吗？她发疯似的到处打听你的下落，她望眼欲穿地盼着你哪一天会突然回到她的身边，她成天地弹琴，《红梅赞》，弹得我的心都碎了！——你走吧，离开这儿，马上离开。

欧阳平　大为！

何　为　父亲是那样的人，母亲又得了这样的病，我只剩这一个妹妹了，你懂呀?！我不能眼看着她跟妈妈一样发疯！

欧阳平　大为！

何　为　我……你刚才骂得对，是在糟蹋自己，可我的妹妹，她应当有希望，她应当生活得幸福、美满、安宁！

欧阳平　我敢说，我比世界上任何一个人都希望她生活得幸福、美满、安宁！

何　为　撒谎，如果你愿意，这些你都能够给她，世界上也只有你才能给她！

欧阳平　我愿意。可是我恰恰是我，无法给她带来这些！（痛苦地咬住了嘴唇）。

何　为　为什么？

欧阳平　不要问了，大为，不要再问下去了！

何　为　那么你就离开这儿吧！

欧阳平　我是要走了。而且，以后恐怕再也不会回来了。大为，我对你有个最后的请求。

何　为　说吧。

欧阳平　我想把妈妈托付给你。

何　为　你要上哪儿？

欧阳平　我是说你是医生，请你尽力替她医治。

何　为　这不用你叮嘱，从小我就把梅伯母当成自己的妈妈，（看表）我要去医院取化验报告了。

欧阳平　我马上就走。

何　为　（犹豫片刻）要不，等我回来，看了化验报告你再走。

欧阳平　（也犹豫片刻）好吧，一言为定。

何　为　（握住欧阳的手）别怪我，欧阳！希望你理解我。

欧阳平　将来，你也会理解我的。

何　为　再见！（匆匆出中门）

欧阳平　（追到门口）带把伞，要下雨了！

［外面传来何为的声音："不用了！"

［何是非从走廊上。

何是非　（满脸怒气）欧阳，你干的好事！

欧阳平　（惊讶地）何伯伯？

何是非　（大声地吼着）难道你要把小芸逼死？！

欧阳平　何伯伯！

何是非　你！你自己去看。你把她气成什么样子？我找你妈说去！（欲进屋）

欧阳平　不，何伯伯，要骂您骂我，妈妈刚睡着，她的身体实在太差了……

何是非　我跟你没话可说！（硬要推门）

欧阳平　（愤怒地）你！

何是非　这是在我家。

［门开，梅林出现在门口。

欧阳平　（赶紧上去扶住）妈妈！

梅　林　怎么，要赶我走了？

何是非　不不，梅大姐。

欧阳平　妈妈，您还是睡会儿吧！

梅　林　你何伯伯那么大嗓门在门口嚷嚷，我睡得着吗？

［欧阳平无可奈何地搀梅林到沙发上坐下。

梅　林　孩子，我听几句话的力气还是有的。

［按住肝区。

何是非　您的肝又疼了？

梅　林　疼也得听你说啊，想说什么就快点吧。

何是非　唉，梅大姐，有些话我本来不该说。

梅　林　不该说，就别说嘛！

何是非　可是我……

梅　林　就是想说那些不该说的话，对吗？

何是非　这怎么说呢？

梅　林　直说。

何是非　今天你们来，我是衷心欢迎。

梅　林　那好哇，欧阳，咱们就在这儿安营扎寨，住它三年五载。

何是非　可是，谁知道秀英也闹，小芸也哭，家里弄得鸡犬不宁。

梅　林　这是要下逐客令了？

何是非　我是实在没有办法啊！

梅　林　我懂了。我们妨碍了你。我们俩身上的味儿跟你这屋子里的味儿格格不入。

何是非　不不，我没这个意思！

梅　林　我有这个意思！本来，我还想跟你好好谈谈，想不到，你这么快就摊牌了。（使劲儿按住肝区）

何是非　不不，没有，您别误会。

何　芸　爸爸，让我跟梅伯母单独谈几句，该说的，我自己来说。

何是非　好吧。你有话好好说，梅伯母身体不好，别惹她生气。梅大姐，请你多原谅。（上楼）

［欧阳平也站起来。

梅　林　小芸，你脸色怎么这么难看？

［何芸看见欧阳进屋了。

何　芸　梅伯母！你让欧阳走吧，让他赶快离开这儿，赶快！

梅　林　是不是，出了什么事？

何　芸　不不，没有。我希望他快走，快走！

梅　林　（沉吟片刻）我们是要走了，可走之前我想直率地问你几句话，你，爱过他吗？

何　芸　爱过。

梅　林　现在呢？

何　芸　现在？不知道。也许，我从来也没有像现在这样爱他！

梅　林　他也爱你啊！欧阳是个硬汉子，这些年他宁折不弯，跟那些人斗，受的罪也不比我少。可是，他没有低过头。只有两件事，折磨得他受不了，一件是不准他入党，还有一件就是……忘不了你。他嘴上什么也不跟我说，可是什么事能瞒过做母亲的呢？

何　芸　可他告诉我，他有爱人了！

梅　林　什么?!

何　芸　他亲口说的，他的心、他的一切，都……（顿住了，突然猜到了欧阳平的意思，更为感动，失声痛哭）梅伯母。

梅　林　你们两个都不要再耍小孩子脾气了，在眼前这种严酷的斗争中，如果知道自己心爱的人坚定地和自己站在一起，那你们会更坚强、更勇敢、无所畏惧！你们永远不要分离了，好吗？

何　芸　好！……不，梅伯母？现在您还是马上让他走！离开上海！

梅　林　离开……上海？（肝区疼痛万分，吃力地）小芸，出了……什么事？

何　芸　梅伯母，您怎么了？

梅　林　告诉我，快，说真话！

何　芸　梅伯母！梅伯母！

［欧阳平闻声上。

欧阳平　妈妈！

梅　林　平儿……告诉我……（昏过去）

欧阳平　妈妈！妈妈！（对何芸）你都告诉妈妈了？

何　芸　（痛苦地）我……没有……

［欧阳平抱起梅林进屋，何芸欲跟进，被欧阳平拦住，何芸痛苦万分地走回到沙发前坐下。

［刘秀英慢慢地下楼了。

刘秀英　今天要出事了！今天要出事了！

何　芸　妈妈！他们要抓欧阳，要抓欧阳啊！

［何是非下楼。

何是非　谁在抓欧阳？

何　芸　……

刘秀英　（变色）小芸！……（用手示意别说）

何是非　小芸，谁在抓他？

刘秀英　小芸！（捶打着女儿）你别瞎说！别瞎说！

何　芸　妈妈，您怎么了？

何是非　唉，这病越犯越重了！快说，谁要抓欧阳？

刘秀英　（哀求地）小芸！（哭了起来）

何　芸　妈妈，您有什么话要对我说吗？

［刘秀英欲言又止，哭得更伤心了。

何　芸　妈妈！（搂住刘秀英）

何是非　秀英，有什么话待会儿对我说，好吗？小芸，怎么回事？也许咱们还能想点办法。

何　芸　欧阳他就是……

［刘秀英想堵何芸的嘴但被何是非一把攒住了。

何　芸　（站起来，走了两步）他就是……欧阳就是——全国通缉的那个“反革命”！（蒙面跑下）

［何是非、刘秀英都愣住了。

何是非　是这样。（来回急急地踱了两步，转身想上楼）

刘秀英　（突然跳起来以少有的敏捷拦住他）你上哪儿去？

何是非　别捣乱！我有要紧事！

刘秀英　（显得十分清醒）什么要紧事？

何是非　你——（想硬推开刘秀英）

刘秀英　（寸步不让）你不能再干那种事！

何是非　不能干什么？

刘秀英　不能……不能再干九年前那种伤天害理的事！

何是非　（震惊）什么？你说什么？九年前我干什么了？（突然惊慌起来）你……你怎么知道的？

刘秀英　我知道，我都知道……

何是非　秀英！

刘秀英　我求求你，他们母子已经让你害得够苦的了！要不是梅大姐，你的骨头都早就不知道烂到哪儿去了！我求求你，别再害他们了！

何是非　原来这几年来……（坐倒在沙发上）

刘秀英　我心里什么都明白，我不疯，我不傻，我看在儿女的分上，我憋了一肚子委屈没地方说，我难受……（哭了）

何是非　秀英，我也是被逼出来的呀！当时我好不容易才取得了造反派的信任，和唐有才他们挂了上钩，他们逼我说梅大姐是叛徒，我能不说吗？而且那是上边的意思，只要我敢说半个不字，顷刻之间他们就会叫我粉身碎骨！

刘秀英　可你把梅大姐弄得多惨啊！

何是非　不，她不能怨我，她只能埋怨政治斗争太残酷！这些年跟着唐有才他们转，真跟过去在洋行、交易所里混饭吃一样的紧张、危险、可怕。我算认准了，只有闭上眼睛，豁出一切，不怕拼光血本，把什么都赌上，也许还能闯出一条路来，不然……

刘秀英　什么？你说的是什么？

何是非　（发觉失言）啊，随便瞎说。秀英，这些你就都别管了，我包你能过个舒舒服服、太太平平的晚年，你放心，你要什么，我都能给你办到。

刘秀英　这辈子，我什么也没跟你要过，什么都听你的，顺着你，今天，我就求你这么一件事，救救欧阳！

何是非　救了欧阳，我怎么办？一会儿唐有才就要来，要是他知道这么重要的一个现行反革命犯窝藏在我家里，那我几年来费尽心机、惨淡经营起来的这一切，就全完了！

刘秀英　可你就不顾欧阳的死活吗？

何是非　是他自己找死！难道他看不出来吗？如今大局已定，他一个跑堂的充什么英雄好汉?！欧阳反正是跑不掉的，可这一出一进对我是天壤之别啊！（欲上楼）

刘秀英　（追上去拖住他）不行，你不能……

［何是非伸手推她，刘秀英恨极咬了他一口，何是非一脚把刘秀英踢翻在地，跑出门去。

刘秀英 （捂住胸口，趴在地上）小芸！小芸！

［何芸上。

何　芸 妈妈！怎么了？（欲扶她）

刘秀英 快，替我叫欧阳！

何　芸 妈妈！

刘秀英 （发疯似的捶着何芸的腿）你叫，你叫！

何　芸 欧阳！欧阳！

［欧阳平上。

欧阳平 刘阿姨？（帮何芸把刘秀英扶到沙发上）

刘秀英 欧阳，快走，背着你妈快走，家里有鬼，鬼……

何　芸 妈妈！妈妈！

［扶妈上楼，刘嘴语“鬼……鬼……”。

［欧阳平痛苦地站了片刻，转身进屋。

何　芸 （从楼上下来，见欧拎包从内出）欧阳！

［何芸默默地注视着欧阳平。

欧阳平 我本来想等大为的化验报告，现在，只好不等了。告诉大为，明天我要到医院去找他。还有我妈妈到现在昏迷不醒。我真舍不得把妈妈一个人留在这儿。

何　芸 梅伯母我负责照顾，放心，你快走吧。

欧阳平 她床头有个小包，这几年妈妈从来不离身，你千万替她留心保管。

何　芸 知道了。

欧阳平 谢谢你！

何　芸 从小到大，我们之间从来不说一个谢字啊！

欧阳平 我走了。（拎起旅行包）

何　芸 欧阳！

［欧阳平走下。

［何是非幽灵般地出现。

何是非　欧阳，你怎么！

欧阳平　何伯伯，我妈昏迷不醒，我一个人先走。

何是非　什么？梅大姐昏迷不醒。怨我一时糊涂，说了几句话，我真浑啊！……来来！（夺过欧阳平的旅行包）欧阳，你们谁都别走了，这儿就是你们的家，刚才都怨你何伯伯老糊涂了。

欧阳平　（拿出旅行袋，诚恳地）何伯伯，我仔细考虑过了，我留在这儿是不太合适，我应当走，我不怪您。我考虑再三还是走的好！

何　芸　爸爸，您就让他快走吧！

［欧阳平欲出中门。

何是非　（急忙堵住门）不！不！就要下大雨了，你妈又昏迷不醒，叫你走，我于心不安。

何　芸　爸爸，你快让他走吧！

何是非　小芸，我的意思，出去也不一定——方便，留下来，我们另想办法。

何　芸　也好。（夺下欧阳平的旅行包）爸爸叫你别走，你就别走了。

［欧阳平无可奈何地回来。（电话铃响）何芸接，交给何是非。

何是非　喂，老张啊？……什么？报临时户口？哈哈，我的老朋友你还信不过？……不，不！误会，误会。……好！老唐那儿我去打招呼！好好，麻烦你！——瞧全解决了。来来，歇会儿，欧阳，千万别生你何伯伯的气呀！

刘秀英　（出来）欧阳呢？走了吗？（猛地看见何是非）你怎么还不走？快走，快走呀！

何是非　哎呀！你这个疯病可怎么了得！（一拖起她上楼，刘秀英挣扎着）

何是非　欧阳没走吧？

何　芸　没有，爸爸，我们怎么办呢？

何是非　你说呢？

何　芸　连夜送他走，送到外婆家去！

何是非　这么做，好吗？

何　芸　那儿是乡下，比较安全。

何是非　（淡然一笑）你听错了我的问题，我是说，这么做，好吗？你我可都是共产党员。

何　芸　梅伯母、欧阳是比我们更好的共产党员！

何是非　你在说胡话了，梅林几年前已经被开除了党籍，欧阳从来就没入过党！

何　芸　可他们都是党的最忠诚的战士。

何是非　“党的忠诚战士”却会受到党的通缉，这如何解释呢？

何　芸　不是党通缉欧阳，“他们”，党不属于他们的，欧阳讲党会战胜“他们”的！你看，欧阳编的诗集。

［把诗集递给何是非。

［何是非贪婪地看着。

何　芸　（突然清醒过来）爸爸！你要干什么？

何是非　我回答你，我们应当坚决检举揭发现行反革命分子欧阳平！

何　芸　什么?!（一把夺回诗集）

何是非　小芸，我知道你对欧阳有感情，可是，革命利益高于一切，我们必须大义灭亲，把他交出去！

何　芸　（挥着诗集）可他只不过是悼念周总理……

何是非　悼念周总理也不行！

何　芸　清明洒泪究何罪?!

何是非　唐有才没向你交底？已经成了某些人心目中的一面旗帜，也用来对抗中央首长的旗帜，我们就必须……（恶狠狠地做了一个砍伐的动作）

何　芸　啊?!（瘫软在沙发上）我明白得太晚了！

何是非　只要明白就好，小芸，坚强些，既然欧阳平成了打黑旗的急先锋，我们就要恨他，铭心刻骨地恨他！

何　芸　（冷笑几声）铭心刻骨？

何是非　（毛骨悚然）小芸！

何　芸　我铭心刻骨地恨你！

何是非　你……你疯了？！

何　芸　哼，妈妈疯了，哥哥疯了，我——也疯了！

何是非　小芸！

何　芸　这些年，我总把你当成老革命、老干部、左派、正人君子，偶尔，我也怀疑你的某些做法，可你总是偷偷地跟我诉苦，说你也热爱周总理，你心里也十分矛盾，十分痛苦！我相信你，相信你还有点起码的政治道德。想不到，你成天在演戏！全是在演戏！你说假话、骗人、没骨头、没灵魂，见什么人说什么话，哪边风大往哪边靠——到现在你才算卸妆了！

何是非　你反了！

［何为从中门上。

何　为　好家伙，这场大雨！哎，咱们家周围怎么净是些黑影子在晃来晃去啊？（下）

［何芸呆掉了。

何　芸　是你？

何是非　（冷酷地）是我。我打了电话，唐有才想亲自来抓他，可是考虑到你的名誉，他决定送你一个现成的立功机会。（看表）现在六点，他七点钟到，命令你在七点之前亲手逮捕欧阳平！否则……

何　芸　（焦急地想办法）

［低沉缓慢的钟声打六点。

［幕闭。

第四幕

［紧接前幕，何是非家的客厅里。

［外面大雨倾盆，狂风呼啸。

［幕启，何芸一个人呆呆地坐在沙发上。

何　芸　怎么办？怎么办？都怪我，都怪我啊！

［欧阳平从屋里出来。

欧阳平　小芸！

［何芸打了个寒颤，看着欧阳平，眼泪无声地流了下来。

欧阳平　又哭了，你呀！（拉她在沙发上坐了下来）我这次来，你最大的变化就是学会哭鼻子了。过去，你可是个顶爱笑的人啊！

何　芸　（呜咽着）……

欧阳平　我顶讨厌哭了。从我记事到现在流过两次眼泪，一回是总理逝世，还有一回是妈妈隔离六年之后刚放出来，我去接她。

［何为擦着头发上的雨水上。见欧阳平和何芸坐在一起想走开，但又被欧阳平的话所吸引，站在那儿听着。

欧阳平　妈妈瘦得已经没有人样子了，看见我，她头一句话就是："你入党了吗？"我不能告诉妈妈因为她的问题我入不了党，只好骗她，说，我们单位里都是坏人当道，他们那个党我还不想入呢！不料，妈妈大发雷霆！

何　芸　我可从来没见过梅伯母发脾气啊！

欧阳平　可那次，你没瞧见她那副可怕的样子！她说，她顶不放心的是我们有些年轻人，"文化大革命"一来，看到党内并不像我们想象的那么干净，看到党内斗争曲折、复杂，就一下子惊慌失措、丧失信心，看破红尘了！可是，如果什么都那么干净，都那么顺当，还要我们入党干什么?!

欧阳平 别为我担心，妈妈说，她1936年参加革命是横下一条心，提着脑袋来的，我们今天参加革命，有这个决心吗？豁出一切去保卫党，保卫毛主席，保卫周总理！

何 芸 欧阳！

欧阳平 好了，别哭了，让我走，明天，我还回来看你，一定来，好吗？

［何为欲走开。

何 芸 （失声）欧阳，他们已经包围了这幢房子，马上就要来逮捕你了！

［静场，何为慢慢地走了出来。

何 为 为什么？这是为什么？

何 芸 就为他到处散发《扬眉剑出鞘》。（害怕地望着肃立的欧阳平）

欧阳平 我，一个小吃店里端馄饨卖锅贴的小小服务员，编了几首小诗，说了几句真话，居然直接惊动了张春桥张大老爷，全国通缉，到处搜捕，闹得他们兴师动众，鸡飞狗跳！要是有十个人站出来说真话呢？要是一百个一千个，要是全中国的人民都站起来大胆地说真话，说自己的心里话，张大老爷们又该怎么办呢？

何 为 欧阳！这一天，不远了！可你……（紧紧握住欧阳平的手）

欧阳平 大为！——妈妈的病怎么样？

何 为 梅伯母她……

何 芸 哥哥，怎么样？

欧阳平 快告诉我，我的时间不多了。

何 为 没什么，你放心吧，就是有点肝硬化，也不厉害。

欧阳平 大为，这几年你还没学会撒谎！

何 芸 哥哥，到底怎么样？

何　为　(突然发火了)到底怎么样？到底怎么样，梅伯母是晚期肝癌！

何　芸　啊?!

［静场。

欧阳平　几十年枪林弹雨都闯过来了，可现在，却要倒在背后打来的冷枪上！

［静场。

欧阳平　大为，小芸，千万别告诉妈妈。

何　芸　你放心。

何　为　我就说，一切正常。

欧阳平　不，我是说，关于我被捕的事也不要告诉妈妈。你们就说我……随便替我撒个什么谎，请你们替我……照顾她、安慰她、也请你们替我……送她。

［何芸失声，何为也背过脸去。

欧阳平　我替你们找一个不好为的差事，是吗？不过，反正，辛苦你们的日子——不长了。

何　为　你放心吧，梅伯母交给我。

［房门开了，梅林出现在门口。

何　芸　交给我。

梅　林　什么宝贝？我这么个老太婆还你争我夺的。

欧阳平　妈妈，您怎么起来了？(急忙上前搀扶)

梅　林　生命在于运动，我要是光听你们的话，成天躺着恐怕早就见马克思去了。

［众人扶梅林到沙发上坐下，但谁都不敢正面看她。

梅　林　你们这是怎么了？

欧阳平　没什么，妈妈。

［何芸悲痛欲哭，欧阳急忙制止，被梅林发现。

梅　林　是不是我的病不行了?

何　为　不,我刚从医院回来,一切正常。

梅　林　你又去过医院了?

［何为语塞。

［梅林依次看了看三个人。

梅　林　平儿,把我那个包拿来。

［欧阳平进屋。

梅　林　南国烽烟正十年,

此头须向国门悬。

同死诸君多努力,

捷报飞来当纸钱。

知道这是谁的诗吗?陈老总的。

［欧阳平取小包复上。

梅　林　(接过小包)我恐怕自己哪次昏过去,就醒不过来了。欧阳,这件事得跟你交待明白,(把小包一层一层打开)这是我九年来应当交的党费,每月三块。

欧阳平　妈妈!您哪儿来的钱?我每个月寄给您的钱刚够吃饭啊!

梅　林　少吃一口不就有了?解放前也是这么交党费的嘛!

欧阳平　妈妈!怪不得您的身体……

梅　林　共产党员应当用自己的生命来交党费。

何　芸　(扑在梅林身上)梅伯母!

梅　林　干嘛都这么愁眉苦脸的?我顶见不得这个了,小芸,别这样,这几天我回忆了自己的一生,十六岁参加革命,十八岁入党,到现在四十多年了……回首平生无憾事,只恨不能……平儿,万一我……这里头的揭发材料一定要送到北京!到了跟那些人算总账的日子,党会用得着的!

何　芸　梅伯母，交给我，我保证……

梅　林　（疑问地）唔？（看见旅行包）平儿，你？

［一声钟响，何是非下楼。

何是非　六点半了。

梅　林　怎么，你是要赶平儿走？

何是非　不，这回用不着我赶了，有人请他走。——小芸，唐有才这个人你是知道的，我看……

何　芸　（恨极）无耻！

何是非　你！

何　芸　欧阳，出卖你的就是他！

欧阳平　噢？

何　为　哈哈，是这样？

梅　林　什么出卖？

欧阳平　没什么。

何是非　没什么，说得轻巧！梅大姐，你的儿子是个罪大恶极的现行反革命，外边逮他的人已经来了！

欧阳平　（担心地抱住梅林）妈妈！

梅　林　（依然是那样安详）告诉我，你做了点什么事？

欧阳平　我编了本悼念周总理的诗集《扬眉剑出鞘》，散发了几十本。

梅　林　为什么不告诉我？

欧阳平　我怕您为我担惊受怕。

梅　林　你呀，妈妈这个老共产党员是泥捏的吗？

欧阳平　妈妈！

梅　林　我高兴啊，有这么个好儿子！（抚摸着欧阳的头）

欧阳平　妈妈！

梅　林　别惦记我，去吧！（用尽全身力气）到监狱里、法庭上，去跟他们作

一场——最后的斗争！（这几句话耗尽了梅林的力气，她倒在沙发上，喘息着）

芸／为　梅伯母！

欧阳平　妈妈，我走了，胜利的那天，我再回来看您！

何是非　不！梅林也必须一块儿离开这儿。

何　芸　什么？外头下着倾盆大雨，梅伯母病成这样！

何是非　人性论！我不能收留一个现行反革命的母亲，一个叛徒！这是最起码的无产阶级立场！

何　为　（狂怒地）人性论?！你知道吗，梅伯母已经没有多少日子了！（发觉自己失言）

［静场。

［楼上传来一声巨响，但人们没有在意。

何　芸　梅伯母！

梅　林　平儿，给我两块——饼干！

欧阳平　妈妈！

梅　林　给我！（接过饼干，大口地咬着）大为，我要试试看，向你们医生宣判的死刑挑战！说不定哪一天，我还准备回部队带兵打仗呢！（大口地艰难地吃着饼干）

芸／为　梅伯母！

［刘秀英脸上，手上都是血，扶着楼梯慢慢下来。

欧阳平　刘阿姨！（上前搀扶）

何　芸　妈妈？怎么……

刘秀英　你爸爸把我关起来，我打碎玻璃跳窗户……

何　芸　什么？（扶刘秀英在梅林身边坐下）

刘秀英　（紧紧抓住梅林的手，毫无表情地）梅大姐，九年前，说你是叛徒的，就是他！

众　人　（惊）啊?!

刘秀英　他写的东西,我拾掇桌子看见了。我心里恨他,觉得对不起你,可又不敢说。我怕说出来会连累大为、小芸。我是个老师,我一辈子在教孩子们要诚实,要做个正直的人,可是……我没想到他竟是这样一个人。

［静场。

何　为　原来是这样……（狂怒地捧起了大花瓶,慢慢向何是非逼近。何是非吓得连连倒退。何为把大花瓶举起,又轻轻地放下）

何　为　算你运气,要是在昨天,我毫不犹豫地就会拿我这条不值钱的命换你的命,可今天,我觉得自己还可以活得更有价值些,换你这条狗命不值得。

何是非　（慌乱地）当时我没办法,他们逼我,逼我……

欧阳平　叛徒? 你才是社会主义革命时期出卖灵魂,出卖同志的叛徒。

何是非　（逃上楼梯）你们骂吧,骂吧! 反正还有五分钟。

［静场。

欧阳平　妈妈,我该走了。

梅　林　（默默地把欧阳平的头拉到自己怀里,片刻,推开他）走吧!

欧阳平　小芸,我走了!

梅　林　（扑上去搂住欧阳平）欧阳!

欧阳平　不要这样,革命流血不流泪。（拿出一张照片来）这是我身边剩下的唯一一张咱们俩的照片了,留给你做个纪念,别了!

何　芸　不! 我等你,一辈子等你!

梅　林　小芸,别说傻话了,他犯的是“弥天大罪”啊!

何　芸　（走到梅林面前,片刻突然跪下来扑在梅林怀里）妈妈,我送他走了以后就回来伺候您? 我一辈子也不离开您妈妈,我的好妈妈!

刘秀英　梅大姐,你就收下她吧!

梅　林　小芸，好孩子！

［何为抹着眼圈匆匆地进房间。

欧阳平　我走了。

［何为提个小皮箱上。

何　为　欧阳！

欧阳平　你这是？

何　为　你以为这个家我还想待下去吗？我送梅伯母去找我的老师，我们一块来试试向死神，也向“他们”挑战！

欧阳平　（感激地）大为！

刘秀英　我也走。

何　芸　好，妈妈，我们一块儿走。

［何是非出现在楼梯上，但不敢下来。

何　为　您去收拾收拾东西。

刘秀英　不用了，三十五年前我就是这么来的，今天，我也就这么空着两手走！

何　芸　噢，欧阳，你身上诗集还有吗？我们替你接着发！

欧阳平　有。

［欧阳平取出几本诗集分给二人。

欧阳平　这一本到公安局里头去发发。

［何是非在楼上再也待不住了，颤颤巍巍地下来。

何　为　（看见他）用不着这么贼头贼脑的，喏，看清楚了，我手里四本，小芸三本，明天你又能去卖大价钱了。

梅　林　我索性把升官发财的秘诀告诉你吧，这屋里的人让你全卖完了，也只不过五个，你应当到在街上去做这个买卖。

欧阳平　是啊！中国可有八亿人哪！

何　芸　难的是人民不会永远沉默！（沉重的钟声打七点）

梅　林　（艰难地站起来）走！

［欧阳平要搀梅林，梅林却推开了他，独自顽强地向门口一步一步挪去。

［何芸、何为、刘秀英等相随而去。

何是非　（冲下楼来，声嘶力竭地）等一等！

［五个人看着这个突然变得苍老起来的可怜虫。

何是非　你们，全都走了？

［没有人回答他。

何是非　秀英，大为，小芸，你们可怜可怜我吧，我也是为了这个家，为了你们啊！

［仍然没有人回答他。

［梅林带头回过身去。欧阳平打开了大门，外面风雨呼啸。

何是非　我老了，你们不能留下我一个人……

［五个人头也不回，互相搀扶着，笑着，昂然地闯入风雨之中。何为"呼"地踢上了门，顿时屋里死一般寂静。

何是非　都走了，剩我一个了，真安静啊。

［猛地一道亮得可怕的闪电。

［何是非吓得跳起来，恐惧万分地等着……

［仿佛过了许久许久，空中迸出一声惊天动地的炸雷！

［幕闭。

（1978 年演出本）

话剧

陈毅市长

编　剧

沙叶新

作者小传

沙叶新(1939—2018),男,回族,江苏南京人。曾任上海人民艺术剧院院长,中国戏剧家协会常务理事,中国戏剧家协会创作委员会副主任,中国作家协会会员,上海戏剧家协会副主席,上海作家协会理事,上海市文学艺术界联合会委员。

人物表

陈　毅　夏　灏　官员甲　甲太太　官员乙、丙、丁、戊　张排长
大　刘　学生甲、乙　童大威　顾　充　周放曙　朱　静　傅一乐
何淑芳　陶慕朱　管　家　佣　工　裴云芳　罗经理　吴老板
顾客甲、乙、丙　妇　女　齐仰之　张大爷　陈小妹　魏　里
徐根荣　金　海　朱阿妹　彭一虎　老　韩　柳　风　老　秦
记者甲、乙、丙、丁

第一场

［1949 年 5 月 10 日。

［在一片热烈的掌声中幕启。江苏，丹阳。第三野战军司令部所在地。这是一个简陋的会场。正中靠后有一平台，上面置一方桌，算是讲台。

［陈毅身穿军装，在掌声中走上讲台。

陈　毅　好了，好了！我看大家还是不要鼓掌，不要这么高兴！（推开麦克风）今天我肚子里有火，有气，我要剋人，要批评在座的一些同志！（台下顿时鸦雀无声）昨天，我在丹阳的街上兜了一圈，看到一个戏园子门口围了一大堆我们的干部和战士，他们一张戏票都没得，硬是要进去看戏。人家不让进，还吵，还骂人，蛮不讲理！还有，大前天，不知道是哪个部门的官员，自己宿舍的灯泡坏了，又不跟人家打招呼，又没得到人家的同意，就随随便便地跑到人家学校，在小学生的教室里下了两个灯泡！（声色俱厉地）这还了得！像这个样子，日后到了上海，共产党的名声不给你们败坏了！这是什么作风？是国民党作风！我们是共产党，讲的是三大纪律、八项注意，不拿群众一针一线。所以，我在此奉劝看白戏、拿灯泡的同志，不要把共产党的纪律当儿戏。要是到了上海，有些人再犯纪律，（狠拍桌面）可别怪我陈毅不客气！

有的同志很着急，问我为什么还不攻打上海。说实话，我这个司令员心里也着急。可是现在看来，中央叫我们先在丹阳整训一个多月，这个决定是对头的。不整训整训，不学习学习，不研究接管政策，不搞好入城纪律，就是打到上海，也要犯错误，也站不住脚。华东局和野战军党委也跟攻打上海的部队下了命令，到了上海，从军长到战士，任何人都不允许进老百姓的房子，借老百姓的东西，连一口水也不许喝！有人问："那么多部队，晚上睡觉怎么办？"睡觉的问题好办，天当房，地当床，不入民宅，露宿街头，统统睡在大马路上！作战指挥部怎么办？能不能设在老百姓家里？不行！军以下的指挥机关一律不许借用老百姓的房子。上海的弄堂多得很，找一个隐蔽一点的地方，搭个篷篷，挂上地图，放上电话，不是一样指挥作战？总而言之，无论如何不能给老百姓添麻烦，这是我们进城之后，给上海人民最好的见面礼！

好，再讲一点形势。（台下兴奋地骚动）形势好得很！毛主席和朱总司令 4 月 21 号发出了进军江南的命令，4 月 23 号我们就直捣蒋介石的老巢，打下南京。5 月 3 号，占领了杭州；5 月 4 号，又攻克上饶。十天光景，横渡一条大江，进军一千多里，消灭了敌人十几个军。如今，我们好像不是在跟敌人打仗，而是在比走路。我们走到哪里，哪里就插上了红旗。真是横扫千里，所向披靡。同志们，解放全中国已经不需要太长的时间了！解放上海，更是指日可下！（台下爆发出雷鸣般的掌声）过不了几天，我们的大炮，我们的机枪，还有，（讲生硬的沪语）阿拉这些土八路可以到上海白相白相了！（台下充满笑声）当然，不是真的去耍，哪有空哟！不过，可以放个半天假，让大家逛一逛大马路，看一看黄浦江，了解一下上海这个冒险家的乐园。请诸位注意：不要单独行动，不要随便乱跑，上海地方大得很，马路太多，否则出去了认不得回家，那才麻烦！（台下哄笑）

到了上海，任务非常艰巨。在此以前，我们的工作重心是在农村，从今以后，我们的工作重心就要转移到城市里来了。从进上海的第一天起，我们就要把主要精力放在恢复和发展生产上。这个任务比拿枪打仗还要困难。毛主席前不久曾经对我说："我们进入上海，是中国革命的一大难关。难在何处？难就难在要把这个冒险家的乐园，变成一个独立自主的、健康的、生产的新城市；难还难在我们对管理城市、建设城市不熟悉，没有经验。"我也一样，也感到困难。过去，我指挥过几十万的军队，不是吹牛，倒也打了一些胜仗，可我从来没指挥过上海城里几百万的老百姓，这个仗难打。所以我们要谦逊谨慎，勤奋好学——学生产、学技术、学管理、学科学、学习有关城市生产建设的一切知识。我也得学，学不好，到了上海我就没得资格当上海的市长。在座的诸位也得学，要是学不好，我可是不要你们当我的部长、局长，上海的工人、职员也不会要你们当他们的厂长、书记。到了上海还得讲点文明，我们是野战军，到了上海可野不得，不许打人、骂人，不许调戏妇女。哦，对了，还要讲究卫生，千万不准在上海的大马路上随地大小便！（台下哄堂大笑）

同志们，我们很快就要进上海了！可是敌人是决不会轻易放弃这座城市的，帝国主义和国民党的残余势力会勾结一起，轰炸、封锁、破坏，把上海变成一座死城。我们千万不可大意，一定要做好战斗部署！帝国主义反动派他们还说，上海是个大染缸，要叫我们红的进去，黑的出来。我这个人倒不怕什么染缸，我倒要让他们看一看，到了上海之后，究竟是上海把我陈毅染黑了，还是我陈毅把上海染成个红彤彤的！最后，我套用两句骆宾王的文章：试看明日之上海，竟是谁的天下！（长时间热烈的掌声）

［幕落。

第二场

［1949 年 5 月 28 日下午。

［在解放上海的炮声和继之而起的《解放区的天》的歌声中幕启。上海市人民政府办公大楼。这是一间原国民党伪市长吴国桢的办公室，呈扇形。弧形的一面是一排窗子。室内铺有大红地毯。正对办公室的大门有一张很大的办公桌，桌上放着十多架电话，桌后是一张黄皮转椅。有一小门通往内室。大门右首有一排椅子，坐着伪市政府代市长夏灏，以及各局官员甲、乙、丙、丁等。他们有的穿西服，有的穿长衫，有的则已换上普通老百姓的服装。窗外传来的《解放区的天》歌声渐隐。众官员一直惶恐不安地端坐在椅子上紧张地沉默着。

［解放军张排长、战士大刘过场。

夏　灏　（对官员甲）今天楼顶上怎么没挂白旗？

官员甲　（连忙站起）报告夏代市长……

夏　灏　往后别这么称呼了！

官员甲　是！

夏　灏　（等了一会儿）你怎么不回答我？

官员甲　（紧张得把什么都忘了）回答什么？

夏　灏　今天怎么没挂白旗？

官员甲　今天共产党的人民政府宣布成立，他们在楼顶上已经换了红旗。

夏　灏　（沉吟）哦……

官员乙　（苦笑）上海又换了一个朝代了。

官员丙　咳，千古兴亡多少事，悠悠……

［张排长和大刘拿着热水瓶和玻璃杯上。

［众官员立即鸦雀无声，正襟危坐。

［张排长将水瓶和杯子放在铺有白台布的长桌上。大刘敌意地注视众官员。

［臂上缠着“人民保安队”的学生甲、乙押着官员戊上。

学生甲　解放军同志，我们抓来一个国民党官僚！

张排长　哦？什么官？

学生乙　伪社会局的处长。

张排长　（对夏灏）你认识他吗？

夏　灏　对。（对官员戊）早就通知你来，你怎么不来？

官员戊　我……

学生甲　哼，十天以前他就订了飞机票，想逃到台湾去！

张排长　哦！你们二位……

学生甲　我是交大学生，她是英才女中的。

张排长　怎么把他抓来的？

学生甲　嗯……我……我是他的儿子……

学生乙　哼，我才不承认他是我的爸爸哩！

张排长　你们是兄妹？好！（对官员戊）坐那边去！（对众官员）现在我向你们宣布，待会儿上海市市长、上海军事管制委员会主任陈毅同志，要来亲自接受你们的投诚！

学生乙　陈毅？

学生甲　就是在淮海一战消灭了几十万国民党军队的陈毅将军！

众官员　（大为震惊）啊！

张排长　下午三点举行仪式，你们先到里屋去。

［夏灏与众官员陆续进里屋。

［甲太太惶恐地拾衣物用品上。

甲太太　（叫住正欲走进里屋的官员甲）Darling！

官员甲　（回过头来）你？

大　刘　干什么的？

官员甲　嗯，她是我的太太。

甲太太　送点儿东西……

张排长　好吧！

［张排长、大刘亲切地招呼学生甲、乙从大门下。

官员甲　你怎么跑到这儿来了？

甲太太　也许是最后一面了……喏，换洗衣服、毛巾、肥皂、牙膏，还有牙刷。（低声地）这件夹袄里头，有几支人参，要是……（差点儿哭出来）要是万一在牢里上了刑，你夜里就偷偷地拿出来吃一点儿……

官员甲　咳，你……你……

甲太太　关在什么地方，你得想办法告诉我……

官员甲　不不不，你千万别来，还是早点儿离开上海！

甲太太　去台湾？

官员甲　不，不能再给他们做替死鬼了！你去美国，去香港。

甲太太　不不不，我不能离开你，我一定要来看你！

官员甲　不能，千万不能！

甲太太　为什么？

官员甲　共产党不但要共产，还要……还要共妻……

甲太太　啊？真的？

官员甲　都这么说！

甲太太　（哭泣）我……

［官员乙从里屋上。

官员乙　贾太太！

［甲太太一惊。

官员乙　请您回去给我们每个人的家里挂个电话，也叫他们送点儿衣物用品来。

甲太太　你们也回不去了？

官员乙　今天是陈毅来受降，厉害得很，他不会放过我们的。

甲太太　哦！那我一定给你们家里打电话。

［官员乙进里屋。

官员甲　你快点儿走吧，万一陈毅来了，就怕你也出不去了！

甲太太　那你可要多保重呀！（走到门口又转身扑了过来）My darling！

［大刘上，见此情景连忙掉过脸去。

［官员甲连忙与甲太太分开。

甲太太　（发现大刘）啊！（惊惧地跑下）

［官员甲也从通往里屋的小门下。

大　刘　（摇摇头）"买大零"？什么暗号？

［张排长兴奋地跑上。

张排长　大刘，陈老总到了！

大　刘　（喜）哦！

［少顷。陈毅、秘书朱静、军管会和市人民政府主要干部童大威、顾充、周放曙上。

周放曙　这就是伪市长的办公室。

陈　毅　（环视四周）好大的气派！

周放曙　（指黄皮转椅）吴国桢以前就坐在这儿。

陈　毅　"昔人已乘黄鹤去，此地空余黄鹤楼"。（转动黄皮转椅）这把市长的交椅，转来转去，终于又转到人民的手里来了！张排长，他们来了吗？

张排长　都在里边。

陈　毅　大家坐好。朱秘书，(指桌边)你坐这边，负责记录。(对周放曙等)你们几员大将坐我后边，今天我唱主角。

［朱静、周放曙等各自就座。

张排长　要叫他们吗?

陈　毅　嗯，等一下，军风纪!(离开转椅，走到墙边的一面大镜子前照了照，理了理头发，戴好了帽子，又将衣服拉拉平，然后又走回来，将童大威的风纪扣扣好)今天我们就是要摆摆革命的威风，让国民党的官老爷看一看，我们共产党的干部也是堂堂正正，像像样样的。(看表，对张排长)有请!

［张排长进里屋。

［陈毅庄重地坐在办公桌后面的黄皮转椅上。

［周放曙招呼众记者上。

［张排长领夏灏及众官员上。

［夏灏及众官员站在办公桌前，毕恭毕敬地给陈毅深深一鞠躬，然后又给陈毅身后的其他干部鞠躬。

陈　毅　(威严地对夏灏)你可是国民党伪市政府代理市长夏灏先生吗?

夏　灏　是。

陈　毅　我是上海市军事管制委员会主任、上海市人民政府市长陈毅!

官员丁　(昏倒)啊!

［官员丙连忙将官员丁扶住。

陈　毅　怎么回事?

官员丙　他……

陈　毅　让他坐下吧!

［张排长和官员丙将官员丁扶到大门右首的一排长椅上坐下。

陈　毅　现在，我代表上海市军事管制委员会和上海市人民政府郑重宣布：从即日起，正式接管国民党伪上海市政府!

夏　灏　我谨代表国民党伪上海市政府全体留守人员，向贵军、贵政府表示投诚。

陈　毅　好，我们接受你们的投诚。

夏　灏　（递上一铜印）这是伪上海市政府的印章，敬请查收。

陈　毅　（接过铜印）好。中国人民解放军的《约法八章》你们看了吗？

夏　灏　都已拜读。

陈　毅　执行得如何？

夏　灏　条条照办。

陈　毅　档案？

夏　灏　完整无缺。

陈　毅　资财？

夏　灏　保管良好。

陈　毅　人员？

夏　灏　尚有二百余人。

陈　毅　是否属实？

夏　灏　句句属实。

陈　毅　若有不实？

夏　灏　愿受惩处。

陈　毅　好，我们今天就算认识了。（站起来向夏灏伸过手去）

［夏灏一愣，不敢与陈毅握手。

陈　毅　夏灏先生！交个朋友！

夏　灏　跟我？

陈　毅　不愿意？

夏　灏　不不不！（不知所措地伸出手来，与陈毅握了握）

陈　毅　请坐！（对众官员）诸位也请坐！

［众官员受宠若惊，将信将疑地坐到大门右首的一排椅子上。夏

灏也欲坐过去。

陈　毅　（指办公桌前一张扶手椅）夏先生，请坐这边！

［夏灏就座。

陈　毅　诸位先生，中国人民解放军从5月24号开始发动进攻，经过三天的血战，昨天已经全部地、完整地解放了上海。在座的诸位，并没有跟着蒋介石逃到台湾去，而是在夏代市长的率领下，向我们光荣投诚。这一方面说明蒋介石众叛亲离，不得人心；二方面也说明诸位弃暗投明，选择了一条光明之路，对此我们表示热烈的欢迎！（鼓掌）

［周放曙等亦鼓掌。

［众官员惊呆，也跟着鼓掌。

陈　毅　从今以后，只要诸位遵守人民政府的法令，我们之间就不再是敌人，而是朋友。希望诸位安于职守，协助接管，并听候政府量才录用。人民政府热诚地希望和在座的诸位进行合作。夏先生，你是否愿意？

夏　灏　合作？

陈　毅　对。

夏　灏　跟我们？

陈　毅　也包括夏先生。

夏　灏　也跟我？

陈　毅　你是代理市长嘛！

夏　灏　可我只代理了四天。

陈　毅　这也要比我强，今天我还是第一天当市长，有些市政方面的工作，正希望夏先生不吝指教。

夏　灏　不不不，我原来只是一个工务局的局长，一向是搞工程技术的。

陈　毅　这就更好，我们非常需要技术专家。我们知道夏先生一向抱有致力工程、为民服务的宏愿。你不是有一份上海城市建设的规划吗?

夏　灏　(意外地)这你也知道?

陈　毅　我们非常感兴趣,我们解放上海,正是为了建设上海。

夏　灏　(感慨地)可吴国桢将我的规划视为废纸,看也未看,就退了给我。

陈　毅　人民政府则要加以认真研究,希望这份规划能有它的用武之地。

夏　灏　(不无激动地)哦?那……我一定奉献出来。

陈　毅　好,我们已经开始了合作。

夏　灏　不不不,我再也不愿从政,不愿当官,我只希望……

陈　毅　希望什么?

夏　灏　希望课读生徒,以读书了此残生。

陈　毅　我倒对你另有希望。

夏　灏　哦?

陈　毅　希望你继续担任工务局长。

夏　灏　(一惊)啊!

[众官员坐在一旁也大为惊讶。

陈　毅　我相信我们一定能合作得很好。夏先生,你可以再考虑一下,你看可好?

夏　灏　好吧!

陈　毅　(对众官员)我们对诸位也是抱有同样的希望。再见!(走过去与夏灏、众官员一一握手告别)

[众官员惊喜、感动。

陈　毅　(与官员丁握手)你这位先生可好了些?

官员丁　好了,好了!刚才血压有点儿高……

陈　毅　(笑)对,对。

[夏灏与众官员陆续下。

陈　毅　(大声地)张排长!

张排长　到!

陈　毅　"上海市人民政府"的牌牌儿油漆好了没有?

张排长　早就漆得油光闪亮的!

陈　毅　扛出来看看嘛!

张排长　是!(跑下)

陈　毅　各位记者先生,欢迎你们来采访,有什么问题请诸位尽量提出来,不要顾忌,我们有问必答。

记者甲　请问这次解放上海,军事上情况如何?

陈　毅　童军长,这是你的功劳,你来回答。

童大威　这次解放上海,歼敌一共十五万多人,缴获各种炮两千九百二十二门、各种机关枪一万零七百七十四挺,击落击伤敌机三架,击毁坦克十一辆、军舰十八艘,解放上海周围城市一共十八座!

陈　毅　不但军事上,政治上也取得了巨大的胜利,解放上海是军、政全面胜利。

记者乙　请问经济上的情况又如何?

陈　毅　这就大为不妙啰,顾充同志是管经济的,你来说。

顾　充　可有些情况……

陈　毅　也可以如实地说,不能报喜不报忧嘛。

顾　充　上海一共有一万两千家工厂,如今已有百分之七十倒闭。商店共有八万两千家,其中有五万家关了门。因此失业人口剧增,有一百多万。加上灾民、难民将近三百万,也就是说,如今上海几乎有一半人口急需救济!

记者乙　哦!那存粮还有多少?

顾　充　根据今天上午统计,只有一亿斤,只够上海六百万人吃半个月。存煤也不多,还有五万吨,再用一个星期就没了!

周放曙　不过，也有多的，垃圾最多。如今堆积在港口、码头，大街小巷的垃圾共有十五万四千三百吨，再不清除，交通就要全部堵塞，上海就要变成一座垃圾的城市。此外，社会垃圾也多得怕人，流氓、阿飞有三万五千人，小偷有两万一千人，妓女有四万四千人。

记者丙　不知政府对经济问题有何对策？

周放曙　我们正在想尽一切办法，尽快地从山东、江苏、皖南调运大米和煤炭，解决上海的粮煤供应和救济问题。

陈　毅　光靠救济还不是长远之计，积极的办法是要尽快地让工厂冒烟，让商店开门，尽快地恢复生产，发展经济。

记者丁　陈市长，有一位前不久刚去香港的资本家——上海国华纱厂的总经理傅一乐先生写信给我，要我向您提个问题，是否可以？

陈　毅　当然可以。请说。

记者丁　傅一乐先生想询问一下，共产党对资本家的政策如何？

陈　毅　请你转告傅一乐先生，共产党要打倒的是和帝国主义勾结一起的官僚资本。对民族工商业，对民族资本家我们采取的是保护和合作的政策，决不会施用暴力。在现阶段，为了恢复生产，繁荣经济，我们不但不会消灭资本主义，还要发展资本主义，允许资本家剥削。请你转告傅一乐先生，请他不要有任何顾虑。可是如今有些资本家先生对我们还抱有怀疑态度，甚至有敌对情绪，有的逃到台湾，有的逃到美国，这大可不必。共产党又不吃人，没有这么可怕嘛。我们欢迎他们回来，也欢迎傅一乐先生回来。

记者丁　好，我一定转告。

陈　毅　诸位还有什么问题？

记者甲　请允许我再问最后一个问题。今天陈毅先生就任上海市市长，对此陈毅先生有何感想？

陈　毅　有啥子感想？感想就是上海的市长不好当哟！

［张排长举着“上海市人民政府”的牌子上。

陈　毅　喏，你们看，上海市人民政府的牌牌儿马上就要挂出去了，可是它是挂在一个烂摊子上哟！好了，好了，不叹苦经了。挂出去，挂出去！（从张排长手里接过“上海市人民政府”的牌子，招呼众人下）

［幕落。

第三场

［1949 年 6 月中旬的某日傍晚。

［幕启。上海国华纱厂总经理傅一乐的别墅——这是别墅中一间漂亮的客厅，有一门通往餐厅。管家从餐厅里出来。傅一乐的老婆何淑芳从楼上走下。

何淑芳　准备得怎么样了？

管　家　餐厅已经收拾好了。这是今晚的菜单，请太太过目。

何淑芳　（不满）唔，这菜单是谁定的？

管　家　老爷说，这是请共产党吃饭，不要太铺张。

何淑芳　既然请人家来吃饭了，就得让人家吃个高兴。吩咐厨房把拿手菜都做出来。

管　家　是。

何淑芳　打个电话到刘家去，请先生早些回家。

［管家下。陶慕朱上。

何淑芳　表哥来了，请坐。

陶慕朱　淑芳，一乐呢？

何淑芳　还没回来。你怎么好久不来玩儿了？

陶慕朱　在做生意。

何淑芳　你在做什么生意？

陶慕朱　米！

何淑芳　你怎么做起米蛀虫来啦？这能有多大油水？

陶慕朱　油水大得很哩！米价一个劲地往上蹿，都快蹿上天啦！

何淑芳　恭喜，恭喜，你是发了财啰！

陶慕朱　货还没脱手呢，这两天市场上又到了一票米，共产党连军用卡车都派出去运米了。他们抛出，我们吃进，有多少，吃多少，米价一日连升三级。哈哈哈！

何淑芳　哦？这么看来，上海还是有生意可做的，那你干吗要劝一乐到香港去？

陶慕朱　嘿，上次我劝一乐去香港，完全是为他着想。他是个有产业的人，举足轻重，不像我光身一个，混不下去了，随时一拍屁股就能走的。

何淑芳　一乐这次从香港回来就不走啦。

[傅一乐上。

傅一乐　慕朱兄，什么时候来的？

陶慕朱　刚到，你哪儿去了？

傅一乐　到刘家去了一趟。

何淑芳　刘老说了些什么？

傅一乐　6月2日那个工商界人士座谈会，他参加了。会开得很热闹，陈毅市长亲自到场，跟大家握了手，还讲了话。

何淑芳　讲了什么？

傅一乐　跟上次我那个报社朋友的传话差不多意思，说共产党的政策是保护工商业，希望我们尽快地恢复生产。

陶慕朱　刘老对这个会议有何感想?

傅一乐　他说,共产党是欢迎我们的,是要和我们合作的。

何淑芳　刘老的话你总应该相信了。

傅一乐　但是共产党的话是不是可以相信……这都是在场面上讲话,骨子里到底如何呢?

何淑芳　你怎么谁都不相信呢?

傅一乐　这么大的事情,总得要三思而行,多考虑考虑没有坏处。

何淑芳　你要走,你走罢。当“白华”的日子也不会舒服,我宁愿守在家里。

傅一乐　看,看,你又急了不是!我今天请工业局顾局长来吃饭,不就是打算留下来?

陶慕朱　你是资本家,他们是共产党,顾局长会来吗?

何淑芳　共产党不是说欢迎我们,要和我们合作么,吃一顿饭又有什么?

傅一乐　其实我也是为了摸摸共产党的行情,如果不来,那就是说,什么欢迎啊、合作啊都是假的,只不过是宣传。

何淑芳　顾局长一定会来的。

傅一乐　淑芳,你去换换衣服,最好穿列宁装,这是现在最时髦的。我还请了沈胖子来做陪客。

何淑芳　沈胖子是谁?

傅一乐　也是上海滩的大亨,开米行的,满口新名词,是最时髦的人物。

[何淑芳下。

陶慕朱　一乐,你这次从香港回来,真的打算留下来不走啦?

傅一乐　我在上海几十年,弄到现在这个局面,不容易啊!只要有生意可做,谁舍得离开?

陶慕朱　真的不去香港了?

傅一乐　到外面去,我得重起炉灶,要在别人的地盘里打出一条路来,谈何容易。

陶慕朱　那你在九龙买的那块地皮是做什么用的?

傅一乐　哪有此事!

陶慕朱　你不是还有两千锭子在那边吗?

傅一乐　慕朱兄,你是怎么知道的?外面有什么风声么?

陶慕朱　不要紧张。在香港,我是很有些朋友的。

傅一乐　千万不能传出去。

陶慕朱　那是自然。一乐兄,你这可是一步高棋,脚踏两只船;如果将来再向南洋伸展,来个狡兔三窟,这盘棋就更活了。

傅一乐　活不活,还得看今天请共产党吃饭的这着棋下得如何呢!

［管家上。

管　家　老爷!

傅一乐　客人来了?

管　家　来了个电话。

傅一乐　怎么说?

管　家　说顾局长工作忙,没有空。

傅一乐　(当头一棒)啊!还说什么?

管　家　还说……

傅一乐　说呀!

管　家　还说,顾局长希望傅总经理以后不要再搞什么请客吃饭,影响不好……

傅一乐　什么?影响不好?(垂头丧气地坐在一张椅子上)

管　家　我去吩咐厨房,酒席不做了。

［傅一乐挥挥手。管家下。

陶慕朱　怎么样,不幸而言中吧?

傅一乐　哼,什么欢迎、合作,都是宣传,都是假的!

陶慕朱　上海决不是我们久留之地。

傅一乐 对，走！（突然）慕朱兄能不能助我一臂之力？

陶慕朱 用得着我，只管吩咐。

傅一乐 我在香港缺一个得力助手，想借重你的大驾。

陶慕朱 可我手头还有一笔生意……

傅一乐 我知道。我劝你赶快脱手算了，我刚才在刘家听到一个消息，共产党在老解放区调集粮食往上海运，数量很大，眼看米价就要跌。

陶慕朱 （一惊）啊？

傅一乐 你早点儿替我到香港去把分厂建起来，我想办法把这里老厂的资金全部抽过去！

陶慕朱 我去向沈胖子打个招呼，如果你的消息属实，我立即交割干净，动身去香港。

傅一乐 那我就一切拜托了！

［管家急上。

管　家 傅总经理，顾局长来了！

傅一乐 （一惊）什么？又来了！

管　家 来了两个人。

傅一乐 哦？怎么回事？

陶慕朱 别是来兴师问罪的吧。

傅一乐 啊！

陶慕朱 我看你还是先应付一下，我走啦。

傅一乐 等等！（一把抓住陶慕朱）慕朱兄，你得陪我！

陶慕朱 这还要陪？

傅一乐 我可从来没跟共产党打过交道，你得帮我应付一下！（抓住陶慕朱不放，对管家）有请，有请！

［傅一乐、陶慕朱、管家下。

［傅一乐引陈毅、顾充上。陶慕朱随上。

傅一乐　（发抖地）请，请！

陶慕朱　真没想到陈市长今日也惠然赏光，真是喜出望外，喜出望外！

陈　毅　这位是……

陶慕朱　哦，敝人是傅总经理的表亲，敝姓陶。

陈　毅　幸会，幸会。

陶慕朱　一乐，怎么不请客人坐呀？

傅一乐　哦，哦……请，请！（紧张地坐在陈毅一旁）

［佣工给陈毅、顾充端来茶水，然后下。

陈　毅　傅先生，听说你请顾局长吃饭？

傅一乐　不不不！哦，哦，是有此事，是有此事……

陶慕朱　傅总经理聊备菲酌，恭请顾局长，不过是略表傅总经理对贵党、贵政府的热情，请陈市长不要见怪。

陈　毅　不，我是要见怪的！我对傅先生很有意见！

傅一乐　啊……

陶慕朱　傅总经理是一片好意，只是不知道贵党有如此严格的党规，往后决不会再如此冒昧。

陈　毅　不，我是说傅先生不够朋友！

傅一乐　不够朋友？

陈　毅　岂不是吗？为何请他吃饭，就不请我？

傅一乐　请你？

陈　毅　怕破费？

傅一乐　不不不！

陶慕朱　连顾局长的大驾都请不动，哪敢请你陈市长？

陈　毅　请他，是他自己不肯来；请我，我就一定来，就是不请，我不是也来了？

［傅一乐疑惑地望了望顾充，顾充点点头。

傅一乐　陈市长真的赏光?

陈　毅　早知贵府有位名厨,我是慕名而来。

傅一乐　(喜出望外)哦? 太好了! 我马上通知厨房。

陶慕朱　(失望地)一乐!

傅一乐　慕朱兄,你先代我陪陪客人!(下)

陶慕朱　请抽烟,抽烟!

[静场。

[管家上。

管　家　陶先生,您的电话。

[陶慕朱向管家不耐烦地挥挥手。

管　家　是一位姓沈的先生打来的,说有急事。

陶慕朱　(一惊)哦!(对陈毅)我去一下,一会儿就来。失陪,失陪!(下)

顾　充　老总,咱们真的要在这儿吃饭?

陈　毅　你不敢来,是我带你来的,你还怕个什么?

顾　充　可资本家……

陈　毅　资本家的饭就吃不得?

顾　充　我可不吃!

陈　毅　你不吃我吃双份儿!

顾　充　你就不怕资产阶级的影响?

陈　毅　身为共产党的干部,只是怕资本家影响我们,为什么我们就不能影响资本家? 我到这里来,就是要资产阶级受我的影响!

顾　充　那也不一定要吃饭嘛!

陈　毅　不吃饭,影响就不大嘛。你想嘛,一个共产党的工业局长,一个人民政府的市长,到一个资本家家里去吃饭,这可是头版头条的新闻,影响大得很!

顾　充　哦,你是想在饭桌上做他们的工作?

陈　毅　不，你是工业局局长，做他们的工作是你的任务。我不管，我只管吃饭。

顾　充　你只管吃饭？

陈　毅　对头，我的任务就是来吃饭，就是要让他们看一看我们共产党人是啥子模样，让他们知道共产党人也是有鼻子有眼，有血有肉，也是像一般人一样，也要吃饭的，不是青面獠牙的怪物，不是不近人情的生番，也不是不食人间烟火的和尚。

顾　充　（笑）好好好，这个饭吃得，吃得！

陈　毅　快去向傅总经理打声招呼吧！

顾　充　我就去。（下）

［何淑芳上，找傅一乐，看见了陈毅。

何淑芳　您这位……

陈　毅　哦，敝姓（四川乡音）陈。

何淑芳　（听错了）沈先生，怎么让你一个人在这里，一乐也不陪一陪。

陈　毅　傅总经理刚才见过面了，他到厨房有事去，你是傅太太吧！

何淑芳　不敢当，沈先生请坐。

［陈毅、何淑芳落座。

何淑芳　沈先生，我好像在哪儿见过你。

陈　毅　可能，非常可能。

何淑芳　你是哪家公司的大老板吧？

陈　毅　大老板？哦，对，我是上海市的大老板。

何淑芳　上海市的大老板？请问哪家公司？

陈　毅　国营公司。

何淑芳　贵盈公司？是百货行业？

陈　毅　对，我倒是要开办一家最大的国营百货公司。

何淑芳　还没开办？

陈　毅　正在筹划，想尽快开门。

何淑芳　现在市面上，米很吃香，沈先生不做一些吗？

陈　毅　米的生意，我倒是也在做。

何淑芳　听说米价还要涨哩。

陈　毅　千万不能再涨了。

何淑芳　你不喜欢涨？

陈　毅　一听到涨，我就不安逸，我倒希望它跌，跌到底。

何淑芳　哦，沈先生是做空头的。

陈　毅　空倒不空，是实实在在的米，只要他们吃得下，我就尽量供应，一直到他们胀死为止。

何淑芳　真的！沈先生的魄力大。

陈　毅　我的本钱大。

何淑芳　一乐能请到沈先生来做陪客，真不简单。

陈　毅　我这个陪客倒不是请来的，是我自己争取来的。

何淑芳　那就更好了，但不知工业局的顾局长什么时候才能到？

陈　毅　他已经来了。

何淑芳　怎么没看见他？

陈　毅　他和傅总经理在一起。

何淑芳　你见过他了？

陈　毅　我们一起来的。

何淑芳　沈先生和共产党是打过交道的？

陈　毅　天天打交道。

何淑芳　共产党可怕吗？

陈　毅　为何要怕？

何淑芳　都说共产党可厉害了！

陈　毅　百闻不如一见，你看见了就不会觉得可怕。你看我，我这个人可不可怕？

何淑芳　一点儿也不，挺和气的。

陈　毅　是嘛，共产党就跟我一样，也是挺和气，有礼貌，懂道理，讲朋友的。

何淑芳　你相信共产党吗？

陈　毅　要是不相信，我就不会跟共产党在一起了。

何淑芳　沈先生，请你跟我们一乐谈谈，他就是怕共产党，顾虑重重，始终不敢开工……刚从香港回来，又想到香港去，总拿不定主意。

陈　毅　哦？那是他不了解共产党的政策。你对他说，共产党的经济政策是“发展生产，繁荣经济，公私兼顾，劳资两利”，允许他剥削，允许他有利可图。原料、资金上的困难，政府还会帮助解决，希望他尽快地恢复生产。

何淑芳　你说的是真的？

陈　毅　共产党说话是算数的。

何淑芳　要真的是这样，我一定不让他走，叫他早日开工！

陈　毅　是嘛，你倒是有责任劝劝他哦！

何淑芳　一定，一定！哎呀，光顾着说话，也没让你休息休息。沈先生，听音乐吗？

陈　毅　好，要得！

何淑芳　听听爵士音乐，轻松轻松。

陈　毅　有古典的吗？

何淑芳　沈先生爱听古典音乐？（放唱片）这个怎么样？

陈　毅　很好，这是贝多芬的《英雄交响乐》。

何淑芳　你是怎么猜到的？

陈　毅　这是贝多芬在1804年写的一首名曲，就像罗曼·罗兰说的，他仿佛是一个革命的古罗马人，热爱自由和民族独立，梦想着由胜利之神建立起一个英雄的共和国。

何淑芳 沈先生，你“老来西”的，既懂音乐，又会做生意，还会跟共产党打交道，新名词一套一套的，真应该交你这么一个朋友，希望你常常到我们家来。

［傅一乐和顾充上。

傅一乐 陈市长！

何淑芳 （一惊）什么？陈市长？你？

陈　毅 我不是对你说过，我是上海市的大老板嘛！

何淑芳 哎呀，我……太冒昧，太冒昧了！

陈　毅 有什么冒昧？只要你不认为我可怕就行了。

何淑芳 不不，不可怕，不可怕！

陈　毅 所以，要了解共产党，非要接触一下才行，否则要误会的。比方说，国民党骂我们是共匪，不少人又没见过我们，也以为我们是匪。你们现在看看嘛，我和他（指顾充）哪一个像匪嘛。对共产党的经济政策也是这样，了解了，就不会怀疑，不会观望，就会尽快恢复生产。

傅一乐 刚才顾局长把贵党的经济政策都对我说了，我真是如梦初醒，真没想到政府还借给资金，供给原料！我明天一定开工，一定开工！

陈　毅 好，我们欢迎！傅先生，我们共产党是讲朋友的，从不搞鬼。你今天请我们吃饭，我不会当作是糖衣炮弹；顾局长代表政府借款给你，也不是糖衣炮弹，都是为了一个目的，恢复生产，共同克服目前的困难。今后我们都要以诚相待，都不能做对不起朋友的事哦！我得把丑话说在前头，我们共产党是从来不搞什么糖衣炮弹，要么是糖，要么就是炮弹！

傅一乐 你放心，你放心，我一定遵守政府法令，正当合法地进行经营。

何淑芳 吃饭，吃饭吧。一乐，你请的那位陪客怎么还没来？

傅一乐　对了，还有慕朱呢？

［管家上。

管　家　陶先生接了一个电话就走了，这是他留的一张条子。

傅一乐　（接阅纸条）哦，走了！好吧，好吧。

何淑芳　（看纸条）怎么，他到香港去了？

傅一乐　是呀，是呀。（对陈毅）要不要追他回来？

陈　毅　要走，就让他走嘛，以后总还是要回来的。回来的时候我们再欢迎。

傅一乐　那……吃饭，吃饭吧。

［幕落。

第四场

［1949 年秋的一天上午。

［在嘈杂的人声中幕启。上海解放后最早建立的第一个国营百货商店——这是该国营商店设置在一个僻静角落的医药用品柜台。青年营业员裴云芳正在柜台里忙着摆设药品，揩拭柜台，然后胆怯地等待着接待顾客。

［几个顾客过场，看了看医药柜台，并未买药，裴云芳大失所望。

裴云芳　啊呀，我这是怎么啦！其实这又有什么好害怕的呢？如果顾客来了，我就这样对他说：“同志，您要买什么？啊，这个？好的。还要什么？这个您看怎么样？要不，这种也可以。还要什么？不，一点儿不麻烦。不客气。好，（打算盘）一共多少多少钱。我给您包起来。再见，下次您请再过来。”——这不，一点儿也不困难。

［吴老板上，看见裴云芳正在对假想中的顾客做生意，微微一笑。

裴云芳发觉吴老板，甚窘。

吴老板　你们今天是第一天营业？

裴云芳　嗯。

吴老板　你们是上海滩上第一家国营百货公司？

裴云芳　嗯。

吴老板　你这里货色倒是不少，很齐全嘛！

裴云芳　是的。

［吴老板看药品，并用笔记下价格。

吴老板　价格也很公道。看得出你们是货真价实。

裴云芳　对的。

吴老板　你们国营公司的牌价一定下来，私营商店就没办法不跟你们走了。他们的价格定低了，要亏本；定高了，生意就要跑到你们这儿来了。

裴云芳　是这样。

吴老板　你们这儿有盘尼西林吗？

裴云芳　没有。

吴老板　是没拿出来吧？

裴云芳　是没有货。

吴老板　你们打算进货吗？

裴云芳　不知道。

吴老板　这种药国内不生产，全靠国外进口，如今海岸一封锁，再也进不了货了！

裴云芳　哦……

吴老板　我是对面华美大药房的，我们店里倒有一批盘尼西林，当然，货色也不多。要是有顾客到你们这儿来买盘尼西林，请介绍到鄙人药房来。我们是完全接受国营经济领导，也准备做一些配合

工作，请多关照，多关照！（向裴云芳指了指对面的方向，然后下）

裴云芳　（不解地）真怪。（见仍然无人来买药，极为懊丧，背靠柜台而立）

［陈毅和朱静上。

陈　毅　这是卖药的，看一看。（对朱静）咦，这个小同志怎么了，不大高兴嘛！

朱　静　（走近柜台）同志，你怎么了？

裴云芳　（连忙转过身来）哦，没什么。

陈　毅　（对朱静）新店员！（对裴云芳）小同志，你是头一次站柜台吧？

裴云芳　嗯。

陈　毅　小同志，这些药你都能叫得出名字吗？

裴云芳　能。

陈　毅　这叫什么？

裴云芳　阿斯匹林。

陈　毅　那个呢？

裴云芳　沃古林眼药水。

陈　毅　瓶子里装的是什么？

裴云芳　十全大补膏。

陈　毅　知道这些药品的用处吗？

裴云芳　知道一点。

陈　毅　会打算盘吗？

裴云芳　刚学会。

陈　毅　好，要是我买二十片阿斯匹林，五支沃古林眼药水，三瓶十全大补膏，一共多少钱？

裴云芳　（喜出望外）太好了！（打算盘）一共是十二万五千元！

陈　毅　好，打得又快又准确！

裴云芳　（从柜台里取出上述药品）同志，请付钱！

陈　毅　付钱？多少？

裴云芳　十二万五千元。

陈　毅　哎哟哟，我哪来这么多钱哟！

裴云芳　（一惊）同志，你！

朱　静　（连忙解释）哦，误会了，这位同志是想考一考你会不会打算盘。

裴云芳　（大失所望）怎么？他……他不买药？

陈　毅　我又没病，买个什么药？

裴云芳　（气愤）同志，你开什么玩笑！我们是上海第一家国营的百货商店，今天又是第一天开门，你不支持，还来捉弄人！

陈　毅　（着急地）我怎么不支持？我知道你们是国营商店，你们一开门，我就特地来了。你别恼火，怪我刚才没说清楚，对你不起，对不起！（向朱静示意，想溜）

裴云芳　（差点儿哭出来）真倒霉！我这儿还没开张哩……

陈　毅　（折转身来）怎么？你这儿还没开张？

裴云芳　可不！

陈　毅　一笔生意也没做？

裴云芳　嗯。

朱　静　（低声地）走吧！

陈　毅　不，等一下。上海第一个国营商店第一天开门，可她一笔生意也没做着，难怪她恼火。（对朱静）你有钱吗？

朱　静　我？只有一点儿，不多。

陈　毅　拿出来，借给我。

［朱静掏出钱给陈毅。

陈　毅　好，下个月发了津贴还你。（走到柜台前，将钱放到柜台上）小同志，买药！

裴云芳　（破涕为笑）真的！

陈　毅　应该支持你，支持你就是支持国营商店么！

裴云芳　（高兴地）那您要买什么？

陈　毅　随便，反正就这么点儿钱，统统买光拉倒！

裴云芳　同志，您太好了！（拿出几盒万金油）万金油行吗？

陈　毅　反正没病，随便什么都行。

裴云芳　还有点儿找头。

陈　毅　不用找了。

裴云芳　那再给您一包人丹。

陈　毅　可以，可以。

裴云芳　（笑）同志……

陈　毅　你看，她又笑了，又笑了！

［陈毅、朱静也笑了起来。

陈　毅　国营商店刚开张，肯定有斗争，有困难，不过我坚信它一定能得到上海劳动人民的支持，一定会繁荣发展！小同志，有点困难可不要哭鼻子哟！你想过没有，上海有那么多商店，我们干啥子还要开一片国营的商店？意义大得很哩！它对恢复生产，对繁荣经济，对改造私营商业的旧作风，都有很大的促进作用。所以这一仗一定要打好，也一定能够打好，你说是不是啊？

裴云芳　（兴奋地）对，对！您说的怎么跟我们经理说的一模一样？

陈　毅　哦？这个问题嘛，很可能你们的经理是从我这里批发去的。

裴云芳　你这个同志真爱说笑话！

陈　毅　让你说对了，我这个人就是爱说笑话，爱打哈哈！

［一个妇女抱一婴孩急上。

妇　女　（急将钱掏出，放在柜台上）给，都给你！

裴云芳　这……

妇　女　这些总够了吧？

裴云芳　您要买什么？

妇　女　盘尼西林！

裴云芳　没有呀！

妇　女　不，你有的！

裴云芳　没有。

妇　女　你有的！

裴云芳　真的没有……

妇　女　（哀求地）我孩子得了肺炎，发高烧，急等着要用呀！你帮忙给想个办法吧！我求求你……我好不容易才凑到这点钱，你哪怕卖给我一针也行呀！

裴云芳　哦，你到对面华美大药房去吧，他们那儿有盘尼西林。

妇　女　我去过了，他们一个上午就涨了三次价，实在买不起呀！那个老板说，你们这儿不涨价，叫我来找你们。求求你，求求你，救救我的孩子吧！

裴云芳　（急得也要哭出来）哎呀，我……

陈　毅　朱静同志，你带她到卫生部门想想办法。

朱　静　（对妇女）同志，跟我来！到卫生部门去想想办法。（领妇女欲下）

裴云芳　钱！

［陈毅接过钱，交给妇女。妇女感动得要给陈毅跪下，陈毅连忙将妇女扶起。

［朱静领妇女下。

陈　毅　盘尼西林这种常用药怎么会缺货呢？

裴云芳　这种药一直靠进口，国内不生产。如今海岸一封锁，就更难买到了……

陈　毅　（深思地）哦……

［幕落。

第五场

［1949 年冬的一天深夜。

［在急促的电话铃声中幕启。化学家齐仰之的家——这是一间简陋破旧的卧室兼书房，地板残缺不全，残缺处都从地上冒出一丛一丛青草。屋角结着蜘蛛网。书桌上堆满书籍和化学仪器。一张单人床，卧具凌乱不堪。墙上除了贴着一些化学图表外，还贴着一张醒目的条幅，上书："闲谈不得超过三分钟。本室主人敬白。"该室主人显然过的是深居简出的书斋生活，他与外部世界保持不多联系的主要手段，则是搁在书箱上的那架电话机。

［电话铃声继续在响着，但齐仰之充耳不闻，一边翻书，一边在做试验。电话铃声停止。齐仰之望着电话，得胜似的笑了笑。可是过了一会儿，电话铃又响了起来。

齐仰之　（大皱眉头，拿起话筒，极不耐烦地）谁？……你不知道我在工作吗？……知道！知道干吗还来打扰我……朋友？我工作的时候只有元素、分子量、化合、分解是我的朋友……好，你说吧……不，我早就声明过，政治是与我绝缘的，我也绝不会溶解在政治里……我是个化学家，干吗要去参加政府召开的会议？……不去，不去！……什么？陈市长亲自下的请帖？哪个陈市长？……他是何许人？不认识！……对，我不认识！……不论谁，就是孙中山下的请帖我也不去！对你算客气的了！要不是老朋友，我早就把电话挂了……不不不，你别来，你来了也没有用！最近半年我要写书，谁来我也不接待！……好了，闲谈不得超过三分钟，时

间到了！（不由分说地将电话挂上，然后又坐下继续工作）

［少顷。陈毅上，按门口的电铃。

齐仰之　（烦躁地）谁？

陈　毅　我！

齐仰之　（走过去开门）你找谁？

陈　毅　请问，这是齐仰之先生的府上吗？

齐仰之　你是谁？

陈　毅　姓陈名毅。

齐仰之　（打量陈毅）陈毅？不认识，恕不接待！（“砰”地一声将门关上，回到桌边又埋头工作）

陈　毅　（一惊）吃了个闭门羹。（想再敲门，又止住，思索）这可咋个办？真是个怪人！（转身欲走，又停了下来）我就不相信，偌大一个上海我都进得来，这小小一扇门我就进不去！（再次按电铃）

［齐仰之只是将头偏了偏。

［陈毅敲门。

齐仰之　（欲发作，气冲冲地去开门）又是你！

陈　毅　对头！

齐仰之　你！你究竟是干什么的？

陈　毅　要问我是干什么的，我倒是干大事的！鄙人是上海市的父母官，本市的市长！

齐仰之　（一惊）什么？你就是电话里说的那个陈市长？

陈　毅　正是在下。

齐仰之　那……半夜三更来找我有何贵干？

陈　毅　无事不登三宝殿嘛！

齐仰之　可我……我在工作。

陈　毅　我专程来拜访齐先生，也是为了工作。

齐仰之　(为难地)好吧。不过,我只有三分钟的空闲。

陈　毅　三分钟?

齐仰之　对!

陈　毅　可以,决不多加打扰!

齐仰之　请!(延请陈毅进屋)

陈　毅　(打量房间)齐先生就住此地?

齐仰之　对,好多年了。

陈　毅　我倒想起了刘禹锡的《陋室铭》:“山不在高,有仙则名;水不在深,有龙则灵。斯是陋室,惟吾德馨。”

齐仰之　(高兴地)不不,过奖了,过奖了!

陈　毅　不过刘禹锡的陋室是“苔痕上阶绿,草色入帘青”,齐先生的这间陋室嘛,则是“苔痕上墙绿,草色室中青”。

齐仰之　(笑)陈市长真是善于笑谈。

陈　毅　(看到墙上贴的条幅,念)“闲谈不得超过三分钟”?

齐仰之　(看表)有何见教,请说吧!

陈　毅　(也看表)真的只许三分钟?

齐仰之　从不例外!

陈　毅　可我做报告,一讲就是几个钟头。

齐仰之　(看表)还有两分半钟了!

陈　毅　好好好!这次我趋访贵宅,一是为了向齐先生致以问候,二是为了谈谈本市长对齐先生的一点儿不成熟的看法。

齐仰之　哦?敬听高论!

陈　毅　我以为,齐先生虽是海内闻名的化学专家,可是对有一门化学,齐先生也许一窍不通!

齐仰之　什么?我齐仰之研究化学四十余年,虽然生性驽钝,建树不多,但举凡是化学,不才总还略有所知。

陈　毅　不，齐先生对有门化学确实无知！

齐仰之　（不悦）我倒要请教，敢问是哪门化学？是否无机化学？

陈　毅　不是！

齐仰之　有机化学？

陈　毅　非也！

齐仰之　生物化学？

陈　毅　亦不是！

齐仰之　医药化学？

陈　毅　更不是！

齐仰之　这就怪了，那我的无知究竟何在？

陈　毅　齐先生想知道？

齐仰之　极盼赐教！

陈　毅　（看表）哎呀呀，三分钟已到，改日再来奉告！

齐仰之　话没说完，怎么就走？

陈　毅　闲谈不得超过三分钟嘛！

齐仰之　这……可以延长片刻。

陈　毅　说来话长，片刻之间，难以尽意，还是改日再来，改日再来。（站起，假意要走，被齐仰之拦住）

齐仰之　不不不，那就请陈市长尽情尽意言之，不受三分钟之限！

陈　毅　要不得，要不得，齐先生是从不破例的！

齐仰之　今日可以破此一例！

陈　毅　真的？

齐仰之　学者以无知为最大耻辱，我一定要问个明白。（请陈毅坐下）

陈　毅　好，我是说齐先生对我们共产党人的化学，全然无知！

齐仰之　共产党人的化学？哟，这倒是一门新学问。

陈　毅　不，如果从《共产党宣言》算起，这门化学已经有一百年的历史了！

齐仰之　那么请问，所谓共产党人的化学，研究些什么？

陈　毅　社会。

齐仰之　社会？

陈　毅　正是。就以中国而言，这门化学就是要把半殖民地、半封建化的社会，变化成为新民主主义化的社会，要把封建主义、官僚资本主义、帝国主义统治压迫的旧中国，变化成为民主、自由、繁荣、富强的新中国。这个，就是共产党人的化学，社会变化之学。

齐仰之　这种化学？与我何干？不知亦不为耻！

陈　毅　先生之言差矣！孟子说："大而化之谓之圣"。社会若不起革命变化，实验室里也无法进行化学变化。齐先生曾说致力于化学四十余年，而建树不多。究其原因，并非齐先生才疏学浅，而是社会未起变化之故。想当初，齐先生从海外学成归国，雄心勃勃，一心想振兴中国的医药化学，遍建药厂，为亿万民众的健康造福。可是国民党政府腐败无能，毫不重视，齐先生奔走呼告，尽遭冷遇，以至心灰意冷，躲进书斋，闭门研究学问以自娱，从此不再过问世事。齐先生之所以英雄无用武之地，岂不是当时腐败的社会所造成的吗？

齐仰之　（深有感触）是呀，是呀！归国之后，看到偌大一个中国，举目皆是外商所开设的药厂、药店，所有药品几乎全靠进口。S·T来自美国礼来药厂，叶酸全是日本武田药厂所出，酒精是荷兰的，盘尼西林是英国的……这真叫我痛心疾首。我也曾找宋子文当面谈过兴办中国医药工业之事，可他竟说，外国药用也用不完，再搞中国药岂不多此一举？我几乎气昏了……

陈　毅　可是如今不一样了！你推开窗子往外看一看吧，窗外的世界已经发生了翻天覆地的变化。10月1号，已经宣告了中华人民共和国的成立，中国人民从此站起来了，科学也有了光明的前途。

如今建国伊始，百废待举，正是齐先生实现多年梦想，大有作为之时。所以我特地前来，请齐先生出山，为发展新中国的医药事业作出贡献！

齐仰之　你们真的要兴办药厂？

陈　毅　人民非常需要！

齐仰之　希望我也……

陈　毅　当然，否则我怎会深夜来访？

齐仰之　（兴奋得不知如何回答）这……

陈　毅　我知道齐先生是学者，是专家，只可就见，不可屈致，所以我才亲顾茅庐——如一顾不成，我愿三顾！

齐仰之　不不不，陈市长一片赤诚，枉驾来访，如此礼贤下士，已使我深为感动。在此以前我之所以未能从命，一是我对共产党人的革命化学毫无所知，二是……也许我这个知识分子有着不少酸性……

陈　毅　我却有着不少碱性，这样你我碰在一起就中和了！

齐仰之　（大笑）妙，妙！陈市长真不愧是共产党人的化学家。没想到你的光临使我这个多年不问政治、不问世事的老朽也起了化学变化！

陈　毅　我哪里是什么化学家哟！我只是一个剂，是个催化剂哟！

齐仰之　（笑）但不知陈市长对发展医药工业有何具体设想？

陈　毅　我们打算在上海建立全国第一个盘尼西林药厂。

齐仰之　（大喜）哦？这可是我多年的愿望！

陈　毅　市政府决定聘请齐先生主持筹划。

齐仰之　好，我一定效力，一定效力！

陈　毅　至于详细计划，改日再与齐先生细谈吧！

齐仰之　不，不，现在就谈！

陈　毅　（看表）已经谈了三十分钟了！

［电灯突然熄灭。

齐仰之　咳，又停电！

陈　毅　停电倒还不怕，怕就怕敌人破坏电厂，那就要一片漆黑了！

［齐仰之点燃蜡烛。

齐仰之　没关系，我们可以秉烛夜谈。

陈　毅　再谈多久？

齐仰之　（扯下"闲谈不得超过三分钟"的条幅，撕得粉碎）三天三夜！

陈　毅　现在我要赶到发电厂去，连三秒钟也不能耽搁，刻不容缓！

［幕落。

第六场

［1950 年 2 月 6 日傍晚。

［在警报声和飞机声中幕启。陈毅的家中——这是一间书房兼会客室，沿墙摆满了书橱。写字台上有纸笔墨砚。门外有一走廊。

［陈毅正坐在书桌前在台灯下批阅文件。

陈　毅　朱静同志！

［朱静上。

陈　毅　这是齐仰之先生的关于建造盘尼西林工厂的计划，这是夏灏先生的关于上海城市建设的设想，还有这份关于恢复生产的情况报告，都打印一下，送交市委讨论。

朱　静　（接过三份材料）好。

陈　毅　齐仰之先生的住房修好了没有？

朱　静　修好了。他非常满意。

陈　毅　这就好。

［朱静下。

［陈毅继续批阅文件。

［远处传来飞机轰炸声。

［张排长急上。

陈　毅　怎么回事？

张排长　敌机在轰炸！

［台灯熄灭。

［电话铃响。陈毅接电话。

陈　毅　是我。什么？发电厂被炸！……我们的高射炮是干什么的？……什么？八门高射炮有六门出了故障！乱弹琴！……好！好！（挂上电话）张排长，走！

张排长　上哪儿去？

陈　毅　发电厂。

张排长　你不能去！

陈　毅　你怎么又来了！

张排长　（拦住陈毅）敌机还在轰炸，太不安全。

陈　毅　让开！

张排长　不！我要对首长的安全负责！

陈　毅　你这个人哪！大刘！

［大刘应声上。

陈　毅　关他一天禁闭！

张排长　首长……

大　刘　为什么？

陈　毅　他妨碍我的工作！

张排长　我……

大　刘　他？

陈　毅　执行命令！

大　刘　是！排长，走吧！

［陈毅乘机跑下。

大　刘　排长，你怎么啦？

张排长　哎呀，你还站在这儿干吗？还不跟上去！

大　刘　（醒悟）是！（急下）

张排长　（向远处的大刘）大刘，带上警卫班！

［大刘应声："知道了！"

张排长　（无可奈何地）咳！

［张大爷拎着行李包袱上。

张大爷　张排长！

张排长　张大爷！

张大爷　市长大人呢？

张排长　市长大人？

张大爷　对！市长大人！

张排长　哦，你是说陈毅同志？他到发电厂去了。你找他有事？

张大爷　向他辞行！

张排长　你要走了？

张大爷　回家！

张排长　回家？你家里不是没有人了吗？

张大爷　是啊！老伴去世了，我只有张茜这一个女儿，她如今在这儿成了家，我是一个孤老头了！

张排长　那你干吗要走？这儿就是你的家嘛！

张大爷　不是我要走，是有人赶我走！

张排长　谁敢赶你走？

张大爷　我的乘龙快婿！

张排长　你是说陈毅同志？

张大爷　正是他。

张排长　你是他的老丈人，他怎么会赶你走？

张大爷　这叫六亲不认！

张排长　这不可能！张茜同志知道你要走吗？

张大爷　她也劝我走，不要我这老爸爸了！

张排长　啊？真的？

张大爷　火车票都给我买好了，明天一早的。

张排长　哦？你一个老人家，让你回去干什么呢？

张大爷　还干我的老本行，做手艺。不不不，（赌气地）我要沿街乞讨，当叫花子，一边要饭，一边就喊："我是上海市长陈毅的丈人，可怜可怜我吧！"

张排长　张大爷，你不能这样。还是等陈毅同志回来再商量商量吧。

张大爷　用不着了！等他回来，你就说我走了，说我感谢他对我的一片孝心！

张排长　不不不，你别走，别走！

［陈小妹上。

张排长　小妹，你快来劝劝张大爷，他要走！

陈小妹　哦？张伯伯，你要走？

张大爷　不是我要走，是你哥哥嫂嫂要我走。

陈小妹　真的？为什么？

张大爷　还不是嫌我吃他的、用他的。

陈小妹　吃他的、用他的也是应该的嘛。你苦了一辈子，如今解放了，女婿当了市长，他不该养活你？

张排长　如今是供给制，陈毅同志别是怕增加国家负担，才……

陈小妹 要是怕增加国家负担，那就让我哥哥给张伯伯介绍个工作嘛，安排在收发室还不行？

张排长 对，对，可以跟你哥哥说说！

陈小妹 张伯伯，你看好吗？

张大爷 那就要看他啰！

陈小妹 他是市长，给你安排个工作还不容易？我也要让他给我介绍到卫生学校去读书哩。

张排长 你要去读书了？

陈小妹 如今解放了，人人都要工作，我还年轻，不能依赖他。我想考卫生学校，又怕考不取，要是哥哥给学校打个招呼，那我就有希望了。

张大爷 你们是同胞兄妹，好办；我可还隔一层呀。

陈小妹 不，女婿如半子，他会给你安排个工作的。

［陈毅和大刘匆匆上。

张排长 首长回来了！

陈　毅 张排长，把我的行李铺盖送到市政府去，这几天我要睡在那儿。

张排长 不回来了？

陈　毅 电厂炸的很厉害，我要在办公室日夜值班。马上就走！

［张排长向陈毅耳语。陈毅这才发现张大爷和陈小妹。

［张排长和大刘下。

陈　毅 爸爸！

张大爷 不敢当！

陈小妹 哥哥，伯伯在生你的气。

陈　毅 哦，都怪我没说清楚。

张大爷 你不说我也清楚！

陈小妹 哥哥，你和嫂嫂真的要让伯伯走？

陈　毅 为了减少国家负担嘛。我们是供给制，吃的、用的都是国家的，多一个人，国家就多一笔开支嘛。

陈小妹　多伯伯一个人怕什么？

陈　毅　如今国家很困难，今天敌人又炸了电厂，以后还要困难。我们应该尽量减少国家不必要的负担。

陈小妹　可有的干部不是把全家都接来了？

陈　毅　这是揩国家的油，是错误的。

陈小妹　那你给伯伯安排一个工作总可以吧？

陈　毅　伯伯在老家不是有工作吗？

陈小妹　我是说给他在上海安排个工作。

陈　毅　我没这个权力！

陈小妹　你是市长。

陈　毅　市长更要以身作则。再说目前正在整编节约，缩减机构，裁减人员，我更加不能这么做！

张大爷　哼！无情无义！

陈　毅　老人家，言重了！

张大爷　不是无情无义，也是假情假意！

陈　毅　你是我长辈，你打我骂我都可以，说我假情假意，我陈毅不是这样的人。我接你来，是真情真意；让你走，也是真情真意。

张大爷　好，你说不要增加国家负担，我同意。可你妹妹让你在上海给我安排个工作，你又为何不答应？有了工作，我自食其力，这不叫增加国家负担吧？

陈　毅　好，老人家，我也来问你，你是喜欢国民党，还是喜欢共产党？

张大爷　你问这个干什么？

陈　毅　我看老人家是喜欢国民党。

张大爷　什么？我喜欢国民党？

陈小妹　哥哥！

陈　毅　（打断陈小妹）不用你插嘴！（对张大爷）这么说，你不喜欢国民党？

张大爷　我喜欢国民党干什么？

陈　毅　那又为何不喜欢？

张大爷　（没好气地）国民党腐败！

陈　毅　怎么腐败？比如人事上？

张大爷　这我们都见过的嘛，任人惟亲，裙带关系，一人得道，鸡犬升天。

陈　毅　说得好！所以国民党要倒台！老人家喜欢不喜欢共产党也这样？

张大爷　那我当初就不会同意张茜到新四军去了。

陈　毅　好！喜欢不喜欢你的女婿也这样？

张大爷　这……

陈　毅　（笑）没得话说了吧？共产党和国民党就是不一样，就是不能搞这套名堂！老人家当初支持张茜到新四军来，不是为了谋求私利，不是为了找个共产党大官当女婿，以后好养老，是为了对革命作出贡献。如今革命胜利了，老人家也还应该对革命作出贡献！

张大爷　我还能对革命有什么贡献？

陈　毅　在如今恢复生产的困难时期，老人家要是尽量不增加国家负担，并且支持女儿女婿保持共产党廉洁无私的作风，就是对革命作出了贡献。

张大爷　（思索）哦？

陈小妹　哥哥，我的事怎么办？

陈　毅　介绍信我不写！

陈小妹　不写？

陈　毅　你凭本事去考。考取就考取，考不取就回乡下去种田。叫我写介绍信，打招呼，办不到！

陈小妹　哥哥，你……

陈　毅　不是当哥哥的不爱妹妹，可是我还要爱护党的纪律，爱护革命的原则嘛！

陈小妹　（点头）嗯。好，我凭本事去考。考取了，气气你！

陈　毅　好！

张大爷　小妹，你想通了，我也想通了！

陈　毅　哦！

张大爷　我明天就走！

陈　毅　好好好！你老人家回去还是干你的老本行，要是生活上有困难，我和张茜总会想办法接济你的。好，明天一早我和张茜到车站去送你。

张大爷　不用了，不用了！不耽误你们的公事，也是对革命作出贡献。

陈　毅　不，否则老人家又要骂我无情无义了！

［张大爷大笑。

陈　毅　俗话说，清官难断家务事，不过只要有个原则，还是好断的嘛！

张大爷　小妹，我看你哥哥倒还真是个清官！

陈小妹　瞧你，一会儿又夸起女婿来了！

［陈毅、张大爷、陈小妹相视而笑。

［幕落。

第七场

［1950 年 2 月 8 日凌晨。

［在鼾声中幕启。上海市人民政府办公大楼里，陈毅同志的办公室。天未大亮，窗帘紧闭，办公室里漆黑。陈毅正和衣睡在两张

椅子上，鼾声如雷。他身上盖了一条军用毯和一件军大衣。

［窗外传来海关大钟的钟声。陈毅醒了，伸出双手，打了一个呵欠，然后支起身子，用火柴点亮了枕边的蜡烛，又从枕下拿出一本法文的莫泊桑小说阅读。

［突然外边传来一片欢呼声："有电了！有电了！亮了！亮了！"

［大刘兴奋地推门上。

大　刘　陈毅同志，有电了！

陈　毅　（一跃而起）哦？（连忙将台灯开亮，举在手中）好，好！不到四十八个小时果然恢复了供电，发电厂工人真了不起，了不起。

［朱静和张排长兴奋地跑上。

朱　静　陈毅同志！

张排长　发电了！发电了！

陈　毅　是呀，是呀！（边说边将所有的灯一一开亮）又是一片光明，一片光明！

张排长　瞧他高兴的！

朱　静　像小孩似的！

陈　毅　（欣赏似地望着所有的灯，突然想到）哦，对了，不要浪费，不要浪费。关掉，关掉。（又一一将灯关掉）

［同时朱静和张排长拉开窗帘，天已微明。

陈　毅　（取下台灯的灯泡给大刘）给我换一个小一点的，不要超过十五支光。

大　刘　可你的眼睛……

陈　毅　要节约用电嘛！

［大刘拿着灯泡下。

［陈毅收拾铺盖，朱静与张排长相帮。

朱　静　（翻了翻枕边的书）你这么忙，还看法文版的莫泊桑小说？

陈　毅　这叫一闲对百忙。

张排长　(抱着叠好的铺盖卷)今天晚上你可以回去睡个好觉了吧?

陈　毅　连我睡觉你也要管!你要给我一点儿自由嘛!

[张排长赌气地抱着铺盖卷下。

[陈毅望着张排长"噗哧"一笑,拿着脸盆、毛巾,哼着《咱们工人有力量》歌曲,下。

[朱静坐在小桌前办公。

[童大威探头探脑地上。

童大威　朱秘书!

朱　静　童军长,来得这么早?

童大威　陈老总还没来上班?

朱　静　不,这两天他天天住这儿。去洗脸了,我去叫他。

童大威　不不,等等。嗯……朱秘书……

朱　静　什么事?

童大威　(试探地)老总这两天情绪怎么样?

朱　静　别提了!"二·六"轰炸之后,人心浮动,特务又到处捣乱,他急得吃不下,睡不着,刚才恢复供电了,才有点儿笑脸。

童大威　(小心翼翼)那这两天他发过火吗?

朱　静　怎么没有,昨天晚上刚发过。

童大威　(一惊)哦,哦,为……为什么?

朱　静　新闻发布处的魏副处长,搞了篇"二·六"轰炸的报道,详细地把敌机的命中目标也报道了。昨天晚上陈毅同志一看报纸,火极了,把他找来狠训了一顿,说这样的报道等于是向敌人提供情报,让敌人再来轰炸!把个魏副处长训得浑身直抖!

童大威　(紧张地)哦……今天该轮着我了。

朱　静　你怎么了?

童大威　“二·六”轰炸那天，我手下的八门炮，六门没打响……

朱　静　哦！那肯定要挨批！

童大威　反正我一声不吭，骂死了拉倒！

［陈毅上，一见童大威便沉下脸。

陈　毅　你来得倒很早！

童大威　（连忙立正敬礼）童大威前来报到！

陈　毅　好了，好了，你就不要给我敬礼，我要给你作揖了！

［气氛顿时紧张。

陈　毅　朱秘书，你出去！

［朱静向童大威伸了伸舌头，下。

陈　毅　（将门关紧）我且问你，你有几个脑袋！嗯？

［童大威低着头，闷声不响。

陈　毅　（暴躁地踱来踱去）八门高射炮，你倒有本事叫它六门不响！啊？你是负责警备和防空的，拿着高射炮摆样子的？好玩儿的？要是不响，我们干啥子要搞大炮？还不如去放鞭炮！怎么不说话？高射炮不响，你也一声不响？

童大威　出了故障……

陈　毅　是你脑袋瓜子出了故障，你以为上海解放了，就可以刀枪入库，马放南山了？养兵千日，用在一时。可你平时不出故障，一用就出故障，这是什么问题？出了故障，为什么又不及时向我汇报？你眼睛里头还有没有我这个司令员？

童大威　我检讨……

陈　毅　检讨？那么轻巧！你可知道，由于你的失职，造成了多么严重的后果？全市有五百多人炸死，一千多人受伤，你要偿命！一天之内，就跑了五十万人，搞得人心惶惶！今天电厂虽然修复，可是供电量很小，不少工厂还是不能开工，失业又要增多，劳资关系又要紧张，你去给我解决！你说说，你该当何罪？你以为把你找了来，骂你几个钟头就算了事？没这么便当！我也没这么多骂人的空闲！你也别以为我是你的老上级，可以通融一下，不行！这回一定要公事公办，要依法论处！

［童大威紧张。

［电话铃响，陈毅去接。

陈　毅　是我。哪里来的？……华东局？接到这边来。（对童大威）我看你呀，足够枪毙的资格啰！……你好，我是陈毅。……对，对，我正在找他谈话。……（一惊）什么？要……你等一下，（对童大威）你进去！

［童大威走进内室，抱着头靠在内室的门框上。

陈　毅　真的要交到军法处，依法判刑？……这是华东局的意见？军委同意了没有？……我不同意。这件事，造成很大损失，后果严重，他是要负责任。可是童大威这个同志，是名虎将，从土地革命一直到解放上海都立过大功。况且现在正是用人的时候，不宜处分过严……对，对，再说，我是他的上级，我是军管会主任，我也有责任，不能全怪下边……对，要保，一定要保！……好，我向军委负责，我向军委检讨！

［童大威深受感动。

［陈毅挂上电话，沉思片刻。

陈　毅　童大威！

［童大威上。

童大威　（沉痛地）陈毅同志，我愿意接受任何处分，你严办吧！

陈　毅　你呀，你呀，我真恨不得打你两巴掌！你要做个书面检查，找出问题，吸取教训。一式四份，一份给军区，一份给市委，一份给华东局，还有一份你留着，每一个礼拜看它一次，让这次教训刻骨铭心，以免忘掉！

童大威　是！

陈　毅　你说，今后怎么办？

童大威　今后保证八门炮门门都响！

陈　毅　要是不响？

童大威　就提着脑袋来见你！

陈　毅　哼！当心你的脑袋！

童大威　（敬礼）是！老总，我走了！（急忙就走）

陈　毅　等一下，哪里去？

童大威　回部队，练炮去。

陈　毅　怎么？连批评也批评不得了？早饭也不在这儿吃就要走？吃了再走，我有饭票。走！

童大威　（迟疑了一下，连忙抹了抹刚才差点儿要掉下的眼泪）老总，辣椒呢？

陈　毅　自己找！（下）

［童大威打开陈毅办公桌边上的抽屉，找出一瓶辣椒。

［朱静上，用眼神询问童大威。童大威向朱静得意地晃了晃辣椒，然后下。

［周放曙与魏里上。

周放曙　朱秘书，陈毅同志呢？

朱　静　吃早饭去了，坐一会儿吧！

周放曙　魏里同志，请坐。

［朱静拿着文件夹下。

魏　里　（坐立不安）我还是回去吧。请把我的检讨书和辞职信交给陈市长。

周放曙　不，我要问问清楚，陈老总对你这样的同志是不会这样的。

魏　里　不用问了，是我不好，报道了不该报道的事。我走了。

周放曙　不不，你等等！

魏　里　不用了。

周放曙　要不你先在里边坐一会儿，等我问了再说。

魏　里　好吧！（进内室）

［陈毅上。

陈　毅　工业局的调查报告带来了没有？

周放曙　带来了。老总，有件事我要问你。

陈　毅　什么事？

周放曙　昨天晚上，你是不是批评了新闻发布处的魏里副处长？

陈　毅　他把敌人命中目标都写在报上，严重泄密，不该批评？

周放曙　发没发火？

陈　毅　这种事情能不发火？

周放曙　发得大不大？

陈　毅　我的脾气你又不是不知道，要么不发，一发，就火光冲天！

周放曙　可你把人家吓坏了，回去一夜没睡，今天一早来找我，说你肯定要撤他职，他把辞职书都写好了。

陈　毅　哦？这个同志，是面做的？泥捏的？这么碰不起，太娇气了嘛！自己的同志，怎么连一点儿批评都受不了，况且他犯了错误嘛，我又没冤枉他。

周放曙　不，人家不是党员同志，是党外人士。

陈　毅　什么？他是非党干部？

周放曙　无党无派的知识分子。

陈　毅　哎呀呀，我哪里晓得？我还以为是党内的同志。这不大好，不大好！等你回去，代我向他赔个不是！

周放曙　他就在里边。

陈　毅　怎么不请他进来？快请，快请！

［周放曙请魏里从内室出来。

陈　毅　（迎上前去）魏里同志，抱歉，抱歉！这两天“二・六”轰炸搞得我心事不顺，情绪不好。昨天晚上我对你很粗暴，太伤人。（诚恳地）我对你不起，向你道歉。下一次我一定要注意！一定改！

魏　里　（激动地握着陈毅的手，流下眼泪）不不不，陈市长……你……

陈　毅　这是我们共产党的规矩，不论谁，错了就得承认，就要道歉！

魏　里　不不不，是我错！

陈　毅　其实我昨天的批评，是为了引起注意，共同吸取教训，不是为了追究个人的责任，这一点请你放心。

魏　里　对，对，下次我一定注意。

陈　毅　听说，你已经写了辞职书？

魏　里　不不，我收回，收回！

陈　毅　好，希望我们党内外的同志，亲密合作，共同把新闻报道工作搞好！

魏　里　我一定努力。

陈　毅　再见！

魏　里　再见！（下）

陈　毅　咳！有人说，喜欢吃我的批评。挨了我的骂他还高兴，我就不相信。我也有批评过头、不讲方式的缺点嘛。这次幸亏你来，补救了我的一次过失。（看报告）怎么？今年一月份申请停业的工厂有一百五十九家！申请歇业的商店有三百六十三家！这么厉害？

周放曙　“二・六”轰炸之后情况更糟，资本家除了外逃，还有自杀的，工人因为失业也有自杀的。劳资关系空前紧张，每天要调解劳资纠纷六十件。报告上都写了。

陈　毅　国华纱厂怎么样？

周放曙　工人和傅一乐也是闹得不可开交。

陈　毅　（看报告）哦？这么严重！我看这份报告可以送给中央。

周放曙　有人反对呀！

陈　毅　为什么？

周放曙　说这份报告把形势说得过于严重了。

陈　毅　是严重嘛！目前是我们进入上海以来最最困难的时期，怎么不严重？那他们认为……

周放曙　形势大好！

陈　毅　我真不明白，我们有些同志像和尚念经一样，不论出现什么严重的局面，都说形势大好，好像我们共产党就不可以有形势不好的时候。这是睁眼说瞎话，要不得！

周放曙　他们认为，说形势不大好就是右倾。

陈　毅　我就不怕人家说我是右倾。这份报告呈送中央！报喜不报忧，就不是真共产党。你把国华纱厂的那部分留下，我要仔细看看！

［周放曙留下报告的一部分，欲下。

陈　毅　你跟朱秘书说一声，不要让人来打扰，我要一个人考虑一下问题。

周放曙　好！（匆匆下）

［陈毅又看了看窗外，然后坐下阅读报告。阅读了一会儿，又站起来，走来走去地长久地思索着……

［幕落。

第八场

［1950 年 2 月 18 日（春节）上午。

［在爆竹声中幕启。国华纱厂工人徐根荣的家——一间破旧的草房。屋里，置放着一张破床、一张破桌、几把破椅。墙角放着锅

灶。徐根荣饥寒交迫，六神无主，独自一人裹着棉被坐在床上发愁。少顷，突然跃身而起，将棉被卷好，夹在腋下，正欲开门出去，金海捧着一脸盆豆渣上。

金　海　根荣哥！给你拜年来了！恭喜恭喜！

徐根荣　恭喜恭喜！金海，你先坐，我一会儿就回来！

金　海　你？大年初一去当铺？

徐根荣　揭不开锅了！

金　海　瞧，这盆豆渣够咱俩吃一天的了。

徐根荣　可你老婆、孩子……

金　海　跟你一样，都送到乡下去了。

徐根荣　你也……

金　海　留在上海吃什么？早饭还没吃吧？来，烧火，烧火！

[金海蹲在土灶前烧火。徐根荣在锅里放水，准备烧豆渣。

[静场。两人都满面愁容。

徐根荣　（一声长叹）咳，真没想到，解放之后的第一个年是这么过的！

金　海　怪谁？都是让傅总经理害的，三个月都没发工资了！

徐根荣　"二·六"轰炸之后，他躲起来了，有啥办法？

金　海　跑了和尚跑不了庙，咱们再带几千工人到他家去！

徐根荣　去了一次就把他吓跑了，再去，他就更不敢回来了。

[朱阿妹跑上。

朱阿妹　根荣大哥，傅总经理偷偷回来了！

金　海　哦？

徐根荣　你听谁说的？

朱阿妹　他家佣人。还听说，去年年底有人从香港给他来信，要他抽逃资金；这次"二·六"大轰炸，他看局势很困难，就又把一部分资金抽逃出去了！

徐根荣　怪不得他发不出工资！

朱阿妹　厂里的姐妹们说，待会儿全都到傅总经理家去，要是再不发工资，就分他家产。大伙叫你们工会来两个人，去领个头。

徐根荣　我们合计一下，一会儿就来。

朱阿妹　好。（下）

徐根荣　真没想到，傅总经理在玩这个鬼花招！

金　海　本性难改嘛！去年政府给他贷款，配给棉纱，生产不是搞得蛮好？可是敌人扔下几颗炸弹，就把他吓住了，要到香港开厂去了！可你欠的工资不发就想溜，没这么便当！

徐根荣　难道真的要去分他家产？

金　海　要不咱们吃什么？资本家是蜡烛，不点不亮，非得来硬的！

徐根荣　好吧，吃过就走！

［徐根荣盛了两碗烧好的豆渣，递给金海一碗，正准备吃。陈毅上，傅一乐畏畏缩缩地跟在后面。

［陈毅敲门。

徐根荣　谁呀？

陈　毅　我。

［徐根荣开门。

陈　毅　你是徐根荣同志？

徐根荣　对。（惊喜）啊！陈市长！

陈　毅　恭贺新禧。来给你拜年的！

徐根荣　快请进！

陈　毅　我还带来了一个朋友，不知你欢不欢迎？

徐根荣　怎么能不欢迎？一道请进吧！

陈　毅　（对站在门口的傅一乐）傅先生，主人有请！

［傅一乐进屋。

徐根荣　（对走过来的傅一乐）你！

陈　毅　对，傅总经理！

金　海　（看到傅一乐，怒火中烧）啊！你来干什么？

陈　毅　也是来给你们拜年的嘛！

金　海　经理先生给穷工人拜年？

陈　毅　是嘛！（示意傅一乐）傅先生，拜年呀！

傅一乐　（慌忙地）恭喜发财，恭喜发财……不不不，恭贺新禧，恭贺……

［徐根荣和金海不理睬傅一乐。

陈　毅　这就是你们的不是啰！傅先生诚心诚意地来给你们拜年，你们一不回拜，二不请坐，三无笑脸。他是我的朋友，看不起他就是看不起我。（对傅一乐）我们走，走，走！

徐根荣
金　海　（连忙叫住）陈市长！

［陈毅停下，望着徐根荣和金海。

徐根荣　（勉强地）请坐吧！

陈　毅　对头，对头，不看僧面还要看佛面嘛！（主动地）傅先生，请坐！

徐根荣　（连忙）陈市长，你请坐！

陈　毅　（指金海）这位小师傅……

金　海　我叫金海，是保全工。

徐根荣　也是工会的。

［陈毅和傅一乐坐下。

［徐根荣将金海拉到一边，要他把铺盖卷拿出去当掉，买点儿瓜果点心。金海拒拿铺盖卷，指了指自己的棉袄，欲下。

陈　毅　金海同志，哪里去？

金　海　嗯，买点花生、瓜子来。

陈　毅　（拉住金海）好了，好了，不要打肿脸充胖子了，你们过的什么日子我是晓得的。又不是外人，何必客气！

徐根荣　可我实在没什么招待你。

陈　毅　要什么招待！（见到桌上两碗豆渣）豆渣？过年吃的？

［徐根荣和金海不语。

傅一乐　（惊奇）哦？

［陈毅感慨万千，走到土灶前，揭开锅盖，半晌无语。

陈　毅　（沉重地）解放之后的第一个春节，上海的工人弟兄就吃这个过年，我这个市长对你们不起……

徐根荣　不，陈市长，你能亲自来看我们，这就比吃什么都香甜！

陈　毅　徐师傅，你不是说没什么招待吗？我看就招待我们吃豆渣吧！

徐根荣　什么？请你吃这个？

陈　毅　不舍得？

徐根荣　不不不，怎么能让你吃豆渣？

陈　毅　有什么不可以？野菜、树皮、观音土我都吃过。1936年在赣南，吃的就是野菜和水煮嘛。豆渣要比野菜强多啰！

金　海　这……

陈　毅　有福同享，有难同当，有苦同吃！傅先生，你说是不是？

傅一乐　对，对！

陈　毅　（突然）那你也来一碗？

傅一乐　（感到意外，面有难色）我？

陈　毅　怎么样？

傅一乐　（迟疑地）那……好，好……

金　海　（立即将满满一碗豆渣端给傅一乐）给！

［傅一乐面对这满满一大碗豆渣，不知如何是好，显得极为尴尬。

陈　毅　我的呢？

金　海　你就算了！

陈　毅　那我自己来！

金　海　（盛了浅浅一碗给陈毅）喏。

陈　毅　你好偏心哟！他那么多，我就这么少？我是（沪语）大块头，应该吃得多嘛。傅先生，我们调一碗，好不好？

傅一乐　（求之不得）好，好。

［陈毅与傅一乐调了一碗，端起就吃。傅一乐端着碗，望着陈毅，惊讶地看陈毅吃着，然后又望着自己的一碗豆渣发呆，不知如何下口。

［金海和徐根荣则死盯着傅一乐，看他究竟吃不吃。

金　海　你怎么了？

徐根荣　吃呀！

金　海　（讥讽地）怕有毒？

陈　毅　（对金海）请人吃东西，要客气一点嘛！（对傅一乐）多少吃一点儿，尝尝味道。

傅一乐　（无可奈何地）我吃，我吃……（用筷子挑了一点儿豆渣放到舌头上舔了舔）

陈　毅　傅先生，你从来没吃过吧？

傅一乐　（皱眉头）别说吃，连闻也没闻过。

陈　毅　味道怎么样？

傅一乐　嗯，还好，还好……

金　海　我们工人可是天天吃这个！

徐根荣　有时候连这个也吃不上！

傅一乐　（深有感触）哦？

陈　毅　傅先生，你曾经请我吃过一顿饭，今天，工人也请我吃了一顿，这两顿饭的味道是大不一样哦！

傅一乐　是呀，是呀，真没想到工人师傅的生活是这样贫苦！

陈　毅　好！傅先生今天能有这样的感触，也就不负此行了！

傅一乐　不来可真不知道！

陈　毅　所以应该看到，工人同志到你府上去催发工资，也是迫不得已，希望傅先生谅解。

傅一乐　咳，我也是因为有解决不了的困难，所以才……

陈　毅　傅先生，困难嘛，大家都有，我这个当市长的也有。前两天，一个外国记者问我，参加革命之后最最困难的是什么时候，我就说是进了上海这个冒险家乐园之后，有时困难得真有点儿走投无路。可是我就没跑，没躲起来，更没去跳黄浦江。天这么冷，要我去跳江，我才不干。

[徐根荣、金海、傅一乐都笑了。

陈　毅　当然，困难主要是敌人造成的，派飞机轰炸、派军舰封锁、派特务破坏。特别是“二·六”轰炸之后，造成了我们更大的困难。工厂没电，开不了工，工人失业，生活困苦。在困难面前，我们要同舟共济，共同克服。可你抽资外逃，避而不见，不是更加困难了？你有困难，总还有鱼有肉吃，工人有了困难，连豆渣都吃不上！你釜底抽薪，置工人死活而不顾，未免过于厉害了吧？傅先生，共产党是把你当朋友的，你可不要不讲交情哟！我早就对你说过，我这个人从来不搞糖衣炮弹。要么是糖，要么就是炮弹。你可不要惹得朋友对你打炮弹哟！

傅一乐　我一定注意，一定注意！

陈　毅　当然，目前工商界确实有些困难。我们已经做了调查，上报中央。中央决定调整工商业的政策，打算延长交税和交公债的期限，增加贷款，扩大代纺代织，再助工商界一臂之力！

傅一乐　政府对我们真是仁至义尽，我一定追回抽逃的资金，发放工资，恢复生产，以此报答政府的恩情。

陈　毅　傅先生，作为朋友，我还要敬赠你两句肺腑之言。

傅一乐　请讲，请讲！

陈　毅　一、有了困难，要依靠工人阶级。你想嘛，我们共产党都要依靠工人阶级，你们能不依靠？

傅一乐　对，对。

陈　毅　二、要做一个真正精明的资本家，不但要懂得经济规律，还要懂得社会发展规律。违背社会发展规律的事千万别做，那是要碰壁的！

傅一乐　我一定牢记，一定牢记！

陈　毅　（对徐根荣）工会方面还有什么意见没有？

徐根荣　只要傅总经理答应追回抽逃的资金，恢复生产，如果一时发放三个月工资有困难，哪怕先发一个月的也行。

金　海　对！

陈　毅　傅先生，你看，只要和工人师傅商量，工人师傅还是通情达理的。工人生活确实有困难的，政府决定救济。

徐根荣　哦？

金　海　太好了！

陈　毅　不过，我对工会方面有点儿希望，希望今后如果劳资有了争议，应该协商、说理，不可再去包围资方。有人说，资本家是蜡烛，不点不亮，这不对，蜡烛点完了就没有了嘛。弄到结果不是劳资两利，而是劳资两害，这并不符合工人阶级的根本利益。此外，还要跟工人讲清楚，虽然解放了，工人做了主人，在政治上翻了身，可要在经济上翻身还要有段时间，眼下还是要勒紧肚皮，做出牺牲，为恢复生产、发展生产作出贡献，这样做也是为了工人阶级的长远利益。

徐根荣　我们明白了！

金　海　我们一定跟工人同志讲清楚。

陈　毅　不过，不论劳方的问题，还是资方的问题，其实都反映了我们政府的问题，工作没做好嘛！有人说，经好，和尚不好。我说，不是小和尚不好，是我们这些大和尚不好！市政府决定四、五月份召开各界人民代表会议，广泛征求意见，市委也决定在党内开展批评与自我批评，希望各位对我们——特别是对我——提出批评。今天我就到你们厂子里去征求意见，再看望看望大家，给全厂工人拜拜年！

徐根荣　太好了！走吧！

傅一乐　我也去！哎呀，（指豆渣）这个……

金　海　别吃了，都凉了！

傅一乐　不不，还热，还热！（将豆渣大口大口地吞下）

［幕落。

第九场

［1950 年初夏的一天上午。

［幕启。陈毅的家中。景同第六场。管理员老韩正在书房内收拾打扫。彭一虎板着脸上。

彭一虎　韩管理员，陈老总在哪里？

老　韩　在院子里打拳。彭师长，你先坐一会儿。（给彭一虎倒上一杯水，继续收拾打扫）

［彭一虎仍旧板着脸。

老　韩　彭师长，一清早，干吗板着脸？

彭一虎　心里有气，肚里有火！

［老韩连忙避开，下。

［彭一虎打电话。

彭一虎　我是彭一虎！……昨天晚上会议情况怎么样？……大家还是不吭声？真的对我没意见？……不行！在党、政、军机关开展批评与自我批评是市委的决定，陈老总亲自动员的。他们不对我提意见，我就完不成征求意见的任务……不，不！他们肯定对我有意见，肯定有！……没有？没有意见干吗要打小报告？否则这次我不会当不上军长！……不，不，非要让他们对我提意见！不提？（想了想）不提，就把机关枪架在会议室门口！谁个不提，谁就不准出来！我的命令！（怒气冲冲地将电话挂上）

［陈毅上。

陈　毅　什么命令？

彭一虎　老总？嗯……作战命令。

陈　毅　怎么？敌机又来了？

彭一虎　不，是向我作战的命令。

陈　毅　向你作战？

彭一虎　你不是动员过，开展批评与自我批评，要团以下的干部、战士向我们师一级的领导开炮吗？

陈　毅　你今天气色不对头，是不是不高兴人家向你开炮？

彭一虎　不。

陈　毅　可是部队有些同志还很不习惯批评呢！说如今是阿猫、阿狗都要在他们头上撒尿了，反感得很。现在就是要阿猫、阿狗翻翻身，要他们对我们提出批评。你骂人家骂了好几十年，人家骂你一个星期，有什么不可以？哪有“主民”几十年，不许民主一分钟的道理？我看你大概也是有点想不通吧？

彭一虎　不，想得通。

陈　毅　那你征求了几条意见？

彭一虎　一条都没有。

陈　毅　哦？你倒是完美无缺嘛！

彭一虎　你放心，我今天一定能征求到意见！

陈　毅　我看你呀，至少也得有个十条、八条。我上一次到国华纱厂，还征求到不少意见。你也给我贡献几条，好不好？

［老韩上，给陈毅送茶，然后下。

彭一虎　我来就是要对你提意见的！

陈　毅　哦？怪不得板着脸。统统提出来，我高价征求！

彭一虎　我对你的意见不多，只有一条！

陈　毅　一条也好。

彭一虎　这次军区干部的调动，你安排得不合理！

陈　毅　具体一点。

彭一虎　为什么你安排老胡当军长，我就不能当？

陈　毅　你这是向我提意见，还是在闹情绪？

彭一虎　是提意见，你的安排不公道嘛！

陈　毅　怎么不公道？

彭一虎　我哪一点比不上老胡？他三〇年才参加革命，我二七年就当了红军；他三一年入的党，我是二八年。在新四军，我是副师长，他是我的下级。淮海战役，我是师长，他也不过是副师长嘛。我哪一点不如他？

陈　毅　了不起，了不起！你是大大的功臣，大大的功臣哟！你再说、再说，我洗耳恭听！

彭一虎　你别挖苦人，我讲的是事实！

陈　毅　桩桩件件都是事实，一点不假。不过还有漏掉的，我再给你补充一点：解放上海，你立了一大功。前两天，协助公安机关破获了一个特务集团，又立了一功。总而言之，你的功劳是不小，是大大的。可惜，党和人民有眼无珠，没重视你，亏待了你，真是罪过、罪过，不公道、不公道呀！

彭一虎　我没说党和人民，我是拿我跟老胡相比。我哪点比不上他？就是身上的伤疤也要比他多几块！

陈　毅　（大声地）你住口！伤疤？你给我站起来！

［彭一虎一愣，站起。

陈　毅　把褂子脱下！

［彭一虎又一愣。

陈　毅　听见没有？叫你脱下上衣！脱！

［彭一虎脱去上装，里面穿了件背心。

陈　毅　上身统统脱光，脱光！

［彭一虎又脱去背心。

陈　毅　数数看，有几块伤疤？

［彭一虎不动。

陈　毅　数嘛，伤疤多，光荣嘛，有啥子不好意思。

彭一虎　六块。

陈　毅　没漏掉？

彭一虎　腿上还有两块。

陈　毅　是嘛，漏掉一块就要少一份功劳。好，一共八块。（向外面）老韩！韩管理员！

［老韩提着水壶上。

老　韩　老总，什么事？

陈　毅　来来来，请你把上衣脱掉。

老　韩　干什么？

陈　毅　有事情，有事情。你看，彭师长不是也脱了？

老　韩　（边脱边说）还没到六月心，打赤膊干啥子哟。

［老韩脱去上衣，身上露出许多伤疤。

［陈毅走到老韩面前，数他伤疤。

老　韩　老总，你这是干啥子嘛！

陈　毅　数一数你的伤疤嘛！好，小的不算，光是大的，就有十块。彭师长，怎么样？比你全身还多。老韩，你哪一年参加的革命？

老　韩　二四年嘛，二五年入的党。

陈　毅　（对彭一虎）也比你早。（对老韩）你如今担任个什么领导？当了个什么大官？

老　韩　我还当大官？

陈　毅　你说嘛！

老　韩　你又不是不知道，我是管理员。

陈　毅　（故作惊讶）什么，什么？二四年参加革命，二五年入党，身上又有那么多的伤疤，如今就担任一个小小的管理员？

老　韩　有什么不好？

陈　毅　按照你的资格，少说也该当他一个军区的司令员！

老　韩　（大笑）我？

陈　毅　笑个啥子嘛！

老　韩　我什么时候想当过司令员？参加革命的时候，根本就不知道我能不能看到胜利，更没想到我还能活到今天。只想多打几个胜仗，多消灭几个敌人，哪想到过当官哟！

陈　毅　不行，不行，你不当个大官，就不公道，不公道嘛！

老　韩　服从革命工作的需要，这就是公道。

陈　毅　好！感谢你给我们上了一课。没得你的事了。

［老韩不解地拎着水壶下。

彭一虎　（低着头）老总……

陈　毅　干什么？

彭一虎　让我把衣服穿起来吧。

陈　毅　不用穿啰！明天就这个样子到南京路、到外滩转它一圈，让上海六百万人都欣赏一下你的伤疤，那才光荣哦！

彭一虎　老总……

陈　毅　我看你是变了，给上海这个染缸染得有点变黑了！不少同志都有这个危险，公安局一个股长，贪污七百万元；市政府一个行政科长，有五个恋爱对象。有的局长，胜利冲昏头脑，不尊重民主人士，不愿去团结资产阶级，无非是他有个党籍，就想把非党人士推开。他不想一想，上海六百万人，只有十万党员，不团结广大的各阶层的非党群众和干部，就能把上海改造好、建设好？这是发昏！还有不少同志说怪话，说什么想上海，进上海，到了上海不自在。什么不自在？无非是吃的、住的没有资产阶级和民主人士好。你要好也可以，我开除你的党籍！虽然你不是和党外人士比，是和党内同志比，性质是一样的，无非是居功自傲，向党伸手！我真为你害臊哟！你不想一想，你的功劳是哪里来的？一将功成百骨枯哟！没有广大战士流血牺牲，你能当上师长？手莫伸，伸手必被捉！

彭一虎　好了，老总，我知道错了……

陈　毅　你嫌我啰嗦？

彭一虎　不不，我真的知道错了呀！

陈　毅　衣服穿上！哦，对了，（做脱衣状）要不要跟我比一比？

彭一虎　（穿衣服）不不，我怎能跟你比？

陈　毅　不要怕嘛！虽然我的伤疤比你多，缺点、错误也比你多。我刚参加革命也闹过名誉地位，分配我刻蜡板，我不干。我说我是堂堂大学生，留过洋，镀过金，怎么让我刻蜡板？小看人嘛！后来入了党，可也犯过不少错误，大大小小犯过十六七次，我还反对过毛主席。所以我深知我这个人没什么了不起。没有组织，就没有我个人；没有党对我的教育，就没有我陈毅。

彭一虎　你说这个干什么？

陈　毅　是想说明一个道理，不要光看自己的伤疤多不多，还要看自己的缺点、错误多不多。

彭一虎　对，对，我正在征求意见，一定要把自己的缺点、错误找出来。

陈　毅　可你怎么连一条意见也没征求到，大概是缺少诚意。

彭一虎　不，已经开了四次会了，我叫他们讲，可一个也不开口。刚才，我在电话里急了，要是他们再不开口，我就在门口架上机关枪！

陈　毅　什么？你用机关枪征求意见？

彭一虎　他们不说，你有啥子办法？我再打个电话问问。（打电话）喂，我是彭一虎。……怎么样？什么？架上机关枪还是不说！……好，我马上回来！（挂上电话）

陈　毅　你等一等！（坐在桌旁写了一张字条，交给彭一虎）你把我的命令，带回去宣读！

彭一虎　（看字条）什么？宣布我撤职？

陈　毅　对，就是要撤你的职！

彭一虎　啊！

［老韩上。

陈　毅　先去，执行命令！宣布把你撤职之后，你还是要广大干部和战士给你提意见，你做好记录，明天来向我汇报！

彭一虎　是！（懊丧地下）

老　韩　老总，你把彭师长撤职了？

陈　毅　我怎么能随随便便撤他的职哟！

老　韩　那你……

陈　毅　他太粗暴，别人不敢向他提意见。我把他一撤职，人家不是就敢提了。

老　韩　哦，你是帮助他去征求意见。那你今天把他撤职……

陈　毅　明天再官复原职嘛！

［幕落。

第十场

［1950年秋的一天晚上。

［在腰鼓声中幕启。市属机关的某礼堂——这是礼堂大厅的一角，有一门是通往剧场的入口处，入口处门口的两边分别有两条长椅。入口处的门开启时，可听到舞台上演出的节目。此时正在演出打腰鼓。

［周放曙站在入口处门口，迎接和招待进场的来宾。夏灏上。

夏　灏　周秘书长！

周放曙　夏局长，节目刚开始，快请进吧！

夏　灏　陈市长来了吗？

周放曙　在里面，七排二座。

夏　灏　我那份上海城市建设计划，市委讨论了怎么说？

周放曙　批准了。决定年底就开始在药水弄造点工人住宅。

夏　灏　哦，太好了！

周放曙　请进吧，今天还有柳风先生指挥的交响乐。

夏　灏　那倒值得一听。

周放曙　请！

[夏灏进场，下。

[傅一乐和徐根荣边争论边上。

周放曙　（担心地）你们……

徐根荣　（笑）周秘书长，不是吵架，是在谈季度奖金问题，傅总经理说多发点，我说厂里刚恢复元气，少发点。

周放曙　（笑）哦，吓我一跳！

傅一乐　放心吧，厂里成立了劳资协商会议，就是有争论，也容易解决了。

[陈毅从入口处上。

陈　毅　你们二位结伴而来？

傅一乐　是的。陈市长，你要走？

陈　毅　不走，出来一下。这个节目我不爱看。

周放曙　怎么？有问题？

陈　毅　看了不舒服！

周放曙　哦？（连忙从入口处进剧场，下）

陈　毅　傅先生，你发福了！

傅一乐　心宽体胖嘛！

徐根荣　生产上去了，债还清了，工资也补发了，不但傅先生胖了，我们工人也胖了。

[周放曙从入口处上。

周放曙　快进去，进去吧！

[傅一乐和徐根荣从入口处进剧场，下。

周放曙　老总，这个节目有什么问题？不是挺好？

陈　毅　演节目你就演节目嘛，干啥子要提到我？

周放曙　哦，那是歌颂你。

陈　毅　谢天谢地！歌颂我干什么？上海工作有点儿成绩，又不是我陈某人一个人干出来的嘛。再说，他们在台上说你如何如何了不起，唱什么（学唱）“陈毅市长真英明，真呀真英明”，你又在台下面对面地坐着，你说难过不难过？你是给他鼓掌好，还是不鼓掌？下次不许演这种为个人歌功颂德的节目，要演，我就不看！

［齐仰之匆匆上。

齐仰之　陈市长，到处找你！

陈　毅　你是来报喜的？

齐仰之　对，对！（拿出一瓶盘尼西林）你看！

陈　毅　（接过）盘尼西林，中国上海制造！成功了？

齐仰之　经过药性检验和临床试验，完全合格！

陈　毅　我祝贺你！

周放曙　齐老，你的愿望可实现了！

陈　毅　走走走，我陪你看文娱节目！

齐仰之　不不不！

陈　毅　休息一下嘛！

齐仰之　我还要去研究投产的事！

陈　毅　只看三分钟！

齐仰之　（笑）好，好！

［柳风从大厅另一侧上。

柳　风　陈市长！

陈　毅　我们的音乐家来了！周秘书长，你先陪齐老进去。

周放曙　请！

［齐仰之和周放曙从入口处进剧场，下。

陈　毅　柳风先生，今天演奏什么曲子？

柳　风　贝多芬的《英雄交响乐》。最后一个节目。

陈　毅　预祝你演出成功！

柳　风　谢谢！陈市长，我们交响乐团连个排练的地方也没有，团部居无定所，至今没有自己的房子。

陈　毅　哦？半年之前，我不是就让你找周秘书长去解决吗？

柳　风　他说还要研究研究！

陈　毅　一研究就是半年？不像话，不像话嘛！你放心，我一定叫他尽快解决！

柳　风　那太感激了！

［朱静上。

朱　静　陈毅同志！

陈　毅　又有什么事情？

朱　静　有电话！

陈　毅　我就知道，秘书一到，大事不妙，连看节目也不得安生。我就去。

［朱静下。

柳　风　我要准备演出了。

陈　毅　好，请便。

［柳风下。

［裴云芳偷偷溜上，躲在角落里。

［收票员老秦跑上。

老　秦　咦？哪去了？

陈　毅　干什么呀？

老　秦　有个小姑娘没票，溜进来了。

陈　毅　想看节目？

老　秦　可不。看见了吗？

［裴云芳在角落里向陈毅摆手。

陈　毅　嗯，这倒没看见。咦，哪里去了？哪里去了？

老　秦　奇怪！（下）

［裴云芳从角落里走出来。

裴云芳　（调皮地向陈毅敬礼）谢谢！啊！陈市长！

陈　毅　是你这个小鬼，想看节目？

裴云芳　嗯。

陈　毅　还哭不哭鼻子了？

裴云芳　现在我们国营商店的生意好极了，还哭干吗？

陈　毅　哦，对了，（将盘尼西林给裴云芳）给你，放到柜台上做个纪念，做个广告！

裴云芳　（接过）哦？盘尼西林！是我们自己生产的？

陈　毅　对！

［老秦上，拍了拍裴云芳的肩膀。

老　秦　哎，我看你再往哪儿跑。

［陈毅连忙将自己的票根悄悄塞给裴云芳。

裴云芳　（得意地扬起票根）喏，七排二座！

［老秦无奈，只得引裴云芳进场。

裴云芳　（高兴地对陈毅）再见！

陈　毅　这个小鬼！

［裴云芳跟随老秦从入口处进剧场，下。

［陈毅下。

［张排长、大刘从入口处上。

张排长　大刘，走，还是回去打乒乓球去！

大　刘　不看了？

张排长　好节目都演完了。走吧，走吧！

［彭一虎从入口处上。

彭一虎　张排长！

张排长　到！

彭一虎　哪里去？

张排长　回去打乒乓球。

彭一虎　走走走，一道去！

［周放曙从入口处上。

周放曙　彭师长，到哪儿去？

彭一虎　回去打乒乓球。

周放曙　不看了？

彭一虎　下面是朗诵、交响乐，不感兴趣！

周放曙　不行，要坚持到底！

彭一虎　交响乐又听不懂！

周放曙　听不懂也要听，听完了还要鼓掌。别的节目可以不看，交响乐一定得看！

彭一虎　看节目还有这么严格的纪律？哪个老爷规定的？

周放曙　陈市长规定的！

彭一虎　哦？服从命令！（对张排长和大刘）向后转！

［彭一虎、张排长、大刘从入口处下。

［陈毅和朱静上。

陈　毅　周秘书长，正要找你，你过来，过来！

周放曙　什么事？

陈　毅　（生气地）我这个市长不当了，不当了！

周放曙　怎么回事？

陈　毅　我这个市长指挥不灵，人家不听我的！

周放曙　你是市长，谁不尊重你的意见？

陈　毅　不是别人！

周放曙　谁呀？

陈　毅　正是阁下！

周放曙　我？

陈　毅　我问你，为什么我向你要幢房子都要不到？

周放曙　你的房子？

陈　毅　不是我的房子，我的房子你敢不安排？

周放曙　那是谁的？

陈　毅　交响乐团的。

周放曙　哦！对，对，你讲过，我研究了，可是有困难呀！

陈　毅　为什么安排我的房子，安排你的房子就没得困难，安排交响乐团的房子就那么困难？柳风先生的这个交响乐团，全国也只此一家，在外国的音乐界都有名气，为什么我们国内就不能给他们安排一个起码的工作条件呢？这不符合党的文化政策和知识分子政策嘛！要是你安排不出，那就把你的或者我的房子先让出来！

周放曙　我一定想办法给他们解决。

陈　毅　什么时间？

周放曙　一个月之内。

陈　毅　不行，太长！

周放曙　半个月？

陈　毅　也太长，人家已经等了半年了！

周放曙　那你说……

陈　毅　明天！

周放曙　明天？

陈　毅　对，不能再拖！

周放曙　好吧，明天一定解决！

陈　毅　这才像个办事的样子！

周放曙　你拿不当市长来吓我，谁还敢不尽快解决！

陈　毅　不是吓你，从明天起我真的不当上海市长了，只能挂个名了。

周放曙　怎么了?

朱　静　陈毅同志要调到南京去工作。

周放曙　哦!是中央的决定?

陈　毅　中央方才来了电话,说如今正在抗美援朝,为了加强华东一带的防务,要我到南京主持南京军区的工作。

周放曙　那上海……

陈　毅　上海的地方工作,我还兼管一部分,日常工作就管不了那么多了。

周放曙　这一年多,好不容易给上海工作打开了局面,生产也全面恢复了,可你又……

陈　毅　我也想搞地方建设,对上海我还是有感情的,可是敌人不让你搞,你又有啥子办法!

［剧场里传出报幕员的声音:“最后一个节目——《英雄交响乐》。作曲:贝多芬。指挥:柳风。”接着响起一片热烈的掌声。

周放曙　最后一个节目了,听听吧!

陈　毅　我马上要回去办理移交。我来就是为了叫你解决交响乐团的房子问题的。

周放曙　你放心吧!

陈　毅　交响乐演奏完了,要发动大家鼓掌,党员要带头!

周放曙　我通知了。就怕有人听不懂,中途退场。

陈　毅　那不行!柳风先生在台上看见了,会不高兴的。

周放曙　可已经有人想走了。

陈　毅　哦?你们去把住两边的门,一个也不让走!

周放曙　一个也不让走?

陈　毅　对,一个也不让走!要尊重艺术家的劳动嘛!你们把两边,这儿,我来管!去吧,去呀,去。

［周放曙和朱静从右边入口处下。

［剧场里传出《英雄交响乐》第一乐章的乐曲声。

［陈毅被乐曲所吸引，轻轻推开左边入口处的门，静静地站在入口处听着。

陈　毅　这个音乐是歌颂英雄的，可是被歌颂的不一定都是英雄。我在上海工作才一年多，就已经有人对我唱颂歌，真叫我诚惶诚恐。个人太渺小，党、群众才万能，切记啊切记！不过也有人在背后嘁嘁喳喳，说我在上海的工作是右倾，违背了无产阶级的根本利益。究竟如何？千秋功罪，自有人民评说！

［幕落。

［剧终。

（1980 年演出本）

上海
当代剧作选
1949—2019

第6卷

上海市剧本创作中心
上海市文化艺术档案馆 编

上海人民出版社

目录　卷六

1　话剧　屋外有热流
马中骏　贾鸿源　瞿新华

25　话剧　血，总是热的
宗福先　贺国甫

103　话剧　秦王李世民
颜海平

195　话剧　街上流行红裙子
马中骏　贾鸿源

257　话剧　红房间　白房间　黑房间
马中骏　秦培春

333　话剧　寻找男子汉
沙叶新

397　话剧　二十岁的夏天
余　云　唐　颖

453　话剧　天才与疯子
赵耀民

话剧

屋外有热流

编　剧

马中骏　贾鸿源　瞿新华

作者小传

马中骏（1957— ），男，祖籍浙江，生于上海。现任慈文传媒集团董事长，中国广播电视学会电视制片委员会副会长，中国传媒大学经济与管理学院兼职教授及 MFA 实践导师。

贾鸿源（1951— ），男，山东平阴人。中国作家协会会员。曾任上海市工人文化宫一级编剧。

瞿新华（1955— ），男，江苏太仓人。曾任上海市剧本创作中心一级编剧。

时间　当代

地点　当地

人物表

赵长康　黑龙江农场农业研究所勤杂工

弟　弟　赵长康的弟弟

妹　妹　赵长康的妹妹

[这是一个情节简单的哲理剧。剧情发生在一个孤儿家庭里。兄妹得到了大哥可能要病退回城的消息,各怀心计,暗伤脑筋。

[幕启。场景:舞台一分为二,用几何图形的景物构成一堵无形的墙将弟弟、妹妹的寝室隔开。其余根据导演的理解,自由发挥。

[下雪。风声起。兄妹俩各得其所,正在自行其乐。

弟　弟　(从埋头疾书中跳起来)冬天已经来到,春天还会很远吗?(冷得打喷嚏)阿嚏!唉,我的春天,你快来吧!阿嚏,阿嚏!阿嚏……

妹　妹　(打牌算命)明年回来?今年回来?明年——(甩下一张牌)今年!呸!倒霉!(打开收录两用机)

[广播声:"据新华社报道,本月4日,暴风雪过后,离农业研究所……"

[妹妹调台,随着音乐声踏拍起舞。

弟　弟　(不耐烦,敲桌)喂喂!我的业余华侨小姐,你安静一点儿好吗?大哥快回来了,我还得准备欢迎辞呢!

妹　妹　哈啰!我的候补作家先生,你准备欢迎辞,我在练迎宾舞呢!

弟　弟　话说在头里,大哥半个月没来消息,说回来又没回来,八成是搞病退。要是他病退回家了,这生活费……

妹　妹　我三块,你七块,大哥一直很节约,加起来十块,够多了。

弟　弟　不行!我饭量大,开销多,每月买书就好几块,我出三块。

妹　妹　我是集体,你是国营,集体不靠国营,你说靠谁?七块!

弟　弟　算我倒霉,四块!

妹　妹　至少六块!

弟　弟　最多四块五！

妹　妹　六块，六块，六块！你还算当代青年，一分钱看得比圆台面还大。

弟　弟　（一时无言以对）哎哎，你听……（作弹琴状）这叫对牛弹琴。（欲走）

妹　妹　你说给墙听吧！等等，听说你们厂新试制了一种高级人参珍珠霜，老太婆擦了能变小姑娘，如果你能每天带点儿回来，给我试用试用……

弟　弟　对不起，鄙人最痛恨的就是小溜溜，小扒扒……

妹　妹　啊哟，别假正经了！我试用一点儿珍珠霜，也是为你们厂做广告嘛。你只要答应了，咱大哥的生活费嘛……

弟　弟　你全出？

妹　妹　你再为我写份报告。

弟　弟　什么报告？

妹　妹　大哥上山下乡，知青困难冬令补助申请。

弟　弟　（跳起来）好啊，羊毛出在羊身上。你盗用哥哥名义拿补助，怪不得每年冬天都翻行头。

妹　妹　你眼热？那好，油水归你，大哥也由你负担！

弟　弟　（一想）好好，我不跟你铜钱眼里跳“伦巴”。你说吧，报告要评论性的，还是抒情式的？政治理论强的，还是文学色彩浓的？短小精悍简单扼要的，还是长篇大论加油添醋，外带一点儿……花露水的？

妹　妹　（扔过一张报）抄报纸呗！

弟　弟　（看报被吸引）“中央气象台报告，西伯利亚寒流南下……”

妹　妹　不对，隔壁的那篇。

弟　弟　（继续大声地）“气温达零下五十度”，乖乖！

妹　妹　难怪今年更比去年冷了。

弟　弟　“交通一度中断，飞机停飞，轮船停开，铁路被阻……”

妹　妹　火车不通?(跳起来双手合十)上帝保佑,阿弥陀佛!

弟　弟　你是拜菩萨,还是信上帝?

妹　妹　这叫中西结合。(兴奋地)好了,火车不通,大哥的生活费就不要我们出了。

弟　弟　(扫兴地)“经过紧急动员扫雪,火车……顺利到达。”

妹　妹　(泄气)到达就到达,回来就回来。你快替我写,要求补助二十元,不,三十元。再加点儿漂亮话,什么“心爱的领导,你的关怀使我心都碎了……”

弟　弟　什么心爱的,这不是写情书。快,拿块面包给我,我写。

妹　妹　要有面包、咖啡,我也会当作家的。

弟　弟　(踱步)你不懂,写文章最好是几块面包,一杯咖啡,把自己锁在房间里。(走到妹妹屋里)巴尔扎克就是这样写出了一百八十部小说,号称《人间喜剧》,(偷桌上面包)成为世界闻名的大作家。(嚼面包)

妹　妹　你快写啊。

弟　弟　嘘……

妹　妹　(发火)你这是什么意思?

弟　弟　(手插口袋,摆出洋腔)马克思写《资本论》,左拉写《娜娜》,罗曼·罗兰写《约翰·克里斯朵夫》的时候,都是这样考虑文章结构的,这叫肚子里面做文章。

妹　妹　(藏起面包)你肚子功夫一向很好。

弟　弟　(突然)嘘!来了,来了……

妹　妹　谁来了,谁?

弟　弟　灵感,灵感来了!(又从妹妹盘中抓一块面包,奔进自己屋)

妹　妹　哎哎……(赌气坐下,数面包)

[光渐暗。弟弟写报告。妹妹在盘算。

弟　弟　“亲爱的领导，由于本人家庭困难，大哥上山下乡，长期来一直受到组织上无微不至的关怀……”

妹　妹　（摆弄着一条喇叭裤，发自内心的声音）大哥上山下乡，我年年借光……

弟　弟　“党和国家关心我们这样父母双亡的子女，做到孤儿不孤……”

妹　妹　（内心声音）钱到手，先买一斤开司米，织一件镶金丝的大开衫，配上香港尖角领……

弟　弟　“充分体现了社会主义的优越性……”

妹　妹　（内心声音）当心，厂里千万不能穿。

弟　弟　“我深深感激党和国家……”

妹　妹　（内心声音）春节再申请补助一次。

弟　弟　“在生产上作出贡献！”

妹　妹　（内心声音）有捞不捞猪头三！

［光更暗。弟弟和妹妹处于朦胧欲睡状态。风起。门窗撞击声和耗子的声响。

弟　弟　（惊醒）耗子？糟了，我的书！

［赵长康在屋中出现。

赵长康　你找不到它的，这里有，隔壁也有。

弟　弟　谁？哥哥！你怎么进门都不敲一下，走路一点儿声音没有？吓我一跳！你看，全给你打断了。

赵长康　什么打断了？我可以给你接起来。

弟　弟　思路。思路你懂吗？我正在构思一部情节离奇、故事惊人、有七十万字的长篇小说。刚刚想到 ABC 三角恋爱，B 和 C 争风吃醋，一个说非你不嫁，一个说非她不娶，而 A 眼睛出血气得拔出手枪的时候……你插进来了，全完了。

赵长康　你不是说你在攻美术，做石膏像吗？

弟　弟　现在马路上推销石膏像的太多,连裸体的维纳斯也卖不了几个钱,我认准了还是搞写作吃香。

赵长康　作家是人类灵魂的工程师,搞写作先要有灵魂。

弟　弟　灵魂? 这些年来,我没见过有灵魂的人。就拿你说的人类灵魂工程师来讲,写文章发表,不也是一靠看行情,跟形势;二靠走路子,开后门;三靠抓机会,碰运气……

赵长康　少数人没有灵魂,可绝大多数人还是有灵魂的。当夜深人静的时候,灵魂会和自己说话的……妹妹呢? 她也是这样想的吗?

弟　弟　她呀,在做梦,睡得死死的。

赵长康　我要去把她从梦里叫醒。

弟　弟　(拉赵长康的手)我替你叫……(触电一般缩回手)你的手冰凉冰凉的?

赵长康　我冻僵了。你坐,我自己去。

[弟弟呆呆地坐下,疑惑地看着赵长康走出。火渐渐暗淡,光亮消失。

[妹妹的屋中彩光渐起。在扑朔迷离的梦幻色彩中,妹妹慢慢地从床上支起身子。

妹　妹　(喃喃地)你来了,我亲爱的,我知道总有一天会找到你的。

赵长康　你知道我从哪儿来吗?

妹　妹　香港、巴黎、华盛顿、纽约、伦敦、旧金山……不管哪里,只要是国外。

赵长康　我从远方,从冰天雪地里,从很穷很苦的地方来。

妹　妹　我爱你,我情愿跟你到国外去吃苦受累,情愿受资本家的剥削压迫。你带我走吧,离开这个穷地方。

赵长康　国外有人无非多了一点儿钱,可一个人的灵魂,用金钱是买不到的。

妹　妹　灵魂有什么用？再说，活人不讲灵魂，只有人死了，人家才会说那是灵魂。

赵长康　（走到床前）你睁大眼睛看看，我到底是谁？

妹　妹　（疑惑地）哥哥？（寻找）

赵长康　妹妹，你知道我多么想你啊！

妹　妹　（继续找寻）他呢？（打个寒噤）我怎么这么冷，我要烤烤火。

赵长康　（急拦）不不！

［炉火一亮，赵长康消失。

［妹妹扑向沙发，继续做梦。毯子掉地。

［另一边。弟弟一个寒噤，梦醒。

弟　弟　（隔墙呼唤）妹妹，你屋里冷吗？

妹　妹　我在做梦？

弟　弟　妹妹，我梦见了哥哥！

妹　妹　我也梦见了哥哥。

［静场。两人沉思。

弟　弟　（内心思索）幸亏是做梦，要是大哥真回来了，叫他住在哪儿呢？

妹　妹　叫对面让一块地方出来……

弟　弟　叫她让出房子非要说得她心动……

妹　妹　我要说得他心软……

弟　弟
妹　妹　（不约而同）不，心酸！

弟　弟　（润润嗓子）啊吭！啊吭！

妹　妹　（摸摸喉咙）啊啊……

弟　弟
妹　妹　（对壁练习）亲爱的……妹妹
二哥 你有一个多么……

［双方顿生疑心，情不自禁贴墙偷听，见没动静，继续练习。两人

无声地嚅动嘴唇，做着手势。

弟　弟　（手舞足蹈）精彩，我一定能打动她。

妹　妹　（陶醉地）漂亮，我一定能挑他上钩！

［弟弟和妹妹同时走进门。

弟　弟　妹妹，到我屋里来，有事商量。

妹　妹　你不请，我也要来了。

弟　弟　亲爱的妹妹！

妹　妹　亲爱的二哥！

弟　弟
妹　妹　你有一个多么淳朴、老实、善良的哥哥呀。你饿了，他省下吃的……（愣住，又突然接上）你冷了，他用自己的身子……（又愣住）

弟　弟　（狐疑地）说下去！

妹　妹　你睡了，他把棉袄盖在你身上……

弟　弟　你哭了，他唱歌给你听。一模一样，像大朗诵。

妹　妹　一字不差，像录音机放出来的。

弟　弟　一定是你偷听！

妹　妹　你偷听！告诉你，我交朋友经常说这种话。你要听，我可以再背一打给你听。

弟　弟　我发表过文章，会说不过你？

妹　妹　你床底下那些退稿都是拼拼凑凑抄人家的，以为我不知道？

弟　弟　你懂什么？这叫借鉴！等我出了名，别人不也借鉴我的。

妹　妹　你良心这么坏，能写出好文章？你还是想想十年前对大哥说的话吧！

［灯暗。舞台左角一束光柱中出现十年前的情景。

弟　弟　哥哥，你干吗要离开我们，到黑龙江那么远的地方去？

赵长康　我们好多同学一起去，大家住在一起，吃在一起，一起劳动，一起拿枪保卫祖国边疆，那种新生活一定很带劲。虽然地方远一点儿，生活苦一点儿，但我们一定会很快活的。再说，你们还小，我还要照顾你们，去农场工资高，如果插队就没有钱了。

弟　弟　那我也去，哥哥，你带我去。

赵长康　过两年，等农场盖起了新公房，你和妹妹也长大了，我一定回来接你们。我们三兄妹一起用汗水浇灌大地，再也不分开了。可现在你还小，还要留在家里照顾妹妹。

弟　弟　我一定照顾好妹妹。

赵长康　妹妹小，不懂事，有时候看见别人买糖买话梅，会跟你吵，跟你要的。你千万别发火，你就说等哥哥发了工资，一定给她买。千万千万……不要打她，也不要骂她。

弟　弟　我懂，哥哥。

赵长康　你鞋子破了，我这一双鞋底还好，换了个面子，你穿吧。

弟　弟　哥哥，我不要。

赵长康　等哥哥有钱了就给你买一双高帮的白跑鞋，好吗？

弟　弟　哥哥！（扑入哥哥怀中，哭）

［灯暗。黑暗里妹妹、弟弟继续绞尽脑汁，试图打动对方。

［妹妹幕外声："哥哥为了缝这双鞋，熬了几个晚上，手给针扎出了多少血，他当时只有十七岁。十七岁就又当哥哥，又当妈妈，你不想想，不想想吗！"

［弟弟幕外声："那么你呢？你为什么不说说自己？"

［一束灯光亮。舞台另一角，十年前，妹妹靠在赵长康身上哭泣。

赵长康　小妹，你怎么又哭了？

妹　妹　哥哥，你不要走，我不要你走，我不要你走嘛……

赵长康　哥哥会经常回来看你的。

妹　妹　你骗人，爸爸、妈妈死了，你骗我说他们要回来，我等呀等，到现在还没回来。我知道你一走也不会回来的……

赵长康 （心碎地）小妹……哥哥不骗你，哥哥一定会回来看你的。隔壁张阿姨每天晚上都会来看你的，帮你做衣服，补鞋子。还有李老师每天下课后会留你到办公室做功课，送你回家。以后上课要多用心，不要做小动作，不要跟人吵……晚上睡觉要当心，不要踢被子，再踢要着凉的。（给妹妹披上大衣）

妹　妹 哥哥，我不要。

赵长康 我有棉袄，你看，真的有。

妹　妹 这是爸爸的旧棉袄。

赵长康 补补就好了。哥哥发了工资就买新的。

妹　妹 真的？

赵长康 （拿出一包话梅）你一直要哥哥买话梅，哥哥没钱，今天哥哥走了，就给小妹买一包。就这一包，五颗话梅，小妹，你不怪哥哥吗？

妹　妹 哥哥，你真好，你也吃呀。

赵长康 我不要，你给二哥吃。

妹　妹 你吃，你吃……

［灯暗。

［弟弟幕外声："我只吃了一颗，其余都给你吃了……"

［妹妹幕外声："两颗，吃了还赖，黑心黑肺黑肚肠。"

［弟弟幕外声："我黑心？我问你，哥哥写信托你买农业书，你把车费都算上，这事有吗？"

［妹妹幕外声："你还说我？告诉你，我去邮局查了，寄书的邮费八毛六分，你跟大哥报销两块，以为我不知道！"

［灯亮。场上兄妹气急败坏，斗得脸红脖子粗。

弟　弟 你呀！可以做"周扒皮的妈妈"了。

妹　妹 你好？告诉你，好人不生肚脐眼！

［幕外传来摩托车声，有人喊："49号，姓赵的电汇单"。妹妹出去拿电汇单上。弟弟抢，抢到附条。各进自己屋。摩托车声在风声里远去。

妹　妹　一千块？天哪！农场寄来的。

弟　弟　（读附条）"寄上人民币一千元，详情另告"。（进妹妹屋）信呢？信在哪里？

妹　妹　邮差说，雪大，信要慢一点。

弟　弟　（思索）寄给我们的，难道是积蓄？

妹　妹　决不可能，他从前每月寄钱回家，哪里还有积蓄？

弟　弟　（猜测）病退补助费？安家费……不，也不可能。

妹　妹　奖金，一定是奖金。哥哥每年都是先进，拿到了一笔外快！

弟　弟　管它什么，拿来再说，（对妹妹）我去领。

妹　妹　我先拿到，我去。

［弟弟和妹妹互相争夺，欲出门。

［半空中的声音："你们回来！"

［赵长康出现在妹妹屋里。

赵长康　通往那儿的路被大雪封住了。

［弟弟、妹妹怔住，诧异，不相信自己的眼睛。

弟　弟　哥哥，你回来了？

妹　妹　哥哥，你什么时候来的，我怎么没看见？

赵长康　只要你们一吵架，我就要回来。

［弟弟忙把妹妹的手一藏，掩饰地假笑。妹妹也假笑。

弟　弟　大哥，你病退搞好了？

赵长康　不，我不回来了。

弟　弟
妹　妹　为什么？

赵长康　不为什么。因为我不能回来，也离不开我的土地，我的稻种，我的研究所。虽然他们和我一样，都在冰天雪地里。

妹　妹　你调到研究所了，你在研究稻种？

弟　弟　啊！我想起来了。上半年我给黑龙江报投稿，没回音，我天天查报纸，看见一篇报道，说一个城市知青，坚持在寒冷的东北平原改良稻种，不折不扣，不屈不挠，不罢不休……对！世界上，只有你这种牛脾气的人才干得出。哥哥，你一定有了伟大的发明，创造了惊人的奇迹，拿到了一笔巨额奖金。

赵长康　你猜错了，那是我们连长。我们农场还很穷，为了改良稻种，他把手表都卖了。真的，要有钱，我们可以搭温室，盖暖棚，种一大片稻种试验田……

弟　弟　（掏出小本子，欲记）妙！了不起的豪言壮语，充满了生活气息，又富有革命激情。哥哥，你再说两句。

妹　妹　空话填不饱肚皮。走，哥哥，到我屋里去。（拖赵长康左胳膊）

弟　弟　（拖赵长康右胳膊）慢，我要和哥哥好好谈谈，我要为哥哥写一部长篇小说……

赵长康　别争了！我饿，我不能老吃冰块和雪团，你们懂吗？

［弟弟、妹妹如触电流，同时缩回手。

弟　弟　需要，需要，你等等，我给你烧饭，我有压力锅，快得很。（下）

妹　妹　（注视着弟弟，背对赵长康）快，大哥，到我屋里去，我有牛奶，还有面包。

［赵长康穿墙进妹妹屋。妹妹转身诧异。

妹　妹　（取碟、盘）哥哥，你是研究所的稻种专家？

赵长康　不，我在实验室工作。

妹　妹　搞试验，那一定是研究生？（端上保温瓶）

赵长康　给他们帮帮忙。

妹　妹　噢，那一定是技术员。（送上蛋糕）

赵长康　不，我是专门打扫实验室，洗洗玻璃杯的，有时候送送稻种，空了给大伙洗洗衣服……

妹　妹　（摸摸电汇单，一笑）哥哥，你太谦逊了。你出名了，一定不会忘记我吧。唉！你妹妹真可怜，集体单位，请病假还要扣工资。不像二哥，银行里存了九百二十元钱！

赵长康　啊，他有那么多钱，为什么还写信问我要？

［弟弟端着锅、盆、碟上，进妹妹屋。

弟　弟　妹妹，你这屋真冷啊！

赵长康　那是你们在屋内待得太久了。

弟　弟　哥哥，走，到我屋里去。（拖赵长康）

妹　妹　哥哥还没吃完，你瞎起劲干吗？

弟　弟　哥哥不是你那位“拉菲克”，你管那么紧？

［赵长康穿墙过弟弟屋。弟弟惊怔，进屋。

弟　弟　（热情地）哥哥，快，这边坐，我有热饭热汤。（拿锅）咦！怎么结冰了？蛋汤也结冰了？奇怪，简直不可能。

赵长康　可能的。雪一直在下，屋顶会压塌，地上会结冰，你一开口，声音都会冻住。刚才，我就有这个感觉。

弟　弟　刚才？刚才你在哪儿？

赵长康　（梦幻似地）我在雪地里爬，爬了两天一夜。大雪把路都覆盖了，我爬呀爬呀，白茫茫的远方，突然出现了一串红红的灯火，是老连长来接我了。啊！连雪花都变得温暖极了。我看见最后一片雪花飘到了我的脸上……

弟　弟　（一怔，摸了摸赵长康）你在雪地里爬过，怪不得衣服湿漉漉的。你大概冻僵了。

赵长康　是吗？我怎么一点儿不冷。我很奇怪，你们为什么这么冷，这么怕冷！

弟　弟　（看一下锅）我……去给你热一热。

赵长康　不要热了。我突然觉得，这里的东西我一点儿不想吃。

弟　弟　（似有所悟）那是你饿过头了。也好，待会儿我做几个东北大馒头给你尝尝。（思索，下决心地）哥哥，你们这次一共拿多少奖金？几个人分？

赵长康　奖金？我们没有奖金。

弟　弟　算了，你没回来，组织上就把你那笔……

赵长康　他们不知道，他们在等我，所以我要爬，一直爬下去，爬到雪花把我和稻种送回家去。

弟　弟　（不耐烦地）哥，漂亮话以后再说。我跟你摊底牌吧，你什么都好，就是太老实，吃亏就吃亏在老实上。你现在出名了，为什么不把材料封锁起来，让我替你写篇报告文学？这样你、我都可以扬扬名，还可以拿到一笔稿费。哥哥，我正在攻文学，物质基础很差……我不像小妹，年轻轻的私房藏了四百八十元，就在沙发底下，每天要看三遍。

［妹妹一直在偷听，至此，恼羞成怒，冲进弟弟屋。

妹　妹　放屁！你自己藏了九百二十元在银行里，还拼命到处刮，哼，你！

弟　弟　你……

［双方欲斗。

赵长康　（拍桌，痛心地）我们研究所的同志为了改良稻种，三九严寒跳到冰沟里开渠，手冻僵了，人一天天瘦了。为了给他们增加热量，增加营养，我两个月没给你们寄钱回来。可是你，还有你，你们就一封信不写，好像根本就没有我这个哥哥，你们……哈哈……（突然刹住，警觉地）你们听，雪花、雪花向你们压来了。

弟　弟　咦，炉火通红，怎么没热气？

赵长康　在这间屋子里，火不再是热的。

弟　弟　哥哥，我们要有你这么些钱，心也会热的。

赵长康　（触电般地）我有钱？（转而平静）我已经不需要它了。

弟　弟　真的？

赵长康　真的。

妹　妹　好，说话算数！

［赵长康点头。

［妹妹兴奋地转身跑向门外，弟弟急拦。

弟　弟　好啊！你想独吞。

妹　妹　大哥给我了。

弟　弟　屁！我是二哥，又是男的，理应多分点儿！

妹　妹　男女平等，妇女能顶半边天！

弟　弟　你是秃子打伞，无法无天！

妹　妹　你是无赖，流氓！

弟　弟　对付无赖就要装无赖，对付流氓就要学流氓，这是鲁迅说的！

［双方围绕赵长康转。弟弟拿镇纸欲揍妹妹。

妹　妹　你敢，我到法院告你！（拿起一本书）

弟　弟　家庭问题，自己解决。

妹　妹　法律保护妇女。（躲进自己屋里）

弟　弟　（追上）教育妹妹不犯法。

妹　妹　（跳到高处）你敢碰，我就撕，打一下，撕一页，打两下，全撕光！

弟　弟　哎，别撕！（无可奈何地）这种书一出新华书店门口，就能翻几个跟头，高价卖掉！

妹　妹　你把镇纸放下！

赵长康　（喊出）我的弟弟，我的妹妹，你们的灵魂呢？

弟　弟　看，把哥哥给气坏了。有你这个妹妹真使做哥哥的惭愧。来，过来，让哥哥分！

妹　妹　哼！大哥早看透你了，分就分。（走近）大哥，你来分。大哥呀，最喜欢我了。

赵长康　（看单子）是这钱？你们不能用。

弟　弟　怎么，你反悔了？

妹　妹　你怎么说话不算话！

赵长康　不！这是国家的钱，是大家的。

弟　弟　国家已经给你了，就是你的。

赵长康　可我们也是国家的呀！农场亏本，我们活着一直白吃国家的粮食，白拿国家的工资，难道走了还要拿国家的钱吗？

妹　妹　国家，国家和我有什么关系？这些年来，你还不明白吗，只有你的才是自己的，哥哥，我们才是亲骨肉呢。

赵长康　（指着自己和弟弟、妹妹）我们都是孤儿。没有国家会有你、我、他吗？（痛心地）一个人做的事比他能做的要少，他在生活里就是一个逃兵。这一点，你们也不懂吗？

弟　弟　哥哥，在家里用不着“三突出”。

妹　妹　就是嘛！现在只有嘴里吃的，身上穿的，手里花的才是真的，其余都是假的。

弟　弟　手胳膊总要朝里弯。哥哥，我先领回来再说。

赵长康　不，你们不能用，这是农场职工的血汗钱，是稻种，是粮食！

妹　妹　什么血汗钱？我才不相信这些……

弟　弟　哥，你的脑筋怎么转不过弯来？还停留在十多年前的老框子里。

赵长康　（突然手指屋顶，厉声地）你们看见吗？雪还在下！它已经不肯停了，在没有把这间屋子封住以前，它是不会停的。（激愤，举起单子）它跟雪花一样都来自大地，它还要回到大地上去的。（撕单子）

妹　妹　（疯一样地喊出）傻瓜！疯子！

弟　弟　（气极）绝无仅有的疯子，天字第一号傻瓜！

［妹妹忽然呜呜哭泣。

弟　弟　别哭了！叫他走。（指着赵长康）你赶快给我走！

妹　妹　（跺脚）走！你走！

［灯暗。一束强烈的追光打在赵长康脸上。

赵长康　（痛心疾首地喊出）我的弟弟、妹妹死了！都怪我，怪我没有照顾好他们。为什么我只想到给他们寄钱？为什么我只会问："你们冷吗，饿吗？"（自我怀疑地）难道我寄钱错了？不寄钱，他们反而会活吗？不，不，我为什么每月只写一封信，不写十封，一百封，关心一下他们的思想，他们的灵魂……（又自我否认地）可是我写了信，他们就会不变吗？（痛苦地）我怎么向爸爸、妈妈交代？我怎么对亲人说："他们死了，这么年轻就被魔鬼夺去了灵魂……"（疑惑地）我是在做梦吗？他们死了？死了怎么还会说话，吃饭，喋喋不休地争吵？难道他们活着？活着为什么缺少热，缺少爱，不爱祖国，不爱亲人，不爱同志，也不爱自己的灵魂？哦，我明白了，他们失去了——它！

［赵长康从怀里掏出无形的冰。

［全场大亮。

弟　弟　（吃惊）冰！你把冰藏在心口上。

赵长康　在心里结冰的是你们。你们丢失了一样最宝贵的东西。去，趁大雪还没有把最后一扇窗子封住，你们快去，把丢失的东西找回来。没有它，你们要冷的。

弟　弟　疯了，他真的疯了……

赵长康　你们以为披上了毯子，穿上了大衣就不冷了吗？不，从心灵深处发出来的冷，是任何东西都不能抵御的。去！快到屋外去。屋外有热流，生命在于运动！

妹　妹　他是冻僵发疯了。

赵长康　不，你们冻僵了。你们的皮肤由于烤火而冻住了，你们的肠胃填满了牛奶面包所以结冰了，你们的四肢只会跳舞打扮结果麻木了，你们的心眼老是算计别人它就要僵硬！这间屋子里的空气都冷了，火决不会热。快到屋外去，用纯洁发烫的冰雪擦一擦身子，擦一擦你们的心，你们才会热起来。快去呀！

弟　弟　他是给农场逼疯的。这种事小说上多了，快叫他回农场去！

妹　妹　大哥，你快回农场去吧，你再缠下去，我们都要冻死了。

赵长康　（严峻地）冷是最好的消毒工具。（逼近）国家的热量会给你们耗尽的。你们光想吃国家、用国家、玩国家会不冷吗？（激奋，大步地，不受场景限制地逼近）你们光想吃别人、用别人还会不冷吗？（大声迸发出）你们光知道消耗热量，不生产热量，还会不冷吗！

［弟弟、妹妹震住，一动不动。

［光渐渐暗，只有赵长康的脸上有一柱光线。

赵长康　（向黑暗伸出双臂，喊）回来吧，弟弟、妹妹们的灵魂！（霍地转向观众）你们谁看见了他们的灵魂？你们快告诉我，他们在哪儿丢失了灵魂？你们不知道他们还年轻，还要活下去吗？你们也有弟弟、妹妹，你们也是从弟弟、妹妹走过来的。他们不光是我的，也是你们的弟弟、妹妹。（指着观众席）你，你，还有你，你们既然睁大眼睛看得那么仔细，为什么坐着一动不动？不吭一声？我们不应该在责备生活中生活下去啊！噢，我看出来，你们在思索，在痛苦，和我一样在呼唤，在寻求：回来吧，那发光发热有生命的灵魂！

［仿佛呼应一样，从空间、从四面八方传来男女老少的声音：“你们

缺少热量，还不冷静想一想吗？你们没有热量，还不冷静想一想吗？你们失去热量，还不冷静想一想吗？”

［同时，赵长康脸上的光渐暗，消失在屋内。

［弟弟、妹妹从呆滞中惊醒，光渐亮。

弟　弟　我冷得实在受不住了。我有大衣，我有大衣……（下）

［妹妹披上毯子，弟弟披大衣上，兄妹俩仍冷得上下打战。

弟　弟　妹妹，你冷吗？

妹　妹　从头冰到脚，心都发凉了。

弟　弟　我也是。我真怕会冻死在这屋子里。

妹　妹　（注视窗外）奇怪，大哥怎么不冷，他站在雪地里大声喊……

弟　弟　你快看，大家围着他一起在喊……

［弟弟、妹妹侧耳细听屋外传来的声音：“屋外有热流……”

弟　弟
妹　妹　（对问）这是什么意思？

弟　弟　也许大哥说得对，我们是应该出去活动活动……

妹　妹　又有人出来了，一个，两个，七个，十个。他们都出来扫雪了。人越来越多，他们用箩筐抬雪，还开来了铲车，堆起了雪人，唱起了歌。哥哥，我们出去吗？

［沸腾生活的音响效果起。

弟　弟　不不！屋外绝不比屋内热。你教我跳个“伦巴”活动活动。

妹　妹　好。我去开收音机。

［弟弟和妹妹随着节拍边打哆嗦边舞。突然音乐中断。

［收音机声：“专题新闻。新华社 17 日电，黑龙江群众隆重集会沉痛悼念因公殉职的赵长康烈士。本月 4 日，暴风雪过后，在农业研究所附近的雪窝里，发现一具冻僵了的身躯。他怀里揣着一袋抗寒三十六号稻种，嘴里含着已经结成冰块的雪团。

他是农场农业研究所一名普通的勤杂工，牺牲时年仅二十八岁……”

弟　弟　(惊呆)哥哥？哥哥两星期前就死了？

妹　妹　不，不可能，他刚刚还回来过。

弟　弟　那是他的灵魂，一千块是抚恤金，是抚恤金……

妹　妹　(慢慢地举起双手)大哥，大哥，你死了？你真的死了吗？

弟　弟　(难过地)哥哥，你听见吗？听见我和小妹在喊你吗？要是知道你真的死了，我们不会赶你走的呀！哥哥你回来吧，我们冷得受不住了。

妹　妹　大哥，你快来，快来帮帮我们，我们该怎么办呢！

弟　弟　(木然)我们在做梦吧？小时候也下过这样一场大雪，白茫茫的一片，我们溜到大街上去玩儿，结果迷失了方向。汽车喇叭声、自行车铃声、人们的喊声交织成一气，我们害怕极了……

［传来孩提时代童声的弟弟、妹妹喊哥哥声。

妹　妹　哥哥那天在冰天雪地里找我们，找呀找，找到我们的时候，身上披着一层雪，脸都冻红了……

弟　弟　那时，我们笑得多欢哪。哥哥带我们一起堆雪人打雪仗，我们又唱又跳，骑在他的身上把雪团塞到哥哥的脖子里。我们一点儿都不冷，笑得多快活，围着他不停地喊哥哥，哥哥。

［响起兄妹三人玩儿雪时的笑声。

妹　妹　大哥，你回来吧。我们再也不会赶走你了，只要你回来……

弟　弟　哥哥，你答应吧，答应我和小妹一次……回来看看我们。

［空中传来赵长康的呼喊：“小弟，小妹——小弟，小妹——小弟，小妹——”

［弟弟、妹妹循声寻找，不由自主扑出门外。

［光渐暗，黑色弥漫，场景暗转。风声凄厉，一阵紧似一阵。

妹　妹　（从光亮中探出身子）大哥，你在哪里？你不要我了，真的不要小妹了吗？

弟　弟　（从另一束光中探出身子）哥哥，你在哪里？你不能丢下我和小妹。我们只有你一个亲人，你叫我们再找谁去？

妹　妹　大哥，你恨我们，可我们应该恨谁去？许多人不都和我们一样生活吗？我们再坏，也是你的弟弟、妹妹……

弟　弟　哥哥，你不肯原谅我们一次吗？我们不应该光想到自己，不应该把你赶出去。可现在，除了你，谁还会想到我们呢？哥哥，你不能，不能扔下我们……（泪流满颊）

妹　妹　（转向观众，恳切地）你们谁看见了我的大哥？你们谁知道他在哪儿？如果你们都是我的哥哥、姐姐，如果你们都心疼自己的弟弟、妹妹，那就快告诉我呀，我的大哥在哪里？

弟　弟　（对观众）他一定坐在你们中间，他刚才就是从这儿发出的呼唤。他说过，只要有人在的地方就有他在，你们大家快帮我找一找吧！

［赵长康空中的声音："小弟，小妹——"赵长康现实的声音："小弟，小妹——"赵长康近在耳边的声音："小弟，小妹——"

［弟弟和妹妹循声激动地寻找。不知不觉走向高处。

妹　妹　（踏上一步）大哥，你在哪里？

弟　弟　（踏上一步）哥哥，你在哪里？

妹　妹
弟　弟　（站到顶峰上，用力高呼）哥哥，你在哪里？

［回荡声起。传来赵长康近在耳旁的真切的声音："我在你们身边。你们看，走出屋外，站在高处，和人民在一起，你们就不会冷；只要为国家，为大家做点事，你们就会有热量。你们听——"

［由远而近传来的生活之音：马路上嘈杂的人声；车间里汽锤的撞击声；汽笛高鸣；火车的疾驰声……

[赵长康的声音:“生活里充满热流,充满斗争,充满生命,到处都有我的声音。”

[各种各样的音响交织一起,充满生机。在沸腾的生活之音中——

[幕徐徐落。

[剧终。

(1980年演出本)

话剧

血，总是热的

编　剧

宗福先　贺国甫

作者小传

宗福先(1947—),男,祖籍江苏常熟。历任上海市政协委员、全国作家协会全委会委员。获“国家有突出贡献话剧艺术家”荣誉称号。曾任上海市工人文化宫文艺科干事。1985 年入上海市作家协会任职。

贺国甫(1946—),男,浙江宁波人,曾任上海市工人文化宫编剧、上海作协理事。曾被评为第三届上海十佳电视艺术工作者、全国百佳电视艺术工作者。

人物表

罗心刚　男，凤凰丝绸厂厂长

夏炳石　男，厂党委书记

孙建芳　纺织公司副经理，罗心刚的爱人

李子良　男，技术员

方　瑛　工人，李子良的爱人

蒋定安　男，车间主任，党支部书记

白　华　男，社会青年，后为花样设计师

白　云　工人，白华的弟弟

宋巧珍　女，工人

班长大叔　勤杂工，老八路

赵　星　男，工人

夏　雨　外贸公司外销员，夏炳石的女儿

老　周　男，市纪律检查委员会代表

安　凯　男，华侨，丝绸经销商

安　敏　安凯的孙女

各种身份的干部、工作人员、群众若干人

第一幕

[凤凰丝绸厂会议室。左前方放一讲台。

[大幕始终是拉开着的。

[早入场的观众可以看到部分剧中人，正在台上忙忙碌碌地布置会场。他们抬桌子，搬椅子，放茶杯，试话筒，对灯光……

[越来越多的人走上舞台，等待开会。有的人谈笑风生，有的人忧心忡忡，有的人在闲聊，有的人在争吵，还有的上上下下来回乱跑，倒茶，上厕所，做着他们想做的一切。台上的情绪是紧张的，人们似乎在等待什么重大事件的发生。他们的情绪逐渐感染观众。

[戏已经开始了。

[铃响。剧中人坐在自己的位子上，鸦雀无声。方瑛坐在舞台中央的一把椅子上打毛线。

蒋定安　方瑛，你别坐那儿啊！

方　瑛　狗拿耗子！

[孙建芳、夏炳石陪同老周上，入座。班长大叔提水壶上，走向老周。老周赶紧站起，孙建芳、夏炳石也站起。

老　周　哟，大叔！您身子骨还那么结实啊！

班长大叔　结实！只要不把我气死！（给老周、孙建芳倒水）

[夏炳石也把茶杯送上去，班长大叔却转身走了。

班长大叔　（赶方瑛）去！

[方瑛不声不响地让开。班长大叔把椅子擦干净，拎着水壶也

坐到一边。

孙建芳　今天，市纪律检查委员会老周同志到咱们凤凰厂来……

夏炳石　罗心刚还没到。

老　周　我们先开起来吧！

班长大叔　那像话吗？

李子良　不合适吧？

蒋定安　（站起来）市纪律检查委员会审查罗心刚的问题，他本人不到，这是什么态度？

［舞台中央那只孤零零的空椅子十分显眼。

孙建芳　他打电话来说马上就到，有人找他有点儿事……

赵　星　我表示怀疑！什么人？什么事？

方　瑛　他不来，有话说不清楚！

夏炳石　（对老周，指蒋定安、赵星、方瑛）这几位同志都是写信揭发罗心刚的。

老　周　你们怕他将来不认账？（指指观众席）底下我们请了那么多同志来旁听作证嘛！还是先开始吧？今天只有一个要求：实事求是。让大家了解这个事件的全部真相。好，头一个揭发人叫——白云。揭发罗心刚勾结外商，非法签订出卖国家利益的合同。

赵　星　对，合同是关键！

蒋定安　正是为了这份合同，罗心刚才在凤凰厂干尽了坏事！

宋巧珍　白云没有揭发罗厂长！

夏炳石　没有？白纸黑字，白云亲笔写的揭发信！

宋巧珍　不，我是说，白云做错了，请你们原谅他！

赵　星　听这口气！你算是白云的什么人？

夏炳石　（对老周）这就是罗心刚培养的那个技术尖子。

蒋定安　信天主教的共青团员！

老　周　请白云自己来讲吧。

［众人寻找。

班长大叔　白华，你弟弟呢？

白　华　不知道。

老　周　（有点儿生气了，扔下手里的材料）还有谁没来？

［众人查点人数。

蒋定安　其他人都到了。

赵　星　还缺两个，我姑姑和她的爷爷。

［有人窃笑。

赵　星　就是罗心刚勾结的外商安凯和安敏。今天也该叫他们来坦白、揭发！

方　瑛　（结着毛线）你小子不是还憋着一股劲儿，要娶你姑姑当媳妇吗？

［众人哄笑。

赵　星　你胡说！我跟他们（做砍的手势）藕断丝连！

［哄堂大笑。

老　周　外商以后再说。第二个揭发人赵星，揭发内容……跟白云一样吗？

赵　星　合同的事白云比我清楚，他手里还有证据，最好他先谈了，我再谈。

夏　雨　（激烈地）我是外贸公司的，我叫夏雨，关于那份合同，我想说几句。

夏炳石　（打断夏雨）罗心刚背着你们外贸部门，利用私人关系找外商单独谈判，是不是这样？

夏　雨　可是……

夏 炳 石　他和外商签订了合同之后，才要你补上一个签名加以认可，是不是？

夏　　雨　……

夏 炳 石　这是不是违反了国家的涉外纪律？

夏　　雨　爸爸！

夏 炳 石　你也要负责！什么模范党员！

夏　　雨　反正比你强！

孙 建 芳　这份合同，是我代表纺织公司批准的。

蒋 定 安　那就更清楚了。（向群众介绍）孙副经理是罗厂长的爱人。

孙 建 芳　（沉思片刻）确实，我没有负起我应负的责任。

老　　周　现在不讨论别人负什么责任，这事等白云来了再谈吧。第三个揭发人是蒋定安。

蒋 定 安　我。

夏 炳 石　车间主任，党支部书记。

班长大叔　（一直在闭目养神，突然睁眼）前车间主任、党支部书记，前……

蒋 定 安　那正是罗心刚打击迫害政工干部的证据！（走到讲台上，半对舞台，半对观众）为了给他那份鬼合同扫清道路，他整我，整党委书记夏炳石同志，连老工人方瑛同志，他也不放过……

方　　瑛　你放你自个儿的屁，我长着嘴呢。（站起来，把打完的毛衣往李子良身上套）嗨，试试大小。

［李子良不知所措。

夏 炳 石　方瑛！

［方瑛继续往李子良身上套毛衣。

［灯暗。一束追光打在讲台上。

蒋 定 安　有一天，为了合同出了点儿岔子，他吃顿早饭的工夫，一连骂了三个人。

［班长大叔走到蒋定安身边。

班长大叔 不错，有这事。那天是在食堂里。

［灯灭。

第二幕

［灯亮。食堂及其外面的过道。

［班长大叔在擦桌子。

罗心刚 （从食堂窗口里伸出脑袋，头上戴着厨师帽子）班长大叔，您来一趟。

班长大叔 你在里头干什么？

罗心刚 炸油条！（头缩回去）

［班长大叔走进食堂。

［白云跳着舞步从食堂里出来，用筷子敲着饭盒，旋转着。宋巧珍上。

宋巧珍 白云！

白云 哎，正找你。替我把病假单交了。

宋巧珍 你……还在生病？

白云 反正不扣工资。你不会也找点病生生？歇两天，在家伺候伺候你妈。干吗那么卖命？

宋巧珍 那，不太好吧？

白云 全凤凰厂的人都评上积极分子，也轮不着你！

［宋巧珍被刺痛，默默地转身下。

白云 巧珍！

［夏炳石、蒋定安上。

夏炳石　老罗关于李子良的意见，你们研究一下。现在嘛，提倡发展知识分子入党。

［白云停止追宋巧珍，哼着歌欲下。

夏炳石　你唱什么歌呢？

白　云　“心上的人快给我力量。”

夏炳石　又是那个……什么君的歌？心上的人给你力量，那党呢？领导呢？

蒋定安　下午开大会……

白　云　我病假。

蒋定安　夏书记组织的忆苦思甜！

白　云　对不起，我爸爸过去在香港做小买卖，日子过得比我甜。（扬长而去）

夏炳石　思想解放，再解放怎么得了！

蒋定安　要是照咱们的老传统狠抓一下阶级斗争，瞧这些人谁还敢犟头倔脑！

夏炳石　生产怎么样？

蒋定安　自从老罗接了那个合同，产值老是完不成，咱们这个大庆企业……

夏炳石　合同的进度呢？

蒋定安　糟透了，次品一大堆！三个月完成简直做梦，等着罚款吧！夏书记，您这回为什么……

夏炳石　（含糊地）上边也有这么种意图，反正，再看看吧。（下）

［宋巧珍怯生生地走上来。

宋巧珍　蒋主任，我妈妈病又重了，我想申请点儿补助。

蒋定安　你怎么成天哭穷？存心往社会主义制度脸上抹黑？老宋头死了，让你顶替已经够宽大了，还要怎么着？

宋巧珍　(要哭出来了)可是……

蒋定安　别瞧着现在平反成风眼红。资本家、右派、反革命、地主,都能摘帽平反落实政策,可你爸爸是“四人帮”的爪牙!(厌恶地)去吧去吧!别这副可怜相!

[宋巧珍连哭都不敢了,进食堂。

[赵星上。

赵　星　蒋主任,东西替您搞到了,日本货!

蒋定安　嚷嚷什么?(与赵星低语进食堂)

[李子良跑上,躲进食堂。方瑛追上。

方　瑛　你往哪儿跑?

李子良　方瑛,有话回家说……

方　瑛　不行!越学越鬼了!把衣服给我脱下来!(扒李子良的外套)

李子良　(护住外套)方瑛!

[众人围观。

方　瑛　叫大伙儿评评!一个季度的奖金发下来,说好了给他买件衬衫,衬衫没买,钱没了!

李子良　(指指领子)我买了!

[方瑛大怒,剥下李子良的外套。原来他里面穿着汗衫,戴个假领。

李子良　这也一样管用嘛,又便宜。

班长大叔　十几块钱呢?存了私房了?

方　瑛　他早花了!昨天逛到半夜才回家!

蒋定安　问题严重了,老李,赶紧交代吧!

[罗心刚上,站在一边听。

李子良　昨天趁厂休我去了趟南镇,他们那儿丝绸次品率比咱们低得多。(要拿回外套)

方　　瑛　（不给外套）全是次品又关你屁事！人家蒋主任不照样晃晃悠悠？……蒋主任，这钱你得给报销！

蒋定安　（脸一沉）谁批准他去南镇啦？赶明儿他一高兴去趟美国，回来也找我报销？（下）

方　　瑛　（气得跺脚）十几块钱就这么没了？（追下，又回，狠狠地把衣服扔给李子良，下）

赵　　星　（劝李子良）权当没有吧！这奖金本来也就是收买人心，几张票子够干什么使的？买草纸都嫌少！

罗心刚　这位莫非就会拉屎？天天擦个百八十回的。

赵　　星　你！老梆子！

班长大叔　（对罗心刚）不认识吧？赵星！

罗心刚　噢，久闻大名。还在搞民主运动？

班长大叔　如今不时兴了，人家改行了，捣鼓进口货呢！

赵　　星　（宽容地）中国人就这么可怜！瞧瞧你们俩，这么大岁数了，为了混口饭吃，还在这儿破衣邋遢地打杂。人家想替他们说几句话，他们还听不懂……

［李子良欲说什么。

罗心刚　（拦住李子良）这话我是听不懂。凭劳动挣饭吃，有什么可怜？莫非都得像您阁下，一旷工几个月，领工资发奖金的日子才露面？

赵　　星　什么旷工？领导准的假！

班长大叔　哪个领导？

罗心刚　连领导一块儿扣工资！

［蒋定安端着稀饭上。方瑛紧跟上。

赵　　星　（大声地）蒋主任，我还得请几天假。

蒋定安　去吧！

赵　　星　（对罗心刚）你不是说谁准我的假，扣谁工资吗？

蒋定安　谁这么大口气？他？（一拍罗心刚肩膀）

［罗心刚回过头来。

蒋定安　罗……罗厂长？

赵　　星　厂长？

［罗心刚一言不发。

蒋定安　（对赵星）明天回厂上班！

罗心刚　别，要忙就叫他去吧。——送份辞职报告来。（坐下吃早点）小宋，尝尝我炸的油条。

［赵星溜下。

方　　瑛　罗厂长，李子良昨天……

罗心刚　你要是也像他那样就好了！当年的丝绸印花状元，如今次品率比你这个小徒弟（指宋巧珍）高三四倍！

班长大叔　人家嫌手工印花累，又得三班倒！原来圆网印花多舒坦，稀里糊涂一滚，奖金就来了。

罗心刚　（对宋巧珍）从今天起，你教她！

宋巧珍　（慌了）不！

罗心刚　不让你教她技术，技术她一个顶你仨！让你教她怎么当个起码的工人！

［方瑛忍了又忍，终于要发作了。

罗心刚　（对蒋定安）给老李报销。出差补贴一块儿给。

［方瑛瞪了罗心刚一眼，扭头欲走。

罗心刚　站住。拿着钱给他几块零花，别抠得那么紧。

［方瑛下。宋巧珍也站起。

罗心刚　小宋，想让你来一次印花操作表演，你准备准备啊！

宋巧珍　我……（想说什么，终于没有说出来，慢慢地下）

蒋定安　(坐下吃早饭)罗厂长亲自下厨房劳动,真值得我们学习!(拿出纸包的点心)您尝这个,我老婆的拿手。

罗心刚　(端详着点心)这是我失职!工作没做好,食堂里好些人病假。国家不需要一个厂长天天来炸油条!

李子良　(兴奋地)老罗,蒋主任,南镇最近研究出一整套蒸化工艺,次品大大减少,我们……

罗心刚　你不也研究出来了吗?比南镇还早。

[李子良愕然。

罗心刚　结果呢?

李子良　交给蒋主任了……噢,蒋主任很支持,早就请夏书记去研究了。

蒋定安　对,对,早就……应当的嘛……

[罗心刚默默地把蒋定安带来的点心推到李子良面前。李子良先不明白怎么回事,突然他跳了起来,把点心扔开,拿起包点心的纸看着,手直抖。

罗心刚　(从口袋里掏出纸)这儿还有一张半,班长大叔前天早上捡的。

[三人默默地吃早饭。

[班长大叔提着扫帚上。

班长大叔　该挪挪窝了。

罗心刚　(对李子良)蒸化你去搞,直接对我负责。限你们月内把次品率降下来。否则这个合同就全泡汤了,明白吗?……有困难吗?要有,现在说话,别到月底来跟我喊冤枉。(对蒋定安)平洗机上有个电动机不正常,你去看看。

蒋定安　没听说啊?噢,是马达,不是电动机!

罗心刚　你当了几年车间主任?

蒋定安　八年。

[罗心刚怒气冲冲地下。

［蒋定安莫名其妙。

李 子 良　（好心地）蒋主任，电动机就是马达。

蒋 定 安　（恼羞成怒）就你懂得多！

［李子良惶然地退下。

蒋 定 安　就凭你还想入党？你再一入党，我干什么去？

［班长大叔用扫帚拨拨蒋定安。

蒋 定 安　（醒悟过来，想起自己正在发言，走上讲台）我说到哪儿啦？

班长大叔　你骂李子良哪！（扫地）心里话全抖搂出来啦！

［会场灯渐暗。

［一束追光打在蒋定安身上。

蒋 定 安　我不是对知识分子怎么样……可罗心刚也太那个了！对这些人和对我们党的干部完全两副脸！我再讲个白华的事。白华五年前从我们厂离职了。因为当时他设计了一些情调不健康的花样……

［黑暗中有人叫："那是'四人帮'的标准！"

［黑暗中另一个人："即使在今天看，也不见得全是健康的！"

蒋 定 安　我们厂不用，他就寄给外地某丝绸厂。领导多次制止，他不听……

［白华出现在蒋定安身边。

白　　华　（激动地）我寄出去的图案百分之八十被采用了，几年来为国家换了成千上万的外汇……

［黑暗中有人叫："你谦虚点！"

白　　华　我不会虚伪的那一套！我没错……（隐去）

蒋 定 安　（对观众）大家都看见了吧，就是这么狂妄！可罗心刚呢？对这样的人居然到了……卑躬屈膝的地步了！

［灯灭。

第三幕

[灯亮。电影院门口。

[白云叼着根烟卷，斜靠在电线杆子上。白华背着卖冰棍的箱子上。白华从背后抽出白云嘴里的烟卷。

白　云　（愤怒地回过头来，愣住了）哥哥？

白　华　（把烟扔在地上）回家去！

[白云乖乖地溜下。罗心刚、夏雨上。

夏　雨　（对白华）买两根冰棍。（对罗心刚）还没找着？

[白华递过冰棍，接钱，突然盯住了夏雨的裙子。

夏　雨　（不悦地伸出手去）找钱！

白　华　啊。（又递了一根冰棍过去）

[罗心刚见状对白华感兴趣了。

夏　雨　喂喂喂，找钱！

白　华　（如梦方醒，把钱还夏雨）钱我不要，请您在这儿站一会儿，让我瞧瞧。

夏　雨　流氓！（拉住罗心刚欲走）

白　华　（自言自语）这是法国风格的，正是今年的流行色！

夏　雨　你——也懂这个？

罗心刚　你是白华？

白　华　（警惕地）你是什么人？

罗心刚　白华！（转身喊）老李，快来！

[李子良上。

李子良　可找到你了！白华！这是新来的罗厂长，特地请你回厂的！快！

罗心刚　白华同志！（伸出手去）

［白华敌意地看着罗心刚。

罗心刚　这些年你受委屈了！

白　华　是来可怜我的？

罗心刚　是需要你。凤凰牌真丝印花绸想飞起来，少不了你这样的花样设计师！

白　华　对不起，我是卖冰棍的。

夏　雨　卖冰棍的还老惦着流行色？

白　华　你们别缠着我！我要再搞花样设计就……砍掉我的手！

罗心刚　别瞎说了，小老弟！这玩意儿就跟爱人一样，迷上了这辈子也扔不开了。当年斗我，我也发誓赌咒：往后孙子再干丝绸行业！可刚喘过一口气来，我又想它了，梦里都想！人哪，就是这么贱骨头！

李子良　白华，厂党委都做出正式决议了！

罗心刚　（打开一个精致的盒子）这点儿东西，你有兴趣吗？（拿出一叠丝巾）

白　华　（大吃一惊）你哪儿来的？

罗心刚　你先别问。是你设计的吧？

白　华　谁替我收集的？

罗心刚　是你的就行。我总算还不冤！

夏　雨　（衷心地）多漂亮！

白　华　这是我多少年的心血……

罗心刚　多少年的心血都被糟蹋得不像样了。我们这儿号称"丝绸之乡"，蚕茧遍地，可这些年折腾得……你在这儿靠卖冰棍过日子；他们外贸靠卖茧子、卖真丝过日子；最有力量生产真丝绸的凤凰厂，靠圆网印花滚点没人要的合纤绸过日子！太窝囊了！你沉得住气，我可是憋不住了！

白　　华　我跟你走。

李 子 良　太好了！走！

罗 心 刚　邪门，都说你这个人难弄，挺容易哄的嘛！我说，你也别光信我这两张嘴皮子，咱们来个君子协定。（接过白华的冰棍箱子）存我这儿，几时你觉得别扭，干不下去了，把它还给你，还来卖你的冰棍，怎么样？

白　　华　行！

罗 心 刚　走吧！（敲着箱子吆喝）冰棍！

［灯暗。

第四幕

［灯亮。凤凰丝绸厂花样设计室。

［罗心刚戴着花镜正和李子良一起看花样。

罗 心 刚　（眯起眼睛审视一张设计稿良久，猛地一拍桌子）见鬼！白华他怎么想得出来的！

［李子良吃惊地看看设计稿。

罗 心 刚　对于能够设计出这样的艺术品来美化世界的人，真应当衷心地对他说一声“谢谢啦”！

［班长大叔上。

班长大叔　你的工资。供销科等着你去开会。

罗 心 刚　好好。（接过钱，仍然看设计稿。片刻，从自己的工资中抽出几张人民币，指指里屋，对李子良）你给他送去。

李 子 良　厂长！

罗心刚　不能叫人家饿着肚子玩儿命吧？瞧瞧，两个来月工夫，四十三张设计稿！

班长大叔　那就待会儿拿我孤老头子的。你这上有老，下有小的……

罗心刚　先送去。

［李子良下。

班长大叔　上边那些老爷们在干什么？两个多月还批不下来？

［罗心刚长叹一声。

［白华急急地跑上。李子良跟上。

白　华　罗厂长，班长大叔，我拿到工资啦！

罗心刚　哦？祝贺你呀！

班长大叔　刚发的？

白　华　老李给送来的，瞧！

罗心刚　我瞧瞧，多少？两个月才八十来块，实在不多啊！

白　华　要是光为了钱，五年前我就乖乖地搁笔混饭吃了，现在也恐怕早就回香港去了。我不光是为了几块钱！这工资，说明国家承认我的劳动了，承认白华是对国家有用的了。

［班长大叔和李子良都避开。

罗心刚　（心酸地）承认了，承认了。

白　华　我去买糖！

李子良　（拉住白华）白华，这……（不会撒谎的人憋住了）

罗心刚　我牙不好，从来不吃糖。

班长大叔　我有糖尿病……

白　华　（生气了）我这个糖，你们今天非吃不可！

罗心刚　好，我吃，大家都吃！

班长大叔　我去买吧。（接钱，下）

白　华　总算拿到了。上个月发工资没我的份儿，心里真不是滋味……

［一工作人员上。

工作人员　老罗，蒋主任说这件事要你处理。

罗心刚　(接过文件看)“设计这种无法生产的画稿做什么?”……白华，这是你画的?

白　华　是的。

工作人员　蒋主任说，这种多层次底色从来没干过。

罗心刚　(对李子良)你看呢?

白　华　老李支持我的意见。夏雨同志也说目前国际上还只有意大利有，我们搞出来销路肯定好。可蒋主任坚持不干。

罗心刚　(对李子良)你去找老蒋商量，就说我说的，要千方百计推上去。没干过的就永远不干，那恐怕到今天，咱们都还在当猴子呢!

［李子良及工作人员下。

白　华　老罗，现在我的信心十足! 咱们中国完全能够成为世界上最大的丝绸生产国。一切高级的、新颖的东西，咱们都应当能够生产!

罗心刚　你怎么会迷上这一行的?

白　华　小时候隔壁住了个丝绸花样设计师，是个华侨，跟他学来的。

罗心刚　你的老师呢?

白　华　死了。运动中夫妇都死了，留下个小姑娘。听说后来被他爷爷接到国外去了。

罗心刚　安敏?

白　华　你认识?

罗心刚　我们这笔合同就是跟她爷爷安凯签订的! ……莫非，你就是她的那个“小哥哥”?

白　华　(一震)小哥哥? 她……还记得?

罗心刚　她就在这儿，到处找你! 快，打个电话。

白　华　不了。我见过她，卖冰棍的时候，从我身边走过，那么近。

罗心刚　你不想再见她？

白　华　不想！

［电话铃响，罗心刚接。

罗心刚　是我，什么？还是不肯干，我马上来。（挂上电话）知识分子有个怪毛病，喜欢跟自己过不去！好吧，随你。眼看三个月到了，得去交样品和设计稿，签订以后的合同。我是想带你一块儿去参加的。（下）

［白华以手蒙面。

［遥远的声音："小哥哥，小哥哥。"

［白华的心声："安敏，也许真的苦尽甘来了？黑暗、恐惧、暴雨、狂风，全都过去了？"

［遥远的声音："是的！相信这一切吧！相信这一切吧！相信这一切吧！"

［白华奋笔作画。夏炳石、蒋定安上。

夏炳石　这么晚了还不回家？要注意休息啊！

白　华　不累！夏书记，我恨不得永远不停笔，把我心中的一切，全都……（无法表达）

蒋定安　（找出一叠画稿）夏书记。

夏炳石　白华，听说你反对这批花样投产？

白　华　是的。这些花样和色调都过时了，您瞧……

蒋定安　可这都是夏书记审查过签了字的！你有什么权力把它们从车间抽回？

白　华　夏书记，这些东西生产了要卖不出去的！今年流行的是满色、碎花，只有这几张还可以，但配色上也有毛病，要改。外贸公司的夏雨同志来看过了。她也是这个看法。

夏炳石　她懂什么?

白　华　不,她是内行!

蒋定安　就是说,夏书记和我都是外行? 外行领导不了内行? 都不如你高明? 都应当听你的?

白　华　(憋了半天,实在憋不住了)是的!

夏炳石　什么?

白　华　夏书记,我认为在这些具体的技术和艺术问题上,您不用管得那么细,那么死! 您交给我们负责,出了纰漏,您惟我们是问!

夏炳石　那么,党的领导就不要了?

蒋定安　我们这些人统统滚蛋,让你们知识分子一统天下?

白　华　蒋主任,你……

夏炳石　小伙子,不要那么狂!(拿起画稿)送去投产!

白　华　不行!(一把抢过,半晌,哀求地)夏书记!

夏炳石　拿过来。

[白华不给。

蒋定安　连正式职工都不是,你倒还挺横!

白　华　我是正式职工,我领到工资了!

夏炳石　什么工资?

白　华　夏书记,您瞧……

夏炳石　(大怒)谁批准给他发工资的?

白　华　国家给的……

夏炳石　国家根本没批准你复工!

[白华如遭雷击,呆住。工资从手中飘落。蒋定安从他手中夺过图样。

[班长大叔捧着一包糖上。

[白华扑上去,把糖全部砸在地上。

［灯暗。追光打在讲台上。

夏 炳 石 （走上讲台）白华跑了。他这种错误思想和怪脾气，其实都是老罗给惯出来的！而且，违反劳动工资政策，也只不过是老罗所犯一系列错误中的头一个！

［追光灭。

第五幕

［灯亮。凤凰丝绸厂办公室。

罗 心 刚 我早说了，党委去背那个大包袱干什么？审查每一张花样！你知道今年国际上的流行色是哪几种？日本什么图案时兴，法国什么花样吃香？

夏 炳 石 我不懂，可你也不必把白华捧上了天！少了他地球就不转啦？

班长大叔 （正在冲开水）废话！人都死绝了，光剩下蛤蟆，地球也照样转！

夏 炳 石 在党领导面前，不允许那么狂妄！

班长大叔 你还有别的新鲜词儿没有了？狂妄，狂妄，什么叫狂妄？

罗 心 刚 照咱们这儿的标准，做人就得唯唯诺诺，客客气气。你什么本事也没有，也能当圣人。因为你讨人欢喜。可是哪位要是有点儿头脑，有点儿作为，有点儿棱角，于是大事不好了，马上批下来四个大字“狂妄自大”。

班长大叔 再添四个字“目无组织”。小日子干脆就别过了！（下）

罗 心 刚 这种帽子坑了多少有真才实学的人！可同志哎！人家是搞事业的人啊，连点儿主心骨都没有，没有自尊心，没有自信心，光会点头哈腰鞠躬作揖，他还搞什么！

［班长大叔领一干部上。这个干部以及后面出现的几个干部均由同一演员扮演。他的特点就是永远绷着脸。

班长大叔　老罗，招工局有人找。（下）

罗心刚　好好，请坐。是不是我们的报告批下来了？

干　部　什么报告？（翻文件夹）我是来了解一下——有人反映你们厂，私自招收了个叫白华的设计人员？

罗心刚　就是这事！他是“四人帮”时期被迫离职的，又是我们厂急需的专门人才，所以打报告申请……

干　部　这份报告我还没有看到。

罗心刚　我们送上来两个多月了！

干　部　（翻文件夹）目前我们在处理去年年底送上来的报告。

罗心刚　这么说我们还得等半年？

干　部　（翻文件夹）六个半月。而且你们厂今年根本没有招工指标。如果需要，应当在一年前先打张申请招工指标的报告上来，我们研究批准后，你们才能打第二次报告，说明要哪个人。

罗心刚　这么说一年加上六个半月，要一年零六个半月以后，问题才能解决？

干　部　不，一年零六个半月以后，才能答复你们——解决，或者不解决。

罗心刚　可是他是我们厂职工，被错误处理的，五年来靠做小买卖过日子！

干　部　（翻文件夹）如果生活困难，按待业知青处理，那么他可以在每星期的二、四、六到我们接待室登记，然后按年龄、按地区分期分批解决。例如，可以分配到小菜场当临时工啦！

罗心刚　他是个花样设计师！我们国内一、二流的花样设计师！

干　部　（翻文件夹）这我们无能为力。国家计划里今年不招花样设计师。

罗心刚　算他义务劳动，不拿国家一分钱，行了吧？

干　部　义务劳动？（翻文件夹）招工制度里没有规定。最好不要做没有规定过的事情。

罗心刚　行了，我全明白了！您还有什么事？

干　部　对不起，你们必须写检查，并保证下次不再违反。

罗心刚　好好，明天把检查送去！

［干部下。罗心刚喝了一大口水。

夏炳石　义务劳动？明明工资已经支给白华了……

罗心刚　什么工资？哪来的工资？是我自己掏的腰包！我可不是行善做好事，我是被逼得没办法！我把脖子勒起来能养活几个白华？他这种人在国外，资本家早把他捧起来了。给他创造条件，让他发挥才能；自然，也靠着他发财。可在我们这儿，有些人连靠他发财都不懂，宁愿叫他卖冰棍……

［班长大叔领干部上。

罗心刚　我不是答应你写检查了吗？

班长大叔　他说他是财务局的。

罗心刚　财务局？好好，坐吧。

［班长大叔下。

干　部　（翻文件夹）据反映，你们厂新搞了两个蒸化圆罐？

罗心刚　是的。

干　部　这违反了财务制度。

罗心刚　大修计划是上面批准的嘛！那两个东西年代太久了，设计又不合理，重新搞一搞可以节省能源，节省劳动力，节省时间，还能提高质量。

干　部　可你们把外壳都拆了，这就不算大修，而算新造了。

罗心刚　可是最不合理的就是那个外壳！

干　部　（翻文件夹）那我们无能为力。

罗心刚　就算是新造，我也没有多花钱啊！

干　部　你不动外壳，再多花点儿钱也是可以批准的；动了外壳，再省钱也是违法的。因为……（翻文件夹）你们旧的圆罐按规定明年以后才能报废。

罗心刚　那你叫我现在怎么办？

干　部　把新的外壳拆了，把旧的外壳重新拼起来。

罗心刚　今天真是我最长见识的一天！行了，我懂了。

干　部　对不起，你们必须写检查，并保证下次不再违反。

罗心刚　明天把检查送去。您没别的事了吧？

［干部下。

［罗心刚喝一大口水，解开衣服扣。

夏炳石　检查有的写呢！你瞧瞧报表，连着两个月完不成产值计划了！凤凰厂的“四化”就这么个搞法？

罗心刚　圆网印花滚出来的合纤绸，产值倒是高，可国外卖不出去；国内大量积压，全部堆在仓库里发霉，烂掉！我们还在这儿放高产卫星，敲锣打鼓地庆祝评上大庆式企业，分奖金。那叫搞“四化”？那叫捣乱！

［班长大叔又领一干部上。

罗心刚　你有完没完？！

班长大叔　这位是产品质量管理局的。有介绍信……我也琢磨着这几位怎么一个模子里出来的？（下）

干　部　你们厂明天有一批凤凰牌真丝印花绸要出口？

罗心刚　对对，您请坐。

干　部　（翻开文件夹）这批货不能出口，质量不合格。

罗心刚　不可能吧？我们反复检验过了……

干　部　牢度不够。根据国家标准，出口丝绸牢度必须达到三级。

罗心刚　可现在西欧、日本、美国的客户都不要求三级牢度，他们只要求色彩鲜艳。而色彩一鲜艳必然影响牢度。请看，客户在合同上注明了的：牢度一、二级。人家不要三级。

干　部　他不要也得要！制度规定：三级！

罗心刚　（注视良久）你能不能……笑一笑？

干　部　什么意思？

罗心刚　我想看看你会不会笑，像个正常人似的，这样……（做笑状）

干　部　（张皇）制度里有过规定我必须笑吗？没有。（坚决地）没有！你们厂必须写检查！

罗心刚　保证下次不再违反。

［干部下。

［罗心刚喝一大口水，把外衣脱掉。

夏炳石　瞧瞧，你惹了多少乱子！

罗心刚　（示意夏炳石别响，看看门外，没人，才放心地转过身来）这么大个厂交给我负责，可一点儿权都不给我……（突然仿佛感受到什么生物电流一样，停住了，慢慢地恐惧地转过身来）

［果然，班长大叔又领一干部上。

罗心刚　（一把抓住干部）你给我出去！

干　部　（挣扎着）我是计划生育委员会的！按晚婚计划你们厂今年只能有五个适龄青年结婚，可现在你们厂有三对青年到区政府去登记……

罗心刚　叫我在三对人中间劝说其中一人退出，让其他五个人结婚？明天我写检查！（把干部推出门外）

［干部下。

罗 心 刚　（筋疲力尽，片刻）看来得设计一份通用的检讨书，印上二百份。

班长大叔　对，我替你在这儿挡着，来一个人给一份，省得他们啰嗦。

罗 心 刚　最后一句写上：下世决不再犯。但愿下世投胎到这儿，我的祖国再也没有这种叫人想哭的笑话了！（突然冲向夏炳石，又精神抖擞地）你说我惹乱子？

夏 炳 石　（疲乏地）你这是何苦啊，老罗！

罗 心 刚　可怜起我来了？

班长大叔　我都可怜你！跟他学习不好吗？你管它圆网印花搞出来的东西有人要没人要？又不能少你一分钱工资！放着清福不享，搞丝绸出口！是活该！

夏 炳 石　班长大叔！您……

罗 心 刚　班长大叔，（指夏炳石）我也有点儿可怜他了。不怨他保守僵化，是咱们的经济体制鼓励他保守，促成他僵化。

夏 炳 石　（跳起来）社会主义的经济体制会鼓励人保守僵化？（走上讲台）

［全场灯暗。追光亮。

夏 炳 石　现在这类解放得没边儿的话我也听得多了，再说，毕竟只是观点上的分歧。可以后，罗心刚的一些所作所为，就是党纪国法绝不容许的了！班长大叔，您讲讲我那个录音机的事。

［班长大叔走上前来。

夏 炳 石　我先给各位介绍一下，这是我参军那时候的老班长，进城以后就一直在一块儿过日子了。现在是我们厂党委委员，人称“不管部长”。他是看着我成长的……

班长大叔　也是看着你变得没出息的！

［夏炳石隐去。

班长大叔　录音机，有这么档子事！老罗那天在屋子里转腰子，说缺架录音机，我说小炳子——就是咱们现在的夏书记家有，就给提来了。

［追光灭。

第六幕

［灯亮。

［班长大叔抱大盒子上。夏雨跟上。

班长大叔 搬来了！

罗 心 刚 嗬！来来，小夏也来啦？大叔，您快坐会儿吧！

班长大叔 愣不让我拿，怕把她的宝贝摔了！

夏　　雨 您真没良心，我是怕把您摔了！

罗 心 刚 （把录音机拿出来）真漂亮！我要是退休了或者第二次被打倒，非得弄它一个不可！（打开录音机）

［录音机放出钢琴协奏曲。班长大叔下。

罗 心 刚 协奏曲？

夏　　雨 这是柴可夫斯基第一钢琴协奏曲。您也喜欢这个？

［音乐声。

罗 心 刚 真美啊！要是人的心灵都像这些音乐那么美……

夏　　雨 老罗，您要它干什么？

罗 心 刚 （关掉录音机）我们跟南海饭店那笔生意，可能要吹。

夏　　雨 不是卖了几千美金，生意很好吗？

罗 心 刚 食品管理处有位处长不同意！

夏　　雨 食品管理处也管丝绸？这倒真是体制大改革了！

罗心刚　它是南海饭店的五个上级领导机关之一。这个管理处又有七位处长，其中六位同意了，第七个不赞成。合同敲了十一个图章了，就缺这一个。

夏　雨　他的理由呢？

罗心刚　跟我来回绕好几个圈子，他才……

［班长大叔领干部上。这个干部仍由前场那个演员扮演，但脸色完全不同了。

干　部　罗厂长，要见你还真不容易呢！费了半天劲才跟这老头说明白，我不是来叫你写检查的。

罗心刚　赵处长，对不起，请坐请坐。

［班长大叔欲说什么，罗心刚制止他。班长大叔下。

罗心刚　（为干部泡茶）赵处长辛苦啊，挺热的天。

干　部　为“四化”嘛！

罗心刚　我们那份合同……

［干部看看夏雨。夏雨端坐不动。

罗心刚　您讲吧，没外人。小夏是我的秘书。

干　部　难哪！我是拼命为你争取，可有同志提出，丝绸厂做生意是不是合法？（看见录音机）——录音机？

罗心刚　对，录音机……可赵处长，这些都是零料碎料，过去三块五一公斤卖给废品公司。现在呢，我们裁成手绢，卖给来旅游的外国人，零料就能换来美金呢！

干　部　可利润你们厂自己拿，国家吃亏了！（看录音机）日本三洋？

夏　雨　（抢在前头）日本三洋，四千五，四喇叭，双声道，立体声。——国家吃什么亏？赚来外汇全是国家的！再说废品变正品出厂，工业利润和税收不全是国家的？

罗心刚　南海饭店也占便宜啊，商业利润他们拿六成！

干　部　可你们那四成准备不开发票，只开白条收据，罗厂长显然是不准备上缴的喽？——这玩意儿不错。

罗心刚　可不是，不错。——厂里急需一笔活动资金。

干　部　这我相信。凤凰厂现在活泛得多了，特别是对外。我们这种寒酸的小衙门没法比啊！——这东西……

［夏雨干脆把录音机推到干部面前，放录音。

［罗心刚把录音机关掉。

罗心刚　赵处长喜欢的话……

夏　雨　什么！

干　部　不行不行不行，哪儿有这种事？你的秘书都不赞成了，外国商人送给你罗厂长的嘛！

罗心刚　小夏，给赵处长包起来！

［夏雨想说什么。

罗心刚　（声色俱厉）快！

［夏雨生气地包录音机。

罗心刚　（把录音机捧到干部面前）那合同的事？

干　部　（打开文件夹）这种利国利厂利民的事不办，还办什么？（从兜里掏出公章来盖好）

罗心刚　（接过文件仔仔细细地看了一遍）谢谢赵处长！

干　部　哪里！我也不是糊涂人，你罗厂长不容易，我们的干部都像你这样，“四化”早搞成了！可现在你瞧瞧，官僚主义、人浮于事、保守僵化，再加上搞特权开后门……不打扰你们了！

罗心刚　好好，麻烦麻烦！

［干部手伸向录音机。

［罗心刚捧起来，转身，交给夏雨。

罗心刚　你收好吧，我用完了。

［干部和夏雨都愣住了。

罗心刚　（连推带请把干部推向门外）赵处长，常来玩儿啊！不送不送，再见！

［干部身不由己，莫名其妙地下。

罗心刚　（面对大笑的观众朝桌上猛击一拳）这有什么可笑的！（慢慢坐下，双手捧住了头）

［灯暗。李子良走近讲台。追光亮。

李子良　整整一天老罗脾气坏极了，我们全都挨了骂。——这都是方瑛给搅和的！老罗到南海饭店弄钱也全是因为她带头瞎起哄。钱弄来了，可是事情还是越闹越大。

［追光灭。

第七幕

［灯亮。凤凰丝绸厂一车间门口。

［白云、宋巧珍上。

宋巧珍　昨天家里又出怪事了！我送你出去，回家一看，饭碗底下又冒出二十块钱来！

白　云　（漫不经心）上帝显灵呗。

宋巧珍　会是真的？我有点儿害怕。可又有点儿高兴……你不高兴？

白　云　钱又不是给我的。

宋巧珍　为我高兴嘛！

白　云　我从来只为自己高兴！

［方瑛、赵星领着几个工人闹哄哄地上。李子良跟上。

赵　星　白云，找领导刷大字报去！

方　瑛　搞了这个鬼合同，奖金越来越少，不是欺侮咱们工人吗？

白　云　活不干了？

方　瑛　不干了！

李子良　方瑛！

白　云　走！（对宋巧珍）一块儿去遛一圈！

宋巧珍　不，印花任务要来不及的。

白　云　你这个人哪，简直教不会！

方　瑛　罗心刚给你什么好处了？

赵　星　穷积极什么！别忘了，你是“四人帮”爪牙的女儿！

［宋巧珍蒙面跑下。

赵　星　贱骨头！

［白云一把揪住赵星的衣领。

赵　星　哎哎……

方　瑛　（把赵星和白云拉开）瞎吵什么？走，找领导去！

李子良　不准去！

方　瑛　嗬，瓜子里嗑出个臭虫，你好大个“仁”（人）！

李子良　你少拿的那几个奖金，我给你补上还不行吗？

方　瑛　蚊子打哈欠，你好大的口气！你是拿了三万五万补发工资还是怎么的？

李子良　我这个月的零花钱不要了！

方　瑛　混账话！你的钱不就是我的钱？别这么没记性了，十几年了，天天忙得一身臭汗，连放屁的功夫都没有，到了，连个党员都巴结不上，净替那个姓蒋的垫脚，你还跟着他们穷转悠呢？抓生产想起你来了，吃苦受累顶缸的事想起你来了，升官发财捞油水可全是他们！

赵　星　听听，这才是老工人的觉悟！深刻地揭露出腐败的……

方　瑛　别往一块儿掺和，和尚、喇嘛、道士，咱们各修各的行！走！

［夏炳石、蒋定安上。被工人们一下子围住。

［工人们吵闹不休。

夏炳石　闹什么？闹什么？

方　瑛　闹什么？奖金为什么一个月比一个月少？

赵　星　挺好的圆网印花不用，倒退回去搞手工印花，谁的主意？

白　云　我们要搞圆网印花！

夏炳石　你们要造反哪？

方　瑛　"文化大革命"那会儿我都没造反，这会儿造反？撑的？找死？就问你这几句话！

蒋定安　这跟夏书记无关，是外商的要求。合同上不仅规定必须是手工印花，而且要求全是小批量，一种花样只要够做一百条领带，多一条都不要。

方　瑛　可你们这些老爷知道吗？手工印花，小批量，一个花样印上尿布那么大一块就不要了，又得重新折腾，重新弄，一天下来腰都折了，噢，钱反而少给，你们讲理吗？

夏炳石　你怎么开口闭口就是钱？

方　瑛　废话，没钱我一家老小靠什么过日子？你不到街上去看看，多少东西在变相涨价？小菜场连块豆腐议价都卖一毛三，就不许我们工人来议议价？

夏炳石　方瑛，你的觉悟上哪儿去了！

方　瑛　夏书记，我要拿你那一百多块，觉悟比你还高，叫得比你还响！奖金我一分钱不要！

［夏炳石无语可答，扭头就走。

李子良　（追上去）夏书记，眼看车间就要停产了……

蒋定安 好端端的大庆式企业，搞成这样子！

夏炳石 我管不了，你们去找罗厂长！（下）

［蒋定安跟下。众人议论纷纷。

赵　星 对！应当去找罗心刚！

李子良 罗厂长今天一早就到公司里去了，就是为了人家奖金的事！

赵　星 那我们就到公司里去找他！走！

［罗心刚安详地出现在赵星身后，拍拍他肩膀。

罗心刚 小点儿声，老头心脏不好。

白　云 这老头儿是谁？

李子良 新来的罗厂长。

白　云 厂长？糟糕！（溜下）

李子良 罗厂长，公司里怎么说？

［罗心刚不语。

赵　星 没奖金我们不干了！

方　瑛 我们要求合同下马！

罗心刚 等会儿。（指赵星）他也嫌奖金少了？

方　瑛 我们跟这个少爷两码事。

罗心刚 （对赵星）我正式通知你，第一扣除旷工期间全部工资，第二扣除全年奖金，第三记大过……

赵　星 你……好啊，罗心刚，我倒还一直想给你留点儿面子，现在既然你无情，可就休怪我无义！同志们……

方　瑛 这会儿没功夫听你扯淡！（对罗心刚）我问你，全厂大会上是不是你讲的，只有搞手工印花真丝绸，扩大出口，才真正对国家有贡献？（逼一步）

罗心刚 （退一步）是我说的。

方　瑛 （再逼一步）对国家贡献大，奖金才能多拿，是不是你说的？

罗心刚　（又退一步）也是我说的。（已无路可退）

方　瑛　（还逼）现在奖金越来越少，合理吗？

罗心刚　不合理！非常不合理！

方　瑛　那好，拿来！

罗心刚　我们现在是还有不少“合理不合法，合法不合理”的事啊！有些人就是死抠你一个产值……

李子良　真丝绸产值、利润是低一点儿，但能为国家换回大笔外汇！

赵　星　少说这些废话。奖金怎么办？（对罗心刚）你再怎么整我，我也要替工人师傅们说话！

李子良　大家先去干活吧。

方　瑛　没那么容易！

罗心刚　好吧！奖金我发给你们，我去想法！

李子良　老罗，你上哪儿去弄这笔钱？

罗心刚　我负责。可丑话说在前头，再过一个星期合同到期了，到时候丝绸交不出来，我可拿你们是问！听见没有，方瑛！

李子良　方瑛！

罗心刚　你跳脚也罢，骂街也罢，我还是要说，你得好好学学你的徒弟宋巧珍，你们在这儿起哄，人家在那儿老老实实干活……

［工人们开始散去。

［突然传来一阵哭叫声，蒋定安揪着宋巧珍上。

蒋定安　瞧瞧，她在阴暗角落里干什么！（举着挂在宋巧珍脖子上的十字架）

［众人又都重新走回。

蒋定安　老实！老实个屁！这是一种新的反扑！（拖着宋巧珍走）

［方瑛拉开蒋定安，接过十字架看了看，扔下。宋巧珍哭泣着。

罗心刚　也许，你只是挂着玩儿玩儿？

［宋巧珍摇摇头。

罗心刚 你……真的信教了？

［宋巧珍点点头。

罗心刚 （沉默片刻）你有这个自由，可信仰必须是纯洁的，你不能一边挂着团徽，一边挂着十字架，你交一样出来。（不看宋巧珍，伸出手去）

宋巧珍 罗厂长！

罗心刚 （震怒地）交出来！

［宋巧珍摘下十字架交给罗心刚，哭倒在地。方瑛扶起她。

［蒋定安晃晃悠悠地下。

［罗心刚心口一阵疼痛，李子良急忙扶他坐下。

［灯暗。追光打在讲台上。

［李子良走上讲台。

李子良 可是，方瑛仍然不信任老罗，她听了别人的话，私自改变了生产计划。一个星期到了，丝绸交不出来，按照规定，我们得向外商赔款……

［灯灭。

第八幕

［灯亮。凤凰丝绸厂会议室。

老　周 等一等，为什么要赔款？一般的贸易合同没有这一条吧？

夏炳石 问题就在这儿！

蒋定安 这里有鬼！

夏　　雨　（跳起来）有什么鬼？合同本身的条件对我们是极有利的。如果不是有人捣乱，我们本来可以赚一大笔钱！

夏炳石　这是你个人的看法！

夏　　雨　我个人的看法，今天不应当审查罗厂长，应当审查你这个老保守！

夏炳石　你……

［班长大叔走上讲台，推开李子良。

班长大叔　今天应当审查罗心刚！他凭什么对宋巧珍那么凶？嗯？

宋巧珍　（站起来）不，罗厂长是对的，他……

班长大叔　你给我坐着！挺水灵的一个小姑娘，生生就是叫你们给逼的！成天说她爸爸是“四人帮”的爪牙，弄得谁都不敢理她！老宋头犯什么罪了？大字不识，蹬了一辈子三轮，“文化大革命”中又让人家当猴耍，批判刘少奇叫他上台忆苦思甜，明天批判林彪又叫他忆苦思甜，批判邓小平还让他上台，还老说是“毛主席的战略部署”。他一个老实巴交的三轮车工人，敢不上去吗？说他是爪牙，他得着“文化大革命”什么好处了？一没当官，二没发财，临末还死在那间烂草房里，一下雨就得五个破盆接着，扔下这孤儿寡母……

夏炳石　您在扯什么呀？

班长大叔　（拍着桌子）别以为这十年就你夏炳石受了委屈！如今你是工资也补了，房子也还了，你多到下边去转转，看看工人在运动中吃了多少亏，受了多少累！真正跟着“四人帮”转悠的，只要今天跟着你转悠，你就不查不问，倒拿老宋头出气！

宋巧珍　班长大叔，您别生气。罗厂长把十字架还给我了。（拉出十字架）

蒋定安　什么？

宋巧珍　他亲自给我重新挂上了……

［赵星、蒋定安、夏炳石均愤怒。宋巧珍急忙辩解。大家吵成一团，谁也听不清谁在说什么。

老　周　好了好了，宋巧珍的事待会儿再说。我看还是要先把白云找来，弄清楚合同的真相。怎么样，派个人去找找吧？

夏炳石　好。

老　周　也找找罗心刚。好吧，（对观众）大家也都休息会儿。出去遛个圈，待会儿继续参加我们的会。

［场灯亮。剧场休息。

［有些剧中人到后台去休息，有些剧中人仍然留在台上。观众们看到的仍然是刚进场时的情景。

［铃响。剧中人纷纷上台，坐好。

［场灯暗。

老　周　继续开会吧。老罗还没来？

孙建芳　打电话去问，说早出来了。

夏炳石　上哪儿去了？这么重要的会……

［灯亮。赵星提着录音机上。

赵　星　白云来了！快，白云！

［白云上。众人骚动。

蒋定安　哎呀，总算来了。全等你了！先坐下歇口气？

白　云　不用了。

宋巧珍　（走上前来）白云！你可不能……

蒋定安　（对宋巧珍）你坐那儿好好听着吧！没听老周刚才说吗？你的问题待会儿再谈。（狠狠地瞪了宋巧珍一眼）

［赵星冷笑一声。

［白云也冷笑一声。

白　　云　（走上讲台，脱下身上的一件外套和一件羊毛衫）这是罗厂长折价三十块钱跟我换东西的。

老　　周　在哪儿跟你换东西？

白　　云　卖走私货的黑市上。

［众人哗然。

赵　　星　这回大家知道罗心刚是什么东西了吧？

夏　　雨　等一会儿！（抓起衣裳给孙建芳）这……是他的吗？

［孙建芳抓起看了看，一言不发，沉重地倒在位子上。

老　　周　这怎么能允许？

赵　　星　别急，还有哪！白云，那个勾结外商的证据呢？

白　　云　啊？咳，就在那里头。

［赵星把录音机拎上讲台，放录音。

［录音机先是响起半句流行歌曲，然后是一段对话：

甲："现在中国人对中国都没信心了，您这是何苦呢？"

乙："你刚才说，你能够为我提供凤凰厂和中国丝绸生产的情报？"

甲："是的，我愿意。"

乙："咱们就订个君子协定，你在凤凰厂为我的利益服务，如果确有成效，三年后我带你出国，在我的公司里为你安排个位子。"

甲："愿意为您效劳。"

［录音声音结束。众人又哗然。

赵　　星　这，简直太卑鄙了！

白　　云　我很抱歉，但这是事实。

班长大叔　小子，你要是……我拧掉你的耳朵！

蒋 定 安　你拧掉他脑袋也没用，铁证如山！

老　　周　白云，你要负责任，负法律责任的！

白　　云　这个事，我什么责任都负！

孙建芳　这我至死也不能相信！

夏炳石　你以为我就愿意相信吗？我和他是在监狱里认识的，互相都不知道名字，我管他叫“1421”，他管我叫“1386”。想不到，在凤凰厂又见面了。我不赞成他那套做法，可无论如何想不到……

蒋定安　也许有人会说，你蒋定安胜利了，可我心里并不高兴。看到一个党的干部堕落到这种程度，我痛心！我不是圣人，我有缺点、错误，可我毕竟还是一个共产党员！我不是罗心刚那种口蜜腹剑的伪君子、败类。刚才还在有意无意地为罗心刚辩解的人，你们该清醒了！你们该清醒了……

白　华　（跳起来）我揭发！这全是假的，是我弟弟为了报复罗厂长而捏造出来的，他亲口对我承认的！

宋巧珍　白云！

白　云　巧珍，哥哥！过去我有好些事瞒着你们。今天，我要把一切都说出来。

［灯暗。一束追光打在白云身上。

白　云　这录音是我当场录下来的。春天，在广州的南方广场，有一天晚上……

［灯灭。

第九幕

［灯亮。广州南方广场。

［白云提着录音机在晃来晃去。

［安凯、安敏漫步上。

安　凯　明天回香港吧。

安　敏　我一定要回趟老家。

安　凯　回去干什么！你的父母就是痴心，非要回来回来，结果把尸体都留在这儿了。要不是为了做生意，我说什么也不会重新踏上这块贫瘠的土地！

安　敏　你不是生在这块土地上的？除了生意人，你还是中国人！

安　凯　你这是怎么跟爷爷说话的？

安　敏　（忧郁地）我一定要回去一趟，看看爸爸妈妈，看看罗伯伯，还有我的……小哥哥！（突然跑下）

安　凯　安敏！

［白云走上前来拦住安凯。

白　云　先生，港币有没有？

安　凯　没有！

白　云　（掏出一叠人民币）一比四，您可赚多了！

安　凯　你赚得更多！没有！

白　云　或者您有点儿什么外货？卖给我，保证您不吃亏！

安　凯　滚开！小无赖！

白　云　（紧紧粘住安凯）您有什么？手表？电子计算器？牛仔裤、盲公镜？要不，三五牌香烟、邓丽君磁带？

［赵星上，从背后一把搭住白云。

赵　星　你请了病假，跑广州来干这个？

［白云吓一跳，支支吾吾溜下。

安　凯　真讨厌！

赵　星　中国这号人现在多得是！

安　凯　赵星，你们厂有个叫罗心刚的厂长？

赵　星　大概是新调来的。

安　凯　这个人怎么样？

赵　星　共产党的干部还不都是那路货！

安　凯　我看此人很精明，交易会上跟他见了两面……他好像希望我和凤凰厂做点儿生意。

赵　星　太爷爷，您可千万别上当！现在中国人对中国都没信心了，您这是何苦呢？

安　凯　你刚才说你能够为我提供你们凤凰厂和中国丝绸生产的情报？

赵　星　是的，我愿意。

安　凯　咱们就订个君子协定，你在凤凰厂为我的利益服务，如果确有成效，三年后我带你出国，在我的公司里为你安排个位子。

赵　星　愿意为您效劳。

［安凯和赵星边谈边下。

白　云　（从电线杆子后头转出来，拍拍录音机）小子，你回去敢揭发我……（吹了声口哨）

［罗心刚上。

白　云　录音机要吗？

［罗心刚摇摇头，走过去又走回来。

罗心刚　听口音你不是广东人？咱们是老乡！

白　云　看在老乡分上卖给你便宜点儿，八百！

罗心刚　别拿我当冤大头了！这玩意儿在香港卖六百二十港币，合人民币二百，再加一百税钱，也不过三百！你要赚也别那么黑心哪！

白　云　嗬，看不出，土了巴叽还真懂这个！……算了，你买个这玩意儿吧，电子计算器，六十块钱，四普，美国货，好牌子！

罗心刚　（接着）这叫“夏普”，日本货！哎，我说你干吗干这个？没工作？

白　云　有工作。关你什么事？

罗心刚　那为什么不好好工作？凭你这点儿机灵劲儿准有出息！

白　云　得了得了，幼儿园里就教我了：要当个好人，要学雷锋，要爱劳动，饭前便后要洗手……规矩人有几个过好日子的？你没瞧前两年……

罗心刚　那这两年呢？

白　云　我没功夫跟你扯这个！哎，老头，（掏出一把丝巾）进口丝巾要不要？给你女儿买两条？

罗心刚　（一下子被吸引）丝巾？好，真漂亮！

白　云　不错吧？你准喜欢！标准洋玩意儿！

罗心刚　这个？标准中国货！

［白云搔头皮了。

罗心刚　不对啊，跟他们给我看的几张花样差不多嘛！你还有吗？

［白云又掏出一把丝巾。

罗心刚　这几块一模一样，这几块风格也差不多，莫非是他？哎，你这是哪儿弄来的？

白　云　你要不要？不要拉倒！

罗心刚　我要，可你得先告诉我，哪儿来的？是不是一个地方来的？

白　云　是一个地方来的，怎么着？

罗心刚　我要知道这花样是谁设计的，是不是一个叫白华的……

［白云吓一跳。

罗心刚　你告诉我哪儿来的，我好去查。这是个很有才能的人！我很想找到他！

白　云　（慢吞吞地）哪儿来的不能告诉你，设计嘛，我也不知道白华黑华，不过，大概是一个人。

罗心刚　不骗人？

白　云　要骗你还真不容易。

罗心刚　好，我全要了。

白　云　看在老乡分上……三十块钱！

罗心刚　这回倒真便宜啊？哎哟，没带钱。

白　云　（拿回丝巾）那咱们再见吧！

罗心刚　这么办，明天晚上还在这儿见面，一手交钱一手交货……

白　云　老头，你真聪明，明天我带着丝巾来了，你带着警察来了……不干！

罗心刚　哪……哎，（指指外衣）这玩意儿值三十吗？

白　云　（撩起外衣仔细看了看）加上里头这件还差不离。

罗心刚　行！（脱外套及羊毛衫）

［两人交换货物。

［安敏上。

白　云　拜拜——祝你找到那个有才能的人！（下）

罗心刚　咱们再聊会儿！（欲追）

安　敏　It's really a shame! To do so as such an old man!

罗心刚　（看看四周无人）这是跟我说？It's really a shame! ……真不害臊？骂我呢？还有一句是什么？（做手势）Sorry! Again!

安　敏　这么大岁数了还干这种事！

罗心刚　你会说中国话嘛！骂人，头一条得让别人听懂，不然你这儿气得呼哧呼哧，我还以为你在夸我，心里挺高兴。你不是白费劲儿了？小姐，不要轻易地给别人下什么结论，就像不要给这个国家轻易下结论一样。

安　敏　你也不要轻易给我下结论！（回头）

［两人对视。

罗心刚　小安敏？

安　敏　罗伯伯！

罗心刚　哎呀，都长成大姑娘了！

［安凯上。

安　敏　爷爷，快来！这就是原来爸爸妈妈那个厂的厂长！

罗心刚　噢，安老先生，我们在交易会上见过面。

安　凯　我儿子死后是您保护了小安敏？

罗心刚　可我没能保护好您的儿子和儿媳妇，对不起您哪！

安　凯　那都是“四人帮”！不怪你们。

安　敏　罗伯伯，刚才实在对不起。

罗心刚　你呀！瞧瞧我拿的什么？

安　凯　（眼睛亮了，一把抓过去）丝巾？

安　敏　到我们宾馆去坐会儿吧？

罗心刚　好！我是有些事想求教安老先生！

［灯暗。一束追光打在讲台上。

［白云出现在讲台上。

白　云　真正里通外国的，就是他赵星！后头的事我就不知道了。

［夏雨出现在讲台上。

夏　雨　后头的事我知道！

［赵星出现在讲台上。

赵　星　我抗议！

夏　雨　（推开赵星）躲开这儿！

［赵星隐去，白云也隐去。孙建芳出现在讲台上。

孙建芳　我也想讲讲第二天的事。

［追光灭。

第十幕

［右区灯亮。交易会夏雨的办公地点。

罗心刚　你为什么不肯签字呢？

夏　雨　你们厂这次来交易会，规定不能参加谈判，只是让你来学习，参观……

罗心刚　可这么大块肥肉送上门来了，活人还能让尿憋死？……对不起。

［夏雨不语。

罗心刚　听说有这么件事：某地一位纺织局局长出国，在规定的计划外和外商订了一笔生意。陪同他出国的一位外贸工作人员支持这位局长的做法，结果回国后被调离了职务——虽然这笔生意国家是赚了钱的。

夏　雨　你别来给我上课！这种故事我知道得比你多十倍！同样有些参加谈判的人，什么规定也不违反，规矩得像个一年级女学生，可结果花了几十万、几百万外汇买回来一大堆废铜烂铁。这种人是不会受处分的，没准儿还能升官！我们什么时候能够变得聪明起来？

罗心刚　你现在就变得挺聪明了嘛！签字吧！

夏　雨　罗厂长！我知道这份合同条件优厚，而且安凯是国际上最大的丝绸经销商之一，拉上这个关系你们的丝绸可以稳稳地打入国际市场。这确实是块天上掉下来的大肥肉！可你想过没有，你在厂里搞这份合同会遇到多大的阻力？头一个，你们厂党委书记就会坚决反对！

罗心刚　老夏？你认识？

夏　雨　岂止认识？二十几年的老熟人。

罗心刚　嗬？

夏　雨　是我爸爸。典型的榆木疙瘩脑袋！

罗心刚　不至于吧？我跟他一块儿坐过牢。

夏　雨　落难的时候都会变成好人的！不信，现在他准在那儿骂你！

［右区灯暗。左区灯亮。

［孙建芳的办公室。

夏炳石　胡闹！他疯了？不是三岁的孩子，想干什么就得干什么！

孙建芳　他在长途电话里说，是个纯粹偶然的机会，所以来不及请示就先抓住了。不过老夏，你们厂真要想改变生产方向，这倒确实是个千载难逢的机会。

夏炳石　老孙，咱们也共事多年了，我问一句，公司里到底承认不承认我们这个大庆式企业？还是认为我把凤凰厂搞糟了，派老罗来扭转方向的？

孙建芳　说心里话吧，公司党委派老罗到你们厂，我是松了口气的，就因为你们是老先进，工作省心，免得他瞎折腾。可是……老夏，凭党性，我不能不承认他的意见有道理！圆网印花不能再搞下去了！

夏炳石　那也得慢慢来嘛！一夜之间把厂里的生产大翻个儿？

孙建芳　可要是老牛拉破车，你们厂的生产三五年也转不过来！

夏炳石　这么说，你赞成这个合同？

孙建芳　不，我反对，我替他捏着把汗。三个月完成，他怎么不考虑考虑，会遇到多少矛盾、问题、麻烦、障碍……简直是逆水行舟。难哪！

［左区灯暗。中后区灯亮。

［安凯住的宾馆。

赵　星　不是难，是根本不可能完成！太爷爷，以我对中国腐败官僚制度的了解……

安　敏　你还是中国人不是？怎么没听见你说过中国一句好话！

赵　星　姑姑，我是为你们的利益着想。

安　凯　昨天晚上我是……唉，老了！我一辈子也没订过这种窝囊的合同！

安　敏　爷爷！

安　凯　都是让你缠的！你要还个人情，行，给罗厂长送点儿礼，一万八千我都干。非让我拿这点儿钱去冒险，填这么个无底洞，不行！（对赵星）给罗厂长拨电话，我来跟他说，生意不做了！

安　敏　爷爷！

安　凯　（对赵星）快！

［赵星拿起电话。

安　敏　（夺过电话）好吧，电话我来打。生意你不做，我做！

安　凯　你……

安　敏　当年，根据奶奶遗嘱，她的钱是给我的！现在我长大了，不用你监管了，你把那笔资金给我，我来跟凤凰厂做生意！（欲拨号）

安　凯　安敏！你想要爷爷的命？

安　敏　拿来，三百万美元。（握住听筒）

安　凯　好，生意我做。不过，我得加一个条件！（接过电话）

［中后区灯暗。右区灯亮。

罗心刚　（挂上电话）安凯提出加一个条件，三个月后完不成要罚款。

夏　雨　怎么样，你还想冒这个险吗？

罗心刚　模范党员同志，害怕了？

夏　雨　我是替你考虑！

罗心刚　我们都来替国家考虑考虑好不好？而且，也谈不上冒险，技术上我有把握……

夏　雨　还有好些技术以外的问题！中国的经济体制就像架庞大的机器，好多地方的齿轮都锈住了，咬死了！

罗心刚　咱们来想法转动它嘛！

夏　雨　谈何容易！

［夏雨在讲着，声音渐渐听不见了。

［左区灯亮。

孙建芳　也许你能解决眼前一个问题，但同时却会冒出五个新问题来！牵一发动全身啊！

夏炳石　所以不要去异想天开嘛！现在的体制，我承认：慢，可是它稳当！

你改革出来的东西非驴非马，谁知道管用不管用？搞不好要天下大乱的！要资本主义复辟的！

［夏炳石还在讲着，但声音渐弱。

［中后区灯亮。

赵　星　姑姑，不是我不爱国，中国实在是没救了。搞不好的！您以为您在帮那个厂长的忙，实际上没准儿在害他……

［右区，罗心刚烦躁地踱来踱去。

夏　雨　你不能光想有利条件……

［左区。

夏炳石　像个孩子一样天真……

［中后区。

赵　星　出了问题怎么办……

［三区同时。

夏　雨

夏炳石　没有退路的！

赵　星

罗心刚　（一挥手）别说了！

［三区表演同时停止。

罗心刚　没有退路？没有退路不见得是坏事！打仗那年头为什么人人拼命，扎着脑袋往枪子儿堆里钻？就因为没有退路。不革命就没法活！可现在呢，可怕的就是大家都有退路，而且退路太多了！为什么三千万共产党员让区区几个"四人帮"搅和了十年？为什么我们之中不能多出一些张志新？现在也是，工人有工人的退路：少说一句吧，得罪了领导下回涨工资吃亏；厂长有厂长的退路：何苦当那个出头椽子？随大溜混吧，反正不能少我一分钱工资；部长局长们退路就更多了，小汽车小洋房，这儿干不下去了，换个地方照样小洋房小汽车！都坐在那儿，最好中央能拿出一个什么神奇的宝贝来，一下子把中国送进四个现代化，自己却完全不想负起点儿什么责任来。可同志们哪，你们就真的看不出来，实际上我们的退路已经不多了，退路已经没有了！我们搞了三十年，搞得不理想，万一再搞二十年，到2000年，“四化”还是实现不了，国家还是那么穷，人民生活还是那么苦，我们共产党人怎么办？中国怎么办？没有退路了！只有靠我们共产党人团结起来，和中国的志士仁人一起，豁出一切，拼出一个现代化的中国来！否则，将来再被打倒，就不会有人替我们平反了！

［夏雨抓过合同来迅速地签字。

［灯暗。追光打在讲台上，夏雨出现。

夏　雨　可惜，我们有不少同志至今还不理解老罗的心，一颗共产党员的心！知道真的要向外商赔款以后，纺织公司、凤凰厂，全都哗然，仿佛老罗犯了什么弥天大罪……

［蒋定安出现在讲台上。

蒋定安　莫非还得给他庆功？我反对这种美化罗心刚的发言……

［黑暗中有人说：“让夏雨把话说完。”

夏　雨　应当赔款的那天到了。

［追光灭。

第十一幕

［灯亮。安凯、安敏住的宾馆。

［安敏背对观众站着。罗心刚、夏雨正在打开几个包。

安　敏　罗厂长，那些不用打开了。

夏　雨　安敏，这是我们带来的花样设计图和交货的产品、样品……

安　敏　（回过头来，冷冷地）不用了。我正式通知你们：合同作废了。

罗心刚　作废了？

安　敏　是的。

夏　雨　那凤凰厂这三个月的……

安　敏　本公司负责赔偿一切损失。

夏　雨　可我们还准备和你们签订长期合同呢！

安　敏　（发起脾气来）还谈什么长期合同，短期合同你们都没有能力完成！

罗心刚　（也冷冷地）是的，这次交货期拖延了两天半，但我们准备按照合同赔款给贵公司，请安小姐不必担心。

安　敏　你以为……

罗心刚　因此，贵公司似乎没有理由怀疑本厂的信誉……

安　敏　你听我说！你知道什么……

罗心刚　而且，安小姐对于您的客人这么讲话，是很不礼貌的。

安　敏　罗伯伯！

罗心刚　（恭敬地）小姐。

安　敏　你们要把我逼死吗！（捧住头坐下）

罗心刚　（恢复了随便的样子）装不像你就别装！跑到我跟前来捣鬼！说吧，怎么回事？

安　敏　（倔强地抬起头来）没什么，合同不订了！

罗心刚　安老先生呢？

安　敏　出去了。是他授权我废除这个合同。

罗心刚　理由呢？

安　敏　他没说。

罗心刚　我没问他的理由，会做出这种荒唐的决定，他就不叫安凯了！我是问你：想出这套把戏来的理由！

安　敏　没理由，就是不想跟你们做生意了！

罗心刚　别人跟你说了点儿什么？

安　敏　跟别人有什么关系？

［孙建芳出现在安敏面前。

孙建芳　你罗伯伯这几天压力大得很啊！我真替他担心！

罗心刚　说嘛，遇见了谁，还是谁来找过你？

孙建芳　他身体又不好，最近老心疼，连累带气嘛。

罗心刚　你这个话篓子怎么今天不开口了？

孙建芳　为了合同拼死拼活，结果呢……哟，我到站了。你来玩儿，小安敏。（隐去）

［汽车停站、开门、关门及启动的声音。

安　敏　（站起来）罗伯母，你放心，这事我来办！

罗心刚　你在跟谁说话？

安　敏　没有。（走到夏雨面前）我相信，你一定能够体谅……我们的困难……

［安敏与夏雨对视片刻。

安　敏　我知道，按你们的规矩，只要你代表外贸公司同意废除合同，罗厂长是无权坚持的！

罗心刚　别白费功夫了，安敏，她是我的铁杆保皇派！

［夏雨默默无言地走开。

［夏炳石出现在夏雨面前。

夏炳石　快替老罗想想办法吧！真要赔款他吃罪得起吗？

［班长大叔出现在夏炳石身边。

班长大叔　新鲜！他吃罪得起吗？——他负责，你不要负责！你是党委书记！文件上你也画过圈的！

夏 炳 石　那是表示我看过了，可我不一定就真的同意嘛！

班长大叔　你什么时候学的这一套？（朝夏炳石的后脑勺，狠狠给了一下子）

夏 炳 石　老班长！这儿那么多人……（指指观众）

班长大叔　（对夏雨）甭理他！老罗够难了，你、我可不能再往后撤劲儿了！

夏　　雨　是！决不撤劲儿！

［班长大叔、夏炳石隐去。

安　　敏　你在跟谁说话？

罗 心 刚　你们俩今天都见鬼了！

夏　　雨　安敏，我知道你想给罗厂长解围。可是，难道你还不了解他吗？你快看看他！是的，这几天他累，他气，他急。可难道废除了合同不赔款，他心里就舒坦了？不，那在他是无法忍受的！安敏，在这个节骨眼儿上，咱们得一块儿帮着他使劲儿……

［安凯上，气呼呼地坐下。

安　　敏　爷爷！

安　　凯　为什么把我哄到外边去等他们？唼？

安　　敏　我错了。

安　　凯　拿你爷爷开心？

安　　敏　我真的错了。（打开罗心刚带来的包）这是罗伯伯他们带来的花样设计和丝绸样品。

安　　凯　不像话！（接过设计图飞快地翻着，又拿起丝绸样本，最后全扔开）听说，你们今天不能全部交货？

罗 心 刚　是的。

安　　敏　爷爷，他们就晚了一两天，又不影响你的销路，算了！

安　凯　没听说这么做买卖的！算了？

罗心刚　今天一来向安老先生道歉并支付赔款；二来这份东西还想请安老先生看一看……（拿出文件）

安　凯　（翻阅）长期合同？你还那么自信？（嘲笑地）有意思。（翻文件）

安　敏　（看花样设计）他，还是没来？

罗心刚　（点点头）这里头一半是他设计的。

安　敏　可你们厂居然把他赶走了。

罗心刚　（写了几个字）这是他的地址。去看看他吧，他现在需要你。

安　凯　（翻完文件，烦躁地扔开）我想和你单独谈谈。

［罗心刚做了个手势。夏雨、安敏下。

安　凯　你的胃口真不小啊，希望我跟你们搞补偿贸易？

罗心刚　我想在一两年内，完成凤凰厂的全面技术改造。

安　凯　可是我已经倒胃口了！——而且在头一个回合输了以后，你居然还敢向我提出更苛刻的条件。

罗心刚　不是更苛刻，而是更合理。既然拖延了交货期，我们赔款，那么将来如果我们提前交货，安老先生自然也理应有所表示喽！

安　凯　你救过安敏，我感激你。可是如果你以为在生意上……

罗心刚　我什么也没有以为。

安　凯　你对我还太不了解啊！

罗心刚　可能。本来我还以为安老先生是不喜欢由另一个竞争对手，来包销凤凰厂的这些产品的。（拿起文件及设计稿等欲走）

安　凯　你不像我想象中的共产党的干部，而像个——犹太人。坐下。

［罗心刚不动。

安　凯　（站起来）请坐！

［罗心刚坐下。

安　凯　好了，别绕圈子了！在丝绸工业管理上，你是个奇才！我服了。

特别是在看过这些精品(拍拍设计图及样品)以后。听说你们这儿把误了几天交货期而要赔款看得很严重。可我是聪明人,我明白这毫无意义。凭这点儿本事你可以赚回一百倍、一千倍的钱来!你肯定会成功,罗厂长。……但是,我想说一句本不该说的话,你在中国,实在是屈才!不不,你先让我说完。我知道你遇到了许许多多难处,耗费了你的大量精力,捆住了你的手脚,限制了你的才能!干脆,你到我的公司里来。不,我马上说完。我把经理的位子让给你,你来管,爱怎么干就怎么干。你会成为世界上赫赫有名的经理人……怎么样?

罗心刚　(轻轻一笑)谢谢安老先生对我的夸奖。但其实,您弄错了。您知道这个典故吗?“橘生淮南则为橘,生于淮北则为枳。”在这儿,在我的祖国,在我们党的事业中,我能成为一个厂长。困难是有,可恰恰是克服这些困难的欲望,使我兴奋,给我刺激,逼着我聪明起来。如果到了国外,仅仅为了赚钱,为了当经理,也许我会变成一个大废物、大懒虫……

安　凯　明白了,人各有志。回到国内,人们都管我叫“爱国的安老先生”。其实我孙女骂得对,我只认得钱。今天,我头一回做一件爱国的事。(拿过合同签字)你也签字吧!

罗心刚　(看合同)谢谢安老先生对祖国建设的支持!(签字)

安　凯　(良久)我对共产党和社会主义素无好感。可是今天,用你们的话说,怎么讲?开始被改造了?

［灯暗。一束追光打在讲台上。

［蒋定安冲上讲台。

蒋定安　我抗议!他们两个人在一块儿,鬼知道说些什么?而且,白云原来是写了揭发信的……

［白云走上讲台。

白　云　那是赵星给我出的主意。他说，罗厂长打算送我进公安局，我火了，就同意报复他一下。

［黑暗中赵星的声音："你造谣。"

白　云　要我再放段录音？

［黑暗中的声音："那你今天为什么又改口了呢？"

白　云　昨天晚上我到罗厂长家去了一趟。

蒋定安　大家听明白了吧？罗心刚跟他做了笔交易！

白　云　（冷笑一声）做了笔交易又怎么样？你想听吗？

［宋巧珍出现在讲台边。

宋巧珍　不对！昨天晚上我也在罗厂长家里！

蒋定安　好啊！都在搞秘密串连！

［方瑛、白华出现在讲台边。

方　瑛　少见多怪！罗厂长昨天晚上还到过我家呢！

白　华　也到了我家！

蒋定安　怪不得今天的会开成这个样子！我要求首先调查罗心刚在背后搞的全部小动作！

［孙建芳走上讲台。

孙建芳　昨天晚上的事我都在场，我讲讲吧。

［黑暗中老周的声音："还是按先后顺序。刚才没谈完，罚款以后，公司准备追究罗心刚的责任？"

孙建芳　是的。

［追光灭。

第十二幕

［灯亮。凤凰丝绸厂党委办公室。

［夏炳石、蒋定安欲出办公室。

班长大叔 （用扫帚柄拦住他们）等会儿。你打算向公司告罗心刚的状？

夏 炳 石 没有啊！

班长大叔 那你把老孙叫来干什么？

夏 炳 石 （不乐意地）公司经理下来转转嘛，您就别操心了！（欲走）

班长大叔 （用扫帚柄把夏炳石堵在门口）你瞒着我。这位可比你有胆量，他在全厂嚷嚷遍了，说夏书记决心叫孙副经理下来彻底解决凤凰厂的问题。罗心刚就要滚蛋了！

［夏炳石怒视蒋定安。蒋定安狼狈。

班长大叔 小炳子，你可不能糊涂啊！中国要富强，只有走改革这条道儿，这是民心所向！我们这辈儿人，半辈子厮杀，不就图的国富民强吗？这么简单的理儿，我这个没文化的老头都明白，你个机灵人怎么反而叫猪油糊住了心窍呢？（用扫帚柄戳着夏炳石）

夏 炳 石 老班长，您的意思我明白，可这事……

［孙建芳上。

孙 建 芳 班长大叔！

班长大叔 老孙，这儿没你的事，你回去吧！

［孙建芳莫名其妙。

蒋 定 安 夏书记！

班长大叔 真的，疙瘩都解开了，我给他们说和好了！（往外推孙建芳）

夏炳石　老班长！希望你不要妨碍党委领导的正常工作！

班长大叔　（呆住了）我？妨碍你这个大领导工作？

孙建芳　（扶住班长大叔）班长大叔！

班长大叔　（指着夏炳石说不出话来）好，好！（扔掉扫帚，下）

［夏炳石欲追，又站住，长叹一声。

蒋定安　老摆出一副太上皇的架势，真以为谁都惹不起你？

夏炳石　啰嗦什么！去，请罗厂长来！

［蒋定安下。

［夏炳石、孙建芳进办公室。

孙建芳　这几天干部、群众的情绪怎么样？

夏炳石　议论纷纷……老孙，把我从这儿调走吧。

孙建芳　为什么？

夏炳石　把个大庆式企业弄到这个地步，我这个党委书记还有什么脸见人！年年闭着眼睛往回扛红旗的厂啊，指标完不成，外头赔款，里头鸡犬不宁……我辞职，让贤！

孙建芳　（片刻）你的意思，要我处分罗心刚？

夏炳石　反正我们俩里头得处分一个，不然怎么向党交代？

［沉默。

夏炳石　老孙，我早就有言在先了，劝你不要批准老罗去冒险，可你……现在搞成这副烂摊子，他还那么野心勃勃，跟客户订什么长期合同，他非得进监狱才死心啊？这个党委书记叫我怎么当？

孙建芳　别说了，我明白了。

［罗心刚穿一身油腻的工作服上。

罗心刚　你们都在？（自己倒了杯水，一饮而尽）老夏，李子良这家伙真神啦，脑袋里也不知哪儿来那么多的鬼点子，变戏法似的，一抓一个，一抓一个……（觉得气氛不对）怎么了？一股子火药味？

孙建芳 （严肃地）老罗，公司党委对凤凰厂赔款的事很重视，要我负责调查、处理并上报。征求了有关同志的意见以后，认为你对这事负有不可推卸的责任，应当予以追究，你有什么意见吗？

罗心刚 谁给你出的馊主意？这位仁兄？

孙建芳 这你不必了解。

罗心刚 （冷笑一声）好吧，从法制观点说，赔了款，当厂长的理应受到追究。可具体到这事，我不服，我不认账！为什么不追究那些处处为我设置障碍，拖我后腿，捆住我手脚的人？为什么不追究那些布下天罗地网来围剿我，跟我捣乱，冲我放冷枪的人？为什么不追究那些饱食终日无所用心，僵化保守，昏昏庸庸混日子的人？别人不清楚，你们俩还不清楚？你夏炳石说，在厂里这几个月，我好好吃过一顿饭没有？你孙建芳说，在家里这几个月我好好睡过一宿觉没有？你们瞧着我一个人过五关斩六将，厮杀得筋疲力尽，也不来帮我一把。现在我中了暗箭，你们反而还要往我的伤口上再踢一脚！你们别以为我真是什么钢铁战士，我也是个人，肉做的人！这儿也有一颗活蹦乱跳的心！（几欲泪下）

［孙建芳递上一杯水。罗心刚狂怒地一下子把它推翻在地。

孙建芳 （颤抖地）我，我现在，没别的办法！

夏炳石 是我主张处分你的。可是老罗哎，我的难友，我的“1421”，不给你敲敲警钟你还会捅更大的娄子！你怎么就一点不明白呢？——现在还有一个补救办法。听说安敏愿意废除合同，由他们承担责任，倒过来赔偿凤凰厂的损失。这样，我们的名誉也挽回了，国家也用不着掏钱了！

孙建芳 是真的？

罗心刚 你还不明白是怎么回事？

孙建芳 那你——没同意？

夏炳石　老罗，别固执了！凤凰厂的生产方向问题，咱们可以慢慢讨论，慢慢研究嘛！

孙建芳　老罗！

罗心刚　（捡起地上的玻璃杯，平静地）我要求立即召开党委会，宣布公司的这个决定。同时讨论一下，如何保证把长期合同干到底。

［沉默。

夏炳石　（站起来）那好吧，在桌面上彻底亮一亮！我去通知。（下）

孙建芳　老罗，你就一点儿都不能谅解我吗？

罗心刚　（抚摸着孙建芳的手）不能啊！你追究我，我理解，你有你的难处。现在我们都有各种难言的苦处，逼得我们成天只能像鲁迅先生说的那样："横站"！这，我明白。可你不该去找安敏，不该劝我向夏炳石投降！

孙建芳　但你也别忘了，我也是个人！我是你的妻子，我不能眼看你……

罗心刚　那就也请你原谅我吧，原谅我这个叫人担惊受怕的丈夫……

［二人深情地望着。

［班长大叔头戴八角帽，身穿旧军装，腰束武装带，挎着个旧军包上。

罗心刚　班长大叔，全副武装，准备上哪儿？

班长大叔　上北京！

罗心刚　干吗去呀？

［班长大叔掏出一叠信交给罗心刚。罗心刚、孙建芳看信封。

罗心刚　喃，军委办公厅，纺织工业部，最高人民法院，国家经委，空军司令部……

班长大叔　全是我的老上级、老领导、老战友的信，早就叫我去玩儿……

孙建芳　您是该去散散心，那么大岁数了！

班长大叔　我哪来闲功夫呢！我是去告状！

孙 建 芳　您告谁呀?

班长大叔　就告你!——别跟我嬉皮笑脸的!告你跟夏炳石合伙整老罗,破坏"四化"!

罗 心 刚　别价呀!您这一告不是把我老婆给告没了?

班长大叔　太不成样子!就知道保自个儿的乌纱帽!还像共产党员吗!

罗 心 刚　算啦,班长大叔!要论委屈,是有,可咱们找中央领导去告,中央领导有了委屈又找谁去告呢?他们才真正不易呀!领导那么大又那么落后个国家,面临一大堆连头绪都不好理的问题,又是个大转移的新时期,他们能没有难处吗?!可他们还是一心一意,信心十足,踏踏实实,大刀阔斧地干!

班长大叔　这才称得起是共产党人!

罗 心 刚　所以呀,凤凰厂的事,咱们也学着自己来干吧!

班长大叔　饶了他们?

罗 心 刚　下回再不改,我陪您一块儿去告!头一个就告她孙建芳!

[灯暗。

第十三幕

[追光打在讲台上。

[班长大叔走上讲台。

班长大叔　党委会上吵翻了天。在老罗的坚持下撤了蒋定安的职,扣了方瑛的奖金。这回,凤凰厂热闹了!

[舞台一角出现方瑛和李子良。

方　　瑛　你今天要是不让罗心刚把我的奖金要回来,就别想回家!

李 子 良　你为什么要更改生产计划,你不知道这个合同……

方　　瑛　成天合同,合同,合同是你小老婆?

李 子 良　合同对“四化”有利,对国家有利!

方　　瑛　对我没利!我少拿奖金!去,给我找罗心刚去。

李 子 良　我要是厂长,连你的工资一块儿扣!(下)

方　　瑛　好啊!咱们散伙!(造型)

［舞台另一角出现罗心刚和蒋定安。

蒋 定 安　把我撤了?一撸到底?

罗 心 刚　今天就下去劳动。

蒋 定 安　你没那个资格!我是干部编制!六八年我就是副连长!

罗 心 刚　嚷嚷什么?六八年?四八年我就是连长!给我立正!

［蒋定安不知所措地立正了。

班长大叔　(在讲台上插话)我这个三八年的还没说话呢!

罗 心 刚　我要是你,就马上写份退党申请书,这也许是你能对党所作的最大贡献了。(下)

蒋 定 安　我要上告。

［夏炳石出现在蒋定安身边。

夏 炳 石　是你指使方瑛破坏生产计划的?搞的什么鬼名堂!

蒋 定 安　夏书记,罗心刚的合同有鬼,不能让它完成!您瞧瞧白云和赵星写的揭发信!

［蒋定安和夏炳石造型。

［舞台又一角出现赵星和白云。

赵　　星　你还蒙在鼓里呢?罗心刚准备送你进公安局了!

白　　云　好啊!走着瞧吧!

［白云、赵星造型。

班长大叔　结果这几块料凑在一块儿,搞了这封揭发信。

［孙建芳出现在讲台上。班长大叔隐去。

孙建芳　收到揭发信以后，昨天，公司党委作出了要老罗离职接受审查的决定。可老罗他还……夜里，他要我陪他出去转转。他说："这也许是我当厂长的最后一个晚上。"我们九点到的白华家，十点到方瑛家，十一点回到家里……

［灯灭。

第十四幕

［灯亮。白华家。

［无线电的声音："嘟嘟嘟嘟嘟嘟，刚才最后一响，是北京时间二十一点整。"

［白华在独斟独饮。

白　华　（对着桌上的一个小镜框）安敏，你愿意陪我喝一杯吗？什么？不应当喝酒？（捧起镜框）你这个什么也不懂的小丫头，可爱的傻丫头！你的小哥哥心里难受，你也不来一次看看他，用你的小手摸摸他的头，像你小时候一样！

［安敏上，在外面寻找门牌，找到了。

安　敏　白华！白华在这儿住吗？

［白华震惊，站起来。

安　敏　（敲门）白华！白华！

［白华强坐下，把一杯酒一饮而尽。

安　敏　见鬼！找错地方了？（欲走）

白　华　（不由自主地喊出来）没错！

安　敏　白华，我是安敏啊！你听不出来吗？

［白华手忙脚乱地找出一张什么照片，塞进镜框。

安　敏　（砸门）你快点儿开门啊！

［白华镇静一下，把门打开。

安　敏　（扑上来）……小哥哥！

［白华远远地伸出手去把安敏挡住。

安　敏　（撒娇地把手藏到背后）嗨——让我亲你一下！

［白华慌乱得不知所措。

［安敏趁白华不备，猛地扑上去亲了他一下，哈哈大笑。

［白华手足无措地坐下。

安　敏　你就住在这个地方？你好吗？……你现在喝酒了？

白　华　嗯，喝酒，抽烟……

安　敏　我才不信呢！小时候你说过，这辈子你一定一不喝酒，二不抽烟，三不吃醋。（又笑了）……这是谁？

白　华　我爱人。

安　敏　什么？（跳起来）骗人！（见白华不语）快承认，是你骗我！

白　华　我……什么时候骗过你？

［罗心刚背着冰棍箱子和孙建芳上。

安　敏　（慢慢地坐下）她……人呢？

白　华　回娘家去了，带着我们的……孩子。

安　敏　孩子！你们……很幸福吗？

［罗心刚、孙建芳倾听。

白　华　幸福极了！她是个非常好的人……她爱我，我更爱她——一个什么也不懂的小丫头，可爱的傻丫头。

安　敏　别说了。

［罗心刚、孙建芳进来。

罗心刚　两个大活人来了，都不知道？（放下冰棍箱）

［安敏抓过酒瓶为自己倒满一杯酒欲喝。白华忙夺。罗心刚接过酒杯。

罗心刚　抢酒喝呢？白干？（抿了一口）

孙建芳　（夺过酒杯）你的病！

［罗心刚咂巴着嘴，舒了口气。

安　敏　罗伯伯，你骗得我好苦！

罗心刚　得，又多一条罪名！

［安敏把桌上的小镜框塞给罗心刚。

孙建芳　这是谁？

安　敏　他的爱人！他根本不需要我了。

罗心刚　（把镜框还给安敏）没见过这号粗心的大姑娘！底下印着字哪！

安　敏　（念）“电影演员剧照……”。

罗心刚　我再算个命，你拿掉剧照，看底下。

［白华欲夺镜框，但未夺到手。

［安敏拿掉剧照，愣住。

孙建芳　是十年前的小安敏嘛！

安　敏　在国外的这么多年，我一直忘不了你。父母死后的最初的日子里，全靠你给了我温暖，还有后来的罗伯伯。不然，我恐怕早就跟着爸爸、妈妈去了！是你，是你们，让我明白了人世间还有温情，有正义，有善良美好的一切……生活下去，做一个好人，是值得的！回国后，找不着你。突然那天罗伯伯告诉我，你就在这儿，就在那几秒钟里，我马上明白，自己的命运已经定了……可你，为什么要这么伤我的心？

白　华　（爆发地）你以为我就不伤心？你懂什么？你说你那天听罗厂长讲我在这儿，你就明白了自己的命运，可我早就明白了。（举起镜框）当你还是这么一个糊里糊涂的黄毛丫头的时候，我就什么都明白了！可是现在，你是洋人！

安　敏　洋人怎么着，会咬你？

白　华　今后怎么生活？跟你出国？我不愿意！

安　敏　我就不能回来？我不爱国？我怕吃苦？

白　华　我也不愿意你回国，明白吗？这儿不需要我们！每次献上一颗滚烫的心，得到的都是一瓢凉水！

安　敏　（冲到罗心刚面前）罗厂长，第一，我们要结婚！

白　华　谁跟你结婚？

安　敏　我非嫁给你！

罗心刚　老孙，瞧见过这么谈恋爱的吗？

安　敏　你同意不同意？

罗心刚　同意，同意。你嗓门小点儿。

安　敏　第二，白华要跟我出国。

罗心刚　也同意，写张申请来。

［安敏反而愣住了。

罗心刚　写吧，没笔？（掏出笔来扔在桌子上）

安　敏　（写了两个字，冲向白华）你自己跟他说，你要出国！

罗心刚　（对安敏）你呀，就会瞎咋呼！瞧我来劝他。白华，你真的想出国？

白　华　想又怎么着？

罗心刚　想，你就走。我说的是真话。有些人想出国是因为祖国穷，这号人到了国外也是一群连外国人都讨厌的废物；还有些人想出国是因为伤了他们的心。有的华侨说，当年他们抱着满腔的热情回国参加社会主义建设，一到深圳，看见五星红旗，眼泪就唰唰地流下来了。可在十年浩劫中，他们被迫重新离开并不疼爱他们的祖国，出了深圳，一步一回头，看着五星红旗，眼泪又是唰唰地流……

白　华　罗厂长，够了，有您这几句话就够了！

罗心刚　不！

白　华　我只求祖国能明白我的心就够了。我知道您现在有难处。我没有要求，我就卖冰棍。反正决不让外流人才的名单上，再添个白华！

罗心刚　你还不明白我的心！我不是来陪你诉苦发牢骚的！现在摇头叹气的人够多的了！叹出来的气凑在一块儿都能变成十二级台风了，就真的不能用这点儿劲头儿来改变点儿什么？我把话说明白是希望你跟我们一块儿干！我不想演悲剧，哭哭啼啼送你去卖冰棍；我要演喜剧，看着你堂而皇之地成为有出息的花样设计师！这不可能吗？可能！

白　华　老罗！

孙建芳　这是招工局、财务局、纺织公司的文件，批准你正式回凤凰厂。职称是：设计师。老罗跑到今天下午才弄齐。

罗心刚　白华，现在，才是我们祖国最有希望的年代啊！

白　华　老罗，老孙，我明天来上班！

安　敏　那我呢？我怎么办？

白　华　你？随你。

［安敏又要发作。

白　华　愿意，你就回来。

罗心刚　不急，你们想好了再说。嗯！白云呢？

白　华　还没回来。

罗心刚　这几天老找不着他。现在没功夫喽。（对孙建芳）走吧。他们还得吵会儿哪！一个要嫁，一个又不娶，今后他们俩，热闹了！白华，安敏，你们记住了，只要你们还相信中国共产党里头有一大批有骨气的党员，那么，就希望你们留下来！

［灯暗。

第十五幕

［灯亮。方瑛家。

［无线电里的声音："嘟嘟嘟嘟嘟嘟，刚才最后一响是北京时间二十二点整。"

［房间正中放着一盆待洗的衣服和一块搓板。方瑛拎着马桶从里屋出。

方　瑛　几天不在，成了个狗窝！

［李子良上，愣住。

李子良　你，回来了？

方　瑛　我是心疼孩子才回来看看的，马上就走！

李子良　还在生我的气啊？

方　瑛　没那个闲功夫！我正托人说合呢，找着个合适的，我改嫁！

李子良　你，别开玩笑了。

方　瑛　你以为我真拿你当宝贝呢？街上随便找个男人也比你强！

李子良　（讪讪地）我帮你洗衣服吧！（坐下）

方　瑛　搁那儿！

［李子良又站了起来。

方　瑛　瞧你那个叫花子样！也不知道寒碜？（拿来拖鞋）换上！

［李子良站着换鞋，摇摇晃晃。

方　瑛　（拖把椅子过来）坐下！

［李子良听话地坐下。

方　瑛　（拿过针线来，为李子良缝扣子）就这副郎当相，野到半夜？

李子良　罗厂长找我……

方　瑛　少提你的罗厂长！他马上就完蛋了！

李子良　别听人家瞎说！

方　瑛　你才枉为罗心刚的跟屁虫呢！这种事，他就瞒着你了吧！

李子良　你别老跟罗厂长过不去嘛！

方　瑛　跟他过不去的人多了！这回联名写信告他的有白云、赵星、蒋定安、我，好些人，夏书记也签了字！

李子良　什么？

方　瑛　明天市里审查他！最轻也得撤职！

［李子良猛地站起，线拉断了。

方　瑛　你捣什么乱？（看到李子良的脸色，也有些害怕了）怎么了？你说话呀！

李子良　（半晌，轻轻地）我跟你——离婚！（扭头就走）

方　瑛　（急了）子良，你听我说啊！

［李子良头也不回地下。

方　瑛　你回来！听我说！别走！（追下）

［罗心刚、孙建芳上。

罗心刚　（踢踢放在门口的马桶）这玩艺儿可以派大用处！要是规定我们的干部不论官大官小，每人每天必须倒次马桶，大概“四化”的速度能快一点儿，你信不信？因为真正为“四化”着急的人也会多一些！（动手收拾房间）

孙建芳　（收拾房间）你就歇会儿吧。

罗心刚　蒋定安的问题怎么样了？

孙建芳　你就别管这些了。

罗心刚　瞒着我？

孙建芳　调到红光染织厂去。

罗心刚　干什么？

孙建芳　当二把手。

罗心刚　官升一级？

孙建芳　有些同志认为他没犯什么原则性的政治错误。

罗心刚　什么叫政治？什么叫原则？他根本不是个共产党员。他是混党饭的！

孙建芳　有人替他说情。听说他市里也有熟人……

罗心刚　我们还是共产党不是？为什么把国民党那套官场斗争的东西搬来了？

孙建芳　我求求你，别那么激动。

罗心刚　可怕的就是，我们一些同志，已经再也不会激动了。

［里屋传出孩子哭声。

罗心刚　哟，把孩子闹醒了。（下）

［孙建芳收拾完，拎起马桶欲出门。

［方瑛揪着李子良上。

方　瑛　（愣住）你是……

李子良　（挣脱了方瑛）老孙！（欲夺马桶）

［方瑛急忙又抓住李子良。

孙建芳　你是方瑛同志吧？你好！（拎马桶下）

李子良　这是罗厂长的爱人，公司副经理老孙！

［方瑛愣了，欲追。罗心刚上。

罗心刚　总算把你等回来了。气出完了没有？

李子良　（严厉地）方瑛！

［方瑛低头不语。

罗心刚　(搬了把椅子坐下)没出完就出吧。我今天是特地来听你骂人的。你骂人还挺好听的哩,带了好多俏皮话!

[孙建芳拎马桶上,坐下欲洗衣服。

李子良　我来!

罗心刚　得了,这个学问你没她大。当年我们谈恋爱的时候,她在后方医院,我就是天天拄着拐到小河边去看她洗衣服。方瑛……

李子良　方瑛!

[方瑛不语。

罗心刚　你不骂?好!你不骂我可要骂了!你这个人哪,人家都说是大炮筒子,心直口快,叫我说,最言行不一的就是你!你骂厂里一片混乱,什么都没有人管,可真有人管了你又嫌管得太严,不自由;你骂干部都在混饭吃,可真有了不想混饭吃的干部你又跟他过不去;你也知道搞圆网印花死路一条,当年上马你是厂里头一个骂街的,可今天要恢复手工印花,翻三班,你又嫌累,故意捣乱;你也知道生活不富裕,骂国家太穷,可碰到具体问题,为了多捞一块现大洋,哪怕有人把国家的四个现代化拆了零卖,你都不心疼!这回因为你的原因,国家赔了一大笔外汇。可为了什么?就为了你少拿八毛钱的奖金,八毛钱,而且我答应了补给你们的!过去怨我们没搞好,叫你们有点儿丧失信心。可现在中央下了决心了,我们下了决心了,咬牙拼命也得搞上去,只求你们能跟党同心同德,为什么居然就那么难呢?(站起)站在这个小屋子里,真想给你鞠个躬,说声谢谢,我们的人民就在这么艰苦的条件下支持了我们,帮助了我们;可同时,也真想揪着你的耳朵狠狠骂你一顿,为了你的愚昧,自私和见识短浅!(突然发现自己太过分了)……对不起。(慢慢地走到门口,撑着门框子,转回身来,对李子良)厂部决定,任命你为车间主任。还有,明天有个审查我的会,方瑛你

有气，到那儿去出吧……（慢慢地下）

［灯暗。

第十六幕

［灯略亮。罗心刚家里。

［班长大叔躺在一张藤椅上打呼噜。

［无线电里的声音："嘟嘟嘟嘟嘟嘟，刚才最后一响是北京时间二十三点整。"

［白云吹着口哨，在外面探头探脑。突然见有人来，躲了起来。

［宋巧珍匆匆地上。

宋巧珍　（在门口低声地）罗厂长！罗厂长！

［白云在宋巧珍背后拍拍她。

宋巧珍　谁？……是你，吓死我了！（不自觉地靠在白云身上）

白　云　你来干什么？

宋巧珍　你不是说，明天要审查罗厂长吗？我要跟他说几句话。你呢？

白　云　明人不做暗事，告诉他，跟他捣乱的也有我白云一份！除非他答应不送我进庙，否则，明天要他的好看！

宋巧珍　白云，罗厂长是好人啊！

白　云　那你就看着他送我去蹲监狱？

宋巧珍　我替你跟他说说！

白　云　得了！你以为他真那么疼你哪？他不过是利用你的技术为他做广告！现在知道你信教，人家又在借这个事整他……哼，他不拿你当替死鬼才怪呢！人不为己，天诛地灭，这个世界上没有一个

好人！——有人来了！（拉宋巧珍躲在一边）

［罗心刚、孙建芳上，开灯。灯大亮。

［孙建芳扶罗心刚坐下。此刻的罗心刚仿佛一下子衰老了许多。

孙建芳　你呀，在外头生龙活虎，回家就像一摊泥！

［罗心刚看见了班长大叔，示意孙建芳轻点儿。

孙建芳　要不要叫醒他？

［罗心刚摇摇头。

孙建芳　也许他要跟你说点儿什么？

罗心刚　明天审查我，今天他来陪我睡一宿，还用得着说什么？（四顾，寻找什么）

［孙建芳递上一杯牛奶和两个药瓶。罗心刚抚摸着孙建芳的手。

孙建芳　你关心这个那个的，谁来关心你这个厂长？

罗心刚　（吃药）你嘛！

孙建芳　我承认自己这些年变了，胆小、自私、软弱，还不如老夏。他顽固，他僵化，可他至少自己还真以为是在维护党的路线的纯洁性。可我呢，明知道你是正确的……

罗心刚　我知道……

孙建芳　你知道什么！明天，要我代表上级领导来主持审查你的会，并宣布党委要你离职的决定！市纪委下午也打电话来，说老周将出席这个会，这又意味着什么？可你……（落泪）

罗心刚　建芳！

［抽泣声，越来越响。

罗心刚　哭什么？

［孙建芳愣住了，抬起头来。

［原来哭声是从角落里传出来的。

［宋巧珍冲出来，扑在孙建芳身上。

宋巧珍 是我害了罗厂长!

罗心刚 小宋?

宋巧珍 是我害了您。您以后别理我了,我出身不好,又信教,我是个罪人,我是坏蛋。您骂我吧,明天会上您叫他们来斗我吧!

孙建芳 这跟你有什么关系?

宋巧珍 是我连累了罗厂长,他们说他包庇我,重用我……

[罗心刚艰难地站起,取来十字架。

罗心刚 小宋,你真的相信上帝吗?

宋巧珍 不,我不信了!

罗心刚 别害怕,过来,告诉我心里话。你真的相信天上有个上帝?

宋巧珍 我不信……可是,有时候,希望有个上帝。

罗心刚 你希望上帝为你做点儿什么呢?

宋巧珍 有时候一个人太苦了,希望上帝疼我,安慰我,还希望上帝能治治妈妈的病……

罗心刚 就这么点儿要求?

宋巧珍 还有修好我们家的破房子。

罗心刚 傻孩子!这都是组织上应当给你的东西,国家应当给你的东西!结果弄得你去找上帝!噢……

宋巧珍 罗厂长,你怎么了?

罗心刚 我心口疼。来,把你的十字架拿去。

宋巧珍 不,我不要了,我错了,我愿意写检查!

罗心刚 错的是我们,应当写检查的是我们!十年下来,我们忘了根本的一条:要关心人!我们只会要求他们,命令他们,却完全忘了如何体贴他们的难处,温暖他们的心灵!完全忘了……小宋,原谅我那天的态度吧!家里的困难,会给你解决的,已经安排好了!你爸爸的事,也全是无中生有,别听那些人胡说!

宋巧珍 真的，他不算“四人帮”的爪牙了？

罗心刚 瞎扯淡！——你好好地生活吧。哎，知道是哪个上帝给你送钱的吗？就是白云，我一听就猜着了。

宋巧珍 是他！可是他现在……

罗心刚 （点点头）犯了罪。

宋巧珍 能不能，不要对他……

罗心刚 不行啊！可是你放心，他的罪不重，我已经跟公安局联系过了，他们会考虑的。白云会成为一个有出息的人的！他变坏，是因为我们的社会有一段时候不鼓励大家做好人。（指指孙建芳）连她都变了嘛！可现在，一切又在重新变回来！（问孙建芳）你说对不对？

［孙建芳勉强地点点头。

罗心刚 你说呢？

［宋巧珍使劲儿地点点头。

罗心刚 瞧，你还没有人家孩子有信心！不要光看到眼前的难处，老嫌步子走得太慢；过两年，回过头来看，就会发现……哎，你记得延安撤退吗？

孙建芳 记得。我还哭过。

罗心刚 是嘛！国民党大作文章，我们好些同志也垂头丧气，把个革命圣地都丢了！结果呢？两年多以后，全国解放！——小宋，愿意相信上帝，你就信吧，可是我劝你还是相信共产党！相信我们会把一切都搞好的，人民的生活，人民的心灵，都会变得越来越美好！将来，你和白云两个人……

宋巧珍 （羞红了脸）不，没有这回事！

［白云突然冲出来，跑到罗心刚面前站了片刻，一言不发，冲下。

宋巧珍 白云！白云！（追下）

[罗心刚靠在椅子上筋疲力尽。孙建芳看着他，突然扑上去搂住了他。

罗心刚 念段小说吧，消遣消遣，睡觉！快，阿凡提，这才真是个永远不发牢骚的人。（找出书来塞给孙建芳）

罗心刚
孙建芳 “阿凡提有一回去见国王……”

[灯暗。讲台上追光亮。

[宋巧珍出现在讲台上，慢慢地摘下脖子上的十字架。

宋巧珍 今天，我正式把它交出来。

[追光灭。

第十七幕

[灯亮。凤凰丝绸厂会议室。

[大家都沉默着。当中的椅子显眼地空着，罗心刚还没到。

白　云 （站起来）今天早上我想去公安局自首。到了那儿，又觉得还是先回来开会，把话说明白……要是没事，我到公安局去了。

白　华 白云！

白　云 哥哥，我对不起你，我倒卖了好多进口货。那点儿丝绸也是我用你的名义从各个厂骗来，拿出去卖的。（欲走）

宋巧珍 （追上去）白云！

白　云 巧珍，放心吧，我会变成个好人的！——你不信？

宋巧珍 我信！

[白云下，宋巧珍跟下。

方　瑛　(掏出手绢擤了擤鼻子)怎么样,行了吧？你们折腾够了吧？

白　华　谁敢处分罗厂长!

蒋定安　你们把他吹得再好也没用！他违反了国家制度!

李子良　这些制度早就该违反!

[众人吵成一团。

班长大叔　今天我可真是预备好了,你们只要说一句处分老罗,我抬腿就走,找党中央去!

孙建芳　如果需要,我可以在这儿宣读公司关于让老罗离职,进一步接受审查的决定。但是念完了,我跟班长大叔一块儿去北京!

夏炳石　老周,我看,会议可以结束了。

班长大叔　你说吧老周,这事怎么了结?

蒋定安　对,我们要听领导的!

老　周　这可将了我一军了！我参加过许多审查会,多数都令人很不愉快。可今天……我好像无法把我的感受表达清楚:是愤慨？是激动？是震惊？是兴奋？我倒非常想知道,在座的同志们,你们大家,这会儿在想些什么？你们知道了这个普通人的故事,这个中国人、共产党人的故事以后,难道不想说点儿什么吗？想说吗？走上来吧,不管说多少,哪怕一句,只要真实……

[宋巧珍奔上。

宋巧珍　不好了！医院来电话,罗厂长他……

众　人　怎么了?

宋巧珍　在路上昏倒了!

[隐约的救护车笛声。众人惊,纷纷起来往外走。空中响起罗心刚的声音:"都站住！别那么大惊小怪的。"

[众人站住,有的慢慢坐下。

[空中罗心刚的声音:"哪儿那么容易躺下,马上我还要来跟你们

捣乱的！为了2000年，还有多少事要做啊！有人说，中国这架庞大的机器有些地方齿轮咬死了，锈住了，可现在已经松动了，转得快起来了嘛。会越来越快的！——只要用我们的血当润滑剂。这话现在不时髦了，运动中都说滥了，成天热血瞎沸腾。可无论如何，血，总是热的。”

[灯渐渐暗掉，只有一束追光打在那把空椅子上。

[追光也渐渐收掉。场灯亮。

[剧终。

（1981年演出本）

话剧

秦王李世民

编　剧

颜海平

作者小传

颜海平（1959— ），女，浙江人，清华大学跨文化研究教授博导。清华大学外国语言文学系系主任、清华大学世界文学与文化研究院院长、国务院外国语言文学学科评议组成员、教育部教学指导委员会（英专）成员。

人物表

(以人物出场先后为序,从第一幕年龄算起,序幕不计)

李世民　22岁至29岁,李渊之次子,封秦王(即唐太宗)

刘文静　46岁至49岁,李渊之大臣,为门下省侍中。大业十三年,为隋晋阳令

李　渊　57岁至64岁,大唐天子(即唐高祖)。大业十三年,为隋晋阳留守

裴　寂　50岁至57岁,李渊之宠臣,为尚书右仆射,后迁左仆射。大业十三年,为隋晋阳宫副监

王　威　隋晋阳副留守

高君雅　隋晋阳副留守

尹贵妃　30岁至37岁,一品夫人,李渊之宠妃

王　晊　18岁至25岁,皇太子李建成之近侍

李建成　31岁至38岁,李渊之长子,皇太子,李世民之同母兄

萧　瑀　53岁至60岁,李渊之大臣,为中书省中书令

封德彝　35岁至42岁,李渊之大臣,为中书省中书侍郎(中书令之副职)

程知节　26岁至33岁,秦王府统军,大业末年,曾为瓦岗军骁将

房玄龄　40岁至47岁,秦王府记室

李元庆　16岁至23岁,李建成、李世民之异母弟,李渊之第十六子,封汉王

李元吉　17岁至24岁,李渊之第四子,李建成、李世民之同母弟,封齐王

徐福生　50岁许,原为铁匠,后从军

尉迟敬德　27岁至34岁,原为铁匠,大业末年,随马邑刘武周起兵反隋,后归降李世民

长孙夫人　20岁至24岁,李世民之妻

秀　子　14岁至20岁,刘文静之女

常　何　宫城北门守军将领

侍女、近侍、侍卫、武将、将佐、将士、武卒、班头、壮汉、童子、宫妓、侏儒、大臣、宫娥、内侍、医师、家童若干

“天子者，有道则人推而为主，无道则人弃而不用。”

——李世民

序　幕

［隋炀帝大业十三年（公元617年）五月甲子。

［幕启。晋阳宫一偏殿。

［子夜，风急，西北天空浓密的黑云中透出一片怪异的红光。殿中帷幔翻飞，烛火明灭。十八岁的青年武将李世民按剑伫立，凝目苍穹。深沉的歌声起：

“大河东流去兮，
千古尽淘沙。
载舟亦覆舟兮，
兴亡几人察……”

［晋阳令刘文静身着戎装，急步入殿，呈上一封密信。

李世民　（阅信）“晋阳副留守王威、高君雅奉皇帝密令：速斩留守将军唐国公李渊！”（惊）果然如此！

刘文静　怎么办？

李世民　立刻报知国公！

刘文静　是！（急下）

李世民　（怒目视剑，满腔激愤）暴君无道！

［一道闪电，雷声。鬓发斑白的李渊上。晋阳宫副监裴寂与刘文静同上。

李　渊　（激动地）世民！

李世民　大人！

李　渊　(凄楚地)二郎……

李世民　父亲……

李　渊　想不到为隋家朝廷奔驰疆场数十年,竟落得……

李世民　(激动地)父亲!儿早已说过,当今天子,暴虐无道,致使民怨沸腾,烽火四起!父亲啊,顺从民心,奋举义兵,这是大势所趋!

[李渊焦灼地徘徊。

刘文静　(沉毅地)国公,就因为牧童们的歌谣"杨花飞尽李花飞",李氏便遭此毒手!如今朝政昏暗,天下大乱,万民翘首盼望汉高祖、光武帝那样的英明君主!

李　渊　裴监,依你之见?

裴　寂　(急应)呵,裴寂惟国公之命是从!

李　渊　看来,不得不走这一步了。(喟然长叹)想我李氏世胄高门,竟也成了叛臣?叛臣!

李世民　(凛然呼出)父亲!天子有道,万民拥戴,奉为君主;天子无道,人人发指,弃为独夫!此乃天经地义!

[雷声。二侍卫冲上。

侍　卫　禀报大人!副留守王大人、高大人带兵闯宫!

李　渊　(冷笑一声)二郎!

李世民　(会意,振奋地)是!(急下)

[一阵兵器碰击之声,拥上一队彪形将士。王威、高君雅急上。

王　威　圣上有旨!

[李渊跪地,刘文静、裴寂随之。

王　威　赐晋阳留守唐国公李渊宝剑一口!

[王威猛然抽剑,咣啷一声,掷于李渊足前。

[李渊浑身一震,伏身慢慢捧起宝剑。

刘文静　二位大人!恕小臣越礼,敢问唐国公犯了什么罪?

高君雅　大胆!刘文静,你竟敢违抗圣旨!(抽刀便砍)

［侍卫急以身挡，中刀惨叫倒地。

［刘文静瞋目拔刀，众将士齐举剑戟，两下里咄咄逼视。李世民带兵急上。

李世民　（大吼）住手！

［王威、高君雅率将士一拥而上。双方格斗。李世民一剑刺死高君雅。王威从李世民背后挥剑扑来，被刘文静手起刀劈。电闪雷鸣，大雨倾盆。王威、高君雅所率将士被歼。李唐军将士威然列队，旌旗猎猎，戈戟生辉。

李　渊　（拔剑指天，号令全军）我李唐义军，兴兵晋阳，雪国耻，平民怨，三万将士，同盟一心！

众将士　雪国耻，平民怨，三万将士，同盟一心！

［军鼓乐声激起。切光。

［画外音："农民起义，风驰云集，隋帝国摇摇欲坠，李渊得以直取长安。大业十四年（公元618年）三月，隋炀帝为亲信宇文化及等绞死于江都，隋朝灭亡。同年五月，李渊登基，建元武德，国号唐，史称唐高祖。于是，消灭割据、统一中国的战争开始了。"

第一幕

［唐高祖武德二年（公元619年）冬，十一月，一天上午。

［光复明。长安太极宫，朱明门北两仪殿。

［深紫色帷幔低垂，金筒内檀香烟雾袅袅，殿中金碧辉煌。御座左侧，端坐着一品夫人尹贵妃。管弦乐轻快热烈。宫妓们身姿窈窕，翩翩流旋，长带飘拂，轻疾柔美。

［尹贵妃含笑注视。一宫娥跪献翡翠盖碗。尹贵妃接过碗，揭开盖，忽然见一宫妓正慌忙去捡失手落地的长带，便“砰”地一声，将手中汤碗摔下。

尹贵妃　（一字一顿地）等会儿圣上来看，也如此吗！

［舞停。该宫妓退出舞列，噙泪伏地。尹贵妃不语，二内侍立刻将该宫妓拖出殿去，另一宫妓补上。

［宫妓们继续飞旋，目光凄切。

［李建成近侍王晊上。尹贵妃一见，欣然挥手。乐止。

王　晊　（跪拜）王晊叩禀娘娘，太子到！

［李建成睿容典雅，潇洒步入。尹贵妃徐徐起立。

李建成　呵！娘娘！（行礼）娘娘贵体安康！

尹贵妃　（亲切地）殿下千岁！

［王晊引众内侍悄然退下。

尹贵妃　（款款走近李建成）多承殿下问候，妾心里十分不安。

李建成　（稍退）娘娘，立国一年多，父皇为统一大业身心操劳。近来二弟世民攻打陇西遭受挫折，至今战情不明；北方刘武周又连营南下，将元吉小弟困于晋阳城中，刘文静与裴寂二位大臣亲去救援，父皇不胜忧虑！故连日安排些歌舞为父皇散心——只恐劳累了娘娘。

尹贵妃　（嫣然一笑）歌舞练习了几十次，殿下放心！殿下……

［王晊上。

王　晊　殿下，圣上驾到！

［李建成瞥一眼尹贵妃，急下。尹贵妃略一定神，整衣前迎。

［乐声起。八名宫娥前导，八名内侍后随，拥出大唐天子李渊。他步履迟缓，气势威严。李建成殷勤扶持，萧瑀、封德彝左右相随。

尹贵妃　（姗姗下跪）妾拜见圣驾。圣上万岁，万万岁！

萧　瑀
　　　娘娘千岁！
封德彝

尹贵妃　（温雅地）萧大人，封大人安康！

李建成　（毕恭毕敬地）娘娘千岁，千千岁！

尹贵妃　（矜持地）殿下千千岁！

李　渊　（满意地）看座。

［众谢恩归座。

李　渊　爱卿，今日是何种乐舞？

尹贵妃　（娇媚地）陛下真是有心观赏？不然的话，妾可不敢启奏。

李　渊　（抚髯而笑）嗯……嗯？

尹贵妃　今日乐舞，乃是当年隋后主最喜爱的龟兹乐舞——柘枝舞①！

李　渊　（喜）呵……众卿以为如何？

萧　瑀　（欠了欠身）呵……哦……

封德彝　呵呀，这个舞娇美如同辛夷②花开，轻灵好似仙鹤掠云哪！

李　渊　（大喜）好！

［丝竹声起。两朵玉琢莲花飘然滑出，花瓣轻坼，现出二少女，戴绣缀金铃的珠帽，抃转有声；裹薄绢红衫，系银蔓长带，柔踏轻曳，明眸流盼。宫妓群舞，婀娜多姿。

［一内侍飞奔而上。

---

① 龟兹乐舞："龟兹者，起自吕光灭龟兹，固得其声。吕氏亡，其乐分散，后魏平中原，复获之。其声后多变易。至隋有西国龟兹，齐国龟兹，土龟兹等，凡三部。开皇中，其器大盛于闾闬。……炀帝……后大制艳篇，辞极淫绮，令乐正白明达造新声。"（《隋书卷十五・音乐志》）

按：隋最盛行的龟兹乐舞，是吸收了北印度和波斯两地的技艺，据《南部新书》记，"胡旋舞"、"胡腾舞"、"柘枝舞"都是这一类。

柘枝舞：出自西域石国。《乐苑》："羽调有柘枝曲，商调有屈柘枝。此舞因曲而名，用二女童，帽旋金铃，抃转有声，其来也于二莲花中藏，花坼而后见。对舞相占，实舞中雅妙者也。"（《乐府诗集・卷五十六柘枝词小引》）

② 辛夷：即玉兰树。

内　侍　启奏圣上：秦王班师凯旋！

李　渊　（被打扰，微愠）嗯？

内　侍　秦王大败陇西敌军十万兵马，班师回朝！

李　渊　（如梦方醒地）呵！

［乐舞止。尹贵妃忙引宫妓们退下。

内　侍　秦府将士已入外城金光门，正往宫城顺天门而来！

李　渊　（站起）好啊！二郎终于不负朕望！除去西北后顾之患，我师便可直下东南，夺取洛阳！这叫作一着得胜，全盘棋活！

李建成　父皇运筹帷幄，神机妙算！打下东都洛阳，我朝天下就稳如磐石了！

萧　瑀　（感叹地）陇西兵将虽然凶悍狡诈，但终究败在我大唐秦王手下！

李　渊　（微露得意之色）我儿像我。他从小随我戎马征战，若论沙场点兵，比他大哥还要多几年阅历啦！

李建成　（不很自然）是的……秦王出类拔萃，才华过人！

封德彝　（巧言善辞）陛下，依臣之见，论驰骋疆场，秦王朝廷第一；论辅政治国，太子天下无双！太子和秦王一代宗英，都是陛下精心教化之果。秦王善武功，是因陛下雄才大略；太子善文治，是因陛下仁智圣明哪！

李　渊　（正中下怀，捻须而笑）嗬，嗬嗬……

萧　瑀　（若有所思，点头而笑）嘿，嘿嘿……

李建成　（不动声色，谦然而笑）哦哦……

李　渊　（开怀朗声大笑）哈哈哈哈……

［众随和。鼓乐声起。殿外远远传入：“秦王到——”“秦王到——”李渊巍然端坐。李建成及大臣们注目迎候。

［秦王李世民上。他金甲玄衣，风尘仆仆；黧黑的面庞英气勃勃，流露出抑制不住的兴奋；举手投足，气概豪放。

［秦王府记室房玄龄、统军程知节、汉王李元庆①，并将佐若干，随同入殿。

［李世民直趋宝座前。

李世民 （跪）儿臣世民见驾！

众将佐 我皇万岁，万万岁！

李　渊 （满面笑容）平身。二郎此番出征，艰难备尝，奠下统一大业之基石，朕十分欣慰！朝廷上下，亦为此喜气洋洋！

李建成 是啊！二弟征战千里，功盖天下，这真是国家之庆，四海之福啊！

萧　瑀
封德彝 下官敬贺秦王殿下凯旋！

李　渊 中书令②——

萧　瑀 臣。

李　渊 记朕制令。

萧　瑀 （取出玉笏）遵旨。

李　渊 尚书令右武侯大将军秦王世民，功高德贤，智谋深远，乃神武之才，朝廷栋梁。拜太尉，加陕东道行台尚书令，关东兵马一并受其调令。武德二年冬十一月，己卯。

李世民 谢圣恩！

李　渊 众位壮士鞍马转战，劳苦功高，朕为众英雄举酒洗尘！

众将佐 谢圣上圣恩！

李　渊 拿酒来！

---

① 李元庆：武德六年封汉王。此处将封王日期提早了四年。

② 中书令："唐因隋制，以三省之长中书令、侍中、尚书令，共议国政此宰相职也。"（《新唐书·百官志一》）

按：隋唐时，中书令、门下省、尚书省三省同为最高政务机构，一般为中书决策，门下审议，尚书执行，实际上三省长官共同负责中枢政务。中书省长官称中书令，门下省长官称侍中，尚书省长官称尚书令。中书侍郎为中书令之副职。

［殿外声声相传："拿酒来！""拿酒来！"音乐起。内侍给众人斟酒。

李　渊　（满面春风，举酒杯）秦王凯旋，天助我师。这第一杯酒，敬献苍天！

众　臣　愿天帝降福大唐，万代昌盛！（洒酒于地）

李　渊　这第二杯酒……

李建成　呵，父皇恩泽四海，天下人自然归向于唐。第二杯酒，应敬献父皇——当今英主！

封德彝　（抢先）祝圣上福寿无疆！

众　臣　福寿无疆！

［李渊开怀大笑，一饮而尽。

封德彝　这第三杯酒……（举目看太子李建成，又含笑转视秦王李世民）

萧　瑀　秦王殿下，受此一杯！

李世民　（急止）不不！（神色渐呈焦虑）如今，四方割据，焦土千里，百姓盼望统一，李氏天下未定，臣食不甘味，寝不安席，将士们浴血奋战，肝脑涂地！这第三杯酒，当敬献战死疆场的英灵！（举杯吟哦）

立马苍茫深暮色，
凛凛白骨绕坚城。
荒原万里男儿血，
醇酒一杯捷报声！

众　臣　（赞叹）呵，好诗！

［殿外传来嘈杂惊叫声："齐王殿下！齐王殿下……"

李　渊　（扬首）何事喧哗？

［一阵凌乱的脚步声，齐王李元吉垢面污衣，跌进殿来。四座皆惊。音乐突止。

李　渊　你？

众　臣　齐王殿下！

［静场。

李元吉　（扑通跪下）儿臣齐王元吉叩见父皇圣驾！

李　渊　（急问）吉儿怎么突然回宫？

李元吉　（抬头）我……

李　渊　（心焦如焚）请援兵？

李元吉　……

李　渊　要粮草？

李元吉　……

［静场。

李　渊　晋阳——失守？

李元吉　（伏地）儿臣罪该万死！

［全场震动。

李　渊　（怒掷酒杯）你……

李元吉　（心慌）呵，父皇！儿臣独力支撑，实在艰难……

李　渊　胡说！刘文静不是已去晋阳，助你守城吗？

李元吉　（结舌）刘文静……

李　渊　（大怒）竖子败事！

李元吉　（仓皇，迸出）刘文静临阵抗命，擅自调兵，致使守军混乱，一败涂地！

李世民　（正色）四弟，刘大人乃疆场宿将，他……

李　渊　（对李元吉）你说的可是实话？

李元吉　父、父皇在上，元吉岂敢撒谎？以往朝廷议事，他连父皇亦屡次顶撞！

李　渊　（触动旧愠）刘文静！（断然）中书令！记朕制令！将刘文静侍中官职除去！

李世民　（惊视李渊）父皇！

李元吉　（松一口气）父皇……

李　渊　（紧逼李元吉）裴寂，裴仆射[①]所率兵马呢？

李元吉　裴仆射？

李　渊　他亲率三万兵马，三万！

李元吉　（向殿外望去）他……

［尚书右仆射裴寂上，他丢魂落魄，十分狼狈。

裴　寂　（叩头不止）圣上恕卑臣万死之罪！

李　渊　（瞪视）怎么？

裴　寂　呵，陛下！刘武周的人马强悍凶野，他麾下有一员骁将叫尉迟敬德，更是凶猛之极！……三万兵马，只臣一人生还，刘军就要渡黄河了！

李　渊　（跌坐宝座中）啊！

李世民　一过黄河，京师危急！

李　渊　一着棋输，全盘皆死！无能！无能！

李世民　父皇息怒！当务之急，乃是速决应变大策！

李　渊　（焦躁）河东晋阳一带，是京师资用之源，断不能丢失啊！

李世民　儿臣戎装未解，只待父皇令下，率军收复晋阳！

程知节　（急切地）统军程知节！

房玄龄　（从容地）属臣房玄龄！

众将佐　秦府众将士！愿随秦王出征！

李元庆　此地还有一人！

李　渊　谁？

李元庆　（英拔昂扬）小将汉王元庆！

李　渊　皇儿，你年方十六，太年轻！

李元庆　父皇，当年二哥带兵，不也十六岁么！

---

① 仆射："左右仆射，各一人……为令之贰。"（《新唐书·百官志一》）为尚书令之副职，以左为高。

李　渊　(振奋)好！秦王听令！

李世民　臣！

李　渊　率三万精兵，直驱晋阳！

李世民　臣领旨！

李　渊　齐王！

李元吉　(惊)臣！

李　渊　随秦王再度东征，听从调令！

李元吉　……臣……遵命！

李世民　太子殿下，诸位大人——告辞！

李　渊　二郎！

［李世民止步。

李　渊　……父皇日夜等候佳音！

李世民　(举目凝视李渊，激动地)父皇保重！(率众将佐急下)

［除李渊外，众人均肃立拱手送行。

［李渊步下宝座。李元吉、裴寂跟上。

李元吉　父皇……

裴　寂　陛下……

［李渊甩手怒下。萧瑀，封德彝亦下。

李建成　(微微含笑)四弟，裴大人，秦王功成凯旋，恰逢二位败绩逃回，巧，太巧了！

李元吉　(恼羞成怒，怒不敢言)哼！(急下)

裴　寂　(呆视李建成，恐惧地)是，是啊！(急遽转身，踉跄追下)陛下！陛下！啊！

李建成　(注视李元吉、裴寂的背影，阴冷地一笑)哼哼！(听到声音，回头)谁？

［尹贵妃上。

尹贵妃　殿下。

李建成　噢，娘娘！

尹贵妃　怎么，秦王功名日盛，殿下……

李建成　（按捺不住）今日父皇对我十分冷淡；萧瑀盛赞秦王，推波助澜！封德彝花言巧语，观风使舵；裴寂……是个老笨蛋！

尹贵妃　（微带冷嘲）殿下，人无远谋，必有近忧！

李建成　（凑近）娘娘身居后宫，对朝中大事独具慧眼，建成企望……

［尹贵妃凝视李建成，矜持地媚然一笑，轻甩手中丝绢，徐徐而下。李建成略一思索，跟下。

［灯暗。

第二幕

［唐高祖武德三年（公元 620 年）四月，一天黄昏。

［光渐启。汾水河畔，古老的城堡——张维堡。突兀苍黑的群山，一股股烽烟掠过。向北望去，晋阳城楼隐约可见。

［一片大战后的寂静。

刘文静　（拔出臂上所中之箭）啊！

众　人　刘大人！

刘文静　（遍体冷汗）哦……哦！（拔腿上的箭）

徐福生　（血布缠头）不，不能……

刘文静　（厉声）徐福生！拔！

徐福生　（咬牙）……是！（为刘文静拔箭）

刘文静　（牙筋突暴）好！

［传来急速的马蹄声。刘文静挣扎而起。

刘文静 贼兵又来了！

［音乐声起。众人互相扶持，怒视前方。马蹄声紧，烟尘蔽日。

众将士 刘大人！

刘文静 （掏箭，发现箭囊已空）众位将士，乡亲！秦王早已师出潼关，援兵就要到了！我刘文静，生，算不得人杰；死，定要做鬼雄！即便是身首分离，也叫那英雄浩气，青史长存！

［旋风呼啸，山谷回音，激荡的马蹄声排山倒海般压来。刘文静慢慢扬起令旗。远处传来呼声："住——手！"

［一阵马嘶声后，奔上大队将士，簇拥着一位遍体金甲的将帅，他缓缓揭去头盔。静场。

刘文静 ……秦王？……秦王！秦王——

李世民 （凝视刘文静血污模糊的身躯）刘……文静？

［堡内顿时沸腾，城门轰然大开，将士百姓扑向前去，且喜且泣。刘文静手中令旗落地，一把抱住秦王，昏厥。

李世民 文静兄！（急为刘文静裹伤）

刘文静 （悠悠而醒）殿下！臣拼死未能保住晋阳城！河东汾晋，只剩下这张维堡一锥之地；士卒百姓，横遭屠杀！（捶胸泪下）臣，是天下罪人！

［马嘶。李元吉、李元庆冲上。李世民急回身。李元吉与刘文静四目相对，各自一怔。

李元吉 （脱口而出）你还活着？

［李世民眉峰一动，瞥一眼李元吉。

李元庆 二哥！刘武周逃回晋阳城中，果然纠集四万兵马，倾巢扑来！现离此地还有三十多里！

李世民 （大呼）上马！全军整装迎敌！

刘文静　殿下！给臣三千兵卒，一匹好马！臣的赤骝马，城中断粮时杀了！

李元吉　（尖冷地）还想率领兵马？你已被圣上免官除名啦！

刘文静　啊！（一阵昏眩）

李世民　（急扶）文静兄！……好生养伤！（拔剑大呼）众将士听令！杀出张维堡，夺回晋阳城！

众　人　杀！

［垒炮、浓烟、刀光、剑影，翻滚不息。一束追光照在李世民雄健的身躯上，斗篷飘飞，英气夺人。

［暗转。

［三个月后，夏七月。

［景同序幕——晋阳宫一偏殿。银河渐隐，曙色微明，溶出窗前一对身影。刘文静端坐吹箫，古曲《蒿里行》哀哀回旋。身边依着女儿秀子，她乌发双髻，长裙飘拂，秀润的脸庞光彩照人，左下颌点一颗妩媚的黑痣，她伴着箫声，入神轻唱。

［案上白玉瓶中一簇透红的鲜花，点点似血，霎霎欲语。

［房玄龄引李世民上，指刘文静示意，随即捧起案上书帙卷册，悄下。李世民步至刘文静身后，手抚其肩。秀子起身行礼。

李世民　（宽缓地）父女相依，箫歌相伴。文静兄，你……

刘文静　（抬头，两眼泪水涔涔）呵，秦王殿下！

李世民　（握刘文静之手）怎么，还在为阵亡的将士们……

［刘文静放下箫，仰首长吁。

李世民　男儿壮士，战死疆场，是死得其所。（感慨地）人生一世，若能创立一番大业留于后人，又何必衣锦归乡！

刘文静　（擦泪）殿下之言极是，文静也常常这样想。荣辱存亡，都是浮烟掠云；大唐宏业，方是日月星辰！

李世民　（神往地）是啊！大唐前程，无限壮阔！（豪放地）她，当比秦世更豪强，比汉家更繁荣，比六朝更风流，比隋代更富庶！要让四海之内，万民安乐，八荒之外，各国归心！要让千百年后读我国史者，赞叹其鸿勋茂业，灿然可观！

刘文静　(为之一振)说得好。殿下，当年晋阳起兵，文静就看出殿下非凡的气度和雄心！(沉郁地)不过，创业艰难哪！山壑险隘，江河暗礁，是难以预料的！

李世民　(昂壮地)正因为如此，方显出英雄本色！文静兄，你我同心勠力，辅佐天子，共建圣唐！

刘文静　这……殿下，待洛阳战后，臣怕要被遣离朝廷了……(回眸望见秀子)耕植是治国的根本，(抚摸秀子)臣想带着女儿从此归农。(声音微颤)有殿下直立朝廷，臣死亦安心。

李世民　(激动地)文静兄！……有件事，一直萦绕在心……

刘文静　殿下？

李世民　(目光炯炯)晋阳失守，究竟是何原因？

刘文静　殿下！此乃臣之罪！臣甘愿受陛下责罚！

李世民　(缓缓摇头)不……连日来，我至城中、郊外巡视，百姓、士卒拦路上奏折的不计其数……

刘文静　(不安)他们说了什么？

李世民　为你请功！

刘文静　呵！

李世民　(灼然直视)文静兄信不过秦王，难道也信不过当今天子？

刘文静　不，不！(抬起双目，遥望天际)文静深信，天子，总是圣明的！

李世民　若不将真情启奏天子，天子便会蔽目塞耳，圣而不明！这，并非忠臣之道啊！

秀　子　父亲……

刘文静　(眉宇逐渐开朗)是啊……

李世民　（果断地）寝内细谈！

刘文静　（毅然）遵命！

［李世民、刘文静携手而下。天色透亮，晨光从帷幔半垂的殿窗中泻入，殿内宁静，清凉。

［秀子从玉瓶中拈出一枝花儿，目送二人，不觉抚花沉思。远空，娇婉的鸟鸣，缥缈可闻……

［窗幔被掀起——李元庆上，在窗外寻视殿内。

李元庆　（双目一亮）秀子！

秀　子　呵，汉王殿下！

李元庆　（欢声朗朗）手中乃是何物？

［秀子欲语又止，背身不答。

李元庆　（离窗入殿）呵，是一枝秀美的红芍药①……

秀　子　不，是两朵并蒂相连的豆蔻花②……

李元庆　（热切地）秀子！（从袖中抽出题诗丝绢）这……

秀　子　（心中一颤，垂眼接之，诵）"天上连枝秀，人间并蒂欢。两情长依依，绵绵永不断……"（泪花悄闪，深深行礼）谢汉王殿下！（欲走）

李元庆　（执着地）秀子！

［秀子缓缓抬头，终于将手中花枝递予李元庆，裙裾轻旋，飘然而去。

李元庆　（嗅花，沉醉地）呵……（发现秀子已不在，追随下）

［尉迟敬德——已归顺为秦王府中的勇士，面色黝黑，身躯粗壮，背着徐福生急上。

---

①　红芍药：《诗·郑风·溱洧》"维士与女，伊其相谑，赠之以芍药。"后芍药便常与爱情相联。

②　《桂海虞衡志》："红豆蔻，花淡红，鲜妍如桃杏花色，蕊重则下垂，每蕊心有两瓣相并，词人托兴曰比目连理云。"

尉迟敬德　（急迫地）秦王！秦王殿下！

［一阵喧闹声传来："在此！在此！"

尉迟敬德　（骤然变色，躬身埋头欲下，差点撞上一人，抬眼一看）呵！齐王殿下！

［李元吉与侍卫执剑上，堵住殿门。

李元吉　（"唰"地抽剑）尉迟敬德！

［尉迟敬德急将徐福生放在一旁。

尉迟敬德　（跪）殿下息怒！徐福生是臣幼年打铁时的师傅，乞殿下开恩！

李元吉　（冷笑）你是从刘武周逆营中反戈的贼将，所以不知齐王是从不开恩的！

尉迟敬德　殿下，他只说了一句："刘大人功高无赏反被除官，士卒百姓心中不服……"

李元吉　闭嘴！刘文静免官之罪，是圣上亲判！徐福生犯上不敬，罪当杀头！（推开尉迟敬德）滚开！逆贼！

尉迟敬德　（面色紫胀）殿下！

李元吉　（寻衅地）噢，想动武吗？秦王对你的剑术赞不绝口，今日正好领教！

尉迟敬德　（强压怒气）臣，不敢！

徐福生　（挣扎着爬过来）要杀，杀我！敬德，走，快走！

［李元吉一鞭将徐福生抽倒。徐福生惨叫。

李元吉　（笑）这个老头，恰好作赌注。你胜，饶他不死；我胜，要他一命，如何？

尉迟敬德　（捏紧两拳）殿下！

李元吉　看你脸色变白，嘴唇发青，害怕了？

尉迟敬德　（爆发）臣，遵命！

李元吉　（勃然变色）好！

[李元吉和尉迟敬德比剑。强劲的鼓声。尉迟敬德无心伤人，处处退让；李元吉得以步步逼近；徐福生又急又恨，昏死过去。李世民被惊动，急上。刘文静随上。房玄龄从殿外入。尉迟敬德被逼至殿堂死角，奋身反击，李元吉跌倒。

李元吉　来人啊！尉迟敬德反啦！

[侍卫们吓呆了，无人敢动。

李元吉　（裂帛之声）快绑起他来！

[侍卫们如梦方醒，一拥而上，捆尉迟敬德。李元吉忙从地上爬起，剑逼尉迟敬德之胸。

李元吉　（龇牙咧嘴）你！（欲刺）

[李世民劈手攥住李元吉的手，夺过长剑，“当啷”扔至一边。

李元吉　（急回首，一怔，随即眼珠一转，激愤地）二哥！此贼反性难改，竟想谋杀我！

尉迟敬德　（气得发抖）哼！

李世民　（隐含怒气）四弟！为人处世，贵在刚正磊落！（喝令侍卫）松绑！

[李元吉一震。侍卫为尉迟敬德松绑。

尉迟敬德　（直奔徐福生）师傅！师傅……

徐福生　（昏迷中似遭鞭打，痛呼）啊！啊！

[众惊。李世民急探视。

李世民　为什么又鞭笞士卒？

李元吉　他、他竟敢无视父皇，为罪臣请赏！

李世民　（双目一闪）罪臣！

李元吉　（威胁地盯视刘文静）刘文静！

徐福生　（昏迷中急呼）不！不！刘大人当赏！当赏！圣上不公！齐王殿下他……

李元吉　（脸肌一抖，举鞭劈下）我叫你诽谤朝廷！

徐福生　（惨叫）啊！（昏死）

房玄龄　（愤懑地）齐王殿下！

刘文静　（急扶徐福生）快！抬入东阁，让医师速来治伤！

尉迟敬德　遵命！（背徐福生入东阁）

李世民　（勃然）房记室！记孤教令！命刘文静为秦府东征洛阳行军总管。封赐晋阳城东良田廿顷，金银五千镒！

李元吉　（大叫）什么？他是罪臣！罪臣！

李世民　（掷地有声）罪臣，功臣，自有守城士卒、百姓公论！

李元吉　（脸色铁青）背逆父皇之命，乃是不忠不孝！

李世民　（直视李元吉）自古"忠孝"二字，常被欺世者盗名！

李元吉　（震动）你……（扭头欲走，恰遇刘文静凝重的目光，突然一阵痉挛，咬牙急下）

［从侍卫随下。殿外声传："娘娘到——"众意外。一近侍奔上。

近侍　启禀殿下，贵妃娘娘到！

李世民　哦？

刘文静　殿下，我等回避了！（偕房玄龄退）

［音乐起。四名宫娥前引，四名宫娥后拥，步出光艳照人的尹贵妃。李世民健步前迎。

尹贵妃　呵！秦王殿下！

李世民　不知娘娘到此，臣失远迎。娘娘，请！

［内侍捧巾，端水；宫娥打扇，进茶。

尹贵妃　（坐，净手整发，一面重勾脂粉，一面谈笑风生）秦王殿下屡报佳音，圣上喜悦万分！前廷、后宫齐声赞颂殿下的丰功伟绩。妾敬贺殿下啦！

李世民　娘娘过誉。臣长年在外，不知父皇圣躬可好？

尹贵妃　很好！陛下虽已年近花甲，但仍如翩翩少年一般，精力充沛，兴致勃勃。前日下诏修建仁智宫、太和宫。妾此行亦是特地为圣上挑选绝色女子的。（一笑）顺便，回晋阳老家省亲。

李世民　（默然，稍顿）哦……那就请娘娘内庭巡视。

尹贵妃　不必了。妾已遣人先去，将第一等的美女选出来，妾再细细过目。

李世民　娘娘远道而来，一定十分疲倦，先歇息吧！

尹贵妃　（微微含笑）难怪长孙夫人在宫中日夜思念殿下，殿下真是个细心体贴的男子啊。

李世民　（起身）那……

尹贵妃　等等！（换了语调）妾还有一件小事。

李世民　哦？

尹贵妃　（随意地）不知官职、田地、金银、财宝是否都已封赐？

李世民　（心中一动）谢娘娘关切！那些都已授予有功之臣，娘娘……

［尹贵妃淡然一笑，从袖中取出李渊手敕，递上。

李世民　（阅，惊）陛下手敇？

［李渊沉浊的画外音："闻儿夺回晋阳，京师一片欢腾。决策者虽是朕，平定者吾儿也！甚喜，甚喜！望速速犒赏全军将士，以备南取洛阳！父旨。"——声音翕然远去。

李世民　（感动地）父皇……

尹贵妃　背面还有附言。

李世民　哦？（急阅）"封赏之时，将城东廿顷良田赐予尹氏之父尹阿鼠。"（一怔）呵！

尹贵妃　（试探地）殿下……

李世民　（不露声色）娘娘的尊府就在晋阳城中，要几十顷田，何必惊动圣驾？

尹贵妃　（一笑）圣上将论功行赏大权交给殿下，殿下处事严谨，妾早有所闻；再说，这样在众人面前，亦名正言顺么！

李世民　（心知已无退路，重重踱步）此廿顷田确是一片沃土……

尹贵妃　哦！

李世民　北依龙山，南临汾水，景色佳丽……

尹贵妃　如此，妾很满意。

李世民　（终于停住脚步）可是，已经封赐刘文静大人了！

尹贵妃　（大失所望）啊？

李世民　（恳切地）刘大人独守汾晋，九死一生，全城百姓和全军将士都以为应当重赏。若夺其封地，转赐尊府，恐怕……

尹贵妃　（感觉莫大侮辱）他是个免官的罪臣！

李世民　（坚定地）父皇不知此地实情，臣将面奏。

尹贵妃　（气急）难道圣上亲笔手敕，抵不过殿下一纸教令？

李世民　（竭力忍耐）娘娘，赏罚分明，功罪分清，秉公为政，天下归心！隋炀帝不明这治国的大策，方成为孤家寡人，终至众叛亲离，山河改姓！

尹贵妃　（不觉将玉瓶中鲜花一一揉碎）哼哼！

［一家童奔上。刘文静气咻咻地紧随上。

家　童　娘娘！娘娘！

尹贵妃　（咬牙）嚎什么？

家　童　（唾星四溅）他要关押奴婢！奴婢告诉他，奴婢乃是娘娘的奴婢，他竟全然不理！

刘文静　（怒冲冲）娘娘恕罪！殿下！此奴在城中欺压百姓，抢劫财物，还口口声声称他是圣上的亲侍，娘娘的奴婢，谁若不服，便满门抄斩！

家　童　（仗尹贵妃之势，横眉竖目）嘿！奴婢还要灭他的九族！

刘文静　（大怒）你肆意作恶，有辱天子圣誉！

家　童　你！你是什么人？

尹贵妃　（对家童）别说了！（劈手一记耳光）贱奴！

［家童捂脸跪下。房玄龄等在外静听多时，急上。

房玄龄　娘娘，殿下！西苑紫云阁已备下茶宴，阁外清风送爽，松竹生凉，满池荷花，天然出水，令人赏心悦目……

尹贵妃　（喝命）备车！回——长——安！（急下）

房玄龄　娘娘！（对李世民）殿下……

李世民　（怒气勃发）传令全军将士整装，南取洛阳！

［切光。

［画外音："秦王李世民既克汾晋，挥师南下，兵临洛阳城头，中原决战，频频告捷！唐高祖武德六年（公元 623 年），华夏九州，终成一统。"

第三幕

［唐高祖武德五年（公元 622 年）十月。

［笑声中光渐启。景同第一幕，长安太极宫两仪殿。李渊安坐。李建成、裴寂侍立。

李　渊　呵，裴监，太子之言极是。如今统一天下大功告成，卿为丞相，朕为天子，从此逍遥一代，岂不快哉！

裴　寂　陛下皇恩浩荡，臣感激涕零！

［喜庆之乐，隐隐传来。一内侍上。

内　侍　启奏陛下，太极殿庆功盛宴齐备，乞陛下圣旨！

李　渊　遣二人登城远眺，待秦王凯旋归来，立报于朕！

内　侍　遵命！（带二内侍下）

李　渊　（由衷地）秦王雄才，古今无双！

李建成　(赞叹地)二弟极善用人,有汉高帝大度之风!据说刘文静在二弟麾下,功勋卓著呀!

李　渊　(不动声色)哦?

李建成　(略显诧异)父皇不知?秦王还欲上表,为其请功复官……

李　渊　(脸色渐渐阴沉)唔……

裴　寂　陛下,臣闻萧大人私下说,刘文静除官乃是误断!

[李渊变色。

[尹贵妃端上人参莲子汤,跪进。

尹贵妃　陛下……

李　渊　(接)唔……哦?爱妃为何愁容不展?

尹贵妃　陛下,妾……(掩面而泣)

李　渊　(不悦)今日秦王凯旋,举国欢庆,爱妃怎么凄凄切切?

尹贵妃　(瞥一眼李建成、裴寂)圣上……恕罪!

李建成　哦,父皇,儿臣去太极殿巡视。(偕裴寂下)

尹贵妃　陛下!妾本不该在此时进言,可是陛下待妾恩重如山,妾怎能有耳装聋,有眼装瞎,不为陛下尽责尽忠呢!

李　渊　尽管说来!

尹贵妃　……妾不敢。

李　渊　若所说属实,爱妃自然无罪!

尹贵妃　叩谢陛下圣恩。妾……还是不敢。

李　渊　(躁)不论所说何事,所论何人,一概恕你无罪。说!

尹贵妃　呵!臣妾遵命!(起)陛下还记得晋阳收复之后,妾去晋阳宫之行吗?妾贴身带去了陛下的亲笔手敕。

李　渊　嗯!

尹贵妃　可陛下手敕,抵不上秦王一纸教令!

李　渊　什么?

尹贵妃　秦王将陛下所赐廿顷良田转赠给那个免官的罪臣！

李　渊　谁？

尹贵妃　刘文静！

李　渊　他？……你何不早说？

尹贵妃　太子殿下吩咐后宫，洛阳未平，陛下日夜处置军国大事，劳神焦思，不许再用私家琐事打扰圣上。

李　渊　（动容）唔……

尹贵妃　当时，秦王将陛下手敕草草看过，掷于案上，说："父皇已将论功行赏之权授予我，怎又来此手敕？刘文静乃朝廷第一功臣，陛下误断除官，臣当借封赏之机，纠正谬误！"

李　渊　（怒）"误断"，哼！

尹贵妃　臣妾当即说："殿下功高无比，威重天下，圣上信任殿下，如同信任自己，妾听从殿下，自然如同听从圣上，听凭殿下裁夺！"

李　渊　（触动心事）嗯！他怎么回答？

尹贵妃　秦王未及开口，边上一人讥讽笑道："哪里哪里！圣上嘛，年高威重，秦王怎敢居功僭越？"说罢，侍从们一旁窃窃私笑！

李　渊　（顿觉被嘲侮，猝然立起）谁出此言？

尹贵妃　刘文静！

李　渊　（咬牙落座）又是他！

尹贵妃　秦王装作未曾听见他的话，回身要走。妾忙强打精神再求他……

李　渊　（怒不可遏）有朕亲笔手敕，何须求他？

尹贵妃　求，也求不到啊！（哽咽）妾这才明白，妾之父亲，不如一个免官罪臣；陛下的手敕，只是一方废纸……

［李渊气得打颤。

尹贵妃　妾又气又屈，急欲返回长安之时，竟有人将陛下赐给臣妾的家童小儿抓去痛打，还要押进牢房！

李　渊　谁？

尹贵妃　（泣）刘文静！

李　渊　（大怒）大胆！

尹贵妃　（哭）陛下，妾家未得封田，不算什么。可陛下的皇权圣威……妾实在担忧！

李　渊　朕早已看出刘文静是个心机多端的祸臣，只可用，不可信！（阴鸷地）只因洛阳未平，朕隐忍至今！……至于秦王……

尹贵妃　呵，秦王还说陛下……

李　渊　什么？

尹贵妃　说陛下骄奢淫逸，沉湎女色，如同隋后主……

李　渊　啊！（一把揪住尹贵妃）可是你这贱妇多嘴！

尹贵妃　（大哭）陛下！妾怎敢多嘴？妾生为陛下人，死为陛下鬼！就是变成鬼，魂也随陛下飞啊！哦……（似昏倒）

李　渊　爱妃……（搂住尹贵妃）

［笑声传来。李渊放开尹贵妃。李建成与裴寂、萧瑀、封德彝同上。

李建成　（眉飞色舞）父皇！父皇！二弟凯旋归来！

李　渊　嗯！

李建成　（夸张地）哦呀呀！父皇！秦王威仪，冠绝天下！朱雀街上，百姓们蜂拥观望，众朝臣鹄立两旁；军乐鼓吹，旌旗翻飞；秦王身着黄金甲，肩披黑斗篷，跨着炀帝骑过的大白马，顾盼生风，“踏踏”而来！身后，紧随秦府大将谋臣，铁骑千匹！嗬，啊呀呀，众人纷纷赞叹，胜似当年汉高帝入关的气势……

李　渊　（咆哮）住嘴！

［乐声突然大作。

李　渊　止乐！命秦王殿外等候，宣刘文静一人进殿！

李建成　(故作惊愕地)呵,父皇……

内　侍　(赶紧)遵旨!

[李建成、尹贵妃、裴寂眼波暗流。萧瑀一时怔住。封德彝察言观色。

内　侍　圣上有旨,宣刘文静上殿啦!

[场上人各怀所思,做出一番表情。尹贵妃暗退。

[刘文静一身戎装,疾步入殿。

刘文静　罪臣刘文静见驾,我皇万岁!万万岁!

李　渊　(微微颔首)哦,刘大人转战辛苦。

刘文静　(两眼顿时湿润了)陛下……(欲语无言,伏地)

李　渊　(突然断喝)刘文静!你可知罪?

刘文静　(蓦然抬头)陛下?

李　渊　当年朕遣你去晋阳,原为我儿齐王年幼,需贤才辅佐。谁知你大敌当前,竟然抗命,擅自调兵,致使晋阳失守,长安危急!

刘文静　(痛苦难言)臣,有罪……但未曾抗命!

李　渊　(冷笑一声)宣齐王进殿!

内　侍　宣齐王进殿啦!

[李元吉全身披挂,急上。

李元吉　儿臣元吉见驾!我皇……

李　渊　(喝斥)齐王!你可知欺君乃是死罪?

李元吉　(心惊肉跳)父皇之意,儿臣不明白。

李　渊　刘大人坚守晋阳,未曾抗命,你怎能胡言乱语?

李元吉　(与刘文静四目相对,分外眼红)这……

李　渊　(龙颜震怒)将齐王下交大理寺问罪!

[侍卫抽剑。众人噤若寒蝉。李建成与裴寂不动声色。萧瑀紧张注视。封德彝冷眼旁观。

李元吉　（浑身发抖，绝望中大叫）陛下！儿臣之言句句属实，若有半句撒谎，天雷轰劈！

刘文静　（迸发）如此，臣只得直言真情了！

李元吉　你！（拔剑）

［刘文静立刻拔剑。二人虎视眈眈。

李建成　（赶紧）放肆！竟敢在圣驾面前如此无礼，拉下去！

李　渊　慢！刘大人有话要说！

刘文静　陛下！晋阳城被围之后，齐王殿下惊慌失措，逼令车骑将军张达率步兵千人，迎击刘武周数万大军！一千壮士陷入重围，浴血死战，终无一人生还！两天之后，战情更紧，齐王要亲自带兵夜袭敌营，臣屡谏不听，只得点出全城所有精兵强将，随齐王出战。谁知他，他竟连夜逃回长安！臣率老弱伤残，拼死苦战，怎挡得住几万大军？晋阳城，终于失守！

［全场震惊。

李元吉　（疯狂地）血口喷人！父皇！刘文静血口喷人！他自恃功臣，历来不服调令！晋阳被围，他竟怀不轨之心，煽动兵卒，企图逃出城去，反叛朝廷！

刘文静　（如雷轰顶）什么？我刘文静反叛朝廷？

李建成　（阴冷地）刘大人，齐王虽年轻，却是将门所出，何以昏愚如此，令一千步卒迎击几万大军？五岁孩儿亦知不可！刘大人急不择言，也当知不能自圆其说！

裴　寂　（急助）太子之言极是！

李建成　再者，刘武周大军破城屠城，我守军将士都壮烈殉国，刘大人却为何逃脱了性命？（牙缝迸出）除非刘武周与刘大人乃宗族之亲，暗通关节！

李　渊　（正中下怀）刘文静反迹已明，下狱！

萧　瑀　（失声）陛下！（自觉失态，和婉地）陛下，刘文静乃起兵宿将，朝廷功臣，如此……恐怕……是否……

李　渊　（威厉地）萧大人之见，朕是“误断”？

刘文静　（痛呼）陛下！臣，冤枉啊！

裴　寂　（狠狠地）刘大人何冤之有？平日里，你人前背后诋毁臣是无能庸人，只因逢迎君主方居宰相高位。你分明早就对圣上心怀不满！

刘文静　（尖利地）裴寂！投井下石，决非正人君子！

李　渊　（大怒）大胆！拉下斩首！

［众侍卫立即将刘文静绑起，欲拖走。

［李世民殿外疾呼：“父皇——明察——”急上。

李世民　（高呈表奏）父皇！刘大人乃有功之臣！

李　渊　（弦外有音）秦王！自古反臣，多因居功自傲！

李世民　（一怔，痛切地）父皇！刘大人坚守张维堡，臣亲眼目睹；他杀还晋阳城，臣亲自统率！晋阳失守，他不愿吐露真情，是为父皇讳言！父皇！隋炀帝偏听偏信，不辨曲直，独断独行，枉杀功臣，致使民心丧尽，天下大乱啊！

李　渊　（怒极）刘文静侮谩天子，且与刘武周暗通关节，朕斩他难道是枉杀？

李世民　（毅然）即便如此，也应交付大理寺问罪！父皇，治国之法乃天下之法，而非天子一人之法！

李　渊　（正刺痛处，切齿）天子，天子，天帝之子！天子之言，便是天命！将叛臣刘文静，立斩灭族！

［众人震恐。李建成、裴寂亦感意外。封德彝不禁一阵悚然。

李世民　（跪）父皇！儿臣以性命担保！刘文静决非叛臣！

刘文静　（痛苦地）秦王殿下不必多言了。陛下……

［音乐起。

刘文静 文静自幼是个孤儿，父亲为隋家朝廷战死沙场。臣目睹隋炀帝暴虐无道，方才抛下老母妻儿跟随陛下转战南北。整整六年戎马倥偬，臣妻子死了，老母死了，均无暇见上一面。如今赐臣以死，臣叩谢圣恩！只求陛下一件事……臣之孤女秀子，陛下登基之时许给了汉王元庆，如今婚约自然解除，只是不要杀了她吧！陛下！她才十六岁，是个未出深闺的弱女子呵！

李　渊 （微动恻隐之心）呵……

李世民 父皇！儿臣再次叩求父皇——功臣万不可轻杀！

李　渊 （怒气陡涨）功臣？好！诛刘文静一人！

刘文静 （泪流满面）臣，叩谢圣恩！

李建成 拉下去！

［众侍卫将刘文静拖下。

李世民 （痛呼）文静兄——

［刘文静挣脱侍卫之手，蓦然转身，与李世民遥相凝眸，缓缓跪地。

刘文静 （千言万语）……秦王……殿下……

［李世民扑上去，紧紧抱住刘文静。

刘文静 ……殿下，不必悲伤。文静只是一株野草，烧成灰，飞飘开去，也会落到殿下脚边……

李　渊 （暴怒）拉下去！

众侍卫 （强拖刘文静）走！

刘文静 （挣扎，冠落发披，仰天长呼）天哪！天哪！（惨然一笑）“天子，总是圣明的！”（被拖下）

［李世民扑前几步。

李　渊 （阴鸷地）秦王！

［李世民骤然回首。静场。

李　渊 （盯视李世民）朕，要破例封你天策上将军号！

李世民　（泣血而呼）父皇——

［切光。

第四幕

［当天，夜。一轮清月姗姗东升，起伏的龙首山脉似一抹灰色淡彩，朦胧安谧。

［承乾殿，李世民书斋。右侧为一只古雅的楠木书案，案上置笔砚卷帖，殿壁上挂着兵器。左侧是落地殿窗，窗外松茂竹疏，瑟瑟摇曳；帷幔扎起，在袅袅秋风中微拂。右后侧一小门通东阁，垂软帘。右前台口为进入寝内通道。

［李世民与房玄龄、程知节、尉迟敬德等默然同坐。烛火窜跃，映得案上杯杯御酒，波光粼粼。

房玄龄　（强笑）今日殿下功成凯旋，圣上赏赐这百年好酒予秦府众将，（举杯）我等当敬贺殿下，痛饮……

程知节　（夺下房玄龄手中杯，顿于案上）痛饮？……我只想痛哭一场！

房玄龄　程统军……

程知节　戎马一生，如此下场！元从功臣，说杀就杀！更何况我等……我程知节宁愿战死疆场！

尉迟敬德　（憨直地）末将百思不解，圣上为何要将刘大人……

［李世民取酒猛饮而尽，长吐胸中一口闷气。静场。

房玄龄　殿下连日劳累，……该歇息了！（示意众人）

程知节　（欲语，强忍）唉！（急下）

［众默默而退。房玄龄留。李世民欲取酒再饮，被房玄龄止住。

房玄龄　（冷静地）殿下恕臣冒失进言。殿下功勋太高，陛下方破例封天策上将军号。威望过重，殿下要格外谨慎！

李世民　（点头）我是想，男儿一生，当建功立业，济世安民，方不愧对后人！（忧虑煎迫）房卿，你是深知我心的……

房玄龄　（感情深蕴地）殿下……

李世民　……去照看一下刘大人的爱女……秀子吧……

房玄龄　是。（缓缓而退）

［风渐急，夜渐深，松枝瑟瑟，竹梢沙沙。李世民步至窗前，衣带飘动，抬颔目送，耳边响起刘文静的声音："文静只是一株野草，烧成灰，飞飘开去，也会落到殿下脚边……"

李世民　（猛然转身，抓起酒杯，一气灌下，愤然长啸）文——静——贤卿！

［二侍女上，高秉双烛，携瑟置案。长孙夫人娴雅、端凝、秀美，从寝内款款而出。她见李世民孑然而立，示意侍女退下，然后至案旁落座，抬腕轻拨，弦下滑出一脉清韵，涓涓如诉……

［李世民屏息倾听。

长孙夫人　（悠悠吟唱）转战千山外，

盘桓九阙中，

风烟何处是？

几度月明宫……

［三足蟠螭纹鼎内，郁金苏合香氤氲吐雾，袅娜缭绕……

李世民　（抚长孙夫人之手）夫人……

长孙夫人　（徐徐抬头）殿下……

［二人凝眸。月色清辉，满室晶莹。

长孙夫人　（温婉地）殿下，妾为君妻五年整，可曾有过尽情相对倾诉的时候？如今天下终于归唐，殿下凯旋回宫，妾心里……（起身，缓

缓步至窗前）

［李世民随至，让长孙夫人轻依肩头。

长孙夫人　大业十三年，妾与殿下成亲三个月，殿下便奋起义兵，辞别晋阳，从此之后，四海为家……妾是日日夜夜为君忧虑，欢喜，思念，焦灼……有时，我真怕从此再不能……

李世民　（温存地）夫人……

长孙夫人　眼望中秋明月，重阳花菊，妾真想变成一株野草，随殿下战马驰骋，任殿下双脚踩过，就是碾成灰，也能落到殿下身边……

李世民　（失色）夫人！

长孙夫人　殿下？

李世民　（强自抑制，心事万千）夫人，……多少次刀剑搏杀之后，寒夜独坐之时，我真想在你身边，小憩片时……

长孙夫人　殿下……妾恨不能做一个巾帼英雄，与殿下纵横疆场，生死相随！

李世民　（忧喜交集）呵，夫人……

长孙夫人　（觉察其神情异常）殿下……心中有事？

［李世民摇头。

长孙夫人　（思索地）方才妾听殿下呼唤文静贤卿，今天他也来贺喜了？

李世民　他……

长孙夫人　这一次，圣上当为刘大人复官赐爵了吧？

李世民　（坐下，无言以对）呵！

长孙夫人　（凝视李世民）圣上，终究是圣明的！

李世民　（如受一击）哦！

长孙夫人　殿下！

［近侍急上。

近侍　殿下，有一小将求见。

李世民 谁?

近侍 不知姓名!说有火急之事,定要面见殿下!(叫起)呵!他擅自闯入啦!

[一矫健小巧的青年武将急上。静场。

武将 拜见秦王大将军殿下!

长孙夫人 你是何人?来此何事?

武将 (抬头)夫人,不认识了?当年初入长安,夫人牵着我的手,在御花园里采花,将花插满了我的发髻,还说:“愿不愿做我的女儿,小仙女?”

长孙夫人 (突然觉得脸熟)呵,你……

李世民 (意识到)你……

武将 (卸下头盔)殿下,夫人!

李世民 秀子!果然是你!

长孙夫人 呵,孩子,你为何如此装扮,孤身入宫?你父亲呢?

[秀子欲语无声,哽咽泪下。

长孙夫人 (急扶)怎么?

秀子 (迸出)夫人!(扑入长孙夫人怀中)圣上下旨,将他……斩首了!

长孙夫人 (惊呼)啊!圣上?——殿下!殿下!这……

李世民 (字重如铅)刘大人被告为反叛朝廷!

长孙夫人 (变色)呵!不……不!殿下……

秀子 殿下!父亲真会反叛朝廷吗?天塌地陷,江河倒流,秀子都能相信,可我绝不相信父亲反叛朝廷!让天雷劈死我吧!我不相信!

李世民 (暗哑地)秀子!

秀子 (仰天哀诉)父亲,父亲!您和母亲相会在九重天外,抛下女儿孤零一人无处容身,您可看到女儿憔悴的面容?您可听见女儿凄苦的叫声？您真的就一去不返了吗？父亲——

长孙夫人　（潸然泪下）孩子！（欲引秀子入寝内）

秀　　子　（拭泪）不。殿下和夫人是父亲活着时的至交、恩人，秀子是特来辞行的。

长孙夫人　（惊）辞行？

秀　　子　（神色恍然）是，辞别殿下和夫人，也从此辞别长安，漂流天涯海角，追寻父亲的忠魂！

长孙夫人　不，不，孤身一女子，怎能似飘蓬？

秀　　子　（凝目，泪光莹莹）惟愿天长久，梦中——（跪）见夫人！

长孙夫人　殿下！怎么不说话？不能让秀子走，这会毁了她！

李 世 民　（艰难地吐出）这怕是圣上的旨令！

长孙夫人　这？

秀　　子　父亲的死讯，与将秀子驱出长安的旨令，是一起从天而降的！

长孙夫人　啊！

李 世 民　（扶起秀子，深沉地）秀子，可知你父亲是什么人？

秀　　子　（哀然）朝廷命官——侍中。

［李世民缓缓摇头。

秀　　子　呵，李唐起兵的宿将！

［李世民仍微微摇头。

秀　　子　这……

李 世 民　秀子呵！（漫步庭中）“侍中”乃朝廷高官，然只是他的俸位；“宿将”乃朝廷老臣，然只是他的尊称；而人，能传于后嗣，垂法将来的，是品格和才能！

秀　　子　（渐渐抬头，双目闪烁）呵……

李 世 民　大业十二年冬天，你父亲被隋炀帝无端投入狱中，我去探望他。他衣衫褴褛，形容枯槁，却倔直如故，慨然诵诗。

[音乐起。

李世民　“亭亭山上松，瑟瑟谷中风。风声一何盛，松枝一何劲……”

秀　子　（激动地）“冰霜正惨凄，终岁常端正。岂不罹严寒？松柏有本性！”①

李世民　秀子，记住你的父亲！刀，从石磨出；人，由砺炼成。此番你走出深宫，辗转民间，去尝验百姓疾苦，人世艰难，做个女儿国中的志士豪杰！

秀　子　（自强地）这正是父亲期望于我的！

长孙夫人　（急切地）可是，天地茫茫，你……往何处去呢？

秀　子　随徐福生老爹回他的家乡。

长孙夫人　在哪里？

秀　子　盐州。

长孙夫人　盐州？那已是长城脚下，临近塞外了……

李世民　（对近侍）命徐福生进殿！

[近侍向殿外示意。徐福生急上。

徐福生　（拜伏）殿下！夫人……

李世民　（扶起徐福生，凝视良久）秀子如今是个无依无靠的孤女了……

徐福生　（老泪盈眶）殿下放心！老仆拼着性命，也要保住忠良后代！

李世民　（百感奔凑）福生老人，受孤一谢！（跨步长跪）

[音乐顿起。长孙夫人亦随之深深致礼。徐福生与秀子慌忙跪伏。

徐福生　老仆不敢！老仆不敢！

秀　子　（声泪俱下）殿下——

李世民　（起身，沉重地）秀子，孤一定会设法接你回来！

---

① 刘桢诗《赠从弟》第二首。

长孙夫人　(为秀子揾泪理鬓)孩子,苍天保佑你一路平安!

秀　　子　夫人……殿下……秀子叩谢深恩!

[李世民、长孙夫人默然颔首。秀子依依惜别,至门停步,回身。

徐 福 生　(对秀子)走吧,要关宫门了。

李 世 民　秀子,还有什么,尽管说吧!

[更鼓声声。秀子取出题诗丝绢,凝视顷刻,噙泪而跪。

秀　　子　请还给……汉王殿下……

长孙夫人　孩子,……你就留在身边吧……

秀　　子　(凄然而又倔强地)夫人,秀子知道……秀子从此就是罪臣之女了!

长孙夫人　(接过丝绢,置于案上,紧搂秀子)孩子!

[更鼓悠悠,回声阵阵。近侍下,忽又上。

近　　侍　殿下!房玄龄大人来了!还有……汉王殿下!

秀　　子　(失声)哦!夫人,我不能见他!

长孙夫人　殿下?

[李世民指东阁,徐福生与秀子急入东阁。李元庆奔上,房玄龄后随。

李 元 庆　(爆发地)二哥!

李 世 民　元庆,你……

李 元 庆　(满腹悲愤)二哥!这究竟是为什么?血洒疆场、忠心报国者,竟被判罪斩首;临阵逃脱、低庸无能者,却得迁升高位!二哥!(抓住李世民)为何斩杀刘大人?为何天下刚定,便自相杀戮,惟恐不乱?

李 世 民　(喝住)元庆!你……怎么能信口胡说!

李 元 庆　二哥!刘大人被杀之后,秀子亦不见踪影了!我四处奔寻……她,她生死不明啊!

房玄龄　殿下！刘府已被封门籍没了。

李世民　元庆！秀子是个刚强的孩子。你，放心！

李元庆　（双目中挣出一丝希望的光芒）呵……小弟想求二哥一件事。

李世民　什么事？

李元庆　二十二子中，父皇最器重太子，可最赞赏二哥。二哥替小弟求求父皇，刘大人已死，再不能加罪于秀子了！

李世民　（默然有顷）元庆！小弟啊！你……太年轻！

李元庆　（绝望地）二哥不肯救我，我自己找父皇去！（跃起）

房玄龄　（忙拦住）汉王殿下！

李世民　休得冒失！

李元庆　（骤然止步，痛苦地）二哥……我……（颓然坐下。发现案上丝绢，急捧细认，失声）秀子！

［响起秀子清甜柔美的声音："天上连枝秀，人间并蒂欢。两情长依依，绵绵永不断……"

李元庆　（搜寻）秀子！秀子！（长呼）秀子——

李世民　元庆小弟！

［李元庆呆立，凄然落泪。

［长风萧萧，穿殿回廊。

长孙夫人
房玄龄　（抚慰地）汉王殿下……

［远处，笙歌箫韵隐隐飘来。透过殿窗，遥遥可见长生殿内灯烛辉煌，舞影翩跹。

长孙夫人　太子殿下、裴寂大人又陪着圣上和妃子们饮酒取乐了……

李世民　（忧思如焚）天下初定，国势未安，百姓正瞩目圣朝，翘首以待啊……

长孙夫人　殿下……

李世民　（沉毅地）明日，我要再见父皇！圣上，应当是圣明的！

李元庆　（欲跪）二哥！

李世民　（急扶）来，二哥与你细细计议！

［长孙夫人亲秉烛台，前引照明；李世民携李元庆进寝内。房玄龄至寝房门，回身扫视书斋，速下。

［少顷，东阁软帘掀起，秀子随徐福生出，朝寝房方向端然下跪，伏身叩头。

秀　子　（轻声地）殿下，夫人，秀子……拜别了！

［更鼓沉沉，一声声震动人心；月隐入云，夜色如墨。

秀　子　（扑向寝房，突然收步，泣不成声，痛呼）汉王——殿下！（蓦然跪下）

［徐福生黯然揾泪。

［风气森森，幽烛微曳；几片飘零的秋叶，拂旋殿中……

［灯暗。

第五幕

［两年之后。武德八年（公元625年）元月，一天上午。

［光渐启。东宫长生院。院内怪石嶙峋，秃树盘枝，均覆盖着皑皑白雪。台右上阶入门，乃李建成寝殿外堂；横案、竖几置满陶、铜、玉、漆、金、银诸器，锃锃发亮，富丽堂皇。宽大的座椅两旁，置“瑞鸟金兽”博山炉，细烟袅袅。右侧通寝内，垂幔。

［雪，扯絮飞花，纷纷扬扬。

［尹贵妃的家童急上。

家　童　（探头探脑，凑至寝门）娘娘！娘娘！（不见答，欲再唤，突见垂幔掀起，唬得倒退几步，躬身肃立）娘娘！

尹贵妃　（愠怒地）奴才！何事大惊小怪，找到此地？

家　童　启禀娘娘，尹太爷又派人送东西来了。

尹贵妃　哦，（稍显柔和）收起就是。

家　童　还有一封亲笔信……（将信呈上）

尹贵妃　哦？（拆阅，神色徐变，怒气渐升）均田令①，均田令！“均”到我尹家头上了！

家　童　（絮絮不休地）那晋阳小刺史非追回十顷田不可，尹太爷气得卧床不起，让娘娘在圣上面前……

尹贵妃　（突然发脾气）圣上面前！圣上面前！“均田令”是秦王启奏，圣上御批！（顿一顿）一家子占了那么多的田地，也该适可而止啦！当初将我送进这囚牢似的地方，任凭死活；如今见我得宠，便以为是棵不倒的大树了！（悲从中来）他们哪知我整天架在刀尖上过日子呢！

家　童　（谄谀地）娘娘宽心！其实尹太爷最疼娘娘，他知道娘娘聪明能干，后宫所有夫人、九嫔、世妇、御妻没一个及得娘娘……

尹贵妃　（蓦地翻脸）闭嘴！回去！

家　童　（无趣）是，是。（下）

［尹贵妃回身，正见李建成步出寝内。

尹贵妃　（冷笑）太子殿下！当今四海之内，究竟是谁家天下？

李建成　（不假思索）自然是李氏天下！

---

①　均田令：均田制开始于北魏孝文帝太和九年，北齐、北周继续取用，到隋朝推广到江南地方，至唐朝，武德七年重颁均田令。《唐六典·三》：“凡给田之制有差，丁男中男以一顷，……老男笃疾废疾以四十亩，家妻、家妾以三十亩，若为户者则减丁之半。凡田分为二等，一曰永业，一曰口分。丁之田二为永业，八为口分。”受田人身死，永业田由继承人接受，口分田归官，另行分配。

尹贵妃　(劈手将信摔于李建成)李氏天下？哼！连皇妃的家田都保不住啦！

李建成　(急阅信，悻悻然)小小刺史，竟敢如此大胆？

尹贵妃　有圣上的“均田令”嘛！

李建成　圣上之意，不过是使百姓争相垦荒，以应朝廷赋役……

尹贵妃　可秦王还要抑制豪门占田！那小刺史如此狂妄，还不是恃仗朝廷内有人！

李建成　娘娘何不上告父皇？

尹贵妃　殿下难道不知圣上的心思？如今北方突厥屡屡寇边，秦王是朝廷能征善战的将帅，圣上忌他，又少不得他！殿下不见近来圣上对秦王总是笑脸相迎，连去御花园都携他同往？

李建成　(变色)唔！

尹贵妃　刘文静除去已经两年，妾每劝殿下速速行事，殿下总是坐失良机！这一来倒好，让秦王得以天天向圣上进言，“均田令”、“新律令”①、“租庸调法”②——还不是投百姓所好，讨圣上欢心！

李建成　(咬牙)……哼！

尹贵妃　加之长孙氏在后宫……

李建成　长孙夫人？

尹贵妃　你别看她容貌端正，举止温雅，这可是个厉害的女人！殿下若不仔细，不但后宫人心为她笼络，就连东宫府内，早晚也要出家贼！

---

① 新律令：武德七年四月颁布。“武德中，命裴寂、殷开山等定律令，其篇同一准开皇之律，刑名之制，又亦略同。惟三流皆加一千里，居作三年、二年半、二年皆为一年，以此为异。又除苛细五十二条。”(《唐六典卷六·尚书刑部》)

② 租庸调法：武德七年颁布。“凡赋役之制有四：一曰租，二曰调，三曰役，四曰杂徭。课户每丁租粟二石。其调随乡土所产绫绢絁各二丈，布加五分之一，输绫绢絁者绵三两，输布者麻三斤，皆书印焉。凡丁岁役二旬(有闰之年加三日)，无事则收其庸，每日三尺(布加五分之一)。有事而加役者，旬有五日免其调。三旬则租调俱免。(通正役并不得过五十日)”(《唐六典卷三·户部尚书》)

李建成　（浑身一紧）家贼！谁？

尹贵妃　（阴冷地）你宠爱的内侍——王晊！

李建成　（两眼闪光）他？怎么？

尹贵妃　近来经常出入秦府，听说还与房玄龄认了乡亲！

李建成　（吁出一口气）哦，那是我吩咐他做的，娘娘尽可放心。……王晊入宫八年，十分忠心于我。

尹贵妃　（冷笑）小小年纪，便得殿下如此信用，足见这个人过于精灵！他，怕是知道得太多了！

李建成　（不安地）嗯！

尹贵妃　（吁叹）看来，殿下不是秦王的对手！（甩袖入寝内）

李建成　（血液蓦然冲上脑门，将案上"金盘红珊瑚"一拳击落）哼！

［王晊急上，见状一怔。

王　晊　殿下？

［李建成死死盯视王晊，不语。

王　晊　（镇定地）王晊听候殿下吩咐。

李建成　（猝然）命你之事，办得如何？

王　晊　（干练地）都已办妥，二位将军已在殿外等候！

李建成　命他们进来！

［王晊向殿外示意，二武将上，王晊下。

二武将　末将向殿下辞行！

李建成　二位将军大义大勇，此行辛苦！

二武将　为殿下赴汤蹈火，在所不辞！

李建成　尔等与孤共图大业，事成之后，一定厚赏你们！

二武将　谢殿下恩典！

李建成　祝二位一路顺风！（机密地）九月之前，定要赶回长安！记住，九月之前！

二武将　是！（欲下）

李建成　慢！（牙缝里挤出）绝不许走漏一丝风声！

二武将　……是！（下）

［尹贵妃急上。

尹贵妃　这二人去哪里？

李建成　陇西庆州①大都督杨文干处！

尹贵妃　（领悟，惊喜地）哦！妾明白了！殿下准备宫内宫外一起……（手势）那又何必等到九月？

李建成　（冷笑）父皇每年七月必去宜州②仁智宫避暑，十月方回。九月，是孤独掌京师……

尹贵妃　（大悟）呵！正是不可多得的良机！

李建成　起兵之后，孤立即晓谕全国——秦王叛逆，欲弑太子，天下共诛之！杨文干师出有名，卫护长安……

尹贵妃　殿下拥兵自重，圣上便不得不退居太上皇的宝座！

李建成　（凝视尹贵妃）娘娘思虑得太多了。

尹贵妃　（一字一顿）你瞒得了别人，还瞒得了我？到时候……

［一阵风啸雪旋，殿门砰然作响。两人惊跳，相视悚然。屏息听去，只是窗棂轻摇，檐铃乱鸣。

李建成　（强壮声色）到时候，（将尹贵妃送出殿之偏门）娘娘一定更显荣华！（与尹贵妃同下）

［王晊悄上，环视四周。

王　晊　（紧张）九月兵变？要杀秦王殿下！（愤愤地）骨肉手足，用心如此歹毒！

［李元吉放肆的喊声："大哥！大哥——"他大步急上，一脸骄横，

① 庆州：今甘肃庆阳。
② 宜州：今湖北宜昌。

怒气冲冲。王晊迎揖，被李元吉一把推开。

李元吉　闪开！大哥——

［李建成出。王晊下。

李建成　（宽和地）四弟，又怎么了？

李元吉　（坐，架腿）大哥！秦府将臣竟敢跟我当面顶撞！秦王……

李建成　（脸一沉）立刻杀了他，可痛快？

李元吉　（悻悻然）好，我不说！（跳起欲走）

李建成　站住！小不忍则乱大谋，可懂？

李元吉　忍，忍至何时？（冷冷地）其实，秦王生死，与我何干？小弟是为大哥着想！

李建成　（阴沉一笑）齐王果然是个恺悌君子！来日我即位登基，定封你为皇太弟！

李元吉　（喜出望外）呵？小弟谢殿下大恩！

李建成　但切不可贸然行事！（稍顿）待九月一到……

李元吉　（急不可耐）何必等到九月？小弟早有安排！

［李元吉挥手。一彪形壮汉上，突然亮出匕首。

李建成　（惊）此是何人？

［内侍喊声："圣上驾到——"

李建成
李元吉　（大惊）父皇！

［又传："秦王殿下到——"

李元吉　（迸出）大哥！正是机会！

李建成　（攥其手臂）什么？

李元吉　（咬牙）除了他！

李建成　（浑身冒冷汗）不可造次！

李元吉　（甩开李建成）机会错过，更待何时？

李建成　（复拉住李元吉）如此行事，坏我大计！

李元吉　（复挣脱，向壮汉示意）去！

［壮汉躲进右侧寝内垂幔后。

李建成　（连连跌足）竖子不足与谋！

［王晊上。

王　晊　殿下，圣上驾到，秦王殿下同舆而来。

［李建成强自镇定，与李元吉整衣跪迎。

［李渊笑携李世民上，二人解去斗篷，露出轻裘便装。

李元吉
李建成　儿臣叩迎圣驾！父皇万万岁！

李　渊　（心境欢悦）我儿平身！

［三兄弟相见。李世民侍立，位恰于右侧寝门旁。

李建成　大雪纷纷，寒冬时节，父皇高龄，怎么轻动圣驾？

李　渊　（扬眉）嗯？

李建成　（知出言不妥，忙赔笑）不过，父皇风采奕奕，远胜儿辈！

李　渊　新春之后，瑞雪纷纷，朕一时有兴，登车观赏。亦为你兄弟三人欢聚一堂，同叙手足之情，共享天伦之乐啊！

李建成　（殷勤凑趣）父皇有兴赏雪，何不尽情欢娱一番？晊儿，开殿门，设酒宴，传乐舞歌妓！

［王晊应声下。一队宫娥上，燃香，置酒，开殿门。雪，轻盈无声，漫天而下。

李　渊　嗬哈！好一片白茫茫粉妆玉琢的晶莹世界！

李建成　古人将它比作杨花柳絮，别有千种情思……

李元吉　杨花也罢，白玉也罢，终究是泥水贱物！

李世民　哎，俚语道："瑞雪兆丰年"。今日八百里秦川，两千里中原，农夫百姓倚门望雪，盼着金秋啊！

［众笑。

李　渊　（命内侍）将朕赐给众皇儿的玉佩取来！

［一宫娥捧上漆盘，盘内放着三枚完全相同的翡翠玉佩。

李建成　（取一只）呵！此三枚玉佩竟无丝毫不同，真是巧夺天工！

［三兄弟互相欣赏，把玩，比较。

李世民　（微笑）父皇之意，比我三人兄弟手足，如同一体呵！

李建成　（颔首）嘿嘿！

李元吉　（仰头）哼哼！

李　渊　（捻须扫视三子，满意地）哈哈哈哈！

［音乐起。一班头上，跪呈曲目牌。

班　头　乞圣上点乐！

［内侍接过曲目牌，捧与李渊。李建成亲送墨笔。

李　渊　（挥墨圈点）唐王朝一统大业，天下姓李！惟有子孙同心，方能万代相传！就来这个《功成庆善乐》①吧！

［班头叩谢，下。乐声渐强，童子八个，戴进德冠，着紫裤褶，欢跃而上，边呼边舞，妙趣横生。李渊饮酒观舞，陶陶欲醉；李建成满脸堆笑，不时向李渊阿谀承欢；李元吉杀气微露，暗盯李世民；李世民俨然端坐，浑然不觉。

［寝门垂幔微微掀起，无人觉察。

李　渊　（得意地）建成，可知此乐舞是什么意思吗？

李建成　此乃颂扬父皇的功绩，如日光普照，山岳长存……

---

① 《功成庆善乐》："贞观六年九月二十九日，太宗幸庆善宫，宴从臣于渭滨，赋诗十韵。……起居郎吕才被之管弦，名曰功成庆善之曲。令童儿八个，皆冠进德冠，紫裤褶。"（《唐会要·卷三十三》）。"庆善乐，太宗所造也。太宗生于武功之庆善宫，既贵，宴宫中，赋诗，被以管弦。舞者六十四人，衣紫大袖裙襦，漆髻皮履。舞蹈安徐，以象文德洽而天下安乐也。"（《旧唐书·音乐志》）

按：此处用《旧唐书》所录之名，取《唐会要》所记形式。

［突然一声惊叫——

王　晊　陛下——

［壮汉从幔后窜出，举着明晃晃的匕首刺向李世民。李世民猛然跳开。壮汉险伤李渊，转身逃下。李世民拔剑，紧追下。乐舞顿止。童子、宫妓们尖叫四散。

李　渊　（大惊）怎么回事！

［李世民提剑揪壮汉上，掷于堂中。

李世民　（直视李建成）太子殿下！

李建成　（勃然大怒）何处刺客，竟入东宫？

李　渊　（强定惊魂）说！你是什么人？如何进得此殿？

壮　汉　啊！啊！啊！

李　渊　（厉声）谁令你持刀行刺？

壮　汉　啊！啊！

李　渊　（狂怒）说——

壮　汉　（手足乱动）啊！啊——

李　渊　（切齿）撕碎他的嘴！

［侍卫急扑上前，忽然怔住。

侍卫甲　启奏圣上！他……没有舌头！

李元吉　（冷汗淋漓，跳起）刑后贱民，竟敢入宫行刺！

［李元吉一剑刺入壮汉胸膛，壮汉惨叫倒地。

李　渊　（拂袖怒叱）宫城内外，朝廷上下，大搜三天！

李建成　（赶紧）遵旨！

壮　汉　（挣扎立起，胸前大片血渍，扑向李元吉）啊——

［众复惊叫。

［李元吉又刺一剑。李世民跃步夺剑。壮汉倒地气绝。李元吉抬头看去，李世民英眉怒竖，咄咄逼视。

李世民　四弟！下手何必太急！

［切光。

第六幕

［武德八年（公元625年）九月，一天黄昏。

［幕启。长生殿庭院。满院奇花异草，肥叶浓荫，犹如覆着一顶翠色华盖。左侧卧一块雕龙白玉平台，上置宝座，供李渊乘凉用。右侧立一尊雅致的小石桌及石凳。

［二内侍整治花木，洒扫庭院。

内侍甲　圣上到仁智宫避暑，不过十月不回长安。

内侍乙　自然是啰！

内侍甲　可是近日北边越来越不太平，突厥人常常杀过来抢人、抢东西，圣上还不回来，就没人做主了！

内侍乙　自然是啰……

内侍甲　（不高兴）你除了“自然是啰”，就不会说一句别的？

内侍乙　人老了，自然是啰！

［少顷。

内侍甲　（忍不住）你说，人跟人为什么不一样？一样的皇子，比方说秦王与太子、齐王就很不一样……

内侍甲、乙　自然是啰！

内侍甲　废话！

内侍乙　年轻人！我倒想劝你少说废话，宫中之事，少说为好！

内侍甲 (秘密地)哎,上回东宫刺客一案,就这么算了?

内侍乙 宫内宫外抓人杀头,你还要怎样?

内侍甲 (更秘密地)听说圣上心中是有点儿数的,可就是不追究,因为……

内侍乙 (打断)你不想活了!(感慨地)唉!自古哪有忠臣、功臣不受小人暗算的?但愿天子圣明!

[院外传来喧叫声:“圣上返驾——”内侍甲、乙惊。内侍丙急上。

内侍丙 (紧张地)圣驾到!圣驾到!

[内侍们一阵奔忙。一队侍卫急上,执戟而列。李世民戎装上,四处扫视,回身垂手侍立。在内侍簇拥下,李渊怒冲冲上,坐。李世民挥手,侍卫解上二人——正是李建成派出的心腹武将。二宫娥跪进汤盅,李渊一巴掌打翻。

李　渊 方才供认,可是实话?

二武将 (跪)罪臣不敢有半点儿撒谎!

李　渊 (冷笑)好!好!(突露杀气)哼!哼哼!

二武将 (面无人色)圣上开恩!

李　渊 关入东阁!

侍　卫 遵旨!

二武将 圣上开恩!开恩啊……(被拖下)

李　渊 (对李世民)二郎!多亏你,多亏了你!倘若这二贼没有被你截住,京师要大乱!

李世民 (沉蕴地)儿臣生死不足道;只是圣朝初立,民心思定,实在乱不得啊!(缓退下)

[静场。

李　渊 (盘桓院中,断然驻足)宣太子!

内侍丙 宣太子——

［李建成匆匆上。

李建成　（慌忙下跪）儿臣叩见父皇圣驾！我皇万岁！万万岁！

［李渊直视李建成，不语。

李建成　（心慌）原以为父皇十月返驾，儿臣未能远迎，诚惶诚恐。不知父皇龙体可安康？

李　渊　（缓缓地）朕离开长安三月，皇儿日理万机，辛苦了！

李建成　（暗舒一口气）儿竭诚尽力，只愿国泰民安，以慰父皇之心。

李　渊　我儿果然忠孝双全！

李建成　（谦恭驯顺地）万事让父皇高兴，是儿臣惟一的心愿！

李　渊　嗯！故此行返宫，朕特意给皇儿带来一件礼品。

李建成　（且喜且疑）呵？儿臣叩谢父皇深恩！

李　渊　（示意侍卫）取来！

侍　卫　遵旨！

［侍卫将二武将绑上。

二武将　（跪，疾呼求救）太子殿下——

李建成　（大吃一惊）呵！

李　渊　（微笑）我儿为何突然脸色发白？

李建成　（浑身打颤）呵……（突跪）父皇！

李　渊　（冷笑）嘀嘀！

李建成　（迸出）父皇容儿臣禀告，儿臣……

李　渊　（声调陡然一变）不必！这里有一封密信，（掷下一纸）念念吧！

李建成　父皇……

李　渊　念！庆州杨文干大都督给你的！

李建成　父皇……

李　渊　（咆哮）念！

李建成　（只得展开信，念）“臣文干言：遵殿下手令已募兵勇四千……”

李　渊　（抢言）“举事之日，臣立即起兵外应……”

李建成　（一身大汗）啊……父皇！

李　渊　（一字一顿）先斩秦王，再夺朕位？

李建成　（大恐）啊！不！不！父皇……

李　渊　（爆发）闭嘴！好一个忠君的孝子！（怒喝）关入东阁！监守不得有误！此二卒一并拉下！

侍　卫　遵旨！

二武将　啊！陛下！（被拖出庭院）陛下——

李建成　（捶胸，呼天抢地）父皇！父皇！（一头向石桌撞去，被内侍拉住）儿臣愿以一死表露忠诚！

李　渊　（大喝）滚！

［李建成被扶出院门。李渊脸色阴沉，扶座起身，内侍相随，刚欲入殿，一声呼叫，使他陡然一惊。

［李元吉奔上。

李元吉　父皇！父皇——

李　渊　（恼怒地）闭嘴！

李元吉　（跪）父皇！大哥……冤枉啊！

李　渊　（大怒，拔剑）滚！败国败家的不孝竖子！

李元吉　（惊恐地）啊！

［尹贵妃赶到，见状，忙拨开青柳紫藤，急趋李渊身旁。

尹贵妃　陛下息怒！陛下……息怒呵！

李　渊　（突然显得筋疲力尽）太子、皇儿、满朝文武，都说尽忠天子，（按捺不住，伤心捶胸）究竟有几人是真哪？

尹贵妃　（急扶李渊坐下，揾汗，打扇）陛下千万保重龙体！

李　渊　（握尹贵妃之手，伤感地）朕只有你，还能体贴一二……

尹贵妃　陛下！陛下还是进殿歇息吧！（扶李渊起，暗向李元吉示意）

李元吉　（鼓起勇气，瞋目大呼）是因秦王反行败露，大哥方急召义兵！

李　渊　（一震）嗯！

李元吉　不想大哥一番忠心，竟成罪逆！

尹贵妃　（冷冷地）齐王殿下，你可要把话说清楚了！

李元吉　秦王素来自恃功高，目中无人，开口万民百姓，闭口社稷天下，这大唐江山的君主好像是他！父皇的圣旨手敕都视为废纸，更何况太子殿下？

李　渊　（被击中要害）哼！

李元吉　父皇此行离京，秦王便与臣佐秘密谋反，大哥为防兵变，急切之中，只得速遣小卒……

李　渊　胡说！分明是想先斩秦王，再逼朕退位！

尹贵妃　（强自镇定）陛下恕妾妄言之罪！不知陛下从何处得知此说？

李　渊　东宫府太子心腹。

尹贵妃　（内紧外松）谁？

李　渊　遣往庆州的二贼！

尹贵妃　（松口气）哦，陛下竟然相信？

李　渊　还有杨文干手书！

尹贵妃　陛下！太子若是真要抢夺皇位，如此大事，怎会让两个小卒得知？陛下深知太子生性极其谨慎！再者，陛下恕妾直言，太子登基，天命已定，只在早晚之别，更何况太子对陛下，从来是忠心耿耿！

李　渊　（心中一动）唔……

尹贵妃　陛下呀！小心“项庄舞剑，意在沛公”！

李　渊　（陡起疑心）嗯？

尹贵妃　事到如今，妾不得不说了！欲反圣上者，有！但不是太子！

李　渊　（如同饿虎）谁？

尹贵妃　齐王殿下，快将那份东西呈上！太子殿下念兄弟手足之情，至今未呈与陛下，如今却顾不得了！

李　渊　什么东西？

李元吉　（方才已听呆，此时冷丁惊醒）呵！父皇！乃是……

李　渊　快说！

李元吉　是一首反诗！（取出诗笺递上）

李　渊　（展开诗笺，阅）“……社稷殷殷盼明主，黑霾岂久蔽长安！”（顿时变色，将诗捏成一团，旋即又展开）谁之作？

尹贵妃
李元吉　秦王！

李　渊　（忽然异常平静）一首诗，不足为虑。尔等退下吧！

［尹贵妃、李元吉甚感意外。李元吉欲言，为尹贵妃暗止。二人退下。

李　渊　（阴鸷地）二郎长久带兵在外，为一班野人书生所教，早已非我昔日之子了！（颤巍巍站起，终于勃然大呼）命秦王立刻来此！立刻！

［内侍一迭声传出殿堂，回声悠悠：“宣秦王！”“宣秦王！”“宣秦王——”

［李世民急步上，见李渊连连咳嗽，忙捧过银盂。

李世民　（不安地）父皇……

李　渊　（推开银盂，凝视）二郎！……近来朝廷酿乱，你要多加小心！

李世民　谢父皇关切叮咛！

李　渊　（感慨地）昔日孔夫子在河边叹息，逝去的时光如流水一去不返……想当年皇儿落地之时，仿佛就在昨天。

李世民　（细察李渊神色）儿臣出世，父皇还记得那样清楚？

李　渊　那是隋文帝开皇十八年的一个冬日，寒风呼号，雪霰飞旋，天地间一片莽莽苍苍。朕在灯下翻阅书卷，倦意阵阵。突然，翻滚的风云中，“呼”地跃出一条巨龙，腾空盘舞；天地尽头，翩然落下一位眉清目秀的白面书生，长呼一声：“年过二十，必定能济世安民！”说罢就不见了……朕忙欲追随细问，忽听叩门之声，管家报道：“夫人生产了，乃是公子，请老爷起名！”呵，朕闻声醒来，一身大汗，方知适才是个梦啊！

［李世民莞尔一笑，旋即暗暗思索。

李　渊　朕步出书房，遥望天际，呵，正是破晓之时，长空无限深远，龙烟仿佛犹在。朕捻须凝思，脱口而出：“起名——世民！”（试探）古来有“真龙天子”之说，二郎……

李世民　（朗声而笑）父皇望子成才心切，方做了这样一个梦。（恳挚中透出沉重）为李氏天下万代相传，圣唐江山长治久安，儿定尽力效命，不负父皇养育之恩！

李　渊　（盯视）好！古语道：“天下乱，注意将；天下安，注意相！”秦王兼有将相之才，对今后国事定有灼见。

李世民　（举目迎视，微露激动）父皇！……儿臣正日夜思虑！

李　渊　哦？……唔！坐！

李世民　（告坐）儿臣以为，炀帝暴虐，遂使隋末大乱。故国之兴亡，惟在百姓苦乐！若伤害百姓以奉养君主，犹如自食躯体之肉，腹饱而身死！此乃一。

李　渊　其二？

李世民　要深知百姓苦乐，须依靠群臣百官，故为君者当举贤才，远小人，万不可凭私下好恶擢官贬官！

李　渊　还有其三？

李世民　法者，一国之权衡，社稷之准绳。只有执法严明，秉公为政，方能取信于民！

李　渊　以二郎之见，寡人为政，能否取信于民？

李世民　这……儿臣担心的是，真言逆耳，假话顺肠！

李　渊　（异常宽慈地）皇儿尽管直言！朕所焦虑的，便是如何使百姓归心，大唐昌盛！说吧！

李世民　父皇，乱离之后，生民凋敝；大唐立国八年，依然赤地千里！若不与民休养生息，不仅昌盛之日遥遥无期，而且……

李　渊　唔……说下去！

李世民　然而，近年来父皇却沉湎于长夜之宴，歌舞声色；为游猎废弃政事，为巡幸劳民伤财；宫殿楼阁频频修造，巍峨奇丽。如此，父皇……

李　渊　（隐忍，莫测地微笑）秦王一番话寓意至深，可惜朝廷中如此进言的太少了！众卿百官，忠奸难辨哪！

李世民　（感触万端）这……

李　渊　怎么？

李世民　父皇！历代君主，莫不苦于朝廷大臣忠奸难测。自古以来，人人痛恨“奸臣误国”；然而都是知其一，而不知其二……

李　渊　何为其二？

李世民　真假忠臣，其实都是君主自家铸成！斩杀功高正直之忠臣，必生结党奸佞之小人！

李　渊　（顿然变色）你是说——刘文静！

李世民　（激动地站起）父皇，儿臣说的是一个古今至理。

李　渊　（忍不住高声）什么理？

李世民　上治则下治，朝政清明，民心拥戴，江山永固；上乱则下乱，朝政昏暗，民心丧尽，江山改姓！

李　渊　（咬牙迸出）果然如此！朕不但有个“忠孝双全”、九曲回肠的太子，更有个深明大理、雄心勃勃的秦王！

李世民　（似挨当头一击，痛苦而又失望地）父皇！

李　渊　（竭力克制）二郎，要记住，为人臣者，不可太露英明！

李世民　（痛切地）父皇！儿臣是想，亡隋为鉴啊！

［音乐起。

李世民　“大河东流去兮，千古尽淘沙。载舟亦覆舟兮，兴亡几人察……”

李　渊　（骤然立起）早就听说二郎在征战中时常赋诗，颇有文采！朕亦赋得一首，请二郎指点！

李世民　（一怔）儿臣不敢！

李　渊　“千重暮云锁函谷，一缕晨霞入秦川！社稷殷殷盼明主，黑霾岂久蔽长安！”此诗，如何？

李世民　（凝视李渊）奇……怪！

李　渊　怎么？

李世民　（一字一字地）此诗不是父皇所作。

李　渊　（急问）出自谁的手笔？

李世民　（直视李渊）父皇不知？

李　渊　（几乎是切盼地）此诗不是二郎所作……

李世民　正是儿臣亲笔。

李　渊　啊！

李世民　记得那一日，儿与府佐议论历代兴亡，说到隋家大将军贺若弼，戎马一生，功勋卓著，竟因为说了一句炀帝酒宴过奢而被斩首！妻儿驱往边野之地。炀帝昏庸残忍，如同黑云惨雾笼罩长安！追思往事，儿信口赋诗，却不知怎么到了父皇手中？

李　渊　（拂袖大怒）刘文静阴魂不散！

李世民　（立起）父皇？

李　渊　（猛击御座扶手）你竟敢将朕比作隋炀帝！大胆！

李世民　（怔住）父皇？

李　渊　黑云压城，自有明主驱散！明主何在？明主何在？

李世民　（急辩）父皇……

李　渊　明主，莫非就是秦王——李世民？

李世民　（震惊，痛呼）父皇！

李　渊　你竟敢假旧朝之事，吐今人之音！

李世民　（激愤地）不！这是有人借父皇之手，图奸党之谋！

李　渊　（拔剑指天）苍天在上，对欲篡帝位，背逆圣朝者——诛之不论！

众　人　（惊叫）陛下！

［静场。李世民缓缓免冠，双手高捧，昂然长跪。

李世民　苍天——明察！

众　人　（齐跪）陛下开恩——

［急切的呼声传来。内侍丙跌撞奔上。

内侍丙　陛下！陛下！大事不好！

李　渊　嗯？

内侍丙　盐州来使，有紧急军情启奏陛下！

李　渊　怎么？

内侍丙　突厥数万铁骑，破塞入关，直向长安以北八百多里的盐州扑来！

李　渊　（剑落地）啊！

［音乐顿起。

李世民　父皇！

［李渊回眸，与李世民四目相对，终于缓缓捧起李世民之冠，亲手替他戴上。李世民拾起长剑，双手托送。

李世民　（深沉坚毅地）隋炀帝大业十三年，父皇正是用这把剑——号令起兵！

［切光。

第七幕

[武德九年(公元626年)五月，一天夜里。

[光渐启。景同第一幕，两仪殿。

[李渊龙袍衮冕，威然端坐。众大臣神色严峻，鹄立两边。烛火熊熊多飘曳不定，为这沉肃的氛围更添几分紧迫感。

李　渊　众位大臣！武德四年以来，北边突厥屡犯中原！此番又大肆举兵，直达盐州！

[静场。烛花爆裂之声，清晰可闻。

李　渊　(焦灼地)太子，秦王！如今外患逼门，尔等当与众大臣共商应敌大策！

裴　寂　(暗瞥李建成，抢出)启奏陛下！

李　渊　呵，裴仆射！

裴　寂　臣有个疑问，思索颇久，突厥究竟为何屡寇关中?

李　渊　裴卿之见?

裴　寂　中原之民，耕读为本，诗礼传家，而突厥乃游牧蛮族，不乐耕种，惯于抢掠，故其入寇，只为金银、财宝、美女、奴婢集聚长安。臣有一计，能使其自行止戈息兵！

李　渊　(烦躁)哪有此等好事！

裴　寂　(自觉十分聪明)陛下！突厥好战，我师就退出长安;突厥贪财，我朝就焚毁京师！使其战无敌手，抢无珍宝，出师无利，必然止戈息兵！

李　渊　(凝目)卿是说……迁都?

裴　寂　（躬身）正是！

［众臣震动，交头接耳。

李世民　（怒）简直是一派胡言！（欲出列）

李元吉　（抢先）陛下！儿臣以为裴大人之言十分有理！突厥凶悍，如同虎狼，（横李世民一眼）岂能用兵卒血肉，捞取一将功名！

［李世民凛凛直视李元吉。李元吉闪开目光。

萧　瑀　（出列，正色）启奏陛下！臣以为迁都之策万不可行。如今已非大业末年丧乱之时，大唐圣朝，怎么能如此忍辱受欺？

裴　寂　萧大人！萧大人不妨登上戍楼，引颈北望，那浓烟烽火，铺天盖地，其势难挡啊！（藏着傲慢）萧大人老儒文臣，要知道意气用事，乃兵家大忌！

萧　瑀　（和颜悦色）依裴大人之见，仍取当年晋阳战败之策——逃跑？

裴　寂　（登时赤耳紫腮）萧大人，我说的是“迁都”！

萧　瑀　（一笑）迁都就是逃跑！

裴　寂　（结舌）你……

李建成　（出列）诸位大臣！

［众静。

李建成　陛下！儿臣有一言，不知当否，乞陛下明鉴！

李　渊　讲！

李建成　（稍一沉吟）自古以来，天子迁都并非罕见。盘庚迁都到殷地，商朝中兴；武王迁都于镐地，西周遂立；北魏孝文帝从平城移至洛阳，王业大盛！以此看来，只要于国有利，迁都未尝不可！萧大人以为然否？

［萧瑀语塞。

李建成　（语气一转）然我大唐帝国，声震天下，威慑四海。有秦王这样的一代名将横枪跃马，乃是社稷之福，圣朝之幸啊！齐王“捞取功名"一说，臣深以为不妥！

李元吉　（开头还很得意，至此鼓出眼珠）嗨！

李建成　（紧接语气又一变）不过，臣闻用兵之法，贵在善于审察形势，因势决策，左右大局；单凭武力，只是匹夫之勇！须知欲败强敌，得等它内囊渐蛀，方能一举置其死地！萧大人可赞同此意？

萧　瑀　（思索，郑重地）有……理！

李建成　（滔滔不绝）如今突厥国势正盛，兵锋极锐，若我大军轻出，小胜收兵，蛮骑势必卷土重来，杀戮更为惨烈！添柴岂能止沸，如此实非善计！

李世民　（锋利地）殿下之意，究竟如何？

李建成　（热烈地）以退为攻！退出长安，诱使突厥兵马远途深入，其必然牵制重重，长久以往，便不击自溃！

李　渊　（不觉微微点头）嗯……

李建成　（扫视众臣，暗施压力）何况京师乃天子所居，万一有失，谁负重责？

［众哑然。

李　渊　众卿以为如何？呵，封贤卿，怎么不说话？

封德彝　（一脸沉思深虑之色）呵呵，哦……嗯……唔……

裴　寂　（急急出头）太子殿下引古论今，真知灼见！（终于想出一句经典）孙子兵法说，"势不如则暂避"嘛！

［李世民刚欲出列，内侍丙一迭声报入殿内。

内侍丙　启奏陛下！启奏陛下！盐州信使求见！

李　渊　（一震）宣！

内侍丙　（恐惧地）他，他们……

李　渊　（怒喝）宣！

内侍丙　圣上有旨，宣盐州信使……

［内侍丙未及宣完，一老一少两武卒冲上殿来。他们浑身尘土，满

脸血污。老武卒挣扎，口喷鲜血，昏倒，背扎两支大羽箭，微微颤抖；少武卒扑上欲扶。众悚然。

李　渊　（声音已变）快……快宣御医！

［内侍丙奔下。

老武卒　（悠悠而醒）陛下！陛下……（取出一信）盐州，盐州……（复昏死）

［内侍丙引上医师，急将老武卒扶至一边。

李　渊　快念！

李世民　（读信）"……突厥骑兵数倍于我，潮水般涌向盐州城，我官兵苦战九昼夜，已箭尽粮绝！三万守城将士仅存……仅存二百余人……"

李　渊　啊！

李世民　"……护城河血浆凝聚，盐州城尸叠数尺。此信到时，臣亦必不在人世！陛下！臣未能固守盐州，生，愧见长安父老；死，万世也难瞑目！"

［众震动。灯光凝聚，幻化，浓烟升腾，弥漫舞台。

李世民　"……陛下！突厥军又呼啸扑来，将士们陷入一片火海，而大唐帅旗，依然在城头飞卷！陛下！苍天有灵，此仇必报！此仇必报啊……"

［一种沉闷的声音滚滚压来，似喊声，又似鼓声。突然，一声撕人耳膜的怒吼，老武卒挣脱医师之手，踉跄冲了几步，拔出腰刀向前猛劈。

老武卒　（昏迷中）杀！杀！杀啊——

［惊天动地的鼙鼓声。老武卒突然僵立，铮铮然如一尊崛立的石雕。

李世民　（瞋目惊视，呼出）徐——福生！英……雄！

［鼓声远去。徐福生倒地，手指向扑上前来的少武卒，瞪目。李世民急视，一惊，旋即握紧徐福生之手。徐福生阖目气绝。少武卒欲呼，昏厥，医师急救其入内。灯光徐徐复明。

李建成　（如在梦中）盐州……全军覆没！

裴　寂　（惊不能言）呵……呵……

李元吉　（战栗不止）兵锋……难挡！

萧　瑀　（激动万分）国恨——难消！

众　臣　陛下！

［李渊挥手，众静。

李　渊　尚书左仆射！

裴　寂　（惊恐万状）……臣……

李　渊　立即出京……

裴　寂　（心胆俱裂）啊！

李　渊　翻越终南山①，探寻龙虎之地，准备迁都！

裴　寂　（长吐一口气）呵……臣谨领钧旨！

众　臣　（失声）陛下！

李世民　（字字如铁）未曾想数万将士的血肉，竟换得迁都亡国的下策！

李　渊　什么？亡国？

李世民　对！陛下！亡——国！

李建成　危言耸听！

李世民　（激动地）太子殿下！豪门贵戚愿意迁都，如此能苟安东南，暂保富贵。然而，百姓们如何处置？莫非要陛下学刘备携民而行？

李建成　这……

李世民　若突厥铁骑飞驰急追，能保圣驾万无一失？

李建成　这……

李世民　迁都！迁都！是将百姓抛入虎口！太子殿下，殿堂上错定一计，数百万人肝脑涂地！朝廷中轻发一令，中原千里一片废墟！失去的岂止是一座京城，乃是大唐天下的民心！——民心一失，国势必危！

---

① 终南山：秦岭支脉。

李　渊　（稍稍变色）呵……

李世民　陛下！天子有道，出言行事，均当思虑百姓损益。百姓不存，焉有国君？

李　渊　然迁都之策，乃是诱使蛮骑深入，使其不击自溃！

李世民　（愤然而笑）突厥占据长安，有了立足之地，更能长驱南下而无后顾之忧了！

李　渊　（震动）啊！

李世民　父皇！汉代名将霍去病，以戎马为家，志灭匈奴；儿臣身为大唐将帅，亦当为国捐躯！不败突厥，臣决不甘休！

李建成　（冷然）昔日汉朝有个樊哙，说他能以十万兵卒杀败匈奴，口出大言，遗笑后世！秦王一番话，怎么与樊哙所说如此相似！

李世民　（断然）不！用兵各异，形势不同！樊哙不过是个鲁莽的武夫，世民则决非虚言。不出十年，漠北①之地，必归大唐！（呼）秦府众将——

［众将殿外应："在！"

李世民　（对李渊）儿臣有一乐舞献于陛下！乞陛下恩准！

李　渊　乐舞？

李世民　一段军中的乐舞：《破阵舞》②！

［鼓声激起。秦府将士四十人，披甲执戟，健步上场。雄浑的军乐中，阵形变化，疾行击刺。李世民亦奋然拔剑，呼号起舞。

---

①　漠北：指蒙古高原大沙漠以北的地区，自汉代以后常称为漠北，乃突厥族所在地。

②　《破阵舞》："贞观七年正月七日，上制破陈乐舞图，左圆右方，先偏后伍，鱼鹿鹅鹳，箕张翼舒，交错屈伸，首尾回互，以象战阵之形。起居郎吕才，依图教乐工一百二十人，被甲执戟而习之。凡为三变，每变为四阵，有来往疾徐击刺之象，以应歌节，数日而就，其后令魏征、虞世南、褚亮、李百药改制歌词，更名七德之舞。十五日奏之于庭，观者睹其抑扬蹈厉，莫不扼腕踊跃，凛然震怵。武官烈将，咸上寿云：此舞皆陛下百战百胜之形容。于是皆称万岁。"（《唐会要·卷三十三》）"即七德舞也。太宗为秦王时，破刘武周，军中相与作破阵舞。"（《贞观政要卷七·礼乐第二十九注》）

［剑戟闪闪，军鼓昂壮。少武卒冲出，扑至李渊座前，跪托一幅血迹斑驳的锦缎。

少武卒　（呼）大唐天子——

李　渊　（注视锦缎绣字）呵！“为……民……行道！”

少武卒　这是盐州百姓所献之物：“为——民——行——道！”

［“他”，正是三年前被驱出长安的秀子！

李　渊　天子，天子！天帝之子！自古惟有“替天行道！”

李世民　陛下！周武王曰：“天视自我民视，天听自我民听！”秦穆公说：“民为邦本，本固邦宁！”自古就有“为民行道”一说！父皇啊！百姓好比是长江大河，君主好比是江河上的巨舟，水能载舟，亦能覆舟！

少武卒　（哀婉激越）陛下！盐州父老日夜呼唤圣朝大军哪！

秦府将士　陛下！出征！出征——（其声如雷轰鸣）

［李渊缓缓站起。静场。

李　渊　朕，决意——不迁都！

众　臣　（各怀所思，各具其容）陛下！

［李世民昂奋挥手，秦府将士长呼冲下：“出征——”内侍忙接锦缎，引秀子急下。

［李渊目扫众臣。

李建成　（抢先一步）陛下决策英明！（万分诚挚）秦王一番话，使臣顿然心胸开阔！臣愿亲率兵马，直驱盐州！

众　臣　（惊愕）啊！

萧　瑀　（脱口而出）此事不妥。自古哪有储君冒险出征？

李建成　（紧接）那陛下遣谁去闯这龙潭虎穴？

［静场。李渊沉吟。众人目光自然地移向李世民。李世民毅然出列。

李世民　（一字一句）艰难一少将，征战整十年；血溅金甲暗，汗飞马背寒；生还歌更壮，死去战犹酣；惟愿魂飞日，圣唐社稷安！

李　渊　呵，秦王……

李建成　（话外有音）哦，陛下！秦王功冠朝廷，誉满天下，此行再战，重兵在手，更将威震环宇啦！

李　渊　（神色一变）嗯？

［李世民双目闪烁，盯视李建成。

李建成　（似乎浑然不觉，充满感情）只是秦王九死一生，苦战十年，从不曾解甲歇息，眼见日益消瘦。陛下，众卿均深感不安！

李　渊　依你之见？

李建成　齐王元吉——亦可率军出征！

李元吉　（大吃一惊）啊！

众　臣　（大感意外）齐王殿下？

［李渊内心急骤地变换主意，不发一语。

李元吉　（惶惶然）陛下！太子殿下，我……

李建成　（暗示）齐王刚勇！若有良将猛士辅佐……

李元吉　（突悟）良将、猛士？

李建成　对！猛士、良将！

李　渊　（终于决意）吉儿可有如此的忠心和胆量？

李元吉　（硬着头皮）儿臣这次定将立下大功，凯旋回朝！

李　渊　好！

李元吉　（慌忙）只求陛下答应儿臣一件事。

李　渊　嗯？

李元吉　容儿臣亲点精兵强将！

李　渊　当即可点！

李元吉　（一气冲出）秦王府各路总管、统军、将士！

李世民　（受一击）哦！

萧　瑀　（欲出列）陛下……

裴　寂　（抢先）嗬呀！秦府将士，名震天下！辅佐齐王，此战必胜啊！

李建成　（微微带笑）国难当头，社稷为重！秦王意下如何？

李　渊　（直视李世民）嗯？

［静场。众目注视李世民。

李世民　（咬住牙关）儿臣……遵命！

李　渊　好！齐王统兵，十天之内，出师盐州！

李元吉　臣，领旨！

［乐起，众退。裴寂扶李渊下。李世民欲呼又止，转身急下。萧瑀目送，缓步下。李元吉横之以目，甩开斗篷，大步下。封德彝最后欲走。

李建成　封大人！

封德彝　（冷丁止步，回身）哦，太子殿下！

李建成　可曾接到孤的书信？

封德彝　哦……多谢太子殿下！如此厚赐，小臣惶恐万分！

李建成　（怒逼）那你为何今日议事如同哑巴？

封德彝　（一笑）太子殿下，猫欲捕鼠，便一声不吱！

李建成　（蹙眉）唔……

［切光。

第八幕

［紧接上场。深夜。

［光渐启。景同第四幕，李世民书斋。案上，一簇血红的小花插在玉瓶中。汹涌跌宕的音乐倾泻而出。

[烛火飘摇，殿壁上身影晃动——李世民与长孙夫人双双舞剑，寒光四射，熠熠逼人。李世民猛烈击刺，骤然收剑，缓缓抬头，络满血丝的双眸，燃烧着不可遏制的怒火，渐渐变成难以言状的痛苦和焦灼，将剑猛掷于地。

李世民 （迸出）我，何不战死疆场！

长孙夫人 （抚握李世民之手）殿下，战死疆场，这圣唐大业……

[李世民蓦然回眸，二人深深凝视。

李世民 （万千感慨）知我者，夫人……

[夜沉沉，月隐星暗。帷幔拂动，松竹低鸣。音乐转入郁愤的旋律。

[幽深的宫道中，木铎声缓缓移过。

长孙夫人 （将斗篷轻轻披上李世民肩头）殿下……

李世民 （步至案旁，稳稳坐下）秀子睡了？

长孙夫人 我已吩咐侍儿照料她歇息。

李世民 好。……四年来，她没有辜负我的期待。

长孙夫人 殿下，鸿雁飞到衡阳山回雁峰，便要向北归来。一只孤雁，更不能永远飘零……

李世民 夫人是说，留下秀子？

长孙夫人 是的。盐州陷落，徐福生老人已死，秀子可以作为侍女留在我的身边。她长大了，今日男装上殿，就没有人认出她。在秦王府中，我更能保护她。而且，刘文静大人的冤屈，不能永远沉沦。

李世民 （沉入忧思）是啊，已经四年了……

[殿外人声。近侍上。

近　　侍 殿下！房大人、汉王殿下并一干将佐求见！

[李世民与长孙夫人相视一眼，长孙夫人退入寝内。房玄龄、李元庆上，将佐数人随上。

众　人　（纷纷）殿下！

李世民　（沉稳地）何事？

房玄龄　（上前）殿下，臣近日读书，其中有一句话颇费思索，方才问遍诸位将佐，都说只有乞殿下指教！

李世民　一句书？……尽可明日细细切磋。

众　人　呵！断不能再拖！

房玄龄　贾生说："火，在积柴下燃烧；人，在积柴上安卧"——岂不危险？

［紧张地静场。

李世民　郑庄公道："多行不义必自毙，姑且待之！"

李元庆　（叫起）二哥！火燃眉睫，还要待到何时？

［内传程知节的吆喝声："走！快走！"众人惊愕地循声望去——尉迟敬德被捆得结结实实，布团堵口，踉跄上。一武卒拽紧绳索，跟着程知节上。

程知节　（怒气冲天）殿下！尉迟敬德他叛离秦府！

李世民　（严峻地）此话怎讲？

程知节　他竟想归从太子！

众　人　（震动）呵！

程知节　今日午后，太子突然召见他，长谈至掌灯时分，还送了他一车的金银宝物！

房玄龄　（插言）程统军可仔细查明……

程知节　（发急）他、他自己都承认了！

［众目睽睽，直瞪尉迟敬德。尉迟敬德挣扎。

李世民　（一字千钧）尉迟将军，真有此事？

［尉迟敬德欲语不能，摇头，又点头。

众　人　（怒）啊！

李元庆　（气极）难怪今晚议事，太子、齐王一唱一和，欲夺秦府兵权，原是早有内应！

程知节　(一把揪住尉迟敬德)尉迟敬德,尉迟敬德!你愧不愧,愧不愧?(抽刀)我、我宰了你!

房玄龄　(攥住程知节之手)程统军!(急转向李世民)殿下!

［静场。尉迟敬德拼命挣扎。武卒紧勒绳索。李世民按剑步至尉迟敬德面前,相视良久。尉迟敬德突然跪地,李世民伸手将其扶起,亲自松绑,取出口中物,又从殿壁上摘下一把弓。

［众愕然。

尉迟敬德　(长喘不止)啊!

李世民　(沉挚地)尉迟将军!时光流逝,流不去沙场生死之情;人海茫茫,难得的是一生知己同心。我无甚贵重的赠品,这一把弓——将军可还识得?

尉迟敬德　……

李世民　武德三年,将军与我初次交战时失落了它。如今,是物归原主的时候了。

尉迟敬德　(接弓,发现弓背刻字)"雄姿惊山岳,豪气镇鬼神——题赠尉迟将军"。(抬头)殿下!

李世民　这把弓是最上等的柘木做成,木心正直,刚劲坚韧;愿将军一如此弓,终身刚正!

尉迟敬德　殿下……

李世民　我统兵十年,从不强留一兵一卒。何况将军乃人中豪杰,关山千重,江河万里,一任驰骋!不管此行何处,秦王祝愿:莫辜负了天下苍生,半世英名!

尉迟敬德　(长跪,痛呼)殿下!

李世民　怎么?

尉迟敬德　太子确曾召见臣下,意欲暗中交结,臣坚执不从!那一车金银,是太子乘召见之时,命人背地送至臣家中,臣查明后,当即退回！（猛拔匕首，刺破手臂，滴血而誓）苍天在上！就是一座金山，一汪银海，也换不到尉迟敬德对秦王的一片忠心！

李世民　（紧捂其伤口）呵！尉迟将军！将军之心重如山岳，孤深信决非金银财宝所能撼动！

尉迟敬德　（泪下）殿下……

李世民　不过，将军如此行事，太子必定怀恨在心，只怕要遭暗算！

尉迟敬德　（跃起）旧怨新仇，这账早就该算！

程知节　（大呼）好大哥！（扑过去，拥抱）大哥！（抓尉迟敬德之手，捶己胸膛）大哥……

李元庆　（愧疚而又坦挚地）尉迟将军，恕我错怪了！（暗揾眼角泪珠）

房玄龄　（缓缓地）明夺兵权，暗离将佐；布下重重陷阱，拉开千钧弓弦——一触即发！

众　人　殿下！（均紧握兵器，跃跃欲动）

李世民　（激动踱步，蓦然站住，愤然抽剑，忽又住手，“啪”的一声，剑复入鞘）……不……

众　人　（失望地）嗨！

李世民　如今外患当头，国家亟需安定，数日之内，朝廷就要出兵盐州……

尉迟敬德　（急）齐王统兵，必定大败！

程知节　（跳起）大王！我等跟随大王这些年，打陇右、下汾晋、破东都，是从血肉中杀出的天下英雄，竟变成那鸟帅的麾下小卒？不干！不干！

李元庆　（忿忿然）齐王统兵，极其残忍！况且他又素恨秦府将士，要是落入他的手中……

房玄龄　（冷静而又尖锐地）齐王是个宫廷恶少！殿下，若由他统兵，中原将是突厥的天下了！

［李世民急急踱步，一步紧一步，一步重一步。

李元庆　（呼出）二哥！

［李世民步步徘徊。

李元庆　众将披肝沥胆，大义凛然，二哥为何犹豫不定，如此懦弱！

［李世民骤然止步，双目炯炯。李元庆毫不回避，唰地抽出长剑。

李元庆　（激昂地）既然如此，元庆的宝剑，再不听从秦王之命！

［一道寒光，一长檠被劈为两截。

李世民　（怒喝）无知小儿，放肆！

［立时静场。众纷纷下跪。右侧寝内步出长孙夫人，她身着品服，庄重地趋至案前，向李世民行大礼。

李世民　呵，夫人？

长孙夫人　（恭敬柔婉地）妾与殿下结为夫妇，曲蒙礼待，情意深重；然平日言谈常要细察殿下的颜色，不敢轻易触犯威严。今日见众将佐为圣唐大业鲠直进言，方体会到殿下以往在妾面前赞赏臣佐的深意。殿下……

李世民　（敛容）呵……夫人快请起！

［长孙夫人起身。

李世民　众卿快请起！

［众起身，归位。

房玄龄　（上前深揖）殿下，夫人，（感情地）大业十三年，殿下率义军入关，臣军门谒见，一见倾心，从此沙场十年，生死相依！如今太子、齐王不顾社稷安危，谋算殿下，我等怎能坐以待毙，眼看大唐宏业功败垂成！殿下，当机立断吧！

众　人　殿下！

李世民　（终于吐露衷曲）众位贤卿！父皇在上，皇命难违！世民若先人发难，与同胞兄弟血刃相见——忠孝大义，将毁于一举；千秋功罪，今人后世如何评说？

［一缕清幽的歌声徐徐飘来，凄婉、哀怨。秀子内唱：

“盐州百姓苦啊，

流离无归处；

辗转觅生机啊，

遍地是白骨……”

李元庆　（面色惨白）这，这是谁在唱？

［东阁软帘掀起。秀子身着雪白的裙裳，肩披柔软透明的白色纱巾，手扶阁门，噙泪而唱。

秀　子　（唱）“兴亡多少代啊，

苦根不得除；

翘首盼明君啊，

杲杲日头出……”

［众惊呆。李元庆欲呼无声。

［秀子盈盈步至李世民前，行礼，又向长孙夫人行礼，然后向殿门走去。

长孙夫人　秀子！……何处去？

秀　子　到来的地方去。

长孙夫人　秀子，孤雁该回来了！

秀　子　不，夫人。鸿雁归来，只因春回；春未到，雁不归！

李世民　秀子！

秀　子　呵，殿下！有几句话容秀子启禀：徐福生老爹是为了救我，方被突厥长箭射中。这位忠直的老人对我说：“姑娘，一定要设法回到京城，告知秦王殿下——让天下好人扬眉吐气，世上恶人罪有应得，使四海百姓安宁康乐，大唐江山永固统一……百姓们拥戴的是这样的英明君主啊！”

［回旋邃远的歌声响起：

“盐州百姓苦啊，

流离无归处；

辗转觅生机啊，

遍地是白骨……”

［歌声中，秀子一一摘下发鬟上的簪花、玉钗，解纱欲走，抬头直遇李元庆炽烈的双眸。

李元庆 （声颤）秀子！（取出题诗丝绢）……

秀　子 （顿时泪涌）“……霜打香犹存，寒凝花亦开……”

李元庆 （深挚坚执）“天地若有情，人间春再来！”

秀　子 （捧过丝绢，蓦然回首，扑向李世民，长呼）殿下！（跪）

房玄龄
李元庆 殿下！（跪）

众　人 殿下！（跪）

［近侍急上。

近　侍 （低声）殿下！东宫来人！

［众人为之一震。

李世民 谁？

近　侍 身裹黑斗篷，只露一双眼睛。

［气氛顿时紧张。

李世民 （果断地）众卿暂避！

长孙夫人 殿下……

李世民 放心！

［长孙夫人与秀子入寝内。众将佐入东阁。近侍急下。

［李世民急踱几步，平定心绪。一黑衣人上，步轻如猫，无声无息。

来　人　殿下！

［李世民急转身，盯视；来人解开斗篷，露出面容。

李世民　王晊！晊儿！

［近侍又上，王晊遽然背身。

近　侍　殿下！封德彝大人求见！

李世民　他？（决然）请！

［近侍下。王晊迅入东阁。

［李世民控制住起伏的情绪，坐下。封德彝上。

封德彝　殿下！殿下！殿下！殿下！

李世民　（镇静地）封大人何事如此惊慌？看你汗如雨下，锦衣尽湿了。

封德彝　呵？哦……臣竟不曾觉得！殿下！大事不好了！

李世民　嗯？

封德彝　臣闻太子启奏圣上，圣上旨意已决，欲寻机将殿下遣离长安！

李世民　（微微一震）哦？

封德彝　（极为关切地）殿下得十分小心啦！殿下准备……

李世民　（沉沉点头）多谢！

封德彝　呵，臣不便久留，告辞了！（四下一瞥，急下）

李世民　（紧张地思索）王晊！

［王晊急上。

李世民　你是为何深夜至此？

王　晊　殿下！太子准备大设酒宴，明为齐王饯行，暗欲毒死殿下！

李世民　（勃然变色，随即冷冷一笑）哼！

王　晊　酒过三巡，他要我依眼色行事，将毒酒倾入殿下杯中！

李世民　唔……

王　晊　他还对齐王说："待秦王一死，秦府将士全部以谋反罪论处，以儆天下！"

李世民　（大怒）啊！

王　晊　殿下千万小心！

李世民　晊儿更要小心！九月兵变败露之事……

王　晊　太子为此对左右猜忌日深，似乎独独未曾注意到我……

李世民　晊儿大意了！太子令你下毒药，日后便可借此问罪！

王　晊　（一惊）呵！（悟）好毒！

李世民　你今日来此，可仔细检点？

王　晊　殿下放心！哦，王晊叩辞！（速至殿门边，收步回身）殿下，按"均田令"之法，晊儿的老母亲也得了荒地三十亩，母亲叩谢殿下！

李世民　（欣然）呵！

［王晊一笑，迅速裹上斗篷，倏忽不见了。秦府将佐从阁内一涌而出。

众　人　殿下！

［李世民扫视众人，全场瞩目。

［长孙夫人引一队戎装女子急入。

李世民　呵，夫人！

长孙夫人　（刚毅地）殿下！大唐久安，在此一举！

［李世民凛然挥手，众将士迅立两旁。音乐顿起，大气磅礴！李世民甩开斗篷，健步至案前，抓起毫笔，饱蘸浓墨，奋力疾书。宽阔的天幕上，映出酣劲跌宕的王体行书。响起李世民深沉而又饱含激情的画外音："千古江山，英雄无数！金戈铁马，秦皇汉武！看六宫花草，堪称风流，三十年隋家一统，鼎旺强盛！如今皆成江底沉船，荒野古丘！兴亡多少事悠悠，惟奔腾黄河滚滚流！问黄河啊，风涛九万里，如何主沉浮？"

［乐声轰鸣，如狂涛奔腾。雄浑、昂愤的合唱声起：

“大河东流去兮，

千古尽淘沙。

载舟亦覆舟兮，

兴亡几人察！

……”

［李世民猛收笔端，凛然抬头，目若耀火，毅然掷笔。

李世民　众臣听令！左一行军总管，派遣可靠宿将去洛阳长春宫大行台！结纳壮士，以防兵变！

将佐甲　是！

李世民　右一行军总管，遣将赴晋阳、陇西联兵！

将佐乙　臣愿亲往！

李世民　统军程知节，秦府全军待命！

程知节　遵令！

尉迟敬德　殿下！臣……

李世民　尉迟将军！太子麾下北门守军常何将军，与尉迟将军可是旧交？

尉迟敬德　正是！

李世民　北门，定要在孤掌握之中！常何将军……

尉迟敬德　呵，臣明白——如同小王晊！

李世民　（对众臣）十天之内，将各路军情报知于我！

长孙夫人　殿下！太子酒宴……

李元庆　我等带兵前往！

李世民　不！如此定被反诬图谋兵变！（冷然一笑）孤要将计就计！

秀子　（急上前）殿下！秀子愿随殿下赴宴！

李世民　秀子！那是生死之地！

秀子　殿下！秀子早已非四年前的弱女子了！

李世民　（攥秀子之手）不可！玄龄贤卿，元庆小弟，待太子请柬一到，随孤赴宴！

［切光。

第九幕

［九天之后。武德九年（公元626年）六月三日。一天下午。

［光启。太极宫百福殿内亲亲楼。画堂中设四席，均是沉香木雕花长案。正中轻垂薄幔，两边扎起，露出月洞门，通外堂，左面为推窗，可见一湖碧水，婷婷嫩莲；右面高悬黑底金粉篆字匾额："景祚由天"。

［笙歌清悠，倩影穿梭——宫娥们忙于拂案置酒。

［一阵怪笑，李元吉拖一侏儒上。

李元吉　哈！哈！（对众宫娥）滚！（坐下，狂饮，对侏儒）跳！

［侏儒已筋疲力竭，犹拼力飞旋跳跃，姿态滑稽。

李元吉　哈哈！翻！翻！

［侏儒翻筋斗，终于一跌不起。

李元吉　（怒）起来！我斩了你！

侏　儒　（抬头，满脸冷汗）殿下……（指腿）断……断……

李元吉　（揪其头发）起来！

［侏儒起身，站不住。

李元吉　笑！

侏　儒　（咧嘴）哈，哈！啊！啊！

李元吉　（觉得可笑）嘿！哈哈！

侏　儒　（泪下）啊，啊！

李元吉　（怒）嚎什么？笑！

侏　儒　（古怪地）哈！啊，啊……

［李建成与封德彝上，李建成见状，示意。封德彝下。

李建成　四弟。

［李元吉不理，继续与侏儒逗乐。

李建成　齐王殿下！

李元吉　（乜视）太子殿下！

李建成　（和缓地）今日设宴为四弟送行，四弟不可纵酒过量。

李元吉　送行？（痉挛地一笑）酒宴上毒死秦王，沙场上战死齐王——一箭双雕！妙算！妙算！（抓起酒壶，狂饮）

李建成　（脸一沉）齐王殿下！

李元吉　（将酒壶砰地摔于案上）哼！（转向侏儒，欲逼）

侏　儒　（乞求）殿下，腿、腿断、断……

李建成　（皱眉）拉下去！

［内侍将侏儒拖下。

李建成　（含笑）四弟，让秦王重掌兵马如何？父皇面前，为兄亲往说情。

李元吉　（咬牙）我齐王是过河卒子，大哥何必如此相逼！（急下）

李建成　（盯视）哼！

［封德彝上。李建成急迎。

李建成　封大人，方才你说秦王府新添了一名侍女……

封德彝　容貌像出水芙蓉般鲜灵，一双眼睛比星星清亮，比春水妩媚，左颔一颗美人痣……

李建成　（阴冷地）封大人是动了春心？

封德彝　（窘）哦！小臣是说，这姑娘很像一个人。

李建成　像一个人？谁？

封德彝　（缓缓地）刘文静。

李建成　（骤然变色）什么？你是说……

封德彝　刘文静之女，名叫秀子。

李建成　（眼珠发亮）哦？秦王竟敢收留罪臣之女！

封德彝　还有……

李建成　嗯嗯！

封德彝　秦王已派出将士，四方联兵！

李建成　（惊）呵！

封德彝　殿下！先发者，制人！——今日酒宴……

李建成　（咬牙）一切妥帖！圣上面前……

封德彝　殿下放心！（张望）呵，有人来了，臣且告辞！（急下）

李建成　王晊！

［王晊捧一扁壶急上，颔首。

［内传："秦王到！"李建成整衣，迎下。

［乐声欢快。李世民顾盼生风，健步而来，佩玉腰刀叮当作响，一派潇洒之气。李建成满面笑容，谦然前引。李元吉一脸阴沉，房玄龄沉静悠然，李元庆则锋芒外露，依序而入。李世民的二近侍紧随。

李建成　二弟，请！

李世民　今日为四弟饯行，四弟先请！

李建成　呵！对，对！

［李元吉甩手入右侧下席，李建成入右侧上席，李世民入中偏左一席，李元庆、房玄龄入左侧下席。王晊率两名内侍手执扁壶，一一斟酒。

李建成　齐王殿下此行北征，将与豺狼虎豹决一雌雄！为祝齐王出师告捷，举酒！

众　人　（举酒）祝齐王殿下出师告捷，马到成功！

李元吉　谢太子，秦王殿下，诸位贤卿！

［众一饮而尽。

李世民　啧！大哥！古人道，美酒一杯歌千首，我等何不即席赋诗，放歌痛饮呢？

李建成　（眉飞色舞）呵，对！此意妙极！李氏子弟将门所出，沙场上堪称一代英豪，翰墨诗文间亦算得风流人物。二弟一笔行书，深得王右军之法，正可手书条幅，惠赠齐王！（吩咐近侍）传文房四宝！

［近侍下。

李世民　世民还有一议！今日兄弟欢宴，英雄满堂，赋诗当以英雄为题，托古论今，方有兴味！

众　人　遵命。

［童子们捧砚墨等物上，各侍立。

李建成　夺得诗魁者，饮醇酒一杯！

［众人各自提笔凝思。李建成暗瞥李世民，见其明眸朗朗，正直视自己，不禁尴尬一笑。李世民翩然起身，巡视诸臣之作，不时含笑点头，或蹙眉摇头。

李元庆　（掷笔大叫）成也！

李世民　念来！

李元庆　《卢城怀古》！——汉家名将李广，曾驻守右北平卢城，匈奴称其“飞将军”，数年不敢入侵！李将军功高威重如此，朝廷却无意封侯，反逼得他自杀身亡！（诵）

纵马狼山外，
弯弓瀚海间。
泉台饮恨去，
血溅九重天！

（掷出诗笺）

房玄龄　（和缓地）呵！汉王殿下一手草书，飘逸似飞……

李建成　（强笑）元庆不愧少年英雄，血气方刚；壮士豪情，溢满字里行间。

李元庆　（冷笑）大哥很懂诗情！

李元吉　小弟也很有诗才！（与李元庆灼灼相视）

李建成　（忍耐不住）孤也得了一首！

李世民　（一笑）世民从小爱听大哥吟诗。

李建成　《淮阴怀古》！

李元吉　淮阴？此系何物？

李元庆　（放声大笑）四哥，此非物品，而是地名，汉家名将韩信封侯的地方。

李元吉　（狼狈地）呃！

李建成　不错！此人助汉高祖夺得天下，竟想自立为王，利令智昏，叛逆谋乱，终致在长乐宫中一命归天！

李世民　（微笑）大哥此诗用意颇深……

李建成　（冷笑）二弟聪明！

［李元庆欲起身，为房玄龄所止。

李建成　（诵）狂徒淮阴客，

自诩天下雄。

一曲黄粱梦，

呜呼长乐宫！

李世民　（凛然地）《孟津怀古》！

众　人　孟津？

李世民　当年周武王在此会集八百诸侯讨伐暴虐无道的商纣王！（诵）

云涌九州动，

龙飞四海惊！①

---

① 《易经》："飞龙在天，利见大人。"

武王除暴虐，

万众庆升平！

［静场。

李建成　（突然大笑）二弟之诗，风云纵横，气象豪阔，径夺魁首！为兄当举酒为贺！

李元吉　（急应）举酒！举酒！

［内侍斟酒，李建成瞥王晊一眼。王晊上前为李世民斟酒，刚欲离开——

李世民　慢！

［王晊止步。静场。李建成微微震动。

李世民　酒壶给我。

王　晊　啊……

李世民　嗯？

［王晊佯作惊慌，暗顾李建成。李建成默然直视。王晊只得将酒壶交出。李世民接过，揭开盖，闻了闻。

李世民　（笑）嗬呀！如此好酒，正当开怀痛饮！

李建成　（长松一口气，宽慈地）二弟不可过于贪杯。

李元吉　（兴奋地）哎，二哥从不贪图酒色！

李世民　（笑微微）四弟今日可向着二哥了！（走近李元吉，蓦然倾满其手中之杯）来！分别之际，我等兄弟干一杯！

李元吉　（猝不及防，惊呆）呵！

李世民　怎么？

李元吉　（急摇头，拭汗）哦，不，不……

李世民　（举杯，豪放地）干！

李元吉　（不由自主，向李建成）大哥……

李世民　哦，对！今日之宴乃大哥作主，世民亦敬大哥一杯！（倾壶倒满李

建成手中之杯）

李建成　（勉强镇定）二弟，大哥素不善酒，不能多饮。

李世民　大哥此言差矣！酒还未过三巡，怎就不能再饮？来！（举酒）弟敬兄，兄爱弟，同胞手足，“恺悌为则”！

李建成
李元吉　（失色）这……

李世民　（大笑）大哥，四弟，怎么了？此酒并非毒酒，为何如此怕饮？

李建成　（一震，只得举起酒杯，强壮声色）哪里，哪里，干！

李元吉　（抖索着举酒）干……

李世民　（双目炯炯，咄咄逼人）干！

［恰在此时，内传：“太子殿下——”一近侍急上。

近　侍　（喘吁吁）启禀太子殿下！有一来人定要入宴！

李建成　（如遇大赦，放下酒杯）呵，何人？

近　侍　……秦王府一家童。说长孙夫人遣其来此。

［李世民双眸中闪过一丝不安。

李建成　（觑李世民一眼，赶紧）秦府家童，为何阻拦？让他进来！

［近侍应声下。一男童从月洞门入，众人目光集其一身。静场。

家　童　小奴叩见诸位殿下，大人！

李世民　起身！

家　童　（抬头）殿下！

李世民　（一惊）你！何事来此？

家　童　（口齿伶俐）启禀殿下，夫人请殿下速速回府，圣旨到！

李世民　（会意，不动声色）哦？（转对李建成）呵，大哥，世民只得告辞了。

李建成　慢！（步至家童身边，盯视）圣旨降临秦府？

家　童　（颔首）是。

李建成　（伸手欲抬起家童下巴）长孙夫人遣你禀报？

家　童　(灵活地避开)是。

李建成　(近一步)你唤何名?

家　童　(退一步)小奴乃家生儿,无名无姓。

李建成　(又逼一步)嘿嘿!

李世民　(勃然作色)大哥,此乃何意?

李建成　(奸笑)此儿长得十分可爱,很像一个人——

李世民　(两眼一闪)哦?

李建成　(盯视李世民)刘——文——静!

[静场。

李世民　(喷然大笑,有力地)看来刘文静虽被斩首,却魂魄不灭啊!(正色)秦王告辞!

家　童　(急拦)殿下走不得!

李世民　为何?

家　童　此殿堂早被执刀壮士伏围!小奴亲眼看见了!

[李世民炯然直视李建成。秦府诸人立刻按剑。

李建成　嗬嗬!好一个奇童!你可知谎言惑主,罪该斩首!

家　童　(怒视李建成,激动地)欲置死地,何患无辞!

[李建成目光蓦然凝聚,见家童左颌有一颗美人痣。

李建成　(突然攥住家童的手腕)你……

[家童猛然转身,试图挣脱,咣啷啷案被碰翻,各种器皿滚落一地。顿时,月洞门内兵器碰响,拥出数十名执戟侍卫,虎视眈眈。静场。

李世民　(缓缓走近李建成)今日设宴,原为齐王饯行,太子殿下却暗布刀兵!(嘶地一声拉开便袍,露出闪闪发亮的衣甲)好!半步之内,一决生死!

[李元庆并二近侍均撕开便袍,铠甲环身,长剑在手。

李建成　（脸肌微颤，面色渐紫，猝然呵叱左右）下去！

［侍卫退。

李建成　哦，二弟误会了！（深深一揖）请行。

李世民　（冷笑一声）走！（转身，向月洞门走去）

［众紧随。李建成狠狠挥手，李元吉拔出长剑，闪电般扑向李世民。

李世民　（惊觉，遽回首，愤怒反劈）你！

［立时刀剑迸击，白刃纷纷。李建成潜步欲背刺李世民，家童惊呼急护，被一剑扎胸。

家　童　（惨叫）啊——

［秦府二近侍急救家童入阁。

［殿外急呼："圣驾到！"内侍一列冲上。李渊上，白发皓首，老态龙钟，眉宇间威势犹存。

李　渊　住手！

［李建成急放下剑，颔首恭立；李世民长剑入鞘，愤然伫立；李元庆、李元吉狠狠相瞪。

［静场。

李　渊　（一脸乌云）兄弟二人同处京城，却如水火不相容！朕思虑已久，欲保平安，惟有……（沉吟）

李世民　父皇！

李　渊　（稍稍和缓）二郎酷爱史籍经书，定知梁孝王故事。

李世民　汉景帝同胞兄弟。

李　渊　对！景帝生母窦太后十分宠爱梁孝王，然天命当立景帝，太后便将梁地封于孝王……

李世民　父皇之意……

李　渊　（心气渐平，宽和地）东都洛阳，比梁地更为富庶……

李世民　果然要将儿臣逐出长安？——父皇！

李　渊　此乃为秦王着想！

李世民　（终于爆发）父皇！突厥铁骑，逼近长安，百姓呼号，国势危急！大唐军师迟不出征，竟在宫城内暗布杀机！父皇不能明察公断，反却事事离弃民心！父皇！父皇！为什么如此忌恨社稷忠良，一任奸党肆意横行？

李　渊　（大怒）住嘴！后宫、前廷都是奸党？

李世民　后宫贵妃，前廷太子，早已构成奸党，无所不为！

李　渊　（捶椅）胡说！太子所为，均合朕意！构成奸网者，是你！六年前，就与刘文静居心叵测；六年来，处处与朕离心背道；六年后，竟敢窝藏叛臣之女！你，你……（伤心地）朕念父子生养之情，儿竟忘弃忠孝大义！

李世民　（完全绝望）父皇！

李　渊　（怒极）朕意已决！秦府程知节立赴康州，尉迟敬德论罪斩首！房玄龄永远不准回朝！你，明日一早启程！

李世民　（字字如铁）如此行事，大唐必亡！

李　渊　（字字千钧）天子之言，便是天命！（怒下）

［李建成、李元吉并一干侍卫紧随而下。

［“家童”发辫披散，从阁内挣扎奔出。李元庆急扶。

家　童　天命！（凄烈地）天命——（血堵喉塞，踉跄，倒在李元庆的怀抱中，浸血的丝绢，从胸前飘飘滑落）

李元庆　啊！秀子——

李世民　（瞋目拔剑）天子有道，奉为君主！天子无道，弃为独夫！此乃天经地义！（挥剑愤击）

［“景祚由天”的匾额迸然碎裂！巨大的宫殿群，轰然回声……

［切光。

尾　声

［翌日清晨。武德九年（公元 626 年）六月四日。

［光启。长安宫城北门——玄武门前。武卒分立两旁。透过高大的拱形门道，可见西苑内繁茂的花草。

［一片宁静。突然，李建成戎装带兵退上。李元吉亦弓箭在手，冲上。

李元吉　大哥！坏事！坏事了！

李建成　（揪住李元吉衣襟）秦王首级何在？

李元吉　秦、秦王——

［一声冲天的马嘶，李世民率秦府将士急上。双方兵马对峙。静场。

［李建成渐渐后退，玄武门守军将士威然而列，李建成猛回头。

李建成　（急迫地）常何将军！

常　何　（冷峻地）太子殿下！

李建成　啊！守军叛我！（回身举刀向李世民猛劈）

［李世民奋臂反击。两军格斗，纷纷扭打下场。

［音乐顿起。李建成复逃上，李世民追上。李建成回身射箭，不中。

李世民　（一把揪住李建成）太子殿下！

李建成　呵，二弟！为兄痛悔万分，二弟念同胞兄弟之情……

［李元吉急上，引弓射箭，箭从李世民耳边擦过。李世民猛回头，李元吉又射一箭，仍不中。尉迟敬德带武卒大吼扑上。李元吉逃，尉迟敬德追下。李建成乘李世民背身之时急刺，不中，逃。李世民拈箭引弓，拼力射出——

李建成　（中箭）啊——（倒下，死）

李世民　（咬紧牙关）大哥！

［李元吉复上，见状，扑上前，手扼李世民之喉，搏斗。李元庆冲上。

［尉迟敬德、程知节并数将齐上。

众　将　呔——

［李元吉逃。李元庆一刀刺穿其胸，污血淋漓，李元吉踉跄扑下。众将跃步引弓，射之。

李元吉　啊——（死）

［王晊戎衣溅血，提刀急上。

王　晊　秦王殿下！东宫、齐府兵马鼓噪而来！

李世民　（扬眉）来得好！（冲下）

［众随冲下。

［李渊与裴寂、萧瑀、封德彝匆匆赶上。尹贵妃亦随上。

尹贵妃　（惶惶四顾，突然惊叫）啊！陛下！

［尉迟敬德铠甲血污，执矛带卒直奔李渊。

李　渊　（失色）谁敢作乱！来此何为？

尉迟敬德　陛下！太子、齐王欲杀秦王，秦王举兵诛之！恐怕惊动陛下，遣臣前来护卫！

李　渊　（大惊）啊！（急视众臣）

［裴寂瞠目结舌；封德彝一阵慌乱；萧瑀喜形于色。

尹贵妃　（迸出）这是犯上作乱！

萧　瑀　此乃大势所趋！

尹贵妃　（绝望地）封大人！

封德彝　（一惊，赶紧）萧大人之言极是！建成、元吉乃是国贼，当诛！当诛！

尹贵妃　啊！

尉迟敬德　请陛下亲降圣旨，命所有兵马受秦王调令！

李　　渊　（急向裴寂）呵，裴卿……

裴　　寂　（慌忙答）臣惟陛下之命是从！

［内忽传："秦王到——"李世民按剑，健步急上。房玄龄等一并秦府将士随上，肃然而列。

尹贵妃　（尖叫）陛下！

李　　渊　滚！你这贱妇！

尹贵妃　呵！（捂面奔下）

李世民　（跪）父皇！

众　　人　（跪）陛下！

［静场。

李　　渊　（一字一颤）此乃朕之夙愿：从今之后，军国大事，一并由秦王处断！

众　　人　（轰然大呼）陛——下——英——明！

［合唱声起，壮奋，浩阔：

"大河东流去兮，
千古尽淘沙。
载舟亦覆舟兮，
兴亡几人察！"

［李世民按剑而立，目视远方。一片红光升腾起来，笼罩整个舞台。

［震人心弦的画外音："秦王李世民，从此登上了大唐王朝的宝座，史称唐太宗。李渊，为太上皇。中国封建社会进入了鼎盛时期。值得中华民族引以为自豪的贞观大治，开始了！"

［幕落。

［剧终。

（1981 年演出本）

二幕话剧

街上流行红裙子

编　剧

马中骏　贾鸿源

作者小传

马中骏（1957—　），男，祖籍浙江，生于上海。现任慈文传媒集团董事长，中国广播电视学会电视制片委员会副会长，中国传媒大学经济与管理学院兼职教授及 MFA 实践导师。

贾鸿源（1951—　），男，山东平阴人。中国作家协会会员。曾任上海市工人文化宫一级编剧。

人物表

陶星儿　大丰织布厂女工

葛　佳　大丰织布厂女工

阿　香　大丰织布厂女工

值班长　大丰织布厂车间值班长

土　根　某花木公社社员，阿香的哥哥

土根嫂　某花木公社社员，阿香的嫂子

陶思铠　外省某研究所建筑工程师，陶星儿的父亲

董行其　民警

瞎老头　一个吹箫卖花的瞎老头

女工、行人若干

第一幕

1. ［女工更衣室。

［一个初夏的早晨，女工更衣室悄无人声，漆黑一片。震耳欲聋的纺织机声猝然消失。不知哪儿飘来时断时续的箫声。那是一首五十年代风靡的歌曲，弥漫着怀旧的浓郁情调。

［这是早班和夜班交接班的时刻。女工疲惫的脚步声、匆忙换衣的窸窣声以及哈欠声、咒骂声、碰撞声、叫唤声……此起彼伏。

［一声女工的惊呼："谁？谁在里边？"

［一盏灯亮。幽黄的光线延散开去。一排排影影绰绰的更衣箱叠架至天花板。透过更衣箱底部的搁架，是一双双白皙丰满的女工的腿肚，摇曳骚动的花裙裙边。有人在穿裤腿，有人在系鞋带。笑骂和捶打声交错起伏。

女工甲　阿香，你打扮得真漂亮。嘴唇鲜红……是进口的唇膏？

阿　香　不，我今天没抹口红。不信你瞧！困死了。昨晚在人家家里跳舞。柠檬色灯光，打蜡地板锃光溜滑。许多人找我跳舞，都是"上只角"有风度的人。累得我差一点儿上班迟到。

女工丙　当心，还有三天就发奖金了。

阿　香　放心。我屏气功也要屏到发奖金的那一天。决不迟到。谁把门关上，我要换裙子了。

女工乙　喔哟，乡下人这条红裙子真漂亮！是香港的？

阿　香　你懂啥，还叫我"乡下人"！这是美国料。今年街上流行的就是这种红裙子。你去看，每年立夏，不管刮风下雨气温多低，各区最时髦的姑娘都穿上最花哨的连衣裙奔向淮海路“斩裙”。

女工乙　什么“斩裙”？

阿　香　说你不懂就不懂！“斩裙”就是漂亮的裙子把不漂亮的裙子打得落花流水，像刀斩一样。这种红是今年的国际流行色，你瞧，多别致、多鲜艳，中国人就是染不出……哦，对了，告诉你呀，前天我在南京路碰见董行其了！他跟在我屁股后面跑了足有二站路，嘻嘻嘻……他考进公安局了，分在什么经保科，大檐帽扣在头上，可神气了……

女工丙　好了，还有七分钟，你快去接班吧。

阿　香　来得及。哎，厂门口开来一辆蓝颜色的电视转播车，谁又要上电视了？

女工甲　谁？还不是红得发紫的人，陶星儿。

女工乙　乖乖！上次登报她一下子收到一百七十三封求爱信，这一上电视，拆信封都来不及了。

葛　佳　（冷不防从阴影里直起身来）你妒忌？帮她代拆好了。说不定也能挑个好小伙子。

女工甲　（低声地）嘿，你们听说吗？医务室说，陶星儿已经三个月没领卫生纸了。真的，原来医生当她日期不准，劝她吃中药，可她不肯……

女工丙　替国家节约一点草纸，不是蛮好。

女工乙　我们厂的生育指标已经没有了，她要是……

阿　香　造谣！她连男朋友都没有。再说她是劳模，真要是肚子吹洋泡泡，领导早伤心死了……

女工甲　所以轻伤不下火线。

葛　佳　喂喂喂，你们除了打听人家新婚第一夜过得怎样，就是关心别人肚子疼。不能讲些上台面的话吗？

女工甲　葛佳，我真不明白，你还护着她干吗？

女工丙　人家以前是好朋友，饭菜票放在一起也放了三年了！你没听说过，溜冰场上两枝花嘛！

女工甲　好朋友？哼！葛佳，我真为你抱不平！她那点星跳疵头下班前半分钟要不漏给你，劳模早是你的了……要我是她，不讲明白，也该对你表示表示。

女工乙　瞧她假模假式的。那次她从外地开会回来，我和葛佳冒雨踏着黄鱼车去车站接她，左等右等，衣服全都湿透了……结果怎么？人家和值班长乘党委书记的小车回来啦！过后，她像没事样说她在红绿灯十字路口看到我们了，只是书记亲自上车站接，她中途下车挺为难的……气得葛佳当天就把饭菜票和她分开了。

阿　香　我明白了，原来葛佳姐叫她的高干朋友天天用上海牌小轿车接送，是气气星儿姐……

葛　佳　我喜欢妒忌么！……咦，我的一双布鞋呢？谁看见我的布鞋？（寻找，钻到黑暗里）

［更衣箱另一侧又传出一个女声。

女工丙　快，谁帮我扭扭扣子！快点，我要来不及了……

［值班长领陶星儿上。陶星儿白帽围单，一身纺织女工打扮。

值班长　还有两分钟，你们都在蘑菇什么？还不快去交接班。

女工丙　唔，我们不会迟到的，你放心。

［众女工迅速换上工作服。

值班长　不会迟到？你们为什么不学学劳模，陶星儿半小时前就到了……

女工甲　所以我们不是劳模。否则人人都是劳模了……（“砰”地关上箱门，愤愤然下）

值班长　阿香！你里面穿的什么？袒胸露臂的，肉都鼓出来，快像男同志背心了……

阿　香　（小声嘀咕地）贴身穿又看不见……

值班长　不想给人看你为什么要穿这么考究？外文字母一串串的，有什么好看？

阿　香　这是“中国制造”四个字，出口转内销的。

值班长　你还嘴硬？！全车间就是你，打扮得洋不洋，中不中的。走走走，都快去接班了。快点快点……

［女工们像被警察训斥的违反交通规则的骑车者一样，相继一个个溜下。黑暗里，只有一个背影继续站着。她是葛佳。

值班长　（打开紧连更衣室的一扇小门）来吧，陶星儿，你就在这里准备。没人干扰你，你还有半小时的时间可以准备。发言稿呢？快拿出来……

陶星儿　（不情愿地）谁写的？这么长，背都背不出……

值班长　你就克服克服嘛。（疼爱地为陶星儿掸掸灰）来，再试一次我听听。

陶星儿　（举起稿子，刚想念，又放下）你叫他们帮着改得再短一点……

值班长　不行，这是宣传科根据我们厂前几代劳模事迹和外单位劳模的先进经验写成，厂部会议通过的，领导也审查了，不能随便改，懂吗？

陶星儿　（把稿纸一甩）那就叫他们自己来念好了，我不念了。

值班长　（捡起）喔哟哟，又要小孩脾气了。好好，我叫他们再删去两句。来来，你先试一遍看看。

陶星儿　嗯。“尊敬的领导同志们——”

值班长　刚接到通知，要突出群众。开头改成“亲爱的观众同志们”。

陶星儿　“亲爱的观众同志们，我是大丰织布厂的青年纺织……”不行不行，我这个样子，人家会以为是播音员……

值班长　不要紧，你慢点，松点，头再抬高一点。你要明白，你在电视上露面，不仅仅代表个人，也是代表厂、公司、局，代表新一代青年，要有朝气一点。对了，顺便告诉你一个消息，局里给我们一个上大学的名额。你这回上电视要讲好了，我就要求厂里保送你去。你不是一直想着上工大吗？

陶星儿 真的？

值班长 （点头）现在培养人都讲个文凭，为了培养一个劳动模范，你看，组织上花了多少心血！唉，你妈妈当年要有张文凭，也不会让你爸甩啰！

陶星儿 （将信将疑地）我真的能成为大学生？

值班长 我什么时候骗过你！这是内部消息，注意保密。

陶星儿 （情不自禁地）真能成为大学生了，太好了！我总算可以……

值班长 可以什么？咹？

陶星儿 （掩饰）可以……可以成为大学生了。

值班长 可以离开工厂了吧？我们可不是让你当逃兵的。

陶星儿 我……我没有这么想……

值班长 你不能这么想！好吧，你慢慢练，我再到车间转转，看看准备工作做得怎么样了……（下）

［陶星儿沉思良久，慢慢站起来。

陶星儿 亲爱的观众同志们，（摇摇头，又换个姿势，并放软语调）亲爱的观众同志们，你们好！我是大丰织布厂的……不不，我是未来的大学生……（突然，她咯咯笑起来，并且依偎在权充“墙”的更衣箱箱背上，手指触到了耷拉在箱盖上的垂下的柔软衣料。她扯下一看，是条火红的红裙子）

［小屋门悄悄地掩上一半，当它再度打开的时候，闪现在观众面前的是旋转着的姑娘身段。火红的裙翼张开，像伞状一样开放在舞台中央。

［陶星儿发疯似的旋转，像梦幻一样的陶醉。

［突然一声轻微的响动，陶星儿猝然止步——这是来自隔壁黑暗中的骚动。

陶星儿　谁？谁在隔壁？

葛　佳　我？

［一束灯光投在更衣箱搁架间晃荡的腿上。她的上半身被箱板遮住了。以后的谈话里，人们只能从腿的晃动中判断她语气中的含意。

陶星儿　葛佳吗？我怎么没听见你进来？

葛　佳　要上电视了，还会留意我们。

陶星儿　（迟疑片刻）我和值班长的谈话……你也听见了？

［沉默。窸窸窣窣的衣服声。

陶星儿　你……还恨我？

葛　佳　我敢吗？说不定哪天弄双小鞋给我穿穿。

陶星儿　我们是老朋友了……

葛　佳　（走出更衣室，系着最后一个扣子）现在不是！（发现红裙）哟，我们的劳模原来也想追求时髦……

陶星儿　我是穿着玩玩的，看看合身吗？（欲脱）

葛　佳　（拦住）再合身也没有了。你的腿要长在我的身上就好了。可惜，再漂亮你也不能穿……

陶星儿　为什么？

葛　佳　因为你不敢穿！

陶星儿　（转过身）我爱穿什么就穿什么。

葛　佳　正好，我也想对你说这句话。你爱当劳模就当，没人抢你；可上大学的名额，不是包给你的，谁有本事谁去，大家凭本领考。反正择优录取，谁也不准搞小动作，开后门。怎么样？

陶星儿　如果领导指定我去呢？

葛　佳　那你就坚决抵制。反正你现在已经是劳模了，说话也有点分量。

陶星儿　我这人天生不会抵制……

葛　佳　那你当劳模倒蛮会钻的。

陶星儿　我再说一遍，不是我要，是组织推选的……

葛　佳　（笑）你想推会推不掉？只要承认疵布……你太小儿科了。

陶星儿　（躲避）你何必老盯着我……我们以前，什么事都是可以商量的……（欲出）

葛　佳　（堵住）那好！你到底同意不同意？

陶星儿　同意什么？

葛　佳　上大学的事。一人一半机会。大家凭本事争取。

陶星儿　我……我向领导汇报。作为个人，我愿意和你比个高低；作为朋友，我还可以让你……

葛　佳　呸！你倒真会打官腔，摆出个劳模架子。你要是真正的劳模，就该当众宣布：疵布是你出的，而不是我葛佳！

陶星儿　不，疵布不是我出的。（斩钉截铁）我从来没有出过疵布。

葛　佳　你——

［值班长上。

值班长　葛佳，上班时间你躲到更衣室……

葛　佳　这是医务室的证明。高烧三十八度五，医生让我厂内休息……

值班长　（试试葛佳额头）喔哟，不行，烫得厉害。恐怕又上来了。走，我带你去看看。星儿——（顿住，惊诧地）你穿的什么，红裙子？！

葛　佳　这是今年的流行色，值班长。多少人想觅都觅不到呢！

值班长　快脱下！你是劳模，一举一动有许多眼睛盯着。

葛　佳　怎么，劳模不能穿，有这条规定？

值班长　（瞪一眼葛佳）你穿这条红裙子，别人会以为是我们提倡衣着打扮，丢掉了艰苦朴素的传统。当然，没人的时候在家里穿穿还是可以的，懂吗？

葛　佳　家里没人欣赏。

值班长　你什么意思？

葛　佳　我是说，红裙子的爱好者都在大街上。

值班长　葛佳啊葛佳，你这张嘴，哪一天才能用把锁锁起来。

葛　佳　是嘛，我一直想找根拉链把它拉起来。

值班长　（又瞪一眼，然后撇下对方）星儿，你快去脱了，换上白围裙让导演看看。

［陶星儿消失在木板门后。

值班长　（转向葛佳）葛佳，我正想跟你认真谈谈。

葛　佳　我恐怕不能认真。

值班长　为什么？

葛　佳　正在发烧，脑子一塌糊涂。

值班长　你？！……（放软语调）你是个聪明人，又是星儿的好朋友，别人看你有时就跟看星儿一样，所以办事说话，一举一动不光得替自己也得替星儿考虑考虑。

葛　佳　给你这么一说，我们倒像是连体婴儿、双胞胎喽？

值班长　对对，我正是这个意思……

葛　佳　（冷冷地）我可是糊涂了。

［陶星儿从小屋内出，手里拿着准备换上身的白色围裙。

值班长　（上前，搭在葛佳双肩）一会儿，你也和星儿一起上电视，你就站在她旁边。

葛　佳　（一扭肩膀）我过敏！一看电视就起鸡皮疙瘩。（出屋，快步离去）

［陶思铠上，与葛佳擦臂而过，惊异地望了她一眼。

值班长　（低声地）怪毛病！

陶思铠　请问，陶星儿在这儿吗？

值班长　你是哪儿的？找她有什么事？

陶思铠　（答非所问地）她们告诉我说她在更衣室准备发言……

值班长　现在不接待！厂部有规定，采访先到宣传科看材料，那儿有她完整的事迹，除非特殊情况才允许找本人面谈……

陶思铠　不不，我不是……

［一女工慌慌张张上。

女工　值班长！导演发脾气啦！叫你去！

值班长　哎哎！我马上来。星儿，你还不把裙子脱下，发言稿背得怎么样啦？待会儿公司领导一到就要拍了！（又忽然转身对陶思铠）你快去吧！今天无论公事私事，一律不接待！（和女工下）

陶思铠　你就是陶星儿？长得真像你妈妈……没法再像了……简直一模一样。那时候她也是这样……

陶星儿　（打断）老同志，我不认识你，你找我有什么事？我们这儿是女更衣室，而且我马上要去挡车。

陶思铠　我是……我叫陶思铠，你对这个名字有印象吗？

陶星儿　没有。你是哪个单位的？找我什么事？

陶思铠　我……噢，我在江西省工业厅建筑研究所搞建筑设计。我是上海出去的，我走的时候你还小。二十多年没来了。我在报上看到了你的照片和事迹，正巧遇上出差，我想来看看你……我，（突然地）你一点也想不起我了吗？星儿？！

陶星儿　（疑惑，努力寻找失去了的记忆……一阵压抑着的激动……突然释放的冲动和竭尽全力的控制，两种欲望的冲突，克制和平静，终于冷淡地近乎于残酷地）想不起来了。你是谁？

陶思铠　（仍不气馁地）你真认不出我？小时候的印象一点都没有了吗？

陶星儿　很遗憾，一点都没有了。

陶思铠　（长叹一声，失望地）这么说，你都忘记了，根本想不起来了……

陶星儿　对不起，我不懂你的话。

陶思铠　（再次希冀地）还记得小时候的儿童公园……左边有条小路……直接通往一片树林。都是无名小树。你不记得了……每个星期天都有一个人带你去玩，你穿一条红裙子。你忘了……小树林的边上有一座厕所。那时候你已经不习惯在野外拉屎撒尿了。你怕羞……每次你走进厕所……你都要不停地大声叫喊："爸爸，我在这儿；爸爸，你别跑远……"

陶星儿　别说了！我根本不记得我还有小时候……

陶思铠　不，你记得的，一定记得的。我一见到报纸上的消息，就要了个出差机会，决定来看看你……我一直想看看你，我的女儿！女儿……

陶星儿　（突如其来的怨恨，百感交集的辛酸，瞬间变成了一种冷漠）是吗，借出差机会，顺便还可以节省一点旅费！

陶思铠　（一愣）你恨我？……你妈也恨我。大概，是她教会了你恨。

陶星儿　她没空教我。她已经重新嫁人，连爱都来不及，哪有时间来教我。

陶思铠　我懂了，这么说，你更恨我了。

陶星儿　有这个必要吗？我很忙，上班都来不及，一个人要挡三十二台机器，连脚钳起来都不够……

陶思铠　我看了报纸，我全知道，你是先进。（又兴奋起来）报纸上说你创造了快速巡回法，说你改革了操作工艺，还说你连吃饭、睡觉、走路都在练打结……

陶星儿　报纸上这么说你全相信啰？

陶思铠　我当然相信。（掏报纸）你看，我还保存着，这上面还有你的照片"劳动模范陶星儿"——

陶星儿　（挖苦地）她要不是劳动模范，你也许不会来找她了？

陶思铠　不不，我一直在等待，寻找机会……

陶星儿　（冷冷地）对不起，我没有父亲。工程师同志。

陶思铠　星儿！你——

陶星儿　我要换衣服了。你走吧，这儿是女工更衣室。

［门砰然关上。陶思铠被拒之门外。他失望地丧魂落魄地站着。片刻，黯然离去。

［阿香奔上，扑进更衣室一阵翻弄，尖叫起来。

阿　香　谁偷了我的红裙子，我的红裙子不见了……

陶星儿　（打开门）在这儿，我穿着试试看。

阿　香　哟！妈吔！简直妒忌死我了。这条红裙子就像为你定做的一样。你瞧线条多么维纳斯！为什么好腿都长在你们身上?！要是值班长老太太见你这副样子，一定会晕过去……

值班长　（悄然出现，站在背后）我没晕过去。星儿，把裙子脱下来！

［陶星儿一动不动站着。

值班长　脱下，听见没有？你看看你那脸一点笑容没有，哪像个新时代的劳模？就这样能上电视吗？

陶星儿　我不拍了……（缓缓解开腰肢上的纽扣，红裙逐渐下滑）

［值班长一脸吃惊，灯暗。

［箫声又起。这是无名者演奏的一首无名的曲子。古老的旋律加之即兴的情绪，形成一种独特的风味。孤独而不忧伤，朦胧却又透露一点光亮……

2.　［女工宿舍。

［夏热早临。酷热的暑气在夜露的发酵下渐渐升腾起来，街上车辆的嘶鸣，工厂机声，树上夜蝉的聒声，乘凉人竹椅吱扭声仿佛都在雾一般湿温的地气中消融了。最后一声箫声吹过，瞎老头

的木屐踢踢踏踏声从街对面逐渐远去。

[黑黑的长街上又是一片寂静。隔了不久,箫声又在远远的地方响起。

[当一切完全静寂下来后,黑黑的女工宿舍里便亮起了一盏灯,灯光黄黄的。散射出如埃及金字塔般的浑然光状。灯光底下,两张方便桌,两把背靠背的镀锌方便椅,坐着两个复习赶考的姑娘:陶星儿和葛佳。灯光外围是朦胧绰约的双层床,挂着白色蚊帐。蚊帐里的姑娘,有的在听耳机,有的在悄声议论今晚世界女排精英对抗赛中美之战谁输谁赢。有的进入遐思,一声"痴心女子负心汉"的长叹。有的已进入梦乡,一只只白藕般的胳膊露出蚊帐外……

[两边夹峙的双层床,形成了一条深深的窄窄的甬道。

[读书声起。

葛　佳　(背)牛顿第一定律:"一切物体如果没有受到外力作用,总是保持静止或匀速直线运动状态,直到有外力迫使它改变这种运动状态为止,物体的这种保持静止或匀速直线运动状态的性质叫做惯性。"所以牛顿第一定律又称惯性定律。

陶星儿　Lesson three. A Letter To Family, Today is Christmas. Father, mother and all the family are very happy. I miss you very much. (第三课。家信。今天是圣诞节,爸爸、妈妈和全家人一定很快乐……我很想你们……)

葛　佳　(翻书)牛顿描述的是一种理想状态,实际上,任何物体和周围物体有相互作用。不受外力作用的物体是不存在的,物体在几个外力作用下才处于平衡状态,并保持它原有的运动状态。

陶星儿　(打断)Father, mother……

阿　香　(从蚊帐里传出)女排比赛开始了!中国队上场队员郎平、张蓉芳、周晓兰、杨锡兰、姜英、杨晓君……美国队上场队员海曼、格林、克罗克特……

姑娘丁　（蚊帐里发出的声音）阿香，我的录音机你哥哥什么时候才能从香港带来？

葛　佳　我请各位保持安静。牛顿第三定律：F＝－F……

陶星儿　father、father、father、father……

［背书声渐轻，内心声音渐响：

父亲，每当心里苦闷的时候我都给你写信，虽然你一封也没收到过。正因为你没有收到，我才不断地天天给你写信。……你听到街上的箫声吗？那样温暖，那样轻柔，那样纯真，那是一个卖花的瞎老人吹的。在没有见到你之前，我常常幻想，也许，你就长得跟他一样，也许，他就是我的父亲……

［阿香从蚊帐里钻出。

阿　香　妈吔，中国队又输了三分……完了！完了！天安门城墙拦不住海曼。海曼，你为什么不肚子疼？为什么不生阑尾炎啊？……我的妈吔！气死我了，气死我了……

姑娘丙　（蚊帐里传出的声音）阿香，我明天早班，困死了，你轻点声好吗？我求求你啰！

阿　香　你是中国人吗？中国人不爱看排球，真是洋奴！怪不得老托我买香港货……

姑娘丙　唉！投胎投错了，我要是身高一米九〇，死也不当纺织女工……

葛　佳　现在比分多少？

阿　香　铁锄头一记重扣，十二比十三，棒！追上去了。

［阿香戴好耳机钻进蚊帐。

［静悄悄，陶星儿的内心声音又响起：

小时候我多么真诚，相信你不会把我丢失在公园的无名小树林里，不会把我丢失在厕所里，不会把我丢失在车水马龙的大街上，不会让我一个人横穿马路。直到你真的抛弃了我们母女俩，我还躲在托儿所的楼梯角下学着“波波、波波”（爸爸、爸爸），等你接我回家。可是你走了，留下了我。……你尝过当“拖油瓶”的滋味吗？当我随着妈妈进继父家，看看继父搂着妹妹亲、闹，甚至骂、打，我就背过头去……我相信，总有一天你会来搂我亲我，甚至来打我一下也好呵……有一次，我拿着继父的照片在看，妈妈问我：“你喜欢继父？”我点点头。妈妈的眼睛不好，没有看见继父相片的眼睛上，被我用大头针刺了两个小洞……这是我第一次撒谎。第一次！……有第一次就会有第二次、第三次……

姑娘甲　（蚊帐里的声音）中国队加油！中国队加油！郎平扣，扣死它！

阿　香　我受不了！（穿睡衣撩起蚊帐出）不听了！再听下去不出心脏病才见鬼……

葛　佳　（好奇地）几比几了？

阿　香　第一局输，第二局三比十落后，又要输！破美国队简直神了，一会儿时间差，一会儿短平快……我看要检查检查海曼、克罗克特是男还是女！（欲出）

葛　佳　你去哪儿？

阿　香　屋外走走，散散霉气，形势好转我再听。（走出屋子）

葛　佳　（背）牛顿第一定律……拜拜吧牛顿，我得听听排球赛……（钻入阿香的蚊帐）

［陶星儿内心声音又起：

……十五岁，我就离家去皖北山区插队。每天从日出干到月升，才拿二毛三分工分，眼巴巴望着别人的父母从邮局捎来的饼干、糖果、奶粉、麦乳精……我已经不会做你突然来看我的梦了，我只有一个小小的愿望：去县城花一毛钱喝碗猪血汤。那香得让人一辈子忘不了的、浮着白色油腻泡沫的血汤！伴随着那一切的还有我的初恋……一个十七岁姑娘的初恋……虽然后来他走了，他的父母用钱买了一张病退通知……可我永远记着离别的晚上。灰蒙蒙的小路，冷冷清清的小站。风吹得我索索发抖，我递给他买火车票的钱，那是我献血的营养费……他不忍心拿，骂了一句“他娘的”，跳上了远去的煤车……“他娘的”，这是我记住的最美好的爱情语言……

［陶星儿蓦地捂住脸。

［箫声。远远的箫声重复着同一个旋律。

［陶星儿缓缓地从复习资料底下取出一叠信，愣愣地出神。

葛　佳　（从蚊帐里探出头）星儿，你在复习什么？

陶星儿　（掩饰地）外语……不，常识……我复习政治常识……

葛　佳　（试探）联合国总部设在哪里？

陶星儿　（心不在焉）美国华盛顿。

葛　佳　不，纽约。（狐疑）联合国货币基金组织总部设在哪里？

陶星儿　（心不在焉）纽约。

葛　佳　不，华盛顿。我国现任常驻联合国首席代表是谁？

陶星儿　……

葛　佳　算了！你准备了那么厚厚一叠复习资料，会连这么普通的常识都不知道？你给我看看！

陶星儿　（掩饰）不，不，我还没准备好……

葛　佳　（上前）交流交流嘛！（欲翻）

陶星儿　（慌乱地捂住信）我真的没准备好。

葛　佳　（悻悻地）有什么了不起的！不看就不看！我就不信脑子比你笨，这次就是累得趴下，我也要争这口气！（回到自己的椅子上，认真攻读）牛顿第一定律：一切物体如果没有受到外力作用，总是保持静止或匀速直线运动状态，直到有外力迫使它改变这种运动状态为止。物体的这种保持静止或匀速直线运动状态的性质叫做惯性。所以牛顿第一定律又称为惯性定律。

［陶星儿点起一根火柴，把信点燃了……

葛　佳　烧吧，烧吧……没什么了不起！

陶星儿　葛佳，我是烧信。我给……别人写的信……

葛　佳　信?！谁知道呢！牛顿第三定律：物体间的作用和反作用力总是大小相等，方向相反的。公式 F = －F。……

姑娘甲　（在蚊帐里）追上来了，追上来了！中国队追上来了！好！

［阿香进屋。

陶星儿　你怎么又回来了?

阿　香　我人在外头，耳朵在屋里。现在是第五局，十三比十一，中国队反超美国队两分，我要来听啦！

［陶星儿和阿香一起收听。

阿　香　好球！

姑娘甲　加三！

陶星儿　扣！

阿　香　拦网！周晓兰，绝对天安门城墙！

姑娘甲　郑美珠发上飘球！

阿　香　海曼接球失误！

陶星儿　中国队赢了！

姑娘甲　女排万岁！

众姑娘　万岁！！

葛　佳　（拍桌子）吵什么?！你们发病了！

［沉寂。姑娘们伸舌头做鬼脸，纷纷上床。

葛　佳　牛顿第一定律……妈呀！

［姑娘们纷纷探出头。

陶星儿　葛佳，怎么了？

葛　佳　（惊魂方定）没什么……一只耗子、耗子……

姑娘丙　我一觉都困好了……我梦见了……嘿嘿嘿，格格格，哈哈哈……

阿　香　傻蛋！

姑娘丙　（收住笑）葛佳，快睡觉吧，你明天起不来考试，这些日子就白辛苦了……

葛　佳　放屁！睡你的觉吧！我要熬到天亮……牛顿第一定律：一切物体如果没有受到外力作用，总是保持静止或匀速直线运动状态，直到有外力迫使它改变这种运动状态为止。物体的这种保持静止或匀速直线运动状态的性质叫做惯性。所以牛顿第一定律又称惯性定律……

［灯光渐渐暗。

［黑暗中响起播音员声音："中国女排继战胜美国队后，又接连战胜古巴、苏联、日本女排，荣获世界女排精英对抗赛冠军，于今晨六点三十分凯旋归来……"

［女工宿舍。

［数天后的星期天早晨。几张方便桌拼搭起来的长桌上放着丰盛的菜肴、橘子水、蛋糕、水果等。阳光明媚，透过窗棂缝隙，落在随风飘拂的白色蚊帐上，像轻盈的彩蝶一般……有的床帐帷紧掩；有的床钩帘飞卷，显露出挂在衣架上的衬衫、百褶裙、游泳帽、三角裤衩、胸罩，以及一切女人喜欢的小玩意儿：诸如小木偶啦，小肥猪啦；还有点缀床头的风景画，大明星年历……

［女工阿香坐在床沿上发愁。

［窗口探进一个脑袋。他是民警董行其。阿香正在端脸盆，转身一惊。

阿　香　我还以为是哪个流氓在女工宿舍窗口东张西望哩，原来是警察。你没看见大门口贴着布告："女工宿舍，男同志止步！"

董行其　我是常客了，看门的大妈还不让进，我只好绕个弯来看你。（左顾右瞧）只有你一个人？

阿　香　（嘲笑）你不是来看我的吧？

董行其　当然是来看你……（心不死地，又一次四顾屋内）就你一个人？你们的星期天太冷清了……

阿　香　（狡猾地）假如你真来看我，你就会愿意这儿永远冷冷清清……你可以走了！……

董行其　我也这么想……我们聊会天……

阿　香　我没工夫陪你。

董行其　别搭架子！我专管这一片工厂发生的案子，说不定哪天你会找我帮忙。

阿　香　我不会进派出所的！

董行其　（死磨硬缠）离厂三个月，你越变越漂亮了。漂亮得简直让人晕过去。可惜啊！

阿　香　可惜什么？

董行其　可惜我没有赶上末班车。

阿　香　你真这么想？那好，今天是星期天，你完全可以邀请我上红房子。

董行其　红房子不是谈情说爱的地方，说句悄悄话，四周邻居都能听见，我喜欢安安静静……我进来啦？

阿　香　你敢?！小气鬼！连个小钱都想捏出一脸盆汗。呸！我去洗头了。你对着墙谈情说爱吧！（下）

董行其　阿香，阿香，你等等……哼！难怪人家叫你乡下人！

阿　香　（突然出现在门口）你再说一遍，你想到老虎口里来捉苍蝇……我咬你三大口！去去去！

董行其　算我说错了。不，真诚地向你赔礼道歉……我去买块冰砖给你压压火。

阿　香　哼！

［董行其从窗口隐去。阿香忍俊不禁"扑哧"一笑，她似乎什么事都没有发生一样哼起歌来。

阿　香　我的卷发器哪儿去了？（翻天枕头，露出几张拾元的人民币，大吃一惊）钱？谁的钱放错了地方？（数）三十八元五角。星儿姐，星儿姐……（撩开陶星儿蚊帐，坐下）你醒醒！（推）星儿姐……我枕头底下冒出一大堆钱。

［陶星儿余梦未消像触电般坐起。

陶星儿　啊?!（恢复常态）噢，……你天天吃五分钱一个菜，身体要垮的……拿着用吧！

阿　香　……我不要。这几个月值班长为了保证你的产质量，让你织的确良。你却非要换我的纯棉巴里纱，结果我拿了一等奖，你只拿了三毛三鼓励奖……

陶星儿　谁让我是劳模呢！

阿　香　太不好意思了。星儿姐，这钱就算我借的，等我哥哥从香港寄钱来就还你。星儿姐，你真是的的刮刮的劳模，吃苦在前，享乐在后，助人为乐，爱厂如家……可有些人背后还讲你……

陶星儿　（敏感地）讲什么？

阿　香　那个……那个（笑）……我也说不出口，反正是有关计划生育的事……劳模难当呵！……

陶星儿　（付之一笑）噢，上几个月，我确实没领卫生纸，医生说是忙和心理紧张的原因。

阿　香　星儿姐，你要为葛佳考上大学举行庆贺宴会？

陶星儿　我想……好好为她庆贺一下。

阿　香　你心眼真好！你这样的人不是劳模，就没有人是劳模了……可你上次不拍电视，厂里反而传说你挨了批，领导不让你拍，还说你是假的……我想，即使你漏过一匹疵布又有什么了不起！

陶星儿　（神经质地）谁说的？！我没漏过，没有！根本没有！

阿　香　我是说如果有……

陶星儿　如果有，葛佳就是劳模。

阿　香　葛佳心眼真小，她让男朋友用小车接送就是为了气气你。

想不到她男朋友根本不是高干子弟，而是给高干开小车的司机，气得她差点吐血，吹了！

陶星儿　（黯然地）女人……命都苦。噢，阿香，你别到处许愿收钱帮人买东西，厂里议论纷纷呢！

阿　香　她们老缠着我，给这个买了不给那个买又不好。以后我听你的……一个人也不买。我去洗头了。（端脸盆出）

［陶星儿目送着阿香的背影，拿着梳子愣怔了半天。突然，门被董行其撞开。陶星儿身穿睡衣睡裤，一脸窘态。

董行其　冷冰冰，冰砖来啦！冰冰冷……

陶星儿　哎哟！……

董行其　（赶紧退出带上门）没看见没看见！好了没有？好了没有？……中央领导同志前来慰问战斗在第一线的纺织工人，好了没有？我要进来啦！一、二、三！

［陶星儿慌忙钻到帐子里换了裙子出来。这条袒胸无袖的红色连衣裙大大改变了模样，加上了白色的领子和袖口，显得很老气。

董行其　是你？……

［陶星儿既窘迫又可怜地望着他。他笑了起来。然后他像主人般地将冰砖放到碗里，审视着桌上的菜肴。

董行其　你吃冰砖吗？……插队时你对我说过，小时候你最喜欢吃冰砖……

陶星儿　现在我有胃病。

董行其　你干吗站在那儿？坐吧。

［陶星儿坐在自己床沿上。董行其慢步踱过来，坐在她的身旁。

陶星儿　你坐到椅子上去。

［董行其起身坐在椅子上。

董行其　怎么样？

陶星儿　什么怎么样？

董行其　各方面。

陶星儿　不……错。

董行其　还是当你的劳模？

陶星儿　能当好工人就不错了。

董行其　今年夏天真热！热得人心痒痒的……你倒好……像一块冰……想得太多，还是什么都不想？何苦呢？像丢了魂似的折磨自己。

陶星儿　……

董行其　你倒真应该离开工厂……你的函授大学读得怎样？前些日子葛佳让我帮她复习功课，考业余大学……结果你没考取她考取了。我真该拒绝她。

陶星儿　你和她是一个小组的老同事，应该帮助她。

董行其　听说你们这对好朋友分手了？

陶星儿　那是谣传！

董行其　……我们谈点别的吧。

陶星儿　谈什么呢？

董行其　你可以问问我嘛！离开厂到公安局后，搞什么工作，生活好吗？身体好吗？……

陶星儿　你好吗？

董行其　个人生活？

陶星儿　工作。

董行其　工作认真负责，可是遇到熟悉的姑娘超过对工作的热情……

陶星儿　（打断）只要工作愉快就好！

董行其　我本来不会离厂，天天脸对脸，却像什么都没发生，我受不了。

陶星儿　在审讯室里天天和罪犯脸对脸，你还不是习惯了……

董行其　曾经有一个罪犯前来自首。他在农村遇上一个姑娘。姑娘爱他爱得如痴如醉，青春和纯真都托付给了他。他突然遇上上调回城的机会，于是把姑娘抛弃了。为此他良心受着折磨。从此在爱情道路上一蹶不振，用玩世不恭的态度打发日子。他想找到那个姑娘重归于好，偏偏命运之神也让那姑娘回了城，使他永远失去了弥补的机会，世界是如此之小，他们分在一个厂，天天脸对脸。他想过许多办法惩罚自己，折磨自己，他想忘掉那个姑娘！可是，初恋的姑娘是永世难以忘怀的。（停顿）他想找那个姑娘好好谈谈。但姑娘恨他，常常把门关起来赶他走。他只好上公安局自首，请求判五年徒刑……你觉得判得太重吗？

陶星儿　太轻，应该判无期徒刑。

董行其　我已经宣判了……

陶星儿　噢？

董行其　和这个姑娘结婚，或者打一辈子光棍。

陶星儿　你的宣判永远实现不了。

董行其　那么你呢？你为什么要苦自己？！为什么不去路灯下挽着小伙子的手散步？为什么不上公园、不去电影院？为什么不去享受那令人颤栗和销魂的拥抱和接吻？……多好的夏天呵？为什么你不去充分享受生活……

陶星儿　你经验太丰富了！我不会。

董行其　那我来教你，现在马上……

陶星儿　请尊重自己。冰砖快化了，你还是快给阿香送去吧。

［冷场。董行其尴尬地摊开手。门外传来脚步声。葛佳进。

董行其　（夸张地）啊！亲爱的未来的大学生，为了等待向您祝贺，我已经望穿秋水了。请接受我崇高的敬意，这是小小的礼物，留作纪念。

葛　佳　谢谢！

董行其　（故意激陶）我们这种关系难道还用说谢字吗？

葛　佳　你别像花脚蚊子东叮一口、西叮一口，我讨厌。

董行其　人人讨厌我，我却爱人人。我去给乡下人送冰砖，让她开开洋荤。（自我解嘲地下）

葛　佳　你昨晚又加班了？这个月你加了十二个班，平均每星期加三天班。你别为了表现自己，把小命也赔了！

陶星儿　葛佳，我——

葛　佳　以后，这种知心话恐怕你一辈子都听不到了！

陶星儿　你的话我记得很牢……

葛　佳　（得意地）怎么样？我考上了。我说要争这口气，你难过吗？

陶星儿　我确实考得——没你好。

葛　佳　考场上没法投机取巧，更没有人来那种虚假的友谊，竞争得凭真本事。

陶星儿　葛佳……

葛　佳　花了多少钱？

陶星儿　什么？

葛　佳　酒席。

陶星儿　二十三元五毛。

葛　佳　需要我用怎样的方式回报？

陶星儿　葛佳，你别用这样的口气说话好吗？

葛　佳　怎么，不好听？我们之间不是交易？

［静场

葛　佳　……你出的价钱太小了，这只是你应该付的利息。

陶星儿　（突然）葛佳，我该怎么办？

［门被一群姑娘撞开。

姑娘甲　葛佳，听说你考取了，要请客？

葛　佳　这是劳模代我请客，大家就别客气，坐下吧。

姑娘乙　还是星儿心眼好，处处想着别人。

葛　佳　劳模嘛，得到的多，付出的也应该多。（转向陶星儿）你说对吗？

［阿香刚洗完头，披着湿漉漉的头发进。

阿　香　星儿姐，你坐呀！你们这些吃白食的，怎么不请星儿姐坐。她夜班做出回来，跑东跑西买了这么多东西，你们倒好意思不请她……

陶星儿　请了，请了。

姑娘甲　葛佳，领导让她脱产复习功课，她都没考过你，没说的了！

……

葛　佳　我们不是值班长的小宝贝，得花笨功夫嘛！

阿　香　你真骄傲，学学星儿姐吧，多有大将风度！

葛　佳　谦虚使人虚伪，骄傲使人真实。对吗？劳模！

姑娘丙　星儿，那么漂亮的红裙子，你干吗加上领子和袖口，难看死了！

葛　佳　心灵美嘛。

阿　香　哎呀，你不说我还没注意。星儿姐，人家辛辛苦苦搞到这条裙子，你死要活要……我只好让了……好咪，糟蹋了。

姑娘甲　好哇！乡下人，你到上海别的没学会，马屁功夫不教自会，我的裙子等下世你再代买吧。

姑娘丁　乡下人，你香港有没有哥哥？我的录音机……

陶星儿　阿香有名有姓嘛！

姑娘丙　电子表马路上也有了，你还没买到……你实在有困难，我不要了！

阿　香　（缓缓掏出一封保存得很好的信）我哥哥昨天从香港来信了。（念）“亲爱的小妹：你好！我近来生意很忙。……”底下一段是关于买东西的，听听好：“你要的录音机、电子表、衣服之类都已买好，有人回国我就尽快捎回……”下面是要带我出国的事，我就不念了。（发作）你们不想买，我退钱就是了。我警告你们，谁敢再叫我“乡下人”，我就不客气了！

［董行其上。

董行其　阿香，门外有个乡下人找你。

阿　香　去去去，你挤到姑娘堆里来干什么？

董行其　他说是你哥哥……

阿　香　呸！不知哪个促狭鬼和我捣蛋。我去看看。（急下）

姑娘甲　她上次读的好像也是这几句话，信封也这么旧，说不定这封信根本不是香港来的！

姑娘丁　我刚才看见信封上贴的是外国邮票。

姑娘甲　邮戳呢？

董行其　好了，好了，别讨论了！脑子里除了洋货港货，什么也没有。来，为葛佳考取大学干上一杯！

众姑娘　干杯！

［少顷，陶星儿走向葛佳。

陶星儿　葛佳，你很快就要离开我们了，我为你高兴。说真的，我舍不得你走。几年来……我们……反正不管我们怎样……在我的生活里，你已经留下了……

葛　佳　我走后，过去的一切你都可以忘记了。

陶星儿　能忘记的都忘记了，不能忘记的永远不会忘记。

葛　佳　（忽然动情地）星儿……你真……可怜……（蓦地想起什么事，语气变为冷淡）我天生不会可怜人！

陶星儿　（颓丧地）我该怎么办？你说，我该怎么办？

葛　佳　小时候，我听过一个故事：从前有一个皇帝，到河里游泳把衣服丢了，光着屁股回了城。为了虚荣心，他一定要所有的人都说他穿的是最漂亮的衣裳……从此，他光着屁股在城里走来走去，遇到人就问："我的新衣服好看吗？"有的老实人回答没看见新衣服，皇帝就把说老实话的人杀了。冬天到了，皇帝继续穿着这件"新衣服"……死了。

［一阵难堪的困窘。陶星儿低垂着头。阿香进屋不知所云地望着她俩。董行其晃着酒杯过来。

董行其　大学生，你脚还没踏进校门，就摆出一副训小学生的架势。你要明白，这儿的人吃的盐都不比你少。

阿　香　哎哟！就我盐吃得少，你们一会儿皇帝一会儿大臣，谁听得懂呵！（拿半导体）还是听听音乐吧。星期天音乐会的节目……（按一下开关）

［传来广播声："纺织局劳动模范陶星儿帮助同班姐妹变后进为先进，宁拿一角三分鼓励奖而不要……"

董行其　（急忙关上）今天快快乐乐喝酒聚会，这种政治报告有什么好听的！

阿　香　（兴奋地）快听听，快听听，又是介绍星儿姐的！星儿姐，这下你可全球闻名了！

董行其　这种广播还是少听为妙。

［陶星儿脸色苍白，一声不吭。

［阿香兴奋而着急地夺过半导体，按响开关。众凝神静听，但神情各异。

［广播声："……农村来的姑娘阿香反应迟钝，她硬是手把着手一遍遍地教。在她耐心细致的帮助下，阿香能独立操作了……"

［广播里传出电讯干扰的杂声和噪音，使这篇广播稿听起来断断续续："……两次放弃奖金……帮助同组姐妹挡机台，产量算别人的，坏布算自己的……"

［董行其上前关掉半导体。静场。一个姑娘突然吃吃地笑起来，在沉闷的静寂中显得非常刺耳。

陶星儿 （不自信地辩白）不是我！……不是我……

葛　佳 （蓦地对那姑娘发火）你笑什么？又有什么好笑的！

［沉寂。

阿　香 （突然爆发地）好哇！我崇拜你……你对我好，你对我好得真是一塌糊涂！你少拿奖金，不拿奖金，还送我奖金，是为了捞一顶高帽子！是用奖金为自己吹喇叭抬轿子！是踩着别人的肩膀往上爬！我万万没有想到你……你，我脑子真被鸡啄过了！我要找领导评理去！你帮助后进青年转变？我是后进？我是女流氓还是女阿飞?!（从口袋里掏钱往桌上一掷）收起你的臭钱！

［陶星儿旋即站起欲辩，但她明白申辩是徒劳的，又坐下。仿佛超之度外，漠视着姑娘们把阿香拉开，相继离席而去。董行其悄悄坐下。

陶星儿 你也可以走了。

董行其 这不像你干的，肯定不是你干的！是老太婆……

陶星儿 是我。

董行其 嗨！你呀！……你以后少跟记者打交道。

陶星儿 我喜欢。

董行其 我不明白……

陶星儿 你走！这跟你不搭界！你走，快走吧！

［陶星儿推董行其出门。她张口想哭，但欲哭无声。泪水渐渐漫上眼眶……门外传来脚步声，她迅速抽下毛巾，将脸伸进脸盆。值班长进屋。

值班长 星儿，你……怎么啦？

陶星儿 （慌乱地）我……没哭。眼睛里落进了一粒砂子，我想……洗个脸。

值班长 来，过来！

［陶星儿慢慢走到值班长身前。

值班长 （搂住陶星儿）孩子，哭吧，哭出来好！我知道你委屈，憋了一肚子苦水……先进不是好当的……以前我当姑娘时，也只会哭。孩子，要学会忍耐……你的路还很长，我们不仅要培养你当局里的劳模，还要培养你当市里的、部里的、全国的！你要相信自己走的路是正确的，相信组织，没错！这次业余工大上不了，将来保送你上全国重点大学！

陶星儿 （迅速恢复常态，佯笑）我真的没哭，真的！……

值班长 别瞒我……你尝过的这一切，我也尝过。……给——（递过两卷消毒卫生纸）这是上个月和这个月的，以后不管怎样，到时候你就去领。就是这种小事也不能让人落下话柄。

［陶星儿默默接过。

［姑娘们一个个踱进屋，悄无声息地注视着，葛佳交叉着胳膊倚在门旁。

值班长 阿香，你们是找我的吧？

［众沉默。

值班长 电台广播我听了，其中有不少失实之处。主要的责任在我。前些日子群众对陶星儿反映不错，我找人写材料报厂部，碰上电台需要宣传这方面的事迹，就拿去用了，也没向陶星儿核实，征求她的同意。在这里，我向星儿、阿香表示道歉。

葛　佳　就这样?!

值班长　我重新找人写了一篇。宣传劳模更要宣传先进小组，我想着重表扬阿香。

阿　香　(喜出望外)表扬我?

值班长　(微笑)这是星儿的建议。

阿　香　(迟疑地看着星儿)……

值班长　你错怪她了。

葛　佳　(嘲笑地)握个手吧！握个手皆大欢喜。

[陶星儿刚伸出手，蓦地停留在半空，显得无所适从……她听到远远地传来了箫声。那箫声令人忧伤，令人沉思……

[幕渐渐落。

第二幕

1.　[女工宿舍。

[箫声离我们很近，仿佛就在我们耳边响着，幽幽地响着。就像夏夜里的一阵轻风。

[灯渐渐亮时，我们看见夕阳停在窗棂上，那橘黄色的荧光给远近的景物、吹箫的瞎老人、支着下巴凝神谛听的陶星儿染上了近似的色调。

[箫声停了。

陶星儿　老爹，您吹得真好！我真喜欢听，我愿意生活在您的箫声里，白天黑夜……老爹，我喜欢极了。

瞎老头 孩子，现在的年轻人都不爱听那时候的歌了。卖花的时候，围着听我吹箫的都是四五十岁的人，他们也都老了……当年，我眼睛没瞎时，我们都年轻呵……

陶星儿 老爹，您的眼睛……

瞎老头 噢，我以前在建筑队当临时工，造房子工伤啦，队里要养活我，年轻轻的白吃饭，心里不受用。我自个儿找个活干，靠卖花养活自己。

陶星儿 你没有孩子。

瞎老头 我有……儿子。他……嫌我老，嫌我穷，嫌我在大街吹箫卖花……丢他丑。他自个儿有家了……不常来看我……

陶星儿 （感伤地）现在年轻人都是这样的。

瞎老头 孩子，你成家了吗？

陶星儿 早呐！

瞎老头 怪不得你住集体宿舍。

陶星儿 （突如其来）我有家——

瞎老头 你爸爸妈妈一定很喜欢你。

陶星儿 喜欢极了。

瞎老头 多好。

陶星儿 你不信？小时候，我爸爸就非常喜欢我，天天到托儿所接我，带我上公园玩，从来不离开我！……就是现在……他也天天到工厂门口来接我……

［她仔细注视着瞎老头，仿佛突然明白他是瞎子，流露出因为欺骗而内疚、忧伤的神色。

瞎老头 当爹的，哪有不喜欢自己儿女的……我在你们厂门口卖花时，有一个外地来的人，天天在厂门口等他女儿……听说，他女儿不愿意认他。

陶星儿 那他一定是坏父亲。

瞎老头 你认识他女儿?

陶星儿 不,我也是听说的。

瞎老头 大树上结的果子,就是掉下来也在树的周围。有机会你也劝劝做女儿的。噢,天色不早了,我要回家做饭去。

陶星儿 (热切地)老爹,你就留下吧,我反正一个人,我……(语塞)我爸爸出差去了……我来做饭,我会做一手好菜……

瞎老头 谢谢,孩子。我儿子……今天厂休……我估摸着,他半年来一趟,今天是第六个月啦……我要去做饭了……你爱听箫,以后我再来吹。

[窗外传来溜冰鞋滑轮的噪音,喧闹声。陶星儿送瞎老头出门。

[少顷,值班长和陶星儿进屋。

值班长 你也想溜冰去?这么大热的天,热得狗都直流哈喇子。你别跟这些野姑娘学,她们是哪吒下凡,不怕中暑!你给我好好休息。

陶星儿 我没有……

值班长 瞧你的脸色哟!左眼窝发青,右眼窝发绿。以后不许你加班。你不心疼自己,我还心疼呢!厂里通知了,下星期一上电视……这样吧,这个星期你就脱产好好练习念发言稿……

陶星儿 又要脱产?……

值班长 (递票)今晚青年宫大世界有个青春晚会……

陶星儿 那是给老姑娘、老光棍解决老大难的晚会,我去干什么?

值班长 什么老大难!都是各工厂为了事业忘了个人的好青年。都是先进模范。一般人根本轮不着去。你去那儿找啊,我还放心呐!

陶星儿 我不去。简直像包办婚姻。

值班长 你可以去挑吗!你也不小了。

陶星儿 (哭笑不得)我不会嫁不出去的。

值班长　(疑惑地,关切地)你还对他不死心?他在最困难的时候能那样做,良心不会好!

陶星儿　我明白。

值班长　那你?……

陶星儿　值班长,你管头管脚,什么事都要管!难道我连恋爱和不恋爱的自由都没有了?你也太专制了!

[沉默。

陶星儿　……你生气了?

[沉默。

陶星儿　……我讲话太没礼貌了。我知道你为我好……

[沉默。

陶星儿　你就像我妈妈一样……原谅我吧。

值班长　(笑)你呀!

陶星儿　好值班长。我再求你一件事,别让我脱产,……

值班长　(打断)什么事都能由你?你给我好好休息。葛佳明天去大学报到,我得去送送她……

[值班长出屋子,转身把门扣好。少顷,传来一阵轻微的敲门声。

陶星儿　谁?

董行其　我。

陶星儿　我要睡觉了。

董行其　(闯进)嘀,你简直不像纺织姑娘,倒像牧鹅姑娘,一见到我就"嘀去,嘀去!"别把门关得太死,小伙子会进不来的!……(取出一顶红色贝雷帽)你瞧,我给你买了一顶红色贝雷帽,排队抢购的……

陶星儿　一顶帽子有什么可夸耀的?!你不知道我每个月可以收到上百封求爱信!只要我愿意,可以办个帽子公司。

董行其　你太不领市面行情,劳模在跌价。

陶星儿　那你来干什么？

董行其　找我过去认识的姑娘，让她穿上最漂亮的红裙子，带她上大街兜风，数电线杆子，二十四小时不停地转……

陶星儿　那是十七岁的时候。这个姑娘已经老了，不在了，连她自己都找不到了。

董行其　也许我能帮她回忆起来。不光少女时代能记起来，就连童年也能找回来。（转身招呼）喂！你过来。

［陶思铠提着包走近。

［陶星儿一下子关上门，并用背堵住了门。

陶星儿　谁叫你带他来的？

董行其　刚才他在宿舍门口东张西望，我盘问了几句，不料他竟说是你的父亲……

陶星儿　他跟我没有一点关系。

董行其　他说“陶星儿”三个字是他起的，他还说他也姓陶……

陶星儿　我可以把姓名改掉。

董行其　他说给你带来了一件东西……

陶星儿　我不需要什么东西，什么都不要！请你叫他马上走！

［静场。陶思铠在门外深深垂下头。

董行其　（无声地注视着陶星儿）……这么说他确实是你的父亲……

陶星儿　（不由分说地打断）你永远也不会明白！快叫他走！

董行其　我担心你会重犯我所犯过的错误。

［陶思铠举手敲门。星儿一动不动。沉寂。

董行其　（少顷，在又一次敲门声之后）对不起，请把门打开。我要走了。

［门外，陶思铠迟疑片刻，从怀里掏出一张纸片塞进门缝。黯然离去。

［陶星儿拣起欲撕，董行其一把抢过。

董行其　既然你不认识他，这就是给我的。（展开）他想约你……不，约我见面。见面的时间和地点是：东亚饭店 507 号房间，每天晚上十点之前。……每天晚上！你有时间陪我去吗？（把纸条塞进口袋）从现在起，我要天天盯着他，直到真相大白。

陶星儿　你敢！——

董行其　他形迹可疑。这是我公安干警应尽的义务，姑娘。

陶星儿　你给我走开！——

［一群姑娘疯疯喳喳地进来。阿香拎着一双旱冰鞋。

阿　香　陶星儿！走，溜冰去……

董行其　夏天溜冰！没听说过。

阿　香　让你开开眼界。夏天溜冰，冬天吃火烧冰淇淋，这是最高级的玩法。走吧，星儿，我给你留了一张票。

陶星儿　我要准备发言，你们去吧。

女工甲　拍电视要下星期，急什么？

女工丙　今天去波形溜冰场。上海第一次开放。

女工乙　算了，人家今天要个别谈心，放一马。

阿　香　不行！溜冰场小流氓多得很，警察应该去保护我们。

姑娘们　对对对，拖他走……

董行其　哎哎，（抓起红帽子）劳模连帽子都准备好了，你们应该拉她去……

女工甲　真漂亮！借给我戴。

阿　香　（夺回）你羡慕什么，这是给劳模戴的！走，星儿。

陶星儿　这不是我的。

女工甲　不是你，是谁的？

董行其　也不是我的。

女工乙　那好，交到失物招领处去。

董行其　这个办法好，给我——

女工乙　给你？为什么？

董行其　我分管失物招领处。（将帽子递给星儿）我委托你暂时保管。既然阿香现在要我这个“乡下人”开开眼界，我决定牺牲自己，替劳模出趟公差。走吧，姑娘们！

［董行其朝陶星儿深深地瞥了一眼，率先出门。

［脚步声远去，陶星儿捏着那顶红帽子，若有所思。

［脚步声又转回来，敲门。

陶星儿　你还有完没完！我讨厌！……（猛拉开门）喔，对不起，你找谁？

［门口站着一个庄稼人装束的青年人，粗眉豹眼，直竖的短发，气质里蕴藏着剽悍的、纯朴的乡土气息。他是阿香的哥哥土根。

土　根　朱……金香住这儿？

陶星儿　你是阿香的哥哥？

土　根　她不在？

陶星儿　你先进来坐吧。她刚去溜冰，我找她去。

土　根　劳你找一下。她嫂子有病，坐在外头手推车上。你要找不到，我们就走……你转告小妹让她到肿瘤医院看看她嫂子。八病区八〇九床。

陶星儿　你等等，她走不远，我一定找她回来。（匆匆出门）

［土根坐下。他仿佛想起什么事似的，倏地站起朝门口走去。阿香兴冲冲进屋，她那时髦的打扮与土根形成了强烈的反差。

土　根　小妹！

阿　香　（兴奋）哥哥！想死我了！

土　根　小妹，我都快认不出你啦！……

阿　香　（忽然意识到什么，惊惶地环顾四周）没人？……哥，你坐。

土　根　你嫂子还在车上，她可等急了，我去接她。

阿　香　哎哟哥哥,上次你来差点出洋相,我再三关照你,叫你别到厂子里来找我,你偏来,还带她一起来……

土　根　你嫂子想你……

阿　香　要是让厂里人看见了……你怎么一点都不体谅小妹!

土　根　你嫂子明天就要开刀了……

阿　香　真是那病?

土　根　(点头)她明天要……(阴郁地)今儿早上我在医院借了辆手推车,推她逛逛大上海。她呀,非要来看你不可……

阿　香　(牢骚满腹)哥,早几年咱家穷的时候,村里的姑娘哪个不像躲鸡瘟似地躲着你?看咱家发了……哼!你人真好!明晓得她是个折钱的药罐头,还硬和她结婚。别人会以为你脑子被鸡啄过了,口袋里钱多得往外蹦!等她……(叹气)看谁还要你这个二茬子光棍!

土　根　小鸡肠子!我去接你嫂啊,……

阿　香　哥,别……趁现在没人,你先把嫂子推走,我随后就来。咱们在外头见面,我陪嫂子各处走走……

土　根　(震惊)小妹!……

阿　香　(生怯转而镇静)这些上海人都以为我哥哥在香港,一个劲儿地巴结我,要是知道你……

土　根　(深感意外)他们就会看不起你?!

阿　香　我不是告诉过你上海人的习惯……

土　根　你,你和他们一样?!

阿　香　我才看不起他们呐!有朝一日,我要她们仰头看我。

土　根　(伤心地)你变得太快了!……

阿　香　……哥,妹不是那种心长在肚脐眼上的人。要不是哥怕妹在乡下种田苦,让妹顶替,妹也进不了大上海。……我现在认识了一个真正的……“上克拉”，就是高档子的人，他要带我去一个比上海更高级的地方……哥哥，到时候，我不会忘记你的……

土　根　（怒）你贱！

［气氛骤冷。静场。

［陶星儿准着一个乡下姑娘进屋。她脸色苍白，更显得两眼乌黑发亮。她是阿香的嫂子。

土根嫂　（欣喜地）小妹！

阿　香　（神色慌乱）啊……嫂子……柳……嫂。

土根嫂　瞧你们兄妹俩，只顾自个儿说话，把我丢在大街上……

土　根　（掩饰）我正要接你去呐……

阿　香　（介绍）这是我们厂的劳模……

陶星儿　（打断）别提这个。我们已经认识了。我叫陶星儿，我来给你们沏茶……（沏茶）

土根嫂　别忙乎。你出落得越来越漂亮了，小妹。

阿　香　我不知道你来开刀……

土根嫂　（嗔怪地）他也不告诉我，你住哪！不然我早来了。你看，我明天都要开刀了。

阿　香　（掩饰）我……忙……哥说了，动个小手术……等开完刀，我来看你。

土根嫂　（笑）他说了，我生的是癌！

阿　香　（一惊）你别听他胡说八道！

陶星儿　你看上去一点没病……（端茶）

土根嫂　（笑，深情地）他说了，我年轻，身体壮，早点知道是癌呵，心里有准备。要是一直瞒着，等那癌把身体折腾垮了，心里再瞎愁胡猜，那就全垮了。瞒才会病上加病！对吗?!

陶星儿　对！上海医疗条件好，你一定能治好的……

土根嫂　癌啊！像山里的狼，你越怕越不好，你不怕，它就怕你……等我好了，（羞涩地一瞥土根）我还要给你添个小侄女儿，像你一样漂亮。

阿　香　（略显愧疚）嫂子，我给你买点补品吧！

土根嫂　别破费……他都买了。要不是你哥……

土　根　（打断）你别说这些。

土根嫂　上海真大啊……早晨我们去了外滩，后来又到了城隍庙……南京路手推车不好进，我望了一眼，满街都是人……（充满渴望地）像过年赶庙会似的……真热闹。

阿　香　等嫂子出院，我一定陪你到南京路……我陪你去。

［土根嫂脸部一阵抽搐，胸部疼痛异常。

阿　香　嫂子……你……很疼吗？

土根嫂　（笑）不碍事。医生说，拿掉就不疼了……还能干活……还能……

阿　香　给我添个白白胖胖的小侄女。

陶星儿　是的，是的，好多人一开刀就好了。

土根嫂　（示意）土根……

土　根　（取出录音机）小妹，这是嫂子给你买的。

阿　香　哎呀，嫂子，你动手术花销大……

土根嫂　你哥和我说了，你一直想买一个录音机，咱家去年养长毛兔，培养蘑菇……有钱用啦……这电匣子咱也不懂……四个喇叭的和一个喇叭的，放的是一样的歌。咱就买一个喇叭回来，你瞧瞧，中意吗？！

阿　香　中意。谢谢嫂子！

土根嫂　谢你哥吧！（嗔怪地）瞧你哥那样……没见着你时，成天在我耳边小妹长小妹短的念叨你，一见你就不吭气了……你呀，也不给家里写封信，爹妈都想疯了……

阿　香　哥每月寄的钱都收到了……我忙着……

土　根　(对土根嫂)柳子,你累了。今儿跑了一天,咱早点回去,护士肯定要骂我了。

土根嫂　(点头)小妹,你来!(阿香走近)小妹,答应我一件事……以后,常给家里写信……常去看你哥……

阿　香　(点头)我一定常来看你和哥哥……

土根嫂　我等你。

[土根推手推车出屋,她俩送出。少顷,又回屋。

陶星儿　你哥和你嫂子真好!

阿　香　(感伤地)我哥我嫂真好,天下没有比他们更好的人了。……(忽然醒悟)我香港的哥哥还要好!……保证给我带最新最时髦的四喇叭……

陶星儿　(反感地)你——他们对你这么好,你还说出这种话!……你怎么能这样?!

阿　香　(心虚地)我,我怎么啦?……

[静场。陶星儿一眨不眨地盯着阿香。

陶星儿　(一字一顿地)我正想告诉你,你那封香港来信,是你伪造的……你香港根本没有哥哥!

阿　香　(恼羞成怒)你……你偷听别人谈话,你还偷拆……偷拆私信!你是个密探!

陶星儿　我怕……伤了和气……没拆穿你。我晚了一步。早点告诉大家你香港没有哥哥,你的哥哥在乡下,你也就不会为了面子,让你哥哥这样伤心了……不行,应该告诉大家……马上……(欲出)

阿　香　(拦住她的去路,口气变软)你等等!你不能告诉大家真情。你要说了,叫我怎样活下去?

[静场。

阿　香　……哥哥嫂嫂对我这么好,我难道不想对他们好?我的心真被狗吃了？不！我想……我都想抱着哥哥哭！可我现在不能！我不能被人瞧不起。我不能说香港没有哥哥……我只能说乡下没有哥哥。根本没有！

［静场。

阿　香　这儿你对我最好。你应当理解我……看在我从来都把你当成亲人的面上，不要说出去。我求求你了，星儿姐！前天晚上，我认识了一个港客，他愿意带我出去。真的，总有一天，我要加倍报答哥哥、嫂子。我也不会忘记你的，……

［一阵"咯咯咯"的笑声破门而入。姑娘们冲进屋，扑在床沿上你捶我打，笑得喘不过气来。

陶星儿　怎么啦？

姑娘们　（气喘吁吁）溜冰……水……水沟……（大笑不止）技术……技术……领导……领导溜冰新潮流……

［门口出现董行其，他全身泥水淋漓，手拿溜冰鞋尴尬地踏在门槛上。脸上像开了颜色铺，黑一块白一片，甚是滑稽。

董行其　（气恼地）你们笑什么？

［姑娘们笑得直不起腰来，连阿香也"扑哧"一声笑了，唯有星儿用毛巾捂住脸，谁也看不出她是哭是笑。

［箫声又起，徐缓悠长……

2.　女工更衣室。

［酷暑早降，炎热使蝉也停止鸣叫，路面沥青化成了一团团黑浆，热仿佛渗入了人的骨髓。

［高温使停止运转的纱机发出嗡嗡嗡的余音。更衣室里传出姑娘们烦躁的叫骂声，扇子扑扇声。不远处的浴室传来哗哗的水声，那清凉的感觉透入人的心扉。

姑娘甲　热！热死了！我恨不得扒一层皮。

姑娘乙　气象预报说今天三十八度。

姑娘丙　我爸我妈的工厂这几天都放假，到底是重工业。

姑娘乙　我们小张是轻工业——皮鞋厂，也放假。

姑娘甲　就我们纺织厂命苦。

［一姑娘洗完澡披湿漉漉头发进。

姑娘丁　啊！泡在水里可舒服啦！还有几分钟？

姑娘丙　三分钟，你可真会算！

［阿香端冷饮上。

阿　香　让开，让开，冷饮水来啦！

姑娘乙　干死了，给我喝一口。

姑娘丙　我也要喝。

阿　香　排好队，每人喝一口。这是最后一杯，桶底都掏干了。

［姑娘们依次轮流分着喝。陶星儿神思恍惚地进。

阿　香　喂，别喝干了，留一口给星儿喝。

陶星儿　不用，你们喝吧。

阿　香　你找什么？什么东西丢了？

陶星儿　噢，我刚才还记得来找什么东西，走在路上又忘了。

阿　香　是呵，这天热得人昏头昏脑，你喝一口冷饮吧。

姑娘甲　人家劳模根本不愿喝这桶底的"渍渍头"。刚才啊，冷饮间专门给办公室送去两桶新鲜菠萝汁。

［姑娘甲顺手将杯里的冷饮往地上一泼。

姑娘乙　唉，谁让我们挡车工命苦。我也不想喝高档的菠萝汁、橘子水。能给我五分钟，在水里泡一下，我就满足了。

姑娘甲　陶星儿，你是厂里的劳模，也为我们说几句话嘛！

姑娘丙　你向领导反映一下，让我们多休息半个小时好吗？

姑娘乙　十分钟也行。

姑娘丁　五分钟……

陶星儿　(犹豫)这……

阿　香　星儿姐肯定愿意为大伙说话。

姑娘丙　你同意啦?

姑娘甲　同意了!咱们去洗吧。我衣服湿了干、干了湿,全身上下像爬满了小虫子。走哇!

[姑娘们欢喜雀跃地走向不远处的浴室。哗哗的水声和嬉闹声大作,欢娱的气氛达到了高潮。

[上班铃声骤响。值班长手捧一堆毛巾盖捂的物品进来。

值班长　上班铃都打了,人都上哪去了?星儿,你看见吗?

陶星儿　刚才……还在。

[水声倏然消失。寂静中传来水滴声。

值班长　(凝神谛听)浴室里好像有人?

陶星儿　(掩饰)上中班的人先来洗个澡。

值班长　你快帮着找找,我的冰砖都要化了!

陶星儿　(喜出望外地)值班长,你买冰砖啦!值班长买冰砖啦!值班长请客!

[陶星儿抓起一块冰砖跑向门口大声叫唤着。姑娘们披着毛巾,扣着衣扣,拖着鞋,梳着湿漉漉的头发纷纷涌进。

值班长　还不快来吃!都化啦!

[姑娘们七手八脚你争我夺,拿起冰砖就往嘴里送,值班长含着慈祥的微笑看着这些生机勃勃的年轻女工。

值班长　慢点,慢点。

姑娘甲　值班长,你是天底下最好的值班长。你买的冰砖是天底下最好吃的冰砖。

值班长　我算什么！今天高温三十八度，这是厂里根据劳动保护条例发的高温补贴。好好干活才对得起国家！

［值班长蓦地发现了姑娘们洗澡的秘密。

值班长　你们洗澡了？

姑娘甲　（不假思索）洗了，可舒服啦，全身上下滑溜溜的。

值班长　星儿，你一定没洗吧？

陶星儿　还没有。

值班长　谁允许你们洗澡的？上班时间不准洗澡，这是工厂的规章制度。你们当了那么多年的工人难道不懂吗？！

陶星儿　这天……确实热。

值班长　我不热？她不热？热就能违反厂规厂纪？劳模和你们思想境界差别就在这里。谁出的主意？

［姑娘们面面相觑、一声不吭。

陶星儿　（忧虑地注视着一切）……

值班长　这事情非查个水落石出。要追究责任！

陶星儿　……值班长，是我出的主意。

值班长　（意外地）你？——这是你想出来的？！

陶星儿　值班长，天太热了，别的厂都放假了……

值班长　每个厂都有自己的制度！

陶星儿　……值班长，这天热得人口干舌燥走路发飘，就用半个小时洗澡休息，产量以后一定补回来。不行吗？真的，其他厂——不光是重工业，就是轻工业单位也有停工休息的，（越来越流利）我们纺织厂本来就比别的厂辛苦，又是翻三班，不要讲群众，就是党员骨干也吃不消了。再强的人也是人，不是机器……

值班长　（震惊）星儿！我不知道挡车工辛苦？！我也是挡车工！制度是厂部制订的，要由厂长决定。怎么可以随随便便自作主张呢！这件事，你要写检查！

姑娘甲　这事不怪她，主意是我出的。

姑娘乙　我们洗澡，扣我们奖金好咪！

阿　香　对！

［葛佳提着网兜步履沉重地进来。谁也没注意她。

值班长　你们这些小姑奶奶，这不是争当劳模——光荣！这是错误！是事故！谁有多少责任，就得分担多少责任！我现在就去厂部汇报。

［嘈杂声。一直站在一旁缄默不语的葛佳说话了。

葛　佳　我经过厂门口时看见一张布告，“根据国家劳动人事部劳动保护条例，高温持续三十五度以上，可以停产。厂部决定，中午延长休息至一点半。”……

值班长　我怎么不知道？

葛　佳　刚贴出来。

值班长　我去看看……

［值班长急下。

阿　香　万岁！

［姑娘们欢喜雀跃乐成一团，唱着拥到门口：“来来来来……我们来到太阳岛上……”值班长返回。

值班长　阿香，你有什么好高兴的?！保卫科要你马上去。从现在起你停职检查。去吧！

阿　香　妈咃！

［值班长带阿香下。

［气氛一下子紧张起来，众议论纷纷。

姑娘乙　阿香出什么事了？

葛　佳　不知道。

姑娘丙　葛佳，今天是你开学的第一天，你怎么跑回来了？

［姑娘们纷纷围住葛佳。

姑娘乙 大学一定很漂亮，出来的人一定很神气吧？

葛　佳 （掩饰）是……很漂亮……

姑娘甲 （忽然发现她手提的网兜）你……怎么……又提了回来？……葛佳！

［停顿。

葛　佳 把更衣箱的钥匙还给我。

姑娘丙 （着急）出了什么事？

葛　佳 你们快去上班，澡洗了，冰砖也吃了，去吧！

姑娘甲 葛佳！

葛　佳 去吧！去吧！

［葛佳从姑娘甲手中接过钥匙，默默走到更衣箱前开锁，放网兜。众姑娘默默退出。

陶星儿 （紧紧地盯着她的动作）你……今天没去大学报到？

葛　佳 报到了……

陶星儿 你把东西都放进了更衣箱……你，你不去上大学了？

葛　佳 不去了。

陶星儿 （震惊）葛佳！……

葛　佳 （慢慢停止摆弄东西）我去查了考卷……

陶星儿 （一惊）……分数批错了？

葛　佳 （转过身）没有错……我刚及格……你刚不及格……

陶星儿 你……你也查了我的考卷？……不，老师不会批错的，不会的……

葛　佳 太明显了……明明能答出的题目，偏偏写错了答案……

陶星儿 我这个人向来粗心……

葛　佳 你要粗心就好了……你办什么事都太心细了……一个在读函授

班的人，会连一元一次方程都解不出来？我不相信！小董他……

陶星儿　又是董行其在胡说八道！又是他，多管闲事的警察！你别听他的……

葛　佳　我又不是傻瓜！

陶星儿　葛佳，我没有别的……坏心眼，我真心对你……我真的想让……我一直觉得……我们是好朋友。

葛　佳　我恨你！我就恨你这个真心……（慢慢坐下捂住脸）害得我又一次失去机会……要是你没有这个真心，你也不见得都能答对……可现在……

［静场。葛佳轻轻抽泣，渐渐放纵自己，大声哭了出来。

陶星儿　你真的不去了？

葛　佳　（噙满泪水）我现在……还怎么去呵？……

陶星儿　你疯了！你会后悔的！快去……没有人知道……我不会对任何人说的。

葛　佳　有人知道！你，我。就是你不知道……还有我知道！我知道！！

［陶星儿一阵极度的冲动，像被闷雷打了一下，她欲冲上前，反倒后退了几步……

陶星儿　（轻声，感伤地）葛佳……你何必那么认真呢？

葛　佳　你只想你自己……你的痛苦……你的内疚……你的快乐……你太懂得生活了……可别人会怎样，你想过没有？！

［葛佳慢慢站起，戴上白围兜、工作帽欲出。

陶星儿　葛佳！……

葛　佳　（回头）没什么……我的运气不好。

陶星儿　你等等！……

［葛佳转过身子。一阵静寂。

陶星儿　（讷讷地）我刚才来找丢了的钥匙……

葛　佳　……钥匙在你手上。

［静场。

陶星儿　（憋足勇气）明天……你明天能参加班组会吗？

［葛佳注视着陶星儿，半晌，点点头。悄然退出更衣室。车间里的喇叭突然响起："陶星儿，陶星儿，厂门口有人找你……请你出来一下……"陶星儿愣着不动，陷入沉思。

［值班长进。

值班长　星儿，钥匙找到了吗？

陶星儿　哦，找到了。

值班长　上次那人又来找你了，你快去快回。……你在干什么？

［陶星儿悄悄打开更衣箱门。戴上白围兜、白工作帽。捋捋鬓发，整整帽檐。欲出。

陶星儿　我离开自己的工作岗位时间太长了。我要回到自己的岗位上去。

［喇叭里连续叫着："陶星儿，陶星儿，请到厂门口来一下，有人找你……"

［箫声倏地吹起。那么悠扬，那么朦胧，似乎什么都没发生过，似乎又发生了许多。

［灯渐渐暗。

3.　［女工宿舍。

［阳光像迷人的姑娘，透过玻璃，在白墙上，流溢着七色的光晕。

［穿着鲜艳衣衫的姑娘们团团围着圆桌。高耸的胸脯、乌黑的头发，在雪白的纱帐映衬下，显得俊俏动人。折射的阳光，在她们身上，在空气里，仿佛铺上一层犹如轻烟一般随风颤动的颜色。

［阿香今天穿得特别朴素，和周围的姑娘形成了强烈的反差。她的愁眉苦脸，显然和周围的气氛是不协调的。

［那箫声又响了。那纯洁的、充满着向往和回忆的音色，在这一刻，越来越清晰地留下它的符号。

陶星儿　姐妹们，很长时间了，我们小组没有开过班组会……

阿　香　批判吧！批判吧！活该我倒霉！

姑娘乙　你欺骗大伙，还有理！

姑娘丁　（模仿阿香腔调）“我哥哥在香港！我帮你们买东西”……哼！别人口袋里的钱就变成她的了。

陶星儿　静一静。今天……请大家主要谈谈我……

［值班长进屋。

值班长　（微笑）你们在干什么？

陶星儿　（站起）噢……请值班长参加我们班组会。

值班长　（感到气氛异样）星儿，你出来一下。

［少顷。

陶星儿　好吧！

［陶星儿随值班长下。董行其身着白色警服，手夹公文包神态严肃地进。

董行其　大家好！（走近阿香），喂，你好！我说过，您会找我帮忙的……这是我的证件。我想找你核实部分材料。

阿　香　（惊骇地）你们要抓我？！

董行其　那要看罪行的程度和坦白交待的表现。

阿　香　（求援地）葛佳姐！……

董行其　我在履行公务，请你们回避……

葛　佳　你……好好谈……

［葛佳言犹未尽，忧心忡忡地一边望着阿香，一边退出了屋子。众姑娘似乎感到了严重性，默默地随着葛佳退出。

董行其　（坐下，翻开记录本）公民朱金香，有人控告你犯了诈骗罪。从一九七八年进厂至今，你以代人购买便宜货为名多次向多人骗取钱财……

阿　香　我……

董行其　据不完全统计，一共骗取了人民币一千三百一十元整。（抬头）请坐下说……

［阿香怯生生坐下，从怀里掏出一小本查看。窗外，露出了几个姑娘的脑袋。

阿　香　（抬头）是的……我总共收过这么多钱。可我帮人买了东西……

董行其　货款两讫除外，你还亏空五百九十八元整。

阿　香　玲娣托我买录音机的五百五十元，昨天我还给她了……

董行其　还欠四十八元钱。

阿　香　我今天准备还的。

董行其　你从哪儿买来处理品？还是偷来的！一共赚了她们多少钱？

阿　香　国营商店排队买来的……（取出一叠发票）都有发票……

董行其　（接过仔细查看）不对呀，账目不对！你的发票总金额有一千四百九十三元五角三分。可你总共收取别人的钱只有一千三百一十元整。中间相差一百八十三元五角三分，怎么回事？

［沉默。

董行其　发票的货物总数和你购买的货物总数是一致的。也就是说只有一种可能性，你用国营价格买来的商品低价卖给了你的同伴……你这有什么好处？这难道是学雷锋？简直无法理解？！说呀！

阿　香　……是的。

董行其　为什么？！

阿　香　因为……因为我是……乡下人！

董行其　这和乡下人有什么关系？

阿　香　有关系……都有……关系。五年了，你说谁不叫我乡下人，谁不叫我老土、“阿乡”！……你尝过听小调的滋味吗？“乡下人，到上海，上海话讲勿来，米西米西炒咸菜……”就因为我从乡下来，说着一口乡下话，就比上海人天生低一等?！……只有报到一天，劳资科长叫过我朱金香，厂长到车间来检查叫过我朱金香同志，还有你——现在以公安局民警的身份叫过我朱金香……

董行其　你是乡下出来的，他们开开玩笑嘛！

阿　香　开玩笑？我的户口在上海！……

董行其　你神经过敏了，你的乡下话大家觉得新鲜好玩，我就这样认为的。

阿　香　好玩……我三个月就学会了一口流利的上海话，为什么还叫？我千方百计赶上上海人，我比时髦的上海姑娘更会打扮，他们为什么还要叫？他们认为我外洋内土，骨子里不是上海人！

董行其　这难道是你行骗的原因？

阿　香　上海人瞧不起所有的外地人……只会朝香港人磕头。我吹牛说我的哥哥在香港……瞧！都来巴结我了，再也没人叫我乡下人了……我真恨他们！

董行其　你这样做是为了报复？

阿　香　不，想讨他们好！趁他们真相信我有哥哥在香港时，弄点甜头给他们尝尝，帮他们买些流行的汗衫背心、裤衩、丝袜、梳子、发夹等小零碎，骗他们说是大陆出口到香港的便宜货。我贴点钱可以买来他们对我的尊重和崇拜，我高兴！想不到他们尝到甜头得寸进尺，托买的东西越来越多、越来越大……不帮他们买，买东西时间拖得长一点，难听话就来了……就这样，我湿手捏干面粉，沾上手洗不清……可我哪有多少钱，只好用东家钱买西家东西，漏洞越补越大……

董行其　你也不用脑子想想，拆东墙补西墙，总有一天要“穿崩”的吗？

阿　香　莲子心中苦，梨子腹中酸，你以为我不晓得？我就怕这一天……

玲娣向我讨还买录音机钱时，我就预感到要出事。为了不让他们晓得我是吹牛，我把冬天穿的衣服，所有值钱的、时髦的东西统统卖了……还债！

董行其 （站起）真的？

阿　香 （轻声地）骗你是小狗……你要抓……就抓吧。我认了。

董行其 公民朱金香，对你所述的事实，我要进一步核实……（放低声音）还有四十八元余款有钱还吗？

［阿香点头。

董行其 赶紧还掉它吧……

［董行其欲走，陶星儿心急如焚地冲进屋内。

陶星儿 问题严重吗？……董行其！你……能不能帮帮她？

董行其 （一怔，片刻平静地）整整九年，我第一次听见，你又叫我的名字……

陶星儿 （低下头轻声地）帮帮她吧，我求你了，我一辈子都不会忘记你……

董行其 为了别人你才不忘记我？（苦笑一下）好吧，我答应，不过不是为了你，而是为了另一个人。

陶星儿 谁？……

董行其 一个寻找女儿的父亲。我和他谈了六个夜晚，还想为他去求情，可他却阻止我说，不要为过去申辩，而要为将来努力。我想，这不仅适用他，适用你，适用我，也许也适用于阿香。（看了一眼星儿，出）

［葛佳和姑娘们进屋。

葛　佳 班组会还开吗？

陶星儿 开，继续开下去。

姑娘甲 刚才值班长来电话找你，说她向厂长汇报了，叫我们班组会停开，她马上就过来。

陶星儿　班组民主生活，开展批评和自我批评，是厂部决定的……开吧。

［姑娘们纷纷坐下。

陶星儿　我想这样，现在，请大家把阿香自己的衣服，卖给你们的，冬天的、夏天的……还有鞋子，都拿出来，我来付钱！

葛　佳　不，所有当作便宜货卖给我们的，都按发票的价格，把钱补给阿香。大家付钱！

［众姑娘站起，整理东西，一件一件扔到阿香铺上。

阿　香　不不！我卖掉了就不能再要……你们拿回去！不要你们来同情我……

女工乙　算了！乡下人别不识抬举。

葛　佳　住口！你说谁是乡下人?！谁?

［静场。阿香轻轻抽泣起来。

葛　佳　我看你们才是一群“乡下人”。真正的“乡下人”！自己看不起自己，看不起中国人，眼睛里只有洋货港货！你们要是有骨气，阿香会这样吗?！

女工甲　(小声嘀咕地)这关我们什么屁事。

葛　佳　怎么没关系？要不是有些上海人瞧不起乡下人，她会想到冒充香港人?

女工乙　(冷冷地)你也是上海人。

葛　佳　所以，要怪我们自己。

陶星儿　不，葛佳，上海人也并不都是这样的，都是我这个头带得不好！……我早就知道她的哥哥……我没有说出来。因为我和她一样，也一直在欺骗自己，欺骗大家……今天，我要统统说出来……

［值班长进。

值班长　厂长让我通知你们，停止开班组会。等厂部决定后，你们再开。

不然，一切后果由你们负责。

陶星儿 （突然异常严肃，用公事公办的语气，果断地）班组定期过民主生活是厂部规定的，凭什么禁止啊?!

值班长 星儿，你别心血来潮！……你不是在否定你个人！劳模不是你个人的荣誉，更不是我的成绩……如果仅仅是我们两个人的个人小事，你想说什么就可以说什么……她是集体树立起来的旗帜，你不能倒！

陶星儿 我都想过了。我不是一个真正的劳模……

值班长 （打断，着急地）别说了！三十多年来我走过的路不比你少……听我一句话，这个会暂时不要开！好吗?（四处求援）你们……葛佳……你们帮我劝劝她……

葛　佳 今天就别开了……星儿……你的心意……大伙明白……组织也知道……你已经尽到责任。

陶星儿 不！我暗暗地改过。暗暗地改，永远改不掉。因为我有劳模这个称号。干得越多，我得到的越比付出的多！我怎么能够心安。你明白吗?

葛　佳 我太不谅解你了。

值班长 孩子，你只想到自己能不能心安，可你为集体想过吗?你这样不负责任地说出去，你的良心安宁了，可厂里就算出了政治事故。合格企业要砸牌，全年的奖金要受影响，工人的经济要受损失，你想过吗?

陶星儿 继续隐瞒下去，用错误纠正错误?我不能这样……老实说，我知道我这样否定自己的劳模形象，还自己的真实面目，许多人会认为我傻、冲动、想出风头；我自己也认为傻，也不是十分想说出来，我知道说出来对自己没有好处，要吃亏的……归根结底，我并不是真诚地相信一切，我并不十分想全部真诚和善良。正因为这样，我才必须当着大家的面，在班组会上说出来。就是为了……强迫自己真实，强迫自己善良，强迫自己真诚！只有每个人对世界真诚，世界才会变得真诚！我要每时每刻强迫自己，……强迫自己！

[静场。

陶星儿　世界上许多人都在为自己的信念而献身。我们的先辈和我们的同时代人也在为自己的信念而献身。我们在世上只活一次，我们活着就要活得像个样子。……

[姑娘们看着陶星儿，霎时间，好像要走向她。但这短暂的瞬息旋即被门口出现的一个不甚引人注意的来客——土根冲淡了。所有的目光都注视着他。

阿　香　哥！嫂子她……

陶星儿　手术成功了？

土　根　（凄然一笑）她睡着了……睡得很熟很熟。

阿　香　我……我……

土　根　（从怀里掏出钱）别说了，把钱还掉吧……

阿　香　（惊恐，不可置信地）不！……

土　根　拿去吧，你嫂子已经不需要钱了……（指星儿）她把你的事和她自己的事都告诉了我们……有她这样的好姐妹在你身边……你嫂子她……她就安心地去了。

阿　香　嫂子！……（疯狂地转向陶星儿）你！你为什么要告诉我哥哥，为什么！你害了我嫂子！……哥，我……我……（蒙脸大哭）

土　根　（柔声地）小妹……你嫂子说，她是乡下人，你哥我也是乡下人，做乡下人不丢脸……拿着吧。（把钱放桌上）

[沉寂。空气似乎凝固了。阿香木然地走了出去。

土　根　小妹！……

［土根转身跟了出去。静默笼罩一切。

［董行其进屋。

董行其 星儿，门外有人找你……

陶星儿 我们在开会……

董行其 他马上要离开上海了……火车票都买好了。他说，只想见你一面。

陶星儿 请你出去！

葛　佳 星儿，会……还是等明天再说吧……

陶星儿 不，继续开会。葛佳，你作记录。

［姑娘们团团围坐。值班长尴尬地站着。坐也不是，走也不是。有一张凳空着，倒像是给她准备的。

［董行其默默注视片刻，退出。

［灯渐渐暗……那箫声又起了。

［纺织厂大门口。

［看上去，这儿是纺织厂门口，也许，它是生活的大门口，人生的十字路口，人生旅途中的一个小站。

［夏日早晨的音响世界。叫卖声、脚步声、姑娘们的喧笑声，像猝然掠起的鸟群的扑扇声——自行车铃声此起彼伏、喧响不息。和远远传来的车音船笛组成两个声部。几声箫音，几声执着地缅怀那个年代的箫音，复述着一个朦胧的、远逝的、已经破碎了的美丽意象。

［这是现代世界心灵音响的立体交叉桥。

［扬声器响了。

［值班长的声音：

"同志们，陶星儿同志这种严于律己、一丝不苟、襟怀坦白、勇于承认错误的精神，正是八十年代青年劳模的高尚思想品格。我觉得一个人是不是劳模，是否出过次品是其次的，关键是看她有没有劳模的思想境界。陶星儿同志的思想品格就是劳模的思想品格，我要向她学习，每个人都要向她学习……”

［灯光像一团迷乱的雾，在声音里缓缓弥漫，扩散，澄清，明亮起来。提着旅行袋伫立在厂门口的陶思铠和吹箫的卖花瞎老人犹如一幅剪影。少顷，陶思铠仿佛从梦里猛醒过来，他想悄悄地和这个城市告别。

瞎老头 你真要走？

陶思铠 七点二十分的火车，还有半小时。

瞎老头 再等等吧，兴许她马上就会出来。往常，你一走，我就听到了她的脚步声。

陶思铠 不必了。她已经认我了。如果她不把我当成一个父亲，她就不会痛恨我……走了，该走了……老爹，你能为我吹一首曲子吗？

［沉默。片刻之后老人缓缓摇头。

陶思铠 为什么？

瞎老头 我的曲子不合时宜，已经没人听了，你会失望的。

陶思铠 不会的，这是当年的一个小伙子的请求。

［箫声起来了。悠悠扬扬飘飘荡荡，继而节奏轻快如小溪淙淙流淌，继而慢如缠藤，如泣如诉，无限感伤柔肠寸断……忽而鼓声咚咚，犹如践踏大地的马蹄奔腾远去，只留下蔽天的尘灰渐渐落地……岁月的积尘像初雪，掩盖了往昔的梦，又迎来早春的梦。

［陶思铠悄悄离去。

［箫声继续。如醉如痴。陶星儿穿着鲜艳的、恢复原样的红裙子，站在陶思铠站过的位置上。伫立在箫音里。

陶星儿 （片刻，悄悄躬身地）老爹，你哭了。

瞎老头 （突然止住，缓缓落臂，片刻）……我哭了吗？医生说我大概不会流泪了。多少年了，只有你父亲要求我吹一首过去的曲子。别人都要听现在的。刚才，他就站在这儿……就这么说的……

陶星儿 （突然）他在哪儿？

瞎老头 你快找找……他马上要上火车……现在还在……

［陶星儿寻找，怅然若失地站着，站着……

［渐渐响起脚步声……

瞎老头 （充满希冀地）你听！你爹的脚步声……

陶星儿 在哪儿，在哪儿……我看不见……

瞎老头 你快喊，你快喊啊……

陶星儿 （犹豫片刻）工程师同志……（寻找）工程师同志……（提高声调）工程师同志……（她四处张望，焦急地）陶……陶思铠同志……（大声）陶思铠同志……（轻声）不，父亲……你……你快来吧……（少顷，大声喊起来）爸爸！……爸爸!!……

［空间充斥童年的回声。那小树林的回忆，那沾满青草露珠的梦——"爸爸，我在这儿！爸爸，我在这儿！爸爸，你别走远……"

陶星儿 爸爸，爸爸……爸爸……你别走，我一直在等你，我一直在等你……爸爸——爸爸——爸爸——

［火车的嘶鸣声，车轮有节奏的隆隆声，带走了她的呼唤，她的思念……淹没了她的声音……她捂住脸哇地一声大哭起来……

［瞎老头又举箫吹奏，仿佛要挽留昔日的年华。箫声荡漾……

［董行其默默上，望着陶星儿。

［陶星儿蓦地转身。她看见了董行其，掩饰自己的窘态，擦擦泪痕。董行其打破沉默。

董行其 我刚才去了保卫科。阿香的事没问题了，教育处理。

陶星儿 让你费心了。

董行其 别客气。我刚才……到火车站去了。

陶星儿 火车站？

董行其　对。送爸爸上车。他对我说，退休后他要和你在一起过日子。从今年起，他要向单位提出申请享受探亲假。我请他春节就来。

陶星儿　谁？……

董行其　爸爸？

陶星儿　谁的爸爸？

董行其　你的，也是我的。（停顿）我已经叫他爸爸了……如果不反对的话。给！（递上一朵栀子花）新上市的，刚刚开花……

［对峙。响起播音员的声音：

亲爱的听众们，你们好。在今天的时间里，我们将播放劳动模范陶星儿的广播稿，题目是……

［响起陶星儿的声音。

陶星儿　我不是劳模，我只是一个普通人，一个平平常常的普通人……

［同时响起纺织厂上班的铃声，嘈杂的织布机声，以及大街上喧响的自行车铃声……各种声响从四周向舞台逼扰，又渐渐漫溢，充彻整个空间。

［卖花的瞎老头拿起箫又吹了几声，似乎觉得不合时宜，又搁回原处……

［幕徐徐落。

（1984 年演出本）

话剧

红房间　白房间　黑房间

编　剧

马中骏　秦培春

作者小传

马中骏(1957—　),男,上海人,祖籍浙江。现任慈文传媒集团董事长,中国广播电视学会电视制片委员会副会长,中国传媒大学经济与管理学院兼职教授及 MFA 实践导师。

秦培春(1944—　),男,南京江宁人,中国戏剧家协会会员;中国作家协会上海分会会员;中国电影文学学会会员;戏剧文学学会会员;儿童戏剧研究会会员。中国福利会儿童艺术剧院一级编剧。享受政府特殊津贴专家。

时间　20 世纪 80 年代的一个春天

地点　上海，一条普通小街的一座房子，内、外

人物表

贺水夫　三十七八岁，上海马路工

（红房间的借宿者）

葛藤子　二十四岁，浙江乡镇少妇

叶　芒　三十七八岁，画家

（白房间的借宿者）

江福贵　三十四岁，马路工

申大毛　二十三岁，马路工

小五子　二十五六岁，马路工

（三人均是红房间借宿者）

宁　恒　三十二岁

宁　娜　十九岁，恒之妹

艾老头　六十六岁，房东，二宁之父

第一幕　来了一个乡下妹妹

[响起小号的独奏曲。号声显得粗野、放肆。使人感到里面隐藏着一种没有着落的男性力量和不容忽视的内在激情。幕启。

[这是春天的一个凌晨。院子里是一片幽暗的寂静。不远处传来风枪时断时续的凿地声。

[号声久久地响着。使我们有足够的时间观察舞台上的一切。这种沉睡的幽静与粗野、狂暴的号声显得很不搭调。

[红房间里一张大床挡住了我们的半边视线。六只光裸的脚脖丫子面向我们。

[一个瘦长的老人用双手抱着大树,脸贴着树,一动也不动。我们只能看见他的后背。他的姿态,让人想起被钉在十字架上的殉难者。树旁的椅子上靠着一根用树枝削成的拐棍。如果我们再留心一点,便会发现,在大树的枝干上,高高地悬挂着一个花圈。良久,乐曲渐渐地隐遁了。

[这时,我们看见一个少妇走进院子。她中等个儿,素色衣装。南方的乡镇打扮。她把头发束拢向后盘成发髻,手提旅行袋,怀抱着婴儿。她叫葛藤子。看上去,她很单纯,尽管已经廿四岁了。我们不能把她的单纯和无知混淆起来,就像不能把对人的信任解释为愚蠢。她身上最主要的东西,就是有种近乎固执的真挚。这是她最迷人的地方。

[葛藤子边走边端详四周,怀着一种亲切的感情和内心渴望的骚

乱。她走到井边停下，仿佛看到什么只有自己才知道的记号，又急步走去。她停在红房间的门口，用耳朵贴着门，倾听屋里传来男人熟睡时特有的声音。微微地笑了。然后，她离开红房间，回到大树旁的长椅坐下。拐棍弄倒了，她把它扶好。

［拐棍的响声惊动了拥抱着大树的老人。他叫艾老头。这幢房子的主人，房东。

艾老头 王家姆妈！你今天来得早来！一定带来了好消息！我知道，昨天晚上你跟你儿子女儿摊牌，如果他们不反对，我们俩今天就去打结婚条子！

［葛藤子轻轻地笑了几声。

艾老头 听听，你今天的笑声都变得年轻了。原谅我不能把脸转过来。这是书上规定的，叫绿色气功，脸、身子，必须全部紧贴着树，像抱着一个心上人似的。

［葛藤子不好搭话，只是温情地察看熟睡的婴儿。

艾老头 王家姆妈，听说到民政局开结婚证，都要汇报恋爱史，真不好意思说。我今年六十六，你也五十出头了。王家姆妈你总说弄不懂，为什么这么大年纪，牙齿还能咬花生。现在我告诉你，我有一套牙齿保健操，已经坚持了十年，说起来很简单，就是每天叩齿四百记，早晚各二百记，还有就是，小便的时候要一口气憋牢。不小干净决不换气。这一点，越来越难做。我有一个深刻的体会，上了年纪气是越来越短，小便的时间越来越长……这不，昨天在厕所里，我差一点一口气憋过去。

［在艾老头说话的时候，葛藤子一直想笑，现在，终于憋不住笑出声来。随后，她站起身来，又朝红房间看了一眼，慢步离开了院子。

［幕启意境——宁静的晨曦中，薄薄晨雾淡淡吹散。

［这时，红房间的闹钟响了。三个人从床上起身。领头的是贺水夫，他身材瘦长，有一副成熟的神经质的面孔。他的说话、举止、眼神、行动都显得尖刻、粗鲁，明显的玩世不恭和毫不掩饰的懒散。近乎放荡。他精力过剩，无处发泄。他读过不少书，粗野中透出内秀，他是这类人中的精神领袖。他喜欢惹是生非，好管闲事。这似乎跟他成熟的年龄，好思索的头颅不相称。他应该是个诗人，而不是马路工。他左边站着满脸络腮胡子的矮胖子，名叫江福贵，有点马路工憨厚、粗犷、勇武的气质。右边的小五子，缩小了一圈的贺水夫。他的影子、行动、言语，都极力模仿他。

贺水夫　为了一个小小的行动计划，我们早起了半小时。

［三个脑袋从门里探出，他们看见宁娜跳着绳出场。娇小玲珑的体型，穿一条红色牛仔裤，配上洁白的、宽宽的蝙蝠衫。长发披在肩上，随意地飘拂着。

江福贵　插兄，你昨天晚上看本什么书，弄得那么晚？

小五子　《麦田里的守望者》。

江福贵　你插队落户还没插够？还想回去拿着猎枪看麦田啊？

小五子　你真是个大呆子！我也偷偷翻了一下，是写一个美国逃夜的中学生，在纽约城游荡了一天两夜，逛夜总会，找妓女……

［宁娜洗刷完毕，走进楼道后面。跳着绳子从外面进院子。

宁　娜　爸！你还没练好功呀？（进内屋）

小五子　别看她现在神气活现，一会儿叫她老母鸡变鸭。

江福贵　我说算了吧。她是房东的女儿，我们的邻居。

小五子　邻居？她的眼睛长在头顶上。你算什么？你是她院子里竖着的电线杆子。

贺水夫　女人的眼睛是用来打飞机的。

［艾老头做完功，放下手，离开了树。

艾老头　王家姆妈！王家姆妈！

［贺水夫走出红房间门口。

贺水夫　房东，清早起来就抱着大树跳贴面舞啊？

艾老头　小赤佬，你们懂什么？这叫绿色气功！

贺水夫　难怪你头顶上一股绿气！

艾老头　不跟你们啰嗦！嗳？王家姆妈呢？刚才还在这儿笑哩。

贺水夫　你是说你那个老相好啊，见你抱着大树不放手，吃醋了，气走了。

艾老头　肯定是见了你们，不好意思。王家姆妈！王家姆妈！

［他喊着离开了院子。贺水夫和他俩交换了一下眼色，蹑手蹑脚走出门，隐蔽在院子的角落。

［俄顷，宁娜换好衣服出来。她苗条的身躯套上了又宽又大的工作服，帽檐压得低低的，口罩捂得高高的，架着一副蛤蟆镜。蓦地，天使成了弃儿。

［贺水夫、江福贵、小五子从三个方向走出，慢慢逼近，围拢，形成包围圈。戏谑性地学外国电影里盗匪的模样。

小五子　喂，哪儿的？

宁　娜　（惊恐地连连后退）扫地的……

小五子　扫地的？大清早跑到这儿来干什么？

贺水夫　把你的口罩褪下来。

小五子　一定是贼。

宁　娜　你们才是贼呢。你们的眼睛又没瞎，我除了手上的扫帚，身上什么也没有。

［他们逐渐逼近她。她举起扫帚，左扫右荡，而三个马路工不停地戏弄她。助兴般地取乐，这时，有人哼着一首舞曲走进院子，来者

是申大毛。他中等身材，略有点女气。他们叫他“大妹子”。他打扮得挺洋气，牛仔裤、西装，小分头油光铮亮。说话略带浦东口音。通宵的夜生活，使他又兴奋又疲惫。他赤着脚，裤管一只高，一只低，手里提着一双时髦的小方头皮鞋。他见此情景，诧异地停止脚步。

［宁娜看着明显增多的人数，无望了。她手中的扫帚缓缓地垂下来。贺水夫上前，轻轻揭下口罩，脱去墨镜。

贺水夫　噢！宁娜！原来是你。你在跟我们捉迷藏啊。

宁　娜　（两行眼泪潸然流下）你们是故意的！

申大毛　不不！我真当有贼呢。

宁　娜　你们存心出我洋相，我恨死你们了！

贺水夫　我们不应该恨，应该爱。我们修马路，你扫马路，我们的命运都在马路上。（站在井上）

小五子　你把城市的美貌露出来，反倒把自己的美貌藏起来，真是不可理解！

宁　娜　你们是一群流氓！坏蛋！

［她蹲在地上大哭起来。

［艾老头走进来。

艾老头　你们想干什么？

宁　娜　阿爸！（她哭得更凶了）

贺水夫　你们家千金打扮得像佐罗一样，（拿起井边的拐杖）我们以为进来了一个小偷。（下）

宁　娜　不要听他的，阿爸……

艾老头　见你个鬼，大清老早，姓贺的，你也老大不小了，不要把事情做绝，去，去，去。

众　　咦！咦……

［于是，随着一阵宣泄的欢笑，带着戏谑的满足，贺水夫等人走进红房间，刷牙洗脸，把脸盆、茶缸弄得叮当响。吹着口哨，哼着歌曲。

［井边，留下了艾家父女俩。

艾老头 好了，小娜，别哭了。

宁　娜 他们坏！他们知道我扫地怕难为情，存心捉弄我，出我的丑！我不去上班了！（愤愤上楼）

艾老头 不去，不去，我们家也不缺这点钱。

［宁娜哭进楼梯后面，艾老头也尾随女儿而去。

贺水夫 大妹子，你昨晚回浦东帮你阿爸种责任田了吧！（边刷牙边问）

申大毛 我去新开的宾馆跳舞。（拿着皮鞋反复察看）瞧，刚买的皮鞋已经磨去一毫米了。宾馆的舞厅真美丽呵。地板上，蜡擦得像镜子。全是有钱人，从世界各地飞来。软绵绵的音乐。华尔兹、探戈、吉特巴，狐步舞，全过时了。昨天晚上的那种舞，简单得要死！两个人摇来晃去，晃去摇来……我都看呆了！

小五子 现在就兴这么抱着摇，前天那场电影叫什么来着？摇得真好看。

申大毛 叫《温柔的怜悯》。

贺水夫 所有的怜悯都很温柔，只可惜有点像你，娘娘腔！

小五子 七块外汇券，就在旁边傻看，太亏了。

申大毛 我没有舞伴，饱饱眼福也好。

贺水夫 小五子，叫你不要把水泼在这桌面上。福贵的存折在里面，水漏下去，化掉一个零，三位数成了两位数。（小五子急抛毛巾让贺擦水）

申大毛 啊呀，我困死了……

［他上床就睡。

江福贵 大毛，你起来。我去买早点，今天我请客，不用“劈硬柴”。（兴奋）

申大毛　我不想吃，我想睡。

贺水夫　福贵，你今天有点不大对头。

江福贵　嘿嘿嘿，我有爱情啦！

［他们顿时好奇地打量福贵。（申大毛特来劲）

小五子　哈，新闻呐！

申大毛　怪不得福贵哥这几天总拿着小镜子，三绺头发梳到东，梳到西。

小五子　她是哪儿的？

江福贵　她是……六角地小菜场卖肉的……

贺水夫　自己搭上的？（贺水夫坐在桌子上）

江福贵　修路时，我常在菜场卖肉的柜台下歇，……后来，她给了我一张小板凳……

贺水夫　是板凳搭的桥。

申大毛　美丽吗？

江福贵　这个……（坐在大毛床边）起先没注意看。昨天，我想趁她卖肉时，偷偷看一眼，柜台太高，挂钩挂着一排排猪头，左看右看，只看到半张脸。……我约她今天早晨八、九点钟来……我约她来……看房子。（难以启口般地求救：潜台词——哥儿们，帮帮忙呀！）

贺水夫　然后是结婚生孩子。

小五子　拿红房间作新房，那，我们又要“到处流浪”……大呆子，你真是呆进不呆出啊……

申大毛　太阳升起了，我要睡觉了……

江福贵　你们，你们给我滚出去！（只好把火气出在弱小的大毛身上）

小五子　（咄咄逼人）除非让我横出去。

［两人对峙，各不示弱。（僵持对杖转圈，火拼架势）

贺水夫　你们打呵……

［沉默。（从桌子上跳下走到两人中间）

贺水夫　孬种！两条饿狗还能为争一口食斗呢！友谊算什么，夜壶里的尿。

［沉默。

江福贵　我已经三十四岁了。

贺水夫　我三十八了。

江福贵　你是不愿找。可我，我想！我不是要霸占红房间，我是想让她看到我有房子，能跟我谈下去。

贺水夫　以后呢？

江福贵　多谈一天也好啊！心里有个女人，晚上睡觉也踏实。至少，能尝到在公园里散步是啥味道了……我也知道，早晚要断的……

贺水夫　你真的没有过？……

江福贵　童男子。我可以发誓。

申大毛　福贵哥，我不睡了，我让给你。（他起床）

贺水夫　你这个傻瓜呵！

江福贵　我不能跟你比。女人们都喜欢你。

贺水夫　小五子，别傻站着了，大毛，我们来打扫一下屋子，一般说来，女人们喜欢干净，我们给福贵一个机会，让他尝尝爱情是个什么鸟玩艺儿。

［他们打扫卫生。申大毛突然从床上发现一张照片。惊呼起来。他们互相传看。

申大毛　一张照片，一个乡下妹妹……（齐上前看）

小五子　我看像浙江人。

江福贵　蛮好看的。奇怪，这儿怎么会冒出个女人的照片呢？

小五子　撕掉撕掉。

贺水夫　留着留着。这儿有个镜框，朝墙上一挂，我们红房间也算有了女

主人。(他把照片放进镜框)

江福贵　现在不能挂,我女朋友来了说不清楚。我去买早点。

[他们继续忙碌着。很快,红房间显出了生气。福贵兴冲冲地出红房间,正遇宁恒下楼来,她高大、丰满、俏丽、丰腴的脸上溢出一股关不住的劲儿。高跟皮鞋发出橐橐的声响。

江福贵　宁恒!

[宁恒慢悠悠走出大门。福贵兴奋地出。(江此时心情极好,见人就搭讪)

[有顷,葛藤子再度返回这里。她又一次边走边察看,走到红房间门口,然后,仿佛作出重大决定,轻轻地、怯生生地叫了门。

[贺水夫开门。他一怔。随即摆出一副对待女人常见的笑容。他深深一鞠躬。

贺水夫　你好!

葛藤子　(慌乱地)你,你好!哎呀,对不起……

贺水夫　别叫,别叫,你为什么要叫?

葛藤子　对不起,我,我敲错了门。

贺水夫　为什么说敲错了?难道没有敲对的可能?

葛藤子　这儿是中木桥路132号甲一号?

贺水夫　别朝底下看,请朝我脸上……的门框看,有一块蓝色铁皮门牌,上面有一行白漆小字和号码。中木桥路132号甲一号。你已经看过了,看了半天才敲门,是吗?

[葛藤子点点头。

贺水夫　那你为什么不进来,难道还要请?

葛藤子　这儿是……李红星家?

贺水夫　你来过?

葛藤子　我……我住过五天。

贺水夫　呵！全上海有二十条中木桥路，中木桥路有二十家132号，中木桥路的房子幢幢一模一样，像一座迷宫。住了几个月的都会认错门。而你像一阵秋风，停了片刻，就能一眼认出来，你真了不起！……既然你住过，还怀疑什么呢？

葛藤子　我，我没有见着他，心里有点慌，他人呢？

贺水夫　你太不礼貌了，见到我们往后退。你应该进来，像自己家里一样随便。

［葛藤子满腹狐疑地走进红房间。环顾四周。贺水夫跟进。然后拿起刚才的镜框，递给申大毛、小五子，并与他们交换眼色。

［看来，他们已经断定照片上的女人就是来访者了。

贺水夫　请坐。

葛藤子　哎。（轻轻坐下）

［沉默。

葛藤子　请问，他，……他人呢？

贺水夫　你太心急了。你应当先问问我们……

葛藤子　对不起，你们是？

贺水夫　我们是他的老朋友。

葛藤子　老朋友？

小五子　从小在一个托儿所里，所以叫老朋友。

葛藤子　就那么几天，他还没来得及介绍让我们认识。

贺水夫　这也难怪，那时候你们俩……顾不过来。

［葛藤子害羞地点点头。

贺水夫　难道他从来没提起过我？

葛藤子　没有。有一次在马路上碰到一个人，他说是大学里的朋友。

贺水夫　那么，你以为我们是冒充的？

葛藤子　不，不！

贺水夫　我们是地底下冒出的竹笋？

葛藤子　不，不！

贺水夫　我告诉你，我们也是大学生。就是跟他学的不是一个专业。

葛藤子　你们也是大学生？

小五子　大学生。

申大毛　大学生。

贺水夫　你看我们穿得太邋遢，房间里也没有什么书，不像，对吗？书不是摆样子的。真正有学问的人，都把书吞到肚子里去了。当代大学生衣着随便，特别我们学政治社会学的，专门研究人的心理。提倡到生活里去研究生活，你太瞧不起人了？

葛藤子　我没有瞧不起你们。真的！

贺水夫　那怎么连我们的名字也不问一下？

葛藤子　对不起。请问……

贺水夫　我叫贺水夫。上海大学政治系社会心理学专业毕业。又念了三年研究生。现在是硕士。正在城建局筑路工程队……考察，（靠着桌边）我研究的课题是城市道路拥挤堵塞造成人的心理障碍——狂躁不安、胆小怕事，牢骚满腹，悲观厌世，玩世不恭，信任危机、私欲膨胀综合征。呵，未婚，过于热衷于学术研究，暂时顾不上个人问题。看来，我年纪比你大，你可以叫我哥哥。

申大毛　我叫申大毛……小名就叫毛毛。（走近葛，欲自我介绍）

贺水夫　他是上海大学人类系人与动物专业毕业生。专门研究人的动物属性。有的人喜欢整人、斗人、打人、吃人、像狼。有的人被整被斗被打被吃不吭声不动气不皱眉不反抗不斗争，乖乖地，像羊。有的人人前说人话，人后说鬼话，打小报告撒谎吹牛拍马行贿受贿卖假药许假诺买空卖空买男卖女以娼反娼以盗反盗以个人主义反个人主义以封建主义反封建主义，像鬼！只有人才具有动物的本能，又有动物没有的能力。

葛藤子 你们真有学问。

小五子 我叫小五子。

贺水夫 他是上海大学自然科学系宇宙专业毕业生。专门研究城市病与宇宙的关系。妇女问题，第三者插足，早婚早恋，未婚先孕，青春期提早到来与结婚年龄推迟，计划生育与星外来人问题。城市污染强奸斗殴吸毒聚赌女性雄化男性雌化与滥伐森林沙漠扩张能源危机人与自然和谐被破坏等等，都是他论文的题目。

［江福贵端早点匆匆进门。他感到莫名其妙。

江福贵 你们怎么了？

贺水夫 我们的又一位朋友来了。他叫江福贵。你看他不像大学生？他是上海大学法律系函授生。白天上班，晚上读书。他想制定一条法律，男子廿岁必须结婚。找不到的，国家分配一个，包产到户。他的毕业宗旨是为全世界男人谋解放。他现阶段的任务是先解放自己，然后去解放全人类。你以为我开玩笑？

江福贵 我好像从哪儿见过她？对了……你是浙江人？

葛藤子 是呵！

贺水夫 瞧他口气多像一个法官。

江福贵 你？

贺水夫 好了，不用问了，这里不是模拟法庭。这里是一个温暖的家。快请客人吃早点。（对葛藤子）你请吃。这是我们上海的礼节。

葛藤子 不，谢谢，我在车上已经吃过了……

贺水夫 别客气。你不吃，就是想让我们陪你饿肚子。

［葛藤子缠不过他，拿起包子来吃。现在，气氛轻松些了。

小五子 是啊。

申大毛 一点也不错。

贺水夫　（指福贵）他是你的新朋友，你应当向他自我介绍。

葛藤子　我叫葛藤子。

贺水夫　你从哪儿来？

江福贵　我知道。

贺水夫　由我来代他问。他一开口，就摆出法官面孔。我问可以更亲切一点。他还不认识李、小李……红星。尽管我们认识，你还是要向他介绍一下……（靠倚桌边）

葛藤子　他是化工学院毕业生，分配在化工局的一个单位。

小五子　化工局的单位多得很。（与江福贵坐在床边）

葛藤子　我，我……

贺水夫　你还应当告诉他，你和红星的关系。

小五子　他瞪大眼睛，就是等着听这个。（小五子发现江福贵有厌烦之态，便赶紧接口）

葛藤子　……

贺水夫　你不用对我们讲。

葛藤子　我们……我们（难以启齿）我们还没有结婚……（说完头要埋在襁褓之中）

贺水夫　（故意对江福贵）你要晓得，结婚不是目的，主要是相爱……啊，这孩子真漂亮，像你……

葛藤子　（甜蜜地）不像他……

江福贵　你是来找他结婚的，可他连一封信都不给你。

贺水夫　你别瞎猜。（语气强过江福贵）

葛藤子　是的，我一直等着他的信……等久了，来上海看看他……

［他们互相交换眼色，现在，一切都已十分清楚了。

［沉默。婴儿哭。

［凿地风枪声又响了。

葛藤子　我可以问了吗？

贺水夫　可以。

葛藤子　他在哪儿？

［停顿。（酝酿一场更大的恶作剧）

贺水夫　他出去了。

葛藤子　（失望地）出去了……

贺水夫　你难道一点都不知道？

葛藤子　（惘然地）不知道。

贺水夫　还不知道？

葛藤子　（更摸不着头脑）真的不知道。

江福贵　（不忍心地）插兄！

贺水夫　你没看见这红房间打扫得干干净净，（走动）看不出就要发生一件不寻常的事吗？红房间——爱情的象征。（敏捷生智）

葛藤子　（惆怅地）除了门牌号码，一切都是陌生的了。

贺水夫　难道我们站在……你家，你的面前，干吗？我们这一群现代学者，有那么多课题等着我们去做，我们这是闲得无聊吗？

小五子　我们在等你！

葛藤子　等我？为什么？

贺水夫　一封信。

葛藤子　什么信？

小五子　你没收到他信？

申大毛　一封充满爱情的信。

葛藤子　我已经半年多没收到信了。

贺水夫　结婚。你难道没想到过要结婚……结婚是女人最英勇的壮举，梦寐以求的战利品。（走到床边与江福贵示意）

申大毛　结婚使孩子有了爸爸。

小五子　男人有了老婆。

江福贵　我快发神经病了！（贺水夫急忙搂住江）

葛藤子　结婚？不！不！不会的，我一点都不知道……

贺水夫　快乐会使人分不出真假，可你有眼睛，你有一双美丽的眼睛……

葛藤子　快告诉我，他在哪里？

贺水夫　他出差去了。几天就回来。他给你写了一封信，一般说来，我以为你已经收到信了。可能遇上特殊情况，乡下邮政不方便，一下雨就会邮路堵塞。还有乡下邮递员喜欢睡懒觉，四化都被睡懒觉的耽误了。……我的爱情就是被邮递员耽误了。而你，你是个幸运儿，你自己跑来了……没有指引，没有召唤，没有暗示，只是凭第六感觉，一种内心渴望造成的心灵感受，你来了，像暗中有个神灵在安排着一切，安排我们这样的奇遇，安排你的婚礼，你的命运。我要信教了！

小五子　伊斯兰教、基督教、佛教，只要能有你这样的好运气，什么教我都信。（走向葛边）

申大毛　你信什么？

葛藤子　我妈信菩萨。我，我相信他……

贺水夫　很好，你相信爱情（突然从桌子上鱼跃下走向台前），爱情是你的菩萨……

［风枪凿地声音、压路机行进的声音、镐声，包围着四周……

［宁恒身披白大褂，肩上挎着红十字药箱，左手提药雾器，右手拎一只高跟鞋从大门进来。显然，她在工作的途中被坑坑洼洼的路绊坏了鞋带。

宁　恒　（气咻咻地）这个城市，到处在修路。这儿被戳破，挖啊，掘啊，埋啊，铺啊，东挖一段，西挖一角，街面弄得坑坑洼洼，到处是泥水，到处是柏油味，到处是红色三角绳围起的警戒圈。车辆绕路，行人改道，没完没了……

[她一瘸一拐地走进楼道后面。

[红房间传来笑声。大概是贺水夫讲了一句笑话。大家都笑得前俯后仰，连葛藤子也笑了。

[宁恒站在红房间窗口有意地大声说着，宁娜开开白房间的窗，示意红房子的人欺侮了她。宁恒怒冲冲向红房间走去。

宁　恒　请你们统统离开红房间。

小五子　为什么？

宁　恒　消毒。

贺水夫　这儿流行霍乱还是鼠疫？

宁　恒　艾滋病。

贺水夫　够严重的。（转身）街道红十字防疫员要来消毒。据说流行一种艾滋病。为了保护这位母亲和儿童的健康，请诸位陪她们出去散散心。

[众走出红房间。独留贺水夫。

贺水夫　我知道，你是怕我得艾滋病。

宁　恒　走开！

贺水夫　美国一位著名医生，为了消除人们的恐惧，在电视荧光屏上亲吻一位艾滋病患者，你吻我一下……

宁　恒　别胡逗了，让人看见……

[这时，福贵和申大毛来到井边叫：插兄。贺水夫快快走出。

江福贵　怎么办？玩笑越开越大了……

申大毛　插兄，快别恶作剧了。那个乡下姑娘被人耍了，被人抛弃了……她居然连那个人在哪儿工作都不晓得，我们再骗下去，会被雷劈死的。

贺水夫　又来了，温柔的怜悯，娘娘腔。

江福贵　我们是实在不忍心。

贺水夫　你娶她，回掉那个卖肉的。她自己送上门来，我们能说，“你错了，你走吧！”骗她的快活，被骗的也快活，你看她听到结婚多快活！我要让她的幸福多延长几个小时，我喜欢这样。

江福贵　那我的事……

贺水夫　约会照常进行。

［他们怏怏地离开。贺水夫快步走向红房间，他倚在门框，懒洋洋地躺在床上。宁恒倚在桌边。

宁　恒　这间房间你们不要住了。

贺水夫　听说昨天你的高跟鞋掉了一只鞋跟？

宁　恒　今天又绷坏了一根鞋带。

贺水夫　用不了一礼拜，你要坏一打鞋。假如我们天天能睡好觉，很快就能修好路。我们住这儿，是为你着想。

宁　恒　谢谢，买鞋的钱我花得起。

贺水夫　当然。吃遗产的千金嘛！

宁　恒　说话别带骨头，我从在农场起就自食其力。你们今天就收拾行李，这个月房租免了。

贺水夫　昨天六角地菜场工地有一根自来水管破了，肉砧板氽到二楼去了。你家想造游泳池和我打个招呼，自来水费免了。

［沉默。宁恒气极，动手卷垫被。

贺水夫　别动。

宁　恒　（不由自主地松下手）

贺水夫　（向她走近，从垫被下抽出一条女人的长筒丝袜）我已经洗干净了。给。

宁　恒　（一把夺过）流氓！

贺水夫　可你喜欢。那些成天陪你的公子少爷假港客，你腻了，看中了我，我的汗背心好闻吗？那是十万个太阳烤热的国宝！

［宁恒使劲扇他。贺水夫佯装被扇得俯撑着地。

贺水夫　（跃起）你的手……打疼了吗？（兜到桌后走向恒，拿起恒手）

［艾老头提着小菜篮子走进院子，宁娜从楼梯后迈出。

宁　娜　阿爸！

艾老头　小菜场兜一圈，十元洋钿出冲。鳝丝涨到四元一斤，黄瓜八角，辣手呀！

宁　娜　老早关牛棚吃咸菜汤，你有滋有味不说闲话，现在你倒发起牢骚来了。

［宁娜接过篮子，艾老头咯咯笑起来。（父女二人坐在白房间台阶处）

宁　娜　阿爸，拿房子调工作的事你答应了？我已经给那个人挂了电话。

艾老头　为了小娜娜，心头肉也要挖啊。省得你天天化妆去扫地，还要受那些人的欺负。

［贺水夫和宁恒继续对峙着。突然贺搂住恒、接吻。

［外面。院子里、父女各坐在小椅子拣菜边谈天。

宁　娜　阿爸，今天是王家姆妈在公园里打拳的日子，你怎么这么早就回来。

艾老头　上次王家姆妈来搓麻将，宁恒给她冷面孔，弄得我……

宁　娜　姐姐最恨赌博了。在农场的时候，男知青赌输了钱，把女知青的铺盖都抵掉了。

艾老头　我们一角两角，叫白相。通宵也输不掉一张分。旧社会，太太小姐哪个不爱打几圈，一夜进出几百只老洋。我们这叫旧梦重温。

宁　娜　你跟王家姆妈好，有个人说说话，我和姐都不会反对的。

艾老头　还是小女儿贴心。我有数的。王家姆妈和我好，也是看我有五位数。存折我不会让她保管的。我要留给女儿，就是宁恒，三十出头的人了，越弄越疙瘩！……

宁　娜　姐姐在家！

艾老头　嘘！

［两人继续理菜。

［红房间。

宁　恒　你怎么能这样对待我小妹？

贺水夫　是我吗？

宁　恒　还能有谁呢？

贺水夫　你这么肯定，那一定是我。

宁　恒　我警告你，你要再这样，我只能请你搬出去。我父亲至今还天天啰嗦……

贺水夫　你当初就不该让我住进来。

宁　恒　当时，公安局的警车要违章越过你们的红三角呢，你站在路中央，拿着洋镐，毫不畏惧，你说不管是警车还是轿车，只要违章你就敢拦。我以为你是男子汉。

贺水夫　流氓。（从床边往前走）

宁　恒　你就不能和我正经、平等地说话吗？（跟上）

贺水夫　看你样子想和我结婚。

宁　恒　……你以为我嫁不出去？追我的人一抓一大把，顺便告诉你，请你的同伙不要纠缠我。（女子的自尊的流露）

贺水夫　（哼歌）"要筑篱笆墙啊，要摘野玫瑰呵……"（宁恒气得浇喷贺水夫头）小姐，你消毒完了吗？我从这无菌房走出去，可以参加卫生大检查啦！

［宁恒对贺水夫的戏谑无可奈何。

［院子里。

艾老头　娜娜，昨天王家姆妈跟她儿子女儿摊牌，孩子们都赞成，我们明天就去登记结婚。

宁　娜　只要阿爸快活。我们都同意的。

艾老头　小娜娜，阿爸这两天真觉得年轻了。刚开春，我在院子里砍了一根小树枝，做了一根拐棍，我喜欢活着的树枝。用了一个多月，这两天，我可以丢掉拐棍走路了。我不需要拐棍了。(他拿起拐棍，随手插在院子的泥地上。他在院子里作跳舞状走，像是青春返回他的体内。这时，他突然发现了什么，他看见了悬挂在大树上的花圈。)

艾老头　咦，这儿怎么有个花圈？晦气！在我大喜的日子里，是谁搞的鬼？这上面没有挽联……(他大声喊叫)喂！谁把花圈挂在树上，是哪个混蛋？哪个瘟神！哪个促狭鬼?!(冲着红房间，背身)

[人们纷纷从屋里出来。贺急急走出红房间，望着树，跳高似的碰。

贺水夫　哎呀！这倒有意思，谁送的？送给谁的，上面都没有，一个神秘的象征，是送给这幢房子的吧？这幢房子很老了。

艾老头　送给你的！你这个人促狭事情做得太多，是神灵送给你的！……

贺水夫　昨天晚上(正转身一本正经地戏谑)，我好像看见一个人黑乎乎的，看不清脸，好像是王家姆妈的大儿子，他听说你要娶他妈妈，送个花圈，作为结婚礼物……

艾老头　胡说八道！刚才王家姆妈还告诉我，他大儿子、小儿子、大女儿、小女儿，都同意我们的婚事。(宁恒走出红房间，艾老头气呼呼看她一眼上楼。)(小五子与大毛也不知花圈的出处，莫名其妙地交流。)

贺水夫　那就让他挂着。该是谁的，逃也逃不掉……

[这时，葛藤子突然从院子深处冲来，她一边走，一边哭泣。

葛藤子　肯定是他，他死了，你们不愿告诉我，你们撕掉了挽联，把花圈高高地挂在树上……

[大家都呆住了。

贺水夫　女人的眼泪像自来水，你省点用！你进来，我给你看一样东西。（小五子立即理解贺水夫的意思，立即进屋拿出葛的相片）

[他们进红房间。贺水夫把放有葛藤子照片的镜框给她。

葛藤子　我的照片。他给我照的。

贺水夫　他写信让我们把你的照片放大，放在镜框里，挂在墙上，等着你的到来。怎么说他是死了呢？这还能骗你吗？

葛藤子　（破涕为笑）真的？你们不骗我？那是个晴天，我们来到外滩，他让我站在外白渡桥下一个劲地让我笑。你们看，我在笑……（众聚拢看照片）

[一个戴眼镜的男人走过院子。他三十七八岁，手夹画板，显得文静，很有风度。他是叶芒。他问宁娜。（宁娜在扫拣菜的地方）

叶　芒　同志，请问，这儿是中木桥路132号吗？我找艾宁娜……

宁　娜　我就是……

叶　芒　您好。我接到您的电话，就来了。

宁　娜　我还不明白，你究竟为什么？

叶　芒　我需要一间有阳光的房间。我在日用化工研究所工作，业余喜欢画画。我的家是一个没有窗户的黑房间。我愿意跟任何人调换工作单位，条件是租给我一间光明的房间。我在这个城市到处张贴布告，在环卫所、火葬场贴得最多。我希望能找到一个合适的对象。这是我的工作证。

宁　娜　（看工作证）可以向您提几个问题吗？

叶　芒　可以。

宁　娜　你们单位在哪儿？

叶　芒　南昌路。它背靠淮海路，闹中取静。淮海路商店出现紧俏商品，你小跑步两分钟就能赶到。

宁　娜　你把我看成庸俗的家庭妇女了。

叶　芒　你大概不当家，还把这叫做庸俗。我还没说完，我是个描图员，办公室一共九个人，打蜡地板。享受公费医疗。奖金一般，伙食很次。每周二、五可以洗澡，每月免费招待知识分子一场电影，钱从工会会费里扣。我们单位最大的好处是系列化妆品，每季度上美美露美容厅试用一次，人人有份。

宁　娜　你的单位我很满意。我还想问，你为什么一定要调开呢？

叶　芒　我可以看看……你的房子嘛？

宁　娜　可以。

［宁娜领叶芒上楼。走进白房间。

叶　芒　（四处打量，兴奋地）噢，噢！……

宁　娜　噢，是什么意思。

叶　芒　很满意的意思。

宁　娜　你有没有肾炎、肝炎、脑膜炎、心脏病、神经病！我们单位不接受病人。

叶　芒　我有脚气病。

宁　娜　看来你并不老实。你犯过错误吗？我们单位……

叶　芒　犯过不少错误。

宁　娜　生活错误？

叶　芒　怎么？生活也会有错误？

宁　娜　（脸红了）我是说……

叶　芒　我懂你的意思了。这种事说法实在太多，说搞腐化，搞男女关系，还能弄得懂，我插队的时候，有个贫协主席大骂生产队长，说他“搞作风”。骂得我们都糊里糊涂。好了，我告诉你，我的生活很正确，也没有搞过作风。

宁　娜　……你的单位，我喜欢。

叶　芒　我喜欢这个房间。你父母在家么？

宁　娜　你小瞧人。我自己能作主。我已经二十岁啦！

叶　芒　我不喜欢浪费时间。我们和你父母一起谈，就可以省掉一次谈话。

宁　娜　好吧，你太傲慢了。连我的姓名、单位也不问……

叶　芒　你在电话里已经告诉我了。

宁　娜　可这是礼貌，懂吗？

叶　芒　那么，请问……

宁　娜　我是上海环境卫生管理所中木桥清洁站职工，叫艾宁娜，有点像外国人名字，请……这样吧，先去找我爸爸去。

[宁娜带叶芒离开白房间。走向楼道另一端。

[凿地的风枪声又响了。

[红房间。他们正谈得热火朝天。

葛藤子　你们真没骗我，他在海南岛特区。

小五子　我们大学生从来不讲谎话。（走向床边坐）

葛藤子　他过两天就回来？

贺水夫　他托一个大胡子法国朋友捎来信……

申大毛　名叫索菲娅·罗兰……

贺水夫　让我们替他准备婚礼。迎接你的到来。

葛藤子　我真不知怎样谢谢你们。

贺水夫　你知道我们将为你们举行一个什么样的婚礼吗？不摆席，不请客。可又是一个隆重的婚礼，充满了大学生的浪漫情调。我们要把床拆掉，四周围一圈桌椅，桌上放着自己做的凉菜，桌下摆着满满的酒。大家一起喝酒、跳舞……

葛藤子　大学生……

［她忽然泪水盈眶，呜呜地哭泣起来。

江福贵　唉，你怎么了？

葛藤子　我高兴……真高兴啊！明天，是我一年前认识他的日子。我就是为这一天来的……

贺水夫　噢，初恋。那是个值得纪念的日子。明天，我们首先庆祝初恋。

［敲门声。贺水夫开门。一个花枝招展的女人站在面前。她是江福贵的女友。（江福贵的引动线是等待女友，而小五子硬是不上其与女友见面）

女　友　请问，这里是中木桥路132号甲一号？

贺水夫　没错。

女　友　我找江……

贺水夫　找我？

女　友　不不不……我们约好九点钟……

贺水夫　随你几点钟来，我都在这儿……

女　友　对不起，我敲错门了。

贺水夫　是的，你敲错了……

［女友仓皇下。

［红房间内的马路工逗哄着孩子。

［凿地的风枪声又响了。

第二幕　游　戏

［幕启。

［翌日。一个春天的傍晚。

[凿地的风枪声悄悄地停止歌唱，春风吹动树叶发出簌簌响声。薄暮正从这个大都市的一幢幢高层建筑慢慢地垂挂下来。艾家楼房的院子里，斜阳只剩下最后一缕光照了。

[红房间里，对角线上拉起一道尼龙绳，挂着五色尿布，犹如舰上的万国旗。

[桌上放着酒、冷菜、汽水。

[贺水夫懒洋洋靠着，抚着吉他。他看着葛藤子给孩子喂奶。斜阳投射在葛藤子头发上。似燃似烧。宛如一幅田园画。他有点动情。

[在他唱歌的时候，小五子、申大毛在张罗着酒菜、桌椅。

[院子的大门响了，涌进来一男二女，三个衣装华贵，雅俗不一的老年人。他们是艾老头的牌友。

牌友甲　今朝还是老规矩，我"新雅"订了一桌，啥人输，明朝吃饭会钞。

牌友乙　又是"新雅"，广东菜淡滋滋，不像川菜，辣味！鲜来！

牌友甲　民国三十四年。我在"新雅"叫局。（注：指请妓女作陪）你还没开苞。

牌友丙　后来，她在百乐门当舞女，红过一时的。

牌友乙　这些老话不要提了。

[艾老头从楼梯道上出现，迎下。

艾老头　各位早啊！

牌友甲　老艾，你们家路越来越难走，小汽车只好停在路口头，跌跌撞撞像到乡下充军。

牌友丙　老艾，今晚夜宵我请了。我电话打到"王家沙"，天一黑，他们就送"两面黄"。

牌友甲　我上午就和"德大"约了，老师傅是德国领事馆厨房领班，做一手正宗"德点"。

牌友乙　不实惠，不实惠。还是我在“乔家栅”订的锅贴好，一咬一口油。哎，老艾，怎么样？我们可等着吃喜酒呢。

［艾老头迎他们上楼、进屋去。

［红房间内，一切准备就绪了。

申大毛　好了，请入席吧。

葛藤子　孩子困着了，我让他先睡。（她把婴儿放到床上）

小五子　宴会要讲个派头。

贺水夫　每逢喜事我们都要喝一杯。（他斟完酒高举杯）今天是一个值得纪念的日子。纪念什么呢，纪念初恋。

葛藤子　我要喝醉的。

贺水夫　我们先为你的到来喝一杯，然后，我们要做个喝酒的游戏，这个游戏有一个特点，必须反着来。有人叫一声大葫芦，手势作小葫芦。叫小葫芦，手势要做大葫芦。反的对，正的错。错了罚酒，回忆自己的初恋。这种游戏，脑子正常的人容易错，神经搭错的人，倒不会输。

葛藤子　那我不行……

贺水夫　你今天不一样，你今天高兴，太高兴的人神经就搭错，你不一定会输。

葛藤子　我肯定要喝醉的……

贺水夫　那就醉吧，人生难得初恋，人生难得一回醉。初恋就像醉酒，醒了已成过去……一年前，他荣幸地认识你，一年后，我们偶然相遇，没有他，我们就不会见到你，如此美丽的姑娘……来，为初恋，为世上一切美丽的姑娘，为你，为所有恋爱着的傻瓜，为我们……的相见恨晚，干杯！

［众干杯，斟酒。

葛藤子　快，福贵兄弟回来了。

［贺水夫开门。门前站着艾老头。

贺水夫　艾老板，稀客，喝杯酒？

老　艾　楼上水管子堵了，你去修一修。（命令式的口吻）

贺水夫　艾老板，我是付你房钱的，不是收你工钱的。你找房管所吧。

老　艾　你倒狠来！你这点房钱不够我养只鸟，我是可怜你们，日头烫，雨水冷，搁几片瓦给你们遮遮雨。难得叫你修修管子是抬举你。你要不想住，请方便。

贺水夫　好，好，有话好商量，下水道堵了，你打个电话给房管所。大阴沟不通，我负责。

［贺水夫关门。

小五子　怎么了。

贺水夫　艾老板下水道堵了。命令我，命令我去修。歇会，你去做件好事，把他卫生间的粪道……

小五子　有数了……嘿嘿……（领会水夫恶作剧的暗示）

贺水夫　来，金玉满堂继续喝……

［众就席。

葛藤子　福贵兄弟怎么还不回来？

申大毛　他这二天心情不好……大概又去了小菜场。

小五子　……走不回来啦！

［众笑。

贺水夫　好，现在我们开始做游戏。

葛藤子　我会喝醉的。

贺水夫　试试嘛！我先叫。大葫芦、小葫芦。小葫芦、大葫芦……

［众做游戏。

贺水夫　毛毛错子，罚酒。（坐在小五子椅靠上）

申大毛　（呷了一口酒）好，我来讲讲初恋。这个……大学毕业以后，我回到浦东。我走在故乡的田埂上，村里的人都在干活。见到我，从四面八方围过来。看到我胸前的白牌牌校徽，都要上来摸一摸，我一见伸过来的手太多，就请他们排好队，家乡人都很文明，一个一个排队站在田埂上，顺着秩序上来摸我胸口的白牌牌。大叔、大婶、老人、囡囡，还有些二十来岁的小媳妇，花枝招展的姑娘，摸得我胸口痒酥酥的……

小五子　简单点，简单点……

申大毛　吃过饭，我想到小学里看一看。我突然想起，读小学的时候，我和一个小姑娘要好。她坐在我前面，有两条又长又大乌黑乌黑的辫子。有一回考试，她把辫子朝后一甩，把我的桌面霸占了，我考卷也没地方放。一堂课，我就看着两条辫子发呆，我至今还记得，那辫子上刨花油味。考卷上，我一个字也没写。后来，在放学的路上，她问我，我说我为了你的两条辫子交了白卷，她哭了，我拉着她的小手，就这样，我们俩有了一种糊里糊涂的感情。我的童年是多么纯真啊……

［敲门声。贺水夫开门，一个穿白衣、戴白帽的小伙子站在门口。

小伙子　请问，是你们订的“两面黄”吗？

贺水夫　（一怔，迅速反应过来）没错。

［申大毛和小五子看贺水夫端来二面黄，会意地开怀大笑。

葛藤子　你们，你们花钱太多了，不值得……

贺水夫　来，尝尝上海特产两面黄……

［众吃。

葛藤子　我简直像在梦里……我认识你们真高兴。可惜，我就要走了……

申大毛　走了，上哪？

葛藤子　我要赶火车。

小五子　怎么刚来就要走？

葛藤子　我想，他在海南岛特区一定很忙。我赶去让他看看孩子就回家。

申大毛　路很远呐！

葛藤子　我看过地图了，先到广州再坐船。

贺水夫　你不能去。

葛藤子　为什么？

贺水夫　那儿是个保密单位。

葛藤子　报上说特区是开放的。

贺水夫　也有保密单位。

葛藤子　你们在骗我！

贺水夫　（扔下钥匙）这是红房间的钥匙。他来了，告诉他，不是我们不够朋友。我们已经等到你了……

［众人向门外走去。葛藤子拣起钥匙冲向门口。

葛藤子　等一等。

葛藤子　请回来。

［众不动。

葛藤子　我，我不该怀疑你们……

［申大毛，小五子走回，贺水夫继续不动。

葛藤子　水夫兄弟，我冤枉你了……都怨我心急，喜欢胡思乱想……

［贺水夫赶紧回来，进屋。

贺水夫　你太心急了。

贺水夫　来。我们继续喝酒，做游戏。

［大家重新坐定。（葛藤子面冲观众席）

申大毛　该我叫了，大葫芦，小葫芦，小葫芦，大葫芦。

大葫芦　大葫芦，嗨，小五子错了。

贺水夫　（对葛藤子）你可真聪明。就是不肯错啊！

小五子　我来说！（他猛地灌完一杯酒，故作痛苦状）我的初恋在大学，同班同学，她脸蛋儿长得漂亮，功课又好，为此，教育部给她颁发过优质产品奖章。（越吹越神）她父亲是坦克司令，母亲在美国国防部。父母双亲都反对我们相爱。说是门不当户不对。有一天早晨，一辆坦克车开进上海大学校园，她老子就亲自驾驶着坦克车来做我们的思想工作，我们不屈不挠，坚守爱情的阵地。她父亲见武的不行，又向我们摇橄榄枝，都不能使我们分开。结果，她母亲拍来一份电报，说病危。要她去美国边学习边照料母亲。把她骗走了。我们隔着太平洋，爱情没有隔断，我们谈起了国际恋爱……

葛藤子　现在呢？现在，她一定在等你吧？

小五子　她生血癌死了。

葛藤子　太不幸了……

小五子　是啊，我的初恋得了癌症……

贺水夫　继续喝酒。

小五子　轮到我叫了。大葫芦，小葫芦……

［敲门声。江福贵满脸沮丧进屋。把衣服扔在角落里。

葛藤子　这么晚回来，快，等你半天了。

贺水夫　少说话，罚酒三杯。

［江福贵仰脖灌下三杯酒。直怔怔地坐下。

［门外敲门声，又一个头戴白帽，身穿白衣的小伙子站在门口，拎着“德大”的点心。

小伙子　请问，是你们向“德大”订过德式点心吗？

小五子　（接过）没错。

［又一个戴白帽穿白衣的小伙子，捧着锅贴站门口。

小伙子　请问，是你们向乔家栅预订的锅贴吗？

申大毛　来啦！没错。

［众捧腹大笑。申大毛向福贵耳语几句。江福贵也笑开了。葛藤子手脚错乱，不知说什么好！

［贺水夫又搬出一箱啤酒。

小五子 （唱）你送我一盘大点心。
我要好好谢谢你。

申大毛 （唱）你送我乔家栅锅贴，
我要好好谢谢你。

江福贵 （唱）你送我一箱黑啤酒，
我要好好谢谢你。
（唱）你送我王家沙“两面黄”，
我要好好谢谢你，
合　哪怕你怕自己变成一个傻瓜，
我也要把你变成傻瓜。

葛藤子 太太……太那个了，快别开了。

贺水夫 你别过意不去。这是对我们大学生的慰劳，一支浪漫的小插曲。

小五子 昨天开来一辆运酒的货车，硬要从我们拉起绳子的工地过。哦，我们到工地去考察哪那么容易呀！他们后来他们就卖给我们一箱啤酒。

［孩子哭，葛藤子拿尿布进里屋。少顷，出来。

贺水夫 尝一尝，尝尝上海特色点心，从前资本家享受，现在我们品尝。

葛藤子 我已经吃不下了。

贺水夫 我们继续做游戏。

小五子 我叫了。准备……大葫芦，小葫芦，小葫芦，小葫芦，（对葛藤子）你错了……嘿嘿……

贺水夫 你终于滑不过去了，你该讲讲你的初恋……

葛藤子 （难以启齿地）你们真要听吗？

申大毛 要听。

葛藤子 不会笑话我……

小五子 不会。

葛藤子 我也是上海生的。六二年,阿爸支农。我们全家回了家乡,一年前发大水,房子冲掉了。阿爸关节炎也发了,阿爸让我来上海求救济。我先去阿爸原先的单位,又去民政局,两家把我当皮球,踢来踢去。我在车站长椅上足足睡了五天五夜。等啊等,盘缠用光了,还是没等到。我在街上站着哭,没有人理我……

后来,也是一个春天的傍晚,他来到我面前,他问我,我还是只顾哭。他这个人耐心,站在那里等我哭不动了再问。他带我到处跑,告状,他见我没地方睡,就带我到这儿。我那时从没有出过远门,害怕一个人睡觉……他等我睡熟才走开……临离开上海前一天的晚上,他又来了给我买了蛋糕和生梨。憋了半天才说出来,原来他爱我。我那时觉得配不上他,就给他出难题,想难倒他。我说我们家穷,我是乡下人,他一桩一桩回答,最后,我莫名其妙地问:假如来了老虎怎么办?那天我真是糊涂了,什么问题都问得出来,大街上怎么会有老虎?

小五子 他一定说,他要当武松,打死老虎。

葛藤子 不是的,他老实,他不吹这个牛,他说他打不死老虎。他说,他自己先过去,让老虎吃,老虎吃饱了,就不会吃我了……

[她被自己的回忆感动得哭了。

[这段回忆,伴以长笛的乐曲。贺水夫等人,似乎受到了打动,对姑娘如此固执的真挚、天真。

葛藤子 那天晚上,我没让他走,外面下着小雨,春天的雨……

[长时期的停顿,只有笛声。(小五子踯躅)

贺水夫 你一个人带孩子够艰难的了。(低头不看葛)

葛藤子　还好。(坐下)

贺水夫　村里人不说闲话?

葛藤子　还好。他对我好,我替他生孩子……(纯真的羞涩)

江福贵　(一直低头喝闷酒)你半年多不接到信,你不怀疑他变心?

葛藤子　不!他说过,家里人不同意,我们要耐心地等着,我等着。

[沉默。

贺水夫　我们继续喝酒,做游戏……

江福贵　(一仰脖一杯酒下肚)我来叫……大葫芦,我错了。

葛藤子　你醉了。

江福贵　我海量。我来说说我的初恋。(走向墙角徘徊激动地)他妈的,我三十四岁刚刚初恋。吹了。没有房子。我那些狗屎朋友说:愿意成全我,恰恰是他们拆台……

葛藤子　你不要难过。福贵兄弟,他们会帮你的。

江福贵　你高兴得昏头了吧?(坐在桌子上)

葛藤子　……我们一起来想想办法。

江福贵　你为自己想想办法吧!他们要我也要你,你别等那个人了!

葛藤子　不!

江福贵　他是个黑心烂肚的人,他把你抛弃了。

葛藤子　你胡说!

江福贵　你让他们说呵!(退走)

[沉默。

葛藤子　你们为什么要这样?(退)

[沉默。

贺水夫　小五子,你让他清醒清醒。

江福贵　我,我很清醒,你们这样捉弄一个乡下人……

[小五子上去,两人对峙,小五子一拳击倒江福贵。

葛藤子　我走，我走。（收拾行装）

［敲门声。葛藤子转身跑进里屋。贺水天开门。门外站着怒气冲冲的艾老头。

艾老头　乔家栅，王家沙，德大送来的点心都给你们吃了？

贺水夫　没有。

艾老头　你凭什么收我们订的点心？

贺水夫　你别激动，人家客客气气服务上门，把点心送到我手上，我能说："不要"？那多伤人心呵，再说，这也太不文明了。

艾老头　好好好！我惹不起，躲得起，我请你离开我家。

贺水夫　你说这间房子怎么样？

艾老头　什么怎么样？（看见桌上的点心拿起吃）

［葛藤子收拾好行装，怀抱孩子欲出。

贺水夫　（微笑着）你真的要走？

葛藤子　（双眼含泪）你为什么要这样？

贺水夫　你会后悔的。

葛藤子　你为什么要这样……为什么要这样……（变节奏走动）

［沉默。

［天已经完全黑了。葛藤子走出大门。

贺水夫　我想用这间红房间做新房。

艾老头　这房子是我的。

贺水夫　也是你女儿的。

艾老头　我女儿和你无关。

贺水夫　爸爸！

艾老间　呸！

贺水夫　听说你给女儿陪嫁三万元。每月光拿利息就二百一十，我可以当寄生虫了。爸爸，有你这个爸爸是我好福气！

艾老头　你妄想。

贺水夫　明天就领结婚证。

艾老头　我找公安局去！

贺水夫　公安局保护婚姻法！

［楼上传来女人叫声："老艾，三缺一，该你出牌了。"

艾老头　怪不得我手气背！我女儿不会，绝不会！

牌　友　老艾，快来啦！

［艾老头：小子，你等着！怒气冲冲上楼。

申大毛　晚上，她一个人，孤单单，上哪儿去？

小五子　我心里窝得慌……（背身发火）

申大毛　我们太残酷了。

江福贵　（哭）我太不要脸了！我心里有气……可气不该往她身上出啊！

贺水夫　（轻松地一笑）哈哈，让她走，让她尝尝爱情的滋味。

小五子　（突然地）真他妈的混蛋！

申大毛　你骂谁？

小五子　谁也不骂，不骂，憋死人了。

［接着由小五子带领，大毛、江跟着，没有相约，相继走出红房间，走出院子。留下贺水夫，他也走出红房间。白房间的叶芒在画画。

［风吹树叶簌簌响。

江福贵　起风了。

申大毛　今晚风一定很大。

小五子　树叶都吹掉了。

申大毛　像蜘蛛的画。

［宁娜在井边徘徊，她不时踮起脚向白房间眺望。

贺水天　宁娜。

宁　娜　谁？吓我一跳。

贺水天　能告诉我李红星是谁吗？

宁　娜　不知道。

贺水夫　你有点心神不定啊。（蹲下）

宁　娜　去去去！

贺水夫　黑暗里，我看不清你的脸，可我感觉到了，你的脸通红……小姑娘在闹恋爱……

宁　娜　你有完没完，三十大几的人了，还这么无聊，你不觉得活着是一种浪费么？

贺水夫　我喜欢听人骂，特别是姑娘……

宁　娜　无聊！要不是我姐姐……我连骂都不愿意！（背身不理）

［贺水夫见宁娜不再理他，离开了井台。

［院子里很静，传来打牌的声音。

［响起了长笛的笛声，又在远方消失了。

［贺水夫走向楼梯，打电话。

贺水夫　电信局吗？接业务处。大头在吗？大头，我是贺水夫，你今夜值班？小事一桩，给我造一份电报。你记一记，中木桥路132号甲一号，葛藤子收，诸葛亮的葛，藤缠树的藤，儿子的子。电报内容，乘1234次车后天晚上到沪，我爱你。李红星，你别管，木子李，红色的红，星星的星，赶快送一下，再见。

［他挂掉电话，下楼径直朝院子外走去。

［凿地的风枪声又响了。

［宁娜在天井里转悠，她似乎被某种情绪撩得心神不安。也许是贺水夫的话。她端起一盆杜鹃花，小花翼翼地走上楼梯。她在白房间门口停住脚步。

［有顷。叶芒放下画笔打开门。

叶　芒　什么事？

宁　娜　给你送一盆花，杜鹃。

［叶芒让进宁娜，她把花放在阳台上。

叶　芒　我以前在那个黑房间里，从来没养过花，要养死的。

宁　娜　画家的房间里，哪能没有一盆花？以后我帮你浇……你能不能停下五分钟，跟我说点话？

叶　芒　为什么？

宁　娜　礼貌呵！

叶　芒　好吧，请说。

［困窘。

宁　娜　我没什么话好说了。

叶　芒　好，那就不说。

宁　娜　你是个画家，怪不得傲慢。

叶　芒　业余爱好者。职业是……扫地工。

宁　娜　你现在心里一定很后悔。我在街上注意地看你……

叶　芒　你偷看我扫地？

宁　娜　看了几次，你慢腾腾地扫，肯定心里老大不情愿。

叶　芒　这几天，扫地车坏了，我是个新手，不熟练。

宁　娜　我在漂亮的研究所办公室坐着，老心不在焉往窗口外看……看到街上扫地的，我就想起你，我觉得心里很过意不去。太倒霉。我也说不清楚。反正，你不该替我倒霉。

叶　芒　我喜欢扫地。

宁　娜　你别骗人了，要不，我们再换过来。

叶　芒　有一本书上说："一个不成熟的男子的标志是他因为狂热而英勇地死去，一个成熟男子的标志是为自己的事业卑贱地活着。"

宁　娜　事业？（坐）

叶　芒　画画。（靠着椅背）

叶　芒　你已经知道，我喜欢画画。我以前住在一间后客堂，四周没有窗户，是间黑房间。对画画的来说，光线和色彩比生命还重要，我有了一间白房间，就像有了生命。我们是两相情愿，各得其所，你别过意不去。

宁　娜　我姐回来了。是的……我是个爱虚荣的人。

叶　芒　小姑娘，人人都爱虚荣。爱虚荣不见得都是坏事。

［艾老头走上楼道。

艾老头　宁娜，宁娜！

宁　娜　（出门）你为什么老叫我小姑娘？你应该叫我宁娜。（宁娜走上楼道）爸爸，什么事？

艾老头　你姐回来了吗？

宁　娜　好像刚回来。

艾老头　你代我摸一圈，我找你姐说几句话。

［宁娜走进通道顶端。艾老头候在楼梯口。

［宁恒换好衣服出来。慢慢走上楼梯。

艾老头　你这么晚回来呵！

宁　恒　看电影。

艾老头　和谁？

宁　恒　男人，我这种年纪总不会一个人看。（走动）

艾老头　和谁？

宁　恒　你介绍的人还少吗？我给他们排了号，正好十三个，一副扑克牌，从小二子到爱司、老开，全了，每天只要随便抽一张……（走向中间）

艾老头　我这个人开明得很，（跟着）恋爱么，可以多谈几个，比较比较，选择选择……

宁　恒　跟你比较?!

艾老头　你怎么能没大没小跟我说这种话?不过,和他们交往不失身份。穿红马夹的癞蛤蟆还想吃天鹅肉,我要把他们赶出去。

宁　恒　怎么了?

艾老头　都是你把他们招进来的。姓贺的小子竟敢说你要嫁给他。

［沉默。

宁　恒　是的。

艾老头　啊?那好,只要你愿意走这一步,我们拜拜。

宁　恒　我从去农场起就靠自己养活。

［宁恒转身下楼,艾老头跟两步,停住。

艾老头　你结婚别从我手里拿一文钱。

宁　恒　财产是妈妈和你共同的。妈妈死时,你在哪里?是谁揭发妈妈的?(走向台阶处,冷冷的,性格化的台词)

［宁恒转进楼道后面,艾老头气急败坏跟进。

［艾老头气呼呼从楼道后面冲向井口。

艾老头　气死我了,我不活了,我要死……

宁　恒　(懒洋洋从里间出,冷冷地)别演戏!井口没盖子,你跳呵!你怎么不跳?你会想死?妈妈还睡在医院里,你就修面刮胡子。老色鬼!

［宁娜和牌友从过道两端出来。

宁　娜　爸爸,你怎么了?(从楼上急下到井边扶住艾)

艾老头　我胸口闷……

牌友甲　哟,别心脏病。老艾,我有急救药。(牌友在楼上过道上下呼应说)

艾老头　(怕家丑外扬,笑嘻嘻地)我透透空气。走,打牌去,我今天不和个大满贯,决不离桌。

［宁娜忧伤地扶着父亲上楼，打牌声继续。

［宁娜和宁恒坐在井边上，沉默。

［葛藤子回来了，由江福贵、申大毛、小五子陪着回来了。她打开红房间掩着的门，她把窗帘子又拉开，把尿布晾上铁丝，一切又恢复了原样。

宁　娜　姐姐，以后对爸爸好一点。

宁　恒　他恨我……

宁　娜　不不，他是爱你的。你不知道有时候，你上半夜不回家，他的房间里就半夜有脚步走动，你整夜不回家，他的房间里，就整夜有脚步声……

宁　恒　荷荷，小妹妹到姐姐这儿教路子来了。

宁　娜　不不……姐姐……

［沉默。

葛藤子　我明天要走的。

［沉默。

［院子里井边。

宁　娜　姐姐跟他分手吧，跟楼下那个人……

宁　恒　小姑娘，你知道什么呀？

宁　娜　你也叫我小姑娘？我什么都知道，我有眼睛，晚上，那个人到你房里去……

宁　恒　你！

宁　娜　我不会说的！（慌乱地觉得对不起姐姐）我不会告诉爸爸的！尽管，有时，我也有一种犯罪的感觉，好像做了你的同党！我们是亲姐妹，我们都是女人……

宁　恒　（亲昵地抚摸妹妹）我的小妹妹，你还不懂，不懂得我，也不懂得他，你不知道，我离不开他，离不开他！（她哭）

［宁娜显出惊惶，不知所措。

宁　娜　姐姐……我不是有意的。

宁　恒　妹妹，我倒是要劝劝你，不要再朝画家那儿跑了。

宁　娜　我……没有……

宁　恒　我也有眼睛……跟男人，你才开头，这个头要开好，我的头没有开好……

宁　恒　（擦擦眼泪，走上楼梯）好了，已经很晚了，我们去睡吧。

［二人回自己的房间去。

［摩托车声，有人叫：132 号葛藤子电报。

［葛藤子闻声跑出去。

葛藤子　（兴高采烈地）电报！电报！我的电报，他后天晚上到！

葛藤子　（她把电报贴在脸上）我太经不起考验了！

贺水夫　（站在门口，众已领会到电报的出处）是啊，你太经不住考验了！这是红房间的钥匙，我们明天再来。

［贺水夫、申大毛、江福贵、小五子相继出红房间。

［下雨了。井边（冰块下的暖流融释，下面的戏要加快节奏）

申大毛　下面怎么办？（兴奋地扑向贺背上）

贺水夫　你们布置一下新房，弄点书什么的。我去化工局。先把李红星查到，然后，由我们红房间的人来安排他们的婚礼。

小五子　化工局那么大？

贺水夫　我自有办法。

江福贵　今晚睡在哪儿？

小五子　（见白房间灯亮着）那儿。

［他们上楼，贺水夫独自伫立雨中。

［隐隐响起小号的乐曲。

［白房间，江福贵敲门。

叶　芒　你们想干什么?

江福贵　你插过队吗?

叶　芒　插过又怎么样?

小五子　让我们回到插队的时光,炕上躺着几条大汉,炕下堆满酒瓶。

申大毛　地上吐了一地,狗吃了吐的东西,也醉啦!

叶　芒　你们怎么啦?

江福贵　关灯!重温插队旧梦!

[房间灯灭了。(定格状态)

[宁恒穿着睡衣,悄悄下楼。

宁　恒　英雄,怎么还立在雨中?上楼吧,脚步轻一点,不要惊动别人,我房上的钥匙还在老地方……

[贺水夫望着她上楼。消失,一会儿他慢慢上楼。他停在楼道口,朝宁恒走去的方向望着。有顷,朝相反的方向,朝白房间走去。婴儿啼哭声,水夫聆听。

[小号的乐曲,在寂静的雨夜里响着。

第三幕

[幕启。

[前幕的第三天午后。

[晴朗的春天。房屋和树叶的间缝中露出的天空是湛蓝的。

[白房间。叶芒和宁娜面对面坐着。叶芒在画她的肖像。

[红房间。较前场,似乎多了几件家具,已经像个新房的样子了,贺水夫坐在椅子上,读那本《麦田里的守望者》。

葛藤子 轻轻地哼着《五朵金花》里的插曲。

大理三月好风光
蝴蝶泉边好梳妆，
蝴蝶飞来采花蜜哟，
阿妹梳头为哪桩？

贺水夫 蝴蝶泉边一枝花，
丢块石头试水深。
有人采花怕有刺，
徘徊心不定哈依哟。

［葛藤子真怪地朝贺水夫看了一眼，然后又像所有陶醉在幸福里的人一样，宽宏地笑了。

贺水夫 （念书）“有那么一群小孩子在麦田里做游戏，几千几万个小孩子，附近没有一个人——没有一个大人。我是说，除了我。我呢，我站在那混账的悬崖边，要是有哪个孩子往悬崖奔来。我就把他捉住——我是说孩子都在狂奔，也不知道自己往哪儿跑，我得从什么地方出来，把他们捉住。我整天就干这样的事，并只想把他们捉住。”

葛藤子 ……你在看什么好书？这么专心？

贺水夫 《麦田里的守望者》。

葛藤子 看麦田？

贺水夫 看守人……

［白房间。

宁　娜 你怎么画画又涂掉？你已经涂掉好几遍了。

叶　芒 我待在黑房间的时间太长，对光，对色彩产生了错觉。你不知道：我那间屋子有多黑。一天廿四个小时都得点电灯，一年要烧坏五十个电灯泡。

［申大毛、小五子西装革履进门，他们夹着又厚又大的书，一副学者的风度。特别是小五子，架着一副金丝边眼镜，更显得滑稽不堪。

葛藤子 你们可回来啦！

小五子 嗬！我在做学术方面的报告，回来晚啦！

申大毛 哟，台下的观众人山人海，像看电影明星似的，我报告刚做完呀，人群就围住我了……让我签名呀，留地址呀，和电影里一模一样。

小五子 比干活累多了。（露出了干重活的本相）

葛藤子 那么厚的书啊！

［小五子装斯文，显得特别吃力

申大毛 （走向葛藤子）你瞧瞧……看得懂吗？

葛藤子 全是洋码字，看不懂。

申大毛 嗨，上海是个开放城市。你瞧满街跑的出租汽车，顶上有盏小黄灯，小黄灯上写的就是洋文，叫“坦克西”。在上海，不懂洋文，就没学问啦。

小五子 你瞧瞧我的书……

葛藤子 也是洋码字呵！

小五子 我比他厚……

申大毛 我比他大，瞧，夹在身上多神气。

葛藤子 你们真有学问，我们家乡偏僻，种田人两腿泥，可都晓得读书好。谁家出个读书人，十里八里传开了。我去洗衣服去。

［葛藤子端一盆衣服：“我去一会儿。”（出外）

［小五子，申大毛赶紧走到贺水夫面前。

小五子 怎么样？李红星查到了没有？

贺水夫 你的书拿到了。

［小五子把拿到的书正过来。

贺水夫　你是夹书，不是夹雨伞。手松松地托着。不要夹得太紧。（站起示范，小五子照样学）对了。要有点学者风度。翻书要有翻书的样子，一页一页翻，慢慢地翻……这不是翻出勤单，更不是玩扑克牌……看书时，时不时往上推推眼镜……眼镜糊了，摘下来，呵呵气，拿干净的手帕擦一擦再戴上。

小五子　我是问，那个李红星查到了没有？

贺水夫　昨天，我借到了一张护照。一个新加坡华人的。今天一早，我叫了辆蓝色的轿车，驱车来到化工局。我出示了派司。他们招待得很殷勤。我说要找的这个李红星，是我一个远房的表弟。我很想见见他，外面有一笔遗产。他说，叫李红星的化工局有好几个。我告诉他们只要把所有李红星的照片都搞来，我一眼就能从当中挑出来，我们家族有一种特殊的印记。他们满口答应，让我下午两点去拿。我这就去。

小五子　拿来以后呢？

贺水夫　只要把所有的照片都给葛藤子看！我们有多少朋友，她一眼就能挑出她那个宝贝来。

申大毛　妙极，妙极！

贺水夫　我走了……汽车来了。（大毛与小五子追出）

［一辆轿车的喇叭声在不远处响，贺水夫西装革履地下。小五子追下。

［艾老头提着水壶从楼道上下来。他给插在地上的拐杖施肥浇水。时时望望挂在树上的花圈，心里寒噤一阵。

［宁娜从白房间探出头。

［小五子重上，看着艾老头浇水。

宁　娜　爸爸，你给拐杖浇水做啥呀？

艾老头　你知道西太后把那九九八十一根拐杖都种在了圆明园，八国联军一把大火把石头都烧焦了，可拐杖……嘿嘿火灭了，拐杖又活了。我这块祖宅油水好，地气足，听你曾爷爷讲，当年阴阳先生来摆过沙盟……，插一把扫帚能开花。

［艾老头对这花圈深感犯忌，但表面又装着悠然不在意似的。

宁　娜　爸，把树上的花圈拿下来吧，让王家姆妈看见了多晦气呀？

艾老头　挂着吧，也许这是你姐奠祭你死去的妈妈的。

宁　娜　我问了，姐姐没挂过！

艾老头　前几天，起风了，花圈上的纸花一朵也不少，下了一场雨花圈越发鲜亮了，像活的。……先让它挂着，是人挂的，一定是送给该送的亲人，不是人挂的，是送给她自己的。

小五子　（从井台边走近）艾老伯，人总是要死的，你廿四小时练绿色气功也……

艾老头　你懂个屁！我是十三年前在人民公园得悟灯法师秘传！他老人家八十高龄在成都练绿色气功，光头上已经长出十八根黑头发了！

小五子　人家练的是童子功！不是你的绿色气功。

艾老头　（扫兴地）去去去！我祖宅的地气被你们的晦气冲了！宁娜，你也别泡在客房里，这幢房子老了，现在到处都是野猫。

［这时，葛藤子在院子里晒衣服，她又哼起一首等候情人的歌曲舞："十五的月亮升上了天空呀……"自房间里。

宁　娜　你在画什么？

叶　芒　画鱼。

宁　娜　这种鱼很好玩。

叶　芒　陕西，在半坡村出土的陶器上，画着这样的鱼，我怎么也画不像。

宁　娜　看上去好画极了！像小孩画的！

叶　芒　人类的童年！有时，我甚至怀疑，这不是人画的。

宁　娜　不是人画的？

叶　芒　是鱼画的。（坐）

［宁娜不解地，她思索着。

叶　芒　那时候，人类跟自然，比现在要亲近得多……

［申大毛在院子里游逛，他心里充满了一种异样的情感。

申大毛　听，那里是动心的情歌，楼上是绵绵情话，春天来了！爱情的季节。

［他看见宁恒走来，忙走过去。

申大毛　尊敬的宁恒姐姐……

宁　恒　干什么？

申大毛　今天晚上，我们要举行婚礼，我要请你跳个舞！

宁　恒　神经病！（欲走，大毛上前阻挡）

［申大毛堵住宁恒去路。

宁　恒　你修了一天路，两条腿在弹琵琶，去歇一会。

申大毛　谢谢！我精神好着那！今晚的舞会，我得找一个漂亮的姑娘……

宁　恒　我还姑娘？我是老娘！……

申大毛　你很年轻！

宁　恒　（调侃）还很漂亮？

申大毛　又漂亮又鲜嫩。

宁　恒　去骗骗乡下来的小姑娘！

申大毛　真的，你嫩得像刚上市的水蜜桃，手指一戳，水就咕咕咕地流出来了……

宁　恒　呸！你到街上拉去。

申大毛　（走近）我爱你……

宁　恒　（笑）你吃错药了？

申大毛　爱情像一条小鱼钻进了我的心。

宁　恒　(退)真拎不清,我比你大五六岁那!

申大毛　"女大五,盖新屋"。你一天一天老了,没人真心对你,你太不幸了!我要保护妇女,我不能让你像喇叭花一样自开自谢!我要像小蝴蝶、小蜜蜂、小蜻蜓、小甲虫,围着你身边打转,在你身上爬来爬去,让你永远鲜艳,永远芬芳……

宁　恒　(退)疯子,你轻点!

申大毛　我要大声嚷嚷,海枯石烂……

宁　恒　我为你害臊!

申大毛　(逼近)你的痛苦我知道,每晚,你都上电影院,一个人孤单单的。我的痛苦你不明白,每晚,我也上电影院,一个人,孤零零的……

宁　恒　(无路可退,在井边站定)你发疯了!

申大毛　发疯了!

宁　恒　(镇静)你真的想为爱情……

申大毛　(迫不及待)倾家荡产!

宁　恒　甚至……

申大毛　为你去死!

宁　恒　(朝前走)真叫人感动!

[申大毛不自觉地后退。

宁　恒　来,你这些话应该接着我说!(诱惑性的老练)

[申大毛怀疑地止步。

宁　恒　你的勇气上哪去了?伸出你的手。

[申大毛小心翼翼地伸手,被宁恒一把握住。

申大毛　哎哟!痛!

宁　恒　亏你还是马路工!

申大毛　他们平时照顾我,只让我管管工具……

宁　恒　(把他手猛扭至背后)你就这样保护妇女?

申大毛　哎哟，哎哟！（被拧得蹲下去）

宁　恒　你鲜嫩得像刚上市的水蜜桃……

申大毛　哎哟，我是真心的呀！

宁　恒　（蓦地铁青脸色，用劲把申大毛头颅塞进井口）那好，为爱情去死吧！

申大毛　哎哟，救命！

宁　恒　下去吧！机会难得！当代罗密欧可以出名了……

申大毛　……宁恒姐姐……我不敢了……

［小五子听见动静，躲在门口窃笑，葛藤子衣裳举在半空，她惊呆了，水一滴一滴往下滴……她想喊，小五子向她摆摆手，示意她不要惊慌。宁恒瞥了一眼小五子，用力一推，板着脸朝楼道后径直走去。

葛藤子　（她充满同情地望着申大毛）毛毛。

申大毛　尝了尝爱的滋味……

［葛藤子迷惑不解地……

［申大毛进红房间。

小五子　怎么样？是甜还是苦？

申大毛　疼！

［贺水夫夹着一本照相簿上。进红房间。

［葛藤子红房间内。

葛藤子　水夫哥哥，手里夹的啥？

贺水夫　照相册，全都是好朋友。（把照相簿递给葛藤子。）

［葛藤子翻看。一边看一边评论着。当她看到某一张时，果然不出所料——

葛藤子　红星！红星！

［她继续沉浸在照片带来的回忆里。毛毛陪着。

［贺水夫拿着夹在照片后的一张纸走出红房间，小五子跟出。

贺水夫　“化工研究所工作，家庭住址：长寿路……”

［当他读给小五子听的时候，宁恒悄悄地立到身后。

贺水夫　等会儿，去他家，找他谈一谈，让他来参加今晚的婚礼……

宁　恒　不要去了，他已经领了结婚证，大概快去度蜜月了。

贺水夫　你怎么知道？（泄气地坐下）

宁　恒　李红星是我的表弟。

贺水夫　你为什么不早说？

宁　恒　我第一眼就看出来了，这个房间，当初就是我借的……我看你们像猫玩老鼠一样耍她，故作不认识……

贺水夫　你尽干拉皮条的事！

［贺水夫走向楼梯，宁恒跟过去。

［小五子的脸上也罩上了乌云。他坐在井台边，低垂着头沉思。

［贺水夫拿起电话，拨号。

宁　恒　前天，我在街上碰到李红星，他手上捧着一大沓婚礼的请帖……

［停顿，贺水夫泄气地坐在楼梯口。宁恒傍着他身边坐下。

［红房间里，传出葛藤子的歌声：“阿哥阿妹的情意长，好像那流水日夜响……”

贺水夫　这个姑娘，还在那里练习婚礼的节目，一首一首，都是专门为那个男人唱的。恨不得把一辈子学的情歌都留在这一天唱完……在另一个地方。那个男人就要跟另一个女人度蜜月去了……这个世界！……荒唐！真是一个荒唐透顶的世界！

宁　恒　你已经救不了她了……（上前）

［停顿，水夫蹲下。

宁　恒　可你能救另一个女人……

［贺水夫迷惘地望着宁恒。

宁　恒　这个女人就坐在你身边！

贺水夫　我谁也救不了！谁也不想救！

宁　恒　那么，你想开溜了？想滑脚跑掉?!（搂住贺水夫）你让我尝到了男人的力量，男人的热情！尝到了做一个女人的滋味。尝到了什么叫爱！你明明知道，我已经离不开你，只要你对我一点点好，我就会百倍地偿还你，甘心做你的奴仆……（贺挣脱宁恒的手）

贺水夫　可我并不爱你。

宁　恒　一个女人背叛过你，你就怨恨所有的女人……

贺水夫　这个乡下姑娘的一生就要被那个男人毁了……

宁　恒　可你还要毁掉我！

贺水夫　宁恒！其实我们都是自我毁灭，我们分手吧！

［停顿。小五子在井边坐靠着，旋着拐杖。

宁　恒　是的，我，我的生活早就被毁了……我以前不是这样的！我曾经像这个乡下姑娘一样纯洁……刚去农场的第一天，把我的小行李卷搬进女宿舍。八个人，就我一个新来的。她们七个人都有男朋友，经常互相用淫话开玩笑。整整一个夜晚，我用被子蒙住头，莫名其妙地觉得脸红、心跳、恶心、想吐。……那时，我才十七岁……。

［有什么共同的遭遇打动了贺水夫，他接近宁恒，轻轻地抚摸她的肩膀。

宁　恒　对你，我从来没有隐瞒过什么，再说，我这样的人，你一眼就能看出来……你早就不该接近我，不该惹我，挑动我……就让我自生自谢，像一朵野地里的花……自从有了你，我像小姑娘闹恋爱，常常烦躁得满脸通红，一个夜晚又一个夜晚，等着有人敲门……

［贺水夫抚摸着宁恒的头。

［又传出葛藤子的歌声。

［坐在长椅子上的小五子，像突然苏醒过来，他抬起头，他又看到那挂在树上的花圈，他站起来，站在花圈下。

小五子　你为什么静静挂在那儿，都是你这个怪物，谁也没请你，你安静、别人就不安静了。

［响起哀乐，情歌和哀乐。

［小五子拣起一根竹棍，想把挂在树上的这个不祥的征兆挑下来，竹棍太短。他扔掉竹棍，走进红房间。

［楼梯口。

贺水夫　（走下一层）我设想着我奇特的婚礼，一半是穷人，一半是富人，我真想结婚了。

宁　恒　你只是想。

贺水夫　真的，我还不相信我们这就是爱。

宁　恒　我知道，有个女人，对你的刺激太深了……

贺水夫　我受过什么刺激？（又恢复了平常的玩世不恭）

宁　恒　我知道你的那个故事……

贺水夫　我有什么故事？

宁　恒　有过一个姑娘，在你插队的时候。这个姑娘像所有资本家的女儿一样，被人歧视……

贺水夫　你真会编故事……昨天我们做游戏，每人胡编了一个初恋的故事。（下楼梯）

宁　恒　这个姑娘很漂亮，你怜悯她，后来爱上了她。

贺水夫　怜悯么在我身上早就像拉屎一样拉掉了。（在楼梯口的横门）

宁　恒　姑娘下肢瘫痪了，你侍候她，你的事迹可以登报。

贺水夫　你被爱弄昏了头，想给我编一个英雄的故事。（树后面走出）

宁　恒　你下地干活，怕她寂寞，就找另一个男人陪伴她，那个男人也是一个资本家的儿子，他们一起回忆童年，谈富人的孩子共同有趣

的事情。(贺绕井台走)

贺水夫　你给我住口!

宁　恒　两年后,那个姑娘病好了,站起来,又是一个亭亭玉立的少女,她已经把身子给了那个男人,你还蒙在鼓里……

贺水夫　我割掉你的舌头! 贱货!

宁　恒　我是从你的朋友那里打听到的……

贺水夫　你可以到克格勃当"燕子去"去了!

宁　恒　你本来是心地善良的……

贺水夫　我的善良已经拉屎拉掉了!

[他走进红房间。

葛藤子　水夫哥哥,你脸色怎么那么难看? 病了? 为了我们,你累坏了!

[贺水夫开始自酌自饮。他抬头怔怔地看着葛藤子。

[葛藤子正在喂奶,他们相视,各自忧郁沉闷。

[长笛和小号交错着位置。

葛藤子　水夫哥哥? ……

贺水夫　(怔怔地)我最喜欢看女人奶孩子了。

葛藤子　(惊讶地)……

贺水夫　妈妈四十岁生的我。生下我,妈妈就老了……我老想,妈妈年轻时,不知什么模样。

葛藤子　你真怪。

贺水夫　我老想喝奶、怪吗?

葛藤子　(笑)你又不是孩子。

小五子　他妈妈生下他就去当奶妈了。他是喝米汤长大的。

[葛藤子取过吸奶器,转身,端上一杯奶。

贺水夫　不不! 我说着玩的。(跳起座退到小五子夹缝中走出)

葛藤子　孩子吃不了,真的。(拿起杯又走到水夫身边)

贺水夫　（犹豫，接过，呷一口，背身仰脖转正）真甜呵！

［贺水夫他一个劲地喝酒。小五子离座，不能散席。

葛藤子　你不要又喝醉了，你们醉了真怕人……

［贺水夫仍然一杯一杯地喝酒。

贺水夫　藤子妹妹，故事该结束了。（决定后又坐下）

葛藤子　你今天真叫人摸不透。

贺水夫　我要告诉你一件事，认认真真地告诉你一件事……

葛藤子　你一定也遇到了伤心事，看见别人伤心，我一个人快活都像犯了法！

贺水夫　这件伤心事是你的！我只希望你不要过分伤心。听完了，要哭就痛痛快快哭一顿，哭好了，高高兴兴地生活下去……

葛藤子　你又要开玩笑……

贺水夫　这件事说出来，你唱了一天的情歌会变成哀乐，你一支一支采来的鲜花到头来只是为自己编织花圈……

小五子　（欲阻止，提醒）你说话注意分寸，不要说醉话……

葛藤子　他又要考验我。

贺水夫　初恋像彩虹一样，很快就会消失……

葛藤子　（愉悦地，开玩笑地）老人们都这样说，在天的尽头，彩虹长在……一般人的眼睛看不见……

贺水夫　他抛弃了你！

葛藤子　（开玩笑）抛弃了一年，今晚就要回来。

申大毛　你喝多了！

贺水夫　他不会回来了！

葛藤子　今晚不回，明天也会回的。

贺水夫　永远不会了！

［江福贵回到红房间。

葛藤子 有一天他会突然回来的。

贺水夫 他已经跟别人结婚！

小五子 胡说！

葛藤子 （连续开玩笑）这个别人就是我！

申大毛 你醉了！

贺水夫 你真傻！

葛藤子 我是傻！

贺水夫 你是一个大傻瓜！

葛藤子 我是一个大傻瓜！

贺水夫 你连真话假话都听不出来……

葛藤子 我现在听得出来了，我知道你们都有伤心事，不喝点酒诉诉心事，心里更难受……我经得住考验了……

贺水夫 我和你认真地讲，他已经跟别人结婚了……你听了不要难受……

葛藤子 我听到了。

贺水夫 你怎么那么平静？（站起）

申大毛 你别听他的。

贺水夫 福贵说的是真话。

江福贵 我说的是假话。

贺水夫 我们根本不认识他，我们在要你！

小五子 我们全都是他的好朋友。

申大毛 他是醉鬼！

贺水夫 他欺骗了你，他工作单位、家庭地址都没有告诉你。

葛藤子 我自己忘了。

贺水夫 他不叫李红星，他叫李黑心！

葛藤子 水夫哥哥，你什么玩笑都能开，你可别骂他。

贺水夫 你难过了，别难过！（走近）背叛，这是常有的事，生活照常进行，

还会有人爱你……会有的。（小五子急上前搁住水夫阻止他再说下去）

小五子　醉鬼！

申大毛　他胡说八道！

江福贵　他神经搭错了！

贺水夫　我们一直是恶作剧，我们是一帮无赖，流氓，我们在耍你，作弄你，你听明白了吗？

小五子　醉鬼！（忍不住上前推开水夫、阻止他揭露真相，葛惊吓后退）

江福贵　混蛋！

申大毛　你太没心肝了！（推倒椅子）

［三人握紧拳，从三面包拢。小五子踢倒椅子。

葛藤子　你们别……快别这样。

贺水夫　他们从来不是我的对手！

［他们继续逼近。

葛藤子　你们别……

贺水夫　一起上，我像拍蚊子，一拍一个。

葛藤子　你们别……他只是开玩笑呵！

贺水夫　（向小五子挑衅，逼近，他退）哟，怎么往后缩了？我实在不好意思揍你！你的那套三脚猫拳路，都是我教的。来，我再教你，下巴壳垂下，侧身进攻。左拳护胸护下巴，预防冷拳。右拳时刻准备出击。要用勾拳，有力量。身子别摇晃，别让你的对手觉察你虚弱的内心。打架主要用脑，出拳要快，干净、利落，打下巴……

［小五子一冷拳击中他下巴。水夫先自转一圈，然后江福贵打了他一拳。

贺水夫　打……打得好！

［江福贵又一拳把贺水夫击倒。使贺水夫站不住转身，大毛又一

起倒地。

葛藤子　坏蛋！你们哪是大学生！比我们农民还不如！

[红房间，贺水夫倒在地上，葛藤子俯身照料着他。

[大家这样静默着，僵持着。

[白房间里。

宁　娜　你画过人体吗？

叶　芝　人体？

宁　娜　对着模特儿画？

叶　芝　没有。我没有这个条件，美术学院有，我是业余的。

宁　娜　听说美术学院招考人体模特儿，应考的人有一万多……

叶　芝　上帝造一个美的人体不容易。不仅每个部位要好，合在一起，也要好，要协调、健康、美。一个漂亮的人体，简直是神迹……

宁　娜　如果有人愿意，有个姑娘……（勇敢羞涩）

叶　芝　姑娘？

宁　娜　我。

[停顿。

宁　娜　你等等，我到屏风后面去，当我出来的时候，就是你需要的……

[宁娜走到屏风后面。

[红房间。

葛藤子　（对贺水夫）你伤着哪儿没有？（水夫坐起）疼吗？

贺水夫　还好。

贺水夫　小五子，你的拳很有进步。

葛藤子　你怎么还讲笑话？……我知道你这是在考验我。

贺水夫　我这个人一认真，自己倒成了笑话。

葛藤子　我口袋里有他的电报。（她掏出电报，又念了一遍电文，淘气地笑着）

贺水夫　说出了真相，自己倒成了假的……

葛藤子　来这里，你们真真假假，已经考验我多少回了……

［沉默。

［葛藤子居然又哼起了情歌。

［贺水夫们彻底服了。

［这时，有个白衣警察站在外面。

警　察　谁叫贺水夫？

贺水夫　我就是。

警　察　出来一下。

［贺水夫走出红房间。

警　察　你知道你的诈骗行为露了破绽吗？

贺水夫　你知道什么是欺骗，什么是真诚吗？

警　察　你为什么冒充新加坡华侨？

贺水夫　你一会儿就知道了。

警　察　跟我走一趟。

贺水夫　好，你先走，我马上就来。（转脸对小五子等人）你到工地去一次，请队长亲自来公安局保我，晚上婚礼照计划进行，派人把新郎绑来！

［白房间，屏风在动。

［贺水夫随警察走去。

［红房间，葛藤子不知道外面发生的一切，她沉浸在期待里，唱着情歌。

［小五子、江、毛转脸看着藤子。

［嘹亮的号声。

第四幕　婚　礼

[幕启。

[前幕当天傍晚，小号声继续着，它变成一首舞曲。

[树影拖得很长，宛如一条松鼠美丽的长尾。凿地的风枪声从远处飘来。敲击地面的音响，像有人拍着节拍，渐渐地消融在近处喧闹的打牌声里。

[那像万国旗的尿布已经移到红房间的外面了。

[天井洁净一新，如刚刚水洗一样。

[红房间里洋溢着喜庆的气氛。房门、窗棂，墙上贴了吉祥的“鲤鱼跳龙门”“双雀争枝”等农村的窗花剪纸。红房间里一切多余的桌、椅、床全被拆掉了。四周放着一圈长桌长椅，蒙着白桌布。桌上凉菜、酒杯，还有一摞书。桌下密密层层的酒瓶。大都市浓郁的现代情调和古朴的乡情民俗古怪地结合，这是一个奇妙的时刻。

[白房间，叶芒在专心致志地作画。竟然，这儿即将发生一件神圣的事情，他一点不察觉。

[随着小号的舞曲，红房间里出现贺水夫、葛藤子的舞姿。他风度翩翩，潇洒极了。她满脸羞涩，动作拘谨，时常错乱脚步。

[申大毛在一边看他俩跳，一边自己也学着舞步，抱着孩子。

葛藤子　我的脚像踩在水稻田里……我实在学不会！

贺水夫　你一定要学会。今天的婚礼，你要让他大吃一惊。

申大毛　哎呀，他尿尿了，瞧，我袖子管答答滴了……

［葛藤子欲去换尿布，申大毛进内。

贺水夫 （拉住）你今天任务是当新娘。妈妈，让给大妹子当。

［贺水夫喊着步子跳。

葛藤子 你今天穿得真漂亮。

贺水夫 我像一个傧相嘛？

葛藤子 （脱口而出）更像一个新郎官……

［葛藤子因失口而羞涩。沉默。

贺水夫 妹妹出嫁了，忘了哥哥。这是小学课本里的一篇童话。我都想让你永远不出嫁……

葛藤子 （深情地）我不会忘了你的。

贺水夫 （打趣）对，丈夫可以换的，哥哥只有一个。

葛藤子 你说什么呀！

［宁恒走进红房间，靠着门，悄悄地观察着。

宁　恒 你教得太差劲了。看来，得我亲自上阵……

［敲门声，宁恒带领葛藤子跳舞进内。门口站着艾老头，贺水夫迎出门。

艾老头 （彬彬有礼地）红房间爷叔，打扰你了！请你帮个忙，我来了一些客人，可下水管子已经堵了两天，抽水马桶也堵了，这日子没法过了……

贺水夫 你可以打电话。

艾老头 房管所的人全是老爷。他们说不管修私房。

贺水夫 你请我去研究研究？

艾老头 对，你是这方面的专家，权威！

贺水夫 你今天对我太客气了！

艾老头 以后，我要永远对你客气。

贺水夫 你别可怜我呵！

艾老头 不不不！你可怜可怜糟老头子吧！大小便跑上跑下，洗个手跑上跑下……我有对不住你的地方……

贺水夫 我去研究研究。我说艾老伯，你要能像工商联的老先生那样发点余热，而不是成天消磨在牌桌上，我想你的下水道保证畅通无阻。艾老伯，过去我跟你开了很多玩笑，其实也是开自己的玩笑。

[贺水夫边说边上楼。艾老头紧跟着，在楼道里消失。

[温暖的长笛声起了。

[红房间。舞姿从疯狂的旋转轻俏地转入荡漾。

宁　恒 你觉得快乐嘛？

葛藤子 我都觉得头晕了。

宁　恒 快乐得晕头晕脑，神魂颠倒。

葛藤子 我成了世界上最幸福的人了。

宁　恒 你认识我吗？（停住）

[葛藤子摇摇头。

宁　恒 一个春天的夜晚，天很黑……有个人拿着手电筒……

葛藤子 ……出来开门，你是他表姐。

宁　恒 他已经结婚了……

葛藤子 不。

宁　恒 我收到他结婚请柬……20日，新雅酒楼B厅，还有七天……

葛藤子 不。

[沉默。宁恒取出照片。

宁　恒 王开照相馆照的结婚照。照得多好！你瞧新郎新娘头靠着头……

[沉默。

[终于，她相信此事是真的。

葛藤子 （轻轻地）你为什么要这样？

宁　恒　妒忌是女人最大优点。

葛藤子　我一定伤害你了。

宁　恒　欺骗怎么会长久呢？

葛藤子　还要举行婚礼……

宁　恒　他们要把他绑来……

葛藤子　（轻轻叹气）我要走了……

宁　恒　你不能走。

葛藤子　不走怎么办？我让他来这儿难堪？其实，……我本来就没打算结婚……我不会怪他的……

宁　恒　他们不愿你有半点悲伤……

葛藤子　全上海有廿条中木桥路，中木桥路有廿个132号，中木桥路上的房子幢幢都一模一样，常常有人走错了门，会有人走错的，会走错的！（哭着蹲下）

宁　恒　但愿我也能走错一次。

葛藤子　都怨我不好！我本不该来的。

［葛藤子蓦地泪如泉涌，哭出声来。

宁　恒　他已经去度蜜月了……你们不会有婚礼了……我继续教你跳舞。

［宁恒搂住她。她一下子扑到她的肩上，强咽着声，双肩剧烈地抽搐着。二女头碰头地搂着。

宁　恒　每一个女人都尝过失恋，背叛的滋味！你还算好，有那么多人爱你！这群马路工呵，从来没对人这么好过。你一走，他们会伤心的。你得装，把这个戏演完。明天，悄悄地离开吧。（葛哽咽点头答应）

［宁娜端着杜鹃花走进白房间，放阳台上浇水。

叶　芒　（站起向前）我想看看怎么养花？（要欣赏）

宁　娜　杜鹃花像姑娘一样娇弱，你要精心服侍它。它怕冷，太阳出来，你

要放阳台上，让暖暖的阳光焐焐它。它怕黑，你要放有光亮的地方。（宁娜要借花诉情）

叶　芒　那么爱情也怕冷、怕黑吗？

宁　娜　你怎么学得油腔滑调了？还有，水不能浇得过勤，浇一次，就要浇透。花还怕寂寞，你每天早上起来和它说说话，它定会绽开笑脸的。

叶　芒　你教的不是养花经。

宁　娜　花通人性，你对它好，它也对你好。

申大毛　装灯了，装灯了！

［一阵喧哗声。申大毛领一群扛地毯、架电线的工人进院子。他们在申大毛的指挥下，铺地毯，架彩灯。

［宁娜和贺水夫在楼道口相遇。

贺水夫　宁娜，等一会，我想请你参加在这儿举行的婚礼舞会。

宁　娜　谁的婚礼？

贺水夫　我的朋友。

宁　娜　谁同意的？

贺水夫　你爸爸。

宁　娜　你是个大国扩张主义者。

贺水夫　这个世界人们需要共存！我诚心诚意向你赔礼道歉！

宁　娜　好吧。

［两人握手言和，散去。水夫下楼走到一边。

［贺水夫一边向众人打招呼，申大毛迎上。

申大毛　插兄，他会不来吗？

贺水夫　绑架！不想来也得来！

申大毛　他会大闹婚礼的！

贺水夫　（挥挥拳头）马路工都是吃素的？等他一到，宣布婚礼开始。你们几个当他的保镖。婚礼完后，送他俩进洞房。

贺水夫　你们快出来看！地毯，乐队……灯……

［宁恒和葛藤子停止跳舞，走出屋子，申大毛也过来。

申大毛　灯快亮了！

［蓦地，灯亮了。四周耀如白昼，彩灯像嵌在半空的星星。她们被这壮丽的景象震住了。葛藤子潸然泪下。

贺水夫　你怎么哭了？

葛藤子　（佯笑）我快活得想哭。

贺水夫　真快活？

葛藤子　快活极了。

贺水夫　（狐疑地问宁恒）你的舞教得怎么样？

宁　恒　教得好极了。简直可以参加交谊舞大奖赛，正宗三四步，应付婚礼，绰绰有余。

葛藤子　她教得又简单又好学，我一辈子都不会忘记，我都不晓得应该怎样感谢她。

［长笛和小号的主旋律。管弦乐齐鸣。涌进来一群漂亮的男女。

贺水夫　毛毛，你去招待招待。（对葛藤子）今晚你唱主角，等一会够你累的。你先进屋里歇一歇。你要穿好洁白的结婚晚礼裙……

［葛藤子接过申大毛手中的孩子，进里屋。

［天井内留着宁恒与贺水夫。

贺水夫　你和她说了什么？

宁　恒　说了……

贺水夫　你到底说什么了？

［贺水夫看见江福贵进大门。撇下宁恒，向他走去。宁恒冷漠地瞥一眼，走进红房间。

贺水夫　人呢？

江福贵　队长，队长派了十个人给小五子，兵分二路，一路去单位，一路去他家。你放心，我们会叫他变成小乖乖的……队长说："今晚不加班，全体参加婚礼"，叫我先来照应。

贺水夫　好，那你负责照顾乐队。

［贺与江同下。

［艾老头和牌友们也走上楼道。好奇地看着。艾老头看看表。走下楼梯。抱着大树，练绿色气功。

［叶芒在宁娜带领下从白房间内走出。

［叶芒和宁娜飘然起舞。

宁　娜　你一点都不爱花，你不是艺术家！

叶　芒　杜鹃？

宁　娜　你叫叶芒！难道你是夜盲，你是瞎子？

［叶芒久久注视宁娜。

宁　娜　傻样，你干吗盯着我的眼睛？

叶　芒　眼睛里有个小人。

宁　娜　谁？

叶　芒　我。

宁　娜　不对！那是我。

叶　芒　你嘴上生了一颗东西。

宁　娜　什么？

叶　芒　一朵花。

宁　娜　别碰，你会把花碰碎的！

［蓦地，他俩猝然止口。他俩看到了悄悄伫立的贺水夫和葛藤子，消失了令人销魂的甜蜜的笑容。

［一支40年代著名的舞曲。一边观看的牌友轻轻打着拍子。舞曲勾起了年轻时光的回忆。

终于，有一对按捺不住，步入舞池。另一个，四处眺望，寻找艾老头。

［牌友甲终于在大树前找到艾老头。

［贺水夫进来，他看着艾老头，停住脚。

牌友甲 老艾，老艾，我到处找你！这么热闹的舞会，你练什么功呵！

艾老头 别闹，别闹，我跟大树合为一体了……

牌友甲 你听，这是一支40年代的著名舞曲，我已经从脚底心痒到大腿根了，你明早再练嘛！

艾老头 功课一天两次不能停。定时定点，一课不练，半年白练……

牌友甲 没用的。你还想返老还童……跳吧，跳吧！

［艾老头一下子从树上弹开。

艾老头 这叫五元归真，气功的上乘。功课做到这一步……

牌友甲 快跳吧！

［牌友甲急不可耐地拉艾老头跳舞。

牌友甲 呵，我好像又回到了当年的百乐门舞厅。

艾老头 那时候，百乐门大名鼎鼎的三姐妹，你是挂头牌的……

牌友甲 汤恩伯、吴国桢每个周末都来光顾百乐门，轮流找我跳……炮声响到吴淞口，他们照样七点钟到。上海城城门怎么会不攻破？唉，二三十年没跳了，我脚痒得呵！（急旋而下）

［申大毛兴冲冲进红房间。他看宁恒喝得满脸通红，醉眼惺忪，欲进不行，欲退不能。对望着。宁恒放下酒杯，向他走去，他连连后退。——

宁　恒 来，我的骑士，我请你跳个舞。

申大毛 不，不，不，我不敢了。

宁　恒 小可怜儿，我请你跳……

申大毛 （怀疑地）真的？

宁　恒　真的。

［红房间里。申大毛动作拙笨地跳着。

宁　恒　你一点不会跳，从来没学过？

申大毛　我抱着凳子学过。

宁　恒　两步呢？

申大毛　在宾馆舞厅里看过，花了七块外汇券。

宁　恒　跳两步吧！

［小五子跌跌撞撞走进天井，贺水夫急忙走上前。

小五子　跑了，跑了！我和队长兵分两路，足足守了三个钟头。昨天下午的火车，去度蜜月了。五天以后回来。我想宰了他！

江福贵　怎么收场？怎么办？

小五子　（颓伤地）彩灯，地毯，乐队，舞会，客人，傧相，司仪，酒，糖，橘子水加新娘。什么都有了，就是没新郎……我们想把别人变成傻瓜，结果自己变成傻瓜。

江福贵　这个婚礼的头没开好，仪式再庄严……还是一场游戏。

贺水夫　我希望大地上干干净净，没有城市，没有人……

［他们颓伤地走向一边。

［只有一对牌友的舞姿了，他们轻慢起来。

牌友甲　趁这几年身体好，我要尽情享受。吃、喝、玩、跳！可惜现在上海不是不夜城！我把钱都花在游览祖国大好河山上，八月去泉州、厦门鼓浪屿，你跟我搭伴吧？

艾老头　去。

［红房间里。

宁　恒　跳两步，脸要贴脸，不然不叫两步。

［申大毛抖抖索索贴去。

宁　恒　你还没和姑娘跳过舞？

申大毛　今天第一次。

宁　恒　恋爱过吗？

申大毛　单相思。

宁　恒　二十几岁的人了，你难道不觉得孤单？

申大毛　现在不觉得了，和你跳舞，我就感到幸福。

［申大毛与宁恒看见葛藤子抱着孩子，提着旅行袋准备出门。舞曲已经停了。

宁　恒　怎么，你还是要走？

［贺水夫、江福贵、小五子进红房间。

贺水夫　哈，太不巧了，火车误点……

小五子　中国四个现代化都耽误在交通上。火车误点，汽车误点，连电车也误点。你别急，我歇口气再去火车站，总会等到的。

贺水夫　衡阳发了大水……把火车困在途中，就像一片汪洋中的小岛。直升机也上不去。老天爷太不帮忙了。不过，火车总要来的……

葛藤子　火车总要来的……

贺水夫　（忽然发现收拾好的行李）你要走？

葛藤子　不，我没走，我在等……

贺水夫　是呵，应当等下去……

葛藤子　（小心翼翼地）现在，火车误点了……

小五子　火车总会到的……

葛藤子　我先回去看看好吗？

［宁恒接过孩子。

宁　恒　不好，孩子有病。

葛藤子　孩子没病！

宁　恒　我是医生，我比你懂！你不能走……

贺水夫　（走向二个女人中间）你是个善良的姑娘，难道我们这么留都留不住？

[叶芒与宁娜上场，叶芒翻看一本厚厚的外文书。

叶　芒　（翻着书册，突然地）谁在学外语？

申大毛　我！

小五子　还有我！

叶　芒　你们真了不起，能看那么大厚本的《妇科学》？

小五子　什么副科学，正科学？

叶　芒　我是说《妇产科学》。

申大毛　噢，随便读读！

叶　芒　你们想考医科大学？

葛藤子　他们都是大学生！

[沉默。

叶　芒　你们真的有那么高的英语程度，那么厚的书呵？

江福贵　你懂吗？

叶　芒　看不大懂。看一个书名都很吃力。

小五子　不懂还问什么！

申大毛　我懂法语。

小五子　我懂德语。

叶　芒　你们懂法语和德语，怎么看起英语书了？

小五子　你真拎不清！你用你的英语看，我用我的德语看，他用他的法语看，咱们各看各的，不就行了？

叶　芒　我看你们不懂外语！

葛藤子　懂的！

宁　恒　你管那么多干吗？

叶　芒　你们也不是大学生，干吗要装呢？

葛藤子　你怎么能这么说呢！他们是大学生！

申大毛　就你是画家，有学问！（恼火地三人围上叶芒）

叶　芒　我不是画家。我是个扫地工，和你们马路工一样普通，没什么可隐瞒的！

葛藤子　他们比大学生还要有学问！

贺水夫　画家，你很真诚。我们呢？有点爱虚荣。你说对了，我们是假大学生，我们只是一群马路工……

［马路工围上前。

［沉默。

贺水夫　藤子妹妹，今晚的婚礼？……

葛藤子　（用轻得只有贺水夫能听到的声音）我听你的……

贺水夫　今天的婚礼……看来得照常举行……已定的婚礼改期，不仅会给新婚伉俪带来不幸，也会使参加婚礼的客人扫兴。依照上海的风俗，傧相常常扮演新郎，代替新郎……今天的婚礼，请你尊重我们的风俗，穿起洁白的新婚晚礼裙吧！

［沉默。葛藤子不动。

申大毛　我们的客人都在等着，还有乐队，都是第一流的演奏家……

［沉默。

小五子　这是我们第一次举行这样盛大的婚礼呵！你听，所有筑路的机器都停止歌唱，我们队长宣布不加班，全体弟兄都朝这儿走来了……

宁　恒　让婚礼有始有终吧！

贺水夫　我恳求你！以一个马路工的名义。

［长笛声里，葛藤子缓缓转身进里屋。（宁恒也抱着孩子进屋内）

［他们向贺水夫聚拢。（叶芒与水夫紧紧握手。）

［有顷，从黑暗处飘来一朵白莲。葛藤子身穿白色晚礼裙，头披白纱，拖曳着裙裾缓缓地飘逸而出，她的周围散发着圣洁、超然的

氤氲,分不清是快乐还是忧伤,因而显得更迷人。

[贺水夫迎去,挽起葛藤子。

江福贵 我宣布婚礼开始!奏乐!(江上楼梯)

[像战场上有个短暂的沉寂,激扬的小号轰然而起,又一首小号协奏舞曲响起……

江福贵 男方单位致词!

小五子 我代表天底下所有修地球的人们,祝新郎新娘新婚愉快!今后的生活,和和睦睦卿卿我我甜甜蜜蜜柔情蜜意温柔体贴白头偕老幸福无疆!干杯!

[众与新郎新娘碰杯!

江福贵 女方单位致词!

申大毛 我们农村的习惯,新娘子出门了,我们娘家人要哇哇哭几声。舍不得呵!祝愿呵!都在哭声里了。哇哇哇——干杯!

[众再与新郎新娘碰杯。

江福贵 新郎新娘向来宾敬酒!

[贺水夫挽葛藤子绕场一周,一一敬酒。

江福贵 新郎新娘致谢辞!

贺水夫 在日内瓦,里根和戈尔巴乔夫将举行和平会晤,日内瓦的小朋友把他俩的住址通知了全世界的小朋友。孩子们希望世界像童话一样美丽!在这儿,我们举行着童话一样迷人的婚礼。迷人的婚礼上有迷人的新娘。但愿世界上所有的男人都有这样迷人的新娘,但愿世界上所有的女人都有一次这样迷人的婚礼!干杯!(回身与葛碰杯,众人与子碰杯再喝)

小五子 下面怎么办?(宁恒这时给新娘佩戴红花)

贺水夫 继续进行。这个骗局真迷人!

[大家忽然觉得有点伤感。(众围水夫)

贺水夫 明天，再也留不住她了……我们也搬走，把红房间留给福贵，让它做一个真正的新房……

江福贵 插兄！

［他们无言地互相用拳手打击着对方的胸膛，用这种男人的方式。随后，江福贵猛然搂住贺水夫。他的肩膀在颤抖。

［这时，一阵小号的舞曲复又响起来。他们就这样在小号曲中拥抱良久。

小五子 新娘、新郎跳舞！

［贺水夫搀住葛藤子，慢慢地旋转，从红房间旋到外面。

［这时，艾老头拿着一张画布从楼上奔下。

艾老头 你们这群疯子，恶棍！马路工，勾引我的大女儿，一个画画的，看样子文质彬彬，来这里不到三天，就让我小女儿脱得光光的让你画，你们看，我的小娜娜，你们霸占我的房子，夺走我的女儿，你们还要抹我的脖子（众跳迪斯科下），杀我的头，停下，把你们疯狂的舞蹈停下！疯了！全疯了，这幢房子成了疯人院！（蜷缩在拱门处惊恐状）（人群翩翩起舞，不停地旋转……宁娜和叶芒，甚至那些牌友，谁也没有停下，谁也没有理睬他。艾老头嚷得筋疲力尽。）

［灯暗。

尾声　童　话

［灯亮。

［已经是早晨。

［又一个春天的早晨。

［一片静谧。

［江福贵、小五子、申大毛在院子门口。

江福贵 听说艾老头昨天晚上死了。死在厕所里。

申大毛 有的说，老头见到他女儿的人体画，气死的，有的说，老头在做一种牙齿保健操，小便的时候要憋住气，就这么憋过去了。

小五子 他死了，他的拐棍插在院子里，倒发出了芽。

［他们把悬挂在树上的花圈拿下来，放在那发芽的拐棍下。

［一束阳光照在这里，照在拐棍嫩绿的叶子上。

女　友 （出）中木桥路132号甲一号这房子怎么没有啦？奇怪。中木桥路132号甲一号，哦，我走错了，我走错了。（下）

（1985年演出本）

话剧

寻找男子汉

编　剧

沙叶新

作者小传

沙叶新(1939—2018),男,回族,江苏南京人。曾任上海人民艺术剧院院长,中国戏剧家协会常务理事,中国戏剧家协会创作委员会副主任,中国作家协会会员,上海戏剧家协会副主席,上海作家协会理事,上海市文学艺术界联合会委员。

人物表

舒　欢　舒　母　朱大姐　司徒娃　司徒母　包同志　小　李　小　白

周　强　流　氓　青年 A　青年 B　江　毅　推车青年　中年男子

青年女子　张阿姨　李家妈　赵大妹　王家嫂　陈大婶　司徒父　舅　舅

舅　母　姑　父　姑　母　姨　夫　姨　母　年轻妈妈　小男孩

司徒妻　周强的女友

[市内苏州河边，一群行人在匆忙地走动，来去穿场。

[舒欢漫不经心在兜圈子。

舒　欢　（自语）漫步街头，没任何目的，就这么走，走，不停地走，为的就是消磨时间。我习惯于走在路上思索。天上怎么没有鸟？好久没听到鸟叫了。地上有痰，恶心，罚款两角太少。罚十元，看还吐不吐！哦，走到这儿来了。苏州河。上海的河，干吗叫苏州河？存心制造混乱。苏州有没有一条河叫上海河呢？建议市长改一改。不，要改的不是名字，而是……要改的太多了。今天妈妈买菜，螃蟹二十五元一斤，这事都得改。还路过电视大学辅导站。拼了两年，拼到了文凭，值得。书中自有黄金屋，书中自有颜如玉。这话对吗？我至今没一两黄金。连一钱也没有。美如玉，连个男朋友也没有。有没有路过人民广场？忘了。十多年前，扎着羊角辫，穿着旧军装，从广场中心出发，步行到江西老根据地插队。小学刚毕业。伟大的革命豪情。肯定路过了南京路。西装、香水、蝙蝠衫、三洋、丰田……人挤人。繁华。全世界谁都知道上海有条南京路，可有谁知道上海有个我吗？我！知道吗?！没人知道你。寂寞。黄仲则的诗，“独立小桥人不问，一星如月看多时”。怎么走到这儿来了？上海地方真大。人生的路更长。也许还要走二十年，三十年，也许四十年。我能活到一百岁吗？光活得长没劲，要活得有价值，活得幸福。活得别人需要你。我今天怎么了？忧郁。淡淡的哀愁。想哭，想死吗？要跳苏州河吗？不，太脏，污染的厉害，我舍不得这身衣裳。

［一个三十多岁的中年男子走了过来。

男　子　（关切地）同志，你……

舒　欢　哦，没什么。

男　子　别靠得太近，危险，过来一点。

舒　欢　谢谢。

男　子　需要我什么帮助吗？

舒　欢　不需要。

男　子　你的气色不大好。

舒　欢　哦……

男　子　再见！

舒　欢　再见！

［男子离去，远远地站在一边，仍然不放心地望着舒欢。

舒　欢　（自语）以为我要自杀。为了什么？为了爱情？为了找个丈夫？笑话！我是生命的强者，决不会轻易毁掉只属于我一次的生命。这个陌生的男子真好，“需要我什么帮助吗？”Can I help you？英语的语言习惯，是个有教养的人。“再见！”能再见吗？也许再也不见！哦，他还站在那儿？我……要不要过去？给他一个微笑，给他一个信号……

［一个年轻的女子走到男子身边，似乎是在问他为何久等不至。男子指了指舒欢，显然是在解释。然后女子挽着男子的手臂，亲热地依偎着，离去。

［舒欢望着这对幸福的男女，怅然若有所失。

舒　欢　（自语）肥皂泡。镜中月。水中花。拜拜！落花人独立，微雨燕双飞。几点？北京时间零点整。该回家了。怎么对妈妈说？“见到了？”见到了。“为什么不请他来吃晚饭？”开会。中国的会议最多，否则无法向妈妈交代。咳，回家吧，回家！

［电车开过来和靠站的声音。售票员报站名和招呼乘客的声音。

［舒欢上车，拉着扶手，在“人群”中挤动。

［电车启动的声音。

舒　欢　买票。

［舒欢掏钱给“售票员”，然后接过“票”。

舒　欢　（碰到一“乘客”，抱歉地）哦，对不起。

［朱大姐拉着扶手从“人群”中挤到舒欢身边。

朱大姐　舒欢！

舒　欢　朱大姐，是你！

朱大姐　星期天，去哪儿？

舒　欢　逛马路。

朱大姐　跟谁？

舒　欢　跟我自己。

朱大姐　还保密？星期天一个人逛马路？

舒　欢　真的。

朱大姐　舒欢，跟大姐说实话，你的问题到底怎么了？

舒　欢　大姐，这儿不是说这个问题的地方。

朱大姐　咳，还怕难为情！大龄青年的婚姻恋爱如今成了社会问题，要天天讲，月月讲，年年讲，让全国人民都知道！

舒　欢　（望了望周围的“乘客”）大姐，你轻一点。

朱大姐　那你说实话，解决没有？

［舒欢摇摇头。

朱大姐　真的？

［舒欢点点头。

朱大姐　好，你这事我承包了。

舒　欢　你承包？

朱大姐　包你成功。

舒　欢　要是不成功呢？

朱大姐　扣我全年的奖金！

［舒欢和朱大姐大笑，然后又意识到是在电车上，便立即掩口止住笑声。

［电车靠站的声音。

［售票员报站名，招呼“乘客”上下车。

舒　欢　我到站了。再见！

朱大姐　在家等着吧，半个月之内，不，三天之内，我一定帮你介绍一个！再见！

舒　欢　再见！

［舒欢下车。

［电车开动声。电车远去。

［舒欢并不因为朱大姐答应为她介绍男友而显得高兴，她仍然没精打采，但也不是过分地情绪低落。她往回家的路上走去。

［邻里们有的买菜归来，有的倒垃圾回家，有的在门口拣菜，相互寒暄着，拉着家常。

［张阿姨拎了菜篮走了过来。

张阿姨　舒欢！

舒　欢　张阿姨！

张阿姨　哟，格漂亮！轧男朋友去了，是哦？

舒　欢　没有。

张阿姨　你妈说的，还赖？！

舒　欢　哦，是的。

张阿姨　这才对嘛。说给阿姨听听，轧了多少辰光了？碰了几次头？漂亮哦？几岁了？人长哦？几何长？做啥工作？工资大哦？爷娘还在哦？爷做啥？工人？干部？哦，知识分子，是哦？嗲！谈到啥程度了？你家里来过哦？你妈中意哦？结婚家具买了哦？啥辰光办酒水？五一？十一？元旦？明年春节？酒水要早点订呀！越早越好。你妈为你急煞了。哦，顶要紧的忘记了问，男方家里有房子哦？有房子哦？有房子……

[张阿姨深深喘了一口气。

舒　欢　阿姨，你累了，以后再说吧！

张阿姨　好，好！

[张阿姨离去。

[李家妈抱着婴儿走过来。

李家妈　舒欢！

舒　欢　李家妈！

李家妈　舒欢，你结婚了，是吗？

舒　欢　（一惊）李家妈，没这回事！

李家妈　人家说的。说你这一个月不在家，旅行结婚去了。

舒　欢　不，是出差去了。

李家妈　不骗我？

舒　欢　我不会骗人。

李家妈　那我可要劝你早点结婚。

舒　欢　（不置可否非常尴尬地）唔。

李家妈　结婚晚了不好，你瞧我家二媳妇，三十二才结婚，头胎就难产（指抱着的婴儿），瞧，瘦的。刚养下来只有三斤八两，还豁嘴，医生说长大一点才好缝。

舒　欢　李家妈，外边有风，快抱孩子回家吧。

李家妈　没关系。

[舒欢离开。在远处背对观众站着。

[赵大妹走到李家妈身边。

赵大妹　李家妈，舒欢连男朋友还没有哩，你怎么说人家旅行结婚了？真有趣。

李家妈　哦，连男朋友还没有？

赵大妹　找不着呗！

李家妈　上海有那么多男的，怎么找不着？

赵大妹　人家条件高。你别看舒欢人挺和气的，心可大着喱！喏，眼睛长在这儿（点了点自己的额头），要不怎么拖到三十出头还找不到！

李家妈　怎么？她三十出头了？！

赵大姐　她妈说她是二十八，我看她呀，至少三十二！

李家妈　哦，那还不赶快找呀，别再挑剔了。

[王家嫂走了过来。

王家嫂　你们懂什么？人家不是挑剔，她是不想结婚！

赵大妹　哦？为什么？

王家嫂　咳，说起来怪可怜，她在江西插队落户，给生产队长糟蹋过。

众　啊！

王家嫂　受过刺激。

众　哦！

[陈大婶走了过来。

陈大婶　你胡说什么？舒欢不结婚是有病！

王家嫂　有病？什么病？

陈大婶　（神秘地）妇女病，不能生孩子！

众　哦……

[又围过来四个年龄不一的男子，饶有兴趣地听着这四长舌妇的议论。他们在舒欢背后指指点点，叽叽喳喳，时而点头，时而

摇头。

[舒欢全身颤抖，两肩抽搐，双手抱头，然后突然转过身来，怒视着这四个妇女和四个男人，但他们早已隐遁了。

舒　欢　（愤怒地自语）天哪！我真恨不得抓住他们！随地吐痰要罚款。随便向人泼污水呢？

[舒欢走进自己家门。

[舒母迎上前来。

舒　欢　妈！

舒　母　回来了？

舒　欢　嗯。

舒　母　星期天一大早你上哪儿去了？

舒　欢　我给你买好吃的去了，你看！（给母看包）

[沉默。

舒　母　昨晚见着了？

舒　欢　嗯。

舒　母　怎么不约他来吃晚饭？

舒　欢　舒　母　（同时）开会。

[沉默。

舒　欢　妈，他真的开会。

舒　母　欢，昨晚我一直在跟着你，……

舒　欢　妈……

[沉默。

舒　母　欢欢……妈妈不该这么做……

舒　欢　不，妈妈……

舒　母　往后，我不再逼你了……

舒　欢　妈，你没逼我。

［舒母哭泣。

舒　欢　妈，你怎么了？

舒　母　我看你一个人孤苦伶仃的，从这条街，走到那条街，像没家似的。我心里……欢欢，今后别这样了，我……

舒　欢　（扑在舒母怀里，大哭）妈……

舒　母　（像哄小孩似的）欢欢，别哭了，别哭。哼，我家欢欢要相貌有相貌，要学问有学问，还怕找不到对象？别着急，还小哩，要找就找个称心如意的。对了，今天是星期天，走，妈陪你去看电影。里弄里推销的票子，听说好看极了！

舒　欢　什么片子？

舒　母　喜剧片，《姑娘今年二十八》。

舒　欢　姑娘今年二十八？

舒　母　对。（突然悟到了）啊？咳！这个电影，什么名字不好呀，偏叫这个名字，肯定不好看。算了，别看了。妈陪你……陪你……陪你到哪儿去玩呢？对了，就在家里待着，打扑克！怎么样？

舒　欢　好！

［舒母取出扑克，洗牌。发牌。

舒　母　对，就这么陪你玩玩，高兴吗？

舒　欢　高兴。

［母女俩打牌。

舒　欢　（自语）是谁陪谁玩呢？是妈妈陪我，还是我陪妈妈？她是要让我高兴，其实我更是为了让她高兴。妈妈呀，妈妈，我非常感激你对我的爱，可我更需要的是另一种爱呀！

［朱大姐兴冲冲地进来。

朱大姐　找着了，找着了！

舒　欢　朱大姐！

舒　母　朱同志，找着什么了？

朱大姐　找呀找呀找呀找，找到一个好朋友。

舒　母　好朋友？

朱大姐　伯母，我给舒欢找到一个男朋友！

舒　母　真的？

舒　欢　这么快？

朱大姐　我说三天之内，瞧，连一天都不到。高速度！

舒　母　怎么找到的？

朱大姐　运用最新的现代化的科学方法。

舒　母　哦？

朱大姐　大致有这两个程序：首先扩大信息量，除了把爱人、公公、婆婆调动起来之外，还和邻居、朋友、同事进行广泛的横向联系，形成一个信息网络。其次，从宏观上把握着对象的总体要求，又从微观上进行细致的分析。不到一小时，准确的信息就反馈过来了，大家一共提出二十五个男朋友的候选名单。

舒　母　啊？这么多，二十五个！

朱大姐　好呀，这说明舒欢出现了从没有这样好过的形势，这是在恋爱问题上实行开放，搞活的结果！

舒　欢　朱大姐，你别开玩笑了。

朱大姐　哎呀，怎么是开玩笑？我当然不是把这二十五个都介绍给你，我应用最优化理论，进行科学筛选，最后为你挑中了一个最佳人选。

舒　母　最佳人选？

朱大姐　当然，我还在电子计算机上验算过，确实是最佳。

舒　母　那你说说。

朱大姐　这小伙子，首先是男的……

舒　母　那当然。

朱大姐　不，这很重要。我听舒欢说过，她要找个男子汉。下面请听好，最好请记录。

舒　母　（真的拿出了铅笔和纸，认真地）好，我记。

朱大姐　身高一米七四，五官端正，眉清目秀，典型的奶油小生。

舒　母　奶油小生？

朱大姐　典型的奶油小生。上海人，三十岁，比舒欢要大两个月，准确的出生日期是公元一九五五年十月二日下午七时二十一分。工资八十六元三角九分。家有结婚住房十四点二平方。

舒　母　你了解得这么详细？

朱大姐　我在单位里是搞情报资料工作的。

舒　母　怪不得，你真热心。

朱大姐　党中央才热心哩。中央领导有批示，说大龄未婚是个不算小的社会问题，要书记处议一议。我们家虽然不是书记处，也议了一议，不，议了好几议。我，我爱人，我公公。婆婆都热心这件事。我爱人说大龄未婚是个非常大的社会问题。它直接关系到社会安定，“四化”建设，甚至会影响经济改革，“六五”计划的成败，总之，是关系到子孙万代的头等大事！

舒　欢　你爱人说得太严重了！

朱大姐　我爱人以前是搞宣传工作的。

舒　母　朱大姐，你给舒欢介绍的这个人姓什么、叫什么？

朱大姐　哦，对了，他姓司徒，双姓，单名一个娃字，司徒娃。

舒　母　司徒娃？娃？什么娃？

朱大姐　洋娃娃的娃。

舒　母　取这个名字？像个女的。

朱大姐　他妈就养了他一个。独生子，从小就宝贝，喜欢把他打扮成个女孩子，连名字也取得像个女的。

舒　母　人品怎么样?

朱大姐　老实,绝对的老实!

舒　母　那好,我就喜欢老实人。

朱大姐　可以说是老实到了极点,将来肯定是个模范丈夫。

[舒母笑。

[舒欢漫不经心地听着。

朱大姐　你们觉得怎么样?

舒　母　行呀。

朱大姐　那好,今天下午就安排见面!

舒　欢　(一惊)你说什么?

朱大姐　安排你和司徒娃见面呀!

舒　欢　那怎么行?

朱大姐　他家我刚才去过了。跟他本人也约好了,今天下午三点半在中山公园,不见不散。

舒　欢　你也太急了!

朱大姐　这是因为你以前太慢了,如今要加快步伐,百米冲刺!

舒　母　还是快一点好。

朱大姐　是嘛,第三次浪潮迎面扑来,不能再延误战机!

舒　母　欢欢,你看……

[舒欢不语。

舒　欢　(突然自语)上海的土特产——滑稽戏。

舒　母　什么?朱大姐跟人约好了,不去不礼貌!

[舒欢仍不语。

舒　母　欢欢,怎么了,说呀!

朱大姐　人家说好不见不散的,你可不能叫人家白等呀!

舒　欢　(出人意料地)好,我去!

朱大姐 （拖着舒欢就走）马上就走！

［当天下午。

［中山公园的一角。

［一对年轻人在相亲。

［舅舅、舅妈、姑父、姑妈、姨父、姨妈八人一横排，整齐地站在路旁，像保镖似的。司徒娃的母亲带着儿子、丈夫走来。

舅 舅 （看表）姐夫，我们是不是来得太早了？

司徒父 （指司徒母）你问她。

舅 舅 还有一个多小时哩。

司徒母 早点来好，让娃娃熟悉一下环境，免得紧张。娃娃，是不？

司徒娃 （顺从地）是的，妈妈。

司徒母 （问司徒父）你说呢？司徒父。我随你。

［沉默了一会儿。

姑 妈 我们干吗来这么多人？太多了，回去几个吧。

司徒母 都是亲戚，不多。娃娃胆子小，人多，可以壮他胆子，娃娃喜欢人多，是不？

司徒娃 （顺从地）是的，妈妈。

司徒母 （问司徒父）你说呢？

司徒父 我随你。

［又沉默一会儿。

姨 妈 姐姐，女方什么时候来？

司徒母 会准时来的。女方也不小了，三十了，也着急着哩，不会像十七八岁小姑娘那样故意慢吞吞的。（问司徒父）你说是不是？

司徒父 你说是，一定是。我随你。

舅 舅 你怎么老是“我随你，我随你”？

司徒父 她是户主，一元化领导，为了跟她保持一致，只好我随她。

司徒母　那以后我随你，好不好？

司徒父　我随你。

司徒母　咳，又是我随你！你就不能换个说法吗？

司被父　好的，我随你。

司徒母　真没办法。不说了，再等一会儿，女方就要来了！

［突然，树枝有节奏地抖动，树叶纷纷落下，椅子也在颤动。

舅　母　哟，怎么回事？

姨　父　树在摇！

舅　舅　啊，地也在动！

姑　父　地震！

众　（大惊）地震？对，地震！

司徒母　别大惊小怪，是娃娃在发抖！

［司徒娃果然坐在椅子上发抖。

司徒母　娃娃，别抖了！

司徒娃　是，妈妈。

［司徒娃停止发抖，树枝也不抖了，树叶也不下落了。

司徒母　对方还没来哩，你抖什么？

司徒娃　条件反射。

司徒母　别紧张，有这么多人陪着你哩。

［大家沉默地等待着。

司徒娃　（举起右手）妈妈！

司徒母　你要发言？说吧！

司徒娃　对方来了，你们别走。

司徒母　我们是陪你来的，帮你看一看对方姑娘怎么样。谈，还是你们两人谈，我们是不能参加的。

司徒娃　不，大伙儿一块儿谈。

司徒母　你要听话，这种事没法一块儿谈。

司徒娃　那你陪我谈。我从小到现在，你一步也没离开过我，都是陪着我的。

司徒母　可这种事没法陪呀！

司徒娃　你不陪我，我不会谈。

司徒母　谈恋爱你不会谈？

众　　　哎呀，不会谈，这可怎么办？

司徒娃　谈恋爱你从来没教过我，我怎么会？

众　　　是呀，是呀，这可急死人了！

司徒母　别急，别急，大家别急！

司徒娃　（又举起右手）妈妈！

司徒母　你又想说什么？

司徒娃　我要回家。

司徒母　什么？你要回家？

众　　　那怎么行？不行！不行！

司徒娃　等我学会了再来。

舅　舅　妹妹，干脆，你现在就教。

姨　父　也好，现教现学。

舅　母　现场教学。

司徒母　来得及吗？

舅　舅　来得及，就在现场办一个强化速成恋爱学习班。

舅　母　以后再开办一个恋爱咨询开发公司。

舅　舅　那是以后的事，现在快点教他吧。

姑　母　嫂子，你要和哥哥给娃娃做示范。

姑　父　对，直观教学。

舅　母　给娃娃表演一段姐夫是怎么向你求爱的。

司徒母　好吧！（问司徒父）你说怎么样？

司徒父　我随你。

司徒母　对了，对了，我想起来了，当初他也是这么跟我说的，什么事都随着我，我才爱上了他……

舅　舅　等等，你们瞧那边，人家女方是不是来了？

众　　　（向远处张望）是的，是的，来了，来了！

［与此同时司徒娃“啊”的一声吓得滑到椅子下边。

众　　　（惊）怎么了？怎么了？

舅　舅　又是条件反射，吓的！

司徒娃　（痛叫）哎哟哟！哎哟哟！

司徒母　（连忙过去将司徒娃扶坐在地上）跌着没有？跌着没有？

司徒娃　（痛叫）哎哟哟！哎哟哟！

司徒母　（像哄小孩一样）娃娃，别哭，别哭！（用手打地）都是地不好，都是地不好！

［舅舅过去帮司徒母一同将司徒娃扶坐在椅子上。

司徒娃　（紧张地）来了吗？

舅　妈　来了……哦，没来……

司徒娃　究竟来没来？

舅　妈　嗯……是好像来了。

司徒娃　啊！

［司徒娃又吓得往地上滑，舅舅、司徒母连忙将他按住，站在椅子背后的姨父、姑父也帮助司徒母按住。

舅　妈　老是往下滑，这可怎么办？

司徒母　（取出一条安全带）幸亏有所准备，喏，安全带，飞机上用的。

众　　　安全带？！

司徒母　绑上！（对司徒父）怎么样？

司徒母　好，我随你！

司徒母　又是我随你！我恨不得把你也绑上！

司徒父　……

舅　舅　我看也只好如此了。反正绑在衣服里边，也看不出。

众　　　对，对！

［司徒母和舅舅将司徒娃绑在椅子背上。

司徒娃　舅舅，干吗？干吗？

舅　舅　别动！

司徒娃　妈，这为什么？

司徒母　为什么？为了你和全家的幸福，请注意安全！

司徒娃　妈，我不！

司徒母　娃娃，听话！

司徒娃　是，妈妈！

舅　舅　（感慨地）姐姐，这孩子从小就乖，长大了也这么听话，难得，难得！

司徒母　哦，是她们来了！真的来了！

众　　　（紧张、兴奋）来了！来了！

司徒娃　（一把抓住司徒母）妈，你可千万别走！

司徒母　不走，不走！现在怎么能走？哦，来了，来了。是她们，是她们！（对司徒娃）别紧张，别抖，别抖！一、二、三！别抖！对，真乖。（连忙帮司徒娃整理衣服）好，就这样，坐正了，真不错！

［朱大姐领着舒欢上。

朱大姐　（热情地）司徒妈妈，让你们久等了，我们来晚了吧？

司徒母　（看表）不不，正好，像精工牌石英表一样准确。

［司徒母打量舒欢，司徒家的亲戚们也都打量舒欢，显然他们都感到满意。

［舒欢感到窘迫。

朱大姐　司徒妈妈，这位就是舒欢同志。

司徒母　（喜笑颜开）哦，不错，不错。

舒　欢　（向司徒母点头致意）你好！

司徒母　你好，你好！这是我的儿子，司徒娃。（低声对司徒娃）说你好，握手！

司徒娃　你好！握手！

［司徒娃向舒欢伸出手，欲站起，但被安全带绑住，起不来。司徒母见状，连忙将司徒娃按下。

司徒母　哦，对不起，他刚才……跌了一跤，腿……腿痛，只好坐着，失礼得很！

朱大姐　没关系，没关系。

司徒母　（对舒欢）你也请坐，坐！

朱大姐　对，索性都坐下。舒欢，坐吧！

司徒母　（低声对司徒娃）快说请。

司徒娃　（对舒欢）请！

舒　欢　（坐下）谢谢！

司徒母　这儿都不是外人，我介绍一下，这位是司徒娃的舅舅，这位是舅妈，这是姑父，这是姑妈，这是姨父，这是姨妈。

［朱大姐和舒欢依次向司徒家的亲戚们点头致意。

朱大姐　（指司徒父）还有这位是……

司徒母　哦，把他给忘了，你自己说吧。

司徒父　你把我给忘了，其实，我是谁，连我自己也忘了。

司徒母　你别胡说了，快自我介绍吧，你是谁？

司徒父　得问你呀，我随你，你认为我是谁，我就是谁。

司徒母　咳，你走开！朱同志，他是司徒娃的爸爸，年纪大了，有点不正常。

司徒父　（嘟囔）跟你在一起，很难正常。

朱大姐　（有意岔开）嗬，你们家的亲戚可真多呀！

司徒母　这仅仅是一小部分，还有哩。表哥、表嫂、堂哥、堂姐、外婆、外公、叔叔、婶婶。哦，还有五六十个亲戚，大家都非常关心我家娃娃的婚事，今天听说给娃娃介绍朋友，也都想来看看舒欢姑娘。

朱大姐　（紧张地）等一会他们都来吗？

司徒母　不，今天不来了，以后分期分批来。

朱大姐　什么？分期分批来？开展销会了？

姨　父　（笑）嘻，开展销会！

姑　父　哈哈，展销会？

众　　　展销会，展销会！

司徒母　咦，你们都站着干吗，像插蜡烛似的，坐下，统统坐下。

舅　舅　坐哪儿？

司徒母　草地上！

众　　　对，对，统统坐草地上。

［司徒父、司徒母及亲戚们围坐在椅子的四周，只有司徒娃和舒欢坐在椅子上。

［舒欢显得极不自在，站了起来，走到一边。

［朱大姐连忙走过去。

朱大姐　舒欢，怎么了？

舒　欢　走吧，实在受不了。

朱大姐　（为难地）这……真对不起，我……我也没想到他们这么怪。

舒　欢　走吧！

朱大姐　就怕面子上过不去，只得委屈你再应付一下了。来，来，来！

［朱大姐拉着舒欢坐下。

司徒母　怎么了？

朱大姐　舒欢不好意思。你瞧，这像开小组会。

姨　父　（笑）开小组会？嘻！

姑　父　哈哈，开小组会！

众　　　小组会，小组会！

司徒母　对，对，对。这实在不像谈恋爱，我叫他们走，统统走！（对各位亲戚）各位亲戚们，你们的任务已经胜利完成了，可以回家休息了。

［众亲戚欢呼，站起，准备离去。

司徒母　等等，有个通知。

［众亲戚安静下来。

司徒母　明天晚上七点，在我家集合，进行讨论，大家做好发言准备！

［众亲戚纷纷和司徒母、司徒娃、朱大姐、舒欢等告别，离去。

司徒母　（对司徒父）你怎么还在这儿？你也走吧。

司徒父　我随你。

司徒母　这次你别随我了，你先走！

［司徒父下。

司徒母　朱大姐，我还有几句话跟他说，一会儿我们一道走。

朱大姐　好吧。

司徒母　（在司徒娃耳边轻声地）我走了。

司徒娃　你别走。

司徒母　我不走远，就在那边。每隔十五分钟来看你一次。听话！

司徒娃　嗯。

司徒母　（从手提包里取出食物）差点忘了，喏，傻子瓜子、苏州话梅、鱼皮花生、五香橄榄、盐金枣，你们边吃边谈，就在这儿谈，别走远，他跌了一跤，腿痛。哦，舒欢姑娘，还有一件事要拜托你。（取出一件毛线衣和围巾）秋天了，天气凉，司徒娃身体不好，要是起风了，请提醒他穿上毛衣，戴上围巾。咳，这孩子实在太娇弱，经不起一点风吹。请别忘了提醒，穿毛衣，戴围巾。谢谢，再见！

舒　欢　（哭笑不得，无可奈何）再见！

司徒母　朱大姐，我们走！

朱大姐　舒欢，真对不起，我先走了。明天我再到你家去，我还有二十四个！

［朱大姐向舒欢示以眼色，表示歉意。

［朱大姐和司徒母下。

［舒欢和司徒娃两人尴尬地坐在长椅上，沉默着。

舒　欢　（自语）两个人什么话也不说，像哑剧。他在想什么？也许紧张得什么也没想。我要找个男人，他是男人吗？他是个儿童，是个还没断妈的超龄儿童。这种约会叫人兴趣索然，引不起一丝一毫的心灵的震颤。他也有可能使人产生某种兴趣。当然，不会是恋爱上的兴趣，而是文学上的兴趣，就是说使人很想了解他究竟是种什么类型的人和为什么会成为这种人。算了吧，别多想了，就这么沉默着，让这场滑稽戏无疾而终。夜幕快要降落了，这出戏的帷幕什么时候降落呢？

［突然起风，树叶飘落。

［司徒娃咳嗽。

舒　欢　（连忙将围巾递给司徒娃）给！

司徒娃　（突然变得很自信）谢谢。不用了！

舒　欢　可你妈妈……

司徒娃　（语气坚定地）别听她的。

舒　欢　她关照过。

司徒娃　（忿忿地）哼，她管的事太多了。

舒　欢　（惊讶）哦？你……

司徒娃　怎么？

舒　欢　你好像……

司徒娃　好像什么？

舒　欢　变了！

司徒娃　是吗？你感到奇怪？

舒　欢　嗯。

司徒娃　为什么奇怪？

舒　欢　刚才你在你母亲面前……

司徒娃　可现在我母亲不在我面前！

舒　欢　（更惊奇了）所以你……那刚才……刚才你在你母亲面前都是故意的？假装的？

司徒娃　不，刚才我的顺从、懦弱、幼稚、可笑，全都是真的。

舒　欢　（更不可理解了）那你现在这个样子？

司徒娃　也是真的。

舒　欢　我一点不明白，我给你弄糊涂了……

司徒娃　这是一种心理疾病，叫胎化病。

舒　欢　胎化病？

司徒娃　对，胚胎的胎，变化的化，胎化病。这是一种成人在心理上向儿童甚至向胚胎退化的疾病。

舒　欢　哦？你怎么会有这种病？

司徒娃　这是因为我母亲始终把我当作小孩。

司徒娃　我是独生子，母亲非常喜欢我，从小就把我打扮成洋娃娃、小姑娘。八岁了，不给我断奶。十岁，还喂饭给我吃。平时从不让我一个人出去玩。说出来不怕你笑话，我十六岁还跟我母亲合睡一张床。她总是对我说，你在我跟前总是我的孩子。天长日久，我一在她跟前就形成了条件反射，就有了心理定势：我是孩子，孩子，永远是妈妈怀抱中的孩子。我失去了我的独立意志和存在价值。

舒　欢　可你为什么不改变它呢？

司徒娃　怎么改变？无药可救。改变它很难。只有我母亲不在我跟前的时候，比如现在，我才有些改变。

舒　欢　那你就永远离开她！

司徒娃　不行，她是母亲，而且她说她这一切是出于爱，你无法拒绝。谁能拒绝爱。

舒　欢　不，你可以改变这一切，重要的是要有勇气！

司徒娃　勇气？

舒　欢　对！勇气是一种巨大的能量，你要释放它！

司徒娃　怎么释放？

舒　欢　从现在开始。首先得站起来！

司徒娃　我试试……哦，我……腿痛……

舒　欢　腿痛？

司徒娃　哦，不痛了。我能行吗？

舒　欢　你一定能站起来。站着，是一种姿态，有象征意义。

司徒娃　（勇气倍增）好，我试试！请帮个忙。

舒　欢　怎么？

司徒娃　帮我解开安全带。

舒　欢　安全带？

司徒娃　（撩起上衣，露出安全带）你瞧！

舒　欢　啊，这不是飞机上用的吗？

司徒娃　是的，飞机上用它是为了使飞机更好的飞，我用它是为了不让我飞。

舒　欢　哦，用它是为了不让你飞！安全带，见鬼去吧！

[舒欢在椅子背后解开安全带。

司徒娃　啊，谢谢！

舒　欢　（鼓励地）站起来！

司徒娃　嗯！

［司徒娃凝神屏气，两手撑着椅面，准备站起。

舒　欢　（过来欲帮助司徒娃）要我帮忙吗？

司徒娃　不！

［司徒娃慢慢、慢慢地站了起来，快到躯干全部伸直之前，他忽然昂首挺胸，显得极有力度。

舒　欢　（兴奋地）一、二、三，啊，祝贺你！祝贺你！

司徒娃　（伸开双臂，用力扩胸）解脱了！我站起来了！独立了！自由了！我终于站起来了！

舒　欢　（兴奋地）啊，祝贺你，祝贺你！我真为你的站立而高兴。当我们的祖先从树上下来的时候，也有过一次革命性的站立！这次站立终于使人成为真正意义上的人。你这次站立也是革命性的。

司徒娃　对，是一次革命。（将安全带扔得远远的）让它见鬼去吧！

舒　欢　又一次革命行动！人不能站立，是因为有枷锁；而人一旦摆脱了枷锁，就会产生无穷的力量。

舒　欢　司徒娃同志，我要祝贺你！你等一等，我马上就来。

司徒娃　你哪儿去？

舒　欢　那边，买啤酒，为你干杯！

［舒欢跑下。

［司徒娃望着远去的舒欢，满心欣喜，他甚至高兴得手舞足蹈。

［司徒母上，踩到扔在地上的安全带，拣起，大惊。又看到椅子上空无一人，更为吃惊。再往另一边看去，才看到正在兴奋中的司徒娃，这才舒了一口气，但又产生另一种惊奇。

司徒母　（将安全带藏在背后）娃娃！

司徒娃　（一听到这熟悉而又可怕的声音大吃一惊，一时手足无措）啊！

司徒母　娃娃！转过身来！

司徒娃　（未转身，不动不动，处于矛盾中）不……

司徒母　(威严地)你说什么？转过身来！

司徒娃　我……

司徒母　听见没有?!

司徒娃　(慢慢转过身)妈……

司徒母　她走了?

司徒娃　没有,一会儿来。

司徒母　你们谈得好吗?

司徒娃　谈得好。

司徒母　会谈了?

司徒娃　会了。

司徒母　怎么会的?

司徒娃　你不在,我就会了。

司徒母　谁说我不在?!我一直在！孩子不论走到哪里,身上总有母亲的眼睛！

司徒娃　(一怔)啊！

司徒母　(从背后拿出安全带)这是怎么回事?

司徒娃　这……

司徒母　哼,你不论扔到什么地方,我都能找回来！

司徒娃　是这样……

司徒母　过来！

[司徒娃身不由已地走了过去。

司徒母　坐下！

[司徒娃无可奈何地坐回到椅子上去。

司徒母　绑上！

司徒娃　(声音微弱)妈……

司徒母　听话！

司徒娃　是，妈妈。

［司徒娃又恢复到“孩童”状态。

司徒母　你真听话，你还是妈妈的乖孩子。下次不好解开，听到没有？

司徒娃　是，妈妈。

司徒母　过十五分钟，我再来。

司徒娃　是，妈妈。

［司徒母下。

［此时的司徒娃已完全恢复到“孩童”状态。

［舒欢拿了两罐啤酒欢快地跑上。

舒　欢　（兴致勃勃地）来，祝贺你，干杯。哦，不，没有杯子，应该说干罐头！

［司徒娃不接啤酒，表情木然。

舒　欢　拿着呀，你怎么了？

［司徒娃摇摇头。

舒　欢　你不喝酒？

［司徒娃点点头。

舒　欢　可我是为了你呀，你得喝！你怎么不说话？喝呀！

司徒娃　我妈从小就不让我喝。

舒　欢　（已感到情况又发生了变化）又是你妈妈……走，到那边去！

［司徒娃摇摇头。

舒　欢　你……

司徒娃　我……腿痛。

舒　欢　（自语）果然是一出滑稽戏，不，荒诞剧，谁能相信生活中真有这样的人和事？！它真实吗？也许它反映了另一种具有本质特点的真实，其实，我也是这出荒诞戏里的角色，是主角，是女主角，在我这个角色里不是也含有滑稽的成分吗？

［光突暗，出频闪，舞台上重复出现给司徒娃绑安全带那一场景。

司徒娃　舅舅，干吗？干吗？

舅　舅　别动！

司徒娃　妈，这为什么？

司徒母　为什么？为了你和全家的幸福，请注意安全！

司徒娃　妈，我不！

司徒母　娃娃听话！

司徒娃　是，妈妈！

舅　舅　（感慨地）姐姐，这孩子从小就乖，长大了也这么听话，难得，难得！

［幕后传来“妈妈”的呼叫声。少顷，一个打扮成女孩的小男孩跑上，边跑边叫“妈妈”，显然他是在和妈妈捉迷藏。跑了几步，不留神跌倒在地，欢笑声变成了哭叫声：“妈妈来呀，妈妈来呀，我痛，我痛！”

［一个年轻的妈妈急上，连忙将小男孩扶起。

年轻妈妈　哎哟哟，我的小乖乖，哪儿跌痛了？

小男孩　腿痛，妈妈，腿痛！

年轻妈妈　（给小男孩搓腿）娃娃，别哭，别哭了！（用手打地）都是地不好，都是地不好，让我们娃娃跌了一跤！起来，别哭了，别哭了！

［小男孩起来，停止哭泣，又要往前跑。

年轻妈妈　（止住）娃娃，等等！

［年轻妈妈拿出一根布带，拴住小男孩。

小男孩　（挣扎）妈，难受！

年轻妈妈　娃娃，听话，这样安全。

［小男孩往前跑，年轻妈妈牵着布带。布带越放越长，小男孩已远去，布带仍不停地放着。

［舒欢见此情景实在忍受不了。

舒　欢　天哪，又是他的妈妈！怎么生活中真会有这样的事?!

［舞台两边各竖一块招牌，一块写“环球保险公司羊毛衫开发部”，一块写“环球保险公司婚姻介绍所”。两处联在一起，也许是婚姻介绍所的一半改成了羊毛衫开发部，也许是相反。反正如今是一边在介绍对象，一边在推销羊毛衫。

［售货员站在柜台后边等候顾客。

［舒母和舒欢上。

舒　母　(看到婚姻介绍所的牌子)是这儿，进去吧。

舒　欢　(犹豫不决)等一等！

舒　母　还等什么?

舒　欢　先看一看。

舒　母　那也得过去看呀！

［舒母拉舒欢进去。

［舒欢往羊毛衫开发部柜台那边走去。

舒　母　在那边。

舒　欢　(背对柜台)我在这儿一样看。

售货员　(突然插话)对，想看什么，随便看，百看不厌。

舒　欢　这……

舒　母　同志，我们……是想请你们介绍……

售货员　(热情地)可以呀，你看中哪个，我介绍哪个。

舒　母　哦?你们这边也可以介绍?

售货员　当然啰。百问不烦，详细介绍，不论什么要求，我们都尽量满足。

舒　母　哦，那太好了！

舒　欢　妈！

［舒欢将舒母拉过去一点。

［售货员转身取羊毛衫。

舒　母　别怕什么难为情了！

舒　欢　妈，你错了！

舒　母　错不了！他说这边也可以介绍。

售货员　（回身问）我们这儿各种规格的都有，请问要男的、女的？

舒　母　（脱口而出）当然要男的。

售货员　多大？

舒　母　三十左右就可以了。

售货员　小孩的？

舒　母　什么小孩的？大人！

售货员　哦，多高？

舒　母　（指舒欢）比她高些。

售货员　什么颜色？

舒　母　什么？连什么颜色你们都要问清楚，都可以介绍？

售货员　那当然。

舒　母　中国人嘛，皮肤总是黄颜色的了。哦，不过，白一点就可以了。

售货员　你说什么？

舒　欢　妈，弄错了！这是羊毛衫开发部！

售货员　咳，你们原来是要介绍对象！

舒　欢　（连忙插上）不不不，同志，我们是来买羊毛衫的。

售货员　你们究竟怎么回事？

舒　母　对不起，弄错了。欢欢，到那边去。

舒　欢　妈，我倒是真想买一件羊毛衫。

舒　母　对，对，是应该打扮打扮了，买吧，买吧！

售货员　（又有点糊涂了）又要买女式的了？

舒　母　这次是真买了，她穿的。请你介绍介绍。哦，不要介绍了，让她自己挑吧。

售货员　好吧，请看！

舒　欢　（拿了一件素色的羊毛衫）妈，这件怎么样？

舒　母　太老气了！（拿另一件色调鲜艳的羊毛衫）喏，这件！

舒　欢　太花了！

舒　母　你穿正合适。没结婚的姑娘，这时候不穿花一点，什么时候穿？（拿羊毛衫在舒欢身上比试）真好看！你去试试。

［舒欢走到镜子前试衣。

售货员　你女儿？

舒　母　是的。

售货员　多大了？

舒　母　才二十……多一点。

售货员　还没朋友？

舒　母　谈过，都没谈成。半个月前，她电大的一个同学还给她介绍了一个，明明跟她同年，她还说人家太小了，又没谈成。

舒　欢　（走了过来）妈，我真的可以穿吗？

舒　母　漂亮极了，不信，你问问这位同志。

售货员　（热情而流利）别提有多好了，像是特地为你定做的。不论大小、式样、色彩都和你相配。哎呀呀，穿上去，肯定和时装模特儿一样。

舒　欢　式样我倒喜欢。质量怎么样？

售货员　质量好极了！这是上海名牌产品，远销国内外，全部上等羊毛，精工制作，质量可靠，负责"三包"。

舒　母　哪"三包"？

售货员　包修、包换、包退。你放心吧，我们是环球保险公司开办的羊毛衫开发部，保险得很！

［舒欢走到穿衣镜前换新羊毛衫，舒母在一旁帮她脱换。

［售货员从柜台里边走出，走到婚姻介绍所那边，坐在办公桌后边，此时她又成了“红娘”。

［舒母帮舒欢换好羊毛衫，走到婚姻介绍所这边来。

舒　母　咦？你这位同志不是售货员吗？怎么又当上了红娘？

红　娘　我在这儿兼职，义务的，都是一个保险公司的嘛。

舒　母　那你这个红娘一定很能干，你有推销商品的经验。

红　娘　这可不好比，当红娘要细致、复杂得多了。（取出一个大糖果盘）请吃糖！

舒　母　婚姻介绍所还请吃糖。

红　娘　都是喜糖，全都是经过我们介绍而结婚的新婚夫妻送的，不收也不好，就索性放在这儿招待来登记的客人。吃吧，吃吧。你们也是来登记的吧？

舒　母　我们是……

舒　欢　妈！

舒　母　嗯………我们先看看，参观参观。

红　娘　哦，怕难为情？

舒　欢　不是怕难为情。

舒　母　同志，对你实说了，我女儿怕登记了没多大作用。

红　娘　怎么会呢？我们是保险公司！

舒　母　我女儿说还是先看看。

红　娘　可以。我们是开门办所，百看不厌！

［一对青年夫妻喜冲冲地上。女的已怀孕。

夫　　　她在，她在！

妻　　　包同志，还认识我们吗？

红　娘　（喜出望外）小李、小白！怎么不认识？是我们给你们牵的线。什么时候结的婚？

夫　　去年的今天。

妻　　整整一年了。

红　娘　好呀，都一年了，也不来告诉我一声！

妻　　包同志，一结婚就搬家了，住得远，一直没空来。今天，是我们结婚一周年，特地赶来谢媒的。（拿出一大盒糖）喏，这点喜糖请收下。

红　娘　哎哟，太多了！

夫　　还有哩！（拿出一砂锅）喏，也是给你的。

红　娘　什么？

夫　　你揭开盖子！

红　娘　（揭砂锅一看）嗬，四只红烧蹄髈！

夫　　这是我们老家的规矩，谢媒一定要送四只大蹄髈，是小白亲手烧的，一番心意，请无论如何收下！

红　娘　这可不能收！

妻　　包同志，请你收下，要不是你为我们牵线，我也许……活不到今天。我求你了，收下吧！

夫　　包同志，要不是你，我不可能有今天的幸福，说不定还打光棍哩。你给了我小白，她真好，能干，体贴人，长得也漂亮！

妻　　去你的！

夫　　是漂亮嘛！包同志，我打心眼儿里感激你。小白，来，站好！

［这对青年夫妻毕恭毕敬地站在红娘面前。

红　娘　你们干吗？

夫　　你没参加我们婚礼，现在补礼。新郎、新娘给介绍人三鞠躬：一鞠躬、二鞠躬、三鞠躬！

［青年夫妻向红娘鞠躬。

［红娘非常感动。

［舒母和舒欢也看得入神了，也被这场面所感染。

红　娘　哎呀，真是不敢当，不敢当。

妻　　　哦，还有件喜事要向你汇报。

［妻害羞，夫向红娘耳语。

红　娘　啊，恭喜，恭喜，都四个月了！喜欢儿子还是女儿？

妻　　　他希望是女儿，我希望是儿子，你说呢？

红　娘　我说呀，看你这个样子，包你是双胞胎，一个儿子，一个女儿！

夫　　　真的？你保险？

红　娘　我保险！

［青年夫妻和红娘哈哈大笑。

妻　　　哦，不打扰了，再见，再见！

夫　　　谢谢，谢谢！再见！再见！

［青年夫妻依偎着离去。

红　娘　再见！喂，等等，蹄髈，蹄髈！

舒　母　收下吧！要是我，还会送你八个哩！

红　娘　这种事最叫我为难，怎么办？送托儿所的食堂。

舒　母　他们也是在你这儿登记的？

红　娘　是的。

舒　母　嗬，还真保险哩！（舒欢拉到一边）欢欢，你也在这儿登记吧！

舒　欢　让我再想想。

舒　母　还想什么？刚才你没看见，那一对也是这儿登记的。

舒　欢　广告。

舒　母　什么？广告？你说刚才那一对是假的，给婚姻介绍所做广告的？哎呀，你怎么什么都不相信了，把什么都看成假的了？

舒　欢　不，是真的。我看得出他们真是幸福的一对。我是说他们刚才对我来说确实起到了广告的作用。

舒　母　哦，你想登记了？

舒　欢　试试吧！

舒　母　太好了！

［舒母领舒欢走到红娘面前。

舒　母　包同志，她登记。

红　娘　欢迎！是嘛，早就该来登记了！（取出一张登记表给舒欢）给，填写之前，请看注意事项。本人情况部分，要真实，不得虚报。对对方要求部分，也请实事求是，不要要求过高。

舒　欢　谢谢，我知道。

［舒欢在一旁填写登记表。

舒　母　包同志，我女儿填了登记表，真的有用吗？

红　娘　当然有用。

舒　母　一定能找到称心如意的对象？

红　娘　哦，那就难说了。介绍所只是有一定的成功率，并不是每个来登记的人都能成功。

舒　母　你们不是说好了，实行“三包”吗？

红　娘　这种事很难实行“三包”。

舒　母　你们是保险公司呀！

红　娘　可恋爱这种事最不保险。

舒　母　对呀，就是不保险，才来找你们保险公司呀。

红　娘　保险一定成功，百分之百的成功，那还做不到。不过，保险公司可以开办这样一项恋爱保险企务。

舒　母　你说说。

红　娘　它跟人寿保险、财产保险一样，每个月由恋爱双方向保险公司缴纳一定数量的保险费，如果恋爱失败，可获得保险公司的赔偿费。分半年失败，一年失败，两年失败，五年失败几种，分别给予不同金额的赔偿费。如果恋爱成功，并且夫妻和好二十年、三十年、四十年、五十年，可以领到越来越高的奖金。

舒　母　这也行呀！要是夫妻感情很好，可是有一方去世了，比如我，我和我丈夫很好，可他年纪轻轻就去世了，我年纪轻轻就守寡了……这怎么办？

红　娘　你丈夫年纪轻轻就去世，应该早就去买人寿保险。至于你年纪轻轻就守寡，应该很早到我们这儿来登记。

舒　母　啊？你……可那个时候没介绍所呀！

红　娘　现在有了，我们这儿也介绍老年人的婚姻，你想登记吗？请填表！

舒　母　不不不，我还没想过这问题。你别太着急，你先帮我女儿解决了再说。

红　娘　对，一个一个地来。解决大龄的，再解决老龄的。

舒　欢　（过来送登记表给红娘）同志，填好了。

［此时进来一大龄男青年甲。即青年 A。

甲　　　同志！

红　娘　来登记的？

甲　　　是的，是的。

红　娘　请等一等。

甲　　　好的，好的。

红　娘　（递糖果给甲）请吃糖。请坐！

甲　　　谢谢，谢谢。

［甲坐在一旁，很有兴趣地注意舒欢。

［舒母审视着甲。

［舒欢也下意识地看了看甲。

［甲有点局促不安。

红　娘　（看舒欢的登记表）姓名，舒欢。年龄，三十……

舒　母　不对，二十八！

舒　次　妈，三十，没错！

舒　母　足岁二十八！你是我养的，我不知道你几岁？

舒　欢　前年是二十八，又过了两年了。

舒　母　是吗？哦……好吧，填三十，三十！

舒　欢　妈，要实事求是！

舒　母　好，听你的。哼，又不是我找对象！

红　娘　（笑，继续看登记表）身高一米六八。电大毕业，有结婚住房十七平方，工资每月七十五元。

舒　母　不对，八十四元！她加了一级工资！

舒　欢　还没加哩，要到下个月才发。

舒　母　那也应该算，实事求是，请改一改，八十四元！

红　娘　好吧！

［大龄男青年乙上。即周强。

乙　同志！

红　娘　你好！来登记的？

乙　对！

红　娘　请等一等！

乙　可以。

红　娘　吃糖！

乙　谢谢！

［乙和甲坐在一起，打量舒欢。

［舒母盯着乙望。

［舒欢也很自然地看了乙一眼。

［乙向舒欢大方地点了点头。

红　娘　舒欢同志，你的条件不错嘛，怎么有什么爱好你没填？

舒　母　她的爱好多着哩！她爱读书，爱看报，爱唱歌，爱游泳，爱清洁，爱做家务。她最爱工作，在单位里年年先进。她爱帮助别人，给家里困难的同事送过钱，给动手术的邻居输过血。她还爱打抱不平，申诉，帮人打官司，帮她同学的父亲摘掉了反革命的帽子，那是冤案，她的爱好真多，对了，她还爱吃糖炒栗子。哦，这不算。

舒　欢　妈！

红　娘　你对她真了解。

舒　母　知儿莫如娘嘛！

［大龄男青年丙、丁上。丙即青年B，丁即推车青年。

丙、丁　同志！

红　娘　你们是来登记的？

丙、丁　是的。

红　娘　请等一等！

丙、丁　谢谢！

［丙、丁和甲、乙坐一起，他们都很注意舒欢。

［舒母和舒欢也注意丙、丁。舒母见有这么多大龄男子，显得很兴奋，不停地看着他们，并加以比较。

舒　母　包同志，本人情况那几项好像漏掉了什么，我没听清楚，请你重念一遍。

红　娘　没漏掉什么呀？

舒　母　你再念一遍听听。

舒　欢　妈，别浪费时间了，这么多人等着哩。

舒　母　再念一遍嘛。（拿过登记表）我来检查一下。（大声地）姓名：舒欢；年龄：三十……好吧，三十，身高一米六八，电大毕业。工资八十四元。有结婚住房十七平方。

舒　欢　妈，你别这么大声。

舒　母　低了听不见！

红　娘　没漏掉什么吧？

舒　母　对，再念一遍，保险！

红　娘　舒欢，你对对方的要求填写的太不具体了。

［甲、乙、丙、丁起立向前，注意听着。

舒　欢　我填的要求是明确的。

舒　母　她怎么写的？

红　娘　只有六个字：真正的男子汉。

［甲、乙、丙、丁相互交换了一下眼色，各人反应不一样，有的不解，有的奇怪，乙则显得极自信。

舒　母　傻孩子，男子汉还有什么真的、假的？药倒是有假的，晋江出的；男子汉嘛，终归是真的啰。

红　娘　不，我明白你女儿的意思，舒欢同志你是不是再补充些要求？比如，要求对方多大年龄，什么职业，身高标准，兴趣爱好等等。

舒　欢　我填写的是最最主要的要求，其他的只是作为参考条件，所以我不写了。因为这些其他的条件对我来说并不太重要，可以考虑，也可以不考虑。

红　娘　我理解你，我一定尽力帮你找一个真正的男子汉。你先到里屋去看看男卡。

［红娘将一大叠男卡给舒欢。

［舒欢和舒母下。

［甲、乙、丙、丁同时涌向红娘。

丙　　　同志，刚才这位女同志填的卡我可以先看看吗？

甲　　　我先来的！

丁　　　我早就想看了！

乙　　　我不要看卡。我全记住了，舒欢，三十岁，身高一米六八，电大毕业，工资八十四元，有结婚住房十七平方。包同志，我要求你介绍我跟舒欢同志见面。

红　娘　哦，你倒真勇敢！

乙　　　我姓周，叫周强，刚强的强。三十岁，身高一米七五，大学毕业，八〇四所技术科科长，工资一百一十二元。精通英、日两门外语，兴趣广泛，爱好音乐、美术和文学，曾发表过短篇小说和中篇小说。品质高尚，性格坚强，至于容貌，请大家欣赏（微笑着摆个姿势）！谢谢您的收看！

红　娘　（笑）你很自信，又富有幽默感，像个真正的男子汉。我可帮你介绍给舒欢。

［周强洋洋得意。

［甲、丙、丁自叹莫如，垂头丧气。

［舞台全暗。

［深夜，一片漆黑。月亮升起，不但越升越高，而且越升越圆——从月牙儿逐渐变成一轮圆月。

［“落花人独立，微雨燕双飞”。舒欢和周强肩并肩地在街头漫步，吟诗邂逅。

周　强　那天在婚姻介绍所，你好像漫不经心有点无所谓的样子。

舒　欢　我总觉得这种介绍对象的方式很好笑。

周　强　好笑什么？

舒　欢　像人工嫁接。

周　强　（笑）人工嫁接？可我还是要感谢婚姻介绍所，是那位包同志把你嫁接到我这棵树枝上了。

舒　欢　请注意，还不一定成活！

周　强　一定能成活，而且能开花、结果，那天我一见到你，就觉得你很有个性、很有思想。当然也很美。而且我相信你是为我而存在的。

通过这半个月的接触，我更加坚信你的心灵和容貌都是按我的要求塑造出来的。

舒　欢　你这么自信？

周　强　不自信，我就不可能第一个提出来要跟你约会。

舒　欢　我喜欢你的大胆。

周　强　为了使你更加喜欢，我要再大胆一些！

舒　欢　你要干什么？

周　强　吻你！

舒　欢　（慌乱地）不，不，我们才认识半个月……

周　强　对我说来已经半个世纪！

［周强吻舒欢。

［舒欢幸福地依偎着周强。

周　强　你爱我吗？

舒　欢　爱，爱你的自信，爱你的调皮，爱你有事业心，还爱你的坚强和不怕困难。

周　强　谢谢，我这人是不怕困难，困难怕我。

舒　欢　夜深了，回去吧，这一带常出事，万一碰到流氓……

周　强　没关系，我不怕流氓，流氓怕我！

舒　欢　回去吧！

周　强　让我再吻一下。

舒　欢　大街上，你就不怕难为情？

周　强　不，我不怕难为情，难为情怕我！

舒　欢　你真皮厚！

［周强又欲抱吻舒欢。

［流氓上。

流　氓　喂喂喂，分开点，分开点，注意精神文明？精神文明！

周　强　（连忙与舒欢分开）你干什么？

流　氓　干什么？你干什么我就干什么！叫她过来，让老子也香香面孔！

舒　欢　流氓！

周　强　别怕，有我哩。

舒　欢　（紧紧护卫着周强）不！

流　氓　嗬，倒蛮勇敢的嘛！（拔出三角刮刀）识相点，把她留下，你快逃命吧！

［流氓举刀过来。

舒　欢　（惊呼）周强！我去叫警察！

周　强　不必，我对付得了！你快站开。

舒　欢　你当心，他有刀！

周　强　有枪也不怕！

［周强摆开架势，准备迎敌。

流　氓　他妈的，老子今天放你的血！

［流氓准备扑过来。

［流氓与周强开打。

［周强勇敢地与之搏斗。

［周强将流氓的三角刮刀夺到手，终于制服流氓。

舒　欢　（欢呼）周强，你真勇敢，英雄，英雄！（迅速地吻了周强一下）太好了！太好了！你是真正的男子汉，真正的男子汉！

周　强　没想到今天有这样的收获，抓到个流氓！

舒　欢　送派出所去！

周　强　对，进派出所！

流　氓　喂，朋友、朋友，放我一马，五张大团结。

周　强　做梦！

流　氓　十张！

周　强　别啰嗦，走！

流　氓　走就走，派出所我常来常往，你们送我过去。有人会再派我出来，派出所嘛！

舒　欢　哦，这个流氓我见过，去年也是在这个地方，他把一个姑娘的上衣扒光了！走，当时我就想抓你，让你溜了！

周　强　（审视流氓面孔）等等，我也好像在哪儿见过他。你姓什么？

流　氓　管。

周　强　管教的管？

流　氓　是的，怎么了？

周　强　（一惊）哦，你是……

流　氓　是什么？

周　强　是不是知道错了？

舒　欢　什么错了，是犯法！带他走吧！

周　强　不，先审问他一下。你是不是知道你犯法了？

流　氓　知道又怎么样？

周　强　知道就要改邪归正，改正了，就从宽！

流　氓　怎么从宽？

周　强　嗯，比如……你现在就改正，我可以……可以不送你去派出所。

流　氓　（喜出望外）真的？

舒　欢　周强，要送！

周　强　给他一条出路嘛！

流　氓　我错了，犯了法，今后绝不再犯！

舒　欢　周强，他是假的！

周　强　要是下次再碰到你呢？

流　氓　（抹脖子）喏，杀死我！

周　强　好，走吧！

舒　欢　周强，不能这样！

流　氓　好，够朋友。兄弟绝忘不了你！你们玩吧。

周　强　还不快走！

流　氓　拜拜！

舒　欢　（一把抓住流氓）不，周强，你不能放虎归山！

流　氓　喂，喂，喂，放开，放开！

舒　欢　你别想溜！

流　氓　放开！

［流氓欲挣脱，舒欢死死抓着不放。

舒　欢　（力不可支）周强，你过来抓住他呀！

周　强　算了吧。

流　氓　（挣脱开舒欢的手）小姐，再见！

［流氓跑下。

舒　欢　（生气）你做东郭先生，我可不做东郭先生！我去抓他！

周　强　欢欢，我求求你，算了吧！

舒　欢　为什么？

周　强　你别问了。

舒　欢　你认识他？

［周强不语。

舒　欢　说呀！他是你什么人？

［周强仍不语。

舒　欢　你一定要说实话。

周　强　他是我们处长的儿子……

舒　欢　（痛苦地）哦，原来如此，你顶头上司的儿子！你怕穿小鞋。怕加不了工资，怕升不了更大的官，怕影响了你的前程！

［一轮圆月突然变成许多碎块，纷纷落下。

［周强感到震动，内心痛苦异常。

舒　欢　周强……

周　强　（制止）不！（随即转身离去）

［舒欢茫然地注视着周下。

［舒欢站在舞台中央的一束光柱中。

舒　欢　（自语）……我没有去追他，报告了派出所，三天之后抓到了这个处长的儿子。他不是小流氓，是大流氓。可我从此就失去了周强。半个月的恋情，戏剧性的离异。他是第一个吻我的男人。初吻，像酒，真令人陶醉。我不但爱上了他，简直是迷上他了。对于男人有些缺点可以原谅，比如粗暴、骄傲；有些缺点不可以原谅，比如庸俗、琐碎、畏惧、懦弱。唉，我太苛刻了，对男人要求太高了！老实交代，扪心自问："我还爱周强吗？说呀。"我承认他让我入迷。我好像还没忘掉他。男人的手臂是港湾，今后我停泊在哪个港湾呢？"在那遥远的地方，有位好姑娘……"不对，"在那遥远的地方，有位男子汉……"多遥远？天边？宇宙外？一亿二千万光年。不，中国有的是男子汉！女人不在乎男人的外表，女人最看重男人的内心素质。罗素的素质如何？长寿的哲学家。他有一段话我能背下："在我整个一生中，始终由三种激情支配我。"其一便是对爱情深深的渴望。他说："我追寻人间最幸福的爱情，尽管难以实现，但我一定要找到它。"哦，再去找吧……

［舞厅。在圆舞曲中一对对舞伴在起舞。

［西装笔挺的大龄青年A见舒欢来到，忙迎上招呼。

A　哈啰，舒欢同志！

［场上响起了探戈舞曲。A有礼貌地向舒欢一鞠躬，作了一个洋派的邀请跳舞的姿势。

［两人起舞，跳得不默契。

舒　欢　还是休息一会儿吧！

［两人坐下，场上一对对舞兴正酣。

［音乐转为狐步舞曲。A起立再次请舒欢跳舞。

A　　请！

［舒欢与A跳舞，边跳舞边交谈。

A　　你喜欢这首曲子呢？

舒　欢　喜欢。

A　　西方的音乐就是比中国的音乐好！

舒　欢　你喜欢西方音乐？

A　　喜欢。西方的一切我都喜欢。

舒　欢　哦？

A　　我身上没有一样东西不是西方的，衣服法国的，领带美国的，手表瑞士的，香烟英国的，打火机日本的，连手绢和袜子也是进口的。（说着说着打了个喷嚏）对不起，最近生病了。

舒　欢　什么病？

A　　意大利感冒。

舒　欢　意大利感冒？

A　　对对，是进口的，这种感冒也来自西方。

舒　欢　连生病也有东西方的区别？

A　　当然有区别，有的病只有西方有，东方还没有哩。

舒　欢　什么病？

A　　艾滋病。

舒　欢　艾滋病？

A　　对，多好听的名字，艾滋病，爱情滋生出来的病，又叫后天免疫力缺乏综合征。中国人想生这种病还生不着哩！

舒　欢　你对西方这么羡慕？

A　　告诉你吧，我正准备申请到西方去哩，我爸爸住在西德，我姐姐住在西班牙，我姑姑住在美国西雅图，我住在上海西摩路。

舒　欢　上海哪儿有西摩路？

A　　有，就是现在的陕西北路，解放以前叫西摩路。我喜欢叫它西摩路，凡是前边有个西字的总比较好。西装比中山装好看，西餐比中餐高级，连西瓜也比东（冬）瓜好吃。要是我这一辈子去不了西方，死在上海，我一定要留下一条遗嘱。

舒　欢　什么遗嘱？

A　　死了以后不要进龙华火葬场，要进西宝兴路火葬场。

舒　欢　也是因为前边有个西字？

A　　Yes！我看书也看西方的。

舒　欢　什么书？

A　　《西游记》。

舒　欢　这可不是西方小说，是中国古典小说。

A　　可它译成了西方文字。

舒　欢　请问《西游记》的作者是谁？

A　　这谁不知道？《西游记》的作者是西哈努克！

舒　欢　（嗤之以鼻）恕我直言，你是不是过于崇洋媚外了！

A　　崇洋媚外？西方就是比东方强嘛，中国人就是不如外国人！

舒　欢　（停止跳舞）我是中国人！

A　　你？你怎么了？

舒　欢　我在想……

A　　想什么？

舒　欢　想你什么时候上西天！

［A隐去。

［舒欢坐在一张椅子上。

舒　欢　（自语）像吃了个苍蝇，恶心！只见了一次面就各奔东西。当然。我朝东，他朝西。没有民族自尊心怎么能叫男子汉？假洋鬼子。鲁迅笔下的人物。是开放的结果？开放得还不够。再开放些，假洋鬼子就没有市场了。

［舒欢所坐之处是音乐茶座。另一张椅子空着。

［大龄男青年B上。

B　舒欢同志，对不起，来晚了！

舒　欢　没关系。

B　今天有奖储蓄开奖，我在兑奖，耽误了时间。

舒　欢　兑着了吗？

B　没有。就差最后两个数字没对上号。我买了二十元和五十元的两种，每次都买，一次也没中奖。我下次还买！

舒　欢　希望下次你能中奖。

B　谢谢！下次不中我再买！非要中奖不可。这已成了我下半辈子的理想，为实现中奖而奋斗。

舒　欢　祝你有好运气。

B　不，应该说我们！

舒　欢　我们？

B　嗯，舒欢，从今以后让我们共同努力。

［服务员送来饮料。

B　没地方去，所以约你在音乐茶座见面，你不反对吧？

舒　欢　不。

B　（招呼服务员）哎……

服务员　要什么？

B　两杯咖啡。

［女服务员送来咖啡。B色迷迷地注视，女服务员怒目相对，重重

地放下咖啡杯就走。

服务员　(对侧幕里的同事)十三点哦!(下)

B　死腔!

[歌星在唱邓丽君的歌曲。

B　爱听流行歌曲吗?

舒　欢　一般。

B　这是邓丽君的,我是她的崇拜者,是个邓迷。

舒　欢　我知道。

B　你还知道邓丽君的其他一些情况吗?

舒　欢　不知道。

B　邓丽君的爱情生活你了解吗?

舒　欢　不了解。

B　你想听吗?

舒　欢　好吧!

B　我是她的崇拜者,是个邓迷。邓丽君有三次罗曼史,第一次在十八岁,男朋友是比她大八岁的实业家,叫林振发。一九七四年邓丽君到日本,没时间和林振发见面,两人就吹了。第二次是邓丽君在美国,由成龙介绍。成龙你知道吗?香港武打明星,由他介绍和一个美国华侨恋爱,后来也吹了。第三次是和新加坡香格里拉酒店的小老板恋爱,可是小老板的父母反对,最后也分手了。今年邓丽君几岁了,你知道吗?

舒　欢　不知道。

B　三十二岁了,还没成家哩,在中国也算个大龄未婚的女青年了。难哪!

[歌星又唱陈美龄的歌曲。

B　你知道这是谁的歌?

舒　欢　不知道。

B　　　陈美龄，知道吗？

舒　欢　不知道。

B　　　哎呀呀，你太落后于时代了。鼎鼎大名的陈美龄你都不知道。她是中国人，一九五五年夏天生在香港，今年整整三十岁。她十五岁开始唱歌，成了专业歌手，她唱的最著名的一首歌叫《圆圈游戏》，一下子就红了。十七岁到日本，又征服了日本。她是个名歌星，好多人追求她。可她现在还是没结婚。不过我估计快了，她的意中人虽然还没宣布，可我一猜准猜到，一定是那个她走到哪儿就跟到哪儿的金子力。

舒　欢　你怎么知道这么多歌星的生活琐事！

B　　　小报上登的，我最爱看。（从皮夹子里取出一叠照片）我还专门搜集港台歌星的照片，你看看，喏，这是甄妮，这是汪明荃，这是谭咏麟，这是奚秀兰，这是罗文，这是徐小凤，这是凤飞飞，这是苏芮，唱《酒干倘卖无》的。这是……哦，这张不行，衣服穿得太少了！

舒　欢　这么多，哪儿弄来的？

B　　　小摊头上买的，五分一张，一角一张。

舒　欢　你业余时间都用在这上头了？

B　　　光业余时间怎么够。

舒　欢　那你工作怎么办？

B　　　混呗！

舒　欢　混？

B　　　混到我这样也不错了，我又不想当工程师。饭碗又砸不掉，知足常乐嘛。

舒　欢　（自语）男人没有事业心，就像……就像什么？就像丝瓜筋。怎么会有这样的比喻？丝瓜是软的，我最不爱吃。男女平等，可实际上男性仍然是支撑这个社会的主要力量。如果男人庸俗，没事业心，没理想，我们的民族就会平庸，就会失去生存能力。妇女半边天，男人的那半边才真正是天。拣车票去报销。他居然跟我谈艺术！流行歌曲我也有喜欢的，张明敏的《我的中国心》，我听哭了。长江，长城，黄山，黄河。我们的民族应该多一些阳刚之气！这才是男人的歌。

舒　欢　可是登记卡上你不是写你事业心很强吗？

B　登记卡嘛，写的时候总要夸张一点嘛，你不也一样？你说爱好艺术，可你连陈美龄、成龙都不知道。

舒　欢　我是不知道你爱的那些艺术。

B　哦，不谈这个，不谈这个……

[B见地上有一张电车票，拣了起来。

舒　欢　（以为是自己丢了东西）什么？

B　电车票。

舒　欢　你倒很爱清洁。

B　不，我拿回厂里报销。我每天拣，拣了这么多，用报销的钱再去买有奖储蓄。

舒　欢　（站起，轻声地）哦？你倒不嫌脏？！

[B隐去。

[舒欢离开茶座，漫步在广场中。

[此时，重复开场时人流穿场；重复舒欢的独白："漫步街头……伟大的革命豪情。"

[舒欢坐在街心花园的长椅上，从手提包里拿出许多报纸、杂志，又拿出一纸袋饼干，放在长椅上，边吃饼干边看报刊。

舒　欢　（自语）嗬，这么多杂志、报纸都登征婚启事，学习学习。谦虚使人进步，也使恋爱进步。黄某三十岁，大专文化，青海某厂工程师，月工资一百元，身高一米七五，五官端正，心地善良，兴趣广泛，曾获市钓鱼冠军，欲找一位上海市区或郊区的姑娘为伴，并愿到女方家落户。女方有否职业、有否婚史以及年龄皆可不计……醉翁之意不在结婚，而是在调动户口。从青海调到上海。真会钓鱼，钓鱼冠军！

[江毅，身材略矮，相貌一般，见有一长椅，便走了过去。

[舒欢见有人过来，将椅子上的一纸袋饼干放回手提包，以让出地方。

[江毅对舒欢微微一点头，表示谢意。拿出小型计算器在计算。

[舒欢见来人毫无引人注目之处，也就未加注意，仍旧看报，又拿出钢笔和小本子在抄写什么。

[江毅坐下后，继续计算，心无旁骛，聚精会神。不一会儿从口袋里掏出一纸袋饼干放在舒欢原来放饼干的地方，边吃边计算。

[舒欢早已忘了自己的一纸袋饼干已放回手提包，所以仍旧下意识地在身边的椅子上摸饼干。

[江毅和舒欢两人你一块，我一块地吃着，都未注意。过了一会儿，舒欢见江毅在摸饼干，以为是在偷吃她的。感到惊奇和生气，一看江毅在专心致志地计算，并不像坏人，也就算了，只是摇摇头，将饼干挪到自己身边近一点。

[江毅在摸饼干，未摸到，一看饼干挪了地方，再一看舒欢在吃饼干，感到奇怪，又摸摸自己口袋，是空的，因此判断这一纸袋饼干肯定是自己的，于是又将这袋饼干挪了过来，拿了一块，想了想，再将这一纸袋饼干放回舒欢的身边，任她去吃。自己继续埋头计算。

[舒欢写了一会儿之后，看江毅嘴巴在咀嚼饼干，又看看纸袋，感到饼干越来越少了，自己拿了一块之后，索性将这一纸袋饼干推到江毅身边。

[江毅摸饼干，奇怪于它又挪了位置，摸了一块后，仍旧将一纸袋饼干推到舒欢身边。

[舒欢和江毅两人将饼干推来推去，又是两三次。

[最后舒欢站起，拿起饼干，打算离开。

舒　欢　（将一纸袋饼干又放到江毅身边）算了，全送给你吧！

江　毅　（感到非常奇怪）送给我？

舒　欢　（开玩笑地）你这么用功，送给你为“四化”出力吧！

江　毅　哦？谢谢！

[舒欢离开长椅，边走边将钢笔和小本子放回手提包，一看，这才发现自己的一袋饼干在包里。她感到不安和很不好意思，转过身来，又回到长椅边。

舒　欢　同志……非常抱歉，我的饼干在我手提包里，我吃了你的饼干，还以为你吃了我的。

江　毅　一起冤假错案。

舒　欢　我向你道歉！

江　毅　你为我平反昭雪，你继承和发扬了我党的实事求是的优良传统。

舒　欢　你生气了？

江　毅　你不领会玩笑？

舒　欢　我赔你。

江　毅　好像又回到童年时代，公鸡叫，母鸡叫，送人东西不许要；又下雨，又打雷，拿人东西就要赔。给你！

舒　欢　三大纪律八项注意。

江　毅　好久没人提了。

舒　欢　你觉得好笑？

江　毅　不，应该提倡！革命军人个个要牢记。我当过兵。

舒　欢　军人可以牺牲一切，怪不得我吃你饼干，你一点没生气。

江　毅　你也一样，当你以为我在吃你饼干的时候，你也没生气。最后还慷慨地把我的饼干全部赠送给我。

舒　欢　你这个人很有意思。

江　毅　这是个很模糊的概念，应该说明很有什么意思。

舒　欢　嗯……很幽默。

江　毅　还有呢？

舒　欢　大概心眼儿也不错。

江　毅　这倒让你说对了。

舒　欢　自夸可不是优点！

江　毅　这是陈旧的观念，有时就要自夸！

［一个青年人推了一辆自行车上来，停靠在长椅附近。

［青年人离去。自行车倒下。

舒　欢　（吓了一跳）哎哟！

江　毅　我再一次向你证明一下我的好心眼儿！（走过去将自行车扶起）心眼儿怎么样？扶狂澜于既倒！喏，又自夸了！

［青年人跑上。

青年人　怎么了？干吗碰我的车？

江　毅　你的车倒了。

青年人　你碰倒的！

江　毅　不，自己倒的。

青年人　不可能！不是你碰倒的，干吗要多管闲事，扶起来？

舒　欢　你太不讲理了！我看见车子是自己倒的，他帮你扶起来，你不谢谢他，还冤枉他！

青年人　你们啰嗦什么？你们是夫妻，一搭一挡，相互包庇！

舒　欢　（气极）你?!

江　毅　（与舒欢相反，很平静，微微一笑）你请走吧！

舒　欢　不，要跟他评理！

江　毅　不值得！

青年人　评理就评理，我还怕你？

江　毅　（劝慰地）同志，你请走吧！

青年人　哼，自己倒的？你们把它扶起来的？没这么好心！赤佬！

［青年人骑车下，跨上车时，包落下。

舒　欢　他还骂人！

江　毅　算了吧！（看到失落的包，捡起来）喂，同志，你的包，包！

［青年人已远去。

江　毅　咳，这个冒失鬼！（翻着包）嗬，这么多钱！

舒　欢　（漠然地）哦，是个暴发户。

江　毅　怎么办？

舒　欢　你说怎么办？

江　毅　无非是三种态度：一偷偷放在自己的口袋里，发他个意外之财。这已经不可能了，你看见了，会揭发的。

舒　欢　（笑）除了和我分赃！

江　毅　二是不管它，放回原地，让别人去捞这个外快，因为他不相信人有好心，所以可以不去管他，免得好心又不得好报。也许你主张这第二种态度？

舒　欢　哦，不，不，我没这个意思。

江　毅　那么，只剩下最后一种态度了。捡起来，给他保存好，坐在原地，等他回来领取。

舒　欢　（有点惊异）坐在这儿等他回来？

江　毅　（幽默地）我们已无路可走。

舒　欢　我们？

江　毅　哦，当然，你可以走，我在这儿等他，要是你放心的话。

舒　欢　我没什么不放心的。我只是……

江　毅　只是什么？请坐下谈吧！

舒　欢　只是讨厌他。

江　毅　哦，因为他冤枉了我，说我把他的车碰倒了。

舒　欢　你太软弱了！

江　毅　软弱？

舒　欢　对这种人你应该抗争。

江　毅　生活里，有很多应该抗争的事，我们不去抗争；而对一些不该抗争的事，倒花费了过多的精力去抗争，值得吗？

舒　欢　我看你这个人脾气是太好了。很难想象你这种脾气的人在生活里会有什么抗争。

江　毅　哦，是吗？！认识一下吧。我姓江，长江的江，叫江毅，毅力的毅。

舒　欢　我姓舒，舒展的舒，欢乐的欢。

江　毅　舒欢？你的名字一听就叫人感到舒服，使人喜欢。

舒　欢　谢谢你的恭维。嗯，我可以问问，你是干什么的吗？

江　毅　你猜！

舒　欢　会计？

江　毅　不对。这是一种只有在贪污的时候才能显示他的创造性的职业，我不干。

舒　欢　秘书？

江　毅　这个职业容易使人失去个性，我也干不了。

舒　欢　个体户？

江　毅　冒险家的职业。这个职业总使我联想起迪斯科。

舒　欢　那你是干什么的？

江　毅　厂长，当代中国最时髦的职业。不过是个小厂，才六七个人。

舒　欢　就这么点人？

江　毅　本来倒有五六十人，可是都不干了。

舒　欢　为什么？

江　毅　因为赔本，散了伙，所以只剩下六七个人。

舒　欢　原来你在收拾残局。

江　毅　怎么是残局，才刚刚开局。虽然只有六七个人，但都是最坚定的，这才是值得的、必要的抗争！

舒　欢　干得怎么样了？

江　毅　不怎么样，才半年时间。再有半年，一定能摘掉亏损帽子。我的目标是把我的厂办成全国第一流先进企业！

舒　欢　有把握吗？

江　毅　有！

舒　欢　你这么自信？

江　毅　没有自信，中国女排就拿不下世界冠军，有了自信，中国才能立于世界民族之林。

舒　欢　要是失败了呢？

江　毅　也光荣。宁愿在强手面前栽跟头，也不愿在弱者面前逞英雄，况且我也不会失败。

舒　欢　对不起，你是不是经常在别人面前……

江　毅　夸夸其谈，自吹自擂？这总比故作谦虚，结结巴巴要好。能说会道不应该再看成是缺点。自吹自擂并非胡说八道，它是必要的宣传，让更多的人知道我和我的厂有什么不好？至少可以打开产品的销路。

舒　欢　（已逐渐被江毅所吸引）没想到你是这样的一个人……

江　毅　什么样的人？

舒　欢　（有意岔开）咦，这个人怎么还不来？

江　毅　你有事要走？

舒　欢　不不，你有事吗？

江　毅　有。准备下午的考试。

舒　欢　考什么？

江　毅　企业管理。

舒　欢　我考考你。

江　毅　（点点头）

舒　欢　你怎么理解改革？

江　毅　改革应成为一种历史性的思考，成为中华民族深刻的自我意识的又一次觉醒，成为民族精神的更新。

舒　欢　你渴望什么？

江　毅　渴望知识，渴望成才，渴望成大才。

舒　欢　你最厌恶什么？

江　毅　庸俗、虚伪。

舒　欢　你最痛恨什么？

江　毅　社会弊病和不正之风。

舒　欢　你认为应该怎么对待青年？

江　毅　首先应该理解和信任。

舒　欢　你认为青年最厌恶什么？

江　毅　是社会对他们过多的指责，假如一个社会对青年不信任，这个社会是没有希望的。

舒　欢　（兴奋地）好，100 分！

江　毅　谢谢！

舒　欢　那么，你认为男人应该有什么性格和气质？

江　毅　这也是考试题目？

舒　欢　这是补充题，请回答。

江　毅　刚毅、正直、有开拓精神，在任何困难面前，都要有极大的忍耐力。

舒　欢　女人呢?

江　毅　女人?

舒　欢　你不好意思回答?

江　毅　对我来说没有什么不好意思,我曾经有过爱情,有个姑娘爱上了我,就在这儿她对我海誓山盟,可后来说吹就吹!现在的姑娘啊……

舒　欢　那你以后再也没见过她?

江　毅　在茫茫的人海中,谁和谁都有可能再见,谁和谁都有可能再也不见。

舒　欢　那你现在?

江　毅　不,不是我不需要恋爱,是因为女人的视线越过了我的头顶。

舒　欢　什么意思?

江　毅　我太矮。

舒　欢　你为此苦恼?

江　毅　贝多芬一米六三,康德一米五二,拿破仑也是矮子。

舒　欢　你自豪?

江　毅　我自豪我在各方面与中央保持一致。

舒　欢　(笑)这么说你不怕找一个比你长的妻子?

江　毅　正可以取长补短。

舒　欢　(大笑)没想到你这么幽默。

江　毅　幽默是乐观和友好的表现,可惜中国太缺乏幽默感,过于认真。外国有画首脑人物的肖像漫画,中国不行,怕有失尊严。我建议,今后领导干部有没有幽默感,要作为考核干部的标准之一。

舒　欢　中央组织部也许会采纳你的建议。

[丢失包的青年人低着头,推着车,边走边巡视路面,着急地在寻找包。

[青年人望了望江毅,不理睬,仍旧推着车巡视路面。

江　毅　同志！

青年人　让开！

［江毅让开。青年人继续朝前走。

江　毅　同志，你是不是丢了什么？

青年人　（像触电似的连忙回头）刚才和你们吵架，包都丢了！

江　毅　（拿出包）是不是这个？

青年人　（急切地，又惊又喜）对，对，对，请还给我。

［江毅给包。

青年人　（接过）谢谢，谢谢！刚才车子的事是我错怪你了，请你原谅。今天总算遇到好人了！

江　毅　再见！

［青年人骑车下。

江　毅　你说你还有一个问题要问我。

舒　欢　你对……目前男女交往和婚姻恋爱问题有什么看法？

江　毅　主要问题是男女交往太少，过于封闭，社会应提供更多的社交场所让男女青年自由地交往接触，自由地选择对偶。婚姻介绍所虽然有助于大龄男女的婚配，可是成功率不高。所以应该鼓励男女青年自由交往，特别是要鼓励女青年。她们应该比现在更主动些，更积极些，更富于进攻性。

舒　欢　进攻性？

江　毅　越是大龄女青年越应该主动进攻。为什么男人可以主动追求女人，女人就不能主动追求男人呢？这平等吗？主动地追求爱情，不论男女，都有这种符合天性的权利，爱的权利。你同意吗？（舒欢重复“主动地追求……爱的权利”）

舒　欢　（有所感悟地）同意。

江　毅　我可以问你一些问题吗？

舒　欢　可以。

江　毅　你是作家？

舒　欢　不。

江　毅　记者？

舒　欢　也不。

江　毅　我以为你刚才是为了写作而对我进行的一次采访。现在有一种小说，叫纪实体小说。

舒　欢　我是搞教育工作的。

江　毅　哦，教育工作。你刚才在写什么？

舒　欢　还没写，只是打算写。

江　毅　为什么没写？

舒　欢　还缺乏……勇气。

舒　欢　打算写什么而缺乏勇气？

舒　欢　打算写……寻人启事。

江　毅　寻人启事？寻谁？

舒　欢　一个男子汉。

江　毅　哦？走失多少天了？

舒　欢　当我需要他的时候，他就走失了。

江　毅　能寻找到吗？

舒　欢　看来有些希望了。

江　毅　那你赶快写呀！

舒　欢　好！我马上就写。

［舒欢写征婚启事。边写边看报，以作参考。

江　毅　还看报干吗？

舒　欢　哦，参考一下……

［江毅和舒欢会心地相视而笑。

［舒欢继续写征婚启事。

江　毅　我……

舒　欢　你……

江　毅　我可以看一下吗？

舒　欢　这……我想想……

［司徒娃挽着他的妻子上，妻子手中抱一婴孩。司徒娃从妻子手中接过婴孩。夫妻俩散步，悠闲，和谐。然后下。接着青年A、B也分别偕着女友亲热地走过。

［舒欢惊呆了。简直不相信这是幻影还是实情。她愣了半天，说不出一句话。

［少顷，周强和他的女友欢快地跑上，相互追逐，嬉戏，显然两人是在热恋中。周强一把抱着女友，热烈地吻着，就像当初吻舒欢一样，然后又一同跑下。

［舒欢更是大吃一惊，心头涌起莫名其妙的感觉，是羡慕，是后悔，还是什么，她自己也说不清楚。

［舒欢心头一阵颤动，深思良久。

舒　欢　（将征婚启事毅然决然地递给江毅）给你。

江　毅　可我怎么还你呢？

舒　欢　要是你看了我的启事，认为我是有希望找到这个男子汉，请你明天这个时候再到这儿来告诉我，好吗？

江　毅　好，再见！

舒　欢　再见！

［江毅和舒欢依依不舍地分两边下。

［重复开始时的人流穿场。

［少顷，舒欢复上，久久地望着江毅远去的背影。

舒　欢　（自语）我找到了吗？我找到了吗？！

（1986年演出本）

话剧

二十岁的夏天

编　剧

余　云　唐　颖

作者小传

唐　颖（1955—　），女，上海人，祖籍浙江镇海，中国作家协会会员。历任静安区教师进修学院中文教师，上海市青年社交杂志社编辑，上海电影制片厂创作策划部策划人员、编辑。

人物表

杨　采　瘦高个，宽额。颌骨的线条迷人，双眼阴沉，那张脸显得聪明而邪气

卫生员　纤弱，白衬衣，黑绸裙，细眉微蹙，走路静静地，总背个药箱

马　赛　高个，深陷的眼睛，轮廓俊美，神态冷漠，举止洒脱近乎狂放

油葫芦　戴眼镜，整个装束和神态给人以洁身自好的感觉，他有气喘病

黄　毛　微微卷曲的黄头发，眼珠是蓝的，柔弱而漂亮

小杨柳　丰满妖娆，穿一条水红色的睡裤

沉默的情人

喧哗的情人

连　长　男

指导员　女

治保组员若干

度假青年　一个朝气蓬勃的城市小伙子

时间：1967 年 2 月。

地点：这是一个热带岛屿。我们称之咕咕岛。

天和海蓝得炫目。白天，阳光无边无际，地球像一个巨大的火炉在燃烧，令人绝望。

岛上有一片原始椰林。夜晚，清风拂过，传来森严的沙沙声，似鬼哭狼嚎。

海岸边绿色的丛林下埋伏着肥硕的仙人掌。

一个美丽而恐怖的岛。

岛上住着一个农场的农业连队。

第一幕

[咕咕岛连部门口的空地。

[清晨。岛被一种从未有过的雾笼罩着。看不清景物，只见影影绰绰的人头在白雾中浮沉，伴随着空旷、飘忽的说话声——

你看得见我吗？

我看不见你。

真的看不见？

头发湿了。

衣服湿了。

什么都是湿淋淋的。

昨天晚上席子都湿了。

那是汗。

真热啊，真让人受不了！

[似有断续,急促的蛤蟆叫声。

什么也看不见,船怎么开?

船开不了。

我们怎么办?

快过来,抓住我的手,我怎么觉得岛在摇晃。

岛会不会飘走。

[蛤蟆的叫声。

[指导员蹑手蹑脚地上。她像一头猎犬,总是职业性地竖着耳朵探听什么。她警觉地听着雾中的说话声——

小杨柳的声音 湿淋淋的席子,一点也睡不着,早晨三点钟,我就去镇上买螃蟹了。

男知青的声音 你这螃蟹好极了,身体又肥又壮,腿又细又短。

女知青的声音 而且只有四条腿。

小杨柳的声音 今天早上那只鸡才怪,明明是母鸡,却顶着一个大鸡冠。我不喜欢母鸡头上有鸡冠。

[指导员忽然眼睛发光——视线被地上一张纸条吸引,她迅速捡起纸条看了一眼,像得了什么宝贝似的下。

人　声 连长怎么还不来,大概热得跳到海里去了。

这两天他的脸阴沉沉的,弄不好今天又不批假。

他说过农忙结束就放假的。

可刚才我看见连长和治保组的人在黑洞洞的大仓库里,头凑在一起,地上有红标语。

又要揪人了吗?

这么热的天还要斗人。

[浓雾开始飘散。晕乎乎的太阳悬在空中。

[响起古怪的琴声——一只风箱漏气的手风琴在拉。琴声只有

四个音符，夹着湿漉漉的嘈杂。

女知青的声音　这破箱子还背回城里去？

油葫芦的声音　我这琴一天坏两次。我有个邻居能修琴。他没有腿，没有耳朵，坐在装着马达的轮椅上在琴键里游来游去。他修过的琴能弹出八个音符。

男知青的声音　要有八个音符，我一定跳到海里去睡觉。

［浓雾又散去了一些。太阳鲜明起来。可见一块巨大的红礁石横亘在中央，红礁石上有凿出的不规则的石阶，高高低低坐在石阶上的人影渐渐清晰——

［在礁石底部的石阶上，那对沉默的情人在绕一团金黄色的绒线。他们始终含情脉脉地注视着，旁若无人。一根金黄色的绒线在他们之间缓缓流动。

［小黄毛上，把手中提的一个旅行袋扔在地上，往上面一坐。

女知青　小黄毛，你怎么又要回家？

男知青　上次回去你不是把假期都用光了？

［小黄毛不作声，双手抱住脑袋，像在与谁赌气。

［小杨柳见状，走近小黄毛。

小杨柳　（轻声）不是跟你说过，我很快就回来的。（稍停）他一年才回来一次……

［小黄毛仍不作声。

小杨柳　听话，别耍小孩子脾气，你把明年的假期都用了，家里有事怎么办？

小黄毛　我没有家。

［小杨柳黯然。

男知青　小黄毛就像小杨柳的尾巴。

女知青　小杨柳也太喜欢黄毛，他快成她的儿子了。

男知青　（猥亵地）我要有这么年轻的妈妈就好了。

［大家嘻嘻地笑。

女知青　（对另一女知青）喂，你又要回去吃蚯蚓钻豆腐？

油葫芦　每年夏季风吹的时候，蚯蚓就上市了。

女知青　我是一定要吃的。这个菜不但好吃，还好看。一锅活的蚯蚓，上面放一大块豆腐，火一烧，蚯蚓在沸腾的水里乱钻，揭开锅一看，一条条变得鲜红的蚯蚓从雪白的豆腐里探出头来。

女知青　那汤是很鲜的吧？

女知青　我一面喝汤，一面欣赏这一块钻满了红蚯蚓的白豆腐。于是，咕咕岛上一年的苦都消失了。

人　声　啧啧啧！

［有人被地上的什么绊了一下。

男知青　（对另一男知青）你干嘛带这么多米回家？今天镇上的螃蟹只有四条腿。

男知青　我姐姐一胎生了六个男孩，他们很会吃。第六个刚喂完，第一个又哭了。我妈妈整天烧粥，我姐姐整天喂粥，家里的米都吃光了。

男知青　我最丧气。我外公要死了，就等我这个长外孙回去。我外公那口气一直要断，断不了，已经吊了半年多。

男知青　那口气倒蛮长的。

男知青　连长不放我走，说要等农忙过后。于是我外公只好等，换了几十家医院，用光了三百零六个氧气瓶。

［背着药箱的卫生员上。

卫生员　（走到黄毛身边）黄毛，你今天还要打一针。（对另一男知青）这是下星期的药，回去别忘了吃。

男知青　按你的指示，一天吃三顿，吃了三个月，可惜，这药越吃，我的肋骨越痛。

小杨柳　（对卫生员）为他们操这份心？一上船就把你的药扔到海里去了。

［马赛上。她专心致志，很有技巧地玩着三个小沙袋：两手交替把三个小沙袋不断抛向空中，沙袋在空中划出各种弧线。她玩得很入迷，如痴如醉。场上的人倏然静下来，视线不约而同随着那三个小沙袋移动。

［两个佩红袖章、手提木棍的治保组员匆匆走过。

男知青　不对头，好像真的要揪谁了。

油葫芦　可别弄得我们走不了。

［卫生员走近马赛。

卫生员　仓库里堆满反腐蚀的标语，听说杨采有什么书落到连长手里了。

［马赛玩着沙袋，好像没听见她的话。

人　群　每年夏天，连长都要整一个人。

不知今年该谁倒霉。

马　赛　（收住手）但愿气温升到50度，人人热得中暑。

油葫芦　（忽然跳起来）一只蛤蟆！

男知青　大惊小怪，不过一只蛤蟆。

油葫芦　可这个岛上从来没有过蛤蟆！

人　群　（也发现了脚下的蛤蟆，不断有人跳起来）真的，怎么有蛤蟆！这么多蛤蟆！

（跳跳蹦蹦）受不了啦，蛤蟆！

受不了啦，这夏天！

［阳光灿烂起来。

［那对喧哗的情人大声吵闹着上。

喧哗的女情人　（带着哭声）你到底把我的信丢哪儿了？你说呀，你把它找出来呀！

喧哗的男情人　你别急，找找看……（在地上找）我实在记不得了，唉！

喧哗的女情人　算我看错人了！倾注了一个女人全部爱情的信，就被你这样漫不经心地丢了。一封信就是我的一颗心，把信还给我，把爱还给我！

喧哗的男情人　难道你还不明白我是怎样爱你吗？我对着月亮起誓！——哦，不不，（背诗般）起誓可不要拿月亮，那没有常性的月亮，在30天里都变上几回圆缺，免得你的爱也会一样地无常。——你看，你写在信上的话我早就铭心刻骨！

喧哗的女情人　（破涕为笑，用手捂住耳朵）别说了，难为情死了！

马　赛　你们不累吗？我都看累了。

［一男知青跑上。

男知青　完蛋啦，我们回不去了，连长今天不批假！

人　群　（哗然）那怎么行？

天气这么热，蛤蟆这么多！

我们要回家！我们要回家！

［又一男知青跑上。

男知青　连长来了，马上开大会！

卫生员　（紧张，向男知青）为什么开会，又出什么事了？

人　群　不行，我们要回家！我们要回家！

［闹闹哄哄中，杨采上。他手中漫不经心地捻着一叠扑克牌，口里念念有词。

杨　采　又是草头爱司！

［人群围上去。

人　群　（七嘴八舌）看到连长了吗？

杨采，你知道连长为什么不批假？

杨　采　（看着牌）……有一天，镇上来了个跛老头，他预言小镇三天后将遭受毁灭性灾难……

人　群　你知道今天还能不能走？

你不是也要回家休假吗？

杨　采　（惊讶）回家？为什么要回家？你不是这儿的人吗？干嘛还说回家？到底哪儿是你的家？

男知青　我是说回城里，回我们来的地方。

杨　采　你去了，然后还要回来，你回去干什么？你是这儿的人，干嘛自找麻烦地走来走去？而且，你要回到城里，必须越过许许多多障碍。（稍停）首先，你得去找连长，你从连部找到他家，从他家找到仓库，从仓库找到椰林，最后终于在公共厕所里发现连长，厕所臭气熏天，连长又正憋得慌，你也没有愚笨到在此时此刻提这个问题，于是只好装模作样在他身边蹲下来。你随他走出厕所，迫不及待把假条递上，连长还没从臭气中缓过气来，没好气地给你一个白眼。晚上，你找到他家，还没进门就听到连长老婆的大嗓门。你从门缝里望进去，只见连长老婆正手握一只拖鞋向床底下吼："你出来不出来？"床下，传出连长豪迈的声音："男子汉大丈夫，说不出来就不出来！"你憋住气不敢出声，装作什么也没听见悄悄离开。你又失去了一次机会。等你批到假来到码头上，却正遇上台风，船两天不开。经过千辛万苦，你终于上了船，由于人太多，船摇晃起来，四周一片恐慌，你又要经历一番惊心动魄……

［阳光灿烂无比。

［空中忽然传来清脆的丁零声，伴随着轻快、跃动的旋律，由远及近——

我有过一个夏天，
我有过二十岁，
我有过夏天的疯狂，
我有过二十岁的芬芳，

我像那只大蜻蜓

为了那片云，

迫不及待地飞向远方

……

［人群仰起脸，手搭凉棚，眯虚起眼睛望去——

人　　群　快看，这天上飞的是什么？

是降落伞，一顶红色的降落伞！

它飘过来了，飘过来了（随着那飞行物跑动）它在往下落！

［一顶鲜红的降落伞状的物体翩然而至，刹那间，度假青年落在红礁石上。他身穿T恤衫、牛仔裤，生气勃勃。颈上，一串用鲜艳的开司米编织的带子串起的钥匙光芒四射。

［人群惊愕地望着他。

度假青年　（愉快地）早上好。

［人群没有反应。

［度假青年边解开系在身上的“降落伞”绳，边向站得最近的油葫芦笑笑。

油 葫 芦　（蓦然）你是谁？你从哪里来？

度假青年　这是什么地方，怎么有一个小岛？地图上好像没有这么一个岛。（仰头）从来没有见过这么蓝的天。是天把海照蓝了，还是海把天映蓝了？又透明又深邃，像一块巨大无比的宝石，叫人头发晕。云像山城，一座座屹立在空中。（对人群）在我们城里，天是灰的，云是一片片的破棉絮……

［人群望着他。

可是，在这么一个灿烂的地方，你们为什么都灰暗着脸？难道这个明媚的小岛还会有什么折磨人的痛苦？

杨　　采　（阴沉地）你从哪里来？你怎么会到这里来？

度假青年　我？我就是乘着它来的。(扯起“降落伞”)这是我给自己设计的翅膀，它把我从遥远的城市带到这里。(欣悦地)今天是我最值得纪念的日子，我终于从家里的阳台上起飞了。失败过三百多次以后，我终于成功地起飞了。我飘浮在城市上空，看到一个死寂的大盒子开始复活。先是一辆牛奶车叮叮当当驶过，有一个孩子在哭，千家万户的窗子打开了，城市像一个鸟笼渐渐响起叽叽喳喳的声音。街上，稀稀拉拉的人变成人流，像潮水一样越来越阔，越来越急，潮水翻腾起来，浮上天桥，天桥摇摇欲坠，两股相反的潮水冲撞、搏斗，同一股水中的人又互不相干地朝一个方向涌去。每个人都那么焦虑、不安。个个像热锅上的蚂蚁。只有我，在空中悠悠地飘。我看着城市的分贝从零跳到一百，我在人流之上，分贝之上，我超越了这嘈杂、拥挤、喧嚣，就像一只轻快的风筝随风飘荡，我也不知要去哪里，远方总是神秘的。我要过一个自由自在的暑假。从很远的地方我就看到一块蓝宝石……(跳下红礁石，钥匙发出响声，他走进人群)我真幸运，风把我带到了这里。可是你们是怎么来的？地图上好像没有这个岛。

［有人走上去摸他的降落伞。

喧哗的女情人　(盯着他胸前)这么多亮晶晶一片一片的，是什么？

度假青年　这是钥匙呀。喏，这是我的自行车钥匙，这是我宿舍里箱子的钥匙，这是我家房门的钥匙，这是我在家里的写字台的钥匙。

喧哗的女情人　钥匙是什么？

度假青年　唔？你连钥匙也不知道？钥匙是开锁的。譬如我的日记锁在抽屉里，我把抽屉锁起来，就不怕被人偷看。我的自行车锁起来，就不怕被人拿走。(见人群奇怪地看着他)难道你们没有钥匙？你们怎么开锁呢？

男 知 青 我们没有锁。

女 知 青 怎么能把日记锁起来不让人看？

度假青年 你总有自己的秘密，日记可以记录你的秘密。

杨　　采 （捻扑克牌）我们不记日记。我们没有秘密。

度假青年 那么你们总要写信，信用信封封起来，就像用锁把秘密锁起来。

女 知 青 不，我们写信，但我们把信交给指导员封。

［度假青年愕然。

［有人交头接耳。

［连长上。身后跟着几个治保组员。

连　　长 你们在干什么？不准窃窃私语！

［人们忽然全都大声说话——

人 群 一 今天早晨有大雾，咕咕岛的夏天从来没有雾，为什么有雾呢，夏天从来没有雾的。

人 群 二 镇上的螃蟹很便宜因为只有四条腿，螃蟹应该有八条腿少了四条所以很便宜。

人 群 三 她买了一只有鸡冠的母鸡，很红很红的鸡冠，鸡冠应该长在公鸡头上母鸡头上？

［连长突然吹响哨子。人群骤静。

［度假青年奇怪地看着眼前的一切。

度假青年 他们在嚷什么？我怎么不明白？（发现一直在绕绒线的沉默的情人）他们怎么了？为什么不说话？

马　　赛 自从连长宣布不准窃窃私语，他们就不再说话了。

度假青年 （更感怪异）这是什么地方？（不由后退）

连　　长 不准窃窃私语！

男知青　连长，我家来电报，我一定得回去！

［人群丢下度假青年围住连长。

连　长　别吵了，我们已经开过会，一个也不准离开这里，哪怕家里死人！

人　群　为什么？

为什么？

男知青　我姐姐的六胞胎要吃很多米，刚喂完第六个，第一个又哭了。

油葫芦　我那个没有腿的邻居能把琴修成八个音符。

小杨柳　我男人的船从马达加斯加回来，他喜欢吃螃蟹。

女知青　我一面喝汤，一面欣赏那钻满红蚯蚓的白豆腐。

男知青　（看表）我外公已经用完了三百零七个氧气瓶。

连　长　吵什么吵！现在我宣布：从今天起，咕咕岛封港，不管是谁，敢偷逃出岛者，一律从严处理！

度假青年　你在说什么？我听不懂你的话。

连　长　这儿发现了麻风病！

［人群愕然，稍停。

人　群　哪来的麻风病？

哪来的麻风病？

连　长　场部来电话，从咕咕岛出去的人当中发现了麻风病患者。为防传染，从今天起咕咕岛封港，全连普查，等待上级通知！

［寂静。长长的停顿。

［喧哗的女情人惊恐地去拉男情人的手，男情人下意识地退后。

喧哗的女情人　你干吗？

喧哗的男情人　这病太可怕了，会传染……

［人群下意识散开。

喧哗的女情人 天哪，现在还不知道麻风病在谁身上，你就这样对待我了！（哭）

［马赛扔起小沙袋。

［沉默的情人依然绕着绒线。

杨　　采 （忽然唱起来）“有一天，跳蚤被人抓住，人说，‘你是什么，那么乱七八糟地叮我，咬得我体无完肤？’”

人　　群 （唱）“我们就是这样生活的，请不要杀我。”

［度假青年惊异地跳到一边，与惶惑的连长面面相觑。

［歌声继续。

［暗转。

［夜。

［拖着一团红色的度假青年在丛林中走。他不断避让什么。

度假青年 我在这儿寸步难行。白天那么漂亮的椰林，一到夜晚完全变了模样，叶子像巨大的手狰狞地伸向夜空，风吹过来，发出阴沉沉的呼号。绿色的丛林底下，仙人掌疯狂地生长，一不小心就会掉进荆棘的陷阱。海滩上爬满滑腻腻的海蜇，慢慢蠕动着，像一片黑色的潮水。我还没来得及为自己飞行成功喜悦，我还在感谢上帝让我降落在这么一个美丽的岛上，它立刻把肮脏丑陋显露给我。我想走，我想立刻离开这儿，可翅膀奇怪地失灵了，怎么也飞不起来。美丽而弥漫着毒气的小岛！我必须离开！我必须离开这儿！我受不了，我一个小时也不能待了。要是不走，我会死在这里，我会绝对孤独地死去……现在，我多么向往城市！城市，曾令人厌烦的一切都变得亲切起来，它的嘈杂、拥挤、喧嚣……

第二幕

［舞台中后部是黑黝黝的仓库。朦胧中可见一排排赤裸的男性的脊背。黄色手电光从脊背上扫过——

［舞台前部是仓库外面的空地。阳光很亮。

［卫生员的声音从黑暗中传来：

……诊断主要根据……病史询问……流行区……家族、亲友、邻居……接触史……检查全身皮肤、神经和……表面皮肤损害，出现白斑……早期诊断和皮肤病很容易混淆……

［亢奋的人声：

我这是斑秃，卫生员！

我这是白癜风！

我有医生证明！我也有医生证明！

［身穿短袖海魂衫的黄毛慌张地从仓库中跑出。他用手遮住刺目的光线向台右寻找什么。

黄　毛　（轻轻）小杨柳！

［没有动静。

（声音稍响）小杨柳！

［小杨柳袅袅地走来，手摇蒲扇扇着汗。

小杨柳　干吗慌里慌张？

黄　毛　（扑上前）他们要医生证明，有皮肤病的人都要有！

小杨柳　（不解）那又怎么样？

黄　毛　我没有，我没有去瞧过医生，他们都有证明……

小杨柳　（仍不明白）这跟你有什么相干？

黄　毛　白斑，洗澡的时候他们看见过，还说这块东西像珍宝岛……等会儿他们会说出来的！

［稍停。

小杨柳　卫生员是个好人，你去跟她讲。他们查的是麻风病，不是皮肤病。

黄　毛　现在已经讲不清了，要有证明！你说过，（有些迟疑）你丈夫也有，他瞧过医生……

小杨柳　那有什么用？

黄　毛　不，现在只有你能为我证明……

小杨柳　我？我怎么能为你证明？

［卫生员的声音：

"大家安静些，《赤脚医生》手册上说，即便得了麻风病也是可以治疗的……"

［亢奋的人声：

"你快看，这块东西是什么？"

"是湿疹吧。"

"我看是麻风病早期症状！"

黄　毛　那天晚上你看到的，你说与你丈夫一样，医生说是湿疹，（解开腰上的皮带）你不记得了？就在小腹下面……

小杨柳　你疯了！怎么能这样？

黄　毛　他们会把我关进去的，我会染上麻风病的，救救我！

［停顿。

小杨柳　（后退着）我怎么去证明？怎么能？这件事抖出来，我的脸往哪儿搁？我比你大十岁，他们会说我勾引你。我怎么在咕咕岛待下去？

黄　毛　不，小杨柳，不会的，我会承担责任（走近她）我会跟连长讲的。是我不好。只要不被关进去，其他的事情都说得清楚的。

小杨柳　（抚摸他的头发）傻孩子，这怎么说得清？

黄　毛　小杨柳！（抓住她的手）在这个岛上，你是我唯一的亲人！只有你能救我，你说过，你喜欢我，最喜欢我……

小杨柳　是的，我喜欢你，我比你大十岁，我几乎把你当成我的儿子……

黄　毛　（跪下来，把头靠在她的胸前，她抚摸着他的脸颊，他的手按在她的手上）我来到海岛，我看到这么蓝这么美的海，我就想起了死去的妈妈，我总觉得妈妈应该是睡在这么一片无边无际美丽的海水里……妈妈的模样我已记不清了。小时候，我体弱多病，妈妈的手放在我发烧的额上，那么温馨，那么柔软。妈妈的手心像清凉的海湾，我躲在里面，感到安全、宁静……那天晚上，我昏昏沉沉躺在帐子里，你来了，把手放在我的额上，我以为妈妈来了，我抓住这双手，我又找到了我的海湾……我紧紧抱住了你……

小杨柳　那天以前，我一直把你当作我的儿子。那个晚上，天那么热，你发烧，我也好像得了热病……我怎么可以和你这样……

严厉的喊声　（从仓库深处传出）黄毛！黄毛！

［黄毛惊惶地站起来。

黄　毛　（哀求地）小杨柳，我害怕，救救我！

小杨柳　不，我不能为你证明，我不能让人知道那个晚上！（稍停）那件事只有我们两个人知道，忘了它吧，这一切并没有发生过。你还是我的儿子，我永远会像母亲一样待你。

黄　毛　那么现在怎么办？我真害怕……

严厉的喊声　黄毛呢？他们班就他一个没查了！

黄毛！

黄毛！

小杨柳　去吧，不要怕，他们不会把你怎么样的。

［黄毛战栗着向仓库深处一步一步退去、退去，眼睛一直看着小杨柳……终于，他在黑暗中消失了。

［仓库。光着脊背的男知青们吵吵嚷嚷接受检查。

［台侧传来女知青们的声音：

怎么还没轮到我们？

你急什么！

说不定查到你头上！

［杨采坐在一边，聚精会神捻着手中的扑克牌，有几个男知青围着看。

［卫生员的手电光在喧哗的男情人头部停住。她让他把头低下一点。

男知青　（指喧哗的男情人）他头上有一块秃了！

男知青们　白斑！白斑是麻风病早期症状！

［女知青们闻声涌进仓库。

［连长走过来。

喧哗的男情人　（分辩）我这是斑秃！

卫生员　什么时候发现的？有医生诊断吗？

喧哗的男情人　我没有去医院，我妈妈就是医生，她说……

连　长　（对卫生员）不要听他们啰嗦，有可疑症状一律隔离。（对人群）什么医院证明都没用，现在听卫生员的。

［卫生员显出犹豫。

连　长　（对喧哗的男情人）你出来，站到那边去。

喧哗的男情人　（慌乱）我不是……

［话音未落，已被治保组员拉到一边。

卫生员　（安慰）没关系，这只是怀疑。其实，得麻风病的人是很少的。

［她的手电光又在另一男知青颈部停下，她用一根针在那儿刺了几下。

人　　群　不得了，又是一个！

男 知 青　我这是神经性皮炎！

连　　长　你过去。

［男知青争辩，被治保组员拉到喧哗的男情人一起。

［人群哄笑。

［这次，卫生员的手电光刚落在男知青肩上，人群就哄起来。

人　　群　又是一个！

连　　长　你过去。

男 知 青　我这是牛皮癣……

［话音未落，他又被推到一边。

［如此这般，被轰到一边的人越来越多。

人　　群　（笑嘻嘻）卫生员，你看我这儿是不是？卫生员，我这里也有一块，还有些痒痒！

卫 生 员　别开玩笑，这不是开玩笑的事。

连　　长　你们都想得麻风病？（对治保组员）把他们统统请过去！

［治保组员过来拉，人群躲避，混乱。

［一班长模样的男知青走向围着杨采的一堆人。

班长模样的男知青　喂，快过去，轮到你们检查了！

［男知青们仍专心致志围着杨采。

班长模样的男知青　（走近）你们在干嘛？

杨　　采　（从一叠牌中抽出一张捂住）来了来了，就看这一张。

［男知青们全神贯注。

杨　　采　（把牌猛地一掀，怔住）又是草头爱司！

男知青们　怎么了，草头爱司什么意思？

杨　　采　完了！完了！（撕牌）

男知青们　干嘛把牌撕了，牌少了一张还能打？

杨　　采　还打什么牌？

男知青们　到底怎么了？

［这边的声音吸引了正在检查的人群。

杨　　采　（忽然）有谁知道这儿一百年前是什么样的吗？

人　　群　一百年前？

杨　　采　一百年前，咕咕岛是一个很大的岛。岛的形状像一个大馒头，四周都是渔村，最高处有一个小镇。船来船往，小镇很繁华。

［人群渐渐向他围拢。

不知什么时候起，镇上来了一个陌生的跛老头，坐在小镇的街口算八卦。有一天跛老头告诉镇压上的人：这儿将遭受毁灭性的灾害，他要大家立即抛离家园远走高飞。人们把他当成疯子，向他仍烂黄瓜、烂番茄，对他吐唾沫，把他赶出小镇。跛老头消失了，小镇的城门上钉着一张草头爱司。

［稍停。

以后的几天里，一到晚上，椰林里就鬼哭狼嚎，椰林的守夜人不久恐惧而死。人们传说椰林里游荡着一个鬼，那个鬼身上伸展出无数根绿色的手指，形同一张巨大的椰子树叶。有人说，这鬼是椰子精，俗称“千指鬼”。

［稍停。

一场瘟疫在小镇流行。先是猪马牛羊得了拉稀病，小镇满地粪便，臭气熏天。然后人也开始拉稀，接二连三死去，每一个临死的人都恐怖地大叫：“千指鬼——”不久，一个雷电把椰子林烧成火海，小镇成了一片废墟。

［静场。

喧哗的女情人　（尖叫）太可怕了，这是真的吗？

卫 生 员　不要怕，这是他虚构的。杨采，你干嘛要讲这么恐怖的故事吓唬大家？

连　长　大家提高警惕，防止有人浑水摸鱼。不要以为出了麻风病，我就不抓阶级斗争了。

杨　采　（毫不理会）有一天，海上来了一条船，船上的人看到：小镇又繁华了，屋顶上冒着炊烟，街上摆满小摊，满街是跛腿的、白发苍苍的、皱纹密布的老头老太。（稍停）城门上贴满了草头爱司。（把手中那张撕碎的牌一仍，碎片纷纷扬扬，他翩然而下）

［人群愕然，寂静。

人　群　草头爱司？

瘟疫？难道……

正好是一百年！

喧哗的女情人　不可能！你们难道能相信这么一个荒谬的故事？他在骗人！

卫生员　不要怕，你们应该相信科学，麻风病是可以医治的，我们一定能战胜麻风病的，他们马上就要来了——岛外的医生们带着最好的药，最好的营养品……

男知青　（阴沉地）可一切正在重新出现。它来了。已经开始了。

［停顿。

［马赛悠闲地扔着沙袋上。

马　赛　我今天又玩出一个新花样（对喧哗的女情人）你看，现在是四个一起来了，我可以进杂技团了。

［人群目瞪口呆地看着她。

你们怎么了，一个个都像白痴？（又玩起沙袋，下）

［指导员上。

指导员　昨天我捡到一张纸条。（举起纸条）我们连队里居然有人写这么黄色的东西，我都没有脸皮念！（念纸条）“哦，起誓可不要拿月亮，那没有常性的月亮，在三十天里都变上几回圆缺，免得你的爱也会一样地无常。”（抬脸注视众人的反应）

喧哗的女情人　这是莎士比亚的诗！

指 导 员　什么莎士比亚，我就知道是你写的，年轻轻的小姑娘，骨头这么轻，整天和男人搂搂抱抱粘在一起。（骂骂咧咧下）

喧哗的女情人　（突然恐惧地）我和他不搭界，他是麻风病！

［人群哗地离开喧哗的男情人。

喧哗的男情人　（绝望地）我不是。不是……（指着人群中的男知青 A）连长，他说过他有个邻居是从麻风岛出来的，和他家合用一个浴缸……连长，他……

男知青 A　你胡说，我没有讲过这话，也没有这个邻居（指男知青 B）他脚上有白斑，我亲眼看见的！

男知青 B　那是癣。（指男知青 C）是他！是他先有脚癣！我身上的癣就是他传染给我的！

男知青 C　我的脚癣二十年前就好了！（指男知青 D）连长，他生过肺结核，肺上面有一个白斑！

男知青 D　连长，他告诉过我，他小时候出过麻疹！

男知青 E　（指男知青 F）连长，他脸上有雀斑！

男知青 F　（指男知青 G）他的哥哥是小儿麻痹症！

男知青 G　（指男知青 H）他爷爷有红斑狼疮！

连　　长　（对被揭发到的人）过去，你们统统过去！站到那边去！

［治保组员上来赶他们。

男知青 I　（突然指男知青 J）每天太阳下山的时候，你就到海边去，你坐在礁石上，你的眼睛里流出五颜六色的丝线，你不断往外拉着丝线，直到太阳掉进海里……

［人群哗地从男知青 J 旁边跳开。连长一挥手，治保组员把他推到被怀疑的人堆中。

男知青 K　（指着男知青 L）在有月亮的晚上，你坐在蚊帐里拔身上的刺，一根一根，你每天要拔出三万六千根刺。

男知青L　这跟麻风病没有关系，我是在摘果子时不小心掉进了灌木丛里。

［人群又从男知青L身旁跳开。

［连长挥手。治保组员把男知青L推到被怀疑的人堆中。

男知青L　（突然指黄毛）他怎么没有隔离，洗澡的时候，我看到他小腹上有一块发白的斑！

［连长走近黄毛，黄毛惶然地倒退。

黄　　毛　我……我没有……

男知青L　（掀起黄毛的海魂衫）这是什么？大家来看！一块白斑！

黄　　毛　（捂住小腹，求援地看着小杨柳）不，这不是……

［小杨柳不由自主地后退。

连　　长　把衣服脱下来检查！

黄　　毛　（扯住海魂衫）不……

［几个治保组员上前。人群涌上去——

卫 生 员　（企图阻挡）大家安静些，不要这样。

人　　群　你们看，他的皮肤这么白！
他的头发是黄的！他的眼珠是蓝的！
他跟我们都不一样！

油 葫 芦　（有些气喘）你们说些什么，麻风病跟白皮肤、黄头发有什么关系？

人　　群　（气喘状）呕——
呕——

［喧嚣中，黄毛的海魂衫被撕碎了，他抱着赤裸的双肩，浑身颤抖。

［小杨柳脸煞白地扭过头去。

［疯狂的人群意犹未尽，有人把一支椰子树叶插在小黄毛背

后，又有人插上了几支，小黄毛顿时变成一个怪物。

喧哗的女情人　（盯着小黄毛，倏然蒙住眼睛）啊，千指鬼！

［小杨柳发出一声尖叫。

人　　群　（愣了一下，全都捂住脸）千指鬼！千指鬼！

［小黄毛失神地站在中央。他开始转圈子——他在寻找什么。他走到一块玻璃前面，他看到了自己的模样，捂住眼睛狂跑而下。

［杨采上，注视黄毛的背影。

杨　　采　刚才跑出去的怪物是什么？

连　　长　（清醒）去把他抓回来！

喧哗的男情人　我不是麻风病！我不是麻风病！（跑下）

［被怀疑的那堆男知青骚动，哗地朝外涌去——

［其余的人们全怔在那里。

治保组员　连长，他们全逃走了！

连　　长　（恍然大悟地朝着剩下的人群——未被怀疑的人们）冲上去，抓住他们！一人抓一个！

［人群没有动。

连　　长　（抓住一个男知青）听见没有，冲上去，抓住他们！

男 知 青　不！不！

男 知 青　我们去抓他们，他们就要传染给我们！

连　　长　你们不抓他们，他们在外面乱跑，也要传染给你们。

杨　　采　因此说，你们去抓他们，他们要传染给你们；你们不抓他们，他们也要传染给你们，归根结底，你们是要被传染的。所以呢，为了让连长高兴一下，你们还不如去抓住他们！

［人群懵懵懂懂地下。

［阳光下，满台是互相追逐的人们。叫声、奔跑声搅成一片。

卫生员　安静些，不要这样，麻风病是能够战胜的！岛外的医生就要来了，带着最好的药，最好的营养品……

［男知青们疯了似的互相追逐，女知青们困惑不安地挤成一团。

杨　采　（对卫生员）奶牛场里，有一头雄壮伟岸的种公牛和几百头温柔的小母牛。有一天，种公牛挣脱了白栅栏，发疯般地向母牛场狂跑而去。它的眼睛放出灿烂的绿光，大树在它疯狂奔驰的铁蹄卷起的旋风中成排地倒下。在漫天飞沙中，它冲向一头丰满漂亮的大花牛……

卫生员　（像对杨采，又像对自己）昨天早上，我到处找你，他们都说连长要整你，我想叫你找个借口赶快离开这儿……

杨　采　大花牛惊惶地跌入河中。种公牛转而冲向一头纤弱苗条，皮肤黑缎子般闪亮的小黑牛。面对雄性动物伟力的展示，母牛们纷纷倾倒。于是，一个更为壮观的场面出现了——成百头母牛在亢奋的激情中一齐向它冲去，黑色的波涛起伏着，吼声如雷，飞沙走石，天摇地动……

卫生员　连长憎恨一切有文化的人，他最看不得你，你每讲一句话，每做一件事，我都为你担心，生怕连长从中找到把柄……

杨　采　这头勇猛无比的种公牛美丽地牺牲在母牛们的包围中。母牛们的哀鸣震倒了奶牛场所有的栅栏，树上的果子纷纷落下，哀鸣声整整延续了七天七夜……

卫生员　今天，我才发现，其实你跟他有些地方很相像……

［停顿。

［一些人被抓上。

［黄毛被推上，身后拖着破烂的树叶。

黄　毛　（痴痴地笑着）千指鬼对我说，你笑起来的样子很像我……

［小杨柳失魂落魄地跑下。

［寂静。

［小黄毛笑着——

第三幕

［夜，闷热。

［连队幼儿园。墙上挂着兽形面具。

［幕启时，男女知青多人背对背围成一个大圈，各自用手中的小圆镜照自己。他们挤眉弄眼，鬼鬼祟祟。一边擦脸上、颈部的汗。梦呓般的油葫芦被围在中间，面对着一个个脊背，他试图和人们对话，但没有人理他，这使他有些惊慌不安。他拼命用手帕扇着脸。

油葫芦 （气喘吁吁）厕所没有了，破窑旁的厕所不见了，那儿却有一所漂亮的小房子……（走到一女知青身后）我找不到上厕所的路。

女知青 （飞快地藏起小镜，神经质地转过身）每天有白斑出现，冷冰冰的白斑，没有知觉。到后来，肉一块一块掉下来……（又回过身照镜子。）

油葫芦 当时我想喊，发不出声（突然停住，气喘起来，取出喷雾器朝喉咙里喷了几下，走近一男知青）想跑，脚像被钉住一样挪不动……

男知青 （飞快地藏起小镜子，神经质地转过身）今天又抓了五十六个人，隔离病房住不下了。放农具的大仓库用布隔开，住进了一百个男女……只有这儿最干净。（又神经质地转回身）

油葫芦 后来，不知怎么我走上了去隔离室的路，我听见一阵尖厉的笑声从那扇窗口传来。我走过去，我看到小黄毛的嘴上插着椰子树叶，他的胸前印着一个大大的草头爱司张嘴对着我笑……

［他在说话的同时，依次走近每个脊背，背对他的知青们则一个个飞快地藏起镜子，神经质地转过身。

［面对着油葫芦的人群梦游般地形成一个半圆逼近他。

［若干男女知青走过来。

知青一　（跳跃，作避让状）蛤蟆越来越多。

知青二　厕所没有了。

［跟着知青后面进来的是卫生员，她看见人群的梦游状，恐惧地后退一步。

［被人群围住的油葫芦忽然抽搐了一下，将手捂住眼睛，又拿开，死死盯住窗口。人群慢慢转过身，又急剧地后退一步——杨采正坐在窗台，身上插着树叶，无声地微笑。

杨　采　（梦游人似的落进屋来）子夜来临的时候，它才披着夜的黑丝绒，独自在椰林中徘徊。

油葫芦　地狱太热闹，鬼是孤独的。

杨　采　它喜欢跟人谈话，它常常呼唤过路人停下来，听它讲述往事。

卫生员　（冲进人群）没有鬼，人在半夜里常常会有幻觉。

［人群发现卫生员，涌向她。

人　群　（争先恐后）我没有白斑！

我也没有！

（指着自己的脸、颈）这不是白斑！

这也不是！

［不知何时出现的马赛靠在门框上。

卫生员　岛外的医生就要来了……

［男女知青们又背过身去悄悄地照镜子。油葫芦走到他们身后探询地瞧着。

马　赛　又在数身上的白斑，所有的人都被白斑迷住了。

杨　采　（神秘地笑着，瞧着卫生员）我在黑夜里瞧见，你也在偷偷地用小镜子照身上的白斑。

卫生员　（惶恐地朝后退着）你在干嘛？你怎么像在梦游？

杨　采　（大惊小怪地）你看，他们的手里都有一面镜子！（窃窃私语地）所有的镜子照出一张没有出现的脸。

油葫芦　（在人群围成的圈中兜圈子）他们在镜子里龇牙咧嘴，比起他们，那个鬼可漂亮多啦！

杨　采　（突然望着窗外，梦游般地跳上窗台，对着黑夜）那个跛腿的老头将一张草头爱司留在了城门上，于是这张牌变成了灾难的象征。

［手拿镜子的人群惊恐地望着黑夜。静默。

［杨采飘然离去。

卫生员　（扑到一直双手抱肩在一旁冷眼旁观的马赛面前）他们在干嘛？我真害怕……

马　赛　你怎么不给他们打针啊？他们每人都需要一支镇静剂。（玩起了沙袋）

［窗外有人说着话走过。

人　声　厕所找不到了。

窑洞旁的厕所不见了。

那儿有一所漂亮的小房子。

卫生员　我怎么觉得像是在做梦。

［油葫芦忽然从地上拣起写有“A”“B”“C”“D”等符号的纸牌挂在那些脊背上。人群依次转过身看着他。

油葫芦　（得意地审视他们）戴上纸牌你们就变成了一堆符号，你们就没有麻风病的恐惧了。我们就可以再做那个推理游戏。啊，我们好久没有在这儿做游戏了。

知青们　做游戏，好啊！（有人也给油葫芦挂上纸牌）

［人群随油葫芦朝台左侧涌下。

［小杨柳从外面急急地进门。

小杨柳　（拉住卫生员）我到处找你，他清醒点了吗？（四周看看，轻轻地）他说了些什么？

卫生员　（把小杨柳拉到一边）他老是嘻嘻地笑，要不就哭着叫你的名字（迟疑）他说……

小杨柳　（紧张地）他说什么？

卫生员　他叫着你的名字，手在空中摸索。他说……

小杨柳　（摇卫生员的手）说什么？

卫生员　他说：妈妈的手真软……海湾真安静……他说……

小杨柳　（又看看四周）他说这些话的时候，有人听见吗？

卫生员　（害羞地摇头）没有别人，他把我当成了你。

小杨柳　……

卫生员　他坐起来扑向前，喊着：不要丢下我……

小杨柳　（捂住脸）别说了！（又抬起脸）告诉我，他，他还说了些什么？

卫生员　（迟疑地，轻声地）他说，我害怕，把我抱紧一点……

小杨柳　（抬头盯住卫生员，谴责地）他怎么能说出这样的话来？

卫生员　（安慰似的）他说的是胡话。

小杨柳　对，他说的是胡话，（央求地）你不要告诉别人。千万不能说啊！

卫生员　（慢慢地点点头）我不会。

小杨柳　（松了一口气）对了，我是来向你拿药的，我头痛病又发了。（看看卫生员，讨好地）小简，你瘦了，这两天够你受的。

［卫生员把药给她，小杨柳下。

［马赛双手娴熟地抛着沙袋，全神贯注。

卫生员　（走向她）昨天检查麻风病闹出那样的结果，今天人人都变了一个样，我一直觉得像在做梦。

马　赛　（抛着手中的沙袋）我又玩出了一个新花样。

卫生员　马赛，我跟你说正经事。杨采也太过分了，小黄毛发疯，他有责任。你去劝劝他，不要再惹事了，闹麻风病以前，连长就准备整他……

马　赛　（停止抛沙袋，冷笑）你也太关心他了！他这个人，不值得！

［挂符号的人追逐着油葫芦从台右侧上。

［他们手拿扁担，气势汹汹。油葫芦冲向马赛，躲到她身后。

［众人包围上来。

马　赛　（怒喝）滚开，你们这群疯子！

［众人指着油葫芦，愤愤地喊——麻风病是他带来的！

［马赛惊讶地瞧着油葫芦。

油葫芦　马赛，快制止他们，他们真的疯了！刚才我们在做“麻风病是谁带来的”逻辑游戏，推理结果：麻风病是Ⅰ带来的。而我恰恰挂着Ⅰ的符号，可他们却把游戏当真了。

［马赛走上前，将他身后的Ⅰ扯下。

马　赛　活该！你也是个白痴，谁让你教他们做这么愚蠢的游戏！（下）

［人群依然嚎叫着冲向他。

卫生员　（背着药箱冲上去制止人群）谁告诉你们麻风病是他带来的？岛外的医生还没来，一切还没弄清楚！

油葫芦　（面对人群）麻风病不是我带来的。（他企图接近人群）

［人群后退，形成半圆，与他对峙。

油葫芦　（依然想要接近人群）我们不是在做游戏吗？是不是？是个游戏！

男知青　（扁担指向他）你敢过来！你敢！

［油葫芦气喘起来，从口袋里掏出喷雾器朝喉咙里喷。

男知青　（用扁担指着油葫芦手上的喷雾器）这是什么？这个岛上只有你

带这个怪玩意儿，喷出来的黄色烟雾是什么？

卫生员　（上前挡住扁担，喊）这是药，是治气喘的。

人　群　（不理她）敲碎它！敲碎它！

［油葫芦手中的喷雾瓶掉在地上，喷雾瓶滚动着，他去捡，被一个知青踢开。同时他戴着的近视眼镜被人摘去，人们把喷雾瓶当成足球踢来踢去。

人群一　（唱）“你是什么，那么乱七八糟地叮我，咬得我体无完肤？”（在油葫芦身后挂上一条尾巴）

人群二　（唱）“我们就是这样生活的，请不要杀我。”（把墙上的兽形面具套在他头上。）

［窗外手电筒光闪过。

人　声　（喊）快来看啊，窑洞旁的小房子在变颜色。

［人们涌出屋外。

［戴面具，挂尾巴的油葫芦最后一个摇摇晃晃地离开。

［暗转。山坡。

［夜色下，破窑旁一座红白蓝黄相间的彩条房子醒目、鲜亮。

［手电光在移动。

［先照出一双刷漆的手。

［然后是一个熟悉的背影。

［人群站在坡底。

［遥远的对答，有回声——

油葫芦　（站在人群最外层）你从哪里来？

背　影　我从那边来。

油葫芦　那个地方有趣吗？

背　影　一个正在腐烂的岛，总是很吸引人的。

油葫芦　你在干什么？

背　影　我在漆厕所。

人　群　好漂亮的厕所！

油葫芦　你为什么要把厕所漆得那么漂亮？

背　影　因为，只有厕所才值得漂亮。

油葫芦　你是谁？

人　群　你是谁？

［背影转过来。光照在他的脸上。

人　群　杨采！杨采！

［人群上去，杨采下来，互相走近。

杨　采　麻风岛上只有厕所最干净。因此我要把它漆得漂亮一些。你们瞧（朝四周看，双目灼灼，进入某种幻境）这个麻风岛多么脏，多么丑！红色的泥土，遍地长着巨大的黑蘑菇。蘑菇团团簇簇，聚集在墙角的垃圾丛中，门槛的朽木条上，一场大雨之后，老树皮的裂缝间，黑乎乎的大蘑菇像被踩破皮的牙膏四处绽放。蘑菇堵住窗户，铺满了道路，一脚踩上去就要滑腻腻地摔倒，岛上的人走起路来一个个都像蛤蟆一样跳来跳去。雪白的鸽子经过麻风岛的上空，暴雨般成片成片地掉下来。（深深地吸了一口气）啊，只有这儿，只有这个厕所最干净。我贪婪地呼吸着它的芬芳的气息。我希望你们滚得远一点，不要来打扰我。

人　群　（着魔一般，随之进入幻觉）好漂亮的厕所！好大好大的黑蘑菇！

杨　采　（突然手指前方朝后退）瞧瞧，这一张怪模怪样的脸，就像镜框里走出来的面具。你们已经不会微笑，麻风病使你们的嘴唇腐烂。

［人群骚动，两眼发光，恐怖得彼此张望，寻寻觅觅。

人　群　（梦呓般）镜子呢？镜子？

杨　采　（恶狠狠地）麻风岛上没有镜子。窗上堵着木板，水面上飘着腐烂的绿苔。镜子呢？镜子？到处都是没有鼻子的脸，烂成黑洞的眼睛，红红的嘴唇放肆地向外翻卷，像一朵肥硕的牡丹，（他用手摸着自己的鼻子、腮）我怎么没有眉毛，也没有头发，我像不像一只剥了皮的兔子？（众人不由自主地摸自己的脸，他走近连长，半蹲着身子看连长的眼睛。戴兽形面具的油葫芦影子一样地跟在他身后，作同状）你有一双美丽的大眼睛，可以当作镜子来照。

［连长连连后退，但竭力保持威严。

杨　采　（逼近，仍在连长的眼睛里照着）你的眼睛里有一只蛤蟆！

连　长　胡说，什么蛤蟆！

杨　采　是的，你的眼睛里有蛤蟆！

连　长　没有蛤蟆！我的眼睛没有蛤蟆！

杨　采　有的，有的，连长，连长，因为你的眼睛里有蛤蟆，所以你看不见。所以你认为你的眼睛里没有蛤蟆。（转身拍拍油葫芦头上的“面具”）这群人里面你最漂亮（摸“面具”）你的面颊红红的，就像夕阳滴在阿尔卑斯山的雪峰上；你的眼珠多白，就像河面上的鱼肚白；你的鼻子圆嘟嘟的，像春雨后发育得很旺盛的一朵蘑菇；那嘴巴安放在鼻子下面，就像肚脐眼点缀在平坦广阔的肚皮中央，多么准确，多么合适！

油葫芦　（摇晃着脑袋，蛤蟆般跳跃）

杨　采　（突然转过头去盯住连长）你们看，他多么丑恶，他脸上的溃疡，像小石子抛进春天的池塘，那涟漪一圈一圈地荡漾开来，上面粘着四十八颗肥肥胖胖扭扭捏捏的蛆虫！

人　群　（梦魇般逼近连长，朝他吐唾沫，齐唱）因为你眼睛里有蛤蟆，所以你看不见蛤蟆……

［连长恐怖地连连后退。

杨　采　（突然转身对油葫芦，油葫芦吓了一跳）来吧，慷慨的兄弟，（边取下他的兽形面具）把你美丽的头颅借给我！（对连长）来吧，可怜的人儿，让我把这颗污秽的肿瘤摘下来——（把面具套在连长的头上。套着兽形面具的连长仓皇退让）

［人群拣起地上的石子、烂黄瓜等向他掷去。

连　长　我是连长！我是连长！

人群一　（唱）你是什么，那么乱七八糟地叮我，咬得我体无完肤？

人群二　（唱）我们就是这样生活的，请不要杀我！

［人群发出有节奏的怪叫声——

卫生员　（痛苦地抓住马赛，带着哭声）他为什么要这样？他是不是病了？他们是不是都病了？

马　赛　（抛沙袋）我还要玩出一个花样来。

［小杨柳披头散发地跑上——

小杨柳　他走了！他到海里去了！

［人群蛤蟆般地跳着，没有注意她。

卫生员　（拦住她）发生什么事了？快告诉我！

小杨柳　（两眼发直）他留下一张纸条，说："我到海里去了！"

卫生员　（向人群喊）小黄毛跳海了。

［卫生员和小杨柳踉跄跑下。

油葫芦　（望着人群，突然喊）不得了了，麻风病人全逃出来了！

［人群倏地散开，分成两大堆。

杨　采　（四处寻觅）镜子？镜子？镜子？

分成两块的人群　（蛤蟆般跳跃）咕！咕！咕！（其中一堆人拿出镜子照着）我没白斑，我没有白斑！

杨　采　镜子？镜子？镜子？

人　群　咕！咕！咕！

［暗转。

[早晨。蓝得炫目的海与天。阳光灿烂，仿佛巨大的火团在无边无际的空间燃烧。原始椰林在阳光的火焰下沉默着。

[杨采躺在椰子树狭小的树荫下。

[那顶红色的降落伞似的飞行物变成了一顶小小的露天帐篷，在阳光下艳红艳红。

[不远处的椰树上爬着度假青年，他手搭凉棚，朝远处眺望。

杨　　采　你不觉得这儿的海水漂亮得有点虚假吗？海面不起波浪，连波纹都没有，平静得叫人发慌，就像一张死寂的、没有生命的、平庸至极的画。（稍停）你看，你都能瞧见远处公海上拥挤的白花花的浪尖。再朝右看，从这儿出去十八海里，有一条航线通向东方最优良的港口。

度假青年　太妙了，简直是四通八达，从这儿能走向地球的任何地方。

杨　　采　别高兴得太早。它很会恶作剧，你看它不动声色，每一分钟都酝酿着一个新的阴谋。你走下水试试，激流、旋涡、暗礁，正饥渴地等待你。

度假青年　（吃惊地看着杨采，稍停）这个令人不可思议的小岛，它总是用假象迷惑人。

杨　　采　不过，要逃的话还是有条路的。

度假青年　不，你怎么知道我要逃？

杨　　采　你往右看——穿过椰林，从那块突起的礁石旁下水向东南方笔直地游出去，游出十海里，有一个小岛，岛上有三户渔民，几条破船……

度假青年　你为什么不走？

杨　　采　我是这个岛上的人。

度假青年　我们一起走吧。一起到我们的城市去。那里有另外一种人生。

那里的一切都是健康的、蓬勃的！即使是那种嘈杂，也充满了生命的诱惑。而这儿（望着杨采）这儿是一座美丽的地狱。

杨　　采　你走不了！你不是这儿的人，所以你逃不掉。

度假青年　我可以按照你刚才指引的水路走。我是大学生运动会的游泳冠军。

杨　　采　你不是这儿的人，你不可能越过每一块暗礁（稍停）并且，假如你真的逃走，我会告发你。

度假青年　你没有必要这样做，这不会给你带来任何好处。

杨　　采　我喜欢这样做，我从中得到快感。

度假青年　你不可能那么坏。

杨　　采　我比你想象的要坏一百倍。

度假青年　（喊）不，我要逃！谁也阻止不了我。你瞧着吧，我会逃走的！

第四幕

［夜。椰林。

［雨后。朦胧的月色把椰叶的影子投在地上。那影子似巨掌，重重叠叠。风吹过，巨掌沉重摇摆，发出嚓嚓声响。

［杨采心神不宁地在椰林中徘徊。

杨　　采　今晚的椰林怎么鬼气森森！风吹过来，投在地上的树叶影子很像那个东西。（手在脸前挥赶）不，不是，千指鬼是我臆想出来的。（稍停）呵，是那个噩梦在缠我。

［又一阵风吹过树林。

杨　采　我怎么闻到一股腐败的树叶的气味？可满眼椰林还郁郁葱葱。三天了，第一次有风。可那风吹在身上毛骨悚然。连那动听的蛤蟆声也没有。

［马赛上。她手里拿着梳子，刚洗过的长发披散在身后。她缓慢地、疲惫地梳着她那太长的头发。浓重的阴云压着她的眼帘。她对着夜空绝望地叹息了一声。

［杨采被她的神态吸引，他迷惑地走近她。风吹起马赛的长发，他梦幻般地去捕捉飘到他脸上的一丝长发。

马　赛　天气好凉快！（舒展双臂，长长地舒了口气）我真想死在这儿。当我离开这个世界的时候，最好是在这片清风抚摸的绿林中闭上眼睛。

杨　采　（吻着马赛的那丝长发）在这片腐败的气息中，我尽力抓住这丝长发，就像夕阳西下的时候在污迹斑斑的粉墙上，按住那转瞬即逝的光影……

马　赛　（双眼蒙眬，凝视杨采，梦呓般）真好，这样的夜！这样的树林！一位英俊少年崇拜地望着你……

杨　采　（迷幻地看着马赛的眼睛）你在做梦！

马　赛　（如梦醒）呵，我在做梦？

杨　采　我能看见你的梦境。

［杨采咬着马赛的那丝长发，追逐着她的目光。他俩凝视。他们一步一步地走近。在他俩的身体快要碰撞的一刹那，他们猛地站住，仿佛渴望拥抱对方，良久，杨采走上前，捧起她的长发，把脸埋下去了。

［马赛侧过身，徐徐转了一个圈，像是在躲让，又像在追逐，她的长发漾开来，像轻盈的黑纱幔在空中飞舞。

杨　采　把我的脸埋在这一堆黑发中，就像把一具爬满蛀虫的尸体安葬

在滚动着露珠的鲜花里。（慢慢跪下）

［马赛惊恐地退后，却又渴望地冲向他，在他面前痛苦地凝住，她缓缓地转过身，背对着他……

马　赛　在那遥远的上古时代，一个炎热的中午，爬满鸟雀的菩提树下，夏娃迎着灼人的阳光，眯缝起眼睛。亚当跪在夏娃面前，仰望着她，从他的眼睛里冒出人间第一团火。那火光把夏娃燃烧。他的召唤使她昏眩迷乱，她渴望走近他，渴望触摸他。（杨采突然从背后抱住她，马赛转过身，阴郁的眼睛变得朦胧，她双手托住他的脸）你是谁？为什么……为什么这么邪恶地诱惑我？我一千次地走近你却又一千次地逃开。我恨你！我恨你！在这个世界上，可以没有阳光，没有绿茵，没有花果，却不能没有你！不能没有你！（猛然跪下，双手抓住衣襟）来吧，摧残我吧！撕裂我吧！（跪下来，慢慢向后倒去，杨采也跪下来，向前俯倒——淹没在树林中。）

［歌队从他们后面站起，唱——

我有过一个夏天，
我有过二十岁，
我有夏天的疯狂，
我有二十岁的芬芳
……

［马赛突然站起，揪住自己的头发后退。歌队隐去。

马　赛　天哪，我在干吗？我们在干吗？你又来了！又来了！一年前，也是这样的夏夜，也是这片树林，也是轻轻的风，我那湿淋淋的长发飘着肥皂的清香，你来了，跪在我的面前，把你的脸埋在我的长发中……

杨　采　不，是你蛊惑了我，你从阴郁的眼帘下诱惑着一颗男性傲慢的心灵。来吧，给我快乐，我也给你！

马　赛　多么可怕的快乐！在一个灿烂辉煌的瞬间，天使变成了女巫。在那假定的花园里，我采撷的是一篮纸花。我用稚嫩的指甲在粗糙的岩石上一遍一遍刻下他的名字，又一个一个把它勾掉。我恨那个夜，恨我自己，更恨他！

杨　采　（变得愤慨，充满激情）不管他是谁，不管他们后来变得怎样，他们曾经到过这里，他们曾经在那一刻真正地快乐过！这样的夏夜，这样的树林，为什么他们不能再去追寻那个良辰美景？

马　赛　（叹息地自语）所有的良辰美景都是虚幻的。

杨　采　女人，不要去研究人生！过去和未来都不可把握，只有抓住眼前的瞬间！

［蛤蟆的叫声。

［停顿。

［椰林里人影绰绰，火苗点点。而这一切时隐时现，似有似无。

［卫生员上，她放下药箱，向四周瞧瞧，从口袋里掏出一面小圆镜，照自己的颈部。

［风吹动树林。她惊惶地把镜子藏起来。她看到了阴影里的杨采和马赛。

卫生员　我是到这里来换一口气的。那里的每一寸空间都笼罩着麻风病的恐惧。（吸了一口气）小杨柳坐在他的床上，专心致志地在一张张小纸片上画着草头爱司，一大堆爱司簇拥着她。呵，我真渴望，像黄毛一样走向那蓝色透明的海，永远地睡去，再也不要看见，再也不要听见……

杨　采　可是你不会，你总是会活下去的，只要你背起你的药箱。

卫生员　对了，杨采，我是来给你送药的。你应该吃一片药，这两天你的神经太亢奋了！你不知道你干了些什么！

杨　采　（冷笑）你以为我的理智也误入歧途？

马　赛　你的药太多了，还是你小小的心被那庞大的善与爱所撑裂？连这样一颗灵魂也指望拯救它？

卫生员　（对杨采）吃药吧，这是一片“安定”，对你最合适。

杨　采　你这个自以为是的傻瓜，你是咕咕岛上最不可救药的病人，居然还背着药箱到处给人治病。

卫生员　（神经质地）你怎么知道我有病？我没有病……麻风病是可以治疗的。残废的是少数。（突然停住，发现自己的失态）麻风病把人都弄得神经错乱。岛外的医生马上要来了。岛外的医生一来就好了！

杨　采　（哈哈大笑）多么可怜的期待！岛外的医生？岛外的医生不就像盘旋在宇宙的UFO？渺小的地球上的芸芸众痴，翘首以待，梦想来自外星的拯救，希望在地球毁灭之前的一刹那，在另一颗遥远的未受污染的星球上找到生命的土壤。

卫生员　不，会来的！他们会来的！麻风病是能够医治的！书上写得一清二楚。

杨　采　书是什么？书是人胡言乱语的记录。难道你就不能把书扔一边去，用自己的脑子想一想？也许，咕咕岛并没有麻风病。根本没有！这一切不过是一个中暑病人臆想出来的。

卫生员　（无可奈何）杨采，你总是突发奇想。

［椰林深处，有一个人举着一张点燃的椰叶鬼鬼祟祟地走过，几点火光在张开的叶梢上闪闪灼灼。接着又有两个、三个人举着点燃的椰叶鬼鬼祟祟地走过。

杨　采　（显得不安）里面怎么这样热闹，就像灵魂在混战。（下）

卫生员　（望着他离去的方向）他变得真厉害。很久很久以前，在学校的操场上，他站在队伍里出类拔萃，所有的人都相信他前途无量。

马　赛　（讥讽地）你的白马王子令你失望了？

卫生员　不，你们很般配。（稍停）马赛，现在你们怎么了？

马　赛　你很关心这件事？

卫生员　别这样。这些年我都有点认不出你了。马赛，我们曾经是好朋友，自从你和杨采好了以后，我们才疏远起来……我一直想走近你，却总也不能。

马　赛　不要再提杨采，他是一条优美的蛀虫。他那么富有诗意地吞噬了我的灵魂。

卫生员　马赛，你……（一时不知说什么好）今年的夏天这么令人绝望……

［椰林深处人影和火光越来越多，悄无声息。

［她俩似乎也注意到了，回过头去。

［杨采从椰林里出现，倒退着上。

杨　采　见鬼了，今晚上老有一件海魂衫在我眼前飘。那天，黄毛就是穿这件衣服。

卫生员　杨采，这样的时候你还来吓唬人！我真受不了，小黄毛死了，小杨柳疯了，人人都颠三倒四，我总感到有一场更大的灾祸在等着我们。

马　赛　灾祸真要来躲得了吗？或许这样更好，这个岛也该毁了。

卫生员　这几天，我很害怕，我整天和他们打交道，我也会染上麻风病的，我的头发也会脱落，眼睛也会烂成洞，肉一块一块地掉下来。我想我如果得了麻风病，我会一个人跑得远远的，跑到没有生命的沙漠里，把我腐烂的身体埋在白色的沙堆中。

杨　采　原来你是在用你并不相信的道理安慰别人。

卫生员　（气极）你！你是一个恶魔。

马　赛　（对杨采）其实，你知道她是爱你的，你这样一个恶魔，居然还有一个纯洁的小天使在默默地爱你。

卫生员　（受辱般地喊）不，你是想嘲笑我，你们都喜欢嘲笑人。（冲下）

马　赛　(有点内疚)这一次,我说的倒是真话。(又恢复一种嘲弄的口吻)你知道她爱你,可你不敢正视这种圣洁的爱,你作恶的本能使你还要去摧残这种爱。

杨　采　你好像挺了解我。

马　赛　因为我们的确很般配。

[静场。马赛下。

[一队举着椰叶的人影在椰林近处移动。

杨　采　(惊恐)他们个个鬼头鬼脑。他们举着叶子,装扮成他的模样。(情绪一下子低落)他生前是一头柔顺的羔羊。他死了,灵魂却在枯枝败叶中喧嚣。

[小杨柳打扮得山清水绿,手里举着一支点燃的椰叶。

小杨柳　(眼望前方,似对人倾诉)我跟着它走了一个晚上。它就在我的眼前飘呀飘,我走近前,它又不见了。他一定睁着眼。他是来找我的。他不会放过我。(虔诚地双手合掌举着叶子)小黄毛,闭上眼睛吧,你不要怕!从现在起我每天要烧一张树叶,把那个千指鬼赶走!你就安静地睡吧!(梦游人似的下)

[喧哗的女情人手里举着椰叶上。

喧哗的女情人　(尖声)他的衣服!这是他的衣服!(向椰林中看,急退)海魂衫飘来飘去……呵,它追过来了。

[火花闪耀的椰林传来小杨柳凄厉的呼唤——小黄毛,你睡吧!你不要再来了!

[喧哗的女情人逃似的下。传来她的尖叫声——你不要再来了!

[杨采在一边惶恐地瞧着。

[油葫芦慌慌张张地上。

油葫芦　(似乎对杨采说)可怕,可怕,椰林像充满幽灵的地狱,到处是人不人鬼不鬼的影子。我好像看到连长举着椰子树叶也混在那群东西里。

[隐隐约约，停留在远处的喊声——

你安静地睡吧！

你不要再来了！

[杨采仿佛走进鬼魂的包围圈，在原地转圈子，用双手捂住耳朵。

[喊声起伏不绝——

你不要再来了……来……来了……

杨　采　来了，它来了，谁也逃脱不了。

[油葫芦仓皇而逃。

[喊声迫近。

[杨采逃下。

[喊声愈来愈响——

……

第五幕

[清晨。连部空地门口。

[幕启时，狂风呼啸，飞沙走石。

[咕咕岛中邪似的变幻着色彩：蓝海血红血红，蓝天墨黑墨黑。

[椰子树成片倒下，震天动地。

[风沙弥漫中，飘忽的人声——

海怎么血红血红的，真让人恶心。

那么大一片蓝一下子就红了。

好黑好黑的天。

地球是不是也得了病？

那块圆圆的黄是太阳还是月亮？

不得了了，天上下蛤蟆了！

那是风把地上的蛤蟆吹到天上去了。

椰林像疯了一般。

［风沙渐弱。场上的景物渐渐清晰——

［黑压压的人群分成两大块，聚集在巨石前。治保组员站在"界河"中间。杨采、卫生员、马赛和背着手风琴的油葫芦等也在人堆里。

［坐在正常人堆中的沉默的女情人在绕绒线，另一堆——被隔离人群中的沉默的男情人在为她绷绒线。隔着遥远的距离，一根长长的金黄的绒线跨过"界河"缓缓流动。

［油葫芦气喘吁吁，用喷雾剂朝喉咙里喷药。

人　群　（有人尖叫着跳起）蛤蟆！这么多蛤蟆！黑压压的一片，把地都铺满了。

人　群　（接二连三跳起）

真可怕，成千上万只蛤蟆！

不，几百万只！

几十亿只，比全世界人口还要多！

［人群跳跃。

［连长上，两边各一位戴红袖章的治保组员，指导员跟在后面，发现地上有一个纸团，连忙捡起展开，又失望地揉成一团，掷在地上。

连　长　坐下，不准动！

[人群稍稍安静了些。从站着跳跃变成无声地蹲着跳跃。

连　长　跳什么,统统坐下!

人　群　不是我们在跳,是底下的蛤蟆在跳。

蛤蟆把我们顶起来了。

不,是岛在摇晃,我们站不住。

[连长与指导员嘀咕什么。

人　群　这么大的风还要开会!

把隔离室的人都放出来了,一定又出什么事了!

人群甲(被隔离者)　大概岛外的医生要来了,我们马上要解放了!

人群乙(正常人)　得救的是我们,你们要留在这儿,这个岛将成为麻风岛!

人群甲　妈的,你们逃得了吗?(抓起蛤蟆向对面丢去)

[混乱。

连　长　不准窃窃私语!

[人群顿时大声地——

人群一　今天早晨有大雾,咕咕岛的夏天从来没有雾,为什么有雾呢,夏天从来没有雾的。

人群二　镇上的螃蟹很便宜因为只有四条腿,螃蟹应该有八条腿少了四条所以很便宜。

人群三　她买了一只有鸡冠的母鸡,很红很红的鸡冠,鸡冠应该长在公鸡头上母鸡头上?

[“瞿——”连长吹响哨子,人群骤静。

[连长登上礁石。

连　长　(对治保组员)把那个逃跑的带上来!

[人群四下张望。

[度假青年被押上。

连　　长　看一看，这就是企图逃跑的下场。

［度假青年抬起头，目光与人群中的杨采对视——

度假青年　你真的这样干了？

杨　　采　我已经警告过你。我从来说到做到。

度假青年　我还是要逃的，谁也阻拦不住我，我要逃走，我一定要逃走！（对连长）我不是这里的人，你没有权力抓我。

连　　长　上了这个岛，就得听我的！想离开还没那么容易！

度假青年　你是谁？你算什么东西？我有自己的城市，自己的生活，我到这里不过是来度假的。我去过许多大山、海岛，还从来没有到过比这儿更脏的地方。这个连省版地图上都没有标记的小岛，居然有那么多丑恶的奇迹！

连　　长　闭嘴！你敢这么放肆！我要让你这个外来人尝尝我们这儿的规矩！把他的嘴封起来！

［巨响，又一片椰树轰然倒下。天空中飞舞着枯枝败叶，各种垃圾。

度假青年　怪风已经刮起来了。蛤蟆飞上了天。大树连根拔起。天变得墨黑，海变得血红。灾难就要来了，大风将把这个充满麻风病毒的岛刮走！

［两个治保组员冲上来，扭住他的手，用一根布条封住他的嘴。度假青年挣扎，治保组员粗暴地踢他的双腿。

［人群寂静。

连　　长　我说过一个也不准逃，哪个再逃逃看！

［稍停。连长一挥手。

［治保组员推着度假青年下。

连　　长　（环顾四周）人都到齐了吗？

治保组员　到齐了！

连　长　卫生员来了没有！

［卫生员站起。

连　长　到前边来！

［卫生员从人群中走出，有点费力地爬上石头。

连　长　（面对卫生员）已经三天了，是不是每个人都查了？

［卫生员点点头。

连　长　卫生员，请你再讲一遍，麻风病的诊断依据是什么？

卫生员　诊断主要根据：一、病史询问，必须着重了解家族、亲友、邻居中有无同样病人，有无接触史。二、……

连　长　你在检查的同时有没有调查过，几百口人里谁有接触史？

［卫生员看着连长，茫然地摇摇头。

连　长　在这件事情上你要秉公办事。

卫生员　是的，每个人我都仔细检查过。

连　长　那么，我问你，你是否知道，连队里曾经有人讲过，他有一个从麻风岛回来的邻居？

卫生员　（茫然地摇头）那天在仓库，有人提起过，但是没有人承认。

连　长　我们发动群众，周密调查，已经把这个人查出来了。

［人群骚动，两个治保组员走向杨采。

杨　采　（站起）怎么，这就是今天这个大会的目的？

指导员　（对杨采）我们经过开会研究和群众调查，认为，这个小岛以前无人居住，麻风病源只能来自岛外，而全连只有你有接触史……

连　长　由此可以判断，麻风病是你带到这个岛上来的。

［人群哄起来，声音越来越响。

连　长　把他带上来！

［杨采冷笑一声，走出人群，跨上巨石。

卫生员　连长，接触史只是诊断的一种参考，不能由此断言……

连　长　(打断)所以，请你当着大家的面对他进行一次检查。(对杨采)把衣服脱下来，让大家看看你身上有没有疤！

杨　采　有疤怎么样？没疤又怎么样？

人　群　他身上有疤，我看见过！

卫生员包庇他！

卫生员　那是伤疤，是小学三年级留下的。那一次上体育课……

人　群　不要听，不要听，包庇总有理！

我们身上的疤也是小时候就有的！

我的疤是从娘胎里带出来的！

马　赛　(站起)别像发情的狗似的汪汪乱叫。我可以证明，他身上的伤疤是在一次小小的战争中留下的。那时，他很想在一个小姑娘面前扮演英雄！

人　群　他们是一伙的！

他们搞三角恋爱！

为什么他们三个都没有麻风病？

［声音越来越响——

连　长　(对杨采)听见没有？这是群众的呼声。根据群众的意见，应该把你关进单人隔离室！

人　群　关起来，关起来！

把他关起来！

［杨采突然脱下上衣，丢在脚下。

杨　采　(向连长招招手)过来，你过来，你看，我身上有七七四十九个疤。(拉拉耳朵)这一块，是五岁的时候让跳蚤咬的，为此，我妈妈烧了几十桶开水，把家里的角角落落浇了个遍，而那只聪明的跳蚤却悠闲地蹲在一只老花猫背上打鼾。(摸头顶)我的这颗与众不同的头颅上有三个螺旋形的疤，它们历史悠久。那时我正在我母亲的子宫里长腿长胳膊，我那好幻想的妈妈喜欢独自对着墙上的世界地图沉思，每当她的脑子里转过一个想入非非的念头时，我的头皮上就掀起一个旋涡。（面对大家）哦，你们被我的关于伤疤的故事迷住了？（手按腰腹部）这儿，肝脏上还有一个，想不想见识见识？

连　长　（狂怒）把他绑起来！（对愣着的治保组员大喊）听见没有，把他绑起来！

［治保组员冲上来，围住杨采。

人　群　（喧嚣。向前涌动）

绑起来！

把他绑起来！

杨　采　（笑）同胞们，好戏该收场了！你们都是天才的演员，而我是个富有想象力的导演。这场关于麻风病的闹剧该结束了。

［马赛怔了一下，注意地看着杨采。

连　长　不准你再胡说八道！

杨　采　（对连长）难道你从来没有想过：麻风病根本不存在，是有人虚构出来的？

人　群　绑起来！把他绑起来！

杨　采　（面对大家）没有麻风病，这岛上没有麻风病，就像沙漠里没有海，月球上没有人，南极没有玫瑰花，咕咕岛没有青蛙。这场麻风病是我捏造出来的。

人　群　不要听他胡说！

把他绑起来！

杨　采　静一静，你们听我说，你们会对我将要告诉你们的一切感兴趣的。

马　赛　（对人群，大声地）不要吵了，听他说！

［人群稍静。

杨　采　（对连长）三天以前，你是如何获知咕咕岛上发现麻风病的？

连　长　你又要闹什么鬼？要什么把戏？

杨　采　（对连长）那天早上，雾很大，六点零三分，连部办公桌上的电话突然响了起来，一般来说，这么早是没有人打电话给你的……

连　长　六点零三分，你怎么知道？

杨　采　你可能还没有起床，电话铃响到第三遍的时候，你才走过来，抓起了话筒，有一个结实的男低音告诉你，他是场部卫生防疫站的负责人，几天前，在从咕咕岛出去的人身上，发现了麻风病症状，他要你采取一定的措施，并等候上级有关部门的安排。

［马赛似乎看出了蹊跷，紧紧盯着杨采。

油葫芦　（回忆地）那天，雾很大，什么都看不见，我们在连部门口等连长批假，我们都很想回家……有人跑来说，连长和治保组在他仓库里开会，我们以为连长又要揪人……

杨　采　（对连长、指导员）你们在开会讨论的时候，又接到了第二个电话，还是那个深沉的男低音告诉你：由于场部医生都下连队抢救集体食物中毒病人，委托连长采取以下措施：一、暂行封港，不准外出。二、请卫生员进行初步检查，把嫌疑病人先隔离起来……

马　赛　（双手抱肩，指着杨采）电话是你打的？

连　长　什么？

卫生员　电话是他打的？

杨　采　是的，电话是我打的，是我从岛外打进来的……

人　群　怎么回事？

电话是他打的？

那又怎么样？

马　赛　（扔起小沙袋）这就是说，三天来岛上发生的一切全是因这两个电话引起的，而这两个电话都是他打的——所以，这场麻风病，这场把整个咕咕岛弄得癫癫狂狂的麻风病，不过是他虚构出来的。

［静场。人群没有反应过来。

卫生员　（朝马赛）这是胡说！麻风病怎么能虚构？（语无伦次）麻风病是可以治疗的。麻风病把你们都弄疯了。（对杨采）你说，她在胡说，她的推理是错误的！

人　群　她在撒谎！

她在撒谎！

杨　采　她比你们聪明。咕咕岛没有麻风病。这场麻风病不过是我给你们开的一个玩笑。

［卫生员呆呆地望着他。

人　群　撒谎！

撒谎！

卫生员　（将信将疑——已经相信，又不愿事实如此）杨采，你打了一个电话，虚构了一场麻风病，连长就相信了，我们大家都相信了？

杨　采　是的，这个谎言其实漏洞百出，而你们居然深信不疑。

连　长　他又在说疯话！他又在耍把戏！

马　赛　他是在耍把戏，他先把你耍了，又把大家耍了。没有麻风病，从来就没有麻风病。不要再闭着眼睛骗自己了，除了那个电话，谁还告诉过你岛上有麻风病？

连　长　（想为自己开脱）可是那个电话好像不是他打的，（疑惑地）我听到的好像是一个女人的声音。

杨　采　是吗？一个女人的声音？这么说我的记忆发生了障碍。也许，我没有打过电话。

人　群　（激愤起来）电话是谁打的？

电话是谁打的？

你到底有没有打过电话？

到底有没有麻风病？

油葫芦　三天来，怎么谁也没想到打个电话到场部防疫站问一问。（跑下）

［人群依然吼着越来越激愤，杨采有些慌乱，但仍阴阳怪气。

杨　采　我打过电话没有打过电话又有什么关系？反正没有麻风病。

人　群　（迷乱）没有麻风病？

没有麻风病？

麻风病是假的？

麻风病是假的！

卫生员　（喃喃）为了一个莫名其妙的电话，黄毛死了，所有的人都变成了恶魔，这是怎么回事？这是怎么回事？

［风啸声。又一阵狂风铺天盖地。

［人群和场上的景物摇晃起来。

［卫生员倏然从口袋里掏出小圆镜狠狠地朝地上砸去。镜子摔得粉碎。她笑了一下，朝前一栽倒在地上。

［有人喊："卫生员昏过去了！"

［马赛奔上前，抱起卫生员的头。

喧哗的男情人　（向杨采）我明白了，是你在作怪，一切都是你弄出来的！

［摇晃着的人群疯狂起来，纷纷掏出小圆镜向杨采掷去。

人　群　打死他！

打死他！

打死他！

［小杨柳跑上，奔上巨石。她披头散发，脸上指甲划出的伤痕淌着鲜血——

小杨柳　（平静地）他死了，他只有二十岁。我不敢讲实话，为了我自己，我不敢……

［人群稍静。

他是一个胆子很小的孩子，他从小就死了妈妈，他一步也离不开我……我杀死了他。我杀死了他。我是凶手。（转而面对人群）

还有你们，你们帮我一起杀了他。（用手指着连长、指导员、治保组员）还有你、你、你，你们自己有麻风病，却冤枉他……我有罪，饶恕我吧！

［人群全都跪倒在地——

［喧哗的男女情人互相走近。男情人伸出手去。

喧哗的女情人 （摇头）晚了……（跪下）

［喧哗的男情人慢慢跪下。

人　群 我有罪——

我有罪——

我有罪——

饶恕我吧——

饶恕我吧——

饶恕我们吧——

［油葫芦跌跌撞撞地上。手里抱着一个小匣子。

油葫芦 海啸来了！我们逃不出去了！

［静场。人们愣着。少顷。

人　群 又要来骗我们了！

我们不相信！

不相信！

油葫芦 是真的！是真的！电台已经广播三天了。（打开手中的袖珍半导体收音机）

播音员声音 海啸紧急警报！海啸紧急警报！长江与东海的交汇处将发生海啸，海啸中心区域岛屿上的渔民和农场知青已安全撤离……

［静场。

杨　采 （慢吞吞）我们被遗忘了。我们真的完蛋了……（狂风吹断了他的话，他跌坐在地。）

播音员声音　海啸紧急警报！海啸紧急警报！……

［雷声隆隆，巨石抖动。纸片、枯叶、蛤蟆在空中飞舞。

［马赛抱住卫生员。小杨柳跪着呆望人群。

油葫芦　（仿佛疲惫之极，跌坐在地，轻轻无力地）我要回家。我那没有腿的邻居正坐在装有马达的轮椅上等我……

女知青　（同样状态）我要回家。我每年都要回城吃蚯蚓钻豆腐……

男知青　（同样状态）我要回家。我姐姐生了六个男孩，家里的米都吃光了……

男知青　（同样状态）我要回家。我外公的那口气吊了半年多，一直断不了……

人　群　（同样状态）

我们……要回家……

我……们要……回家……

［巨石摇晃。整个岛在摇晃。

［那对沉默的情人依然默默绕着绒线。

［巨响！如山崩地裂。

［一片漆黑——岛毁灭了。

［黑暗中，似乎有一个小红点在飘。渐渐可以看到是那个降落伞状的飞行物。

［轻快、跳跃的歌声：

我像那只大蜻蜓，

为了那片云，

迫不及待飞向远方……

［小红点越飘越高，越飘越远——

［钥匙的丁零声越来越清晰……

（1987年演出本）

话剧

天才与疯子

编　剧

赵耀民

作者小传

赵耀民（1956— ），男，上海人，1985 年毕业于南京大学，文学硕士。曾任上海青年话剧团、上海话剧艺术中心编剧，上海市艺术创作中心签约编剧，现为上海戏剧学院教授。

时间　1980 年。有人说这是 70 年代的结束，也有人说这是 80 年代的开始

地点　上海

人物表

任　渺　大学生，二十二岁

肖　剑　大学生，学生会干部

郑　彤　女大学生，学生会主席

郑恭夫　副教授，七十岁，郑彤之父

汪不凡　大学团委书记

“尸体”　下台干部

咪　咪　“尸体”之女

“拜伦”
“达芬奇”
“贝多芬”　咪咪的求爱者

马经理

张牧师

穿风衣的不速之客

提黑包的神秘男人

其他配角

小丑致词

[音乐声中，小丑登台。

小　丑　（行礼）晚上好！（行礼）诸位观众，大驾光临，莅临指导，有失远迎；后会有期，不胜荣幸……（行礼）请别见怪俺说话颠倒阴阳，实在是俺心里有点儿紧张。倒不是俺没见过世面，杂技场马戏棚俺常来常往；也不是俺没什么名气，百花奖万花奖俺也再三谦让。只是今儿个上了这高贵的话剧舞台，吃不准俺那点看家本事派不派用场，再说俺是头一回干编剧这行，闹不清这方面有些什么名堂。好在眼下为了搞活剧团经济，不讲究那许多条条框框。演员打本子，时髦、风光；话剧加杂耍，创新，吃香。只求大伙儿坐到终场，也就算帮了俺的大忙。若肯赏光，拍几下巴掌；若叫冤枉，下回别上当；若要嘲笑，俺倒不慌。您越笑俺，俺越得意扬扬，这就叫小丑的肚量、作家的自我修养。罢罢罢，长话短说，一字顶俩。趁这大幕还没拉开，借着灯光俺先把丑话明讲：来看思想的，俺害您白赶了一趟；来看苦戏的，俺免了您把手绢儿弄脏；来看爱情的，俺辜负了您那一小段柔肠。凡此种种，请多多原谅。说到底，俺只是个台上小丑，舞文弄墨，逢场作戏，不抱坏心肠；要是爹不争气娘不帮忙，做了个台下小丑，那才叫丢人现眼，脸上无光！（隐去）

第一场　有名鼠辈

［浦江大学礼堂。晚上。

［乐池奏出舞曲。舞台骤亮：大会主席台。已在台上就座的有汪不凡、郑彤、肖剑等。大会工作人员在调试扩音设备。几名记者、摄影师、录像师在台前忙碌。一切就绪后，郑彤站起来走向话筒。舞曲声止。

郑　彤　浦江大学“解放思想、坚持实践、振兴浦大、振兴中华、从我做起、从现在做起百科知识有奖竞赛”授奖大会现在开始！（台上台下爆发掌声）先请校团委书记汪不凡同志讲话。（掌声）

汪不凡　共青团员同志们、同学们：这个……学生会主席郑彤同学要我讲几句，没有准备，讲不好。今天的会，校党委很重视，团市委也很关心。在座的还有许多兄弟院校的领导同志和学生代表，电台、电视台和报社都派来了记者，我代表大家向他们表示欢迎！（掌声）这个……我不想占用大家很多的时间，因为会后还要举行舞会。当然，我们要求同学们坚持跳健康活泼的、美观大方的、加强团结增强体质的、引导人积极向上的集体舞。下面，就请学生会宣传部长肖剑同学主持授奖仪式。（掌声）

肖　剑　这次“百科知识有奖竞赛”，共分文、理、综合三大类，每一类又包含许多单项比赛。现依次公布获奖名单并当场授奖。（拉开一长卷纸，念）一、“世界重要纪念日、节日及古今中外历代名人生卒年月三十秒抢答”，一等奖：中文系七七级任渺；二、“世界各国各地区地名及经纬度位置三十秒抢答”，一等奖：中文系七七级任渺；

三、“世界货币名称及人民币与外币兑换比例三十秒抢答”，一等奖：中文系七七级任渺；四、“中国历史朝代、皇帝年号与公元对照三十秒抢答”，一等奖：中文系七七级任渺；五、“辩证唯物主义及历史唯物主义基本原理用法六十秒抢答”，一等奖：中文系七七级任渺。任渺同学囊括上述五项比赛的一等奖，成绩卓著，举校无双，荣获本届竞赛“金牌”。（掌声，惊叹声）现在，向任渺同学颁发奖品和奖金一百元。（掌声，哄叫声）请任渺同学上台来领奖！

［乐队奏起舞曲。人们期待着，半晌不见有人上台。

汪不凡　怎么回事？

肖　剑　请任渺同学上台来领奖！

郑　彤　请任渺同学上台来领奖！

［还是不见人影。会场秩序开始紊乱。舞曲中断。

肖　剑　（焦急地）任渺！任渺！……

汪不凡　肖剑，任渺不就是你班上的吗？

肖　剑　是啊，我早就通知他了，还派了四个同学去请他……

汪不凡　怎么？他这么难请？

肖　剑　唉，汪老师，你不明白。（朝台下）同学们，别吵，听我解释一下。任渺同学是我的好朋友，我很了解他。他这人学习上非常刻苦，整天一个人躲在防空洞里看书、写作，为此还得了个雅号：“灰老鼠”。他还奉行“三不主义”，有人说就是不吃饭、不睡觉、不拉屎。不过我本人不同意这个解释。任渺是人不是神。他的“三不主义”是：不娱乐、不见客、不开会。

汪不凡　这样的同学要引导。

肖　剑　我们找他谈过好几次，效果不大。所以今天我派了四个大力士去，只要他还活着，就把他拖来；就是他死了，也要把他抬来！

汪不凡　这样的工作方法不可取。

郑　彤　我看任渺的奖品先由肖剑代领一下，会接着往下开。

记　者　哎，不行，我们还等着给任渺同学照相呢。

肖　剑　那就照我背影吧，我们俩个头差不多。

记　者　这怎么行？新闻的生命是真实！

肖　剑　那……（绝望地朝台下喊）任渺！任渺！妈的，“灰老鼠”！

［从入口处传来人声：“来了，来了！”四位大个子学生喊着号子，抬一床铺，穿过会场，向台上跑去。床上，任渺和衣而卧。他全身的衣服一律是深灰色的，就连脚上那双圆头皮鞋，也因久日不擦而成了灰色。此时，他头枕着书和卡片，脚垫着书和卡片，身围着书和卡片，怀里还抱着一册夹有许多卡片的书在酣睡，睡得就像俗话所说：死过去了一样。由于他不会打鼾，就更像了。大个子们把床铺稳稳当当放在主席台中央。

肖　剑　真死了？

大个子甲　（擦汗）不管死活，抬来就是。

大个子乙　是睡着了。治学治得太累了。

大个子丙　我们怕叫醒他反而要多费手脚，这样干脆。

郑　彤　多亏你们劲大，这么重的铁床……

大个子丁　床倒不重，这些书和卡片太重。

汪不凡　快叫醒他！

记　者　等等，先拍张照！

［记者们忙着拍照，录像。众人喊任渺名字，喊不醒他；继而推他、打他、揉他、拧他，均告失败。

汪不凡　（蹲着，凑着任渺耳朵，苦口婆心地）任渺同学，请你醒醒。你这样做影响不好，你是共青团员吗？……

肖　剑　你这样做思想工作没用。让我来。（他蹑手蹑脚走近床铺，伸出两根手指夹住任渺怀里的书轻轻一抽）

任　渺　啊！（幡然猛醒，挺身坐起）

［众人包括肖剑在内都吓一大跳。待他们定下神来，发现任渺已在埋头读书了。

肖　剑　（一把夺下任渺的书）别看了！

任　渺　（瞧着他，怔怔地）为什么？请加注解。

肖　剑　这儿在开授奖大会……

任　渺　开会？我不去！（又拿起另一本书看。书中滚出半个冷馒头。他捡起来，啃食）

郑　彤　（把茶杯递向他）这么硬的馒头，啃得动？

任　渺　（头也没抬）啃不动也得啃，做学问不硬着头皮啃它个几万本书还成？

郑　彤　真是治学治得没治了。

［一群记者蜂拥而上，围着任渺。

记者一　我是《青春报》记者。任渺同学，请您谈谈……

记者二　（把话筒伸到任渺鼻子前）我是电视台的，我在组织实况转播……

记者三　（握任渺的手）我是电台的。请您……

记者四　让开，让开，我给"五项全能冠军"拍张标准像。

任　渺　天哪，怎么这么吵？你们都是哪儿来的？都给我出去！（环顾四周）奇怪……（迷迷糊糊地）我在哪里？这问题常叫我困惑不安、胆战心惊……等等，遗忘是潜意识受压抑的缘故，回忆应当首先突破"盲查制度"。西格蒙·弗洛依德，1856 年生，1939 年死，虽不能解决全部问题，可也自有他一定的道理……等等，我刚才突然想起了什么……呵，思想被闪电照亮，又马上坠入黑暗……

汪不凡　任渺同学，你听我说。

任　渺　啊，我认识你！你叫汪不凡，没错吧？

汪不凡　没错。

任　渺　什么风把你给吹来啦?

汪不凡　东风。“知识竞赛”的东风。

任　渺　我参加过知识竞赛。它是我治学计划的一部分。

肖　剑　老弟,你得了五项第一!

任　渺　才五项?太少了!没弄错吧?

肖　剑　没错。这些是你的奖品和奖金。

任　渺　(琢磨着手中的金牌)这是什么玩意儿?

肖　剑　“金牌”。

任　渺　不可能吧?金的比重是十九点三,像这样的体积,应该……我数学不好。

肖　剑　不是真金,是镀金的。

任　渺　假的?(生气地)做学问最忌的就是掺假。我这人最大的特点就是真诚。这种假货我不要!(扔了“金牌”)看,还一闪一闪地发光,真无耻!

肖　剑　这一百元可是真的人民币。

任　渺　真的我要。等等,汪不凡,我问你:一个人对待名利的正确态度,是不是争名第一,夺利第二?

汪不凡　我很难说这种态度是正确的。

任　渺　我认为是这样。我决定了,把这笔钱捐给学校,设立“任渺奖学金”,奖给学习成绩优异者。

[掌声雷动。记者们又忙成一团。

汪不凡　任渺同学,你的这种精神是很好的,但是……

任　渺　但是,根据我的学习成绩,我毫无疑问应当得到首批“任渺奖学金”。难道不是吗?

汪不凡　我很难否认这一点。

任　渺　那我就收下了。不过,我必须申明,我参加比赛可不是为了得奖。

记　者　是为了“振兴浦大、振兴中华”，对吗？

任　渺　不对，是为了振兴我自己。

汪不凡　这并不矛盾，“从我做起”嘛。

任　渺　从你做起？不，不，我要从自己做起。我认识到我是个使命在身的人，除了去完成那个使命，我没有任何其他活着的理由。

记　者　请问这是什么使命？

任　渺　具体的我也不便与你说。反正我有一种沉重的使命感和历史意识，不过有一点我可以先透露给你，我这个人将来是会出名的。不是昙花一现，而是随着时间的流逝，名声会越来越大。请相信这一点吧！

记　者　我很愿意相信。但我想了解一下现实中有没有迹象能证明你刚才对自己的预言。

任　渺　这个嘛……我对现实一向不大在意。现实这个东西流动性太大，虽然我们可以用“模糊数学”的原理去大体上把握它，但结果往往总是出人意料。我注重的是理论。只有当我埋头于书本和卡片中，我才觉得浑身上下每个毛孔都是充实的。（取过一沓卡片，像捻扑克牌一样捻着，取出一张甩桌上）看，约翰·沃尔夫冈·冯·歌德，1749年生，1832年死，在悲剧《浮士德》中说：“生命全是灰色，理论之树常青。”

郑　彤　你记错了。歌德是说：“理论全是灰色，生活之树常青。”

任　渺　是吗？这可以商榷。如果你对，那就是歌德错！

肖　剑　是你这个“卡片专家”错了。

记　者　看来，任渺同学，你做学问还不够严谨，不够深入。

任　渺　（撕掉那张卡片）好吧，告诉你们：我任渺现在已经不搞什么“百科知识”了。哼，这种死记硬背、浅薄无聊的知识有什么用？我要精专一门，成为一名真正的专家！

记　者　你打算专门研究什么？

任　涉　（跪在床上，在卡片堆中扒拉着）我研究……研究……无可奉告！学术界的事一披露到新闻界，那就什么都完啦。（找到一堆卡片）啊，我研究语言学！我发现了一个相当棒的研究课题，它具有学科的开创性、现实的针对性以及历史的延续性。80 年代，是信息爆炸、知识更新的伟大时代，是我们这一代人开发新知识，创立新学说，构筑新体系的黄金时代，我任涉是决不会辜负这个时代的！

［台下传来一片嘘声。一群人齐声呼叫："灰老鼠！灰老鼠！……"哄笑声起。

郑　彤　大家安静……

任　涉　（气愤地）老鼠怎么啦？老鼠是世界上最值得讴歌的动物！首先，老鼠是真的。它是什么样就什么样，不逛时装店，也不进美容院；它想干什么就干什么，即使干了坏事，也从不把坏事说成好事。其次，老鼠是善的。为了猫类的生存，它默默地贡献着青春；就是对于人类，它也功德无量。你们知道吗？全世界有多少实验室在拿老鼠做试验？离开了老鼠，科学将停止不前！最后，老鼠是美的。你们看它那娇小玲珑的身段、那臀部的曲线、那流线型的尾巴、那敏捷的动态……这一切是多么符合经典美学的观念！难怪古代《诗经》中就有"硕鼠硕鼠，无食我黍"的优美诗篇。至于美国人沃尔特·迪士尼在"好莱坞"创造的米老鼠的美丽形象，更是家喻户晓，深入人心。综上所述，集真善美之大全于一身者，非鼠莫属！

［切光。

第二场　说破天地

［教授楼。一月后的一天上午。

［郑恭夫的书房：书“墙”林立，纵横密布，甬道曲折，犹如迷宫。郑恭夫鼻架眼镜，手执放大镜，胸挂望远镜在其间穿梭不息，忽隐忽现。

［任渺捧着一大叠手稿，在郑彤的带领下上。

任　渺　真没想到，郑恭夫教授就是你爸爸。

郑　彤　（半开玩笑地）要不要我给你开开“后门”？

任　渺　（正经地）不用！我自信我这篇论文是打得响的。我也相信郑教授是有学术良心的。

郑　彤　那你自己进去吧。我失陪了。（下）

任　渺　请便。（轻轻叩门）

［郑恭夫没听见。他正聚精会神地调节着望远镜的焦距，在书“墙”上找书。

［任渺重重敲门。

郑恭夫　请进。

任　渺　（推门而入，九十度鞠躬）郑教授好！

郑恭夫　副教授。

任　渺　郑教授……

郑恭夫　副教授！我是副教授。

任　渺　郑副教授好！

郑恭夫　你好。你是哪位？

任　涉　我是中文系七七级学生任涉。

郑恭夫　你有什么事？

任　涉　郑教授。

郑恭夫　副教授。

任　涉　郑副教授，是这样：从这个月起，我专攻语言学，普通语言学。现在完成了一篇论文。您是权威，所以今天特意来请您拜读……不，不，请您指教！

郑恭夫　（高兴地）你有志于语言学的研究，很好。语言学非常重要，随着信息论的发展，它将越来越重要。可以断言：语言学是现代科学发展的前沿阵地，大有可为。

任　涉　这我知道。

郑恭夫　你的论文是什么题目？

任　涉　（捧上手稿）《地球语和太空语的相互影响之点点滴滴》。

郑恭夫　（用放大镜照着看）“地球语”？“太空语”？什么意思？

任　涉　在没有找到更好的名词以前，我就暂时先用“地球语”这个词表示地球人的语言；用“太空语”这个词表示太空人的语言。本文是我国比较语言学方面为数不多的开山之作之一。

郑恭夫　现在什么都搞比较，赶时髦。

任　涉　郑教授差矣！

郑恭夫　副教授。

任　涉　“比较”，Comparative，作为一种研究方法，并不是什么新鲜东西。从亚里士多德时代起，比较就是哲学思辨和一切学问的基础了。

郑恭夫　我问你：地球上一共有多少种语言？而你又懂得几种？

任　涉　这个我不管。我搞的是“总体研究”，general study，注重质的共性，不强调类的差别。

郑恭夫　我再问你：自然界到底存在不存在“太空人”？如果这目前还没有

定论，那么，又何来“太空语”？

任　渺　“太空人”当然存在！

郑恭夫　你见过？

任　渺　这……郑副教授，我曾有幸拜读过您的一篇大文：《仓颉造字说之点点滴滴》。我想，您老一定是亲眼见到过活在三千多年前黄帝时代的仓颉同志吧？

郑恭夫　仓颉是确有其人，我有考据学上的根据。

任　渺　您有考据学的根据，我有逻辑学的道理。试想，既然地球上有人，那为什么别的星球上不能有人？

郑恭夫　我有史书为证，你呢？拿什么书为证？

任　渺　等我这份手稿出版，我就以它为证。

郑恭夫　那你就拿去出版好了。（交还手稿，撇下任渺，干自己的事）

任　渺　（尾随其后）可是我想请您审阅一下，最好再给写份推荐书。

郑恭夫　你“点点滴滴”了这么多，我哪有工夫看？

任　渺　不多，才三十万字。要不，我念给你听？

郑恭夫　很抱歉，我没时间。（穿梭不息）

任　渺　（紧追不舍。絮絮地）那我就提纲挈领，给您讲讲！首先是绪论部分，其次是导论部分，再接下去是前言，以后还想请您写篇序言。在引论部分，笔者开门见山，提出论点：太空语决定地球语，地球语反作用于太空语；二者既对立、又统一，并在一定条件下互相转化。

郑恭夫　辩证法倒运用自如！

任　渺　在第一章里，笔者将作家的虚构手法和史家的春秋笔法熔于一炉，提出了一个大胆的科学假说：在远古时代，地球上本无语言。大约到了公元前两千多年前，太空人才第一次涉足于我们这个星球。他们是在地球的东部着落的。但由于地球由西向东自转的缘故，使太空人立足未稳，一跤跌到了地球的西部，迸出一声惨叫，又发了半晌牢骚。于是，地球东部民族瞧见了太空人鞋帮上的文字，而西部民族则听到了太空人说话的声音。这就是东方象形文字和西方拼音文字的起源。

郑恭夫 要不要叫我女儿给你沏壶茶，你捧着到城隍庙说去？

任　渺 不必客气。刚才，我向诸位介绍了太空语决定地球语的情况，接下来让我们进一步探讨地球语反作用于太空语的问题。威廉·莎士比亚(1564—1616)，曾经赞叹道："人，万物的灵长、宇宙的精华！"确实，人类自有了语言文字后，便不停地通过无线电波、人造卫星、宇宙飞船等工具向太空散播信息。例如前几天美国还向太空寄出一盒录音磁带。顺便提一下，据说其中还有中国的昆曲呢。对于这些信息，太空人当然不会无动于衷。然而这种地球化了的"太空语"，对太空人来说，就像是密码一样难懂。为了破译这些密码，太空人派出了无数飞碟，开始劫持地球人。国内外许多著名学者、科学家和普通人的神秘失踪，就是这个原因。这真是我们做梦也想不到的。

郑恭夫 你不是白日做梦都想到了吗？

任　渺 我是说一般的人想不到。您别打岔，注意力集中！据那些被释放回来的人说，他们被劫后一般都被送到太空语言学院，按各人专长分别讲授地球语中的各个语种。现在，太空人已经将这些众多的语种抽象归纳成一种语言，即地球人的思维符号。然后，他们运用这套符号，创造了思维传感的方法，使太空语成为能随意地同地球上任何一种民族交流的真正的、名副其实的太空语。正是：

空中一跌声犹在，地下千人失影踪。

日月昏昏谁辨识？说破天地惊煞侬！

郑恭夫　你的假说确实大胆。简直胆大包天！

任　渺　本人信奉胡适博士的治学方法："大胆假设，小心求证。"

郑恭夫　适之先生若九泉有知，只好被你气得再死一次。

任　渺　不至于此！人怎么可能连死两次？

郑恭夫　"大胆假设"嘛！

任　渺　但我还"小心求证"来着。瞧，后面几十章都是。从各个角度，用不同方法……

郑恭夫　你就免开尊口吧！（一拐弯不见了）

任　渺　郑教授，不，副教授、郑副教授……（寻觅，也不见了）

［郑走出书"墙"，在一张沙发上坐下，记卡片。

［内传来任渺的叫声："郑教授……"

郑恭夫　副教授。什么事？

［任渺的声音："我，我绕不出来了！"（碰撞声）

郑恭夫　别乱闯！告诉我，你左边是本什么书？

［任渺的声音："《山穷水尽》。"

郑恭夫　听着：你往西走，到《逻辑学概论》，往北拐，见《口吃的矫正》，再朝南一直走，穿过《尔雅》《小雅》《广雅》《埤雅》《骈雅》和《通雅》，紧接着向东拐，迈三步，见《柳暗花明》，就……

任　渺　（出现）出来了！像进了迷宫一样。

郑恭夫　要进得去，出得来。

任　渺　哎，郑教授……

郑恭夫　副教授。（扬扬手中的一沓卡片）要搞语言学。这些都是最基本的操作规程。

任　渺　我也做卡片的。（掏出一大沓卡片，放在手里捻着）

郑恭夫　（捻着卡片，抽出一张甩在桌上）这你有吗？

任　渺　（也甩出一张）有。

郑恭夫　（又甩出一张）这个呢？

任　渺　（也甩出一张）有。

［两人一来二去甩了七八次。

郑恭夫　（甩出一沓）这些，你都有？

任　渺　（怔怔地）没有，你出。

郑恭夫　我出？你以为我在跟你打扑克？（离开）

任　渺　郑教授……

郑恭夫　副教授。

任　渺　您看，我是一匹真正的千里马，只是现在由于环境的关系才变得瘦弱不堪，使您无法欣赏我的英姿……（摆了摆心目中设想的“英姿”）要是您推荐我出国深造，我保证……

郑恭夫　哦，你愿意出国？

任　渺　愿意？天！只要能让我出国，就是把我杀了绞了剁成肉泥，我也干！

郑恭夫　不知阁下看中了哪个国家？

任　渺　随便！

郑恭夫　莫三鼻给怎么样？那里的土著语言倒是大有研究的天地。

任　渺　（横一横心）我去！当然，我不想在那儿长住。我要想法子讨个酋长的女儿做老婆，用她的钱去巴黎大学攻读博士学位；然后再甩掉那黑女人，娶个美国亿万富翁的遗孀，去哈佛大学继续深造，然后……

郑恭夫　行了，行了。先不忙高瞻远瞩、畅想未来。要出国，首先得有推荐书。你允许我对你下几句评语吗？

任　渺　不胜荣幸之至，我屏息收腹，洗耳恭听。

郑恭夫　你这人有些小聪明……

任　渺　岂敢，岂敢。

郑恭夫　也有几分歪才……

任　渺　不才，不才。

郑恭夫　笔头子、嘴皮子倒也怪伶俐的……

任　渺　过奖，过奖。

郑恭夫　只是，你有点像“七个铜板放两处”……

任　渺　什么意思？

郑恭夫　不三不四！（离开。消失在书“墙”里）

任　渺　（慢慢收拾着手稿，深沉地叹息）千里马常有，伯乐不常有啊！

［郑彤上。

郑　彤　谈得怎么样？

任　渺　不，不怎么样。你爸爸，对我的论文……还是欣赏的。啊，不瞒你说，恕我直言，令尊大人的学术思想很保守。他高寿多少？

郑　彤　七十了。

任　渺　天，（低语）还是个副教授……难道他的今天就是我的明天？像一张书签，一辈子被夹在书堆里……（大声地）算了，我不治这份学了！

郑　彤　为什么？你是很有才华的。

任　渺　这我知道。你父亲也不得不承认。可我不甘心做一张“书签”，我要做能容纳天底下所有“书签”的皇皇巨册！

郑　彤　爸爸常说，搞语言学是需要有牺牲精神的。

［任渺凝视着她，半晌不语。

郑　彤　你在想什么？

任　渺　你很有风度，今晚学校放《生死恋》，一起去看好吗？

郑　彤　很抱歉。我晚上要去青联开会。

任　渺　啊，我忘了，你是当官的。不过你很有风度，这在干部队伍中是不多见的……

郑　彤　你说什么呀！

任　渺　（感叹地）唉，语言学是一门死学问。告辞了。（出门。下）

郑　彤　再见。

郑恭夫　（突然出现）这人是“歪嘴吹喇叭”。

郑　彤　什么意思？

郑恭夫　一股邪气！

［灯灭。

第三场　重新设计

［防空洞内。当晚。

［墙上零乱地贴有“全国地图”“世界地图”、萨特、基辛格、拿破仑等人的肖像。最引人注目的是六个斗大的草字：“不超人，毋宁死！”任渺仰卧在床上吸烟。除了袅袅上升的烟雾外，一切都是静止的。

［他猛然挺身而起，扔了烟头，抓起桌上的论文手稿，发狠地撕……又突然泄了气似的扑倒在床上，神经质地抽搐着身体，不知是在哭还是在笑。他又翻身坐起，脸色平静，仍不知是哭过了还是笑过了。他冲了一杯麦乳精，慢慢地喝着；又打开了录音机，响起港台歌星欧阳菲菲的歌声。

任　渺　（突然兴奋，和着歌声边扭边唱）

“吼！吼！吼！跳个迪斯科，

你看他多么快活！

吼！吼！吼！跳个迪斯科，

他忘了人间还有什么是忧愁……

摆摆手，摇摇你的头，

所有烦恼都从你的脚下流走……”

(关了录音机，精疲力竭地坐下，低垂着头。半晌，于沉思中渐渐抬起头来)天上，没有星空；地下，没有烛光。我，迷路了……“中国革命向何处去”？我，迷惘了……(突然转入轻松随便的语调)看来做学问没什么大油水可捞，还不如(半念半唱)“改换门庭投靠威虎山”。目标不变，不超人，毋宁死！道路却应当重新设计。对，再做一次“自我设计”。(站起，铺稿纸于桌上，庄严地)“真的勇士，敢于面对惨淡的人生”！(大喝一口麦乳精，奋笔疾书)

[肖剑出现在门口的台阶上。

肖　剑　灰老鼠！

任　渺　(头也不抬)干吗？

肖　剑　你不是想算命么？现在正有一位会算命的朋友来找我。(走下台阶)

[一位穿风衣的男青年出现在门口。

任　渺　来得正是时候，请！

肖　剑　这是我的一位熟人，刚从北京来。

来　客　(快步走下台阶，上前热烈地抓住任渺的双手。目光灼灼，直视着他)你就是所谓的任渺吧？久仰，久仰！

任　渺　不客气。床上坐吧。(递烟)

来　客　(歪起脖子欣赏墙上的草字)“不——超人，毋宁死”。好书法！大有“扬州八怪”郑板桥的遗风。(品味着)唔，有气魄！“生当作人杰，死亦为鬼雄”嘛！奇怪，像你这样一位抱负出众、气度超凡的壮士还要算命？

任　渺　我过去从来不想算命。

来　客　是不相信？

任　渺　正相反。太相信了。所以不敢算，害怕。

来　客　有意思。

任　渺　人生就像一部情节片，知道了结尾还有什么可看的？

肖　剑　尽管这样，大多数人还是急于想知道结尾。

来　客　这就叫好奇心。怎么样，现在就给你算？

任　渺　我需要的不是传统意义上的算命，而是一种以现代科学思想为指导的“自我设计”。

来　客　这我知道。科学本身就是一种手段。不过我可得提醒你：对于本民族传统的东西不要全盘否定。这里面也有科学，不全是迷信。

任　渺　这我也略知一二。说到底，科学与迷信到底有多少质的差别？现在西方流行用电脑算命，所谓“第三次浪潮”是也。科学是为迷信服务的。

来　客　盖了！警句，惊世骇俗的警句！啊，瞧你的面相、头型，就是大人物的面相和头型。不是一般的大人物，而是非凡的大人物。这样的大人物要几十年甚至上百年才出那么一个半个的。

任　渺　（得意地）不见得，不见得。

来　客　没错！当然，现在你只是具备了那种伟大人物的素质，要真成为这样的人物，还取决于你选择什么职业。

任　渺　这正是我现在感到迷惘的问题。你看，我该干什么？

来　客　你搞学术肯定没门儿！

任　渺　这我已经意识到了。

来　客　你应当搞政治！

任　渺　政治？（连连摇头），我不搞政治。想当年我也参加过红卫兵，满脑子无产阶级专政下继续革命的思想。现在回想起来，真有一种被破坏了贞操似的耻辱感……不，我厌恶政治。

来　客　你对自己并不了解。你所谓的厌恶，其实就是喜欢，只不过每个人用词不一样罢了。你天生是块当政治家的料！只要你肯投身政界，一定会成为像林肯、甘地、希特勒这样叱咤风云的人物，至少也比基辛格强！

肖　剑　那些人物都是由时势造成的。

来　客　现在正是造就伟大政治家的时势！（取出一大捆油印刊物，往床上一摊）看看这些民间刊物，你们就明白了。

任　渺　这类刊物我翻过一两本，没多大意思。一本正经的。

来　客　问题就在这儿。现在看起来热闹，其实只是一盘散沙，还没有产生出一位既有理论深度又有组织才能的领袖人物。而我坚信，这样的领袖人物是一定会应时代的需要而产生的。今天见了你之后，我就更深信不疑了！

任　渺　（不由得对自己肃然起敬）我？（郑重地翻开油印刊物，看了几眼。庄严地）最近北京的局势怎么样？

肖　剑　刚说你要当政治家，马上就摆开架势啦？

任　渺　你少插嘴！

肖　剑　嗬，还是个暴君呢！

来　客　哈哈。北京嘛，老样子。每年这个时候风沙刮得厉害。不过，吃“全聚德”烤鸭的照样吃，跟外国人睡觉的照样睡，捧西太后的照样捧，批朦胧诗的还在批。

任　渺　（痛心疾首的样子）中国人的“国民性”呀……呸，这样的中国人！

肖　剑　（拍他一下后脑勺）别装腔作势了，来，我也给你算一卦。（拿起一本《成语词典》）

任　渺　（心事重重地）你凑什么热闹？

肖　剑　我这法子可灵了，是80年代最新科学，按“控制论”原理设计的。你随便指定这本《成语词典》的一页，再随便指定第几条。我翻给你看，那条成语就是你的命。

任　渺　我试试。嗯……七百十五页。

肖　剑　第几条？

任　渺　嗯……第五，不，第六条吧。

肖　剑　（翻开一看）呃……换一条吧？

任　渺　干什么？不换！

肖　剑　我劝你还是换一条。

任　渺　真啰唆！（夺下词典自己看，气得把词典扔掉）去他妈的！

来　客　什么成语？

肖　剑　“一命呜呼”。

来　客　（淡淡一笑）这是我们每个人的命运，差别只在于时间。所以，时间是宝贵的。我必须走了，还要去看几位朋友。（欲下）哦，对了，我想顺便打听一下：你们学校的“竞选”搞起来了没有？北京的许多高校都在搞。

任　渺　竞选什么？

来　客　区、县人大代表。

任　渺　这有什么可“竞”的！芝麻绿豆官。

来　客　一点点儿来嘛，你今年二十几？

任　渺　二十二。

来　客　如果今年你能当上区人大代表，三年后又争取当上市人大代表，再过三年，混进全国人大，那么，不出十年，也就是在你三十五岁以前，你就有希望爬上委员长的宝座了。

任　渺　真的？

来　客　假不了！当然，这要看形势如何，当局允不允许群众搞自由竞选。北京现在搞得很热闹，你们学校呢？

肖　剑　过几天也要搞，现在正在酝酿。打算开个竞选演讲会。

来　客　（对任渺）抓住这个机会吧！

任　渺　我对演讲不大在行。如果说，我的思想、文笔、口才当一个政治家是绰绰有余的话，那么，我的姿势和风度似乎还稍有欠缺。这主要是我一直忙于做学问，无暇顾及这些枝枝节节……

来　客　问题不大，可以训练。

任　渺　没人教。按说上政治课的老师应当讲点演讲学，可我看他们还不如我。

来　客　我教你！其实很简单。你看看。（跳到床上，拉开架势）"同胞们！"这是慷慨激昂的。"同胞们！"这是哀婉动情的。政治家无非是这两手，由此再生出种种花样。（跳下床）

任　渺　（跳上床，模仿）"同胞们！""同胞们！"

来　客　对，就这样。你一学就会，真是天才。今天由于时间关系，我只能先教你这两副基本面孔，其他还有不少小动作、小手腕你就自己慢慢琢磨吧。譬如像"行如风，坐如钟，站如松，卧如弓"，像"骂人不板脸，打人不露拳，放屁不吱声，杀人不见血"，等等。名堂多了！

任　渺　等一下，让我记在卡片上。

来　客　（看表）算啦，以后有时间我寄些资料给你吧。我必须走了。

任　渺　知道我的地址吗？请一定把资料寄来！

来　客　（走到门口）放心。这是我应尽的使命，也是我毕生的荣幸。请你坚信我的预言：中国之未来，将把玩于你的股掌之间！（撩起风衣，昂首阔步下）

肖　剑　（压低嗓门对任渺）当心，这人神经不正常。（跟下）

［任渺对肖剑的背影啐了一口，关上门。他兴奋躁动，坐立不安，抡拳挥臂，击掌拍额，练习着各式各样刚美的或柔美的演讲动作。

任　渺　（上窜下跳着）同胞们！同胞们！同胞们！……

［灯渐灭。

第四场　崭露头角

［梯形大教室。一周以后的白天。

［正面黑板上一行大字："区人大代表竞选演讲会"。周围墙上贴有花花绿绿的竞选标语、竞选者的介绍文字、照片等。讲台前，一些学生在抢话筒。话筒终于落到一位研究生手里。

研究生　本人是哲学系研究生，中共党员。历任团小组长、团支部委员、团委书记、党小组长、党支部委员、党总支副书记……

［观众席中传出嘈杂的人声……

人　声　别讲这些，墙上都贴着！

人　声　你是否因为精神空虚才参加竞选？

研究生　不，我的学业很紧张，我的家庭很美满，我们夫妻关系很好……

人　声　请直截了当地谈你参加竞选的动机！

研究生　我认为这次竞选区人大代表是探索实践具有中国特色的社会主义的伟大尝试。作为一名立志改革的共产党员，我愿做这样一名实验对象。

人　声　如果你当选了，你将干些什么？

研究生　全心全意为人民服务！具体地说，为全校九千多名师生员工服务。

人　声　再具体些！

研究生　食堂的伙食要改善，澡堂的设备要改造，考试的方法要改革，教材的内容要更新……

［一名小个子学生夺下话筒。

小个子　你发言时间超过了。（对台下，大叫）我是化学系二年级学生。我不是共产党员！我不相信马克思主义！我现在宣布退出共青团！

［人群骚动。

［肖剑上前，夺下小个子的话筒。

肖　剑　算了，回去背你的化学分子式吧！同学们，就在半小时以前，我们中文系七七级的任渺同学宣布参加这次竞选！现在，我受竞选人的委托，以“任渺竞选委员会”秘书长的身份，向大家介绍任渺同学的履历。（读一份“文件”）“任渺，男，1958 年 7 月 17 日生于河南省梆子县朝阳沟……”

人　声　叫竞选人自己出来讲话！

人　声　反对文牍主义！

人　声　打倒官僚政治！

［任渺出现在会场入口处。他扫视全场，气度凛然。

任　渺　肃静！

［人声果然平息。众目睽睽。

［任渺神情自若，举止潇洒，穿过整个会场，登上讲台，接过肖剑手里的话筒。

任　渺　我，就是任渺！

人　声　知道你是！

［哄笑声。

任　渺　（宽容地微微一笑，并不慌乱。举起双手，示意全体安静）我，虽然目前还不是中国共产党的一名成员，但，我愿借此机会告诉大家：我准备在适当的时候加入这一组织。（对研究生）请您向贵党转达我的这一决定，并祝同志们工作顺利！对于贵党，我向来是充满敬意的。（转而对全体，动感情地）同学们哪，建党可不容易呀，别说你们，就连我也不行啊！

人　声　见你的鬼!

任　渺　我对我心中叛逆的魔鬼束手无策!(停顿)今天,我演讲的题目是:《“人权”与“自由选择”在吾国的可能及 diversity① 之点点滴滴》。(运了运气)同胞们!(想了想,换一种姿势和语气)同胞们!为了深刻地、透彻地、通俗地讲清这个题目,请允许我先引进“存在主义”哲学的两个基本概念:一谓存在,一谓本质。存在者,存而在也;本质者,本之质也。存在与本质,孰先孰后?存在乎?本质乎?法兰西圣人萨特氏曰:“存在先于本质。”此乃是也!

人　声　打倒文言文!

人　声　五四新文化运动万岁!

任　渺　那好,我用英文讲。Ladies and gentelmen!

“To be, or not to be, that is the question:

Whether'tis nobler in mind to suffer.

The slings and arrows of outrageous forture,

Or to take arms against a sea of troubls,

And by opposing end them? ……”②

人　声　哈姆雷特成小丑啦!

人　声　“灰老鼠”,滚下去!……

任　渺　(勃然作色)恐吓和辱骂决代替不了战斗!(克制地)好吧,我先把论点摆出来:本质存在于存在之中,存在是本质的存在形式;存在是本质的存在,本质是存在的本质;没有没有本质的存在,也没有没有存在的本质;存在决定本质,本质反作用于存在,二者既对立、又统一,并在一定条件下互相转化。

---

① 差异。多样性;变化。

② 女士们、先生们!“存在,或不存在,那是一个问题:默然忍受命运的暴虐的毒箭,或是挺身反抗人世的无涯的苦难,在奋斗中结束一切,这两种行为,哪一种更高贵?……”

［台下人群中飞起一只“黑板擦”，正击中任渺的额头。他痛叫一声，抱头蹲下。人群大哗。任渺站起，举着一只染有血迹的手掌。

任　渺　看！这就是我为民主流的血！

［台下一片嘘声。

［汪不凡、郑彤上。

郑　彤　同学们，大家快去大礼堂看电视！卫星转播实况：中国女排对日本女排！

［人声沸然，渐渐消失在外。郑彤下。

汪不凡　（见任渺独自一人在揉着额头）怎么，你头上起了个包？

任　渺　是一个包，而且是一个不小的包！

汪不凡　（掏出手帕替他包扎）总算崭露头角啦！先扎一下，马上再去医院看看。

任　渺　妈的，狗屁竞选！老子不参加了！

汪不凡　不想当政治家了？

任　渺　中国的民众愚不可及！

汪不凡　解放思想不是搞资产阶级自由化，不能违背“四项基本原则”。

任　渺　哎，汪老师，瞧您，说哪儿去了？我没说要自由，也没反对原则嘛。我刚才还申请入党来着。这不，我还打了份书面报告哩！（把一张纸塞给汪）

汪不凡　（不接）行了。我知道你是怎么申请的。走吧，先去医院看一下伤，完了马上到学校保卫部来一趟！

任　渺　去保卫部干吗？我又没偷东西！

汪不凡　谁说你偷东西了？是公安局找你！

任　渺　公安局？我、我又没犯法！刚才……这不说“言论自由”吗？

汪不凡　瞧你这副熊样。刚才的英雄气概跑哪儿去了？

任　渺　不、不跟您开玩笑！这事怎、怎么开、开得起玩笑？

汪不凡　公安局的同志们是想找你了解一下那个北京人的情况。他不是给你算过命吗？

任　渺　他、他怎么了？

汪不凡　他已经被逮捕了。

任　渺　犯、犯了什么罪？

汪不凡　反革命罪、出卖国家机密罪、盗窃国家经济情报罪、贿赂罪、渎职罪、诽谤罪、诈骗罪、妨碍公务罪、伪造证件罪以及流氓罪……

任　渺　妈呀……

汪不凡　公安局的同志们希望你能协助他们尽快查清他的全部犯罪事实，以便将案卷移交检察机关，提起公诉，依法给予严惩！

任　渺　啊……啊……

汪不凡　我先走一步，他们在等我。你马上来。（下）

任　渺　（沉默。徘徊）政治，可怕的政治，你，像一部钢浇铁铸的机器，冰冷、坚硬、有力。这里，不存在温情的庇荫，更没有幻想的余地。一颗肉做的灵魂，一旦卷入你的飞旋，就立刻被扭曲、被撕裂，血肉模糊，面目全非！只有那些冷血的铁腕人物，才能稳操住你的手柄，将世界按他们设计的图纸加工改制……唉，可我偏偏是个天生的谦谦君子，文质彬彬，脉脉含情；多愁善感，优柔寡断；温良敦厚，笑容可掬。我不配搞政治。呵，人生的"巴士"已经驶过二十二个车站，却还没确定一条运行的路线；伟大的"自我"已经发育了二十二个春秋，可直到今天还一无成就。我怎么还好意思每天往鼻子底下的那个洞里填啊塞的，也不知道那么多的大白菜都上哪儿了。（沉痛地捂起脸）

［一群女生走进教室。她们发现任渺，不约而同地返身就走。其中一位嘀咕了句什么，大家一起哄笑，渐渐远去。任渺恨恨地望着她们的背影。

任　涉　一群蠢货！十个女人中有九个是蠢货，把这九人的愚蠢集于一身者，便是那第十个。我记得这是哪位大文豪的话。呵，文学家多聪明！至少比女人聪明。要不然，怎么会有那么多的妇女同志爱好文学呢？（突发奇想）对了，为什么我不搞文学呢？我有这方面的气质！（搓着双手，跃跃欲试）我要写诗！诗最容易叫姑娘们动情……可惜稿费少了些，美中不足。要不写小说？对着墙上的臭虫斑点信口胡说，美其名曰"自由联想""意识流"的心理探索……可这类玩意儿影响不大，竞争太凶，很难成为头牌货。还是写剧本？呸，那东西最要不得！除非写电影剧本，赚大钱得大名，还可带来爱情。啊，伟大的电影剧本……可我没"后门"，不知该打哪儿钻营。不管怎么样，文学我是搞定了，作家我是当稳了。它既不像治学那样默默无闻，也不像政治那样什么都当真；既可幻想，又得实惠，名利双收，实在最对我胃口。（停顿。以一种务实的口吻）搞创作，首先要深入生活，我可不搞乌七八糟的"现代派"，这玩意儿在中国吃不开，我要往现实主义的康庄大道上迈！（决心已定）那就让我冲出大学的樊篱，去经受生活的砥砺，尝一尝生的悲欢，悟一悟死的真谛。（朝半空中伸出双臂）艺术的缪斯，快来拯救我这颗不安的灵魂吧！

［灯灭。

第五场　生

［医院妇产科。三天后的下午。

［婴儿室：整齐地排列着几十张摇篮，一名女护士在巡视。

[任渺上。他脖子上挂着一架照相机，手指间扣着一本活页簿。

任　渺　(拂着脑袋)剃了个头，真爽快！(拍三下后脑勺)新剃头，标志着我除旧更新、脱胎换骨，跨上人生的新旅程。(回首，恋恋地)剃头店的那位女理发员在我心中留下了不可磨灭的印象。她被职业的疲倦压迫着，眼睛中却流露着对生活的无限渴望。我欲救她，又无能为力。相反，还要在这压力上添加我的一份。她仔细地剃着我的头，小心推敲，反复端详，直到完美。等我的处女作问世后，我一定要吩咐出版社在扉页上印上题词："献给一位未名的女理发员。"处女作，就是要为处女而作。

[女护士抱起一婴儿，出门。

任　渺　同志……

女护士　请等一下。

[一"爸爸"上，张开双臂迎向女护士。

"爸爸"　啊！这是我的孩子吗？

女护士　恭喜你得了个儿子！

"爸爸"　(接过婴儿，笑口难合)生男生女一个样，一个样。谢谢！太谢谢了！万分感谢！我想给他取名为"谢医"！

女护士　瞧这孩子，脑袋真大。将来准当上科学家。

"爸爸"　培养他当医生！

女护士　瞧他的手心，将来准发财。

"爸爸"　发了财办医院！

任　渺　(凑上去)瞧这孩子，he！你们看，he he！真是，he he he he……

"爸爸"　(不悦地)你"嘿"什么？

女护士　小心细菌传染！

"爸爸"　(瞪了任渺一眼)神经病！(下)

任　渺　奇怪，鲁老夫子的办法也不灵。(拦住女护士)同志。

女护士　你有什么事？

任　涉　简单地说吧，是这样：目前，我正在酝酿一个大型的创作计划，需要到这儿来下生活。

女护士　“下生活”？你原来在生活上面？

任　涉　这是我们作家的行话，请您别介意。

女护士　（肃然起敬）您是作家？

任　涉　嗯，差不离儿。不是今天就是明天。

女护士　我能为您做什么呢？作家同志。

任　涉　是这样：我的创作计划十分宏伟，是写一部上下集的电影剧本……

女护士　（欣喜地）是宽银幕的吗？

任　涉　是的，是的。彩色遮幅式宽银幕。可能的话，还想搞成立体的。

女护士　太好了，太好了，我儿子最爱看立体电影……是外国的吗？

任　涉　不，是国产的。国产彩色遮幅式宽银幕上下集立体故事片。反映一个人从出生到死亡的全部生活经历，带有自传性质。

女护士　（入迷地）啊！啊！有杨在葆吗？

任　涉　这……我并不认为杨在葆能胜任这样一个角色。要是抽得出时间的话，我打算自己主演。

女护士　（敬畏地）哦……对不起。我能帮您什么吗？

任　涉　我需要在这儿深入生活。我打算住一段时间，大概五十六天吧。怎么样？

女护士　（立刻恢复了职业的口吻）我们妇产科是从来不收男同志住院的。

任　涉　能不能通融一下呢？

女护士　那您得找院长去说。

任　涉　我最讨厌同当官的打交道！（推婴儿室门）这里面是什么？

女护士　（拉上门）这是婴儿室。闲人莫入。

任　涉　护士同志，如果住院实在不行的话，那至少得允许我对产妇以及新生儿进行采访。

女护士　采访产妇，也许领导上会为您提供方便，但新生儿是不准采访的。这是院规。您最好去找院长谈。对不起，我还有工作。（下）

任　渺　这些人，什么事都往领导身上推。"大锅饭"吃惯了！（四顾无人。溜进婴儿室）啊，这么多摇篮，这么多宝贝。（巡视着）真是生机盎然！我曾在某处见过一个权威的统计数字，平均一秒钟，全世界就有三个婴儿出生。唉，真不懂。宇宙空间，浩瀚无际，干吗都要涌到这个世界上来呢？不过，这对我倒是件好事。创作讲究题材新颖。这个地方一般人进不来，我今天可算是独得秘方。瞧，这些孩子一人一个模样，足够我写一部《百儿图》。（拍照）可惜这些小人物都没有讲话的能力，不然我真想问问，他们在出生时，最强烈的感受是什么？

婴儿甲　（啼哭）喔哇！

任　渺　说什么？尽管我研究过语言学，但对你这种语言，说实话，还不太熟悉。

婴儿乙　喔哇！

任　渺　可怕？哈哈！的确，你赤条条、一无所有，来到这陌生的、充满敌意的世界上，怎么会不感到可怕呢？允许我给你照相吗？点头默许了？好，谢谢！（拍照）

婴儿甲　喔哇，喔哇！

任　渺　可怕，可怕！呵，人生是一幕悲剧，一开头就注定了。

婴儿甲　喔哇，喔哇，喔哇！

任　渺　天哪，可不能让这小子再哭了，叫护士听见就麻烦了。（抱起婴儿甲，哄拍着）噢，噢，世界固然可怕，但我们既然已经介入，就必须坚强地活下去。世界并不为我们而存在，它什么也不会为我们准备。一切只有靠自己的奋斗，去争、去抢、去夺，必要时还要去偷、去骗。

婴儿乙　（啼哭）喔哇！

任　渺　糟了，又来一个，我可只有一双手。

婴儿乙　喔哇！

任　渺　苦啊！是的，我知道你们很苦，但必须忍受。别哭了！人活着就是为了含辛茹苦。

婴儿丙　（啼哭）喔哇！

任　渺　要命！这位先生也来凑热闹。（走向那摇篮，伸出手指，警告地）嘘，别哭！

婴儿丙　喔哇！

任　渺　对，没啥！您很勇敢，是位强者。别哭！

婴儿丙　喔哇，喔哇！

任　渺　没啥，没啥！哼，唱高调。别哭了！

婴儿丙　喔哇，喔哇，喔哇……

任　渺　够了！想入党？没门儿。我自己还没入呢？

婴儿丙　喔哇……

任　渺　（发怒地）住口！官迷！告诉你：我任渺决不会写你这个“高大全”！

婴儿甲　（在任渺怀里）喔哇……

任　渺　（轻柔地哄拍）噢，别怕，别怕。我不是骂你。你是弱者，我爱弱者，我要用我的笔一辈子为弱者说话！（从裤袋里摸出个橡皮奶头，朝婴儿甲嘴里一塞）别怕，我们有奶，有奶便是妈。（惊叫）妈呀，尿了我一身。（把婴儿甲放回摇篮，抹着身上的尿迹）把我照相机都尿湿了。

婴儿甲　喔哇！

任　渺　不怕？咳，你说得倒轻巧。这相机是我用奖学金买的，整整一百元哪！算了，我也不忍心过多地埋怨你，不知者不怪。让我们和和气气地分手吧。(来到另一张摇篮前)嗬！这位小宝贝的表情生动极了。想必是在大便，不是小便。嗯，大便，看来你是干大事业的。(为其照相)

婴儿丁　(啼哭)喔、喔、喔哇！

任　渺　可怜。小小年纪、口吃这么厉害。不知道你莫名其妙地来到这个世上，最大的愿望是什么？

婴儿丁　喔、喔、喔哇！

任　渺　成、名、成家？哈哈！好极了！我与你同怀此心，真是“人生得一知己，足矣！”我多想紧紧地拥抱你啊！可我们俩都是有身份的人，应当学会控制自己的感情。再说你身上的那股气味，也妨碍我们深交。

[其他摇篮也传来“喔哇”声，此起彼伏。

[任渺来回跑着，忙着拍照。

任　渺　来啦，来啦，给你拍，也给你拍，厚此薄彼不应该。……哎呀，你们怎么都挂着牌子？拿掉，拿掉！你们是人，不是商品！好，来啦，来啦，糟，只剩一张胶片了。还有这么多人没拍。(搔搔头皮)有了，拍张集体照！(从摇篮里一个个抱出婴儿，排列在地板上。婴儿们一起啼哭)无伴奏童声大合唱，气势磅礴！(把几张摇篮垒起，爬上去，俯拍)

[女护士闯进门来。

女护士　天哪！来人啊！

[一群“爸爸”涌上。

“爸爸”　出什么事了？

女护士　不得了，他把婴儿全搞混了！

[“爸爸”们大惊，争先恐后扑向婴儿们，抢挑男婴。挑到男婴，抱了就下。

女护士　（四处阻拦）你们不能光挑男的！

［不一会儿，地板上只剩下一堆女婴。

“爸爸”甲　（蹲在地上，不死心地还在翻来拣去）实在挑不出了，全是女的。

“爸爸”乙　这些都不是我的！

“爸爸”丙　也不是我的！我的儿子给别人抱走了！

“爸爸”丁　（冲着护士）我要向法院控告你们医院！

女护士　（指着还站在高处的任渺。抽抽搭搭地）都是这位……作家干的！

“爸爸”甲　揍这混账小子！

［“爸爸”们纷纷撩袖捏拳，团团逼近。

任　渺　住手！（拉开架势）同胞们！你们错了！你们重男轻女，封建顽固，愚昧反动，罪大恶极！（深情地）同胞们，你们看哪，这些女孩子，多好的女孩子？水汪汪，绿油油，纯洁得就像那百合花一样。贾宝玉早就说过：女儿是水做的，男儿是泥捏的，合起来是水泥的。水做得干净，泥捏得肮脏。小贾说得可有多好啊！你们为什么都不要干净要肮脏？（声泪俱下似的）罪孽啊……你们不要，我要，我全要。我就是贾宝玉，爱天底下一切女孩子！（跳下摇篮，抽出绑在腰上的一个特大型号的塑料袋，鼓起腮帮子使劲吹开）来，哪位师傅帮忙给装一下？

“爸爸”乙　（接过塑料袋，冷不防往任渺头上一套）打！

［“爸爸”们一哄而上，拳脚相加。任渺抱头鼠窜，嗷嗷乱叫，情急智生，佯死躺下。

女护士　（阻拦着）别打啦，再打要抬火葬场去了，还是由“作家协会”去处理他的问题吧。

［突然，任渺一跃而起，夺门逃下。

“爸爸”们　(齐声)追!

[切光。暗转。

[医院太平间门口。地下放着一副担架。追赶声中,任渺逃上。他跌了一跤,照相机掉了。他没觉察,径自跑到担架前,往上一躺,用一块白布蒙住全身。

[两个醉醺醺的勤杂工从太平间里抬出一具尸体,置于担架上。他们抬起担架。

工 人 甲　一眨眼工夫,重了好多。死人长肉长得真快!哈哈……

工 人 乙　死人就比活人重。快走吧!

工 人 甲　急什么?火葬场不会关门。哈哈……

[“爸爸”们追上。

“爸爸”甲　同志,看见一个小青年跑过去吗?

工 人 甲　小青年?死的还是活的?

“爸爸”乙　算了!晦气。

“爸爸”丙　他们喝醉了。

[“爸爸”们下。

工 人 甲　醉?他们说我们醉了,听见吗?

工 人 乙　醉鬼抬死鬼,正合适。

工 人 甲　哈哈……

[任渺使劲顶了一下压在身上的尸体。

工 人 乙　你抬稳一点儿,老弟。

工 人 甲　我好像听到死鬼直哼哼呢,哈哈哈哈!

[两人抬担架下。

[运尸车飞驰而去……灯灭。

第六场　死

[火葬场停尸房。紧接前场。

[室内潮湿阴暗。透过气窗孔糊着的白纸，一束微弱的白光停留在中间的一张停尸床上。任渺终于顶起了身上的尸体，滑下停尸床。

任　渺　(揉肩摩背，连连啐口)倒霉！倒霉！倒霉！遭活人打不算，又给死人垫背，没想到下生活还这么艰苦，呸，这作家真不是人当的。妈的，照相机也丢了，采访本也没了，如果再写不出东西，捞不回稿费，我简直要气死了，干脆就不出这个门，把我送去烧了算！可现在社会上有些人今天批这个，明天批那个，批判文章的稿费加起来比作家拿得还多，这说得过去吗？(连打几个喷嚏)一股瘴气，真像到了阴间，鬼气森森的。(突然害怕起来)妈呀，还是让我赶快离开这儿吧……(摸索着)门在哪儿？(脚下踩到一团软东西，吓得半死)哇！(野猫叫)不要脸的野猫！发情啦？(拉门)糟了，门反锁了。设计得倒也合理，死人不需要出去散步透气。(仰视高处的气窗口)要是我能把自己变成一只野猫就好了……我在犹豫，是否就暂时留在这里，体验体验死人的生活，也许今后再也没机会活着光顾此地。嗯，有理。(壮起胆子，环顾室内)只有一具尸体。这年头真叫太平盛世，生得密死得稀，大大增强地球的表面压力。(轻轻抚摸着尸体，感慨万千)刚刚还在产房，现在又到停尸房，难道这就是从生到死的距离？呵，生死无常，活着没趣！

［尸体打了个嗝。

任　渺　啊！

［尸体又放一屁。

任　渺　又打嗝又放屁的，这老头准是被活活气死的。

“尸体”　（长叹一声）气煞我也！气煞我也！

任　渺　啊，碰上大头鬼啦！（逃开，趴在一张空床上，用白布蒙住自己，身体直哆嗦）

“尸体”　（慢慢坐起来，伸懒腰，打哈欠，紧接着又是几个喷嚏，想掏手绢，发现换了衣服，拉出每个口袋，空空如也）这班强盗！连张手纸也不放过。（只好用袖子抹了下鼻尖，伸手去摸台灯开关，摸了个空，从床上跌下）哎哟……

任　渺　（魂飞魄散）哎……哎……

“尸体”　又换病房了？乱弹琴！（摸索着）护士长！护士长！（摸到任渺床前，以为是自己的床，爬上欲躺）

任　渺　（惨叫）哇！哇……（乱踢乱蹬）

“尸体”　（吓得直滚下来，略一定神，大喝）谁在杀猪？

任　渺　（呻吟不已）哦……哦……

“尸体”　（细细审视）打摆子？（大怒）不像话！这样严重的传染病人竟敢放在我的病房里。护士长……人都死绝了？连个灯也没有。（渐渐看清周围的景象）这哪像个高干病房？别说“空调”，连扇像样的窗都没有，简直像火葬场的停尸房。这群势利小人，我刚下台，就这样对待我，气煞我也！说到底，还是不能没有权啊。（一把掀去任渺身上的白布）喂！你！什么人？

任　渺　（连滚带爬地缩到一个角落里）我……

“尸体”　看你这样，不会是什么负责同志。或许你父亲是负责同志？（稍缓和地）你父亲是干什么的？

任　渺　做、做工的……

“尸体”　做工的？（严厉地）你是小偷？（逼近他）

任　渺　（逃）不！不！

“尸体”　（追）你是反革命，想谋杀我？

任　渺　不！不！

“尸体”　你站住！放老实些。老子革命一辈子，再凶恶的阶级敌人也见过。快交代，是谁派你来的？为什么搞谋杀？

任　渺　谋杀？你……不已经死了吗？

“尸体”　我死了？见鬼！

任　渺　是鬼？（又想逃）

“尸体”　站住！不许动！老子是鬼还能站着跟你小子说话吗？

任　渺　（渐渐镇静下来）你没死，他们怎么送你到这停尸房来呢？

“尸体”　什么，什么，你说这儿是停尸房？

任　渺　是啊。

“尸体”　（突然骇怕地）啊，你是鬼！（逃）

任　渺　（追）我不是鬼！

“尸体”　（爬上床，用白布蒙头）饶了我吧……

任　渺　（去扯他白布）我和你一样，是人。

“尸体”　活人还是死人？

任　渺　活人！欢蹦乱跳的大活人！

“尸体”　（放下白布）我是彻底的唯物主义者。就算你是鬼，老子也不怕！

任　渺　我倒害怕你是鬼。我明明看见他们把你从“太平间”抬出来。

“尸体”　他们把我送“太平间”了？好哇，这帮暴徒，残酷斗争，无情打击！噢！气煞我也，气煞……（倒下）

任　渺　你怎么了？又死了？

“尸体”　（突然悲从中来，老泪唏嘘）呜……呜……

任　涉　（像哄拍婴儿一样）噢，别哭，别哭，世界是可怕的……

“尸体”　（哭诉）他们说我是“凡是派”，罢了我的官，还要我写检讨……我气得跑到“白屋顶”，喝了一夜酒……

任　涉　跑屋顶上喝酒干吗？想自杀？

“尸体”　不。“白屋顶”是本市最有名气的西菜馆，那儿的“奶油辣根牛舌”做得最地道。

任　涉　是吗？什么时候我也去尝尝。

“尸体”　（又哭起来）……我一边喝酒，一边回想我这几十年来的政治生涯，真是……越想越伤心，呜呜呜！越想越气愤，呜呜呜！

任　涉　拉警报干吗？

“尸体”　……“文革”初期，我被打成“走资派”；“文革”后期，我被打成“民主派”；现在，他妈的又说我是“凡是派”。我这一辈子怎么就活该倒霉呢？呜呜呜……

任　涉　别伤心啦，想开点。“风派”人物就是有两种嘛，一种老走运，一种老倒霉。这也是没办法的事儿，算啦，看淡一些。

“尸体”　政治生活不顺利倒也罢了，政治斗争本来就是严酷的嘛，可家庭生活总该和睦一些吧？共产党人也是人嘛。

任　涉　怎么，你们夫妻感情不好？

“尸体”　好个屁，就在我最苦恼的时候，她却撇下我“出国考察”去了。唉，还是我过去的乡下老婆好啊，前两天还给我寄大红枣来呢！

任　涉　是啊，老婆就像鞋一样，越旧穿着越舒服。自然，破鞋另当别论。

“尸体”　呜呜呜！呜呜呜！

任　涉　算啦，不值得为女人伤心。在你这个年纪，该靠儿女了。儿女们待你怎么样？

“尸体”　（捶着床板）强盗！流氓！无赖！恶棍！骗子！小偷！酒鬼！赌徒……

任　涉　你骂谁，你骂谁？嘴巴放干净点儿！

“尸体”　骂我儿子、女儿、媳妇、女婿、孙子、外甥……

任　涉　他们怎么得罪你啦？

“尸体”　我在“白屋顶”酒喝多了，加上肚里又有气，心脏病突然发作，被送到医院抢救。后来就什么也不知道了。你说我是被人从“太平间”抬出来的？

任　涉　千真万确！这我一辈子也忘不了。

“尸体”　这就清楚了，他们以为我死了。这帮不肖子孙巴不得我快去见马克思。

任　涉　为什么？

“尸体”　你这傻小子，这还不清楚？分遗产！老实说，打进城以后，我是慢慢攒下了一笔钱，加上补发工资，也算是一份相当可观的财产。我这人不贪财，我知道这东西生不带来死不带去。叫我寒心的是，他们就这么等不及！

任　涉　也许他们并没有这个意思。

“尸体”　不，我知道！我在昏迷前听到他们在我的病房外争吵……这群畜生！呜呜呜……（突然地）你有烟吗？

任　涉　有。不好。（递烟给他）

“尸体”　有就行，好不好我无所谓。（点烟，深深地吸一口，满意地）不知有多少天没闻到烟味了。妈的，他们收拾得真干净。我小舅子在抬我上救护车时，把我衬衣口袋里的两包“三五”全拿走了。哼，他以为我不知道！（吸着烟，精神抖擞起来，倒背着手在房内踱方步）唔，这儿的工作太不像话，是哪个火葬场？

任　涉　不知道。怎么啦？

“尸体”　这种简陋的停尸房让我住？我虽然被撤了职，级别还在嘛。叫我同你这样的人住一间房，睡一样的床，成何体统？

任　涉　（自尊心受到伤害地）你他妈的有什么了不起？告诉你，现在强调落实知识分子政策……

“尸体”　（打断地）再落实政策也不能叫我们这些人吃亏！不能搞绝对平均主义。就是出趟差，这差旅费的标准还不一样咧，何况是去死？唉，记得去年常委会讨论分工时，谁也不愿意管民政局那一摊子。早知今日，当初我就该挑起这副担子，好好整顿整顿！

任　涉　你想怎么整？

“尸体”　第一步：建立和健全死者的档案制度，详细记录每个死者的家庭出身、本人成份、政治面貌、社会关系等等情况；第二步：贯彻和加强死者的户口管理制度，对常住户口的死者发给“身份证”，临时户口则必须严加控制，任何死者不得随意调动、进出；在这两步的基础上就可以实施第三步：按死者不同的行政级别分别把停尸房划分为超等、特等、头等、二等、三等……等十八层等级。

任　涉　那你就该下第十八层！

“尸体”　谁说的？我该上第十一层。我行政十二级，离休以后还可以升一级。

任　涉　（关切地）行政级别一共有二十四级，等而下之的那些人怎么办？

“尸体”　暂时只好住统铺，等以后财政情况好转了再慢慢加以调整。

任　涉　幸亏你下台了。

“尸体”　（被触及痛处）你！对了，你还没有交代：你是什么人？到这儿来干什么？

任　涉　（不无骄傲地）我是来深入生活的。

“尸体”　你未免入得太深了吧？这么说，你是作家？

任　涉　差不离儿，不是明天就是后天。

“尸体”　发表过什么作品？要注意社会效果！

任　涉　我正在构思一部大型电影剧本。

“尸体” 没发表过作品？

任 渺 你不懂！我这人不单纯追求作品数量，而比较注重生活积累，主张“厚积薄发”。不像有些初出茅庐的轻薄小子，生活底子单薄得像冰淇淋纸杯的底子，而脑袋瓜却像掉在油桶里的西瓜，滑得抓不住，今天一个构思，明天一个提纲，所谓的作品出得比拉肚子的人上茅坑还勤快，不成气候。哼！

“尸体” 你神气什么？别说你这样的小文人，就是赫赫有名的大作家，也都归我管！

任 渺 归你管？你算哪路货？

“尸体” 没下台前我是宣传部长！

任 渺 部长？部长算什么，就是不犯错误，到年龄还不是照样下台？作家可以当到死，死了更值钱。（庄严地）不，作家不会死，他的生命可以通过作品而永远延续下去！

“尸体” （一声冷笑）想得美！你出得了出不了作品，当得成当不成作家，还得由我这个宣传部长说了算。

任 渺 你不是下台了么？

“尸体” 这……你甭管，说不定哪一天风向一变，我又上去了。难说！

任 渺 你总不能捆住我的手不让我写吧？

“尸体” 干吗要捆你呢？哈哈，这种做法太愚蠢了。我才不会对你“横加干涉”呢。

任 渺 那我就可以写！

“尸体” （不怀好意地笑着）可以写，可以写，就看你怎么写。（双手往停尸床两端一撑，身体略微前倾，像是站在一张大办公桌后面）说吧，你想写什么？

任 渺 你审问我？

“尸体” 不是审问，是审查。你不把创作计划先报给我，由我审查批准，到时候就怕辛辛苦苦地写成后又通不过，无效劳动，多可惜？文艺创作是一种十分艰苦、万分复杂的脑力劳动，谁说我不体谅作家们的甘苦？说吧，大胆地说。内部审查不对外，就是毒草群众也不受害。

任　渺　我想写一个人从生到死的全部经历……

“尸体”　什么人？革命导师？

任　渺　不。

“尸体”　革命烈士？

任　渺　不。

“尸体”　劳动模范？战斗英雄？

任　渺　不，不，都不是。

“尸体”　那还有什么人？

任　渺　嗯，严格地说，是以我自己为原型，带有自传性质……

“尸体”　不行！“自我表现”，“现代派”，枪毙！（一拍床板）

任　渺　要枪毙我？

“尸体”　枪毙这个电影剧本。

任　渺　你不让我写？

“尸体”　写了没人拍，所以劝你别写。还有别的吗？

任　渺　那我就少拿点钱，写话剧剧本。我想写一部讽刺喜剧，讽刺官僚主义，特权思想……

“尸体”　放肆！“攻击社会主义，歪曲党的领导”。枪毙！（一拍床板）

任　渺　那……我写历史题材，和现在无关。我打算写一部历史剧，写汉朝的事，刘邦与吕后的斗争……

“尸体”　且慢！“篡改历史，影射现实”，枪毙！（一拍床板）

任　渺　算了，算了，老子不写剧本了，老子写小说！现在写剧本的人都在改行写小说，我何必一头撞在南墙上，在一棵树上吊死？我写长篇，反映一代青年人在“文革”中的遭遇……

“尸体” 够了！“伤痕文学”，“灰调子”，枪毙！（一拍床板）

任　渺 我写……我写……（苦苦思索）

“尸体” 写什么？

任　渺 干脆这么办：你让我写什么，我就写什么。

“尸体” （满意地）唔，这才像句话，指导思想对头。

任　渺 你说吧，可以写什么？

“尸体” （竖起一根食指，严重地）听着！其实很简单，一句话：除了你自己想写的以外，其他都可以写。

任　渺 （玩味地）除了我自己想写的以外，其他都可以写……（跷起大拇指，恭维地）妙！妙！

“尸体” （捋着胡茬子，得意地）哈哈哈哈……

任　渺 （迎合地）嘿嘿嘿嘿……

［门突然打开，工人甲、乙上，见他们盘膝而坐，抚掌大笑，不由得瞠目结舌，毛发倒竖，僵立片刻后，一起瘫软在地。

“尸体” 怎么样？你还当不当作家了？

任　渺 不当了。至少在你死以前，我再也不想那档子事了。

“尸体” 啊，门开了。我们走吧，我要回去找那群不肖子孙算账！

［两人把昏倒在门口挡住去路的两名勤杂工抬到停尸床上，叠在一起，然后下。

［暗转。

［绿化地带，有一幅巨大的电影广告：《生死恋》。任渺漫步上。

任　渺 又回到生机勃勃的太阳底下了，一墙之隔，两个世界，人生真是变幻莫测。富贵如浮云，权势又怎样？看看那些阳光底下的人们，无论坐车的、骑车的、步行的，不管穿红的、戴绿的、着破的，别看他们南来北往、东跑西赶，似乎各有各的方向，到时候都得去一个地方：火葬场。这样一想，个人奋斗还有什么意义？为了成名成家，出人头地，我准备茹苦含辛，刺股悬梁，必要时也打算咬牙切齿，摩拳擦掌，大干他娘的一场，然而这一切只不过是为了将来付之一炬，不免叫人心灰意冷，犹豫彷徨。（伫立，仰视广告）《生死恋》，人生的缩写，生命的三步舞。我任渺出生入死，已经走了两步，只差没进化尸炉，却还没尝到恋爱的妙处。就像吃鱼只吃一头一尾，白白丢弃了中间那段大好的肉身子，保持童贞固然可敬，辜负青春终觉可悲。（漫步）呵！草叶发光，花瓣芬芳，树木葱郁，万物兴旺。连小鸟儿小虫子也在鸣唱。大自然的秀色充满着诱惑，难怪那出身高贵的杜丽娘甘愿堕落。（掐尖了嗓门唱）"袅晴丝吹来闲庭院，摇漾春如线……"

[不远处，传来几声野猫叫。

任　渺　"连猫儿都在叫春，何况俺们是人？"张春桥这老风流，问得深沉。

[任渺凝视着广告上那对热恋的情人，久久不忍离去……

[灯渐灭。

第七场　恋

["白屋顶"西菜馆，当晚。

[楼厅：用屏风围着的雅座上，咪咪在进餐。马经理上。他在屏风外停下，从裤袋里掏出块皱巴巴的黑纱戴上，然后走进屏风。

马经理　咪咪，今天的"奶油辣根牛舌"还可以吗？

咪　咪　还行，马叔叔，我爸生前一直说，这道菜就数你们"白屋顶"做得地道。

马经理　这话不假，你爸在这方面也算得上是个专家。（沉痛地）想不到他突然逝世，真是一大损失，一大损失噢！（揉眼角）

咪　咪　（嚼着牛舌，抹抹眼泪）我爸的命真苦，是给气死的。

马经理　啊呀，咪咪，你怎么连黑纱都不戴？

咪　咪　我这衣服料子叫别针一扎就完了。再说，戴那东西吃饭怪碍事的……可我心里悲痛着呢！我……（哽咽）

马经理　要节哀自重，节哀自重，你还年轻……

咪　咪　（好容易咽下嘴里的牛舌）马叔叔，这牛舌如果再稍稍嫩一些就好了。

马经理　我给你再去烧烧！

咪　咪　不行，那味道就变了。

马经理　唉，你爸爸在世时就爱吃这个，几乎都是我亲手给他做的。那天晚上，都怪我不好，陪他喝那么多酒，我不知道他心脏有病啊！

咪　咪　这怎么怪你呢？全怪那些把他赶下台的人！什么叫"凡士派"？我爸可从来不搽"凡士林"。

马经理　这种事你不懂，也不需要懂。记得你爸爸每次带你来吃饭，都是坐在这个位置……看你现在孤孤单单的一个人坐这儿，真叫我心酸。

咪　咪　（伤心地）呜呜呜……

马经理　啊，别哭了，别哭了。以后，马叔叔会好好照顾你的。（小心翼翼地）咪咪，你的那些朋友呢？

咪　咪　我今天不要他们来陪我，我想清静清静。整天看他们几张脸，真腻透了。

马经理　是啊，你可要加倍小心。那些小青年，一个个油头小光棍似的。"拆白党"的料。

咪　咪　什么叫"拆白党"？民主党派吗？

马经理　不是。“拆白党”就是流氓。他们缠住你不放，还不是因为你继承了一大笔遗产？

咪　咪　难道就没人真心爱我，爱我这个人本身吗？

马经理　不，不，我不是那个意思。你这么漂亮，会没小伙子爱？马叔叔只是看你身边围着的人太多太滥……

咪　咪　不广开门路，又怎么择优录取？

马经理　也是，也是。如果你信得过你马叔叔，我身边倒有一个合适的……

咪　咪　不，我不要别人介绍，我要自己认识。真正的爱情都是自己碰上的。

马经理　也是，也是，好啦，我要忙了。当了个小小的经理，就由不得自己啦。

咪　咪　你去吧。

马经理　（欲下又止）咪咪，要是你觉得孤单，我就叫我儿子来陪陪你，他就在对面玩具店工作，是干部编制。

咪　咪　不，不要。我宁可一个人。要是来点音乐倒很好。

马经理　啊，巧极了！我儿子会拉小提琴，别人都管他叫“多分贝”。

咪　咪　是贝多芬。

马经理　啊，对！不得了，那是外国的音乐大师傅！

咪　咪　不，不要。我宁可听录音机。

马经理　那好吧。（下）

［响起抒情的轻音乐，咪咪舒适地靠在椅背上，微阖双目，欣赏音乐。她已稍稍地带有醉意了。

［任渺上。他东张西望，来到咪咪桌前。咪咪懒洋洋地瞟了他一眼。任渺呆呆地望着她。

任　渺　（指指对面的座位）可以吗？

咪　咪　（鼻孔里透出一个音）嗯。

［任渺小心翼翼地在她对面坐下，朝她做了一个可掬的笑容。可她没有反应，只是恹恹地倚在那里听着音乐，任渺背着她，扮了个鬼脸。

［马经理上。

马经理　咪咪，这音乐还行吗？要不，还是叫我儿子来给你……（发现任渺）你怎么坐这儿？外面有空位子。

任　渺　（也朝他做了个可掬的笑容）我喜欢这儿，这儿雅致，幽静。我想这种情调对我的消化系统比较适宜。

马经理　不行，你……

咪　咪　（突然地）算了，马叔叔，我没什么。

马经理　（只得作罢，对任渺，没好气地）你要什么？

任　渺　（低头看菜单）这么多菜！（用手指点着）奶油汤、奶油蘑菇汤、奶油龙须菜汤、奶油……

马经理　你喝这么多汤？

［咪咪笑出声来。

任　渺　（又朝她可掬地一笑，对马经理）你看呢，来些什么？

马经理　问我？这顿饭谁吃？

任　渺　（灵机一动）这样，照她的样来一份。

马经理　牛舌也要？

任　渺　是不是“奶油辣根牛舌”？

咪　咪　啊，你也爱吃那道菜？

任　渺　（不正面回答）这道菜就数“白屋顶”做得地道。

咪　咪　你也这么说？

马经理　这有什么大惊小怪的呢？“白屋顶”是全市最有名的西菜馆嘛。

任　渺　是啊，是啊，不过我在怀疑，牛舌那玩意儿好吃得了吗？

咪　咪　好吃，地道的英国菜！

任　渺　那要得。我就爱吃英国菜。据《西菜菜谱大全》上介绍，英国菜是以原汁原味、滋味清淡著称。

马经理　要不要酒、面包和咖啡？

任　渺　要，都要。（对咪咪）您也来点儿酒？

咪　咪　（爽快地）行。

马经理　（对咪咪）哎，我说……

任　渺　（拉了一把马经理）喂，你听我说！两瓶啤酒，一斤面包……

咪　咪　面包我不要。

任　渺　那就半斤面包，两杯咖啡。

咪　咪　你常来这儿吗？

任　渺　对，哦，不。我们大学在郊区，平时学业繁重，难得进城。

咪　咪　（精神一振）你是大学生？

任　渺　（矜持地）再有一年就毕业了。

咪　咪　（望着他）啊……

马经理　一共是九块九毛九，半斤粮票。

任　渺　（吓一跳）多少？

马经理　九块九毛九。

任　渺　你，你再算一遍看看。

马经理　怎么，我算错了？你自己算。

任　渺　（看账单）我算算。乡下浓汤，八毛；鸡蛋色拉，一块五；印度咖喱鸡，五块……哎呀，我的算术从小就没学好，算不清。一共多少？九块九毛九？三个九？这么巧？

马经理　（欲发作）你这人……

任　渺　（慌忙抬起手）好，好，就按你算的给。（浑身上下掏口袋，掏出几张卡片）这玩意儿现在一点不派用场。（撕了扔掉）糟糕！我想起来了，今天出门时急急忙忙地换了件衣服，钱包没带。（拿出一张钞票）看，只带了五块零钱。

马经理 开什么玩笑！

任　渺 不急，不急，划掉几个菜吧。（欲划）

咪　咪 不用了，我请客。

马经理 咪咪！

任　渺 你……

咪　咪 （把一张十元钞票给马，对任）粮票你有吗？

任　渺 （怔怔地）有……

马经理 有就快拿来！

任　渺 啊，给。

［马经理下。

任　渺 （渐渐镇定下来）真叫我过意不去，还是一人出一半，这五块钱……

咪　咪 你这人真讨厌，交个朋友嘛。

任　渺 朋友？

咪　咪 你干嘛把眼珠子瞪着我，像开大炮一样？

任　渺 你很美！

咪　咪 一般化。

任　渺 不一般。在我有史以来二十二年的岁月里，还从未遇见过你这样的美人。你的美不仅仅停留在事物的外部，如五官的排列组合上，而且深入到事物内部，如内分泌的分布……

咪　咪 （皱眉）什么话。

任　渺 真心话，我这人最大的特点就是真诚。

［马经理端酒菜上。然后下。

咪　咪 你就别拍马屁，吃牛舌吧。

任　渺 （举杯）Cheero！

咪　咪　什么叫"切喽"？

任　渺　"Cheero"就是"干杯"，我说的是英文。

咪　咪　英文我也会。（用古怪的发音）This is a cap. That is a table. She is a man, he is a woman.[1]我说得对吗？

任　渺　对，对。你的发音带有澳大利亚英语的口音，非常标准。（咪咪高兴得咯咯地笑）啊，真是千里有缘来相会。

咪　咪　讨厌，谁跟你有缘？

任　渺　总不见得有冤吧？算我自作多情。（嚼牛舌）

咪　咪　你在大学里学什么？

任　渺　中国语言文学。

咪　咪　（双目发亮）文学？

任　渺　还有语言学。

咪　咪　太好了，我非常非常爱好文学，我读过许多许多古今中外世界十大名作！（嚼牛舌）

任　渺　我们情投意合。

咪　咪　讨厌，你说什么？

任　渺　我说我们志同道合，你读过哪些名著？

咪　咪　许多许多！基度山的《恩仇记》，马什么的《茶花女》……对了，我最最喜欢的是《红与黑》。

任　渺　司汤达的。

咪　咪　不，不是"斯巴达克"，是《红与黑》。噢，我最最喜欢的是《安娜·卡列尼娜》！

任　渺　我也很欣赏《红与黑》，我崇拜于连。（深情地）"……八月的太阳燃烧着天空。岩石下面的田野里，有无数的蝉子在歌唱。当它们

---

① 这是一只杯子，那是一张桌子。她是一个男人，他是一个女人。

歌唱疲乏了休息的时候，于连便立刻沉入无边的寂静里……”（沉浸在那种意境里，半晌不语）

［音乐：轻柔的慢板。

咪　咪　（抒情地）啊，渥伦斯基！安娜·卡列尼娜！这音乐多美啊……

任　渺　这牛舌不够嫩。

咪　咪　就是，骗骗人的。

任　渺　你怎么不上大学？凭你的天资，读到博士研究生问题不大。

咪　咪　你还不了解我。我平时的确很聪明，可一碰上考试就不聪明了。我觉得，考试是最最束缚我智力的发达了。

任　渺　是啊，是啊，中国的考试方法必须改革。

咪　咪　上不上大学我无所谓。我要自学成才。

任　渺　有志气！真正的大人物都是自学成才的，尤其是文学家！像高尔基、马克·吐温、曹雪芹、李白、杜甫、屈原……这些人都没有大学文凭。

咪　咪　中国的大学有什么好读的？我爸要送我出国留学去！

任　渺　出国？留学？

咪　咪　（信口胡诌地）对，我爸解放前是大资本家，解放后是大干部。我家在国外有许多许多亲戚朋友。

任　渺　去哪个国家？千万别去莫三鼻给！

咪　咪　谁去那鬼地方？我去美国。

任　渺　（神之往之）呵，美国，你真美……

咪　咪　别拍马屁！美国……

任　渺　美国再美，也没有你美！

咪　咪　哎，你怎么把啤酒往汤里倒？你醉了？

任　渺　我心醉了！（凝视着她）

咪　咪　（也凝视着他）你真会拍马屁。

［音乐：万般缠绵的旋律，牵肠挂肚。

任　渺　谈了半天，还没敢请教你的芳名……

咪　咪　人家叫我咪咪……

任　渺　呵，冰凉的小手……

［四目相睇，鼻息渐粗。

［音乐突然走了调。最终一声哀叹，哑了。

［马经理上。

马经理　（冲着任渺）快！快吃，马上关门了！咪咪，你也早点回家休息吧，小心着凉。

咪　咪　我就走。

任　渺　我送你回去。顺便一起蹓蹓马路，看场电影。

马经理　别管闲事啦，咪咪有汽车送！（下）

任　渺　那我陪你坐车回去，行吗？

咪　咪　你不怕浪费时间吗？

任　渺　不怕，我可不是书呆子。在这类事情上，花时间不能吝啬。

咪　咪　好吧，我先离开一会儿。

任　渺　去哪儿？请允许我陪你……

咪　咪　（摇摇手绢）不，不用。

任　渺　（懂事地）那就原谅我在此恭候。

［咪咪站起离开座位，一瘸一拐地下。

任　渺　瘸子？（紧追几步）真是瘸子！瘸得这么厉害！（跌坐在椅子里）……造物主啊，你真恶毒！多好的一个妞：慷慨大方，富有修养，最难得的是她钟情于我。这真可惜！（停顿。内心斗争着）算了！走吧。我还傻坐着干嘛？我可不指望以“心灵美”的名义挤上报纸版面。走吧，算我脸上长了双眼，脚下没长鸡眼。走吧，白吃了一顿西餐，不能说不上算。（欲下）

[楼下传来呼声："咪……咪！""拜伦"手执一卷纸，奔上，与任渺撞了个满怀。几乎是同时，楼下又传来呼声："咪……咪！""达芬奇"臂夹一卷布，奔上，与任渺撞了个满怀。还没来得及分辨，楼下又传来呼声："咪……咪……！""贝多芬"扛着一把小提琴，奔上，与任渺撞了个满怀。任渺火起，把他一推，他刹不住脚，又抱住"达芬奇"，"达芬奇"把他一甩，他又抱住"拜伦"。

"拜　伦"　(甩开他)"贝多芬"先生，您真是礼貌周到，跟我们来这一套外国礼节。

"贝多芬"　原来是"拜伦"、"达芬奇"二位，你们怎么也知道咪咪在这儿？

[马经理上。

马经理　(对儿子)你这傻小子，早该来了！我去下面关照一下，不许再放人进来找咪咪。(下)

任　渺　你们都来找那个瘸子？

[三人连正眼都不瞧他，把他晾在一边。后者愤愤不平地瞧着他们。

"拜　伦"　(对"贝多芬")你们父子同谋！

"达芬奇"　无耻之尤！

"贝多芬"　你们何必不高兴呢？我们都是为了一个共同的目标，走到一起来的嘛。我这人向来豁达大度，别人都以为情敌是不共戴天的死仇，而我却认为情敌是心心相印的知友。试想：他们的爱好与追求是那么一致，还能不是好朋友吗？

[突然，窗外扔进一束鲜花，正砸在任渺头上。

任　渺　(从花束中抽出一张纸片，念)"我把我的心连同这束花一起，抛在您的足下了，亲爱的咪咪！你忠诚的'卡洛索'。"

"达芬奇"　(一把夺过花束，扔出窗外)让这颗臭烘烘的心进阴沟洞吧，咪咪是我的情人！

“拜　伦”　你这是一厢情愿，单相思。咪咪是我的意中人！

“贝多芬”　说到“意中人”，我相信，你们的意中人就是咪咪。至于咪咪的意中人嘛，只能是——

“达芬奇”
“拜　伦”　谁？

“贝多芬”　我！

“达芬奇”　胡说！

“拜　伦”　八道！

任　涉　（再也忍不住了）住口！

［三人惊愕地瞪着他。

任　涉　咪咪是我的！

三　人　你的？

任　涉　对，我的，我想通了，这妞儿虽然行走不便，但她老子却健步如飞，手眼通天。若是借着她的拐杖，搭上那条“热线”，留学美国，也许就在眼前。再说，小妞的脸蛋确实不错。美，其实具有不同种类。有崇高、滑稽、优美、壮美、健全的美、残缺的美，嗯，关键就在这里：残缺美。既然维纳斯可以失去两条胳膊而不失其美，那么咪咪又为什么不能失去一条腿？何况她的腿只是稍稍有点短缺。她不仅不失其美，而且唯有如此，才更显出她楚楚动人，惹人爱怜之阴柔之美。我一定要拿稳主意，瞅准时机，冲破陋习，张开双臂，去迎接我的维纳斯：咪……咪……

［内传来咪咪的应声：“来啦——”上。

咪　咪　（从容不迫地）现在你还打算陪我回家吗？

任　涉　当然！（接过她的包，挽起她的手臂）走！（两人欲下）

三　人　（齐声）咪……咪……

咪　咪　（回头）你们怎么又来了？讨厌！（对任涉）真没办法。

“拜　伦” 我来向你献首诗。

“达芬奇” 我来向你献幅画。

“贝多芬” 我来向你献一部小提琴曲。

“拜　伦” 为了写这首诗，我熬过了三个不眠之夜！

“达芬奇” 为了画这幅画，我整整一个星期没吃东西！

“贝多芬” 为了创作这部小提琴曲，我从娘胎里一出来就开始构思！

［停顿。窗外响起了舒伯特的《小夜曲》：

“我的歌声穿过黑夜，

向你轻轻飘去……”

咪　咪 “卡洛索”又唱开了，真讨厌！

“拜　伦” 我去把他赶走！

“达芬奇” 对，揍他一顿！

咪　咪 谁要你们多管闲事？

“贝多芬” 这二位就是脾气暴躁，心胸狭小。我看不如请他进来。

咪　咪 不。他一进来，就不会天天在我窗外唱“小夜曲”了。

“达芬奇” 就是，“贝多芬”尽出馊主意！

“拜　伦” 怎么说呢？这位仁兄有点儿酸！

咪　咪 行了，行了，你们三个别再“三角恋爱”、争风吃醋了。（对任渺）我想在这儿再坐一会儿，把他们的诗啊画啊音乐啊弄出来看看，请你这位名牌大学的学文学的大学生评论评论。你是内行，你的话我绝对信服。（款款而至沙发前，斜倚半躺其上，长时间保持着这一种典雅的姿态）

任　渺 我万分荣幸！

咪　咪 （对三人）你们就开始献艺吧。

［三人踊跃响应，乱作一团。

咪　咪 哎呀，讨厌讨厌讨厌，真——讨——厌！（停顿。问任渺）你说，先来什么？

任　　渺　在文艺批评史上，最早受到理论家重视的是诗，就先来诗吧。

“拜　伦”　（得意地）大诗人“拜伦”遵命。（展开诗稿，朗诵）

“我是你床边上进口的录音机，
每天夜里放着疲惫的歌；
我是你头顶上发昏的吊灯，
照你在爱情的洞房里蜗行摸索……”

“达芬奇”　我敢打赌，这诗是抄来的！

“贝多芬”　要不就是他用一个著名诗人的名字发表在什么刊物上的。

“拜　伦”　（继续）“我是干瘪的臭虫，
是失宠的小狗，
是维尼龙的乳罩，
把丝绳深深，
勒进你的肩膀；
——咪咪呵！”

“达芬奇”　黄色下流！

“贝多芬”　格调不高。

咪　　咪　你的诗什么题目？

“拜　伦”　题目是《咪咪啊，亲爱的咪咪》。

“达芬奇”　肉麻无耻！

“贝多芬”　不够含蓄。

咪　　咪　（对任渺）你认为怎么样？

任　　渺　这是一首剽窃之作。剽窃的是福建著名青年女诗人舒婷的作品：《祖国啊，亲爱的祖国》。

“达芬奇”　我早就说了！

任　　渺　不过经他一改，那就不成其为诗了。

咪　　咪　是什么？

任　　渺　是屎，一堆疯狗屙的烂屎。

“拜　伦”　什么？

“达芬奇”　有眼光！

“贝多芬”　精辟！

咪　　咪　你评论得对。我们别再谈什么诗了。绘画和音乐，你看先来哪样？

任　　渺　在艺术发展史上，绘画比音乐和诗歌产生得早一些，先来绘画吧。

“达芬奇”　大画家“达芬奇”遵命。（选定一个适当的位置，慢慢拉开画布）

“拜　伦”　噢，这是什么？噢，这叫画吗？噢，这是我的咪咪吗？噢……

“贝多芬”　这位大师的本事在于：把明珠画成煤球，把凤凰画成瘟鸡。

咪　　咪　你把我的表情画成是哭还是笑？

“达芬奇”　是笑，神秘的微笑、永恒的微笑。很显然，这一点我是受了《蒙娜丽莎》的影响。

咪　　咪　你老是画我的半身像，以后给我画全身像。（向任渺）你觉得怎么样？

任　　渺　（走向那幅画，伸手一揭，把一张《蒙娜丽莎》的印刷品从画布上揭了下来）“达芬奇”先生，以后你再作画时，用浆糊粘得牢一些！这张一毛五分钱的印刷品就只好当废纸卖啦。

“达芬奇”　你？

“拜　伦”　好眼力！

“贝多芬”　深刻！

咪　　咪　（沮丧地）怎么都是冒牌货？还是来听听“贝多芬”从娘胎里一出来就在构思的小提琴曲吧。

“贝多芬”　（稳重地）它是我的代表作，我整个创作期的高峰。反映了处在上升时期的资产阶级……

咪　　咪　少啰嗦，快拉吧。

［“贝多芬”从琴盒中取出提琴，一甩头发，抖抖外套，又沉吟良久，如痴发呆；突然双肩一耸，一支优美而又流畅的小提琴曲从他的手指间倾泻而出，出人意料，举座震惊。

任　　渺　（由衷地）真是力作，杰作，精品，神品！

咪　　咪　（非常得意，又不无担心）你这评论家，不是“骂杀”，就是“捧杀”。别再捧他了，他已经开始飘飘然了。

［任渺围着正在纵情演奏的“贝多芬”转了两圈，乘其不备，突然一把夺下小提琴。奇怪的是，音乐仍延绵不断地从小提琴中涌出。

任　　渺　（把“小提琴”放在桌上，对“贝多芬”）你这样听录音机不是更省力些吗？

咪　　咪　怎么，这是录音机？

任　　渺　（在“小提琴”的一根“弦”上一按，音乐止）是啊。想必是这位先生利用他职务的方便，把他店里内部试销的玩具样品带来让我们开开眼界的。（问“贝多芬”）是吗？

“贝多芬”　是的。

“拜　伦”　精辟！

“达芬奇”　深刻！

任　　渺　（欣赏着玩具提琴）真不错，这玩意儿多少钱？

“贝多芬”　九十九块九。两用的，既可以当玩具，又可以当录音机……

咪　　咪　（生气地）都是骗子！你们这算是爱我吗？

“拜　伦”　（嚷着）听我说，咪……咪……

“达芬奇”　咪……咪……听我说！

“贝多芬”　听我，咪……咪……说！

咪　　咪　哎呀，讨厌讨厌讨厌，真——讨——厌！(停顿)你们这算是真心爱我，爱我这个人本身吗?

三　　人　(齐声)是的。

咪　　咪　(望着任渺)你怎么不说话?

任　　渺　(深沉地)当一群丑陋而又无知的癞蛤蟆竖起脖子向那飘逸于云海间的白天鹅哇哇乱叫的时候，我，一个白天鹅的真正崇拜者，决不应当开口！面对一切美的客体，我们只能以静默、以静默来表达内心的感受。咪咪，既然我们来到巍峨悲壮的圆明园遗址，面对夕阳，在苍茫中潸然泪下；凭吊残梁，在巨影下伫立沉思；既然我们来到妩媚秀丽的苏州园林，信步曲径，于闲适中神思逍遥；倚坐茅亭，在清风里静观反省，咪咪，既然这一切都是真实，那么此时此刻，此情此景，我又怎能不默默无言，郁郁寡欢？爱情，决不是一个可以高谈阔论的题目。哪怕它早已溢满于我的胸膛，压迫着我的心脏、哽咽住我的喉管，堵塞了我的鼻腔……咪咪，请你注意我的双手，它们禁不住簌簌地发抖：请你再看我的双眼，那断线的珍珠欲下又止，徘徊逗留……(以衣袖拭眼角)

咪　　咪　(感伤地)哦，任渺……(递手绢给他)

"达芬奇"　臭老九！

"拜　伦"　大学生多如狗，研究生绕街走，有什么稀罕！

"贝多芬"　你们看他，剃的是什么头?

［突然，马经理惊慌失色地奔上。

马 经 理　咪咪！不得了，我碰上鬼啦！

［"尸体"上。

"尸　体"　老马，别怕，听我解释！

咪　　咪　（见“尸体”）啊……（昏厥）

任　　渺　（急忙扶起咪咪，对“尸体”）你这人怎么回事，把我吓得半死还不够，又跑来吓唬我女朋友。

“尸　体”　她是我女儿。

任　　渺　啊？

咪　　咪　（醒）爸爸，你没死？

“尸　体”　哼，你巴不得我快死！

咪　　咪　噢，爸爸……（扑过去）

“尸　体”　（推开她，冷冷地）我尸骨未寒，你就在这里寻欢作乐。你们这群不肖的子孙！（扬起手臂，打算拍案，见菜盘）牛舌！（捞一根牛舌丢进嘴里，嚼着）

咪　　咪　（递叉给他）爸爸……

马经理　啊，太幸福了！太幸福了！我从来没相信过您会死。

“尸　体”　（对咪咪）哼，你听着：我是来找你算账的！从今天起，我每个月给你三十块生活费，其余一概不管。我百年之后，一切财产全部捐献给国家，你们一个子儿也甭想捞着！

咪　　咪　（发急）爸爸……

马经理　啊呀，老部长啊，快别这样说，孩子懂什么呢？

“尸　体”　老马，你别插嘴。这是我的家务事。

任　　渺　（急切地）那，那她能去美国吗？

“尸　体”　去美国？哼，盖完了房给我跳窗走！

任　　渺　什么意思？

“尸　体”　没门！

咪　　咪　呜呜呜！呜呜呜……

马经理　（扶着“尸体”）好啦，好啦，您别发火，到里面坐，我给您去做菜

去。（推“尸体”下）

［“尸体”挣脱开身子，跑到桌边端起菜盘吃着牛舌，这才跟着马经理下。

咪　　咪　完啦，我全完啦，呜呜呜……

“拜　伦”　算我瞎了四只眼。

“达芬奇”　算我倒了八辈子霉。

“贝多芬”　算命的说过，瘸子的命就是不好，坎坷不平。

“拜　伦”　咪咪，不管世界上发生了什么事，我写给你的情诗只会有增无减。为此，我马上回去添写诗行。（下）

“达芬奇”　咪咪，我这人丢三落四，记性不好，这完全是艺术家的个性。为了不忘记你交代的任务，我这就回去画你的全身像。（下）

“贝多芬”　咪咪，如果你现在拄着拐杖，沿街乞讨，那么，就让我用琴声来为你伴奏吧！为此，我必须赶快回家，练练指法、弓法，以备急需。（下）

任　　渺　这三个无赖，倒会花言巧语、卖弄噱头。可我是个堂堂正正的男子汉，光明磊落，实话实说。瘸丫头，你竖起耳朵好好听着：你请我吃了顿西餐，请允许我以十分的感激来代替十块钱，付清你的这笔账。另外这五块钱，算是我给你的小费，请你笑纳。那么，咪咪小姐，恕我告辞。但愿在我有生之年，不会与你再见！（下）

咪　　咪　（抬起泪眼）再见！呜呜呜……

［窗外，传来“卡洛索”的歌声：

“往日的爱情已经永远消失，

幸福的回忆，像梦一样……”

［灯渐灭。

第八场　浪子回头

［教堂边的公园，礼拜日上午。

［长椅上，汪不凡与郑彤正坐着交谈，从背后教堂敞开的窗户里，飘出基督徒们的唱诗声：

“普天之下万民万众，

齐声赞美圣子圣灵……”

郑　彤　听，那是什么歌？

汪不凡　是赞美诗。基督徒们在做礼拜。

郑　彤　呵，真好听！

汪不凡　我有一个好朋友在神学院读书，将来准备当牧师。我们经常一起交流经验……

郑　彤　我爸爸希望你今年考研究生。

汪不凡　我又何尝不想呢？要摘掉“工农兵学员”的帽子也只有走这条路。可领导上不一定同意呀。现在政工干部太少……

郑　彤　我今年想考。凡，我们一起考吧？

汪不凡　你能留校，就别考了。

郑　彤　我爸说，不是研究生毕业的，以后很难在高校立足。

汪不凡　好吧，我再找组织上谈谈。

郑　彤　等今年考取了研究生，我们就结婚。

汪不凡　要考不取呢？

郑　彤　（粲然一笑，轻轻地）一样！

汪不凡　那就这样吧，我去上一下厕所。（下）

［郑彤一人坐在椅子上，沉浸在幸福的畅想中。任渺上，他低着头，专心致志地剥着手中的一个花蕾。

任　渺　（自言自语）空的，什么都是空的！看你装模作样、含苞欲放的样子，起先还真叫我上当，以为你这芯子里会有什么好东西，可等到把你一片片剥完，天哪，原来是个空壳，一场空欢喜！（扔了花蕾，抬头看见郑彤，惊喜地呆了片刻）

［郑彤发现了他，欲回避。

任　渺　郑彤！

郑　彤　啊，是任渺。

任　渺　你怎么在这儿？太巧了！

郑　彤　啊……我、我有点儿公事，去青联开会，路过这儿……

任　渺　星期日还开会？你会真多，学校应该给学分才是。（坐到她的身边，兴奋地）啊，今天天气真好，像这样的天气，不到公园里来玩玩，真太冤枉了。

郑　彤　你怎么在这儿？

任　渺　我？嗯，我出来深入生活。

郑　彤　搞什么创作？

任　渺　还没定。也许不搞了。没意思。现在搞创作难啊！

［沉默。传来唱诗声。

郑　彤　（没话找话地）那儿在做礼拜……嗯，你上哪儿去？

任　渺　不，不上哪儿……我就想跟你一起聊聊。（吐露心声地）我觉得一个人要做成一件事真难！

郑　彤　（心不在焉地）是啊……

任　渺　难！有许多你意想不到的情况。你想象得很好，结果呢？满不是那么回事！说心里话，我现在总觉得有什么东西在同我作对，万事不如意。我简直快要信上帝了。

郑　彤　上帝是不存在的。

任　渺　难说！这你可把话说得太绝了。许多大科学家都信上帝呢。

郑　彤　是吗……

任　渺　确实如此。也许还是康德说得对，他认为即使没有上帝，也要假定有个上帝存在，不然人类彼此之间就缺少了互相沟通的基础。你说呢？

郑　彤　啊？什么？

［沉默。

任　渺　你真有风度，真的。我不敢说你长得很漂亮，漂亮不等于美，有的姑娘脸蛋儿很漂亮，可……怎么说呢？我总觉得她们似乎都太……太“写实”了一点。是的，太实了。我喜欢虚一些的姑娘，“写意”一些的。

郑　彤　我不太懂你的话……

任　渺　就像你这样，给人一种朦朦胧胧、若即若离的印象。好像是真实的，却又仿佛是虚幻的，虚实相间，浑然一体，人们只能望着你，而不敢太接近你，生怕你会一溜烟儿地消散……

郑　彤　你把我看成鬼魂了。

任　渺　我们去看电影好吗？儿童艺术剧场在放《狐狸的故事》。

郑　彤　这电影我已经看了。

任　渺　我看了四遍，还想再看。这是我最喜爱的一部电影。大自然的威严、生存竞争的残酷、命运的神秘感……写尽了！每当我苦恼的时候，就会想起这部电影。

郑　彤　（心烦意乱地）画面很美……你还不去吗？票不好买吧？

任　渺　好买。还记得里面的解说词吗？“漫长的冬天，孤独的回忆，在人生的旅途上，我们含泪向前……”

郑　彤　我想走了。（欲下）

任　渺　我送送你。

郑　彤　不，不……

［停顿。

任　渺　郑彤，我现在，是多么需要安慰呵！

郑　彤　（难堪地）不……

［汪不凡上，没瞧见任渺。

汪不凡　（对郑）等急了吧？没办法，排队。（去挽郑胳膊）

郑　彤　（急忙躲开）我在和任渺谈话！

汪不凡　（发现任）任渺同学，你好！

任　渺　（冷冷地）好。

汪不凡　（尴尬地）啊，我和小郑同学有点儿公事，去团市委开会……

任　渺　（讥讽地）不是去青联？

汪不凡　啊？

郑　彤　青联、青联也去，在一起的……

任　渺　（深深地盯了郑彤一眼，然后，高傲地）你们忙，请便吧。

汪不凡　再见！（看着郑彤，诧异地）你怎么了？

郑　彤　（轻声地）没什么。走吧。（两人下）

任　渺　（阴沉地注视着他们远去）办公事？哼，一对伪君子！（颓丧地倒在长椅上）

［唱诗声传来，悠扬空灵。

任　渺　（坐起）啊，上帝，也许只有你才能给我安慰吧？

［唱诗声由远及近，一群做完了礼拜的教友们上。他们有的在唱诗，有的在谈“上帝显灵”的“见证”，有的则在大声地或默默地祷告。任渺走进人群，东看看，西听听。

一女人　……那时我得了肺癌，不肯开刀，只是坐在家里做祷告，读《圣经》。一天夜里我睡得正熟，忽然觉得胸口被谁抓了一把。第二天我去医院拍片检查，发现肺部的白点子没了，钙化了。是耶稣治好了我的病。

众教友　阿门！赞美主！

一男人　说到耶稣治病，我也有个见证：我的一位朋友得了风湿性关节炎，求医吃药、针灸、气功都无效。我劝他信耶稣试试，果不其然，他信了几个月耶稣，竟行走如常了。

众教友　阿门！赞美主！

一教徒　啊，张牧师来了！

［张牧师上，他身穿黑色呢子中山装，手捧《圣经》。女青年们以唱诗声迎接他。

张牧师　（等唱诗声告一段落）同道的兄弟姐妹们，我代表本区基督教“三自”爱国委员会，向大家宣布一个特大喜讯：在党和人民政府的亲切关怀下，在工人阶级的大力支持下，《圣经》新译本问世了！

众教徒　阿门！

张牧师　这是我们宗教生活中的一件大事。我们要认真学习新《圣经》、深入领会新《圣经》、坚决贯彻新《圣经》、大力宣传新《圣经》。需要《圣经》的同道们，现在可以去教堂传达室排队，依次购买。

众教徒　赞美主！（羊群般蠕动着下）

任　渺　（敬畏地）张牧师。

张牧师　小弟弟，我能帮你什么呢？

任　渺　我想入教，您看……行吗？

张牧师　粉碎了“四人帮”，我们基督徒也得到了解放。信教不分先后，我们欢迎你！

任　渺　张牧师，我是真心实意，皈依上帝。现实生活太令人伤心、太叫我失望了？我太……（哽咽）

张牧师　是啊，是啊，现实和理想之间是有距离的。嗯，我们坐下来谈好吗？

任　渺　（抹抹眼角）好的。

张牧师　（按摩双膝）我的腿有关节炎，站得时间一长就酸疼得厉害。

任　渺　张牧师，我有些关于灵魂方面的问题，要向您请教。

张牧师　让我们共同讨论、互相学习吧。

任　渺　张牧师，为什么我想做什么事，就做不成什么事？总好像有一种力量在同我作对。

张牧师　也许，是你对自己要做的事还没有充分了解吧。当我们的心田里还未播下信仰的种子、还未照射到主的光辉时，我们只能在黑暗中盲目地行动。

任　渺　这么说，有了信仰，了解了自己要做的事，就一定能做成吗？

张牧师　嗯，那也不见得。老实说吧，我们面对的现实太强大了，而我们自己太渺小了。人的欲望是无限的，而能力是极其有限的。

任　渺　怎么可以使我强大起来，征服我所面对的现实呢？

张牧师　这是办不到的。小弟弟，这个现实是上帝创造的。孩子，你怎么可能征服上帝所创造的任何一种事物呢？

任　渺　不见得！比方说我能捏死臭虫。这臭虫不也是上帝创造的吗？

张牧师　你或许碰巧真能捏死一只臭虫，可你捏得死这世上所有的臭虫吗？

任　渺　照这么一说，是上帝在同我作对？

张牧师　不，孩子。上帝在考验你，向你显示奇迹，显示它的力量，使你相信它的存在。

任　渺　相信？我这人很难真正地相信什么。即使信了，也信不长久。您说这又是为什么？

张牧师　那是因为你总想从信仰中捞到些什么好处，而真正的信仰，需要的是付出，甚至是牺牲。

任　渺　牺牲？张牧师，我不是一概反对为某种信仰作出点牺牲，也不是一点儿也不肯付出。可如果是为付出而付出,那……您懂我的意思吗?说实话,我就不信,您信仰上帝是为了付出!

张牧师 我没说"为了付出",我是说"需要付出"。

任　渺 啊……我好像有点儿开窍了。

张牧师 孩子,你性子太急,要好好磨炼磨炼。

任　渺 我懂了,说得形象一点,信仰好比是"放长线钓大鱼"。就像一个人口袋里的钱,他拿了这钱该怎么花?是吃光喝尽,还是去投资经营?我说得对吗,张牧师?

张牧师 你还是性子太急。要知道,"方便面"快固然快,味道总不如"三鲜两面黄"。

任　渺 (思索地)唔……

张牧师 (伸出一只手掌)到主耶稣基督的怀抱里来吧,信耶稣吧!

任　渺 我这就信。不过,还是请您先告诉我,信耶稣有什么好处?

张牧师 (翻开《圣经》)有人问耶稣:我们抛弃了一切跟随你,能得到什么呢?耶稣回答说:今生有百倍,来世得永生。

任　渺 来世到来世再说。今生的"百倍"是指什么?

张牧师 改变你的人生观、价值观。弃恶行善、除旧布新。"百倍"可用一字概括,那就是"爱"。

任　渺 我不想过早谈恋爱。

张牧师 爱国家、爱集体、爱家人、爱亲友,也爱仇视你、欺骗你的人。总之,要爱一切人。

任　渺 我有时连自己都不爱,还爱别人?哼。

张牧师 爱别人,也就拯救了你自己。

任　渺 (失望地)是啊,是啊。原来"百倍"就是这个。算了,我不信耶稣了。耶稣算什么呢?不就是那边地摊上摆着的光身子男人,两毛钱一个。

张牧师　那是异教徒干的。是亵渎圣灵。我们基督教新教禁止偶像崇拜。

任　涉　没想到你们也闹派性。

张牧师　（又翻开《圣经》）耶稣说：你们跟随我，但知道我是谁吗？我，就是道路！我，就是真理！我，就是生命！孩子，跟耶稣走吧，你会得到真理和新生……

任　涉　太玄乎！不错，有时候我也热衷于谈论玄学，不过那是在我确认这样做没什么坏处的时候。我这人喜欢幻想，但也讲究实惠。您如果非要我信耶稣，那您一定得具体地、实实在在地说出信耶稣的好处。我刚才也观察了一下，人们到教堂来，也无非是想借助于耶稣的权力为自己办事，治病、分房、就业、解决夫妻分居两地、帮助大男大女婚姻恋爱……说到底，人都是因为自私的需要才来找信仰的。

张牧师　（威严地）不要再说下去了！（停顿。缓和地）你问我，橘子有什么好吃的？我只能回答你：橘子是甜的，很好吃。但究竟怎么个好吃法，还必须由你亲口去吃。吃一吃吧。

任　涉　吃什么？耶稣吗？

张牧师　不要拿什么都开玩笑。当一个人心目中没有任何神圣的东西时，这个人便永远不会被人理解。他将痛苦终身，在孤独中默默地死去。因为世界上所有的人为了跟从上帝，都抛弃了他。

任　涉　哼，我倒要看看，是世界上所有的人抛弃我，还是我抛弃所有的人！

张牧师　（站起）你是一个危险分子。还有什么问题吗？

任　涉　问题当然有，不过我已经不指望你能为我做什么了。如果仅仅是为信仰而信仰的话，你们的这种信仰还远不如我过去的信仰来得高明。可我连那个都看透了，还会相信你们这个吗？我现在没有信仰也活得下去，如果真像你说，存在就是上帝的话，那么按照黑格尔那德国鬼子发明的三段论推理：存在是上帝，我存在，我就是上帝。每个人都是他自己的上帝。

张牧师　你中毒太深了！西方资产阶级那一套！

任　涉　听你的口气，像个里弄党支部书记。

张牧师　孩子，你要多读《圣经》。

任　涉　《圣经》我倒有兴趣翻翻，可我没那书。

张牧师　教堂门口有卖。五块钱一本，精装的。

任　涉　这么贵？我没五块钱。付小费了。怎么，连《圣经》也卖？上帝也要人民币？

张牧师　你真的没有钱？

任　涉　我看看。（掏遍所有口袋，凑齐一把分币）一共才一毛三分。对了，用粮票换可以吗？全国粮票！

张牧师　孩子，我把我自己用的这部《圣经》送给你，它日日夜夜伴随了我五十年……

任　涉　（嘀咕）骗人！这么新……

张牧师　你一定要好好诵读，细细领会神的恩典。

任　涉　（接过《圣经》）那你自己呢？

张牧师　我可以再领一本。愿上帝早日来到你的心中，阿门。（下）

任　涉　没门！我心中就是空房再多，也不会给他一个平方。（翻着《圣经》）这么厚一大本。我哪有时间看？现在可不是过去，我没那份做学问的雅兴。（抬起头来，若有所失地）唉，我到底搞什么好呢？

［众教徒们捧着《圣经》，三三两两上。

老　妪　（翻着书页）我原来是文盲，信耶稣后，识字了……

老　翁　数量太少，我没买上。

任　涉　我这儿倒多出一本，让给你吧。

老　翁　太好了！喏，五块钱给你。

任　涉　十块一本。

老　翁　十块钱？

任　渺　这有什么讨价还价的，你不要就算。真是，一点儿都不虔诚！

老　翁　我要，我要。（给十块钱。捧着《圣经》）感谢主！赞美主！（离去）

任　渺　（拍拍钞票）感谢主！赞美主！

老　妪　（贴近任渺，嘶哑地）要信耶稣！我们这些人现在低人一等，将来进天堂就高人一等了。信耶稣的进天堂，不信耶稣的下地狱。（离去）

任　渺　进天堂？那是死了以后的事。我今年才二十二岁，不急。现在我先要充分享受不信耶稣的好处，等将来吃不下、玩不动时，再去沾信耶稣的便宜。这样，活着快活，死了升天，两全其美。就像列夫·托尔斯泰那老滑头一样，年轻时尽情堕落，到晚年再良心“复活”；更不必说本民族有的大军阀，杀了一辈子人，临了眼看自己也要被杀，便来个放下屠刀，立地成佛。这实在是最合理的人生哲学。再会吧，教堂，等我离休后，再去那里安享晚年。（下）

［在平稳沉静的唱诗声中，灯渐灭。

第九场　先富起来

［流动的街景。当天下午。

［任渺在拥挤不堪、喧嚣不已的街上行走。背景处的画面随着他的步行的速度移动着。

任　渺　真是民贱如蚁！大家都像蚂蚁一样，迎面碰一下触角又各自绕开，分头匆匆去寻食。是啊，都在为这张嘴奔忙。（被人撞了一下）你眼瞎了？

人　　声　呵，对不起！

任　　渺　劝你再戴副眼镜！（继续走）我也在为这张嘴奔忙。这十块钱怎么花？值得好好想想……（撞了别人一下）

人　　声　哎唷！你这人……

任　　渺　Sorry！哦，对不起。（等她走远）臭美！也不看看自己长得什么样。（继续走）再去“白屋顶”吃一顿？算了，再碰上那瘸腿就没趣了。况且那儿的菜不实惠。还是去吃中菜，民族化。怎么我现在老想吃呢？买书吧，一直想搞套《资治通鉴》。十块钱不够。算了，不做学问，不搞政治，也不写历史剧，这套书就没什么用了。买穿的，打扮打扮，不能老让别人叫我“灰老鼠”。看，街上哪个人穿得不比我强？连扫马路的工作服也比我的漂亮。尽管这些人的脑袋统统加在一起，也不及我的千分之一强！“绣花枕头一包草”，我这只“海绵枕头”还能不绣花？（在皮鞋店的橱窗前站住）买双皮鞋。要牛皮的，真正牛皮，牛皮大王，实行“三包”。不够，买一只也不够。（继续走）妈的，什么都涨价！这女人屁股真大。（在一家大百货商店的橱窗前停下。这是一个布置得富丽堂皇的橱窗，陈列着全套高档家具及家用电器、照明设备。一对蜡制的男女时装模特儿脸上挂着僵硬的笑容）呵，这才是真正的生活！（久久地观赏橱窗，心迷神往）

［一身摩登装束的“贝多芬”骑一辆鲜红的摩托车上，见了任渺，停下。

“贝多芬”　哈啰！

任　　渺　（怔怔地）叫我吗？

“贝多芬”　（摘下防风墨镜）不认识了？你这位堂堂名牌大学学文学的大学生。

任　　渺　啊，是你，“贝多芬”。

“贝多芬” 啊哈，别叫这名了，我已经不玩音乐了。怎么，要结婚了？打算买家具？

任　　渺 不，不，我还没到晚婚年龄。我是在看那套西装，真不错！

“贝多芬” 你很识货。那是“全毛一身泥”，“赔了侬”的手艺。

任　　渺 （酸溜溜地）看，这两个蜡人比我们真人穿得好，住得好，这世界真是毫无道理。

“贝多芬” “人生一世，吃穿二字”。这两个蜡人不能吃，就这样也算半个人。我们如果吃得差，穿的孬，光透气没钱花，连半个人都算不上，白活一世。

任　　渺 这是资产阶级人生观！

“贝多芬” 现在就是资产阶级吃香！看，来来往往的人，谁不是涎着脸看这橱窗，眼红得要命。

任　　渺 呸！我就不羡慕他们。他们物质尽管丰富，精神却一无所有。我是一个知识分子！

“贝多芬” 嗤！现在的行情你不是不了解，知识分子有什么？只有一根尾巴。就是翘上了天也屙不出一个铜板。

任　　渺 唉，世风日下，人心不古。

“贝多芬” 行了，别冒酸气了。老弟，我对你素来是敬重的。上次在“白屋顶”，我一眼就看出你其貌不扬，不同凡响，是个机灵鬼。我劝你还是别学那劳什子文学了，和我一样，做生意去。先富起来再说！

任　　渺 先富起来？

“贝多芬” 对，先富起来！

任　　渺 （思索着）先富起来……嗯，有道理。既然我现在一时还不知道该搞什么事业，闲着也是闲着，不如先富起来再说。经济基础决定上层建筑，上层建筑反作用于经济基础，二者既对立又统一……

"贝多芬" 你在嘀咕什么?

任　涉 啊,你说得对,我决定先富起来。富了还怕不能出人头地?我要当个大实业家!听说盖"锦江饭店"的人原来只不过是个女戏子……

"贝多芬" 造"金陵饭店"的人原来只是个擦皮鞋的。

任　涉 我比他们那时候总要强得多!我要干一番大事业,等赚够了钱就创办一所大学。能够与哈佛、牛津、剑桥、耶鲁相媲美的大学……等等,就用我的名字命名:任涉大学。下设文、理、工、农、医、艺术等六个学院。再设立每笔数额为一万元的任涉奖学金……

"贝多芬" 说到钱,容我插问一句,你现在有多少本钱?

任　涉 (有些沮丧地)不多,才十块钱。

"贝多芬" 嗯,是少了些。

任　涉 不过我可以想办法再弄点。

"贝多芬" 多是多的打算,少有少的干法。

任　涉 怎么个干法?你替我出出点子!(讨好地)你很聪明,也很有风度。其实上次在"白屋顶"我并没意思要跟你争那瘸子,我就是把她弄到手也打算让给你的。

"贝多芬" 咳,快别提那瘸子了。

任　涉 她怎么了?

"贝多芬" 她跟"达芬奇"结婚了。那小子替她画了张全身的裸体像,她就嫁给他了。臭货!

任　涉 她没钱,"达芬奇"会要她吗?

"贝多芬" 嗤,你还真相信她老子的鬼话?我们俩都太性急啦!

任　涉 (不无惆怅地)是啊,太性急了……

“贝多芬” 算了，别去想它了。其实也没什么，我现在自己也赚了不少钱，富起来了！（拍拍摩托车）看，刚买的，日本“雅马哈”！

任　　渺 （摸着摩托车，眼红地）你在做什么生意？

“贝多芬” （神秘地）大买卖！得，等你赚了钱，就到我这儿来投资，咱们合伙干。

任　　渺 可我现在怎么干？

“贝多芬” （皱起眉头想了一会儿）对了，据我了解，现在市面上塑料小碗紧俏，供不应求，你可以干那个。

任　　渺 叫我上哪儿去弄塑料小碗？

“贝多芬” 啊，有了。你看见斜对面那家五金店没有？

任　　渺 看见了。可五金店不卖饭碗呀？

“贝多芬” 听我说下去嘛！你这人，性子比我还急。

任　　渺 啊，你说，你快说！

“贝多芬” 那儿刚到一批处理品：抽水马桶里的塑料浮球，才五分钱一只。你用十块钱套购它两百只，说不定大批量买还可以便宜些，然后你自己再稍微加工一下，一个球就可以变成两只碗，每只卖两毛钱。

任　　渺 （思忖着）马桶？饭碗？两者既对立又统一，并在一定条件下互相转化……

“贝多芬” 对，转化，就这个意思。这样干一次你就连本带利有了八十元；然后，再套购它一千六百只，再加工、卖出，第二次就有了六百四十元；第三次得五千一百二十，第四次四万零九百六十，第五次三十二万七千六百八十，第六次……

任　　渺 等等，等等，有这么多吗？

“贝多芬” 你自己算嘛！

任　　渺 我数学不好。

“贝多芬” 错不了！这样十次、一百次、一千次地干下去，你还愁富不起来？亿万富翁啊！

任　　渺 亿万富翁？我？

“贝多芬” 不假！只要你有恒心，不半途而废；也要放机灵点，别让公安局找你麻烦。

任　　渺 （兴奋躁动，解衣挽袖）啊，成了亿万富翁，我第一个愿望就是去周游世界！看看巴黎的埃菲尔铁塔，尼罗河边的狮身人面像。春天去瑞士，夏天到夏威夷海滩，秋天去威尼斯，冬天到阿姆斯特丹……

“贝多芬” 别忘了，富了来找我，合伙干！

任　　渺 啊，我上哪儿找你？

“贝多芬” 我住在先富路万元里，一问就知道。电话号码：417174，很好记：死要钱要钱死。（跨上摩托车）快看！五金店门口挤满了人，一定又在买抽水马桶的球了。

任　　渺 （浑身绷紧地）噢！

“贝多芬” 还不快奔？去迟了没货！拜拜！（一溜烟儿下）

［任渺也来不及与他道别，冲上马路，跳跃栏杆，向五金店方向奔去。

［一声尖锐刺耳的刹车声。

［司机发怒的声音：“你干什么？”

任　　渺 先富起来！（又往前奔）

［又一声急刹车声，接着又是一片自行车倒地声，吵嚷声，一民警上。

民　　警 （拉住任渺，举手行礼）同志，请站住。

任　　渺 （忙还个礼）我不是军官……你有什么事？走，边上去谈，别妨碍交通！

民　警　你乱穿马路，扰乱了交通秩序，违反了治安管理条例，请跟我走。

任　涉　跟你走？那不行。我有急事，马上要去赶火车。家里来电报，奶奶死了！

民　警　那你必须罚款。

任　涉　既然必须，那就罚吧。多少？

民　警　十元。

任　涉　这么贵？

民　警　嫌贵就跟我走。行政拘留三天。

任　涉　不，我罚款！（把钱交给民警）反正不是我的钱。

民　警　不是你的钱？

任　涉　是我的！怎么不是我的？做生意的本钱全在这儿了！倒霉……（民警给他收据，行礼，下）还真讲礼貌。（撕了收据）该死的交通秩序！（怏怏地走着）抽水马桶、塑料小碗，多好的计划……流产了！唉，钞票、钞票，我现在才真正体会到你的重要，真恨不能马上跌一跤，拣到个金元宝。唉，钱啊，钱啊……

［一个提黑包的男人上，神秘地打量着任涉，任涉发现后，也不安地打量他。两个人在原地转了两个圈。神秘的男人下。

任　涉　看什么？有什么好看的？老子脸上又不长花。哦，也许是电影厂的导演，想找我去拍电影。（吐了一口唾沫）哼，我才不干那种下三烂的勾当呢！

［一小贩推水果车上。

任　涉　肚子早已空空，还是先来点吃的。喂，有什么卖？

小　贩　各种新鲜水果。

任　涉　水果，那是饭后消食吃的，岂可充饥？瞎，穷讲究！（摸出一把分币交给小贩）全在这儿了，随便给吧。

小　贩　才一毛三？（给了根香蕉）拿去吃吧。（下）

任　　渺　(坐在街沿上,剥香蕉)妈的,还是烂的。真是“虎落平阳遭犬欺”!(两口吃完,把皮一扔)连回学校的车钱都没了。老办法,混!(欲走)

［内传来追赶声:“抓抢劫犯啊……”任渺循声望去,顿萌一念。

任　　渺　来得正好!(摆开拦截的架势)

［改了装的“贝多芬”夹一黑包仓皇逃上。

任　　渺　站住!

“贝多芬”　(把帽子压压低)滚开!

任　　渺　包里是不是钱?分我一半就放你走!或者我们合伙做生意,那儿有卖抽水马桶……

“贝多芬”　快让我过去,大学生!

任　　渺　啊,是你?“贝多芬”!

“贝多芬”　嘘!

任　　渺　那就更好商量了。你把钱全部给我,让我先富起来……

“贝多芬”　你小子不要命了!(拔出匕首)

任　　渺　啊,我不拦你!(趴倒在地)

［“贝多芬”急欲绕开他逃,不料一脚踩在香蕉皮上,仰天一个大劈叉,黑包从他手中飞起,正挂在树梢上。他爬起身来,跳了几次,够不上包。追赶声迫近,他逃下。

［任渺爬起身,不慌不忙地解下裤带,甩上树梢,再往下拉,把黑包取到手。打开,取出一叠又一叠的人民币。

任　　渺　(颤声地)啊,天哪!这么多……这么多!(全然不知罩裤已滑落至踝部,兴奋地数着钱)

［追赶声逼近。

任　　渺　(猛然醒悟)快逃!(欲奔,脚被裤子绊住,一个狗吃屎摔倒地上,怀里还紧搂着钱包)

[追赶者们上。

追赶者一　(扶起任渺)受伤了没有？啊，牙磕掉了！(替他抹去血迹)

追赶者二　(拿过黑包)同志，太感谢你了！这儿是我们全厂职工的工资啊！

追赶者三　保卫国家巨款的英雄！

追赶者四　同歹徒作殊死搏斗的勇士！

追赶者五　我是《青春报》记者，请您谈谈……

追赶者六　我是电台通讯员，请您讲讲……

追赶者三　我是剧团编剧……

追赶者四　我是文化宫写小说的……

追赶者七　我是电视台的，请大家让一让，我给英雄拍张"标准像"！(镁光灯闪了好几下)

[任渺急忙提起裤子。

[那个提黑包的神秘男人又出现在任渺面前。

男　　人　请问您叫什么名字？

任　　渺　任渺。你是电影厂的吗？

男　　人　能否请您谈一下事情经过？

任　　渺　当然可以！(眉飞色舞地)说时迟，那时快，只见一道白光嗖地向我飞来。我定睛一看，不好，是把匕首！在这千钧一发之际，我不慌不忙，抽出腰上的皮带。猛听得"刷"地一声，又听见"当"地一响，匕首被皮带劈落在地，真是金蛇戏银珠，青龙斗白虎。如果你用慢镜头拍下来，那才叫精彩！闲话休提，言归正传，那厮失了兵器，乱了阵脚，扭头想逃，呸，休想！我早有准备，在地上埋伏了香蕉皮。这时我卖了个破绽，就地一倒，逼着他绕开我身体，正中我计，一脚踩在香蕉皮上，顿时……(踩到了香蕉皮，仰天一个大劈叉)

追赶者一　（扶起他）不必往下说了，我们都看见了。您需要好好休息！

任　　涉　（提着裤子）没事儿。

男　　人　（从树上抽下皮带）请您再告诉我，您既然这样英勇机智，又早有准备，那罪犯为什么还是跑了呢？

任　　涉　（束着裤子）你不懂。这叫好汉不打落水狗，武松不打死老虎，想当年关云长华容道上放曹操，"西安事变"我党力争和平解决，都是一个理：义气！

追赶者五　请您谈谈您当时首先想到的是什么。

任　　涉　（裤子束好，信心十足）我想起了黄继光挺身堵枪眼，董存瑞舍身炸碉堡，罗盛教破冰救少年，杨根思……你知道杨根思怎么死的吗？

小　　贩　（突然冲上）骗子，他是骗子！

男　　人　怎么回事？

小　　贩　你们都别信他的鬼话！我亲眼看见他半途打劫，想和那个坏蛋分赃，还说合伙做生意，捣卖抽水马桶……

［追赶者们围向小贩。

追赶者三　揭发骗子的英雄！

追赶者四　维护正义的勇士！

追赶者五　我是《青春报》记者，请您谈谈……

追赶者六　我是电台通讯员，请您讲讲……

追赶者三　我是剧团编剧……

追赶者四　我是文化宫写小说的……

追赶者七　我是电视台的，请大家让一让，我给英雄拍张"标准像"！（镁光灯闪了几下）

任　　涉　（被冷落在一边，愤愤地）羊肉没吃着，反惹一身羊膻气！

［神秘的男人故意把黑包放在地上，挤进人堆，听小贩讲话。任

渺的目光一下子便停留在那黑包上。

任　　渺　今儿个干脆一不做，二不休。既然已经惹上了羊膻气，倒不如瞅准机会，来它个顺手牵羊！（装模作样地围着人群转两圈，趁人不注意，拿起黑包就走）

男　　人　（在人群里）站住！

［任渺撒腿就逃，他窜上马路，跳跃栏杆。

［一声尖锐刺耳的刹车声。接着是一片自行车倒地声，吵嚷声。任渺仍往前窜，一闪脚，跌倒在马路中央，又一声急刹车声。

民　　警　（行礼）同志，请站起来！

任　　渺　（爬起）我罚款……

［男人上，一手搭在任渺肩上。

男　　人　跑什么呢？看看，多危险？差几公分就见阎王了。

任　　渺　我、我把包还给他们！

男　　人　急什么呢？看看，包里是什么？

［任渺打开黑包，男人迅速从包里取出一副手铐，干脆利索地将任渺铐住。

任　　渺　啊……

男　　人　（向民警出示证件）我是公安局刑警队的。请给我叫辆车。

［追赶者们拥上，围住侦察员。

追赶者三　智擒罪犯的英雄！

追赶者四　维护法制的勇士！

追赶者五　我是《青春报》记者……

［灯灭。

第十场　自由意志

［大学校园。三个月后的晚上。

［全校张贴各种文告的“舆论中心”。背后是新建的尚未竣工的图书馆大楼，边上有台旧升降机。任渺站在“布告栏”前的高处，向一群学生发表演讲。

任　渺　同学们！同胞们！三个月前，由于一个偶然发生的、纯属误会的事件，我遭到了公安机关的拘捕，并被无理关押了三个月。正当我恢复自由，准备投入紧张的学习生活的时候，学校当局却非法开除了我的学籍。为此，我向学校当局提出强烈的抗议！这是迫害，惨无人道的迫害！我向全校师生呼吁，向全国人民呼救……

［汪不凡、郑彤、肖剑等上。

汪不凡　任渺，请你立即停止这种胡闹的行为！

任　渺　我有言论自由！我于昨日下午照会学校当局，限他们在二十四小时内撤销开除我学籍的错误决定。现在时间已过，请你答复吧！

汪不凡　按照校规，在校学生触犯国家法律、法令，就要受到处分。你的要求是无理的，学校坚决予以驳回！

任　渺　好啊，好啊！你们非要把我往绝路上逼，那就这样吧！我死给你们看！我以死来抗议！（向全体同学）同胞们！你们大家都看见了，我，一个二十二岁的青年，有抱负，有才华的青年，今天不得不用自己的手来结束自己的生命。（突然哭了起来，边哭边把一张纸往布告栏上贴）这是我最后的遗言。满纸愤怒言，一把糊涂泪。

都云作者疯，谁解其中味？大家好好看看吧！

汪不凡 张贴大字报是违法的，快揭下来！

任　渺 谁敢？（拎起一只汽油桶）

汪不凡 你想干什么？

任　渺 我要自焚！以愤怒的烈火向你们抗议，让全世界都知道！谁敢上来拉我，就让他和我一起化为灰烬！

郑　彤 任渺，你冷静些！

汪不凡 你要对自己行为的后果负责！

任　渺 那就让我的骨灰来负责吧！（把汽油往身上浇）把我的骨灰撒到校长办公室去吧！

郑　彤 任渺！任渺！不凡，快抓住他！

汪不凡 住手！任渺，你疯了？

任　渺 再最后问一句：学校撤不撤销错误决定？

汪不凡 这是办不到的！

任　渺 好！（掏出火柴）

［人群开始骚动。

汪不凡 准备灭火机！

［几个学生扛灭火机上，围住任渺。

郑　彤 这太可怕了！（推开人群，走向任渺）

任　渺 不许上来！

郑　彤 任渺，你听我说……

任　渺 不！不听你说！不许上来！

郑　彤 （几乎是恳求地）任渺！

任　渺 不！不！你再上来，我就点火！……（擦燃火柴）

郑　彤 任渺，你听我一句话吧！

任　渺 （饱噙泪珠，摇着头）晚了，一切都晚了！同学们、同胞们，永别了！

（将火柴往身上点。火柴熄了，他又划一根火柴，一碰到身上，又熄了，如此几次）

［人群又骚动起来。

一学生　（喊）他往身上倒的是水！

［人群大哗。哄笑。

［任渺看着汽油桶，呆若木鸡，狼狈不堪。

一学生　（把一块肥皂塞给他）给，香皂，干脆洗个澡吧。

［大家笑着散去。

汪不凡　（对郑彤）去向党委汇报一下。

郑　彤　你先去吧。

［汪不凡下。郑彤与肖剑走近仍在发呆的任渺身边。

郑　彤　任渺……

任　渺　（猛一把揪住肖剑的脖领子）肖剑！是你干的吗？

肖　剑　（挣脱）对，是我干的。

任　渺　你！为什么要这样干？

肖　剑　不能看着你走极端。既然劝你劝不住，我只好把汽油换成水。

任　渺　你这样做使我成了小丑！明白吗？小丑！

肖　剑　你已经是个小丑了。

任　渺　什么？你再说一遍！

郑　彤　任渺！肖剑，先别说了。

肖　剑　不，我要说！我要告诉他真相。他已经使我失望透了。是的，任渺，你是一个小丑！就算你今天死成了，还是一个小丑。大伙儿最多在饭厅里，或者晚上熄灯后躺在床上，拿你这个死鬼做谈话资料，开开心，助餐催眠，就这样十天半月，也就没味了。你说，你值得吗？你不是号称“大丈夫必有一死，不流芳百世，便遗臭万年，总要在历史上留下点痕迹”吗？你留下了什么呢？什么也没有，连个零都不是！

任　渺　住口！你滚，从现在起，我不再承认你是我的朋友。我们断交！

肖　剑　我无所谓，我对你腻透了！（欲下，又回头）“灰老鼠”，你会后悔的！（下）

［任渺抱头痛哭。

郑　彤　（轻轻地）任渺……

任　渺　走开！我不要你来可怜我。

郑　彤　我并不可怜你，你完全是咎由自取。一个人为什么要别人来可怜自己呢？跌了跟头，爬起来继续走就是了。重要的是要吸取教训，看清方向，不走老路。要跟着集体走！

任　渺　（止住了眼泪，冷笑地）集体？哼，集体，这个空洞的概念我无法把握！

郑　彤　怎么是空洞的呢？你听见远处传来的歌声吗？那是“五四”营火晚会的歌声。那就是集体，你再看这幢新建的图书馆大楼，它已经从一片荒地上崛起了，是谁创造了这个事实？是集体。对我们每个人来说，集体最实在、最具体、最亲近，它犹如一张大网，疏而不漏，不让我们中任何一个人掉下去。

任　渺　（更尖刻地冷笑着）你真是个地地道道的集体主义者。怪不得美国还搞什么“集体性交”，英文专有名词叫什么来着？Group！

郑　彤　（愤怒地）你……我走了！（下）

［任渺阴郁地注视着她走远，然后走进高楼的阴影中，久久不动。

任　渺　（仰视高楼）这座大楼至少有五十米高吧？一个净重为六十公斤的自由落体，它的加速度是每秒多少？不必计算就可以知道，它从那顶上掉到地上，不仅改变了物理形状，也改变了化学性质。啊，永别了，天！再见吧，地！原谅我暂时地离开你一下，很快我就会归来，来亲吻你的胸膛；尽管它坚硬、冰凉、潮湿、肮脏！

［走进升降机，启动。升降机剧烈振荡了一下。背景处的景物渐渐下沉……

任　渺　我在高升！凭借着机器的力量，我在高升。这升降机稍稍有点老式，钢丝绳也微微有些颤震，但这无妨，我确实已在高升，摆脱了地心的引力，穿越过尘世的迷蒙，向着另一世界飞升……啊，但愿是天堂！如果为时未晚，耶稣，现在，我愿抓住你的脚后跟。（俯视）地平线在下沉，地面在延伸。地球被我一脚蹬开，骨碌碌地滚远了，啊，可怜的行星！当然，更可怜的是居住在那行星上的人。瞧，他们蛆虫般的蠕动着，自以为长着两条腿，就比其他动物高等。哼，站在太空人的高度，我看不出有什么区分。那一排排房屋，唤起我童年金色的记忆：那时我正患着痢疾，每次去医院化验大便，就拿着像它一样的火柴盒子。（仰望）我在高升！速度啊，你改变着空间的位置，也改变着人的价值。今我已非故我，我体内的细胞在不停地破灭、生成。现在我可以跟身边的星星拥抱，与对面的月亮接吻。不过我不想如此轻薄，既然我是一名太空人。是的，太空人！看，那不远处发亮的是什么？决不是吊车上的灯，而是飞碟，我的专乘！阿基米德曾经夸口说，只要给他一个支点和一根足够长的杠杆，他就能撬动地球。呸，这算个球！我将宣告：只要给我一个足够的空间，我就能重造宇宙！啊，奇迹，美轮美奂，光耀无际！创造吧，太空人，尽情地创造这奇迹吧！我不见怪。我愿这样一直高升，永远高升。……

［升降机又剧烈振荡了一下，停住了。

任　渺　不动了？看来中国人的不彻底性，连太空人也在所难免。

［走出升降机，来到屋顶上，星空凛然，大风呼啸。他缩颈抱肩，惶然四顾。

任　渺　啊，这儿就是我从人间跃入天堂的跳板，从这一世界进入那一世界的中转站？

［被一根凸出的钢筋绊了一跤，慌忙爬起。

任　涉　不，不，不要如此匆忙！你已经把二十二年的岁月虚掷，又何必吝啬这最后一点点时光？生命啊，生命，只有到了向你告别的一刻，才显出你沉重的分量。

［在大风里畏葸地踯躅。

任　涉　在我看来，世上的事大致可分两类：一类是只说不做的，譬如理想啦、信仰啦；一类是只做不说的，譬如偷窃啦、通奸啦。无论哪一类，它们都不是人的自由意志的体现。因为，不敢说或者不想做，都是环境强迫的结果。生存，就是不自由。只有一件事，可以逃避这无尽的折磨，那就是自杀。只有这件事，体现了人的自由意志，为不自由的人提供了解放的出路。（兴奋地）今天，我总算能够按照自己的意志做成一件事了！

［来到屋顶边缘，往下窥探，忙缩回头。

任　涉　说来容易做来难。这下面毕竟没有垫上足够的海绵。这么看来，自杀也只能归入只说不做的那一类？也许，毕竟实践是检验真理的唯一标准。不过，这好像又陷入了实证主义的泥坑。怎么办？

［仰望夜空。

任　涉　星空呵，神秘、永恒的苍穹！你，犹如一个巨大而又沉重的问号，亿万年来，悬挂在世人的心中。在你漆黑的面具背后，是否藏着答案，要到世界末日才公布于众？可我等不到那个时辰了……在这最后关头，请你告诉我：我是谁？我在哪里？我要干什么？

［谛听着，唯有风声。

任　涉　我是谁？我在哪里？我要干什么？

［绊倒。他惊恐地望着天空，天空中隐隐传来轰鸣声，夜幕上闪烁

着一圈光点。

任　渺　是飞碟！是太空人！(跃起)啊，我不能死，我不能毁灭，应当毁灭的是这个地球，而我，必将得到太空人的拯救。

［轰鸣声越来越近……他脱下外套，向空中挥舞。

任　渺　太空人，我在这儿，带我走吧！我懂得你们的语言，带我离开这个星球吧！

［向光点奔去……失足，下坠。他双手死死抓住楼板的凸出部位，支撑起脑袋；肌肉扭曲的脸。终于，渐渐不支……

任　渺　算了！

［双手一松，下。

［一架飞机越过屋顶上空，轰鸣声震耳欲聋……

［切光。

［一束聚光停留在高楼边的一张施工保险网上，任渺掉在网里，悬在半空，呼救声在夜空中颤栗：

“救命啊——救命——”湮没在飞机的轰鸣声中。

［灯渐灭。全剧终。

(1986年演出本)

上海
当代剧作选
1949–2019

第7卷

上海人民出版社

上海市剧本创作中心
上海市文化艺术档案馆 编

目录　卷七

1　话剧　原罪
赵耀民

87　话剧　中国梦
孙惠柱　费春放

153　话剧　芸香
徐频莉

191　话剧　挂在墙上的老 B
孙惠柱　张马力

221　话剧　留守女士
乐美勤

259　话剧　闹钟
赵耀民

311　话剧　商鞅
姚　远

363　话剧　www.com
喻荣军

415　话剧　秀才与刽子手
黄维若

471　话剧　家客
喻荣军

531　话剧　追梦云天
王　俭

话剧

原　罪

编　剧

赵耀民

作者小传

赵耀民（1956—　），男，上海人，1985 年毕业于南京大学，文学硕士。曾任上海青年话剧团、上海话剧艺术中心编剧，上海市艺术创作中心签约编剧，现任上海戏剧学院教授。

时间　当代

地点　上海

人物表

曹继霆　曹家长子,46 岁,天文学家

段可君　他的妻子,40 岁,翻译

曹米儿　他们的儿子,15 岁,初三学生

曹继霞　曹家次女,38 岁,会计

李一飞　她的丈夫,40 岁,编辑

曹继雯　曹家小女,31 岁,小学教员

齐小琴　曹家保姆,24 岁

木林森　曹家邻居,男,45 岁,工程师

莫　默　曹家房客,男,31 岁,未发表过作品的作家

容　晖　曹继霆的研究生,女,22 岁

宋大卫　曹家的客人,男,35 岁,美籍华裔商人

序　幕

［黑暗中响起莫默的声音。在他叙述的过程中，舞台上的一切逐渐具体起来。

莫默的声音　我清楚地记得，那件事发生在去年秋天的一个下午。那时，我正站在阳台上，面朝大门，构思着我那个难产的剧本。一个月来，就在这个阳台上，我产生出不少零零碎碎的奇妙想法，由此我对这个阳台怀有好感。瞧，我反复提到这个阳台，却没有向诸位描绘一下使这个阳台得以成立的整幢楼房。这是一幢坐落在西区幽静地段的法式小楼，殖民时代的遗物。好，我们现在看到了客厅、门廊、卧室、过道、楼梯和用黑色竹篱笆围起来的小院。高大的梧桐树挡住了我们的视线，使天空显得遥远。小楼的主人是个古董商，在二十年前的那场灾难中死于煤气中毒。正在香港探亲的他的妻子——那是他第二个妻子，接到了噩耗就再也没有回来，以后又嫁人去了美国。他的一子二女就成了这幢小楼现在的主人。四十六岁的长子曹继霆早结了婚，而且有个儿子，算是没断曹家的香火；三十八岁的长女曹继霞也结婚多年，由于某种原因还没有孩子。与他俩同父异母的次女曹继雯——我得负责对她的年龄保密——还守闺待嫁。此外，这楼里还住着三个外人。这位正在打扫房间的姑娘是刚到这儿任职不满一周的保姆齐小琴。原来的老保姆回乡下养蚕致富去了。这位伶俐的农村姑娘有个习惯，每收拾一件家具，总要顺便享用一下。瞧，就这样，她喜欢在别人的床上睡觉。另一位人物我必须提到。他就是住在三楼的木林森同志，人们习惯喊他“阿木”。虽说他是位工程师，却不见他有什么事业心。其貌不扬，穿着邋遢，喜欢喝酒、闲聊、怀旧，热衷于开后门买便宜货，为了别人。其余时间，他就唱着那支沉重的俄罗斯民歌……

［楼里一扇小窗户里，出现一颗头发蓬松的脑袋。传来歌声，反复这两句：“小伙子你为什么忧愁？你为何低着你的头？”

莫默的声音 他的歌声像一枚滑了牙的螺丝，永远在一个地方打转。他是个鳏夫。在这样一个秋日的下午，在这铅灰色的天空和憔悴的树叶下，他的歌声使我丧气！是的，我就是这儿的第三个外人。我借居此地首先不是因为我和继雯曾是同学，或比同学更亲密；而是因为我梦想当一名作家。我得找个地方关起门来写作。可是，当我这一天放下笔，打开门，像现在这样站在阳台上的时候，我就成了那件事情的唯一的目击者。

［莫默出现在阳台上。他燃起一支烟。

［二楼卧室里，段可君在紧张地把一些衣物塞进一个手提箱里。门突然被推开，她吃了一惊，见进来的是李一飞，松了口气，继续收拾衣箱。

李一飞 （在她身后，轻轻地）少带些，需要时再买。（感觉到她的颤抖，把她揽在怀里，安抚着她）

段可君 我害怕……我们在犯罪！

［李一飞低下头去，用嘴唇堵住了她想说的话。

莫默的声音　楼里静悄悄的。我想象着继雯正从她午睡的床上起来，梳头、穿衣，准备下楼去练琴，那是她每天的必修课。尽管继雯只是个普通的小学音乐教师，可她像我一样，也做着一个伟大的梦。

［随着一声关门声，曹继雯出现在二楼过道上。卧室里，段可君和李一飞迅速分开。他们屏息倾听门外的动静。曹继雯经过卧室门外，下楼去。

李一飞　（迅速收拾好衣箱）快，我们从后面楼梯下去。（见她在一个抽屉里乱翻）你找什么？

段可君　我儿子的照片。

李一飞　别找了。我已经带上了。

段可君　谢谢，一飞。（从口袋里取出一封信，塞在床下一只男人的拖鞋里）放这儿，只有他能见到。你不给继霞留下什么话吗？

李一飞　要说的早就说完了。走吧。

［两人又一次拥抱。然后开门，消失在过道尽头。客厅里，曹继雯在钢琴边坐下。她打开琴盖，翻动乐谱……

［段可君和李一飞出现在院子里。李一飞提着皮箱，低着头朝大门外匆匆而去。

莫默的声音　这时，我看见他们：继霆的妻子段可君和继霞的丈夫李一飞。

［段可君回头望了一眼，又匆匆跟上李一飞。

莫默的声音　在她回头的一刹那，我脑海里突然闪过一个面色苍白、双目失神的悲哀印象；这仅仅是一闪而过。我敢肯定她没有瞧见我，她只是对整幢小楼投来茫然的一瞥。而我则由于心事重重，也懒得同他们打招呼。总之，当时我就是这样漠然注视着他们在青灰路面和枯枝败叶间渐渐远去的背影，丝毫没有注意任何异常的迹象。我只注意到一个事实：当那扇锈迹斑驳的铁栅栏门在他们身后砰然关上时，客厅里的钢琴愤怒地奏响了！

［舞台骤暗。一架钢琴独奏出激越的快板。

第一幕

第一场

［距序幕一小时后。曹家。

［客厅里，曹继雯练完了琴，起身活动身子。莫默坐在一张沙发里，随便翻阅杂志。

莫　默　你的琴已练得相当不错了，几乎达到独奏水平。

曹继雯　谢谢你的恭维。你的剧本如何了？

莫　默　一字未成。

曹继雯　那这一个月你在干吗？

莫　默　在等待。

曹继雯　等待灵感？

莫　默　等待开饭。每天上午十点起床，等待开午饭；吃了午饭再等待开晚饭。叫人恼火的是晚饭以后到睡觉以前，这段时间很漫长，又没什么可等待的，不得不坐在书桌边写，准备第二天上午再撕掉。

曹继雯　（意味深长地）那段时间里你真的没什么可等待的吗？

莫　默　（坚决地）没有。

曹继雯　哼！

莫　默　“哼”什么？

曹继雯　伪君子。

莫　默　那你当心！别嫁给我。

曹继雯　像你这种又穷又不安分的疯子，只有傻瓜才会嫁给你。

莫　默　我至今还光棍一条，足以证明我所碰见的女人都是聪明人。

曹继雯　是你聪明！（坐到他身边的沙发扶手上）告诉我，你是怎么玩弄那些女孩子的感情，然后又把她们一个个甩掉的？

莫　默　（笑）噢，别诬蔑我！

［齐小琴上。她见他俩的亲昵样子，欲退下。

曹继雯　（喊住她）什么事？别鬼鬼祟祟的。

齐小琴　我……我想问问，今天的菜怎么做？

曹继雯　等我姐姐回来问她。

齐小琴　今天星期六，米儿他爸爸要回家吧？

曹继雯　是的。

齐小琴　哎呀！

曹继雯　你怎么啦？

齐小琴　不知他会不会满意我……

曹继雯　他不在乎。这个家对他来讲只是个旅店。

齐小琴　听你姐姐说，今天请外国人来吃饭。

曹继雯　是中国人。美籍华人。

齐小琴　是你男朋友？（笑）

曹继雯　你问够了吧？还是去把该洗的菜洗一洗吧。

齐小琴　我这就去。（下）

曹继雯　真讨厌！

莫　默　你母亲在美国又为你介绍了一个？

曹继雯　不错。今晚来相亲。

莫　默　不简单。横跨太平洋，冒着被劫机的危险。

曹继雯　顺便做笔生意。

莫　默　本来就是笔生意。他买了个价廉物美的中国太太;你呢?得了个在美国学音乐的经济担保人。

曹继雯　你应该明白:你是个混蛋!

[莫默吹了声口哨。

曹继雯　来,吻我一下。

莫　默　没情绪。

[曹继雯打了他一嘴巴。莫默摸了摸发烫的脸颊,一把揪住她的衣领。两人对视片刻,接吻。

[曹继霞上。她见室内情景,惊讶得忘记了回避。

曹继雯　姐,下班了?

曹继霞　(像做了错事)啊……(匆匆上楼)

莫　默　瞧,她倒脸红了。我想,怎么现在姑娘脸上的红晕越来越少了?原来红晕全转移到中年妇女脸上去了。

曹继雯　你真是个厚颜无耻的家伙!走,陪我去院子里散散步。

莫　默　怎么,你要一个厚颜无耻的家伙陪你散步?

曹继雯　行了,别闹了。我们俩在一起老是打情骂俏的。过去你对我可不这样。

莫　默　过去你也不一样……

曹继雯　(不愿再说下去地)你到底走不走?

莫　默　请,小姐。

[两人走出客厅,漫步走向院子深处。

[曹米儿背着书包跑上。他一口气穿过客厅,跑上二楼卧室,又跑下楼来。

曹米儿　(边跑边喊)妈!妈!(在过道上与齐小琴撞了个满怀)

齐小琴　哎呀!

曹米儿　(退后几步)对不起。我妈呢?

齐小琴 不知道。

曹米儿 我……肚子饿了。

齐小琴 跟我来。

[两人下。

[木林森胁下夹着个纸包，哼着那两句俄罗斯民歌，出现在二楼过道上。他下楼，穿过院子，从大门口的邮箱里取了份“晚报”，又返回小楼。

木林森 （向内）继霞，下班啦？

曹继霞 （边应边上）是阿木吧？吃了吗？

木林森 没有。没有胃口。你今天的气色不太好啊。

曹继霞 你哪天不这么说？其实我跟平时一样。

木林森 不，今天特别不好。一定累坏了。

曹继霞 唉，别提了。有笔账怎么也轧不平，今晚还得在家加班。（走进客厅）

木林森 （跟在她身后）我早就劝你别干这一行，你就是不听。俗话说：“算盘一打，白了头发。”唉！

曹继霞 早死早省心。唉！

木林森 继霆还没回来？

曹继霞 （看表）该回来了。我哥他也是条劳碌命，一年到头出差、开会，难得在上海停几个月，却又要住在单位里搞观测。

木林森 他和我们不一样。他是个有作为的人。四十几岁的研究员，全国能找出几个来？

曹继霞 没什么意思。你手里是什么？又是便宜货？

木林森 是我托人给继霆买的。（打开纸包）

曹继霞 又是拖鞋！

木林森 这种式样的拖鞋他没有。才一块钱一双，出厂价。

曹继霞 （端详拖鞋）不错。可你已经替他买过好儿双拖鞋了，皮的草的布的棉的塑料的海绵的……

木林森 那问问一飞，他喜不喜欢？

曹继霞 我可不想自讨没趣。他要是知道我买的是便宜货，又该挖苦我是个贪小便宜的人了。

木林森 （脸色一沉）是啊，你的那位是很清高的。诗人嘛！

曹继霞 （心里得意，但装着无所谓）他算什么诗人？

木林森 我是个没出息的人。死了老婆，处处倒霉。除了想占些小便宜以外，还能干什么呢？

曹继霞 阿木，你怎么讲这种话？是不是多心了？

木林森 （反倒不好意思起来）不，不。

曹继霞 不过说真的，你也该再找一个了。

［木林森无言地摇摇头，小心翼翼地把拖鞋重新包好。

曹继霞 哦，我去厨房看看，新来的保姆不会做菜。你今晚就在这儿吃吧。

木林森 不了。今晚你们家有客人。这拖鞋我放这儿，继霆回来你让他看看。

曹继霞 好吧。谢啦。

木林森 咳，谢什么。（慢慢走出客厅，上楼）

［曹继霞叹了口气，放好拖鞋，下。

［齐小琴和曹米儿站在台阶上望着院子。

齐小琴 到处是树叶。

曹米儿 踩上去“沙沙”地响，真舒服！（跳进院子，踩落叶）

齐小琴 我来扫一下。把它们烧了。

曹米儿 烧树叶会污染空气的。

齐小琴 什么污染不污染，就你们城里人讲究！我去拿扫帚。（下）

曹米儿 别忘了火柴。（踩着树叶走向院子深处）

［曹继霆、容晖出现在大门口。

曹继霆　我家到了。进去坐会儿吧？

容　晖　不了。曹老师，您该休息了。

曹继霆　那好，反正你认识了，以后随时可以来。对了，下个月的今天是我的生日，请你来玩。

容　晖　我一定来给您拜寿！

曹继霆　调皮鬼！论文提纲要抓紧搞，别只顾跳舞，没完没了地跳。

容　晖　曹老师，您对跳舞有偏见！

曹继霆　那是因为我还没学会跳舞。哈哈。

容　晖　那我非得把您教会不可！再见。

曹继霆　再见！

［容晖下。

［齐小琴提扫帚上。曹继霆与她迎面相遇，两人互相打量。

齐小琴　你是米儿的爸爸吧？

曹继霆　你怎么知道？

齐小琴　你的照片就放在书桌上，我每天打扫房间的时候都要擦一下。

曹继霆　你是……

齐小琴　我叫齐小琴，这儿的保姆。

曹继霆　啊，欢迎，欢迎。一切还习惯吗？

齐小琴　嗯。

曹继霆　（敷衍地）习惯就好，习惯就好。（朝楼里走去，上楼）

［齐小琴注视着他的背影，而后拖着扫帚走向院子深处。

［曹继霆来到二楼卧室门口，开门。木林森出现在过道上，手里拿着晚报。

木林森　继霆，一个星期不见，你老兄又发福了。当心动脉硬化！

曹继霆　没时间运动啊！（进屋）

木林森　（跟进）运动非常重要！喏，今天的晚报，头版："两国总理交流减肥之道。"赵总理就强调运动。

曹继霆　一忙就顾不上了。

木林森　难道你比赵总理还忙？（见他准备换拖鞋）对了，我给你买了双新拖鞋。

曹继霆　是吗？在哪里？

木林森　在楼下客厅里，我去拿。

曹继霆　不急。阿木，上次你搞到的那种药还有吗？想办法再搞几瓶来。它对我的心脏病很灵。

木林森　这种药难搞！我再托人想想办法。你如果急的话就先把我的拿去。

曹继霆　那怎么行？

木林森　我们是同病相怜。

曹继霆　（拿起床下那双藏着信件的拖鞋）阿木，我最喜欢你替我买的这双拖鞋。不宽不窄、不硬不软、又保暖又吸汗，外形设计也很讲究艺术趣味。最大的优点是坚固耐穿。看，穿了两三年，还有八成新。

木林森　（接过那双拖鞋，欣赏着）啧啧。这种货色现在上哪儿找去？当初我真该多买几双放着！继霆，我发现你也挺喜欢拖鞋的。

曹继霆　唉，对于一个结过婚的人来说，除了回到家里能及时地换上一双舒适漂亮的拖鞋之外，还能有什么别的奢望呢？

木林森　（意外地）你怎么也讲起这种话来了？你还有什么不满意的？事业、爱情、家庭，事事成功。

曹继霆　阿木，你有你的烦恼，我也有我的麻烦。也许，我的烦恼只是我精神上的奢侈品吧。

木林森　你有什么烦恼？

曹继霆 跟你说说也没关系。米儿他妈最近一段时间老跟我过不去。

木林森 为什么？

曹继霆 谁搞得清楚？

木林森 不过，你老不在家，她是要有意见的。

曹继霆 我也没办法嘛！这下该好了吧，我从明天起休假一个月。

木林森 那太好了！反正米儿她妈也病休在家，你们一家人可以好好在一起过一个月轻松日子。出去旅游吧！

曹继霆 早就跑够了。哎，你买的拖鞋呢？

木林森 啊，我去拿。（下）

［曹继霆顺手拿起晚报，看了几行，又记起换拖鞋，遂放下报纸，换上拖鞋，正打算舒舒服服地坐在圈椅里读报，忽然感到脚底下有些异样；他脱下一只拖鞋，用手掏了一下，摸出那封信。他诧异地拆开信封，阅，大惊。

曹继霆 （朝门外喊）可君！可君！（急急忙忙跑出房间，边喊边下楼去）可君！继霞！继霞！……

［不知从哪儿冒来一股浓烟，呛得他直咳嗽。曹继霞听到喊声，跑上。

曹继霞 怎么了，继霆？（咳嗽）天哪，哪来的这股烟？

曹继霆 我问你，可君呢？

曹继霞 我回家到现在没见她人影。也没见到一飞。会不会上街买东西去了？

木林森 （抖开纸包）继霆，就这双拖鞋……（咳嗽）

曹继霆 （忍住烟呛）继霞，你好笨啊！他们……他们俩一起走啦！

曹继霞 （不解地）走了？

曹继霆 私奔啦！（呛得直流泪）

曹继霞 啊……（一阵剧烈的咳嗽）

［木林森捧着拖鞋，怔住了。

［兄妹俩一边咳着，一边抹泪，无法交谈。

［曹继雯和莫默走进客厅。

曹继雯 米儿他们在烧树叶，搞得到处是烟，简直是放毒！（突然指着继霆的脚大笑）你怎么只穿一只拖鞋？哈……（也咳嗽起来）

［齐小琴笑着嚷着跑进客厅。

齐小琴 米儿他烧着了一只麻雀窝，那群麻雀叽叽喳喳叽叽喳喳……（突然停顿，望着窗外，紧张地）客人来了！

［宋大卫西装革履、满面春风地出现在院子里。

宋大卫 （悦耳地）请问：此地是曹继霆先生的府上吗？

曹继霆 （朝曹继霞他们挥手）快、快……

木林森 （把新拖鞋往他脚下一放）继霆，先换上这双拖鞋吧。

［曹继霆急忙穿上拖鞋，向外迎去。

［暗。

第二场

［距前场四小时后。曹家。

［室外黑沉沉的，下着雨，路灯发出浑浊的光晕。客厅里，灯火通明。曹继霆、曹继霞、木林森、莫默在场。他们刚结束一场激烈的讨论，此刻都沉默着。门外，齐小琴在偷听。

［秋雨沙沙。

莫　默 （揿灭烟蒂，突然打破沉默）我回房间去了。我所知道的就是这些。

曹继霆 真对不起，打搅你了。

莫　默 没什么。(下)

［沉默。

曹继霆 唉，曹门不幸，出这种丑事。简直是乱伦！

曹继霞 继霆！

［沉默。曹继雯上，她在客厅外脱去雨衣。

曹继雯 (对齐小琴)你在这儿干吗？没事就去休息吧。

［齐小琴不声不响地下。曹继雯走进客厅。

木林森 客人送走啦？

曹继雯 嗯。(倒茶，喝)

曹继霆 (一拍桌子)离婚！我明天就去法院提出离婚！

木林森 继霆，你要慎重！要为米儿想想。

曹继霆 这是她的责任！

木林森 现在不是追究责任的时候。要想办法挽回……

曹继霆 没必要挽回！她要走就走。老实说，我对她早就厌烦了，现在已经是厌恶了！我看她是精神病发作了。她家有精神病史。我料定她没有好结果。她是自讨苦吃！李一飞是何等样人我们还不知道？哼！

曹继霞 一飞他不是个轻浮的男人。

曹继霆 他是个游手好闲的二流子！

曹继霞 继霆……

曹继霆 我没冤枉他！他是个不负责任的无赖。你说，他让你怀过几次孕？

曹继霞 他……我们不想要孩子。

曹继霆 是他不想往脖子上套枷锁！让你一次次地跑医院。

曹继霞 (无力地)不是这样的……

曹继霆　（几乎是吼叫般地）你还替他辩护？

曹继雯　你们吵什么吵？问题根本不在这里！

曹继霆　那你说，问题在哪里？

曹继雯　要我说，你们都睡觉去。他们既然走出了这一步，就不会再回头了。由他们去吧！

木林森　继雯说得对。这事急不得。过几天我托人去打听打听，他们在哪儿？

曹继霞　阿木，这事可不能托别人！

木林森　对，对。我也糊涂了。好吧，你们早点休息，身体要紧。我走了。明天见。

［没人理他。他摇摇头，叹了口气，下。

曹继霆　都四十岁的人了。荒唐，真正荒唐！（欲下又回）继霞，我告诉你：离婚！马上和李一飞离婚！你们没有孩子，干脆得很！（下）

［曹继霞一动不动地坐着。曹继雯换了灯，客厅里暗了许多。

曹继雯　姐，你还不去睡么？

曹继霞　出了这么大的事，你叫我怎么睡得着觉？（终于忍不住，失声痛哭）

曹继雯　（扶着她肩膀）你心里难受，就痛痛快快哭一场，哭完了就拉倒。没有他李一飞，你照样要活下去。天不会塌下来。

［曹继霞突然止住了哭声，推开曹继雯的手，仍一动不动地坐着。曹继雯看了看她，转过身，走开去……客厅暗。

［二楼卧室。曹继霆推开门，开灯，发现曹米儿独自站在屋子中间，两眼直愣愣地瞧着他。

曹继霆　（避开儿子的视线，故作轻松地）你怎么不开灯？作业都做了吗？没看电视？今晚什么电视节目？（停顿。开始换上睡衣）米儿，回你房里睡觉去吧。

[曹米儿挪了挪脚步。

曹继霆　(清清嗓门)你妈今晚不回来。她去杭州疗养去了。嗯,早就要去的,这你知道。

曹米儿　你撒谎!

曹继霆　你说什么?

曹米儿　(冷冷地)妈和姑夫一起走了。她受不了你,她恨你。

[曹继霆伸手打了他一耳光。曹米儿一动不动,盯着他。

曹继霆　米儿!(想去抱他)

曹米儿　(躲闪开,依旧冷冷地)告诉你:你得负责给我把妈找回来!(扭头便下)

[曹继霆呆立着。

[雨声。

[床头灯突然亮了。段可君躺在被窝里。

段可君　(倦慵地)你还不睡吗?

曹继霆的声音　你先睡吧。

段可君　你东摸西摸的在干吗?(翻过身去)

曹继霆　(走到床前)可君!

[床头灯灭了。卧室里一片漆黑。

[若明若暗的灯光照着客厅。曹继雯坐在录音机边听音乐;那是一段肖邦的"夜曲",旋律优美得叫人心颤。曹继霞还坐在原来的地方,出神地凝视着屋角那片硕大的阴影。李一飞出现在阴影里。

李一飞　我最讨厌你这副样子,愁眉苦脸的!

曹继霞的声音　有什么值得高兴的?

李一飞　有什么值得不高兴的?

曹继霞的声音　一飞,为什么我们不能有个孩子?

李一飞　要孩子干什么？花钱、花时间、花精力把他养大，再让他来把我们气死吗？

曹继霞的声音　你看我这件睡衣怎么样？哪件好？

李一飞　差不多。

曹继霞的声音　你看都不看。你看看嘛！

李一飞　你的发型好像变了？

曹继霞的声音　你喜欢吗？

李一飞　可以。继霞，跟你商量件事……

曹继霞的声音　什么……

李一飞　这段时间我要集中精力赶着看几部稿子，恐怕得常常熬夜。

曹继霞的声音　你身体受得了吗？

李一飞　我没关系。我怕影响你休息。嗯……我想把那间阁楼腾出来，搬那儿去睡。

曹继霞的声音　（迟疑了一会儿）那多麻烦？你平时最讨厌大扫除。其实，你开着灯我也能睡……

李一飞　不，我已经决定了。

曹继霞的声音　要许多天吗？

李一飞　（含混地）恐怕要很长一段时间。

［停顿。

曹继霞的声音　（艰涩地）随你便。

［李一飞隐去。

曹继霞　（霍然站起）不！

曹继雯　（关了录音机）姐，你怎么了？

曹继霞　呵，我头疼。

曹继雯　去睡吧。来，我扶你上楼去。（她关上灯，扶继霞上楼）

［二楼卧室。曹继霆仰天躺在床上，双手枕在脑后，望着天花板出

神。衣架边的落地灯亮了，身穿睡衣的段可君在悄悄地掏曹继霆外衣的口袋。

曹继霆的声音 你在找什么？

段可君 没什么。

曹继霆的声音 你在翻我的口袋。我还发现你翻了我的包。告诉我，你到底想找什么？

段可君 我想看看你是不是有了你不该有的东西；另外，你该有的东西是不是没有了。

曹继霆的声音 你这话什么意思？

段可君 追你的女人一定不少吧？

曹继霆的声音 （恍然大悟地）你说什么傻话！有人说过，一个结了婚的男人，只有他老婆才对他感兴趣。

段可君 你不一样。你年轻有为，又独身在外……

曹继霆的声音 我还年轻吗？哈哈……

段可君 （娇嗔地）人家就是不放心你嘛！今天下午打电话来找你的那个女人是谁？

曹继霆的声音 那是我带的研究生容晖。看你想到哪儿去了！

段可君 学生爱上老师的事多得很嘛！鲁迅和许广平就是师生关系……

曹继霆的声音 别乱扯！人家只是个二十出头的小姑娘。（停顿）她有男朋友。

段可君 你好像吃醋了！

曹继霆的声音 别闹了！你不觉得可笑吗？

段可君 前几天的《报刊文摘》上登过：一个女学生为了她的老师自杀了……

曹继霆的声音 你就是《报刊文摘》读得太多！还是埋头搞你的乔治·桑研究吧。

段可君　(嘀咕地)乔治·桑也爱上过她的老师。

曹继霆的声音　那你就安心养病,什么也不要想。

段可君　(目光灼灼地)告诉你,继霆,如果哪一天你想抛弃我,我就杀死你! 记住我今晚讲的话!

曹继霆　(猛地从床上坐起)可君! 你为什么离开我?

[落地灯灭,段可君消失。只有窗外照进屋来的路灯的惨淡的光。

[雨声。

[曹继霆在黑暗中燃起一支烟。

[莫默的房间。橘黄色的台灯,使房间笼罩在温暖的气氛中。莫默坐在写字台前,望着面前一大堆稿纸发怔。响起敲门声。他起身去开门,门外站着曹继霆。

莫　默　(略感意外)是您?

曹继霆　(不太自然地)很对不起,我想同您谈谈。

莫　默　好,好。快请进!

曹继霆　(进屋)影响您写作了吧? 不过我不会占用您太多时间的。

莫　默　没事儿。请坐。请抽烟。

曹继霆　谢谢。我心脏不好。

莫　默　哦。(自己点燃一支烟)

曹继霆　您是作家,对人性有研究。我想请教您一个问题。

莫　默　但愿我不会让您失望。

曹继霆　是这么回事:我有把握,我妻子是爱我的。我也绝对没有做任何对不起她的事。我们谈了四年恋爱,在彼此充分了解的基础上结了婚,又共同生活了十六年,加起来整整二十年。我相信,我们的感情基础是相当牢固的!

莫　默　可您要明白,时间的长度同感情的强度往往不是成正比的。

曹继霆　这有可能。但事实上我和我妻子一直相处得很好。当然,我有时候对她关心不够。我工作太忙。要知道,我领导着一门学科。这项工作很有意义,非常重要!

莫　默　是什么工作这么重要?

曹继霆　(对莫默的轻视感到不满)非常重要!怎么同您说呢?这是个专业性很强的问题。简单地说吧,两年前,我根据观测和有关资料,推测出有颗新星的存在;当然,是在太阳系以外。我把它命名为"X—5星"①。这颗星的发现对X线天文学具有极大的意义。我组织了一些人对这一发现作了大量分析研究工作;我们发表的有关这方面的论文已经引起了国际天文学界的高度注意,他们的观测条件比我们优越得多……说这些,您不会感兴趣吧?

莫　默　不。我很感兴趣。这的确是项了不起的工作。

曹继霆　(不怎么高兴地)总之,我得拼命地工作、不停地思考,才不至于在由我们开拓出来的研究领域里落在洋人后面。

莫　默　听说,"科学是没有国界的"。

曹继霆　(激动地)但科学家是有祖国的!

莫　默　这话也听说过。

曹继霆　(兴味索然地)好吧,不谈这些。(停顿)我难以理解的是,我妻子怎么会突然做出这种失去理智的事情?难道她自以为抓住了我什么把柄?她一直怀疑我暗地里爱上了我的学生,真可笑!其实我们师生关系很正常。

[沉默。雨声。

莫　默　(喷了口烟)您听说过"激情"这个词吗?

曹继霆　什么?

莫　默　"激情"。

---

①　读作"X5星"。

曹继霆 啊，激情。我明白。怎么了？

莫　默 那是一种古老的游戏。人类自从偷吃了禁果以后，就学会了玩这种游戏……

［房间里暗了下来。与此同时，院子渐亮。

［院子里出现一棵茂盛的阔叶树。树下，放着两把色泽鲜艳的躺椅。春光明媚，鸟语婉转。李一飞上。他坐在躺椅里，拿起一份报纸看。忽然，他放下报纸，眯起眼向一侧望去。

［迎着他的视线，段可君上。她穿一身鹅黄的春装，显得光彩照人。

段可君 早上好！

李一飞 你好！不过已经快中午了。爱睡懒觉的人是享受不到朝霞和晨露的。

段可君 急急忙忙起床的人是享受不到睡懒觉的乐趣的。

李一飞 你这套衣服真漂亮，它使你成了一道阳光。

段可君 但愿不是夕阳。

李一飞 是中午的烈日，叫人只能眯着眼看。

段可君 我这么厉害吗？

李一飞 差不多。你干吗不坐下？

段可君 我在研究这棵树。你知道这是什么树吗？

李一飞 （装模作样地观察了一番）唔……这个，叶子比较阔，就叫它“阔叶树”吧。

段可君 它在这院子里生长多少年了？

李一飞 你比我早到这里，关于这里的一切你应该比我知道得多。

段可君 可惜我和你一样无知。在这里，我们俩总像是客人。

李一飞 可事实上我们俩在家的时间比谁都多。

段可君 那又怎么样？两个被主人冷落的客人。主人走了，把客人抛在家里。

李一飞　你在发泄对继霆的不满。看得出来，你在忍受猜疑和嫉妒的煎熬。

段可君　你这个自作聪明的家伙有什么可得意的？你以为我不了解你的心情吗？

李一飞　我的心情比你想象的要好一些。我一点不夸张。

段可君　真不明白你的优越感从何而来！

李一飞　（岔开话题）关于这棵树的年代，我突然有个发现。

段可君　什么？

李一飞　它同两千多年前的那棵树有着某种“血缘”关系。

段可君　两千多年前？什么树？

李一飞　你真健忘。我们人类最早从它那里得到好处的那棵树。

段可君　你说的是伊甸园里的树？

李一飞　对，正是那棵长满禁果的树。

段可君　那棵使人类犯下原罪的树。

李一飞　眼前的这棵树与那棵树竟如此相像，不由得叫我担心：说不定哪一天，居住在这里的亚当和夏娃也会因为偷吃了这树上的禁果而被上帝放逐！（直视着段可君）

段可君　你在胡说。这棵树与那棵树没有丝毫相像之处。

李一飞　（不理会她的反驳）在我的家乡海南岛有着我自己的乐园。我在那儿买了幢房子，附带了一个果园。我有一小块土地，一小片蓝天，一小段河流，这些足够了。所以我不怕放逐，甚至还想自我放逐！

段可君　真的假的？我记得你的家乡是山东。

李一飞　山东，还是广东？这问题不大。关键是我得有个家乡。我们都得有个家乡。

［两个互相注视着……

莫默的声音　……那是一种危险的游戏。这种目光的接触就像擦亮了一根火柴，照见了彼此内心的隐秘。而那溅落下来的火星，一旦掉进久已干燥焦灼的心田，势必会燃起难以扑灭的熊熊烈火，直到把彼此的心灵烧成灰烬！这就是激情的代价。

［李一飞突然握住段可君的手，举起来连连吻着。

段可君　你胆子太大了！

李一飞　上帝在监视我们么？别怕，让他把我们放逐好了！（想去拥抱她）

［段可君轻轻喊了一声，从躺椅上跳起来，逃到树背后。李一飞追上去。两人围着树转圈。

段可君　想想继霞，想想你的身份、责任、良心，想想道德和舆论……

李一飞　以后再想，现在什么都不要想！

段可君　可我要想，我没有办法不想。

李一飞　离开了我你再想。在这棵树下，我们的灵魂应当是赤裸的！

段可君　你简直是魔鬼！

［他们终于拥抱在一起。渐暗。

［莫默的房间亮。曹继霆和莫默都坐着。

莫　默　（站起，稍稍有些激动）当这种游戏进入了高潮，它就变成了现实，而现实，则变得虚假，令人难以接受！游戏者将会真正感到生存于现实中是何等艰难！他将突然发现自己背负着多少他力不胜任的神圣巨碑。他感到活着真累，真想自杀！可就在同时，他看到了人类受苦受难的庄严面容。他发现人生是一个奇迹，一项壮观。使他产生自我超越的力量不是别的，就是巨大的激情。激情是人生的终极原因。因此，每当激情来临，我的第一个愿望，就是想大哭一场！（坐下）

［沉默。雨声。

曹继霆　（站起）我……不打搅您了。（悄悄退出房间）

［莫默的房间暗。一束追光随着曹继霆回到他的卧室。他开了灯，站在屋子中央环顾四壁，又低头思索了一会儿。他弯下腰，跪下，从床底下拖出一只布满灰尘的箱子。他用扫帚轻轻扫去箱盖上的灰尘，找来钥匙，打开箱子。箱子里是一些旧日记本、旧照相簿和一大摞旧信件；另外，还有一把旧小提琴。他随手拿起一本日记翻着，里面掉下一片干枯的枫叶，他把它小心翼翼地夹好，又打开照相簿，翻看着那些发黄的旧相片，最后，他捧起那一大摞信放桌上，坐下，安安静静地一封封读起那些旧信来。

曹继霆的声音　我很难相信这些滚烫的词句，这些对爱情的丰富想象和热烈抒发，是出自我的手笔。我已经不认识十几年前的我了。这些信，这些诗，这样一颗充满激情的心灵，已经不再属于我了……

［门被轻轻推开，曹继霞走了进来。她看了眼箱子。

曹继霆　谁？继霞。你还没睡？（把信放下）

曹继霞　继霆，我恨段可君！我恨她！

［曹继霆张了张嘴，却没说什么。

曹继霞　是她勾引了一飞，肯定是的！继霆，你别想包庇她。她是个坏女人。她长期病休在家，无所事事，闲得发慌。你又不常在家，她耐不住寂寞。这个不要脸的女人！她害了我们大家。怪不得一飞千方百计挑我的刺和我分居，原来就是她从中捣鬼。噢，我真恨她！我恨不能抓住她，咬她几口！（不顾一切地把床头边一幅段可君的照片从镜框里扯出来，撕得粉碎扔在地上，最后扑倒在床上恸哭）

曹继霆　（把碎照片一片片捡起，摊在掌心瞧了瞧，又撒回地上）继霞，你很爱李一飞吗？现在还像以前一样爱他吗？

［曹继霞只是哭。

曹继霆 你这么痛苦，看来是的。我真羡慕你，你还有激情。（从箱子里拿起那把旧小提琴，抚摸着）多少年了？没功夫拉琴。以前，我拉琴拉得多好！一点不假。记得在我婚礼上，我一曲奏完，在座的宾客们谁不为之动容？……（把提琴举起，试着拉那支曲子，琴弦发出断裂的声响。他沮丧地垂下双臂）

［曹继霞的哭声渐渐低弱下去。

［雨，还在下着……

［渐暗。

第二幕

第一场

［距前幕一个月，晚上。曹家。

［响起热烈欢快的“华尔兹”舞曲：客厅里正进行着家庭舞会。曹继霆伴容晖、曹继霞伴木林森、曹继雯伴宋大卫，他们三对或生硬、或默契、或潇洒地舞着。齐小琴双臂抱在胸前，倚在墙上冷眼旁观，脸上挂着一丝嘲讽的微笑。沙发上，坐着莫默，他一边啜饮着一杯啤酒，一边漫不经心地打量着室内的每一个人。

莫　默 （仰起脸问齐小琴）你怎么不跳？是不是我请你跳一圈？

齐小琴 这种舞跳起来没劲，那是老头老太们跳的！

莫　默 那你喜欢跳什么舞？

齐小琴 “跷脚伦巴”！现在上海滩上最时兴的。你会吗？

莫　默 才听说。

齐小琴 (不屑一顾地)你太土了!

莫　默 你是打哪儿学来的?

齐小琴 我们保姆界成立了协会,每星期二、四、六晚上都举行舞会,还聘请了专业演员当指导。

［莫默不吱声了,继续啜饮啤酒。

容　晖 (吃力地)曹老师,你的步子老是走错。你得注意听着音乐。

曹继霆 音乐我听得懂,可步子走不会。

容　晖 跟你跳舞真累,要不是看在今天是庆祝你生日的分上,我才不陪你跳呢!

曹继霆 老师的面子也不买吗?

容　晖 论跳舞,我才是你老师!

曹继霆 这倒也对。这一个月,你教会了我不少跳法,什么"快三步"、"慢三步"、"快四步"、"慢两步"……

容　晖 可你跳起来都一样。

曹继霆 要"诲人不倦"嘛。我带你做论文带到毕业,你带我跳舞也得带到我"毕业"。

容　晖 说到论文,曹老师,我们什么时候谈呀?提纲我带来了。

曹继霆 不急,不急。这是"慢三步"。

［旋转而去。

木林森 你吃得消吗?吃不消就上楼去躺一会儿。

曹继霞 没关系。我已经在床上躺了一个月了,再躺下去怕连骨头都要变酥了。

木林森 身体不好是没办法的事,急不得,再好好休养一段时间,用中药调理调理……

曹继霞 不行,我明天就得去上班。这么多账积着没人做。

木林森 少了你,地球就不转啦?

曹继霞 地球还会转，可账没人做。

木林森 我托人搞来的药效果怎么样？

曹继霞 我没敢吃，没有医嘱。

木林森 那过几天我托人把方子给医生看看。

［旋转而去。

宋大卫 今天晚上你真美！

曹继雯 这话你对几个女人说过？

宋大卫 上帝！你可真冤枉我了。难道我像那种花花公子吗？你们大陆人不了解海外，总存在着一种误解，好像海外到处是道德败坏、生活腐化的人。其实不然，在美国也讲道德。我这个人一向是很规矩的。

曹继雯 （意味深长地）你别多心。关于你的为人，我妈在信里都向我介绍过。再说，我也有眼睛和脑子。

宋大卫 就是，就是。

［曹米儿出现在客厅门口。他神情冷峻地注视着室内。

［一曲终了，大家散开去；或坐或站，喝酒、闲聊。

曹继霞 我转得有些头晕了……

木林森 沙发上坐坐，喝点什么吧？

曹继雯 （对宋大卫）介绍一下，这位是作家莫默先生。

宋大卫 （与其热烈握手）久仰大名！

曹继雯 他还没发表过作品呢！

宋大卫 那……将来一定是最著名的大作家！

莫　默 您很机智，宋先生。

宋大卫 （得意地）是吗？

曹继霆 过得愉快吗？宋先生？

宋大卫 非常愉快！啊，嫂夫人外出疗养，不能和您一起庆祝您的生日，真太遗憾了！

曹继霆 是啊。（想岔开话题）这位是我的学生容晖。

宋大卫 （早就在注意她了，此刻即刻迎上去）容晖小姐，您好！

容　晖 您好，宋先生。

宋大卫 您的舞姿非常出色！（对曹继霆）如果您允许，下一个曲子我想请您的学生一起跳。

曹继霆 噢，她是我老师。（拍拍发怔的宋大卫的肩膀）当然可以！

宋大卫 谢谢。（转身对曹继雯）你不生气吧？

曹继雯 生什么气？我正想陪陪我这位受冷落的朋友呢！（挽起莫默的手臂离去）

宋大卫 （对容晖，笑容可掬地）小姐，您愿意赏光吗？

容　晖 我很乐意。

曹继雯 （回头看了眼宋大卫，在莫默耳边嘀咕）瞧他那样，见了姑娘活像孔雀开屏！

曹继霆 诸位，我提议，下面先慢着跳舞，大家需要休息休息，我们请谁来为大家表演一个节目，怎么样？

［众人附和。

木林森 继霆，那你就拉段小提琴吧，拉在你婚礼上听过的那首曲子。

曹继霆 非常抱歉，我那把小提琴送去修理了。阿木，你唱支歌吧？

曹继霞 算了吧，他那破嗓子……

宋大卫 我郑重邀请，曹继雯小姐来为我们演奏一首肖邦的钢琴曲。

曹继雯 不行，我现在没这情绪。

莫　默 大家听我的：据我了解，齐小琴同志在保姆协会学会了许多新潮文艺节目，她刚才一直在休息。现在就让我们欢迎她来为大家表演一个节目吧。（带头鼓掌）

［众人鼓掌。

［齐小琴始是惊愕，继而得意，不过又马上拿出几分忸怩态来。

齐小琴 不行，我不行……（吃吃笑着）

曹继霆 小琴，莫默不介绍我还不知道呢！你真在俱乐部学会了精彩节目？

齐小琴 （朝继霆微笑着）他乱说嘛！

曹继霆 我想他是不会乱说的。小琴，今天你就露一手，让大家开开眼界。

齐小琴 （佯作委屈状）反正我当保姆，总是听你的。

（走到录音机前，捣鼓了一番）

［落地音箱里传出撩人的轻音乐。

齐小琴 （边舞边唱）喔儿喔儿吔儿吔咦，

爱你在心口难开，

我不知应该说些什么，

喔儿喔儿，

爱你在心口难开。

喔儿喔儿吔儿吔咦，

一天不见到你来，

就好像身边少了什么，

喔儿喔儿，

爱你在心口难开。

你可知道我在爱你？

怎么对我不理睬？

请你轻轻告诉我，

不要叫我多疑猜……

［在齐小琴唱的过程中，曹米儿悄悄走出了客厅。

［齐小琴唱完舞毕，举座喝彩。她骄傲得像个明星。

曹继霆　（端起一杯红葡萄酒）来，小琴，我敬你一杯！

［齐小琴直视着他，接过酒杯，一饮而尽。

曹继雯　（对齐）你可真是："寻常看不见，偶尔露峥嵘！"

齐小琴　（在成功和酒的鼓励下，顶撞地）什么"真容"、"假容？"哼，小意思！

曹继霆　（宽厚地摸了下她的后脑勺）嘿，小丫头！

［齐小琴又一次火辣辣地直视他；后者忽然意识到什么，诧异地看了她一下，扭过脸去。

［"华尔兹"舞曲又起。宋大卫伴容晖、曹继雯伴莫默、曹继霆伴曹继霞、木林森伴齐小琴翩然起舞。

齐小琴　这种舞不够刺激，我真不想跳。

木林森　这种舞高雅、庄重，最适合于正式的社交场合。

齐小琴　是吗？

木林森　是的。你看过外国电影吗？那些王宫贵族、绅士淑女们跳的就是这种舞……

［齐小琴注意地听着，不由地变得庄重起来。

宋大卫　（对容晖）你真美！

［容晖不好意思地转过脸去。

宋大卫　能给我一个地址吗？

［容晖不置可否。

宋大卫　（停顿）搞你这行，最好能出国去，国外的研究条件好，对事业发展有利。

容　晖　那得有机会……

宋大卫　像你这样，机会还会少吗？

［容晖又一次转过脸去。

曹继雯　这辈子你难道就不结婚了？

莫　默　这个题目太大了。现在最好别讨论它。

［曹继雯闭上了眼睛，他们旋转而去……

［曹继霆与曹继霞默默地舞着……

曹继霞的声音　继霆，你真的快活吗？就像你表面上做出来的那样。

曹继霆的声音　别问我！继雯，别用眼光问我，是的，我不快活，很不快活！二十年来，我头一回没有听到她对我说："Happy birthday!"

曹继霞的声音　我似乎看到他们也在跳……他们跳得比我们快活。

［舞台深处，李一飞与段可君，悄无声息地旋转着、旋转着……

曹继霞的声音　继霆，你真的快活吗？

曹继霆的声音　我快活，必须快活！我要用我的快活去向她报复。

（突然，音乐戛然而止，室内一片漆黑。

［人们一阵骚动。

木林森的声音　怎么，停电了？

曹继霞的声音　快，拿蜡烛来！

木林森的声音　有手电吗？我去看看。

齐小琴的声音　家里没有蜡烛。

曹继霆的声音　把生日蜡烛点上！

［出现生日蜡烛的小小烛光。

［手电筒的光柱，晃动着，出门去。

［点点烛光渐渐增多，游移不定。

［人影交织，低语声嗡嗡……

［猝然响起急促的电话铃。

［室内顿时鸦雀无声，但一时谁也没去接电话。

［电话铃固执地响着……

曹继霆　（拿起听筒）喂？

电话里一个男人的声音　请曹米儿听电话。

曹继霆　（意外地）请问您是哪位？

男人的声音　叫米儿听电话！

曹继霆　你是谁？（没有回答）我是米儿的父亲，你找米儿什么事？

［“喀”的一声，对方挂断了电话。

［曹继霆慢慢放下听筒。

［灯又突然地亮了；室内大放光明，音乐仍在继续。

木林森　（出现在门口）断了一根保险丝。

曹继霆　（显然已经没什么兴致）大家请继续跳吧。

宋大卫　（懂事地）啊，不了，不了。曹先生和这几位女士都有些疲劳了，需要安静。我们就这么随便聊聊吧。（轻声对容晖）我们去院子里散散步好吗？

容　晖　很抱歉，我想同曹老师谈我的毕业论文。时间已经很晚了。

宋大卫　那好，我们以后再聊。（递上一张名片）这是我的名片。请一定给我来电话。

容　晖　（接过名片）谢谢。

［宋大卫起身离去，走向正在交谈的莫默和曹继雯。

莫　默　我看我该回房间去了。（低声警告地）抓紧些，别让这笔生意跑了！（离开曹继雯，向门外走去）

［宋大卫坐到曹继雯身边，两人热切地说着什么。

齐小琴　（忽然想起）哎，米儿呢？

曹继霆　对了，你替我去找找他。

［齐小琴下。

曹继霞　刚才谁来电话？

［曹继霆没有回答，喝酒。

莫　默　（经过容晖身边，停下，朝她点了下头）你的名字取得很好，我记住了。我打算把它用到我的剧本里去。

容　晖　那是我外公给取的。你要是喜欢就拿去用吧。我并不喜欢。

莫　默　太遗憾了。

容　晖　不过，我希望你剧本里那个用了我的名字的姑娘……是姑娘吧？她得是个好人，而且是你剧本中最美的人。当然，她是个主角，这就不用说了。

莫　默　那你恐怕会失望的。我预先向你道歉！（下）

容　晖　（朝他背影瞪了一眼）哼！

宋大卫　（对继雯）我们去院子里散散步吧？

［曹继雯点点头，随他一起走出客厅。

容　晖　曹老师，我们可以谈论文了吧？

曹继霆　哦，好，到我书房去谈吧。把这杯酒也带上，你要吗？

［容晖摇摇头，他们一起上楼去。

［客厅里只剩下曹继霞和木林森两个人，木林森一直在闷头喝酒。

曹继霞　阿木，你少喝点吧。你的心脏也不好。

木林森　这是低度酒。你也来几口吧？

曹继霞　饶了我吧。我喝点热茶。

［两人围着桌子，举杯对饮，默然无语。

［客厅渐暗。同时，门廊处亮了起来：曹米儿和齐小琴面对面站着。

齐小琴　我猜，保险丝是你故意弄断的吧？

曹米儿　是的。

齐小琴　（摸了下他那气鼓鼓的脸，好笑地）你真鬼！为什么？

曹米儿　我讨厌你们这么闹！

齐小琴　今天是你爸爸的生日，不该热闹热闹吗？

曹米儿　我恨爸爸，他太自私了！

齐小琴　你妈妈就不自私？

曹米儿　（受刺激地）我也恨妈妈！

齐小琴　你流泪了。(用手指去拭他的眼泪)

曹米儿　(一扭头)我恨他们！我恨这个家！

齐小琴　那你为什么不离开这个家？

曹米儿　会离开的！总有一天我要同他们断绝一切关系。你呢？你为什么不离开这儿？

齐小琴　我怎么能离开呢？我得挣钱。

曹米儿　过两年我也可以挣钱了，到那时，我就离开这儿。我不喜欢上海！(停顿)在这儿，我只愿意同你一个人讲话。

齐小琴　我明白，你对我好，我也对你好。

曹米儿　真的？

齐小琴　(把米儿拉向暗处)来……别害怕。(抚摸着他的头发)你妈也常常摸你的头发吗？

曹米儿　小时候是这样……

齐小琴　我看得出来，你其实很爱你妈妈，是吗？

曹米儿　嗯。我妈一直对我很好。

齐小琴　米儿，你听我说：你去找你妈妈吧。你爱你妈妈，她也很爱你，你一定得去找她。赶快去，越快越好。找到你妈以后，你就跟她在一起过，就可以永远离开这儿了。答应我，好吗？米儿，找你妈妈去吧！

曹米儿　我上哪儿去找她呢？

齐小琴　要找，总能找到。我可以帮助你。

［曹米儿不响。

齐小琴　米儿，答应我吧！要是你不答应我，我就不睬你了。

曹米儿　我答应你！

齐小琴　答应我什么？

曹米儿　去找妈妈……

齐小琴　跟她一起过?

曹米儿　跟她一起过。

齐小琴　好米儿!

曹米儿　(停顿)你也很爱我妈妈么?

齐小琴　(冷冰冰地)是的。我很爱她。

[渐暗。

[院子里,宋大卫与曹继雯在散步。

宋大卫　下星期一我回去了,机票已经订了。我们俩的事,先不忙着做决定。婚姻是终身大事,草率不得。希望我们经常保持联系,进一步增加彼此间的了解。大概过四五个月,我还要来上海一趟。

曹继雯　你的那笔买卖要做多长时间?

宋大卫　这……要看具体情况而定。

曹继雯　是不是又物色到新的卖主了?

宋大卫　不瞒你说,是的。做生意嘛,就和打仗一样,需要灵活善变,这样才能盈利。

曹继雯　我希望你发财。不过,我担心,现在你是否已经摸准了行情?万一那位新卖主不肯把货卖给你,你岂不是两头落空吗?

宋大卫　做生意嘛,总得冒点风险,就看值不值得了。我新发现的那批货比过去那批货要好,新鲜。以前的那批货放得时间太长,而且好像还转过几次手。那个卖主在同我做滑头生意。

曹继雯　这你又是从哪儿挖来的情报?

宋大卫　(笑着)这我可要对你保密。我们商人,有时就像间谍一样生活。(突然换了一种语气)你们家那个小保姆真聪明!不过,她好像有点忌恨你。

曹继雯　她对你说了些什么?

宋大卫　(回避地)像她这种女孩子……继雯小姐,你知道我为什么不在美国找对象吗？

曹继雯 （讥刺地）是因为你有一颗“中国心”吗？

宋大卫 正是如此！我的“中国心”，不仅仅是表面的“爱国之心”，比如像带点钱出来在国内投资什么的；而且是更深一层的“爱国主义”，即具备了真正中国式的道德观，价值观、审美观。我酷爱中国的传统文化，崇尚中国女性的美德，西方的女性不行，太随便了。十四五岁的女孩子外出旅游，做父母的会当着众人的面，嘱咐她别忘了带避孕药。你说说？（痛心疾首地）唉！据说现在国内也有人在搞什么“性解放”，这、这、这，这怎么行呢？不合乎国情嘛！

曹继雯 要是我没记错的话，你早已加入美国籍了。

宋大卫 可我依然是中国心呀！我就认为：女人在结婚之前，就必须保持处女的贞操。这是一个文化问题。

曹继雯 （被深深地激怒，克制着）这的确是个问题。那么，请问：要是有的男人声色俱厉地要求女人保持贞操，而他自己则为所欲为，连去医院拔颗牙也会同女护士睡一觉，这又是什么问题？

宋大卫 （十分窘迫地）你……指的是谁？

曹继雯 宋先生请别多心。我已经说过，关于宋先生的人品、道德，我母亲在来信中都向我详细介绍过，我心里是一清二楚的。

宋大卫 （恼羞成怒地）可是，对于曹小姐的人品、道德，我还不太清楚！不过，有一点我可以向曹小姐申明：我不能容忍别人的欺骗。我到大陆来，寻求的是纯洁。

曹继雯 那当然，这正是你所没有的东西。

宋大卫 （看了看表）时间不早了，我该告辞了。

曹继雯 请便。

［暗。

［二楼卧室亮。曹继霆坐在书桌边喝酒，容晖坐在边上，手里摊着

笔记本。

容　晖　曹老师，你看，我这样写行吗？

曹继霆　唔……你再说一遍，刚才我没听清楚。

容　晖　（有点不高兴地）我的论文题目是《X—5 星的观测和物理机制》，分三部分：一、X 线天文学和 X 线射星；二、X—5 星的发现和观测；三、X—5 星的物理机制及意义。每一部分还有若干节。（递上笔记本）你看一下，行吗？

曹继霆　（接过笔记本，漫不经心地翻了几页，放在一边）这个……好像太一般了点。（又喝起酒来）

容　晖　（等了一会儿，悄悄把本子拿回来）曹老师，如果你觉得现在不合适，那我过两天再来找你吧。（起身）我回去了。

曹继霆　（放下酒杯）怎么，生我气啦？（起身，按容晖坐下）来，来，来，容晖，你把笔记本放在这儿，我明天仔细看。现在，你来陪我谈谈心，好吗？

容　晖　好吧。

曹继霆　你酒量怎么样？

容　晖　不怎么行。两瓶啤酒没问题。

曹继霆　那还行！（从桌底下提出四瓶啤酒来，又去拿杯子）我们边喝边聊。

容　晖　你这儿啤酒还不少，怎么搞到的？

曹继霆　我有关系户，当然，是间接关系。我楼上的邻居很有办法。（倒了满满两大杯啤酒，递给容晖一杯，自己拿起一杯）来，为了我的生日，再干一杯！

［两人干杯。曹继霆又把杯子斟满。

曹继霆　来，再为你的毕业论文提纲，干杯！

容　晖　这没什么好干的。我的提纲你还没通过呢。

曹继霆　（想了一下）那……为了你即将通过的论文提纲干杯！

［容晖笑了。两人又一次干杯。

曹继霆　（突然地）你男朋友现在怎么样了？

容　晖　还是那样。

曹继霆　毕业以后，你打算回去呢，还是想办法把他调来？

容　晖　我回去不行，那地方没有对口的专业，他调来恐怕也不可能，进上海的户口卡得很紧。

曹继霆　你们常通信吧？一星期几封？

容　晖　反正收到了信就回信吧，我也没算过。

曹继霆　有时，信被耽误了你急不急？有没有打电报、打长途去催？

容　晖　（笑）有过几次。不过，一忙起来也就顾不上了。

曹继霆　（长叹一声，像是自语般地）唉！好又好不了，断又断不掉！

容　晖　（言不由衷地）我们没想过要断……

曹继霆　依我看，干脆断了拉倒！你们俩都还年轻，可以重新找嘛。

［容晖低头不语。

曹继霆　在我们的一生中，总是有许多似是而非、莫名其妙的东西捆住了我们的手脚，使我们迷失本性。我们常常感叹做人做得没意思，可又有多少人有勇气不顾一切地改变一下自己的生活呢？很少、很少！生命，对我们大多数人来讲，就好像是一根在清水里熬了无数遍的肉骨头，嚼之无味，弃之可惜！

容　晖　（有些惊讶）曹老师，难道你也觉得生活没意思？

曹继霆　是啊。在你们眼里，我是应该活得很满意的。你们现在正为之拼命奋斗的东西，我差不多都已得到了。不过，上帝是公正的，他不会让一个人一无所有；也不会让另一个人样样得到。上帝热爱人类，也许正表现在他让人类永远有所缺憾，有所惊醒，进而有所追求。

容　晖　可有的人内心很平静，对生活无所苛求。

曹继霆　那也许是上帝对他厌倦了，用满足他的办法惩罚他。上帝把他抛弃了。

容　晖　不，我指的是那些信奉老庄哲学的人……

曹继霆　比起老庄哲学来，我更喜欢浮士德的哲学。

容　晖　浮士德的哲学是什么？

曹继霆　巨大的激情和永不满足的追求！（站起，推开窗户，望着繁星闪烁的夜空）这种追求不是说我们要去发现一颗X射星。不，不，它不为任何科学的目的。它是一种超功利的行动，一种没有实用价值的价值。它是我们作为人所必须具有的。

容　晖　曹老师，以前，我从来没听你讲起过这些。

曹继霆　那是因为没有机会对你讲。不，是因为没有勇气对你讲。这些日子以来，我似乎有种感觉：我以往那四十六年全白活了。

［长时间的静默。

容　晖　曹老师……

［又一次静默。曹继霆凝视着星空。

曹继霆　当我现在不再以一个天文学家的眼光看这星空时，我似乎才真正第一次看到了它的本质。

容　晖　（也仰视星空）什么本质？物质？

曹继霆　（摇了摇头）美！

［他们并肩站在窗前，眺望星空。渐暗。

［客厅亮，木林森和曹继霞依然在对饮。

曹继霞　（忽然想到什么，转过脸来对木林森，脱口而出地）一飞……（发觉自己的错误，忙缄口不语）

木林森　你刚才叫我什么？

曹继霞　没什么……

木林森　你叫我“一飞”？

曹继霞　没、没有。

木林森　我可明明听到你叫我：“一飞”。

［曹继霞决定不再辩解。

木林森　（苦笑着）你叫我：“一飞”。叫得那么亲热：“一飞”。你把我当成了你的一飞。我们俩坐了那么长时间，你心里一直在想着你的一飞。你心里根本没有我阿木。

曹继霞　（不好意思地）不、不……

木林森　（不听她的）你忘不了你的一飞！可他呢？一飞，飞走了，飞得轻巧、利索！连句话都没给你留下，而你却要想他一辈子……

曹继霞　他留下过一句话，写在台历上面，前几天我才看见。

木林森　什么话？

曹继霞　他说：“我不愿死在‘散文’里，我要活在‘诗’里！”

木林森　哼，飞都飞了，还提什么死啊活的。他哪管你的死活？

曹继霞　他具有诗人气质。

木林森　他写得最好的一首诗，就是破坏了两个家庭！

曹继霞　阿木，你不理解他……

木林森　你呀，蜡烛！

［停顿。

曹继霞　好吧。阿木。我向你坦白，我是在想一飞。你说呢，我怎么可能不想他？这一生我只爱过他一个人，也只被人爱过一次。这仅有的一次爱就消耗了我所有的激情、幻想和精力。如今，他走了，却在我心里刨出了一个很深的坑，我心里缺了很大的一块，空落落的。我只有经常想想他，想想我们过去的好日子……我们没有孩子，我所有的寄托全在他身上。你让我不去想他，我……还怎么活下去……（哽咽）

木林森 唉——

曹继霞 (克制住自己)阿木,你难道不想你老婆吗?

木林森 "人死如灯灭"。五年了,我也忘得差不多了。只是有时候半夜惊醒,觉得被窝冷冰冰的,心里不是滋味!还有的时候翻箱倒柜,见了她的那些旧衣服……(抿了口酒)后来,我把它们整理整理,全卖啦!

曹继霞 要有个孩子,就好啦。

木林森 她那个病不能生孩子。

曹继霞 说来说去,阿木,你不应该等那么多年,早就该重找一个了。

木林森 你呢?这辈子你还打算再结婚吗?

曹继霞 我跟你情况不同。不管怎么说,一飞还没提出同我离婚,可你……你不是说已经把她忘记了吗?

木林森 咳,我不是为了她。人死还能复生?

曹继霞 那你为了什么?

木林森 (急了)咳,你怎么就这么笨呢?(一搁酒杯。起身)算了,不说了。(朝外走去)

曹继霞 你走啦?

木林森 (瓮声瓮气)这皮鞋夹脚得厉害,我得换拖鞋去!(下)

曹继霞 (思索)我笨?……

[暗。

[院子里,曹继霆把容晖送到大门口。

容　晖 曹老师,别送了。

曹继霆 怎么又喊我老师?不是讲好今晚我们不作为师生关系吗?

容　晖 习惯了。你进屋去吧,这儿风大。

曹继霆 我不冷。今天天气真好!我们在这儿坐会儿吧?

[两人找了个地方坐下。

曹继霆 容晖，谢谢你陪我度过了一个愉快的晚上，这是我一个月来最愉快的晚上。你使我看到了我青春时代的影子。我也曾有过浪漫的青春！

容　晖 （含笑地）跟我讲讲你的青春吧？

曹继霆 （千头万绪地）我们那时有许多玫瑰色的梦想。崇拜英雄、热爱凡人……我们也常常举办各种联欢晚会，互赠礼品……我们重友谊，讲团结……我们也很早就偷偷谈恋爱，不过没有你们现在实际。那时很流行一首苏联诗，我还记得好像有这么一句："幸福，不是公园绿色长椅上的娓娓低语"……（停顿）唉，其实那时我们很蠢！

容　晖 每一代人都有他们的遗憾。

曹继霆 （注视她的侧影）容晖，我真羡慕你。你这么年轻，富有魅力；你拥有人生最宝贵的财富：青春。如果时光能倒流二十年，我也许会干出那种傻事：把情书悄悄夹在你的书本里。

容　晖 （拉开距离）曹老师！

曹继霆 是的，容晖！我真想把你变成一本书，珍藏起来；我真想把你变成一盒动人的磁带，天天聆听！容晖，我真想留住你的青春……

容　晖 曹老师，曹老师，曹老师！

［停顿。

［曹继霆忽然一手捂住胸口，一手扶住身边的东西，痛苦地弯下腰去……

容　晖 曹老师，你怎么啦？

曹继霆 （揉着胸口，渐渐平缓下来）不要紧……

容　晖 你有心脏病？

曹继霆 （自语般地）我的心脏在提醒我：我已经是个中年人了。是啊，中年、中年，过去，曾把你想得那么遥远，似乎永远与我无缘。谁知，一阵忙碌过后，抬起头来，发现自己已是皱纹处处，病灶累累了。

容　晖　(宽慰地)不。你看起来还是挺年轻的!

曹继霆　(苦涩地牵动一下嘴角)谢谢,谢谢你这句话!(忽然有些羞愧)唉,我刚才都对你胡说了些什么呀?也许酒喝多了。原谅我,容晖,忘掉我刚才那些胡言乱语。你走吧,时间不早了。

容　晖　哎。(朝门外走去)

曹继霆　天黑,路远,你骑车要小心。

容　晖　知道了。曹老师,再见!(消失在黑暗里)

曹继霆　再见。

[黑暗里飘来一串清脆悦耳的车铃声……

[曹继霆转过身,发现齐小琴站在他身后。

曹继霆　(微微一怔)你……一直站在这儿吗?

齐小琴　不,我刚才同米儿在一起。

曹继霆　(急切地)米儿呢?(不等回答便匆匆向楼里走去)

[齐小琴双臂抱在胸前,一声不吭地瞧着他进去;然后慢慢转悠着向院子深处走去。黑暗里游动起她的歌声:"喔儿喔儿吔儿吔咦……"

[门廊亮。曹继霆迎面碰上曹米儿,后者见到他想溜。

曹继霆　米儿,别走。爸爸有话要对你说。来,到客厅里说去。

[客厅里,曹继霞不知什么时候已经离去,室内空无一人。曹继霆开亮壁灯,拉着米儿坐到沙发里,给他端了一杯热气腾腾的牛奶。

曹继霆　米儿,今天是爸爸的生日,你连一句祝贺的话也没有吗?

曹米儿　我不想喝牛奶。

曹继霆　那你想喝什么?

曹米儿　我要喝咖啡。

曹继霆　不行,你晚上不能喝咖啡!(停顿)好吧,我给你冲杯奶咖。

[父子俩喝咖啡。

曹继霆 米儿，我问你话呢，你怎么不回答我？

曹米儿 什么？

曹继霆 爸爸的生日你怎么一点也不高兴？你忘了？在你过生日时，爸爸有多么高兴！

曹米儿 我每次过生日你总不在家。

曹继霆 又夸张！就有几次不在。可不管爸爸到了哪儿，总是记住你的生日，每次都算好了日期，寄礼物给你，哪怕是一张明信片。可你今天呢？爸爸不要你送什么礼物，只想听到你一句祝贺的话。（等待着。失望）你连句祝贺的话都不肯说。这公平吗？为什么？米儿，告诉我，为什么？

曹米儿 因为你没有尽到你的责任！

曹继霆 爸爸没有对你尽到责任？

曹米儿 不。对妈妈。

曹继霆 （激动地）什么？你说我有没对你妈妈尽到责任？

曹米儿 是的。

曹继霆 我的上帝！你妈妈把我们俩抛弃了，你还说我没有尽到责任？你、你怎么会这样偏心？难道爸爸不比你妈妈更爱你吗？爸爸是永远不会抛弃你的！米儿！

曹米儿 我说过，你得负责给我把妈妈找回来。

曹继霆 是的，你是说过！听你的口气就像你是我爸爸！你叫我到哪儿去找她？

曹米儿 要找，总能找到！

曹继霆 （吼着）好吧！从明天开始，我们一起去找！（猛地把手中的杯子放桌上一敲，杯子碎了）

［停顿。

［曹米儿若无其事地啜饮一口咖啡，发出很响的一声“吱”。

［曹继霆扭头冲出客厅，在门口撞见了齐小琴，他没理她，穿过门廊，一直来到院子里。他深深地呼吸着清凉湿润的空气。

［齐小琴又来到他身后。

齐小琴 夜深了，有露水，小心着凉。

曹继霆 现在大概几点？

齐小琴 过九点了吧。

曹继霆 还早。小琴，想出去玩玩吗？

齐小琴 现在？去哪儿？

曹继霆 锦江饭店新开了一座迪斯科舞厅，去那儿！

齐小琴 （惊喜地）那儿一张票得花三十五块侨汇券哪！

曹继霆 你倒挺懂行情。

齐小琴 （轻声地）我也是听我们协会的人讲的……

曹继霆 你就别管了，跟我走吧！

齐小琴 那我得去换套衣服……

曹继霆 （一把拉住她，几乎是粗暴地）这衣服可以，走！

［两人走出大门，消失在夜幕下。

［客厅里，曹米儿始终在窗台边看着院子里的这一幕。此刻，他把手中的杯子往地上狠狠一摔。

［杯子的碎裂声。

［电话铃急促地响了。一遍又一遍。

曹米儿 （很不情愿地拎起话筒）喂——

一个男人的声音 请曹米儿听电话。

曹米儿 你是谁？

男人的声音 叫米儿听电话！

曹米儿 我是米儿。

［电话沉寂了片刻，传来段可君的喘气声。

段可君的声音　米儿！米儿！

曹米儿　（浑身一震）妈妈！

段可君的声音　是我，是妈妈！米儿，你好吗？想我吗？恨我吗？妈妈对不起你……（抽泣声）

曹米儿　妈妈！你在哪儿？你现在在哪儿？

段可君的声音　米儿，房间里还有谁？

曹米儿　没别人。就我一个，快告诉我！你现在在哪儿？

段可君的声音　你来不了，你不能来！

曹米儿　为什么？你不在上海？

段可君的声音　在上海。

曹米儿　那我马上就去！快告诉我地址！

段可君的声音　不行！听话，米儿，你现在不能来！

曹米儿　为什么？为什么？

段可君的声音　妈明天告诉你。

曹米儿　明天？在哪儿？

段可君的声音　你明天中午放学后，到学校对面的饭店去，妈在那儿等你！妈和你一起吃午饭。

曹米儿　是那家"幸福村"饭店吗？

段可君的声音　是的。"幸福村"。记住，别告诉任何人！

曹米儿　记住了！妈，你可一定要来啊！

段可君的声音　一定，米儿，再见了，快跟妈说声"再见"！

曹米儿　不！我想现在就见到你！为什么不告诉我地址？快告诉我地址，妈妈，快……

[“喀”的一声，电话被切断了。

妈！妈！妈——（扑倒在电话机上）

[渐暗。

第二场

［距前场约三小时。曹家。

［院子里，一阵秋风吹过，扫下几片枯叶……

［客厅里仍亮着茶色的壁灯，曹米儿捧着电话机睡着了。

［时钟敲了十二下。

［曹继霞在关掉过道里的灯。忽然，她发现客厅的灯还亮着，就下楼来，走进客厅。她看见了米儿。

曹继霞 （轻轻推了下他）米儿。

曹米儿 （惊醒，睡眼蒙眬地）妈！

曹继霞 这么晚了，你怎么还不睡？看，都过了十二点了。你爸爸呢？

曹米儿 出去寻欢作乐去了。

曹继霞 出去了？还没回来？你在等他？

曹米儿 屁！我才不等他呢！

曹继霞 那就去睡吧。我来等他，也许他没带钥匙。

曹米儿 （走到门口）大姑妈！

曹继霞 什么？

曹米儿 你为什么不去找姑夫？你心里一点都不着急吗？

曹继霞 你懂什么？小孩子家。

曹米儿 你们这些中年人真脏！就像阴沟里的水。

曹继霞 （一震）米儿！

曹米儿 （挑衅地）干什么？

曹继霞 （停顿）去睡吧……

[曹米儿上楼去了。

[曹继霞关上壁灯，独自坐在黑暗里。

[莫默的房间亮。莫默仍坐在那张书桌前，面对一沓稿纸发怔。门被轻轻推开，曹继雯进来。她穿着睡裙，披着一件毛衣。

曹继雯　(带上门)在等待明天的午饭吗？

莫　默　(拿起一册杂志，盖住文稿)你走错房间了吧？

曹继雯　别忘了，这是我的房间。(伸手想去移动那本盖在稿纸上的杂志)写些什么？不让看吗？

莫　默　(挪开她的手)别动！

曹继雯　你写剧本，不就为了让人看吗？

莫　默　在我没有定稿以前，任何人都不能看。就像我在没穿好衣服之前，不愿让人看见一样。

曹继雯　算了，你们搞写作的人，都是暴露狂。有句诗是这样写的："我赤身裸体来到世上，就是为了暴露。"你不要羞羞答答。

莫　默　我想你这个时候来，是想同我谈谈你的那件事吧？

曹继雯　吹了！

莫　默　这么快？

曹继雯　我妈向他隐瞒了我的年龄，被他发现了。这还不是主要的。主要的是我已经……

莫　默　(打断地)你别说了，我知道！

[停顿。

莫　默　那个容晖是处女吧？

曹继雯　我怎么知道？你去问问她。

莫　默　有机会是可以问问。

曹继雯　你们都谈了些什么？

莫　默　什么时候？

曹继雯　别装蒜。就在你离开客厅前那一阵。

莫　默　哦，随便扯了两三句。纯属礼节性交谈。

曹继雯　谁知道呢。我看你也是个水性杨花的男人！

莫　默　你们的事毫无挽回的可能了？

曹继雯　至少现在是这样。

莫　默　（由衷地）这么说来，继雯，我又欠了你一笔债。

曹继雯　别假惺惺！

莫　默　我是真的。

曹继雯　谁知道你什么时候是真的，什么时候是假的。

［莫默苦笑，不语。

曹继雯　（反过来安慰他）好了，我知道你是真的。没什么，没什么可惜的。如果单是为了去美国，也不必靠他。我妈可以替我想办法。

莫　默　靠后爹吗？

曹继雯　（激怒地）我靠我自己！他妈的我就不信我曹继雯到了美国会饿死！

莫　默　首先是能不能去的问题，然后再考虑会不会饿死的问题。

曹继雯　能！我要找个老外没问题！

莫　默　（冷笑一声）哼，看来你是“非外不嫁”。

曹继雯　（大怒）你他妈的说得轻松！你让我嫁谁？谁？嫁给你这么个混蛋？整天就知道写、写，你他妈的这几年都写了些什么？

莫　默　（生气了）我写了什么你都知道！

曹继雯　没一个字是可以卖钱的！诗、小说、散文、报告文学……你哪样没写过？可只有那条替你大姨妈写的“征婚启事”变成了铅字。你现在又写起什么剧本来了。你写的剧本哪个剧团敢要？告诉你：莫默，除非你改变自己，那样你不仅可以卖钱，说不定还能卖个大价钱！

莫　默　这是不可能的。

曹继雯　那你就趁早给我扔了这破笔，死了这条心，别做那个梦！当个普通人，结婚、生孩子！

莫　默　这也是不可能的。

曹继雯　狗屁！（一把抓起桌上那些稿纸，正想撕，忽然注意到稿纸上的字）“容晖”？“容晖”、“容晖”，你怎么满纸写的都是“容晖”？

莫　默　（平静地）我喜欢这两个字。

曹继雯　好吧，我叫你喜欢，我叫你喜欢！（边喊着边发疯似的把所有的稿纸撕得粉碎，四处乱扔）

莫　默　（大怒）你住手！（一拳把她击倒在床上）

［曹继雯失声痛哭。

［莫默走到床边坐下，满怀歉疚地抚摸她的肩背。

［曹继雯慢慢平静下来。莫默把她扶起，靠在自己胸前，把一块手帕递给她。

［曹继雯接过手帕，但没擦。

曹继雯　告诉我。莫默，你为什么不愿意和我结婚？

莫　默　无论和谁，我都不愿意。我厌恶我们现在这种家庭模式，却又不可能选择其他的模式。

曹继雯　你想要什么样的家庭？

莫　默　我想要一个人的家庭。可在我们这里，一个人是不能有家的。他只能是集体的。集体户口，集体宿舍、集体伙食……他为了要有自己的小天地，要知道，这是做人的基本权利。除了去结婚以外，没有别的出路。一旦当他结了婚，他将发现他比过去更不自由，更可怜！连个保存自己秘密的抽屉都失去了。一切都必须向另一个人公开，据说这叫爱情的忠贞。可人怎么能没有自己的秘密，那仅仅只属于他一个人的秘密？一颗没有秘密的心灵，能称为心灵吗?

曹继雯　我能保证做到不干涉你心灵的自由。

莫　默　可是你刚才的举动已经否定了你的保证。

曹继雯　爱情是例外,爱情是有排他性的,这是人的本性。

莫　默　正因为爱情有排他性,所以,我不想让其中某一特定的排他性合法化。我不知道别人怎么样,就我而言,我一生不会只爱一个人,甚至会同时爱着几个人。打个比方,就在我同你做爱时,我心里也许会想到另一个女人。我看,你也同样如此。

曹继雯　那是因为爱得不强烈。

莫　默　强烈的爱又能维持多久?喜新厌旧,朝秦暮楚,这也是人的本性。

曹继雯　说千道万,归结为一点:你不和我结婚是因为你已不再爱我了!

莫　默　不。我爱你,但我不结婚。

曹继雯　反正你爱我爱得不深!

莫　默　你没能使我发昏,但我确实爱你的。至于深不深,我不知该怎么测量,难道婚姻是一把标尺吗?这是一把不准的标尺。

曹继雯　你就一辈子不结婚了?

莫　默　对。

曹继雯　(把视线从他脸上移开)我们这里没有妓院,男人们总得结婚!

莫　默　(愤慨地)是啊,结婚就意味着有了一个随时应召而来的妓女。我们这里的婚姻最肮脏,最野蛮。在决定婚姻的几种因素里,我们抬高了人的动物性的地位。许许多多男人最终不得不同他并不钟情的女人结合,只是因为他没有其他途径发泄。那种发泄同爱情毫不相干!

曹继雯　(诡秘地笑)那么你呢?

[莫默不回答,阴沉着脸。

曹继雯　说呀,你有什么途径?也许,这儿附近有个暗娼窝吧?哈!

莫　默　（爆发般地）有！这儿就有！

［他猛地拉出书桌的一只抽屉，兜底往床上一倒，稀里哗啦，许多帧彩色大幅的美人图和明星照撒了一床。

曹继雯　（停顿了好长一段时间）明天，你就走，回你的集体宿舍去吧！（断然地拉开房门，下）

［莫默一把掀起床单，连同那些美人图一起扔到地板上。随后，他仰面重重地倒在床上。

［暗。

［院子里，飘落下几片枯叶……

［响起敲击铁栅栏门的声音，在夜空中引起回声。

［客厅里，迷迷糊糊的曹继霞被门声惊醒。她赶紧跑去开大门。

［齐小琴扶着曹继霆上。

曹继霞　怎么，喝醉了？

曹继霆　（挥着手）没事，没事……

曹继霞　（问齐）你们上哪儿去了？

齐小琴　（也略有几分酒意）他没醉，就是多喝了几杯。

曹继霆　呃……

齐小琴　他想吐。

曹继霞　快扶他到卫生间去！

［为时已晚，曹继霆抓住齐小琴的肩膀。朝地上搜肠刮肚地吐了一番。

齐小琴　（轻轻捶着他的背）吐掉就轻松了。衣服都弄脏了，真脏！

曹继霞　来，把他扶到卫生间去洗洗！

曹继霆　（清醒了许多）不。我自己去。（推开她们，下）

曹继霞　（对齐）小琴，你怎么不劝他少喝几杯？他心脏有病。

齐小琴　我一劝，他就朝我发火。（装糊涂地）他心里像是不痛快。有什么事……

曹继霞　好了，你没事了，快去睡吧。都十二点半了。

齐小琴　我去帮他铺床。

曹继霞　我去吧。

齐小琴　不，你身体不好，等我们等到现在，一定累坏了。你先去睡吧。

曹继霞　（确感疲惫不堪）那好，我先去睡了。（打了个哈欠）别忘了锁门、关灯。

齐小琴　知道。你放心睡吧。

［曹继霞下。齐小琴走进曹继霆的卧室，开灯，拉上窗帘，顺手拿起书桌上曹继霆的照片看了一会儿，放回原处。她开始铺床。

［曹继霆走进房间。他经过换洗，似乎清醒了一些。

曹继霆　你放着，我自己来铺。

齐小琴　马上就好。

［曹继霆冲了杯速溶咖啡。

齐小琴　你还喝咖啡？不想睡觉啦？

曹继霆　（不耐烦地）你嚷嚷什么？

齐小琴　（委屈地）人家是为你好嘛！

曹继霆　（有些惭愧，沉默）刚才我样子一定很狼狈吧？

［齐小琴笑。

曹继霆　今天你喝得不比我少，可你一点没事。听人说，女人要么滴酒不沾，要么是海量。女人总爱走极端！

齐小琴　你错了。其实我酒量并不大，只不过我知道喝到哪里是最后一口。

曹继霆　（已经没兴趣与她交谈了）你去睡吧。

齐小琴　我一点都不觉得困。

曹继霆　（在书桌前坐下，点起烟）去吧，明天见。

齐小琴　（慢吞吞走向门口，嗫嚅着）你最好别抽烟……你有心脏病。

曹继霆 你真会瞎操心！我就是死了，跟你又有什么关系？跟谁都没关系。

齐小琴 （吃惊地）你怎么会想到死？你不能这么想！

曹继霆 （有点意外地）别紧张，我只不过随便说说。我活得好好的，干嘛要想到死呢？

齐小琴 （小声地）你活得好好的吗？

曹继霆 好好的。当然是好好的！

齐小琴 可你不快活。

曹继霆 你是来当保姆的，还是来当侦探的？我说过，我活得好好的！睡你的觉去吧！

齐小琴 你脾气真坏！

［沉默。齐小琴轻轻地哼起流行歌曲来。

曹继霆 （一口喝干杯中的咖啡，走到床前一掀被子）我要睡觉了！

齐小琴 你睡不着。这一个月来，你几乎天天失眠……

曹继霆 你怎么知道？

齐小琴 你睡不着。上半夜你连连抽烟，下半夜你迷迷糊糊地做噩梦。有一次我还听到在梦里哭泣，喊你老婆的名字。

曹继霆 （大怒）你竟敢监视我？

齐小琴 那时你的样子真像个小孩。

曹继霆 你走！马上给我出去！

齐小琴 我不走！

曹继霆 （吃惊地）你想干什么？

齐小琴 今天夜里反正你睡不着，我也睡不着。我们谈谈不好么？

曹继霆 （更加吃惊地）谈谈？

齐小琴 对！我们一起说说话，吹个通宵。现在已经一点了。

曹继霆 我们之间有什么好谈的？

齐小琴　（伤心地）是啊，你觉得我不配跟你谈话。你是个研究员、著名科学家；我是个没考上大学的农村姑娘……

曹继霆　你考过大学？

齐小琴　嗯。考过三次。

曹继霆　都报了些什么专业？

齐小琴　什么都有。天文系、地理系、戏剧学院表演系。

曹继霆　（好笑地）你可真行！上懂天文，下知地理，中间还会表演。

齐小琴　你讽刺人！

曹继霆　（收敛起笑容，诚恳地）要是你考大学也像你喝酒那么明智就好了。别灰心，再考！不过选择专业要慎重。

齐小琴　不想考了。年龄大了。

曹继霆　你才多大？

齐小琴　不告诉你！

曹继霆　（笑笑）你就甘心一辈子当保姆？

齐小琴　那怎么会呢？

曹继霆　你将来打算干什么？

［齐小琴瞟了他一眼，低头不语，脸涨得红红的。

曹继霆　（尴尬地）喝杯咖啡吧。（冲了杯咖啡递给她）给。

［齐小琴接过杯子，慢慢喝着。曹继霆也喝咖啡。两人的目光不时地交流一下，又迅速分开，都有点不自然。

［院子里，曹米儿出现在月光下。他踯躅着，不时地抬头望望从二楼卧室透出来的温馨的灯光。

齐小琴　你冷吗？

曹继霆　不冷。对了，给你看看我在国外拍的照片。（迟疑了一下）有兴趣吗？

齐小琴　（兴奋地）当然！

［曹继霆从书橱里取出一本影集，放桌上。

曹继霆 （拖过一把椅子）你坐吧。（自己也坐下）

［两人翻看影集，曹继霆不时地指点、讲解着。

曹继霆 ……这是美国波士顿……这在德国……这是英国格林威治天文台……瑞士伯尔尼……

齐小琴 多美呀！真好……

［两人渐渐都不出声了，只是默默地、机械地一页页掀着影集……

［院子里，曹米儿抓住楼墙边的落水管，开始往上爬……

［齐小琴突然打了个哆嗦，往曹继霆身边靠了靠。

曹继霆 你怎么了？

齐小琴 冷。

［曹继霆从衣架上取了件厚绒睡衣，给她披上。她趁势靠在他的怀里。

曹继霆 （无措地）别……别这样。小琴……

齐小琴 我有点头晕……

曹继霆 （只得扶着她）你大概是困了，去睡吧！

齐小琴 我胸口闷得慌……

曹继霆 不会是喝了咖啡，过于兴奋的缘故吧？我这儿有镇静药。（扶她在床沿上坐下）

［齐小琴斜倚在床背上。曹继霆翻抽屉。

齐小琴 我不想吃药。你给我数数脉好吗？

［曹继霆有些紧张地捏住她的手腕，放在自己膝盖上。他显得心猿意马。

［半分钟的沉默。

［室外，曹米儿已经爬到了卧室的窗口。他透过窗帘的缝隙向里窥视。

齐小琴 多少次？

曹继霆 （似乎吃了一惊）不、不知道……

［齐小琴忍不住“扑哧”笑了一声。她忽然抬起身子，双臂搂住他的脖颈。

曹继霆 别这样，小琴，这不好……

齐小琴 （热烈地）我爱你！我崇拜你！我爱你！我崇拜你……

曹继霆 不！不能这样、不能这样……

齐小琴 你是我见到过的最好、最有学问的男人！

［两个人的身子慢慢倒下去……暗。

［窗外，曹米儿紧紧抱住落水管，身体在秋风中瑟瑟发抖。月光如水，照着他痛苦、愤怒和羞辱的脸庞，像一张白纸。

［一片落叶，飘在他身上；又是一片落叶……

［他开始慢慢地往下滑，身子在寒风里颤栗，就像一片落叶。

［他消失了，像幽灵般地……

［天空中浮现出大半个明晃晃的月亮。

曹米儿的声音 月亮，你看到了吗？你这秃头，你快看吧，你可要为我作证！

［月亮渐渐黯淡下去。

［黑暗中响起一个男人的喘气声，由慢渐快，最后演变成一个乐音，长时间地保持着，令人心悸。一束惨白的光，打在一张如同手术台的床上，曹继霆躺在上面。四周站满围观的人。那是一张张熟悉的脸。所有的脸都是麻木僵硬的。人们的声音如同远处飘来的风在叹息：

——真难看　真丑

——肌肉松弛　皮肤起皱

——大腹便便　腰粗如牛

——静脉扩张　动脉粥样硬化

——心动过速　肾脏衰竭

——白乎乎的像泡在水里的死尸

——真恶心　真脏

……

曹继霆　(羞愧万分)给我衣服!

[一片死寂。

曹继霆　给我被子!给我一块布!

[人们朝他逼近。其中一人高举一把硕大的、闪着寒光的手术刀、用刀尖抵住他的胸膛,另一只手在他胸前抚摸。

曹继霆　你们要干什么?

[人声:

——给你动手术

——看　你的心烂成什么样了

——你吃下去

曹继霆　(对准递到他嘴边的那团东西咬了一口)你们也尝尝……

[那团东西从每个人的手上传过,最后被扔到黑暗里,连个响声都没有。

[所有的人全笑了,像哭一样地笑了。隐。

曹继霆　(呻吟)给我衣服!给我被子!给我一块布……

[一块旗帜似的洁白的布从天而降,覆盖住他的身躯。

容晖的声音　老师,我看到了X—5星!

曹继霆　(一跃而起)X—5星?它在哪里?(他跪着,仰望上空)

[屋顶像天文观测台的圆顶那样移动起来。伴随着潮涌般的轰鸣声,一束巨大的红光喷泻而下……红光在旋转,并且越来越强烈。

曹继霆　(心醉神迷)一颗超新星!十几万光年,就在眼前。神奇的宇宙,可怕的天体；它在旋转、在燃烧、在爆炸；它散发着巨量的射线，我们无处躲避，只好安然受之。啊，我们面带微笑，沐浴这杀人的甘露。让我们拥抱吧！拥抱这旋转，拥抱这燃烧，拥抱这爆炸的厄运……

［山崩地裂般的一声巨响，一切都坠入黑暗。

曹继霆的声音 它变成了黑洞，吞没了一切……我们是有罪的！

［突然，一个女人的尖叫声划破夜空："失火啦——"小楼的背后，闪起一片火光。曹继霞在楼内狂奔，敲着每一扇门。

曹继霞 失火啦！失火啦！

［曹继雯、莫默、木林森纷纷跑下楼去。他们端水、打电话，一片忙乱。

［二楼卧室里，齐小琴一把推醒曹继霆，两人扑向窗口。

［火光闪闪。

［院子里，站着衣衫不整、头发蓬乱的曹米儿，火光映照着他，他两眼放光，死死盯着二楼卧室的窗口。

齐小琴 是米儿放的火！他疯了！

曹继霆 米儿……（晕眩，瘫倒在地）

［骤暗。

［消防车的警笛声。救护车的蜂鸣声。

第三场

［距前幕一年后。又是秋天。下午。曹家。

［客厅里，曹继霞坐在沙发里打毛衣；曹继雯在一边扔着两张折

起的纸片，每扔完一次，就拣起其中的一张打开着，反复几次。

曹继霞 继雯，你在干什么？

曹继雯 看看命运怎么安排的：是结婚，还是不结婚？（又一次打开字条）“结婚”。五次“结婚”，四次“不结婚”。看来还得结婚。

曹继霞 你真是把婚姻当儿戏了。宋大卫又来信了吗？

曹继雯 是的。他这封信里的态度完全变了，对我肉麻之至！我想，大概他另一笔买卖没做成。

曹继霞 这同买卖有什么关系？他向你正式提出结婚的事了？

曹继雯 他让我尽快回信给他个答复，只要我同意，下个月他就来上海举行婚礼。看来他急需安慰，把我当成了避难所。

曹继霞 不算太急。记得他第一次来我们家看你，到现在已经整整一年了。（感叹）日子过得真慢！你打算怎么答复他呢？

曹继雯 我刚才不就在问命运么？不过，那方式也许太随便，作不得数。

曹继霞 我看宋大卫各方面条件都不错。就不知道，你对他究竟有没有感情？我看你对莫默挺好的。

曹继雯 感情？嗤！姐，你到今天还相信感情？

曹继霞 不管怎么说，人嘛，总是有感情的。千万不要为了爱情以外的任何理由结婚！

曹继雯 现在难得听人说这种话了。

曹继霞 越是简单的道理，越容易被人忽视。许多人现在都不相信这个常识，可又有许多人因为违背了这个常识而在受苦、懊悔。

曹继雯 姐，你的思维方式有问题。你还没有看透人性。喜新厌旧是人的本性；怀恋过去所失去的，也是人的本性。人们感情不是滑向过去，就是趋于未来，唯独现在是个空白。人总是对自己已经占有的东西缺乏激情，所以说，若要使婚姻维持长久，就不能以爱情为基础。否则，你就得随时准备好离婚和重新结婚。这对我们来说，是想都不大敢想的事。

曹继霞 照你的歪理，结婚就根本不用去管双方有没有爱情？

曹继雯 事情都不是绝对的。有爱情的婚姻固然最好，可爱情毕竟是靠不住的，要维持婚姻关系还只能靠别的。就拿你和姐夫来说……

曹继霞 （打断地）你拿一飞来做例子，那正说明我的看法：不要为了爱情以外的任何理由结婚。

曹继雯 怎么？姐，你是说，李一飞当初同你结婚并不出于爱情？

曹继霞 是的。我现在细细想来是这么回事，在我们结婚的时候，他就已经不爱我了。唉！我真糊涂，当时为什么要和他结婚……

曹继雯 因为你爱他，你不可能不和他结婚。而他嘛，因为原来曾经爱过你。一个还在爱，另一个已经不爱了，这就是你们的麻烦。

曹继霞 （赌气似的）不管怎么说，世上总有终身相爱的夫妻。（拍打着一张报纸）你看看这份报纸，人家爱德华八世，宁愿放弃王位，同一个离过两次婚的女人结婚，并且白头偕老，这又怎么说？

曹继雯 人难免有他自己的怪癖。再说，谁又能知道爱德华八世和那个女人终身没为这件事后悔过？人有时候仅仅是为了自尊心在生活。

曹继霞 （烦躁地）和你谈话，心里总觉得特别不舒畅，你好像故意不让人心情舒畅。（突然两眼放光）对了，你这叫“阴暗心理”！

曹继雯 我不是故意的。我也不舒畅。（停顿）你还是多和阿木谈谈吧。

曹继霞 （心虚地）你这是什么意思？

曹继雯 说真的，阿木和你挺合适的。

曹继霞 别开玩笑！这怎么可能呢？阿木是个热心人，这一年来，他为我们家出了不少力，单说修房的事吧，还不是全靠他去搞材料，请人？我们家就缺个在外面跑的男人。继霆从医院出来，又去疗养，上星期才回来，这么多事情还不是靠阿木帮忙？

曹继雯 所以我说阿木好嘛。

曹继霞 他是好。就这样,没别的。

[曹继雯笑笑,不反驳。

曹继霞 (想转移话题)看,小琴又买新衣服了。

[院子里,齐小琴提着两大包服装袋经过。她比过去又时髦了不少,完全是一个都市的“时代女性”了。她经过客厅的门,下。

曹继雯 要想知道外面又在流行什么服装,就看看她身上穿的。

曹继霞 我真不明白,她的钱是哪儿来的?

[木林森走进客厅。他今天穿了件料子很好的、浅色的新外套,手里提着个小提琴盒。

木林森 继霞,继霆回来了吗?

曹继霞 他去医院看米儿了,大概快回来了吧。

木林森 这是他的琴,修好了也一直没人去取,要不是我认识人,人家都准备处理掉了。(把琴挂在墙上)

曹继霞 我想我眼前怎么一亮,原来你今天穿了件新衣服!

曹继雯 (打趣地)阿木,这衣服一穿,你年轻了十岁。

木林森 (有些手足无措地)哪里,随便穿穿。

曹继霞 (仔细端详那件外套)料子不错,手感挺好。

木林森 便宜,我托人搞的……

曹继霞 啊呀,怎么扣眼都开在右边?不成女式服装了?

[曹继雯也过来看,哈哈大笑。

木林森 (也憨厚地笑着)继霞,你眼睛真尖,一下就看出来了。

曹继霞 这错得太厉害了么!谁替你做的?真可惜。

木林森 (懊丧地)唉,别提了。是我托人找了个裁缝,说他技术怎么怎么好,工钱如何如何便宜。没想到,衣服拿来一穿,是这个样子。“木已成舟”,我也没办法。那裁缝没要我工钱。

曹继霞 那不行，还得让他赔你料子！

木林森 唉，都是熟人，怎么好意思？（自我安慰地）这么穿穿也可以，不仔细看还真看不出来！嘿嘿……继霞，你说，我穿这颜色，是不是太……

曹继霞 这颜色很好。你穿着挺精神！

木林森 （放心地，自在了些）便宜，又不花工钱……

曹继霞 就是这扣眼……什么时候我替你改一改。

木林森 （大为感动）啊，不用了，太麻烦……

曹继霞 不算太麻烦。（见继雯暗笑着朝外走，忙喝住）继雯，上哪儿去？你不是要练琴了么？

曹继雯 不忙。

木林森 啊，继雯，你练琴吧。我走了。哦，对了，继霞，后面那个烧坏的窗台上次修得不好，我又请人返修了一下，你去看看吧？

曹继霞 好，看看去。（收起毛衣，随木林森下，临出房门回头瞪了曹继雯一眼，后者正朝她诡笑）

［曹继雯看了看钟，关上门，在钢琴前坐下。她打开琴盖，掀开乐谱，揉着手指……

［莫默出现在大门口。他风尘仆仆，肩挑挎包，仍是一副落拓不羁的样子，只是目光已不再那么自信，似乎失落了什么。他犹豫地停住了脚步。

［客厅里，曹继雯轻轻奏响了钢琴……

［莫默不再迟疑。他走进院子，站在窗外聆听着。

莫默的声音 自从那天我被她驱逐出这幢小楼以后，时光又流逝了一年。今天，我又来到这里，带着我的失败；一个完完全全的失败，一个惨败！在我的命运里，失败就像我肩上的那只破包，总是随身携带。对此，我已完全习惯，毫不感觉它的负担。我下了火车，在那些人中间磨蹭了几圈，算准了时间来到这里；如果我此时听不到这钢琴声，我将转身离去，从此包里又多了一个失败。可命运对我是温和的，虽然我不知道它最终为我准备了什么。现在我听到的正是这温和的音乐。哦，我记起来了，这是门德尔松的《随想曲》。

［客厅里，曹继雯突然发现了窗外的莫默。钢琴声中断了。

曹继雯 （慢慢站起，脸上的表情是复杂的）是你……

莫　默 是我。

曹继雯 （已恢复了镇静，嘴角边习惯地浮起一丝嘲笑，倚在窗台上）你怎么会来的？

莫　默 （答非所问地）乘了四十八小时火车，买的是无座票；然后步行，来了。

曹继雯 来干嘛？

莫　默 （望了望天空、树）看看再说。

［曹继雯干脆坐上了窗台。莫默仍站在原地，用鞋尖拨弄着地上的小石子。

曹继雯 看你这模样，像个要饭的。

莫　默 要过几次钱，还有粮票。没办法，钱包丢了。

曹继雯 想洗个澡吗？

莫　默 当然！不过最好先吃点什么。

曹继雯 不行，先洗。

莫　默 也好。

曹继雯 自己去吧。

［沉默。莫默突然想去抓她的手。她闪开了。

曹继雯 真脏！

［莫默瞧了瞧她，绕过窗台，走进楼内，下。

［曹继雯一仰脖子，靠在窗框上，久久凝视着天空。

［齐小琴走进客厅，她满头是红红绿绿的塑料发卷，手里拿了块湿毛巾。

齐小琴 米儿他爸回来了吗？

［曹继雯的沉思被她打断，很扫兴地横了她一眼，跳下窗台，朝莫默下去的方向下。

齐小琴 （嘀咕着）老姑娘，真怪！

［曹继霆上。他比过去显得苍老了许多。他脸色阴郁地走上楼去。齐小琴把湿毛巾一扔，跟在他身后上楼去。

［曹继霆走进自己的卧室，脱下大衣，换上拖鞋，坐到椅子里，顺手从抽屉里取出一盒烟。刚想点上，手被站在身后的齐小琴按住了。

曹继霆 （吓了一跳，皱眉）你走路怎么没有声音的？

齐小琴 是你耳朵不好。别抽烟。

曹继霆 （无奈地放下烟）你走吧，让我一个人安静一会儿。

齐小琴 （收起烟，放进自己口袋）你讨厌我，是吗？回家好几天，你一直躲着我。

曹继霆 （勉强地）没有。我只是想静一静心。刚从那地方回来，心里烦得很。

齐小琴 精神病院是去不得，特别对你，你心脏不好。

曹继霆 谁愿意去？可米儿在那里。

齐小琴 他好点了吗？

曹继霆 天知道。他不吵不闹，神情呆滞……这是我的罪。

齐小琴 你别这么想。听我们协会的人说，精神病是先天遗传的。米儿他妈的家里不是有精神病史吗？

曹继霆 他早不疯，晚不疯，为什么偏偏……

齐小琴　那叫“偶然”、“诱发”，懂吗？亏你还是个科学家。

曹继霆　（烦躁地）你走吧，你走吧。（见她还不走）我现在身边没钱，等发了工资……

齐小琴　（像遭了莫大的屈辱）什么？你以为我找你是为了要钱？你……你没良心！

曹继霆　你每次写信来，不都是要买这，要买那的？

齐小琴　我还你！我还你！（把口袋里的零星钞票掏出来扔在桌上，又取下身上佩戴的首饰纷纷扔去，最后还脱下外套扔在他身上）我都还给你！（哭）

曹继霆　（把衣服给她披上，哄她）好了，好了，我说错了，我向你赔礼道歉。快，把衣服穿上。

齐小琴　我不是为了钱才跟你好的！

曹继霆　是的，是的。我胡说八道。快别哭了。（停顿）我只不过想一个人安静一会儿。

齐小琴　一个人，一个人，你总是想一个人。你一个人孤零零的日子还没过够？我们分开这么长时间，你一点儿也不想我……回家这几天你成天忙忙碌碌，人家想同你说会儿话都不成。

曹继霆　我现在不想谈话。我累了。

齐小琴　那吃过晚饭……

曹继霆　（强烈地）不，不！

齐小琴　（醋意地）哼，你一定有相好的了。

曹继霆　你乱扯些什么？俗不可耐。

齐小琴　你要不跟我好没那么容易！

曹继霆　你想怎么样？

齐小琴　我怎么样全看你。

曹继霆　（克制地）小琴，你别太过分了。

［沉默。

齐小琴 （抹了下泪水）那好，我走……

曹继霆 等等。

［齐小琴充满祈望地看着他。

曹继霆 小琴，我恳求你：忘了一年前的那个夜晚吧。

齐小琴 不，我一生一世也都忘不了！

曹继霆 你一定要忘掉！小琴，你有什么要求我都答应，只要我能够办到。你想找份好工作吗？我保证帮你解决！

齐小琴 我喜欢现在的工作。

曹继霆 你喜欢当保姆，我就另外给你找户人家，工钱、生活条件都比这儿优越。

［齐小琴坚决地摇摇头。

曹继霆 如果你还想考大学，我也可以帮你忙……你到底想要什么？

齐小琴 我什么都不要！不要，不要，不要！

曹继霆 你轻点声！

齐小琴 （更响地）不要！

［沉默。

曹继霆 不管怎么说，我们的关系只能到此为止。

齐小琴 为什么？

曹继霆 因为这不道德。

齐小琴 怎么不道德？你现在是一个人，我也没对象，为什么我们不能好？

曹继霆 你逼我说，我也只好对你直说了：我不喜欢你。

齐小琴 （怔了一下，随即大声地）你撒谎！

曹继霆 是真的！从一开始我就不喜欢你，从来没有喜欢过你。

齐小琴 （绝望地）不！你喜欢我！你说过你喜欢我……

曹继霆 那是可耻的情欲，不是真正的爱情。

齐小琴　我不懂！我不管！我只晓得你喜欢过我！你拧我、咬我、亲我，你在我耳朵边颠三倒四说着亲热话……可你现在却像个人似的站在这儿对我说，你不喜欢我。呸，你这头臭猪！

曹继霆　（沉痛地）是的，不管怎么说，我堕落过。可我不想再堕落了！

齐小琴　那我呢？我算什么呢？

曹继霆　就是为了你，我也应该同你一刀两断。

齐小琴　你……你总是有道理！我说不过你！（号啕大哭）

曹继霆　行了，你这样只会更叫我讨厌。

齐小琴　你讨厌好了，你讨厌吧！我也讨厌！我更讨厌！我讨厌你！我恨你！

曹继霆　既然这样，你就走吧。

齐小琴　走就走！（走到门口，又停下）不！没这么便宜！

曹继霆　你到底要我怎么样？

齐小琴　我要你和我结婚！

曹继霆　什么？

齐小琴　结婚！明天就去登记，下个礼拜就举行婚礼。

曹继霆　你疯了吧？我绝对不可能同你结婚！

齐小琴　你一定要和我结婚！你有责任！

曹继霆　你是在敲诈我。为了那一次的糊涂，我就得对你负一辈子责任？这一年来，你从我这儿敲诈去的东西还不够吗？你还要我把我的自由和灵魂都抵押给你吗？不！这永远不可能。我宁愿去死，也不和你结婚！

齐小琴　（伤心地）继霆？你……就这么讨厌我吗？我哪点不好呢？我比你年轻二十岁，我健康，我会做所有的家务事，我能从早到晚地服侍你，让你过舒舒服服的日子，难道……你嫌我不好看吗？可别人都说我漂亮……你看看我，我不漂亮？

曹继霆 我没说你不漂亮，可我确实不爱你。

齐小琴 你爱谁？

曹继霆 我谁都不爱！

齐小琴 你爱她！我看得出你的心思。你尽管口口声声说要和她离婚，可你还是舍不得同她离。你不承认？我说的不对？

曹继霆 不对！

齐小琴 你不好意思承认。你是个贱骨头，不识好歹！她不是个好东西，她是个不要脸的女人……

曹继霆 （大喝）你才不要脸！

［停顿。

齐小琴 （恨恨地）好吧，姓曹的，你不和我结婚，我也不能让你白欺负！我要把你干的丑事告到你单位去，我要让我们协会出面同你打官司，我要让你臭一辈子！

曹继霆 去告吧！赶快去！我曹继霆要是拦你一下就不是男人！我不怕身败名裂。如果名望和地位要靠出卖灵魂来维持，我一概都不要！

齐小琴 （突然跪倒在地，抱住他的双腿）继霆，我爱你！我真心地爱你！你是个真正的男人，我崇拜你……

曹继霆 （挣脱）你放开！

齐小琴 （坐在地上，绝望地）我非嫁你不可！我有你的孩子……

曹继霆 （大怒）胡说八道！

齐小琴 （心虚地）真的……我不骗你……

曹继霆 （狠狠拍着桌子）真的？真的你就生下来？生给我看！你这无赖！

［曹继霞、曹继雯闻声而上。

曹继霞 怎么了，继霆？

曹继霆 你快把这个月的工钱付给她，让她滚！

曹继霞 小琴，怎么回事？（欲去扶她起来）

齐小琴 （甩开她的手，自己站起，拍拍身上的灰尘）曹继霆，你等着；我活着决不会放过你；死了变成鬼，也要来缠住你！（走到门口，回头）我齐小琴也是个人！（下）

曹继霞 继霆，到底出了什么事？

曹继霆 （摇摇头，揉着胸口）……

曹继霞 你心脏又不舒服了？快，快躺下！

曹继雯 像这样，还不如去住疗养院。

［姐妹俩扶持曹继霆躺下，给他倒了杯水，放到床上；见他闭着眼睛，她们就准备悄悄离去。

曹继霆 大妹，二妹。

曹继霞 什么事？继霆。

曹继霆 你们陪我一会儿。你们都坐下。

［姐妹俩顺从地坐在床前。

［沉默。

曹继霆 记得父亲出事的那天晚上，他拉着我的手说："我不放心你们兄妹仨，我如果死，也是死不瞑目的！继霆，你是长兄，一定要拿出点男子汉的骨气来，要保护好你的妹妹们，保护好这个家。"唉，我对不起他老人家在天之灵！

曹继霞 以前的事就别再去想它了。你的身体要当心！这些日子你也够苦的……

曹继霆 继霞、继雯，做哥哥的也对不起你们啊！

曹继霞 你没什么对不起我们的。过去，我们兄妹三个挤在一间汽车房里，你总是把床让给我们睡。自己睡在水泥地上，冬夏春秋，天天如此。有什么好吃的，你也总是留着让我们先吃……那时候，日子虽然清苦，可我们生活得很愉快……我们也吵嘴，你有一次还打过继雯，把她给打哭了，可半天一过，又什么事儿也没有了。

曹继雯　提那些陈年烂芝麻的事干嘛？

曹继霞　继霆，你有什么不痛快的事别窝在心里，说出来让我们听听。自然，你不想说，就别说，也别去想它。

曹继霆　不，我要向你们坦白：我同那个女人有过不正当的关系。

曹继霞　（站起）齐小琴？

曹继霆　（闭起眼睛）是她。

曹继霞　（发急地）继霆……（忍住，在室内来回走动）

曹继雯　（仍坐着）这个女流氓！

曹继霆　是我的罪！

曹继霞　（焦虑地）继霆，你对我说实话，你们……有后果吗？

曹继霆　（苦笑了一下）后果？什么叫后果？有个私生子才叫后果吗？（挣扎着坐起）后果就是我感到我的心被人狠狠踩了一脚，踩到阴沟里！它脏了、烂了、发臭了！唉，我真想让你们每个人都能尝尝我这颗心的滋味！

曹继雯　（扶他靠在床背上）别激动，哥。

曹继霆　你们会连闻都不想闻一下的，你们会把它赶紧扔进垃圾堆里的……

曹继霞　继霆，行了，别说了。不管怎样，这事不会是你一个人的责任。

曹继霆　还分什么责任？我们能对我们自己的心负责吗？

［停顿。

曹继霞　这事可千万不能让她宣扬出去。我去找她谈谈，她有什么要求我都答应她！（欲下）

曹继霆　（喝住）继霞！你给我回来！我不许你去找她谈。不许你答应她什么条件。我已经虚伪得够了，从现在起，我不想再套着面具生活下去了，我想活得轻松些，随便些……（喘息）

曹继霞　可你不能不考虑你的名誉。

曹继霆　难道名誉比良心还重要?

曹继雯　(端起杯子,喂他)喝水吧,哥。

［曹继霞站在一边,不知该怎么办才好。

［楼下,齐小琴背着两个包,又提着两个包,走进院子。

齐小琴　(对着二楼喊)曹继霆,你竖起耳朵听着:老娘不再伺候你们了!老娘不稀罕你那几个臭钱!老娘可以找到比这儿更有钱的人家……(哽咽着说不下去,少顷,又强硬起来)老娘要走了,老娘要坐小车走!

曹继雯　(冲到窗前,严厉地)你闭嘴!

曹继霞　(六神无主)这怎么办?这怎么办?……

曹继霆　继霞,你去让阿木想办法叫辆出租车,把她送走。

曹继霞　(跑出房门)阿木!阿木!

［木林森应声从楼上下来,两人边说边下楼去。

齐小琴　(啜泣着)我不闭嘴!我就要骂!你们曹家没一个好东西!臭资本家,当心再抄你们一次家!

［忽然,莫默从门廊里冲出来,抓起齐小琴的包,一个个地朝门外扔去。

［木林森和曹继霞来到院子里。

莫　默　快滚吧!

齐小琴　(站得远远的)你算什么?曹家的看门狗!

［莫默一下子闷了,不知该怎么好。

木林森　(止住齐小琴)好了,好了,快走吧。我替你叫车去。

曹继霞　(拿出一沓钞票)这是你的工钱。

齐小琴　我不要你们的钱,我要你们臭!(傲然而去)

［木林森提起她的包,随下。

［曹继霞与莫默对视了一下。

曹继霞 （解嘲地）碰到这种人真没办法。（走进楼里，下）

［莫默抬头望二楼窗口，曹继雯已经不见了。他忽然感到很无聊，吹着口哨向院子深处走去，下。

曹继霆 她走了吗？

曹继雯 走了，你好好休息吧！

曹继霆 （疲乏地）该吃药了。

［曹继雯帮他服药，扶他躺下，然后，轻轻带上房门，下楼去。

［容晖手持一束鲜花，背着书包上。她穿过院子，径直往二楼去。

［曹继雯与容晖在楼梯上相遇。

容　晖 （矜持地）您好，曹老师在家吗？

曹继雯 （打量了她几秒钟）他身体不好，刚睡下。

容　晖 （仍是彬彬有礼地）睡着了吗？

曹继雯 我很想让他睡着。

容　晖 那……

曹继霆 （在室内床上）继雯，是谁找我？

容　晖 曹老师！是我。

曹继霆 容晖！进来吧。

容　晖 （对曹继雯微微一笑）对不起。（欲上楼）

曹继雯 等等，我哥刚发过病，现在很需要安静休息，请你注意谈话时间，别超过十分钟。另外，不要谈让他激动的事。

容　晖 知道了。谢谢。

［曹继雯下。

容　晖 （进卧室）曹老师，您好！打扰您了。

曹继霆 没事。见到你来我很高兴，你自己随便坐，我就不起来了。

容　晖 您歇着。（找了个花瓶插上鲜花）这花您喜欢吗？

曹继霆 真美！这花使我精神振作不少，谢谢！

容　晖　曹老师，您住院时我没有去看您，因为忙……另外，我也不认识去疗养院的路，我请您原谅！

曹继霆　没关系，没关系。你千万不要觉得有什么不安的。你现在的时间非常宝贵，把它们全用在学业上吧，一分钟也别浪费！倒是我，应该请你原谅。这半年多近一年的时间里一直没有具体过问你的学业，都由我的助手在指导你。我对你关心太少！你论文初稿出来了吧？

容　晖　（迟疑地）我……

曹继霆　怎么，遇到困难了？有困难不怕，我们一起来克服它。

容　晖　曹老师，我决定放弃我的论文了。我今天来还书给您。（从包里一本本往外掏书）

曹继霆　放弃了？为什么？

容　晖　曹老师，您还不知道吧。我已经打了退学报告了。

［曹继霆惊愕地瞪着她，半晌说不出话来；以后几次想说话，又都插不进嘴。

容　晖　（急急忙忙地）我知道您会吃惊，但这件事没什么可大惊小怪的。我有正当理由，那理由写在报告上，明明白白，清清楚楚，那份报告是要让您签字同意的。我知道您会阻止我，可您阻止不了我。您不签字不同意也没关系，我还是要退学的，没什么道理不让我走。退学是自由的，要赔款也可以，我以后分期偿还，反正我决心已定，非退不可！我要结婚了。是的，结婚。不，不是同我过去的那个男朋友，我和他早就吹了，现在没有什么瓜葛。他挺痛快的，我喜欢他，喜欢他“挺痛快”这一点。我们谈了五年恋爱，哪有那么多爱可谈的？早就谈完了，爱完了。完了就分手，挺合理、挺道德。我爱上了另一个男孩，他也疯狂地爱我，所以我们打算立刻结婚。我们俩都不想等爱完了再结婚。趁热打铁，可以多幸福几年。他身高一米八，宽肩膀，腿很长，金发碧眼。是的，是个外国人，美国留学生。我们是在中外大学生联谊会上认识的。他叫伯特·弗莱依。伯特·弗莱依，这个名字多有诗意![①] 曹老师，您别用这种神情看我，我知道您想说什么。不，您别说！您听我说，我决不是为了去美国，才同他相爱；相反，我是因为爱他，才同他去美国。记得一年前您生日那天，我在这里认识了那个美国来的商人宋大卫，您妹妹的男朋友，那家伙一直追求我，可我不爱他，我并没有因为他入了美国籍而嫁给他。我要为了爱情才结婚。现在您应当相信了吧，我是为了爱情才结婚的。我们结了婚就要飞，所以我决定退学。是的，曹老师，您一定想说，专业放弃太可惜，事业为重，等等。这些问题我都考虑过了。我对天文这一行已经没兴趣了，几十光年以外，几十万年以后，宇宙将发生些什么变化，同我有什么关系？记得那天您在屋子里对我说的话吗？难道要我将来也像您现在一样后悔吗？我还年轻，还来得及重新选择我的事业。世界是广阔的，伯特·弗莱依和我都会寻求到我们各自的事业。别反驳我，曹老师，您一定在恨我，认为我是个坏女孩。也许我是对不起您这位导师，要成为您的研究生是不容易的，我伤了您的心，为这我也伤心，但我不是个坏女孩。什么叫坏？什么叫好？我们的价值观不同，您认为世界上有好人和坏人之分，我认为没有。世上只有聪明人和蠢人，没有好人、坏人。您是道德决定论，我是智慧决定论。要说干坏事，我们谁没有干过坏事？但为什么我们中有些人被公认为是坏人？那是因为他们愚蠢！我们不比那些蠢人好，但我们比他们聪明，仅此而已。不，不，曹老师，您躺着，别动，注意身体！我明白您在生气，您对我的

① 英语中“蝴蝶”的意思。整个这段台词要求演员即兴表演和发挥，无需逐字逐句照背。

观点显然嗤之以鼻，您会悲叹我和像我一样思想的人是“迷惘的一代”，错了！曹老师，我们不是迷惘的一代，只是使你们感到迷惘的一代！不，我们不迷惘。迷惘，是因为还相信着什么，可我们的诗人早就喊过了：“我不相信！”是的，我们不相信，既然如此，还有什么可迷惘的？只有蔑视，然后是掉头不顾，走自己的路。（看表）好吧，曹老师，您妹妹只允许我们交谈十分钟，现在时间到了，我该走了。您别动，不用送我，您安心养病，我祝您早日恢复健康！再见！（拉开门，下楼去）

［曹继霆仍呆呆地靠在床背上，一动没动。最后，他拿起那束鲜花，放到鼻子底下嗅嗅，又放回原处。他的表情依然是呆呆的。

［容晖走出小楼，在院子里与正在散步的莫默迎面相遇，两人都站住了。

莫　默　你好，容晖。

容　晖　你好。剧本写完了？

莫　默　写完了。你的名字也用了。不过别担心，这剧本既不会上演也不会发表。

容　晖　我不担心，我已经改名了。

莫　默　那我该怎么称呼你？

容　晖　原来两个字倒一下就行。

莫　默　“晖容”？太难听了！世上有些东西不能颠倒。

容　晖　也许有些东西本来就颠倒着呢？

［停顿。

容　晖　看你这种失魂落魄、百无聊赖的样子，真叫人着急！

莫　默　看你这种精神抖擞、容光焕发的样子，也真叫人着急！

容　晖　（轻轻地）哼。

莫　默　（也轻轻地）哼哼。

［容晖扭头而去，下。

［莫默无聊地把手抱在胸前，斜着头看着她远去。

［曹继雯上。

曹继雯 （明知故问）在欣赏什么？

莫　默 你看，她走得多带劲？简直不是走路。

曹继雯 你喜欢她这种样子吗？

莫　默 说不上来，只觉得好玩。我喜欢她的符号，但不认识她这个人；我喜欢她的声音，但不明白她说些什么。

曹继雯 遗憾吗？

莫　默 心里没空遗憾。

曹继雯 心里在忙些什么？

莫　默 你接触到谈话的主题了。我这次来，是来向你求婚的。别这样傻乎乎地看着我。

曹继雯 难道你认为我会答应你吗？

莫　默 你当然不会马上答应我。但我能说服你！来，我们边走边谈……

［两人漫步向院子深处走去。

［曹继霞走进客厅，通过窗户向大门口眺望。

［木林森上。

曹继霞 阿木！送她走了？

［木林森快步走进客厅。

木林森 嗯，一路上骂得可难听了！

曹继霞 唉，也算我们家该倒霉。

木林森 别着急。继霞，你先对付着两、三天。我托人给你们家另找一个可靠的保姆。找年纪大一些的。

曹继霞 又麻烦你了。

木林森 对我还客气什么？

曹继霞　（担心地）关于那些事，你可千万别漏给外人听！

木林森　这还用得着你说吗？我不是三岁小孩。

曹继霞　喝点热茶吧？

木林森　你喝茶。我还是来点那个。

曹继霞　你这酒鬼！（斟酒，泡茶）

［两人又一次对饮，默默无语。

［窗外，飘过几片落叶……

木林森　（几盅下肚）继霞，一飞他们最近有消息吗？

［曹继霞摇头。

木林森　一年了，一点消息也没有。我看他们是不会再回来了，也没有脸再回来。我这不是故意伤你心。你要正视现实嘛。（停顿）我劝你，还是提出离婚算了。这对大家都好。我打听了一下，像这种事情，法院可以缺席判决，只要在报上登个启事就行。当然啦，我知道，离婚也不是件容易的事。我们单位里有个女工程师，十几年来，几乎天天嚷着要离婚，可直到现在也没离。结果，人们遇着她，同她打招呼时总要问一句："你离了没有？"

曹继霞　你在编笑话。

木林森　确有其事。这种事听起来让人觉得好笑，可往深处一想，却叫人想哭。

［窗外，落叶在秋风里打旋儿。

［沉默。

木林森　继霞……

曹继霞　嗯？

木林森　有句话今天对你讲也许不合适，可这句话在我喉咙口憋了好几年了。继霞，你听我说……

曹继霞　（敏感地）不，阿木，要是你还能憋，就把这句话憋下去，好吗？

木林森 这么说,你明白我想说的是什么了?你还不算太笨!(忽然,埋头低笑起来)嘿……

曹继霞 你笑什么?鬼头鬼脑的。

[木林森越想忍住笑,却越忍不住;最后,终于放怀大笑。

曹继霞 (背过身去不理他)又发酒疯!

[楼上,曹继霆从床上下来,披衣,开门,下楼。

木林森 我是个疯子,疯得高兴!疯得痛快!继霞,我从来没有像今天这么高兴过!(又连饮几盅)

曹继霞 (夺起酒瓶、酒盅)不许你再喝了!

木林森 (恳求地)继霞,再让我喝几口嘛,难得有兴。

曹继霞 还"难得有兴",你哪一天不喝个半醉不醒的?

木林森 平时喝酒同现在不一样!来,给我……(去抢她手里的酒瓶)

曹继霞 (躲闪着)不给,不给!

[两人满屋子乱转,笑着、闹着……青春像奇迹般地在他们身上复苏了。

[曹继霆推门进来,他身后还站着曹继雯和莫默。

[他们又惊讶又欣喜地瞧着他俩。

[两人显得很尴尬。

曹继雯 我还以为发生了世界大战呢!

曹继霞 继霆,你怎么下床了?

曹继霆 你们都活蹦乱跳的,为什么我就该躺在床上?我是下来做晚饭的,今天让我来露几手。

曹继雯 (显然心里有什么痛快事,兴致勃勃地)哥,不许你垄断!我们每人做一个拿手菜,自己报!

曹继霞 (笑着)那也得看厨房里有些什么东西。

曹继雯 走,一起到厨房去!(欲下)

木林森　（紧张地）你们快看！她来了！

［众人涌向窗口，朝外眺望。

［段可君上。她穿着剪裁合身的时装，头发一丝不乱，显得整洁、端庄。她步履缓慢地走进小楼。

［客厅里所有的人都默不出声地看她走近，她走到客厅门前，站住。

段可君　（扫了一眼众人，最后看着曹继霆，毫无表情地）我来拿点我自己的东西，还想看看米儿。（转身，欲上楼）

曹继霞　（激动地）你站住！

［段可君站住，回过身来对着她。客厅里空气很紧张。莫默拉了拉曹继雯的衣袖，两人悄悄下。

曹继霞　你，你……一飞呢？你把一飞带到哪儿去了？快说！你还我一飞！把一飞还给我！

木林森　（劝阻地）继霞……

［曹继霞啜泣起来。

段可君　我和他已经分手了。

曹继霞　分手了？你和一飞分手了？

段可君　是的。一个月前。

曹继霞　那他现在在哪儿？快告诉我！他在哪儿？

段可君　我不清楚。他说他会同你联系的。

曹继霞　啊，是吗？他是这么说的吗？他同我联系？

段可君　是的。（转身，上楼）

曹继霞　继霆，一飞和她分手了！阿木，一飞说他会同我联系！（两人都没搭理她，各自怀着心事）

［电话铃响。

曹继霆　（接电话）喂……

李一飞的声音　继霞在吗？

曹继霆　你是李一飞！

［曹继霞浑身一颤，跑向电话机。

李一飞的声音　是我。我同她已经分手了，她现在在哪儿我不知道。

［没等他说完，曹继霆就把听筒一扔，走出客厅，来到院子里，独自徘徊……

曹继霞　（迫不及待地抓起话筒）喂，喂，一飞！

李一飞的声音　继霞……

曹继霞　一飞，你现在在哪儿？

李一飞的声音　我在襄阳公园，我需要和你见次面，认真谈一谈。

曹继霞　我马上就去！

李一飞的声音　我在公园门口等你。再见。（挂断电话的声音）

曹继霞　再见！（放下听筒）阿木，他约我在襄阳公园见面，他要跟我认真谈一次！啊，我去收拾一下。（欲下）

木林森　继霞！

曹继霞　（回过头来，顿时倍感歉疚地）阿木！对不起，阿木，我得去见他，我们必须谈谈……

木林森　要是他想回这个家，你会接受他吗？

曹继霞　别问我，阿木，我不想伤别人的心。

木林森　你回答我！

曹继霞　会的，会的。这里本来就是他的家，我没有权利不接受他。不过，他不会愿意回来。他是个很要面子的人。

木林森　那你会跟他去吗？

曹继霞　（停顿）会的，只要他肯……

木林森　（突然爆发般地）那你去吧！去吧！噢，我木林森为什么就活得这么窝囊呢？告诉你，继霞，你们不要以为我从来就是这么一个窝窝囊囊的人！想当年，我老木也是条汉子！我在大学里当过学生会文体部长，我是个高材生！我在我们厂立下过汗马功劳！就是因为六年前的那次事故，你们把我老木从此贬得一钱不值。是的，我计算有错误，可谁能保证一辈子不出差错？牛顿就没有计算错误？爱因斯坦就没有计算错误？我那时是什么情况？天天要到医院陪夜！说穿了，你们就想整我老木！（噎住了气，停顿）

曹继霞 阿木，这些事，我可从来没听你说起过……

木林森 说有什么用？反正你也和别人一样，看不起我阿木……

曹继霞 不，阿木！

木林森 算了！反正我倒霉也倒惯了。从那时起，我便事事倒霉、处处倒霉！他妈的连难得做件新衣服穿穿也会做成这种不男不女的样子！（几下扒去身上的外套，往地上狠狠扔去）

曹继霞 （忙拣起衣服，塞给他）阿木！

［木林森再次把衣服扔在地上。

曹继霞 （扳着他的肩膀）阿木，你这是何苦呢？我知道你的心，你待我比谁都好。我从来没有看不起你，我一直打心眼里尊敬你！你是我一生中见到的最好的人。

木林森 唉！

曹继霞 （安慰地）他这次约我去，也许是和我谈离婚的事……

木林森 不，不要和我说这些。你要去就去！你们夫妻和好，我该向你们道喜！

曹继霞 阿木，我们晚上再谈。

木林森 去吧，去吧。

［曹继霞走出客厅，匆匆向大门外走去，下。

［二楼卧室里，段可君把自己的衣服等物一件件理出来，堆放在床上。在她干这事的时候，常常停下来，目光望着什么地方出神。

［曹继霆走到楼梯口，跨了一步，犹豫，缩回了脚，转身走进客厅。

［木林森与曹继霆无言地对视片刻，各自显出一丝苦笑。他们坐

下，抽起烟来。

［院子里，飘过几片落叶。

［阳台上，出现曹继雯和莫默。

莫　默　总而言之，继雯，我向生活投降，彻底投降。同我结婚吧！

曹继雯　为什么说“投降”？不，不是投降，是休战。我们结婚，休息一阵，再继续同生活作战。我们能实现梦想，一定能！

莫　默　我们还会有激情吗？

曹继雯　我们过去的激情不会是最后的激情。（停顿）真奇怪，我们俩都不相信爱情，却会彼此相爱。

莫　默　我们彼此理解。理解比爱情更伟大。

［沉默。两人凝视前方。

［二楼卧室里，段可君从床下拉出那只箱子，一不留神，箱子翻倒，里面的旧信件撒了一地，她蹲下身去，把信一封一封捡起来……

［客厅里，木林森揿灭了烟头，捡起地上的衣服，拍拍灰尘，套在身上，慢慢走出客厅。曹继霆的目光忽然停留在挂在墙上的小提琴上。他走过去，取下琴。他抚摸着发亮的琴身，目光里流露出一丝欣慰。他举起琴，奏起了那支深情优美的曲子……

［卧室里，段可君停止了动作，她双手捧着那些旧情书，凝神谛听着。

［门口台阶上，木林森坐在那儿，他的背微微有些驼。他望着大门外。

［落叶萧萧。

［琴声如诉……

［霎时，一抹夕阳染上了曹家庭院；满院落叶飞扬，一片金黄！

［渐暗。剧终。

（1987年演出本）

话剧

中国梦

编　剧

孙惠柱　费春放

作者小传

孙惠柱（1951—　），男，浙江余姚人，上海戏剧学院教授，联合国教科文组织国际剧协演艺高校联盟副主席。

费春放（1957—　），女，上海人，祖籍浙江宁波，华东师范大学英语系教授。

人物表

明　明　近年内移民到美国的中国女演员

John Hodges　美国律师

在剧中他又扮演如下角色：

Mark　美国青年

记 者　一美国县报记者

麦　克　旅美香港留学生

他又扮演如下角色：

志　强　中国山里放排人

外　公　明明的外公，美籍华人

李师傅　餐馆厨师

酒吧调酒人

空舞台，上有若干多功能平台和立方体，空中挂有一可收放可移动的电影屏幕。

楔　子

[将饰John的演员上。

将饰John的演员　同志们，朋友们，欢迎你们来看我们的《中国梦》。这个“中国梦”，不光是咱们中国人的，也是许许多多外国人的。其实这些话本来是应该对外国观众说的，因为这个戏最初是用英文写的。现在呢，哎，能不能委屈你们一会，权当你们都是美国人。在美国的一个小剧场看戏。行不行？我知道你们都行。在座诸位中美国通多着呢。right？一会儿，还要把你们当作不同类型的美国人呢，请诸位大力合作。我呢，当然要扮个美国人。John Hodges，中文名字郝志强。意思就是 good，and with a strong will。（他戴上金色假发，成为John）

John　女士们，先生们。欢迎你们来看我们的演出。I'm John Hodnes. My chinese name is 郝志强。这个名字不错吧？（压低嗓门）等演出结束后，我要请你们帮我个小小的忙：请给我们的女主角热烈的掌声。all right？其实，不用我说，她的艺术也一定会……

明　明　（在幕内）John，你在说什么呀？我还没好呢。

John　噢，没说什么。欢迎我们的朋友。别急嘛，我……（明明上）噢，你真美！（吻她，转对观众）这就是明明，我的女朋友，她是从中国来的。一个美丽的中国名字……

明　明　Hi，good evening！其实我有四分之一的美国血统。我的外祖母是美国人。

John　Well，也许她不是个典型的中国姑娘，不过她的大部分时间是在中国过的。明明是个杰出的中国明星。

明　明　Come on，John！我其实早不是中国明星啦。我是个美国女企业家，我有个餐馆，还不算小呢。

John　你们看，这就是我们的问题啦。她放弃了美妙的中国艺术去经商，我说这是……莫名其妙！她是这么有才华，她的潜力很大，可是我很难说服她。很快你们就会看到的，不用说她那些特别的技艺了，光是她这个人、她的经历、她的梦，就是一出绝妙的叫你想笑又想哭的戏。

明　明　Oh，John，please！

John　（不理她）请你们到这儿来，就是想要你们帮助我说服她，别放弃艺术……

明　明　嗨，你们可不能光帮他来说我呀。要说起道理来；他已经够厉害的啦。他是个律师。我可不是。咦，你倒说说你为什么要当你的律师呀？你自己……

John　明明，我们说好了的，今天只谈你的问题。

明　明　这……这可有点不公平，你的问题哪比我小啊？

John　明明！（沉默）

麦　克　（上）好了，好了。看来他们俩这出戏还非得有我这中间人不成。我叫麦克。我来自香港，跟他们俩在一块。今天这样的演出在正规的演艺业中可算是绝无仅有。简单说吧，John为了说服明明继续干演艺业，特地组织了一场戏，试一试中国明星在美国舞台上的魅力和潜力有多大。

John　对，看完请告诉我们，你们觉得她的前途如何。

明　明　其实，人们也不用告诉我，我知道美国人多么会捧场。我到现在还分不大清哪些是真心，哪些是客气。请你们看吧。

John　该鼓掌的时候当然得鼓掌喽，对不对？

明　明　嗨，John，哪有你这么跟观众讨掌声的呢。对不起，别看我显得好像有点勉强，我还是希望你们会喜欢我们的演出。其实这还说不上是个真正的戏——我们真的没时间搞戏呀；不过是一些片断。从我的生活和我的梦里拣来的，当然也有他的。别看他背景跟我完全不同，有些梦可是出奇地相像。

John　可别忘了，主角是她，明明。

麦　克　John是第一配角，我是第二。反正所有的男角色都由我们分头扮。当然我演黄皮肤的东方人，他演白皮肤的西方人。明明呢，就演她自己。（下）

John　第一场是在我那个独木舟俱乐部。划独木舟是从美洲土著印第安人那儿学来的一种划船运动。那是我和明明的第一次约会。

明　明　请你们原谅这光秃秃的舞台——没办法，这是美国，什么都要钱。

John　别说这个。一会儿，她在这上面表演起来。你们马上就会看到中国戏剧的魔力，它会带给你们看不尽的湖光山色，诗情画意，让你们忘了这是在美国的一个穷剧场里。（麦克递给他一把桨。他笨拙然而饶有兴致地模仿起中国戏曲的划船舞蹈）

明　明　（拿下他的桨）呃，John，你这才真叫出洋相呢！跟你说了。我不想在这儿卖弄中国技艺。我现在不是中国演员了。演员。就算我是个前面不带修饰词的演员好吗？我干嘛非要靠那些奇异的动作来显得与众不同？我还没……（欲言“尝够这滋味吗”？又止）再说，那些程式化的动作也不是用来演你的美国式的划船的，多别扭。这是在美国，我们还是讲点现实主义吧。那天，你是怎么教我划独木舟的，在你那独木舟俱乐部？（她坐在舞台边或一平台边上，以靠观众的一边为水，划起桨来。不无嘲讽地）在美国，我就是这样学划独木舟的。自从开餐馆以来，这算是我第一次有整天的休息。大老远地从城里来这儿，又不下河，坐在这假池塘边的模型上白白地使这傻瓜力气。

[她使劲划桨。水声越来越响，银屏垂下，字幕：

Ⅰ. 独木舟俱乐部——美国

John　当然以后我们要下河去划真的独木舟，可现在你应该先在这儿学会划桨。虽然这是模拟的，跟真的也差不多，这不是水吗？这样划——一、二、一二。（他像教练似的教她）

明　明　（一会儿就厌了）嗨，你以为我从来没玩过水是吗？我们下河用真船赛一赛，怎么样？

John　比赛？今天不行。也许明天吧，如果你可以……

明　明　不行！我明天得回去看我的餐馆呐。

John　不去不行吗？

明　明　当然也没谁逼着我，自己的生意嘛，来吧，咱们赛一赛，就现在！

John　现在？不。如果你不想做这个练习。就歇一会儿，聊聊天也行。

明　明　聊天？你这么远开车来，是来坐这假船上聊天？你是怕跟我比赛吧？

John　就是嘛。明明，你可实在是太不像一个中国姑娘。这么好斗，不，是好胜吧。

明　明　你这是什么意思？

John　Well，人家说，中国姑娘总是温柔、谦恭、含情脉脉，至少不是那么好竞争。

明　明　Well，所以你要请一个中国姑娘来这儿跟你一块度周末。对不对？

John　哈哈，你以为我以前不知道你这个中国姑娘是多么不寻常吗？我要是想找个寻常的中国姑娘呀……算了，说不定我喜欢的就是你这样不寻常的……

明　明　你得了吧，“寻常”，“不寻常”，好像真是个中国通的。你到底了解中国吗？去过吗？

John　没有，这真不好意思。

明　明　“不好意思”？因为没去中国？难道中国对你们美国人这么神秘？

John　倒未必是对我们美国人，可是我是学过汉学的。

明　明　汉学！学过中文？Do you speak chinese?

John　（带外国腔地）马马虎虎。

明　明　你不早说。

John　早告诉你又怎么样？（沉默）为什么不说话了？你不高兴了？

明　明　没有，我是在想，到底为什么你会对我有兴趣，要是我的美国血统是全部而不是四分之一，那么……

John　噢，你以为我喜欢的仅仅是你奇特的中国背景而不是你这个人，是不是？

明　明　但愿不是……噢，对不起，我并不想……你知道，我见过那种人，有人是那样地对待外国人的。有一种不愉快的记忆……真对不起。

John　没关系，我懂。好吧，我们就改谈别的。我可以保证不问你任何关于中国的问题，甚至连“中国”或者“中文”这些词儿也不用，怎么样？我保证了。

明　明　嘻，瞧你这认真劲，要是犯规怎么办？

John　犯规就罚嘛，罚掉水里，怎么样？不过你也一样，要是你犯了规……

明　明　我也罚掉水里，当然啦，公平交易。得了得了。我可不会犯规，还是留心你自己的嘴吧。那么，我们谈些什么呢？

John　随你吧，记得上一次，你多会说呀。

明　明　Come on！请你别再笑我了，好不好？鬼晓得为什么那天晚上会跟你这么个陌生人说了那么多话，我真傻。算了，我们还是去划独木舟吧，比赛！到这儿不就是来划船的吗？

John　可是，你一定得先在这儿掌握好基本动作，才能划真的独木舟。这是我们俱乐部对所有客人的规定，以防危险。

明　明　原来如此，就是说，你一定得背熟菜谱然后才能做菜，对不对？那只能是模仿！On，well，也许这就算你们典型的美国方式吧。

John　（狡黠地）Well，那什么是典型的你的方式呢？

明　明　你是说我们中……哼，你想诱我上当呀，我才不呐。我可不想掉这死水里去。嘿，你要是不怕跟我比赛，就弄两只独木舟来嘛。我还以为你们美国人都……

John　为什么叫"你们美国人"？你不也是美国人吗？是不是？

明　明　我知道你打的什么主意。我当然是啦。说实在的，我比美国人还美国人，不是吗？"好斗"，你都已经看出来了。我不这样行吗？

John　我恐怕不太懂你的意思了。为什么你一定要这样模仿美国人呢？

明　明　这可不叫模仿！我还以为你应该懂这些的。

John　为什么我应该懂……

明　明　你是个律师嘛，什么事都逃不过你的眼睛。

John　可是，如果碰到你这么厉害的对手呀，我就糊涂了，一定失败。

明　明　你看你像个懂得失败的人吗？哼，也许就因为你总是成功。一个律师，尤其是一个成功的律师，你永远不会理解那些还在下边苦苦奋斗的人，尤其是那些迟到的竞争者。别人已经奔得人影都不见啦，你才刚刚开始……

John　你是说你，你……

明　明　你比赛来晚了，怎么办？没别的法子，只有跑呵，拼命跑，死命追。跑得比前边的人更快，比谁都要快！

John　即便是在闲暇的时候，比方现在？

明　明　"闲暇"？对我这还是个新词呢？自我来美国以后就从来没有过。

John　你现在有啦，在这个远离喧嚣的城市的地方，远离狼奔豕突竞争的地方。明明，从今以后，你能不能稍微放松一点呢？

明　明　你想我能吗？当然咯，你怎么会理解呢？这是在钢丝绳上跟那些跑道上的人赛跑，只有从这钢丝绳上才能跑上他们的跑道。“放松一点”？不管是哪个关节，什么小小的地方，只要你稍微松那一口气，好吧，一下子你整个都会垮下来，砸个一塌糊涂，就再也别想爬起来了，创业难，在成功者的世界里创业更难。看，你们那些闲暇啊，旅游啊，业余爱好啊，还有什么别的名词，我们这种人的词典里是没有的。

John　你是说就因为你刚刚来自……

明　明　一个外国，一个发展中国家，一个像中……哎见鬼，干嘛我老是往这上头撞呀，是让魂缠住了不成？（沉默，她使劲划着无效用的桨，水声哗哗）

John　明明，你想不想听个故事？

明　明　是个……美国故事吗？

John　是……差不多吧，可以说，是我自己的故事。

明　明　是吗？说吧。

John　过去的某一天，有个人和他的影子一起生了下来，那影子老是跟着他，走到哪儿跟到哪儿，站在那儿也盯着那儿。那个人讨厌影子，想着法子摆脱它。他想如果他跑得快些，也许就能甩掉这个影子。于是他就跑啊跑啊，越跑越快，可是那影子也是越跑越快，就是死死地咬着他不放。终于，他跑得筋疲力尽，倒在地上死了，跟他的影子一起……

明　明　哼，等一等，你这个影子是在影射什么呢？

John　I don't know。你说呢？

明　明　我是希望这别是说来教训我的，我可是受够了这一套。

John　Well，我跟你说了，这差不多是我自己的故事，当然除了那个结尾之外。

明　明　好吧。反正你小心，别来影射我就是了。

John　当然，我说的是真的，在我一生中最困难的日子里，我真是想甩掉我过去的一切。我踏进了一个完全陌生的新天地，我努力使自己想事、做事都像一个完全不同的新人。我把所有的时间都投到这个新的世界里。我拼命工作，一天干十八个小时，连一分钟的闲暇也不留给自己的思想，就怕我过去的"阴影"罩着我的现在。

明　明　后来怎么样呢？

John　一天晚上，我做了个梦。我变成了一只蝴蝶，飞来飞去，在鸟语花香中，在小桥流水间，优哉游哉，好不快活。我全然忘了自己是谁，是干什么的。一会儿，电话铃把我惊醒了，我又变回到我自己。一个忙忙碌碌的律师，甚至在半夜里也在交涉伦敦客商的生意。那一夜我再也没入睡，我在想，我是梦见过自己变成蝴蝶的律师 John Hodes 呢，还是在梦中变成律师 John Hodes 的蝴蝶？

明　明　多深奥，多诗意的问题呀，能再说一遍吗？慢一点？

John　我也不知道，我还在想。你说呢？

明　明　（长时间的沉默后）不，你说的是假话。

John　什么？！

明　明　这根本不是你自己的故事！

John　我也不知道怎么，可我就是不信……

John　你不信有这么个故事？

明　明　什么叫"有这么个故事"？在哪儿？这故事是从哪儿来的？

John　是的，可是它也是苦的，辣的，让人疼的，触心触肺地疼！

明　明　（平静地）这不是美国人的故事，这是中国的。

John　Yes，两个故事都是从中国贤人那儿来的，庄子的。你读过庄子吗？

明　明　读过？……没有。（窘）哼，哎，掉到水里去，你保证过的！我恨你！

John　我喜欢你，明明。（慢慢地脱外衣）

明　明　你想干什么！你真的要跳到水里去，把我一个人留在这死船上吗？

John　Well，怎么办呢？难道要我第二次犯规吗？

明　明　你见鬼！You Devil！

John　哈哈哈哈，好了，现在，我就跳到河里去。

明　明　你是个美国律师，干嘛对中国的事情这么感兴趣？做中国人的生意吗？

John　只有做生意的人才对中国感兴趣吗？做生意也做不到你这样的人身上呀。

明　明　那为什么，你……学中文，当律师……

John　你也有兴趣了吗？这事说来话长，以后再慢慢谈吧，先告诉我一些你的事，你在中国的事。

明　明　从哪儿开始呢？

John　中国人也划独木舟吗？也有这类业余爱好吗？

明　明　我不知道，像这样的？一定没有。

John　或者是类似的水上……

明　明　我只记得放竹排，在那窄窄的、急急的、曲曲弯弯的河上，在那青青的、密密的、层层叠叠的山林间……噢，我老想把它忘了，可是，一点也没有……

John　“放竹排”？怎么样的？你还记得？

明　明　欧，John，你干什么老是要来碰我那触心触肺的抹不掉的记忆呢？

［她不自觉地站起来，开始了湍急河流上的放排舞——京剧和现

代舞的结合。渐渐隐去。

John　(对观众,又对自己)噢,这就是明明在中国的湍急山河里放竹排的情形。排是竹子扎的,既是货物,又是运输工具,就是说既是手段,又是目的。下一场,我们要看明明和放排人的故事,可惜,那是在“文化大革命”中,在那些现在人人都诅咒的日子里。

[银幕垂下,字幕:Ⅱ. 竹排与小河——中国

[明明放排舞:先是手握竹篙,自如地滑行在较为平静的水面上。一会儿,来到了一个水声轰鸣的跌水前,她犹豫了。欲退,她使劲把竹篙往前撑去。眼看就要抵挡不住身后大水奔腾而来的力量了,慌乱。

[志强从高处跳下,落在她的前边。他一手撑篙,一手把明明往岸上推去。明明借着竹篙,像撑竿跳似的划了一个弧线,跃出舞台画面。志强一松篙,让竹排往前冲去,他蹲下身子,仿佛大半个身体都被水浸没了。重新钻出水面后,他点住竹排,把它绑在一块石头立方体上。

明　明　(覆上,惊魂未定)我真不知道怎么感谢你才好,你救了我……救了我的竹排。

志　强　放排人不用说谢,放排人靠的全是这河。(突然发现)呵!我……你一个妹子到这排上来做什么?请问,你是哪儿来的?是谁让你来干这个?

明　明　我也说不清楚,一定要回答吗?

志　强　千百年来,从没女人放过排。

明　明　女人就是不行,还是有什么迷信?

志　强　不要用那个词儿。我不爱听。放排不是轻巧活,人人都能做。

明　明　那当然。可我不是“人人”,“人人”也不都是我。

志　强　这话不错。(旁白)要是人人都有她这般俊俏。不过……无论如

何你是初来乍到，怎么能……想想刚才那一下子。我看你现在还是心里怦怦跳吧。是什么人让你来干这个的？咒他不得好报应！

明　明　可别咒我，是我自己找来的麻烦。

志　强　你自己！现在知道这是麻烦？

明　明　生活不是充满了麻烦？比起那些闷死人又没完没了的小麻烦，我倒是喜欢这冒险可带劲儿的大麻烦，你说呢？

志　强　我？从来没想过。生来就是放排人，绑在阿爸背上我就钻水窝，山是枕头河是床……

明　明　你从来没有选择？

志　强　“选择”？你是“选择”来放排？那么现在，你还真是喜欢？

明　明　也是也不是。怎么说呢？没那么简单。

志　强　真稀奇，从来没见过这样的妹子。看起来，长着一张中国脸，可听起来，讲的又像是外国语。你到底是哪儿来的？

明　明　这话说起来可就长了，我怕你没那耐性。

志　强　你是怕我粗人听不懂细话。

明　明　哪能呢？我是来接受再教育的嘛，其实我是在记挂我的排，不能误了七点。

志　强　什么？七点？放排还限时间？

明　明　这是军垦农场的纪律。

志　强　“纪律”？“纪律”是什么机器？……好嘞，好嘞。上路。上路。这段河道还算平，让我把两个竹排接过来。

明　明　那太好了，谢谢你。（二人解缆，接排，上排）

志　强　说了放排人不用说谢。说你的故事吧，我来照应这排。（开始放松，优雅地放排舞）告诉我，你到底是从哪儿来？

明　明　我生在上海。你知道上海？

志　强　当然，可不就是那最大的城市？

明　明　你去过那？

志　强　没。可好多竹排去过，就沿着这河。这河连着上海。水都是通的吗！可是一到山下边。竹排挂上大汽船，不用放排人了，欸，我梦到过放着竹排一直去到上海，去摸摸那大楼房，走走那柏油路，人说那黑油是硬的，是不是，真想去看看那最大的城市……

明　明　（笑起来）说不定哪天还可以放排到美国去呢！水也都是相通的吗。

志　强　美国？那有多远？

明　明　（突然情绪跌落）我不知道，从来没量过。反正我又不想去那儿。

志　强　那当然。谁会想去那儿？那儿全是蓝眼睛，高鼻子的洋鬼子，美国是最坏的地方！

明　明　什么？什么？你怎么知道的？你也知道美国是"最坏的地方"？

志　强　不是吗？人人都说……

明　明　实话跟你说吧，我就常给人叫做"美国鬼子"American Devil。

志　强　你可别吓唬我！

明　明　你可别吓着了。"美国"，人家说我就是那儿的人，所以……

志　强　什么？你是美国鬼子？我是活见鬼了？那你可别怪我不懂礼貌。（匆匆解绳，欲分排去）

明　明　怎么啦！（她想阻止他，又怕失去自尊而制止了自己；然后用篙努力想把自己的排撑开去）

志　强　（又看了她一会）不，不要这样硬撑！（她毫不理会，他冲过去帮她把排理顺）你……你不会是美国鬼子，不会！可为什么要骗我？

明　明　为什么要骗你？我外祖母是真的美国人。外祖父在美国留学时娶了她。我母亲在那儿出生的，倒霉的美国公民！外祖父现在还在那儿，也许他死了？我不知道，死也死在美国。

志　强　所以人家叫你美国鬼子？（上下打量她）

明　明　现在你觉得我像美国人了？

志　强　我……你是跟山里的妹子不相像。可我没见过真的美国人。他们跟中国人哪儿不一样？你见过你外婆吗？她也这么……漂亮？

明　明　只在梦里见过，她真难看，因为我恨她，是她把我弄成个讨厌的“美国鬼子”

志　强　哦，那你阿妈呢？她像哪国人？她在哪儿？

明　明　死了，跟父亲一起，开了煤气。

志　强　“煤气”？……，……那你……可有兄弟姐妹？

明　明　没有。（她拿过他的篙使劲撑排）

志　强　噢，因为你是这样一个“美国鬼子”，他们就逼你来放排？天下哪有这样的理？

明　明　不，起先完全是我自愿的，我想换个新活，多少可逃开那个农场，那人挤着人，人盯着人的农场。在那干活，谁也不该想比别人出色，可我没办法，总是想拔尖儿，我从小的教育就是这样。

志　强　“教育”？

明　明　父母都是美国回来的拔尖的科学家。我在戏曲学校也总是想演主角，总想当最佳。

志　强　噢，你是演戏的？最佳演戏的？

明　明　早就不是了，更别说“最佳”。能让一个“美国鬼子”演中国革命样板戏吗？可偏偏也是这点倒霉的美国血统害得我老想出人头地，干什么都想要比别人强……

志　强　我看你就是比别人强。

明　明　算啦，还强不强的，我是一个“美国鬼子”，连跟别人站在一条起跑线上的资格都被剥夺了。谁叫我个人主义想出风头，活该去吃苦受罪，活该为那没见过面的外公外婆，那死了的爸爸妈妈赎罪，赎那当美国鬼子的罪！

志　强　狐狸豺狗乱嚎嚎，放排人就不过大山？嘴巴长在人家脸上，胳膊长在你的肩上。这河上的活是老天给的，天底下谁能改它的性儿？

明　明　那么，你说我能干这活？

志　强　我看你有这志气。

明　明　可是，他们把任务越加越重，装上了卡车的竹子都卸下来让我来运，非要逼得我趴下不行。

志　强　那天咒的！你想趴下不想？

明　明　我不能，我决不能呵……

志　强　对，就是这口气。别担心，我会助你一臂之力的，一条河上的放排人。我给山民们放排，天底下只有我自己是我的长官。啥时候你用得着我，我就会在你的跟前。

明　明　莫非你是神仙？你是……

志　强　不是神仙是凡人。可这山里方圆几百里，谁不知我们家的名？多少代了，我也说不清，放出竹子。换回油、盐、铁器家什，这条河系着山民的生命。从前老戏文里一唱河神，二唱放排人。我们家祖先都在戏里称过英雄。哎，说不定哪天你还可以在戏里唱一唱他们……

明　明　（被他的纯真所感动，情不自禁地握住他撑的篙，两人同撑一根篙）你叫什么名字？

志　强　志强是我的学名。

明　明　志强大哥，真心感谢你。我是明明，不是美国人，也不是上海人，从今天起要跟你做山里的放排人。（将脸靠在撑篙的手上）

志　强　（害羞地扭转脸去，旁白）我可不管人家叫她美国鬼子还是仙子，老天给我送来的是个天仙般的妹子。

［大幅度的放排舞，时而独舞，时而双人舞。几个月过去了，明明的动作越来越熟练、刚劲、优美。

John　（上，似陶醉在他的梦境中）一个孤独的放排工，和一个孤独的“美国”姑娘在小河上结成了伴，看，多么爽呵，古老的中国山川，古朴的中国人情。我多想也能和他们在一起……我会比他们更难体会这种自然的美。他们常常是身在美中不知美呀。从小时候绑在阿爸背上起就拴在了竹排上。志强从来没想过，放排竟会是这样一种艺术。是不期而至的明明让他看到了放排自身的美，现在他开窍了，有时候，他会分不清明明是在湍急的河流上放排呢，还是在平展的戏台上舞蹈。

志　强　（从另一头撑排上，哼着民歌《小河淌水》）有一天，明明对我说：“你放排放得真美”。我傻了，她真是爱上放排了，可是，她从来不肯唱一段戏或一首歌给我听，不管我怎么求她都不依。

John　她老说没那心情，可怜的志强，永远也不知道怎么才能摸到她的心情。

志　强　有一天，雷暴雨来。（John下）

［雷雨声中，明明在发狂的河中奋力撑排，志强跳上竹排相助，二人都被浪埋没，终于又钻了出来，把排系在河岸上，雨停了，他俩全身湿透，筋疲力尽。

志　强　（离开少顷，回来时带着几件打补丁的旧衣服给明明）快换上干衣服，别着凉了。我等你换好就回来。（欲下）

明　明　别离开我！背过身去就行。

志　强　好吧！（他转过身去）好了叫我。

［明明脱到只剩小内衣，但没换上志强给她的干衣服。她抚摸着颤抖的身体，好像在梦境中。

志　强　好了不？

明　明　没。(继续着她的梦)

志　强　好了不?(明明不回答,有顷)明明,你还在不在那儿?(仍无回答,他转身去看,惊呆了)我的天!不……

明　明　(猛醒)对不起,我也不知道在想些什么。别那么害怕样子,从来没见过女人?

志　强　(茫然地)不……

明　明　我就穿上,我真是冷了。

[志强颤抖着,过去紧紧抱住她,移向平台后面。他们重新出现时,志强已成了John,他狂热地亲吻、抚爱明明。

明　明　(突然推开他)不!别这样!这不是志强。志强不是这样的!

John　(失望地)他是怎么样的?

明　明　我不能告诉你,你们美国人不会理解的。

John　又是"你们美国人"。

[一声炸雷带来了又一个浪峰。系着的竹排冲开去了。

[John隐去。志强立刻冲上,跃向河中救竹排。

明　明　不行!不行!太危险了!让它去。放它走吧!

志　强　(在雷雨中吼道)这是全村过年的钱,还有你的"纪律"!(他在雨中浪中搏斗,姿态比平时放排时更健美。他消失在风暴中了。一会儿从舞台上方出现,随着竹排呼啸而下,永远地消失了)

明　明　志强!志强!志强!他走了,走得那么美。他喜欢我有一次对他说:"你放排真美"。真的,真美,哪怕是在他驾着那最后一联竹排在我的生命中消失的时刻。我总觉得还看到那一幕惊心动魄的美,好像他还在呼啸着从那浪尖上飞去……我恨自己为什么从未答应给他唱一支曲子,我可以让他高兴得像小孩子一样的,可我没有。太晚了,现在,太晚了!可是从那天起,我却禁不住又开始唱起曲儿来,不是我以前爱唱的戏曲,而是一支常听他哼哼的民歌。(唱《小河淌水》)"哎！月亮出来照灯火，照灯火！望见月亮想起哥，一阵清风吹上坡吹上坡，哥啊哥啊哥啊，你可听见阿妹妹叫啊，哎阿哥"！

[快到唱完时，她已不是在河岸而是在体育馆的中心舞台。随之以暴风雨般的掌声和喝彩声。

John　(上)所谓的"文化大革命"结束了，明明的演员才华又被发现了。(明明数次鞠躬，在掌声中离去)不久，这位明星的名字也终于被她在美国的外祖父发现了，明明告别了她刚刚赢得的千百万中国崇拜者们，来到了美国，来见她唯一的亲人。美国，美国，这个美丽的国家，是什么在迎接这位中国明星呢？

[字幕：Ⅲ．外公家的晚会——美国

[明明着簇新旗袍走进这个想象的别墅，眼前的一切使她愣住了。在踩了一下厚厚的地毯之后，她脱下了新的高跟鞋，放在角落里；又觉不合适，将鞋提起，不知如何是好。

外　公　(上)Hi. Ming Ming! what are you doing?

明　明　外公……Grandfather, I ... my ...

(英语结结巴巴地，她索性就指着鞋和地毯)

外　公　Oh, I see，我的姑娘傻了眼了，别在意，穿上鞋，就在这上走，没关系。从来没在这样的地毯上走过？欧，谁能想得到哇。你母亲是在这样的地毯上滚大的。她就喜欢爬在厚地毯上玩，唉，谁让她硬是要跟你父亲一起回去"参加建设"呢，把自己给建设没了。哎，我真不该在今天，这明明回来的喜日子里说这些不愉快的事。来，明明，我先带你看看这房子，一会儿要把你介绍给许多朋友。别让他们看你像乡下人似的。来。(领着明明挨间地看)这楼盖了很多年了，算不得漂亮豪华，就是舒适。现在呀，那些年轻人，特别是"雅皮士"，知道什么是"yuppies"吗？不是嬉皮士，嬉皮士早过时，现在吃香的是 yuppies 年轻的律师、医生，银行家们。他们的房子才是高级、漂亮。我是老了，不想那些了，哪天等你成功了，有了钱，你们可以有好得多的房子。(明明在眼前这所房子里已经看呆了，外公的话惊得她说不出话来)这是餐厅。以后咱们俩就在这儿用餐。看到那瓷器柜吗？我给了你父母同样的一整套带回去。现在我看是早成了碎片了吧。

明　明　噢，我还留着两个茶杯呢。

外　公　是吗，我倒没想到。这儿是厨房，挺大的，是不是？我敢说在上海的话这儿可以住两代人了是不是？以后我会教你用这些洗碗机、微波炉什么的。没见过，一定挺有趣的。(明明碰到了一个什么电器，那怪声吓了她一跳。外公把它关了)没事没事，这个没危险。不过以后做什么事都要读了说明书再动手。来，这儿来，这是你的卧室。也不漂亮，可还舒服。你母亲就在这儿住过。(明明想摸摸什么，想想又止住了)好吧，这儿来，dear。这里是放室内工具像吸尘器什么的，那下面一间是放室外工具像剪草机、铲雪机什么的。以后你要学学用这些机器，帮我看着这房子，这些都是美国造的 fool-proof machine。知道什么叫 fool-proof machine 吧？噢，可以叫傻瓜机，傻瓜都会用的，一点都不难。(明明念一个机器说明书)，现在不用念那机器说明书了，你要在这儿住下了，有的是时间，我们还有客人在那儿等着呢。这是个欢迎晚会，你是今儿晚上的公主。还要怎么打扮一下吗？我给你准备了一套化妆品。

明　明　这样还不行吗？

外　公　(打量了一阵)……好吧，反正他们都知道你是刚从中国来。

明　明　他们都是些什么人呀？

外　公　都是我的朋友。早等着要看你呢，从竹幕那边另一个世界来的美丽的小孙女——这儿不分什么孙女、外孙女，都一样，你知道我们家在这儿没什么中国亲戚，自你外婆去世后，美国亲戚也没了来往。在美国呀，朋友最要紧，特别是行业中的朋友，比亲戚有用得多。这就是客厅了。别紧张，别看它大，是家里的。（替明明整整衣服，定定神，然后对观众）Hello, ladies and gentlemen，女士们，先生们，对不起让你们久等了。现在，我万分高兴地向你们介绍，我最亲爱的孙女，好不容易才找回来的小孙女，明明！

掌声、口哨夹着评论：

“欧，看她多漂亮！

“真是个东方美人！

“嘿，她害羞呢，多迷人。

“瞧她那绸缎袍子，多不可思议！

……

一年轻男子声音　Hello，明明，如果你不介意，能告诉我们一些中国的事吗？你在那儿做些什么？

明　明　什么？我……我做过很多事情，你想知道什么呢？

那声音　Well, anything really，先说你记得最清楚，或者跟我们这儿最不同的事情。

明　明　这儿是怎么的，我还不大知道，嗯，就讲放排吧，我放过竹排，在那水……水冲得很急的小河上。在一层又一层的山里头。

那声音　放竹排？玩吗？

明　明　不，是工作。

外　公　Jesus christ，耶稣基督！让个如花似玉的姑娘到那凶险的山溪间放排，真造孽！那可是许多强壮的山里人也干不了的活呀！明明，我没能早点把你救出来，让你一个孤儿在那受罪，真是问心有愧呵……

明　明　不，不！外公，这不是……我不知道该怎么说才好，不是像你说……那么简单！

一个带外国腔的声音　不！明明。无论如何你现在回到这儿了，你知道你外祖父费了多少精力才把你找到，又费了多少周折让你来美国，比比你那些还留在那边的伙伴，你算是幸运的啦！在这个自由世界，你可以做你喜爱做的事了。张开你的臂膀，拥抱这自由，享用这自由！明明，欢迎你来美国！welcome to America!

许多声音　欢迎你来美国！welcome to America!

明　明　Oh, thank you, thank you very much! 我不知道该怎么说好……

那年轻人的声音　对不起，请问，在中国你不是个明星吗？你是演什么的？听说中国戏里有很多功夫，功夫就像杂技一样，翻跟头什么的，你也会那些吗？

明　明　我是……我是个演员，可大家更喜欢听我唱歌不。

不少声音　嗽，那太有意思！唱什么样的歌？请唱一个！

明　明　（小声对外公）我该怎么办呢？他们能懂我们中国歌曲吗？

外　公　没关系，这都是些有教养的人，不会使你难堪的，唱吧，他们对你很有兴趣呢。（凑近她耳朵）那老提问的英俊后生是我合伙人的儿子，一家子都是很成功的。

Mark　（上。他就是那年轻人）你们在说什么秘密话？让我们也听听！明明，别害怕，你是个明星嘛！

明　明　OK，如果你们真有兴趣，也许我可以……我可以给你们唱首歌。

Mark **及很多声音**　太好了！是中文吗？

明　明　是的，是首中国民歌，叫做《小河淌水》，是我最喜爱的歌。我只能用中文唱，要不我先把歌词大意讲一讲，这样你们好懂……

Mark　不用了，不用了，就用中文唱吧，来吧，让我们听听。（外公拍拍他

肩膀，下）

明　明　（唱，一开始有点紧张，害羞，这更使这次唱不同于志强死后的第一次唱，这次显得娇媚、甜美）“哎！月亮出来亮汪汪，亮汪汪！想起我阿哥在深山。哥像月亮天上走天上走！哥啊哥啊哥啊！山下小河淌水清悠悠”。

（掌声和“再来”鼓励着她，唱第二段时，她显得十分自信，即兴地加上了不少舞蹈动作。）

“哎！月亮出来照半坡，照半坡！望见月亮想起哥，一阵清风吹上坡吹上坡，哥啊哥啊哥啊！你可听见阿妹叫阿哥，阿哥”！

［歌快唱完时，Mark 不知从哪儿拿来了一束鲜花，他先挥着花束指挥观众们喝彩。

众　声　太美妙了！

Mark　（与此同时对观众）

神话一般！嗨 Come on，大声点，

再大声点！

不可思议！

多甜美，多感人！

明　明　（对观众）Thank you, thank you very much！（有点受宠若惊）我……我还可以给你们跳个舞，中国舞，OK？我就去换一下服装。（跑下）

［Mark 对观众挥挥手，耸耸肩。他渐渐不耐烦地在台上踱了一阵步。好一会儿明明穿着簇新的民族舞服装来了。只有一片脚步声和 Mark 一个人在等着她。随即隔壁房间里传来杯盘撞击的用餐声。

Mark　嗨，祝贺你，明明，我是 Mark，我真感动了，多甜的歌。

明　明　Thank you，你能听懂那歌吗？

Mark　　欧，当然是一支甜美、轻松的爱情歌曲，不是吗？

明　明　嗯……“轻松”？其实，那是个……

Mark　　噢，反正，我爱听你唱歌，真美。晚会以后，明明，愿意跟我一块儿出去吗？

明　明　嗯……马先生，我想我最好先问问我外公，好吗？

Mark　　没问题，他知道我，他告诉我我可以请你出去。当然是晚会以后，另外，请叫我 Mark。

［舞曲奏起来了。

明　明　谢谢你，马先生。

Mark　　当然。先别忘了吃的。（他们下）

［字幕：Ⅳ.约会与电影院——美国

［Mark 与明明边走边上。

Mark　　你的舞真好。是在哪儿学的？

明　明　噢。谢谢。小时候爷爷妈妈教了我一点。后来，我说来话就长了，我爷爷是……（她意识到他未必会有兴趣）well……

Mark　　Well。中国人怎么 date？

明　明　对不起，我……

Mark　　我是说，他们怎么样 date？噢，date 就是一男一女约好时间出去……玩儿。

明　明　噢，就是“约会”！我懂了，可是在中国，我没那样的经验。

Mark　　是吗！你从来没有过男朋友？

明　明　（沉默有顷）没。我从来没约会过。不过，我知道中国人总到电影院去约会。

Mark　　“总是”？你是说的“总是”？

明　明　是呵，我说错了？

Mark　　哦，不是。美国人有时候约会也去电影院，可不“总是。”为什么……中国人总是到电影院……

明　明　为什么？我倒从来没想过。嗯，对了，是有原因的，你看，对那些刚刚开始认识的。电影能帮他们避免难堪，而且又提供了话题，对不对？至于那些已经熟悉的，电影院是最好的地方两个人可以亲热亲热，暗地里谁也看不见他们。

Mark　嗯哼，只有在电影院才可以亲热?！怎么个亲。

明　明　这……我也不知道英文该怎么说。

Mark　我可以教你嘛。你先做给我看看。（凑近她，伸出手去）你是说这样。

明　明　（紧张）不，不，马先生！我也不知道。（退缩）对……对不起。

Mark　嗨，别害怕嘛，我不过开个玩笑……well，愿意去看个电影吗？

明　明　看电影！

Mark　嗯……既然我们是刚刚认识，看电影会有帮助的，对不对？

明　明　嗨……我恐怕听不大懂的。

Mark　不，你能懂的。我们可以找个比较形象的电影。形象，就是说，光看就能看懂的。

明　明　可我也不喜欢浅薄的电影。

Mark　那当然了，我们不会看×电影。对不对？哈，这是笑话，让我看……噢，对了，有个“人猿泰山”的新版本，很有趣的，那可不浅薄，对不对。也没有多少台词。

明　明　那是讲什么的？

Mark　“人猿泰山”，你一定听说过他的故事，是不是？

明　明　嗯哼？

Mark　对了。这是个有名的故事，有过几个电影呢。我们去看个最新的，怎么样？

明　明　那好吧，如果你说好。

Mark　噢，当然，你一定会喜欢的。（二人下）

［麦克搬上两把椅子。面对观众。银幕垂下，位于椅子与观众中间。这样观众可同时看到银幕的反面和台上人的反应，明明、Mark 上。

明　明　这儿？

Mark　为什么？你是说这不过是块空场子？

明　明　是嘛。这不就是个空空的……

Mark　美国的电影院常是这样的。（二人坐下）中国的电影院总是坐满的吗？

明　明　是呵，特别是晚上，街上还老有人排着队等退票呢。

Mark　全是约会的男女？

明　明　也不全是，不约会，人们也需要艺术嘛。可是这儿……

Mark　这儿嘛，大概反过来，是艺术需要人们，特别有钱的人们。

明　明　为什么？

Mark　要他们出钱资助嘛。要不艺术家怎么活？

明　明　（震惊）为什么是这样？

Mark　也许是艺术太多了吧，谁知道呢，噢，等一会儿。（他站起来出去。一会儿捧回两大盒爆玉米花和两杯软饮料）

明　明　谢谢。这儿电影院里能吃东西吗？

Mark　你吃得越多他越高兴，电影院自己做的生意。

明　明　噢，其实我一点也不饿，也不渴。这要花多少钱？

Mark　没什么，加起来不过四五块钱。

明　明　（惊诧的脸）四五块美金？

Mark　怎么？你觉得贵？那好，也算我们多支持了一个他们的艺术，快看电影吧，这已经是中间了，待会儿还可以再从头看起。看。这是泰山从森林给找回来了。

[银幕上。电影 Greystoke 正放了一半。“泰山”在森林里被找到了。他的祖父——或外祖父——在等他回来。他下马，与祖父拥抱，被介绍给一大群人。客人们问他关于森林的问题，他一一应对。有人聪明地谈到他会动物叫的本领，客人们表示兴趣。他就表演起各种动物叫声来。客人鼓掌叫好，他忘乎所以竟爬上桌子大演起来。

[Mark 捧腹大笑时，明明的脸变了色。Mark 笑得忘情。一把抓住了明明的手，明明克制不住地抽出手站起来。Mark 这才有点惊觉。

Mark　怎么啦？嘿！看呀，你看他，他跳个没完了！那可怜的家伙还以为大家都真的欣赏他呢！（明明往外走去。Mark 抓住她手，眼仍舍不得离开银幕。）出什么事啦？见鬼，这是最有趣的一段！你听不懂？聋子也能看懂了，我真不信……

明　明　我不是聋子，我也不是瞎子！我懂，我当然懂，现在我全懂了！

Mark　（傻了）你懂了什么？我怎么倒糊涂了？

明　明　当然咯。你笑得那么高兴，就像刚才在晚会上一模一样！

Mark　你说什么？什么意思？... Oh, shit!（注：shit 原意“屎”，在美已成“口头禅”。）对不起，我完全不是那个意思。

明　明　什么？你说什么？！

Mark　我说，我不是那个意思，我不是在笑话你，真的！

明　明　我不是问这个，我问你这句话之前说的那个词。

Mark　（突然意识到错在何处，沮丧地）shit，就是这个。

明　明　那是什么意思？

Mark　你问我 shit 什么意思？！oh, shit! 如果你不懂，我也不方便解释给你听……噢，不不，其实没什么意思的，不过是个口头禅，大家都说的……

明　明　不用解释了，我懂了，谢谢你的电影票和这些。（把几乎原封不动的爆玉米花和饮料放回椅子上）我回家了。

Mark　好吧，走吧，没关系。

明　明　不，我没要你跟我一起走。你可以看下去嘛，笑下去嘛，还有，说什么样的口头禅都可以。

Mark　我到底说了什么啦？shit……这电影我早看过了，这不是因为陪你才来的嘛。

明　明　太谢谢你了，马先生。不过，我可没想要你陪我来。现在，我也想一个人回家去。

Mark　好吧。你知道你家在哪儿吗？

明　明　（过敏地）我家在哪儿？我家在哪儿？你……

Mark　你知道哪儿吗？

明　明　那是我自己的事！（往外冲去，被 Mark 止住。）

Mark　我叫个 Taxi 送你回去吧。

明　明　不，谢谢你，我会走。

Mark　走?！你知道有多远吗？

明　明　我不在乎。反正，我也是山村里练出来的，我能走，不管多远。

Mark　可是你找不到的，明明！不管你多么能走。你不知道你的家在哪儿，你根本不知道你要往哪儿走！

明　明　我不知道我的家在哪儿，我根本不知道我要往哪儿走！你说得对，我不知道，我一点儿也不知道！

Mark　好啦，那就跟我走吧。

明　明　不！你看着吧，我会找到我的路的！你走你的吧。

Mark　（从钱包里掏出钱来）Well，如果你硬这么说，我就不送你了，可是请你一定要拿着这些钱。不管什么时候你迷了路，可以叫个 Taxi。只要有了这点钱，总能找到你的家的。

明　明　不！我怎么能拿你的钱？

Mark　Please！这不是什么大不了的。这是美国。要是你没有这钱，你会永远也到不了你要去的地方。你不是刚从中国大陆来吗，我知道你身边没有几块钱的，是不是？拿着吧！

Mark　（下意识地摸紧了她的小皮夹，脸色变得刷白，难堪的沉默。她终于低着头用颤抖的手接过了那钱）谢谢你，我以后会还给你，加上利息。我保证！马先生……（仍然低着头，她往外冲去。）

Mark　（追了两步，大声地）不！……我真抱歉，明明小姐！

［切光。

［字幕：Fountain 餐馆—美国

［台中放了一个柜台。明明着西式裙服上，轻倚在柜台前，对观众说话。

明　明　你们刚刚看到了。我到美国第一天出的洋相。也许应该说，出的“中相”？我们一定也能猜到，那一天，特别是那一晚，对我是多么地铭心刻骨！最后我还是用了他的钱——那位 Mark 的，我那天老叫他马先生——回到了外公家。我在外公家闷了整整一个月没有出门，我真恨透了那个 Mark——他不是坏人，一点也不。可是他，好心好意地，又傻里傻气地。在我来美国的第一天就整个打碎了我做一个中国艺术家的信心和在美国成功的希望。连人家通常都有的头一两个星期的陶醉的时间都没留给我。

你们说。是不是我过于敏感了？也许，我还得感谢 Mark？是他那么及时地让我认识到了以前完全没有想到的严酷的事实：“你根本不知道你的家在哪儿，如果没有这些钱，你永远也到不了你要去的地方。”他说得对，一点不错，外公家不是我的。我那失魂落魄的样子，也根本管不好他的家。连他那些傻瓜机器也摆弄不开。我没有一个自己的家,我没有自己的钱！虽然以前在山里的也老是没钱的,而这儿还是有钱的人能给你钱;可这钱是用你的脸皮换来的！不是小孩子了。怎么能老这样下去呢？外公对我是真不错了。养着我,还给我付学费要我上大学。可我怎么能花那么多年时间去学那些莫名其妙的东西,又老依赖着老外公呢？不,我一定要开始赚钱了。要像美国人一样地赚钱,而且要赚快钱！可我能做些什么呢？有人会说,赚快钱也容易,不是唱歌吗？夜总会会要东方姑娘的。是要她艺术吗？“要东方姑娘”哼！他们会要我,会拍手叫好的,就像我头一天唱歌时一样。就像森林里来的泰山学野兽叫时一样,你们说,我能这样地卖自己吗？

谢天谢地。外公终于决定买下这家餐馆作为我来美国的见面礼。虽说只是个小小的快餐店,总算可以在这儿,像美国人说的一样,踢开第一脚了。我唯一的不满意就是,这是个中国餐馆。又是“中国”！好像我这辈子真永远也摆不脱这个中国影子似的,尽管我有着四分之一的美国血统。外公说我只有做中国餐馆才能赚钱,我可不太相信我就不如美国人？其实,也许是买中国餐馆便宜吧,咳,管它呢,总算有了自己的生意,只要能在这赚到钱,以后干什么不行！再说,我也把这中国餐馆美国化了点。比方说吧,我们还卖三明治、热狗和潜水艇式汉堡包——典型的美国午餐。噢,我一开始就把原来那俗里俗气的中国店名“福记”改成了Fountain。怎么样？像个美国名字吧？而且有意思,Fountain。源泉,未来的运气和财富的源泉！(她走向柜台后,放出美国流行音乐。)

开张第一天我特别不安,是激动、兴奋。还是紧张、胆怯？那些成功,大发的餐馆老板的经验在激励着我。可我自己对生意的生疏。还有语言又……不，我一定要成功，一定会成功。而且是大成功！大发！……我那时候一首歌把几万人都镇住了。难道对付不了这小小的餐馆百十个顾客吗？李师傅。李师傅！

李师傅　（着便装上。手拿中文报纸）Good morning。明明。

明　明　都准备好了吗？再过半小时就开门了。你还穿这样。看报纸，又是中文报纸！

李师傅　（带广东腔）是，你看呐。中国现在变得好厉害呀，这里说……

明　明　李师傅，你现在是在美国的餐馆里，餐馆马上就要开门了。今天是开张大喜，可你还是……

李师傅　莫急呐莫急呐，东西都有准备好啦，明明小姐，我做餐馆做了有十多年啦，在这家都有三年啦，你就相信我好啦。

明　明　你是说我还不如你懂得多。是不是？你“做了十多年”，天天捧着张中文报纸，难怪没见你发财。从今天起。这个餐馆叫“Fountain”了，要照新规矩做。我们要发，大家都要发，知道吗？首先，所有的东西都要在开门半小时前准备好。去吧，快换衣服。把报纸扔了。

李师傅　OK。（把报纸丢在柜台上，下）

明　明　（看看表，赶紧把笔记本再翻一遍）。好，抓紧时间再练一遍那些百试百灵的词儿：Hi，good morning。好久不见了，近来好吗？不对，这不是今天用的词，今天应该说：我是明明，很高兴见到你，你好吗？噢。那太好了！菜都怎么样？好，请好好享用吧。有问题请叫我，我随叫随到。请等一秒钟，马上就来为你服务！

（作收钱状）谢谢，谢谢，祝你一天快乐，请以后再来Fountain餐馆。（看看菜单）噢，我们茶和咖啡都有，还有各色各样的软饮料——果子汁和汽水，有瓶装、罐装。也有现冲出来杯装的橘子汁、苹果汁、黑樱桃水、蓝樱桃水、沙士汽水、混合水果水、姜茶酒、柠檬苏打、奶油汽水。当然还有可口可乐、百事可乐，还有减肥可口可乐、减肥百事可乐、减肥山露水、减肥妖精水。哦，当然我不会把这些推荐给你，因为你长得这么苗条。所有杯装饮料都有大、中、小三号，一切任君自由选择。请问你要哪一种，哪一号？请等一秒钟。马上就来为你服务。本馆的烹调完全符合美国的健康卫生标准。不像一般的中国餐馆，绝没有过多的油、没有过多的盐、绝对没有味精。当然，至于那些喜欢重油、重盐及味精的顾客，也完全可以自由选择，我们有特别服务。

李师傅 （随着厨房"叮"一声铃响，出现在幕边，着新白制服。叉着手，像是靠在厨房门上）明明小姐！

明　明 请等一秒钟，马上就来为你服务！（转身向李）什么事？

李师傅 看，门外有顾客啦，

明　明 （一看表）不，还有几分钟。

李师傅 几分钟，半分钟顾客就跑了。你做生意不要顾客？

明　明 OK，OK，（出去开"门"）Hi，good morning。你们今天好吗？好呵，噢。请先坐一坐。

李师傅 你不接他们的单子？我们已经好啦。

明　明 （压低嗓门）时间还没到，急啥？再等一会儿，让他们排起队来。外边看到有人排队就更要进来了，懂吗？顾客喜欢排队的餐馆。餐馆要有排队的顾客，那才是大发的饭店。

李师傅 好好好。那你就让他们排队干等着吧。（下）

明　明 怎么会干等着，我还要作宣传呢。（对观众好像对顾客）欢迎参加Fountain餐馆的开张大吉。我是明明，我的餐馆有各色各样的美国和中国菜点，我可以向你们介绍几个本馆的特色菜，你们可以试试General Chicken，General好像是个双关语，可不要认为。它就是普通一般。这个鸡的味道可不一般了。

General Chicken 的中文叫做“将军鸡”。这是尝遍天下佳肴的中国名将左宗棠将军最最喜欢的一道菜，不但这鸡是特别养的。那稍有点辣又带点橘子味的卤汁更是天下少有。当然我们严守这个配方的秘密。但为了优待美国顾客，你们也可以尝试。选择不同配方的卤汁，都是特别的调制的。但是价钱一样，十分低廉。只要三块九毛五，不另加税，你们还可以任意选择春卷，法国薯条，或者炒饭，每样都可以应你的特殊要求来做。此外，我们还有……

李师傅 （又出现在“厨房门口”）不要光顾说话啦，快拉单子啦。顾客已经走开去啦！

明　明 请等一秒钟，马上就来为你服务。（转身低声对李）你不懂作广告的重要吗？看看这排的队！（李下，明明向台下发传单）各位请看，这是 Fountain 餐馆的介绍。

John （从柜台前上）Excuse me.

明　明 Hello，你是排在队里的吗？

John 我刚刚路过，排在最后面。

明　明 对不起，规定是先来的先服务，你必须回到队伍里去。I'm sorry。

John 那倒没关系，不过我是想给你一个忠告。如果你不介意的话，不能让顾客排队排太久，做广告要看时机。发传单很好，但是……

明　明 噢，谢谢你了，请问你是干什么的？

John 我？在一个法律事务所工作。

明　明 噢，律师先生。谢谢你的忠告。还有别的建议吗？

John 真的要？以后可以放些中国音乐。甚至古典的，比方说……噢，不，你该接单子了，以后再说吧，我要排到后面去了，祝你好运。（下）

明　明 OK。我们开始吧，这位先生是第一位吗？我可以为你作什么？

要将军鸡？好，外加辣卤汁？行。（边念边圈写单子）对，很快的，两三分钟，好，春卷，要炸得老？当然。（往后递单子，同时叫）将军鸡。加辣，春卷，炸老。

（对“顾客”）喜欢什么饮料吗？

OK，中号杯百事可乐。谢谢。（收钱）马上就好，下一位请。女士，我可以为你做什么？对不起？噢，将军鸡，少点卤汁，不要辣！法国薯条，要嫩。（往后递单子，叫）将军鸡、少卤；法薯条，嫩。（又对“顾客”）要饮料吗？山露水，小杯。谢谢了，请稍坐，下一位请，我可以帮助你吗？对不起，将军鸡吧？好，不过你只要鸡黑肉，还要白的浓卤汁？可是，本馆的将军鸡只用鸡白肉和红卤汁……oh, well.对对对，我是说过什么都可以特别做。为你特别做，不过……好好，可以做可以做，没问题，还要别的吗？白饭和有一点点辣的红卤汁？对不起，白饭从来不配卤汁的。噢，好吧好吧，可以可以，让我重报一遍你的单子——因为太不寻常，鸡黑肉配白浓卤的将军鸡，只要有一点点辣，对不起？多……多大一点点？OK, OK，我知道了。谢谢了。（当她要把钱存入存款机并取找头时，那机器卡住了）嘿，真讨厌！

一个顾客的声音 你骂谁？Shit！

明　明 对不起，我在跟我的存款机说话。在我的餐馆，没有谁有权利骂人。（笔算一阵）这是你的找头，万分感谢。（对另一方向）对不起？请等一秒钟，马上就来为你服务。（转回去）什么？找头错了！（取回找头，又笔算一阵）对不起，请等一秒钟，马上就来为你服务。（对另一方向）什么？春卷要焦？怎么搞的？OK OK，马上给你换一份。

李师傅 换一份什么？不是说了要嫩的吗？

明　明 什么！你是卤汁太少？你是鸡白肉不是黑肉？李……（电话铃

响)请等一秒钟,马上就来为你服务!(接电话)Fountain 餐馆,我可以为你做什么?(对另一方向 Yes,请等一秒钟,马上就来为你服务。(听电话)什么?卫生局?这里有蟑螂!要关门清洗?!这不可能!前天我刚刚出钱请人来清洗过,今天我刚刚开张!对不起,请等一秒钟,马上就来为你服务!不!不!不!!!请不要走!请等一秒。请等一……马上就来为你服务,马上就来,马上……(她想追出去阻止顾客离去,但被柜台挡住了。她扑倒在柜台上。)

[死一样寂静,灯光转暗,不知什么时候停止在嘈杂的美国音乐现在成了梦一般的中国音乐。明明缓缓站起来。走出柜台。

明　明　噢,是从梦中忽然醒来。回到现实?还是在现实中闭上眼睛,作个美梦?我也弄不清,反正,现在不一样了。小小的快餐店变成了二百座位的高级正餐馆。(她脱下外套,露出高雅的衬衫。灯光也变成优雅餐厅的暗红色,一簇簇地,全不同于刚才的大白光)。Hi. good evening. Jane!怎么来得这么晚?最近怎么样呵?哎太好了!你好像瘦了点,可别做得太累了。你的朋友早在那儿等了(注意到另一方向的客人)噢,对不起,Jane,我一会就到你们桌上来。噢,这是我的新领班,Tony,他英文说得好呐,他会好好招呼你们的,你嘛,老朋友,也照顾照顾他。(另一方向)Hi! Good evening!你们好,几位?……不瞒你说,我们快关门了,如果你们一定要等朋友……什么?呵!噢,既然你们是这么老远赶来的,就特别照顾一下吧,这边请,看,这是最后一张桌了,下次可请早点来。你们是怎么听说这个餐馆的?开这么远过来?来看……我?呃,我真是太荣幸了。请代我谢谢介绍你们的那位朋友。噢,对不起,我让我的领班马上来招呼你们。(另一方向)Joe,用完了?这次怎么样?好,下次还让你试一种新配的卤汁,你会更喜欢的。晚安，替我问候Judy，真遗憾她今晚没来。（收钱）谢谢，Bye-bye！嘿，Bob，你也要走了？为什么这么急？哦，谢谢，谢谢，（收钱）祝你好运！（收不同方向递来的钱，收款机“叮”咚直响）谢谢，这次吃得满意吗？好，请下次再来，多带些朋友来，谢谢。哟，你带回家这么一大包，好，好好享用，过个好周末。谢谢，请下次再来，带朋友来。这是找头，谢谢，过个好周末。谢谢。晚安！

［记者上。他戴着变色眼镜，穿着随便。

明　明　先生，对不起，我们要关门了。

记　者　（傲慢地）在我进来以后……

明　明　Well，也许你是有点特别……

记　者　当然，因为……

明　明　（愠怒，半开玩笑半当真地）因为你穿得不正规，不符合本馆的例规，我们更应该特别对待。请。

记　者　什么？真不认识我？见到我，你应该……

明　明　很抱歉，我没有这个荣幸。

记　者　我是从《Herald》来的。

明　明　对不起，我没听清楚？

记　者　《Herald》，县里的报纸。

明　明　噢，是那个小报吗？我从来没看过，很抱歉。我常常是连《纽约时报》都来不及看完。

记　者　也许你以前从来没看过我们的报纸，可这个星期的你不可能不知道！

明　明　为什么？

记　者　好啦，明明，不要跟我做戏了，你不可能不知道我那篇给你召来这么多顾客的文章。

明　明　哦？是吗？那么你是记者还是餐馆评论家？你已经给我的餐馆做了宣传？那没说的，餐馆免费供应你晚餐。任你挑选，不过抓紧时间，我们真的就要关门了。

记　者　免费供应晚餐？

明　明　当然。

记　者　就是这个？

明　明　怎么？任你挑选。

记　者　噢，你以为我是肚子饿了，到这儿来省两个钱是不？

明　明　我不明白你的意思，记者先生，请快点菜吧，我的厨师要下班了。

记　者　（点着根烟，靠在柜台上）我知道，你的厨师们急着要走，要赶去赌钱。可不是你，你可以让他们先走嘛。

明　明　他们走了我拿什么来给你吃？这可不是快餐店，我可从来不下厨。

记　者　我怕我是没这个福气让你亲自下厨吧。

明　明　记者先生，你讲的是不是英文？我好像听不懂你的话。

记　者　明明小姐。你真的对我一点印象都没有了吗？就因为我换了套装束？不幸给我猜中了。好几次你对待我好像是可以搂着肩膀的哥们似的，可我感觉到一点。在那些充满温情的友好言词后面的冷漠，冰一样的冷漠。对了，现在证实了。（他摘下眼镜）

明　明　哎呀，是你呀！我当然认得你咯，对不起，实在对不起，你的声音怎么变了？故意逗我？

记　者　不，我没变，你也没变。

明　明　那……当然咯……

记　者　不，你还掩饰什么呢，你实际并不认识我，这有什么关系呢？即使你叫得出我的全名，再加上和我一起来吃饭的朋友的姓名，还有什么呢？对于我，你真的知道哪些呢？噢，也许你知道我爱点哪些菜，将军鸡要什么样的卤汁。或者，会不会使筷子，说到头，你也许还知道我常留多少小费给你的领班和侍者。为什么上次少些，这次多些。好教他们如何改进服务，对不对？这已经很了不起啦，当一个餐馆老板娘。除此之外，你还需要知道些什么呢！不光是对你的顾客们，世界上任何人都一样！

明　明　记者先生，要是你不想点菜，我们马上关门了。

记　者　Gee，你干么这么急着关门嘛？（对后台）嗨，厨师们。伙计们，你们可以走了，没有顾客了，（对明明）你可不用急，关了门你又没有朋友约会，也不想去看你那各忙各的亲戚。唉，一个演员，你又从来没有心情去看任何演出——本来你自己都应该到处表演的，可在这个新的世界里，你根本找不到你自己的位置。

明　明　够了！我对你一无所知。只会装假；可你对我洞察一切，针针见血！好，我承认你的眼力，我佩服你的分析。现在你可以满足了吧？对不起，我不得不请你离开了。餐馆要关门，我要走了。

记　者　你去哪儿？

明　明　这你也要分析吗？还是……

记　者　那倒不见得。不过，我真心诚意地向你建议：交几个真正的朋友。而不必表面地结识全世界的人。你需要的是真朋友，真心愿意和你交朋友而不只是来拍拍肩膀吃顿饭的人。

明　明　（强做漠然状）还有吗？

记　者　明明，你在不在听我说话？

明　明　我听了，我还问了你还有没有什么别的建议！

记　者　（沉默有顷）Well，既然你要坚持公事公办的样子……也许你以为你找到了美国的生意经，那就是不动情感地和每一个顾客说说客套，拉拉交情，是不是？那是小生意的生意经。你还不知道拍一百个顾客的肩膀远不如我的一篇小文章有用吗？美国人都是上了新闻媒介的瘾的。

明　明　是呵，那又怎么啦？

记　者　明明，不要再跟我做戏装傻啦！你是个聪明人，你知道我的意思，不要把我当个普通的顾客，我可是你的好朋友。极有价值的朋友。

明　明　我似乎应该谢谢你。（转身向后）

记　者　那倒不必。

明　明　那你要什么？

记　者　跟我出去。

明　明　哪儿去？

记　者　随便，你选。

明　明　那就是这儿，我的餐馆。

记　者　My God！你真想钉死在这个餐馆里？一辈子在这里吗？

明　明　依你看，我该去哪儿？做什么？

记　者　雇个经理来管着，你应该有你的社交生活。你长得这么漂亮，又是个明星。

明　明　谢谢，早说不是啦。

记　者　不，猜猜看。我给你带什么来了？一个黄金的机会，一个多少人在那儿拼命抢的机会！

明　明　哦，那我可没工夫去抢。

记　者　你是说你没兴趣？那就算啦。

明　明　哎，说说怕什么，到底是什么机会？

记　者　好莱坞电影的一个中国角色，片子里排在第三位。知道那电影是由谁导演吗？（故作神秘地咬耳朵，然后得意地）他是我的哥们，他托了我，他导这个片子，酬金是这个数（比个手势）那几位主角演员嘛，银幕上几分钟的时间所挣的，就超过你在这餐馆挣一年了。

明　明　（沉吟）你说的是……

记　者　我知道你会有兴趣的，我已经告诉他，还给他看了你的相片。

明　明　我的相片？你怎么会有我的相片？！

记　者　Well，我是记者，我自有我的办法。别伤那脑筋了，小美人！他已经有兴趣了，而且要亲自见你，面试。

明　明　真的！没有我的同意，你怎么能这么做？！

记　者　呵，你生气了？

明　明　哼，再生气也不值得了。我已经发过誓。再也不听任何人跟我讲表演，谈艺术，我听不得那些。

记　者　为什么？你可知道有多少人在那儿排着队。托人情，只求让那导演相个面，看一眼。

明　明　我知道，可我不在乎！在中国还有更多的人排着队想见我一面呢，反正我绝不会去演那种丢中国人脸的角色。

记　者　什么？“丢中国人脸”？你是说……咳，那有什么呢，这是在美国么，咳，美国电影里还能有什么样的角色让中国演员演吗？再说，你现在不是美国人了吗？你还有美国血统呢。

明　明　这你也知道？可我生了一张中国人的脸！我这辈子是换不了这张脸了。我这辈子也绝不想到哪儿去丢这张脸来赢你们美国英雄们的欢心。

记　者　好……吧，算啦，既然这样。其实，也没什么关系，那角色虽说排在第三，戏简单极了。随便找个中国小鸡儿来演一演，容易得很，哼，不是吹，那些中国小鸡、日本小鸡、菲律宾小鸡，还会争着跳到床上来抢呢！

明　明　（强按怒火）请原谅，记者先生！你还要不要你的免费晚餐？不要就请……请到别处去谄你的“中国小鸡”吧。餐馆关门了！（清扫

柜台）

记　者　（恼羞成怒）好极了！你以为我真的喜欢你的廉价中国菜。你以为我真的喜欢你们廉价的中国小鸡吗？做你的梦去吧！别跟我装自命清高啦，我告诉你：中国鸡就是中国鸡、贱就是贱，你混了什么样的卤汁也是白搭！（急下）

［碰门声。明明又一次扑倒在柜台上。

李师傅　（上）明明，赶紧啦，要赶车到大西洋城啦！

明　明　（不动）你们去吧，别管我。

李师傅　（和幕外音一起）又怎么啦？以前每次叫你去总是说不。昨天好不容易说得你答应了。怎么又变卦啦？

明　明　不要问我了，你们走吧，走！好好玩去，那班车要开了！

李师傅　Ok，那我们走了，厨房都收拾好了，你也早点回家吧。Good night.

［脚步声远去，死一样寂静。明明慢慢站起，面无表情地张口想唱点什么，可那生锈机器般的声音吓坏了她自己，她站着像个雕像一样。

John　（上，踌躇有顷）请问，我可以点一个菜吗？

明　明　（不动，说梦话般）当然，我的领班马上就来招呼你。

John　我不知道你们有没有“蝴蝶和她的影子”？

明　明　（似仍未醒）“蝴蝶和她的影子”？菜单上没有。不过我们能够做。这是一个什锦盘拼成两个蝴蝶……（忽然清醒过来）你是什么意思？蝴蝶？你到底想要什么？餐馆已经关门了。

John　刚才你是在做梦吗？

明　明　也许。

John　有一个关于蝴蝶的美丽的梦，你是在梦见蝴蝶吗？（明明怔住了）……那一定很美。

明　明　你好像是位诗人。是吗?

John　我很希望我是,可是……(他叹口气)

明　明　不是诗人,你是什么?

John　你真的想知道?

明　明　嗨,为什么不?

John　其实,你早就问过我的。

明　明　什么时候?

John　我知道你不记得了。

明　明　真对不起,真的。

John　没关系,不过我很高兴你接受了我的建议。

明　明　你的建议?

John　你用了中国音乐,还是古典味的。

明　明　“中国音乐”,你的建议。

John　你也不记得了。well,那也不坏,看来我们虽然不认识,或者说不熟,趣味倒是相通的。当然,也理应如此嘛。谁能不被这音乐迷住呢?(陶醉)

明　明　对不起,请问你……是什么人?

John　我叫 John Hodges,我在一个律师事务所工作。

明　明　你是个律师?

John　可以说是,奇怪吗?

明　明　因为你像个诗人,又懂音乐,还是中国的。

John　只是一点点。

明　明　那你……律师平时做些什么事?

John　你想了解吗?很复杂。它很枯燥,比方说……

明　明　不不不,我想我也听不懂,哎,你们管犯罪的事吗?

John　犯罪?我想你是指的刑事?我不是警察。你碰到这方面的麻烦吗？要是有，我可以想尽办法帮助你。是什么样的？

明　明　你说侮辱人是犯罪吗？

John　有时候是，要看具体情况，如果你不介意，把具体情况告诉我的话……

明　明　噢，算了算了，没那么严重，我会……我会习惯的。

John　你好像很不高兴。愿意找个地方喝点茶聊聊吗？

明　明　出去喝点茶聊聊？（警觉地打量了John一阵。突然以攻为守）为什么不去个酒吧喝点酒？

John　酒吧？行啊，如果你喜欢。

明　明　哎，等等，那你那“蝴蝶”怎么办？

John　噢，那可没这么简单。想想，以后再说吧。

明　明　那好吗，走。（二人下）

［酒吧调酒人搬进两个高凳子，把柜台一转向，变成了酒吧柜台，灯光音乐相应一变。

明　明　你的眼力真厉害！什么都逃不过你的眼睛是不是？对了，你是个律师嘛，你知道我想跟你谈些什么吗？律师先生？

John　不要叫我律师先生。因为你并不想跟我谈法律。

明　明　那我想跟你谈什么呢？你能告诉我吗？

John　好吧，我猜猜。不是关于你跟有些顾客的不愉快，也不是餐馆生意的单调乏味，也不是……其实，你根本没有什么特别的或者重要的事情要谈，你根本不知道你为什么到这儿来。

明　明　那你走吧。

John　可我还不想走，至少在可以真正谈谈之前还不想。

明　明　你……也想有个人谈谈？

John　对，竟然也有人想要谈话的伙伴。

明　明　我算是服了你了，唉，一直把弦绷得紧到极点，紧到什么也不去想，今晚上好像一下子从梦里醒过来……

John　所以你再也不能忍受那一天到晚地空洞客套而没有真正可以谈心的朋友。

明　明　Well。朋友也好，陌生人也好，我又不知道有什么好谈的，你知道我一整天已经说够了餐馆生意。可除此之外，还有什么话题值得一谈呢？

John　当然有咯，比方说，你不是个演员吗？是什么时候开始的……

明　明　天哪，你一下子就撞到我那最怕听到的话题上。知道吗？在你进餐馆之前，今晚我刚刚撵走一人，除了要霸道。他就是缠着我要说那些事。

［字幕：VI 酒吧夜话——美国

［明明与 John 上。坐上酒吧凳。明明把一张钞票扔在吧台上。

John　你这是干什么？（要拣起钱给明明）

明　明　（阻止他）做我的客人。

John　不，你不该这样。

明　明　为什么不该？为什么都是应该男的请女的出去？特别是美国男的请东方女的出去？就不能倒一倒吗？今天是我请你陪我来这儿的，喜欢喝点什么？（对吧后面）Hello！

John　那谢谢了，我要个杜松子酒。

明　明　（高声地）一个杜松子酒，一个蓝色夏威夷。（调酒人送上两杯酒）谢谢了，你留着找头吧。

调酒人　（惊诧地拿起那张钞票）太谢谢了，我就在那儿，随叫随到。（下）

明　明　好，去吧。（一下喝了一大口她那杯蓝酒，有点噎住了。）

John　你喝得太快了。

明　明　我干什么都快。

John　那倒是，一下子唱成了明星，一下子又到美国开起了餐馆。这才多久呀，已经……

明　明　我的天，你也都知道！（她盯了他一阵）你知道我为什么要选你陪我到这儿来吗？

John　问题是你并没有“选”我。所以谈不上“为什么”。

明　明　那你为什么在这儿？

John　我喜欢在这儿，同时知道你也想有人谈谈。

明　明　只有一个无赖，就因为他缠着我要说那些事。

John　哦？那实在是对不起，我不知道你……（窘迫的沉默。两人喝酒）

明　明　算了，其实也没什么大不了的。（不由自主地沉浸到自己的回忆中）说实话，我自己也不知道什么时候开始当上演员。爱上艺术的，我永远也搞不清楚。好像是一辈子都在为她作准备，也好像一辈子都在准备抛弃她。

John　（他也有自己的冥想）我好像也是，一辈子都在做梦，又一辈都在现实中。

明　明　很小的时候，我就进了芭蕾舞训练班，每星期两三次。爸爸妈妈希望我受点西方文艺的熏陶吧，他们都是从国外回去的，我自己原来一点不知道我有多么喜爱芭蕾，一直到几年后我被选上要进一个戏曲学校去的时候，我哭了，我不愿离开我的芭蕾。哼，上戏曲学校算是个很大的荣誉呢，多少小朋友羡慕得要死，可我就是整天地哭。我实在不愿意离开那我为她洒下了成吨的汗水和泪水的芭蕾呵。

John　我小时候可不愿花泪水去学任何东西，喜欢就钉着不放，不喜欢就走。

明　明　可是我终于离开了心爱的芭蕾。因为人家告诉我爸爸妈妈，那是个光荣的政治任务；可要是不去的话，就要变成严肃的政治问题。每个儿童都是国家的财产嘛，不是开玩笑的，当然我只能学戏曲了。我又在那个同样难学可又完全不同的舞台上洒下了成吨的汗水，可这次泪水少多了。这回在又一次知道我得抛弃铁面无私的戏曲艺术前，我却早就爱上了这门艺术。我已经成了最佳学生演员，未来的明星，我开始有了我的梦，明星的梦。

John　我小时候也演过戏，是孩子们自己组织的，从来没有谁逼我们，不用洒成吨的汗水，可也没留下什么功夫，我的梦是在以后……

明　明　（只顾追忆自己的往事）可是“文化大革命”来了，戏曲学校砸烂了，爸爸妈妈自尽了，我倒一滴泪也没流，全叫“革命烈火”烧干了？我烧毁了我的梦，和那“四旧”的戏装和戏谱。下乡了。

John　那时候，我们这儿也有“革命烈火”，我的梦倒是从这个火里升华出来的，我们烧掉了总统的肖像，烧掉了模拟的大炮飞机。然后，捧起了中国的老庄。有时候，我们也下了乡去，进入山林，漫游海滩，逃开那群集着肮脏的政客，战争贩子和银行家的都市。

明　明　在乡下，我从来没想到过我这辈子还会重新歌唱。就是我最好的朋友求我，我也没唱过一句。一直到他走了以后，那一天我却忽然开始又唱了。真的不是为了听众，是为我自己，为我那失去的……梦。我怎么也抑制不住自己了，一旦那昏睡了多年的艺术细胞重新复苏以后，我是多么想能够整天地唱，一辈子地唱下去，忘了那世界上别的一切。

John　我们也忘乎所以，当我们这批开海滩 party，听“甲壳虫”音乐的“花孩子”们进入了中国圣贤那博大深远的理想世界，嘿，那物质世界的一切，高技术高消费，高……那都算是什么呀！

明　明　可是，大部分的时间我不得不工作呀，而且那常常是生与死的搏斗，一点分心就要出事，特别是在他走了以后……人们告诉我，要想能一辈子唱下去，一定要想办法再打进职业圈才行。

John　对，人们也说，要想一辈子能游在庄子的道里，也非得在职业圈里找个位子才行，免得落个不务正业。

明　明　可我怎么也没想到，打进职业圈子也是那么可怕的一种生死搏斗。为了找个能唱歌的位子，我停了整整三个月没唱歌，到处去求人找关系，找报考的机会，在那儿，剧团乐团招考演员的机会是那么少，就连进去考一考也是那么难……

John　在这儿，要说机会，招考什么职业的机会都很多，太多了。只要你舍得花钱去报名，舍得花时间去跑，我是跑了十几个城市，申请了三十多所大学，写了一百多封信，打了数不清的电话，才得到一个研究员的位子。

明　明　当我在三个月后终于钻进一个招考场时，我已经累得说不出话了，这是费了那么大的劲才争取的机会啊，轮到我唱了，我却发不出一个音来！多残酷的作弄！多少年来，我第一次觉得想哭，可是没有一滴眼泪，也许什么都流干了。

John　流干了？等那研究金一块一块地用完了，论文写出来了，学位也得到了，又怎么样呢？时代变了，还有多少人去读我的论文呢？出路在哪里？前途在何方？我好像也流干了……

明　明　一生中的大转折突然间发生了。一个也是偷偷钻进那个考场物色演员的电视导演发现了我，那个傻站在那儿不能唱也不能说的我。第三天他就定了我拍个连续剧。好像是一夜间，我就成了明星。因为我不但演得还算称职，还唱了那首本来是请一位著名歌星来录的主题歌，我唱的胜过了她，一下子，上万盒磁带就卖了出去了，我终于在艺术里找到了我自己。

John　一生中的大转折，转折对我那是什么？又意味着什么？是找到了自我还是失去了自我？（突然对明明）你！……你为什么要来到这儿？你刚刚在艺术中找到你自己的时候，你为什么要离开你的艺术，离开你的祖国？

明　明　我也不知道，真的不知道。是因为外公找到了我，办好了手续，寄来了飞机票？那是唯一的原因吗？那时候，我从来没见过他，他是怎么样的人？娶了个美国老婆又留在了美国，是他使我被人骂了十年的"美国鬼子"。可是情况变了，完全变了。当他给我寄来飞机票的时候，他对我又意味着什么？美国又对我意味着什么？一个全新的世界？无穷无尽的机会？更大的艺术成就？更显要的明星地位？好多好多的钱？年年周游世界？也许这一切我都想到了，也许什么也没想。天晓得，当我第一次坐上了飞机，滑翔在无边的云海，连着二十来个小时的白天一点也不想合眼，是因为兴奋呢，还是在做白日梦？

John　听起来好像是个梦中的梦。

明　明　不是你们所说的美国之梦。

John　可那是中国梦吗？

明　明　你怎么会知道中国人的梦？那些连我自己也说不清楚的梦？

John　我也有我的梦，我自己也说不清楚，我的中国梦。

明　明　算了，现在这是在美国，回到现实中来吧，我终于来到了美国，想不到竟就是来忘却我做了一辈子的梦，艺术的梦。在这儿，事情了结得那么简单，简单得就像打碎一个鸡蛋。（她笑起来）

John　我倒不以为然。你非得离开你的艺术不可吗？你是这么有才华，至少这儿有很多很多招考的机会你可以去试试嘛。

明　明　你也想要来劝说我吗？请你省了这份好心吧，我听够了！（沉默）对不起。我知道是有很多应考的机会我可以去试试，特别是有一个，我知道我一定会去的，可我去干么？干吗要把我的身体像个中国小狗似的献给那些大概是看厌了他们自己的……

John　你是说，你反对裸体？

明　明　那倒未必。还有什么比人体更美的呢？可我就是受不了那些电影里对待中国人，尤其是中国女子的态度。我们是从森林里逃出来的猩猩吗？

John　当然不是，可你用得着这么生气吗？不是所有美国人都这么看中国人的，大多数人不是。

明　明　但愿如此。

John　Well，我这里也没有准确的统计数字能叫你信服。

明　明　用得着统计数字吗？你要能找到一部美国电影里头有像样的中国人形象……

John　（沉默有顷，沉重地）那么，你打算回去吗？

明　明　你这什么意思？

John　我是说，也许，尽管有种种不愉快的事，住在美国毕竟比回那儿好一点，是吗？在那儿有种种限制，在这儿，至少你是自由的……

明　明　哈哈，对，自由！做什么的自由？算啦！你在比较“这儿”“那儿”，你对“那儿”知道多少？你去过“那儿”吗？

John　（叹一口气）从来没有。

明　明　那你怎么能那样比较？你凭什么说这儿就比那儿好？我都不能说这个话。那儿在变，你知道吗？

John　知道一点。哎，说真的，你真的想要回中国去吗？

明　明　那么，能让我们看看吗？（《小河淌水》音乐起，他把酒吧柜台推开，收光）

［字幕：Ⅶ. 竹排与小河——中国

［明明着做工考究又带点现代特色的中式服装上，走圆场。她在寻找遥远的回忆。志强穿着一套做工粗糙的西服，松松地系着领带上，他卷着裤腿，手持竹篙——仍然是放排舞，但不如以前

顺畅了。他常要用力撑篙才能使排前进，他累了，走上河滩，忽然撞见明明。

明　明　你是谁？

志　强　你是谁？

明　明　我是明明！

志　强　我是志强。

明　明　是你！你……

志　强　你呢？你从哪儿来？

明　明　你……你是从阴间回来了吗？志强！你是怎么回来的？（扑上去）

志　强　（躲开）你是从“天堂”回来？你是怎么回来的？

明　明　你复活了？志强！

志　强　他们请我回来参加庆祝大典。这个叫我丧生的小河今天要处决了。

明　明　“处决”？这小河要死了？你说的什么？

志　强　水库大坝正在合拢，这河就要死了。

明　明　“大坝”！My God！这就是我要来看的变化？难怪我找不到那些熟悉的地方，那些藏着我宝贵的记忆的地方了。他们怎么能这么做，怎么能毁了这美丽的河呢？这些不肖子孙！

志　强　你说什么？你是在骂……

明　明　我说……这河现在到哪儿去了？你们总不能毁了河水吧，对不对？水是自然！自然是……

志　强　我们要利用自然，所有的小河都有要汇集到大水湾里，通过水坝，变成一条大河，我们有了高压电，我们有了大轮船，就再也不用……

明　明　那么那清清的小溪呢？那卵石铺的河滩呢？那河里漂的翠竹呢？

都不见了吗？这么美丽的景色。都要叫高压电网罩起来，叫冒黑烟的轮船拖走了吗？你们怎么能这么做，一点也不想到要保护自然景色，保护祖宗传下来的……

志　强　保护什么？你是说那些变幻无常的河？那些每年吞噬着山民的生命，那些使我们山里永远落后的小河?！你大概是从“天堂”下来，从来没有经历过我们的危险，尝到过它们的苦果。噢，你现在是外国人了，是不是？你是来看看异国情调，自然景色，可情调和景色能给你衣穿，能叫你不饿？

明　明　不要叫我外国人，我是明明！难道你不认识我？不要这样对我说话。我是来寻找我失落的回忆，寻找那散落在这小河上的回忆的，一生中第一次死的威胁、第一次爱的温暖、生和死的搏斗、又甜又苦的回味……就让那回忆都葬在这死去的小河里吧。忘了它吧，我已经是个外国人了，真成了“美国鬼了”，何苦这么多情地回来找它呢？我还是走吧。

志　强　不不不！我可没想伤你的感情。既然你已经来了，何不去参加一下那庆祝大典呢？去看看我们现代化建设，你会受到热烈欢迎的。

明　明　请不要这样……

志　强　不不不，你是一定会受到热烈欢迎的，我向你保证！（他又跳上竹排欲走）

明　明　等一等！你还在竹排上?！你是去参加庆祝大典吗？那大典在哪儿？

志　强　（手指上游）在那上头。

明　明　那你怎么往下走？你不想参加那大典，还是从大典里溜出来？

志　强　我……我也不明白，请不要问我了，这是我最后一次放排。最后一次了，多少代，多少代。一会儿大坝合上了拢，这河就要干了，

再也叫不回来！（急欲撑走）

明　明　（跳上竹排拦着他）那怕什么？牺牲这河，为的是高压电和大轮船，你不是很高兴吗？

志　强　是的，我是高兴的，当然咯……

明　明　那你为什么赶着去放这最后一次排？居然从那隆重的庆祝大典中溜出来？

志　强　我……我也不明白！千百年了，我们家是生在这河边，干在这河上……葬在这河里，如今，她要去了，念着她关照了我们家这么多代，我想，我想，我得来送送她，最后一次了……你说，应不应该？

明　明　不！你不应该……

志　强　为什么不？

明　明　你不应该让她去！既然你也怀旧，既然你也有你珍惜的回忆！……可是，回忆毕竟是回忆，你会再也叫不回你放走的东西！

志　强　对呀，回忆毕竟是回忆，未来才是未来，她去了我们是应该高兴的。我们要电力呀，我做梦也想着开大汽船。

明　明　完了，我那小河淌水的美好回忆全完了。

志　强　很抱歉。我们不能为了个人的伤感情调而牺牲我们的集体财富。为了我们的现代化我们需要大量的资金，你懂吗？小河淌水生的钱太慢太少了。

明　明　看来我只好……只好走了……哎，其实，小河淌水也未必出不出钱来。要是你动动脑筋，可以建一个很赚钱的旅游点嘛，可以把放排变成一种消遣。对了，它既有滑水的激烈，冲浪的技巧，又有荡舟的飘逸；再加上两岸翠竹一片的景色，西方人会爱得发疯的！可以干脆建一个游乐中心，有这样美丽的自然风光，再加上些民间戏曲，还有民族音乐，民歌！一切都是高雅的、淳朴的……

志　强　真的吗？你不是在开玩笑？

明　明　不……可是太迟啦！既然大坝已经在那合拢了。看，水已经越来越浅。你要不赶快，这排就得卡在这儿了，干了！

志　强　噢，是太迟了，不过……要是那真是可行的话，要是真能赚来外国洋钱的话，说不定我们可以给外国游客们重新开一条小河，或者几条也说不定，怎么样？

明　明　真的？可以重开吗？那太好了！

志　强　那我们马上就打报告。

明　明　不过，要想赚外汇，可有好多好多事情要做呢，先得把这地方改得能住人。

志　强　“能住人”？你是说现在这儿不能住人？这儿住的不是……

明　明　别看我来了这儿，以为外国人也都会来。告诉你，我可不是外国人。这样的条件下，真正的外国人是不会来，来了也得掉头走。还有，得想办法使放排变得安全，十二万分的安全，要是你想开游乐中心吸引大批外国人的话。

志　强　噢，那当然，你看，这费用得多少？

明　明　你是说人民币还是美金？

志　明　美金？还没开始赚，我们去哪搞？

明　明　反正这少不了，有些设备非得进口，可不能用土办法造。

志　强　那就完了。

明　明　真的吗？再动动脑筋，找找门道。

志　强　说不定可以想办法找点外国投资，对不对？只要能赚钱怎么样？我这想法可能吗？

明　明　哼，现在你看我像个外国商人了，还是个外国人？

志　强　不不不。你从来不是外国人，你现在是海外爱国华人，噢不，爱国海外华人。

明　明　谢谢你的荣誉称号吧，我可不希望戴高帽子。

志　强　那，我该……

明　明　就叫我明明，如果你不是个只想快点扔掉过去的人。

志　强　噢……不，明明，你……现在是……你愿意，或者说，你有兴趣帮我们搞这个合资项目吗？

明　明　"我们"？为什么是"我们"而不是"我"？

志　强　什么？这怎么能是……你知道，我们这……

明　明　算了，别解释了，我会照你希望的去做，不过，有个条件，不，两个。

志　强　什么条件？你快说。

明　明　第一，你知道我是为了谁才回来，并且来投资的。第二，就是你，志强，要在这儿负责。

志　强　那，我们恐怕得请示上级。

明　明　告诉他们，这是我的先决条件，否则，这资很难投。

志　强　别急，别急，我们一定想办法，满足你的要求。

明　明　好吧，现在，对你，我有个个人的忠告。

志　强　个人的？什么？

明　明　请你脱掉这身西装和领带。

志　强　为什么？

明　明　我也说不清。反正，看起来很可笑。

志　强　（感到受侮）你这什么意思？我是乡下人，就不配穿西装？

明　明　不是这个意思。西装对你不合适！再说，这是什么西装？拙劣的模仿！（她脱下他的上衣和领带，露出里面的中式衬衫。）瞧，这多好！为什么不穿这个？对，应该都穿这个，西方人要看的是你们的传统，不是那"现代化"或者西方化的模仿！

志　强　你是说我们要世世穿着老祖宗的农民衣裳，去称西方人的心、去饱他们的眼福，对不对？你是说，我们应该在这圈个代代不变的人类动物园，吸引那些有钱的西方人来看我们的洋相，对不对？

明　明　不对！不对！不对！你以为我是站在外国人的立场上？你以为我没有中国人的自尊心？我比你更知道我们要民族自尊心。因为我住在外国！听我的话，扔了你那可笑的西服吧，那个拙劣的模仿。我比你见得多！

志　强　你比我们见得多，你住在美国，你就可以来教训我们，什么是模仿，什么是真货，应该做什么，不应该做什么，你可以来教训我们，什么是传统，什么是现代化……

明　明　志强！请你不要误解我！我什么也不想教训你，我什么也不说了。好吗？……我只是想要看看原来的你，像你以前那样，穿着我亲手补过的衣服……驾着竹排，淌着清清的小河……呵，就是为了这，我才那么老远从美国来到这儿。

志　强　噢，我懂了。你是来这儿找你失去的梦的。这么远，可真不容易。哎，愿意留下来，和我们一起建设我们的未来么？

明　明　（一怔）不，不行……在美国有我的生意，你们正需要……那儿的美金。

志　强　（长时间沉默）那你就快回去。给我们寄美金来，别带任何教训，我们会还你钱财的，利息也照样算清。（他又穿戴上西装、领带，并故意伸伸直）

明　明　不！不不！志强……那不是你说的！你不该对我那样说话！志强！！（抓住他的西装）

志　强　（想躲开）我的话都说了，你还想要什么？

明　明　你……你是志强吗？！

志　强　（慢慢地）志强早死了，因为你，不记得了吗？

明　明　记得，当然记得！可现在叫我怎么办，怎么办？

志　强　（扛起竹篙）给我们寄美金来，别带着教训。（他走了。）

明　明　是，我会的……（追了几步，转身）那，就是我的梦？

［收光。

［字幕：Ⅶ独木舟俱乐部——美国

［John与明明在一想象的独木船上。John缓缓地划着桨，明明心不在意地撩着水玩。

John　Well。那就是全部的梦？

明　明　不够吗？你还想知道些什么？

John　也许我想知道坐在我面前的是曾在梦里变成蝴蝶的明明呢，还是正在梦中变成明明的蝴蝶？

明　明　别再来逗我啦。古时候的贤人都解不了的谜，还问我。（她叹口气）在那个世界里，好像我是属于这儿的；到了这个世界来，又变成是那儿的了。反正，哪儿也不是。哪儿都……

John　明明。干吗这么悲观？恰恰相反。你有两个世界。游于两个世界之间，取双方之精华，这不正是你的得天独厚？我可是羡慕你呢。

明　明　哼。外人说说风凉话是多么容易呵。"我可是羡慕你呢"。

John　别对我这么玩世不恭，我说的是真话，再说。我也不是"外人"。是不是？无论是对你的话题，还是对于你……

明　明　Oh. John。我可真是佩服你的好性子。我这个人，我知道，常常太敏感，太好斗。这不好。你干嘛要这么迁就？哎。我们认识才多久？

John　谁知道呢？你的梦可有我的影子在里头。我的梦里一定也有你的。这叫做……

明　明　（半真半假，以攻为守）管它叫什么呢，告诉你。我可不会上你的钩。咱们先说好了的，就是随便出来玩玩，散散心。

John　（将计就计，做作失望）欧，可要是我这心就是散不开怎么办呢？就一心想着要你上钩？

明　明　我的天呐，可别这么死心眼啦。难道我说得还不够？我又不是中国人，更不是中国女才子，一点儿也帮助不了你的汉学的！

John　欧，那可糟透了。怎么办呢？哎，那你能不能帮我介绍一个中国女朋友？又要像你这么漂亮，又要能帮助我……

明　明　（故作洒脱）行呵。还有哪些特别要求？

John　特别要求？

明　明　介绍朋友嘛，比方说，体重、身高、三围、业余爱好？

John　那倒不必要，第一要能说中文，第二长得像中国人。嗨，你不就符合这两条？能说中文，像中国人。不过……

明　明　不过什么？

John　我不知道，你是不是符合那最重要的一条？

明　明　“最重要的一条”！你是说我还不行？（因恐露馅，镇定下来）哼，我倒是有点不信，又是什么要求，说来听听。

John　不过你听了可别恼，明明。实话实说吧，其实我并不需要什么人来帮我学中文。

明　明　噢，当了律师，已经没有兴趣？

John　恰恰相反。我倒愿意给你一点帮助，你很需要的帮助。

明　明　谢谢你，我需要的东西。我自己会争取。

John　那可是挣下来的东西。

明　明　美国还有挣不来的东西吗？

John　你批评得对。不过，可我想要给你的，不是美国的东西。

明　明　John。你老爱让人猜谜。

John　不想再探探那个谜底？

明　明　你想给我什么？干嘛不说个痛快？

John　不想再探探那个谜底？

明　明　John，别再要我了，你知道我最恨失败……除非有人真比我厉害！

John　好吧，那我就快点摊牌：听着，明明，我想要帮你的，不是美国的金钱——你不愿意接受的金钱，而是中国的文化，你自己祖先的遗产。这你可不能拒绝！

明　明　什么？我的天！我要你来教训。我自己的文化和遗产？你……你是什么人？

John　（正式开始游戏）敝人何人无关紧要，须留神者敝人所测之字。

明　明　你……还会测字算命？难道你是个先知？

John　不敢。区区小技，不足为外人道也。（神秘地取出道袍。穿戴起来）敝人不才。奉道家大师之命，前来为小姐测字算命，建设未来。

明　明　天呵，你可别把吓昏了，你以为我会信这一套？

John　为时尚早，且慢休躁，容在下细细测来。小姐之名。明明，意谓光亮，何也？左为日右为月，相映生辉者也。此日与月，既为相对。又极相谐，此即阴、阳二极之相反相成之旨耶。是以光亮、光辉、光明。

明　明　嘿！我怎么从没想到过。我这名字还有这么多名堂，哎，这跟我的未来有什么关系？

John　关系极大，未来一片光明，倘小姐能珍视并平衡自身之二极，有如日月之相映生辉。若否，或不明反灭，或偏于一极，则日月相冲，危矣殆矣。此乃自然之道也。

明　明　哼，倒是挺深奥的。可我到底应该干些什么，才能有好的光明的未来呢！

John　自然之道：游向心之所骛，拒为物之所迫。

明　明　你是说我应该辞去……

John　餐馆生意。

明　明　去求……

John　表演、艺术。

明　明　为什么?

John　在此物质之国度,尤须平衡于精神之需求。道之主旨乃逍遥游。须放弃一切行物质利诱。如鹏之翔于高天,鲲之游于浩瀚。

明　明　可人能住在天上,海里吗?给你钱付房租吗?

John　(沉默有顷)道……道的报偿是将你引到那至高极乐的境界,在那儿你最大的快乐是任你自由的灵魂去做你喜爱的事情。

明　明　不就是我的自由的灵魂先了做餐馆这一行吗?那还是我一生中的第一次选择呢。

John　可那违背你的天性,违背自由之道!你这么热爱你的表演艺术。你的未来是在艺术中!

明　明　可我也恨艺术,因为人家把我的艺术只是当作什么古怪地方来的玩物。

John　不要理那些人。创造你自己的世界,为你自己,为爱你的艺术的人而创造。

明　明　自己的世界?在这个世界里?

John　当然。道不是空谈,道游于四海,受道之遣使。有一个人正要来帮助你建设光明的未来。他会帮你去开一个艺术天地,他会操心一切经济问题,让你的艺术的灵魂完全自由自在。(明明沉吟一会,忽然使劲地划桨)请你停下。让道载着我们游吧,不要做任何事违背它的意志。

明　明　(停止)噢,我明白了。可是我想我大概只能感谢他的慷慨,我能自己站起来。

John　道要求的不只站着,你应该去游、去飞,逍遥自在,无物无碍。把那些世俗的顾虑抛开吧！想想那光明灿烂的未来，看，你想选择什么？快——

明　明　我曾经对自己开玩笑，如果上帝给我一个唯一的机会作一项任意的选择，我会挑……（叹气）

John　什么？快说呀！

明　明　那是个玩笑！不可能的。

John　为什么不？他会让你实现你的任何愿望。

明　明　他不能。

John　为什么？你要的是人间有的东西？

明　明　人间多极了，可我得不到。

John　那不可能，有志就有路，他一定能帮人得到。

明　明　不，没有人能帮我的。

John　你究竟要什么？

明　明　一张白人的脸，换掉我这张中国人的脸。

John　（一怔）你！人疯了！难道你的脸不美？

明　明　也许。所以可以上台表演。是么？可上了台，再好也是张外国脸。东方人，稀货。你知道蝴蝶也是美的，她跟庄子的世界合吗？

John　明明。你错了！庄子大师喜欢他自己又是庄子又是蝴蝶。二者都是道都是自然。自然的变化是最自然的！（吟将起来）"北冥有鱼，其名为鲲，鲲之大，不知其几千里也。化而为鸟，其名为鹏。鹏之背，不知其几千里也……鹏之徙于南冥也，水击三千里，抟扶摇而上者九万里……"

明　明　等等，等等。这都是中文？古文？你能说这么多的中文？

John　听出来了吗？这大鹏究竟是鸟、是鱼？还是庄子自己。

明　明　你又让我猜谜。

John　不必猜。你可以去看《庄子内篇，逍遥游》。

明　明　(沉默有顷)你不是在唬我吧？你说的这些，全是真的？全是……

John　真理。是John的真理，也是你的真理，这是道的真理，中国的真理，也是世界的真理，明明，相信我吧！

明　明　看来我也只好服了。你这个鬼才。鬼东西！你怎么会知道这么多中国的……

John　这才只说了多少？我是中国哲学博士，伯克利的呢！

明　明　是吗?！原来你……(震惊引起思索，她用另一种眼光看着他，完全平静下来)

John　明明，我爱你！(摘下道帽，凑向她)

明　明　我……小心，船要翻的！

John　(只得坐下，脱下道袍)我真爱你，明明！

明　明　我相信你，照你刚才说的，我是不是应该躺着什么也别做，听其自然，让这道驾着我去游……

John　不，不，不。其实，那只不过是个比喻，意思是说不要做任何违反自然天性的事。你要是喜欢做什么，就别管什么清规戒律，来呀，游吧，无拘无束，无忧无虑……

明　明　我想做一件事，不知行不行，现在……

John　当然，做吧，怕什么，张开你的双臂，拥抱未来。

明　明　我想使劲划一阵独木舟，咱们比赛？

John　又是比赛？你在跟我捉迷藏？回避我的求爱？

明　明　不，不。我一会儿就回答你，决不耍赖。哎，在河里赛一赛。不也是一种逍遥游吗？会很快进入那种境界？不是你说的吗？对不对。

John　那倒是。哎，你要真喜欢，咱们还可以玩一玩更接近你们放排的运动。那更有味儿。

明　明　是吗？那是什么？

John　滑水！

明　明　噢，真的？这儿就有？太美了！

［他们下船。拿起滑水的把手——前面有一艘想象的汽艇。从落下的屏幕上，观众可以看到明明的视野。滑水在震耳的汽艇马达和水的声音及银幕镜头的滑动中开始了。起先的镜头是现实主义的：水、河崖、树丛，等等。渐渐融入了闪回：放排的小河，人猿泰山的森林，及其他摄自以前各场的镜头。镜头越滑越快，最后戛然而止。一切归于寂静。他俩离开滑水板，筋疲力尽。John搂着明明。

John　觉得怎么样？

明　明　惊心动魄，心旷神怡。太有意思了！就一点不好，得让什么外在的力量牵着……

John　Well，可不是我在牵着你。我跟随你处境一模一样，是不是？

明　明　嘿，你这个中国哲学博士呀，哎，博士。你真喜欢中国哲学？现在还那么喜欢？

John　有增无减。

明　明　可你现在是个律师。

John　别提那个了……明明我爱你！

明　明　我爱你，John（接吻）哎，随便问问，刚才那滑水得花好多钱吧？

John　这难道是中国式浪漫？怎么忽然想到这上头去了？不用付钱。

明　明　那怎么可能，有不要代价的东西吗？在这个世界上？

John　我是这个俱乐部的会员。

明　明　噢，那每年俱乐部会费要多少？

John　明明。难道你还忘不了你是老板娘吗？问那么细干么？

明　明　好。你还是把我当外人，那就算了算了。（推开他）

John　不不不。看你，又使性子，我告诉你，行不？五千块一年。不算太贵。

明　明　对，还付得起，好，现在，我想我可以答复你的提议了。

John　什么提议？噢，你不已经告诉我了吗？

明　明　说了一半，还没平衡呢，有阳还有阴呵。

John　对，那么……

明　明　我决定了，我得继续我的餐馆，还要再扩大、发展；你呢，辞去律师工作，全心全意去研究，宣扬中国哲学，怎么样？对，我会对付经济问题，让你的灵魂逍遥自在。这会让我喜欢我的餐馆生意，让我觉得赚钱也有点意义。

John　明明，你疯了！

明　明　没有，我清醒得很，从来没有这样清醒过，真的，John，我爱你，你的未来会比我的更有意义，你的工作也比我的更有价值！你更懂得中国文化，而且你是美国人，真的，尽管去写你的书，作你的报告，说你的中国梦去！让更多的美国人了解中国哲学，喜爱中国文化吧，让世界上那些向往着美国梦的人们，也做一做中国梦吧，以后……也许你要缺少许多那些律师们都有的奢侈。可我保证，你一定还是这个俱乐部的会员，你放心，我付得起。

John　明明，你在说些什么呀？你整个把我弄晕了！

明　明　谁让你的中国梦点醒了我呢？

John　你让我完全投入中国梦，可你呢？

明　明　支持你的中国梦呀，当然得用美国方式，你不说了，阴阳相反也相成么？现在。请你回答我的提议吧。

John　这……这不会乱了套了？

明　明　为什么？难道……

John　我们请了这么多观众朋友到这儿是来解决你的问题的！（对观众）记得我一开始跟你们说的话吗？你们看她的表演，请……

明　明　(对观众)请不要光听他的,那可不公平,你们说,我刚才说的话对不对?

麦　克　(上)嘿嘿,要没我这中间人,他们俩这戏还真收不了场呢,不过请别误会,我这个中间人并不是他俩中间的介绍人。他们完全是自己认识,自己爱上,自己争不清的。我这个中间人,指的是介于中国文化和西方文化之间,我是香港来的,其实嘛,中国人西方人,在这也差不多。你们看了,我多少也会演演戏不是?在香港时可是迷过一阵。还拍过两部电影呢,可现在在美国。我还是个学生身份。工作嘛,当然也有。要不怎么活?我做的是……咳,不说也罢。可我……

John　咳,麦克,光顾吹你自己啦?别忘了……

麦　克　有什么办法。谁让我没个有钱的女朋友来帮帮我呢?放心。"老板",忘不了,收你这么多钱,能不卖力吗?(对观众),怎么样呵?怎么光看不吭声呵?要觉得好就鼓掌呵。等一等。这功劳要分清,先请给咱们的女主角明明鼓掌。

明　明　Come on!麦克!

John　Come on! Give her a big hand!

明　明　谢谢了,谢谢大家。虽然这已经不能改变我的决心了,我希望大家是真的喜欢我们的演出。谢谢。谢谢!还有,顺便说一句,散场后,欢迎大家到我那餐馆去看看,用点剧后消夜。记得吗?Fountain 餐馆,一律优待八五折!回头见!(谢幕)

[剧终。

(1987 年演出本)

话剧

芸　香

编　剧

徐频莉

作者小传

徐频莉(1953—　),女,上海人,上海红象文化传播有限公司董事长。曾任云南省话剧团编剧,上海戏剧学院讲师。

人物表

葛老太　女，六十多岁

叶　子　女，十六岁（年轻时的葛老太）

叶子第二　女，十六岁

阿　果　男，十六岁（年轻时的阿果）

周立夫　男，近七十岁，叶子的表哥

陈　然　女，十八岁，舞蹈演员

[一个斜面，明亮的小号声。

[十二个穿紧身衣的演员走上，蜷身躺在平台上，变成时钟的十二个刻度，秒针“滴答”声起渐渐地充满整个剧场。

[在音乐声中，扮演钟的演员苏醒，用优美的形体动作转换成乘公共汽车的人。

[行驶着的公共汽车声，车上嘈杂的人声。

乘 客 甲 哟哟哟，我的腰，没命了，挤死了。

乘 客 乙 差不多半个城的人都挤去看那杀人现场了。

带包青年 杀人现场？

乘 客 甲 哎呀，不得了啊！吓死人了，那屋子，那味道……门口的人啊多得数不清，我那天挤了半小时，好不容易才挤到那屋子前头。

乘 客 丙 结果呢？你看见什么了？

乘 客 甲 咳，这么吓人的事情我哪敢往里看啊！

乘 客 丁 （向乘客丙）喂，真有你的，车上看书看出瘾来啦？

乘 客 丙 （用吵架方式回答着）这篇文章有意思，《死人为活人服务》……把那些在车祸中死的、自杀的人的身体保存下来，把他们的器官移植到别人身上，嘿嘿，把这个人的心装到那个人身上，把那个人的肾又装到这个人身上……

乘 客 丁 （正常对话方式）是啊，这在国外是很时髦的事情。

乘 客 甲 你到哪里？

乘 客 乙 你问我吗？我也说不清，反正是前面……到那里，一闻到那股味道就到了。

众　　人　谢天谢地，那太好了，一定也是我去的地方，我也去那个地方。

乘客丙　（用吵架方式念杂志）看，美国每年的死亡人数超过 20 万，其中约有 1.5 万人不是病死的，这些意外死亡的人身体比较完整。如果保护他们的呼吸系统不受病菌侵袭，保证通风条件完备，把这些有用的尸体保存下来……

［“嗤”——汽车刹车声。

［一个乘客倾倒，所有的人一起倾倒；这个乘客站起，所有的乘客也机械地整齐地站起，他们的肉体似乎被一种无形的力量牵动着。

乘客甲　（向乘客乙）你说的那个味道是芸香，是杀吃纸的蠹虫的芸香味？

另一乘客　对，芸香是一种防虫植物，以前古人藏书都用芸香来杀虫。

乘客甲　（向另一乘客）那芸香很怪，是种在一间屋子里的？

又一乘客　对。

乘客甲　（向另一乘客）那屋子原来住着一个瞎老太太。

再一乘客　是啊。

乘客甲　（向再一乘客）有那么一天，那瞎老太太听到一些奇怪的声音，事隔一个月后，她把老丈夫杀了，用她家祖传的斧子把老头砍了八下。

乘客乙　完全正确。现在老太太被抓了，留下空荡荡的房子，房子里还在散发着芸香味。

又一乘客　你全说对了。

乘客甲　（高兴地）那好，我们知道是同一个地方，我跟着你，你下车我也下车。

［在乘客甲和乘客乙的这般对话中，周立夫和陈然始终在惊讶地注意着他们讲话的内容。

周立夫　什么？那种芸香的老太太把她丈夫给杀了？

陈　然　全城都在议论杀人的大案就是一个瞎老太太干的？

乘客甲　是啊。

乘客乙　你们……感到奇怪，你们不是当地人？

陈　然　我才从外地演出回来，是听说一个老太太杀人，但不知道是盲人，还是个种芸香的。

周立夫　我是从外地来看我表妹的，她也是个盲人，也种一屋子的芸香，不过，她和她丈夫恩恩爱爱了一辈子，她不会杀他的。

陈　然　我认识的那个老太太，她……她可能会杀丈夫的，不过，绝对不会为一点点奇怪的声音去杀他。

乘客甲　有那么多喜欢在屋子里种芸香的老太太？而且她们都是盲人？

周立夫　世界是很大的，我们说的不会是同一个人。

乘客甲　可是为什么我们都坐在同一辆车上，为什么我们都认识一个盲人老太太，我觉得我们说的是同一个人。

陈　然　天哪，这不会，不会。

周立夫　（急切地）她是听见了什么才杀她的丈夫的？

乘客乙　开门声、倒水声、床声、风声、雨声……

众　　　开门声？倒水声？床声？风声？雨声？

乘客乙　那天是这样的……

［乘客们拿起芸香枝条，摆起优美的造型变成了芸香。

芸香甲　她在种芸香。

［双目失明的葛老太摸索着给芸香浇水，时而，她警觉地听着屋外的任何一个声音。

芸香甲　她一辈子种芸香的时间加起来，可以有大半个人生。

［台上门打开，雨声，一束黄光从门外打进室内。

芸香甲　这时她的丈夫阿果回来了。

[片刻，一束红光又从门外打进室内，几秒钟后，门关上，雨声消失。

[台上除了葛老太外没有其他演员出现，以下两束光表示两个演员，但脚步声是实的。

葛老太 你回来了？

阿　果 （画外音）嗯。

葛老太 你带客人回家了？

阿　果 （画外音），没……没有。

葛老太 是说呢，我们种了一屋子芸香，别人看了像啥？自己的事只有自己知道，这个地方不能带人来。

阿　果 （画外音）我知道，那么多年来我什么时候带人来过？

葛老太 那你搬东西进来啦？

阿　果 （画外音）没……没有。

葛老太 你真的一个人？

阿　果 （画外音）嗯。

葛老太 那怎么刚才的门……

阿　果 （画外音）门怎么啦？

葛老太 ……像是关得比平常慢了呢？

[黄光和红光慢慢靠拢。

葛老太 阿果，今天我又在脸盆里种上了芸香了，我早知道，光在桌下和床下种是根本不够的，你知道，我从不出这道门，不能到外面的土地上去种，那能不在家里想办法吗？家里的世界总是自己的……我担心的就是这个家太小，不够种，上星期才在砂锅里种上了，今天只能种在洗脸盆里了。委屈你了，阿果，你洗脸没盆了，不怪我吧，老头？

[脚步声，黄光照在水瓶上。

［气压水瓶倒水的声音，那声音是分两个阶段发出的。

葛老太 怎么，还是有客人来了？

阿　果 （画外音）没有呀！

葛老太 你倒了两杯水。

阿　果 （画外音）一杯。

葛老太 两杯！

阿　果 （画外音）嘿嘿，是的，不过还有一杯是给你的。

葛老太 我不要水，你还是帮我给芸香浇点水吧。种这一屋子芸香，就我一个人在忙，像不关你的事一样。我种这些干什么，还不是为了你，为了你给我那一箱子信！自从我发现那些信被可恶的、可恨的蠹虫咬了，你倒好，说算了，丢掉，可我怎么舍得？我啊，就用芸香对付它，你看看，我在那放信的箱子里铺满了芸香，我看到底是它把我的信咬了，还是我用芸香把它给杀了……不过，阿果，几十年了，蠹虫咬我的信，我用芸香杀蠹虫，这样闹来闹去，怎么总也没个结果了呢？到底是它胜了，还是我胜了？你倒是说说看，哎，你站在中间的位置，不要偏向我，也不要偏向蠹虫，你说说看……

［红光移动到卫生间，卫生间的门关上，红光消失。

［抽水马桶抽水声，撒尿声。片刻，卫生间门开，红光复上。

葛老太 阿果，阿果，你你……嗨，你带了个女人回来？

阿　果 （画外音）没那事！

葛老太 刚才谁撒尿？

阿　果 （画外音）我。

葛老太 你？你撒尿不是那声，刚才那声音不对，滴滴答答，要完不完的。

阿　果 （画外音）胡扯，撒尿还规定个声音？

葛老太 （紧追不放）怎么先抽水再撒尿？女人才是先抽水再撒尿的。

阿　果 （画外音）好好好，我不跟你多说。我知道你一个人在家，整天也没人说话，闷得慌，故意跟我寻开心。我要走了，今晚在电话间值夜班，不回来，再见啊！

葛老太 阿果，你……

［黄光至门口，门打开又“嘭”的一声关上。但是黄光没有消失，黄光和红光慢慢地、悄悄地从两个角度移向床上。

葛老太 他走了，又留下我一个人，陪着我的还是他给我的那一箱子信……

［床上，红、黄两道光从不同角度射出，交织在一起。

葛老太 ……一个人来到这世界上，过了一天又一天，哭啊，笑啊，高兴啊，难过啊，到老了想想，那一天天都到哪里去了？这一天天……很多人没有了，所以他们就会说空啊、没意思啊……可我有，我有那个箱子，我的一生都锁着呢！

［忽然葛老太像听见什么声音，她侧身细听。

［外面雨声渐渐大，不时有汽车开过的声音。

［床轻微的声响。

［葛老太紧张地倾听着。

［床的声响。

［“嘘嘘”葛老太做赶老鼠的动作。

［沉默。

［雨声。

［“咚咚咚”放大的心脏跳动声。

［阿果的喘气声。

［床声，床声化为快节奏的雨声。

［快节奏的雨声中，两道光交织在一起，一明一暗，一明一暗，快节奏闪烁。

葛老太 （惊叫）阿果，你没走！你在干什么？

［灯光倏地不动，只有淅淅沥沥的雨声。

［葛老太慢慢摸至床边，用手在床上摸。

［两道光从床上移开，移至地上。

葛老太 （又摸向地上）阿果，我们这个年纪，应该是烧香拜菩萨的年纪了，求菩萨让我们来世有个好日子……我们不能在今世作孽了。

［黄光不动了，红光围绕着黄光转圈。

葛老太 （摸向光圈）阿果，你可不能气我。你在干什么？你以为我不知道吗？

［葛老太满地乱摸，红、黄两道光一次次逃开，合拢，又逃开。

葛老太 （边摸边叫）阿果，你不能这样欺负我，你以为我眼睛看不见就什么都不知道吗？……阿果，天打五雷轰的！阿果，你站住，求求你，站住……阿果，你想想你写给我那一箱子的信，满满一箱子的信啊，那是我们有过的一天又一天，阿果！

［静场。

［外面警车声由远而近。

葛老太 阿果，听，这是抓人的声音，这……你不会不知道吧？

［警车经过门口可又开远了。

［葛老太疲惫地站住，突然她冲向门口，用身体靠住门。

葛老太 阿果，你再不答应我，我就喊救命！就说是家里来强盗，来贼了。我这张老脸也不要了，我不管这满屋子的芸香让人看见有多么见怪……我要让街坊邻居都来看看，你们到底在这屋里闹什么鬼！

阿　果 （画外音）嘿嘿嘿嘿，叶子，我跟你闹着玩的，我跟你“躲猫猫”的，老小老小，老了就像小孩一样嘛，你怎么说翻脸就翻脸了呢？

葛老太 你站住，过来……再过来……让我摸摸你。

［黄光移至葛老太面前。

［葛老太在黄光中抚摸着。

葛老太 你今天穿的是这件衣服？这是我们刚刚搬到这个城市时买的，买来后我把这件衣服摸了个够……咦，阿果，裤子前面的扣子怎么没扣上？

阿　果 （画外音）刚才撒尿解开的。这回你相信那尿是我撒的了吧？

葛老太 我要是不信呢？

阿　果 （画外音）我不是好端端地站在你面前吗？喏，这是头，这是手，摸摸看，少了手指头没有？（忽然烦躁地）好了好了，摸够了吗？我真的要走了。

葛老太 等等，我还没告诉你一件紧要的事呢。我昨天晚上做了个梦，梦见那箱子里的蠹虫把那一箱子信都吃了，后来，爬出来了，爬得一屋子全是……我啊，我用脚踩，用指甲掐，用嘴咬，我和它们斗啊斗，我累极了，它们也死了一大片……可是它们还在长，越长越多……不过我的力气也在长，我在所有的家具上都种上了芸香……我醒来后赶紧往那箱子里一摸，蠹虫好像是比往日多些……我担心那梦真的灵验，我担心我种的芸香不够好，不够肥，我想……我想从明天开始，我用鸡蛋清浇芸香……

阿　果 （画外音）嗨，天天蠹虫蠹虫的，你为了那些蠹虫，不吃，不喝，不睡，舍着命的折腾，现在还要让我和那些蠹虫搅在一起，这都是干什么？我人在你面前，要那些信干什么？

葛老太 亏你说得出口，那可是你几十年来给我的信啊！两个人结婚干什么？是为了你在我面前晃来晃去，你看着我，我看着你？人是为了过去有过的那一天天才去结婚的。阿果，那是我们的过去啊！能随随便便让那些个蠹虫给咬了吗？唉……你这一生经常在外面奔波。回家的日子不多，年轻时，有时三五年才能见一次面，我就靠你给我的那些信活着啊……

［红光靠近了黄光。

阿　果　（画外音）不好，我要走了。你就……你就慢慢地想着那些信吧。

葛老太　刚才真的没人来？

阿　果　（画外音）告诉你没有就没有，我就是门关得慢了点，撒尿先抽了水，还有跟你躲了一下“猫猫”，你就这样血口喷人的……也不想想，谁会到我们这个家来？一屋子的芸香，一箱子的蠹虫！

葛老太　（神秘地）不好了，阿果，那蠹虫可能从箱子里爬出来了……它们好像爬到我身上来了……我身上真痒。

阿　果　（画外音）蠹虫是吃书、吃纸的，又不是虱子，怎么会上身？

葛老太　真的，真的，在背上。

阿　果　（画外音）那是你的心理作用。

葛老太　你帮我抓几下。

阿　果　（画外音）哎呀……

葛老太　我是忍了半天了，撩不到，够不着的。

［葛老太做有人给她抓背的无实物动作。

葛老太　（耸耸肩）喏，这边……不是不是，再上来点……（扭动着身子）不行了，一定是蠹虫早就到身上来了，不是这一两天的事！我要把衣服口袋里都装上土，种上芸香……蠹虫会生长，我有我的办法对付它……阿果，你知道吧，我这样做一点都不烦，我还觉得很有意思咧……哎呀，哎，你怎么搞的，痒的地方不抓，不痒的地方倒抓得生疼……不，还不对，再上来点……越抓越不是地方了……

［红光围绕着葛老太转了两圈，红光冲向茶杯，照在一只茶杯上，“啪”一只杯子砸碎的声音。

葛老太　谁？

阿　果　（画外音）我……我……

葛老太　你不是在给我抓痒么？

阿　果　（画外音）……那是我另一只手打碎的。

葛老太　你的手有那么长吗？阿果！

阿　果　（画外音）哎哟，时间来不及了，我走了。

葛老太　（冷冷地）好吧。

［黄光移至门口，门开、雨声，门又关上，雨声弱去。

［黄光和红光偷偷地交织在地上。

葛老太　阿果，你又没走吧？

［没有声响。

葛老太　（猜测）阿果，你在！

［还是没有声响。

葛老太　阿果，我知道你没走，就在这屋里。你玩的把戏我很清楚。你怎么不答应我？

［仍然没有声响。

葛老太　（换了个腔调）……阿果。我想谁也拆不散我们，算命的说过，你的命和我的命就像一只篓里的两只蟹，你钳着我我钳着你……我们谁也不能没有谁，谁也离不开谁。

［黄光和红光滚动着交织在一起。

［阿果急促地喘息声。

葛老太　我的芸香……我的芸香……（急中生智，厉声地）阿果，你得的是绝症，是治不好等死的病，医生说会传染的，你可不能再害人啊！还不赶快放了她，跟她说实话，要不她也没命了！

［一声惊雷。

［一个女人的声音："啊，天哪！"

［红光迅速地离开黄光向门口冲去，门开风雨声大作，红光消失。

阿　果　（画外音）你你你……你胡编乱造了些什么来嚼舌头！

葛老太　我猜对了，你果真带回来一个女人。（突然，心疼地）我的芸香，我的芸香……

［公共汽车声由弱渐强。演员们用胳膊搭起了方框，犹如车窗。扮演乘客的演员一个个走进车里说话。

周立夫　阿果带回家的女人是谁？

乘客甲　不知道。

陈　然　大概是个年轻的吧？

乘客甲　不知道。这些情况都是葛老太被捕后交代的。她看不见那个女人的模样。我们也就谁也说不清那女人到底是什么样的人。

乘客丙　（以吵架的方式念着）目前，医学界通过"生命"的维持系统，已经把在医学和科学上有用的法定死亡者保存下来。例如，印第安纳州有一名妇女因车祸而身亡，她被用生命维持系统维持了几个星期，直至产下婴儿为止。

乘客丁　也就是说那女人实际上已经死了，可死人还能生孩子……

周立夫　（对乘客甲）我真希望你是坐错车了。

乘客甲　为什么？

周立夫　现在离我表妹家越来越近了……我们说的瞎老太太千万别是同一个人……

乘客甲　对，别是一个人，我也不希望她们是同一个人。

周立夫　不是希望不希望，她们根本不可能是同一个人。我表妹的一生是幸福的。

［舞台演区亮。那是一片美丽的树林。树用穿紧身衣披绿绸的演员扮演。

［十六岁的阿果在台左侧，他用小刀在树干上雕刻着什么。

一棵男树　(念阿果的内心独白)她今天会来吗？像往常一样，拿着个小篮子到这里来采蘑菇，轻轻地从这里走来走去……我已经在这条路上故意埋好了蘑菇。埋得真像长在那里的一样，她会慢慢地采过来的……今天只要她一走进这片林子，她就再也不会忘记我了。

[阿果张望着，用刀在树上雕刻着。

[十六岁的叶子拿着篮子从台右侧上。

一棵女树　(念叶子的内心独白)今天的蘑菇真多，像是命运故意把我引上这条路……我还会在这片林子里碰到他吗？像上次一样，我知道，上次他爬在树上偷偷看我……

一棵男树　她来了……这片林子里有了她，一切变得多么美丽。我已经为她换了一片新的树林，那已经不是平日里的树林了……她为什么还没看见……哦，她的眼睛在看着那棵树……哦，她看见了，她在看着呢！

叶　　子　(看见树干上刻的字，念)叶……子，谁在树干上刻了我的名字……我认识字不多，但我认识我的名字，不错……"叶子"……(欣喜地奔过去)啊，谁把我的名字用刀刻在树上……刻得这样深……

一棵男树　叶子本来就该长在树上，你本来就该属于这片树林。

叶　　子　(又发现一棵树干上有自己的名字)这里也有"叶子"……啊，以后树越长越高，我的名字也越来越大……(她奔跑着，跑过一棵树又一棵树，她激动地)……每棵树上都有我的名字，整个林子里都是我……

众　　树　整个树林里都是你，整个世界都是你，叶子。

[叶子面对树林张开双臂。

［阿果从一棵树后走出，出现在叶子面前。阿果微笑着背对叶子，拿起小刀，在自己的身上快速划了几下，他猛转身，扯开衣服，两个鲜红的字映在胸膛上——“叶子”。

［树轻轻地吟唱“啊……”

叶　子　啊！

［叶子惊呆了，缓缓跪下。

［突然，叶子感觉到了什么，惊恐万状，她趴在地上，怎么也不肯站起。

叶　子　我怎么啦？我是怎么啦？

阿　果　你怎么啦？你到底什么啦，叶子？

叶　子　（喃喃地）怎么会有那么多血？

阿　果　我看见你身上有血……你刚才摔跤了吗？

叶　子　没有。

阿　果　是荆棘划破了你？

叶　子　可我没感到痛。

阿　果　会不会是被蛇咬了？

叶　子　不，不会。

阿　果　那，那是怎么啦？

叶　子　我也不知道……（叶子哭了）我害怕，害怕。我怎么走出这片林子呢？

阿　果　叶子，我来给你做条裙子，用树叶做，我会做的……你别哭，我一会就做好了。

［阿果摇动一棵树，“哗——”满台的树叶落下。

［每棵树走到叶子身边，把绿绸搭在她的腰上，绿绸铺开，形成一条很大的裙子。

叶　子　（突然惊叫）啊，阿果，我看见了什么？

阿　果　你看见了什么？

叶　子　我的血怎么是绿色的？我身上怎么流出绿色的血？

阿　果　红色的，它是红色的，鲜红鲜红的。

叶　子　不不，是绿色的，像树叶一样的颜色！

阿　果　那么你再看看我们的树林……

［叶子抬起头，整个舞台变成了一个色彩颠倒错乱的世界，雾蒙蒙，云蒙蒙的，物体成块状形态出现，犹如一幅现代派的画。

叶　子　天哪，我的眼睛！

［叶子和阿果惊恐，定格。

叶　子　我要看见我的红色的血，我要看见我红色的血……

［叶子咬破手指在树干上猛写猛画，一次次，一次次。

阿　果　叶子，你不要这样……我急死了，叶子，叶子，（急了）我喜欢你……（更急）我爱你……我，我一辈子和你在一起，不管你怎么样，我爱你！

叶　子　……啊，我的血到底还是绿色的！（奔下）

［在灯光的作用下，舞台上的一切包括阿果猛然呈一片淡绿色。

树　A　（懒洋洋地）阿果，你刚才说什么？我静静地听着呢。你说一辈子爱她？

阿　果　是的。

树　A　你好好想想。

阿　果　这个问题连想都不用想。

树　B　想都不用想？嘿嘿，誓言是靠不住的。

阿　果　你胡说！

树　C　多了，我见得多了……

阿　果　你胡说，胡说！

树　D　你为什么会一辈子爱她，而不会去爱别人？

阿　　果　她那么美。

树　　A　像她那么美的女孩多着呢！世界上有一半是男人，一半是女人。

阿　　果　她现在那么可怜。

树　　C　像她这么可怜的女孩也多着呢！“可怜”是这个世界生长着的植物，就像林中长着的蘑菇。

阿　　果　可我认识她，不认识别人。

树　　D　除了她，你以后还会认识很多人。

阿　　果　你！……我和她一起创造了这片树林，这谁有？谁有？

树　　A　这只是瞬间，小伙子。

阿　　果　这瞬间令我这样的心醉，我宁愿为了这瞬间放弃我的一生！只要叶子高兴，马上叫我死都可以，今后怎样，我不管。

树　　B　万一她今后瞎了呢？

阿　　果　我还有一双眼睛，我的眼睛就是她的眼睛。

树　　C　不，她看不见你。她看不见你的面容，看不见你的健壮，看不见你的年轻，她将不可能再为你而活着。

阿　　果　不管她为谁而活！只愿她活得快乐！

老　　树　唉，世间的年轻人都是这样，都是这样……

［叶子从树林间上。台上的叶子分化为两个叶子，一个继续痛苦挣扎，一个慢慢地恢复常态。

叶子第二　眼睛，眼睛，眼睛……为什么要怪我的眼睛？为什么肯定是我的眼睛有了病？

叶　　子　怎么不是？你看这地，本来应该是黑色的；你看这血，本来应该是红色的；你看这天，本来应该是蓝色的！

叶子第二　去你的！干吗要应该是那样？

叶　　子　从来就是那样的呀。

叶子第二　难道不会是地突然变了颜色，血突然变了颜色，天突然变了颜色？难道不会是它们想变就变……一下子变得颠三倒四，一下子又全都变成绿色？

叶　　子　（也渐渐恢复了常态）对啊，世界上要那么多颜色干什么？那样太复杂了，也许世界本来就该这个样子的……一种颜色。

［叶子新奇地重新打量着周围的一切，两个叶子做一样的动作。

两个叶子　一种颜色，一种颜色……这样的世界才美，才叫世界，才值得来做一次人。

阿　　果　你的眼睛没事吧？看你的样子像是没事了。

［叶子与阿果幸福地游戏着。阿果为叶子用树叶吹出美妙的旋律。

［手搭成的车窗出现。

乘 客 丙　美国的器官移植机构储存的尸体的来源，有很多是自杀的人……

乘 客 丁　我总也搞不懂，美国人日子那么好过，为什么还总是要去找死。

乘 客 丙　是啊，这是个很值得研究的问题。我外婆一个人生了七个孩子，她从没进过电影院，也没吃过一块巧克力，但她没想过自杀。

乘 客 丁　当然，她为什么要死呢？世界上有的是生八九个孩子并且没吃过半块巧克力的母亲。

周 立 夫　看，我表妹有多幸福。

乘 客 甲　她现在是幸福的，但未必将来也是幸福的。我也认识一个叫叶子的姑娘，她也有一个阿果，可她好像并不那么幸福。

［乘客隐去。

［婚礼的音乐声中，阿果牵着一根红绸上，红绸很长很长，阿果拉着拉着。千拉万拉不见人出来，红绸横贯整个舞台。

[最后叶子缓缓上。

[阿果走向叶子,掀开叶子的蒙头红布。叶子微笑着,站在阿果面前,阿果为叶子解开了胸前的红花。

[叶子伸出手来在阿果胸口摸拭着。

[叶子终于摸到花了,她为阿果解花。突然花上的针扎了她一下。

叶　子　(缩回手)嗞……

阿　果　怎么,针扎了你?

叶　子　……没有,一点都没有。(又伸出手来为阿果解花)

阿　果　看,你的手上流血了……不是绿色的。

叶　子　哦,那是我不当心……

阿　果　你看不见了……是吗?

叶　子　不不,我看得见,我看得清楚着呢!

阿　果　不……你看不见了……(紧紧搂着叶子)告诉我是不是已经看不见了?

叶　子　……我看见绿色的树林,树林中刻满了我的名字……一个、两个、三个……整整一片林子……我看见了树在长高,我的名字在长大,它是用刀刻的,长在森林中,永远也不会去掉……

[阿果放开叶子。

阿　果　(指着一样物体)这是什么?

[叶子沉默。

阿　果　(又指着一样物体)那是什么?

[叶子沉默。

阿　果　(又指着另一样物体)说呀,那些是什么?

叶　子　(大叫)林子,林子,都是林子。

[阿果低下了头,横贯舞台的红绸猛然落下,悄然抽去,阿果下。

[阿果上,拿出一支蜡烛,将它举起,走近叶子。

阿　果　叶子，好好看看，这是什么？

叶　子　是……你，是光，是你！

阿　果　（激动地）啊，对！是的！是的！

［两人面对燃烧的蜡烛，倏地，又陷入了沉默。

［片刻。

叶　子　阿果，门和窗都关严了吗？不要让风吹灭了它。

画外音　此刻，叶子真怕，她预感到，只要那点光亮熄灭，她的世界就永远是漆黑的了。

［阿果突然跳起来，在满台点起了蜡烛。蜡烛由演员扮演。

［台上出现了一条由烛光组成的“之”字形的路，通向遥远。

阿　果　叶子，那光不会熄灭，真的，永远不会熄灭……你的眼睛看得见，永远看得见……我给你点蜡烛，走到哪里点到哪里……世界有多大，我点的蜡烛就有多大；路有多远，我点的蜡烛就有多远……你坐着！我给你点蜡烛去了……我要点得远远的、远远的……

［阿果哭着，点着蜡烛，一支又一支，一程又一程，他越点越疲惫，越点越沮丧。

叶　子　阿果。

阿　果　哎——

叶　子　阿果。

阿　果　（更远的声音）哎——

叶　子　阿果。

［阿果没有回答。

［美丽的烛光中，叶子摸索着寻找阿果，最后她被烛光团团围住了。

画外音　叶子就这样坐着，等着阿果回来，她坐了整整一个晚上，阿果没有回来……他的蜡烛点到哪里了？有没有尽头？叶子全然不知道……不管阿果点了多少蜡烛，叶子眼前最后一点光亮已经熄灭了。

［周立夫上。

周立夫　没有希望的等待，是人生中最痛苦的等待，我表妹也等阿果回来，不过那是另外一种等待。那年我十九岁，就穿这件小褂，傻愣愣的，但读过点书，在乡村还算得上是个书生呢！

［十九岁的周立夫走向坐着的叶子，把一封信放在她面前，欲走，但想了想，拿起信欲撕，最后把信放在口袋里。

周立夫　表妹，今天的阳光真好，我陪你去采蘑菇。

叶　子　我看不见蘑菇

周立夫　那我给你吹树叶。

叶　子　我不想听。

周立夫　我给你讲个笑话吧：有个大头傻子在雨里走，人家问他，喂，你怎么不打伞？他说，你们用伞，我用大头……好笑不？

叶　子　表哥，问你个事，世界到底有多大？路到底有多远？有谁走到过路的尽头？有谁走到过世界的边缘？

周立夫　表妹，你真是没道理透了，尽想些没边没沿的事！你想让别人赞美你吗？赞美你的忠诚？赞美你的贤惠？告诉你，你去为阿果那个没良心的东西受苦，没人同情你！

［叶子低声抽泣。

周立夫　每次我来看你，都好像看见你胸口有一条蠕动着的蛇，我总想用全身力气来救你，谁让我是你的表哥！

［周立夫看着叶子，终于从口袋里拿出那封信，不情愿地递了过去。

周立夫　阿果给你来信了。

叶　子　什么……（激动地）在哪？（双手乱摸）

［周立夫把信塞在叶子手中。

叶　子　啊！（双手捧过信，泪流满面）

周立夫　以后我常常给叶子念信……每次叶子听信时都要穿上最漂亮的衣服，梳洗打扮干净，那样子真像举行一个又一个庄重的仪式……

［台上出现演员做成的大钟。周立夫为叶子念信，念一封给叶子一封，念一封给叶子一封。

［从年轻到老年各个时期的叶子，一个一个听信，捧着信走进钟里，再出来一个叶子，听信，再捧着信走进钟里，如此循环。

［大风声，秒针"滴答"声。

周立夫　（在整个读信的过程中，周立夫的声音造型和形体造型越来越老）乙未年小寒写于西山，乙未年大寒，乙未年立春时节，乙未年正月三更时丙申年雨水，丙申年惊蛰，丙申年清明，戊戌年立夏，戊戌年小满，己亥年夏至，己亥年小暑，庚子年大暑，庚子年立冬，辛丑年处暑，壬寅年白露，癸卯年秋分，甲辰年寒露，乙巳年霜降，丙午年立冬，丁未年小雪，戊申年大雪，巳酉年冬至，庚戌年一月，辛亥年二月，壬子年三月，癸丑年四月，甲寅年五月，乙卯年六月，丙辰年七月，丁巳年八月，戊午年九月，乙未年十月，庚申年十一月，辛酉年十二月，壬戌年小寒，癸亥年大寒……

［乘客乙上。

周立夫　人要有个家园生活就安定，就有了着落，人的思想、精神也得有个家园，那他就幸福了……看，我妹妹精神上有了个归宿，有了个家，她多安静啊！

乘客乙　（十分激动）不，精神家园都是人创造出来的，它不一定是你表妹的真实情况，如果我们看见她的生活，那生活也许不像你说的那样。

周立夫　哈哈哈，那么，你认为我表妹应该是怎样生活的呢？

乘客乙　我也认识一个叫叶子的妇女，她也拥有很多情书，并且也有一个表哥，可是，我觉得她不能算幸福的……（下）

周立夫　表妹，做银箱子的工匠我倒是为你请好了，都在门口等着呢。不过你非得要做吗？

［叶子庄重地把一对金耳环脱下，又慢慢地把一对金手镯脱下，用红布包着，递给周立夫。

叶　子　把这些打成金边，镶在银箱子上。

周立夫　表妹……

叶　子　我已经想好了，你不要再劝我了，表哥。我一天天老了要那些首饰干什么？倒是那一箱子信，那么难得，每封信上写了那么多话，这你都是知道的……能没个像样的箱子来装它吗？

周立夫　信当然要装好，不过我是说，这样也太苦了你……

叶　子　好表哥，我盼你来给我操办这件事已经盼了好久了，这么贵重的东西我也只有交给你办我才放心……好哥哥，你就依了我吧！

周立夫　你真是个好人啊。（下）

［阿果风尘仆仆上。

阿　果　门口那些人是干啥的？

叶　子　我请来的……你是谁？

阿　果　请来干什么？

叶　子　你是谁？

阿　果　我买了很多蜡烛，也点了很多蜡烛，世界上真有不少的蜡烛……但是，没有哪根蜡烛是不会熄灭的……我快累死了，我回来了，快让我进来。

叶　子　可我看不见你，我认不出你。

阿　果　那你可以摸摸我的头，我的手……

叶　子　（摸）摸不出来，我只能摸出你是男人，男人都有一样的头，一样的手。

阿　果　我真累死了，我走了很多的路，很多很多……让我进去吧。

叶　子　为什么现在才来？

阿　果　前几年我来过，但我的钥匙丢了，我想我是进不了门的。

叶　子　我去换件衣服。我不知道有别人来，只穿着家常的衣服……（下）

阿　果　（环视四周）这是我的家？我的路竟是从这一步一步走出去的？一走就走得那么长……

［周立夫上。

周立夫　（喊）表妹，工匠们要你摸一摸箱架的大小。（发现阿果）是……阿果？你从什么地方来的？

阿　果　（冷冷地）天涯海角、地狱、天堂！

周立夫　我托人捎给你的信收到没有？

阿　果　你知道我从来没给你回过信。

周立夫　那不要紧，只要你没忘了叶子。

阿　果　这世界也真奇了，海会枯掉你信不信？偌大的海，多少多少年后，一滴水都不见了，地面上全是石封，人们叫它石林，不姓海，姓石了……

周立夫　怎么会呢？我们门口那条小河，多少年了，什么时候见它干枯过？

阿　果　我说的是海！

周立夫　我要说河！

阿　果　（火了）妈的，枯了！

周立夫　没有！

［双方对视。

周立夫　你这无情无义的东西！（打了阿果一拳）

阿　果　你这混蛋！（也回了周立夫一拳）

［周立夫与阿果拼命地对打。

［叶子上。

叶　子　(听见)小心，小心，小心碰坏了我做银箱的料！这些料打一只大箱子是很紧的，因为阿果来信是那么的多。

［阿果与周立夫听见叶子这句话，停止了对打。

［幕内“叮叮当当”的锤子声，银箱开工了。

阿　果　(望着幕内)那个箱子是用来装我的信的？

［没有人回答他。

［钉锤声又响了。

［周立夫和叶子开始为银箱忙碌起来，上上下下。

阿　果　我真累啊，我想睡觉！这是我的家，让我睡觉！

［不断的钉锤声。

阿　果　(喊)我要睡觉！这是我的家，让我睡觉！

［不断的钉锤声

阿　果　(走近叶子)我是你的什么人？

叶　子　(忙碌着)信是你写的？

阿　果　那么我回来了！

叶　子　我知道了。

阿　果　我，阿果，一个会冒热气、会说话的阿果就站在你的面前了。

叶　子　我也知道了。

阿　果　可你为什么不赶快动脑筋给我也镶上些金的、银的来着？告诉你，我累了，我想睡觉，你……你就不能让那些钉锤声先停一停吗？

叶　子　听你的口气，好像是我宠爱了那些信而虐待了你似的，你一肚子委屈，信和你不是一回事吗？那些信都是你写的呀。

阿　果　本来应该是一回事，不过被你这么一搞，就好像变成了两回事了！我累，我想睡觉，我不知道你们哪来这么大劲儿！

［叶子和周立夫仍然忙碌着。

［钉锤声像一支哀伤的歌。

［公共汽车声响，车上的乘客出现。

乘客乙 （对陈然）哎，小姐，听我的故事，你怎么垂头丧气了？

陈　然 你的故事让我想起了一次难忘的经历。

乘客乙 是有关又一个种芸香的瞎老太太吗？

陈　然 是的。有一天我去找一个叫阿果的人，走到他家的门口，我闻到一股特殊的香味。

［乘客隐去。

［两个演员手提一块画有箱子图案的布上。葛老太上。

葛老太 （手顺着箱子缝掐着）你竟然咬我的信……你竟然还从这缝里挤出来……你竟然还生出子子孙孙……我要你的命……别逃，这没什么冤枉的，信，你肯定也咬过……怎么，怎么，你往里钻？你想诱骗我把这箱子打开，把里面的芸香味放走一点？没那好事……我就守在这里……你出来一个我掐死一个，我可以几天几夜不睡觉，我习惯了……

［"笃笃笃"有人敲门。

葛老太 （紧张地）谁？

［没有声响。

葛老太 我说怎么会有人敲门呢？不可能。我们从不约人到家里来……咦，这芸香，种了这么多芸香，怎么总也杀不灭蠹虫呢？

［"笃笃笃"又有人敲门。

葛老太 是……是有人敲门吗？

［一个年轻女人的声音："是我，找阿果的。"

［葛老太把箱子推进，陈然上。

陈　然　老大妈，你好，阿果在家吗？

葛老太　（半天说不出话来）你……你是找阿果来的？

陈　然　是啊，他在吗？

葛老太　你……你很年轻吧？

陈　然　（银铃般的笑声）我老啦，今年十八岁了。

葛老太　十八岁……你找阿果？

陈　然　是的。

葛老太　你们今天……没约好？

陈　然　（莫名其妙）没有。嗨，正因为没有，才把我找的急死了呢！

葛老太　你找他……什么事？

陈　然　嘿嘿……保密！

葛老太　（忽然想起）哟，那种蠹虫可能趁此机会爬出来了……（摸向幕内）别以为我会忘了那里面的信，别以为我会饶了你们，我拿芸香来对付你们了，你们等着……

［气压水瓶的声音，陈然在倒水喝。

葛老太　（惊觉）这是什么声音？

陈　然　大妈，我跑得渴了，喝点水，我知道你的眼睛不好，所以我就自己倒了，也替你倒了一杯。

葛老太　（警惕地）你知道我眼睛不好？

陈　然　是啊，阿果说的。

葛老太　阿果什么都对你说吗？

陈　然　我想是吧，我和阿果相处得挺好的。

［陈然走进卫生间，抽水马桶声，撒尿声（重复第一次效果）。陈然复出。

葛老太　刚才你在用厕所？

陈　然　是啊，不是我，这屋里还有谁呢？哈哈哈，大妈，我在这里等阿果好吗？

葛老太 嗯……

陈　然 大妈，我能听录音机吗？

葛老太 我不懂你说的是什么。

陈　然 音乐，听音乐，你不反对吧？

［陈然从自带的包里拿出来录音机，听音乐，是迪斯科音乐。陈然随着音乐跳迪斯科。

［迪斯科节奏加快，陈然在一明一暗的闪光中疯狂地跳舞。

葛老太 （惊叫）你……你是谁？

陈　然 （调皮地）我叫陈然，十八岁，是个跳舞的。

葛老太 一个月前你来过这里！

陈　然 一个月前？

葛老太 一个下雨天，你和阿果一起进来的。

陈　然 你说一个月前？哈哈，那时我正在香港演出。

葛老太 不，你来过，用过这水瓶，上过这厕所……

陈　然 一个月前，香港的报纸有我演出的照片，不信我可以叫阿果把报纸带给你看……哦，你看不见。

葛老太 你今天又来找阿果干什么？

陈　然 （关掉录音机）不是今天又来，是第一次来，来干什么嘛……这是我的秘密。不过，既然你好像有点生气，我也可以告诉你。今天晚上我演出，演出前会有一个男人给我来电话，可我不想接，今天是阿果守电话间，我想请他帮我个忙，把那个电话给打发了，就这么个事。

葛老太 有个男人给打电话，你不想接？

陈　然 是的。

葛老太 让阿果替你打发那男人？

陈　然　是的。

葛老太　可你却很想见阿果？看你，跑到这里来找他，等他……

陈　然　哎呀，大妈，你这是说些什么呀！如果你不愿意让阿果帮我这个忙，那不帮就是了，这也没什么，可你为什么像是那么紧张似的。

葛老太　阿果如果不去打发那男人，你真的没什么？

陈　然　肯定没什么！

葛老太　那你急匆匆地跑来干什么？

陈　然　那是我以为阿果肯定帮得了这个忙的。

葛老太　是吗？

陈　然　不过你要是不愿意，我就不找阿果帮忙，对不起，我想走了。

葛老太　等等，你以前来过这里！

陈　然　没有！

葛老太　你以后不要再来这里了。

陈　然　我想我不会再来这里了。

葛老太　你在单位上不准找阿果。

陈　然　找不找他无所谓。

葛老太　不，你不准找！

陈　然　你这大妈真怪，你有这么怪，阿果可从来没说起过……

葛老太　他还跟你说起过我什么？

陈　然　没有，没有，没有！我和阿果根本不认识，你这下开心了吧？

葛老太　你这是假话！

陈　然　但愿我老了以后不会像你这样。再见。（欲下）

葛老太　等等，姑娘，我求你，以后不要再找阿果了，好吗？

陈　然　你到底想说什么？以为我怎么了？你直说好吗？

葛老太　阿果给我那么多信……一箱子，我一生都为阿果活着，他常在外面工作，不常回家，我这一辈子都在等他，就这样一天天地等，这你懂吗?

陈　然　(有所感动)我理解你的心情。可我真的想走了。我以后不跟你的阿果说话就是了。

葛老太　真的不和阿果说话?

陈　然　嗯。

葛老太　为什么?

陈　然　为你。

葛老太　你还根本不懂得我,怎么可能真的为我?

陈　然　我想,我刚才进门的时候不懂,现在是真的懂了。

葛老太　不不,你没懂,你这样似懂非懂地离开我怎么行?你这样走了,怎么见得会再也不找阿果?不行……(想了想,终于)姑娘,我想给你看这一箱子信。

陈　然　算了,这有什么可看的。

葛老太　算了,你竟然说算了?这是我的一辈子!我今天准备把一辈子的秘密告诉你,你竟说算了?

陈　然　哦,不……那好吧,我看就是了。(走向幕内)是这里吗?

葛老太　哎,别动,先洗手。

陈　然　洗手?

葛老太　洗手!

陈　然　(无可奈何地)好吧。(洗手)

葛老太　你过来。

陈　然　干什么?

葛老太　让我摸摸你。

陈　然　(走近葛老太)摸什么?大妈,不是看信嘛。

葛老太　哦,对,你帮帮我,把屋子里种的芸香都搬过来。……我这是给你看我的一辈子啊,姑娘,婚礼还要吹个唢呐,抬个花轿呢,这掀开我的一辈子，就没有个像样的排场吗?

[陈然似懂非懂地点点头。

[黑色的底幕缓缓拉开一群披着白布的演员上，站满整个舞台。

葛老太　好了，现在让我把我的一辈子告诉你吧。你看看这一封信吧，这是我的十六岁、十八岁、二十岁……我也有过你这样的年龄。

[扮演信的演员展开双臂，把身上长方形的白布拉开。

[满台的芸香味。

陈　然　哦，真香，真香。

[陈然看信 A。

信　A　唉……

[陈然看信 B。

信　B　唉……

[陈然看了一封又一封，信不断地叹息陈然看到最后木然地呆住。

葛老太　看到了吧，他写那片树林，写那些刀刻的字……看到了吧，他写得多好。

陈　然　(自语)太残酷了，白纸，都是白纸!(对信)你们让我说什么?

信　A　对她说，你什么都看见了，看见那片树林了，看见蓝天、白云、鲜花了，继续把故事编下去。

陈　然　不，这是天大的谎言，这是可耻的欺骗!我从没干过这样的事!

树　B　那么把真相告诉他，说我们身上什么也没有，她藏了一箱子白纸，藏了几十年。她为了保护这箱子白纸，种了一辈子芸香，她和蠹虫结了一辈子的冤仇，她的一生都是徒劳!告诉她呀!这样你就纯洁了，这样你就真诚了。

陈　然　啊，不，这是让我用利剑刺向这位双目失明的老人。

信　C　那么，你走吧，赶快，悄悄地走掉，不要让她发现。

[陈然欲走。

葛老太 姑娘，你不高兴了？你看到阿果给我写了这些信，你就不高兴了？

陈　然 没……有。

葛老太 你哭了。

陈　然 这信真是写得太好了，我感动极了。

信　A 小心，小心，你也开始在编信了是吧？

陈　然 不不，一个骗局已经够残酷的了，我不能又开始第二个骗局。

信　B 那么，你当刽子手，用最真实的语言杀死这位老人。

信　C 别看我们身上什么也没有，我们给过她精神上的寄托和安慰。

信　D 姑娘，即使我们身上写满了字，那是一封封真正的情书，但对她来说又有什么用？她看不见，反正都一样，即使她丈夫当时真的写了，谁又能保证她现在还记得那些话？即使记得，谁又能肯定他写的是真话？信，实在不能说明什么。姑娘，你恋爱过吗？世界上拥有情书最多的人不一定是最幸福的人，世界上那些久久珍藏着情书的人，往往都是生怕失去或者早已经失去写信人的人……是的，如果她拥有爱，她就不用珍藏情书了，你懂吗？

陈　然 为什么我走到这里来了！我才十八岁，为什么这么早，这么早就让我看见了这个大裂口？从今以后，我不敢听别人爱的誓言，我生怕那也是一通胡言乱语；我小心翼翼，我不敢在爱的路上向前踏一步，我怕我的双脚又踏进一个美丽的树林；我将会更怕收到情书，因为我怕那是一捧又一捧煮熟的谷粒，收藏它毫无收获……几分钟前，我是那样的快活，我有着甜甜的秘密，有着玫瑰色的梦……可现在，我糊涂……我的来到，伤害了这位老人，可谁伤害了我？我去怪谁？怪谁？怪谁？谁来回答我！（大哭着下）

[信叹息着，低下了头。

葛老太 （抽泣，挣扎着冲向那一封封信）我知道了，我知道了，我知道了……

［在葛老太的冲撞下，扮演信的演员展开双臂，满台旋转。

葛老太 （哭喊）我藏了一箱子白纸！上面没有一个字！

［葛老太从一个演员身上撕下一块白布往外一扔。

［所有的灯光关闭，只留紫外线灯。

［舞台上看不见任何演员，只有满台的白布在飞舞。

［葛老太凄惨的哭声回旋在黑色的舞台上。

［公共汽车声响，乘客上。

乘客甲 她丈夫真坏，欺骗了她。

乘客乙 她丈夫从来没有给她写过那些信。

陈　然 她表哥不应该编那些信。

周立夫 她表哥为她建造了一座花园，他用语言和爱心为她建造了精神家园……这个家园不会比那片树林黯淡，不会比雕刻的名字失色……她幸福过，她在她表哥造的花园里幸福地过了一生。如果要说这是欺骗，这是多么善良的欺骗啊！

乘客丙 一个人的脏器可以同时给几位病人移植，如1984年5月，西班牙医生将一位因车祸而死的男青年的心脏移植到五六十岁的妇女身上；两个肾分别移植到四十岁的女人和七十五岁的男人身上，一个人的脏器供给六位病人使用。

乘客丁 那么这个人呢？

乘客丙 没有了呀，他活在二十九岁的男人、五十六岁的女人等等人的身上了呀！

乘客乙 听不懂了，听不懂了，你们说的到底是不是同一个人？

乘客甲 不是同一个人。

陈　然 根本不可能是同一个人。

周立夫 当然不是同一个人。

乘客乙 可是，我越听越觉得是同一个人的故事。

乘客甲 是啊，明明不是一个人，可是人的经历和遭遇会有惊人的相似。

乘客乙 那么我们现在去看杀人现场，又是一个什么故事呢?

乘客丙 让我来告诉你们，她拿起了祖传的斧子在等待着阿果回来，这是她一生中最后的等待……

［乘客隐去。

［阿果上。

葛老太 你回来了?

阿　果 嗯……

葛老太 外面下雨了?

阿　果 嗯……

葛老太 你一个人进来?

阿　果 嗯……

葛老太 过来，来，让我告诉你……

［阿果走到葛老太身边。

葛老太 (极其温和地)你知道吗? 刚才，我的眼前出现了一些奇怪的光亮，一会儿，我爷爷的鬼魂出现了，他告诉我，我的眼睛就在今晚会复明……

阿　果 看，你又胡扯上了……我知道，你一个人在家，整天也没个人说个话……

葛老太 不，阿果，不不，我已经感觉到，我的眼睛马上就要看得见了。

阿　果 那么多年都看不见，我不相信到老了反而……

葛老太 是的，那么多年我一直看不见，你知道为什么吗?

阿　果 为什么?

葛老太 那是因为我们没有举行完我们的婚礼，如果今天我们重新把这人生大事补上，我的眼睛就会复明。

阿　果 什么? 举行婚礼? 今天? 我们早已经是半截黄土埋身子的人

了……

葛老太　(固执地)不,尽管半截黄土已埋住我们,可你总归还是欠我一个婚礼,今世的债要今世还清,以前,很久以前,你给过我一片树林,看,我的记性很好,我没忘记……今天我也给你一片树林。

[树林上(由演员扮演)。

葛老太　现在,你拉着我,穿过绿树林,让我们走到新婚的床上。

阿　果　你这是想了些什么?

葛老太　我的眼睛就要复明,就在现在,就在此刻,我已经感觉到了……(命令的)拉着我,阿果!

[阿果拉着葛老太穿过一棵又一棵小树。

树　A　你想干什么?报复他?

葛老太　(边走边说)不,阿果是我的,报复他就好比报复我自己。

树　B　那么,你真想和他再举行一次婚礼吗?

葛老太　不,阿果是我的,再结一次婚和不结婚没什么两样。

树　C　那么,你是在做游戏吗?

葛老太　对,做游戏。我几十年的生命是被阿果操纵着,为他种芸香,为他抓蠹虫,今天,我也要操纵一下他的生命。这不是报复,这是用一种办法对我那几十年做一个交代。这是做游戏,看,好玩吧?一会儿他操纵我的生命,一会我操纵他的生命。

树　D　阿果,阿果,你知道她将要跟你做一个什么样的游戏吗?

阿　果　不想知道。

树　A　你看出她今天有点反常吗?

阿　果　反不反常的结果都一样。

树　B　不,也许……也许你会死的。

阿　果　死?(苦笑着)

树　D　你怎么这样说?还记得几十年前,你在树林里的情感吗?那时你可充满着激情。

阿　果　那时我就像个孩子坐在戏院里，兴高采烈地等待着拉开帷幕一样，我不知道开幕后将要发生的究竟是什么。

树　A　那么现在呢？

阿　果　我已经没有耐心等到闭幕了。叶子，来……我来给你吹个曲子。

［阿果吹树叶的声音。

树　B　葛老太，你真要动手吗？

葛老太　人最没意思的时候，是游戏做完了，两人傻傻地站着，你看着我，我看着你，多无聊。人最高兴的时候，正是做游戏的时候，我想好了，我和阿果的分手，应该在游戏正要结束的时候。不要等到结束以后……是时候了，等游戏全做完了，分手和不分手全都没意思了。我这一生恨就恨没意思，我从来生活得很有意思的。

［阿果动人的叶笛声。

葛老太　（温柔、幸福地）我看见了，清清楚楚地看见了……这片我们的绿树林……绿色的叶子、红色的蘑菇，还有树干上你刻的那些字。"叶子、叶子……"你用刀刻的吧？刻得这样深……（突然摸出斧子，举斧猛砍，一刀、两刀……八刀，边砍边说）今天……让我……在……我这……美丽的树林里……用爷爷的斧子……也来深深地刻上几个字吧……刻上，我的一生！

［时钟的秒针夸张地响着。

［当葛老太第一刀砍下，满台变红，扮演树林的演员用红绸裹在身上，满台翻滚，变成了红浪。

［阿果手挥一根代表血浪的红绸满台翻滚，每一滚都是一个优美的造型。

［阿果倒地。

葛老太　（跪在阿果面前，充满柔情地拿起一个面具）啊，我真的看见了，你原来这么苍老，脸上有这么多的皱纹，头上有这么多的白发……可以前，我看不见你的变化，你在我的心中一直是十八岁…哟，血鲜红鲜红的，我看见你鲜红的血了，我什么都看见了……你在我流血的时候，用叶子为我做了条裙子……今天我用叶子为你做一床被子，盖住你的全身……

[扮演血浪的演员又变成了树木，他们用优美的舞姿盖住了阿果。

葛老太 你这一生一直在笑我吧，阿果，笑我守着个空箱子……这下好了没人知道这里面是一箱子白纸了……我没失去什么。我还有这个箱子，还是满满一箱子信……我还有事干，还可以种芸香……哈……

[在葛老太的幻觉中，阿果仿佛又坐起，在给她吹叶子。

[扮演树的演员蜷身躺在斜面平台上，又变成了时钟。

[秒针“滴答滴答”地响着。葛老太和阿果坐在时钟的中间。

[秒针声更响了，时间又在前进。

[剧终。

（1989年演出本）

话剧

挂在墙上的老B

编　剧

孙惠柱　张马力

作者小传

孙惠柱（1951—　），男，浙江余姚人，上海戏剧学院教授，联合国教科文组织国际剧协演艺高校联盟副主席。

张马力（1936—　），女，上海人，曾任上海戏剧学院学报《戏剧艺术》编辑。

人物表

老　B　三十多岁，奇怪的不速之客。好些人都仿佛认识他，他却始终是一个谜——一个要观众一起来解的谜

导　演　女，四十多岁，借来的导演。寡言的背后有她的苦衷："生活"将要完结，事业才刚开始。好像是个"无为而治"的导演，其实是满腹经纶。她终于豁出去了

小　凌　首席女演员。三十来岁，缪斯对她是慷慨的，丘比特却很苛刻。这一矛盾使她经常仿佛生活在一种诗意的幻境之中

小　A　近三十岁，普通男演员。他爸爸是老 A——剧团"首席"演员，可是他并不买账，早欲取而代之，虽然他离不开父亲。他是老 A 的否定

剧　务　五十来岁，演员出身，一个不知疲倦，也让人不知疲倦的热心人。在场上俨然指挥一切——老习惯了，也只会按老规矩行事，因此而生出一些笑话。这是一个必须临场即兴掌握的角色

小　珊　二十来岁，业余演员，像一朵含苞欲放的花。这里的人使她着迷，她也会使这里的人着迷

［时间：现在。

［地点：剧场。

［布景：可视不同演出场所而定。连排用的场地或舞台，观众在三面或一面观看均可。空黑背景前，设一组平台。最高的平台上布一种非现实的气象，高平台上悬着一个可移动的、多功能的、形状不规则的玻璃钢画框，画框中镶着一幅漫画，神奇的场面和“戏中戏”都发生在高平台上；低平台上是一般表演区。有条件可用灯光帮助区分这两个表演区。

［四名歌队队员手持吉他上场，弹唱起一支深沉动人的歌儿，乐曲结束后，向观众致意。一名队员扮演导演。

导　演　观众同志们，我代表剧组的全体成员欢迎诸位来观看我们今天的实验性的连排。我们排演的戏大家都很熟悉，是郭沫若的名作《屈原》，不过我们力图在舞台上表现一些新的东西，所以希望大家不要用传统的眼光来审度我们。谢谢！来，开始！

［歌队队员放下手中的吉他，分别以剧中人——导演、剧务、小凌、小A的身份进入表演场地，忙碌地整理着服装道具。

剧　务　（清点人数，发现少了一个人，焦急地）导演，导演，都什么时候了，主演老A还不来？

导　演　你说什么？

剧　务　老A没来。

导　演　老A没来？为什么？

剧　务　小A啊，你爸爸呢？

小　A　老头儿？到市里开会去了。

导　演　开会去了？不像话。今天是连排，演屈原的不来怎么办？

众　人　是啊。（议论纷纷）

剧　务　导演，老A同志社会工作多，忙得很，他……

导　演　安排B角了吗?

剧　务　B角?这,老A同志有很多年不安排B角了。

小　A　导演,老头不在,我来吧?

导　演　你行吗?

小　A　那还用说。

导　演　我看未必。我去和老A同志联系一下。(对观众)观众同志们,很抱歉,我们的工作出了点问题,请大家耐心地等一会儿。(下)

众　人　(焦急地)导演!导演!

小　A　(怪声怪气地)咱们这位新导演哟……

剧　务　嘿,别这样说。领导上交待过,这是新借来的,又是个女同志。(对观众)观众同志们,实在对不起大家,由于我们……(突然心生一计,急对小A、小凌耳语)

小　凌　不行,不行,这不是出洋相嘛!

剧　务　那也不能让观众干等着。(向后台)音乐,探戈。开始!

[音乐起。小A、小凌无奈地站在一起,开始表演探戈舞。

剧　务　观众同志们,现在由我们团著名演员给大家表演精彩的舞蹈。嘿,看,这舞姿多么美妙啊!我来介绍一下:这位男同志就是著名表演艺术家老A的儿子小A。青出于蓝啊!这位女同志是演过电影的小凌。怎么样?比银幕上漂亮多了吧?她现在表演的是探戈舞。什么是探戈呢?(正欲漫无边际地说下去)

[导演上。

剧　务　……导演……(对小A、小凌)停!

导　演　(严肃地)观众同志们,实在对不起大家,今天的连排不能进行了。扮演屈原的老A同志今天来不了了,我们又没安排B角……所以……

[突然响起奇妙的音乐。一幅漫画被扑碎,随之赫然出现一个戴

着面具的怪人。他伸出双臂，然后，慢慢地走下来。

导　演　你是什么人？我是导演。

怪　人　我……

［导演替怪人摘下面具，怪人顿感轻松，似乎恢复了人的生气。

怪　人　导演，我来了。

剧　务　你来干什么？

怪　人　来演戏，来演屈原。

小　A　来个疯子。

［众人起哄。

导　演　等等。你从哪儿来？

怪　人　（指指漫画）就那儿。

剧　务　漫画？你是从漫画上下来的？嗯？

怪　人　子在川上曰，逝者如斯夫。

剧　务　嗨，这事可奇了啊！我问你，你会什么呀？我看你还是回去吧！去，去！

［众人推怪人。

怪　人　不，不，不！已经挂得太久了。你们还不想用我吗？我不做漫画了。你们今天不能没有我，老A不在。

小　A　你算老几啊？

怪　人　老B！老资格的老，ABC的B。

众　人　老B？

小　凌　老B？

老　B　一个挂在墙上的老B，一个等白了胡子的B角。

导　演　（仿佛触动了心事）B角？（接过老B的面具，似有所感。随即招呼剧务、小A从一边下）

［老B环视排练厅。在这个环境里他如醉如痴。小凌一直在观

察他。她似乎发现了什么。

小　凌　请问,您是来参加排戏的?

老　B　我是个B角啊!

小　凌　您认识我吗?

老　B　没有这个荣幸。

小　凌　你真让我想起一个人,我的一个朋友,过去的朋友。他老当B角他默熟了每一个A角的戏,他练得比别人苦十倍,可他老也不能上台演戏,老挂着。后来,他走了,他再也没有回来。

老　B　他跟你有什么关系?

小　凌　我……常常在梦里见到他。

老　B　梦不是现实。

小　凌　有时候会变成现实的。

老　B　……

小　凌　我总想给他写一封信。

老　B　情书?

小　凌　一封回信,一封拖得太久,找不到地址的回信。还夹着一朵花,一直珍藏着的花。

老　B　一朵吹干压瘪了的花。当年送给她的时候,是水灵灵的,带着土的?

小　凌　别说了。你都知道?

老　B　不,我只是猜。花么,总是要干的。

小　凌　你不认识我?我是小凌!

老　B　很抱歉。

小　凌　我……老了不是?我老了,我老了,我不是当年的小凌了!

老　B　我不知道当年是什么。我是漫画里的人,挂在墙上,好像是永恒的。

小　凌　（冲动地）那你为什么要下来？你为什么不永恒地挂着去？

老　B　来寻找我的生命！骑士的生命在草原，战士的生命在战场，演员的生命能老挂在墙上吗？只有死人才是永恒的。我要生命，我要生命！哪怕是短暂的，短短的一刻，属于演员的生命。

［导演等上。

小　凌　导演，您就给他个机会吧！

导　演　（走到老B面前）老B，去问问观众，要不要看你演。观众同志们，这位是刚刚从漫画上下来的老B，一个怪人。说实话，我也不认识他。看起来，他像是个怀才不遇的天才，也可能是个蠢材。你们愿意看他表演吗？

［观众议论纷纷。小珊从观众席里站起来。

小　珊　我提个建议好吗？

导　演　到前边来说。

小　珊　（走上台）我建议考他一下。

小　A　考？这不是瞎耽误功夫吗？

导　演　（向观众）大家说呢？……就这样。考！

老　B　考？

小　珊　我说，让他做个“即兴”小品，水平一下子就能看出来。

导　演　唔，你这一“即兴”，我也看出来了，你不是什么观众，你是个演员。

小　珊　我是个业余演员，我叫小珊。你们的戏，我每场都看，戏票可都是自己买的。

导　演　那好，你就作为观众代表，和我们一起来考考这个人。怎么样？

剧　务　哎，考得好让他上，不行就拉倒。戏公演了我请你看戏。

导　演　（对观众）还有哪位观众愿意上来？

剧　务　上来的戏票，将来都可以到我这儿来报。（一转念）呃？（看导演）这，行吗？

导　演　可以，可以呀！

小　珊　怎么没人来？那我代表啦。

导　演　老B，老B！小品你自己编，大家配合，可以各显神通。剧务……（对剧务耳语）

剧　务　观众同志们，你们知道什么叫小品吗？这个小品啊，非常简单，就是在正式开演之前，先来两段折子戏。

小　A　折子戏？

剧　务　差不多吧。老B，你准备三分钟……一分钟，二分钟，三分钟。

［老B越来越紧张，心跳加剧。导演见状，走过去，递给他一本书。老B紧张地翻找，挑来拣去，摇头晃脑地背诵一阵，自得起来，把书一丢，召集大家说了一阵。剧务组织大家布景。

剧　务　观众同志们，这个小品发生在剧场的后台。前台正在演出我国著名的悲剧《屈原》，马上就要出现激动人心、惊心动魄的场面了……

老　B　（指小A）现在他就算是A角，正在前台演屈原。

小　凌　我就扮演屈原的学生婵娟吧。

剧　务　现在请看后台，后台比前台还要热闹……准备好了吗？开始！

［小A、小凌分别穿上屈原、婵娟的服装下。剧务到处奔忙，指挥。老B忙碌地操纵道具，制造雷雨效果。风雨雷电大作。

［少顷，小A边脱屈原服装边上。小凌随上。

小　A　晦气，晦气，老子不干了。没见过这样的。这服装是人穿的吗？（将服装掷了一地）

［老B默默地将衣服拾起。

剧　务　（赔着笑脸）是，不是人穿的，不是人穿的。

小　A　（火了）那是谁穿的？

小　凌　（悄悄地）猴穿的。

小　A　(被噎得无话可说)婵娟,过来给我解衣扣。

[小凌不理睬。

小　A　嚯,我是谁?我是你的先生、主人、父亲。

小　凌　“父亲”?希望你有父亲的样子。

[老B过来,替小A解衣扣。

小　A　(正好找到发泄的对手)你搞的什么鬼?今天最糟糕的就是你这效果,打的那是什么雷?该来不来,我一张口,你就轰轰地来了。你小子存心坑我!啥本事没有。全是老子累死累活地给你们撑着门面,还这么不安好心。什么烂B角。

[小A一把将老B推了个跟头。所有的人都愣住了。

老　B　(并不为他人所动,《屈原》的台词极其自然地脱口而出)“我们每一个人都爱争强斗狠,但是又爱贪懒好闲,在这便种下了堕落的种子。争强斗狠也并不就坏,认真说,这倒是学好的动机。因为你要想比别人强,或者比最强的人更强,那你就应该拼命的努力,实际上做到比别人家更强的地步。要你的本领真正比别人强,你才能够强得过别人,这是毫无问题的。”

剧　务　哎,导演,这不都是屈原的词吗?

导　演　(示意不要打断老B)嘘。

老　B　(戴上屈原的面具,感觉立刻不同)“但是问题就在这出现了。能强过别人是很高兴的事,但努力却又是吃苦的事,因此便想来取巧,不是自己假充一个强者,虚张声势,便是更进一步去陷害别人,陷害比自己更强的人……”(继续忘情地)“这就是虚伪,这就是罪恶,这就是堕落!……人的贪懒好闲的这种根性,便是自己随身带来的堕落的陷阱!”

[老B完全进入“我就是”的境界,声若洪钟,余音不绝。

小　珊　(情不自禁地鼓掌)好!演得真好。导演,是不是?我打满分。

剧　务　有门儿，像个角嘛！

小　A　（冷冷地）是演得不错。

剧　务　（悄声对导演）导演，这样一来，老A同志回来了，咱们……

导　演　（不顾剧务，向老B伸出祝贺之手）老B!

［老B沉浸在角色之中，口中念念有词。

众　人　（呼唤）老B！老B!

小　A　还有完没完了？

［老B仍痴痴地念着屈原的台词。

小　凌　（见老B状，故扮婵娟呼唤老B）先生！先生！

老　B　你是何人？

小　凌　我是婵娟。婵娟要和先生在一起，再也不分离。

老　B　屈原永远是孤独的，路漫漫其修远兮——

小　凌　婵娟也一直在寻找——上下求索。

老　B　屈原落魄一生——

小　凌　茕茕孑立——

老　B　死了才得到美好的赞语。

小　凌　活着，在爱他的人的梦里。

老　B　不要忘记，偶像只能在天上。

小　凌　只要心诚，他好像就在身旁。

［小凌手上的一束鲜花似乎深深触动了老B。

小　凌　啊，我那遥远的记忆——

［小凌、老B回忆起他们的“过去”。其他演员拿起吉他成为歌队。

［年轻时的老B，英俊潇洒，坐在河边的草地上读书。小凌边笑边跑上。

老　B　小凌！

小　凌　老B!

老　B　小凌，你那段戏，我琢磨出来了，有三套表演方法。你看……

小　凌　就知道这套、那套，也不看看地方。

老　B　地方？怕啥？演员还怕人看？老A同志说他小时候练哈姆雷特……

小　凌　练，这也不是练功的地毯。看，清亮亮的小溪，水灵灵的花儿……

老　B　小凌，你喜欢花吗？

小　凌　你说呢？

老　B　我给你准备了一束花，水灵灵的花。

小　凌　我看看。

老　B　不，要等到晚上，大幕徐徐地闭上了又拉开了，我从人群中走出来，拿着这束花……不，不不，我不给你了。

小　凌　怎么了？

老　B　你就是一朵鲜花，水灵灵的，这么雅致，这么美。

小　凌　我会永远像花一样美吗？

老　B　（突然变色）不，花的生命是有限的，人也一样。（陷入沉思）生命，生命！

小　凌　你真是神经病，难怪你老是当B角。你走吧，走吧！（呜咽着离老B而去）

老　B　子在川上曰，逝者如斯夫。

小　凌　子在川上曰，逝者如斯夫。

导　演　子在川上曰，逝者如斯夫。

［演员们迅速由歌队进入角色。

导　演　老B！

小　珊　B老师，你刚才演的屈原，真好。

小　A　好！好一个屈原，一个自封的屈原，一个装腔作势的屈原，一个勾引女学生的屈原。导演，你就留下他吧，反正我爸爸借你来，把全权都交给你啦！

［令人难堪的静场。导演愤然转身。

老　B　好，好。我走。

小　凌　老B，你不能走！导演，他要走了，他要回到画上去了，你快说话啊！你们大家快说话啊！把他留下来，把他留下来……不，不！老B不能走，不能走啊！

［众沉默。突然，雷声大作。

老　B　“谁要你们替我招魂？你们要听那妖精的话，说凤凰是鸡，说麒麟是羊子，说龙是蚯蚓，说灵龟是甲鱼。谁要你们替我招魂？”（俨然屈原在世）

小　珊　导演，他不是演得挺好吗？为什么老让他当B角？

导　演　是啊，为什么老是当B角？为什么老挂在墙上？剧务，你说呢？

剧　务　我？嘿，嘿……

小　A　导演，你看我给你来一段，就明白为什么了。

小　珊　你要干什么？

小　A　做小品啊。

小　珊　你也要做小品？

小　A　我不像他（指老B）会自我表现。我只会模仿，惟妙惟肖地模仿别人。

小　凌　你要模仿谁？

小　A　大家看嘛，看看像谁？反正此人远在天边，近在眼前。要是模仿得不像，叫你认不出来，我小A从今以后不姓A。剧务，来，给本书。

剧　务　要谁配戏？男的女的？

小　A　行了，行了，什么也不需要了。你给打个点儿就行了。

小　珊　你这算什么名堂？

小　A　这名堂叫做《考状元》。

［哑剧开始。小A戴范进的面具表演书生临考前的种种窘态，与老B准备小品时的景象极为相似又极为夸张。表演达到高潮，小A突然发出了一个沙哑的怪声。众大笑。老B愤然。

小　珊　真逗，真逗！太妙了！

剧　务　小A有两下子嘛。这效果真不赖。

小　A　（问导演）怎么样？

导　演　好哇，你让大伙都乐了，可我想哭。

小　珊　怎么啦？这多有趣？真好玩，真滑稽。

老　B　（突然发话）小珊，爱看这种丑戏？

小　珊　哎。比屈原滑稽。

老　B　滑稽，就爱看滑稽？

剧　务　那自然喽。（对观众）花钱来看戏，谁不想找点儿乐子笑笑？

老　B　笑笑！哈哈……滑稽，出丑，出他人之丑——诸位，天下还有比这更容易的事吗？（夺过小A手中的面具）

小　A　呃，我还没演完呢。（欲夺回面具）

老　B　你当我演不了？

小　A　我怕你演不了。

老　B　（挑战地）咱们就试试看！

小　A　别忙。请先告诉我，知道我演的这是谁吗？

老　B　谁？

小　A　问你呀。

小　凌　你这是干什么？小A，请你不要搞人身攻击！

小　A　我攻击谁了？他要抢我的角色。我问问他是个什么角色。问错了吗？

小　凌　你说是什么角色？（又怕小A说出）你不要……

小　A　怕什么嘛，我这新编古装戏，演的是古人。不过，这古人不是屈原，他叫范进。攻击范进，不算犯错误吧？

小　珊　范进？范进中举，《儒林外史》里发了疯的那个人？

老　B　（突然地）范进就范进，发疯就发疯，什么了不起的，演给你看。（戴上面具，打着锣鼓点，演了起来）

小　凌　（拦住老B）你发疯了吗？

老　B　哎呀，你不要管我嘛。

小　凌　你真的要当范进？

老　B　演戏嘛，谁说我就是范进啦？（推开小凌，继续演起来）大演员什么都能演。从高贵的君王到下贱的乞丐；从英武的大将关云长到放荡的兵痞福斯塔夫；从丹麦王子哈姆雷特到中国的小偷娄阿鼠……（说得摇头晃脑，得意起来）

小　A　且慢，演范进，咱也得考考你是不是范进？

老　B　考！哼哼，老爷何惧之有？跃龙门，占鳌头，考场此进身之所，老爷如履平地，只管考来便是！且慢，你读过书么？范进有四套演法。你知道吗？哥们儿，四套！瞧着，这第一套……“想那范进，自幼读书，求取功名，进了半辈子考场，如今还是一名穷秀才，他哪儿甘心呐？这年，又逢乡中会试，范进出得考场已是饥肠辘辘，慌慌忙忙回到家中，可家里早就揭不开锅了。范进无奈，只好怀抱着一只生蛋母鸡沿街叫卖：‘谁买鸡吆——噢！’吆喝了半天也没人理睬。范进又累又饿，昏昏沉沉，忽听得有人高喊：‘范老爷，您高中了。’范进还没醒过盹来，早被那来人一把抓住，踉踉跄跄拖回家中。呀，但见妻儿老小全都站在门外，范进不由吃了一惊。却待要问，早被左右连搀带扶进了正房，抬头一看，咦！但见中堂之上，高悬一块大红烫金报帖，上书：‘捷报贵府老爷范讳进高中广东乡试第七名亚元。’范进不见捷报便罢，一见捷报不由得两

眼发直。——哎呀，我中了，我中了！哈哈……我中了！”（跌扑在地）

众　人　（起哄）哈，哈！

老　B　（兴奋地跃起身）还有第二套。

导　演　行了，行了！

老　B　导演，我还没演完呢，我还有三套没露呢……

导　演　我真不认识你了。

老　B　我？老B呀，演屈原的老B呀！

导　演　演屈原？

小　A　（凑上前来）嗨，老B，给你个B角等着去吧！

［老B突然呆了，身体摇晃着，挣扎着，终于“呯”地一声，倒在地上。

小　珊　B老师，B老师，您不要太难过了。

老　B　小凌？

小　珊　不，我是小珊。

老　B　小珊？一朵鲜花，水灵灵的，那么雅致，那么美。

小　珊　我也想起一个人，一个老师。我们业余话剧队的一个老师。他是从剧团来的，对我们可好了。我老想看他演的戏。

［小珊、老B回忆起他们的过去。其他演员拿起吉他成为歌队。

［老B正专心致志地读着书。小珊还是个活泼的孩子，蹦蹦跳跳地跑到老B跟前，伸出手。

小　珊　老师，票！

［老B递给小珊一本书。

小　珊　嘿，又是书。我要看戏，看你的戏。

老　B　戏？还在排呢。读书吧！“书籍是全世界的营养品”，生活里没有书籍，就好像大地没有阳光。智慧里没有书籍，就好像鸟儿没有了翅膀。知道吗？这是莎士比亚的话。读书破万卷，演戏便有神，这是……

小　珊　我要看你的戏。

老　B　喏……（立即做出种种动作，突兀得有些好笑）“全世界最快乐的是我，全世界最痛苦的也是我，全世界最伟大的是我，全世界最渺小的也是我。”

小　珊　我要看你的戏——看你在台上，在戏里……

老　B　那……好说，好说。

小　珊　好说，好说，怎么老也不让我看呀？

老　B　谁不让你看啦？那天我给你送票去，你没在不是？

小　珊　哪天呀？

老　B　那天，喏，那天……不就是那天吗？好了，好了。小姑娘，好好学吧，将来让人看你的。

小　珊　那就不看你的了？你……你该不会老是B角吧？

老　B　（变色）什么B角、A角的？我是个演员，当演员就得学习。懂吗？

小　珊　学习，学习，你……就这么学，能有用吗？

老　B　谁说没用？古人头悬梁，锥刺股，尚且锲而不舍。生命在于进取。你就想偷懒了？没出息，没出息！老天不负苦心人，老天不负苦心人！

小　珊　不，我再也不要您的票了，再也不惹您生气了，B老师！

老　B　（伤感地）先生不记学生过嘛。

［小珊呜咽着离老B而去。

［歌队演员又回到戏中，继续扮演各自的角色。

众　人　老B，老B！

老　B　导演，我还能演屈原吧！

小　凌　导演，你就让他演屈原吧！

导　演　可是……

小　凌　我只求您不要再折腾他了。

小　珊　(凑到老B身边)B老师,你刚才演得真像,跟你自己一模一样。

老　B　是吗?哪儿啊……啊?你说什么?什么像……

小　珊　就你刚才演的呀,那个……

小　A　范进?

小　珊　对,范进。

老　B　范进?我像范进?

小　珊　啊。

老　B　一模一样?

小　珊　一模一样。

老　B　你瞎说。

小　珊　老师,我说你演得好,演得像啊。

老　B　我像什么?我像什么?我像范进,我像范进吗?啊?

小　珊　我不知道,我不懂。老师,我是来学习的啊。哎呀,我说错了。

小　A　没说错,小珊。他不像范进,像谁啊?

小　凌　别说了。你要干什么?

小　珊　B老师,别生气。我声明,我说错了。

老　B　(在一旁自言自语)先生不记学生过嘛。小珊,你再好好想想,我究竟和谁一模一样?

[哑剧表演。老B照镜子。镜中影像屈原、范进躲躲闪闪,纠缠着老B。老B拼命地捕捉屈原的形象。

老　B　小珊,小珊,你看我究竟像谁?究竟跟谁一模一样?

[老B拉小珊看镜。不料,镜中影像却是范进。老B痛苦不堪。小凌见状走上前。

小　凌　老B,老B,你别逼她了!

老　B　你别管！小珊，快说呀！

小　凌　（扮作婵娟模样，呼唤老B）先生，先生，我求求你啦！

小　珊　（见状，忽而悟出）噢，对了。你像屈原，对，是屈原，你就是屈原！

老　B　小珊，你真是我的好学生！噢，当然啰，也不能说我就是屈原。应该说，我的性格、气质、内在的东西，最接近屈原。什么范进，那叫“反串”。演屈原才是我的本色。

小　A　本色？老B，再给大家表演两手漂亮的。（递上屈原面具）来，大家欢迎。

老　B　（洋洋自得，稍微做作地）“谁要你们替我招魂！你们要听那妖精的话，说凤凰是鸡，说麒麟是羊，羊子……”不对，不对。重来。（压低调门）“谁要你们替我招魂，你们要说……”不行，低了。怎么搞的？（愈发紧张，扯起嗓子喊）“谁要你们替我招……招……”（声嘶力竭）

［众哄笑。

小　A　紧张什么？大演员，既能演悲剧英雄，又能演喜剧小丑；既能演屈原，又能演范进。（掷面具于地）

［老B痛苦不堪，自惭形秽，本想拾起面具，迟疑片刻，缓步向后走去。

小　珊　啊，他要走了，B老师要走了。

小　凌　让他走吧！走到天上去，越高越好。月亮在那儿等着他呢。

［老B在画框前僵住不动。

小　A　别走啊，演屈原不行，演范进还是挺像的嘛！

［众人议论纷纷。老B感到很为难。

导　演　够了。你们这是干什么？也不怕观众看了倒胃口。观众同志们，说实话，这个老B把我给难住了。到底应该怎么看待他呢？你们也很难回答。这样吧，咱们先听听音乐，跳跳舞。（对后台）效果，准备两三支曲子。（对观众）不会？不要紧，表演是人的天性，可以学嘛。欢迎观众们和我们一起跳。小珊就不错。来，来吧！音乐！

［音乐起。众舞蹈。垂头丧气的老B被导演、小凌、小珊邀请跳舞，他的紧张的情绪渐渐松弛下来。

导　演　（将屈原的面具递给老B）来，再试试。

［老B和刚才判若两人，接过面具仔细端详，并未戴上。

小　珊　看啊，B老师又要表演屈原啦。

老　B　"谁要你们替我招魂？你们要听那妖精的话，说凤凰是鸡，说麒麟是羊子，说龙是蚯蚓，说灵龟是甲鱼。谁要你们替我招魂！你们要听那妖精的话，说芝兰是臭草，说菊花是毒草，说玉石是瓦块。谁要你们替我招魂？"

［老B的台词念得掷地有声。吸引得跳舞的人都停下来看，鼓掌。

剧　务　这真是奇了，鸟枪换炮啦！

小　A　导演，挖出了一匹硬邦邦的千里马。你可是当今伯乐吗？

小　珊　当然，导演，您真行。这里肯定有什么奥妙吧？

导　演　什么奥妙啊，瞎猫碰死耗子。这舞不是大家一起跳的吗？你们说有什么奥妙？

小　珊　当然有了。只可意会，不可言传。

小　凌　不可言传。不是在月亮上吧？你们看，他下来了，脚踏在地上，踏在开满鲜花的土地上，他活了……刚才他是太紧张了，调门儿起得太高了。可现在，所有的人都是他的朋友，都是他的伙伴。没有嫉妒，没有嘲笑，没有恶作剧。在这样的人群中，紧张还不容易消除吗？才能还不容易展现吗？

导　演　是这样吗？剧务，你说是这样的吗？

剧　务　啊？嘻，嘻。她说的……是做人，不是演戏吧？

老　B　做人就是演戏，演戏就是做人。我就是屈原，屈原就是我！

［老B手舞足蹈，忘乎所以，众喊不应、劝不止。大家议论纷纷。导演制止众人。

剧　务　（对导演）这家伙，演开戏就收不住。

小　A　要不怎么叫戏痴呢？

导　演　既然如此，我们大家和他一起演。（见众人不解）不是说，戏剧是人生的一面镜子吗？

小　A　让他照照自己的嘴脸。

导　演　对！也照照你和我。（走到小凌面前）你看呢？

小　凌　（勉强地）就这样吧。

［导演让剧务做准备，又拿起一束花给小珊，耳语示意。小珊兴冲冲地走上平台，站到老B面前，时时拿眼角看着导演。

老　B　花儿？送给我的？（接过花，陶醉）

小　珊　哎，别急，等……等你演出结束以后。

老　B　非得演出以后？吊胃口！

小　珊　人家给艺术家献花都是这样的。

老　B　噢，艺术家。（忽惊觉地）怎么？是塑料花？

小　珊　这……这是永不凋谢的花呀，它象征……

老　B　永不凋谢的花能老开不谢？就说你吧，能永远是水灵灵的？永远不变成老太婆……真正的艺术家……

小　珊　好了，好了，人家不给你算了。

老　B　哎，你别生气呀，我又没怪你。

小　珊　还不是怪我啊。告诉你，我都买了……三十张，不，八十张票了。（对导演挤挤眼）

老　B　八十张？干吗，你？

小　珊　请我的亲戚朋友来看你演的屈原，给你捧场。怎么样？

老　B　那，那又何必呢。（旁白）要我的命。

小　珊　告诉你，我那在电影厂当导演的表舅……

老　B　电影厂的导演也请了？

小　珊　请来了。你心里要明白啊，他要相中了你，就请你去拍电影。

老　B　拍电影？他什么时候来？

小　珊　当然是今天了。

老　B　今天！今天就来？（局促不安）

小　珊　怕什么呀？还是演屈原的人呢，脸皮这么薄。

老　B　咳，我这屈原！（旁白）她哪知道，我是B角啊！

小　珊　怎么，你不是主角？我不是在做梦吧？你真的不是主角？

老　B　不不不，是是是，主角是主角，可是……

小　珊　是，不就行了，有什么不好意思的。我可跟大家这么说的呀，难道我是在吹牛皮不成？是吹牛皮吗？你……

老　B　我……咳！谁吹牛皮啦！我是说……听我说呀！

小　珊　行了，不吹牛皮就好。还有多久开演呀？快准备准备吧。我可给你安排好了……导演，你说呢？（下）

［老B急得团团转，下意识地戴上屈原的面具，在画框前“照镜子”，忘乎所以。

小　A　（旁白）我现在就装作A角，逗逗他。（咳嗽）发什么愁哪？

老　B　（本能地拿下面具，藏到身后，竭力装作无事一样）没，没什么。

小　A　啊，女朋友请人来捧你的场吧？咳，咱们怎么没有这份艳福哪。

老　B　哪儿呀，哪儿啊。是，是这样，有几个朋友，远亲、远亲，自己买了几张票，今天的票。还以为我是……

小　A　嚯，远亲都慕名而来，老兄的牌子响啊！

老　B　你还不知道，我是B角……

小　A　B角都有这等名声，就更不得了了嘛。

老　B　（感到被人揶揄）哼，声名乃身外之物，B某视若浮云，没……没见过古时候的人……

小　A　啊呀，那就更敬佩了。咳，原来我还以小人之心度君子之腹呢！

老　B　此话怎讲？

小　A　我还想今天晚上让你……不提了，不提了。

老　B　哎，你是说……

小　A　说来惭愧呀，简直太庸俗了。您是那古时候的贤人哪！

老　B　贤人……

小　A　要是换了咱这种小人，没准磕头下跪地去求人家，要不把女朋友给气跑了……

老　B　什么女朋友不女朋友的，别东拉西扯呀！

小　A　这么说，刚才那女孩不是女朋友？

老　B　阁下尽管去追，本人绝不作梗。

小　A　此话当真？

老　B　当真。

小　A　果然？

老　B　果然。

小　A　既然不是女朋友，也就不必劳动尊驾，辛苦你老兄喽。

老　B　什么？你是说，要辛苦我？要劳动我？

小　A　不不不！我决定不辛苦你了。

老　B　不不不，要说辛苦的话……

小　A　不辛苦，不辛苦，不必辛苦了。

老　B　不——辛苦，不——辛苦，不算辛苦嘛！

小　A　不！

老　B　不！

小　A　怎么了?

老　B　实在说,我倒是愿意,也很高兴劳动、劳动的,谈不上辛苦。

小　A　不必了,不必了。老兄还是去陪女朋友吧。

老　B　(恼羞成怒)不要再女朋友、女朋友啦。(逐渐醒悟)一口一个女朋友,别是你自己有女朋友在等着吧?对了,对!一定是你自己。好,那好。你有事,你走吧。你走,戏我代劳了。

小　A　什么,什么,什么?我有女朋友等着?

老　B　(不由分说)是不是?是!好。君子成人之美,你去,你快走吧。我来,我来。

小　A　哈哈哈哈!

老　B　不跟你开玩笑,真的,我化妆了。

小　A　慢,你怎么知道我有女朋友等我?你好眼力啊!

老　B　你老兄嘛,风月场上,哪会像咱这种寒士,(低声)不定几个呢。哎,得了,得了,闲话少说,请便吧。

小　A　(干脆坐定,慢吞吞地)唉,要是女朋友偏偏今晚想看看我的戏呢?

老　B　不会的,不会的。

小　A　她要是带了一帮子亲戚朋友……

老　B　还管什么亲戚朋友!

小　A　还有电影厂的导演……

老　B　导演?咳,来干什么哟!

小　A　来相明星,来选状元哪。

老　B　相,相,相个鬼!

小　A　是啊,可他们来了怎么办呢?

老　B　是啊,来了可怎么办呢?

小　A　要是不演,人家会生气呀。

老　B　是要生气的。

小　A　生气还是小事，得砸，又得砸！

老　B　砸，砸就砸吧！

小　A　砸了，我可怎么活啊！

老　B　那你怎么办？

小　A　我得生着法子钻哪！一定要钻上台去演上这一场！

老　B　怎么钻？

小　A　唉！谁让我拉不下这张臭脸皮呢！我只好搜尽了我那几根烂肚肠绕着脖子去说，绕来绕去，弄成了个套套……

老　B　套套？

小　A　没想到反把自己给套上了！套上了还满得意呢！

老　B　你！你在说谁？

小　A　说我呀！这个想上台想得丢了魂，死要脸要得丢了脸的——我。

老　B　你……别……别开玩笑啦！

小　A　我还敢开玩笑？我这个没出息的龟儿子，白做了三四十年人，菜没腌成，倒沤出一股子臭酸气。明明是跪着求人，偏还要硬撑个臭架子，还“开玩笑”，哈哈哈……

［老B强作的笑脸僵住了，身体开始颤抖。

小　A　你恨我了？啊？说呀，是不是？

老　B　我……我走，我走……

小　A　不想演戏了吗？好吧，我成全你了。(递面具)拿着！拿着呀！

［老B迟疑地伸出手。小A却将面具扔在地上。

小　A　去拿呀！还不快去拿！

［老B不顾一切地伸手去拾面具，却又被小A抓住。

小　A　(声色俱厉)说，谢谢我！

老　B　谢谢？……谢谢！谢谢……

［剧务招呼人来搬老B占据的化妆台。

剧　务　行了，老B，结束了。

老　B　（中了魔一般）“我是问心无愧，我是视死如归……”

小　A　行了，老B。别没完没了啦。怎么样，导演？这段戏不错吧？

导　演　很不错。

老　B　（愤怒）什么？你们骗我?！我想演角色，我想演屈原，我想做个像样儿的人哪。我害谁了？我踩了谁了？啊？你们耍我，笑我，这是凭什么？你们的脸皮是铁板焊的？你们的血是烧不开的？甘心一辈子混吃混喝，一辈子无声无息？你们就甘心这样去死？

小　凌　老B，老B！

老　B　“我不愿见任何人的面孔，人的面孔使我害怕！”

小　珊　B老师！

老　B　我要爆炸，我要爆炸！

［众人竭力劝解老B，老B仍在发作着。

导　演　不要管他，让他自己站起来。

老　B　（慢慢从地上站起来，自语）“我超越流俗而跌跤，自惹得人们耻笑。”（反复吟诵，痴痴疯疯地走进观众席）

小　珊　B老师！都怪我，我不该去逗他。

小　凌　（追了二步，站住）他走了，走了，再也不会回来了。带着他的失望，带着他的疯病，带着他的破碎的梦。

剧　务　唉！也可怜哪。走啦？不，疯子走的是魂灵。对，屈原戏里不是有一段喊魂吗？对付疯子，就得用疯法子。来，试试。（喊）魂灵回来吧！魂灵回来吧！呃，你们一块喊呀！魂灵……

小　珊　这是干什么？

剧　务　喊魂。喊那孤独的游魂，那找不到归宿的魂灵。

［老B踉跄地走回来。

老　B　哈哈哈，范老爷我中了，中了！“你们要听信那妖精的话，说凤凰是鸡，说麒麟是羊子，说灵芝是臭草，说玉石是瓦块。”哈哈，范老爷我中了！

［导演怒视老B，一步一步走上去。突然，她打了老B一记耳光，老B倒了，她自己仿佛也垮了。一切都停止了。

导　演　你怎么不说话了？你怎么也不唱了？接着往下唱啊！一次小小的成功，会使你得意忘形，为了争一点儿面子，你把人格、尊严丢尽。你演不了范进，更做不了屈原。你究竟是什么？你这只凤凰，你这只鸡；你这块玉石，你这片瓦；你这棵灵芝，你这株臭草。回答我，你究竟是什么？

［导演的话句句声声，如雷贯耳。老B只感到心肺撕裂，奔向“镜”前。哑剧：老B在“镜”中辨认自己。

［这是一场极为痛苦的心灵搏斗。当老B再次把头抬起的时候，已经是一位白发苍苍的老人了。

老　B　（缓慢地）子在川上曰，逝者如斯夫。

剧　务　你们看，他掉泪了。

小　凌　他也会掉泪的，这个戏痴。

老　B　“在我们身上还随带着许多不好的东西……你要学我的声音笑貌干什么？专学人的声音笑容，岂不是个猴子？学习古人是要学习古人的精神，是要学习那种不断努力的精神。始终要鞭策着自己，总要存心成为一个好人。”

小　凌　人是多么的怪啊！当他自以为是屈原的时候，他真有点儿像范进了。可当他有点儿自知之明的时候，他可愈来愈有点像屈原了。

小　珊　导演，就让他演屈原吧！

老　B　不，导演，我不配……

导　演　老B，就凭你刚才这些话，你能演屈原。一个演员哪！

小　凌　为了演好一个角色，你们知道他是怎么下功夫的吗？有一次，他在街上找个模特儿，他就盯上了梢，跟着跟着出了神，让人家当成坏人抓起来，打了一顿，那背上全打烂了！可他照样硬撑着去上班，跟谁都没好意思说。

剧　务　那为什么不说呢？

小　凌　他跟谁说去？好意思跟谁说呀？到头来，那角色他连一场都没捞着演。

导　演　老B！

众　人　老B，老B！

老　B　你们干吗？我没挨过什么打。你们不要听她的，我不认识她。

小　凌　不，你认识……何止是认识啊。

老　B　你是谁？

小　凌　我是小凌。那个找了你多年的小凌。她一直在忏悔，仿佛在那把你挂起来的力量中，也有她的一份。唉，一个人的内心是多么复杂呀。现在你能原谅我吗？

老　B　我不知道，我不记得。

小　珊　（走上前，热切地）B老师，您也一定是我过去的老师。老师……

老　B　你是谁？

小　珊　我是小珊，那个一心想当演员的小女孩。长大了，懂事了。今天她才明白，演员不是好当的，整个心灵都得奉献出来。我还能当个好演员吗？

老　B　我不知道。

导　演　老B！

老　B　你是谁？

导　演　（平静地）我是导演，和你素昧平生的导演，竟会一见如故。对你特别严厉，可心里又特别痛苦。你知道为什么吗？是因为看到了一面镜子，打在你身上，就像打着我自己。是因为在你身上看到了我。是的，我也是个B角，挂在墙上的导演。都说导演捏着演员的生命，我自己有生命吗？等着耗着……（激动起来）人谁不珍惜自己的生命？谁不想在灯油耗尽之前，多发一点光和热啊！可是一个人要真正能够认识自己又是多么难啊！同环境搏斗需要勇气，同自己搏斗更需要勇气！

老　B　谢谢，谢谢大家。是你们帮我找到了我的生命，不仅是演员而且是人，一个真正的人的生命。虽然是短暂的一刻，但胜过在墙上好多年。我很满足了。谢谢你们！不过你们说认识我，对不起，我实在记不清了。因为我是从漫画里来的，认识我的人太多了，太多了。

小　凌　不！你不是漫画里的，你是个活生生的人！不信，你们看他背上的伤疤。

老　B　伤疤？

［小A和剧务掀起老B的衣襟，寻找伤疤。

剧　务
小　A　没有，导演，他背上没有疤，他不是……

小　凌　你到底是谁？

老　B　对于你，对于你们，对于许许多多认识我的人来说，我也许永远是一个“熟悉的陌生人”。

导　演　“熟悉的陌生人”……

老　B　（摘下白发套，以演员的身份对观众说）他的命运是注定的，跟画儿一样，不像戏那么好变。戏毕竟是戏，和人生比起来，它是多么简单，多么渺小啊！再见吧，但愿你们记得我扮演的老B——老资格的老，ABC的B。（向观众鞠躬后，向画框走去，消失）

众　人　（急切地）老B，老B……

[老B的画外音:“谁要你们替我招魂……哈哈,范老爷我中了,中了……”

[演员们化为歌队,抱起吉他,弹唱起一支令人沉思的歌儿。

[剧终。

（1989年演出本）

话剧

留守女士

编　剧

乐美勤

作者小传

乐美勤(1943—　),男,浙江人,现任上海中外文化艺术交流协会理事长、上海戏剧家协会副主席。

人物表

乃　川　子　东　丽　丽　雪　华　陈　凯　杜先生　乃川父

乃文（演唱者）　服务员小郭　阿格纽　小　陆　小　肖

第一场

[20 世纪 80 年代末期的某一年，圣诞节后的一个夜晚。

[上海西区，某酒吧茶座——戏剧沙龙内。

[欢快的舞曲不停地播放着，服务员热情地引观众入座，并送上饮料。观众围张张小圆桌而坐。观众席中心辟有一个小小的舞池，观众可以随乐曲跳舞。舞池即是演区。

[舞曲渐弱，戏剧沙龙的主持人丽丽向观众致词。

丽　丽　亲爱的朋友们，女士们、先生们：晚上好。欢迎大家光临我们的戏剧沙龙，大家可以在这里欣赏欣赏音乐，和朋友聊聊天，喝喝饮料，跳跳舞。同时，大家也将会在这里和我们一起体验一段耐人寻味的人生经历，最后还可以就感兴趣的问题进行自由的交谈。我们将尽量为大家提供良好的服务，希望我们能够共同度过一个美好的夜晚。

[舞曲又起，宾主翩翩起舞。

[一组舞曲后，只见服务员在忙碌。随着灯光的引导，乃川出现在厅内。她高挑个儿，秀气明媚，上身穿白色上衣，上衣下露出一截白色裙子，脚蹬白色长皮靴。她属于那种梦幻气质的女性，虽已三十四岁，看上去比这个年龄要年轻。乃川双手插在上衣口袋里，静静地走来。

小　郭　来啦！

乃　川　哎。

[小郭下。

乃　川　（走近吧台，转身发现丽丽在人群中）嗨，丽丽！

丽　丽　（抬头）乃川，你怎么来了？好久不见你的人影，我还以为你已经远走高飞了呢。

乃　川　哪里。我爸爸的心脏病又犯了，在医院里住了一个月，我也陪了一个月。

丽　丽　你也真不容易。今天这么漂亮，是有约会吧？

乃　川　别瞎说了。这一阵子天天下雨，每天跑医院，好容易有这么个好天，出来散散步。（环视四周）你这儿生意不错嘛！

丽　丽　天天客满！

乃　川　哎，海翔有信来吗？

丽　丽　有……（做手势）很厚。

乃　川　你又在想他了？我看，海翔走了以后，你像丢了魂似的，做生意也没心思了。

丽　丽　（忽然举杯猛喝一口酒）不要再提这个狗杂种！

乃　川　（惊异）怎么啦？

［丽丽走进吧台里面，拉开抽屉，递出一叠纸。

乃　川　日本寄来的？我可不懂日语。

丽　丽　是日本寄来的，不过是他妈的英文！

乃　川　（疑惑地翻动那叠纸，惊诧地抬头看看丽丽）离婚文件……什么时候收到的？

丽　丽　昨天。不过，前几封信来，我就觉得不对劲，他说为了他去日本我花的几万块人民币，他会用日元还我。啧，我的小姐，你这么紧张干什么？来，（倒一杯橙汁给乃川）念给我听听！

乃　川　（看看文件，为难）丽丽……

丽　丽　你怕什么，又不是和你离婚。（命令地）念！

乃　川　（看着文件）他说，他的婚姻是一个由于缺乏经验而造成的错误……

丽　丽　什么，缺乏经验？他妈的他和我结婚时根本不是个处男！

乃　川　他说，结婚以后，他很快就发现两人在文化、性格和生活情趣上差距很大，难以沟通……

丽　丽　嘿嘿，这倒不错。他是大学生，我比他大三岁，可以做他的大阿姐。再往下念！

乃　川　他还说，他出国已经两年，夫妻分居，本来就很淡漠的感情就更难以维持，因而要求解除名存实亡的婚姻……

［停顿。

丽　丽　没有了？

乃　川　没有了。

丽　丽　（古怪地笑了一下）就这些？

乃　川　嗯，还有一些好像是他律师写的……

［丽丽忽然咯咯地笑起来。

乃　川　（吃惊地）丽丽！

［子东上。他三十六岁，高瘦身材，穿夹克衫、牛仔裤，洒脱沉着。

子　东　老板。

丽　丽　哦，来了。坐吧台，还是加个座？

子　东　加个座吧。

丽　丽　（招呼服务员）阿格纽，加个座。（对子东）你先坐一会儿。

［服务员放好桌椅。

子　东　你忙吧！（入座）

丽　丽　（对乃川）他太太也在美国。

乃　川　谁？

丽　丽　（指子东）他！（喝酒）

乃　川　（伸手按住酒杯）丽丽，你不能再喝了，你不能这样。

丽　丽　（醉态）嘿嘿，海翔说“谁也没有咱俩爱得深”。乃川，这爱情……

［小陆端了一杯咖啡送到子东面前。

小　陆　没加糖。

子　东　谢谢。

丽　丽　（忽然捂住胸口）呃——

乃　川　不行，你快去躺一会儿！（不由分说把丽丽扶下吧台，入内室）

子　东　小姐，怎么啦？

小　陆　什么怎么啦？

子　东　你们老板娘好像不大对。

小　陆　我不知道。（下）

［静场。

［小肖忽然从内室奔出。

小　肖　不好了，丽丽晕过去了。阿格纽——（喊叫着下）

［通往内室的门口，子东进，乃川出，几乎相撞。乃川匆匆拿起吧台上的电话，拨号。少顷，子东出。

乃　川　糟糕，救护中心是忙音。先生，你能不能……

子　东　行，我去拦车。（至窗口）喂，出租，稍等一会儿。（折回）正好门口有辆车。

［子东欲下，吧台上的电话铃骤响。

乃　川　（听）严子东？噢……（对在座的顾客——观众）哪位是严子东？

子　东　（闻声转过身来，压低嗓音）哦，是我。（用手示意不接电话）

乃　川　（看了子东一眼）噢，他不在。（挂上电话）

［乃川、子东走进内室。一阵忙乱的人声，众人扶丽丽上车去医院。

小　陆　（对其他几位服务员）你们留下，我陪她去医院。（下）

阿格纽　（对顾客们）非常抱歉，发生点儿小事，没什么，请大家继续。（下）

［少顷。子东从侧门复上。

小　肖　怎么样？

子　东　送走了。

［小肖下。乃川静静地上。

子　东　（转过身，略显惊异）你……怎么又回来了？

乃　川　丽丽不让我去，她就是这个脾气。小陆送她去了。

子　东　看来，你跟丽丽很熟嘛。

乃　川　丽丽是我中学里的同学。

子　东　哦，她丈夫丁海翔也是我同学。

［停顿。

乃　川　你知道吗？海翔……向她提出离婚了。

子　东　哦？

［乃川、子东身处一片朦胧的灯光中，那情景很像一个梦境。

乃　川　那个时候她是一个胖胖的女孩，很可爱。

［停顿。子东注视着乃川，乃川似有感觉。

子　东　哦，还没请教芳名呢。

乃　川　我叫乃川。

子　东　谢谢你，刚才让你替我撒了个谎。

乃　川　……

［吧台上的电话铃又响起来。

乃　川　会不会又是你的电话？

子　东　很可能。

［乃川把电话机推向子东。子东不接。

乃　川　你不接？

［子东点头。

乃　川　对不起，我先走了。家里还有一个病人。

子　东　我跟你一块儿走，送送你。

乃　川　不，我家离这儿很近。

子　东　我家也不远。

乃　川　我喜欢一个人走走。

子　东　……

乃　川　再见。

子　东　再见。

［乃川下。子东仍然站在那片灯光中，他注视着乃川离去的方向。

第二场

［第一场之后。冬末春初，除夕之夜。

［乃川家。这是一幢陈旧的西式小楼的底层。左侧有一个半圆形的露天阳台，屋里有一组沙发、低柜、小圆桌等，房间布置得简洁而富于情致。茶几上有一个棕黄发亮的葫芦，细腰、圆头、圆肚，腰上系了一根蓝丝绳，绳头上打着一个如意结，下面是长长的两根穗子，古朴可爱。

［乃川正在收拾小圆桌上的餐具。乃川父坐在旁边的椅子上看报纸，他五十多岁，但因多年患心脏病而显得苍老清瘦。

乃川父　（看着忙碌的女儿）唉，看把你忙的，我对你说过，就我们两个，别弄那么多菜！

乃　川　两个人……好歹也是顿年夜饭。

乃川父　前年吃年夜饭时，陈凯还没走吧，去年，还有乃文……（稍停）陈凯有信来吗？

乃　川　十天前刚过来一封。

乃川父　是吗，我没听你说过。

乃　川　我忘了告诉你，信上……也没说什么。还是老样子。

乃川父　今天是除夕，他应该打个电话来。

乃　川　美国人可不过春节。（坐下）爸爸，罗伯特教授到我们医学院来过了。

乃川父　罗伯特？哪个罗伯特？

乃　川　就是爷爷在英国念书时的同学。

乃川父　我记得，记得。他现在怎么样？

乃　川　现在他是世界著名的外科学权威。他一到我们那里，就向我们院长问爷爷的情况，院长就把我找去了。他还说，他要来看你。

乃川父　真的？

乃　川　他看了我的那个实验，很感兴趣，照他的意思，我可以去英国进修。在那儿可以有自己的一个实验室。

乃川父　……那很好嘛。（陷入自己的思绪中，久久不语）

乃　川　爸，怎么了？

乃川父　哦，我在想，那时，你爷爷在国外已经有很好的生活和工作条件，可是他和一些已经很有成就的科学家一心一意要回新中国来。当时，西方对中国实行封锁，企图阻止他这样的人才回国。我们一路上绕了很多地方，吃了不少苦头，走了整整两个月，才回到国内。到上海的第二天……

乃　川　陈毅市长就接见了我们全家。

乃川父　是嘛！你祖父才四十出头，就被任命为医学院院长。三年后，他又在国内首次成功地指导了断肢再植手术，受到了周总理的接见。

乃　川　那又怎么样呢？爸，你忘了 1968 年祖父被迫害致死时，罪名就是“里通外国”。

乃川父　那是“文革”。

乃　川　“文革”也是我们自己搞出来的……好了爸，不谈了。来，喝茶。

乃川父　唉，这个陈凯啊，这儿有好好的家、好好的工作，单位里又这么重视他，他的事业在国内很有前途，何必要去赶这个热闹。还有乃文，放着工程师不当，非得去给日本人洗碗。

乃　川　当年，孙中山、鲁迅，都是日本留学生，周恩来、邓小平，也漂洋过海去欧洲勤工俭学过。

乃川父　这我比你清楚，周总理去法国前还到过日本。那个时代，年轻人出国是为了寻找救国真理，不要说他们，你祖父不也是千辛万苦从国外回来的吗？

乃　川　现在的年轻人也不差嘛。（随手从低柜上一堆杂志中抽出一本）我读一段留学生写的东西给你听：“我在史莱德先生家做管家。那天，他开车送我去车站，白色的林肯牌在海堤上疾驰。猛抬头，大西洋上，暮霭淡紫。海的那边，伦敦、巴黎、奥斯陆、布鲁塞尔已入深夜。身后，红日落下山脊，东京、悉尼黎明无声降临——这些城市里，我的走出了国界的同辈人，正用自己的血肉之躯，撞击世界的铁门！”

乃川父　有气魄！不过，有这种境界的年轻人怕不多吧，很多人出国只是为了“扒分”①。

乃　川　“扒分”也没什么不好，中国人那么穷……

乃川父　为了“扒分”，为了谋生去国外的人，与火车站广场上那些背着铺盖卷的盲流有什么两样？

乃　川　你没听人家说，现在是乡下人忙着进城，城里人忙着出国。人往高处走，世界才能前进！

乃川父　唉！不过，话说回来，你一个人待在这里，也不是办法，夫妻这么

① “扒分”：上海方言，赚钱的意思。

长期分居，总是不好。

乃　川　爸爸……

乃川父　我知道你放心不下我。(有些动情)你妈去世一晃七年了，多亏了你照顾我。(稍停)其实你不要管我，你自己的事要紧，你走了，我总有办法的……

［停顿。

乃　川　好了，爸，时间到了，休息去吧！

乃川父　你也早点儿休息吧。这个年，把你忙得也够累的。

［电话铃骤然响起。

乃　川　(拿起话筒)喂，国际长途？噢，请接过来。(对望着她的父亲)大概是陈凯打来的！(对话筒)啊，是乃文，你好吗？我和爸爸……都很好，是的，我们刚吃过年夜饭。跟爸爸说几句话？等等，乃文。

乃川父　(走近电话机，从乃川手里接过话筒)乃文，你好吗？

［乃文画外音："爸爸，我很好，我可想死你们啦！"发出哽咽的声音。

乃川父　我们也很想你。

［乃文画外音："爸爸，姐姐做的菜有我做得好吃吗？"

乃川父　没有，没有。

［众人画外音："乃文，快点儿，大家都在等着你呢！"

［乃文画外音："唉，来了！……爸爸，我们几个留学生正在聚餐，就算过一个除夕吧！晚上还要接着去打工……"

［众人画外音："乃文，快来啊，大家等你呢！"

［乃文画外音："好，来了！"

［暗转。东京近郊中国留学生借居的一个房间。榻榻米上的矮桌杯盘狼藉，几件衣服散乱在地上。这场戏只闻其声不见其人，是用灯光、服装、道具、效果演出的一场戏。

［甲画外音："今天是大年夜，应该高兴，来，干杯！"

[乙画外音："让大家高兴高兴，橄榄头，给我们来一段！"

[众人画外音："对，来一个，来一个！"

[甲画外音："我给大家说个笑话。从前，日本没有麻雀，于是有个大臣命令手下人到中国去捉五只麻雀。"

[北京青年故意纠正甲的说法，画外音："不，是引进！"

[甲画外音："对，引进麻雀。那个大臣的手下人来到上海七宝镇，抓来抓去，只抓到四只，还少一只。怎么办呢？大臣的命令可不能违抗。于是，他在大臣的花园里抓了一只鹦鹉放进笼子里。大臣见了非常高兴，可再仔细一看，不对呀，有一只怎么很面熟啊！手下人连忙回答说：'这只鸟是……是翻译。'"

[众人大笑。

[四川青年画外音："是啊，什么茶道、花道，都是从古代中国引进的，连他妈的日文一半也都是汉字。"

[北京青年画外音："对。东京有什么好，马路就没有咱们北京的长安街宽。"

[乃文画外音："日本的男人是世界上最下流的。我在酒吧当招待时，一个叫长谷川的矮男人居然掏出十万日元，要我陪他过夜，我拒绝了。他就故意把一杯清酒碰翻在自己身上，然后到老板那里告我的状。哼，我就被老板炒了鱿鱼。"

[四川青年画外音："我在饭店打工，一上午打扫了十六间房间，老板只付给我四千日元，可那个日本女人，只打扫了十间，却拿了两万日元，大概他妈的这女人晚上陪老板睡觉来着。我一气之下，就跟老板'沙哟那拉'了！"

[北京青年突然唱："大刀，向鬼子们的头上砍去！"

[众人愣了一下，然后齐声唱起来。

[甲画外音："有酒不可无歌，乃文，你是金嗓子，唱一个！"

［乃文画外音："好，我给大家唱一个。"

［乃文上，唱起《我想有个家》，先是在歌台上唱，后又围着乃川唱。歌后，乃文下。一片沉默。

［乃川斜靠在沙发上，随着手中信纸的飘落，渐渐进入梦幻。陈凯出现。

陈　凯　乃川，乃川！

［乃川喜迎，依偎在陈凯的怀里。

陈　凯　乃川，你好！时间过得真快，有时又觉得太慢。又过春节了，就剩下你和爸爸两个人了。

［乃川、陈凯走向沙发，坐下。

陈　凯　你知道吗？我最近换了一个工作，替餐馆送外卖。今天中午送了三小时外卖，挣了三十美元，外加一顿好饭，抵上在国内一个月的工资了。也就是骑自行车，把食堂电话订的饭菜送上门去，一个月能挣五六百，对付生活费。假期三个月，一天干十二小时，挣上四五千，一年的学费就有了。就凭这，日后写留学生史，纽约五百家中餐馆功不可没。纽约大街上，放眼望去，满街汽车湍流中，过江鲫鱼般穿行的自行车，倒有一半是送外卖的中国学生、学者，嘴上刚有茸毛的本科生、两鬓挂霜的教授，让人瞧着，悲壮莫名……乃川，我们分别已经两年多了，你一个人，一定非常寂寞，我想，其实你不妨找一个男朋友做做伴，只要不动真情，不真的陷进去就可以了……担保的事我正在努力……美金两百元另寄。（隐去）

［乃川看着信上最后一段话，蹙眉沉思。

［一个穿夹克的男人出现在门口，是子东。

子　东　你好！

乃　川　（意外）是……你！

子　东　不速之客，吃惊吗？

乃　川　有一点儿。

子　东　记得你说过，你家就住在这里，墙上有爬山虎，我正巧从你窗下路过，看到你屋里有灯，就进来了。

乃　川　很高兴你来。（指沙发）坐吧。

子　东　这个葫芦很漂亮！

乃　川　是我丈夫从美国托人带回来的，他的一个台湾同学送的，祝我们事业如意，早日团圆。

子　东　有意思。

乃　川　你喝点儿什么？茶，还是咖啡？我记得你不喜欢加糖。

子　东　对，就来杯咖啡，不加糖。

乃　川　（倒咖啡，在子东侧面的沙发上坐下）在哪里吃的年夜饭？

子　东　哦，在家里。这房子很不错，地段好，又安静。

乃　川　我祖父留下的。真的吃过啦？

子　东　（一笑）你的眼睛真厉害。（稍停）这么大个上海，大年夜竟找不到一个吃年夜饭的地方——“欢度春节，休息三天”！（稍停）我只吃了一包方便面。

乃　川　（起身）看在你曾经助人为乐的份儿上，我赏你一顿饭吃。你等一会儿，很快的。

子　东　不不，聊聊就行，再说我也不饿。

［乃川坐下。两人似乎一时不知说什么好。

［轻柔的音乐。

乃　川　没想到你会来，因为我们一共才见过两三次。

子　东　三次。不过，第一次看见你时，我大概足足愣了十秒钟。

乃　川　十秒，那么精确？

子　东　对。后来，我想了很久，大概是因为我年轻的时候喜欢过你这一类型的女孩。

乃　川　(笑)哈,年轻的时候?

子　东　穿一身白衣服,从梧桐树下飘然而过……小说里的情节一样。

乃　川　哦,我丈夫……也把我叫做“小说女人”。

子　东　是吗?现在,这样的女孩不多了。地球在变暖,女人在雄化。

乃　川　照你这么说,我倒成了稀有动物了!(轻轻甩了一下头发,笑起来)

子　东　这样的女孩子真不多。

［停顿。

乃　川　我不是女孩,我已经三十四岁了。(稍停)没听人说吗,现在上海华亭路上的女孩子,漂亮的都快走光了。

子　东　是啊,剩下的都到宾馆陪老外了!现在是华籍美人专嫁美籍华人。

［窗外音乐声起。安迪·威廉姆斯演唱的《忧愁河上的金桥》在屋里飘荡。

子　东　这首歌很棒。

乃　川　你也喜欢安迪·威廉姆斯的歌?

子　东　我有他所有的唱片。

乃　川　我丈夫来信说,他最近又出了张新唱片。

子　东　我太太已经给我搞到了。

乃　川　是吗?(顿)旋律很美。

子　东　词也写得很棒。

乃　川　你的英文不错。

子　东　马马虎虎。

［两人沉浸在动人的歌声中……子东情不自禁地哼了起来。很长的一首歌。

［对面房子里传来喧闹声。

子　东　（走近阳台）对面住的什么人，乱哄哄的。

乃　川　（走近窗）个体户。那幢小楼原来是一个音乐家住的，“文化大革命”的时候自杀了。现在全家搬走了，把房子卖给了一个个体户，要在楼下开个什么卡拉 OK，大概快开张了。你看，门口那一大箱是什么？

子　东　大概是鞭炮。中国人习惯守岁，守到十二点钟随后就大放鞭炮。（看表）唷！都十一点了，你累了吧？

乃　川　你想走了？

子　东　不早了。

乃　川　其实我们干吗不守岁？

子　东　守岁——我们？

乃　川　怎么样？

子　东　要是有炮仗就好了。

乃　川　我这儿有！好像还是去年留下的。（找出一只大爆竹来）

子　东　只有一个？好，一个也行！

乃　川　公安局的人说，我们这里不准放炮仗。

子　东　点着了往下一扔，谁知道是谁放的！

乃　川　好，我去拿火柴。

子　东　等一会儿，只一个炮仗，一定要充分体现它的价值！十二点一敲，抢在他们之前，把炮仗点着扔到他们的窗子下，吓他们一大跳，你看怎么样？

乃　川　哈，那一定很好玩！（走向阳台）

子　东　啊，其实我们干吗不坐到阳台上守岁？

乃　川　干吗不呢？请吧！

［乃川、子东走上阳台，相对而坐。轻柔的月光洒在他们身上。

乃　川　没想到，你还有恶作剧的天赋。

子　东　这方面，我是老手了。在插队时，有一次我用五只老鼠夹子，夹了六只老母鸡，给整个集体户饱餐了一顿！

乃　川　真的？

子　东　那会儿，我们知青在一起守岁，有说有笑、有哭有闹的。没想到——今天……

乃　川　（一笑）没想到今晚我和你一起守岁？本来，九点钟的时候，我就以为今天已经结束了。如果你不来，我大概已经睡觉了。

子　东　我也没想到，我会跑到这儿来。（稍停）不管怎么样，现在，我们应该是朋友了。对吗？

乃　川　可是，我还不知道——

子　东　不知道什么？哦，我是新闻图片社的摄影师，一流技术，四级职称，大学毕业，三十六岁，太太在美国。

乃　川　你太太——她叫什么名字？

子　东　她叫雪华。

乃　川　她喜欢什么颜色？

子　东　黑色。

乃　川　和我猜想的一样，敢于穿黑色的女人一定又漂亮又自信。

子　东　也不一定，有的时候，她也会突然变个花样，比如，夏天，换上一条草黄的布裙，上面是土黄的短衫，戴一顶草帽，朴素又别致。

乃　川　（想了一下，很快）真妙！（停顿）你一定很想念她？

子　东　她是一个很精彩的女人，我们感情不错。

乃　川　我和我丈夫感情也很好。

子　东　除了我太太喜欢的颜色，在和我交朋友之前，你还想了解什么？

乃　川　其实，我们的共同点在于：你是一个留守男士……

子　东　留守……男士？这词很棒，这么说你是一个留守女士！

乃　川　对。我是留守女士！

［沉默。

子　东　我好久没有这样快活了。凭我的直觉，你在任何地方都一定会讨人喜欢。

乃　川　哪里，不是这样的。

子　东　嗯，你……

乃　川　你想说什么？

子　东　我有几个朋友都是留守男士，昨天在一起喝酒吹牛，他们说，现在时兴一种做法，叫“合同情人”。

乃　川　“合同情人”？

子　东　那不过是一种说法。我是说，我们不妨也可以订个合同，这样就可以常在一起，喝喝咖啡、聊聊天。你说呢？

乃　川　你教我学英语。

子　东　你管我一顿饭吃。

乃　川　啊，你是这个意思，不过要先约法三章：只是朋友……

子　东　Except loving——不谈爱情！

［两人笑。

子　东　那好办，见了面先互致问候：我先问候你先生。

乃　川　我问候你太太。可是，合同都有期限。

子　东　期限嘛，我们两人中有一个结束留守，合同就自然中止。

乃　川　一言为定！

［两人笑，击掌拍手为约。

子　东　（看表）哈，时间到了！（拿出爆竹）快！

乃　川　我来点！（点燃爆竹）

［爆竹的引子嗞嗞地燃烧起来。乃川忽然害怕地发出一声尖叫。

［爆竹没有炸响。

乃　川　怎么没响?

子　东　大概受潮了!

［屋外,爆竹声响了,震天动地,不绝于耳……

子　东　新年好!

乃　川　新年好!

子　东　问候你先生!

乃　川　问候你太太!

［乃川、子东握手。暗转。

第三场

［盛夏的某日,午后。

［乃川家,景同第二场。

［子东疲倦地走来,进屋,见没人,就在沙发上躺下,很快睡着。

［乃川从内室走出,正准备挂电话,发现子东在沙发上躺着。

乃　川　(叫)子东,怎么累成这样?

子　东　(惊醒)噢……

乃　川　今天去美领馆签证的人多吗?

子　东　要是不多,我能排队排到现在!

乃　川　签出的人多不多?

子　东　基本上都签出了。

乃　川　那你怎么样?

子　东　挺好。

乃　川　今天是大胡子,还是小黄毛?

子　东　是大胡子。

乃　川　对你怎么样?

子　东　对我很热情,他看了我带去的摄影作品,说我把上海滩拍得 very beautiful!

乃　川　那你打算什么时候走?

子　东　去哪儿?

乃　川　你没签出来?

子　东　嗯,还缺一份材料。领事馆的人说,材料补齐了,就可以。

乃　川　噢……吃饭了没有?

子　东　吃了点儿。

乃　川　那喝点儿啤酒吧!(取酒,倒酒)来啊!

子　东　……看样子你是不希望我签出?

乃　川　签不出也好,我们一块儿留守吧!

子　东　好。为咱们继续留守再干一杯!

[电话铃响。

乃　川　(接听)喂,好,你等一下。(对子东)嘿,怎么是你的电话?

子　东　……噢,大概是串线了!

[乃川暗暗一笑。

子　东　(接听)喂,啊,嗯,啊,不许胡说八道。(会意地看乃川一眼)唉,好,我就来。(挂上电话)我到单位去一下,顺便把咱们去千岛湖拍的照片拿回来。一会儿见。

乃　川　一会儿见。

[子东下。乃川打电话。

乃　川　Hello. Could I speak to Mr. Chen Kai? … Won't he come today? … Oh, Thank you.(挂断,另拨)Do you speak Chinese? 哦,我找陈凯,我是他妻子。……哦,陈凯不在,请问他到哪里

去了？……不知道，那你是哪一位？……是他的女朋友。请问，你……

［对方挂断。乃川父推开虚掩的房门入，他显得更加消瘦了。

乃川父　（关切地）电话打通了吗？

乃　川　打通了，他不在。

乃川父　那你在和谁讲话？

乃　川　他的同事。爸爸，你怎么起床了？上次买的药吃完了吗？

乃川父　还有一点儿。乃川，不要再花美金去买这么贵的进口药了。唉，陈凯好久没来信了吗？

乃　川　这个月又寄来两百美金。

乃川父　噢，这一阵常来的那个年轻人是做什么的？

乃　川　他是摄影师，他太太在美国，他也快要走了。

乃川父　还有七天，是你妈去世七周年的忌日。

乃　川　我知道，知道。爸，这些事我都安排好了。

乃川父　唉，我这身体啊！

乃　川　你自己身体要紧，还是去躺一会儿吧。

［乃川父女下。

［丽丽上。她穿着十分艳丽的时装。

丽　丽　乃川，乃川。

［乃川上。

丽　丽　又有好几个月没见到你，你怎么不到我那儿去？

乃　川　我到你那儿去了几次，都没见到你，你在干什么？

丽　丽　是吗？……那我今天不是特地来看你了吗？

乃　川　哦，我晕倒了！

丽　丽　怎么样，你好吗？

乃　川　不好。

丽　丽　怎么啦？

乃　川　刚才我给陈凯打电话，深更半夜的是一个女人接的！

丽　丽　真的？嘿，这有什么，别大惊小怪的！刚才我路过美领馆，哈，这儿的领馆区快成了上海一大景观了。现在是头等的奔欧美，二等的跑日澳，三等的横向联系亚非拉……地球上凡是有人的地方，我们中国人都敢去，西班牙、希腊、汤加、喀麦隆、扎伊尔、巴拿马、秘鲁、巴西、厄瓜多尔，还有哥斯达黎加——啊！我们的同胞遍天下。

乃　川　（笑）怎么像说相声。

丽　丽　自从那次在医院住了七天，我也想了七天，从医院里出来时，我已经大彻大悟脱胎换骨了。嗨，这个礼拜，我一连看了七个。

乃　川　七个什么？

丽　丽　七个老外！从二十几岁的小伙子到七十几岁的老爷爷，从黄头发、蓝眼睛到绿眼睛、红头发，有些我名字都叫不全，都快把我搞糊涂了。哼！那小子神气什么？出国？我也出给他看看，看谁的日子过得舒服！最近我跟史密斯先生在一起。

乃　川　哪个史密斯……

丽　丽　他今年五十八岁，有三儿一女，是菲利浦电器公司驻比利时首席代表。在安特卫普海边有一栋小别墅。过两天，我们就去涉外婚姻登记处登记结婚了。

［杜先生——一个年近四十的陌生男子站在门口。

杜先生　（很有礼貌地）请问这是陈凯先生的家吗？

乃　川　啊，是。您是……

杜先生　我从纽约来，我姓杜……

乃　川　（稍显兴奋地）哦，杜先生，您好，请这儿坐。这是我的朋友丽丽。

丽　丽　你好！

杜先生　真没想到，陈先生还有一位这样出色的太太。

丽　丽　你有客人，我不陪了。你们谈吧，再见！（下）

［乃川引杜先生在沙发上坐下。

乃　川　（冲咖啡）杜先生，您和陈凯是同学？

杜先生　不是。

乃　川　同事？

杜先生　不是。

乃　川　朋友？

杜先生　也不是。

乃　川　那您是……

杜先生　（一笑）按照美国的方式，我应该坦率地告诉您，我的妻子现在是你丈夫的情人，也就是说，你的先生现在是我太太的伴侣。

乃　川　（惊愕）这……

杜先生　您很吃惊？真抱歉。

乃　川　对不起，我真不知道说什么才好……

杜先生　陈太太，今天我是来请求您的帮助。我考虑过这件事情，只有您才能帮助我。

乃　川　请……请您说下去。

杜先生　我和我太太到美国已经九年了，因为我父亲在洛杉矶，我们直接办的移民。尽管我父亲有相当的财产，到了美国后，我们还是一切从头开始。直到我们有了自己的房子、自己的公司。这几年，为了公司的业务，我必须去世界各地跑，也许因为我很少有时间陪伴我太太，她在感情上很饥渴……三个月前，我终于发现，当我不在纽约的时候，她都和你先生住在一起，我很震惊，但是，我并没有让她知道我已经发现了他们的隐秘。

乃　川　这……为什么？

杜先生　我想挽回我的婚姻，并且，不要让她感到难堪。当然，我们可以开诚布公地谈，像那些有了麻烦的美国夫妻一样，但那样的话，也许会留下不可弥补的裂痕——在这一点上，我的思路还是中国式的……（停顿）我们的家业、我们的事业，这一切，都来得太不容易了。况且，我们的女儿只有五岁，她很可爱。

乃　川　杜先生，我已经明白您的意思了，但是，我好像帮不了您的忙。

杜先生　不，只有您才能帮助我，见到您之后，我更坚定了我的想法。您丈夫虽然混得并不好，但对我妻子来说他无疑另有一种魅力，不然的话……在美国，我比他富有得多。我想，您是很爱他的，而他对您的感情也并没有消失。发生这样的事情，很大程度上是因为您不在他身边的缘故。陈太太，如果您去美国有什么困难，我愿意帮助您。我可以帮您办妥去美国的一切手续。（期待地看着乃川）

乃　川　谢谢，杜先生！不过我想，这件事我就不麻烦您了。

杜先生　噢……（拿出一张名片，写了几行字，交给乃川）这是我在上海的地址、电话，您考虑一下，再给我一个回音，好吗？（起身）我告辞了。（下）

［乃川久久地伫立不动之后，默默地走向沙发，一下子扑倒在沙发上，抽泣起来。她捂住嘴，双肩在耸动。房门开了，子东背着一个挎包走了进来。

子　东　照片取回来了，你别说，你的那几张还真不错，挺有味道。嘿，你知道我刚才碰到谁了？丽丽的前夫丁海翔，这小子现在可真神气！那样子就像哪家株式会社的老板，旁边还跟着一个姑娘，看样子不像中国人。他明明看见我，却装着没看见，我就故意走到他面前，你知道他跟我说什么……（突然发现）你怎么啦？

乃　川　没什么！

子　东　你不舒服？

乃　川　你走吧，让我一个人待一会儿。

子　东　到底怎么了？

［乃川抽泣。

子　东　出什么事了？

乃　川　你走，你走，我想一个人待一会儿！

子　东　（转过脸来，看到茶几上的名片）是不是陈凯……（似乎明白了，在乃川身边坐下，安慰地）如果这件事是不可避免的，还不如让它早点儿发生，也许我们都得准备经受这一切。

［子东拥着乃川，为她擦去眼泪。他们相互注视良久，两颗孤独的心终于紧紧地拥抱在一起。

［暗转。

第四场

［深秋夜晚。

［乃川家。

［乃川在客厅里不安地走动，她显然消瘦了，从她臂上戴的黑纱，我们知道她父亲已去世了。丽丽拿着小碗和苹果从内室走出。

丽　丽　你把这吃了吧。

乃　川　我爸爸去世多亏你帮忙，谢谢你常来看我。

丽　丽　（看乃川吃不下）那我给你削个苹果。

乃　川　我自己来。

丽　丽　我给你削。（边削边说）这两天我可苦死了，整天忙得团团转！这老头天天吃西洋参，精神好得要命，一会儿要上城隍庙湖心亭喝茶，一会儿要上西郊公园看熊猫；一会儿要看杂技，一会儿要听昆曲，整天“丽丽”“丽丽”地寸步不离，把我累个半死！（见乃川心神不定）哎，你在想什么，又在等子东？

乃　川　（苦笑一下）约好六点钟见面的。

丽　丽　什么！我的姑奶奶，都过两个半小时了，晚饭也没吃？你怎么对男人这么有耐心？

乃　川　这一阵他很忙，可能……又被什么事情缠住了。

丽　丽　你有几天没见到他了？

乃　川　十多天了。（稍停）他说，过一个星期他太太要回来探亲……

丽　丽　所以，他就开始躲你了。告诉你吧，昨天，我倒是看到他了。

乃　川　在哪儿？

丽　丽　在锦江十一楼，他陪了一个老女人在吃饭。肯定就是那个老女人，穿一身大红裙子，说话像老鸭子叫，我和老头进去时他们好像已经坐了好久了，那个老女人直往子东身上靠，子东还给她点烟，殷勤得很。

［乃川咬住嘴唇，脸色变得很难看。

丽　丽　唉！你呀就是太把这种事情当真！（稍停）陈凯有信吗？

乃　川　昨天刚收到一封信，说去帮我找新的经济担保人，但很难。

丽　丽　都不是好东西！小姐，你就听我一句忠告，你像是活在上个世纪的人，可现在都什么年代了，有谁像你这样，傻瓜似的，守着一条空船做梦！不要相信什么爱情，那全是骗人的鬼话，趁你还年轻，长得又不差，好好替自己打算打算。（停顿一下）我告诉你，如今，漂亮女人本身就是一张出国护照，你懂吗你？哟，那老头还在等着我呢。（取包）快把这吃了，别傻等了。过两天我再来看你。（下）

［乃川显得烦躁焦虑。子东急上。

子　东　对不起，我又迟到了。刚从嘉定赶回来，今天一早到古漪园拍了几张年历照片，本来以为中午前可赶到这里，谁知半路上车子抛锚了，一直拖到现在……按照合同规定，你现在该供应晚饭了。

［乃川不理，欲往外走。

子　东　别这样。（稍停）你听我说。

乃　川　你还想说什么？这几天，你很忙，有很多事情要做，有很多人要见，都非常重要，所以，没有时间来陪我，是不是？

子　东　我向你道歉——

乃　川　（打断）你还想跟我说什么？你陪那个老女人比陪我更重要！

子　东　我跟你说过多少次了，那个老女人是我导师的太太，过去待我不错，这次回来做生意，要我陪她几天，帮她办点儿事。这又有什么？就像你说的，一个老女人，年纪都快跟我妈妈差不多，我想你不会吃……

乃　川　（冷笑）吃什么？我凭什么？我是你什么人？

子　东　你今天怎么了？（欲拉乃川的手）

乃　川　（甩开）不要碰我！（朝室外走去，穿行在观众中间）

子　东　（追随）乃川，乃川……我什么地方得罪了你，你可以说嘛！你这样干什么？

乃　川　你没有什么地方得罪我，我也没想干什么，我只是要告诉你一句话——你这个人，活得也真是太好了——在美国，你有又美丽又成功的妻子，足以满足你的虚荣心，保障你的前途；在这里，你有一个随时守候着你，而你又不必对她负什么责任的情人；现在，你又找到一位有钱的贵妇人做你的保护人……你也太自私、太功利了吧！

子　东　（打断）几天不见，你变了。

乃　川　我没变，你也没变……

子　东　变了的是你对我的感觉，对吗？人生那么短，不自私一点儿、不功利一点儿怎么行呢？可我并没有自私到不顾一切、功利到不讲友情呀！你是不是把我想得太坏了，或者说，我本来就没有你想得那么好。（又欲拉乃川的手）

乃　川　别碰我！

子　东　我已经让你讨厌了是吗？让你难以忍受了是吗？你的心情我理解，可我……有一句话不知该不该对你说……

［乃川注意地望着子东。

子　东　也许我们做错了什么？

乃　川　你的意思是——你后悔了？

子　东　不，不，我是说，我们是不是从一开始就错了——从那个“情人合同”开始——我们太天真了，把自己当成了柏拉图，而其实，我们只是两个凡夫俗子，两个普普通通的人。

乃　川　你别说得那么好听，我知道，你是后悔了，你是害怕……你怕那样一个夜晚之后，我会对你有更多的要求，我会占用你更多的时间，我会缠住你不放，你干吗要瞒着我呢？你是在故意躲避我，因为你妻子要回来了！

［沉默。

乃　川　整整一个星期了，我像个傻瓜似的，每天不停地打电话找你，我算什么人，我真活得没劲！（稍停）我和单位领导吵了一架，我辞职了。

子　东　辞职了？

乃　川　我的位置本来就有很多人眼红，巴不得我走。

子　东　莫名其妙，你怎么这么轻率，你已经三十四岁了。

乃　川　你放心，我辞职不会牵累你，我就是没饭吃也不会再来找你。我

原想从你那儿得到一点儿安慰，我把你当成一个善解人意的君子，现在看来你简直像个小人！（欲走）

子　东　乃川！（喊住）你——太过分了！我知道你苦闷、你烦恼、你孤寂，你需要有人理解你、体谅你、安抚你，可是，难道我不希望有人来理解我、体谅我、安抚我？不错，我太太在美国，混得不坏。可我是一个男人，我不想活得窝囊。人不能光靠感情活着，为了在出国前攒一笔钱，我利用一切机会，拼命找活干，我拍广告、拍挂历，我替人拍婚礼录像，我得向人赔笑脸，耐着性子与各种人周旋，然后没日没夜地干，干，干！累得回家就像狗一样倒头就睡！有时候，我真想把照相机砸了！你知道吗？（喘气）关于那个女人，你以为我真有兴趣陪她吃喝玩乐？我是没有办法！因为没有她，我也许就出不了国。我是自私，我是功利，我是卑鄙。可是，一个男人，一个男人这样做的痛苦，你了解吗？我很珍惜对你的感情，这一点你应该清楚！（忽然）我走了，再见。（转身欲下，又返回来）本来，我不想告诉你，雪华来信说，她公司里最近很忙，要三个月以后才能回来。

［乃川慢慢转过身向子东扑去，两人又紧紧拥抱在一起。暗转。

［圣诞颂歌起："叮叮当，叮叮当，铃儿响叮当……"

［纽约曼哈顿区某住宅楼二楼的一间客厅。一只大旅行箱显眼地立着。一个女子伫立在窗前，她身穿一件时髦而又华贵的黑色披风。她转过身观众才看到这是一位漂亮的东方女士，但在她脸上又有些西方人的特点，略有些不自然的感觉。她很干练，但看得出心情有些不安。她就是雪华，她突然想起什么，坐在沙发上，在笔记本上写些什么，又放下笔记本，目光落在茶几上。茶几上有一本书和一个小相框，她慢慢伸出手去拿起相框，凝视。电话铃响。

雪　华　（起身接电话。说话干脆、动听）哈啰，我是雪华。对，都收拾好了，十一点半出发去机场。好，公司业务请你再催一下，十天以后再跟你联系。谢谢，再见！

［陈凯出现在门口。

陈　凯　（喘着气，显然走得很急）啊，你是雪华小姐吗？我叫陈凯。你好！

雪　华　哦，你好，我以为你不会来了。

陈　凯　我也以为赶不上了呢，真抱歉。你怎么走得这么匆忙？

雪　华　本打算推迟，可公司还是让我按时休假。来，请坐！实在抱歉，我东西都收拾好了，没什么好招待你，喝点儿饮料吧！

陈　凯　（坐在沙发上）不用，不用！（从背包中取出一个纸包）麻烦你把这个带给我家里，上面有地址和电话号码。你给我妻子打个电话，她自己会来取的。本来不想麻烦你，但这些都是她办护照急用的一些材料……

雪　华　这我理解，我一定给你带到！（接过纸包）华山路？你家也住在华山路？

陈　凯　怎么，你对那一带很熟？

雪　华　我家住在华山路303弄，我是在那里长大的。

陈　凯　303弄，弄堂门口有一只垃圾箱。

雪　华　对，对，出了弄堂，马路拐角上有一家小吃店。

陈　凯　我出来时，小吃店已经改成酒吧了。

雪　华　是吗？那条弄堂，我闭着眼睛都能想象出它的每个角落。记得我小时候，我们一帮孩子天天爬上屋顶，高唱革命歌曲。

陈　凯　你——也爬屋顶？

雪　华　（笑）难以想象是吗？

陈　凯　（笑）是的，尤其是在这里，（环视屋内）纽约的留学生住曼哈顿的不多，而你这儿……我去过不少中国留学生的家，你这儿是最好的。这套房间，月租大概要七八百吧？

雪　华　是的。

陈　凯　这次回去，是探亲吧？

雪　华　出来四年了，回去看看母亲和女儿，我很想她们，正好也把我先生接出来。公司给了我十天假，我很快就会回来的。

［楼下人们唱起了《平安夜》。

陈　凯　美国人过圣诞节真是热闹。听说，现在上海人也过圣诞节了。

雪　华　不过，我想那味道总是不太一样，就像美国人烧中国菜。

［窗外开始飘起雪花，人们唱得更欢快了。

陈　凯　（起身，走至窗前）下雪了，我妻子是最喜欢雪花的……

雪　华　（看着陈凯）你想念她吧？

陈　凯　（轻轻地叹了口气）很复杂的感情，一言难尽……我妻子是一个多愁善感的人，就像小说里的女人……我无法想象她到美国来怎么生活。其实，她并不适合这片土地。

雪　华　你我就适合吗？人是会改变的。还不是环境改变了我们，哪一个留学生不是这样过来的？哭过、绝望过，甚至像狗一样挣扎过。美国，可不是一个浪漫的地方，它让我们都成了白菜帮子——实实在在，毫无幻想。（目光落在茶几的相框上）每个人都变了，变得连自己都认不出自己了……（忽然把相框按倒）

［陈凯愣了一下，显然对雪华的这个动作感到有些意外。沉默。

陈　凯　我该走了。

雪　华　不，很抱歉，你能不能再待一会儿？我今天……心里好像有点儿乱……

陈　凯　是有些激动吧，分别三年多，很快就要见到亲人了。

雪　华　不……你说，我长得怎么样？

陈　凯　（不知怎么回答）这……

雪　华　我这张脸……

陈　凯　你长得很美，有点儿像……不，应该是说很像好莱坞的大明星……

雪　华　我的老板也这么说，甚至说我有东方人的特点，比他们有魅力，也许就是因为这一点，使他在那么多的应征者中挑选了我……直到成了他的秘书和助手。于是我从李雪华变成了另外一个人。在这儿，我从来没有觉得不自在，可是，当我决定回国探亲，拿到飞机票时，我却……我丈夫……他还认得我吗？

陈　凯　（不解地）怎么会呢，变化再大，也不至于面目全非，况且，你们是夫妻……

雪　华　（继续自己的思路）我走下飞机，向他迎面走去，他却认不出我。当我告诉他：我就是李雪华、他的妻子，他会惊恐地瞪大眼睛看着我，我女儿也会认不出我，还有，我的母亲，她会像以前一样……（捂脸）我突然感到一切都很荒诞，在我的人生中怎么会有这样的一幕？（稍顿）四年了，在这里，我什么苦都吃过，我都熬过来了，可今天……当我想到即将面对的情景，我真有些怕……（捂着脸）

［陈凯明白了什么，拿起茶几上的小相框。

陈　凯　你的脸动过手术？

雪　华　这是我刚来美国时的照片。你还能认出她吗？

［停顿。

陈　凯　（仔细看看相框里的照片，又望望面前的雪华）美国的整容技术的确高明。

雪　华　（情绪突变，若无其事地）哈，哈，我和他约定，在虹桥机场见面时，我手拿一份《纽约时报》，我在电话里对他这样说，他还以为我在开玩笑……

［停顿。

陈　凯　(拿起茶几上的那本书)《莎士比亚妙语集》,你在看这本书?

雪　华　是的,我很喜欢,里面有段非常精彩的话。(翻开书,念)"如果你做了熊,你要死在马蹄践踏之下;如果你做了马,你要被豹子所攫噬……"

陈　凯　(看着书接念)"如果你做了豹,你是狮子的近亲,你身上的斑纹将使你送命!"

雪　华　"……你没有安全,没有保障,你要做一头什么野兽,才可以不受别的野兽的侵害呢?"我,究竟像一头什么样的野兽?(看表)很抱歉,时间不早了,我该走了。(迅速披上风衣)今天,真对不起!

陈　凯　(拎起手提箱)不,你是一个不平常的女性,我很佩服你的勇气和胆量。而且,我们还谈了莎士比亚。

雪　华　(一笑)请吧!(与陈凯同下)

第五场

[圣诞节之夜。

[酒吧,茶座,还是乃川、子东相识的地方。

[舞曲响起,灯亮。

[服务员在忙碌着。丽丽上。

丽　丽　各位朋友,女士们、先生们:今天是圣诞之夜,欢迎大家在这里尽情狂欢。借此机会我向大家发布一条有关我的新闻。今天是我最后一次接待大家,明天我就要和我的丈夫史密斯先生离开上海去比利时了。谢谢大家经常光顾,谢谢大家对我的好意,我会永远记住这一切的。谢谢,谢谢!(见乃川进,迎上)

乃　川　明天要我送你吗?(见丽丽摇头)那么,祝你走运。

丽　丽　走运?(一笑)你以为我快活吗?(泪光闪闪)明天这个时候我就在法兰克福换飞机了。永别了我的青春,永别了我曾经拥有的一切!(对乃川)怎么样,今天还是给你加个座?

[乃川点点头。

丽　丽　阿格纽,加个座。怎么子东没和你一起来?

乃　川　我们约好在这儿见面的。

[小陆上。

小　陆　丽丽,史密斯先生来电话,要你去一趟。

[丽丽离去。乃川入座,小陆服务。

乃　川　来两杯咖啡,不加糖。

[小陆送上两杯咖啡。子东上。他一改往常的装束,穿一身黑色西装,目光在搜寻什么,终于发现了坐在角落里的乃川。乃川也发现了他,四目相对。少顷。子东在乃川对面坐下。

乃　川　你来了!

子　东　……

乃　川　你看起来不错。

子　东　好像是……

乃　川　来,喝咖啡,没加糖。

子　东　谢谢。

乃　川　(点头)……你太太来了吗?

子　东　今天晚上到,我就去虹桥机场接她。

乃　川　你签证办好了?

子　东　一个星期后,我和她一起走。

乃　川　你的留守生涯可以结束了。(稍顿)我们的合同真的到期了。(稍停)按我们的老规矩,今天,最后一次,我问候你太太。

子　东　我问候你先生。(稍停)陈凯来信了吗?

乃　川　有信来。不过,我已和杜先生联系了,请他帮我办好了赴美的一切手续。

子　东　我祝贺你,你的留守生涯也要结束了。

乃　川　谢谢你。

子　东　你恨我?

乃　川　恨你?

子　东　不管怎么样,我会记住你。

乃　川　记住?……像一枚书签,夹在一本旧书里?

子　东　我会想念……那一只炮仗。

乃　川　一切都过去了。

子　东　(看看手表)我要走了。我们还会见面的……(走至下场处)

乃　川　子东……我有一句话要跟你说!

子　东　(走回桌旁)我听着。

乃　川　(沉默)我怀孕了。

子　东　(惊奇)你说什么?

乃　川　没什么。

[《我想有个家》音乐起。

乃　川　子东,陪我跳个舞好吗?

子　东　嗯。

[乃川、子东在音乐声中默默舞别。乐终,两人依依不舍地挥手,乃川热泪盈眶。

[光圈渐收。

[舞曲起。灯亮。演员谢幕,分发说明书。

丽　丽　亲爱的朋友们:再次感谢大家光临我们的戏剧沙龙,下面就请我们沙龙的组织者——《留守女士》的导演、我们剧院的副院长俞洛生先生向大家说几句话。

导　演　谢谢大家的掌声。这是我们上海人民艺术剧院小剧场戏剧的一次尝试和实验，刚才大家和我们一起共同体验了一段耐人寻味的人生经历，我想它一定会激起大家的许多思考。根据这个剧本的内容、体裁和风格，演出时我们做了些修改，创造了这样一种形式的演出，我们希望大家能够喜欢，当然大家也完全可以不喜欢。我们非常希望知道大家的想法、感受、意见和要求。下面大家可以就各自感兴趣的问题，进行自由交谈，在这儿没有台上台下之分，我们同在一个空间里，大家贴得非常近，也没有红色的帷幕把我们隔开，大家可以无拘无束地、自由地和我们的演员交谈、聊天、跳舞、玩儿，要不，你们花八元钱就亏了！

［戏结束了，但戏剧沙龙在一段自由交谈和签名热潮中继续着。

［剧终。

（1991年演出本）

话剧

闹　钟

编　剧

赵耀民

作者小传

赵耀民（1956—　），男，上海人，1985 年毕业于南京大学，文学硕士。曾任上海青年话剧团、上海话剧艺术中心编剧，上海市艺术创作中心签约编剧，现任上海戏剧学院教授。

时间　当代

地点　上海

人物表

何人杰　男,56岁,大学讲师

刘　兰　女,52岁,职员

何倩倩　女,22岁,待业青年

石富年　男,52岁,私人开业医师

杜能容　男,56岁,大学副校长

夏　霜　女,36岁,大学系干事

老　赵
老　钱
小　孙
小　李
（以上）均为大学教师

殡仪馆工人一名

第一场

[舞台背景处悬一巨型闹钟，当指针停留在七点时，铃声大作。一条黑底白字的横幅徐徐落下，上书："何人杰同志追悼会"。同时落下的还有一架大镜框。

[何人杰上。他匆匆走到镜框后面，扮成"遗像"。

[主持人老赵上。

老　赵　何人杰同志追悼会现在开始。全体默哀！

[镜框中的何人杰也垂首默哀。

老　赵　默哀毕。下面，请杜能容副校长致悼词。

[显得颇为年轻的杜副校长健步上。

杜能容　同志们，同学们：今天，我们怀着无比悲痛的心情，沉痛悼念中华人民共和国教育工会会员，上海话剧欣赏俱乐部成员，我校中文系高级讲师，1959 年全国大学生作文比赛一等奖获得者，深受我校广大师生员工尊敬的何人杰同志！

何人杰　谢谢！谢谢！

[老赵以手势示意他别出声。

杜能容　何人杰同志出生于 1934 年 5 月 6 日……

何人杰　不对，5 月 9 日。

杜能容　6 日。

何人杰　9 日！（急得离开镜框，跑上前来）我的生日是 5 月 9 日，阴历四月十五，星期三，中午十二点十八分，属狗。

杜能容　（面有不悦之色）难道档案搞错了？

老　赵　不，档案决不会错。

杜能容　那是谁的错？

何人杰　大概我生错了。

老　赵　这以后再说，先开会。

何人杰　不行。连我的生日都没搞清楚，这会怎么开？

老　赵　没关系。开追悼会嘛，又不是开生日舞会。

何人杰　这太不严肃了。

杜能容　老何，你别急。虽然俗话说，盖棺论定。但世界上有许多事往往就是定不了。你教中国文学不会不知道吧？曹雪芹已经死了两百多年，他的生日至今还定不了呢！你急什么？

何人杰　（突然被人把他与曹雪芹相提并论，有点不好意思）那……那……

老　赵　那就先开会吧。抓紧时间。这个追悼厅我们只付了半小时的租金。

何人杰　我这样走太仓促了。

杜能容　老何，请你体谅学校的困难。现在教育经费严重短缺。

老　赵　再说大伙儿的时间都很宝贵。现代社会高节奏。老何，你走也要走出现代节奏来嘛！

何人杰　那也好。我看就别念悼词了，让我自己向大伙儿讲几句告别的话吧。

老　赵　这……恐怕不合乎惯例。

何人杰　给活人开追悼会本来就是破例的嘛。

老　赵　可这是你自己要求的呀！

何人杰　对，对，我只是想把这个会开得好一些。一个人毕竟只有一次追悼会。机会难得。

杜能容　老赵，我看就按老何的意思办吧。

何人杰　太好了，谢谢！

老　赵　你得抓紧时间。要不然殡仪馆会要我们补交场租费的。

何人杰　我一定长话短说，人之将死，其言也短。

［杜能容、老赵退下。

何人杰　（对观众，聊天似的）首先，谢谢各位在百忙之中来参加我的追悼会。来而不往非礼也。以后诸位的追悼会，我何某人也一定去参加！大家送给我这么多的花圈、花篮，一定破费不少。我何某人实在受之有愧。然而，却之不恭，只好先收下，等以后你们开追悼会时我再奉还。好在这些花都是假的，不会枯死。诸位别以为我是疯子。我的精神很正常，正常得连想象力都很贫乏。不过嘛，这件事办得确实有些出格，我今年才56岁，活得好好的，连提前退休都不甘心，怎么会提前开追悼会？这确实叫人纳闷。细细想来，这事情嘛，还得从我家的那只破闹钟讲起……

［舞台渐暗。

第二场

［何家。一间用家具和布幔隔成两半的旧房子。一大半是何人杰夫妇俩的卧室和全家主要的起居场所，另一小半是女儿何倩倩的天地。已经半夜，房间黑着，何人杰夫妇俩都已入寝。月光透过窗户照出朦朦胧胧的房间轮廓。

［突然，一阵闹钟铃响，惊心动魄。何人杰与妻子刘兰从床上跳起来。台灯亮。

何人杰　（拿起床边柜上的闹钟）莫名其妙！

刘　兰　你有精神病？半夜玩闹钟。

何人杰　我玩什么闹钟，是它在玩我们！

刘　兰　你不开它它会响？

何人杰　我没动过它。会不会你开了忘了关上？

刘　兰　我开闹钟寻死啊？

何人杰　大概是倩倩开的。

刘　兰　自己做错事赖到女儿头上！她一不上夜班，二不赶火车，开什么闹钟？

何人杰　那我干吗要开闹钟？我上夜班，赶火车啦？

刘　兰　你有精神病。你是存心不让我睡觉。你知道我神经衰弱，半夜醒来就只好等天亮。

何人杰　我干吗要不让你睡觉？

刘　兰　你想让我早点死。这样你就舒坦了！

何人杰　胡说八道！我看你才有精神病呢！

刘　兰　别烦，明天我就把这破闹钟扔了。

何人杰　不能扔。这是我爹留给我的唯一的纪念品。

刘　兰　你爹吵得我们不能睡觉，就这么纪念的？

何人杰　我去修，明天就去修。

刘　兰　还是省点钱去修修你爹的坟吧，免得你那老娘哭哭啼啼地来讨债！

何人杰　我娘拿了你多少钱了？说话可要凭良心！

刘　兰　（起身，倒水服药，手脚很重地）我没良心，你有！你有良心又怎么样？头发白了还不过是个臭讲师。房子房子分不到，职称职称评不上。看看你那些同班同学，谁不比你有出息？不是当官，就是出国，至少也弄个副教授。就你这个窝囊废，白吃了这么几十年饭！

何人杰　你还让不让人睡了？这种势利话我耳朵都听烂了。我根本就不想听！

刘　兰　不想听，就睡地板上去，别来烦我！

何人杰　（抱起被子放在地上）好，我睡地板。这下你该闭上你这张臭嘴了吧？

刘　兰　你骂人？

何人杰　我骂你什么了？你不是说你肠胃功能不好，口臭吗？

刘　兰　我浑身的病都是你气出来的。嫁了你这么个男人不落得浑身是病才怪呢！

何人杰　那就快睡吧，要不又该胸闷气急偏头痛了。

刘　兰　我死了也不要你操心。告诉你，我已经捐尸给医学院了，死了只要一个电话，自会有人来收尸，跟你没关系。

何人杰　电话总要有人打吧？

刘　兰　你放屁！（气呼呼地躺下）没用的男人。精神病。臭酸气。穷鬼。我年轻时眼睛瞎了，嫁给你这种人！

［何人杰故意发出鼾声。

刘　兰　（不甘心地）像头猪！

［何倩倩开门进屋。

何倩倩　（没看见躺在地板上的父亲）妈，你还没睡啊？

刘　兰　睡不着。舞会结束了？你一个人回来的？

何倩倩　（指指外面）他送我回来的。

刘　兰　（起身披衣）快，请你石叔叔进来坐坐。

何倩倩　（对门外）我妈请你进来坐坐。

［门外："不了，这么晚了。"

刘　兰　（迎至门口）进来，进来。这么晚特意送倩倩回家，总该坐一坐，吃点宵夜。

[石富年进屋。

石富年 打扰，打扰。

刘　兰 别客气。你陪倩倩去跳舞，还特意送她回来，辛苦了，你请坐。我去烧点牛奶，吃几块蛋糕再走。

石富年 伯母，不用忙了。我和倩倩已经吃过宵夜了。

刘　兰 再吃点。方便得很！（进厨房）

何倩倩 （发现了躺在地板上的父亲）哎呀，爸爸，你怎么睡在地板上？

何人杰 （尴尬地爬回床上）大概……大概是睡着了掉下来的。

石富年 何先生，打扰，打扰！

何人杰 没关系，请坐。家里太小。

石富年 把您吵醒了，实在对不起！

何人杰 不，我已经睡了一觉，醒了。（拥被在床上坐着）玩得高兴吧？倩倩。

何倩倩 当然，我还是头一回去那么高档的舞厅呢！

[刘兰端牛奶、点心上。

刘　兰 你石叔叔是有本事赚大钱的。不像你爸爸，你跳一次舞，他要干一个月。吃，吃。

石富年 谢谢。（喝牛奶）一起来吧。

[三人围桌而坐，吃点心。

何倩倩 爸爸，你饿吗？

何人杰 嗯，有点。半夜醒来总有点饿。

刘　兰 饿了自己去弄着吃。你又不是老爷，家里也没有保姆。

何人杰 不饿，不饿。（从床底下拿出一本书，信手翻阅）

刘　兰 倩倩，你今天学会了什么舞，快说说。

何倩倩 “布鲁兹”。我一学就会。（朝石富年做了个媚眼）是吗？

石富年 是的，是的。倩倩聪明过人，乐感好，舞感也好。

刘　兰 是你教得好。想当初我年轻时也是个舞迷，每次舞会必到。

石富年 伯母如果有兴致，下次一起去？

刘　兰 算了，算了。我现在腰腿不灵活了，老毛病。

石富年 你有慢性病？

刘　兰 我腰、脊椎都有病，一直疼痛。

何倩倩 我妈浑身是病。

石富年 试过推拿没有？

刘　兰 没有。

石富年 为什么不试试？

刘　兰 劳保医院的推拿门诊排队要排到二〇〇〇年，私人诊所又看不起。

石富年 伯母信得过的话，我来给您试试。

刘　兰 哎呀，这怎么好意思。你在外面推拿一次就是几十元上百元的，我可没那么多钱。

石富年 说哪里去了！我替您治病还会收钱吗？

刘　兰 这实在不敢当。

何人杰 是啊，这实在不合适。还是到劳保医院去治吧。

刘　兰 你怎么还不睡？

何倩倩 妈，你就让石叔叔给你治吧。他可是一片诚意。

刘　兰 我知道，我知道。我就是不知道该怎么感谢你才好。

石富年 何必见外，都是自己人嘛。

刘　兰 对，对。自己人。倩倩，给你石叔叔再冲杯咖啡。

石富年 不喝了。喝了晚上睡不着。

刘　兰 睡不着就再坐坐，反正我也睡不着。看看电视怎么样？

何倩倩 这么晚了，哪有电视？

刘　兰　噢,要不,打开录音机跳跳舞?

何倩倩　这屋子能跳舞吗?

刘　兰　那……那我们再聊聊。小石啊,你真是不简单。一个人去日本闯荡,发了大财,现在又开起了私人诊所,既体面又赚钱。我可真佩服你……

[她的话被一阵突如其来的闹钟铃打断。大家都吓了一跳。

刘　兰　这死人闹钟,怎么搞的?

何倩倩　这闹钟老是这样乱闹,真怕人!

石富年　不早了,我告辞了。改日来给您推拿。

刘　兰　好,好。我等你。倩倩,送送你石叔叔。

石富年　不用了。倩倩,你休息吧。明天见!

何倩倩　拜拜!

[石富年下。

刘　兰　老色鬼!这么把年纪还想动你脑筋。

何倩倩　他今天为我花了三百多块钱。

何人杰　(突然地)不许再花别人的钱!不许再和他来往!

刘　兰　你少管闲事?又没让你掏钱。

何人杰　什么叫管闲事?倩倩不是我女儿?

刘　兰　就因为是你女儿才这么倒霉。

[何倩倩似乎早已习惯了听这种争论,无动于衷地走到自己的小天地里卸妆更衣,准备就寝。

何人杰　你让倩倩跟那个人来往,到底想干什么?

刘　兰　没你的事!

何人杰　当心,你别把倩倩给毁了!

刘　兰　倩倩不是像你这样的傻瓜。她完全该过上最好的日子!

何人杰　好日子应该靠自己去创造。

刘　兰　她是在靠自己！她能靠你吗？你除了给她一条命，还给了她什么？

［何人杰一时语塞。

［冷不丁地，闹钟又响了起来。何人杰一巴掌打上去，闹钟哑了。

［灯暗。

第三场

［教师办公室，室内设有办公桌、文件柜、报栏等。中间是通往里间的门，门没关严，里面传出阵阵谈笑声。时近中午。办公室干事夏霜在读一份讲义。赵、钱、孙、李四人等提着酒、菜、水果等嘻嘻哈哈地上。

老　赵　今天要来个一醉方休！

老　钱　你老兄的鼻子已经红得很可爱了。

小　孙　今天咱们要灌灌杜老师。

小　李　对！咱们对他实行车轮大战。

夏　霜　下午两点中年知识分子身体普查，各位老师别忘了。

［钱、孙、李先后走进里间。赵停留在门口。

老　赵　小夏，你怎么不来聚餐？

夏　霜　我胃口不好，不想吃。

老　赵　大家一起热闹热闹嘛！来吧。（去拉夏霜的手）

夏　霜　（避开）对不起，我还要去医院落实下午普查的事。

老　赵　我这次被评上副教授，你不想为我祝贺祝贺？

夏　霜　我当然要向你表示祝贺。

老　赵　那好。你不喜欢热闹，今天晚上，小屋餐厅，怎么样？

夏　霜　我晚上要看孩子。

老　赵　那我上你家。

夏　霜　不。

老　赵　那明天晚上。

夏　霜　明晚我要去读书。

老　赵　后天怎么样？

夏　霜　后天？

老　赵　（感到大有希望）对，后天！

夏　霜　噢，我差点忘了，刚才你爱人打电话来，要你别忘了买后天去苏州扫墓的车票。

老　赵　（尴尬地）知道，知道。那是我丈母娘的坟墓……

［老钱从里间探出头来。

老　钱　老赵！大家都在等你的酒，你却在这儿谈什么“丈母娘的坟墓”。快来！

老　赵　（无奈地）啊，来了，来了。（进里屋）

［夏霜笑了笑，重新阅读。何人杰提着个旧皮包上。

何人杰　你好。小夏。

夏　霜　你好，下课了？

何人杰　唉，别提了！

夏　霜　怎么了？

何人杰　气死人，十点上课，到十点半，才稀稀拉拉来了几个学生。

夏　霜　现在的课堂纪律真不像话。

何人杰　人少倒也罢了，还不好好听课。才讲了五六分钟，我包里这破闹钟突然响了。这些学生不由分说，一哄而散，硬说是下课铃响了。

夏　霜　你为什么不解释？

何人杰　哪来得及？等我自己弄明白是怎么回事，教室里只剩下一个人了。

夏　霜　那个学生倒不错。

何人杰　哪有学生？那个人是我自己！

夏　霜　你这人。干吗带闹钟去上课？

何人杰　（掏出闹钟放桌上）我准备下课以后带去修的。这闹钟该闹时不闹，不该闹时胡闹。

夏　霜　这种老式闹钟大概也没地方修。换个电子的吧，声音轻，又美观。

何人杰　石英闹钟质量好的要好几十块钱呢！再说，这闹钟是我父亲的遗物，有纪念意义。

夏　霜　（递给他一厚叠讲义）给。

何人杰　什么？

夏　霜　你新编的讲义。

何人杰　已经印出来了！（不安地）我还没校对呢？

夏　霜　我替你校过了，校了三次。你再看看。

何人杰　那我就放心了。（抚摸着讲义）我十年的心血都在这里了！

夏　霜　你该拿去出版。

何人杰　出书。（苦笑）谈何容易……

［里面传出哄笑声。

何人杰　（指指里面）这么热闹，干吗？

夏　霜　系里不少教师这次评上了高级职称，在庆祝呢。你不进去喝几杯？

何人杰　（神情黯然地）我不去。

夏　霜　你太认真了。

何人杰　（掩饰地）我不会喝酒，一喝就醉。

夏　霜　今天下午健康普查，你知道吗？

何人杰　（走神地）啊？

夏　霜　健康普查的事。

何人杰　哦，知道了。

夏　霜　你怎么，不舒服？

何人杰　没有，没有。

［里间又传来哄笑声。何人杰受惊似的站起，复又坐下。

夏　霜　（把里间的房门关严实）老何，你这回真不走运！

何人杰　（窘迫地）嗨，没什么。我一向是失败者，都习惯了。

夏　霜　其实，凭你的水平和资历也该评上了。这不公平。

何人杰　名额有限嘛。谁叫我庸庸碌碌，一事无成呢？

夏　霜　听人说，你年轻时多才多艺，在大学里挺拔尖的。

何人杰　（苦笑）这话现在听起来像是讽刺。

夏　霜　你不必灰心。有的事就是靠运气。生活中的幸运儿永远只是少数人，大多数人总是作为他们的基础而存在的。

何人杰　你说得对。古人说，“五十而知天命”，到了我这个年纪，早该心平气和了。

夏　霜　你是个好人。老何，别看轻这一点，做一个好人不容易。

何人杰　（感动地）谢谢，小夏，谢谢你的这番话。

夏　霜　这话也是对我自己说的。对了，我得去一趟医院，再见。

何人杰　再见！

［夏霜下。

［里间又传出哄笑声。何人杰坐立不安，他收拾起桌上闹钟，准备悄悄离开。闹钟出其不意地在他手中响了。

［杜能容喝得满面红光，从里间冲出来，抓起电话。

杜能容　喂——（发现不对）咦，我明明听见电话铃响。

何人杰　不是电话。是我的宝贝闹钟。

杜能容　（放下电话）老何，一起来喝几杯吧？

何人杰　我不会……

[赵、钱、孙、李手拿酒杯酒瓶相继从里间上，团团围住杜能容。杜能容一屁股正巧坐在何人杰的讲义上，使何人杰一下子走不得。

小　孙　杜老师，再敬你一杯！

杜能容　不行，不行。我甘拜下风。

小　李　这杯酒你一定要喝。这是祝你即将出任副校长职位。

杜能容　嗨，我不想当。不当不当！

老　钱　你不当谁当？

杜能容　嗨，谁都可以当！老赵、老钱、小孙、小李，你们都可以当！（抽出屁股底下的讲义，随手扔进字纸篓）

小　李　开玩笑！喝，喝。

[何人杰从篓里捡起自己的讲义，欲下。

老　赵　（一把拉住他）老何，你别走。一起来喝几杯。

何人杰　我不会喝酒。

老　赵　不会喝也得喝。你要敬老杜一杯，你们是同班同学嘛！

老　钱　（把一杯酒塞给老何）对，对。老杜这次晋升为教授，又马上要出任校长，你该敬他一杯！

何人杰　（为难地）好，我敬老杜一杯。

小　孙　好，干，干！

小　李　干，干！

[何、杜碰杯，杜一饮而尽，何略尝一口。

老　赵　老何，你这可不诚心，要干！

何人杰　我真不会……

老　钱　干，干，干！

[何人杰无奈，硬喝下一杯酒，空杯子很快又给加满。

老　赵　来，这一杯为我干。

小　李　对，赵老师这次晋升副教授，你也该敬他一杯！

老　赵　老何，你可别看不起我呀！

何人杰　哪里，哪里，我向你祝贺！

老　赵　好！干！（一饮而尽）

［何人杰硬着头皮喝干了第二杯酒。一眨眼，空杯子又给加满了酒。

老　钱　这回该轮到我了。老何，你敬了老杜，又敬了老赵，也不能得罪小弟我呀！

何人杰　我……我实在……

杜能容　老何能喝。真人不露相啊！

何人杰　不，不。

小　李　老何，你别扫兴嘛！

小　孙　老何，你不捧场，那下回你评上了高级职称，大概是不会请我们喝酒的啦？

何人杰　（被触及痛处，窘迫地）哪里，哪里。我喝，我喝。

［喝干了第三杯酒，倒在椅子里。

老　赵　老何海量啊！

杜能容　我说过，他能喝！

老　钱　他不仅能喝，还非常想喝。你们听说他上回大闹校友会的事吗？

杜能容　我知道。哈哈，很有意思。

小　李　我们不知道。

小　孙　怎么回事？哎，讲出来听听。

老　钱　上次母校校庆日，老何接到请柬也去了。纪念会开一天，中午有宴会招待。老何出示请柬去赴宴，结果被赶了出来。

小　孙　为什么？

老　赵　他拿的是普通请柬，宴会是招待校友中的贵宾的，要有烫金的贵宾请柬才行。

小　李　原来这样。那太狼狈了！

老　钱　可不？换了我，悄悄走开算了，可老何不知趣，非要找大会主席论理，骂人家是势利眼，把校友分成三六九等，骂母校是一副后娘的嘴脸！

［众笑。

老　赵　老何有毛病！

杜能容　我当时真想把我那请柬送给老何，但又怕伤他的自尊心。其实那种宴会有啥可吃的？还不是老一套？我是看见就倒胃口。

何人杰　（迷迷糊糊地）我……我不是为了吃……

老　赵　老何没醉，他清醒得很呢！

小　李　来，老何，现在轮到我给你敬酒了。干！

何人杰　好，干！（又喝尽一杯酒）

小　孙　老何，我也敬你一杯，祝你早日评上教授，早日分到房子，万事如意，健康长寿！

何人杰　谢谢！这杯酒我要喝……干！

小　孙　干！

［两人干杯。

杜能容　老何，你还行吗？

何人杰　（歪歪斜斜地站起来，激动地）行！我何人杰怎么不行了？就你们行？我不行？哼，小看人！告诉你们，我是不服气的！不服！不服就是不服。我哪点不行？我50年代毕业，是高材生。我的作文在全国得奖，一等奖！我不服！不服就是不服。我埋头苦干三十年，桃李满天下。我的学生是教授，连学生的学生也是专家。凭什么？你们凭什么？老杜你凭什么当校长？老赵、老钱，你们凭什么当教授？

老　赵　这小子喝多了！

何人杰　不，我不会喝酒。我就是不服气！不服就是不服。给我喝口水……（拿起一杯酒，喝）你们别以为我不行。行！我……算了，我不想跟你们争了。我累了，我想睡一会儿……（伏在桌上，昏昏然欲睡去）

杜能容　（拍拍何的脸颊）老何，你怎么样了？

老　赵　（也拍着何的脸颊）你醒醒！你醒醒！

老　钱　（跟着拍何的脸颊）这个老何，说睡就睡，真是好福气！（重重地拍）喂，再喝呀，今天可不要贵宾请柬。

小　孙　（重重地拍）何老师，你别装蒜，你是能喝的。我再敬你一杯！

小　李　（重重地拍）老何，你老婆来啦！

何人杰　（猛地跳起来）啊？

［众人哄笑。

杜能容　行。他没醉。

［众笑着拥进里屋去。何人杰仍昏昏然地伏案而眠。

［夏霜上。

夏　霜　老何，老何。

何人杰　唔。

夏　霜　我搞到两张话剧票……哎呀，你的脸怎么了？

何人杰　怎么？

夏　霜　怎么会肿成这样？（从抽屉里拿出镜子给他照）你喝酒了？

何人杰　（摸着自己的面颊）喝酒脸会肿？（朝里间喊）老杜！老赵！老钱！

［杜、赵、钱、孙、李等先后探身出来。

杜能容　什么事？

何人杰　你们喝酒脸肿吗？我怎么会脸肿的？

［众笑。

杜能容　大概是酒精过敏吧。你属于过敏体质。

［众又笑。回到里间。

何人杰 过敏体质？（对夏）你刚才说什么？话剧？

夏　霜 你爱看话剧吗？

何人杰 当然爱看。读大学时每剧必看，这几年不大看了。偶尔去看，看不懂。

夏　霜 这次北京人艺来上海演出，我好不容易搞到两张票。

何人杰 北京人艺？太好了！我三十年前看过。什么剧目？

夏　霜 我有两张《推销员之死》的票，你想看可以送给你一张。（给他票）

何人杰 太感谢了！（掏钱）

夏　霜 是我请你的。

何人杰 （意外地）请我？（感动地望着她）

夏　霜 （把他的皮包和闹钟递给他）去吧，别忘了下午去医院检查身体。

何人杰 哎！

［闹钟响了。两人笑。何人杰下。

［杜能容从里间走出。

杜能容 是我的电话吗？

夏　霜 不知道。（下）

［杜能容愣愣地站着。

［灯暗。

第四场

［何家。傍晚。刘兰坐在梳妆台前化妆，何倩倩在试穿一套华丽的新装。床上、椅子里都是试穿的衣裙，房间显得有些凌乱。

何倩倩　妈，你看我穿这套裙子好吗？

刘　兰　这就是石富年花一千港币给你买的？

何倩倩　那是一套黄的。这套是两百美元买的。

刘　兰　就穿这套吧。看上去很好。

何倩倩　哎呀，妈，你化妆化得太浓了！

刘　兰　你懂什么？晚上的妆就该浓一点。夜总会灯光幽暗，化得太淡显不出。

何倩倩　可你太过分了，看上去怪吓人的。

刘　兰　（不悦）妈怎么能跟你比？（起身，翻衣柜）连件像样的衣服都没有。你爸爸从来就没给我买过衣服。现在你穿着这么昂贵的衣服，可我穿什么？

何倩倩　这套黑的不是挺好吗？

刘　兰　你说这套三十块钱买来的处理品？简直丢脸！（坐在衣服堆中发愁）嫁了你爸这样的穷光蛋真倒霉。你也从来没想过给我买件好衣服。唉，我真命苦！

何倩倩　妈，你别伤心。下回我有了钱一定给你买衣服。今天想买也来不及了呀。石富年马上要来接我们，现在已经快六点钟了。妈，就穿那套黑的吧。

刘　兰　绝对不行！倩倩，你真有这份孝心，就借妈一套衣服穿。

何倩倩　我的衣服你能穿吗？

刘　兰　怎么，妈不能穿你的衣服？

何倩倩　不，我是说，我的衣服你穿不下。

刘　兰　（兴致勃勃地）我试试！

何倩倩　我来替你挑。

刘　兰　别跟着我。我自己挑。（拉上布幔，在内试衣服）

［何倩倩走到梳妆桌前，把妆再加浓一些。门铃响，何倩倩去开

门。石富年一手捧一束鲜花，一手挟一礼盒上。

石富年　（把鲜花递给她）亲爱的，我太想你了！

何倩倩　（随手把鲜花往边上一扔，眼光盯住那礼盒）那是什么？

石富年　（见房间里没人，搂住何的腰肢，欲吻）你真美！

刘　兰　（在布幔后）倩倩，你看我穿这套行吗？

［石、何匆忙分开。

［刘兰拉开布幔，她穿着一件带绣花边的淡黄色连衣裙，浑身绷得紧紧的，像是一包随时要爆炸的黄色炸药。

何倩倩　（难为情地）妈！

刘　兰　（转着身子）怎么样？（频频用目光征询石的意见）富年，你看呢？

石富年　（忍住笑）好，好。

刘　兰　（自我感觉良好）倩倩，给你石叔叔倒茶。

石富年　伯母，我特意为你买了套衣服，不知你喜欢不喜欢，（把礼盒递给刘）

刘　兰　太好了！我试试。（欲脱衣服）

何倩倩　妈！

刘　兰　噢，你们等一会儿，我马上就好。（拉起布幔，试衣）

何倩倩　（满脸通红地）你喝茶。

石富年　（小声地）倩倩，我都是为了你，我太爱你了！

何倩倩　（避开他）今晚我们去哪家夜总会？

石富年　听你的。

刘　兰　（在布幔后）倩倩，来帮我一把。

［何倩倩很不情愿地走到布幔后面。少倾，刘兰拉开布幔。

石富年　伯母，你真是太漂亮了！

刘　兰　谢谢你，富年，你真会买东西！

石富年　我知道伯母会喜欢的。

刘　兰　富年，你也不是生人，可以随便一些，不要口口声声叫我伯母。其实呀，认真算起来，我还小你两个月呢！

石富年　你现在看上去比我年轻十岁！

刘　兰　（掩口而笑）是吗？你可真会恭维人呢！

何倩倩　（轻蔑地）拍马屁！

刘　兰　倩倩，别没大没小的。对你石叔叔说话要有礼貌！

石富年　没关系。倩倩和我已经是老朋友了。以后可以不必再叫我叔叔。

何倩倩　（进攻性地）那叫你什么？

刘　兰　（抢着说）我也这么想，倩倩是不该再叫你叔叔了。

何倩倩　（有点意外，又有点害羞）妈！

石富年　（喜出望外）对，对，就叫我富年。

刘　兰　不。那太没规矩了。我的意思是倩倩可以认你做干爹。

石富年　啊？

何倩倩　妈！

刘　兰　倩倩，你就管石叔叔叫“爸爸”。富年，你看呢？

石富年　这……

刘　兰　怎么，你不愿认倩倩这个干女儿？

石富年　不，不。只是这样太别扭了。再说，何先生是不是同意呢？

刘　兰　这个家，我做主。（看了下石，弦外有音地）一切都要我同意，才算数！

何倩倩　我不叫，我就叫他“富年”！

石富年　（激动地）倩倩！

何倩倩　富年！

［两人脉脉含情地对望着。

刘　兰　哎唷！

石富年　怎么了？

刘　兰　我的腰痛病又犯了。富年，请你再给我推拿一次。前几次你推拿的效果好极了！哎唷……

石富年　别动。来，慢慢躺到床上去。

刘　兰　富年，你快扶我一把。这要命的腰痛病！哎唷……

[石富年把刘兰扶上床，为其推拿。何倩倩赌气地跑进自己的角落，拉上布幔。

[何人杰开门进屋。

石富年　何先生下班啦。

何人杰　啊，石医生。又麻烦您啦！

石富年　不麻烦。

何人杰　（对刘兰）怎么，老毛病又犯啦？

[刘兰扭过脸去不搭理他。

何人杰　（没趣地走开）下午普查身体，完了又去修闹钟，跑了好几家店，都不肯修。（拉开布幔）嗬，倩倩，你打扮得真漂亮！出去玩吗？

[何倩倩像是没听见。

何人杰　（坐到桌边，从包里取出闹钟放桌上，用手擦着钟）看来就是跑断腿，也找不到地方修我这宝贝闹钟了。行，放着。我自己来修！没什么了不起的。（瞧瞧妻子，又瞧瞧女儿）你们认为如何？

刘　兰　富年，再上面去一点。我的脊椎也有些疼。

石富年　是这儿吗？

刘　兰　对，对。唉，真舒服！

何人杰　其实，闹钟的原理并不复杂。只要有工具，谁都能修。过几天去借套工具来，再到图书馆去查查，有没有关于钟表维修方面的书。没问题，我一定能把它修好！什么事都是从不会到会，你们说是吗？

石富年　什么？

刘　兰　富年，你别停下，按重一点。哎，哎！

何人杰　没问题。我会修好它的。没什么大不了的秘密。不过是机械问题。关键是搞懂它的构造原理。这一点可以借助于书本。书本与实物对照。重要的是工具。向谁借工具？谁有工具？我想总能借到。别担心！等我学会了修理钟表，或许可以去开个钟表铺。你们觉得这个主意怎么样？石医生，你说呢？

石富年　钟表铺？唉，钟表铺……

刘　兰　再下面一点，富年。

何人杰　当个钟表匠也不坏，说不定还可以赚大钱呢！（自嘲地笑）

何倩倩　（突然叫了一声）该死！这衣服的纽扣怎么已经掉了？富年，你买的什么衣服？大兴货！

石富年　让我看看。（离开刘兰）

刘　兰　富年，你别走，我还没好呢！

石富年　来了，来了。（又回到床边）

何倩倩　你过来看！这肯定是冒牌货！

石富年　（又离开刘兰）我看看。

刘　兰　哎唷……我的腰怎么还疼。富年！

石富年　来了，来了。（又回到床边）

何倩倩　你们打算什么时候走？再不走，我就不去了！

石富年　马上就好，马上就好！伯母，我看差不多了。你起来活动活动试试。

刘　兰　你拉我一把。

何倩倩　妈，你身体不好就别去了！

刘　兰　好了，好了。好多了！富年，你真是手到病除，妙手回春啊。

何倩倩　妈，你到底行不行，能跳舞吗？

刘　兰　能！

何人杰　（吃惊地）你妈也去跳舞？

何倩倩　你没见妈打扮得多漂亮吗？这衣服是富年送的！

何人杰　（对刘兰）老太婆，我看你就别去凑热闹了！

刘　兰　倩倩，帮妈整整衣服。

石富年　何先生也一起去玩玩吧？

何人杰　我不会玩，也没兴趣。（在室内东翻西找）

何倩倩　爸，你找什么，别乱翻我的衣服！

［何人杰翻出两盘蚊香，一齐点上。

刘　兰　（第一次正眼瞧他）你点蚊香干什么？

何人杰　熏一熏。

何倩倩　房间里有蚊子？

何人杰　蚊子倒没有。有一股臭气！

何倩倩　（用力嗅了一下）什么臭气？

何人杰　恶臭、俗臭、铜臭。没有卫生香，就用蚊香熏熏也好。

刘　兰　神经病！咱们走！（气呼呼地下）

［石富年、何倩倩紧随着下。

［何人杰大开门窗通风，又把东一件西一件的衣服连抛带踢地塞进一个角落。再掸床单，抹桌椅，把房间收拾得干干净净。做完这一切之后，他给自己泡了杯茶，静静地坐在桌前。

何人杰　（沉静良久，渐渐抬头，对着空空的房间）同学们，你们好。首先要感谢你们来听我的课。今天，你们全体都准时到教室，整整齐齐地坐在这里。我非常高兴，也非常欣慰。我今天要讲的是李白的名篇：《将进酒》。我想先请同学们一起把这首诗篇齐声吟诵一遍。“君不见……”一、二、三！

［响起整齐的朗诵声：

“君不见黄河之水天上来，

奔流到海不复回！

君不见高堂明镜悲白发，

朝如青丝暮成雪！

人生得意须尽欢，

莫使金樽空对月。

天生我材必有用，

千金散尽还复来……”

［吟诵声高高低低，如潮声渐远。霎时，满室生风，音乐起。

［灯暗。

第五场

［剧场观众席。何人杰与夏霜全神贯注地凝视前方。话剧《推销员之死》正演到第一幕的结尾处，传来“画外音”：

林　达　好威利，他有什么跟你过不去的？

威　利　我累坏了。别再说了。

林　达　你要不要请求霍华德让你在纽约工作？

威　利　一早就做，一切都会好的。

林　达　（绝望而单调地哼唱曲子）

……

威　利　瞧，月亮在大楼间移动呢！

［灯亮。

夏　霜　休息了。

何人杰　太好了！演得太好了！

夏　霜　你流泪了？

何人杰　（难为情地）我已经很久没有这样美好的精神享受了。

夏　霜　以后有话剧演出，我再请你看。

何人杰　我能加入你们的话剧欣赏俱乐部吗？

夏　霜　当然可以。下次活动我通知你。出去走走吗？

何人杰　不，休息厅太挤，有不少烟鬼。咱们还是在这儿坐着吧。我不愿意破坏了刚才的意境。

夏　霜　那好吧。（停顿）你在想什么？

何人杰　我在想我的大学时代。那时候，我常看话剧，还常去听交响乐。有段时间，我甚至还学着作曲呢！

夏　霜　学得怎么样？

何人杰　自我感觉还可以。真的，你别笑。那段时间我作了不少曲子。有的至今记忆犹新。

夏　霜　是吗？

何人杰　是的。我哼给你听。让我想想……你别笑，你一笑我就紧张，一紧张就想不起来了。

夏　霜　可我没笑啊。

何人杰　（哼了几个音）不对，让我再想想……

夏　霜　想不起来就算了。我相信你曾经是一位作曲家。

何人杰　作曲家谈不上，但我确实作过曲。我想想……嗨，就在嘴边上了。等等，是这样的，你听！（哼起一段十分耳熟的乐曲）

夏　霜　很好听。

何人杰　（得意地）好听吧？

夏　霜　好听，很优美。可是我好像经常听到这音乐。

何人杰　不可能。我的作品从来没有演奏过。

夏　霜　是不是这样的？（重新哼了一遍）

何人杰　你的记忆力惊人!

夏　霜　那是《天鹅湖》的音乐,奥杰塔与王子双人舞的那段,小提琴独奏部分。

何人杰　(愣了一会)是吗?大概我受了柴可夫斯基的影响。我一直以为是自己创作的呢!

［两人都笑了。

何人杰　我想起来了,那段时间我几乎每天都听《天鹅湖》的唱片。那时候我还沉浸在初恋之中。

夏　霜　是你现在的妻子吗?

何人杰　(脸色阴郁下来)不是!是一位同班同学。

夏　霜　很漂亮吗?

何人杰　(横了她一眼)当然!她是全校最漂亮的姑娘。

夏　霜　后来怎么会分手的?

何人杰　她不爱我。

夏　霜　她拒绝了你?

何人杰　不。谈不上拒绝。事实上,她根本就不知道我爱她。我当时一见她就心慌意乱,连招呼都不敢打。

夏　霜　她现在在那儿?你知道吗?

何人杰　我当然知道。

夏　霜　在哪儿?

何人杰　(神秘地)我告诉你,你千万别告诉别人。(夏霜点头)她就是杜能容的妻子。

［夏霜默然。

何人杰　你千万不要对别人讲!

夏　霜　当然。

何人杰　我直到现在都不大敢去老杜家。他们结婚我也没去。

夏　霜　这又何必呢？他们根本就不知道。

何人杰　可我心里明白。每个人都无法忘记自己的初恋。你说呢？

夏　霜　我说不上来。

何人杰　你不记得你的初恋了？

夏　霜　我初恋的恋人就是我的丈夫。可我们已经分手了，这你知道。

何人杰　听说过。他是位兽医，是你在农场时认识的。你们为什么离婚？

［夏霜再度沉默。

何人杰　一个女人带着一个孩子，过得不容易吧？

夏　霜　我想去买些饮料。口渴得要命。（起身，下）

［何人杰疑惑地望着她。

［老赵突然出现。他走到何人杰后排，拍了下何的肩膀。

何人杰　（回头，吃惊地）老赵！

老　赵　（狡黠地笑）没想到吧？

何人杰　你也来看戏？

老　赵　老何，看不出你还有这一手！

何人杰　什么？

老　赵　装糊涂。没想到你这把年纪，还有桃花运。

何人杰　开玩笑！

老　赵　哈哈，别瞒我了。我坐在楼上，看得一清二楚。

何人杰　老赵，你别误会。小夏多了一张票，送给我……

老　赵　怎么就不送给我呢？你们这是第几次约会了？

何人杰　胡说，完全是胡说！

老　赵　没什么。我也不是个旧观念的人。夏霜独身一人，很寂寞的。这我理解。可我没想到会是你。

何人杰　老赵，你完全误会了。我和小夏完全是一般关系！

老　赵　不是一般关系也没关系。现在都流行搞“双轨制”，老婆，情人，井水不犯河水。只是你做事要谨慎，别让你老婆知道了。

何人杰 你胡说些什么呀！

老　赵 放心，我嘴巴紧得很。三十如狼，四十如虎。老何，你可要保重身体啊，哈哈。

何人杰 （生气地）什么乱七八糟的！你说话干净些！

老　赵 算了，开个玩笑。我也是关心你啊，喏，她来了，还为你买了可乐。老何，你艳福不浅哪！我真羡慕你。

何人杰 老赵，我求你了！

老　赵 好说，好说。我是个知趣的人。我这就走。（拍拍何的肩）保重身体。（下）

何人杰 混蛋！

［夏霜拿着两罐可乐上。

夏　霜 给。

何人杰 不。我不喝。

夏　霜 买都买了，别客气。

何人杰 不是客气。我不喝。

夏　霜 你东张西望地看谁？

何人杰 不看谁。

夏　霜 （把可乐扔进他怀里）随便你喝不喝，反正是为你买的。（顾自喝可乐）

何人杰 （不好意思地）我喝。

［沉默。两人喝饮料。

夏　霜 你真想知道我为什么离婚吗？

何人杰 （紧张地）不，不。我只是随便问问。

夏　霜 没关系，我可以告诉你。

何人杰 算了，算了。你不用告诉我！

夏　霜　我想告诉你……

何人杰　(打断地)你别说……那……让我猜猜看。嗯,一定是第三者插足。是他变了心。他遇到一个单身女人,那女人很孤独,于是他就……

夏　霜　别瞎猜了。是我离开他的。

何人杰　为什么?

夏　霜　他搞兽奸。

何人杰　(震惊)什么?

夏　霜　兽奸。你懂吗?他跟猪……

何人杰　(捂起耳朵)别说了!快别说了!(同情地看着她)唉!

夏　霜　(像是安慰他似的)没什么。都过去了。

[两人互相望着。

[灯暗。《推销员之死》第二幕的音乐声渐渐响起。他们转过脸来,凝视着舞台。

第六场

[何家。傍晚。何人杰在聚精会神地修闹钟。女儿何倩倩躺在床上看时装杂志。

何倩倩　(看了下表)爸,该做饭了!

何人杰　等会儿。

何倩倩　这闹钟你摆弄了一天。不会修就别修。

何人杰　谁说我不会?我已经基本搞清了它的结构原理。

何倩倩　不打算吃晚饭了?

何人杰　等会儿，我马上去烧。

何倩倩　等到什么时候？我晚上还有事呢！

何人杰　知道，知道。要跟那老头子约会。

何倩倩　你才是老头子！

何人杰　我是你爸爸，当然是老头子。

何倩倩　人家待我比爸爸好！

何人杰　那，你让他来给你做晚饭吧！

何倩倩　（一扔杂志）我告诉妈！

何人杰　好了，好了。别生气，爸是逗你玩的。我这就去做饭。（站起，舍不得地放下修钟工具）这玩意儿挺有意思的，会上瘾。你想吃什么？

何倩倩　随便，要快。

何人杰　那吃面条。

何倩倩　我不吃面条。面条吃多了会发胖。

何人杰　我去厨房看看再说。（下，又折上）哎，你可别动我桌上的东西。

何倩倩　谁要动你那破烂！

［何人杰下。何倩倩继续翻看杂志。

［刘兰上，她拿着一袋"哈立克"。

何倩倩　"哈立克"！（迫不及待地拆开，吃）

刘　兰　倩倩，家里出大事了！

何倩倩　出什么事了？

刘　兰　刚才在路上遇到你爸爸的同事，那个姓赵的。是他告诉我的。（也抓起一把"哈立克"，吃着）

何倩倩　告诉你什么？

刘　兰　太可怕了！

何倩倩　到底什么事？

刘　兰　你爸得了肝癌！

何倩倩　真的？

刘　兰　是普查出来的，已经晚期了。医生说最多还能活两星期。

何倩倩　妈呀！

刘　兰　你爸自己还不知道，你先别说。我来告诉他。

何倩倩　妈，别告诉他！

刘　兰　要告诉他。让他去找领导，尽快给他解决职称和房子问题，不能白干了这一辈子！妈的，这个世界就是尽欺侮老实人！

何倩倩　（吃着"哈立克"）这……太残酷了。

刘　兰　有什么办法？你爸甩手一走，我俩还得活下去。以后你嫁了人，妈总不能跟着你一起嫁过去。

何倩倩　妈，别说了！

刘　兰　唉，想想这老头子一辈子也活得挺惨。只怪他自己没出息！最后这两星期，给他买点好吃的吧。

［何人杰上。

何人杰　倩倩，我给你做蛋炒饭，再做个紫菜汤，行吗？你们在吃什么？

刘　兰　你还做什么饭？快给我坐下！

何人杰　倩倩吃了要走。

刘　兰　坐下！快坐下！

何倩倩　爸，你坐下。我自己去做饭。（下）

何人杰　（坐下，颇意外地）出什么事了？

刘　兰　你坐着累吗？要不躺到床上去。

何人杰　（更意外地）不累，不累。到底发生什么事了？

刘　兰　你别紧张，你还是躺到床上去吧。

何人杰　不用。

刘　兰　（厉声地）躺床上去！（又缓和地）来，我扶你上床。

何人杰　（只得服从）刘兰，到底出什么事了？

刘　兰　刚才，我在路上遇见了老赵。

何人杰　（紧张地）老赵？

刘　兰　他告诉我一件事。

何人杰　（心虚地）什么……

刘　兰　躺下！

何人杰　我得去做饭。

刘　兰　从今天起饭不用你做。

何人杰　为什么？

刘　兰　你就不想问问老赵告诉我什么事吗？

何人杰　什么事？

刘　兰　你心里一点没数？

何人杰　我……（突然理直气壮地）老赵这个人说话不可信，他就喜欢开玩笑！

刘　兰　没人会开这种玩笑。躺下！

何人杰　（不甘心地）唉，你不了解老赵，这家伙爱耍贫嘴，搬弄是非，而且有点……下流！

刘　兰　他是一本正经跟我说的。

何人杰　别信他的！完全是捕风捉影、无中生有。

刘　兰　你干吗总要诽谤老赵？他也是关心你嘛！

何人杰　什么关心？造谣、污蔑！

刘　兰　这事不光老赵一个人知道。你们系全知道了，全校也快传遍了。

何人杰　（大惊）啊！

刘　兰　躺下！他们都不忍心当你面谈论这件事。也许，我也不该告诉你。但我想，我们是夫妻，夫妻之间就用不着来那套虚情假意，还是说穿了，一起正视现实的好。你说是吗？

何人杰　刘兰，你千万别信那些流言蜚语。我这个人你还不了解？

刘　兰　我是感到很意外。但谁也不能保证自己一辈子没事。比如像我这样……

何人杰　你？你有那种事？

刘　兰　也难说。不过我平时小灾小难的不断，倒也十分注意了，出不了大事。不像你这种人，平时看不出什么，一旦出事，就出大事。

何人杰　我没事！

刘　兰　你倒很自信，很坦然嘛。

何人杰　我问心无愧！

刘　兰　有愧也没有用。

何人杰　你绝对放心，我保证没事！

刘　兰　看不出，你还是个英雄呢。

何人杰　英雄谈不上。但我绝对没做什么对不起你的事！

刘　兰　我倒也没怨你。不过你这一走，我就靠一份病假工资，房子的事也没指望了。

何人杰　我走？

刘　兰　最多只有两星期你就要走了。

何人杰　谁说我要走？

刘　兰　老赵。

何人杰　这个混蛋！想象力倒丰富。就像鲁迅骂过的那种人，看见女人的胳膊就想到私生子。

刘　兰　他说的是实话。

何人杰　实话？就因为一起看了场话剧，我就要出走？

刘　兰　话剧？什么话剧？

何人杰　《推销员之死》。

刘　兰　推销员死不死的，关我屁事！我是说你要死了！

何人杰 你别发火。你听我解释,这完全是一个误会!

刘　兰 绝不是误会。都拍了片子了!

何人杰 啊,老赵还偷拍照片?侵犯人权!

刘　兰 不是老赵拍的。我说你干吗总揪着老赵不放?

何人杰 是他揪着我!

刘　兰 你躺下!

何人杰 不,我不躺!刘兰,我得把事情跟你讲讲清楚。我承认,自从咱俩结婚以后,感情一直不融洽,这我们双方都有责任。

刘　兰 我有什么责任?

何人杰 不,不,主要是我不好。我没有如你所希望的那样,在事业上做出成就。为此我一直在内心深处谴责自己。我知道,我对你,对女儿,对这个家都负了债,而且是一笔今生今世也无法偿还的债。

刘　兰 你倒还有点良心。

何人杰 所以,你平时看不起我,对我恶声恶气,爱理不理的,我都忍了。连倩倩也受影响,不懂得尊敬爸爸。

刘　兰 你配他尊敬吗?

何人杰 不管怎么说,我总是她爸爸嘛!

刘　兰 你要她怎么尊敬你?对你下跪、叩头?现在又不是封建时代!

何人杰 好,好。今天不谈这个问题。我只是想说清楚你我之间的误会。

刘　兰 咱俩之间的事不是什么误会!

何人杰 事情很简单,我只不过和她一起去看了场话剧。

刘　兰 她?谁?

何人杰 系干事小夏。怎么,老赵没说?

刘　兰 你说你跟那个离了婚的女人一起去看过戏?

何人杰 是的。这也谈不上是什么约会,事实上……

刘　兰 (暴跳如雷)好啊!没想到你死到临头了还在外面轧姘头!

何人杰 你别乱讲！你听我说……

刘　兰 说什么说？有什么可说的？怪不得每个月钱都不够用，原来都让你拿去喂那个骚货了……

何人杰 你别骂人……

刘　兰 下流坯！

何人杰 讲话文明点好不好？

刘　兰 你们干这种丑事还讲文明？伪君子！

何人杰 我们什么也没干……

刘　兰 我不要听你解释！起先我还可怜你，想在你最后的两个星期里好好待你。没想到你竟是这么个人。你生癌是活该！是报应！

何人杰 谁生癌？

刘　兰 你！你生了肝癌，再过两星期就没命了。现在我成全你，你滚吧，去死在你情妇家里吧！

［静场。何人杰呆呆地跌坐在椅子里。

［何倩倩上。

何倩倩 我吃完了。你们不吃饭吗？（看下手表，拿起夜宴包）我得去了，和富年约好的。

刘　兰 等等，我和你一起去。

何倩倩 （不情愿地）妈，我们今天不去夜总会。

刘　兰 随便去哪儿！

何倩倩 （探询地）爸爸他……

刘　兰 不管！（气呼呼地下）

何倩倩 （轻轻地）爸……

何人杰 你去吧，我没事。

何倩倩 我多炒了一些饭，还有汤。你饿了自己去吃。

何人杰 （感动地）知道，知道。

何倩倩　你累了吗？那就先睡吧。

［刘兰在外喊："倩倩！倩倩！"

何人杰　你去吧，我会睡的。

何倩倩　拜拜！

何人杰　拜拜！

［何倩倩下。

何人杰　（把门关上，自语地）肝癌？我怎么会得肝癌？（按自己的腹部）肝在哪儿？这儿？这儿？不对，在这儿。这儿好像有点疼，不错，很疼！还有两个星期？太突然了，有点蛮不讲理。说让你死你就得死。本来我还打算好好地活上几十年。以前算命的说过我有晚福。（摇摇头）这儿越疼越凶了。奇怪，说来就来。人生确实奇怪，一下子就变得屈指可数了。太草率，太不讲理！（茫然地拿起桌上的闹钟）修好这只闹钟大概还来得及。

［他抓起一把螺丝刀，神经质地鼓捣着闹钟的机芯。他的动作越来越激烈，越来越没有耐心。突然"砰"的一声，钟的发条蹦出了壳，所有的零件弹了一地。他被吓了一跳，随即，爆发出一阵古怪的笑声……

［散了架的闹钟突然响起很长的铃声。何人杰止住了笑，惊恐万分。灯暗。

第七场

［何家。两星期以后。房间的布置稍稍变了些样，感觉空旷了些，有点像灵堂。何人杰躺在一张单人床上，一副病入膏肓、奄奄一

息的样子。床边堆着不少水果、饮料、罐头等食品。刘兰与何倩倩坐在床边。

何人杰 （有气无力地）哎唷，哎唷……

何倩倩 爸爸，你痛得厉害吗？

何人杰 （在身上东摸西摸）痛死我了……

刘　兰 你到底哪儿痛？肝在这儿。

何人杰 浑身都痛。哎哟……

何倩倩 癌细胞扩散了。

何人杰 今天是第几天了？

刘　兰 如果医生说的话准，那么，今天就是你的最后一天。

何人杰 最后一天？

何倩倩 （悲伤地）爸爸！

何人杰 别伤心。倩倩，我已经都准备好，视死如归。我觉得，死并不是一件可怕的事。这，你们现在体会不到，以后会体会到的……

刘　兰 你别触我们的霉头！

何人杰 对不起，我没有那个意思。我只是想跟你们谈谈临死的感觉。你们不是经常能听到的。

刘　兰 你还有什么事要交代的吗？

何人杰 我想想……该交代的好像都已经交代了。职称、房子的事，老杜答应今天给你答复。

刘　兰 他到现在还不来，怕是要耍滑头。

何人杰 不会，不会。不管怎么说，我们毕竟是老同学。

何倩倩 老同学也不见得靠得住。

刘　兰 看，还是倩倩比你有头脑。你呀，真是白活了这一辈子！

何人杰 事到如今，我白活倒也罢了，只是连累了你和倩倩。这两星期真把你们累坏了。

刘　兰　哼，老杜敢耍花招，我跟他没完！

何倩倩　爸，你想吃点什么吗？

何人杰　我什么也吃不下。

刘　兰　想吃什么就说吧，也没多少时间了。尽管我没享过你什么福，可伺候到你最后，这点良心我还有。

何人杰　我知道，我谢谢你。可我真的不想吃什么。

刘　兰　还是吃一些吧。你看，这些东西都是你的学生和同事送的。看来你人缘还不坏。可也就这么些人缘，都是些帮不了什么大忙的小人物。

何倩倩　吃什么？水果，还是罐头？

何人杰　实在要我吃，我就吃……

何倩倩　吃什么？

刘　兰　说吧。

何人杰　我想吃……算了，太麻烦。

刘　兰　再麻烦我也会弄给你吃的。夫妻一场，不管好歹，我总会对你仁至义尽的。快说吧！（改用温柔的口气）说吧，啊？

何人杰　（既惊讶又感动）我想吃"哈立克"。

刘　兰　"哈立克"？怎么想吃那个？

何人杰　（不好意思地）我见你们平时爱吃那玩意儿，也不知是什么味儿。要是麻烦就算了。

刘　兰　我去买。

何倩倩　还是我去。我跑得快。

刘　兰　今天你不到富年那儿去了？

何倩倩　今天是爸爸的最后一天，我要在家陪爸爸。

刘　兰　那好，你去买。顺便给富年打个电话，别让他白等你。

何倩倩　让他等等也没关系。爸，我这就去买"哈立克"，马上就回来，你可

要坚持住啊！（下）

刘　兰　你还有什么愿望吗？

何人杰　没……没了。实在太麻烦你了。

刘　兰　你不用吞吞吐吐的，有什么就快说吧！

何人杰　如果……你不嫌烦的话，我想听听音乐。

刘　兰　听什么音乐？

何人杰　古典音乐，抒情一些的。

刘　兰　我不大懂音乐。这儿正好借了一盒磁带，你听听喜欢不。（放音乐）

［录音机里传出的是《哀乐》。

何人杰　这个……

刘　兰　怎么了？

何人杰　这音乐我明天再听。现在我想听听别的。对了，我记得大橱顶上有张《天鹅湖》的旧唱片。我想听那个。

刘　兰　早就给我扔了。那是什么年代的事？

何人杰　那就麻烦你把录音机关了。我想静静地躺一会儿。

刘　兰　（关了录音机）你有事就喊我。（走进布幔后面）

［静场。

［似乎从很遥远的地方，飘来舞剧《天鹅湖》的乐曲。那是何人杰脑海中的音乐。他支起身子，听得出神……

［一阵杂乱的脚步声打断了美妙的音乐。杜能容带着赵、钱、孙、李四人上。他们扛着几个花圈。

老　赵　（指挥着）来，花圈放这儿。刘大姐，杜校长看你来了！

刘　兰　（从布幔后出）杜校长。

杜能容　刘大姐，实在抱歉！现在才来看你。

老　钱　杜校长工作太忙了！

刘　兰　还不算太晚。人还在。

杜能容　（意外地）人还在？啊，太好了，太好了。（忙对赵等）快，把花圈放到外面去。（走到床边）老何，感觉好些了吗？

何人杰　今天是最后一天。

杜能容　哎，别胡思乱想。既来之，则安之。要以革命的乐观主义去战胜病魔。

老　赵　杜校长说得对。你要有信心，癌症并非是不治之症。

老　钱　练练气功！老何，我劝你练练气功！

小　孙　心理因素也很重要。医学上叫“暗示疗法”。

小　李　我的一个表姨夫，也是肝癌。医生说他最多活三个月，可现在已经五年了，他还活得好好的。一顿要吃半只蹄髈，家里肉票不够用。真对他没办法！

何人杰　（听得发怔）真的？

小　李　不信我叫他吃给你看！

何人杰　这不必了，太麻烦……

刘　兰　你们就别再说那些废话了。瞧他那副样子，你们相信他还能熬过今天晚上吗？

［何人杰望着众人，期望从他们的目光中找到答案。众人不语，纷纷回避他的目光。

杜能容　刘大姐的话值得深思。即使在最好的情况之下，我们也该做最坏的打算。

老　赵　是啊。癌症毕竟是癌症，从没听说有治好的。

老　钱　气功有许多都是人骗人的。

小　孙　要是“暗示疗法”真顶用，医院岂不都可以关门了？

小　李　我表姨夫肯定是被误诊了。我才不信他有肝癌呢！

［何人杰颓然躺倒。众人围上，试鼻息、听心脏、看瞳孔、搭脉搏，

交头接耳，结论不一。

刘　兰　既然你们把花圈都送来了，那咱们就商量一下后事吧。趁老何还有一口气，也好让他放心地走。

杜能容　刘大姐，钱的事你别太操心，虽然学校的经费也很拮据，但丧葬费一定会按国家的有关规定补足的。

刘　兰　那几个钱顶什么用？

老　赵　刘大姐，你别急。大家都知道老何经济上不宽裕，系里许多老师和学生志愿募捐，加上工会的补助，凑了这五百元钱，你收下吧！

老　钱　收下吧！

小　孙　收下吧！

小　李　收下吧！

刘　兰　（收下钱）我代表老何向大家表示最衷心的感谢！

老　赵　你写张收据。

［刘兰写收据。

杜能容　刘大姐，不怕你见怪。来的时候，我们以为老何已经不在了。所以把追悼会的日期都定了。现在看来这么做不太妥当。

老　赵　没办法，殡仪馆都要预订的。

刘　兰　没关系，是该定了。现在天气热了，再说，大家也很忙。

杜能容　刘大姐真是通情达理。老赵，吊唁活动的准备工作都落实了吗？

老　赵　都已落实。

杜能容　老钱，你抓紧草拟一份治丧小组名单，交校长办公会议讨论。

老　钱　我已经拟好了。

杜能容　很好。看来我们下决心抓一抓办事效率是对的。抓与不抓大不一样。现在，可以说是……

小　孙　（抢着说）万事俱备……

小　李　（拭着何的鼻息）只多口气。

杜能容　刘大姐，你看，还有什么没考虑到的吗？

刘　兰　还有两件最主要的事没落实。

杜能容　什么事？

刘　兰　老何的职称和住房。

杜能容　啊，忘了告诉你，老何的职称问题已经圆满解决，校职称评定委员会经过讨论，全票通过追认何人杰同志为高级讲师。

［何人杰突然坐了起来，把众人吓了一跳。

何人杰　高级讲师？我被评上了高级讲师？（下床，冲上前去抓住杜能容的双手）谢谢！老杜，谢谢你！

杜能容　（吓得发抖）不、不、不用谢……

何人杰　刘兰，你听到了吗？高级讲师！相当于副教授！老赵，是吗？

老　赵　是……是……

何人杰　老钱、小孙、小李，明天我请你们喝酒！

［钱、孙、李慌忙点头称好，躲得远远的。

刘　兰　你疯疯癫癫的干吗？快躺下！

何人杰　（回到床上）奇怪，我好像没病了。

刘　兰　杜校长，老何既然已经评上了高级职称，那么，作为高级知识分子，他的住房也应该马上调整才是。

杜能容　住房嘛……老何好像用不着再住房了。

刘　兰　老何不住我们要住。作为老何的法定继承人，我和我女儿理应得到按照高级职称资格分配给老何的住房面积！

杜能容　这个，恐怕一下子解决不了。

刘　兰　不解决住房问题，老何的丧事不能办，遗体不火化！

何人杰　刘兰，你不要向组织上提过分的要求！老杜，我表个态，住房不解决，我的丧事照办，遗体照常火化！

刘　兰　不火化！

何人杰　要火化！

刘　兰　就不火化！

何人杰　（下床）一定要火化！马上就火化！

［夏霜急匆匆上。

夏　霜　老何！老何！

何人杰　小夏，你总算来了。我还怕见不到你了呢！今天是我的最后一天。

夏　霜　什么最后一天。搞错了！

何人杰　没搞错，到今天正好两星期。

夏　霜　医院搞错了。你根本没生癌！

［众人吃惊。

何人杰　你说什么？

夏　霜　生肝癌的不是你何人杰，是化学系的向人杰，医院把病卡搞错了。

杜能容　小夏，这消息确切吗？

夏　霜　千真万确。是医院发现了这个差错，他们派副院长亲自来学校说明情况，表示赔礼道歉，马上还要派人来老何家慰问呢。

何人杰　这么说，我没病？

夏　霜　你除了有严重气管炎以外，什么病也没有。看，这是你的普查卡。

刘　兰　（夺过病卡，看）简直是恶作剧！（扔了病卡）

老　赵　这么说，我们的工作都白做了？

老　钱　全是无效劳动？

杜能容　没完全白做。只要把何人杰改成向人杰就行了。我们快走吧。

［小孙、小李开始把房间里的慰问品往网兜里装。

刘　兰　喂，你们这是干什么？

小　孙　给向人杰送去。

老　赵　收据还给你，那五百元钱请还给我。

刘　兰　钱也要还？

老　赵　要不你直接给向人杰送去。

刘　兰　那谁来赔偿这两星期来我们一家三口在精神上与物质上所遭受的损失？

老　钱　去打官司，告他们医院。

小　李　我表姨夫是律师，要不要请他帮忙？

刘　兰　（把钱扔桌上）滚，你们都滚！（稍停）等等，老杜，房子的事怎么说？

杜能容　已经不存在房子的事了。鉴于老何目前的健康状况，学校将要撤销他高级讲师的职称。

何人杰　啊。

杜能容　老何，这个情况我要向你解释一下，如果你因病去世，学校可以追认你为高级讲师，因为这个职称不占名额。现在，你既然没病，还要在学校继续工作下去，那么，理应按照正常途径参加学校的职称评定。就目前而言，高级职称的名额已满，你只有等下一批了。

刘　兰　下一批要等多久？

杜能容　这就不知道了。

刘　兰　（转身对何，恨恨地）你还不如生癌死掉的好！活着干吗？

夏　霜　大姐，话不能这么说。

刘　兰　（气急败坏地）你插什么嘴？你跑来干什么？要你瞎起劲报什么信？你这个丧门星！

老　赵　刘大姐，小夏也是一番好心……

刘　兰　她安的是什么心我知道！她怕老何一死就没人陪她去看戏了。不要脸！

夏　霜　你！

老　赵　（佯装劝解，趁机拉住夏的胳膊）算了，我们走！

何人杰　（突然地）等等！（停顿）老杜，你刚才说，如果我因病去世，就可以评上高级职称，是吗？

杜能容　是的。我已经讲得很清楚了。

何人杰　刘兰，你刚才说，我还不如生癌死掉的好，是吗？

刘　兰　我是这样说的！怎么样？

何人杰　那好。我决定继续生癌。

夏　霜　老何！

何人杰　小夏，我觉得在我生癌这两星期里，日子过得很愉快。家庭和睦，事业成功。还是生癌好啊！

夏　霜　但你并没有生癌啊！

何人杰　谁知道呢？也许我早就得了癌症。我的生活得了癌症。

夏　霜　老何！

刘　兰　（打断她）没你的事！（对何）你真打算继续生癌？想好了？

何人杰　想好了。如果这样能使你满意的话。

刘　兰　我很满意。杜校长，你看呢？

杜能容　（考虑了一下）这样吧，我们把老何作为病退处理，这样，他的高级职称可以不占名额，妥善解决。

刘　兰　病退？退到家里干什么？

何人杰　不，老杜，还是按病故处理！

杜能容　丧事也要办？

何人杰　办！当然要办！

刘　兰　老赵，这收据给你，你把五百元给我。

老　赵　（给钱。对何，劝慰地）老何，你这样做有道理。我算了算，如果你现在不病故，再干四年退休，也不一定能评上高级职称。你白干那四年何苦呢？还不如趁现在这个机会病故拉倒，舒舒服服地拿个高级职称。

老　钱　想穿了，还是病故上算！

小　孙　病故好，病故好。

小　李　我也想病故算了。

夏　霜　老何，难道你宁愿为了一个职称葬送你的生命？

何人杰　小夏，我……（无言以对）

夏　霜　我真错看你了！（掉头而去）

刘　兰　哼，不要脸！

杜能容　好吧，既然老何如此强烈要求病故，那就尊重他本人的意愿。我们的工作按原计划进行。走吧，抓紧时间。（下）

［赵、钱、孙、李随下。

［何倩倩手捧“哈立克”上。

何倩倩　爸爸，“哈立克”来啦！

刘　兰　你怎么去了这么长时间？

何倩倩　给富年打电话老打不通，等了好长时间，可把我急坏了！爸，你快吃“哈立克”。

［何人杰接过“哈立克”，抓起一把往嘴里塞。“哈立克”零零星星地粘在他的嘴边，掉在地上……

刘　兰　躺床上去。今天是你的最后一天！

［何人杰斜了她一眼，不理睬她。

［沉重的音乐起，灯暗。

第八场

［景同第一场。何人杰独自一人，坐在地上。

何人杰　（聊天似的）……我的故事讲完了。各位也许要笑话我，可怜我，看不起我，就像夏霜她一样。今天她没来参加我的追悼会。是啊，她当然不会来。我永远记着她从我家跑出去的那一刻，她的目光像匕首一样刺伤了我。也许，是我刺伤了她？反正都一样，都过去了。追悼会结束了，我的生活也结束了。一个人的一生是一首独奏曲，要有华彩乐段。可我的华彩乐段呢？（沉思）

［一工人扫地上。

工　人　参加追悼会的人都走了，你还坐在这儿干吗？

何人杰　（躲着扫帚）他们都走光了吗？

工　人　（扯下横幅，卷起）都走了。你怎么不走？

何人杰　（自语地）走？去哪儿？显然不该再回家。那个家不是我的。刘兰和倩倩这会儿也许正在热情款待那个江湖郎中。他们三人倒是很般配的一家子。学校也不能再去了，我的讲师名额大概已经给了小孙，他是不是会步我的后尘呢？看来不会，现在的年轻人要比我有出息得多！（浮起一丝自嘲的笑容）

工　人　你要笑回去笑。这儿是哭的地方。

何人杰　我没地方去，我已经是死人了。

工　人　你真是死人倒好办了。快走吧！（下）

何人杰　不，我得想明白了再走！（又坐于地，沉思）

［夏霜上，她穿着一身新衣服，显得很漂亮。

何人杰　（一惊）你来了？（停顿）哈，追悼会已经开过了，我已经不存在了。

夏　霜　过去的你不存在了，一切从头开始。

何人杰　从头开始？哈，我已经56岁了。从头开始？

夏　霜　活着办丧事的人会长寿。这是听老人们说的。

何人杰　是吗？（站起）

夏　霜　是的。（从包里取出一个盒子，打开）

何人杰　新闹钟？

夏　霜　给你的生日礼物。

何人杰　我的生日还是个谜呢。5 月 6 日、5 月 9 日，还没搞清楚呢。

夏　霜　（意味深长地）今天，不就是你的生日吗？

何人杰　（想了想，高兴地）对！今天就是我的生日。

夏　霜　那我们还待在这儿干吗？来吧，我们该离开这儿了。

［她挽起何人杰的手臂，向外走去。

［剧终。

（1992 年演出本）

话剧

商　鞅

编　剧

姚　远

作者小传

姚　远(1944—　),男,山东济南人,历任前线话剧团编导室主任,团长,南京军区政治部创作室创作员。

人物表

商　鞅　卫公子之庶子，乳名亥儿，又名卫鞅，封君后号商君

赵　良　秦博士

景　监　秦国侍人

姬　娘　商鞅之母

公叔痤　魏将军，后为相国

韩　女　公叔痤之家妾，后为秦孝公庶夫人

公孙贾　秦太师

甘　龙　秦老臣，五大夫

太子驷　秦太子，后为惠文王

秦孝公　秦国君

祝　欢　秦太祝

公子虔　秦太傅

孟兰皋　赵良弟子，后为商鞅弟子

尸　佼　商鞅舍人，后为秦执法官

魏惠王　魏国君

公子昂　魏惠王之子

少年商鞅，众大臣，众武士、士卒等

[幕启。苍穹之下，高高地悬挂着一个硕大的商鞅的面具。面具下面，是列成方阵的秦兵马俑。低沉的钟鼎之声在广漠上空回荡。排列在台前的五匹大马，象征着商鞅死后被分尸的惨烈结局。

[灯渐明。商鞅身着白色的长袍巍然出现于舞台中央。

[祝欢魂上。

祝　欢　（取出简册）商鞅，辛卯年五月七日亥时生人，五月之子，精炽热烈，父母不堪，将受其患。命当族灭满门，五马分尸……

商　鞅　这便如何？

祝　欢　……绝后代，断宗嗣，乃天下第一孤寡之人！

商　鞅　这又如何？

祝　欢　难道你还不服天命？

商　鞅　天命？魂魄既已甩脱了躯壳，天命更是无稽之谈！商君虽死，然商鞅之法千年不败；商君虽死，可一百一十七年之后，秦王朝一统天下！

祝　欢　即便如此，那也是天意。

商　鞅　哈哈……天意！从我落地的那一天起，上天就要我死，可我活了！我违拗了天意，活了整整五十二年！

[灯暗。

[另演区。特写光照射着一个襁褓。

[风声，是大雪在朔风中哀号。

[水声，是河水在呜咽。

[哭声，是婴儿对冷酷的人间发出的悲鸣。

[男人暴怒的声音："勒死他！勒死他！让我勒死他！"

[女人声："公子，你万万不能，他是公子的亲骨肉啊！"

[男人声:“难道你没听到巫说什么?留着他让我遭灭门之祸。你说,你是否与人私通产下这孽种?你说!”

[女人怨泣声:“公子,这确实是你的嫡亲骨血。”

[男人声:“我堂堂卫氏公族之后,岂能有此孽种!来人!将这母子二人抛入大河!”

[沉重的关门声。

[狂风怒号,河水咆哮。

[灯灭。

[时轮转动。另演区光起。

[姬娘与少年商鞅双双跪坐着。旁边放着马鞅。

姬　　娘　天要你死,可我要你活!

少年商鞅　那我母亲呢?(泪水盈盈)我可怜的母亲,难道她竟被活活地抛进了滔滔大河?

姬　　娘　不!她没有死。

少年商鞅　什么?她没有死?

姬　　娘　是的!她走了,她抛下了亲生的儿子自顾自走了。

少年商鞅　(悲切地)姬娘,为什么你偏把这些告诉我?(跌跪在姬娘面前)

姬　　娘　这就是你父亲要在襁褓中把你杀死的马鞅。(凝视着,喃喃地)我不甘心让你像我一样一辈子被人当畜牲,一个脸上刻了字的罪奴!我要你长大后,不像姬娘一样为牛为马,哪怕占山为寇、入湖为盗……也要去做一个自由之人!

少年商鞅　要我为强盗?不!

姬　　娘　难道你还想成人上之人?难道你能翻天覆地、倒转乾坤?

少年商鞅　为什么不?为什么不!

[灯灭。

［另演区灯亮。

［河水滔滔，牛铃叮当。

［景监、公叔痤暗上。

［少年商鞅立于河畔，面对牛群若有所思。突然他奔向牛首，举鞭抽打。

少年商鞅 畜牲！畜牲！畜牲！祖祖辈辈，你们就甘愿当畜牲！你们吃的是草，挤的是奶，出的是苦力——你们除了哀号就不会反抗。如今，这浑噩的苍天还要我跟你们一样，这是为什么？为什么？为什么？（对着苍天）我恨你，恨你！恨你！

景　　监 牧童，站住！

［少年商鞅止步。

景　　监 你是谁？

少年商鞅 我是谁？问得好。我正要问这苍天，我是谁？

景　　监 你的父亲呢？

［少年商鞅不语。

景　　监 母亲呢？

少年商鞅 只有再生之义母。

景　　监 （抚爱地）那你叫什么名字？

少年商鞅 父亲没有赐给我姓名。因为我生在亥时，姬娘叫我亥儿。可我的名字应该叫卫鞅。

景　　监 为什么？

少年商鞅 这是父亲赐给我的马鞅，他就是想用这把我置于死地。取名卫鞅，是我对他的纪念。

景　　监 你说的姬娘就是你的养母？能不能让我见见？

公 叔 痤 景监大人，你这是……

景　　监 将军，这次奉秦国君之命出使魏国，是为收复本国故土。没想到魏国寸土不让，景某只能空手而归。假如将军大人能将此少年赠予在下，也算我不虚此行。

公叔痤　秦国在穆公之时，便有相马的伯乐。你以为这区区的一小奴也算得千里马吗？

景　监　人有无作为不在其身而在其志。这孩子生性刚烈，天赋过人，少年奇志，难得。我虽为秦宫的侍人，却是国君之左右。假如我能把他带回宫中，陪公子一起读诗书、习兵法，他必定比公子更具奋进之心。秦国缺的正是这样的少年。

公叔痤　说得好！牧童，此乃天降甘露与你，走！（牵起少年商鞅的手）

［姬娘上。

姬　娘　罪妾无意冲撞二位大人，该当万死。（施礼）

公叔痤　抬起头来。

姬　娘　罪妾不敢。

公叔痤　恕你无罪！

［姬娘抬头。

公叔痤　（抬起姬娘下巴，看她面颊上所黥之字）你是逃奴？

［姬娘不语。

少年商鞅　（捍卫地）她是我母亲！

景　监　不要害怕。来人！将我所带羊皮赐一张给这女奴。

公叔痤　慢！来人！赐她羊皮五张！

景　监　魏公叔，你这是……

公叔痤　既然他是魏国人，那还是由我魏公叔收下才是。

景　监　大人知道景某膝下荒凉，假如能将他赠予在下，我愿收他为子。

公叔痤　（咄咄逼人）我也正有这个打算。

景　监　这……既然将军器重，景监愿割爱。

姬　娘　（喜出望外）亥儿，还不赶快拜谢将军大人！

少年商鞅 不！姬娘！

姬　　娘 亥儿！你要是跟着我，终身为牛马；你要是跟着将军，从此就是人上之人。（对公叔痤）将军大人，你若能收下这孩子，姬娘虽死也心甘情愿。

公 叔 痤 既然如此，（抽剑）赐你速死。（递剑）

姬　　娘 ……不！大人，罪妾不在今日死。

公 叔 痤 （怒）小小罪奴，竟敢不死！

少年商鞅 姬娘若死，世上便无卫鞅！

公 叔 痤 那又如何？

景　　监 魏将军，在下素闻将军仁爱贤达，请赦罪奴免死。

公 叔 痤 不斩断情累，怎能使这童子心归于我？

姬　　娘 苍天在上，姬娘立誓今生再不与卫鞅相见。

公 叔 痤 我怎能信你？

姬　　娘 罪妾剜去双目。（猛然用指尖剜去双目，满面鲜血淋漓）

少年商鞅 （惊呼）姬娘！

［暗转。

［公叔痤府第。

［商鞅正在火堆旁阅读简书。

商　　鞅 说什么仁义善恶，纯属无稽之谈！（扔下手中竹简）统天下，成王业，必须要九分刑罚，一分赏赐。如果把刑罚用在将犯未犯之时，国家就不会产生罪恶。有罪，就必须用重刑；有了重刑，才能使人畏而却步。大奸不生，小奸不漏，国家就可大治。一个君王，太重仁义，天下必多暴行！

［韩女端药汤上。

韩　　女 （诵）"蒹葭苍苍——"

商　　鞅 （诵）"白露为霜——"

韩　女　（诵）“所谓伊人——”

商　鞅　（诵）“在水一方——”

韩　女　（诵）“溯洄从之——”

商　鞅　（诵）“道阻且长——”

韩　女　（诵）“溯游从之——”

商　鞅　（诵）“宛在水中央……”

［两人会心地笑了。

商　鞅　（打开药罐）相国怎么样了？

韩　女　只怕不久于人世了。

商　鞅　少梁之战，魏国竟然落到这种地步：太子申被秦国俘虏，相国大人身负重伤，往日的威风，已经不复存在了。

韩　女　一旦相国谢世而去，你我都是无家可归之人。

商　鞅　是啊，皮之不存，毛将焉附？

［幕内声：“魏国君到！”

［车轮、马蹄声。韩女下。

［魏惠王、公子昂上。

魏惠王　魏公叔在哪里？

商　鞅　相国现在病卧在床，未能亲迎，请恕罪。

［魏惠王急下。

公子昂　卫鞅，今天有快马来报，太子让秦国给宰了。

商　鞅　那你高兴什么？

公子昂　咦！太子一死，那就得重立太子啊！有朝一日，我成了大王，你不就是相国吗？

商　鞅　昂公子，难道你和太子就没有一点儿手足之情吗？

公子昂　（哂笑）啐！手足之情？不过是父王先日了她的娘，后日我的娘。

商　鞅　（怔住）如此而已？

公子昂　然也。国与国争强，家与家争势，人与人争利，万变不离其宗……当然，惟你我除外。（欲下）

［韩女欣喜地奔上。

韩　女　中庶子！

公子昂　啊，好一个绝色女子！

韩　女　韩女叩见昂公子。

公子昂　（绕韩女一周）啊……哪年来的？

韩　女　前年。

公子昂　啊，如此艳丽的女子，理应进宫，怎么到了相国家中？

韩　女　巫公占卜，说我是红颜薄命之人。

公子昂　哦，因而把你赏给了相国？可惜！（欲走又回）我要父王将你收回宫中。（急下）

商　鞅　站住！

公子昂　（一愣）你让我站住？

商　鞅　正是！

公子昂　你居然让我站住？

商　鞅　我为什么就不能让你站住？

公子昂　（看着商鞅倔强的眼神）站住就站住。

商　鞅　你刚才说了……

公子昂　说什么？

商　鞅　国与国争强，家与家争势，人与人争利……

公子昂　正是本公子所言。

商　鞅　而惟你我除外？

公子昂　不错！

商　鞅　那我告诉你，不许你把韩女要进宫去。

公子昂　（大为惊讶）难道说她是你的红颜知己？哈哈，你居然也有红颜知

己？好，好好，本公子把她让与你了！（下）

韩　女　中庶子，你的出头之日来了。

商　鞅　此话怎讲？

韩　女　相国大人正在向大王举荐你。

商　鞅　（喜出望外）他如何说？

韩　女　他说你是不可多得之才，还说你有相国之能。

商　鞅　那大王如何说？

韩　女　我没听见……（下）

［幕内声："送大王——"

［魏惠王、公子昂上。

商　鞅　（急趋步上前）臣卫鞅拜送大王！

魏惠王　哦？你就是卫鞅？

商　鞅　不才正是！

魏惠王　公叔大人说你有相国之才……

商　鞅　……臣不敢。

魏惠王　（哂笑）看来魏公叔是病糊涂了！（拂袖而下）

公子昂　咦？父王，父王！

［商鞅跪立，羞愧难当。

公子昂　卫鞅，你快快收拾行装，逃命去吧！

商　鞅　为什么？

公子昂　魏公叔见大王没有用你之意，就劝大王杀了你，免得你去往他国，留下后患。

商　鞅　杀了我？……这竟然是相国大人所言？

公子昂　我还能骗你不成？（递上一袋钱）后会有期！（下）

［韩女上。

韩　女　中庶子，相国大人要见你。

［商鞅收拾书简。

［收光。

［另演区灯亮。

［公叔痤斜卧病榻，韩女侍坐。

商　鞅　臣卫鞅谢大人举荐之恩。

公叔痤　可是魏王……

商　鞅　臣知道了。

公叔痤　……老夫对不起你。

商　鞅　相国何以言此？当年，若无大人在西河岸边之举，鞅尚无今日。知我者，相国也。

公叔痤　（慰藉地）你能有此心，也不枉我抚育你多年。

商　鞅　原本卫鞅想有朝一日能承继相国大人事业，助大王，整朝纲，让魏国大展宏图，称霸中原，也算不辜负相国大人一十五年的养育之恩。但，自今日起，另当别论。

公叔痤　（警惕地）你这话是什么意思？

商　鞅　爱我者，我爱之。弃我者，我弃之。

公叔痤　那我问你，你爱我不爱？

商　鞅　敬而不爱。

公叔痤　为什么？

商　鞅　想当年，秦国景监想收我为义子。然而相国以五羊之皮夺人所爱，占我为私有，垄为家臣，令我母亲剜去双目，割断亲子之情。十五年里，我陪公子日习李悝之法，夜温吴起之术。相国大人，你目睹我文章有成，才高志远，竟然暗生妒嫉之心。征战之时，拘我于家中，以防我为国建功；议政之时，窃我计谋献媚于大王。你口中赞我才高志远，心中却畏嫉万分。你若无私，何以大王至今不知我卫鞅姓名？十五年，公叔大人自将军跃居相国，你若不嫉我贤能，何以死到临头才向君王举荐？

公叔痤　（震惊）卫鞅，你忘恩负义！

商　鞅　卫鞅未敢忘恩，是相国今日负义！

公叔痤　此话怎讲？

商　鞅　举荐不成，你竟然让大王杀我！

公叔痤　……魏王不用你，你必然去他国反魏。身为魏国忠臣勋贵，怎能让他国强盛而使魏国衰败？

商　鞅　所以我说，知我者，相国也。大人对大王如此忠孝，为什么对我却无半点儿仁义之心？

［公叔痤语塞。

商　鞅　（捧起书简）十五年，你令我背诵多少仁义之册，可上天何时降仁于我？谁人施义于我？乱世之中，大儒之道安在？（将简册尽数投入火中）

公叔痤　卫鞅，我如何不想两全？可是君王看不起你，你让老夫怎么办？

商　鞅　（逼视）那你说我该怎么办？

公叔痤　（虚弱地）韩女，把关符给他。

商　鞅　这又如何？

公叔痤　公叔痤不再误你，速速逃生去吧！

商　鞅　（轻蔑地）我去逃生？我用得着逃生吗？

公叔痤　那你愿意在这儿等死？

商　鞅　大王既然不信你的话来用我，又怎么会信你的话来杀我呢？在他的眼中，我怎么值得一杀？

公叔痤　看来……你不打算走了？

商　鞅　非也。

公叔痤　你早晚要走，何不快走？

商　鞅　早走，是我卫鞅惧怕而逃。晚走，是我卫鞅笑魏王无能而去。大人，你说呢？

公叔痤 你居然敢如此轻君，焉能不死！

商　鞅 我岂能死？公叔大人于我有恩，相国大人对我无义，二者无论择其一，我都要在此为你送终！

［公叔痤昏倒。

［灯灭。

［追光下，商鞅走出原演出区。

商　鞅 公叔痤死了。魏王，你来杀我呀！你没来，你把我丢到了脑后。（从地下掬起一捧草灰）我就像这被人弃倒在大路上的火灰，听凭人践踏。可是上天，我告诉你，我不相信卫鞅会这样无声无息地苟活于人世。我不相信！你们看，那西天苍穹之上流荡着一颗彗星，那就是我！（向往地）秦国！秦——国！我来了！

［追光下，出现手持诏书的景监。

景　监 国君诏曰："自求贤令颁示天下，八方贤能纷纷响应。有客卿卫鞅前来说以强国之道，甚合吾意。定于今日早朝当庭论法，议定强秦大计。"

［景监隐去。

［灯亮。

［栎阳。秦宫。

［士卒声："太祝官、五大夫进宫。"

［祝欢、甘龙上。

甘　龙 （持重地）哎，不说太傅早来了吗？人呢？

祝　欢 想必在后宫吧。

甘　龙 哼！国君亲疏之分也太显眼了点儿。

［士卒声："公孙大人到。"

［公孙贾上。

公孙贾　哦，太祝官，五大夫。

［士卒声："赵良博士到。"

［赵良上。

赵　良　公孙太师，甘大夫，太祝官。

甘　龙　赵博士，这是个什么人，搞得如此兴师动众？

赵　良　他原是魏相国公叔痤的家臣。

甘　龙　哦，不过是个家臣！

公孙贾　怎么听说引他入秦已经三年了？

赵　良　是。他已经两次觐见国君，说国君以帝王之道，平治天下。谁知国君听着听着就睡着了。

公孙贾　那这一次……

赵　良　想必是切合了国君的心意。

公孙贾　那定是赵博士引荐的了？

赵　良　我哪有如此机缘，是景监景大人。

甘　龙　……一个太监！哈哈哈……可笑！

公孙贾　哼！可悲！

祝　欢　公孙大人！（示意）

［景监兴冲冲上。

赵　良　景大人。

景　监　哟，诸位大人早都在此了？

公孙贾　连景大人都为国家如此操劳，我等岂能怠惰？

景　监　为国尽心而已。

［公子虔上。

公孙贾　（倨傲地）国君对他如此赏识，全仗景大人的慧眼吧？

甘　龙　嘿嘿，可叹秦国落到这种地步，治国兴邦还要请个魏国人来。

景　监　赵大人，我倒忘了甘大夫是哪国的后代？

甘　龙　……至少我祖上就已来到了秦国。

景　监　哦,你倒还没忘了根本!

甘　龙　(恼羞成怒)那是自然。有根本之人才能不忘根本,无根本之人还有什么资格来跟我谈什么根本!

景　监　(泰然地)这正是我祖上积德。假如我留着这根本,却生出一群无用的酒囊饭袋,那还不如不要这根本!(下)

[赵良欲笑不能,正襟危坐。

甘　龙　一个阉人,凭着国君宠幸,竟敢如此藐视老臣!这还像什么朝廷,成什么国家?

公子虔　(声不高,却威严)住口!这里是国之宫阙,议政之朝堂,竟敢如此喧哗!

众　臣　(肃然起敬)虔公子。

公子虔　国君登基未久,乃年轻贤明之君王,正要开拓疆土、振作国威以承先君宏愿,诸位老臣理应尽忠履责、鼎力辅佐才是。难道你们就以这样的非分妄言面对在天的先君?

[众臣哑然。

公子虔　让秦国强盛,本是当朝诸位的共同心愿。卫鞅客卿此次入秦正是为了奉献强秦之策。刚才在内廷,我已经见过卫鞅客卿。其所谈所论,令我深为叹服。正所谓后生可畏,不可小视。

甘　龙　虔公子德高望重,老臣宾服。

[公孙贾不满地瞪了甘龙一眼。

士卒甲　国君视朝!

[钟鼎乐声起。

[意气风发的秦孝公上,景监随上。

众　臣　臣拜见国君!(伏拜)

秦孝公　免礼。请卫客卿!

［商鞅上。

商　鞅　臣卫鞅拜见国君。

秦孝公　侍坐！

［商鞅入座。

秦孝公　列位，蒙先君圣命，寡人承继国位，已经三年有余。当年先祖穆公在位，修德行武，东平晋国之乱，西霸戎翟之地，我们的国土曾经一直扩展到西河。可是如今呢，大片的国土却落到了魏国的手中。二百六十多年过去，历经十四代国君，西河之地却至今尚未收复。堂堂千里秦国在周天子的心里、在六大诸侯的眼中，竟无一席之地。这是奇耻大辱！列位都是前朝老臣，一国之栋梁，难道就不想把秦国变一变吗？

［众臣无语。

秦孝公　太师？

公孙贾　臣，不敢妄议朝政。

秦孝公　五大夫？

甘　龙　臣，唯君命是从。

秦孝公　（不悦）赵博士？

赵　良　卫鞅客卿不远万里自魏入秦，知李悝之术，习吴起之法，定有超群的计策、卓越之谋断，还是应该请卫客卿先抒高见。

秦孝公　卫鞅！

商　鞅　臣在。

秦孝公　你先说！

商　鞅　臣冒昧。国君之所以下令求贤，是为光复穆公之业，收复被三晋夺占的西河之地，一改中原六国小视秦国之局面，自强于天下。中原六国逞强，而秦邦卑弱，是因为兵不强、国不富、天下不治。天下为何不治？是因为官不勤政，民不效力。为官者，对上曲意逢迎，对下搜刮民财；为民者，懒于耕稼，怠于作战。而眼下秦国所用之法，都是数百年前陋章陈规。法不更新，陈陈相因，国家何以有生气？为此国家应废除旧规，倡导农战，制定农战之法。凡是努力开荒、多打粮食，或奋勇作战、多杀敌人者，都可因此而建功得爵。有了爵级，奴隶可以升为庶人，庶人可以升为官吏，官吏因此而可以加官晋爵。而不事农战、不得战功者，虽为王侯大夫也不能得到利禄官爵。国家还应废除子孙世袭荫封，统一律条法令，从卿相将军以至大夫庶人，有不从王令、犯国禁、乱上制者，罪在不赦！（顿）假若以此举国勠力而为，行一年，十年强；行十年，百年强；行一百年，千岁王者旺！

秦孝公 列位，卫鞅所论，是谓若要国富兵强，必须重视农战；要使百姓勠力逐农战，就必须要更改律法。为此，卫鞅客卿草拟了《垦草令》，列位不妨一阅。卫客卿！（示意）

［商鞅将木简发至诸卿手中。

公孙贾 老臣腐朽，只知大千世界、芸芸众生，性由天成，各得其所。这才分天地、成阴阳、存万物而立世界，这才树君上、辅群臣、役万民而主国家，这才制礼数、立法度、分上下，由古至今，万民得教化而立命安身。试看天下诸侯各国，凡是照古法而治的，没有不太平的。要想易弦更张的，没有不闹乱子的。单凭一人巧舌如簧地游说一番，就轻易决定改变一国的法度，天下就可大治？臣，不知。

甘　龙 公孙太师说得有理。何谓天下大治？无非百国民安。好比旷野行车，沿辙而行，断无覆车之患。遵循古法，沿袭旧礼，天下自然太平。

商　鞅 五大夫的意思是要效古法，循旧礼。自从盘古开天以来，经三皇五帝，夏禹殷商，我们该循哪一朝的旧礼，效哪一代的王法呢？

［甘龙无话可答。

商　鞅　太傅大人博闻强识，你一定知道，从三皇五帝至如今，有哪一代礼法是一成不变的呢？

公子虔　商汤、周武正因为不拘古法而兴，殷商、夏桀就是因为不改旧礼而亡。

商　鞅　公孙大人，那我们该走哪一条路呢？

祝　欢　依你所说，如果国君不照你意思来实行变法，国君就是殷商、夏桀了？

商　鞅　如果国君是殷商、夏桀，又怎会在此当庭论法？

公孙贾　请问，卫客卿的变法之举何以能成功，而不至于使秦国百姓身受其害呢？

商　鞅　请问太师，如果一件事连做都不去做，那么何以能得到成功呢？

祝　欢　我只知卫客卿曾在魏国学习李悝之法。可是李悝的变法在魏国都没能成功，难道他的学生，到秦国来变法就能成功吗？

商　鞅　李悝在魏文侯三十四年为相国实行变法。三年后，魏国征伐秦国就连连获胜；两年后，又灭了中山国。魏国所以变法未能成功，是在李悝去世之后，魏武侯未能变法到底所致。太祝官是秦国老臣了，难道对这其中的缘由也一无所知吗？

公孙贾　国君，如果变法成功，老臣们死而无怨。可是一旦变法不成，使一国千秋大业崩溃于顷刻之间，谁能担当？

众　臣　是呀！

甘　龙　古法旧礼，都是一朝朝、一代代传到我们的手中。为官者知道该怎么做，为民者知道如何行，上下相安无事。国君即位不久，便贸然行事，好比驾车不循车道而行，臣担心后果难测……

商　鞅　国君！

众　臣　国君！

［秦孝公犹豫起来。

祝　欢　国君，天有征兆，臣不敢妄言。

秦孝公　什么征兆？

祝　欢　君上登基那年，西天有怪星横空。起于上章，落于阏逢。君上，这是上天示意，如果变法，必无正果。君上，天意难违呀！

众　臣　国君！天意难违呀！

公子虔　国君乃是上天授命，国君之意就是天意！

秦孝公　赵博士？

赵　良　明智者总有先见之明，愚昧者总是人云亦云。臣以为，国君还须采纳明智之言。

秦孝公　……我意已决！太傅！

公子虔　在！

秦孝公　宣诏！

公子虔　是！

［灯暗。

［追光下出现景监。

景　监　国君诏曰："为承启先祖基业，光大万世，惟有变法，方可使我大秦振作。吾变法之心已定，命卫鞅着即制定强秦之法。择吉日，行大典，诏示天下。卫鞅献策有功，官拜左庶长，准乘一驾车马！"

［景监隐去。

［暗转。

［商鞅欲登车。

［赵良、尸佼与孟兰皋在路边等候商鞅。

商　鞅　赵博士？

赵　良　左庶长，有人要想见你。

商　鞅　（看尸佼）这位是……

尸　佼　在下尸佼便是。

商　鞅　（惊喜）是晋阳尸子？久仰先生大名，未曾谋面，你怎会到此？

尸　佼　闻听卫鞅兄带法家之说只身入秦，怕你势单力薄，孤掌难鸣，特来投拜门下，效犬马之劳。

商　鞅　不，尸子如果愿意相助卫鞅，我将以先生尊之。

赵　良　左庶长刚毅果敢，赵良自叹不如。现将我学生孟兰皋举荐给左庶长，也算是表一表赵良的心迹。

孟兰皋　（跪）如蒙不弃，学生至死不渝。

商　鞅　（长揖）有你等鼎力相助，变法大业一定马到功成！

赵　良　愿左庶长旗开得胜。不过，赵良有一言相劝，不知左庶长听否？

商　鞅　但言无妨。

赵　良　左庶长虽有治国之道，却不可无为人之道。今天，你锋芒毕露了。

［暗转。

［太师府。

［祝欢在一边闭目默祷。公孙贾怒气冲冲听取甘龙禀陈。

甘　龙　他把百姓五家编为一伍，十家连为一什。如果其中有一人犯法，而伍什之中无人举奸告发，就要连坐定罪。卿相大夫，也不例外。

公孙贾　这是坏礼仪，乱章法！

甘　龙　太师，乱还不仅在此呀！

公孙贾　还有什么？

甘　龙　凡为奴隶，与敌作战，斩一首，便可得爵位一级；斩得二首，得爵二级。如果得到爵位二级，就可以将亲生父母升为庶民。

公孙贾　（怒）那天下岂不是没有奴隶了？喷粪！

甘　龙　太师，还有呢！

公孙贾　说！

甘　龙　宗室贵族，没有战功者不准显富贵。从今往后，咱们出门不能乘三驾之车，不能穿绫罗绸缎，不能住奢华的府第……

公孙贾　为什么？

甘　龙　咱们没带过兵打过仗，哪儿来的战功？

公孙贾　难道还要我们这帮老臣上阵杀敌、斩取首级不成？荒谬之极！（气急败坏走至祝欢身边）太祝官，那天在朝廷之上，你说有怪星横空之事，到底是怎么一回事？

祝　欢　怪星乃天狗，天狗星横空命犯太岁。天狗起于上章，乃指庚申之年。庚申之年正是国君登基之年。而天狗落于阏逢，是为甲申。这是说国君将在二十四年之后的甲申之年因此夭寿而亡。

甘　龙　（跪）国君，你听见了吗？你竟把祸国之人视为贤才，害国害己呀！

公孙贾　昏君！

祝　欢　五大夫，这话是犯禁的！

甘　龙　（怒气未消）那怎么办？咱们就甘心受制于卫鞅？他算个什么东西？老子兢兢业业为秦国干了一辈子，他凭什么一来就官拜左庶长？

祝　欢　这也是犯禁的！

甘　龙　这还让不让人活了？（痛哭流涕）我的老爹！你活过来看看，这都成什么世道了？（啪地扇了自己一个嘴巴）我对不起列祖列宗，我——

公孙贾　五大夫，这成何体统嘛！

祝　欢　你妄言犯上，该当腰斩！

公孙贾　太祝官，依你之见，我们就该视而不见、听而不闻吗？

祝　欢　自有相克之人。

甘　龙　谁？

祝　欢　太子驷。

甘　龙　（失望地）咦！一个毛孩子！

公孙贾　你说这话有何依据？

祝　欢　甲申之年，天驷当道，天狗星便化作星火四散！

［暗转。

［秦都西郊坛场。

［火堆烈焰腾空，后供设太牢之牲。

［钟鼎之乐大作，群臣恭立，气氛肃然。

［祝欢立于祭坛，主祭祀大礼。

祝　欢　国君谢上天！

［秦孝公拜。

祝　欢　谢社稷！

［秦孝公再拜。

祝　欢　谢先君列祖、山川之神灵，保佑国业、赐福黎民！

［众人齐拜。

祝　欢　礼毕！

秦孝公　（登坛揖拜）苍天在上：寡人禀受天意，立驷公子为君储，今日择吉祭祀，立新法废旧礼。望列祖列宗保佑大秦江山如丛山绵亘，万纪不绝！

祝　欢　太子谢上天！

［场上不见太子驷身影。众人大惊。

祝　欢　太子谢上天！

［无人回应。

秦孝公　（怒）太傅！

［景监急下。公子虔急上，伏地告罪。

公子虔　臣罪该万死！

秦孝公　这是怎么回事？

公子虔　今晨去请太子，只见太子形容呆滞，看来……

秦孝公　行国之大礼，太子怎能不到？

公子虔　（惶惶然）太子已到，正在等候加冕，只是……

秦孝公　请太子！

［公子虔急下，景监上。

祝　欢　请太子！

［公子虔随太子驷上。太子驷见祝欢，一愣。

祝　欢　（急掩饰）太子谢上天！

［太子驷伏拜。

祝　欢　太子谢国君！

［太子驷匍匐在地不起，连连叩首。

众　人　太子！太子！

太子驷　不！这里有东方来的凶煞，他要杀我。父君，你不能——

秦孝公　太子！

太子驷　父君，这是神灵告诉我的。父君，你中了天狗星的蛊惑！

秦孝公　放肆！

公子虔　太子！

太子驷　我不当太子！我不当太子！

秦孝公　（勃然大怒）太傅！

公子虔　臣知罪。

秦孝公　送太子回宫！

［太子驷急下。

祝　欢　国君，此乃大凶之兆！

商　鞅　太祝官，今日为太子加冕，可是黄道吉日？

祝　欢　正是。

商　鞅　既是黄道吉日，为何会出现凶兆？

祝　欢　这……

商　鞅　你择日不当，贻误祭祀，你是首罪！执法官！

尸　佼　在！

商　鞅　按刑律所载，太祝官该当何罪？

尸　佼　太祝官择日不当，贻误祭祀，该当髡刑。

祝　欢　不！今天是太子违礼犯上，请问左庶长，这该论什么罪？处什么刑？

公孙贾　是啊。左庶长，你该如何处治太子呢？

商　鞅　律法上写得清清楚楚，上自卿相大夫，下至奴隶庶民——太子身为君储，乃上天加命，不得受刑，更何况太子年幼，又属惊风妄为——

公孙贾　今日若不处罚太子，那以后有违抗君令者斩不斩？喧哗于君前者刑不刑？妄言抗上者治不治？坏礼于众者罚不罚？（顿）国君，非老臣不维护你，卫鞅之法，断难推行！

商　鞅　国君！王法所以败坏，自上而下！上不正，何以纠下？

秦孝公　法既定，依章而行。

商　鞅　执法官！

尸　佼　在！

商　鞅　按刑法所载，太子犯禁，当如何处置？

尸　佼　太子犯禁，由太傅代为受刑。

祝　欢　好。左庶长，你又想如何处罚太傅呢？

商　鞅　执法官，职责未尽，教化不严，太傅该当何罪？

尸　佼　职责未尽教化不严，太傅当斩左足。

公子虔　（瞠然）国君！

［众人震惊。

甘　龙　（抢上一步）国君，这如何使得？

一老臣　国君，太傅大人是两代老臣，德高望重，如此轻率处治，众臣不服！

众　臣　国君！

公孙贾　刑不上大夫，乃是千年古法。今日是为太子加冕，却在这大典之时，轻易刑罪太子太傅，只怕人怨天怒，于天理不容。

众　臣　（跪地）臣等奏请国君赦免太傅。

商　鞅　功罪赏罚从现在起，均应以新法为绳。此乃取信于民、平治天下之根本！

众武士　法既定，依章而行。

秦孝公　（走至公子虔面前）虔公子，社稷存亡，事关千秋，寡人只能忍痛了。（转向商鞅）左庶长，颁刑！

商　鞅　遵命！斩去公子虔左足，以示律法无情！

［满场震惊，公子虔瞠然。

［士卒挟公子虔。

公孙贾　国君，你为宠新贵而舍老臣，在下不服！

商　鞅　太师公孙贾！

公孙贾　怎么样？

商　鞅　你妄议法令，无端咆哮于大典之所，革去太师职，刺字于面，以戒天下！

［士卒挟公孙贾。

商　鞅　太祝官！你择日不当，贻误祭祀，予以髡刑，削去须发！

祝　欢　国君！冤枉！

商　鞅　国君！

秦孝公　法既定，依章而行。

［号角声激越高亢。

［切光。

［追光下景监出现。

景　监　国君诏曰："左庶长执法严明，朝野肃然。由此法令无不遵行，兵革大强。为光复旧业，收复失土，左庶长率兵东征，连连奏凯。战元里，取少梁，围固阳，得城池一座，斩敌人首级七千，拓展疆土三百里。得使秦国东迁咸阳，坐视中原。以此卓著功勋特准卫鞅官拜大良造，准乘三驾之车！”

［暗转。

［公子虔府邸。

［公子虔正与太子驷讲习。

太子驷 （念诵）“……如果贤明的君主，使得大臣们也和他一样的贤明，必定会让大臣们也尽其全力为国家建立功劳；有了功劳，才能给以相应的富贵。于是天下就没有了君主私人的恩惠，社会的风气就有了规范；那么普天之下，臣忠君明，国家兴盛而兵革强大了。”（放下简册）太傅，这一段，他说得对吗？

公子虔 言之有理。这是说，明君治国，要让黎民百姓尽其所能，先建功劳而后得富贵，国君绝不把个人的恩惠乱施于人。因而教化行而法度成，于是君主开明，大臣忠诚，国治而兵强！……说得对呀！

太子驷 卫鞅是斩断你左足的仇人，为什么太傅对他的言论还如此叹服？

公子虔 为君者，不可因人而废言。今日之太子，乃是明日之国君。身为太子太傅，责任重大，怎么能以小人之心而濡染太子？

［士卒上。

士　卒 大良造卫鞅求见。

公子虔 （怔）……就说我卧病在床，不见！

［商鞅上。

［士卒下。

商　鞅 太子，太傅，卫鞅造次了。

公子虔 大良造光临寒府有何贵干？

商　鞅 几次拜访，太傅都托病不见……

公子虔 老臣是个罪人，有刑在身，自惭形秽，怎敢妄见大人？

商　鞅 正是为此而来。当年罪刑太傅，是因为太子犯禁，不得已而正之。

而鞅某对太傅一向敬重，所以……

公子虔　所以什么？

商　鞅　……自太傅为大秦之法断折一足以来，鞅时时为此忐忑，深感不安……

公子虔　嘀嘀！果真如此，为什么你八年前不来说？你不觉得此话已说得太迟了吗？

商　鞅　太傅大人乃两朝元老，深谙为政之道，下官是想待太傅大人心绪平静之后，再来登门告罪。

公子虔　那你今天是特地为告罪而来？

商　鞅　望太傅以社稷为重，捐弃前嫌，与卫鞅同心协力，平治天下！

公子虔　（勃然）住口！公子虔乃秦国公族之后，秉忠心以报秦国之君，涂肝脑以谢西垂之民。我与你同的什么心？协的什么力？平治谁人之天下？

商　鞅　（惊）难道我就不是秦国之臣？所建之功业、所得之天下，就不是秦国之功业、秦国之天下？

公子虔　（冷冷地）有谁可知？

商　鞅　卫鞅虽自魏国入秦，但国君对我恩重如山。正如太傅所说，鞅某也惟有秉忠心以报秦国之君，涂肝脑以谢西垂之民。

公子虔　卫鞅！真不知天下还有"羞耻"二字！

商　鞅　太傅——

公子虔　你为在国君面前邀宠，树自己的威风，竟然斩公子虔左足，革公孙贾官职，削去太祝官须发——你是以秦国忠臣勋贵的血肉为你搭建通往显赫之位的阶梯！如今你志得意满了，你居高而凌下了，竟然伪扮大度要我与你同心协力，平治天下！呸！龌龊之至！

商　鞅　（沉默）……卫鞅登门乃一片至诚，未想到竟遭太傅如此诋毁。卫鞅告辞！

公子虔　不送！

［商鞅下。车马声去。

太子驷　太傅，请息怒！

公子虔　是啊，不动怒、不动怒，可是叫我如何不怒！堂堂一国之太傅，却被斩去一条腿！更何况在他初到秦国宫廷论法之时，不是我，他的卫鞅之法能变成？他倒说得轻巧——“为大秦之法断折一足，何不捐弃前嫌？”呸！他能使这条腿再生吗？

太子驷　太傅，是太子少不更事，迁罪于太傅，太子向你赔礼。（施礼）

公子虔　太子怎么能对下臣行此大礼！使不得的！（下跪）太子请起！

［二人先后起身，车马声又至。士卒甲上。

士卒甲　公孙贾、太祝官求见。

公子虔　不见——不，有请！

［公孙贾、祝欢上。

公孙贾
祝　欢　太子，太傅！（施礼）

公子虔　是什么风把你们吹来了？

公孙贾
祝　欢　多时未见太傅，特地问安。

公子虔　多谢了。

［公孙贾、祝欢面面相觑。

公孙贾　……呃，不知太傅大人对近日国事可有耳闻？

公子虔　莫非二位还想断送我右足不成？

祝　欢　太傅，假如再让卫鞅在秦国横行无忌，断送的何止是你的右足？

公子虔　我杜门不出，国政不问，还能触犯他哪条刑法？

祝　欢　树欲静而风不止。太傅被斩左足之时，又何曾犯禁？

太子驷　那是太傅代太子受过。

公孙贾　我难道不是？卫鞅所为何来？说的是为大秦之业，殊不知，秦强卫鞅也强。三年为左庶长，八年为大良造！用国家的爵禄，凭卫鞅之法，赏赐予愚勇之徒；置宗室贵族于不顾，提拔无德无义之人。伍什连坐，举奸者赏，乃至妻告夫、子举父，兄弟反目为仇。乱人伦，灭纲常。以一法而统天下，君何以为之君？民何以为之民？举国无长幼之别，天下无贵贱之分？什么军功之法，官爵二十等——不错，卫鞅东扩疆土，有功于秦。然不知，再此以继，卫鞅官至列侯，封疆分土，与国君分庭而抗礼，秦国竟会为谁家之天下？太子！倾国之危，就在你登基之日！

太子驷　太傅……

公子虔　依你们所见，该如何才是？

祝　欢　惟有依仗太傅，劝导于国君。

公子虔　劝他什么？劝他不该立军功之法？劝他不该鼓励农战？劝他不该编户籍、立伍什以让国君操纵万民？……你们说呀！

祝　欢　劝君上要明察秋毫，洞晓不测之心，以免养虎遗患。

公孙贾　还有，据人说，卫鞅在魏国就行为不端，作风不正……

公子虔　就让我去说这些？

公孙贾　此话惟有德高望重之长者犯颜以谏，国君方有醒悟之可能。

公子虔　如此说来，要断送我的还不只是卫鞅！

祝　欢　此话怎讲？

公子虔　卫鞅不过斩我左足，（高声）可你们是要送我去斩首！

公孙贾　这事乃关社稷存亡，太傅竟然毫不动心？

公子虔　哦嗬！好一个国之忠臣！既然如此，你们为什么不去杀卫鞅？你们怎么不去国君面前坦言相陈，去直谏、哭谏乃至尸谏？你们既为国家忠臣，为什么不去带兵打仗，攻占魏国城池？为什么你们不争功抢赏而让爵禄都给卫鞅夺了去？你们为国君出了什么谋，

画了什么策？强秦之计可有你们一份？这也算得是秦国的忠臣吗？若依靠你们这批忠臣，秦国何日才能强盛？（老泪纵横）

公孙贾
祝　欢　（跪地）太傅请息怒！

公子虔　我这是怒？我是悲哀之至！养虎遗患——要不是养了你们这几头驴，国君能养虎吗？

公孙贾
祝　欢　我等不肖，可是卫鞅——

公子虔　（怒斥）还不滚！

［公孙贾、祝欢后退，公子虔将身边的一只靴子向着他们扔去。祝欢恶毒地将那只靴子捡回，放在了公子虔的眼前。

［公孙贾、祝欢下。

公子虔　（被激怒）你等岂止是驴，简直是蠢驴！（恨恨地将那只靴子砸向门外）

太子驷　太傅今日所言所为，太子不解。

公子虔　（竭力使自己平静下来）你不懂！你不懂啊！一国三公九卿，百官万民，你知谁是忠臣贤士，谁居叵测之心？否则国君操一国之柄，何以成孤家寡人？

太子驷　那卫鞅与公孙贾相比，谁算得是忠臣呢？

公子虔　恃才者傲君，无能者逢迎，仁义者乱法，奸恶者殃民。这都是君之所患，国之所害。

太子驷　那天下岂不是没有好人了？太子今后靠谁呢？

公子虔　好坏，无非因利害而分。利则用之，害则除之。奉天时，顺潮流，识时务，知善恶。善于因其势而利导，这才是君王的御人之术。

太子驷　既如此，卫鞅是该用还是该除呢？

公子虔　国君信赖，大势已成。除，则国乱而民不安；不除，社稷为患。还没到那一天，看谁活得长了！

［暗转。

［魏王宫。

［魏惠王与公子昂气急败坏地在宫内走来走去。

魏惠王 马陵一战，损兵折将，令我一败涂地！是我上了卫鞅的大当！我当初怎么就没听公叔痤的话，把这个无情无义的东西给杀了！

公子昂 你要是听了公叔痤的话，举他为相，魏国还能是今天这般模样吗？

魏惠王 我要重整旗鼓，带领十万兵马，杀他个落花流水！

公子昂 父王，秦国的士兵凡在战场上斩首一个，便得爵一级；斩首两个，便可为父母赎身，由奴隶升为庶民。这样的军队，以一当十，你能杀他个落花流水？只怕杀得你落荒而逃！

魏惠王 放肆！竟然长他人的志气灭自己的威风！（踱步）也罢，你速速去为我挑选一十八名美女，我要去拜会秦国君！

［暗转。

［秦杜平。

［魏惠王率领着浩浩荡荡的队伍前来迎候秦国君。

［仪仗队过场。

［孟兰皋上。

孟兰皋 大良造！大良造！

［尸佼上。

尸　佼 安排得怎么样了？

孟兰皋 魏大王已在东门樗里下榻，与他同来的还有美女一十八名。

尸　佼 哈哈！魏王向秦国君献美女了？秦国何时曾有过此等风光？

孟兰皋 大良造功不可没！这才变法四载，便有了如此的功效！

尸　佼 若不是大良造那年在坛场，斩了虔公子的腿，革了公孙贾的职，削去了太祝官的须发，新法怎么能如此雷厉风行？可见仁义是不足以治天下的。惟有法律严明，政令必行，才能强国，才能无往而不胜！

［幕内声："秦国君、魏国君驾到！"

［秦孝公、魏惠王上。

［商鞅上。

商　鞅　臣卫鞅拜见二位君上。

魏惠王　哦！卫鞅？大良造！嗬嗬！马陵之战，你令我腹背受敌，厉害！好厉害！秦国君真是慧眼过人，慧眼过人哪！想当初公叔大人临终之时，便说卫鞅有相国之才，果然！

商　鞅　大王，此话已经说迟了吧？

魏惠王　亡羊补牢，未为迟也。秦国君不过封你为大良造。你若在此时归魏，我仍拜你为相国！

商　鞅　"士为知己者死"！当初我在贵国，被人视同草芥。是秦国君收留了我，让我在这里纵横驰骋，大展宏图。我将在此为秦国君尽心效命，上报知己。

秦孝公　魏国君，卫鞅乃是魏国所弃之人，俗话说"好马不食回头草"，你就不要心存此想了。

魏惠王　才高位重者，须防傲君！……哦，戏言，戏言！大良造，还不向国君贺喜？

商　鞅　臣不知喜从何来？

秦孝公　今日寡人承蒙魏国君美意，与魏国君之义女，结为秦晋之好。

商　鞅　国君，西河之地广袤千里，万不可因一美女而置江山于不顾！

秦孝公　（不快）唔……

景　监　国君，韩夫人已恭候多时，请二位君上到樗里下榻。

秦孝公　请！

［景监等陪秦孝公先下。

商　鞅　（对魏惠王）韩夫人是何人？

魏惠王　乃韩女也！（咬牙切齿）秦国纵然有你，又能奈我何！

商　鞅　（冷笑）你以为区区一韩女就能置我于死地？

魏惠王　大良造，好自辅佐你的秦国君吧！（下）

［幕内声："送大王——"

［韩女与仪仗从商鞅面前走过。

［孟兰皋上。

孟兰皋　大良造，有上百农夫在东门之外求见。

商　鞅　上百个农夫？什么事？

孟兰皋　因大良造实施变法以来，民俗大改，世风日正。夜不闭户，路不拾遗。所以他们一定要见你，以表示他们对大良造的称扬之意。

商　鞅　不见！

孟兰皋　大良造……

商　鞅　今天法令让他们得到了益处，他们就来称扬赞颂，可是明天法令如果触犯了他们的利益呢？

孟兰皋　学生明白。大良造，有一老妇人在此等候数日，她要我将此物亲手交到大良造的手中。（呈上马鞅）

商　鞅　（大惊）马鞅？是姬娘？快快有请！

［尸佼引姬娘上。

商　鞅　姬娘！

姬　娘　（颤抖地）亥儿！

商　鞅　姬娘！（急至姬娘面前，紧紧抱住，泪水盈盈）姬娘，你怎么会来到这里？

姬　娘　十八年了！为娘虽剜去双目，可是我这不死之心却终日盼着这一天！那年，我就听说魏国出了个卫鞅，他去到秦国推行变法。奴隶可以多打粮食而建功，多杀敌人而得爵。西河一带，到处都在传诵说，秦国的太子犯了法，太师、太傅都被处刑，从此秦国夜不闭户，路不拾遗！没想到，就在今春，卫鞅率领五万人马，大战少梁，我姬娘竟成了秦国的隶民……

商　鞅　母亲！（双膝跪地）是亥儿不孝，未能报答姬娘恩德。

尸　佼　大良造请起。此乃过往之地，假如被外人撞见，不知究竟，只怕有失国体。

商　鞅　先生。

尸　佼　在。

商　鞅　随我同去拜见国君。

尸　佼　大良造，你是想……

商　鞅　请国君开恩，赦免母亲罪奴之身，随儿归都，共享荣华。

尸　佼　此事怕有不妥。

商　鞅　为什么？

尸　佼　如今军爵律已诏布天下，欲免亲生父母为奴隶者，需归爵两级，请问大良造是归还是不归？

商　鞅　自然依法行事。

尸　佼　若是依法归爵，大良造其位便在朝中诸等老臣之下。若是如此，变法岂不是更难推行？

商　鞅　这……

姬　娘　不！姬娘不是亥儿的生身母亲，无须大良造为我一罪奴而夺爵赎身。

商　鞅　我怎能忍看母亲活活受苦？

尸　佼　大良造说过，为天下而治天下，岂能私天下之利？公私之度，存亡之本也。

［商鞅无言以对。

姬　娘　说得好。"为天下而治天下……"（顿）亥儿，你这大德之心是从何得来？

商　鞅　是姬娘的乳汁哺育了我。

姬　娘　有你这句话，姬娘心满意足了。

孟兰皋　如此深明大义之母，请受孟兰皋一拜！

［幕内声："国君到！"

商　鞅　姬娘，总有那一天，亥儿功成名就之时，再来报答姬娘的大德大恩！（跪送姬娘下）

［暗转。

［咸阳宫南，渭水之滨，章台之上。

［韩女——这时已是秦王夫人——凭栏远眺。景监上。

韩　女　（忧郁地）"蒹葭苍苍，白露为霜。所谓伊人，在水一方……"

景　监　韩夫人，时令已至秋末，天肃杀而风萧瑟，人在此时务须善加调护，莫让这愁惨之气感于外而伤之于心。

韩　女　哦，景大人。

景　监　国君有令，今天是樗里子的生日，要太祝官进宫为樗里子卜命。

韩　女　（不快）好端端的，要占什么卦，卜什么命？

景　监　夫人有所不知，近日宫中流言甚多……

韩　女　大人有话，不妨直言。

景　监　既然如此，老夫就据实以告了。夫人自从生下公子之后，即呈请国君命名为樗里子。这是因为国君在东门樗里与夫人一见钟情，因而得幸，故名之曰樗里子。然而夫人正是在东门樗里与心上之人咫尺天涯，因而有切肤断肠之痛，起名樗里子是为身心两分，形随国君而去，而心归……

韩　女　（急止）大人！（无力地）景大人……

景　监　老夫说得可对？

韩　女　……景大人是从何处得知？

景　监　你可知魏大王为何将你带到杜平？

韩　女　你说。

景　监　大良造是否从小陪昂公子一起读书？

韩　女　正是。

景　监　魏王正是知道夫人早就是大良造的红颜知己，有过一段儿女私情，故先将你赠予国君，然后又将此绯闻暗中张扬。

韩　女　朝中有哪些人知？

景　监　夫人，你应该问，朝中还有哪些人不知。

［沉默。

韩　女　那国君呢？

［景监不语。

［沉默。

［赵良急上。

赵　良　哦，夫人，下官唐突，不意搅扰夫人雅兴，赵良有礼了。

韩　女　赵博士匆匆而来，必有要事与景大人相商？

赵　良　夫人，难道你没听到渭水河边的哭号之声？

［哭号之声由隐渐显。

韩　女　这是怎么了？

赵　良　你们再看章台之下渭水的颜色！今日大良造在渭水之滨亲自决狱断案，斩首者七百余人。所断之指，所砍之足，只怕要车载斗量！

［三人注视河水，默默无语。

韩　女　怎么会有那么多人触犯律法？

赵　良　一人犯法，九家连坐，不告者腰斩，非议法令者当诛，七百余人又何足为怪？如此严刑酷法，别说是百姓庶民噤若寒蝉，就连下官也不寒而栗！

韩　女　那么依博士之见呢？

赵　良　是韩夫人想听，景大人想听，还是大良造想听？说与韩夫人，只怕韩夫人未必有参政之想；说与景大人，只怕景大人爱莫能助；假如卫鞅大良造想听，下官倒愿意进言。

韩　女　赵博士为何不直言相劝？

赵　良　只怕还没到那一天。

景　监　既如此，赵博士今天为何而来？

赵　良　下官向君上提请辞呈，告归家园，特来向景大人告辞。

景　监　与其向君上辞官还乡，为何不将你心中所想禀告国君，也好让国君劝诫大良造？

赵　良　国君？东扩疆土，西霸戎翟，才是他一心所想，七百人头又何足道哉！

景　监　赵博士，景某对你一向敬重，尤为佩服阁下知白守黑，和光同尘，大智若愚，堪为师表。不错，卫鞅是有过分之处，但他对秦国可算得是殚精竭虑，秉忠以报。国如此，民如此，他也不得不如此。朝中惟赵博士与他志同道合，在此功败垂成之际，你怎可抽身而去作壁上观？

赵　良　朝廷之中，人们将我赵良与卫鞅视作一党。长此以往……

景　监　为免遭干系，不如及时抽身？

赵　良　喃喃！景大人，赵良无言以对，告辞了！（扬长而去）

景　监　赵博士！赵博士！

［沉默。

韩　女　景大人，当初在西河岸边，是景大人慧眼，才使卫鞅有此出头之日。来到秦国，也因得到景大人相助，才有大良造今天。景大人难道不能从旁相劝，使他明白眼下危机之所在吗？

景　监　景某如今也是左右为难。大良造所作所为，无一不是为秦国竭尽心力。我何不希望他能学学赵博士的为人处世？但大良造生性刚烈，凡事敢作敢为，一往而无前，乃无私之人。无私之人，于国，功无量；于己，则害无穷啊！

［沉默。

［车铃声由远而近。

韩　女　这是谁的车？

景　监　大良造正驱车回官邸而去。夫人若想召见，老臣可代为传话。

韩　女　多谢景大人。

景　监　是。（下）

［少顷，祝欢上。

祝　欢　拜见夫人，太祝官奉国君之命来替樗里子占卜。

韩　女　樗里子还在上林苑嬉耍，今天就免了吧。

祝　欢　看夫人今日印堂之上，有丧门黑煞，怕是灾气横裹，有血光临头。下官愿为夫人一试。（挑衅地）请夫人出字。

韩　女　……央。

祝　欢　“央”？哪个“央”？

韩　女　有诗云——“宛在水中央”的“央”。

祝　欢　“水中央”的“央”？

韩　女　正是。

祝　欢　“央”，可解为凶中有吉，吉中有凶，乃祸福相倚之命。

韩　女　婢子不解。

祝　欢　“水中央”，是为禽鸟栖居之所。鸟在中央，是为鸳鸯之鸯。有鸯而无鸳，是失偶之鸟。解为雌雄两分，未成姻缘。

韩　女　牵强。

祝　欢　未成姻缘之后，若无心于“央”，则为中央之“央”，位居一国之中，此乃大吉。若有心于“央”，则为怏怏不乐之“怏”，则居不得安，食不得味，愁眉紧锁，郁郁寡欢，此乃大凶之兆！

韩　女　此话似有含沙射影之意。

祝　欢　下官据字而断，不敢妄言。

韩　女　那请再卜，婢子现在是有心于“央”还是无心于“央”？

祝　欢　“央”为居中之意。国之居中，是为朝廷。朝中有变，则去故而立新。去故而鼎新是为“革”字。“央”而有“革”，是为卫鞅之“鞅”——夫人，只怕你心在此“鞅”吧！

韩　女　大胆！身为宫廷巫师，竟敢在夫人面前口出妖言，你是何居心？

祝　欢　是因为夫人心怀叵测！

韩　女　知你有此居心，才以字试之。谁知你果然妄言夫人，秽言君上。我将据实禀报，处你腰斩之刑！

祝　欢　是夫人心有歹意而出“央”字测试。心有歹而口出央，歹、央是为祸殃之“殃”。夫人，是你有大祸临身！

［商鞅出现在章台之上。景监随后。

商　鞅　太祝官！

祝　欢　好一个大良造！你大逆不道，目无纲常，犯下了欺君之罪！你这该死的五月之子！

商　鞅　那你可曾为自己卜命，你该何时夭亡？

祝　欢　此其时也！

商　鞅　（挥剑刺去）信天命者，顺天命去！

祝　欢　（被刺中，挣扎着）违天命者，必遭荼毒！

韩　女　大良造！

商　鞅　韩……夫人！

韩　女　卫鞅！（双腿一软，倒在商鞅怀中）

［秦孝公急上，见状大惊。

祝　欢　国君！（转身）卫鞅！你在劫难逃！（倒地死去）

商　鞅　（揖）国君，太祝官在为韩夫人占卜之时，妖言犯上，臣未奏先斩了！

秦孝公　斩得对。一国之君，一国之夫人，怎能蒙辱！

景　监　（跪）老臣侍奉两代国君，忠心赤胆，对天可表。今日不意酿成如此窘境，令君臣狼狈，老臣愿以死谢罪。

［秦孝公默默走至祝欢尸前，拔下长剑，拭净剑上污血，将剑递还给商鞅。

商　鞅　……（接过剑）

秦孝公　大良造。

商　鞅　臣在。

秦孝公　祖业尚未光复，任重而道远，望勉力而为之。……夫人受惊了，早早回宫歇息去吧。

韩　女　君上！

秦孝公　大良造说得对，西河之地广袤千里，我怎能因一美女，而置大好河山于不顾！（一个趔趄，以袖掩口，只见鲜血已将袖袍染红）

韩　女　君上……

商　鞅　君上，臣总有一天，要让魏国君拜倒在国君的脚下，让西河之地重归故国！（跪）

韩　女　君上！

［秦孝公将韩女一把推开。景监扶秦孝公下。

韩　女　（求助地）卫鞅！

商　鞅　……夫人！臣，卫鞅告退！（转身）

韩　女　（默默向渭水走去，悲切地）“蒹葭苍苍，白露为霜。所谓伊人，在水一方……”（纵身跳下渭水）

商　鞅　（奔向渭水岸边）夫人！（拔出长剑）我要让秦国如日月之恒，称霸中原！

［暗转。

［秦营将军帐。

［孟兰皋坐在商鞅身边。

商　鞅　孟兰皋，你可知这次魏国是以谁为将？

孟兰皋　先生幼时的好友昂公子。

商　鞅　此番出征，是我亲自向国君请缨。却不料魏国知我来意不善，以公子昂率十万兵马抵挡于西河以东。两军相比，敌众我寡。若不施以巧诈之计，是难以取胜的。

孟兰皋　“兵以诈立”，大良造何须犹豫？

商　鞅　我要将公子昂邀请到此。

孟兰皋　学生愿意前往。

商　鞅　他必然要留下你，作为人质！

孟兰皋　为强我秦邦，学生粉身碎骨，死而无怨。

商　鞅　但公子昂有来无回……

孟兰皋　学生明白，只要这西河之战能高歌奏凯，我孟兰皋一人的性命又何足惜？

商　鞅　孟兰皋，这朝野上下，惟有你是能为我卫鞅披肝沥胆之人。

孟兰皋　学生本是区区一介书生，蒙先生不弃，能相随左右，今日又得负重任，出使魏营。为使西河之战不费刀兵，孟兰皋愿血洒西河，尸陈魏营！“士为知己者死”，今日正其时也！

商　鞅　为孟兰皋将军送行！

［军歌高奏，孟兰皋昂首向前走去。

［暗转。

［秦营将军帐，内设酒宴。

［商鞅与公子昂相对而坐。

商　鞅　昂公子，与你相交至今有多少年了？

公子昂 九岁与你相识,至今已有整整三十年的交往。

商　鞅 三十年来,卫鞅可曾有负于你?

公子昂 无有。

商　鞅 好!为此,先饮一杯!(举杯)

公子昂 干!(与商鞅干杯)

商　鞅 两军相争,各为其主。你我在此对阵,你看该如何才好?

公子昂 酒宴过后,各自罢兵而归。

商　鞅 你能做到?

公子昂 我能做到。

商　鞅 既能做到,你为何将孟兰皋留作人质?

公子昂 战场之上,本是你死我活。这并非儿时游戏之举。我怎能轻易相信足智多谋的大良造?

商　鞅 既然你已不信我卫鞅,你怎知我是为言和才请你赴宴?

公子昂 (正色)卫鞅,你到底想干什么?

商　鞅 两条路供公子选择。

公子昂 哪两条路?

商　鞅 率十万兵马归降秦国。

公子昂 断无此可能!

商　鞅 那就只剩下另一条路。

公子昂 什么路?

商　鞅 借你人头一用。

公子昂 你竟然背信弃义!

商　鞅 非我背信弃义,而是你父王阴险毒辣!

公子昂 那你我之情呢?

商　鞅 国与国争强,家与家争势,人与人争利,是你亲口所言!

公子昂 可是我说的是惟你我除外。自你离魏去秦,韩女是我替你照看了八年！

商　鞅　韩女在哪里？韩女早已被你父王一石三鸟赠予了国君！

公子昂　那全是父王所为，与我有何相干？

商　鞅　可你父王把你派到了我的阵前！魏王知我率兵来此攻城，所以用你前来抵挡。如果我与你罢兵言和，各自率军回朝，岂不正中了他的缓兵之计？

公子昂　你还记得在你临行之时，是我赠你金钱？

商　鞅　（将一钱袋扔至公子昂的面前）莫非你要我为此而对你感恩终身？

公子昂　卫鞅，你太歹毒！

商　鞅　正因为如此，我才要以德报德，以怨报怨。

公子昂　你想报什么德，又想报什么怨？

商　鞅　卫鞅要报的是秦国君知贤识才之德，魏国君鄙贤弃能、两面三刀之怨！

公子昂　那你将我如何处置？

商　鞅　我要你先放回孟兰皋，然后率三军归顺伏降。我要魏国退还西河之地，然后献出河东、上党！我要看着你父王拜倒在卫鞅的脚下，让秦国在中原逞霸，天下逞强！

公子昂　如果你今日不把我公子昂安全送回魏营，孟兰皋断无生还之希望。

商　鞅　正是有此为天下而奋不顾身之人，秦国才能得以奋进！

公子昂　卫鞅！你——

［营帐四周乱箭齐发，公子昂中箭而亡。

商　鞅　我要以你的人头祭我孟兰皋的英灵！

［追光照射着身心疲惫的商鞅。

商　鞅　我杀了公子昂，我断送了孟兰皋。一个是我儿时的旧友，一个是我现在的至交。可是我的面前已经没有了退路。我要胜利才能成功，我要成功才能胜利！我已经把我所有的爱都化作烈火来浇铸秦国这只大鼎了！兰皋兄弟，我这么做，对吗？

［孟兰皋持剑立于高台之上。

孟兰皋　大良造，先生来到秦国，努力变法，使秦国以夷狄之邦崛起于西垂，一统中原之大势将成。望大良造为秦国万民图强，以一统天下之大仁而捐小义，光复失地，东进中原。孟兰皋虽死无憾，只请大良造在咸阳宫外、冀阙之上，刻下孟兰皋的姓名。孟兰皋将含笑而感德于九泉！

［追光灭。

商　鞅　（猛地站起）尸佼！兵发中原！

［追光下，景监出现。

景　监　国君诏曰："西河之战，大获全胜。魏国闻风丧胆，已将国都东迁大梁。大良造功勋盖世，特赐封商、乌两地共一十五城，准乘五驾车马，尊为列侯。"

［暗转。

［商君府邸。

［赵良衣着缟素，立于当户。

［骖驾之声：马蹄得得，銮铃锵锵。

［士卒上。

士　卒　商君车驾回府！

［庭院各处纷纷响应。

［商鞅气派地上。

商　鞅　（意外地）赵博士？

赵　良　（冷冷地）商君率军破魏，凯旋而归。国君封土十五城，赐爵位尊列侯，功盖天地，臣仆理应前来道贺。

商　鞅　……（沉默良久）可你赵博士白衣素服，披发左衽，是道贺还是致哀？

赵　良　孟兰皋为商君的马前之卒，孤身入敌，以一身之性命换取商君今日之显赫，我不致哀谁来致哀？

商　鞅　当年卫鞅孤身入秦，游说国君变法，朝廷之上，多亏赵良兄暗中鼎力相助，才使鞅某有了今天的局面……

赵　良　（打断）你还能记得？不胜欣慰之至！

商　鞅　……更何况赵博士令弟子孟兰皋辅佐于我，忠心耿耿竟以身殉国，更使商鞅痛心不已。

赵　良　痛心不已？呵呵！挖下陷阱，布下圈套，以孟兰皋为钓饵，引公子昂受骗。如此周密策划，诡诈阴险连孙武都要逊你一筹！你是喜不自禁，岂能有痛悔之心？只怕是自欺欺人吧？

商　鞅　赵博士，如果相信鞅某并非巧伪奸邪之徒，鞅某拜请赵博士再度出山。你我勠力同心，将大秦之宏图大展于天下……

赵　良　赵良现已走出是非之地，乃淡泊名利之人。我是怕自己听君一席话而顿起名利之心，我岂敢说你！

商　鞅　今天的赵良与二十年前的赵博士简直判若两人！

赵　良　因为商君与卫鞅已经今非昔比！

商　鞅　卫鞅之心一成不变！

赵　良　不！你看你所居广宇大厦之奢华；你看你乘着五驾马车，前呼后拥，摇旗呐喊，招摇过市的气焰；再看你锦袍加身，金印紫绶，峨冠博带之威风——骄奢之至，无以复加！无以复加！

商　鞅　我所得所居，都是国法所定，国君所赐，有哪条违背了秦国的律条而使你们如此嫉妒？既然你是淡泊名利之人，为何却对我这些耿耿于怀？

赵　良　只怕不是赵良一人心地狭隘，朝野上下都在嫉恨着你！

商　鞅　你们只见我高爵厚禄，难道你们没见我为秦国鞍马劳顿、心力交痒吗？

赵　良　“毛羽不丰满者，不可以高飞”！

［沉默。

商　鞅　“毛羽不丰满者，不可以高飞”？“毛羽不丰满者不可以高飞”！……你是指秦国？

赵　良　不，我是指你！

商　鞅　那秦国呢？秦国的毛羽不正日渐丰满，期待着振翅高飞吗？想当初秦国只是西垂之地的蛮邦异族，在天子与诸侯面前是不屑一提的区区小国。自从变法以来，连伍什，开阡陌，初税亩，平度量，颁法律，促农战。国，日见其富；兵，日见其强。天子致霸，诸侯毕贺。东向中原而六国胆寒，魏国东迁大梁而秦国移都咸阳！这，难道是我商鞅一人之显赫？

赵　良　上有国君之圣明，下有百姓之努力。左右，还有尸佼、孟兰皋划策辅佐，景监与赵某人为你响应！你岂能贪天之功为一己之力？

商　鞅　若无商鞅，断无今日之局面！

赵　良　正是你这般狂妄，才遭人嫉恨！

商　鞅　不狂妄，何以能挽大秦国于衰微之中？恕我直言，假如没有孟兰皋这样舍生取义献身天下马前之卒，没有像商鞅这样为正天下而一意孤行之人，而都如赵兄这样保身心、全名节、避是非、躲危难，秦国，只怕依然是戎狄蛮夷，教化不成！

赵　良　（被激怒）避是非，躲危难，是怕犯妄言之罪而被诛于商君之手。要是我为此而牺牲，岂不贻笑天下，我向谁诉冤？

商　鞅　商鞅专横不至于此！

赵　良　公子虔前车之覆，后车可鉴！

商　鞅　不为慈爱而枉法，不为亲情而害国！法令既出，上有违，下必犯！这点，你难道不清楚？

赵　良　清楚！可是我旁观商君，有今天之荣华，必有明日之祸灾。这点，也许你并不清楚！

商　鞅　（神色黯然）……未必不清楚。

赵　良　那，赵良今天反正已丧服在身，就冒死进言了！

商　鞅　请！

赵　良　观商君二十年之作为，确实是经天纬地之才。好比是一匹千里马，不可多得。可是，如果有一百匹马来讨伐你这一匹千里马，你纵然有千里之能也势必倒毙于中途！

商　鞅　是啊，那为什么不让这千里马一马当先，百马随之而奔腾，却要以百马去讨伐这千里马？

赵　良　因为谁也不想被证明自己是一匹劣马！

商　鞅　赵博士，莫非商鞅东伐西讨，南征北战，迫使魏国让出西河，实现了国君心中夙愿，倒反而得罪了朝廷，致使群臣大张挞伐吗？

赵　良　商君，你知道你的威势何在？在国君。如今国君身染重病，太医束手无策。一旦国君捐世而去，只要有人说一声商鞅必除，只怕天下一呼百应！

商　鞅　（哑然）依赵博士之见，我怎么才能避开这祸灾呢？

赵　良　归还十五城封地，急流勇退，辞官还乡。只有这样也许还能稍享田园之乐，全身保命。

商　鞅　辞官爵，退封地，享田园之乐？这就是说商鞅名存实亡了？商鞅不行商鞅之轨而步赵良的后尘，让商鞅在敌对者的围攻之下龟缩于窟穴之中以求全身保命，置秦国大业于不顾，这是商鞅吗？孟兰皋拼将头颅掷地，血染黄沙，就是为了这个结果？你枉为人师！商鞅宁死不能！

赵　良　千人之诺诺，不如一士之谔谔。赵良无非是为商君尽心而已。就此告辞！

商　鞅　不送！

赵　良　谢商君不杀之恩！（下）

［尸佼踉跄而上。

商　鞅　血？你怎么了？

尸　佼　（从袖中取出弩箭）商君！

商　鞅　怎么回事？

尸　佼　回府途中，身中暗箭。

商　鞅　谁敢如此大胆？

尸　佼　（指箭尾帛书）请看！

商　鞅　（念）“亡，可翘足而待之。”

尸　佼　……商君，尸佼自从投奔麾下，鞍前马后，也算得忠心耿耿；出谋划策，也算得竭尽能事。对秦国，对国君，对商君，我问心无愧。眼下，尸佼不再求功爵，只求商君放我生路一条！

商　鞅　你也要走？

尸　佼　虽然于心不忍，但实出无奈。臣不愿以忠心去换得不白之冤！武将死于血战，文官死于忠谏，这才是死得其所。死于非命，尸佼不干！

商　鞅　摆在面前的难道只有死路一条？

尸　佼　明枪易躲，暗箭难防。欲置你我于死地者，非止一人，前途莫测，望商君珍重！（欲下）

商　鞅　咸阳宫外，冀阙之上，可曾刻上忠勇将军孟兰皋的姓名？

尸　佼　……兰皋将军的姓名，将如日月之恒，光照千秋！尸佼惭愧了！（下）

［空旷的屋宇之下，只有商鞅一人孤零零的身影。

商　鞅　哈哈！商君！如何？一人之下，万人之上！如何？你悔吗？你恨吗？你将会叱咤风云、轰轰烈烈，还是土崩瓦解、灰飞烟灭？不！

还没到那一天！

［暗转。

［秦宫。

［丧乐低回。众老臣身着丧服，痛哭号啕。

［公子虔大恸上。

公子虔 国君！国君……

众　臣 虔公子！

公子虔 自臣下蒙罪在身，自惭形秽，不敢觐见君上，谁知君上竟溘然而去，臣……臣未能为君上分忧，罪该万死啊！

景　监 毕竟是虔公子，谆谆之心不禁令老朽涕零。

公子虔 哦，景大人倒还健在？

景　监 托大人的福，至今尚未糊涂。

公子虔 不糊涂就好！

景　监 国君视朝——

［现为惠文王的太子驷上。

众　臣 臣等叩见国君！

太子驷 赖先君荫护，太子即位。将百年社稷委于寡人年轻之身，怎敢有懈怠之心？悠悠万事，以社稷为大。望列位元老忠心辅佐，将先君宏愿继承而光大之。

公子虔 臣以为：先君在世，短短二十余载，便使我大秦之国定都咸阳，坐视中原。先君之功德，勋烈辉煌。然如今朝野上下，言必称商君之法；冀阙之上，所载所记无不是商鞅所作所为。这将置先君于何地，置国君于何地？

公孙贾 就是！商鞅怎可不除？商鞅所订之法怎可再行？

众　臣 商鞅乃国之所害，君之所患，必须剪除！商君之法，必须废除！

公子虔 不！商鞅之法，不可不行；商鞅之人，却不可不除！

公孙贾 对！用商鞅之法，除商鞅其人！

太子驷 景监。

景　监 在。

太子驷 宣诏！

景　监 （阅诏）……太傅大人，你可算得是个忠臣？

公子虔 景监，宣诏！

景　监 国君诏曰："商君卫鞅，自封侯以来，自尊为主，违拗上意，致使天怒人怨，众愤难平。新君登基，依然恃才傲君，不假而归，图谋不轨。依先朝之法，谋反者，夺其封爵，处车裂之刑！"……老臣一生无所作为，惟荐商鞅于秦，引以为豪。（猝然倒地）

［切光。

［追杀声起。

［特写光照射着愤懑的商鞅和那架曾经显赫过的战车。

商　鞅 天！天！说什么天道好还！你天聪何有，天理何在！

［姬娘上。

姬　娘 亥儿，你在哪里？

商　鞅 姬娘？母亲……（相拥号啕）你怎么在这个时候来了？

姬　娘 因为那一天已经来了。

商　鞅 总以为，在那一天到来之日，能让亥儿报答母亲的恩德。未料到，却在此时此刻，让母亲受了亥儿的连累。

姬　娘 不！娘高兴。为娘的生下了一个孽种，这个孽种没有被人杀死，他整整活了五十二年——难道这还不够吗？

商　鞅 什么？亥儿乃是你亲生？

姬　娘 我生下了一个孽种，这个孽种让奴隶见了天日，令显贵们变色，难道还不够吗？这个孽种令山川易位，乾坤倒转！难道还不够吗？

商　鞅 （撕心裂肺地呼唤）母亲——

[追杀声起。

商　鞅　母亲，他们追来了！

姬　娘　你的马车呢？让为娘的来坐上一坐！

商　鞅　（将姬娘扶上车）娘，我们往哪里去？

姬　娘　哪里不能去？哪里不是我们的归宿？

商　鞅　好，娘，我们走！驾——

[马车在旷野之中肆意驰骋着。

姬　娘　百姓们，奴隶们！这是我的儿子商鞅，他就是为秦国变法的商鞅！他不光是我的儿子，也是你们的儿子！

[空旷的原野杀声四起，箭镞飞射。

[商鞅终于被这乱箭射中，然而他和姬娘相互支撑着屹立在箭雨之中。

[熊熊火焰在宽阔的原野上蔓延着。

商　鞅　（独白）太阳落山了，太岁星又将升起来，黑夜又将这天地笼罩。而我，将在这腾腾的烈焰中化为灰烬！你是想照亮别人的，可是你就得先烧毁你自己；你不过是想将人间变得温暖，可是你就得烧毁你自己！你被你自己点燃的火焰吞噬了！火光，照亮了别人；温暖，捐给了大地。而你呢？（顿）你在哪里？你只是一片灰烬而已：风可以卷走你，水，可以冲走你，然后，这里就再也没有你的踪迹。（猛然）姬娘，我就是这无情的烈火！

[商鞅与姬娘如雕塑般矗立在那曾经辉煌过的战车之上。

[幕缓缓落。

[剧终。

（1996年演出本）

话剧

www.com

编　剧

喻荣军

作者小传

喻荣军（1971— ），男，安徽含山人，现为上海话剧艺术中心艺术总监、上海文广演艺集团副总裁。

时间　网络时代

地点　城市与网络之间

人物表

艾　扬　28 岁，外企总经理秘书；网上用名“渔夫的泪”

陈　卓　29 岁，沉着电脑公司副总经理及董事；网上用名“城市困兽”

夏　炎　23 岁，外地来沪，某外语大学法语系四年级学生

Sean　35 岁，(音肖恩)在洛杉矶开一家小的中餐馆，一个土生土长在美国的中国人

舞台空间随意性很大。城市与网络，现实与虚拟交织。

一

[空寂的舞台。一声悠远的花儿扯开黑暗的舞台空间，撕人心肺。质朴高亢的男声喊唱出发自心底的歌儿。

双扇扇门儿单扇扇开，
叫声干哥哥快进来，
双手儿解开那红裤带，
干哥哥上炕来……

[歌声渐逝。嘈杂的重金属摇滚从深远处似有似无地飘过来，音乐声越来越响，充溢舞台空间。

[音乐声在最响处突然而止。死一般的沉寂。少顷，随着几下清脆的夸大的敲击键盘的声音，Modem 的蜂鸣声越来越响。

[灯光渐起，程卓闲坐在台式电脑桌前，他悠闲地小口地品着咖啡，抽着烟，随意地敲击着键盘，动作很潇洒。他移动着鼠标的样子像是在玩。

程　卓　(惬意地)Come on，come on!

艾　扬　(另一空间，调皮地)你好，困兽。明天又是星期五，又要到周末了，时间用某种东西隔开时，过得真快！嗳，如果真的没有分分秒秒小时年月，你说，生命不就是变得无限了吗?

程　卓　俗!

艾　扬　困兽，说真的，你的名字很特别，每次这么叫你的时候，真有种被虐待的感觉，想亲近你，却又不敢。你的名字，总让我想起一只让雄性激情浸泡着的动物，就像非洲草原上的猎豹，或者是城市阴沟里的耗子。

程　卓　耗子？

艾　扬　这已是你第三十八次向我要照片了，答案你是知道的。就像那一句名言，你能把太平洋的水全都倒出来吗？

程　卓　不能。

艾　扬　不能，所以我不能把照片给你。今天晚上就写到这儿吧！明天早上见！

程　卓　（急速地敲击着键盘写回信）哦，渔夫的泪，可我每次叫你的名字都这么别扭？不过每次读你的信我都兴奋不已，不，欲哭无泪，就像你，渔夫的眼泪。那种感觉很特别，那就像一杯过期的外国冰淇淋在我胃里的上半部分消融着。你知道吗，在这个偌大的城市里能称得上困兽的，除了人便是耗子了。所以如果你喜欢耗子，也就是说你喜欢我。你看，外面阳光明媚，该到了生物们发情的时候了。如果发情能证明一个人活着，那我们都活得不错，是吗？但愿你花期常在。城市困兽，一个被称作耗子的男人！

［夏炎穿着睡衣上。

夏　炎　一大早就给你的网上情人发信呀？

程　卓　只是收发一下 EMAIL！没别的。

夏　炎　别，我又不是你老婆，你用不着瞒我！

程　卓　我没打算瞒任何人。就算是，也只是不想让你伤心罢了！

夏　炎　你这个人真的挺狠的，换句话说就是贪心。你看你，家里有个很能干的老婆，外面有个很不错的情人，至少我还有这个自信能称得上不错。另外，网上还有一个，也许一打。你说，你这么对待生活的态度，是不是太靡滥了点？

程　卓　你说话像我妈。知足吧，对你来说，我的生活是透明的！知道我们为什么在一起吗？那是相互需要，干吗把事情弄得这么复杂呢！单纯一点，好不好？

夏　炎　噢，忘了跟你说了！

程　卓　什么事儿？

夏　炎　你这人挺损的！

程　卓　你喜欢！

夏　炎　你爱你老婆吗？

程　卓　爱！

夏　炎　那网上的那个爱吗？

程　卓　当然！

夏　炎　那你爱我吗？

程　卓　我需要你！

夏　炎　（扼住程卓的脖子，大声地）讨厌！说，说，说爱我……

程　卓　（喘不出气，突然甩开）别闹了？

夏　炎　（被甩开，有些不自在，强忍着）你知道流氓吗？

程　卓　如果你不是指那部外国名著的话，我是！

夏　炎　（笑）有时候真的觉得特别恨你！

程　卓　那是因为爱得太深的缘故！你知道，性爱与爱情的区别吗？爱情发自内心，往往很深，爱得越深就恨得越深，而性欲却只有几寸深浅，想恨都恨不起来。

夏　炎　别老是这么直截了当，好不好！我是个小女人，需要的是甜蜜的谎言。

程　卓　用来麻痹自己？（猛地抬起头来）其实我挺爱你的？

夏　炎　真的？

程　卓　什么？

夏　炎　爱我？

程　卓　骗你！

夏　炎　讨厌！

程　卓　（止住）STOP！（看着电脑屏幕）情人在线！

夏　炎　什么？

程　卓　她上网了！YEAH！她今天早了四十七秒！（接下来，程卓专心于他的电脑，飞快地敲打着键盘，几乎忘了夏炎的存在。）

程　卓　Hello！我的小泪人儿！

艾　扬　（另一空间）HI！困兽！我的名字是渔夫的泪。

程　卓　当然，连渔夫都哭了，能不可怜？情绪不好？

艾　扬　天气不好！

程　卓　老公不在？

艾　扬　不在又怎样？

程　卓　（兴奋地）老公不在，思春的季节！

艾　扬　（笑）没正经的，那你老婆呢？

程　卓　刚才她还跟我谈了半天的爱情，被我教训了一通！

夏　炎　太搞笑了，谁他妈是你老婆！做梦！（冲过去在程卓的键盘上乱打一气）

程　卓　（制止夏炎）你，你干吗呀？

夏　炎　干吗？你老婆生气了，不行吗？

艾　扬　怎么了？一通乱打？

程　卓　没什么？一提起老婆心里就乱！（看了夏炎一眼）不提她了！

夏　炎　（笑了起来）这还差不多！

程　卓　（对夏炎）女人就是容易满足！

夏　炎　说谁呢！

程　卓　（对夏炎）好了，好了！你没看我正忙着吗？

夏　炎　求我！

程　卓　（对夏炎）求你？OK。看我今天晚上不整死你？

夏　炎　嘿，嘿，今天是星期五，该回家了，当心你老婆吧！一个结了婚但一个星期没碰过男人的女人，你可真要当心点哟！

程　卓　（对夏炎）你……

夏　炎　泡你网上的情人去吧！Bye-bye！噢，你桌上的五百块钱我拿了，今晚我要请我们的老师吃饭，期中考试还指望他能放我一马！你放心，只是吃饭而已！Bye-bye！

艾　扬　野兽，说话呀！喂，你还在线上吗？

程　卓　在的！只是刚才你提起我老婆又让我想了很多，所以刚才我的思绪飘过去了一会儿，跟她赔了个不是！

艾　扬　嘿嘿，你在思考?！如果不是大尾巴狼的话，习惯于思考的男人才是最成熟的男人。尤其是那种外表冷漠而内心孤傲的男人。知道吗？我小学二年级的时候就爱上了高仓健！

程　卓　嘿嘿，现在可流行好男人！呼机、手机、商务通一个都不能少。

艾　扬　虚伪的爱好！

程　卓　是啊！城市越大就越冷漠！人们也就越虚伪。时常觉得自己莫名的孤独！能体会那种感觉吗？一个在城市森林里用孤独的心呼吸的雄性动物。那骨子里渴望征服的欲望，只能掩蔽在自己虚伪的外表之下。

艾　扬　如果这样的男人躺在我怀里，让我用心去抚慰他流血的心灵，慈爱在我心里溢出，温柔会毙了他的！

程　卓　Cool，有这样一幅图画，苍茫的草原上，夜幕低垂，危机四伏，受伤的雄豹屹立在山巅，以他惯有的英姿保护着他的领地。血从他的腹部流出，身边的草地早已浸染。不远处，一只雌豹怜爱地看着，她想帮他舔舐伤口，可她不敢！她伏在那里一动不动，可她心里流的血染红了天边最后一抹晚霞。

艾　扬　后来晚霞变成的朝霞！

程　卓　那已是第二天的早晨，朝阳普照大地，领地里所有的豹子都安全地迁移了，他们有了新的头领。

艾　扬　山顶上，只剩下雄豹还屹立着，他注视着远方。雌豹舔舐完了草地上所有的血，抚平雄豹的伤口，永远地伏在他爱人的身旁。

程　卓　风带走他们的最后一次呼吸，他们都僵硬了。不远处，鬣狗在不安地游走着，天空中，秃鹫在上下地盘旋着。

艾　扬　一天，两天，三天。

程　卓　许多天过去了，雄豹还立在那儿，雌豹还伏在那儿，鬣狗秃鹫在那儿忙碌着，直到他们成为一堆白骨。

艾　扬　如果你现在能看到我的眼睛，你一定会发现它早已浸满了泪水。我真的很感动！那是爱情！（拿起镜子照了照，用跳出的语气自言自语地）唉，都不会哭了，连眼泪都挤不出了。

程　卓　动物的爱情！

艾　扬　（拿起镜子，开始化妆）人类早已失落掉的爱情！

程　卓　城市就是那夜幕下危机四伏的草原！

艾　扬　你会是那只雄豹吗？

程　卓　我不知道，因为这里更多的是鬣狗与秃鹫，只是为了忙于生计而急于觅食！

艾　扬　你干吗不问我？

程　卓　问我什么？

艾　扬　问我愿意不愿意成为那只雌豹！

程　卓　当生活中不存在诱惑时，所有女人都会是那只雌豹，因为那是所有雌性动物包括人的本能。

艾　扬　(放下镜子)算了,我要迟到了!下星期一见!你总是让我思索很多!

程　卓　人们一思索,上帝就发笑!

艾　扬　不要嘲笑我,不过,现在我的心情真的不错,再见!

程　卓　再见!代我向你的老公问好!

艾　扬　OK!代我向你的老婆问好!

程　卓　你先下线!我要看着你下!

艾　扬　唔,挺有绅士风度!再见!

程　卓　再见!

［程卓关了电脑。仔细地穿戴好衬衣西服,提着笔记本电脑下。

［艾扬打一个呵欠,抬腕看了看表。

艾　扬　怎么搞的,又要迟到了!糟了!

［她拿起双肩包,匆匆忙忙地下。光暗。

二

［灯光起。柔和的灯光下,一切都那么的温馨。桌子上放着一瓶红酒,还有一盒蛋糕。艾扬坐在立地台灯下翻看着 ELLE。少顷,她看了看表,立起身,走到窗前向外面张望着,显得有些不耐烦。于是她走到电脑面前,打开电脑。

艾　扬　(敲了几下键盘,突然她像是来了精神)Hi, Sean!

Sean　(另一空间里)Hi,艾扬!

艾　扬　这么早你还在线上?你知道,现在美国西部时间才早晨六点!

Sean　其实五点钟我就起床了!我睡不着!Jet lag!

艾　扬　What?

Sean　思绪总找不到！

艾　扬　怎么了？

Sean　想你！I do miss you！于是我就上线了，我一直在等你！一边给你写信一边等你！

艾　扬　（沉默了一会儿）别这样，Sean，你知道我有丈夫，而且我爱他！你赢不了的。

Sean　可这并不妨碍我喜欢你！你知道喜欢好的女人，这是男人的天性！我控制不住地想你！噢，我收到了你 EMAIL 过来的照片，你真漂亮，比我想象的要漂亮得多！

艾　扬　谢谢！

Sean　我一直在想，如果有一天我能娶到你，那我这一生便知足了！

艾　扬　其实你并不了解我！你说这话并不负责！

Sean　只要你给我时间！

艾　扬　谈点别的吧！

Sean　当然，我并不想让你不高兴或者不开心！问你一个问题，为什么这么晚还上网？今天是星期五，你丈夫应该在家！

艾　扬　我在等他。

Sean　可我一直在等你。

艾　扬　（笑）今天是他生日！

Sean　那他应该在你身旁？噢，可怜的女人，被丈夫冷落了？如果他这样，告诉我，让 Sean 去揍他，替你出气！

艾　扬　他马上就回来！

Sean　这只是你的希望，事实是到现在他还没有回来，而且今天是他的生日。

艾　扬　他工作忙！他说九点半回来，可现在才九点！

Sean　给自己找借口？

艾　扬　我是希望他能早点回来。

Sean　给你个惊喜？可是，我倒是希望他晚点回来！

艾　扬　为什么？

Sean　那我今天就赢了他！

艾　扬　赢了他？

Sean　是呀！我们是情敌！他退了一步，我就进了一步。他的优势在于他能经常与你在一起，而我与你隔得那么远，甚至我们都没见过面。可我的优势就是他在明处，我在暗处！

艾　扬　像个KGB，能不这样说吗？

Sean　对不起，你就当我在说笑，行吗？我只是希望你能开心。你知道，自从我妻子去世后，我还从未有过这样的感觉，这甚至比过去更强烈。本来我以为我这一生再也不会去恋爱了，因为我害怕。可是你让我又有了冲动。我不想骗我自己，我爱你！别生气。

艾　扬　我干吗要生气，能被别人爱并不是件坏事。

Sean　你这么说的哟！

艾　扬　但至少我没暗示你什么！

Sean　可我明白。

艾　扬　（岔开话题）你的生意怎么样？

Sean　挺好。现在这儿吃中国菜的人挺多，噢，对了，我前几天雇用了一个厨师，是上海人，招聘的时候，他一说上海话，我立即就雇用了他。

艾　扬　这么草率？

Sean　为了你，我愿意……

艾　扬　可你答应过我，你不会跟任何人提起我……

Sean　这你放心！我是不会跟他说的。上海的天气怎么样？

艾　扬　晴天，现在的街头，灯火阑珊，最适合散步！风不大，很舒服！

Sean　如果我在那儿，我一定会陪你出去，我相信那会更舒服！

艾　扬　Sean，我要下线了！我丈夫他要回来了。

Sean　Well！那你多保重，周末愉快！

艾　扬　谢谢！再见！

Sean　再见！Take care，I love you！

[Sean 下。艾扬关上电脑，走到窗前看了看，转身走到灯下坐下，继续翻看着手里的 ELLE。

[舞台的一侧，程卓和夏炎并肩上。

程　卓　好了，我得回去了！她还在家里等我呢！

夏　炎　现在九点二十分，还有十分钟呢！

程　卓　你不要这么刻薄好不好？一个星期你有五天，而她只有两天，她可是我老婆！

夏　炎　程卓，你这叫对她忠呢还是不忠呢？

程　卓　别闹了！

夏　炎　是呀！我应该是知足了。(苦笑)今天是你的生日，你陪我吃饭而让你老婆在家里等你。(有些哭腔)我应该很开心是吧？

程　卓　怎么了？

夏　炎　我不知道？我知道我不该这样？打一开始你就跟我说明了，什么时候我们开始动真格的，那就该是分手了！

程　卓　夏炎，别这样，啊！至少我并不想欺骗谁，你知道，我只是个男人，一个自私的动物，可我并不想害谁，也不想亏待我自己。也许我真的是个不道德的家伙，我不想给自己找什么理由，比起那些花几个钱找个女人上床的男人，也许我罪孽更深。

夏　炎　程卓，我不怪你！

程　卓　我是不是应该学会内疚？

夏　炎　我不想让你内疚。

程　卓　只是……(欲说又止)

［沉默。夏炎掏出支烟自己点上,然后放在程卓嘴上。程卓默然地吸着。

夏　炎　今晚……你会和她上床吗?

［沉默。

夏　炎　(吐了一个烟圈)你说,你会吗?

程　卓　别,别!

夏　炎　不,不,我要你说,你说,你会吗?

程　卓　(突然扔掉手中的烟)你真的想知道?

夏　炎　我……我……

程　卓　你说呢?

夏　炎　(妥协地)我只是问问,就当我没说!

［程卓看了下手表。夏炎直直地盯着他,最终她似乎放弃了什么。

夏　炎　(把手里的一束黄玫瑰递给程卓)这花送给她!算是你给她的礼物!

程　卓　(吃惊地)给她?

夏　炎　是呀!本来也没打算送给你!再说,也不想让你亏待她,人家一直在等你呢!

程　卓　你喜欢黄玫瑰?

夏　炎　因为红玫瑰表示爱情,你给她红玫瑰我会嫉妒!

程　卓　那黄玫瑰就行了?

夏　炎　黄玫瑰表示忠诚!

程　卓　你讽刺我?

夏　炎　我希望你能对她忠诚,也能对我忠诚!

［程卓拿着花一时间愣住了。

夏　炎　（走近程卓）程卓，能抱我一下吗？

程　卓　就在这？

夏　炎　就在这。

［程卓张开双臂，他们紧紧地拥在一起。夏炎小声地抽泣起来。

程　卓　好了，夏炎，别这样？知道吗？我死后会入地狱的。（夏炎急忙制止他，可程卓坚持说完。）都说像我这样的人，入地狱后会被阎王爷锯成两半，老婆与情人一人一半。

夏　炎　（出神地）那我要还是不要？

程　卓　什么？

夏　炎　你的一半呀！你老婆是好人，她死后应该会上天堂的。

程　卓　天堂？

夏　炎　是呀，那我就能得到你的全部了！

程　卓　（突然感动地推开夏炎，看着她）夏炎，也许我不值得你付出。

夏　炎　（怔怔地看着程卓，突然抱紧他）我想咬你一口！

程　卓　咬我？

［突然，夏炎猛地贴在程卓的肩上，狠命地咬着他的肩不放。程卓把她抱得更紧，窒息般的疼痛，他张大了口，拼命地忍受着。

［夏炎猛地推开程卓，逃也似的跑下。程卓怔怔地朝着她跑下去的方向看着，转身把脸贴在花上，深深地吸了一口气。

［另一演区的灯光起。程卓手握着黄玫瑰走过去。

［艾扬发现程卓走过来，悄悄地藏在身后，猛地在他的肩上咬了一口。旧伤新痛一齐来，程卓痛得惨叫一声。

艾　扬　对不起，对不起，我不是故意的。

程　卓　（掩饰地）没……没什么！

艾　扬　谈得怎么样？

程　卓　还行！

艾　扬　晚饭吃了吗？

程　卓　吃过了！你呢？

艾　扬　没有，想等你一块吃！

程　卓　你知道我会在外面吃的。

艾　扬　我不饿。

程　卓　喏，这花我是送给你的。

艾　扬　黄玫瑰？

程　卓　（随口答着）忠诚！

艾　扬　谢谢！

程　卓　（坐下）一个客户……

艾　扬　我又没怪你。

［艾扬点上蜡烛，然后又点上蛋糕上的小蜡烛。她拉灭灯，温馨的灯光下。她把蛋糕端到程卓面前。

艾　扬　程卓，祝你生日快乐！（程卓欲吹灭蜡烛，被艾扬制止。）许个愿吧！（程卓听话地合掌许愿，然后睁开眼，猛地吹灭蜡烛。）

［在蜡烛的熄灭的轻烟中，他们默默地对视着。

程　卓　我刚才许愿说你死后不会上天堂！

艾　扬　你才不会上天堂呢！

程　卓　对，我是一个肯定要下地狱的人，所有才不想让你上天堂。

艾　扬　神经病！不过也无所谓，不管是上天堂还是下地狱，至少刚才你说的话让我感动！

［她转身弄了两盘蛋糕，递一份给程卓。

程　卓　我吃不了那么多，你知道我在外面吃过了。

艾　扬　今天是你生日，当然得吃。这是我特为给你挑的，你最喜欢吃的那种。

［程卓开始吃蛋糕。

艾　扬　好吃吗？

程　卓　嗯，好吃。

艾　扬　那再来一块。

程　卓　（为难地）实在吃不下了。

艾　扬　你能搬回来住吗？（程卓沉默）喂，我问你话呢！

程　卓　（放下手中的盘子）干吗我每次回来你都要问？我搬回来了又有怎样？能改变点什么吗？上次我不是搬回来了吗？又怎样？什么都没有变，我……

艾　扬　你干吗这么大声，怎么了？

程　卓　（试着静下心来）可你总是问？

艾　扬　可这是问题呀？

程　卓　那你干吗总是问？

艾　扬　你说我们这是怎么回事呀？

程　卓　你问的我怎么知道？

艾　扬　是问题就总得解决吧？

程　卓　是呀，那我们不是在解决吗？

艾　扬　解决什么了呀？

程　卓　是呀，我们不是试着分开了住了吗？一个星期七天，分开五天，只是两天在一起，你还要怎样？

艾　扬　可这并不是问题的关键所在？

程　卓　那你说问题在哪？

艾　扬　我不知道。

程　卓　不知道，那你刚才说这不是问题的关键？

艾　扬　我不就是想让你回来住吗？我怎么了呀？你不搬就算了，你爱怎么住就怎么住好了，你以为我希望你搬回来呀？

程　卓　刚才是你提的。

艾　扬　可我只不过是提提……

程　卓　艾扬，我们能不能不吵，今天是我生日，我们开心一点，好不好。

艾　扬　是呀，你当然开心了，你一个人在外面逍遥，我却像傻子一样在家等你。

程　卓　我不是这个意思，我不是跟你说过了吗？我有一个客户。

艾　扬　那你为什么就不能牺牲一点？

程　卓　那你为什么就不能牺牲一点？

艾　扬　我不是已经牺牲了吗？等你等到现在。

程　卓　我不是指这件事。

艾　扬　那刚才是你说的。

程　卓　我是指工作，我得工作吧，我得赚钱吧？

艾　扬　你以为我就不工作了？我又没花你的钱了。

程　卓　我又没说你花的是我的钱。我这么累，你就不能说点好听的。

艾　扬　我不是说了吗？再说，我凭什么说给你听，凭我在家等你老半天？

程　卓　我不是这个意思。

艾　扬　那你是什么意思？

程　卓　我的意思……我的意思干吗要说给你听？

艾　扬　你真他妈的没劲。

程　卓　才知道？

艾　扬　你……你就不能耐心一点，耐心地听我讲完。

程　卓　我都耐心了好几年了。

艾　扬　你怎么得理不饶人呀？

程　卓　本来就是吗！你以为我刚认识你呀，现在我没那份耐心了。

艾　扬　你到更年期了？

程　卓　你才更年期呢？你别牛，你试试，你他妈找个男人，不到三个月，准烦你。

艾　扬　那你干吗不找个来试试，你以为你有多好呀？你也不是个省油的灯。

程　卓　结婚都两年多了，我算是够有耐心的了。

艾　扬　哎，好像全是我的错了，你什么时候关心过我？

程　卓　我怎么就没关心过你。你说我们总吵架是因为总在一起，彼此都没了空间，于是我搬出去了。

艾　扬　那也是你自己想搬出去。

程　卓　公司离那么远，我有什么法子。

艾　扬　那你说得冠冕堂皇的，好像你是因为我才搬出去的。

程　卓　本来就是嘛。要不，后来，你又说这样不像夫妻，你要我回来住，我就回来了，可回来又吵。

艾　扬　那是你自己在找茬，你活该。

程　卓　我是活该，我是搬出去了啊，那你又说要我搬回来干什么？

艾　扬　你以为我想你回来呀？

程　卓　你以为我想回来呀？

艾　扬　我没那么认为。

程　卓　每天挂着个脸，像是欠了你一辈子似的。

艾　扬　谁每天挂着个脸？你说清楚。再说，我凭什么要给你笑脸，你算是哪根葱呀？你养了我了？你买了我了？你出得起那个价吗？

程　卓　那得看值不值得。

艾　扬　我就是白搭也不卖给你。

程　卓　你怎么说话都没了廉耻。

艾　扬　你才没有廉耻呢。（艾扬突然假装无所谓地唱歌。）

［程卓猛地坐在沙发上。沉默。

程　卓　为什么你总在这时候开始唱歌？

［艾扬并不理会，继续唱歌。程卓从桌上拿起蛋糕，正准备吃。

艾　扬　我说让你吃第二块吧！你又不吃，现在倒又吃了！（程卓生气地扔下蛋糕，突然他跑到房间里拿出一对哑铃开始锻炼，艾扬生气地冲过去站在他的面前。）

程　卓　离开点儿，当心砸着你。

艾　扬　（生气地离开）自虐！

程　卓　为什么你就不能心平气和？

艾　扬　为什么得要我心平气和呢？你为什么就不能宽容一点，你是男人。

程　卓　为什么男人就要忍耐女人，也就是说我总要忍耐你呢？

艾　扬　你忍耐我什么了？

程　卓　我们是夫妻，不是吗？

艾　扬　那又怎样？

程　卓　我跟你好好说话呢？

艾　扬　是呀，我是在好好说话呀！

程　卓　你这是好好说话吗？

艾　扬　我这怎么不是好好在说话呀？

程　卓　这不是绕口令。

艾　扬　谁跟你绕口令了？

程　卓　你就不能不说呀？

艾　扬　我又不是哑巴，我为什么不说？

程　卓　那你说吧？

艾　扬　我偏不说。

程　卓　你不说，我说。

艾　扬　那你说好了。你说，你说啊？

程　卓　我……（一时语塞）有病。

［灯光暗。

三

［灯光起。灯光下，程卓坐在电脑面前。夏炎坐在他面前的电脑桌上，跷着腿。Modem 的蜂鸣声越来越响。

程　卓　说好的！不闹的！说话要算数！

夏　炎　那得看你的表现。不过，你放心，我只是想看看你是怎样欺骗别人。

程　卓　在网上我从不骗人，那时候的我最真实！

夏　炎　什么意思？

程　卓　因为没有面具。

夏　炎　你这么相信网？

程　卓　其实是相信自我。

［夏炎掏出支烟点上，然后放在程卓的嘴上，然后自己又点上一支。

程　卓　（敲了几下键盘）喏，她在线了。

［另一束灯光起，艾扬出现在另一空间里。

程　卓　你好，让你久等了！

艾　扬　没什么！你一贯守时的。

艾　扬　这几天还在思考吗？

程　卓　思考？当然，这现在都成了我的一种习惯。

艾　扬　还在想那只干死的雄豹？

程　卓　草原上的草深了，连长颈鹿就快看不见脑袋了。

艾　扬　野兽，你知道吗？你的豹子理论倒让我想了很久！我不知道在这座城市还有没有那只雄豹。我总觉得这座城市拥有了过多的雌性激素，男人甚至丢掉了应有血性，温顺得像只绵羊。是的，是到了青草茂盛的时期，动物们已不习惯血肉的腥味，可至少也应该有几只不吃草的豹子吧！

夏　炎　太搞笑了！哪有吃草的豹子？

程　卓　也许会有，站在街头看着熙熙攘攘人群，总让人想起忙碌的雨林，一切都是那样的热闹喧嚣。可你知道吗？雨季过后，这里一片寂静，只是凶残像蜂群一样在林间掠过。城市里，人们的内心正如雨季过后的荒林，那种独处后的恐惧与不安构成特有的冷漠。

艾　扬　冷漠让人害怕，让人不知所措。站在他面前我不知道我该说些什么？我喉咙里发出古怪的声响并不能表达我的意思。屋子里只留着一盏灯，昏黄的灯光包容着我的孤独，我不知道穿过四壁，我仅有的热情会散发多久，明天，我还得重复今天，而今天却只是昨天的COPY。

程　卓　是啊！这是我们作为人的处境。很多时候发现自己真的迷失了，明白过来时，发现自己老了。记忆里储存的东西太多，虽然我不担心我的内存，但如果有一天我的头脑也能格式一下就好了！不管是386还是奔腾Ⅲ，只要通上电源我还是原来的我，就像刚出厂的那样，一切都是新的！

艾　扬　那你是386还是奔腾Ⅲ？

程　卓　不知道，也许只能算是一台曾经风骚一时的苹果机！

艾　扬　可毕竟风骚过！

程　卓　对，风骚过？嘿嘿！（沉默）

艾　扬　野兽？怎么不说话了？又开始思索了？那好，我等你，给你思索的空间。

程　卓　我不知道为什么？其实每次我们聊天，我发现我们的心贴得很近，我们都小心地躲避着什么，可我甚至能感受到你的呼吸。

艾　扬　这是你思考的结果？

程　卓　不，这是我由来已久的感觉！在这虚拟的空间里，我们的灵魂相见了。

艾　扬　可是我们是真实存在的！

程　卓　我看不见你，听不到你的声音，那是一种非常纯的感受，一种真空状态！

艾　扬　如果你敞开心扉，这里便是天堂。如果心怀歹意，这里便是地狱！这就是网！INTERNET！

程　卓　不，应该这么说，如果你敞开心扉，这里便是地狱。如果心怀歹意，这里便是天堂！这就是网！INTERNET！虚拟的地方却真实到极致！

［电话铃声响起。

艾　扬　对不起，一个电话，稍等一会儿。（艾扬下）

［程卓抬头看着夏炎。夏炎却扭过头怔怔地看着前方。

程　卓　怎么了？生气了？我们只是聊聊天，你也知道，这并没有什么？

［夏炎把烟屁股扔掉，又掏出一支烟叼在嘴上。程卓掏出打火机给她点上。

夏　炎　（喷出一口烟）你是唯一愿意给我点烟而不在意我抽烟的男人！

程　卓　（对夏炎）那是你自己的事情！

夏　炎　我觉得我是烟花。

程　卓　（对夏炎）怎么了？

夏　炎　你点燃了我，让我在天空中炸开，当我最灿烂的时候，我照亮了你，也模模糊糊地看清了什么。可是……很快，便又是黑夜了，而烟花却只能亮一次。

程　卓　你太哲学了！

夏　炎　你刚才说什么来着？那我是几八六？

程　卓　笔记本。是预装了最新软件的笔记本，有待扩存升级！

夏　炎　你说得对，你老婆是硬件，而我只能是软件，对于男人来说，软件总是要更新的，而且盗版软件一直都很便宜，不是吗？（伤心欲哭）

程　卓　我只是说笑，瞧你，一下子就正经起来。

夏　炎　如果你不心虚，你怕我正经干什么？

程　卓　谁怕你了？你先去睡，我再聊会儿。

夏　炎　（突然爆发地）我就坐在这儿怎么了，到底是她重要，还是我重要，你知道她是谁吗？你甚至不知道她是男的还是女的？

程　卓　（妥协地）怎么了？真的是受不了你！总有一天要把你休掉！

夏　炎　能休掉那还叫好呢！至少还有个名分！（突然地）你会和你老婆离婚吗？

程　卓　（一时间僵在那儿）……？

夏　炎　（害怕地）我只是……我突然想到的，你知道，我……我嫉妒她。我知道我们先前就有条约的，虽然你没说，可我明白，因为你没有掩饰她。可是我喜欢你，我并不是为了钱，我喜欢你这个人。爱情应该是自私的，我曾经试着高尚起来，可是我办不到。我想吃了你，如果这样你就会成为我的了。程卓，你说爱情是不是不应该分什么先来后到的？

［沉默。程卓沉着脸直直地看着夏炎，非常陌生。

［最终，夏炎低下了头。

夏　炎　对不起，就当我没说。

［沉默。程卓依旧不说话。夏炎抬起头，点上一根烟放在程卓嘴上。

夏　炎　对不起，我并不想这样。真的，就当我没说！我不知道为什么，当你和网上的那个人谈得很投机的时候，你们的话我甚至不懂，这让我害怕，我心里特别的慌，真的，我好害怕，我甚至连她都怕，我真怕把握不住我自己。（抽泣起来）

［程卓张开手把她抱在怀里。

夏　炎　（依旧哽咽着）我真的不是故意的，我只是说说而已。

程　卓　夏炎，你想见她吗？

夏　炎　谁？

程　卓　艾扬，我老婆！

夏　炎　你老婆？

程　卓　你怕？

夏　炎　我干吗怕她？她应该怕我才对。见就见！

［夏炎想逃开，可程卓突然把她逼压在墙上，两个人如此近地对峙着，喘着气，像两只野兽。他们的目光缠在一起，突然，程卓一个抄手把夏炎扛在肩上。夏炎在他的肩上不停地捶打着他的身体。她不停地扭动着，可在他的力量下，她的挣扎只能徒增他的激情。

夏　炎　说真的，我不知道我喜欢你什么？可你这么吸引我。有时候我花你的钱，我拼命地花，我甚至想以此来惩罚你！

程　卓　哈哈，那你就对了，因为我给你钱时，我也是想这样来惩罚我自己。

夏　炎　（突然地大笑起来）绝！（抱住程卓）我们简直是臭味相投！

程　卓　对！臭味相投！（程卓肩扛着夏炎下场）

［艾扬急匆匆地复上。

艾　扬　（有些着急）野兽，你还在线吗？（失望地）又 DOWN 机了！

［灯光暗。

四

[灯光起。Sean 坐在电脑前，他似乎一直盯着屏幕。少顷，他站起身，不安地走着。一会儿，Sean 重又回到电脑前，依旧盯着屏幕，突然他惊喜起来，开始迅速地敲打着键盘。

[另一空间里，光起，艾扬出现。

Sean　哇，艾扬，晚上好！你终于上线了？

艾　扬　早上好！Sean！起床了！

Sean　不，我一夜没睡。

艾　扬　为什么？

Sean　想你！如果你有所感觉，昨天晚上就有一个颗心在你的头顶悬着。那是我的心，从昨天晚上起，它就飞出我的胸腔，我抓不住，它飞过了太平洋，在上海的天空中盘旋着，它不想再回来了。你知道，一个无心的人是睡不着觉的。

艾　扬　昨晚发生什么了？除了你的心飞走以外。

Sean　你看有心理感应了不是。这叫做心有心灵犀一点通。

艾　扬　到底发生了什么？

Sean　我把餐馆卖了！

艾　扬　把餐馆卖了？你不是经营得挺好吗？

Sean　我想自由一点，而餐馆让我脱不开身！

艾　扬　你什么意思？

Sean　没什么。艾扬，也许我们可能见面的。

艾　扬　这不现实，你知道我们有约定。

Sean　这不公平！至少你应该给我机会。

艾　扬　对不起。

Sean　你不要担心文化上的差异，虽说我是个 BANANA，但我的父母都是从大陆来的，从小我就受他们的教育，我从小就学中文，我们交往快四个月了，你知道我的中文水平。而且我很体贴，至少我不会像你丈夫一样把你丢在家里。而最重要的一点，我爱你。昨晚我等你一直到现在，就是希望能跟你说清楚。

艾　扬　对不起，我工作忙，让你久等了。

Sean　我不在乎等，好像这几十年都等过了，我还在乎这一夜？

艾　扬　Sean，你说的话的确让我很感动。可我有丈夫，我也爱他，爱情是不能一分为二的。

Sean　这我清楚，也许你不能爱我，但至少你也应该允许我爱你。我心里有东西应该向你表达，如果你认为这是自私的话，那你就当我是个孩子，溺爱我一回，行吗？

艾　扬　可毕竟现实与想象不是一回事！

Sean　但我们有基础，你见过我的照片，听过我的声音，同样我也见过你漂亮的照片，听过你甜美的声音。还有我们这几百封信和无数次的谈话。

艾　扬　可这并不能证明什么？

Sean　能问你一个私人的问题吗？在我们交往期间，你和你丈夫谈的话多，还是你和我谈的话多？（艾扬无语）问这个问题时，我甚至不需要你的回答。我不想强迫你，也不想给你天大的保证，因为现实的一切本来就很虚伪，有时候人们都需要一个面具。我并不想刻意地破坏你们的生活，可我也不想掩饰我喜欢你的事实，即便是在你丈夫面前，我也会这么说的。因为人生就那么几年，一个人连自己的感受都不敢对他所爱的人说，那也太苦了自己，又加上个虚伪的名声。对不起，我不想那样。

艾　扬　你是对的。有时候我甚至不知道该和我丈夫说些什么？

Sean　那你还和他在一起。

艾　扬　这是婚姻。

Sean　如果我得不到你，但愿你能从我身上得到些什么，至少是一些启迪，缘于不同的文化、环境和背景。但我始终相信一点，爱是世界的。

艾　扬　噢，你要上班了，否则你就晚了！

Sean　哈，下逐客令了。当然，不打搅你了，那再见吧！

艾　扬　我应该谢你，等了一夜。

Sean　这很值得，再见！（照着 Sean 的灯暗。）

艾　扬　再见！（猛地有所醒悟，自言自语地）一个人连自己的感受都不敢对他所爱的人说……

［她突然抓起身边的电话，拨了几个号码。

［电话铃声响起，另一束光跟起。夏炎拿起电话。

艾　扬　喂，程卓……

夏　炎　喂，你找谁？（程卓上）

艾　扬　（意识到像是打错电话）对不起，打错了。（挂上电话，重新拨号。）

程　卓　喂，谁？

夏　炎　一个女的。

程　卓　不是跟你说了吗？晚上的电话你不要接！你看都半夜了……

夏　炎　对不起，我忘了！（夏炎转身下。电话铃声又响起，程卓抓起电话。）

艾　扬　喂！程卓在吗？……

程　卓　艾扬，是我……

艾　扬　刚才我竟然拨错了号码！

程　卓　有什么事？

艾　扬　非得有事？

程　卓　我是说这么晚了，怎么还没睡？

艾　扬　不知道，只是心里有些乱。噢，昨天我去了你爸妈那儿。我把你上个星期给我的三十万块钱存折交给了他们保管。

程　卓　那也好！

艾　扬　还有，我把结婚证也交给了他们。

程　卓　结婚证？

艾　扬　我怕什么时候我们一冲动，吵起架来，就去办了离婚。有时候，我真的觉得……

程　卓　没事儿的。

艾　扬　那你现在好吗？

程　卓　我正在做融资计划，希望这次能弄成。

艾　扬　那不打扰你了。

程　卓　到底怎么了？这么晚。

艾　扬　真的没什么，只是突然想知道你在干什么？一个人心里乱。算了，不说了，你做你的事去吧！早点睡，我只是打个电话，我挺好的，别担心。再见！

程　卓　真的很好？

艾　扬　真的。只是打个电话。晚安！（艾扬挂了电话，呆呆地坐在沙发上。）

程　卓　晚安。（照着程卓的灯熄。）

［艾扬立起身，坐在电脑桌前，敲了几下键盘。

艾　扬　野兽，你好！现在是十一点多了，你在干什么？夜真静啊，可突然间却不知道自己身在何方……

［灯光急暗。

五

［灯光起。咖啡桌边坐着夏炎和程卓。

程　卓　现在后悔还来得及！

夏　炎　我为什么要后悔？

程　卓　紧张吗？

夏　炎　没有，只是感觉上有些陌生。

程　卓　陌生？对谁？

夏　炎　对你。

程　卓　我？

夏　炎　她漂亮吗？

程　卓　为什么这么问？不自信？

夏　炎　我只是想知道，想知道我的对手到底怎么样？

程　卓　我不是说过了吗？不是对手，是朋友。

夏　炎　我和她不可能成为朋友。你以为我是你的小妾呀！她肯定没有我年轻，也许也没有我漂亮，要不你是不会喜欢上我的，是吧？

程　卓　知道太阳与月亮吗？

夏　炎　太搞笑了！

程　卓　它们没法子放在一起比！

夏　炎　那我是太阳还是月亮？

程　卓　你是……你是她太阳的月亮，她是你月亮的太阳。（艾扬上）噢，她来了！

［夏炎慢慢地站起来，有些不知所措，明显地感受到了压力。

程　卓　(对艾扬)这是夏炎,大学生,今年毕业,现在帮我们公司做翻译。(对夏炎)这是我爱人,艾扬。

艾　扬　(大方地笑了笑)你好!

夏　炎　(有些紧张地笑着)你好!

程　卓　正好来这边谈点业务,就在你公司附近,所以想请你出来喝喝咖啡!

艾　扬　上班时间,我是逃出来的哟。

夏　炎　早就知道您了,没想到您这样?

艾　扬　噢,是吗?那你想我是哪样?

夏　炎　我……(一时语塞)

程　卓　你来公司少,对所有的人都是个谜!

艾　扬　是吗?

夏　炎　我去拿饮料。喝点啥?

艾　扬　可乐兑雪碧!

夏　炎　程总,你呢?咖啡?

艾　扬　不用了,一杯可乐,一杯雪碧,兑在一起,我和他一人一半就行了。

夏　炎　真的?(程卓尴尬地笑了笑)

[夏炎下。

艾　扬　我一会儿就得走,李总明天去新加坡,我给他的日程只准备了一半。

程　卓　只是想见见你!

艾　扬　怎么一下地变得这么体贴!难以适应。噢,对了,我去过你妈那儿了,我把结婚证又取回来了。

程　卓　放得好好的,你干吗又把它取回来?

艾　扬　我想,也许我们真的可以找个机会大吵一架,然后离婚。

程　卓　你真的这么烦我?

艾　扬　我是烦婚姻。

程　卓　婚姻?

艾　扬　我不知道,也许生活太过于乏味了,我们就都归咎于婚姻,也许婚姻本身没有错,有错的只是我们内心的一种欲望。这不能怪你!只是似乎到了快结束的时候了。

程　卓　你是不是有了别人?

艾　扬　怎么会呢?

程　卓　那你……

艾　扬　那你说这么维持下去又有什么意思?都癌症晚期了!

程　卓　不打算再努力一下?要不,明天我再搬回来住,让我们共同努力?

艾　扬　这次可是你幼稚了,程卓,我觉得我们俩真的像是孩子,一会儿你求我,一会儿我求你。其实我们心里都明白,那一点可以称为爱的东西早被安逸的生活给消融掉了。你觉着没有,当我们讨论分手时,我们竟然会心平气和,挺有趣不是吗?

程　卓　也许我们真的可以试一试?

艾　扬　离婚?

程　卓　但愿那是拯救爱情的唯一方式。

［夏炎拿着三杯饮料上。

艾　扬　谢谢!(接过饮料,用两个杯子互相兑着,最终觉得差不多时,给了程卓一杯)

艾　扬　谢谢!夏小姐,你学什么的?

夏　炎　法语。

艾　扬　法语?巴黎是个浪漫的城市。噢,你们聊,恐怕我得走了!你们多坐一会儿吧!夏小姐,再见。程卓,再见。

程　卓　再见!

［艾扬下。沉默。

程　卓　怎么了？

夏　炎　她很有气质，而且很漂亮。也许她是我永远也没法战胜的对手。

程　卓　知道我为什么会同意你们见面吗？

夏　炎　是想让我死心？

程　卓　不，是想让我自己开心！

夏　炎　程卓，知道吗？你这个人挺坏的！是那种坏到骨子里的。

程　卓　可是在这个社会里，我还算得上是一个好人。一个坏的好人，因为在我的行为准则以不伤害别人为前提，而所有的只是为了满足我自己。因为这是最真实的自我，动物准则。对于我来说，我的游戏规则就是雄性动物准则。

夏　炎　程卓，我快毕业了，你有没有为我想过？我是否符合你动物的准则？

程　卓　你放心，毕业分配的事儿包在我身上。

夏　炎　不，我只是说我们俩的事儿。

[沉默。

夏　炎　噢，接下来就是期中考试了，我想这两个星期留在学校里。

程　卓　钱够用吗？

夏　炎　够的，不够的话我从你的卡里取！

程　卓　在学校孤单吗？

夏　炎　（有些委屈）不。

程　卓　下次来，我教你上网。

夏　炎　学校也可以上的。

程　卓　那就试试。说不定还会交到更多的朋友。

夏　炎　朋友？不，有你就够了。

程　卓　除了我，你还有生活，学习和未来。

夏　炎　有时候你真像我爸！

程　卓　我有那么老吗？（准备喝饮料）

［程卓慢慢地站起来，怔怔地看着手中的杯子，他突然一仰脖喝尽了杯中的饮料，然后拿起桌上的另一杯饮料，相互勾兑着，突然他把两个杯中的饮料倒掉，并把杯子狠命地抛扔掉。

［灯光渐暗。

六

［灯光起。程卓与艾扬两个空间里的网上对话。

艾　扬　野兽，你好！如果你真是只野兽那有多好！

程　卓　在城市森林里？

艾　扬　在城市森林里，我不知道我生存的目的是什么？如果只是为了生存，不是真的成了动物了吗？

程　卓　除却我们身上的虚伪，我们真的是动物。

艾　扬　每天起床、上班、工作、下班、吃饭、上床，老公在的时候，做爱！时间在不知不觉中过去，开始忽略了天，开始忽略了星期，开始忘记了月，开始在不经意之间数一数年，而且开始十年、二十年地数。我真的害怕，我不知我为什么在这座城市里，小的时候，能看着日子的更新，四季的变化，一切都是新的，可突然之间没了。没有了欲望、没有了亲切，没有了改变。人生就像是一台主机，所有行为只是程序而已，那我为谁活着？

程　卓　为自己，任何一个生物都是这样？如果他们还没有学会虚伪的话，这是规律。

艾　扬　是啊！突然之间想问你的老婆，她是怎么的一个女人，能和你这只野兽一起生活。

程　卓　她？和大多数女人一样。一个在城市里为了说不清的欲望而生存又为了说不清的欲望而烦恼的女人。

艾　扬　你们是不是在一起很开心？你们怎么沟通？

程　卓　沟通？结了婚，生活就如同白开水。婚姻不是夫妻感情的永久“保单”，如果不精心呵护，就会“出险”。

艾　扬　那你在拼命呵护吗？

程　卓　拼命？如果我渴望出险，那凭什么要呵护。你相信婚姻吗？

艾　扬　我不知道。

程　卓　那你怎么看待你的丈夫？

艾　扬　一个男人。

程　卓　什么意思？

艾　扬　他很有前途，有钱，是一个标准的雅杰士。

程　卓　雅杰士？

艾　扬　本来指喜玛拉雅山上的一种类似小熊的动物，现在指靠电脑快速致富的一代，他们的杰出代表是比尔·盖茨。

程　卓　新鲜词儿！

艾　扬　可突然之间我发现我失去了所有的目标。我不缺钱，也不想追求那玩意儿。房子、车和男人我都有了，我还想要什么？我是不是太作了？

程　卓　作践生活是我们这一代人的悲哀！

艾　扬　我想去迪厅去蹦迪，想去酒吧把自己灌醉，想尝尝白粉的味道，想在自己需要的时候就可以享受性高潮。可这一切在别人却又是那么的荒唐，不允许，自己也不敢，可我知道我骨子里充满欲望，这让我不能循规蹈矩。

程　卓　我能理解你所说的，很多人都这样想，可当他们面对生活时，却只能那样做，像是混在羊群里的猪。

艾　扬　和你谈话真放松，却都是些内心的话，如果天气冷的话，你会看到它散发出的热气。

程　卓　因为我们敞开了心胸，甚至没有了皮肉，只有两颗心在春夜里面对面地贴着，跳动着。

艾　扬　我喜欢你说话的残酷，那更接近于人的本性。我和丈夫的话题永远只是工作与生活琐碎，还有吵架，后来我们甚至不吵了。

程　卓　你不能怪他，因为生活并不给我们这样的机会。

艾　扬　你和你老婆这样谈吗？

程　卓　这样会吓着她的。

艾　扬　你会离婚吗？

程　卓　会的，我并不想为了拯救婚姻而牺牲感情。你呢？

艾　扬　我不知道，也许会，也许不会。

程　卓　如果我们俩是夫妻，我们会离婚吗？

艾　扬　不会。

程　卓　为什么？

艾　扬　因为我们太了解对方了。噢，不早了，我该下网了，谢谢你的关心。

程　卓　噢，也谢谢你的陪伴，考虑一下，说不定我们可能结婚的哟。

艾　扬　讨厌。再见！

程　卓　再见。

［程卓关了电脑，走到墙上的一面镜子面前。

程　卓　小子，你会离婚吗？会的，因为你不忠诚。不，不会，婚姻因为欺骗而维系，这更真实。我对她撒谎？不，那是因为我不想伤害她。离婚？离了婚又怎样？自由了？自由了干吗还要结婚。不离，不离又怎样？你说，我该不该离？对，不离，就这么耗着！耗

着？耗谁呢？不管怎样，就是不离，对，说服她，离了，又怎样？离婚抑或不离婚，这是一个值得考虑的问题。（打了个响指，下场）

七

［黑夜，雨声。Sean背着个大背包，手里提着个大提箱，另一个手里拿着一大把的玫瑰花，他滑着轮滑上场。

Sean　鱼，鱼，鱼，Fish，fish，I am Sean，I come here，I am here！（他坐在一边，体会如何见面的场景，自言自语地）鱼，鱼，fish，我是Sean，我来啦，我来看你来啦，我好想你啦！鱼，鱼。

［艾扬撑着伞路过他身边，小心看着他。

Sean　（突然发现她）鱼，鱼，你就是鱼？

艾　扬　（慌忙走开）对不起，你认错人了。

Sean　鱼，你不认识我了，我是Sean，Sean，我从美国来看你来了。

艾　扬　对不起，先生，你的确认错人了。

Sean　不，不会的，你就是鱼，你肯定是鱼！

艾　扬　（躲开）先生，你要是再纠缠我的话，我可要叫警察了。（迅速走开）

［Sean愣在那儿。突然他大声地嚷开来。

Sean　我知道你肯定是鱼，你下来呀，下来见我好吗？

艾　扬　你别在这儿大喊大叫的，快走吧，你这个疯子。

Sean　我不是疯子，我是Sean，我们在网上认识的，我是深爱着你的Sean。我知道你的丈夫很少回家，每个星期，他只在家里两天，对不对？上个月的第一个星期五是他的生日，他九点半才回来，对不对！

［艾扬早起走出房间，悄悄地来到 Sean 的身旁。

艾　扬　行了，别喊了。

Sean　(激动地)啊，鱼，你终于出现了！

艾　扬　你，等等，你是真实的吗？

［Sean 肯定地伸出了手，终于他们的手握在了一起。

Sean　我是 Sean，鱼，你好！

艾　扬　(有些不信地)我是鱼。

Sean　我知道你是鱼啦！

艾　扬　这竟然是真的。

Sean　哇，漂亮，漂亮，你跟我想象的一样漂亮。

艾　扬　可是，Sean，你跟网上的你一点儿也不一样，在网上你是那么的成熟，可现在你是这么的冲动，对，冲动。

Sean　这花是送给你的，我在洛杉矶机场买的。

艾　扬　谢谢。我的名字叫艾扬。

Sean　哎呀？

艾　扬　艾扬！

Sean　哎呀，很好听！

艾　扬　你，你真的把餐馆卖了？

Sean　是啊！哎呀！

艾　扬　你真的专门从美国跑来看我？

Sean　是啊！哎呀！

艾　扬　来，Sean，坐下来。

［Sean 坐下又迅速地站起来。

Sean　你老公呢？我要和他面谈！

艾　扬　Sean，我说过，我们只能是朋友！

Sean　没关系的，我可以等。

艾　扬　等多久都没有用的。

Sean　哎呀，你知道我为什么来找你吗？

艾　扬　为什么？

Sean　因为我不想让我们总相隔得这么远。我以前也有一个女朋友，我们也是在网上认识的，她是个北京的女孩子，长得和你一样漂亮，我也非常非常的爱她。她对我说她想到美国来读书，我说，好呀，你到美国来吧，我可能给你联系学校，我给你找工作，我可以给你作担保，我可以带你到 Hollywood，我可以带你到 Broadway，我可以带你到 Disney，我可以每天烧不同口味的菜给你吃，我可以每天送不同种类的花儿给你。后来，她终于来了，她说她结婚了，新郎不是我。

艾　扬　Sean，你在网上上了这么大的一个当，你为什么还这么相信网。

Sean　是啊，我是相信啊。她说她不能相信这么长距离的爱情，所以我来了，你看我们现在的距离好近啊！

艾　扬　Sean，你真是太浪漫了。

Sean　如果浪漫能让我得到你，我愿意浪漫一辈子的。

艾　扬　你是不是浪漫得连宾馆都没有了？

Sean　啊，是啊！

艾　扬　走吧，我家附近就有一家宾馆，就是价钱贵了点！

Sean　没有所谓啦，只要离你家近就行。

［艾扬欲下，被 Sean 叫住。

Sean　哎呀，我可不可以抱抱你？

［艾扬转过身朝 Sean 走过去，Sean 张开双臂，艾扬却朝他伸出手，Sean 只能有些尴尬地握住了她的手。轻轻地吻了一下，并不

放开。

Sean　（看着艾扬的眼睛，深情地，用刚学来的上海话说出）侬好，我老想侬的，我会的做好的么子把侬吃，鱼香肉丝，茶叶蛋，腌笃鲜，促那（他妈的），我老喜欢侬的。

［艾扬一时间怔住了，眼里浸满了眼泪。

Sean　好啦，我走先。

［灯光暗。

八

［咖啡馆前的凉亭下。两人各有一杯啤酒坐定。程卓把玩着手里的离婚证书。

程　卓　艾扬，你看，我离婚证上的照片拍得比结婚证上的要漂亮！

艾　扬　是吗？（从口袋里又拿出一张结婚证，打开来与手里的离婚证对比着看）

程　卓　结婚证？你不是说丢了吗？

艾　扬　我没丢！我骗他们的，我只是……只是想留个纪念！

程　卓　（一怔，故作轻松地）亏你想得出！（深吸一口气）怎么样？

艾　扬　什么怎么样？

程　卓　我是指你现在是什么感觉？

艾　扬　不觉得轻松。

程　卓　要不，我们再回去，再办一次复婚？

艾　扬　（苦笑）那阿姨会杀了我们的。（少顷）真没想到会这样容易！

程　卓　你是指离婚？

艾　扬　我是指手续！前后还不到五分钟，就全给办完了。

程　卓　就像是设计好的电脑程序，我们俩一确认，很快是执行完了。

艾　扬　你看刚才那阿姨，她甚至都不多问我们一声？为什么要离婚？为什么不再努力维持？为什么这么草率？我……想想我们这一年来都在考虑的问题，最终下决定了，这么快！程卓，你不后悔吗？

程　卓　后悔？我不知道，但现在我们只是从婚姻的沉重中暂时解脱开来，其实没什么区别！也许我们还有机会！只是都需要离开婚姻来沉淀一下自己。

艾　扬　你真的这么认为？

程　卓　我们是不是太理智了一点？要不，我们哭一回？

艾　扬　去你的！程卓，你说，如果我们有了孩子，会不会就不会走到今天这一步？都说有了孩子，爱情的危机就会被家庭消解，你说是吗？

程　卓　可你也知道现在有那么多的单亲家庭。

艾　扬　也许我们俩都是失败的商人。

程　卓　为什么？

艾　扬　我觉得爱情是商品，它需要夫妻双方的经营，而不能只是简单的维持或是逃避。一直以来，我们俩都不太乐意经营它，所以最终只能注定要选择逃避。其实我们一直在逃避，从结婚、分居到离婚，今天我像是站在圈外来看婚姻，似乎更明白了一些。

程　卓　也许我们还想多些选择，但不知道会不会遇到更好的，更适合我们的。也许到头来，我们都会发现，其实你最合适我，而我也最合适你！

［沉默。程卓掏出烟点上。

程　卓　那个美国佬怎么样？还死缠着你不放？

艾　扬　他叫 Sean，我们只是网友，不会有什么的！

程　卓　不知道为什么？如果你真的找了个心上人，我会伤心的。一方面我希望你快活幸福，另一方面我又希望那不是别人给你的。

艾　扬　男人的自私与自尊。

程　卓　也许吧。

［两个站起，告别。

程　卓　但愿我们下辈子还是夫妻！

［艾扬转身走开，欲下场。

程　卓　艾扬。（艾扬站住）艾扬，你知道吗？我有个情人。

［艾扬吃惊地转过头。她走到程卓身边，把他手里的烟夺过来。

程　卓　你不抽烟的。

艾　扬　（突然厉声地）抽一支不行吗？

艾　扬　（吐了一口烟）噢，是那个夏炎是吧，我真笨，我早就该猜出来，是那个夏炎。你说吧！噢，你是不是从星期天到星期四晚上都和她在一起，你们是不是晚上九点钟就上床了，你们做爱的时间肯定不止二十分钟吧！你说吧，多久了，一个大老爷嘛，做都做了，还有什么不好说的，你别担心我，这样我会给我找到一个理由的，你说得充分一点，我的理由就充足一点。这不过分的，程卓，你说吧。（突然大声地）你说呀！

程　卓　一年了，可这并不妨碍我和你的感情，这不是二十分钟和一个小时的事情。那只是一种需要，我知道，我挺自私，可我有我自己的尺度，我也跟她说了，我不会跟你离婚的。

艾　扬　你干吗不早说？你干吗不早一点告诉我？

程　卓　我不想伤害你！

艾　扬　虚伪！不要把自己弄得这么伟大好不好？也许你早点告诉我，我们就不会离婚了。

程　卓　什么？

艾　扬　你要是早一点告诉我，我就可以搅得天翻地覆。（突然大笑起来）

你这个笨蛋，你干吗不早一点告诉我，你看，我们今天心平气和地说了这么多，这是结婚后从来没有过的，其实我也许并不在乎你有没有情人，我知道婚姻无关乎爱情，爱情与情爱是两回事儿。（突然地）程卓，你走吧！

程　卓　怎么了？

艾　扬　我烦你！

程　卓　你有毛病呀！

艾　扬　你走不走？

程　卓　干吗？

艾　扬　你要是不走，我可要喊警察了。就说你强奸我，有可能的，因为我们已不是夫妻了。（叫嚷着）走呀，你走呀！

程　卓　（站起身）好，我走，你，你有事一定要给我打电话。（程卓下）

［艾扬无声地嘶哭着……

［灯光暗。

九

［光起。夏炎与程卓在咖啡馆里。

程　卓　什么事这么神秘？

夏　炎　没什么，只是想见你！

程　卓　见我？那干吗不到我公司来？上次你说你要考试，只要两个星期，可现在我们都快有两个月没有见面了，你也不至于这么忙吧！

夏　炎　（抬起头，茫然地看着远方）我……

程　卓　毕业的事儿怎么样了？我跟外经贸的张经理是同学，只要你肯，我一定让你进去，再说那也是你的专业，你的法语就用得上了。

夏　炎　（转过头去，幽幽地看着程卓，眼里积满泪水）程卓，你真的爱我吗？

程　卓　你说呢？

夏　炎　那你老婆呢？

程　卓　不知道，也许那不是爱情，只是责任。也许那就是爱情，只不千百年来让人们神话了而已。

夏　炎　（转过头去，显然程卓的话让她很失望）我上网了！

程　卓　你？噢，你怎么没说起过！你买电脑了？

夏　炎　不，在学校我们可以上网，不过，我用的是你的账号。

程　卓　我不知道！

夏　炎　当然，那点钱也不会引起你注意的。

程　卓　挖苦我？

［夏炎拿起一支烟，叼在嘴上，程卓把它点着。夏炎吸了一口然后把它递给程卓。接着再拿起一支烟，程卓再给点上。

夏　炎　程卓。我希望这是我最后一次给你点烟！

程　卓　怎么？按理说这烟是我点的。

夏　炎　（苦笑了一下，突然地）我要去法国了。

［程卓吐出的烟圈像在半空中凝固了。

程　卓　（良久）去法国？工作？

夏　炎　（把烟灭在烟缸里）结婚。

程　卓　结婚？你……（强装镇静）谁？我怎么一点儿也不知道？

夏　炎　这有必要吗？

程　卓　我不知道？我只是……

夏　炎　他是我的网友。

程　卓　（吃惊地）网友？

夏　炎　我们认识还不到两个月，我在交友网站上登了征友信息，于是我们便认识了。是你叫我上网的，说这样会结识到更多的朋友。上个星期，他来了上海，我们见面了。他人不错，不，简直棒极了，他非常吸引我。你知道我不是个势利的女孩子，就像我和你在一起，我也不是看重你的钱，我爱你，我爱你这个人。

程　卓　可是……

夏　炎　可是我却永远得不到你，我恨我自己，也恨你！

程　卓　可是你们才认识那么短？

夏　炎　可是他会毫不掩饰地说他爱我，即便是在大街上，他也敢吻我。

程　卓　你跟他上床了？

夏　炎　（苦笑）你也关心这个？哈，记得这个问题我问过你！你不敢回答，而我敢。对，我跟他上床了，而且也很喜欢！他让我觉得安全。

程　卓　（不安地坐着）你应该了解之后再做决定，这不是开玩笑，结婚可是一辈子的事儿。

夏　炎　你这样认为？谢谢！

程　卓　他是干什么的，结过婚了？有孩子吗？这些你知道吗？

夏　炎　我知道。在他没来之前就已经知道，我们每天都聊天，没完没了地聊天。

程　卓　他多大年纪？你这么年轻……

夏　炎　年纪？他比你小一岁，没结过婚，是一家化妆品公司的经理。噢，他叫密特朗，和法国前总统一个名，他还说密特朗和他是亲戚。（少顷）他很帅，刚开始在机场见到他时，我简直有些不能呼吸，帅呆了，他穿着黑色的西服，系着深灰色的领带，还有那小胡子剪得特别的整齐……

程　卓　祝福你了，你幸福。我就开心。

夏　炎　真的？

程　卓　我只是希望你快乐……对不起，我还有事，先走了。噢，忘了告诉你，我和我老婆离婚了！

夏　炎　离婚？……

程　卓　再见！（想了一会儿，还是说了出来）当然，这绝不是因为你。

［程卓转身茫然地下场。

［夏炎一直茫然地看着前方，泪水从眼里泉涌而出。她一仰脖喝尽杯中的咖啡。

夏　炎　（茫然地）我是烟花，你点燃了我，让我在天空中炸开，当我开到最灿烂的时候，我照亮了你，可烟花却只能亮一次。

［灯光渐暗。

十

［灯光起。程卓与艾扬网上的交谈。

程　卓　上个星期，你说要休息上一阵子再见面？

艾　扬　因为要办一些事情！

程　卓　什么事？

艾　扬　离婚！

程　卓　离婚？

艾　扬　是的，刚办了没几天！平平静静地离婚，像是在做一件非常正常的早已规划好的事情。没有吵闹，没有人劝说，甚至没有人关心地问一句。

程　卓　你应该跟我说一声。

艾　扬　为什么？

程　卓　因为我也离了！

艾　扬　真的？你又开玩笑了！

程　卓　不，我说的是真的。也许我还爱她，但真的离了。爱一个人并不能表示非要生活在一起，既然生活能让爱情变味，还不如逃开生活，让爱情活着。

艾　扬　你说出我一直想说的。

程　卓　理解万岁！你为什么离婚？

艾　扬　烦了。我不知道婚姻存在的意义，当两个人在一起时，我会突然觉得一切都已经量化了。需要性？那会成为一种习惯，而人们都需要新的陌生的，这样才更容易刺激。

程　卓　对，本来性就是沟通的一种方式。

艾　扬　那一对男女为什么要维系在一起？

程　卓　婚姻的最终结果是一种悲壮的行为。

艾　扬　是啊，性爱甚至不需要对方了，孩子可以试管一个，自己可能克隆一个。突然之间，伦理只是一张虚无的网。哎，你为什么离婚？

程　卓　因为我不能忍受忠诚，虚伪的忠诚。我明白对于生活我有太多的欲望，有时候我发现人的最终面目只是一只动物。

艾　扬　雄豹？

程　卓　我们只是为着欲望而活着，当所有的欲望都满足时，那便空洞了，就如同生活失去目标而变得盲目。

艾　扬　你有情人吗？

程　卓　有。

艾　扬　在你有老婆的同时？这是你们分手的原因。

程　卓　不。那只是需要。

艾　扬　你爱你前妻吗？

程　卓　爱,所以才离婚。

艾　扬　为什么?

程　卓　因为都不甘心为婚姻牺牲。哎,小泪人儿,你想再次结婚吗?

艾　扬　可能。你呢?

程　卓　当然。哎,突然发现我们真的可以见面了!

艾　扬　爱一个人就如同活过一生。我们真的可能再次地面对新的一生?爱情能让人活得永久,那我们见面是不是说我们可能挽手一生?你知道那是不可能的。

程　卓　哈,我也没有那个奢望。但至少这是一个希望或者说是一个机会。

艾　扬　如刚出炉的面包,新鲜而已!

程　卓　真的想见面?

艾　扬　干吗不试一试?

程　卓　值得吗?

艾　扬　你看你到时候就退缩了。想想那只干死的雄豹。一生一次呀!或许那是最后一次立在山巅的机会。

程　卓　那……那就立死山巅吧!

艾　扬　那流的血让我们互相来舔舐干净!

程　卓　要不,现在我给你打个电话?从声音开始!

艾　扬　不,我想享受那一见面的新奇与陌生的刺激。

程　卓　你不怕失望?

艾　扬　失望,那也是一种真实的感受。如果你真的那么难看,至多在见面后我再把你丑陋的形象扔到垃圾筒里就得了。

程　卓　也不至于那么惨!噢,那什么时间?

艾　扬　雨季来临的时候。

程　卓　但愿这个星期六的晚上会有大雨!

艾　扬　八点时，应该是雨最大的时候！

艾　扬　你得带一个标志。

程　卓　一支黄色的玫瑰。

艾　扬　不，黄色代表忠诚，可现在我知道忠诚是多么的虚假！我要红玫瑰，因为它只表示爱情。

程　卓　那好！一支红玫瑰！

艾　扬　不，你应该带上你豹子的文身？你的粗长的尾巴？你的锋利的爪子？你飞快地跑过我的窗下，让人以为是一阵风？要不，你顺着水管爬上来吧。那好，那我们到时候见。

程　卓　你，你还没告诉我地址呢！

艾　扬　地址？森林里……我的窝穴！

程　卓　你的窝穴？

艾　扬　雨林路1988号K座三室。

程　卓　好！（默念了一片）雨林路1988号K座三室。（突然，程卓呆立住了。）

［程卓突然发疯似的抱住了头，他甚至不相信她打的竟是自己家的地址。

［艾扬有些兴奋，她甚至于并不想关上电脑。程卓站起身来，他茫然失措。灯光急暗。

［灯光再起时，雨声大作。艾扬一个在家里收拾着房间，她不停地看着表。时钟敲响八点。突然，门铃声响起。艾扬紧张地看着门，她梳理了一下头发与衣服，轻轻走过去，深深地吸了一口气，打开门，门口站着程卓。

艾　扬　你？怎么了，程卓，是你？

程　卓　是我，怎么？你等人？

艾　扬　不，噢，是的。你怎么浑身都湿透了？

程　卓　雨会让我清醒。我只是想过来看看你！

艾　扬　我挺好，谢谢！（他们僵立在门口）

程　卓　也不让我进去坐坐？

艾　扬　噢，对不起，我忘了！请进吧！再说你不是还有钥匙吗？至少现在你还有这权利。

［程卓进门在沙发上坐下。

艾　扬　把湿衣服换了吧！

程　卓　不用，只是坐一会儿，一会儿就走的。（看到桌子上的葡萄酒与食物，强忍着嫉妒）他还没到？

艾　扬　谁？

程　卓　你等的人呀？

艾　扬　噢，……时间没到！

程　卓　时间没到？

艾　扬　是的。

程　卓　那我还可以坐会儿。

艾　扬　快到了。

程　卓　什么？

艾　扬　没什么！（掩饰地）我给你倒一杯热茶，当心感冒！

程　卓　（突然制止）不用了！（看了一下房间）这么大的雨！不会来了！

艾　扬　你怎么这么关心？

程　卓　我只是问问，随便问问？

艾　扬　这是我自己的事！

程　卓　当然，男朋友？

艾　扬　能不谈这个吗？

程　卓　那好！听说 Sean 来了上海！等他？

艾　扬　Sean？不可能。

程　卓　（喝了一口茶）艾扬，你不喜欢家猫！你喜欢豹子，雨林里的豹子。

艾　扬　对不起，我不想谈这个，你觉得无聊吧！

程　卓　那你知道你在等谁吗？

艾　扬　不知道，也不想知道。

程　卓　网上认识的？那只是个虚幻的世界，一切都不真实。

艾　扬　你不明白那种感受。

程　卓　你为什么不试着听我一句呢？

艾　扬　因为你总是这么自信。

程　卓　是啊，我是很自信，这很温馨不是吗？烛光、香槟、夜晚、等待。只是为了一个虚幻的影子。

艾　扬　我愿意！

程　卓　那你干吗不为我准备呢？

艾　扬　因为你从不珍惜！

程　卓　艾扬，你听我说……

艾　扬　你觉得这有什么意义吗？

程　卓　什么？

艾　扬　你想找回什么？那已经过去了！

程　卓　可他现在还没来呀？

艾　扬　是的，可这不关你的事儿！也许他不会来，也许那样更好，来和不来都是他的事情，他会有他的考虑，横竖都是对的。如果你觉得你呆在这儿有趣的话，那你呆着好了……

程　卓　你就这么相信网上那些虚幻的东西？

艾　扬　可至少我是真实的，这已经足够了。对不起，如果你真的呆在这儿的话，那他来了你们倒真的可以见见！只是但愿那不会使你更难堪！（走到窗前，向窗外望着，并不再搭理程卓。）

［一个响雷打起，闪电照亮了整个房间。她如同雕像一样，立在窗

前，一切如在风雨中飘零。

[程卓坐在沙发上烦躁不安，他转过身看着艾扬的背影，泪水夺眶而出。他僵硬地站起身，脱掉西装，一身的豹子文身，他口中衔着玫瑰。在艾扬惊呆了的目光中轻轻跪下，他抬起头茫然地注视着她，像是在凝视着她的一生，他的眼里满噙着泪水。

程　卓　（痛苦地）在苍茫的草原上，夜幕低垂，危机四伏，雄豹与雌豹立死山巅，他们身上流的血早已染红了天边那最后一抹晚霞……

[艾扬看着程卓，她仰起头，突然撕心裂地惨叫一声，她怎么也不相信面前的竟是自己的丈夫。

[程卓突然孩子似的抱着艾扬的腿，艾扬抚摸着他的头发。

[一个雷闪惊起。突然，程卓发出豹子般的嗥叫，声音低沉而悲愤，像是越过草原上的野牛群，久久不绝……

[灯光急暗。

[剧终。

（2000 年演出本）

话剧

秀才与刽子手

编　剧

黄维若

作者小传

黄维若(1950—　),男,湖南长沙人,中央戏剧学院教授、博士生导师,全国政协委员。享受国务院政府特殊津贴。

时间　清光绪三十一年即公元1905年

地点　湖广某府城里

人物表

徐秀才　屡试不第的穷秀才

马快刀　府衙里的刽子手

栀子花　马快刀的老婆

木偶舞队

一

［传来一阵古旧拙朴的音乐。老木偶上。

老木偶　人偶？偶人？乡里乡亲，清早出门！

［众偶出，亮相。

老 木 偶　请安咯！

［众木偶向左右观众作揖请安。

众 木 偶　（唱）花有重开日，

人无再少年。

舞一堂傀儡戏。（笑）

把一出胡编乱造的戏来搬演。

老 木 偶　说的是光绪乙巳年，

天下纷纷乱如烟。

老佛爷金銮殿上急了眼，

老少朝臣忙把主意献。

男木偶甲　（老声）励精图治，施行新政。

众 木 偶　什么新政？

男木偶甲　（少声）先来废除酷刑，改革律法。

女木偶甲　说什么呢？

女木偶丙　听不懂！

男木偶甲　犯了法要判死罪，你们懂不懂？

众 木 偶　死罪？

男木偶甲　判了死罪，一声破锣响，两朵纸花摇，押到法场，就是凌迟、腰斩、绞杀、剥皮、剖腹、钉颅。当当！噗！听说去年一个人都已经被腰斩了，上半截身子还爬了一丈远，用他的血在地下爬出一个冤字……

［众木偶一齐掩目惊喊。

众木偶　哎哟别说了快别说了，吓死人了！

男木偶甲　怕不怕？

众木偶　怕！

男木偶甲　所以嘛，就要废除酷刑，今后倘若谁要犯了法判了死罪，那就只有砍头！“咔嚓”一声，了事！

［所有木偶尖声惊叫，躲的躲，跌的跌。

男木偶甲　这可是皇上的恩典。还有，听说要废除科举！

众木偶　废除科举？

［正说着一阵高声哦吟传来。

徐秀才　（内声）……孟子曰：“离娄之明，公输子之巧，不以规矩，不能成方圆；师旷之聪，不以六律，不能正五音；尧舜之道，不以仁政，不能平治天下……”

老木偶　嘘——徐秀才来了，废了科举，他可怎么活啊？下景片！

［徐秀才三旬出头，长得牛高马大，铁塔一般，鸠衣破氅。他走到台前，正冠，甩袖。

徐秀才　某，秀才徐圣喻也，六岁发蒙，十五岁就考上了县学生员，才学推为本府第一。

［男木偶甲不服状，经人提醒，搬凳子来中场，给秀才座。

徐秀才　（坐）可是自古文章无凭据，唯有朱衣暗点头哇。我时运不济，到如今连考十余次，每次都考得淋漓尽致，每次都是名落孙山。唉，弄得我孤零零家徒四壁，一个人过活。想我学富五车，满腹经纶，不坠青云之志，谨守圣人之言。诸位，每次落榜我心里都不服，就想着下一次要做得花团锦簇，一点毛病都没有。一个人活着就要考试，不考试就等于白活。所以我一次比一次考得好，一次比一次考得有滋味，想起考试，就睡不着觉，就吃不下……就更能吃饭。考了又考，考试是天底下最有意思的事情了。我喜欢考试，我盼望考试，眼看着今年考期将至，我不一定要中什么举人，夺魁也没什么好，只要一走进贡院里……

［男木偶甲扮考场侍卫，徐秀才向他跑去，让他搜身。

画外音 天开文运，物华天宝，明经取士，为国求贤，今逢光绪甲午年恩科秋闱！开龙门！

［秀才向侍卫作揖，入考场。

老木偶 天地玄黄，宇宙洪荒！入天字六十六号舍——

［秀才入考场，虚拟寻找考号。众木偶搬条凳上，跪下，伏案，提笔，运气。

老木偶 放题纸——

作试帖诗——

破题——

承题——

起讲——

入题——

起股——

中股——

后股——

束股——

［众木偶随他所说的八股文过程举标有相应文字的木牌。

老木偶　（笑）八股文，八股文，连考数天，度日如年。

徐秀才　我只要坐到考桌面前，我就浑身舒坦，血脉偾张，只要让我一看到考题，我就双眼发亮，如登仙境，哈哈，哈哈，哈哈哈……考考考，试试试，真好啊真好……

［秀才高举起凳子，庄严下场。

女木偶乙　不对，我们不是演傀儡戏么？他又不是傀儡！

老木偶　唉，问世间谁不是傀儡？任你活得有声有色，也是阎王爷手中的傀儡。他这号么，叫做肉傀儡。

众木偶　哦，肉傀儡！

女木偶丙　快看，那家又走出两个肉傀儡。

老木偶　哦，那是马快刀和他娘子栀子花。栀子花嘛，又骚又俏，最喜欢给人说媒，多看两眼无妨，这马快刀却让人害怕……

［马快刀上，一脚踩在凳子上。众木偶害怕。

老木偶　他是我们这一府两县最好的刽子手，最擅长剐人，上次江洋大盗张皮雀伏法，他剐了张皮雀一千三百八十四刀！

［众木偶倒吸一口凉气。

女木偶乙　我的天，煞气太重了，我们还是避得远些吧。

［众偶下。

［马快刀精瘦矮小，一身黑炭似的，冲徐秀才家去。栀子花上，她又精明又泼辣，鬓边插着一朵栀子花，俏俏的样子。

栀子花　哼！

马快刀　干什么？

栀子花　生得贱！他徐秀才饭桶一个，连老婆都娶不上，还把架子端到天上去了，你老往他那里跑什么？

［栀子花说着坐下来做活计。

马快刀　这就是你的不对了，他不是饭桶，是好人！

栀子花　连老婆都娶不上，不是饭桶又是什么？

马快刀　他真是好人哪。

栀子花　哪儿好？

马快刀　一身肉长得结实，两个肩膀又宽又厚，胸脯坚实厚重，两臂上下通直，一块块的腱子肉，该大的大，该小的小，该上的上，该下的下。对了，还有大腿，一个人大腿长得好，就好办了。你没看过他的大腿吧……

栀子花　放屁！我看他大腿干什么？

马快刀　哦哦，没看没看。好人首先得大腿好。你看他那双大腿，一根骨头笔直的，周围都是肉，毛又少，筋腱分明，血脉旺盛，皮肤光溜溜的，好啊好啊，我从来没有见到过这么好的大腿……

栀子花　呸，缺德！你看谁有一身肉，就说他是好人！

马快刀　不对！街口王胖子二百多斤，那肉松松垮垮，就不是好人。我从来没说过他是好人。再说，我今天去找徐相公，是要请他替我写一封家书。

栀子花　马如龙啊，你也是这一府两县鼎鼎有名的人物，干什么要钻山打洞想方设法去讨好这么一个穷酸饿醋？我一见到他那酸样，就忍不住地要数落他……

马快刀　别别别，你别数落他啊！他是好人。我一会儿就回来，一会儿就回来。

［栀子花扛起条凳，不快地下去。

马快刀　（冲内场喊着）待会儿做碗馄饨！

［马快刀摸出馒头，向徐秀才家门口走去。

马快刀　徐相公！（恭恭敬敬地退后一步，又喊）徐相公！

［徐秀才持书上。

徐秀才 马快刀，你怎么又跑到我这里来了？

马快刀 （满脸堆笑）徐相公，老街坊门对门，时常来看看么，这也是应该的……

徐秀才 嗯？我早就说过，君子远庖厨，况乎刽子手乎？与善人交，如入芝兰之室，久而不闻其香。

［徐秀才说话时，马快刀跟在他身后死死地盯着他的身板看。徐秀才被身后的马快刀吓一跳。

徐秀才 （数落般地）与恶人交，如入鲍鱼之肆，久而不闻其臭，你还是打道回府吧。

马快刀 徐相公！我虽然听不懂您在说什么，但我就是喜欢听您说话，喉结一上一下地移动，位置长得好啊……（上前摸秀才喉结）

徐秀才 （惊）啊！胡说八道什么？我要读书，没时间与你在这儿瞎啰嗦！

马快刀 （馒头拿出来）徐相公！

徐秀才 哎呀！

［老木偶、男木偶丙、女木偶甲、乙上。

四木偶 （唱）徐相公

你是一个好人，

老街坊，门对门，

远亲不如近邻。

马快刀 徐相公，我今天来，是想请您写封家书，再送您一个馒头。

四木偶 （唱）外加一碗馄饨。

徐秀才 馄饨？

四木偶 （唱）馄饨。

徐秀才 你怎么不早说呢？那就……

老木偶 让他进屋吧。

徐秀才 哎。

四木偶 哎。

[众木偶迁景,搬桌椅上。

徐秀才 怎么又要写信? 前两天不是刚刚给你哥哥写过信了吗?

马快刀 我又想他了,放心不下,还是写封信去问问。

[换景毕。

众木偶 徐秀才?

徐秀才 听说你哥哥就住在东门外二里牌,你一年到头也不去看他,倒要来写信问寒问暖,什么事嘛。

[一边说他一边进了屋,在桌上铺开了道林纸,准备写信。

徐秀才 (边写边念)自前次与兄相别,弟登舟渡口,仁兄折柳相送,情谊殷殷,深于桃花潭水矣……

马快刀 好! ……我是说,这次与上次不同,越加深奥了,好文才啊!

徐秀才 (有些得意了起来)那当然。想我这二十多年苦读,十余次考试,难道都是吃白饭的? 每隔几天就替你写一封信,每一次文采、典故、风骨、笔意、气韵、对仗、铺垫、跌宕都不一样,正所谓杂花生树,各有风流。不过,这比起考试来,又是小巫见大巫了,知道吗?

马快刀 (肃然)知道了。

[马快刀时不时地掰馒头喂徐秀才。

徐秀才 我自己来! 这封信呢,是说你哥哥送你到渡口,青山绿水,你要上船了,你哥哥折了一枝杨柳送你,其兄弟之情,比当年汪伦送李白也不差。正所谓心有灵犀一点通。

马快刀 (笑起来)相公啊,写得好是好,不过我哥哥是个瓦匠,跌伤了腰,瘫在床上已经三年了,到渡口折柳枝,怕是做梦呢吧。

徐秀才 (不高兴)煞风景! 这是一种比喻,神游,你懂不懂?《李太白梦游天姥吟留别》,他去过天姥山吗? 他也没去过天姥山! 但是他梦里边去过了,一样。庄周梦蝶,蝶梦庄周,何谓之蝶之梦何谓之庄周之梦，是耶非耶？唉，反正跟你这号人也说不明白。

马快刀 我明白。

徐秀才 （哂笑）你明白？你能明白什么？

马快刀 有时候我杀人……

徐秀才 杀人？

马快刀 就像人家的肉来迎合我的刀似的，我那刀还没怎么动，肉就丝丝地片下来了，你说到底是他的肉来就我的刀子，还是我的刀子去割他的肉？

徐秀才 放肆！你怎么敢拿这等血腥晦气之事，来比圣人的典故？不写了！

马快刀 我不是这个意思……就这么写，这么写再好不过了。我哥哥瘫在床上，但是他的魂儿……馄饨一会儿就到？

［徐秀才气哼哼，又无可奈何写起来。

徐秀才 弟了脱俗务，即以玉趾来印苍苔……

马快刀 （大赞）好！

徐秀才 你连折柳相送都不懂，玉趾来印苍苔的典故，就更不用说了，你凭什么叫好好好好好？

马快刀 （由衷地揪着秀才的手）徐相公，我没说什么玉趾，我只是看你握笔的手指，你这手长得好啊。皮是皮，肉是肉，皮有皮相，肉有肉理，起开皮就是肉，起开肉就是筋络，起开筋络就是骨头，骨头里边的骨髓一定还不少……

徐秀才 （疼得大怒）你胡说八道什么？你把我的手当什么人的手了？哎呀，说得我手心手背都麻丝丝软绵绵的，太可恶了，不写了……（抓起馒头咬了一大口，放回桌上，决绝地一指门）走！

［突然一声锣响，王保正（老木偶扮演）手执一面铜锣，敲着进了徐秀才的家门。

王保正　各家各户听好了！

徐秀才　王保正，你来干什么？

王保正　哎哟，巧了，二位都在呐？我是送官府榜文来的！

［说着便在他们面前打开一张榜文来。马快刀拿去给徐秀才。徐秀才看着榜文，如雷殛一般瞪大了眼。

马快刀　（问王保正）什么事？又要交税吗？

［徐秀才还在发呆。

王保正　不是不是，榜文上说的是废除酷刑，取消科举！

［"咣当"一声锣响，徐秀才手中的榜文落地。

马快刀　没有了凌迟、火焚？

徐秀才　没有了秀才、举人？

马快刀　没有了腰斩、绞刑？

徐秀才　没有了进士、翰林？

马快刀　他奶奶的熊！又不能剐人家的肉又不能绞人家的脖子又不能弄断人家的腰，那还叫什么刽子手？这狗日的令谁下的？丧心病狂啊，黑白颠倒、无法无天啊！人家死刑犯也不干啊，他长一身肉，长一条脖子，长一段腰身是干什么的？干什么用的呀！

徐秀才　老天呀，你没长眼睛啊！我今年还等着考试啊！所有的考题，我都做了三遍，十三经，我没有一个字没考证过，墨也准备好了，笔也准备好了，端砚洗得干干净净，怎么就废了这千年科举，千年科举啊！这跟拦路抢劫有何不同？

马快刀　这叫什么世道！

［徐秀才骂着举起了凳子，王保正吓得钻到桌下。

徐秀才　那贡院里几百间考房，活生生就不让人坐进去做卷子了，这是什么世道？这还叫什么朝廷？

马快刀　这是什么世道！

王保正 二位二位，这跟我都没有干系，我只是个地保，上头发来了榜文，我告知你二位一声。我知道二位心里难受，我心里也不是个滋味。

老木偶 （唱）这是什么世道啊，

怎不把天地来埋怨！

地也，你不分好歹何为地！

天也，你错勘贤愚枉作天！（下）

徐秀才 （突然大吼）老子要杀人！

马快刀 （也突然大吼）老子不杀人了！

［两人同时听到了对方的话，都吃了一惊，停下来。

徐秀才 你说什么？

马快刀 你说什么？

［两人拖着各自的凳子走到一起。

马快刀 你怎么能杀人？

徐秀才 你怎么能不杀人？

［两人你瞅着我我瞅着你，突然觉得这情形，这命运，这世界很是古怪。

马快刀 心里乱，不写了，就让我哥在床上瘫着吧，别神游了。

徐秀才 对，还是找点吃的东西吧。

马快刀 走，我请你吃酒去！

徐秀才 吃就吃，反正馄饨也不来了，吃他一个醉生梦死！

马快刀 吃他个一醉方休。

徐秀才 醉生梦死。

马快刀 一醉方休。

徐秀才 醉生梦死比一醉方休醉。

马快刀 一醉方休比醉生梦死真。

徐秀才　醉生梦死……

马快刀　一醉方休……

［两人拖着凳子一路嘀咕往舞台后方走去，他们巨大而孤独的剪影投身天幕之上。

［灯暗。

二

［灯光亮起。

［女木偶乙独自坐在长条板凳上，手举硬纸板做的银白弯月，将它慢慢升起。

画外音　（唱）月儿弯弯照九州，

几家欢乐几家愁，

几家高楼饮美酒，

几家流落在街头。

［灯光照亮舞台一角喝醉了的男木偶乙，他卧倒在长条板凳前。

男木偶乙　马快刀！杀人我不如你，这考试嘛，就是你不如我了！

［突然在他面前有一份红色的大喜报慢慢降下。男木偶乙吓得一个激灵，捧起来看，越看越激动。

男木偶乙　皇恩浩荡，吉星高照！湖广潭州府生员徐圣喻高中今科一甲第一名状元！徐秀才！徐圣喻！你高中啦！知府老爷！徐秀才他高中啦！

［知府（老木偶扮演）上，两个轿夫（男木偶甲、丙扮演）抬轿跟出，到处找秀才。

知　　府　徐状元，你在哪儿啊？徐状元……

轿　　夫　徐状元……徐状元……

徐 秀 才　（从板凳后爬起身）谁？谁叫我？

男木偶乙　知府老爷！他在这儿呢！

知　　府　（上前拉起秀才）心肝肉肉啊，你中状元啦！来来来，快坐上本府的大轿！你是国家之栋梁，本府之光荣，快戴上这红花彩绸，敲起得胜锣鼓，到十字街头夸官游街！

［四个女木偶上。

四女木偶　徐状元！

画 外 音　（唱）好你个徐秀才呀，

原来你是文曲星！

十年窗下无人问，

一举成名天下知。

女木偶丁　徐状元，我有个女儿，长得如花似玉，又会唱小曲儿，情愿倒贴嫁奁，嫁与你为妻！

女木偶乙　徐状元，我有两个女儿，都长得肥肥白白，一并嫁与你为妻！

四女木偶　徐状元——

画 外 音　（唱）天下有志皆读书，

世间无水不朝东，

你是有志好男儿，

鲤鱼腾身化为龙。

［徐秀才摆脱众人，向知府大人施了一礼。

徐 秀 才　老父母，晚生有一事动问。

知　　府　何事？

徐 秀 才　这考中了状元，便又如何？

知　　府　（哈哈大笑）好你个徐相公，考昏了头不是？中了状元，点翰林，做官，荣华富贵呀！

徐秀才　就是说，不再考试了？

知　府　一发地痴人说梦了。中了状元就是考到头了，不用再考了！哈哈哈……

［徐秀才呆呆地站住，突然发出一阵奇怪而疯狂的笑，笑到后来又变成嚎哭，哭了又笑。

［所有的人都大惊失色。

女木偶乙　他是乐极生悲？

男木偶甲　还是悲极生乐？

徐秀才　哈哈，呜呜呜呜，我中了，中了！我是状元，我中了状元！哈哈呜呜！我不要中状元，我恨状元！

知　府　胡说！状元乃皇上钦定，国家的重任，圣上的恩泽，你怎么说出这样糊涂的话？

男木偶乙　中啦！中啦！

徐秀才　我要考试！中了状元就不能再考试了，我要考试。考试就是大比。比志气，比学问，比道德文章，此乃世间第一要务是也。不考试那还叫人过的日子吗？我要退还这状元！

［说罢他把红花彩绸都扔回知府怀里，匆匆而下，众木偶大叫追去。

众木偶　徐状元……徐状元……

［灯暗。

［又一阵粗豪的音乐传来，众木偶脖子上插着处斩的标子扮作死囚，次第跪到台前。

画外音　哪怕你人心似铁，怎敌我官法如炉！你们这些十恶不赦的凶徒，犯下了滔天大罪，天理难容。如今午时三刻已到，立马要开刀问斩，你们下辈子好好做人吧！

男木偶甲　总爷，谁来执刀行刑？

画 外 音　混账东西！你们横竖是死，还管谁来动刀子？

女木偶丙　我们要马爷来杀，他杀得一手好头，又快又舒服！

众 木 偶　对对对，我们要马爷来杀！

老 木 偶　咔嚓一声，又不疼，血又冲得高……

女木偶乙　那血要是能冲到旗杆上，那就好玩了！

男木偶乙　奶奶的，娶媳妇这一辈子能有好几回，可这杀头，只有一回！

女木偶丁　对！你们不能这样敷衍我们！

男木偶丙　你们不能草菅人命！我们要——

众 木 偶　马爷！马爷！马快刀！马爷！马爷！马快刀！

［灯亮，马快刀站在长条板凳上，穿着鲜红的法衣。

马 快 刀　谁？谁叫我？

男木偶丙　马爷，快来杀我们，我们盼星星盼月亮，就盼着您哪！我们要——

众 木 偶　马爷！马爷！马快刀！马爷！马爷！马快刀！马爷！马爷！马快刀！

画 外 音　（唱）咔嚓，咔嚓，

滋啦，嗖嗖，

砍头，砍头，剐肉，剐肉！

好啊！

马爷刀光闪，我们鲜血流。

皮是皮，肉是肉，

脚是脚，手是手，

山自青青水自流，

二十年后再出头！

＊ repeat ＊

［马快刀大为得意，接受着死囚们的敬拜与拥抱。

［灯暗。迁景。巷子里的石板街，冷冷清清，马快刀与徐秀才各自醉倒在木板桥边，只有月光照着他们。

［栀子花提着灯笼，喊着上场。

栀子花 马如龙！马快刀！当家的！（提着灯沿着木板桥找，黑暗中踩到了马快刀的手，吓一跳）谁呀！（回身提灯看，发现醉躺在地上的马快刀，惊叫）当家的，深更半夜你睡在这冰凉潮湿的石板街上，你这是干什么呀？（又听见别的声响，回头提灯照）谁呀？徐秀才啊，你怎么也喝成这样，不要命啦！

徐秀才 （朦胧中抓住栀子花的手）啊呀，这么多美貌女子，往我怀里钻……

栀子花 你说什么？

徐秀才 美貌女子！

栀子花 胡说八道，混账！（扇秀才一巴掌）

［徐秀才痛得跌了出去，有点醒了，他懵懵地看着眼前的栀子花。

徐秀才 你打我？

栀子花 打你怎么了？我还踹你呢！

徐秀才 （回过神来）我想起来了，她娘家是打铁的，她从小就跟着打铁，打铁么，手脚自然很重，手脚重么，打人自然就疼了。

栀子花 （揪起马快刀）你有时间在家磨刀也好啊，请这么一个废物灌黄汤干什么？

徐秀才 你说谁是废物？

栀子花 你！就你是废物！就你！

［徐秀才躲得远远的。

栀子花 （冲着马快刀）说，干坏事去了吧？

马快刀 什么坏事？

栀子花 好啊！还想瞒我！徐秀才刚才可都说了，美貌女子往他怀里钻！你们俩，一定是上青楼去了！

［马快刀叫起撞天大屈。

马快刀 冤枉哪，什么青楼红楼，我如今想哭都没地方哭啊！今天朝廷发下告示，从今以后不许剐人绞人腰斩，我今后怎么活啊？

栀子花 我不信！你倒了霉，他跟着喝什么酒？

马快刀 他也倒霉了，朝廷说了，科举考试也没有了，没有了。

［徐秀才在一边拊膺长叹，将一阵苍凉的哭喊之声送入夜空。

徐秀才 停杯投箸不能食，拔剑四顾心茫然，欲渡黄河冰塞川，将登太行雪满山。行路难啊，行路难……

徐、马 难啊……

栀子花 别嚎了！野猫子叫似的，那巡夜的来了，还以为你俩谋反呢！

徐秀才 苦啊……

［栀子花一巴掌拍在他脑袋上。

栀子花 该！现世报！我栀子花早先要替你作媒，你把架子都端到天上去了，说什么书中自有颜如玉！现在不考试了吧？颜如玉也飞了吧？

徐秀才 我不要娶妻！我要考试！

栀子花 谁信呢！嘴里是道德文章，梦里边却有美貌女子往你怀里钻！

马快刀 我这儿都走投如路火烧眉毛了，你还数落他干什么呀？

栀子花 烧什么眉毛？你不是还可以杀头吗？

马快刀 杀什么头？光杀头有什么意思？老子不干了，老子明天就去辞工！

栀子花 （急）哎哟当家的，你辞了工咱吃什么呀？

马快刀 （起身就走）我不干了，我明天就去辞工！（下）

栀子花 （急急追去）喂，当家的！

［徐秀才一个人呆呆地望天。

［女木偶甲举着硬纸板的银白月亮上，徐秀才痴痴地望着月亮。

画外音　(唱)月儿弯弯照九州，

几家欢乐几家愁，

几家高楼饮美酒，

几家流落在街头。

[灯暗。

三

[府衙刑房。老木偶、男木偶乙、丙齐坐长凳上，抱着自己的刀，李典史(男木偶甲扮演)独自坐在一边。

[马快刀上场。

三木偶　(齐刷刷地)马爷！马爷！马爷！

马快刀　李爷！李爷！

李典史　马如龙！马如龙！你来得正好，刚刚有两个江洋大盗和一个革命党，判了斩立决，拿着！(举起标子)

三木偶　快快快，拿刀拿刀穿法衣，快快快，拿刀拿刀穿法衣！

李典史　到法场上把他们给我咔嚓了。

三木偶　咔嚓了。

马快刀　李爷，我不想杀了，我是来辞工的。

李典史　你说什么？

马快刀　我不想杀人了，我是来辞工的。

男木偶乙　他要辞工了？

男木偶丙　他不想杀人了？

男木偶丁　太阳从西边出来了！(众笑)

［李爷伸手制止，三木偶齐停。

李典史　马如龙，你怎么能不杀人？不杀人你怎么过日子？快别说胡话了！如今这世道，挨刀的是越来越多了，你可是赶上好日子了。（将法衣丢给马快刀）

三木偶　（依次）马如龙。拿刀。走啊。

马快刀　不，我不去了，我要辞工。

李典史　马如龙，这究竟是为什么？你天生就喜欢杀人，不杀人你就吃不下饭睡不着觉，就头昏脑涨，你辞工不是要了自己的命吗？

马快刀　李爷，我不是喜欢杀人，我是喜欢杀，人没意思，杀有意思。

三木偶　人没意思，杀有意思？

马快刀　跟你们也说不清楚。明说了吧，如今不许剐人不许腰斩，只许砍头，那还有什么杀的味道？还有什么杀的精妙？杀是世界上最讲究的事情，可是现在只许砍头，砍头跟砍萝卜有什么不一样？没劲，我不干了！

男木偶丙　砍头好啊，砍头有什么不好？你只看他脑袋怎么掉得快，人怎么死得快就行了，有什么精妙，有什么讲究？

男木偶乙　你这个傻子，剐人、绞人、腰斩有什么好？麻烦死了，累死人了，砍头多好！

老木偶　砍头好啊，叶，脑袋飞起，犯人一命归阴，我们拿红花赏银，世上还有比这更好的事吗？

三木偶　我们喜欢砍头，我们喜欢砍头。

李典史　好日子呀，咔嚓咔嚓，就像割韭菜一样，割了又长，长了又割，挨刀的是越来越多，好日子呀！

四木偶　（唱）谋财害命

杀人越货

谋害亲夫

掘坟盗墓

犯上作乱

忤逆十恶

月黑杀人

风高放火

拐卖妇女

通奸犯科

乱乱乱，多多多

杀杀杀杀，

剁剁剁剁剁……

马快刀 李爷，你们是赚钱吃饭，我是乐在其中，是我一生的追求和寄托。

李典史 你看看，说起话来，还甩起牌子腔了！什么寄托，什么追求，都是读书人的那一套。

马快刀 李爷，如今朝廷不许这么那么杀了，就没味道了。我走了。

李典史 马如龙！你回来，不要走，我们还要一起砍头呢。

三木偶 （起立）砍头！砍头！

马快刀 不，我不喜欢的事我不做，我走了，各位，保重。（下）

四木偶 马如龙，你回来，我们一起砍头！咔嚓！

［灯暗。

四

［一阵强烈的音乐响起，灯光再亮。

［三个巫师（男木偶乙、女木偶丙、丁扮演），身挂铃铛，手拿木剑法

铃拂尘之类，正在怪模怪样跳神驱邪。另有一个木偶（男木偶丙扮演）坐在舞台一角轻敲锣鼓伴奏。

［马快刀赤着上身，周身贴满了符，穿一条裤衩，跪坐在桌上，口中哼哼唧唧。栀子花在一边扶着他，极其忧心忡忡的样子。

巫　师　（唱）回来呀，回来，

三魂七魄，七魄三魂，

你不要去东方，

东方有毒虫。

你不要去西方，

西方有恶人。

你不要去南方，

南方有大蟒，

你不要去北方，

北方有煞神。

回来呀，回来，

三魂七魄，七魄三魂。

［三巫师走向舞台后区，慢慢下场。

栀子花　唉，符也画了，法事也做了，打鬼也打了，驱邪也驱了，怎么就不见好啊？你要有个三长两短，我可怎么活呀？

马快刀　我没什么大毛病，就是手里没有一把刀挥来砍去，说不出的难受。

栀子花　你这人就是死心眼！好好当个刽子手，拿把刀将就着砍吧。用你自己的话来说，这年头，大部分人是越来越瘦，少部分人是越来越胖，一身肥肉虚拉吧唧的，要剁没什么好剁，要剐也没什么好剐，你还那么讲究干什么？

［两人一起长叹一声。男木偶丙敲起一声轻锣，唱起歌来。

男木偶丙　(唱)恨又恨不成，

怨又说不清，

坐又坐不安，

睡又睡不宁。(锣声轻响，下)

[栀子花自言自语思忖着。

栀子花　实在不行，咱把房子前边临街的墙拆了，开一家肉铺，你每天拿把刀，又剐又剁又砍！也不至于像如今这样难受。

马快刀　那有什么意思？一片猪肉，它又不会苦苦哀求，它又不会倒抽冷气狂喊救命，再说了，没有铜锣敲着，又没有纸花和标子，没劲！

栀子花　总比现在这样强吧？我还告诉你，这年头人长得不怎么样，猪倒长得挺好的，肉厚膘肥，有红有白。你不砍还没的砍了！就这么定了，开肉铺！

[徐秀才喊着"饿"走上来了，若干时日不见，他的样子更惨了，一条辫子半散不散，衣服更破。他来到马快刀门前，举手敲门。

徐秀才　马快刀……马如龙……

栀子花　谁呀？

徐秀才　(没力气地)某！

[马快刀示意栀子花开门。

栀子花　(虚拟开门，没好气地)你呀？

马快刀　徐相公！好些日子不见了，你还好吗？

徐秀才　你还好吗？

[马快刀连忙上前，两人相望，徐秀才欲进门，栀子花不许，秀才无奈地顿住了。

徐秀才　马师傅，你好久没有写家书了，要不要我替你写封家书？

栀子花　(倒笑了起来)徐秀才啊，原来我男人让你写信得哭着喊着吧？今天你怎么找上门来了？我看……八成是饿的吧？

徐秀才　不是不是，我不是八成饿的，是饿到十二成了。

［马快刀立刻回身进屋找饭。栀子花急了。

栀子花　（跟进屋）哎！当家的！当家的——（回身一看秀才进屋了，瞪他一眼，把秀才吓了一跳）

栀子花　你说你怎么就把自己混成这个模样？

徐秀才　本来府学里还发一点柴米银。虽然吃不饱，但也不至于饿死。科举取消了，就什么都没有了。

栀子花　那你就饿着，不会找点事情来做？

［马快刀不声不响已拿来一碗粥塞到徐秀才手里。徐秀才忙不迭地朝嘴里稀里呼哧倒了进去。

马快刀　慢点，别烫着。

栀子花　噎死你！

徐秀才　（把筷子递还给马快刀）拿纸笔，写家信。

栀子花　写什么信？我家哪有那么多信要写，你还是找点长久事情去做吧！

徐秀才　（抠着碗底的米粒吃）我……我不会。

栀子花　挑水挑柴总会吧？舂米推车总会吧？

徐秀才　我……我没有气力。

栀子花　没什么？

徐秀才　没气力。

栀子花　你长得跟头种牛一样，又没找老婆，怎么会没气力？

马快刀　不行啊！挑水肩头的肉就硬了，推车手上的皮就粗了，他怎么能做皮粗肉硬之人？不行啊，不行！（拿着秀才吃完的碗下）

栀子花　那人都快饿死了，还管什么皮糙肉厚？你自己说，是命要紧还是皮肉要紧？

徐秀才　自然是命要紧。可是，孔圣人说，君子食无求饱，居无求安……

栀子花　(叫了起来)又来了,你一碗粥到了肚里,酸溜溜的那一套又来了!如今不考试了,你总得为自己找口吃的啊!就连一只麻雀,它也知道飞来飞去给自己弄口吃的。连口吃的都混不上,那不是比一只麻雀还不如吗?那算是什么读书明理?算什么孔孟之道?

[徐秀才盯着栀子花看。

栀子花　你这么死死地盯着我看什么?难道有什么非分之想?

徐秀才　不是不是,不敢不敢。

栀子花　什么不是?什么不敢?盯了就是盯了。是男人就得想女人,是女人就得想男人。你心里就是想老婆!

马快刀　(拿了一碗水上,听见栀子花的话了,乐)你想老婆了?

徐秀才　(急)没有没有……

栀子花　早先要替你做媒,你又不答应。如今你柴米银都没了,还有哪家的姑娘看得上你?

徐秀才　(大急)非也非也,我没有想老婆,我是觉得你刚才的话有道理,真的是有道理。

马快刀　徐相公,要不你找个私塾先生做做?这事情又体面又斯文,你学问又好,再合适不过了。

徐秀才　(不可思议)私塾先生?

马快刀　当然啦,你读过那么多书,身材骨架都长得好,难道连个私塾先生都做不下来吗?

[徐秀才呆呆地立在当地。

栀子花　去试试。

徐秀才　(仍然觉得不可思议,边走边琢磨)私塾先生?

[迁景。马快刀、栀子花下。

五

［接第四场。

［一阵喧哗之声响起，男木偶甲、乙、丙扮成读书人模样，依次走上前来。

男木偶乙　我是饱学的秀才，有谁要请我当私塾先生？

男木偶甲　有教无类，良师出高徒，我最会讲《大学》和《中庸》，谁请我谁请我？

男木偶丙　我天生就是做先生的好材料，教出的学生个个成材……

［徐秀才一脸茫然走入这群人中。

［三木偶渐次下场而去，男木偶乙、丙抬着挂有“测字算命代写书信”布条的桌子下场。

男木偶乙　我秀才第一！

男木偶丙　我第一秀才！谁请我呀，谁请我？（凄凄凉凉地下）

［丁朝奉（老木偶扮演）上。

丁 朝 奉　（不屑地）喂，喂，喂……秀才！叫你呢！

徐 秀 才　叫我？（走上前去）

［丁朝奉开始打量秀才，看他脑袋、脖子、肩膀……像打量牲口。

丁 朝 奉　好！秀才啊，你不是要当私塾先生吗？我是福盛当铺的丁朝奉，家里有一位夫人三位小夫人，孩子生了十六个，正要找一位看管他们的秀才。

徐 秀 才　塾师，不是看管孩子，是传道授业解惑，还要考试……

丁 朝 奉　呸！都一样！私塾就是给人看孩子的！

徐秀才　（不屑地转身走开）

丁朝奉　我每月给你一钱银子，还管你的饭！

徐秀才　（回身）管饭？那好吧……

丁朝奉　（领着徐秀才绕场，一边职业性地高叫）好咧！有久试不第潦倒落魄秀才徐圣喻一名，蓬头垢面，破衣挡寒，面如菜色，两眼无光，肚中饥饿，心里惶惶，颜色破旧，货品低档，鼠咬虫蛀，手艺勉强，当银六钱，半年为期，不赎死当，永无反悔！

徐秀才　（生气）你……站住。你说谁鼠咬虫蛀，说谁两眼无光？你把我看成什么啦？不去了！

丁朝奉　（冷冷地）不去你吃什么？如今啊，先生都臭了街了，你不愿干，别人还抢着干呢！

徐秀才　（站住了）可是你……

丁朝奉　（笑了起来）哦，对不住，习惯了习惯了，每有生意来，我们都是这样喊叫的。你不知道，从我爷爷手上起，我家里就开当铺，所以从懂事起，我就天天听这样的声音。这声音好啊！（扇子跌在地上）一时半刻听不到这种声音，我心里就发毛，不喊出这样的声音，我喉咙就发痒，有久试不第潦倒落魄秀才徐圣喻一名！舒服啊，舒服！

徐秀才　你……

丁朝奉　你也喊喊？来，自信点！

徐秀才　我……（鼓起勇气）有，久试不第潦倒落魄秀才徐圣喻一名！才学推为本府第一！

丁朝奉　所以才让你看孩子！你看看你这样儿，我也没喊错啊！

［徐秀才悲凉地站在那里，看了看自己周身，叹一口气，站着发愣。

丁朝奉　（指着地上的扇子，冷冷地）捡起来！

徐秀才　（不知所措）

丁朝奉　捡！

徐秀才　（慢慢地蹲下，捡扇子，看扇面，喃喃地念）秋蝉？……秋天的桂花香气飘来，大家领了考卷，坐在自己的号舍里，把题纸铺开，细细地想着每一个字，每一句话，笔走龙蛇，物我两忘，这样的日子再也没有了，再也没有了……

丁朝奉　（揪起秀才的辫子）唠唠叨叨什么呢？

徐秀才　（将扇子递上）秋蝉！

丁朝奉　秋不馋，你馋！

［说着他拍拍徐秀才的肩，半推着他缓缓而去，高声喊叫。

丁朝奉　有，久试不第潦倒落魄秀才徐圣喻一名，蓬头垢面，破衣挡寒，面如菜色，两眼无光，肚中饥饿，心里惶惶……（声音渐轻，下）

［徐秀才哀凉地望着四周，挪动着脚步，跟下。

［灯暗。

六

［一阵喧闹，许多形形色色男女老少的木偶抱着板凳，相跟着走上台来。

男木偶甲　快走啊，走慢了就赶不上了！

女木偶丁　这马快刀切肉，倒成了我们城里的一道景观！

女木偶甲　什么城里？我是从三十里路以外的东乡赶来的。

男木偶甲　到了！

［众木偶放下凳子，坐下歇息。

男木偶乙　快刀肉铺今日开张。

男木偶丙　乡里乡亲快来买肉。

男木偶乙、丙　有请马爷！马爷！马爷！

［马快刀从屋里出，头上插一朵红花，如抱婴儿般怀抱鬼头刀，雄赳赳昂然而来。

众木偶　（暴雷似的喝彩）好！

［马快刀站在场上，高举着刀。

马快刀　时辰已到，押上来！

栀子花　（内声）来啦！（只见她背着半扇猪肉上场，冲男木偶乙、丙）哎！帮个忙，肉案子！

［两木偶忙抬上桌子来。栀子花把肉搁在案上。

栀子花　时辰已到，开刀了！

［马快刀不语，依旧保持姿势。

栀子花　（一拍脑袋）哎哟忘了！（进屋）

众木偶　（相顾不解）这是怎么了……

［栀子花上，拿着几条标子，插在猪肉上，念念有词：斩立决，斩立决，斩立决！……当家的，时辰到了！开刀了！

［马快刀仍旧不语。

栀子花　（看看围观者）买肉的！差不多得了，乡亲们都等着呢。

［马快刀一只手在底下悄悄做着敲铜锣的动作。栀子花明白了。

栀子花　哎哟忘了！（进屋）

众木偶　（不解）这又怎么了……

［栀子花举着铜锣上。

栀子花　午时三刻已到！验明正身！开刀问斩！（敲响铜锣）

［马快刀突然大喝一声，舞了一个刀花，一束红光照着肉案。

马快刀　吃罢长休饭，喝罢永别酒，明年今日便是你祭日！新磨的刀，爷们一路走好！

［但闻隐隐有风雷之声，刀影共血雾一色，皮肉与骨头齐飞，众木偶围上，什么也看不见了。少顷，风雷之声顿歇，红光收敛，案板上齐整整摆了一堆瘦肉，一堆五花肉，一堆肥肉，还有一堆骨头。马快刀站于案前，轻轻将鬼头刀抱入怀中，立定，长呼出丹田气息。众人围了上来。

男木偶丙 漂亮啊！

众 木 偶 神了！

马 快 刀 乡亲们！

众 木 偶 哎。

马 快 刀 买肉。

众 木 偶 哦。

马 快 刀 买、肉！（举起刀，闪身回屋）

［栀子花一锣响起来。

栀 子 花 买肉嘞！

［众人回过神来，纷纷拥上来买肉，一边歌唱。

众 木 偶 （唱）买肉啊买肉啊，哎呀买肉，
买肥肉，就没有一星瘦肉，
买瘦肉，就没有一星肥肉，

男木偶甲 （唱）切莫买他家的排骨，
就像沙漠里风化了的骨架，
任你煮上八个时辰，
也没有一星星油。

众 木 偶 买肉买肉，买肉买肉，
买肥肉，就没有一星瘦肉，
买瘦肉，就没有一星肥肉，
买肉买肉，买肉买肉。

男木偶甲　千万别买他家的排骨，

就像沙漠里风化了的骨架，

任你煮上七八个时辰，

也没有一星儿油。

众 木 偶　买肉买肉……

［众木偶捧着肉各自下。

［正在这时，突然人从外发一声喊，但见徐秀才破衣飘飘，脸上是一个大红鼻子，奔窜而来。丁朝奉追上来。两人喘着。

丁 朝 奉　让我先喘！

徐 秀 才　（乖乖地捂住自己嘴）

丁 朝 奉　当铺是世上最好的地方，你怎么就走了？

徐 秀 才　（悲哀）我饿，饿得受不了了。反正是饿死，我不如死在……你夫人来了！（趁丁朝奉不备，逃脱）

［丁朝奉脱下自己的鞋将秀才砸倒在地，一把将其扯住。

丁 朝 奉　你跟我回去！我每天再给你加半碗饭，行不？

徐 秀 才　（长叹）斯文扫地，斯文扫地啊！想我徐圣喻，跟一条野狗跟一只野猫又有什么不同？马大哥！马大嫂！

［两人纠缠中，栀子花上。

栀 子 花　这是干什么呢？哟，丁朝奉啊，有什么话不能好好说，拉拉扯扯的干什么？（拉着丁朝奉的胳膊一使劲，丁朝奉疼得不行）

丁 朝 奉　哎哟快刀娘子，手劲不小啊。你不知道，他在我家当坐馆先生，好差事啊，你想想，他坐的椅子，都是前明苏造紫檀木呀，是死了当的，随便他一天坐几个时辰都行，他使的砚，是蕉叶白的端砚，比府衙里师爷的砚都好。他却突然不干了。你说他是昏了头啵？

［马快刀上，看着这一切。

栀子花　什么好差事？你丁朝奉是全城出了名的小气之人，你一定是刻薄他，他才不干了。

丁朝奉　哎哟这是说哪里话？我怎么就刻薄他了？

马快刀　你明明是刻薄他。

徐秀才　马大哥！

马快刀　光有什么好椅子坐好砚台使，那有什么用？又不能吃！你看他脖子也细了，腿也瘦了，肩膀也削了，肚子也瘪下去了，丧天良啊丁朝奉，他这么一个好人，你把他折磨成这样子！

栀子花　哎哟徐相公，你这鼻子是怎么啦？

马快刀　鼻子？

徐秀才　我……他……

丁朝奉　是他自己，每天都要考试，结果没考好……

徐秀才　（突然怒了）什么没考好？我每餐只有一碗红米饭，半块酱豆腐。马大哥，我的饭量你是了解的呀！

马快刀　我了解呀！

徐秀才　饿得腿发软头发昏，今天给他们家孩子考试，我撑不住，昏昏沉沉就睡过去了。你家孩子盖世的顽皮盖世的没规矩，把你家女眷染手指甲的凤仙花汁，搽到我鼻子上，弄得我鼻子红肿红肿的，洗都洗不掉……

马快刀　（大怒）丁朝奉！他那么好一只鼻子，你家里人把它弄成这样，不怕天打五雷轰吗？

栀子花　缺德！凤仙花汁啊，能往鼻子上抹吗！

丁朝奉　（急了）我是好人啊，又大方又开通，徐秀才你跟我回去，我再加一碗饭。对了！当铺里还有一只过了期别人赎不回去的铜夜壶，又大又好，我一并送给你好不好？走走，回去！

栀子花　凭什么？你家饿跑气跑的先生已经有七八个了，你欺他老实，还想蒙他骗他是不是？

丁朝奉　胡说！什么蒙他骗他？他这种人，不去我那里又去哪里？谁会要他？

马快刀　我要他。

栀子花　（急了）当家的！

马快刀　徐相公，你就到我肉铺里当个学徒，饱饭是有得吃的，再也不要到他那里挨饿受气！

［丁朝奉突然爆发出一阵狂笑。

丁朝奉　乡里乡亲大家来评评理！

［在他的招徕呼喊下，众偶人出。丁朝奉冲众偶人说。

丁朝奉　屠行肉铺要找秀才做学徒！他是什么人？车船牙脚杀，不砍也该剐，你这种最下等的行当，也要让一个秀才当学徒……老爷我开了四十年当铺今天算是开了眼界，哈哈哈哈哈，你答应，他徐秀才也不会答应啊……

栀子花　（气极）丁朝奉！我劈了你！

丁朝奉　朝这儿劈！

［栀子花气极，让马快刀拦住，只听马快刀大笑几声，两眼射出寒光，直盯着丁朝奉。

丁朝奉　你笑什么！

［马快刀目光如刀，只是盯着他。

男木偶甲　（向观众语）据说，刽子手这一行的祖师爷叫皋陶，他老人家是三皇五帝时期的大英杰，现如今的种种刑罚，都是他老人家制定的。祖师爷杀人根本不用刀，只用眼，只要他盯着犯人的脖子，轻轻一转，一颗人头就会落在地上。

丁朝奉　（变声变调）哎哟哎哟，你他娘的这么看着我，你那两只眼睛，好怕人，我汗毛都竖起来了，哎哟你看我脖子干什么……哎哟你看我左手干什么……别别别，我求你别看了，哎哟哎哟你又看我这只手……我的腿，我的腿……哎哟哎哟，求求你别看我了行不行？

［马快刀暴喝一声，丁朝奉瘫倒在地。

徐秀才　马大哥你别看他了。（向丁朝奉）你走吧，我就在马师傅肉铺里待下去了。

栀子花　你！

徐秀才　我……

丁朝奉　你说的是真话？

徐秀才　我说的是真话。

丁朝奉　好……好……

徐秀才　不客气。

丁朝奉　（猛地窜起身来）好你个徐秀才！不行！你才干了二十天，可是已经拿了我一钱银子，还吃了这么多饭，你都给我吐出来！（追着秀才跑）

徐秀才　（逃至马快刀身后）马大哥，看他！

丁朝奉　哎哟马快刀，你又看我，哎哟……好好好，我不要他回去了，你别再看我，这总行了吧？

［说着他狼狈地匆匆而去。众木偶哄笑。

马快刀　来，徐相公，先吃饱饭，也别说是什么学徒，就当是个帮忙的伙计。

男木偶丙　秀才还真去了？

女木偶乙　秀才要割肉了？嘻嘻……

徐秀才　我……你……乡亲们，你们不要当真。

栀子花　好啊，原来你拿我们作幌子是不是？

徐秀才　对不住对不住，我只是想让丁朝奉死了心。

马快刀　娘子娘子，你别逼他了，他是读书人，不做也就算了。

栀子花　胡说，开肉铺怎么啦？哎，各位街坊，你们说说，我们开肉铺的难道就这么下贱吗？

众木偶　没有哇！

徐秀才　对……对不住，我我……不能……

栀子花　不能什么？你这种人就是可恨。你看不起我们，你从来就没看得起过我们！

徐秀才　哎呀我没有哇！

栀子花　什么没有？你不说出来我也明白，你心里就是这样想的！今天当着这么多街坊邻居，你已经答应了的事，你必须得做。不做，就是把我们放到脚底下踩！

马快刀　哎呀娘子，你怎么还逼他？他不愿就算了……

栀子花　住嘴，你还护着他，其实他跟丁朝奉一样。丁朝奉是嘴里作践我们，他是心里作践我们。徐秀才，我早就说过，你不是好人！

［栀子花一边说一边拉着马快刀往屋里走去。

栀子花　走！我再也不要看到他了！

［所有的木偶也对徐秀才鄙夷不已，纷纷转脸而去。

众木偶　就是就是……

男木偶乙　人家一片好心。

男木偶甲　他怎么能这样？

女木偶丙　过河拆桥哇……

女木偶丁　还是读书人呢！

男木偶乙　信义都没有……

［众木偶说着各自散去，下。

［徐秀才呆呆地站在那里，矛盾而痛苦。

徐秀才　唉，至圣先师啊，我怎么办啊？我读了这么多圣贤之书，却要做这种刀头下血肉模糊的事情，我对不住你啊，我有辱斯文，小人穷斯滥矣。可是，我要不去肉铺做学徒，又于信义有亏！人家好心帮我，我却出尔反尔，那也是违背您的圣训啊！不不不，卑贱是人人所厌恶的，但是，没有好办法避开它时，作为一个君子，就应该坦然去承受。我不能背信弃义，我不要被别人看不起，不要被别人骂，我要去做学徒！

［他庄重地抓起肉，艰难地向马快刀的肉铺里走去。

徐秀才　马大哥，马大嫂，马师父，马师母，门生……来也！

［灯暗。

七

［灯亮，宁静干净的清晨。

［还是“快刀肉铺”门前，肉案横陈，其上光溜溜的。

［栀子花手提两挂肉走了出来，看看肉案，皱了皱眉。

栀子花　徐圣喻！徐秀才！

徐秀才　（从自己家门里出来）来也。

栀子花　你不看着肉铺，跑回家去作什么？

徐秀才　（扬着手里的书）温昔年书，拂几微尘，如同灌园中花，扫林中叶。

栀子花　你先扫扫我这儿的叶，先拂拂我这儿的尘！你看这肉案子，脏！

徐秀才　果然很脏。

栀子花　那你好生将它抹干净，人家来买肉，看了也心里舒服。你说是不是？

徐秀才　有道理。

栀子花　抹呀!

徐秀才　(到处找)以何物拂尘?以何物拂尘?

栀子花　(甩了甩抹布)以抹布拂尘!你好好擦,我再去拿肉来。

[说着转身进去了。徐秀才于是远远伸出五指,将抹布放进水桶里艰难地洗,然后隔得远远地悬着手臂在肉案上划拉,弄了一会儿,自言自语起来。

徐秀才　好抹布啊,这抹布跟一枝大号湖笔也差不多。如果用它在这肉案上写字,必然另有一番新意。

[于是他在肉案上用抹布作势写字,渐渐沉醉其中,不禁手舞足蹈念起来。

徐秀才　眼观手,手观心,悬腕挽千斤。力透纸背,雷电风云。

[栀子花气吁吁又提了两片肉出来,见状吃了一惊。

栀子花　干什么呢?

徐秀才　(仍然沉浸其中)别打岔。

栀子花　画花啊?

徐秀才　写字。

[栀子花一刀剁在肉案上,徐秀才吓得不行。

栀子花　(生气)不知道怎么说你才好。让你洗碗,就把碗打烂,让你挑水,就把水桶掉到井里。你……唉,要不你还是回家去吧。

徐秀才　别!我学着做还不行吗?(扛起桌上的肉,抹起肉案来)

栀子花　我知道,你是一言既出,难以收回,不得已才来的。你心里仍然认定,这是下等人做的事情。我如今也不怪你了,你不自在,就回去罢。

徐秀才　不不,马大嫂!至少我在你们家能吃饱饭。是我不会做事,对不住你们。你们是好人!

栀子花　(久久地看着他,长叹一声)唉,要你说一声好人,也不容易!

[徐秀才不知说什么好,只有拼命干活,擦刀刃。

栀子花　手!(夺下刀来)

[徐秀才过意不去,提起木桶走,被栀子花叫住。

栀子花　把你的长衫脱下来。

徐秀才　(大惊)啊?

栀子花　我给你补一补。

徐秀才　(大窘)不不不,不用不用。

栀子花　什么不用?你自己看看,破成这样子,当街卖肉不嫌寒碜!也不知道你这些年日子是怎么过的。幸亏没给你说上老婆,要不人家不得苦死了?

徐秀才　这不是挺好的吗?

栀子花　脱啊!

徐秀才　不不,嫂子,我里边没穿啊。

栀子花　(喝道)啰嗦什么?

[说着她伸手把徐秀才腰间布带一扯,兔起鹘落就把徐秀才的衣服扯了下来。徐秀才惊叫一声,他的破长衫里边空空如也,竟是一个赤膊,他双臂紧抱,哀求不已,忙躲进自己家门里,往外探着脑袋。

徐秀才　嫂子,快还给我,求你,快还给我……

栀子花　(哈哈大笑)哎呀吵什么!你也是个大老爷们,光膀子怕什么?一会儿就替你补好了!

马快刀　(内声)娘子!

栀子花　哎!

马快刀　(内声)过来!

栀子花　来了!

［栀子花起身就要进屋，徐秀才急了，跟上前去。

徐秀才 嫂子！快还给我，如此不雅，有悖礼仪。（见栀子花回头，忙抓起木桶遮挡自己身体）

栀子花 胡说八道！一身破衣，跟叫花子一样，反倒雅致，反倒合乎礼仪吗？

马快刀 （内声）娘子！

栀子花 哎！

马快刀 把水桶给我拿进来！

栀子花 （望着徐秀才用来遮羞的水桶）还给我！

［徐秀才死不放手，栀子花一把夺过水桶，徐秀才抓住了桶里的抹布遮身。栀子花见他窘样，不禁大笑，下，徐秀才害羞地往自家门里躲。

马快刀 （内声）徐相公！

徐秀才 哎！

马快刀 把刀拿进来我磨磨！

徐秀才 这个时候磨什么刀嘛！

［徐秀才只有去拿刀。小寡妇（女木偶甲扮演）的哨声响起。秀才躲。

小寡妇 卖肉的，卖肉的！

［徐秀才窘迫，蹲在桌旁，抹布盖在头上，被小寡妇揭开。

小寡妇 （羞涩地）徐秀才呀！

［徐秀才欲往屋里躲。

小寡妇 徐秀才！我剁二两瘦肉，炒老姜给孩子吃。

徐秀才 二两？

小寡妇 哎。

［徐秀才探出身子来，拿起刀，想速战速决。

[小寡妇怀里的小孩突然格格一笑，指着徐秀才。

小寡妇 （木偶小孩声）肉肉……肉肉……

[徐秀才忙对孩子做鬼脸，让他别出声，正巧小寡妇回身，看到了便笑，紧盯着徐秀才彪悍的身躯，不禁因其男性的魅力而心有所动。

小寡妇 秀才啊……嘻嘻……你这么好的身膀，怎么不娶一房秀才娘子啊？

[徐秀才长这么大，从未被女子这么盯着赤裸上身看过，十分羞愧，恨不得地下有个洞钻进去。

徐秀才 （躲闪着）我我……我……这如何是好……

小寡妇 徐秀才！

[灯光变换，徐秀才到处躲，另外三个女木偶上，围住徐秀才

画外音 （唱）好身膀哟，

细腰身，宽肩膀，

两条手臂长又长，

鼓鼓的肌肉，

宽阔的胸膛，

身躯好昂扬，

看得人心里痒痒，

似青藤，如细草，

好多向往，

悄悄地生长。

[众女木偶一边唱一边倾慕地盯着徐秀才，围绕着他看。

[徐秀才双手在身上乱挡，众女木偶以手绢撩拨。他在歌声中不停地说话。

徐秀才 哎哟不要这么看我……求求你们，不要这么看我，有什么好看的

嘛？身体发肤，都是得自父母，百体皆血肉之躯，君子以守身为大，这是礼仪，不可唐突，不可唐突……

［徐秀才被女木偶们围在正中，无处可遁。女木偶巧笑倩兮，美目盼兮，其歌声柔如流水，撩人心田。

［女木偶们随着音乐散去，各自下，灯光依旧。

［舞台上只余下徐秀才与抱孩子的女木偶四目相对，两人都痴痴呆呆地，像醉了酒一样。

徐秀才 （细声地）对……对不住……

女木偶 （也细声地）说……哪里话……

徐秀才 十分不雅，好难为情……

女木偶 你这样子很好，很自然，很健壮，真的，这条街上，就数你……长得最……那个了……

徐秀才 哪个？

女木偶 ……那个！

徐秀才 多谢夸奖。

女木偶 为什么不讨一房娘子，一家一室，好好过日子呢？

徐秀才 没……没想过……

女木偶 （莞尔一笑）你又不是七老八大，现在想，不也成吗？

徐秀才 想？

女木偶 想！什么事，想就能成的。

［说着女木偶一双妙目定定地看着徐秀才。

徐秀才 这个也……能想？不过我没本事，怕养不活……

女木偶 养得活！你不是在肉铺做伙计么？有什么不能养家糊口的？（说着把孩子的哨子摘下来，送给秀才，两人比着吹哨）

［正在此时，一阵喊声传来，府衙刑房李典史（男木偶甲扮演）上。

李典史 （远远地喊）女儿呀，锅都烧热了，就等着你买的肉下锅呀！哎哟，你你你……你在这里干什么？你……这叫什么样子嘛？怎么干出这等事来？

小寡妇 什么样子？我干了什么事？

李典史 还没干什么？你，一个守寡的女子，他，一个打光棍的秀才，你们在此面露笑容，光着身子，亲亲热热地说话，痴痴呆呆地看着，光棍看寡妇，还能看出什么好来？徐秀才呀，你怎么就这样没规矩？

徐秀才 （慌了）我我……我没有没有……

李典史 （喝道）什么没有？你读了那么多书，什么坏事干不出来？你那么盯着她看，笑得牙齿都露出来了，你害了马如龙，又想来害我呀？

［正在这时马快刀与栀子花跑了出来。

栀子花 李爷李爷，平白无故的，你发什么火呀？

李典史 你们没看见吗？你们家这个伙计，光着身子，跟我女儿在这里调戏，做出丑事来，还有王法没有？

小寡妇 爹爹，你干什么要把脏水泼到你自己女儿身上？

栀子花 就是嘛李爷，光天化日当街对市，有什么丑事，别说得那么难听，走走走，我请你吃茶。

马快刀 李爷李爷，没有的事没有的事，徐秀才是个好人，不会的不会的。我送一副排骨给你，你消消气消消气。

老木偶 我不要排骨！我要肥肉！

马快刀 好好好，肥肉就肥肉。（说着夫妻俩将李典史连拉带劝弄进屋里边去了）

［徐秀才与的小寡妇面面相觑，一阵悠悠的音乐传来，忐忑而悲凉。徐秀才吹着哨子。

［灯暗。

八

[灯光再亮。

[舞台上一桌两椅，这便是马快刀的家里了。

[栀子花坐着，马快刀站在桌后，徐秀才蹲在一边，吹着哨子，总吹不响。

栀子花 徐秀才呀，我当初要替你做媒，你抬着个架子不答应。到如今憋不住了吧？做出事来了吧？我说嘛，是疮就得流脓，是男人就得想女人！

徐秀才 （冤屈）流什么脓啊？我没有憋不住，我什么都没干啊！

栀子花 没干？人家李爷的女儿是个寡妇，你光着个身子，露出牙齿对人家笑什么鬼？笑也就算了，你又死死地盯着她看什么？

马快刀 娘子，你不能乱怪他。

栀子花 我怎么乱怪他了？一条街上都议论纷纷，人家李爷说他有伤风化，要告到衙门里去呢！（下）

马快刀 什么有伤风化？是李爷的女儿看他徐相公嘛！我早说过徐相公是好人！肩膀好，脖子好，手好，大腿好，谁都喜欢看他。哎徐相公，你把大腿让李爷的女儿看了没有？你应该让她看看，她看了，保准会更喜欢……

徐秀才 哎呀你乱说什么啊？非礼勿听非礼勿视，男女大防，怎么能看大腿？

马快刀 不对，你就应该把大腿给她看看，这样，她一定还会再看上两个时辰的。李爷的女儿行，有眼光，看了你的上身，就知道你是好人……

徐秀才 哎呀这样的话吓死人了,求求你不要说了好不好?

马快刀 为什么?好人就是好人,为什么不能看?看犯了哪条王法?好人就是应当多看。你是一个单身的好人,李爷女儿是看中了好人的单身女人,你们一起多看看有什么不好?这个叫做心有灵犀……有点通?

徐秀才 心有灵犀一点通!

马快刀 哦,有点通。

徐秀才 这话你是怎么知道的?

马快刀 你说过的啊,你说过的话我都记在这儿呢。锅里炖着肉呢,一会儿陪我喝酒!(下)

徐秀才 (好笑地)还有点通……(吹哨,哨响了,高兴)真的有点通!

[栀子花上。

栀子花 秀才啊,已经成了这个样子,怎么也说不清了。来,跟我说说,你真喜欢李爷的女儿么?

徐秀才 (又点头又摇头)

栀子花 你看都看了,有什么不敢说的?你是不是喜欢上她了?

徐秀才 不,我……我不知道……说不清楚……

栀子花 你读的什么书,怎么这都说不清楚?我来问你,你是不是看她的时候,心里有种悠悠的,魂魄都要飘走的感觉?

徐秀才 (嗫嚅地)这个……好像……

栀子花 (怒喝)你吞吞吐吐干什么?老实说啊!

徐秀才 是……是有一点儿。

栀子花 是不是半边身子发抖,另半边身子发麻?

徐秀才 还有点忽冷忽热……

栀子花 哈哈!是不是还有点晕乎乎的,眼睛里只有她,别的什么都没有了?

徐秀才　是。好像到了贡院考场里一样。

栀子花　（大为兴奋，拍手道）这就对了！我说你长得像头种牛一样，哪有不喜欢女子的道理？如今全城的人都在议论这件事，说你徐秀才与小寡妇彼此看来看去，两人看出火来，说那个看才叫看哩，看得风不动云不飘，看得鸟无语花含羞，看得流水无声，看得高山翠绿，看穿了前世今生，看到了幽幽心曲。如今还有好些人到我肉铺前边来等着，说小寡妇什么时候再来找徐秀才买肉，大家要亲眼目睹一番！你这就是喜欢她！喜欢，就是有根看不见的红线牵在你俩手腕子上，牵着牵着，就把你俩牵到一起来了，谁也离不了谁，这就叫姻缘，是前世就定下了的。懂了吗？

徐秀才　好像有点懂了。

栀子花　既然是姬缘，我就替你去保媒，以成百年之好！

徐秀才　可是孔圣人……

栀子花　你那酸劲又上来了是不是？徐秀才，你怎么就不长记性！

徐秀才　可她是孀居之人……

栀子花　她是寡女，你是孤男，孤男寡女，正好配对。

徐秀才　可是名节……

栀子花　呸！你咸吃萝卜淡操心干什么？她要守节，她就守，她要嫁人，她就嫁。我私下早就探过她的口风了。她愿意。你管她名节个屁！

徐秀才　可是孔子曰……

栀子花　（心头火起）到底要不要做媒？不要的话，今天就从我这里滚出去！

徐秀才　要要，可是孔子……

栀子花　拿上你的破衣，滚！

徐秀才　别别，嫂子，我依你还不行吗？我依你……（夺栀子花针线箩里的鸳鸯剪纸，欣喜若狂）我依你！鸳鸯！姻缘！鸳鸯！姻缘！

[长长的哨音响起，灯暗。

九

[灯光亮起，照出马快刀家肉案。

[五个木偶（老木偶、女木偶乙、丙、丁、男木偶丙）齐刷刷走上来。

五木偶　（齐声）买肉！买肉！

[一声刺耳的哨响，众木偶赶紧捂住耳朵。徐秀才出。

徐秀才　卖肉！（向买肉的木偶们看去，找了半天，没发现小寡妇，失落）没来。

老木偶　秀才呀，给我来上一只前肘。

徐秀才　（认真地）它不叫前肘，它叫彘肩。

五木偶　彘肩？

老木偶　前肘就是前肘，你来了怎么就是一套新搞法？

男木偶丙　什么叫彘肩？

徐秀才　当年项羽请刘邦赴鸿门宴时，赐给樊哙的就是此物。书上写清清楚楚，此物的确名为彘肩！

五木偶　哦……

徐秀才　来，跟我一起吟诵。彘肩！

五木偶　彘肩！

徐秀才　彘肩！

五木偶　彘肩！

徐秀才　彘肩！

老木偶　（抓起肉案上的前肘）前肘！

徐秀才　前肘！

五木偶　前肘！

徐秀才　前……朽木不可雕也。(抓起老木偶手中的肉,回到肉案边准备割)

［他像木匠弹墨线一般,弯下腰,闭一只眼,瞄了半天。

老木偶　看好了吗?

徐秀才　子曰:割不正不食。

五木偶　哦……

［徐秀才好容易看准了,拿起刀开始切肉,又蹦又跳,五个木偶随着他跳,发出怪声。

徐秀才　咿!

五木偶　呀!

徐秀才　咿!

五木偶　呀!

徐秀才　咿!

五木偶　呀!

［徐秀才把肉掉地上了。

男木偶丙　(捡起肉来给秀才)咿呀!

徐秀才　(不高兴地拿桌上的肉)取肉!

［老木偶提过来的瞧了一瞧,不禁惊叫了起来。

老木偶　我的天,我要的是前肘,你说了半天彘肩,倒怎么给了我一只后臀?

［徐秀才大吃一惊。

［五个木偶哄堂大笑。

五木偶　秀才呀!

［木偶们开始又跳又唱。

老 木 偶 这里是前肘!

女木偶丁 这是后臀尖!

女木偶丙 这是寸金骨!

男木偶丙 这是里脊片!

女木偶乙 这是五花肉!

老 木 偶 (比画着秀才的身段)这是排骨段!

五 木 偶 哪里有龛肩?哪里有龛肩?

这里是前肘,

这是后臀尖,

这是寸金骨,

这是里脊片,

这是五花肉,

这是排骨段!

徐 秀 才 哦,这是排骨段!

五 木 偶 哪里有龛肩?哪里有龛肩?(大笑)

[正在此时突然一声喝,马快刀走了出来。

马 快 刀 干什么!

栀 子 花 欺生是不是?他再怎么错了,也轮不到你们作弄他呀!

马 快 刀 (森然地)他身上的肉,也是给你们指指点点的么?

[说着他目光冷冷,扫向所有的木偶。

众 木 偶 哎哟,你别这么看我们……

[众木偶惊惶叫喊,一哄而散。

[栀子花走了上来。

栀 子 花 我的天,我刚刚在李爷那里把你吹得天花乱坠,说你割肉比我当家的都割得好,养家糊口不在话下,可是你……唉,你真能养得起家小吗?

徐秀才　唉，我……怎么会这么没用呢？其实也想认认真真做好啊……李爷的女儿会怎么看我？

栀子花　是啊，你一点事都不会做，就算李爷的女儿不在意，李爷也不答应啊！他本来就不喜欢你，你这么个样子，不更加麻烦了吗？

马快刀　不不，徐相公，你不是没用，你只是不熟悉，做熟了，你就会了。你那么聪明的人，读了那么多书，一想就想通了，想通了就会做得很好。

［徐秀才怔怔地看着马快刀。

徐秀才　你说我能做得很好？

栀子花　你必须做好，要不然就娶不上李爷的女儿，娶上了你也养不活她！（下）

［马快刀拿起一把刀，问徐秀才。

马快刀　你说这是什么？

徐秀才　刀。

马快刀　大点声！

徐秀才　刀！

马快刀　错！

徐秀才　怎么又错了？

马快刀　这是你的精气神。一块肉，其实并不是一块肉，它的肉与骨头之间，肉与经络之间，肉与皮之间，那里边宽阔得很哩，你的精气神都在刀尖上，引领着刀尖进入到这样一个世界里边，就像自己的眼睛长在刀尖上一样，这样，便可以在骨头和肉之间游走。走啊走啊，慢慢地你就有了一种唱歌跳舞的节拍，感觉自己化成了一只鸟，在天上自在地飞，又觉得自己成了泉水，从石头缝里流过……

［徐秀才猛地一拍大腿站了起来。

徐秀才 哎哟,你说的这东西,跟做文章考试一样,我考试,拿起笔来,精气神都在笔尖上,慢慢就走入到文章的字、词、句、上联下联,对仗工整,上承下接,有些时候我也感觉自己化成了一只鸟,在天上自在地飞,又觉得自己成了泉水,从石头缝里流下去……

[众木偶于他们对话之时捧长凳默默上,时而配以鸟鸣声和溪水声,将六条长凳在他们身后层层垒起。

马快刀 对对对,就是这意思,就是这意思!来来来,咱们先练一练。第一桩,先练眼神,眼神到了,功夫跟着也就到了!左!

徐秀才 左!

马快刀 右!

徐秀才 右!

马快刀 上!

徐秀才 上!

马快刀 下!

徐秀才 下!

马快刀 好!

徐秀才 好!

马快刀 你来看!(抓起肉放在顶层的长凳中央)

徐秀才 你来看!

马快刀 这是什么?

徐秀才 这是……现在我知道了,它是猪后臀。

马快刀 错!

徐秀才 怎么又错了?

马快刀 你把它看作是押上法场的犯人,他这一生一世走到了尽头,他心中只有害怕与绝望,他眼光呆呆地什么也看不见也看不清,他身上在发抖,尿都出来了,人走到这一步,是最可怜的了,让他好死快死就是行善，知道了吗？

徐秀才 知道了。

马快刀 那好，就用这种心境去看它。

徐秀才 （看肉）

马快刀 再来！

徐秀才 （再看）

马快刀 再来！

［徐秀才猛地抓起刀，举在空中。

马快刀 好！你就要眼里感觉与心里感觉相随，这叫眼观心心观眼，你去看它，就要寻找阴阳虚实，拿捏分寸毫厘，就是一丝丝肉，它也有它的纹理走向，它也有它的张弛厚薄，它也跟人一样，有高兴与不高兴的时候，有它紧张与不紧张的地方，你一边看一边心里琢磨，从哪里下刀，刀子从哪里弯，从哪里切下啊一块来，从哪里剔下骨头来，谁前谁后，谁宽谁窄……

徐秀才 我明白了。我把它看作贡院考场里发下的试题。你不知道，每次发下试题，你要仔细地盯着它，眼里感觉与心里感觉相随，要眼观心心观眼，要在字里行间寻找考官出题时心里的意思，他们也有高兴与不高兴的时候，有人受了妻妾的气，出的考题就古怪而挖苦。有人得了升官的消息，试题就出得喜气洋洋，只有参透了他们的心思，才能破题迅捷，然后立意精妙，然后心与神合，神游乎其间，虚实表里，起承转合，哪怕是一个字，都自有它的音、形、义，它放在哪里，与什么字搭配，读起来就好听看起来就顺眼，这都是水磨功夫！

马快刀 水磨功夫！

徐秀才 做起来十分有意思，有意思……

［他们边说边爬上长凳，坐在垒得高高的顶层长凳上。

马快刀　对对对对对，你就把这块猪后臀看作是考场里的试题，你仔细端详它，拿它去做水磨功夫。

徐秀才　学问！

马快刀　境界！

众木偶　（仰望着高高在上、无比光辉的秀才与刽子手）学问——境界——

［切光。

四女木偶　（拍手唱）平平仄仄平平仄，

仄仄平平仄仄平，

仄仄平平平仄仄，

平平仄仄仄平平。

仄平仄平，

平仄平仄。

仄仄仄仄仄，

平平平平平。

平平仄仄平平仄，

仄仄平平仄仄平。

［在他们的儿歌声中换景。

十

［接九场末。

老木偶　如今哪，徐秀才割肉，也是我们城里的一道景观啊！

女木偶丁　听说他比马快刀割得还好。

男木偶乙　那是他得了马快刀的真传。

男木偶丙　马快刀也得了他的真传！

男木偶甲　听说李爷见徐秀才割肉割得好，还想请他去当刽子手呢！

男木偶丙　哎你们看，马快刀来了！

［马快刀上，他已配了一副眼镜子，一边走一边入神地看唱本，一边高声吟哦。

马 快 刀　花有重开日，人无再少年，花有重开日，人无再少年……

众 木 偶　马爷！马爷！

马 快 刀　来来来，大家跟我一起吟诵。花有重开日，啊。

众 木 偶　花有重开日，啊。

马 快 刀　人无再少年，啊。

众 木 偶　人无再少年，啊。

马 快 刀　很好。

女木偶乙　徐秀才教会了马快刀解文识字，如今屠夫也能之乎者也！

［栀子花上，先声夺人。

栀 子 花　我栀子花说动李爷，把女儿许给了徐秀才，如今他们已经拜堂成亲啦！

男木偶甲　马快刀教会了徐相公割肉之法，使他成家立业，有了吃饭的本领。

［众人暴喝一声，只见徐秀才从屋里走了出来。如今的徐秀才与往日已判若两人，但见他蓄了一部络腮胡，光着上身，胸前也长出了一蓬黑毛，看去竟有点像李逵了。众人暴雷似的叫一声好。

栀 子 花　天开文运，物华天宝，明经取士，为国求贤——

男木偶乙　秀才卖肉怎么和马快刀说得不一样呀？

男木偶丙　马快刀说的是法场上的词，徐秀才说的是考场上的词！

栀子花 开龙门——入天字六十六号舍!

徐秀才 (暴喝)肉、案!

栀子花 入天字六十六号肉案!

[老木偶和男木偶丙将肉案抬了上来。

老木偶 肉案来了!

[徐秀才合着音乐踏舞起来,一边舞还一边唱。

徐秀才 (唱)肉里乾坤大,刀头日月长,

说什么青灯黄卷,贡院考场,

将年华付与了西风白杨,

只落得一身凄惶。

众木偶 格里咙咚呛,格里咙咚呛,

格里咙咚呛呛,格里咙咚呛!

徐秀才 (念)到如今,放下纸笔拿起屠刀,

书案怎能比肉案?

刀光影里荡气回肠!

众木偶 是啊,书案怎能比肉案,

刀光影里荡气回肠!

格里咙咚呛,格里咙咚呛,

格里咙咚呛呛,格里咙咚呛!

徐秀才 (念)杀杀杀,砍砍砍,

瘦肉瘦 肥肉肥,

骨头白茫茫!

众木偶 杀杀杀,砍砍砍,

瘦肉瘦,肥肉肥,

骨头白茫茫!

徐秀才 (念)杀杀杀,砍砍砍,

瘦肉瘦，肥肉肥，

骨头白茫茫！

骨头……白茫茫！

［徐秀才爬上肉案，高举着刀。

众木偶 格里咙咚呛！

［栀子花与马快刀与众人皆围至肉案边。

老木偶 花有重开日，人无再少年，舞一堂傀儡，把一出胡编乱造的戏来搬演。

［众木偶向舞台前区走来。

众木偶 花有重开日，人无再少年，舞一堂傀儡，把一出胡编乱造的戏来搬演。

［众木偶高举面具，行礼谢幕。

［栀子花走向前来，谢幕，毕。

栀子花 当家的！

［马快刀走向前来，谢幕，毕。

栀子花 徐圣喻！

马快刀 徐相公！

众木偶 徐相公——

［徐秀才下肉案，上前谢幕，毕。

老木偶 上景片！

［众木偶把各自的面具分别摆放在肉案、长凳上，静静地下。

［舞台上空空荡荡，只剩下肉案、长凳上的各色面具，以及徐秀才的刀、马快刀的书、栀子花的笸箩。

［剧终。

（2006年演出本）

话剧

家　客

编　剧

喻荣军

作者小传

喻荣军（1971—　），男，安徽含山人，现为上海话剧艺术中心艺术总监、上海文广演艺集团副总裁。

时间 21世纪初

地点 上海城市中心的一座宅院

人物表

第一幕

马时途 男，七十五岁，曾经是刑满释放人员

莫桑晚 女，六十八岁，曾经是下岗纺织女工

第二幕

马时途 男，七十五岁，退休前是唐山钢铁集团副总经理

莫桑晚 女，六十八岁，曾经是知青。退休前是上海外国语大学教授，著名翻译家、社会学学者

夏满天 男，七十二岁，曾是歌剧演员，退休前是上海文广局副局长

第三幕

莫桑晚 女，六十八岁，大学教授，退休

夏满天 男，七十二岁，歌剧演员，退休

士不可以不弘毅，任重而道远。

——曾子《论语·泰伯》

关于舞台：

整个舞台是一所带有院落的平房。它处于上海城市的中心地带，却独立成院。四周高楼环立，这所平房就像是一处世外桃源，显得不真实，格格不入，又像是一处钉子户，虽然面临着拆迁，却依然矗立在城市的中心。城市的繁荣与喧嚣时刻对它进行着挤压，可它却是静止的，卓然的，是回忆，是态度，更是坚持。

平房的两边是两个房间，一边是卧室，一边是书房，中间靠后的部分是厨房，卧室和书房是看不到的，或是只能看到一些书架，厨房里有简单的厨具、冰箱等。舞台中央是客厅，客厅并不宽敞，老旧得很，有一张旧的长沙发，以及茶几和电视柜，客厅的左边放着一张餐桌和几把椅子。舞台的前方连着客厅的地方是廊檐，廊檐下有着短短的走廊连接着一小块花园，花园里种着些花草，生机勃勃，花园的最前方有一张木制的长椅。长椅的一边有着棵香樟树，枝繁叶茂，荫盖着小花园，对抗着整个城市，长椅的另一边有着钢筋院门通向外面。

透过院门可以看见繁荣而拥挤的城市，高楼大厦鳞次栉比，热闹非凡。残破的院墙上隐约可见一个巨大的“拆”字。

第一幕　1976 年马时途从唐山回到了上海

[起光。歌手坐在舞台中央的八仙桌上，弹奏吉他，忧伤地唱着歌。

歌　手　(唱)1976 年

时代变迁风云变幻

巨人陨落天塌地陷

从城市的废墟中爬起

在生活的废墟中跌倒

天空依旧晴朗

阳光依旧灿烂

日子一天一天

生活平平淡淡

如果……

生活里没有如果……

我们只有一个 1976 年……

1976 年，马时途从唐山回到了上海……

[静场。马时途放下报纸，抬头看了一下莫桑晚。

马时途　怎么了？

莫桑晚　没怎么。

马时途　那你怎么了？

莫桑晚　觉得你……很陌生。

马时途　是吗？(把报纸放在一边)这报纸要停刊了。

莫桑晚 现在谁还看报纸。

马时途 (抬头看看四周)这房子终于要拆了。

莫桑晚 不拆,留着,也就旧了,老了。

马时途 就像我们俩?

莫桑晚 你什么意思?

马时途 本来是要拆的,结果没拆成,这一过就是四十多年,其实并不合适。

莫桑晚 上辈子欠的吧。

马时途 你欠我的?

莫桑晚 说不上谁欠谁。

马时途 要怪就怪那个时代吧。

莫桑晚 怎么能怪时代呢,错的都是人。

马时途 时代还不都是人为的? 所以你一直怪我。

莫桑晚 怪? 有用吗? 马时途,你别一天到晚地胡思乱想好吧,人这一辈子只能有一种活法,知道吗? 就是命,得认,啊!

马时途 命! (稍停)前两天那个在公园里一直教唱歌的老刘死了,今天来了个新的,听说他以前是歌剧院的歌唱家,神经兮兮的,非要教我们唱歌剧。

莫桑晚 (笑)歌剧?

马时途 你去学吧,你应该喜欢歌剧的?

莫桑晚 我? 我就是一个下岗纺织女工,我一辈子都没看过歌剧。

马时途 你说,你要是不跟着我,说不定,你会上大学,当教授,会是一个响当当的知识分子,你原来那么洋气的一个人,就是一个仙女。

莫桑晚 马时途,你又来了! 我们这种人是成不了知识分子的!

马时途 我当然不行,本来就是工人出身,我说的是你,你以前可是知识青年。

莫桑晚　他，叫什么名字？

马时途　夏满天。莫道桑榆晚，为霞尚满天。你叫莫桑晚，他叫夏满天，你们的名字真是挺配的。你说，你要是嫁给他这样的人，会怎样？

莫桑晚　哎呀，你瞎想什么呢！天晓得。

马时途　那次，我要是没回来呢？

莫桑晚　哪次？

马时途　唐山大地震那年，我去唐山出差……我要是在大地震中死了……或者……我当时真的有这样的想法，不回上海，从此消失。

莫桑晚　……？

马时途　老天爷有眼，那天晚上我去赶凌晨的火车，半夜里天热得要命，我坐在公交车里，突然就觉得车没命地摇晃起来，我眼看着两边的房子就成了平地……我不停地去救人，把刚刚要到的款也给丢了……我花了一个多月才逃出唐山，回到上海。

莫桑晚　我当时真的以为你死了。

马时途　我要是真死了，也许，对你对我都好。

莫桑晚　（看着马时途）……

马时途　你说我冤不冤？发生了大地震，人都死了那么多，公款丢了，非得说我是贪污失职，那是什么情况，命都没了啊，谁还在乎钱？有时候，我真想再回唐山找找，那钱究竟是埋在哪块砖头底下了……不然，我就不会去坐牢，不会一辈子连份正经的工作都没有，你也不会受这一辈子的苦，一辈子抬不起头……我干脆死掉，也许，你会有个爱你的男人，有个孩子……不像现在，什么都没有，有个房子，到老了还要被拆掉……

莫桑晚　你就在这里瞎想吧，我得去收拾了。

马时途　瞎想？那几年蹲大牢可不就得靠着瞎想打发日子。

莫桑晚　可你早就出来了呀，马时途，醒醒吧！这房子下周就要拆了。现在开发商开的价还算可以，别再拖成了钉子户，就人财两空了。

马时途　住了一辈子，说拆就拆了。

莫桑晚　你就是一个看大门的，有这房子也是托你爸你妈的福，你还想怎样？还好我们俩没有子女，否则这房子早就是他们的了。

马时途　这老式打字机就是重，扔了吧，以前觉得你可能用得着？现在早就没什么用了。

莫桑晚　你买的。

马时途　那我来提吧。

莫桑晚　不必了，再重，我也提得动……都提了一辈子了。

［马时途走进屋，下场。

［静场。

［夏满天推门走进花园，他显得很累，看着莫。

夏满天　桑晚，你怎么了？

莫桑晚　没什么，老夏，瞎想想。

［静场。

［收光。

第二幕　1976年马时途没有从唐山回上海

第一场

［起光。歌手靠在客厅右门框，忧伤地唱着歌。

歌　手　（唱）1976年

时代变迁风云变幻

巨人陨落天塌地陷

把过去的一切全抛掉

把未来的一切都过完

爱情说来可笑

情感藏在心间

日子全靠打发

生活没了本钱

如果……

生活里没有如果……

我们只有一个 1976 年……

1976 年，马时途没有从唐山回到上海……

［舞台一侧的院门口。夏满天上场，他穿着一件风衣。他从风衣的口袋里掏出一大串钥匙，仔细地从中间找到一把，去开门，却发现门是开着的。于是，他推开门，走进花园里。

夏满天 门怎么是开着的。

［莫桑晚的场外声，她在厨房里。

莫桑晚 我在家呢。

夏满天 你应该锁上门的。前两天就听说重庆有个钉子户半夜被人给强拆了。

莫桑晚 我们不是钉子户……怎么，还没跟他们一起唱歌呢，老刘不是叫你了吗？

夏满天 跟他们？

莫桑晚 又来了。退休十几年了，怎么还乐不到一块去？

夏满天 乐，有什么好乐的。

莫桑晚 怎么说你也是一名党员，从群众中来的，现在，退了休，更要和群众打成一片啊，什么局长、处长，还是科长，没区别的。什么朋友、对头，都过去了。

夏满天 你别光说我，瞧瞧你自己。

莫桑晚 我怎么了？

夏满天 一个堂堂的大学教授，著名学者，现在呢，蛰伏陋室，事不关己，高高挂起，每天柴米油盐酱醋茶，就是一个家庭主妇——

莫桑晚 不好么？世界很大，与我何干。

夏满天 社会由他，管我屁事。你连学问都不做了，还管我去不去唱歌？

莫桑晚 我是我，你是你，我们不一样。再说，我最看不惯学院里的那帮年轻教授，学问没什么，课题也不好好做，就知道成天的吵吵嚷嚷，好像这个国家欠他们多少似的。

夏满天 挺好，这才是国家主人的样子。可我们这代人，在这个国家，却始终活得像个客人，都太认相了。

莫桑晚 客人？是你把自己当客了吧！老刘他身体不好，我劝你下次请他来家里坐坐，有什么过不去的坎啊，相逢一笑泯恩仇！难道这仇你还要带到阴曹地府里去？

夏满天 他走了。

莫桑晚 走了？走了!?

夏满天 昨天晚上，心脏病。

莫桑晚 ……挺好的，有福之人，不遭罪。

夏满天 我心脏也不好——

莫桑晚 夏满天，这不吉利的话，不好瞎讲的。我给你熬了红豆粥，里面加了薏米仁，去湿的，对心脏好。

［夏在门口处打转。

莫桑晚 你要干什么？吃饭啊。

夏满天 我喜欢喝咖啡吃面包，你非得让我吃红豆薏米仁。

莫桑晚 没良心的。

莫桑晚　（远远地喊着）那上面全是露水，还没干，你就坐啊？越来越说不得了，跟个小孩子似的。

夏满天　桑晚，你以前可不是这样的，我即便是死在这里，你也照样写你的书，做你的学问。

莫桑晚　学问？学问有屁用，能顶得上一斤鸡毛菜？现在，对我们来说身体最重要！噢……小强……刚才来了电话，我说你还没回来。

夏满天　他说什么了？

莫桑晚　他觉得我应该写篇文章谈谈中国当代知识分子的问题。

夏满天　我们中国当代知识分子怎么了？真是咸吃萝卜淡操心，他在美国还管上咱中国的事情。他没说小莉上大学的事儿？

莫桑晚　是艾米莉，你的孙女叫艾米莉，不是小莉……她挺适应的。

夏满天　挺适应的，可她每次回到这片土地都水土不服，这还是中国人吗？

莫桑晚　艾米莉生在美国，长在美国，她怎么会是中国人呢？

夏满天　中国字都不认识。

莫桑晚　怎么，以前你要死要活非得要把小强送出国，现在后悔了？

夏满天　那时候什么社会环境，出国潮，哪里容得我去选择！

莫桑晚　你是有选择的，好吧，别什么都怪社会。

夏满天　我没怪社会，是时代，没办法。

莫桑晚　你啊，现在是退休了，到什么都敢说了。

夏满天　我一直都敢说的。

莫桑晚　好，好，你出息了，连社会也敢说了。

夏满天　小强还说什么了？

莫桑晚　没了。

夏满天　那他打电话干什么？

莫桑晚　儿子问候问候父亲，你还想怎么样？已经不错了。

夏满天　我不需要他问候。

莫桑晚 那你需要什么？他们有他们的生活。

夏满天 那我们的生活呢？

莫桑晚 怎么了？这不就是么？

夏满天 这就叫生活？起床，去公园，回家，吃饭，发呆，睡午觉，继续发呆，吃晚饭，看电视，睡觉，再起床，再去公园，再回家……

莫桑晚 怎么？这难道不是你工作一辈子换来的？

夏满天 我放着四室二厅的房子不住，陪你来这个破地方。

莫桑晚 陪我来？这里不是你的家啊！再说，你不是说高楼大厦住不惯吗？

夏满天 这里你喜欢。

莫桑晚 是啊，我是喜欢，我住不惯你局长大人的豪宅。

夏满天 那你说我住不惯？

莫桑晚 你是住不惯。

夏满天 是你住不惯。

莫桑晚 好了，都住不惯，行了吧！四周都是高楼大厦，就这里好，独门独户。

夏满天 城市里的最后一片净土，我喜欢。

莫桑晚 （笑）我也喜欢。

夏满天 可你非得要让我先说。

莫桑晚 好了，喝点儿粥吧，每天早晨我们要是不吵一吵，你是不会吃饭的。

夏满天 谁有闲工夫和你吵！

莫桑晚 我有啊。

夏满天 跟你吵没劲。

莫桑晚 怎么？

夏满天 发不出火。

莫桑晚 就你那心脏，你还想发火，歇歇吧。

夏满天 人老了，脾气好多了。

莫桑晚 你是一头犟驴，得顺毛捋！（笑）就你这脾气！……吃不吃啊？都凉了。

夏满天 我在这儿吃。

莫桑晚 这儿吃？屋外凉。

夏满天 我就在这儿吃。

莫桑晚 好，夏局长大人在这里吃，全上海的人都在俯看着呢！

夏满天 让他们看好了，我这碗薏米红豆粥可是莫大教授用心熬制的！

［莫桑晚走进厨房，夏满天和她远远地大声地对话。

夏满天 他们今天还是唱了。

莫桑晚 啊？老刘不是没了吗？

夏满天 没人指挥，没人领唱，他们还是唱了。

莫桑晚 唱什么了？

夏满天 《驼铃》，都哭得稀里哗啦的……（小声地哼着歌）送战友，踏征程，默默无语两眼泪，耳边响起驼铃声……

［马时途上，穿着衬衫和西装，推着箱子。他看着门里，摁响了门铃。

［夏满天停了唱，他应声走过去打开门。

夏满天 谁啊？

马时途 我。

夏满天 你是谁啊！

马时途 我……

夏满天 你找谁吗？

马时途 你。

夏满天 我？

马时途 你……是谁？

夏满天 我？我问你是谁呢？

马时途 我是……我是马时途。（说着进门）

夏满天 马时途？谁啊？

马时途 就是这儿。

夏满天 喂，你这人……我请你进来了吗？你到底是谁啊？

马时途 马时途。

夏满天 喂！（掏出电话）我报警了。

莫桑晚 老夏，谁啊？

夏满天 一个神经病。

莫桑晚 （迟疑地看着马时途）你是——

马时途 桑晚——

［静场，收光。

第二场

［灯光渐起。

［静场。

马时途 桑晚——

夏满天 莫—桑—晚。

马时途 莫……桑晚。

莫桑晚 你就这么回来了？

夏满天 应该是你就这么有脸回来了。马时途？果然，老马识途啊。我才明白，对，是叫马时途，怪不得刚才听到名字觉得有些耳熟。

马时途 我应该早点儿告诉你，让你有个准备。

夏满天 不是你，是你们，包括我。

夏满天 这不需要准备，这样挺好，天大的惊喜。

［停顿。

莫桑晚 四十年，你离开了四十年，现在要我有准备？

夏满天 等等，你不是在那年的唐山大地震中死了吗？

马时途 是的。

夏满天 是的？那你怎么又活着回来了？活见鬼了吧！

莫桑晚 老夏！

马时途 夏……满天。

夏满天 哟，都调查清楚了啊，连我姓什么叫什么都知道啊。

莫桑晚 （看老夏一眼，眼神制止。）

夏满天 好，我不说了，你们聊，你们聊，都四十年没见面了，要不要我回避一下？

［静场。

马时途 我，我能先吃点东西吗？饿得慌！

［莫桑晚看了一眼夏满天，莫和夏对视，夏满天生气地扭过头去，莫站起来，夏不满，生气地喝水，莫走进厨房盛了一碗粥。

马时途 谢谢。

［莫端着粥从厨房走出，马往厨房里走。

夏满天 喂，你！——我请你进屋了吗？

莫桑晚 老夏，等他吃完了再说吧。

［马喝粥，莫与夏天看着他。

马时途 四十年了，桑晚。

夏满天 莫—桑—晚。

莫桑晚 你说吧。

马时途 说什么？

夏满天 喂，一个人，死了四十年，突然又活了，还在跟我们说话，吃饭就像是在他自己家里一样，要不，我打精神病院的电话得了——

马时途 这是我家。

夏满天 你看，没错吧，是得打精神病院的电话吧！

莫桑晚 马……马时途，我不管你怎么就回来了，可首先一点，这里已经不是你的家了，情况变了——

夏满天 对。

马时途 它至少……曾经是——我生在这里，在这里住了二十二年，这是我爸我妈留给我的房子……

莫桑晚 你要是这个意思的话，其实很好办，找个律师咨询一下……

夏满天 喂，你们就开始谈房子的归属问题了啊，这是在谈离婚吗？我到现在都搞不清楚他到底是人，还是鬼？你要是人，你得证明你就是马时途。

莫桑晚 是的。是我糊涂了。你不是死了吗？

夏满天 是啊，你死了啊。

莫桑晚 1976 年，你去唐山出差，正好发生大地震，你就再也没回来了啊。

马时途 你们就当我是死了吧。

夏满天 这是什么话，死了就是死了，怎么就当是你死了，没死，你还是个人，死了，你就不是人了。这一大早的，我还是报警吧。

莫桑晚 你到底怎么了？

马时途 我没死。

夏满天 废话！

莫桑晚 那这四十年你去了哪里？

马时途 隐姓埋名，重新做人……给你自由……

夏满天 我怎么听着这么耳熟呢？是台词么？这是在演电视剧么？

马时途 我对不住你……不能再拖累你。

夏满天 还是苦情戏。

莫桑晚 你说得好轻松。

马时途 我知道我这样做不对。

夏满天 这不是不对这么简单,是犯罪。

马时途 是的,是一个人对另一个人犯下的罪。那天事情谈得挺不顺,拖得很晚他们才把买材料的钱款都给了我。我包里拎着公款,刚走出大门,身后的大楼就塌了……

夏满天 喂,大地震发生在凌晨好不好,就算是个苦情戏还漏洞百出。

马时途 我赶凌晨的火车……

莫桑晚 都过去了……我也不想听你的故事,故事是你的,你留着吧。

夏满天 你那是卷款潜逃。

马时途 我的腿被砸断了,伤得很重,意识也不清醒,我在病床上躺了七个多月,我在想……

莫桑晚 不用说了。

夏满天 我倒是想听听,他怎么隐姓埋名的。

马时途 死了那么多人,重新登记的时候,我报一个名姓就可以进厂了。那时候乱得很,我说是从乡下来的,无亲无故的……

莫桑晚 你一直在唐山?

马时途 是的。

夏满天 你现在叫什么名字。

马时途 马新仁。

夏满天 你咋不连姓也改了呢?新人,是啊,重新做人,倒是挺有喻意的啊。

莫桑晚 好了,故事听完了。你走吧。那么多年了,听起来就像是别人的故事。

夏满天 就是别人的故事。走的时候，还是年纪轻轻的，现在果真是老马识途了——

莫桑晚 老夏，你干吗这么起劲？

夏满天 我起劲？他是你的前夫啊，你们离过婚吗？他就这么回来了，我算什么啊？你可是我老婆啊。

马时途 我没有别的意思。

夏满天 那你什么意思？

马时途 你知道老马识途的后面一句么？

夏满天 什么？

马时途 人老识事。

夏满天 你什么意思？你是在讽刺我不识事么？

马时途 不，我是在说我自己。有些事情到老了还不说明白，我死不瞑目。

莫桑晚 我都明白的！

马时途 你不明白。

莫桑晚 不明白又怎样？

夏满天 都太迟了。

马时途 不迟，莫道桑榆晚，为霞尚满天。

夏满天 那也是说我的啊，好吧，你就死了这条心吧，别现在人死了，心还是活的，那就更悲哀了。

莫桑晚 老夏。

夏满天 你干吗总不要我说，难道我说错了么？一藏就藏了四十年，他的故事，你敢信么？

马时途 我没什么好隐瞒的，你们想了解什么，我都可以告诉你们。

莫桑晚 没什么想了解的。

夏满天 不，我想了解。你在这么多年唐山干什么？结婚了么？有孩子么？为什么要回来？

［静场。

马时途 我把款子丢了，也落下了残疾……我索性就在唐山待了下来，一待就是四十年，后来我一直在钢铁厂工作——

夏满天 那当然，唐山么，当然是钢铁厂。现在谁不知道世界钢铁产量排名，第一是唐山，第二是河北，不包括唐山，第三是中国，不包括河北和唐山……

莫桑晚 老夏！

夏满天 好了，你继续！

马时途 刚开始我还是做供销，那是我在上海就干的活，有油水，我也熟。后来，我做了副厂长，副总经理，十五年前退的休。

夏满天 老婆呢？

马时途 我一直没结婚。

［停顿。

夏满天 为什么？干得不错啊。

马时途 不可能了，无能为力了。

夏满天 那你早该回来了，为什么是现在？

马时途 我现在身体不太好。

夏满天 想找个人照顾。

马时途 没有，我只是想回来。

夏满天 哟，老马识途，落叶归根啊。

马时途 毕竟这是我曾经生活了二十二年的地方。我日思夜想的都是这里。

夏满天 怪不得这房子老是晃荡，原来是有人惦记。有个问题，你不是三十五岁消失的么？怎么在这房子里住了二十二年？

马时途 我父母都是老地下党，父亲解放前夕牺牲了，房子是1952年市里专门分给我母亲的。

夏满天　现在……后悔了？

马时途　不是。是眷念。

夏满天　说得我都想哭了。

莫桑晚　老夏！

夏满天　说得挺好的，连你自己都感动了吧？桑晚，你难道不感动？

马时途　小夏，对不起，我比你大，叫你小夏吧！

夏满天　你看我这个样子，像小夏么？

马时途　夏局长。

夏满天　看来你真把我们了解得很透啊。

马时途　我一直关注桑晚。

夏满天　关注？用监视更合适吧。

莫桑晚　夏满天！

夏满天　怎么了？一个男人就这样不明不白地消失了四十年，还一直关注……监视着你，你不想知道为什么吗？

莫桑晚　我不想知道。

夏满天　我想知道。

莫桑晚　那你跟他说。我走。

夏满天　还是我走吧，我在这里碍事。

莫桑晚　你要干吗？

夏满天　人家来找你，我杵在这里干什么。

马时途　对不起，二位，我来并无恶意，你们都在场，我还得要征求你们的意见。

夏满天　征求我们的意见？你是入党啊还是提干啊？什么意见？说吧！

马时途　我想要回来住两天。

［停顿。

夏满天　住？

马时途 是的。我把我在唐山的所有的一切都卖了，我要回上海。

莫桑晚 你要住这里？

夏满天 这房子原来是你的，可早就变更了，你都死了啊。

马时途 你们误会了，我不是来争房子的，我只是想在临死前，还能在这里住两天，一直以来，我一无所有，可这里有我的一切。

莫桑晚 不可以。

夏满天 你住这里，你是要把我们赶走？

马时途 不。

夏满天 那你住哪里？

马时途 我记得这边大的是卧室，那边小的是客房。

夏满天 现在是书房了。

马时途 我加张床。我不会动你们的书的。

夏满天 你是说我们三个人住一起。

马时途 我尽量不打扰你们的生活。

夏满天 三个人一起，尽量不打扰。

莫桑晚 你昨天晚上住哪里？

马时途 静安宾馆，我在上海没亲戚，你知道的。

夏满天 有，你也不敢去认吧。

马时途 是的，我断绝了所有的联系。

夏满天 那还是别联系的好，别把你们家亲戚给吓死。（笑）摊上了不是。

马时途 我知道，你们完全可以把我赶出去，可是我就是想试试。

夏满天 如果……我说我不同意呢！

马时途 那我……我……

莫桑晚 你先出去一下吧，我们商量一下。这房子不是我一个人的。

夏满天 这是什么话，难道你要是一个人，就让他住下了？

夏满天 喂，能看一下你的身份证吗？谁知道你是新人，还是旧人？

［马时途站住，他掏出身份证递给夏满天，夏满天拿着身份证看了一眼，像是发现了什么，他又看了看马时途，然后把身份证还给他。

夏满天 别忘了把行李拿走。

马时途 先搁这儿吧！

［马时途看了一眼莫桑晚，他并没有拿包，他走到花园的大门外，悄悄地把门掩上。

［静场。

夏满天 你看，他主意定着呢，我让他拿包，他就不拿。

莫桑晚 我了解他，他不是那样的人。

夏满天 （笑）你了解他？那你知道他四十年前为什么离开吗？

莫桑晚 大概吧。

夏满天 大概？你从来不说。

莫桑晚 你从来不问。

夏满天 我？有什么好问的。

莫桑晚 你觉着呢？

夏满天 觉着什么？

莫桑晚 他要住这里——

［静场。

莫桑晚 我知道这对你是个意外，你也有意见，我理解你的想法。

夏满天 那你还问我。

莫桑晚 可他的处境，即便我们不了解，可也得慢慢地了解，毕竟人家是客，他一头闯过来——

夏满天 我同意。

莫桑晚 什么？

夏满天 我同意啊，他住下好了，我倒想看看他能玩出什么花招来。

莫桑晚 真的?

夏满天 是的,我同意。不开玩笑。

莫桑晚 你不是赌气?

夏满天 像他,一赌气,四十年不回家——四十年不回来,不,是消失了四十年。

莫桑晚 我觉得还是慎重点儿吧,得跟他谈——

夏满天 没啥好谈的。

莫桑晚 我去谈。

夏满天 别,我来。我是一家之主。

莫桑晚 你?(笑)好吧!

夏满天 哎,你竟然能笑,这很伤人的。不过,我警告你,以后别在外人面前跟我顶嘴。

莫桑晚 不是你说得不对吗——

夏满天 那也不行。

莫桑晚 那以后——

夏满天 打住,知道就行。

夏满天 你,马时途,进来吧。

夏满天 以后要明白,房子都是有主人的,非请莫入,知道吗?否则,非但不礼貌,而且犯法,这叫私闯民宅。

马时途 知道了。你们——你们——

夏满天 看我,我是一家之主。看她没用。

马时途 那——

夏满天 我同意你留下暂住。

马时途 谢谢,谢谢。

夏满天 谢这里,我决定的,不是她。听明白了么?是暂住。

马时途 明白。

夏满天 暂住就是你可以先住一两晚，试试，行，再说，不行，走人。上海，法制社会，懂吗？

夏满天 刚才怎么说的来着，非请莫入。

夏满天 好，请吧。不过，暂住，还得有个条件，得付房租。

马时途 房租？

夏满天 你以为呢！还要干家务。

马时途 你们家拖把在哪里？

［灯光急暗。

第三场

［灯光渐起。

［马时途从外面进来，他手里拿着一份报纸，莫端着菜盆从厨房走出来，马拿起扫帚开始扫地。

莫桑晚 这么早，我还以为你没起来呢！

马时途 老了，睡不着。在这里就更睡不着了……

莫桑晚 让你将就了，那张折叠床原本是我的，我以前在书房晚了，为了不打扰老夏，就睡在那里，老夏睡眠一直不好。

马时途 你真辛苦，写了那么多的书……

莫桑晚 早就不写了。

马时途 为什么？你的书我全看过，有些我也看不懂。

莫桑晚 （意外地）你？（盯着马时途）看我的书？

马时途 （掩饰地）不，偶尔看到的就……夏局长呢？

莫桑晚 他去公园了，每天早晨都去。

马时途 真好。

莫桑晚 你在唐山……早晨会去公园吗?

马时途 不去。那些广场舞,大秧歌,我不会。再说我这腿也不能跳。(稍停)你怎么不去公园?

莫桑晚 不习惯,吵得很。

马时途 是的,你习惯清净,捧本书就能读半天……你妈也是,她最怕吵,那时候我在她面前经过,都要踮着脚的……

莫桑晚 她是资产阶级大小姐出身,你走了以后她一直过来陪着我的,后来,我跟了老夏,她还一直跟我们一起……

马时途 老夏人挺好的。

莫桑晚 是的,就是越老越小孩了,他人善良,别看他整天嘴上不饶人,可是心眼不坏。

马时途 看得出来。(静场)

莫桑晚 买报纸了?

马时途 昨天的《新民晚报》,还有今天的《文汇报》,习惯了。

莫桑晚 习惯?

马时途 看了四十年,走得再远,也像是从未离开过上海。

[静场。

马时途 你歇会儿吧,我记得你腰不好。

莫桑晚 那是以前,娇生惯养,后来——习惯了,倒也好了。(稍停)你……怎么打算的?你……身体……怎么不好了?

马时途 ……肺癌……还行。

莫桑晚 (稍停)那……要当心了。

马时途 (苦笑)我这把年纪,还有什么要当心的?……你还好吧?

莫桑晚 大毛病没有,小毛病很多。

马时途 心情好就行,该怎样就怎样。

莫桑晚 你倒是安慰起我来了。老夏这个人说话……你别往心里去。

马时途 怎么会呢！

莫桑晚 我和他是习惯了，再不吵，生活就真没乐趣了……你为什么当初不回来了？

马时途 我……在唐山把要到的款给丢了，回来他们是不会放过我的。你知道那帮造反派的，我是他们的眼中钉，他们一直找机会整我，就是他们派我去唐山的。

莫桑晚 知道吗……你是因公殉职，厂里后来给了一笔抚恤金。

马时途 真是对不起厂里了。你……你很想要个孩子，可问题在我。在我心里你就是个仙女，神圣不可侵犯，我却越来越自卑，甚至都不敢碰你，作为丈夫，我都觉得自己不是个男人……可你妈总是跟我说：小马呀，你和桑晚该有个孩子了。

［静场。

莫桑晚 你以为你很聪明，是吧？

马时途 我想我要是死了的话，你就没有一切烦恼了，房子留给你，你可以找个配得上你的人重新生活。你现在和夏局长不是挺好的么？

莫桑晚 那是要脱一层皮的。

马时途 我知道。

莫桑晚 你知道？

马时途 我也是。我想过要回来，“四人帮”粉碎了，我想他们也不敢找我茬了……可我得知你考上大学了，外语学院……我想等你上完大学再回来，我不能打扰你……1982 年初你大学毕业留校做老师……我还想回来，年底你就结婚了……就这样，你离我越来越远……好久了，我最想的就是这样，能在这里，看着你。这次我是不管不顾了。可我觉得很对不住夏局长。

莫桑晚 那你干吗现在还要回来？

马时途 （指了指胸口）这里……受不了。

莫桑晚 都这么大岁数了。

马时途 夏局长说的没错，人死了，心还活着。（指着胸口）这里全是你，这房子，上海……

莫桑晚 不说了吧！……先这样吧。

［静场。

马时途 你……一早去买菜？

莫桑晚 买了几十年了。

马时途 你以前厨房都不进的——

莫桑晚 老夏爱吃虾，晚了就没大个的了。

马时途 以前，你妈总爱买新上市的蔬菜，蚕豆、茭白、蒜薹……

莫桑晚 老夏喜欢吃蛤蜊，他心脏不好。

马时途 以前，你妈总爱做蛋糕，她说不比红房子的差……

莫桑晚 1983 年，我妈就过世了。

马时途 你都不知道菜是怎么烧的……

莫桑晚 人啊，有什么学不会的！

［夏满天急急地上场，他在门口翻出一大串钥匙，从中找出一把，却发现门是开着的，他推门进来，看到莫桑晚与马时途，他愣了一下。

马时途 夏局长，这么早？

夏满天 没你早。

马时途 我睡不着，出去遛遛。

夏满天 怎么？谈什么呢？继续。

莫桑晚 吃饭吧！

夏满天 别啊，是不是我打扰你们的谈兴了？那我走。

［夏满天说着，却没有走。

［静场。

夏满天　哟，真不留啊，那我就还不走了。

马时途　说你呢！

夏满天　我觉得也是。

马时途　说你好。

夏满天　那是自然，你留在这里，还得看我脸色。

莫桑晚　今天公园怎么样？

夏满天　还能怎么样？没人教唱，都快散了。

莫桑晚　都记起老刘的好了？

夏满天　没人提他。

莫桑晚　为什么？

夏满天　本来就没什么好提的？人走了，也就走了。

马时途　老刘是谁？

夏满天　一个唱歌的。

莫桑晚　一个唱歌的？

夏满天　可不就是一个唱歌的。

莫桑晚　你呢，夏局长，还不如一个唱歌的。

夏满天　你什么意思？

莫桑晚　你知道我什么意思。

夏满天　你这有意思么？

莫桑晚　我也觉得。

夏满天　我业务不比他差。

莫桑晚　可是他还在唱，带着大家唱。

夏满天　大家唱？唱的都是些《小苹果》啊，《爱情买卖》啊，这也叫歌？再说，那些人，有几个能唱得好的？

马时途　你们在说什么啊？

夏满天 与你无关。

马时途 对不起，我就是问问。

夏满天 那也别问。

莫桑晚 老夏！

夏满天 怎么了？我们家的家事，他有什么权利过问？

莫桑晚 吃饭。（对马时途）我也给你做了。

马时途 谢谢。

［莫桑晚进厨房。夏满天转头看着她，他气呼呼的，把手里的钥匙串弄得直响。

马时途 你带这么多钥匙干什么？

夏满天 没你的事儿。

马时途 我就是问问。

夏满天 以后，跟你无关的事情少问。

马时途 下次我跟你去公园，你教我唱歌。

夏满天 不必了。你？你会唱歌？

马时途 所以才要跟你学嘛！

夏满天 每天回来都是一肚子的闷气。

马时途 她……她说……吵吵生活才有乐趣。

夏满天 她说的？总有一天我要被她气死的，乐趣，有这样气人来找乐子的吗？你怎么就那么聪明，就这么跑了，我倒成了个接手的，真是倒了八辈子霉了——

马时途 她对你挺好的。

夏满天 那你怎么跑了呢？

马时途 我没你优秀，我配不上她。

夏满天 （笑）嗬，这理由不错。

马时途 （笑）我不该管你们的家务事。

夏满天　管？你有什么权力？

马时途　不是管，是掺和……你们那个老刘……？

夏满天　死了。下午我去参加他的追悼会。

马时途　对不起。

夏满天　人又不是你害死的，你道什么歉！

［莫桑晚在屋里盛着饭菜，她冲着两个男人大声地叫着。

莫桑晚　吃饭了！

［两个男人同时答应着。

马、夏　知道了。

马时途　知道了，桑晚。

夏满天　莫—桑—晚。

马时途　习惯了，我改。

夏满天　习惯了？四十年还忘不了？

马时途　我没这个意思。

夏满天　那你什么意思。

马时途　只是……习惯。

夏满天　习惯，习惯，习什么惯？（用手掌制止马时途）别，别说对不起，啊！

马时途　……

［马时途站起来。夏满天也跟着站起来，突然他有些站不稳，一下子摔倒在椅子上。马时途急忙去扶他。

马时途　老夏，你当心点儿……老夏，你怎么了？

［莫桑晚从屋里冲出来。

莫桑晚　老夏，老夏！

马时途　他怎么了？

莫桑晚　他心脏不好。

马时途　（俯身看着夏满天）老夏，老夏。

［莫拿出药塞到夏嘴里。

［灯光急暗。

第四场

［灯光渐起。

［客厅里亮着灯，空无一人。

［马时途在厨房咳嗽，去客厅喝水。莫桑晚从大门进，她手臂上搭着老夏的风衣，她从风衣口袋里掏出那大串钥匙，从中找出一把，打开院门，筋疲力尽进来。钥匙还握在手里。静场。

马时途 夏局长怎么样了？

莫桑晚 暂时没事，不过医生说得当心。

马时途 你也挺累的……噢，下午有个电话打过来，你儿子。我说你们会打过去的，我没敢说夏局长的事，我想你们没告诉他自会有你们的道理。

莫桑晚 噢，他没问你是谁？

马时途 问了。我说是夏的朋友，在这里暂住两天。

莫桑晚 他说什么了？

马时途 没说什么……我做了饭。

莫桑晚 （把钥匙装在风衣口袋里，准备去挂衣服。）

马时途 我来我来！（接过莫的衣服。）

马时途 夏局长……他为什么总带这么一大串钥匙？

莫桑晚 他喜欢，我跟他说了他也不听，其实也就一把是管用的，其余的都是以前他单位的钥匙……我没地方放，就放在他的风衣口袋里，好拿。

马时途 夏局长很热爱他的工作。

莫桑晚 是的，退了，到现在还没适应呢。什么事都不服，也不服老。

马时途 我做了几个菜，这边我用饭盒也给夏局长装了，我给他送到医院去。

马时途 ……那些盐、酱油、醋、油瓶……还在原来的位置……原来在哪里还是在哪里……我放的位置……四十多年来没有挪过。

莫桑晚 老夏不进厨房的，我也是后来才学会做的。

马时途 你喜欢吃葱烤鲫鱼和烤麸，你尝尝，看我的水平有没有退化，我在唐山也经常做的，就是那里的葱没上海的香，烤麸也买不着。

莫桑晚 你不爱吃葱烤鲫鱼的。

马时途 你爱吃——

莫桑晚 （转头看着马时途）老马，不必的。

马时途 就是想做。还是上海的葱好。

［静场。

马时途 你……儿子在美国？

莫桑晚 是的……不，他是老夏前妻的孩子，他妈过世的时候，他才六岁。

马时途 你和老夏……（稍停）我的意思是……你们为什么不再要个孩子？我以为你会重新开始，要个孩子，你应该有更好的生活。

莫桑晚 你以为？

马时途 我知道那很难。

莫桑晚 难？你以为你死过一回，别人就不是了吗？你现在回来，算什么？打扫战场、看看笑话、故居重游？好了，现在你都看过了。你这么做顿饭，就找回过去的时光与记忆了？

马时途 我……等夏局长的病好了，我就走。他现在在医院里，你身边没个人。

莫桑晚　四十年都这么过了。

马时途　(停)我当初那么做,我这么做是我弥补过错的机会。你跟着我一辈子是没有出息的,我没出息,可你不能没出息……我是下定决心的。

莫桑晚　(冷笑)决心?你是不是觉得还挺悲壮的?一个英雄?牺牲自己,成就别人?那你就继续牺牲啊,你回来干什么……

马时途　那我明天走。

莫桑晚　走?除了走,你还会什么?

[静场。

马时途　(欲言又止)我……如果那次我回来了,会是怎样?你能上大学、再结婚、做教授,你能如此有成就?

莫桑晚　我没想过。

马时途　四十年来,我每天都在想。

莫桑晚　想有什么用?我有老夏,我不允许自己这么想。我现在挺好的,我爱我的丈夫,我有一个家,日子过得挺安稳的……

马时途　这就好。

莫桑晚　是很好。

马时途　如果我回来了……那时候说不定我就会被枪毙了……即便没有那样,也会去坐牢……一个瘸子……我们也不会有孩子……让你等我?

莫桑晚　生活是没有如果的,只能有一种活法。

[静场。

[马时途走到书房里,从里面拿出一本旧的相册。

莫桑晚　你不可以乱动老夏的书。

马时途　这是老夏给我的。

莫桑晚　(稍停)也就是留个纪念,我不能你人死了,就把你的一切都丢了吧，早知道还是丢掉的好。

马时途 电影票、公园票、糖纸、香烟纸、粮票、布票……，有这些就够了。

莫桑晚 你想拿这些来证明什么？那只是一本相册。

马时途 这里面有一张五十元的汇款单，你没有去取，在一九七八年，那是很大的一笔钱，你上大学用得着的。

莫桑晚 （吃惊地）我不知道是谁汇的钱，我怎么能用？

马时途 地址是唐山。

莫桑晚 我退回去了，可是又被退了回来，那个地址根本就不存在。

马时途 当时你那么缺钱，你为什么不去取那五十块钱？

莫桑晚 你希望我说什么？你希望我觉得你还活着，对吗？你也太……

［静场。

马时途 桑晚，是我的错。你受了这么多的委屈，都是我造成的。四十年来，我把自己当成另外一个人，活着，只是活着，上班，下班，忙得不可开交，那个叫马时途的人早就死了，他在 1976 年的大地震中就已经死了。但是每当夜深人静的时候，我就无法面对我自己，那个马时途又从我身上活了过来……我曾经无数次想立刻回来，可是我发现早就不可能了……你有家有业……

马时途 （对着莫桑晚深深地鞠了一躬）对不起了。我现在给老夏送饭去，今天晚上我来陪他！也算是我为这次给你们带来的不方便赔个不是。桑晚，你知道吗？其实，我挺羡慕他的……我要是能这样，死也愿意……

［莫桑晚看着他，她突然叫住他。

莫桑晚 等等！

［马时途站住。

［莫桑晚站起来，走到房间里，她拿出一件旧军装。

莫桑晚 这原本就是你的……物归原主吧。

马时途　我们结婚时穿的……你还留着。

莫桑晚　是老夏不让我丢，他让我留着，也是个纪念……他也总是让我一直拿出来晒的……估计现在你也穿不了了……今天老夏叮嘱我，让我把它还给你。

［马时途看着手中的军装，马叹气。

［灯光渐暗。

第五场

［灯光渐起。

［夏满天与马时途正在聚精会神地下象棋。马时途举起一枚棋子。

马时途　将军。

夏满天　慢！

马时途　怎么？

夏满天　你能在这里住下来，得看我的心情。

马时途　那……那我不将了。悔一步。

夏满天　悔？我能高兴么？

马时途　不高兴？

夏满天　不高兴我能有心情让你留下来么？

马时途　那你说怎么办吧？

夏满天　你自己看着办吧！

马时途　你这不是胡搅蛮缠吗？

夏满天　你下棋，你决定，我怎么是胡搅蛮缠？想一想，胡搅蛮缠的应该是你吧！

马时途　你什么意思?

夏满天　我没什么意思,你走啊!

马时途　那我咋走啊?

夏满天　喂,你都走了几十年了,怎么又不会走了呢!

马时途　喂,夏局——

夏满天　喂,就下这一局。

马时途　你这人说话咋这么气人呢!

夏满天　我说话,你生气,气人应该是你吧。

马时途　你啊,就是嘴上不饶人,估计你这一辈子都吃嘴上的亏吧!

夏满天　我只是一个唱歌的,一辈子吃开口饭,亏不亏当然都是嘴上的。

马时途　你怎么只是一个唱歌的呢！你堂堂的一个副局长好吧？你说话要是能收一收,估计早就是副市长了,桑晚也要少受气。

夏满天　莫—桑—晚。

马时途　好了,好了,莫桑晚。

夏满天　你还别说,我还真有机会再往上升的。升官又不是什么见不得人的事情,自古以来,中国的文人士大夫从来就是两条路,要不,居庙堂之高,要不,处江湖之远。

马时途　结果呢?

夏满天　就像你说的,坏就坏在我这张嘴上。于是就高不就,远不了了,这就是命。

马时途　现在想想,也许更好?

夏满天　想？想有什么用？可你别说,我还是要说,你小子,就是精,当年一走了之,把一个残局留给了我来收拾。以后我也要一走了之,让你也尝尝这个莫桑晚的滋味。

马时途　你别忘了,我们曾经在一起四年多。

夏满天　哟,你算老几,我和她在一起三十四年,起码是你的八倍,算算,看谁吃的苦多。八倍，真是倒了八辈子的霉了。

［静场。

夏满天 怎么了？

马时途 你了解桑晚吗？

夏满天 按时间算的话，比你至少多个七八倍。

马时途 之前呢？

夏满天 什么之前？

马时途 跟你在一起之前。她以前……现在……随和了。

夏满天 随和？她？你会用词吗？

马时途 你不知道她之前有多傲气？

夏满天 傲气？

马时途 噢，知道了。

夏满天 知道什么？

马时途 她以前可是个不食人间烟火的仙女，她从不下厨房的……（岔开）你看她现在每天早晨都去菜场。

夏满天 不买菜吃什么？

马时途 我的体会啊，其实买菜就是个过程，更多的是为了可以和卖菜的小贩讨价还价，生活便有了乐趣。她现在去了银行，你知道她去银行干啥吗？

夏满天 喂，我们家的事情。

马时途 当然，我也不清楚。

夏满天 她的工资，我的工资，总得要看吧，你大小也是个副总经理，怎么连这个都不明白——

马时途 许多老人去银行，就那么点钱，倒腾来倒腾去就有事做了。

夏满天 日子嘛不就是用来打发的吗？

马时途 日子是用来过的，不是用来打发的，现在就好像我们的日子过不完似的，可其实日子本来就不多……

［停顿。

马时途 桑晚为什么不写书了？她出过那么多书，翻译过那么多作品。

夏满天 你挺关注她的啊？

马时途 我看上海的报纸，《新民晚报》《文汇报》，那上面总有你们的消息。（稍停）她有了成就，我就觉得我这四十年没回来有了意义，可是现在……桑晚，她怎么可以这样呢？

夏满天 怎么可以？

马时途 是的。她怎么可以这样？她是一个著名的社会学学者，她应该有更大的成就，她不可以停下来，她可以做得更好的。

夏满天 马时途，你知道吗？你这样做难道不是在满足你的私欲吗？

马时途 我自己？我没这样想过。我只是觉得她是一个知识分子，她应该对社会有更多的责任。

夏满天 这就是你的问题。（去开音乐）

［静场。音乐起。

马时途 那你为什么不去唱歌？

夏满天 什么？

马时途 你为什么不去唱歌？

夏满天 唱什么歌？

马时途 公园，公园啊，我看到你去公园了。

夏满天 你跟踪我？

马时途 别人每次从公园回来都高高兴兴的，可是你，却是一肚子的火。

夏满天 这管你屁事儿。

马时途 ……你就远远地找一个角落，坐在那里发呆。

夏满天 我喜欢。

马时途 你不喜欢。

夏满天　你凭什么——再说——再说跟他们有什么好玩的。

马时途　这才是关键。

夏满天　什么意思？

马时途　你是局长，是吧？

夏满天　谁在乎啊！

马时途　是啊，谁在乎啊。可你在乎！这就是你的问题。

［静场。

夏满天　这棋你还下不下了？

马时途　你都退休十来年了吧？

夏满天　是啊，你不会比我短！

马时途　我退了十五年，那厂也算是我一手帮着建起来的，一砖一瓦我都熟悉，一草一木我都有感情……后来退休了，我再去厂里，认识的人就越来越少，再后来连门卫都不认识我了，不让我进去……过去几十年，我们这代人也是为这个国家卖过命的，我做过工人老大哥，后来也算是知识分子，怎么说也都是国家的主人，可是，现在呢？……去年，厂子倒了，说是产能过剩，说踢了就给踢了……

夏满天　我们这把年纪，对目前的中国来说可不就是产能过剩。

马时途　是啊，都这把年纪了，背的东西多了，谁都会被累垮的，那为啥不放下一些，轻松上路。

夏满天　上路？往哪里上？（停顿）

马时途　夏局——小夏——还是小夏吧——我不管了，我就这么叫了——小夏，真的，你教我唱歌吧！（听着音乐）这里边在唱什么？

夏满天　今夜困不着①。

① 今晚睡不着（上海方言）。

马时途　(怀疑地)是吗？……你知道有一首英文歌……叫《田纳西华尔兹》①？

夏满天　田纳西华尔兹？知道。

马时途　你能教我唱吗？

夏满天　哟，看不出你还挺洋气的嘛！不过，这歌太老了。

马时途　噢！……就是问问！……想吃什么？今天我给你做。

夏满天　对不起，我不喜欢北方菜。我爱吃桑晚做的。

马时途　咦，谁说做北方菜了？那天我做的菜你不是很爱吃的吗？

夏满天　是吗？那……那是因为我生病。

马时途　有关系吗？

夏满天　你不知道生病会改变人的口味吗？

马时途　知道啊，可我不知道心脏病会啊。桑晚今天买了冬笋——

夏满天　你喜欢吃？

马时途　你想我怎么回答？

---

① 《田纳西华尔兹 The Tennessee waltz》：

I was dancing with my darling to the Tennessee Waltz
When an old friend I happened to see
I introduced her to my loved one
And while they were dancing
My friend stole my sweetheart from me
I remember the night and the Tennessee Waltz
Now I know just how much I have lost
Yes, I lost my little darling
The night they were playing
The beautiful Tennessee Waltz

我和爱人跳着一支田纳西华尔兹，一位友人她突然光临，
我把爱人向她介绍，可当他们跳起舞，她竟偷走我爱人的心！
我还记得那夜晚和那田纳西华尔兹，现在知道我已失去很多。
对，我已失去的爱人，那晚正当他们跳起迷人的田纳西华尔兹。

该歌曲首唱者是美国著名歌星帕蒂·佩姬(Patti Page)，美国大乐队时代排名第14位的艺人，在这期间共有上榜歌曲39支。最成功的歌曲就是这首歌，1950年11月18日登榜首13周，被列美国为最佳销售单曲之一，甚至被选定为田纳西州州歌。该歌的作曲 Pee Wee King 是二战以后美国乡村音乐的领军人物，率先在乡村音乐中使用架子鼓与电子乐器。

夏满天　我喜欢吃。

马时途　塔菜冬笋?

夏满天　简单,但最能反映出一个人的手艺。我不会做菜,但是我会吃。

马时途　知道,你是艺术家。你知道我以前在上海,象棋是有段位的,厂工会的象棋比赛我总拿第一。

夏满天　我怎么知道,又没人告诉我。

马时途　桑晚没说过?

夏满天　你真是太看得起你自己了。你以为桑晚会跟我提起你?

马时途　从来不提?

夏满天　提,一个负心汉,还能有什么!

马时途　是,还能有啥!

夏满天　喂,我警告你啊。

马时途　警告我?怎么了?

夏满天　以后,你别再跟着我啊!

马时途　公园又不是你家的。你家我都能来,公园我还能有什么去不得的。

夏满天　你这人真是厚脸皮。

马时途　人老,就是有一个好处,皮厚。你知道像什么吗?就像这冬笋,嘴尖,皮厚,腹中空。

夏满天　你果真皮厚,(去关音乐)冬笋?你有它嫩!

马时途　(笑)是,我不像,你像,尤其是这嘴,尖刻得很。

[莫桑晚上场。

莫桑晚　你们……说什么呢?

马时途　说你呢。

莫桑晚　说我,说我什么?

夏满天　你去哪儿了?

莫桑晚　银行。

夏满天　又去银行做什么？

莫桑晚　没什么，就是看看工资。

夏满天　工资不是每个月固定到账的吗？

莫桑晚　我把一些钱从工商银行的账户里倒出来，在建设银行开了个户，那里利息高一点，中国银行的理财产品不错，我把农行那个到期的给卖了，去买了点儿，听说浦发银行的那个支行要搬了，我就把那卡给注销掉了，换到招商银行来，排了一个上午的队，现在银行里怎么这么多人啊……

［莫桑晚看到马时途在笑。

莫桑晚　你笑什么？

马时途　银行里怎么那么多人？

莫桑晚　什么意思？你们干什么了，这么鬼鬼祟祟的。

马时途　你买的冬笋我来做，塔菜冬笋……

莫桑晚　几点了？我晚了吗？反正你会做饭，我不急的啊。

［马进厨房，客厅里只剩下莫桑晚和夏满天。

莫桑晚　今天怎么样了？

夏满天　没怎么啊。

莫桑晚　做什么了？

夏满天　公园里能做什么？

莫桑晚　没劲。

夏满天　是啊，公园里能做什么？

莫桑晚　公园里什么不能做？我这是关心你。

夏满天　你这是没话找话。

莫桑晚　可不就是没话找话，几十年了，什么都说了，还能说什么，可不就是没话找话。

夏满天　（冷笑）他说你随和！

莫桑晚　什么？他？马时途？他说什么？

夏满天　他说你现在随和了，那以前要傲成什么样子？他说你以前就是个仙女，不食人间烟火，我怎么就从来不觉得呢？

莫桑晚　你们凭什么说我？你们凭什么说我？

夏满天　是他，不是我。

莫桑晚　（冲着厨房）马时途，你出来。

［马时途乐呵呵地跑出来。

马时途　怎么了，桑晚？

莫桑晚　桑晚是你叫的？

马时途　莫—桑—晚。

莫桑晚　马时途我告诉你，以后你少在背后说我，你没这个权利，知道吗？

马时途　说—你？说你什么啊？

莫桑晚　你就是一根葱。

马时途　葱？

莫桑晚　你少跟我在这里装蒜。

［莫桑晚生气地转身走进卧室，马时途看着夏满天。

夏满天　你，你看我干什么啊，我又没说什么。

马时途　（“叛徒”，口型）

［灯光渐暗。

第六场

［随着急促的座机电话铃声。灯光渐起。

［莫桑晚在屋里拿着无绳电话，接听。

莫桑晚 喂，你好！……对不起……你能说清楚点儿吗？不是，我听得清……我的意思是你能说普通话吗？……说吧，你有什么目的……对，人生就应该没有目的，只有过程，我们应该享受过程，所谓的终极目的都是虚无的……你不知道我在说什么？……我在说，人啊，宁可去追求虚无，也不能无所追求……银行账号？这是你的目的？……好啊，一个人知道自己为什么而活，就可以忍受任何一种生活……你能忍受，这就很好……好，你说吧……是，是，是……你说，我听着呢……没事儿，你说，你说……有一句是这么说的：当你凝视深渊的时候，深渊也正在凝视着你。当你在听我说话的时候，我也正在听你说话！人终将会被抹去的，就如同大海边沙地上的一张脸……不，不，不，这不是什么变态的想法，再说变态也不是坏事啊，变态是符合人性却背离理性的行为……很好，你也这么认为……

［马时途拿着报纸，从外面回来。

莫桑晚 汇款？……汇到你的账户？……当然，我知道你不是骗子……可只要条件许可，机会成熟，人人都是想作恶的，也就是说人人都可能是骗子……哪家银行……你说我抽到了大奖……是的，当你对自己诚实的时候，世界上就没有人能够欺骗得了你……年轻人啊，我感到难过，不是因为你骗了我，而是因为我再也不能相信你了……年轻人，青春是你唯一拥有的东西，你要珍惜……好，打了这么长时间电话，你的老板也不会扣你奖金了！有空你再打过来！我有时间！OK，OK！（笑）Bye-bye！

［莫桑晚挂上电话。马时途笑着，莫桑晚看着他。

莫桑晚 他还跟我说英语……人生其实就像是在痛苦和无聊之间的钟摆一样，不停地来回摆动，不是无聊，就是痛苦。

马时途 这才像是你莫教授说的话。

莫桑晚 你没跟老夏一起?

马时途 他在帮他们整理谱子,我就先回来了。

莫桑晚 整理谱子?

马时途 唱歌的谱子啊,他答应帮公园里的那些人整理。

莫桑晚 他?老夏?为什么?你?

马时途 其实他心里早想着了,只是缺人推一把。

莫桑晚 他这个人什么都要求完美,甚至于苛刻,以前老刘弄的谱子他肯定看不上的……谢谢你。

马时途 谢我干嘛!

莫桑晚 没有你,他是不会去的。

马时途 他就是在乎自己的面子罢了。

莫桑晚 那可不是面子,是尊严,他把那看作是知识分子的尊严,比命还重要。

马时途 老夏说这房子,要拆?

莫桑晚 十几年前就要拆了。以前是老夏顶着不让,他说这房子是1952年市政府专门分给烈士遗孤的,是历史保护建筑,于是,他们就不敢拆了。

马时途 不敢?

莫桑晚 因为你爸是烈士。

马时途 因为老夏是局长吧!

莫桑晚 不,是因为老夏。

[静场。

马时途 我,我今天回以前的厂里了。

莫桑晚 以前的厂里?

马时途 全拆了,就那个龙门架还在,听说要做成剧场。

莫桑晚 改成剧场?生活真是荒诞,以前人们的生活在那里上演,现在却真的要演戏了。戏是有了,单单生活没了。

马时途 大门还在,我们第一次见面时的那面墙,早就没了……(稍停)你穿着碎花裙子,还有那辆永久牌自行车。

莫桑晚 (苦笑)永久牌自行车!从我舅舅家借的。

马时途 那天阳光真好。我从厂里跑出来,你就站在阳光底下,推着那辆自行车,我觉得你就像个仙女,整个世界都变了……你从朱家角骑到了浦东,我从工厂里跑出来,大汗淋漓,穿着背心,浑身脏兮兮的……

莫桑晚 工人就该是这个形象。

马时途 你来的时候我还正在车床上,听说有人找,师傅就让我出来了。

莫桑晚 是我妈喜欢你,说你老实。

马时途 我妈不放心,说你……不食人间烟火……没人气!

莫桑晚 (笑)不食人间烟火!我在安徽农村下放的时候,我的名字是五个字,那里的人都叫我:小麦当韭菜。你妈倒好,给了我六个字:不食人间烟火。

马时途 你把地里的麦苗都当作韭菜了。

莫桑晚 我以前在上海,哪里见过麦苗。

马时途 我去过你那个村子,我花了一天的时间从上海赶到南京,又花了一天半的时间从南京赶到你那个村子……我一到村里就去找到生产队长,跟他说我要娶你。他当时的表情是那么的不可思议……

莫桑晚 我给你写的信,你就来了,要不,我就嫁给生产队长的儿子了。

马时途 那天晚上,我住在村里另一个上海女知青的家里,她已然成了一个地地道道的农民,背上背着一个孩子,围着灶台做晚饭,从头到尾不说一句话,她那个男人贼眉鼠眼的,一看就知道不是个好东西。

莫桑晚 那男的是趁她晚上看抽水机的时候强奸了她。

马时途 当时我觉得自己就是孙猴子,我要把你这个仙女救回上海。

莫桑晚 是啊,的确是救。你要不是那么根正苗红,你也救不了我。

马时途 你……还跳华尔兹么?

莫桑晚 早就不跳了。

马时途 田纳西华尔兹。

莫桑晚 什么华尔兹也不跳了。

马时途 我以前不知道那首歌唱的内容是什么?你经常唱,对牛弹琴。

莫桑晚 我爸从国外带回来的唱片,那时只能偷偷地听。我爸很后悔教了我英语,可我就是喜欢。

马时途 我跟你不一样。我只是一名工人,虽然我一直在努力,从车间做到了供销科,我拼命工作,可我还是觉得你离我很远……你知道什么时候你离我最近么?就在那个春天的晚上,在安徽乡下,月光下,你就立在水田边,一边唱着,一边跳着,你的身影就印在水田里,像是两个人在跳舞,美极了……田纳西华尔兹……老夏教我的。(开始唱)

[《田纳西华尔兹》的旋律遥远地飘过来。浸满演出空间。

[灯光渐暗。

第七场

[灯光渐起。

[马时途和夏满天开心地有说有笑地上场。夏在前,马在后,关门。

［莫桑晚拿无绳电话，显得很着急，走到客厅门框处，往外张望。

莫桑晚 （着急地）你们俩跑到哪儿去了？打电话也不接。

夏满天 （掏出电话，看了看）哟，15 个，我没听到。

莫桑晚 我还以为出什么事了？急死我了。

夏满天 我能出什么事？我不是和老马在一起吗！

马时途 这事怪我，是我拉他去的。

夏满天 关你什么事，是我唱得晚了。

莫桑晚 唱？唱什么？

马时途 夏局长给大家指挥唱歌，闹得可欢了。

夏满天 什么叫闹得可欢？

马时途 就是很开心啊。

夏满天 是吗？我怎么觉得那帮人兴致不高，他们好像都跟不上调儿。

莫桑晚 他们更喜欢老刘？

马时途 是你要求太严，我觉得他们唱得挺好。

莫桑晚 你这么认真干吗？大家又不专业，在一起就是开心。

夏满天 那找我干吗？

马时途 你是艺术家，是知识分子，声名赫赫嘛！

夏满天 知识分子？现在哪有什么知识分子啊，现在都是些知道分子。知识分子应该有气节，关注社会，勇于批判现实，士不可以不弘毅，任重而道远。可我们呢，只要把日子过好，身体健健康康就行，别的我们都不关心了，怎么能算是知识分子呢？你堂堂一个大厂的副总，怎么着也是一个知识分子？

马时途 你别抬举我，我只是一个大老粗。

夏满天 抬举，你现在还觉得知识分子是什么好词啊？现在衡量一个人成功与否的标准是什么？不是看你的知识，是金钱！

马时途 （欲争论。）

莫桑晚 看看，又呛上了不是。

夏满天 你莫桑晚是个地地道道的知识分子，现在呢？家庭主妇。想当年你是个知识青年，下过乡，插过队，咦，说到这里，我倒想问问你这个老知青，那帮人在公园里一天到晚地唱着老歌，说青春无悔，你现在后悔么？

莫桑晚 这种情感很复杂，你们俩不明白。

马时途 是不明白，我们都没赶上。

莫桑晚 没赶上？你以为是什么好事啊？

夏满天 那他们在唱歌中找到了什么？美好的回忆？曾经的青春？那个时代究竟有什么是值得歌颂与怀念的呢！

莫桑晚 社会学上把这叫做认知失调，就像是买东西，买之前你会考虑来考虑去，可一旦买了，你就会强化你买的理由。我们也一样，既然如此，又能怎样？难道我们能把那几年给要回来？

夏满天 有道理。我今天在指挥他们唱歌的时候一直在想老刘。

莫桑晚 老刘？

夏满天 他怎么就能如此的有激情？

莫桑晚 老刘比你小，他是知青。

马时途 我看你唱得也很开心啊！

夏满天 开心？开心与激情还是有区别的。不过，我已经跟他们说好了，过两周我要给他们教唱新歌。

莫桑晚 新歌？

夏满天 《今夜无人入眠》。

马时途 老夏，你别搞笑了，那个他们能唱得来的啊。

莫桑晚 他们没人懂意大利语的吧。

夏满天 我想试试。只要你努力，这世上没有办不成的事。接下来有的你们烦的了，我要练声，首先自己得恢复，都几十年没唱了……还要重新整理谱子，我要带着他们去参加市里的合唱比赛，这一定会让那些评委们瞠目结舌的。

马时途 我来帮你整理谱子。

夏满天 你识谱吗？

马时途 我搞搞复印之类的活还是行的。

莫桑晚 老夏，你会的歌那么多，你干吗非要教他们学这首？

夏满天 要不就教他们唱《冰凉的小手》？

马时途 《冰凉的小手》？

莫桑晚 一首更难唱的歌剧选段……夏满天，我跟你说，这是你的，不是他们的。

夏满天 是啊，所以我要教他们啊！你放心，我一定能成的，我有方法。（激动地唱起来）Ma il mio mi-stere chiu-soin me ...

莫桑晚 好了，好了，今天艾米莉打电话来了。

夏满天 小莉？

莫桑晚 她决定明年春天去云南山区支教。

夏满天 支教？她中文都不会，小强不管她？

莫桑晚 小强支持她这么做。

夏满天 真是瞎胡闹，好好的大学不上……

莫桑晚 你可别忘了，他们跟我们可不是一代人哟。

夏满天 （把莫的话打断。）我叫你办的事呢？（眼神、表情示意。）

［莫桑晚和夏满天一起走到厨房里。

［马时途坐在桌边，他有些失落。

［莫桑晚端着只蛋糕，蛋糕上插着支蜡烛。夏满天跟在后面。莫桑晚把蛋糕放在桌上。

夏满天 老马，今天是你的生日，祝你生日快乐。

莫桑晚 生日快乐。

马时途 我真没想到我还能过生日，谢谢你们还记得我的生日。

夏满天 打住，不是我们，（看着莫桑晚）是她——（看着马时途）你知道我为什么要留你下来么？那天我检查你的身份证，发现你的生日和桑晚的是同一天，所以我就留你下来了。我知道你们的生日其实并不是同一天，因为每年你的生日，桑晚和我都要去静安寺给你烧灶香……

马时途 （感动地看着莫桑晚）

莫桑晚 老马，许个愿吧！

［马走到石桌后，抑制住自己的情绪，他低头许愿，吹灭蜡烛。

夏满天 你许的什么愿？

莫桑晚 说出来就不灵了。

夏满天 那算了。

马时途 我说我希望那年在唐山大地震中死去。

［夏满天和莫桑晚吃惊的表情。

［灯光急暗。

第八场

［灯光渐起。

［夏满天开门、进门，手里抱着一大沓曲谱，关门，走到石桌旁，看了看手中谱子。

夏满天 为什么啊？说好了都来学的，为什么一个都不来呀？

［音乐起，走到八仙桌前，放钥匙、脱帽子、脱衣服。坐下，哭。

［夏起身抱起谱子，边走谱子滑落，身体踉跄，撕手中最后一张谱

子，倒在椅子上。

［马时途进大门，一张张捡起谱子。音乐达到高潮，舞美变化。

［莫桑晚进大门，站在一进门位置。

［灯光渐暗。音乐止。

第九场

［灯光渐起。

［莫桑晚手里拿着一个钥匙环，上面只有一把钥匙。

莫桑晚 一直从老夏的风衣口袋里掏钥匙，都习惯了，否则的话，这钥匙我都不知道往哪里放？其他的钥匙呢？

马时途 老夏拆了。我说了他，所以……早知道就不说了。

莫桑晚 谢谢你……他总算是放下了。这钥匙圈还是艾米莉在美国买的，老夏很喜欢。那些钥匙在哪儿？

马时途 在桌子后面的抽屉里。

莫桑晚 （拿出其他钥匙，一把把串上。）

马时途 我很后悔鼓励老夏去公园里给那些人教歌。

莫桑晚 不是你的错。

马时途 如果他不去教歌的话，就不会出事了。

莫桑晚 是他自己要去的。

马时途 他要是不教那首歌就没事了。

莫桑晚 他是必须要教的，我知道他。

马时途 那些人也真是的，不学嘛就不要答应他来教啊。

莫桑晚 也不能怪人家，是老夏自己。

马时途 几十号人，竟然一个人都不来。老夏就一个人，他一直站在那儿等……

莫桑晚 谢谢你陪着他。

马时途 我要是不在场就好了，我该走的……他要面子。

莫桑晚 那不是面子……是尊严，是知识分子的尊严。

莫桑晚 今天我跟学校联系了，对院里的几个课题提出了严厉的批评，课题不应该成为教授们赚钱的工具，大学要提倡自由的思想，独立的精神，而不应该成为培养精致利己主义者们的乐园。那些领导很意外。

马时途 你不怕年轻教授们不开心？

莫桑晚 那他们就得努力啊。

马时途 我要是没有来找你们，或许……

莫桑晚 其实跟你来不来没有关系，现在人们虽然看上去都活得不错，可是心里却早已锈迹斑斑。人，不应该是这样的，生活，也不应该是这样的，可我们早已习惯了，适应了，习惯这样老去，适应这样死去。我一直都是事不关己，高高挂起，和谁都不争的，以前在学术上我还能有些追求，可是退休后我就远远地躲开了，我一直觉得世界是自己的，与他人毫无关系，可是我错了，因为我发现我越来越远离这个社会了，时间久了，就被遗忘了，也许只有在追悼会上才能被人们又想了起来……可老夏不是这样的人，他不服，他也不接受！你来了，很好，生活起了波澜才像是生活，否则，与死何异。老夏先我走了，挺好，否则，我真不放心，他这个人不会照顾别人，更不会照顾自己，我真怕是倒了次序……

马时途 其实，老夏是一个很明白的人，他也让我明白了我的自私……这些年，我一个人在唐山，下定决心要重新来过，可一直都是自己在跟自己较劲。我不甘心配不上你，我也不想输给老夏，你，还有老夏就成了我的目标，虽然你们什么都不知道，可这却是我全部的生活动力，我一直充满着斗志，没命地工作……你是我全部的情感寄托，我不可能再去恋爱结婚，我也不需要……我从工人做起，做到了副厂长副总经理，我把一辈子都献给了工厂……他们都说我就是一个工作狂、苦行僧。现在我明白了，其实那个马时途早就不应该存在了，我叫马新仁，他应该有自己的生活，哪怕只是一天，也不算太晚。

莫桑晚 我给开发商打电话了，我同意他们拆迁……可我有一个条件，你会一直住在这里，这里本来是你的家，他们同意了，因为他们也不着急……

马时途 （感动地）谢谢……不过，我决定过两天还是回唐山。

莫桑晚 回唐山？

马时途 重新来过，任何时候都不晚。

莫桑晚 老马，如果……

马时途 生活里是没有如果的，你不是说了嘛，只能有一种活法。

莫桑晚 有一件事，我一直想问你。你怎么对我和老夏这么了解？

［马时途从正门进书房，拿出一份厚厚的相册剪报。

马时途 我一直搜集所有关于你的资料，《新民晚报》《文汇报》……所有的关于你们的消息，我都剪了下来……你翻译了歌剧，你出的书，你参加活动，你讲的话……可是后来，突然就没有了，我还以为你生病了……我给你家里打过电话，装成是推销员，可我不敢跟你多说话……我就想回来看看……，好了，这个就留你做个纪念吧……

莫桑晚 谢谢。

［《田纳西华尔兹》音乐起，马走向客厅。

［音乐渐隐，夏满天从大门外回来，他看到莫桑晚。

夏满天 桑晚，还没睡呢？想什么呢？

莫桑晚 没什么，老夏，我瞎想想。

［静场。

［灯光渐暗。

第三幕 1976年马时途从唐山回到上海后走了？

［歌手在一道幕，舞台左上场，边上边弹唱。

［灯光渐起。

歌 手 （唱）1976年

时代变迁风云变幻

巨人陨落天塌地陷

在悲伤中听到了笑声

在苦难中看到了希望

花谢还会再开

人生不会重来

活着含辛茹苦

活着简简单单

如果……

生活里没有如果……

我们只有一个1976年……

1976年，马时途从唐山回到上海后又走了……

［舞美恢复原样。

［《爱情买卖》的音乐渐起。

[起光。

[夏满天正学着广场舞的动作随着音乐不停地扭动着。

莫桑晚 老夏，你不要跳了，烦死了，你好歹也是个艺术家，有些品味好不好？

夏满天 这音乐不好吗？老百姓喜欢啊，节奏感强，跳跳舞，活动活动筋骨，多好，我劝你也去学学。

莫桑晚 通俗和流行历来强势，但它会消解和模糊艺术本身的标准，长此以往，我们何来有深度的精神生活？

夏满天 听听，听听，这才是一个教授和一个知识分子应该说的话。

莫桑晚 知识分子？现在谁还愿意成为知识分子？你要是知识分子，能去跳这些东西？好了，我不和你贫嘴了，我还要给小强做饭呢，放学还要去接小莉，一天到晚忙死了。说正经的，这房子就要拆了，我得再去找他们。我什么都没有谈好啊。

夏满天 你要干吗？

莫桑晚 在这个国家，我是主人，不是客人。

夏满天 这房子迟早是要拆的。

莫桑晚 你是一个歌唱家，好歹也算个名人吧！

夏满天 现在，早就不是了。以前我唱歌剧，现在我在公园里教他们唱《小苹果》。

莫桑晚 艺术的悲哀啊！

夏满天 你我都这把年纪了，何必这么认真，条条大路通罗马，干吗非得要在一条道上走到黑呢？

莫桑晚 夏满天，你怎么变得这么没有原则了呢，这房子你不住，小强他们还要住呢！小强不是我们亲生的啊！路是要靠走出来的，知道吗？

夏满天 你有你的路，我有我的路，至于适当的路，正确的路和唯一的路，这样的路其实并不存在。

莫桑晚　你别跟我绕来绕去的。

夏满天　这不是你经常说的么？

莫桑晚　哎呀，那个不是放在那儿的！别动！要不我们就当个钉子户，看他们能怎么样？

夏满天　是钉子，不被拔掉，迟早也会烂掉的。那个老刘死了。

莫桑晚　哪个老刘？

夏满天　还能有谁？就是那个文化局副局长，以前也是我们剧院唱歌剧的。

莫桑晚　他倒是一个蛮有理想的人，你跟他一辈子都是死对头。

夏满天　理想？我可不像他，他什么都放不下，退了休，还一天到晚的像个领导似的，跟谁都玩不到一起去，何苦呢！你看，说烂掉就烂掉。

莫桑晚　不，都是钉子，他是被拔掉，你才是烂掉。

夏满天　你什么意思？

莫桑晚　我说世事难料，你还记得马时途么？

夏满天　谁啊？

莫桑晚　我前夫。我有时候在想，如果大地震那年他从唐山回到上海后没有走，会怎样？

夏满天　那他干吗要回上海？

莫桑晚　他花了七个月的时间从唐山回到了上海，就是为了当着我的面跟我说两个字：离开。

夏满天　生活里是没有如果的，只能有一种活法。

莫桑晚　马时途离开后的第二年，我收到一笔从唐山寄来的匿名汇款。我总觉得马时途又回到了唐山。他只是在我的世界里消失了。

夏满天　消失？

莫桑晚　如果他没有消失，也就没有我们了。

夏满天　那他还是没有消失的好。

莫桑晚　没良心的。

夏满天　也许就有另外一种可能了，不是么？

莫桑晚　（起身，去拎打字机）别瞎想了，下周就要拆了。

夏满天　这破打字机这么重，又派不上用场，你还总拎着它干什么？

莫桑晚　他买的。

夏满天　他？

莫桑晚　是的，马时途，我前夫。

夏满天　桑晚，要是现在门铃突然响起来，马时途要是回来了呢？

［莫桑晚站住，她回过头怔怔地看着门口。

夏满天　（笑）你看，瞎想的是你，不是我。（说完走进厨房。）

［静场。

［突然，响起了清脆的门铃声。马时途走了进来。

马时途　你在家，锁什么门呢！

［莫桑晚没说话，马时途看着她。

莫桑晚　（笑）

马时途　怎么了，桑晚？想什么呢？

莫桑晚　（笑）没什么，老马，我就是瞎想想。

［静场。

［音乐起，收光、马和莫下场，歌手从舞台上走到石桌上。

歌　手　（唱）如果……

1976年，马时途根本没去过唐山

那会是怎样

生活里没有如果

活着……

活着一天一天

活着平平淡淡
活着含辛茹苦
活着简简单单
1976年，马时途根本没去过唐山
噢，1976年
那是1976年……
1976年，马时途根本没去过唐山
噢，马时途
马时途是谁？
如果……

［灯光渐暗，音乐渐收。

［幕落。

［剧终。

（2017年演出本）

话剧

追梦云天

编　剧

王　俭

作者小传

王　俭（1958—　），男，上海人，国家一级编剧，原空政电视艺术中心编导室主任、北京人民艺术剧院荣誉编剧、中国戏剧家协会理事。享受国务院政府特殊津贴。

人物表

唐　瑛　女，四十多岁，上海飞机设计研究院（中国商用飞机有限公司）副总设计师，许新华大学同学

许新华　男，四十多岁，中国民用航空局 ARJ21 合格审定委员会成员、中国民用航空局适航司审定处副处长，唐瑛大学同学

杜小雪　女，二十八岁左右，上海飞机设计研究院（中国商用飞机有限公司）强度设计研究部总师助理，工程师

高子健　男，三十多岁，上海飞机设计研究院（中国商用飞机有限公司）民用飞机试飞中心试飞中队队长，首席试飞员

郑天行　男，八十岁左右，新中国第一代飞机设计师，运 10 副总设计师，中国商用飞机有限公司专家组成员

杜根宝　男，五十多岁，上海飞机制造有限公司（中国商用飞机有限公司下属飞机总装制造中心）高级技工

刘　实　男，三十多岁，上海飞机设计研究院（中国商用飞机有限公司）工程师

白永成　男，四十岁左右，上海飞机设计研究院（中国商用飞机有限公司）试飞部项目指挥

大白、小汤等设计及工程技术人员、试飞机组、试验队人员、局方及外方审定代表等若干

引　子

［自然结冰试验，国内试验。

高子健　指挥中心，这里是 101 驾机，右前方有一片云，符合自然结冰条件，请求进入。

白永成　指挥中心收到，准许进入。

［停顿。

工程师　小红点亮了，云层满足附录 C 条款要求！

［飞机响起结冰告警信号。

高子健　开始结冰了，注意观察数据。

［飞一会。

工程师　平尾和机翼前缘结冰达到了 1.5 英寸，云层中液态含水量超过了标准值的三倍！

高子健　准备进入试验状态。

［高子健的声音突然停止，飞机开始发生剧烈的晃动。

工程师　飞机出现强烈的滞止性抖振！

白永成　101 驾机，101 驾机收到请回答！

［抖振越来越激烈。

白永成　强制改出失速状态……高子健！

高子健　这是我们第一次遇到合适的云层，我不能放弃！

白永成　太冒险了，强制改出！

高子健　就要成功了！

白永成　返航！

［渐渐隐去。

第一场

[西安阎良，试飞院 467 机库。

[2010 年 12 月，深夜，窗外飘着大雪。

[高子健、杜小雪、白永成、刘实正在等待自然结冰试验试飞的审定结果。

唐　瑛　（客观告知）试飞是无效的。

[全体关注唐瑛。

白永成　（起身）你好，请问你是审查组的吗？

唐　瑛　不是。

白永成　您找哪位？

唐　瑛　找你。

白永成　我？

唐　瑛　（走向白）试飞指挥白永成，对吗？

白永成　找我有什么事？

唐　瑛　重新制定自然结冰的试飞方案。

白永成　重新制定？试飞审查结果还没有出来。

唐　瑛　试飞是无效的。

高子健　你说我们试飞无效的依据是什么？

唐　瑛　高子健。你在飞行过程中拒绝听从试飞指挥的指令冲动冒险，差点酿成大错。

杜小雪　不好意思，你是哪位？

唐　瑛　杜小雪，飞机在临近着陆的时候，左右迎角出现了五次明显的迎角突变，在着陆阶段又出现了接近五分钟的风标冻结现象。当时的风标不能反映飞机真实的迎角，同时这些故障也导致失速保护计算机丧失了正常的功能。

唐　瑛　（冷静地）高子健，如果这些问题不是在临近着陆的时候才发生，后果将是灾难性的。到时即便你保住了飞机，保住了性命，但绝对保不住你这身试飞服。

刘　实　（帮忙解释）这是我们两年来第一次碰到符合试验条件的天气……

唐　瑛　（打断）无论在什么情况下，试飞员必须听从试飞指挥的指令，遵守试飞大纲的要求。

［郑天行上。

高子健　（试探）你到底是谁？

郑天行　她是你们即将上任的副总设计师，唐瑛。

众　人　郑老。

唐　瑛　老师。

郑天行　唐副总师在空客工作了十年，之后去了美国任教，刚刚回国。为了能迅速开展工作，她花了整整一个礼拜把我们的所有资料都翻阅了一遍。看到今天的试飞报告以后，她立刻就赶过来了。

刘　实　（敬佩）你在空客工作过？大神。

唐　瑛　之后有大把的时间让你们了解我。现在当务之急是，我们必须尽快制定一个全新的自然结冰试验方案。

杜小雪　我们是不是应该先等一下审查组的审查结果？

唐　瑛　审查组给出的结论一定是跟我一样：这次试飞是无效的。

［许新华上。

许新华　现在宣布审查结果，飞机在飞行过程中迎角突变并且风标冻结了长达五分钟，导致失速保护系统也没有正常工作，经我们民航局适航审定组的讨论决定，本次试飞无效。这里是审查的结论报告。

［许新华把资料合起来，抬起头，把资料递出去。

［大家都显得很沮丧。

［唐瑛上前，从许新华的手里接过了资料。两人对视，短暂的沉默。

许新华 你们忙，我先告辞了（从唐瑛身前划过）。

唐　瑛 许组长，请留下来听听我们的想法。

许新华 我还是回避一下为好。

郑天行 新华！

许新华 （发现老师）老师您怎么在这？

郑天行 你就坐下来听听吧。

［许新华落座，众人落座。

唐　瑛 大家开诚布公地说说自己的想法吧。

杜小雪 我们还要等多久才能进行下一次试飞？

白永成 那要问老天爷什么时候再给我们一片完美的云。

高子健 两年了，两年的时间里，小红点第一次出现在它该出现的地方。看着它闪烁的时候，我开始几乎不敢相信。

白永成 当子健没有按照我的指令返航的时候，我心里其实是有些期待的。我太知道这个机会是多么难得了。

高子健 徒劳无功。

刘　实 大家不要这样。毕竟这是我们第一次进行自然结冰试验，胜败乃兵家常事，下一次，下一次……（渐渐没了声音）

［沉默。

唐　瑛 刘实说的没错，胜败乃兵家常事，下一次，我们一定成功。

白永成 我们能试的都试过了，今天已经是我们两年来最好的机会了。

唐　瑛　如果我告诉你们我知道一个地方的天气，可以完成自然结冰科目的绝大多数试验试飞，而且这个天气将持续一整个月呢？

白永成　不可能。全国所有可能的地方我们都去过了。

唐　瑛　这个地方，不在国内。

刘　实　不在国内？

唐　瑛　两年来，设计、计算、预测、管理，你们在自然结冰试验上所做的所有努力都是对的。失败是因为整个中国上空就没有符合适航条款的天气。

杜小雪　那你的意思是，我们要飞到国外去进行试飞？

唐　瑛　去北美。

众　人　北美？！

白永成　北美太远了，我无法确定我们的飞机是否能够进行这么长距离的飞行。

唐　瑛　两年前确实不能贸然行动，但是两年的研发试验过去了，飞机已经基本定型。我已经做过计算分析，飞去北美，没有问题。

白永成　这就是一进门时提的新的试飞方案？

唐　瑛　是。

［唐瑛起身，从包里掏出一份文件放到白永成面前。

唐　瑛　这是加拿大 NTI 公司气象专家提供的气象数据，我们苦寻了 2 年的结冰气象条件，就在距离加拿大温莎机场 200 海里范围内。

高子健　从这里飞去北美有一万四千多公里，一路要经历的变数太多，难度太大了。

唐　瑛　高子健，你在美国试飞学校的成绩可不是一般的优秀，你是不相信你自己的飞行能力，还是不相信我们设计的飞机？

白永成　国外的空域，落地的试验设备，起飞和降落的机场。这些资源都不是我们自己的，实施起来恐怕……

唐　瑛　是，这些都是去北美试飞的困难，但这些困难是可以克服的，而气象条件，我们无法自己创造。

唐　瑛　整整两年多的时间了，你们每天都在关注气象专家的预报，见面打招呼的第一句话都是“明天有气象条件吗？”可是在为数不多的气象机会里，要么就是夜间，无法开展高风险科目试飞；要么就是超出遥测车的监控范围；再不然就是受到空域的限制。今天白天的条件，已经是这么长时间以来最好的机会了，而这些问题，在北美我们都可以解决。北美不仅有完美的气象条件，空域还是开放的，对自然结冰试飞的验证机不构成限制。无论是从气象条件还是飞行条件来说，去北美试飞都是最佳选择。

白永成　也许这是一个可行的方案。如果每次试飞都像现在这样，飞机等天气，等待的代价确实太大了。

杜小雪　与其被动的等待，不如主动拼一把。

高子健　那就去北美！

刘　实　对！我们绝对不能连试都不试。

许新华　不行。

［停顿。

唐　瑛　为什么？

许新华　一旦失败，后果不堪设想。

唐　瑛　留在这里，等不到合适的天气，失败将是必然的。

许新华　在国内，合适的天气虽然少，但不是绝对没有。你们可以等。

唐　瑛　（从包里掏出一堆文件）证券报告、金融分析、海外媒体，“自 2002 年项目启动以来，中国大飞机研制历经近十次的推迟，除了民机项目常见的设计反复修改和供应链问题外，还存在产研体系重组调整、适航审定格外严格等因素。”“项目开发进度旷日持久的推迟对中国大飞机后续交付计划、获取后续新订单和已签订单客户都将产生显著的不利影响。"我们不能再等下去了，全世界正在对我们失去耐心。

许新华 去北美，要飞越大半个地球，而且是在最寒冷的时候一直在高寒地区飞行。一路几乎可以肯定会经历极端天气：大风、低温、暴风雪。这是越洋飞行，中途遭遇天气变故你连个可以紧急备降的机场都没有！我们这架飞机只是一座支线客机，没有驾驭长途飞行的能力！一架成熟的飞机进行这样的飞行都太冒险了！

唐　瑛 那我们就寻找最合适的航线，做好途经机场的前期沟通。能够参加我们这个大飞机项目的设计师、工程师、飞行员都是我们国家最优秀的，以他们的头脑和能力，加上我们的经验，制定详尽的应急方案，没有什么困难是不可战胜的！

许新华 我们面临的困难比你想象的更困难，不是所有事情都会按你的计划发展的。

郑天行 新华，研制这架支线客机经历的所有磨砺都将是我们之后制造大型客机的重要经验。科学需要谨慎的态度，但更需要一往无前的精神。如果船长的最高目标只是想保住自己的船，那么这艘船恐怕永远也出不了港。

许新华 老师，我们只有一条船。我们输不起。

郑天行 FAA 的适航条例里自然结冰这部分的内容考虑的根本就不是中国的天气情况，它原本就来自北美五大湖地区。制造大飞机就好比是一场世界性的比赛，在这个赛场上，始终是波音空客这两个对手在争夺领跑权，裁判就从来没有考虑过中国选手。近 40 年来，在世界民航市场飞速发展的黄金时代里，我们的航空工业一直沉浸在遗憾和寂寥之中。这一次，是我们难得的机会。赢得比赛只是第一步，新华，我们还要取得规则制定上的自主的发言权。如果此刻就退缩，我们永远也到不了终点。

许新华　老师，如果出现意外往小里说是试飞失败，往大里说我们可能会失去整个飞机，导致中国大飞机项目的坠马。

郑天行　承担风险是民航制造行业的一条重要法则。

许新华　（略显疲惫）可我们真的承担不了半点差错。

郑天行　我明白你的担心，知道你的想法。造飞机是一个漫长枯燥的过程，需要严谨的头脑、严格的自律，需要你们锻炼身体保持体力，也需要你们对生活有所牺牲。对你而言，这些都不是问题。

郑天行　新华，你知道我为什么向领导建议请瑛子回来吗？我是担心，要你一个人扛下所有的担子，会因为压力过大而止步不前。这是条漫漫长路，要有人跟你一起走。

［许在来回踱步。

许新华　北美最佳的试飞时间是什么时候？

唐　瑛　整个三月份，我们有四个月的时间做筹备。

白永成　（起身）我们可以立刻把夜航和天气限制打开来，让两个架机昼夜不停轮番飞行。

许新华　另外，2.5 g 全机静力试验，关系到整机结构强度，至关重要，必须在去北美之前完成。

杜小雪　（起身）试验机已经安装完成，监测设备正在调试中，下周就可以开始试验。

许新华　包线试飞和 2.5 g 试验全部通过以后，才能去北美。我们必须把风险降到最低。

唐　瑛　没问题！

许新华　给我一份详尽的计划，明天就要。

唐　瑛　（转对众人）明早八点，准时开工。

众　人　是！

［众人下。

唐　瑛　新华，好久不见。

许新华　是啊，好久了。

［停顿。

许新华　老师，我还有事，先告辞了。

［许新华从唐前划过下，郑天行起身看着许。

［灯暗。

第二场

［西安阎良，456 机库，2.5 g 静力试验现场。

［机库里正在进行最后的试验调整，试验机被无数的钢索吊在龙门架上，身上贴满了布袋大小的胶布，胶布连接着杠杆，杠杆伸向加载作动筒，应变片密密麻麻地贴在机体结构上，钢索的下方垂挂着一块块配重块。机库内机器声，工作的人员们工作的声音，显得有些嘈杂。机身上方的横梁上贴着红色的横幅——“全机静力试验倒计时 3 天”。

［机库的一角，是被铁格栅栏围起来的监控室，监控室内布满了检测器，有几个工作人员在检测室内进行检测器的安装调试。

［舞台一角是一个现场的临时办公区域，杜小雪和刘实在进行数据核验。

［飞机轰鸣声，杜小雪向外张望，半晌回过神来振作精神，开始工作。

杜小雪　刘实，你再运行一次，我看看这次曲线对不对。

［刘实滑着椅子到小雪电脑前。

刘　实　马上啊，准备，走。

［杜小雪和刘实盯着显示器。

刘　实　嘶，怎么回事？

杜小雪　你看这里，出问题的应该是龙骨梁那一块。你把那部分的设计报告拿给我看看吧。

［刘实递报告。

杜小雪　应该不是试验机的问题，可能是加载试验强度的试验机器有些不太灵敏。

刘　实　要不问问看你爸，检查一下应变片的情况。

［杜小雪发信息。

杜小雪　想到一块去了，（放下手机）老杜查完档案，一会儿就过来。

［飞机轰鸣声，杜小雪走神。

刘　实　哎，去北美的行程一定，干什么活都像火烧屁股似的往前奔，太累了。再加上 FAA 的影子审查即将开始，更是忙上加忙，我昨晚就睡了 3 个小时，今晚盯黄鼠狼的值班，你帮我顶一下呗？小雪？小雪？杜小雪？

杜小雪　哎呀，你别嚷嚷。

刘　实　你要是这么担心，为什么不去现场看看？

杜小雪　什么？

刘　实　你为什么从来都不去看子健的试飞？

杜小雪　谁说的，我看啊。

刘　实　你哪次去了？

杜小雪　噪声研发试飞我就在。

刘　实　那是三年前了，你那时候跟子健都不认识。

杜小雪　是吗？我记不清了。

刘　实　杜小雪，我们还有 45.2％的研发试飞科目、71.5％的申请人表明条款符合性的试飞科目要飞。

杜小雪 我知道，你要不要把全称说出来这么正式啊。

刘　实 不是每次试飞都危险，你先从不危险的开始吧，你能在场的话，子健会很高兴的。

杜小雪 可是颤振试飞太危险，飞机速度大于某一临界速度后，细微扰动都会让飞机振幅持续增大，而一旦开始就绝不会停下，直至飞机在空中自动解体。

刘　实 哎，的确，历史上有非常多的试飞员因为颤振……

杜小雪 别说。

［沉默。

刘　实 要不这样，我去把高子健换下来？

杜小雪 （把资料拍在刘实胸口，刘实痛到弯腰）就你这个身体素质，省省吧你。

刘　实 大姐，这么打人很疼的，会死人的！今晚黄鼠狼盯班，你替我啊，我要养伤。

［唐瑛、许新华带着白永成、大白、小汤等人上。

刘　实 嘘，开会，开会。

［众人落座。

唐　瑛 小雪，子健对颤振裕度的把握十分精准，高度偏差在正负 160 英尺之内，速度偏差在 0.015 马赫之内。子健飞得非常完美。

许新华 现在宣布结果，试飞结果表明飞机未出现任何颤振不稳定现象，颤振试飞通过了审核。

［现场敲击桌子的、跺脚的、鼓掌的，发出了一阵欢呼。

［高子健身着橙色试飞服上。

唐　瑛 子健的飞行非常完美。

高子健 （对杜小雪）是我们的飞机设计足够完美。

唐　瑛　现在颤振试飞成功以后，飞机的最大速度就被确定了下来。接下来我们要尽快安排失速试飞，以确定飞机的最小速度。这两个试飞科目完成之后，我们就可以确定飞机包线，这对于我们去北美做自然结冰试飞是非常重要的一步。失速试飞也属于Ⅰ类高风险的试飞科目，难度大而且对试飞员、副驾驶、试飞工程师之间的配合有着非常高的要求，我请你们打起十二万分的精神来应对。

高子健　我在美国试飞学校毕业项目就是关于失速试飞的，这个科目我算是老手了。

许新华　自信但不能自负。我再重复一遍。对失速速度的定义也决定了飞机的起飞性能、爬升性能、进近性能和着陆性能，所以，失速速度的准确性直接影响了飞机的安全性与经济性，始终受到中美适航当局和航空公司的密切关注，也是我们审查组始终关注的一项试飞科目。

唐　瑛　我们必须谨慎，谨慎，再谨慎，做好一旦发生这种情况的应急预案，利用准备的时间，多在模拟仓进行模拟，以确保万无一失。我们只有做好面对最坏情况的准备，才能避免最坏情况的发生。明白吗？

众　人　明白。

唐　瑛　2.5 g 试验这边呢？

杜小雪　我们刚才发现数据监测有些不稳定，经过排查，应该是龙骨梁附近应变片的附着问题。

唐　瑛　打算怎么解决？

刘　实　我们请了工人中最有经验的杜师傅来帮助我们排查原因。

唐　瑛　排查之后，立刻组织人员进行修改。

［杜根宝上。

杜根宝　你们在开会啊。

刘　实　唐副总师,这位就是我们总装制造中心的杜师傅。(转向杜根宝)杜师傅,这是咱们新上任的副总设计师唐瑛。

唐　瑛　(伸手)杜师傅你好。

[唐瑛上前要跟杜根宝握手,杜根宝发现自己没有戴手套,欲回去拿。

[杜小雪从口袋中掏出一副手套给杜根宝,杜根宝戴上手套这才跟唐瑛握手。

杜根宝　不行,我这手太粗糙了。

刘　实　杜师傅是小雪的父亲。

杜小雪　他常年做工不戴手套,时间长了就被腐蚀了,怕伤着别人,所以平日里跟别人接触都戴着手套。

杜根宝　飞机的零件,一分一毫都差不得,戴着手套没有手感,有时候反倒容易出差错。久而久之就习惯了。

唐　瑛　杜师傅,应力贴片的附着情况你听说了吧?

杜根宝　是,我查了一下档案。试验机上的贴片都是两年前贴的了,而且龙骨梁边缘又过窄。问题很好解决,这次试验之前我们重贴一下就行了。

唐　瑛　即便只更换龙骨梁附近的六千多片,时间上恐怕也来不及吧?

杜根宝　现在开工,三班倒,昼夜不停我们也一定换完。(看试验机)这架试验机,我是看着生产组装起来的,每一个螺丝钉的位置我都记得清清楚楚,我看着它从无到有,就好像看着我的女儿长大一样。现在她在这里要经受 2.5 g 的考验,要吃很多的苦,我们一定要好好护送她!

唐　瑛　好!(握住杜根宝的手)那就辛苦您了!

杜根宝　我现在就去落实!

[杜根宝下。

唐　瑛　小雪，在应变片重装完毕后立刻进行检测，查看数据的准确性！

杜小雪　没问题！

许新华　监测仪器调试得怎么样？

杜小雪　我们这次使用了四组数据进行同步监测，包含数据许用值、理论计算值、理论推算值和试验实际数据。这样我们可以一边进行试验一边实时推测，到达验证载荷的时候，就能够立刻得到满载的推测数据。

许新华　没有验证载荷，这次试验加载到百分之百。

杜小雪　百分之百？

唐　瑛　（沉默片刻）2.5 g 试验本身就是一项破坏性试验，成功的试验也会给试验机造成不可逆的损伤。

许新华　我需要最稳妥的试验结果。

唐　瑛　我们只有一架试验机，假如全部工况都做到百分之百，这架试验机将无法再承接任何其他的试验。

许新华　我说过了我只要最稳妥的结果。

杜小雪　数据监测是全世界通用的方式。

许新华　我们才刚刚起步，就是要用加载到百分之百的方式来完成试验。几十年前别人可以做到，那我们现在无论如何也要坚持做到。有问题吗？

唐　瑛　全世界也没有任何一架飞机在全机静力试验中，所有工况都做到了百分之百的试验载荷。他们的一架试验机只承担一项地面试验，但现在的条件不允许我们这样做。数据监测才是最稳妥的办法。

许新华　我们无法信任监测系统的数据。

杜小雪　监测系统的算法我们是经过精密计算和核实的，并且做好了报告，里面详细记录了每一个步骤。

许新华 有些内容与工程经验紧密相关，而这部分你们并没有足够的数据积累。

杜小雪 这很简单，在试验之后我们可以接受所有的数据的复验再审。

唐　瑛 空客已经开始采用计算机模拟加分析技术在空气动力、电磁场、结构和系统中进行符合性验证来代替试验验证了。他们连具体的试验都不需要再做了，而你却要求我们把载荷加载到前所未有的强度。

许新华 你们这个团队没有累计的工程数据来支撑你们的计算和分析能力。作为适航管理方，我有责任要求你们按照最严格的标准来要求自己。

唐　瑛 不，你是不相信我。

[许新华沉默。

许新华 只有我相信你们没有用，FAA 不会相信的。而这次试验的结果将直接关系到我们是否能够顺利进入影子审查。

唐　瑛 （站）我跟 FAA 打过交道，我比你清楚 FAA 的准则。

许新华 这架飞机是新的飞机，你们也是新的申请人，而我们在 FAA 面前也是新的适航管理方。

唐　瑛 许新华！

许新华 我已经做了决定。

唐　瑛 召集强度部门和设计部门今晚开会。重做试验方案，重新安排所有试验的顺序，全力保证这架试验机能够将所有的试验承担下来。

许新华 FAA 的影子审查不仅牵涉到《中美双边民用航空合作协议》的签署，更关系到我们的大飞机能不能飞出国门。

唐　瑛 这次试验也直接决定了我们明年三月是否能够去往北美五大湖

进行自然结冰试验，我势在必得。

［许新华转向唐，唐瑛大步走向许新华。

许新华 我只是公事公办，希望你能理解。

唐　瑛 工作上，我绝对让你心服口服。

许新华 唐瑛……

唐　瑛 （打断）你必须相信我。

［全体划开。

第三场

［西安阎良，467 机库。

［飞机停放在机库中央，飞机的舱门和能打开的所有飞机口盖都敞开着，一只鸽子装在笼子里放在旋梯旁边，不时发出咕咕的叫声。机库里的摄像头都调整了角度对准了飞机。

［杜小雪坐在一旁，手里抓着一小袋面粉，昏昏欲睡。

［高子健拿着一件羽绒服，蹑手蹑脚上。

［杜小雪一个瞌睡，面粉掉在地上，惊呼。鸽子也被吓了一跳，在笼子里扑棱起来。

［高子健把羽绒服披在杜小雪身上。

高子健 照这样下去，没等鸽子把飞机里的黄鼠狼引出来呢，就先把你冻感冒了。

杜小雪 2.5 g 试验马上就要开始了，我躺在床上，闭上眼就是试验数据，根本睡不着。

高子健 （拍拍肩膀）全世界最舒服的枕头，专门针对飞机工程师的失眠问题,了解一下。

[杜小雪打了个喷嚏。

高子健 (给杜小雪掖了掖羽绒服)黄鼠狼还会钻到飞机里取暖呢,你连件羽绒服都不知道穿。

杜小雪 冬天开车的时候,我爸总是拿着一根小木棍去车库,先朝着四个轮子一顿敲打,确定没有野猫在那里取暖,才敢把车发动起来。可赶飞机里的黄鼠狼远没有这么容易。

高子健 飞机里面成千上万根线路,它万一受到惊吓乱窜,后果不堪设想。

杜小雪 你之后还要开着这架飞很多科目吧?

高子健 是,等黄鼠狼出来了,失速就用这架飞。

杜小雪 (回头看笼子)黄鼠狼黄鼠狼,你快点出来吧,不要在里面作威作福了(鸽子咕咕叫了两声)鸽子同学,你任务艰巨啊!

高子健 失速试飞那天你能来吗?

杜小雪 失速试飞那天有审核会议,我去不了现场。

高子健 如果不是同一天呢?你会来吗?

杜小雪 不要做这种无意义的假设啊。

高子健 科学就是在假设中逐步发展起来的。

杜小雪 那假设你不做试飞员,你会去做什么呢?

高子健 我没想过,自从体验过飞行的感觉以后,我就离不开天空了。但是普通的飞行员对我来说……

杜小雪 (同时)又太没有挑战性。对,我知道。所以,做这些无谓的假设干什么呢?

高子健 你希望我不要做试飞员吗?

[停顿。

杜小雪 我知道试飞对你的重要性,所以我从来不去想这种没有意义的问题。

［停顿。

高子健 试飞和你对我一样重要。

杜小雪 如果试飞和我你只能选一个呢？

［高子健沉默。

杜小雪 （缓和地）这个时候就要坚定地选我知道吗？这就跟我和你妈一起掉水里你救谁是一样的道理，我又不可能没事抱着阿姨往水里跳。

高子健 跳也没关系，我妈水性很好的，我的游泳还是我妈教会的呢。后来我还去参加了市里的游泳比赛，不过名次不怎么好。

杜小雪 拿了第几名？

高子健 第一……倒数的。

杜小雪 没想到堂堂高子健也有这样不堪的历史。

高子健 虽然比赛结果不理想，但是那年夏天我过得很开心。练习的时候，我妈总是在泳池的另一头等着我，给我加油打气。我游起来就特别有干劲，因为知道我妈在终点等着我。

杜小雪 这是你希望我去看你试飞的原因？

高子健 我希望我每一次飞行的终点是你。

杜小雪 高子健！你久经沙场啊？

高子健 啊？

杜小雪 跟多少小姑娘说过这种肉麻兮兮的台词！

高子健 对天发誓，你是第一个！

杜小雪 怎么着？你还想有第二个？

高子健 没有没有，绝无二心！

［停顿。

杜小雪 （趴在桌上）如果我做不到呢？如果我没有信心站在终点呢？

高子健 我在美国试飞学校的成绩数一数二。这个世界上现役的绝大多数机型我都飞过，了如指掌。别人能飞的任务我也能，我能飞的任务别人未必能。你只要对我有信心就可以了。

杜小雪 子健，我太知道试飞中有多少不可控因素了。你这招也许对你爸妈管用，但对我不行。

高子健 我只是需要你在我身边，支持我。这个世界上，如果说有人能理解我支持我的话，就只有你了。

杜小雪 我当然支持你，子健。可我更怕失去你。

高子健 你不会失去我的。你是这架飞机的工程师。我能够坦然地踏上飞机，正是因为我足够相信你们的计算和设计。相信这些年里和我并肩作战的成百上千的同事们，相信你。你不相信自己吗？

杜小雪 我相信。

高子健 那你还怕什么呢？

［停顿。

杜小雪 试飞，就是试错啊。飞在天上的时候，一个小小的错误都可能导致……

［高子健抱住杜小雪。

高子健 我无法想象离开了飞行的生活，但我也不能没有你。

杜小雪 我知道，这是我的选择。

［高子健正视杜小雪。

高子健 你对这个选择后悔了吗？

唐　瑛 许新华你给我站住！

［杜小雪突然推开高子健，拉着他就要躲起来。

高子健 干嘛？

杜小雪 许组长！！

［杜小雪不由分说拉着高子健躲了起来，许新华、唐瑛上。

唐　瑛 许新华你给我站住！

许新华　你小点声，黄鼠狼在飞机里受到惊吓容易乱窜，会造成破坏。副总师，你还有什么事吗？

唐　瑛　你不可能永远不理我。

许新华　工作上，我们自然是要协同合作的。你多虑了。

唐　瑛　在我决定回来的时候，我试图联系过你。

［许新华沉默。

唐　瑛　我给你写过信，你收到了吗？

［许新华沉默。

唐　瑛　你为什么不回复我？

［许新华沉默。

唐　瑛　如果你不想回答也没有关系，我能理解。

［短暂的停顿。

许新华　谢谢。

［沉默。

唐　瑛　（重又鼓起精神）许新华，只要我们齐心合作，没有做不成的事情。这一点你心里也很清楚。我坚信这一次我们也只会成功不会失败。我们大学时候就立誓要一起造属于我们自己的飞机，这一天已经来临了。

许新华　我一直在坚守我们大学时候的誓言。

唐　瑛　我也从没有放弃。

许新华　你是我们从国外聘请回来的，三年的合同期而已。

唐　瑛　我如果放弃了，就不会早早离开空客，去美国教书。我就是希望当中国大飞机需要我的时候，我身上可以没有竞业条款的限制。

许新华　你可真有远见，考虑得很周全。

唐　瑛　意气用事可不是你的风格。

许新华　意气用事当然不是我的风格。对待工作，我一向严谨公正。

唐　瑛　那你能不能好好跟我说话。

［停顿。

许新华　我们现在工作上沟通不是很顺畅吗?

［沉默良久。

唐　瑛　你去看过晓雨吗?

［停顿。

许新华　这是我的私事。

唐　瑛　我现在就在跟你谈私事。

许新华　那我跟你就没什么好谈的了。

唐　瑛　我只是想去看看她。

许新华　16 年前她的追悼会你都没有来,现在已经来不及了。

唐　瑛　一切都来不及了,是吗?

［沉默,飞机里的声响越来越大,杜小雪挣脱高子健地阻拦跑了出来,拉着唐瑛和许新华躲了起来。

唐　瑛　怎么了!

许新华　你怎么在这?

杜小雪　别说话! 黄鼠狼出来了!

［飞机边,一个灵动的小影子一闪而过。

［渐隐……

第四场

［西安阎良,2.5 g 试验当天。

［郑天行坐着轮椅被推上场。

唐　瑛　老师您怎么来了，领导不是要把您接回上海医院做检查吗？

郑天行　是啊，车在外面等着呢。现在这个节骨眼上，我放心不下，临走之前再来看看。

唐　瑛　老师，我知道您担心什么。这是我接任副总师后的第一项地面试验，又是 FAA 第一次到现场的试验。您放心吧，我已经做好了接受检验的准备。

郑天行　好，瑛子，我再跟你啰嗦几句。2.5 g 试验是之后试验试飞的基石，但对于我们来说，它并不是一项容易的试验。你们可千万不要掉以轻心。唐副总师，我不能盯着你们打完这场仗，我心里是放心不下的。去北美的第一炮，你可必须要给我打响喽。把根扎深，才能耸立云端。

唐　瑛　是。

郑天行　好。我先走了，在上海等你们的好消息。

［郑天行被推到台侧，又转回身。

郑天行　接下来可就看你们的了。

唐　瑛　老师，您放心！

［郑天行下。

［群众集体转身。

［许新华带着 CAAC，FAA 影子审查组成员，FAA 的每个人手里都拿着评审记录册。

许新华　（对唐瑛）这几位 FAA 此次影子审查的代表，这位是中国商飞这次项目的副总设计师唐瑛。请坐，你们准备好了就随时可以开始了。

［唐瑛站定。

唐　瑛　“全机稳定俯仰 2.5 g 极限载荷静力试验”，开始。采集，调零。

杜小雪　调零完毕。

唐　瑛　加压……测量。

杜小雪　完毕。

唐　瑛　加载到5%。

［机器运转的嗡嗡声响起，监测仪的曲线开始波动。

杜小雪　5%到。

唐　瑛　检查设备。

杜小雪　控制系统正常。采集系统正常。数据监控正常。左机翼加载正常。右机翼加载正常。机身加载正常。

［飞机链接的钢索全部都被拉伸得笔直。

唐　瑛　加载到60%。

［试验机内部传来隐约的咔咔声，机翼被钢索拉得上翘了起来。

杜小雪　60%到。

唐　瑛　加载到80%。

［试验机内部咔咔声越来越大，时不时夹杂着“嘭嘭”的闷响。

杜小雪　80%到。

唐　瑛　测量。

［监视器曲线突然呈现了接近90度的跳跃，监控室的人立刻开始查阅计算数据。

［试验机发出一声巨响，紧绷的钢索全部自动卸载，陡然垂落下来，上翘的机翼也瞬间回到了原位，监测机此刻显示数据为87%。

［整个舞台空间突然静止下来，空中悬荡着嗡鸣声，又戛然而止。

［唐瑛、杜小雪等人急欲离开监控室到一楼查看试验机情况，被许新华拦住。

许新华　等我们确认以后，你们再进入现场。

［许新华携CAAC、FAA两组人员，头戴安全帽陆续进入航空现

场，环视一周后，围聚在后机身位置进行检查。唐瑛杜小雪拼命张望，却什么也做不了。

杜小雪 结果不应该是这样的，会不会是加载的设备出了问题，一定是强度局的载荷加大了。

［唐瑛紧紧盯着监测仪器。

唐　瑛 试验加载到83%的时候，中后机身连接处的应力曲线出现过跳跃式的波动。

［杜小雪确认监测数据。

杜小雪 这个跳动非常的短促，之前做机身冲压实验的时候出现过同样的情况，是应变片连接不稳定导致的。

唐　瑛 看结果，这次不是应变片的问题。

杜小雪 对不起，唐副总师，是我判断失误了。

唐　瑛 问题不是出现在这个小小的波动上，很可能是我们之前的试验报告出现了问题。这是我这个试验总负责人的失误。

杜小雪 但我们真的尽力了。

唐　瑛 试验的价值就在于帮助我们查找问题，调整和优化计算，让我们的大飞机更加安全。这是一个必经的过程。

杜小雪 但是北美试飞留给我们的时间不多了。

唐　瑛 结束后立刻组织大家开会，抓紧一切时间修复错误，尽快展开新的实验。

［许新华带着一众人回到监测室，许新华走到唐瑛面前。

［许新华送走FAA后，上前对唐瑛说。

许新华 现在宣布结果。2.5 g静力试验，申请人计算试验机应在100%时保持3秒承载，而试验过程中运行到87%时就自动卸载，且机身中后段发生断裂。试验失败。

［停顿。

许新华 看到现在的结果，你还认为你开始坚持的加载方式是正确的吗？

唐　瑛 如果用我的加载方式，我们可能在加载到30%的时候就能发现87%时候的错误，就可以结束试验了。试验机绝不会造成这么大的损伤。

许新华 但是无论用哪种方式，你们的试验结果都是失败的。

唐　瑛 我会立刻排查原因。

许新华 收回飞机的特飞许可，中止包含失速试飞在内的一切与飞机结构强度相关的试飞科目。暂不接受2.5 g静力试验的再次申请，直到申请人可以自证强度校核能力。

唐　瑛 你要中止所有的试飞和试验？

许新华 直到你们可以证明你们这次试验的强度计算是没有问题的。

杜小雪 你质疑的是我们的计算？

许新华 你们试验数据和最开始提交的试验报告不一致，这暴露了你们强度计算的能力是有问题的。

杜小雪 试验的确暴露了我们报告里的短板，但为此全盘否定了我们的计算能力，未免太武断了。

许新华 这是航空界的一个经典实验，无数双眼睛都在看着456厂房，你们却交了这么样一张答卷？

杜小雪 说来说去，还是FAA。

唐　瑛 杜小雪。许组长说的对。如果我当时能够立刻叫停试验，也许不是这个结果。

许新华 现在才意识到已经晚了。

唐　瑛 我愿意为此承担责任。

许新华 你打算怎么承担？

唐　瑛 （停顿）找到试验失败的原因之后，我会引咎辞职。

［众人大惊。

杜小雪 唐副总，那是因为我，是我……

唐　瑛 （打断）中止试验应该是我的判断。

杜小雪 如果要辞职的话应该是我……

唐　瑛 （打断）这是我的问题，错不在你。失败就应该承担责任。

许新华 唐瑛，你还真是没有让我失望。

唐　瑛 你什么意思？

［停顿。

许新华 你们内部怎么处理我不干涉，但是我需要在一个月内收到你们关于过去一切试验的验证报告，对所有涉及到使用强度校核计算方法的试验进行复核再审。

唐　瑛 全部？

许新华 （不理会）以上是我们审查组的决定，散会。

唐　瑛 你是要推翻我们之前所有的成果吗？

许新华 散会。

［唐瑛坐下。

唐　瑛 （许新华转身欲走，被叫住）你们是基于什么来决定呢？觉得我们不够格，觉得我们的团队不具备制造一架飞机的素质吗？所以这个团队所做的努力都不能被采信？

许新华 结果如此，我说了，我只看结果。

唐　瑛 你可以要求我们针对这个错误的试验去修整、去弥补，但是因此推翻过去所有的试验结果我不能接受。你不能因为我，就不相信我们整个团队。

许新华 我跟你说过意气用事不是我的风格。唐瑛，我倒想问问你试验失败，你就引咎辞职，难道你遇到任何困难，想到的唯一的解决方法就是离开吗？

唐　瑛 学了七年飞机设计，留下来造摩天轮就是坚守阵地了吗？我不想把自己一身的本领在造汽车甚至是造洗衣机上消耗殆尽，难道错了吗？你别以为自己很了解我。

许新华 （逐渐走向唐瑛身后）我是不了解你，当你决定走的时候，我才发现我自己从头到尾就没有了解过你。16 年前你是这样，16 年后还是这样！事情已经发生了，没有挽回的余地了，那么你就隔断一切联系，一走了之吗？把辞职报告一交，就当这次失败没有发生吗？然后呢，再一次失去所有联系，音讯全无吗？这些和你并肩作战的战友们怎么办，也抛下他们等到下一个 16 年再跟他们相见吗？

唐　瑛 我不希望因为我一个人的问题而失去你们对整个团队的信任。

许新华 那你就带着你的团队把信任赢回来！留下来！去攻克这个错误，去死磕试验数据，带着你的团队去回顾你们之前的每一份报告、每一次计算，如履薄冰战战兢兢地去复验所有的试验结果，告诉自己，我绝不允许任何一个人在中国制造的飞机上出事！无论是 16 年前，还是 16 年后的今天，你做得最错的事是选择离开。

唐　瑛 好。一个礼拜之后，我带着报告来找你。如你所愿，以后我们只谈工作。

［许新华拨乱椅子，站定。

［渐隐。

第五场

［西安阎良，456 厂房。

［众人戴上安全帽穿梭在现场。试验机旁边单独辟出一块办公

区域，设计师和工程师就在这里进行紧急办公。

杜小雪　大白，帮我调取一下试验现场的实际载荷。

大　白　来了！

唐　瑛　小汤，麻烦取 6 700 片应变片的详细数据进行分析。

小　汤　马上！

［手机铃声。

唐　瑛　刘实，厂房里一共有多少处监控摄像头？

刘　实　（摁掉手机）安保监控？

唐　瑛　对，你找人去把所有监控在试验期间的影像全部调出来。

刘　实　是。

［刘实找大白交代监控任务。

工程人员甲　小雪，A 组对比数据。

［小雪接数据。

唐　瑛　（低头看数据）刘实，传感器的图给我。

［刘实回到桌前手忙脚乱开始找资料，手机铃声又响起，刘实根本没有时间掏手机，任凭它响着。唐瑛头也不抬地看着手里的资料，右手高高举着。

工程人员甲　（小跑向小雪）B 组对比数据。

工程人员乙　（小跑给唐瑛）有限元模型。

唐　瑛　刘实刘实，快点快点。

［刘实跑来递资料给唐瑛后，打算接电话，铃声停了。刘实拨号，手机放到耳边还未来得及接通。

唐　瑛　刘实！

［刘实摁掉手机，又小跑回来。

唐　瑛　你看，这里，位置、敏感度，都有可能导致整个问题，你修正一下信号。天亮以前给我答案。

刘　实　好。

唐　瑛　(端详刘实的脸)你脸怎么回事?

刘　实　四天没回家了,胡子长出来了。

杜小雪　老杜,带着大家伙儿再把中后段的应变片换一下!

杜根宝　行,换一百遍也给你换到底!

［微信连响了几声,刘实掏出手机看。

唐　瑛　有事吗?

刘　实　(咧嘴笑)我老婆生了。

唐　瑛　什么时候生的?

刘　实　昨天晚上。

唐　瑛　男孩女孩?

刘　实　男孩。

唐　瑛　恭喜!

［大白拿着移动硬盘上。

大　白　所有的监控影像都在这了。

［刘实把手机放到口袋,唐瑛无声地拍了拍刘实。

刘　实　(揽住大白)开工!

［一群工人攀上试验机开始进行应变片的更换。

［杜小雪从试验机上下来,手里拿了一个零件,愁眉不展。

工　人　杜工,杜师傅让我把这个给你。

杜小雪　唐副总师,你看!

唐　瑛　这是……龙骨梁延伸段和后机身长桁的连接件?

杜小雪　是,可是你看这里。

［部件一侧发生了严重的变形,唐瑛沉思了一会儿。

唐　瑛　(激动地)刘实!714 框后延伸段结构的侧向失稳强度校核结果在你那吗?

[刘实盯着屏幕，没有理会唐瑛。

唐　瑛　刘实，刘实！

刘　实　等会！

[所有人都看向这里，静场。

刘　实　就是这！唐副总师你快来！

[众人都围过去。

唐　瑛　再放一遍。

[静场，随后唐瑛从人群中走出来，拿起连接件。杜小雪在桌子上翻找文件。

杜小雪　（递文件给唐瑛）714 框后延伸段结构的侧向失稳强度校核报告。

[唐瑛看文件。

唐　瑛　如果这份校核结果正确的话，按照正常的试验方式，无论如何这个部位也不该产生这么大的形变。把连接件的对接组件给我。

[工人把组件取出，刘实接过，递给唐瑛。唐瑛摆弄两个零件，测量、计算。

唐　瑛　问题就在这个连接件上！提升这个部件的刚度和强度，把对接处的边缘精确打磨，将误差缩减到 0.008 毫米，让两个部件的连接严丝合缝。

杜小雪　0.008 毫米？

唐　瑛　0.008 毫米。

杜小雪　好的，我现在就通知制造工厂，立刻着手准备。

唐　瑛　这么高的精度必须要靠手工打磨，工厂不在国内，做好之后我们还要进行测试。来回运输时间耗费太久。不行，就现在，我们这些人当中，有没有人可以做？

刘　实　0.008 毫米，这是在头发丝上做雕刻。

唐　瑛　必须如此。有没有人可以做？

刘　实　那你得问杜师傅！

［杜师傅从试验机身后走上来，所有人都看着他。唐瑛走过去，把手里的连接件递过去。杜师傅没有接。

［渐隐。

第六场

［西安阎良，456机库，深夜。

［视频：同前。

［场景：同前。

［杜根宝和几个工人在高台上进行更换应变片的收尾工作。

杜根宝　你们弄完了就先走吧，我这马上就好了。

工　人　好，那我们先走，你也赶紧收拾收拾回去休息吧。（下）

［杜小雪端着脸盆、提着一袋东西上。

杜小雪　老杜！老杜！老杜，应变片换完了？

杜根宝　哎哟，你不睡觉过来干什么！

杜小雪　不得伺候您老人家做spa啊。

［杜根宝下到地面，杜小雪开始往盆里倒醋。

杜小雪　您坐！

杜根宝　架势这么大，我知道你想干什么。

杜小雪　我就是想给自己的老父亲泡个手。

杜根宝　没有劝我改零件的想法？

杜小雪　劝您干吗啊，大不了飞机咱不造了呗。

杜根宝　嘶……孩子怎么说话呢。

［停顿。

杜小雪　我也没说什么啊。手。

［老杜摘手套，杜小雪给杜根宝挽袖子。

杜根宝　也许我差不多该退休了。

杜小雪　（恭维）你这双手啊，是神手。我估摸你提退休可能得不到批准。

［杜根宝把手放进醋里。

杜小雪　哎呀，你慢点，伤口碰到醋多疼啊。

杜根宝　这么多年，都疼习惯了。是唐副总师叫你来的吧？

［杜小雪掏出连接件，放在桌子上。

杜小雪　爸，这个零件的制造，非你不可。

杜根宝　0.008 毫米，这么高的精度需要细致编程的数控机床来完成，不是靠我一双老手和一台传统机床那么简单。

杜小雪　原厂调配需要几天的时间，我们等不起了。2.5 g 试验失败以后，我们查错已经耗费了很长的时间。连接件制作好以后还要重新调试，重新向审查组递交报告。一系列流程走下来之后，才能再次进行新的 2.5 g 试验。如果 2.5 g 试验卡在这里，我们之后的所有试飞和试验都不能开展，势必会错过北美试飞的最佳时间。

杜根宝　你们不能把所有的宝都押在我这双老手上啊！

［小雪扶着爸爸坐下，帮他擦手。

杜小雪　你这双手，将近四十年的时间里出产的零件达到了百分百的合格率，没有一例返工单。无论再复杂的零件，经它们制造出来，永远都是“零瑕疵”。不是我们把宝押在你的手上，而是你的这双手，就是我们的宝啊。

杜根宝　这些说起来是荣耀，其实啊，不过就是一名工匠的应尽的本分。0.008 毫米，是我手工操作从未到达过的精度。我不是神仙，没有你们想象的那么伟大。

杜小雪 （轻声）就是因为你把完美当作本分，所以大家才会格外相信你。爸，你还记得你刚开始工作的时候吗？一个特制件来不及从原厂调配，只能用钛合金毛坯在现场临时加工。你用了一个多小时就完成了特制件的制作，一次性通过了检验直接送去安装了。那个特制件的精度到达了多少，0.014 毫米。那个时候的你还没有现在这么多丰富的经验。

杜根宝 当天做完特制件我以为自己可以睡个好觉了，却不知道怎的突然怀疑自己螺丝的保险是不是没有上，越想越不放心，半夜三点淋着雨回到厂房把特制件一件一件拆开，看到保险赫然出现在我眼前，我才放下心来，又一件一件安装回去。当时我年轻啊，活都干完了才知道后怕。好在没有出任何差错。飞机的零件差之毫厘，那都是事关安全的大事啊。今天这个连接件，不仅精度要求高，制作期还紧张。如果一旦失败，2.5 g 要延期不说，北美试飞也会泡汤。这样的后果我承担不起啊。

［停顿。

杜小雪 （诚恳）爸，你的压力我很清楚。我晚上常常做噩梦。半夜惊醒就再也睡不着，只有坐在桌子前一份接一份地检查文件才能让我平静下来。不只是我，团队里的每一个人都一样，唐副总师更是如此。爸，你知道我一直很担心子健。每一次他试飞我都不敢去看，分配给他的飞行任务偏偏又是最难最危险的。我希望他不要去飞，但是可能吗？

杜根宝 飞最难最危险的科目，子健就是最佳的人选。

杜小雪 这个任务总要有人去完成的。他作为最优秀的试飞员，必然要承担的多一些。而我作为工程师，对他最大的帮助就是做好我的工作，保证我们飞机的安全。如果子健遇到了任何危险，导致了试飞的失败。我们会怪子健吗？不，那是我们整个设计工程团队的失败。爸，就像子健一样，整个厂房里，如果有谁可以完成这个任务的话，只能是你。而你造这个零件，绝对不是一个人。我们整个团队都跟你在一起。

杜根宝 我女儿真的是长大了啊，懂事了，有担当了，不再是小时候那个难缠的小囡囡了。

［杜根宝起身，拿起零件。

杜根宝 你小时候我难得回一趟家，你就缠着我问：爸爸，爸爸，飞机是怎么造的？飞机为什么能在天空上不掉下来啊？一刻不停。每次我一走，你就拉着我哭，要我带你一起去造飞机。

杜小雪 现在算是梦想成真了吧？

杜根宝 梦想成真了。

杜小雪 爸，带我造飞机去吧，我和你一块。

杜根宝 好！你小时候啊，天上飞过一架飞机你就问我，爸爸，这个飞机是不是你造的啊？当时天上飞的都是国外的飞机。（小雪搀着爸爸）将来你有孩子了，你就可以指着天上的飞机跟他说，这个飞机啊，是妈妈和外公一起造的，是我们的飞机！

［视频：梦想的色彩将二人远去的画面叠化……

第七场

［西安阎良，许新华办公室，雪夜。

［许新华一个人坐在办公室对着电脑研究文件。

［唐瑛微醺，带着一叠文件和新的零件，风尘仆仆地上。

唐　瑛 我就知道你肯定在这。

许新华 先敲门。

唐 瑛 错误报告。新部件。新部件强度报告。新试验强度报告。新试验申请报告。如果能够得到你们审查组的批准，我们明天就能重新开始新的 2.5 g 试验。

许新华 这些报告我早就收到了。

唐 瑛 我知道，我就是在享受这种拍在你面前的感觉。

唐 瑛 我在法国的时候，住的房子特别小，就像我们以前租的那个小屋。我一个人住，倒也不觉得特别拥挤。不像当年，我们的衣架上你的外套套着我的外套，挨挨挤挤，满满当当。

唐 瑛 我们今天聚餐点多了，特地带给你的。

许新华 你喝酒了？

唐 瑛 高兴。

许新华 现在结果还没出来。

唐 瑛 我们太需要这样一个晚上了。大家都太累了。

许新华 那就回去休息。我还要工作呢。

唐 瑛 他们今天晚上特地找了一家上海菜馆，说里面的葱油拌面特别好吃。但是我没吃。我觉得没有任何一个葱油拌面能比得上我们学校门口的那个老面馆。

唐 瑛 春秋时节的法国像极了上海。有时候一晃神，我就觉得自己好像拐个弯就到淮海路了。

许新华 （打断）你还有事吗？

唐 瑛 你后来回去吃过吗？那个老面馆？

许新华 我们不是说好了只谈工作吗？

唐 瑛 我们不是说好了吵架时候说的话都不算数吗？

许新华 关门了。

唐 瑛 什么？

许新华　我说那家老面馆关门了。

唐　瑛　那个老板人真的很好。你还记得吗？有一次我特别馋，我们就多点了一个鱼头豆腐汤，结果最后钱都不够付账，只能把你的皮带押给了老板。老板竟然同意了。总让穷学生赊账，这大概是他关门的原因吧。当时回学校的路上，你一直提着裤子，背影特别销魂。那条皮带是我送给你的第一份礼物，纯牛皮的。要不是实在没办法，我才舍不得呢。再也吃不到那家的葱油拌面了，也再也找不回那条皮带了。刚到法国的时候，我自己试着做了一次葱油拌面。好不容易成功了，我特别高兴，可是吃到后来，面变得特别特别不好吃，因为嘴里都是眼泪的味道，而眼前都是你吃葱油拌面的模样。从那以后，我再也不吃葱油拌面了。16 年里，我熬了无数次葱油，葱油至少要熬 45 分钟，在这无数个 45 分钟里，我看着小葱一点点变黄变焦变香。葱油熬好，我就静静放着，直到它腐败、变质。时间就这样流逝了。

许新华　我也没再吃过葱油拌面，那条皮带我早就赎回来了。

唐　瑛　我们两个变成现在这个样子，我很难过。

许新华　如果当年你没有选择离开，我们两个怎么会是现在这个样子。我给了你无数个留下的理由，为了我们的大飞机，为了我们共同的梦想。我们哪怕再不做恋人，就做并肩作战的伙伴。可还是留不下你。

唐　瑛　我去空客就是为了更好的回来。当时国内并没有造大飞机的环境，可我有更大的野心，我不想做一个被动等待的人，我要做一个可以改变局面的人。所以我走了，为了能带更多更好的经验回来。这一点，在我心中一直没有变过！许新华，我不信你不明白。

许新华　唐瑛，你说这些我都明白。我不明白的是我们两个人怎么会是现在这个结局。

唐　瑛　我们两个人之间有一个死去的郑晓雨，怎么可能有第二种结局。

许新华　我知道晓雨的死你很难过，我的痛苦不比你少……我想和你一起面对，一起试着能不能从痛苦中走出来，可你连一次机会都没有给过我。把订婚戒指放在桌子上，头也不回地走了。

唐　瑛　和你一起面对，我根本无法面对……你知道吗？你迟迟不向晓雨表态，给她带来了多大的痛苦。她把我当成是最好的朋友，跟我倾诉她对你的爱，甚至让我给她出主意，怎么才能温暖你那颗冰冷的心……我实在受不了了。我不得不告诉她我们两个人之间的关系……晓雨说她能理解，祝我们两个幸福，她要出去散散心，她说她需要一个仪式，去跟曾经喜欢你的那个自己告别……她笑得是那么的灿烂，跟我说等她回来，就是一个全新的自己……可是，她再也没有回来……她明明知道自己有心脏病，为什么选择了坐滑翔机……都怪我，是我害死了晓雨！我根本无法面对死去的晓雨，无法面对老师，更无法面对你……我只能走，我必须走……

许新华　唐瑛，这些事你为什么不告诉我？为什么不早告诉我！……这些年来，我反复的责问自己，在晓雨的事情上其实是我的责任！原本应当是我亲口告诉她我们的关系，可是我害怕伤害她，她是老师的女儿，她就像我们的亲妹妹一样跟我们相处，我不想为此影响到我们之间的关系，我要等待一个合适的机会……是我错过了原本可以告诉她的时机！唐瑛，我真的不知道是晓雨找你倾诉，你才不得已说出了我们之间的感情……是我误解了你，对不起！……我们都需要时间来抚平伤痛，我愿意等，虽然我不知道会等多久。

唐　瑛　离开你是我做过的最难的选择，我逃避了16年，躲了你16年。可是现在我回来了，我就在你的面前，许新华。这16年里，我一直在想你。

许新华 这16年,我也一直在想你。

唐　瑛 新华……

许新华 瑛子,请你理解我对你们的严格审查,是因为职责所在。

唐　瑛 我知道。

许新华 接下来我会更加严格的审查你们的故障分析报告。

唐　瑛 我相信,你会的。

[画外音。

许新华 试验表明申请人对2.5 g试验失败的故障分析是合理正确的,此次2.5 g试验成功,同时恢复申请人的特飞许可。

第八场

[西安阎良,试飞院,失速试飞现场,唐瑛、白永成、刘实以及若干工程师在指挥塔内。

[所有人集中在台口左侧,老白在操控台后。

唐　瑛 一旦有任何发生危险的可能,立刻中止试飞。没有什么比你们的生命更重要,我不允许任何人在我们的飞机上出事,明白吗?

高子健 明白。

高子健 (对刘实)看见小雪了吗?

[刘实摇头。

[许新华带审查组上。

许新华 准备得怎么样?

唐　瑛 万无一失。考虑到飞机的特性,我们进行了大量的准备,前置科目就进行了 13 个。

许新华 那我拭目以待。

[唐瑛拍了拍高子健。

唐　瑛 到时间了。

刘　实 子健加油!!

[高子健四处望没有杜小雪的身影，随后和其他人拥抱，准备登机。

许新华 2.5 g 新试验我复核完毕了，试验顺利通过了，也得到了 FAA 的认可。

唐　瑛 只要失速试飞一切顺利，我们就立刻开始着手北美的筹备。

许新华 你做出去北美试飞的决定，是对的。

唐　瑛 谢谢。

许新华 (笑)你其实一点没变。

唐　瑛 白指挥，准备好了吗?

[飞行组成员在舞台右后区，杜小雪站在台口。

白永成 准备好了，101 驾机，这里是指挥中心，收到请回答。

高子健 101 收到。

白永成 101 驾机。失速科目试飞，开始。

高子健 101 驾机进入跑道。

副驾驶 能见度 700 米，侧风 5 米/秒。

高子健 101 驾机申请起飞。

白永成 指挥中心收到，准许起飞。

高子健 准备起飞，飞力设定，速度 100 节，V1，VR，抬前轮，起飞。

[飞机开始滑行，逐渐进入起飞决断速度，高子健拉动操作杆，飞机起飞。

白永成 101 驾机，注意飞机高度。

高子健　小汤，观察数据。

小　汤　飞机距离指定高度还有 2 600 英尺。

高子健　101 驾机接近目标高度。

白永成　视野如何？

高子健　现在云层较厚。

白永成　101 驾机继续飞行，寻找适合的试飞区域。

高子健　明白。

小　汤　风向发生了变化！云层正在散开！

高子健　101 驾机申请进入试验点！

白永成　101 驾机，这里是指挥中心，这次试飞至关重要，没有万无一失的把握，绝不能冒险。

高子健　101 明白！

白永成　指挥中心，准许进入试验点！

高子健　降低发动机功率。准备开始上仰。

副驾驶　进入上仰姿态。

高子健　飞机达到目标迎角 11.4 度，速度 157 节。

［飞机发动机的声音逐渐变小，飞机从逐渐开始上仰，塔台内所有人都站了起来屏息凝神。

［随之而来的是飞机剧烈的抖振。飞机内的振杆器、语音和视觉的告警信号均开始告警。

高子健　飞机出现激烈抖振，发动机工作正常……

［剧烈的抖振使高子健说不出话来。

杜小雪　（惊呼）子健！

白永成　101 驾机，坚持住，失速保护系统还有两秒！

［空间里萦绕着飞机的抖动声，子健的呼吸声，两相交织，声音越来越大。

杜小雪　不会有事的，我们做过很多遍模拟了，一切都是正常的。

白永成　101 驾机，101 驾机，收到请回答！子健，高子健！收到请回答。

［振动突然开始减弱，飞机逐渐恢复平稳。短暂的沉默，联络器的电流声。

高子健　指挥中心，这里是 101 驾机，我是试飞员高子健。飞机失速保护计算机正常启动，将飞机改出了失速状态。

白永成　101 驾机，返航。

高子健　明白。

［短暂的沉默。

刘　实　我们的试飞是不是成功了？我们可以去北美了！

众　人　（欢呼）去北美！

［众人欢呼、拥抱。

许新华　一切还是要等我们审查组的判断。

唐　瑛　当然。

许新华　但是这次试飞你们表现得很不错。

［欢呼。

唐　瑛　晚上我请大家吃饭，咱们喝酒吃肉。

许新华　听者有份啊。

唐　瑛　欢迎。你请客？

［小雪走向台中。

高子健　小雪？

［高子健从舞台深处跑两步，大步流星地走到杜小雪身边。

高子健　什么时候来的？

［高子健安慰式地拍了拍杜小雪。

高子健　没事，你看我现在不是好好的吗？往常比这惊险的情况多了去了，你以后慢慢就习惯了。

[小雪挣脱。

杜小雪 高子健，我不想习惯。我习惯不了。

高子健 怎么了？

杜小雪 飞机失速就是一道鬼门关啊，普通的飞行员一辈子都碰不到一次。

高子健 为了让以后飞这架飞机的人不至于误闯这个鬼门关，保障他们的安全，这就是我工作的意义啊。试飞的确是一个危险的工作，但必须要有人去做。

杜小雪 有的时候我自私地想，如果这个人不是我男朋友就好了。

高子健 什么意思？

杜小雪 高子健，这是我第一次也是最后一次看你试飞了。

[停顿。

高子健 我父母到现在都不知道我工作的危险性有多大，试飞员是什么他们并没有概念。每次出任务，我都不会给他们打电话，更不会告诉他们我要去干什么。因为我知道，也许真的有一天我就真的回不来。我不让他们知道，因为没有必要，只会徒增担心而已。而你……我却希望每一次你都能到场。这对你不公平。他们是我的父母，他们没得选，但你可以选择。

杜小雪 我想清楚了。只要你出任务，只要我依然在意你关心你，我一定会担心的。这一点无论我怎样努力，我都改变不了。

高子健 也许我不该逼你来看我试飞的，这对你来说太难了。无论如何，只要你想好了，我尊重你的任何选择。

杜小雪 子健，你还记得有一次我问你，试飞员的飞行服为什么设计成橙色的？

高子健 飞高风险科目的时候我们必须穿上橙色的飞行服，这个颜色很显眼，如果我试飞出事了，它能让搜救人员在现场迅速地找到我。

杜小雪 你不害怕吗?

高子健 我喜欢挑战!挑战自己,挑战所有风险,挑战一切困难!

杜小雪 我会担心我会害怕,但这正是我爱你的理由。

杜小雪 以后我可能没有勇气来现场看你试飞,但我愿意在家里等你回来。

[高子健拥抱杜小雪。

[收光。

第九场

[上海华东医院,病房。

[郑天行病重,把许新华和唐瑛叫到上海,三人在病房内。郑天行坐在病床上给两人做最后的嘱托,叮嘱工作上的事宜。

郑天行 我再强调一下,这次北美自然结冰试飞受到各方的高度关注,我们在为祖国的民机产业做一件事,趟一条路。你们是代表了国家,肩负着使命的。

唐　瑛 老师您放心,您说的我们都记住了,我们一定竭尽全力,绝不辱命。

[郑天行咳嗽,许新华把老师搖起。

郑天行 工作上的事情,我都交代得差不多了。还有最后一件事,要你们两个替我办一下。

许新华 您说。

郑天行 我准备了一些葱油拌面,就在那。你们陪我一块把它吃喽。

[唐瑛拿桌子上的保温饭盒,许新华走到唐瑛身边。

许新华 唐瑛，葱油拌面太油了，老师吃不了。

唐　瑛 哎呀老师想吃嘛，就吃两口，没事的。

郑天行 真是好久没见到许新华这么无可奈何的样子了，看着你们两个人现在的样子，就想起了你们俩在大学的时候。你们啊……

郑天行 我记得我们家晓雨在大一的时候，有一阵子突然爱上了做葱油拌面，兴高采烈地天天做给我吃。可难吃了。可怎么办，我只好硬着头皮吃。后来我才知道，许新华，原来是你小子爱吃。

郑天行 可是，不知道从什么时候开始，我就再也没有见你吃过了啊。瑛子，你在法国，想吃这一口更是难上加难吧。

［郑天行看着唐瑛。

唐　瑛 老师，都是过去的事了。

郑天行 过去的事，如果真的过去了，你们怎么会是现在这样呢？这么多年了，我不止一次劝过新华，把你找回来。他梗着脖子，就是不肯。瑛子，还有你。16 年啊，你不见新华也就算了，你连我都不见一面吗？你和新华，可是我最喜欢的两个学生啊！

唐　瑛 老师，我不该急于告诉晓雨我和新华的关系。

郑天行 这件事我跟你们说过多少回了，好吧，今天就算我再说最后一遍。郑晓雨的死跟你们没有什么关系。不错，晓雨是喜欢过新华，她跟我说，她知道你们俩早就相爱了之后，她亲口对我说，老爸，我这次感情试飞失败了，虽然遗憾但必须终止。我自己的女儿，我自己清楚。晓雨是个快乐的孩子，她生性好动，却因为心脏病从来不能尽兴地玩。想着去坐滑翔机，遨游天空，结果……唉，你们想一想她如果知道你们过成现在这副模样，自己束缚着自己，好像获得一丁点幸福就会成为罪人一样，她一定会笑话你们的，说你们傻得过分了……

［说话间郑天行突然开始咳嗽，唐瑛许新华去扶他，郑老抓住两

人的手。

郑天行　瑛子、新华，再说一句，孩子们，珍惜眼前人啊！（郑老抓着两人的手放在一起）接下来的路，可就要靠你们自己走了啊。我的任务和使命，到这里恐怕就要结束了。

许新华　老师，您说什么呢。等我们的大飞机首航的那一天，还要和您一起飞上天呢。

郑天行　好啊，好！有了现在这个项目以后，我的人生更加没有遗憾了。中国民机制造事业因为大飞机又重新聚集起一批人。经过我们这帮老头子传帮带，就可以避免民机工业薪火失传。这太重要了。否则，我们的后代面对的就可能是一张民机工业的白纸，想把民机工业重新捡起来都不可能了。那样的话，我们这些老人就没法向历史交代了。

唐　瑛　老师，如果没有你们，就不可能有现在的我们，现在的飞机。虽然当时的运10没有走到最后，但已经赢得足够漂亮了。

［提起运10，郑天行从床上坐了起来。

郑天行　运10在南苑机场试飞的一刻，是我一生中感到最荣耀的时刻。飞机从很远的跑道端以很低的高度飞来，一阵巨响，从观众头上掠过。

郑天行　飞过人群后，运10又迅速拉起，昂首钻到远方的蓝天之中。那个画面我至今都历历在目。要知道，低空通场可不是随便什么飞机都能享受的待遇啊！记住，等到咱们的大飞机试飞那一天，你们记得把我带上。让我们一起见证我们的飞机圆梦云天的那一刻！

［渐隐。

第十场

［西安阎良，试飞院，会议室。

［唐瑛、许新华、杜小雪、高子健、刘实、白永成及众人，正在开北美行前部门协调会。

白永成 目前我们已经与途经的所有机场都做好了联络准备工作，协调好了基本的时间节点。但由于此次飞行过程的风险较多，所以我们会在启程后与各地机场继续保持沟通，随时更新我们的起降时间。最大程度上保障我们的飞行效率。唐副总师，请问还有什么指示？

［唐瑛沉默。

杜小雪 唐副总，唐副总师。

唐　瑛 真不敢相信，老师再也看不到我们的大飞机交付的那一天了。

杜小雪 那就让我们带着我们的大飞机，飞到离郑老更近的地方给他看。

唐　瑛 （振作精神）我们继续。（所有人低头记录）后勤部，我们飞行途经路线都非常寒冷，生活物资这边的情况准备得如何？保暖衣物、设备一定备齐……

［许新华。

许新华 这份文件你看一下。

唐　瑛 一定要现在看吗？

许新华 这是 FAA 针对失速试飞提出的 25 个问题。

唐　瑛 失速试飞我们已经成功了。

许新华 能做的我都做了。

唐　瑛　（翻看文件）加装传感器？我们的失速特性已经说明了我们不可能存在襟翼颤振和小翼颤振的情况，不需要在上面加装传感器。更不需要为了这个传感器，再去飞一次失速。失速是Ⅰ类风险试飞，这其中的危险是躲都躲不及的，你应该知道的。

许新华　我知道。

唐　瑛　（越来越激动）还有新增加的两个试验点，根本没有必要，他们疯了吗？22号点是扩展包线的试飞点，我们要爬升到26 000英尺的高空，俯冲速度要到0.85马赫！不光是我们没有飞过这么快，全世界没有一架飞机做到过这么高的速度！我们不可能接受的。

唐　瑛　模拟故障状态。在失速试飞的时候模拟故障状态，这听起来简直就是一个笑话。风险上面再叠加风险。绝对不能接受！我太了解FAA的路数了，适航条款和修正案不断在进步和变化，面对一些新的条款，他们也需要积累航空数据和审定经验。但是这个成本，不能算在我们的头上！

唐　瑛　如果要解决这25个问题，我们北美试飞很可能会延期！这一段时间的努力就都白费了！而且一旦延期，我们就只能再等整整一年！

唐　瑛　我们上一次的失速试飞是近乎完美的。这25个问题我们绝不可能接受。我不明白，你们审查方为什么不给出你们自己的判断?!

许新华　我们给了，我们对你们的试飞结果是完全认可的。

［停顿。

唐　瑛　所以他们并不相信你们的判断。

许新华　如果他们相信的话，你和我现在就不会坐在这里。

唐　瑛　你说如果老师还在，他会让我接受吗？

许新华　现在只剩下我们了。

郑天行　只剩下你们了。你们之后的路会越来越难走，这必定是一场很难打的仗。我就不祝你们好运了，世界上总有人把我们千辛万苦努力得来的成功归结为好运，这是不公正的。我深深知道，中国两代民航人为了今天的成果付出了多少辛劳。我把自己当作一个战士，从小时候被敌机轰炸过的战壕里成长起来的战士，从一次又一次研制失败的飞机厂房里成长起来的战士。还记得我最喜欢的那首诗吗？“虽然我们的力量已不如当初，也已远非昔日移天动地的雄姿，但我们仍是我们，英雄的心！”

众　人　（齐诵）“划破这喧哗的云海，我决心飞向太阳升起的彼方，坚持着，奋斗、探索、寻求，永不屈服。我们仍是我们，英雄的心。”

唐　瑛　这 25 个问题，我认。我一定用过硬的技术让世界同行哑口无言。

许新华　我就知道你一定会认的，我也相信你一定会做到。

唐　瑛　北美，我去定了！

群　众　北美，我们去定了！

尾　声

［西安阎良，2011 年 3 月，试飞院，自然结冰试验赴北美现场。

唐　瑛　我们为之努力了这么久的北美追冰，终于要起航了。我们没有辜负老师的期望。

［许新华掏出戒指。

许新华　这是 16 年前你还给我的那枚戒指。16 年里无数个深夜我攥着这枚戒指想着如果我们见面，我该如何面对你，才能让你体会到我这些个日夜都在经受的折磨。可是再次遇到你，我的痛苦还没有来得及向你释放，就被消解了。16 年里，身边无数的人都说我变了。当那晚看到你拎着裤子蹦蹦跳跳学我的样子的时候，我突然意识到了：是曾经的我，被你带走了。直到你回来，它也才重新回到我身体里。我一直没有扔掉这枚戒指，原本以为是想提醒自己伤痛的样子。看着那晚的你我才明白，我是一直期待它能重新回到你的手上。

[许新华深吸一口气，鼓足勇气。

许新华 我想问问你，你还愿意戴上它吗？

唐　瑛 这枚戒指，我一定会戴上。等到我们这架飞机成功交付的那天，我一定会戴上它，和你一起，看着我们的飞机飞向世界。

[杜小雪、高子健、刘实、白永成等众人上。

唐　瑛 各小组准备好了吗？

白永成 我们各个小组已经准备完毕，随时可以起飞。

唐　瑛 子健，你呢，准备好了吗？

高子健 迫不及待！

唐　瑛 好，做一下任务简报。

白永成 此次自然结冰试验将在北美五大湖上空进行，先从阎良飞到哈尔滨，再从哈尔滨飞往加拿大的温莎城，其间经停8个国际机场，共计飞行14 000公里。

唐　瑛 这是我们的飞机第一次飞出国门。对于我们来说，这不仅是一次试飞，更是对我们这么久以来成果的检验，是我们民航人，中国航空事业一次向世界证明自己的机会。我们将昂首挺胸地走进世界航空论坛的会场，告诉他们我们尽管比你们晚起步五十年，但你们做到的我们现在一样可以做到。而对于国家来说，大国重器腾飞的那一天，就是中国制造真正进入世界顶尖行列的那一天。我们在改写的不只是航空业的未来，更是整个中国经济的明天。我请各个小组同心协力，全力以赴，让全世界都看到我们的飞机翱翔蓝天！

白永成 101驾机，这里是指挥中心，今天的风速3米每秒，风向050，云层能见度良好，可以起飞，跑道33。

高子健 101收到，可以起飞，跑道33。

［多媒体影像，飞机开始滑行。

高子健 准备起飞，飞力设定，速度100节，V1，VR，抬前轮，起飞。

［飞机轰鸣声，腾空而起。

［字幕：

中国商用飞机ARJ21-700飞机101驾机于2014年3月15日从中国阎良出发，在此次试验试飞任务中完成了北半球自东向西、总航程3万公里的环球飞行，其间经受住了暴风雪、吹雪、大侧风和风切变等各种恶劣气象环境的考验。

［字幕：

中国民用飞机从20世纪初开始了属于自己的探索之路：

1908年9月21日，“中国飞机之父”冯如驾驶自己研制的飞机成功进行试飞。经测定，冯如的飞机的首飞比飞机发明者莱特兄弟的首飞纪录还要远1 788英尺。

1980年9月26日，运10在上海大场机场首飞成功。

2002年9月，70—90座的ARJ21飞机研制立项，这是中国第一次全面按照国际适航标准研制的商用客机。

2008年11月，C919项目启动。这是中国首款按照最新国际适航标准，具有自主知识产权的干线民用飞机。

2017年9月，中俄远程宽体客机正式命名CR929。

自此，中国几代航空人近半个世纪的接力，新一代大飞机人的十余年攻坚，终于托举起了中国自己的大客机。中国大飞机爬升的每一米、里程表跳动的每一格，都是中国航空事业的新高度、新纪录。

（2019年演出本）

图书在版编目(CIP)数据

上海当代剧作选.1949－2019/上海市剧本创作中心，上海市文化艺术档案馆编.—上海:上海人民出版社，2019

ISBN 978－7－208－16033－0

Ⅰ.①上… Ⅱ.①上… ②上… Ⅲ.①剧本-作品综合集-中国-当代 Ⅳ.①I230

中国版本图书馆 CIP 数据核字(2019)第 178489 号

责任编辑 赵蔚华
封面设计 陈 楠

上海当代剧作选(1949－2019)

上海市剧本创作中心
上海市文化艺术档案馆 编

出　　版 上海人民出版社
(200001 上海福建中路 193 号)
发　　行 上海人民出版社发行中心
印　　刷 上海盛通时代印刷有限公司
开　　本 635×965 1/16
印　　张 255.25
插　　页 35
字　　数 3,258,000
版　　次 2020 年 11 月第 1 版
印　　次 2020 年 11 月第 1 次印刷
ISBN 978－7－208－16033－0/I·1847
定　　价 1280.00 元(全七册)